本書爲二〇二一年度國家古籍整理出版資助項目

本書爲二〇二〇年度湖北省公益學術著作出版專項資助項目

黄侃黄焯批校昭明文選

（一）

〔梁〕蕭統 編
〔唐〕李善 注
黄侃 黄焯 校訂

湖北省公益学术著作出版专项资金
Hubei Special Funds for Academic and Public-interest Publications

長江出版傳媒
崇文書局

圖書在版編目（CIP）數據

黄侃黄焯批校昭明文選 / 黄侃，黄焯校訂. — 武漢：崇文書局，2021.10（2023.9 重印）
ISBN 978-7-5403-6446-5

Ⅰ. ①黄… Ⅱ. ①黄… ②黄… Ⅲ. ①古典詩歌—詩集—中國②古典散文—散文集—中國③《昭明文選》—注釋 Ⅳ. ①I212.01

中國版本圖書館 CIP 數據核字（2021）第 172824 號

出 品 人：韓　敏
項目策劃：陶永躍　許舉信
責任編輯：陶永躍　鄭小華
　　　　　李慧娟　薛緒勒
責任印製：李佳超

黄侃黄焯批校昭明文選

出版發行：長江出版傳媒 | 崇文書局
地　　址：武漢市雄楚大街 268 號出版城 C 座 11 層
電　　話：027-87677133　　郵　　編：430070
印　　刷：中印南方印刷有限公司
開　　本：880mm×1230mm　1/16
印　　張：224.75
版　　次：2021 年 10 月第 1 版
印　　次：2023 年 9 月第 2 次印刷
定　　價：2980.00 圓（全十册）

（如發現印裝質量問題，影響閱讀，由本社負責調换）

ISBN 978-7-5403-6446-5

影印出版説明

文選是我國現存最早的詩文總集，由梁代昭明太子蕭統主持選編，故又稱昭明文選。此書網羅一百三十餘位作家的七百多篇作品，作品縱跨周、秦、漢、三國、晋、宋、齊、梁八個朝代，涵蓋賦、詩、騷等三十九種文體，先唐時期的文章精華均薈萃於此，故備受歷代讀書人重視。而研究此書，早在唐代即蔚成風氣，形成「文選學」，綿延至今，千年不墜。

黄侃、黄焯是我國現代學術史上兩位重要的學者，他們精心校讀文選，對推動「文選學」的發展作出過重要貢獻。黄侃（一八八六—一九三五），字季剛，湖北蘄春人。歷任北京大學、武昌高等師範（武漢大學前身）、中央大學（南京大學前身）等校教授。其學以經學、小學爲基，博習精研，綜貫四部，遠紹漢唐，近承乾嘉，蔚成一家之言，與其師章太炎并稱「章黄之學」。有黄侃手批白文十三經、黄侃手批爾雅義疏、文選平點、文心雕龍札記等多種著作行世。黄焯（一九〇二—一九八四），字燿先，湖北蘄春人。黄侃之侄，「章黄之學」重要傳人。長期任教於武漢大學，爲「五老」之一，主要著作有經典釋文彙校、毛詩鄭箋平議、詩疏平議、古今聲類通轉表等。

黄侃非常重視文選，廣搜衆本，勤加研習，每有所得，即以批點，黄侃日記於一九二八年五月三日載：「平生手加點識書，如文選蓋已十過。」其批語很早即在學生間流傳，駱鴻凱文選學、戴明揚嵇康集校注等書即多處引用。其子侄據批語先後整理出三種著作：一九七七年臺北文史哲出版社出版黄侃長女黄念容整理的文選黄氏學，一九八五年上海古籍出版社出版黄焯整理的文選平點。兩書所據批校本不同，互有詳略。二〇〇六年中華書局出版黄侃之子黄延祖彙集以上兩本而成的文選平點（重輯本）。三書均係摘録文選文句，列評校於下，原批所用各種圈識則以文字描述。

黄焯早歲從黄侃研習文選，一生精勤於此，晚年整理文選平點，黄侃「文選學」成果廣爲世知，見重學林，實有賴於此。其本人則未見相關著述流布。黄焯弟子、武漢大學王慶元教授珍藏了一部包含黄侃、黄焯批校内容的文選，底本爲清同治八年（一八六九）湖北崇文書局覆刻嘉慶十四年（一八〇九）胡克家本李善注文選。卷五十五劉孝標廣絶交論後有黄焯戊寅年（一九三八）冬案語，又卷一載明辛丑年（一九六一）二月初一日、七月廿九日、八月廿七日過録黄侃校語，可知此本爲黄焯長年研習文選常置案頭之書。

此本中黄侃校語，以其壬戌年（一九二二）夏贈與學生吴靓所作批校本爲主，每卷之末均詳記温尋時日，兼采黄侃於葉樹藩海録軒本、四明林氏本等版本上所作的校語，内容較爲完善，已整理成文選平點别行。黄焯校語，廣采清人校勘成果，參酌章太炎等近世名家著述，以己意加以融貫，頗詳贍可觀。黄侃、黄焯批校文字風格較爲一致，文字訓詁、辭章疏解、史事考據并舉，讀者持之與文選及李善注并觀，當别有會心。又王慶元教授保存了一份黄侃任教北京大學時期文選講義稿，詳細評析了文選論體文數篇，彌足珍貴。故此，我們將批校本與講義稿一并影印出版，以饗學林。

著名語言學家許嘉璐先生有文選黄氏學訓詁探賾一文，闡釋黄侃先生文選批語，提綱挈領，頗爲精當。黄焯先生學術承黄侃先生而來，於此文中亦可窺其崖略。經作者同意，用爲本書序言。

謹以此書的出版紀念黄侃、黄焯兩位傑出學者！

崇文書局編輯部

二〇二一年九月

文選黃氏學訓詁探賾（代序）

許嘉璐

一、文選黃氏學概説

1.1.1　文選問世不久，昭明太子的從子蕭該和稍後的曹憲即相繼作文選音義（見新、舊唐書儒學、文苑、文藝傳）。至唐，曹憲的弟子李善撰文選注，集蕭、曹以來注釋之大成。李善並用以教授諸生，時號「文選學」。文選成爲專門，蓋自斯始。

1.1.2　唐代以詩賦取士，注重文辭贍麗典雅，既有執事者倡導，於是家藏是編，人人習誦，遂成風尚。「以杜甫詩才凌跨百代，猶有『熟精文選理』之句，餘子可以知矣」（四庫提要總集類存目一昭明文選越裁條）。但終有唐一朝，能繼李善以是學稱者並不多。據舊唐書儒學傳及日本金澤文庫所藏唐寫文選集注殘本，知尚有陸善經、公孫羅、許淹等曾作注釋。但悉散佚，唯李注獨存。開元中蕭嵩以及稍後的馮光震也曾試圖改注。事皆不就，大概是因爲他們的功力不及李善吧（見玉海卷五十四引集賢注記及大唐新語）。由此可見，由於文選所集淹貫古今，體式至夥，若非一代通儒，兼諳辭章與訓詁二途，是難以勝任注釋的重責的，即使書成也難以流傳。

1.1.3　宋代於神宗以前，也是崇尚文選的，至有「文選爛，秀才半」之説。即使在這之後，篤學之士如沈括、姚寬、洪邁、陸游、羅大經、王應麟等，措意於文選考證的仍然很多。宋代研究文選的專著也很不少，但也大多亡佚，大概也是由於無裨於「選學」而被歷史淘汰了。

1.1.4　自元迄明，評騭廣續文選的逐漸增多，但對文選的研究説得上真正興盛的，還應數有清一代，張之洞書目答問謂清代「漢學、小學、駢文家皆深選學」；黃侃先生云「清初校文選者，有潘稼堂（耒）、錢陸燦，其後則有何義門（焯）評定本，余蕭客之文選音義、文選紀聞，汪師韓之文選補注，*王煦之文選李注拾遺，胡克家之文選考異，張雲璈之選學膠言，梁章鉅之文選旁證，朱珔之文選集釋，薛傳均之文選古字通疏證，胡紹煐之文選箋證，朱銘之文選拾遺，許巽行之文選筆記等」，又云「以今觀之，清世爲文選之學精該簡要，未有超于義門者也；而評文則未爲精解」，先生此語，可謂對清代「文選學」的總評，二百餘年間「選學」的繁盛於此可見一斑。

1.2.1　文選之被歷代文人學士重視，大約由於以下幾個原因。一是蕭統妙解文理，其所去取別裁，以「事出於沈思，義歸乎翰藻」（文選序）爲宗旨，所編録的多爲古代各體作品的瑰寶，其中有些作品被後世作家奉爲創作的圭臬，辭藻的淵海，類典的總匯，以至凡爲文者都不能不讀文選。二是它與文心雕龍若合符契，一個從實踐上，一個從理論上體現了六朝時期的文學觀點，因此文選就成爲研究古代文學及其理論不可或缺的要籍。三是「古人古文小學與辭賦同源共流」（阮元隋文選樓記）。昭明所選與李善所注，中多典章制度、名物訓詁問題，善所稱引多爲後世散佚之書，世稱「敷析淵洽」（舊唐書李邕傳），因而它在考據小學的領域中自然也就受到高度的也是應有的重視。例如清代的小學大家顧炎武、桂馥、段玉裁、王念孫，就都對文選及李注作過深入的研究或校訂，並在自己的論著中頻頻稱引。

1.2.2　研治文選的途轍與上述三點相應：或考鏡作品源流真僞；或探索六朝文學思想；或徵其故實，校其字句，明其訓詁。至於廣續文選雖然舊時也被視爲「選學」一脈，但編者多爲不度德量力之輩，以今觀之，鮮有可采。因此歷來「選學」家多側重前兩項，而小學家兼治文選的，又專顧一字一詞的訓釋，並且都無專著，即如顧、桂、段、王，其所論述均散見於其所著考據訓詁書中（段有文選校，未見其書，僅見於文選旁證所引）。大概正是因爲這個緣故，所以何焯所校（見義門讀書記）所釋（散見余蕭客、孫志祖、胡克家等人書中），獨得黃侃先生的贊賞也就不是偶然的了。

---

* 編者按，引文如此。查駱鴻凱文選學，汪師韓所撰爲文選理學權輿。又葉樹藩、林茂春等均有文選補注之作。

1.2.3　黃侃先生學贍才富，不僅是偉大的小學家，也是著名的經學家，而於文辭一道，又「並世固難得其比」（章太炎書黃侃夢謁母墳圖記後），章先生早在東土即黃先生不過二十出頭時就贊道：「文辭又自有師法，研精彦和文心，施之實事。爲文單複兼施，簡雅有法，不涉方、姚、惲、張之藩，亦與汪、李殊派，至其樸質條達，雖與之異趣，亦無間言。」（代訂潤例）此後隨着年事閱歷的增長，黃先生可謂「文章老更成」，近代著名學者如錢玄同、汪辟疆等人都有過定評（均見制言七期）。唯其兼通儒林、文苑之長，所以其於文選的研究能囊括前代，並融衆派多家。

1.2.4　黃先生的文選學，生前並没有出版什麽著述，只留下平日誦讀留有大量手批的文選一部。這部文選現藏武漢大學中文系，已故黃焯先生曾據以録爲文選平點（上海古籍出版社），潘重規先生曾將自己過録的本子刊出，收在黃季剛先生遺書（臺灣省石門圖書公司，1980）中，此外，駱鴻凱先生著文選學（中華書局，1937），其中也引用黃先生批語多條。黃侃先生的批語數千條，包括了校勘、正音、對文選及其注釋的批評、糾正前「選學家」評釋之失、對文章的分析和評價以及字句的訓釋等。括而言之，對歷代各派「選學」所涉及的諸方面，黃侃先生都發表了很多極爲精闢的見解。由此可知他對於文選的研究並不拘於一轍，是既有「宏觀」又有「微觀」的。

1.3.1　文選學自「選學妖孽」之説起，就已逐漸冷落。自本世紀二三十年代以來逸豫於斯而名家者寥若晨星，黃先生獨於此時用力殷勤，探賾索隱，凌越前人，成一家言，不愧爲本世紀「選學」研究之第一人。黃先生的批識，是留給我們的一份寶貴遺産，但由於「選學」不振，後學者之於前哲，常常只是具其一體。而對於黃侃先生的文選學，如果没有黃侃先生的博大宏通，特别是如果没有相當深厚的文學創作實踐和古代文學理論的功底，是難以窺其涯涘的。

1.3.2　一九七九年，黃燿先（焯）先生以所編次之文選平點見示，筆者即生服習文選黃氏學的奢望，燿老亦以闡其精奥相命，然無如才疏學淺何。嗣後又得黃季剛先生遺書本，授課之暇，反復誦詠，兩相比勘，仿佛若有得，而終未敢形諸筆墨。今逢季剛大師誕生一百周年、逝世五十周年，中國訓詁學研究會等六單位盛會紀念，於是爲此小文以隨諸賢之後。季剛先生嘗「以爲敦古不暇，無勞於自造」（章太炎黄侃遺著序），大師如此，遑論其他。因此這篇小文只以述古爲任，非有所作；而且僅述其訓詁一耑，無異窺豹。所以不敢藏拙者，以燿老前命猶在，只是已不得請益了。

1.4.0　黄季剛先生遺書本，係一九三〇年所過録。較之文選平點所録，所缺尚多。蓋黄侃先生於一九三〇年後又有增批。例如校勘所據，平點中屢引楊守敬抄日本卷子本、羅振玉影印日本金澤文庫藏唐寫本文選集注殘卷（批點本簡稱之爲「抄本」），而遺書本全無。又如傅毅舞賦「闊細體之苛縟」句，平點有「細體，禮文之繁縟者也」，而遺書本無；左思吴都賦「刷盪漪瀾」，劉逵注：「漪瀾，水波也。」李善注：「猗，蓋語辭也。」遺書兩漪改猗，無説，平點本有「今疑正文及劉注皆應作猗，不然，善必有説，不得但於己注中改注而已。此善暗訂劉注之誤，其實劉亦連舉耳，晉初尚不拘偶字也」。璐爲此文，乃參核兩本，徑標以某文某句，復注明兩本異同。黄焯先生文選平點後記稱「壬戌之夏，先從父寓居武昌，間取文選平點一過，每卷後皆記温尋時日。以六月廿四日啓卷，至七月六日閲畢」云云（訓詁研究第一輯），壬戌當公曆一九二二年。參之遺書或非其實。壬戌之夏，黄侃先生固嘗以不足半月平點一過，但恐非今之完本。

二、文選黄氏訓詁内容

2.0　黄侃先生訓詁學講詞云：

真正之訓詁學，即以語言解釋語言，初無時地之限域，且論其法式，明其義例，以求語言文字之系統與根源是也。（文字聲韻訓詁筆記，181頁。以下簡稱筆記。）

又云：

說字之訓詁與解文之訓詁不同。小學家之訓詁與經學家之訓詁不同。蓋小學家之說字，往往將一切義包括無遺。而經學家之解文，則只能取字義之一部分。……小學之訓詁貴圓，而經學之訓詁貴專。（同上，192頁）

他在這裏所説的兩種訓詁，雖因所施的方面（字或文）不同而訓釋内容有異，但既稱之訓詁，就應該都是訓詁學研究的對象；解文，字詞問題固然是核心，但只注意字詞仍然達不到通釋全文的目的，因而句讀、句意、句法、章法、章旨、修辭、表達也就不能不是訓詁學所應探討的問題。黄侃先生説文學的成就人所共知，這便是他所説的「獨立之訓詁」（同上，189頁），也是「説字之訓詁」；而文選的批注，就是「解文之訓詁」了。一個概念的内涵和外延的確定，應該從客觀實際中去概括；判定一門學術的内容，也不應只重宣言，而應聯繫該學科實際上所研究的内容。黄侃先生對於文選的訓詁既然是從字詞到篇章，從文例到修辭都極爲注意，那麼我們就可以斷定，他的所謂訓詁學，與自漢至清的傳統是完全一致的。這或許可以説是黄門訓詁學的重要「家法」。因此本文即按詞、句、篇和修辭分述文選黄氏批注的内容。

2.1.1 黄侃先生於文選字詞的訓釋，約有三類：補前人之未逮；駁舊注之謬説；於喁喁中定是非。補闕的，如：

皇甫謐三都賦序：「是以孫卿、屈原之屬，遺文炳然，辭義可觀，存其所感，咸有古詩之意。」李善、五臣無注。

黄先生批云：「存，省也。」

案，「省」爲「存」之常訓。周禮春官司尊彝「大喪，存奠彝；大旅亦如之」。注：「存，省也。」爾雅釋詁：「存，察也。」察亦即省。「存」字不注，可誤以爲存留之存，屬上。匡謬者，如：

陸機文賦：「傾群言之瀝液，漱六藝之芳潤。」李善注：「周禮曰：『六藝：禮樂射御書數也。』」五臣以「文章」釋「六藝」。

黄先生批云：「六藝，六經也。注引周禮禮樂射御書數解之，未是。」

案，此上言「群言」，蓋指百家；藝與言對，且下言「芳潤」，顯然非禮樂之類。當以黄批爲確解。於舊注中擇善而從者，如：

張衡東京賦：「始於宫鄰，卒於金虎。」薛綜注：「鄰，近也。謂幽王近於宫室，惑於褒姒，卒有禍敗也。金虎，西方白虎神王金，金，白色也。」李善注：「應劭漢官儀曰：『不制之臣，相與比周，比周者，宫鄰金虎。』宫鄰金虎，言小人在位，比周相進，與君爲鄰。貪求之德堅若金，讒謗之言惡若虎也。」

黄先生批：「『宫鄰金虎』，以薛注爲定解。王元長曲水詩序：『宫鄰昭泰。』」

案，王融文見文選卷四十六。字作「昭泰」，遺書及平點所録黄批並作「秦」，蓋偶誤。王文「宫鄰」句與「荒憬清夷」對文，則原作「泰」無疑。黄先生定薛注爲正者，王文以「宫鄰」爲先代荒政，「荒憬」代四夷，兩句正與下「侮食來王，左言入侍」云云相應，若依善注則不辭。

要之，黄先生批語中的詞語解釋都是有所爲而發，而又語不輕設，發則破的，爲通釋全文所必需。

2.1.2.0　黄先生既注意單音詞語的訓釋，也注意雙音合成詞、聯綿詞；名物詞語間亦有之；尤其是他對六朝詞語的訓解，更有價值。

2.1.2.1　黄先生之訓單詞，意在求之義理而合，施之文意而安；或徑訓某爲某，或闡明某所以訓某之由。例如：

陳琳檄吴將校部曲：「及其抗衡上國，與晉争長，都城屠於句踐，武卒散於黄池，終於覆滅，身罄越軍。」李善無注。

黄先生批云：「罄，縊殺也。」

案，五臣注蓋本詩天保傳及廣雅。身盡越軍，意嫌含混。黄徑訓縊殺，古無成訓。但是罄以懸爲常，身罄猶身懸，自然是縊殺。又如：

謝靈運擬魏太子鄴中集詩：「既作長夜飲，豈顧乘日養。」李善注：「廣雅曰：『養，樂也。』」

黃先生批云：「養訓樂，非也。當讀養生之養。」

案，今之注者均本善説。如謝靈運詩選（葉笑雪選注，古典文學出版社，1957）：「養，有快樂義。」但長夜之飲，樂已在其中，以養訓樂，則謝詩意復。訓爲養生之養，「樂」就不言而喻了。以上兩例，黃先生不述訓詁依據而理自明。又如：

嵇康養生論：「推此而言，凡所食之氣，蒸性染身，莫不相應，豈唯蒸之使重而無使輕，害之使闇而無使明，薰之使黃而無使堅，芬之使香而無使延哉？」李善注：「方言曰：『延，年長也。』」

黃先生批云：「延當爲脡，生肉醬也。嵇蓋用以爲『羶』耳。注非。」

案，李善蓋以文既論養生，所以訓延爲年長。嵇文上云：「且豆令人重，榆令人瞑，合歡蠲忿，萱草忘憂，愚智所共知也。薰辛害目，豚魚不養，常世所識也。蝨處頭而黑，麝食柏而香，頸處險而癭，齒居晉而黃。」「推此」云云乃承此而言，「重」「輕」就「豆」句而言，「闇」「明」就「辛」而言，「黃」「堅」就「居晉」言，「香」「延」就「食柏」言。而且「輕重」「闇明」「黃堅」兩兩相對，然則「香」與「延」也應相反，訓「延」爲年長，於義無當。黃説是。「嵇蓋用以爲『羶』」，即以明改訓的道理。

2.1.2.2 黃先生訓釋雙音詞語，如「宫鄰」，已見上文（2.1.1）。

班固幽通賦：「匪黨人之敢拾兮，庶斯言之不玷。」李善注：「應劭曰：自謙不敢與鄉人更進也。」

黃先生批云：「黨人猶言凡庶也。」

案，應以黨爲鄉黨，過於坐實。實際此處所用爲進一步引申之義。鄉人多爲庶人，所以訓爲凡庶，與上下文更協。黃先生的批注，尤其重視六朝時語。例如：

劉琨扶風歌：「繫馬長松下，發鞍高岳頭。」

黃先生批云：「發鞍猶言發軔耳。」

案，後漢書袁紹傳：「紹在後十數里，聞瓚已破，發鞍息馬，唯衛帳下强弩數十張，大戟士百許人。」説者以「發鞍」爲除去馬鞍（臺灣中文大字典），蓋本文選五臣注。但施諸扶風歌則未安。詩中並無去鞍息馬之意。「繫馬」云小息，「發鞍」云再發，因此，有「烈烈悲風起，泠泠澗水流」句，上句言高，下句言下，正行於山中所見。即使袁紹傳中的「發鞍」，實際也並非去鞍之義。此言袁紹命軍士歇息，戰馬則任其離陣，「發鞍」也是馬行之意。黄説是。前此未見此語，蓋六朝語。又如：

鮑照苦熱行：「含沙射流影，吹蠱痛行暉。」李善注：「行暉，行旅之光暉也。」

黄先生批云：「行暉猶言行人之影耳。此殆與短狐射影一類。」

案，「行旅之光暉」，義不可通，五臣云：「病行客，使無光暉。」尤謬，此上下句同意，用「暉」以指影，避復耳。「暉，光也」。「景，日光也」。（説文）暉指人影，猶景之指陰影矣。行暉，亦六朝慣用造語法。他如「松銘」指松下之碑碣（江淹雜體詩下黄批），「詭故」指「變舊」（嵇康與山巨源絶交書黄批），「用心」指情（陸機文賦黄批），皆屬此類。

顔延之祭屈原文：「藉用可塵，昭忠難闕。」黄先生批云：「藉用、昭忠皆代祭品也。六朝好用代語，而自顔彪益多。其用字，上非故訓，下異方言，大抵賞撫之類，須以意摸索之也。」若非深諳六朝文學者，焉能道此？用黄先生的這個論斷去看六朝語言，信然。

2.1.2.3　明假借，是訓詁學所要研究的重要問題。黄先生曾説：「蓋假借之用愈廣，而本字愈爲難求；本字愈爲難求，而本字與假借不相應之處愈多，其相去亦愈遠。惟研究文字學者固不能以其難而置之也。」（筆記，54頁）又説：「今日籀讀古書，當潛心考索文義，而不必驟言通假。」（同上，221頁）黄先生對文選的批注，即本着這樣一個不得不求而又不得輕言的相反相成的原則，明假借，求本字，發前人所未發。例如：

離騷：「扈江離與辟芷兮。」王逸注：「扈，被也。楚人名被爲扈。」

黄先生批云：「皀即幠也。」

案，皀之訓被，後人皆襲王説，大概因爲王逸説是楚地方言，也就没有人再去深究。黄先生指出幠爲其本字，也就找到了皀之爲被的原因，説文：「幠，覆也。」覆就是被，其實，幠、覆、被、皀都是一語之變。覆物之巾必大，所以幠有大義，皀也有大義。「皀即幠」，同時也對皀之訓大作出了合理的解釋。又如：

張衡思玄賦：「戴勝慭其既歡兮。」舊注：「慭，笑貌。」

黄先生批云：「慭訓笑貌，則借爲听（yǐn）也。」

案，説文：「慭，問也，謹敬也。」黄先生云：「假借者則〔義與本字之形〕本無關係。」（筆記，56頁）慭之本訓與笑貌無涉，説文：「听，笑貌。」所以黄先生定爲本字。如是之類，黄先生所揭示，不勝枚舉。

2.1.2.4　語有流轉，字有變易，古代注釋家時常心知其義而不明其所以然。後世訓詁學的任務之一就是根據前代文獻和古注，指出語言文字變遷的情况。黄侃先生精於此道，而且認爲「求語言文字之系統與根源」乃是「真正之訓詁學」所必需的（筆記，181頁）。其於文選即多施此法。或據前説以明語轉，如：

離騷：「索藑茅以筳篿兮。」王逸注：「筳，小折竹也。楚人名結草折竹以卜曰篿。」

黄先生批云：「篿，叔之轉語也。楚人謂卜問吉凶曰叔。又即筮之轉語。」

案，洪氏補注引後漢書方術傳注：「挺，八段竹也。」不及「篿」字。顔師古注揚雄傳謂：「筳篿，折竹，所用卜也。」戴震亦用其説（屈原賦注），與王異。今人朱季海先生謂筳篿爲珽瑼之孳乳，「其形與名，皆起於折竹耳」。黄先生據王注及説文叔字下説解，知篿對轉爲叔，亦即筮之小變，實勝衆人一籌。（黄批未及筳字，竊疑即「梃，一枚也」之後出）或據古注明語轉兼明字之正訛。如：

幽通賦：「惟天地之無窮兮，鮮生民之晦在。」曹大家注：「晦，亡幾也。」李善引莊子曰：「天與地無窮，人死有時晦。」

黄先生批云：「晦，漢書作脢是也，脢即無之轉語，猶憮與憮矣。」

案，漢書叙傳應劭注曰：「脢，無幾也。」足證班賦當以脢爲正。「脢，背肉也。」無關於「無幾」，故黄先生謂爲無之轉。無，模部；每，咍部。恐人疑其不可通，故舉憮之爲憮爲證。或明其音轉以匡謬。如：

鄒陽上書吴王：「自立天子之後，使東牟、朱虚，東褒儀父之後，深割嬰兒王之，壤子王梁、代，益以淮陽。」李善注：「參、揖皆少，故云壤也。晉灼曰：方言，梁益之間所愛諱（諱）其肥盛曰壤也。」五臣注：「壤子猶愛子也。」

黄先生批云：「壤即帑之對轉音，亦作怒子，猶通言兒子、孺子耳。」

案，帑子即孥子。帑，後世猶有唐部之音，是壤、帑對轉無疑。群書治要引桓譚新論「（待詔伍客）言漢家當生勇怒子。」不解其語轉之理，則無以明壤子、怒子。李善、晉灼固未明其所以，五臣則更爲荒誕矣。又如：

楚辭涉江：「齊吴榜以擊汰。」王逸注：「吴榜，船櫂也。言……齊舉大櫂而擊水波。」洪興祖曰：「字書：『艉，船也。』吴疑借用。」

黄先生批云：「吴猶芣也，鋘即鏵之别字。」

案，朱季海氏疑「吴榜，船櫂也」五字不出王氏，王氏以「大櫂」釋「吴榜」，與方言「吴，大也」相合。今人多同朱説。説文：「芣，兩刃臿也。釫，或从金、从于。」互瓜切，音華，則與鋘、鏵同音。新方言釋器：「兩刃臿本農器，今槳似之，皆稱划鍬，本芣鍬也。以芣鍬行舟謂之芣。」今案，古代農具原悉木製，故字從木，合體象形。初民耕植、行舟混用一物，後世不曉，遂别製字。「今槳似之」，而俗稱划子，形、名都可證明芣即鏵，「吴，大也」之訓用在這裏並不確切。

2.1.2.5　説到轉語，就不能不提到聯綿詞。「大氏雙聲疊韻之字，其義即存乎聲，求諸其聲則得，求諸其文則惑矣」（廣雅疏證釋訓）。黃侃先生認爲「雙聲疊韻之字誠不可望文生訓，然非無本字。」（筆記，227頁）黃侃先生在研究爾雅、説文諸書的時候就於聯綿詞十分注意（參爾雅音訓、説文箋識四種），其批閲文選，也時時以聲音求聯綿詞的義或追尋其本字。例如：

枚乘七發：「溶漻蕭蓼，蔓草芳苓。」李善注：「言水清浄之處生蕭、蓼二草也。上林賦曰：『悠遠長懷，寂漻無聲。』溶與寂音義同也。」

黃先生批云：「蕭蓼即溶漻之複語。溶從尗得聲，與蕭從肅得聲最近。」

案，黃侃先生説從王念孫來。王云：「寂漻蕭蓼四字皆疊韻，謂草貌也。既言寂漻而又言蕭蓼者，文重詞複以形容之，若風賦之『被麗、披麗』，子虛賦之『罷池、陂陀』，上林賦之『崴磈、嵔廆』『偨池、茈虒』矣。」（讀書雜志餘編）王氏重在説明古人不避複詞之例，黃侃先生則重在證明所複詞間的聲音關係。準此以求，王氏所舉的「被麗」與「披麗」、「罷池」與「陂陀」等莫不皆然。至於像朱珔所説「蕭蓼實字作虛用，亦苦無證」，則仍拘執於字之本訓，不達文字之變，與黃説不可同日語了。又如：

左思吴都賦：「簡其華質，則亄費錦繢。」李善注：「亄費，錦文貌。」

黃先生批云：「亄費即孛孛之轉語，盛貌。」

案，李善乃依文而解，雖大體不差，但終嫌朦朧。根據聯綿詞義係於聲、字體多變的規律，黃侃先生指出孛孛爲其本字。説文：「孛，草木孛孛之貌。」孛亦即米，「草木盛米米然」。孛與孛則又一語之稍變，而沛、勃、茷諸字也源於米。通觀米所孳乳，都有盛義，所以訓爲盛貌。左思言吴地雕題鏤身之士卒紋飾布滿全身，顯其悍勇。「盛貌」較之「錦文貌」自然貼切得多。又如：

離騷：「何桀紂之猖披兮。」王逸注：「猖披，衣不帶貌。」

黃先生批云：「猖披猶梟薄也。墮弛之貌，故訓衣不帶。俗字作裮。」

案，歷來治騷者對於「猖披」之訓多無異辭而重在考其異文，王闓運楚辭釋則謂引申爲放縱自恣之貌。近年又盛行「猖，狂妄；披，詖的假借字，偏邪之意」的説法。王氏輕言引申本已不當，安疑古注任意解釋尤爲不可。叔師所注當有所本。其本意不在用「衣不帶」直釋屈子原文，而在於描繪該詞所表達的觀念的形態特徵，使讀者領會貫通。説文：「枼，木葉陊也。讀若薄。」他各切。小徐以爲「此與蘀義同」。「蘀，草木凡皮葉落陊地爲蘀」，他各切。又，「陊，落也」，徒果切。是枼、蘀、陊音義同。讀若薄者，古舌唇音時或相轉，不足爲奇。「枼薄」乃同義而合成連語。「昌披」則其音變。衣不帶則墮弛，是王逸甚得屈原本意，而黄侃先生批語是解千古之謎。

2.2.0　古書有單字易解，句意難曉的情況，大體是由於句法、句讀、所言事理不明造成的。黄先生批注文選時常直接訓釋句意，也是從這三個方面入手，以達到補闕、匡謬的目的。

2.2.1　言句法者，如：

顔延之陶徵士誄：「依世尚同，詭時則異。有一於此，兩非默置。豈若夫子因心違事，畏榮好古……」李善注：「言爲人之道依俗而行，必譏之以尚同；詭違於時，必譏之以好異。有一於身，必被譏論，非爲默置，豈若夫子因心而能違於世事乎？言不同不異也。」

黄先生批云：「言依世則尚同，詭時則尚異。二者皆有可議，不可默置也。注非。」

案，李注三言「必譏」，爲原文所無。增字解經，爲訓詁所忌，所以黄先生不從。黄意「依世尚同」與「詭時則異」兩句互足，都是緊縮的條件複句。

2.2.2　言句讀者，如：

班固典引：「茲事體大而允寤寐次於聖心。」李善注：「允，信也。言此事體大式弘大，信能寤寐次於聖心，不可忘也。」

黄先生批云：「允，信，宣行之也，與〔上文〕『文』爲韻，善屬下，非。寤寐次於心，謂思制作。」

案，五臣注：「此事體大而信，寤寐之間次在天子之聖心也。」五臣注向稱譾陋，但也間有可采。黄侃先生此處斷句即同五臣。但「體大而信」，還是以信爲誠信。「事」指封禪，班文無需論證其真實性，所以黄訓爲「宣行之」。又如：

司馬遷報任安書：「及罪至罔加，不能引決自裁，在塵埃之中，古今一體，安在其不辱也？」

黄先生批云：「在塵埃之中，横言之；古今一體，縱言之。言無不受辱者也。或以『在塵埃之中』屬上説之，文理不通。」

案，五臣注：「言不能引志決列以自裁毁免，在於拘執之中。此古今一理，人亦何在於不辱也？塵埃，猶拘繫也。」今人多襲以爲注而不識其非。如果説這句是説文王、李斯等人不能在監獄中引決，則古代没有這種句法；如果是説他們自裁以至落在囹圄之中，則與上文「拘於羑里」云云相複。黄批書評爲「文理不通」，切中要害。

2.2.3　據事理以言者，如：

曹植洛神賦：「陵波微步，羅襪生塵。」李善注：「陵波而襪生塵，言神人異也。」

黄先生批云：「上正意，下比辭。言履水若平地也。後人多不得羅襪生塵之解，緣注誤之也。」

案，五臣注：「步於水波之上如塵生也。」黄侃先生蓋受其啓發。細玩文意，上言「託微波而通辭」是人神有水波之隔，則洛神在水中。李云「陵波而襪生塵」，殊不可解，五臣説是。但不如黄先生明言兩句修辭關係及「履水若平地」的含意更爲明晰。又如：

顔延之陶徵士誄序：「夫璿玉致美，不爲池隍之寶，桂椒信芳，而非園林之實，豈其深而好遠哉？蓋云殊性而已。故無足而至者，物之藉也；隨踵而立者，人之薄也。」李善注前句云：「言物以希爲貴也。」注後句云：「言人以衆爲賤也。」

黄侃先生批云：「注非也。此及下文同意，言物因藉而至，人隨踵而立，皆不足貴也。」又云：「『無足而至』即承璿玉不畜池隍、桂椒不入園林而反言之。」又云：「此四句承上關下。」

案，此段言珠玉桂椒無藉不來，有藉則隨踵而至，二者都非人之所貴，只有像巢、高、夷、皓這樣的隱士才是人之菁華，可惜後世没有繼其蹟者。顯然，全段與物以希爲貴、人以衆爲賤無涉。黄先生所云「承上關下」是理解這段文字的關鍵。今人多從善注，蓋由於只注意一字一句之解而忽視了與上下文的關係。又如：

宋玉登徒子好色賦：「〔處子〕復稱詩曰：『寤春風兮發鮮榮，絜齋俟兮惠音聲，贈我如此兮不如無生。』」李善注：「言自絜貌，矜莊而待惠音聲。如此，謂贈以芍藥，欲結恩情而女不受。無生，恨之辭。」

黄批云：「此稱詩者，女言徒贈芳華不以禮義，不如無生也。注謬。」

案，這是分析人物稱詩含意的例。詩不同於文，言在此而意在彼，若不根據全文立意、上下文理，以意逆之，就可能誤解。宋玉乃假章華大夫之口諷王以心有所好而能執義守禮之義，所以下文云：「〔女〕因遷延而辭避。蓋徒以微辭相感動、精神相依憑，目欲其顏，心顧其義，揚詩守禮，終不過差，故足稱也。」若依善注，則是處子無欲，「終不過差」云云也就無所依傍了。

2.3.0　趙岐注孟子而有章指，王逸注楚辭時時指出文章層次。這種幫助讀者把握作品主題和脈絡的方法起源甚早。毛詩的小序，更早的如國語周語所載叔向説昊天有成命，都糅合着二者。後世的評點派，雖因明清以時藝作法硬套古人而名聲不佳，但溯元始，仍當以趙、王爲其大宗。前文已述（2.0）黄侃先生訓詁的目的在於通文，因此他批注文選也就十分注意探討全文的大旨微意。他在文選扉頁上批道：

汪韓門、余仲林、孫頤谷、胡果泉、朱蘭坡、梁茝林、張仲雅、薛子韻、胡枕泉諸家書於文義有關者並已參核。其摭拾瑣屑、支蔓牽綴之辭，以於文之工拙無與，只可謂之選注，不可謂之選學，亦不遑備録也。

可見他認爲研究文選——擴而大之，研究一切文獻——要注意文之工拙，而不應流入摭拾瑣屑或支蔓牽綴一途。其所批注，多就前人對文義的分析提出自己獨到的見解，但在文選一百三十位作者、七百餘首作品中，這類批語所占比例並不大，由此也可見，黄侃先生對於遺産的尊重態度。

2.3.1 黄先生就仝文微意而言者，如：

左思三都賦：「余既思摹二京而賦三都。」

黄先生批云：「太沖摹京（案指張衡二京賦）以賦都，意實揚漢以抑吴魏。惟玄晏序乃有異説，賦文又甚隱約，故説者真疑太沖譽鄴下而貶二方矣。」

並於蜀都賦批云：

蜀都無一貶詞，非僅爲下篇留餘步，實亦太沖之微旨。

在「斯蓋宅土之所安樂，觀聽之所踴躍也」處批云：

此言正統不必在中原。自金行（案，黄焯先生所録如此，疑爲「余行」之訛）南宅，蓋（益？）信此言爲非繆。

綜觀研究三都賦的論著，仿乎還没有人看到這一點。又如批阮籍爲鄭沖勸晉王牋云：

何焯云，許以桓、文，諷以支、許，巧於立言。案此論精微。此文諷刺至明，不識當時何以竟用之也。後人夢夢，且以是爲阮公罪，是但觀勸進之題，初不一究其文義也。

案，晉書本傳載，阮籍在魏嘗任參軍、從事中郎、散騎常侍，封關内侯。「籍本有濟世志，屬魏晉之際，天下多故，名士少有全者，籍由是不與世事，遂酣飲爲常。」司馬昭爲司馬炎求婚於籍，籍醉六十日，不得言而止；鍾會數以時事問之，欲因其可否致之罪，皆以酣醉獲免。則是他始終心歸曹魏，佯醉是其拒晉的手段。「會帝讓九錫，公卿將勸進，使籍爲其辭。籍沈醉忘作。」

「忘」恐怕是史家之見，實際也是想以醉拒之。臨事使者至門，不得已而爲之。這樣，暗寓諷刺之意就是很自然的事了。否則如晉書所説，該文只有「辭甚清壯，爲時所重」的一面，就跟他前後的言行矛盾了。因此應以黃説爲確論。此外如論郭璞遊仙詩「本類詠懷之作，聊以攄其憂生憤世之情，其於仙道，特寄言耳」；謂陸機答賈長淵「兀傲風刺兼而有之」；徐敬業古意酬到長史溉登琅邪城詩以「到詩必有戮力神州之意，故徐詩亦有壯氣封侯之説，非詠琅邪城也。日知録譏其不切琅邪，失其旨矣」。諸如此類，都是黃侃先生潛心誦咏獨得的不刊之論。

2.3.2.1 古人爲文，講究錯綜與照應，猶如織錦，縱横交舞，回環糾繚，意富詞精。得其文理，就可以正確把握作品言内言外之意、作者的精微匠心，從而讀者的感受能與作品的容量相合；反之，則只能得其綱目皮骨。黃侃先生對於文選中的佳制，經常就其層次文脈加以剖析，而全文文意也因之而顯。例如：

沈約謝靈運傳論：「自建武暨於義熙，歷載將百，雖綴響聯辭，波屬雲委，莫不寄言上德，託意玄珠，遒麗之辭，無聞焉爾。……爰逮宋氏，顔謝騰聲，靈運之興會標舉，延年之體裁明密，並方軌前秀，垂範後昆。」

歷來注此文者對於這段都是逐字逐句注釋，没有注意前後的呼應。黃先生批云：

道則意健，麗則文密，文辭至此乃無遺恨矣。「興會標舉」，道之屬也；「體裁明密」，麗之方也。然顔終遜於謝，以未遒耳。

這樣，沈約的意思就完整連貫了：西晉潘岳及二陸之後，鮮能繼其遒麗之餘緒，東晉建國之後雖有殷仲文輩變革玄言風氣的努力，但直至顔延之、謝靈運才堪稱追步潘陸。而沈約以標舉屬之謝，明密屬之顔，是以前者爲優。可見，黃先生的批語猶畫龍點睛之筆。黃先生又每每明言某句承某句，其理清脈絡之意更明，如：

任昉爲范始興作求立太宰碑表：「然則配天之迹存乎泗水之上，素王之道紀於沂川之側；由是崇師之義擬迹於西河，尊主之情致之於堯禹。故精盧妄啓，必窮鐫勒之盛；君長一城，亦盡刊刻之美。」李善及五臣只注明「配天」用漢高祖事，「素王」指孔子，「崇師」是子夏事，「尊主」説的是伊尹。四句間的關係，以及「精盧」二句何由而發，衆家都未論及。黄先生則批云：

「崇師」承「素王」句；「尊主」承「配天」句。下啓「精盧」「君長」一聯。

黄先生的批語要言不煩，但却顯出了任文的精緻：「配天」一聯與下一聯交相應，四句不過是説自古尊主崇師都立碑示後。「精盧」一句則總承二聯，並由精盧咸有碑刻過渡到君長一城也曾有刻石頌德之事，「君長」一句又反襯了下文所説的爲德如周、召、伊、顔的蕭子良立碑的必要。

2.3.2.2　詩歌更要求精煉周密。近體詩固無需説，即使古體也莫不然。但前人注釋評論文選所録詩歌，却很少就詩句的層次和相互照應的關係加以研究。在這方面黄侃先生也爲後人樹立了楷模。例如：

古詩十九首之四：「今日良宴會，歡樂難具陳。彈箏奮逸響，新聲妙入神。令德唱高言，識曲聽其真。齊心同所願，含意俱未申。人生寄一世，奄忽若飇塵。何不策高足，先據要路津？無爲守窮賤，轗軻長苦辛。」李善注：「高言，謂辭之美者。」五臣注：「高言，高歌也。」

黄先生批云：「『人生』以下皆『高言』也。」

案，兩注釋「高言」皆誤，五臣尤爲强解。「高」，即高談闊論之高，「高言」，猶言大言、高妙之言耳。方東樹認爲「以求富貴爲『令德高言』，憤譃已極，而意若莊，所以爲妙」。（昭昧詹言）黄意與方言同。細玩詩意，此詩憤慨激楚之情借「高言」一語而顯：「何不」四句是反話，此心人之所「同」，只是「俱未申」罷了，詩人則稱其爲「高言」而一語道破，只是其真意需「識曲」的知音心領神會。大概正是因爲「高言」是全詩關節，所以黄侃先生只寫下這樣一句批語，其餘都由學者自己去玩味。又如：

謝靈運登池上樓：「潛虯媚幽姿，飛鴻響遠音。薄霄愧雲浮，棲川怍淵沈。進德智所拙，退耕力不任。徇禄反窮海，卧痾對空林。」李善注：「虯以深潛而保真，鴻以高飛而遠害，今已嬰俗網，故有愧虯鴻也。」

案，李善注是。但他只指出了這兩聯與首聯的關係，對「進德」二句如何承上而來却未置辭。或許他未意會，或許認爲無需一一指明。而後世注者却未越雷池一步，也可謂好學而不善於深思了。黄侃先生則批云：

〔「進德」〕二句與「薄霄」二句相應。謝公自愧不進不退，陽陽求禄也。

這樣就補充了李善之不足，啓發人們從詩之脈理進而得到詩意。謝詩渾然一體、委曲婉轉的特色也就不待詳言了。

2.4.0 對於古代的修辭，歷來論述者甚多。除文則、修辭鑑衡一類修辭專著外，文人的筆記札記裏也含有大量的精闢見解。但是這類多出自文學家之手，不能像訓詁家那樣，以訓詁爲基礎，並采取注釋的形式談修辭。黄侃先生在文選上所寫下的雖然只是簡略的識語，但其内容和性質却無異於注釋，他對文選中修辭現象的論述也是如此。在這部分批語中，有指出作者所使用的修辭格的，也有批評作者修辭不當的。特别是前者，又多關乎詞義的訓釋。

2.4.1 關於修辭格的批語，如：

蜀都賦：「壇宇顯敞，高門納駟，庭扣鐘磬，堂撫琴瑟。匪葛匪姜，疇能是恤？」李善注：「蜀志曰：諸葛亮爲丞相。又曰：姜維初爲亮倉曹掾，稍遷爲大將軍。」五臣注：「諸葛亮、姜維，非此二人誰能屬也？」

黄先生批云：「葛、姜，蜀之大臣，故以表著，猶稱西漢名族則曰金、張耳。」

案，此指出借代手法。李善只指出「葛姜」爲誰，五臣則坐實賦中二句即指此二人，前者「不及」而後者過之。黄批蓋即爲舊注而發。又如：

謝混遊西池：「有來豈不疾，良遊常蹉跎。」李善注：「陸雲歲暮賦曰：『年有來而棄予，時無筭而非我。』」

黄先生批云：「『有來』即代『年』字。」

案，此即指出藏字格，否則此句不可解。又如：

顔延之直東宫答鄭尚書：「何以銘嘉貺，言樹絲與桐。」李善注：「言樹絲桐，欲播之琴瑟也。」

黄先生批云：「絲、桐連類而言，猶『大夫不得造車馬』耳。李治譏之，非也。」

案，李治，史書作李冶，元人，黄批所云見其敬齋古今黈。四庫提要稱其書所論「皆具有根據，要異乎虚騁浮詞，徒憑臆斷者」，「有元一代之説部，固未有過之者」。但他認爲桐可樹而絲不可樹，却顯其陋了：他不懂得古代連類而及的表達習慣。李善注雖不誤，但却是講全句大意，不足以解人之惑。與這個例子相似的，是指出爲使句子整齊而拼湊字數的表達方法。例如：

曹丕善哉行：「高山有崖，林木有枝；憂來無方，人莫之知。」李善注：「言高山之有崖，林木之有枝，愚智同知之。今憂來仍無定方，而人皆莫能知之。説苑曰：莊辛謂襄成君曰，昔越人之歌曰，山有木兮木有枝，心悦君兮君不知。」

黄先生批云：「『高山有崖』特以齊句，『有崖』無義。注非。此言高山之木有枝，以興人無知耳。取同音之字以爲喻，其風古矣，昔之隱書皆此類也。」

案，俗説「比易曉，興難明」，李善知道「高山」兩句起興，却没有看出其中包含着隱語。

古詩十九首之十八：「文綵雙鴛鴦，裁爲合歡被。著以長相思，緣以結不解。」李善只講注「著」字。五臣注：「言被中著綿，謂長相思綿綿之意。」

黄先生批云：「被著以相思，思絲音同，以爲隱語。後來吴聲歌曲以碑爲悲，以蓮爲憐，即本於此。」

案，古今説解古詩十九首者甚多，對於「著以」兩句，主要是在「思」「緣」「不解」上發揮，只有清代劉光蕡煙霞草堂遺書中云：「此遺以綺，彼裁爲被，思著於中，而緣結於外，則如膠漆之固矣。」但他也没有明言思是絲的諧音。（黄批本於楊慎，見丹鉛總録）

謝朓和王主簿怨情：「生平（五臣作平生）一顧重，宿昔千金賤。」五臣注：「平生謂少年日，宿昔謂衰老時也。少年日顧顔色以相重，衰老恩移則千金之軀忽見捐棄，亦猶時君不顧舊臣，有功不録也。」

案，「宿昔」指衰老時，古無此訓。這大概是五臣爲牽合「此詩言婦人怨曠以自託」之説而妄解。黄侃先生批云：

「生平」「宿昔」一意，「一顧重」「千金賤」一意。此複語耳。

案，黄批極確。凡是説「生平」（「平生」略同），都是指自今以前之時，也就是宿昔。「生平」與「宿昔」互明，「一顧重」「千金賤」互補，是説婦人一向重男子之真情，所以結句爲「故人心尚爾，故心人不見」。

黄先生又批漁父云：

此設論之初祖，非果有此漁父也。漁父之所知，自屈子意中語也。

案，設論一法起源甚早，幾乎與問答體文章同時而生：凡並非談話（多爲辯論）的真實記録，大約就是設論。例如孟子與梁惠王、齊宣王、陳良等人的交談，雖是紀實，但每次都是孟子辯鋒凌厲而對方理屈語塞，就不能不讓人想到在孟子及其門人整理成書時經過加工，有意把對方安排在陪襯的地位，他們已不是自己的原貌，在很大程度上是爲了展現孟子的論辯力量而存在的。又如公孫龍白馬論，就有人認爲它的「客問完全是爲了主方的闡發和突出主題而設置的」，很像相聲中的捧哏（敖鏡浩白馬論正義與今譯，見古漢語研究論文集，北京出版社，1984）。但是，不能認爲這些就是真正的設論了，因爲可能歷史上的確有過這些對話，换言之這還不完全是創作。至於漁父則不同。試看漁父的「臺辭」：「聖人不凝滯於萬物，而能與世推移，世皆濁，何不淈其泥而揚其波」云云，哪裏是兩千多年前打漁翁的語言？漁父的發問不過是爲了更自然地寫出屈原「寧赴湘流葬於江魚腹中」一番話而設。因此黄先生認爲是「設論之初祖」。

2.4.2　比興是古代作品中最常用的修辭手法。由於比興的使用與創作環境、上下文意、作者閲歷、時代風尚等的關係至爲密切，因而準確地把握比興的含意也就比較困難。「詩無達詁」的原因之一即在於此。這實際是訓詁學應該研究的一種特殊語言現象。因此黄侃先生在批注文選時，對於語詞之所喻指（尤其是前人所未道或前人誤解者）就特別注意。例如：

陸雲爲顧彦先贈婦之二：「浮海難爲水，遊林難爲觀。容色貴及時，朝華忌日晏。」李善注：「林、海以喻上京也。」「言遊上京，難爲容色也。」

黄先生批云：「海、林喻年盛，以啓下意。」

案，李説非是，黄批甚確。兩首贈婦詩（一云婦答）都没有遊上京之意。詩寫婦人懷念征人，担心丈夫到京城後爲佳麗所誘而負心。在第二首中説「棄置北辰星，問此玄龍焕」，是以己之不移與徒具美色的皎皎姝子對比，因此也就不存在「遊上京，難爲容色」的問題；另一方面，如果海、林意確如李善所説，與「容色」二句的銜接也就生硬了。又如：

陸機弔魏武帝文：「愛有大而必失，惡有甚而必得。智惠不能去其惡，威力不能全其愛。」李善注：「言愛是情之所厚，故雖大而必失之，惡是行之所穢，故雖甚而必得之。」

黄先生批云：「愛謂生，惡謂死。注不了。」

案，此從五臣説。是黄侃先生雖斥其譾陋而又杜撰故實（文選卷首批語），但於其可采也絶不摒棄。又如：

顔延之和謝監靈運：「人神幽明絶，朋好雲雨乖。」李善注：「人神幽明絶，言時亂不獲祭享也。」五臣注：「謂謝晦等作亂，絶其祭祀，朋好各出，如雲雨乖離也。」

黄先生批云：「『人神』句弔廬陵也。」

案，李善固誤，五臣亦未得。上云「徒遭良時詖，王道奄昏霾」，下言「弔屈汀洲浦，謁帝蒼山蹊」，李善蓋以「弔」「謁」逆探「幽明絶」，因謂祭享事，但「朋好雲雨乖」則無着。大概五臣有察於此，於是以爲指生者死者相隔，但指爲謝晦則又誤。

延之確曾爲謝晦所賞，謝晦後又被誅，但從史料和顏作中却看不出他與謝晦有過什麼過深的關係。據宋書，謝、顏與廬陵王義真的關係倒非同一般。「〔義真〕與陳郡謝靈運、琅邪顏延之、慧琳道人並周旋異常，云得志之日，以靈運、延之爲宰相，慧琳爲西豫州都督。徐羨之等嫌義真與靈運、延之暱狎過甚，故使范晏從容戒之」。後來義真被殺，謝守永嘉，顏爲始安，生離死別。羨之伏誅，征顏爲中書侍郎，謝有還舊園作見顏范二中書詩，中有「長與歡愛別，永絶平生緣」之句，顏詩「人神」云云即與此呼應。謝、顏同懷義真，與史實、情理兩符，黄批確不可易。五臣之誤在未翻檢書籍耳。（又案，依黄批，則「朋好」當指謝靈運等廬陵身邊文士。）

2.4.3 蕭統纂集文選，本想「略其蕪穢，集其清英」（序），但其所取間或也有不足道者。對此，前人已有評説（如王鳴盛蛾術編、章太炎國故論衡論式）。即使是名篇佳制，其修辭手法亦未必皆當。黄侃先生自己就是近代傑出的古詩文作家，因而能以辭章和訓詁的雙重眼光洞察藻飾的優劣而加以評論。例如：

沈約恩倖列傳：「逮於二漢，兹道未革。胡廣累世農夫，伯始致位公相；黄憲牛醫之子，叔度名動京師。」

案，胡廣字伯始，黄憲字叔度。這是沈約爲了湊足駢句而一意分説，實在是文章的贅疣。因此黄侃先生批評道：

胡廣、黄憲兼舉名字分嵌二句中。雖有所本，不可爲式。

所謂「有所本」，蓋如劉琨重贈盧諶「宣尼悲獲麟，西狩泣孔丘」，顏延之車駕幸京口侍遊蒜山作「周南悲昔老，留滯感遺萌」之類。「不可爲式」是關鍵，體現了黄侃先生的修辭觀：「蓋侈艷誠不可宗，而文采則不宜去；清真固可爲範，而朴陋則不足多」（文心雕龍札記情采）。又如：

劉峻廣絶交論：「日月聯璧，贊亹亹之弘致；雲飛電薄，顯棣華之微旨。」

案，依李善注：「日月聯璧」係用易坤靈圖語，隱指太平；「雲飛電薄」用劉邦大風歌和淮南子事，指衰亂；「棣華」約用論語所引逸詩，何晏說「賦此詩以言權反而後至於大順」。黄侃先生於「日月」兩聯評曰：

代語過晦，非釋不明，未可則效。

他還對仿擬一格有過具體批評：

蜀都賦：「峻岨塍埒長城，豁險吞若巨防。」

黄先生批云：「此擬子虛賦『吞若雲夢者八九』句法而實不安。」

案，子虛賦句是說齊國的秋獵場所之大，猶如把八九個楚之雲夢吞在胸中而毫不梗塞。應該說司馬相如的比喻是好的。蜀都賦此句是說山口險阻之所吞納就像大堤，喻體没有起到夸飾被喻體的作用，而且「吞」字在這裏也没有增加全句的形象性。值得注意的是，前面一例批曰「未可則效」，此處說「實不安」，則前者是說這種修辭的方法本身没有美學價值，後者則是批評單純形式上的仿擬就要損害作品的内容，語意的輕重是不同的。而二者的精神實質則是主張文質應該相輔。這已經是黄氏修辭學的問題了，兹不贅。

三、文選黄氏訓詁的特點

3.1 黄侃先生批注文選，文皆簡略，而且一般只記結論，不加論證。後學潛心習誦，就可以發現每條批注都不是浮泛臆斷，實際上都有大量語言事實爲依據。上文所述例證已可說明這點，今再舉任昉奏彈劉整中「列」字以見一斑。此文向稱難讀，黄侃先生一一疏通之（訓詁研究第一輯）。文中屢稱「列」：

齊故西陽内史劉寅妻范詣臺訴，列稱出適劉氏二十許年。

輒攝整亡父舊使奴海蛤到臺辯問，列稱整亡父興道先爲零陵郡。

並如采音、苟奴等列狀。

重叢當伯教子列。

黄侃先生批云：「列者，當時文書之稱。文心雕龍：『萬民達志，則有狀列辭諺。』『列者，陳也，陳列事情昭然如見也。』」

案，劉勰語見書記篇，文心雕龍札記書記云：「陸機文有自列之言。又任彦昇奏彈劉整云云，沈休文奏彈王源云，輒攝媒人劉嗣之到臺辯問，嗣之列稱云云，是列與辭同，即今世讞獄之供招也。」由此知先生所謂「文書之稱」即指訴訟文書供招或供詞。周振甫先生於文心雕龍注釋云「王符潛夫論有卜列、正列、相列、夢列，列本爲列叙經過，轉爲辨别的文字」，此説恐不確。黄先生所據當不止札記所列數例，即如南齊書中，此「列」字即甚多。如：

王奂傳：「攝與祖門生劉倪列臺辨問，列與祖與奂共事，不能相和。」又：「重攝檢雍州都留田文喜，列與倪符同狀。」

王敬則傳：「謝朓啓事騰徐嶽列如右。」

王玄載傳：「〔王瞻〕詣闕跪拜不如儀，爲守寺所列。」（此「列」猶言檢舉、上告。亦與供招義不遥）

謝超宗傳：「超宗有何罪過，詣諸貴皆有不遜言語，並依事列對。永先列稱……。」又：「如其辭列，則與風聞符同。」

劉祥傳：「攝祥門生孫狼兒列……如所列與風聞符同。」

黄侃先生文選批注中的訓詁大體皆如此。

3.2 黄侃先生所説「經學之訓詁貴專」（2.0）。愚意以爲「所謂圓，即概括性强，幾乎放在任何語言環境裏都通；所謂專，即合於此而不必盡合於彼」（黄侃先生的小學成就及治學精神，訓詁研究第一輯）。要做到「合於此」，就要通觀全文，弄清文旨，分析語境。黄侃先生批注文選的目的在於通文，因而也就與文章的剖析結合得更緊。上文所舉謝靈運傳論遒、麗、健、密的批

注（2.3.2.1）和和謝監靈運「人神幽明絶」（2.4.2）的駁正都是如此。而其對神女賦的批語尤能説明問題。對於此賦歷來争論甚多，焦點爲：是誰夢遇神女？姚寬西溪叢語云：「宋玉是夜夢見神女，寤而白王，王令玉言其狀，使爲神女賦。後人遂云襄王夢神女，非也。……今文選本『玉』『王』字差誤。」其説蓋本沈括。明張鳳翼文選纂注又采沈姚之説以爲己意。何焯義門讀書記云：「張鳳翼改定爲玉夢，於文義甚當。」何並據此以爲宋玉前説夢而後寫夢，「一夢分作兩層，總避直也」；又評「奮長袖以正衽兮，立躑躅而不安」諸語：「懷才欲試而自衒爲羞，其意亦復如是，可悟賦中之旨。」黄先生則批「明日以白玉」句云：

上告下亦可稱白。白猶報也。沈存中、姚寬之誤，皆由不解此白字耳。

又批「王曰若此盛矣」句云：

此「王曰」乃更端之詞。趙（案指趙曦明）曰：語、孟中皆有之。惟上「王」「玉」二字互倒耳。蓋夢與神遇者王也，以狀告玉者亦王也。自下玉賦，乃承王之命，因王之辭而賦之。諸校勘之家皆於此未能照了，故所説多誤。

前一「白」字，此一「王曰」是致誤之由。若知「白」本上下通文，等於詔、贛，「王曰」更端常例，證在易書，則宜僚弄丸，兩難俱解。

若作玉夢神女，則「試爲寡人賦之」及「王見其狀」不可通。侃所説竟與趙曦明同，今夜覽孫志祖文選考異見之，爲之一快。

案，黄先生數段批語，事關校勘，但關鍵在於指明「白」字上下通用和「王曰」爲更端之辭，而這都屬於訓詁學的問題。訓詁既通，因而也就動摇了何焯對文章的分析。黄先生於高唐賦題上批云：

高唐、神女實爲一篇，猶子虚、上林也。

又於登徒子好色賦「蓋徒以微辭相感動」句批云：

此與神女賦同旨，然已勸百而諷一矣。

可見在準確訓釋詞義、闡發文例的基礎上，他認爲此賦意在諷諫君王之好色，而並不像何焯等人那樣以爲是自薦之文。

3.3 黄侃先生對於古代文學理論，尤其是文心雕龍有過精深的研究，這是人所共知的。而文心之與文選「笙磬同音」（亦黄侃先生語）。案，梁書劉勰傳：「除仁威南康王記室，兼東宫通事舍人。……昭明太子好文學，深愛接之。」彦和專攻理論，昭明從事搜輯，「是豈不謀而合，抑嘗共討論，故宗旨如一耶？」（駱鴻凱先生語，見文選學纂集）黄侃先生撰文心雕龍札記時取文選諸篇和昭明序文爲證，而批注文選又曾就謝靈運傳論等等考鏡古代文論源流。因此研究他的文選訓詁學，不可不兼及其文論學。試擇其陸機文賦批語若干條爲例：

賦題上云：「此篇經細斠。」

「此篇注多非李善之舊。」

「竊有以得其用心」句：「用心」猶下言「情」也。注未諦。

案，此以本文爲證訓釋詞語。

「每自屬文」二句：此言觀他文既知其用意，自作文則知之愈切。注亦未暢。

案，此串通句意以糾舊注。

「故作文賦」句：「先士盛藻」即前云才士所作。

案，此與「用心」批語同例。

「佗日殆可」句：「謂」是衍文。此言今以能爲難，佗日庶幾能之耳。

案，此以校勘與串通句意相結合。

「或虎變而獸擾，或龍見而鳥瀾」：言文之來若龍虎，而馴擾之如鳥獸。瀾猶闌也。言在籠笯之中。注迂曲。

案，此明通假兼通句意。

「或含毫而邈然」：謂文成之遲。已上言命篇之始（案，指自「然後選義按部」至此句），部署辭意之狀。

案，黄批於文賦各層各段，均一一指明主意。文煩不備舉。

「猋風飛而猋竪，鬱雲起乎翰林」：「猋」「鬱」皆小逗。

案，「小逗」謂二字分別疏以下五字之狀。此以句讀明句法關係。

「詩緣情而綺靡」：綺，文也；靡，细也，微也。此下以數字括論一體，皆塙不可易。

案，此訓釋字義兼論文體特徵。

「雖逝止之無常，固崎錡而難便」：此必聯上文誼乃見。（案，「上文」指：「暨音聲之迭代，若五色之相宣。」）音聲無常，惟達變者能調之也。

案，此通觀語段以正李善「言雖逝止無常，唯情所適，以其體多變，固崎錡難便也」之誤。文心雕龍札記聲律釋「左礙而尋右，末滯而討前」二句云：「此與士衡『音聲迭代、五色相宣』之説同怡，究其治之之術，亦用口耳而已，無他妙巧也。」與此處批注同意。

「彼榛楛之勿翦，亦蒙榮於集翠」：翠即翠鳥。言榛楛惡木而有珍禽萃之，則木亦蒙禽之榮而不見剗伐也。

案，此駁李善以「翠」爲珠玉，以「蒙榮」爲「榛楛之辭亦美」之誤。

「恢萬里而無閡，通億載而爲津」：上句言所傳者廣，下句言所行者久。又文章容時容方，皆修廣逾恒也。

案，此正李善「言文能廓萬里而無閡，假令億載而今爲津」之不明。文心雕龍札記原道云：「物理無窮，非言不顯，非文不傳，故所傳之道，即萬物之情，人倫之傳，無小無大，靡不並包。」意與此略近。

3.4　讀書必先校書。黄侃先生每讀一書，總要輾轉比勘，詳加核校。其對文選的校勘，除取諸本對校外，又常以訓詁爲校勘的利器。校勘所得又爲訓詁之資糧。前文所引吴都賦「刷盪漪瀾」批語亦是。他如：

東都賦：「矜夸館室，保界河山。」

黄先生批云：「『界』當作『介』，恃也。」

潘岳楊荆州誄：「繼褰糧盡，神謀不忒。」

黄先生批云：「『褰』字誤，當作『𡨦』，猶愆也。『繼𡨦』，謂無後繼，邵長蘅説當作『愆』，義是而字非。」

案，這是根據句意而校。依界字、褰字讀則難通（五臣解「褰」爲縮義，迂曲），故以意改。又如：

揚雄羽獵賦：「斬叢棘，夷野草。禦自汧渭，經營豐鎬。章皇周流，出入日月，天與地沓。」

黄先生批云：「『沓』當依漢書顔本作『杳』。杳者𥃒之借，望遠合也。作『沓』失韻。應注亦當作『杳』。」

陶潛歸去來：「問征夫以前路，恨晨光之熹微。」李善注曰：「聲類曰：熹亦熙字也。熙，光明也。」

黄先生批云：「晉宋書並作『希』，是也。『熹微』蓋連語，即微耳。訓熹爲光則不辭。」

案，此兩例爲據字音而校。羽獵賦沓字失韻，雖容易發現，但沓字也可訓合，最易亂真。黄先生據説文「望遠合」之訓，知爲「杳」之訛。此用音、訓結合之法。歸去來則以希熹音近而誤，黄先生據音及别本而校，但不改原文，此其慎重。

謝靈運登池上樓：「衾枕昧節候，褰開暫窺臨。初景革緒風，新陽改故陰。池塘生春草，園柳變鳴禽。」五臣本「褰開」句下有「傾耳聆波瀾，舉目眺嶇嶔」兩句。*

黄先生批云：「此十字必不可捝。否則『池塘』『春草』亦凡語耳，何勞神助乎？」

* 編者按，胡克家刻李善注本有「傾耳聆波瀾，舉目眺嶇嶔」兩句，文選考異云：「此句上袁本、茶陵本有『衾枕昧節候，褰開暫窺臨』，云善無此兩句，何校添……詳文義當有，各本所見，或傳寫脱之也。」黄侃先生批語蓋就此而論之。本書底本即翻自胡刻本，可參。見第四册一二五四頁。

案，此據文氣而校。謝靈運自言在永嘉經歷秋冬，既不得志，又染病卧床，偶一登樓，草生池塘，禽鳴園柳，始知春回大地，自己離京索居已經很久了。設若以「暫窺臨」直接「池塘」二句，不過是一般寫景，懷舊傷春之意全無，所以説是「亦凡語耳」。讀書、校書、求意、賞文，在黄侃先生那裏是融爲一體的。

四、餘論

4.0 黄侃先生的文選批注中，還有爲數不多的議論文字。這些雖與訓詁没有直接的關係，但却可以見其爲人，給人以教益，所以附論於此。

4.1.1 他在廣絶交論題上批云：

尋茂灌（案，到溉字）餘臭在身而絶塵致譽，若非大力，豈免寒人。然衫段之求拒之於生前，練裙之矜何有於身後？或謂溉率儉性成，以己恕物，己既安單床而無累，人亦著葛帔而非貧。以此寬其忘舊之愆，誚是絶交之論，誠有别解，非余所知矣。

又云：

窮交果能皓首，亦豈可非？所惡於終始參差耳。

案，任昉「在任清潔，兒妾食麥而已」，「及卒，諸子皆幼，人罕贍恤之。平原劉孝標爲著〈廣絶交〉論。」又，「友人彭城到溉、溉弟洽，從昉共爲山澤遊。及被代登舟，止有米五斛。既至，無衣，鎮軍將軍沈約遺裙衫迎之」。（並見梁書任昉傳）而到氏兄弟「早爲任昉所知，由是聲名益廣」。（同書到溉傳）則是到溉曾以任昉爲藉，而任死後到即「罕恤」其遺孤者，劉峻此文即爲此而作。黄批於譏訕之中飽含激憤，於駁斥異説中可見他自己所奉行的交友之道。其所以能有如此感受而痛斥負友者，與黄先生的生活遭遇是有關係的。他另一段批語道：

侃幼遭天罰，晚豫人倫，追惟當年，恭承遺訓，既班喪布，亦甘負薪，雖成書永愧於龍門，而仰人則殊於東里。然交道死生之際，家門榮悴之形，則又何能無慨然乎？

4.1.2 黄侃先生自辛亥革命後雖專力於傳學，但他並没有把自己禁錮在象牙塔中。他時時關心着國家的興衰、萬民的命運。在其文選批語中，間有借機表達他憂國憂民心情的議論。例如：

廣絶交論：「馳騖之俗，澆薄之倫，無不操權衡、秉纖纊，衡所以揣其輕重，纊所以屬其鼻息……」

黄先生批云：「余謂此等皆不足憤憤，而孝標獨深責之，亦未免褊心之刺也。」

案，「皆不足憤憤」即憤憤之語，意謂此乃社會常態，「褊心」者並非心地促狹之謂，言其所見不多故以爲怪耳。此蓋亦黄先生針砭其所生活的時代之言。

陸機五等論：「國安，由萬邦之思治；主尊，賴群后之圖身。」

黄先生批云：「萬邦思治則國安，不思則不安。古今一軌，其如彼不思者何哉！」

案，先生數十年中所見，正是各路「諸侯」不思治而只圖身，所以發爲此言。

恩倖傳論：「周漢之道，以智役愚，臺隸參差，用成等級。魏晉以來，以貴役賤，士庶之科，較然有辨。」

黄先生批云：「以智役愚，窮九州亘萬古而無術以變者也。自餘階級（案，指等級）皆不合道真。喪亂弘多，寧不以此歟？」

案，先生所謂智與愚，係指有無智謀才幹。其意爲，由有能力者領導其他人，這是永恒的規律；捨此而以貴役賤，必然導致國家喪亡社會動亂，這也是普遍的規律。先生早年投身革命，追隨太炎先生爲建立「中華『民』國」而奮鬥（參看陸敬黄季剛先生革命事跡紀略，訓詁研究第一輯），雖然當時還有排滿成分，但起主導作用的却是民主思想。民國建立了，新貴依舊役賤，這不能不使志士寒心。

干寶晉紀總論：「夫天下，大器也；群生，衆畜也：愛悪相攻，利害相奪，其勢常也。」

黃先生批云：「躬逢喪亂，始有感乎斯言。」

案，辛亥之後，始有洪憲之亂，繼而軍閥相攻相奪，傾軋吞并之事從未間斷，這段批語蓋亦躬逢亂世的感慨也。

又：「由是毀譽亂於善悪之實，情慝奔於貨慾之塗。選者爲人擇官，官者爲身擇利……」

黃先生批云：「以如此民俗，雖亡百晉可也。晉不足惜，所痛者華夏之民耳。」

案，由此更可見黃侃先生對於民衆的感情。而這段話並非專對晉朝而言是很顯然的。

王融永明十一年策秀才文：「若閑冗卑棄，則横議無已；冕笏不澄，則坐談彌積。」

黃先生批云：「官人之方既廢，則士之進者無過坐談，退者又當横議。自古所悉，今庸不然？」

王粲從軍詩之一：「徒行兼乘還，空出有餘資。」

黃先生批云：「何焯曰，如此，與作賊何異云云。義門惜不生今世，不然，定不議論仲宣。劫天子亦稱賊，奪天子亦稱賊，由此言之，凡兵無非賊者。」

案，這兩段直言「今」，其意更明。

4.1.3　本文所以不惜篇幅抄録了幾段黃侃先生關於人事與世事的批語，意在説明這樣一個問題：這位大師的道德與文章（這裏主要指其學術）是一致的。人們經常稱道他的博通深精，但若不聯係他對國對民對友的態度，就不能瞭解到造就他學術成就的内在原因的全部。民諺曰「忠臣出於孝子之門」，蓋無内不孝悌而外能獻身於國者，擴大言之，爲人不忠不義而能在學術上有所建樹的恐怕也很少有吧？我們從黄侃先生身上不是可以得到治學必須治身這一經驗嗎？

4.2.1　黄侃先生的文選訓詁批語是豐富的，這裏不過排比列舉了一部分。全面深入地研究其全部訓詁批語，是很有意義的；而且還應擴大到研究批語中的有關校勘、文論、創作等方面的内容。這對於古籍整理、古代文學的研究都是很有用的。要進行這項工作首先應該把當年黄門弟子們分别過録的本子搜集齊全，參互比勘，搞出一個完整的批本來。

4.2.2　本文雖然談的是黄侃先生的文選批語，但却還没有沾到文選黄氏學的邊沿，因爲筆者對於「選學」就未睹其門墻。即使如此，却仍自以爲有獲，即更加堅定了這樣的信念：搞訓詁的人固然要讀文獻書，但只是一般地讀，例如爲教學或爲寫文章而去翻閲，還是不行的。應該像黄侃先生讀十三經、讀文選那樣下功夫。只有這樣才能熟悉和瞭解古代語言的各個方面，也才能全面掌握（且不説研究）訓詁學。離開這條道路，從前人的學術著作中搜羅詞語以作觀察的對象，得出的結論很難可靠。若由此而認爲訓詁學（過去的或現在的或未來的）只能是關於詞義演變規律之學，就混同了兩個學科的性質。孤立地琢磨一些字詞，一旦開卷披覽，恐怕還是要「相見不相識」的。不信，請用那理論讀讀文選看。*

---

* 本文原載於昭明文選研究論文集（吉林文史出版社，1988）。

黄侃黄焯批校昭明文選目録

第四册

卷第十九

卷第二十

卷第二十一

詩乙

卷第二十二

卷第二十三

詩丙

詠懷

哀傷

贈答一

卷第二十六

贈答四

行旅上

卷第二十七

詩戊

行旅下

軍戎

郊廟

樂府上

卷第二十八

樂府下

卷第二十九

詩己

雜詩上

卷第三十

雜詩下

詩庚

雜擬上

第六册

卷第三十一

雜擬下

卷第三十二

騷上

卷第三十三

騷下

卷第三十四

七上

卷第三十五

七下

詔

册

卷第四十三

書下

第八册

卷第四十四

檄

卷第四十五

對問

設論

辭

第九册

卷第五十

史論下

史述贊

卷第五十一

論一

卷第五十二

論二

卷第五十三

論三

卷第五十四

論四

卷第五十五

論五

連珠

卷第六十

文選考異

黄侃北京大學文選講義稿

昭明文選

唐李善注

文選六十卷

考異十卷

湖北崇文書局

清代校文選者有潘稼堂、錢陸燦批，後則有何義門評、余蕭客之文選音義、文選紀聞、汪師韓之文選補注、[illegible]之文選李注拾遺、胡克家之文選考異、張雲璈之選學膠言、梁章鉅之文選旁證、朱珔之文選集釋、薛傳均之文選古字通疏證、胡紹煐之文選箋證、朱銘之文選拾遺、許巽行之文選筆記等書

文選序

梁昭明太子撰

式觀元始，眇覿玄風，冬穴夏巢之時，茹毛飲血之世，世質民淳，斯文未作。逮乎伏羲氏之王天下也，始畫八卦，造書契，以代結繩之政，由是文籍生焉。易曰：觀乎天文，以察時變；觀乎人文，以化成天下。文之時義遠矣哉！若夫椎輪爲大輅之始，大輅寧有椎輪之質？增冰爲積水所成，積水曾微增冰之凜。何哉？蓋踵其事而增華，變其本而加厲。物既有之，文亦宜然；隨時變改，難可詳悉。嘗試論之曰：詩序云：詩有六義焉：一曰風，二

凡眉評上注一朱圈者皆先僊父李剛先生評語

辛丑八月廿七日選錄先君父依影抄本校語於書眉

此不言屢在以屢子之賦自別為一類

摯虞文章流別論云古詩之賦以情義為主以事類為佐今之賦以事形為本以義正為助情義為主則言省而文有例矣事形為本則言富而辭無常矣

吹文之體凡三十有八

曰賦三曰比四曰興去聲五曰雅六曰頌至於今之作者異乎古昔古詩之體今則全取賦名荀宋表之於前賈馬繼之於末自茲以降源流寔繁述邑居則有憑虛亡音無是之作戒畋遊則有長楊羽獵之制若其紀一事詠一物風雲草木之興去聲魚蟲禽獸之流推而廣之不可勝載矣又楚人屈原含忠履潔君匪從流臣進逆耳深思遠慮遂放湘南耿介之意既傷壹鬱之懷靡愬臨淵有懷沙之志吟澤有憔悴之容騷人之文自茲而作詩者蓋志之所之也情動於中而形於言關雎七余麟趾音止正始之道著桑間濮卜上亡國之音表故風雅之道粲

抄本于

抄本槃

抄本粲

抄評引陸善經本湘為江

抄本二字倒

班固集氏哀詞文章流別傳曰哀詞者誄之流也率以施於童殤夭折不以壽終者

摯虞七發之類傳玄七謨序曰昔枚乘作七發而屬文之士若傅毅劉廣世崔駰李尤桓麟崔琦劉梁桓彬之徒承其流而作之者紛焉七激七依七說七蠲七舉七設之篇馬季長張平子亦引其源而廣之馬作七廣張造七辯自大魏英賢迭作有陳王七啓王氏七釋楊氏七訓劉氏七華從父侍中七誨

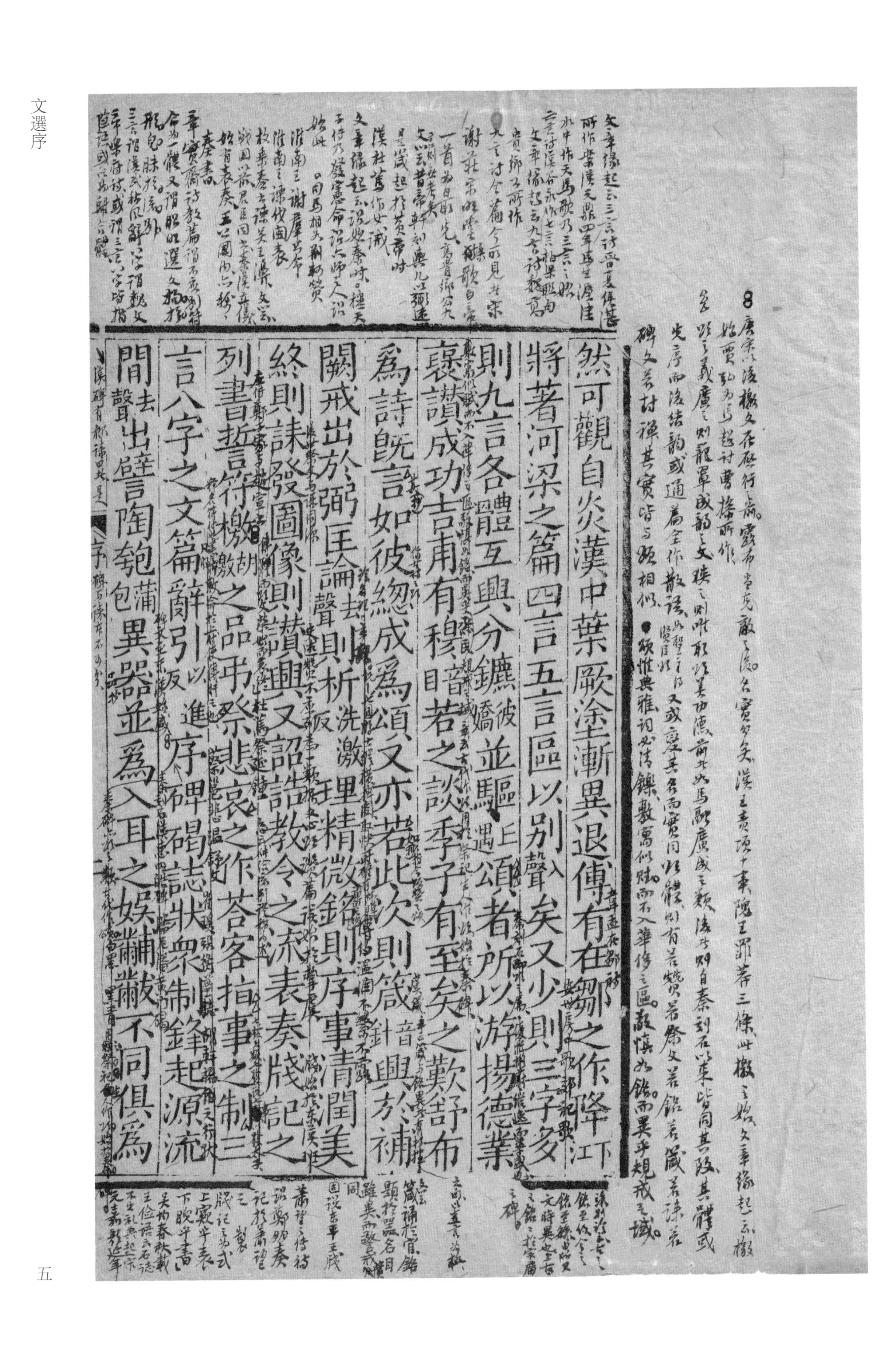

然可觀自炎漢中葉厥塗漸異退傅有在鄒之作降將著河梁之篇四言五言區以別矣又少則三字多則九言各體互興分鑣並驅頌者所以游揚德業褒讚成功吉甫有穆若之談季子有至矣之歎舒布爲詩既言如彼總成爲頌又亦若此次則箴興於補闕戒出於弼匡論則析理精微銘則序事清潤美終則誄發圖像則讚興又詔誥教令之流表奏牋記之列書誓符檄之品弔祭悲哀之作荅客指事之制三言八字之文篇辭引序碑碣誌狀衆制鋒起源流間出譬陶匏異器並爲入耳之娛黼黻不同俱爲

悅目之玩作者之致蓋云備矣余監撫餘閑居多暇

日歷觀文囿泛覽辭林未嘗不心遊目想移晷忘倦

自姬漢以來眇焉悠邈時更七代數逾千祀詞人

才子則名溢於縹囊飛文染翰則卷盈乎緗帙自

非略其蕪穢集其清英蓋欲兼功太半難矣若夫姬公

之籍孔父之書與日月俱懸鬼神爭奧孝敬之准式人倫

之師友豈可重以芟夷加之剪截老莊之作管孟

之流蓋以立意爲宗不以能文爲本今之所撰又以略

諸若賢人之美辭忠臣之抗直謀夫之話辨士之

端冰釋泉涌金相玉振所謂坐狙丘議稷下仲連之

此序選文宗旨選文條例皆具宜细審俾毋輕發難端 金樓子論文之語劉彥和文心一之皆其翼衛也

此評鍾公之論一段宜移

耳作爾

抄本上有益

却秦軍食(音異)其(音饑)之下齊國留侯之發八難(去)曲逆之吐六奇蓋乃事美一時語流千載概(古害)見墳籍旁出子史若斯之流又亦繁博雖傳之簡牘而事異篇章今之所集亦所不取至於記事之史繫年之書所以褒貶是非紀別(入聲)異同方之篇翰亦已不同若其讚論(去聲)之綜(作宗)緝(此立)辭采序述之錯比(避)文華事出於沈思義歸乎翰藻故與夫篇什雜而集之遠自周室迄于聖代都為三十卷名曰文選云耳

凡次文之體各以彙(于貴)聚詩賦體既不一又以類分類分之中各以時代相次

抄略

抄本之

讀文選者必須於文心雕龍所說能信受奉行持觀此土乃有真解若以後世時文家法律論之無以異乎實春秋歷用杜預長編行鄉飲儀於晉朝學校必不合矣宋明以義為盡意者焉 清世於文選惟阮元最近 何評校文自有讀書記校注塵見余孫胡梁校刊葉刻未刻其校注之文所謂何評殆未讀書記耳

寶以注中注末之音概為五臣甚誤人

建安以前文皆經再校

文選之文宜取見於詩史及本集及宋以前書互校注亦宜取本書及宋以前書及近人輯本對校而未有為之者也

文心雕龍及討論文非史記上詩史閱於論文可助人及文亦宜采錄之眉間

余仲林云義門當吉夫尚韓愈文章不喜文選學而獨加賞好博考眾本以汲古為善晚年評定多所折衷士論服其詳洽以今觀之清世為文選之學精該簡要未有越於義門者也而評文則未為精解

注韓門余仲林孫頤谷胡果泉朱蘭坡梁茝林張仲雅薛[illegible]許[illegible]於文義有閱其並已參校其攄拾瑣屑支蔓牽綴之詞以斥文之工拙無與[illegible]謂之選注不可謂之選學

文選序終

亦不俚誤也 其術多襲人之說以為己有又相之有說而無出處

頃閱余仲林音義考其舊音意非五臣所能作必蕭該許淹曹憲公孫羅僧道淹之遺今集取注字之左方 此本所有則加一。

余所採舊音乃亦自本音及汲古閣本音不在善注中者採為舊音或舊注音

五臣注既譌陋亦必不能為音今檢覈舊音殊無乖繆而直音反切間用又絕類博雅音之體縱令出於五臣亦必因仍前作觀其杜撰故實豈肯隱攘古韻舊為之寧非甚便又善注發音雖云簡當而有必不可闕者亦復闕之是[illegible]說具存不須覶縷也以此二因證知文選六臣本及此本注中注末之音背不可棄其有單證別發當條

序注及音及過之塵標一處以宋例條乃自求 文中音多非善舊 校字但求其安除喜

注有佀文者條概採以別本不宜善與五臣須借用楊守敬據日本舊鈔本及羅振玉影印日本殘卷子本未與此本校及五臣六臣皆宜對校

絕句用丨 校字用△標文用○塵羽之者但以○絕句而已句法可資敘敘者用重○或用◎字下加丶以分章（注中）

可留意者標亻｜李注條例用速△文義未詳用⺁

批

評語

圭陰指汝陽

南朝魏文帝事 出王沈魏書

余蕭客說

唐李崇賢上文選注表

文林郎守太子右内率府録事叅軍崇賢館直學士臣李善上

臣善言竊以道光九野縟景緯以照臨德載八埏麗山川以錯峙垂象之文斯著含章之義聿宣恊人靈以取則基化成而自遠故羲繩之前飛葛天之浩唱媯簧之後掞叢雲之奥詞歩驟分途星躔殊建球鍾愈暢舞詠方滋楚國詞人御蘭芬於絶代漢朝才子綜鞶帨於遥年虚玄流正始之音氣質馳建安之體長離北度騰雅詠於圭陰化龍東騖煽風流於江左爰逮有梁宏材彌劭昭明太子業膺守器譽貞問寢居肅成而講藝開博

抄上

抄本無

崇山即嵩山也
崇山用束晳事
張雲璈說本俞犀月

望以招賢搴中葉之詞林酌前修之筆海周巡緜嶠品
盈尺之珍楚望長瀾搜徑寸之寶故撰斯一集名曰文
選後進英髦咸資準的伏惟陛下經緯成德文思垂風
則大居尊耀三辰之珠璧希聲應物宣六代之雲英孰
可撮壤崇山導涓宗海臣蓬衡蕞品樗散陋姿汾河委
筴夙非成誦崇山墜簡未議澄心握玩斯文載移涼燠
有欣永日實昧通津故勉十舍之勞寄三餘之暇弋釣
書部願言注緝合成六十卷殺青甫就輕用上聞享帚
自珍緘石知謬敢有塵於廣內庶無遺於小說謹詣闕
奉進伏願鴻慈曲垂昭臨覽謹言顯慶三年九月　日上表

叔簾抄嵩
叔眉評作亭

貴池在蕭梁時寔爲
昭明太子封邑，血食千載，威靈赫然，水旱
疾疫，無禱不應。廟有文選閣，宏麗壯偉，而
獨無是書之板，蓋缺典也。往歲邦人嘗欲
募衆力爲之，不成。今是書流傳於世，皆是
五臣注本，五臣特訓釋旨意，多不原用事
所出，獨李善淹貫該洽，號爲精詳。雖四明、
贛上各嘗刊勒，往往裁節語句，可恨。袤因
以俸餘鋟木，會池陽袁史君助其費，郡文
學周之綱督其役，踰年乃克成。既摹本藏

之閣上以其板寘之學宫以慰邦人所以尊事
昭明之意云淳熙辛丑上巳日晉陵尤袤題

抄本無此目録

第一册 此目与注不相應何焯云宋本各卷無目録亦合本不同有訛字然則何未見此目也

第二册

文選目録

梁昭明太子撰

唐李善注

第一卷 抄有卷第一兩前題

賦甲 凡文題下所載佗書微引皆據蕭𨻶校寫嚴可均全文編目刻本逸窩今亦未與王毓藻刻全文細校

𨻶

京都上

班孟堅兩都賦二首 并序 全文後漢廿四 五百卅四 後漢 詩明堂辟雍靈臺 五百卅三 辟雍靈臺覽

第二卷 抄有合卷第一

張平子西京賦一首 五十二

第三卷

𨻶籀文壙字

第三册

第四冊

漢廿乙 司馬長卿子虛賦一首 史漢聚六十六

第八卷

廿九 畋獵中

廿乙 司馬長卿上林賦一首 史漢聚六十六

五十乙 、楊子雲羽獵賦一首 漢聚六十六

第九卷 抄有卷第五

賦戊

畋獵下

五十二 、楊子雲長楊賦一首 并序 漢

晋九十二 潘安仁射雉賦一首 又本注引序

第五冊

紀行上

後漢廿三 班叔皮北征賦一首 聚廿七

九十六 曹大家東征賦一首 聚廿七又本注引大家集

第十卷 鈔有合卷五

紀行下

晉九十 潘安仁西征賦一首 聚廿七

第十一卷 抄有卷第六

賦己

遊覽

後漢九十 王仲宣登樓賦一首 聚六十三

晉六十一 孫興公遊天台山賦一首 并序 聚七

宋卅六 鮑明遠蕪城賦一首 集 聚六十三

宮殿

後漢五十八 王文考魯靈光殿賦一首 并序

晉魏廿九 何平叔景福殿賦一首

第十二卷 抄有合卷六

江海

百五 木玄虛海賦一首 聚八

百廿 郭景純江賦一首 聚八

第十三卷 抄有卷第七

第六冊

第十四卷 鈔有合卷七

鳥獸下

宋卅六 顔延年赭白馬賦一首并序 類九十三

宋卅六 鮑明遠舞鶴賦一首 集 覽廿七

志上

後漢廿四 班孟堅幽通賦一首 鈔百廿弍引序又漢叙傳上 類廿六

第十五卷 鈔有卷第八

賦辛

志中

五十二 張平子思玄賦一首 後漢

第七册

梁三十三 江文通恨賦一首 集

梁卅三 别賦一首 集 聚卅

第十七卷 鈔有卷第九

賦壬

論文

晋九十七 陸士衡文賦一首 并序 聚五十六

音樂上

漢卅弍 王子淵洞簫賦一首 聚卅四

後漢卅三 傅武仲舞賦一首 聚卅三 記十五又古文苑

第十八卷 抄有余卷九

第八册

十三代 登徒子好色賦一首 并序

魏十三 曹子建洛神賦一首 并序 類八又七十九 記十九 王獻之書十三行

詩甲 凡詩題下所載佗書徵引皆據徐堅逸錄楊守敬古詩存序稱古詩輯存目録未定稿今亦未細校

補亡

東廣微補亡詩六首 南陔 記十七 白華 記十七 本注五十逸民傳論

述德

謝靈運述祖德詩二首

勸勵

韋孟諷諫詩一首 漢 類廿四 記十八

張茂先勵志詩一首 鈔百廿五又百五十三 類廿三 本注六十祭顏光祿文

第九冊

第二十卷 抄有合卷十

獻詩

魏十五 載表 曹子建上責躬詩一首并表 魏 本注廿四贈秀才入軍詩又五十八 諸淵碑文

應詔一首 魏 本注二十謝宣遠送孔令詩又卅隨王牋又五十五廣絶交 論 聚卅九 鈔八十一

潘安仁關中詩一首 晋五十八 聚卅四

公讌

曹子建公讌詩一首 聚卅九 記一又十又十四又廿四帖一覽四百七十四 又八百卅四

王仲宣公讌詩一首 本注廿一青𪐴峯詩 聚卅九

劉公幹公讌詩一首 鈔百卅四 聚卅九 覽七百七十四

應德璉侍五官中郎將建章臺集詩一首 聚九十一 本注 卅四潘正叔 贈陸機詩

陸士衡皇太子讌玄圃宣猷堂有令賦詩一首
陸士龍大將軍讌會被命作詩一首 集 類卅九
應吉甫晉武帝華林園集詩一首 晉 鈔八十一
謝宣遠九日從宋公戲馬臺送孔令一首
范蔚宗樂游應詔一首 記十三
謝靈運九日從宋公戲馬臺送孔令一首
顏延年應詔曲水讌詩一首 類四 記四
皇太子釋奠會詩一首 類卅八 記十四
丘希範侍讌樂游苑送張徐州應詔一首
沈休文應詔樂游餞呂僧珍一首

曹日詩第二首又孫詩一首攜俾
雲龍纂喜廬景日本延喜
十三年 梁乾化三年二月五日良基
眾樹刊之本校

祖餞

曹子建送應氏詩二首 聚廿九 步登 聚廿九 本注廿六 奉答内兄希叔詩 清時

孫子荊征西官屬送於陟陽候作詩一首 聚廿九 記十八 本注五十 謝僕射 論又五十四 雜體詩

潘安仁金谷集作詩一首 聚廿九 惜見四百十又九百七十一 世說仇隙

謝宣遠王撫軍庾西陽集別作詩一首 本注十六 別賦

謝靈運鄰里相送方山一首 聚廿九 記十八

謝玄暉新亭渚別范零陵一首 集 聚廿九 記十八

沈休文別范安成一首 聚廿九 苑二百六十六

第二十一卷

詩乙

詠史

王仲宣詠史一首 聚廿八

曹子建三良詩一首 本注廿七王明君詞

左太沖詠史八首 鈔百十九 又櫟劉々本注恩倖傳論 聚五十五 記十八 又吾希聚五十五 又濟々記十八 又皓天聚五十五 又主父本注奉表內見希󠄀 外聚五十五又明々記十八

張景陽詠史一首 聚五十五又卅一左史詠史詩注

盧子諒覽古一首

謝宣遠張子房詩一首 聚三十八

顏延年秋胡詩一首 詠四 賦木 本注別賦 聚十八樂三十六

五君詠五首 一宋二三四宋 四又賦雪

鮑明遠詠史一首 集 聚五十五

第十冊

反招隱

王康琚反招隱詩一首

游覽

魏文帝芙蓉池作一首 聚九 覽五百九十二

殷仲文南州桓公九井作一首

謝叔源游西池一首

謝惠連泛湖出樓中翫月一首

謝靈運從游京口北固應詔一首

晚出西射堂一首 聚廿八 方輿勝覽九

登池上樓一首 聚廿八 記一 方輿勝覽九

游南亭一首 方輿勝覽九

游赤石進帆海一首 聚八 記六十八

石壁精舍還湖中一首 聚九

登石門最高頂一首 聚八 名勝志七永嘉縣

於南山往北山經湖中瞻眺一首 聚九

從斤竹澗越嶺溪行一首 聚廿六 名勝志七樂清縣

顏延年應詔觀北湖田收一首 本注三十一擬從駕詩

車駕幸京口侍遊蒜山作一首 聚八

車駕幸京口三月三日侍遊曲阿後湖詩一首 聚四

鮑明遠行藥至城東橋一首 集 聚廿八

謝玄暉游東田一首 集 聚廿八

江文通從建平王登廬山香爐峯一首 集 聚七

沈休文鍾山詩應西陽王教一首 聚七 覽百五十九

宿東園一首 聚六十五

游沈道士館一首 聚七十八 覽百七十九

徐敬業古意酬到長史溉登琅邪城一首

第二十三卷

詩丙

詠懷

阮嗣宗詠懷十七首 集 夜中 聚廿六 記一 再引 二妃 詠二 聚十八 記十九 再引 覽三百八十一 嘉樹 聚廿六 覽九百六十七 天馬 聚廿六 記二 平生 聚廿六 昔聞 聚八十七 記廿八 再引 賦瓜 覽九百七十八 本注廿五 安成

若雪 逍 灼灼 聚廿六 步出 聚廿六 記三 帖五 北里 本注五十四 驊命論 聚廿六 昔日 咏二 聚卅三 昔年 聚廿二 綿徊 聚廿六

謝玄暉同謝諮議銅爵臺一首　集　聚卅四　集廿一

任彥升出郡傳舍哭范僕射一首　記十一　聚卅四

贈荅二

王仲宣贈蔡子篤一首　本注廿五君咏　卅七东方赞　聚廿一記三

贈士孫文始一首　本注廿四贈馮詩引三輔決録

贈文叔良一首　本注廿釋奠會詩　搜神記

劉公幹贈五官中郎將四首　昔我記十四

贈徐幹一首　本注廿六贈王中書詩　聚一記十一

贈從弟三首　亭亭聚八十八鳳凰聚九十　記卅

第二十四卷

第十一冊

贈荅二

曹子建贈徐幹一首

贈丁儀一首 本注廿二遊南亭詩

贈王粲一首 本注廿六奉荅内兄希叔又廿八鼓吹曲

又贈丁儀王粲一首 本注五十宋書謝靈運傳論注 覽三百廿八

贈白馬王彪一首 魏注引魏氏春秋 聚廿一 北史魏孝静記

贈丁翼一首 聚卅九 覽五百卅九

嵇叔夜贈秀才入軍五首 絷良馬本注四十六王曲水序 覽三百廿 輕車本注廿六耆呂詩又廿五安城荅靈運 詩息徒記十閑夜本注卅七名臣贊 語説世説

司馬紹統贈山濤一首 本注廿一秋胡詩又五十九頭陀寺碑 聚卅一又八十八 記廿八

張茂先荅何劭二首 吏道本注五十七陶誄序

羅振玉影唐寫本文選集注殘卷有已下羅云卷四十八缺前後題以李善本卷廿四推知之 叢書前缺此卷據原寫本印於承明已下唐無

何敬祖贈張華一首 本注卅一擬曹植詩

陸士衡贈馮文羆遷斥丘令一首 晉九十八載序

荅賈謐一首并序 本注廿六顏和謝詩 聚卅一

於承明作與士龍一首 聚廿九

贈尚書郎顧彥先二首 大火本注秋胡詩 朝游記十一

贈交阯太守顧公真一首 記廿九

贈從兄車騎一首 聚卅一 覽百八十

荅張士然一首 本注廿七與張湘州詩

爲顧彥先贈婦二首 辭家咏三 東南咏三 記十八一 本注廿六酬王晉安詩一

贈馮文羆一首 聚卅一

又贈弟士龍一首 本注廿五卷機詩

潘安仁爲賈謐作贈陸機一首 類卅一

潘正叔贈陸機出爲吴王郎中令一首 類卅一 七十六 覽上百

贈河陽詩一首 類五十

贈侍御史王元貺一首

第二十五卷

詩丁

贈荅三

傅長虞贈何劭王濟一首 并序 百十九 本注五十八 諸碑 記十二 覽二

郭泰機荅傅咸一首 帖八 賦絲

陸士龍爲顧彦先贈婦二首 集 然、本注廣絶交論咏三 浮海咏三 記十五

荅兄機一首 集 橤廿九 記十七又十八

荅張士然一首 集

劉越石荅盧諶一首 并書 橤廿六引書 晋百八載書

重贈盧諶一首 晋 橤廿一 記廿七

盧子諒贈劉琨一首 并書 卌四載書

贈崔温一首 本注廿一擬劉琨詩

荅魏子悌一首 本注廿一引盧諶詩

謝宣遠荅靈運一首 橤二

於安城荅靈運一首 橤廿一

第二十六卷

贈荅四

第十二冊

王僧達荅顔延年一首
謝玄暉郡内高齋閑坐荅吕法曹一首 集 方輿勝覽十五寧國府
在郡卧病呈沈尚書一首 集 聚卅一 方輿勝覽十五寧國府
暫使下都夜發新林至京邑贈西府同僚一首 聚卅一
詶王晉安一首 集
陸韓卿奉荅内兄希叔一首 聚卅一 覽七百七十六
范彦龍贈張徐州一首
古意贈王中書一首 記十二 古文苑四
任彦昇贈郭桐廬一首

行旅上

富春渚一首 覽四十六

七里瀨一首 聚廿六 又廿七

發江中孤嶼一首 本注卅一擬殷仲文詩 聚廿八 方輿覽勝九

初去郡一首 聚五十

初發石首城一首 聚廿七

道路憶山中一首 本注卅一擬殷仲文詩 聚廿六

入彭蠡湖三首 聚廿七 記三 覽卅八 方輿覽勝南康軍

入華子岡是麻源第三谷一首 本注卅一擬謝靈運詩 聚六

第二十七卷

詩戊

行旅下

顔延年北使洛一首 聚廿七

還至梁城作一首

始安郡還都與張湘州登巴陵城樓作一首 聚廿六

鮑明遠還都道中作一首 集

謝玄暉之宣城出新林浦向版橋一首 集 帖三 覽八百九十二

敬亭山一首 集 方輿覽勝十五寧國府

休沐重還道中一首 集 聚廿七

晚登三山還望京邑一首 集 聚廿七

京路夜發一首 集

江文通望荆山一首 集 聚七

丘希範旦發漁浦潭一首 聚九 苑百五十三

沈休文早發定山一首

新安江水至清淺深見底貽京邑游好一首 聚八 苑百五十三

軍戎

王仲宣從軍詩五首 從軍 魏武紀注 鈔十三 聚廿八又五十九 覽三百廿八 古樂府四 涼風 聚廿八又五十九 覽三百樂三十二 從軍征 聚廿八又五十九 覽三百廿八 樂卅二 朝發 聚廿八 又五十九 樂卅二 悠悠 聚廿八又五十九 樂卅二

郊廟

顔延年宋郊祀歌二首 宋廿 樂一

樂府上

古樂府三首 飲馬 蔡邕集 詠一四 覽五百九十五 樂卅八 古樂府 傷歌 詠二 聚卅二 樂六十二 長歌 本注 月賦 又卅二 文帝与吴書 聚卅二 覽廿 樂卅

第十三冊

班婕好怨歌行一首 類卅一又六十九記一帖一

魏武帝樂府二首 短歌宗廿一類卅二又九十三記一又卅覽九百廿一六樂府四樂卅 苦寒[illegible]廿一本注廿三悼亡詩記十六類卅一古樂府四樂 卅三

魏文帝樂府二首 燕歌宗廿一本注十八笙賦咏九類卅二記三樂卅二 善哉宗廿一本注十六寡婦賦類卅一記十四樂卅六

曹子建樂府四首 箜篌廿一類卅二記十七本注廿八陸门有車馬客行樂卅九 美女咏二鈔百卅六類十八記十九本注廿一秋胡詩覽三百 八十一樂六十三白馬本注廿五贈崔温詩類卅二覽三百五 十九又七百卅六樂六十三名都本注廿三宿東園又卅 一擬魏文帝類卅二記十帖十五覽七百卅六樂六十三

晋卅三 載序

第二十八卷

石季倫王明君辭一首 咏三類四十三樂廿七覽五百七十三

樂府下

陸士衡樂府十七首 陳猛虎類卅一帖九十七樂卅一君子本注廣絶交詩類卅一樂卅二從軍類卅一覽三百廿八樂 卅二豫章類卅一又八十九樂卅四苦寒本注廿七此使治類卅一記三覽卅四樂卅三飲馬類 四十一覽八百樂三十八門有類四十一樂四十君子有類卅一樂六十一齊謳類四十一樂六 十四長安本注五十七陶謀序類卅一樂卅五長歌本注廿二行藥詩類卅二記六樂卅 悲哉類四十一記三覽廿樂六十三吳趨本注五十謝傳論類四十一樂六十五短歌類卅二 樂三十日出咏三鈔百六記十九樂廿八前緩聲本注卅四七命咏三類卅二覽五十六樂六 十四塘上本注卅一劉擬古明月咏三類卅一樂三十五

謝靈運樂府一首 類卅二樂卅九十四

鮑明遠樂府八首 東武類卅一覽三百廿八樂卅一出自類卅一樂六十一結客類 四十一樂六十六東門類卅一樂卅七苦熱類卅四覽卅四樂六十五白 頭本注廿七京路夜發咏四類卅一樂卅一放歌類卅二樂卅八升天 集類卅二樂六十三

謝玄暉鼓吹曲一首 集 類卅二 樂廿

挽歌

繆熙伯挽歌一首 鈔九十二 記十四 覽五百五十二 樂廿七

陸士衡挽歌三首 卜宅 覽五百五十二 記十四 覽五百五十二 樂廿七 流離 樂廿七 重阜 記十四

陶淵明挽歌一首 集 記十四 覽五百五十二 樂廿七

雜歌

荊軻歌一首 并序 國策燕策三

漢高帝歌一首 并序 大風 史樂 漢高 鈔百六 類卅三 記一又十四 帖二 賦風又雲 覽八又八十七又五百卅九 樂五十八

劉越石扶風歌一首 類卅三 記廿二又廿八 覽三百五十八 樂八十四

陸韓卿中山王孺子妾歌一首 詠九 樂八十四

第二十九卷 抄有参第十五

詩己 行〻咏一聚九十又廿九 記十覽四百八十九 青〻咏一聚卅二又廿八又卅一 記十九 帖十七 本注廿五 陸士龍代顧彦 覽三百八十一 青〻陵 鈔百卌八 今日鈔八十二聚卅九記十四覽五百卌九 西北本注廿五代顧詩 咏一 六十三 帖十覽五百卌九 涉江咏一聚八十二又廿九覽九百九十九 冉〻樂七十四古樂府十 庭中咏

雜詩上一 贈白馬王聚八十一又廿七覽九百九十四 東城咏一聚十八又九十二覽三百八十一 驅車本注四十五 思婦引序又五十三養生論聚卌一辨正論内九篇箴樂六十一 去者聚卌 生年本注 迢〻咏一鈔百五十聚四又六十五記四覽八本注廿六 古意 迴車本注五十二 論文廿四

、古詩十九首 卌二文帝与吴書帖十四覽八十七本注七命前篇 凜〻本注卌 到記室 腠覽百十五 孟冬覽四百八十九本注七命 客從聚卌一帖八又十二覽四百 七十八又七百七 明月何咏一聚廿九

、李少卿與蘇武詩三首 安良時本注六十祭顔文廿一秋胡詩廿 陽陽候 聚廿九記十八覽四百八十九 携手聚廿九 記十八覽 四百八十九 嘉會本注廿一秋胡詩五十五 廣絶交論

、蘇子卿詩四首 骨肉聚廿九記十八覽四百八十九本注十六別賦 結髮本注廿一秋胡詩 咏十聚廿九 黄鵠聚廿九記十八覽四百八十九 燭〻本注廿九七啟 聚廿九

後漢五十五 載序 張平子四愁詩四首 咏九聚卅五覽四百七十八又本注五十六 楊仲武誄 引雁門又帖十四引

王仲宣雜詩一首

劉公幹雜詩一首 本注卅三 丘與陳書 鈔卅六

魏文帝雜詩二首 漫〻 聚七十二又廿七 西北聚一賦 雲覽八

曹子建朔風詩一首 雜詩高臺本注廿六陸赴洛咏二轉蓬本注廿六河陽縣聚八十二覽九百九十六西北咏二聚三十二覽八百十六南國咏二聚八十六覽九百六十八僕夫聚十八攬衣咏二聚卅二

雜詩六首

情詩一首 咏二聚廿七文廿九

嵇叔夜雜詩一首 集

傅休奕雜詩一首

張茂先雜詩一首 聚三記三咏二

情詩二首 清風咏二本注卅一離情詩游目咏二聚卅二記五十五

陸士衡園葵詩一首 聚八十二

曹顏遠思友人詩一首

感舊詩一首 世說黜免注引續晉陽秋本注卅鮑翫月詩

何敬祖雜詩一首 本注廿五 謝靈運

王正長雜詩一首 聚廿七 本注五十 謝傳論

棗道彥雜詩一首 張景陽秋風詠三 金風聚二 記一又三 朝霞聚二 山鄉聚廿六 覽三百廿二 述職聚廿七 結宇本注廿六 贈張徐州聚卅六 黑蛾覽廿九

左太沖雜詩一首 顧三記二 苑 張協 唐太宗詩

張季鷹雜詩一首

張景陽雜詩十首

第十四冊 唐本有 起時興、訖冬節後 卷第五十九 無前題 集 此卷據原寫本印

第三十卷 抄有 合卷十五

雜詩下

盧子諒時興詩一首

陶淵明雜詩二首 集 聚六十五

唐本目録已下有羅云卷五十九缺前後題以李本卷三十推知之葉惟缺前題後題文選卷第五十九

沈休文和謝宣城詩一首 聚卅一 苑二百四十

應王中丞思遠詠月一首 咏五 聚一 記一 苑百五十一 賦月 覽四

冬節後至丞相第詣世子車中作一首 聚卅四

直學省愁卧一首

詠湖中鴈一首 聚九十一

三月三日率爾成篇一首 聚四 記四 苑百五十七 覽卅

詩庚 陸令日聚廿九迟〻咏三涉江本注廿一秋胡詩咏三青〻本注廿一秋胡詩咏三聚卅二明月何聚一記一帖一賦月覽四 蘭若咏三聚卅三 东城咏三 西北咏三聚六十二 庭中咏三 聚廿九

雜擬上

陸士衡擬古詩十二首

張孟陽擬四愁詩一首 咏九 聚卅五 覽四百七十八

詩止于庚無辛巳下仍也

唐本起鮑明遠擬古第二首之末迄江文通雜體詩謝僕射一首單爲一卷今二錄前後題以李本卷之三十一推知之

代君子有所思一首 集 類卅一 樂六十一

范彥龍傚古詩一首 古詠五 類廿九 樂七十一 李陵 樂卅二 班婕妤 詠五 類卅一 怨 八 樂卅二 魏文帝 類卅九 樂卅六 張華 詠五 休上人 詠五

江文通雜體詩三十首 集

第三十二卷 抄有合卷十六

騷上

、屈平離騷經一首 已下並楚辭

、九歌四首

第三十三卷

騷下

、屈平九歌二首

第十五冊 唐本有卷六十三 近離騷 悲 導言之不固 句

唐本有卷六十六迄招隱

第三十四卷

七上

唐本有卷六十八迄此篇

第十六冊

第三十五卷

七下

晋八十五 張景陽七命八首 晋

詔

漢三 漢武帝詔一首 紀

三 賢良詔一首 公孫弘傳 紀

冊

後漢卅七 潘元茂冊魏公九錫文一首 魏武紀 後漢紀卅

第三十六卷

令

唐本首延祐明九年策秀才文有前題，卷帝七十二，暇云無前後題，非

第十七册

當作策文

梁卅二 任彦昇宣德皇后令一首 聚十四

教

宋廿六 傅季友爲宋公修張良廟教一首 宋武紀中

宋廿六 修楚元王廟教一首 聚卌隱見五百六十

文

齊十二 王元長永明九年策秀才文五首

齊十二 永明十一年策秀才文五首

梁卅二 任彦升天監三年策秀才文三首

第三十七卷 抄有卷第十九

表上

唐本有表缺前追求通親親表後題七十三

第三十八卷 抄有合卷十九

表下

第十八册

梁卅二 爲范始興作求立太宰碑表一首

第三十九卷 抄本卷第二十

上書

秦 李斯上秦始皇書一首 史記李斯傳

漢十九 鄒陽上書吳王一首 漢 聚廿四

十九 於獄中上書自明一首 史漢 聚五十八

廿貳 司馬長卿上疏諫獵一首 史漢 聚廿四

廿 枚叔奏書諫吳王濞一首 漢 聚廿四 說苑正諫

廿 重諫吳王一首 漢

梁卅八 江文通詣建平王上書一首 集 梁 南史 聚五十八

唐本有近参东阿王殿鈇後半羅王巻七十九至八十刪後題以李本巻四十推知之

啓

梁卌三 任彦昇奉荅七夕詩啓一首

梁卌三 爲卞彬謝脩卞忠貞墓啓一首

梁卌三 上蕭太傅固辭奪禮啓一首

第四十卷 抄有合巻二十

彈事

梁卌三 任彦昇奏彈曹景宗一首

梁卌三 奏彈劉整一首 本注引昉集

梁廿七 沈休文奏彈王源一首

牋

後漢五十七 楊德祖荅臨淄侯牋一首 魏曹植傳注引典略

後漢九十三 繁休伯與魏文帝牋一首 聚卅三 覽五百七十三

後漢九十武 陳孔璋荅東阿王牋一首

魏卅 吴季重荅魏太子牋一首

魏卅 在元城與魏太子牋一首

魏卅五 阮嗣宗爲鄭沖勸晉王牋一首 晉文紀 集

齊廿三 謝玄暉拜中軍記室辭隨王牋一首 齊傳 南史謝裕

梁卅三 任彦昇到大司馬記室牋一首 梁

梁卅三 勸進今上梁高祖武皇帝牋一首 武紀上 南史梁紀上 聚十四

奏記

第十九册

魏廿五 阮嗣宗奏記詣蔣公一首 晋集

第四十一卷 抄有卷第廿一

書上

漢廿八、李少卿荅蘇武書一首 聚卅

廿六、司馬子長報任少卿書一首 漢

卅弍、楊子幼報孫會宗書一首 漢楊敞傳

後漢八十三 孔文舉論盛孝章書一首 吴孫韶傳注引會稽典録

廿乙、朱叔元爲幽州牧與彭寵書一首 聚廿五

後漢九十二 陳孔璋爲曹洪與魏文帝書一首

第四十二卷 抄有合卷廿一

書中

後漢九十三 阮元瑜爲曹公作書與孫權一首 聚廿五

魏七 魏文帝與朝歌令吴質書一首 六 王粲傳注引魏略 聚廿

七 又與吴質書一首 又略見王粲傳

七 與鍾大理書一首 鍾繇傳注引魏略 御覽九百六十四

十六 曹子建與楊德祖書一首 傳注引典略

十六 與吴季重書一首 聚廿六

魏卅 吴季重荅東阿王書一首 聚廿六 類十六

魏卅 應休璉與滿公琰書一首 聚廿八

卅 與侍郎曹長思書一首

意補一行

唐本有缺前半迄与孫皓書羅云卷八十五無前後題以李本卷四十三推知之

第二十冊

卅 與廣川長岑文瑜書一首 聚百

卅 與從弟君苗君胄書一首 聚廿八

第四十三卷 抄下卷第廿三

書下

魏卅七 嵇叔夜與山巨源絶交書一首 集 晋反 聚廿一並有删節 文李懷琳之贗帖亦小異

晋六十 孫子荆爲石仲容與孫皓書一首 聚廿五

六十七 趙景眞與嵇茂齊書一首 晋 聚卅

梁五十七 丘希範與陳伯之書一首 陳伯之傳 南史陳伯之傳 聚廿五

梁五十八 劉孝標重荅劉秣陵詔書一首 梁 聚卅四

漢卅 移 劉子駿移書讓太常博士一首 漢楚元王傳 聚五十八

唐本有前後略缺羅云卷八十八並前後題以本卷卷四十四推知之

第卅一冊

齊十九 孔德璋北山移文一首

第四十四卷 抄有合卷廿二

檄

漢廿弍 司馬長卿喻巴蜀檄一首 漢 類五十八

後漢九十弍 陳孔璋爲袁紹檄豫州一首 袁紹傳 魏袁紹傳注引魏氏春秋 並有刪節

後漢九十弍 檄吳將校部曲文一首 類五十八

魏廿五 鍾士季檄蜀文一首 魏

漢廿弍 司馬長卿難蜀父老一首 漢 類廿五

第四十五卷 抄有卷廿三

對問

三代十 宋玉對楚王問一首

設論

漢廿五 東方曼倩荅客難一首 漢 緊廿五

五十三 楊子雲解嘲一首 漢 緊廿五

後漢廿五 班孟堅荅賔戲一首 漢 叙傳上 緊廿五

辭

漢三 漢武帝秋風辭一首 并序

晋百十七 陶淵明歸去來一首 集 晋宋

序上

卜子夏毛詩序一首

歸去来據傳雲龍景大唐天祐二年秋九月八日餘杭龍興寺沙门光遠刊行歸去来辭校

漢十三 孔安國尚書序一首 唐石經尚書宋板尚書注疏巾箱本尚書仿岳板尚書

晉卌三 杜元凱春秋左氏傳序一首 唐石經

七十一 皇甫士安三都賦序一首

卅三 石季倫思歸引序一首 聚廿八

第四十六卷

序下

九十六 陸士衡豪士賦序一首 晉 聚卅四

宋廿七 顏延年三月三日曲水詩序一首 聚四

齊十三 王元長三月三日曲水詩序一首 聚四

梁卌四 任彥昇王文憲集序一首 聚五十五

唐本有前缺迄此篇後題卷第九十一

唐本有述頌前後題卷第九十三 第卅二冊

第四十七卷 抄有卷第廿四

頌

漢卅弍 主子淵聖主得賢臣頌一首 漢 聚廿

五十三 楊子雲趙充國頌一首 漢趙充國傳 聚五十九

後漢卅九 史孝山出師頌一首 聚五十九

晉六十六 劉伯倫酒德頌一首 晉卅 說文學注 聚七十二

九十八 陸士衡漢高祖功臣頌一首 并序

贊

六十九 夏侯孝若東方朔畫贊一首 并序 顏魯公重刊碑拓本

五十七 袁彥伯三國名臣序贊一首 晉 聚卌五

唐本有缺前半述此篇後題卷第九十四羅云有前後題非

第四十八卷 抄有合卷廿四

符命

漢廿弍 、司馬長卿封禪文一首 漢 聚十

五十三 、楊子雲劇秦美新論一首 并表 聚十

後漢廿六 、班孟堅典引一首 并表 聚十

第四十九卷 抄有卷第廿五

史論上

、班孟堅漢書公孫弘傳贊一首

百廿七 干令升晉武帝革命論一首 聚十三

百廿七 晉紀揔論一首 聚十一 羣書治要廿九

第廿三册

述成紀贊一首

述韓彭英盧吴傳贊一首

范蔚宗後漢光武紀贊一首

第五十一卷 抄有卷第廿六

論一

賈誼過秦論一首 史秦始皇紀 漢十六

東方曼倩非有先生論一首 漢 繫廿四 廿五

王子淵四子講德論一首 卅贰

第五十二卷 抄有合卷廿六

論二

唐本有缺前半迄此篇後題卷第百二十云有前後題非

此下又非昭明舊題

第廿四册

第五十三卷 抄有卷第廿七

論三

第五十四卷 抄有合卷廿七

第廿五冊

九十二 楊仲武誄一首 幷序 據本注齊竟陵王行狀引校

第五十七卷

誄下

九十三 潘安仁夏侯常侍誄一首 幷序

九十二 馬汧督誄一首 幷序

宋卅八 顏延年陽給事誄一首 幷序 聚卅八

宋卅八 陶徵士誄一首 幷序 聚卅七

宋卅五 謝希逸宋孝武宣貴妃誄一首 幷序 聚十五

哀上

晉九十三 潘安仁哀永逝文一首 聚卅四

唐本已下迄褚淵碑文之半缺鈔補非影鈔褚淵碑文後半影抄後有缺 缺五葉 首十六 李本卷五十八

第卌六冊

第五十八卷 抄有合卷廿九

哀下

宋廿八 顏延年宋文元皇后哀策文一首 文帝元后傳 聚十五

齊廿三 謝玄暉齊敬皇后哀策文一首 聚十五 記十

碑文上

後漢七十六 蔡伯喈郭林宗碑文一首 集

七十八 陳仲弓碑文一首 集

齊十一 王仲寶褚淵碑文一首 聚卌五

第五十九卷 抄有卷第三十

碑文下

梁五十五 王簡棲頭陁寺碑文一首

梁廿一 沈休文齊安陸昭王碑文一首 聚卌五

墓誌

梁卌四 任彦昇劉先生夫人墓誌一首

第六十卷 抄有合卷三十

行狀

梁卌四 任彦昇齊竟陵文宣王行狀一首 聚卌五

弔文

漢十六 賈誼弔屈原文一首 并序 聚卌 史漢

晉九十九 陸士衡弔魏武帝文一首 并序 聚卌

祭文

宋卄四 謝惠連祭古冢文一首 并序 [illegible] 五百廿六

宋卅八 顔延年祭屈原文一首 宋

宋十九 王僧達祭顔光禄文一首

文選目録終

校文選所用書目表　此其較略

經
- 石經尚書
- 尚書注疏
- 石經左傳
- 石經毛詩

史
- 史記三家注
- 漢書及注
- 後漢書及注
- 三國志及注
- 晉書及音義
- 宋書
- 南齊書
- 梁書
- 南史
- 北史
- 戰國策
- 後漢紀
- 華陽國志
- 方輿勝覽
- 名勝志

子
- 北堂書鈔
- 羣書治要
- 初學記
- 白帖
- 事類賦
- 太平御覽
- 說苑
- 搜神記
- 意林
- 世說新語及注

集
- 藝文類聚
- 文苑英華
- 玉臺新詠舊本
- 樂府詩集
- 古文苑
- 古樂府
- 楚辭
- 本書注
- 蔡邕集
- 阮籍集
- 嵇康集
- 陸雲集
- 鮑照集
- 謝朓集
- 陶潛集
- 江淹集
- 王獻之書洛神賦殘字
- 李懷琳七發帖
- 顏真卿書東方畫贊碑本
- 文鏡秘府論

文選卷第一

梁昭明太子撰

文林郎守太子內率府録事參軍事崇賢館直學士臣李善注上

賦甲　賦甲者，舊題甲乙，所以紀卷先後，今卷既改，故甲乙並除，存其首題，以明舊式。

京都上

班孟堅兩都賦二首　自光武至和帝都洛陽，西京父老有怨，班固恐帝去洛陽，故上此詞以諫，和帝大悅也。

兩都賦序

班孟堅　范曄後漢書曰：班固字孟堅，北地人也。年九歲能屬文，長遂博貫載籍，顯宗時除蘭臺令史，遷爲郎，乃上兩都賦。大將軍竇憲出征匈奴，以固爲中護軍，憲敗

此段注非善注

自魏晉以降賦體漸趨整練而齊梁益之以妍華江鮑徐庾之作蓋已不逮古處自唐迄宋以賦取士創爲律賦用便程式命題貴巧韵貴險其精采限於聲律（述敷伏之内故或習賦至唐而遂絕由其體盡變非復古義也

無也字作言不暇崇文化

固坐免官遂死獄中

或曰賦者古詩之流也毛詩序曰詩有六義焉二曰賦故賦爲古詩之流也諸引文證皆舉先以明後以示作者必有所祖述也他皆類此昔成康沒而頌聲寢王澤竭而詩不作言周道既微雅頌並廢也史記曰周武王太子誦立是爲成王成王太子釗立是爲康王毛詩序曰頌者以其成功告於神明者也樂稽耀嘉曰仁義所生爲王毛詩序曰止乎禮義先王之澤也然則作詩稟乎先王之澤故王澤竭而詩不作作與也孟子曰王者之跡息而詩亡大漢初定日不暇給漢書曰高祖姓劉氏立爲漢王滅項羽即皇帝位荀悅曰諱邦字季史記曰雖受命而日有不暇給也至於武宣之世乃崇禮官考文章漢書曰孝武皇帝景帝中子荀悅曰諱徹漢書曰孝宣帝武帝曾孫次太子孫荀悅曰諱詢字次卿內設金馬石渠之署外興樂府協律之事史記曰金馬門者宦者署門傍有銅馬故謂之曰金馬門三輔故事曰石

注

渠閣在大祕殿北以閣祕書漢書曰武帝定郊祀之禮乃立樂府以李延年爲協律都尉以興廢繼絕潤色鴻業言能發起遺文以光讚大業也論語子曰興滅國繼絕世然文雖出彼而意微殊不可以文害意他皆類此論語子曰東里子產潤色之劇秦美新曰制成六經洪業也是以衆庶悅豫福應尤盛白麟赤鴈芝房寶鼎之歌薦於郊廟漢書武紀曰行幸雍獲白麟作白麟之歌又曰行幸東海獲赤鴈作朱鴈之歌又曰甘泉宮內產芝九莖連葉作芝房歌又曰得寶鼎后土祠傍作寶鼎之歌神雀五鳳甘露黃龍之瑞以爲年紀漢書宣紀曰神雀元年應劭曰前年神雀集長樂宮故改年也又曰五鳳元年應劭曰先者鳳皇五至因以改元又甘露元年詔曰乃者鳳皇至甘露降故以名元年又曰黃龍元年應劭曰先是黃龍見新豐因以改元焉故言語侍從之臣若司馬相如虞丘壽王東方朔枚皐王褒劉向之屬朝夕論思日月獻納漢書曰司馬相如字長卿爲武騎常

抄倪寬注倪五

抄大 陳同 不再校焯

侍又曰虞丘壽王字子贛以善格五召待詔遷爲侍中中書又曰東方朔字曼倩上書自稱譽上偉之令待詔公車後拜爲太中大夫給事中又曰枚皐字少孺上書北闕自稱枚乘之子上得大喜召入見待詔拜爲郎又曰王褒字子淵上令褒待詔褒等數從獵擢爲諫大夫又曰劉向字子政爲輦郎遷中壘校尉**而公卿大臣御史大夫倪寛太常孔臧太中大夫董仲舒宗正劉德太子太傅蕭望之等時時間作**漢書曰倪寛脩尚書以郡選詣博士孔安國射策爲掌故還侍御史孔臧集曰臧仲尼之後少以才博知名稍遷御史大夫辭曰臣代以經學爲家乞爲太常專脩家業武帝遂用之漢書曰董仲舒以脩春秋爲博士後爲中大夫又曰劉德字路叔少脩黃老術武帝謂之千里駒爲宗正又曰蕭望之字長倩以射策甲科爲郎遷太子太傅**或以抒下情而通諷諭**廣雅曰抒渫也抒食與切諷方鳳切毛詩序曰吟詠情性以諷其上楚詞曰抒中情而屬詩**或以宣上德而盡忠孝**國語泠州鳩曰夫律所以宣布哲人之令德**雍容揄**

食上無抒字

○李注不避廟諱可此世宗可知凡避者皆五臣也五臣又有四改之繆見資暇録
○藝文志載其數詩賦百六家千三百一十八篇

抄旁注疏

揚著於後嗣抑亦雅頌之亞也說文曰揄引也以昧切孔安國尚書傳曰揚舉也毛詩序曰言天下之事形四方之風謂之雅故孝成之世論而録之漢書曰孝成皇帝元帝太子也荀悅曰諱驁字太孫蓋奏御者千有餘篇而後大漢之文章炳焉與三代同風魯頌篇曰炳著明也彼四切論語子曰三代之所以直道而行馬融曰三代夏殷周且夫道有夷隆學有麤密因時而建德者不以遠近易則故皐陶歌虞奚斯頌魯同見采於孔氏列于詩書其義一也尚書皐陶歌曰元首明哉股肱良哉庶事康哉韓詩魯頌曰新廟奕奕奚斯所作薛君曰奚斯魯公子也言其新廟奕奕然盛是詩公子奚斯所作也稽之上古則如彼考之漢室又如此斯事雖細然先臣之舊式國家之遺美不可闕也臣竊見海內清平朝廷無事蔡邕獨斷或曰朝廷亦皆依違

別本

咸作感　雒作洛

左有 據东都賦題下亦有一首字沿之

按引摯虞流別集云兩都賦而雜二京少兩富

尊者都輦朝廷以言之諸釋義或弘

後以明節示臣之任不敢專他皆類此　京師脩宮室

浚城隍起苑囿以備制度公羊傳曰京師者天子之居也京者何大也師者何衆也

天子之居必以衆大之辭言也說文曰城池無水曰隍周禮曰囿遊之獸禁鄭玄曰囿今之苑　西土耆

老咸懷怨思冀上之睠顧而盛稱長安舊制有陋雒邑

之議長安在西故曰西土尚書曰西土有衆　故臣作兩都賦以極衆人之

所眩曜折以今之法度其詞曰

按下有一首二字

西都賦一首

有西都賓問於東都主人曰蓋聞皇漢之初經營也嘗

有意乎都河洛矣輟而弗康寔用西遷作我上都主人

聞其故而覩其制乎孝經鉤命決曰道機合者稱皇尚書曰厥既得吉卜乃經營東都有

汧水名

㪺無此八字譯云今本文選川字下多眾流云云八字此与范書同按善本亦當無此八字校無訓譯

眾流二句不必有後漢書無

中作終

河南洛陽。故曰河洛也。鄭玄論語注曰：輟，止也。張衛切。孔安國尚書傳曰：康，安也。穀梁傳曰：葬我君桓公，我君接上下也。

主人曰：未也。願賓攄懷舊之蓄念，發思古之幽情，博我以皇道，弘我以漢京。廣雅曰：攄，舒也。孔安國尚書傳曰：蓄，積也。論語顏淵曰：夫子博我以文。

賓曰：唯唯。漢之西都，在於雍州，寔曰長安。禮記曰：父召无諾，唯而起。漢書曰：秦地於禹貢時跨雍梁二州，漢興立都長安。

左據函谷二崤之阻，表以太華終南之山。戰國策蘇秦曰：秦東有殽函之固。鹽鐵論曰：秦左殽函。漢書音義韋昭曰：函谷關。左氏傳曰：崤有二陵，其南陵夏后皋之墓，其北陵文王所避風雨也。表，標也。山海經曰：華首之山西六十里曰太華之山。毛詩曰：終南何有，有條有枚。毛萇曰：終南，周之名山中南也。

右界襃斜隴首之險，帶以洪河涇渭之川。眾流之隈，汧涌其西。長揚賦曰：命右扶風發人西自襃斜。梁州記曰：萬石城泝漢上七里有襃谷，南口曰襃，北口曰斜，長四百七十里。鹽鐵論曰秦右隴阺漢書幸雍白麟歌曰朝隴首覽西垠尚書曰導河自積石南至于華陰山海經曰涇水出長城北尚書曰導渭自鳥鼠同穴華實之毛則九州之上腴焉防禦之阻則天地之隩區焉春秋文耀鉤曰春致其時華實乃榮左氏傳君子曰澗溪沼沚之毛漢書曰秦地九州膏腴楊雄衛尉箴曰設置山險盡爲防禦說文曰隩四方之土可定居者也於報切是故橫被六合三成帝畿周以龍興秦以虎視漢書音義文穎曰關西爲橫孔安國尚書傳曰被及也呂氏春秋曰神通乎六合高誘曰四方上下爲六合三成帝畿謂周秦漢也樂稽嘉耀曰德象天地爲帝周禮曰方千里曰王畿史記曰周后稷名弃堯舜時爲農師號后稷姓姬氏至孫公劉周之道興至文王徙都豐武王滅紂孔安國尚書序曰漢室龍興史記曰秦之先帝顓頊之苗裔至孝公作咸陽改并六國稱皇帝周易曰虎視眈眈其欲逐逐及至大漢受命而都之也仰悟東井之精俯協河圖之靈漢書曰漢元年十月五星聚于東井沛公至霸上又曰以

宏規大起偶語

灃易豐　灞疑覇注

則何胡五義

秀

歷推之從歲星也此高祖受命之符尚書雒書曰河圖命紀也然五緯皆河圖也春秋漢含孳曰劉季握卯金金乃在軫北字禾子天下服卯在東方陽所立仁且明金在西方陰所立義成功刀居右字成章刀擊秦枉矢東流水神哭祖龍然則成功在西故都長安**奉春建策留侯演成**漢書曰高祖西都洛陽戍卒婁敬求見說上曰陛下都洛不便不如入關據秦之固上問張良良因勸上是日車駕西都長安拜婁敬爲奉春君賜姓劉氏又曰封張良爲留侯也蒼頡篇曰演引也**天人合應以發皇明**天謂五星也人謂婁敬也皇謂高祖也四子講德論曰天人並應毛詩曰乃眷西顧此惟與宅**乃眷西顧寔惟作京於是睎秦嶺睋北阜挾灃灞據龍首**說文曰睎望也呼衣切秦嶺南山也漢書曰秦地有南山睋視也五哥切北阜山也漢書文帝曰以北山石爲槨張揖上戎賦注曰豐水出鄠南山豐谷漢書曰灞水出藍田谷山海經曰華山之西龍首之山也**圖皇基於億載度宏規而大起**長楊賦曰規億載孔安國尚書傳曰十萬曰億爾雅曰載曰也小雅

抄作饒

度易慶注文誤例慶度之字今依文理改正正文

注高高祖漢書五字作漢高祖四字

張景陽七命注而作之　抄作之

抄作傍

十二門見三輔黃圖

曰羌發聲也羌與慶同古字通慶或爲慶也羌肇自高而終平世增飾以崇麗歷十二之延祚故窮泰而極侈高高祖漢書張晏曰以爲功最高而爲漢帝太祖故特起名焉漢書孝平皇帝元帝庶孫荀悅曰諱衎漢自高祖至于孝平凡十二帝也國語曰天地之所祚賈逵曰祚祿也建金城而萬雉呀周池而成淵鹽鐵論曰秦四塞以爲固金城千里鄭玄周禮注曰雉長三丈高一丈字林曰呀大空皃火家切說文曰城有水曰池披三條之廣路立十二之通門周禮曰匠人營國方九里旁三門鄭玄曰天子十二門通十二子也内則街衢洞達閭閻且千九市開場貨別隧分人不得顧車不得旋闐城溢郭旁流百廛紅塵四合煙雲相連說文曰街四通也音佳爾雅曰四達謂之衢字林曰閭里門也閻里中門也漢宮闕䟽曰長安立九市其六市在道西三市在道東鄭玄周禮注曰金玉曰貨薛綜西京賦注曰隧列肆道也意遂鄭玄禮記注曰填滿也填與闐

陳景雲改　劉本作檟

无曰字

无曰字餘倣此

抄女旁注肆注云陳日肆或作女五同

抄樂旁注舉五
抄駁

同徒堅切又曰廛市物邸舍也除連切於是旣庶且富
李陵詩曰紅塵塞天地白日何冥冥
娛樂無疆都人士女殊異乎五方遊士擬於公侯列肆侈
於姬姜論語曰子適衛冉有僕子曰庶矣哉冉有曰旣
庶矣又何加焉曰富之毛詩曰惠我無疆又曰
彼都人士又曰彼君子女漢書曰秦地五方雜錯富人
則商賈爲利列侯貴人車服僭上衆庶倣效羞不相及
鄭玄周禮注曰肆市中陳物處也左氏鄉曲豪舉遊俠
傳君子曰詩云雖有姬姜無棄憔悴也
之雄節慕原嘗名亞春陵連交合衆騁騖乎其中莊子曰治
州閭鄉曲史記魏公子無忌曰平原之遊徒豪舉耳文
子曰智過十人謂之豪漢書曰秦地豪傑則游俠通姦
史記曰平原君趙勝者趙之諸公子也諸子中勝最賢
賔客蓋至者數千人又曰孟嘗君名文姓田氏孟嘗君
在薛招致諸侯賔客食客數千人又曰春申君者楚人
也名歇姓黃氏考烈王以歇爲相封春申君客三千餘
人又曰魏公子無忌者魏安釐王弟也安釐王封公子
爲信陵君致食客三千楚辭曰朝騁騖乎江皋說文曰

○宋尤觀示也

杪集　抄本作食

无也字　○別本　○別本　○安陸刪

騁直馳也又曰鶩亂馳也音務若乃觀其四郊浮遊近縣則南望杜霸北眺五陵名都對郭邑居相承英俊之域紱冕所興冠蓋如雲七相五公鄭玄周禮注曰王國百里爲郊漢書曰宣帝葬杜陵文帝葬霸陵高帝葬長陵惠帝葬安陵景帝葬陽陵武帝葬茂陵昭帝葬平陵文子曰智過萬人謂之英千人謂之俊蒼頡篇曰紱綬也說文曰冕大夫以上冠也毛詩曰有女如雲相丞相也漢書韋賢爲丞相徙平陵車千秋爲丞相徙長陵黄霸爲丞相徙平陵平當爲丞相徙平陵魏相爲丞相徙平陵公御史大夫將軍通稱也漢書曰張湯爲御史大夫徙杜陵杜周爲御史大夫徙茂陵蕭望之爲前將軍徙杜陵馮奉世爲右將軍徙杜陵史丹爲大將軍徙杜陵然其餘不在七相之數者並以罪國除故也與乎州郡之豪傑五都之貨殖三選七遷充奉陵邑蓋以強幹弱枝隆上都而觀萬國也文子曰智過百人謂之傑十人謂之豪漢書曰王莽於五都立均官更名雒陽邯鄲臨淄宛成都市長安

於五都立均官作於長安及五都三五均

臥文華蕉稱衡表注引
逴作卓

空改穹

北改此

皆爲五均司市師三選謂選三等之人七遷謂遷於七陵也漢書曰徙吏二千石高訾富人及豪傑兼并之家於諸陵蓋亦以彊幹弱枝非獨爲奉山園也又元帝詔曰往者有司緣臣子之義奏徙郡國人以奉園陵自今所爲陵者勿置縣邑然則元帝始不遷人陪陵自元以上正有七帝也春秋漢含孳曰彊幹弱流天之道宋均曰流猶枝也左傳曰魯諸大夫曰禹會諸侯於塗山執玉帛者萬國封畿之內厥土千里漢書曰雒邑與宗周通封畿爲千里又曰秦地沃野千里人以富饒逴躒諸夏兼其所有逴躒猶超絕也逴音卓躒呂角切論語子曰夷狄之有君不如諸夏之亡也其陽則崇山隱天幽林穹谷陸海珍藏藍田美玉上林賦曰崇山巃嵸崔嵬揚雄蜀都賦曰蒼山隱天韓詩曰皎皎白駒在彼空谷薛君曰穹谷深谷也漢書東方朔曰漢與去三河之地止灞滻以西都涇渭之南此謂天下陸海之地范子計然曰玉英出藍田商洛緣其隈鄠杜濱其足漢書弘農郡有商縣上雒縣扶風有鄠縣杜陽縣說文曰隈水曲也源泉灌注陂池交屬

陸機苦寒行注引枝

陳

凡在注中之音多是五臣非真善音不宜采其在字旁加點而亦無校語者皆真善音有他本可証者也

抄西

抄旁注敷 尤云鋪棻五臣作敷紛

於回切孔安國尚書傳曰濵涯也又曰澤鄣曰陂停水曰池竹林果園芳草甘木郊野之富號爲近蜀言秦境富饒與蜀相類故號近蜀焉漢書曰秦地南有巴蜀廣漢山林竹木蔬食果實之饒爾雅曰邑外曰郊郊外曰野其陰則冠古亂以九嵕子紅陪以甘泉乃有靈宮起乎其中秦漢之所極觀古亂淵雲之所頌歎於是乎存焉漢書谷口縣九嵕山在西戰國策范雎說秦王曰大王之國北有甘泉谷口漢書公孫卿曰仙人好樓居於是上令甘泉作延壽館通天臺漢宮闕疏曰甘泉林光宮秦二世造漢書曰王子淵爲甘泉頌又曰楊子雲奏甘泉賦下有鄭白之沃衣食之源提封五萬疆埸綺分溝塍蒼朝乘刻鏤原隰龍鱗決渠降雨荷插成雲五穀垂穎桑麻鋪棻史記曰韓聞秦之好興事欲罷无令東伐迺使水工鄭國閒說秦令鑿涇水自中山西抵瓠口爲渠並北山東注洛溉舄鹵之地四方餘頃收皆畝稅一鍾命曰鄭國渠又曰趙中

抄林 見黃圖

道改通

大夫白公復奏穿渠引涇水首起谷口尾入櫟陽注渭
溉田四千餘頃因曰白渠人得其饒歌之曰田於何所
池陽谷口鄭國在前白渠起後舉插爲雲決渠爲雨涇
水一石其田數斗且溉且糞長我禾黍衣食京師億万
之口天子畿方千里提封百方井臣瓚案舊說云提撮
凡也言大舉頃畝也韋昭曰積土爲封限也毛詩曰疆
埸有瓜周禮曰十夫有溝鄭玄曰遂廣深各二尺溝倍
之說文曰塍稻田之畦也音繩爾雅曰高平曰原下濕
曰隰周禮曰以五穀養病漢書音義韋昭曰黍稷菽麥
稻也毛詩曰實穎實栗毛萇曰穎垂穎也小雅曰禾穗
謂之穎爾雅曰鋪布也普胡切王逸**東郊則有通溝大**
楚辭注曰紛盛皃也棻與紛古字通
漕潰渭洞河汎舟山東控引淮湖與海通波言通溝大漕既達河
渭又可以汎舟山東控引淮湖之流而與海通其波瀾也
漢書武紀曰穿漕渠通渭如湻曰水轉曰漕蒼頡篇曰
潰旁決也胡對切說文曰洞疾流也國語曰秦汎舟於
河歸糴於晉史記曰滎陽下引河東南爲鴻溝以與淮
泗會也**西郊則有上囿禁苑林麓藪澤陂池連乎蜀漢繚**

別本

叙延年三月三日曲水詩序注引 館作觀
抄書 見黃圖
都邸郡
別本
校注及初本
抄無于
抄放

以周墻四百餘里離宮別館三十六所神池靈沼往往
而在上囿禁苑卽林苑也羽獵賦曰開禁苑穀梁傳曰
林屬於山爲麓鄭玄周禮注曰澤无水曰藪漢書
有蜀都漢中郡繚繞也三輔故事曰上林連緜四百
餘里繚力鳥切離別非一所也上林賦曰離宮別館彌
山跨谷三秦記曰昆明池中有神
池通白鹿原毛詩曰王在靈沼其中乃有九真之麟
大宛之馬黃支之犀條支之鳥踰崐崘越巨海殊方異
類至于三萬里漢書宣帝詔曰九真獻奇獸晉灼漢書
注曰駒形麟色牛角又武紀曰貳師將
軍廣利斬大宛王首獲汗血馬又曰黃支自三萬里貢
生犀又曰條枝國臨西海有大鳥卵如甕山海經曰帝
之下都崑崙之墟高萬仞河圖括地象曰崑崙
在西北其高萬一千里子虛賦曰東注巨海也其宮室
也體象乎天地經緯乎陰陽據坤靈之正位倣太紫之
圓方七畧曰王者師天地體天而行是以明堂之制內
有太室象紫微宮南出明堂象太微春秋元命苞

文一

一千八卅上

抄瑰

雕

曰紫之言此也宮之言中也言天神圖法陰陽開閉皆
在此中也周易曰坤地道也楊雄司命箴曰普彼坤靈
侔天作制春秋合誠圖曰太微其
星十二四方又曰紫宮大帝室也**樹中天之華闕豐冠**
山之朱堂因瓌材而究奇抗應龍之虹梁列棼橑以布
翼荷棟桴而高驤列子曰周穆王築臺號曰中天之臺
漢書曰蕭何立東闕北闕周易曰豐
其屋漢書曰蕭何作未央宮濫岳關中記曰未央宮殿
皆疏龍首山土作之然殿居山上故曰冠云埤蒼曰瓌
瑋珍琦也應龍虹梁梁形似龍而曲如虹也廣雅曰有
翼曰應龍爾雅曰螮蝀虹也螮音帝蝀音董虹音紅說
文曰棼複屋棟也扶云切又曰橑椽也梁道
切又曰翼屋榮也爾雅曰棟謂之桴音浮**雕玉瑱以**
居楹裁金壁以飾璫言彫刻玉瑱以居楹柱也爾雅曰
玉謂之彫郭璞曰治玉名也廣雅
曰碩礩也瑱與碩古字通並徒年切說文曰楹柱也
上林賦曰華榱璧璫韋昭曰裁金爲璧以當榱頭也**發**
五色之渥彩光爓朗以景彰毛詩曰顏如渥丹鄭玄
曰渥厚漬也烏學切字

別本

後漢書注引

抄自啟字至爾乃類伙飛之伙字中闕　抄屋

林曰爓火貌也於是左墄右平重軒三階閨房周通門闥洞開列鍾虡於中庭立金人於端闈七略曰王者宮中必左墄而右平決疑要注曰凡太極乃有陛堂則有階无陛也左墄右平平者以文塼相亞次也墄者爲陛級也言階級勤墄然也七則切王逸楚辭注曰軒樓板也周禮夏后氏世室九階鄭玄曰南面三三面各二也爾雅曰宮中門謂之闈小者謂之閨毛萇詩傳曰闥門內也史記曰始皇大收天下兵器聚之咸陽銷以爲鍾鐻鑄金人十二重各千斤置宮中徐廣曰鐻音巨毛詩曰設業設虡毛萇曰植曰虡與鐻古字通也三輔黃圖曰秦營宮殿端門四達以則紫宮闥他曷切仍增崖而衡閾臨峻路而啓扉爾雅曰仍因也仍或爲岌非也孔安國論語注曰閾門限也胡洫切又曰峻高大也爾雅曰闔謂之扉徇以離宮別寢承以崇臺閒館煥若列宿紫宮是環孔安國尚書傳曰徇循也爾雅曰室無東西廂有室曰寢又曰四方而高曰臺春秋合誠圖曰紫宮大帝室太一之精也漢書曰中宮天極星環之匡衛

別本

才誤

增城當取崑崙層城為名似煒依後漢之改作成未必是

十二星藩臣皆曰紫宮也清涼宣溫神仙長年金華玉堂白虎麒麟區宇若茲不可殫論三輔黃圖曰未央宮有清涼殿宣室殿中溫室殿金華殿太玉堂殿中白虎殿麒麟殿長樂宮有神仙殿孔安國尚書傳曰殫盡也長年亦殿名增盤崔嵬登降炤爛殊形詭制每各異觀乘茵步輦惟所息宴毛萇詩傳曰崔高大也茲魂切王逸楚辭注曰嵬高也五迴切廣雅曰炤明也音照爛亦明也力旦切應劭漢宮儀曰皇后婕好乘輦餘皆以茵四人輿以行鄭玄禮記注曰茵蓐也於申切周易曰君子以鄉晦宴息也後宮則有掖庭椒房后妃之室合歡增城安處常寧茝若椒風披香發越蘭林蕙草鴛鸞飛翔之列漢書曰詔掖庭養視應劭曰掖庭宮人之官漢官儀曰婕妤以下皆居掖庭三輔黃圖曰長樂宮有椒房殿漢書曰班婕妤居增城舍桓子新論曰董賢女弟為昭儀居舍號曰椒風漢宮闕名長安有合歡殿披香殿鴛鸞殿飛翔殿餘亦皆殿名昭陽

无也字

尤云綸連五臣作編連

依列女傳注璧應作壁 下同

特盛隆乎孝成屋不呈材牆不露形裛以藻繡絡以綸連隨侯明月錯落其間金釭銜璧是爲列錢翡翠火齊流耀含英懸黎垂棘夜光在焉漢書曰孝成趙皇后弟絶幸爲昭儀居昭陽舍其壁帶往往爲黃金釭函藍田璧明珠翠羽飾之音義曰謂壁中之横帶也引漢書注云音義者皆失其姓名故云音義而已説文曰釭轂鐵也列錢言金釭銜璧行列似錢也釭古雙切説文曰裛纏也於劫切又曰綸糾青絲綬也淮南子曰隨侯之珠和氏之璧得之而富失之而貧高誘曰隨侯漢東國姬姓諸侯也隨侯見大蛇傷斷以藥傅而塗之後蛇於夜中銜大珠以報之因曰隨侯之珠蓋明月珠也李斯上書曰有隨和之寶垂明月之珠張揖上林賦注曰翡翠大小如爵雄赤曰翡雌青曰翠韻集曰玫瑰火齊珠也戰國策應侯謂秦王曰梁有懸黎楚有和璞而爲天下名器左氏傳曰晉荀息請以垂棘之璧假道於虞以伐虢許慎淮南子注曰夜光之珠有似明月故曰明月也高誘以隨侯爲明月許慎以明月爲夜光班固上云隨侯明月下云懸黎垂棘

中作於

陳

夜光在焉然班以夜光非隨珠明月矣以三都合爲一
寶經典不載夜光本末故說者參差矣西京賦曰流懸
黎之夜光吳都賦曰隨侯於是鄙其夜光鄒陽云夜光
之璧劉琨云夜光之珠尹文子曰田父得寶玉徑尺置
於廡上其夜明照一室然則夜
光爲通稱不繫之於珠璧也

於是玄墀釦砌玉階彤

漢書曰昭
陽舍中庭

庭碝磩綵緻琳珉青熒珊瑚碧樹周阿而生

彤朱而殿上髹漆砌皆銅沓黃金塗白玉階然墀以髹
漆故曰玄也釦砌以玉飾砌也說文曰釦金飾器枯後
切廣雅曰砌阤也且計切說文曰碝石之次玉也如兖
切磩碝類也音戚鄭玄禮記注曰緻密也郭璞上林賦
注珉主名也張揖上林賦注曰珉石次玉也廣雅曰珊
瑚珠也淮南子曰崐崘山有碧樹在其北高誘曰碧清
石也韓詩曰曲京曰
阿然此阿庭之曲也

紅羅颯纚綺組繽紛精曜華燭俯

仰如神

薛綜西京賦注曰颯纚長袖貌也颯思合切纚
山綺切說文曰綺文繒也孔安國尚書傳曰組
綬也楚辭曰佩繽紛其繁飾王逸曰繽紛盛貌也繽匹
人切戰國策張儀謂楚王曰彼鄭國之女粉白黛黑立

於儛間非知而見之者以爲神後宮之號十有四位窈窕繁華更盛迭貴處乎斯列者蓋以百數漢書曰大星正妃餘三星後宮又贊曰漢興因秦之稱號帝正適稱皇后妾皆稱夫人號凡十四等云昭儀位視丞相婕妤視上卿娙娥視中二千石傛華視真二千石美人視二千石八子視千石充依視千石七子視八百石良人視七百石長使視六百石少使視四百石五官視三百石順常視二百石無涓共和娛靈保林良使夜者皆視百石毛詩曰窈窕淑女君子好逑史記華陽夫人姊說夫人曰不以繁華時樹本方言曰迭代也徒結切娙音刑左右庭中朝堂百寮之位蕭曹魏邴謀謨乎其上尚書曰百寮師師漢書曰蕭何沛人漢王即皇帝位拜何爲相國又曰曹參沛人也代蕭何爲相國又曰魏相字弱翁濟陰人也宣帝即位代韋賢爲丞相又曰邴吉字少卿魯國人也宣帝即位代魏相爲丞相孔安國尚書傳曰謀謨也佐命則垂統輔翼則成化流大漢之愷悌蕩亡秦之毒螫李陵報蘇武書曰其餘佐命立

顏延年三月三日曲水詩序注引作讀論於六藝稽古於同異

虔

舒六切三字無

功之士易乾鑿度曰代者赤兊黄佐命宋衷曰此赤兊者謂漢高帝也黄者火之子故佐命張良是也孟子曰君子創業垂統爲可繼也禮記曰保者慎其身以輔翼之長楊賦曰今朝廷出凱悌行簡易四子講德論曰秦之時處位任政者並施螫毒說文曰螫行毒也舒亦切故令斯人揚樂和之聲作畫一之歌功德著乎祖宗膏澤洽乎黎庶孔叢子曰孔子曰古之帝王功成作樂其功善者其樂和樂和則天下且由應之況百獸乎漢書曰蕭何薨曹參代之百姓歌之曰蕭何爲法較若畫一曹參代之守而勿失載其清浄人以寧一又景帝詔曰謌者所以發德舞者所以立功申屠嘉奏曰高皇帝宜爲太祖孝文帝宜爲太宗史記太史公曰成王作頌沐浴膏澤而歌詠勤苦孟子曰膏澤下於民孔安國尚書傳曰黎衆也又有天禄石渠典籍之府命夫惇誨故老名儒師傅講論乎六藝稽合乎同異三輔故事曰天禄閣在大殿北以閣祕書石渠已見上文然同卷再見者並云已見上文務從省也他皆類此爾雅曰惇勉也孔安國尚書傳

何

祕

曰誨教也周禮曰六藝禮樂射御書數孔安國尚書傳曰稽考也又有承明金馬著作之庭大雅宏達於茲爲羣元本本殫見洽聞啓發篇章校理秘文漢書曰嚴助爲會稽太守帝賜書曰君猒承明之廬張晏曰承明廬在石渠門外金馬已見上文大雅謂有大雅之才者詩有大雅故以立稱焉漢書武帝曰司馬相如之倫皆辨智閎達元元本本謂得其元本也孔叢子曰萇弘曰仲尼洽聞强記孝經鉤命決曰丘掇秘文周以鉤陳之位衛以嚴更之署總禮官之甲科羣百郡之廉孝樂汁圖曰鉤陳後宮也服虔甘泉賦注曰紫宮外營勾陳星也然王者亦法之薛綜西京賦注曰嚴更督行夜鼓也漢書曰奉常掌禮儀屬官有五經博士又曰匡衡射策甲科除太常掌故又曰秦分天下爲郡縣又曰興廉舉孝也虎賁贅衣閹尹閽寺陛戟百重各有典司尚書周公曰綴衣虎賁公羊傳曰贅貟猶綴也贅之銳切周禮曰內小臣奄上士又有閽人寺人漢書曰太后盛服坐武帳武士陛戟陳列殿下

一作固

尤云脩除五臣作脩塗

緪

稜

何校刪之字則字疑應在金上

也周廬千列徼道綺錯史記衛令曰周廬設卒甚謹漢書音義張晏曰直宿曰廬漢書曰中尉掌徼循京師如淳曰所謂遊徼循禁備盜賊也　輦路經營脩除飛閣輦路輦道也上林賦曰輦道纚屬如淳曰輦道閣道也司馬彪上林賦注曰除樓陛也　自未央而連桂宮北彌明光而亘長樂凌隥道而超西墉掍建章而連外屬設璧門之鳳闕上觚稜而棲金爵漢書曰高祖至央宮三輔舊事曰桂宮內有明光殿毛萇詩傳曰彌終也方言曰亘竟也亘與緪古字通漢書曰高祖修長樂宮薛綜西京賦注曰隥閣道也丁鄧切毛萇詩傳曰墉城也方言曰掍同也音義與混同胡本切漢書曰建章宮其東則鳳闕高二十餘丈其南有璧門之屬漢書音義應劭曰觚八觚有隅者也音孤說文曰稜柧也柧與觚同稜落登切三輔故事曰建章宮闕上有銅鳳皇然金爵則銅鳳也　內則別風之嶕嶢眇麗巧而聳擢張千門而立萬戶順陰陽以開闔爾乃

胡、答賓戲注引作緪

正殿崔嵬層構厥高臨乎未央經駘盪而出馺娑洞枍詣以與天梁上反宇以蓋戴激日景而納光三輔故事曰建章宮東有折風闕關中記曰折風一名別風廣雅曰嶕嶢高也嶕茲堯切嶢五堯切漢書曰建章宮度爲千門万户前殿度高未央然前殿則正殿也長門賦曰正殿崔嵬以造天其高臨乎未央高之甚也崔嵬高貌也關中記曰建章宮有駘娑駘盪枍詣承光四殿馺素合切娑蘇可切駘音殆枍烏詣切天梁亦宮名也爾雅曰蓋戴覆也激日景而納光言宮殿光輝外激於日日景下照而反納其光也神明鬱其特起遂偃蹇而上躋軼雲雨於太半虹霓迴帶於棼楣雖輕迅與僄狖猶愕眙而不能階漢書曰孝武立神明臺王逸楚辭注曰偃蹇高貌也公羊傳曰躋者何躋升也三蒼曰軼從後出前也餘質切漢書音義韋昭曰凡數三分有二爲太半尸子曰虹霓爲析翳棼已見上文爾雅曰楣謂之梁靡飢切方言曰僄輕也芳妙切鄭玄禮記注曰狖疾也古飽切字書曰愕驚也五各切字林曰

棼已見上文作說文曰棼復屋棟也扶云切

胡

窱

眙驚貌勑吏切攀井幹而未半，目眴轉而意迷。舍櫺檻而卻倚，若顛墜而復稽，魂怳怳以失度，巡迴塗而下低。漢書曰：武帝作井幹樓，高五十丈，輦道相屬焉。幹音寒。司馬彪莊子注曰：井幹，井欄也。然積木有若欄也。蒼頡篇云：眴，視不明也。侯遍切。說文：櫺，楯間子也。力丁切。王逸楚辭曰：檻，楯也。胡黯切。說文曰：稽，留止也。長門賦曰：神怳怳而外淫。王逸楚辭注曰：怳，失意也。況往切。既懲懼於登望，降周流以徬徨。步甬道以縈紆，又杳窱而不見陽。廣雅曰：懲，恐也。楚辭曰：寤從容以周流，聊逍遙而自恃。毛詩序曰：徬徨不忍去。淮南子曰：甬道相連。高誘曰：甬道，飛閣複道也。說文：縈紆，猶回曲也。又曰：杳，窱也。廣雅曰：窈窱，深也。窈與杳同。烏鳥切。窱，他弔切。毛萇詩傳曰：陽，明也。排飛闥而上出，若遊目於天表，似無依而洋洋。廣雅曰：排，推也。簿皆切。闥，門闥也。楚辭曰：忽反顧而遊目。王逸楚辭注曰：洋洋，无所歸貌。前唐中而後太液，覽滄海之湯湯，揚波

陳

卻作郤　五臣作却

將注　壺　於振曹子建文贈丁儀王粲詩引改　壒

濤於碣石激神岳之嶈嶈濫瀛洲與方壺蓬萊起乎中央漢書曰建章宮其西則有唐中數十里其北沼太液池漸臺高二十餘丈名曰太液池中有蓬萊方丈瀛洲壺梁象海中仙山如湻曰唐庭也尚書曰湯湯洪水方割蒼頡篇曰濤大波尚書曰夾右碣石入於河孔安國曰海畔山也毛詩曰應門將將說文曰濫氾也力暫切列子渤海之中有大壑其中有山一曰岱輿二曰員嶠三曰方壺四曰瀛洲五曰蓬萊於是靈草冬榮神木叢生巖峻嶆崒金石崢嶸神木靈草謂不死藥也史記曰三神山仙人不死藥皆在焉杜預左氏傳注曰巖險也說文曰峻峭高也峻思俊切嶆高貌也慈由切爾雅曰崒者厜㕒也慈恤切郭璞方言注曰崢嶸高峻也崢力耕切嶸胡萌切抗仙掌以承露擢雙立之金莖軼埃堨之混濁鮮顥氣之清英言承露之高也漢書曰孝武又作柏梁銅柱承露仙人掌之屬矣方言曰擢抽也達卓切金莖銅柱也王逸楚辭注曰埃塵也許慎淮南子注曰堨埃也堨與壒同於害切鮮絜也楚辭曰天

何　士　胡

儌詞

土

後漢書泰作太

白顥顥說文曰顥白皃胡暠切鮮或爲鼇非也騁文成之丕誕馳五利之所刑
庶松喬之羣類時遊從乎斯庭實列仙之攸館非吾人
之所寧漢書曰齊人李少翁以方術見上拜少翁爲文成將軍言上即欲與神通宮室被服非象神物
不至乃作甘泉宮中爲臺畫天地泰一諸鬼神而置祭具以致天神又曰樂成侯登上書言欒大天子見大悅
曰臣之師有不死之藥可得仙人可致乃拜大爲五利將軍毛萇詩傳曰刑法也列仙傳曰赤松子者神農時
雨師也服水玉以教神農又曰王子喬者周靈王太子晉也道人浮丘公接以上嵩高山
爾乃盛娛游之壯觀奮泰武乎上囿因玆以威戎夸狄耀威靈而
講武事史記相如封禪書曰斯事天下之壯觀禮記曰西方曰戎北方曰狄又曰孟冬之月天子乃命
將帥講武習射御毛詩序曰有常德以立武事命荆州使起鳥詔梁野而驅獸
毛羣內闐飛羽上覆接翼側足集禁林而屯聚尚書曰荆及衡

尤云修其營表　五臣作擇其

○鑾　衍胡克家說
○注　無鑾字

陽惟荆州又曰華陽黑水惟梁州然則南方多獸
故命使之枚乘兔園賦曰翺翔羣熙交頸接翼

水衡虞人修其營表種別羣分部曲有署

周禮水衡鄭玄曰
川流水也衡平其
大小也周禮曰虞人萊所田之野爲表鄭司農曰表所
以識正行列也司馬彪續漢書曰將軍皆有部大將軍
營五部部有校尉一人部
下有曲曲有軍候一人

罘網連紘籠山絡野列卒周匝星羅雲布

鄭玄禮記注曰獸罟曰罘扶流切紘
罘之網也胡萌切方言曰絡繞也來
各切羽獵賦曰渙若天星
之羅韓子曰雲布風動

於是乘鑾輿備法駕帥羣臣披飛廉入苑門

蔡雍獨斷曰天子至尊不敢渫瀆言之
故託於乘輿也又曰天子出車駕次第
謂之鹵簿有法駕司馬彪曰法駕六
馬也漢書武紀曰長安作飛廉館

遂繞酆鄗歷上蘭六師發逐百獸駭殫震震爚爚雷奔電激草木塗地山淵反覆蹂躪其十二三乃拗怒而少息

世本曰武王在
酆鄗杜預左氏

胡

狄赤下有土字屬上有奮字浮云此二字陸有之又居本有之師說無奮字六臣無此二字奮又字注震

傳注曰豐在始平鄠東乎宫切說文曰鎬在上林苑中鎬與鄗同胡道切三輔黄圖曰上林有上蘭觀尚書曰司馬掌邦政統六師又曰百獸率舞震震爚爚光明貌也震之人切字指曰儵爚電光也弋灼切說文曰電陰陽激耀也漢書曰一敗塗地廣雅曰塗汙也反覆猶傾動也字林曰蹂踐也汝九切說文曰蹸轢也躪與蹸同力振切拗猶抑也於六切爾乃期門佽飛列刃鑽鍭要趹追蹤鳥驚觸絲獸駭值鋒機不虛掎弦不再控矢不單殺中必疊雙漢書武帝與北地良家子期諸殿門故有期門之號又曰佽飛掌弋射佽音次蒼頡篇曰攢聚也鑽與攢同作官切爾雅曰金鏃翦羽謂之鍭胡溝切廣雅曰趹奔也古穴切孔安國尚書傳機弩牙也說文曰掎偏引也居蟻切又曰匈奴名引弓曰控控引也颮颮紛紛矰繳相纏風毛雨血灑野蔽天颮颮紛紛衆多之貌也說文曰颮風古飇字也俾姚切周禮曰矰矢也鄭玄曰結繳於矢謂之矰矰高也說文曰繳生絲縷也之若切又曰灑所買切平原赤勇士厲猨狖失木豺

凡善所未詳並于文旁加‖

別本作涯舊音宜

狼懾竄郭璞山海經注曰猨似獼猴而大臂長便捷色黑蒼頡篇曰狖似貍與救切爾雅曰豺狗足郭璞曰腳似狗也說文曰狼似犬銳頭白頰淮南子曰猨狖顛蹷而失木鄭玄毛詩箋曰懾懼也章涉切爾

乃移師趨險並蹈潛穢窮虎奔突狂兕觸蹷爾雅曰潛深也慎子曰獸伏就穢字書曰穢蕪也爾雅曰兕似牛廣雅曰蹶踶跳也蹷居衛切踶徒帝切跳達彫切許少施

巧秦成力折掎僄狡扼猛噬脫角挫脰徒搏獨殺許少秦成未詳說文曰捉搤也搤與扼古字通於責切王弼周易注曰噬齧也音誓鄭玄禮記注曰挫折也祖過切何休公羊傳曰脰頸也徒鏤切爾雅曰暴虎徒搏也郭璞曰空手執曰搏補洛切挾師豹拖熊螭

曳犀犛頓象羆超洞壑越峻崖蹷嶄巖鉅石隤松栢

仆叢林摧草木無餘禽獸殄夷爾雅曰狻猊如虦貓食虎豹郭璞曰即師子也狻先丸切猊五奚切虦音棧貓音苗說文曰拖曳也徒可切熊獸似豕山居冬蟄歐陽尚書說曰螭猛獸也勑離切郭璞山海經注曰犀似水牛而豬

陳

資　闍　芒

釂作爵注並同　爵作釂

頭黑色有三蹄三角一在頂上一在額上一在鼻上又曰犛黑色出西南徼外力之切又曰象獸之最大者也長鼻大者牙長一丈爾雅曰羆似熊而黃色毛萇詩傳曰巉巖高峻之貌也七咸切說文曰仆頓也爾雅曰殄盡也杜預左氏傳注曰夷殺也

於是天子乃登屬玉之館歷長楊之榭覽山川之體勢觀三軍之殺獲原野蕭條目極四裔禽相鎮壓獸相枕藉

漢書宣紀曰行幸長楊宮屬玉觀服虔曰以玉飾因名焉三輔黃圖曰上林有長楊宮爾雅曰闍謂之臺有木謂之榭辭夜切羽獵賦曰三軍芒然楚辭曰山蕭條而無獸左氏傳曰投諸四裔以禦螭魅

然後收禽會衆論功賜胙陳輕騎以行炰騰酒車以斟酌割鮮野食舉烽命釂

左氏傳曰歸胙于公毛詩曰炰之燔之毛萇曰以毛曰炰薄交切子虛賦曰割鮮染輪孔安國尚書傳曰鳥獸新殺曰鮮方言曰烽虞望也郭璞曰今烽火是也說文曰釂飲酒盡子曜切

饗賜畢勞逸齊大路鳴鑾容與徘徊

別本　陳　何　何

禮記大路者天子之車也白虎通曰天子六路周禮曰巾車掌玉輅凡馭輅儀以鑾和爲節鄭玄曰鑾在衡和在軾皆以金鈴也集乎豫章之宇臨乎昆明之池左牽牛而右織女似雲漢之無涯茂樹蔭蔚芳草被隄蘭茝發色䁶䁶猗猗若摛錦布繡爥燿乎其陂三輔黃圖曰上林有豫章觀漢書曰武帝發謫吏穿昆明池漢宮闕疏曰昆明池有二石人牽牛織女象毛詩曰倬彼雲漢蒼頡篇曰蔚草木盛貌說文曰隄塘也都奚切爾雅曰芹茝蘪蕪郭璞曰香草也茝齒改切漢書曰華曅曅固靈根說文曰䁶草木白華貌毛詩曰瞻彼淇澳綠竹猗猗毛萇曰猗猗美貌說文曰摛舒也勑離切楊雄蜀都賦曰麗靡摛爥若揮錦布繡鳥則玄鶴白鷺黃鵠鵁鸛鶬鴰鴇鶂鳧鷖鴻鴈朝發河海夕宿江漢沈浮往來雲集霧散上林賦曰鸛玄鶴爾雅曰鷺舂鉏郭璞曰白鷺也說文曰鵠黃鵠也爾雅曰鵁頭鵁郭璞曰似鳧鵁鳥絞切鶄呼交切毛萇詩傳曰鸛水鳥也爾雅曰鶬

後漢書注輚輅華之焯
揄 五臣作投
此本脫投与揄同當作揄与投同

鷙

欒鴰也鴰音括郭璞曰即鶬鴰也郭璞上林賦注曰鴇似鴈無後指鴇音保杜預左氏傳注曰鴇水鳥也五激切爾雅曰舒鳧鶩毛萇詩傳曰鳧水鳥鄭玄詩箋曰鷖鳧屬也毛萇詩傳曰大曰鴻小曰鴈孝經鉤命決曰雲委霧散

於是後宮乘輚輅登龍舟張鳳蓋建華旗袪黼帷鏡清流靡微風澹淡浮埤蒼曰輚臥車也士眼切淮南子曰龍舟鷁首浮吹以虞桓子新論曰乘車玉爪華芝及鳳皇三蓋之屬上林賦曰乘法駕建華旗高誘淮南子注曰袪舉也劉歆甘泉賦曰章黼黻之文帷澹淡蓋隨風之貌也澹達濫切淡徒敢切櫂女謳鼓吹震聲激越謍厲天鳥羣翔魚窺淵方言曰楫謂之櫂直教切說文曰謳齊歌也於侯切漢武帝秋風辭曰簫鼓鳴兮發櫂歌爾雅曰越揚也聲類曰謍音大也呼宏切韓詩曰翰飛厲天薛君曰厲附也說文曰翔回飛也方言曰窺視也缺規切招白鷳下雙鵠揄文竿出比目西京雜記曰閩越王獻高帝白鷳黑鷳各一雙爾雅曰下落也戰國策更嬴曰臣能虛發而下鳥說文曰揄引也音頭文竿竿

据別本注

抄旁注衡 五

抄無

抄旁注云或作雖

以翠羽爲文飾也毛詩曰籊籊竹竿爾雅曰東方有比目魚焉不比不行其名謂之鰈他合切撫鴻罿御矰繳方舟並騖俛仰極樂爾雅曰繴謂之罿罿罬也竹劣切郭璞曰繴音壁爾雅曰大夫方舟郭璞曰併兩船莊子曰俛仰之辜拄頤左氏傳注曰俛俯也音免遂乃風舉雲搖浮遊溥覽前乘秦嶺後越九嵕東薄河華西涉岐雍宮館所歷百有餘區行所朝夕儲不改供孔安國尚書傳曰薄迫也河黃河也華華山也漢書右扶風美陽縣有岐山又右扶風有雍縣也禮上下而接山川究休祐之所用采遊童之讙謠第從臣之嘉頌尚書曰並告無間于上下神祇又曰望于山川列子曰昔堯理天下五十年不知天下治歟亂歟堯乃微服遊於康衢聞兒童謠曰立我蒸人莫匪爾極不識不知順帝之則漢書曰宣帝頗好儒術王襃與張子僑等並待詔所幸宮館輒爲歌頌第其高下以差賜帛也于斯之時都都相望邑邑相屬國藉

鏞字不誤何焯改修非也　注修非此誼

抄無書都　痛程甚也　抄氏旁注人

畀當作介介特也　抄旁注焉

十世之基家承百年之業士食舊德之名氏農服先疇之畎畝商循族世之所鬻工用高曾之規矩粲乎隱隱各得其所周易曰食舊德貞厲終吉漢書音義如淳曰今隴西俗麻田歲歲糞種爲宿疇也尚書曰濬畎澮孔安國曰廣尺深尺曰畎古犬切淮南子曰古者至德之時賈便其肆農安其業大夫安其職而處士循其道穀梁傳曰古者有士人有商人有農人有工人若臣者徒觀迹於舊墟聞之乎故老十分而未得其一端故不能徧舉也

東都賦一首

東都主人喟然而歎曰痛乎風俗之移人也子實秦人矜夸館室保界河山信識昭襄而知始皇矣烏睹大漢之云爲乎論語曰夫子喟然歎曰吾與點也漢書曰人有剛柔緩急音聲不同繫水土之風氣故謂

抄源
抄世旁注代
○淩濮本作世是也与位韻
抄得下有而
孫志祖考異云功討二字互倒
抄旁注人
已攻討與善与五臣兩本之
之也如上句作攻則下句當
討上句作功則下句當討
矣
抄旁注云作觀
○未造見儀礼 抄燿

之風好惡取舍動靜嗜欲故謂之俗鄭玄禮記注曰矜
謂自尊大也漢書田肯曰秦帶河阻山史記曰秦武王
卒無子立異母弟是爲昭襄王又曰
莊襄王卒子政立是爲始皇帝也
夫大漢之開元也
奮布衣以登皇位由數朞而創萬代蓋六籍所不能談
前聖靡得言焉漢書高祖曰吾以布衣提三尺劒取天
下高祖五年誅項羽故曰數朞也孔安
國尚書傳曰匝四時曰朞六籍六經也封禪書
曰六經載籍之傳左氏傳曰籍談司晉之典籍當此之
時功有橫而當天討有逆而順民故婁敬度勢而獻其
說蕭公權宜而拓其制時豈泰而安之哉計不得以已
也婁敬已見上文凡人姓名皆不重見餘皆類此漢書
曰蕭何脩未央宮上見其壯麗甚怒何曰天下方未
定故可因以就宮室且夫天子以四海爲家非壯
麗無以重威且毋令後代有以加也上說之吾子曾
不是睹顧曜後嗣之未造不亦暗乎言吾子不覩度勢
權宜之由反以後

抄下有也

嗣末造而自眩惽不亦暗乎言暗之甚也儀禮曰願吾
子教之鄭玄曰吾子相親辭也吾我也子男子美稱
今將語子以建武之治永平之事監于太清以變子之
惑志東觀漢記曰建武光武年號也永平孝明年號也
淮南子曰太清之化也和順以寂漠質直以素樸
高誘曰太清
無爲之化往者王莽作逆漢祚中缺天人致誅六合
相滅漢書曰王莽字巨君王皇后之弟子也初居攝後
即天子位賈逵國語注曰祚位也尚書曰我則致
天之罰六合
已見上文于時之亂生人幾亡鬼神泯絶壑無完柩
郛罔遺室原野厭人之肉川谷流人之血秦項之災猶
不克半書契以來未之或紀尚書曰生人保厥居杜預
左氏傳注曰幾近也渠機
切周禮大宗伯掌天神人鬼之祀禮記曰在牀曰尸在
棺曰柩杜預左氏傳注曰郛郭也芳俱切楊子法言秦
將白起長平之戰四十萬人死原野厭人之肉川谷流
人之血史記曰周孝王分非子土爲附庸邑秦至始皇

初并天下。又曰：項籍，下相人，自立爲西楚伯王。周易曰：上古結繩，後代聖人易之以書契。故下人號而上訴，上帝懷而降鑒，乃致命乎聖皇。尚書曰：並告無辜于上下神祇。孔安國曰：言百姓兆人訴天地也。毛詩曰：皇矣上帝。又曰：天命降監，下人有嚴。命于下國，封建厥福。於是聖皇乃握乾符，闡坤珍，披皇圖，稽帝文，赫然發憤，應若興雲，霆擊昆陽，憑怒雷震。謂光武也。東觀漢記曰：光武皇帝諱秀。王莽末，荊州下江、平林兵起，王匡、王鳳爲之渠率。上遂率舂陵子弟隨之。王莽懼，遣大司徒王尋、大司空王邑將兵來征。上入昆陽城中，兵下昆陽。穀少，留王鳳令守城，夜出城南門。二公兵到，遂還昆陽城。時上遂選精兵三千人奔陳，二公大奔北，殺王尋。昆陽城中兵亦出，中外並擊，二公大衆遂潰亂，奔走赴水，溺死以萬數，溠水爲之不流。爾雅曰：疾雷爲霆。左氏傳：吳子之弟蹶由謂楚子曰：今君奮焉震電憑怒。遂超大河，跨北嶽，立號高邑，建都河洛。東觀漢記曰：聖公爲天子，以上爲大司馬，遣之河北安集百姓。尚書曰：至

電

自下據別本改者不注明

于北岳東觀漢記曰諸將請上尊號皇帝於是乃命有
司設壇場于鄗之陽千秋亭五成陌皇帝即位改鄗爲
高邑又曰建武元年十月車駕入洛陽遂定都
焉春秋漢含孳曰天子受符以辛日立號也
紹百王之荒屯因造化之盪滌
禮記曰百王之所同古今之所
一也淮南子大丈夫恬然無爲
與造化逍遙高誘曰造化天地也
樂緯曰殷湯改制易正蕩滌故俗
體元立制繼天而作
左氏傳元年春正月公即位春秋元命苞曰元年者何
元宜爲一謂之元何曰君之始年也杜預左氏傳注曰
見人君即位欲其體元以居正穀梁傳曰爲天
下王者天也繼天者君也周易曰神農氏作
系唐統
接漢緒茂育羣生恢復疆宇勳兼乎在昔事勤乎三
五
爾雅曰系繼也奚計切漢書劉向高祖頌曰漢帝本
系出自唐帝孔安國尚書傳曰堯以唐侯升爲天子
東觀漢記曰光武皇帝高祖九葉孫漢書王太后詔曰
奉天地而成施化羣生而茂育漢書曰羣生啿啿音湛
國語曰古曰在昔昔曰先人史記楚子西曰孔丘述三
五之法明周召之業春秋元命苞曰伏羲女媧神農爲

三皇史記五帝本紀曰黃帝顓頊帝嚳帝堯帝舜也豈特方軌並跡紛綸后辟治近古之所務蹈一聖之險易云爾哉險易喻前治亂也周易曰辭有險易也且夫建武之元天地革命四海之内更造夫婦肇有父子君臣初建人倫寔始斯乃伏犧氏之所以基皇德也周易曰天地革而四時成又曰湯武革命爾雅曰九夷八蠻六戎五狄謂之四海周易曰有天地然後有萬物有萬物然後有男女有男女然後有夫婦有夫婦然後有父子有父子然後有君臣毛詩序曰厚人倫禮含文嘉曰伏犧德洽上下始畫八卦分州土立市朝作舟輿造器械斯乃軒轅氏之所以開帝功也漢書曰昔在黃帝畫野分州周易曰神農氏日中爲市致天下之人聚天下之貨黃帝堯舜氏刳木爲舟剡木爲楫禮記曰聖人殊徽號異器械鄭玄曰器械禮樂之器及兵甲也史記曰黃帝名軒轅龔行天罰應天順人斯乃湯武之所以昭王

業也。尚書武王曰今予惟龔行天之罰周易曰湯武革命應乎天而順乎人禮含文嘉曰湯武順人心應於天史記曰天乙立是爲成湯湯伐夏桀桀奔于鳴條湯踐天子位又曰文王太子發之立是爲武王伐殷紂紂走自燔死武王革殷受天明命毛詩序曰七月陳王業也遷都改邑有殷宗中興之則焉。尚書曰盤庚遷於殷史記盤庚之時殷已都河北盤庚渡河南復居成湯之故都行湯之政然後殷復興也謂盤庚爲宗班之誤歟即土之中有周成隆平之制焉。尚書召誥曰王來紹上帝自服于土中孔安國曰今來居洛邑地勢之中也春秋命歷序曰成康之隆醴泉踊出孝經鉤命決曰俱在隆平優劣殊跡不階尺土一人之柄同符乎高祖。孟子曰紂之去武丁未久也尺地莫非其有也一人莫非其臣也又曰舜文王相去千有餘歲若合符節也克己復禮以奉終始允恭乎孝文。論語顏回問仁子曰克己復禮爲仁孫卿子曰生人之始也死人之終也終始俱善人道必矣尚書曰允恭克讓漢書曰孝文皇帝高帝中子也荀悅曰諱恒憲

予胡改據後漢注
予 昌 九

雅易予據後漢書

于

章暜古封岱勒成儀炳乎世宗。司馬彪續漢書曰建武三十二年上齋讀河圖會昌符言九葉封禪禮記曰仲尼憲章文武尚書云粵若稽古帝堯漢書武紀曰上登封泰山又宣紀曰尊孝武皇帝廟爲世宗廟案六經而校德眇古昔而論功仁聖之事既該而帝王之道備矣至乎永平之際重熙而累洽盛三雍之上儀脩袞龍之法服鋪鴻藻信景鑠揚世廟正雅樂人神之和允洽羣臣之序既肅東觀漢記曰孝明皇帝光武中子也以東海王爲皇太子光武崩皇太子即位永平二年正月上宗祀光武皇帝於明堂祀畢登靈臺二月上初臨辟雍行大射禮漢書曰武帝時河間獻王來朝對三雍宮應劭曰辟雍明堂靈臺也東觀漢記永平二年上及公卿列侯始服冕冠衣裳周禮曰王之吉服享先王即袞冕鄭玄曰袞卷龍衣也續漢書曰明帝爲光武起廟號世祖廟東觀漢記孝明詔曰璇璣鈐曰有帝漢出德洽作樂名予會明帝改其名郊廟樂曰太予樂正樂官曰太

顏曲水詩序注

抄路　抄窮　抄燭

劉越石勸進表注引作燭

抄旁注編　抄鋐　鋐之誤

抄二字作是以　於是易是以

抄上有內則二字　尤立填流泉昭明諱順故改爲填　五臣作順

抄制上有則

予樂官以應圖讖乃動大輅遵皇衢省方巡狩躬覽萬國之有無考聲教之所被散皇明以燭幽東觀漢記曰永平二年十月西巡幸長安周易曰風行地上觀先王以省方觀民設教也禮記逸禮曰王者以巡狩之禮尊天重人也巡狩者何巡者循也狩牧也謂天子巡行守牧也有無謂風俗善惡也尚書曰東漸于海西被于流沙朔南暨聲教然後增周舊脩洛邑扇巍巍顯翼翼光漢京于諸夏總八方而爲之極論語子曰巍巍乎舜禹之有天下也毛詩曰商邑翼翼四方之極諸夏已見西都賦其異篇再見者並云已見某篇他皆類此於是皇城之內宮室光明闕庭神麗奢不可踰儉不能侈言奢儉合禮故奢者不可而踰儉者不能更侈外則因原野以作苑填流泉而爲沼發蘋藻以潛魚豐圃草以毓獸制同乎梁鄒誼合乎靈囿順流泉而爲沼不更穿之也昭明諱順故

魯

抄四 抄騶虞注鐵

攷爲填毛詩曰魚在在藻蘋亦水草故連言之說文曰潛藏也韓詩曰東有圃草薛君曰圃博也有博大茂草也毓與育音義同毛詩傳曰古有梁鄒梁鄒者天子之田也毛詩曰王在靈囿麀鹿攸伏**若乃順時節而蒐狩簡車徒以講武則必臨之以王制考之以風雅**左氏傳臧僖伯曰春蒐夏苗秋獮冬狩皆於農隙以講事也又曰大閱簡車馬講武已見上文禮記王制曰天子諸侯無事則歲三田田不以禮曰暴天物**歷騶**風國風騶虞駟鐵是也雅小雅車攻吉日是也**虞覽駟鐵嘉車攻采吉日禮官整儀乘輿乃出**毛詩序曰騶虞蒐田以時仁如騶虞也又曰駟鐵美襄公也始命有田狩之事又曰車攻宣王復會諸侯於東都因田獵而選車徒焉又曰吉日美宣王也能慎微接下無不自盡以奉其上焉漢書景帝詔曰禮官具禮儀乘輿已見上文**於是發鯨魚鏗華鐘**尚書大傳曰天子左五鐘天子將出則撞黃鐘右五鐘皆應薛綜西京賦注曰海中有大魚曰鯨海邊又有獸名蒲牢蒲牢素畏鯨鯨魚擊蒲牢輒大鳴凡鐘欲令聲大者故

後漢注

顏延年三月三日曲水詩序注引麗作纚
寑洛本作祲注祲亦盛也依文義善注不誤
寑五臣作祲音侵
棽儷也
祲
抄本注蜆 善

作蒲牢於上所以撞之者爲鯨魚鐘有篆刻之文故曰華也登玉輅乘時龍鳳蓋棽麗龢鑾玲瓏天官景從寑威盛容輅已見西都賦周易曰時乘六龍鳳蓋已見上文劉歆七略曰羽蓋棽麗紛循悠悠說文曰棽大枝條棽音林麗音離和鑾已見上文埤蒼曰玲瓏玉聲也玲力經切瓏力東切蔡雍獨斷百官小吏曰天官焦貢易林曰龍渴求飲黑雲景從寑威寑其威武也寑或爲侵龢與和音義通山靈護野屬御方神雨師汎灑風伯清塵山靈山神也屬御屬車之御也方神四方之神也韓子曰師曠謂晉平公曰黃帝合鬼神於太山之上風伯進掃雨師灑道風俗通曰雨師畢星也風伯箕星也千乘雷起萬騎紛紜元戎竟野戈鋋彗雲羽旄掃霓旌旗拂天蔡雍獨斷曰大駕備千乘萬騎毛詩曰元戎十乘以先啓行說文曰鋋小矛也音澶又曰彗掃竹也蘇類切左氏傳曰晉人假羽旄於鄭焱焱炎炎揚光飛文吐爓生風欱野歕山日月爲之奪明丘陵爲

灑當作儷
汎當作汎汎灑也

之摇震說文曰焱火華也弋贍切字林曰炎火光于拙切說文曰歘吹也火合切歘吹氣也敷悶切公羊傳曰地震者何地動也震協韻音真遂集乎中囿陳師按屯駢部曲列校隊勒三軍誓將帥毛詩曰陳師鞠旅漢書音義臣瓚曰律說云勒兵而守曰屯部曲已見上文駢猶併也步田切漢書曰從胡人大校獵如淳曰合軍聚衆有幡校擊鼓也杜預左氏傳注曰百人為一隊徒對切然後舉烽伐鼓申令三驅輶車霆激驍騎電騖毛詩曰鉦人伐鼓鉦之成切孔安國尚書傳曰師出以律三申令之重難之義周易曰王用三驅失前禽也毛詩曰輶車鑾鑣毛萇曰輶輕也說文曰驍良馬也由基發射范氏施御弦不睼禽轡不詭遇飛者未及翔走者未及去左氏傳曰養由基蹲甲而射之徹七札焉括地圖曰夏德盛二龍降之禹使范氏御之以行經南方孟子曰趙簡子使王良與嬖奚乘終日不獲一禽反曰天下賤工也王良請復之一朝而獲十反曰良工也簡子曰吾使汝掌乘王良曰不可吾為範我

當田作倏　抄倏
抄般　抄泄
渫即渫字後漢書作泄
无也字

驅馳終日不獲一焉爲之詭遇一朝而獲十劉熙曰橫而射之曰詭遇說文曰睼視也音遞**指顧倏忽獲車已實樂不極盤殺不盡物馬踠餘足士怒未渫先驅復路屬車案節**倏忽疾也高唐賦曰舉功先得獲車已實鄭玄禮記注曰極盡也爾雅曰盤樂也踠屈也於遠切先驅則前驅也周禮曰王出入則自左馭而前驅漢書音義曰大駕屬車八十一乘作三行子虛賦曰案節未舒也**於是薦三犧效五牲禮神祇懷百靈**左氏傳鄭子大叔曰爲五牲三犧杜預曰五牲麋鹿麏狼兎三犧祭天地宗廟三者之犧也周禮曰大宗伯掌天神地祇之禮然天神曰神地神曰祇也毛詩曰懷柔百神**覲明堂臨辟雍揚緝熙宣皇風登靈臺考休徵**東觀漢記曰永平二年正月上宗祀光武皇帝於明堂禮畢升靈臺三月上初臨辟雍行大射禮周書曰明堂者明諸侯之尊卑也故周公建焉而朝諸侯於明堂之位制禮樂頒度量禮記曰天子辟雍毛詩曰維清緝熙文王之典鄭玄毛詩箋曰天子有靈臺所以觀祲象察氣之妖

胡　胡

陸士衡辨亡論下注引作以

祥也尚書曰休徵孔安國曰叙美行之驗也俯仰乎乾坤參象乎聖躬周易曰庖犧氏仰則觀象於天俯則觀法於地近取諸身遠取諸物目中夏而布德瞰四裔而抗稜禮記曰布德和令字書曰瞰望也苦暫切漢書詔曰投諸四裔又曰威稜憺乎鄰國李奇曰神靈之威曰稜西遡河源東瀆海濵北動幽崖南燿朱垠漢書曰漢使張騫窮河源案古圖書名河所出曰崐崘墟毛詩曰寘之河之漘兮毛萇曰漘崖也尚書曰宅朔方曰幽都朱垠南方也甘泉賦曰南煬丹崖殊方別區界絕而不鄰自孝武之所不征孝宣之所未臣莫不陸讋水慄奔走而來賓孝武耀威匈奴遠懾孝宣脩德呼韓入臣舉前代之盛猶不如今說文曰讋失氣也章涉切遂綏哀牢開永昌東觀漢記曰以益州徼外哀牢王率衆慕化地曠遠置永昌郡也春王三朝會同漢京是日也天子受四海之圖籍膺萬國之貢珍內撫諸

夏外綏百蠻漢書董仲舒策曰春秋之文正次王王次春春者天之所爲也正者王之所爲也三朝歲首朔日也漢書谷永上書曰今年正月朔日有蝕之於三朝之會周禮曰時見曰會殷覜曰同賈逵國語注曰膺猶受也諸夏已見上文其事煩已重見及易知者直云已見上文而它皆類此毛詩曰因時百蠻也爾乃盛禮興樂供帳置乎雲龍之庭陳百寮而贊羣后究皇儀而展帝容漢書成紀曰三輔長無供帳繇役之勞張晏曰帳帷帳也洛陽宮舍記有雲龍門百僚已見上文尚書曰班瑞于羣后於是庭實千品旨酒萬鍾列金罍班玉觴嘉珍御太牢饗左氏傳孟獻子言於公曰臣聞聘而獻物於是有庭實旅百毛詩曰我有旨酒說文曰鍾酒器也孔叢子曰堯飲千鍾毛詩曰我姑酌彼金罍漢書音義曰觴爵也珍八珍也大戴禮曰牛曰太牢爾乃食舉雍徹太師奏樂陳金石布絲竹鐘鼓鏗鎗管絃燁煜蔡邕禮樂志曰漢樂有四品一曰太予樂郊祀陵廟殿中諸會食

舉也禮記曰客出以雍徹周禮曰太師下大夫又曰播之以八音金石土革絲木匏竹鄭玄曰金鐘鎛也石磬也土塤也革鼓鼗也絲琴瑟也木柷敔也匏笙也竹管簫也禮記曰子夏曰鐘聲鏗鏗苦耕切鞫亦聲也呼萌切煌煜聲之盛煜由鞫切抗五聲極六律歌九功舞八佾韶武備泰古畢左氏傳曰子曰五聲六律杜預曰五聲宮商角徵羽也六律黃鐘太蔟姑洗蕤賓夷則無射陽爲律陰爲呂此十二月之氣也尚書禹貢曰水火金木土穀惟修正德利用厚生惟和九功惟敘九序惟歌穀梁傳曰舞夏天子八佾馬融論語注曰佾列也八人爲列八八六十四人也論語曰子謂韶盡美矣又盡善也謂武盡美矣未盡善也泰古泰古之樂也四夷間奏德廣所及僸佅兜離罔不具集孔安國尚書傳曰間迭也古莧切毛萇詩傳曰舞四夷之樂大德廣所及也孝經鉤命決曰東夷之樂曰佅南夷之樂曰任西夷之樂曰林離北夷之樂曰僸毛萇詩傳曰東夷之樂曰韎南夷之樂曰任西夷之樂曰朱離北夷之樂曰禁然說樂是一而字並不同蓋古音有輕重也僸音禁佅莫芥切兜丁侯切萬樂備百

何曰宋本作泉今案淵字是真善本

萬　仲

禮暨皇歡浹群臣醉降烟熅調元氣（毛詩曰烝畀祖妣以洽百禮周易曰天地絪縕萬物化醇春秋命歷序曰元氣正則天地八卦孳也）然後撞鐘告罷百寮遂退（撞猶擊也尚書大傳曰天子將入則撞蕤賓之鐘左五鐘皆應之）於是聖上覩萬方之歡娛又沐浴於膏澤懼其後心之將萌而怠於東作也（孝經曰故得萬國之歡心沐浴膏澤已見西都賦尚書曰分命羲叔平秩東作）乃申舊章下明詔命有司班憲度昭節儉示太素去後宮之麗飾損乘輿之服御抑工商之淫業興農桑之盛務遂令海内棄末而反本背偽而歸真女脩織紝男務耕耘器用陶匏服尚素玄恥纖靡而不服賤奇麗而弗珍捐金於山沈珠於淵（左氏傳季桓子曰舊章不可忘也漢書曰文帝躬節儉素也漢書詔曰農天下之大本也而人

或不務本而事末故生不遂李奇曰本農也末賈也淮南子曰守道順理者不免於飢寒之患而欲民之去末反本是猶發其源而壅其流也禮記曰女織紝組紃杜預左氏傳注曰織紝繒布也毛萇詩傳曰耘除草也禮記曰器用陶匏尚禮殺也莊子曰捐金於山藏珠於淵不利貨財不尚富貴也於是百姓滌瑕盪穢而鏡至清形神寂漠耳目弗營嗜欲之源滅廉恥之心生莫不優游而自得玉潤而金聲揚雄集曰滌瑕蕩穢而猶若然毛萇詩傳曰瑕猶過也字書曰穢不潔清也淮南子曰鏡大清者視大明又曰形者生之舍也神者生之制也又曰和順以寂漠尚書曰弗役耳目百度惟貞淮南子曰至人之治也除其嗜欲優游委縱又曰吾所謂有天下者自得而已禮記孔子曰君子比德於玉焉温潤而澤仁也尚書傳曰天下諸侯受命於周莫不磬折玉音金聲是以四海之內學校如林庠序盈門獻酬交錯俎豆莘莘下舞上歌蹈德詠仁漢書曰平帝立學官郡國曰學縣道侯國曰校

鄉曰庠聚曰序韋昭曰小於鄉曰聚尚書曰受率其旅若林毛詩曰韓侯顧之爛其盈門又曰獻酬交錯論語孔子曰俎豆之事則嘗聞之矣毛萇詩傳曰莘莘衆多也莘所巾切禮記曰歌者在上匏竹在下貴人聲也詩序曰嗟嘆之不足故詠歌之詠歌之不足不知手之舞之足之蹈之也登降飫宴之禮既畢因相與嗟歎玄德讜言弘說咸含和而吐氣頌曰盛哉乎斯世毛詩曰儐爾籩豆飲酒之飫毛萇曰不脫屨升堂謂之飲薛君韓詩章句曰飲酒之禮下跣而上坐者謂之宴尚書曰玄德升聞乃命以位字林曰讜美言也音黨淮南子曰故聖人執中含和不下廟堂而行于四海今論者但知誦虞夏之書詠殷周之詩講羲文之易論孔氏之春秋罕能精古今之清濁究漢德之所由尚書有虞書夏書毛詩有周詩商頌周易曰古者庖犧氏始作八卦以通神明之德以類萬物之情又曰易之興也其當殷之末世周之盛德邪當文王與紂之事邪史記孔子曰吾道不行矣乃因史記作春秋唯

抄李注亂

抄衛本

抄李注屬五

子頗識舊典又徒馳騁乎末流温故知新已難而知德者鮮矣班固漢書游俠傳論曰不入於道德苟放縱於末流論語曰温故而知新可以爲師矣又曰由知德者鮮矣且夫僻界西戎險阻四塞脩其防禦孰與處乎土中平夷洞達萬方輻湊史記曰秦僻在雍州毛詩序秦風曰襄公能備其兵甲以討西戎戰國策蘇秦說孟嘗君曰秦四塞之國也高誘曰四面有山關之固故曰四塞之國防禦已見上文文子曰羣臣輻湊張湛曰如衆輻之集於轂漢書上曰智略輻湊秦領九嵕則工切涇渭之川曷若四瀆五嶽帶河泝洛圖書之淵爾雅曰江河淮濟爲四瀆又曰泰山爲東岳霍山爲南岳華山爲西岳恒山爲北岳嵩高山爲中岳周易曰河出圖洛出書聖人則之建章甘泉館御列仙孰與靈臺明堂統和天人建章甘泉已見上文禮含文嘉曰天子靈臺以考觀天人之際法陰陽之會也太液昆明鳥獸之囿

而

曷若辟雍海流，道德之富？白虎通曰：天子立辟雍者何？所以宣德化也。壅以水，象教化流行也。三輔黄圖曰：辟雍水四周於外，象四海也。游俠踰侈，犯義侵禮，孰與同履法度，翼翼濟濟也？游俠已見上文。漢帝年紀曰：禁踰侈。爾雅曰：翼翼，恭也。毛詩曰：濟濟多士。毛萇曰：多威儀也。子徒習秦阿房之造天，而不知京洛之有制也；識函谷之可關，而不知王者之無外也。史記曰：秦皇上林苑中作阿房宮，未成，欲更擇令名，作宮阿房，故天下謂之阿房宮。公羊傳曰：天王出居于鄭。王者無外，此其言出何？不能于母弟也。主人之辭未終，西都賓瞿然失容，逡巡降階，悚然意下，捧手欲辭。主人曰：復位，今將授子以五篇之詩。説文曰：瞿，驚視貌也。許縛切。公羊傳：趙盾逡巡北面再拜。郭璞爾雅注曰：逡巡，却去也。周書曰：臨攝以威，面氣悚悚，猶恐懼也。徒頰切。孔子三朝記曰：孔子受業而有疑，捧手問之，不當避席。賓既卒

何云傚封禪文

抄小題背在詩後

抄即接其詩曰

業乃稱曰美哉乎斯詩義正乎楊雄事實乎相如匪唯主人之好學蓋乃遭遇乎斯時也小子狂簡不知所裁既聞正道請終身而誦之其詩曰楊雄相如辭賦之高者故假以言焉非唯主人好學而富乎辭藻抑亦遭遇太平之時禮文可述也論語子曰吾黨之小子狂簡斐然成章不知所以裁之又曰不忮不求何用不臧子路終身誦之

明堂詩

於昭明堂明堂孔陽毛詩曰於昭于天又曰我朱孔陽聖皇宗祀穆穆煌煌孝經曰宗祀文王於明堂以配上帝毛詩曰穆穆皇皇宜君宜王上帝宴饗五位時序漢書曰天神之貴者太一其佐曰五帝河圖曰蒼帝神名靈威仰赤帝神名赤熛怒黃帝神名含樞紐白帝神名白招拒黑帝神名汁光紀楊雄河東賦曰靈祇既饗五位時序誰其配之世祖

尤云柳云威儀五臣作皇儀

光武東觀漢記曰明帝宗祀五帝於明堂光武皇帝配之左氏傳輿人誦子産若死其誰嗣之普天率土各以其職毛詩曰普天之下莫非王土率土之濱莫非王臣孝經子曰四海之内各以其職來祭猗歟緝熙允懷多福毛詩曰猗歟那歟緝熙已見上文尚書曰兆人允懷又曰永膺多福

辟雍詩

乃流辟雍辟雍湯湯孔安國尚書傳曰湯湯流貌聖皇莅止造舟爲梁毛詩曰方叔涖止人曰造舟爲梁皤皤國老乃父乃兄說文曰皤老人貌也蕭河坜愷記曰養國老於上庠孝經援神契曰天子尊事三老兄事五更應劭漢官儀曰天子父事三老抑抑威儀孝友光明毛詩威儀抑抑爾雅曰善事父母爲孝善事兄弟爲友於赫太上示我漢行毛詩曰於赫湯孫漢書上令薄昭與淮南厲王書曰王欲以親戚之意望於太上如湣曰

顔延年宋文皇帝元皇后哀冊文注引作隱

太上天子也毛詩曰示我顯德行**洪化惟神**文子曰執玄德於心化馳如神**永觀厥成**毛詩曰我客戾止永觀厥成

靈臺詩

乃經靈臺靈臺既崇毛詩曰經始靈臺經之營之**帝勤時登爰考休徵**東觀漢記曰永平二年詔曰登靈臺正儀度休徵已見上文**三光宣精五行布序**淮南子曰夫道紘宇宙而章三光高誘曰三光日月星也尚書曰五行一曰水二曰火三曰木四曰金五曰土也**習習祥風祁祁甘雨**毛詩曰習習谷風禮斗威儀曰君乘火而王其政頌平則祥風至宋均曰即景風也其來長養萬物毛詩曰興雨祁祁尚書考靈燿曰熒惑順行甘雨時也**百穀蓁蓁庶草蕃**音繁**廡**音武韓詩曰帥時農夫播厥百穀薛君曰穀類非一故言百也又曰蓁蓁者莪薛君曰蓁蓁盛貌也尚書曰庶草蕃廡**屢惟豐年於皇樂胥**毛詩

曰綏萬國屢豐年又曰於皇時周又曰君子樂胥

寶鼎詩

嶽修貢兮川效珍吐金景兮歊浮雲說文曰歊氣上出皃呼朝切寶鼎見兮色紛縕煥其炳兮被龍文東觀漢記曰永平六年廬江太守獻寶鼎出王雒山漢書曰武帝爲人祠后土營旁得鼎有黃雲焉公卿大夫議尊寶鼎有司曰今鼎至甘泉光潤龍變承休無疆也登祖廟兮享聖神昭靈德兮彌億年東觀漢記明帝曰太常其以礿祭之日陳鼎於廟以備器用尚書曰公其以予萬億年敬天之休

白雉詩

啓靈篇兮披瑞圖獲白雉兮效素烏范曄後漢書曰永平十年白雉所在出焉東觀漢記章帝詔曰乃者白烏神雀屢臻降自京師也嘉祥阜兮集皇都

抄本注云五作淳

發皓羽兮奮翹英，容絜朗兮於純精。楚辭曰：砥室翠翹絓曲瓊。王逸曰：翹，羽名。彰皇德兮侔周成，永延長兮膺天慶。韓詩外傳曰：成王之時，越裳氏獻白雉於周公。河圖曰：謀道吉，謀德吉，能行此，大吉受天之慶也。

文選卷第一

壬戌六月廿四日　黃侃誦

先嚴父季剛先生以乙亥九月十一日殁於南京，年五十。

先嚴父評此書時年三十有七，時寓武昌黃土坡三十四号，今改首義路。

辛丑二月初一日依先嚴父原評本校讀，時年六十，寓居武昌武漢大學二區四十七号。

抄與卷一同卷

抄無此行

尤例應重一行

綜注與善今別本時亦相亂
凡有舊注者皆然

文選卷第二

梁昭明太子撰

文林郎守太子右内率府録事參軍事崇賢館直學士臣李善注上

京都上

西京賦一首

自玉西都至於此賦狀於寫深澹凡此則極陳侈泰以歸於諷諫

姚氏曰西京雄麗欲掩孟堅东京則靠不足成其辭

張平子 善曰范曄後漢書曰張衡字平子南陽西鄂人也少善屬文時天下太平日久自王侯以下莫不踰侈衡乃擬班固兩都作二京賦因以諷諫十年乃成安帝雅聞衡善術學公車徵拜郎中出爲河閒相乞骸骨徵拜尚書卒楊泉物理論曰平子二京文章卓然

薛綜注 善曰舊注是者因而留之竝於篇首題其姓名其有乖繆臣乃具釋竝稱臣善以別之

崇賢不掩前人之長後人専揚崇賢之短亦異乎前文人之用心矣

薛注 別本同作太舊音太 忲疑泰 批奢

代 五臣作世 批世 新延年陶徵士誄注引作世

鄭上有提字 上當有善曰 批民旁注人

以別之他皆類此

有憑虛公子者憑依託也虛無也言無有此公子也善曰博物志曰王孫公子皆古人相推敬之辭憑皮兵切心奓體忲奓忲言公子生於貴戚心志奓溢體安驕泰也泰或謂忲習之忲言習於麗好也善曰聲類曰奓侈字也昌氏切小雅曰狃忲也雅好博古學乎舊史氏言公子雅性好博知古事故學於舊史舊史太史掌圖典者也是以多識前代之載善曰劉向七言曰博學多識與凡殊小雅曰載事也言於安處先生公子為先生言也安處猶烏處若言何處亦謂無此先生也鄭玄禮記注曰先生老人教學者曰夫人在陽時則舒在陰時則慘此牽乎天者也陽謂春夏陰謂秋冬牽猶繫也善曰春秋繁露曰春之言猶偆也偆者喜樂之貌也秋之言猶湫也湫者憂悲之狀也偆充尹切湫子由切處沃土則逸處瘠土則勞此繫乎地者也善曰國語公甫文伯之母曰沃土之人不材淫也瘠

上當有善曰　按二字倒

土之人莫不向義勞也韋昭曰磽埆爲瘠沃肥美也慘則尠於驩勞則褊於惠能違之者寡矣違猶易也言人慘戚則不能以驩逸勞苦非不能以施惠少有能易此者善曰尠少也與鮮通也廣雅曰褊狹也畀緬切小必有之大亦宜然小謂庶人大謂王者善曰庶人因沃瘠而勞逸殊王者亦因險易而彊弱異也故帝者因天地以致化兆人承上教以成俗言帝王必欲順陽時居沃土歡逸其人使下承而化之以成奢泰之俗善曰管子曰君據法而出令百姓順上而成俗化俗之本有與推移言化之本還與沃瘠相隨逐推移也善曰淮南子曰法其所以爲法與化推移也何以覈諸覈驗也胡革切秦據雍而彊周即豫而弱高祖都西而泰光武處東而約政之興衰恒由此作作起也善曰過秦論曰秦孝公據雍州之地呂氏春秋曰河漢之閒爲豫州也按雍州厥土惟黃壤厥田惟上上是沃土也故云秦據雍而彊高祖都西而泰荆河惟豫州厥土惟墳

在字疑應在弘農上

贔屓本字當作奰

墟厥田惟中上是瘠土也故云周即豫而弱光武處東而約左傳晉叔向曰存亡之道恒由此與周禮曰夫筋之所由瞻恒由此作**先生獨不見西京之事歟請爲吾子陳之**善曰鄭玄禮記注曰吾子相親之辭也**漢氏初都在渭之涘**涘涯也善曰漢書東方朔曰漢都涇渭之南毛詩曰在渭之涘**秦里其朔寔爲咸陽**里居也朔北也寔是也秦地居其北是曰咸陽善曰史記曰秦孝公作咸陽徙都之**左有崤函重險桃林之塞**崤及函谷關桃林皆在長安東故言左善曰殽函已見西都賦左氏傳曰以守桃林之塞按桃林弘農在閿鄉南谷中**綴以二華巨靈贔屓高掌遠蹠以流河曲厥跡猶存**華山名也巨靈河神也巨大也古語云此本一山當河水過之而曲行河之神以手擘開其上足蹋離其下中分爲二以通河流手足之跡于今尚在贔屓作力之貌也善曰賈逵國語注曰綴連也山海經曰太華之西少華之山遁甲開山圖曰有巨靈胡者徧得坤元之道能造山川出江河楊雄河東賦曰河靈矍踼掌

首敘山川形勢

善曰二字宜列說文上

抄側沾有字

至于四字刪

隆崛之類皆

華蹈襄顛扶祕切屓許備切蹠之石切矍居縛切踢丑略切右有隴坻之隘，隔閡礙華戎。善曰漢書音義應劭曰天水有大阪曰隴坻丁禮切廣雅曰隘狹也說文曰隔塞也小雅曰閡限也五代切岐梁汧雍。說文曰岐山在長安西美陽縣界山有兩岐因以名焉善曰漢書右扶風好畤縣有梁山又汧山在扶風汧縣西汧音牽陳寶鳴雞在焉。善曰漢書曰秦文公獲若石于陳倉北坂城祠之其神光輝若流星從東方來集于祠城則若雄雉其聲殷殷云野雞夜鳴以一太牢祠之名曰陳寶應劭曰時以寶瑞作陳寶祠在陳倉故曰陳寶於前則終南太一。名也善曰尚書曰終南惇物至于鳥鼠漢書曰太一山古文以爲終南五經要義曰太一名終南山在扶風武功縣此云終南太一不得爲一山明矣蓋終南南山之總名太一一山之別號耳隆崛崔崒，隱轔鬱律。山形容也善曰埤蒼曰崛特起也魚勿切崔徂回切崒情律切轔怜軫切連岡乎嶓冢。善曰爾雅曰山脊曰岡尚書曰導嶓冢至于荊山嶓音波抱杜含鄠。音戶杜陵鄠縣言終南太一含裹之欱灃吐鎬。善曰灃鎬二水名也已見西都

善曰删 抄下注有字云一本

无音據二字本字踞 下注據字 抄皖

薛注有误

賦說文曰欲歠也呼合切歠昌悅切 爰有藍田珍玉是之自出 藍田弘農縣也善曰爾雅曰爰有寒泉范子計然曰玉英出藍田是之自出謂玉出自藍田之中也 於後則高陵平原據渭踞涇 善曰爾雅曰大阜曰陵又曰高平曰原毛萇詩傳曰據依也大戴禮曰獨坐不踞然踞却倚也音據 澶漫靡迤作鎮於近 澶漫靡迤陵原之形爲作近鎮也善曰子虛賦曰登降迤靡案衍澶漫澶徒旦切漫莫半切 其遠則九嵕甘泉涸陰沍寒日北至而含凍此焉清暑 九嵕甘泉其處常陰寒日北至謂夏至時猶沍寒而有凍帝或避暑於甘泉宮故云清暑善曰左氏傳申豐曰涸陰沍寒沍胡故切漢書曰夏至于東井北近極故晷短爲溫暑者上林賦曰盛夏含凍裂地 爾乃廣衍沃野厥田上上 善曰鄭玄周禮注下平曰衍漢書曰秦地沃野千里尚書雍州曰厥田惟上上 寔惟地之奧區神皋 神皋擬神之聲善曰漢書曰自古以雍州積高神明之隩故立畤郊上帝諸神祠皆聚之廣雅曰皋局也謂神

○毛詩 ○侃改

用以也。

王引之云翦讀为踐文王世子不踐其類也周礼甸师注引翦作踐玉藻凡有血氣之類弗身踐也注踐当為翦踐居也

宅見宅也。

言緯共二十八宿隨天左轉為經五星右旋为緯

明之界局也昔者大帝說秦繆公而覲之饗以鈞天廣樂帝有醉焉乃爲金策錫用此土而翦諸鶉首大帝天也翦盡也善曰山海經曰浪風之山或上倍之是謂玄圃或上倍之是謂大帝之居史記曰趙簡子疾扁鵲視之曰昔繆公常如此七日而寤寤之日告公孫支曰我之帝所甚樂帝告我晉國且大亂今主君之疾與之同三日簡子寤曰我之帝所甚樂與百神遊于鈞天廣樂九奏萬舞不類三代之樂其聲動心虞喜志林曰喭曰天帝醉秦暴金誤隕石墜謂秦繆公夢天帝奏鈞天樂已有此喭列仙傳瓚曰秦繆公受金策祚世之業漢書曰自井至柳謂之鶉首之次秦之分也盡取鶉首之分爲秦之境也是時也並爲彊國者有六韓魏燕趙齊楚然而四海同宅西秦豈不詭哉宅居也詭異也初繆公夢然後六國竟滅秦果并而居之豈不異哉自我高祖之始入也五緯相汁以旅于東井善曰五緯五星也漢書曰漢元年十月五星聚于東井沛公至灞上又曰此高祖受命之符已見西

宫都

一本二字在漢書上

此注前後異義疑善曰二字當在漢書音義上薛注訓幹爲干訓幹非其議爲不合干上妄議李注則訓幹爲正也天輅胡七字在本文下注陸佐公石闕銘注引其心作之心

○時是也意辭也王念孫曰意亦猶抑亦也抑與意古字通論語學而篇抑與之與漢石經抑作意肆予作王曰

謟一疑也

都賦方言曰汁叶也之十切郭璞曰叶和也婁敬委輅幹非其議善曰漢書婁敬脫輓委輅曰臣願見上言便宜又說上曰陛下都洛陽不如入關中言婁敬貧之人不合干上妄議其說允合帝心漢書音義應劭曰輅謂以木當胷以輓輦也輅胡格切幹音干薛君韓詩章句曰幹正也謂以其議非而正之天啓其心謂五星聚也人惎之謀惎教也謂婁敬之謀善曰惎音忌及帝圖時意亦有慮乎神祇宜其可定以爲天邑言高帝圖此居之時意亦以慮於天地陰陽而思可宜定以爲天邑善曰爾雅曰圖謀也尚書曰肆予敢求爾于天邑商豈伊不虔思于天衢伊惟也虔敬也言此時豈惟不敬思於天氣四交之處邪謂東京也豈伊不懷歸于枌榆懷思也枌榆豐社高祖所起也豈惟不思歸處枌榆社之域都於洛邑也善曰漢書曰高祖禱豐枌榆社張晏曰枌白榆也社在豐東北一十五里是也天命不滔疇敢以渝渝易也天使都長安謂五星聚于東井也善曰左氏傳子高曰天命不滔滔與謟音義同於

无以字馬輯本有

○胡

是量徑輪考廣袤南北爲徑東西爲廣善曰周禮大司徒掌九州之地廣輪之數鄭玄曰輪縱也說文曰南北曰袤莫又切經城洫營郭郛洫域池也善曰周禮曰廣八尺深八尺謂之洫呼域切公羊傳曰郛者何域外大郭也芳俱切取殊裁於八都豈啓度於往舊裁制也八都猶八方也啓開也言采取八方異制以爲宮室之巧非復遵往日之故法也乃覽秦制跨周法跨越也因秦制故曰覽比周勝故曰跨之也狹百堵之側陋增九筵之迫脅詩曰築室百堵今以爲陋周禮明堂九筵今又增之也善曰以九筵爲迫脅故增廣之周禮曰明堂度九筵東西九筵筵各九尺正紫宮於未央表嶢闕於閶闔天有紫微宮王者象之紫微宮門名曰閶闔宮門立闕以爲表嶢者言高遠也善曰辛氏三秦記曰未央宮一名紫微宮然未央爲總稱紫宮其中別名疏龍首以抗殿狀巍峩以岌嶪抗舉也善曰三輔黃圖曰日營未央因龍首以制前殿上林賦曰嵯峨嶕嶫此之謂也亘雄虹之長梁

棼，複屋棟也

京，應作都

藻井亦謂之綺井。魏都賦：綺井列疏以懸蔕。今俗云天花板

狎獵亦作接獵、捷獵

廣雅：接獵，插也

上林賦：華榱璧璫。韋昭：裁金為璧以當榱頭

五臣作暐，舊音偉

碣，疑舄。鮑明遠代君子有所思詩注引碣作舄

王逸楚辭注曰：軒，樓板也。周禮夏后氏世室九階，鄭云：南面三，三面各二也

西都賦善注：平者以文塼相亞次也。墄者為陛級也

亘徑度也虹蝃蝀也謂殿梁皆徑度朱畫五色如蝃蝀蝃蝀有雌雄雄者色鮮好也善曰楚辭曰建雄虹之采旄亘古鄧切**結棼橑以相接**善曰棼橑已見西京賦**蔕倒茄於藻井披紅葩之狎獵**茄藕莖也以其莖倒殖於藻井其華下向反披狎獵重接貌藻井當棟中交木方爲之如井幹也善曰聲類曰蔕果鼻也蔕音帝孔安國尚書傳曰藻水草之有文者也風俗通曰今殿作天井者東井之像也菱水中之物皆所以厭火也說文曰葩華也普華切**飾華榱與璧璫**華榱畫其榱也善曰辟璫已見西都賦也**流景曜之韡曄**曜光也韡曄言明盛也善曰景光景光也**雕楹玉碣**善曰西都賦曰彫玉瑱以居楹說文曰楹柱也廣雅曰碣礩也碣與舄古字通**繡栭雲楣**栭斗也楣梁也皆雲氣畫如繡也善曰王褒甘泉頌曰采雲氣以爲楣**三階重軒鏤檻文槐**檻闌也皆刻畫又以大板廣四五尺加漆澤焉重置中間闌上名曰軒善曰西都賦曰重軒三階王褒甘泉頌曰編瑇瑁之文槐聲類曰槐屋連緜也婢祗切**右平左墄**墄城限也謂階齒也天子殿

壁作璧　拔應作

說文墀涂地也禮天子赤墀

高九尺階九齒各有九殿其側階各中分左右左有齒
右則滂沲平之令輦車得上善曰西都賦曰左墄右平也
青瑣丹墀善曰漢書曰赤墀青瑣音義曰以青畫戶邊
鏤中王逸楚辭注曰文如連瑣漢官典職曰
丹漆地故稱丹墀**刊層平堂設切厓隒**刊削也善曰郭璞山海經注曰層重
也宋衷太玄經注曰堂高也切與砌
古字通說文曰**坻崿鱗眴棧齴巉嶮**殿基之形勢也善
隒厓也和檢切曰廣雅曰坻除也
文字集略曰崿崖也埤蒼曰眴音荀棧士眼切齴音
眼巉助奄切嶮魚檢切鱗眴無涯也棧嶮皆高峻貌**襄**
岸夷塗脩路陵險襄謂高也夷平也
陵陂也險危也**重門襲固姦宄是**
防姦邪也竊寶曰宄善曰周易曰重門擊柝以待暴客
淮南子曰闔門重襲以避姦賊郭璞爾雅注曰襲重
也孔安國尚書傳曰寇**仰福帝居陽曜陰藏**帝居謂太
賊在外曰姦在內曰宄微宮五帝
所居福猶同也太微宮陽時則見陰
時則藏言今長安宮上與之同法矣**洪鐘萬鈞猛虡趪**
趪洪大也猛怒也三十斤曰鈞縣鐘格曰筍植曰虡趪
趪張設貌言大鐘乃重三十萬斤虡力猛怒故能勝

說文驤馬之低仰也

之爲善曰周禮曰梟氏爲獸之形大聲有力者以爲鐘虡虡音巨趪音黄負筍業而餘怒乃奮翅而騰驤當筍下爲兩飛獸以背負又以板置上名爲業騰超也驤馳也言獸負此筍業已重乃有餘力奮其兩翼如將超馳者矣朝堂承東溫調延北西有玉臺聯以昆德皆殿與臺名也善曰爾雅曰延陳也說文注曰聯連也嵳峩崨嶫形勢也罔識所則不能名其所法則也若夫長年神僊宣室玉堂四殿之名善曰並見西都賦麒麟朱鳥龍興含章善曰龍興含章皆殿名也漢宮闕名有麒麟殿朱鳥殿譬衆星之環極極北極也環猶繞也言宮觀臺榭樓閣之周於正殿如衆星之繞北極也善曰中宮天極星環之筐十二星藩臣西都賦曰奐若列宿紫宮是環叛赫戲以煇煌叛猶煥也赫戲炎盛也煇煌光燿也善曰淮南子曰焜昱錯眩照燿煇煌叛音判戲音羲煇音煇煌音皇正殿路寢用朝羣辟周曰路寢漢曰正殿羣辟謂王

左氏傳曰

則既有刪

侯公卿大夫士也大夏耽耽九戸開闢屋之四下者爲夏耽耽深邃之貌也都南切善曰三輔三代故事曰大夏殿始皇造銅人十枚在殿前大戴禮曰明堂者古有之凡九室鄭玄禮記注曰天子路寢制如明堂然則既有九室室有一戸也說文曰闢開也嘉木樹庭芳草如積善曰韓詩曰綠⿱艹毒如簀簀積也薛君曰簀綠⿱艹毒盛如積也⿱艹毒音竹高門有閌列坐金狄善曰毛詩曰皐門有伉與閌同鄭玄禮記注曰皐之言高也金狄金人也史記曰始皇收天下兵銷以爲金人十二各重千斤致於宮中內有常侍謁者常侍閹官謁者寺人也奉命當御善曰奉傳詔命而遞當進也左傳子朱曰朱也當御蔡邕獨斷曰御進也凡進皆曰御也蘭臺金馬遞宿迭居蘭臺臺名善曰金馬已見西都賦序爾雅曰遞迭也小雅曰迭更也迭結切次有天祿石渠校文之處善曰天祿石渠已見上文重以虎威章溝嚴更之署虎威章溝未聞其意嚴更督行夜鼓署位也徼道外周千廬內附衛尉八

則胡云衍

屯警夜巡晝衛尉帥吏士周宮外於四方四角立八屯
士士則傳宮外向爲廬舍晝則巡行非常
夜則警備不虞也徼音叫善曰西都賦曰徼道綺錯植
漢書曰衛尉掌門衛屯兵孔安國尚書傳曰警戒也
鍛懸瞂用戒不虞植柱也善曰說文曰鍛鈒有鐔也一
曰鋋似兩刃刀方言曰盾或謂之瞂
周易曰君子以治戒器戒不虞後宮則昭陽飛翔增成
鈒芳皮切鎩山例切瞂音伐
合驩蘭林披香鳳皇鴛鸞皆後宮別名善曰皆殿名
已見西都賦漢宮闕名有
鳳皇
殿羣窈窕之華麗嗟內顧之所觀觀覿也謂內顧
所覿皆盛好也
善曰窈窕已見西都賦小雅曰嗟發
聲也三略曰將內顧則士卒慕之也故其館室次舍善
曰
周禮曰宮正掌宮中次舍鄭
玄禮記注曰次自循止之處采飾纖縟采五色也纖細
縟繁采飾也善曰說文曰
縟繁采飾也
也音辱裛以藻繡文以朱綠善曰西都賦曰裛以藻
繡傅毅七激曰欂櫨雕
藻文以
朱綠也翡翠火齊絡以美玉善曰翡翠鳥名也火齊玫
瑰珠也六韜曰紂作瓊室

瞂據說文改
抄旁注城
羗注同抄羗
○據注引小雅當如此
周禮鄭玄注次宿衛所在舍休沐之處此文次舍亭在後宮蓋指郎衛與上兵衛不同
色
說文褭書囊也
別一義
此善曰有誤
此叙宮人所居

戰國策范雎謂秦王曰梁有懸黎楚有和璞

璘彬亦作璘豳璘斑

梁汁圖曰鉤陳後宮也

鹿臺飾以美玉列子曰穆王爲中天之臺絡以珠玉齊才計切流懸黎之夜光綴隨珠以爲燭明月大珠夜則有光如燭也善曰懸黎夜光隨珠已見西都賦金戺玉階彤庭煇音渾煇彤赤也煇煇赤色貌也善曰廣雅曰戺砌也音俟西都賦曰玉階彤庭珊瑚琳碧瓀珉璘彬璘彬玉光色雜也善曰珊瑚瓀珉已見西都賦璘力神切彬方珉切珍物羅生煥若崐崘珍美之物羅列布見煥焉如崐崘之所生者善曰山海經云崐崘之墟有珠樹文王樹雖厥裁之不廣侈靡踰乎至尊謂其裁制雖事事狹小於至尊然其靡麗之好乃過之也善曰喪服傳曰天子至尊裁才再切於是鉤陳之外閣道穹隆善曰鉤陳已見西都賦穹隆長曲貌屬長樂與明光徑北通乎桂宮長樂桂宮皆宮名明光殿名也漢書武帝故事上起明光宮桂宮長樂宮皆輦道相屬懸棟飛閣北度從宮中西上城至神明臺命般爾之巧匠般魯般一云公輸之子魯哀公時巧人爾王爾皆古之巧者也

按八離宮　長樂　何

莊子盜跖篇係溺于馮氣釋文曰言憤畜不通之氣也說文懣煩也莫困切

鈔本注五臣決作塏 雲陽今陝西淳化縣地

善曰淮南子曰魯般以木爲鳶而飛之般音班又曰王爾無所錯其剞劂盡變態乎其中變奇也態巧也後宮不移樂不徙懸善曰上林賦曰庖厨不徙後宮不移劉向新序曰孟獻子聘於晉韓宣子止而觴之三徙鐘石之懸不移而具也門衛供帳官以物辨善曰供帳已見東都賦門衛已見上恣意所幸下輦成燕窮年忘歸猶弗能徧善曰孫卿子曰知物之理沒世窮年不能徧也瑰異日新殫所未見瑰奇也殫盡也言奇異之好日日變易皆所未嘗目見之物也惟帝王之神麗懼尊卑之不殊雖斯宇之既坦心猶憑而未攄坦大也憑滿也攄舒也思比象於紫微恨阿房之不可廬廬居也時阿房已壞故不得居也覛往昔之遺館獲林光於秦餘覛視也善曰漢書音義瓚曰林光秦離宮名也覛士狄切處甘泉之爽塏乃隆崇而弘敷甘泉山名應劭曰甘泉在馮翊雲陽縣爽明也隆崇高也

甘泉

𡺾霓一作𡺾嵲𡺾嵲狀突兀也

書刪

廣韻𨐨与斑同

梁元帝纂要文云𨐨采文麗也

曹植七啟注引作鵾

高誘淮南注以鵾雞為鳳皇別名張揖上林賦注鵾雞似鶴黃白色

弘敷猶延蔓也善曰左氏傳曰齊景公欲更晏子之宅曰請更諸爽塏者杜預曰就高燥也既新作於迎風增露寒與儲胥善曰漢書曰武帝因秦林光宮元封二年增通天迎風儲胥露寒託喬基於山岡直𡺾霓以高居𡺾霓高貌也善曰𡺾徒結切霓五結切通天訬以竦峙通天臺名武帝元封二年作漢書舊儀云高三十丈望見長安城訬高也竦立也峙住也善曰訬音眇徑百常而莖擢徑度也倍尋曰常莖特也擢獨出貌也上𨐨華以交紛下刻陗其若削𨐨華數大也刻陗高也善曰𨐨音斑又音葩陗七笑切翔鶤仰而不逮況青鳥與黃雀鶤大鳥青鳥黃雀皆小鳥翔高飛也善曰穆天子傳曰鶤雞飛八百里郭璞曰鶤即鵾鷄也鵾與鶤同音昆左氏傳曰青鳥氏司啓者也杜預曰青鳥鶬鴳也戰國策莊辛曰黃雀俯啄百粒伏櫺檻而頫聽聞雷霆之相激伏猶憑也櫺臺上蘭也頫低頭也蒼頡篇曰霆霹靂也言臺之高於上低頭聽雷聲乃在下善曰頫古頫字音俯柏梁

陳　陳

程瑤田通藝錄云甍丸者蒙也丸屋通以瓦蒙之曰甍王念孫以程說與內外傳俱合

又曰八字有誤 騫據引說文改

既災越巫陳方建章是經用厭火祥善曰漢書曰柏梁災越俗有火災復起屋必以大用勝服之於是作建章宮漢武故事曰以香柏爲之香聞數十里厭於冉切營宇之制事兼未央兼猶倍也所以順巫言也善曰漢書曰劉向上疏曰項籍燔其宮室營宇圜闕竦以造天若雙碣之相望善曰字書曰圜亦圓字也甘泉賦曰直嶢嶢以造天音操孔安國尚書傳曰造至也又曰碣石海畔山也又曰三山言相望也鳳騫翥於甍標咸遡風而欲翔甍棟也標末也遡向也謂作鐵鳳凰令張兩翼舉頭敷尾以函屋上當棟中央下有轉樞常向風如將飛者焉善曰楚辭曰鳳騫翥而飛翔說文曰騫飛貌也騫許言切翥之庶切閶闔之內別風嶕嶢善曰閶闔已見上文別風已見西都賦何工巧之瑰瑋交綺豁以疏寮瑰瑋奇好也疏刻穿之也善曰交結綺文豁然穿以爲寮也說文曰綺文繒也廣雅曰豁空也然此刻鏤爲之蒼頡篇曰寮小窗也古詩曰交疏結綺窗干雲霧而上達狀亭亭以

建章

江文通從冠軍建平王登廬山香鑪峯詩注宛作蛇

苕苕亭亭苕苕高貌也干犯也神明崛其特起井幹疊而百
增崛高貌善曰廣雅曰增重也神明井幹已見西都賦踌遊極於浮柱結重欒
以相承踌猶置也三輔名梁爲極作遊梁置浮柱上欒柱上曲木兩頭受櫨者廣雅曰曲枅
曰欒釋名曰欒柱上曲拳也累層構而遂隮望北辰而高興隮升
也子奚切北辰北極也善曰山海經曰層重也消雰埃於中宸集重陽之
清澂消散也雰埃塵穢也宸天地之交宇也言神明臺高既除去下地之埃穢乃上止於天陽之宇
清澂之中上爲清陽又爲陽故曰重陽善曰楚辭曰集重陽而入帝宮兮造旬始而觀清都雰音氛宸音
辰瞰宛虹之長鬐察雲師之所憑鬐脊也雲師畢星也臺高悉得
視之善曰鬐渠祗切廣雅曰瞰視也如淳漢書注曰宛虹也小雅曰憑依也廣雅曰雲師謂之豐隆上
飛闥而仰眺正睹瑤光與玉繩飛闥突出方木也善曰春秋運斗樞

曰北斗七星第七曰搖光春秋元命苞曰玉衡北兩星爲玉繩將乍往而未半怵悼慄而從兢怵恐也悼傷也慄憂戚也言恐墮也善曰廣雅曰乍暫也方言曰從慄也先拱切怵音黜慄音栗非都盧之輕趫孰能超而究升善曰漢書曰自合浦南有都盧國太康地志曰都盧國其人善緣高說文曰趫善緣木之士也綺驕切駮娑駘盪燾奡桔桀枍詣承光睽罛庨窖駁娑駘盪枍詣承光皆臺名燾奡桔桀睽罛庨窖皆形皃善曰燾徒到切奡五告切桔音吉睽呼圭切罛計狐切庨呼交切櫓桴重棼鍔鍔列列善曰鍔鍔列列皆高貌反宇業業飛檐轥轥凡屋宇皆垂下向而好大屋飛邊頭瓦皆更微使反上其形業業然櫓板承落也轥轥高皃善曰西都賦曰上反宇以蓋戴轥魚桀切流景內照引曜日月言皆朱畫華采流引日月之光曜於宇內天梁之宮寔開高闈天梁宮名

見漢書地理志

說文扃外閉之關也引申凡橫木以為關鍵者皆稱扃
朱珔云蘄當靳之借說文靳當膺也詩我毛傳游環靳環也游環在服馬背上驂馬外轡貫之以止驂之出故謂之靳環
擽注及別本
連匡深臣作引及別本
尤云途閣五臣作連閣
說文閈門也
窊与窈同窊窱即西都賦之杳窱廣雅釋詁窈窱深也
莊子逍遙遊大有逕庭釋文引李云一一謂激過也
墱西都賦作隥丁鄧切九章哀郢心絓結而不解兮思蹇產而不釋王逸注蹇產詰屈也離騷望高臺之偃蹇兮王逸注偃蹇高皃又為屈曲之皃大人賦綢繆偃蹇是也

宮中之門謂之闈此言特高大旗不脫扃結駟方蘄爾雅曰熊虎爲旗扃關也謂建旗車上有關制之令不動搖曰扃每門解下之今此門高不復脫扃結駕駟馬方行而入也蘄馬銜也善曰左氏傳曰楚人惎之脫扃古熒切蘄巨衣切楚辭曰青驪結駟齊千乘轙輻輕騖容於一扉駟車欲馬疾以箠欒於輻使有聲也長廊廣廡途閣雲蔓謂閣道如雲氣相延蔓也善曰許慎淮南子注曰廊屋也說文曰廡堂下周屋也無宇切閈汗庭詭異門千戶萬善曰蒼頡篇曰閈垣也胡旦切說文曰詭違也西都賦曰張千門而立萬戶重閨幽闥轉相踰延移賤切宮中之門小者曰閨言互相周通望窊窱以徑廷眇不知其所返窊窱徑廷過度之意也言入其中皆迷惑不識還道也善曰窱他弔切廷他定切返方萬切既乃珍臺蹇產以極壯墱道邐倚以正東蹇產形貌也墱閣道也邐倚一高一下一屈一直也乃從建章館踰西城東入於正宮中也善曰甘泉賦曰珍臺閒館西都賦曰凌墱道而超西墉

抄樸

作嶢嶢東方朔七諫望高山之嶢嶢是也

說文㯳夜行所擊者

洞簫賦彌望廣潒憚莽 廣潒即憚莽 廣大無涯之兒

彌竟八字刪

水經渭水注引漢武故事建章宮北有太液池池中有漸臺高三十丈

上林賦煌煌扈扈馮衍顯志賦光扈扈而煬燿兮扈扈與昈昈同並光采盛也

林客拐岑崟峩兒亦作岑巖子虛賦其山則岑崟史記岑作巖亦作嶔巖左傳三十二年傳殽有二嶔巖岩也嵒巖說文作嵒嵒

墱都亘切灑力氏切倚其綺切似閶風之遐坂橫西洫而絶金墉閶風崐崘山名也洫城池也墉謂城也絶度也言閣道似此山之長遠橫越西池而度金城也西方稱之曰金善曰東方朔十洲記崐崘其北角曰閶風之巔洫已見上文城尉不弛柝而內外潛通弛廢也潛嘿也言城門校尉不廢擊柝之備內外已自嘿通也善曰弛詩紙切鄭玄周禮注曰㯳戒夜者所擊也柝與㯳同音前開唐中彌望廣潒彌遠也善曰唐中已見西都賦漢書曰五侯大治第室連屬彌望彌竟也言望之極目字林曰潒水潒瀁也大朗切顧臨太液滄池漭沆漭沆猶洸潒亦寬大也善曰太液已見西都賦漭莫朗切沆胡朗切漸臺立於中央赫昈昈以弘敞漸臺高二十餘丈已見西都賦埤蒼曰昈赤文也音戶清淵洋洋神山峩峩列瀛洲與方丈夾蓬萊而駢羅上林岑以壘嵲下嶄巖以嵒齬三山形貌也峩峩高大也善曰三輔三代舊事曰建章宮北作清淵海毛詩曰河水洋洋三山已見西都賦駢

抄之 張景陽七命注引作擢雲芝之朱柯

抄鯢　抄跎

仍焯曰端信貞固皆微詞下乃反言也

抄飡

猶並也壘魯罪切嵬音罪嶄士咸切峿音吾長風激於別隯起洪濤而揚波

水中之洲曰隯音島善曰高唐賦曰長風至而波起浸石菌於重涯濯靈芝以朱

柯石菌靈芝皆海中神山所有神草名仙之所食者浸濯也重涯池邊也朱柯芝草莖赤色也善曰菌芝屬

也抱朴子曰芝有石芝菌求隕切海若游於玄渚鯨魚失流而蹉跎海若

海神鯨大魚善曰楚辭曰令海若舞馮夷又曰臨沅湘之玄淵薛君韓詩章句曰水一溢而爲瀸三輔舊事曰

清淵北有鯨魚刻石爲之長三丈楚辭曰驥垂兩耳中坂蹉跎廣雅曰蹉跎失足也於是采少君

之端信庶欒大之貞固善曰史記曰李少君亦以祠竈穀道却老方見上上尊之少君

者故深澤侯舍人主方欒大見西都賦凡人姓名及事易知而別卷重見者云見某篇亦從省也他皆類此

立脩莖之仙掌承雲表之清露屑瓊蘂以朝飧必性命

之可度善曰漢書曰孝武作栢梁銅柱承露仙人掌之屬三輔故事曰武帝作銅露盤承天露和玉屑

曹子建王仲宣誄注引作喬松
史記封禪書羨門高燕人
何焯曰漢武作鼎湖宮於藍田見揚雄羽獵賦
孫詒讓曰凡可居之地未有宅舍者謂之廛已有宅舍者謂之里

飲之欲以求仙楚辭曰屑瓊蘂以爲糧王逸曰糜屑也**美往昔之松喬要羨門乎天路**善曰松喬已見西都賦史記曰始皇之碣石使燕人盧生求羨門韋昭曰羨門古仙人也枚乘樂府詩曰美人在雲端天路隔無期要烏堯切**想升龍於鼎湖豈時俗之足慕**善曰史記曰齊人公孫卿曰黄帝采首山銅鑄鼎於荆山下鼎既成龍垂胡髯下迎黄帝黄帝騎龍乃上去名其處鼎湖天子曰嗟乎誠得如黄帝吾視去妻子如脫屣耳**若歷世而長存何遽營乎陵墓**善曰言若歷代而不死何急營於陵墓乎**徒觀其城郭之制則旁開三門參塗夷庭方軌十二街衢相經**街大道也經歷也一面三門門三道故云參塗塗容四軌故方十二軌軌車轍也夷平也庭猶正也善曰方言九軌之塗九有十二也周禮曰營國方三門鄭玄儀禮注曰方併也周禮曰國中營途九軌西都賦曰立十二之通門**廛里端直甍宇齊平**都邑之空地曰廛甍棟也善曰周禮曰以廛任國中之地**北闕甲第當道直啓**

以下歷敘居民郭市
胡

籣籣之通借字說文籣所以盛弩矢人所負也史記信陵君傳平原君負韊矢即籣字籣室也

三字有誤魏都賦有樹以蘭錡善彼注未引劉注

下善曰二字當在崔上

第館也甲言第一也善曰漢書曰贈霍光甲第一區音義曰有甲乙次第故曰第也北闕當帝城之北也程

巧致功期不陁陊言皆程擇好匠令盡致其功夫既牢又固不傾陊也善曰方言曰陁壞也

陁式氏切說文曰陊落也直氏切木衣綈錦土被朱紫言皆采畫如錦繡之文章也善

曰說文云綈厚繒也朱紫二色也武庫禁兵設在蘭錡錡架也武庫天子主兵器之官

也善曰劉逵魏都賦注曰受他兵曰蘭受弩曰錡錡音蟻匪石匪董疇能宅此善曰漢書

曰石顯字君房少坐法腐刑爲黃門中尚書元帝被疾不親政事事無大小因顯口決又曰董賢字聖卿哀帝悅其儀貌拜爲黃門郎詔將作監爲賢起大第北闕下士木之功窮極技巧柱檻衣以綈錦武庫禁兵盡在董氏

爾乃廓開九市通闤帶闠廓大也闤市營也闠中隔門也崔豹古今注曰市牆曰闤市門曰闠善曰九市已見西都賦蒼頡篇曰闤市門胡關切旗亭五重俯察百隧旗亭市樓也善曰史記褚先生曰臣爲郎與方士會旗亭下隧已見西都賦周制大胥今也

胡

俱改今注無此文

肆則一

方言蚩悖也謂悖惑也

惟尉善曰周禮曰司市胥師二十人然尊其職故曰大漢書曰京兆尹長安四市皆屬焉與左馮翊右扶風爲三輔然市有長丞而無尉蓋通呼長丞爲尉耳瓌貨方至鳥集鱗萃瑰奇貨也方四方也奇寶有如鳥之集鱗之萃也鬻者兼贏求者不匱鬻賣也兼倍也贏利也匱乏也爾乃商賈百族裨販夫婦坐者爲商行者爲賈裨販買賤賣貴以自裨益裨必彌切善曰周禮曰大市日仄而市百族爲主朝市朝時而市商賈爲主夕市夕時爲市裨販夫婦爲主鬻良雜苦蚩眩邊鄙良善也先見良物價定而雜與惡物以欺惑下土之人善曰周禮曰辨其苦良而買之鄭玄曰苦讀爲監蓄頭篇曰蚩侮也廣雅曰眩亂也杜預左氏傳注曰鄙邊邑也何必昏於作勞邪贏優而足恃昏勉也邪僞也優饒也言何必當勉力作勤勞之事乎欺僞之利自饒足恃也善曰尚書曰不昏作勞彼肆人之男女麗美奢乎許史言長安市井之人被服皆過此二家善曰漢書曰孝宣許皇后元帝母帝封外祖父廣漢爲平恩侯又曰衛太

胡

子史良娣宣帝祖母也丙恭宣帝立恭已死封恭長子高爲樂陵侯若夫翁伯濁質張里之家擊鍾鼎食連騎相過東京公侯壯何能加善曰漢書食貨志曰翁伯以販脂而傾縣邑濁氏以胃脯而連騎質氏以洗削而鼎食張里以馬醫而擊鍾晉灼曰胃脯今大官以十月作沸湯燖羊胃以末椒薑坋之訖曝使燥者也燖在鹽切坋步寸切如淳曰洗削謂作刀劍削也張里里名也都邑游俠張趙之倫齊志無忌擬跡田文善曰漢書曰長安宿豪大猾箭張回酒市趙放皆通邪結黨一云張子羅趙君都其長安大俠具游俠傳輕死重氣結黨連羣寔蕃有徒其從如雲寔實也蕃多也徒衆也善曰尚書曰寔繁有徒毛詩曰齊子歸止其從如雲茂陵之原陽陵之朱趫悍虓豁如虎如貙善曰原原涉也朱朱安世也史記曰誅猗猲與趙同歎譙切說文曰悍勇也户旦切毛詩曰闞如虓虎呼交切爾雅曰貙獌似貍貙敕珠切睚眦蠆芥

遊麗 校今字 遊歷

抄毫氂 茂

沈休文恩倖傳論注 創作瘡

近

屍僵路隅僵仆也善曰漢書曰原涉字巨先自陽翟
中觸死者甚衆廣雅曰眦裂也説文曰眥目匡也淮南
子曰瞋目裂眥眦五解切眥在賣切張揖子虚賦注曰
蔕介刺鯁也蔕與
蔕同並丑介切丞相欲以贖子罪陽石汙而公孫
誅善曰漢書曰公孫賀爲丞相子敬聲爲太僕擅用
北軍錢千九百萬下獄是時詔捕陽陵朱安世賀
請逐捕以贖敬聲罪後果得安世安世遂從獄中上書
曰敬聲與陽石公主私通遂父子俱死獄中也陽石比
海縣名也若其五縣遊麗辯論之士街談巷議彈射臧
否剖析毫釐擘肌分理善曰五縣謂五陵也長陵安
陵陽陵茂陵平陵五陵也已
見西都賦毛詩曰未知臧否聲類曰毫長毛也漢書音義曰
十毫爲氂力之切鄭玄周禮注曰擘破裂也補革切説文曰
肌肉所好生毛羽所惡成創痏毛羽言飛揚創痏謂瘢痕
也善曰蒼頡曰痏毆傷也
胡軌切郊甸之內鄉邑殷賑五十里爲近郊百里爲甸師殷賑謂富
饒也善曰尚書曰五百里甸服爾雅曰

賑富也之忍切五都貨殖既遷既引遷易也引致也善曰五都已見西都賦遷謂徙之於彼引謂納之於此商旅聯槅隱隱展展言賈人多車梔相連屬隱隱展展重車聲也丁謹切善曰說文曰槅大車梔也居責切冠帶交錯方轅接軫冠帶猶搢紳謂吏人也善曰楊雄蜀都賦曰方轅齊轂隱隱軫軫枚乘兔園賦曰車馬接軫相屬方輪錯轂說文曰軫車後橫木也封畿千里統以京尹善曰毛詩曰封畿千里惟民所止漢書曰內史周官武帝更名京兆尹張晏曰地絕高曰京十億曰兆尹正也郡國宮館百四十五離宮別館在諸郡國者善曰三輔故事曰秦時殿觀百四十五所右極盩厔并卷鄠盩厔山名因名縣善曰漢書曰右扶風有盩厔縣盩張流切厔張栗切左暨河華遂至虢土暨言及也華陰縣故屬京兆善曰漢書右扶風有虢縣上林禁苑跨谷彌皋跨越也弥猶掩也大陵曰皋上林苑名禁禁人妄入也東至鼎湖邪界細柳鼎湖細柳皆池名也鼎湖在華陰東

○注 亘當作亙 垣疑亘 薛注垣同
植物八字當别爲節 斯以下
植物二十五字爲注

植物八字薛注

昭 駓騃馬融傳作鄙騃 獸奮
迅皃也
毛詩青曰儦儦俟俟 傳云趨則
儦儦行則俟俟 儦儦韓詩作
駓駓 魯詩駟以車伍伍俟俟
云伍伍有力也

細柳在長安西北 掩長楊而聯五柞 長楊宮在盩厔五柞亦館名云有五株柞樹也善曰鄭玄毛詩箋曰掩覆也 繞黃山而款牛首 繞裹也款至也善曰漢書三輔黃圖曰甘泉宮中有牛首山 右扶風槐里縣有黃山宮 繚垣緜聯四百餘里植物斯生動物斯止 繚垣猶繞了也緜聯猶連蔓也四百餘里苑之周圍也善曰今並以亘爲垣西都賦曰繚以周牆三輔故事曰北有甘泉九嵕南至長楊五柞連緜四百餘里也植物草木動物禽獸善曰周禮曰動物宜毛物也植物宜皁物也 衆鳥翩翻羣獸駓騃 皆鳥獸之形皃也善曰薛君韓詩章句曰趨曰駓行曰騃 駓音鄙 騃音俟 散似驚波聚以京峙 京高也水中有土曰峙言禽獸散走之時如水驚風而揚波聚時如水中之高土也善曰峙直里切 伯益不能名隸首不能紀 善曰列子曰此海有魚名鯤有鳥名鵬大禹行而見之伯益知而名之夷堅聞而志之世本曰隸首作數宋衷曰隸首黃帝史也 林麓之饒于何不有 木叢生曰林善曰穀梁傳曰林屬於山曰麓注曰麓山足也 木則樅栝

八字乃綜注下
善曰當有

梫䈆 說文ㄧㄧ日炙光也後出字作蘙薆
鬱鷯 驌驦 說文橚長木皃
櫹槮上林賦作蕭參
九辯蕭橚槮之可哀
王逸注並獨立也

梫柟梓棫楩楓樅松葉柏身也栝柏葉松身梓如栗而小棫白㮨也楓香木也善曰郭璞山海經注曰梫一名并閭爾雅曰梅柟郭璞曰柟木似水楊又曰棫白桵樅七容切栝古活切梫子公切柟音南梓音姊棫音域郭璞上林賦注曰楩杞也似梓楩皁緜切楓音風嘉卉灌叢蔚若鄧林嘉猶美也灌叢蔚若皆盛貌也善曰山海經曰夸父與日競走渴飲河渭不足北飲大澤未至道渴死棄其杖化爲鄧林鬱蓊薆薱橚爽櫹槮皆草木盛貌也善曰薱徒對切橚音肅櫹音蕭槮音森吐葩颺榮布葉垂陰葩華也草則葴莎菅蒯薇蕨荔苀善曰爾雅曰葴馬藍郭璞曰今大葉冬藍音針爾雅曰薃侯莎又曰白華野菅郭璞曰菅茅屬古顏切聲類曰蒯草中爲索苦怪切毛萇詩傳曰薇菜也爾雅曰蕨虌也說文曰荔草似蒲音隷爾雅曰苀東蠡郭璞曰未詳苀胡郎切王芻莔臺戎葵懷羊善曰爾雅曰菉王芻郭璞曰今菉蓐也爾雅曰莔貝母郭璞曰似韭武行切爾雅曰臺夫須又曰萺茙葵郭璞曰今蜀葵萺音冒茙音戎爾雅曰瘣懷羊郭璞

蓬茸司馬相如傳作蘢茸 南都賦作蒻茸 並雙聲連語皆草木叢聚之皃

說文田踐處曰町 蓊頡 藟町田區也

黑水玄阯用天問

天問黑水玄阯三危安在 洪氏補注謂此昆明靈沼 取象於黑水玄阯也

西都賦注引漢宮闕疏曰昆明池有二石人 牽牛織女象

湯 湯

曰林

萃蔚蓬茸，彌皐被岡。彌猶覆也。言草木熾盛，覆被於高澤及山岡之上也。詳善曰：萃音本。蔚，子本切。

篠簜敷衍，編町成篁。篠，竹箭也。簜，大竹也。敷，布也。衍，蔓也。編，連也。町謂畎畝。篁，竹墟名也。善曰：尚書曰：瑤琨篠簜既敷。町音挺。

山谷原隰，泱漭無疆。泱漭，無限域之貌。言其多，無境限也。善曰：泱，烏朗切。漭，馬黨切。

迺有昆明靈沼，黑水玄阯。小渚曰阯。善曰：漢書曰：武帝穿昆明池。黑水玄阯，謂昆明靈沼之水沚也。水色黑，故曰玄阯也。

周以金堤，樹以柳杞。金堤謂以石爲邊隄，而多種杞柳之木。善曰：金堤言堅也。子虛賦曰：上金堤。杞即梗木也。山海經曰：杞如楊，赤理。

豫章珍館，揭焉中峙。皆豫章木爲臺館也。善曰：三輔黃圖曰：上林有豫章觀。說文曰：揭，高舉也。渠列切。

牽牛立其左，織女處其右。善曰：西都賦已見。

日月於是乎出入，象扶桑與濛汜。善曰：言池廣大，日月出入其中也。淮南子曰：日出暘谷，拂于扶桑。楚辭曰：出自暘谷，入于濛汜。汜音似。

其中則有

胡

並胡

黿鼉巨鼈，鱣鯉鱮鮦，鮪鯢鱨魦，脩額短項，大口折鼻，詭類殊種。自鱣魦以上皆魚名也。脩額至折鼻皆魚形也。詭類殊種，多雜物也。善曰：郭璞山海經曰：鼉似蜥蜴。徒多切。郭璞爾雅注曰：鱣似鱏。知連切。鄭玄詩箋曰：鱮似魴。翔與切。爾雅曰：鱧，鮦也。音童。毛萇詩傳曰：鮪，鮪乎軌切。鮎奴謙切。曰：鱨，揚也。魦，鮀也。鱨音嘗。

鳥則鷫鷞鶬鴰，鴐鵝鴻鶤。善曰：高誘淮南子注曰：鷫鷞，長脛綠色，其形似鴈。張揖上林賦注曰：鴐鵝，野鵝。又曰：鶤雞，黃白色，長頷赤喙。鶬鴰已見西都賦。凡魚鳥草木皆不重見，他皆類此。鷫音肅。鴐音加。鶤音昆。上春候來，季秋就溫。善曰：周禮曰：上春生種稑之種。禮記曰：孟春鴻來。鄭玄曰：鴈自南方來，將北反其居也。又曰：季秋之月，鴻鴈來賓。鄭玄曰：來賓，止而未去也。列子曰：禽獸之智，違寒就溫。南翔衡陽，北棲鴈門。善曰：尚書曰：荊及衡陽惟荊州。孔安國曰：衡山之陽。漢書有鴈門郡。奮隼歸鳧，沸卉軿訇。奮迅聲也。隼，小鷹也。善曰：周易曰：射隼高墉之上。軿，芳耕切。訇，火宏切。衆形殊聲，不可勝論。

抄李注五作鷙鳥(?)
○別本作鷙鷙音至

抄許曰衍陸曰目君曰以善反由布也衍五臣作之舒布也玉之衍地絡入手所篇(?)案目君者此據李善注本避其家諱也

抄注 嵇叔夜琴賦霍濩紛葩注●感兒与此皆疊韻連語

論說也善曰廣雅曰勝舉也 於是孟冬作陰寒風肅殺寒氣急殺於萬物孟冬十月陰氣始盛萬物彫落善曰禮記孟秋天氣始肅仲秋殺氣浸盛 雨雪飄飄冰霜慘烈飄飄雨雪貌慘烈寒也善曰李陵書曰邊土慘烈 百卉具零剛蟲搏摯草木零落陰氣盛殺鷹犬之屬可摯擊也善曰毛詩曰百卉具腓禮記曰季秋豺祭獸戮禽也 爾乃振天維衍地絡維綱也絡網也謂其大如天地矣振衍申布也善曰衍以善切 蕩川瀆簸林薄林薄草木叢生也蕩動也簸揚也謂驅獸也 鳥畢駭獸咸作草伏木棲寓居穴託謂禽獸驚走得草則伏過木則棲非其常處苟寄而居值穴而託爲人窮迫之意 起彼集此霍繹紛泊謂爲彼人所驚而來集此人前霍繹紛泊飛走之貌 在彼靈囿之中前後無有垠鍔言禽獸之多前却顧視無復齊限也善曰靈囿已見東都賦淮南子曰出於無垠鄂之門許慎曰垠鍔端崖也 虞人掌焉爲之營域虞人掌禽獸之

注

駢田猶駢除聚也　亦作駢闐

抄通　抄雕

抄截　下善曰當在古字上

倚

又

玄弋　作焯改為玄弋　今見日本抄本竟与之同

宜。善曰：周禮曰：山虞若大田獵則萊山之野。

焚萊平場，柞木翦棘。善曰：周禮曰：牧師贊焚萊。毛萇詩傳曰：萊，草也。賈逵國語注曰：槎，邪斫也。柞與槎同，仕雅切。左氏傳曰：翦其荆棘。

結罝音嗟百里，迒杜蹊塞。罝，網也。迒，道也。蹊，徑也。皆以網杜塞之也。善曰：迒，公郎切。小雅曰：杜，塞也。

麀鹿麌麌，駢田偪仄。鹿北曰麀。麌麌，形貌。駢田偪仄，聚會之意。善曰：毛詩曰：麀鹿麌麌，攸伏。麀，於牛切。麌，魚矩切。

天子乃駕彫軫六駿駮。彫，畫也。天子駕六馬。駮，白馬而黑畫，爲文如虎者。

戴翠帽，倚金較。翠羽爲車蓋，黃金以飾較也。古今注曰：車耳重較，文官青，武官赤。或曰車蕃上重起如牛角也。善曰：毛詩曰：猗重較兮。音倚。說文曰：較，車輢上曲鉤也。較，工卓切。輢，一倚切。

璿弁玉纓，遺光儵音叔爚。弁，馬冠也。叉髦以璿玉作之。纓，馬鞅，以玉飾之。遺，餘也。儵爚，有餘光也。爚音樂。

建玄弋，樹招搖。玄弋，北斗第八星名，爲矛頭，主胡兵。招搖，第九星名，爲盾。今鹵簿中畫之於旗，建樹之以前驅。善曰：禮記曰：招搖在上，急繕其怒。鄭玄曰：繕讀曰勁。畫招搖星於其上，以起軍堅勁

何

胡

軍之威怒棲鳴鳶曳雲梢禮記曰前有塵埃則載鳴鳶象天帝也棲謂畫其形於旗上雲梢謂旌旗之流飛如雲也善曰高唐賦曰建雲旆弧旌枉矢虹旃蜺旄弧星名通曰虹雄曰蜺善曰周禮曰弧旌枉矢以象弧也楚辭曰建雄虹之采旄上林賦曰拖蜺旌也華蓋承辰天畢前驅華蓋星覆北斗王者法而作之畢網也象畢星也前驅載之善曰劉歆遂初賦曰奉華蓋於帝側韓詩曰伯也執殳爲王前驅千乘雷動萬騎龍趨善曰東都賦曰千乘雷起万騎紛紜屬車之簉載獫猲獢大駕最後一乘懸豹尾以前爲省中侍御史載之簉副也善曰古今注曰豹尾車周制也所以象君豹變言尾者謹也屬車已見東都賦毛詩曰輶車鸞鑣載獫猲獢毛萇曰獫猲獢皆田犬也長喙曰獫短喙曰猲獢簉初遴切獫呂驗切獢許喬切匪唯翫好乃有祕書小說九百本自虞初小說醫巫厭祝之術凡有九百四十三篇言九百舉大數也善曰漢書曰虞初周說九百四十三篇初河南人也武帝時以方士侍郎乘馬衣黃衣號黃車使者小說家者流蓋

姚鼐曰蚩尤以下六句謂旌頭

西都賦注長安作飛廉館上林有上蘭觀

出於稗官應劭曰其說以周書爲本**從容之求寔俟寔儲**持此祕術儲以自隨待上所求問皆常具也善曰尚書曰從容以和爾雅曰俟待也說文曰儲具也**於是蚩尤秉鉞奮鬣被般**皮善曰山海經曰蚩尤作兵伐黃帝史記曰黃帝與蚩尤戰於涿鹿之野蒼頡篇曰鉞斧也毛萇曰鬣般虎皮也上林賦曰被班文般與班古字通**禁禦不若以知神姦螭魅魍魎莫能逢旃**善曰左氏傳曰王孫滿謂楚子曰昔夏鑄鼎象物使人知神姦故人入川澤不逢不若螭魅魍魎莫能逢旃杜預曰若順也說文曰螭山神獸形魅怪物魍魎水神毛萇詩傳曰旃之也**陳虎旅於飛廉正壘壁乎上蘭**陳列也善曰周禮虎賁下大夫旅賁氏中士也飛廉上蘭已見西都賦**結部曲整行伍**善曰司馬彪續漢書曰大將軍營五部部有校尉一人部下有曲曲有軍候一人左傳曰行出犬雞杜預云二十五人爲行行亦卒之行列也周禮曰五人爲伍**燎京薪駴雷鼓**積高爲京燎謂燒之善曰周禮曰鼓皆駴鄭玄曰雷擊鼓曰駴駴與駭同**縱獵徒赴長**

胡最是

抄列

陳孔璋為袁紹檄豫州注劉孝標廣絕交論注任彥昇齊竟陵文宣王行狀注並引作跋

尤云光炎五臣作光焰

答賓戲

抄趨 抄徼

刋本作鏞舊音肅

莽莽草長謂深且遠也方言曰草南楚之間謂之莽迾卒清候武士赫怒善曰鄭玄禮記注曰迾遮也迾旅結切清道候望也鄭玄毛詩箋曰赫怒意也緹衣韎韐睢盱拔扈善曰緹衣韎韐武士之服字林曰緹帛丹黃色他迷切毛詩曰韎韐有奭毛萇曰韎者茅蒐染也字林曰睢仰目也盱張目也睢火隹切盱火于切毛詩曰無然畔援鄭玄曰畔換猶拔扈拔與跋古字通光炎燭天庭囂聲震海浦燭照也海浦四瀆之口善曰解嘲曰未仰天庭鄭玄周禮注曰囂讙也許朝切河渭為之波盪吳嶽為之陁雉堵波盪搖動也陁落也善曰漢書曰自華西名山七一曰吳山郭璞云吳岳別名百禽㥄遽騤瞿奔觸㥄猶怖也遽促也騤瞿走貌奔觸唐突也善曰羽獵賦曰虎豹之㥄遽白虎通曰禽鳥獸之揔名為人禽制㥄音陵遽渠庶切騤音逵瞿巨駒切喪精亡魂失歸忘趨投輪關輻不邀自遇言禽獸亡失精魂不知所當歸趨也反關入輪輻之間不須邀遂往自得之趨向也邀遮也飛罕潚箾流

抄跋

說文鏑矢鏠也都歷切

鋋市連切又以然切

呂向曰揘畢猶擊刺也 抄揘

胡紹瑛曰田蔟當爲簇凡刺物謂之簇故呼所刺之物爲簇方言凡相推搏曰挃又推擊也

其 衍 抄無

說文沆大澤也玉篇[illegible]鹽澤也或作阬坑同

鏑擿擽潚箾罕形也擿擽中聲也善曰說文曰罕網也潚音肅箾音朔擿普麥切擽芳邈切矢

不虛舍鋋不苟躍舍放也躍跳也矢鋋跳躍必有獲矣善曰說文曰鋋小戈也當足

見蹍值輪被轢轢音歷足所蹈爲蹍車所加爲轢善曰蹍女展切僵禽斃獸爛

若磧七亦切礫礫歷僵仆也石細者曰礫謂所獲禽鳥爛然如聚細石也但觀罝羅之所

羂結竿殳之所揘畢羂縊也結縛也竿竹也殳杖也八稜長丈二而無刃或以木爲之或

以竹爲之揘畢謂撞挃也善曰羂古犬切揘音橫畢于筆切又音筆叉蔟之所攙捔徒搏

之所撞挃攙捔貫刺之撞挃猶揘畢也善曰蔟楚角切攙士銜切捔助角切撞直江切挃房結切

白日未及移其晷已獮思衍切其什七八晷景也獮殺也言日景未移禽

獸什已殺七八矣善曰漢書張竦曰日不移晷霍然四除若夫游鷮高翬絕阬踰

斥雉之健者爲鷮尾長六尺詩云有集唯鷮翬翬飛也斥澤崖也善曰鷮舉喬切阬音剛斥音尺毚兔

說文攙刺也捔与搦同

撞挃与揘畢爲一賦中類此者不必特訂家推避法耳

獵聿之層

一本不重翬

聯猭吳都賦作獮猭注引埤蒼云逃也史記貨殖傳陳椽其間索隱云椽猶經紀之義也聯猭之義當亦如此

云衍　御改衒

說文鷙擊殺鳥也摯為鷙之借
說文韝射臂決也
善曰刪

聯猭陵巒超壑㲋狻兔也聯猭走也巒山也壑阬谷也自游鶮至此皆說禽獸輕狡難得也善曰毛詩曰趯趯㲋兔㲋音讒猭勑緣切比諸東郭莫之能獲善曰戰國策淳于髡曰夫韓國盧天下之駿狗也東郭㕙海內之狡兔也環山三騰岡五韓盧不能及之鄭玄禮記注曰比猶比方也孔安國尚書傳曰諸之也乃有迅羽輕足尋景追括迅羽鷹也輕䌖好犬也括箭括之御弦者鳥不暇舉獸不得發舉飛也發駭走也善曰高唐賦曰飛鳥未及起走獸未及發青骹摯於韝下韓盧噬於緤末青骹鷹青脛者善曰韓盧犬謂黑色毛也摯擊也噬齧也緤攣也韝臂衣鷹下韝而擊犬攣末而齧皆謂急搏不遠而獲善曰說文曰骹脛也戰國策淳于髡曰韓國盧者天下之駿狗也骹苦交切緤音薛礼記曰犬則執緤鄭玄注曰緤紲勒皆所以繫制之者守犬田犬問名畜養者當呼之名謂若韓盧宋鵲之屬及其猛毅髬髵隅目高匡髬髵作毛鬣也隅目角眼視也高匡深瞳子也皆謂猛獸作怒可畏者善曰髬音悲切髵音而威懾兕虎莫之敢伉兕水牛類也伉當也謂獸猛兕虎且猶畏之人無敢當之者善曰鄭玄毛

陳

曰衍別本如此

䰕髽䰕宜作䰕作計切則此注不引說文而引通俗文未必服不作䰕二作計切犢筄讀錢耳未可執改也

五臣本奎作𨄛說文奎兩髀之閒　說文踽疏行皃

左傳杜注云扺猶手屈肘如戟形

子虛賦蟃蜒郭璞云大獸長百尋下文亦云巨獸百尋是爲曼延字雖互異即此一物

狒說文作𥝢

狒足釋獸貐類貙虎爪食人迅走釋文貐亦作㺄或作契貐或作窫窳山海經作窫窳

詩箋曰懾恐懼也伉古郎切

迺使中黃之士，育獲之儔，朱鬘䰕髽，植髮如竿。

絳帕額露頭髻植髮如竿以擊猛獸能服之也善曰尸子曰中黃伯曰余左執泰行之㹠而右搏雕虎戰國策范睢說秦王曰烏獲之力焉而死夏育之勇焉而死說文曰鬘帶髻頭飾也通俗文曰露髻曰䰕以麻雜爲髻如今撮也鬘莫亞切髽士瓜切䰕作計切

袒裼戟手，奎踽盤桓。

奎踽開足也盤桓便旋也善曰毛詩曰袒裼暴虎左傳曰戟其手廣雅曰盤桓不進也奎欺棰切踽去禹切

鼻赤象，圈巨狿。

象鼻赤者怒巨狿麏也怒走者爲狿謂能戾象鼻又穿麏以著圈善曰說文曰圈畜闌也圈其兗切狿音延

摣狒猬，批窳狻。

禺獸身人面身有毛被髮迅走食人猬其毛如刺窳窫窳也類貙虎爪食人狻猊也一曰師子摣批皆謂戟撮之善曰摣子加切狒芳沸切猬音謂批側倚切窳音庾狻音酸猊五奚切

揩枳落，突棘藩。

善曰字林曰揩摩也口階切說文曰枳木似橘居紙切杜預左氏傳注曰藩籬也落亦籬也

梗林爲之靡拉，樸叢爲之摧殘。

靡拉

䰕與帕帕通

鼻赤象謂抵象之鼻子虛賦云腳麟即謂持其腳也

别本作箄舊音費

胡

孙诒 巘 疑甗 注皆同
呂氏釋音騉駼李孫郭皆以爲名馬

摧殘言指突之皆擗碎毀拆也拉郎苔切善曰方言曰凡草木刺人爲梗古杏切毛萇詩傳曰樸包木也補木切 輕銳僄狡趫捷之徒 輕銳謂便利捷疾也言如此者多也 赴洞穴探封狐陵重巘獵昆駼 洞穴深且通也探取也封大也陵猶升也山之上大下小者曰巘昆駼如馬跂蹄善登高言能升重巘之嶺而獵取昆駼之獸善曰巘言免切駼音途 杪木末擭獑猢 杪猶表也獑猢猨類而白腰以前黑在木表擭謂取之也善曰杪音眇擭於白切獑在銜切猢音胡 超殊榛擩飛鼯 殊猶大也榛木也擩捎取之也善曰爾雅曰鼯鼠夷由郭璞曰狀如小狐肉翅飛且乳擩大結切鼯音吾 是時後宮嬖人昭儀之倫 嬖幸也昭儀後宮官也 常亞於乘輿 亞次也乘輿天子所乘車 慕賈氏之如皐樂北風之同車 善曰左氏傳曰賈大夫惡取妻三年不言不笑御以如皐射雉獲之其妻始笑而言杜預曰賈國之大夫詩北風曰惠而好我攜手同車 盤于游畋其樂只且 盤樂也善曰尚書曰不敢盤于游畋毛詩

文二 二十一

又勞叙作上闌

周禮牛人凡祭祀共其牛牲之互鄭注互若今屠家縣肉格孫詒讓曰一切經音義十四引蒼頡篇云格，架也 詩小雅 疏引周禮鄭注格作架 蓋以義改

且

曰其樂只且辭也子余切於是鳥獸殫目觀窮殫盡也窮極也所觀畢也善曰國語伍舉曰若周於目觀遷延邪睨集乎長楊之宫遷延退旋也善曰高唐賦曰遷延引身也說文曰睨斜視也魚計切息行夫展車馬息休也善曰左氏傳曰子反令軍吏繕甲兵展車馬鄭玄禮記注曰展整也張贊切收禽舉胔數課衆寡胔死禽獸將腐之名也數計課錄校所得多少善曰胔取肉不論腐敗也置互擺牲頒賜獲鹵互所以挂肉擺謂破磔懸之頒謂以所鹵獲之禽獸賜士衆也善曰擺芳皮切漢書音義曰鹵與虜同割鮮野饗犒勤賞功謂饗食士衆於廣野中勞勤苦賞有功善曰子虛賦曰割鮮染輪杜預左氏傳曰犒勞也犒苦到切五軍六師千列百重善曰漢官儀漢有五營五軍即五營也周禮天子六軍六師即六軍也尚書曰張皇六師千列列千人也酒車酌醴方駕授饔酒肴皆以車布之善曰鄭玄儀禮注曰方併也杜預左氏傳注曰熟曰饔升觴舉燧既釂鳴鐘燧火也謂行酒舉烽

廣雅釋詁三擁開也王念孫云擁之言擘也漢書呉廣傳注引字書云擁亦擘字也周官大宗伯以疈辜祭四方百物故書疈爲罷說文副判也籀文作疈

獮罷而飲

火以告衆也以醻鳴鍾鼓也善曰升進也說文曰醻飲酒盡也焦曜切膳夫馳騎察貳廉空膳夫宰夫也察廉皆視也貳爲兼重也空滅無也言宰人騎馬行視肴有兼重及滅無者善曰禮記曰御同於長者雖貳不辭鄭玄曰貳重也肴有膳也炙炰夥清酤鈙皇恩溥洪德施詩有炰鼈清酤美酒也善曰史記曰楚人謂多爲夥音禍毛詩曰既載清酤音戶廣雅曰鈙多也音支皇帝普博施也徒御悅士忘罷善曰毛詩曰徒御不驚毛萇曰徒輦者也御御馬也罷音皮巾車命駕迴旆右移巾車主車官也回車右轉將旋也善曰孔叢子歌曰巾車命駕將適唐都鄭玄周禮注曰巾猶衣也相羊乎五柞之館旋憩乎昆明之池相羊仿羊也池即所謂靈沼也善曰楚辭曰聊逍遥以相羊憩息也登豫章簡矰紅豫章池中臺也簡省也繳射矢長八寸其繳名矰音曾蒲且發弋高鴻善曰列子蒲且子之弋弱矢纖繳乘風而振之連雙鶬於青雲也挂白鵠聯飛龍挂矢絲挂鳥也飛龍鳥名也且子余切磻不特絓往

日刪

胡云衍

說文覢察視也

以

雍門子周見說苑又見大周正樂 御覽引 鷁穀異作鶂

說文：䈥，吹鞭也。葭即䈥，通作笳

和已下題善注

杜上有捝字

必加雙沙石膠絲為磻非徒獲一而已必雙得之善曰說文曰磻以石著繳也磻音波絓音卦於

是命舟牧為水嬉舟牧主舟官嬉戲也善曰禮記曰舟牧覆舟琴道雍門周曰水嬉則艕龍

舟浮鷁首翳雲芝船頭象鷁鳥厭水神故天子乘之翳羽覆也為畫芝草及雲氣以為船覆飾

也善曰淮南子曰龍舟鷁首甘泉賦曰登夫鳳皇而翳華芝垂翟葆建羽旗謂垂羽翟為葆

蓋飾建隼羽為旌旗也善曰道雍門周曰水嬉則建羽旗齊栧女縱櫂歌善曰栧女鼓栧

之如漢書音義韋昭曰栧楫也楊至切櫂歌引櫂而歌也西都賦曰櫂女謳漢武帝秋風辭曰發櫂歌方言曰

楫或謂之櫂郭璞曰今云櫂歌也直教切發引和校鳴葭奏淮南度陽阿

發引和言一人唱餘人和也葭更按急之乃鳴和胡臥切挃摯葭賦曰李伯陽入西戎所造漢書曰有淮南鼓員

四人謂舞人也淮南子曰足蹀陽阿之舞感河馮懷湘娥善曰感動也莊子曰馮夷得道以潛

大川說文曰懷念思也楚辭曰帝子降兮北渚王逸曰言堯二女娥皇女英隨舜不及墮湘水中因為湘夫人

何　胡卧

鮋下僱埤雅云江湖間謂之餐魚

說文馽絆馬也重文作縶

說文澥一曰小谿　是釋山嶰為小谷故澥為水　說文澥郭澥海之別也　謂海之小者爾

罭疑緎　注

罝刪

鷩蛧蜽憚蛟蛇蛧蜽水神蛟龍類鷩憚謂皆使駭怖也善曰揚雄蜀都賦曰其深則有水豹蛟虵也然後釣魴鱧纚鰋鮋纚網如箕形狹後廣前魴鱧鰋鮋皆魚名善曰纚所買切鮋長由切摭紫貝搏耆龜搏摭皆拾取之名耆老也龜之老者神善曰相貝經曰赤電黑雲謂之紫貝楚辭曰耆蔡兮踊躍王逸曰蔡龜也摭之石切搤水豹馽潛牛水豹潛牛皆謂水處也善曰說文曰搤捉也揚雄蜀都賦曰水豹蛟蛇說文曰馽絆馬也上林賦曰沈牛麈麋南越誌潛牛形角似水牛也搤音厄馽中立切澤虞是濫何有春秋澤虞主水澤官濫施罛罔也言不順時節常之也善曰周禮曰澤虞掌國澤之政國語曰魯宣公濫於泗流擿漻澥搜川瀆布九罭設罜麗漻澥小水別名擿搜謂一一周索也善曰毛詩曰九罭之魚鱒魴爾雅曰九罭魚網國語里革曰罜禁罜麗韋昭曰罜麗小網也擿土狄切漻音了澥音蟹罭與緎古字通罭音域罜音獨麗音鹿摷昆鮞殄水族昆魚子鮞細魚族類也摷殄言盡取之摷責交切善曰國語里革曰魚禁鯤鮞鯤音昆鮞

胡刪　注

音而蘧藕拔蜃蛤剝蘧芙蕖蜃蛤蚌也善曰蜃音腎逞欲畋斂效獲麑麌逞極也鹿子曰麑麋子曰麌善曰左氏傳季良曰今民餒而君逞欲廣雅曰逞快也孔安國尚書傳曰田獵也田與畋同說文曰斂捕魚也音魚國語曰獸長麑麌麑音迷麌烏老切摎蓼浶浪所求徧也善曰摎古巧切蓼音老浶音勞浪音郎也乾池滌藪善曰孔安國尚書傳曰滌除也鄭玄禮記注曰藪大澤上無逸飛下無遺走擭胎拾卵蚳蝝盡取善曰國語曰鳥翼鷇卵蟲舍蚳蝝韋昭曰蚳蟻子也可以爲醢蝝復陶也可食未乳曰卵蚳直尸切蝝音緣取蕃荀切取樂今日遑恤我後皇服也言且快今日之苟樂焉能復顧後日之長久也善曰毛詩曰我躬不閱遑恤我後既定且寧焉知傾陁天下已定貴在安樂極意恣心何能復顧後日傾壞也陁音遲大駕幸平樂張甲乙而襲翠被平樂館大作樂處也襲服也李尤樂觀賦曰設平樂之顯觀處金商之維限善曰班固漢書贊曰孝武造甲乙之帳襲翠被馮玉几音義

此條後華山之形　抄微　關　抄愿　注 抄舩

曰甲乙帳名也左氏傳曰楚子翠被扗頭曰翠羽飾被披義切攢珍寶之玩好紛瑰麗以奓靡攢聚也紛猶雜也瑰奇也麗美也奓靡奢放也臨迴望之廣場程角觝之妙戲程謂課其技能也善曰漢書曰武帝作角觝戲射御故名文穎曰秦名此樂爲角觝兩兩相當角力技藝角觝也烏獲扛鼎都盧尋橦善曰史記曰秦武王有力士烏獲孟說皆大官王與孟說舉鼎說文曰扛橫關對舉也扛與舩同古尨切漢書曰武帝享四夷之客作巴俞都盧音義曰體輕善緣橦直江切衝狹鷰濯胷突銛鋒卷簟席以矛插其中伎兒以身投從中過鷰濯以盤水置前坐其後踊身張手跳前以足偶節踰水復却坐如鷰之浴也善曰漢書音義曰銛利也息廉切跳丸劒之揮霍走索上而相逢揮霍謂九劒之形也索上長繩繫兩頭於梁舉其中央兩人各從壹頭上交相度所謂儛絙者也跳都彫切華嶽峩峩岡巒參差神木靈草朱實離離華山爲西嶽峩峩高大貌參差低仰貌神木松栢靈壽之屬靈草芝英朱

胡 舩一作舡

方言秦晋謂好曰娙娥

陸士衡前緩聲歌注涯作崖

度乃度次之度非陸度之度

張銑曰雲雷霹靂之屬皆幻化為之

赤也離離實垂之貌善曰西都賦曰靈草冬榮神木叢生毛詩曰其桐其椅其實離離毛萇曰離離垂也**總會僊倡戲豹舞羆白虎鼓瑟蒼龍吹篪**仙倡偽作假形謂如神也羆豹熊虎皆為假頭也**女娥坐而長歌聲清暢而蝼蛇**蝼蛇聲餘詰曲也善曰女娥娥皇女英也**洪涯立而指麾被毛羽之襳襹**洪涯三皇時伎人倡家託作之衣毛羽之衣襳毛形也善曰襳所炎切襹史宜切**度曲未終雲起雪飛初若飄飄後遂霏霏**飄飄霏霏雪下貌皆巧偽作之善曰班固漢書曰元帝自度曲讚曰度曲歌終更授其次謂之度曲毛詩曰雨雪霏霏**複陸重閣轉石成雷**複陸複道閣也於上轉石以象雷聲**礔礰激而增響磅礚象乎天威**增響重聲也磅礚雷霆之音如天之威怒善曰礔敷赤切磅怖萌切礚古盖切**巨獸百尋是為曼延**去聲作大獸長八十丈所謂蛇龍曼延也善曰漢書曰武帝作漫衍之戲也**神山崔巍欻從**

轔囷屈曲之皃吳都賦輪囷糾蟠輪囷即轔囷
抄許作鱗囷引鈔曰長皃也
抄旁注云或作㖃呼同

背見欻之言忽也僞所作也獸從東來當觀樓前背上忽然出神山崔巍也欻許律切熊虎升而拏攫猨狖超而高援皆僞所作也善曰拏攫持也拏奴加切攫居縛切相搏怪獸陸梁大雀踆踆皆僞所作也陸梁東西倡佯也踆踆大雀容也七輪切善曰尸子曰先王豈無大鳥怪獸之物哉然而不私也白象行孕垂鼻轔囷僞作大白象從東來當觀前行且乳鼻正轔囷也善曰轔音鄰囷巨貧切海鱗變而成龍狀蜿蜿以蝹蝹海鱗大魚也初作大魚從東方來當觀前而變作龍蜿蜿蝹蝹龍形貌也善曰蜿於袁切蝹於君切含利颬颬化爲仙車驪駕四鹿芝蓋九葩含利獸名性吐金故曰含利颬颬容也驪猶羅列駢駕之也以芝爲蓋蓋有九葩之采也善曰颬呼加切蟾蜍與龜水人弄蛇作千歲蟾蜍及千歲龜行舞於前也水人俚兒能禁固弄蛇也善曰蟾昌詹切蜍市余切奇幻儵忽易貌分形儵忽疾也易貌分形變化異也善曰幻下辦切吞刀吐火雲霧杳冥

玉橦翳也

○舊音

善曰西京雜記曰東海黄公立興雲霧漢官典職曰正旦作樂漱水成霧楚辭曰杳冥兮晝晦畫地成川流渭通涇善曰西京雜記曰東海黄公坐成山河又曰淮南王好方士方士畫地成河東海黄公赤刀粤祝音呪東海有能赤刀禹步以越人祝法厭虎者號黄公又於觀前爲之冀厭白虎卒不能救善曰西京雜記曰東海人黄公少時能幻制蛇御虎常佩赤金刀及衰老飲酒過度有白虎見於東海黄公以赤刀往厭之術不行遂爲虎所食故云不能救也皆僞作之也挾邪作蠱於是不售蠱惑也售猶行也謂懷挾不正道者於是時不得行也爾乃建戲車樹脩旃樹植也旃謂橦也建之於戲車上也侲僮程材上下翩翻侲之言善童幼子也程猶見也材伎能也翩翻戲橦形也善曰史記徐福曰海神云若侲女即得之矣侲之刃切突倒投而跟絓譬隕絶而復聯突然倒投身如將墜足跟反絓橦上若已絶而復連也善曰投他豆切說文曰跟足踵也音根百馬同轡騁足並馳於橦上作其形

漢書武帝与北地良家子期諸殿門故有期門之號 要屈猶言屈

狀善曰陸賈新語曰楚平王增駕百馬同行也橦末之伎態不可彌彌猶極也言變巧之極也多不可橦上作之善曰魏書曰鮮卑者東胡之餘也別保鮮卑山因號焉彎弓射乎西羌又顧發乎鮮卑彎挽弓也鮮卑在羌之東皆於

盤樂極悵懷萃於悅樂悵然思念所當復至也善曰孟子曰盤游飲酒馳騁田獵於是衆變盡心酲醉酲飽也萃猶至也於是游戲畢心飽陰戒期門微行要屈要或爲徼善曰期門已見西都賦漢書曰武帝微行所出張晏曰騎出入市里不復警蹕若微賤之所爲故曰微行要屈至尊同乎卑賤也降尊就卑懷璽藏紱天子印曰璽紱綬也懷藏之自同卑者也便旋閭閻周觀郊遂善曰閭里門也閻里中門也郊已見西都賦周禮有六遂也若神龍之變化章后皇之爲貴龍出則昇天潛則泥蟠故云變化章明也天子稱元后皇漢帝稱也善曰管子曰龍被五色欲小則如蠶蠋欲大函天地也然後歷掖庭適驩館掖庭今宮

五臣此作跐
別本作跐舊音此
別本作羸舊音魄美切
羸當音螺美切袁本茶陵本羸作羸音魄美切其正文与音皆誤並羸
有叶音斯可證也
宋志音初有招槃舞

主後宮擇所曬者乃幸之捐衰色從嬿婉嬿婉美好之貌善曰毛詩序曰華落色衰韓詩曰嬿婉之求嬿婉好貌嬿於見切婉於萬切捐棄也促中堂之陿坐羽觴行而無筭中堂中央也善曰楚辭曰瑶漿蜜勺實羽觴漢書音義曰羽觴作生爵形儀禮曰無筭爵鄭玄曰筭數也祕舞更奏妙材騁伎祕言希見爲奇也更遞也奏進也妖蠱豔夫夏姬美聲暢於虞氏善曰左氏傳子産曰在周易女惑男謂之蠱音古又左氏傳曰楚莊王欲納夏姬杜預曰夏姬鄭穆公女陳大夫御叔妻七略曰漢興善歌者魯人虞公發聲動梁上塵暢條暢也㓜亮切蠱媚也始徐進而羸形似不任乎羅綺嚼清商而却轉增嬋蛸以此豸音雉清商鄭音蟬蛸此豸恣態妖蠱也善曰宋玉笛賦曰吟清商追流徵嬋音蟬蛸於緣切紛縱體而迅赴若驚鶴之羣罷縱體舞容也迅疾赴節相越也相鶴經曰後七年學舞又七年舞應節振朱屣於盤樽振猶掉也朱屣赤絲履也奮

尤云振朱屣五臣作珠履

昭藐猶緜藐上林賦
微睇緜藐郭璞云緜
藐遠視皃王念孫云好
視皃
抄選

長袖之颯纚舞人特作長袖颯纚長貌也善曰韓子曰長袖善舞颯素合切纚所倚切要紹
修態麗服颺菁要紹謂婠嬋作姿容也修爲也態嬌媚意也菁華英也善曰楚辭曰夸容脩態要於妙切菁音精
昭藐流眄一顧傾城昭眉睫之間藐好視容也流眄轉眼貌也昭亡井切善曰漢書李延年歌曰北方有佳人絕世而獨立一顧傾人城再顧傾人國
展季桑門誰能不營善曰國語曰臧文仲聞柳下惠之言韋昭曰柳下展禽之邑季字也家語曰昔有婦人召魯男子不往婦人曰子何不若柳下惠然嫗不逮門之女國人不稱其亂焉桑門沙門也東觀漢記制楚王曰以助伊蒲塞桑門之盛饌說文曰營惑也
列爵十四競媚取榮後宮官從皇后以下凡十四等競爭邪媚求榮愛也善曰列爵十四見西都賦也
盛衰無常唯愛所丁善曰爾雅曰丁當也
衛后興於鬒髮飛燕寵於體輕善曰漢書曰孝武衛皇后字子夫漢武故事曰子夫得幸頭解上見其美髮悅之毛詩云鬒髮如雲之忍切荀悅漢紀以趙氏善舞號曰

訓月出作天紹

卷伯付

尤三窮身作窮躬　皆衍　事刪　趙氏上有挩文

飛燕上說之事由斡輕而封皇后也**爾乃逞志究欲窮身極娛**逞娛也娛樂也善曰楚辭曰逞志究欲心意安也**鑒戒唐詩他人是媮**唐詩刺晉僖公不能及時以自娛樂曰子有衣裳弗曳弗婁宛其死矣他人是媮言今日之不極意恣嬌亦如此也善曰國語曰鑒戒而謀賈逵曰鑒察也**自君作故何禮之拘**善曰國語魯侯曰君作故事韋昭曰君所作則爲故事也商君書曰賢者更禮不肖者拘焉**增昭儀於婕妤賢既公而又侯**善曰漢書曰孝成帝趙皇后有女弟爲婕妤絕幸爲昭儀又曰孝元帝傅婕妤有寵乃更號曰婕妤在昭儀上尊之也又曰封董賢爲高安侯後代丁明爲大司馬即三公之職也**許趙氏以無上思致董於有虞**善曰漢書曰成帝謂趙昭儀曰趙氏故不立許氏使天下無出趙氏上者**王閎爭於坐側漢載安而不渝**渝易也善曰漢書曰上置酒麒麟殿視董賢而笑曰吾欲法堯禪舜何如王閎曰天下乃高帝天下非陛下有之統業至重天子無戲言**高祖創業繼體承基暫勞**

胡刪

永逸無爲而治善曰劇秦美新曰漢祖創業蜀漢漢書曰平當曰今漢繼體承基三百餘年又楊雄曰不一勞者不久佚論語曰無爲而治其舜也歟耽樂是從何慮何思善曰尚書曰惟耽樂之從周易曰天下何思何慮多歷年所二百餘朞朞一帀也從高祖至于王莽二百餘年善曰尚書曰殷禮配天多歷年所徙以地沃野豐百物殷阜沃肥也豐饒也殷盛也阜大也巖險周固衿帶易守謂左崤函右隴坻前終南後高陵善曰左氏傳曰制巖邑也李尤函谷關銘曰衿帶咽喉管子曰地形險阻易守難攻得之者強據之者久流長則難竭柢深則難朽故奢泰肆情馨烈彌茂言土地險固故得放心極意而夸泰之馨香烈益以茂盛鄙生生乎三百之外傳聞於未聞之者鄙生公子自稱謙辭也三百自高祖以下至作賦時也善曰孔叢子子高謂魏王曰君聞之於耳邪聞之於傳邪者之與坎曾髣髴其若夢善曰甘泉賦曰猶髣髴其若夢說文曰彷佛相似見不諦也論語曰子曰舉一隅而未一隅之能睹

之示此何與於殷人屢遷前八而後五居相圮耿不常厥土盤庚作誥帥人以苦善曰廣雅曰與如也言欲遷都洛陽何如殷之屢遷乎言似之也尚書曰自契至成湯八遷尚書序曰盤庚五遷又曰河亶甲居相祖乙圮于耿孔安國曰河水所毁曰圮盤庚遷于殷殷人弗適有居率籲衆慼出矢言圮平鄙切方今聖上同天號於帝皇天稱皇天帝今漢天子號皇帝兼同之善曰方今猶正今也尚書刑德放曰帝者天號也天有五帝春秋元命苞曰皇者煌煌也掩四海而爲家掩覆也善曰禮記孔子曰大道既隱天下爲家又曰聖人能以天下爲一家也富有之業莫我大也三皇以來無大於漢者善曰周易曰富有之謂大業也徒恨不能以靡麗爲國華善曰國語季文子曰吾聞以德爲國華章昭曰爲國光華也獨儉嗇以齷齪忘蟋蟀之謂何儉嗇節愛也蟋蟀唐詩刺儉也言獨爲節愛不念唐詩所刺邪漢書注曰齷齪小節也王逸楚辭注曰謂說也何休公羊傳注曰謂據疑

問所不知者曰何也豈欲之而不能將能之而不欲歟蒙竊惑焉言我不解何故反去西都從東京置奢逸即儉嗇也善曰蒙謙稱也周易曰匪我求童蒙也願聞所以辯之之說也說猶分別解說

文選卷第二　壬戌六月廿四日　侃誦

也刪

列子黃帝篇釋文閒少時也

文選卷第三

梁昭明太子撰

文林郎守太子右內率府録事參軍事崇賢館直學士李善注上

京都中 京都有三卷此卷居中故曰京都中

東京賦 東京謂洛陽其賦意與班固東都賦同

張平子　薛綜注

安處先生於是似不能言憮然有閒 憮亡甫切 有閒謂有頃之閒也先生聞公子稱西京奢泰之事心怪其所貴者謂違禮失道故愕然有頃乃能言也善曰安猶烏也處處也言何處有此先生蓋虛假之也論語曰孔子似不能言者孟子曰東子憮然爲閒也趙岐曰憮然猶悵然也 乃莞爾而笑曰若客所謂末學膚受貴耳而賤目者也 莞爾舒張面目

胡曰此二注非善非五臣

堂碑睆爾微笑蓋因莞訛爲莧睆又別作睕也 謂西京賤目

說文悝啁也段云啁即今之嘲字悝即今之詼字謂悝諧啁調也今則詼嘲行而悝啁廢矣

夫上有從字

之貌也未學謂不經根本膚受謂皮膚之不經於心胷貴耳謂東京先生矣公子以西京爲貴以東爲賤也善曰論語曰莞爾而笑又曰膚受之愬桓子新論曰世咸尊古卑今貴所聞賤所見**苟有胷而無心不能節之以禮**苟猶誠也言實誠信胷臆之所聞而心不能以禮節度其可否也善曰韓詩曰鄙野之人僻陋無心也論語曰不以禮節之賈逵國語注曰節制也**宜其陋今而榮古矣**言人不能以禮節度其事情者固宜薄陋今日之事而以此所聞古事爲榮貴也善曰夫尊古而卑今學者之流也**由余以西戎孤臣而悝**苦灰**繆**穆**公於宮室**孤臣謂孤陋之臣也善曰史記曰由余本晉人亡入西戎戎王使來聘秦觀秦之強弱穆公示以宮室引之登三休之臺由余曰臣國土階三尺茅茨不翦寡君猶謂作之者勞居之者淫此臺若鬼爲之則神勞矣使人爲之則人亦勞矣於是穆公大慚鄭玄禮記注曰凡穆或作繆悝猶嘲也**如之何其以溫故知新研覈是非近於此惑**如奈也覈實也研審也先生言由余但西戎孤陋之臣耳尚知非泰

侃 沾 陳

侃曰有挽

陸士衡答賈長淵詩善注引石氏星經曰昴者西方白虎之宿也太白者金之精太白入昴金虎相薄主有兵亂

宮鄰金虎以薛注爲宜解　王元長曲水詩序宮鄰昭泰　朱珔以鄰爲邑鄰之鄰謂指皇父等奇通

西文搏有誤孫志祖云搏疑當作傅焯案孫說是徑稽幾訓搏爲著者搏與坿同

化

宮室之大如何公子雅好博古溫故知新之德當審實事理之是非而返惑於此事論語曰溫故知新可以爲師矣王褒責髯奴曰研覈否臧**周姬之末不能厥政政用多僻**姬周姓也末謂幽厲二主周末世之王多邪僻之政也善曰毛詩曰民之多僻**始於宮鄰卒於金虎**鄰近也謂幽王近於宮室惑於褒姒卒有禍敗也金虎西方白虎神主金金白也善曰應劭漢官儀曰不制之臣相與比周比周者宮隣金虎言小人在位比周相進與君爲隣貪求之德堅若金讒謗之言惡若虎也**嬴氏搏**音附**翼擇肉西邑**嬴秦姓也周書曰無爲虎搏翼謂著翼將飛入邑擇人而食也搏翼也搏與附同**是時也七雄並爭競相高以奢麗**七雄謂韓魏燕趙齊楚秦也爭謂各强盛而競相高以奢溢將爲國好不復顧於禮法也善曰苔賓戲曰七雄虓闞史記張釋之曰秦以苛察相高尚書曰弊俗奢麗也**楚築章華於前趙建叢臺於後**左氏傳曰楚子成章華之臺於乾谿一朝叛之於前在春秋之時史記曰趙武靈王起叢臺太子圍之三月於後在六國

九三冠南山五臣冠作觀

漢書上當提善曰

之時善曰鄒陽上書曰全趙之時武力鼎士袨服叢臺之下臣瓚曰在邯鄲城内也秦政利觜長距。終得擅場。言秦以天下爲大場喻七雄爲鬬雞利觜長距者終擅一場也史記曰秦始皇秦襄王子名政說文曰擅專也思專其侈以莫己若莫無也若如也言始皇所以思專擅其奢侈者以天下之君無如於我也廼構阿房傍起甘泉三輔故事秦始皇上林苑中作離宮別觀一百四十六所不足以爲大會羣臣二世胡亥起阿房殿東西三里南北三百步下可建五丈旗在山之阿故號阿房也甘泉山名也戰國策范雎曰秦北有甘泉宮謂其下有甘泉水因以名之善曰阿房甘泉已見上文結雲閣冠南山結連也雲閣閣名也高如雲故言雲三輔故事曰秦二世胡亥起雲閣欲與山齊冠覆也終南山在長安南征稅盡人力殫言征稅之賦盡於奢秦之用天下之力盡於長城與宮室也殫盡也善曰鄭玄禮記注曰征稅也毛萇詩傳曰稅斂也然後收以太半之賦威以參夷之刑漢書伍被曰秦作阿房宮收太半之賦韋昭曰凡數三分有二爲太

侃曰提善曰 莊 胡

侃曰提善曰

右上校善曰

說文踖小步也又䟶下云側行也引詩不敢不䟶玉篇踖䟶並子亦切云䟶小行也

老子作歙歙釋文曰一作惵惵

言秦造宮室奢麗費用不足乃復收其太半之賦百姓賦稅不得者誅其三族漢書曰秦用商鞅之法造參夷之誅參三也謂滅三族也其遇民也若薙氏之芟草所遇逢遇也銜周禮秋官有薙氏掌山澤芟除草菅毛詩載芟載柞也既蘊崇之又行火焉左氏傳曰周任有言曰若農夫之務去草芟夷蘊崇之杜預曰芟殺蘊積也崇聚也言秦始皇酷虐百姓如芟草積而放火焉慄慄徒頰切黔首豈徒跼局高天蹐籍厚地而已哉乃救死於其頸史記曰秦皇更名民曰黔首謂黑頭無知也跼蹐恐懼之貌也毛詩曰謂天蓋高不敢不跼跼傴僂也謂地蓋厚不敢不蹐蹐累足也謂此時之民非徒跼高天蹐厚地而已乃晝夜畏死其頸善曰豈非也老子曰聖人在天下惵惵焉國語單襄公曰兵在其頸不可久也敺以就役唯力是視謂不復知民有緩急與飢寒唯趍敺令作力而已善曰左氏傳曰除君之惡唯力是視言所觀者唯力是求餘無所顧也百姓弗能忍是用息肩於大漢而欣戴高祖忍堪也言秦天

校善曰

膺或作應膺是也

下之民若檐重物不得休息今來歸漢得息肩腫善曰左氏傳曰鄭成公疾子駟請息肩於晉杜預曰以負檐喻也國語曰祭公謀父曰商王大惡庶民不忍欣戴武王賈逵曰戴奉也**高祖膺籙受圖**，**順天行誅**，**杖朱旗而建大號**。膺籙謂當五勝之籙受圖命而起又悟神姥之言舉朱旗而大呼天下之英雄與卯金刀之語順天謂順天其定事也善曰春秋命歷引曰五德之運徵符合膺籙次相代周易曰順乎天漢書高祖立爲沛公旗幟皆赤故曰朱也周易曰渙汗其大號鄭玄曰號令也**所推必亡**，**所存必固**。言高祖所推擊諸使之亡所存者使之堅固善曰尚書曰推亡固存邦乃其昌**掃項軍於垓下**，**紲子嬰於軹塗**。掃除也項項羽也垓地名漢王圍項羽於垓下羽聞四面有楚歌乃與數百騎走高祖使灌嬰追之斬羽東城紲猶繫也子嬰秦子嬰也善曰史記秦王子嬰乘素車白馬繫頸以組降於軹道旁也蘇林曰軹亭名在長安城東十三里**因秦宮室**，**據其府庫**。因仍也據就也府庫謂官吏所止爲府車馬器械所居曰庫也**作洛之制**

一作應

我則未暇作洛謂造洛邑也我我高祖也謂天下新造草創丕暇改作如制禮也是以西匠營宮目覩阿房西匠謂秦之舊匠也目視也覩習也阿房宮名也漢書曰梧齊侯陽城人名延爲少府作長樂未央宮也規摹踰溢不度入不臧規圖也踰越也溢過也度法也臧善也謂西匠所圖越過不得禮法皆言不善也善曰聲類曰摹法也損之又損之然尚過於周堂損減也言高祖雖數損減其制度猶過於周家之堂善曰老子曰損之又損之以至於無爲也觀者狹而謂之陋帝已譏其泰而弗康觀視也陋小也康安也言觀者習見秦之奢麗睹今日之減小皆以爲陋然高祖猶已譏其泰而不安也謂七年冬上自將擊韓王信蕭丞相留長安營起未央宮立東闕前殿武庫太倉高祖見其壯麗怒曰何修宮室之過也且高既受命建家造我區夏矣高高祖也區區域也夏華夏也言高祖受上天之命建立國家制造區夏善曰毛詩曰文王受命作周也鄭玄曰受天命以王天下尚書盤庚曰永建乃家用肇造我區夏文又

禹上有故文

王仲寶褚淵碑文注引大作廣

武帝禪泰山下阯東北肅然山　郊祀志

武帝爲世宗宣帝爲中宗

躬自菲薄治致升平之德文文帝也躬自菲薄謂儉約漢書曰文帝欲作露臺召匠
計直百金曰善奉先帝宮室常恐太奢何用臺爲故文
景之際號爲升平升平謂國太平也善曰禹菲薄飲食
孝經鉤命決曰明王用孝升平致譽武有大啓土宇紀禪肅然之功武武帝也
漢書武紀曰定越地爲南海七郡北置朔方等五郡故
云大啓土宇啓開也紀記也肅敬也謂登封太山外禪
肅然善曰尚書曰建邦啓土毛詩曰大啓爾宇宣重直用威以撫和戎狄呼韓來
享宣宣帝也漢書宣紀曰呼韓邪單于款五原塞願奉國珎毛詩曰自彼氐羌莫敢不來享享獻也撫安也
戎狄呼韓並國名也左氏傳曰子
教寡人和戎狄言宣帝能和戎狄咸用紀宗存主饗祀不
輟咸皆也紀錄也宗太宗文帝廟號也主木主言刻木
爲人主神置廟中而祭之輟止也凡天子五世則廢
今廟不遷毀其主各四時祭祀無止絕時善曰漢書景
紀曰高皇帝爲太祖廟文皇帝爲太宗廟言天子宜
世世獻祖宗之廟也鄭銘勳彝器歷世彌光彝常也宗廟之器稱
玄論語注曰輟止也

有挽

當作降　侃

吴摯甫云旅与顧同
尤云往初五臣作故舊
苑

彝斗勳功也歷經也彌益也銘勒也勒銘於宗廟之器于鐘
鼎萬祀彌益光明善曰左氏傳臧武仲曰夫以大伐卜
取所得彝器銘其功烈以示子孫也字林曰銘題勒也**今捨純懿而論爽德**爾雅曰純
大懿美也爽差也今公子反舍四帝純大懿美之德而
專論說爽差之過失者也善曰國語曰實有爽德賈逵
曰爽貳也**以春秋所諱而爲美談**春秋諱國之惡今公子反以爲美談也善曰公羊傳
曰閔元年大惡諱之小惡書之又云魯人至今以爲美談也**宜無嫌於往初故蔽善而揚**
惡祇吾子之不知言也宜之言義也無猶不也祇是也今公子之義不嫌於蔽國之善
揚國之惡是公子之不知言也善曰說苑楚文侯曰邑
中豪好蔽善而揚惡可親問之論語子曰不知言無以
知人也毛萇詩傳曰祇適也**必以肆奢爲賢則是黃帝合宮有虞總**
期固不如夏癸之瑤臺殷辛之瓊室也肆放也賢善也謂黃帝明堂以
草蓋之名曰合宮舜之明堂以草蓋之名曰總章言難
公子黃帝等造此是守儉也善曰尸子曰欲觀黃帝之

○佩改

誰何也

淮南子泰族篇曰故天子得道守在四夷天子失道守在諸侯與襄二十三年傳合而與薛注引不同

及依綜改

及

行於合宮觀堯舜之行於總章章期一也汲冢古文曰
夏桀作傾宮瑤臺殫百姓之財殷紂作瓊室立玉門也
湯武誰革而用師哉湯謂殷湯武謂武王革改也言誰
遣革改殷紂夏桀而用師哉以其
奢侈淫放所以湯武順天命而行罰之此譏西京公子也
善曰湯武革命已見東都賦孔叢子曰舜禹揖讓湯武用
師非相詭
乃時也盍合亦覽東京之事以自寤乎盍猶何不也覽視也自寤
自覺寤也言公子何不視
東京之行事以自覺寤耶且天子有道守在海外淮南
子曰若天下無道守在四夷天下有道守在海外
言四夷皆為臣僕善曰鄭玄禮記注曰道謂仁義也守位
以位合人綜作不恃隘害位人謂衆庶也隘險也言要須擇任
賢臣不以隘害為牢固善曰周易
曰何以守位曰人也苟民志之不諒何云巖險與襟帶苟誠也諒
信也公子
彌巖險周固襟帶易守故今荅曰誠使人心不信何用
周固險易守乎善曰李尤函谷關銘曰襟帶咽喉也
秦負阻於二關卒開項而受沛負恃也卒終也言負二
關以為牢固終：：二人

文三 五

佩刪 胡 胡

方言曰掩同也案掩觀猶統觀

所入也二人謂高祖從武關入項羽從函谷關入善曰漢書曰沛公使兵守函谷關項羽使黥布攻破之至戲下又云沛公攻武關入秦應劭曰武關秦南關彼偏據而規小豈如宅中而圖大彼謂秦也據依也言彼秦偏據關西所規近在二關之内故云小也豈如東京居天地之中所圖者四海之外善曰尚書曰自服于土中孔安國曰洛邑地勢之中孔叢子曰子貢謂東郭充曰今子位卑而圖大昔先王之經邑也先王謂周成王也邑洛邑也善曰毛萇詩傳曰經度也掩觀九隩靡地不營掩猶及也九隩謂九州之内也靡地不營謂徧求之卜瀍澗及黎水皆不吉善曰新序曰營度也九隩合道四海也土圭測景不縮不盈鄭玄曰土度也縮短也盈長也謂圭長一尺五寸夏至之日豎八尺表日中而度之圭影正等天當中也若影長於圭則太近北圭長於影則太近南近北多寒近南多暑近東多風近西多雨總風雨之所交然後以建王城總猶括也王城今河南也周禮曰土圭之法測土深正日景以求地中四時之所交風雨之所會陰陽之所和乃建

孫志祖云先鄭意蓋以曲直方面形勢平列爲三事皆當審察之初學記器物部引後漢甄玄成車賦有亦面勢而審曲之語潘岳笙賦云審洪纖面短長則六朝人訓面爲向亦可通

薛綜曰十八字刪

王國也**審曲面勢**審度也謂審察地形曲直之勢而建王都善曰周禮曰或審曲面勢以飭五材以辨民器鄭司農曰察五材曲直方面形勢之宜也**泝洛背河左伊右瀍**泝向也洛洛水河黃河伊伊水瀍瀍水善曰尚書曰予朝至于洛師卜澗水東瀍水西惟洛食孔安國曰洛出上洛山伊出陸渾山瀍出河南北山**西阻九阿東門于旋**謂東有旋門在成皋縣西南十數里阪形周屈故曰于旋善曰穆天子傳曰天子西升九阿郭璞曰旋今新安縣十里有九坂阻險也阿曲也**盟津達其後太谷通其前**孟津四瀆之長故武王爲諸侯約誓於其上尚書曰東至于盟津盟津地名在洛北都道所湊古今以爲津太谷在轘氏北洛陽西也洛陽記曰太谷洛城南五十里舊名通谷**迴行道乎伊闕邪徑捷乎轘轅**伊闕山名也轘轅阪名也迴曲也捷邪也謂大道迂曲乃當伊闕之外邪徑趨疾當歷轘轅善曰賈逵國語注曰道由也史記吳起曰桀之居伊闕王逸楚辭注曰捷疾也左氏傳注曰捷邪出也漢書曰沛公從轘轅薛綜曰轘轅阪十二曲道將去復還故曰轘轅臣瓚曰在緱氏東南**大室作**

捷善曰 侃

十二字一本無

說文鐔劒鼻也

大荒西經注引孝經援神契曰王者德至山陵而黑丹出　黑丹石緇爲二物黑丹又謂之石涅石緇緇石也賦特側言之以協韵耳

鎮揭竭以熊耳大室嵩高別名也揭猶表也言以嵩高之嶽爲國之鎮也復表以熊耳之山善曰郭璞山海經注曰大室在陽城縣西羽獵賦曰揭以崇山熊耳山名也尚書傳曰熊耳山在宜陽之西也底柱輟流鐔徒南以大岯底柱山名也在河東縣東南向居河中猶杜然也輟止也善曰尚書曰導河至於底柱東過大岯韻集曰鐔劒口也言大岯之險同乎劒口也莊子曰天子之劒以周宋爲鐔溫液湯泉黑丹石緇言泉水如湯浴之可以除病在河南梁縣界中也黑丹石緇謂黑石雜色也言溫液即湯泉之流黑丹石緇之所出善曰孝經援神契曰德至于山陵則出黑丹張揖子虛賦注曰玄厲黑石可用磨也王鮪岫居能奴來鼈龜三趾山有穴曰岫也王鮪魚名也居山穴中長老言王鮪之魚由南方來出此穴中入河水見日目眩浮水上流行七八十里釣人見之取之以獻天子用祭其穴在河南小平山善曰周禮曰春獻鮪鄭玄曰王鮪魚之大者山海經曰陽狂水西南流注于伊水中有三足鼈龜爾雅曰鼈三足曰能宓妃攸館神用挺紀攸所也館舍也傳曰成王遷九鼎於

洛邑卜年七百卜世三十後皆如其言故云神所挻紀
謂告年紀之處也善曰楚辭曰迎宓妃於伊洛王逸曰
宓妃神女蓋
伊洛之水精**龍圖授羲龜書畀姒**尚書傳曰伏羲氏
王天下龍馬出河
遂則其文以畫八卦謂之河圖又曰天與禹洛出書謂
神龜負文而出列於背善曰爾雅曰畀賜也史記禹姓
姒
氏**召伯相宅卜惟洛食**相視也宅居也惟有也食謂吉
兆善曰尚書曰召公既相宅卜
惟洛食孔安國曰卜必先墨畫**周公初基其繩則直**謂
龜然後灼之兆順食墨吉也
初
造洛邑言召公先相宅卜之吉周公繩度之合於制度
善曰尚書曰周公初基作新大邑于東國洛毛詩曰其
繩則直毛萇曰言
不失繩直之宜也**萇弘魏舒是廓是極**萇弘周大
夫也魏舒
晉大夫獻子也廓猶規也極致也謂二人率諸侯曰敬
以致功規度王城三句而立之善曰國語曰敬王十年
劉文公與萇弘欲城周爲之告晉左氏
傳曰晉魏舒合諸侯之大夫以城周也**經途九軌城隅**
九雉南北爲經途道也軌車轍也善曰周禮國中經途
九軌鄭玄曰塗容九軌謂轍廣也又周禮曰王城

◎此傳似孔傳非綜注

毛上有挖字

隅之制九雉鄭玄云雉度也謂高一丈長三丈爲雉度徒洛堂以筵度室以几堂明堂也筵席也長九尺几俎也長七尺善曰周禮曰室中度以几堂上度以筵京邑翼翼四方所視京大也大邑謂洛陽也翼翼禮儀盛貌言常爲四方觀翼翼然也善曰毛詩曰商邑翼翼四方之極漢初弗之宅故宗緒中圮痞緒統也圮絕也漢家不居於洛故宗廟之統中途廢絕也巨猾間去聲釁許覲竊弄神器巨王莽字巨君也猾狡也間候也釁隙也神器帝位也言王莽因成哀無嗣元后秉政漢祚微弱篡處高位善曰老子曰天下神器不可爲也爲者敗之韋昭漢書注曰神器天子璽也歷載三六偷安天位載年也三六十八年謂王莽篡位一十八年也天位帝位也善曰尚書曰天位艱哉于時蒸民罔敢或貳于於也蒸衆也罔無也言是時衆民無敢有二心於莽者毛詩曰于時言言尚書曰蒸民乃粒其取威也重矣威畏也重猶多也謂爲天下所畏己者多矣善曰左氏傳先軫曰報施救患取威定霸我世祖忿

挖善曰　似

後漢帝紀注光武舊宅在今隨州棗陽縣東南宅南二里有白水焉

河

寓依注改

之世祖光武也忿恚疾王莽威重如此也乃龍飛白水鳳翔參墟所令白水謂南陽白水縣也世祖所起之處也初爲更始大司馬討王郎於河北北爲參虛分野龍飛鳳翔以喻聖人之興也善曰周易曰飛龍在天大人造也授鉞四七共工是除授與也鉞斧鉞也四七二十八將也共工霸天下者以喻王莽也六韜曰凡國有難君召將以授斧鉞漢書曰顓頊有共工之陣以定水災欃槍旬始羣凶靡餘欃槍星名也謂王莽在位如妖氣之在天世祖除之凶惡無餘爾雅曰彗星爲欃槍也旬始妖氣也史記曰旬始狀如雄雞也靡無也今言世祖除凶賊無有遺餘也區宇乂寧思和求中天地之內稱寓言海內既已乂安思求陰陽之和天地之中而居之睿哲玄覽都茲洛宮睿聖也玄通也言通見此洛陽宮也善曰尚書曰睿作聖明作哲老子曰滌除玄覽河上公曰心居玄冥之處覽知萬物故謂之玄覽王弼曰玄物之極也廣雅曰玄遠也曰止曰時昭明有融曰辭也時是也融長也言當止居是洛邑必有昭明之德長久之道也善曰毛詩曰曰止曰時

何

攙善曰

昭明有融既光厥武仁洽道豐止戈曰武謚法曰功格天下曰光尅定禍亂曰武洽合也
豐盛也世祖既能止戈故謚光武言仁義之道大豐盛也善曰洽霑也登岱勒封與黃比
崇登上也岱泰山也謂王者功成作樂治定制禮故封泰山勒功於石以紀號也黃黃帝也史記曰崇高也
言世祖與黃帝比其尊號善曰史記曰黃帝封泰山禪云亭司馬彪續漢書曰建武三十二年乃封禪孔安國
尚書傳曰崇尊也逮至顯宗六合殷昌逮及也殷盛也昌熾也顯宗明帝號也六合天
地四方也善曰呂氏春秋曰神通乎六合高誘曰四方上下為六合也乃新崇德遂作德
陽崇德德陽皆殿名也崇德在東德陽在西相去五十步啓南端之特闈立應門
之將將啓開也端門南方正門應門中門也善曰爾雅曰宮中門謂之闈洛陽宮舍記曰洛陽有端門
毛詩曰應門將將毛萇曰將將嚴正之貌昭仁惠於崇賢抗義聲於金商
崇賢東門名也金商西門名也謂東方為木主仁如春以生萬物昭天子仁惠之德故立崇賢門於東也西為

舊章法七字刪

木

金主義音爲商若秋氣之殺萬物抗天子德義之聲故立金商門於西善曰漢書曰角爲木爲仁商爲金爲義也**飛雲龍於春路屯神虎於秋方**德陽殿東門稱雲龍門德陽殿西門稱神虎門神虎金獸也秋方西方也飛飛龍也易曰雲從龍爲㭁獸春路東方道也善曰漢書曰東宮蒼龍又曰東方於時爲春宮殿簿北宮有雲龍門王逸楚辭注曰屯陳也漢書曰西宮白虎又曰西方於時爲秋宮殿簿北宮有神虎門**建象魏之兩觀旌六典之舊章**象魏闕也一名觀也旌表也言所以立兩觀者欲表明六典舊章之法謂懸書于象魏浹日而斂之善曰周禮曰太宰掌建邦之六典一曰治典二曰教典三曰禮典四曰政典五曰刑典六曰事典舊章法令條章也左傳曰舊章不可忘**其內則含德章臺天祿宣明溫飭迎春壽安永寧**八殿皆以休令爲名美時君之德在應門之内也**飛閣神行莫我能形**言閣道相通不在於地故曰飛人不見行往故曰神形謂天子之形容言我無能說其形狀也**濯龍芳林九谷八溪**洛陽圖經曰濯龍池名故

文三　十

舊音

尤云鸕鶿五臣鵯作鸕

鴡麗古字通音離

鶌鵃　别本注同誤

雲

歌曰濯龍望如海河橋渡似雲 芙蓉覆水秋蘭被涯 芳林苑名九谷八溪養魚池音宜芙蓉荷華也秋蘭香草生水邊秋時盛也善曰楚辭曰秋蘭兮青青鄭玄注周易曰蘭香草也被亦覆也

渚戲躍魚淵游龜蠵 音攜 渚水渚也戲游也躍跳也毛詩曰王在靈沼於牣魚躍蠵龜類也凡此物謂取有時非時則恣之游戲不驚動也

永安離宮脩竹冬青 永安宮名也脩長也冬青謂不彫落也

陰池幽流玄泉洌清 水稱陰幽流謂伏溝從地下流通於河也水黑色故曰玄泉洌清澄貌善曰楚辭曰臨沅湘之玄淵毛詩曰洌彼下泉

鵯匹鶋居秋捿鶻骨鵃竹交春鳴 爾雅曰鷽斯鵯鶋郭璞曰鵯鶋匹鳥腹下白也又曰鶌鳩鶻鵃郭璞曰鶻鵃似山鵲頭短尾青黑色秋棲春鳴謂各得其性也

鴡七余鳩麗離黃關關嚶嚶 善曰爾雅曰鴡鳩王鴡也郭璞曰鴡鵰類也又曰鶬鶊鵹黃也郭璞曰鸝黃黑也關關嚶嚶謂音聲和也

於南則前殿靈臺龢驩安福 前殿露寢也靈臺臺名也龢驩安福二殿名並在德

何

何沾

說文周景王作洛陽謻臺徐鍇曰謻臺猶別館也禮記大傳正義在旁而及曰移
鉤盾五丞見後漢百官志
周亦稱殿殿亦有名始見於此
彫
蘌即籞字
籞 語
音圍

陽殿之南謻直移門曲榭邪阻城洫謻門冰室門也臺有木曰榭阻依也洫城下池冰室門及榭皆屈曲邪行依城池爲道也奇樹珎果鉤盾垂允所職奇異也珍貴也鉤盾令官主小苑善曰鉤盾五丞也爾雅曰職主也西登少華亭候修勑登升也並有亭有候也修治也勑整也謂西園中有少華之山九龍之內寔曰嘉德九龍本周時殿名也門上有三銅柱柱有三龍相糾繞故曰九龍嘉德殿名在九龍門內也西南其戶匪雕匪刻毛詩曰西南其戶不雕不刻尚質也言殿舍之多其戶或西或南也我后好約乃宴斯息我后謂明帝也宴安也息止也善曰周易曰君子以嚮晦入宴息也於東則洪池清蘌語淥水澹澹徒敢內阜川禽外豐葭菼洪池名也在洛陽東三十里阜多也豐饒也內多魚鼈外饒蘆薍也善曰漢書音義應劭曰蘌在池水上作室可用棲鳥鳥入則捕之音禦唐賦曰水澹澹而盤紆說文曰澹澹水搖貌也爾雅曰葭葦也菼薍也薍五患切獻鼈蜃與

回加刪

音儉

水住穀水注引應劭曰飛廉神禽能致風氣十人以良金鑄其象

得當作德

趣當趣　別本注同　家上有挩

龜魚供蝸古花蠯蒲佳與菱芡蝸螺也菱芰也芡雞頭也善曰周禮曰春獻鼈蜃秋獻龜魚祭祀供蜱蠃鄭玄曰蠯大蛤也杜子春曰蠯蜯也蜱與蠯同禮記曰蝸醢而苽食周禮曰加籩豆之實有蔆芡也其西則有平樂都場示遠之觀平樂觀名也都謂聚會也爲大場於上以作樂使遠觀之謂之平樂在城西也龍雀蟠蜿紆元天馬半漢龍雀飛廉也天馬銅馬也蟠蜿半漢皆形容也善曰華嶠後漢書曰明帝至長安迎取飛廉并銅馬置上西門平樂觀也瓌異譎詭燦爛炳煥瓌奇也譎詭變化也燦爛炳煥絜白鮮明之貌奢未及侈儉而不陋言皆合於禮故奢不至侈故儉不至陋也規遵王度動中得趣規摹也遵循也趣意也度先王之法度舉動合禮之意也家語孔子曰公甫之婦動中得趣於是觀禮禮舉儀具具足也言觀王之光明禮儀皆備具也善曰左氏傳曰諸侯宋魯於是觀禮經始勿亟居力成之不日勿猶不也亟急也成之不日言不用一日即成之善

上胡刪下　何刪

別本

別本　挩善曰　侃

陸佐公石闕銘注引複作復

教刪

曰毛詩曰經始勿亟庶人子來毛萇
曰經度也又曰庶民攻之不日成之猶謂爲之者勞居
之者逸勞苦也逸樂也善曰賈子曰翟王使使者之楚
楚王饗客於章華之臺楚王曰翟亦有臺乎使
者曰翟王茅茨不剪采椽不斵慕唐虞之茅茨思夏后
猶以作者大勞居者大逸也
之卑室唐唐堯也虞虞舜也夏后夏禹也善曰墨子曰
堯舜茅茨不翦采椽不刊說文曰茅茨蓋屋也
論語云禹卑宮室
而盡力於溝洫也乃營三宮布教頒班常三宮明堂辟
雍靈臺頒布
也常舊典也所以行複福廟重屋八達九房複廟重覆
教化布典禮之宮也
也重屋重
棟也謂明堂廟屋前後異制善曰禮記曰複廟重檐達
鄉謂天子廟飾也大戴禮曰明堂九室而有八牖然九
室則九房也
八牖八達也規天矩地授時順鄉謂宮室之飾圓者象
天方者則地也鄉方
也言頌政賦教常隨時月而居其方月令曰孟春居蒼龍
左个善曰大戴禮曰明堂者上圓下方范子曰天者陽也
規也地者陰也矩也三輔黃圖曰明堂方
象地圓象天又曰明堂順四時行令也造舟清池惟

○微

饗

老字誤

水泱泱央造舟以舟相比次爲橋也毛詩曰造舟爲梁泱泱水流貌善曰毛詩曰瞻彼洛矣維水泱

泱左制辟雍右立靈臺言德陽殿東有辟雍於西有靈臺謂於其上班教令者曰

明堂大合樂射鄉者曰辟雍司歷紀候節氣者曰靈臺也因進距衺表賢簡能進善衺

老也言因其進則舉而用之衺滅者拒而退之謂擇賢以大射所以表明德行簡錄其能否謂辟雍也善曰尸子曰

治國有四術一忠愛二無私三用賢四簡能爾雅曰簡猶擇也馮皮冰相息亮觀祲浸祈禠

緣禳災善曰周禮曰春官宗伯馮相氏掌歲日月星辰之位辨其災祥以爲時候鄭玄曰馮乘也相視

也祲謂陰陽氣相浸漸以成災也祈求福也禳除也災禍也謂求祈福而除災害也爾雅曰禠福也鄭玄周禮

曰却變異曰禳於是孟春元日羣后旁戾尚書曰正月元日舜格于文祖孟春正月

也元日正日也羣后公卿之徒也旁四方也戾至也言諸侯正月一日從四方而至各來朝享天子也百僚

師師于斯胥洎尚書曰百僚師師百僚謂百官也師師謂相師法也胥相也洎及也言元日百官於

綜曰刪

事

尚書曰

今本作共

吴摯甫曰數當讀上声數萬以二者謂以萬數者二也質言之即二萬也

此相連及而來朝賀也**藩國奉聘要荒來質**綜曰謂王侯藩國也言要荒之外所奉聘令者盡來朝見善曰周禮曰鎮服外五百里曰藩服魏相上封曰顯明功臣以鎮藩國鄭司農周禮注曰衆來曰頫寡來曰聘尚書曰五百里要服又五百里荒服漢書曰樓蘭王遣子質漢也**具惟帝臣獻琛執贄**具之言俱也獻貢也琛寶也執持也贄禮也藩國來貢者謂隨土所出寶而貢之也善曰萬邦黎獻共惟帝臣毛詩曰來獻其琛封禪書曰百蠻執贄周禮曰以六禽作六贄鄭玄曰贄之言至也所執以自致也**當覲乎殿下者蓋數萬以二**覲見也言於此之時當入見於殿下者可數萬人分於闕下夾道爲二部**爾乃九賓重**平**臚**盧**人列**言鴻臚所主羌胡之人皆羅列於朝廷也善曰漢書曰羣臣朝十月儀大行人設九賓臚句傳韋昭曰九賓則周禮曰九儀謂公侯伯子男孤卿大夫士也臚傳也次以傳上令也蘇林曰上傳語告下臚下傳告上臚猶行也二訓雖殊皆以行上語爲臚也**崇牙張鏞**庸**鼓設**崇牙栒虡上板作鋸鋙者横曰栒植曰虡張謂樹之

胡刪 叢乙 何 何

東都十五字改三朝已見東都賦

京箱續京房

彫　書衍

以縣鍾鼓也善曰毛詩曰崇牙樹羽又曰鏞鼓有斁毛萇詩傳大曰鏞郎將司階虎戟交鍛殺言虎賁中郎將主夾階而立虎賁或執戟或持鍛鍛而相對也交鍛謂交加而設兵器也善曰漢書曰儀兵郎中夾階說文曰鍛鈹有鐔龍輅充庭雲旗拂霓馬八尺曰龍輅天子之車也故曰龍輅充滿也庭朝廷旗謂熊虎爲旗爲高至雲故曰雲旗也楚辭曰載雲旗之逶夷拂至也霓天邊氣也夏正三朝庭燎晢晢夏家建寅之正漢家所用也三朝歲月日朝晢晢大光明也善曰東都賦曰春王三朝三朝歲首朔日也毛詩曰夜如何其夜未艾庭燎晣晣撞洪鍾伐靈鼓撞鏜也伐擊也靈鼓六面鼓也善曰周禮曰靈鼓靈鼗旁震八鄙軯普耕磕苦代隱訇火宏旁四方也震驚也八鄙四方與四角也軯磕隱訇鍾鼓之聲也若疾霆轉雷而激迅風也霆霹靂也迅疾也言鍾鼓之聲又若雷霆之相轉亦如急風之迅疾也是時稱警蹕已下雕輦於東廂警謂清道也輦人挽車彫謂有彫飾也殿東西次爲廂善曰漢書儀注曰

飾　佩删

周禮司几筵先鄭注紛讀爲豳又讀爲和粉之粉謂白繡也

毛詩曰

皇帝輦動則左右侍帷幄者稱冠通天佩玉璽通天冠名也佩警孔安國尚書傳曰雕刻鏤也帶也玉璽天子印也蔡雍獨斷曰天子冠通天**紆皇組要干將**紆垂也皇大也組綬也干將劍名也越絕書曰楚王令歐冶子干將爲鐵劍三枚曰龍淵二曰太阿三曰工市也吴越春秋曰干將者夫人造劍二枚一曰干將二曰莫耶**負斧扆次席紛純**白與黑謂之斧扆屏風樹之坐後也次席竹席也紛純謂以組爲緣善曰禮記曰天子負斧扆南向而立鄭玄曰負之言背也周禮曰大朝覲王設黼依設莞席紛純次席黼純左右玉几次席紛純謂二席俱設互言之**左右玉几而南面以聽矣**周禮曰天子左右玉几鄭玄曰左右有几優至尊也善曰周易曰離者明也南方之卦也聖人南面聽天下嚮明而治蓋取於此也**然後百辟乃入司儀辨等**百辟諸侯也司主也儀法也辨別也言百官有分別者謂司主之次也善曰百辟其刑之周禮曰司儀主禮掌九儀之賓客分別五等之諸侯左傳臧僖伯曰明貴賤辯等差**尊卑以班璧羔皮帛之贄既**

撓善曰 侃

撓善曰 侃

何

將將今禮記作蹌蹌文蹌字又作鶬或作鏘同

尤云朱除五日除作塗

尚書九字是善注當在薛注末尚上加善曰二字

奠班位次也謂尊卑有等差也善曰國語曰班爵貴賤以列之周禮曰子執穀璧孤執皮帛卿執羔大夫執鴈士雉各有次第奠置也天子乃以三揖之禮禮之善曰周禮曰王土揖庶姓時揖異姓天揖同姓鄭玄曰庶姓無親者也土揖推手小下之也異姓昏姻也時揖平推手也天揖推手小舉之又曰諸侯心平手禮伯男手在心下禮外國君在心上禮穆穆焉皇皇焉濟濟焉將將焉信天下之壯觀也壯觀言天下之人壯大觀覽也禮記曰天子穆穆諸侯皇皇大夫濟濟士將將鄭玄曰威儀容止之貌史記曰天下之壯觀也乃羨公侯卿士登自東除羨延也登進也謂命之上殿也天子從中階諸侯從東西階善曰東除階也訪萬機詢朝政尚書曰一日二日萬機言機微之事日有萬種詢謀也謂與謀朝政有所先後者也勤恤民隱而除其眚恤憂也隱痛也眚病也言有隱痛不安者令憂恤之也善曰國語祭公謀父曰勤恤民隱而除其害也人或不得其所若己納之於隍隍城下坑無水者善曰孟子曰

提善曰侃

令

說文九字改隍已見東都賦

怠

序

伊尹思天下之民匹夫匹婦不與被堯舜之澤者若已推而納之於溝中也鄭玄毛詩箋曰納內也說文曰城池無水曰隍

荷天下之重任匪怠皇以寧靜荷負也怠懈也皇暇也言無有懈怠於寧靜者謂常有所憂也善曰孫卿子曰國者天下之大器也重任也可不善擇而後錯之毛詩曰不敢怠遑

發京倉散禁財發開也京大也禁藏也善曰尚書曰散鹿臺之財發鉅橋之粟毛詩曰曾孫之庾如坻如京

賚皇寮逮輿臺賚賜也皇百官也逮及也言天子散發禁庫之財無問貴賤皆賜及之善曰左氏傳曰人有十等王臣公公臣大夫大夫臣士士臣皁皁臣輿輿臣隸隸臣寮寮臣僕僕臣臺漢書公卿言曰陛下出禁錢以振元元應劭曰少府掌山澤陂池之稅名曰禁錢以給私養

命膳夫以大饗饔餼浹乎家陪周禮曰膳夫主食之官熟曰饔腥曰餼浹徧也家陪謂公卿大夫之家臣善曰毛詩曰牲牢饔餼論語曰陪臣執國命

春醴惟醇燔炙芬芬醇厚也燔炙謂炙肉也芬芬香氣盛也善曰毛詩曰爲此春酒又曰燔炙芬芬呂氏春秋曰厚酒肥肉

君臣

歡康具醉熏熏康樂也具俱也熏熏和說貌言君臣皆歡樂而和詠也善曰毛詩曰公尸來止

熏熏毛萇曰熏熏和悅也千品萬官已事而踆七旬已止也踆退也謂品秩官僚等並

止事而退還也善曰國語曰觀射父曰百姓千品萬官億醜管仲曰有司已事而竣踆與竣同也勤屢

省昔井懋乾乾屢數也省察也懋勉也乾乾敬也善曰尚書曰屢省乃成周易曰君子終日乾乾也

清風協於玄德淳化通於自然協同也淳厚也玄天也自然通神明也言帝如

此清惠之風同於天德淳厚之化通於神明也善曰孔安國尚書傳曰風教也老子曰為而不持長而不宰是謂玄德王

弼曰玄德者皆有德不知其至出乎幽冥者也老子曰天法道道法自然王弼曰自然者無稱之言窮極之辭

憲先靈而齊軌必三思以顧愆憲法也先靈先聖之神靈即謂堯舜也愆過也

齊同也軌迹也言有事能思信與先聖同軌迹也善曰論語曰季文子三思而後行招有道於側

陋開敢諫之直言招明也有道言使郡國於側陋之中舉有道之士而用之也直言謂直諫

善曰

此善曰當在欲也下

穆穆已見上

者也善曰尚書曰明明揚側陋漢書曰舉能直言極諫者聘丘園之耿絜旅束帛之戔戔耿清也旅陳也謂有清絜者也言丘園中有隱士貞絜清白之人聘而用之束帛謂古招士必以束帛加璧於上周易曰六五賁于丘園束帛戔戔王肅云失位無應隱處丘園蓋蒙闇之人道德彌明必有束帛之聘也戔戔委積之貌也上下通情式宴且盤上謂君下謂臣式用也盤樂也言君情通於下臣情達於上故能國家安而君臣歡樂也善曰墨子曰古者聖王惟能審以尚同是故上下通情毛詩曰嘉賓式宴以樂也及將祀天郊報地功善曰將欲也白虎通曰祭天必在郊者天體至清故祭必於郊取其清絜也周禮以正月上辛郊祀告于上帝祭天而郊以報去年土地之功京房易占曰立秋報地功祈福乎上玄思所以爲虔祈求也玄天也玄黃天地言天子祭天地之際思念所以盡其忠敬善曰禮記曰共皇天上帝之神以爲人祈福周易曰天玄而地黃也肅肅之儀盡穆穆之禮殫殫盡也善曰毛詩頌曰至止肅肅禮記曰天子穆穆然後以獻精

胡說是 是善演連珠注亦引王肅此文

流乙

今改

紞者縣瑱之繩垂於冠之兩旁 纓用兩組結於項下紘用一組曲於其旁 冕以木為幹以玄布衣其上謂之綖

讀

服虔左傳注以藻為畫藻率為刷巾

廣雅釋詁四袷重也衣有表裏謂之袷車有副貳亦謂之袷

誠奉禋祀曰允矣天子者也獻進也允信也天子言是天帝之子也善曰國語曰精意以享謂之禋祀周禮曰以禋祀昊天上帝毛詩曰允矣君子乃整法服正冕帶整理也冕所謂平天冠也言天子素帶朱裏謂三皇已來始冕制有數種鄭玄曰長一尺七寸廣八寸前圓後方以珠玉飾之也法服謂衣服並有法度善曰孝經曰非先王之法服不敢服珩行紞丁敢紘宏綖延玉笄綦其會笄簪也謂以玉飾之善曰左氏傳曰珩紞紘綖昭其度也杜預曰珩維持冠者紘纓從下上者紞冠之垂者也綖冠上覆者周禮曰王之五冕皆玉笄也又曰王之皮弁會五采玉琪鄭玄曰會縫中琪如綦綦謂結皮弁於縫中每貫結五采玉十二以為飾謂之綦會火龍黼黻藻繂律鞶厲善曰左氏傳曰火龍黼黻昭其文也藻繂鞞鞛鞶厲斿纓昭其數也杜預曰火畫火也龍畫龍也白與黑謂之黼黻兩已相戾也藻繂以韋為之所以藉玉鞞佩刀削上飾鞛下飾鞶厲紳帶之垂者斿旌旗之斿纓在馬膺前結飛雲之袷輅樹翠羽之高蓋袷輅次車也次車樹翠羽為蓋蓋如雲飛也今世謂之

胡　佩刪

羽蓋車也善曰高唐賦曰翠爲蓋 建辰旒之太常紛焱悠以容裔 辰謂日月星也畫之於旌旗垂十二旒名曰太常上畫三辰以象天明也謂天子十二旒諸侯九旒大夫三旒紛盛也悠從風貌容裔高低之貌焱火花也言風鼓動旌旗紛紜盛亂如火花之飛起善曰周禮曰日月爲常左氏傳曰三辰旂旗昭其明也 六玄虬之奕奕齊騰驤而沛艾 六六馬也玄黑也天子駕六馬騰驤趣走也奕奕光明沛艾作姿容貌也善曰甘泉賦曰六玄虬毛詩曰四牡奕奕司馬相如大人賦曰沛艾赳螑 龍輈華轙 金鑁鏤錫 輈車轅轅端上刻作龍頭也華采畫也善曰爾雅曰載轡謂之轙郭璞曰在軾上環轡所貫也蔡雍曰金鑁者馬冠也高廣各五寸上如王華形在馬髦前鏤錫飾也當顱刻金爲之毛詩曰鉤膺鏤錫 方釳左纛鉤膺玉瓖 方釳謂轅旁以五寸鐵鏤錫中央低兩頭高如山形而貫中以翟尾結著之轅兩邊恐馬相突也左纛以旄牛尾大如斗置騑馬頭上以亂馬目不令相見也鉤膺當胷也瓖馬帶玦以王飾也善曰廣雅曰釳許乞切 鑾聲噦噦

和鈴鉠鉠於良切鑾在衡和在軾皆以金爲鈴也噦噦鈴鉠和鳴聲鉠鉠小聲善曰毛詩曰鑾聲噦噦和鈴鉠鉠重輪貳轄疏轂飛軨轂外復有一轂副轄其外重乃復設轄然重輪即重轂也飛軨以緹紬廣八尺長柱地畫左青龍右白虎繫軸頭取兩邊飾善曰蔡雍月令章句曰疏鏤也羽蓋威蕤葩瑵曲莖羽蓋以翠羽覆車蓋也威蕤羽貌葩爪悉以金作華形莖皆曲蔡雍獨斷曰凡乘輿車皆羽蓋金華爪瑵與爪同順時服而設副咸龍旂而繁纓五時之服各隨其車車各一色以爲副貳副車各一乘今謂之五帝車也龍旂者交龍爲旂也盤今之馬大帶也纓馬鞅也善曰毛詩曰龍旂陽陽周禮曰王路錫樊纓鄭玄曰樊讀如盤謂今之馬大帶也繁與盤古字通立戈迤戛農輿輅木戈謂本勾孑戟也戛長孑也孑置車上邪柱之是謂戎輅農輿無蓋所謂耕根車也言耕稼於藉田乘馬無飾故稱木善曰迤邪也屬車九九乘軒並轂副車曰屬言相連也屬車有藩者曰軒皆在後爲三行故曰並轂善曰漢雜事曰諸侯貳車九乘秦滅九國兼其車

朱旄供旌旗之用、

張銑曰鑾旗皮軒皆車也 周禮司常鄭玄注通帛大赤從周正色無飾 綪茷繡旆曰旆

轇曰昧注閤与鋋音義同 閤戟插車旁小戟也 茷音旆 蒲音葛

旗

轇音膠輵音葛

前漢司馬相如傳蒙鶡蘇 孟康注蘇析羽也如今之 流蘇本以五采羽爲之後 乃用盤綫編繡之飾 騎行之流蘇以縿綠也

服故大駕屬車八十一乘琫伏弩重旃朱旄青屋通帛曰旃朱旄旄朱尾赤色者也青屋青作蓋裏也善曰說文曰琫車轓閒皮篋以安其弩也徐廣車服志曰輕車置弩於軾上載以屬車然置弩於琫曰琫弩奉引既畢先輅乃發奉引謂引道者言引道之次已定前車乃發善曰漢官儀曰大駕則公卿奉引尚書曰先路在左塾之前鑾旗皮軒通帛綪旆鑾旗謂以象鑾鳥也皮軒以虎皮爲之善曰蔡邕車服志曰鑾旗俗人名曰雞翹上林賦曰前皮軒後道旃通帛曰旃國語曰分魯公以少帛綪茷韋昭曰綪茷大赤也雲罕九斿閤戟轇輵雲罕旌旗之別名也九斿亦旗名也閤鋋也轇輵雜亂貌善曰上林賦曰載雲罕說文曰斿旌旗流也史記曰趙良謂衛鞅曰君之出也操閤戟者旁車而趨王逸楚辭注曰轇輵參差縱橫也髶髦被繡虎夫戴鶡髶髦頭茸騎也善曰漢書羿爲髦頭應劭曰繡衣在天子乘輿之前鶡鷙鳥也鬬至死乃止令武士戴之取猛也司馬彪續漢書曰虎賁騎皆鶡冠駙承華之蒲梢飛流蘇之騷

今作斧

膠葛別本在注中

舊音　漢書曰

嘈囐廣韻作嘈囋

摑

反易迴疑及

殺桑葛　駙副馬也承華廄名也言取華廄之蒲梢以爲副馬也漢官儀有承華廄善曰後宮蒲梢汗血之馬流蘇五釆毛雜之以爲馬飾而垂之續漢書曰駙馬赤珥流蘇摯虞決疑要注曰凡下垂爲蘇騷殺垂貌

總輕武於後陳奏嚴鼓之嘈囐才達　後陳者謂北軍五營兵在後陳列嘈囐鼓聲善曰漢書曰噴銅丸以摑鼓聲中嚴鼓之節晉灼曰疾擊鼓

戎士介而揚揮戴金鉦而建黃鉞　戎兵也士士卒也介甲也揮爲肩上絳幟如燕尾者也金鉦鐲鐃之屬也黃鉞以黃金飾之善曰左氏傳廚人濮曰揚徽者公徒也徽與揮古字通蔡邕獨斷曰乘輿後有金鉦黃鉞

清道案列天行星陳　清道謂蹕止行者列猶次也言天子行如上天之星行羅列有次善曰司馬相如上疏曰清道而後行周易曰天行健尚書大傳曰明明上天爛然星陳

肅肅習習隱隱轔轔　肅肅敬貌習習行貌隱隱衆多貌轔轔車聲也

殿去未出乎城闕旆已反乎郊眇諸鄭　殿後軍也旆前軍也郊眇謂郊界也言從之多後循未出城闕前已迴於郊界也善曰論語曰孟

何　陳

說文𪔛鼓聲也今詩那作淵有駜作咽咽

周禮鄭注變猶更也樂成則更奏也

音淵

馬融大字改八佾已見東都賦

之反不伐奔而殿宋衷太玄經注曰畛界也 **盛夏后之致美爰敬（恭）於明神** 盛猶嘉也夏后禹也言今嘉欲行禹之事爰布恭敬於神明也善曰論語曰惡衣服而致美於黻冕菲飲食而致孝於鬼神毛詩曰恭敬明神也 **爾乃孤竹之管雲和之瑟** 孤竹國名出竹善曰周禮曰孤竹之管雲龢之瑟和與龢古字通鄭玄曰孤竹特生者也雲和山名也出美木用爲瑟其聲清亮也 **雷鼓𪔛𪔛六變既畢** 雷鼓八面鼓也凡樂六變爲一成則更奏畢盡也善曰周禮曰雷鼓路鼓奏之若樂六變一變川澤之神見二變山林之神見三變丘陵之神見四變墳衍之神見五變地神見六變天神見毛詩鼓𪔛𪔛（音淵） **冠華秉翟列舞八佾** 冠華以鐵作之上闊下狹以翟雉尾飾之舞人頭戴一行羅列八人八八六十四人謂今麥䇲花也穀梁傳曰舞夏天子八佾善曰蔡邕獨斷曰大樂郊祀舞者冠建華冠毛詩曰右手秉翟馬融論語注曰佾列也 **元祀惟稱羣望咸秩** 元大也祀祭也稱舉也謂大祭天地之禮既舉羣岳衆神望以祭祀之皆有秩次善曰尚書曰咸秩無文王肅曰秩序也左氏

說文槱積木燎之也
○別本作槱

善曰

傳曰乃有事于羣望孔安國尚書傳曰在遠者望而祭之颺槱由燎之炎煬様致高煙乎太一颺飛颺也槱之言聚也謂聚薪焚之揚其光炎使上達於天也太一天之尊神也曜魄寶也善曰周禮曰以槱燎祀司中司命郭璞方言注曰火熾猛爲煬說文曰致送也漢書曰中宮天極星其一明者太一常居也神歆馨而顧德祚靈主以元吉歆饗也顧眷也祚報也靈明也元大也吉福也言天神覩人主之明肅顧饗其馨香之祭故報之以大福尚書曰明德惟馨周易曰黃裳元吉然後宗上帝於明堂推光武以作配宗尊也上帝太微中五帝也配對也言尊祭五帝於明堂以光武配之漢書曰明帝宗祀五帝於明堂光武皇帝配之辯方位而正則五精帥而來摧徂回切辯別也方位謂四方中央之位也則法也五精五方星也帥循也摧至也言五帝總集至明堂善曰漢書曰祀五帝於明堂坐位各處其方孝經鉤命決曰宗祀文王於明堂以配上帝五精之神爾雅曰摧至也尊赤氏之朱光四靈懋而允懷赤氏

○槱善曰
作

○槱善曰
作

○曾讀爲增 離騷注曾累 廣雅曰刪

祭法鄭注祧之言超也超上去意也天子遷廟之主以昭穆合藏於二祧之中諸侯無祧藏於祖考之廟中 孔疏云此遷主所藏曰祧非是對例言之耳若散而通論則凡廟曰祧

謂漢火德所統赤帝熛怒也河圖曰四靈蒼帝神名靈威仰赤帝神名赤熛怒黃帝神名含樞紐白帝神名白招拒黑帝神名協光紀今五云四靈謂除赤餘有四懋悅也懷安也善曰尚書曰民其允懷孔安國曰民信歸之

於是春秋改節四時迭代改易也迭更也代謝也言感四時之謝而欲享祀也善曰易乾鑿度孔子曰天地有春秋冬夏節故生四時又曰五行迭終四時更廢

蒸蒸之心感物曾思廣雅曰蒸蒸孝也感物謂感四時之物即春韭卵夏麥魚秋黍肫冬稻鴈孝子感此新物則思祭先祖也善曰尚書曰虞舜蒸蒸廣雅曰感傷也

躬追養於廟祧祧吐堯**奉蒸嘗與禴祠**言祭皆追感孝養之道故躬自爲之躬猶身也善曰禮緯曰祭者所以追養繼孝也禮記曰遠廟爲祧毛詩曰禴祠蒸嘗公羊傳曰春曰祠夏曰禴秋曰嘗冬曰蒸

物牲辯省設其福衡辯徧物牲謂祭祀之牲物皆徧省視之也橫木於牲角端以備抵觸謂之福衡善曰周禮曰牧六牲而阜蕃其物以供祭祀凡祭祀飾其牛牲設其福衡杜子春曰福衡所以持令不得抵觸人也

毛炰豚

○胡刪

曰删　饋　方薄切

胉博亦有和羹善曰鄭玄曰周禮注曰毛炰豚者去其毛而炰之以備八珍毛詩曰毛
炰胾羹周禮曰饋食之豆其實豚胉杜子春曰以胉爲膊謂脅也毛詩曰亦有和羹滌濯靜嘉禮
儀孔明滌濯謂洗滌也靜絜也嘉善也孔甚也言禮儀甚鮮明也善曰周禮曰大祭祀眡滌濯鄭玄曰
滌溉祭器也毛詩曰籩豆靜嘉又曰禮儀既備又曰祀事孔明萬舞奕奕鍾鼓喤喤
萬舞干也奕奕舞形也喤喤鼓聲也善曰毛詩曰萬舞奕奕鍾鼓喤喤靈祖皇考來顧來
饗平聲靈皇惑名謂先帝也言先帝之神顧神子孫享其食也神具醉止降福穰穰
神謂先神也具俱也血已降下也穰穰衆多也善曰毛詩曰神具醉止降福穰穰及至農祥晨
正土膏脉起農祥天駟即房星也晨時正中也謂正月初也善曰國語曰虢文公曰太史順時覛
土農祥晨正土乃脉發太史告稷曰土膏其動韋昭曰農祥房星也晨正謂立春之日晨中於午也脉理也膏
土潤也乘鑾輅而駕蒼龍善曰禮記曰孟春之月乘鑾輅駕蒼龍鄭玄曰鑾輅有虞

爓胡　胡　覗胡

○何焯感疑咸是也

平

氏之車也有鑾和之飾而飾之以青輅春東方色青也馬八尺爲龍介駕間以剡以冉耜天子車帝在左御在中介處左善曰禮記曰天子祈穀于上帝親載耒耜措之于參保介之御間鄭玄曰保介車右置耒耜於車右與御者之間明以勸農又使勇士衣甲而參乘備非常也保猶衣也毛詩曰以我覃耜毛萇曰覃利也鄭玄禮記注曰耜耒之金也覃與剡同躬三推土回於天田修帝籍之千畝善曰東觀漢記曰永明四年詔書曰朕親耕于籍田以祈農事禮記曰躬耕帝籍天子三推爲籍千畝楊雄上林苑箴曰芒芒天田芃芃作穀供禘郊之粢盛必致思乎勤己禘郊謂祭天於南郊也言天子籍田千畝必須親耕者爲敬其祖考用充宗廟之粢盛故云勤己善曰禮記曰王者禘其祖之所自出鄭玄曰禘大祭也又曰天子籍田千畝以事天地以爲齋盛毛萇詩傳曰器實曰粢在器曰盛鄭玄禮記注曰致之言至也兆民勸於疆場亦感懋力以耘耔音子兆民謂百姓也疆田畔也耘去草耔壅本也善曰毛詩曰疆場有瓜或耘或耔爾雅曰懋勉也春日載陽

東觀十九字改合射辟雍已見東都賦

鼖扶云切鼗音逃

周禮射人疏鄭注畫五正之侯中朱次白次蒼次黃玄居外　侯考工記梓人爲侯廣與崇方參分其廣而鵠居一焉

合射辟雍陽暖也言春三月之時與諸侯合射辟雍行禮教善曰毛詩曰春日載陽鄭玄曰載之言則也東觀漢記永平三年三月上初臨辟雍行大射禮**設業設虡宮懸金鏞**設施也業栒上板刻爲鴈齒捷業然植者爲虡橫者爲栒以施設懸之宮中也鏞大鍾也善曰毛詩曰設業設虡周禮曰正樂懸之位王宮懸鄭司農曰宮懸四面也鏞已見上文**鼖鼓路鼗樹羽幢幢**鼖大鼓也鼗小鼓也幢幢羽貌善曰周禮曰以鼖鼓鼓軍事又曰路鼓路鼗毛詩曰崇牙樹羽毛萇曰置羽於栒上以爲飾也**於是備物物有其容**言備具也物禮物也射之禮物並有容飾也善曰左氏傳屠蒯曰事有其物物有其容**伯夷起而相儀后夔坐而爲工**伯夷唐虞時明禮儀之官也后夔舜臣掌樂之官言禮以行施故云起樂以靜陳故曰坐善曰左氏傳曰孟僖子不能相儀又曰昔玄妻樂正后夔取之儀禮曰大射工六人**張大侯制五正**善曰毛詩曰大侯既抗毛萇曰大侯君侯也周禮曰王射三侯五正鄭司農曰王張五采之侯即五正之侯也謂天子五正諸

聶崇義三禮圖曰乏一名容似今之屏風其制從廣七尺以牛革鞔漆之

讀

說文輦輓車也一曰卻車抵堂爲輦　星言

楊升庵云以須二字當連上東階爲句

侯三正大夫士二正以布畫取五方正色於大侯之上也設三乏厞司旌言大射張三侯故設乏乏以革爲之護旌者之禦矢也司旌謂執旌司射中當舉之周禮曰服不氏射則以旌居乏而待獲杜子春曰乏讀爲匱乏之乏爾雅曰厞隱也音翡并夾既設儲乎廣庭并夾鉗矢者周禮曰射則取矢也言侯高則以并夾取之也儲待也廣大也謂張設於大庭以待天子也於是皇輿夙駕輦於東階輦之言却也謂却於東階下天子未乘之時也善曰毛詩曰皇[illegible]夙駕輦音紫以須消啓明掃朝霞登天光於扶桑須侯也消不見也掃滅也言晨時啓明先見尚有餘光日出乃不見霞日邊赤氣也謂天子須啓明光消霞滅日上扶桑乃就乘輿也禮天子日出乃視朝善曰毛詩曰東有啓明西有長庚淮南子曰登于扶桑爰始將行是謂朏明也天子乃撫玉輅時乘六龍玉輅謂玉飾之也鄭玄禮記注曰撫猶據也東都賓曰登玉輅乘時龍善曰周易曰時乘六龍此謂各隨其時而乘之發鯨魚鏗華鍾發舉也鏗

別本　侃　胡　何

月令鄭注句曲生者芒而直曰萌

注

猶擊也華鐘謂有篆刻文故言華也善曰東都賦曰發鯨魚鏗華鐘**大丙弭節風后陪乘**善曰淮南子曰若夫鉗且大丙之御也馬莫使之而自交高誘曰二人太一之御也楚辭曰吾令羲和弭節兮王逸曰弭按節徐行也史記曰黃帝舉風后以理人鄭玄曰風后黃帝三公也應劭漢官儀曰常伯任侍中出即陪乘也**攝提運衡徐至於射宮**攝提有六星玉衡比斗中星主迴轉並歸於車上徐行至於射宮射宮謂辟雍也善曰漢書曰攝提失方音義曰攝提隨斗杓所建十二月也杓匹遥切春秋保乾圖曰斗節運衡何休公羊傳曰運轉也**禮事展樂物具**展謂舒陳器物也物具謂器物皆具備也**王夏闋騶**側留**虞奏**王夏樂名也天子初出奏也闋終也善曰周禮曰出入則奏王夏又曰凡射王奏騶虞之樂**決拾既次彫弓斯彀**古侯決以象骨著右手巨指所以鈎弦也拾韝捍著左臂也彫弓謂有刻畫也彀張也善曰毛詩曰決拾既次鄭玄曰次謂手指相比也**達餘萌於暮春昭誠心以遠喻**昭明也誠心謂天子之心也善曰禮記曰季春句者

何

狵 闕刪

錢大昕謂狵爲𧰟之誤廣韻四覺𧰟龍尾本字當作豩豩與塚下滴與斶音義相近古音豩如篤故轉爲闕音

狵丁遘切

畢出萌者盡達白虎通曰天子所以親射何助陽氣達萬物也名之爲侯者何明諸侯不朝者則當射之然則射者帝誠心遠諭於下也文子曰誠心可以懷也**進明德而崇業滌饕餮**他結**之貪慾**射義曰射所以觀德也崇猶興也業射業也滌蕩去也言有貪婪嗜慾者皆滌蕩去之也善曰漢書明帝詔曰親射泰侯蓄選士威惡助微達陽也周易曰君子進德修業杜預左氏傳注曰貪財曰饕貪食曰餮**仁風衍而外流誼方激而遐騖**衍布也方道也激感也遐遠也騖馳也善曰典引曰仁風翔乎海表禮記曰射者仁道也又曰古諸侯之射必以明君臣之義也廣雅曰方正也**日月會於龍狵**闕**恤民事之勞疚**謂十月時也疚病也狵尾也日月會於尾民勞病於歲事到此月而終也故天子愍恤勞來之善曰國語云日月會於龍狵國家於是乎蒸嘗也賈逵曰狵龍尾也月令孟冬之日在尾漢書曰東宮蒼龍**因休力以息勤致歡忻於春酒**謂田事畢休民力息勤勞也善曰禮記曰孟冬之月農以休息春酒謂春時作至冬始熟也毛詩曰春酒惟醪

別本狵當作狵從豕

別本舊音闕

俗

此條有誤何改爲此春酒陳云緣上文有春醴惟醇而誤

濟執鑾刀以袒割奉觴豆於國叟言天子親執鑾刀袒右膊而割牲以示敬也善曰東觀漢記曰永明二年詔曰十月元日始尊事三老兄事五更朕親袒割牲毛詩曰執其鑾刀孝經援神契曰天子親臨辟雍袒割禮記曰食三老五更於太學天子袒而割牲執醬而饋執爵而酳降至尊以訓恭送迎拜乎三壽降下也至尊天子也三壽三老也言天子尊而養此三老者以教天下之敬故來拜迎去拜送豆善曰左傳曰享以訓恭儉蔡邕獨斷曰天子事三老使者安車輭輪送迎而至家天子獨拜毛詩曰三壽作朋也敬慎威儀示民不偷以朱反敬宜也儀禮也毛詩曰敬慎威儀視民不佻毛萇曰佻偷也我有嘉賓其樂愉愉嘉賓謂三老五更也愉愉和悅之貌也善曰毛詩曰我有嘉賓聲教布濩盈溢天區布濩猶散被也天區謂四方上下也言天子教愛及之尚書曰聲教訖于四海文德既昭武節是宣既已也昭明也宣猶發也言文武之教無處不臨善曰尚書曰誕敷文德漢書武帝詔曰躬秉武節三農之隙

曜威中原隙閒也曜威謂治兵也善曰國語曰三時務農而一時講武韋昭曰三時春夏秋西都賦曰曜威而講武事也歲惟仲冬大閱西園西園上林苑也善曰周禮曰仲冬教大閱公羊傳曰大閱者何簡車馬也後漢書曰先帝左開鴻池右作上林苑虞人掌焉先期戒事先期謂期日敕戒羣吏脩獵具也善曰周禮虞人掌山澤之官度知禽獸多少戒猶告也悉率百禽鳩諸靈囿悉盡也率斂也鳩聚也囿苑也囿謂集禽獸於靈囿之中善曰毛詩曰悉率左右以燕天子毛萇曰驅禽獸於王之左右鄭玄曰率循也悉率驅禽獸順其左右之宜以安待王之射毛詩曰王在靈囿獸之所同是謂告備同亦聚也備具也言禽獸皆聚合聚田物具備也善曰毛詩曰獸之所同禮曰告備于王乃御小戎撫輕軒毛詩曰小戎俴收謂小戎之車輕便宜田獵鄭玄曰輕車驅逆之車中畋四牡既佶其栗且閑中畋馬謂調良馬可用獵者佶健也閑習也毛詩曰四牡既佶既佶且閑戈矛若林牙旗繽紛若林言多也繽紛風吹貌兵書曰牙旗者將軍之旌謂古

者天子出建大牙旗竿上以象牙飾之故云牙旗**迄上林結徒營**迄至也結止也徒衆也營域也上林苑名善曰說文曰營市居也**次和樹表司鐸授鉦**次比也和軍之正門爲和也表門表也司主也鉦鐸所以爲軍節善曰周禮曰大閱虞人爲表以旌爲左右和門又曰教振旅辨鼓鐸鐲鐃之用也**坐作進退節以軍聲**言聲中進退取鍾鼓旌之節也善曰周禮曰司馬執鐸以教坐作進退疾數之節**三令五申示戮斬牲**示教也言三令五申示衆人畢有不用命者斬之若牲也善曰尹文子曰將戰有司讀誥誓三令五申之既畢然後即敵史記曰孫子約束既布三令五申之大周禮曰大閱斬牲以徇陣曰不用令者斬之**陳師鞠旅教達禁成**陳師猶列師衆也鞠之言告也教達謂三令五申禁令已行軍法成也善曰毛詩曰陳師鞠旅**火列具舉武士星敷**具俱也敷布也言武士獵徒如星之布也善曰毛詩曰火列具舉毛萇曰列人持火也**鵝鸛**灌**魚麗**离**箕張翼舒**鵝鸛魚麗並陣名也謂武士發於此而列行如箕之張如

詭遇已見東都賦

訓儉已見上文

翼之舒也善曰左氏傳曰晉荀吳與華氏戰于赭丘鄭翩願爲鸛其御願爲鵝左氏傳曰王伐鄭鄭原繁爲魚麗之陣**軌塵掩迒罔匪疾匪徐**掩覆也迒迹也謂車軌之塵適自覆跡言得遲疾之中也善曰穀梁傳曰蒐于紅車軌塵馬候蹄也**馭不詭遇射不翦毛**孟子曰爲之詭遇一朝而獲十劉熙曰橫而射之曰詭遇毛萇詩傳曰面傷不獻翦毛不獻**升獻六禽時膳四膏**升進也四膏者禮記曰牛膏香犬膏臊雞膏腥羊膏羶善曰周禮曰庖人掌供六禽鄭司農曰六禽鴈鶉鷃雉鳩鴿也**馬足未極輿徒不勞**極盡也輿衆也勞罷勞也善曰韋昭漢書注曰輿車士也**成禮三毆**驅**解罘**伏俟**放麟**大鹿曰麟解散也罘罔也周易曰王用三毆失前禽也毆與驅同善曰穀梁傳曰四時之田用三焉一曰乾豆二曰賓客三曰充君之庖**不窮樂以訓儉不彈物以昭仁**窮極也訓教也彈盡也物謂禽獸也言殺禽獸不盡即昭明人君行仁之道謂崇儉故也善曰列女傳曰周宣王姜后曰好奢必樂窮樂者亂之所興左傳曰享以訓躬儉**慕天乙之弛罟因教祝以懷**

民。天乙殷湯名也弛廢也善曰呂氏春秋曰湯見罔置四面湯拔其三面置其一面祝曰昔蛛蝥作罔今之人學紆欲高者高欲下者下吾取其犯命者漢南之國聞之曰湯德至禽獸三十國歸之高誘曰紆緩也毛萇詩傳曰懷來也儀姬伯之渭陽，失能羆而獲人。儀則也姬伯文王為西伯也善曰史記曰太公望呂尚東海人以漁釣干周西伯西伯將出獵卜曰所獲非龍非彲非虎非羆所獲霸王之輔西伯獵果遇太公渭之陽與語大說文王勞之太公曰臣聞君子樂其志小人樂其事遂載與俱歸澤浸昆蟲，威振八寓。浸潤也八寓八方區宇也善曰毛詩序曰文王德及鳥獸昆蟲焉鄭玄禮記注曰昆明也明蟲者陽而生陰而藏也蒼頡篇曰宇邊也說文曰寓籀文宇字。好樂無荒，允文允武。允信也無荒言不好荒淫之樂信與文王武王等其功德也善曰毛詩曰好樂無荒允文允武昭假烈祖薄狩于敖，既璅璅焉。敖鄭地今之河南滎陽也謂周王狩也璅璅小也言鄙陋不足說也詩曰建旐設旄薄獸于敖岐陽之蒐，又何足數。岐陽岐山之陽謂成

王刪

夏官序官 舊音

剛癉見王莽傳音灼注引剛卯銘

王所徂之地亦以小不足可數也爾乃卒歲大儺奴何毆
善曰左氏傳曰成王有岐陽之蒐
除羣厲卒終謂一歲之終儺逐疫鬼善曰漢舊儀曰昔顓頊氏有三子已而爲疫鬼一居江水
爲瘧鬼一居若水爲罔兩蜮鬼一居人宮室區隅善驚
人爲小鬼於是以歲十二月使方相氏蒙虎皮黃金四
目玄衣丹裳執戈持盾帥百隸及童子而時儺以索室中而毆疫鬼也方相秉鉞巫覡胡激
操茢音例善曰周禮曰方相氏黃金四目玄衣朱裳執戈揚盾也國語曰在男謂之覡在女謂之巫也
說文曰操把持也左傳曰襄公乃使巫以桃茢先祓殯杜預曰茢乃黍穰也侲震子萬童丹首
玄製侲子童男童女也朱丹也玄製皂衣也善曰續漢書曰大儺謂逐疫選中黃門子弟十歲以上十二以下
百二十人爲侲子皆赤幘皂製以逐惡鬼于禁中桃弧棘矢所發無臬牛列切飛
礫雨散剛癉亶必斃桃弧謂弓也棘矢箭也癉難也言鬼之剛而難者皆盡死也善
曰漢舊儀常以正歲十二月命時儺以桃弧葦矢且射
之赤丸五穀播灑之以除疾殃左氏傳曰桃弧棘矢以

何

侃改 此善曰刪

侃

象注及別本

魆扶萬切

斮側略切　獝其出切

騶

梁三年館四談後漢書禮儀志注引東京賦注云衛士千人在端門外五營千騎在衛士外為三部更送至雒水凡三輩逐鬼投雒水中仍上天池絕其橋梁使不復度還　其筆切　側角切

除□□說文曰梟□□□也煌火馳而星流逐赤疫於四裔煌火光也馳覓走也赤疫疫鬼惡者也四裔謂四海也星流謂群鬼覓走煌煌然如火光騶與星流也善曰續漢書曰儺持火炬送疫出端門外騶騎傳炬出宮五營騎士傳火棄洛水中星流言疾也左氏傳曰投諸四裔以禦魑魅然後凌天池絕飛梁凌升也善曰莊子曰北溟者天池也如淳漢書注曰直渡曰絕甘泉賦曰歷倒景而絕飛梁捎所交切魑魅斮側角切獝其筆狂魑魅山澤之神獝狂惡戾之鬼名捎殺也斮擊也善曰諸說者各異今隨所釋而載之不改易也斬蜲紆蛇移腦方良方良草澤之神也腦陷其頭也善曰莊子蜲蛇之狀其大若轂其長若轅紫衣而朱冠也囚耕父於清泠零溺女魃蒲葛於神潢黃清泠水名在南陽西鄂山上神潢亦水名未知所在善曰山海經曰有神耕父處豐山常游清泠之淵出入有光又曰大荒之中有山名不勾有人衣青衣名曰黃帝女魃所居不雨殘夔魖虛與罔像殪壹計野仲而殲子廉游光

胡

善曰陬子侯切

二人於樹

梗巾桃梗

殘猶殺也夔木石之怪如龍有角鱗甲光如日月見則
其邑大旱說文曰魖耗鬼也罔象木石之怪殄殺也殲
滅也野仲游光惡鬼也兄
弟八人常在人間作怪害**八靈爲之震慴**之涉**況魃蜮**巨蜮
域**與畢方**魃小兒鬼畢方老父神如鳥兩足一翼者常銜火在人家作怪災也善曰楚辭曰合五嶽
與八靈王逸曰八靈八方之神也爾雅曰震慴懼也漢舊儀曰魖鬼也魊與蜮古字通**度朔作梗**
哽**守以鬱壘神荼副焉對操**七刀**索葦**東海中度朔山有二神一曰神
荼二曰鬱壘領衆鬼之惡害者執以葦索而用食虎善
曰風俗通曰黃帝書上古之時有神荼鬱壘昆弟二人性能
執鬼度朔山上有桃樹下簡閱百鬼鬼無道理者神
荼與鬱壘持以葦索執以飼虎是故縣官常以臘祭夕
飾桃人垂葦索畫虎於門以禦凶也**目察區陬司執遺**
毛詩傳曰梗病也謂爲人作梗病者
鬼察觀也區陬隅隙之間也司主也
謂於度朔山主執遺餘之鬼也**京室密清罔有不**
韙密靜也清絜也罔無也韙善
也謂無復疫癘皆得安善也**於是陰陽交和庶物時**

此綜引說文

善音

育庶衆也漢書曰陰陽和風雨時言疫癘既無陰陽乃和衆物育養也卜征考祥終然允淑征巡行也考問也祥吉也允信也淑善也善曰左氏傳石奠曰先王卜征五年而歲卜其祥祥習則行周易曰視履考祥毛詩曰終然允臧也乘輿巡乎岱嶽勸稼穡於原陸乘輿天子也岱泰山也種曰稼收曰穡謂春勑東方諸侯課民以耕種故尚書云二月東巡狩至於岱宗柴同衡律而壹軌量齊急舒於寒燠於六切衡稱也軌法也寒燠猶苦樂同壹齊皆使中不參差也善曰尚書曰同律度量衡又曰蕭恒寒若豫恒燠若省幽明以黜陟乃反旆而迴復省察也幽闇也黜退也陟昇也謂有功者進無功者退也故尚書曰三載考績黜陟幽明也反旆謂迴還也望先帝之舊墟慨長思而懷古先帝先神也舊墟長安也慨歎息也古往也謂前漢初也俟閶風而西遐致恭祀乎高祖俟待也閶風秋風也祠謂祭祀高祖廟也遐逝也善曰東觀漢記曰永平二年十月幸長安祠高廟周書曰恭明祠專明刑易說曰秋閶闔風至既春游以發

生啓諸蟄於潛戶春游謂仲春巡行岱嶽是時蟄蟲皆開戶帝乃東巡助宣氣也善曰爾雅曰春爲發生禮記曰仲春之月蟄蟲咸動啓戶始出度秋豫以收成觀豐年之多稌他杜切秋行曰豫謂秋行禮高祖廟此時萬物始成善曰晏子曰吾王不游吾曷以休吾王不豫吾曷以助一游一豫爲諸侯度爾雅曰秋爲收成毛詩曰豐年多黍多稌毛萇曰稌稻也嘉田畯之匪懈行致賚于九扈嘉善也畯主田官也九扈農正知田事扈正也言天子行慶福致賚於九扈使民不淫放善曰毛詩曰田畯至喜又曰夙夜匪懈左氏傳曰郯子曰九扈爲九農正杜預曰扈有九種也春扈鳻鶞夏扈竊玄秋扈竊藍冬扈竊黃棘扈竊丹行扈唶唶宵扈嘖嘖桑扈竊脂老扈鷃鷃以九扈爲九農之號各隨其宜以教人事也左瞰暘谷右睨玄圃暘谷日出之處玄圃在崑崙山上瞰望也睨視也善曰淮南子曰日出于暘谷浴于咸池也又曰懸圃在崑崙閶闔之中玄與懸古字通眇天末以遠期規萬世而大摹莫補切叶韻眇視也摹法也言帝之巡狩眇然

多福已見東都賦

以天末爲遠期規欲以爲萬代之大法也善曰劇秦美新曰創億兆規萬世**且歸來以釋勞**

膺多福以安念務去聲羊主切念寧也歸謂西征旋乃釋吏士之劬勞祭祀受多福以安寧也善曰尚書曰求膺多福**總集瑞命備致嘉祥**總會也集聚也祥神也即騶虞澤馬之屬也瑞應也即鸞鳳之屬也善曰墨子曰禹親抱天之瑞命也孝經鉤命決曰帝王起緯合宿嘉瑞貞祥**圉**語**林氏之騶**鄒**虞擾澤馬與騰黃**圉牢養也林氏山名也騶虞義獸也善曰山海經曰林氏有珍獸大若虎五采畢具尾長於身其名騶吾乘之日行千里劉芳詩義疏曰騶虞或作吾應劭漢書注曰擾音柔擾馴也陰嬉讖曰聖人爲政澤出馬山海經曰大封國有文馬縞身朱鬣名曰吉良乘之壽千歲瑞應圖曰騰黃神馬一名吉光然吉良騰黃一馬而異名也**鳴女牀之鸞鳥舞丹穴之鳳皇**女牀山名在華陰西六百里山海經曰女牀之山有鳥焉其狀如鶴五色文名曰鸞鳥見即天下安寧又曰丹穴之山有鳥焉其狀如鵠五采名曰鳳皇是鳥也飲食自歌自舞見則天下安寧

挽善曰
伉

華平即并閭□如湻說与此同知之

魏都賦注引唐作横

越裳見下句

植華平於春圃豐朱草於中唐植猶種也華平瑞木也天下平其華則平有不
平處其華則向其方傾中唐堂塗也善曰孝經援神契
曰德至於地則華平盛也瑞應圖曰木名也宮闕記有
春王圃鵾冠子曰聖王之德下及萬靈則朱草生抱朴
子曰朱草長三尺枝葉皆赤莖似珊瑚也如湻漢書注
曰唐庭也毛詩惠風廣被澤洎幽荒惠恩也洎及也幽
曰中唐有甓荒九州外謂四夷
也北燮素頰丁令南諧越裳燮諧皆和也越裳南蠻令九
真是也丁令國名善曰漢書
曰匈奴北服丁令也韓詩外傳曰成王之西包大秦東
時越裳氏重九譯而至獻白雉於周公
過樂浪音郎善曰司馬彪續漢書曰大秦國名
犂鞬韇在西海之西漢書有樂浪郡重舌之
人九譯僉稽首而來王重舌謂曉夷狄語者九譯九度譯
言始至中國者也善曰國語曰
夫戎狄坐諸門外而使舌人體委與之韋昭曰舌人能
達異方之志象胥之官也韓詩外傳曰成王之時越裳
氏重九譯而至獻白雉於周公晉灼漢書注曰遠國使
來因九譯言語乃通也說文曰譯傳四夷之語者尚書

當作軒

已見上文

曰禹拜稽首四夷來王是以論其遷邑易京則同規乎殷盤京京師也

規法也盤庚殷王之名也改奢即儉則合美乎斯干斯干謂周宣王儉宮室之詩也

今漢光武改西京奢華而就儉約合斯干之美善曰韓詩曰宋襄公去奢即儉登封降禪則

齊德乎黃軒登謂上泰山封土降謂下禪梁父也言光武登上泰山下禪梁父則與黃帝軒轅齊

其功德善曰黃帝封泰山為無為事無事永有民以孔安為作也事

業也永長也孔甚也以無為為功以無事為業澹然不煩瀆也善曰老子曰為無為事無事我無為而民自化

我無事而民自富遵節儉尚素樸遵循也樸質也言遵循節儉尚其樸素也善曰漢書曰文

帝躬節儉莊子曰同乎無欲是謂素樸思仲尼之克己履老氏之常足孔子

曰克己復禮馬融曰克己約身也善曰老子曰知足常足也將使心不亂其所在目不

見其可欲善曰老子曰不見可欲使心不亂河上公曰放鄭聲遠美人使心不亂不邪淫也賤

紙 刪

征氏切

張銑曰侯惟也而語助

廣雅蒔種也

羣象簡珠玉簡猶略也善曰長楊賦藏金於山抵紙璧於谷藏抵皆謂不取之謂儉故也善曰莊子曰藏金於山藏珠於淵說文曰抵側擊也翡翠不裂瑇瑁不蔟音族翡翠鳥名也瑇瑁珎名不裂不折其羽以爲玩飾也不蔟不乂蔟取之爲器也所貴惟賢所寶惟穀善曰尚書曰所寶惟賢則邇人安范子計然曰五穀者萬人之命國之重寶民去末而反本咸懷忠而抱慤苦角切詐僞爲末忠信爲本善曰淮南子云守道順理者不免於飢寒之患而欲人之去末反本是猶發其原而壅其流也說文曰慤謹也于斯之時海內同悅曰吁漢帝之德侯其禕於離而言於此之時皆同歡樂也于於也悅樂也吁驚也禕美也蓋蓂莢爲難蒔神志也故曠世而不覿覿見也蓂莢瑞應之草王者賢聖太平和氣之所生生於階下始一日生一莢至月半生十五莢十六日落一莢至晦日而盡小月則一莢厭不落王者以證知月之小大堯時夾階生之謂不世見故云難

類篇趢趗言兒与此同

且

蒔也善曰田俅子曰堯爲天子蓂莢生於庭爲帝成歷范曄後漢書班固議曰漢與以來曠世歷年惟我后能殖之以至和平方將數所主諸朝階后帝也惟我帝有至和之德故必能殖之方當生於朝階得以數知月之大小也謂上文蓂莢也善曰鄭玄毛詩箋曰方直也然則道胡不懷化胡不柔胡何也懷來也柔安也言皆安之也聲與風翔澤從雲游翔游皆行也風者天之號令雲雨者天之膏潤故聲教與風皆翔恩澤與雲俱行也萬物我賴亦又何求我賴賴我也言方物皆賴帝之恩惠以得所無復他求也德寓天覆赴輝烈光燭寓猶蓋也帝之德蓋如天之覆日月之光輝照於遠近也善曰國語勃鞮曰君之德宇何不寬裕也寓與宇同禮記孔子曰天無私覆狹三王之趢祿起七木軼五帝之長驅狹謂陋也趢起局小貌也軼過也驅馳也言以三王禮法爲局小狹陋過五帝而遠馳則繼三皇之跡也善曰戰國策曰樂毅長驅至齊踵二皇之遐武誰謂駕遲而不能屬

陳

杜注云挈缾汲者喻小知為人守器猶知不以借人

踵繼也二皇伏羲神農也遐遠也武迹也屬逮也誰敢謂今所駕者遲而不能逮言必能逮也東京之懿未罄值余有犬馬之疾不能究其精詳懿美也罄盡也先生言東京之美未盡遇我有疾故不能究其美事也善曰孔叢子謂魏王曰臣有犬馬之疾不任國事毛萇詩傳曰詳審也故粗為賓言其梗槩如此粗猶略也賓西京也梗槩不纖密言粗舉大綱如此之言也若乃流遁忘反放心不覺樂而無節後離其戚言若流情放心不自反嬉恣意所為淫樂無禮以無節終後卒當罹其憂禍即秦皇王莽是也善曰淮南子曰凡亂之所由生皆在流遁廣雅曰遁去也孟子曰人有放心不知求學問之道也一言幾渠衣於喪國我未之學也幾近也先生責公子云取樂今日皇恤我後言今非之也善曰論語曰一言可以喪邦乎且夫挈苦結昭七年缾之智守不假器言挈缾之小智耳尚不妄以假人也善曰左氏傳曰人有言曰雖有挈缾之智守不假器禮也況纂祖管帝業而輕

天位已見上文　銑曰二祖高祖光武也

注有釋戒之文以意改之　怵惕當作惕戒

惕驚也三字當爲薛注在所中下

天位篡繼也今如公子言皆淫心放意之事此乃輕居天王之尊位而禪於董賢善曰長楊賦曰恢帝業尚書曰天位艱哉**瞻仰二祖厥庸孔肆**庸功也孔甚也肆勤也言瞻望高祖功庸甚勤苦而得之也**常翹翹以危懼若乘奔而無轡**言居天子之位常若奔馬而無轡履冰而負重也善曰毛詩曰予室翹翹毛萇曰翹翹危也鄧析曰明君之御民若乘奔而無轡**白龍魚服見困豫且**子余切說苑曰吳王欲從民飲伍子胥曰昔白龍下清泠之淵化爲魚豫且射中目白龍不化豫且不射君今棄萬乘之位而從於臣恐有豫且之患此言先生責公子陰戒期門微行要屈**雖萬乘之無懼猶怵惕於一夫**萬乘天子也即秦始皇也高祖也昔秦始皇東游爲張良所擊中其副車漢高祖於栢人亭殆爲貫高所中善曰尚書曰怵惕惟厲孔安國曰怵惕悚懼也方言曰戒備也過秦論曰一夫作難惕驚也**終日不離其輜重獨微行其焉如**輜重車也焉言安也如往也公子說微行要屈故先生問之言欲何往也善曰老子曰終日行不離

不據薛注當刪不字論語作不者亦古論非衍字

內

賦言謂以糞馬載糞車也注牽強

引河上公非薛注也

輜重張揖曰輜重有衣車也夫君人者黈纊塞耳車中不漢書曰武帝微行始出也
內顧黈纊言以黃綿大如丸懸冠兩邊當耳不欲妄聞不急之言也內顧謂不外視臣下之私也善曰大戴禮孔子曰黈纊塞耳所以塞聰也魯論語曰車中不內顧崔駰車左銘曰正位授綏車中不內顧塵不出軌鸞以節步珮以
制容鑾以節塗珮爲行容鑾爲車節善曰禮記曰君子在車則聞鑾和之聲行則鳴珮玉也行
不變玉駕馬不亂步行合容則玉聲應馬步齊則鑾和響並謂君之禮法卻走馬以
糞車何惜騕烏皎褭寧少與飛兔卻退也老子曰天下無道戎馬生於郊天下有道卻走馬以糞河上公曰糞糞者糞田也兵甲不用卻走馬以務農田然今言糞車者言馬不用而車不敗故曰糞車也何惜言不愛之也善曰呂氏春秋曰飛兔騕褭古之駿馬方其用財取物常畏生類之殄
也方將也生類謂天下方物之類也殄盡也賦政任役常畏人力之盡也謂任役使人常畏人力盡
也取之以道用之以時論語曰敬事而信節用而愛人使民以時此之謂也善曰毛萇詩傳

胡

徐引河上公老子注疑善曰當在卻退也下

任彥昇奏彈劉整注引貞夫懷節

又四圖刻本作毄人摂義本改耳其實避諱四改仍錯於餘亦難是正

曰太平而微物衆多取之有時用之有道**山無槎**仕假**枿**五葛**畋不麛**烏夭**胎**曰槎斬而復生曰枿不麛夭胎者言不如公子所道擭胎拾卵校獲麑麇也漢書曰昔先王山不槎蘖畋不殺胎**草木蕃廡**武**鳥獸阜滋**蕃滋也廡盛也阜大也滋益也善曰尚書曰庶草蕃廡班固漢書序曰蕃阜庶物**民忘其勞樂輸其財**民謂百姓也言民不以力役爲勞苦不以財賦爲損費故文王有子來之人武帝時卜式入錢以助官也善曰周易曰悅以使人人忘其勞也**百姓同於饒衍上下共其雍熙**言富饒是同上下咸悅故能雍和而廣也論語曰百姓足君孰與不足善曰尚書曰黎民於變時雍又曰庶績咸熙**洪恩素蓄民心固結**洪大蓄積也固牢固也謂高祖已下積恩施惠人心固結故王莽之時皆謳吟而思漢也善曰四子講德論曰洪恩浙潤不可究陳國語甯莊子曰民無結不可以固孫子曰吾將固其結也**執誼顧主夫懷貞節**夫猶人人也言執禮義之心顧思漢德人懷貞正之志分也楚辭曰原生受命于貞節**忿姦慝**

舊音

序

之干命怨皇統之見替音鐵叶韻[redacted]慝惡也統嗣也替廢也謂忿王莽之逆命怨漢統之替廢也玄謀設而陰行合二九而成譎玄神也譎變也謂王莽之謀陰行十八年而成變計也登聖皇於天階章漢祚之有秩聖皇光武也章明也秩常也言明漢家之常秩也善曰甘泉賦曰聖皇穆穆東都賦曰漢祚中缺若此故王業可樂焉若如此也言如此即王業之可樂也善曰毛詩曰致王業之艱難今公子苟好勦民以媮逾樂忘民怨之為仇也勦盡也媮猶僥倖也仇讎也今公子所言苟好盡人以僥倖須史之樂不知人好共怨己當成大讎也善曰左氏傳晉桓子曰無及於鄭而勦民杜預曰勦勞也左氏傳師服曰怨耦曰仇好殫物以窮寵忽下叛而生憂也殫盡也寵驕也忽忘也生憂謂生己之憂患也言好盡人之財以寵極驕逸之樂忘人叛己之為大患也漢書谷永曰財竭則下叛下叛則上亡夫水所以載舟亦所以覆舟覆敗也善曰孫卿子曰君者舟也人者水也所

陳

國語注

以載舟所以覆舟堅氷作於履霜。尋木起於蘖魚竭栽。言事皆從微至著不可不慎之於初所以尋木起於牙蘖洪波出於涓泉善曰周易曰履霜堅氷至說文曰尋八尺也山海經曰尋木長千里枝乘上書曰十圍之木始生而蘖孔安國尚書傳曰用生枿栽韋昭曰櫱生曰蘖鄭玄禮記注曰栽植也蘖與枿古字同昧旦丕顯。後世猶怠。昧早也丕大也顯明也怠懈也謂起行大明之道後世子孫猶尚懈怠善曰左氏傳讒鼎之銘曰昧旦丕顯後世猶怠況初制於甚泰。服者焉能改裁。裁去聲叶韻大服者得而衣之何能更小之乎善曰譬如爲人裁衣始制之洪賈逵國語注曰栽制也故相如壯上林之觀。楊雄騁羽獵之辭。雖系以隤牆填壍。七念亂以收罝。嗟解罘。浮系繼也亂理也司馬相如上林賦其卒曰乃命有司隤牆填壍使山澤之人得至焉楊雄羽獵賦其末曰放雉兔收罝罘也卒無補於風規。祗以昭其愆尤。規猶諫也祗適也愆短也尤過也言不能補其愆過臣濟奓以陵君濟謂度也度於奢侈謂僭也陵踰君法若季氏八佾舞於庭左氏傳萇弘曰毛得以濟侈於王都志經國之長基言尊卑所以爲國今反陵之故非所以經國故函谷擊柝託於東西朝顛覆而莫振柝守夜所擊木也顛隕也持扶也謂王莽之兵猶擊柝守函谷關而三輔兵已自入長安宮朝廷顛隕無復扶持也東謂函谷在京之東西朝則京師也善曰周易曰䡝門擊柝凡人心是所學體安所習所習爲心所好愛者即學善曰鮑書曰夫常人安於俗學溺於所聞鮑肆不知其臭一作臭翫其所以先入翫習也先入言久處其俗也善曰家語孔子曰入善人之室如入芝蘭之室久而不知其香入不善之室如入鮑魚之肆久而不知其臭皆猶翫所習故今言公子以長安爲好亦然也咸池不齊度於鼃烏瓜咬烏交而衆聽或疑齊同也咸池堯樂也鼃咬淫聲也言咸池之音本不與鼃咬同而衆聽者乃有疑惑善曰樂動聲儀曰黃帝樂曰咸池賓戲曰謠鼃而不可聽者非寵宴之樂也李奇曰淫鼃不正也僸

雅

此處義一字無本可斟　雉刪

直氏切

毅琴賦曰絶激哇之淫法言曰哇則鄭李軌曰哇邪也舞賦曰吐哇咬則發皓齒然哇與鼃同咬亦不正之聲也咬或作蛟也

非能不惑者其唯子野乎子野師曠字曉音曲者以喻安處先生也言西京奢泰肆情不依禮度東京儉約依禮行事衆人觀之謂是其一唯安處先生得知其指也善曰左氏傳叔向曰子野之言君子哉

客既醉於大道飽於文義客斥公子謂聞東京文義之道若醉飽焉

勸德畏戒喜懼交爭勸德謂公子見先生說東京禮法自勸勉行其道德又畏懼先生之戒也

罔然若酲朝罷夕倦奪氣褫雉魄之爲者罔然猶惘惘然也醒病酒也朝罷夕倦曉夜不卧惘然如神奪其精氣又若魂魄亡離其身今公子亦如之也善曰說文曰褫奪也

忘其所以爲談失其所以爲夸公子本以奢侈爲美談今見先生迷東京之德所以忘美失夸也

良久乃言曰鄙哉予乎習非而遂迷也良久頃乃復能言也自鄙其迷惑所學者非正也善曰論語曰荷蕢曰鄙哉硜硜乎廣雅曰鄙固陋不惠楊子

法言曰習非之勝是況習是之勝非乎**幸見指南於吾子**言己之惑不知南北今先生指以示我我則足以三隅反也善曰桓譚上便宜曰管仲桓公之指南**若僕所聞華而不實**若如也公子言如僕所聞西京之事蓋是虛華而無實錄善曰左氏傳甯嬴曰晉陽處父華而不實怨之所聚**先生之言信而有徵**先生安處先生也徵驗也言先生之言信有徵驗也善曰左氏傳叔向曰君子之言信而有徵**鄙夫寡識而今而後乃知大漢之德馨咸在於此**公子重自鄙曰如今日後日乃知大漢之德在於此耳善曰論語曰鄙夫不可以事君尚書曰明德惟馨**昔常恨三墳五典既泯**三墳三皇之書也五典五帝之書也泯滅也善曰左氏傳楚子曰左史倚相能讀三墳五典八索九丘也**仰不睹炎帝帝魁之美**睹見也炎帝神農後也帝魁神農名並古之君號也善曰管子曰管仲對桓公曰神農封泰山炎帝封泰山孝經鉤命訣曰佳已感龍生帝魁鄭玄曰佳已帝魁之毋也魁神名宋衷春秋傳曰帝魁黃帝子孫也**得聞先**

生之餘論則大庭氏何以尚茲先生安處先生也大庭古國名也尚高也善曰子虛賦曰願聞先生之餘論莊子曰昔容成氏大庭氏結繩而用之若此時則至治也茲此也走雖不敏庶斯達矣走公子自稱走使之人如今言僕矣不敏猶不達也公子言我雖不敏於大道庶幾先生之說遂達矣善曰司馬遷書曰太史公牛馬走孝經曾子曰參不敏

文選卷第三

壬六月廿日　保溫尋之

廿字下當從四字样

周序豫州已見西京賦

烏刪　於派切

今補

文選卷第四

梁昭明太子撰

文林郎守太子右內率府錄事參軍事崇賢館直學士李善注上

京都中

張平子南都賦一首　左太沖三都賦序一首

蜀都賦一首

南都賦摯虞曰南陽郡治宛在京之南故曰南都　張平子

於顯樂都既麗且康毛萇詩傳曰於歎韓詩曰適彼樂國陪京之南居漢之陽京謂洛陽也尚書曰嶓冢導漾東流為漢鄭玄曰漾水至武都為漢割周楚之豐壤跨荊豫而為疆西京賦曰周即豫而弱呂氏春秋曰河漢之間為豫州也漢書地理志注

荆

武關八字刪

方輿紀要云武關在今商州東百八十里東去河南內鄉縣百七十里

隍已見上文墉已見西京賦

也三

彩金

曰

隨珠夜光已見西都賦

曰南陽屬荆州又曰荆州楚故都體爽塏以閑敞紛郁郁其難詳爽塏已見西京賦揚雄豫州箴曰郁郁荆河伊洛是經也爾其地勢則武闕關其西桐栢揭其東武闕山爲關在西也漢書音義文穎曰武闕山爲關而在西弘農界也漢書曰南陽之平陽縣有桐栢山流滄浪而爲隍廓方城而爲墉尚書曰漢水又東爲滄浪之水左氏傳屈完曰楚國方城以爲城漢水以爲池說文曰城池無水曰隍毛萇詩傳曰墉城也湯谷涌其後淯音育水盪其胷盛弘之荆州記曰南陽郡城北有紫山紫山東有一水無所會通冬夏常温因名湯谷山海經曰攻離之山淯水出焉南流注于漢郭璞曰今淯水在淯陽縣南盪他浪切推淮引湍三方是通淮水自此而去故曰推湍水自彼而來故曰引說文曰推排也山海經曰翼望之山湍水出焉[illegible]郭璞曰湍鹿摶切今湍水逕南陽穰縣而入淯[illegible]一方東西及南也其寶利珎怪則金彩玉璞隨珠夜光[illegible]彩[illegible]之彩也璞玉之未理者淮南子[illegible]隨侯之珠和氏之璧得

八字一本無

四字一本無
一作淯音育
今並存之

合字疑

之而富失之而貧高誘曰隨侯漢中國姬姓諸侯也隨侯見大蛇傷斷以藥傳而塗之後蛇於夜中銜大珠以報之因曰隨侯之珠蓋明月珠也鄭陽曰夜光之璧劉琨云夜光之珠尹文子曰田父得寶玉徑尺置於廡上其夜明照一室然則夜光爲通稱不繫之於珠璧也

銅錫鉛鍇苦駭**赭堊**惡**流黃**鄭玄周禮注曰錫鑞也說文曰鉛青金又曰九江謂鐵爲鍇山海經曰陸郈之山其下多堊若之山其上多赭郭璞曰赭赤土也堊似土白色也郈音跪本草經曰石流黃生東海牧陽山谷中本草言其所出此亦兼而有之博物志曰雄黃似石流黃

綠碧紫英青雘烏郭**丹粟**廣志曰碧有縹碧有綠碧本草經曰紫石英生太山之谷山海經曰景山之西曰驕山其下多青雘郭璞曰雘黝屬音瓠山海經曰荊山之首曰景山睢水出焉其中多丹粟郭璞曰細沙如粟

太一餘糧中黃𣪊角玉一本草經曰太一禹餘糧一名石腦生山谷博物志曰石中黃子黃石脂又曰欲得好𣪊玉用合漿於襄鄉縣舊穴中鑿取大者如魁斗小者如雞子

松子神陂赤靈解角習鑿齒襄陽耆舊記曰神陂在蔡陽縣界有松

耕父已見東京賦
外刪　江賦注引作内傳
波作彼
嵣音蕩
力彫切
岝仕革切　嵬昨迴切　嵬牛迴切
巇
嵓丘貢切　纚力是切
隱天已見西都

子亭下有神陂也赤靈赤龍也解角脫角也事未詳耕父揚光於清泠之淵游女
弄珠於漢皋之曲山海經曰有神耕父處豐山常游清泠之淵出入有光韓詩外傳曰鄭交
甫將南適楚遵彼漢皋臺下乃遇二女佩兩珠大如荊雞之卵其山則崆口江峣五江嶱苦葛
嵑五葛嵣大朗莽芒莽嶚遼刺力割崆峣嶱嵑山石高峻之貌字書曰崆山貌也嵣嵯山石
廣大之貌也嶚山高而相戾也廣雅曰嶚嶚高也說文曰刺戾也岝仕峉額嵬祚迴嵬五迴
嵚香金巇許宜屹魚乞㠑五結埤蒼曰岝峉山不齊也說文曰崔嵬山石崔嵬高而不平也嵚巇
山相對而危險之貌也屹㠑斷絕之貌也幽谷嶜士林岑吟夏含霜雪毛詩曰出
自幽谷楊雄蜀都賦曰玉石嶜岑又曰夏含霜雪嶜岑高峻之貌也或嵓上嶙鄰而纚力氏
連或豁爾而中絕嵓嶙相連之貌鞠巍巍魚鬼其隱天俯而觀
乎雲霓五結鞠高貌也班孟堅西都賦曰其陽則崇山隱天楊雄蜀都賦曰蒼山隱天若夫

胡　佩　昨

陬已見西京賦

崎丘宜切嶇丘隅切

甗魚蹇切

菌其殞切

崑崙閬風已見西京賦

舊音

楔革黠切

子力切

音姜

音甲

天封大狐列仙之陬子侯天封未詳或曰山名也南張衡云天封大胡也薛綜郡圖經曰大胡山故縣縣南十里注曰區陬隅隙之間也上平衍而曠蕩下蒙籠而崎溪嶇區籠廣雅曰崎嶇傾側也孫子兵法曰草樹蒙蘢坂坻遲嶻在結嶭五結而成甗魚勉谿壑錯繆謬而盤紆郭璞上林賦注曰坻岸也又曰巀嶭高峻也毛萇詩傳曰甗小山別大山也錯繆雜亂貌也芝房菌奇殞蠢春生其隈玉膏滵密溢流其隅芝房芝生成房也菌蠢是芝貌也山海經曰密山丹水出焉其中多白玉是有玉膏滵溢流貌崑崙無以奓閬浪風不能踰東方朔十州記曰崑崙其北角曰閬風之顛其木則檉勑貞松楔更黠櫻即槾萬栢杻橿疆檉似栢而香爾雅曰楔曰荊桃郭璞曰櫻桃也郭璞山海經注曰櫻似松栢有刺槾荊也又曰杻似桑而細葉又曰橿中車材楓爾雅曰楓聶楓音風聶之涉切劉逵吳都賦注曰柙香木智甲切郭璞上林賦柙甲櫨盧櫪歷帝女之桑

一本作音甲

胡

枒以奢切 櫚音驢 於良切

鬚 而體切

刺

縠 據說文犬部改 注同

注櫨棗櫨力胡切。櫪與櫟同來的切。山海經曰宣山有桑焉其枝四衢名帝女之桑郭璞曰婦人主蠶因以名桑也

楈胥枒邪栟并櫚閭楰於兩柘檍憶檀。郭璞上林賦注曰楈枒似栟櫚皮可作索

注上林賦曰栟櫚椶也皮可以爲索楰未詳爾雅曰杻檍郭璞曰似桑蒼頡篇曰檀木名。結根竦本

垂條嬋蟬媛袁結猶同也廣雅曰竦上也嬋媛枝相連引也布綠葉之萋萋

敷華蘂之蓑蓑素回反毛萇詩傳曰萋萋茂盛貌王逸楚辭注曰蘂實貌也劉淵林蜀都賦注曰蘂一曰花頭點也蓑蓑下垂貌

玄雲合而重陰谷風起而增哀淮南子曰玄雲素朝毛詩曰習習谷風

攢在官立叢駢青冥盰音眠瞑林木攢羅言衆色幽味也楚辭曰遠望兮芊眠王逸曰芊眠遥視闇未明也芊眠與盰瞑音義同杳藹蓊鬱於

谷底森蔘蔘祖本而刺天皆茂盛貌也司馬相如弔二世曰衆樹之蓊薆兮虎

豹黃熊游其下縠呼穀玃居猱奴刀挻廷戲其巔六韜曰詩

縛

胡

豰呼木切　劉逵　注　獼　竹箽字改箽　篠異　古罕切　箯以都切　箽竹隨切　今改注同　翁孔切　音礼

宜生得黃熊而獻之紂說文曰豰類犬膂以上黃以下黑爾雅曰貜父善顧郭璞曰似獮猴而大蒼黑色鄭玄禮記注曰猱獮猴也張吳都賦注曰猨猨屬鸞鸑鷟岳鵷宛鶵芻翔其上騰猨飛蠝壘樓其間國語曰周之興也鸑鷟鳴於岐山賈逵曰鸑鷟鳳之別名也山海經曰南禺之山有鵷鶵郭璞曰鳳屬也上林賦曰蜼玃飛蠝張揖曰蠝飛鼠也蠝與獵同並音壘其竹則鐘鍾籠龍箽謹箯銘決篠蘇了簳幹箛孤箠追戴凱之竹譜曰鐘籠竹名也伶倫吹以爲律竹箽皮白如霜大者宜爲篙篠出魯郡山甚爲笙孔安國曰箯桃枝也簳小竹也宋玉笛賦曰奇簳箛箠二竹名箛其形未詳緣延坻遲阪澶徒幹漫陸離陸離猶參差也阿烏可那奴可蓊烏孔茸如涌風靡雲披阿那柔弱之貌說文曰蓊竹貌也埤蒼曰茸竹頭有文也風靡雲披言隨風而靡如雲之披也爾其川瀆則滍雉澧禮藻藥濜自各發源巖穴水經曰滍水出南陽魯陽縣西堯山山海經曰澧水出雅山郭璞曰今出南陽字書曰藻水出泚陽泚音此酈

胡　胡　古文苑　一本無一本在句注中

欱已見上文

七啟注曰濈疾皃也呂錦文曰濈作湒与潗同說文湒雨下也一曰沸涌皃集韻濈湒沸流也他窩切　阻立切

汃普八切

外刪　音戾

漻淚也　玄賦作飄戾西征賦吐清風之漻戾

音禺　鰱音連

善長水經注曰瀘水出　潛㶟於洞出沒滑骨瀎蔑潏決
襄鄉縣東北陽中山
傍穴也言水洞出此穴布濩戶漫汗漭莽沆胡朗洋溢言廣大也
沒滑瀎潏疾流之貌也
漭沆已見西京賦揔括趨欱呼荅箭馳風疾之言江海欱受諸水故揔括而趨
下龍門其流敵於竹箭孫子曰其疾如風說文曰欱歠也慎子曰西河
淢澮投濈戢砏普貧汃八輣普耕軋許慎淮
南子注曰湍水行疾也埤蒼曰濈水行出也長輸遠逝漻
砏汃輣軋波相激之聲也埤蒼曰砏大聲也
流淚力計淢域汩為筆反　廣雅曰輸寫也韓詩外傳曰
漻清貌也淮南子曰水淚破舟說文曰
淢疾流也王逸楚其水蟲則有蠳龜鳴蛇潛龍伏螭
辭注曰汩去貌
抱朴子曰蠳龜啾蛇山海經曰鮮水多鳴蛇其狀如蛇
四翼其音如磬見則其邑大旱說文曰螭若龍而黃也
鱏尋鱣張連鰅隅鱅黿鼉鮫鯔以規反　鱏鱣已見上
魚有文采鱅似鰱而黑山海經注曰鮫鯺文郭璞上林賦注曰鰅
屬也皮有班文而堅鮫鯔已見東京賦巨蟀函含珠

一本無　一本此四字在良注中

胡

侃

步項切

別本無於字　胡加切　於刪

有　別本

舊音當非善舊或改之蒲當作菰

蘋扶表切　莞胡官切　蔣子詳切　菰音孤

茆亡絞切

班孟三十字改餘已見上注　舊音

駮剥瑕委蛇楊雄蜀都賦曰蜯函珠而擘裂蜯與蚌同函與含同郭璞爾雅注曰蝦大者長一二丈委蛇長貌瑕與蝦古字通於其陂澤則有鉗盧玉池赭陽東陂杜預表曰所領部曲皆居南鄉界所近鉗盧大陂下有良田舊説曰玉池在宛也貯知旅水渟亭洿汗説文曰貯積也廣雅曰渟止也説文曰洿濁水不流也方言曰亘竟也上林賦曰察之無涯亘望無涯宜

其草則藨表平苧直呂蘋煩莞桓蔣將蒲孤蒹葭説文曰藨薊之屬又曰苧可以爲索郭璞山海經注曰蘋青蘋似莎而大鄭玄毛詩箋曰莞小蒲也説文曰蔣菰蔣也爾雅曰蒹薕也葭蘆也藻茆卯菱芡渠儼芙蓉含華從風發縈斐披芬葩藻已見西京賦爾雅曰茆鳬葵菱芡芙蓉並見東京賦其鳥則有鴛鴦鵠鷖鳥兮鴻鶤保鴐加鵝鶪苦札鶂雅礼鸊步覓鷉吐雞鷫肅鷞所良鵾昆鸕盧毛詩曰鴛鴦于飛班孟堅西都賦曰黄鵠鵁鶄鶬鳧鷖鴻鴈張平子西京賦曰鷫鷞鴇

鷉土雞切

鸕良都切

呂錦文曰說文穴部窘䆲犀相屠也此借輑為窘耳

孫志祖云陸氏作渫 息列切

呼旦切

鴇鴐鵝鴻鶤說文曰鶃鶂鳧屬方言曰野鳧甚小而好沒水中者南楚之外謂之鸊鷉鸊鷉與鷿同蒼頡篇曰鸕鷀以鶂鳥而黑鸕鷀音磁嚶嚶烏耕和鳴澹徒濫淡徒敢隨波言自恣也毛詩曰鳥鳴嚶嚶爾雅曰關關嚶嚶聲之和也上林賦曰隨風澹淡其水則開竇灑所蟹流浸彼稻田鄭玄周禮注曰竇孔穴也音豆漢書音義曰灑分也毛詩曰浸彼稻田溝澮脈連隄塍繩相輑丘筠反爾雅曰水注溝曰澮韋昭國語注曰脈理也隄塍已見西都賦輑相連之貌朝雲不興而潢潦老獨臻左氏傳曰潢汙行潦之水說文曰潢積水池也潦雨水決渫薛則暵罕為溉古愛為陸冬稌肚夏穱側角隨時代熟說文曰渫除去也又曰暵乾也又曰溉灌也稌已見東京賦楚辭曰稻粢穱麥挐黃粱其原野則有桑漆麻紵直旅菽麥稷黍百穀蕃廡武翼翼與與說文曰苧麻屬鄭玄毛詩箋曰菽大豆也百穀蕃廡並已見東京賦毛詩曰我黍與與我稷翼翼若其園圃則有

力鳥切
二蒁皆改蒁
除耕切
注删
弋　萇音長

蓼了蕺側立蘘而羊荷藷之餘蔗薑蕃煩菥析蓂覓芋瓜說文曰蓼辛菜也風土記曰蒁香菜根似茹根蜀人所謂葅香蒁與蕺同說文曰蘘荷蒚葅也蒚普卜切葅子余切漢書音義曰諸蔗甘柘也字書曰蕃小蒜也爾雅曰菥蓂大薺乃有櫻梅山柿侯桃梨栗漢書音義曰櫻桃含桃也郭璞爾雅注曰梅似杏實酸說文曰柿赤實果也曹毗魏都賦注曰侯桃山桃子如麻子楟郢棗若留穰橙鄧橘說文曰楟棗似梬如兗切廣雅曰石留若榴也漢書南陽郡有穰縣鄧縣說文曰橙橘屬也除耕切其香草則有薜蒲計荔力計蕙若薇蘼蕪蓀孫萇王逸楚辭注曰薜荔香草也郭璞山海經注曰蕙香草也若杜若也本草經曰蘼蕪一名薇蕪陶隱居注曰蕙葉似蛇牀而香王逸楚辭注曰蓀香草也萇萇楚也爾雅曰蓀楚銚弋也銚音遙晻於感曖愛蓊烏摠蔚含芬吐芳言草木闇暝而茂盛也說文曰晻不明貌王逸楚辭注曰曖闇昧貌若其廚膳則有華薌鄉重秬渠舉滍秩履皐香秔公行反

胡據集韻

秬音巨

舊音

与鮮同音連切

桂薫切

華容鄉名也毛萇詩傳曰秬黑黍一稃二米故曰重**歸鴈**也釋音敷湓皐湓水之澤也廣雅曰杭秈也秈音仙

鳴鵽涉滑**黃稻鱻**音鮮**魚以爲芍**張署**藥**音略鴈能候時去來故曰歸史記曰楚人有以弱弓微繳加歸鴈之上爾雅曰鵽鳩寇雉郭璞曰鵽大如鴿羣飛出北方沙漠聲類曰鱻小魚也子虛賦曰芍藥之和具而後進也文穎曰五味之和**酸甜滋味百種千名**說文曰甜美也

春卵夏筍秋韭冬菁音精爾雅曰筍竹萌也廣雅曰韭其華謂之菁**蘇蔱**音殺

紫薑拂徹羶尸然**腥**爾雅曰蘇桂荏字書曰蔱茱萸也司馬彪上林賦注曰紫薑紫色之薑也杜預左氏傳注曰徹猶去也**酒則九醖**於問**甘醴十旬兼清醪敷徑寸浮蟻若萍**魏武集上九醖酒奏曰三曰一釀滿九斛米止廣雅曰醖投也韓詩曰醴甜而不泲也十旬蓋清酒百日而成也鄭玄周禮注曰清酒今之中山冬釀接夏而成也漢書音義晉灼曰百日之末酒也說文曰醪汁滓酒也徑寸蓋酒膏之徑寸也釋名曰酒有汎齊浮蟻在上汎汎然如萍之多者**其甘不爽醉而**

尤玉受爵五臣作授爵

曰宴　彫

不醒老子曰五味令人口爽廣雅曰爽傷也毛萇詩傳曰病酒曰醒及其糺宗綏族禴祠蒸嘗左氏傳曰召公思周德之不類故糺合宗族于成周爾雅曰綏安也毛詩曰禴祠蒸嘗于公先王以速遠朋嘉賓是將揖讓而升宴于蘭堂儀禮曰速賓鄭玄曰速召也論語曰有朋自遠方來毛詩曰我有嘉賓鼓瑟吹笙吹笙鼓簧承筐是將儀禮曰若四方賓燕則揖讓而升賈逵國語注曰不脫履升堂漢書曰被蘭堂珍羞琅玕充溢圓方爾雅曰珍美也方言曰羞熟以羞之美故喻於玉也圓方器也尚書曰厥貢琅玕又曰惟辟玉食琢琱狎獵金銀琳琅爾雅曰玉謂之琱琱與彫古字通也爾雅曰理玉曰琢都角切狎獵飾之皃胡甲切獵士甲切尚書曰厥貢球琳琅玕侍者蠱媚巾構鮮明蠱已見西京賦毛萇詩傳曰綦巾女服也字書曰構上衣被服雜錯履躡華英雜錯非一也華英光耀也被皮義切儇才齊敏受爵傳觴方言曰儇急疾也呼緣切齊在雞切毛萇詩傳曰敏疾也獻酬既交率

胡　侃　胡

別本注誤亦當改

綱注同

王元長曲水詩序注引綱作網

尤六連網五臣作連綱

偠紹即夭紹也

禮無違毛詩曰獻酬交錯左氏傳晉侯曰魯侯自郊勞至于贈賄禮無違者東觀漢記曰朱浮上疏曰陛下率禮無違彈琴擫籥流風徘徊言樂聲之結風也說文曰擪一指按也擪與擫同烏牒切鄭玄周禮注曰籥舞者所吹也如遂三孔籥音藥遂音敵清角發徵聽者增哀言既奏清角而又發徵聲故增哀也韓子師曠曰清徵之聲不如清角許慎淮南子注曰清角絃急其聲清也客賦醉言歸主稱露未晞毛詩曰鼓咽咽醉言歸又曰湛湛露斯匪陽不晞厭厭夜飲不醉無歸接歡宴於日夜終愷樂之令儀毛詩曰愷樂飲酒又曰莫不令儀於是暮春之禊元巳之辰方軌齊軫祓于陽瀕毛詩曰惟暮之春史記曰武帝禊霸上續漢書曰三月上巳宮人皆禊於東流水上祓除宿垢疾也周禮曰女巫掌歲時祓除楊雄蜀都賦曰相與如平陽瀕朱帷連網曜野映雲網維網也男女姣服駱驛繽紛駱驛繽紛往來衆多貌致飾程蠱偠紹便

別本作婘舊音權

上林賦漢書並作便姍嫳屑
史記作媥姺徶循子虛賦
又有媻姍勃窣史記平
原君傳槃散行汲莊子大
宗師篇跰躃而鑒於井
古字類無定也

娟廣雅曰程示也便娟則蟬蜎也蠱及僊綿便娟已見西京賦微眺流睇蛾眉連卷
鄭玄禮記注曰睇傾視也徒計切毛詩曰螓首蛾眉郭璞爾雅注曰蠶蛾也連卷曲貌卷音權於是齊
僮唱兮列趙女齊趙二國名也楊惲書曰婦趙女也坐南歌兮起鄭舞白鶴
飛兮繭曳緒呂氏春秋曰禹行水見塗山之女禹未之遇而省南土塗山之女乃令其妾待禹
于塗山之陽女乃作歌曰候人猗兮實始爲南音周公召公取風焉高誘曰取南音以爲樂歌也楚辭曰二八
齊容起鄭舞王逸曰鄭國僊也白鶴飛兮繭曳緒皆舞人之容脩袖繚繞而滿庭羅襪
躡蹀而容與繚繞袖長貌躡蹀小步貌說文曰躡蹈也徒頰切許慎淮南子注曰蹀蹈也蘇協切
翩緜緜其若絕眩將墜而復舉毛萇詩傳曰緜緜長而不絕貌國語曰觀美而
眩賈逵曰眩惑也翹遥遷延躈躠蹁躚翹遥輕舉貌遷延却退貌上林賦曰便姍嫳屑
躈蒲結切躠素結切蹁步先切躚素田切結九秋之增傷怨西荆之折盤古樂府有

命
或

黃間一作黃肩

歷九秋妾薄相行歌辭曰齊謳楚舞紛紛歌聲上徹青
雲西荊即楚舞也折盤舞貌張衡有七盤舞賦咸以折
盤爲七
盤也
彈箏吹笙更爲新聲
毛詩曰吹笙鼓簧史記曰衛
靈公見晉平公曰今者未聞
新聲請奏之
更古衡切
寡婦悲吟鵾雞哀鳴
寡婦曲未詳古相
和歌有鵾雞之曲
坐
者悽欷蕩魂傷精
楚辭曰憯悽增欷傷精神
也神女賦曰精神相依憑
於是羣士
放逐馳乎沙場
逐馳
逐也
騄驥齊鑣黃間機張
騄驥駿馬之
名也穆天子
傳入駿有赤驥騄耳音錄說文曰鑣馬銜也彼驕切驥
書曰李廣以大黃射其裨將鄭氏曰黃間弩淵中黃間
尚書曰若虞機張
孔安國曰機弩牙
足逸驚飈鏃析毫芒
言馬疾而矢
利析音錫
俯
貫鲂鱮仰落雙鶬
音倉鲂鱮已見西京賦列子曰蒲
且子連雙鶬於青雲之上鶬已見
西都
賦
魚不及竄鳥不暇翔
言急遽也高唐賦曰飛
鳥未及起走獸未及發
爾乃
撫輕舟兮浮清池亂北渚兮揭南涯
浮已見西都賦
爾雅曰水正絕

流曰亂說文曰揭高舉也汰太瀺仕減灂仕角兮舩容裔陽侯澆兮掩鳧鷖楚辭曰齊吳榜以激汰王逸曰汰水波也上林賦曰瀺灂隕隊戰國策曰塞漏舟而輕陽侯之波則舟覆矣淮南子曰武王伐紂渡于孟津陽侯之波逆流而擊之高誘曰陽侯陽國侯也溺死於水其神能爲大波王逸楚辭注曰回波爲澆毛詩曰鳧鷖在潨追水豹兮鞭蝄蜽憚丁達夔龍兮怖蛟螭水豹已見西京賦說文曰蝄蜽山川之精物也蛟螭若龍而黄國語曰木石之怪夔水之怪龍韋昭曰木石爲山也夔一足也於是日將逮昏樂者未荒毛詩曰好樂無荒收驪命駕分背迴塘孔叢子曰巾車命駕廣雅曰塘堤也車雷震而風厲馬鹿超而龍驤雷震言多也風厲言疾也毛詩曰戎車啍啍如霆如雷毛萇詩傳曰雷出地奮震驚百里古詩曰涼風率已厲杜預左氏傳注曰厲猛也韓子曰馬如鹿者千金鄒陽上書曰蛟龍驤首舞賦曰龍驤横舉揚鑣飛沫周禮曰凡馬八尺已上爲龍久暮言歸其樂難忘此乃游觀之好耳

丘列切　徒蓋切　公堯切　蝄蜽蛟螭已見西京賦　尤云日將逮五臣作既逮

别當作列　流刪

者刪

別本覶

堯以唐侯升爲天子已見上文

目之娱未睹其美者焉足稱舉言此游觀耳目之樂非極美也夫南陽者真所謂漢之舊都者也遠世則劉后甘厥龍醢海視覶魯縣而來遷左氏傳曰劉累學擾龍于豢龍氏以事孔甲龍一雌死潛醢以食夏后夏后饗之既又使求之懼而遷於魯縣漢書曰南陽郡魯陽縣即御龍氏所遷奉先帝而追孝立唐祀乎堯山先帝謂堯也皇甫謐曰堯始封於唐今中山唐縣是也後徙晉陽及爲天子都平陽於詩爲唐國是堯以唐侯升爲天子也水經曰南陽固縣西堯山酈元曰魯縣立堯祠於西山謂之堯山也靈根於夏葉終三代而始蕃音繁言劉氏植根於夏葉終三代而始蕃昌也毛萇詩傳曰葉世也三代已見班固兩都序非純德之宏圖孰能揆癸求而處旃孔安國尚書傳曰揆度也鄭玄毛詩箋曰旃之也近則考侯思故匪居匪寧穢長沙之無樂歷江湘而北征東觀漢記曰春陵節侯長沙定王中子買節侯

光三薪邦五百作都　都注
靈即考侯
四字刪
外刪
遥下有挖字

生戴侯戴侯生考侯考侯仁以春陵地勢下濕難以久
處上書願徙南陽守墳墓元帝許之於是北徙考侯或爲
孝也非曜朱光於白水會九世而飛榮朱光火德也已見
東京賦東觀漢記
曰考侯仁徙封南陽白水鄉又曰世祖光武皇帝高祖九
世孫承文景之統出自長沙定王榮光榮也封禪書曰發
號榮察茲邦之神偉啓天心而寤靈言考侯既察此都
之神偉且啓上天
之心又寤先靈之意使之
而王也說文曰偉奇也於其宮室則有園廬舊宅
隆崇崔嵬說文曰崔嵬高大也御房穆以華麗連閣煥其相徽御房
帝舊房也相徽言俱美孔
安國尚書傳曰徽美也聖皇之所逍遙靈祇之所保
綏聖皇謂光武也逍遙謂潛龍之曰韓詩外傳曰逍遙
也靈祇天地之神也毛詩曰神保是饗又曰綏以多
福也章陵鬱以青葱清廟肅以微微東觀漢記曰建武
中更名春陵爲章
陵光武過章陵祠園廟爾雅曰青謂
之葱林木茂盛之貌微微幽靜貌皇祖歆而降福彌

一本無
胡
遥下挖一字

尤云明叡五臣作睿哲

方今之解異說紛云侃案今是義文當聯下兩句讀則誼自見

陸士衡辨亡論注引虎作狼

真人革命兼屬高光

睢許規切

萬祀而無裒毛詩曰獻之皇祖說文曰歆神食氣也毛詩曰降福孔夷爾雅曰彌終也又曰祀年也帝王臧其擅美詠南音以顧懷帝王光武也顧懷過章陵祠園廟之時也爾雅曰臧善也說文曰擅專也左氏傳楚鍾儀囚於晉與之琴操南音劇秦美新曰后土顧懷且其君子弘懿明叡允恭溫良容止可則出言有章進退屈伸與時抑揚班固說東平王蒼曰體弘懿之姿叡哲也已見東京賦尚書曰允恭克讓論語子貢曰夫子溫良恭儉讓孝經曰容止可觀進退可度毛詩曰其容不改出言有章周易曰往者屈也來者伸也屈伸相感而利害生焉班固漢書敍孫通述曰敍孫奉常與時抑揚方今天地之睢虛惟刺力達帝亂其政豺虎肆虐真人革命之秋也漢書音義曰方向也謂高祖之時蒼頡篇曰今時辭也謂光武天地猶天下也睢刺喻禍亂也謂秦二葉也淮南子曰萬物盱睢楚辭曰獨乖剌而無當王逸曰剌邪也帝謂高祖也馬融論語注曰亂理也豺狼貪殘謂王莽也真人今光武

何云爾其則有謀臣武將用是行

古熒切

民卬以用盤庚
視民利用遷語

由与猶同

李

也文子曰得天地之道故謂 爾其則有謀臣武將皆能
之真人革命已見東都賦
攫九縛戾執猛破堅摧剛排揵件陷扃古熒蹵蹈咸陽蒼頡篇曰
攫搏也說文曰揵距門
也又曰扃外閉之關也 高祖階其塗光武攬其英漢書曰沛
公圍宛城南陽守齮降引兵西無不下者爾雅曰階因
也齮音蟻東觀漢記曰鄧禹吳漢並南陽人三略曰主
將之體務在攬英雄之心 是以關門反距漢德久長言居西而距東
言反也杜篤論都賦曰是時山東翕然居東而距西故
狐疑意聖朝之西都懼關門之反距 及其去危乘安
視人用遷去危乘安謂太平也視人用遷謂觀人所安而設教 周召之儔據鼎足
焉以庀匹婢王職史記曰周公旦者周武王弟也輔武王
又召公奭姓姬氏成王時召公爲三公
漢書曰夫三公鼎足之輔也 縉紳之倫經綸訓典賦納
賈逵國語注曰庀由理也
漢書音義臣瓚曰縉赤白色紳大帶也摩奇曰搢
以言揷笏於大帶周易曰君子以經綸國語曰修其訓

陳

列本作兒舊音倪

舊音芳非切

鑾注及列本和鑾已見上文

典尚書曰敷納以言也是以朝無闕政風烈昭宣也春秋考異郵曰後雖殊世

風烈猶合於持方宋均曰持方受命者名於是乎鯢齒眉壽鮐背之叟皤

皤然被黃髮者毛詩曰以介眉壽毛萇曰眉壽毫眉也爾雅曰黃髮鯢齒鮐背耇老壽也

皤皤已見東京賦喟然相與歌曰望翠華兮葳蕤建太常兮

緋緋音霏上林賦曰建翠華之旗葳蕤翠華魏太常已見東京賦上林賦曰紛紛緋緋駟飛龍

兮騤騤逵振和鑾兮京師飛龍言疾也周易曰飛龍在天毛詩曰四牡騤騤鄭

玄禮記注曰鑾輅有虞氏之車也有鑾和之節總萬乘兮徘徊按平路兮來

歸萬乘見東京賦毛萇詩傳曰迴遲也然徘徊即遑遑也毛詩曰行道遲遲南陽舊居故曰來歸毛詩曰來

歸自鎬豈不思天子南巡之辭者哉遂作頌曰毛詩曰豈不爾

思尚書曰五月南巡狩

作下有挩

孫子

注

此段改編於海內四字

皇祖止焉，光武起焉。皇祖、高祖也。周易曰：庖犧氏沒，神農氏作。據彼河洛，統四海焉。河洛謂東都也。西都賦曰：嘗有意乎都河洛。本枝百世，位天子焉。毛詩曰：文王孫子，本枝百世。永世克孝，懷桑梓焉。毛詩曰：永世克孝。又曰：維桑與梓，必恭敬止。真人南巡，覩舊里焉。東觀漢記曰：光武征秦豐，幸舊宅。酈元水經注曰：光武征秦豐，張衡以爲真人南巡，觀舊里焉。

三都賦序一首

左太沖　臧榮緒晉書曰：左思，字太沖，齊國人。少博覽文史，欲作三都賦，乃詣著作郎張載，訪岷邛之事。遂構思十稔，門庭藩溷，皆著紙筆，遇得一句，即疏之。徵爲秘書。賦成，張華見而咨嗟，都邑豪貴，競相傳寫。三都者，劉備都益州，號蜀；孫權都建業，號吳；曹操都鄴，號魏。思作賦時，吳蜀已平，見前賢文之是非，故作斯賦，以辨衆惑。

於文無所當

胡

四十六字一本無，作編于海內四字

臧榮緒晉書曰左思別傳稱注解皆思自爲……此皆不足信

劉淵林注三都賦成張載爲注魏都劉逵爲注吴蜀自是之後漸行於俗也

蓋詩有六義焉其二曰賦善曰子夏詩序文也楊雄曰詩人之賦麗以則善曰法言文也班固曰賦者古詩之流也善曰兩都賦序文先王采焉以觀土風善曰禮記曰命太師陳詩以觀民風鄭玄曰陳詩謂采其詩以觀視之見緑竹猗猗則知衛地淇澳之産善曰毛詩衛風曰瞻彼淇澳緑竹猗猗見在其版屋則知秦野西戎之宅善曰毛詩秦風曰在其版屋亂我心曲毛萇曰西戎版屋也故能居然而辨八方善曰河圖龍文曰鎮星光明八方歸德難蜀父老曰六合之内八方之外然相如賦上林而引盧橘夏孰楊雄賦甘泉而陳玉樹青葱班固賦西都而歎以出比目張衡賦西京而述以遊海若凡此四者皆非西京之所有也假

王觀國學林卷七楊慎丹鉛總錄卷十四皆有辨

張雲璈曰案西京賦海若游於玄渚乃極言淵之大非使海若之業游於此也上文神山瀛洲方丈蓬萊皆屬形容之辭非謂游於海也太沖譏之似過要之賦不厭侈如吴都之巨鼇大鵬魏都之遷善罔匱即太沖亦不免虛誇楊馬之盧橘玉樹或有所喻非全屬漫然浮華若必一一核實恐乏風人之致

注假稱句有誤

太沖摹京以賦都意實揚漢以抑吳魏惟玄晏序乃有異說賦文甚隱約故說者真疑太沖與鄴下而貶二方矣

斥

左氏

稱珍怪以爲潤色若斯之類匪啻(失)至于茲善曰茲此也假稱珍怪也若斯珍之流不啻於此多尚書曰不啻如自其口出考之果木則生非其壤校之神物則出非其所於辭則易爲藻飾於義則虛而無徵蓋韓非所謂畫鬼魅易爲好畫狗馬難爲工之類且夫玉巵(紙移)無當(去聲)雖寶非用巵一名觶酒器也當底也善曰韓子堂溪公謂韓昭侯曰今有白玉之巵無當有瓦巵有當君寧何取曰取瓦巵也侈言無驗雖麗非經善曰劉廙答丁儀刑禮書曰崇飾侈言欲其往來而論(去聲)者莫不詆(丁禮)訐(斤謁)其研精作者大氐(音低)舉爲憲章善曰墨子曰雖有詆訐之人無所依矣說文曰詆訶也訐面相斥罪也尚書序曰研精覃思司馬遷書曰詩三百篇大氐賢聖發憤之所爲也禮記曰憲章文武積習生常有自來矣傳曰習實生常善曰左傳叔孫曰叔出季處有自來矣余既思摹(莫蒲)二京而賦三都其山

十五字非善注

川城邑則稽之地圖其鳥獸草木則驗之方志善曰周禮曰外史掌四方之志鄭玄曰志記也風謠歌舞各附其俗魁梧長者莫非其舊善曰漢書音義應劭曰魁梧丘墟壯大之意也韓子曰重厚自尊謂之長者何則發言爲詩者詠其所志也善曰毛詩序曰詩者志之所之在心爲志發言爲詩升高能賦者頌其所見也善曰毛萇詩傳曰升高能賦可以爲大夫美物者貴依其本讚事者宜本其實善曰釋名曰稱人之美曰讚匪本匪實覽者奚信且夫任土作貢虞書所著辯物居方周易所愼虞書曰禹別九州任土作貢定其肥磽之所生也而著九州貢賦之法也周易曰君子以愼辯物居方聊舉其一隅攝其體統歸諸詁訓焉

周易見未濟象傳

序

蜀都壘一股詞非塵爲下篇留餘步實亦太沖之微指

蜀都賦一首

注

萬國已見上

有西蜀公子者言於東吴王孫善曰聖主得賢臣頌曰今臣僻在西蜀史記武王得仲雍曾孫周章封之東吴漢書曰漂母謂韓信曰吾哀王孫而進食蘇林曰如言公子也博物志曰士孫公子皆相推敬之辭曰蓋聞天以日月爲綱地以四海爲紀九土星分萬國錯跱崤胡交函有帝皇之宅河洛爲王者之里非日月無以觀天文非四海無以著地理故聖人仰觀俯察窮神盡微者必須綱紀也崤東西崤也函函谷關也賈生過秦曰以崤函爲宫里居也言周漢皆以河洛爲都邑善曰越絶書范蠡曰天貴持盈不失日月星辰之綱紀毛詩曰滔滔江漢南國之紀周禮曰以星土分辨九州之地所封域尚書曰萬國咸寧張衡靈憲曰星躰生於地列居錯峙崔駰河南尹箴曰唐虞商周河洛是居吾子豈亦曾聞蜀都之事歟請爲左右揚搉古學而陳之韓非有揚搉篇班固曰揚搉古今其義一也善曰許慎淮南子注曰揚搉粗略也夫蜀都者蓋兆基於上世代開國於

朱珔云今玉壘山所在則方輿勝覽云在汶川縣北三里
旧渠書鮮引任豫益州記云二江者郫江流江也
嘉
尢云所湊五臣作所臻

中古廓靈關以爲門包玉壘而爲宇帶二江之雙流抗峨眉之重阻揚雄蜀王本紀曰蜀王之先名蠶叢柏濩魚鳧蒲澤開明是時人萌椎髻左言不曉文字未有禮樂從開明上到蠶叢積三萬四千歲故曰北基於上代也秦惠王討滅蜀王封公子通爲蜀侯惠王二十七年使張若與張儀築成都城其後置蜀郡以李氷爲守地理志曰蜀守李氷鑿離堆穿兩江爲人開田百姓饗其利是時蜀人始通中國言語頗與華同故言開國於中古也靈關山名在成都西南漢壽界在前故曰門也玉壘山名也湔水出焉在成都西北岷山界在後故曰宇也江水出岷山分爲二江經成都南東流經之故曰帶也楊雄蜀都賦曰兩江珥其前峨眉山名也在成都南犍爲界面之故曰抗也水陸所湊兼六合而交會焉豐蔚所盛茂八區而菴藹焉八區四方四隅也地理志曰巴蜀土地肥美有山林菓實之饒班固西都賦曰郊野之富號爲近蜀美其豐盛善曰六合已見西都賦長楊賦曰洋溢八區於前則跨躡犍乾牂臧枕之鴆

胡

陸佐公石闕銘注引葐蒀作氛氲

呼

提

湯谷已見東京賦

輪交趾經途所亘五千餘里山阜相屬含谿懷谷崗巒糺紛觸石吐雲（阜大山也巒山長而狹也一曰山小而鋭也水注川曰谿注壑曰谷善曰漢書志有犍爲郡牂牁郡並屬益州又有交趾郡屬交州輪崎也於蟻切春秋元命包曰山有含精藏雲故觸石而出也）鬱葐（汾）蒀（於文）以翠微崛（魚物）巍巍以峩峩干青霄而秀出舒丹氣而爲霞（翠微山氣之輕縹也霞赤雲也嚴夫子哀時命曰紅霓紛其朝霞山澤氣通故曰舒丹氣以爲霞也善曰甘泉賦曰騰青霄而軼浮景河圖曰崑崙山有五色水赤水之氣上蒸爲霞而赫然也）龍池瀥（胡角）瀑（步角）濆（扶刎）其隈漏江伏流潰（胡內）其阿汨（骨）若湯谷之揚濤沛（普頼）若濛汜之涌波（龍池在朱提南十里地周四十七里漏江在建寧有水道伏流數里復出故曰漏江湯谷日所出也濛汜日所入也善曰瀥瀑水沸之聲也公羊傳曰濆泉者何涌泉也淮南子曰日出于湯谷浴于咸池楚辭云日出于陽谷入于濛汜濛汜見西京

陳

胡一作呼

世說文學篇注引思列傳載初作蜀都賦金馬四句与此有異此則改本也

日

賦 於是乎邛竹緣嶺菌桂臨崖宜旁挺龍目側生荔枝布綠葉之萋萋結朱實之離離迎隆冬而不凋常曄曄以猗猗邛竹出興古盤江以南竹中實而高節可以作杖神農本草經曰菌桂出交阯圓如竹爲衆藥通使一曰菌薰也葉曰蕙根曰薰南裔志曰龍眼荔枝生朱提堤南廣縣犍爲僰道縣隨江東至巴郡江州縣往往有荔枝樹高五六丈常以夏生其變赤可食龍眼似荔枝其實亦可食邛竹菌桂龍眼荔枝皆冬生不枯鬱茂於山林林善曰王逸荔枝賦曰綠葉蓁蓁又曰朱實叢生孫卿子曰松柏經隆冬而不凋蒙霜雪而不變曄曄猗猗已見西都賦孔翠群翔犀象競馳白雉朝雊猩猩夜啼金馬騁光而絕景碧雞倏忽而曜儀火井沈熒於幽泉高爓飛煽扇於天垂孔孔雀也翠翠鳥也孔雀特出永昌南涪縣翡翠常以二月九月群翔興古十餘白雉出永昌猩猩生交趾封溪似猨人面能言語夜聞其聲如小兒啼

十五

何

捉字陳疑是日

爛　鑠　　致

春秋傳曰豕人立而啼服子慎曰啼呼也淮南子曰猩猩知往地理志曰金馬碧雞在越嶲青蛉縣禺同山漢宣帝時方士言益州有金馬碧鷄之神可以醮祭而置致也宣帝使諫議大夫王襃持節而求之襃道病卒竟不能致也蜀郡有火井在臨邛縣西南火井鹽井也欲出其火先以家火投之須臾許隆隆如雷聲爓出通天光輝十里以筩盛之接其光而無炭也爓熾也善曰廣雅曰熒光也說文曰爓火爓也音豔天垂天四垂也其間則有虎珀丹青江珠瑕英金沙銀礫歷符采彪筆尤炳暉麗灼酌爍舒藥切永昌博南縣出虎珀猈犽有白曹山出丹青曾青空青也木草經云皆出越嶲郡瑕玉屬也揚雄蜀都賦云瑕英江珠永昌有水出金如糠在沙中與古盤町山出銀符采玉之横文也灼爍艷色也善曰博物志曰虎珀一名江珠於後則却背華容北指崑崙緣以劒閣阻以石門華容水名在江由之北崑崙山名也揚雄蜀都賦曰北屬崑崙劒閣谷名自蜀通漢中道一由此背有閣道在梓潼郡東北石門在漢中之西襃中之北此二處蜀之險隘於是在焉流

漢湯湯傷驚浪雷奔望之天迴即之雲昏水物殊品鱗介異族或藏蛟螭勅知或隱碧玉嘉魚出於丙穴良木攢於褒谷有鱗曰蛟螭蛟螭水神也一曰雌龍也一曰龍子也相如上林賦曰蛟龍赤螭碧玉謂水玉也尸子曰龍淵生玉英丙穴在漢中沔陽縣北有魚穴二所常以三月取之丙地名也褒中縣南口斜谷水源在北南流經褒中故曰口曰斜南口曰褒同一谷耳長四百七十里褒斜出良材漢書曰斜谷之木不足爲我械善曰枚乘七發曰波湧而濤起橫奔似雷行任豫益州記曰嘉魚鱗似鱒魚其樹則有木蘭梫寢桂杞櫹蕭椅於其桐椶枒耶楔耕入樅七松楩頻縣楠南幽藹於谷底松柏蓊鬱於山峯木蘭大樹也葉似長生冬夏榮常以冬華其實如小柿甘美南人以爲梅其皮可食楊雄蜀都賦曰樹以木蘭梫桂木桂也傳曰杞梓之木櫹大木也詩曰其桐其椅椶枒出蜀其皮可作繩䋶楔似松有刺也樅柏葉松身楩柟二樹名皆大木也擢脩幹竦

坂何焯說改　王簡棲頭陀寺碑文注引作乎

李周翰曰希空虛也

步包切

長條扇飛雲拂輕霄羲和假道於峻岐陽烏迴翼乎高標言山木之高也善曰楚辭曰吾令羲和弭節兮廣雅曰日御謂之羲和左傳曰假道於虞春秋元命包曰陽成於三故日中有三足烏烏者陽精巢居棲翔聿兼鄧林穴宅奇獸窠宿異禽鄧林林名也窠鳥巢也善曰鄧林已見西京賦熊羆咆步交其陽鵰鶚鴆聿其陰猨狖弋狩騰希而競捷虎豹長嘯而永唫鶚其形如鵰皆鷙鳥也枚乘曰鷙鳥累百不如一鶚鴆疾貌也善曰楚辭曰虎豹鬬兮熊羆咆說文曰咆嗥也毛詩曰鴆彼晨風春秋元命包曰猛虎嘯谷風起杜篤連珠曰長吟永嘯於東則左緜巴中百濮音卜所充濮濮夷也傳曰麇人率百濮今巴中七姓有濮也外負銅梁於宕徒浪渠內函要害於膏腴銅梁山名宕渠縣名銅梁在巴東宕渠縣在巴西出鐵要害地險隘也膏腴土地肥沃也其中則有巴菽巴戟靈壽桃枝樊以蒩子余圃濱以鹽

別本元注字誤

黿改元龜之又改又

款

熾

池巴菽巴豆也巴戟巴戟天也靈壽木名也出涪陵縣
桃枝竹屬也出墊江縣二者可以爲杖樊蕃也詩曰
營營青蠅止于樊葅草名也亦名土茄葉覆地而生根
可食人飢則以繼糧鹽池出巴東北新井縣水出地如
湧泉可煑以爲鹽善曰埤蒼曰葅蕺也蕺側及切蝲必滅蝀音啼山棲黿元龜水處
潛龍蟠於沮子預澤應鳴鼓而興雨蝲蝀鳥名也如今之所謂山鷄其雄色班
雌色黑出巴東黿大龜也譙周異物志曰涪陵多大龜
其甲可以卜其緣中叉似瑇瑁俗名曰靈叉沮有葉澤
也巴東有澤水人謂有神龍不可鳴鼓鳴鼓其傍即便
雨也善曰李尤七歎曰龍鼉黿水處方言曰未升天龍謂
之蟠龍蟠毋家孟子注曰澤生草言葅沮與葅同丹沙赩許力熾昌志出其坂蜜房
熾涪陵丹興二縣出丹砂丹砂出山中有穴尚書禹貢曰厥土赤埴巴西漢昌
縣多野蜂蜜蠟山圖隴西人也隨道士之名山採藥身
郁鯈被其阜山圖采而得道赤斧服而不朽
輕不食莫知所如赤斧巴人也能煉丹砂與消石服之
身體毛髮盡赤皆古仙者也見列仙傳善曰毛萇詩傳

胡

華陽國志校

一作歎胡云當作款

依正文

曰赩赤貌也鄭玄尚書注曰熾赤也班固終南頌曰蜜房溜其巔郁毓盛多也若乃剛悍汗生其方風謠尚其武奮之則賨旅賨在宗翫之則渝舞銳氣剽於中葉蹻綺驕容世於樂府善曰廣雅曰悍勇也應劭風俗通曰巴有賨人剽勇高祖爲漢王時閬中人范目說高祖募取賨人定三秦封目爲閬中慈鳧鄉侯并復除目所發賨人盧朴沓鄂度夕襲七姓不供租賦閬中有渝水賨人左右居銳氣喜舞高祖樂其猛銳數觀其舞後令樂府習之楊雄荆州箴曰風飄以悍氣銳以剛毛詩曰昔在中葉漢書曰武帝樂府於西則右挾岷山涌蝶故瀆發川陪以白狼夷歌成章江水出岷山也白狼夷在漢壽西界漢明帝時作詩三章以頌漢德益州刺史朱輔驛傳其詩奏之語在輔傳也坰野草昧林麓黝儵六式交讓所植蹲存鴟所伏交讓木名也兩樹對生一樹生一樹枯則一樹生如是歲更終不俱生俱枯也出岷山在安都縣蹲鴟大芋也其形類蹲鴟故卓王孫曰吾聞岷山之下沃野下有蹲鴟至死不

消　蘪注　延　二山删　舊音

飢善曰黝儵茂盛貌百藥灌叢寒卉冬馥異類衆夥禍于何不育
其中則有青珠黃環碧砮芒消或豐綠荑啼或蕃伐元丹
椒蘪蕪布濩護於中阿風連莚餘戰蔓萬於蘭皐紅葩紫
飾柯葉漸苞敷蘂葳蕤桂落英飄飄青珠出蜀郡平澤黃鐶出蜀郡碧石
生越巂郡無會縣砮可作箭鏃禹貢梁州厥貢砮石芒
消出蜀郡廣陽山綠荑辛荑蘪蕪皆香草也蘪蕪出岷
山岷陵山風連出岷山一曰出廣都岷山特多藥草
其椒尤好異於天下漸苞相苞裹而同長也書曰草木
漸苞蘂者或謂之華或謂之實一曰
花鬚頭點也楚辭曰採薜荔之落英神農是嘗盧跗
是料聊芳追氣邪味蠲癘痟音消扁鵲盧人古良醫楊雄法言曰扁鵲盧
人而醫多盧癘氣不和之氣也痟亦頭病也周禮四時
皆有癘疾春多痟首之疾漢書相如常有痟病善曰淮
南子曰神農乃始教人播種五穀嘗百草之滋味史記
曰號中庶子謂扁鵲曰臣聞上古之時醫有俞跗醫病

胡　並胡

漢中刪　江

潼

嘉

上字桐字衍　出下當有潼山一日在梓潼出九字

別本作漨　注同

不以湯液其封域之內則有原隰墳衍通望彌博演以潛沫武蓋浸以緜雒禹貢梁州云沱潛既道有水從漢中沔陽縣南流至梓潼漢壽縣入穴中通岡山下西南潛出今名複水舊說云禹貢潛水也又有水出岷山之西東流過漢壽南流有高山上合下開水經其中曰沫水水潛行曰演此二水伏流故曰演以潛沫緜水在緜竹縣出紫巖山雒水在雒縣出栢山周禮曰楊州其浸五湖言益州之有緜雒猶楊州之有五湖故曰浸以緜雒也潛沫緜雒四水所經本皆蜀郡故皆謂之封域之內也溝洫脈散疆里綺錯黍稷油油稉古衡稻莫莫指渠口以爲雲門灑滮扶彪池而爲陸六澤雖星畢之滂普郎沲度羅尚未齊其膏液廣深四尺爲溝倍溝爲洫左氏傳曰先王疆理天下謂地勢縱橫之宜也莫莫茂也李冰於湔山下造大堋以壅江水分散其流漑灌平地故曰指渠口以爲雲門也滮流貌詩曰滮池北流浸彼稻田蔡邕曰凝雨曰陸尚書洪範曰星有好雨月失道而入畢則多雨詩曰月離于畢俾滂沲

續漢志注　潼字據別本

胡

胡據水經注訂最精

郎　別本忙

尤本春熟五臣作春就

郡　郡　今

文四　十九

矣善曰鄭玄周禮注曰黃帝樂曰雲門言黃帝之德如雲之出門也然此唯取雲門之名不取樂也爾乃邑居隱賑之忍夾江傍山棟宇相望桑梓接連家有鹽泉之井戶有橘柚之園隱盛也賑富也梓木名可以爲琴瑟蜀都臨邛縣江陽漢安縣皆有鹽井巴西充國縣有鹽井數十大曰柚小曰橘犍爲南安縣出黃甘橘地理志曰蜀郡嚴道巴郡朐忍魚復二縣出橘有橘官善曰楊雄蜀都賦曰夾江緣山又曰西有鹽泉鐵冶橘林銅陵其園則有林檎枇杷橙柿梬郢楟亭榹斯桃函含列梅李羅生皆菓名也林檎實似赤柰而小味如梨枇杷冬華黃實本出蜀蜀有給客橙冬夏華實相繼張揖曰梬山梨也善曰爾雅曰榹桃山桃也百果甲宅坼異色同榮朱櫻春熟素柰夏成善曰周易曰百果草木皆甲坼鄭玄曰木實曰果皆讀如人倦之解解謂拆呼皮曰甲根曰宅宅居也呼火亞切漢書叔孫通曰古有春嘗果今櫻桃熟可嘗也素柰白柰也王逸荔枝賦曰酒泉白柰若乃大火流涼

胡　胡 侃改　胡　陳

芳。別本　南　圖。別本　藏

風厲。列白露凝。微霜結。詩曰七月流火禮記月令孟秋涼風至善曰毛萇詩傳曰火大火也流下也毛詩曰白露爲霜楚辭曰微霜結兮眇眇紫梨津潤。樼側鄰栗罅呼亞發。蒲陶亂潰。胡對若榴競裂。甘至自零。芬芳酷苦烈。詩云樹之樼栗傳曰樼栗棗脩罅發栗皮坼罅而發也甘至言熟也善曰西京雜記曰上林有紫梨郭璞上林賦注曰蒲陶似燕薁可作酒馬融西第頌曰紫房潰漏又曰胡桃自零若榴已見兩都賦上林賦曰酷烈淑郁樼與樼同

其園則有蒟俱宇蒻弱茱萸。瓜疇芋于句區。甘蔗之夜辛薑。陽蓲許于陰敷。蒟蒟醬也緣樹而生其子如桑椹熟時正青長二三寸以蜜藏而食之辛香溫調五臓蒻草也其根名蒻頭大者如斗其肌正白可以灰汁煑則凝成可以苦酒淹食之蜀人珍焉茱萸一名藙也疇者界埒小畔際也楊雄太玄經曰陽蓲萬物言陽氣蓲煦生萬物也陰敷蕫生於陰也曰往菲薇。月來扶踈。任土所麗。衆獻而儲。任土任其土地所生也尚書所謂任土作貢也

今改

廣雅釋詁二命呼也

時

文四　二十

易曰百穀草木麗乎土其沃瀛(盈)則有攅蔣(在官)(將)叢蒲綠菱紅蓮

雜以蘊藻糅(女又)以蘋蘩楚辭曰倚沼畦瀛王逸云瀛澤中也班固以爲畦蔣菰名也蘊藻蘋蘩皆水草也蘊叢也總莖柅柅(乃禮)裛(於業)葉蓁蓁(臻)蕡(墳)實時味

王公羞焉柅柅蓁蓁盛茂貌也詩曰爾肴既將(時)傳曰苟有明信澗谿沼沚之毛蘋蘩蘊藻之菜可薦於鬼神可羞於王公善曰毛詩曰敦彼行葦維葉柅柅又曰桃之夭夭其葉蓁蓁又曰桃之夭夭有蕡其實

其中則有鴻儔鶂侶振鷺鵜(乃)(徒)鶘(胡)晨鳧旦至候鴈銜蘆皆水鳥名鴻鶂多群飛故言侶儔也振鷺鵜鶘二鳥名也晨鳧常以晨飛也鴈候時南北故曰候鴈銜蘆以禦繒繳令不得截其翼也淮南子曰鴈銜蘆而翔以備繒繳善曰毛詩曰振鷺于飛爾雅曰鵜鶘洿澤也郭璞曰即鵜鶘也說苑曰魏文侯嗜晨鳧呂氏春秋曰季秋之月候鴈來木落南翔冰泮北徂

雲飛水宿哢吭(胡剛)清渠其深則有黿(命)鼈玄獺上祭

川上文

侃删

捉云切

徒一本作乃誤也

爽塏已見上文承明已見西都賦

鮪　閒

鱣陟連鮪于鬼鱒在本魴鮷啼鱧禮魦少鱨嘗木落者葉落也木葉落秋時也冰泮春時也善曰淮南子曰木葉落而長年悲家語曰冰泮而農桑起爾雅曰吭鳥嚨禮記月令孟春獺祭魚將食之先以祭也鱣鮪鱒也鮷似鱨魦似鮎鱒魴皆見詩也楚辭曰乘白黿兮逐文魚張衡應閒曰黿鳴而鼈應命呼也

差鱗次色，錦質報章。躍濤戲瀨，中流相忘。莊周云泉涸魚相與處陸相呴以濕相濡以沫不若相忘於江湖善曰毛詩曰終日七襄不成報章

於是乎金城石郭，兼而中區，既麗且崇，實號成都。金石言堅也故朝錯曰神農之教雖有金城湯池也

闢二九之通門，畫方軌之廣塗。營新宮於爽塏愷

擬承明而起廬。漢武帝元鼎二年立成都十八門周禮經塗九軌畫言端直也爽塏高明也善曰左氏傳曰齊景公欲更晏子之宅曰請更諸爽塏者杜預曰就高燥也漢書曰嚴助爲會稽太守帝賜書曰君厭承明之廬張晏曰承明廬在石渠門外

結陽城之延閣，飛觀榭乎雲中。

疏疑此善曰不當有

胡據吳都賦善注

胡

城或作成未知孰是
謝玄暉和徐都曹詩注
引作列綺疏以瞰江

尤云虎威五臣作虎儀

開高軒以臨山列綺牕而瞰苦檻江陽城蜀門名也善曰淮南子曰延閣棧道
高軒堂左右長廊之有牕者張載魯靈光殿賦注曰軒檻所以開明也古詩曰交疏結綺窻內則議
殿爵堂武義虎威宣化之闥崇禮之闈議殿爵堂殿堂名也武義虎威
二門名也宣化崇禮皆闈闥之名也華闕雙邈重門洞開金鋪交映玉題
相暉金鋪門鋪首以金爲之玉題以玉爲之孟子曰榱題數尺楊雄曰旋題玉英善曰西都賦曰樹中天
之華闕長門賦曰擠玉戶而撼金鋪外則軌躅直録八達里閈汗對出比屋
連甍千廡音武萬室閈里門也管子曰閭閈不可以無闈盧綰與高祖同里班固曰綰自同閈
廡序也史記蘇秦說魏襄王曰廬廡之數也善曰漢書班嗣與桓生書曰伏孔氏之軌躅音義曰三輔說牛蹄處爲
躅爾雅曰入達謂之崇期孫炎曰崇多也多道會期於此亦有甲第當衢向術壇徒蘭
宇顯敞高門納駟四術道也楚辭九章曰燕雀烏鵲巢堂壇兮王逸曰壇猶堂也漢于公高其

一作成

尤云邛杖五目作邛竹

葛姜蜀之大目故以表著戴於採西漢名族

則曰金張耳

門使容駟馬高蓋此言甲第高門可以納駟善曰西京賦曰北闕甲第當道直啓李尤高安館銘曰增臺顯敞禁室靜幽庭扣鍾磬堂撫琴瑟匪葛匪姜疇能是恤疇誰也善曰蜀志曰諸葛亮爲丞相又曰姜維初爲亮倉曹掾稍遷爲大將軍亞以少城接乎其西市廛所會萬商之淵刻隧百重羅肆巨千賄貨山積纖麗星繁少城小城也在大城西市在其中也都人士女袨縣服靚才姓粧賈音古貿莫構墆直例鬻舛充錯縱横異物崛詭奇於八方布有橦華麪有桄光榔郎邛杖傳節於大夏之邑蒟句醬流味於番潘禺愚之鄉蘇林曰袨服謂盛服也張揖上林賦注曰靚謂粉白黛黑也墆貯也橦華者樹名橦其花柔毳可績爲布也出永昌桄榔樹名也木中有屑如麪可食出興古張騫傳曰臣在大夏時見邛竹杖蜀布問安得此大夏國人曰吾賈人往市之身毒國身毒國在大夏東南可數千里南越傳曰使唐蒙

颯曉南越食蒙以蒟醬蒙問所從來荅曰西北牂牁江廣數里出番禺城下故漢書曰感蒟醬竹杖則開牂牁越嶲也邛竹杖以節爲奇故曰傳節也善曰都人士女巳見西都賦漢書曰富商大賈或墆財入方巳見上三都序輿輦雜沓徒合冠帶混并累轂疊跡叛衍相傾諠譁鼎沸則哤莫江聒公達宇宙囂許驕塵張陟亮天則埃壒烏蓋曜靈叛亂也莊周曰何貴何賤是謂叛衍善曰蔡邕月令章句曰冠首飾也帶大帶所以束身也司馬彪莊子注曰叛衍猶漫衍也國語管子曰四人雜處則其言哤說文曰聒讙語也文子曰四方上下曰宇說文曰宙舟輿所極覆也西都賓曰軼埃壒之混濁楚辭曰角宿未旦耀靈焉藏廣雅曰耀靈日也闤闠之裏伎巧之家百室離房機杼相和貝錦斐成濯色江波黃潤比毗二筒籝盈金所過闤市巷也闠市外內門也貝錦錦文也譙周益州志云成都織錦旣成濯於江水其文分明勝於初成他水濯之不如江水也黃潤謂筒中細布也司馬相如凡將篇曰黃潤纖美宜制禪楊

胡

一作禪 禪字蓋誤

今改下同

呂延濟曰翕習盛皃　纖注皆同　食　據音紙改抵　交　麟

雄蜀都賦曰筒中黄潤一端數金籝縢也韋賢傳曰黄金滿籝籝善曰毛詩曰百室盈止古詩曰札札弄機杼毛詩曰萋兮斐兮成是貝錦也

修修隆富卓鄭埒劣名公擅山川貨殖私庭藏鏹強兩九巨萬鈲浦覓摫規兼呈亦以財雄翕習邊城

漢書貨殖傳曰蜀卓氏之臨邛公擅山川銅鐵上爭王者之利下錮齊人之業富至僮八百人程鄭亦冶鑄富埒卓氏司馬相如傳云臨邛富人程鄭僮亦數百人鏹錢貫也殖貨志曰藏鏹千萬楊雄方言云鈲摫裁也梁益之間裁木爲器曰鈲裂帛爲衣曰摫兼呈者皆有常課至擬於王者亦以財雄猶班壹以財雄邊城也漢書班氏叙傳當孝惠高后時以財雄邊出入弋獵旌旗鼓吹以臨邛是蜀郡之邊縣故云邊城善曰藏鏹管子之文也

三蜀之豪時來時往養交都邑結儔附黨

三蜀蜀郡廣漢犍爲郡也本一蜀國漢高祖分置廣漢漢武帝分置犍爲善曰孫卿子曰偷合苟容以持祿養交

劇談戲論扼腕抵紙掌出則連騎歸從百兩

劇甚也鬼谷先生書有抵戲篇桓譚七說

何　胡　七命注文　祭屈原文注

飉厲一作嘹唳

稚

悉

曰戲談以要譽張儀傳曰天下之士莫不扼腕以言戰
國策曰蘇秦說趙王華屋之下抵掌而言皆談說之客
也百兩百乘也詩云之子于歸百兩御之善曰
漢書曰揚雄口吃不能劇談連騎已見西京賦若其舊
俗終冬始春吉日良辰置酒高堂以御嘉賓揚雄蜀都賦曰其俗
迎春送冬百金之家千金之公善曰楚辭曰吉日兮辰良
辰晉灼曰置酒高殿上毛詩曰以御賓客且以
酌醴金罍中坐肴槅四陳觴以清醥鮮以紫鱗羽爵執競
絲竹乃發巴姬彈弦漢女擊節鮮魚鱠也詩云炰鱉鱠
之稚質蔡之幼女善曰毛詩曰肴核維旅鄭玄曰肴鯉巴姬漢之美人猶衛
醢也核桃梅之屬也左氏傳楚共王有巴姬構與核義
同起西音於促柱歌江上之飉厲纖長袖而屢舞翩
躚以裔裔昔周昭王涉漢中流而隕其右辛遊靡拯
躚長公繼是徙宅西河長公思故處始作西音長公繼是音
以處西山秦國之風蓋取乎此見呂氏春秋韓子曰長

陳

胡

侃曰与今本不同不當輒改

注及別本

方

袖善舞詩曰屢舞躚躚合樽促席引滿相罰樂飲今夕一醉累月言頻飲也善曰東方朔六言詩曰合樽促席相娛漢書曰趙李侍中皆引滿舉白毛詩曰今夕何夕又曰一醉曰富若夫王孫之屬郤却公之倫從禽于外巷無居人並乘驥子俱服魚文玄黃異校結駟繽紛王孫卓王孫也貨殖傳曰卓王孫田宅射獵之樂擬於人君郤公豪俠也楊雄蜀都賦曰若其漁弋郤公之徒相與如乎巨野羅車百乘觀者萬堤服箭服詩云象弭魚服善曰周易曰即鹿無虞以從禽也毛詩曰叔于田巷無居人桓子新論曰善相馬者曰薛公得馬惡貌而正走名驥子周禮六廐成校校有左右楚辭曰青驪結駟齊千乘西踰金隄東越玉津朔別期晦匪日匪旬金隄在岷山都安縣西隄有左右口當成都西也壁玉津在犍爲之東北當成都之東也楊雄羽獵賦前曰邪界虞淵後曰浮彭蠡張衡羽獵前曰逐息崐崘後曰勞許公于箕隅道里遼迴非一日所遊金堤王津東西分行所欲經營亦非一所其閒悠遠故曰朔別晦期也

觀此是李善非不知有此趙李也

有誤　觀此一節是太冲自注之證使他人爲之安能得其用心如此之微乎

蹻五臣作蹶蹻卬
蹶字

呂延濟曰翕響揮
霍沸亂皃

曰下有挩

峴

若云一月之中乃能周徧不以旬日者也蹴秋六蹈蒙籠涉蹻寥廓鷹犬倏眒勝肖罻尉羅絡幕倏眒疾速也罻羅鳥獸網也絡幕施張之貌也善曰蒙籠已見南都賦桓譚新論曰道路皆蒿草寥廓狼籍子雲賦曰倏眒倩浰毛群陸離羽族紛泊匹各翕合響揮霍中網林薄毛群獸也羽族鳥也陸離分散也紛泊飛薄也翕響揮霍奄忽之間也屠麖京麋翦旄麈主帶文蛇跨彫虎皆獵之所得也麖麋體大故屠之旄麈有尾故翦之蛇虎可畏而帶跨之言其勇也尸子曰中黃伯云余左執太行之獶而右搏彫虎善曰越人衣文蛇志未騁時欲晚追輕翼赴絕遠出彭門之闕馳九折之坂經三峽之崢嶸躡五屼九之蹇滻岷山都安縣有兩山相對立如闕號曰彭門楊雄蜀都賦曰彭門鴻岍九折坂在漢壽嚴道縣邛郲山三峽巴東永安縣有高山相對相去可二十丈左右崖甚高人謂之峽江水過其中五屼山名也一山有五重在越巂當犍爲南安縣之南也楊雄蜀都賦曰五

侃據張景
陽雜詩注

胡改當
再校
侃

說文娉問也斐醜也此用爲妃之借字 別本作漾 以此像墻燈當音不出於注

第注同 別本

九字衍

皛當爲拍

皛胡了切拍普格切貙 丑于切

宏

屼參差善曰楚辭曰下崢嶸兮無地子虛賦曰蹇產溝瀆戟食鐵之獸射噬毒之鹿皛胡了切拍普格切貙氓於葽草彈言鳥於森木貊獸毛黑白臆似熊而小以舌舐鐵須臾便數十斤出建寧郡也有神鹿兩頭主食毒草名之食毒鹿出雲南郡此二事魏宏南中志所記也易曰噬腊肉遇毒貙氓謂貙人也言鳥鸚鵡之屬皆出南中文立蜀都賦虎豹之人善曰方言曰噬食也博物志曰江漢有貙人能化爲虎說文曰拍拊也漢書音義曰葽盛皃拔象齒戾歷結犀角鳥鎩所札翮獸廢足鎩翮不能飛廢足不能行也善曰淮南子曰飛鳥鎩羽走獸廢足許慎曰鎩殘也殆而朅綺列來相與第如滇丁田池集于江洲試水客艤音蟻輕舟娉江斐與神遊朅去也第且也相如傳曰第如臨邛譙周異物志曰滇池在建寧界有大澤水周二百餘里水乍深廣乍淺狹似如倒池故俗云滇池江洲在巴郡楊雄蜀都賦曰分川並注合乎江洲滇池江洲非一處也今連之者說或有在滇池時或有在江洲時無有常也應劭曰艤正也一曰南

南中字並宜入注

文一作文立下八字一本無

此字攻前盾揚雄張衡之謬乎是乎當

淮南説山訓注淫魚長頭身相半長丈餘口在頷下出江中

尤云記淳五臣作沈浮

之

方俗謂正船迴濟處爲艤項羽傳曰烏江亭長艤船待羽江斐二女遊於江濵逢鄭交甫挑之不知其神女也遂解珮與之交甫悅受珮而去數十步空懷無珮女亦不見語在列仙傳黿鼉翡翠釣鰋偃鮋由長流下高鵠出潛虯鰋鮋魚名吹洞簫發櫂宅謳感鱏尋魚動陽侯洞簫長簫無底也王褒所頌者也漢元帝能吹洞簫櫂謳鼓櫂而歌也鱏魚出江中頭與身正半口在腹下淮南子曰瓠巴鼓琴鱏魚出聽騰波沸涌善曰櫂謳已見西都賦陽侯已見南都賦珠貝汜浮若雲漢含星而光耀洪流管子曰若江湖之人求珠貝者不舍也言魚駭波動珠貝浮見也善曰相貝經曰素質紅裏謂之珠貝將饗獠力召者張帟幕會平原酌清酤户割芳鮮飲御酣賓旅旋車馬雷駭轟轟闐闐若風流雨散漫乎數百里閒之獠獵也帟平帳也周禮曰田則張幕設帟月令曰躬耕帝籍反乃執爵命曰勞酒言以宴群臣也鮮新殺者也一曰生肉也善曰詩載清酤毛萇詩

此誤解子淵賦

陳補

此言巴蜀不必在中原自全
行南宅益信此言爲非謬

精

此注有誤

尚之曰

曰酤酒也斯蓋宅土之所安樂，觀聽之所踴躍也。焉獨三川，爲世朝市。若乃卓犖（呂角）奇譎，倜儻罔已。一經神怪，一緯人理。遠則岷山之精，上爲井絡。天帝運期而會昌，景福肸（喜筆）蠁而興作。碧出萇弘之血，鳥生杜宇之魄。妄變化而非常，羌見偉於疇（田）昔。張儀曰：爭名者於朝，爭利者於市。今三川周室，天下之朝市也。河圖括地象曰：岷山之精，上爲井絡。帝以會昌，神以建福。上爲天井。言岷山之地，上爲東井維絡。岷山之精，上爲天之井星也。昌，慶也。言天帝於此會慶建福也。莊周曰：萇弘死於蜀，藏其血三年，化爲碧。蜀記曰：昔有人姓杜名宇，王蜀，號曰望帝。宇死，俗說云宇化爲子規。子規，鳥名也。蜀人聞子規鳴，皆曰望帝也。善曰：降丘宅土。劉向雅琴賦曰：觀聽之所至，乃知其美也。漢書音義韋昭曰：有河洛伊，故曰三川。上林賦曰：肸蠁布寫。近則江漢炳（丙）靈，世載其英。蔚若相如，皭（在爵）若君平。王褒韡（韋）

水經注

係訂

觀此注是鮑照杜甫所本

尤云爲磬五臣作爲美

子虛賦吞若雲夢者八九于其胸中
吞若巨防擬長卿吞若雲
夢者八九句法而實不安

暿而秀發揚雄含章而挺生幽思絢呼絹道德摛勑離藻掞傷豔天庭考四海而爲儁俊當中葉而擅名是故遊談者以爲譽造作者以爲程也相如司馬長卿也君平嚴遵也王褒字子淵楊雄字子雲皆蜀人君平作老子指歸子雲作太玄法言故曰幽思絢道德也鄭玄曰文章成謂之絢漢武帝讀相如子虛賦而善之吾獨不得與此人同時哉元帝善王褒所作甘泉洞簫頌令後宮貴人左右皆誦之楊雄奏羽獵賦天子異焉又云班固述雄傳曰初擬相如獻賦黄門故曰摛藻掞天庭也漢書禮樂志曰長麗前掞光耀明善曰史記曰屈原浮游於塵埃之外皭然泥而不滓者也徐廣曰皭疎淨之貌也周易曰含章可貞馮衍德誥曰沈情幽思引六經之精微毛詩曰昔在中葉戰國策蘇秦曰外客遊談之士無敢自進於前也至乎臨谷爲塞因山爲障峻岨塍繩埒劣長城谿險吞若巨防都去聲善曰蘇秦曰齊南有太山東有琅邪北有渤海西有清河所謂四塞之國也史遷述蒙恬傳曰據河爲塞大曰隄小曰

刪侃

中山

塍云峻岨之嚴視長城若塍埒也谿深貌也戰國策曰齊有長城巨防足以爲塞也一人守隘萬夫莫向善曰淮南子曰一人守隘千夫莫向公孫躍馬而稱帝劉宗下輦而自王善曰范曄後漢書曰公孫述字子陽扶風人也王莽時爲導江卒正更始立述恃其地險衆附遂自立爲天子蜀志曰先主姓劉諱備漢靖王勝後也益州牧劉璋使人迎先主令討張魯先主遂進圍成都璋出降先主即皇帝位備漢後故曰宗由此言之天下孰尚故雖兼諸夏之富有猶未若茲都之無量也論語曰夷狄之有君不如諸夏之亡周易曰富有之謂大業也又論語曰惟酒無量

文選卷第四

壬戌六月廿四日　保溫尋之

陳

饒善曰　佩

今補據胡說訂
囅當作囅

文選卷第五

梁昭明太子撰

文林郎守太子右內率府錄事參軍事崇賢館直學士臣李善注上

京都下

左太沖吳都賦一首　劉淵林注

吳都賦吳都者蘇州是也後漢末孫權乃都於建業亦號吳　左太沖

東吳王孫囅然而咍囅大笑貌莊周云齊桓公囅然而笑楚人謂相笑爲咍楚辭曰衆兆所咍善曰囅勑忍切咍呼來切曰夫上圖景宿辨於天文者也下料物聊土析於地理者也謂天垂其象而分野形地以別土而區域殊料度也善曰文子曰天道爲文地道爲理古先帝代曾覽八紘之洪緒一六合而光宅翔集

胡云非善注

別本作諜 舊音牒

陟卅十一字刪

偉 龍襲險之右謂蜀地為重險之首

握 固 別本校語疑有地字

都 衍

注吾子以下九十三字刪 潘耒云都字衍非也注有都字安可妄刪

遐宇烏策篆素玉牒石記烏聞梁岷有陟方之館行宮之基歟淮南子曰九州外有八澤方千里八澤之外有八紘亦方千里蓋八索也一六合而光宅者并有天下而一家也說文曰牒札也石記刻石書傳記也烏安也梁梁州也岷岷山皆蜀地也書云舜陟方謂南巡守也光武紀云濟陽有武帝行過宮善曰呂氏春秋曰神通乎六合高誘曰四方上下爲六合尚書序曰光宅天下烏策烏書於策也春秋運斗樞曰黃龍負圖出置帝前烏文漢書音義曰大篆蟲書烏書是也鄭玄禮記注曰筴簡也篆素篆書於素也楊雄書曰齎油素四尺東觀漢記曰封禪其玉牒文秘天子事也說文曰諜記也牒與諜同孝經鉤命訣曰封禪刻石紀號也天子行所立名曰行宮陟升也方道也巡狩謂舜也而吾子言蜀都之富禺同之有瑋其區域美其林藪矜巴漢之阻則以爲襲險之右徇蹲鴟之沃則以爲世濟陽九齷齪而筭顧亦曲士之所歎也旁魄而論都抑非大人之壯觀也吾子謂西蜀公子言蜀地富饒

胡 胡

十一字一本無不當有

九十三字一本無

及禺同之所有也瑋美也蜀都賦云左綿巴中百濮所充緣以劍閣
阻以蜀門矜夸其險也徇營也士負從物曰徇夸物示人亦曰徇卓
王孫曰吾聞岷山之野下有蹲鴟至死不飢三年不収其形如蹲鴟
故號也越嶲郡蜻蛉縣禺山有金馬碧雞之神巴漢之阻巴郡之扞
關也漢中廣漢其路由於劍閣褒斜也易無妄曰災氣有九陽阸陰阸
四合爲九一元之中四千六百一十七歲各以數至陽阸故云百六
之會王孫言公子徇其土地自生蹲鴟可以救代飢儉度陽九之阸
漢書律歷志具有其事齷齪好苛局小之貌曲謂僻也言筭量蜀地
亦是曲僻之士旁魄取寛大之意王孫謂寛大之意論西都也善曰
楊雄城門校尉箴曰盤石唐岩襲險重固漢書酈食其曰其將齷齪
好苛禮齪楚角切文子曰曲士不可言至道莊子曰將旁礴萬物
以爲一司馬彪曰旁礴猶混同也礴與魄同鵩鳥賦曰大人不曲

何則土壤不足以攝生山川不足以周衛公孫國之而破諸葛家之而滅茲乃喪亂之丘墟顛覆之軌轍安可以儷王公而著風烈也

攝持也老子曰善攝生漢書公孫述王莽末時王蜀爲光武將吴漢破之魏志曰漢末諸葛亮輔劉備而爲臣都於蜀終於魏將鄧艾所平麗著也凡天下存亡唯繫乎人然强弱有常勢利害有常地必有一不可守之士不

尤云巨麗五臣作壯麗
左傳昭十年晏平仲端委立於虎門之外 朱
珔云端即言端委即
言冠
玄表玄德謂太伯言高節克讓
承延陵言季子見庭而先庭文
此善注惟五臣爲異耳
任彥昇爲褚諮議蓁讓代兄襲封表注引
躧作屣

可興之國矣易曰六五之吉麗王公也善曰漢武栢梁臺衛尉詩曰周衛交戟禁不時毛詩曰喪亂弘多呂氏春秋燭過曰子胥諫而不聽故吳爲丘墟毛詩序曰閔周室之顛覆奢靡也尚書周公曰弊化奢麗風烈已見南都賦

翫其磧礫而不窺玉淵者未知驪龍之所蟠也習其弊邑而不覩上邦者未知英雄之所躔也磧礫淺水見沙石之貌玉淵水深之處美玉所出也尸子曰龍淵生玉英莊子曰千金之珠在九重之淵驪龍頷下故曰不窺玉淵者不知驪龍之蟠也善曰上林賦曰下磧礫之坻說文曰磧水渚有石也且歷切驪音離左氏傳曰衛州吁曰弊邑與陳蔡從上邦猶上國也方言曰躔歷行也

子獨未聞大吳之巨麗乎且有吳之開國也造自太伯宣於延陵蓋端委之所彰高節之所興建至德以刱洪業世無得而顯稱由克讓以立風俗輕脫躧於千乘若率土而論都則非列國之所觖望也戰國策曰黑齒彫題大吳之國也昔周太伯三以天下讓延陵季子辭國而不處遂化荊蠻之方與華夏同風二人所興左氏傳曰太伯端委以治端委禮衣委貌謂冠袖長而裳衣齊委

哀七年

顏延年車駕幸京口侍游蒜山詩注引故作圖

于

一曰

至地也孔子曰太伯三以天下讓人無得而稱焉善曰端委至德太伯也高節克讓延陵也左傳曰吳子諸樊既除喪將立季札札曰聖達節次守節下失節爲君非吾節也遂讓不受史記曰壽夢欲立季札讓不可乃立諸樊也漢書武帝曰吾去妻子如脫躧耳聲類曰躧或爲𩌏說文曰鞮鞮屬也亦所解切諸侯故言千乘之國論語曰道千乘之國漢書曰上欲王盧綰爲群臣觖望臣瓚曰觖謂相觖而怨望也觖音決**故其經略上當星紀拓**音託**土畫疆卓犖**呂角**兼并包括干越跨躡蠻荆**左傳曰天子經略土地定城國制諸侯略分界也一曰遠界爲經略也爾雅曰星紀斗牽牛吳分野斗者日月五星之所經始故謂之星紀意者斗爲星紀則其分域亦所以能爲綱維故曰卓犖兼并也越今之蒼梧鬱林合浦交阯九眞南海日南皆越地吳之所并也荆蠻吳所得荆州四郡零陵桂陽長沙武陵善曰漢書曰戎狄之與干越不相入也音義曰干南方越名也春秋曰于越入吳杜預注曰于越人發語聲詩曰蠢爾蠻荆**婺女寄其曜翼軫寓其精指衡岳以鎮野目龍川而帶坰**婺女越分翼軫楚分非吳分故言寄曜寓精也善曰漢書曰越地婺女之分野楚地翼軫之分野周禮曰正南曰荆州其鎮衡山漢書南海有龍川縣南越志縣北有龍穴山舜時

胡

婺下十八字一本異今從此

別本作茀舊注音拂

虹

呂延濟曰巊冥鬱岪並山高險之貌也

呂向曰濞水暴至聲也

有五色龍乘雲出入此 坰爾雅曰林外謂之坰 爾其山澤則嵬嶷嶢屼巊溟鬱岪潰

洴汗滇溮淼漫或涌川而開瀆或吞江而納漢磈磈磈磈

滮滮㴁㴁𥕢硿乎數州之閒灌注乎天下之半 山之大者衡嶽澤之

大者彭蠡地理志曰彭蠡澤在豫章彭澤西會稽餘姚縣蕭山潜
水所出嵬嶷高大皃巊冥鬱岪山氣暗昧之狀瀆洴汗謂直望
無崖也滇溮淼漫山水闊遠無崖之狀錢塘縣武林水所出龍山
故曰涌川九江經廬山而東故曰開瀆禹貢曰三江既入震澤底
定故曰吞江又曰漢水東爲滄浪南入于江故曰納漢磈磈石在
山中之貌㴁㴁水流行聲勢也𥕢硿山深險連延之狀削揚交廣
數州之閒土地闊遠故曰天下之半善曰嶷魚力切字指曰岦禿
山也五骨切埤蒼曰岪㠁山皃扶勿切汕胡東切滇通見切濔莫
見切淼水皃音眇磈胡罪切嵬力罪切㴁古旦切

百川派別歸海而會控清引

濁混濤并瀨濆薄沸騰寂寥長邁潭淯爲洶呼恭切

洶隱焉磕磕 字説曰水別流爲派濤大波也瀨急湍也長邁不回之意磕苦蓋切善曰尚書大傳曰百

胡紹瑛謂鯸鮐爲鮭之合聲即今之河豚

川趨于海洶洶礚礚皆水聲也出乎大荒之中行乎東極之外經扶桑之中林包湯谷之滂沛潮波汩起迴復萬里歊霧漨浡雲蒸昏昧大荒謂海外也爾雅曰孤竹北戶西王母日下謂之四荒孤竹在北北戶在南日下在東西王母在西皆四方荒昏之國也又曰東至大遠西至邠國南至濮鉛北至祝栗謂之四極謂四方之極極遠也言大荒東極扶桑湯谷者謂海外彌廣無所不達也潮波汩起言水彌廣汩急疾无所不至歊霧水霧之氣似雲蒸昏暗不明也善曰扶桑湯谷已見上文逢薄工切浡蒲昧切泓澄奫潫澒溶沆瀁戶朗切余兩切莫測其深莫究其廣澶湉漠而無涯惣有流而爲長瓌異之所叢育鱗甲之所集往善曰說文曰泓下深大也澄湛也奫潫迴復之貌皆水深廣闊也奫於旻切潫於權切澒胡孔切溶余腫切澶湉安流貌澶音纏湉音恬瓌異龜魚皆在水中生長於是乎長鯨吞航修鯢吐浪躍龍騰蛇鮫鯔琵琶王鮪偉鯸鮐鮣印龜鱕䱜烏賊擁劍

鐇

二字刪

以

黿古鼉侯鯖鰐涵泳乎其中航舡之別名異物志云鯨魚長者數十里小者數十丈
雄曰鯨雌曰鯢或死於沙上得之者皆無目俗言其目化爲
明月珠鄧析子曰釣鯢者不於清池一說曰鯨猶言鳳鯢猶
言皇也異物志曰朱厓有水蛇鮫魚出合浦長二三尺背上
有甲珠文堅强可以飾刀口可以爲鑢𩼯魚形如鯢長七尺
呉會稽臨海皆有之琵琶魚無鱗其形似琵琶東海有之鯸
鮐魚狀如科斗大者尺餘腹下白背上青黑有黄文性有毒
雖小獺及大魚不敢餘之蒸煑餘之肥美豫章人珍之鯽魚
長三尺許無鱗身中正四方如印扶南俗云諸大魚欲死鯽
魚皆先封之鱔鰭有横骨在鼻前如斤斧形東人謂斧斤之
斤爲鱔故謂之鱔鰭魚二十餘種此其尤異者此魚所擊無
不中斷也有出入鰭子朝出求食暮還入母腹中皆出臨海
烏賊魚腹中有藥擁劍蟹屬也從廣二尺許有爪其螯偏大
大者如人大拍長二寸餘色不與體同特正黄而生光明常
忌護之如珍寶矣利如劍故曰擁劍其一螯尤細主取食出
南海交趾黿鼉龜屬也其形如笠四足縵胡無指其甲有黒
珠文采如瑇瑁可以飾物肉如龜肉肥美可食鯖魚出交趾
合浦諸郡鰐魚長二丈餘有四足似鼉喙長三尺甚利齒虎
及大鹿渡水鰐擊之皆中斷生則出在沙上乳卵卵如鴨子

尤延之以爲即河豚

侃改

胡

有誤

喁删

別本作鵁鶄舊音敎

亦有黃白可食其頭琢去齒旬日閒更生廣州有之涵沉也楊雄方言曰南楚謂沉爲涵泳潛行也見爾雅言已上魚龍潛没泳其中善曰莊子曰吞舟之魚蕩而失水周易曰見龍在田或躍在淵楚辭曰騰蛇兮後從文子曰騰蛇無足而騰䲙音蕃鮐音夷鱅甫袁切鰭甫亦切鰐五洛切涵音含

葺入七**鱗鏤甲詭類舛錯泝**素**洄順流喻喁沉浮**葺累也甲謂龜甲也楚辭曰魚葺鱗以自別喻喁魚在水中羣出動口貌善曰毛詩曰泝洄從之道阻且長淮南子曰水濁則魚喻喁喻牛檢切喁魚凶切

鳥則鵾鷄鸀燭**鳿**玉**鸘**霜**鵠鷺鴻鶂爰鶋**居**避風候鴈造**七報**江鸂鶒鷛鸘鵁鶄**青**鶴鶖鶬鸛鷗鷁鸕**七激**氾濫乎其上**鵾鷄鳥也好鳴鸀鳿水鳥也鵝如鷺而大長頸赤目其毛辟水毒丹陽鄱陽皆有之鶢鶋鳥也似鳳左傳曰海鳥爰居止魯東門外三日臧文仲使國人祭之不知其鳥以爲神也鸂鶒水鳥也色黃赤有斑文食短狐蟲在水中無毒江東諸郡皆有之鷛鸘似鴨而雞足鶄鶴出南海桂陽諸郡善曰候鴈已見南都賦毛詩曰有鶖在梁毛萇詩傳曰禿鶖也蒼頡篇曰鷗大如鳩郭璞山海

七字誤

胡紹瑛曰湛淡揺蕩之皃猶澹淡也注未諦

二漪改猗 疑正文及劉注皆當作猗不然善必有說不乃但於己注中改字而已

耴據音當作耴笄乙切非輒所從之耴字也

王仲寶褚淵碑文注引盪作蕩

本書江賦駭浪而相磢善注相磢相擊也漢書陳遵傳注輻擊也此雷抃之抃與磢輻音義並同

經注曰鷗水鷄也鸍音庸鸆音渠鶖音秋湛淡羽儀隨波參差理翮整翰容與自翫彫啄蔓藻刷盪漪瀾湛淡迅疾皃漪瀾水波也彫啄鳥食貌蔓藻海藻之屬也善曰說文曰刷刷也漪蓋語辭也毛詩曰河水清且漣漪爾雅曰大波爲瀾魚鳥聱昌耴允萬物蠢生芒芒黖黖慌呼廣罔奄欻許勿神化翕忽函幽育明窮性極形盈虛自然蚌蛤珠胎與月虧全巨鼇贔屓許器首冠靈山大鵬繽翻翼若垂天振盪汪流雷抃重淵殷上聲動宇宙胡可勝原蠢蠢動也黖黖絶遠貌奄欻去來不定之意翕忽疾貌函幽育明皆謂珠玉光耀之狀也窮性極形物皆極之也呂氏春秋曰月望則蚌蛤實月晦則蚌蛤虛列仙傳曰鼇負蓬萊山而抃滄海之中贔屓用力壯貌莊子曰北溟有魚名鵾化爲鵬怒而飛翼若垂天之雲鵬之將徙於南溟水擊三千里摶扶搖而上九萬里示振盪之狀也汪流水深貌其聲勢之不可勝盡也淮南子曰虛廓生宇宙宇宙生天地者也善曰聱耴衆聲也埤蒼云聱

與善皆訓劉注之誤其實劉亦連舉耳晉而尚不拘偶字也

廣雅釋詁一源度也

不聽也魚幽切聏牛乙切杜篤論都賦曰蠢生萬類黖黖不
明貌許旣切春秋保乾圖曰日以圓照月以虧全宋均曰全
十五日時也列子夏革曰渤海之東曰歸墟其中有五山焉
帝命禺强使巨鼇十五舉首而戴五山峙而不動玄中記曰
鼇巨龜也西京賦曰巨靈贔屓
王逸楚辭注曰擊手曰抃音卞
島嶼序緜邈洲渚馮平隆崇
曠瞻迢遞迥眺冥蒙珍怪麗奇隙充徑路絕風雲通洪桃屈
盤丹桂灌叢瓊枝抗莖而敷蘂珊瑚幽茂而玲瓏島海中山
也嶼海中
洲上有山石魏武蒼海賦曰覽島嶼之所有緜邈廣遠貌水
中可居曰洲小洲曰渚曠瞻迢遞謂島嶼也馮隆高貌迢遞
遠貌迥眺冥蒙謂洲渚深奧之貌言珍怪之物麗於島嶼之
中徑路絕者人道斷絕風雲通者唯風雲能交通也意者謂
奇怪之徒因風雲以交通水經曰東海中有山焉名曰度索
上有大桃屈盤三千里桂生蒼梧交趾合浦以南山中所在
叢聚無他雜木也其枝葉皆辛木叢生曰灌瓊樹生其華蘂
仙人所食令人長生楚辭曰精瓊蘂以為糧蓬萊三山神仙
所居故宜有焉漢書歌曰上蓬萊咀瓊英珊瑚樹赤色有枝無
華扶南傳曰漲海中有盤石珊瑚生其上玲瓏明貌善曰後

斐 別本及王元長曲水詩序注引作㷃此有劉注不當輒改
㷃 注同

二字有誤

漢黎陽山碑曰山河馮隆有精英芍朱穆鬱金賦曰丹桂植其東莊子曰南方積石千里名瓊枝高百二十仞**增閑**

重阻列真之宇玉堂對霤石室相距藹藹翠幄嫋嫋素女江

斐於是往來海童於是宴語斯實神妙之響象嗟難得而

覼縷玉堂石室仙人居也海童海神童也吴歌曲曰仙人齎持何等前謁海童爾雅曰嗟楚人發語端也善曰馮衍爵銘曰富如江海壽配列真道書曰上曰神次曰仙人下曰真人楚辭曰紫貝闕兮玉堂鄭玄禮記注曰堂前有承霤列仙傳曰赤松子常止西王母石室中藹藹盛貌徐幹齊都賦曰翠幄浮遊埤蒼曰嫋嫋美也奴鳥切史記曰秦帝使素女鼓五十絃瑟神異經曰西海有神童乘白馬出則天下大水王延壽王孫賦曰嗟難得而覼縷覼力戈切**爾乃地**

勢坱圠卉木𧃽蔓遭藪為圃值林為苑異荂蓲蘛音花**夏曄**于輒

冬蒨方志所辨中州所羡坱圠莽沕也高下不平貌也卉百草揔名楚人語也有木曰苑有草曰圃三言林藪非一所在皆為苑圃有國有家者因天地之自然不復假人功爲藪圃也爾雅曰荂榮也蓲華也敷蘛華開貌南土草

雪先殿賦注 此今莊子逸文 改

二字有誤 疑當作爾雅注即釋 嗟詹辭也 文胡小帆改大琢

木通冬生故曰蒨善曰鵩鳥賦曰坱圠無垠坱烏朗
切圠烏八切廣雅曰䟃長也烏老切夸枯瓜切爾雅曰
蓊薆也郭璞曰蓊猶敷蓊亦草之貌也
蘛與蓊同使俱切藍與敷同無俱切

草則藿蒳豆蔻

薑彙非一江蘺之屬海苔之類綸組紫絳食葛香茅莫侯

石帆水松東風扶留異物志曰藿香交趾有之豆蔻生交趾其根似薑而大從根中生形
似益智皮殼小厚核如石榴辛且香蒳草樹也葉如栟
櫚而小三月採其葉細破陰乾之味近苦而有甘并雞
舌香食之益美薑彙大如累氣猛近於臭南土人擣之
以爲虀蓤一名廉薑生沙石中薑類也其累大辛而香
削皮以黑梅并鹽汁漬之則成也始安有之彙類也易
曰拔茅連茹以其彙征吉所謂薑彙非一也江蘺香草
也楚辭曰扈江蘺海苔生海水中正青狀如亂髮乾之
赤鹽藏有汁名曰濡苔臨海出之爾雅曰綸似綸組似組東
海有之紫紫菜也生海水中正青附石生取乾之則紫
色臨海常獻之絳絳草也出臨賀郡可以染食葛蔓生
與山葛同根特大美於芋也豫章閒種之香茅生零陵
石帆生海嶼石上草類也無葉高尺許其華離婁相貫

剔本作日　此不當有

○誤字

一作樓

據引說文字當如此　古

豫章　注同

連雖無所用然異物也死則浮水中人於海邊得之希有見其生者水松藥草生水中出南海交趾東風亦草也出九真扶留藤也緣木而生味辛可食檳榔者斷破之長寸許以合石賁灰與檳榔并咀之口中赤如血始興以南皆有之善曰葯音約蔻火豆切布濩皐澤蟬聯陵丘夤緣山嶽之岊臯音謂綸古頑切

冪歷江海之流扤白蔕銜朱蕤鬱兮䓤茂曄兮菲菲光色炫晃芬馥肸蠁職貢納其包匭離騷詠其宿莽布濩遍滿貌蟬聯不絕貌夤緣布藤上貌冪歷分布覆被貌許氏記字曰岊陬隅而山之節也扤搖也蔕花本也菲菲花美貌也方言曰凡草生而初達謂之䓤芬馥色盛香散狀包裹也匭猶結也尚書禹貢曰包匭菁茅菁茅生桂陽可以縮酒給宗廟異物也重之是故既包裹而又纏結之一曰匭柙也爾雅曰卷葹草拔其心不死江淮間謂之宿莽屈原嘉之以其志故離騷曰夕攬洲之宿莽善曰毛萇詩傳曰扤動也淮南子曰草木之勾萌銜䓤載實說文曰蕤草木華垂貌肸蠁已見蜀都賦夤緣出也岊音節䓤以稅切蕤汝誰切

木則楓柙甲豫章栟櫚枸古候椇緜杬杶春櫨文欀楨

陳　明　即說文　有誤

注及別本君遷南
注楠榴秋賦中此楠榴此段誤當曲改

晻音掩

橿畺平仲桾櫏君遷松梓古度楠南榴之木相思之樹楓柙皆香木名也櫲樟木也異物志曰栟櫚櫻也皮可作索枸桹樹也直而高其用與栟櫚同栟櫚出武陵山枸桹出廣州木緜樹高大其實如酒杯皮薄中有如絲緜者色正白破一實得數斤廣州日南交趾合浦皆有之杬大樹也其皮厚味近苦澀剥乾之正赤煎訖以藏衆果使不爛敗以增其味豫章有之杶櫨二木名文文木也材密緻無理色黑如水牛角日南有之欀木樹皮中有如白米屑者乾擣之以水淋之可作餅似麵交趾盧亭有之楨櫨二木名劉成曰平仲之木實白如銀君遷之樹子如瓠形松梓二木名古度樹也不華而實子皆從皮中出大如安石榴正赤初時可煑食也廣州有之南榴木之盤結者其盤節文尤好可以作器建安所出最大長也相思大樹也材理堅邪斫之則文可作器其實如珊瑚歷年不變東冶有之善曰桹音郎杬音元杶敕倫切欀音襄楨音貞宗生高岡族茂幽阜擢本千尋垂蔭萬畝攢柯挐莖重葩殗葉輪囷虯蟠𡍖墆鱗接榮色雜糅綢繆縟繡宵露霮徒感䨴徒外旭日晻烏感𣈶與風颻搖颺櫟

无此字

猓然一作果然御覽獸部二十二引山海經曰果然獸似獼猴以名自呼色蒼黑羣行老者在前少者在後得果食輒与老者似有義焉

縣 接 別本

猨 注及別本

飂瀏颼飀鳴條律暢飛音響亮蓋象琴筑（竹）并奏笙竽俱唱宗生宗類而生於高山之脊故名宗生族茂言種族緐多也擢本高聳皃八尺曰尋言婆娑覆萬畝之地莊子曰匠石見樹百圍其臨千仞而後有枝此大樹之屬也善曰許慎淮南子注曰䂂亂也女居切殖重也葉重疊貌於劫切鄱陽上書曰輪囷離奇輪囷謂屈曲貌蚪蟠謂樹如龍蛇之盤屈相糾也埤堄枝柯相重疊貌埤楚立切堄除立切縟繡言草木花光似繡文綢繆花采密貌霮䨴露垂貌毛詩曰旭日始旦暐亦闇也房妹切飂瀏風聲也飂於酉切瀏力久切颼所求切飀音留律謂籟也殷仲文所謂幽律是也言木枝葉與風搖蕩作聲如律呂之暢說文曰筑似箏五絃之樂也世本曰隨作笙鄭玄周禮注曰三十六簧也

其上則猨（有猿）父哀吟犤子長嘯狖鼯（吾）猓（古火）然騰趠飛超爭接懸垂競游遠枝驚透沸亂牢落翬散吳越春秋曰越有處女出於南林之中越王使使聘問以劒戟之事處女將北見於越王道逢老翁自稱袁公問處女吾聞子善爲劒術願一觀之女曰妾不敢有所隱唯公試之於是袁公即跳於林竹槁折墮地處女即接末袁公操本以刺處女女應節入三入因舉枝擊之袁公即飛上樹化爲白猿遂引去犤子猿類猿身人面見人嘯異

蒸文 侃

騰

王臣烏作於　注同
塗

南誤

枝

物志曰狖猿類露鼻尾長四五尺居樹上雨則以尾塞鼻建安臨海皆有之鼯大如猿肉翼若蝙蝠其飛善從高集下食火煙聲如人號一名飛生飛生子故也東吾諸郡皆有之猓然猿狖之類居樹色青赤有文日南九真有之楊雄方言曰透驚也善曰山海經曰獄法之山有獸狀如犬人面見人則笑名猙猙胡奔切枚乘兎園賦曰騰漏雲亂葉暈散狖余幼切趠吐教切超土弔切

其下則有梟羊麡儕狼獌貐貙勑俱象烏菟之族犀兕之黨鉤爪鋸牙自成鋒穎精若燿星聲若震霆名載於山經形鏤於夏鼎

爾雅曰梟羊一名䍘如人面長脣黑身有毛及踵見人則笑左手操營海南經所云也異物志云麡儕狼大如麋角前向有枝下出反向上長者四五尺廣州有之常居平地不得入山林山海經曰南海之外有猰貐狀如貙龍首食人貙虎屬也或曰能化爲人也象生九真日南山中大者其牙鼻長一丈於菟虎也江淮閒謂虎爲於菟犀狀如水牛頭似猪四足類象蒼黑色一角當額上鼻上角亦墮也又有小角長五寸不墮性好食棘口中灑血武陵巴南山

侃

胡据下注

古文苑

一作塗

侃曰蒼

林 刻本注 由法同

中有之兕獸也似牛左傳曰昔夏之方有德也遠方圖物貢金九牧鑄鼎象物而爲之備使人知神姦故人入山澤林藪不逢不若螭魅魍魎莫能逢之故曰形鏤於夏鼎善曰麡在西切獠於八切猶以主切淮南子曰勾爪鋸牙於是摯矣禮記曰刀卻刃授穎鄭玄曰穎鐶也摯伯陵苔司馬遷書曰有能見鋒穎之狀 其竹則

篔簹𥰭箊 於桂箭射筒 柚梧有篁 篻簩有叢 皆竹名也

異物志曰篔簹生水邊長數丈圍一尺五六寸一節相去六七尺或相去一丈廬陵界有之始興以南又多小桂夷人績以爲布葛𥰭箊是袁公所與越女試劒竹者也桂竹生於始興小桂縣大者圍二尺長四五丈箭竹細小而勁實可以爲箭通竿無節江東諸郡皆有之射筒竹細小通長長丈餘亦無節可以爲射筒及由梧竹皆出交阯九眞篻竹大如戟槿實中勁強交阯人銳以爲矛甚利簩竹有毒夷人以爲觚刺獸中之則必死篔于君切簹音當篻芳眇切簩音勞

苞筍抽節 往往縈結 綠葉翠莖 冒霜停雪 橚矗森萃 蓊茸蕭瑟 檀欒蟬蜎 玉潤碧鮮 梢雲

胡　　胡　侃

莊子秋水篇南方有鳥其名鵷鶵

一云善作劉
劉注二榴同

無以踰解谷弗能連鸑鷟食其實鵷鶵擾其間苞筍冬筍也出合浦其味美於春夏時筍也見馬援傳漢書天文志曰是用雲其說梢如樹也嶰谷崑崙北谷也漢書律歷志黃帝詔伶倫爲音律伶倫乃之崑崙山之陰嶰谷之中取竹斬之以其厚均者吹之以爲黃鍾之管鸑鷟鳳鶵也鵷鶵周國鳳類也非梧桐不棲非竹實不食黃帝時鳳集東園食帝竹實終身不去馴擾善也善曰橚矗長直貌蓊茸茂盛貌蕭瑟聲也冒犯也嬋娟言竹妍雅也橚所六切矗丑六切枚乘兎園賦曰脩竹檀欒夾水碧鮮言竹似之也梢雲山名出竹其果則丹橘餘甘荔枝之林檳榔無柯椰葉無陰龍眼橄欖棎榴禦霜結根比景之陰列挺衡山之陽薛瑩荆揚巳南異物志曰餘甘如梅李核有刺初食之味苦後口中更甘高涼建安皆有之荔枝樹生山中葉緑色實赤肉正白味大甘美檳榔樹高六七丈正直無枝葉從心生大如楯其實作房從心中出一房數百實實如鷄子皆有殼肉滿殼中正白味苦澀得扶留藤與古賁灰合食之則柔滑而美交趾日南九眞皆有之椰樹似檳榔無枝條高十餘尋葉在其末如束蒲實大如瓠繫在樹頭如掛物

胡

三句再校

脂

也實外有皮如胡桃核裏有膚膚白如雪厚半寸如豬膏味美如胡桃膚裏有汁升餘清如水美如蜜飲之可以愈渴核作飲器也龍眼如荔枝而小圓如彈丸味甘勝荔枝蒼梧交趾南海合浦皆獻之山中人家亦種之橄欖生山中實如雞子探探子樹也生山中實似梨冬熟味酸丹陽諸郡皆有之榴正青甘美味成時食之益善始興以南皆有之南海常獻之榴子樹也出山中實亦如梨核堅味酸美交趾獻之善曰橄音敢欖音覽探市瞻切漢書音義如淳曰比景日中於頭上景在已下故名之比景比方利切一作北景云漢武時日南郡置北景縣言在日之南向北看日故名宋玉笛賦曰余嘗觀於衡山之陽

素華斐丹秀芳臨青壁系紫房鷓鴣南翥而中留孔雀綷羽以翱翔山雞歸飛而來棲翡翠列巢以重行

鷓鴣如雞黑色其鳴自呼或言此鳥常南飛不北豫章已南諸郡處處有之孔雀尾長六七尺綠色有華彩朱崖交趾皆有之在山草中山雞如雞而黑色樹棲晨鳴今所謂山雞者鷩鵔也合浦有之翡翠巢於樹顛生子夷人稍徙下其巢子大未飛便取之皆出於交趾鬱林郡

其琛賂則琨瑤之阜銅鍇之垠火齊之

頳 注同

此有棁文 焯案 金華下棁金有華二字

頳ㄟ

寶駭雞之珍頳丹明璣金華銀樸紫貝流黄縹碧素玉隱賑崴裹雜插幽屏必井精曜潛頴硩陊直氏山谷碕岸爲之不枯林木爲之潤黷隋侯於是鄙其夜光宋王於是陋其結緑琛寶也賂貨也詩曰來獻其琛大賂南金琨瑤皆美石也鍇金屬也禹貢揚州貢金三品謂金銀銅也異物志曰火齊如雲母重沓而可開色黄赤似金出日南頳赤也丹丹砂也出山中有穴禹貢荊州貢丹璣珠屬也朱崖出珠金華銀樸未詳銀之在石者紫貝以色言之流黄土精也淮南子曰夏至而流黄澤縹碧素玉者亦以色言也硩者言其如硩擿而陊落山谷者淮南子曰積疊旋王以純脩碕張衡南都賦曰隋珠夜光張禄先生曰宋有結緑隋侯宋王於此各鄙其寶也善曰尚書曰瑤琨篠蕩孝經援神契曰神靈滋液則犀駭雞宋衷曰角有光鷄見而駭驚也劉欣期交州記曰金華出珠崖謂金有華采也埤蒼曰崴裹不平也又重累貌崴烏乖切裹故乖切幽屏謂生處也潛頴謂潛深而有光頴說文硩擿空青珊瑚墮之珠玉潛伏土石間隨四時長故硩毀陊落

○一作頳

陵鯉余鄉名角蟻

此

山谷之土石也潤膩也黷黑茂貌哲敕列切孫卿子曰言無小而不聲行無隱而不形玉在山而木潤淵生珠而崖不枯許慎淮南子注曰磧長邊也巨依切其荒陬子侯譎決詭則有龍穴內蒸雲雨所儲陵鯉若獸浮石若桴雙則比目片則王餘窮陸飲木極沈水居泉室潛織而卷綃淵客慷慨而泣珠開北户以向日齊南冥於幽都陬四隅謂邊遠也湘東新平縣有龍穴穴中黑土天旱人人便共以水沾穴則暴雨應之常以此請雨也陵鯉有四足狀如獺鱗甲似鯉居土穴中性好食蟻楚辭曰陵魚曷止王逸曰陵魚陵鯉也浮石體虛輕浮在海中南海有之桴舟也比目魚東海所出王餘魚其身半也俗云越王鱠魚未盡因以殘半弃水中爲魚遂無其一面故曰王餘也朱崖海中有渚東西五百里南北千里無水泉有大木斬之以盆甕承其汁而飲之水居鮫人水底居也俗傳鮫人從水中出曾寄寓人家積日賣綃綃者竹孚俞也鮫人臨去從主人索器泣而出珠滿盤以與主人曰南人北户猶曰北人南户也善曰尚書曰宅朔方曰幽都謂日既在北則南冥與幽都

沈休文奏彈王源注引窊作窳

○當作以改

也 别本

同王餘泉客皆見博物志窮陸見後漢書史記曰秦始皇地南至北向户北據河爲塞其四野則畛畷綴無數膏腴兼倍原隰殊品窊隆異等象耕鳥耘此之自與穱捉秀菰孤穗詞翠切於是乎在畛畷謂地曠道多也舊井田間有徑有畛善曰鄭玄毛詩箋曰畛舊田有徑路也之引切說文曰畷兩陌間道也知衛切又陟劣切說文曰窊汙邪下也於瓜切越絶書曰舜葬蒼梧象爲之耕禹葬會稽鳥爲之耘左傳曰生人之道於是乎在煮海爲鹽採山鑄錢國稅再熟之稻鄉貢八蠶之緜善曰史記曰吳有豫章郡銅山吳王濞則招致天下亡命者盜鑄錢者煮海爲鹽國用富饒異物志交趾稻夏熟農者一歲再種劉欣期交州記曰一歲八蠶繭出日南也徒觀其郊隧之内奥都邑之綱紀霸王之所根柢帝開國之所基趾郛郭周匝重城結隅通門二八水道陸衢所以經始用累千祀也憲紫宮以營室廓廣庭之漫漫

有樓

寒暑隔閡蓋五於邃宇虹蜺回帶於雲館所以跨跱煥炳萬里也爾雅曰柢本也吳與周並世世稱王自泰伯至闔閭二十五世矣夫差益強大得為盟主故曰霸王之所根柢也越絕書曰吳郭周匝六十八里六十步大城周匝四十七里二百一十步水門八陸門八其二有樓名門者車船並入昌門今見在銅柱石填地大城中有小城周十二里亦有水陸門皆闔閭宮在高平里言經營造作之始使子孫累代保居也漫漫長遠貌寒暑所閡謂冬溫夏涼善曰西都賦曰虹蜺迴帶於棼楣造姑蘇之高臺臨四遠而特建帶朝夕之濬池佩長洲之茂苑窺東山之府則瓌寶溢目覼海陵之倉則紅粟流衍姑蘇吳臺名也善曰越絕書曰吳王夫差起姑胥之臺五年乃成高見三百里史記曰越伐吳敗之姑蘇漢書伍被曰子胥云見麋鹿遊姑蘇之臺然姑胥即姑蘇也漢書枚乘上書曰夫漢諸侯方輸錯出其珍怪不如東山之府轉粟西向不如海陵之倉修治上林圈守禽獸不如長洲之苑遊曲臺臨上路不如朝夕之池蔡邕月令章句穀藏曰倉蒼頡篇曰覼索視之貌師蟻切漢書太倉

別本作榥

之栗紅腐而不可食起寢廟於武昌作離宮於建業闡闔閭之所營采夫差之遺法抗神龍之華殿施榮楯而捷獵崇臨海之崔巍飾赤烏之韡曄吳志曰前吳都武昌在豫章後都建業在丹陽孫權自會稽徒治丹陽建業人皆不樂徙故爲歌曰寧飲建業水不向武昌居言離宮者明非吳舊都也神龍建業正殿名臨海赤烏皆建業吳大帝所作太初宮殿名也捷獵高顯貌越絶書曰昔越王勾踐欲伐吳大夫種對以九術於是作榮楯嬰以白璧鏤以黄金狀類龍蛇以獻吳王夫差夫差大悦子胥諫曰王勿受也王不聽遂受之以飾殿也闔閭造吳城郭宮室其子夫差嗣增崇侈靡孫權移都建業皆學之故曰闡闔閭之所營采夫差之遺法而施榮楯也春秋左氏傳曰夫差次有臺榭陂池焉玩好必從歡樂是務東西膠葛南北崢嶸房櫳對櫎胡晃連閣相經閽闥譎詭異出奇名左稱彎碕右號臨硎善曰膠葛長遠貌崢嶸深邃貌魯靈光殿賦曰洞膠葛其無垠說文曰櫳房室之疏也又曰櫎帷屏屬然則門牕之廡通名櫎櫎音晃榥音義同彎碕臨硎閣闥名也吳後主起昭明宮於太初之東門彎碕臨硎二門彎碕宮東門臨硎宮西門碕巨依切硎口耕切彫欒鏤楶節青瑣丹楹圖以

何 二無此三十三字

二無此十字作二字

作字個補

卷二十八謝玄暉鼓吹曲注引綠作淥

馬尉薛君韓詩章句以爲章句中語

雲氣畫以仙靈。雖茲宅之夸麗，曾未足以少寧。思比屋於傾宫，畢結瑶而構瓊。梁栖也。瑣，户兩邊以青畫爲瑣文。楹，柱也。汲郡地中古文冊書曰：桀築傾宫，飾瑶臺。紂作瓊室，立玉門。言其夸麗。善曰：鄭玄禮記注曰：栖謂之梁。音節。左氏傳曰：丹桓宫楹。杜預曰：楹，柱也。高闈有閌，洞門方軌。朱闕雙立，馳道如砥。樹以青槐，亘以緑水。玄蔭眈眈，清流亹亹。善曰：李尤德陽殿賦曰：朱闕巖巖。嶻嶭。漢書音義應劭曰：馳道，天子之道。毛詩曰：周道如砥。言其平直也。漢書賈山上書曰：秦爲馳道，樹以青松。然古之表道或松或槐也。亘，引也。眈眈，樹陰重貌。韓詩曰：亹亹，水流進貌。列寺七里，俠棟陽路。屯營櫛比，解署棊布。橫塘查下，邑屋隆夸。長干延屬，飛甍舛互。吳自宫門南出苑路，府寺相屬，俠道七里也。解猶署也。吳有司徒、大監諸署，非一也。橫塘在淮水南，近家渚，緣江築長堤，謂之橫塘。北接柵塘。查下，查浦，在橫塘西，隔内江。自山頭南上十里至查浦。建業南五里有山崗，其間平地，吏民雜居。東長干中有大長干、小長干，皆相連。大長干在越城東，小長干在越西。地有長短，故號大小相干。韓詩曰：考盤在干。地下而黄曰干。櫛比，喻其多也。藏官物曰公廨，醫巫所居曰署。飛甍舛互，言室屋之多相連下。

一作亹進也

一本少十二字与此異

張

虞魏顧陸吳之舊姓也

之貌善曰應劭風俗通曰今尚書御史謁者所止皆曰寺俠棟 其居則
棟相依也古洽切陽路路陽也毛詩曰其崇如墉其比如櫛
高門鼎貴魁岸豪傑虞魏之昆顧陸之裔岐嶷繼體老成
奕世躍馬疊跡朱輪累轍陳兵而歸蘭錡內設冠蓋
雲蔭閭閻闐噎魁岸大度也漢書曰江充爲人魁岸又于公高門以
待封又賈捐之傳曰石顯方鼎貴應劭曰鼎始也乃
祖乃父已來皆貴故曰鼎貴也虞虞文秀魏魏周顧顧榮陸陸遜隆吳之
舊貴也昆裔皆後世也岐嶷謂有識知也老成德之人養之乞言躍馬騰
躍之謂言富貴也蔡澤傳曰躍馬肉食西京賦曰武庫禁兵設在蘭錡
閭閻闐噎言人物遍滿之貌善曰毛詩曰克岐克嶷又曰雖無老成人
謝承後漢書曰王公位二千石奕世相襲
楊惲書曰方家隆盛時乘朱輪者十人 其鄰則有任俠之靡輕
訬之客締交翩翩儐從奕奕出躢珠履動以千百里讌巷
飲飛觴舉白翹關扛鼎拚射壺博鄱陽暴謔中酒而作
靡美也楊子法言曰聶政荊軻刺客之靡締結也賈誼過秦論曰締
交白罰爵名也漢書曰引滿舉白鄱陽人俗性暴急何晏云鄱陽惡

何改是 胡依一本 与此異

顏延年三月三日曲水詩序注引奧作隩

戲難與曹也鄱陽本豫章縣善曰漢書曰季布爲任俠如淳曰相與信爲任同是非爲俠漢書述曰江都輕訬謂輕薄爲訬也締結也翩翩往來貌弈弈輕靡之貌高誘淮南子注曰訬輕利急疾也訬音眇史記曰趙平原君使人於楚楚相春申君處趙使欲夸楚爲玳瑁簪刀劍室皆以珠飾之請春申君春申君客三千餘人其上客皆躡珠履而迎之趙使大慙翹關扛鼎皆選壯力之勁能招門開也列子曰孔子勁能招國門之關而不肯以力聞招與翹同扛舉也漢書曰項羽力能扛鼎又漢書贊曰元帝時覽拚射孟康曰手搏爲拚壺投壺也禮有投壺論語曰不有博弈者乎於是樂只衎而歡飫無匱都輦殷而四奧來暨水浮陸行方舟結駟唱櫂轉轂昧旦永日昧旦清晨也左傳曰昧旦丕顯善曰毛詩曰其樂只且又曰嘉賓式宴以衎飫已見上文輦主者所乘故京邑之地通曰輦焉漢書曰殺身靡骨死事輦轂下四隩來方言四方之人皆來百櫂轉轂言遠人唱歌擿船乘車轉轂以向吳都楚辭曰青驪結駟齊千乘漢書曰轉轂百數毛詩曰且以永日衎苦旦切飫一據切開市朝而並納橫闤闠而流溢混品物而同廛并都鄙而爲一士女佇眙商賈駢坒紵衣

胡

儸 一言言不止也上駁 遝同 亦作迨遝㲻雲

段玉裁云升越當作竹越

溢 注同

絺服雜沓從萃。輕輿按轡以經隧。樓船舉颿而過肆。謂之立眙南方多絺葛故曰紵衣絺服也樓船船有樓也颿者船帳也地理志曰越多犀象玳瑁珠璣銅銀果布之湊黄支國多異物入海市明珠流離果橘柚之屬布箋紵之屬近海多寶物湊會處也珬老鵰化西海爲珬已裁割若馬勒者謂之珂珬者珂之本璞也日南郡出珂珬善曰楚辭曰覽涕而佇眙許慎淮南子注曰毕相連也扶必切羽獵賦曰萃從沇溶埋蓊曰從走貌先輩切隧向市路也肆市路也漢書有樓船將軍珬音戌

果布輻湊而常然致遠流離與珂珬。混同也佇眙立視也今市聚人

䌖賄紛紜器用萬端金鎰磊砢珠琲闌干桃笙象簟韜於筒中蕉葛升越弱於羅紈䌖蠻夷貨名也扶南傳曰䌖貨布帛曰賄金二十四兩爲鎰史記曰趙孝成王一見虞卿賜黃金百鎰磊砢衆多貌琲貫也珠十貫爲一琲闌干猶縱橫也桃笙桃枝簟也吳人謂簟爲笙又折象牙以爲簟也蕉葛葛之細者升越越之細者䌖音揖

儸譶澩獿。交貿相競。諠譁喤呷芬

價　義　寶

葩蘤映揮袖風飄而紅塵晝昏流汗霡霂而中逵
泥濘善曰僻所立切蒼頡篇曰言語不止也佇立切嬰衆相
交錯之貌欒胡巧切方言曰嫪猥也奴巧切方言曰譊
吁橫切讙譊通也說文曰呷吸也呼甲切紛葩謂舒張貿物使
覆映史記蘇秦說齊王舉袂成帳揮汗成雨毛萇詩傳曰小
雨謂之霡霂杜預左氏
專注曰濘泥也奴定切富中之甿貨殖之選乘時射利財
豐巨萬競其區宇則并疆兼巷矜其宴居則珠服玉饌
越絕書曰富中大唐中也勾踐治以爲田肥饒故謂之富中
珠服珠襦之屬以珠飾之也玉饌者尚書曰惟辟玉食言富
中之甿貨殖之選者各利所以能豐其財也并疆踰田畝也
兼巷踰里閭也言農人之富自相夸競善曰說文曰甿田人
也孔安國尚書曰自
賢曰矜射實亦切趫起喬材悍壯此焉比廬捷若慶忌勇若
專諸危冠而出竦劍而趨扈帶鮫函扶揄屬鏤力駒切秦零陵
令上書曰荆軻挾匕首卒刺陛下陛下以神武扶揄長劍以
自救胡非子曰解其長劍免其危冠離騷曰扈江離楚人謂

侃　侃　侃胡

去藏也○據舊音改呂向曰言其
兵仗不須出自武庫
人皆有之

被爲鼉鮫函鮫魚甲可爲鎧淮南子曰鮫革犀兕爲甲冑也周禮曰燕無函孟子曰矢人豈不仁於函人哉左傳曰吳賜子胥屬鏤以死凡此皆其器用之事義亦其土俗所能出有嘉服用也善曰成公綏洛禊賦曰趫才逸態習水善浮呂氏春秋曰吳王欲殺王子慶忌謂要離曰吾常以馬逐之江上而不能及射之矢左右滿抱而不能中高誘曰慶忌吳王僚之子也走追奔獸接及飛鳥左傳曰吳公子光享王鱄諸寘劒於全魚中以進抽劒刺王遂殺闔閭

藏鍦於人去䘧自閭家有鶴膝戶有犀渠軍容蓄用器械兼儲吳鉤越棘純鈞湛盧戎車盈於石城艾船掩乎江湖鍦矛也揚雄方言曰吳越以矛爲鍦䘧楯也鶴膝矛也矛骹如鶴脛上大下小謂之鶴膝犀渠楯也犀皮爲之國語曰奉文犀之渠軍容軍之容表言矛劒等也司馬法曰古者軍容不入國國容不入軍軍容入國則人德廢國容入軍則人德弱越絕書曰闔閭既重莫耶乃復命國中作金鉤有人貪王賞之重殺其兩兒以血釁鉤遂成二鉤獻之闔閭詣宮求賞王曰爲鉤者衆多而子獨求賞何以異於衆人之鉤乎曰我之作鉤也殺二子成兩鉤王曰

王僚　胡

左傳文十二年孔疏曰甲者所以制禦非常臨敵則被之於身未戰且坐之於地

舉鈎以示之何者是也於是鈎師向鈎而哭呼其兩子之名吴鴻扈稽曰我在此王不知汝之神也聲未絶於口兩鈎俱飛著於父之背吴王大驚曰嗟乎寡人誠負子迺賞之百金遂服其鈎爾雅曰棘戟也純鈎湛盧劒名也越絶書曰昔越王勾踐有寶劒五聞於天下客有能相劒者名薛燭王召而問之對曰歐冶子因天地之精悉其伎巧一曰純鈎二曰湛盧三曰莫耶四曰豪曹五曰巨闕石城石頭隝也在建業西臨江其中有庫藏軍儲戈船船下有戈也江湖二水名也善曰禮記曰越棘大弓天子之戎器也鄭玄曰越國名也考工記曰越鐵利可以爲戟環濟吴紀曰建安十七年城石頭越絶書伍子胥船有戈

露往霜來日月其除草木節解鳥獸腯膚觀鷹隼誠征夫坐組甲建祀姑命官帥而擁鐸將校獵乎具區 詩曰今我不樂日月其除國語曰本見而草木節解本氐也謂霜降之後生氣既衰草木枝葉皆節理解落也腯肥也左氏傳曰肥腯謂畜之碩大蕃滋也漢書曰鷹隼未擊矰弋不施於蹊隧於此時也可以戒戎夫左氏傳曰裹糧坐甲又曰組甲三千馬融曰組甲以組爲甲祀姑幡名麾旗之

侃

別本作暐、、當爲暐之誤舊注音檻

屬也國語曰吳王夫差出軍與晉爭長晉乃戒夜中令服兵擐甲陳王卒官帥擁鐸建祀姑此吳軍容之舊制也鐸施號令而振之也周禮校人中大夫掌王田獵之馬古校千二百九十六匹具區澤名也在吳之西善曰爾雅曰吳越之間有具區烏滸古忽狼䀮光呼夫南西屠儋都含耳黑齒之酋自由金鄰象郡之渠驫馬騶駥風䮄喬驚蹔警捷先驅前塗異物志曰烏滸南夷別名也其落在深山之中其種族爲人所殺則居其死所且伺殺主若有過之者是與非則仇而食之狼䀮人夜䁾金知其良不夫南特有才巧不與衆夷同西屠以草染齒染白作黑儋耳人鑲其耳匡夫南之外有金鄰國去夫南可二千餘里土地出銀人衆多好獵大象生得其死則取其牙齒渠皆其豪帥也象郡今日南郡也又有象林縣善曰驫駥䮄驚衆馬走皃驫必幽切駥呼橋切風䮄香幽切喬以出切驚走疾皃驚素合切雷徒合切俞騎騁路指南司方出車檻檻被練鏘鏘吳王乃巾玉輅軺胡焦驌驦霜旂魚須常重光攝烏頰烏號佩干將羽旄揚蕤雄戟耀芒貝冑象弭

峭格即阱擭之擭 峭一作削 格者格拒之意

袀字當作袀服皂服也

織文鳥章六軍袀翊遵服四騏龍驤管子曰桓公北征孤竹見人長尺而人物具焉冠而右袪衣走馬管仲曰登山之神有俞兒者長尺人物具焉霸王之君興登山之神見且走馬前導也袪衣示前有水也右袪衣從右方涉也至卑耳之溪有贊水者從左方涉其深及冠從右方涉其深至膝已涉大濟也指南指南車也鬼谷子曰鄭人取玉必載司南之車爲其不惑也鏘鏘行步貌也左傳曰被練三千馬融曰被練爲甲者所服也玉輅以玉飾車也驌驦馬也左氏傳曰唐成公如楚有兩驌驦馬子常欲之不與三年止之唐人竊馬而獻子常子常歸唐侯馬融曰驌驦鳥也馬似之旂旌旗之屬周禮有巾車官又交龍爲旂以魚須爲柄也日月爲常重光謂日月畫於旂上也攝持也烏號柘名以爲弓淮南子曰烏號之弓不能無弦而射列女傳曰柘枝體動烏集其上被即舉彈烏乃哀號故號之干將劒名胄兜鍪以貝飾之彈弓未以象飾之鳥章染絲織鳥畫爲文章置於旌旗也左氏傳曰袀服振振袀同也騏馬名善曰毛詩曰大車檻檻子虛賦曰靡魚須之撓旃史記趙良曰屈盧之勁矛干將之雄戟又曰胄貝朱綅又曰象弭魚服又曰織文鳥章又曰乘其四騏南都賦曰馬鹿超而龍驤峭格周施罿罻普張

續漢志注

此非吳所有

蓼擾亂兒蓼与摎
摎同
駢
昭例

畢罕瑣結罠蹏連綱陆以九疑禦以沅湘輶軒蓼擾殼
騎煒煌莊子曰峭格羅絡謂張網也周遍也罿罻畢罕皆鳥
網也瑣結似瑣連結也連綱言不絶也罠麋網
蹏兎網周易曰蹄所以在兎得兎而忘蹄陆闌也因山谷以
遮獸也禦禁也謂因沅湘爲藩落也楊雄羽獵賦曰禦自汧
渭九疑山名沅湘水名輶輕也詩云輶車鑾鑣殼騎張弓弩
之騎也峭七肖切罿音衝罻音尉畢音畢罠無貧切陆音祛禦
音語殼古候切袒裼徒搏拔距投石之部猿臂骿脅狂趭獷猤鷹瞵
鶚視趁䟃翋𦑝若離若合者相與騰躍乎莽罠之野爾雅曰袒
裼肉袒也詩云袒裼暴虎拔距謂兩人以手相案能拔引之也
超踰躍也投石舉石以投擿也王翦傳曰投石拔距猿臂通肩
也漢書李廣猿臂爲武騎常侍骿脅今駢幹也骿駢通史記商
君傳趙良謂鞅曰君之出多力而骿脅者參乘左傳曰晉文公
骿脅趭走也鷹瞵鶚視言勇士似之也善曰司馬相如大人賦
曰騰而狂趭子召切說文曰犬獷不可附也古猛切猤壯勇之
貌其翠切說文曰瞵目精也力辰切趁䟃翋𦑝相隨驅逐衆多
貌趁七感切翋力荅切𦑝徒合切莽罠廣大貌莽莫浪切罠音

侃訂
何改周易
昭例今訂
昭例未必爲
劉所引
胡

於

善曰

說文砬石聲也玉篇砬亦拉字又礧石墮也菈擸并砬擸之後出字

爾雅釋文甝字林下甘反又云秋反郝疏云甝白虎也讀若鼏說文有甝無𧆸玉篇廣韻甝𧆸互見蓋𧆸文甘作曰与日形相

浪干鹵殳鋋暘以良切夷勃盧之旅長殺短兵直髮馳騁儇

許緣佻坌並銜枚無聲悠悠旆旌者相與聊浪郎乎昧莫之

切干鹵皆楯也越絕書曰越王身披賜夷之甲扱勃盧之矛短兵刀劒也尚書曰稱爾干過秦論曰流血漂鹵廣雅曰殺矛

也呼狄切楚辭曰車錯轂兮短兵接史記曰荊軻怒髮直衝冠方言曰儇佻疾也佻他弔切漢書曰相如弔二世曰坌入曾宮

之差峩音義曰坋並也步寸切周禮銜枚氏下士鄭玄曰止言語囂讙也枚大如箸橫銜之毛詩曰有聞無聲又曰蕭蕭馬鳴

悠悠旆旌悠悠流貌昧莫廣大貌聊浪放曠貌鉦征鼓疊山火烈熛林飛爓浮煙

載霞載陰菈擸雷硍崩巒弛直氏岑島不擇木獸不擇

音疊振疊也熛火爓也左傳曰鳥則擇木又曰鹿死不擇音鹿得美草呦呦而鳴至於困迫將死不暇復擇出音急之

至也凡閑暇而有好聲逼急不擇音獸皆然非唯鹿也莊子亦曰獸死不擇音以雷硍之至故云鳥不擇木獸不擇音善

曰說文曰鉦鐃也菈擸雷硍崩弛之聲菈朗荅切擸音獵硍音郎爾雅曰巒山墮山小而高曰岑虣甝虪

胡

近而誤衍也據文亡秋反即虪字之形而知虪衍而虪宜據以訂正

葹字亦無當而據之誤字

二麋改麖

焯案葹亦爲狗之異字見集韻云豕聲

攄注

抑揚當乙

頹麋麖驀六駮追飛生彈鸞鵕射猱挺白雉落黑鴆零陵絕嶛尞嶕兹逕聿越巉鋤咸險跇踰竹柏獑猢杞柟封狶葹神螭掩剛鏃祖禄潤霜刃染頹絆前兩足也莊子曰連之羈頹音縶麖大鹿也桂林有麖山海經曰駮如馬白身黑尾一角鋸牙虎爪音如鼓能食虎也詩曰隰有六駮飛生鼯也師曠曰南方有鳥曰羌鵕黃頭赤目五色備也猱似猿奴刀切挺音亭鴆鳥一名雲日黑色長頸赤喙食蝮蛇體有毒古人謂之鴆毒江東諸大山中皆有之左氏傳曰叔牙飲酖酒而死聿越豹走貌霜刃言其殺利也善曰毛詩曰不敢暴虎毛萇曰暴虎空手以搏也䖘與暴同爾雅曰䖘白虎明甘切虪黑虎音叔説文曰驀上馬也鵕音京史記曰跇萬里如淳曰跇超踰也跇曳切埤蒼曰獑猢逃也獑丑珍切猢傳切淮南子申包胥曰吴爲封狶脩蛇方言曰南楚人謂豬爲狶虚豈切葹狶鬻呼學切於是弭節頓轡齊鑣駐蹕徘徊倘佯寓目幽蔚覽將帥之拳權勇與士卒之抑揚羽族以觜距爲刀鈹披毛群以齒角爲矛鋏古業皆

胡　胡

體著而應卒所以挂扢而爲創痏衝踤而
斷筋骨莫不紉銳挫芒拉捭摧藏雖有石林之岸
嘖號請攘臂而靡之雖有雄虺之九首將抗足而
跐之離騷曰抑志弭節蹕止行者也王者出入警蹕徜佯猶
翱翔言吳之將帥皆有拳勇羽族鳥屬也毛群獸屬也鋏
兩刃小刀也鋏刀身劒鋒有長鋏短鋏體著者著體而生也
楚辭天問篇曰焉有石林此本南方楚圖畫而屈原難問之
於義則石林當在南也楚辭招魂曰南方不可以止雄虺九首
往來儵忽雖有石林雖有雄虺者蓋張誕之云非必臨時所遇
善曰左氏傳曰得臣寓目焉毛詩曰無拳無勇拳與權同楚辭曰
帶長鋏之陸離廣雅曰扢摩也公紇切蒼頡篇曰痏毆傷也爲軌
切說文曰踤觸也捽律切紉折傷也女六切拉頓折也捭
兩手擊絕也布買切摧碎也廣雅曰跐蹋也且爾切顛覆
巢居剖破窟宅仰攀鵽䳕俯蹴豺貘刳剖熊
羆之室剽掠虎豹之落猩猩啼而就禽䳄䳄笑而

此又自注也正與異自敍共非去楊之言 侃

此段文有誤　飲上或有而字　魂褫至錯繆有誤今訂之

居綺切

被格屠巴蛇出象骼斬鵬翼掩廣澤山海經曰猩猩豕身人面異物志曰出交趾封溪有猩猩夜聞其聲如小兒啼也𧲣𧲣梟羊也已解上章矣梟羊善食人大口其初得人喜而笑却脣上覆額移時而後食之人因爲筒貫於臂上待執人人即抽手從筒中出鑿其脣於額而得禽之張衡玄圖曰梟羊喜獲先笑後愁山海經曰巴蛇食象三歲而出其骨骼骨也其爲蛇青黃赤黑鵬翼大垂天也善曰許慎淮南子注曰鵕鸃鷩雉也鵕思俊切鸃音儀爾雅曰貘白豹音陌剖亦刲也廣雅曰落居也𧲣扶沸切骼音格輕禽狡獸周章夷猶狼跋乎紭中忘其所以睒暘失其所以去就魂褫氣懾而自踢跌者應弦飲羽形僨景僵者累積而增益雜襲錯繆傾藪薄倒岬岫巖穴無豜翳薈無麢鷙鶚思假道於豐隆披重霄而高狩籠烏兔於日月窮飛走之棲宿周章謂章皇周流也楚辭曰君不行兮夷猶王逸曰夷猶猶豫也紭

此善例已見上所本

閴

有誤侃案乎行二字皆羨文乎因下乎字而誤加以為偶由行則邪之誤也　焯案乎字宜有行邪二字必有一重為羨文漢書楊雄傳行睨陔下与彭城是行睨二字連文此西京賦有還延邪睨之語此本邪在行下當由後人以邪釋行或改行為邪仍未去行字耳

網綱也踶跋促遽皃踼跌皆頓伏也飲羽謂所射箭沒其箭羽也闞子曰宋景公以弓人之弓升虎圈之臺東向而射箭集彭城之東其餘力逸勁猶飲羽於石梁雜襲重疊也錯繆聊亂貌薄不入之叢蔽藪澤別名言欲假道豐隆非實事也然欲窮高極遠究變化備幽明之故設此云善曰毛詩曰狼跋其胡說文曰睽蹔視也式冉切睗疾視也式亦切褫奪也直示切聲類曰踼跌也徒郎切漢書音義曰跋蹠也蒲北切爾雅曰僨僵也方問切許慎淮南子注曰岬山旁古押切爾雅曰山有穴曰岫毛萇詩傳曰獸三歲曰豜公妍切爾雅曰豕生三子曰豵子公切說文曰麏麞也音須又曰鸇鳥大鷄也力幼切楚辭曰吾令豐隆乘雲兮王逸曰豐隆雲師也春秋元命苞曰月兩設以蟾蠩與兎者陰雙居月中有兎已見蜀都賦

嶰澗閴岡岵童罾罘滿效獲眾迴靶乎行邪睨觀魚乎三江汎舟航於彭蠡渾萬艘而既同閴空也易曰閴其無人爾雅曰山多草木曰岵岡山脊也童無草木也若童無角靶轡革也彭蠡澤名善曰爾雅曰小山別大山曰嶰山夾水曰澗毛萇詩傳曰太平山不童澤不竭聖主得賢臣頌曰王良執靶左氏傳曰公觀魚于棠尚書曰三江既入震澤底定彭蠡既瀦說文

胡

此文自注也

西京賦曰選延那脱集乎長楊之宮此正擬其句法那脱則竟用其字矣

别本作篙篙音高
橋法同
焯案槁乃檣之誤一作篙

曰艘船揔名衆一作潨潨水**弘舸連舳巨檻接艫飛雲蓋海**會也艣古買切舸船別名**制非常模疊華樓而島跱時髣髴於方壺比鷁首而有裕邁餘皇於往初**楊雄方言曰江湖凡大船曰舸舳船前也艫船後也船上下四方施板者曰檻也飛雲蓋海吴樓船之有名者皆彫鏤采畫有軒檻之船也島峙謂似方壺蓬萊二山有宮闕左氏傳曰楚敗吴師獲其乘舟餘皇吴子光請於衆曰喪先君之乘舟豈唯光罪衆亦有焉善曰釋名曰上下重牀曰艦江表傳曰孫權乘飛雲大船吴志曰賀齊所乘船彫刻丹鏤望之若山方壺已見上文**張組幃構流蘇開軒幌鏡水區槁工檝師選自閩禺習御長風狎翫靈胥責千里於寸陰聊先期而須臾**流蘇謂翦繒綵垂於彫文之樓也水區河中也言開文軒光輝如鏡照川也閩越名也秦并天下以其地爲閩中郡班固述兩越傳曰慫慫外宇閩越東甌禺番禺也其彼地人便水方言云刺舩曰橋檝橈也淮南子曰來溪谷之流以象禺長風遠風也靈胥伍子胥神也昔吴王殺子胥於江沈其尸於江後爲神江海之間莫不尊畏

今本作檣

尤云洪流五臣作洪波

鉺宜作餌

當爲纚 據西京賦纚鱷鮋

子胥將濟者皆敬祠其靈以爲性命舟檝之師獨能狎
翫之也千里路之長也寸陰晷之短也言水靈輯睦浪
濤弭息取長路於短景獨能先期而到故有須臾之暇
也善曰西京賦曰長風激於別島越絶書曰子胥死王
使捐於大江口乃發憤馳騰氣若
奔馬乃歸神大海蓋子胥水仙也**櫂謳唱簫籟鳴洪流**
響渚禽驚弋磻波**放稽鶬鶊虞機發留鵁鶄**弋繳射也鶬
鶊鳥也楚辭
曰從玄鶴與鶬鶊尚書曰若虞機張鄭氏注曰虞主田
獵之地者也機弩牙也鵁鶄鳥也似鳧頭上揔毛丑善
曰櫂謳已見西都賦說文曰
籟三孔籥也磻已見西京賦**鉤餌縱橫網罟接緒術兼**
詹公巧傾任父筌鮔亘**鱛鱺鱨魦罕**勑教**兩魪罩巢**側梢**鰝**
鰕乘鱟鼊胡豆**黿鼉同罛共羅沈虎潛鹿馽**縶**蠪**龍**僒束徽**
鯨輩中於羣犗攙搶暴出而相屬雖復臨河而釣鯉
無異射鮒附**於井谷**易曰結繩而爲網罟以畋以漁詹
公詹何也任父任公子也莊周外物曰

任公子爲大鈎巨緇五十犗牛以爲餌蹲會稽投竿東海巳而大魚食巨鈎鈎沒而下鶩揚奮鬐白波若山海水震蕩任公子得若魚離餌之制河以東蒼梧以西莫不厭此魚者筌捕魚器今之斗囬也筌所以得魚也莊子曰得魚而忘筌罩籗也編竹籠魚者也詩云南有嘉魚烝然罩罩魪左右魪一目所謂比目魚也云須兩魚並合乃能游若單行落魄著物爲人所得故曰兩魪丹陽吳會有之罾巢抑魚之器也鱟形如惠文冠青黑色十二足似蟹足悉在腹下長五六寸雌常負雄行漁者取之必得其雙故曰乘鱟南海朱崖合浦諸郡皆有之罛魚網也詩云施罛濊濊虎魚頭身似虎或云變而成虎鹿頭魚有角似鹿同罛共羅言皆爲網罟所制獲也縶纚儸束者陷網罟之中見俘束也徽鯨魚之有力者也魚大者莫若鯨也故曰徽鯨也攙搶星也淮南子曰鯨魚死而彗星出易井卦曰九二井谷射鮒鄭玄云九二坎爻也坎爲水上直巽九三艮爻也艮爲山山下有井必因谷水所生魚無大魚但多鮒魚耳言微小也夫感動天地此魚之至大射鮒井谷此魚之至小故以相況善曰列子曰詹何楚人也以獨繭絲爲綸芒針爲鈎荆篠爲竿剖粒爲餌引盈車之魚於百仞之淵鮔鱔鮪也鮔古贈切鱛魦巳見西京賦魪音介爾雅曰鰝大魚

說文

以誤

鰕音遐鼉音佷馬已見西京賦曰龖兼有也力公切鵩鳥賦曰僒若囚拘求殞切徽音輝說文曰犗騬牛也犗古邁切騬以陵切結輕舟而競逐迎潮水而振緍想萍實之復形訪靈夔於鮫人精衛銜石而遇繳文鰩夜飛而觸綸北山亡其翔翼西海失其遊鱗繳弋繳也緍綸皆釣繳也詩曰其釣惟何惟絲伊緍善曰家語曰楚昭王渡江得物如斗入王舟中王怪之使問孔子孔子曰此爲萍實可剖而食之其甘如蜜唯王者能獲此吉祥也云先時童謠曰楚王渡江得萍實大如斗赤如日剖而食之甘如蜜引此事言今乗江流想復遇斯事也山海經曰東海中有獸如牛蒼身無角一足入水則風其聲如雷以其皮冒鼓聞五百里名曰夔鮫人居水中故訪之北山經曰發鳩之山有鳥狀如烏而文首白喙赤足名精衛其鳴自呼赤帝之女姓姜遊於東海溺而死不反常取西山木石以填東海西山經曰泰器之山濩水出焉是多鰩魚狀如鯉魚身而鳥翼蒼文而白首赤喙常行西海而遊於東海夜飛而行言吴之綸繳得此鳥魚故西海北山失其鱗翼

胡

一作伊

善曰萍實見家語

虓別本虓賁即字賁三輔語盛見蕢詩注作斐
胡紹瑛曰虓与虓同美也蕢与斐同文也

說文曰

也戰國策曰夏水浮輕舟楊雄蜀都賦曰行舟競雕題之士鏤身之卒比飾虬龍蛟螭與對。簡其華質則亂貫錦繢。會料遼其虓勇則鵰悍狼戾。善曰水經云雕題國在鬱林水南漢書曰昔少康之庶子封於會稽文身斷髮以避蛟龍之害蛟螭龍子也亂貫錦文貌於既切詩曰闞如虓虎火交切戰國策曰趙王狼戾無親戾力計切相與昧潛險搜瓌奇。摸蝳蝐捫觜蠵剖巨蚌於回淵濯明月於漣漪也巨蚌育明珠者列仙傳曰高后時會稽朱仲獻三寸四寸珠此非回淵巨蚌不出之也風行水成文曰漣漪詩曰河水清且漣漪明月珠珠之麗者清且漣漪者水極麗也濯光珠於麗水蓋美之善曰回淵水也觜角子規切蠵呼圭切大龜也言天下則澤魚鳥虫獸瑰奇之物隱翳之處搜索使盡也說文曰昧目不明也門撥切謂之潛隱之穴也畢天下之至異訖無索而不臻谿壑為之一罄川瀆為之中去聲貧哂澹臺之見謀聊襲海而徇珍載漢女於後

捥一字

胡

大已下一本無佩云此正劉注字与上正淵字一例也昧字佩改

利

舟追晉賁而同塵徇求也襲入也善曰干寶搜神記曰澹臺子羽賫璧渡河風波忽起兩龍夾舟子羽奮劒斬龍波乃止登岸投璧於河河伯三歸之子羽毀璧而去漢女賈大夫已見西京賦老子曰和其光同其塵汩乘流以砰宕翼颸風之颲颲直衝濤而上瀨常沛沛以悠悠汔可休而凱歸揖天吳與陽侯汩疾也砰宕舟擊水貌颲颲風初貌颸疾風瀨水大波沛沛行貌悠悠亦行貌離騷曰溘颸風兮上征班固曰颸疾也凱樂也左氏傳曰振旅凱入于晉山海經曰朝陽之谷神爲天吳是水伯揖之者辭水靈而歸善曰詩曰汔可小康鄭玄曰汔幾也虛乞切陽侯見南都賦指包山而爲期集洞庭而淹留數軍實乎桂林之苑饗戎旅乎落星之樓置酒若淮泗積肴若山丘飛輕軒而酌綠酃方雙轡而賦珍羞班固曰洞庭澤名王逸曰太湖在秣陵東湖中有包山山中有如石室俗謂洞庭吳有桂林苑落星樓樓在建鄴東北十里左傳曰以數軍實外傳曰射不過講軍實鄭氏曰軍所以討獲曰實善

侃

胡

侃 此亦班氏釋離騷之文与蜀都注所引皆碎金也

尤云登東歌五臣登作發

劉良曰翕習盛皃

曰周處風土記曰陽羡太湖中有包山左傳晉穆子曰有酒如淮有肉如坻史記云紂爲肉山也湘州記曰湘州臨水縣有酃湖取水爲酒名曰酃酒車騎行酒肉已見西京賦飲烽起釂鼓震真士遺倦衆懷欣幸乎館娃之宫張女樂而娛群臣羅金石與絲竹若鈞天之下陳吴俗謂好女爲娃揚雄方言曰吴有館娃宫善曰飲烽釂鼓鈞天並見西京賦左傳曰女樂二八登東歌操南音胥陽阿詠韎莫介任荆豔楚舞吴愉越吟翕習容裔靡靡愔愔晏子春秋曰桀作東歌南音徵引也南國之音也左氏傳曰鍾儀在晉使與之琴操南音商角徵羽各有引鍾儀楚人思在楚故操南音呂氏春秋曰禹行水見塗山之女未之遇而南省南土塗山之女乃令其妾往候禹于塗山之陽女乃作歌曰候人猗實始作爲南音周公召公取風焉胥繼也呂氏春秋曰陽阿古樂曲周禮曰韎東樂名任南樂名豔楚歌也漢書四面楚歌也愉吴歌也楚辭曰吴歈蔡謳翕習容裔音樂之狀靡靡愔愔言樂容與閑麗也善曰韎任已見東都賦曹植妾薄相行曰齊謳楚舞紛紛登樓賦曰莊舄顯而越吟史記曰紂作靡靡之樂左傳曰楚右尹子革曰祈招之

此段文有誤 舊注

於前二字當美 有殽坻頽 言有感於坻頽也 焯案此用王念孫說 王氏謂與夫二字當爲舉字之訛

據注及別本

詩曰祈招之愔愔若此者與夫唱和之隆響動鍾鼓之鏗耾有殽坻禮丁頽於前曲度難勝皆與謠俗汁協律呂相應其奏樂也則木石潤色其吐哀也則淒風暴興或超延露而駕辯或踰緑水而采菱軍馬弭髦而仰秣淵魚竦鱗而上升詩曰唱予和女解嘲曰聲若坻頽坻崩聲也天水之大阪名曰隴坻因爲隴坻之曲楚辭曰伏羲駕辯伏羲作琴始造此曲淮南子曰瓠巴鼓琴鱏魚出聽伯牙鼓琴駟馬仰秣善曰戰國策司馬喜曰臣觀人萌謠俗列子曰鄭師文鼓琴當春而叩商弦以召南呂涼風至草木實及秋叩角絃以激夾鍾溫風徐迴草木發榮銜子曰皆與謠俗恊言雖遐方異樂皆上合律呂下應謠俗故能奏和樂之音則木石潤色也淮南子曰夫歌采菱發陽阿鄙人聽之不若延露以和高誘曰延露鄙曲也淮南子曰互會緑水之趣高誘曰緑水古詩也趣節也鏗耾大聲汁猶恊也酣湑思與半八音并歡情留良辰征魯陽揮戈而高麾迴

耾五耳反 金

羅　延　巖

曜靈於太清將轉西日而再中。齊既往之精誠。酣酒洽也湑樂也辰時也爾雅曰不辰不時也楚辭曰日吉兮辰良淮南子曰魯陽公楚將也與韓搆戰酣日暮援戈而麾之日爲之反三舍清謂天也此言酣飲與音樂蓋是其中半并會之際歡情之所以留連良辰之所以覺逝故追述魯陽迴日之意而將轉西日於中盛之時以適己之盛觀也昔光武合呼沱水鄒衍有隕霜之應精誠之感通天地人神以相應魯陽公麾日抑亦此之謂也苟日可麾而迴則精誠可庶而幾故曰齊精誠於既往蓋是酣樂之至逼時之晏者所以慷慨髣髴是故引而況焉善曰曜靈已見蜀都賦。鶡冠子曰上及太清下及太寧也昔者夏后氏朝羣臣於茲土而執玉帛者以萬國。蓋亦先王之所高會而四方之所軌則。春秋之際要盟之主闔閭信其威夫差窮其武內果伍員之謀外騁孫子之奇勝彊楚於栢舉棲勁越於會稽闕掘。溝乎商魯爭長於黃池左傳曰禹會諸侯於塗山執玉帛而朝者萬國先王謂舜等也信讀爲申國語曰吳

何　與自注

与齋五十三字當失次

亞

王莽傳注曰謂之繞霤者言四面塞阸其道屈曲谿谷之水回繞而霤下今商州界七盤十二繞是也焯

王夫差起軍與齊晉爭衡晉文踐土之盟齊桓邵陵之會奮
其威強未能過也伍員楚大夫出仕於吳吳王因其謀伐楚
孫武吳人善用兵作書號孫子兵書北征闕池爲深溝於商
魯之間北屬之濟以會晉定公於黃池吳晉爭長吳先歃晉
惡之善曰左傳曰楚師陳于柏舉闔閭之弟夫槩王先擊楚
子常楚師大敗國語曰越王勾踐棲於會稽之上雖蜀父老
曰南馳使
以誚勁越徒以江湖嶮陂物產殷充繞霤李救未足言其固鄭
白未足語其豐士有陷堅之銳俗有節概蓋之風睚五此眦助賣賣
則挺劍喑於鷹嗚鳥故則彎弓漢書王莽策命前將軍曰繞霤
之固南當荆楚鄭白二渠名意
者謂吳江湖之阻洞庭之嶮士地之沃物產之豐雖關中
所謂繞霤之固鄭白之豐未足以爲言也凡天下言豐者
皆多稱關中故引焉韓信曰項羽喑嗚叱咤善曰太公陰
符經曰無堅不陷也楊惲曰西河魏士凜然皆有節槩睚
眦已見西京賦家語孔子曰公良儒者有勇擁之者龍
力挺劍而令衆也孟子曰越人彎弓而射我
騰攄之者虎視麾城若振槁搴旗若顧指雖帶

○五十五字一本無是也

甲一朝而元功遠致。雖累葉百疊而富彊相繼。樂湑衎苦旱其方域。列仙集其土地。桂父練形而易色。赤須蟬蛻稅而附麗。賈誼傳曰：權制天下，頤指如意。叔孫通列傳曰：斬將搴旗之士。頤指，諭疾且易也。葉猶世也。列仙傳曰：桂父，象林人也，常服桂葉，以龜腦和之，顏色如童，時黑時白時赤，南海人尊事之累世。赤須子，豐人也，豐中傳世見之，秦穆公之主魚吏也，數道豐界災異水旱，十不失一。食柏實石脂，絶穀，齒落更生，細髮復出，後去之吳山。言此人等仙如蟬之脫殼。爾雅曰：麗，附也。莊子曰：附離不以膠漆。赤須子本非吳人，故言附麗也。夫土地險固以致彊，豐沃以致盛，而天下之美皆歸焉，霸王之功皆存焉。故賦者既舉其富彊之業，而載其神仙之事。善曰：長楊賦曰：麾城撕邑。商君曰：秦師至鄢郢，舉若振槁。槁，葉落。漢書曰：吳晉爭長，吳爲帶甲三萬。史記曰：維祖元功，輔臣股肱。新序曰：齊侯相管仲，國既富强。楚辭曰：濟江海兮蟬蛻。淮南子曰：蟬飲而不食，三十日而蛻。中夏比焉。畢世而罕見。丹青圖其珍瑋。貴其寶利也。舜禹游焉。沒齒而忘歸。精

北字改善曰

漢書息夫躬傳言雲泱鬱 顏注泱鬱盛皃 此鬱鬱䨆音同

阨

靈留其山阿翫其奇麗也中夏貴其珍寶而不能見徒以丹青畫其象類也楚辭九歌曰九疑繽兮並迎謂舜神在九疑山也言聖帝明王存亡而淹留於是者貴其奇麗也晝曰舜南巡狩陟方死山海經曰南方蒼梧之丘有九疑山焉舜之所葬吳越春秋禹老嘆曰吾年壽將盡止死斯乎乃命羣臣葬我於會稽之山論語曰管仲奪伯氏駢邑沒齒無怨言也剖判庶士商搉角萬俗國有鬱䨆而顯敞邦有湫子小阨烏介而踡拳跼伊茲都之函弘傾神州而韞櫝仰南斗以斟酌兼二儀之優渥湫下也阨小也函弘寬大也左氏傳齊景公欲更晏子之宅曰子宅湫隘不可以居禹所受地說書曰崑崙東南方五千里名曰神州帝王居之楚辭曰八柱何以東南傾吳國在地勢所傾寫故曰傾神州而韞櫝也論語曰韞櫝而藏諸廣雅曰商度也搉粗略也言商度其粗畧天官星占曰南斗主爵祿其宿六星春秋說題辭曰南斗為吳詩曰既優既渥繇此而揆之西蜀之於東吳小大之相絕也亦猶棘林螢燿而與夫樳

刻本

來　莊子二字誤

确薄也

木龍燭也否泰之相背也亦猶帝之懸解而與桎梏蹏屬也庸可共世而論巨細同年而議豐确乎胡角崔寔政論云使賢不肖相去如日月之與螢火雖頑嚚之人猶察山海經曰樁木長千里又曰鍾山之神名曰燭龍視爲晝瞑爲夜莊子曰老子死秦失弔之三號而出弟子曰非子之交耶曰然然弔若是可乎曰始也吾以其人也而今非也適來夫子時也適去夫子順也安時而處順憂樂不能入也古者謂是帝之懸解莊子曰有繫謂之懸無謂之解郭璞曰懸絕曰解山海經曰二負殺猰貐帝乃梏之蹏屬之山桎其右足反縛兩手漢宣帝時擊磻石於上郡陷得石室其中有反縛械人劉向曰此二負之臣也帝曰何以知之以山海經對帝天也人生稟命於天受拘俗之性憂虞終身不解此乃自終執縛爲天所繫夫安時處順憂樂不能入此自然放肆爲天所解也天在上者故曰帝之懸解性之求放者也桎梏蹏屬形之求拘者也相背之甚故以相況焉凡物安於所守思不易方處窮塞而不識天下之通塗亦如此也善曰棘聚而成林郭象注莊子注曰生曰懸死曰解過秦論曰不可同年而語矣确薄也曁其

理字不誤或云當作埋甚謬

三字改幷 二已改以

莫絡一作莫略 一印

模棱 為

幽遐獨邃寥廓閑奧耳目之所不該足趾之所不蹈倜儻之極異譎君屈詭之殊事藏理於終古而未寤於前覺也若吾子之所傳孟浪之遺言略舉其梗概而未得其要妙也倜儻譎詭皆謂非常詭異之事終古猶永古也周禮考工記曰輪已崇則人不能登也輪已庳則終古登阤離騷曰吾焉能忍此終古孟子曰伊尹云天之生斯人也使先知覺後知先覺覺後覺也予天民之先覺者也孟浪猶莫絡也不委細之意莊子曰夫子以為孟浪之言我以為妙道之行善曰司馬彪莊子注曰孟浪鄙野之語東京賦曰粗謂賓言其梗槩梗槩猶粗言也

文選卷第五終

壬戌六月廿四日 侃溫尋之

此卷後注未校胡氏考異以審伯行速故但投葉刻何評本而已胡書真所謂儱侗謬著也 七月十三日記

湖北省公益学术著作出版专项资金
Hubei Special Funds for Academic and Public-interest Publications

黄侃黄焯批校昭明文選 二

〔梁〕蕭統 編
〔唐〕李善 注
黄侃 黄焯 校訂

長江出版傳媒
崇文書局

自第六卷以後凡注文間用朱筆圈點或加丨者皆依先大父原評存逸錄其用墨筆圈點者係焯所加
眉評及旁上加朱圈者皆依先大父原本逸錄叁者係焯所加
正文圈點用朱筆者係焯所加
據賦末善注憹字之文此當有張載注三字

文選卷第六

梁昭明太子撰

文林郎守太子右內率府錄事參軍事崇賢館直學士臣李善注上

京都下

魏都賦一首 魏書曰曹操都鄴鄴相州是也太沖賦三都以吳蜀遐相頓折以魏都依制度

左太沖

魏國先生有睟其容乃盱衡而誥曰異乎交益之士 孟子曰君子所性仁義禮智根於心其生色睟然見於面不言而喻趙岐曰睟潤澤貌也眉上曰衡盱舉眉大視也異異也尚書堯典四岳曰異哉善曰漢書曰武帝置交州又改梁曰益有益州又曰公盱衡厲色振揚武怒音義曰眉上曰衡謂舉眉揚目也字林曰盱張目也爾雅曰誥告也

蓋音有楚夏者土風之乖也 善曰孫卿子曰人居楚而楚居夏而

夏非天性也積靡使然也史記曰淮北沛陳汝南南郡此西楚也潁川南陽夏人之居故至今謂之夏人情有險易者習俗之殊也論語曰性相近習相遠也善曰周易曰辭有險易春秋說題辭曰中國之性習俗常操雖則生常固非自得之謂也傳曰習實生常善曰孟子曰使自得之趙岐曰使自得其本善性也昔市南宜僚弄丸而兩家之難解聊為吾子復翫德音以釋二客競于辯囿者也莊子曰市南宜僚弄丸而兩家之難解又曰公孫龍辯者之徒飾人之心易人之意能勝人之口不能服人之心辯者之囿也善曰毛詩曰德音孔昭夫泰極剖判造化權輿善曰周易曰易有太極是生兩儀史記曰鄒衍稱引天地剖判以來淮南子曰大丈夫無為與造化逍遙爾雅曰權輿始也劇秦美新序曰權輿天地未祛也班固漢書述曰彰其剖判體兼晝夜理包清濁善曰列子曰昬明之分察故一晝一夜又曰夫有形者生於無形清輕者上為天濁重者下為地流而為江海結而為山嶽善曰班固終南山賦曰流澤遂而成水停積結而為山列宿分其野荒裔帶其

隅巖岡潭淵限蠻隔夷峻危之竅也潭淵也屈平卜居曰横江潭而漁善曰漢書曰秦地於天官東井輿鬼之分野楊雄交州箴曰交州荒裔水與天際方言曰竅空也蠻陬子侯夷落譯導而通鳥獸之氓也陬落蠻夷之居處名也一名聚居爲陬善曰爾雅曰落居也杜篤通邊論曰親錄譯導緩步四來論衡曰四夷入諸夏因譯而通說文曰譯傳四夷之語者漢書賈捐之上書曰駱越之人與禽獸無異毛萇詩傳曰氓民也正位居體者以中夏爲喉不以邊垂爲襟也易曰正位居體美在其中而暢於四支善曰喉衿以身及衣爲喻也戰國策頓子曰韓天下之喉咽也魏天下之胷腹也李尤函谷關銘曰衿帶咽喉聲類曰衿衣交領也長世字甿者以道德爲藩不以襲險爲屏也善曰左氏傳北宮文子曰有其國家令問長世周書成王曰朕不知字民之道敬問伯父說文曰甿田民也東方朔集曰文帝以道德爲籬以仁義爲藩毛萇詩傳曰藩屏也楊雄城門校尉箴曰盤石唐芒襲險重固毛萇詩傳曰屏蔽也而子大夫之賢者尚弗曾庶翼

宣十二年杜注威儀有等差

侃乙之

等威附麗皇極思稟正朔樂率貢職善曰言不曾與衆庶
翼戴上者等其威儀而附著於大中之道也國語越王勾踐曰苟聞子大夫之
言賈逵曰親而近之故曰子大夫尚書曰庶明勵翼孔安
國曰衆庶皆明其教而自勉勵翼戴上命左氏傳曰士會
曰貴有常尊賤有等威莊子曰附麗不以膠漆王弼周易
注曰麗著也尚書曰皇極皇建其有極孔安國曰皇大極
中也謂大中之道也又曰稟受也論語比考讖曰正朔所
加莫不歸義又撰考讖曰穿胸儋耳莫不貢職漢而徒務
書曰單于非正朔所加東觀漢記曰百蠻貢職
於詭隨匪人宴安於絕域榮其文身驕其險棘善曰詭隨匪人言詭
善隨惡同於匪人又自宴安於其絕域也毛詩曰無縱詭
隨以謹無良毛萇曰詭隨詭人之善隨民之惡毛詩曰獨
為匪民左氏傳管仲曰宴安酖毒不可懷也李陵書曰出
征絕域漢書曰少康之庶子封於會稽文身斷髮蔡雍樊
陵碑曰進路孔夷人情險繆默語之常倫牽膠言而踰侈
棘毛萇詩傳曰棘急也
飾華離以矜然假倔渠勿彊巨兩而攘臂非醇粹之方壯謀

禮夏

善

踳舛駮於王義孰愈尋靡蓱於中逵造沐猴於棘刺

李尅書曰言語辯聦之説而不度於義者謂之膠言周官曰形方氏掌制邦國之地域而正其封疆無華離之地班固云不變曰醇不雜曰粹莊子曰惠施多方其書五車其道踳駮言惡也楚辭天問曰靡蓱九逵枲華安居韓子曰燕王好微巧衛人曰臣能以棘刺之端爲母猴王悦之養以五乘之奉王曰吾請觀客爲棘刺之母猴衛人曰臣爲棘刺之母猴也人主欲觀之必半歲不入宫不飲酒食肉雨霽日出視之晏陰之間而棘刺之母猴乃可見燕王因養衛人而不能觀母猴鄭人有臺下之冶者謂王曰臣爲削者諸微巧必以削削之所削必大於削今棘刺之端不容削王試觀客之削則能與不能可知也王曰客爲棘刺之母猴何以理之曰以削王曰吾欲觀客之削也客曰臣請取之因逃治人謂王曰上之無度量言談之士多棘刺之説也義曰周易曰君子或默或語廣雅曰膠欺也鄭玄禮記注曰矜謂自尊大也毛萇詩傳曰然是也漢書伍被曰偃彊江淮閒孟子曰馮婦善搏虎攘臂下車衆皆悦之楚辭曰王色頩以開顔精純粹而始壯華口唑反司馬彪莊子注曰踳讀曰舛舛乖也駮色雜不

善曰刪

同也頫普丁反王逸楚辭注曰寧有菥草蔓衍於九逵之道靡蔓也劒閣雖嶛憑之者蹶善曰劒閣蜀境也酈元水經注曰小劒戍去大劒飛閣通衢故謂之劒閣非所以深根固蔕也廣雅曰嶛巢高也力彫反又曰蹶敗也善曰老子曰有國之母可以長久是謂深根固蔕長生久視之道聲類曰蔕果鼻也洞庭雖濬負之者北非所以愛人治國也善曰洞庭吴境也史記天起曰三苗氏左洞庭而右彭蠡恃此險也禹滅之毛萇詩傳曰濬深也鄭玄周禮注曰負恃也漢書曰義服虔曰師敗曰北南北之北老子曰愛人治國能無知乎彼桑榆之末光踰長庚之初輝善曰東觀漢記光武曰失之東隅收之桑榆毛詩曰東有啓明西有長庚況河冥之爽塏苦改與江介之湫子小湄善曰左氏傳齊景公欲更晏子之宅曰子之宅湫隘囂塵請更諸爽塏楚辭曰長江介之遺風薛君韓詩章句曰介界也毛萇詩傳曰水草交曰湄故將語子以神州之略赤縣之畿魏都之卓犖呂角六合之樞

機鄒衍以爲儒者所謂中國者於天下八十一分居一耳中國名赤縣神州赤縣神州内自有九州禹之所叙九州也是以不得爲州數中國外若赤縣神州者九所謂九州者也范睢說秦王曰魏韓中國處而天下之樞也善曰河圖括地象曰崑崙謂東南地方五千里名曰神州帝王居之小雅曰略界也周禮曰方千里曰王畿西都賦曰卓躒諸夏卓犖與卓躒音義同呂氏春秋曰神通乎六合于時運距陽九漢綱絶維姦回内顒備兵纏紫微翼翼京室眈眈帝宇巢焚原燎變爲煨燼故荆棘旅庭也殷殷寰内繩繩八區鋒鏑縱横化爲戰場故麋鹿寓城也不飲酒而怒曰顒詩曰内顒于中國漢室之亂起於閹官故曰内顒也紫微宮在南城下于時兵所圍繞光熹元年四月靈帝崩八月大將軍何進入省見大后黃門張讓郭進等斬進進部曲將兵突入尚書閣閉虎賁中郎將袁術等攻閣日暮術等起火燒閣初平元年十二月董卓遷都長安其夜燒洛陽南北宮易曰鳥焚其巢尚書曰若火之燎于原春秋穀梁傳曰寰内諸侯

反凡切當作反

此注有誤

熅

傳

鎬

非天子之命不得出會尹更始曰天子以千里爲寰伍
被謂淮南王曰昔伍子胥諫吳王吳王不用乃曰臣今
見麋鹿遊姑蘇臺也臣今見宮中荆棘露沾衣也善曰
春秋保乾圖曰五運七變各以類驚宋衷曰五運五行
用事之運也孔安國尚書傳曰距至也漢書陽九厄曰
初入百六陽九音義曰易傳所謂陽九之厄漢書曰漢
興禁網踈闊管子曰國有四維四維不張則滅王逸楚
辭注曰維綋也尚書曰崇信姦回毛詩曰商邑翼翼漢
書客謂陳涉曰夥涉之爲王沈沈者應劭曰沈沈宮室深
邃之貌沈長含切與耽音義同謝承後漢書曰陽球爲
司隷校尉虎視帝宇廣雅曰煨燼也烏壞反廣雅曰煨
燼也杜預左氏傳注曰燼火之餘木也似進反毛萇詩
曰殷衆也毛詩曰子孫繩繩兮長楊賦曰洋溢八區言廣大也
說文曰鋒兵端也又曰矢鋒也戰國策曰綴甲厲兵效勝於戰
場**伊洛榛曠。崤函荒蕪。**善曰服虔漢書注曰榛木叢生也賈逵國語注曰蕪穢也**臨菑**
牢落。鄢郢丘墟。善曰漢書齊郡有臨菑縣牢落猶遼落也洞簫賦曰翩連綿以牢落東觀漢記曰第五倫
自度仕宦牢落漢書南郡有故鄢縣呂氏春秋屬過曰子胥諫而不聽故吳爲丘墟**而是有魏開國之**

四

猶○别本

三　民

鈞

曰締構之初萬邑譬焉亦獨犨昌由麋之與子都培塿之與方壺也善曰周易曰開國承家廣雅曰締結也犨麋古醜人也呂氏春秋曰陳有惡人焉曰敦洽犨麋椎顙廣顙色如漆赭陳侯悅之毛詩曰不見子都子都美丈夫也左氏傳曰太叔曰培塿無松柏培步苟反塿路苟反方壺三山名已見上文

且魏地者畢昴之所應虞夏之餘人先王之名梓列聖之遺塵考之四隈則八埏延之中測之寒暑則霜露所均卜偃前識而賞其隆吳札聽歌而美其風雖則衰世而盛德形於管絃雖踰千祀而懷舊蘊於遐年詩譜云魏地畢昴之分野虞舜及禹所都之地在禹貢冀州雷首之北析城之西周以封同姓其後晉獻公滅之以封大夫畢萬在晉之南河曲故其詩云彼汾一曲寘之河之干隈猶隅也鄭衍曰四隈不靜司馬相如封禪文曰下泝八埏國語曰卜偃云魏大名也以是始賞天啓之矣左傳曰吳公子札來聘使工爲之歌魏曰美

歌大而婉儉而易行以德輔此則爲明主也善曰毛詩曰惟桑與梓必恭敬止王逸楚辭注曰考校也周禮曰以土圭測日影以求地中日南多暑日北多寒禮記曰日月所照霜露所墜左氏傳史趙曰盛德必百世祀吴越春秋樂師曰君上之德可記之於管絃毛詩序曰懷其舊俗方言曰緼積也爾其疆域則旁極齊秦結湊冀道開胷殷衛跨躡燕趙山林幽峽烏朗切川澤迴繚恒碣碪碍於青霄河汾浩㴚而皓溔南瞻淇澳於六則綠竹純茂北臨漳滏父則冬夏異沼神鉦迢遞於高巒靈響時驚於四表溫泉毖秘涌而自浪華清蕩邪而難老善曰史記蘇秦說魏襄王曰南有鴻溝東有淮潁西有長城北有河外地埋志曰魏觜觿參之分野也自高陵以東河東河內南有陳及汝南之邵陵隱强新汲西華長平潁川舞陽郾許鄢樊陵河南之開封中牟陽武酸棗卷皆魏分也魏武皇帝初封魏公南得河內死郡北得趙國中山常山鉅鹿

安平甘陵東得平原西得東平凡十郡以此爲魏之本國盖冀州之地恒山北岳也硝石山名也詩云瞻彼淇澳緑竹猗猗漢書溝洫志曰下淇園之竹漳滏二水名經鄴西北滏水熱故曰滏口水有寒有温故曰冬夏異沼也冀州圖鄴西北鼓山山上有石鼓之形俗言時自鳴劉邵趙都賦曰神鉦發聲俗云石鼓鳴則天下有兵華之事詩云毖彼泉水温水在廣平都易縣俗以治疾洗百病華清井華水也善曰王逸楚辭注曰湊聚也冀道亦二國名也爾雅曰兩河間曰冀州左氏傳曰江黄道柏方睦於齊杜預曰道國在汝南胄猶前也南都賦曰淯水蕩其胄漢書地理志曰河內本殷舊都周分爲都鄘衛碪礍高貌碪五感反鄭玄周禮注曰汾水出汾陽縣浩古老切汗古旦反上林賦曰潒漾潢漾廣雅曰浩漾大也皓故老反漾蘇眇反山海經曰少山清漳水出焉郭業曰至武安南入濁漳山海經曰神囷山滏水出焉郭璞曰經鄴西北入漳說文曰泌水駛流也泌與毖同音秘魚豢典略曰浪井者弗鑿而成毛詩曰求錫難老

墨井鹽池玄滋素液厥田惟中厥壤惟白原隰畇畇墳衍斥斥或嵬壘力罪而複

東　恤

兆

陸或𪆫光苦朗而拓落乾坤交泰而絪縕嘉祥徽顯而豫
作是以兆朕振古萌柢疇昔藏氣讖緯閟象竹帛迴時
世而淵默應期運而光赫暨聖武之龍飛肇受命而光
宅鄴西高陵西伯陽城西有石墨井井深八丈河東猗氏南有
鹽池東西六十四里南北七十里尚書禹貢冀州厥土惟
白壤厥田惟中中閟閑也詩云閟宮有侐善曰周禮曰辨其
墳衍原隰之名鄭玄曰水厓曰墳下平曰衍毛詩曰畇畇原
隰以純反斥斥廣大之貌也蒼頡篇曰斥大也嵬壘不平之
貌嵬烏罪切爌朗光明之貌拓落廣大之貌周易曰天地交
泰又曰天地絪縕西京賦曰備致嘉祥文帝答曹植詔曰所
獻詩二篇徽顯成章兆猶機事之先見者也淮南子曰欲與
物接而未成朕兆者也許愼曰朕兆也直軫反毛詩曰振古
如茲毛萇曰振自也廣雅曰萌始也爾雅曰柢本也丁計反
禮記曰余疇昔之夜夢鄭玄曰疇發語聲也說文曰讖驗也
河洛所出書曰讖毛萇詩傳曰閟閉也墨子曰以其所書於竹
帛傳於後代子孫春秋說題辭曰尚書者所以推期運明命
授之際魏志曰太祖武皇帝姓曹諱操為丞相封魏王文帝

尤云全模五臣作謨

受禪追尊曰武皇帝東京賦曰世祖乃龍飛白水毛詩序曰文王受命作周也鄭玄曰受天命而王天下也東京賦曰漢初弗之宅爰初自臻言占其良謀龜謀筮亦既允臧修其郛郭繕其城隍經始之制牢籠百王畫雍豫之居寫八都之宇鑒茅茨於陶唐察卑宮於夏禹古公草創而高門有閌苦浪宣王中興而築室百堵兼聖哲之軌并文質之狀商豐約而折中准當年而爲量思重爻摹大壯覽荀卿采蕭相僝拱木於林衡授全模於梓匠謀龜詠筮猶周公之卜都洛邑也毛詩云爰契我龜又曰卜云其吉終然允臧重爻易爻也大壯易卦名也易曰上古穴居而野處後世聖人易之以宮室上棟下宇以禦風雨蓋取諸大壯謂壯觀也荀卿曰宮室臺榭以避燥濕養德別輕重也非爲夸泰將以明人之大通仁順也春秋左傳曰山林之木衡鹿守之治木器曰梓尚書有梓材之篇也善

云

曰尚書曰謀及卜筮淮南子曰太一者牢籠天地彌西京也豫東京也西京賦曰取殊裁於八都墨子曰堯舜茅茨不剪論語子曰禹卑宮室毛詩美古公亶父曰高門有閌又美宣王曰築室百堵說文曰僝具也饌勉反又曰僝取也子軟切孟子曰梓匠輪輿能與人規矩不能使人巧趙岐曰梓匠木工也遐邇悅豫而子來工徒擬議而騁巧闡鉤繩之筌緒承二分之正要揆日晷考星耀建社稷作清廟築曾宮以迴匝比岡隒魚檢而無陂造文昌之廣殿極棟宇之弘規巋若崇山崛起以崔嵬髣徒感若玄雲舒蜺以高垂二分春秋之中者也詩定之方中作為楚宮揆之以日作為楚室定營室星營室中可以興土功也陂傾也易曰無平不陂文昌正殿名也蜺龍形而五色善曰難蜀父老曰遐邇一躰豫或為務西都賦序曰衆庶悅豫毛詩曰庶人子來周易曰擬之而後言議之而後動擬議以成其變化甘泉賦曰王爾投其鈎繩杜預左傳注銓次也與筌同周禮曰匠人建國書叅

梗振當作抰振

注

諸日中之景夜考之極星以正朝夕鄭玄曰極星北辰也周禮曰左宗廟右社稷說文曰陳崖也鄭玄禮記注曰陂傾也周易曰上棟下宇以避風雨對高貌也景福殿賦曰若仰崇山而戴垂雲髣髴垂貌也淮南子曰玄雲素朝瓌材巨世埔楚洽塸除立參差枌音汾橑音老複結欒櫨疊施丹梁虹申以並亘朱桷森布而支離綺井列疏以懸蔕華蓮重葩而倒披齊龍首而涌霤時梗概於濾被尤池爾雅曰桷謂之榱善曰西都賦曰因瓌材而究奇抗應龍之虹梁廣雅曰曲枅謂之欒說文曰欂櫨柱枅也然欒櫨一也有曲直之殊耳西京賦蔕倒茄於藻井披紅葩之狎獵又曰疏龍首以抗殿齊龍首而涌霤謂畫爲龍首於椽承檐四隅而以寫霤也說文曰霤屋水流也東京賦曰其梗概如此毛詩曰濾池北流也旅楹閑列暉鑒抰烏浪振榱題黮甚䵣階盾楯嶙峋長庭砥平鍾虡夾陳風無纖埃雨無微津詩云旅楹有閑陝中央也振屋宇穩也文昌殿前有鍾簴其銘曰惟魏四年歲在丙申龍次大火五月丙寅作

享　紙

簴賨鍾又作無射鍾建安二十一年七月始設鍾簴於文昌殿前所以朝會四方也善曰鄭玄毛詩箋曰旅楹衆也薛君韓詩章句曰閑大也謂閑然大也暉鑒言楹柱光輝遠照抰振也廣雅曰鑒照也聲類曰黮深黑色也直感反黮亦黑也徒對反應劭上林賦注曰楯闌橫也西京賦曰抵鍔嶙峋埤蒼曰嶙峋山崖之貌也毛詩曰風雨攸除墨子曰聖王作爲宮室邊足以御風寒上足以待露

巖巖北闕南端逌遵竦峭雙碣方駕比輪西闢延秋東啓長春用覲羣后觀享頤賓文昌殿前值端門端門之前南當南止車門又有東西止車門端門之外東有長春門西有延秋門文昌殿所以朝會賓客享四方善曰德陽殿賦曰朱闕巖巖凡南方正門皆謂之端春秋說題辭曰血書魯端門西京賦曰圓闕竦以造天若雙闕之相望毛萇詩傳曰覲見也尚書曰肆覲羣后周易曰觀頤觀其所養也頤養亦享也故曰覲享頤賓許兩切

左則中朝有赩聽政作寢匪樸匪斲去泰去甚木無彫鎪土無綈錦所留題玄化所甄國風所稟中朝内朝也漢氏大司馬侍中散騎

文化自此陶甄，雲成國風于是有稟承也

惠

章華

諸吏爲中朝，丞相六百石以下爲外朝也。文昌殿東有聽政殿，內朝所在也。墨子曰：堯之爲君，采椽不斲。晏子春秋曰：明堂之制，下之濕潤不能及也，上之寒暑不能入也，土事不文，木事不鏤，示民知節也。老子曰：去甚去泰。爾雅曰：鏤，鍥也。善曰：毛萇詩傳曰：㦸，赤貌也。尚書曰：既勤樸斲。孔安國曰：樸，治；斲，削也。西京賦曰：木衣綈錦。說文曰：綈，厚繒也。冈蔡羅陳留太守頌曰：玄化洽矣，黔首用寧。漢書音義如淳曰：陶人作瓦器謂之甄。吉然反。毛詩序曰：一國之事繫一人之本，謂之風。

於前則宣明顯陽，順德崇禮。重闈洞出，鏘鏘濟濟。珍樹猗猗，奇卉萋萋。蕙風如薰，甘露如醴。

聽政殿聽政殿門，聽政門前升賢門，升賢門左崇禮門，崇禮門右順德門，三門並南向。升賢門前宣明門，宣明門前顯陽門，顯陽門前有司馬門。闈，守門也。周官閽人守王門。爾雅曰：宮中之門謂之闈。洞，達也。南北外內東西左右掖門皆洞達相通。善曰：禮記曰：大夫濟濟，庶士鏘鏘。毛萇詩傳曰：猗猗，美盛貌也。萋萋，茂盛貌也。音此禮切，叶韻。東京賦曰：惠風橫被。邊讓章臺賦曰：惠風如春施。家語舜曰：南風之薰兮。王肅曰：薰，風至之貌也。論衡曰：甘露味如飴蜜，王者太平則降。鄭玄

周禮注曰
醴今甜酒禁臺省中連闥對廊直事所繇典刑所藏藹
藹列侍金蜩齊光詰朝陪幄納言有章亞以桂後執法
內侍符節謁者典璽儲吏膳夫有官藥劑有司肴醳亦
順時腠理則治升賢門內聽政闥向外東入有納言闥尚
書臺宣明門內升賢門升賢門外東入有
內豎署顯陽門內宣明門外東入最南有謁者臺閣次中
央符節臺閣最北御史臺閣二臺並別西向符節臺東有
丞相諸曹善曰魏武集荀欣等曰漢制王所居曰禁中諸
公所居曰省中淮南子曰連闥通房人所安也直事若今
之當直也蔡邕獨斷曰直事尚書一人典刑周禮六典入
刑也建安十八年始置侍中中尚書御史符節謁者金蜩金
蟬蔡邕獨斷曰侍中常侍皆冠惠文加貂附蟬左氏傳曰
詰朝將見杜預曰詰朝平旦也周禮曰幕人掌幄帟鄭玄
曰王所居之帳也尚書舜典曰龍命汝作納言應劭漢書
注曰納言如今尚書官王之喉舌也毛詩曰出言有章
漢書音義曰柱後以鐵爲柱今法冠是如淳曰御史冠
也符節掌璽故云典璽漢有尚符璽謁者受事故以儲

吏漢書謁者掌讚受事周禮膳夫上士又曰醫師掌毒藥共醫事鄭玄周禮注曰劑和也又禮記注曰舊醳之酒謂昔酒也呂氏春秋伊尹曰用新去陳腠理遂通高誘曰腠理肌脉也於後則椒鶴文石永巷壼術楸梓木蘭次舍甲乙西南其戶成之匪日丹青煥炳特有溫室儀形宇宙歷像賢聖圖以百瑞綷以藻詠芒芒終古此焉則鏡有虞作繪茲亦等競近世王者後宮以椒房爲通稱聽政殿後有鳴鶴堂楸梓坊木蘭坊文石室後宮所止也壼宮中巷也術道也鳴鶴堂之前次聽政殿之後東西二坊之中央有溫室中有畫像讚尚書咎繇蔿舜曰予欲觀古人之象日月星辰山龍華蟲作繪粉米永巷掖庭之別名善曰列女傳曰姜后待罪永巷周禮曰正宮掌宮中次舍甲乙謂次舍之名以甲乙紀之也毛詩曰築室百堵西南其戶又曰不日成之藻詠文藻頌詠也綷子對切芒芒遠貌也楚辭曰長無絕兮終古廣雅曰鑒謂之鏡照也鄭玄論語注曰繪畫也右則踈圃曲池下畹高堂蘭渚莓莓石瀨湯

高○別本校正語

周

銅雀臺　上

湯弱葼係實輕葉振芳奔龜躍魚有聯呂梁馳道周
屈於果下延閣㫄宇以經營飛陛方輦而徑西三臺
列峙以崢嶸亢陽臺於陰基擬華山之削成上累棟
而重霤下冰室而沍冥文昌殿西有銅爵園園中有魚池堂皇班固曰畹三十畝也離騷曰
既滋蘭之九畹石瀨湍也水激石間則怒成湍葼木之細枝
者也揚雄方言曰青齊兖豫之間謂之葼故傳曰慈母怒子
折葼而笞之其惠存焉子紅切係古計切莊子曰呂梁懸
水三十仞流沫三十里黿鼉魚鼈之所不能游也漢廄舊有
樂浪所獻果下馬高三尺以駕輦車銅爵園西有三臺中
央有銅爵臺南則金虎臺北則冰井臺有屋一百一間金
虎臺有屋一百九間冰井臺有屋百四十五間上有冰室
三臺與法殿皆閣道相通直行爲徑周行爲營建安十五
年作銅雀臺山海經曰太華之山削成四方沍堅也春秋
左氏傳曰固陰沍寒善曰楚辭曰坐堂伏檻臨曲池曹植
責躬詩曰夕宿蘭渚左氏傳曰原田苺苺杜預曰若原田之
草苺苺然苺莫來反楚辭曰石瀨兮淺淺說文曰瞭察也千側

注

反漢書曰太子不敢絶馳道應劭曰天子道也若今之中道延相連延也淮南子曰延樓棧道魯靈光殿賦注飛陛揭孽方輦言廣也甘泉賦曰似紫宫之崢嶸魯靈光殿賦曰槲而高大謂之陽基在小故曰陰基周軒中天。丹墀臨猋增搆峩峩。清塵彯彯雲雀踶甍而矯首。壯翼摛鏤於青霄。雷雨窈冥而未半。皦日籠光於綺寮。習步頓以升降御春服而逍遥。入極可圍於寸眸。萬物可齊於一朝。丹墀以丹與蔣離合用塗地也爾雅曰扶摇謂之猋猋上也風從下升也班固西都賦說鳳闕曰上觚稜而栖金雀凡鳥之栖也羽翼戢弭以今揆古言栖非所覩之形也張衡西京賦曰鳳翥羽騫翥於甍標感鵾風而欲翔此鳳之有定有住尚向風而無一方則不宜言鵾風也但鳥跱則形定翼住飛則斂足絶據踶則舉羽翩用漢書音勢若將飛而尚住故言雲雀踶甍而矯首也踶音提王子傳曰進退步趨以實下言人不行則膝脛以下虚弱不實也眸眸子也王褒甘泉賦曰十分未升其一增惶懼而目眩若播岸而臨坑登木末以闚泉揚雄甘泉賦說臺曰鬼魅

也

不能自逮半長途而下顛班固西都賦說臺曰攀井幹而未半目眩轉而意迷舍靈檻而却倚若顛墮而復稽張衡西京賦說臺曰將乍往而未半怵悼慄而竦兢非都盧之輕蹻孰能超而究升此四賢所以說臺榭之體皆危峣悚懼雖輕捷與鬼神由莫得而自逮也非夫王公大人聊以雍容升高彌望得意之謂也異乎老子曰若春升臺之爲樂焉故引習步顛以實下稱入方之究遠適可以圍於徑寸之眸子言其理曠而當情也莊子有齊物之論善曰軒長廊之有窻也列子曰周穆王築臺號中天臺漢典職儀曰以丹漆地故稱丹墀西都賦曰正殿崔嵬魯構七發曰蒙清塵毛萇詩傳曰壯健也摛鏤摛布其彫鏤也說文曰窈窕深遠也冥幽昧也毛詩曰有如皦日西京賦曰交綺豁以疏寮論語曾點曰春服既成毛詩曰於焉逍遙淮南子曰入紘之外乃有入極趙岐孟子章句曰眸目童子也

長塗牟首豪徼古弔互經晷漏肅唱明宵有程附以蘭錡魚几宿以禁兵司衛閑邪鉤陳固蘙牟者閣道有說者也霍光傳說昌邑王輦道牟首鼓吹歌舞豪徼道也晷漏漏刻也善曰說文曰晷景故曰晷漏漢書房中歌曰肅倡和聲字書倡亦唱

夏　賦　徵

字也充向反程猶限也程與呈通西京賦曰武庫禁兵設在蘭錡建安二十二年初置衛尉漢書曰衛尉掌宮門衛屯兵周易曰閑邪存其誠樂汁圖曰鉤陳後宮也服虔甘泉注曰紫宮外營鉤陳星

於是崇墉濬洫，嬰堞帶涘。四門轐轐，隆廈重起。憑太清以混成，越埃壒而資始。藐藐標危，亭亭峻趾。臨焦原而不怳，誰勁捷而无𤠣。與岡岑而永固，非有期乎世祀。陽靈停曜於其表，陰祇濛霧於其裏。

墉城也濬深也洫城溝也張衡西京賦曰經城洫堞城上女墻也賈誼曰翟伐衛冠俠城堞涘厓也毛詩云夏屋渠渠又曰既成藐藐尸子曰莒國有石焦原者廣尋長五十步臨百仞之谿莒國莫敢近也有勇以見莒子者獨却行齊踵焉所以服莒國也善曰薛綜西京賦注曰轐轐高貌也鶡冠子曰上及太清下及太寧老子曰有物混成先天地生西都賦曰軼埃壒之混濁周易曰萬物資始王逸楚辭注曰藐藐遠也說文曰標末也鄭玄禮記注曰危棟上也西京賦曰狀亭亭以

蒱 清同
贙 洪同
勸
洪

苕苕說文曰阯基也論語曰慎而无禮則葸葸與葸同思子反陽靈天神也甘泉賦曰齊乎陽靈之宮周禮曰掌地祇之禮也苑以玄武陪以幽林繚了垣開囿觀宇相臨碩果灌叢圍木竦尋篁篠懷風蒲陶結陰回淵漼積水深蒹葭贙雚胡官蒻弱森丹藕淩波而的皪綠芰泛濤而浸七心潭以心羽翮頡頏鱗介浮沈棲者擇木雊者擇音若咆步交瀄澥與姑餘常鳴鶴而在陰表清籞勒虞箴思國郇忘從禽樵蘇往而無忌即鹿縱而匪禁玄武苑在鄴城西苑中有魚梁釣臺竹園蒲萄諸果詩曰集于灌木春秋左氏傳曰鳥則擇木又曰鹿死不擇音皆自得之謂也雊者雉雞兎之類不傷其時况其巨者乎楊雄曰勃澥之鳥淮南子曰鶤鷄雞於姑餘易曰鳴鶴在陰其子和之張衡東京賦曰江池清籞禦虞箴虞人之箴也事見春秋其辭曰芒芒禹跡畫爲九州經啓九道人有寢廟

是衍

獸有茂草各有攸處德用不擾在帝夷羿冒于原獸忘其
國恤思其麀牡武不可重是用不恢于夏家獸臣司原敢
告僕夫周易曰即鹿無虞往從禽也孟子齊宣王問曰文
王之囿方七十里有諸孟子對曰於傳有之曰若是其大
乎荅曰民猶以爲小也曰寡人之囿方四十里民猶以爲
大何也荅曰文王之囿方七十里蒭蕘者往焉雉兎者往
焉與民同之民以爲小不亦宜乎臣始至於境問國之大
禁然後敢入臣聞郊關之内有囿方四十里殺其麋鹿者
如殺人之罪則是四十里爲阱於國中民以爲大不亦宜
乎言樵蘇往而無忌即鹿縱而匪禁者蓋同乎周文之德
異乎齊宣之意善曰西都賦曰幽林穹谷西京賦曰繚垣
緜連周易曰碩果不食莊子曰見巨木其絜百圍孫子曰
水深則回說文曰淵回水也毛詩曰有潅者泉文子曰積
水成海說文曰瀆分別也。胡犬反。本草曰藕一名水芝爾
雅曰荷芙蕖其根藕此文云凌波而的皪即藕爲偏名非唯
根矣的皪光明也上林賦曰的皪江靡鄭玄周禮注曰淩芰
也說文曰白濤大波也浸潭漸漬也隨波之貌洞簫賦曰玉
液浸潭而承其根毛萇詩傳曰飛而上曰頡飛而下曰頏周
禮曰川澤宜鱗物墳衍宜介物鄭玄曰鱗魚龍之屬介龜鼈
之屬水居陸生者也漢書音義晉灼曰樵取薪也蘇取草也

膴膴坰野奕奕菑畝甘荼伊蠢芊種斯阜西門溉其前史起灌其後墱流十二同源異口畜爲屯雲泄爲行雨水澍粳（古衡）稌（徒五）陸蒔稷黍黝黝桑柘油油麻紵均田畫疇蕃廬錯列薑芋充茂桃李蔭翳（音咽叶韻）家安其所而服美自悦邑屋相望（武方）而隔踰奕世

膴膴美也詩云周原膴膴堇荼如飴爾雅曰田一歲曰菑詩云薄言采芑于此菑畝周官曰澤草所生種之芒種鄭司農曰芒種稻麥也今鄴下有十二墱天井堰在城西南分爲十二墱（丁鄧切）微子麥秀之歌曰黍苗油油漢制列侯公主田無過三十頃者其餘各以官次哀帝時董賢賜田猥多王嘉上跡均田之制從此墮壞疇者界也埒畔際也詩云中田有廬孟子曰五畝之宅樹之以桑故曰蕃廬錯列老子曰甘其食美其服樂其俗安其居鄰里相望雞犬之聲相聞人至老死不相與往來善曰韓詩曰周原膴膴莫來反毛詩曰奕奕梁山維禹甸之賈逵國語注曰阜長也

更或作植立

河渠書曰西門豹引漳水漑鄴以富魏之河内漢書曰史起爲鄴令遂引漳水漑鄴人歌之曰鄴有賢令兮爲史公決漳水兮灌鄴旁終古潟鹵兮生稻粱水陸謂高下之田也二渠之利下則澍生稉稌高則植立稷黍也説文曰澍時雨所以澍生萬物者也之樹反方言曰蒔更也郭璞曰謂更種也時吏切爾雅曰黒謂之黝郭璞曰黝黒貌也聲類曰油油麻肥也莊子曰治邑屋曷嘗不法聖人哉謝承後漢書曰王翁位二千石奕世相襲

內則街衝輻輳朱闕結隅石杠飛梁出控漳渠疏通溝以濱路羅青槐以蔭塗比滄浪平而可濯方步櫚以占而有踰習習冠蓋華華所巾蒸徒斑白不提行旅讓衢設官分職營處署居夾之以府寺班之以里閭

鄴城内諸街有赤闕黒闕正當東西南北城門最是其通街也石竇橋在宫東其水流入南北里爾雅曰石杠謂之倚郭璞曰石橋音江跡通也魏武帝時堰漳水在鄴西十里名曰漳渠堰東入鄴城經宫中東出南北二溝夾道東行出城所經石竇者也楚辭曰滄浪之水清可以濯

里

尤云奉常五臣作太常　夏據上注

吾纓善曰杜預左氏傳注曰衝交道也齒容反文子曰群臣輻湊李尤德陽殿賦曰朱闕巖巖嚴嚴晉灼漢書注曰飛梁浮道之橋小雅曰控引也步櫚長廊也楚辭曰曲屋步櫚宜擾畜上林賦曰步櫚周流長途中宿蔡雍胡億碑曰祁祁我君習習冠蓋毛萇詩傳曰華華衆多也禮記曰斑白者不提挈鄭玄曰雜色曰斑家語曰虞芮二國爭田入文王境行者讓路周禮曰設官分職以爲民極小雅曰班次也

其府寺則位副三事官踰六卿奉常之號大理之名厦屋一揆華屏齊榮肅肅階闢重門再扃師尹爰止毗代作楨

當司馬門南出道西最北東向相國府第二南行御史大夫府第三少府卿寺道東最北奉常寺次南大農寺出東掖門正東道南西頭太僕卿寺次中尉寺出東掖門宮東北行北城下東入大理寺宮內大社西郎中令府城南有五營魏武帝爲魏王時太常號奉常廷尉號大理建安十八年始置侍中尚書御史符節謁者郎中令太僕大理大農少府中尉二十一年大理鍾繇爲相國始置太常宗正二十二年以軍師華歆爲御史大夫初置衛尉時武帝爲魏王置相國御史大夫故云位副三事

置卿近九故曰官踰六卿善曰毛詩曰三事大夫莫肯夙夜夏屋已見上注鄭玄禮記注曰晝華也爾雅曰屏謂之樹鄭玄禮記注曰榮屋翼也爾雅曰兩階間曰鄉許亮反周易曰重門擊柝說文曰扃門之關也毛詩曰赫赫師尹毛萇曰太師周之三公也尹氏爲太師毛詩曰天子是毗又曰王國克生維周之楨毛萇曰楨幹也其閭閻則長壽吉陽永平思忠亦有戚里寘宮之東閈出長者巷苞諸公都護之堂殿居綺牕輿騎朝猥蹀歘其中長壽吉陽永平思忠四里名也長壽吉陽二里在宮東中當石竇吉陽南入長壽北入皆貴里都護者將軍曹淵也漢書萬石君傳曰徙其家長安戚里以姊爲美人故善曰古詩云交疏結綺窻廣雅曰猥衆也烏罪反聲類曰蹀躡也徒協反說文曰歘忽也上知反營客館以周坊飭賓侶之所集瑋豐樓之閈閎起建安而首立葺牆幂室房廡雜襲剞居綺劂罔掇匠斲積習廣成之傳無以疇槀街之邸不能及鄴城南有都亭

東

邸

成

也輟与

三逵字改達

城東亦有都道北有大邸起樓門臨道建安中所立也古者重客館故舉年號也春秋左傳曰高其閈閎繕完葺墻以待賓客圬人以時塓館宮室子産曰僑聞文公之為盟主也宮室卑埤以崇大諸侯之館館如公寢爾雅曰閎巷門也一曰閎門中所從出入也葺覆也圬人塗人也塓墁也館宮室諸侯傳也史記藺相如奉璧西入秦秦舍相如廣城傳善曰說文曰廡堂下周屋也許慎淮南子注曰剞劂曲刀也劂九月反鄭玄論語注曰輟止也掇古字通。張晏漢書注曰疇等也漢書曰郅支首懸槀街蠻夷邸間晉灼曰黄圖在長安城內也

廓三市而開廛籍平逵而九達班列肆以兼羅設闤闠以襟帶濟有無之常偏距日中而畢會抗旗亭之嶤嶭綰五侈所覜之博大周禮大市日昊而市朝市朝時而市夕市日夕而市此三市之謂也逵已見上章傳曰逵市在逵之上易曰日中為市致天下之人聚天下之貨交易而退各得其所善曰有無謂貨物之多少也二者常偏此能濟之也孟子曰古之為市也以其所有易其所無西京賦注曰旗亭市樓也。嶤嶭高峻之

材

尤云馴風五臣作馴改

漢書及貨殖傳均無此文

貌爾雅曰覞視也他吊反百隧轂擊連軫萬貫憑軾捶馬袖幕紛半
壹八方而混同極風采之異觀質劑子遺平而交易刀布貿
而無筭軾車橫覆膝人所憑也周官曰聽賣買以質劑又曰以質劑結信而止訟鄭玄曰質劑謂兩書一札
而別之也若今下手書保物要還矣質大賈也劑小賈也
刀布錢刀之謂荀卿書曰省刀布之斂善曰西京賦曰俯
察百隧史記蘇秦曰臨菑之塗車轂擊人肩摩連衽成帷
舉袂成幕左傳曰楚子玉謂晉侯曰君憑軾而觀之說文
曰捶擊也河圖龍文曰八方歸德淮南子曰采俗者所以
一羣生之短脩明九夷之風采高誘曰風俗采事也
賄以工化賄以商通難得之貨此則弗容器周用而長務
物背窳而就攻不鬻邪而豫賈古著馴風之醇醲周官曰百
工飭化八材商賈阜通貨賄漢書貨殖傳曰桓文之後禮
義大壞上下相冒於是商通難得之貨工作無用之器攻
者堅也詩曰我車既攻通物曰商居賣曰賈禮記王制曰
器用不中度不鬻於市布帛精麤不中數幅廣狹不中量

不鬻於市姦色亂正色不鬻於市禽獸魚鼈不中殺不鬻於市此皆不鬻邪之義史記曰子產治鄭不鬻賈周官曰平肆展成鄭玄曰展整也成平也市者使定物賈防詐豫也善曰廣雅曰財貨也財與材古字通爾雅曰賄財也廣雅曰長常也言常習之史記曰舜居河濱器不苦窳音灼曰窳病也餘乳反淮南子曰黃帝治天下市不豫賈周易曰馴致其道仲長子昌言曰淑清穆和之風既宣醇醲之化既浹孔安國尚書傳曰醇粹也說文曰醲厚酒也女龍切優渥然以酒之醲以喻政厚也

白藏平**之藏**去**富有無隄同賑大內控引世資賨幏積墆琛幣充牣**仞**關石之所和鈞財賦之所底慎燕弧盈庫而委勁冀馬填廄**救**而駔駿**下白藏庫在西城下有屋一百七十四門爾雅曰秋爲白藏因以爲名也大內京邑都內寶藏也漢書淮南王安上疏曰越人貢財之奉不輸大內食貨志曰或墆財亙夏書曰關石和鈞王府則有此夏之逸書禹貢曰庶土交正厎慎財賦咸則三壤鄴城西下有乘黃廄燕幽州也弧弓也爾雅曰北方之美者有幽都之筋角焉春秋左傳曰冀之北土馬之所生善曰周

尚書偽孔傳云致所慎者財貨貢賦言取之有節不過度

士

易曰富有之謂大業漢書東方朔曰不足以危無隄之輿蘇林曰隄限也爾雅曰賑富也風俗通曰槃瓠之後輸布一匹二丈是謂賨布廩君之巴氏出幏布八丈賨在宗反幏音稼𢃼音滯賈逵國語注曰闢通也鄭玄儀禮注曰和調也孔安國尚書傳曰金鐵曰石供民器用通之使和平子虛賦曰充仞其中說文曰駔壯馬也子朗反

至乎勍敵糾紛庶土罔寧聖武興言將曜威靈介胄重襲旍旗躍莖弓珧以焦解檠巨景矛鋋飄英三屬之甲縵莫韓胡之纓控弦簡發妙擬更平嬴

建安十九年五月立魏公位諸侯王上赤紱遠遊冠二十一年進爵為王二十二年得設天子旍旗出警入蹕賜朱冠冕十二旒金根車駕六馬建太常設五時副車爾雅曰弓以蜃者謂之珧蜃骨也檠弓柙也詩云二矛重英漢書刑法志曰魏氏武卒衣三屬之甲趙惠文王好劍劍士夾門而客者三千人趙太子悝謂莊周曰吾王所見劍士皆蓬頭突鬢垂冠縵胡之纓短後之衣瞋目而語難者王乃悅之戰國策更嬴謂魏王曰臣能虛發而下鴈魏王曰然則射可至於此乎更嬴

漫 注同

别本作咻舊音休
嗍當作輷〻从訇
祲威盛威也

曰可有鴈從南方來更嬴虛發而鴈下善曰左氏傳曰子魚曰勍敵之人隘而不成列杜預曰勍强也尚書曰庶士交正毛詩曰庶士有揭又曰與言出宿長楊賦曰以露威靈金匱曰良弓非勍檠不張說文曰鋋小矛史記曰冒頓自立爲單于控弦之士三十萬班固漢書李廣述曰控弦齊被練而銛貫石威動北鄰爾雅曰簡擇也謂擇處而發也

息廉戈襲偏裂以讃會列畢出征而中律執奇正以四伐碩畫精通目無匪制推鋒積紲氣彌銳三接三捷既書亦月剋翦方命吞滅咆白交休虛交雲撤叛換席卷虔劉祲子鴆威八紘荒阻率由洗兵海島刷馬江洲振旅輷輷反旆悠悠凱歸同飲跣爵普疇朝無刓五官印國無費留

春秋左傳曰被練三千馬融曰練爲甲裘史記蘇代曰强弩在前銛戈在後司馬法曰師多則讃孫武曰奇正還相生若環之無端莊子曰庖丁爲文惠君屠牛手之所觸莫不中音合於桑林之舞文君曰善哉技庖丁對曰

黜　琮

臣好者道進乎技矣臣始解牛時所見無非牛者三年之後未嘗見全牛也今臣以神遇而不以目視也良庖歲更刀割也族庖月更刀折也今臣刀十九年矣所解數千牛也而刀刃若新發於硎若彼節者有間而刀刃者無厚以無厚入有間恢乎其於遊刃必有餘地矣文君曰善吾聞丁之言得養生焉一紀十二年推鋒積紀謂魏武帝從初平元年起兵至建安二十五年軍無不剋抑亦庖丁用刀十九年之義也孫武曰避其銳氣謂銳氣之利甚於鋒刃也易曰晉康侯用錫馬蕃庶晝日三接詩云一月三捷既晝亦月者蓋取其頻繁之數或日或月也方命放棄王命也尚書曰咈哉方命剋翦方命者謂始起兵誅董卓之首亂漢室也咆烋猶咆哮也自矜健之貌也詩云咆烋于中國呑滅咆烋者剋黜韓暹楊奉之專用王命也叛換猶恣睢也漢書曰項氏叛換雲撤換叛者謂討破袁紹猶勝項羽也虔劉殺也春秋左傳呂相絕秦曰虔劉我邊陲卷虔劉者謂擒呂布於徐州剋袁術於揚州平韓約馬超於雍州降劉表於荆州之屬也祲威八紘荒阻率由者謂北羈單于于白屋東懷孫權於吳會西攝劉備於巴蜀也硎小嘗也司馬相如梨賦曰唰嗽其漿史記蘇秦曰輷輷殷殷若三軍之衆穀梁傳曰入曰振旅兵事以嚴終也春秋左傳曰凡公行告於宗廟反行飲至漢書曰疏爵而貴之疏爵普疇疇其爵邑

者刓印印角刓也韓信傳曰項王有功當封爵印刓忍不能
與孫子兵法曰戰勝而不脩其賞者凶命曰費留善曰國語
曰公使申生伐東山韋昭注曰東山臯落氏也衣之偏裻之衣
韋昭注曰裻在中左右異故曰偏裻音督說文曰讀列中止
也然讀列或止或列周易曰師出以律漢書楊雄上疏曰石
畫之臣甚衆史記曰秦穆公與晉惠公戰於韓地秦人見穆
公窘亦皆推鋒爭死尚書曰方命圮族春秋感精符曰楚圖
宋吏相吞滅春秋推誠圖曰諸侯氷散席卷各爭恣妄西都
賦曰禔威盛容淮南子曰入澤之外乃有八紘尚書曰率由
典常以藩王室魏武兵接要曰大將將行雨濡衣冠是謂洗
兵刷猶飲也所劣切劉劭七華曰漱馬河源遊目崑崙蒼頡
篇曰輷輷衆車聲也呼萌切今爲輷字音田毛詩曰悠悠旆
旍魏武孫子注曰賞
不以時但留費也 喪亂既弭而能宴武人歸獸而去戰蕭斧
戢柯以柙刃虹旍攝麾以就卷斟洪範酌典憲觀所恒通其變
上垂拱而司契下緣督而自勸道來斯貴利往則賤圖圖寂
寥京庾流衍尚書曰往伐歸獸桓譚新論雍門周說孟嘗君曰以彊秦之勢伐弱燕譬猶礰蕭斧以伐朝菌也馬融廣成頌曰建

畧孫志祖說

王元長三月三日曲水詩序注引旍作旌

沈休文齊故安陸昭王碑文注引作寂寞

術こ

周上有棁

雄虹之長於洪範箕子陳政術之篇也易曰觀其所恒而天地萬物之情可見矣又曰通其變使人不倦老子曰聖人執左契而不責於人有德司契無德司徹善曰毛詩曰喪亂既平周公攝政弘化弭亂司馬法曰以戰去戰雖戰可也押胡甲反尚書曰垂拱而天下治莊子曰緣督以爲經可以保身可以全生司馬彪曰緣順也督中也順守道中以爲常也禮記曰仲春省囹圄文子曰法寛刑緩囹圄空虛毛詩曰曾孫之庾如坻如京鄭玄曰庾露積穀也

鯷啼即序西傾順軌荆南懷憓惠朔北思韙偉緜緜迥塗驟山驟水襁負賫贄重譯貢篚髽首之豪鐻耳之傑服其荒服斂衽而審魏闕置酒文昌高張宿設其夜未遽庭燎晣晣有客祁祁載華載裔入聲協韻岌岌冠縰所綺纍纍辮髮清酤戶如濟濁醪如河凍醴流澌溫酎躍波豐肴衍衍行術行庖皤皤愔愔醧一據讌酣湑無譁呼瓜反地理志曰會

馬髯薛君韓詩章句以
爲章句中語
分

稽海外有東鯷人分爲二十餘國以歲時獻見尚書禹貢曰
織皮西傾因桓是來織皮西戎國也憓順也司馬相如封禪
書曰義征不憓淮南子曰三苗髽首畫賫禮贄也周官曰九州
之外謂之藩國世一見各以其所貴寶爲贄孟子曰將有遠
行行者必以賮蒼頡篇曰賮財貨也建安二十一年匈奴南
單于呼韓厨泉將其名王大人來朝待以客禮張衡南都賦
曰九醞甘醴十旬兼清蘇秦史記曰齊有清濟濁河楚辭小招魂
日挫糟凍飲酎清涼王逸曰凍冷也酎三重釀醇酒也韓詩
云賓爾籩豆飲酒之醧能者飲不能者已謂之醧許氏說文曰醧
酒美也善曰尚書曰西戎即序尸子曰荆者非無東西也而
謂之南其南者多也杜預左氏傳注曰踶是也論語曰襁負
其子博物志曰織縷爲之以約小兒於背上尚書曰厥貢漆
絲厥篚織文山海經曰青要之山䰠武羅司之穿耳以鐻
郭璞曰鐻金銀之器名䰠音神鐻音渠漢書曰高張四縣
晉灼曰樂四縣也周禮曰凡樂事宿縣毛詩曰夜未央鄭
玄曰未渠央也毛詩曰庭燎晰晰又曰釆蘩祁祁楚辭曰
高余冠之岌岌鄭玄禮記注曰纚今之幘也纚與縰同漢
書曰諸侯纍纍從楚又終軍曰解辮髮削左衽毛詩曰既
載清酤說文曰澌流氷也周易曰鴻漸于磐飲食衎衎王
肅曰衎衎寬饒之貌也瞄瞄豐多貌也韓詩曰愔愔夜飲

薛君曰愔愔和悅之貌也孔安國尚書傳曰樂酒曰酣毛詩曰迨我暇矣飲此湑矣毛詩曰湑莤也鄭玄曰泲莤之也一曰湑樂也醧乙據反

延廣樂奏九成冠韶夏冒六莖傮響起疑震霆天宇駭地廬驚億若大帝之所興作二嬴之所曾聆

善曰賈逵國語注曰延陳也尚書曰簫韶九成鳳凰來儀樂動聲儀曰帝嚳樂曰六英帝顓頊曰五莖舜曰大韶禹曰大夏宋衷曰六英能爲天地四時六合也五莖能爲五行之道立根本也漢書曰顓頊作六莖夏大承二帝也韶繼堯也傮與曹古字通西京賦曰大帝說秦穆公而覲之饗以鈞天廣樂史記曰趙簡子病扁鵲視之曰昔秦穆公嘗如此七日而寤寤之日告公孫支曰我之帝所甚樂帝告我晉國且大亂今主君之疾與之同二日簡子寤曰我之帝所甚樂與百神遊於鈞天廣樂九奏萬舞不類三代之樂又曰趙氏之先與秦同祖然則秦趙同姓故曰二嬴也博雅曰聆聽也

金石絲竹之恒韻匏土革木之常調干戚羽旄之飾好去清謳微吟之要妙世業之所日用耳目之

尤至闓覺五百作開覺

所聞覺雜糅紛錯兼該泛博鞮鞻所掌之音韎邁昧　又廿6
任而金禁金之曲以娛四夷之君以睦八荒之俗鞮鞻周掌樂官
名也周官鞮鞻氏掌四夷之樂與其聲歌韓詩內傳曰
王者舞六代之樂舞四夷之樂大德廣之所及善曰周
禮曰播之以八音金石土革絲木匏竹禮記注曰干戚
羽旄謂之樂鄭玄曰干盾也戚斧也武舞所執羽翟羽
也旄旄牛尾文舞所執魏文帝樂府曰短歌微吟不能
長孔叢子曰世業不替周易曰百姓日用而不知鄭玄
周禮注曰鞮鞻四夷舞者屝也鞮都泥反鞻俱具反毛
萇詩傳曰東夷之樂曰韎孝經鉤命決曰東夷曰昧南
夷曰任西夷之樂曰株離北夷之樂曰禁然韎昧皆東
夷之樂而重用之疑悞也甘泉賦曰入荒恊兮萬國諧既
苗既狩爰遊爰豫藉田以禮動大閱以義舉備法駕理
秋御顯文武之壯觀邁梁騶之所著夏獵曰苗冬獵曰狩建安二十一年
三月魏武帝親耕藉田于鄴城東建安二十二年十月
甲午治兵上親執金鼓以詔進退大閱講武也魯詩傳

曰古有梁騶。梁騶天子獵之田曲也。善曰孟子夏諺曰吾王不遊吾何以休吾王不豫吾何以助一遊一豫爲諸侯度禮記曰天子爲藉田千畝公羊傳曰大閱者何簡車馬也蔡邕獨斷曰天子有法駕莊子曰尹需學御三年而無所得夜夢受秋駕於其師明日往朝其師其師望而謂之曰吾非獨愛道也恐子之未可與也今將教子以秋駕司馬彪曰秋駕法駕也史記曰此天下之壯觀也。

林不槎枿澤不伐夭斧斨以時罶罜以道德連木理仁挺芝草。皓獸爲之育藪丹魚爲之生沼矞雲翔龍澤馬于阜山圖其石川形其寶莫黑匪烏三趾而來儀莫赤匪狐九尾而自擾嘉穎離合以蓴蓴醴泉涌流而浩浩顯禎祥以曲成固觸物而兼造。蓋亦明靈之所酬酢休徵之所偉兆草木未成曰夭斨方銎斧也詩曰取彼斧斨以伐遠揚延康元年木連理芝草生於樂平郡白鹿白麞見於郡國赤魚見於太原郡黃初元年十一月黃龍高四五丈出雲中張口正赤矞雲者外赤內青也。楊雄太玄經曰紫霓矞雲澤馬見於上黨郡瑞石靈圖出於張掖之柳谷。始見於建安形成於黃初文備於大和周圍七尋中

此注有误

小注

舊音

髙一仭旁厚一黾蒼質素章龍馬鳳凰仙人之象粲然盛著是以有魏詩雲鳥之書黄初二年醴泉出河内郡玉璧一枚延康元年三足烏九尾狐見於郡國嘉禾生醴泉出易曰顯道而神德行是故可與酬酢可與佑神矣賓主俱飲主人先舉名曰酬客酌主人酒名曰酢酢者報也行道德守神明而祥瑞皆至此蓋明靈感應之理其與人事交報之義也故曰蓋亦明靈酬酢也善曰國語里革曰山不槎蘖澤不伐夭槎士雅切枡五割切夭烏老切㳄七羊切罾子能切文子曰鷹隼未擊羅罔不得張谷草木未落斤斧不得入山林孝經援神契曰德至草木則木連理古瑞命記曰王者慈仁則芝草生說文曰丁步也丑赤反毛詩曰莫亦匪狐莫黑匪烏尚書曰鳳凰來儀應劭漢書曰擾音擾馴也說文曰穎穗也蕚茂盛貌子本切蒼頡篇曰禎善也周易曰曲成萬物而不遺尚書有休徵孔安國曰序美行之驗也說文曰偉大也 敀

率土遷善罔匱沐浴福應宅心醰徒南粹餘糧栖畝而弗收頌聲載路而洋溢河洛開奧符命用出翩翩黄烏銜書來訊協韻與音悉人謀所尊鬼謀所秩劉宗委馭巽其神器闡玉策於金縢案圖録於石室考歷數之所在察五德之所莅量寸

此注有誤

宅心知訓康誥文

爲讎　作

旬消昔日陟中壇即帝位改正朔易服色繼絶世脩廢職徽幟以變器械以革顯仁翌明藏用玄默菲言厚行陶化染學讎校篆籀篇章畢覿優賢著於揚歷匪孼形於親戚河洛開奧河出圖洛出書也黄初元年黄鳥銜丹書晝見河尚臺易曰人謀鬼謀百姓與能玉策玉牒也尚書曰納策于金縢縢緘也楊雄遺劉歆書曰得觀書於石室莅臨也詩曰方叔莅止司馬法曰明不寶貝咫尺之玉而愛寸陰之旬旬時也禮記曰聖人南面而治天下改正朔易服色殊徽號異器械易曰顯諸仁藏諸用讎校所爲讎校者也魏文帝好書作皇覽諸文章辭藻多奏御故曰讎校尚書盤庚曰優賢揚歷歷試也善曰封禪書曰旼旼穆穆周易曰君子見善則遷有過必改史記太史公曰成王作頌沐浴膏澤尚書曰宅山阜俱積釂美也廣雅曰粹純也淮南子曰昔容成之時置餘糧於畝首蔡雍胡廣碑曰餘糧栖于畝畝公羊傳曰古者什一而籍而頌聲作矣毛詩曰厥聲載路毛萇曰路大也七略曰鄒子有終始五德從所不勝木德繼之金德次之火德次之水德次之魏志曰文帝諱丕字子桓武帝太子爲魏王漢帝以衆望在魏遂禪位乃爲壇於繁陽王升壇即阼改元爲黄初尚書曰將遜于位遜與巽同消擇也古玄切淮南子曰君人之道儼然玄墨馬融論語注曰菲薄也論語曰君子薄於言而厚於行風俗通曰案劉向別録讎校一人讀書校其上下得繆誤爲校一人持本一人讀書若怨家相對漢書音義曰周宣王太史大篆

也籒音胄漢書晁錯曰今陛下不孽諸侯應劭曰接之以禮不以庶孽畜之也本枝别幹蕃屏皇家勇若任城才若東阿抗旍則威噞秋霜摛翰則華縱春葩英喆雄豪佐命帝室相兼二八將猛四七赫赫震震開務有謚故今斯民覩泰階之平可比屋而爲建安二十三年代郡烏丸反魏武帝以鄢陵侯彰爲北中郎將行驍騎將軍入涿郡界叛胡數千騎卒至彰唯有步卒千人騎數百疋身自搏戰追胡大破之斬首五千餘級二八者八元八凱也四七者漢光武二十八將也黃帝泰階六符經曰泰階者天之三階也上階上星爲天子下星爲女主中階上星爲諸侯三公下星爲卿大夫下階上星爲元士下星爲庶人三階平則陰陽和風雨時歲大登民人息天下平足謂太平善曰毛詩曰本支百世説文曰幹本也左氏傳富辰曰封建懿親以蕃屏周蔡邕述行賦曰皇家赫而天居彰後爲任城王植爲東阿王漢書終軍曰驃騎抗旌昆邪左衽噞猶猛也○魚膽反荀悦申鑒曰人才怒如秋霜荅賓戲曰摛藻如春華易乾鑿度曰代者赤兌黃佐命應劭漢官儀曰帝室猶古言王室毛詩曰赫赫師尹周易曰夫易開物成務爾雅曰謚靜也音密尚書大傳曰周人可比屋而封知列筭祀有紀天祿有終傳業禪祚高謝萬邦皇

尤云皇恩五臣作皇情

依朱珔説乙

恩綽矣帝德沖矣讓其天下臣至公矣榮操行之獨得超百王之庸庸追亘卷領與結繩睠留重華而比蹤尊盧赫胥羲農有熊雖自以為道洪化以為隆世篤玄同奚遽不能與之踵武而齊其風淮南子曰古者有督而卷領以王天下其爲德生而不殺莊周曰昔者軒轅氏赫胥氏尊盧氏虙戲神農氏當是時人結繩而用之若此之時則至治也黄帝一號有熊氏踵繼也武迹也楚辭曰及前王踵之武善曰幽通賦曰旦筭祀于契龜音義曰筭數也尚書曰天祿永終王逸楚辭注曰謝去也西京賦曰皇恩溥尚書曰帝德廣運老子曰大滿若沖字書曰沖虛也魏志曰陳留王奐即皇帝位後禪位于晉嗣王魏世譜曰魏封帝為陳留王臣至公謂帝為臣於晉至公之道也仲長子昌言曰人主臨之以至公司馬相如弔二世文曰操行之不得班固曰漢承百王之弊馮衍顯志賦曰非庸庸之所識庸謂凡常無奇異也史記曰舜字重華高誘淮南子注曰隆盛也老子曰知者不言言者不知是

于漢書作于法同

謂玄同韓子曰雖厚愛之奚遽不亂是故料聊其建國析其法度諮其考室議其舉厝復之而無斁申之而有裕非疏糲魯鹵之士所能精非鄙俚之言所能具詩云斯干宣王考室也疏糲麤也韓非曰糲糧之飲藜藿之羹斁猒也漢書司馬遷傳曰質而不俚俚鄙也善曰說文曰析量也爾雅曰諮謀也陳琳檄吳將校曰豈輕舉厝也哉毛詩曰無斁於人斯又曰綽綽有裕至於山川之倬詭物產之魁殊或名奇而見稱或實異而可書生生之所常厚洵美之所不渝其中則有鴛鴦交谷虎澗龍山掘鯉之淀蓋節之淵羝羝精衛銜木償怨常山平干鉅鹿河間列真非一往往出焉昌容練色犢配眉連玄俗無影木羽偶仙琴高沈水而不濡時乘赤鯉而周旋師門使火以

涉　化爲　世

驗衛故將去而林燔老子曰人之輕死以其生生之厚也謂適生生之情以自厚也鳶鶩

水在南和縣西交谷水在鄴南虎澗在鄴西南龍山在廣平沙縣掘鯉淀在河間莫縣之西淀者如淵而淺也蓋節淵在平原鬲縣北山海經曰發鳩之山有鳥狀如烏文首白喙赤足名曰精衛赤帝之女名曰女娃女娃遊於海溺而不反精衛常取西山之木石以堙東海焉列真謂列仙也列仙傳昌容者常山道人也自稱殷王女食蓬累根二百餘年而顏色如年二十人故曰鍊色犢子者鄴人也時壯時老時好時醜乃知其仙人也陽都女者生而連眉耳細而長衆以爲異俗皆言此天人也會犢子來過都女都女悦之遂留相奉侍出門共牽犢耳而走莫能追之玄俗者自言河間人也餌巴豆雲英賣藥於市七丸一錢治百病王病瘕服藥用下蛇十餘頭王家老舍人自言父世見俗俗形無影王呼俗著日中實無影河間故趙也文帝三年以爲國木羽者鉅鹿南和人也母貧賤常助産婦兒生自下唼母母大怖暮夢見大冠赤幘守兒言此兒司命君也當報汝恩使子與木羽俱仙母陰信識之後兒生字之爲木羽兒至年十五夜有車馬來迎之呼木羽木羽爲我御來遂俱

去琴高者趙人也浮遊冀州二百餘年後辭入碭水中取龍子與諸弟子期期日皆絜齋待於傍設屋祠果乘赤鯉來出坐祠中留一月復入水去師門者嘯父弟子亦能使火爲孔甲龍師孔甲不能修其心意殺而埋之外野一旦風雨迎之訖則山木皆燔孔甲祠而禱之未還而道死嘯父冀州人也在曲周市上曲周屬廣平郡漢武帝征和二年嘗爲平干國故曰常山平干也師門者木嘯父弟子故附冀州善曰廣雅曰倬絶也薛綜西京賦注曰詭異也王逸楚辭注曰懇大也鄭玄周禮注曰生猶養也劉瓛周易義曰自無出有曰生毛詩曰洵美且仁鄭玄曰洵信也毛詩曰舍命不渝毛萇曰渝變也浣音殿說文曰羝亦翅字翼翅也叔鼓切今音祇羝飛貌馮衍爵銘曰壽配列真劉歆移曰天下象書往往頗出左傳太史尅曰奉以周旋易陽壯容衛之稚質邯鄲躧步趙之鳴瑟真定之梨故安之栗醇酎中山流湎千日淇洹檀之筍信都之棗雍丘之粱清流之稻錦繡襄邑羅綺朝歌緜纊房子縑緫清河若此

之屬繁富夥夠非可單究是以抑而未罄也

賦曰易陽之容淮南子曰蔡之幼女衛之稚質史記曰趙中山鼓鳴瑟跕躧真定屬中山郡出御黎故安屬范陽出御栗揚雄幽州箴曰蕩蕩幽州惟與之別禹貢無幽州故安今見屬中山郡中山出好酎酒其俗傳云昔有人曰玄石者從中山酒家酤酒酒家與之千日之酒語其節度比歸數百里可至於醉如其言飲之至家而醉其家不知其醉以為死也棺斂而葬之中山酒家計向千日意曰玄石前來酤酒其醉向解也遂往問其鄰人曰玄石死來三年服已闋矣於是與其家至玄石冢上掘而開其棺玄石於是醉始解起於棺中其俗語曰玄石飲酒一醉千日信都屬安平出御棗雍丘屬陳留也地理志曰魏參之分野南有陳留極城曰雍丘之糧清流鄴西出御稻襄邑屬陳留舊有服官中都賦曰朝歌羅綺又房子出御綿清河出縑總清河一名甘陵也善曰漢書音義臣瓚曰跕躧跕都牒反躧所解反薛君韓詩章句曰均衆謂之流閉門不出容謂之湎淇園已見上文杜預左氏傳注曰汲郡汲即衛地也洹或為園洹音桓孔安國尚書傳曰纊細綿廣雅曰總絹也

當作顕

廣雅曰㖃多也古侯切

蓋比物以錯辭述清都之閒麗雖選言以簡章徒九復而遺音覽大易與春秋判殊隱而一致末上林之隤墻本前脩以作系胡計切逸詩九變復貫知言之選擇求比物謂屬變而還復舊貫則知言之選擇求比物錯辭物上之叙也屈原遠遊曰造句始觀清都言雖選言簡章徒至九復而猶遺其精旨也春秋推見以至隱易本隱以之顯所言雖殊其合德一也故曰末上林之隤墻本前脩以作系也前脩謂前賢也離騷謇吾法夫前脩司馬相如上林賦曰頹墻填塹使山澤之人得至焉揚雄羽獵賦後曰放雉兔收罝罘與百姓共之亂者理也傳曰有亂臣十人此皆二賦以其後居正之義理其前過甚之事也張衡東京賦曰相如壯上林之觀楊雄騁羽獵之辞雖系以隤墻填塹亂以收其罝罘卒無補於風規蓋易有系辭之義而以本於前脩以爲系肖之意也系者肖也且易之系述而辨至於相如初壯上林之觀後說隤墻之事首尾相剸非本系辭而流也而張衡云系以隤墻謂爲系辭同音於義有未安焉諸文賦之後亂者與本絕

此下皆前脩也
本仍說
謂之

於噴墻收罝罘雖不與本文絶義張氏同諸系辭之別可知也善曰韓子曰連類比物列子曰周穆王暨及化人之宮王以爲清都紫微班固漢書司馬相如賛文曰推見至隱言大易春秋隱顯殊而合德若一故觀隱覽而法則之上林則頹墻塡壍雖本前修而作系所謂勸百而諷一故輕末而鄙賦**其軍容弗犯信其果毅糾華綏戎以戴公室元勲配管敬之績歌鍾析邦君之肆則魏絳之賢有令聞也**國語曰鄭伯納女樂二八歌鍾二肆公錫魏絳女樂一八歌鍾一肆曰子教寡人和戎狄而政諸華於今八年七合諸侯寡人無不得志與子共之管敬仲相桓公九合諸侯魏絳輔晉悼公七合諸侯故謂之元勲配管敬之績也悼公得二肆而賜魏絳一肆故諸侯歌鍾析邦君之肆也善曰司馬法曰古者國容不入軍軍容不入國禮記曰介冑有不可犯鄭玄禮記注曰信讀如屈伸之伸假借字也左氏傳君子曰殺敵爲果致果爲毅班固漢書述曰太祖元勲啓立輔臣毛詩曰令問令望**閑居隘巷室邇心遐富仁寵義職競弗羅千乘**

爲之軾廬諸侯爲之止戈則干木之德自解紛也呂氏春秋曰段干木者魏文侯敬之過其廬而軾之其僕曰干木布衣耳而君軾其廬不亦過乎文侯曰干木不趣俗役懷君子之道隱處窮巷聲馳千里之外未肯以己易寡人也寡人光乎勢干木富於義勢不如德尊財不如義高吾安敢不軾乎秦欲攻魏而司馬康諫曰段干木賢者而魏禮之天下皆聞無乃不可加乎兵秦君以爲然乃止干木寂然不競於俗故曰職競弗羅也逸詩云兆云詢多職競弗羅善曰漢書曰司馬相如稱疾閒居毛詩曰誕寘之隘巷又曰其室則迩老子曰解其紛也貴非吾尊重士踰山親御監門嗛嗛同軒揭女格秦起趙威振八蕃則信陵之名若蘭芬也史記曰魏有隱士曰侯嬴年七十家貧爲大梁夷門監者公子方置酒大會賓客坐定從車騎虚左自迎侯生秦兵圍邯鄲公子姊爲平原君夫人平原使使讓公子公子數請王及賓客辯士說王萬端王畏秦終不聽公子公子用侯生策使朱亥椎殺將軍晉鄙而奪其軍進擊秦軍秦軍解去邯鄲遂存秦兵伐魏公子篤

則

歸救魏王魏王以上將授公子公子使徧告諸侯諸侯
各進兵救魏公子率五國之兵破秦至函谷關秦兵不
敢出當是之時公子威振天下善曰史記曰侯生直上
載欲以觀公子公子執轡愈恭然親御謂身自爲御也
監門即侯嬴也周易曰謙謙君子卑
以自牧嗛古謙字說文曰搦按也
英辯榮枯能濟其厄位
如將相窒逸知隙之策四海齊鋒一口所敵張儀張祿亦足
云也史記張儀者魏人也始嘗與蘇秦俱事鬼谷先生
學術蘇秦自以不及張儀儀以學而遊說諸侯嘗
從楚相飲楚相亡璧楚相門下意張儀曰儀貧無行此
必盜相君璧共執儀掠笞數百不服釋之張儀相秦使
於諸侯皆說之散其合從之謀秦封儀爲武信君爲秦
將取陝築上郡塞范雎者魏人也遊說欲事魏王家貧
無以自資乃事魏中大夫須賈賈怨范雎以告魏將魏
齊笞擊折脅摺齒雎佯死即盛以簀中范雎謂守者曰
公能出我我必厚謝公守者乃請棄簀中死人遂伏匿更名
張祿先生隨秦謁者王稽入秦謂昭王曰臣居山東時聞齊
有田單而不聞其有王也聞秦有太后穰侯不聞其有王也
今太后擅行不顧穰侯出使不報華陽涇陽專斷不請四貴

鸜 反

備而國不危者未之有也昭王懼乃疑穰侯收其印而相張祿爲應侯應侯之祖秦蔡澤說曰今君相秦計不下席謀不出廊廟坐制諸侯六國不得合從使天下皆畏秦也善曰曹植輔臣論曰英辯博通張劉及論曰噓枯則冬榮解嘲曰室隟蹈瑕而無所屈也**攉惟庸蜀與鴝鵲同窠句吳與鼃黽同穴**善曰許慎淮南子注曰攉揚攉略也尚書曰及庸蜀人孔安國曰庸在江漢之南左氏傳曰鸜鵒株株鸜具踰反株音誅世本曰吳孰姑徙句吳注孰姑壽夢也句吳太伯始所居地名句吳句音溝說文曰鼃蝦蟆也胡蝸反鄭玄周禮注曰黽蝦蟇屬也黽莫耿切**一自以爲禽鳥一自以爲魚鼈**善曰漢賈捐之上書曰駱越之人譬猶魚鼈何足貪也鍾會芻蕘論曰吳之玩水若魚鼈蜀之便山若禽獸**山阜猥積而踦嶇泉流迸集而映咽隰壤瀸漏而沮洳林藪石留**力又**而蕪穢**山阜猥積蜀也泉流迸集吳也戰國策段規謂韓王曰分地必取成皋韓王曰成皋石留之地也無所用之也石留之地俞土地多石猶人物之有留結也一曰壤潄而石也或作溜

宗善曰廣雅曰踦䮶傾側也字書曰迸散走也映雨流不通也映烏明反公羊傳曰瀸者何漬也作𦗾反周易曰甕敝漏然漏猶滲也滲所禁反毛詩曰彼汾沮洳毛萇曰沮洳其漸洳也漢書楊惲曰蕪穢不治

窮岫泄雲日月恒翳宅土熇暑封疆障癘吳蜀皆暑濕其南皆有瘴氣善曰泄猶出也埤蒼曰熇熱親許妖切

蔡莽螫適刺刺力昆蟲毒噬蔡莽螫刺多毒草也昆蟲毒噬蝮蛇鴆鳥之屬蜀也莽曰王逸楚辭注曰蔡草莽也方言曰莽草也南楚曰莽鄭玄禮記注曰昆明也明蟲者陽而生陰而藏詩序曰文王德及鳥獸昆蟲

漢罪流禦秦餘徙烈楊雄蜀都賦曰秦漢之徙充以山東貨殖傳曰秦破趙遷卓氏於蜀漢時曰南北景合浦九真亦皆有徙者息夫躬孫寵之屬焉善曰左氏傳竄流四凶族以禦螭魅廣雅曰㓹餘也力制反

宵貌蕞罪陋稟質遳蒋衛脆巷無杼首里罕耆呂直耋地理志曰江南卑濕丈夫多夭巴蜀輕易淫泆家弱論編脆漢書曰人宵天地之貌方言曰燕記曰豐人杼首杼首長首也燕謂之杼交益之人率皆弱陋故曰無杼首也善曰左氏傳曰蕞爾小國杜預曰蕞爾小貌也廣雅曰質軀

也逵亦脆也七戈反說文曰脆少耎易斷也左氏傳曰王使宰孔謂齊侯曰伯舅耋老杜預曰七十曰耋或魋直追髽而左言或鏤膚而鑽髮或明發而嬥歌或浮泳而卒歲楊雄蜀記曰蜀之先代人椎結左語不曉文字嬥謳歌巴土人歌也何晏曰巴字謳歌相引牽連手而跳歌也潛行爲泳詩曰漢之廣矣不可泳思善曰漢書淮南王曰越鬋髮文身之人張揖以爲古翦字也子戔反文身即鏤膚也毛詩曰明發不寐爾雅曰嬥嬥契契愈遐急也郭璞曰賦役不均賢人憂歎遠急切也佻或作嬥音苕苕一音徒了反毛詩曰何以卒歲風俗以韰果爲嫿人物以戕害爲藝善曰楊雄反騷曰何文肆而質韰應劭曰韰狹也下介切方言曰惈勇也果與惈古字通說文曰嫿靜好也音畫左氏傳曰自內害其君曰殺自外曰戕七良反威儀所不攝憲章所不綴以禮記曰孔子憲章文武善曰毛詩曰朋友攸攝攝以威儀賈逵國語注曰綴連也由重山之束阨烏介因長川之梱據勢距遠關以闚閽俞時高巘

注

別本作嫿舊音畫

廣雅釋詁一僱陋也

據注

漢書注

佻

此注有误

叢書刻本

而陛制重山東阸謂蜀也長川據勢謂吴也漢書曰形束壤制善曰闕望尊位也陛制亦以高橑之陛而能約制其民也漢書音義言其土地形勢足以束制其人也據古據字九御切薄戍緜羃無異蛛蝥之網弱卒瑣甲無異螳蜋之衛善曰緜羃微貌○呂氏春秋湯祝曰蛛蝥作罔罟今之人學之蛛音株蝥莫侯反莊子蘧伯玉謂顔闔曰汝不知夫螳蜋乎怒其臂以當車轍不知其不勝任也與先世而常然雖信險而勦絶揆既往之前迹○即將來之後轍○成都迄已傾覆建鄴則亦顛沛善曰尚書曰天用勦絶其命勦子小反左傳呂相絶秦曰傾覆我社稷論語曰顛沛必於是馬融曰顛沛僵仆也顧非累卵於疊棊焉至觀形而懷怛善曰言其危懼易見不俟觀形也說苑曰晉靈公造九層臺孫息聞之求見曰臣能累十二博棊加九雞子其上公曰子作之孫息以棊子置下加九雞子于其上靈公曰危哉孫息曰是不危復有危於此者九層之臺三年不成鄭國將欲興兵社稷士滅君欲何

注引張文別本校語
𢥞 注引張
注同
䁿 注同據注引說文知另誤字
懼 刪

望公卽壞臺賈逵國語注曰怛懼也權假日以餘榮比朝華而菴藹奄善曰權猶苟且也楚辭曰聊假日以須時說文曰木堇朝華暮落覽麥秀與黍離可作謡於吳會善曰尚書大傳曰微子將朝周過殷之墟見麥秀之蔪蔪曰此父母之國宗廟社稷所立也志動心悲欲哭則爲朝周俯泣則婦人推而廣之作雅聲毛詩序曰黍離閔宗周大夫行役過故宗廟宮室盡爲禾黍而作是詩先生之言未卒吳蜀二客䁿𢥞焉相顧䁿焉失所有靦瞢容神𢗅形茹䅺氣離坐憮墨而謝傳曰駟氏䁿懼也左傳曰駟氏𢥞瞿毛詩曰有靦面目瞢慚也左傳曰亦無瞢焉楊雄方言曰憖也荊楊之閒曰憮善曰張以𢥞先瓏反今本並爲䁿䁿大視呼縛反說文曰䁿失意視他狄反字書曰䅺垂也謂垂下也𢗅與蕤同而髓切說文曰𢗅心疑也亦而髓反呂氏春秋曰以茹魚驅蠅蠅愈至而不可禁然茹臭敗之義也如舉反廣雅曰弛釋也施紙反憮勑典反杜預左氏傳注曰墨色下也說文曰謝辭也曰僕黨清狂怵迫閩濮卜習蓼蟲之忘辛

續

汎注同

直

翫進退之惟谷非常寐而無覺不覩皇輿之軌躅漢書昌邑王賀傳曰賀清狂不慧注蘇林色理清徐而心不慧故曰清狂也賈誼鵩鳥賦曰怵迫之徒或趣西東善曰閩巳見吴都賦孔安國尚書注曰濮國在江漢之南楚辭注曰蓼蟲不知從乎葵藿王逸曰蓼蟲處辛刺食苦惡不從葵藿食甘美毛詩曰人亦有言進退惟谷又曰尚寐無覺楚辭曰恐皇輿之敗班固漢書班嗣曰伏周孔氏之軌躅音義曰躅迹也過以仳剽之單慧歷執古之醇聽楊雄方言曰仳剽輕也善曰鄭玄禮記注曰過猶誤也王逸楚辭注曰歷逢也老子曰執古之道仳敷劒切剽四妙反兼重古龍反悂以貤繆偭辰光而罔定善曰言既重其悂而又累其繆也廣倉曰悂用心并誤也方奚反說文曰貤重次第物也弋豉反漢書音義應劭曰偭背也音面國語曰次序三辰賈逵曰日月星也先生玄識深頌廓測得聞上德之至盛匪同憂於有聖老子曰古之士微妙玄通深不可識夫惟不可識故强為之頌故曰先生玄識深頌廓測又曰上德無為而無不為易曰顯諸仁藏

肅　不与删

癸

諸用鼓萬物而不與聖人同憂盛德大業至矣哉夫聖人親憂其事然後能立易體無爲而無不爲自然動物而不與聖人同憂蓋謂治合造化出於形器之表者聖人無所復聞無復恤也故曰鼓萬物而不與聖人同憂其上賦中云顯仁㬥明藏用玄默故下覆報言之也善曰王弼周易注曰不與聖人之憂憂君子之道不長小人之道不消黍稷之不茂荼蓼之蕃殖至於乾坤簡易是常無偏於生養無擇於人物不能委曲與彼聖人同此憂之

抑若春霆發響而驚蟄飛競潛龍浮景而幽泉高鏡。善曰二客聞言朗然心悟猶春霆響驚蟄紛然而競飛龍彩幽泉煥然而照也呂氏春秋曰聞春始雷則蟄虫動矣詩推度客曰震起而驚蟄睹周易曰潛龍勿用也

雖星有風雨之好人有異同之性庶覬蔀家與剝廬非蘇世而居正尚書洪範曰庶人惟星星有好風星有好雨言人心之不同如星之所好異易曰豐其屋蔀其家小人剝廬楚辭九章曰蔀也必獨立春秋公羊傳曰君子大居正善曰言己因此幸見蔀家剝廬之凶非謂悟世而居正道也爾雅曰

庶幸也王弼周易注曰蔀覆曖鄣光明之物也既豐其
屋又覆其家屋厚家覆闇之甚也王逸楚辭注曰蔀蔽
之也且夫寒谷豐黍吹律暖之也昬情爽曙箴規顯之也
劉向別録曰鄒衍在燕有谷地美而寒不生五穀鄒子
居之吹律而温至黍生今名黍谷善曰孔安國尚書注
爽明也說文曰曙旦明也雖明珠兼寸尺璧有盈曜車二六三傾五
城未若申錫典章之為遠也太史書田敬仲世家傳曰齊威王二十四年與魏
惠王會田於郊魏王問曰王亦有寶乎曰無有也魏王
曰若寡人小國也尚有徑寸之珠照車前後十二乘者
十枚奈何以萬乘之國而無寶乎善曰尹文子曰田父
得寶玉徑寸置於廡上其夜照一室史記曰趙惠文王
得楚和璧秦昭王聞之願以十五城請易璧毛詩曰申錫無疆亮曰日不雙麗世不兩
帝天經地緯理有大歸安得齊給守其小辯也哉二客自言
安能守此者自晦也荀卿子曰辯說譬論齊給便利而
不慎義謂之姦說善曰禮記曰天無二日土無二王漢

書文帝賜尉他書云兩帝並立新序單襄公曰經之以天緯之以地經緯不爽天之象也家語孔子曰小辨害義小言破道也

文選卷第六

壬戌六月廿五日 黄侃季剛尋覽

文選卷第七

梁昭明太子撰

文林郎守太子右内率府録事參軍事崇賢館直學士臣李善注上

郊祀

楊子雲甘泉賦

耕籍

潘安仁籍田賦

畋獵上

司馬長卿子虚賦

郊祀祭天曰郊郊者言神交接也祭地曰祀祀者敬祭神明也郊天正於南郊郭外曰郊

甘泉本因秦離宮

胡說

承明殿名在未央宮

甘泉賦一首 并序

楊子雲 善曰漢書曰楊雄字子雲蜀郡成都人也雄少好學年四十餘自蜀來遊京師大司馬王音召以爲門下史薦雄待詔歲餘爲郎中給事黃門卒桓譚新論曰雄作甘泉賦一首始成夢腸出收而內之明日遂卒然舊有集注者並篇內具列其姓名亦稱臣善以相別佗皆類此

孝成帝時客有薦雄文似相如者善曰雄荅劉歆書曰雄作成都城四隅銘蜀人有楊莊者爲郎誦之於成帝以爲似相如雄遂以此得見上方郊祀甘泉泰畤汾陰后土以求繼嗣善曰上謂成帝也漢書曰武帝幸甘泉令祠官具太乙祠壇太一所用如雍畤物又立后土於汾陰脽上孟康曰畤音止神靈之所止也脽音誰召雄待詔承明之庭善曰雄以材術見知直於承明待詔即見故曰待詔焉承明已見上文正月從上甘泉還

五星之陳象天之行

尤本校語

奏甘泉賦以風 善曰漢書曰永始四年正月行幸甘泉七略曰甘泉賦永始三年正月待詔臣雄上漢書三年無幸甘泉之文疑七略誤也毛詩序曰下以風刺上音諷不敢正言謂之諷 其辭曰

惟漢十世將郊上玄 善曰惟有也是也十世成帝也上玄天也 定泰畤雍神休尊明號 晉灼曰雍祐也休美也言見祐護以休美之祥也明號下同符三皇也善曰言將祭泰畤冀神擁祐之以美祥因尊已之明號也廣雅曰將欲也雍音擁 同符三皇錄功五帝 文穎曰符合也善曰言同符契於三皇錄功勤於五帝也 卹胤錫羨拓迹開統 應劭曰卹憂也胤續也錫與也羨饒也拓廣也時成帝憂無繼嗣故修祠泰畤后土言神明饒與福祥廣迹而開統也李奇曰統緒也善曰羨弋戰反

於是乃命群僚歷吉日協靈辰 善曰爾雅曰命告也楚辭曰歷吉日吾將行郭璞上林賦注曰歷選也爾雅注曰辰時也 星陳而天行 善曰星陳天行已見西京賦 詔招搖與太陰兮伏鉤陳使當兵 張晏曰禮記曰招搖在上

急繕其怒大陰歲後三辰也服虔曰鉤陳神名也紫微
宮外營陳星也善曰句陳已見上文鄭玄禮記注曰當
主也左謂典領也屬堪輿（神名）以壁壘兮捎夔魖而抶獝狂張晏曰堪輿天
地總名也孟康曰木石之怪曰夔如龍有角人面魖耗
鬼也獝狂亦惡鬼也今皆捎而去之善曰杜預左氏傳
注曰屬託也淮南子曰堪輿行雄以知雌許慎
曰堪天道也輿地道也說文曰抶擊也丑乙切入神奔
而蹷踔兮振殷轔而軍裝服虔曰自招搖遊神之屬也張晏曰堪輿至獝狂入神也
善曰言上請神各有職役夔魖之屬又捎去之故令入
方之神奔走而蹷踔殷轔之盛而以軍裝也轔栗忍切
漢書武帝紀曰用事八神文穎曰八方之神也薛君韓
詩章句曰振奮也殷轔言盛多也軍裝如軍戎之裝者
也蚩尤之倫帶干將而秉玉戚兮飛蒙茸而走陸梁張晏
曰玉戚以玉爲戚秘也晉灼曰飛者蒙茸而亂走者陸
梁而跳謂猛士之輩善曰蚩尤已見西京賦干將已見
東京賦禮記曰朱干玉戚鄭玄曰戚斧也
又考工記注曰秘猶柄也音秘茸而恭反齊總總以撙

〔?〕

蒙或作雺
言其分布而光明也
此下叙乘輿而出
四六駕數也言或四或六也
赭白馬賦注引作綏蕤

撙其相膠轕兮猋駭雲迅奮以方攘晉灼曰方攘半散也善曰王逸楚辭注曰總總撙撙束聚貌也膠轕已見上文鄭玄禮記注曰奮迅也撙子本切迅音信攘人羊切駢羅列布鱗以雜沓兮柴虒參差魚頡而鳥䀢善曰駢猶併也張揖上林賦注曰柴虒不齊也頡䀢猶頡頏也柴初蟻切虒音豸頡胡結切䀢胡剛切翕赫曶霍霧集而蒙合兮半散照爛粲以成章善曰翕赫盛貌曶霍疾貌爾雅曰天氣下地氣不應曰霧霧與蒙同曶音忽於是乘輿迺登夫鳳皇兮而翳華芝韋昭曰鳳皇爲車飾也翳隱也服虔曰華芝華蓋也善曰言以華蓋自翳也駟蒼螭兮六素虯蠖略蕤綏灕虖襂纚善曰高唐賦曰乘玉輿兮駟蒼螭上林賦曰乘鏤象六玉虯說文曰虯龍無角者春秋命歷序曰皇伯駕六龍蠖略蕤綏龍行之貌也灕虖襂纚龍翰下垂之貌也蠖於鑊切灕音離襂音森纚所宜切帥爾陰閉霅然陽開晉灼曰帥聚也霅散也善曰文子曰與陰俱閉與陽

東京賦注引素作本

本侍歲言車騎之眾參駕之麗非所以感動天地逆釐三神

俱開雲於甲切騰清霄而軼浮景兮夫何旟旐郅偈之旖旎也張晏曰軼過雲輿倒景也服虔曰旖旎從風柔弱貌善曰薛君韓詩章句曰騰乘也何休公羊傳注曰軼過也浮景流景也神女賦曰夫何神女之妖麗何休公羊傳注曰據疑問所不知者曰何周禮曰鳥隼爲旟龜蛇爲旐郅偈竿之貌也郅音質偈音桀旖於綺切旎女氏切流星旄以電爥兮咸翠蓋而鸞旗善曰言星旄之流如電之光也周書曰樓煩星旄者羽旄也鄭玄曰可以爲旌旗也高唐賦曰蜺爲旌翠爲蓋蔡邕獨斷曰天子出前驅有鸞旗者編羽毛列繫幢傍敦萬騎於中營兮方玉車之千乘善曰敦與屯同王逸楚辭注曰屯陳也鄭玄儀禮注曰方併也玉車以王飾車也聲駍隱以陸離兮輕先疾雷而馺遺風善曰廣雅曰陸離參差也方言曰馺馳也郭璞曰馺疾也聖主得賢臣頌曰追奔電逐遺風駍普萌切馺先合切淩高衍之嵱嵷兮超紆譎之清澄孟康曰衍無崖岸也紆譎曲折也李奇曰嵱音踊嵷音竦如淳曰嵱嵷上下衆多貌登

凌兢寒凍戰慄之皃　閶之倚　九云新雉五臣作新荑　閭

椽欒而羾天門兮馳閶闔而入凌兢服虔曰椽欒甘泉貌也李奇曰羾音貢蘇林曰羾至也善曰楚辭曰令帝閽開閶闔而望予王逸曰閶闔天門也兢鉅陵切是時未轃夫甘泉也廼望通天之繹繹善曰轃與臻同至也通天臺名已見上文薛君韓詩章句曰繹繹盛皃下陰潛以慘廩兮上洪紛而相錯善曰慘廩寒皃也廩來感切直嶢嶢以造天兮厥高慶而不可乎彌度善曰七發曰條上造天孔安國尚書傳曰造至也爾雅曰彌終也言高不可終竟而度量也慶音羌度大各切彌或爲彊平原唐其壇曼兮列新雉於林薄鄭展曰唐道也服虔曰新雉香草也雉夷聲相近善曰子虛賦曰案衍壇曼新雉辛夷也本草辛夷一名辛引廣雅曰草蘩生曰薄壇徒旦切曼莫旦切攢并閭與茇葀兮紛被麗其亡鄂善曰蒼頡篇曰攢聚也并櫚椶也茇葀草名也被麗分散貌也風賦曰被麗披離鄂垠鄂也茇步末切葀音括被皮義切麗音隸崇丘陵

此下正說甘泉

材

矯

○固別本校語
七家云魂固五臣作魂眇

之駊騀兮深溝嶔巖而爲谷蘇林曰駊騀音叵我善曰駊騀高大貌也嶔岩深貌也嶔口銜切㟪嵳離宮般以相爥兮封巒石關施靡乎延屬應劭曰言秦離宮三百武帝復往往修理之也善曰說文曰嵳古文往字也往往言非一也般布也與班同三輔黃圖曰甘泉有石關觀封巒觀施靡相連貌也施弋尔切鄭玄喪服傳注曰屬連也屬之欲切於是大廈雲譎波詭摧嗺而成觀孟康曰言廈屋變巧乃爲雲氣水波相譎詭也摧崔嵬木崇積貌也善曰言大廈之高而成觀闕也摧子罪切嗺子水切觀工喚切仰撟首以高視兮目冥眴而亡見善曰王逸楚辭注曰撟舉也撟與矯同冥眴昬亂之貌冥莫見切眴音縣正瀏濫以弘惝兮指東西之漫漫孟康曰瀏清也服虔曰惝大貌也音敞善曰瀏濫猶言清淨而汎濫也漫漫無厓際之貌也瀏音劉徒徊徊以徨徨兮魂眇眇而昬亂善曰言迷惑也據軨軒而周流兮忽坱圠而亡垠韋昭

漢書及此注義
璧
翠玭之借字
掘 別本校語
檝 指也

曰軨欄也軒檻板也善曰軨與櫺同周流流行周遍也軮軋廣大貌也服鳥賦曰軮軋無垠軨音零坱烏朗切圠烏黠切翠玉樹之青葱兮璧馬犀之瞵瑞善曰漢武帝故事曰上起神屋前庭植玉樹珊瑚爲枝碧玉爲葉璧馬犀言作馬及犀爲璧飾也埤蒼曰瞵瑞文貌也應劭曰瞵音隣晉灼曰瑞音豳金人仡仡其承鍾虡兮嵌嶔巖巖其龍鱗善曰孔安國尚書傳曰仡仡壯勇之貌也嵌開張之貌也龍鱗似龍之鱗也仡魚乞切嵌火敢切揚光曜之燎燭兮垂景炎之炘炘晉灼曰景大也善曰廣雅曰炘熱也音欣配帝居之縣圃兮象泰壹之威神服虔曰曾城縣圃閬風崑崙之山三重也天帝神在其上善曰春秋合誠圖曰紫宮帝室太一之精洪臺崛其獨出兮檝北極之嶟嶟應劭曰崛特貌也檝至也晉灼曰嶟嶟穊緻山也善曰爾雅曰北極謂之北辰崛其勿切檝竹指切嶟千旬切列宿迺施於上榮兮日月纔經於柍桭韋昭曰榮屋翼也服虔曰柍中央也桭屋梠也善曰施式支切柍於兩切桭音辰雷鬱律於巖窔兮電倏忽

蠛蠓游气

注

於牆藩。善曰鬱律小聲也上林賦曰巖窔洞房釋名曰窔幽也儵忽疾貌也藩籬也窔一吊切鬼魅不能自逮兮半長途而下顛。善曰逮及也爾雅曰顛隕也歷倒景而絶飛梁兮。浮蠛蠓而撇天。張揖曰陵陽子明經曰倒景氣去地四千里其景皆倒在下如淳郊祀志注曰在日月之上日月返從下照故其景倒又曰絶度也服虔曰浮高貌也晉灼曰飛梁浮道之橋也善曰孫炎爾雅曰蠛蠓蟲小於蚊張揖三蒼注曰撇拂也蠓莫孔反撇匹列反左欃槍而右玄冥兮前熛闕而後應門晉灼曰大人賦曰攬欃槍以爲旗又曰左玄冥而右黔雷雄擬相如故云爾也熛闕赤色之闕也南方之帝曰赤熛怒應門正門在熛闕之内也善曰應劭曰大人賦注曰欃槍奔星也張揖曰玄冥北方黑帝佐也熛必遥切蔭西海與幽都兮涌醴汨以生川如淳曰言闕之高乃蔭西海也善曰山海經曰北海之内有山名曰幽都黑水出焉涌醴醴泉涌出也方言曰汨疾也于筆切蛟龍連蜷於東厓兮白虎敦圉乎崑崙善曰連蜷長曲貌也敦圉盛怒貌也春秋漢含孳曰天一之帝居左青龍右白虎服虔曰象崑崙山在甘

刜本反漢書

七云峻嶂五臣作峷嵬
漢書雄傳自以多託風在此使
不自言亦尋常比況語故曰比
易解與離和由此也
嵔別本作嶵舊注音摧

泉宮中也蜷音拳敦徒昆切覽樛流於高光兮溶方皇於西清服虔曰高光宮名也晉灼曰樛流猶繚繞善曰樛流高曲之貌也溶盛貌也方皇即彷徨觀名也漢書曰甘泉有高光旁皇旁音傍西清西廂清淨之處也上林賦曰象輿婉僤於西清前殿崔巍兮和氏玲瓏晉灼曰以黃金爲壁帶含藍田璧玲瓏明見皃也善曰前殿正殿也諸宮皆有之漢書曰未央宮立前殿炕浮柱之飛榱兮神莫莫而扶傾善曰炕舉也舉浮柱之飛榱言檐宇高峻若神清淨而扶其傾危也炕與抗古字同毛詩曰君婦莫莫毛萇曰莫莫清淨也閌閬閬其寥廓兮似紫宮之崢嶸善曰閬閬高也說文曰閬閬高大之貌也寥廓虛靜貌紫宮及崢嶸並已見上文閬音浪寥音僚駢交錯而曼衍兮嵯嵔隗乎其相嬰善曰駢列也曼衍分布也埤蒼曰嵯山長貌嵔隗高貌嬰繞也衍弋戰切嵯他賄切嵔音臯隗五賄切乘雲閣而上下兮紛蒙籠以棍成服虔曰蒙籠膠葛貌棍成言自然也善曰雲閣言高連雲也老

尤云曳紅采五臣紅作虹

按漢之删不當斥言亡國

子曰有物混成梱與混同曳紅采之流離兮颺翠氣之宛延善曰言宮觀之高故紅采翠氣流離宛延在其側而曳颺之襲琁室與傾宮兮若登高眇遠亡國肅乎臨淵服虔曰襲繼也桀作琁室紂作傾宮以此微諫也應劭曰登高遠望當以亡國爲戒若臨深淵也善曰晏子春秋曰夏之衰也其王桀作爲琁室殷之衰也其王紂作爲傾宮回猋肆其碭駭兮䮞桂椒而鬱移楊服虔曰回猋回風也善曰毛萇詩傳曰肆疾也碭過也廣雅曰駭起也䮞與披同說文曰鬱木聚生也爾雅曰棠棣移也楊楊樹也言回風碭駭披散桂椒又鬱移楊也碭徒浪切移音移香芬茀以穹隆兮擊薄櫨而將榮善曰言香氣芬茀穹隆而盛乃拂擊薄櫨而及屋榮也說文曰薄櫨柱上枅也薛君韓詩章句曰將辟也茀房物切薄房隔切櫨力都切薌呹肸以棍批兮聲駍隱而歷鍾善曰薌亦香字也禮記曰爓燎羶薌呹疾貌也說文曰肸蠁布也司馬彪上林賦注曰肸過也棍同也批擊也歷鍾經歷至鍾也呹余日切肸許一切棍下本切批薄結切駍普耕

尤云帷弸彋五臣帷下有其字

言土木之功窮極巧麗故班倕之徒棄其常法也

常

切排玉戶而颺金鋪兮發蘭蕙與芎藭李奇曰鋪門鋪首也善曰言風飄香氣既排玉戶而颺金鋪又發揚蕙蘭與芎藭也長門賦曰擠玉戶以撼金鋪司馬法子虛賦曰芎藭似槀本惟弸彋其拂汨兮稍暗暗而靚深善曰弸彋風吹帷帳之聲也拂汨鼓動之貌暗暗深空之貌靚即靜字耳弸音萌切彋音宏汨于密切暗烏感切陰陽清濁穆羽相和兮若夔牙之調琴張晏曰聲細不過羽穆然相和也善曰莊子黃帝曰一清一濁陰陽調和尚書曰夔典樂教胄子列子曰伯牙善鼓琴般倕棄其剞劂兮王爾投其鉤繩應劭曰剞曲刀也劂曲鑿也善曰尚書曰倕汝作共工般魯般也爾王爾也並已見西京賦般與班同倕音垂雖方征僑與偓佺兮猶彷彿其若夢晉灼曰方常也征行也言宮觀之高峻雖使仙人行其上恐遽不識其形觀猶髣髴若夢也善曰鄭玄毛詩箋曰方且也征僑姓征名僑也司馬相如大人賦曰廝征伯僑漢書曰正伯僑並同也餘依晉說列仙傳曰偓佺槐里采藥父也食松實形躰生毛數寸能飛行逮走馬說文曰彷彿相似視不諟

尤云蜵蜎五臣作蝹蜎

尤云垂精五臣作垂恩

也楚辭曰時彷彿以逕見諟即諦字音帝於是事變物化目駭耳回善曰蒼頡篇曰駭驚也回謂回皇也蓋天子穆然珍臺閒館琁題玉英蜵蜎蠖濩之中應劭曰題頭也榱椽之頭皆以玉飾言其英華相燭也張晏曰蜵蜎蠖濩刻鏤之形也善曰范子曰玉英出藍田孝經援神契曰玉英玉有英華之色間音閑蜵音淵蜎於緣切蠖烏郭切濩胡郭切惟夫所以澄心清魂儲精垂恩善曰鄭玄毛詩箋曰惟思也文子曰澄心清意言儲蓄精神冀神垂恩也感動天地逆釐三神者服虔曰釐福也韋昭曰逆迎也迎受福釐也善曰三神天地人也釐音熈迺搜逑索偶皋伊之徒冠倫魁能韋昭曰搜擇也逑匹也索求也偶對也應劭曰冠其群倫魁桀也善曰皋皋繇堯臣也伊伊尹湯臣也函甘棠之惠挾東征之意善曰毛詩序曰甘棠美邵伯也又曰東山周公東征也相與齊乎陽靈之宮善曰韓康伯周易注曰洗心曰齊齊側皆反祭天之所故曰陽靈靡薛荔而為

喻

善曰有誤

以下皆假設之詞

靡兮折瓊枝以為芳善曰靡謂偃靡之藉地而為席也楚辭曰折瓊枝以繼佩吸清雲之流瑕兮飲若木之露英善曰淮南子曰志厲青雲非夸衿也司馬相如大人集賦曰呼吸沆瀣兮餐朝霞霞與瑕古字通山海經曰灰野之山有赤樹青葉名曰若木露英英之含露者乎禮神之囿登乎頌祇之堂善曰禮神謂祭天也晉灼曰后上歌祭之處也善曰為歌頌以祭地祇建光燿之長旓兮昭華覆之威威服虔曰昭明也華覆華蓋也善曰埤蒼曰旓旌旗旒也旓所交切威猶葳蕤也攀琁璣而下視兮行遊目乎三危善曰漢書曰北斗七星所謂琁璣玉衡楚辭曰忽反顧以游目尚書曰導黑水至于三危陳衆車於東阬兮肆玉釱而下馳如淳曰東阬東海也苦庚切晉灼曰釱車轄也韋昭曰釱徒計切善曰賈逵國語注曰肆恣也楚辭曰齊玉釱而並馳釱音大漂龍淵而還九垠兮窺地底而上回應劭曰龍淵在張掖服虔曰九垠九重也善曰言從東阬下馳遂浮

從：別本 注同 御
衙漢書作御 注云
或作衙 係妄改

本傳屏玉女却宓妃以微
戒齋宿之事

龍淵而繞其九重乃窺地底而上歸也說文曰漂浮也莊子曰千金之珠在九重之淵驪龍頷下廣雅曰垠厓也厓亦重之義也還音旋**風潎潎而扶轄兮鸞鳳紛其銜蕤**善曰潎潎疾皃也音竦晉灼曰蕤緩也**梁弱水之濎瀯兮躡不周之逶蛇**服虔曰崑崙之東有弱水渡之若濎瀯耳善曰濎瀯小水貌也字林曰濙絶小水也廣雅曰躡履也山海經曰西海之外有山不合名曰不周逶蛇欲平貌也濎吐定切濙音熒蛇音移**想西王母欣然而上壽兮屏玉女而却宓妃**善曰言既臻西極故想王母而上壽乃悟好色之敗德故屏除玉女而及宓妃亦以此微諫也山海經曰玉山西王母所居也神異經曰東荒中有大石室東王公居之常與玉女共投壺宓妃已見東京賦**玉女亡所眺其清矑兮宓妃曽不得施其蛾眉**服虔曰矑目童子也善曰毛詩曰螓首蛾眉**方攬道德之精剛兮侔神明與之爲資**晉灼曰等天地之計量也善曰說文曰攬撮持也音覽精剛精微剛強也**於是欽**

光云樵蒸昆上五臣作焜上

招　別本招作皐与漢書同

柴宗祈善曰恭敬燔柴尊崇所祈也尚書曰至于岱宗柴燎薰皇天應劭曰牲玉之香也皐摇泰壹如湻曰皐挈皐也積柴於挈皐頭置牲玉於其上舉而燒之欲近天也張晏曰招摇泰一皆神名善曰摇與遥同舉洪頤服虔曰洪頤旌名也應劭曰旌旆布也樹靈旗李奇曰欲伐南越告禱太一畫旗樹太一壇上名靈旗以指所伐之國也見漢書郊祀志樵蒸昆上配藜四施張晏曰配藜披離也善曰言燔燎之盛故樵蒸之光同上而披離四布也周禮曰共祭祀之薪蒸鄭玄曰麤曰薪細曰蒸說文曰昆同也昆或爲焜字書曰焜煌火貌東燭滄海西耀流沙北爌幽都南煬丹厓服虔曰丹水之厓也善曰尚書曰弱水餘波入于流沙幽都已見吳都賦爌與晃音義同方言曰煬炙也玄瓚觩觼秬鬯泔淡服虔曰以玄玉飾之故曰玄瓚張晏曰瓚受五升口徑八寸以大圭爲柄用灌鬯觩觼其貌也應劭曰泔淡滿也善曰孔安國尚書傳曰黑黍曰秬釀以鬯草觩音求觼力幽切泔胡敢切淡大敢切肸蠁豐融懿懿芬芬善曰言秬

焱

開闢

棃○別本

韋注當在善曰上

㸌分布芬芳盛美也肸蠁已見上文炎感黃龍兮熛訛碩麟韋昭曰碩大也善曰言焱熛熾盛感動神物也字林曰焱火光也說文曰熛火飛也毛萇詩傳曰訛動也熛必遙切選巫咸兮叫帝閽開天庭兮延羣神服虔曰令巫祝叫呼天門也善曰山海經曰大荒中有靈山巫咸從此升降王逸楚辭注曰巫咸古神巫也楚辭曰吾令帝閽闢開兮鄭玄禮記注曰延道也儐暗藹兮降清壇瑞穰穰兮委如山張晏曰儐贊也善曰鄭玄周禮注曰接賓曰儐然謂贊禮者也晻藹衆盛貌也委積也晻烏感切於是事畢功弘迴車而歸度三巒兮偈棠黎晉灼曰黃圖無三巒相如傳有封巒觀善曰三巒即封巒觀也漢書曰甘泉有封巒棠棃韋昭曰偈息也音憩天閫決兮地垠開八荒協兮萬國諧善曰鄭玄禮記注曰閫門限也決亦開也言門決以出德澤故入荒万國俱協諧也登長平兮雷鼓礚天聲起兮勇士厲如淳曰長平坂名在池陽南善曰字指曰礚大聲也口蓋切天

當作犀遲　上表本　下陳景雲說

○祇別本

聲加天之聲言其大也杜預左氏傳注曰厲猛也雲飛揚兮雨滂沛于胥德兮麗萬世善曰言恩澤之多若雲行雨施君臣皆有聖德故華麗至于万世也毛詩曰于胥樂兮鄭玄曰于於也胥皆也麗光華也亂曰善曰王逸楚辭注曰亂理也所以發理辭指揔撮所要也崇崇圜丘隆隱天兮善曰崇崇高貌也廣雅曰圜丘大壇祭天也登降峛崺單埢垣兮善曰登降上下也峛崺邪道也單大貌埢垣圜貌峛力爾切崺弋爾切單音蟬埢音拳增宮嵾差駢嵯峨兮善曰嵾與參同初林切駢步千切嵯材何切峨音俄嶺巆嶙峋洞無厓兮善曰埤蒼曰嶺巆嶙峋深無厓之貌嶺音零巆音縈嶙音鄰峋音旬上天之縡杳旭卉兮善曰縡事也杳深遠也旭卉幽昧之貌毛詩曰上天之載無聲無臭縡與載同聖皇穆穆信厥對兮李奇曰對配也能與天相對配也善曰詩曰帝作邦作對（祇）徠祇郊禋神所依兮善曰言來郊禋而甚敬故爲神祇之所依也徠古來字徘徊招摇靈迟遅兮善曰招摇

有事甘泉以下從副放次此移

籍

洞簫賦漢書云謂之頌 何焯說

亥孫

猶彷徨也 迟迟即棲遲也 毛萇詩傳曰棲遲遊息也 招必遥切 迟音棲 遲大夷反 光煇晾燿降

厥福兮子子孫孫長無極兮

耕藉 臣瓚漢書注曰景帝詔曰朕親耕 本以躬親爲義藉謂蹈藉之也

藉田賦一首 臧榮緒晉書曰泰始四年正月丁亥世祖初藉于千畝司空掾潘岳作藉田頌也

潘安仁 臧榮緒晉書潘岳字安仁滎陽中牟人揔角辯惠摛藻清豔鄉邑稱爲奇童弱冠辟司空太尉府舉秀才高步一時爲衆所疾然藉田西征咸有舊注以其釋文膚淺引證疎略故並不取焉

伊晉之四年正月丁未皇帝親率群后藉于千畝之甸禮也 晉書曰丁亥藉田戊子大赦今爲丁未誤也 千畝已見西京賦 禮記曰天子藉田千畝 於是乃使甸師清

柜　季

畿野廬掃路周禮曰甸師掌帥其屬而耕耨王籍鄭玄
曰師猶長也然師而爲帥者避晉景帝諱
也周禮曰野廬氏封人壝宮掌舍設梐周礼曰封人掌
掌達國之道路也設王之社壝爲
畿封而樹之鄭玄曰聚土曰封壝謂壇及堳埒也周禮
曰掌舍掌王之會同之舍設梐枑再重杜子春讀爲梐
枑梐枑行馬也壝青壇蔚其嶽立兮翠幕黕以雲布國語
以委切枑音互
號文公曰古者王命司空除壇于藉楊脩許昌宮賦曰
華殿炳而嶽立鄭玄周禮注曰帷覆上曰幕魏文帝愁
霖賦曰玄雲黕其四塞黕黒貌也結崇基之靈趾兮啓
封禪書曰雲布霧散黕丁敢切
四塗之廣阼崇基謂壇也於壇四面而爲階也沃野墳
說文曰趾基也又曰阼主階也
腴膏壤平砥墳腴平砥已見上文史記曰京師清洛濁渠引流
膏壤沃野千里毛詩曰周道如砥
激水子虚賦曰遐阡繩直邇陌如矢史記曰秦孝公壞
激水推移井田開阡陌風俗
通曰南北曰阡東西曰陌繩
直已見上文詩曰其直如矢總犗服于縹軛兮紺轅綴

注

於黛耜總犗帝耕之牛也說文曰緫帛青色音葱犗牛巳見吳都賦又曰縹帛青白色轅軛犁轅軛也鄭玄周禮注曰轅端壓牛領曰軛於革切說文曰紺染青而揚赤色也鄭玄禮記注曰耜耒之金儼儲

駕於廛左兮俟萬乘之躬履駕牛儼然在於廛左以待天子躬親履之耕以儲畜故曰儲駕駕也說文曰儼好貌也晉灼漢書曰廛一百畝也然古耕以耒而今以牛者蓋晉時創制不必於古也

百僚先置位以職分百僚已見上文羽獵賦曰先置乎白楊之南漢書曰六卿各有徒屬職分也

自上下下具惟命臣周易曰自上下下其道大光西京賦曰具惟帝臣鄭玄儀禮注曰命者加爵服之名

襲春服之萋萋兮接游車之轔轔司馬彪上林賦注曰襲服也禮記曰孟春衣青衣春服已見魏都賦薛君韓詩章句曰萋萋盛也文穎漢書注曰天子出游車九乘毛詩曰有車轔轔

微風生於輕幰纖埃起於朱輪幰車幰也釋名曰車幰所以御熱也朱輪見吳都賦

森奉璋以階列望皇軒而肅震森盛貌也

殖　駞

毛詩曰奉璋峨峨髦士攸宜階爵之次也爾雅曰震懼也若湛露之晞朝陽似衆星之拱北辰也毛詩曰湛湛露斯匪陽不晞毛萇曰晞乾也言露見日而乾以喻諸侯承命而施敬也論語子曰爲政以德譬如北辰居其所而衆星共之於是前驅魚麗屬車鱗萃周禮曰王出入則自左馭而前驅鄭玄曰前驅如今導引也魚麗已見東京賦屬車已見西京賦子虛賦曰珍怪鳥獸萬端鱗萃閶闔洞啓參塗方駟四洛陽宮舍記曰洛陽有閶闔門西京賦曰旁開三門參塗夷庭羽獵賦曰方駕千駟常伯陪乘太僕秉轡尚書曰左右常伯應劭曰漢官儀曰侍中周成王常伯任侍中殿下稱制出即陪乘鄭玄周禮注曰陪乘參乘也漢舊儀曰漢乘輿大駕儀公卿奉引太僕御也后妃獻穜稑之種司農撰播殖之器周禮曰上春詔王后帥六宮之人而生穜稑之種而獻于王鄭司農曰先種後熟謂之穜後種先熟謂之稑漢書曰大農令武帝更名大司農孔安國論語注曰撰具也史記曰后稷播植百穀孔安國尚書傳曰播布也蒼頡篇曰殖

晃。注

種也挈壺掌升降之節宮正設門閭之蹕周禮有挈壺氏周禮曰宮正凡邦之事蹕宮中鄭玄曰正長也宮中之長也鄭司農曰蹕謂止行者清道若今時警蹕天子乃御玉輦蔭華蓋藏榮緒晉書曰大駕鹵簿有大輦華蓋中道玉輦大輦也華蓋已見西京賦衝牙鏘鎗綃紈綷縩禮記曰凡帶必有佩佩玉有衝牙鄭玄曰衝牙居中央以前後觸也鏘鎗玉聲也鏘义耕切鎗义行切鄭玄禮記注曰綃綺屬也許慎淮南子注曰紈素也漢書班婕妤賦曰紛綷縩兮紈素聲綃思樵切紈音丸綷七悴切縩七大切金根照耀以炯晃兮龍驥騰驤而沛艾司馬彪續漢書曰漢承秦制御為乘輿金根安車五采文畫輈西京賦曰乃奮翅而騰驤龍驥沛艾已見上文表朱玄於離坎飛青縞於震兌中黃曅以發揮方綵紛其繁會謂鹵簿之儀車騎旌旗各依方色表猶標也周易曰離南方之卦也坎者正北方之卦也震者東方兌正西秋也周禮曰東方謂之青南方謂之赤西方謂之白北方謂之黑毛萇詩傳曰縞白色

闐ゝ注　闟戟車載戟　路注

也縞古老切周禮曰地謂之黄䄉繁緒晉書鹵簿曰青立車青安車赤立車赤安車黄立車黄安車白立車白

安車黑立車黑安車合十乘並駕駟建旗十二如車色**五輅鳴鑾九旗揚旆**周禮

曰王之五路一曰玉路二曰金路三曰象路四曰革路五曰木路又曰掌九旗之物名日月爲常交龍爲旂通

帛爲旃雜帛爲物熊虎爲旗鳥隼爲旟龜蛇爲旐全羽爲旞析羽爲旌**瓊鈒入蘂雲罕晻**

藹䄉繁緒晉書曰雲罕車駕駟戟車載闟與鈒音義同也蒼頡篇曰蘂聚也楚辭曰揚雲霓之晻藹鈒音吸晻

音烏感切**簫管嘲哳以啾嘈兮鼓鞞硡隱以砰磕**簫管已見上文楚辭

曰鵾鷄嘲哳而悲鳴蒼頡篇曰啾衆聲也嘈已見上文周禮曰鍾師掌鞞鄭玄曰鞞鼙鞞以和樂字林曰鞞小鼓

也鞞與鞞同步迷切硡與訇同音義同火宏切字書曰砰大聲也字指曰磕大聲也砰彼萠切磕苦蓋切**筍**

簴嶷以軒翥兮洪鍾越乎區外筍簴軒翥已見西京賦天子之行擊左右鍾已

見西都賦**震震塡塡塵騖連天以幸乎藉田**震震盛也郭璞爾雅注曰闐闐

九云坻場五臣作游場

壇

群行聲也東觀漢記曰王邑旗幟蔽野埃塵連天鶩或爲霧霏也蟬冕頻以灼灼兮碧色肅其千千蟬冕已見魏都賦千千碧皃似夜光之剖荆璞兮若茂松之依山巔也於是我皇乃降靈壇撫御耦降謂臨幸也應劭漢官儀曰天子東耕之日天子升壇上空無祭天子耕於壇舉耒三推而已論語曰長沮桀溺耦而耕鄭玄曰耜廣五寸二耜爲耦王逸楚辭注曰撫持也坻場染屨洪縻在手方言曰坻場也蚍蜉犂鼠之場謂之坻場浮壤之名也音傷說文曰縻牛轡也忙皮反三推而舍庶人終畝三推已見上文國語虢文公曰王耕一墢班三之庶人終于千畝韋昭曰一墢一耜之墢也班次也三之下各三其上王一公三卿九大夫二十七庶人盡耕也既云以牛而又言推者蓋沿古成文不可以文而害實也墢扶發切然國語與禮記不同而潘雜用之貴賤以班或五或九禮記曰帝藉三公五推卿諸侯九推

乎斯時也居靡都鄙民無華裔都謂京邑也杜預左傳注鄙邑也左傳孔子曰裔不謀夏夷不亂華王肅

尤云總髮五臣作總髻

家語注曰裔邊裔也長幼雜遝以交集士女頒斌而咸戾雜遝衆多貌也
頒斌相雜之貌也爾雅曰戾至也被褐振裾垂髫總髮老子曰被褐而懷玉杜預左氏
傳注曰振整也說文曰褐者粗衣也爾雅曰袚謂之裾郭璞曰衣後裾也袚音劫魏志毛玠曰臣垂髫執簡埤
蒼曰髫髦也大聊切毛詩曰總角之宴毛萇曰總角結髮也躡踵側肩掎裳連襼說文
曰躡追也躡其踵所以爲追逐也聲類曰踵足根也史記馮驩曰夫朝趨市者側肩爭門而入賈逵國語注曰
從後牽曰掎方言曰複襦江湖之間或謂之䙩襼郭璞方言注曰襼即袂字也說文曰袂袖也黃塵爲
之四合兮陽光爲之潛翳山陽公載記曰賈詡鳴鼓雷震黃塵蔽天西都賦曰紅塵
四合動容發音而觀者莫不抃儛乎康衢謳吟乎聖世列子
曰一里老幼喜躍抃儛康衢已見上文吾丘壽王驃騎論功曰遊童牧豎詠德謳吟情欣樂於昬
作兮慮盡力乎樹藝昬作已見西京賦韓詩外傳曰子路治蒲孔子曰我入其境田疇甚

或无之字

法似衍

易草萊甚辟故其人盡力也周禮曰正月之吉以
頒職事二曰樹蓺鄭玄毛詩箋曰蓺猶樹也**靡誰督**
而常勤兮莫之課而自厲說文曰誰何也謂責問之也字書曰督察也王逸楚辭注
曰課試也**躬先勞以說使兮豈嚴刑而猛制之哉**周易曰說以使民民
忘其勞史記曰秦繁法嚴刑而天下不振**有邑老田父或進而稱曰蓋損益**
隨時理有常然周易曰損益盈虛與時偕行又曰隨時之義大矣哉晏子春秋曰物有必至事
有常然古之道也**高以下爲基民以食爲天**老子曰貴必以賤爲本高必以下爲
基漢書酈食其曰王者以人爲天而民以食爲天**正其末者端其本善其後者**
慎其先言治國之道以商爲末而農爲本以貨爲後而食爲先也陸賈新語注曰治末者調其本李奇
漢書注曰本農也末賈也漢書詔曰農天下之本也而
人或不務本而事末故生不遂禮記曰善終者如始尚
書大傳曰八政何以先食傳曰食者
萬物之始人事之本也故八政先食**夫九土之宜弗任**

四人之務不壹國語展禽曰共工氏之子曰后土能平九土韋昭曰九土九州之土尚書曰禹別九州任土作貢管子曰士農工商四民者國之正民也孔安國尚書傳曰壹專一也野有菜蔬之色朝靡代耕之秩禮記曰三年耕必有一年食雖有凶旱水溢人無菜色又曰夫祿足以代其耕無儲稸以虞災徒望歲以自必言無儲稸以度荒災空自必望於歲也崔寔四民月令曰十月五穀既登家有儲稸禮記曰國無九年之蓄曰不足韋昭國語注曰虞度也左氏傳王曰余一人閔閔焉如農夫之望歲也三季之衰皆此物也國語郭偃曰夫三季王之亡宜也韋昭曰季末也三季王桀紂幽王也今聖上昧旦丕顯夕惕若懔昧旦丕顯已見東京賦周易曰君子夕惕若厲爾雅曰慄懼也圖匱於豐防儉於逸言常節約以戒不虞故圖乏者必於豐殷禦儉者在於奢逸也廣雅曰儉少也欽哉欽哉惟穀之卹尚書曰欽哉欽哉惟刑之卹哉展三時之弘務致倉廩於盈溢國語虢文公曰三時務農

恤

一時講武韋昭曰三時春夏秋也管子曰倉廩實則知禮節蔡邕月令章句曰穀藏曰倉米藏曰廩固堯湯之用心而存救之要術也漢書董仲舒對策曰陛下親耕籍田以爲農先此亦堯舜之用心也若乃廟祧有事祝宗諏日廟祧已見西京賦禮記曰宗祝在廟鄭玄曰宗宗人也祝接神者也毛詩箋曰后稷既爲郊祀之酒則諏謀其日應劭漢書注曰諏謀也簠簋普淖則此之自實周禮曰舍人凡祭祀共簠簋實之陳之儀禮曰孝孫某敢用嘉薦鄭玄曰普淖黍稷也普大也淖和也德能大和乃有黍稷故以爲號云淖乃孝切縮鬯蕭茅又於是乎出左氏傳管仲曰尒貢苞茅不入王祭不供无以縮酒周禮曰鬯人釀秬以爲酒又曰甸師祭祀共蕭茅杜子春曰蕭香蒿也鄭玄曰既薦然後爇蕭合馨香茅以縮酒國語虢文公曰上帝之粢盛於是乎出黍稷馨香旨酒嘉栗左氏傳季良奉酒醴以告曰嘉栗旨酒謂其上下皆有嘉德而無違心所謂馨香無讒慝杜預曰栗謹敬也宜其民和年登而神降之吉也左氏傳季

粢盛以告曰潔粢豐盛謂其三時不害而人和年豐也鄭玄周禮注曰登成也左氏傳曰致其禋祀於是平人和而神降之福古人有言曰聖人之德無以加於孝乎夫孝天地之性人之所由靈也孝經曾子曰敢問聖人之德無以加於孝乎子曰天地之性人爲貴人之行莫大於孝夫聖人之德又何以加於孝乎漢書曰人有生之最靈者也昔者明王以孝治天下其或繼之者鮮哉希矣孝經子曰昔者明王之以孝理天下也論語子曰其或繼周者雖百世可知也逮我皇晉實光斯道鄭玄毛詩箋曰光明也斯道謂孝道也儀刑孚于萬國愛敬盡於祖考毛詩曰儀刑文王萬國作孚毛萇曰孚信也孝經子曰愛敬盡於事親而德教加於百姓故躬稼以供粢盛所以致孝也尚書大傳曰王者躬耕所以供粢盛五經要義曰天子藉田千畝所以先百姓而致孝敬也勸穡以足百姓所以固本也西京賦曰勸穡於原陸論語孔子曰百姓足君孰與不足

尤本薄采其茅五臣茅作芳

農与茅韵讀如奴

重文嚷

尚書曰民惟邦本本固邦寧何晏論語注曰本基也能本而孝盛德大業至矣哉周易曰盛德大業至矣哉此一役也而二美具焉一役謂籍田也二美謂能本而孝也不亦遠乎不亦重乎左氏傳陰飴甥曰此一役也秦可以霸論語文也敢作頌曰

思樂甸畿薄采其茅茅即上甸師之所供者毛詩曰思樂泮水薄采其芹毛萇曰薄辭也大君戾止言藉其農周易曰大君有命毛詩曰魯侯戾止言觀其旂毛萇曰戾來也止至也其農三推萬方以祗禮記曰耕藉然後諸侯知所以敬爾雅曰祗敬也耨我公田實及我私鄭玄周禮注曰耨耘耔也奴豆切毛詩曰雨我公田遂及我私我簠斯盛我簋斯齊禮記曰天子藉田以事天地山川以爲齊盛毛萇詩傳曰器實曰齊在器曰盛齊音資我倉如陵我庾如坻毛詩曰我倉既盈我庾惟億又曰曾孫之庾如坻如京鄭玄曰庾露積穀也坻水中高地念茲在茲永言孝思言念此黍稷在此祭祀也尚書禹曰

何焯說子虛上林僅高
虛賦而鋪張之
王若虛說子虛自有首
尾而其賦上林也復合
之此說最是
顧炎武云子虛賦乃游
梁時作後更為楚稱
齊難而歸之天子非
當日本文矣

念茲在茲毛詩曰永言孝思人力普存祝史正辭左氏傳季梁曰上思利人忠也祝史正辭信也故奉牲以告曰博碩肥腯謂人力之普存也神祇攸歆逸豫無期左氏傳楚子曰能歆神人杜預曰歆享也毛詩曰尒公尒侯逸豫無期一人有慶兆民賴之尚書王曰一人有慶兆民賴之

畋獵鄭玄禮記注曰田者所以供祭祀庖厨之用王制曰天子諸侯無事則歳三田馬融曰取獸曰畋

子虛賦一首善曰漢書曰相如遊梁乃著子虛賦後蜀人楊得意爲狗監侍上上讀子虛賦曰朕獨不得與此人同時哉得意曰臣邑人司馬相如自言爲此賦上乃召相如相如曰此乃諸侯之事未足觀請爲天子遊獵之賦以子虛虛言也爲楚稱烏有先生烏有此事也爲齊難亡是公者士是人也欲明天子之義故虛藉此三人

爲辭以風諫焉

司馬長卿 善曰漢書曰司馬相如字長卿蜀郡人少好讀書爲武騎常侍後拜文園令病卒

郭璞注

楚使子虛使於齊王悉發車騎與使者出畋 司馬彪曰畋獵也善曰家語曰孔子在齊齊侯出畋本或云境内之士備車騎之衆非也 畋罷子虛過姹烏有先生 張揖曰姹誇也丑亞切字當作詫 亡是公存焉坐定烏有先生問曰今日畋樂乎子虛曰樂獲多乎曰少然則何樂對曰僕樂齊王之欲夸僕以車騎之衆而僕對以雲夢之事也 張揖曰楚藪也在南郡華容縣善曰廣雅曰僕謂附著於人然自卑之稱也夢莫諷切 曰可得聞乎子虛曰可王車駕千乘選徒萬騎畋於海濱 郭璞曰瀕

尤三王車駕五臣作駕車

蒼

腳漢書作格

涯也列卒滿澤罘網彌山郭璞曰彌覆也善曰罘已見上文掩兔轔鹿射
麋腳麟司馬彪曰轔轢也音吝韋昭曰腳謂持其腳也善曰鄭玄毛詩箋曰掩者覆也鶩於鹽
浦割鮮染輪張揖曰海水之厓多出鹽也李奇曰鮮生也染擩也切生肉擩車輪鹽而食之也善
曰擩揾也擩而緣切揾一頓切射中獲多矜而自功郭璞曰伐其功也善曰鄭玄禮記注
曰矜自尊大也顧謂僕曰楚亦有平原廣澤游獵之地饒樂若
此者乎楚王之獵孰與寡人乎郭璞曰與猶如也僕下車對曰郭璞
曰下車謙也臣楚國之鄙人也廣雅曰鄙小也幸得宿衛十有餘年
時從出游游於後園覽於有無然猶未能徧覩也善曰覽見於
有無謂或有所見或復無也又焉足以言其外澤乎齊王曰雖然略
以子之所聞見而言之僕對曰唯唯臣聞楚有七澤嘗

龍鱗猶瓏玲

見其一未覩其餘也臣之所見蓋特其小小者耳郭璞曰特獨也名曰雲夢雲夢者方九百里其中有山焉其山則盤紆岪鬱隆崇嵂崒郭璞曰隆崇竦起也善曰岪音佛岑崟參差日月蔽虧張揖曰高山擁蔽日月虧缺半見也善曰崟音吟交錯糾紛上干青雲郭璞曰言相揆結而峻絕也善曰孔安國尚書傳曰干犯也罷池陂陀下屬江河郭璞曰言旁頹也屬連也罷音疲陂音婆陀音駝文穎曰南方無河也冀州凡水大小皆謂之河詩賦通方言耳晉灼曰文章假借協陀之韻也其土則丹青赭堊雌黃白坿錫碧金銀張揖曰丹沙也青青雘也赭赤土也堊白土也蘇林曰白坿白石英也坿音附善曰高誘淮南子注曰碧青石也眾色炫燿照爛龍鱗郭璞曰如龍之鱗彩也其石則赤玉玫瑰琳瑉昆吾張揖曰琳珠也瑉者石之次玉者昆吾山名也出美金尸子曰昆吾之金晉灼曰玫瑰火齊珠也郭

瑉曰琳玉名

瑊玏玄厲張揖曰瑊玏石之次玉者玄厲黑石可用磨也如淳曰瑊音緘玏音勒

碝石碔砆張揖曰碝石碔砆皆石之次玉者碝石白者如冰半有赤色碔砆赤地白采葱蘢白黑不分郭璞曰碝而兖切善曰管子曰陰山碝珉戰國策曰白骨疑象碔砆類玉

其東則有蕙圃衡蘭張揖曰蕙圃蕙草之圃也衡杜衡也其狀若葵其臭如蘪蕪芷白芷也若

芷若芎藭菖蒲杜若也司馬彪曰芎藭似藁本善曰薛綜西京賦注曰蘭香草也芷若下或有射干非也

江離蘪蕪張揖曰江蘺香草也蘪蕪蘄芷也似蛇床而香諸柘甘柘也郭璞曰江蘺似水薺文穎曰

諸柘巴苴巴苴草名一名巴蕉善曰苴子余切

其南則有平原廣澤登降阤靡案衍

壇曼司馬彪曰阤靡邪靡也案衍窊下也壇曼平博也善曰阤弋爾切衍弋戰切壇徒旦切曼莫幹切

緣以大江限以巫山張揖曰巫山在南郡巫縣

其高燥則生葴菥苞

荔張揖曰葴馬藍也菥似燕麥也苞藨也荔馬荔也蘇林曰菥斯歷切善曰葴之林切苞音包荔音隸藨皮

薛 注同

此觚盧乃菰之緩音
尤云觚盧五臣作菰蘆

尤云其樹五臣作巨樹

表切**薛莎青薠**張揖曰薛藾蒿也莎薃侯也青薠似莎而大生江湖鴈所食善曰薠音煩**其埤濕則生藏莨蒹葭**郭璞曰藏莨草名中牛馬芻張揖曰蒹蘼葭蘆也善曰埤音婢莨音郎**東蘠彫胡**張揖曰東蘠實可食彫胡菰米也**蓮藕觚盧**張揖曰蓮荷之實也其根藕張晏曰觚盧扈魯也**菴閭軒于**張揖曰菴閭蒿也子可醫疾軒于蕕草也生水中揚州有之善曰菴音淹蕕音猶**衆物居之不可勝圖**郭璞曰圖畫也**其西則有湧泉清池激水推移**郭璞曰波抑揚也**外發芙蓉蔆華內隱鉅石白沙**應劭曰芙蓉蓮花也**其中則有神龜蛟鼉瑇瑁鼊黿**張揖曰蛟狀魚身而蛇尾皮有珠也**其北則有陰林其樹楩柟豫章**服虔曰陰林山北之林也善曰尸子曰水積則生吞舟之魚土積則生楩楠豫章本或林下有巨字樹下有則字非也**桂椒木蘭檗離朱楊**郭璞曰木蘭皮辛可食張揖曰檗皮可染者離山棃也郭璞曰朱楊赤莖柳也善曰葢山之國東有

尤云其上則有五日有赤猿蠼蝚四字

正

樹亦皮幹名曰朱木楊柳也樝梨梬栗橘柚芬芳張揖曰樝似梨而甘也梬梬棗也善曰說文曰梬棗似柿而小名曰梗而充切蘇林曰梬音郢都之郢然諸說雖殊而木一也今依蘇音其上則有鵷鶵孔鸞騰遠射干張揖曰孔孔雀也鸞鸞鳥也射干似狐能緣木服虔曰騰遠獸名也善曰射弋舍切其下則有白虎玄豹蟃蜒貙豻郭璞曰蟃蜒大獸似貍長百尋貙似貍而大豻胡地野犬也似狐而小蟃音萬善曰山海經曰鳥鼠同穴之山其上多白虎又曰幽都之山其上有玄豹郭璞曰黑豹也於是乎乃使剸諸之倫手格此獸善曰剸諸已見吳都賦楚王乃駕馴駮之駟張揖曰馴擾也駮如馬白身黑尾一角鋸牙食虎豹擾而駕之以當騶馬也乘彫玉之輿郭璞曰刻玉以飾車也靡魚須之橈旃張揖曰以魚須爲旃柄驅馳逐獸也橈靡也善曰橈女教切曳明月之珠旗張揖曰以明月珠綴飾旗也善曰孝經援神契曰蛟珠旗宋均曰蛟魚之珠有光耀可以飾旗建干將之雄

戟張揖曰干將韓王劒師也雄戟胡中有䩜者干將所造也善曰雄戟已見吴都賦䩜音巨左烏號之雕弓張揖曰黄帝乘龍上天小臣不得上挽持龍鬚鬚拔墮黄帝弓臣下抱弓而號名烏號也郭璞曰雕畫也右夏服之勁箭服虔曰服盛箭器也夏后氏之良弓名繁弱其矢亦良即繁弱箭服故曰夏服也陽子驂乘孅阿爲御張揖曰陽子伯樂字也秦繆公臣姓孫名陽郭璞曰孅阿古之善御者見楚辭孅音纖善曰楚辭曰孅阿不御焉案節未舒即陵狡獸司馬彪曰案節行得節未舒馬足未舒也狡獸狡徒之獸也善曰天文志曰案節徐行服虔曰謂行遅也蹵蛩蛩䡆距虛張揖曰蛩蛩青獸狀如馬距虛似蠃而小善曰說苑孔子曰蛩蛩距虛見人將來必負蟨以走二獸者非性之愛蟨也爲得甘草而貴之故也軼野馬轊陶駼張揖曰軼過也野馬似馬而小海外經曰北海內有獸狀如馬名陶駼郭璞曰轊車軸頭也善曰軼轊言車之疾能過野馬及陶駼也軼不言車轊不言過互文也轊音衛陶音逃駼音塗乘遺風射游騏張揖曰遺風千里馬也呂

九三揄紵縞五臣作投　錫　注

射獲　心

氏春秋曰遺風之乘爾雅曰驨如馬一角不角者騏驨音攜倏眒倩浰張揖曰皆疾皃善曰倏式六切眒式刃切倩子見切浰音練雷動猋至星流霆擊郭璞曰霆劈歷引不虛發中必決眦李奇曰射之巧妙決於目眦善曰說文曰眥目匡也眦眥同洞胷達掖絕乎心繫張揖曰自左射之貫匈月通右腢中絕系也善曰說文曰腢肩前也五口切一音五俱切繫系獲若雨獸揜草蔽地善曰言所在眾多若天之雨獸雨于具切毛萇詩傳曰揜覆也於是楚王乃弭節徘徊翶翔容與郭璞曰弭猶低也節所仗信節也善曰王逸楚辭注曰弭案也覽乎陰林觀壯士之暴怒與猛獸之恐懼徼𠦒受詘郭璞曰𠦒疲極也𠦒音劇司馬彪曰徼𠦒遮其倦者善曰受屈取其力屈也詘與屈同丘勿切殫覩眾物之變態郭璞曰殫盡也變態䆮貌也於是鄭女曼姬鄭女夏姬也曼姬楚武王夫人鄧曼也被阿緆揄紵縞張揖曰阿細繒也緆細布也揄曳也司馬彪曰

說文人… 引作傲卻 受屈

別本作積　舊音積

漢書無此四字　据此注亦不當有

亡之下靡五臣靡作摩

仙作僊　注刪

縞細繒也善曰列子曰鄭衛之處子衣阿緆戰國策魯連曰君後宮皆衣紵縞緆與錫古字通雜纖羅垂霧縠司馬彪曰纖細也張揖曰縠細如霧垂以為裳也善曰神女賦曰動霧縠以徐步襞積褰縐紆徐委曲鬱橈谿谷張揖曰襞積簡齰也褰縮也縐裁也其縐中文理茀鬱有似於谿谷也善曰襞必亦切縐側救切齰詐白切衯衯裶裶揚袘戌削郭璞曰衯衯裶裶皆衣長貌也張揖曰揚舉也袘衣袖也戌制裁制貌也善曰裶音非袘弋爾切戌音卹蜚纖垂髾司馬彪曰纖袿飾也髾燕尾也善曰纖與燕尾皆婦人袿衣之飾也蜚古飛字也纖音纖髾所交切扶輿猗靡張揖曰扶持楚王車輿相隨也善曰猗於綺切翕呷萃蔡張揖曰翕呷衣起張也萃蔡衣聲也善曰呷火甲切萃音翠下靡蘭蕙上拂羽蓋善曰垂髾飛纖飄揚上下故或靡蘭蕙或拂羽蓋錯翡翠之威蕤張揖曰錯其羽毛以爲首飾也繆繞玉綏張揖曰楚王車之綏以玉飾之也郭璞曰綏登車所執吉手纏絞之眇眇忽忽若神仙之髣髴郭璞

琴賦注引作翠蔡

駕 注

曰言其容飾奇豔非世所見也若神已見上文於是乃相與獠於蕙圃善曰說文曰獠獵也力笑切媻姍教窣上乎金隄韋昭曰媻姍敎窣匍匐上也司馬彪曰金隄隄名也善曰媻音盤姍先安切窣先忽切揜翡翠射鵕鸃善曰方言曰揜取也鵕鸃已見上文微矰出纖繳施善曰矰繳已見上文弋白鵠連駕鵝善曰言既弋白鵠而因連駕鵝也雙鶬下玄鶴加善曰雙鶬見上注爾雅曰下落也戰國策更嬴曰臣能虛發而下鳥淮南子注曰加制也列子曰蒲且子連雙鶬於青雲之上戰國策莊辛曰黃鵠不知射者修矰繳將加已也怠而後發游於清池郭璞曰怠倦也浮文鷁張揖曰鷁水鳥也畫其象於船首也揚旌栧張揖曰揚舉也析羽爲旌建於船上也郭璞曰栧船舷樹旌於上善曰栧依郭說栧音曳張翠帷建羽蓋郭璞曰施之船上也善曰翠帷羽蓋謂以翠羽飾帷蓋罔瑇瑁鉤紫貝郭璞曰紫貝紫質黑文也善曰瑇瑁紫貝已見西京賦摐金鼓韋昭曰摐擊也音窻郭璞曰金鼓鉦也吹鳴籟張揖曰籟簫也榜人歌張揖

曰榜船也月令曰命榜人榜人船長也主唱聲而歌者也善曰榜方孟切**聲流喝**郭璞曰言悲嘶也善曰喝一介切嘶蘇奚切**水蟲駭波鴻沸**郭璞曰魚龜踴躍濤浪作**涌泉起奔揚**

會郭璞曰暴溢激相鼓薄也善曰溢普頓切**礧石相擊硠硠礚礚**善曰礧力對切**若雷霆之聲聞乎數百里之外將息獠者擊靈鼓起烽燧**文穎曰靈鼓六面鼓**車按行騎就隊**應劭曰按按次第也善曰服虔左氏傳注曰隊部也行胡郎切隊大內切**纚乎淫淫般乎裔裔**司馬彪曰皆行貌也善曰纚音屣般音盤**於是楚王乃登雲陽之臺**孟康曰雲夢中高唐之臺宋玉所賦者言其高出雲之陽**怕乎無爲憺乎自持**郭璞曰養神氣也善曰老子曰我獨怕然而未兆說文曰怕無爲也廣雅曰憺怕靜也神女賦曰頩薄怒以自持憺與澹同徒濫切怕與泊同蒲各切**勺藥之和具而後御之**服虔曰具美也或以芍藥調食也文穎曰五味之和也晉灼曰南都賦曰歸鴈鳴鵽香稻鮮魚以爲芍藥

文之

酸恬滋味百種千名之說是也善曰服氏一說以芍藥爲藥名或者因說今之煑馬肝猶加芍藥古之遺法晉氏之說以勺藥爲調和之意枚乘七發曰勺藥之醬然則和調之言於義爲得韋昭曰勺丁削切藥旅酌切

不若大王終日馳騁曾不下輿脟割輪焠自以爲娛韋昭曰焠謂割鮮焠輪也郭璞曰焠染也善曰脟音臠焠七内切臣竊觀之齊殆不如善曰毛萇詩傳曰殆近也於是齊王無以應僕也烏有先生曰是何言之過也足下不遠千里來貺齊國郭璞曰言有惠賜也善曰戰國策秦王謂蘇秦曰今先生不遠千里而庭教高誘曰不以千里之道爲遠王悉發境内之士備車騎之衆與使者出畋善曰家語曰越悉起境内之士三千人助吳乃欲戮力致獲以娛左右晉灼曰謙不斥言故云左右言使者左右也善曰國語曰戮力一心賈逵曰戮并力也何名爲夸哉問楚地之有無者願聞大國之風烈

沈休文齊故安陸昭王碑文及注引陼作渚

不夜

先生之餘論也善曰風烈已見上文先生謂子虛也張晏曰願聞先賢之遺談美論也今足下不稱楚王之德厚而盛推雲夢以爲高郭璞曰以爲高談奢言淫樂而顯侈靡郭璞曰顯明也奢闊也竊爲足下不取也必若所言固非楚國之美也無而言之是害足下之信也彰君惡傷私義善曰史記樂毅與燕惠王書曰恐傷先王之明有害足下之義彰君惡害私義非楚國之美彰君惡也害足下之信傷私義也本或云有而言之是彰君之惡者非也二者無一可而先生行之必且輕於齊而累於楚矣文穎曰必見輕於齊輕易於齊也善曰使者失辭爲輕於齊使非其人爲累於楚也累力瑞切且齊東陼鉅海南有琅邪蘇林曰小洲曰陼司馬彪曰齊東臨大海爲渚也張揖曰琅邪臺名也在渤海間善曰呂氏春秋幸寬曰太公望封於營丘渚海阻山也聲類曰陼或作渚觀乎成山張揖曰觀闕也成山在東萊掖縣於其上築宮闕也射

尤云湯谷五臣作暘谷

乎之罘，晉灼曰：之罘山在東萊腄縣。獵其上也。善曰：腄，直瑞切。浮渤澥，應劭曰：渤澥，海別枝也。澥音蟹。游孟諸，文穎曰：宋之大澤也，故屬齊。邪與肅慎爲隣，郭璞曰：肅慎國名，在海外北。右以湯谷爲界，司馬彪曰：湯谷，日所出也。以爲東界也。善曰：言爲東界，則右當爲左字之誤也。秋田乎青丘，服虔曰：青丘國在海東三百里。善曰：山海經曰：青丘其狐九尾。徬徨乎海外，善曰：毛詩曰：海外有截。吞若雲夢者八九，於其胷中曾不蔕芥。善曰：蔕芥已見西京賦。若乃俶儻瑰瑋，異方殊類，郭璞曰：俶儻猶非常也。善曰：廣雅曰：瑰瑋，琦玩也。俶，他歷切。珍怪鳥獸，萬端鱗崪，善曰：高唐賦曰：珍怪奇偉，不可稱論。張揖曰：崪與萃同，集也。充牣其中，不可勝記，禹不能名，卨不能計。張揖曰：禹爲堯司空，辯九州名山，別草木。卨爲堯司徒，敷五教，率萬事。應劭曰：契善計也。善曰：廣雅曰：充牣，滿也。然在諸侯之位，不敢言游戲之樂，苑囿之大；先

汪遠此一條未轉

生又見客如淳曰見賓客禮待故也善曰言見先生是客也是以王辭不復詞

彪曰復荅也何爲無以應哉

文選卷第七 壬六月廿五日 侃覽

文選卷第八

梁昭明太子撰

文林郎守太子右內率府錄事參軍事崇賢館直學士臣李善注上

畋獵中

司馬長卿上林賦

楊子雲羽獵賦

上林賦一首

司馬長卿　郭璞注

亡是公听然而笑善曰說文曰听笑貌也牛隱切曰楚則失矣而齊亦未為得也夫使諸侯納貢者非為財幣所以述職也郭璞曰諸侯朝於天子曰述職善曰尚書大傳曰古者諸侯之於天子五年一朝見述其職述職者述其所職也封疆

臣或無

貶當依漢書作貶

西河
西

畫界者非爲守禦所以禁淫也郭璞曰天下有道守在四夷立境界者欲以杜絕淫放耳善曰小雅曰淫過也今齊列爲東藩而外私肅慎郭璞曰私與通也捐國踰限越海而田其於義固未可也且二君之論不務明君臣之義正諸侯之禮徒事爭於游戲之樂苑囿之大欲以奢侈相勝荒淫相越此不可以揚名發譽而適足以貶君自損也晉灼曰貶古貶字也善曰鄧析子曰因勢而發譽毛萇詩傳曰秪適也且夫齊楚之事又烏足道乎君未覩夫巨麗也獨不聞天子之上林乎左蒼梧右西極文穎曰蒼梧郡屬交州在長安東南故言左爾雅曰至于豳國爲西極在長安西故言右也丹水更其南應劭曰丹水出上洛冢領山東南至析縣入汮水更公衡切紫淵徑其北文穎曰河南穀羅縣有紫澤在縣北於長安爲在北也

郭璞曰椒丘見楚辭

沇 言 皇

終始灞滻出入涇渭張揖曰灞滻二水終始盡於苑中不復出也涇渭二水從苑外來又出苑去也酆鎬潦潏紆餘委蛇經營乎其內張揖曰酆水出鄠縣南山酆谷北入渭鎬在昆明池北善曰潦即澇水也說文曰澇水出鄠縣北入渭潏水出杜陵今名沇水自南山黃子陂西北流經至昆明池入渭郭璞曰經營其內周旋苑中也蕩蕩乎八川分流相背而異態郭璞曰變態不同也善曰潘岳關中記曰涇渭灞滻酆鄗潦潏凡八川東西南北馳騖往來郭璞曰言更相錯涉也來盧代切出乎椒丘之闕服虔曰丘名也兩山俱起象雙闕者也善曰楚辭曰馳椒丘兮焉且止也且音昌呂切行乎洲淤之浦張揖曰淤漫也浦水崖也淤於庶切善曰方言曰水中可居者曰洲三輔謂之淤也經乎桂林之中張揖曰桂林林名也南海經曰桂林八樹在番禺東也過乎泱漭之壄張揖曰山海經所謂大荒之野如淳曰大貌也泱烏朗切汨乎混流順阿而下蘇林曰楊雄方言曰汨遝疾也汨于

按乘七發注引埼作碕

尤云澎湃五臣作滂湃

筆切郭璞曰混并也阿大陵也赴隘陿之口郭璞曰夾岸間爲陿隘於懈切陿音狹觸穹石激堆埼張揖曰穹石大石也埼曲岸頭也郭璞曰堆沙堆也丁回切埼巨依切沸乎暴怒郭璞曰沸水聲也音拂洶涌彭湃司馬彪曰洶涌跳起也彭湃波相戾也洶許勇切湃蒲拜切滭弗宓汩蘇林曰滭音畢宓音密司馬彪曰畢弗盛貌也宓汩去疾也汩于筆切偪側泌瀄郭璞曰泌瀄音筆櫛司馬彪曰偪側相迫也泌瀄相揳也偪字與逼同揳先結切横流逆折轉騰潎洌司馬彪曰逆折旋回也孟康曰轉騰相過也潎洌相撇也潎匹列切洌音列滂濞沆溉司馬彪曰滂濞水聲也沆溉徐流也郭璞曰滂音匹亨切濞匹祕切溉胡慨切韋昭曰沆胡郎切穹隆雲橈郭璞曰龍起回穴也善曰雲橈如雲屈橈也橈女教切宛潬膠盭司馬彪曰宛潬展轉也膠盭邪屈也宛音婉潬音善盭古戾字踰波趨浥涖涖下瀨司馬彪曰踰波後波凌前波也趨浥輸於淵也涖涖水聲也浥於俠切涖音利批巖衝擁奔揚滯沛

司馬彪曰擁曲隈也善曰說文曰批擊也臨坻注壑瀺滯沛奔揚之貌也滯直制切沛蒲蓋切沈沈灂霣墜鄧展曰坻水中山也坻音遲善曰字林曰瀺灂小水聲也霣即隕字也墜直類切隱隱砰磅訇礚善曰沈沈深貌也隱隱盛貌也司馬彪曰砰磅訇礚皆水聲也砰普泳切磅普萌切潏潏淈淈湁潗鼎沸善曰說文曰潏水湧出也淈水出貌周成雜字曰湁潗水沸貌也淈音骨湁勑立切潗子入切馳波跳沫汨㵿漂疾司馬彪曰汨隱水聲也韋昭曰㵿許及切善曰汨于筆切漂匹姚切悠遠長懷郭璞曰懷亦歸變文耳寂漻無聲肆乎永歸善曰說文曰漻清深也漻音聊杜預左氏傳注曰肆放也言水奔放而長歸於淵海也然後灝溔潢漾郭璞曰皆水无涯際貌也灝音皓溔弋少切潢胡廣切漾弋丈切安翔徐回郭璞曰言翯乎滈滈郭璞曰水白光貌也翯胡角切滈音鎬東注太湖郭璞曰太湖在吳縣尚書所謂震澤也衍溢陂池郭璞曰其形狀而出也陂池江旁小水於是乎蛟龍赤螭文穎曰龍

子爲螭張揖曰赤螭雌龍也魱鱛漸離李奇曰周洛曰鮪蜀曰魱鱛出鞏山穴中司馬彪曰漸離
魚名也張揖曰其形狀未聞魱音亙鱛音懵鰅鰫鰬魠郭璞曰鰅魚有文彩鰫似鰱而黑鰬似鱓魠鱤一名黄曰
頰鰅音顒鰫音容切鰬音乾魠音托鱓音善鱤音感禺禺鱋鰨郭璞曰禺禺魚皮有毛黄地黑文鱋
比目魚狀似牛脾細鱗紫色兩相合得乃行鰨鯢魚也似鮎有四足聲如嬰兒禺音顒鱋音榻鰨奴榻切揵
鰭掉尾振鱗奮翼郭璞曰揵舉也鰭背上鬛也善曰髙唐賦曰振鱗奮翼揵巨言切掉徒釣
切潛處乎深巖郭璞曰隱岸垠也魚鼈讙聲萬物衆夥善曰小雅曰夥多也
明月珠子的皪江靡應劭曰靡邊也明月珠子生於江中其光耀乃照於江邊也張揖曰
靡厓也善曰説文曰玓瓅明珠光也玓瓅與的皪音義同蜀石黄碝水玉磊砢張揖曰蜀
石石次玉者也郭璞曰碝碝石黄色水玉水精也磊砢魁壘貌也善曰山海經曰常庭之山其上多水玉碝如
交切砢洛可切磷磷爛爛采色澔汗郭璞曰皆玉石符采映耀也磷音吝澔音皓藂

尤云汎淫五臣作沈淫

積乎其中，鴻鷫鵠鴇，鴐鵝屬玉張揖曰鴻大鴈也郭璞曰鷫鷞鷞也屬玉似鴨而
大長頸赤目紫紺色者交精旋目郭璞曰交精似鳧而脚高有毛冠辟火災司馬彪曰旋目鳥名
也煩鶩鷛渠郭璞曰煩鶩鴨屬也鷛渠似鳧灰色而雞脚一名章渠鶩音木箴疵鵁盧
張揖曰箴疵似魚虎而蒼黑色鵁鶄頭鳥郭璞曰盧鸕鷀也箴音鍼疵音資鸕音慈也羣浮乎其
上，汎淫泛濫，隨風澹淡郭璞曰皆鳥任風波自縱漂貌也汎音馮泛敷劒切與波
搖蕩，奄薄水渚張揖曰奄覆也郭璞曰薄猶集也唼喋菁藻，咀嚼蔆藕。
郭璞曰菁水草也善曰通俗文曰水鳥食謂之唼與唼同所甲切喋丈甲切咀才汝切嚼才削切於是
乎崇山矗矗，巃嵸崔巍郭璞曰皆高峻貌也巃力孔切嵸音揔深林巨
木，嶄巖參差郭璞曰皆峯嶺之貌也嶄仕銜切參楚林切差楚宜切九嵕巀嶭，
南山峩峩郭璞曰巀嶭高峻貌也善曰九嵕南山已見西都賦巀音截嶭音齾峩音娥巖陁

甗錡摧崣崛崎司馬彪曰陁靡也甗甗也錡欹也上大下小有似欹甗也張揖曰摧崣高貌也崛崎斗絶也摧作罪切崣卒郎切郭璞曰崛音掘崎音錡振溪通谷蹇産溝瀆張揖曰振拔也水注川曰谿注谿曰谷蹇産詰曲也郭璞曰自溪及瀆皆水相通注也善曰言山石收斂溪水而不分泄谽呀豁閕阜陵別隝司馬彪曰谽呀大貌豁閕空虛也郭璞曰隝水中山也谽呼含切呼呼加切閕呵下切隝音擣崴磈𡼏瘣丘虛堀礨郭璞曰皆其形勢也崴於鬼切磈魚鬼切𡼏惡罪切瘣胡罪切虛音袪堀音窟礨音磊隱轔鬱壘登降施靡郭璞曰隱轔鬱壘堆壟不平貌轔洛盡切壘音壘施式氏切陂池貏豸郭璞曰陂池旁穨貌也陂音皮貏音被豸直爾切善曰貏豸漸平皃沇溶淫鬻張揖曰水流谿谷之間也沇以水切溶音容淫以舟切鬻音育散渙夷陸司馬彪曰布平地也亭皋千里靡不被築服虔曰皋澤也隄上十里一亭郭璞曰皆築地令平也被皮義切揜以綠蕙被以江蘺張揖曰掩覆也綠王芻也蕙薰

○尔雅葴寒漿　疑此
持當日作將也
尤云葴持五臣作葴橙
尤云蔣苧五臣作蔣芧

草也郭璞山海經曰蕙香草蘭屬也糅以蘪蕪雜以留夷張揖曰留夷新夷也善曰王逸楚辭注曰留夷香草布結縷郭璞曰結縷蔓生如縷相結攢戾莎司馬彪曰戾莎莎名也揭車衡蘭應劭曰揭車一名芞輿香草也揭去竭切芞巨乞切槀本射干郭璞曰槀本槀茇也方末切司馬彪曰射干香草也射弋舍切茈薑蘘荷張揖曰茈薑子薑也茈音紫蘘人羊切葴持若蓀如淳曰葴音鍼韋昭曰持音懲張揖曰葴持闕若杜若郭璞曰蓀香草也鮮支黃礫司馬彪曰鮮支支子也張揖曰皆香草也蔣苧青薠張揖曰蔣菰也苧三稜也郭璞曰苧音杼布濩閎澤延曼太原郭璞曰布濩猶布露也善曰閎大也濩音護延弋戰切離靡廣衍善曰離靡離而邪靡不絕之貌也孟康甘泉賦注曰衍无厓岸也離力爾切應風披靡吐芳揚烈善曰烈酷烈香氣盛也披丕蟻切郁郁菲菲眾香發越郭璞曰香氣射散也菲音妃肸蠁布寫晻薆咇茀司馬彪曰肸過也芬芳之過若蠁之布寫也郭璞曰

香氣盛馝馞也善曰說文曰肸蠁布也馝馞吰茀音義同說文曰馣馤香氣奄藹也馣與晻馤與薆音義同晻音奄吰步必切茀音勃於是乎周覽泛觀縝紛軋芴孟康曰縝紛衆盛也軋芴緻密也縝丑人切芴音勿芒芒恍忽郭璞曰言眼亂也芒莫朗切視之無端察之

無涯日出東沼入乎西陂張揖云日朝出苑之東池暮入於苑西陂中善曰漢宮殿簿曰長安有西陂池東陂池其南則隆冬生長涌水躍波張揖曰其苑南陽煖則盛冬十月草木生長也郭璞曰躍波言不凍也善曰孫卿子曰松柏經隆冬而不彫其獸則㺎旄貘犛沈牛麈麋郭璞曰㺎似牛領有肉堆也音容張揖曰旄旄牛也其狀如牛而四節毛貘白豹犛牛黑色出西南徼外沈牛水牛也能沈没水中麈似鹿而大善曰南越志曰潛牛形角似水牛一名沈牛也赤首圜題窮奇象犀張揖曰題額也窮奇狀如牛而蝟毛其音如嗥狗食人者也

其北則盛夏含凍裂地涉冰揭河司馬彪曰揭舉衣也善曰尸子曰寒

謝希逸宋孝武宣貴妃誄注引櫚作檐

凝冰裂地其獸則麒麟角端騊駼橐駝郭璞曰麒似麟而無角角端似貊角在鼻
上中作弓韋昭曰背上有肉似橐故曰橐駝也蛩蛩驒騱駃騠驢驘郭璞曰驒騱駏驉類
也駃騠生三日而超其母驒音顛騱音奚駃音玦騠音提騾驘同於是乎離宮別館彌
山跨谷善曰鄭玄周禮注曰彌徧也高廊四注重坐曲閣司馬彪曰廊廡上綴
下綴皆可坐故曰重坐曲閣閣道委曲也華榱璧璫輦道纚屬韋昭曰裁金爲璧以當榱
頭也如淳曰輦道閣道也司馬彪曰纚屬連屬也張揖曰纚力尒切屬之欲切步櫚周流長途
中宿善曰步櫚步廊也周流周徧流行也楚辭曰曲屋步櫚郭璞曰中途樓閣間陛道司馬彪曰中宿乃
至其上夷嵕築堂累臺增成如淳曰嵕山也張揖曰平此山以作堂者也重累而成之故曰
增成嵕子公切巖窔洞房郭璞曰言於巖窔底爲室潛通臺上也善曰窔一吊切頫杳眇
而無見仰攀橑而捫天善曰聲類曰頫古文俯字說文曰頫低頭也楚辭曰遂儵忽而

○史漢如此 葙注同

揖白馬賦引張揖象輿注僤作嬋

○高唐賦注及史漢 根注同

捫天晉灼曰猱古攀字也捫摸也捺音老捫音門 奔星更於閨闥宛虹扡於楯軒 善曰奔流星也行疾故曰奔如淳曰宛虹屈曲之虹也應劭曰楯欄檻也司馬彪曰軒楯下版也更工衡切 青龍蚴蟉於東葙 郭璞曰蚴蟉龍行貌也善曰孫炎爾雅注曰葙夾室前堂也蚴一糾切蟉力糾切 象輿婉僤於西清 張揖曰山出象輿瑞應車也西清者葙中清淨處也善曰婉僤動貌也僤音善 靈圉燕於閒館 張揖曰靈圉衆仙之號也楚辭曰坐靈圉而來謁閒讀曰閑 偓佺之倫暴於南榮 郭璞曰偓佺仙人也暴謂偃卧日中也榮屋南檐也 醴泉涌於清室通川過於中庭 郭璞曰醴泉瑞水也善曰言醴泉於室中涌出而通流爲川而過中庭 盤石振崖 李奇曰振整也以石整頓池水之涯也振之刃切 嶔巖倚傾 郭璞曰嶔巖欹貌也嶔口銜切倚於綺切 嵯峨嶕嶢刻削崢嶸 郭璞曰言自然若彫刻也司馬彪曰崢嶸深貌也善曰嶕音捷嶸音業 玫瑰碧琳珊瑚叢生 善曰並已見上文

磅礴与旁唐音義同

瑉玉旁唐，玢豳文鱗，郭璞曰：旁唐，言盤礴也。玢豳，文理貌也。音紛彬。善曰：宋玉笛賦曰：其處磅礴千仞。赤瑕駁犖，雜臿其間。張揖曰：赤瑕，赤玉也。郭璞曰：言雜廁崖石中。駁犖，采點也。犖，洛角切。晁采琬琰，和氏出焉。司馬彪曰：晁采，玉名。善曰：晁，古朝字。尚書曰：弘璧琬琰在西序。於是乎盧橘夏熟，應劭曰：伊尹書曰：箕山之東，青鳥之所，有盧橘夏熟。晉灼曰：此雖賦上林，博引異方珍奇，不係於一也。盧，黑也。黃甘橙楱，郭璞曰：黃甘，橘屬而味精。楱亦橘之類也。音湊。張揖曰：榛，小橘也，出武陵。善曰：說文曰：橙，橘屬也。枇杷橪柿，亭奈厚朴，張揖曰：枇杷似斛樹，長葉，子如杏。亭，山梨也。厚朴，藥名也。郭璞曰：橪，橪支木也。橪音煙。朴，步角切。樗棗楊梅，張揖曰：楊梅，其實似穀子而有核，其味酸，出江南也。櫻桃蒲陶，善曰：櫻桃、蒲陶見南都賦。隱夫薁棣，張揖曰：隱夫，未詳。薁，山李也。郭璞曰：棣，實似櫻桃也。薁，於六切。棣，徒計切。荅遝離支，張揖曰：荅遝似李，出蜀。晉灼曰：離支大如雞子，皮麁，剝去皮，肌如雞子中黃，味甘多酢少。遝音沓。離，力智切。羅

穀

尤云抏紫莖五臣作抗

乎後宮列乎北園馳丘陵下平原司馬彪曰馳延也羊氏切揚翠葉抏紫莖張揖曰抏搖也音完發紅華垂朱榮煌煌扈扈照曜鉅野郭璞曰言其光采之盛也煌音皇沙棠櫟櫧張揖曰沙棠狀如棠黃華赤實其味如李無核呂氏春秋曰果之美者沙棠之實櫧似柃葉冬不落應劭曰櫟採木也櫧音諸柃音零採音采華楓枰櫨張揖曰華皮可以為索楓攝也脂可以為香郭璞曰枰平仲木也櫨已見南都賦華胡化切留落胥邪仁頻并閭郭璞曰留未詳落檴也中作器胥邪似并閭皮可作索孟康曰仁頻椶也善曰仙藥錄曰檳榔一名椶然仁頻即檳榔也胥邪并閭已見南都賦檴音鑊欃檀木蘭孟康曰欃檀檀別名也欃音讒豫章女貞張揖曰女貞木葉冬冬不落長千仞大連抱司馬彪曰七尺曰仞夸條直暢實葉葰楙郭璞曰夸張布也司馬彪曰葰大也葰音峻攢立叢倚連卷欐佹司馬彪曰欐佹支重累也倚於綺切卷巨專切欐力爾切佹音詭蒼頡篇曰攢聚也崔錯癹

蠝注同　○別本　飛

㕡郭璞曰崔錯交雜㕡峗庡也崔千賄切㕡步葛切㕡古委字坑衡閜砢郭璞曰坑衡徑直貌閜砢相扶持也坑口庚切閜烏可切砢來可切垂條扶疏落英幡纚善曰說文曰扶疏四布也呂氏春秋曰樹肥無使扶疏英謂華也張揖曰幡纚飛揚貌也纚山爾切紛溶萷蔘猗狔從風郭璞曰紛溶萷蔘支竦擢也張揖曰猗狔猶阿那也溶音容萷音蕭蔘音森猗憶靡切狔女尓切藰莅卉歙司馬彪曰衆聲貌也藰音劉莅音利卉古卉字歙音翕蓋象金石之聲管籥之音善曰金石管已見上文籥已見南都賦偨池茈虒旋還乎後宮張揖曰偨池參差也茈虒不齊也如淳曰茈音此虒音豸郭璞曰還繞也偨音差雜襲絫輯郭璞曰相重被也善曰絫古累字輯與集同被山緣谷循阪下隰視之無端究之無窮於是乎

玄猨素雌蜼玃飛蠝張揖曰蜼似母猴卬鼻而長尾玃似獼猴而大飛蠝鼠也其狀如兎而鼠首以其髯飛郭璞曰蠝鼯鼠也毛紫赤色飛且生一名飛生蜼音遺蠝音誄善曰玄猨言猨之雄者玄色

尤云掉希閒五臣作踔

共

娭注引說文音宜作此字

也素雌玃之雌者　蛭蜩玃猱之山飛蛭四翼蜩蟬也玃司馬彪曰山海經曰不咸
素色也玃音钁
猱獮猴也郭璞曰蛭蜩未聞　獑胡縠蛫張揖曰獑胡似獼猴頭上有髦
如涫曰蛭音質猱奴刀切
要以後黑郭璞曰縠似貔而大要以後黃一名黃　棲息
要食獼猴蛫未聞也獑音讒縠呼谷切蛫音詭
乎其間長嘯哀鳴翩幡互經郭璞曰互經互相經過也　夭蟜枝格偃
蹇杪顛郭璞曰皆獼猴在樹暴戲姿態也天蟜頻申也善曰埤蒼曰格木長貌也說文曰杪末也廣雅曰顛末也蟜音
蟜　隃絕梁騰殊榛郭璞曰梁石絕水也張揖曰殊榛異栫也善曰隃字與踰同榛仕人切
捷垂條掉希間五曷切　張揖曰捷持懸垂之條掉往著稀疏無支之間也郭璞曰掉懸擿也
牢落陸離託釣切　郭璞曰羣奔走也善曰牢落猶遼落也廣雅曰陸離參差也　爛漫遠
遷郭璞曰崩騰羣走貌也　若此者數百千處娛遊往來宮宿館舍
善曰說文曰娛戲也許其切郭璞曰皆離宮別館出入所幸也　庖廚不徙後宮不移百

尤云鼓嚴簿注簿鹵簿也　五臣作嚴鑮注鑮大鐘也

鄭氏　玉　子有

官備具郭璞曰言所在有也於是乎背秋涉冬天子校獵李奇曰以五校兵出獵也乘鏤象六玉虯張揖曰鏤象象路也以象牙疏鏤其車輅六玉虯謂駕六馬以玉飾其鑣勒有似虯龍也無角曰虯也郭璞曰韓子曰黃帝駕象車六蛟龍善曰此依古成文而假言之非謂似也今依郭說拖蜺旌靡雲旗張揖曰析羽毛染以五采綴以縷爲旌有似虹蜺之氣也畫熊虎於旒爲旗似雲氣也善曰此亦假言也高唐賦曰蜺爲旌雲旗已見東京賦前皮軒後道游文穎曰皮軒以虎皮飾車天子出道車五乘游車九乘在乘輿車前賦頌爲偶辭耳善曰言皮軒最居前而導游次皮軒之後此爲前後相對爲偶辭耳非謂道游在乘輿之後孫叔奉轡衛公參乘李善曰孫叔者太僕公孫賀也字子叔衛公者大將軍衛青也大駕太僕御大將軍參乘扈從橫行出乎四校之中晉灼曰扈大也張揖曰跋扈縱橫不案鹵簿也文穎曰凡五校今言四者中一校隨天子乘輿也鼓嚴簿縱獵者張揖曰鼓嚴鼓也簿鹵簿也善曰言擊嚴鼓簿鹵之中也河江

五臣本作江河

三字及執

續

江文通雜體詩鮑照注引歷作礫

爲陸泰山爲櫓郭璞曰因山谷遮禽獸爲陸櫓望樓車騎靁起殷天動地郭璞曰殷猶震也善曰靁古雷字殷音隱先後陸離離散別追郭璞曰各有所逐也善曰廣雅曰陸離參差淫淫裔裔緣陵流澤雲布雨施郭璞曰言徧山野也善曰韓子曰雲布風動周易曰雲行雨施也生貔豹搏豺狼韋昭曰生謂生取之也郭璞曰貔執夷虎屬音毗手熊羆足壄羊張揖曰熊犬身人足黑色羆如熊黃白色壄羊麢羊也似羊而青郭璞曰足謂踏也蒙鶡蘇孟康曰鶡鶡尾也蘇析羽也張揖曰鶡似雉鬬死不卻善曰蒙謂蒙覆而取之鶡以蘇爲奇故特言之以成文耳鶡音曷絝白虎郭璞曰絝謂絆絡之也善曰絝音袴被班文善曰班文虎豹之皮也司馬彪漢書曰虎賁騎皆虎文單衣跨壄馬善曰跨謂騎之也淩三嵕之危善曰漢書音義曰陵上也郭璞三倉注曰三嵕山在聞喜下磧歷之坻張揖曰磧歷不平也坻下阪道也坻音遲徑峻赴險越壑厲水郭璞曰厲以衣渡水椎蜚廉弄

獬豸郭璞曰飛廉龍雀也鳥身鹿頭張揖曰獬豸似鹿而一角人君刑罰得中則生於朝廷主觸不直者今可得而弄也獬音蟹豸文介切格蝦蛤鋋猛氏孟康曰蝦蛤猛氏皆獸名郭璞曰今蜀中有獸狀如熊而小毛淺有光澤名猛氏蝦音遐蛤音閤善曰說文曰鋋小矛也市延切羂騕褭射封豕張揖曰騕褭馬金喙赤色一日行万里者郭璞曰封豕大豬也善曰聲類曰羂係取也工犬切左氏傳申包胥曰吳爲封豕長蛇箭不苟害解脰陷腦弓不虛發應聲而倒張揖曰脰項也善曰脰音豆史記陷苦念切於是乘輿弭節徘徊翱翔往來郭璞曰言周旋也善曰楚辭曰風弭節而高厲睨部曲之進退覽將帥之變態善曰部曲已見上文然後侵淫促節郭璞曰言疾驅也善曰侵淫漸進之貌儵敻遠去郭璞曰儵忽長逝也善曰曹大家幽通賦注曰敻遠也流離輕禽蹴履狡獸張揖曰流離放散也輕禽飛鳥也晉灼曰輕小之禽善曰張說是也轊白鹿捷狡兎郭璞曰狡

兎徙跳故曰捷耳捷音接**軼赤電遺光耀**張揖曰軼過也郭璞曰皆妖氣爲變怪游光之屬也**追怪物出宇宙**張揖曰怪物奇禽也**彎蕃弱滿白羽**文穎曰彎牽也蕃弱夏后氏良弓之名引弓盡箭鏑爲滿以白羽爲箭故言白羽也善曰左氏傳衛子魚曰分魯公以封父之繁弱蕃與繁古字通國語曰吳素甲白羽之矰望之如荼**射游梟櫟蜚遽**張揖曰梟惡鳥也故射之櫟梢也飛遽天上神獸也鹿頭而龍身郭璞曰梟羊也善曰高誘淮南子注梟羊山精也似遽類高說是也梟工聊切遽音鉅**擇肉而后發先中而命處**郭璞曰言必如所志也善曰廣雅曰命名也**弦矢分藝殪仆**文穎曰所射準的爲藝壹發死爲殪善曰說文曰仆頓也殪音翳仆音赴**然后揚節而上浮**郭璞曰言騰游也善曰楚辭曰鳥託乘而上浮**淩驚風歷駭猋**

乘虛無與神俱張揖曰郭璞老子經注曰虛無寥廓與元通靈言其所乘氣之高故能出飛鳥之上而與神俱者也**躪玄鶴亂昆雞**張揖曰昆雞似鶴黃白色郭璞曰躪踐也亂者言亂其行

羽

徵曰

尤云消搖乎襄羊五臣作招搖乎儴佯

然

闕　別本

牛首霍光傳作年首蓋彼是

伾也道孔鸞促鵕鸃郭璞曰道促皆迫捕貌道才由切拂翳鳥張揖曰山海經曰九
疑之山有五采之鳥名曰翳鳥捎鳳凰捷鵷鶵揜焦明張揖曰焦明似鳳西方之鳥也
善曰方言曰揜取也樂汁圖焦明狀似鳳皇宋衷曰水鳥也道盡塗殫迴車而還消
搖乎襄羊降集乎北紘司馬彪曰消搖逍遙也張揖曰淮南子云八澤之外乃有八紘
北方之紘曰委羽郭璞曰襄羊猶彷徉也率乎直指郭璞曰徑馳去也晻乎反鄉郭璞
曰忽然疾歸貌蹷石闕歷封巒過鳷鵲望露寒郭璞曰蹷蹋也音厥張揖曰此
四觀武帝建元中作在雲陽甘泉宮外鳷音支下棠棃息宜春張揖曰棠棃宮名在雲陽東南
三十里郭璞曰宜春宮名在渭南杜縣東西馳宣曲張揖曰宣曲宮名也在昆明池西濯
鷁牛首張揖曰牛首池名在上林苑西頭善曰漢書曰鄧通以濯船為黃頭郎音義曰善濯船於池中
也一說能持櫂行船也韋昭曰櫂今棹也並直孝切登龍臺張揖曰觀名也在豐水西北近渭也掩

尤云徒車之所轔轢五臣徒上有蹈字轔作藺
○徒字逗澤爲一句
○別本作蹃舊音若
尤云而死者五臣而上多怖字

細柳郭璞曰觀名也在昆明池南善曰方言曰掩息也觀士大夫之勤略司馬彪曰略巡行也均獵者之所得獲郭璞曰平其多少也徒車之所轔轢郭璞曰徒步也轔轢也善曰轢女展切步騎之所蹂若人臣之所蹈籍善曰廣倉曰若蹈足貌與其窮極倦谻驚憚讋伏郭璞曰窮極倦谻疲憊者也驚憚讋伏怖不動貌也谻音劇憚丁曷切讋之涉切不被創刃而死者他他籍籍郭璞曰言交橫也他徒河切塡阬滿谷掩平彌澤善曰廣雅曰大野曰平於是乎遊戲懈怠置酒乎顥天之臺張揖曰臺高上干顥天也張樂乎膠葛之寓郭璞曰言曠遠深貌也撞千石之鍾張揖曰千石十二萬斤也立萬石之虡張揖曰虡獸重百二十萬斤以俠鍾旁建翠華之旗樹靈鼉之鼓張揖曰以翠羽爲葆也以鼉皮爲鼓也郭璞曰華葆也奏陶唐氏之舞如淳曰舞咸池也善曰尚書曰惟彼陶唐

史漢作于是也　手注同

孔安國曰陶唐堯氏也

聽葛天氏之歌張揖曰葛天氏三皇時君號也其樂三人持牛尾投足以歌八曲一曰載民二曰玄鳥三曰遂草木四曰奮五穀五曰敬天常六曰徹帝功七曰依地德八曰總禽獸之極韋昭曰葛天氏古之王者其事見呂氏春秋善曰呂氏春秋云葛天氏之樂以歌八闋一曰載民三曰遂草木六曰建帝功今注以闋爲曲以遂爲氏以遂爲育以建爲徹皆誤**千人唱萬人和山陵爲之震動川谷爲之蕩波**郭璞曰波浪起也**巴渝宋蔡淮南**

史記攷異云巴俞當作嘵喻

干遮郭璞曰巴西閬中有渝水獠居其上皆剛勇好舞初高祖募取以平三秦後使樂府習之因名巴渝舞也張揖曰樂記曰宋音燕女溺志蔡人謳員三人淮南鼓員四人干遮曲名**文成顛歌**文穎曰文成遼西縣名也其縣人善歌顛益州顛縣其人能作西南夷歌也顛與滇同也**族居遞奏金鼓迭起**張揖曰族聚也郭璞曰遞迭也徒結切**鏗鎗闛**湯**鞈**塔**洞心駭耳**善曰鏗鎗鉦聲也闛鞈鼓音也毛詩曰擊鼓其鏜字書曰鞈鞈鼓聲闛與鏜鞈與鞈古字通闛託郎切鞈音榻**荆吴鄭**

激 激 回風

衛之聲郭璞曰皆淫哇也善曰禮記曰鄭衛之音亂世之音也韶濩武象之樂文穎曰韶舜樂也濩湯樂也大武武王樂也張揖曰象周公樂也南人服象為虐於夷成王命周公以兵追之至於海南乃為三象樂陰淫案衍之音郭璞曰流沔曲也衍弋戰切鄢郢繽紛激楚結風李奇曰鄢今宜城縣也郢楚都也繽紛舞也張揖曰楚歌曲也文穎曰衝激急風也結風亦急風也楚地風氣既自漂疾然歌樂者猶復依激結之急風為節也其樂促迅哀切也俳優侏儒狄鞮之倡善曰三蒼曰俳倡也優樂也禮記曰夫新樂及優侏儒郭璞曰狄鞮西戎樂名也鞮丁奚切所以娛耳目樂心意者麗靡爛漫於前郭璞曰言恣所觀也靡曼美色張揖曰靡靡細也曼澤也善曰言作樂於前者皆是靡曼美色也下或云於後非也若夫青琴宓妃之徒伏儼曰青琴古神女也如淳曰宓妃伏羲氏女溺死洛遂為洛水之神絕殊離俗郭璞曰離俗無雙也妖冶嫺都善曰字書曰妖巧也說文曰嫺雅也或作閑小雅曰都盛

顏延年三月三日曲水詩序注引糚作莊
嬛以據晉及漢書

世

也靚糚刻飾便嬛綽約郭璞曰靚糚粉白黛黑也刻畫鬢鬋也便嬛輕利也綽約婉約也善曰莊子曰綽約若處子嬛音翾靚音淨柔橈嫚嫚嫵媚孅弱郭璞曰柔橈嫚嫚皆骨體耎弱長豔貌也孅弱弱顏也善曰埤蒼曰嫵媚悅也孅弱謂容體孅細柔弱也方言曰自關而西凡物小謂之孅橈女教切嫚於圓切嫵音武孅即纖字曳獨繭之褕絏眇閻易以卹削張揖曰褕襜褕也絏袖也郭璞曰獨繭一繭之絲也閻易衣長大貌也卹削言如刻畫作之也善曰褕音踰絏音曳易弋示切便姍嫳屑與俗殊服郭璞曰衣服婆娑貌善曰便步千切姍音先嫳步結切芬芳漚鬱酷烈淑郁皓齒粲爛宜笑的皪郭璞曰香氣盛也漚一候切又曰鮮明貌也善曰楚辭曰美人皓齒嫮以姱又曰嫮目宜笑娥眉曼睩音睩長眉連娟微睇緜藐郭璞曰連娟言曲細也緜藐遠視貌善曰娟一全切睇大計切藐音邈色授魂與心愉於側張揖曰彼色來授我魂往與接也愉音踰於是酒中樂酣郭璞曰中半也中仲切天子芒

顔延年三月三日曲水詩序注引葉作代

然而思似若有亡司馬彪曰亡喪也曰嗟乎此大奢侈朕以覽聽餘閒無事棄日善曰言聽政既有餘暇無事而虛棄時日也閒音閑順天道以殺伐郭璞曰因秋氣也善曰家語孔子曰啓蟄不殺則順天道也時休息於此郭璞曰謂苑圍中也恐後葉靡麗遂往而不返非所以爲繼嗣創業垂統也郭璞曰言不可以示將來也善曰爲于僞切孟子曰君子創業垂統爲可繼也於是乎乃解酒罷獵而命有司曰地可墾闢悉爲農郊以贍萌隷張揖曰邑外謂之郊郊田也詩曰稅于農郊韋昭曰萌民也司馬彪曰隷小臣也善曰爾雅曰命告也蒼頡篇曰墾耕也小雅曰贍足也隤墻塡塹使山澤之人得至焉郭璞曰芻蕘者往也雉兎者往也實陂池而勿禁虛宮館而勿仞司馬彪曰養魚鱉魚滿陂池而不禁民取也郭璞曰虛言不聚人衆其中也仞滿也發倉廩以救貧窮補不足

善曰：蔡邕月令章句曰：穀藏曰倉，米藏曰廩。孟子齊景公興發補不足，趙岐曰：興惠政，發倉廩以振貧而補不足也。恤鰥寡，存孤獨，出德號，省刑罰，郭璞曰：號，號令也。改制度，郭璞曰：變宮室車服。易服色，郭璞曰：衣尚黑。革正朔，郭璞曰：更以十二月爲正，平旦爲朔。與天下爲更始。郭璞曰：新其事。於是歷吉日以齋戒，張揖曰：歷，筭也。善曰：周易曰：聖人以此齋戒。韓康伯曰：洗心曰齋，防患曰戒。襲朝服，乘法駕，司馬彪曰：襲，衣服也。法駕，六馬也。建華旗，鳴玉鸞，郭璞曰：鸞，鸞鈴也。善曰：楚辭曰：鳴玉鸞之啾啾。游于六藝之囿，馳騖乎仁義之塗，郭璞曰：六藝，禮、樂、射、御、書、數也。論語曰：游於藝。塗，道也。善曰：藝，六經也。覽觀春秋之林，如淳曰：春秋義理繁茂，故比之於林藪也。射貍首，兼騶虞，郭璞曰：貍首，逸詩篇名，諸侯以爲射節。騶虞，召南之卒章，天子以爲射節也。弋玄鶴，舞干戚，郭璞曰：干，楯也。戚，斧也。善曰：言古者舞玄鶴以爲瑞，令弋取之而舞干戚也。尚書大傳曰：舜樂歌曰：和伯之樂舞玄鶴公羊傳曰朱干玉戚以舞大夏載雲罕，揜羣雅。張揖曰罕畢也前有九流雲畢之車掩捕也詩小雅之材七十四人大雅之材三十一人故曰羣雅也善曰先用雲罕以獵獸今載之於車而捕羣雅之士也

悲伐檀，張揖曰其詩刺賢者不遇明王也樂樂胥。善曰毛詩曰君子樂胥受天之祜言王者樂得材智之人使在位故天與之福祿也胥先呂切脩容乎禮園，郭璞曰禮所以整威儀自脩飾也翺翔乎書圃。郭璞曰尚書所以疏通知遠者故遊涉之述易道，郭璞曰脩絜靜精微之術放怪獸。張揖曰苑中奇怪之獸不復獵登明堂，坐清廟。郭璞曰明堂者所以朝諸侯處清廟太廟也善曰禮記月令曰天子居太廟太室鄭玄曰太廟太室中央室也

恣羣臣，奏得失，四海之內，靡不受獲。善曰得恩德也於斯之時，天下大說，鄉風而聽，隨流而化，芔然興道而遷義，郭璞曰芔猶勃也許貴切刑錯而不用，德隆於三王，而功羨於五帝。善曰包咸論語注曰錯置也千故切司馬

尤云德隆於三王五日王作皇

尤云萬乘之侈五臣作所侈 別本有所字必當補漢書有所

百姓被其尤意亦見討伐而失國不敢斥言耳 此言與上子虛賦諷梁王者相應

彪曰羨溢也若此故獵乃可喜也若夫終日馳騁勞神苦形罷車馬之用抗士卒之精郭璞曰精鋭也抗損也音亢費府庫之財而無德厚之恩善曰管子曰國雖盛滿無德厚以安之國非其國也務在獨樂不顧衆庶善曰鄭玄毛詩曰顧念也忘國家之政貪雉兎之獲則仁者不繇也郭璞曰繇道也音由從此觀之齊楚之事豈不哀哉地方不過千里而囿居九百是草木不得墾辟而人無所食也善曰蒼頡篇曰墾耕也薛君韓詩章句曰辟除也夫以諸侯之細而樂萬乘之所侈僕恐百姓被其尤也於是二子愀然改容超若自失郭璞曰愀然變色貌也材誘切善曰禮記曰孔子愀然作色而對也逡巡避廗善曰公羊傳曰逡巡北面再拜廣雅曰逡巡却退也孝經曰曾子避席廗與席古字通曰鄙人固陋不知

尤云起若自失五臣無此句

忌諱善曰廣雅曰鄙小也乃今日見教謹受命矣

羽獵賦并序　　楊子雲

孝成帝時羽獵服虔曰士卒負羽也善曰高唐賦曰傳言羽獵雄從以爲昔在二帝三王應劭曰堯舜夏殷周也善曰春秋説題辭曰尚書者二帝之迹三王之義所以推期運明命授之際宫館臺榭沼池苑囿林麓藪澤財足以奉郊廟御賓客充庖廚而已善曰財與纔同毛萇詩傳曰御進也禮記曰天子無事歲三田一爲乾豆二爲賓客三爲充君之庖也不奪百姓膏腴穀土桑柘之地女有餘布男有餘粟善曰孟子曰以羨補不足則農有餘粟女有餘布也國家殷富上下交足故甘露零其庭醴泉流其唐善曰禮記曰天降膏露地出醴泉孝經援神契曰甘露一名膏露應劭曰爾雅曰廟中路謂之唐也鳳凰巢其樹黄龍游其沼麒麟臻其

漢書無東字此當衍

囿神爵棲其林善曰禮記曰鳳皇麒麟皆在郊藪龜龍在宮沼漢書注曰神雀大如鷄斑文昔者禹任益虞而上下和草木茂善曰尚書帝曰疇若予上下草木禹曰益哉帝曰汝作朕虞孔安國曰上謂山下謂澤也成湯好田而天下用足善曰呂氏春秋曰湯見網置四面湯拔其三面也文王囿百里民以爲尚小齊宣王囿四十里民以爲大裕民之與奪民也善曰孟子齊宣王問孟子曰文王之囿方七十里有諸曰有之若是其大乎荅曰民猶以爲小也寡人之囿方四十里民猶以爲大何也荅曰文王之囿與人同之民以爲小不亦宜乎王之囿四十里殺其麋鹿如殺人之罪人以爲大不亦宜乎孫卿子曰足國之道節用裕民而善藏其餘不知節用裕民雖好取侵奪猶將寡獲也武帝廣開上林東南至宜春鼎湖御宿昆吾晉灼曰鼎湖宮黄圖以爲在藍田昆吾地名上有亭善曰宜春已見上文三秦記曰樊川一名御宿旁南山西至長楊五柞善曰漢書

賓 注

口盩厔有長楊五柞宮旁步浪切北繞黃山瀕渭而東善曰漢書曰槐里有黃山宮瀕涯也言循渭水之涯而東也公羊傳濤塗曰瀕海而東瀕與賓同音也周袤數百里善曰說文曰袤南北曰袤穿昆明池象滇河瓚曰西南夷有昆明國又有滇池故作昆明池以象之以習水戰營建章鳳闕神明馺娑孟康曰馺娑殿名也善曰鄭玄毛詩箋曰營治也建章宮名也神明臺名也漸臺泰液象海水周流方丈瀛洲蓬萊善曰漢書曰建章其北治太液池漸臺高二十餘丈名曰泰液中有蓬萊方丈瀛洲象海中仙山服虔曰海中三山名法效象之游觀侈靡窮妙極麗雖頗割其三垂以贍齊民善曰三垂謂西方南方東方武帝侵三垂以置郡故謂之割漢書杜鄴上書曰三垂蠻夷又雄上書曰北狄中國之堅敵三垂比之縣矣爾雅曰邊垂也如淳曰齊等也無有貴賤故謂之齊人若今言平人矣晉灼曰中國被教齊整之民然至於獵甲車戎馬器械儲偫禁禦所營善曰說文曰儲

制　泉　亦

偫待也應劭曰禦禁也謂禁止往來營謂造作也即賦云禦宿自汧渭經營酆鄗甲或爲田非也尚泰奢麗誇詡善曰毛萇詩傳曰詡大也許羽切非堯舜成湯文王三驅之意也善曰三驅已見西都賦又恐後世復脩前好不折中以泉臺服虔曰魯莊公築臺非禮也至文公毀之公羊譏云先祖爲之而毀之勿居而已今楊雄以宫觀之盛非成帝所造勿脩而已當以泉臺爲折中也韋昭曰制或爲折也故聊因校獵賦以風之善曰七略曰羽獵永始三年十二月上校獵已見上文其辭曰

或稱羲農豈或帝王之彌文哉善曰假爲或人之意言古之樸素而合禮者咸稱羲農是則豈或謂後代帝王彌加文飾而不合禮哉故論者荅之於下論者云否各以並時而得宜奚必同條而共貫善曰論者雄自謂也言帝王文質各並時而得宜何必同條而共貫乎言必不然也尚書大傳曰否不也漢書武帝制曰帝王之道豈不同條共貫也則

尤云侔訾五臣作呰資

泰山之封焉得七十而有二儀孟康曰封禪各言異也善曰管子曰古之封太山禪梁父者七十二家而夷吾所記者十有二焉是以創業垂統者俱不見其爽塏遞邇五三孰知其是非張晏曰爽差也不差其優劣誰知其賢愚也善曰言創業垂統者各隨時立制皆不見其差爽故五帝三王誰知其是非乎但文質不同明無是非也廣雅曰爽差也遂作頌曰麗哉神聖處於玄宮富既與地乎侔訾貴正與天乎比崇善曰玄北方也禮記月令曰季冬天子居玄堂右个蔡邕月令章句曰玄黑也其堂尚玄莊子曰夫道顓頊得之以處玄宮又曰莫神於天莫富於地莫大於帝王故曰帝王之德配天地齊桓曾不足使扶轂楚嚴未足以爲驂乘狹三王之阨僻嶠高舉而大興善曰史記曰齊公子小白立是爲桓公又曰楚穆王卒子莊王侶立春秋感精記曰黃池之會吳子滕薛夾轂魯衛驂乘鄭氏曰阨僻陋小也王逸楚辭注曰嶠舉也嶠音矯歷五

尤云涉三皇五臣作陟

從漢書刪與六以也

奉衍

尤云戍卒五臣作戎

沓當依漢書顏本作沓沓者
目之借望遠合也作沓失韵
應注亦當本作沓
作沓與可此韻上與月韻不

帝之寥廓。涉三皇之登閎。善曰寥廓高遠也韋昭曰登高也閎大也建道德以爲師。友仁義與之爲朋。於是玄冬季月天地隆烈。善曰北方水色黑故曰玄冬隆烈陰氣盛萬物權輿於內。徂落於外。善曰爾雅曰權輿始也大戴禮曰孟春百草權輿帝將惟田于靈之囿。開北垠受不周之制。善曰薛君韓詩章句曰惟辭也孟康曰西北爲不周風謂冬時也以奉終始顓頊玄冥之統。應劭曰顓頊玄冥皆北方之神主殺戮者迺詔虞人典澤東延昆鄰西馳閶闔善曰孔安國尚書傳曰虞掌山澤之官又曰延及也張晏曰東至昆明之邊也善曰閶闔已見上文儲積共偫戍卒夾道。善曰鄭舍人爾雅注曰共具也偫具也漢書曰廷中陳車騎戍卒衛官也斬叢棘夷野草。善曰杜預左氏傳注曰夷殺也禦自汧渭經營酆鎬。善曰孔安國尚書傳曰經營規度也章皇周流出入日月天與地沓。善曰章皇猶彷徨也周流周匝

當瓢改　沓䈎小訓合而失
韻　尤云虎路注路音落五臣作落
尤云白楊之南五臣作長楊
劉越石勸進表注引鏌作莫

流行也出入日月言其廣大日月似在其中出
入也張晏曰日出扶桑入湯谷應劭曰沓合也**爾廼虎路**
三嵕以爲司馬圍經百里而爲殿門晉灼曰路音落落累
也服虔曰以竹虎落
此山也應劭曰外門爲司馬門殿**外則正南極海邪界虞**
門在內也善曰三嵕已見上文
淵應劭曰虞淵日所入也善曰爾雅曰極**鴻濛沆茫揭以**
至也淮南子曰至于虞淵是謂黃昏
崇山韋昭曰鴻濛沆茫水草廣大貌也善曰薛綜東京賦
注曰揭猶表也鴻胡孔切濛莫孔切沆胡朗切茫音
莽揭音**營合圍會然後先置乎白楊之南昆明靈沼之東**
竭也
張晏曰先置供具於前也服虔曰白楊觀名**賁育之倫蒙**
也善曰三秦記曰昆明池中有靈沼神池
盾負羽杖鏌邪而羅者以萬計善曰說苑曰勇士孟賁水
行不避蛟龍陸行不避虎
狼育夏育也已見西京賦說文曰**其餘荷垂天之畢張竟**
鏌邪大戟也鏌音莫邪弋奢切
壄之罘善曰言罼之大**靡日月之朱竿曳彗星之飛旗**善曰
壄天之邊也朱竿

尤云緁獵五臣作捷獵
王元長三月三日曲水詩序注引殷殷作隱隱

執

太常之竿也周禮曰日月爲太常王建太常穆天子傳曰日月之旗七星之文河圖曰彗星者天地之旗也楚辭曰攬彗星以爲旗**青雲爲紛紅蜺爲綴屬之乎崑崙之虛**韋昭曰紛旗旒也綴旗上繫也善曰鄭玄喪服傳注曰屬連也爾雅曰河出崑崙虛綴下犬切屬之欲切虛音墟**涣若天星之羅浩如濤水之波**善曰天星之羅言光明也濤水之波言廣大也**淫淫與與前後要遮**善曰淫淫與與皆行貌也**欃槍爲闉明月爲候**孟康曰闉戰闘自障蔽如城門外女垣也善曰杜預左傳注曰候望敵者**熒惑司命天弧發射**張晏曰熒惑法使司命不祥天弧虛上二星善曰樂緯稽耀嘉曰熒惑主命禮記曰凡生於天地之間者皆曰命漢書曰狼下有四星曰弧**鮮扁陸離駢衍佖路**服虔曰鮮扁戰闘軍陣貌也駢衍軍壘駢衍也晉灼曰佖滿也善曰扁音篇佖頻一切**徽車輕武鴻絧緁獵**晉灼曰徽疾貌也音揮善曰廣雅曰武徒也鴻絧相連貌也緁獵相次貌也鴻胡弄切絧徒弄切緁音捷**殷殷軫**

尤三窮夐五臣作窮冥

軫被陵緣岅窮夐極遠者相與列乎高原之上善曰殷軫盛貌也夐或爲冥殷音隱羽騎營營眑分殊事章昭曰騎負羽也蘇林曰眑明也善曰毛萇詩傳曰營營往來貌眑分謂羽騎明白分別各殊其事也眑音戶繽紛往來轠轤不絕若光若滅者布乎青林之下孟康曰轠轤連屬貌也如淳曰轠音雷轤音盧於是天子乃以陽晁始出乎玄宮善曰陽朝陽明之朝晁古字同也撞鴻鍾建九旒善曰尚書大傳曰天子將出則撞黃鍾之鍾禮記曰龍旗九旒也六白虎載靈輿善曰杜業奏事曰輬車駕白虎四白虎馬名服虔曰靈輿天子輿也蚩尤並轂蒙公先驅善曰韓子曰黃帝駕象車異方並轂蚩尤居前楚辭曰選衆以並轂漢書音義曰蒙公蒙恬也如淳曰蒙公髦頭也晉灼曰此多說天子事如說是並步浪切立歷天之旍曳捎星之旃韋昭曰歷干也捎拂也霹靂列缺吐火施鞭應劭曰霹靂雷也列缺閃隙也火電照也善曰

尤云校騎五臣作狡騎

列　別本反淺書

内

言威德之盛役使百神故霹靂烈缺吐火施鞭而爲衛也閃失染切**萃從沇溶淋離廓落戲八鎮而開關**應劭曰四方四隅爲八鎮如淳曰不言九者一鎮在中天子居之故也善曰埤蒼曰從走貌也沇溶盛多之貌也上林賦曰沇溶淫鬻從先勇切沇以水切溶音容戲音麾**飛廉雲師吸嚊潚率鱗羅布烈攢以龍翰**善曰楚辭曰後飛廉使奔屬王逸曰飛廉風伯也雲師已見吳都賦說文曰吸喘息也埤蒼曰嚊喘息聲也潚率吸嚊之貌鱗羅若鱗之羅也攢以龍翰若龍翰之聚也鄭玄尚書大傳注曰翰毛之長大者嚊普利切潚音肅**啾啾蹌蹌入西園切神光**善曰郭璞三蒼解詁曰啾啾衆聲也啾或爲秋蹌蹌行貌楚辭曰鳴玉鸞之啾啾張晏曰切近也神光宮名也**望平樂徑竹林**張揖曰平樂館名晉灼曰在上林中也**蹂蕙圃踐蘭唐**善曰蕙圃已見子虛賦服虔曰蘭唐蘭生唐中也**舉烽烈火轡者施技**善曰轡者執轡之人也**方馳千駟狡騎萬師**晉灼曰狡徒之騎也善曰鄭玄毛詩箋曰方併也**虓**

別本作岠舊注音巨

尤云娭澗澗王臣作嬉閒閒

王元長曲水詩序注引猋作飈

虎之陳從橫膠轕猋拉雷厲驞駍駖磕服虔曰嘑音哮鄧展曰拉音獵善曰毛詩曰唬如嘑虎拉風聲也哮火交切轕音葛驞足人切駍普萌切駖力莖切洶洶旭旭天動地岋善曰洶洶旭旭鼓動之聲也韋昭曰岋動貌也洶旭勇切岋五合切羨漫半散蕭條數千里外善曰羨弋戰切若夫壯士忼慨殊鄉別趣善曰鄉音向毛萇詩傳曰趣趨也東西南北騁耆奔欲善曰言各隨其耆欲而奔騁也耆音嗜拖蒼豨跋犀犛蹶浮麋韋昭曰跋蹋也應劭曰蹶頓也善曰廣雅曰拖引也音他浮麋遻麋也跋步末切蹶居月切斮巨狿搏玄猨韋昭曰斮斬也側略切服虔曰巨狿獸名也善曰廣雅曰搏擊也狿已見上林賦騰空虛距連卷張晏曰連卷木也韋昭曰距古岠字也孔安國尚書傳曰距至也卷音拳踔天蟜娭澗閒張晏曰踔天蟜之枝也善曰三蒼詁訓曰踔踰也丑孝切莫莫紛紛山谷爲之風猋林叢爲之生塵善曰莫莫紛紛

蘩　注同
○劉貢父以為烏獲夷羿是也或疑下羿氏不知羿與窮后自別

尤云大浦五臣作大溥
焯案楊校得作溥

風塵之貌也 及至獲夷之徒，蹶松柏，掌蒺藜，服虔曰獲夷能獲夷狄者善曰蹶踏也掌以掌擊之也爾雅曰茨蒺藜 獵蒙龍，轔輕飛，善曰蒙龍已見上文輕飛輕獸飛禽也 履般首，帶脩蛇，如淳曰般音班玢首虎之頭也善曰履謂踐履之也淮南子曰吳為封豕長蛇 鉤赤豹，摼象犀，韋昭曰摼扼也善曰摼古牽字 跇巒阬，超唐陂。如淳曰跇超踰也音義曰巒山小而銳阬大坂也 車騎雲會，登降闇藹，善曰闇藹衆盛貌闇烏感切 泰華為旒，熊耳為綴，張晏曰旒幡綴旌也善曰綴亦旒也司馬相如大人賦曰垂絳幡之素蜺張揖曰以赤氣為幡綴以白氣也 木仆山還，漫若天外，如淳曰還音旋言山為之回旋也善曰宋玉大言賦曰長劍耿介倚天外 儲與乎大浦，聊浪乎宇內。服虔曰儲與相羊貌也浦水涯也善曰淮南子曰陰陽儲與聊浪放蕩也與音餘浦音普浪音琅 於是天清日晏，善曰許慎淮南子注曰晏無雲之處也 逢蒙列眥，羿氏控弦，善曰吳越春秋曰黃帝作弓後有楚狐父以其

畢

道傳羿羿傳逢蒙許文曰向奴名引弓曰控弦皇車幽輵光純天地服虔曰皇車君車也李奇曰純緣也善曰幽輵車聲也方言曰純繞也輵一轄切純之允切望舒彌轡服虔曰望舒月御也如淳曰楚辭曰前望舒使先驅善曰彌轡也按行貌也彌與弭古字通彌莫爾切翼乎徐至於上蘭晉灼曰上蘭觀在上林中也移圍徙陣浸淫蹵部善曰部軍之部伍也毛萇詩傳曰蹵促也蹵古字通子育切曲隊堅重各按行伍善曰隊徒內切行胡郎切壁壘天旋神抶電擊善曰言威之盛也埤蒼曰抶笞擊也逢之則碎近之則破善曰六韜太公曰當之者破近之者亡鳥不及飛獸不得過善曰高唐賦曰飛鳥未及起走獸未及發軍驚師駭刮野掃地善曰言殺獲皆盡野地似乎掃刮也宋衷春秋緯注曰驚動也廣雅曰駭起也刮古滑切掃先早切及至罕車飛揚武騎聿皇善曰罕罼罕也聿皇輕疾貌蹈飛豹羂嘄陽善曰嘄陽即狒狒也已見上文羂工犬切追天

窮閼二字同類冗與
二字同類
冗三窮冗音作穹究

寶出一方應劭曰天寶陳寶也晉灼曰天寶雞頭而人身應駍聲擊流光野盡山窮囊括其雌雄如淳曰陳寶神來下時駍然有聲又有光精應劭曰下時窮極山川天地之間然後得其雌雄也善曰太康記曰秦文公時陳倉人獵得獸若彘而不知其名道逢二童子曰此名爲欂弗述欂弗述亦語曰彼二童子名爲寶雞得雄者王得雌者霸陳倉人舍欂弗述逐二童子化爲雉雄止陳倉化爲石雌如楚止南陽也欂浮謂切沇沇溶溶遥噱乎紘中晉灼曰口之上下名爲噱音劇獸奔走倦極皆遥張噱吐舌於紘網之中也善曰噱其略切三軍芒然窮冗閼與孟康曰冗行也閼止也言三軍之盛窮閼禽獸使不得逸漏也善曰孟康之意言窮其行止皆無逸漏如淳曰窮音穹冗者懈怠也晉灼曰閼與容貌也如晉之意言三軍芒然懈倦容貌閼與而舒緩也今依如晉之說也芒莫郎切冗音淫閼於庶切與音豫亶觀夫剽禽之紲踰犀兕之抵觸韋昭曰亶音但善曰古但字紲與踰同已見上文文子曰兕牛之動以抵觸也熊羆之挐攫虎豹之

别本 失

光云魂亡魄五臣作鬼失
楊焯付有失字

光云焯爍其陂五臣作其波

淩遽韋昭曰挐攫惶遽也善曰說文曰淩越也遽窘也徒角槍題注蹶竦讋怖魂亡魄觸輻關脰晉灼曰徒但也服虔曰獸以角觸地也善曰蹶與蹷同爾雅曰竦慴懼也讋與慴同觸輻關脰言觸車輻因關其頭也槍七羊切蹶子育切脰音豆妄發期中進退履獲善曰言矢跡妄發而期於必中進退之際必踐履而獲之也韓子曰新砥礪殺矢彀弩而射雖冥而妄發其端未嘗不中秋毫者也剺淫輪夷丘累陵聚張晏曰淫過也夷平也言獸被剺過大血流與車輪平也音義曰剺血流平於車輪也善曰丘累陵聚言積獸之多也於是禽殫中衰善曰中竹仲切相與集於靖冥之館以臨珍池晉灼曰靖冥深閑之館也服虔曰珍池山下之流灌以岐梁溢以江河晉灼曰梁梁山善曰尚書曰治梁及岐孔安國曰治山通水故以山名東瞰目盡西暢無崖善曰目盡盡目而望也無崖廣遠也隨珠和氏焯爍其陂善曰焯古灼字爍式藥切玉石嶜崟眩燿青熒善曰玉石玉之

尤云麐娭五臣作嬉　麐娭漢書作娭
尤云噍噍昆鳴五臣作昆明

顛石也李彤單行字曰嶜崟高大貌青熒光明貌漢女水潛怪物暗冥不可殫形形應劭曰漢女鄭交甫所逢二女也善曰不可殫形形不能盡其形也高唐賦曰曾不可殫形也玄鸞孔雀翡翠垂榮善曰榮光榮也王雎關關鴻鴈嚶嚶群娛乎其中噍噍昆鳴善曰毛詩曰關關雎鳩毛萇曰雎鳩王雎也又曰鳥鳴嚶嚶噍與啾同子由切說文曰昆同也鳧鷖振鷺上下砰磕聲若雷霆善曰言鳥飛上下翅翼之聲若雷霆也乃使文身之技水格鱗蟲服虔曰文身越人也能入水取物也凌堅冰犯嚴淵探巖排碕薄索蛟螭善曰嚴言可畏也巖嶃岸側嶔巖之處也孔安國尚書傳曰薄迫也賈逵國語注曰索求也嶔口銜切蹈獱獺據黿鼉善曰郭璞三蒼解詁曰獱似狐青色居水中食魚服虔曰音賔善曰廣雅曰據引也抾靈蠵鄭玄曰抾音祛韋昭曰抾捧也服虔曰蠵觜蠵入洞穴出蒼梧晉灼曰洞穴禹穴也善曰郭璞山海經注曰吳縣南太湖中有

光云珠胎五臣作胎珠

則二句各為一事不當聯說其誼

包山山下有洞庭道也言潛行水底無所不通也乘巨鱗騎京魚善曰京魚大魚也字或爲鯨鯨亦大魚也浮彭蠡目有虞應劭曰彭蠡大澤在豫章善曰有虞謂舜也方椎夜光之流離剖明月之珠胎善曰鄭玄毛詩箋曰方且也明月珠蚌子珠爲蚌所懷故曰胎椎直追切鞭洛水之宓妃餉屈原與彭胥鄭玄曰彭咸也晉灼曰胥伍子胥也皆水没也善曰楚辭曰願依彭咸之遺制王逸曰殷賢大夫自投水而死宓妃已見上子胥已見吴都賦於茲乎鴻生鉅儒俄軒冕雜衣裳韋昭曰俄卬也車有蕃曰軒冕大冠也善曰管子曰先王制軒冕足以章貴賤雜衣裳言衣裳殊色也脩唐典匡雅頌揖讓於前昭光振燿蠁曶如神善曰蠁曶疾也蠁與蠁同曶與忽同仁聲惠於北狄武誼動於南鄰善曰南鄰南方之邑是以旃裘之王胡貉之長移珍來享抗手稱臣如淳曰以物與人曰移善曰周禮曰職方掌九貉鄭司農曰北方曰

貉犍爲舍人爾雅注曰獻珍物曰珍獻食物曰享毛詩曰自彼氏羌莫敢不來享爾雅曰享獻也抗手舉手而拜者也貉莫白切前入圍口後陳盧山孟康曰單于南庭山群公常伯陽朱墨翟之徒善曰常伯侍中也已見籍田賦陽朱墨翟取古賢以爲喻列子曰陽朱南游沛逢老聃高誘呂氏春秋注以爲宋人喟然並稱曰崇哉乎德雖有唐虞大夏成周之隆何以侈茲善曰周易曰先王以作樂崇德樂錄圖曰成康之隆妖孽滅也夫古之覲東嶽禪梁基舍此世也其誰與哉善曰東嶽泰山也梁梁父也已見上文上猶謙讓而未俞也張晏曰俞然也方將上獵三靈之流下決醴泉之滋發黃龍之穴如淳曰三靈日月星垂象之應也服虔曰受福流也善曰賈逵國語注曰獵取也窺鳳凰之巢臨麒麟之囿幸神雀之林奢雲夢侈孟諸善曰言以雲夢孟諸爲奢侈而非之也雲夢楚藪澤名也左氏傳曰楚靈王與鄭伯田于江南之雲夢孟諸宋

藪澤也又曰楚穆王欲伐宋昭公導以田孟諸也非章華是靈臺善曰言以楚章華爲非而以周之靈臺爲是左傳楚子成章華之臺罕徂離宮而輟觀游善曰罕徂言希往也士事不飾木功不彫善曰晏子曰士事不文木事不鏤丞民乎農桑勸之以弗怠善曰聲類曰丞亦拯字也說文曰拯上舉也儕男女使莫違善曰杜預左氏傳注曰儕等也莫違謂以時爲婚無違於期也毛詩序曰男女多違儕士階切恐貧窮者不徧被洋溢之饒開禁苑散公儲創道德之囿弘仁惠之虞善曰虞與娛古字通馳弋乎神明之囿覽觀乎群臣之有士善曰言馳弋神明之囿冀以齊其聖德觀其有無而加恩施放雉兎收罝罘麀鹿蒭蕘與百姓共之善曰毛萇詩傳曰芻蕘薪采者也蓋所以臻茲也於是醇洪鬯之德豐茂世之規善曰鬯與暢同暢通也加勞三皇勖勤五

帝。不亦。至。乎。乃祗莊雍穆之徒善曰祗敬也雍和也立君臣之節崇賢聖之業未遑苑囿之麗游獵之靡也因回。軫。還。衡背阿。房反未央。善曰麗光華也鄭玄禮記注曰靡奢侈也

文選卷第八

抄五下旁注賦戊

抄田

抄有然彼為術字

抄下有一行云紀行 潘安仁西征賦一首

抄田獵下有下字

文選卷第九

梁昭明太子撰

文林郎守太子右内率府録事參軍事崇賢館直學士臣李善注上

畋獵下

楊子雲長楊賦一首 并序

潘安仁射雉賦一首

紀行上

班叔皮北征賦一首

曹大家東征賦一首

畋獵

何云擬難蜀父老移文前題下以後皆不標首數

雜

注

長楊賦一首 并序　楊子雲

明年上將大誇胡人以多禽獸 善曰明年謂作羽獵賦之明年即校獵之年也班固叙作賦之明年漢書成紀曰元延二年冬幸長楊宮縱胡客大校獵是也七略曰羽獵賦永始三年十二月上然永始三年去校獵之前首尾四載謂之明年疑班固誤也又七略曰長楊賦綏和元年上綏和在校獵後四歲無容元延二年校獵綏和二年賦又疑七略誤蔡邕曰上者尊位所在呂忱曰誇大言也說文曰誇誕也

秋命右扶風發民入南山 善曰冬將校獵故秋先命之也爾雅曰命告也漢書曰武帝以右內史更名右扶風扶風在溼州界南山終南山也

西自襃斜東至弘農南敺漢中 善曰襃斜谷名已見上漢書有弘農郡武帝置又有漢中郡秦置

張羅罔罝罘捕熊羆豪豬虎豹狖玃狐兔麋鹿 善曰山海經曰竹山有獸其狀如豚白毛毛大如笄而黑端以毛射物名豪豬也廣雅曰狖蜼也尾長四五尺郭璞爾雅曰玃似獼猴豹形如虎而圓文鄭

大　漢书無之字　當作氏

玄曰鳥罟曰羅狖弋又切貜九縛切載以檻車善曰劉熙釋名曰檻車上施欄檻以格猛獸亦囚禁罪人之車也漢書音義曰或曰檻車有封檻也輸長楊射熊館善曰三輔黃圖曰長楊宮有射熊館在盩厔以網爲周阹李奇曰阹遮禽獸圍陣也阹音袪縱禽獸其中令胡人手搏之自取其獲上親臨觀焉服虔曰令胡客自取其得也善曰廣雅曰搏擊也是時農民不得收斂雄從至射熊館還上長楊賦聊因筆墨之成文章故藉翰林以爲主人子墨爲客卿以風韋昭曰翰筆也善曰翰林文翰之多若林也詩大雅曰有壬有林君也此云林即文翰林猶儒林之義也胡廣云博士爲儒雅之林是也說文曰毛長者曰翰詩序曰下以風刺上其辭曰

子墨客卿問於翰林主人曰蓋聞聖主之養民也仁霑而恩洽動不爲身今年獵長楊先命右扶風左太華而

高其

杖氏 抄動

右褒斜顏師古曰動不爲身言憂百姓也山海經曰松梁之山西六十里曰太華山今在弘農縣華陰西也長安東故言左高五千仞廣十里善曰太華已見西都賦椓巀嶭而爲弋紆南山以爲罝服虔曰巀嶭山名也孟康曰在池陽北顏師古曰巀嶭即今謂嵳峩也善曰說文曰弋緊也又曰紆詘也椓音車巀音截嶭音齧羅千乘於林莽列萬騎於山隅帥軍踤陸錫戎獲胡漢書音義曰踤聚也顏監曰踤足蹴也善曰錫戎獲胡言以禽獸錫戎令胡自獲之胡戎一也變文耳踤音萃方言曰踤蹴蹋也搤熊羆拖豪豬善曰搤拖已見西都賦木擁槍纍以爲儲胥顏師古曰胥須也言有儲畜以待所須也蘇林曰木擁柵其外又以竹槍纍爲外儲胥也韋昭曰儲胥蕃落之類也槍七羊切纍力委切此天下之窮覽極觀也雖然亦頗擾于農人三旬有餘其廑至矣而功不圖善曰古今字詁曰廑今勤字也爾雅曰圖謀也凡人之所爲皆有所圖今則百姓甚勞而無所圖言勞而無益也慎子

一〇上又

抄下有者字

抄無　凡之字別本無

抄洒

曰無法之勞不圖於功恐不識者外之則以爲娛樂之游內之則不以爲乾豆之事豈爲民乎哉善曰禮記曰天子無事歲三田一爲乾豆也且人君以玄默爲神澹泊爲德善曰玄默謂幽玄恬默也玄默巳見魏都賦澹泊與憺怕同巳見子虛賦今樂遠出以露威靈善曰露暴露也數搖動以罷車甲本非人主之急務也蒙竊惑焉善曰周易曰蒙者蒙也韓康伯曰蒙昧幼少之象也前年獵長楊故言數翰林主人曰吁客何謂之茲耶善曰孔安國尚書傳曰吁疑怪之辭也若客所謂知其一未睹其二見其外不識其內也善曰莊子曰識其一不知其二治其內而不治其外僕嘗倦談不能一二其詳善曰毛萇詩傳曰詳審也請略舉其凡而客自覽其切焉善曰廣雅曰都凡也顔監曰凡大指也張晏曰切近也覽其近於義也客曰唯唯主人曰昔有

抄寫　刊本及吳書

彊秦。封豕。其𥨸窳。其民鑿齒之徒。相與摩牙而爭之。應劭淮南子注云堯之時𥨸窳封豕鑿齒皆爲人害𥨸窳類貙虎爪食人服虔曰鑿齒齒長五尺似鑿亦食人李奇曰以喻秦貪婪殘食其人也晉灼曰鑿齒之徒謂六國𥨸烏黠切窳音庾豪俊麋沸雲擾。羣黎。爲之不康。善曰如麋之沸若雲之擾言亂之甚也廣雅曰麋饘也毛詩曰羣黎百姓爾雅曰康安也於是上帝眷顧高祖。高祖奉命順斗極運天關服虔曰隨天斗極運轉也善曰毛詩曰乃睠西顧孔安國尚書傳曰奉天成命春秋元命苞曰命者天之令雒書曰聖人受命必順斗極宋均尚書中候注曰順斗機爲政也爾雅曰北極謂之北辰天官星占曰北辰一名天關又星經曰牽牛神一名天關橫鉅海漂昆侖善曰橫度大海也漂搖蕩之也匹昭切提劍而叱之所過麾城撕邑下將降旗顏監曰撕擧手擬也蒼頡篇曰撕拍取也善曰鄭玄禮記注曰撕之言𢭏也字林曰撕山檻切一日之戰不可殫記

文九

抄滄　抄戲　抄二人背作民　抄夏

當此之勤，頭蓬不暇梳，飢不及餐。善曰：頭蓬，髮亂如蓬也。鞮鍪生蟣蝨，介冑被霑汗，善曰：說文曰：鞮鍪，首鎧也。韓子曰：攻戰無已，甲冑生蟣蝨。鄭玄禮記注曰：介，被甲也。孔安國尚書傳曰：冑，兜鍪也。鞮鍪即兜鍪也。鞮，丁奚切。鍪音牟。蟣，居綺切。蝨，所乙切。以爲萬姓請命乎皇天。善曰：淮南子曰：高皇帝奮袂執銳，以爲百姓請命于皇天。家語曰：孔子曰：分於道謂之命。王肅曰：分於道始得爲人也。迺展人之所詘，振人之所乏，善曰：方言曰：展，申也。詘，古屈字也。賈逵國語注曰：振，救也。規億載，恢帝業，善曰：杜預左氏傳注曰：恢，大也。七年之間而天下密如也。善曰：高祖五年誅羽，自六年至十二年崩，凡七載。爾雅曰：密，靜也。逮至聖文，隨風乘流，方垂意於至寧，善曰：隨風乘流，言順從高祖之風流也。躬服節儉，綈衣不敝，革鞜不穿，善曰：言不穿不敝，不更爲也。漢書東方朔曰：孝文皇帝身衣弋綈之衣，履革舃。六韜曰：堯衣履不敝盡不更爲。服虔曰：鞜，舃也。音沓。大廈

抄雕

劉孝標辯命論注引幼作窈

抄大

氓別本 抄眠

不居木器無文善曰晏子曰土事不文木事不鏤於是後宮賤瑇瑁而踈珠璣善曰廣雅曰踈亦賤也字書曰踈遠也璣小珠也音祈却翡翠之飾除彫瑑之巧善曰爾雅曰玉謂之琱文曰治玉曰瑑也惡麗靡而不近斥芬芳而不御善曰廣雅曰斥推也抑止絲竹晏衍之樂憎聞鄭衛幼眇之聲善曰禮記曰絲竹樂之器也晏衍邪聲也禮記曰鄭衛之音亂世之音也衍弋戰切幼一笑切眇音妙是以玉衡正而太階平也韋昭曰玉衡北斗也善曰春秋運斗樞曰北斗七星第五曰玉衡元命苞曰常一不易玉衡正太階平出黄帝六符經其後重䳄作虐東夷橫畔服虔曰重䳄堯時匈奴也東夷東越也一云呂嘉殺其國王立國人殺嘉也善曰橫自縱也胡孟切羌戎睚眥閩越相亂晉灼曰睚眥瞋目貌也又猜忌不和貌善曰漢書曰立無諸爲閩越王又曰武帝建元四年尉他孫胡爲南越王閩越王郢興兵擊南越邊邑遐眠爲之不安中國蒙被其難韋昭

抄紛紜　抄雷霆注電

抄髓

曰眠音萌萌人也於是聖武勃怒爰整其旅善曰毛詩曰王赫斯怒爰整其旅廼命驃衛應劭曰驃驃騎霍去病也衛衛青也善曰漢書曰霍去病爲驃騎將軍凡六出擊匈奴又曰衛青字仲卿爲大將軍凡七出擊匈奴汾沄沸渭雲合電發善曰汾沄沸渭衆盛貌也汾音紛沄音雲猋騰波流機駭蠭軼善曰爾雅曰扶搖謂之飇機駭蠭軼言其疾也猋與飇古字通也疾如奔星擊如震霆碎轒轀破穹廬應劭曰轒轀匈奴車也音義曰穹廬旃帳也服虔曰轒轀百二十步兵車或可寢處善曰轒扶云切轀於云切腦沙幕髓余吾服虔曰破其頭腦塗沙幕也余吾水名北山經曰北鮮之山多馬鮮水出焉而北經余吾水應劭曰在朔方北鄭氏曰折其骨使髓膏水也通俗文曰骨中脂曰髓古髓字遂躐乎王庭孟康曰匈奴王庭善曰王逸楚辭注曰躐踐也敺橐駝燒熐蠡熐覓蠡螺張晏曰熐蠡乾酪母燒之壞其養生之具也張揖曰熐蠡山名熐音覓蠡來戈切分剓單于磔裂屬國韋昭曰剓割也音如

吮 注同 注末如此 漢書作宛

抄蟻

黎顔師古曰凡言屬國者存其國號而屬漢朝善曰單于匈奴王號漢書曰單于廣大之貌也言其象天單于然也廣雅曰磔張也漢書曰置屬國以處匈奴降者韋昭曰外國羌胡來屬漢者也**夷阬谷拔鹵莽刊山石**善曰毛詩傳曰夷平也鹵莽中生草莽也說文曰鹵西方鹹地也鄭玄禮記注曰刊削也拔莽削石以通道**蹂尸輿厮係累老弱**服虔曰蹂尸踐尸也顔師古曰死則蹂踐其尸破傷者輿而行如淳曰輿厮輪踐其厮徒也善曰賈逵國語注曰係繫也杜預左氏傳注曰累係也**吮鋋瘢耆金鏃淫夷者數十萬人**如淳曰吮括也孟康曰瘢耆馬脊耆創瘢處善曰如氏之說以爲箭括及鋋所中皆爲創瘢於馬耆孟氏以爲者被金鏃過傷者甚衆也服虔曰耆鬐鬣傷者或矛矟內末出其瘡如含然或箭插其項末拔蔡若鬚鬣焉孔安國尚書傳曰淫過也杜預左氏傳注曰夷傷也吮辭兗切**皆稽顙樹頷扶服蛾伏**如淳曰叩頭時項下向則頷樹上向也韋昭曰頷音蛤善曰說文曰匍匐手行也扶服與匍匐音義同蛾伏如蟻之伏也蛾古蟻字**二十餘年矣尚不**

阮籍為鄭沖勸晉王牋注引邪作耶

手 別本 亢六蹻足抗首五臣蹻作蹻 首作手

哭

敢惕息善曰漢書曰漢不復出兵擊匈奴三年武帝崩前此者漢兵深入窮邊二十餘年匈奴極苦之單于常欲和親賈逵國語注曰惕疾也說文曰息喘也夫天兵四臨幽都先加善曰天兵言兵威之盛如天也尚書曰宅朔方曰幽都迴戈邪指南越相夷善曰漢書曰南越王胡上書曰今東越擅興兵侵臣天子爲興師往討閩越閩越王弟餘善殺郢以降廣雅曰夷滅也靡節西征羌僰東馳服虔曰僰夷名也善曰漢書音義曰節所杖信節也僰蒲北切是以遐方疏俗殊鄰絕黨之域善曰絕遠也自上仁所不化茂德所不綏善曰尚書曰有夏先后方楙厥德莫不蹻足抗首請獻厥珍服虔曰蹻舉足也音橋使海內澹然善曰廣雅曰澹安也徒濫切永亡邊城之災金革之患善曰史記士蔿曰邊城少寇禮記子夏曰三年之喪卒金革之事無避也禮歟今朝廷純仁遵道顯義并包書林聖風雲靡英華沈浮洋

溢八區善曰英華草木之美者故以喻帝德焉沈浮言多也禮斗威儀曰帝者得其英華王者得其根荄八區八方之區也普天所覆莫不沾濡善曰禮記曰天之所覆難蜀父老曰羣生霑濡矣士有不談王道者則樵夫笑之意者以爲事罔隆而不殺物靡盛而不虧善曰廣雅曰意疑也鄭玄周禮注曰殺減也文子曰物盛則衰故平不肆險安不忘危服虔曰肆弃也顔監云肆放也不放心於險也善曰孫卿子曰平則慮險安則慮危迺時以有年出兵整輿竦戎善曰言時不常也穀梁傳曰有年五穀皆熟爲有年方言曰西秦之間相勸曰聳聳與竦古字通振師五柞習馬長楊善曰杜預左氏傳注曰振整也盩厔有五柞宮也柞音作簡力狡獸校武票禽善曰爾雅曰簡擇也賈逵國語注曰簡習也廣雅曰狡健也賈逵國語注曰校考也票禽輕疾之禽也匹妙切迺萃然登南山瞰烏弋晉灼曰萃集也服虔曰三十六國烏弋最在西西域傳曰去長安萬二千二百

抄窟　抄世　抄彷髴　抄大

里其地暑熱莽平近日所入善曰廣雅曰瞰視也西厭月蜎東震日域服虔曰蜎音窟
月所生也善曰何休公羊傳注曰厭服也爾雅曰震懼也日域日出之域也厭一涉切又恐後代
迷於一時之事常以此為國家之大務淫荒田獵陵夷
而不禦也顏監曰禦止也善曰漢書張釋之曰秦陵夷至于二世天下土崩韓詩曰無矢我陵薛君
章句曰四平曰陵爾雅曰禦禁也是以車不安軔日未靡旃從者彷彿
骫屬而還韋昭曰不暇稅駕支車也張晏曰從者彷彿委釋而迴旋善曰王逸楚辭注曰軔支輪木
日未靡旃言日未移旌旗之影也委屬而還謂委釋其事連屬而迴還也張以釋為委軔如振切彷彿或作髣
髴骫古委字也屬之欲切亦所以奉太尊之烈遵文武之度善曰太尊高祖
也爾雅曰烈業也復三王之田反五帝之虞善曰三王之田文王三驅是也已見
上文尚書帝曰益汝作朕虞使農不輟耰工不下機韋昭曰耰所以覆種音憂顏監

尤云拮隔鳴球五臣作戛擊

曰摩田器也晉灼云以耒推塊曰耰善曰工女功也漢書酈食其曰農夫釋耒工女下機婚姻以時男女莫違善曰毛詩序曰婚姻失時男女多違也出凱弟行簡易善曰毛詩曰愷悌君子人之父母周易曰乾以易知坤以簡能易則易知簡則易從易簡而天下之理得矣矜劬勞休力役善曰毛萇詩傳曰矜憐也毛詩曰之子于征劬勞于野孫卿子曰罕興力役無奪農時見百年存孤弱善曰禮記曰百我者就見之說文曰存恤問也春秋說題辭曰存恤幼孤帥與之同。苦樂然後陳鐘鼓之樂鳴鞀磬之和建碣磍之虡孟康曰碣磍之簴刻猛獸爲之故其形碣磍而盛怒也善曰鄭之禮記注曰鞀如鼓而小有柄賓至搖之以奏樂碣一轄切磍音轄鞀徒刀切拮隔鳴球掉入列之舞韋昭曰拮擽也鳴球玉磬也古文隔爲擊善曰賈逵國語注曰掉搖也入列八佾也拮居黠切球音求掉徒釣切酌允鑠肴樂胥張揖曰允信也鑠美也言酌信美以當酒帥禮樂以爲肴善曰毛詩曰允矣君子展也大成又曰於鑠王師又

曰君子樂胥聽廟中之雍雍受神人之福祜善曰毛詩曰雝雝在宮肅肅在
廟又曰受天之祜祜爾雅曰祜福也音怙歌投頌吹合雅服虔曰聲之相投也其勤若
此故真神之所勞也張揖曰詩云豈弟君子神所勞矣方將俟元符晉灼
曰元符大瑞也以禪梁甫之基增泰山之高史記管子曰古者禪梁父善曰難蜀父老曰增太山
之封加梁甫之事延光于將來比榮乎往號張晏曰往號三五也善曰李軌法言注曰五帝
三王延光至今不絕也豈徒欲淫覽浮觀馳騁秔稻之地周流棃
栗之林蹂踐芻蕘誇詡衆庶盛狖玃之收多麋鹿之獲
哉善曰孔安國尚書傳曰浮過也說文曰秔稻屬也聲類以爲秔不黏稻也漢書東方朔曰涇渭之南又有
秔稻棃栗之饒芻馬草也禮記曰蹴路馬芻說文曰蕘草薪也毛萇詩傳曰詡大也且盲者不見
咫尺而離婁燭千里之隅善曰莊子南榮趎曰盲者不能自見賈逵國語注曰八寸

尤例下應有一首二字

曰咫孟子曰離婁之明趙岐曰古之明目者也蓋黄帝時人趚音樞客徒愛胡人之獲我禽獸曾不知我亦已獲其王侯善曰說文曰曾辭之舒也言未卒墨客降席再拜稽首曰大哉體乎允非小人之所能及也善曰躰猶法也迺今日發矇廓然已昭矣善曰禮記曰昭然若發蒙矣矇與蒙古字通廓除貌

射雉賦

潘安仁善曰射雉賦序曰余徙家于琅邪其俗實善射聊以講肄之餘暇而習媒翳之事遂樂而賦之也

徐爰注媒者少養雉子至長狎人能招引野雉因名曰媒翳者所隱以射者也晉邦過江斯藝乃廢歷代迄今寡能厥事嘗覽茲賦昧而莫曉聊記所聞以

尤云涉青林五臣作清林

抄偉

飾

備遺忘

涉青林以游覽兮，樂羽族之羣飛。樂羽翮之類，或羣或飛，飲啄恣性也。善曰：七發曰：游涉乎雲林。薛君韓詩章句曰：青，靜也。鶡鵰賦曰：羽族之可貴者。**聿采毛之英麗兮，有五色之名翬。**聿，述也。述序羽族之中采飾英麗，莫過翬。翬也，翬雉也。伊洛以南，素質五采皆備成章曰翬。英者，雉果之目名者，聲聞之稱也。一本聿作偉。善曰：翬見爾雅。**厲耿介之專心兮，奓雄豔之姱姿。**厲，嚴整也。耿介，專一也。奓，豐也。姱，好也。美色曰豔。言雉嚴整其不羣之性，奮揚其雄豔之貌，覘敵必戰，不容他雉，此之謂英麗也。奓，赤氏切。姱，苦瓜切。善曰：薛君韓詩章句曰：雉，耿介之鳥也。**巡丘陵以經略兮，畫墳衍而分畿。**巡，行也。言周行丘陵，因其墳衍以爲疆界，分而護之，不相侵越也。青幽之間土高且大者通之曰墳。雉一界之內，要以一雉爲主，餘者雖衆，莫敢鳴鴝也。此以上言雉之形性也。善曰：左傳楚無宇曰：天子經略。廣雅曰：巡，略行也。孔安國尚書傳曰：分其圻界。圻與畿

同於時青陽告謝朱明肇授時四月也善曰爾雅曰春爲青陽夏爲朱明楚辭曰
青春受謝王逸曰謝去也靡木不滋無草不茂草木具榮初莖蔚其曜新
陳柯㰛以改舊蔚然初生之莖曜其新暉㰛然陳宿之柯變其舊色言新舊咸茂也㰛彫柯貌
也所膈切天泱泱以垂雲泉涓涓而吐溜泱泱清新之色泱音英涓古玄切善
曰毛詩曰英英白雲毛萇曰英英白雲貌泱與英古字通家語金人銘曰涓涓不壅終爲江河溜水流貌也
麥漸漸以擢芒雉鷕鷕而朝雊漸漸含秀之貌也微子曰麥秀漸漸鷕鷕
雉聲也又云雉之朝雊尚求其雌雌雉不得言雊顏延年以潘爲誤用也案詩有鷕雉鳴則云求牡及其朝雊
則云求雌今云鷕鷕朝雊者互文以舉雄雌皆鳴也此以上序節物氣候雉可射之時也鷕以少切眄箱
籠以揭驕睨驍媒之變態揭驕志意肆也箱籠竹器盛媒者也几竹器箱方而客籠
圓而疎盛媒器籠形者養鳥宜圓也箱密者不欲令見明也言感辰景之韶淑樂山梁之榮茂悟翬雉之奮逸

匡謬正俗正本乃視之說

抄雉

思騁藝之肆志頷視箱籠詳察驍媟恣睢揭驕意願得也楚辭揭驕字作拮矯揭居桀切腕音詣善曰楚辭曰意恣睢以拮矯王逸曰縱心肆志所意願高也**奮勁骹以角槎瞵悍目以旁睞**骹脛也角邪也槎斫也悍戾也瞵視貌睞視也奮奮其堅勁之脛以利距邪斫瞵其剛戾之目以旁視其敵也骹苦交切槎千荷切瞵力新切睞力代切善曰曹植鬬雞詩曰悍目發朱光**鸎綺翼而䞓撾灼繡頸而袞背**鸎鷮文章貌也詩云有鸎其羽翼如綺文䞓則赤也撾肶也灼盛貌也頸毛如繡背如袞章言五采備也䞓勑呈切撾都瓜切善曰肶音陛**鬱軒翥以餘怒思長鳴以效能**鬱暴怒也軒起望也方言云翥舉也鬱然暴怒軒舉長鳴思見野敵效其才能也此以上言媒之形勢能怒代切**爾乃擊場拄翳停僮葱翠**擊者開除之名也令僞人遍有此語射者聞有雉聲便除地爲場拄翳於草停僮翳貌也葱翠翳色也擊步何切拄株庚切善曰廣雅曰擊除也**綠柏參差文翮鱗次蕭森繁茂婉轉輕利**翳上加木枝衣之以葉上

尤本衷料戾五臣衷作褱

則蕭森下則繁茂而實綢繆輕利也婉轉綢繆之稱衷料戾以徹鑒表厭躡以密緻料戾小而徹也厭躡重而密也翳外觀密緻與草木無別內視洞徹多所覩見也此以上序翳之形飾厭於軝切恐吾游之晏起慮原禽之罕至游雉媒名江淮間謂之游游者言可與游也言既芟場挂翳又恐媒起不早野雉希至原禽雉也雉不處下濕故曰原禽也甘疲心於企想分倦目以寓視企想雉出專視草際心為之疲目為之倦也此以上言挂翳之後遲獲之意也善曰說文曰企舉踵也左氏傳楚子王曰得臣與寓目焉杜預曰寓寄也何調翰之喬桀邈疇類而殊才調翰謂媒也媒性調良故謂調翰喬桀俊逸也言邈絕疇類殊異才氣也善曰何疑問之辭也候扇舉而清叫野聞聲而應媒扇布也形如手巾叫鳴也將欲媒雉振布令有聲媒便清叫野雉聞即應而出也褰微罟以長眺已踉蹡而徐來褰開也罟網也古者當以細網掩翳窗上視外處其制未聞也今則以扳矣言間野雉應媒之聲知

其必出開翳戶長視已見踉蹡徐来也踉蹡乍行乍止不迟疾之貌也善曰踉蹡欲行也廣雅曰蹡走也踉音亮蹡七亮切擒朱冠之艴赫敷藻翰之陪鰓艴赫赤色貌陪鰓奮怒之貌也善曰廣雅曰擒舒也藻翰有華藻也擒勑知切艴許力首葯緑素身拕黼繪方言曰葯纏也猶纏裹也言雉首緑色頸葯素也黼繡也繪畫文也身采如繪也葯烏角切青鞦莎靡丹臆蘭綷鞦尾間也莎草名楚辭曰青莎雜樹則莎色青也言雉尾間青毛如莎草之靡也臆膺也膺色如秋蘭之色也綷同也宋衛之間謂混爲綷也鞦音秋善曰小雅曰雜采曰綷音最或蹶或啄時行時止皆得意之形容也善曰賈逵曰蹶走也鄭玄曰蹶行遽貌字林曰啄鳥食也莊子曰澤雉十步一啄百步一飲也蹶居衛切周易曰時止則止時行則行廣雅曰蹶踶跳班尾揚翹雙角特起雄壯之勢也此以上言野雉之狀貌也善曰說文曰翹尾之長毛也良遊呃喔引之規裏良遊媒也言媒呃喔其聲誘引令入可射之規內也呃於隔切喔於角切應叱愕立擢身

尤去猋迅 五臣猋作飈

抄擎

文九 十一

竦峙。峙立也既入可射之約來迅不止因便叱之雉聞叱即驚竦身而立者也善曰杜子春周禮注曰愕驚也捧黃間以密彀屬剛罫以潛擬。捧舉也黃間弩名也張衡南都賦云黃間機張一名黃肩善曰說文曰彀張弓弩也屬謂注矢於弦也剛罫弩矢鏃也以鐵為之形如十字各長三寸方似周罫故曰罫焉罫古買切挂同倒禽紛以迸落。機聲振而未已。射應也禽被箭躍起而方落弩聲猶未歇言其矢來疾也山鷩悍害。猋迅已甚。鷩雉似山雞而小冠背毛黃腹下赤項綠色其性悍戾憨害飛走如風之猋也爾雅曰扶搖謂之猋謂暴風從下上也善曰字書曰憨愚也呼甘切越壑凌岑。飛鳴薄廩。鷩性悍憋聞媒聲便越澗凌岑且飛且鳴逕來翳前也廩翳中盛飲食處今俗呼翳名曰倉也善曰薄至也方言曰憋惡也裨列切鯨牙低鏃。心平望審。鯨當作擎擎舉也舉弩牙低矢鏑以射之善曰禮記曰心平體正持弓矢審固也毛體摧落。霍若碎錦。雉當不止於飛中射之毛體披散如錦之分碎也逸羣之雋。擅場挾兩

抄倏　抄矘　抄櫟　抄擭　抄徑

逸羣雋異之雉不但欲擅一場而已又挾兩雌也善曰西京賦曰秦政利觜長距終得擅場說文曰擅專也

櫟雌妬異倏來忽往櫟擊搏也聞他雄鳴擊搏其雌倏忽往來無時蹔止也善曰楚辭曰荷衣兮蕙帶倏而來兮忽而逝六翮曰倏然而往忽然而來

忌上風之餮切畏映日之黨朗餮食切微動之聲黨朗不明之狀言其忌聲而畏光也餮音鐵

屏發布而累息徒心煩而技懩屏除其布不敢散氣意者恐微有所聞便驚而逝既無由使媒鳴欲射則紛紜不定空心煩而技懩有伎藝欲逞曰技懩也音養善曰難蜀父老曰心煩於慮慮而劭風俗通曰高漸離變姓易名庸保於宋子之家久作苦聞其家堂客擊筑伎養不能毋出言也

伊義鳥之應敵啾擭地以厲響義鳥媒也爲人致敵故名曰義媒見野雉紛紜雜中啾然擭地而鳴引令來鬭埒蒼曰擭地爪持也三蒼曰啾聲也

彼聆音而逕進忽交距以接壤彼野雉聞媒聲便逕來鬭交距蹶地土壤相接善曰廣雅曰壤塵也

形盈窻以美發紛首頹而臆仰

抄駈

抄淰

文九　十三

形赤也盈蒲也言其光彩蒲當於窗戶美取其意而發矢
又曰既與媒戰形當翳窗發弩極美正射其頸首額向
後臆仰
卻𦚸也
或乃崇墳夷靡農不易壠墳大防今呼爲塘
也夷靡也頹弛也易
脩也農不脩壠此言田塘荒
廢也善曰毛詩曰禾易長畝
稊菽蘘穛翳薈蓁茸稊稗
類也菽豆也謂勞豆之屬野生也田既荒廢雜草繁茂
翳薈蓁茸深穢貌蓁蒲動切茸如隴切善曰孫子兵法
曰林木翳薈西京
賦曰萃蕁蓁茸
鳴雉振羽依于其冢冢山巔也爾雅
曰山頂曰冢言
野之雄雉振其羽翼鳴鴝高墳
之上善曰毛詩曰莎雞振羽
𢹬降丘以馳敵雖形隱
𢹬疾貌也言雉鴝於高丘之頂𢹬然降下向敵
而草動
不見其形而見草動也𢹬一本或作擱擱尸豔
切擱而專切善曰
尚書是降丘宅土
聸挺穟之傾掉意淰躍以振踴草挺穟
草莖
也掉動也觀草莖傾動與雉將出意淰
躍踊逸也善曰淰失冉切躍失藥切
瞰出苗以入場
愈情駭而神悚瞰漸出貌也楚辭曰瞰將出兮東方向
觀草動與雉當至瞰然而出果其所願

抄昳　抄以
振欣
抄以
眂鶩　抄眡鶩
旋
抄槃

情神驚動愈。望靨黶合而翳曷。雉䏚肩而旋踵。言雉出苗望諸處靨黶然闇合唯翳曷然獨顯仍斂翼旋反也人斂身謂之䏚肩黶鳥簞切善曰說文曰曷顯也漢書公孫玃曰脅肩低首呂氏春秋管仲曰車不結軌士不旋踵曷胡了切䏚許結切倣余志之精銳。擬青顱而䵐項。雉既反歸乃從後射正中項也顱頭也倣音欣亦有目不步體。邪眺旁剔。目不步體視與體違也邪眺旁剔視瞻不正常驚惕也善曰國語單襄公曰晉侯目不在體而足不步目說文曰惕驚也剔與惕古字通䴡聞而驚。無見自鷩。鷩音脉字亦從目脉方言云脉俗謂黠為鬼脉雉性驚鬼黠言周環回復。繚繞磐辟。皆回從往復不正之貌也善曰漢書曰何武所舉者磐辟雅拜戾翳旋把。縈隨所歷。戾轉也把翳內所執處也言轉翳回旋隨雉所趣取其便也善曰戾力結切彳亍中輟。馥焉中鏑。彳亍止貌也輟止也鏑矢鏃也馥中鏃聲也彳丑亦切亍丑錄切馥被逼切善曰今本並云彳亍中輟張衡舞賦曰蹇兮宕往彳兮中輟

尤云多疑少決膽劣心狷
五臣無此二句

以文勢言之前劀重膺傍截疊䟽正横射也劀割也
徐氏誤也前割重膺傍斷兩
翺也劀若夫多疑少決膽劣心狷雉性怯而多疑膽劣
魯跌切而心戾者善曰說文
曰狷急也內無固守出不交戰內心也固堅也心無堅
古縣切守外無鬬意也善曰管
子曰民無耻外不可以應敵內不來若處子去如激電
可以固守賈逵國語注曰交共也
處子處女也莊周云藐姑射之山有神人居綽約若處
子來若處女之畏人去若激電之迅疾也善曰司馬兵
法曰始如處女荅闚閬藹蘗幎歷乍見藹麥稍也謂
賓戲曰風颷電激在麥田中藹
蘗間闚閬於外乍見乍隱不敢出場也閬
丑占切善曰藹與稍並同古玄切幎音覓於是筭分銖
商遠邇分銖弩牙後刻畫定矢所至遠近之處也雉既
不出將就草射之故討其分銖商其遠近也
揆懸刀騁絕技懸刀弩牙後刀也一名機揆度也筭計量
可發而發故言騁絕技也善曰釋名曰
弩牙外曰郭下曰懸刀其形然也西京賦
曰妙材騁伎薛君韓詩章句曰騁施也如轅如軒不

馬轄薛君韓詩章句施作馳

抄下有分字　抄下有兩字　辟　抄吳

高不埤言至平也善曰毛詩曰如輊如軒輊與輊同鄭玄周禮注曰埤短也埤與庳古字通輊竹二切埤貪美切當咮值胷裂臆破觜射面也臆喉受食處也觜喙也裂喉破喙也字書曰咮鳥口也咮竹秀切臆音素夷險殊地馴麤異變地有平險之殊雉有馴麤之異隨變而應不可爲一准也昃不暇食夕不告勸言樂之者忘飢倦也昔賈氏之如皋始解顏於一箭善曰左氏傳曰昔賈大夫惡取妻三年不言不笑御以如皋射雉獲之其妻始笑始言列子曰列子師老商氏五年之後夫子始一解顏而笑也醜夫爲之改貌憾妻爲之釋怨言妻所以愁恨者怨其夫之醜也今見獲雉而笑則是斯藝能使醜夫變貌恨妻釋忿者也憾胡闇切彼遊田之致獲咸乘危以馳騖騖疾也田獵也言遊獵馳車騁馬飛鷹走犬陵山越澗常乘危險也何斯藝之安逸羌禽從其已豫善曰言斯藝極安從禽最逸豫言禽來就己故豫不勞清道而行擇地而住人多則雉驚故儆除

抄下有兮字

抄下有之字 下有而字 下有所字 下有也字

抄下有之字 此彼爲衍字也 此七本當有

人從清道而行擇善地而住馬埸也善曰司馬相如上疏曰清道而後行班固漢書賛曰馮參鞠射履方擇地而行尾飾鑣而在服肉登俎而永御豈唯皁隸此焉君舉舉音據善曰說文曰鑣馬銜也董巴輿服志曰馬並以黃金爲乂髦插以翟尾先多用雉尾周禮王后六服有褕翟闕翟儀禮上大夫庶羞有雉兔鶉鷃左氏傳臧僖伯曰鳥獸之肉不登於俎則公不射若夫山林川澤之實皁隸之事非君所及又曹劌曰君舉必書若乃耽槃流遁放心不移槃樂也善曰東京賦曰若乃流遁志返於心不覺也忘其身恤司其雄恤憂也司主此也善曰左氏傳虞人之箴曰忘其國恤思其麀牡樂而無節端操或虧善曰東京賦曰樂而無節楚辭曰內惟省以端操此則老氏所誡君子不爲老子曰馳騁畋獵令人心發狂善曰歸田賦曰感老氏之遺誡孫卿子曰此小人之所務而君子之所以不爲也

紀行

尤本刪下存有一百三字
此體上本九年繇庾
信哀江南賦亦觀哉
生江總修心皆其支
與流裔也

北征賦

流別論曰更始時班彪避難涼州發長安至安定作北征賦也

班叔皮　漢書曰班彪字叔皮扶風安陵人也性好莊老祖況成帝時爲越騎校尉父稚哀帝時爲廣平太守彪年二十遭王莽敗劉聖公立未定乃去京師往天水郡歸隗囂囂時據隴擁衆囂不禮彪彪後知囂必敗乃避地於河西就大將軍竇融融歸光武光武問融曰比來文章所奏誰作荅云班彪也融知彪有才舉茂才爲徐令卒亦爲望都長

余遭世之顛覆兮罹填塞之阨災。毛詩序曰閔周室之顛覆孔安國尚書傳曰罹被也王道不通故曰填塞廣雅曰填塞也王逸楚辭注曰險阨傾危也舊室滅以丘墟兮曾不得乎少留。呂氏春秋燭過曰子胥諫而不聽故吳爲丘墟楚辭曰欲少留此靈瑣遂奮袂以北征兮超絕迹而遠遊。淮南子曰奮袂執銳莊子曰絕迹易廣雅

抄下有兮

抄下有兮

黯

抄下有兮

曰絕滅也楚辭曰顧輕舉而遠遊**朝發軔於長都兮夕宿瓠谷之玄宮**楚辭曰朝發軔於天津兮夕余至乎西極長都長安也晉灼漢書注曰有宮觀故稱都楚辭曰夕宿兮帝郊爾雅曰周有焦穫郭璞曰音護今扶風池陽縣瓠中是也按瓠谷玄宮皆地名在長安西羽獵賦曰處於玄宮**歷雲門而反顧望通天之崇崇**雲陽古縣在池陽西北屬右扶風雲門即雲陽縣門也漢書左馮翊有雲陽縣楚辭曰忽反顧而遊目通天臺名已見上文**乘陵崗以登降息郇邠之邑鄉**漢書右扶風栒縣有豳鄉詩豳國公劉所治邑也栒與郇同豳與邠同應劭曰左傳云畢原豐郇文之昭也郇侯賈伯伐晉是也臣瓚曰按汲郡古文晉武公滅郇以賜大夫原黯是爲郇叔又云文公城郇然則當在晉之境內不得在右扶風之界也今河東有郇城即古郇國也廣雅曰乘陵也爾雅曰大阜曰陵郇音荀邠與豳同方旻切**慕公劉之遺德及行葦之不傷**尚書曰公劉克篤前烈孔安國曰公爵劉名也莊子盜跖曰此父母之遺德也毛詩序曰行葦忠厚也詩曰敦彼行葦牛羊勿

十五

羅別本校語　抄下有之字誤　抄固　抄下有字　抄下有兮　抄下有兮

踐履彼何生之優渥我獨罹此百殃毛詩曰既優既渥鄭玄禮記注曰殃禍惡也毛詩曰我生之後逢此百殃故時會之變化兮非天命之靡常故時會者言此乃時君不能修德致之故使傾覆非天命無常也時亦世也言人吉凶乃時會之變化豈天之命無常乎爾雅曰時會也毛詩曰侯服于周天命靡常天命上天之命也登赤須之長坂入義渠之舊城赤須坂在北地郡義渠城名在北地王莽改爲義溝鄽善長水經注曰赤須水出赤須谷西南流注羅水然坂因水以得名也漢書北地郡有義渠道忿戎王之淫狡穢宣后之失貞嘉秦昭之討賊赫斯怒以北征史記秦本紀曰昭襄王母楚人姓芊氏號宣太后秦昭王時義渠戎王與宣太后亂有二子宣太后詐而殺義渠戎王於甘泉遂起兵伐滅義渠而得其地杜預左氏傳注曰狡猾也赫怒已見上注紛吾去此舊都兮騑遲遲以歷茲杜預左氏傳注曰紛亂也謂心緒亂也楚辭曰紛吾乘兮玄雲舊都北地郡也說文曰驂傍馬也毛

抄無　抄樛

抄二字到

注

詩曰行道遲遲楚辭曰喟憑心而歷茲遂舒節以遠逝兮指安定以爲期舒節將行舒其志節也淮南子曰縱志舒節以馳大區漢書安定郡武帝元鼎三年置在涇渭之閒去長安三百五十里涉長路之緜緜兮遠紆回以樛流毛萇詩傳曰緜緜長不絕貌也劉歆遂初賦曰路脩遠而緜緜說文曰紆屈也樛流曲折貌也樛音糾過泥陽而太息兮悲祖廟之不脩漢書北地郡有泥陽縣漢書曰班壹始皇之末避地於樓煩故泥陽有班氏之廟也泥奴雞切釋余馬於彭陽兮且弭節而自思孝武帝傷李夫賦曰釋余馬於椒丘楚辭曰步余馬於蘭皋漢書安定郡有彭陽即今彭原是也楚辭曰吾令羲和弭節兮司馬彪上林賦注曰弭節安志也日晻晻其將暮兮覩牛羊之下來楚辭曰日晻晻下而頹說文曰晻不明也於感切毛詩云曰之夕矣牛羊下來君子行役如之何勿思寤曠怨之傷情兮哀詩人之歎時思君子爲怨曠嗟行役爲歎時毛詩序曰大天久役男女怨曠

廣雅曰歎傷也越安定以容與兮遵長城之漫漫楚辭曰遵赤水而容與又曰路曼曼其脩遠漫與曼古字通劇蒙公之疲民兮爲彊秦乎築怨說文曰劇甚也史記曰蒙恬齊人也爲秦將拜爲內史秦使蒙恬築長城劉歆遂初賦曰劇彊秦之暴虐兮舍高亥之切憂兮事蠻狄之遼患不耀德以綏遠顧厚固而繕藩言不光耀道德以綏遠方反爲厚固繕藩而已廣雅曰切近也史記曰周穆王將征犬戎祭公謀父諫曰不可昔我先王耀德不觀兵杜預左氏傳注曰繕脩也首身分而不寤兮史記猶數功而辭愆何夫子之妄說兮孰云地脉而生殘曰趙高者諸䟽遠屬也爲中車府令事公子胡亥始皇崩高得幸胡亥欲立爲太子太子巳立遣使以罪賜蒙恬死蒙恬喟然太息曰我何罪於天無過而死良久徐曰恬罪固當死矣起臨洮屬之遼東城塹萬餘里此其中不能毋絶地脉哉乃恬之罪也吞藥自殺登鄣隧而遥望兮聊須臾以婆娑

三墜改隧

蒼頡篇曰障小城也漢書武帝謂狄山曰使居一障閒說文曰隧塞上亭守烽火者也篆文從火古字通詞辭切班固漢書贊曰不脩障隧其義並同隧或爲墜說文曰隧古文地字也須臾少時也楚辭曰何須臾而忘反婆娑容與之貌也毛詩曰市也婆娑閔獯鬻之猾夏兮弔尉邛於朝那史記文紀曰匈奴謀入邊爲寇攻朝那塞殺北地都尉邛徐廣曰姓孫尚書曰蠻夷猾夏漢書曰安定郡有朝那縣姚察曰邛姓段從聖文之克讓兮不勞師而幣加惠父兄於南越兮黜帝號於尉他聖文文帝也尚書曰允恭克讓幣加加之幣帛也史記文紀曰南越王尉他自立爲武帝上召他兄弟以德報之他遂去帝稱臣又曰南越王尉他者真定人姓趙氏爲南海尉然爲尉故曰尉他又云他秦時爲龍川令使南越王值秦亂遂不歸自立爲越王降几杖於藩國兮折吴濞之逆邪史記曰吴王濞高帝兄劉仲之子也尚書曰祖立爲吴王孝文時稍失藩臣之禮稱病不朝天子賜吴王几杖老不朝其謀亦蓋不解也惟太宗之蕩蕩兮豈曩

秦之所圖。言文帝知加幣以懷邊豈如彊秦繕藩而禦遠也史記丞相申屠嘉議曰孝文皇帝廟宜爲帝者太宗之廟尚書曰王道蕩蕩曩猶向時也隮高平而周覽望山谷之嵯峨。漢書安定有高平縣高唐賦曰周覽九土野蕭條以莽蕩迥千里而無家。楚辭曰山蕭條而無獸爾雅曰迥遠也劉歆遂初賦曰迥百里而無家風猋發以漂遙兮谷水灌以揚波。言水灌注且以揚波也管子曰山水之溝命曰谷水列女傳津吏女歌曰水揚波兮杳冥冥飛雲霧之杳杳涉積雪之皚皚。楚辭曰眴兮杳杳王逸曰杳杳深冥貌也說文曰皚皚霜雪白之貌也牛哀切劉歆遂初賦曰漂積雪之皚皚涉凝露之降霜鴈邕邕以群翔兮鵾雞鳴以嚌嚌。毛詩曰雝雝鳴鴈楚辭曰鵾雞嘲哳而悲鳴嚌嚌衆聲也音啫遊子悲其故鄉心愴悢以傷懷。漢書高祖曰遊子悲故鄉廣雅曰愴悢悲也悢力上切毛詩曰嘯歌傷懷蒼頡篇曰懷抱也撫長劒而慨息泣漣落

抄以

而霑衣左氏傳曰晉子朱怒撫劍從之說文曰慨太息也周易曰泣血漣如古詩曰涕下霑衣裳攬余涕以於邑兮哀生民之多故楚辭曰思美人兮攬涕而竚眙又曰氣於邑而不可止又曰哀生人之長勤國語桓公問於史伯曰王室多故夫何陰曀之不陽兮嗟久失其平度陰曀喻昏亂也楚辭曰欲俟時而須臾日陰曀其將暮毛萇詩傳曰陰而風曰曀於計切諒時運之所為兮永伊鬱其誰愬爾雅曰諒信也宋衷春秋緯法曰五運五行用事之運也楚辭曰獨鬱結其誰語說文曰愬亦訴字亂曰夫子固窮遊藝文兮樂以忘憂惟聖賢兮論語子曰君子固窮又曰遊於藝又曰樂以忘憂達人從事有儀則兮行止屈申與時息兮毛詩曰我從事獨賢莊子曰形體保神各有儀則周易曰時止則止時行則行動靜不失其道光明家語孔子曰君子之行已也可以屈則屈可以伸則伸周易曰天地盈虛與時消息是也君子履信無不居兮雖之蠻

尤例下當有一首二字

班一名

◎阮元說初當作元

陶淵明歸去來辭注引撰作選

貊何憂懼兮。周易曰履信思乎順論語曰子張問行子曰言忠信行篤敬雖蠻貊之邦行矣

。東征賦 大家集曰子穀爲陳留長大家隨至官作東征賦流别論曰發洛至陳留述所經歷也

曹大家 范曄後漢書曰扶風曹世叔妻者同郡班彪之女也名昭字惠姬年十四嫂世叔和帝數召入宮令皇后貴人師事焉號曰大家兄固修漢書不終而死大家續之時馬融受業於大家

惟永初之有七兮余隨子乎東征 惟是也東觀漢記曰和帝年號永初 時孟春之吉日兮撰良辰而將行 禮記曰孟春之月日在營室鄭玄禮記注曰撰猶擇也楚辭曰吉日兮良辰毛萇詩傳曰辰時也 乃舉趾而升輿兮夕予宿乎偃師 左氏傳曰鬬伯比曰莫敖舉趾高杜預注曰趾足也漢書河南郡有偃師縣在洛陽東三十里洛陽

故事云帝嚳所都後爲西亳即古之易遂去故而就新
亭周秦之世爲偃師盤庚所遷處也
兮志愴悢而懷悲楚辭曰愴怳懭悢兮去故而就新明發曙而不寐兮
心遲遲而有違毛詩曰明發不寐又曰行道遲遲中心有違酌鐏酒以弛念
兮喟抑情而自非漢書東方朔曰銷憂者莫若酒廣雅曰弛絶也爾雅曰念思也諒不
登櫟而椓蠡兮得不陳力而相追登櫟椓蠡謂上古未有君臣又無宫室不
知火化之時也言信不能同於上古登櫟而椓蠡得不陳力而相追
乎禮記曰昔者未有宫室冬則居橧巢韓子曰上古之世人民少而禽獸
衆人不勝禽獸蟲蛇聖人作搆木爲巢以羣居天下號
曰有巢氏民食果蓏蚌蛤腥臊惡臭聖人作鑽燧取火
以化腥臊天下號曰燧人氏鄭玄周禮注曰椓擊也淮
南子曰古者人茹草飲水食蠃蚌之肉陳思王遷都賦
曰覽乾元之兆域兮本人物乎上世紛混沌而未分與
禽獸乎無別椓蠡蟄而食蔬摭皮毛以自蔽然陳思之
言蓋出於此也尸子曰卵生曰琢胎生曰乳琢與椓蠡
與蠃古字通蠡力戈切蟄力兮切蚌蒲講切論語子謂

按過下有武字注本有

和云之當作以
抄下有兮

冉有曰周任有言陳力就列不能者止且從眾而就列兮聽天命之所歸論語曰吾從衆就列已見上注墨子曰貧富治亂固有天命不可損益也遵通衢之大道兮求捷徑欲從誰楚辭曰夫唯捷徑以窘步王逸曰徑邪道也乃遂往而徂逝兮聊游目而遨魂楚辭曰忽反顧而游目韓詩曰聊樂我魂薛君曰魂神也歷七邑而觀覽兮遭鞏縣之多艱史記曰秦莊襄王滅東西周徐廣曰周比亡之時凡七縣河南洛陽穀城平陰偃師鞏緱氏漢書河南郡有鞏縣楚辭曰路脩遠以多艱鞏居勇切望河洛之交流兮看成皋之旋門郭璞曰山海經注曰洛水東至河南鞏縣入河廣雅曰交合也漢書河南郡有成皋縣旋門已見東京賦成皋縣今虎牢是也既免脫於峻嶮兮歷滎陽而過卷漢書河南郡有滎陽縣應劭曰卷故虢國今號亭是也卷丘圓切食原武之息足宿陽武之桑間漢書河南郡有原武縣陽武縣涉封丘而踐

路兮慕京師而竊歎漢書陳留郡有封丘縣應劭曰即春秋所謂敗狄於長丘史記曰紂醢九侯西伯聞之竊歎也小人性之懷土兮自書傳而有焉論語子曰君子懷德小人懷土孔安國曰懷安也遂進道而少前兮得平丘之北邊家語曰孔子適齊驅而少前漢書陳留郡有平丘縣入匡郭而追遠兮念夫子之厄勤彼裒亂之無道兮乃困畏乎聖人論語子畏於匡又曰慎終追遠史記曰孔子將適陳過匡匡人聞之以爲魯之陽虎虎嘗暴於匡人匡人遂止孔子悵容與而久駐兮忘日夕而將昏神女賦曰時容與以微動漢書門卒謂韓延壽曰明府久駐未出著頡爲曰駐主也到長垣之境界兮察農野之居民漢書陳留郡有長垣縣也睹蒲城之丘墟兮生荆棘之榛榛丘墟已見上文漢書伍被曰臣見宮中生荆棘惕覺寤而顧問兮想子路之威神衛人嘉其勇義兮訖于今而稱云長門賦曰惕寤覺而無見

尤云忘日夕五日忘作念

抄下有兮

韓詩外傳曰周公無所顧問史記徐廣注曰長垣縣有匡城蒲鄉史記曰子路為蒲邑大夫論語子曰君子有勇而無義為亂又曰民到于今稱之稱或為祠

蘧氏在城之東南兮民亦尚其丘墳

蘧氏蘧瑗也陳留風俗傳曰長垣縣有蘧鄉有蘧伯玉冢廣雅曰墳高也春秋說題辭曰丘者墓也

唯令德為不朽兮身既沒而名存

毛詩曰顯顯令德左氏傳穆叔曰太上有立德此之謂不朽論語曰文王既沒

惟經與之所美兮貴道德與仁賢

老子曰莫不尊道而貴德尹文子曰親跡係乎勢利不係乎不肖與仁賢也

吳札稱多君子兮其言信而有徵

左氏傳曰吳季札適衛說蘧瑗史狗史鰌公子荊公叔發謂公子朝曰衛多君子未有患也又叔向曰君子之言信而有徵

後衰微而遭患兮遂陵遲而不興

史記衛世家曰成侯貶號曰侯平侯子嗣君更貶號曰君朝魏魏殺懷君至君角秦二世廢為庶人衛絕祀孫鄉子曰百仞之山而豎子憑而游焉陵遲故也今夫世之陵遲亦久矣而能使勿踰乎漢書劉向上書曰周室

抄下有兮 評云天下多兮字

多禍遂陵夷不能復興王肅家語注曰陵遲猶陂陀也知性命之在天由力行而近仁論語子夏曰死生有命富貴在天家語孔子曰形於一謂之性王肅曰人各受陰陽剛柔之性故曰形於一也命已見上文禮記子曰好學近乎知力行近乎仁勉仰高而蹈景兮盡忠恕而與人毛詩曰高山仰止景行行止論語子貢問曰有一言而終身行之者乎子曰其恕乎子曰己所不欲勿施於人老子曰天道無親常與善人好正直而不回兮精誠通於明神毛詩曰靖恭爾位好是正直神之聽之介爾景福又曰求福不回鄭玄曰不違先祖之道也文子曰精誠通於天形動氣於天庶靈祇之鑒照兮祐貞良而輔信楚辭曰招貞良與明智亂曰君子之思必成文兮盍各言志慕古人兮楊子法言曰君子言則成文動則成德論語曰顏淵季路侍子曰盍各言爾志先君行止則有作兮先君謂彪也有作謂北征賦也雖其不敏敢不法兮論語顏淵曰回雖不敏請事斯

語矣貴賤貧富不可求兮正身履道以俟時兮論語子曰富而可求雖執鞭之士吾亦爲之如不可求從吾所好周易曰履道坦坦孫卿子曰君子博學深謀脩身端行以俟其時脩短之運愚智同兮靖恭委命唯吉凶兮靖恭已見上注鶡冠子曰縱軀委命敬慎無怠思嗛約兮清靜少欲師公綽兮毛詩曰敬慎威儀尚書曰無怠無荒周易曰人道惡盈而好謙嗛與謙音義同苦兼切封禪書曰上猶嗛讓而未俞也老子曰清淨爲天下正論語曰子路問成人子曰若公綽之不欲馬融曰孟公綽也

文選卷第九

壬戌六月廿五甲夜　侃覽

抄[?]前同巻五

抄無此三行

尤剛應有一首二字在下

文選巻第十

梁昭明太子撰

文林郎守太子右内率府録事參軍事崇賢館直學士臣李善注上

紀行下

潘安仁西征賦一首

西征賦臧榮緒晉書曰岳爲長安令作西征賦述行歷論所經人物山水也

潘安仁岳榮陽中牟人晉惠元康二年岳為長安令因行役之感而作此賦岳家在鞏縣東故言西征

歲次玄枵許喬月旅蕤賓。丙丁統日。乙未御辰。岳傷弱子序曰元康二年五月余之長安以歷推之元康二年歲在壬子乙未五月十八日也爾雅曰太歲在子曰困敦左氏傳

抄下有而

有天道焉有地道焉有人道焉

愼曰歲在星紀而淫於玄枵杜預曰歲歲星也玄枵在子虛危之次也然玄枵歲星所歷困敦太歲所次今論太歲而曰玄枵疑誤也鄭玄周禮注曰旅猶處也禮記曰仲夏之月律中蕤賓鄭玄曰中猶應也仲夏氣至則蕤賓律應也呂氏春秋曰仲夏其日丙丁高誘曰丙丁火日也然夏爲火德故以丙丁統夏也左氏傳云日月之會是謂辰故以配日杜預曰太歲日月十二會所會謂之辰配日謂子丑配甲乙也然其日值乙未也鄭玄禮記注曰御猶主也**潘子憑軾西征自京徂秦**潘子岳自謂也馮衍揚節賦曰馮子耕於鄽山之阿憑軾已見魏都賦爾雅曰徂往也**迺喟然歎曰古往今來邈矣**論語夫子喟然歎曰吾與點也寥廓惚怳

悠哉寥廓惚怳化一氣而甄三才未分之貌也鵩鳥賦曰寥廓忽荒列子曰太易者未見氣也易變而爲一又曰一者形變之始也輕清者上爲天重濁者下爲地中和之氣者爲人張湛曰所謂易者窈冥惚怳不可變也一氣恃之而作化故寄名變耳甄已見魏都賦周易曰兼三才而兩之漢書音義曰陶人作瓦器謂之甄**此三才者天地人道**

劉孝標辨命論注引莫能作莫之聖智作聖哲

抄代旁注世又從此句近春聲洛而掩涕句韻上一句之末皆有兮字

唯生與位謂之大寶周易曰天地之大德曰生聖人之大寶曰位生有脩短之命位有通塞之遇鬼神莫能要聖智弗能豫東征賦曰脩短之運愚智同通塞猶窮達也班固覽海賦曰運之脩短不豫期也當休明之盛世託菲薄之陋質左氏傳王孫滿曰德之休明楚辭曰質菲薄而無由馬融論語注曰菲薄也納旌弓於鉉台讚庶績於帝室臧榮緒晉書曰岳弱冠辟太尉府掾孟子曰夫招士以旌大夫以旌左氏傳陳敬仲曰詩云翹翹車乘招我以弓周易曰鼎金鉉鄭玄曰金鉉喻明道能舉君之官職也鄭玄尚書注曰鼎三公象也春秋漢含孳曰三公在天法三台也尚書曰庶績其凝應劭漢官儀曰帝室猶言王室者也嗟鄙夫之常累固既得而患失無柳季之直道佐士師而一黜臧榮緒晉書曰岳遷廷尉平爲公事免官論語子曰鄙夫不可與事君其未得之患得之既得之患失之又曰柳下惠爲士師三黜人曰子未可以去乎曰直道而事人焉往而不三黜武

抄闕　抄疇
尤云譸一姓五臣譸作疇
縱不
抄祇　抄方
抄二字到

皇忽其升遐八音遏於四海臧榮緒晉書武紀曰帝諱炎字世安崩謚曰武禮記曰天王崩告喪曰天王登遐尚書曰帝乃徂落三載四海遏密八音孔安國尚書傳曰遏絕密靜也天子寢於諒闇百官聽於冢宰臧榮緒晉書惠紀曰帝諱衷字正度武帝崩太子即皇帝位禮記曰高宗諒闇三年不言千寶晉紀曰楊駿爲太傅百官揔已以聽於駿尚書曰百官揔已以聽於冢宰彼負荷之殊重雖伊周其猶殆伊尹之相太甲致桐宮之師周旦之輔成王有流言之謗左氏傳曰子產曰其父析薪其子弗克負荷爾雅曰殆危也窺七貴於漢庭譸一姓之或在七姓謂呂霍上官趙丁傳王也庾亮表曰向使西京七族皆非姻黨從而悉全決不盡敗聲類曰譸亦疇字也爾雅曰疇誰也無危明以安位祇居逼以示專陷亂逆以受戮匪禍降之自天言無見危之明以安其位祇爲逼主以示已專也于寶晉紀曰駿被誅禮記曰明於順然後能守危鄭玄曰能守自危之道周易曰危者安其位者也毛詩曰亂匪

抄禍

孔德璋北山移文注悟作悮卓作悼也

抄儡

抄悚

抄淵

降自天生自婦人孔隨時以行藏蘧與國而舒卷苟蔽微以繆章患過辟之未遠言孔蘧有知微知章之鑒故隨否泰而行藏與治亂而舒卷中庸之流苟蔽繆於斯術故患此過常之辟未遠其身也周易曰隨時之義大矣哉論語子謂顏淵曰用之則行舍之則藏唯我與爾有是夫又曰君子哉蘧伯王邦有道則仕邦無道可卷而懷之周易注曰君子知微謂幽昧知章謂明顯也爾雅曰辟罪未遠不離其身也辟匹亦切悟山潛之逸士卓長往而不反班固漢書贊曰山林之士往而不能反陋吾人之拘攣飄萍浮而蓬轉言已闕行藏之明而有蔽繆之累故悟山潛之爲是陋拘攣之寔非謝承後漢書鄭玄戒子書曰黃巾爲害萍浮南北東觀漢記太史官曰票駭蓬轉因遇際會寮位儡其隆替名節漼以隳落危素卵之累殼甚玄鷰之巢幕心戰懼以兢悚如臨深而履薄說文曰儡壞敗之貌洛罪切漼亦壞貌七罪切累卵已見魏都賦左氏傳吳公子札曰夫

子在此猶鷰巢幕上也杜預曰夫子孫文子也毛詩曰戰戰兢兢如臨深淵如履薄冰殼苦角切夕獲歸於都外宵未中而難作王隱晉書曰潘岳爲楊駿府主簿駿被誅日岳取急對人朱振代夷三族匪擇木以棲集尠林焚而鳥存擇木巳見魏都賦爾雅曰尠寡也遭千載之嘉會皇合德於乾坤聖主得賢臣頌曰上下懽然交欣千載一會周易曰亨者嘉之會也乾坤天地也張超宣尼頌曰合量乾坤周易曰大人者與天地合其德弛秋霜之嚴威流春澤之渥恩韋昭漢書注曰弛廢也荀悅申鑒曰人主怒如秋霜漢書孫寶勑侯文曰今鷹隼始擊當從天氣取姦惡以成嚴霜之威古長歌行曰陽春布德澤萬物生光輝洞簫賦曰蒙聖主之渥恩甄大義以明責反初服於私門宋均尚書緯注曰甄表也楚辭曰進不入以離尤兮退將復脩吾初服戰國策蘇子說魏王曰破公家而成私門皇鑒揆余之忠誠俄命余以末班末班謂長安令也楚辭曰皇鑒揆余於初度何休公羊傳注曰俄者

抄 況

慨

湏史之間牧疲人於西夏攜老幼而入關周禮曰以嘉石平疲民陳思王述征賦曰恨西夏之不綱戰國策曰薛人攜老幼迎孟嘗君道中丘去魯而顧歎季過沛而涕零伊故鄉之可懷疚聖達之幽情韓詩外傳曰孔子去魯遲遲乎其行也漢書曰上過沛留置酒沛宮乃起舞忼慷傷懷泣下數行謂沛父老曰游子悲故鄉爾雅曰疚病也舞賦曰幽情形而外揚矧匹夫之安土邈投身於鎬京爾雅曰矧況也漢書元帝詔曰安土重遷黎人之性毛詩序曰王居鎬京猶犬馬之戀主竊託慕於闕庭曹植責躬表曰不勝犬馬戀主之情東都賦曰闕庭神麗眷鞏洛而掩涕思纏緜於墳塋鞏洛二縣名也河南郡圖經曰潘岳父冢鞏縣西南三十五里楚辭曰長太息以掩涕張升與任彥堅書曰纏緜恩好庶蹈高蹤漢書音義如淳曰塋冢田也音營爾乃越平樂過街郵秣馬皐門稅駕西周平樂館名也酈善長水經注曰梓澤西有一原古舊亭處即街郵也

傳

皐下韻上六字與宋抄皆有兮字 迮既定鼎於郟鄏句

石卷澮口高三丈謂之皐門橋左氏傳曰秣馬利兵毛萇詩曰秣粟也韓子曰衛靈公至濮水之上稅馬而牧法言曰仲尼之駕稅矣李軌曰稅舍也失銳切西周見下注解**遠矣姬德興自高辛思文后稷厥初生民率西水滸化流岐豳祚隆昌發舊邦惟新**左氏傳劉子曰美哉禹功明德遠矣史記曰帝嚳高辛者黃帝曾孫也姜嫄爲帝嚳元妃生弃號曰后稷別姓姬氏毛詩曰思文后稷克配彼天又曰厥初生人時維姜嫄又曰古公亶父來朝走馬率西水滸至於岐下史記曰后稷之孫慶節立國於邠後古公爲戎狄攻之遂去邠止於岐下公季卒子昌立曰文王文王崩太子發立是爲武王毛詩曰周雖舊邦其命惟新佶與嚳同邠與豳同**旋牧野而歷玆愈守柔以執競**尚書曰武王與受戰于牧野玆此也謂此周也北征賦曰騁遲遲兮歷玆老子曰守柔曰强毛詩曰執競武王無競維烈鄭玄曰競强也能材强道者惟有武王爾**夜申旦而不寐憂天保之未定**楚辭曰獨申旦而不寐史記曰武王望商邑至于周自夜不寐

滅商二字作基

尤云鑒亡王五字鑒作覽

抄以

周公旦曰曷爲不寐王曰我未定天保何暇寐也惟泰山其猶危祀八百而餘慶言武王滅商雖有泰山之固尚以爲危故能載祀八百猶有餘慶也郭璞爾雅注曰惟發語辭也戰國策呂不韋曰周凡三十七王八百六十七年然今言八百舉全數也周易曰積善之家必有餘慶鑒亡王之驕淫竄南巢以投命坐積薪以待然方指日而比盛亡王謂桀也言武王居安而慮危而桀處險而逾泰也尚書曰成湯放桀於南巢范曄後漢書趙壹曰奚異涉海之失柂坐積薪而待然尚書大傳曰伊尹入告於王曰大命之去有日矣王曰天之有日猶吾之有人日有亡哉日亡吾亦亡鄭玄曰自比於天言常在也比於日言去復來也人度量之乖舛何相越之遼迴人謂武王與桀也安危異情故曰乖舛也喻巴蜀檄曰人之度量相越豈不遠哉乖舛不齊也爾雅曰迴遠也今協韻爲呼瞑切考土中于斯邑成建都而營築既定鼎于郟鄏遂鑽龜而啓繇尚書曰成王欲宅洛邑周公曰王來紹上帝自復于

抄效

土中毛詩曰考卜惟王鄭玄曰考稽也東都賦曰建都河洛左氏傳曰王孫滿曰成王定鼎於郟鄏卜世三十卜年七百杜預左氏傳注曰繇卜兆辭也**平失道而來遷緊二國而是祐**史記曰平王東遷于雒邑二國晉鄭也左氏傳桓公曰我周之東遷晉鄭焉依杜預左氏傳注曰緊語助也**豈時王之無僻賴先哲以長懋**言周末之王豈無邪僻之行但賴前聖之德所以長茂也左傳韓厥曰三代之令王皆數百年保天之祿夫豈無僻王賴前喆以免也漢書策詔曰大禹能士失德夏以長懋說文曰懋盛也**望圉北之兩門感虢鄭之納惠討子頹之樂禍尤闕西之效戾**言鄭伯以子頹樂及徧舞爲樂禍而討之既尤之矣及乎享王闕西備樂是乃効其爲戾也左氏傳曰初王姚嬖于莊王生子頹子頹有寵及惠王即位衛師燕師伐周立子頹享五大夫樂及徧舞鄭伯聞之見虢叔曰寡人聞之哀樂失時殃咎必至今王子頹歌舞不倦樂禍也盍納王乎虢公曰寡人之願也同伐王城鄭伯將王自圉門入虢叔自北門入殺子頹鄭伯享王于闕西辟樂備原

水經瀍水注引崔洪注西征賦云定當為𣂔彼定盖此后之誤　抄遘

伯曰鄭伯効尤其亦將有咎包咸論語注曰尤過也爾雅曰戾罪也重戮帶以定襄弘大順以霸世左氏傳曰太叔帶以狄師伐周襄王出適鄭晉侯迎王王入于城取太叔於溫殺之鄭玄毛詩箋曰弘廣也靈壅川以止鬬晉演義以獻說國語曰靈王二十二年穀洛二水鬬欲毀王宮王欲壅之太子晉諫曰不可晉聞古之長人不隳山不防川今吾執政實有所辟而禍夫二川之神賈逵曰鬬者兩會似於鬬小雅曰演廣遠也咨景悼以迄丏政孔安國尚書傳曰咨嗟也左氏傳曰王子朝有寵於景王王崩子朝因舊官之喪職秩者以作亂單子逆悼王於莊宮以歸子朝奔京王子猛卒敬王即位王子朝入于尹劉子以王如劉王子朝入於王城單子如晉告急晉智躒帥師納王子朝奔楚王人殺子朝于楚杜預曰悼王子猛也敬王子猛母弟子丏也賈逵國語注曰子朝景王之長庶子也爾雅曰迄至也呼乞切丏音蓋毛詩序曰禮義凌遲左氏傳晏子曰此季世也毛詩曰我日構禍毛萇曰構成也凌遲而爾季俾庶朝之構逆歷兩王而干位

尤云潛慟五臣作憯慟

左氏傳衛彪奚曰魏子干位以令大事踰十葉以逮赧邦分崩而爲二竟橫噬於虎口輸文武之神器史記曰景王崩子悼王立崩弟敬王立崩子元王立崩子定王立崩子哀王立弟殺哀王自立爲思王弟殺思王自立爲考王崩子威烈王立崩子安王立崩子烈王立崩弟立爲顯王崩子慎靚王立崩子赧王立東西周分治王赧徙都西周初考王封其弟于河南桓公卒子威公立卒子惠公立乃封其少子于鞏以奉王號東周惠公秦莊襄王滅東西周爾雅曰逮及也論語子曰邦分崩離析虎口喻秦也漢書曰秦二世拜叔孫通爲博士通出曰我幾不免虎口老子曰天下神器不可爲也爲者敗之濼孝水而濯纓嘉美名之在茲濼水經注作瀍字林曰孝水在河南郡酈元曰在河南城西十餘里楚辭曰滄浪之水清可以濯吾纓毛萇詩傳曰濯滌也夭赤子於新安坎路側而瘞之亭有千秋之號子無七旬之期雖勉勵於延吳實潛慟乎余慈傷弱子序曰三月壬寅弱子生五月之長安壬寅次于新安之千秋亭甲辰而

無子

抄還京旁注還

沈

弱子天乙已瘞于亭東廣雅曰夭折也書曰若保赤子字
書曰瘞埋也猗例切禮記曰延陵季子適齊於其反也
其長子死葬於嬴博之間其坎深不至於泉列子曰魏
有東門吴者子死而不憂其相室曰公之愛子也天下
無有子死而不憂者何也東門吴曰吾甞無子之時
不憂今子死乃與向無子時同吾奚憂也戰國策以吴
爲吾眄山川以懷古悵攬轡於中塗虐項氏之肆暴坑降
卒之無辜激秦人以歸德成劉后之來蘇事回泬而好
還卒宗滅而身屠東都賦曰慨長思而懷古楚辭曰攬騑轡而下節杜預左氏傳注曰肆極
也史記曰章邯降項王秦吏卒多竊言曰今能入開破
秦大善即不能秦必盡誅吾父母妻子諸將聞其計以
告項羽項羽於是楚軍夜擊坑秦卒二十餘萬新安城南後
羽敗垓下至烏江自刎尚書曰后來其蘇韓詩曰謀猷
回泬薛君曰回邪僻也老子曰其事好還經澠池而長想停余車而不進漢書
弘農郡有澠池縣舞賦曰遠思長想秦虎狼之彊國趙侵弱之餘燼超入

險而高會杖命世之英藺戰國策楚王曰秦虎狼之國也左氏傳齊賓媚人曰請收合餘燼背城借一杜預曰燼火餘之木也高會已見吳都賦孟子曰五百年必有王者興其閒必有命世者廣雅曰命名也李陵書曰命世之才恥東瑟之偏鼓提西缶而接刃辱十城之虛壽奄咸陽以取儁史記曰趙王與秦王會於澠池秦王曰寡人聞趙王好音請奏瑟趙王鼓瑟相如前曰趙王竊聞秦王善爲秦聲請奏缶秦王怒不許相如曰請得以頸血濺大王矣左右欲刃相如相如叱之皆靡秦王不懌爲一擊缶秦之羣臣請以趙十五城爲秦王壽藺相如亦曰請以秦咸陽爲趙王壽秦王終不能加勝於趙爾雅曰盜謂之近呂氏春秋曰兵不接刃而人服化說文曰奄覆也取儁自取雖儁也出申威於河外何猛氣之咆勃入屈節於廉公若四體之無骨河外謂之澠池史記曰秦王使使告趙王爲好會於西河外澠池咆勃怒貌也史記曰廉頗曰我爲趙將有攻城野戰之功而藺相如徒以口舌爲勞而位居我上我見相如必辱之相如出

見廉頗引車避匿荀悅申鑒曰高祖申威於秦項宋玉
笛賦曰悲猛氣兮飄疾家語子夏曰今夫子欲屈節以
救父母之國論語丈人曰四體不
勤尸子曰徐偃王有筋而無骨也處智勇之淵偉方鄙
忿之忿悁雖改曰而易歲無等級以寄言智勇相如也忿悁廉頗也言
以相如之比廉頗雖以一日之促方一歲之永猶未足
以寄言言相去遠也史記繆賢曰臣舍人藺相如勇士有
智謀太史公曰其處智勇可謂兼之矣范曄後漢書陳
蕃曰鄙忿之萌復存乎心戰國策張儀曰秦忿悁含怒
之日久也當光武之蒙塵致王誅于赤眉異奉辭以伐罪初
垂翅於回谿不尤眚以掩德終奮翼而高揮東觀漢記曰馮異字
公孫拜爲征西將軍與赤眉相距上命諸將士屯澠池
爲赤眉所乘反走上回谿阪異復合兵追擊大破之殽
底璽書勞異曰垂翅回谿奮翼澠池左氏傳臧文仲曰
天子蒙塵于外東都賦曰天人致誅東觀漢記曰樊崇欲
與王莽戰恐其衆與莽兵亂乃皆朱其眉以相別識由
是號曰赤眉尚書曰奉辭伐罪左傳秦穆公曰吾不以眚掩

詑 別本
尤云記墳五臣作託墳

抄 而

抄 縲

晉文
而衍

戮 注無肆叔意仍當从
別本作戮也

抄 凌

大德西京賦曰遊鷮高翬薛綜曰翬飛也揮與翬古字通建佐命之元勳振皇綱而更維佐命已見西都賦荅賓戲曰廓帝紘恢皇綱鄭玄周禮注曰維猶連結也登崤坂之威夷仰崇嶺之嵯峩韓詩曰周道威夷薛君曰威夷險也嵯峩已見上文皐託墳於南陵文違風於北阿蹇哭孟以審敗襄墨縗以授戈曾隻輪之不反紲三帥以濟河左氏傳曰秦穆公召孟明西乞白乙使出師襲鄭蹇叔之子與師哭而送之曰晉人禦師必於殽殽有二陵焉其南陵夏后皐之墓也其北陵文王之所避風雨也必死是間余收爾骨焉秦師還晉文公子墨縗經敗秦師于殽獲百里孟明視西乞術白乙丙以歸文嬴請三帥公許之杜預曰公未葬故襄公稱子公羊傳曰晉人敗秦師于殽匹馬隻輪而無反者值庸主之矜愎。殆肆叔於朝市。任好綽其餘裕。獨引過以歸己。明三敗而不黜。卒陵晉以雪恥。豈虛名之可立。良致

又曰穆公遂霸西戎　石

霸其有以言君值庸主矜而愎諫殆戮三帥陳之市朝而賴任好綽然寬裕故直引過而歸諸已爾雅曰庸常也鄭玄禮記注曰矜自尊大也左氏傳曰慶鄭曰愎諫違卜杜預曰愎戾也論語子服景伯曰吾力猶能肆諸市朝鄭玄曰陳其尸曰肆史記秦繆公曰任好孟子曰吾進退豈不綽然有餘裕哉左氏傳曰秦伯不廢孟明曰孤之罪也又曰秦孟明視伐晉晉侯禦之戰于彭衙秦師敗績又曰晉先且居伐秦取汪彭衙而還以報彭衙之役斯三敗矣又曰秦伯伐晉取王官及郊晉人不出封殽尸而還遂霸西戎用孟明也然止二敗言三未詳史記秦穆公謂三將曰子其悉雪恥古詩曰虛名復何益楚辭曰名不可以偽立毛詩曰何其久也必有以也鄭玄曰必以有功德也卒或為雜非也降曲崤而憐虢託與國於亡虞貪誘賂以賣鄰不及臘而就拘垂棘反於故府屈產服于晉輿德不建而民無援仲雍之祀忽諸劉澄之地理書曰肴有純石或謂石肴如淯漢書注曰相與友善為與國與黨與也左氏傳曰晉荀息請以屈產之乘垂棘之璧假道於虞以伐虢虞公許之宮之奇曰虞不臘矣晉滅虢虢公醜奔京師還館於虞遂

襲虞滅之穀梁傳曰後晉舉虞荀息牽馬操璧而前曰璧猶是馬齒加長矣燕丹子夏扶曰馬無服輿之伎則朿可與決良左氏傳曰臧文仲聞六與蓼滅曰皐陶庭堅不祀忽諸德之不建人之無援哀哉杜預曰忽然而亡也史記曰武王求仲雍之後得虞仲封於周之北故夏墟之地

行乎漫瀆之口憩乎曹陽之墟漢書弘農郡有陝縣酈善長水經注曰槖水出槖山北流出谷謂之漫澗與安陽溪水合又西經陝縣故城南又合一水謂之瀆谷水漫澗水北有逆旅亭謂之漫口客舍弘農郡圖經曰曹陽挑林縣東十二里美哉邈乎茲土之舊也固乃周邵之所分二南之所交麟趾信於關雎騶虞應乎鵲巢公羊傳曰自陝以東周公主之自陝以西召公主之毛詩序曰關雎麟趾之化王者之風也故繫之周公鵲巢騶虞之德諸侯之風也故繫之邵公周南邵南正始之道王化之基愍漢氏之剝亂朝流亡以離析卓滔天以大滌劫宮廟而遷迹俾萬乘之

抄邵下有職旁注本无
抄南下有風旁注本无

抄旁注史

汜

抄曰掖

抄或

盛尊降逼思於征役顧請旋於傕汜既獲許而中惕追皇駕而驟戰望玉輅而縱鏑魏志曰董卓字仲穎隴西人爲相國卓以山東豪傑並起乃徙天子都長安燔燒洛陽宮室卓至西京呂布誅卓卓將李傕郭汜擅朝政傕質天子於營傕將楊奉叛傕傕衆稍衰天子乃得出至新豐楊奉董承以天子還洛陽傕汜悔遣天子復相與追及天子於弘農之曹陽大戰奉兵敗左氏傳子朝曰單旗劉狄剥亂天下毛詩曰民卒流亡離析已見上注孔安國尚書傳曰滌除也左氏傳晉趙括謂楚曰寡君使羣臣遷大國之迹於鄭淮南子曰雖有盛尊之親萬乘已見上文痛百寮之勤王咸畢力以致死分身首於鋒刃洞胷腋以流矢有褰裳以投岸或攘袂以赴水傷桴檝之褊小撮舟中而掬指華嶠後漢書曰李傕等大戰弘農東百官士卒死者不可勝數董承率衆擊傕大破之乘輿乃得進承先具舟船帝以絹挽而下餘人匍匐岸側或自投死范曄後漢書獻帝下登船諸不得渡者皆爭攀

七啟

船船上人刃擽其指舟中之指可掬左氏傳狐偃曰求諸侯莫如勤王東觀漢記太史曰忠臣畢力尉繚子曰未有不能得其力而致其死北征賦曰首身分而不寤子虛賦曰洞匈達腋禮記曰流矢在白肉毛詩曰褰裳涉洧又曰攘袂而與左氏傳曰晉中軍下軍爭舟舟中之指可掬

升曲沃而惆悵惜兆亂而兄替枝末大而本披都偶國而禍結左氏傳曰晉穆侯之夫人姜氏以條之役生太子命之曰仇其弟以千畝之戰生命之曰成師師服曰今君命太子曰仇弟曰成師始兆亂矣兄其替乎復封桓叔于曲沃師服曰吾聞國家之立也本大而末小是以能固天子建國諸侯立家今晉甸侯也本既弱矣其能久乎後曲沃莊伯伐翼弒孝侯曲沃武公伐翼獲翼侯然孝侯翼侯仇之後也莊伯武公桓叔成師之後也翼晉都也曲沃在河東聞喜縣鄙善長水經注曰春秋晉侯使詹嘉守桃林之塞處此以備秦持以曲沃之官守之故有曲沃之名然此曲沃在西因彼曲沃而得名今因名而說彼楚辭曰惆悵而私自憐爾雅曰替廢也左氏傳申無宇曰末大必折漢書曰田蚡曰枝大於幹脛大於股不折必披或云枝本大而末披

左氏傳辛伯曰大都偶國亂之本也臧札飄其高厲委曹吳而成節何莊武之無恥徒利開而義閉左氏傳曰吳子諸樊將立季札季札辭曰曹宣公之卒也諸侯與曹人不義曹君將立子臧子臧去之遂不爲也以成曹君君子曰能守節矣君義嗣也誰敢奸君有國非吾節也札雖不才願附於子臧以無失節王逸楚辭注曰委弃也范曄後漢書李固奏記梁商曰夫義路閉則利門開利門開則義路閉躡函谷之重阻看天險之衿帶迹諸侯之勇怯筭嬴氏之利害廣雅曰躡履也函谷已見西都賦鸚鵡賦曰崎嶇重阻周易曰天險不可升地險山川丘陵衿帶已見上文孫卿子曰勇怯勢也或開關以延敵競遯逃以奔竄言其利也過秦論曰諸侯以百萬之衆叩關而攻秦秦人開關延敵九國之師遯逃而不敢進也有噤門而莫啟不窺兵於山外言其害也戰國策范雎謂秦王曰秦今反閉關而不敢窺兵於山東者穰侯爲國謀不忠大王計有所失也楚辭曰噤閉而不言然噤亦閉也

抄下有也字

周書　獻

抄世旁注葉

抄滄

嵥巨蔭切**連雞互而不棲小國合而成大**言小國異乎連雞也戰國策秦惠王謂寒泉子曰蘇秦約于諸侯諸侯之不可一猶連雞之不能俱止棲亦明矣**豈地勢之安危信人事之否泰**言崤函之險未嘗暫改或開關延敵或嵥門莫啓明此不徒在地勢亦由在人也湯曰吾欲因其地勢所有而敵之否泰周易二卦名也周易曰泰上下交而其志同也否上下不交而天下無邦**漢六葉而拓畿縣弘農而遠關**六葉武帝也難蜀父老曰德茂存乎六世應劭漢書注曰拓廣也漢書元鼎三年徙函谷關於新安以故關爲弘農縣也**厭紫極之閑敞甘微行以遊盤長傲賓於柏谷妻覩貌而獻餐疇匹婦其巳泰胡厥夫之繆官**紫極星名王者爲宮以象之曹植上表曰情注于皇居心在乎紫極南都賦曰體爽塏以閑敞蒼頡篇曰敞高顯也漢武帝故事曰帝即位爲微行嘗至柏谷夜投亭長宿亭長不納乃宿逆旅逆旅翁要少年十餘人皆持弓矢刀劍令主人嫗出過客婦謂其翁曰吾覩此丈夫非常人也且有備不可圖也天寒嫗酌酒

尤云望思五臣作望子思

多與其夫夫醉嫗自縛其夫諸少年皆走嫗出謝客殺雞作食平旦上去還宫乃召逆旅夫妻見之賜嫗金千斤擢其夫爲羽林郎疇猶訓也昔明王之巡幸固清道而後往懼銜橛之或變峻徒御以誅賞東觀漢記曰西巡幸長安司馬相如上疏曰夫清道而後行猶將有銜橛之變漢書音義張揖曰銜勒也司馬彪莊子注曰橛騑馬口中長銜也橛巨月切淮南子曰陗法刻刑許慎曰陗峻也毛詩曰徒御不驚彼白龍之魚服挂豫且之密網輕帝重于天下奚斯漸之可長白龍已見東京賦帝重帝位之重也言輕帝位之重於天下此乃陵上之漸何可長乎弔戾園於湖邑諒遭世之巫蠱探隱伏於難明委讒賊之趙虜加顯戮於儲貳絶肌膚而不顧作歸來之悲臺徒望思其何補漢書曰戾太子據與江充有隙會巫蠱事起充遂至太子宫掘得桐木人太子無以自明乃斬江充與丞相劉屈氂戰兵敗東至湖邑自縊而死車千秋訟太子冤上憐太子無辜乃作思子宫爲

割
泉
五泉
遡

歸來望思之臺於湖宣帝即位謚曰戾以湖邑閿鄉爲戾園又太子罵充曰趙虜乃亂吾父子也蒼頡篇曰委任也尚書王曰弗迪有顯戮漢書蹝廣曰太子國儲副君宋均元命苞注曰儲君副主言設以待之王命論曰高四皓之名刻肌膚之愛幽通賦曰雖覆醢其何補**紛吾既邁此全節又繼之以盤桓問休牛之故林感徵名於桃園**言吾紛然行此全節之野又繼之以盤桓而不前楚辭曰紛吾乘兮玄雲北征賦曰紛吾去此舊都騑遲遲而歷茲爾雅曰邁行也全節即漢書全鳩里戾太子死處圖經曰全節閿鄉縣東十里鳩澗西廣雅曰盤桓不進也周易曰初九盤桓尚書武成曰放牛於桃林之野示天下弗服東征記曰全節地名其西名桃原古之桃林也**發閿鄉而警策愬黃巷以濟潼眺華岳之陰崖覿高掌之遺蹤**漢書湖縣名今虢州閿鄉湖城二縣皆其地也曹子建應詔詩曰僕夫警策鄭玄周札注曰警勑戒之也薛綜西京賦注曰愬向也愬與遡古字通獻帝春秋曰興平二年十一月丙寅車駕東行到黃巷亭庚午到弘農述征記曰河自關北東流水側有坂謂之黃巷坂

雍州圖經曰潼水在華陰縣界水經曰北流注河西京賦曰綴以二華巨靈贔屓高掌遠蹠以流河曲闃音聞

憶江使之反璧告亡期於祖龍史記曰秦始皇帝三十六年鄭使者從關東來至華陰之野有持璧與使者曰爲我遺鎬池君因言曰明年祖龍死置璧而去忽不見始皇使人視璧乃二十八年渡江所沈璧也蘇林曰祖始也龍人君之象謂始皇也不語怪以徵異我聞之於孔公論語曰子不語怪力亂神慍韓馬之大憝阻關谷以稱亂何晏論語注曰慍怒也魏志曰建安十六年關中諸將馬超韓遂等反超等屯潼關尚書曰元惡大憝孔安國曰憝惡也杜預左氏傳注曰阻恃也關谷潼關函谷也尚書曰敢行稱亂孔安國曰稱舉也魏武赫以霆震奉義辭以伐叛彼雖衆其焉用故制勝於廟算魏志曰曹公西征與超等夾關爲戰大破之尚書曰奉辭伐罪左氏傳隨武子曰伐叛刑也柔服德也又屈完曰雖君之衆無所用之孫子曰水因地而制行兵因敵而制勝又曰夫未戰而廟勝得算之多者也漢書楊雄即趙充國圖畫而頌之曰料敵制勝平揚桴

以振塵繾瓦解而冰泮超遂遁而奔狄甲卒化爲京觀字書曰砰大聲也魏志曰韓遂馬超走凉州楚辭曰揚桴兮拊鼓左氏傳曰援枹而鼓說文曰枹鼓椎也東觀漢記馮衍說吳漢曰得道之兵鼓不振塵鄭玄禮記注曰振動也繾破聲也呼麥切春秋運斗樞曰不能宣德天下瓦解漢書曰徐樂上書曰何謂瓦解吳楚齊趙之兵是也當此之時安土樂俗之人衆故諸侯無境外之助此之謂瓦解淮南子曰冰泮而農桑起左氏傳潘黨曰君盍收晉尸以爲京觀杜預曰積尸封土其上謂之京觀砰普耕切倦狹路之迫隘軌蹐躔以低仰倦極也司馬相如大人賦曰區中之隘狹廣雅曰蹐躔傾側也蹈秦郊而始闢豁爽塏以宏壯黃壤千里沃野彌望華實紛敷桑麻條暢班固高紀述曰粵蹈秦郊尚書曰雍州厥土惟黃壤杜篤論都賦曰沃野千里原隰彌望保植五穀桑麻條暢春秋文耀鈎曰春致其時華實乃榮洞簫賦曰標紛敷以扶疏廣雅曰暢長也邪界褒斜右濱汧隴褒斜汧隴並已見上文

寶雞前鳴甘泉後涌寶雞甘泉並已見上文面終南而背雲陽跨平原而連嶓冢漢書武功山有太一古文以爲終南此賦下云太一明與終南別山西京賦曰於前則終南太一二山明矣漢書左馮翊有雲陽縣西京賦曰後則高陵平原又曰連嵩乎嶓冢九嵕巀嶭太一龍嵸並已見上文吐清風之飂戾納歸雲之鬱蓊孔叢子孔子曰夫山者與吐風雲以通乎天地之間四子講德論曰虎嘯而風寥戾思玄賦曰馮歸雲而遐逝楚辭曰望谿谷兮滃鬱南有玄灞素滻湯井温谷玄素水色也霸滻二水名也楚辭曰臨沅湘之玄淵又曰含素水而蒙深湯井温湯也雍州圖曰温湯在新豐縣界温谷即温泉也雍州圖曰温泉在藍田縣界北有清渭濁涇蘭池周曲毛萇詩傳曰涇渭相入而清濁異三輔黃圖曰蘭池觀在城外長安圖曰周氏曲咸陽縣東南三十里今名周氏陂陂南一里漢有蘭池宮浸決鄭白之渠漕引淮海之粟鄭玄周礼注曰浸者可以爲陂灌溉者鄭白已見上文西都賦曰通溝大漕控引淮湖與

抄海下側沾之字

抄臯下有之

尤云國危五臣作危國

當作抵

海通波也林茂有鄠之竹山挺藍田之玉並已見上文班述陸海珍藏張叙神臯隩區此西賓所以言於東主安處所以聽於憑虛也可不謂然乎西都賦曰陸海珍藏西京賦曰寔惟地之奧區神臯勁松彰於歲寒貞臣見於國危論語子曰歲寒然後知松柏之後凋老子曰國家昏亂有貞臣入鄭都而抵掌義桓友之忠規竭股肱於昏主赴塗炭而不移世善職於司徒緇衣弊而改爲史記曰鄭桓公友者周厲王少子也犬戎殺幽王於酈山下并殺桓公鄭人共立其子爲武公抵掌已見蜀都賦左氏傳荀息曰竭其股肱之力尚書帝曰臣作股肱又曰民墜塗炭毛詩序曰緇衣美武公也父子並爲周司徒善於其職詩曰緇衣之宜兮弊予又改爲兮履犬戎之侵地疾幽后之詭惑舉僞烽以沮衆淫嬖褒以縱慝軍敗戲水之上身死驪山之北

滅也

離　別本

赫赫宗周威爲亡國史記宣王崩子幽王宮涅立幽王嬖愛褒姒竟廢申后及太子而以褒姒爲后褒姒不好笑幽王爲烽燧大鼓有冦至舉烽火諸侯悉至至而無冦褒姒乃大笑幽王悅之爲數舉烽火其後不信諸侯益亦不至廢后之父申侯乃與西夷犬戎共攻幽王幽王舉烽火徵兵兵莫至遂殺幽王驪山下毛萇詩傳曰沮止也又曰慝邪也國語里革曰厲流于彘幽滅于戲毛詩曰赫赫宗周褒姒威之毛萇曰威呼滅切又有繼於此者異哉秦始皇之爲君也傾天下以厚葬自開闢而未聞匠人勞而弗圖俾生埋以報勤外罹西楚之禍內受牧豎之焚漢書劉向上疏曰秦始皇葬驪山之阿石椁爲遊館生埋工匠後項籍燔其宮室營宇其後牧兒亡羊入其鑿中牧者持火照求羊失火燒其藏椁自古至今葬未有盛始皇也數年之間外被項籍之災內離牧豎之禍豈不哀哉尚書考靈耀曰天地開闢勞而不圖言匠人勞苦而不圖謀其賞生埋報勤謂反以生埋之事以報其功勤也語曰行無禮必自

及此非其效與左氏傳君子曰志有之所謂行無禮必自及者也乾坤以有親可久君子以厚德載物周易曰乾以易知坤以簡能易知則有親易從則有功有親則可久有功則可大可久則賢人之德可大則賢人之業又曰君子以厚德載物方論高祖之德故以乾坤爲令焉觀夫漢高之興也非徒聰明神武豁達大度而已也漢書班固高紀述曰寔天生德聰明神武漢書曰高祖仁愛意豁如也常有大度乃實慎終追舊篤誠款愛澤靡不漸恩無不逮論語曰慎終追遠左氏傳季孫行父曰明允篤誠廣雅曰款誠也說苑晏子謂景公曰令君愛老而恩無不逮也率土且弗遺而況於隣里乎況於鄉邑乎斯時也乃摹寫舊豐制造新邑故社易置枌榆遷立街衢如一庭宇相襲渾雞犬而亂放各識家而競入三輔舊事曰太上皇不樂關中思慕鄉里高祖徙豐沛屠兒酤酒煑餅商人立

抄下有猶

抄下有而五字无

刻本校語善本無此五字是也

爲新豐西京雜記曰高祖既作新豐并徙舊社放犬羊
雞鴨於通途亦競識其家孟子曰變置社稷趙岐曰更
置立之漢書曰高祖禱豐枌榆社張晏曰枌白榆社在
豐東北十五里尚書曰欲遷其社孔安國尚書傳曰襲
因也渾胡本切籍含怒於鴻門沛跼蹐而來王范謀害而弗許
陰授劒以約莊擠白刃以萬舞危冬葉之待霜履虎
尾而不噬寔要伯於子房漢書曰項羽欲西入關聞沛
公已定關中大怒遂至戲於
是饗士旦日合戰羽季父項伯素善張良夜馳見良具
告事實良以與項伯俱見沛公沛公曰吾豈敢反願伯明
言不敢背德戒沛公早自來謝沛公旦見羽鴻門因留
沛公飲范曾數目羽擊沛公羽不應范曾起出謂項莊
拔劒起舞項伯亦起舞常翼蔽沛公周書武王曰吾含
曰汝入以劒舞因擊沛公殺之不者女屬且爲所虜莊
怒深矣毛詩曰謂天蓋高不敢不跼謂地蓋厚不敢不
蹐尚書曰四夷來王毛詩曰莫敢不來王擠、擠也力刃
切周易曰履虎尾不咥人亨
鄭玄注本爲噬噬齧也音誓樊抗憤以卮酒咀彘肩以

九云飲餞於东都五臣都作門

激揚漢書曰樊噲聞事急乃持楯撞入項羽目之問之爲誰張良曰沛公參乘樊噲項羽曰壯士賜之卮酒彘肩噲飲酒拔劒切肉食之項羽曰能復飲乎曰臣死且不辭豈特卮酒乎又谷永上疏曰賛命之臣靡不激揚也

忽蛇變而龍攄雄霸上而高驤曾遷怒而橫撞碎玉斗其何傷史記曰褚先生曰子夫龍變傳曰蛇化爲龍不變其文家化爲國不變其姓漢書曰元年十月沛公至霸上鄧陽上書曰蛟龍驤首奮翼漢書曰沛公獻璧羽受之又獻玉斗於范曾曾怒撞其斗曰吾屬今爲沛公虜矣論語曰不遷怒又曰何傷乎

嬰罥組於軹塗投素車而肉袒漢書曰秦王子嬰素車白馬係頸以組降軹道傍軹塗已見東京賦左氏傳曰鄭伯肉袒牽羊以逆杜預曰肉袒示服爲臣僕也

踈飲餞於東都畏極位之盛滿漢書曰踈廣字仲翁爲太子太傅兄子受爲少傅廣謂受曰吾聞知足不辱知止不殆今官成名立不去懼有後悔遂上疏乞骸骨上皆許之故人邑子爲設祖道供帳東都門外蘇林曰長安東門也毛詩曰飲餞于禰毛萇曰祖而舍軷

尤云孟秋爰謝五臣作孟春爰謝

飲酒於其側曰餞漢書曰劉德妻死霍光欲以女妻之德不敢取畏盛滿也金墉鬱其萬雉峻嵃峭以繩直西京賦曰横西洫而絶金墉西都賦曰建金城而萬雉嵃謂巉嵃巉巗貌也繩直已見東京賦戾飲馬之陽橋踐宣平之清閾爾雅曰戾至也長安圖曰漢時七里渠有飲馬橋夏侯嬰冢在橋南三里陽橋之陽也三輔黄圖曰長安東出北頭第一城門名宣平門清謂華顯且清也都中雜遝戶千人億華夷士女駢田逼側展名京之初儀即新館而涖職勵疲鈍以臨朝勗自强而不息長安舊都故曰名京潘子初臨故曰新館涖職謂蒞政也毛萇詩傳曰涖臨也孔安國尚書傳曰勵勉也又曰勗勉也周易曰君子以自强不息於是孟秋爰謝聽覽餘日楚辭曰青春爰謝王逸曰謝去也上林賦曰聽覽餘閑舞賦曰餘日怡蕩巡省農功周行廬室街里蕭條邑居散逸營宇寺署肆廛管庫蕞芮於城隅者

百不處一言今之寺署蕞岗在於城隅方之昔時雖復百分不能處一也漢書劉向上疏曰項籍燔其宮室營宇風俗通曰今尚書御史謁者所止皆曰寺漢書百官表少府有諸僕射署鄭玄周禮注曰肆市中陳物處鄭司農周禮注曰廛市中空地禮記曰管庫之士鄭玄曰管管鍵也庫物所藏也字林曰蕞聚貌也音在外切說文曰苪小貌而銳切處一或爲一處非也所謂尚冠修成黃棘宣明建陽昌陰北煥南平皆夷漫滌蕩亡其處而有其名皆里名也漢書曰宣帝舍長安尚冠里又曰武帝同母姊金王孫女號脩成君餘未詳爾乃階長樂登未央汎太液凌建章縈駁娑而款駘盪轥枍詣而轢承光徘徊桂宮惆悵柏梁已上並見西京賦、鷩雉雊於臺陂狐兎窟於殿傍何黍苗之離離而余思之芸芸鷩雉已見射雉賦黍苗已見魏都賦尚書曰子思曰孜孜洪鍾頓於毀廟乘風廢而弗縣史游急就章曰乘風縣鍾

獨　霸

顏延年三月三日曲水詩序注引銜使作銜命

草祠詳禁省鞠爲茂草金狄遷於灞川如淳漢書注曰本名禁中漢儀注孝元皇后父名禁避之故曰省毛詩曰踧踧周道鞠爲茂草毛萇曰鞠窮也潘岳關中記曰秦爲銅人十二董卓壞以爲錢餘二枚魏明帝欲徙詣洛載到霸城重不可致今在霸城次道南銅人即金狄也懷夫蕭曹魏邴之相並已見西都賦辛李衛霍之將漢書曰辛慶忌字子真爲左將軍匈奴西域親附敬其威信木狄道人又曰李廣隴西人也爲右北平太守匈奴號曰漢飛將軍避之數歲不入界衛霍已見長楊賦銜使則蘇屬國震遠則張博望漢書孫寶銜命奉使職在剌舉又曰蘇武字子卿杜陵人也武以中郎將持節送匈奴使留在漢者匈奴乃徙武北海上武杖漢節牧羊武留匈奴凡十九歲乃還拜爲典屬國又曰張騫漢中人也以郎應募使月氏去十三年得還騫以校尉從大將軍擊匈奴知水草處軍得以不乏封騫爲博望侯教敷而彝倫敘兵舉而皇威暢敷教蕭曹也舉兵衛霍也尚書曰彝倫攸敘臨危而智勇奮投命而

高節亮。臨危張騫也智勇已見上文投命蘇武也吳子曰一人投命足懼千人杜預左氏傳注曰投弃命也史記曰魯連好持高節暨乎秺侯之忠孝淳深。小雅曰暨及也漢書曰金日磾字翁叔本匈奴休屠王太子也武帝拜為侍中駙馬都尉莽何羅矯制發兵明旦上卧未起何羅從外入日磾奏廁心動立入坐內戶下何羅褏白刃從東廂上日磾抱何羅呼曰何羅反得禽縛之繇是著忠孝節封為秺侯音妬陸賈之優游宴喜。漢書曰陸賈楚人也高祖拜賈為太中大夫有五男分其子子二百金令為生產賈常乘安車駟馬從歌鼓瑟侍者十人謂其子曰與女約過女女給人馬酒食後陳平乃以奴婢百人車馬五十乘錢五百萬遺賈為食飲費賈以此游漢庭公卿間名聲籍甚荅賓戲曰陸子優游新語以興毛詩曰吉甫燕喜既多受祉長卿淵雲之文子長政駿之史。司馬長卿王子淵揚子雲也史記曰司馬遷字子長為太史令修史記歷黃帝以來至太初凡百三十篇漢書曰劉向字子政元帝擢為宗正著疾讒擿要救危及世頌凡八篇又著五行傳列女傳新序說苑又曰劉歆字子駿為中壘校尉爲七略趙張三王之尹京定國釋之之聽理漢書曰趙廣漢字子都涿郡人守京兆大尹發姦擿伏如神又曰張敞字子高河東人也守京兆尹枹鼓稀鳴市無偷盜又曰王遵字子貢涿郡人也爲諫大夫守京輔都尉行京兆尹事旬月間盜賊清又曰王章字仲卿泰山人也章以選爲京兆尹又曰王駿琅邪人也爲京兆尹趙廣漢張敞王章至駿皆有能名故京師稱曰前有趙張後有三王又曰于定國字曼倩東海人也爲廷尉其決疑平法務在哀鰥寡罪疑惟輕朝廷稱之又曰張釋之字季南陽人也爲廷尉周亞夫見釋之持議平乃結爲親友繇此天下稱之也汲長孺之正直鄭當時之推士漢書曰汲黯字長孺濮陽人也爲主爵都尉數直諫又曰鄭當時字莊陳人也爲大司農每朝候上間說未嘗不言天下長者聞人之善進之上唯恐後班固贊曰汲黯之正直鄭當時之推賢終軍之英妙賈生洛陽之才子漢書曰終軍字子雲濟南人也年十八選爲博士弟子上書言事武帝異其文拜爲謁者死時年二十餘故世謂之終童又曰賈誼雒陽人也年十八以能誦

抄杜評云善本作袵

抄旁注附

五臣作列

詩屬書稱於郡中文帝召以爲博士時年二十餘曹植自試表曰終軍以妙年使越飛翠緌拖鳴玉以出入禁門者衆矣鄭玄禮記注曰緌纓之飾也禮記曰君子行則鳴珮玉東觀漢記杜詩上書曰伏湛宜出入禁門補缺拾遺是也或被髮左袵奮迅泥滓訓曰碑也論語曰吾其被髮左袵矣凡人沈於卑賤故曰泥滓東觀漢記曰趙熹奮迅行伍李陵與蘇武書曰言爲瑕穢動增泥滓說文曰滓澱也或從容傅會望表知裏謂陸賈也班固漢書贊曰陸賈從容平勃之間附會將相尚書大傳孔子謂子夏曰子見表未見其裏或著顯績而嬰時戮謂廣漢之屬也或有大才而無貴仕謂賈誼之屬也皆揚清風於上胡廣烈垂令聞而不已想珮聲之遺響若鏗鏘之在耳曰建鴻德流清風毛詩曰令聞令望左氏傳穆嬴曰今君雖終言猶在耳當音鳳恭顯之任勢也乃熏灼四方震耀都鄙漢書曰王鳳與元后同母爲大司馬大將軍用

尤云才難五臣作名難

腕

東

事上遂謙讓無所專鳳甍從弟音代鳳爲司馬車騎將軍又曰弘恭沛人坐法腐刑爲中尚書明習法令故事石顯已見西京賦漢書谷永曰許班之貴熏灼四方范曄後漢書曰鄧騭寵靈顯赫光震都鄙**而死之**

曰曾不得與夫十餘公之徒隸齒才難不其然乎論語曰齊景公死之日民無德而稱焉十餘公之徒謂蕭曹之屬也張湛列子注曰隸猶羣輩也一云徒隸賤人也漢書賈誼曰握重權大官而有徒隸無恥之心乎高誘呂氏春秋注曰齒列也論語子曰才難不其然乎**望漸**

臺而扼腕梟巨猾而餘怒漢書曰更始兵從宣平城門入王莽之漸臺上商人杜吳殺莽取其綬史記曰天下之士莫不扼腕而言西京賦曰巨猾閒釁漢書音義曰懸首於木上曰梟**揖不**

疑於北闕軾樗里於武庫漢書曰雋不疑字曼倩勃海人也爲京兆尹有一男子乘黃犢車詣北闕自謂衛太子公車以聞丞相二千石至者莫敢發言不疑後到叱從吏收縛曰昔蒯聵違命出奔輒距而不納春秋是之衛太子得罪先帝亡不即死今來自詣此罪人也遂送詔獄史記曰樗里子者名疾

抄而下側注其本无

秦惠王之弟也卒葬于渭南章臺之東曰後百歲當有
天子之宮夾我墓至漢興長樂宮在其東未央宮在其
西武庫正
直其墓也酒池鑒於商辛追覆車而不寤漢書贊曰
武帝設酒
池肉林賈逵國語注曰鑒察也六韜太公曰桀紂王天
下之時積糟爲阜以酒爲池脯肉爲山林晏子春秋曰
諺曰前車覆後車戒賈誼過
秦曰三主惑而終身不寤也曲陽僭於白虎化奢淫而
無度漢書曰王根爲曲陽侯五侯大脩第室起土山漸
臺洞門高廓百姓歌之曰五侯初起曲陽最怒壞
決高都連竟外杜土山漸臺象
西白虎毛詩序曰遊蕩無度命有始而必終孰長生
而久視家語孔子曰命者性之始也死者生之終
也有始必有終矣老子曰長生久視之道武雄
略其焉在近惑文成而溺五利文成將軍李少翁五利
將軍欒大皆方術士說
武帝作宮觀以延神仙帝耽
溺之其雄才大略亦何在也侔造化以制作窮山海之
奧秘淮南子曰大丈夫
無爲與造化逍遥靈若翔於神鳥奔鯨浪而失

抄纂

抄拒

无此三十三字

无此十七字

水爆鱗骼於漫沙隕明月以雙墜擢仙掌以承露干雲漢而上至西都賦曰抗仙掌以承露擢雙立之金莖西京賦曰干雲霧以上達致邛蒟其奚難惟余欲而是恣縱逸遊於角觝絡甲乙以珠翠忍生民之減半勤東岳以虛美班固漢書西域賛曰孝武之時感蒟醬邛竹杖則開牂柯越巂漢書曰武帝作角抵戲又東方朔曰甲乙之帳臣瓚曰輿造甲乙之帳絡以隋珠和璧漢書賛曰孝武奢侈海内虛耗戶口減半漢書曰武帝登封泰山封禪書曰勒功中岳續漢書曰羣臣上言宜封泰山詔曰遠遣吏上壽盛稱虛美餘並已見上文超長懷以遐念若循環之無賜尚書大傳曰三王之統若循連環周則復始窮則反本方言曰賜盡也較面朝之煥炳次後庭之猗靡言先明面朝次至後庭也廣雅曰較明也周禮曰面朝後市子虛賦曰飛襳垂髾扶輿猗靡較音校壯當能之忠勇深辭輦之明智漢書曰孝元馮昭儀上幸虎圈鬭獸熊佚出圈攀檻欲上殿左右貴人傅昭儀皆走馮婕妤直前當熊而立左右格殺熊上問人情驚懼何故當熊婕妤對曰猛獸得人而止妾恐熊至御坐故身當之元帝嗟嘆

十六字删

揜○注

以此倍敬重焉傳昭儀等皆慚又曰成帝遊於後庭嘗欲與班婕
妤同輦載婕妤辭曰觀古圖畫賢聖之君皆有名臣在側三代末
主乃有嬖女今欲同輦得無近
似之乎楚辭曰招貞良與明智衛鬒髮以光鑒趙輕體之纖
麗漢武故事曰衛子夫得幸頭解上見其美髮悅之左傳叔向母
曰昔有仍氏生女黰黑而甚美光可以鑑廣雅曰鑑照也荀悅
漢紀曰趙氏善舞
上悅之事由體輕咸善立而聲流亦寵極而禍侈以奇見幸
故曰聲流
緣癈自裁
故曰禍侈津便門以右轉究吾境之所暨漢書武帝紀曰三
年作便門橋杜預
左氏傳注
曰暨至也掩揜細柳而撫劍快孝文之命帥周受命以忘身明
戎政之果毅距華蓋於壘和案乘輿之尊鑾肅天威之
臨顏率軍禮以長揖輕棘霸之兒戲重條侯之倨貴方
言
曰掩止也掩與揜同漢書曰孝文後六年匈奴大入邊遣宗王
劉禮軍霸上祝茲侯徐厲軍棘門河內守周亞夫軍細柳帝勞
軍至霸上棘門直馳入而之細柳軍軍士吏被甲持滿上至不得入
於是上使使詔將軍曰吾欲勞軍亞夫乃傳言開壁壁門士謂車騎

抄弗

曰將軍約軍中不得驅馳天子乃案轡徐行至中營亞夫持兵揖曰介胄之士不拜請以軍禮見文帝曰嚮者霸上棘門軍如兒戲至於亞夫可得而犯耶左氏傳曰子朱怒撫劒從之六韜曰爲將者受命忘家當敵忘身左氏傳君子曰殺敵爲果致果爲毅華蓋已見上文壘營也和軍營之正門也左氏傳齊侯曰天威不違顏咫尺說文曰揖拜舉手下也因利切漢書曰丞相條侯至貴倨也杜預左傳注曰倨傲也索杜郵其焉在云孝里之前號惘輟駕而容與哀武安以興悼爭伐趙以徇國定廟筭之勝負扞矢言而不納反推怨以歸咎未十里於遷路尋賜劒以刎首嗟主闇而臣嫉禍於何而不有杜郵亭名在咸陽西今謂之孝里辛氏三秦記曰畢陌西北有孝里畢陌西有白起墓惘猶罔罔失志之貌也楚辭曰遵赤水而容與史記曰白起者郿人也善用兵事秦昭王爲武安君秦使王陵攻趙邯鄲少利秦王欲使武安君代陵將武安君曰邯鄲未易攻也王自命不行乃使應侯請之終不肯行秦圍邯鄲弗能

抄把

拔武安君曰不聽臣言今何如矣秦王聞之怒遣白起不得留咸陽中既行出咸陽西門十里至杜郵秦王乃使使者賜之劍自殺昭王昭襄王也廟筭已見上文尚書曰率籲衆慼出矢言何休公羊注曰刎割也孫卿子曰主闇於上臣詐於下俱害之道杜篤吊比干文曰闇主之在上豈忠諫之是謀西京賦曰林麓之饒于何不有**窺秦墟於渭城冀闕緬其堙盡覔陛殿之餘基裁峻崱以隱嶙**聲類曰墟故所居也史記曰秦孝公作爲咸陽築冀闕緬盡貌也亡行切峻崱頹貌也司馬相如哀二世曰登峻崱之長岅隱嶙絶起貌**想趙使之抱璧瀏睨楹以抗憤**史記曰秦王得趙璧無意償趙城相如曰璧有瑕請指示王王授璧相如因持璧却立倚柱曰臣觀大王無償趙王城邑故臣復取璧大王必欲急臣臣頭今與璧俱碎於柱矣相如持其璧睨柱欲以擊柱秦王乃辭謝瀏睨目清貌也**燕圖窮而荆發紛絶袖而自引**史記曰荆軻獻燕督亢之地圖圖窮匕首見因左手把秦王之袖而右手持匕首揕之未至身秦王驚自引而起袖絶以其匕首揕秦王不中揕丁鴆切**筑聲厲而**

高奮狙潛鉛以脫矐史記曰荆軻之客高漸離變名姓爲人庸保以擊筑聞於秦始皇始皇召見人有識者乃高漸離秦帝矐其目使擊筑稍益近之高漸離乃以鉛置筑中舉筑扑秦皇帝不中遂誅論衡曰高漸離舉筑擊秦王中矐秦王病瘡死蒼頡篇曰狙伺候也七豫切尚書刑德放曰矐者脫去人之矐也郭璞三蒼解詁曰矐膝蓋矐音各一音格字據天位其若茲亦狼狽而可愍尚書曰伊尹曰天位艱哉文字集略曰狼狽猶狼跋也孔叢子曰吾於狼狽見聖人之志荀悅漢紀論曰周勃狼狽失據塊然因執狽音貝簡良人以自輔謂斯忠而鞅賢寄苛制於捐灰矯扶蘇於朔邊史記曰商君者衛之諸庶孼子也名鞅姓公孫氏商君之法刑弃灰於道者又曰李斯者上蔡人也始皇以斯爲丞相始皇長子扶蘇監兵上郡始皇崩與趙高謀詐爲受始皇命立子胡亥爲太子爲書賜長子扶蘇曰扶蘇不孝其賜劒以自裁扶蘇爲人仁即自殺賈逵國語注曰苛煩也鄭玄周禮注曰矯稱詐以爲是儒林填於坑穽詩書煬而爲煙史記曰盧

> 國滅二句言商君李斯先以刑死秦國後亡滅亡也 本金姓說

> 尤云假讒逆五臣逆作賊

生爲始皇求仙藥亡去始皇大怒使御史案問諸生諸生犯禁者四百六十四人皆坑之咸陽又曰李斯曰臣請非博士官所職天下敢有藏詩書百家語詣守尉雜燒之廣雅曰弃阬也才性切郭璞方言注曰今江東呼火熾猛爲煬余亮切

國滅亡以斷後身刑轘以啓前商法焉得以宿黄犬何可復牽 史記曰秦孝公卒太子立公子虔之徒告商君反商君亡至關下欲舍客舍人不知其是商君曰商君之法舍人無驗者坐之商君喟然歎曰嗟乎爲法之弊一至於此哉秦惠王車裂商君鄭玄周禮注曰車裂曰轘史記曰李斯具五刑出獄與其中子俱執顧謂其子曰吾欲與若復牽黄犬俱出上蔡東門逐狡兎可得乎遂夷三族商鞅李斯各有食邑故日國也刑轘之辟二人爲首故曰啓前

野蒲變而成脯苑鹿化以爲馬 風俗通曰秦相趙高指鹿爲馬束蒲爲脯二世不覺史記曰趙高欲爲亂恐羣臣不聽乃先驗持鹿於二世曰馬也二世笑曰丞相誤耶謂鹿爲馬也

假讒逆以天權鉗衆口而寄坐 春秋元命苞曰赤受命持天權莊子曰鉗墨翟之口

兵在頸而顧

无此二十三字

抄健
尤三健子嬰　五臣楗作遠

問何不早而告我願黔黎其誰聽惟請死而獲可國語單襄公曰兵在其頸不可久東征賦曰惕覺寤而顧問史記曰趙高恐二世怒誅及其身與其女壻閻樂謀易置上樂遂斬衛令二世怒召左右皆惶擾不鬬傍有宦者一人侍不敢去二世入內謂曰公何不蚤告我宦者曰臣不敢言故得全使臣蚤言皆已誅安得至今閻樂前即告二世曰足下其自爲計二世曰吾願得郡爲王弗許又曰願爲萬户侯弗許願與妻子爲黔首弗許閻樂麾其兵陵二世乃自殺兵在頸已見東京賦健子嬰之果決敢討賊以紓禍勢土崩而莫振作降王於路左史記曰趙高立公子嬰爲秦王子嬰與其子二人謀曰今使我齋見廟此欲因廟中殺我我稱病不行丞相必自來來則殺之高果自往子嬰遂刺殺高於齋宮廣雅曰果能也杜預左氏傳注曰紓除也漢書徐樂上書曰臣聞天下之患在於土崩秦之末世是也人困而主不恤下怨而上不知此之謂土崩賈逵國語注曰振救也子嬰降已見上文蕭收圖以相劉料險易與衆寡史記沛公至咸陽蕭何獨先入收秦丞相御史圖書藏之漢所以具

抄責

知天下阸塞戶口多少者以何具得秦圖書也說文曰料量也孫卿子曰地者遠近險易又曰識衆寡多之用者勝也羽天與而弗取冠沐猴而縱火史記曰客有說張耳曰天與不取反受其咎又曰或說項王關中可都項王見秦皆已燒殘破又心懷思欲東歸說者曰人言楚人沐猴而冠耳果然張晏曰沐猴獼猴也漢書曰羽屠咸陽燒其宮室楚辭曰若縱火於秋蓬貫三光而洞九泉曾未足以喻其高下也鄧析子曰賢愚之相覺若九地之下與重天之顚淮南子曰大道舍吐陰陽而章三光許愼曰三光日月星也燕丹子曰死懷恨入於九泉感市閭之菆井歎尸韓之舊處丞屬號而守闕人百身以納贖嘗生命之易投誠惠愛之洽著許望之以求直亦余心之所惡思夫人之政術實幹時之良具苟明法以釋憾不愛以成務弘大體以高貴非所望於蕭傳漢書曰韓延壽字長公燕

人也爲東郡太守爲天下最代蕭望之爲左馮翊望之
遷御史大夫延壽在東郡時放散官錢千餘萬會御史問
事東郡望之因令并問之延壽知即案劾望之在馮翊
時廪犧官錢放散百餘萬上令窮竟所考望之卒無事
實而延壽竟坐弃市吏民數千人送至渭城百姓莫不
流涕說文曰菆麻蒸也阻留切然菆井即渭城賣蒸之
市也延壽被誅丞屬無守闕者而趙廣漢就戮則有之
恐潘誤毛詩曰如可贖兮人百其身論語子貢曰賜也
亦有惡乎惡訐以爲直者說文曰訐面相斥罪左氏傳
穆叔曰齊人釋憾於弊邑之地又魏犨公欲殺之而愛
其材周易曰開物成務莊子曰襄公之應司馬曰
夷知大體者也漢書曰蕭望之左遷太子太傅
造長
山而慷慨偉龍顔之英主胷中豁其洞開羣善湊而必
舉漢書曰高祖隆準而龍顔又曰高祖葬長陵三秦記
曰秦名天子冢曰山漢曰陵故通名山陵漢書曰
高祖意豁如也王命論曰英雄陳力羣冊畢舉此
高祖之大略也潘元茂九錫文曰羣善必舉也
存威
格乎天區亡墳掘而莫禦臨揜坎而累抔步毀垣以延

尢云正義五臣義作議

尢云奚信譖而矜謔五臣奚作爰譖作讒

伻尚書周公曰時則有若伊尹格于皇天范曄後漢書曰赤眉焚西京宮室發掘園陵又光武詔曰脩復西京園陵爾雅曰揜蓋也郭璞曰謂覆蓋王逸楚辭注曰擊手曰拊楚辭曰結幽蘭而延佇越安陵而無譏諒惠聲之寂寞漢書曰惠帝葬安陵穀梁傳曰公會齊侯于讙無譏乎楚辭曰欲寂漠而絕端薛君韓詩章句曰寂無聲之貌也漠靜也弔爰絲之正義伏梁劒於東郭漢書曰爰盎字絲楚人也爲楚相病免家居梁孝王欲求爲嗣盎進說王以此怨盎使人刺殺盎安陵郭門外盎烏浪切訊景皇於陽丘奚信譖而矜謔隕吳嗣於局下蓋發怒於一博成七國之稱亂翻助逆以誅錯恨過聽而無討茲沮善而勸惡廣雅曰訊問也何休公羊傳注曰如其事曰訊加誣曰譖爾雅曰戲謔也漢書曰景帝葬陽陵又景帝爲太子吳太子侍飲博弈爭道不恭皇太子引博局提吳太子殺之景帝即位晁錯說上令削吳地及書至吳王起兵誅漢吏二千石以下膠西膠東淄川濟南楚趙亦皆反七國反

書聞爰盎曰吳楚相遺書言賊臣晁錯擅迫諸侯削奪之地以故反爲名而共誅錯方今計獨斬錯發使赦七國則兵可無血刃上從其議遂斬錯又鄧公謂上曰錯患諸侯强大請削之地計畫始行卒受大戮內杜忠臣之口外爲諸侯報仇帝曰公言善吾亦恨之又曰晁錯潁川人爲御史大夫錯七故切今協韻七各切漢書庶帝曰過聽將作大匠解萬年言昌陵三年可成無討謂不誅盎也左氏傳子鮮曰賞罰無章何以沮勸沮才與切漢書谷永曰虧德沮善毛萇詩傳曰沮止也訾孝元於渭塋執奄尹以明貶漢書曰元帝葬渭陵奄尹謂弘恭石顯也班固漢書述曰閻尹之訾穢我明德韋昭曰訾病也疾移切鄭玄禮記注曰訾毀也子爾切何休公羊傳注曰貶損也襃夫君之善行廢園邑以崇儉襃猶贊美也夫君元帝也漢書曰元帝罷衛思園及戾園又詔曰初陵勿置縣邑過延門而責成忠何辜而爲戮陷社稷之王章俾幽死而莫鞠漢書曰成帝葬延陵爾雅曰辜罪也漢書曰成帝時日有蝕之王章奏封事召見言王鳳不可任用帝謂章曰微京

注 鞫 抄伏 抄函
二勒改鞠
傳
九三承羞五臣作承禪

兆直言吾不聞社稷計後上不忍退鳳章遂爲鳳所陷章罪至大逆死獄中爾雅曰俾使也漢書曰趙王幽死張晏漢書曰鞠窮也謂窮問因情也一曰勒毛萇詩傳注曰勒告也忲淫嬖之匈忍勦皇統之孕育小雅曰狃忲也淫嬖謂趙飛燕也漢書曰司隷解光奏言許美人及宫史曹宫皆御幸孝成皇帝産子隱不見又掖庭中御幸生子者輒死又飲藥傷墯者無數左氏楚令尹子上曰蜂目而豺聲忍人也杜預曰忍行不義也尚書曰天用勦絶其命是也張舅氏之姦漸貽漢宗以傾覆廣雅曰張開也舅氏諸王也爾雅曰刺貽遺也左氏傳吕相曰傾覆我國家哀主於義域僭天爵於高安欲法堯而承羞永終古而不刋漢書曰哀帝葬義陵王莽奏曰王者父事天故爵稱天子又曰封董賢爲高安侯已見西京賦論語曰不恒其德或承之羞楚辭曰長無絶兮終古鄭玄禮記注曰刋削也瞰康園之孤墳悲平后之専絜殃厥父之篡逆蒙漢恥而不雪激義誠而引決赴丹爓以

明節投宮火而焦糜從灰熛而俱滅漢書曰平帝葬康陵又曰孝平王皇后莽女也及漢兵誅莽燔燒未央宮后曰何面目以見漢家自投火中而死后不合葬故曰孤墳鶩横橋而旋軫歷敝邑之南垂潘岳關中記曰秦作渭水横橋横音光雍州圖曰在長安北二里横門外也門磁石而梁木蘭兮構阿房之屈奇疏南山以表闕倬樊川以激池役鬼傭其猶否矧人力之所爲工徒斵而未息義兵紛以交馳宗祧汙而爲沼豈斯宇之獨隳三輔黄圖曰阿房前殿以木蘭爲梁磁石爲門懷刃者止之史記曰始皇表南山之巔以爲闕毛萇詩傳曰倬大也三秦記曰長安正南秦嶺嶺根水流爲秦川一名樊川漢武上林唯此爲盛史記由余曰役鬼爲之則神怒矣使人爲之則人亦苦矣鄭玄周禮注曰傭與庸通漢書高祖曰吾以義兵誅殘賊禮記曰遠廟爲祧又邾婁定公曰臣弑君殺其人壞其室洿其宮而瀦焉汙與洿古字通音烏方言曰隳壞也由僞

新之九廟兮宗虞而祖黃驅吁嗟而妖臨搜佞哀以拜郎漢書王莽下書曰定有天下號曰新又王莽九廟一曰黃帝二曰虞帝三曰陳王四曰齊敬王五曰濟北惠王六曰濟南伯王七曰元城孺王八曰陽平項王九曰新都顯王又曰鄧曄于匡起兵南鄉莽愈憂不知所出崔發曰周禮國有大災則哭以厭之莽乃率羣臣至南郊搏心大哭諸生甚悲哀及能誦策文除以爲郎也誦六藝以飾姦焚詩書而面牆心不則於德義雖異術而同亡漢書曰王莽立樂經徵天下通一藝皆詣公車焚詩書已見上文尚書曰不學牆面左氏傳富辰曰心不則德義之經爲頑班固漢書王莽贊曰昔秦焚詩書以立私義莽誦六藝以文姦言同歸殊塗俱用滅亡宗孝宣於樂游紹衰緒以中興漢書音義應劭曰宣帝廟曰樂游又宣紀贊曰可謂中興侔德殷宗周宣矣不獲事于敬養盡加隆於園陵兆惟奉明邑號千人訊諸故老造自帝詢隱王母之非命縱

京

聲樂以娛神漢書孝武衛皇后生戾太子太子納史良娣產子男進
人男是爲孝宣帝即位乃葬衛后追謚曰思后故太子謚曰戾史良娣
曰戾夫人史皇孫曰悼母曰悼后悼園稱奉明園潘岳關中記曰宣帝
父曰悼皇考母曰悼夫人墓曰奉明園后曰思后以倡優雜伎千人樂
思后園今所謂千人鄉者是也兆塋也詢宣帝名也毛詩曰召彼故老
訊之占夢毛萇詩傳曰隱痛也王
母思后也爾雅曰父之妣爲王母雖靡率於舊典亦觀過而知仁爾雅曰率
循也尚書曰舊典時式論語子曰人
之過也各於其黨觀過斯知仁矣憑高望之陽隈體川陸之汗隆
廣雅曰憑登也長安圖曰高望堆延興門南人里隈
厓也鄭玄周禮注曰體分也漢書音義或曰汗下也開襟乎清暑之
館游目乎五柞之宮曹植閑居賦曰愬寒風而開襟清暑謂甘泉也西
都賦曰九嵕甘泉固陰沍寒日北至而含凍此焉
清暑楚辭曰忽反顧
而游目五柞在盩厔交渠引漕激湍生風漕渠已
見上文乃有昆明池乎其中漢書武帝發
謫穿昆明池其池則湯湯汗汗滉瀁瀰漫浩如河漢西都賦曰集乎豫
章之宇臨乎昆明
之池左牽牛而右織女似雲漢
之無厓古詩曰皎皎河漢女日月麗天出入乎東西旦似湯谷夕類

是入

尤云列牛女五臣列作對 當董漢

抄圖

流

抄綠

懋 别本校語

虞淵周易曰日月麗乎天西京賦曰日月於乎出象扶桑與濛汜淮南子曰日出湯谷又曰日入虞淵之汜曙於濛谷之浦昔豫章之名宇披玄流而特起三輔黃圖曰上林有豫章觀西京賦曰神池靈沼黑水玄沚豫章珍館揭焉中峙儀景星於天漢列牛女以雙峙儀謂法象之也毛萇詩傳曰京大也大戴禮曰漢天漢宮閣疏曰昆明池有二石牽牛織女象也歯萬載而不傾奄摧落於十紀孔安國尚書傳曰十二年曰紀武帝元狩三年穿昆明池至王莽之敗凡一百一十三年今云十紀言其大數耳擢百尋之層觀今數仞之餘趾鄭玄周禮注曰八尺曰尋包咸論語注曰七尺曰仞說文曰趾基也振鷺于飛鳧躍鴻漸毛詩曰振鷺于飛周易曰鴻漸于干乘雲頡頏隨波澹淡毛萇詩傳曰飛而上曰頡飛而下曰頏上林賦曰浮淫汎濫隨波澹淡瀺灂鶩波唼喋蘋藻瀺灂出没之皃高唐賦曰巨石溺以瀺灂西京賦曰散似鶩波上林賦曰唼喋菁藻華蓮爛於綠沼青蕃蔚乎翠瀲說文曰蕃草茂也夫袁切瀲波際也力奄切伊茲池之肇穿肄水戰於荒服志勤遠以極武良無要於後福禕穿池之意也言志在勤於遠略以極武功良無要於已後之福也福謂

注

閔 別本校語

尤云鼓枻五臣枻作栧灑釣五臣釣作鈎

水物之利漢書曰越欲與漢用船戰遂乃脩昆明池晋
遠國語注曰肄習也左氏傳周宰孔曰齊侯不務德而
勤遠略鍾會檄曰窮武極戰
杜預左氏傳注曰要邀也 而菜蔬芼實水物惟錯乃
有贍乎原陸在皇代而物土故毀之而又復 西都賓曰華實之毛
尚書曰海物惟錯字書曰贍足也皇代謂晋也言在皇
代物其土宜故前毀之而今又復左氏傳賓媚人曰先
王疆理天下物土之宜杜
預曰播殖之物各從土宜 凡厥寮司既富而教咸帥貧
惰同整檝櫂收罟課獲引繳舉效鱗夫有室愁民以樂
論語冉有曰既富矣又何加焉曰教之廣雅曰課第也
謂品第也謂品第其所獲也杜預左氏傳曰效致也謂
其舉所致多少也 徒觀其鼓枻迴輪灑釣投網垂餌出入挺叉
來往 言欲迴輪必先鼓枻也郭璞方言曰今江東人呼
枻爲軸舊說曰輪釣輪也謂爲車以收釣緡也輪
或爲綸毛萇詩傳曰緡綸也灑亦投也挺拔
也叉取魚叉也西京賦曰叉蔟之所攙捔 纖經連白

綱注同 別本綱
尤云杈綱 綱鉅五臣綱作綱
饔 注及刊本
抄飡 抄饜
鄭玄 箋

鳴根厲響貫鰓𦊰尾掣三牽兩繳經連白網也連白以白羽連綴網經其上於水中二人對引之說文曰根高木也以長木叩舷爲聲言曳繳經於前鳴長根於後所以驚魚令入網也淮南子曰魚者扣舟𦊰猶擊也音的字書曰掣牽也於是弛青鯤於網鉅解赬鯉於黏徽杜預左氏注曰弛解也鯉鯤二魚名孔安國論語注曰網者爲大網以繳繫鉤羅屬著網鉅鉤也說文曰黏相著也女廉切又曰徽大索也言魚黏於網故曰黏徽也華魴躍鱗素鱮揚鬐鬐已見子虛賦雍人縷切鑾刀若飛應刃落俎靃靃霏霏周禮曰內饔中士鄭玄曰饔者割亨煎和之稱也鑾刀已見東京賦紅鮮紛其初載賓旅竦而遲御既饜服以屬厭泊恬靜以無欲迴小人之腹爲君子之慮傅毅七激曰膾其鯉魴積如委紅張衡七辯曰䔍洛之鱒割以爲鮮薛君韓詩章句曰載設也毛萇詩傳曰南方有魚遲之也然遲思待之也毛詩曰以御賓客左氏傳曰梗陽有獄其大宗賂以

尤云惟酆及鄗五臣作惟鄗及酆

杺鄗○注及刊本鄗

抄勤

女樂魏子將受閻沒女寬將諫饋入三歎曰始至恐其不足是以歎中置自咎曰豈將軍食之而有不足是以再歎及饋之畢願以小人之腹爲君子之心屬猒而已獻子辭梗陽人賂廣雅曰恬泊靜也老子曰我好靜而民自正我无欲而民自朴**爾乃端策拂茵彈冠振衣**言將還也許慎淮南子注曰策杖也茵車中蓐也毛詩曰文茵暢轂楚辭曰新沐者必彈冠新浴者必振衣**徘徊酆鄗如渴如飢心翹懃以仰止不加敬而自祗**酆鄗周所居也孔叢子子思曰君若飢渴待賢企佇也毛詩曰高山仰止禮記曰宗廟之中未施敬而人敬**豈三聖之敢夢竊十亂之或希**琴操曰崇侯譖文王於紂曰西伯昌聖人也長子發中子旦皆聖三聖合謀將不利於君論語孔子曰吾不復夢見周公尚書曰予有亂臣十人馬融論語注曰周公旦召公奭太公望畢公榮公太顛閎夭散宜生南宮适其一人謂文母也廣雅曰希庶也**經始靈臺成之不日惟酆及鄗仍京其室庶人子來神降之吉積德延祚莫二其六**靈臺

抄下有也
尤云均之埏埴五臣均上有猶字
抄閒
抄嘉
二莫

已見上文毛詩曰作邑於鄷又曰宅是鎬京左氏傳季梁曰人和而神降之福史記曰古公積德行義國人皆戴之漢書翼奉上書曰汞世延祚不亦優乎莫二其一謂周祚延之長唯有其一莫能爲二蔡邕胡黄公頌曰參其二也**汞惟此邦云誰之識越可略聞而難臻其極**言誰之識言難識也馬融廣成頌曰三五以來越可略聞周禮嘉量銘曰允臻其極**子贏鋤以借父訓秦法而著色耕讓畔以閑田沾姬化而生棘蘇張喜而詐騁虞芮愧而訟息**漢書賈誼曰商君遺禮義秦俗日敗借父耰鋤慮有德色音義曰假與父鋤而德之尚書傳曰虞人與芮人質其成於文王入文王之境則見其人萌讓爲士大夫入其國則見士大夫讓爲公卿二國相謂曰此其君亦讓以天下而不居也讓其所爭以爲閑田毛萇詩傳曰耕者讓畔行者讓路蘇秦張儀已見上文**由此觀之士無常俗而教有定式上之遷下均之埏埴**漢書董仲舒曰上之化下下之從上猶泥埴之在鈞唯甄者之所爲如淳曰陶家作器

抄上有雜
尤云五方雜會五臣五方上有雜字

杖製

尤云與政隆替五臣作隨政

杖

於鈞上杜預左氏傳注曰均平也老子曰埏埴以爲器河上公曰埏和也埴土也謂和土以爲器也埏失然切埴市力切五方雜會風流溷淆惰農好利不昏作勞密邇獫狁戎馬生郊漢書曰秦地五方雜錯風俗不純富人則商賈爲利說文曰溷亂也溷或爲渾尚書曰惰農自安不昏作勞左氏傳曰以魯國之密邇仇讎毛詩曰獫狁孔熾老子曰天下無道戎馬生郊而制者必割實存操刀言在於化也漢書賈誼曰黃帝云操刀必割左氏傳子産曰大官大邑而使學者制焉猶未能操刀而使之割人之升降與政隆替杖信則莫不用情無欲則賞之不竊左氏傳子展曰杖德莫如信杖信以待晉不亦可乎論語子曰上好信則人莫敢不用情又曰季康子患盜孔子曰苟子之不欲雖賞之不竊也雖智弗能理明弗能察信此心也庶免夫戾言已雖無才能然任其才信無欲之心庶足以理左氏傳太史克曰庶幾免於戾乎戾下或有劣字非如其禮樂以俟來哲論語冉求曰如其禮

樂以俟君子幽通賦

日訊來哲以通情

文選卷第十

壬戌六月廿五夕 侃覽

抄五

抄六賦已

抄無

抄觀

抄無

抄下有二行
江海　木玄虛海賦一首
郭景純江賦一首

文選卷第十一

梁昭明太子撰

文林郎守太子右内率府録事參軍事崇賢館直學士臣李善注上

遊覽

王仲宣登樓賦一首

孫興公遊天台山賦一首并序

鮑明遠蕪城賦一首

宮殿

王文考魯靈光殿賦一首并序

何平叔景福殿賦一首

假古雅切

抄消

遊覽

登樓賦 盛弘之荊州記曰當陽縣城樓王仲宣登之而作賦

王仲宣 魏志曰王粲字仲宣山陽人獻帝西遷粲從至長安以西京擾亂乃之荊州依劉表後太祖辟爲右丞相掾魏國建爲侍中卒

登茲樓以四望兮聊暇古雅日以銷憂 馮衍顯志賦曰伏朱樓而四望采三秀之華英孫卿子曰多暇日者其出入不遠也賈逵國語注曰暇閑也暇或爲假楚辭曰遷逡次而勿驅聊假日以消時邊讓章華臺賦曰冀彌日以銷憂漢書東方朔曰銷憂者莫若酒 覽斯宇之所處兮實顯敞而寡仇 說文曰屋宇邊謂樓之宇也西京賦曰雖斯宇之旣坦李尤高安館銘曰增臺顯敞禁室靜幽蒼頡篇曰敞高顯也爾雅曰仇匹也 挾清漳之通浦兮倚曲沮之長洲 挾猶帶也山海經曰荊山漳水出焉而東南注于睢漢書地理志曰漢中房陵東山沮水所出至郢入江睢與沮同

背墳衍之廣陸兮臨皐隰之沃流杜預左氏傳注曰陸道也孟康漢書注曰沃灌溉也北彌陶牧西接昭丘爾雅曰彌終也謂終極也盛弘之荊州記曰江陵縣西有陶朱公冢其碑云是越之范蠡而終於陶爾雅曰郊外曰牧荊州圖記曰當陽東南七十里有楚昭王墓登樓則見所謂昭丘華實蔽野黍稷盈疇春秋文耀鉤曰春致其時華實乃榮說文曰疇耕治之田也賈逵國語注曰一井為疇雖信美而非吾土兮曾何足以少留楚辭曰雖信美而無禮北征賦曰曾不得乎少留說文曰曾詞之舒也遭紛濁而遷逝兮漫踰紀以迄今紛濁喻代亂也楚辭曰吸精粹而吐紛濁孔安國尚書傳曰十二年曰紀毛詩曰以迄于今毛萇曰迄至也情眷眷而懷歸兮孰憂思之可任韓詩曰眷眷懷顧毛詩曰豈不懷歸毛萇曰懷思也杜預左氏傳注曰任當也憑軒檻以遙望兮向北風而開襟言感北風逾增鄉思也小雅曰馮依也漢書曰天子自軒檻上隤銅丸韋

四海之内矣擅疆域王於 通故托於荆山以蔽也 句

漾弋上切

書

中

謝

昭曰軒檻殿上欄軒上板也風賦曰有風颯然而至王乃披襟而當之平原遠而極目兮蔽荆山之高岑楚辭曰目極千里傷春心漢書臨沮縣荆山在東北也爾雅曰山小而高曰岑路逶迤而脩迥兮川既漾弋上而濟深逶迤長貌也爾雅曰迥遠也韓詩曰江之漾矣不可方思薛君曰漾長也毛詩曰濟有深涉爾雅曰濟渡也悲舊鄉之壅隔兮涕橫墜而弗禁楚辭曰忽臨睨夫舊鄉漢中山王勝曰不知涕泣之橫集昔尼父之在陳兮有歸歟之歎音左氏傳曰孔丘卒公誄之曰尼父無自律論語子在陳曰歸歟歸歟鍾儀幽而楚奏兮莊舄顯而越吟左氏傳曰晉侯觀于軍府見鍾儀問曰南冠而縶者誰也有司對曰鄭人所獻楚囚也使稅之問其族對曰伶人也使與之琴操南音公曰樂操土風不忘舊也史記曰陳軫適楚秦惠王曰子去寡人之楚亦思寡人不陳軫對曰昔越人莊舄仕楚執珪有頃而病楚王曰舄故越之鄙細人也今仕楚執珪富貴矣亦思越不對曰凡人之思故在其病也彼思越則

白日明匿喻漢祚之將亡也

得

越聲不思越則且楚聲人往聽之猶尚越聲也今臣雖弃逐之楚豈能無秦聲者哉人情同於懷土兮豈窮達而異心窮謂鍾儀達謂莊舃論語子曰小人懷土孔安國曰懷思也呂氏春秋曰道德於此窮達一也惟日月之逾邁兮俟河清其未極尚書云日月逾邁若弗云來左氏傳鄭子駟曰周詩有之俟河之清人壽幾何杜預曰逸詩也爾雅曰極至也冀王道之一平兮假高衢而騁力賈逵國語注曰覬望也冀與覬同尚書曰王道正直孔安國曰王道平直也高衢謂大道也薛君韓詩章句曰騁馳也懼匏瓜之徒懸兮畏井渫之莫食論語子曰吾豈匏瓜也哉焉能繫而不食鄭玄曰我非匏瓜焉能繫而不食者冀往仕而得祿周易曰井渫不食爲我心惻鄭玄曰謂已浚渫也猶臣脩正其身以事君也張璠曰可爲惻然傷道未行也然不食以被任用也步棲遲以徙倚兮白日忽其將匿毛詩曰衡門之下可以棲遲楚辭曰步徙倚而遙思杜預左氏傳注曰匿藏也風蕭瑟而並興兮天

音刀 左傳亂气校憤此借 文西校 切 抄階

慘慘而無色 楚辭曰蕭瑟兮草木搖落而變衰通俗文曰暗色曰黲黲與慘古字通 獸狂顧以求羣兮鳥相鳴而舉翼 楚辭曰狂顧南行王逸曰狂猶遽也大戴禮夏小正曰鳴也者相命也 原野闃其無人兮征夫行而未息 原野闃無農人但有征夫而已周易曰闃其戶闃其無人埤蒼曰闃靜也毛詩曰駪駪征夫 心悽愴以感發兮意㥜怛而憯惻 七感切 廣雅曰感傷也毛詩曰勞心怛怛毛萇曰怛怛猶切切也 切切毛萇曰憂勞也又曰勞心怛怛猶切怛也 循堦除而下降兮氣交憤於胷臆 於力切 司馬彪上林賦注曰除樓階也杜預左氏傳注曰交戾也王逸楚辭注曰憤懣也說文曰臆胷也 夜參半而不寐兮悵盤桓以反側 方言曰參分也韓子曰衞靈公泊濮水夜分而聞有鼓琴音毛詩曰耿耿不寐易曰初九盤桓利居貞廣雅曰盤桓不進也毛詩曰展轉反側

遊天台山賦 并序 支遁天台山銘序曰余覽內經山記云剡縣東南有天台山

抄下有其

凡用择典字及其理者
ヒ一记之非棣勒也

孫興公 何法盛晉中興書曰孫綽字興公太原人也爲章安令稍遷散騎常侍領著作郎尋轉廷尉卿卒于時才筆之士綽爲其冠

天台山者蓋山嶽之神秀者也廣雅曰秀異也涉海則有方丈蓬萊登陸則有四明天台方丈蓬萊皆海中名山也爾雅曰高平曰陸謝靈運山居賦注曰天台四明相接連四明方石四面自然開窻皆玄聖之所遊化靈仙之所窟宅名山略記曰天台山即是定光寺諸佛所降葛仙公山也夫其峻極之狀嘉祥之美毛詩曰嵩高維嶽峻極于天東京賦曰備致嘉祥窮山海之瓌富盡人神之壯麗矣埤蒼曰瓌瑋珍琦也所以不列於五嶽闕載於常典者爾雅曰太山爲東嶽華山爲西嶽衡山爲南嶽常山爲北嶽嵩山爲中嶽常典五經之流也豈不以所立冥奧其路幽迥冥奧者冥冥深奧也幽迥遐遠也或倒景於重

溟或匿峯於千嶺（重溟謂海也山臨水而影倒故曰倒景也）始經魑魅之塗卒踐無人之境（杜預左氏傳注曰魑山神魅怪物莊子曰其道幽遠而無人）舉世罕能登陟王者莫由禋祀（劉兆穀梁注曰舉盡也楚辭曰舉世皆然將誰告孔安國尚書傳曰精意以享謂之禋）故事絶於常篇名標於奇紀（廣雅曰絶滅也篇即常典也廣雅曰標書也奇紀即內經山記）然圖像之興豈虛也哉非夫遺世翫道絶粒茹芝者烏能輕舉而宅之（列仙傳曰赤松子好食松實絶穀孔安國尚書傳曰米食曰粒音立列仙傳讚曰吞水湏茹芝莖斷食休糧以除穀氣廣雅曰茹食也讓虛切楚辭曰願輕舉而遠遊）非夫遠寄冥搜篤信通神者何肯遙想而存之（言非寄情遐遠搜訪幽冥篤信善道通神感化者何肯存之也）余所以馳神運思晝詠宵興俛仰之間若已再升者也（莊子老聃謂崔瞿曰其疾

抄下有焉　無　抄無

也哉俛仰之間再撫四海之外也王弼周易注曰若辭也臞音劬

方解纓絡永託茲嶺方猶將也纓絡以喻世網也說文曰嬰繞也纓與嬰通郭璞山海經注曰絡繞也不任吟想之至聊奮藻以散懷歸田賦曰揮翰墨以奮藻

太虛遼廓而無閡運自然之妙有太虛謂天也自然謂道也無閡謂無名妙有謂一也言大道運彼自然之妙一而生萬物也管子曰虛而無形謂之道鵩鳥賦曰寥廓忽荒老子曰天法道道法自然鍾會曰莫知所出故曰自然王弼曰自然無義之言窮極之辭也又曰妙者極之微也老子曰道生一王弼曰一數之始而物之極也謂之為妙有者欲言有不見其形則非有故謂之妙欲言其物由之以生則非無故謂之有也斯乃無中之有謂之妙有也阮籍通老子論曰道者自然易謂之太極春秋謂之元老子謂之道也融而為川瀆結而為山阜老子曰三生萬物鍾會曰散而為萬物也融猶銷也班固終南山賦曰流澤遂而成水停積結而為山嗟台嶽之所奇挺寔神明之所扶持廣雅曰挺出也魯靈光殿賦序曰豈非神明依

抄無而字

憑支持者也蔭牛宿以曜峯託靈越以正基天台越境故云牛宿也漢書曰越地牽牛之分野結根彌於華岱直指高於九疑結猶固也南都賦曰結根竦本華岱九疑皆山名也劉瓛周易義曰彌廣也應配天於唐典齊峻極於周詩配猶對也左氏傳周史謂陳侯曰姜太嶽之後也山嶽則配天杜預曰姜姓之先爲堯四嶽故曰唐典也邈彼絕域幽邃窈窕王逸楚辭注曰邈遠也絕遠也魯靈光殿賦曰旋室㛹娟以窈窕洞房叫窱而幽邃王逸曰邃深也近智以守見而不之之者以路絕而莫曉近智猶小智也爾雅曰之往也言近智守所見而不之假有之者以其路斷絕莫之能曉也方言曰曉知也哂夏蟲之疑冰整輕翮而思矯言淺近小智同乎夏蟲今既哂之故整翮思矯也馬融論語注曰哂笑也莊子北海若謂河伯曰夏蟲不可以語於冰者篤於時也司馬彪曰厚信其所見之時也方言曰矯飛也理無隱而不彰啓二奇以示兆劉向列女傳曰名無細而不聞行無隱而不彰二奇赤城瀑布也賈逵國語注曰兆形也赤城霞

世説此二句是賦之佳處

起而建標。甲選瀑布飛流以界道。支遁天台山銘序曰往天台當由赤城山爲道徑孔靈符會稽記曰赤城山名色皆赤狀似雲霞懸霤千仞謂之瀑布飛流灑散冬夏不竭天台山圖曰赤城山天台之南門也瀑布山天台之西南峯水從南巖懸注望之如曳布建標立物以爲之表識也戰國策曰舉標甚高界道謂爲道疆界也法華經曰黄金爲繩以界八道

覩靈驗而遂徂。忽乎吾之將行。仍羽人於丹丘。尋不死之福庭。楚辭曰仍羽人於丹丘兮留不死之舊鄉王逸曰因就衆仙於明光也丹丘晝夜常明山海經有羽人之國不死之民

苟台嶺之可攀。亦何羨於層城。薛君韓詩章句曰羨願也淮南子曰掘崐崘墟以下地中有層城九重是也

釋域中之常戀。暢超然之高情。老子曰域中有四大漢書音義曰暢通也老子曰雖有榮觀宴處超然

被毛褐之森森。振金策之鈴鈴。七啓曰余好毛褐未暇此服也金策錫杖也鈴鈴策聲

披荒榛之蒙蘢。陟峭

橋　注

崿之峥嶸高誘淮南子注曰叢木曰榛孫子曰草樹蒙龍文字集略曰崿崖也字林曰峥嶸山高貌

濟楢由溪而直進落五界而迅征顧愷之啓蒙記注曰之天台山次經油溪謝靈運山居賦曰麦石橋之莓苔越楢溪之縈紆注曰所居往來要經石橋過楢溪人迹不復過此楢字雖殊並酉留切落邪行也五界五縣之界孔靈符會稽記曰此山舊名五縣之餘地五縣餘姚鄞句章剡始寧服虔漢書注曰鄞音銀

跨穹隆之懸磴丁鄧臨萬丈之絶冥穹隆長曲貌西京賦曰閣道穹隆懸磴石橋也顧愷之啓蒙記曰天台山石橋路逕不盈尺長數十步步至滑下臨絶冥之澗冥幽深也

踐莓苔之滑石搏壁立之翠屏莓苔即石橋之苔也翠屏石橋之上石壁之名也異苑曰天台山石有莓苔之險孔靈符會稽記曰赤城山上有石橋懸度有石屏風橫絶橋上邊有過逕纔容數人仲長子昌言曰斧帳翠屏之不坐莓音梅

攬樛居求木之長蘿援葛藟力鬼之飛莖顧愷之啓蒙記注曰濟石橋者搏嵓嶔壁援女蘿葛藟之莖毛詩曰南有樛木葛

克隮五臣隮作濟

抄愈

抄於

周

蔦蘿之毛萇曰木下曲曰樛爾雅曰女蘿兎絲賈逵國語注曰援引也雖一冒於垂堂乃永
存乎長生漢爰盎諫上曰臣聞千金之子坐不垂堂老子曰長生久視之道東方朔十洲記曰桂英
流丹服之長生必契誠於幽昧履重嶮而逾平幽昧謂道也鍾會老子注曰幽
冥晦昧故稱爲玄既克隮於九折路威夷而脩通言其道嶮曲折有九也杜
篤首陽山賦曰九折萋嵬而多艱韓詩曰道威夷者也恣心目之寥朗任緩步之
從容列子曰晏平仲問養生於管夷吾曰恣目之所欲視恣意之所欲行寥朗謂心虛目明也說文曰寥
虛空也毛萇詩傳曰朗明也列子曰子華之容緩步闊視尚書曰從容以和藉慈夜萋萋之
纖草蔭落落之長松以草薦地而坐曰藉楚辭曰春草生兮萋萋杜篤首陽山賦曰
長松落落卉木蒙蒙覿翔鸞之裔裔聽鳴鳳之嗈嗈裔裔飛貌也爾雅曰
嗈嗈和也謂聲之和也過靈溪而一濯疏煩想於心胸靈溪溪名也廣

抄蒙

抄俠

尤云朱闕五臣作珠闕

抄嘱

雅曰濯洗也賈逵國語注曰蹤除也蕩遺塵於旋流發五蓋之游蒙因一濯而假言也六塵虛假而能不住故曰蕩雖遣而未能盡故曰遺中論曰六塵色聲香味觸法高誘淮南子注曰旋流深淵也身意皆淨而能不離故曰發五蓋非真而蔽己善行故曰遊大智度論曰五蓋貪欲嗔恚睡眠調戲疑悔禮記曰昭然發蒙五蓋或爲神表追羲農之絕軌躡二老之玄蹤羲農伏羲神農也廣雅曰軌跡也又曰躡履也二老老子老萊子也史記曰老子者楚苦縣人名耳字聃姓李氏見周之衰乃遂去西至關關令曰子將隱矣强爲我著書乃著上下二篇言道德之意又曰老萊子亦楚人也著書十五篇言道家之用以道而養壽也劉向別錄曰老萊子古之壽者陟降信宿迄于仙都毛詩曰陟降庭止毛萇曰陟降上下左氏傳曰凡師一宿爲舍再宿爲信爾雅曰迄至也十洲記曰滄浪海島中有石室九老仙都治處仙宫數萬人雙闕雲竦以夾路瓊臺中天而懸居朱闕玲瓏於林間玉堂陰映于高隅顧愷之啓蒙記

二字改貯
木

注曰天台山列雙闕於青霄中上有瓊樓瑤林醴泉仙物畢具十洲記曰承淵山金臺玉樓流精之闕瓊華之室西王母之所治真官仙靈之所宗也晉灼漢書注曰玲瓏明見貌**彤雲斐亹**匪**以翼欞皦**公鳥**日烱晃於綺疏**斐亹文貌翼猶承也欞窻閒子也毛詩曰有如皦日烱晃光明也李尤東觀銘曰房闥内布綺疏外陳薛綜西京賦注曰踈刻穿之也然刻爲綺文謂之綺踈也**八桂森挺以凌霜五芝含秀而晨敷**山海經曰桂林八樹在賁隅東郭璞曰八樹成林言其大也賁隅音番禺神農本草經曰桂葉冬夏常青不枯又曰赤芝一名丹芝黄芝一名金芝白芝一名玉芝黒芝一名玄芝紫芝一名木芝馮衍顯志賦曰食五芝之茂英**惠風佇芳於陽林醴泉涌溜於陰渠**邊讓章華臺賦曰惠風春施宓猶積也佇與宁同毛萇詩傳曰山南曰陽鄭玄周禮注曰陽林生於山南史記曰崐崘山上有醴泉白虎通曰醴泉者美泉狀如醴陰渠山北之渠**建木滅景於千尋琪樹璀璨而垂珠**淮南子曰建木在廣都衆帝所自上下日中無

尤云騁神變五臣變作轡

象

景呼而無響蓋天地之中也山海經曰神人之丘有建木百仞無枝又曰崐崘之墟北有珠樹文玉樹玗琪樹璀璨珠垂貌玗羽俱切璀七罪切王喬控鶴以沖天應眞飛錫以躡虛列仙傳曰王子喬者周靈王太子晉也道人浮丘公接以上嵩高山三十餘年後人於山上見之告我家於七月七日待我於緱氏山頭果乘白鶴駐山頭毛萇詩傳曰控引也史記楚莊王曰有鳥不蜚蜚乃沖天百法論曰并及入輩應眞僧然應眞謂羅漢也大智度論曰菩薩常應二時頭陀常用錫杖經傳佛像騁神變之揮霍忽出有而入無言衆仙既登正道故能騁其神變出於衆有而入無爲也淮南子曰出於無有入於無爲於是遊覽既周體靜心閑王逸楚辭注曰閑靜也害馬已去世事都捐莊子曰黃帝將見大隗于具茨之山適遇牧馬童子黃帝曰請問爲天下小童曰夫爲天下者亦奚以異乎牧馬者哉亦但去其害馬者而已矣郭璞曰馬以過分爲害歸田賦曰與世事乎長辭投刃皆虛目牛無全莊子曰庖丁爲文惠君屠牛文惠君曰善哉技庖丁對曰

據別本善注當作揖

挹与揖同

臣好者道進乎技矣臣始解牛時所見無非牛者三年之後未嘗見全牛也今臣以神遇而不以目視也**凝思幽巖，朗詠長川。**廣雅曰凝止也朗猶清徹也**爾乃羲和亭午，遊氣高褰。**楚辭曰吾令羲和弭節兮王逸曰羲和日御也午日中徐爰射雉賦注曰褰開也**法鼓琅以振響，衆香馥以揚煙。**法華經曰擊大法鼓又曰燒衆名香**肆覲天宗，爰集通仙。**天宗謂老君也通仙謂衆仙也其通猶通也尚書曰肆覲羣后孔安國曰肆遂也**挹以玄玉之膏，嗽以華池之泉。**毛萇詩傳曰挹斟也山海經曰密山是生玄玉玉膏之所出郭璞曰言玉膏中又出黑玉史記曰崐崘其上有華池**散以象外之說，暢以無生之篇。**象外謂道也周易曰象者像也荀粲(魏志)列傳粲荅兄俣云立象以盡意此非通乎象外者也象外之意故蘊而不出矣無生謂釋典也維摩詰曰是天女所願具足得無生忍俣牛矩切**悟遣有之不盡，覺涉無之有間。**言道釋二典皆以無爲宗今悟有爲非而遣之遣之而不盡覺

秒合

無爲是而涉之涉之而有閒言皆滯於有也說文曰悟覺也小雅曰閒隙也 **泯色空以合跡**

忽即有而得玄 言有既滯有故釋典泯色空以合其跡道教忽於有而得於玄郭象莊子注曰泯平泯也又曰本末內外暢然俱得泯然無跡維摩經喜見菩薩曰色色空爲二色即是空非色滅空色性自空如是受想行識識空爲二識即是空非識性自空於其中通而達者爲入不二法門有謂有形也王弼老子注曰凡有皆始於無又曰有之所始以無爲本然王以凡有皆以無爲本無以有爲功將欲寤無必資於有故曰即有而得玄也王弼又曰玄冥嘿無有也

釋二名之同出消一無於三幡 釋謂解說令散也二名即有名物始無名物母也言二名雖異釋之令同出於道也老子曰無名天地之始有名乃物之母故常無欲以觀其妙常有欲以觀其徼此兩者同出而異名同謂之玄王弼曰兩者謂始與母也同出於玄也異名所施不同也在首則謂之始終則謂之母也訓暢令盡也三幡色一也色空二也觀三也言三幡雖殊消令爲一同歸於無也郤敬輿與謝慶緒書論三幡義曰近論三幡諸人猶多欲既觀色空別更觀

何焯說此竟陵王誕反討平之誅城內丁男後感之而作

識同在一有而重假二觀於理爲長然敬輿之意以色空及觀爲三幡識空及觀亦爲三幡恣語樂以終日等寂默於不言夫言從道生道因言暢道之因言理歸空一故終日語樂等乎不言莊子曰言而足則終日言而盡道也又日言無言終身未嘗言終身不言未嘗不言渾萬象以冥觀兀同體於自然妙悟左宗則蕩然都遣不知已之是已不見物之爲物故渾齊萬像以冥觀兀然同體於自然孝經鉤命決曰地以舒形萬象咸載冥昧也言不顯視也兀無知之貌也自然已見上文

郡城吳王濞所築

蕪城賦

四言集云登廣陵故城作漢書曰廣陵國高帝十一年屬吳景帝更名江都武帝更名廣陵江都易王非廣陵厲王胥皆都焉

鮑明遠

沈約宋書鮑昭字明遠文辭贍逸世祖時昭爲中書舍人上好爲文章自謂物莫能及昭悟其旨爲文多鄙言累句當時咸謂昭才盡實不然也臨海王子頊爲荊州昭爲前

行參軍

抄瀰

柂 抄柂

三

軍掌書記之任子頊敗爲亂兵所殺

瀰彌迆以爾平原。瀰相連漸平之貌也廣雅曰迆斜也平原即廣陵也南馳蒼梧

漲張海北走去聲紫塞鴈門。南馳北走言所通者遠也漢書有蒼梧郡謝承後漢書曰陳茂常渡漲海如淯漢書注曰走音奏趨也崔豹古今注曰秦所築長城土色皆紫漢塞亦然故稱紫塞漢書有鴈門郡

柂以漕渠。軸以崐崘。廣雅曰柂引也漕渠邗溝也左氏傳曰吳城邗溝通江淮杜預曰通糧道說文曰漕水轉穀也又曰軸持輪也崐崘廣陵之鎮平也類車軸之持輪河圖括地象曰崐崘之山橫爲地軸柂或爲陁軸或爲袖

重江複關之隩。四會五達之莊。南臨江曰重濱帶江南曰複蒼頡篇曰隩藏也洛陽記曰銅駝二枚在四會道頭爾雅曰五達謂之康六達謂之莊

當昔全盛之時。車挂轊衛人駕肩。全盛謂漢時也史記蘇秦說齊王曰臨菑之塗車轂擊人肩摩說文曰轊車軸端杜預左氏傳注曰駕陵也謂相迫切也

廛閈撲卜地歌吹

柂謂在後
軸謂在中

滋注

鏟

三蒼解詁璞所自撰

沸天鄭玄周禮注曰廛民居區域之稱說文曰闠閭也方言曰㯷盡也郭璞曰今種物皆生云㯷地出也孳滋貨鹽田鏟利銅山聲類曰孳蕃也孳滋古字通也海賦曰陸死鹽田蒼頡篇曰鏟剬平也初產切史記曰吳有豫章郡銅山吳王濞盜鑄錢者煑海水爲鹽才力雄富士馬精妍班固傳贊曰材力有餘士馬強盛范曄後漢書曰王元說隗囂曰今天水完富士馬最強故能參秦法佚周令聲類曰參俊字也軼過也佚與軼通西都賦曰覽秦制跨周法劃崇墉刳濬洫圖脩世以休命字林曰佳刀曰劃刳謂除消其土也周易曰刳木爲舟薛綜西京賦注墉謂城洫池也左氏傳北宮文子曰其有國家令問長世尚書曰俟天休命春秋元命苞曰命者天之命也是以板築雉堞之殷井幹寒烽櫓之勤郭璞曰三蒼解詁曰板築牆上下板築杵頭鐵沓也鄭玄周禮注曰雉長三丈高一丈杜預左氏傳注曰堞女牆也殷盛也淮南子曰大構架興宮室雞棲井幹許慎曰皆屋構飾也郭璞上林賦注曰櫓望樓也格高五嶽袤廣三墳

田執衛云書兗州黑墳青州白墳徐州赤埴墳九州惟此三州稱墳而三州邪臨東海與揚接壤故曰袤廣三墳

抄赬

光云瓜剖五臣作瓜割

蒼頡篇曰格量度也五嶽已見天台賦南北曰袤三墳未詳或曰毛詩曰遵彼汝墳又曰鋪敦淮墳爾雅曰墳莫大於河墳此蓋三墳

崪慈聿若斷岸矗丑六似長雲（四句形容城之高廣）崪高峻也矗齊平也

製磁石以禦衝糊赬壤以飛文三輔黃圖曰阿房宮以磁石爲門懷刃者止之廣雅曰衝突也字書曰糊黏也戶徒切毛萇詩傳曰赬赤也七啓曰燿飛文

觀基扃之固護將萬祀而一君說文曰扃外閉之關也凡文士之言基扃況論城闕猶車稱軫舟謂之艫耳非獨指扃也固護言牢固也

出入三代五百餘載竟瓜剖而豆分王逸廣陵郡圖經曰郡城吳王濞所築然自漢迄于晉末故云出入三代五百餘載也漢書賈誼上疏曰高帝瓜分天下王功臣也

澤葵依井荒葛罥塗王逸楚辭注曰風萍水葵生於池中罥猶綰也

壇羅虺吁鬼蜮羽逼階鬬麏居鈞鼯王逸楚辭注曰壇堂也毛詩曰爲鬼爲蜮毛萇曰蜮短狐也公羊傳曰有麐而角劉兆曰麐麞也麏與麐音義同鼯鼯鼠也

木魅莫媿山鬼野鼠城

抄鴈　抄味　雛鴳雛見莊子秋水篇

抄虤　抄飡

抄寒

狐說文曰魅老物精也莫愧切楚辭九歌有祭山鬼漢
書曰蘇武掘野鼠草實而食之魏明帝長歌行曰久
城青狐兎高壙多鳥聲風嘷雨嘯昏見晨趨左氏傳曰豺狼所嘷也胡高切飢
鷹厲吻寒鴟嚇雛厲摩也鄭玄周禮注曰吻口邊也亡粉切鄭玄毛詩箋曰口拒人曰
嚇火嫁切郭璞爾雅注曰雛生而能自食者謂鳥子也伏虣藏虎乳血飡膚字書曰虣
古文暴字蒲到切虣或爲虣爾雅曰虪白虎虪戶甘切崩榛塞路崢嶸古馗服虔漢書
注曰榛木叢生也廣雅曰崢嶸深冥也韓詩曰肅肅兎
罝施于中馗薛君曰中馗馗中九交之道也仇悲切
白楊早落塞草前衰崔豹古今注曰白楊葉圓李陵書曰涼秋九月塞外草衰塞或爲寒
稜稜霜氣蔌蔌風威稜稜霜氣嚴冬之貌蔌蔌風聲勁疾之貌蔌素鹿切孤蓬自
振驚砂坐飛無故而飛曰坐飛灌莽杳而無際叢薄紛其相依
廣雅曰灌叢也王逸楚辭注曰草木交曰薄通池既已夷峻隅又已頹通池城濠

抄 璇

百

尤云麗人五臣作佳人 佳 注及刊本

抄 輦 尤云同輿五臣輿作輦

也峻隅城隅也直視千里外唯見起黃埃王逸楚辭注曰埃塵也凝思寂聽心傷已摧天台山賦曰凝思高巖若夫藻扃黼帳歌堂舞閣之基璇淵碧樹弋林釣渚之館藻扃扃施藻畫也司馬相如美人賦曰芳香芬烈黼帳高張璇淵玉池也碧樹王樹也吳蔡齊秦之聲魚龍爵馬之玩楚辭曰吳歈蔡謳漢書藝文志有齊歌秦歌西京賦曰海鱗變而成龍又曰大雀踆踆又曰爵馬同轡皆薰歇燼滅光沉響絕杜預左氏傳注曰薰香草也又曰燼火之餘木東都妙姬南國麗人蕙心紈質玉[illegible]絳脣陸機擬東城一何高曰京洛多妖麗玉顏侔瓊蕤然京洛即東都也曹子建詩曰南國有佳人華容若桃李左九嬪武帝納皇后頌曰如蘭之茂好色賦曰腰如束素蘭蕙同類紈素兼名文士愛奇故變文耳宋玉笛賦曰頳顏臻玉貌起楊雄蜀都賦曰姚朱頳離絳脣莫不埋魂幽石委骨窮塵委猶稽也豈憶同輿之愉樂

抄下有起　尤ら邊風急五臣急作起　抄徑　徑　刋本

去

抄觀

離宮之苦辛哉魏志曰明帝悼毛皇后有寵出入與帝同輿輦長門賦曰期城南之離宮天道如何吞恨者多抽琴命操爲蕪城之歌韓詩外傳曰孔子抽琴撥軫以後子貢廣雅曰命名也琴道曰琴有伯夷之操夫遭遇異時窮則獨善其身故謂之操歌曰邊風急兮城上寒井逕滅兮丘隴殘周禮曰九夫爲井又曰夫間有遂遂上有徑千齡兮萬代共盡兮何言莊子曰化窮數盡謂之死

宮殿

魯靈光殿賦　并序

王文考范曄後漢書曰王逸字叔師南郡宜城人也子延壽字文考有雋才遊魯作靈光殿賦後蔡邕亦造此賦未成及見延壽所爲甚奇之遂輟翰而止後溺水死時年二十餘

張載注

抄下有漢

魯靈光殿者，蓋景帝程姬之子恭王餘之所立也。善曰漢書景帝十三王傳曰程姬生魯恭王餘 初恭王始都下國，好治宮室。善曰漢書曰恭王徙魯好治宮室毛詩曰命于下國韋昭國語注曰曲沃在絳下故曰下國然以天子爲上國故諸侯爲下國 遂因魯僖基兆而營焉。昔魯僖公使大夫公子奚斯上新姜嫄之廟下治文公之宮故曰遂因魯僖基兆而營焉善曰史記季友奉公子申立是爲釐公釐釐與僖同爾雅曰兆域也 遭漢中微，盜賊奔突，突唐突也詩云昆夷突矣 自西京未央建章之殿皆見隳壞，未央建章西京二殿之名杜預左氏傳注曰隳毀也 而靈光巋丘軌然獨存。巋然高大堅固貌也善曰孔叢子孔子曰夫山者巋然高 意者豈非神明依憑支持以保漢室者也。善曰廣雅曰意疑也 然其規矩制度，上應星宿，音秀 亦所以永安也。善曰上應星宿謂觜觹陬也賦曰規矩應天上憲觜觹陬

抄提行

何焯浣博物志載王子山與父叔師到泰山從鮑子真學筭

予客自南鄙觀蓺於魯南鄙荆州也廣雅曰鄙國也蓺六經也魯有周公孔子在焉覩斯而眙丑吏切愕視曰眙眙本爲蓺而來見此驚也曰嗟乎詩人之興感物而作見可嗟之物爲作詩作賦故奚斯頌僖歌其路寢而功績存乎辭德音昭乎聲善曰韓詩曰新廟奕奕奚斯所作薛君曰奚斯魯公子也言其新廟弈弈然盛是詩公子奚斯所作也左氏傳司馬侯曰先王務脩德音以享神人毛詩曰我有嘉賓德音孔昭物以賦顯事以頌宣匪賦匪頌將何述焉遂作賦曰

粤若稽古帝漢祖宗濬哲欽明若順也稽考也言能順天地考行古之道者帝也濬深也哲智也又有深知欽明詩云濬哲維商書云放勳欽明善曰書曰粤若稽古帝堯又曰濬哲文明殷五代之純熙紹伊唐之炎精善曰殷盛也五代周殷夏唐虞也言漢盛於五代純熙之道而紹帝堯火德之運毛詩曰時純熙矣爾雅曰純大也孔安國尚書傳曰熙廣也爾雅曰紹

粤

抄何評作荷

馮衍説鮑永入衍集

抄太

爲

繼也詩含神務曰慶都生伊堯孔安國尚書傳曰堯以唐侯升爲天子李尤德陽殿賦曰若炎唐稽古作先東觀漢記序曰漢以炎精布耀或幽而光又馮衍説鮑永曰社稷復存炎精更輝荷天衢以元亨廓宇宙而作京衢道也易曰荷天之衢道大行也元善之長也亨嘉之會也天所覆爲宇中所由爲宙也善曰方言曰張小使大謂之廓鄭玄周易注曰人君在上位負荷天之大道敷皇極以創業協神道而大寧皇極皇建其有極謂得中也協和神明之道而天下大寧皆謂廓漢之盛時也善曰孟子曰君子創業垂統謂可繼也周易曰聖人以神道設教於是百姓昭明九族敦序乃命孝孫俾侯于魯善曰尚書曰百姓昭明又曰敦叙九族孔安國曰九族高高祖玄孫之親也爾雅曰命告也毛詩曰孝孫有慶又曰建爾元子俾侯于魯錫介珪以作瑞宅附庸而開宇介大也圭長尺二寸謂之介瑞信也諸侯錫大圭以爲瑞信又以爲寶申伯之封云錫爾介圭以作爾寶古者附庸百里魯五百里之封也成王以周公有大功錫二十四等附庸方

抄烈　抄乎

抄𡺲　善曰

七百里以是開居也善曰毛詩曰錫之山川土田附庸又曰大啓爾宇爲周室輔乃立靈光之秘殿配紫微而爲輔詩云秘宮有侐紫微至尊宮斥京師也善曰毛萇詩傳曰秘神也西京賦曰思比象於紫微春秋合誠圖曰北辰其星七在紫微中承明堂於少陽昭列顯於奎之分野善曰言承漢明堂而在少陽之位其光昭列顯於奎之分野也爾雅曰分次也漢書曰泰山郡奉高縣有明堂武帝造又曰少陽東方也又曰魯地奎婁之分野也一曰春秋說題辭曰心爲天明堂以布政教言靈光承天之明堂在少陽之地瞻彼靈光之爲狀也則嵯峨嶵罪嵬隗峞巍巋嵔皆其形也善曰皆高峻之貌峞羌軌切嵬五軌切巋盧罪切嵔枯罪切吁可畏乎其駭人也駭驚也故覩斯而眙孔安國尚書傳曰吁疑怪之辭迢嶢倜儻豐麗博敞洞轇轕乎其無垠也又其形也傳廣也敞高平也善曰迢嶢高貌也倜儻非常也上林賦曰張樂乎膠葛之寓郭璞曰言曠遠深邈貌邈希世而特

抄蔚

隆

抄軋　抄峻
張景陽七命注引作
嶒峻

巖

抄燭川　川爲b之誤

嶈之注　抄嶈

陸佐公石闕銘注
引而作以

出羌瓌譎而鴻紛羌辭也羌亦乃也善曰瑰異譎詭也甘泉賦曰上洪紛而相錯屹魚乙

山峙以紆鬱隆崛魚勿岉勿乎青雲屹猶孽也高大貌詩云臨衝茀茀崇墉屹屹隆屈也西京賦曰終南太一隆屈崔崒崛岉言此物上逮青雲善曰廣雅曰峙止也鬱坱鞅

圠烏黠以嶒七耕竑宏綷助力繒綾陵而龍鱗崱崱嶷然皆其形也善曰坱圠無齊限之貌嶒竑深空貌綷綾不平貌甘泉賦曰嶔巖嶔巖其龍鱗汩于筆磑磑五哀以璀璨赫

燡燡亦而爥坤皆其形貌光輝也善曰汩淨貌磑磑高貌璀璨衆材飾貌燡光明貌爥坤光照

狀若積石之鏘鏘又似乎帝室之威神威神言尊嚴也善曰積石下山名西都賦曰激神岳之嶈嶈帝室天土帝之室春秋合誠圖曰紫宮太帝室也崇墉岡連以嶺

屬朱闕巖巖而雙立墉牆也善曰李尤德陽殿賦曰朱闕巖巖高門擬于

閶闔方二軌而並入閶闔天門也王者因以爲門善曰二軌謂容兩車也鄭玄儀禮注曰

抄乎

抄泰　抄瞎　抄旰　抄皜　抄喻　抄以　抄宏　抄爌炾　尤云飋蕭條五臣飋作颸　颸　抄適　抄而

方併也周禮曰應門二軌鄭玄周禮注曰軌謂轍廣於是乎乃歷夫太階以造其堂，俯仰顧眄，東西周章。造其堂觀其狀而賦之善曰孔安國尚書傳曰造至也彤彩之飾，徒何爲乎。澔澔涆涆，流離爛漫。善曰澔澔涆涆光明盛貌澔古老切涆古旦切流離爛漫分散遠貌皓壁暠曜以月照，丹柱歙赩而電烻。霞駮雲蔚，若陰若陽。其色狀也善曰暠白也古老切崔駰七依曰丹柱彫牆烻光盛起烻弋戰切瀖濩燐亂，煒煒煌煌。善曰采色衆多眩曜不定也瀖音霍濩音獲隱陰夏以中處，霐㴁寥窲以崢嶸。善曰陰夏向北之殿也韋仲將景福殿賦曰陰夏則有望舒涼室亦與此同霐㴁寥窲崢嶸皆幽深之貌霐㴁烏宏切寥魚天切窲音巢鴻爌炾以爣閬，飋蕭條而清泠。鴻大也爌炾爣朗皆寬明也善曰飋蕭條清涼之貌爌苦晃切炾呼廣切爣土黨切閬音朗動滴瀝以成響，殷雷應其若

閬

驚善曰言簷垂滴瀝繞成小響室內應之其聲似雷之驚也說文曰滴瀝水下滴瀝之也耳嘈嘈以失聽目矎矎而喪精言炫燿也矎矎目不正也善曰埤蒼曰嘈嘈聲衆也廣雅曰矎視也洞簫賦曰愍眸子之喪精矎火縣切駢密石與琅玕齊玉璫與璧英琅玕珠也似玉尚書曰球琳琅玕善曰李軌法言注曰駢並也國語曰天子之室加密石焉韋昭曰密密理謂砥也然彼以密石磨琢此亦爲飾也西都賦曰裁金璧以飾璫璧英辟玉之英也孝經援神契曰玉英玉有英華之色遂排金扉而北入霄靄靄而晻曖言深邃也霄冥也旋室㛹娟以窈窕洞房叫窱而幽邃善曰淮南子曰傾宮旋室在崐崘閶闔之中徐幹七喻曰連觀飛榭旋室迴房旋室曲屋也㛹娟迴曲貌楚辭曰姱容脩態亘洞房西京賦曰望叫窱以經廷西廂踟躕以閑宴西廂西序也踟躕連閣傍小室也閑清閑也可以燕會踟躕或移字善曰踟躕相連貌毛萇傳曰宴安也言安靜也東序重深而奧祕東序東廂也互言之文相避耳爾雅

抄矓
尤云鏗瞑五臣作鏗矓
抄其下有若
尤云驚斯五臣作若驚
詳謂
抄㬹　別本　抄欸
樓　抄樓　注同
抄迢遰
柱　注及別本

曰東西廂謂之序善曰廣雅曰奥藏也字書曰祕審也屹鏗瞑以勿罔屑黶翳以懿濞寂寞之形也善曰瞑莫耕切魂悚悚其驚斯心猥猥而發悸驚斯於此驚也善曰蘇林漢書注曰蔥蔥懼貌猥與蔥同說文曰悸心動也渠季切悸或爲欸於是詳察其棟宇觀其結構欲安心定意審其事也善曰高誘呂氏春秋注曰結交也構架也規矩應天上憲觜陬應天文星宿也憲法也善曰爾雅曰觜陬之星營室東壁也毛詩曰定之方中作爲楚宮毛萇曰定營室也觜子髮切陬子瑜切倔佹雲起嶔崟離摟善曰甘泉賦曰大夏雲譎波詭離摟衆木交加之貌長門賦曰羅丰茸之遊樹離樓梧而相撐倔渠物切佹君委切樓力朱切三間四表八維九隅室每三間則有四表四角四方爲八維并中爲九萬楹叢倚磊砢相扶楹柱也善曰磊砢壯大之貌浮柱岧嵽以星懸漂嶢峴而枝拄枝柱言無根而倚立也善曰甘泉賦曰抗浮柱之飛榱漂輕貌嶢峴不安之貌峴五

抄遠之

抄梚

抄欑

抄櫟

抄矯　抄亂　抄之字列

尤云搏負五臣作負摶入殺切

抄欝

抄枝　枝之誤

結切蒼頡篇曰柱枝也誅僂切飛梁偃蹇以虹指揭蘧遼而騰湊善曰甘泉賦歷倒景而絶飛梁西都賦曰抗應龍之虹梁崔駰七依曰夏屋蘧蘧高也音渠王逸楚辭注曰湊聚也層櫨磥垝以岌峩曲枅要紹而環句善曰說文曰欂櫨柱上枅蒼頡篇曰枅柱上方木然枅櫨爲一此重言之蓋有曲直之殊爾要紹曲貌芝栭欑羅以戢孴枝掌杈枒而斜據芝栭山節方小木爲之掌眉梁之上也各長三尺掌或作棖宇善曰說文曰栭枅上梁蒼頡篇曰欑聚也戢孴衆貌孴乃立切說文曰掌杜也耶孟切杈枒參差之貌杈楚加切枒音牙毛萇詩傳曰據依也傍夭蟜以橫出互黝糾而搏負善曰夭蟜黝糾特出之貌蟜巨表切黝於糾切搏負負荷而欑搏也下蕃蔚以璀錯上崎嶬而重注善曰蕃蔚特起貌璀錯衆盛貌蕃扶弗切崎嶬危嶮貌崎音綺嶬音蟻注猶屬也捷獵鱗集支離分赴善曰捷獵相接貌支離分散也縱橫駱驛各有所趣善曰縱橫四散也駱驛不絶

窋　別本繪

爾乃懸棟結阿天窻綺踈天窻高窻也綺文也踈刻鏤也善曰周書曰明堂咸有四阿屋四垂也綺踈已見上文圓淵方井反植荷蕖反植者根在上而蕖在下爾雅曰荷芙蕖種之於員淵方井之中以爲光輝善曰鄭玄周礼注曰植根生之屬發秀吐榮菡萏披敷綠房紫菂窋咤垂珠綠房美蕖之房刻繢爲之綠色紫菂菂中芍也爾雅曰其中菂珠珠之貫窋咤也善曰爾雅曰荷其華菡萏菡胡感切萏徒感切菂與芍同音的說文曰窋物在穴中見張滑切咤亦窋也竹亞切雲楶藻梲龍桷雕鏤雲節畫雲氣爲山節也梲梁上楹又畫水草之文龍桷畫椽爲龍善曰爾雅曰桷謂之節郭璞曰節櫨也楶與節同論語曰山節藻梲包咸曰梲者梁上楹畫爲藻文鄭玄礼記注曰桷謂之梁楚辭曰仰觀刻桷畫龍蛇飛禽走獸因木生姿之爲形也善曰高唐賦曰狀似走獸或象飛禽奔虎攫挐以梁倚仡奮舋而軒鬐○善曰攫挐相摶持也羽獵賦曰熊羆之挐攫張揖漢書注曰梁倚相著也仡舉頭也郭璞曰鬐背上鬣也杜預

抄峙　抄繞

子　蛇無足而騰

抄載

左氏傳注曰疊動也虯龍騰驤以蜿蟺頷若動而躨跜善曰杜預左氏傳注曰頷搖頭也牛感切李尤辟廱賦曰万騎躨跜以攫挐躨跜動皃躨音逵跜音尼朱鳥舒翼以峙衡騰蛇蟉虯而遶榱榱亦椽也有三名一曰椽二曰桷三曰榱善曰春秋漢含孳曰太一之常居前朱鳥衡四阿之長衡也淮南子曰枅題不枅文字曰騰蟉蛇曲貌蟉力鳥切虯巨繞切白鹿孑蜺於欂櫨蟠螭宛轉而承楣善曰古王子喬碑曰王子喬參駕白鹿雲中遨孑蜺延首之貌孑甄熱切蜺詣結切方言曰未升天龍謂之蟠龍狡兔跧伏於柎側善曰說文曰跧蹴也壯栾切柎音父猨狖攀椽而相追玄熊舑談以齗齗却負載而蹲跠跠踞也善曰舑談吐舌貌舑吐玷切談吐暫切蒼頡篇曰齗齒根也牛斤切廣雅曰蹲跠踞也齊首目以瞪眄徒脈脈而狋狋齊首目以瞪眄騈頭而相觀視脈脈狋狋視貌善曰埤蒼曰瞪直證切爾雅曰脈相視也莫華切說文曰狋犬怒貌牛飢切胡人遙

抄雕　評作鵰　抄顱

抄慘頻　抄猝

跽

尤云神仙岳〻五臣岳作諤　抄窺　抄眂眡之別字

抄象

抄鬖

集於上楹，儼雅跽而相對。仡欺猥以鵰眈，鸕顤顟而睽睢，狀若悲愁於危處，憯嚬蹙而含悴。皆胡夷之畫形也。人尊於鳥獸，故著在上楹。儼雅而相對，言敬恭也。善曰：儼雅，跽貌。說文曰：跽，長跪也。奇几切。欺猥，大首也。鵰眈，如鵰之視也。聲類曰：驕，驚視也。眈與驕同，呼穴切。鸕顤顟，大首深目之皃。鸕，烏交切。顤，呼交切。顟，力交切。睽睢，張目皃。孟子曰：顤蹙而言。嚬蹙，憂貌。

神仙岳岳於棟間，玉女闚窻而下視。神女之人又弥高也。善曰：岳岳，立貌。李尤函谷關銘曰：玉女流眄而下視。

忽瞟眇以響像，若鬼神之髣髴。善曰：瞟眇，視不明之貌。說文曰：瞟，眹也。廣雅曰：眇，莫也。響像，猶依俙，非正形聲也。說文曰：彷彿，相似，視不諟也。諟與諦同。

圖畫天地，品類羣生，雜物奇怪，山神海靈，寫載其狀，託之丹青。千變萬化，事各繆形，隨色象類，曲得其情。言委曲得情也。善曰：列子曰：千變萬化，不可窮極。繆形，形不同也。淮南子曰：以鏡視形，曲得其情。

抄二字到

上紀開闢遂古之初更畫太古開闢之時帝王之君也善曰尚書考靈耀曰天地開闢曜滿舒光楚辭曰遂古之初誰傳道之五龍比翼人皇九頭善曰春秋命歷序曰皇伯皇仲皇叔皇季皇少五姓同期俱駕龍周密與神通號曰五龍又曰人皇九頭提羽蓋乘雲車出暘谷分九河宋均曰九頭九人也提羽蓋鳥之羽伏羲鱗身女媧蛇軀女媧亦三皇也善曰列子曰伏羲女媧蛇身而人面有大聖之德玄中記曰伏羲龍身女媧蛇軀鴻荒朴略厥狀睢盱鴻大也朴質也略野各上古之世爲鴻荒之世也畫其形亦質而略睢盱質朴之形善曰法言曰鴻荒之世聖人惡之尚書璇璣鈐曰帝嚳以上朴略有象難傳西京賦曰睢盱䟤扈字林曰睢仰目也盱張目也煥炳可觀黃帝唐虞至於煥炳可觀唯黃帝堯舜以來易曰黃帝堯舜垂衣裳而天下治善曰尚書璇璣鈐曰帝堯煥炳隆興可觀軒冕以庸衣裳有殊車曰軒冠曰冕庸用也作此車服以賜有功章有德善曰車服以庸上曰衣下曰裳有功者賞無功者否故曰殊也下及三后婬妃亂主皆畫其形也三后夏殷周也善

陽榭以字或云無

火

光玉高徑五臣徑作經

曰國語史蘇曰昔夏桀妹嬉有寵而亡夏殷辛妲己有寵而亡殷周幽褒姒有寵周於是乎亡忠臣孝子烈士貞女忠臣屈原子胥之等孝子申生伯奇之等烈士豫讓聶政之等貞女梁寡昭姜之等賢愚成敗靡不載叙善曰列子曰但伏羲以來賢愚好醜成敗是非無不消滅也惡以誡世善以示後善曰家語曰孔子觀於明堂覩四墉有堯舜桀紂之象而各有善惡之狀興廢之誡焉孔叢子子思曰古者則有國史書之以示後也善以爲示惡以爲誡也於是乎連閣承宮馳道周環馳道馳馬之道道旋宮而市毛萇詩傳曰年不順成馳道不脩善曰馳道人君所行之道也君必乘車馬故以馳爲名也陽榭外望高樓飛觀大殿無內室謂之榭春秋傳曰宣榭災榭而高大謂之陽長途升降軒檻曼延長途升降閣道上下也軒檻所以開明也善曰上林賦曰長途中宿郭璞曰途樓閣間陛道漸臺臨池層曲九成善曰言重高九層也呂氏春秋曰有娀氏有二佚女爲九成之臺也屹然特立的爾殊形高徑華蓋仰看天庭高徑所徑高九上至華蓋也善曰楚辭曰

乘 注

穴天 注同 抄突 抄嬈蚍 抄 突當作穴天

尤云巖突洞出五臣作巖穴

抄孰

抄苍

登華蓋兮乘暘谷荅賓戲日未仰天庭而覩白日飛陛揭孽緣雲上征善曰揭孽高貌中坐垂景頫視流星言臺之高自中坐而乘日景也楚辭曰流星墜兮成雨千門相似萬戶如一千門萬戶言衆多也相似如一言皆好也善曰漢書曰建章宮度爲千門萬戶巖突洞出逶迤詰屈善曰子虛賦曰巖突洞房周行數里仰不見日或二或三爲數非正之辭也論語孔子曰加我數年可以學易何宏麗之靡靡咨用力之妙勤善曰小雅曰靡靡細也郭璞方言注曰靡靡細好也妙勤精妙功勤也非夫通神之俊才誰能剋成乎此勳善曰移太常博士曰聖上德通神明漢書曰益州刺史王襄聞王襃有俊才爾雅曰勳功也據坤靈之寶勢承蒼昊之純殷易曰地勢坤蒼昊皆天之稱也春爲蒼天夏爲昊天純大殷中也言魯承天之大中也包陰陽之變化含元氣之烟煴烟煴天地之蒸氣也善曰孫卿子曰陰陽大化周易曰四時變化春秋命歷序曰元氣正

則天地八卦孳周易曰天地絪緼萬物化醇玄醴騰涌於陰溝甘露被宇而下秦醴泉出地故曰陰溝也善曰春秋元命包曰天樞至得則醴泉出孝經援神契曰德至天則甘露降朱桂黝儵於南北蘭芝阿那於東西黝儵阿那皆茂盛之貌善曰尚書大傳曰德光地序則朱草生礼斗威儀曰君乘金而王其政平則蘭芝常生鄭玄曰主調和也伏儼子虛賦注曰芍藥以蘭桂調食也然蘭既爲瑞桂亦宜同春秋運斗樞曰搖光得陵黑芝朱穆鬱金賦曰丹桂植其東祥風翕習以颯灑激芳香而常芬風之散物如灑颯然及激戲草木出其芳潡故云翕習以灑颯善曰禮斗威儀曰君乘火而王其政平則祥風至翕習盛貌颯素合切神靈扶其棟宇歷千載而彌堅善曰甘泉賦曰神莫莫而扶傾尔雅曰弥益也永安寧以祉福長與大漢而久存實至尊之所御保延壽而宜子孫善曰喪服傳曰天子至尊高唐賦曰延年益壽千萬歲毛詩曰宜爾子孫振振兮苟可貴其若斯孰亦有云而不珍毛萇詩傳曰云言也

爾雅曰珍美也

亂曰形形靈宮巋巍穹崇紛厖鴻兮善曰皆高大之貌巍助軌切厖莫董切鴻胡董切巋峞崱屴嵫鼇𡾜岑崟崙嶷駢巃嵸兮善曰皆峻嶮之貌巋助力切屴音力嵫音兹鼇音貍崙音菑嶷音疑連拳偃蹇崙菌踡嵼傍歆傾兮善曰皆特起之貌倫音倫菌巨貧切踡巨免切嵼音産歇欻幽藹雲覆靄𩆜洞杳冥兮善曰皆幽邃之貌歇許乞切欻許勿切靄杜咸切𩆜杜對切葱翠紫蔚礧碨瓌瑋含光晷兮善曰蔚文貌埤蒼曰礧碨礧也礧力罪切碨於賄切郭璞山海經注曰礧硌大石也硌音洛埤蒼曰瓌瑋珍琦也窮奇極妙棟宇已來未之有兮善曰周易曰上棟下宇以庇風雨神之營之瑞我漢室永不

朽兮

抄不提行

抄歘

靄 抄靆

抄硌 尤云礧碨音碨作硌别本作硌舊注音落

抄以

景福殿賦

洛陽宮殿簿曰許昌宮景福殿七間

何平叔 典略曰何晏字平叔南陽人也尚金鄉公主有奇才頗有材能美容貌魏明帝將東巡恐夏熱故許昌作殿名曰景福既成命人賦之平叔遂有此作平叔爲散騎常侍遷尚書主選後曹爽反爲司馬宣王斬於東市

大哉惟魏世有哲聖武創元基文集大命 武武帝文文帝並見魏都賦毛詩曰世有哲王尚書伊尹曰天監厥德用集大命孔安國曰集王命於其身 皆體天作制順時立政 東都賦曰體元立制順時立政謂依月令而行也禮記曰凡舉事必順其時尚書有立政篇 至于帝皇遂重熙而累盛 魏志曰明皇帝諱叡字元仲文帝太子也生數歲而有岐嶷之姿武皇異之文帝崩即皇帝位東都賦曰至乎永平之際重熙而累洽也 遠則襲陰陽之自然近則本

抄二 抄無 尤五歲三月東巡狩五臣作歲二月東巡

抄祀 尤云望祠五臣祠作祀

肅

人物之至情周易曰一陰一陽之謂道阮籍通老子論曰道法自然漢書鼂錯對策曰計安天下莫不本於人情也上則崇稽古之弘道下則闡長世之善經稽古巳見靈光殿賦尚書序曰謂之三墳言大道也左氏傳曰北宮文子曰有其國家令問長世又隨武子曰兼弱攻昧武之善經庶事既康天秩孔明尚書咎繇曰庶事康哉又曰天秩有禮毛詩曰祀事孔明故載祀二三而國富刑清歲三月東巡狩至于許昌魏志明紀曰大和六年三月行幸東巡四月行幸許昌宮春秋說題辭曰國富民康周易曰聖人以順動則刑罰清班固漢書述曰國富刑清尚書曰歲二月東巡狩至于岱宗柴望祠山川考時度方存問高年率民耕桑禮記王制曰歲二月東巡狩望祠山川問百年者就見之考時月定禮樂制度衣服正之史記曰撫萬民度四方王齊曰漢定四方而安撫之司馬彪續漢書曰凡郡國掌治民常以春行所至縣勸民農桑越六月既望林鍾紀律大火昏正桑梓繁

抄廡

抄上有相與　尤云感乎溽暑五臣多相與字

注飾及別本　抄飾

廡。大雨時行。尚書曰惟五月既望孔安國曰十五日日火中又曰律中林鍾是月也禮記曰季夏之月昏大雨時行尚書曰庶草蕃廡三事。九司。宏儒。碩生。三事三公也毛詩曰三事大夫莫肯夙夜九司九卿也春秋漢含孳曰九卿象河海劇秦美新曰耆儒碩老尒雅曰宏碩大也感乎溽暑之伊鬱。而慮性命之所平。禮記曰季夏是月也土潤溽暑伊鬱煩熱貌周易曰乾道變化各正性命家語孔子對魯哀公曰分於道謂之命形於一謂之性王肅曰分於道始得爲人也各受陰陽剛柔之性故曰形於一惟岷越之不靜。寤征行之未寧。岷越吳蜀二境也尚書曰西土人亦不靜也乃昌言曰。昔在蕭公。暨于孫卿。皆先識博覽。明允篤誠。尚書曰禹拜昌言蕭公何也荀卿子曰宮室臺榭以近燥濕養德別輕重也長笛賦序曰博覽典雅左氏傳曰高陽氏有才子明允篤誠莫不以爲不壯不麗不足以一民而重威靈。不飾不美不足以訓後而

抄響

范書獻帝紀無此文章懷注引有劉艾獻帝紀

永厥成漢書曰蕭何治未央宫上見其壯麗甚怒何曰天子以四海爲家非令壯麗亡以重威且亡令後世有以加也賈逵連珠曰夫君人者不飾不美不足以一民國語屈建曰不可以訓後嗣不可以私欲干國毛詩曰我客戾止永觀厥成故當時享其功利後世賴其英聲杜預左氏傳注曰享受也史記司馬季曰助上養下多其功利封禪書曰飛英聲且許昌者乃大運之攸戾圖讖之所旌獻帝紀曰太史丞許芝奏故白馬令李雲上書曰許昌氣見於當塗高者昌於許當塗高者魏也今魏基昌於許漢微絶於許春秋元命包曰許昌爲周當塗春秋説題辭曰大運在五雒書摘云辭曰五德之運杜預左氏傳注曰戾定也賈逵國語注曰旌表也苟德義其如斯夫何宫室之勿營帝曰俞哉廣雅曰何問也尚書帝曰俞孔安國曰俞然也玄輅既駕輕裘斯御禮記曰孟冬之月天子乘玄輅又曰是月也天子始裘論語子曰衣輕裘蔡邕月令章句曰凡衣服加於身曰御乃命有司禮儀是具禮記曰乃命有司漢

書景帝詔曰禮官具禮儀**審量日力詳度費務**漢書曰王延世功費約省用日力寡孫子曰必先筭其費務**鳩經始之黎民輯農功之暇豫**左氏傳鄭子曰以鳩其民爾雅曰鳩聚也毛詩曰經始靈臺孔安國尚書傳曰黎衆也又輯集也左氏傳呂相絕秦曰芟夷我農功國語優施曰我教暇豫之事君韋昭曰暇間也豫樂也**因東師之獻捷就海孽之賄賂。**魏志明帝六年九月脩許昌宮十月田豫討大將周賀於成山殺賀東師獻捷蓋謂此也左氏傳曰文侯來獻戎捷漢書曰蟲豸之妖謂之孼以吳僻居海曲而稱亂故曰海孽魚列切爾雅曰賄財也**立景福之秘殿。備皇居之制度。**魏志明紀曰脩許昌宮起景福殿魯靈光殿賦曰立靈光之秘殿**爾乃豐層覆之耽耽建高基之堂堂**西京賦曰大廈耽耽史記曰楚國堂堂之大也**羅疏柱之汨**王筆**越肅坻**直夷**鄂**五各**之鏘鏘**羅列也疏柱畫柱也汨越光明貌坻殿基也鄂垠鄂也西京賦曰坻鍔鱗眴**飛櫩翼以軒翥反宇巘**

魚桀以高驤西京賦曰反宇業業飛檐钀钀又曰鳳騫翥於甍標西都賦曰荷棟桴而高驤流羽毛之威蕤垂環玭之琳琅言宮室以羽毛爲飾文垂環玭及琳琅也西都賦曰翡翠火齊威蕤羽毛之皃爾雅曰肉好若一謂之環說文曰玭珠也蒲眠切參旗九旒從風飄揚周禮曰熊旗六斿以象伐毛萇詩傳曰參伐也然伐一星以旗象參故曰參旗周易曰龍旗九旒今云參旗九旒蓋一指旗名言旒數可以相明也皓皓旰旰丹彩煌煌旰旰煌煌皆盛皃故其華表則鎬鎬杲鑠鑠赫奕章灼若日月之麗天也華表謂華飾屋外之表也鎬鎬鑠鑠赫奕章灼皆謂光顯昭明也周易曰日月麗乎天鎬古皓切鑠舒藥切其奧秘則翳蔽曖昧髣髴退概若幽星之纚連也魯靈光殿賦曰西序重深而奧秘翳蔽曖昧髣髴退概皆謂幽深不明也幽猶夜也曖音愛概古愛切纚相連之皃力氏切既櫛比明逸而攢集又宏璉以豐敞毛詩曰其比如櫛璉未詳一曰

抄棍　抄瞎睥　抄綵　參

抄燿

抄彧許云欲彧作郁

抄二字到　抄巍

抄跱

抄耀

宏連大連衆木也王逸楚辭注曰横木關柱爲連璉與連古字通兼苞博落不常一象博落謂所繞者廣也郭璞山海經注曰絡繞也落與絡古字通遠而望之若摛朱霞而燿天文迫而察之若仰崇山而戴垂雲廣雅曰摛舒也宋衷易緯注曰天文者謂三光王襃甘泉賦曰却而望之鬱乎似積雲就而察之靄乎若太山羌瓌瑋以壯麗紛彧彧其難分此其大較角也南都賦曰紛郁郁其難詳大較猶大略也孔安國尚書傳曰大較三品也若乃高甍萌崔嵬飛宇承霓薛綜西京賦注曰甍棟也緜蠻黮徒感䨴徒會隨雲融泄曳韓詩曰緜蠻黃鳥薛君曰緜蠻文貌黮䨴黑貌黮徒感切䨴徒對切融泄動貌也鳥企山峙若翔若滞言屋形高竦如鳥之企如山之竦若翔若滞山鳥之貌毛詩曰如鳥斯企說文曰企舉踵也去鼓切魯靈光殿賦曰屹山峙以紆鬱峨峨嶫業嶫罔識所屆西京賦曰嵯峨捷業罔識所則雖離朱之至精猶眩曜

殷 抄隱 據注引詩傳當如此

而不能昭晰也趙岐孟子章句曰離朱即離婁也淮南子曰離朱之明察箴末於百步之外箴古針字王逸楚辭注曰眩曜惑亂貌說文曰昭晰明也晰之逝切爾乃開南端之豁達張筍虡之輪囷凡正門皆謂之端門春秋說題辭曰血書魯端門豁達門通之貌輪囷其形也華鍾杌其高懸悍獸佗以儷陳言端門之內爲筍以懸華鍾又植悍獸爲虡以負之佗然相對而陳列之東都賦曰鏗華鍾獸負鍾已見西京賦何休公羊傳注曰佗然壯勇貌賈逵國語注曰儷偶也儷力計切體洪剛之猛毅聲訇普安磤其若震音真毛詩傳曰磤雷聲也於謹切爰有遐狄鐐質輪囷遐狄即長狄也以鐐爲質輪囷然也爾雅曰白金謂之銀美者謂之鐐郭璞曰音遼廣雅曰質軀也輪音倫囷其旻切坐高門之側堂彰聖主之威神言爲金狄坐於高門側堂之中以明聖主之有威神晏子曰景公坐於堂側芸若充庭槐楓被宸禮記曰仲冬之月芸始生鄭玄曰芸香草也若杜若也何休公羊傳注曰充蒲也槐楓

尤云厥庸五臣庸作用　抄趨

二趨臣趨

抄梁旁注蘇

名

二木名說文曰宸屋宇也音辰綴以萬年綷以紫榛賈逵國語注曰綴連也晉宮闕銘曰華林園萬年樹十四株綷猶雜也毛詩曰山有紫榛毛萇曰榛木名或以嘉名取寵或以美材見珍萬年嘉名之屬紫榛美材之屬結實商秋敷華青春禮記曰孟秋之月其音商楚辭曰青春受謝王逸曰青東方爲春位其色青藹藹萋萋馥馥芬芬爾其結構則脩梁彩制下褰上奇脩梁跨迴故曰褰衆彩殊制故曰奇徐爰射雉賦注曰褰開也說文曰奇異也桁梧複疊勢合形離桁梁上所施也桁與衡同梧柱也音悟赩如宛虹赫如奔螭宛虹奔螭梁上之飾也如淳漢書注曰宛虹屈虹也南距陽榮北極幽崖宜任重道遠厥庸孔多言椽栱交結南自陽榮而北至幽崖故云任重道遠其功甚多多當爲趨廣雅曰趨多也紙移切郭璞上林賦注曰榮屋南簷也在南曰陽論語曰任重而道遠於是列髹休彤之繡桷垂琬琰之文璫

尤云飛柳五臣柳作卬

尤云飛險五臣險作隥

抄斑即班字

言楄以緜漆飾之而爲藻繡以琬琰之五而爲文璫漢書曰殿上緜周禮曰王之喪車緜飾鄭玄曰赤多黑少謂之緜韋昭曰剔漆爲緜尚書曰弘辟琬琰在西序上林賦曰華榱璧璫蝹於云若神龍之登降灼若明月之流光神龍繡楄也明月文璫也薛綜西京賦注曰蝹龍貌爰有禁楄補沔勒分翼張楄附陽馬之短桷也說文曰楄署也扁從戶冊者署門戶也楄署雖殊爲文之義則一也扁與楄同一音必緜切冊楚責切勒分翼張言如獸勒之分鳥翼之張釋名曰勒與肋古字通承以陽馬接以貟方陽馬四阿長桁也禁楄列布承以陽馬衆材相接或貟方也馬融梁將軍西第賦曰騰極受檐陽馬承阿斑閒賦白踈密有章廣雅曰斑分也毛萇詩傳曰賦布也考工記曰畫繢之事赤與白謂之章飛枊鳥踊雙轅是荷飛枊之形類鳥之飛又有雙轅任承檐以荷衆材今人名屋四阿栱曰檝枊也劉梁七舉曰雙轅覆井芰荷垂英枊吾郎切赴險凌虛獵捷相加其衆材相加或凌虛赴險獵捷相接之貌皎皎白閒離離列錢白閒

騙徙今所謂螺旋形
尤云騙徙五臣徙作徙　抄懸

抄韡

抄顉下顉之誤
顉注

青瑣之側以白塗之今猶謂之白間列錢金釭也西京賦曰金釭銜璧是爲列錢晨光內照流景外㷿晨光日景也日光照於室中而流景外發而延起也西都賦曰激日景而納光㷿起貌式延切烈若鉤星在漢煥若雲梁承天言宮殿列然光明若鉤星之在河漢煥然高廣又似雲梁而承於天也廣雅曰辰星或謂之鉤星雲梁以雲爲梁也騙徙增錯轉縣成郭騙或爲蝸言合衆板上爲井欄而形文錯若蝸之徙遷轉縣之各成郭郭茄蔤倒植吐被芙蕖爾雅曰荷芙蕖其莖茄其本蔤郭璞曰莖下曰藕在泥中者蔤音密蒼頡篇曰植種也繚了以藻井編以綷子會疏紅葩𩍐甲胡韡甲直甲丹綺離婁力俱反廣雅曰繚繞纏也西京賦曰蔕倒茄於藻井披紅葩之狎獵又曰何工巧之瑰瑋交綺豁以疏寮綷疏謂繪五彩於刻鏤之中離婁刻鏤之貌劉向重熏爐銘曰彫鏤萬獸離婁相加菡萏赩翕纖縟紛敷菡萏已見上文顉與菡同說文曰縟采飾也繁飾累巧不可勝書廣雅曰勝舉也言不可勝而書於

抄窶　抄礫　本賦作以

是蘭栭積重䆳㝥數矩設蘭木蘭也以木蘭爲栭言蘭栭重疊交互以相承有似䆳㝥數故借其名焉蘇林漢書注曰䆳㝥數四股鉤䆳㝥其矩切數所柱切櫼子蕪櫨各落以相承欒栱夭蟜而交結櫼即柳也櫼子廉切說文曰櫨柱上栟也薛綜西京賦注曰欒柱上曲木兩頭受櫨者栱欒類而曲也夭蟜欒栱長壯之貌蟜其夭切金楹齊列玉舄承跋金楹金柱也而以玉礩承柱之跋也西京賦曰彫楹玉舄廣雅曰碣礩也禮記曰燭不見跋鄭玄曰跋本也方末切青瑣銀鋪是爲闈闥言以青鎖銀鋪是爲闈闥之飾漢書曰赤墀青瑣銀鋪以銀爲鋪首也長門賦曰擠玉戶而撼金鋪雙校既脩重桴乃飾雙校屋內重檐也重桴重棟也在內謂之雙校在外謂之重桴言重檐既長因達于外而爲重棟以施采飾也校莫囬切梍梠緣邊周流四極言以梍梠緣屋邊隅周帀流移至於四極說文曰梍梠秦名屋縣聯楚謂之梠也梍頻移切俟衛之班藩服之職言梍梠之居四極若五服之鎮外藩也周書有俟衛藩服小雅曰班

以
也
温房承其東序涼室處其西偏温房涼室二殿名卞蘭許昌宮賦曰則有超舒涼室羲和温房然卞何同時今引之者轉以相明也他皆類此開建陽則朱炎豔啓金光則清風臻建陽門在東金光在西白虎通曰炎者太陽韋仲將景福殿賦曰昭剛義於金光崇柔惠於建陽爾雅曰臻至也故冬不淒寒夏無炎燀言寒暑猶門故無寒燀之患毛萇詩傳曰淒寒風也國語太子晉曰水無沉氣火無炎燀韋昭曰燀炎起貌昌延切鈞調中適可以永年呂氏春秋曰衷也者適也高誘曰適中也舞賦曰永年之術墉垣碭基其光昭昭爾雅曰牆謂之墉說文曰碭文石也徒浪切昭之紹切周制白盛今也惟縹墉之色也周禮曰掌蜃共白盛之蜃鄭玄注曰盛猶成也謂飾墉使白之蜃也今東萊用蛤謂之义灰劉梁七舉曰丹墀縹壁紫柱紅梁落帶金釭此焉二等落帶壁帶也而交落之上施金釭而爲二等漢書曰昭陽舍其壁帶往往爲黃金釭函藍田璧明珠翠羽往往而在漢書曰昭陽舍

繪 注同 抄繪 抄章

會

恩

抄靚 尤云五臣觀作靚

往往明珠翠羽飾之欽先王之允塞悅重華之無爲尚書曰重華濬哲文明溫恭允塞孔安國曰舜有深智文明溫恭之德信充塞四表上下也論語曰無爲而治者其舜也歟命共工使作繢明五采之彰施尚書帝曰垂命汝作共工又曰予欲觀古人之象作會宗彝以五采彰施于五色作服汝明鄭玄曰繢讀曰繪凡畫者爲繪胡對切圖象古昔以當箴規韋昭國語注曰箴箴刺王闕鄭玄毛詩箋曰規正圓之器以思親正君曰規也椒房之列是準是儀漢舊儀曰皇后稱椒房詩曰椒聊之實蕃衍盈升美其繁興也觀虞姬之容止知治國之佞臣列女傳曰齊虞姬者名娟之齊威王之姬也威王即位諸侯並侵之其佞臣周破胡專權擅勢嫉賢妬能即墨大夫賢而日毀之阿大夫不肖反日譽之虞姬謂王曰破胡讒諛之佞臣也不可不退齊有北郭先生者賢明於道可置左右王乃封即墨大夫以萬戶烹阿大夫與周破胡遂收故侵地齊國大治見姜后之解珮寤前世之所遵列女傳曰周宣王姜后者齊侯之女宣王

流　男

之后也宣王甞夜卧而晏起后夫人不出於房姜后既出乃脱簪珥待罪於永巷使其傅母通言於王曰妾不才妾之淫心見矣致君王失禮而晏朝注云永巷堂塗是也

賢鍾離之讜言懿楚樊之退身

列女傳曰鍾離春者齊無鹽邑之女也爲人極醜自詣宣王願乞一見宣王召見之乃舉手拊膝曰殆哉殆哉宣王曰願聞命對曰今西有横秦之患南有强楚之讎春秋四十壯勇不立此一殆也漸臺五層萬民疲困此二殆也賢者伏匿山林諂諛强於左右此三殆也酒漿沉湎以夜繼日女樂俳優縱横大笑此四殆也宣王喟然而歎寡人之殆幾不全拜無鹽君以爲王后漢書成帝曰从不見班生今日復聞讜言聲類曰讜善言也列女傳曰楚莊王樊姬者楚莊王之夫人也王甞聽朝而罷晏樊姬曰何罷之晏也王曰今旦與賢者語樊姬曰王之所謂賢者諸侯之客與將國中士也王曰虞丘子也樊姬揜口而笑曰妾幸得充後宫妾所進者九人今賢於妾者二人與妾同列者七人今夫虞丘子之相楚十餘年矣其所薦者非其子孫則族昆弟未甞聞其進賢而退不肖夫知賢而不進是不忠也若不知賢是無知也豈可謂賢哉

嘉班妾之

二十九

詩

辭輦偉孟母之擇鄰漢書曰成帝遊於後庭嘗與班婕妤同輦婕妤辭曰三代末主乃有嬖女今欲同輦得無近似之列女傳曰孟軻母者即孟子母也號曰孟母其舍近墓孟子之少也嬉戲爲墓間之事踊躍築埋孟母曰此非所以居處子也乃去舍市傍其子嬉戲爲賈又曰此非所以居處子也乃舍學官之傍其子遊戲乃設俎豆揖讓進退曰此可以居子遂居及孟子長學六藝卒成大儒故將廣智必先多聞。文子曰聰明廣智守以愚多聞博辯守以儉國語曰晉公使趙衰爲卿辭曰胥臣多聞臣不若也多聞多雜。多雜眩眞。楊子曰雜乎雜人病多知爲雜惟聖人爲不雜賈逵國語注曰眩惑也不眩焉在。在乎擇人。左氏傳士文伯謂晉侯曰務三而已一曰擇人杜預曰擇賢人也故將立德。必先近仁。言將欲立德必先近於仁賢也左氏傳穆叔曰太上立德禮記曰力行近乎仁也欲此禮之不僭去乾是以盡乎行道之先民大戴禮記曰禮義之不僭言何恤人言禮記孔子曰行道之人國語曰古曰在昔昔曰先民也朝觀

連
尤云鄧張五臣作披張
本賦引無檻字欄作
蘭

抄獻

夕覽何與書紳言朝夕觀覽圖畫何如書紳之事乎論語曰子張書諸紳若乃階除連延蕭曼雲征蕭曼蕭條曼延言高遠也西京賦曰途閣雲曼魯靈光殿賦曰飛陛揭孽緣雲上征櫺檻邳張鉤錯矩成西京賦曰伏櫺檻而頫聽薛綜曰櫺檻臺上欄也邳或爲丕孔安國尚書傳曰丕大也鉤以正曲矩以正方也莊子曰曲者不以鉤方者不以矩錯猶治也楯類騰蛇棈音習似瓊英榮楯彫鏤形類騰蛇象棈文采又似瓊英越絕書曰越王句踐欲伐吳大夫文種於是作榮楯嬰以白璧鏤以黃金狀類龍蛇以獻吳王一曰應劭漢書注曰楯欄橫也司馬彪莊子注曰棈楲楔也瓊英玉英也此既施之於櫺檻然凡楔皆謂之棈辭立切楔先結切如螭之蟠如虬之停廣雅曰無角曰螭龍有角曰虬龍螭已見上文玄軒交登光藻昭明司馬彪上林賦注曰軒楯下板也上加漆故曰玄軒楯階除之欄故曰交登鄭玄周禮注曰登升也騶虞承獻素質仁形言爲騶虞以乘軒板狀軒軒然毛萇詩傳曰騶虞白虎黑文毛詩序曰仁如騶

昭 別本

孝 別本

虞則王道成矣劉熙孟子注曰獻猶軒軒在物上之稱也廣雅曰質地也彰天瑞之休顯照昭

遠戎之來庭司馬相如封禪書騶虞頌曰厥塗靡從天瑞之徵王褒四子講德論曰南郡獲白虎是以北狄賓也陰堂承北方軒九戶在北故曰陰堂也方軒併窗也西京賦曰九戶開闢

右个清宴西東其宇杜預左氏傳注曰个東西廂也清宴殿名韋誕景福殿賦曰離殿別館槃如列星安昌延休清宴永寧連以永寧安昌臨圃洛陽宮殿簿曰許昌宮永寧殿七間安昌殿十間臨圃殿名遂及百子後宮攸處韋誕景福殿賦曰美百子之特居嘉休祥之令名鄭玄毛詩箋曰大姒十子衆妾則宜百子其殿之名蓋取於此處之斯何窈窕

淑女毛詩曰窈窕淑女君子好仇思齊徽音聿求多祜毛詩曰思齊大任文王之母又曰大姒嗣徽音則百斯男又曰靡有不克自求伊祜其祜伊何宜爾子孫宜爾子孫已見上文克明克哲克聰克敏蔡邕橋玄碑曰克明克哲實叡實聰毛詩曰農夫克敏

文十一　二十

永錫難老兆民賴止錫之以難老令其壽考毛詩曰既飲旨酒永錫難老尚書曰一人有慶兆民賴之於南則有承光前殿賦政之宮洛陽宮殿簿曰許昌宮承光殿七間納賢用能詢道求中西京賦曰表賢簡能毛萇詩傳曰親戚之謀為詢也彊理宇宙甄陶國風左氏傳齊賓媚人謂晉人曰先王彊理天下揚子法言曰甄陶天下其在和乎李軌曰埏埴為器曰甄陶王者亦甄陶其民也埏失然切雲行雨施品物咸融周易曰雲行雨施品物流形鄭猶通也其西則有左墄右平講肄之場七略曰甍鞠者傳言黃帝所作王者宮中必左城而右平城猶國也言有國當治之也甍鞠亦有治國之象左城而右平侯權景福殿賦曰乃造彼鞠室講肄謂習武也賈逵国語注曰肄習也二六對陳殿翼相當二六蓋鞠室之數而室有一人也李尤鞠室銘曰圓鞠方牆放象陰陽法月衡對二六相當卞蘭許昌宮賦曰設御坐於鞠域觀奇材之曜暉二六對而講功体便捷其若飛僻脫承便蓋象戎兵

言相僻脫似承敵人之便以象戎兵習戰之術也七略曰蹋鞠兵勢也漢書音義曰捽胡若今相僻卧輪之類僻匹赤切察解言歸譬諸政刑將以行令豈唯娛情言察之既解而各言歸斯實譬之政刑非爲戲樂而已七略曰蹋鞠其法律多微意皆因嬉戲以講練士至今軍士羽林無事使得蹋鞠婦田賦曰聊以娛情鎮以崇臺寔曰永始永始臺名倉廩所居也韋仲將景福殿賦曰時襄羊以劉覽步華輦於永始知稼穡之艱難壯農夫之克敏複閣重闈猖狂是倓莊子曰猖狂妄行也京庾之儲無物不有毛詩曰曾孫之庾如坻如京鄭玄曰庾露積穀也西京賦曰于何不有不虞之戒於是焉取言有不虞之戒取京庾以給之周易曰君子以除戎器戒不虞爾乃建凌雲之層盤浚虞淵之靈沼凌雲層盤名也爲之以承甘露也虞淵靈沼名也韋仲將景福殿賦曰虞淵靈沼淥水泱泱毛詩曰王在靈沼清露瀼瀼淥水浩浩清露層盤之露也毛詩曰零露瀼瀼而羊切尚書曰浩浩滔天樹以

抄槃

抄綠

嘉木植以芳草西京賦曰嘉木樹庭芳草如積悠悠玄魚䧧䧧白鳥孔叢子孔子歌曰黄河洋洋悠悠之魚毛詩曰白鳥翯翯毛萇曰翯翯肥澤也翯與䧧音義同沈浮翱翔樂我皇道言魚鳥得所若乃虯龍灌注溝洫交流言爲虯龍之形吐水灌注以成溝洫交横而流東征賦曰望河洛之交流陸設殿館水方輕舟爾雅曰大夫方舟郭璞曰併兩船篁棲鶤鷺瀨戲鰋鮋音由服虔漢書注曰篁叢竹也鶤鷺二鳥名鰋鮋二魚名豐侔淮海富賑山丘字林曰侔齊等也馮衍爵銘曰富如江海孫卿子曰節用裕民且有富厚丘山之積矣爾雅曰賑富也叢集委積焉可殫籌鄭玄周禮注曰少曰委多曰積儀禮注曰籌筭也雖咸池之壯觀夫何足以比讎春秋漢含孳曰咸池主五穀宋均曰咸池取池水灌注生物以爲名也元命包曰其星五者各有職以蓄積爲作恃五穀爾雅曰讎匹也視周切於是碣以高昌崇觀表以建城峻盧薛綜東京賦注

杪階　本賦作除

大玄頫眺五臣作俯看

謂九野也

曰高昌建城二觀名也韋仲將景福殿賦曰北看高昌邪睨建城碣揭同岧嶤岑立崔嵬巒居爾雅曰山小而高曰岑又曰巒山墮郭璞曰山形長狹者荊州謂之巒飛閣干雲浮堦乘虛西都賦曰脩塗飛閣西京賦曰干雲霧而上達浮堦飛陛也遥目九野遠覽長圖謂建城也淮南子曰上通九天下貫九野高誘曰九天八方中央九野亦如之周禮曰遂人掌邦之野以土地之圖經田野頫眺三市孰有誰無謂高昌也韋仲將景福殿賦曰踐高昌以北眺臨列隊之京市周禮曰大市日仄而市朝市朝時爲市夕市夕時爲市孟子曰古之爲市以其所有易其所無覿農人之耘耔亮稼穡之艱難惟饗年之豐寡思無逸之所歎毛詩曰或耘或耔黍稷薿薿尚書無逸周公曰嗚呼君子所其無逸先知稼穡之艱難乃逸又曰我聞在昔殷王中宗享國七十有五年高宗之享國五十有九年自是厥後立王生則逸或五六年或四三年感物衆而思深因居高而慮危謂三市也感猶思也周易曰日中爲市聚

注　抄樂　方

天下之貨又曰君子安而不忘危惟天德之不易懼世俗之難知周易曰用九天德不可爲首也尚書曰爾亦弗知天命不易也觀器械之良窳以察俗化之誠僞文子曰器械不惡而職事不慢也鄭玄禮記曰器械禮樂之器及兵甲也史記曰舜陶河濱器不苦窳晉灼曰窳病也班固漢書贊曰孝宣之治至於器械自元成間鮮能及之亦足以知吏稱其職民安其業瞻貴賤之所在悟政刑之夷陂晏子春秋景公謂晏子曰子之宅近市則識貴賤乎晏子對曰既竊利之敢不識乎公曰何貴何賤是時也景公繁於刑晏子對曰踊貴而屨賤公是以省刑孔安國尚書傳曰夷平也陂險也亦所以省風助教豈惟盤樂而崇侈靡省風觀器械也國語伶州鳩曰天子省風以作樂助教察政刑也班固漢書述曰咸賓輔德刑亦助教子虛賦曰奢言淫樂而顯侈靡也屯坊列署三十有二星居宿陳綺錯鱗比聲類曰坊別屋也方與坊古字通釋名曰坊別屋名星散也列位布散也宿星宿也比比相次也扶至切辛

壬癸甲爲之名秩辛壬癸甲十干之名今取以題坊署以别先後也房室齊均堂庭如一出此入彼欲反忘術廣雅曰術道也惟工匠之多端固萬變之不窮楚辭曰亦多端而膠加又曰萬變之情豈其可盡物無難而不知乃與造化乎比隆列子曰穆王見偃師歎曰人之巧乃與造化同功造化已見東都賦

注雖天地以開基並列宿而作制制無細而不協於規景作無微而不違於水臬五結切無細不合皆言合也無微而違言不違也周禮匠人建國水地以縣置槷以縣眡其景爲規識日出之景與日入之景鄭玄曰於四角立植而縣以水望其高下高下既定乃爲位而平地也槷古文臬假借字也於所平之地中樹八尺之臬以縣正之眡之其景將以正四方也故其增構如積植木如林區連域絶葉比枝分離背别趣駢田胥附離背别趣各有所施也駢田胥附羅列相著也縱横踰延各有

據注二皆羨文 而衍

不衍

抄編　尤袤璘五臣作編

下有脫

攸注公輸荒其規矩匠石不知其所斲墨子曰公輸般為雲梯鄭玄禮記注曰公輸若匠師也般若之族多技巧也孔安國尚書傳曰荒廢也莊子曰匠石之齊見櫟社樹觀者如市匠伯不顧司馬彪曰匠石字伯說文曰斲竹句切既窮巧於規摹何彩章之未殫爾乃文以朱綠飾以碧丹言既極規摹之巧而未盡采章之盛故文之以朱綠而飾之以碧丹也傳毅七激曰文以朱綠殫下或有駭字非也點以銀黃爍以琅玕黃謂黃金漢書曰楊僕懷銀黃也光明熠以入爚藥文彩璘班編說文曰熠盛光也爚火光也埤蒼曰璘璘文貌清風萃而成響朝日曜而增鮮雖崐崘之靈宮將何以乎侈旃穆天子傳曰天子升於崐崘之丘觀黃帝之宮規矩既應乎天地舉措又順乎四時太玄經曰天道成規地道成矩文子曰舉措廢置不可不審順乎四時即順時立政也是以六合元亨九有雍熙呂氏春秋曰神

抄堙

通乎六合高誘曰四方上下爲六合元亨巳見上文毛詩曰方命厥后奄有九有毛萇曰九有九州也東京賦曰上下共其雍熙尚書曰黎民於變時雍又曰庶績咸熙家懷克讓之風人詠康哉之詩尚書曰允恭克讓又咎繇乃歌曰元首明哉股肱良哉庶事康哉莫不優游以自得故淡泊而無所思毛詩曰優哉游哉鄭玄曰優游自安止也東都主人曰莫不優游而自得玉潤而金聲淮南子曰所謂有天下者自得而巳老子曰道之出口淡乎其無味說文曰泊無爲也莊子曰知反於帝宮見黃帝而問焉曰何思何慮則知道黃帝曰無思無慮則知道也歷列辟而論功無今日之至治直之反封禪書曰歷選列辟李尤平樂觀賦曰披典籍以論功蓋罔及乎大漢莊子曰容成氏大庭氏若此時至治也彼吴蜀之湮滅固可翹足而待之封禪書曰湮滅而不稱新序趙良謂商君曰君亡可翹足而待也廣雅曰翹舉也然而聖上猶孜孜靡忒求天下之所以自悟孟子曰雞鳴而起孳孳爲善者舜之徒也孳與孜同

抄大

摩明

鄭玄毛詩箋曰弐變也家語魯君曰微夫子寡人無由自悟也招忠正之士開公直之路漢書谷永上書曰崇諫爭之官廣開忠直之路想周公之昔戒。慕咎繇之典謨。周公昔戒謂無逸也咎繇典謨謂康哉之歌也除無用之官。省生事之故。史記曰吳起如楚損不急之官漢書蕭望之曰生事於外夷漸不可長公羊傳曰遂者何生事也何休曰生猶造也賈逵國語注曰故謀也絕流遁之繁禮。反民情於太素。淮南子曰凡亂之所由生者皆在流遁流遁之所生者五或遁於木或遁於水或遁於土或遁於金或遁於火民五者一足以亡天下也說文曰遁遷也尚書曰禮煩則亂太素樸素也東都賦曰昭節儉示太素故能翔岐陽之鳴鳳。納虞氏之白環。國語周內史過曰周之興也鸑鷟鳴於岐山世本曰舜時西王母獻白環及珮蒼龍覿於陂塘。龜書出於河源。魏志文紀曰青龍見於摩陂魏略文紀曰神龜出於靈池東京賦曰龜書畀姒班固漢書贊曰漢使窮河源也醴泉涌於池

抄明 尤六臣總神靈五臣作神明 抄祜 祜注同◎據注訓福改

囿靈芝之生於丘園魏志曰延康元年醴泉出芝草生於樂平郡揔神靈之貺祐集華夏之至歡王逸楚辭注曰揔合也春秋元命包曰通三靈之貺長楊賦曰受神人之福祐爾雅曰貺賜也祐福也尚書曰華夏蠻貊方四三皇而六五帝曾何周夏之足言鄭玄毛詩箋曰方且也燕丹子夏扶謂荆軻曰何以教太子軻曰高欲令四三王下欲令六五霸於君何如也

文選卷第十一

壬戌六月廿五日乙夜 侃讀

湖北省公益学术著作出版专项资金
Hubei Special Funds for Academic and Public-Interest Publications

黄侃黄焯批校昭明文選

四

〔梁〕蕭統 編
〔唐〕李善 注
黄侃 黄焯 校訂

長江出版傳媒
崇文書局

文選卷第十九

梁昭明太子撰

文林郎守太子右内率府録事參軍事崇賢館直學士臣李善注上

賦癸

情

宋玉高唐賦一首　神女賦一首

登徒子好色賦一首　曹子建洛神賦一首

詩甲

補亡

束廣微補亡詩六首四言

述德

謝靈運述祖德二首 五言

勸勵

韋孟諷諫一首 四言

張茂先勵志一首 四言

賦癸

情 易曰利貞者性情也性者本質也情者外染也色之別名事於最末故居於癸

○高唐賦一首并序 漢書注曰雲夢中高唐之臺此賦蓋假設其事風諫婬惑也

宋玉

昔者楚襄王與宋玉遊於雲夢之臺 史記曰楚懷王薨太子横立爲頃襄王漢書音義張揖曰雲夢楚藪也在南郡華容縣其中有臺館 望高唐之觀其上獨有雲氣崪兮直上。

高唐神女實爲一篇，猶子虛上林也。枚馬皆祖補斯篇。高唐不得在雲夢中，當在巫山之旁，文可證也。

此坐實先王爲懷王大謬
高唐不曰在雲夢中當在巫山之旁文可證也

忽兮改容須臾之間變化無窮爾雅曰崒者厜㕒注謂山峯頭巉喦然言雲氣形似於山王問玉曰此何氣也玉對曰所謂朝雲者也王曰何謂朝雲玉曰昔者先王嘗遊高唐怠而晝寢鄭玄禮記注曰寢卧息也夢見一婦人曰妾巫山之女也襄陽耆舊傳曰赤帝女曰姚姬未行而卒葬於巫山之陽故曰巫山之女楚懷王遊於高唐晝寢夢見與神遇自稱是巫山之女王因幸之遂爲置觀於巫山之南號爲朝雲後至襄王時復遊高唐爲高唐之客自言爲高唐之客聞君遊高唐願薦枕席薦進也欲親進於枕席求親昵之意也王因幸之去而辭曰妾在巫山之陽高丘之阻山南曰陽土高曰丘漢書注曰巫山在南郡巫縣阻險也旦爲朝雲暮爲行雨朝雲行雨神女之美也朝朝暮暮陽臺之下旦朝視之如言故爲立廟號曰朝雲玉曰朝雲始出狀若何也玉對曰其始出也䨴兮若松榯䨴茂貌如暉喘也徒對切榯直竪貌音時其少進

也。晣兮若姣姬揚袂鄣日而望所思。晣昭晣謂有光明美色揚袂舉袖也如美人之舉袖望所思也忽兮改容偈兮若駕駟馬建羽旗韓詩曰偈桀侹也疾驅貌周禮曰析羽為旌謂破五色鳥羽為之也言氣變改或如駕馬建旗也建立也偈居竭切湫兮如風淒兮如雨風止雨霽雲無處所湫兮涼貌詩曰風雨淒淒爾雅曰濟謂之霽郭璞注曰今南陽人呼雨止為霽音薺王曰寡人方今可以遊乎玉曰可方今猶正今也廣雅曰方正也王曰其何如矣玉曰高矣顯矣臨望遠矣廣矣普矣萬物祖矣廣閒也普徧也祖始也言萬物皆祖宗生此土為萬物神靈之祖最有異也上屬於天下見於淵珍怪奇偉不可稱論玉曰試為寡人賦之玉曰唯唯禮記曰父召無諾先生召無諾唯而起鄭玄曰應唯恭於諾也皇侃曰唯謂今之爾是也惟高唐之大體兮殊無物類之可儀比巫山赫其無疇兮道互折而曾累言殊異於常無物可儀比比類也赫然盛貌道路交互曲折曾重也謂橫斜而上登巉巖而下望兮巉巖

孫志祖說石字羨說文碣處會礚韻中相叶石字不叶也

說文礚石聲也口太切

石勢不生草木臨大阺之稸水說文曰秦謂陵阪曰阺丁兮切周禮曰以瀦畜水字林曰稸積也與畜同抽六切遇天雨之新霽兮觀百谷之俱集濞洶洶其無聲兮潰淡淡而並入百谷者衆谷雜水集至山之下字林曰濞水暴至聲也說文曰洶洶涌也謂水波騰貌洶詡鞏切潰水相交過也淡以冉切安流平滿貌滂洋洋而四施兮蓊湛湛而弗止長風至而波起兮若麗山之孤畝蓊然聚貌湛湛深貌弗止謂不常靜或行郭象莊子注曰麗著也爾雅曰如畝畝丘郭璞曰丘有隴界如田畝素問岐伯對黃帝曰卒風暴雨風吹水勢波落而隴起言風吹水勢浪文如孤壟之附山勢薄岸而相擊兮隘交引而卻會廣雅曰隘陋也言水之勢旣薄岸而相激至迫隘之處其流交引而卻相會謂水口急陋不得前進則却退復會於上流之中止崒中怒而特高兮若浮海而望碣石崒聚也謂兩浪相合聚而中高也言水怒浪如海邊之望碣石孔安國注尚書曰碣石海畔山也礫磥磥而相摩兮巆轟震天之礚礚相摩言水急石流自相摩礪聲動徹天說文曰礫小石也磥磥衆石貌巆聲也火宏切字林曰礚大聲也

下溺字當羨緣注文而誤也
上林賦臨坻注壑瀺灂霣墜

子虛賦纚乎淫淫般乎裔裔注列隊緩行皃

國語晉語郤獻子傷曰余病喙注喙短氣皃

巨石溺溺之瀺灂兮沫潼潼而高厲巨石大石也溺溺没也瀺灂石在水中出没之貌沫水高低貌潼潼高貌厲起也埤蒼曰瀺灂水流聲貌水澹澹而盤紆兮洪波淫淫之溶㵝說文曰澹澹水搖也紆回也淫淫去遠貌溶㵝猶蕩動也音容裔奔揚踊而相擊兮雲興聲之霈霈言水之奔揚踊起而相擊其狀若雲又興聲霈霈然上林賦曰穹隆雲橈義出於此篹文曰雲芳大波霈霈浦大切猛獸驚而跳駭兮妄奔走而馳邁虎豹狖兕失氣恐喙雕鶚鷹鷂飛揚伏竄妄謂不覺東西漫走竄走也說文曰鶚鷙鳥也與眾切字林曰竄逃也七外切非關協韻一音七玩切股戰脅息安敢妄摯股戰猶股慄也脅息猶翕息也於是水蟲盡暴乘渚之陽水蟲魚鼈之屬鼈而陸處方言曰曬暴也蒲下切巫山所臨之渚陽水北也暖故魚鼈游焉黿鼉鱣鮪交積縱橫振鱗奮翼蝼蝼蜿蜿中阪遥望翼謂張其鱗甲魚腮邊兩鬣也蝼蝼蜿蜿龍蛇之貌上言水中蟲盡暴揔色說之中阪之中猶未至山頂蝼於危切蜿於袁切玄木冬榮

字云方中侍椅梓屬
梧當為梓誤

旋翼猶言移倚注猗
猗狔猶阿那同阿

煌煌熒熒奪人目精爛兮若列星曾不可殫形榛林鬱盛葩華覆蓋雙椅垂房糾枝還會煌煌熒熒草木花光也榛林栗林也葩花栗花長與葉間生自相覆蓋也雙倚椅桐屬也垂房花作房生也房椅實也還會交相也糾枝枝曲下垂也毛詩曰其桐其椅注椅梧屬爾雅曰下句曰糾徙靡澹淡隨波闇藹徙靡言枝往來靡靡然澹淡水波小文也闇藹者言木蔭水波闇藹然也東西施翼猗狔豐沛東西施翼者謂樹枝四向施布如鳥翼然言東西則南北可知其林木多也猗狔柔弱下垂貌漢書大人賦猗狔以招搖猗於宜切狔於危切綠葉紫裹丹莖白蔕裹猶房也古卧切纖條悲鳴聲似竽籟清濁相和五變四會左氏傳晏子曰先王和五聲也清濁小大以相濟也吹小枝則聲清吹大枝則聲濁五變五音皆變也禮記曰聲相應故生變變成方謂之音四會四懸俱會也又云與四夷之樂聲相會也感心動耳迴腸傷氣孤子寡婦寒心酸鼻言上諸聲能迴轉人腸傷斷人氣禮記王制曰小而無父謂之孤寒心謂戰慄也酸鼻鼻辛酸

闇一作暗藹一作
晻靄一作晻
薆眾盛皃

登高一句領下

嶄巖 巑岏嵯峨 上林性盤石振崖 ……

峪

窐寥一作㝱寥

淚欲出也長吏隳官，賢士失志，尚書曰股肱惰哉萬事墮哉孔安國曰隳廢也許規切失其本志不知所為愁思無已，歎息垂淚。登高遠望，使人心瘁。登高心瘁此下謂至山上高處未至觀也瘁病也盤岸巑岏，裖陳磑磑。王逸楚辭注曰巑岏山銳貌裖已見上林賦音振李奇曰振整也陳列也磑磑高貌方言曰磑堅也盤石險峻，傾崎崖隤。埤蒼曰崎嶇不安也廣雅曰隤壞也說文曰墜下也巖嶇參差，從橫相追。勢如相追陬互橫啎，背穴偃蹠。廣雅曰陬角也側溝切啎五故切偃蹠言山石之形背穴偃蹇如有所蹈也許慎淮南子注曰蹠蹈也啎逆也路有橫石逆當其前背卻也穴孔也卻又當山之孔穴交加累積，重疊增益。交加者言石相交加累其上別有交加石之勢在巑岏崕上重益其高狀若砥柱，在巫山下。砥柱山名在水中如柱然此崕岸在巫山下者似砥柱山然仰視山巔，肅何千千，炫燿虹蜺。說文曰俗望山谷芊芊青也千芊古字通言山高如虹蜺炫燿其上俯視崝嶸，窐寥窈冥。廣雅曰崝嶸深直貌窐寥空深貌崝士耕切嶸音宏窐苦交切寥音料不

上林賦巖巖倚傾 郭璞曰巖巖敧貌

岸

見其底虛聞松聲言山下杳遠不見但空聞松聲傾岸洋洋立而熊經言岸既將傾水流又迅故立者恐懼而似熊經傾岸之勢其水洋洋避立之處如熊之在樹久而不去足盡汗出謂傾岸之勢阻險之處人所懼見心自戰懼足下流汗而出也悠悠忽忽怊悵自失悠悠遠貌忽忽迷貌言人神悠悠然遠迷惑不知所斷楚辭曰怊悵而自悲王逸曰悵恨貌怊恥驕切使人心動無故自恐動驚也言無有故對此而驚恐賁育之斷不能為勇孟賁夏育決斷之士今見此嶮阻亦不能為勇也斷丁亂切卒愕異物不知所出卒士忽切爾雅曰遻見也午故切愕與遻同言卒然復有驚愕之異物從旁而出不知所從來縰縰莘莘若生於鬼若出於神縰縰莘莘眾多之貌說文曰纚冠織也縰與纚同所綺切詩曰魚在在藻有莘其尾毛萇曰莘眾多也莘所巾切字或作駪往來貌若出於神狀似走獸或象飛禽譎詭奇偉不可究陳上至觀側地蓋底平箕踵漫衍芳草羅生自此已前並述山勢也杜預左氏傳注曰底平也箕踵前闊後狹似箕衍平貌言山勢如皺箕之踵也秋蘭茝蕙江

驪黃之驪宋本作鷙而足今本作黧

當年遨遊言當時遨遊耳不必破字妄說

雞載菁廣雅曰菁草也載則也青莖射干揭車苞并見本草夜干一名烏扇今江東爲烏蓮史記爲射干漢書音義曰揭車香草也苞并叢生也薄草靡靡聯延夭夭越香掩掩靡靡相依倚貌夭夭少長也越香言氣發越掩掩同時發也掩同也衆雀嗷嗷雌雄相失哀鳴相號雀鳥之通稱毛詩曰鴻鴈于飛哀鳴嗷嗷王鴡鸝黃正冥楚鳩姊歸思婦垂雞高巢其鳴喈喈爾雅曰王雎郭璞曰鵰類今江東通呼之爲鶚詩云鳥摯而有別者也一名王鴡鸝黃郭璞曰其色黧黑而黃因名之一曰鶬鶊方言曰或謂黧黃爲楚雀廣雅曰楚鳩一名嗥啁爾雅曰巂周郭璞曰子巂鳥出蜀中或曰即子規一名姊歸巂胡圭切思婦亦鳥名也地理志曰夷通鄉比過仁里有觀山故老相傳云昔有婦登北山絕望愁思而死因以爲名垂雞未詳高巢巢高也當年遨遊一本云子當千年萬世遨遊未詳更唱迭和赴曲隨流赴曲者鳥之哀鳴有同歌曲故言赴曲隨流者隨鳥類而成曲也有方之士羨門高谿史記曰方士皆掩口扺頭左氏傳注曰方法術也史記曰秦始皇使燕人盧生求羨門高誓谿疑是誓字漢書郊祀志曰充尚羨門高最後皆燕人爲方今道

注

乘玉輿假稱其二節乃行事之詞王則昔楚王也

於是乃於是衰文字

形辭銷化玉充尚羨門高二人上成鬱林公樂聚穀蓋亦方士也未詳所見又鬱然仙人盛多如林木公
共也人在山上作巢穀食也聚食於山阿進純犧禱琁室進謂祭也禱祭也尚書曰神祇之犧牷牲用孔安國
曰色純曰犧淮南子曰崑崙之山有傾宮琁室高誘曰以玉飾宮也醮諸神禮太一醮祭也子肖切史記曰宜
立太一而上親郊之傳祝已具言辭已畢王乃乘玉輿駟倉螭垂旒傳祝已具神之語已
旌旆合諧紬大絃而雅聲流冽風過而增悲哀
具言辭即視所傳辭也畢竟也旒旌謂建太常十二旒雅聲正不淫邪字林曰冽寒風也紬引也音抽於是調謳令
人惏悷憯悽脅息增欷並悲傷貌脅息縮氣也增益也惏力甚切悷力計切於是乃
縱獵者基趾如星傳言羽獵銜枚無聲相傳言語徧告衆士漢書音義李奇
曰羽林騎士張晏曰以應獵負羽周禮銜枚氏軍旅田役令鄭玄以爲枚止言語嚻讙也枚狀如箸橫銜之弓弩不發
罘罕不傾涉漭漭馳苹苹漭漭水廣遠貌爾雅曰苹藾蕭郭璞曰今藾蒿也邪生亦可食說文

何節一本作猗節

此王謂襄王

此見謂見巫山之女
戒服為韻

滯字羨　別本

諷諫之旨在首所謂
諫梗其君

趙曦明說此篇與上篇
至此欲往見上下緊相
承接

曰芊芊草貌音平飛鳥未及起走獸未及發何節奄忽蹄足灑血何問辭也言何節奄忽之間而獸之蹄足已皆灑血節所執之節也舉功先得獲車已實王將欲往見必先齋戒差時擇日毛萇詩傳曰差擇也簡輿玄服建雲旆蜺為旌翠為蓋冬王水水色黑故衣黑服簡略也省也翠翡翠也以羽飾蓋風起雨止千里而逝蓋發蒙往自會素問黃帝曰發蒙解惑未足以論也會與神女相會思萬方憂國害開賢聖輔不逮開道于賢聖令其進仕用其謀策輔已不逮此又陳諫於王也九竅通鬱精神察滯文子曰九竅者精神之戶牖氣者五藏之使候呂氏春秋曰凡人九竅五藏惡之精氣鬱高誘曰鬱滯不通也延年益壽千萬歲

神女賦一首　并序

宋玉

或云當作玉寢，王別夢神女，其玉也耶？下云他人莫覩，玉覽其狀。王亦此玉言而說，襄以先王所幸，襄王不應夢，則宋玉應夢之耶？不知昔者先王宋玉固未嘗夢，揣其為懷王，然則朝雲之廟蓋已遠矣。上告下亦可稱白，白猶說也。沈存中以覽之誤，皆由不解此白字耳。趙氏錫字為例。玉 王別本 讀上是也。沈見所夢者，存想之也。下云它人莫覩，王見其狀，正承此王言而說。王 別本

楚襄王與宋玉遊於雲夢之浦，使玉賦高唐之事。其夜玉寢，果夢與神女遇，其狀甚麗，玉異之。明日以白王。王曰：其夢若何？玉曰：晡夕之後，精神怳忽，若有所喜，紛紛擾擾，未知何意。晡日昳時也。怳忽，不自覺知之意。所喜忽然喜悅。紛擾，亂也。目色髣髴，乍若有記，見一婦人，狀甚奇異。寐而夢之，寤不自識，罔兮不樂，悵然失志。於是撫心定氣，復見所夢。玉曰：狀何如也？如有可記識也。髣髴，見不審也。罔，憂也。撫，覽也。見神女也。玉曰：茂矣美矣，諸好備矣。盛矣麗矣，難測究矣。上古既無，世所未見。瓌姿瑋態，不可勝贊。勝，盡也。贊，明也。其始來也，耀乎若白日初出照屋梁。韓詩曰：東方之日。薛君曰：詩人所說者顏色美盛，若東方之日。其少進也，皎若明月舒其光。毛詩曰：月出皎兮。毛萇曰：喻婦人有美白皙也。須臾之間

火陸詩曰侍目書玉夢味有冠音才。李義山詩云：襄王枕上原無夢，莫枉陽臺一片雲。似以夢神女非屬之襄王也。

美貌橫生。曄兮如華。溫乎如瑩。毛詩曰有女同車顏如蕣華又曰尚之以瓊瑩乎而注瓊瑩石似玉也音榮逸論語曰如玉之瑩說文曰瑩玉色也爲明切曄盛貌五色並馳。不可殫形。詳而視之。奪人目精。其盛飾也。則羅紈綺繢盛文章。馳施也綺五色也蒼頡篇曰繢似纂色赤胡憒切極服妙采照萬方。振繡衣。被袿裳。劉熙釋名曰婦人上服謂之袿襛不短。纖不長。說文曰襛衣厚貌如恭切步裔裔兮曜殿堂。忽兮改容。婉若遊龍乘雲翔。嫷被服。侻薄裝。裔裔行貌毛萇詩傳曰婉美貌方言曰嫷美也他卧切說文曰侻好也與婉同他外切又侻可也言薄裝正相堪可沐蘭澤。含若芳。性和適。宜侍旁。順序卑。調心腸。沐洗也以蘭浸油澤以塗頭旁宜侍王旁卑柔弱也玉曰。若此盛矣。試爲寡人賦之。玉曰。唯唯。

夫何神女之姣麗兮。含陰陽之渥飾。言神女得陰陽厚美之飾被華藻

此玉與王更端之詞。惟上王玉二字互倒耳。蓋夢與神遇者王也。以狀告玉。玉亦自下知玉賦乃命王之命。因王之辭而賦之。詩校勘之家皆於此未能照了。故所說多誤。若作玉寤神女則試爲寡人賦之。語王覽其狀。不可通。侃所說與趙曦明同。今夜讀孫志祖文選考異見之。爲之一快。七夕記

（趙曰孫孟本皆有之）

趙未知晉者先王之爲懷王

爲乃非字之誤

說文無侻字女部有娧字云好也

孰其克尚言無所不美不可專席一所之美也注未諦

若作王覽其狀何以試為寡人賦之

婆娑人間謂䌛游人間也注謬

之可好兮若翡翠之奮翼其象無雙其美無極毛嬙鄣袂不足程式西施掩面比之無色慎子曰毛嬙先施天下之姣也衣之以皮倛則見者皆走易之以玄錫則行者皆止先施西施一也嬙音牆近之既妖遠之有望骨法多奇應君之相視之盈目孰者克尚近看既美復宜遠望孰誰也克能也誰者能尚言無有也私心獨悅樂之無量交希恩疏不可盡暢他人莫覩王覽其狀其狀峩峩何可極言貌豐盈以莊姝兮苞溫潤之玉顏暢申也未可申暢已志也豐盈肥滿也莊嚴也方言曰姝好也毛萇詩傳曰姝美色也禮記曰玉溫潤而澤仁也眸子炯其精朗兮瞭多美而可觀字林曰瞭目也鄭玄周禮注曰瞭明目也力小切眉聯娟以蛾揚兮朱脣的其若丹聯娟微曲貌素質幹之醲實兮志解泰而體閑既姽嫿於幽靜兮又婆娑乎人閒言志操解散奢

望余帷而延視余步宋玉代襄王自余也下同

泰多閑不急躁也謂在人中最好無比也婆娑猶盤姍也説文曰婉靖好貌五累切廣雅曰嫿好也音畫説文靜審也韓詩靜貞也

宜高殿以廣意兮翼放縱而綽寬動霧縠以徐步兮拂墀聲之珊珊 珊珊聲也翼放縱貌如鳥之翼隨意放縱縠今之輕紗薄如霧也 望余帷而延視兮若流波之將瀾 流波目視貌言舉目延視精若水波將成瀾也 奮長袖以正衽兮立躑躅而不安 説文曰衽衣衿也自矜嚴也 澹清靜其愔嫕兮性沈詳而不煩 澹靜貌愔和也嫕淑善也言志度靜而和淑也不煩不躁也聲類曰愔見魏都賦嫕已見洞簫賦和靜貌韓詩曰嫕悦也説文曰嫕靜也蒼頡篇曰嫕密也 時容與以微動兮志未可乎得原意似近而既遠兮若將來而復旋 原本也其意欲似近而心靜不測是復爲遠也將來可親之意更遠也謂復更遠也字林曰旋回也 褰余幬而請御兮願盡心之惓惓 鄭玄毛詩箋曰幬牀帳也 懷貞亮之絜清兮卒與我兮相難陳嘉辭而

然諾不分言未知神女之
俞否也耳

怖覆猶怖覆非恐怖
之誼

云對兮咤芬芳其若蘭精交接以來往兮心凱康以樂歡
神獨亨而未結兮魂煢煢以無端含然諾其不分兮喟
揚音而哀歎頩薄怒以自持兮曾不可乎犯干精神也結猶未相著
煢煢然無有端次不知何計分當也言神女之意雖含諾猶
當其心廣雅曰頩色也匹零切方言曰頩怒色青貌切韵匹迥
切歛容也蒼頡篇曰薄微也捉顏色而自矜持也　於是搖珮飾鳴玉鸞整衣服歛
容顏顧女師命太傅古者皆有女師教以婦德今神女亦有教也毛詩序曰尊敬師傅可以歸寧父
母漢書音義曰婦人年五十無子者為傅　歡情未接將辭而去遷延引身不可
親附似逝未行中若相首遷延卻行去也廣雅曰首向也舒救切　目略微眄
精彩相授志態橫出不可勝記意離未絕神心怖覆禮
不遑訖辭不及究願假須臾神女稱遽目略輕看精神光采相授與也猶未即絕

登徒即勝屠由屠皆司徒之轉語也何曰以官為氏今謂氏司徒耳

二字羨

怖覆謂恐怖而反覆也左氏傳豎頭須曰沐則心覆心覆則圖反遽急也言去不住也徊腸傷氣顛倒失據毛萇詩傳曰據依也闇然而暝忽不知處情獨私懷誰者可語惆悵垂涕求之至曙

登徒子好色賦一首并序 此賦假以為辭諷於婬也

宋玉

大夫登徒子侍於楚王短宋玉曰 大夫官也登徒姓也子者男子之通稱戰國策曰孟嘗君至楚楚獻象牀登徒送之髙誘淮南子注曰短說其罪闕也 玉為人體貌閑麗口多微辭又性好色 閑靜也麗美也微妙也公羊傳曰定哀多微辭論語子曰吾未見好德如好色者也 願王勿與出入後宮玉以登徒子之言問宋玉玉曰體貌閑麗所受於天也口多微辭所學於師也至於好色臣無有也王曰

子不好色亦有說乎遣自解說也有說則止無說則退玉曰天下之佳人莫若楚國楚國之麗者莫若臣里臣里之美者莫若臣東家之子東家之子增之一分則太長減之一分則太短著粉則太白施朱則太赤眉如翠羽肌如白雪莊子曰藐姑射之山有神人居焉肌膚若冰雪要如束素齒如含貝莊子孔子謂盜跖曰將軍齒如齊貝貝海螺其色白嫣然一笑惑陽城迷下蔡王逸楚辭注曰嫣笑貌廣雅曰嗎嗎款款喜也陽城下蔡二縣名蓋楚之貴介公子所封故取以喻焉然此女登牆闚臣三年至今未許也字林曰窺傾頭門內視也又小視也登徒子則不然其妻蓬頭攣耳齞脣歷齒莊子曰蓬頭突鬢爾雅曰攣病也力專切說文曰齞張口見齒也牛善切歷猶疎也旁行踽僂又疥且痔踽僂傴僂也廣雅曰傴僂曲貌傴央矩切僂力主切說文曰疥瘙也痔後病也登徒子悅

不當提行

愚亂之邪臣，亦宋玉也。彼，彼登徒也。謂不如彼者，宋玉自以爲不如登徒好色也。注皆繆。何焯亦不解此文，故謂愚亂之邪而絕其理，彌不通矣。

古人爲文病痛其一身并多矣，自謂愚亂正志，何傷，況託之異人也哉。

之使有五子王孰察之誰爲好色者矣是時秦章華大夫在側因進而稱曰今夫宋玉盛稱鄰之女以爲美色愚亂之邪臣自以爲守德謂不如彼矣章華楚地名大夫楚人入仕於秦時使襄王一云食邑章華因以爲號愚鈍也亂昏也邪僻也言昏鈍邪僻之臣章華大夫自謙不如彼之登徒所說也言宋玉之所說鄰女美色愚臣守德猶不如登徒之說況宋玉乎臣章華大夫自謂且夫南楚窮巷之妾焉足爲大王言乎若臣之陋目所曾覩者未敢云也王曰試爲寡人說之大夫曰唯唯

臣少曾遠遊周覽九土足歷五都九土九州之土五都五方之都出咸陽熙邯鄲從容鄭衛溱洧之間熙戲也廣雅曰從容舉動也毛詩曰溱與洧方渙渙兮毛萇曰溱洧鄭兩水名洧于軌切是時向春之末迎夏之陽鶬鶊喈喈羣女出

此亦神女賦同旨然已勸百而諷一矣其原出於漢廣行露然則貞信之教被於江漢也久矣故曰楚之辭出於二南之苗裔也

此稱詩出女言往贈芳華不以禮義不如無生也注謬

桑毛詩曰倉庚喈喈又曰十畝之閒兮桑者閑閑兮此郊之姝華色含光體美容冶不待飾裝臣觀其麗者因稱詩曰遵大路兮攬子袪此郊即鄭衛之郊毛詩曰靜女其姝又曰遵大路兮摻執子之袪兮大路詩篇名也遵循也路道也謂道路逢子之美願攬子之袂與俱歸也稱此詩者此本鄭詩故稱以感動贈以芳華辭甚妙折芳草之華以贈之爲辭甚妙於是處子怳若有望而不來忽若有來而不見意密體疏俯仰異觀含喜微笑竊視流眄謂折芳草之花以贈之欲贈芳華恐不受故先與妙辭以進之處女未嫁者怳失意貌體疏相離殊遠謂異於未贈花前所視復稱詩曰寤春風兮發鮮榮絜齋俟兮惠音聲贈我如此兮不如無生司馬彪注漢書子虛賦曰復荅也顏師古注復音伏寤覺也鮮榮華也喻少年之盛齋莊也言自絜貌矜莊而待惠音聲如此謂贈以芍藥欲結恩情而女不受毛詩曰知我如此不如無生鄭玄曰則己之生不如不生無生恨之辭也因

此与神女賦同旨然已鄙百而諷一矣其原出于漢廣行露然則貞信之教被於江漢也久矣故曰楚辭者二南之苗裔也

洛神乃子建自比也何焯解此文獨得之

遷延而辭避。蓋徒以微辭相感動。精神相依憑。目欲其顔。心顧其義。揚詩守禮。終不過差。故足稱也。於是楚王稱善。宋王遂不退。微辭謂向所陳辭甚妙者若即折登徒言多微詞宋王雖不逮大夬之顧義而不同登徒之好色故不退

洛神賦一首并序漢書音義如淳曰宓妃宓羲氏之女溺死洛水爲神

曹子建

記曰魏東阿王漢末求甄逸女既不遂太祖回與五官中郎將植殊不平晝思夜想廢寢與食黃初中入朝帝示植甄后玉鏤金帶枕植見之不覺泣時已爲郭后讒死帝意亦尋悟因令太子留宴飲仍以枕賚植植還度轘轅少許時將息洛水上思甄后忽見女來自云我本託心君王其心不遂此枕是我在家時從嫁前與五官中郎將今與君王遂用薦枕席懽情交集豈常辭能具爲郭后以糠塞口今被髮羞將此形貌重覩君王爾言訖遂不復見所在遣

三字或是四字之誤或三年朝而史未書何焯妄說不可用

人獻珠於王王荅以玉珮悲喜不能自勝遂作感甄賦後明帝見之改為洛神賦

黃初三年余朝京師還濟洛川黃初文帝丕年號京師洛陽也洛川洛水之川也洛水出洛山濟度也古人有言斯水之神名曰宓妃感宋玉對楚王神女之事遂作斯賦其辭曰

余從京域言歸東藩魏志曰黃初三年立植為鄄城王四年徙封雍丘其年朝京師又文紀曰黃初三年行幸許又曰四年三月還雒陽宮然京域謂雒陽東藩即鄄城魏志及諸詩序並云四年朝此云三年誤一云魏志二年不言植朝蓋魏志略也背伊闕越轘轅伊闕轘轅已見東都賦經通谷陵景山華延洛陽記曰城南五十里有大谷舊名通谷河南郡圖經曰景山緱氏縣南七里日既西傾車殆馬煩爾迺稅駕乎蘅皋秣駟乎芝田蘅杜蘅也皋澤也嵩高山記曰山上神芝十洲記曰鍾山仙家耕田種芝草容與乎陽林流眄乎洛川於是精移神駭忽焉

思散俯則未察仰以殊觀覩一麗人于巖之畔迺援御者而告之曰爾有覿於彼者乎彼何人斯若此之豔也陽林一作楊林地名生多楊因名之移變也情思消散如有所悦未察猶未的審所觀殊異毛詩曰彼何人斯御者對曰臣聞河洛之神名曰宓妃然則君王所見無迺是乎其狀若何臣願聞之余告之曰其形也翩若驚鴻婉若遊龍邊讓章華臺賦曰體迅輕鴻榮曜春華神女賦曰婉若遊龍乘雲翔翩翩然若鴻鴈之驚婉婉然如遊龍之升榮曜秋菊華茂春松朱穆鬱金賦曰比光榮於秋菊齊英茂於春松髣髴兮若輕雲之蔽月飄飖兮若流風之迴雪遠而望之皎若太陽升朝霞正歷曰太陽日也迫而察之灼若芙蕖出淥波襛纖得衷脩短合度神女賦曰襛不短纖不長肩若削成要如約

素。削成已見魏都賦登徒子好色賦曰要如束素束素約素謂圓也延正頸秀項。皓質呈
露。楚辭曰小要秀項若鮮卑說文曰項頸也司馬相如美人賦曰皓質呈露呈見也延秀皆長也芳澤無
加。鉛華弗御。楚辭曰粉白黛黑施芳澤鉛華粉也博物志曰燒鉛成胡粉張平子定情賦曰思在面爲鉛華
兮患離塵而無光雲髻峩峩。脩眉聯娟。毛詩曰鬒髮如雲神女賦曰眉聯娟以蛾揚峩峩高
如雲也脩長曲而細也丹脣外朗。皓齒内鮮。明眸善睞。靨輔承權。
神女賦曰眸子炯其精朗離騷曰靨輔奇牙宜笑嘕王逸曰美人頰有靨輔也權兩頰睞旁視也瓌姿豔
逸。儀靜體閑。神女賦曰瓌姿瑋態又曰志解泰而體閑儀靜安靜也體閑謂膚體閑暇也柔情
綽態。媚於語言。奇服曠世。骨像應圖。柔弱也綽寬也神女賦曰骨法多奇
應君之相應圖應畫圖也披羅衣之璀粲兮。珥瑤碧之華琚。璀粲衣聲山海
經曰沃人之國爰有璿瑰瑤碧郭璞曰名玉也又曰和山其上多瑤碧毛詩曰投我以木瓜報之以瓊瑤毛萇曰琚佩玉名

告御之辭止此

告御之詞止此

音居戴金翠之首飾，綴明珠以耀軀。司馬彪續漢書曰：太皇后花勝上為金鳳，以翡翠為毛羽，步摇貫白珠八。劉騊駼玄根賦曰：戴金翠，珥珠璣。劉熙釋名曰：皇后首飾曰副。踐遠遊之文履，曳霧綃之輕裾。繁欽定情詩曰：何以消滯憂，足下雙遠遊。有此言，未詳其本。神女賦曰：動霧縠以徐步。綃，輕縠也。微幽蘭之芳藹兮，步踟躕於山隅。於是忽焉縱體，以遨以嬉。左倚采旄，右蔭桂旗。芳藹，芳香晚藹也。楚辭曰：建雄虹之采旄。又曰：辛夷車兮結桂旗。攘皓腕於神滸兮，采湍瀨之玄芝。爾雅曰：岸上曰滸。郭璞曰：厓上地也。毛詩曰：在河之滸。毛萇曰：滸，水厓也。漢書音義應劭曰：瀨，水流沙上也。傅瓚曰：瀨，湍也。本草曰：黑芝一名玄芝。余情悅其淑美兮，心振蕩而不怡。無良媒以接懽兮，託微波而通辭。毛詩曰：子無良媒。願誠素之先達兮，解玉佩以要之。嗟佳人之信脩，羌習禮而明詩。抗瓊珶以和予兮，指潛淵而爲期要屈也佳人信脩整習禮謂立德明詩謂善言辭古人指水爲信如有如白水之類也㻏玉也徙帝切潛淵謂所居也執眷眷之款實兮懼斯靈之我欺感交甫之棄言兮悵猶豫而狐疑神仙傳曰切仙一出遊於江濱逢鄭交甫交甫不知何人也目而挑之女遂解佩與之交甫行數步空懷無佩女亦不見爾雅曰猶如麂善登木此獸性多疑慮常居山中忽聞有聲則恐人來害之每預上樹久久無度復下須臾又上如此非一故不決者稱猶焉一曰隴西俗謂犬子隨人行每預在前待人不得又來迎候故言猶豫也狐之爲獸其性多疑每渡水行且聽且渡故疑者稱狐疑收和顏而靜志兮申禮防以自持説文曰靜審也韓詩曰靜貞也於是洛靈感焉徙倚傍徨申展也子建自防持也謝靈運山居賦注曰河靈河伯也東阿所謂洛靈神光離合乍陰乍陽陰去陽來也竦輕軀以鶴立若將飛而未翔邊讓章華臺賦曰縱輕軀以迅赴若離鵠之失羣言如鶴鳥之立望踐椒塗之郁烈步蘅薄而流芳椒塗蘅薄言芳

匏瓜在河鼓東河鼓語轉爲黃姑東飛伯勞歌曰黃姑織女時相見然則匏瓜無匹於黃姑無匹耳王獻之桃葉作匏媧乃常儀占月西洲作嫦娥之比匹有人以女媧說之可云巨謬 注謬

此當與責躬應詔贈白馬王彪詩求通親親之求自試二表六國論及陳思王傳參看其旨自明感甄之誣於此雪矣

上正意下比辭言履陰若平地也後人多不得其襪生塵之解緣注誤之也

香也郁烈香氣之甚超長吟以永慕兮聲哀厲而彌長爾迺衆靈雜遝命儔嘯侶或戲清流或翔神渚或采明珠或拾翠羽從南湘之二妃攜漢濱之游女厲急也雜遝衆貌二妃已見上文毛詩曰漢有游女不可求思注漢上游女無求思者歎匏瓜之無匹兮詠牽牛之獨處史記曰四星在危南匏瓜牽牛爲犧牲其北織女天女孫也天官星占曰匏瓜一名天雞在河鼓東牽牛一名天鼓不與織女值者陰陽不和曹植九詠注曰牽牛爲夫織女爲婦織女牽牛之星各處河鼓之旁七月七日乃得一會阮瑀止慾賦曰傷匏瓜之無偶悲織女之獨勤俱有此言然無匹之義未詳其始揚輕袿之猗靡兮翳脩袖以延佇體迅飛鳧飄忽若神陵波微步羅襪生塵陵波而襪生塵言神人異也洛靈即神而言若者夫神萬靈之揔稱言若所以類彼非謂此爲非神也淮南子曰聖足行於水無跡也衆生行於霜有跡也說文曰襪足衣也動無常則若危若安進止難

飡俗字

期若往若還轉眄流精光潤玉顏神女賦曰苞溫潤之玉顏含辭未吐

氣若幽蘭神女賦曰吐芬芳其若蘭華容婀娜令我忘飡張衡七辯曰蟕齊之領阿

那宜顏杜篤袚禊祝曰懷季女使不殄婀烏可切娜奴可切於是屏翳收風川后靜波王逸楚辭

注曰屏翳雨師名虞喜志林曰韋昭云屏翳雷師喜云雨師然說屏翳者雖多並無明據曹植詰洛文曰河伯典澤屏翳司風

植既皆為風師不可引他說以非之川后河伯也已見上文馮夷鳴鼓女媧清歌馮夷女媧並已

見上文騰文魚以警乘鳴玉鸞以偕逝騰升也文魚有翅能飛故使警乘警戒也楚辭

曰文魚兮上瀨又曰將騰駕兮皆逝玉鸞已見上文六龍儼其齊首載雲車之容裔

春秋命歷序曰有神人右耳蒼色大肩駕六龍出輔號曰神農儼矜莊貌春秋命歷序曰人皇乘雲車出谷口博物志曰漢武

帝好道西王母七月七日漏七刻王母乘紫雲車來鯨鯢踊而夾轂水禽翔而為衛

於是越北沚過南岡紆素領迴清陽北海魚非洛川所有然神仙之川亦有爾

○注釋

此當與責躬應詔贈白馬王詠詩求通親親求自試二表六國論及陳思王傳參看其旨自明盛甄之議于此雪矣

雅曰水中渚曰沚孔安國尚書注曰山脊曰岡毛詩曰領如蝤蠐又曰有美一人清陽婉兮動朱脣以徐言陳交接之大綱恨人神之道殊兮怨盛年之莫當抗羅袂以掩涕兮淚流襟之浪浪盛年謂少壯之時不能得當君王之意此言微感甄后之情楚辭曰擥茹蕙以掩涕兮沾予襟之浪浪淚下貌悼良會之永絕兮哀一逝而異鄉無微情以效愛兮獻江南之明璫良會夫婦之道鄉猶方也淮南子曰禮豐不足以效愛服虔通俗文曰耳珠曰璫雖潛處於太陰長寄心於君王太陰衆神之所居忽不悟其所舍悵神宵而蔽光漢書音義孟康曰宵化也於是背下陵高足往神留遺情想像顧望懷愁楚辭曰思舊故而想像傳毅七激曰無物可樂顧望懷愁冀靈體之復形御輕舟而上遡浮長川而忘反思緜緜而增慕夜耿耿而不寐霑繁霜而至

補亡笙詩　築築內和，一一區宇，適于臨府。躚躚往盛，重雲藹藹和風。

右年侍曰暮之為園之，必有三年之愛，積纖防一一月御之，江行有蹤圯。

含龍暴。

曙遡逆流向上也綵緜密意也毛詩曰耿耿不寐又曰正月繁霜命僕夫而就駕吾將歸乎東路攬騑轡以抗策悵盤桓而不能去説文曰騑驂駕也毛萇詩傳曰騑騑行不止之貌廣雅曰盤桓不進也

詩甲

補亡詩六首

四言并序補亡詩序曰皙與司業疇人肄脩鄉飲之禮然所詠之詩或有義無辭音樂取節闕而不備於是遥想既往存思在昔補著其文以綴舊制

束廣微王隱晉書曰束皙字廣微平陽陽干人也父惠馮翊太守兄璆與皙齊名嘗覽古詩惜其不補故作詩以補之賈謐請爲著作郎

南陔孝子相戒以養也毛詩序曰有其義而亡其辭子夏序曰南陔廢則孝友缺矣聲類曰陔隴也

循彼南陔言采其蘭采蘭以自芬香也循陔以采香草者將以供養其父母喻人求珍異以歸

居當讀其此用詩文耳
居無別義

眷戀庭闈心不遑安庭闈親之所居眷戀思慕也言我思歸供養心不暇安彼居之子罔或游盤居謂未仕者言在家之子無有縱樂須供養此相戒之辭也尚書曰乃盤游無度馨爾夕膳絜爾晨飡馨芬香也絜鮮靜也教其朝晚供養之方循彼南陔厥草油油草油油而從風喻己亦當柔色以承親史記微子之歌曰麥秀之漸漸禾黍之油油鄭玄禮記注曰油然物始生好貌彼居之子色思其柔言承望父母顏色須其柔順也論語子夏問孝子曰色難色難謂承順父母顏色乃為難也眷戀庭闈心不遑留馨爾夕膳絜爾晨羞羞有滋味者有獺有獺在河之涘禮記曰孟春之月魚上氷獺祭魚獺將食之先以祭又曰獺祭魚然後虞人入澤梁此喻孝子循陔如求珍異歸養其親也淩波赴汩噬魴捕鯉字林曰汩深水也于筆切廣雅曰噬齧也爾雅曰魴魾也郭璞曰今呼魴魚為鯿嗷嗷林烏受哺于子小雅曰純黑而反哺者烏也毛詩曰相彼反哺尚在翔禽養隆敬薄惟禽之似

居當讀其此用詩文耳
居無別義
或云彼居二句當在眷戀二句下其說非也

此盧諶贈劉琨詩

孟子曰食而不愛豕畜之愛而不敬獸畜之劉熙曰愛而不敬若人畜禽獸但愛而不能敬也言鳥亦能報恩但不知禮敬耳今人雖有供養而無禮敬禽獸何異乎

勗增爾虔以介丕祉鄭玄毛詩箋云介助也毛萇詩傳曰祉福也

白華孝子之絜白也言孝子養父母常自絜如白華之無點汙也子夏序曰白華廢則廉耻缺矣

白華朱萼被于幽薄毛詩曰鄂不韡韡鄭玄曰承華者鄂也纂要曰草叢生曰薄此喻兄弟比於華萼在林薄之中若孝子之在衆雜方於華萼自然鮮絜

粲粲門子如磨如錯毛詩曰粲衣服周禮曰正室謂之門子鄭玄曰正室適子將代父當門者毛詩曰如切如瑳如琢如磨石曰磨爾雅曰謂之剒

終晨三省匪惰其恪論語曾子曰吾日三省吾身爲人謀而不忠乎與朋友交而不信乎傳不習乎陳思王魏德論曰位冠萬國不惰厥恪

白華絳趺在陵之陬鄭玄毛詩箋曰跗鄂足也跗與趺同陬山足也

蒨蒨士子涅而不渝蒨蒨鮮明貌論語子曰不曰白乎涅而不緇渝變也竭誠盡

敬亹亹志勉毛萇詩傳曰亹亹勉勉也亡匪切白華玄足在丘之曲堂
堂處子無營無欲論語曾子曰堂堂乎張也處子處士也已見鸚䳇賦梁鴻安丘嚴平頌曰無營
無欲澹爾淵清鮮侔晨葩莫之點辱孝經鉤命決曰名毁行廢玷辱先人王逸楚辭注曰
點汙也點與玷古字通
華黍時和歲豐宜黍稷也子夏序曰華黍廢則畜積缺矣
䨴䨴重雲輯輯和風䨴䨴雲色不明貌徒感切輯輯風聲和也毛詩曰習習谷風毛萇曰
習習和舒之貌輯與習同黍華陵巔麥秀丘中毛詩曰黍稷方華微子有麥秀之歌鄭玄
曰高田宜黍稷下曰宜稻麥靡田不播九穀斯豐尚書曰播厥百穀周禮曰三農生九穀鄭
玄曰九穀稷黍秫稻麻大小豆大小麥也奕奕玄霄濛濛甘霤鄭玄毛詩箋曰奕奕光也玄黑
也霄雲也毛萇詩傳曰濛濛雨貌凡水下流曰霤黍發稠華亦挺其秀蒼頡篇曰稠衆

也廣雅曰稠穊也直留切穊居致切毛詩曰實發實秀靡田不殖九穀斯茂無高不播無下不殖芸芸其稼參參其穡芸芸多貌參參長貌種曰稼斂曰穡參所今切稸我王委充我民食公羊傳曰君子之爲國也必有三年之委尚書八政一曰食玉燭陽明顯猷翼翼爾雅曰四氣和謂之玉燭郭璞曰道光照也廣雅曰翼翼明貌猷道也

由庚萬物得由其道也由從也庚道也言物並得從陰陽道理而生也子夏序曰由庚廢則陰陽失其道理矣

蕩蕩夷庚物則由之尚書曰王道蕩蕩毛萇詩傳曰夷常也萬物由之以生也喻王者之德羣生仰之以安也蠢蠢庶類王亦柔之毛萇詩傳曰蠢動也國語曰夏禹能平水土以品處庶類孔安國尚書傳曰柔安也道之既由化之既柔木以秋零草以春抽言萬物既由於道羣黎又安於化故草木遂性而零茂隨四時也獸在于草魚躍順流言皆得其時也四時遞謝八風代扇淮南子曰四時者春生夏長秋收冬藏八風已見上纖阿案晷星變其躔

淮南子曰纖阿月御也顏延年纂要曰景曰昃吕氏春秋曰月躔二十八宿漢書曰日月初躔星之紀音義曰躔舍也五是不逆六氣無易尚書云曰雨曰暘曰燠曰風曰時五是來備各以其序庶草蕃廡左氏傳秦醫和謂晉侯曰天有六氣陰陽風雨晦明易改也謂不改其常行也愔愔我王紹文之跡左氏傳右尹華曰祈昭之愔愔杜預曰愔愔安和貌我王成王也此詩成王時也文周文王也言能繼文王之跡也崇丘萬物得極其高大也崇丘高丘也言萬物生長於高丘皆遂其性得極其高大也子夏序曰崇丘廢則萬物不遂其性矣

瞻彼崇丘其林藹藹植物斯高動類斯大藹藹茂盛貌周禮曰山林植物鄭玄曰物根生之屬周風既洽王猷允泰周周室也毛詩曰王猷允塞猶猷古字通漫漫方輿回回洪覆淮南子曰以天爲蓋以地爲輿曾子曰天道曰員地道曰方何類不繁何生不茂物極其性人永其壽易乾鑿度曰統者在上方物常在下位應時羣物遂性漢

書公孫弘對策曰故形和則無疾無疾則不夭恢恢大圓芒芒九壤老子曰天網恢恢九壤九州也左氏傳曰芒芒九土資生仰化于何不養資取也言取生者皆仰德而化也易曰至哉坤元萬物資生言物盡其性成生長也人無道夭物極則長老子曰終天年而不中道夭者是智之盛也年未三十而死曰夭言無夭折之道也易曰小人道消君子道長言物極則歸長也由儀萬物之生各得其儀也言萬物之生各由其道得其所儀也毛萇詩傳曰儀宜也著頡篇曰宜得所也子夏序曰由儀廢則萬物失其道理矣肅肅君子由儀率性爾雅曰肅肅敬也郭璞曰容儀謹敬也禮記曰率性之謂道明明后辟仁以爲政爾雅曰明明察也郭璞曰聰明鑒察也爾雅曰后辟君也魚游清沼鳥萃平林毛詩曰依彼平林有集維鷮濯鱗鼓翼振振其音賓寫爾誠主竭其心賓謂羣臣也時之和矣何思何脩時既和平矣何所思慮何所脩治易曰天下何思何

虛王弼曰一以貫之不虛而盡也莊子老聃曰至人之於德也若天之自高地之自厚夫何脩之爲文化內輯武功外悠輯和也言以文化輯和於內用武德加於外遠也悠遠也

述德

述祖德詩二首 五言陳郡謝錄曰玄字幼度領徐州牧苻堅傾國大出玄爲前鋒射傷苻堅臨陣殺符融封康樂公靈運述祖德詩序曰太元中王父龕龍定淮南負荷世業尊主隆人逮賢相徂謝君子道消拂衣蕃岳考卜東山事同樂生之時志期范蠡之舉

謝靈運 沈約宋書曰謝靈運陳郡人也博覽羣書文章之美江左莫逮初辟琅邪王大司馬行叅軍後爲臨川郡守爲有司所糾徙付廣州遂令趙欽等要合鄉里健兒於三江口篡取謝要不及有司奏依法收罰詔於廣州行棄市刑

達人貴自我高情屬天雲 呂氏春秋曰陽朱貴己高誘曰輕天下而重己也天雲言高也

曹植七啓曰獨馳思乎天雲之際 兼抱濟物性而不纓垢氛 纓繞也垢滓也氛氣也謂世事皆惡不相纓繞不雜塵霧穢康書曰子文三登令尹是君子思濟物之意也 段生蕃魏國展季救魯人 段生干木也已見上展季柳下惠也劉向列女傳曰柳下惠妻誄之曰蒙恥救人德彌大兮遂謚曰惠 弦高犒晉師仲連卻秦軍 春秋僖公二十六年齊孝公伐魯北鄙公使展喜犒師齊侯未入境喜從之公曰魯人恐乎對曰小人則恐君子則否齊侯曰野無青草室如懸磬何恃而不恐對曰恃先王之命昔周公大公股肱周室夾輔成王成王賜之盟曰世世子孫不相侵害齊侯乃還公使展喜犒師使受命於展禽呂氏春秋曰秦將與師伐鄭賈人弦高遇之曰此必襲鄭乃矯鄭伯之命以勞之曰寡君使臣犒勞以璧膳以十二牛秦三帥對曰寡君使丙也術也視也於邊候晤之道也迷惑陷入大國之地再拜受之高誘曰晤國名也音晉令為晉字之誤也漢書音義服虔曰以師枯槁故饋之猶食勞苦謂之勞也廣雅曰犒勞也史記曰魯仲連齊人也趙孝成王時秦使白起圍趙魏王使將軍新垣衍說趙尊秦昭王為帝仲連責而歸之新垣衍起再拜請出秦將聞之為卻十五里 臨組乍不緤對珪寧肯分 史記曰平原君欲封魯連連不肯受左太冲詠史詩

綴當作輟 古詩類苑引 集外作

曰臨組不肯紲對珪不肯分說文曰組綬屬也王逸楚辭注曰紲繫也據仲連文雖不見分珪之事古者封爵皆隨其爵之輕重而賜之珪辭執以為瑞信今仲連不受齊趙之封爵明其不肯分珪也惠物辭所賞勵志故絕人恩惠及物而不受賞賜言勉其志不與衆同故言絕人也孔安國尚書傳曰勵勉也苕苕歷千載遙遙播清塵清塵竟誰嗣明哲時經綸明哲謂祖玄也清塵已見懷舊賦經綸見南都賦委講綴道論改服康世屯漢書曰太史公習道論於黃子左氏傳齊侯謂韓厥曰服改矣杜預曰朝戎異服周易曰屯難也屯難既云康尊主隆斯民莊子曰語大功立大名此朝廷之士尊主強國之人也魏志詔曰翻然改節以隆斯民中原昔喪亂喪亂豈解已晉中興書曰中原亂中宗初鎮江東原謂洛陽也晉懷愍帝時有石勒劉聰等賊破洛陽懷帝沒於平陽崩騰永嘉末逼迫太元始王隱晉書曰懷帝即位年號永嘉孝武即位年號太元河外無反正江介有蹴圮河外西晉也公羊傳曰撥亂反正莫近於春秋江介東晉也左氏傳曰以敝邑褊小介於大國杜預曰介間也毛詩曰今也蹙國百里爾雅曰圮毀覆也萬邦咸震懾橫流賴君子

七州者言所都督之七州也注添而匹世曾圖藩亦那之而不考矣此方虚否說

懾懼也謝靈運山居賦自注曰余祖車騎建大功淮肥左右得免横流之禍孟子曰洪水横流氾濫於天下**拯溺由道情**拯濟也溺沒也孟子曰天下溺則援之以道莊子曰夫道有情有信孔安國尚書傳曰龕勝也曹植武帝誄曰人事既闕聰鏡神理**龕暴資神理**尚書曰徯予后后來其蘇文軌已見恨賦**秦趙欣來蘇燕魏遲文軌**賢相即太傅也山居賦注曰太傅既薨遠圖已輟左傳榮成伯曰遠圖者忠也曹大家上跡謂兄**賢相謝世運遠圖因事止**山居賦注曰上損國家累世劬勞遠圖之功便求解駕東歸以避君側之亂舜分天下爲十二州時晉有七故云七州也張勃吳録曰五湖者太湖之別名周行五百餘里**高揖七州外拂衣五湖裏**山居賦注曰選神麗之所以高栖之意跡開也濬深也楚人謂深水爲潭蓺樹也**隨山疏濬潭傍巖蓺枌梓**貞正也觀視也言正見丘壑之美**遣情捨塵物貞觀丘壑美**

勸勵　勸者進善之名勵者勗已之稱

·諷諫一首　四言幷序

韋孟善曰漢書曰韋賢魯國鄒人也其先韋孟家本彭城為楚元王傅

孟為元王傅傅子夷王及孫王戊戊荒淫不遵道作詩諷諫曰善曰漢書曰楚元王交字游高祖同父少弟也高祖即位立交為楚王薨子郢客嗣是為夷王薨子戊嗣

肅肅我祖國自豕韋應劭曰左氏傳曰在商為豕韋氏杜預曰國名東郡白馬縣南有韋城黼衣朱黻四牡龍旂善曰應劭曰黼衣衣上畫為斧形而白與黑為采龍旂旗上畫龍為之朱黻上廣一尺下廣二尺長三尺以皮為之古者上公服之毛詩曰朱黻斯皇又曰四牡翼翼又曰龍旂承祀彤弓斯征撫寧遐荒言受彤弓之賜於此得專征伐善曰毛詩曰彤弓弨兮荒荒服也揔齊羣邦以翼大商迭彼大彭動績惟光應劭曰國語曰大彭豕韋為商伯迭互也言豕韋與大彭互為伯於商也至于有周歷世會同顏師古曰繼為諸侯預盟會之事也善曰會同已見東京賦王赧聽譖寔絶我邦應劭曰王赧周末王聽讒受譖潤絶豕韋氏劉兆曰旁言曰譖善曰赧王已見西征賦我邦既絶厥政斯逸應劭

曰自絕豕韋之後政教逸漏不由王者臣瓚曰逸放也管子曰命不行謂之放顏師古曰瓚說是也

賞罰之行非繇王室繇與由古字通善曰尚書曰以蕃王室庶尹羣后靡扶靡衛顏師古曰庶尹庶官之長也羣后諸侯也善曰尚書曰庶尹允諧又曰肆覲羣后尹正也羣后天下諸侯也五服崩離宗周以隊應劭曰五服謂甸服侯服綏服要服荒服也隊墜失也真魏切善曰論語子曰邦分崩離析宗周已見西征賦我祖斯微遷于彭城顏師古曰言我先祖遂微善曰漢書曰楚國有彭城縣在予小子勤唉厥生應劭曰小兒啼聲唉唉顏師古曰唉歎聲善曰方言曰唉歎辭也許其切阸此嫚秦耒耜斯耕顏師古曰言遭秦暴嫚無有列位躬耕于野悠悠嫚秦上天不寧乃眷南顧授漢于京顏師古曰高祖起在豐沛於秦爲南故曰南顧言以秦之京邑授與漢也於赫有漢四方是征顏師古曰於讀爲烏烏歎辭也赫明貌此詩中諸歎稱於者其音皆同靡適不懷萬國攸平顏師古曰懷思也來也言漢兵所往無不歸懷故萬國所以皆平乃命厥弟弟謂元王也元王封於楚國建侯于楚俾我小臣惟

傳是輔，矜矜元王，恭儉靜一，善曰：孔安國尚書傳曰：矜矜，戒慎。恭，敬。靜，守一道也。惠此黎民。納彼輔弼，享國漸世，垂烈于後。應劭曰：元王立二十七年而薨，垂遺業於後嗣，漸世沒世也。善曰：漸，沒也。迺及夷王，克奉厥緒，夷王名郢，客元王子。咨命不永，惟王統祀，善曰：夷王立四年薨，戊乃嗣，故言不永。統祀，纂統宗祀也。左右陪臣，斯惟皇士。顔師古：大雅曰：皇，正也。善曰：毛詩曰：思皇多士。皇士，美士也。如何我王，不思守保，不惟履冰，以繼祖考？顔師古曰：惟，亦思也。言不思念敬慎如履薄冰之義，用繼祖考之業也。善曰：守其富貴，保其社稷。履冰已見寡婦賦。邦事是廢，逸游是娱，犬馬悠悠，是放是驅。顔師古曰：繇與悠同。行貌。放，放犬。驅，驅馬也。務此鳥獸，忽此稼苗，烝民以匱，我王以媮。善曰：馳騁犬馬，悠悠然遠也。媮與愉同，樂也。人失稼穡，以致困匱，而王反以爲樂也。所弘匪德，所親匪俊，唯囿是恢，唯諛是信。顔師古曰：恢，大也。諛，諂也。睮睮諂夫，諤諤黄髮。如淳曰：睮睮，自媚貌。史記曰：不如周舍之諤諤。諤與詻同。睮，以朱切。言也。

据漢書及刋本乙轉

不當提行　刋本不誤

諤諤正直貌黃髮老人髮落更生黃者如何我王曾不是察既藐下臣追欲縱逸應劭曰藐遠也言疏遠忠賢之輔追情欲縱逸遊也臣瓚曰藐陵藐也善曰儀禮曰凡自稱於君士大夫則曰下臣嫚彼顯祖輕此削黜善曰尚書曰昭乃顯祖嗟嗟我王漢之睦親顏師古曰睦密也言服屬近善曰我王戊也尚書曰九族既睦曾不夙夜以休令聞善曰尚書曰舊有令聞穆穆天子照臨下土善曰毛詩曰天子穆穆又曰明明上天照臨下土明明羣司執憲靡顧顏師古曰靡無也言執天子之法無所顧望讀爲古協韻正遐由近殆其茲怙善曰茲此謂此親也言欲正遠人先從近親始而王怙恃漢戚不自勗慎以致危殆嗟嗟我王曷不斯思匪思匪監嗣其罔則善曰言王不思臨鑒鏡之義是令後嗣無所法則彌彌其逸岌岌其國應劭曰彌彌猶稍稍也罪過滋甚岌欲毀壞之意顏師古曰岌岌危動貌五荅切又鄧展曰岌孟子曰天下殆哉岌岌乎司馬彪以爲岌岌危也致冰匪霜致墜匪嫚應劭曰易曰履霜堅冰至言非一日之寒也晉灼曰

歲月其徂四語即秦誓日月逾邁若弗員來之意

昔 注及匡書

致冰無不先由微霜致隊無不先由驕慢**瞻惟我王時靡不練**善曰時是也練委也言王於上所言之事無不委練也**興國救顛孰違悔過**善曰言欲興其邦國救其顛墜誰能違於悔過乎**追思黃髮秦繆以霸**顏師古曰秦繆公伐鄭爲晉所敗而歸乃作秦誓善曰尚書秦穆公曰詢兹黃髮則罔所愆**歲月其徂年其逝耇**顏師古曰逝及也耇者老人面色如耇善曰徂往也言日月徂逝年將及老悔過自新理宜在速爾雅曰耇老壽也**於赫君子庶顯于後**顏師古曰於歎辭也昔之君子庶幾善道所以能光顯於後代也**我王如何曾不斯覽**顏師古曰覽視也叶韻音濫**黃髮不近胡不時監**顏師古曰黃髮不近者斥遠耇老之人近音其靳切善曰歎美昔之君子能庶幾自悔故光顯于後

勵志一首

四言廣雅曰勵勸也此詩茂先自勸勤學

張茂先

大儀斡運天迴地游大儀太極也以生天地謂之大成形之始謂之儀鄭玄曰極中之道淳和未分之氣也斡轉也春秋元命包曰天左旋地右動河圖曰地有四游冬至地上行北而西三萬里夏至地下行南而東三萬里春秋二分是其中矣地常動

不止而人不知譬如閑舟而行不覺舟之運也四氣鱗次寒暑環周禮記曰四氣之和以著萬物之理李尤辟雍賦曰攢羅鱗次差池雜遝范子曰度如環無有端周迴如循環未始有極星火既夕忽焉素秋星火火星也已見上爾雅曰秋爲白藏故云素秋涼風振落熠燿宵流其一涼風已見上毛詩傳曰熠燿燐也吉士思秋寒感物化思悲也謂鴻鴈來賓雀入大水爲蛤之類毛詩曰有女懷春吉士誘之淮南子曰春女悲秋士哀而知物化矣日與月與荏苒代謝毛詩曰日居月諸淮南子曰二者代謝而踏馳顏延年曰一寒一暑一往一復爲代去者爲謝逝者如斯曾無日夜論語曰子在川上曰逝者如斯夫不捨晝夜嗟爾庶士胡寧自舍其二言逝川之流不舍日夜亦當感之以勵志何得晏然自舍哉仁道不遐德輶如羽求焉斯至衆鮮克舉論語子曰仁遠乎哉我欲仁斯仁至矣毛詩曰德輶如毛人鮮克舉大猷玄漠將抽厥緒毛詩曰秩秩大猷說文曰玄幽遠也又曰漠寂也廣雅曰漠泊也說文曰漠無爲也言大道玄遠幽漠知之猶從小引其端緒而至於可知先民有作貽我高矩其三毛詩曰自古在昔先民有作又匪先民是經先民周公孔子也雖有淑

田般于游即盤于游 田也

孫

姿放心縱逸田般于游居多暇日孫卿子曰其爲人也多暇日者其出入不遠也如彼梓材弗勤丹漆雖勞朴斲終負素質其四尚書曰若作梓材既勤樸斲惟其塗丹雘養由矯矢獸號于林淮南子曰楚恭王遊于林中有白猨緣木而矯王使左右射之騰躍避矢不能中於是使由基撫弓而眄猨乃抱木而長號何者誠在於心而精通於物蒲盧縈繳神感飛禽蒲盧舊說云即蒲且也已見西京賦汲冢書曰蒲且子見雙鳧過之其不被弋者亦下故言感也未俟之妙動物應心研精躭道安有幽深其五物獸與禽也尚書序曰研精覃思苔賓戲曰浮英華躭道德安心恬蕩棲志浮雲體之以質彪之以文莊子曰恬淡寂漠道德之篤也淮南子曰使神恬蕩而不失其充苔賓戲曰伸凡抗浮雲之志說文曰彪虎文貌如彼南畝力耒既勤藨蔉致功必有豐殷其六以農喻也左氏傳趙文子謂祁午曰譬如農夫是藨是蔉雖有饑饉必有豐年杜預曰藨耘也壅苗爲蔉水積成淵載瀾載清土積成山歊蒸鬱冥荀卿子曰土積成山風雨興焉水積成川蛟龍生焉積善德而

神明自得聖心循焉尸子曰土積成岳則楩柟豫章出焉水積成川則吞舟之魚生焉夫學之積也亦有所出也傅毅顯宗頌曰蕩蕩川瀆既瀾且清張揖字詁曰歊氣上出貌　**山不讓塵川不辭盈**　管子曰海不辭水故能成其大山不辭土故能成其高士不猒學故能成其聖　**勉爾含弘以隆德聲**　其七周易曰含弘光大蔡邕袁喬碑曰干茲德聲發聞遐邇　**高以下基洪由纖起**　老子曰高必以下為基又曰合抱之木生於毫末　**川廣自源成人在始**　禮記曰王者之祭川也皆先河而後海或源也或委也鄭玄曰始於一勺卒成不測論衡曰自源發流安得不廣國語晉趙武冠見韓獻子獻子曰戒之此謂成人成人在始與善敬之哉　**累微以著乃物之理**　孫卿子曰盡小者大積微者著　**纆牽之長實累千里**　其八凡言物之大必資於小故此言若輕於小亦累於大戰國策段干越謂韓相新城君曰昔王良弟子駕千里之馬過京父之弟子京父之弟子曰馬千里之馬也服千里之服也而不能取千里何也曰子纆牽長故纆牽於事萬分之一也而難千里之行今臣雖不肖於秦亦萬分之一也而相國見臣不懌者是纆牽長也千里之馬繫以長索則為累矣人雖有容貌不脩德如千里馬也　**復禮終朝天下歸仁**　論語顏淵問仁子曰克己復禮為仁一日克己復禮天下歸仁焉孔安國曰復

及也身能及禮則爲仁也馬融曰一日猶見歸況於終身若金受礪若泥在鈞大戴禮曰君子學不可以已矣是故金就礪則利在鈞已見西征賦謂陶家泥輪以能成器也老子曰埏埴以爲器進德脩業暉光日新易曰君子進德脩業欲及時也又曰君子之光暉吉又曰日新之謂盛德隰朋仰慕予亦何人其九莊子曰管仲有病桓公往問之仲父之病病矣寡人惡乎屬國而可對曰隰朋可其爲人也愧不若黃帝而哀不已若者朋慕管之德華言隰朋猶慕德我是何人而不慕乎

文選卷第十九

壬戌六月廿七日燈下　保溫

文選卷第二十

梁昭明太子撰

文林郎守太子右内率府録事參軍事崇賢館直學士臣李善注上

獻詩

曹子建上責躬詩一首 四言 并表

應詔詩一首 四言

潘安仁關中詩一首 四言

公讌

曹子建公讌詩一首 五言

王仲宣公讌詩一首 五言

劉公幹公讌詩一首　五言

應德璉侍五官中郎將建章臺集詩一首　五言

陸士衡皇太子讌玄圃宣猷堂有令賦詩一首　四言

陸士龍大將軍讌會被命作詩一首　四言

應吉甫晉武帝華林園集詩一首　四言

謝宣遠九日從宋公戲馬臺集送孔令詩一首　五言

范蔚宗樂遊應詔詩一首　五言

謝靈運九日從宋公戲馬臺集送孔令詩一首　五言

顏延年應詔曲水讌詩一首　四言

皇太子釋奠會詩一首　四言

祖餞

獻詩

上責躬應詔詩表 魏志曰黃初四年植朝京都上疏幷獻詩二首 曹子建

臣植言臣自抱釁歸藩 植集曰植抱罪徙居京師後歸本國而魏志不載蓋魏志略也杜預左氏傳注曰釁瑕隙也賈逵國語注曰釁兆也謂罪萌兆也 刻肌刻骨 孝經鉤命决曰削肌刻骨挈挈勤思 追思罪戾晝分而食夜分而寢 爾雅曰戾罪也韓子曰衛靈公至濮水夜分聞有鼓琴者 誠以天網不可重罹聖恩難可再恃 老子曰天網恢恢洞簫賦曰蒙聖主之渥恩 竊感相鼠之篇無禮遄死之義 市專 感猶思也毛詩曰相鼠有體人而無禮人而無禮胡不遄死爾雅曰遄速也 形影相弔五情愧赧 奴簡切 文子曰昔者中黃子曰色有五章人有五情說文曰赧面慙也 以罪棄生則違古賢夕改之勸 曾子曰君子朝有過夕改則與之夕有過朝改則與之 忍垢苟全則犯詩人

胡顏之譏。即上胡不遄死之義也孔安國尚書傳曰胡何也毛詩謂何顏而不速死也殷仲文表曰亦胡顏之厚義出於此伏惟陛下應劭曰陛升堂之階王者必有執兵陳於階陛之側臣與至尊言不敢指斥故呼在陛者而告之因卑以達尊之意也若稱殿下閤下侍者執事皆此類也德象天地恩隆父母漢書曰孝文皇帝德厚侔天地尚書曰天子作民父母施暢春風澤如時雨漢書音義曰暢通也蘇順陳公誄曰化侔春風澤配甘雨風賦曰不擇貴賤高下而加焉呂氏春秋曰甘露時雨不私一物是以不別荊棘者慶雲之惠也史記曰若煙非煙若雲非雲郁郁紛紛蕭索輪囷是謂慶雲七子均養者鳲鳩之仁也毛詩曰鳲鳩在桑其子七兮毛萇曰鳲鳩之養其子旦從上下暮從下上其均平如一含罪責功者明君之舉也矜愚愛能者慈父之恩也孔安國尚書傳曰矜憐也論衡曰父母之於子恩等豈為貴賢加意賤愚不察乎是以愚臣徘徊於恩澤而不敢自棄者也

都

左氏傳士貞伯曰鄭伯其死乎自棄也已前奉詔書臣等絶朝心離志絶自分黄耇永無執珪之望分謂甘慨也毛詩序大雅行葦曰尊事黄耇珪者古之諸侯所執周禮曰上公之禮執桓圭諸侯之禮執信圭史記陳軫曰越人莊舃仕楚執珪不圖聖詔猥垂齒召猥猶曲也尚書曰降霍叔于庶人三年不齒孔安國曰三年之後乃齒録之至止之曰馳心輦轂毛詩曰至止肅肅胡廣漢官解詁注曰輦轂下喻在輦轂之下京城之中僻處西館未奉闕庭東京賦曰闕庭神麗踊躍之懷瞻望反側毛詩曰踊躍用兵又曰瞻望不及又曰展轉反側不勝犬馬戀主之情史記丞相青翟曰臣不勝犬馬之心謹拜表并獻詩二篇詞旨淺末不足采覽貴露下情冒顔以聞臣植誠惶誠恐頓首頓首死罪死罪漢書音義張晏曰人臣上書當昧犯死罪而言也

責躬詩一首 四言

於穆顯考，時惟武皇。毛詩曰：於穆清廟。禮記曰：王立七廟，曰顯考廟。毛詩曰：時惟鷹揚。武皇，謂曹操也。受命于天，寧濟四方。毛詩序曰：文王受命作周也。鄭玄曰：受天命而王天下也。傅毅明帝頌表曰：體天統物，寧濟烝民。朱旗所拂，九土披攘。李陵與蘇武書曰：雷鼓動天，朱旗翳日。登徒子好色賦曰：周覽九土。漢火德，操為漢臣，故建朱旗也。時獻帝在，故玄化滂流，荒服來王。廣雅曰：玄，道也。謂道德之化也。蔡邕陳留太守頌曰：玄化洽矣。尚書曰：四夷來王。超商越周，與唐比蹤。商周用師，故云超越。唐虞禪讓，故云比蹤。篤生我皇，奕世載聰。我皇，文帝也。毛詩曰：篤生武王。國語祭公謀父曰：奕世載德。武則肅烈，文則時雍。毛詩曰：相土烈烈。毛萇曰：相土，契孫也。鄭玄曰：威武之盛，烈烈然也。尚書曰：黎民於變時雍。孔安國曰：雍，和也。受禪于漢，君臨萬邦。魏受漢禪，已見魏都賦。尚書曰：君臨周邦。又曰：協和萬邦。萬邦既

應劭應作蔡質 據孫星衍漢官七種改正

化率由舊則毛詩曰不愆不忘率由舊章鄭玄曰率循也廣命懿親以藩王國爾雅曰命告也尊君令謂之命左氏傳富辰諫王曰昔周公封建親戚以藩屏周不廢懿親毛詩曰生此王國帝曰爾侯君茲青土魏志曰建安十九年植封臨淄侯臨淄屬齊郡舊青州之境尚書帝曰爾諧漢書封齊王曰受茲青土奄有海濱方周于魯毛詩曰奄有龜蒙毛萇曰奄大也尚書曰青州海濱廣斥孔安國曰濱涯也論語注曰方比方也毛詩曰建爾元子俾侯于魯車服有輝旗章有叙尚書曰車服以庸國語曰爲車服旗章以旌之毛詩曰庭燎有煇禮記曰以爲旗章以別貴賤鄭玄曰章識也應劭漢官典職楊喬曰威儀有序濟濟雋乂我弼我輔毛詩曰濟濟多士尚書曰雋乂在官尚書大傳曰天子有四鄰左輔右弼伊余小子恃寵驕盈毛詩曰閔予小子班固漢書景十三王述曰膠東不亮常山驕盈舉挂時網動亂國經家語孔子曰治天下國家有九經其所以行者一也作藩作屏先軌是隳孔安國尚書傳

曰顯廢也傲我皇使犯我朝儀魏志曰黃初二年植就國使者灌均希旨奏植醉酒訬逆劫脅使者有司請治罪帝以太后故貶爵安鄉侯國有典刑我削我黜植集曰博士等議可削爵士免爲庶人尚書曰象以典刑韋孟諷諫詩曰輕此削黜將寘于理元兇是率魏志曰有司請罰植罪廣雅曰將欲也周易曰寘于叢棘毛萇詩傳曰寘致也司馬遷書曰遂下于理鄭玄禮記注曰理治獄之官儀禮曰率導也明明天子時惟篤類魏志詔云植朕之同母弟骨肉之親舛而不殊其改封植毛詩曰明明天子令問不已又曰孝子不匱永錫爾類鄭玄曰長以與汝之族類也不忍我刑暴之朝肆殺人陳其尸曰肆論語子服景伯曰吾力猶能肆諸市朝杜預左氏傳注曰肆市列也違彼執憲哀予小臣韋孟諷諫詩曰明明羣司執憲靡顧楊雄交州箴曰牧臣司交敢告執憲儀禮曰小臣正辭改封兗邑于河之濱魏志曰帝以太后故貶爵安鄉侯又曰黃初二年改封鄄城屬東郡舊兗州之境尚書曰濟河惟兗州植表曰行至延津受安鄉印綬股肱弗置有君無

臣尚書大傳曰股肱惟臣荒淫之闕誰弼予身韋孟諷諫詩序曰王戊荒淫不遵道作諷諫詩煢煢僕夫于彼冀方植集曰詔云知到延津遂復來求出獵表曰臣自招罪釁徙居京師待罪南宮然植雖封安鄉侯猶在冀州也時魏都鄴鄴冀州之境也一云時魏以雖爲京師比堯之冀方也大戴禮曰驪駒在門僕夫具存毛萇詩傳曰于往也尚書五子之歌曰惟彼陶唐有此冀方嗟余小子乃罹斯殃赫赫天子恩不遺物謂至京師蒙恩得還也植求習業表曰雖免大誅得歸本國毛詩曰赫赫在上周易曰曲成萬物而不遺冠我玄冕要我朱紱周禮曰王之五冕皆玄冕朱裏毛詩曰朱芾斯皇芾與紱同禮記曰諸侯佩山玄玉而朱組綬蒼頡篇曰紱綬也魏志曰朱紱光大光光大使我榮我華楊雄侍中箴曰光光常伯儵儵貂璫文子曰有榮華必有愁悴剖符受土王爵是加魏志曰黃初三年立爲鄄城王四年封雍丘王喻巴蜀檄曰剖符而封析珪而爵仰齒金璽俯執聖策左氏傳羽父曰寡人若朝于薛不敢與諸任齒杜預曰齒列也漢書曰諸侯王皆金璽史記曰

高祖封三王皆以策書皇恩過隆祗承怵惕西京賦曰皇恩溥尚書曰祗承于帝又曰
怵惕惟厲咨我小子頑凶是嬰說文曰嬰繞也逝慙陵墓存愧闕庭
匪敢傲德寔恩是恃威靈改加足以沒齒班固漢書述曰袁我威靈
五世來服四子講德論曰聖德隆盛威靈外覆論語子曰管仲奪伯氏駢邑三百沒齒無怨言孔安國曰齒年
也昊天罔極生命不圖言生之天壽不可預謀也毛詩曰欲報之德昊天罔極家語孔
子曰分於道謂之命毛詩傳曰不慮不圖嘗懼顛沛抱罪黃壚論語曰顛沛必於是馬融
曰顛沛僵仆也淮南子曰上際九天下契黃壚高誘曰泉下有壚山願蒙矢石建旗東嶽
左氏傳曰荀偃親受矢石東嶽鎮吳之境子建詩曰我心常怫鬱思欲赴太山與此義同庶立毫氂
微功自贖漢書音義曰十毫爲氂班超上疏曰冀立微功以自陳効危軀授命知足
免戾論語子曰見危授命亦可以爲成人矣左氏傳太史克曰庶幾免於戾乎甘赴江湘奮

戈吳越天啓其衷得會京畿左氏傳呂相曰天誘其衷杜預曰衷中也遲奉聖顏如渴如飢遲猶思也張奐與許季師書曰不面之闊悠悠曠久飢渴之念豈當有忘毛詩曰憂心烈烈載飢載渴心之云慕愴矣其悲天高聽卑皇肯照微史記子韋謂宋景公曰天高聽卑爾雅曰皇君也又曰肯可也班固說東平王蒼曰願隆照微之明信日昃之聽

應詔詩一首 四言

肅承明詔應會皇都爾雅曰肅敬也東都賦曰下明詔又曰春王三朝會同漢京會朝也星陳夙駕秣馬脂車毛詩曰星言夙駕又曰言秣其馬又曰旣脂爾車命彼掌徒肅我征旅鄭玄禮記注曰肅戒也朝發鸞臺夕宿蘭渚鸞臺蘭渚以美言之漢宮闕名曰長安有鳴鸞殿公孫乘月賦曰鵾雞舞於蘭渚芒芒原隰祁祁士女毛詩曰宅殷土芒芒又曰采蘩祁祁經彼公田樂我稷黍毛詩

曰雨我公田又曰我黍與與我稷翼翼爰有樛木重陰匪息毛詩曰爰有寒泉又曰南有樛
木又曰南有喬木不可休息雖有糇糧飢不遑食毛詩曰乃裹糇糧毛萇曰糇糧食也
音侯吳越記采葛婦人詩曰飢不遑食四體疲望城不過面邑不遊鄭玄周禮注曰面猶向也
僕夫警策平路是由舞賦曰僕夫正策鄭玄周禮注曰警言勑戒之玄駟藹
藹揚鑣漂沫吠味廣雅曰藹藹盛也舞賦曰龍驤橫舉揚鑣飛沫流風翼衡輕雲
承蓋甘泉賦曰風從從而扶轄楚辭曰雲霏霏而承宇涉澗之濱緣山之隈孔安
國尚書傳曰濱涯也說文曰隈曲也遵彼河滸黃坂是階毛詩曰在河之滸毛萇曰水崖
曰滸爾雅曰階因也西濟關谷或降或升陸機洛陽記曰洛陽有西關南伊闕谷即大谷
也騑驂倦路再寢再興韓詩曰兩驂鴈行薛君曰兩驂左右騑驂毛詩曰言念君
子再寢再興將朝聖皇匪敢晏寧弭節長騖指日遄征

關意改

楚辭曰吾令羲和弭節兮司馬彪上林賦注曰弭節安志也蔡琰詩曰遄征日遐邁毛萇詩傳曰遄疾也

前驅舉燧後乘抗旌毛詩曰伯也執殳為王前驅西京賦曰升觴舉燧薛綜曰燧火也漢書終軍曰驃騎抗旌昆邪右袒周禮曰析羽為旌輪不輟運鑾無廢聲毛詩曰鑾聲鏘鏘鄭玄周禮注曰鑾在衡以金為鈴爰暨帝室稅此西墉毛詩曰召伯所稅毛萇曰稅猶舍也又曰墉城也嘉詔未賜朝覲莫從毛萇詩傳曰覲見也仰瞻城闕俯惟闕庭說文曰闕門楣也長懷永慕憂心如醒楚辭曰情慨而長懷毛詩曰憂心如醒誰秉國成

關中詩一首

四言岳上詩表曰詔臣作關中詩輒奉詔竭愚作詩一篇案漢記孝明時護羌校尉竇林上降羌顛岸以為羌豪岸兄顛吾復降問事狀林對前後兩屈坐誣調下獄死齊萬年編户隸屬為日久矣而死生異辭必有詭謬故引證諭以懲不恪

潘安仁

於皇時晉受命既固毛詩曰於皇時周又曰天立厥配受命既固鄭玄曰受命受天命以王天下也三祖在天聖皇紹祚臧榮緒晉書曰宣帝追號曰高祖文帝號曰太祖武帝號曰世祖聖皇惠帝也毛詩曰三后在天王配于京爾雅曰紹繼也德博化光刑簡枉錯周易曰善世而不伐德博而化又曰後得主而有常含萬物而化光尚書曰五辭簡孚正于五刑潛夫論曰簡刑薄威此德之上論語曰舉直錯諸枉微火不戒延我寶庫其一王隱晉書曰惠帝元康五年十月武庫災焚累代之寶蠢爾戎狄狡焉思肆毛詩曰蠢爾蠻荆傳暢諸公讚曰北地盧水胡馬蘭羌因此爲亂推齊萬年爲主左氏傳申公巫臣曰夫狡焉思啓其封疆賈逵國語注曰肆恣也謂思恣凶逆也虞我國眚窺我利器左氏傳莒子曰孰以我爲虞杜預曰虞度也孔安國尚書傳曰眚過也老子曰國之利器不可以示人國語曰利其器用韋昭曰器兵甲岳牧慮殊威懷理二尚書曰內有百揆四岳外有州牧侯伯左氏傳魏絳曰戎狄事晉諸侯威懷又曰晉郤缺言於

趙宣子曰叛而不討何以示威服而不柔何以示懷非威非懷何以示德無德何以主盟**將無專策兵不素肆**以寘切 其六二賈逵國語注曰素預也又曰肆習也**翹翹趙王請徒三萬朝議惟疑未逞斯願**傳暢晉諸公讚曰司馬倫字子彝咸熙中封趙王進征西假節都督雍梁晉諸軍事倫誅羌大酋數十人胡遂反朝議召倫還朱鳳晉書曰宣帝桓夫人生趙王倫位至相國倫請三萬人往平齊萬年朝議不許司馬相如美人賦曰恒翹翹而西顧賈逵國語注曰逞快也**桓桓梁征高牙乃建**干寶晉紀曰梁王彤爲征西大將軍西討氐尚書曰勗哉夫子尚桓桓牙牙旗也兵書曰牙旗將軍之旗**旗蓋相望偏師作援**院 其三漢書曰冠蓋相望左氏傳韓獻子曰以偏師陷罪孰大焉又曰要結大援援助也**虎視眈眈威彼好時**干寶晉紀曰彤爲大都督督關中諸軍屯好時易曰虎視眈眈其欲逐逐**素甲日曜玄幕雲起**楚漢春秋趙中大夫曰臣聞越王句踐素甲三千曹植辨問曰赫然而日曜之漢書五行志曰雲起於山中**誰其**

繼之夏侯卿士王隱晉書曰齊萬年帥羌胡圍涇陽遣安西將軍夏侯駿西討氐羌左氏傳曰
子産爲政輿人誦之子産若死誰其嗣之又曰
楚伐吳子魚先死楚師繼之毛詩曰皇甫卿士惟系惟
處列營綦跱其四王隱晉書曰解系字少連濟南人爲雍州刺史又曰周處字子隱吳興人
朝廷以處忠烈欲遣討氏乃拜建威將
軍謝承後漢書曰西夷春蠢動姦雄綦跱夫豈無謀戎士
承平漢書師丹曰今累世承平守有完郛戰無全兵孫子兵法曰凡用師以全兵爲
上鋒交卒奔孰免孟明杜篤衆瑞頌曰猛將與虜交鋒左氏傳曰楚師車馳卒奔
又曰子墨衰絰敗秦師于殽獲百
里孟明視西乞術白乙丙以歸飛檄秦郊告敗上京
其五王隱晉書曰周處解系與賊戰於六陌軍敗漢書
高祖曰吾以羽檄徵天下兵應劭曰以雞毛系檄魏武
奏事云邊有警輒露插羽以檄急之意也左氏傳曰王
師敗績于茅戎又曰王人來告敗邊讓章華臺賦曰聲
肅恭平上京周殉師令身膏氏斧周處別傳曰氏賊齊萬年爲亂處仰天嘆曰古

者將受命鑿凶門以出蓋有進無退我爲大臣以身人

殉國不亦可乎遂戰死臧榮緒晉書曰氐酉戎別名盧播

之云亡貞節克舉毛詩曰人之云亡邦國殄瘁楚辭曰原生受命于貞節

違命投畀朔土孫盛晉陽秋曰振威盧播伐萬年王隱晉書曰盧播詠論功免爲庶人徙

北平廣雅曰違背也毛詩曰投畀有北爾雅曰朔北方也爲法受惡誰謂荼苦其六

左氏傳孔子曰趙宣子爲法受惡毛詩曰誰謂荼苦其甘如薺哀此黎元無罪無辜孝經

鉤命決曰天有顧眄之義受圖于黎元孔安國尚書傳曰黎衆也高誘戰國策注曰元元善也毛詩曰無罪無

辜讒口嗸嗸肝腦塗地白骨交衢檄蜀文曰肝腦塗中原漢書曰一敗塗地古出夏北

門行曰白骨不覆疫癘淫行魏許昌碑表曰白骨既交橫於曠野夫行妻寡父出子孤

鄭玄孝經注曰五十無夫曰寡禮記曰少而無父謂之孤俾我晉民化爲狄俘芳于切

其七詩曰覆俾我悖賈逵國語注曰伐國取人曰俘亂離斯瘼日月其稔言亂離之道於

馬輯爰作奚

論思日月

此將散論其日月爲惡又孰言必亡也韓詩曰亂離斯
莫爰其適歸薛君曰莫散也毛詩曰亂離瘼矣毛萇曰
瘼病也今此既引韓詩宜爲莫字左氏傳曰周毛得殺
毛伯過萇弘曰毛得必亡是昆吾稔之日也杜預曰稔
孰也**天子是矜旰**古旦**食晏寢**孔安國尚書傳曰矜憐也左氏傳伍奢曰楚君大夫
其旰食乎杜預曰旰晏也**主憂臣勞孰不祗懍**史記范睢曰臣聞主憂臣辱主辱臣
死周書曰君憂臣勞主辱臣死孔安國尚書傳曰懍危也**愧無獻納尸素以甚**其八兩都
賦序曰朝夕獻納薛君韓詩章句曰何謂素飧素者
質人但有質朴而無治民之材名曰素飧尸祿者頗有
所知善惡不言默然不語苟欲得祿而已譬若尸焉**皇赫斯怒爰整精鋭**毛詩曰王
赫斯怒爰整其旅戰國策季良謂魏王曰恃兵之精銳而欲攻邯鄲也**命彼上谷指日遄**
逝王隱晉書曰孟觀字叔時稍遷至積弩將軍封上谷郡公及關中氐反諸將敗退乃遣觀也曹植應詔詩
曰指日遄征**親奉成規稜威遐厲**孫資別傳曰成規之畫資皆管之漢書武帝與李廣

原賦作杖

書曰威稜憺乎鄰國王逸楚辭注曰厲烈也廣雅曰厲惡也**首陷中亭揚聲萬計**其九孫盛晉陽秋曰孟觀爲建威將軍擊氐羌於中亭大破之陷猶敗也萬計謂所誅之數羽獵賦曰伏鎮邪而羅者以萬計**兵固詭道先聲後實**言觀揚聲合於詭道也司馬兵法曰兵者詭道故能而示之不能漢書廣武君謂韓信曰兵固有先聲後實**聞之有司以萬爲一**言有司疑觀之詐故觀言誅萬有司以之爲一**紂之不善我未之必**以紂喻觀也言觀雖亥聲而同紂之不善我未以爲必然疑有司抑之太甚也論語子貢曰紂之不善不如是之甚也**虛皛**胡皎**滈奴感德謬彰甲吉**其十說文曰皛顯也蒼頡篇曰皛明也孔安國尚書傳曰彰明也滈甲二羌號也德吉其名也言觀虛明誅二羌之功此觀之過也虛皛繆彰其義一耳但交相避東觀漢記曰金城隴西甲滈勒姐種羌反出塞外說文曰滈水出西河美稷縣故羌人因水爲姓漢沖帝時羌滈孤奴歸化是其先也左氏傳曰晉人滅赤狄甲氏杜預注曰甲氏赤狄別種**雍門不啓陳汧危逼**漢書

右扶風有雍縣陳倉縣汧縣左氏傳曰申息之北門不啓觀遂虎奮感恩輸力王隱晉書曰孟觀身當大敵功蓋一時左氏傳欒盈曰昔陪臣輸力於王室重圍克解危城載色晉中興書曰觀從中亭北出何惲領二萬人以繼之雍圍解班固耿恭守疏勒城賦曰日兮月兮阨重圍毛詩曰載色載笑毛萇曰色溫潤也豈曰無過功亦不測其十一過謂虛皛滴德功謂重圍克解毛詩曰豈曰無衣黃石公記序曰慮若源泉深不可測情固萬端于何不有范曄後漢書鄧禹曰變故萬端西京賦曰林麓之饒于何不有紛紜齊萬亦孔之醜謂爭萬年也王隱晉書曰初夏侯駿上言斬氏帥齊萬年及孟觀至大戰數十生送萬年紛紜亂貌長楊賦曰紛紜沸渭毛詩曰日有食之亦孔之醜曰納其降曰梟其首二曰皆語辭也觀曰納降駿曰梟首漢書音義曰懸首於木上曰梟疇真可掩孰偽可久其十二言誰為真事而可蔽掩誰行偽事而可久施乎言真偽之理立即可明觀言為真駿言為偽爾雅曰疇孰誰也楚辭曰孰虛偽之可長既徵爾辭既

蔽爾訟謂有司考驗之也左氏傳子犯曰盟徵其辭周禮曰司寇斷獄蔽訟則以五刑之法鄭司農曰蔽斷
其獄訟當乃明實否則證空其言當者明示以事實其理否者顯告之狀空鄭玄毛詩
箋曰否不通也說文曰證告也好爵既靡顯戮亦從言賞罰之法在乎功過當者既靡之
以好爵否者亦從之以顯戮周易曰我有好爵吾與爾靡之尚書王曰不迪有顯戮不見竇林伏尸
漢邦其十三此喻駿也東觀漢記曰護羌竇林奉使羌顛岸降詣林林欲以為功劾奏言大豪後顛岸兄顛吾
復詣林林言其第一豪問事狀林對前後兩屈林以誣調詣獄上不忍誅免官後涼州刺史奏林贓罪復收繫羽林
監遂死獄中周人之詩寔曰采薇北難獫狁西患昆夷毛詩
序曰采薇遣戍役也文王西有昆夷之患北有獫狁之難鄭玄曰昆夷西戎也獫狁今匈奴也晉灼曰堯曰葷（漢書匈奴傳注）
粥周曰獫狁秦曰匈奴舊說疏曰黃帝曰葷粥唐舜曰獯夏殷曰鬼方周曰匈奴秦曰胡以古況今
何足曜威言古弱而患今彊而勝之抑亦常理何足以曜威乎西都賦曰曜威而講武事徒懸

薰漢書注作葷

斯民○我心○傷悲○其十四不足曜威而爲詩者爲愍斯民故言之也毛詩曰王事靡盬我心傷悲

斯民如何荼毒于秦毛詩曰生民如何尚書曰不忍荼毒孔安國曰荼毒苦也師旅既加饑饉是因論語子曰加之以師旅因之以饑饉疫癘淫行荆棘成榛元康七年正月周處死七月雍州疫大旱關中飢米斛萬錢詔骨肉相贖者不禁鄭玄周禮注曰癘疫氣不和之疾也古出夏北門行曰疫癘淫行老子曰師之所處荆棘生焉

絳陽之粟浮于渭濱其十五謂運絳陽之粟以賑關中也漢書河東郡有絳縣酈善長水經注曰絳則絳陽也蓋在絳澮之陽左氏傳重耳曰余從狄君以田渭濱明明天子視民如傷明明已見上文左氏傳逢滑曰國之興也視民如傷申命羣司保爾封疆尚書曰申命羲叔韋孟諷諫詩曰明明羣司左氏傳知罃曰而帥偏師以修封疆靡暴于衆無陵于強誡羣司也言無以強而陵弱韓子曰其理國也使強不陵弱衆不暴寡蒼頡篇曰陵侵也惴惴寡弱如熙春

陽其十六謂關中民也羣司既整寡弱免於陵暴心皆慕義如悅春陽毛詩曰惴惴其慄毛萇曰惴惴懼也寡弱已見上文爾雅曰熙興也說文曰興悅也神農本草曰春為陽陽溫生萬物惴惴或喣噓

公讌

公讌詩一首 五言 曹子建 贈答雜詩子建在仲宣之後而此在前疑誤

公子敬愛客終宴不知疲 公子謂文帝時武帝在謂五官中郎也 清夜 字書

遊西園飛蓋相追隨明月澄清景列宿正參差 曰澄湛也說文曰景光也楚辭曰宣遊兮列宿 秋蘭被長坂朱華冒綠池 朱華芙蓉也毛萇詩傳曰冒猶覆也 潛魚躍清波好鳥鳴高枝神飈接丹轂

輕輦隨風移 解嘲曰客徒欲朱丹吾轂 飄颻放志意千秋長若斯 古詩曰蕩滌放情志戰國策曰犀首為張儀千秋之祝

公讌詩一首 五言　王仲宣

昊天降豐澤，百卉挺葳蕤。爾雅曰：夏爲昊天。毛詩曰：百卉具腓。字林曰：卉，草摠名也。楚辭曰：上葳蕤以防露。王逸注曰：葳蕤，草木初生貌。涼風撤蒸暑，清雲卻炎暉。孔安國論語注曰：撤，去也。蒸，熱氣也。南方爲火而主夏，火性炎上，故謂夏日爲炎暉也。高會君子堂，並坐蔭華榱。漢書曰：漢王置酒高會。毛詩曰：既見君子，並坐鼓瑟。上林賦曰：華榱璧璫。嘉肴充圓方，旨酒盈金罍。毛詩曰：嘉肴脾臄。南都賦曰：珍羞琅玕，充溢圓方。毛詩曰：旨酒思柔。又曰：我姑酌彼金罍。管絃發徽音，曲度清且悲。孔安國尚書傳曰：徽，美也。合坐同所樂，但愬杯行遲。愬與訴同。常聞詩人語，不醉且無歸。毛詩曰：厭厭夜飲，不醉無歸。今日不極懽，含情欲待誰。漢書曰：田蚡卒飲極懽而去。含情，謂含其歡情而不暢也。古樂府歌曰：今日尚不樂，當復待何時。

見眷良不翅升豉守分豈能違言上見恩遇不翅過於本望已守常分豈敢違越乎言不敢也家語子曰愛人之謂德教何翅惠哉不翅猶過多也論語摘襄聖承進讖曰徐衍守分身亡古人有遺言君子福所綏左氏傳正常曰夫子有遺言夫子謂魯季桓子毛詩曰樂只君子福履綏之願我賢主人與天享巍巍主人謂太祖也論語子曰巍巍乎惟天爲大惟堯則之杜預左氏傳注曰享受也克符周公業奕世不可追史記召周公旦輔翼武王用事居多奕世已見上文此詩侍曹操讌

公讌詩一首　五言

劉公幹　魏志曰東平劉楨字公幹少有學太祖辟丞相掾屬太子嘗請諸文學酒酣命甄氏出拜坐中皆伏楨獨平視太祖聞之收楨減死輸作著文賦數十篇卒

永日行遊戲懽樂猶未央永日長日也尚書曰日永星火毛詩曰且以永日毛

萇曰永引也古詩曰遊戲宛與洛蘇武詩曰懽樂殊未央遺思在玄夜相與復翱翔秦嘉贈婦詩曰遺思致款誠毛詩曰河上乎翱翔輦車飛素蓋從者盈路傍古詩曰日出東南行觀者蒲道傍月出照園中珍木鬱蒼蒼新語曰楩梓豫章立則爲衆木之珍風俗通曰太山松鬱鬱蒼蒼清川過石渠流波爲魚防周禮曰以防止水鄭玄曰堰豬畜流水之陂防豬旁隄也芙蓉散其華菡萏溢金塘毛萇詩傳曰菡萏荷華也金塘猶金堤也靈鳥宿水裔仁獸遊飛梁假美名以言之楚辭曰蛟何爲兮水裔思玄賦曰亘螭龍之飛梁華館寄流波豁達來風涼生平未始聞歌之安能詳毛萇詩傳曰詳審也援翰長歎息綺麗不可忘翰筆毫也

侍五官中郎將建章臺集詩一首五言魏志曰建安十六年

正月天子命公卅子丕爲五官中郎將

應德璉 魏志曰汝南應瑒字德璉太祖辟爲丞相掾屬後爲五官將文學卒

朝鴈鳴雲中音響一何哀 以鴈自喻也毛詩曰鴻鴈于飛哀鳴嗸嗸 問子遊何鄉戢翼正徘徊 毛詩曰鴛鴦在梁戢其左翼鄭玄曰戢斂也 言我寒門來將就衡陽棲 淮南子曰北極之山曰寒門高誘曰積寒所在故曰寒門西京賦曰南翔衡陽北棲鴈門尚書曰荆及衡陽惟荆州 往春翔北土今冬客南淮 管子曰夫鴻鵠春北而秋南不失時者也 遠行蒙霜雪毛羽日摧頹 東觀漢記曰世祖蒙犯霜雪古臨高臺辭曰我欲負之毛衣摧頹 常恐傷肌骨身隕沈黃泥簡珠墯沙石何能中自諧 簡珠喻賢人也沙石喻羣小也淮南子曰周之簡珪產於垢土爾雅曰簡大也又曰諧和也 欲因雲雨會濯翼陵高梯 樂動聲儀

曰風雨感魚龍仁義動君子范睢後漢書鄧騭上䟽曰披雲雨之渥澤高梯喻尊位也賈逵國語注曰梯猶階也

良遇不可值伸眉路何階

漢書曰左馮翊薛宣爲書曉高陵令楊湛曰君自圖進退可復伸眉於後

公子敬愛客樂飲不知疲

漢書曰陳平厚具樂飲太尉

和顏既以暢乃肯顧細微

鄭玄禮記注曰暢充也鬼谷子曰以識細微

贈詩見存慰小子非所宜

孔叢子衛君謂子思曰猶步玉趾而慰存之鄭玄周禮注曰存省也毛萇詩傳曰慰猶安存之也

爲且極歡情不醉其無歸

不醉無歸已見上文

凡百敬爾位以副飢渴懷

毛詩曰凡百君子各敬爾儀孔叢子子思謂魯穆公曰君若飢渴待賢

皇太子宴玄圃宣猷堂有令賦詩一首 四言

王隱晉書曰愍懷太子遹字熙祖惠帝即位立爲皇太子楊佺期洛陽記曰東宮之北曰玄圃園

陸士衡

三正迭紹洪聖啓運三正夏殷周也周建子爲正月殷建丑爲正月夏建寅爲正月尚書大傳曰正色三而復者也春秋合誠圖曰赤受天運宋均曰運錄運也自昔哲王先天而順尚書曰在昔殷先哲王周易曰大人者先天而天弗違又曰湯武革命順乎天而應乎人羣辟崇替降及近古國語藍尹亹曰吾聞君子唯獨居思念前世崇替韋昭曰崇終也替廢也班固漢書項羽讚曰近古以來未嘗有也黃暉既渝素靈承祜魏爲土德曰黃晉爲金行曰素干寶搜神記曰魏推五德之運以土承漢又程猗說石圖曰金者晉之行也建安五年初桓帝時有黃星見於楚宋之分野遼東殷馗善天文言後五十歲當有真人起於譙沛之閒其鋒不可當至此凡五十年而公破紹天下莫敵矣晉世祖武皇帝姓司馬名炎字安世受魏陳留王禪以金德王都洛陽金於西方爲白故曰素靈爾雅曰渝變也祜福也乃眷斯顧祚之宅土

讌五言作謳

毛詩曰乃眷西顧惟此與宅左氏傳衆仲曰胙之以土而命之氏尚書曰降丘宅土**三后始基世武丕承**三后謂宣景文也世武世祖武皇帝也國語太子晉曰自后稷始基靜民尚書伊尹曰肆嗣王丕承基緒**協風傍駭天晷仰澄**國語曰虞幕能聽協風以成樂生物者也韋昭曰協和也廣雅曰駭起也說文曰晷日景也言日澄清也謂不薄蝕**湣曜六合皇慶攸興**國語史伯對鄭桓公曰夫黎爲高辛氏火正以淳曜敦大光照四海呂氏春秋曰神通乎六合**自彼河汾奄齊七政**晉在河汾之陽毛詩曰自彼氐羌尚書曰璿璣玉衡以齊七政孔安國曰七政日月五星各異政也**時文惟晉世篤其聖**周禮栗氏量銘曰時文思索鄭玄曰言是文德之君思求可以爲民立法者尚書曰世篤忠貞毛萇詩傳曰篤厚也**欽翼昊天對揚成命**尚書曰欽若昊天毛萇詩傳曰翼敬也毛詩曰對揚王休又曰昊天有成命二后受之**九區克咸讌歌以詠**劉騊駼郡太守箴曰大漢遵周化洽九區尚書夔曰戛擊鳴球搏拊

琴瑟以詠祖考來格皇上纂隆經教弘道皇上惠帝也爾雅曰纂繼也經猶理也論語曰人能弘道于化既豐在工載考毛詩曰在宗載考鄭玄曰考成也俯釐庶績仰荒大造尚書曰允釐百工庶績咸熙孔安國曰釐理也毛萇詩傳曰荒大也左氏傳呂相曰我有大造于西也杜預曰造成也儀刑祖宗妥綏天保毛詩曰儀刑文王又曰天保定爾篤生我后克明克秀我后謂太子也機為洗馬故稱我后毛詩曰篤生武王又曰克明克類體輝重光承規景數尚書曰昔先君文王武王宣重光爾雅曰景大也尚書周公曰王嗣無疆大歷服又舜曰天之歷數在爾躬茂德淵沖天姿玉裕尚書曰有夏先后方懋厥德家語齊大夫子輿見孔子曰今知海淵之為大字書曰沖虛也桓子新論曰聖人天然之姿所以絕人遠者也應劭漢官儀曰太子有玉質廣雅曰裕容也蕞爾小臣邈彼荒遐左氏傳子產曰諺云蕞爾小國儀禮曰小臣正辭韋孟諷諫詩曰撫寧遐荒弼厥

須擔振纓承華臧榮緒晉書曰楊駿誅徵機爲太子洗馬左氏傳陳公子完曰弛於負擔杜預左氏傳注曰振整也洛陽記曰太子宮在大宮東中有承華門匪願伊始惟命之嘉左氏傳周子曰孤始願不及此爾雅曰嘉善也

大將軍讌會被命作詩一首

四言臧榮緒晉書曰成都王穎字章度趙王倫篡位穎與齊王冏誅之進位大將軍

陸士龍王隱晉書曰陸雲字士龍少與兄機齊名號曰二陸爲吳王郎中令出宰浚儀有惠政機被收并收雲

皇皇帝祜誕隆駿命毛詩曰皇皇后帝又曰既受帝祉又曰受天之祜薛君韓詩章句曰誕信也毛詩曰宜監于殷駿命不易毛萇曰駿大也四祖正家天祿保定四祖宣景文武也周易曰正家而天下定尚書曰天祿永終保定即天保定爾已見上文睿哲惟晉世有明聖

極注及別本

尚書曰明作哲睿作聖毛詩曰世有哲王如彼日月萬景攸正其一尚書曰惟我文考若日月之照臨傳玄歌詩曰日中萬影正夕中萬景傾義與此同巍巍明聖道隆自天巍巍已見上文禮記子思曰道隆則從而隆毛詩曰有命自天命此文王則明分爽觀象洞玄孝經曰則天之明孔安國尚書傳曰爽明也周易曰仰則觀象於天又曰天玄而地黃陵風協紀絶輝照淵言風教上升協於辰極光炎絶遠下照深淵廣雅曰陵乘也然乘亦升也孝經鉤命決曰皇德協極注曰極北辰也封禪書曰末光絶炎劇秦美新曰炎光飛響盈塞天淵肅雍往播福禄來臻其二毛詩曰肅雍顯相杜預左氏傳注曰播揚也毛詩曰福禄攸降爾雅曰臻至也在昔姦臣稱亂紫微姦臣謂趙王倫也法言曰上失其政姦臣竊國命尚書曰敢行稱亂紫微喻帝位也春秋合誠圖曰北辰其星七在紫微中又曰紫宮大帝室也神風潛駭有赫茲威毛詩曰皇矣上帝臨下有赫靈旗樹旆如電斯揮日泉

賦曰樹靈旗楚辭曰靈旗兮電鶩韓康伯周易注曰揮者散也**致天之屆于河之沂**
藏榮緒晉書曰成都王穎遣趙驤為前鋒倫遣孫會
等前驅未及溫十餘里大戰孫會先退諸軍相次奔
潰穎尋過河入于京師毛詩曰致天之屆毛萇曰屆極也文穎漢書注曰沂水上橋也**有命再集**
帝復還故曰再集毛詩曰天監在下有命
皇輿凱歸其三趙王倫廢帝於金墉城既敗倫於溫
既集楚辭曰恐皇輿之敗績周禮曰師有功則凱樂**頹綱既振品物咸秩**
說文曰振舉也周易曰品物咸亨**神道見素遺華反質**周易曰聖人以神道
設教素樸素也莊子曰同乎無欲是謂素樸鄭玄禮
記注曰凡物無飾曰素華謂采章質謂淳樸也遺棄
也**辰晷重光協風應律**國語曰次序三辰賈逵曰日月星也漢書倪寬云宣
重光張晏曰重光謂日月也協
風已見上文應律應律而至也**函夏無塵海外有謐**
其四揚雄河東賦曰函夏之大漢東觀漢記曰祭彤為
遼東太守胡夷皆來內附野無風塵毛詩曰海外有截

爾雅曰謐靜也芒芒宇宙天地交泰左氏傳曰芒芒禹跡淮南子曰虛廓生宇宙宇宙生
天地周易曰天地交泰王在華堂式宴嘉會毛詩曰王在靈囿又曰嘉賓式宴以
敖周易曰嘉會足以合禮玄暉峻朗翠雲崇靄玄天色也晃弁振纓
服藻垂帶其五尚書曰藻火粉米鄭玄孝經注曰大夫服藻火毛詩曰彼都人士垂帶而厲
祁祁臣僚有來雍雍祁祁已見上文毛詩曰有來雍雍薄言載考承
顏下風毛詩曰薄言采之載考已見上文漢書雋不疑曰乃今承顏接辭孔叢子曰伋願在下風
俯覿嘉客仰瞻玉容毛詩曰我有嘉客亦不夷懌曹植罷朝表曰覲玉容而慶
爲奉懽宴而慈潤施已唯約于禮斯豐魏文帝典論曰君子謹乎約已弘乎
接物淮南子曰禮豐不足以效愛天錫難老如嶽之崇其六言賜之難老合壽考
也毛詩曰永錫難老又曰如南山之壽

晉武帝華林園集詩一首 四言洛陽圖經曰華林園在城內東北隅魏明帝起名芳林園齊王芳改爲華林干寶晉紀曰泰始四年二月上幸芳林園與羣臣宴賦詩觀志孫盛晉陽秋曰散騎常侍應貞詩最美

應吉甫 文章志曰應貞字吉甫少以才聞能談論晉武帝爲撫軍將軍以貞參軍晉室踐祚遷太子中庶子散騎常侍卒

悠悠太上民之厥初 毛萇詩傳曰悠悠遠貌太上太古也老子曰太上下知有之淮南子曰太上之道生萬物而不有毛詩曰厥初生民 皇極肇建彞倫攸敷 尚書曰建用皇極又曰天乃錫禹洪範九疇彞倫攸敘孔安國曰皇大極中也 五德更運膺籙受符 七略曰鄒子有終始五德言土德從所不勝木德繼之金德次之火德次之水德次之春秋命歷序曰五德之運同徵合符膺籙次相代春秋漢含孳曰天子受符以辛日立號 陶唐既謝天歷在虞 其一

禹貢原文東出於陶丘北

說文解字云陶丘再成也在濟陰夏書曰東至陶丘陶丘有堯城堯嘗居之故號陶唐氏 天歷天之歷數也已見上文虞謂舜也 於時上帝乃顧惟眷 孔安國尚書傳曰時是也毛詩曰皇矣上帝又曰乃眷西顧此惟與宅 光我晉祚應期納禪 魏禪晉已見魏都賦范曄後漢書伏隆徼張步曰皇天祐漢聖哲應期尚書刑德攷曰河圖帝王終始存亡之期 位以龍飛文以虎變 周易曰飛龍在天利見大人又曰大人虎變其文炳也 玄澤滂流仁風潛扇 玄澤聖恩也曹子建責躬詩曰玄化滂流典引曰仁風翔于海表 區内宅心方隅回面 其二尚書曰宅心知訓孔安國曰常以居心也劇秦美新曰回面内鄉喁喁然 天垂其象地曜其文 周易曰天垂象聖人則之韓詩外傳曰天見其象地見其形聖人則之春秋元命苞曰天質地文 鳳鳴朝陽龍翔景雲 毛詩曰鳳凰鳴矣于彼高岡梧桐生矣于彼朝陽注曰山東曰朝陽孝經援神契曰王者德至山陵則景雲出孫柔之曰一名慶雲文子曰景雲光潤 嘉禾重

穎蓂莢載芬孝經援神契曰王者德至地則嘉禾生東觀漢記曰濟陽縣嘉禾生一莖九穗田俅子曰堯爲天子蓂莢生于庭爲帝成歷率土咸序人胥悅欣其三胥相也毛詩曰率土之濱莫非王臣恢恢皇度穆穆聖容老子曰天網恢恢疏而不失禮記曰天子穆穆言思其順貌思其恭在視斯明在聽斯聰尚書曰言曰從貌曰恭視曰明聽曰聰注曰是則可從恭嚴恪也明必精審聽必微諦論語曰君子視思明聽思聰貌思恭言思忠登庸以德明試以功其四尚書帝曰若時登庸又曰明試以功車服以庸其恭惟何昧旦丕顯左氏傳讒鼎之銘曰昧旦丕顯後世猶怠無理不經無義不踐行捨其華言去其辯禮記曰理發乎外而衆莫不順鄭玄曰理謂言行也陸賈新語曰義者德之經履之者聖也老子曰處其實不處其華尚書曰君無以辯言亂舊政辯捷也口捷給則數爲人所憎故云去其辯游心至虛同規易簡嵇康書曰遊心于寂

寞老子曰致虛極王弼曰言至虛之極也管子曰虛無形謂之道周易曰乾以易知坤以簡能易則易知簡則易從簡易而天下之理得矣**六府孔修九有斯靖**其五尚書曰四海會同六府孔修毛詩曰奄有九州**澤靡不被化罔不加聲教南暨西漸流沙**尚書曰東漸于海西被于流沙朔南暨聲教孔安國曰漸入也**幽人肆險遠國忘遐**毛萇詩傳曰幽遠也長楊賦曰故平不肆險服虔曰肆棄也**越裳重譯充我皇家**其六尚書大傳曰成王之時越裳重譯而來朝曰道路悠遠山川阻深恐使之不通故重三譯而朝也鄭玄曰欲其轉相曉也何休公羊傳注曰充滿也典引曰盛哉皇家**峩峩列辟赫赫虎臣**毛詩曰奉璋峩峩典引曰德臣列辟毛詩曰進厥虎臣**內和五品外威四賓**尚書帝曰五品不遜孔安國曰五品謂五常也又曰四夷咸賓**脩時貢職入覲天人**周禮曰施貢分職以任邦國毛詩曰以其介圭入覲于王莊子曰皆原於一不離於宗謂之天人**備言錫命羽蓋**

躬當依五臣作躬御

朱輪其七毛詩曰備言燕私又序曰不能錫命以禮尚書大傳曰古諸侯之於天子有功者天子賜其車服號曰命諸侯鄭玄儀禮注曰命加爵服之名子虛賦曰建羽蓋揚揮書曰乘朱輪者十人貽宴好會不當厥數史記曰秦王告趙王欲爲好會數猶禮也左氏傳張趯曰吾得聞此數神心所受不言而喻范曄後漢書鄧騭上疏曰聖策定於神心孟子曰君子所性仁義禮智信根於心施於四體不言而喻於時肄射弓矢斯御呂氏春秋曰天子講武肄射毛詩曰弓矢斯張毛萇曰御進也發彼五的有酒斯飫其入毛詩曰發彼有的以祈爾爵毛萇曰的射質也鄭玄曰發發矢也周禮曰王射三侯五正毛詩曰君子有酒酌言嘗之又曰飲酒之飫杜預左氏傳注曰飫厭也文武之道厥猷未墜論語子貢曰文武之道未墜於地在人也在昔先王射御茲藝示武懼荒過亦爲失周易曰弓矢者器也用之過亦爲失也凡厥羣后無懈于位其九毛詩曰不懈于位民之攸塈

九日從宋公戲馬臺集送孔令詩一首 五言蕭子顯齊

書曰宋武帝爲宋公在彭城九日出項羽戲馬臺至今相承以爲舊準沈約宋書曰孔靖字季恭宋臺初建以爲尚書令讓不受辭事東歸高祖餞之戲馬臺百寮咸賦詩以述其美

謝宣遠 宋書七志曰謝瞻字宣遠東郡人也爲豫章太守卒高祖遊戲馬臺命僚佐賦詩瞻之所作冠于時 幼能屬文宋黄門郎以弟晦權貴求

風至授寒服霜降休百工 禮記曰孟秋之月涼風至又曰仲秋之月盲風至命有司衣服有量必脩其故鄭玄曰盲風疾風也毛詩曰七月流火九月授衣禮記曰季秋之月霜始降則百工休

繁林收陽彩密苑解華叢巢幕無留鷰遵渚有來鴻 左氏傳曰吴公子札聘于上國宿于戚聞孫林父擊鍾曰夫子之在此猶鷰之巢幕上杜預曰

原文密作陋

夫子孫文子也毛詩曰鴻飛遵渚禮記曰九月之節鴻鴈來賓輕霞冠秋日迅商薄清穹迅商商風之迅疾也楚辭曰商風肅而害之百草育而不長王逸曰商風西風也秋氣起則西風疾又曰薄附也爾雅曰穹蒼蒼天也聖心眷嘉節揚鑾戾行宮孫卿子曰積善德而聖心備焉左氏傳曰錫鑾和鈴爾雅曰戾至也東觀漢記曰濟陽有武帝行過宮四筵霑芳醴中堂起絲桐儀禮曰旨酒令芳西京賦曰促中堂之密坐史記曰鄒忌以鼓琴見齊威王忌曰夫理國家而彌人倫皆在其中王曰夫理國家又何爲乎絲桐之間扶光迫西汜歡餘讌有窮淮南子曰日出暘谷拂于扶桑楚辭曰出自暘谷次于蒙汜逝矣將歸客養素克有終歸客謂靖也嵇康幽憤詩曰養素全真王隱晉書周馥教曰參軍杜夷優遊養素周易曰謙亨君子有終吉班固漢書述曰疏克有終散金娛老臨流怨莫從歡心歎飛蓬言己牽於時役未果言歸臨流念鄉已結莫從之怨而以侍宴暫歡之志重歎飛蓬之遠也楚辭曰臨流水而

太息王逸曰念舊鄉也曹植應詔詩曰朝覲莫從列子宋元君曰適值寡人有懽心商君書曰夫飛蓬遇飄風而行千里乘風之勢

樂遊應詔詩一首 五言丹陽郡圖經曰樂遊苑宮城北三里晉時藥園也

范蔚宗 沈約宋書曰范曄字蔚宗順陽人少好學爲高祖相國掾稍遷至太子詹事坐謀反誅

崇盛歸朝闕虛寂在川岑方言曰寂安靜也山梁協孔性黃屋非堯心論語子曰山梁雌雉時哉時哉何晏曰言山梁雌雉得時鄭玄毛詩箋曰梁石絕水之梁也漢書曰紀信乃乘王車黃屋左纛李斐曰天子車以黃繒爲裏堯以位禪務光許由故非堯心所悅郭象注莊子曰徒見聖人載黃屋佩玉璽便謂足以纓紱其心矣軒駕時未肅文囿降照臨

言未戒軒駕而訪道且降文囿而愛物也莊子曰黄帝將見大隗方明爲御昌寓參乘鄭玄禮記注曰肅戒也孟子齊宣王問曰文王之囿方七十里毛詩曰王在靈囿鄭玄曰文王親至靈囿言愛物也毛詩曰明明上天照臨下土

流雲起行蓋，晨風引鑾音。原薄信平蔚，臺澗備曾深。王逸楚辭注曰草木交曰薄

蘭池清夏氣，脩帳含秋陰。三輔黄圖曰蘭池觀在城外漢書成紀曰三輔長無供帳之勞張晏曰帳帷帳也

遵渚攀蒙密，隨山上嶇嶔。薄渚已見上文尚書曰隨山濬川洞簫賦曰嶇嶔巋崎

睇目有極覽，遊情無近尋。廣雅曰睇視也王弼老子注曰滌除邪飾至于極覽鄭玄禮記注曰極者盡也

聞道雖已積，年力互頹侵。莊子南郭子綦問于女偊曰子之年長矣而色若孺子何也曰吾聞道矣偊音禹陸機應嘉賦曰悲來日之苦短恨頹年之方促

採已謝丹薇，感事懷長林。毛詩曰赤芾在股毛萇曰諸侯赤芾鄭玄曰芾太古蔽膝之象薇與芾古字通江賦曰感事而出

注然作葭亦通其本字則
皆宜爲筱耳
葭別本作笳本字應
作筱耳

九日從宋公戲馬臺集送孔令詩一首 五言

謝靈運

季秋邊朔苦旅鴈違霜雪列子曰禽獸之智違寒就温孔安國尚書傳曰違避也淒淒陽卉腓皎皎寒潭絜韓詩曰秋日淒淒百卉俱腓薛君曰腓變也俱變而黃也腓音肥毛萇曰痱病也今本作腓字非良辰感聖心雲旗興暮節楚辭曰吉日兮良辰東征賦曰撰良辰而將行爾雅曰感動也楚辭曰載雲旗兮逶迤鳴葭戾朱宮蘭巵獻時哲魏文帝書曰從者鳴笳以啓路傅玄西都賦曰彤彤朱宮漢書曰百末旨酒布蘭生晉灼曰芬芳布列若蘭之生應劭曰巵鄉飲酒禮器也受四升鄭玄毛詩箋曰主人酌賓爲獻餞宴光有孚和樂隆所缺薛君韓詩章句曰送行飲酒曰餞周易曰有孚飲酒無咎毛詩序曰鹿鳴廢則和樂缺矣在宥天下理吹萬羣方悅莊子曰聞在宥天下

注

不聞在治天下也司馬彪曰在察也宥寛也郭象曰宥使自在則治也莊子南郭子綦曰夫吹萬不同而使其自已也司馬彪曰言天氣吹煦生養萬物形氣不同已止也使各得其性而止**歸客遂海嵎**

脱冠謝朝列廣雅曰遂往也尚書曰至于海隅蒼生凡仕則冕弁謝職故曰脱冠閑居賦序曰猥廁朝列

弭棹薄枉渚指景待樂闋杜預左氏傳注曰弭息也楚辭曰朝發枉渚王逸曰枉曲也指景指日也已見上文禮記曰有司告以樂闋鄭玄曰闋終也**河流有急瀾浮驂無緩轍**言彼去河有急瀾而不止已旋驂無緩轍而不留言相背之疾也孔安國尚書傳曰浮行也

豈伊川途念宿心愧將別孔以養素為榮而已以戀位為辱故云愧也周禮曰兩山之間必有川焉大川之間必有塗焉趙壹報羊陟書曰惟君明睿平其宿心嵇康幽憤詩曰內負宿心**彼**

美丘園道喟焉傷薄劣毛詩曰彼美孟姜周易曰六五賁于丘園束帛戔戔王肅曰失位無應隱處丘園閑居賦曰信用薄而才劣

隅

應詔讌曲水作詩一首 四言水經注曰舊樂遊苑宋元嘉十一年以其地為曲水武帝引流轉酌賦詩裴子野宋略曰文帝元嘉十一年三月丙申禊飲于樂遊苑且祖道江夏王義恭衡陽王義季有詔會者賦詩 顔延年

道隱未形治彰既亂 老子曰大象無形又曰道隱無名王弼曰有形則亦有分有分者不溫則涼故象者非大象也又曰夫道物以之成而不見形故隱而無名也河上公曰道潛隱使人無能名也太玄經曰亂不極則治不形賈逵國語注曰彰著也 帝迹懸衡皇流共貫 春秋合誠圖曰黃帝有迹必稽功務法宋均曰迹行迹謂功績也申子曰君必有明法正義若懸權衡以稱輕重所以一羣臣也長楊賦曰逮至孝文隨風乘流孔安國尚書傳曰萬國共貫 惟王創物永錫洪筭 周禮曰智者創物毛詩曰永錫難老鄭玄儀禮注曰筭數也謂年數 仁固開周義高登漢 其一毛詩序曰周家忠厚仁及草木漢書曰五星聚于東井此高祖受命之符當以義取天下 祚融

世哲業光列聖爾雅曰融長也毛詩曰世有哲王魏都賦曰列聖之遺塵太上正位
天臨海鏡太上謂文帝也漢書薄昭書曰欲以親戚之意望於太上如淳曰太上天子也周易曰女正位于內男正位于外潘岳魯公詩曰如地之載如天之臨孫綽望海賦曰因湛亮以靜鏡俯遊目於淵庭
制以化裁樹之形性周易曰化而裁之謂之變莊子曰流動而生物物成生理謂之形形體保神各有儀則謂之性
惠浸萌生信及翔泳其二史記文帝詔曰萬物之萌生翔泳謂魚鳥也周易曰豚魚吉信及豚魚薛君韓詩章句曰文王聖德上及飛鳥下及魚鱉
崇虛非徵積實莫尚言崇尚虛假諒非有徵積累成實則莫能尚也演連珠曰積實雖微必動於物崇虛雖廣不能移心杜預左氏傳注曰尚亦上也
豈伊人和寔靈所貺言化之所感豈止人和平實亦受天貺左氏傳季良曰於是人和而神降曰之福春秋元命苞曰通三靈之貺交錯同端也
完其朔月不掩望漢書曰天下太平日不蝕朔月不掩望
航琛越水輦

注誤　映出西射堂
詩注不誤

韶注末及别本

賮踰障其三言遠夷納貢也毛萇詩傳曰琛寶也孟子曰將有遠行行者必以賮爾雅曰上正章也郭璞曰山上平帝體麗明儀辰作貳言太子附帝故有明德也帝體謂太子也沈約宋書曰文帝立皇子劭為太子喪服傳曰長子正體於上周易曰黃離元吉鄭玄曰離南方之卦離為火土託位焉土色黃火之子喻子有明德能附麗於父之道文王之子發旦是也毛萇詩傳曰儀匹也辰北辰也典引曰辰居其位齊王攸太子箴曰尊以弘道固以武貳已君彼東朝金昭玉粹東朝東宮也潘岳贈陸機詩曰纔綣東朝高誘呂氏春秋注曰東宮太子所居詩曰東宮之妹又曰金玉其相廣雅曰粹純也德有潤身禮不愆器禮記曾子曰富潤屋德潤身又曰禮器鄭玄曰禮器言禮使人成器如耒耜之為用也柔中淵映芳猷蘭祕其四周易曰其用柔中陸機宣猷堂詩曰茂德淵沖字書曰祕者謂蘭芳之幽密昔在文昭今惟武穆言昔者在高祖之子為王同於文王之昭今帝之子為王又同武王之穆言其成也左氏傳富辰曰畢原酆郇文之昭也杜預曰皆

文王子也邘晉應韓武之穆也杜預曰皆武王子也漢書韋玄成議曰父爲昭子爲穆孫復爲昭昭穆父子之迭號于祀而一也晉文王諱昭改爲韶

於赫王宰方旦居叔王宰謂王爲宰輔比之周旦而亦居叔也沈約宋書曰彭城王義康爲司徒毛詩曰於赫湯孫韓詩外傳周公誡伯禽曰吾成王叔父也

有睟睿藩爰履奠牧謂諸王者藩也孟子曰仁義禮智根於心其生色也睟然於面二藩謂江夏衡陽二王也爰履奠牧謂於所履之地能鎮定其郊牧也爾雅曰爰於也左氏傳管仲曰賜我先君履杜預曰履所履之界也諸侯得祀名山大川故曰奠牧尚書曰奠高山大川爾雅曰郊外謂之牧

寧極和鈞屏京維服其五和鈞謂王宰也屏京謂藩封也尚書曰關石和鈞周禮曰三曰禮典以和邦國四曰政典以均萬民又曰凡邦國大小相維

朏魄雙交月氣參變朏魄雙交謂三日也凡朏魄之交皆在月三日之夕今月末夕故以前之文唯止有二故曰雙也孔安國尚書傳曰朏明也月三日明生之名說文曰魄月始生魄然也月氣參變謂三月也月氣每月一變故曰參也周書

原文作細

曰凡四時成歲各有孟仲季以名十有二月月有中氣以著時應**開榮灑澤舒虹爍電**言時候也禮記曰季春之月桐始華又曰時雨將降又曰虹始見又曰仲春之月始電**化際無間皇情爰眷**言既太平故眷斯嘉節解嘲曰纖者入無間杜預左氏傳注曰間隙也**伊思鎬飲每惟洛宴**其六楚辭曰伊思兮往古毛詩曰王在在鎬飲酒樂豈東陽無疑齊諧記東晳對武帝曰昔周公卜洛邑因流水以汎酒故逸詩曰羽觴隨流波**郊餞有壇君舉有禮**餞已見上文左氏傳曹劌曰君舉必書**幙帷蘭甸畫流高陛**廣雅曰幙帳也蘭甸蘭生于甸猶蘭皋也書流分流也**分庭薦樂析波浮醴**莊子曰分庭抗禮**豫同夏諺事無出濟**其七孟子夏諺曰吾王不豫吾何以助毛詩曰出宿于濟**仰閱豐施降惟微物**閱猶數也微物自謂也薛君韓詩章句曰鳥微物也**三妨儲隸五塵朝黻**沈約宋書曰高祖受命延年補太子舍人從尚書儀曹郎太子中舍人轉正員外郎徙員外常侍出為始安太

守徵中書侍郎轉太子中庶子途泰命屯。恩充報屈。泰屯二卦名周易曰泰者通也又曰屯如邅如有悔可悛。滯瑕難拂。其入周易曰盱豫有悔位不當也孔安國尚書傳曰悛改也廣雅曰瑕穢也毛萇詩傳曰拂去也拂亦作弗古字通

皇太子釋奠會作詩一首

四言裴子野宋略曰文帝元嘉二十年三月皇太子劭釋奠于國學禮記曰凡學春官釋奠于先師秋冬亦如之鄭玄曰官謂禮樂詩書之官周禮曰凡有道者有德者使教焉死則以爲樂祖祭於瞽宗此之謂先師也若漢禮有高堂生樂有制氏詩有毛公書有伏生釋奠者設薦饌酌奠而已無迎尸之事

顏延年

國尚師位家崇儒門漢書元帝詔曰國之將興尊師而重傅鄭玄禮記注曰尊師授道焉不使處㠯位也漢書儒林傳曰嚴彭祖顏安樂各專門教授稟道毓德講藝立言王粲

據注引新論字亦此

贈文叔良詩曰温温恭人稟道之極周易曰君子以振民毓德西都賦曰講論乎六藝左氏傳范宣子曰其次立言**浚明爽曙達義茲昬**以日喻道也大明之道既以爽曙道達之義於此彌昬也尚書曰夙夜浚明有家馬融曰浚大也魏都賦曰昬情爽曙箴規顯之毛萇詩傳曰爽差也然義與魏都賦微異不以文害意也禮記曰先王修道以達義桓子新論曰學者既多蔽暗而師道又復缺然此所以滋昬也**永瞻先覺顧惟後昆**其一言大義漸弭永瞻先覺之意顧思後昆以正之孟子伊尹曰天生斯人使先覺覺後覺予天人之先覺者也尚書曰垂裕後昆**大人長物繼天接聖**周易曰利見大人君德也尸子曰天地之道莫見其所以長物而物長聖人之道亦然漢書曰庖羲繼天而王為百王先首**時屯必亨運蒙則正**周易曰屯元亨利貞王弼曰剛柔始交是以屯也不交則否故屯乃大亨也運錄運也周易曰蒙亨利貞王弼曰蒙之所利乃利正也**偃閑武術闡揚文令**尚書曰王來自商至于豐乃偃武修文孔安國曰闡修文教賈逵國語注曰偃息也**庶士傾風萬流仰鏡**

其二尚書曰庶邦庶事嵇康高士傳孔子問項橐曰居何在曰萬流屋是也注曰言與萬物同流匹也雒書曰秦失金鏡鄭玄曰金鏡喻明道也**虞庠飾館睿圖炳睟**禮記曰有虞氏養國老於上庠睿圖孔聖之圖畫也炳丹青色也睟已見上文**懷仁憬**九永**集抱智麕**上殞**至**懷抱謂包韞也禮記曰君子有禮故物無不懷仁又曰儒有戴仁而行抱義而處毛詩曰憬彼淮夷毛萇曰憬遠行貌左氏傳蒍啓疆謂楚子曰求諸侯而麕至杜預曰麕群也**踵門陳書躡蹻獻器**莊子曰有孫休者踵門而詫扁子司馬彪曰踵至也陳書謂陳列其書而進之也史記曰虞卿躡蹻擔簦器謂樂也漢書曰河間獻王修學好古或有先祖舊書多奉與獻王來朝獻樂器也**濼身玄淵宅心道祕**其三禮記曰儒有濼身而浴德王逸妍敖蚩曰窮聖人之祕奧測六義之淵玄宅心已見上文**伊昔周儲聿光往記**禮記曰文王之爲世子朝於王季日三鷄初鳴而衣服至寢門外問內豎之御者曰今日安否何如內豎曰安文王乃喜及日中又至亦如之及暮又至亦如之其有不安則內豎以告文王文王

色憂行不正履王季復膳然後亦復初漢書踈廣曰太子國儲副君孔安國尚書傳曰聿述也思皇世哲體元作嗣毛詩曰思皇多士東都賦曰體元立制繼天而作鄭玄禮記注曰上嗣君之適長子資此夙知降從經志資猶藉也毛詩曰誰夙知而暮成禮記曰一年視離經辨志逷彼前文規周矩値其四爾雅曰逷遠也尚書大傳曰聖人與聖也猶規之相周矩之相襲値當也正殿虛筵司分簡日正殿前殿也長門賦曰正殿塊以造天虛筵以待賢也左氏傳鄭子曰玄鳥氏司分者也爾雅曰簡擇也尚席函杖承疑奉帙漢書音義晉灼曰舊有五尚有尚席禮記曰席閒函丈鄭玄曰函容也承疑疑承也禮記曰虞夏商有師保有疑承侍言稱辭惇史秉筆馮衍德誥曰仲尼言語不習則子貢侍禮記曰有善記之爲惇史國語士茁謂襄子曰臣秉筆事君妙識幾音王載有述其五周易曰知幾其神乎尚書曰熙帝之載王肅曰載事也孔叢子曰使談者有述焉爲之奈何肆議芳訊大教克明演連珠曰

塊原文鬼作

肆議芳訊非庸聽所善孔安國尚書傳曰肆陳也鄭玄毛詩箋曰訊言也敬躬祀典告奠聖靈禮記曰非此族也不在祀典又曰凡人之始立學者先釋奠于先聖先師禮屬觀盥樂薦歌笙周易曰觀盥而不薦王弼曰可觀者莫盛乎宗廟宗廟之可觀者莫盛於觀盥也儀禮曰歌南有嘉魚笙崇丘也昭事是肅俎實非馨其六左氏傳曰以昭事神尚書成王曰黍稷非馨明德惟馨獻終襲吉即宮廣讌獻終祭畢也尚書曰乃卜三龜一襲吉孔安國曰襲因也禮記孔悝鼎銘曰即宮于宗周堂設象筵庭宿金懸劉楨瓜賦曰更鋪象牙之席吳都賦曰桃笙象簟周禮曰宿懸於阼階其南鍾然鍾則金也台保兼徽皇戚比彥春秋漢含孳曰三公在天法三能能與台同保太保也皇戚皇家之戚也爾雅曰美士爲彥肴乾酒澄端服整弁其七禮記曰酒清人渴而不敢飲肉乾人飢而不敢食杜預左氏傳曰肴乾而不食淮南子曰酒澄而不飲六官眡命九賓相儀六官

巾卷何焯引宋书礼志國子太學生冠葛巾服單衣以爲朝服執一卷經以代手板此所謂巾卷也

六卿也周禮曰典命掌諸侯之五儀其衣服禮儀各眡
其命之數漢書曰羣臣朝十月儀大行設九賔臚句傳
東京賦曰伯
夷起而相儀**纓笏帀序巾卷充街**纓笏垂纓秉笏也
皆朝臣之服故舉
服以明人爾雅曰東西牆謂
之序巾巾箱也所以盛書**都莊雲動野馗風馳**爾
雅
曰六達謂之莊劇秦美新曰雲動風偃韓詩曰施于中
馗薛君曰中馗馗中九交之道也四子講德論曰風馳
雨集雜
襲並至**倫周伍漢超哉邈猗**其入鄭玄禮記注曰倫
比也說文曰伍相參伍
也蔡邕胡黃二公頌曰
超哉邈猗莫參其二**清暉在天容光必照**清暉喻日
喻帝也孟
子去日月有明容光必
照趙岐曰容光小隙**物性其情理宣其奧**周易曰
乾元者
始而亨者也利貞者性情也王弼曰不爲乾元何能通
物之始不性其情何能久行其正是故始而亨者必乾
元也利而貞者必性情也此意性情者正也言人君在
上以道被物各存其性僞情矯忐不入於心老子曰道
者萬物之奧廣
雅曰奧藏也**妾先國胄側聞邦教**沈約宋書曰元
嘉中延之遷國

五臣無張字以匯親執爲寄而觀之是也並善有張字未可輙改

子祭酒司徒左長史尚書曰命汝典樂教胄子賈誼弔屈原曰側聞先生尚書曰司徒掌邦教徒愧微

冥終謝智効其九微冥微賤而闇冥也家語哀公曰寡人愚冥莊子曰智効一官

侍宴樂遊苑送張徐州應詔詩一首五言　劉璠梁典曰張諼字公喬齊明帝時爲北徐州刺史諼霜六切

丘希範梁史曰丘遲字希範吴興人八歲能屬文及長辟徐州從事高祖踐祚拜中書郎遷司徒從事中郎卒集題曰兼中書侍郎丘遲上

詰去質旦閶闔開馳道聞鳳吹左氏傳曰詰朝將見杜預曰詰朝平旦也西京賦曰表嶢闕於閶闔薛綜曰紫微宮門曰閶闔漢書曰太子不敢絶馳道應劭曰道天子道也呂氏春秋曰伶倫制十二筩聽鳳鳥之鳴以别十二律蔡邕月令章句曰吹者所以通氣也管簫竽笙塤篪皆以鳴吹者也

輕荑承玉輦細草藉龍騎毛詩曰自牧歸荑毛萇曰荑茅始生也藉田賦

曰天子御玊輦服虔漢書注曰藉薦也周禮曰馬八尺以上爲龍 風遲山尚響雨息雲

猶積集本作漬巢空初鳥飛荇亂新魚戲毛詩曰參差荇菜 寔

惟北門重匪親孰爲寄史記齊威王曰吾吏有黔夫者使守徐州則燕人祭北門裴駰曰齊之北門也史記田肯謂上曰非親子弟莫使王齊 參差别念舉肅穆恩波被荀悦漢紀曰大會羣臣於長樂宫成禮而罷莫不肅穆 小臣信多幸投生豈酬義左氏傳羊舌職曰諺曰人之多幸國之不幸西征賦曰豈生命之易投

應詔樂遊苑餞呂僧珍詩一首五言梁書曰呂僧珍字元瑜爲左衛將軍天監四年冬大舉北伐 沈休文劉璠梁典曰沈約字休文吴興人少爲蔡興宗所知引爲安西記室梁興稍遷至侍中丹陽尹建昌侯薨謚曰隱

丹浦非樂戰負重切 君臨六韜曰堯與有苗戰于丹水之浦高誘呂氏春秋注曰丹水在

南陽浦崖也莊子曰兵革之士樂戰鄧析子曰明君之御人若偃水而負重孟子曰舜竊負而逃遵海濱而處左氏傳子囊曰赫赫楚國而君臨之**我皇秉至德忘己用堯心**穀梁傳曰我君接上下論語曰周之德可謂至德矣莊子堯謂舜曰吾不敖無告不廢窮民此吾用心也**愍茲區宇內魚鳥失飛沈**言失常也東京賦曰區宇乂寧大戴禮曰魚游于水鳥飛于雲**推轂二崤岨揚旆九河陰**漢書馮唐曰臣聞上古王者遣將也跪而推轂曰閫以內寡人制之閫以外將軍制之閫魚列切西都賦曰左據函谷二崤之阻籍田賦曰九旟揚旆尚書曰九河既道穀梁傳曰水南曰陰**超乘盡三屬選士皆百金**左氏傳曰秦師過周北門超乘者三百乘韋昭國語注曰超乘者跳躍上車也漢書曰魏氏武卒衣三屬之甲如淳曰上身一髀褌一脛繳一凡三屬也顧野王曰屬猶接也史記曰李牧趙之良將也匈奴入牧選百金之士五萬擊之漢書音義服虔曰良士直百金言重故也**戎車出細柳餞席樽上林**尚書曰武王戎車三百兩漢書曰匈奴大入邊遣內史周亞夫軍細柳餞已見

上文命師誅後服授律綏前禽公羊傳曰何喜于服楚楚有王者則後服無王者則先强周易曰三用三驅失前禽也函轘方解帶堯武稍披襟函函谷也轘轘轅也解帶披襟言將降附也漢書音義應劭曰堯山之關也李奇曰在上洛北文穎曰武關在洛西李尤函谷關銘曰函谷險要襟帶咽喉伐罪芒山曲弔民伊水潯尚書曰奉辭伐罪鄒緣生述征記曰北芒洛陽北芒嶺靡迤長阜自滎陽山連嶺脩亘暨于東垣孟子曰湯始征自葛誅其君弔其民伊水名也許慎淮南子注曰潯涯也將陪告成禮待此未抽簪尚書曰柴望大告武成也謂武王誅紂而還燔柴郊天望祀山川大告以武功成也鍾會遺榮賦曰散髮抽簪永縱一壑通俗文曰幘道曰簪

送應氏詩二首 五言 曹子建

祖餞崔寔四民月令曰祖道神也黃帝之子好遠遊死道路故祀以爲道神以求道路之福

步登北芒坂遥望洛陽山北芒已見上文洛陽何寂寞宮室

盡燒焚說文曰寂無人聲也獻帝紀曰車駕至洛陽宮室盡燒垣牆皆頓擗荊棘
上參天漢書伍被曰臣今見宮中生荊棘孟子曰太山之高參天入雲不見舊耆老但
覩新少年側足無行徑荒疇不復田東觀漢記馬援曰隗囂側足無所立國語曰田疇荒蕪賈逵曰一井為疇遊子久不歸不識陌與阡中野何
蕭條千里無人煙漢書高祖曰遊子悲故鄉風俗通曰南北曰阡東西曰陌劉歆遂初賦曰野蕭條而寥廓東觀漢記曰北夷作寇千里無煙火念我平常居氣結不能言古詩曰悲與親友別氣結不能言

清時難屢得嘉會不可常李陵與蘇武書曰策名清時又詩曰嘉會難再逢
天地無終極人命若朝霜莊子曰天與地無窮人死者有時漢書李陵謂蘇武曰人生如朝露願得展嬿婉我友之朔方毛詩曰嬿婉之求又曰我友敬矣又曰城彼朔

原詩鳥作鶴翼作翅

延喜本無

延喜本作楚

○此憂亂之詩故有三句以下之文

万親昵並集送置酒此河陽 爾雅曰昵近也漢書曰上過沛置酒沛宮 中饋豈獨薄賔飲不盡觴 周易曰在中饋王弼曰婦人職中饋儀禮有饋食之禮鄭玄周禮注曰進物於尊者曰饋 愛至望苦深豈不愧中腸 言恩愛至情之極所望悲苦愈深也漢書杜鄴說王音曰愛至者其求詳鄭玄注禮記曰病愧謂罪苦也 山川阻且遠別促會日長 毛詩曰山川悠遠又曰道阻且長 願爲比翼鳥施翮起高翔 古詩曰願爲雙鳴鳥奮翼起高飛

征西官屬送於陟陽候作詩一首 五言

孫子荆 臧榮緒晉書曰孫楚字子荆太原人也征西扶風王駿與楚舊好起爲參軍梁令衛軍司馬爲馮翊太守卒

晨風飄歧路零雨被秋草 李陵與蘇武詩曰欲因晨風發送子以賤軀毛詩曰

延喜本迫
三命當則白虎通說之引養生經咄嗟不傳之言不合白虎通又本援補契

延喜本纆
擾 注及別本
延喜本擾

零雨其濛傾城遠追送餞我千里道傾猶盡也三命皆有極咄丁忽嗟安可保養生經黃帝曰上壽百二十中壽百年下壽八十鄭玄禮記注曰司命主督察三命蒼頡篇曰咄啐也說文曰啐驚也倉憒切王弼周易注曰嗟憂歎之辭莫大於殤子彭聃猶為夭莊子南郭子綦曰天下莫大於秋毫之末而太山為小莫壽於殤子而彭祖為夭郭象曰夫以形相對則太山大於秋毫若各據其性分物冥其極則形大未為有餘形小未為不足苟各安其性則秋毫不獨小其小太山不獨大其大矣若以性足為大則天下之足未有過於秋毫也若性不足者非大則雖太山亦可稱小矣故曰莫大於秋毫之末而太山為小則天下無大矣秋毫為大則天下無小矣無大無小無壽無夭是以蟪蛄不羨大椿而欣然自得斥鷃不貴天池而榮願已足列仙傳曰彭祖殷賢大夫歷夏至商末號年七百史記曰老子字聃列仙傳曰李耳生於殷時為周守藏吏積八十餘年後之流沙莫知所終蓋百六十餘歲或言二百餘歲吉凶如糾纆憂喜相紛繞擾漢書音義應劭曰禍福相為表裏如

延喜本鑪

下延喜本別行題文選
卷三十五終

糾纏索相附會也按糾纏索也糾兩股索纆三股索言禍福之相糾如此鵩鳥賦曰禍之與福何異糾纆大曰憂喜聚門吉凶同域神女賦曰紛紛擾擾未知何意天地爲我爐萬物一何小言天地爲爐陶冶萬物居其閒一何微小言不足自愛也鵩鳥賦曰天地爲鑪萬物爲銅達人垂大觀識此苦不早此謂愛生也達人大觀死生若一故戒此愛生苦于不早言能早戒之不乖離即長衢惆悵盈以經慮也鶡冠子曰達人大觀乃見其理古詩曰立身苦不早懷抱楚辭曰惆悵兮私自憐王孫子曰仲叔諫衛靈公曰百姓乖離孰能察其心鑒之以著昊齊契在今朝守之與偕老說文曰契大約也毛詩曰君子偕老

金谷集作詩一首五言酈元水經注曰金谷水出河南太白原東南流歷金谷謂之金谷水東南流經石崇故居

潘安仁

王生和鼎實石子鎮海沂石崇金谷詩序曰余以元康六年從太僕卿出爲使持節監青徐諸軍事有別廬在河南縣界金谷澗時征西大將軍祭酒王詡當還長安余與衆賢共送澗中賦詩以叙中懷應劭漢官儀曰太尉司空司徒長史號爲毗佐三台助鼎和味尚書曰海岱惟青州又曰徐州淮沂其乂蔡邕陳琳碑曰遠鎮南裔親友各言邁中心悵有違毛詩曰還車言邁又曰行道遲遲中心有違何以叙離思攜手游郊畿曹子建雜詩曰離思故難任朝發晉京陽夕次金谷湄晉京洛陽也爾雅曰水草交爲湄迴谿縈曲阻峻阪路威夷七發曰依絶區兮臨迴谿韓詩曰周道威夷薛君曰威夷險也綠池汎淡淡青柳何依依東京賦曰淥水澹澹與淡同韓詩曰昔我往矣楊柳依依薛君曰依依盛貌濫泉龍鱗瀾激波連珠揮爾雅曰濫泉正出正出涌出也酈元水經注曰允街谷水文成蛟龍允音沿街音牙洞簫賦曰揚素波而揮連珠前庭樹沙棠後園植烏

原文作櫧

原詩作曲度

椑上林賦曰沙棠櫟儲西京雜記曰上林有烏椑沙棠樹靈囿繁若榴茂林列芳梨毛詩曰王在靈囿廣雅曰石榴若榴也西京雜記曰上林有芳梨飲至臨華沼遷坐登隆坻毛詩曰舍其坐遷鄭玄詩箋曰坻水中之高地玄醴染朱顏但愬杯行遲邊讓章華臺賦曰激玄醴於清池楚辭曰美人既醉朱顏酡王仲宣公讌詩曰但愬杯行遲揚桴撫靈鼓簫管清且悲楚辭曰揚桴兮撫鼓毛詩曰簫管備舉曰仲宣公燕詩曰管絃發徽音度曲清且悲春榮誰不慕歲寒良獨希春榮喻少歲寒喻老也周易陰符太公曰春道生萬物榮論語曰歲寒然後知松柏之後凋投分寄石友白首同所歸阮瑀為魏武與劉備書曰披懷解帶投分託意分猶志也史記蘇秦謂齊王曰此弃仇讎而得石交者也漢書曰石建老白首萬石君尚無恙易曰殊途而同歸世說曰孫秀既恨石崇不與綠珠又憾潘岳昔遇之不以禮後秀為中書令岳於省內謂秀曰孫令憶疇昔周旋不秀曰中心藏之何日忘之岳於是始知不免後收石崇同日

原文凡作枕

析○別本

取岳石先送市亦不相知潘後至石謂潘曰安仁卿亦復爾耶潘曰可謂白首同所歸岳金谷集詩乃成其讖王隱晉書曰岳父文德爲琅邪太守孫秀時爲小吏給岳岳於秀不以仁遇也

王撫軍庾西陽集別時爲豫章太守庾被徵還東一首 五言沈約宋書曰王弘爲豫州之西陽新蔡諸軍事撫軍將軍江州刺史庾登之爲西陽太守入爲太子庶子集序曰謝還豫章庾被徵還都王撫軍送至湓口南樓作

謝宣遠 瞻時爲豫章太守

祗召旋北京守官反南服 言庾被召而旋帝京已守官而莅南服也左氏傳仲尼曰守道不如守官南服南方五服也 方舟新舊知對筵曠明牧 爾雅曰大夫方舟郭璞注曰方舟並兩船也揚仲武誄曰惟我與爾對筵舉接几蒼頡篇曰踈曠也舊知庾也明牧王撫軍也 觴矜飲餞指途念出宿 劉琨荅盧諶詩序曰舉觴對膝毛詩曰出宿于濟飲餞子禰陸

士衡贈弟詩曰指塗悲有餘來晨無定端別晷有成速頹陽照通津夕陰曖平陸楚辭曰日晻晻而下頹榜人理行艫輶軒命歸僕張揖子虛賦注曰月令曰命榜人榜人舡長也說文曰艫船頭也吳都賦曰輶軒蓼擾毛詩曰輶車鑾鑣楊雄荅劉歆書曰嘗聞先代輶軒之使分手東城闉因發棹西江隩說文曰闉城曲重門也爾雅曰隩隈也郭璞曰今江東人呼浦爲隩離會雖相親逝川豈往復言離而復會雖有相親之理但逝川之流豈有往復之義嗟年命之速而會難也呂氏春秋曰離則復合合則復離或爲雜非也誰謂情可書盡言非尺牘周易曰書不盡言言不盡意杜篤弔比干文曰敬申弔于比干寄長懷於尺牘說文曰牘書版也

鄰里相送方山詩一首五言沈約宋書曰少帝出靈運爲永嘉郡守丹陽郡圖經曰方山在江寧縣東五十里下有湖水舊揚州有四津方山爲東石頭爲

指旨

西　謝靈運

祗役出皇邑相期憩甌越役所莅之職也王充論衡曰充罷州役曹子建詩曰清晨發皇邑毛萇詩傳曰憩息也史記曰東越王搖都東甌時俗號東甌王徐廣曰今之永寧也解纜力蹔及流潮懷舊不能發吳志曰更增舸纜然纜維船索也西都賦曰攄懷舊之蓄念析析就衰林皎皎明秋月含情易爲盈遇物難可歇王仲宣公讌詩曰含情欲待誰古詩曰所遇無故物積痾謝生慮寡欲罕所闕說文曰痾病也老子曰少思寡欲資此永幽棲豈伊年歲別郭璞山海經曰山居爲棲各勉日新志音塵慰寂蔑周易曰日新其德陸機思歸賦曰絕音塵於江介荀組七哀詩曰輶兮輶兮何其寂蔑蔑一作滅

新亭渚別范零陵詩一首五言十洲記曰丹陽郡新亭在中興里吳

舊亭也梁書曰范雲齊世爲零陵郡內史

謝玄暉 蕭子顯齊書曰謝朓字玄暉陳郡人也少有美名文章清麗解褐豫章王行參軍稍遷至尚書吏部郎兼知衛尉事江祐等謀立始安王遙光朓不肯祐白遙光遙光收朓下獄死

洞庭張樂地。瀟湘帝子遊。莊子北門成問於黃帝曰帝張咸池之樂於洞庭之野吾始聞之懼復聞之怠山海經曰洞庭之山帝之二女居之是常遊於江淵澧沅風交瀟湘之川郭璞曰言二女游戲江之淵府則能鼓動五江令風波之氣共相交通言其靈響也楚辭湘君曰帝子降兮北渚王逸曰帝謂堯也娥皇女英隨舜不反死於湘水因爲湘夫人雲去蒼梧野。水還江漢流。歸藏啓筮曰有白雲出自蒼梧入于大梁尚書曰江漢朝宗于海停驂我悵望。輟棹子夷猶。鄭玄毛詩注曰驂兩騑也蔡邕初平詩曰暮宿河南悵望天陰雨雪滂滂楚辭曰君不行兮夷猶王逸曰夷猶猶豫也廣平聽方籍。茂陵將見求。言范同廣平而聲聽方向籍已當居茂陵之下將於彼而見求王隱晉書曰鄭袤字林叔爲中郎散騎常侍會廣平太守缺宣帝謂袤曰賢叔大匠渾垂稱於平陽魏郡蒙惠化且盧子家王子邕繼踵此郡欲使世不乏賢故復相屈在郡先以德化善爲條教百姓愛之鄭玄毛詩箋曰方向也漢書曰司馬相如既病免家居茂陵

心事俱已矣。江上徒離憂。楚辭曰思公子兮徒離憂

別范安成詩一首 五言

梁書曰范岫字懋賓齊代爲安成內史

沈休文

生平少年日。分手易前期。言春秋既富前期非遠分手之際輕而易之言不難也漢書灌夫傳曰生平慕之論語子曰久要不忘平生之言孔安國曰平生少時也賈充上與李夫人書曰每至當別未嘗以爲易

及爾同衰暮。非復別離時。言年壽衰暮死日將近交臂相失故曰非時也蜀志曰宋預聘吳孫權捉預手曰今君年長孤亦老恐不復相見也

勿言一樽酒。明日

原詩樽作罇　將作欲

湯

難重持。蘇武詩曰我有一樽酒將以贈遠人夢中不識路何以慰相思。繆襲嘉夢賦曰心灼爍其如陽不識道之焉如韓非子曰六國時張敏與高惠二人爲友每相思不能得見敏便於夢中往尋但行至半道即迷不知路遂回如此者三

文選卷第二十　六月廿八日　侃誦

廿八日當作廿七日抑或係抽閲

文選卷第二十一

梁昭明太子撰

文林郎守太子右內率府錄事參軍事崇賢館直學士臣李善注上

詠史

王仲宣詠史詩一首　曹子建三良詩一首

左太沖詠史詩八首　張景陽詠史詩一首

盧子諒覽古詩一首　謝宣遠張子房詩一首

顏延年秋胡詩一首　五君詠五首

鮑明遠詠史詩一首

虞子陽詠霍將軍北伐詩一首

百一

應休璉百一詩一首

遊仙

何敬祖遊仙詩一首

郭景純遊仙詩七首

詠史

詠史詩一首 五言 王仲宣

自古無殉死達人共所知禮記曰陳乾昔寢疾屬其子曰如我死使吾二婢子夾我乾昔死其子曰殉葬非禮也杜預左氏傳注曰以人從葬爲殉鷗冠子曰達人大觀秦穆殺三良惜哉空爾爲左氏傳曰秦伯任好卒以子車氏三子奄息仲行鍼虎爲殉皆秦之良也毛萇詩傳曰三良三善臣賈逵國語注曰惜痛也鄭玄禮記注曰爾語助也結髮事明君受恩良

不訾漢書曰霍光以結髮內侍又王生謂蓋寬饒曰用不訾之軀良信也賈逵國語注曰訾量也臨穴要之死焉得不相隨劉德漢書注曰黃鳥之詩刺秦穆公要之從死妻子當門泣兄弟哭路垂臨穴呼蒼天涕下如綆古杏縻美悲切垂邊也毛詩曰臨其穴惴惴其慄彼蒼者天殲我良人鄭玄曰穴謂塚壙也說文曰綆汲井綆也縻牛轡也人生各有志終不為此移同知埋身劇心亦有所施說文曰劇甚也包咸論語注曰施行也生為百夫雄死為壯士規毛詩曰維此奄息百夫之特鄭玄曰百夫之中最雄俊者也漢書項羽謂樊噲曰壯士也黃鳥作悲詩至今聲不虧毛詩序曰黃鳥哀三良也王逸楚辭注曰虧歇也

三良詩一首　五言　曹子建

功名不可為忠義我所安言功立不由於己故不可為也呂氏春秋曰功名之立天

也鄭玄禮記注曰名令聞也孝經注曰死君之難爲盡忠諡法曰能制命曰義我謂三良也秦穆先下世三臣皆自殘列女傳柳下惠妻誄曰愷悌君子永能厲兮吁嗟惜哉乃下世兮賈逵國語注曰沒身爲殘生時等榮樂既沒同憂患平聲應劭漢書注曰秦穆與羣臣飲酒酒酣公曰生共此樂死共此哀奄息等許諾及公薨皆從死誰言捐軀易殺身誠獨難楚辭曰美人兮攬涕而竚臨穴巳見上文說文曰捐棄也攬涕登君墓臨穴仰天歎說文曰歎太息也長夜何冥冥一往不復還李陵詩曰嚴父替長夜慈母去中堂東觀漢記鄧太后報鄧閭曰長歸冥冥往而不反黃鳥爲悲鳴哀哉傷肺肝禮記曰親始死惻怛之心傷腎乾肝焦肺古歌曰大憂攤人肺肝心

詠史八首 五言

左太沖

弱冠弄柔翰卓犖觀羣書禮記曰人生二十曰弱冠王粲車渠椀賦曰援柔翰

以作賦孔融薦禰衡表曰英才卓躒躒與犖同著論準

班固漢書司馬遷贊曰劉向楊雄博極羣書

過秦作賦擬子虛賈誼作過秦論司馬相如作子虛賦邊城苦鳴鏑羽檄飛京都長楊賦曰永無邊城之災漢書曰冒頓乃作爲鳴鏑習勒騎射音義曰箭鏑也如今鳴箭也漢書高祖曰吾以羽檄徵天下兵雖非甲冑士疇昔覽穰苴尚書曰善敹乃甲冑左氏傳羊斟曰疇昔之羊子爲政史記曰司馬穰苴者田完之苗裔也齊景公以爲將軍將兵扞燕晉之師其後田和因自立爲齊威王用兵行威大放穰苴之法而諸侯朝齊威王使大夫追論古者司馬法而附穰苴其中因號曰司馬穰苴兵法長嘯激清風志若無東吳楚辭曰臨深水而長嘯王逸楚辭注曰激感也東吳謂孫氏也鉛刀貴一割夢想騁良圖東觀漢記班超上疏曰臣乘聖漢威神冀效鉛刀一割之用韓君章句曰騁施也左眄澄江湘右盼定羌胡廣雅曰眄視也方言曰澄清也馬融論語注曰盼動目貌功成不受爵長揖歸田廬漢書

沈休文恩倖傳論注引籍作藉

曰酈食其長揖不拜毛詩曰中田有廬漢書䟽廣曰吾自有舊田廬

鬱鬱澗底松，離離山上苗。古詩曰鬱鬱園中柳毛萇詩傳曰離離垂貌以彼徑寸莖，蔭此百尺條。史記魏王曰寡人有徑寸之珠七發曰高百尺而無枝世冑躡高位，英俊沈下僚。韓詩内傳曰所以為世子何言世世不絕孔安國尚書傳曰冑長子也謂卿大夫子弟也廣雅曰躡履也西都賦曰英俊之域爾雅曰僚官也地勢使之然，由來非一朝。周書湯曰吾欲因地勢所有而獻之列子俞氏巳病非一朝一夕之故其所由來漸矣金張籍舊業，七葉珥漢貂。班固漢書金日磾贊曰夷狄亡國羈虜漢庭七葉内侍何其盛也七葉自武至平也又張湯傳贊曰張氏之子孫相繼自宣元巳來為侍中中常侍者凡十餘人功臣之後唯有金氏張氏親近貴寵比於外戚珥插也董巴輿服志曰侍中中常侍冠武弁貂尾為飾馮公豈不偉，白首不見招。漢書馮唐以孝著為郎中署長事文帝帝輦過問唐曰父老何自為郎說文曰偉

原文藩作蕃

奇也荀悦漢紀曰馮
唐白首屈於郎署

吾希段干木偃息藩魏君廣雅曰希庶也干木已見魏都賦幽通賦曰干木偃息以藩魏

吾慕魯仲連談笑却秦軍史記曰魯仲連好奇偉俶儻畫策而不肯仕宦任職趙孝成王時秦使白起圍趙魏王使將軍新垣衍說趙尊秦昭王爲帝魯連適遊趙謂平原君曰梁客新垣衍安在吾請爲君責而歸之乃見新垣衍垣衍起再拜謝曰吾請出不敢復言秦將聞之爲却五十里

當世貴不羈遭難能解紛功成不受賞高節卓不群史記曰秦軍引去平原君欲封魯連魯連辭謝終不肯受平原君乃置酒酒酣起前以千金遺魯連魯連笑曰所貴於天下之士者爲人排患釋難解紛而不取也即有取者是商賈之事而連不忍爲也遂辭平原君而去班固說東平王蒼曰光名宣於當世鄒陽上書曰不羈之士與牛驥同皁史記曰魯仲連好持高節遊於趙論語顏回曰如有所立卓爾

臨組不肯緤對珪不肯分說文曰組綬屬也王逸楚辭注曰緤繫也禮稽命徵

原文作陳威憤積

曰諸侯執珪解連璽燿前庭比之猶浮雲將加之官爵朝曰析人之珪授之以印後仲連爲書遺燕將燕將自殺田單欲爵之仲連逃海上再封故言連璽鄭玄周禮注曰璽印也論語子曰不義而富且貴於我如浮雲

濟濟京城內赫赫王侯居毛詩曰濟濟多士毛萇曰濟濟多威儀也吴質書曰陳威發憤思入京城毛詩曰赫赫師尹毛萇曰赫赫顯盛貌冠蓋蔭四術朱輪竟長衢西都賦曰冠蓋如雲廣雅曰術道也楊惲書曰乘朱輪者十人古詩曰長衢夾巷朝集金張館暮宿許史廬漢書蓋寬饒曰上無許史之屬下無金張之託金張已見上文漢書孝宣許皇后元帝母元帝封外祖父廣漢爲平恩侯又曰史良娣宣帝祖母也兄恭宣帝立恭已死封恭長子高爲樂陵侯

南鄰擊鍾磬北里吹笙竽左氏傳曰鄭伯有夜飲酒擊鍾焉呂氏春秋曰帝嚳令人擊磬墨子曰彈琴瑟吹笙竽磬或爲鼓寂寂楊子宅門無卿相輿說文曰寂寂無

人聲也漢書楊雄自叙曰雄家素貧嗜酒人希至其門寥寥空宇中所講在玄虛廣雅曰寥深也空廓也楚辭曰閔空宇之孤子漢書曰雄方草創太玄有以自守老子曰玄之又玄衆妙之門管子曰虛無無形謂之道言論準宣尼辭賦擬相如漢書曰時有人問雄者雄常用法應之譔爲十三卷象論語號曰法言又曰先是時蜀有司馬相如作賦甚弘麗溫雅雄心壯之每作賦常擬以爲式悠悠百世後英名擅八區論語曰其或繼周者雖百世可知也魏志程昱曰劉備有英名說文曰擅專也解嘲曰天下之士咸營於八區皓天舒白日靈景耀神州廣雅曰皓明也傅玄三都賦曰白日舒靈景於天地書曰崐崘東南地方五千里名曰神州列宅紫宮裏飛宇若雲浮西京賦曰正紫宮於未央桓寬鹽鐵論曰梓匠營宮室上成雲氣下成山林峩峩高門內藹藹皆王侯廣雅曰峩峩容也峩與娥同古字通漢書鮑宣曰豈徒欲使臣重高門之地哉毛詩曰藹藹王多吉士廣雅曰

震注

原本作并兼

藹藹盛也自非攀龍客何爲欻來遊揚子法言曰攀龍鱗附鳳翼薛綜西京賦注曰欻者言忽也被褐出閶闔高步追許由家語子路曰有人於此被褐而懷玉何如子曰國無道隱者可也晉宮闕名曰洛陽城閶闔門西向皇甫謐高士傳曰許由武陽城槐里人也隨沖虛學于齧缺許由爲堯所讓由是退隱遯耕於中嶽下振衣千仞岡濯足萬里流王粲七釋曰濯身乎滄浪振衣乎高嶽

荆軻飲燕市酒酣氣益振震孔安國尚書傳曰樂酒曰酣毛萇詩傳曰震猶威也哀歌和漸離謂若傍無人史記曰荆軻之燕燕與屠狗及高漸離飲於燕市酒酣以往高漸離擊筑荆軻和而歌於市中相樂也已而相泣旁若無人雖無壯士節與世亦殊倫高眄邈四海豪右何足陳臣瓚漢書注曰邈緜邈也張衡四愁詩序曰豪右兼并之家貴者雖自貴視之若埃塵賤者雖自賤重之若千

鈞埃塵言輕千鈞喻重也列子楊朱曰貴非所貴賤非所賤齊貴齊賤漢書曰十六兩爲一斤三十斤爲一鈞

主父宦不達骨肉還相薄史記或說主父偃曰太橫主父偃曰臣結髮游學四十年身不得遂親不以爲子昆弟不收杜預左氏傳注曰宦仕也呂氏春秋曰父母之於子也子之於父母也此之謂骨肉之親薄輕鄙之也史記曰君薄淮陽邪

買臣困采樵伉儷不安宅漢書曰朱買臣家貧常刈薪樵賣以給食檐束薪行且誦書妻亦負戴相隨數止買臣無謳歌道中買臣愈益疾歌妻羞之求去買臣笑曰我年五十當富貴今已四十餘矣汝苦日久待我富貴報汝功力妻恚怒曰如公等終餓死溝中耳能何富貴買臣不能留即聽去左氏傳曰施氏之婦怒施氏曰已不能庇其伉儷杜預曰儷偶也伉敵也

陳平無產業歸來翳負郭漢書曰陳平家貧好讀書負郭窮巷以席爲門然門外多長者車轍方言曰翳薆也郭璞曰謂蔽薆也音愛鄭玄禮記注曰負之言背也

長卿還成都壁立何寥廓史記曰卓文君奔司馬相如相與馳歸成都居徒四壁立郭璞曰貧窮也楚辭

宋玉風賦[illegible]

曰嗟寥廓而無處廣雅曰廓空也**四賢豈不偉遺烈光篇籍**班固說東平王蒼曰遺烈著於無窮漢書曰吳起商鞅垂著篇籍**當其未遇時憂在塡溝壑**孟子曰志士不忘在溝壑**英雄有屯邅由來自古昔**周易曰屯如邅如國語曰古曰在昔**何世無奇才遺之在草澤**孫子曰何世之無才何才之無施**習習籠中鳥舉翮觸四隅**說文曰習習數飛也鶡冠子曰籠中之鳥空籠不出鄭玄毛詩箋云隅角也**落落窮巷士抱影守空廬**落落跡寂貌言士之居窮巷若鳥之在籠中也風賦曰廓抱影而獨倚**出門無通路枳棘塞中塗**王仲宣七哀詩曰出門無所見孔叢子孔子山陵之歌曰枳棘充路陟之無緣**計策棄不收塊若枯池魚**東方朔六言曰計策棄捐不收王逸楚辭注曰塊獨處貌**外望無寸祿內顧無斗儲**國語叔向曰絳之富商而無尋尺之祿鄭玄毛詩箋曰迴首曰顧古出東門行曰盎中無斗米儲還

視架上無懸衣說文曰儲蓄也謂蓄積以待用也**親戚還相蔑朋友日夜疏**鄭玄毛詩箋曰蔑輕也莊子曰親友益疏**蘇秦北遊說李斯西上書俛仰生榮華咄嗟復彫枯**史記曰蘇秦乃西至秦說惠王王方誅商鞅疾辯士弗用乃東之趙趙遂說六國蘇秦爲從約長并相六國後去趙之燕陽爲得罪於燕而亡自燕之齊齊宣王以爲客卿後齊大夫多與蘇秦爭寵者而使人刺蘇秦又曰李斯西入秦說秦王後秦王以斯爲客卿又曰始皇以斯爲丞相二世下斯吏斯就五刑莊子曰其疾也俛仰之間文子曰身有榮華心有愁悴蒼頡篇曰咄啐也說文曰啐驚也王弼周易注曰嗟憂歎之辭咄丁忽切啐倉憒切**飲河期滿腹貴足不願餘巢林棲一枝可爲達士模**莊子曰鷦鷯巢林不過一枝偃鼠飲河不過滿腹

詠史一首　五言　張景陽

臧榮緒晉書曰張協字景陽載弟也兄弟並守道不競以屬詠自娛少辟公府後爲黃門侍郎

因託疾遂絕人事終於家

昔在西京時，朝野多歡娛。漢書劉向上疏曰：衆賢和於朝，萬物和於野。孟子曰：霸者之民驩虞如也。王逸楚辭注曰：娛，樂也。娛與虞古字通用。藹藹東都門，羣公祖二疏。毛詩曰：仲山甫出祖。鄭玄曰：祖者，行犯軷之祭也。朱軒曜金城，供帳臨長衢。尚書大傳曰：未命爲士，不得朱軒。鹽鐵論曰：秦金城千里。供帳見下注。長衢已見上文。達人知止足，遺榮忽如無。鍾會有遺榮賦。抽簪解朝衣，散髮歸海隅。鍾會遺榮賦曰：散髮抽簪，永絕一丘。倉頡篇曰：簪，笄也，所以持冠也。孟子曰：如以朝衣朝冠坐於塗炭也。尚書曰：至于海隅蒼生。行人爲隕涕，賢哉此丈夫。漢書楊宣上書曰：行道之人爲之隕涕。毛詩曰：心之憂矣，涕既隕之。揮金樂當年，歲暮不留儲。韓康伯周易注曰：揮，散也。歲暮喻年老也。詩曰：蟋蟀在堂，歲聿其暮。薛君曰：暮，晚也。言君之年歲已晚也。顧謂四坐賓，多財爲

藝文類聚引作歎此
同玉臺新詠

累愚。說文曰顧還視也古詩曰四坐莫不歎漢書曰疏
廣字仲翁東海人也明春秋爲太子太傅兄子受
字公子亦以賢良爲太子家令廣謂受曰吾聞知足不
辱知止不殆今仕至二千石功成名立如此不去懼有
後悔豈如父子相隨出關歸老故鄉以壽命終不亦善
乎遂上疏乞骸骨上以其年篤老皆許之加賜黄金二
十斤皇太子賜五十斤公卿大夫故人邑子爲設祖道
供帳東都門外送車數百兩辭訣而去道路觀者曰賢
哉二大夫或歎息爲之下泣廣既歸鄉里日令家共具
設酒食請族人故舊賓客與相娛樂居歲餘廣子孫竊
謂其昆弟老人廣所愛信者曰子孫幾及君時頗立產
業基址今日飲食費且盡宜從丈人所勸說君買田宅
老人即以閑暇時爲廣言此計廣曰吾豈老誖不念子
孫哉賢而多財則損其志愚而多財則益其過金者聖
主所以惠養老臣也故樂與鄉黨宗族共饗其賜以盡吾
餘日不亦可乎於是族人悅服皆以壽終累猶負也累
愚爲愚者之累也清風激。萬代。名與天壤俱。胡廣書曰建鴻德
流清風史記魯仲連與燕將書曰業與三王爭流名與天壤俱弊咄此蟬冕客。君紳宜見書。說文
曰咄

相謂也蔡邕獨斷曰太尉已下冠惠文侍中加貂蟬論語曰子張問行子曰言忠信行篤敬子張書諸紳

覽古一首 五言

盧子諒

徐廣晉紀曰盧諶字子諒范陽人也有才理顯宗徵爲散騎常侍段末波愛其才託以道險終不遣之末波死諶依石季龍冉閔誅石氏諶隨閔軍遇害

趙氏有和璧天下無不傳蔡邕琴操曰楚明光者楚王大夫也昭王得瑀氏璧欲以貢於趙趙王於是遣明光奉璧之趙瑀古和字史記秦王曰和氏璧天下共傳寶也**秦人來求市厥價徒空言**史記曰趙惠王得和氏璧秦昭王聞之使人遺趙王書願以十五城易璧史記漢王曰空言虛語非所守也價或作償**與之將見賣不與恐致患簡才備行李圖令國命全**史記曰趙王得秦王書與大將軍廉頗諸大臣謀欲與秦璧城恐不可得而見欺欲勿與即患秦兵之來計未定求令報秦者未得毛萇詩傳曰將且也見賣謂將賣已也爾雅曰簡擇也左

氏傳燭之武謂秦伯曰行李之往來供其乏困杜預曰行李使人孫卿子曰人之命在天國之命在禮藺生在下位繆子稱其賢史記曰宦者令繆賢曰臣舍人藺相如可使王召見問藺相如周易曰在下位而不憂家語曰顏回以德行著名孔子稱其賢奉辭馳出境伏軾還入關史記曰趙王遂令相如奉和璧西入秦尚書曰奉辭罰罪鄭玄禮記注曰辭言語也莊子曰宣尼伏軾而歎曰由之難化也秦王御殿坐趙使擁節前史記曰秦王坐章臺見相如相如奉璧奏秦王秦王大喜毛萇詩傳曰御進也鄭玄禮記注曰節所以明信輔君命也令趙使者擁節也揮袂睨金柱身玉要俱捐說文曰揮奮也史記曰相如視秦王無意償趙城乃前曰璧有瑕請指示王王授璧相如相如持璧却立倚柱怒髮上衝冠曰臣觀大王無意償趙城意故臣復取璧大王必欲急臣臣頭今與璧俱碎於柱矣相如持其璧睨柱欲以擊柱秦王恐其破璧乃辭謝請以十五都與趙燕丹子曰荆軻拔匕首擿秦王決耳入銅柱火出然銅有金故稱曰金柱連城既僞往荆玉亦眞

還（史記曰相如度秦王特以詐僞爲與趙城實不可得乃使從者衣褐裹其璧從徑道亡歸璧于趙秦乃不以城與趙趙亦終不與璧）爰在澠池會二主克交歡（爾雅曰爰曰也史記曰秦王欲爲好會於澠池趙王遂與秦王會澠池又曰嚴仲子謂聶政曰故進百金者得以交足下懽漢書曰郭解入關賢豪交歡）昭襄欲負力相如折其端（史記曰秦武王死無子立異母弟是爲昭襄王列子曰不猶愈於負其力乎漢書曰秦王政負力怙威鄭玄周禮注曰負恃也方言曰端緒也）眥血下睚眥怒髮上衝冠（說文曰眥目匡也列士傳曰朱亥瞋目視虎眥裂血出戰虎髮上衝冠巳見上注）西缶終雙擊東瑟不隻彈（西缶東瑟巳見西征賦）捨生豈不易處死誠獨難（幽通賦曰捨生取誼史記太史公曰非死者難言處死者難也）稜威章臺顛彊禦亦不干（漢書武帝報李廣曰威稜憺乎鄰國毛詩曰不畏彊禦孔安國尚書傳曰干犯也）屈節邯鄲中俛首忍迴軒（史記曰趙王以相如功大拜爲上卿

位在廉頗之右廉頗曰相如素賤人吾羞不忍爲之下我見相如必辱之相如聞不肯與會出望見廉頗相如引車避匿家語子貢曰夫子欲屈節以救父母之國節猶操也

廉公何爲者負荊謝厥愆 史記曰於是舍人相與諫相如曰今君與廉君同列廉君宣惡言而君畏匿之且庸人尚羞之相如曰相如雖駑獨畏廉將軍哉顧吾念之彊秦所以不敢加兵於趙者徒以吾兩人在也今兩虎共鬭其勢必不俱生吾所以爲此也以先國家之急而後私讎也廉頗聞之肉袒負荊因賓客至藺相如門謝罪曰鄙賤之人不如將軍寬之至此也卒相與歡爲刎頸之交晉灼漢書注曰以辭相告曰謝尚書曰思免厥愆孔安國尚書傳曰愆過也

智勇蓋當代弛張使我歎 史記太史公曰相如其處智勇可謂兼之矣禮記孔子曰一張一弛文武之道也鄭玄曰張弛以弓弩喻人也說文曰歎吟也謂情有所悅吟歎而歌詠

張子房詩一首 五言沈約宋書曰姚泓新立關中亂義熙十三年正月公以舟師進討軍頓留項城經張良廟也

興亂即承首二句言興亂自用討興迷亂于政何
焯疑之非也

謝宣遠王儉七志曰高祖遊張良廟並命僚佐賦詩瞻之所造冠于一時

王風哀以思周道蕩無章毛詩序曰關雎麟趾之化王者之風又曰亡國之音哀以思毛詩曰顧瞻周道又序曰厲王無道天下蕩蕩無綱紀文章卜洛易隆替興亂罔不亡尚書曰予朝至于洛師卜惟洛食韋昭國語注曰替廢也漢書婁敬說高祖曰昔成王即位乃營成周都洛以爲此天下中有德則易以王無德則易以亡又劉向上疏曰自古及今未有不亡之國也力政吞九鼎苛慝暴三殤力政謂秦也墨子曰反天意者力政也如淳漢書注曰王室微弱諸侯以力爲政相攻伐也史記曰秦取周九鼎寶器而遷西周禮記曰孔子過泰山側婦人哭於墓者而哀夫子式而聽之使子貢問之曰子之哭也一似重有憂者而曰然昔者吾舅死於虎吾夫又死焉今吾子又死焉夫子曰何不去也曰無苛政夫子曰小子識之苛政猛於虎也苛猶虐也息肩纏民思靈鑒集朱光東京賦曰百姓不能忍是用息肩於漢毛詩曰天鑒在下有命既集曹植離友詩曰靈鑒無私

原賦作暉

賈逵國語注曰鑒察也南都賦曰輝朱光於白水**伊人感代工聿來扶興王**伊人謂張良也毛詩曰所謂伊人感猶應也尚書咎繇曰無曠庶官天工人其代之毛詩曰聿來胥宇孔安國尚書傳曰聿遂也陸機遂志賦曰扶興王以成命延褒期乎天祿**婉婉幠中畫輝輝天業昌**婉婉和順貌也漢書高祖曰運籌帷幄之中吾不如子房易巛靈圖曰攝天之業使之理鄭玄曰天業得其理**鴻門稍薄蝕垓下殞攙搶**漢書曰亞父范增說項羽急擊沛公項伯素善張良夜馳見良具告事實良乃與項伯見沛公曰早自來謝沛公翌日從百餘騎見羽鴻門羽因留沛公飲范增數目羽擊沛公羽不應有頃公從間道走軍使張良留謝又曰漢王追羽至陽夏不會謂張良曰諸侯不從柰何用良計諸侯皆會圍羽垓下薄蝕攙搶皆喻羽也京房易飛候曰凡日蝕皆於晦朔不於晦朔蝕者名曰薄爾雅曰彗星爲攙搶**爵仇建蕭宰定都護儲皇**爵仇謂封雍齒也已見幽通賦漢書曰良從上出商計及立蕭相國音義曰何時未爲相國勸高祖立之漢書婁敬說上曰陛下都洛陽不如

入關上問良良因勸上是日車駕西都長安又曰欲廢太子立戚夫人子趙王如意呂后恐不知所爲或謂呂后留侯善畫計呂后乃使建成侯呂澤劫良良曰顧上有所不能致者四人今太子爲書卑辭安車請以爲客令上見之則一助也於是太子迎四人至上破黥布歸愈欲易太子及置酒太子侍四人從上乃驚曰吾求公公逃避我今公何自從吾兒遊乎煩公幸卒調護太子竟不易不易太子者良本招此四人之力也又蹤廣曰太子國儲副君也

肇允契幽叟，飜飛指帝鄉。言初即合契幽叟晚乃遊心帝鄉漢書曰良從容步下邳圯上有一老父衣褐至良所曰孺子可教後五日與我期此良夜半往有頃父亦來喜出一編書曰讀是則爲王者師旦視其書乃太公兵法又曰願棄人間事欲從赤松子遊耳廼學道欲輕舉莊子曰華封人謂堯曰千歲厭世去而上僊乘彼白雲至于帝鄉毛詩曰肇允彼桃蟲翻飛維鳥鄭玄曰肇始也允信也薛君韓詩章句曰翻飛貌

惠心奮千祀，清埃播無疆。周易曰有孚惠心勿問元吉清埃猶清塵也李尤武功歌曰清埃飛連日月毛詩曰惠我無疆

神武睦三正，裁

成被八荒神武謂宋高祖也尚書益曰帝德廣運乃聖乃神乃武乃文孔安國尚書傳曰睦和也漢書曰三正子爲天正丑爲地正寅爲人正周易曰后以財成天地之道輔相天地之宜漢書曰監八方被八荒明兩燭河陰慶霄薄汾陽明兩慶霄皆喻宋高祖燭幽明也薄猶輕易也河陰汾陽堯舜二帝所居也言以高祖譬舜則高祖光明又以方堯則堯可輕薄也周易曰明兩作離大人以繼明照于四方鄭玄曰明兩者取君明上下以明德相承其於天下之事無不見也孟子曰舜避丹朱於南河之南然河南則河陰也慶霄即慶雲也王逸楚辭注曰海內之政見四子藐姑射之山汾水之陽窅然喪其天下也鑾旍歷頹寢飾像薦嘉嘗宋略曰大軍九月次彭城鑾旍鑾旗也公羊傳秋祭曰嘗聖心豈徒甄惟德在無忘大戴禮曰神明自得聖心備矣鄭玄尚書緯注曰甄表也陸機高祖頌曰念功惟德鄭玄毛詩箋曰惟思也逝者如可作揆予慕周行逝謂死也死者可起之而令仕度子之志亦慕此周行周行喻宋也國語曰趙文子與叔譽遊於九原曰死者若可

此四句退抑之辭乃與裁止宣明同旨

作也吾誰與歸毛詩曰嗟我懷人寘彼周行毛萇曰行列也周之列位**濟濟屬車士粲粲翰墨場**漢書音義曰大駕屬車八十乘歸田賦曰揮翰墨以奮藻寘戲曰婆娑乎術藝之場項岱曰場圃講經藝之所**瞽夫違盛觀竦踊企一方**瞽夫宣遠自謂也毛萇詩傳曰違離也莊子叔連曰瞽者無以與乎文章之觀說文曰企舉踵也毛詩曰相怨一方**四達雖平直蹇步愧無良**禮記曰周道四達尚書曰王道正直孔安國曰王道平直也說文曰蹇跛也左氏傳曰孟縶之足不良能行毛萇詩傳曰良善也**飡和忘微遠延首詠太康**莊子曰聖人其於人也故或不言而飲人以和郭象曰各自得斯飲和矣豈待言哉微遠亦自謂也阮瑀止欲賦曰飲延首以極視魏明帝野田黃雀行曰四夷重譯貢百姓謳吟詠太康琴操伍子胥歌曰庶此太康皆吾力兮

秋胡詩一首 五言

列女傳曰魯秋胡潔婦者魯秋胡子之妻秋胡子既納之五日去而官於陳五年乃歸未至其家見路傍有美婦人方採桑秋胡子悅之下車謂曰今吾

有金願以與夫人婦人曰嘻夫採桑奉二親吾不願人之金秋胡子遂去歸至家奉金遺其母其母使人呼其婦婦至乃向採桑者也秋胡子見之而慙婦曰束髮脩身辭親往仕五年乃得還當見親戚今也乃悅路旁婦人而下子之裝以金與之是忘母不孝也妾不忍見不孝之人遂去而走自投河而死

顏延年

椅梧傾高鳳。寒谷待鳴律。毛詩曰其桐其椅其實離離又曰鳳皇鳴矣于彼高岡梧桐生矣于彼朝陽司馬紹統贈山濤詩曰昔也植朝陽傾枝佚鸞鷟劉向別録曰鄒衍在燕有谷寒不生五穀鄒子吹律而温至生黍也影響豈不懷。自遠每相匹。言椅梧佇鳳鳥之來儀寒谷賓吹律而成煦類乎影響豈不相思故夫婦之儀自遠相匹尚書曰惠迪吉從逆凶惟影響鶡冠子曰影則隨形響則應聲毛萇詩傳曰懷思也婉彼幽閑女作嬪君子室毛萇詩傳曰婉然美貌又曰窈窕幽閑也爾雅曰嬪婦也峻節貫秋霜。明豔侔朝日。貫猶連也傅玄有女篇曰容華既以豔志節擬秋霜鄭玄周禮注曰侔等也詩曰東方之日彼姝者子在我室兮薛君曰詩人言所說者顏色盛美如東方之日**嘉運既我從欣願自此畢**其一陸機從梁陳詩曰在昔蒙嘉運**燕居未及好良人顧有違**毛詩曰或燕燕居息又曰妻子好合孟子曰良人出必厭酒肉劉熙曰婦人稱夫曰良人毛詩曰行道遲遲中心有違鄭玄毛詩箋曰顧念也**脫巾千里外結綬登王畿**巾處士所服綬仕者所佩今欲宮於陳故脫巾而結綬也東觀漢記曰江革養母幅巾屐履漢書蕭育與朱博爲友長安諺曰蕭朱結綬言其相薦達也秋胡仕陳而曰王畿詩緯曰陳王者所起也**戒徒在昧旦左右來相依**易歸藏曰君子戒車小人戒徒左氏傳曰讒鼎之銘曰昧旦丕顯**驅車出郊郭行路正威遲**古詩曰驅車策駑馬毛詩曰四牡騑騑周道倭遲毛萇曰倭遲歷遠貌韓詩曰周道威夷其義同倭於危切**存爲久離別沒爲長不歸**其二蘇武詩曰生當復來歸死當長相思**嗟余怨行役三陟窮**

晨暮▲毛詩曰嗟予子行役夙夜無已又曰陟彼崔嵬我馬虺隤又曰陟彼高岡我馬玄黃又曰陟彼砠矣我馬瘏矣嚴駕越風寒解鞍犯霜露楚辭曰嚴車駕兮戲遊鄭玄禮記注曰越臘也漢書李廣令曰下馬解鞍左氏傳太叔曰跋涉山川蒙犯霜露原隰多悲涼迴風卷高樹▲宋均春秋緯注曰涼愁也離獸起荒蹊▲驚鳥縱橫去▲阮籍詠懷詩曰離獸東南下悲哉遊宦子勞此山川路其三漢書薄昭與淮南王書曰士之諸侯遊宦事人毛詩曰山川悠遠維其勞矣超遙行人遠宛轉年運徂楚辭曰超逍遥兮今焉薄又曰愁脩夜而婉轉莊子老聃曰予年運而往矣將何以戒我哉良時為此別日月方向除李陵詩曰良時不再至離別在須臾毛詩曰昔我往矣日月方除毛萇曰除陳生新曰除鄭玄曰四月為除廣雅日方始也孰知寒暑積僶俛見榮枯僶俛猶俯俛也程曉女典曰春榮冬枯自然之理歲暮臨空房涼風起座隅▲陸機青青河畔草詩曰空房來悲風

原詩說作託

辭 別本

鵩鳥賦曰止于坐隅寢興日已寒白露生庭蕪其四毛詩曰言念君子載寢載興朱

王諷賦曰主人女歌曰歲已暮兮日已寒爾雅曰蕪草也勤役從歸願反路遵山河

昔辭秋未素今也歲載華蠶月觀時暇桑野多經過

毛詩曰蠶月條桑又曰蜎蜎者蠋烝在桑野阮籍詠懷詩曰趙李相經過佳人從此務窈窕

援高柯楚辭曰聞佳人兮召予薛君韓詩章句曰窈窕貞專貌說文曰援引也傾城誰不

顧弭節停中阿其五漢書李延年歌曰北方有佳人絕世而獨立一顧傾人城再顧傾人國寧

知傾城國佳人不再得楚辭曰吾令羲和弭節兮鄭玄毛詩箋曰中阿阿中也大陵曰阿王逸曰弭安也年

往誠思勞事遠闊音形楚辭曰年洋洋而日往曹子建荅楊德祖書曰思子爲勞陸機

贈顧彥先詩曰形影曠不接所託聲與音音聲日夜闊何以慰吾心雖爲五載別相與昧

平生廣雅曰昧闇也五載之別雖久論情無容不識直爲先昧平生所以致謬孔安國論語注曰平生猶

物色猶後人言光景也

言不答也

少時也捨車遵往路鳧藻馳目成周易曰舍車而徒義弗乘也往路所來從之路也李陵詩曰行人懷往路班彪冀州賦曰感鳧藻以進樂兮楚辭曰滿堂兮美人忽獨與予兮目成王逸曰獨與我睨而相親成為親也南金豈不重聊自意所輕毛詩曰元龜象齒大賂南金鄭玄毛詩箋曰聊且略之辭也義心多苦調密比金玉聲其六潘岳從姊誄曰義心清尚莫之與鄰調猶辭也毛詩曰無金玉爾音商有遐心高節難久淹朅來空復辛列女傳曰齊母乃作詩以砥礪女之心高其節劉向辭七言曰朅來歸耕永自疏王逸楚辭注曰朅去也遲遲前塗盡依依造門基上堂拜嘉慶入室問何之閑居賦曰太夫人在堂蘇亥織女詩曰時來嘉慶集室妻之所居女史箴曰正位居室楚辭曰浮雲兮容與導余兮何之曰暮行采歸物色桑榆時物色桑榆言日晚也東觀漢記光武曰日出之東隅收之桑榆美人望昏至慙歎前相持其七楚辭曰美人皓齒嫮以姱有

嘲當作難　解難文見楊集又見漢書本傳

懷誰能已聊用申苦難毛詩曰有懷于衛靡日不思鄭玄箋曰已止也離居殊年載一別阻河關楚辭曰折疏麻兮瑤華將以遺兮離居史記曰魏王豹至國即絕河關春來無時豫秋至恒早寒爾雅曰豫樂也明發動愁心閨中起長歎毛詩曰明發不寐曹子建美女篇曰中夜起長歎慘悽歲方晏日落遊子顔其入言情之慘悽在乎歲之方晏已之將落愈思遊子之顔楚辭曰歲既晏兮孰華鄭玄毛詩箋曰方向也漢書高祖曰遊子悲故鄉高張生絕弦聲急由調起高張生於絕弦以喻立節期於效命聲急由乎調起以喻辭切興於恨深楊雄解嘲曰弦者高張急徽物理論曰琴欲高張瑟欲下聲演連珠曰繁會之音生乎絕弦說苑曰應侯與賈子坐聞有琴聲應侯曰今日琴一何悲賈子曰夫張急調下故使悲矣調猶韻也謂音聲之和自昔枉光塵結言固終始繁欽與魏文帝牋曰異事速訖旋侍光塵公羊傳曰結言而退楚辭曰解佩纕以結言周易曰歸妹人之終始也如何久

爲別百行愆諸己孔臧與從弟書曰學者所以飭百行也杜預左氏傳注曰愆失也論語曰君子求諸己君子失明義誰與偕沒齒家語孔子曰淫亂者生於男女男女無別則夫婦失義昏禮聘享者所以別男女明夫婦之義也論語曰沒齒無怨言愧彼行露詩甘之長川汜其九貞女不犯霜露而違禮而我貪生以棄義比之爲劣故有愧焉毛詩曰厭浥行露豈不夙夜謂行多露鄭玄曰豈不知當早夜成婚禮謂道中之露太多故不行耳爾雅曰水決復入河爲汜

五君詠五首

五言沈約宋書曰顏延年領步兵好酒踈誕不能斟酌當時劉湛言於彭城王義康出爲永嘉太守延年甚怨憤乃作五君詠以述竹林七賢山濤王戎以貴顯被黜詠嵇康曰鸞翮有時鎩龍性誰能馴詠阮籍曰物故不可論途窮能無慟詠阮咸曰屢薦不入官一麾乃出守詠劉伶曰韜精日沈飲誰知非荒宴此四句蓋自序也

顏延年

阮步兵袁宏竹林名士傳曰阮籍以步兵校尉缺厨中有數斛酒乃求爲校尉大將軍

甚奇愛之

阮公雖淪跡識密鑒亦洞廣雅曰淪没也識心之別言湛然不動謂之心分別是非謂之識廣雅曰鑒照也洞深也沈醉似埋照寓辭類託諷臧榮緒晉書曰籍拜東平相不以政事爲務沈醉日多善屬文論初不苦思率爾便成作五言詩詠懷八十餘篇爲世所重班固漢書述曰寓言淫麗託諷終始長嘯若懷人越禮自驚衆魏氏春秋曰籍少時常遊蘇門山有隱者莫知姓名籍從與談太古無爲之道及論五帝三王之義蘇門生蕭然曾不經聽籍乃對之長嘯清韻響亮蘇門生逌爾而笑籍既降蘇門生亦嘯若鸞鳳之音焉毛詩曰嗟我懷人孫盛晉陽秋曰阮籍嫂甞歸家籍相見與別或以禮譏之籍曰禮豈爲我設邪嵇康司馬長卿讚曰長卿慢世越禮自放賈逵國語注曰越踰也物故不可論途窮能無慟臧榮緒晉書曰阮籍雖放誕不拘禮教發言玄

遠口不評論臧否人物魏氏春秋曰籍時率意獨駕不由徑路車跡所窮輒慟哭而返

嵇中散

中散不偶世本自餐霞人孫盛晉陽秋曰嵇康性不偶俗呂氏春秋曰沈君筮謂孫叔敖曰耦世接俗子不如我湌霞謂仙也楚辭曰漱正陽而含朝霞司馬相如大人賦曰呼吸沆瀣湌朝霞形解驗默仙吐論知凝神顏延之嵇康贊曰南海太守鮑靚通靈士也東海徐寧師之寧夜聞靜室有琴聲怪其妙而問焉靚曰嵇叔夜寧曰嵇臨命東市何得在茲靚曰叔夜迹示終而實尸解桓子新論曰聖人皆形解仙去言死示民有終孫綽嵇中散傳曰嵇康作養生論入洛京師謂之神人向子期難之不得屈莊子曰藐姑射之山有神人居焉其神疑郭象曰行若曳枯木心若聚死灰是其神疑也廣雅曰凝定也立俗迕流議尋山洽隱淪竹林七賢論曰嵇康非湯武薄周孔所以迕世爾雅曰迕逆犯也五故切非有先生論曰欲聞流議神仙傳曰王烈年巳二百三十八歲康甚愛之數與共入

山遊戲採藥桓子新論
曰天神人五二曰隱論鸞翮有時鎩龍性誰能馴嵇康
別傳曰康美音氣好容色龍章鳳姿天質自然淮南子
曰飛鳥鎩羽許慎曰鎩殘羽也左氏傳曰劉累學擾龍
于豢龍氏服虔漢書注
曰擾馴也鎩所例切

劉參軍袁宏竹林名士傳曰
劉靈爲建威參軍

劉靈善閉關懷情滅聞見言道德內充情欲俱閉既
無外累故聞見皆滅臧榮
緒晉書曰靈潛嘿少言老子曰善閉者無關鍵而不可
開王弼曰因物自然不設不施故不用關鍵繩約而不
可開解說文曰懷藏也莊子廣成子曰目
無所見耳無所聞汝神遊守形形乃長生鼓鍾不足歡
榮色豈能聦夫鍾鼓以悅耳榮色以悅目今聞見既滅
聲色俱喪故鼓鍾不足以爲歡豈榮色之
能聦也賈逵國語注
曰聦惑也户偏切韜精日沈飲誰知非荒宴廣雅曰
韜藏也
賈逵國語注曰精明也臧榮緒晉書曰靈常乘鹿車攜
一壺酒尚書曰羲和沈湎于酒孔安國曰沈謂醉冥也

毛詩曰好樂無荒鄭玄曰荒廢亂也頌酒雖短章深衷自此見頌酒即酒德頌也衷謂中心也蒼頡篇曰衷別外之辞也

阮始平子表宏竹林名士傳曰阮咸字仲容籍之兄子也與籍俱爲竹林之遊官止始平太守

仲容青雲器實禀生民秀青雲言高遠也史記太史公曰夫閭巷之人欲砥行立名者非附青雲之士惡能施於後代哉禮記曰人者五行之秀廣雅曰秀美也達音何用深識微在金奏傳暢晉諸公賛曰中護軍長史阮咸唱議荀勗所造樂聲高則悲亡國之音哀以思今聲不合雅懼非德政中和之善必古今長短之所致後掘地得古銅尺歲久欲腐壞以此尺度於勗今尺短四分時人明咸爲解班固匈奴傳賛曰遠見識微周官曰鍾師掌金奏凡樂事以鍾鼓奏九夏杜預左氏傳注曰擊鍾而奏樂郭奕已心醉山公非虛覯名士傳曰阮咸哀樂至過絶於人太原郭奕見之心醉不覺歎服列子曰有神巫自齊而來處於鄭命曰季咸列子見之而心醉向秀曰迷惑其道

山水謝康樂也

也山濤啓事曰咸若在官之職必屢薦不入官一麾乃妙絕於時鄭玄毛詩箋曰覩見也出守曹嘉之晉紀曰山濤舉咸爲吏部郎三上武帝不能用也尚書曰學古入官麾指麾也言爲勗所指麾也傳暢諸公讚曰勗性自矜因事左遷咸爲始平太守

向常侍

向秀甘淡薄深心託豪素說文曰淡薄味也文賦曰唯豪素之所擬探道好淵玄觀書鄙章句謂注莊子也世說曰初注莊子者數十家莫能究其指要向秀於舊注外爲解義妙析奇致大暢玄風王逸妍蚩曰窮聖人之祕奧測六義之淵玄王逸楚辭注曰鄙耻也漢書曰費直治易長於卦筮無章句交呂旣鴻軒攀嵇亦鳳舉向秀別傳曰秀常與嵇康偶鍜於洛邑與呂子灌園於山陽收其餘利以供酒食之費王仲宣贈蔡子篤詩曰歸鴈載軒軒飛貌張衡髑髏賦曰星迴日運鳳舉龍驤流連河裏遊惻愴山陽賦武漢書班伯曰式号式謼大

史記秦紀集解引韋昭語同

雅所以流連也服虔曰荒樂也魏氏春秋曰康寓居河內之山陽與河內向秀相友善遊於竹林思舊賦曰濟黄河以汎舟經山陽之舊居

詠史一首　五言　鮑明遠

五都矜財雄三川養聲利漢書曰王莽於五都立均官更名雒陽邯鄲臨淄宛成都市長皆爲五均司市帥鄭玄尚書大傳注曰矜夸也漢書曰班壹當孝惠高后時以財雄邊戰國策云張儀曰爭名於朝爭利於市今三川周室天下之朝市韋昭曰有河洛伊故曰三川百金不市死明經有高位史記陶朱公曰吾聞千金之子不死於市漢書夏侯勝常謂諸生曰士病不明經經術苟明其取青紫如俛拾地芥京城十二衢飛甍各鱗次西都賦曰立十二之通門呉都賦曰飛甍舛互李尤辟雍賦曰攢羅鱗次仕子彯華纓遊客竦輕轡七啓曰華組之纓楚辭曰竦余駕乎入冥廣雅曰竦上也明星晨未稀軒蓋已雲至毛詩曰明星有

爛鄭玄曰明爛然也說文曰希疏也希與稀通說苑曰
翟璜乘軒車載華蓋曰子方怪而問之對曰吾祿厚得此
軒蓋尚書中候曰青雲浮至 **賓御紛颯沓鞍馬光照地** 孔安國尚書傳曰御侍也
吳質荅東阿王書曰情踊躍於鞶馬 **寒暑在一時繁華及春媚** 周易曰日月運行一寒一暑應璩與曹長思書曰春生者繁華也 **君平獨寂寞身世兩相棄** 言身棄世
而不仕世棄身而不任漢書曰蜀有嚴君平卜於成都
市日閱數人得百錢足自養則閉肆下簾而授老子莊
辭曰野寂寞其無人莊子曰夫欲勉
為形者莫如棄世棄世則無累矣

詠霍將軍北伐一首 五言 **虞子陽** 虞羲集序曰羲字子陽會稽人也七歲能屬文後始安王引為侍郎尋兼建安征虜府主簿功曹又兼記室參軍事天監中卒

擁旄為漢將汗馬出長城 班固涿邪山祝文曰伏節擁旄征人伐鼓漢書公孫弘曰臣愚駑無汗馬之勞史記曰秦使蒙恬築長城 **長城地勢嶮萬里與雲平涼秋**

八九月虜騎入幽并宋子侯詩曰高秋八九月白露變爲霜飛狐白日晚瀚海愁陰生漢書酈食其曰距飛狐之口臣瓚曰飛狐在代郡西南塞名漢書曰霍去病率師登臨瀚海如淳曰瀚海海名說文曰陰雲覆日羽書時斷絕刁斗晝夜驚羽書即羽檄也楚漢春秋曰黥布反羽書至上大怒漢書曰李廣行無部曲不擊刁斗自衛孟康曰以銅作鐎受一斗晝炊飲食夜擊持行名曰刁斗今在滎陽庫中刁音彫鐎音遙乘墉揮寶劒蔽日引高旍周易曰乘其墉弗克攻杜預左氏傳注曰乘登也廣雅曰揮動也越絕書曰楚王使風湖子歐冶子干將作劒曰太阿晉鄭聞而求之不得圍楚之城三年不解於是楚王引太阿之劒登城而麾之三軍爲之破敗史記曰陸賈寶劒直百金楚辭曰旌蔽日兮敵若雲雲屯七萃士魚麗六郡兵晉陸機從軍行曰胡馬如雲屯穆天子傳曰天子賜七萃之士郭璞曰萃聚也亦猶傳有七輿大夫皆衆聚集有智力者爲王爪牙也左氏傳曰王伐鄭鄭原繁爲魚麗之陣漢書曰趙充國以六郡良家子善騎射補羽林服虔

曰金城隴西天水安定北地上郡也胡笳關下思羌笛隴頭鳴李陵書曰胡笳互動

沈約宋書有胡漢舊箏笛錄有曲不記所出長笛賦曰近世雙笛從羌起骨都先自讋日逐

次亡精漢書匈奴有骨都侯又曰匈奴讋焉文穎曰恐懼也讋之涉切漢書匈奴有日逐王西京賦曰

喪精亡魂玉門罷斥候甲第始修營漢書曰龍勒有玉門關又曰李廣遠斥候未曾

遇害又曰賜霍光甲第一區又曰上爲霍去病治第令視之對曰匈奴未滅臣無以家爲位登萬庾

積功立百行成論語曰子華使於齊冉子爲其母請粟子曰與之庾包咸曰十六斗爲庾百行

已見上文天長地自久人道有虧盈老子曰天長地久莊子曰天與地無窮人死者

有時爾雅曰虧毀也未窮激楚樂已見高臺傾楚辭曰宮庭震驚發激楚王逸曰激

楚清聲也言樂衆並會復作激楚之聲也桓子新論琴道雍門周說孟嘗君曰千秋萬歲後高臺既已傾曲池

又已平當今麟閣上千載有雄名漢書甘露三年單于始入朝上思股肱之美乃

圖畫其人於麒麟閣
法其形貌敘其姓名

百一

百一詩一首　五言　應休璉作

張方賢楚國先賢傳曰汝南應休璉作百一篇詩譏切時事徧以示在事者咸皆怪愕或以爲應焚棄之何晏獨無怪也然方賢之意以有百一篇故曰百一李充翰林論曰應休璉五言詩百數十篇以風規治道蓋有詩人之旨焉又孫盛晉陽秋曰應璩作五言詩百三十篇言時事頗有補益世多傳之據此二文不得以一百一篇而稱百一也今書七志曰應璩集謂之新詩以百言爲一篇或謂之百一詩然以字名詩義無所取據百一詩序云時謂曹爽曰公今聞周公巍巍之稱安知百慮有一失乎百一之名蓋與於此也

應璩　文章録曰璩字休璉博學好屬文明帝時歷官散騎侍郎曹爽多違法度璩爲詩以諷焉典著作卒文章志曰璩汝南人也詩序曰下流應侯自誨也

下流不可處君子愼厥初論語曰紂之不善不如是之甚也是以君子惡居下流天下之惡皆歸焉尚書仲虺曰愼厥終惟其始名高不宦著易用受侵誣韓子曰說之以名高史記曰灌夫亦得竇嬰通列侯宗室爲名高三略曰侵誣下民國內諠譁前者隳官去有人適我閭高唐賦曰長吏隳官賢士失志田家無所有酌醴焚枯魚漢書楊惲書曰田家作苦蔡邕與袁公書曰酌麥醴燔乾魚欣然樂在其中矣問我何功德三入承明廬璩初爲侍郎又爲常侍又爲侍中故云三入陸機洛陽記曰吾常怪謁帝承明廬問張公張公云魏明帝在建始殿朝會皆由承明門然直廬在承明門側所占於此土是謂仁智居言今所占之土是謂仁智之所居乎亦問者之辭也爾雅曰隱占也郭璞曰隱度之也占之鹽切論語曰智者樂水仁者樂山文章不經國筐篋無尺書典論論文曰文章經國之大業新序孫叔敖曰府庫之藏金玉筐篋之橐簡書說文曰筐篋筥也以類切漢書曰廣武君曰奉咫尺之書以使

祖據後題及別本

燕用等稱才學往往見歎譽言文章既不經國筐篋又平聲無尺書乃用何等而稱才學往往而見譽尚者之辭也避席跪自陳賤子實空虛孝經曰曾子避席漢書曰王邑請召賓邑稱賤子宋人遇周客慙愧靡所如言已妄竊崇班心常懷恥類宋人之遇周客慙愧而無所如闞子曰宋之愚人得燕石於梧臺之側藏之以爲大寶周客聞而觀焉主人齋七日端冕玄服以發寶華匱十重巾十襲客見免而掩口盧胡而笑曰此特燕石也其與瓦甓不殊主人大怒曰商賈之言醫匠之心藏之愈固守之彌謹杜預左氏傳曰如從也

遊仙

遊仙詩一首　五言　何敬宗祖

臧榮緒晉書曰何劭字敬宗陳國人也博學多聞善屬篇章初爲相國掾稍遷尚書左僕射薨

青青陵上松亭亭高山柏古詩曰青青陵上柏劉公幹贈從弟詩曰亭亭山上松亭

亭高貌光色冬夏茂根柢無凋落莊子曰受命於地唯松柏獨在冬夏青青爾雅曰柢本也焦貢易林曰温山松柏常茂不凋落吉士懷貞心悟物思遠託揚志玄雲際流目矚巖石尚書曰庶常吉士七啓曰抗志雲際思玄賦曰流目眺夫衡阿羨昔王子喬友道發伊洛迢遞陵峻岳連翩御飛鶴列仙傳曰王喬者周靈王太子晉也好吹笙作鳳鳴遊伊洛之間道人浮丘公接以上嵩高山三十餘年後求之於山上見桓良曰告我家七月七日待我於緱山頭果乘白鶴駐山頭望之不得到舉手謝時人數日而去立祠緱氏山下文子曰三皇五帝輕天下細萬物上與道爲友下與化爲人張湛曰上能友於道友或爲友吕氏春秋曰君子反道以修德思玄賦曰繽連翩兮紛暗曖說文曰御使馬也抗跡遺萬里豈戀生民樂廣雅曰抗舉也楚辭曰悲申居之抗跡長懷慕仙類眇然心緜邈王逸楚辭注曰緜緜細微之思也又曰邈遠也

眇別本

見非前識謂詩品識其為列仙之趣據此是前識有非議是詩乎然景純斯篇本類詠懷之作聊以攄其憂生憤世之情其於仙道特寄言耳故曰雖欲騰丹谿雲螭非我駕明仙不可求又曰燕昭無靈氣漢武非仙才明求仙皆妄也首章七章俱有山林之文然則遊仙特隱遁之别目耳

遊仙詩七首 五言

郭景純

凡遊仙之篇，皆所以滓穢塵網，錙銖纓紱，飡霞倒景，餌玉玄都。而璞之制，文多自叙，雖志狹中區，而辭無俗累，見非前識，良有以哉。

京華遊俠窟，山林隱遯棲。西京賦曰：都邑遊俠，張趙之倫。莊子曰：徐無鬼見魏武侯，武侯曰：先生居山林久矣。郭璞山海經注曰：山居為棲。又曰：遯者，退也。周易曰：龍德而隱，遯世無悶。

朱門何足榮，未若託蓬萊。東方朔十洲記曰：臣故捨韜隱而赴王庭，藏養生而侍朱門矣。史記曰：李少君謂武帝曰：臣常遊海上，見安期生，仙者通蓬萊中也。

臨源挹清波，陵岡掇丹荑。毛萇詩傳曰：挹，斟也。又曰：掇，拾也。都活切。本草經曰：赤芝一名丹芝，食之延年。凡草之初生，通名曰荑，故曰丹荑。

靈谿可潛盤，安事登雲梯。靈谿，谿名也。庾仲雍荆州記曰：大城西九里有靈谿水。雲梯，言仙人昇天因雲而上，故曰雲梯。墨子曰：公輸般為雲梯，必取宋。張湛列子注曰：班輸為梯

萊當作藜顏延年和謝監詩幽门樹蓬藜亦蓬藜連用也

兼

可以陵虛漆園有傲吏萊氏有逸妻史記曰莊子者蒙人也名周嘗爲蒙漆園吏楚威王聞莊周賢使使厚幣迎許以爲相莊周笑謂楚使者曰亟去無汚我列女傳曰萊子逃世耕於蒙山之陽或言之楚王楚王遂駕至老萊之門楚王曰守國之孤願變先生老萊曰諾妻曰妾之居亂世爲人所制能免於患乎妾不能爲人所制投其畚而去老萊乃隨而隱進則保龍見退爲觸藩羝進謂求仙也退謂處俗也周易曰九二見龍在田龍德而正中者也又曰羝羊觸藩羸其角不能退不能遂無攸利高蹈風塵外長揖謝夷齊左氏傳曰魯人之皐使我高蹈莊子曰孔子彷徨塵垢之外說文曰謝辭別也史記曰伯夷叔齊孤竹君之子也父欲立叔齊及卒叔齊讓伯夷伯夷曰父命也遂逃去叔齊亦不肯立而逃義不食周粟隱於首陽山青谿千餘仞中有一道士庾仲雍荆州記曰臨沮縣有青溪山山東有泉泉側有道士精舍郭景純嘗作臨沮縣故遊仙詩嗟青溪之美雲生梁棟間風出窗戶裏借

史记律书閶闔風居西南閶者倡也闔者藏也　西京赋有表峣阙于閶闔又閶闔之内二語注風字衍六臣注全刻薛综注閶闔文不云已見可證

問此何誰云是鬼谷子史記曰蘇秦東事師於齊而習於鬼谷先生徐廣曰潁川陽城有鬼谷鬼谷子序曰周時有豪士隱於鬼谷者自號鬼谷子言其自遠也然鬼谷之名隱者通號也翹迹企潁陽臨河思洗耳廣雅曰翹舉也呂氏春秋曰昔堯朝許由於沛澤之中請屬天下於夫子許由遂之潁川之陽琴操曰堯大許由之志禪為天子由以其言不善乃臨河而洗其耳閶闔西南來潛波渙鱗起閶闔風已見西京賦高誘淮南子注曰兌為閶闔闔風周易曰風行水上渙靈妃顧我笑粲然啟玉齒靈妃宓妃也毛詩曰顧我則笑鄭玄曰顧猶視也穀梁傳曰軍人粲然皆笑莊子曰女商謂徐無鬼曰吾所以說君者吾未嘗啟齒司馬彪曰啟齒笑也蹇脩時不存要之將誰使楚辭曰吾令豐隆乘雲兮求宓妃之所在解佩纕以結言兮吾令蹇脩以為理王逸曰古賢蹇脩而媒理也廣雅曰將欲也翡翠戲蘭苕容色更相鮮言珍禽芳草遞相輝映可悅之甚也蘭苕蘭秀也

原賦作涯

綠蘿結高林，蒙籠蓋一山。陸機毛詩草木䟽曰：松蘿蔓松而生，枝正青。毛詩曰：蔦與女蘿，施于松柏。毛萇曰：女蘿，松蘿也。中有冥寂士，靜嘯撫清絃。冥寂，默也。放情陵霄外，嚼蘂挹飛泉。楚辭曰：放遊志乎雲中。淮南子曰：大丈夫乘雲陵霄，與造化逍遥。魏文帝典論曰：飢飡瓊蘂，渴飲飛泉。赤松臨上遊，駕鴻乘紫煙。列仙傳曰：赤松子者，神農時雨師也。服水玉，教神農能以火不燒，至崐崘山上，常止西王母石室中，隨風雨上下。漢武內傳王母侍者歌曰：遂乘萬龍椿，馳騁聘九野。嵇康荅難曰：偓佺以栢實方目，赤松以水玉乘煙。古白鴻頌曰：𥶡兹亦耿介，矯翮紫煙。左挹浮丘袖，右拍洪崖肩。列仙傳曰：浮丘公接王子喬以上嵩高山。說文曰：拍，拊也。普白切。西京賦曰：洪崖立而指麾。神仙傳曰：衛叔卿與數人博，其子度曰：向與博者為誰？叔卿曰：是洪崖先生。借問蜉蝣輩，寧知龜鶴年。大戴禮夏小正曰：蜉蝣朝生而暮死。養生要論曰：龜鶴壽有千百之數，性壽之物也。道家之言：鶴曲頸而息，龜潛匿而噎，此其所以為壽也。服氣養性者法焉。

○此無仙臣也

○向當作反　六臣作令　亦誤字耳

六龍安可頓。運流有代謝。楚辭曰貫鴻濛以東揭兮維六龍於扶桑　王逸曰結我車轡於扶桑以留日幸得延年壽也莊子黃帝曰陰陽四時運行各得其序淮南子曰二者代謝舛馳高誘曰代更也　謝敘也　時變感人思。已秋復願夏。爾雅曰感動也　淮海變微禽。吾生獨不化。國語趙簡子歎曰雀入于海爲蛤雉入于淮爲蜃黿鼉魚鼈莫不能化唯人不能哀夫　雖欲騰丹谿。雲螭非我駕。魏文帝典論曰夫生之必死成之必敗然而惑者望乘風雲翼與螭龍共駕適不死之國國即丹谿其人浮遊列缺翱翔倒景然死者相襲丘壟相望逝者莫反潛者莫形足以覺也　愧無魯陽德。迴日向三舍。淮南子曰魯陽公與韓遘難戰酣日暮援戈而麾之日爲之反三舍許慎曰二十八宿一宿爲一舍　臨川哀年邁。撫心獨悲吒。論語子在川上曰逝者如斯尚書曰日月逾邁孔安國曰如日月之並過儀禮曰婦人拊心不哭吒歎聲也楚辭曰憂不暇兮寢食吒增歎兮如雷

此傷年暮無知音之辭離騷曰老冉冉其將至恐脩名之不立思玄曰既姱麗而鮮雙非是時之攸珍此物此志也注未憭

逸翮思拂霄迅足羨遠遊逸迅思拂霄及遠遊以喻仙者願輕舉而高蹈清源無增瀾安得運吞舟清源不能行運吞舟之魚以喻塵俗不足容乎仙者劉公幹贈徐幹詩曰方塘含清源楚辭曰谿谷嶄巖水增波韓詩外傳孟子曰夫吞舟之魚不居潛澤度量之士不居汚世珪璋雖特達明月難闇投珪璋明月皆喻仙也言珪璋雖有特達之美而明月皆喻難闇投以喻仙者雖有超俗之譽非無捕影之譏禮記孔子曰珪璋特達德也鄒陽上書曰明月之珠夜光之璧以闇投人於道衆莫不案劒相眄者潛穎怨青陽陵苕哀素秋言世俗不娛求仙而怨天施之偏又歎浮生之促潛穎怨青陽之晚溱陵苕哀素秋之早至也潛穎在幽潛而結穎也鄒潤甫遊仙詩曰潛穎隱九泉女蘿緣高松義與此同爾雅曰春爲青陽又曰苕陵苕也素秋已見上文悲來惻丹心零淚緣纓流悲俗遷謝故惻心流漭周易曰謂我心惻諸葛亮與李平教曰詳思斯戒明吾丹心淮南子曰雍門子以哭見孟嘗君流涕霑纓

○注

雜縣寓魯門，風𩙪將爲災。國語曰：海鳥曰爰居，止於魯東門外三日，臧文仲使國人祭之。平聲 展禽曰：越哉臧文仲之爲政也！今海鳥至，已不知而祀之，以爲國典，難以言仁且知矣。今茲海其有災乎？夫廣川之鳥獸，常知風而避其災也。是歲也，海多大風，冬㬉。文仲曰：信吾過也。賈逵注曰：爰居，雜縣也。

吞舟湧海底，高浪駕蓬萊。神仙排雲出，但見金銀臺。吞舟之魚，已見上文。漢書：齊威、宣、燕昭使人入海求蓬萊、方丈、瀛州，此三神山者，仙人及不死之藥皆在焉，而黃金白銀爲宮闕，未至，望之如雲。

陵陽挹丹溜，容成揮玉杯。列仙傳曰：陵陽子明者，銍鄉人也，好釣魚於涎溪，釣得白魚，腸中有書，教子明服食之法。子明遂上黃山，採玉石脂，服之三年，龍來迎去。抱朴子曰：流丹者，石芝赤精，蓋石流黃之類也。事見太一玉英。列仙傳曰：容成公者，自稱黃帝師，見於周穆王，能善補導之事，髮白復黑，齒落復生。事老子，亦云老子師。傳謂以手揮之。神仙傳曰：茅君學道於齊，不見使人，金案玉杯自來人前。

姮（常）娥揚妙音，洪崖頷其頤。淮南子曰：羿請不死之藥於西王母，常娥

原本初作始

竊而奔月許慎曰常娥羿妻也逃月中蓋虛上夫人是也史記蘇秦曰妙音美人以充後宮洪崖已見上列子曰領其頤則歌合律廣雅曰頷動也五感切

升降隨長煙飄颻戲九垓

列仙傳曰甯封子者黃帝時人也積火自燒而隨煙上下淮南子曰盧敖游乎北海至于蒙穀之上見一士焉盧敖仰視之乃與語曰唯敖爲背羣離黨窮觀於六合之外者非敖而已今卒覩夫子於是始可與敖爲交乎士笑曰今子遊始於此而語窮六合豈不亦遠哉然子處矣吾與汗漫期於九垓之上吾不可以久居士舉臂而竦身遂入雲中盧敖視之弗見乃止

奇齡邁五龍千歲方嬰孩

鄭玄禮記注曰齡年也遒甲開山圖榮氏解曰五龍皇后君也昆弟五人皆人面而龍身長曰角龍木仙也次曰徵龍火仙也次曰商龍金仙也次曰羽龍水仙也次曰宮龍土仙也父與諸子同得仙治在五方孔安國論語注曰方比方也釋文曰人初生曰嬰兒說文曰孩小兒笑也

燕昭無靈氣漢武非仙才

燕昭使人入海求蓬萊已見上文漢武內傳西王母曰劉徹好道然形慢神穢雖當語之以至道殆恐非仙才也

名

晦朔如循環，月盈已見魄。說文曰：朔，月一日始也。晦，月盡也。尚書大傳曰：三王之統若循連環。禮記曰：四時和而後月生，是以三五而盈，三五而闕。尚書曰：惟三月哉生魄。孔安國曰：十六日明消而魄生也。蓐收清西陸，朱羲將由白。禮記曰：孟秋之月，其神蓐收。司馬彪續漢書曰：日行北陸謂之冬，西陸謂之秋。朱羲，日也。楚辭曰：吾令羲和弭節兮。王逸曰：羲和，日御也。河圖曰：立秋秋分月從白道。漢書云：月有九行，立秋秋分，西從白道。左傳曰：分同道。謂春分秋分日月同道也。寒露拂陵苕，女蘿辭松栢。淮南子曰：斗指辛則寒露。陵苕已見上文。毛詩曰：蔦與女蘿，施于松栢。毛萇曰：蔦，寄生也。女蘿，松蘿也。蕣榮不終朝，蜉蝣豈見冬。潘岳朝菌賦序曰：朝菌者，時人以爲蕣華，莊生以為朝菌。其物向晨而結，絶日而殞。毛萇詩傳曰：蜉蝣朝生夕死。圓丘有奇草，鍾山出靈液。外國圖曰：圓丘有不死樹，食之乃壽。東方朔十洲記曰：北海外有鍾山，自生千歲芝及神草。靈液，謂玉膏之屬也。曹植苦寒行曰：靈液飛波，蘭桂參天。王孫列八珍，安期鍊五石王孫列八珍以傷生安期鍊五石以延壽言優劣殊也漢書漂母謂韓信曰吾哀王孫而進食周禮曰食醫掌和王八珍之齊列仙傳曰安期生自言千歲抱朴子曰五石者丹砂雄黃白礬石曾青慈石也

長揖當塗人去來山林客當塗即當仕路也漢書武帝制曰守文法以戴翼其世者甚衆山林已見上文孟子曰公孫丑問曰夫子當路於齊管晏之功可復許乎趙岐曰當仕路也

文選卷第二十一

壬戌六月廿七日　侃覽

文選卷第二十二

梁昭明太子撰

文林郎守右內率府録事參軍事崇賢館直學士臣李善注上

招隱

遊覽

招隱之名出於淮南之招隱士然彼文正此中所云反招隱耳故謂招其未隱為招隱乎殊為士衡輩之誤也

徐敬業古意酬到長史溉登琅邪城詩一首

招隱

招隱詩二首 五言 韓子曰閑靜安居謂之隱

左太沖 雜詩左居陸後而此在前誤也

杖策招隱士荒塗橫古今 魯連子曰連却秦軍平原君欲封之逃杖策而去說文曰杖持也方言曰木細枝曰策董仲舒士不遇賦曰懼荒塗之難踐鄭玄周禮注曰荒蕪也郭璞山海經注曰橫塞也巖穴無結構丘中有鳴琴 結構謂交結構架也魯靈光殿賦曰觀其結構尚書大傳子夏曰弟子受書於夫子者不敢忘雖退而巖居河濟之間深山之中作壤室尚彈琴其中以歌先王之風則可以發憤矣白雲停陰岡丹葩曜陽林 尚書大傳曰相與觀乎南山山陰高誘戰國策注曰山北曰陰爾雅曰山脊曰岡鄭玄周禮注曰陽木生於山南也石泉漱瓊瑤纖

鱗亦浮沈楚辭曰飲石泉兮蔭松栢漱猶蕩也毛萇詩傳曰瓊瑤美玉也非必絲與竹山水有清音禮記曰絲竹樂之器也何事待嘯歌灌木自悲吟毛詩曰其嘯也歌又曰集于灌木毛萇詩傳曰灌叢也南都賦曰寡婦悲吟秋菊兼餱糧幽蘭間重襟楚辭曰朝飲木蘭之墜露夕餐秋菊之落英毛詩曰乃裹餱糧毛萇曰餱食也楚辭曰紉秋蘭以爲佩然蘭可爲佩故以間襟也躊躇足力煩聊欲投吾簪言世務勞促故足力煩殆也韓詩曰搔首躊躇阮嗣宗奏記曰負薪疲病足力不彊鄭玄毛詩箋曰聊且略之辭蒼頡篇曰簪笄也所以持冠也

經始東山廬果下自成榛王隱晉書曰左思徙居洛城東著經始東山廬詩毛詩曰經始靈臺高誘淮南子注曰叢木曰榛小栗小棘曰榛前有寒泉井聊可瑩心神周易曰井洌寒泉廣雅曰瑩磨也峭蒨青葱間竹柏得其真峭蒨鮮明貌孫卿子曰桃

纒字無誤 北

所謂不夷不惠

李蒨粲於一時時至而後殺至於松栢經隆冬冬而不彫蒙霜雪而不變可謂得其眞矣弱葉棲霜雪飛榮流餘津爵服無常玩好惡有屈伸言爵服之榮理無常玩時有好惡隨之屈伸管子曰將立朝廷者則爵服不可不貴也爵服加於不義則人賤爵服矣家語孔子曰君子之行己也可以屈則屈可以伸則伸東征賦曰行止屈伸與時息兮結綬生纏牽彈冠去埃塵言人出仕非一途或結綬以生纏牽之憂或彈冠而去埃塵之累漢書曰蕭育與陳咸朱博爲友著聞當世往者有王陽貢禹故長安語曰蕭朱結綬王貢彈冠言其相薦達也說文曰纏繞也淮南子曰王喬赤松去塵埃之間離羣物之紛可謂養生矣惠連非吾屈首陽非吾仁論語曰謂柳下惠少連降志辱身矣史記曰伯夷叔齊隱於首陽山論語子貢問曰伯夷叔齊何人也子曰古之賢人也曰怨乎曰求仁而得仁又何怨又子曰我則異於是無可無不可相與觀所尚逍遙撰良辰趙岐孟子章句曰各崇所尚則義不虧矣廣雅曰尚髙也謂中心之所髙尚也莊子曰逍遙乎無事之業

原缺後作峻而作四

六臣本此是也此本緣注而誤耳

下云哀音類響皆承山溜而言此處不得雜置激楚曲名於上也

東征賦曰撰良辰而將行

招隱詩一首 五言

陸士衡

明發心不夷振衣聊躑躅 毛詩曰明發不寐楚辭曰心蛩蛩而不夷王逸曰夷悅也新序曰古老振衣而起杜預左氏傳注曰振整也說文曰躊躇住足也躊與躑同 躑躅欲安之幽人在浚谷 周易曰履道坦坦幽人貞吉幽通賦曰眷浚谷而勿墜 朝采南澗藻夕息西山足 毛詩曰于以采蘋南澗之濱于以采藻于彼行潦史記伯夷叔齊詩曰登彼西山兮采其薇毛萇詩傳曰麓山足也 輕條象雲構密葉成翠幄 劉公幹詩曰大厦雲構又曰齊都賦曰翠幄浮游杜預左氏傳注曰幄帳也 激楚佇蘭林回芳薄秀木 上林賦曰激楚結風楚辭曰遊蘭皋與蕙林王逸楚辭注曰薄附也廣雅曰秀美也 山溜何泠泠飛泉漱鳴玉 枚乘上書曰泰山之霤穿石楚辭曰吸飛泉之微液鳴玉亦謂瓊瑤也見上注 哀音附

脫稅二字當乙

靈波頹響起曾曲至樂非有假安事澆醇樸莊子曰天下有至樂無有哉老聃曰夫得是至美至樂也得至美而遊乎至樂之謂至人又曰唐虞始爲天下澆漓散朴許慎淮南子注曰澆薄也漓與澆同富貴苟難圖稅駕從所欲論語子曰富而可求也雖執鞭之士吾亦爲之如不可求從吾所好稅駕喻辭榮也史記李斯曰當今人臣之位無居上者可謂富貴極矣吾未知所稅駕也方言曰舍車曰稅脫與稅古字通

反招隱詩一首 五言

王康琚 古今詩英華題云晉王康琚然爵里未詳也

小隱隱陵藪大隱隱朝市伯夷竄首陽老聃伏柱史史記曰老子名耳字聃列仙傳曰李耳字伯陽生於殷時爲周柱下史又曰武王平殷伯夷叔齊恥之義不食周粟隱於首陽山昔在太平時亦有巢居子皇甫謐逸士傳曰巢父堯時隱人常山居

原文作明盛

不營世利年老以樹爲巢而寢其上故時人號曰巢父
今雖盛明世，能無中林士。
解嘲曰遭盛明之世毛萇詩傳曰中林林中
放神青雲外，絶迹窮山裏。
也班固漢書序曰山林之士往而不能反
琴操曰許由云吾志在青雲何乃劣劣爲九州伍長乎莊子曰絶迹易無行地難郭象曰不行則易也王隱晉書李重奏曰陳原絶迹窮山韞櫝道藝
鵾雞先晨鳴，哀風迎夜起。
楚辞曰鵾雞啁哳而悲鳴崔琦七蠲曰再奏致哀風
凝霜凋朱顏，寒泉傷玉趾。
楚辞曰漱凝霜之雰雰又曰容則秀稚朱顏毛詩曰爰有寒泉左氏傳楚太宰薳啓彊謂魯侯曰今君若步玉趾辱見寡君
周才信衆人，偏智任諸已。
以出仕爲周才隱居爲偏智傳子曰君子周才難論語子曰君子求諸已
推分得天和，矯性失至理。
刘向列子目録曰至於力命篇一推分命莊子曰夫明白於天地之德者此之謂太平大宗與天和者也淮南子曰顔回天死季由葅於衛皆迫性命之情而不得天和者也列子公孫朝曰矯性命以招名弗若死矣又曰均天下之至理

張湛曰物事皆均則理無不至郭象莊子注曰至理盡於自得歸來安所期與物齊終始莊子有齊物論又曰萬物一齊孰短孰長又曰遊乎萬物之所始孫卿子曰生人之始也死人之終也

遊覽

芙蓉池作一首 五言

魏文帝 魏志曰文帝諱丕字子桓太祖太子也爲五官中郎將太祖薨嗣位爲丞相魏王受漢禪即皇帝位

乘輦夜行遊。逍遥步西園。呂氏春秋曰乘輦于宮中毛萇詩傳曰乘升也雙渠相溉灌。嘉木繞通川。西京賦曰嘉木村庭上林賦曰通川過於中庭卑枝拂羽蓋。脩條摩蒼天。子虛賦曰上拂羽蓋東方朔七言曰折羽翼兮摩蒼天驚風扶輪轂。飛鳥翔我前。張衡羽獵賦曰風翊翊其扶士丹霞夾明月。華星出雲間。法言日明星皓皓華藻之力也上天垂光彩五色何鮮壽命非松喬誰能得神仙列仙傳曰赤松子者神農時雨師也喬王子喬即周靈王太子晉也道人浮丘公接以上嵩高山遨遊快心意保己終百年莊子曰聖人其於人也樂物之通而保己焉養生經黃帝曰中壽百年

南州桓公九井作一首五言水經注曰淮南郡之于湖縣南所謂姑孰即南州矣庾仲雍江圖曰姑孰至直瀆十里東道丹陽湖南有銅山一名九井山山有九井井與江通何法盛桓玄錄曰桓玄字敬道出姑孰大築府第

殷仲文檀道鸞晉陽秋曰殷仲文字仲文陳郡人也爲標騎行參軍以桓玄之姊夫玄僭立用爲長史帝反正出爲東陽太守愈益憤怒後照鏡不見其面數日禍及

四運雖鱗次理化各有準莊子黃帝曰陰陽四時運行各得其序李尤辟雍賦曰攢

羅鱗次字書曰準平也獨有清秋日能使高興盡潘安仁有秋興賦鄭玄周禮注
曰興者託事於物也景氣多明遠風物自淒緊緊猶實也言欲成也爽籟警
幽律哀聲叩虛牝言風之疾也激爽籟而起其幽律行哀聲而叩其虛牝也爾雅曰爽差也
簫管非一故言爽焉莊子南郭子綦謂子游曰汝聞地
籟子游曰地籟則衆竅是已郭象曰人籟簫也夫簫管
參差宮商異律故有長短高下萬殊之声鄭玄禮記注
曰警起也孔安國論語注曰叩擊也大戴禮曰丘陵為
牡谿谷為牝歲寒無早秀浮榮甘夙殞爾雅曰不榮而實謂之秀賈逵國語注曰
浮輕也何以標貞脆薄言寄松菌松貞菌脆也松菌殊質故貞脆異性也毛詩曰
薄言采之毛萇曰薄辞也論語子曰歲寒然後知松栢之後凋莊子曰朝菌不知晦朔哲匠感蕭
晨肅此塵外軫匠謂桓玄也蕭晨言秋晨也言秋晨蕭瑟鄧析子曰聖人逍遥一世之間宰匠
萬物之形廣雅曰感傷也鄭玄禮記注曰肅戒也莊子
曰孔子彷徨塵垢之外逍遥無為之業郭象曰所謂塵

阿衡非喻玄也貽匈奴哂阮以自喻則阿衡匪其反譬矣

垢之外非伏於山林而已鄭玄考工記注曰軫輿後橫木也言軫所以明車也**廣筵散汎愛。逸爵紆勝引。**論語子曰汎愛衆而親仁說文曰紆屈也勝引勝友也引猶進也良友所以進己故通呼曰勝引**伊余樂好仁惑祛吝亦泯**左氏傳曰族穆子曰請立起也與田蘇游而曰好仁杜預曰蘇晉賢人也蘇言韓起好仁也范曄後漢書黃叔度傳陳蕃周舉常相謂曰時月之間不見黃生則鄙吝之萌復存乎心薛君韓詩章句曰祛去也爾雅曰泯盡也**猥首阿衡朝將貽匈奴哂**阿衡喻玄也言己以凡猥妄首朝端匈奴聞之理將見哂許慎淮南子注猥猶凡也尚書曰惟嗣王不惠于阿衡孔安國曰阿倚也衡平也漢書曰車千秋以一言寤意旬月取宰相後漢使至匈奴單于問曰聞漢新拜丞相何用得之使者曰上書言事故單于曰苟如是漢置丞相非用賢也妄一男子上書即得之矣爾雅曰貽遺也馬融論語注曰哂笑也

游西池一首 五言

○有來即以代年字

謝叔源 臧榮緒晉書曰謝混少有美譽善屬文爲尚書左僕射以黨劉毅誅沈約宋書曰混字叔源西池丹陽西池混思與友朋相與爲樂也

悟彼蟋蟀唱信此勞者歌 聲類曰悟心解也毛詩曰蟋蟀在堂歲聿云暮今我不樂日月其除韓詩曰伐木廢朋友之道缺勞者歌其事詩人伐木自苦其事故以爲文 **有來豈不疾良遊常蹉跎** 陸雲歲暮賦曰年有來而棄予時無筭而非我劉楨黎陽山賦曰良遊未厭白日潛暉楚辭曰驟垂兩耳中坂蹉跎 **逍遥越城肆願言屢經過** 說文曰越度也鄭玄禮記注曰肆市中陳物處也毛詩曰願言思子阮籍詠懷詩曰趙李相經過 **回阡被陵闕高臺眺飛霞** 廣雅曰被加也言加大阜而通城闕也 **惠風蕩繁囿白雲屯曾阿** 邊讓章華臺賦曰惠風春施廣雅曰屯聚也 **景昃鳴禽集水木湛清華** 蒼頡篇曰湛水不流也 **褰裳順蘭沚徙倚引芳柯** 毛詩曰褰裳涉溱鄭玄曰揭衣度溱水也

弘字疑衍前引皆稱李軌

潘岳河陽詩曰歸鴈映蘭洔與詩同楚辭曰步徙倚而遥思美人。愆歲月。遲暮。獨如
何。楚辭曰惟草木之零落兮恐美人之遲暮王逸曰遲晚也愆謂過期也無爲牽所思南
榮誠其多。莊子庚桑楚謂南榮趎曰全汝形抱汝生無使汝思慮營營趎處朱切

泛湖歸出樓中翫月一首五言靈運山居賦注曰大小巫湖　謝惠連

日落泛澄瀛星羅游輕橈楚辭曰倚沼畦瀛兮遥望博王逸曰楚人名池澤中曰瀛羽獵賦曰漁若天星之羅楚辭曰荃橈兮蘭旌王逸曰橈小楫也憩榭面曲汜臨流對
迴潮毛萇詩傳曰憩息也爾雅曰決出復入爲汜韓詩外傳阿谷之女曰阿谷之隊隱曲之汜輟策
共駢筵並坐相招要李弘軌法言注曰駢並也哀鴻鳴沙渚悲猨響
山椒漢武帝李夫人賦曰釋予馬於山椒孟康曰山椒山陵名廣雅曰土高四墮曰椒丘亭亭映
江月瀏瀏出谷飈亭亭迴貌王逸楚辭注曰瀏風疾貌寡婦賦曰風瀏瀏而夙興斐斐

氣幕岫泫泫露盈條斐斐輕貌泫泫垂貌近矚祛幽蘊遠視盪諠囂李奇漢書注曰祛開散也王逸楚辭注曰蘊積也鄭玄禮記注曰闐諠囂剌人意動作悟言不知罷從夕至清朝毛詩曰彼美淑姬可與晤言鄭玄曰晤對也悟與晤同

從游京口北固應詔一首五言水經注曰京口丹徒之西鄉也又曰京城西北有別嶺入江三面臨水高數十丈號曰北固　謝靈運

玉璽戒誠信黃屋示崇高言聖人佩玉璽所以儆戒誠信居黃屋所以顯示崇高鄧析子曰爲之符璽以信之蔡邕獨斷曰璽印也信也古者尊卑共之秦以來天子獨以印稱璽又獨以玉也漢書曰紀信乘王車黃屋左纛事爲名教用道以神理超言上二事乃爲名教之所用而其至道實神理而超然也文子曰聖人所由曰道所爲曰事三國名臣頌序曰名教束物也周易曰聖人以神道設教而天下服曹植武帝誄曰聰竟神理方言曰超遠也昔聞汾水游今見塵

外鑣莊子曰堯見四子藐姑射之山汾水之陽塵外已見上文說文曰鑣馬銜也言鑣以明馬猶軫以表車鳴笳發春渚稅鑾登山椒魏文帝書曰從者鳴笳以啓路稅鑾猶稅駕也山椒已見上文張組眺倒景列筵矚歸潮吳都賦曰張組幃構流蘇遊天台山賦曰或倒景於重溟王彪之遊仙詩曰遠遊絕塵霧輕舉觀滄溟蓬萊陰倒景崐崘罩曾城並以山臨水而影倒謂之倒景遠巖映蘭薄白日麗江皐蘭薄即蘭林也楚辭曰朝騁騖兮蘭薄戶樹瓊木籬些然此意微與王逸注異不可以王義非之楚辭曰朝騁騖兮江皐王逸曰澤曲曰皐原隰荑綠柳墟囿散紅桃大戴禮夏小正曰正月柳稊稊者發孚也桃則華荑與稊音義同廣雅曰墟居也皇心美陽澤萬象咸光昭莊子舜謂堯曰昔者十日並出萬物皆照司馬彪曰言陽光麗天則無不鑒孝經鉤命決曰地以舒形萬物咸載顧己枉維縶撫志慙場苗鄭玄毛詩箋曰顧念也毛詩曰皎皎白駒食我場苗縶之維之以永今朝工拙各所宜終

以反林巢呂氏春秋曰至治之世賢不肖各反其質若此則工拙愚智可得而知矣巢已見上文曾是縈舊想覽物奏長謠毛詩曰曾是在位舊想謂隱居之志也歎逝賦曰覽前物而懷之劉琨荅盧諶詩曰引領長謠

晚出西射堂一首五言永嘉郡射堂　謝靈運

步出西城門遙望城西岑劉公幹贈徐幹詩曰步出北寺門遙望西苑園爾雅曰山小而高曰岑連鄣疊巘崿青翠杳深沈爾雅曰山正鄣巘崿崖之別名爾雅曰重巘陳文字集略曰崿崖也王逸楚辭注曰杳深冥也曉霜楓葉丹夕曛嵐氣陰楚辭曰與曛黃而爲期王逸曰黃昏時也夏侯湛山路吟曰道逶迤兮嵐氣清埤蒼曰嵐山風也嵐祿含切節往戚不淺感來念已深羈雌戀舊侶迷鳥懷故林七發曰暮則羈雌迷鳥宿焉毛萇詩傳曰懷思也含情尚勞愛如何離賞心言鳥含情

尚知勞愛況乎人而離於賞心也**撫鏡華緇鬢攬帶緩促衿**孫綽子曰撫明鏡則好醜之貌可見陸機東宮詩曰柔顏收紅藻玄鬢吐素華古詩曰衣帶日巳緩**安排徒空言幽獨頼鳴琴**言安排之事空有斯言幽獨不悶唯頼鳴琴而巳莊子曰仲尼謂顏回曰安排而去化乃入於寥天一郭象曰安於推移而與化俱去故乃入於寂寥而與天惟一也楚辭曰幽獨處乎山中琴賦曰處窮獨而不悶者莫近於音聲也

登池上樓一首　五言永嘉郡池上樓　謝靈運

潛虯媚幽姿飛鴻響遠音薄霄愧雲浮棲川怍淵沈虯以深潛而保真鴻以高飛而遠害今巳嬰俗網故有愧虯鴻也說文曰虯龍有角者淮南子曰蛟龍水居又曰鳥飛於雲穀梁傳孔子曰聽遠音者聞其疾而不聞其舒王逸楚辭注曰泊止也薄與泊同古字通馬融論語注曰怍慙也**進德智所拙退耕力不任**周易子曰君子進德脩業欲及時也尸子

二句与并(?)響高相应謝又自媿不進不退陽々求祿也

衾枕昧節候，褰開暫窺臨。別本

此十字必不可捝，否則池塘春草亦凡語耳，何勞神助乎。沈德潛不知池塘二句神理全由褰開句來，故云偶然佳句。余意沈實未喻此詩而總云佳句由乎特無先神助之說在前何也

曰爲令尹而不喜退耕而不憂此孫叔敖之德也徇禄反窮海臥痾對空林趙岐孟子注曰徇從也窮海謂求嘉郡也說文曰痾病也傾耳聆波瀾舉目眺嶇嶔禮記曰傾耳而聽之廣雅曰聆聽也李陵書曰舉目言笑洞簫賦曰嶇嶔巋崎初景革緒風新陽改故陰楚辭曰款秋冬之緒風王逸曰緒餘也神農本草曰春夏爲陽秋冬爲陰池塘生春草園柳變鳴禽祁祁傷豳歌萋萋感楚吟毛詩豳風曰春日遲遲采蘩祁祁楚辭曰王孫遊兮不歸春草生兮萋萋索居易永久離羣難處心禮記子夏曰吾離羣索居亦已久矣詩曰我行求久穀梁傳曰鄭伯之處心積慮成於殺也持操豈獨古無悶徵在今莊子罔兩責影曰曩子坐今子起何其無持操與周易曰遯世無悶

遊南亭一首　五言　求嘉郡南亭

謝靈運

時竟夕澄霽雲歸日西馳淮南子曰季夏之月大雨時行高誘曰是月有時雨也說

傷

文曰霽雨止也曹子建詩曰朝雲不歸山霖雨成川澤然雨則雲出晴則雲歸也密林含餘清

遠峯隱半規呂氏春秋曰冬不用箑清有餘也張載歲夕詩曰白日隨天迴皦皦員如規久

痗昏墊苦旅館眺郊歧毛萇詩傳曰痗病也尚書禹曰洪水滔天下民昏墊孔安國曰

言天下民昏瞀墊溺皆困水災也杜預左氏傳注曰旅客會也澤蘭漸被逕芙蓉始發

池楚辭曰皐蘭被逕兮斯路漸廣雅曰漸稍也楚辭曰芙蓉始發雜芰荷王逸曰芙蓉蓮華也未厭

青春好已覩朱明移楚辭曰青春受謝白日昭爾雅曰夏為朱明慼慼感物

歎星星白髮垂楚辭曰愁鬱鬱之無快居戚戚而不解古長歌行曰感物懷所思左思白髮賦

曰星星白髮生於鬢垂藥餌情所止衰疢忽在斯餌藥既止故有衰病蒼頡篇曰

餌食也逝將候秋水息景偃舊崖毛詩曰逝將去汝莊子罔兩問影曰向也坐而

今也起向也行而今也止何也影曰火與日吾屯也陰與夜吾代也彼吾所以有待也而況乎以有待者乎彼

良知當如何解依美友

陰霞與浸言陰晴屢變

來則我與之來彼往則我與之往司馬彪曰屯聚也火日明而影見故曰吾聚也陰闇則影不見故曰吾代也夜代謂使得休息也我志誰與亮賞心惟良知毛萇詩傳曰亮信也尚書曰時惟良顯哉

遊赤石進帆海一首五言靈運遊名山志曰永寧安固二縣中路東南便是赤石又枕海

謝靈運

首夏猶清和芳草亦未歇爾雅曰首始也歸田賦曰仲春令月時和氣清楚辭曰芳以歇而不比杜預左氏傳注曰歇盡也水宿淹晨暮陰霞屢興沒河圖曰崐崘山有五色水赤水之氣上蒸爲霞陰而赫然周覽倦瀛壖況乃陵窮髮登徒子好色賦曰周覽九土史記騶衍曰區中者乃有一州如此者九乃有大瀛海環之漢書曰盡河壖棄地韋昭曰謂

原誤作緒

緣河邊地鄭玄禮記注曰陵躐也顧愷期婁地記曰浪山海中南極之觀嶺窮髮之人舉帆揚越以爲標的

川后時安流天吴静不發洛神賦曰川后静波楚辭曰使江水兮安流山海經曰朝陽之谷神曰天吴是水伯也其獸也八首八足八尾背黄青

揚帆采石華挂席拾海月臨海志曰石華附石肉可啖又曰海月大如鏡白色揚帆挂席其義一也海賦維長綃挂帆席

溟漲無端倪虛舟有超越莊子曰北溟有魚其名曰鯤海運則圖於南溟李弘範曰廣大窈冥故以溟爲名謝承後漢書曰陳茂常度漲海莊子孔子口反覆終始不知端倪音義曰倪音崖莊子曰有虛舟來觸舟孔安國尚書傳曰越遠也

仲連輕齊組牟眷魏闕言仲連輕齊組而之海上明海上可悅既悅海上恐有輕朝廷之譏故云子牟眷魏闕史記曰田單攻聊城不下魯連乃爲書約之矢以射城中遺燕將燕將得書乃自殺遂屠聊城歸而言魯仲連欲爵之魯連逃隱於海上呂氏春秋曰中山公子牟謂詹子曰身在江海之上心居魏闕之下柰何高誘曰子牟魏公子一說魏象魏也言身在江海之上

心乃在王室也矜名道不足適己物可忽韓子曰宋君少主也而務矜名郭象莊子注曰德之所以流蕩矜名故也史記曰莊子其言汪洋自恣以適己請附任公言終然謝天伐莊子曰孔子圍於陳太公任往弔之曰直木先伐甘泉先竭子其意者飾智以驚愚脩身以明汚昭昭若揭日月而行故不免也孔子曰善乃逃大澤之中入獸不亂羣入鳥不亂行鳥獸不惡而況人乎王逸楚辭注曰謝去也

石壁精舍還湖中作一首五言　精舍今讀書齋是也謝靈運遊名山志曰湖三面悉高山枕水渚山溪澗凡有五處南第一谷今在所謂石壁精舍

謝靈運

昏旦變氣候山水含清暉清暉能娛人遊子憺忘歸楚辭曰羌聲色兮娛人觀者憺兮忘歸王逸曰娛樂也憺安也出谷日尚早入舟陽已微

左氏傳趙宣子將朝尚早正歷曰日太陽也楚辭曰陽杲杲其朱光鄭玄毛詩箋曰微不明也林壑斂暝色雲霞收夕霏霏雲飛貌芰荷迭映蔚蒲稗相因依杜預左氏傳注曰稗草之似穀者薄懈切阮籍詠懷詩曰寒鳥相因依披拂趨南逕愉悅偃東扉莊子曰雲者風起北方一西一東孰居無事而披拂是爾雅曰悅愉樂也賈逵國語注曰偃息也慮澹物自輕意愜理無違淮南子曰澹然無慮許慎曰澹猶足也孫卿子曰內省則外物輕矣廣雅曰愜可也寄言攝生客試用此道推楚辭曰願寄言於三島老子曰善攝生者不然劉淵林吳都賦注曰攝持也左氏傳劉子曰民受天地之中以生所爲命說文曰推排也爲推排以求也

登石門最高頂一首

五言靈運遊名山志曰石門澗六處石門遡水上入兩山口兩邊石壁右邊石巖下臨澗水

謝靈運

基階疑倒

晨策尋絕壁，夕息在山棲。江賦曰：絕岸萬丈，壁立霞駮。郭璞遊仙詩曰：山林隱遯棲。疏峰抗高館，對嶺臨迴溪。廣雅曰：疏，治也。西京賦曰：疏龍首以抗殿。廣雅曰：抗，舉也。長林羅戶穴，積石擁基階。連巖覺路塞，密竹使徑迷。來人忘新術，去子惑故蹊。景福殿賦曰：欲反忘術。魏武帝苦寒行曰：迷惑失故路。活活夕流駛，噭噭夜猨啼。毛詩曰：河水洋洋，北流活活。楚辭曰：聲噭噭以寂寥。廣雅曰：噭，鳴也。沉冥豈別理，守道自不攜。漢書曰：蜀嚴湛冥，久幽而不改其操。孟康注曰：蜀郡嚴君平沈深玄默，無欲言，幽深難測也。尸子曰：守道固窮，則輕王公。賈逵國語注曰：攜，離也。心契九秋榦，目翫三春荑。古樂府有歷九秋妾薄相行。班固終南山賦曰：三春之季，孟夏之初。九秋已見南都賦。居常以待終，處順故安排。新序榮啓期曰：貧者士之常，死者人之終。居常待終，何憂哉。莊子曰：老聃死，秦失弔之曰：適來，夫子時也；適去，夫子順也。安時而處順，憂樂不能入也。安

排已見上文惜無同懷客共登青雲梯陸機詩曰感念同懷子郭璞遊仙詩曰安事登雲梯張湛列子注曰雲梯可以陵虚

於南山往北山經湖中瞻眺一首五言靈運山居賦曰若乃南北兩居水通陸阻又曰永歸其路迺界北山注曰兩居謂南北兩處南山是開剏卜居之處也又曰大小巫湖中隔一山然往北山經巫湖中過

謝靈運

朝旦發陽崖景落憩陰峯尚書大傳曰相與觀于南山之陽舍舟眺迥渚停策倚茂松側逕旣窈窕環洲亦玲瓏曹攄贈石荆州詩曰轗軻石行難窈窕山道深甘泉賦曰和氏玲瓏晉灼曰明貌俛視喬木杪仰聆大壑灇毛詩曰南有喬木楚辭曰聽大壑之波聲薛綜西京賦注曰壑坑谷也毛詩曰鳧鷖在潨毛萇曰潨水會

也叢與潨同石橫水分流林密蹊絕蹤解作竟何感升長皆
丰容周易曰天地解而雷雨作雷雨作而百果草木皆甲坼爾雅曰感動也周易曰地中有木升丰容悅
茂貌郭璞曰丰容也音蜂初篁苞綠籜新蒲含紫茸服虔漢書注曰篁叢竹也籜竹
皮也蒼頡篇曰茸草貌然此茸謂蒲華也江賦曰擢紫茸茸海鷗戲春岸天雞弄和
風南越志曰江鷗一名海鷗漲海中隨潮上下爾雅曰鶾天雞毛詩曰習習谷風毛萇曰習習和舒貌撫
化心無厭覽物眷彌重郭象莊子注曰聖人遊於變化之塗萬物萬化亦與之萬化覽
物已見上文眷猶戀也不惜去人遠但恨莫與同言獨在山中無人共遊人謂古
人也孤遊非情歎賞廢理誰通言已孤遊非情所歎而賞心若廢茲理誰爲通乎

從斤竹澗越嶺溪行一首五言靈運遊名山志曰神子溪南山與七
里山分流去斤竹澗數里

峴當作現注

謝靈運

猨鳴誠知曙谷幽光未顯元康地記云猨與獮猴不共山宿臨旦相呼說文曰曙旦明也巖下雲方合花上露猶泫廣雅曰方始也逶迤傍隈隩苕遞陟陘峴說文曰隈山曲也爾雅曰隩隈也郭璞曰今江東呼爲浦隩於到切又於六切爾雅曰山絶曰陘郭璞曰連山中斷曰陘陘胡庭切聲類曰峴山嶺小高也峴與覜同賢典切過澗既厲急登棧亦陵緬毛詩曰深則厲毛萇曰以衣涉水爲厲通俗文曰板閣曰棧漢書曰張良說漢王燒絶棧道廣雅曰陵乘也韋昭國語注曰緬猶邈也川渚屢逕復乘流翫迴轉楚辭曰川谷逕復流潺湲鵩鳥賦曰乘流則逝蘋萍泛沈深菰蒲冒清淺毛萇詩傳曰蘋大蓱也又曰冒覆也企石挹飛泉攀林摘葉卷說文曰企舉踵也毛萇詩傳曰挹㪺也猶今言酌也飛泉已見上文想見山阿人薜蘿若在眼楚辭曰若有人兮山之阿披薜

漢官儀尚書郎懷香握蘭趨走丹墀

荔兮帶女蘿握蘭勤徒結折麻心莫展靈運南樓中望所知遲客詩曰瑤華未堪折蘭苕已屢擿路阻莫贈問云何慰離析然握蘭擿苕咸以相贈問也楚辭曰被石蘭兮帶杜衡折芳馨兮遺所思王逸曰石蘭香草也東據逸民賦曰沐甘露兮餘滋握春蘭兮遺芳楚辭曰折踈麻兮瑤華將以遺兮離居王逸曰踈麻神麻也司馬彪莊子注曰展申也又漢家侍中握蘭情用賞爲美事昧竟誰辨言事無高翫而情之所賞即以爲美此理幽昧誰能分別乎觀此遺物慮一悟得所遺淮南子曰吾獨懷慷慨遺物而與道同出是故有以自得也郭象莊子注曰將大不類莫若無心既遣是非又遣其所遣遣之以至於無遣然後無所不遣而是非去也

十五

應詔觀北湖田收一首

五言丹陽郡圖經曰樂遊苑晉時藥園元嘉中築堤壅水名爲北湖集曰元嘉十年也太祖改景平十二年爲元嘉

顏延年

周御窮轍跡，夏載歷山川。左傳右尹子革對楚王曰昔周穆王欲肆其心周行天下將皆有車轍馬跡焉尚書禹曰予乘四載隨山栞木孔安國曰所載者四謂水乘舟陸乘車泥乘輴山乘樏樏力追切蓄軫豈明懋，善遊皆聖仙。蓄軫不行豈是欽明懋德之后善遊天下皆是睿聖神仙之君孔安國尚書傳曰蓄積也范曄後漢書劉安奏曰安皇帝聖德明懋聖謂夏禹仙謂周穆帝暉膺順動，清蹕巡廣廛。周易曰聖人以順動而民服漢儀注曰皇帝輦動出則傳蹕止人清道漢書曰楊雄有田一廛晉灼曰廛一百畝也樓觀眺豐潁，金駕映松山。孔安國尚書傳曰潁穗也金駕金輅也言上樓看穗也映猶蔽也飛奔互流綴，緹轂代迴環。飛奔車也陸景典語曰飛車策馬橫騰超進越絶書曰車奔馬騰緹轂騎也續漢書曰緹騎一百人屬執金吾吳都賦曰轂騎煒煌神行埒浮景，爭光溢中天。列子黄帝夢遊華胥國其神行而已孟康漢書注曰埒等也張孟陽七哀詩曰浮景忽西沈史記曰與日月爭光可也列子曰穆王築臺號曰

注非

中天之臺開冬眷徂物殘悴盈化先言開冬而視徂落之物雖已殘悴而尚盈於殘悴之先言可觀也開冬猶開春開秋也楚辭曰開春發歲羽獵賦曰玄冬季月萬物徂落於外孔安國尚書傳曰眷視也白虎通曰春萬物始生鄭玄禮記注曰化猶生也陽陸團精氣隂谷曳寒煙吳越春秋越王曰崐崘乃天地之鎮柱也五帝煚其陽陸賈逵國語注曰精明也山北曰陰攢素既森藹積翠亦蔥仟廣雅曰攢聚也息饗報嘉歲通急戒無年禮記曰蜡者索也歲十二月合聚萬物而索饗之黃衣黃冠息田夫也又曰國無六年之畜曰急三年耕必有一年之食九年耕必有三年之食以三十年之通雖有凶旱水溢人無菜色周禮曰無年則公旬用一日焉鄭玄曰無歲無贏儲也急要也通百姓之急者頒戒於無年之時溫渥浹輿隸和惠屬後筵說文曰溫仁也毛萇詩傳曰渥厚也字書曰浹洽也左氏傳曰人有十等皁臣輿輿臣隸孔安國尚書傳曰屬逮也觀風久有作陳詩愧未妍禮記曰歲二月東巡狩命太師陳詩以觀民風

原跋淩作㥄

疲弱謝淩遽。取累非纏牽。言己才疲弱而謝急遽其所取累非由纏牽西京賦曰百禽淩遽戰國策段于越謂新城君曰王良子弟駕千里之馬過京父之弟子曰駕千里之馬而不能取千里何京父弟子曰纏牽長故纏牽於事萬分之一也而難千里之行

車駕幸京口侍遊蒜山作一首五言劉楨京口記曰蒜山無峯嶺北臨江集曰元嘉二十六年也蒜山在潤州西二里京口在潤州

顏延年

元天高北列日觀臨東溟莊子曰闕弈之隸與殷翼之孫遏氏之子三士相與謀致人於造物共之元天之上元天者其高四見列星司馬彪曰元天山名也漢書儀曰泰山東南曰觀者雞一鳴時見日始欲出長三丈所言日觀者望見長安其高如視浮雲孫綽荅許詢詩曰倒景淪東溟元天山最高在東北日出即見入河起陽峽踐華因削成史記曰秦使蒙恬築長城制險塞起臨洮

原賦固作故

至遼東於是虞河據陽山王逸楚辭注曰陿山側峽與
陿通過秦論曰踐華爲城山海經曰泰華之山削成四
方巖險。去。漢。宇。衿衛。徙。吳。京。言巖險之固去彼漢宇衿
帶周衛徙此吳京宋都吳
地故曰吳京也西京賦曰巖險周固衿
帶易守吳都賦曰山川不足以周衛流池自化造山
闕囿神營鄭玄周禮注曰能生非類曰
化魯靈光殿賦曰神之營之園縣極方望邑
社揔地靈園縣廟園之縣也邑社陵邑之社也漢書元
帝詔曰徙人以奉園陵今所爲陵者勿置縣
邑然陵傍置園起縣邑也公羊傳曰天子有方望之事
無所不通何休曰方望謂郊時所望祭四方羣神日月
星辰及五岳四瀆也廣雅曰揔皆也大戴禮天地
祝曰皇皇上天照臨下土集地之靈降甘風雨宅道
炳星緯誕曜應神明。孔安國尚書傳曰宅居也道經界
也郭璞南郊賦曰宅是星紀奄有
衡霍吳都賦曰固其經略上當星紀誕曜浮曜也禮斗
威儀曰君秉水而王辰星揚光尚書曰洪範五行傳曰
辰星者北方水精也
宋爲水德故云應也睿思。纏。故。里。巡。駕。而。舊。坰。爾雅曰
在介謂

此處喻也言己幸於周南留滯之人也
周南留滯一事而分用兩法與宣尼悲獲麟二語同
謝惠連秋懷雖好相如達不同長卿慢二語亦同

之坰陟峯騰輦路尋雲抗瑤甍薛君韓詩章句曰騰乘也西都賦曰輦路經營喪服傳曰抗極也羊祜請伐吴表曰高山尋雲霓杜預左氏傳注曰甍屋棟也春江壯風濤蘭野茂稼英宣遊弘下濟窮遠凝聖情楚辭曰宣遊兮列宿順極兮彷徨周易曰天道下濟而光明晉中興書孝武詔曰躬儉以弘下濟之惠嶽濱有和會祥習在卜征國語曰齊桓公嶽濱諸侯莫不來服尚書曰新作大邑于東國洛四方人大和會左氏傳鄭太宰石㚟曰先王卜征五年歲卜其祥祥習則行周南悲昔老留滯感遺氓昔老謂司馬談也遺氓自謂也言帝方卜征以登封而已巖耕以謝職不獲預觀盛禮所以悲同昔人漢書曰天子始建漢家之封而太史公留滯周南不得與從事曰今天子接千歲統封泰山而予不得從行是命也如湻曰周南洛陽也空食疲廊肆反稅事巖耕空食猶素餐也王逸楚辭注曰不空食祿而曠官也廊廟巖廊朝廷所在也文穎漢書注曰巖廊殿下小屋杜預左氏傳注曰肆刻肆也說文曰稅租也楊子法言曰谷口

鄭子真不詘其志耕於
巖石之下名震乎京師

車駕幸京口三月三日侍遊曲阿後湖作一首

五言水經注曰晉陵郡之曲阿縣下陳敏引水爲湖水周四十里號曰曲阿後湖集曰元嘉二十六年也

顏延年

虞風載帝狩夏諺頌王遊尚書虞書曰歲二月東巡狩載謂載之於策也孟子夏諺曰吾王不遊吾何以休春方動辰駕望幸傾五州禮記曰東方曰春論語子曰爲政以德譬如北辰故謂天子爲辰也司馬相如封禪文曰太山梁父設壇望幸尚書有十二州宋得其七故謂北境云五州山祇蹕嶠路水若警滄流山祇山神也管子曰登山之神有俞兒者長尺人物具焉霸王之君興登山之神見且走馬前導也爾雅曰山銳而高曰嶠楚辭曰使湘靈鼓瑟兮令海若舞王逸曰海若海神名神御出瑤軫天儀降藻舟瑤軫玉軫也藻舟畫舟也毛符

彫○天台山賦出書誤
○此注引误

睎○梁章鉅說

羽獵賦曰天子乘碧瑶之彫軫建曜天之華旗東觀漢記曰東平王蒼上疏曰賜奉朝請咫尺天顏萬軸脩行衛千翼汎飛浮萬軸謂車也千翼謂舟也越絕書伍子胥水戰兵法內經曰大翼一艘廣一丈五尺二寸長十丈中翼一艘廣一丈三尺五寸長五丈六尺小翼一艘廣一丈二尺長九丈彫雲麗璇蓋祥飈被綵斿天台山賦曰彫雲斐亹以翼櫺桓子新論曰乘車玉爪蓋禮緯曰君政頌平則祥風至斿旌旗之旒也江南進荊豔河激獻趙謳吳都賦曰荊豔楚舞列女傳曰趙津女娟者趙河津吏之女也初簡子南擊楚將渡河用檝者少一人娟攘袂操檝而請簡子遂之遂與渡中流為簡子發河激之歌其辭曰升彼河兮而觀清水揚波兮杳冥冥禱求福兮醉不醒誅將加兮妾心驚懼罰既釋兮瀆乃清妾持檝兮操其維交龍助兮主將歸呼來櫂兮行勿疑簡子大悅以為夫人金練照海浦笳鼓震溟洲金練金甲組練也蔡邕女史詩曰卓衆來東下金甲耀日光左氏傳曰被練三千西京賦曰囂聲震海浦列子曰北極之北有溟海藐盼睎覯青崖衍漾

行藥謂服散後行游以宣之也

觀綠疇藐盼窈藐顧盼也衍漾遊衍漂漾也杜預左氏傳注曰並畔爲疇人靈鶱都野鱗翰聳淵丘鶱聳皆驚懼之意也都野民靈所居淵丘鱗翰所處也曾子曰陰之精氣爲靈德禮既普洽川嶽徧懷柔尚書曰道洽政治澤潤生民孔安國曰道至普洽其德惠施乃浸潤生民毛詩曰以洽百禮鄭玄曰洽合也毛詩曰懷柔百神及河喬嶽毛萇曰懷來也柔安也喬高也鄭玄曰王行狩來安羣神也

行藥至城東橋一首 五言 鮑明遠

雞鳴關吏起伐鼓早通晨史記曰關法雞鳴出客嚴車臨迥陌延瞰歷城闉楚辭曰嚴車駕兮戲遊神女賦曰望余帷而延視廣雅曰瞰視也毛萇詩傳曰闉城曲也蔓草緣高隅脩楊夾廣津隅城隅也迅風首旦發平路塞飛塵楚辭曰軼迅風於清涼又曰爲余先乎平路擾擾遊宦子營營市井人校乘

七發曰擾擾若三軍之騰裝漢書薄昭與淮南王書曰遊宦事人列子林類曰吾又安知營營而求生之非惑乎莊子仲尼曰商賈且於市井以求其贏司馬彪曰九夫爲井井有市懷金近從利撫劒遠辭親范曄後漢書耿弇曰懷金玉者至不生歸抱朴子曰夫程鄭王孫羅裒之徒乘肥衣輕懷金挾王者爲之倒屣說文曰懷藏也左氏傳曰子朱怒撫劒從之列女傳秋胡子妻謂秋胡曰子辭親往仕爭先萬里塗各事百年身王羲之荅許詢詩曰尹先非吾事靜照在忘求百年已見上文開芳及稚節含彩吝驚春以草喻人也草之開芳宜及少節既以含彩理惜驚春夫草之驚春春花葉必盛盛必有衰固所當惜也陸機桑賦曰疊稚節以夙茂蒙勁風而後凋曹毗冶城賦曰含彩可以寶珍孔安國尚書傳曰吝惜也尊賢求昭灼孤賤長隱淪說苑曰子賤至單父請耆老尊賢與之共治范曄後漢書黄香上疏曰江淮孤賤愚矇小生隱淪謂幽隱沈淪也容華坐消歇端爲誰苦辛陸機長歌行曰容華宿夜零無故自消歇古詩曰轗軻長苦辛

生煙之生讀爲生動之生

游東田一首　五言

謝玄暉　朓有莊在鍾山東游還作

慼慼苦無悰攜手共行樂　慼慼已見上文漢書廣陵王胥歌曰出入無悰爲樂亟韋昭曰悰樂也魏文帝折楊柳行曰端居苦無悰駕遊博望山悰裁宗切楊惲報孫會宗書曰人生行樂耳須富貴何時

尋雲陟累榭隨山望菌閣　尋雲已見上文楚辭曰層臺累榭臨高山王逸曰層累皆重也尚書曰隨山刊木楚辭曰菌閣兮蕙樓

遠樹曖仟仟生煙紛漠漠　廣雅曰芊芊盛也仟與芊同

魚戲新荷動鳥散餘花落不對芳春酒還望青山郭　言野外昭曠取樂非一若不對茲春酒還則望彼青山魏武帝短歌行曰對酒當歌陸機悲行曰遊客芳春林毛詩曰爲此春酒

從冠軍建平王登廬山香爐峯一首　五言

沈約　宋書曰建平王景素爲冠軍將軍湘州刺史劉璠梁典曰江淹年二十以五經授宋建平王景素待

原姓作宛
乘作原姓注改

以客禮遠法師廬山記曰山東南有香爐山孤峯秀起游氣籠其上即𤇆藴若煙氣

江文通

廣成愛神鼎淮南好丹經神仙傳曰廣成子者古之仙人也居崆峒之山石室中抱朴子曰服九轉丹內神鼎中夏至之後暴之神仙傳曰淮南王劉安者漢高皇之孫也好道術之士於是八公乃往遂授以丹經此山具鸞鶴往來盡仙靈張僧鑒豫州記曰洪井西有鸞崗舊說云洪崖先生乘鸞所憩處也鸞崗西有鶴嶺云王子喬控鶴所經處也東方朔十洲記曰崐崘山正東曰天墉城其比戶出承淵山西王母之所治真官仙靈之所宗也瑤草正翕赩玉樹信葱青瑤草玉芝也本草經曰白芝一名玉芝琴賦曰瑤瑾翕赩甘泉賦曰翠玉樹之青葱絳氣下縈薄白雲上杳冥王逸楚辭注曰草木交曰薄楚辭曰杳杳冥冥而薄天中坐瞰蜿虹俛伏視流星西京賦曰瞰蜿虹之長鬐魯靈光殿賦曰中坐垂景頫視流星不尋遐

怪極則知耳目驚言未盡尋遐怪則知其至此耳目必驚也鄭玄禮記注曰極盡也日落長沙渚曾陰萬里生曾重也蔡邕月令章句曰陰者密雲也藉蘭素多意臨風默含情多意多佳意也含情情未申也隱顯交處所以未申嘯賦曰藉臯蘭之奇靡楚辭曰臨風怳兮浩歌王仲宣公讌詩曰今日不極歡含情欲待誰臨風已見月賦方學松柏隱羞逐市井名方猶將也言將隱而棄榮利也楚辭曰山中人兮芳杜若飲石泉兮蔭松柏市井已見上文幸承光誦末伏思託後旂光誦猶華篇也後旂猶後乘也

鍾山詩應西陽王教一首

五言徐爰釋問略曰建康北十里有鍾山裴子野宋略曰孝武封皇子子尚為西陽王

沈休文

靈山紀地德地險資嶽靈說苑齊景公曰天不雨寡人欲祠靈山可乎鄭玄周禮注曰鎮名山安地德者也周易曰地險山川丘陵王隱晉書荀晞曰淮陽之地北阻塗山南抗靈嶽終南

繒綾注

表秦觀少室邇王城毛詩曰終南何有有條有枚史記曰始皇表南山巔以爲闕南山則
終南也爾雅曰觀謂之闕戴延之西征賦曰嵩中嶽也
東謂太室西謂少室相去十七里嵩高總名也漢武帝
作登仙臺在少室峯下東京賦曰然後以建王城翠鳳翔淮海衿帶繞神坰鳳翔
淮海喻宋之興也東京賦曰龍飛白水鳳翔參墟李斯
上書曰今陛下建翠鳳之旗然但引翠鳳之文不取旗
義也衿帶神坰並見上文北阜何其峻林薄杳葱青其一北阜鍾山也西都賦曰㦸
北阜陸機擬古詩曰西山何其峻又赴洛詩曰林薄杳阡眠發地多奇嶺干雲非一
狀子虛賦曰其山則交錯糾紛上干青雲合沓共隱天參差互相望謝靈運登
廬山詩曰巑岏有合沓揚雄蜀都賦曰蒼山隱天于虛
賦曰岑崟參差尚書曰終南惇物至于鳥鼠孔安國注
曰三山名言相望也鬱律構丹巘崚嶒起青嶂西京賦曰隱轔鬱律巘已見上文魯
靈光殿賦曰崱繒綾而龍鱗勢隨九疑高氣與三山壯其二楚辭曰道幽谷於九

疑山海經曰南山崐崘其氣魂魂漢書曰蓬萊方丈瀛州此三神山者僊人在焉九疑山在長沙零陵三山在海中即事既多美臨眺殊復奇即事即此山中之事也列子曰周之尹氏有老役夫晝則呻呼即事南瞻儲胥觀西望昆明池儲胥觀昆明池皆在西京此皆假言之山中咸可悅賞遂四時移春光發隴首秋風生桂枝其三

多值息心侶結架山之足大灌頂經曰息心達本源故號爲沙門山足已見上文八解鳴澗流四禪隱巖曲維摩經曰入解之浴池定水湛然滿大品經曰初禪二禪三禪四禪山海經曰和山五曲郭璞曰曲迴也窈冥終不見蕭條無可欲老子曰窈兮冥其中有精王弼曰窈冥深遠貌深遠不可得而見然而萬物由之不可得見以定其真故曰窈兮冥其中有精老子曰不見可欲使心不亂所願從之遊寸心於此足其四

家語孔子曰無聲之樂所願志從莊子曰魯有兀者王駘從之遊者與仲尼相若列子文摯謂叔龍曰吾見子之心矣方寸之

地虛矣君王挺逸趣羽旆臨崇基說文曰挺拔也旆旐旗之垂者於旗以羽爲飾故云羽旗陸機樂府詩曰羽旗棲瓊鸞崇基山也春秋運斗樞曰山者地基也白雲隨玉趾青霞雜桂旗玉趾已見上文曹毗臨園賦曰青霞曳於前阿楚辭曰辛夷車兮結桂旗淹留訪五藥顧步佇三芝楚辭曰攀桂枝兮聊淹留周禮鄭玄曰五藥草木蟲石穀也日出東南隅行曰顧步咸可懽蒼頡篇曰顧旋也王逸楚辭注曰步徐行也抱朴子曰參成芝木渠芝建實芝此三芝得而服之白日升天於焉仰鑣駕歲暮以爲期其五歲暮喻年老也韓詩曰蟋蟀在堂歲聿其暮薛君曰暮晚也言君之年歲已晚

宿東園一首　五言　沈休文

陳王鬬雞道安仁采樵路陳思王名都篇曰鬬雞東郊道走馬長楸間潘岳詩曰東郊歎不得志也出自東郊憂心搖搖遵彼萊田言采其樵東郊豈異昔聊可閑余

全三國詩原引輝作耀
胷臆作身體

步七啓曰雍容閑步野徑既盤紆荒阡亦交互子虛賦曰其山則盤紆岪鬱槿籬疏復密荊扉新且故謝靈運詩曰揷槿當列墉鄭玄禮記注曰蓽門荊竹織門也殷仲堪誄曰荊門晝掩樹頂鳴風飇草根積霜露驚麏去不息征鳥時相顧毛詩曰野有死麏今以江東人呼鹿曰麏呂氏春秋曰征鳥厲號高誘曰征猶飛也鄭玄毛詩箋曰廻首曰顧茅棟嘯愁鴟平岡走寒兎任預雪詩曰寒鳶嚮雲嘯悲鴻競夜噭夕陰帶曾阜長煙引輕素飛光忽我遒寧止歲云暮古董桃行曰年命冉冉我遒毛詩曰歲聿云暮若蒙西山藥頹齡儻能度魏文帝詩曰西山一何高高高殊無極上有兩仙童不飲亦不食與我一丸藥光輝有五色服藥四五日胷臆生羽翼陸機應詔曰悲來日之苦短悵頹年之方侵

遊沈道士館一首 五言

沈休文

原文作竊

秦皇御宇宙，漢帝恢武功。過秦論曰：始皇振長策而御宇内。漢書曰：武帝征討四夷。銳志武功。懽娱人事盡，情性猶未充。何休公羊傳注曰：充，滿也。銳意三山上，託慕九霄中。銳意已見上注。西征賦曰：切託慕於闕庭。潘岳書曰：長自絶於埃塵，超遊身乎九霄。既表祈年觀，復立望仙宮。廟記曰：祈年宮在城外，秦穆公所造。望仙宮在華陰，漢武帝所造。寧為心好道，直由意無窮。漢武内傳曰：帝好長生之道。曰余知止足，是願不須豐。老子曰：知足不辱，知止不殆。周易曰：豐，多也。遇可淹留處，便欲息微躬。淹留已見上文。山嶂遠重疊，竹樹近蒙籠。開衿濯寒水，解帶臨清風。曹子建閑居賦曰：愬寒風而開衿。所累非外物，為念在玄空。愼子曰：夫德精微而不見，聰明而不發，是故外物不累其内。廣雅曰：玄，道也。然道體無形，故曰空。朋來握石髓，賓至駕輕鴻。袁彦伯竹林名士傳曰：王烈服食養性，嵇山

登琅邪城乃到溉之作條悱詶之自題古意耳然則詩必有戮力神州之意故條詩亦有壯氣封虔之說非咏琅邪城也日知錄譏其不切琅邪失其旨矣

康甚敬信之隨入山烈嘗得石髓柔滑如飴即自服半餘半取以與康皆凝而爲石郭璞遊仙詩曰駕鴻乘紫煙

都令人遥絶唯使雲路通吳都賦曰遥路絶風雲通張昶華山堂闕銘曰必雲霄之路可升而起

一舉陵倒景無事適華嵩漢書谷永曰及言世有仙人服食不終之藥遥興輕舉登遐倒景如淳曰在日月之上日月反從下照故其景倒廣雅曰陵乘也列仙傳曰呼子先者漢中闕下卜師也壽百餘年夜有仙人持二竹竿來至呼子先子騎之乃龍也上華陰山又曰王子喬好笙浮丘公接以上嵩山

寄言賞心客歲暮爾來同歲暮已見上文

古意詶到長史溉登琅邪城詩一首五言何之元梁典曰到溉字茂灌爲司徒長史沈約宋書曰南琅邪郡琅邪國人隨晉元帝過江大興三年立懷德縣隸丹楊無土地成帝咸康元年桓溫領郡鎮江乘縣境立郡鎮輿地圖曰梁武改南琅邪爲琅邪郡在潤州江寧縣西北十八里

樓蘭注用以指戎狄凡詩中地理皆可作如是觀

篁何焯疑作隍

徐敬業何之元梁典曰徐勉第三息悱字敬業晉安內史有學業最知名卒於郡府

甘泉警烽候上谷拒樓蘭漢書楊雄上䟽曰孝文時匈奴侵暴北邊候騎至雍烽火通甘泉又曰上谷郡秦置又曰鄯善國本名樓蘭王治扜泥城扜音烏此江稱豁險茲山復鬱盤蜀都賦曰豁險吞若巨防子虛賦曰其山則盤紆岪鬱表裏窮形勝襟帶盡巖巒左氏傳咎犯曰表裏山河必無害也漢書田肯賀上曰秦形勝之國也衿帶已見上文說文曰巒小山而高脩篁壯下屬危樓峻上干子虛賦曰下屬江河上干已見上注登陴起遐望迴首見長安左氏傳曰鄭子産授兵登陴杜預曰陴城上埤睨也王仲宣七哀詩曰南登霸陵岸迴首望長安金溝朝灞滻甬道入鴛鸞戴延之西征記曰御溝引金谷水從閶闔門入灞滻二水名也雍州圖經曰金谷水出藍田縣西終南山西入灞水小水入大水曰

日出東南隅行乃相逢行之誤
滿原作盈此係漢人避諱改

朝尚書曰江漢朝宗于海甬道閣道也淮南子曰甬道相連淄岳關中記曰未央殿東有鴛鸞殿鮮車鶩華轂汗馬躍銀鞍范曄後漢書曰蜀地饒富吏民鮮車駕馬以財貨自達漢書劉向上封事曰今王氏一姓乘朱輪華轂者二十三人又公孫弘曰臣愚駑無汗馬之勞辛延年羽林郎詩曰銀鞍何煜爚翠蓋空踟躕少年負壯氣耿介立衝冠漢書音義曰負恃也韓子曰耿介之士史紀曰藺相如怒髮上衝冠懷紀燕山石思開函谷丸范曄後漢書曰竇憲爲車騎將軍與北單于戰于稽落山破之遂登燕然山刻石勒功紀威德又曰隗囂據天水王元說囂曰東收三輔之地案秦舊迹表裏山河元請以一丸泥爲大王東封函谷關此萬世一時也豈如霸上戲羞取路傍觀漢書曰匈奴入邊遣宗正劉禮軍霸上帝勞軍直馳入帝曰鄉者霸上軍如兒戲古樂府日出東南隅行曰兄弟兩三人中子侍中郎黄金絡馬頭觀者滿路傍寄言封侯者數奇良可歎漢書李廣與望氣王朔語曰自漢擊匈奴廣未嘗不在其中而諸將校尉以軍功取侯者數十人廣

數仍當訓命數

不爲人後然終無尺寸之功以得封邑者何也豈吾相不當侯耶又曰大將軍衛青陰受上旨以爲李廣數奇孟康曰奇隻不耦也如淳曰數爲匈奴所敗數所具切奇居宜切

文選卷第二十二

六月廿七日日中　俶閱

文選卷第二十三

梁昭明太子撰

文林郎守太子右内率府録事參軍事崇賢館直學士臣李善注上

詠懷

哀傷

贈答

贈文叔良一首

劉公幹贈五官中郎將四首

贈徐幹一首

贈從弟三首

詠懷

詠懷詩十七首五言顏延年曰說者阮籍在晉文代常慮禍患故發此詠耳

阮嗣宗臧榮緒晉書曰阮籍字嗣宗陳留尉氏人也容貌瓌傑志氣宏放蔣濟辟爲掾後謝病去爲尚書郎遷步兵校尉卒

顏延年沈約等注

夜中不能寐，起坐彈鳴琴。薄帷鑑明月，清風吹我衿。廣雅

六臣注作外傳

曰鑑照也孤鴻號外野朔鳥鳴北林廣雅曰號鳴也徘徊將何見憂思獨傷心嗣宗身仕亂朝常恐罹謗遇禍因茲發詠故每有憂生之嗟雖志在刺譏而文多隱避百代之下難以情測故粗明大意略其幽旨也

二妃遊江濱逍遥順風翔交甫懷環珮婉孌有芬芳猗靡情歡愛千載不相忘列仙傳曰江妃二女出游江濱交甫遇之餘與韓詩内傳同已見南都賦王逸楚辭注曰在衣曰懷毛萇詩傳曰婉孌少好皃子虛賦曰扶輿猗靡傾城迷下蔡容好結中腸漢書李延年歌曰一顧傾人城登徒子好色賦曰臣東家之子嫣然一笑惑陽城迷下蔡感激生憂思諼草樹蘭房膏沐爲誰施其雨怨朝陽趙岐孟子章指曰千載聞之猶有感激毛詩曰焉得諼草言樹之背又曰豈無膏沐誰適爲容又曰其雨其雨杲杲出日鄭玄曰人言其雨其雨杲杲然日復出猶我言伯且來伯且來則復不來也伯且君子字如

何金石交一旦更離傷 沈約曰婉孌則千載不忘金石之交一旦輕絕未見好德如好色善曰漢書曰楚王使武涉說韓信曰足下雖自以爲與漢王爲金石交然今爲漢王所禽矣

嘉樹下成蹊東園桃與李 顏延年曰左傳季孫氏有嘉樹善曰班固漢書李廣贊曰諺曰桃李不言下自成蹊 秋風吹飛藿零落從此始 沈約曰風吹飛藿之時蓋桃李零落之日華實既盡柯葉又彫無復一毫可悅善曰說文曰藿豆之葉也楚辭曰惟草木之零落 繁華有憔悴堂上生荊杞 言無常也文子曰有榮華者必有愁悴班固荅賓戲曰朝爲榮華夕爲憔悴山海經曰虖勺之山下爲荊杞郭璞曰杞枸杞 驅馬舍之去去上西山趾 西山夷齊所居言欲從之以避世禍 一身不自保何況戀妻子 沈約曰榮悴去就此人本無保身之術況復妻子者乎 凝霜被野草歲暮亦云已 沈約曰歲暮風霜之時徒然而已耳善曰繁霜已凝歲亦暮止野草殘悴身亦當然楚辭曰漱凝霜之紛紛字書曰凝冰堅也毛詩

曰歲聿云暮蒼頡篇曰巳畢也

昔日繁華子安陵與龍陽史記華陽夫人姊說夫人曰不以繁華時樹本說苑曰安陵君纒得寵於楚恭王江乙謂纒曰吾聞以財事人者財盡則交絶以色事人者華落則愛衰子安得長被幸乎會王出獵江渚有火若雲蜺兕從南方來正觸王驂善射者射之兕死於車下王謂纒曰萬歲後子將誰與樂纒泣下沾衣曰大王萬歲後臣將殉恭王乃封纒車下三百户故江乙善謀安陵善知時龍陽君釣十餘魚而弃因泣下王曰有所不安乎對曰無王曰然則何爲涕出對曰臣始得魚甚喜後得益多而又欲弃前之所得也今以臣兇惡而得拂枕席今爵至人君走人於庭避人於塗四海之内其美人甚多矣聞臣之得幸於王必褰裳而趨王臣亦曩之所得魚也亦將弃矣安得無涕出乎王乃布令敢言美人者族**夭夭桃李花**

灼灼有輝光毛詩曰桃之夭夭灼灼其華**悦懌若九春磬折似秋霜**春秋元命苞曰陽氣數成於三故時別三月陽數極於九故三月一時九十日宋衷曰四時皆象此類不唯春也

謝玄暉和王主簿怨情詩注引衣裳作衾裳

五外曲改

說

別本與沈注相應　此注引礼記注乃誤字耳

尚書大傳曰諸侯來受命周公莫不磬折流眄發姿媚，言笑吐芬芳。神女賦曰陳嘉辭而云對吐芬芳其若蘭攜手等歡愛，宿昔同衣裳。廣雅曰宿夜也願爲雙飛鳥，比翼共翺翔。建安中無名詩曰中有雙飛鳥自名爲鴛鴦丹青著明誓，永世不相忘。以財助人者財盡則交絶以色助人者色盡則愛弛是以嬖女不弊席嬖男不弊輿安陵君所以悲魚也亦豈能丹青著誓永代不忘者哉蓋以俗衰教薄方直道喪攜手笑言代之所重者乃足傳之永代非止耻會一時故託二子以見其意不在分桃斷袖愛嬖之懽丹青不渝故以方誓善曰東觀漢記光武詔曰明設丹青之信廣開東手之路天馬出西北，由來從東道。漢書曰天馬來從西極涉流沙九夷服天馬來歷無草經千里循東道張晏曰馬從西而來東也沈約云由西北來東道也春秋非有託，富貴焉常保。沈約曰春秋相代若環之無端天道常也譬如天馬本出西北忽由東道況富之與貧貴之與賤易

詮

朝爲二句應上二句

李公則悲東門，蘇子則志在周，所謂怨毒甚多也。求仁得仁者，寧復有此哉。

李公蘇子雖身取夷滅，然亦援契舉爱同歸于盡，寧有區分，求仁得仁，所以無怨也。

細按此四句，實當分作兩截，求仁得仁則總起，不屬李蘇而言，言李蘇

至乎善曰鄭玄禮記注曰訖止也 清露被皋蘭凝霜霑野草 迅疾也楚辭曰皋蘭被徑兮斯露漸凝霜巳見上文古詩曰白露沾野草 朝爲媚少年夕暮成醜老自非王子晉誰能常美好 王子晉巳見上文 登高臨四野北望青山阿 應劭風俗通曰葬於郭北北首求諸幽之道 松栢翳岡岑飛鳥鳴相過 仲長子昌言曰古之葬植松栢梧桐以識其墳 感慨懷辛酸怨毒常苦多 蒼頡篇曰懷抱也史記太史公曰怨毒之於人甚矣哉廣雅曰毒痛也 李公悲東門蘇子狹三河求仁自得仁豈復歎咨嗟 沈約曰河南河東河北秦之三川郡古人呼水皆爲河耳蘇子以兩周之狹小不足逞其志力故去佩六國相印也云三子豈不知進趨之近禍敗哉常以交利貨賒禍故曰而行之所謂求仁得仁也松栢岡岑丘墓所在也古有皆死之義莫有免者焉達者安小大之涯各遂分內之欒委天任命以至於俱爲一丘之土夫何異哉故因此鑒

藥枯非求仁者所謂也

原文作倏

山阿而發此句明徂謝之理雖同天逝之途則異也感
慨之來誠逝者所不免至於顛沛逆天然毒求生蘇子
李斯張本也善曰李斯已見西征賦蘇秦已見左太沖
詠史詩漢書東方朔曰漢興去三河之地止霸產以西
論語子貢曰伯夷叔齊何人也子曰古
之賢人曰怨乎曰求仁而得仁又何怨

開秋兆涼氣，蟋蟀鳴牀帷。開秋秋初開也楚辭曰開春發歲兮四子講德論曰蟋蟀倏秋吟毛詩曰十月蟋蟀入我牀下

感物懷殷憂，悄悄令心悲。古詩曰感物懷所思韓詩曰耿耿不寐如有殷憂毛詩曰憂心悄悄慍于羣小

多言焉所告，繁辭將訴誰。沈約曰重言之猶云懷哉懷哉善曰論衡曰甘議繁辭綏不見信

微風吹羅袂，明月燿清暉。晨雞鳴高樹，命駕起旋歸。樂錄曰雞鳴高樹顛古辭孔叢子孔子歌曰巾車命駕將適唐都毛詩曰薄言旋歸

平生少年時，輕薄好絃歌。論語曰久要不忘平生之言范曄後漢書曰光武曰孝孫

楊慎以漢書谷永傳、外戚傳之趙李說之，顧炎武亦然。並於相經過三字仍不切，而又舊注之要盡此。不過以趙李擅歌舞，不謂身入宮掖與之綢繆也。

李注蜀都賦引趙李侍中皆引滿舉白事，而評注誤合，偏欲徵李之所不知，亦可笑。

素謹輕薄兒誤之孝孫劉嘉字西遊咸陽中趙李相經過顏延年曰趙漢成帝趙后飛燕也李武帝李夫人也並以善歌妙舞幸於二帝也善曰史記曰秦作咸陽徙都也娛樂未終極白日忽蹉跎驅馬復來歸反顧望三河黃金百溢盡資用常苦多北臨太行道失路將如何少年之日志好絃歌及乎歲晚旋歸路失財盡同乎太行之子當如之何乎戰國策曰魏王欲攻邯鄲季梁聞之中道而反衣焦不信頭塵不浴往見王曰今者臣來見人於太行乃北面而持其駕告臣曰我欲之楚臣曰之楚將奚為北面曰吾馬良臣曰雖良此非楚之道也曰吾用多臣曰雖多此非之楚之路也曰吾善御此數者逾善而離楚逾遠耳今王動欲成霸王舉欲信於天下恃王國之大兵之精銳而欲攻邯鄲以廣地尊名王之動逾數而離王逾遠耳猶至楚而北行也高誘曰面向也駕馬也之至也用資也賈逵國語注曰一溢二十四兩

昔聞東陵瓜近在青門外連軫距阡陌子母相拘帶五

此兩更端下二句乃与篇首相應

色曜朝日，嘉賓四面會。軫當爲畛。宋東太玄經注曰：畛，界也。說文曰：畛，井田間陌也。孔安國尚書傳曰：距，至也。子母五色，俱謂瓜也。史記曰：邵平者，故秦東陵侯，秦破，爲布衣，貧，種瓜於長安城東，瓜美，故時俗謂之東陵瓜，從邵平始也。漢書曰：霸城門，民間所謂青門也。毛詩曰：我有嘉賓。膏火自煎熬，多財爲患害。布衣可終身，寵祿豈足賴。沈約曰：當東陵侯侯服之時，多財爵貴，及種瓜青門，匹夫耳，寔由善於其事，故以味美見稱，連軫距陌，五色相照，非唯周身贍己，乃亦坐致嘉賓。夫得固易失，榮難久恃。膏以明自煎，人以財興累，布衣可以終身，豈寵祿之足賴哉。善曰：莊子曰：山木自寇也，膏火自煎也。漢書疏廣曰：愚而多財，則益其過。左氏傳曰：石碏曰：四者之來，寵祿過也。又宋華元曰：不能治官，敢賴寵乎。

步出上東門，北望首陽岑。河南郡圖經曰：東有三門，最北頭曰上東門。河南郡境界簿曰：城東北十里首陽山上有首陽祠一所。下有采薇士，上有嘉樹林。沈約曰：夷

遊字不奇破之商聲即承鳴雁鶗音而言言雁鶗之悲是其素質後遊於商聲之中則悲益甚矣

齊尚不食周粟況取之以不義者乎善曰史記曰武王平殷伯夷叔齊耻之義不食周粟隱於首陽山采薇而食之顔延之曰史記龜策傳曰無蟲曰嘉林**良辰在何許凝霜霑衣襟寒風振山岡玄雲起重陰**沈約曰良辰何許言世路險薄非良辰也風霜交至凋殞非一玄雲重陰多所擁蔽是以寄言夷齊望首陽而嘆息善曰東征賦曰撰良辰而將行王仲宣詩曰白露沾衣**鳴鴈飛南征鶗鴂發哀音**沈約曰此鳥鳴則芳歇也芬芳歇矣所存者梟鷹耳善曰楚辭曰鴈邕邕而南遊又曰恐鶗鴂之先鳴使夫百草爲之不芳**素質遊商聲悽愴傷我心**沈約曰致此彫素之質由於商聲用事秋時也遊字應作由古人字類無定也善曰禮記曰孟秋之月其音商鄭玄曰秋氣和則音聲調**昔年十四五志尚好書詩**論語子曰吾十有五而志于學杜預左氏傳注曰尚上之耳**被褐懷珠玉顔閔相與期**家語子路問於孔子曰有人於此被褐而懷玉何如

嗤注反別本
何云義取門亡遺暴秦之亂詭託於神仙

子曰國無道可也國有道則袞冕而執玉也顔回已見幽通賦史記曰閔損字子騫開軒臨四野登高望所思丘墓蔽山岡萬代同一時方言曰冢大者謂爲丘王逸楚辭注曰小曰丘千秋萬歲後榮名安所之乃悟羨門子噭噭今自嗤沈約曰自我以前徂謝者非一雖或稅駕參差同爲今日之一丘夫豈異哉故云萬代同一時也若夫被褐懷玉託好詩書開軒四野昇高永望志事不同徂沒理一追悟羨門之輕舉方自笑耳善曰戰國策曰楚王謂安陵君曰寡人萬歲千秋之後誰與樂此矣淮南子曰死有遺業生有榮名薛綜西京賦注曰安焉也史記曰始皇使燕人盧生求羨門韋昭曰古仙人也說文云嗤笑也嗤與蚩同

徘徊蓬池上還顧望大梁漢書地理志曰河南開封縣東北有蓬池或曰即宋蓬澤也又陳留郡有浚儀縣故大梁也綠水揚洪波曠野莽茫茫毛詩曰率彼曠野楚辭曰莽茫茫之無涯毛萇曰茫茫廣大貌走獸交橫馳飛鳥相隨翔是時鶉

火中日月正相望左氏傳曰晉侯伐虢公問卜偃曰吾其濟乎對曰克之其九月十月之交乎鶉火中必是時也杜預曰夏之九月十月也尚書曰惟二月既望孔安國曰十五日日月相望也朔風厲嚴寒陰氣下微霜爾雅曰朔北方也杜預左氏傳注曰厲猛也曾子曰陰氣勝則凝爲霜羈旅無疇匹俛仰懷哀傷左氏傳曰陳敬仲曰羈旅之臣也小人計其功君子道其常豈惜終憔悴詠言著斯章沈約曰豈惜終憔悴蓋由不應憔悴而致憔悴君子失其道也小人計其功而通君子道其常而塞故致憔悴也因乎眺望多懷兼以羈旅無匹而發此詠善曰孫卿子曰天有常道君子有常體君子道其常小人計其功

炎暑惟兹夏三旬將欲移南方爲火而主夏火性炎上故謂夏月爲炎暑也薛君韓詩章句曰惟辭也鄭玄毛詩箋曰炎熱氣也芳樹垂綠葉清雲自逶迤淮南子曰志厲清雲楚辭曰載雲旗之逶迤四時更代謝日月遞差馳孫卿子曰日月遞昭

四時代御徘徊空堂上忉怛莫我知毛詩曰勞心忉忉又曰勞心怛怛楚辭曰國無人兮莫我知願覩卒歡好不見悲別離言四時代移日月遞運年壽將盡而人莫已知恐被讒邪橫遭擯斥故云願卒歡好不見離別

灼灼西隤日餘光照我衣楚辭曰日杳杳而西頹迴風吹四壁寒鳥相因依周周尚銜羽蛩蛩亦念飢韓子曰鳥有周周者首重而屈尾將欲飲於河則必顛乃銜羽而飲令人之所有飢不足者不可以不索其羽矣爾雅曰西方有比肩獸焉與邛邛岠虛比為邛邛岠虛齧甘草即有難邛邛岠虛負而走其名謂之蟨郭璞曰蟨音厥如何當路子磬折忘所歸豈為夸譽名憔悴使心悲沈約曰天寒即飛鳥走獸尚知相依周周銜羽以免顛仆蛩蛩負蟨以美草而當路者知進趍不念暮歸所安為者惟夸譽名故致憔悴而心悲也善曰孟子公孫丑問曰夫子當路於齊管晏之功可復許乎綦毋邃曰當仕路也磬折已見上文呂氏春

秋曰古之人有不肯富貴者由重生故也非夸以名也爲其實也司馬彪莊子注曰夸虛名也鄭玄禮記注曰名令聞也寧與鷰雀翔不隨黄鵠飛黄鵠遊四海中路將安歸沈約曰若斯人者不念己之短翮不隨燕雀爲侶而欲與黄鵠比遊黄鵠一舉冲天翺翔四海短翮追而不逮將安歸乎爲其計者宜與燕雀相隨不宜與黄鵠齊舉善曰漢書息夫躬絶命辭曰玄雲泱鬱將安歸

獨坐空堂上誰可與歡者出門臨永路不見行車馬登高望九州悠悠分曠野孤鳥西北飛離獸東南下日暮思親友晤言用自寫毛詩曰彼美淑姬可與晤言鄭玄曰晤對也北里多奇舞濮上有微音史記曰紂使師涓作新聲北里之舞禮記曰桑間濮上之音亡國之音也輕薄閑遊子俯仰乍浮沈捷徑從狹路僶俛趣荒淫輕薄之輩隨俗浮沈棄彼大道好從狹路不尊恬淡競赴荒淫言可悲甚也漢司馬遷書曰從俗浮

沈與時俯仰焉見王子喬乘雲翔鄧林獨有延年術可以慰我心子喬離俗以輕舉全性以保真其人已遠故云焉見其法不滅故云可慰心楚辭云譬若王喬之乘雲兮載赤雲而陵太清山海經曰夸父與日競逐而渴死其杖化爲鄧林楚辭曰延年不死兮壽何所止方言曰延長也毛詩曰仲山父永懷以慰其心毛萇曰慰安也湛湛長江水上有楓樹林楚辭曰湛湛江水兮上有楓樹皐蘭被徑路青驪逝駸駸皐蘭已見上文楚辭曰青驪結駟齊千乘毛詩曰駕彼駟牡載驟駸駸毛萇曰駸駸驟貌駸七林切遠望令人悲春氣感我心三楚多秀士朝雲進荒淫孟康漢書注曰舊名江陵爲南楚吳爲東楚彭城爲西楚呂氏春秋曰舜耕於歷山秀士從之高唐賦曰妾旦爲朝雲朱華振芬芳高蔡相追尋一爲黃雀哀淚下誰能禁戰國策曰莊辛諫楚王曰郢必危矣王獨不見黃雀俯啄白粒仰栖茂樹鼓翅奮翼自以爲無

無志意本由於嬰憂患之早也或譏其無志則謬矣

人無爭不知夫公子王孫左挾彈右攝丸以其頸爲的晝遊茂樹夕調酸鹹耳黃雀其小者也蔡聖侯因是已南遊高陂北陵巫山飲茹溪之流食湘波之魚左視幼妾右擁嬖女與之馳騁乎高蔡之中而不以國家爲事不知夫子發受命于宣王繫已以朱絲而見之也蔡聖侯之事其小者也君王自因是已左州侯從鄢陵與壽陵君飯封祿之粟載方府之金與之馳乎雲夢之中而不以天下國家爲事不知夫穰侯方謀受命乎秦王塡黽池之塞內投已黽池塞之外襄王聞顔色變四體戰慄於是乃執珪中授之封以爲陽陵君延叔堅戰國策論曰因是已因事已復有是也茹谿谿流所沃者美好也孔叢子賈子陽謂子思曰吾念周室將滅涕泣不禁禁止也

秋懷一首 五言

謝惠連

平生無志意少小嬰憂患平生已見上文說文曰嬰繞也如何乘苦心矧復値秋晏古詩曰晨風懷苦心淮南子曰秋士哀也皎皎天月明弈弈河

顔延年侍遊蒜山作風
南二句亦其例

宿爛古詩曰明月何皎皎薛君韓詩章句曰弈弈盛貌毛詩曰子興視夜明星有爛蕭瑟含風
蟬寥唳度雲鴈楚辭曰秋之爲氣也蕭瑟兮草木搖落而變衰寒商動清閨孤
燈曖幽幔寒商秋風也楚辭曰商風肅而害之百草育而不長王逸楚辭注曰曖曖闇昧貌耿
介繁慮積展轉長宵半楚辭曰獨耿介而不隨毛詩曰展轉反側夷險難豫
謀倚伏昧前筭夷險謂道以喻時也演連珠曰才經夷險不爲世屈淮南子曰接徑歷遠直道
夷險鶡冠子曰禍兮福之所倚福兮禍之所伏雖好相如達不同長卿慢達謂通達
不拘禮也嵇康高士傳司馬長卿讚曰長卿慢世越禮自放犢鼻居市不恥其狀託疾避患蔑比卿相乃至仕
人超然莫尚頗悅鄭生偃無取白衣宦偃謂偃仰不仕也范曄後漢書曰鄭均字
仲虞東平任城人也公車特徵再遷尚書後病乞骸骨拜議郎告歸因稱病篤帝東巡過任城乃幸均舍敕賜
尚書祿以終其身故人號爲白衣尚書未知古人心且從性所翫實至可

命觴朋來當染翰秋興賦序曰染翰操紙慨然而賦高臺驟登踐清淺時陵亂爾雅曰水正絶流曰亂頽魄不再圓傾羲無兩旦魄月魄也羲羲和謂日也金石終消毁丹青暫彫煥張綱集曰書功金石圖形丹青各勉玄髮歡無貽白首歎阮籍詠懷詩曰玄髮發朱顔睇眄有光華嵇康有白首賦因歌遂成賦聊用布親串爾雅曰串習也古患切

臨終詩一首五言

歐陽堅石王隱晋書曰石崇外生歐陽建勃海人也爲馮翊太守趙王倫之爲征西撓亂關中建每匡正不從私欲由是有隙及乎倫篡立勸淮南王允誅倫未行事覺倫收崇建及母妻無少長皆行斬刑孫盛晋陽秋曰建字堅石臨刑作

伯陽適西戎孔子欲居九蠻列仙傳曰老子西遊尹喜見之與老子俱之流沙之西䩯

武飲馬長城窟行曰四時隱南山子欲適西戎論語曰子欲居九夷苟懷四方志所在可遊盤左氏傳姜氏謂晉公子曰子有四方之志尚書曰乃盤遊無度況乃遭屯蹇顛沛遇災患平聲周易曰屯如邅如又曰往蹇來連孔叢子歌曰遂邅不復自嬰屯蹇論語子曰顛沛必於是古人達機兆策馬遊近關周易曰機者動之微吉之先見者也左氏傳蘧伯玉曰瑗不得聞君之出敢聞其入遂行從近關出也咨余沖且暗抱責守微官孔安國尚書傳曰沖童也賈逵國語注曰暗不明也孟子曰吾聞有官守者不得其職則去有言責者不得其言則去潛圖密已構成此禍福端爾雅曰圖謀也莊子曰而子身若槁木之枝而心若死灰若是禍亦不至福亦不來禍福無有惡有人災枚叔上吳王書曰福生有基禍生有胎傳子曰福生有兆禍來無端方言曰端緒也恢恢六合間四海一何寬天網布紘綱投足不獲安老子曰天網恢恢疎而不失山海經曰地之所載六合之閒許慎淮南子注曰紘維也解嘲曰

原文作步

欲行者擬足而拔迹松栢隆冬悴然後知歲寒孫卿子曰松栢經冬而不彫論語子曰歲寒然後知松栢之後彫不涉太行險誰知斯路難淮南子曰何爲九山曰太行羊腸高誘曰太行今上黨太行河內野王縣眞僞因事顯人情難豫觀窮達有定分慷慨復何歎平聲孟子曰窮則獨善其身達則兼善天下呂氏春秋曰百里奚處虞而虞亡處秦而秦霸有其本也其本也者定分之謂也上負慈母恩痛酷摧心肝說文曰負貣受貸不償然受恩不報亦謂之負也方言曰傳云慈母怒子折葼以笞之下顧所憐女惻惻中心酸鄭玄毛詩箋曰顧念也二子棄若遺念皆遘凶殘毛詩曰將安將樂棄余如遺不惜一身死惟此如循環薛君韓詩章句曰惟念也尚書大傳曰三王之統若循連環周則復始也執紙五情塞揮筆涕汍瀾文子曰昔者中黃子曰色有五色文章人有五情漢書息夫躬絕命辭曰涕泣流兮萑蘭墳曰萑蘭涕泣闌干萑與汍同

哀傷

幽憤詩一首 四言 魏氏春秋曰康及呂安事爲詩自責呂安事已見思舊賦班固史遷述曰幽而發憤乃思乃精

嵇叔夜

嗟余薄祜少遭不造 蔡邕書曰邕薄祜早喪二親毛詩曰閔予小子遭家不造鄭玄曰造成也不造言家道未成也 哀煢靡識越在繈緥 左氏傳后成叔曰閒君越在他境淮南子曰成王幼在繈緥之中張華博物志曰繈織縷爲之廣八寸長丈二以約小兒於背上韋昭漢書注曰緥若今時小兒腹衣李奇曰緥小兒大藉也 母兄鞠育有慈無威 嵇氏譜曰康兄喜字公穆歷徐揚州刺史太僕宗正卿母孫氏毛萇詩傳曰鞠養也毛詩曰父兮生我母兮鞠我 恃愛肆姐不訓不師 賈逵國語注曰肆恣也說文曰姐嬌也嬌與姐同耳姐子豫切 爰及冠帶馮寵自放抗心希古任其所尚 廣雅曰希庶也趙岐孟子章句曰谷崇所尚則義不虧矣說文曰尚庶幾也 託好

謂呂巽也注謬仲悌心曠而放非不可交之人

老莊賤物。貴身。嵇喜謂康長好老莊之業恬靜無欲淮南子曰原道者欲一言之而寤則尊天而保真欲再言之而通則賤物而貴身也莊子曰真者精誠之志志在守樸養素全真老子曰見素抱樸少私寡欲河上公曰抱守也薛綜東京賦注曰樸質也莊子盜跖謂孔子曰子之道非可以全真者也又曰真者精誠之志也曰余不敏好善闇人謂與呂安交也孝經曰參不敏何足以知之左傳曰吳公子札來聘見叔孫穆子曰子好善而不能擇人也子玉之敗屢增惟塵子玉楚大夫也左氏傳曰楚子將圍宋使子文治兵於睽終朝而畢不戮一人子玉復治兵於蔿終日而畢鞭七人貫三人耳國老皆賀子文子文飲之酒蔿賈尚幼後至不賀子文問之對曰不知所賀子之傳政於子玉子玉之敗子之舉也舉以敗國將何賀焉毛詩曰無將大車維塵冥冥鄭玄曰喻大夫進舉小人適自作憂患也大人。含弘藏垢。懷恥。周易曰含弘光大品物咸亨左氏傳伯宗謂晉侯曰國君含垢說文曰懷藏也杜預曰忍垢恥也民之多僻。政不由己。毛詩曰民之多僻無自立辟鄭玄曰民行多邪

顯明臧否即傷物矣

僻者汝君臣之過無自謂得法度論語曰爲仁由己惟此褊心顯明臧否褊心康自謂也

郭璞爾雅注曰惟發論辭也毛詩曰惟是褊心是以爲刺又曰於乎小子未知臧否感悟思愆怛

若創痏西京賦曰所惡成創痏蒼頡篇曰痏毆傷也方言曰怛痛也說文曰痏瘢也漢書音義曰以杖

毆擊人剝其皮膚起青黑無創者謂疻痏欲寡其過謗議沸騰論語曰蘧伯王使人於孔

子孔子問焉曰夫子何爲對曰夫子欲寡其過而未能也漢賈山曰古者庶人謗於道商旅議於市毛詩曰百

川沸騰性不傷物頻致怨憎莊子仲尼謂顏回曰聖人處物不傷物者物亦不能傷也

昔慙柳惠今愧孫登柳下惠已見西征賦魏氏春秋曰初康采藥於中山北見隱者孫登

康欲與之言登默然不對踰年將去康曰先生竟無言乎登乃曰子才多識寡難乎免於今之世也內負

宿心外恧良朋鄭玄禮記注曰負之言背也趙壹報羊陟書曰惟君明叡平其宿心爾雅曰恧

慙也毛詩曰每有良朋仰慕嚴鄭樂道閑居漢書曰谷口有鄭子眞蜀有嚴君平皆脩

免作冤極是晉書同
时不我与作言司馬昭
鍾會耳

身保性成帝時元舅王鳳以禮聘子真子真遂不詘而終君平卜筮於成都市以爲卜筮賤業而可以惠衆曰閑數人得百錢足以自養則閉肆下簾而授老子年九十餘遂以其業終論語子曰貧而樂漢書曰司馬相如稱疾閑居

與世無營神氣晏如蔡邕釋誨曰安貧樂賤與世無營淮南子曰古人神氣不蕩於外漢書曰楊雄室亡儋石之儲猶晏如也

咨予不淑嬰累多虞毛萇詩傳曰咨嗟也毛詩曰之子不淑云如之何左氏傳趙孟曰以晉國之多虞

匪降自天寔由頑疎毛詩曰下民爲孽匪降自天噂嗜背憎職競由人

理弊患結卒致囹圄杜預左氏傳注曰弊壞也禮記曰仲春省囹圄鄭玄曰所以守禁繫者秦曰囹圄漢曰獄

對荅鄙訊縶此幽阻言己對荅之辭鄙於見訊也張晏漢書注曰訊者三日復問知之與前辭同不也杜預左氏傳注曰縶拘執也鄙俚也訊問也

實恥訟免時不我與論語曰陽貨曰日月逝矣歲不我與文雖出此而意微殊亦不以文害意也免或爲冤非也

雖曰義直神辱志沮毛萇詩傳曰沮壞也才與切

濯身滄浪豈云能補孟子孺子歌曰滄浪之水清可以濯吾纓滄浪之水濁可以濯吾足孔子曰小子聽之清斯濯纓濁斯濯足自取之也劉歆荅父書曰誠思拾遺與以云補

嗈嗈鳴鴈奮翼北遊順時而動得意忘憂毛詩曰雝雝鳴鴈管子桓公曰夫鴻鵠有時而南有時而北又曰鴻鵠秋南而不失時

嗟我憤歎曾莫能儔毛詩曰嗟我懷人說文曰曾辭之舒也儔等也

事與願違遘茲淹留淹留謂囚縶而留也爾雅曰淹留久也

窮達有命亦又何求王命論曰窮達有命吉凶由人毛詩曰謂我何求

古人有言善莫近名莊子曰爲善莫近名爲惡莫近刑司馬彪曰勿脩名也被褐懷玉璣惡其身以無陋於形也郭象曰忘善惡而居中任萬物之自爲也

奉時恭默咎悔不生尚書曰恭默思道周易曰悔吝者憂虞之象也曾子曰懽欣忠信咎故不生可爲孝矣

萬石周慎安親保榮漢書曰萬石君奮長子建爲郎中令建老白首萬石君尚無恙每五日洗沐歸謁親建爲郎中令奏事事下

原注擢作濯〻作以

性受二字原文作壽

建自讀之驚恐曰書馬者與尾而五今廼四不足一獲譴死矣其爲謹慎雖他皆如此論語摘輔像讖曰曾子未嘗不問安親之道也孔安國尚書注曰周至也**世務紛紜祇攪予情**漢書曰嚴安徐樂上書言世務毛詩曰祇攪我心攪亂也祇過也**安樂必誡乃終利貞**家語金人銘曰安樂必戒無行所悔王肅曰雖處安樂必警戒也周易曰乾元亨利貞**煌煌靈芝一年三秀**西京賦曰擢靈芝之朱柯楚辭曰采三秀於山間王逸曰三秀謂芝草也**兮獨何爲有志不就**楚辭曰云有志而無謗爾雅曰就成也**懲難思復心焉內疚**潘元茂九錫文曰懲難念功毛詩曰既往既來我心永疚疚病也**亹勗將來無譽無臭**爾雅曰勗勉也毛詩曰上天之載無聲無臭**采薇山阿散髮巖岫**采薇已見上文琴操許由曰散髮優遊所以安已不懼也范曄後漢書曰孝閎散髮絕世**永嘯長吟頤性養壽**杜篤連珠曰能離光明之顯長吟永嘯爾雅曰頤養也東方朔非有先生論曰故養性受命之士莫肯進禮記曰百年曰期頤

鄭玄曰頤猶養也

七哀詩一首　五言　曹子建

贈答子建在仲宣之後而此在前誤也

明月照高樓，流光正徘徊。夫皎月流輝輪無虧照以其餘光未没似若徘徊前覺以為文外傍情斯言當矣上有愁思婦，悲歎有餘哀。古詩曰慷慨有餘哀借問歎者誰，言是客子妻。君行踰十年，孤妾常獨棲。君若清路塵，妾若濁水泥。漢書民歌曰涇水一石其泥數斗浮沈各異勢，會合何時諧。爾雅曰諧和也願為西南風，長逝入君懷。古詩曰從風入君懷四坐莫不歎君懷良不開，賤妾當何依。史記驪姬曰以賤妾之故廢嫡立庶

七哀詩二首　五言　王仲宣

西京亂無象豺虎方遘患左氏傳晉侯問於士弱曰吾聞之宋災於是乎知有天道
可必乎對曰國亂無象不可知也班固漢書張耳陳餘述曰據國爭權還爲豺虎遘與構同古字通也道經曰
執大象天下往河上公注曰執守也象道也聖人守大道則天下萬民移心歸往也復棄中國去
遠身適荊蠻荊蠻已見登樓賦毛詩曰蠢爾蠻荊毛萇曰蠻荊荊州之蠻也親戚對我
悲朋友相追攀出門無所見白骨蔽平原路有飢婦人
抱子棄草間顧聞號泣聲揮涕獨不還言迴顧雖聞其子號泣之聲但
知揮涕獨去不復還視也家語曰文伯卒敬姜曰二三婦無揮涕王肅曰揮涕不哭揮涕以手揮之也未
知身死處何能兩相完此婦人之辭也說文曰完全也驅馬棄之去不
忍聽此言南登霸陵岸迴首望長安漢書曰文帝葬霸陵悟彼下
泉人喟然傷心肝毛詩序曰下泉思治也曹人思明王賢伯也

荆蠻非我鄉，何爲久滯淫。國語曰：底著滯淫。賈逵曰：淫，久也。方舟溯大江，日暮愁我心。爾雅曰：大夫方舟。郭璞曰：併兩舟也。爾雅曰：逆流而上曰溯流。山崗有餘暎，巖阿增重陰。通俗文曰：日陰曰暎。狐狸馳赴穴，飛鳥翔故林。皆言不忘本也。文子曰：鳥飛之鄉，依其所生也。楚辭曰：鳥飛之故鄉，狐死必首丘。流波激清響，猴猿臨岸吟。迅風拂裳袂，白露霑衣衿。楚辭曰：擊迅風於清涼。禮記曰：孟秋之月，白露降。說苑曰：孺子不覺露之沾衣。獨夜不能寐，攝衣起撫琴。漢書曰：沛公起攝衣，延酈食其也。韓子曰：師涓靜坐撫琴。絲桐感人情，爲我發悲音。史記曰：騶忌以鼓琴見齊威王，王曰：夫治國家何爲絲桐之間也。羇旅無終極，憂思壯難任。羇旅，已見上文。

七哀詩二首 五言

王元長永明九年策秀才文注引作季葉

張孟陽臧榮緒晉書曰張載字孟陽武邑人也有才華起家拜著作佐郎稍遷領著作遂稱疾抽簪告歸卒於家

北芒何壘壘高陵有四五廣雅曰壘重也古樂府詩曰還望故鄉鬱何壘壘北芒山名也壘壘冢相次之皃借問誰家墳皆云漢世主恭文遙相望原陵鬱膴膴范曄後漢書曰葬孝安皇帝于恭陵又曰葬靈帝于文陵又曰葬光武皇帝于原陵毛萇曰膴膴肥美也季世喪亂起賊盜如豺虎左氏傳曰叔向曰齊其何如晏子曰此季世也韋昭國語注曰季末也豺虎已見上文毀壤過一抔便房啓幽戶一抔喻少也漢書張釋之曰假令愚人取長陵一抔土何如漢書注曰便房冢壙中室也珠柙離玉體珎寶見剽虜魏文帝典論曰喪亂以來漢氏諸陵無不發掘至乃燒取玉柙金鏤體骨并盡西京雜記曰漢帝及王侯送死皆珠襦玉匣玉匣形如鎧甲連以金鏤枚乘七發曰太子玉體不安說文曰剽刼人也又

魏文帝書載行

漢書高祖紀毋得鹵掠
注應劭曰鹵與虜同
如淳注見吳王濞傳

虜獲也漢書注曰虜與鹵同如淳曰鹵鈔掠也園寢化爲墟周墉無遺堵漢書曰自高祖下至宣帝各自居陵傍立廟又園中各有寢便殿又曰自貢禹建迭毀之議遂毀惠景廟及太上寢園廢而爲墟爾雅曰牆謂之墉毛萇詩傳曰一丈爲板五板爲堵蒙蘢荆棘生蹊逕登童豎狐兎窟其中蕪穢不復掃關中記曰漢諸陵守衛掃除廣雅曰掃除也餘見下注掃蘇老切頹隴並墾發萌隸營農圃蒼頡篇曰墾耕也毛詩曰俊發爾私鄭玄曰俊疾也發伐也疾耕發其私田也司馬相如上林賦曰地可墾闢悉爲農郊以贍萌隸昔爲萬乘君今爲丘山土漢書曰天子畿方千里兵車萬乘故稱萬乘之主方言曰冢大者爲丘淮南子曰吾死也有一棺之土感彼雍門言悽愴哀往古桓子新論曰雍門周以琴見孟嘗君曰臣竊悲千秋萬歲後墳墓生荆棘狐兎穴其中樵兒牧豎躑躅而歌其上行人見之悽愴孟嘗君之尊貴如何成此乎孟嘗君喟然嘆息淚下承睫

秋風吐商氣蕭瑟掃前林王逸楚辭注曰商風西風也秋氣起則西風急疾鸍鶊賦曰涼風蕭瑟陽鳥收和響寒蟬無餘音陽鳥春鳥也禮記曰孟秋寒蟬應陰而鳴鳴則天涼故謂之寒蟬楚辭曰蟬寂寞而無聲白露中夜結木落柯條森呂氏春秋曰秋氣至則草木落朱光馳北陸浮景忽西沈朱光日也楚辭曰陽杲杲其朱光續漢書云日行北陸謂之冬杜預左氏傳注曰陸道也孔安國尚書注曰浮行也說文曰景日光也顧望無所見惟覩松栢陰松栢丘墓已見上文肅肅高桐枝翩翩棲孤禽禮記曰草木皆肅鄭玄曰肅謂枝葉縮栗也仰聽離鴻鳴俯聞蜻蛚吟易通卦驗曰立秋蜻蛚鳴蔡邕月令章句曰蟋蟀垂名俗謂之蜻蛚蟋蟀吟已見上文注蜻音精蛚音列哀人易感傷觸物增悲心秦嘉答婦詩曰哀人易感傷丘隴日已遠纏綿彌思深古詩曰相去日已遠張升與任彥堅書曰纏綿恩好庶蹈高蹤憂來令髮白

原註作孰

誰云愁可任古詩曰座中何人誰不懷憂令我白頭登樓賦曰誰憂思之可任徘徊向

長風淚下霑衣衿楚辭曰悲長風以徘徊又曰向長風而舒情又曰泣歔欷而沾襟

悼亡詩三首五言風俗通曰慎終悼亡鄭玄詩箋曰悼傷也

潘安仁

荏苒冬春謝寒暑忽流易荏苒猶漸也冉冉歲月流貌也王逸楚辭注曰謝去也列子曰寒暑易節之子歸窮泉重壤永幽隔之子謂妻也毛詩曰之子于歸百兩御之琴賦曰披重壤以誕載私懷誰克從淹留亦何益神女賦曰情獨私懷誰者可語說文曰懷念思也楚辭曰倚躊躇以淹留僶俛恭朝命迴心反初役毛詩曰僶俛從事不敢告勞役謂所任也王充論衡曰充罷州役望廬思其人入室想所歷家語孔子曰思其人愛其樹說文曰歷過也帷屏無髣髴翰墨有餘跡廣雅曰帷

原文作獸

乃愈見其悲也

帳也聲類作幃說文曰彷彿相似見不諦也歸田賦曰揮翰墨以奮藻流芳未及歇遺挂猶在壁洛神賦曰步蘅薄而流芳廣雅曰挂懸也悵怳如或存周遑忡驚惕王逸楚辭注曰怳失意也如彼翰林鳥雙栖一朝隻曹植善哉行曰如彼翰鳥或飛戾天王弼周易注曰翰鳥飛也曹植種葛篇曰下有交頸禽即雙栖禽也如彼遊川魚比目中路析爾雅曰東方有比目魚焉不比不行春風緣隟來晨霤承檐滴說文曰霤屋承水也寢息何時忘沈憂日盈積宋玉笛賦曰武毅發沈憂結庶幾有時衰莊缶猶可擊郭璞爾雅注曰庶幾徼幸也莊子妻死惠子弔之方箕踞鼓盆而歌惠子曰與人居長子老身死不哭亦足矣又鼓盆而歌不已甚乎莊子曰不然是其始死也我獨何能無槩察其始而本無生非徒無生而本無形非徒無形而本無氣人見偃然寢於巨室而我噭噭隨而哭之自以為不通乎命故止

五臣作凜〻

皎皎窻中月，照我室南端。室南端，室之南正門。清商應秋至，溽暑隨節闌。秋風爲商，已見上文。禮記曰：季夏土潤溽暑。文頴漢書注曰：闌，希也。說文曰：溽暑，濕暑也。凜凜涼風升，始覺夏衾單。古詩曰：涼歳云暮。毛萇詩傳曰：衾，被也。豈曰無重纊，誰與同歳寒。毛詩曰：豈曰無衣，與子同袍。孔安國尚書傳曰：纊，細綿也。歳寒無與同，朗月何朧朧。毛詩曰：叔兮伯兮，靡所與同。埤蒼曰：朧朧，欲明也。展轉眄枕席，長簟竟牀空。展轉，已見上文。牀空委清塵，室虛來悲風。莊子曰：空穴來風。司馬彪曰：門戸孔空，風善從之。古詩曰：白楊多悲風。獨無李氏靈，髣髴覩爾容。桓子新論曰：武帝所幸李夫人死，方士李少君言能致其神，乃夜設燭張幄，令帝居他帳，遥見好女似夫人之狀，還帳坐也。撫衿長歎息，不覺涕霑胷。漢書公孫玃曰：累撫衿。魏武帝苦寒行曰：延勁長歎息。魏文帝歌行曰：不覺涕下霑衣裳。霑胷安能已，悲懷從中起。

此自慰解之詞愈覺悽深無極

不

史記曰文帝意慘悽悲懷武帝短歌行曰憂從中來魏**寢興目存形遺音猶在耳**毛詩曰言念君子載寢載興禮記曰色不忘乎目楊脩傷天賦曰悲體貌之潛翳兮目常存乎遺形左氏傳晉穆嬴曰今君雖終言猶在耳**上慙東門吳下愧蒙莊子**列子曰魏有東門吳者死子而不憂莊子蒙人故云蒙莊子**賦詩欲言志此志難具紀**尚書曰詩言志賈逵國語注曰紀猶録也**命也可柰何長戚自令鄙**魚豢典略趙岐卒歌曰有志無時命也柰何論語曰小人長戚戚長笛賦曰長戚之士能閑居**曜靈運天機四節代遷逝**楚辭曰角宿未旦曜靈焉藏廣雅曰曜靈日也陳琳柳賦曰天機之運旋夫向逝之速也莊子天運篇曰天其運乎郭子玄曰不運而自行也**淒淒朝露凝烈烈夕風厲**毛詩曰秋日淒淒又曰冬日烈烈飄風發發**柰何悼淑儷儀容永潛翳**左氏傳施氏之婦曰已不能庇其伉儷杜預曰儷偶也魏太祖祭橋玄文曰幽靈潛翳邈哉緬矣**念此如昨日誰知已**

卒歲蒼頡篇曰晬匝也毛詩曰無衣無褐何以卒歲改服從朝政哀心寄私制茵幬張故房朔望臨爾祭鄭玄禮記注曰茵褥也毛詩箋曰幬床帳也爾祭詎幾時朔望忽復盡衾裳一毀撤千載不復引爾雅曰引陳也亹亹朞月周戚戚彌相愍楚辭曰時亹亹而過中又曰居戚戚而不解悲懷感物來泣涕應情隕感物已見上文毛詩曰涕既隕之駕言陟東皋望墳思紆軫毛詩曰駕言出遊又楚辭曰鬱結紆軫兮離愍而長鞠徘徊墟墓間欲去復不忍禮記周酆曰墟墓之間未施哀於民而民哀徘徊不忍去徙倚步踟躕毛詩序曰彷徨不忍去楚辭曰步徙倚而遥思落葉委埏側枯荄帶墳隅聲類曰埏墓隧也方言曰荄根也孤魂獨煢煢安知靈與無曹子建贈白馬王彪詩曰孤魂翔故城楚辭曰魂煢煢兮不遑寐投心遵朝命揮涕強就車揮涕已見

上文誰謂帝宮遠路極悲有餘毛詩曰誰謂宋遠莊子曰知反帝宮禮記子路曰吾
聞諸夫子喪禮與其哀不足而禮
有餘也不若禮不足而哀有餘也

廬陵王墓下作一首 五言 宋武帝子義真封廬陵王未之藩而高祖崩

廬陵聰敏好文常與靈運周旋屬少帝失德
朝廷謀廢立之事次在廬陵言廬陵輕訬不
任主社稷因其與少帝不協徐羨之等奏廢
廬陵爲庶人徙新安郡羨之使使殺廬陵也
後有讒靈運欲立廬陵王遂遷出之後知其
無罪追還至曲阿過丹陽文帝問曰自南行
來何所制作對曰過
廬陵王墓下作一篇

謝靈運

曉月發雲陽落日次朱方越絕書曰曲阿爲雲陽縣左氏傳曰吳伐楚以報朱方之
役杜預曰朱方吳也吳地記曰吳改朱方曰丹徒含悽泛廣川灑淚眺連崗史記曰春
申君曰廣川大水山林谿谷楚辭曰還顧高丘泣
如灑青烏子相冢書曰天子葬高山諸侯葬連崗眷言

懷君子沈痛結中腸毛詩曰眷言顧之阮藉詠懷詩曰容好結中腸道消結憤懣運開申悲涼道消少帝之日運開文帝之初也沈約宋書曰少帝諱義符武帝長子即位爲邢安泰所害周易否卦曰小人道長君子道消白虎通曰天子崩赴諸侯何緣臣子哀痛憤懣無能不告諸侯者也春秋説題辭曰天子崩黎庶殞涕海内悲涼宋均曰涼愁也神期恒若在德音初不忘家語曰今之言五帝三王者威靈若存王肅曰其威與明靈常若存也毛詩曰彼美孟姜德音不忘徂謝易永久松栢森已行尚書曰帝乃徂落毛詩曰我行永久曹植寡婦詩曰高墳鬱兮巍巍松栢森兮成行延州協心許楚老惜蘭芳新序曰延陵季子將西聘晉帶寶劒以過徐君徐君不言而色欲之季子爲有上國之事未獻也然心許之矣使於晉顧反則徐君死於是以劒帶徐君墓樹而去漢書曰龔勝者楚人也字君賓勝卒有一老父來弔其哭甚哀既而曰嗟乎薰以香自燒膏以明自銷龔先生竟夭天年非吾徒也遂趍而出莫知其誰徐州先賢傳曰楚老者彭城之隱人也解

緲邈何及撫墳徒自傷解緲已見上注潘岳虞茂春誄曰婕撫墳兮告辭皆莫能兮所視顧愷之拜宣武墓詩曰遠念羨昔存撫墳哀今亡平生疑若人通蔽互相妨若人謂延州及楚老也令德高遠是通也解緲撫墳是蔽也論語子謂子賤曰君子哉若人桓子新論曰漢高祖建立鴻基侔功湯武及身病得良醫弗用專委婦人歸之天命亦以誤矣此必通人而蔽者也理感深情慟定非識所將言己往日疑彼三人迨乎今辰己亦復耳斯則理感既深情便悲慟定非心識之所能行也王隱晉書曰荀粲與傅嘏善夏侯玄亦親常調嘏玄曰子等在世業間功名玄必勝我識減我耳嘏難曰能成功名者識也天下孰有本不足而末有餘者粲曰功名局之所獎然則志自一物耳固非識之所獨齊我以能役子等爲貴未能齊子所爲也毛萇詩傳曰將行也脆促良可哀夭枉特兼常莊子曰其生也柔脆其死也枯槁趙岐孟子章句曰良甚一隨往化滅安用空名揚莊子曰已化而生又化而死孝經曰揚名於後世舉聲泣已灑長歎不

成章孟子曰君子之志於道也不成章不達

拜陵廟作一首五言沈約宋書曰漢儀上陵歲以爲常魏無定制江左元帝崩後諸侯始有謁陵辭陵事蓋率情而舉非京洛之舊自元嘉巳來每正月輿駕必謁初寧陵復漢儀

顏延年

周德恭明祀漢道尊光靈周書曰各助王恭明祀東觀漢記上賜東平王蒼書曰今送光烈皇后衣一篋令魯國孔氏尚有仲尼車輿冠履明德盛者光靈遠也哀敬隆祖廟崇樹加園塋漢書房中歌曰乃立祖廟敬明尊親如淳漢書注曰塋墓田也逮事休命始投迹階王庭休命始高祖之初也禮記曰逮事父母尚書曰陳于商郊俟天休命莊子曰多物將往投迹者衆周易曰夬揚于王庭陪厠廻天顧朝讌流聖情毛詩曰不明爾德時無背無側爾德不明時無陪無卿鄭玄毛詩箋曰廻首曰顧早服身義重晚達生戒

輕服服事也早服恩淺也故以存身之義爲重也違宦
事違也晚違恩厚故以養生之戒爲輕也王逸晉書曰
孔坦上表曰士死知遇恩令命輕否來王澤竭泰往人悔形否來泰往必帝之時
也否泰易二卦名也言王之德澤既竭人之悔吝形見班固西都賦序曰王澤竭而詩不作周易曰悔吝者憂
虞之象也列子曰公孫朝不知世道之安危八理之悔吝周易曰否之匪人不利君子貞又曰泰君子道長小
人道消勑躬慙積素復與昌運乖孝經鉤命決曰勑躬未濟汲汲孳孳者四子講德
論曰非有積素累舊之權春秋孔演圖曰帝當會昌成封岱宗宋均曰應會之期耳恩合非漸漬
榮會在逢迎論語糾滑讖曰漸漬以道廢消乃行戰國策曰田光造燕太子跪而逢迎却行爲道
夙御嚴清制朝駕守禁城束紳入西寢伏軫出東垧紳大
帶也論語子曰赤也束帶立於朝西寢廟在西也莊子曰宣尼伏軫而嘆東垧陵所在也衣冠終冥
漢陵邑轉葱青漢書曰自高祖已下各自君陵傍立廟月一遊衣冠吊魏武文曰悼繐帳之冥

漢漢書景帝紀曰作陽陵張晏曰景帝作壽陵起邑南都賦曰章陵鬱以青葱松風遵路急山烟冒壠生說文曰冒覆也方言曰秦晉之間冢謂之壠皇心憑容物民思被歌聲皇心謂文帝也司馬彪續漢書曰根車旋載容衣被歌聲班固漢書贊曰元帝自度曲被歌應劭曰持新曲以爲歌聲也然此言人之思慕被在歌謳之聲萬紀載絃吹千載託旒旌漢書詔曰制禮作樂各有由歌者所以發德也又曰聖王已沒鍾鼓管絃之聲未衰儀禮士喪禮曰爲銘各以其物鄭玄曰銘明旌也以死者不可別故以其旗識之以別貴賤故云表德也天子各有建也未殊帝世遠已同淪化萌言帝澤被天下威靈若存故未殊其遠而已質雖存其神已謝故同乎淪化之萌也幼牡困孤介末暮謝幽貞漢書音義臣瓚曰介特也周易曰幽人貞吉發軌喪夷易歸軫慎崎傾以車之行喻己之仕也發軌弱冠也王武子荅何劭詩曰計終收遐致發軌將九起封禪書曰軌迹夷易易遵也歸軫暮年也楚辭曰覩軫丘兮崎傾

同謝諮議銅雀臺詩一首

五言集曰謝諮議璟魏志曰建安十五年冬作銅雀臺魏武遺令曰吾伎人皆著銅爵臺於臺上施六尺床繐帳朝晡上脯糒之屬月朝十五日輒向帳作伎汝等時時登銅爵臺望吾西陵墓田

謝玄暉

繐幃飄井幹罇酒若平生鄭玄禮記注曰凡布細而疎者謂之繐今南陽有鄧繐淮南子曰大構架興宮室有雞棲井幹許慎曰皆屋構飾也司馬彪莊子注曰幹井欄然井幹臺之通稱也鬱鬱西陵樹詎聞歌吹聲不敢指斥故以樹言之也芳襟染淚迹嬋媛空復情楚辭云心嬋媛而傷懷兮王逸曰嬋媛牽引也玉座猶寂漠況迺妾身輕易是謀類曰假威出坐玉床鄭玄曰坐玉床處天之位也寡婦賦曰懼身輕而施重

出郡傳舍哭范僕射一首

五言劉璠梁典曰天監二年僕射范

雲卒任昉白義興貽沈約書曰永念平生忽爲疇昔然此郡謂義興也劉熙釋名曰傳舍也使人所止息而去後人復來轉相傳也風俗通曰諸有傳信乃得舍於傳也

任彥昇 劉璠梁典曰任昉字彥昇樂安人年四歲誦古詩數十篇十六舉秀才第一辭章之美冠絶當時爲寧朔將軍新安太守卒

平生禮數絶式瞻在國楨國楨謂范雲也左氏傳曰名位不同禮亦異數女史曰式瞻清懿毛詩曰思皇多士生此王國王國克生惟周之楨毛萇詩傳曰楨幹也一朝萬化盡猶我故人情莊子曰若人之形者萬化而未始有極也史記范雎謂須賈曰戀戀有故人之意待時屬興運王佐俟民英易曰君子藏器於身待時而動班固漢書曰劉向稱董仲舒有王佐之才也袁子正書曰立德蹈禮謂之英子產季札人之英也結懽三十載生死一交情二三君史記太史公云下邽翟公曰一死一生

乃知交情携手遁衰孽接景事休明衰孽齊東昏侯也休明梁武帝也班固漢書述曰携手遯于秦鄭玄毛詩箋曰孽支庶也抱朴子曰携手而遊接景而處左氏傳曰王孫蒲曰德之休明運阻衡言革時泰玉階平曾子曰天下有道則君子訢然以交同天下無道則衡言不革孔安國尚書傳曰衡平也言平常之言也彼言不革此言革言亂之甚也長楊賦曰玉衡正而泰階平濬沖得茂彥夫子值狂生傳暢讃曰王戎字濬沖戎爲選官時江夏李重字茂曾汝南李毅字茂彥重以清尚毅淹而通二人操異俱厲要職戎以識會待之各得其用夫子謂范雲狂生昉自謂也梁典曰范雲爲吏部尚書又曰昉爲吏部侍郎淮南子曰臺無所鑒謂之狂生高誘曰臺持也所鑒者玄德故爲狂生臺古握字也漢書曰鄙食其人皆謂之狂生伊人有涇渭非余揚濁清伊人謂范雲也綜核人物涇渭殊流非余狂生能揚清激濁也毛詩曰涇以渭濁湜湜其沚孫綽曰涇渭殊流雅鄭異調曹子建贈丁儀詩曰涇渭揚濁清將乖不忍別欲以遣離情言將乖之初不

言不忍別共一辰之意今則千齡永別令人萬恨俱生也

忍便訣欲留少選之頃以遣離曠之情也**不忍一辰意千齡萬恨生**言昔日將乖不忍一辰之意況今千齡永隔萬恨俱生者乎毛萇詩傳曰辰時也應璩與許子後書曰前別倉卒情意不悉追懷萬恨**巳矣平生事詠歌盈篋笥**新序孫叔敖曰筐篋之槀簡書說文曰篋笥也兼**復相嘲謔常與虛舟値**蒼頡篇曰啁調也字書曰嘲亦啁也毛詩曰善戲謔兮莊子曰方舟而濟於河有虛舟來觸舟雖有褊心之人不怒也**何時見范侯還叙平生意**

與子別幾辰經塗不盈旬左氏傳曰日月之會是謂辰以子丑配甲乙也經猶歷也**弗覩朱顏改徒想平生人**楚辭曰美人既醉朱顏酡又曰容則秀雅稚朱顏**寧知安歌日非君撤瑟晨**楚辭曰猶憤積而哀娛兮翔江州而安歌王逸曰安意歌兮自寬慰也儀禮曰有疾病者齊撤琴瑟**巳矣余何歎輟春哀國均**史記趙良謂商鞅曰五羖大夫死秦國男女流涕春者不相杵毛詩曰尹氏太師維周之氐秉國之均四方是維毛萇曰均平也

衡別本及藝文類聚

原誤作之

贈荅上

贈蔡子篤詩一首 四言晉官名曰蔡睦字子篤爲尚書

王仲宣

翼翼飛鸞載飛載東翼翼飛貌也鸞喻子篤也楚辭曰高翱翔之翼翼毛詩曰載飛載鳴我友云徂言戾舊邦蔡氏譜曰睦濟陽人毛詩曰我友敬矣又曰周雖舊邦舫舟翩翩以泝大江楚辭曰將舫舟而下流舫與方同蔚矣荒塗時行靡通董仲舒士不遇賦曰懼荒塗而難踐慨我懷慕君子所同毛詩曰慨我寤歎封禪書曰懷而慕思也悠悠世路亂離多阻毛詩曰悠悠南行又曰亂離瘼矣濟岱江衍邈焉異處濟岱近兗州子篤所往江行近荊州仲宣所居也風流雲散一別如雨鸚鵡賦曰何今日以雨絕陳琳檄吳將校曰雨絕于天然諸人同有此言未詳其始人生實難

風与下不韵疑此有误也

願其弗與張奐與崔子書曰人生實難所務非此瞻望遐路允企伊佇毛詩曰瞻望弗及佇立以泣又曰跂予望之鄭玄曰跂足可以望見之跂與企同烈烈冬日肅肅淒風毛詩曰冬日烈烈左氏傳申豐曰春無淒風潛鱗在淵歸鴈載軒魚鴈言時候也毛詩曰魚潛在淵鄭玄曰寒則逃於淵史記曰楚人有好以弱弓微繳加歸鴈之上軒飛貌苟非鴻鵰孰能飛飜因所見而言之毛詩曰匪鶉匪鳶翰飛戾天毛萇注曰鶉鵰也雖則追進慕予思罔宣法言曰夫進也者進於道慕於德尚書曰予思日孜孜瞻望東路慘愴增歎率彼江流爰逝靡期毛詩曰率彼淮浦君子信誓不遷于時毛詩曰言笑晏晏信誓旦旦及子同寮生死固之左氏傳曰先蔑之使也荀林父止之曰同官爲寮吾嘗同寮敢不盡心乎何以贈行言授斯詩晏子春秋曰曾子將行晏子送曰嬰聞贈人以財不若以言請以言乎夫蘭本三年成而湛之以酒則君子不近湛之麋醢貨以匹

馬願子剋求所湛**中心孔悼涕淚漣洏**毛詩曰中心是悼周易曰泣血漣如杜預左氏傳注曰而語助也**嗟爾君子如何勿思**毛詩曰君子行役如之何勿思

贈士孫文始一首

四言三輔決録趙岐注曰士孫孺子名萌字文始少有才學年十五能屬文初董卓之誅也父瑞知王允必敗京師不可居乃命萌將家屬至荊州依劉表去無幾果爲李傕等所殺及天子都許昌追論誅董卓之功封萌爲澹津亭侯與山陽王粲善萌當就國粲等各作詩以贈萌于今詩猶存也

王仲宣

天降喪亂靡國不夷毛詩曰天降喪亂滅我立王又曰亂生不夷靡國不泯廣雅曰夷滅也**我暨我友自彼京師**爾雅曰暨與也毛詩曰自彼氐羌**宗守盪失越用遁違**杜預左氏傳注曰越遠也鄭玄禮記注曰遁逃也孔安國尚書傳注曰違避也**遷于荊**

楚在漳之湄山海經曰荆山漳水出焉毛詩曰居河之湄在漳之湄亦尅晏
處劉歆七略曰宴處從容觀詩書和通篪塤比德車輔毛詩曰伯氏吹塤仲氏吹篪毛
萇云土曰塤竹曰篪鄭玄曰其相應和如塤篪左氏傳曰宮之奇曰諺所謂輔車相依脣亡齒寒其虞虢之謂乎
既度禮義卒獲笑語毛詩曰獻酬交錯禮儀卒度笑語卒獲庶茲永日無
愆厥緒毛詩曰且以喜樂且以永日尚書曰荒墜厥緒雖曰無愆時不我已鄭玄
毛詩箋曰已與也同心離事乃有逝止張衡怨詩曰同心離居絕我中腸橫此
大江淹彼南汜楚辭曰橫大江兮揚靈王逸曰橫度大江揚已精誠也毛詩曰江有汜之子歸
不我已我思弗及載坐載起毛詩曰瞻望弗及張衡怨詩曰我聞其聲載坐載起
惟彼南汜君子居之論語曰君子居之何陋之有悠悠我心薄言慕
之毛詩曰青青子衿悠悠我心又曰采采芣苡薄言采之人亦有言靡日不思毛詩

曰人亦有言靡哲不愚又曰有懷于衛靡日不思矧伊嬿婉胡不悽而毛詩曰矧伊人
矣又曰人無兄弟胡不比焉晨風夕逝託與之期毛萇詩傳注曰晨風鸇也楚辭曰因
歸鳥而致詞羌迅高而難當瞻仰王室慨其永歎毛詩曰瞻仰昊天尚書曰以蕃王室
毛詩曰慨其歎矣又曰我思肥泉茲之永歎良人在外誰佐天官毛詩曰維此良人弗求弗
迪尚書曰天工人其代之孔安國曰人代天理官不以天官私非其材四國方阻俾爾歸
蕃爾之歸蕃作式下國毛詩曰四國于蕃又曰俾爾多益尚書曰世世享德萬邦作式
鄭玄毛詩箋曰式法也毛詩曰命于下國無曰繼喬不虔汝德賈逵國語注曰虔敬也
慎爾所主率由嘉則毛詩曰慎爾出話又曰不愆不忘率由舊章又曰仲山甫之德柔嘉
維則龍雖勿用志亦靡忒周易曰潛龍勿用陽在下也鄭玄毛詩箋云忒差也悠悠
澹澧禮鬱彼唐林荊州圖曰漢壽縣城南一百步有澹水出縣西陽山又曰澧陽縣蓋即澧水爲

湯球輯臧榮緒晉書無此條姑附臧注

名也在郡西南接澧水晉書曰天門有零陽縣南平郡有作唐縣盛弘之荆州記曰零陵東接作唐然此三縣連延相接唐林即唐地之林也雖則同域，邈其迴深。爾雅曰迴遠也白駒遠志，古人所箴。允矣君子，不遐厥心。既往既來，無密爾音。毛詩曰皎皎白駒在彼空谷生芻一束其人如玉無金玉爾音而有遐心又曰允矣君子展也大成

贈文叔良一首四言干寶搜神記曰文穎字叔良南陽人繁欽集又云為荆州從事文叔良作移零陵文而粲集又有贈叔良詩獻帝初平中王粲依荆州劉表然叔良之為從事蓋事劉表也詳其詩意似聘蜀結好劉璋也

王仲宣

翩翩者鴻，率彼江濱。毛詩曰翩翩者鵻說文曰翩翩飛疾貌君子于征，爰聘西隣。毛詩曰之子于征西隣謂蜀也臨此洪渚，伊思梁岷。楚辭曰伊思兮往古爾往孔邈，如何勿勤。君子敬始，慎爾所主。老子曰慎終如始則無敗事孟子曰吾聞之觀近臣以其

所爲主觀遠臣以其所主趙岐曰近臣當爲遠方來賢者爲主遠臣而至主於在朝臣之賢者也謀言必賢

錯說申輔鄭玄禮記注曰賢善也所言說當申相輔也中或爲車非也延陵有作僑肸是

與公孫僑子産也羊舌肸叔向也左氏傳曰吳公子札聘于鄭見子産如舊相識與之縞帶子産獻紵衣適晉說叔向將行謂叔向曰吾子勉之君侈而多良大夫皆富政將在家吾子直必思自免於難也先民遺跡來

世之矩毛詩曰先民有作温恭朝夕尚書曰予恐來世以台爲口實既慎爾主亦過

知幾探情以華觀著知微華喻貌越絕書子胥曰聖人見微知著覩始知已視

明聽聰靡事不惟論語孔子曰君子有九思視思明聽思聰字林曰惟思也董褐荷

名胡寧不師國語曰吳晉爭長未成吳王昏乃戒令秣馬食士於是晉師大駭乃令董褐請事曰兩君偃兵接好日中爲期今大國越境而造於弊邑之軍壘敢請辭故吳王親對之曰天子有令周室既卑約貢獻莫入上帝鬼神而不可以之告孤用視聽命於藩離之外董褐既致命乃告趙鞅曰觀吳王之色類有大

戞小則嬖妾嫡子死不則國有大難大則越入吴將毒不可與戰主其許之然而不可徒許也趙孟許諾晉乃令董褐復命曰曩君之言周室既卑諸侯失禮於天子今君奄王東海以淫名聞於天下有短垣而自踰之況蠻荆則何有於周室夫諸侯無二君而周無二王君若卑天子以干其不祥而曰吴公孤敢不順從君命長弟吴王許諾及退就幕而會吴公先歃晉侯亞之韋昭曰董褐晉大夫司馬寅也毛詩曰胡寧忍子**衆不可盡無尚我言**家語金人銘曰君子知天下之不可蓋也故下之廣雅曰尚高也我叔良也**梧宮致辯齊楚構患**說苑曰楚使使聘於齊齊王饗之於梧宮使者曰大哉梧乎王曰江海之魚必吞舟大國之樹必巨圍使者何惟焉使者曰然昔者燕攻齊焚雍門飲馬于淄澠定獲於琅邪王與太后奔莒逃於成陽之山敢問當此之時梧之大小何如王命陳先生對之陳子曰臣不如貂勃貂勃對曰使者爲問植梧之始邪昔楚無道殺子胥之父子胥奔吴吴以爲相後將兵伐楚以復父讎楚王奔隨吴王入郢子胥親射宮門鞭平王之墳當此之時梧始生之年也齊楚於是構怨遂舉兵相伐也**成功有要在**

衆思歡尚書帝曰成允成功惟汝賢又曰有倫有要人之多忌掩之實難左氏
傳秦伯謂公孫枝曰夷吾其定乎對曰今其言多忌克難哉瞻彼黑水滔滔其流尚書
曰華陽黑水惟梁州毛詩曰滔滔江漢南國之紀江漢有卷允來厥休言彼二國席卷
而來信汝之美也言江漢之君有席卷之志信服而來自是美非汝之功也漢書劉敬說高祖曰今陛下徑往
卷蜀漢定三秦二邦若否職汝之由言彼二國若懷不順此汝之由毛詩曰邦國若否仲
山甫明之毛萇詩傳曰若順也否猶臧否也謂善惡也左氏傳范宣子數諸戎曰言語漏泄則職汝之由也
緬彼行人鮮克弗留少能不留言多淹留也賈逵國語注曰緬思貌也左氏傳曰行人言
使人也毛詩曰靡不有初鮮克有終尚哉君子異他仇左氏傳楚子木語晉范武子之
德王曰尚矣哉能歆神人杜預曰尚者上也毛萇詩傳注曰仇匹也人誰不勤無厚我憂
楚辭曰惟天地之無窮哀生民之長勤我粲自謂也惟詩作贈敢詠在舟言為詩以贈者

良注刪

前二首一时作後二首多異时作

有在舟之義憂患同也鄧析子曰同舟渡海中流遇風救患若一

贈五官中郎將四首 五言

劉公幹

昔我從元后整駕至南鄉元后謂曹操也至南鄉謂征劉表也尚書曰衆非元后何戴張衡思玄賦曰爰整駕而亟行毛詩曰維汝荆楚居國南鄉過彼豐沛都與君共翺翔豐沛漢高祖所居以喻譙也君謂五官也毛詩曰將翺將翔四節相推斥季冬風且涼四節已見潘安仁悼亡詩周易曰寒暑相推而歲成焉廣雅曰斥推也衆賓會廣坐明鐙熺炎光史記侯嬴曰公子自是迎嬴羣衆廣坐之中楚辭曰蘭膏明燭華鐙錯鐙與燈音義同廣雅曰熺熾也熺大明貌火其切清歌製妙聲萬舞在中堂毛詩曰公庭萬舞鄭玄曰萬舞干舞也金罍含甘醴羽觴行無方毛詩曰我姑酌彼金罍楚辭曰瑤漿蜜勺實羽觴長夜忘歸來聊且爲太康毛詩曰無已大康職志其居四牡向路

也馳歎悅誠未央四牡謂驪駒也漢書王式曰聞之於師客歌驪駒主人歌無庸歸音義曰逸詩篇名也

余嬰沈痼疾竄身清漳濱禮記曰身有痼疾說文曰痼久也漢書曰魏郡武始縣漳水至邯鄲入漳山海經曰少山清漳水出焉東流于濁漳之水自夏涉玄冬彌曠十餘旬揚雄羽獵賦曰玄冬季月天地隆烈杜預左氏傳注曰彌遠也蒼頡篇曰曠踈曠也常恐遊岱宗不復見故人援神契曰太山天帝孫也主召人魂尚書曰至于岱宗太山爲四岳宗也所親一何篤步趾慰我身左氏傳蔿啓強曰今君親步玉趾清談同日久情盼敘憂勤毛詩曰軫久思念至於憂勤也便復爲別辭遊車歸西鄰西鄰鄴都素葉隨風起廣路揚埃塵逝者如流水哀此遂離分論語曰子在川上曰逝者如期夫不拾晝夜追問何時會要我以陽春樊欽

曰：無衣裘以御冬，恐死不得見乎陽春。望慕結不解，貽爾新詩文。蔡邕贈師賦曰：詠新詩以悲歌。勉哉脩令德，北面自寵珍。左氏傳曰：忠爲令德。北面，臣位也。禮記曰：君之南鄉，荅陽之義也；臣之北面，荅君之義也。秋日多悲懷，感慨以長歎。毛萇詩傳曰：秋士悲也。終夜不遑寐，叙意於濡翰。毛詩曰：不遑假寐。楚辭曰：魂煢煢兮不遑寐。韋昭漢書注曰：翰，筆也。明鐙曜閨中，清風淒已寒。白露塗前庭，應門重其關。楚辭曰：白露紛以塗。毛詩曰：乃立應門。爾雅曰：正門謂之應門。四節相推斥，歲月忽欲殫。禮記曰：歲既殫矣。壯士遠出征，戎事將獨難。壯士謂五官也。漢書高祖曰：壯士行何畏。出征謂在孟津也。魏志曰：建安十六年，文帝立爲五官中郎將。典略曰：建安二十二年，魏郡大疫，徐幹、劉楨等俱逝。然其間唯有鎮孟津及黎陽，而無所征伐，故疑出征謂在孟津也。以在鄴，故曰出征；以有兵衛，故曰戎事也。涕泣

鐙 据前音改

灑衣裳能不懷所歡㳿泣幹曰謂也

涼風吹沙礫霜氣何皚皚易通卦驗曰巽氣不至則大風揚沙礫小石也說文曰皚皚霜雪貌劉歆遂初賦曰漂積雪之皚皚牛哀切

明月照緹幕華燈散炎輝緹丹色也華燈已見上文

賦詩連篇章極夜不知歸論衡曰興論立說結連篇章者文人鴻儒也

君侯多壯思文雅縱橫飛漢儀注曰列侯為丞相稱君侯大戴禮曰天子不知文雅之辭少師之任

小臣信頑鹵僶俛安能追儀禮曰小臣正辭李尤東觀賦曰臣雖頑鹵慕小雅斯于歎詠之美僶俛已見上文論語曰參也魯孔安國曰魯鈍也魯與鹵同

贈徐幹一首五言　劉公幹

誰謂相去遠隔此西掖垣毛詩曰誰謂宋遠跂予望之洛陽故宮銘曰洛陽宮有東掖門西掖門

拘限清切禁中情無由宣史記曰景帝居禁中禁中者門戶有禁非

侍御不得入楚辭曰抒中情而爲詩思子沈心曲長歎不能言毛詩曰在其板屋亂我心曲古詩曰氣結不能言起坐失次第一日三四遷步出北寺門遥望西苑園風俗通曰尚書侍御史謁者所止皆曰寺也細柳夾道生方塘含清源思玄賦曰余沐於清源輕葉隨風轉飛鳥何翻翻楚辭曰漂翻翻其上下乖人易感動涕下與衿連仰視白日光皦皦高且懸毛詩曰謂余不信有如皦日毛萇曰皦白也楚辭曰晞白日兮皎皎兼燭八紘内物類無頗偏韓子曰朱儒對衛靈公曰夫日兼燭天下一物不能當也楊雄解嘲云日月之經不千里則不能燭六合耀八紘音義曰八方之綱維也尚書曰無偏無陂遵王之誼我獨抱深感不得與比焉

贈從弟三首　五言　劉公幹

悽 注
羅 卬 羅古字

汎汎東流水，磷磷水中石。呂氏春秋曰：水泉東流，日夜不休。毛詩曰：揚之水，白石磷磷。毛萇傳曰：清徹也。蘋藻生其涯，華紛何擾弱。采之薦宗廟，可以羞嘉客。蘋藻以喻從弟也。左氏傳君子曰：苟有明信，澗谿沼沚之毛，蘋蘩薀藻之菜，可薦於鬼神，可羞於王公。毛詩曰：所謂伊人，於焉嘉客。豈無園中葵，懿此出深澤。古詩曰：青青園中葵，朝露待日晞。爾雅曰：懿，美也。

亭亭山上松，瑟瑟谷中風。風聲一何盛，松枝一何勁。冰霜正慘愴，終歲常端正。楚辭曰：霜露慘悽而交下。豈不羅凝寒，松栢有本性。凝，嚴也。莊子曰：天寒既至，雪霜將降，吾是以知松栢之茂也。

鳳凰集南嶽，徘徊孤竹根。鳳生丹穴，故曰南嶽。鄭玄毛詩箋曰：鳳凰之性，非竹實不食。亦喻從弟也。於心有不厭，奮翅凌紫氛。豈不常勤苦，羞與

羅 卬 羅古字

黄雀羣黄雀喻俗士也何時當來儀將須聖明君尚書曰鳳凰來儀孔安國曰聖人受命則鳳凰至

文選卷第二十三

六月廿七日盱　侃誦

文選卷第二十四

梁昭明太子撰

文林郎守太子右内率府録事參軍事崇賢館直學士臣李善注上

贈荅二

曹子建贈徐幹一首　贈丁儀一首

贈王粲一首　又贈丁儀王粲一首

贈白馬王彪一首　贈丁翼一首

嵇叔夜贈秀才入軍五首

司馬紹統贈山濤一首　張茂先荅何劭二首

何敬祖贈張華一首

陸士衡贈馮文羆遷斥丘令一首
荅賈謐一首并序　於承明作與士龍一首
贈尚書郎顧彥先二首
贈交阯太守顧公真一首
贈從兄車騎一首　荅張士然一首
爲顧彥先贈婦二首　贈馮文羆一首
又贈弟士龍一首
潘安仁爲賈謐贈陸機一首
潘正叔贈陸機出爲吳王郎中令一首
贈河陽一首　贈侍御史王元貺一首

蓬室士注指非謂偉長偉
長豈自憐人憐其哉

贈徐幹一首　五言　　曹子建

驚風飄白日，忽然歸西山。夫日麗於天，風生平地，而言飄者，夫浮景駿奔，倐焉西邁，餘光杳杳，似若飄然。古歩出夏門行曰：行行復行行，白日薄西山。圓景光未滿，衆星粲以粲。圓景，月也。論衡曰：日月之體，狀如正圓。鄭玄毛詩箋曰：景，明也。釋名曰：望，月滿之名也。論語曰：衆星共之。廣雅曰：粲，明也。志士營世業，小人亦不閑。論語子曰：志士仁人，無求生以害人。孔叢子曰：仲尼大聖，自茲以降，世業不替。聊且夜行遊，遊彼雙闕間。文昌鬱雲興，迎風高中天。劉淵林魏都賦注曰：文昌，正殿名也。廣雅曰：鬱，出也。爾雅曰：興，起也。地理書曰：迎風觀在鄴。列子曰：周穆王築臺，號曰中天之臺。春鳩鳴飛棟，流猋激櫺軒。爾雅曰：扶搖謂之飆。郭璞曰：暴風從上下者。猋與飆同，古字通。說文曰：櫺，楯間子也。徐幹齊都賦曰：窻櫺參差，景納陽軒。長廊之有窻也。顧念蓬室士，貧賤誠足憐。蓬室士，謂徐幹也。蒼頡篇曰：顧，旋也。列子

曰北宮子庇其蓬
室若廣廈之蔭薇藿弗充虛皮褐猶不全墨子曰古
之人其爲
食也足以增氣充虛而已鄭玄周禮注曰充足
也淮南子曰貧人冬則羊裘短褐不掩形也忼慨有
悲心興文自成篇說文曰忼慨壯士不得志於心
也鄭玄考工記注曰興發也寶棄怨
何人和氏有其愆寶以喻幹和氏喻知己也韓子曰楚
人和氏得璞玉於楚山之中奉而獻
之武王武王使玉人相之玉人曰石也跀和氏左足武
王薨成王即位和又獻之玉人又曰石也跀其右足成
王薨文王即位和乃抱璞而哭於楚山之下王使玉人
理其璞而得寶焉遂名曰和氏之璧跀音刖孔安國尚
書傳曰
愆過也彈冠俟知己知己誰不然言欲彈冠以俟知己
知己誰不同於棄寶
而能相萬乎漢書曰蕭育與朱博友往者有王陽貢公
故長安語曰蕭朱結綬王貢彈冠晏子春秋越石父曰
士者申
乎知己良田無晚歲膏澤多豐年良田膏澤喻有德也
無晚歲多豐年喻必
禁也漢書曰翟義請陂下良田國語子餘曰
君若膏澤之使能成嘉穀毛詩曰豐年穰穰亮懷璵璠

原校除作階　塗作除

美積久德逾宣爾雅曰亮信也蒼頡篇曰懷抱也左氏傳曰季平子行東野還未至卒于房陽虎將以璵璠斂杜預曰璵璠美玉君所佩也璵音餘璠音煩親交義在敦申章復何言莊子曰親交益疏孔安國尚書傳曰敦厚也又曰申重也

贈丁儀一首五言集云與都亭侯丁翼今云儀誤也魏略曰丁儀字正禮太祖辟儀爲掾

曹子建

初秋涼氣發庭樹微銷落漢書孝武傷李夫人賦曰桂枝落而銷亡凝霜依玉除清風飄飛閣楚辭曰漱凝霜之紛紛字書曰凝冰堅也玉除階也說文曰除殿階也西都賦曰玉除彤庭又曰脩塗飛閣朝雲不歸山霖雨成川澤廣雅曰八月浮雲不歸左氏傳曰凡雨自三日已往爲霖黍稷委疇隴農夫安所獲王逸楚辭注曰委棄也說文曰疇耕治之田也毛詩曰帥時農夫在貴多忘賤爲恩誰能博言俗之常

情也狐白足禦冬焉念無衣客言服狐白者不念無衣以喻處尊貴者多忘貧賤也晏子春秋曰景公之時雨雪三日公被狐白之裘坐於堂側謂晏子曰雨雪三日天下不寒何也晏子曰賢君飽知人飢溫知人寒楚辭曰無衣裘以禦冬毛詩曰無衣無褐何以卒歲思慕延陵子寶劍非所惜言延陵不欺於死而況其生者乎故已思慕之與異於俗也新序曰延陵季子將西聘晉帶寶劍以過徐君徐君不言而色欲之季為有上國之事未獻也然心許之矣致使於晉顧反則徐君死於是以劍帶徐君墓樹而去廣雅曰惜愛也子其寧爾心親交義不薄

贈王粲一首 五言

曹子建

端坐苦愁思攬衣起西遊古詩曰攬衣起徘徊樹木發春華清池激長流中有孤鴛鴦哀鳴求匹儔鴛鴦喻粲也毛萇詩傳曰鴛鴦匹鳥也楚辭曰覽可與兮匹儔我願執此鳥惜哉無輕舟言願執鳥而無輕舟以喻己之思粲

而無良會也賈逵國語注曰惜痛也戰國策蘇代曰水浮輕舟欲歸忘故道顧望但懷
愁傳毅七激曰無物可樂顧望懷愁鄭玄毛詩箋曰迴首曰顧悲風鳴我側羲和逝
不留楚詞曰哀江介之悲風又曰吾令羲和弭節兮王逸曰羲和日御也墨子曰時不可及日不可留
重陰潤萬物何懼澤不周重陰以喻太祖蔡邕月令章句曰陰者密雲也誰令
君多念自使懷百憂毛詩曰我生之後逢此百憂

又贈丁儀王粲一首五言集云荅丁敬禮王仲宣翼字敬禮今云儀誤也

曹子建

從軍度函谷驅馬過西京魏志曰建安二十年公西征張魯漢書弘農縣故秦函谷
關毛詩曰驅馬悠悠山岑高無極涇渭揚濁清毛萇詩傳曰涇渭相入而清濁異
壯哉帝王居佳麗殊百城漢書曰高祖南過曲逆曰壯哉縣高誘戰國策注曰佳大

唐鈔作以

臺

也麗美也謝承後漢書曰黃琬拜豫州威邁百城

貟闕出浮雲承露槩泰清西京賦曰圜闕竦以造天淮南子曰魏闕之高上際青雲西都賦曰抗仙掌與承露廣雅曰抗摩也槩與抗同古字通鶡冠子曰上及泰清下及太寧

皇佐揚天惠四海無交兵皇佐太祖也邊讓章華賦曰建皇佐之高勳飛仁聲之顯赫左氏傳箴尹克黃曰君天也不語孔子曰君惠臣忠楚漢春秋吳廣說陳涉曰王引兵西擊則野無交兵

權家雖愛勝全國爲令名權家兵家也史記曰呂尚其事多兵權與奇計孫子兵法曰用兵法全國爲上破國次之左氏傳子産曰令名德之輿也鄭玄禮記注曰名令聞也

君子在末位不能歌德聲君子謂丁王也琴操曰古者君子在位役不踰時德聲謂太祖令德之聲也

丁生怨在朝王子歡自營歡怨非貞則中和誠可經言歡怨雖殊俱非忠貞之則惟有中和樂職誠可謂經也漢書王襃使王襃作中和樂職宣布詩如淳曰言王政中和在官者樂其職鄭玄周禮注曰經法也

到洛
每

贈白馬王彪一首　五言　魏志曰楚王彪字朱虎武帝子也初封白馬王後徙封楚集曰於圈城作又曰黄初四年五月白馬王任城王與余俱朝京師會節氣日不陽任城王薨至七月與白馬王還國後有司以二王歸藩道路宜異宿止意毒恨之蓋以大别在數日是用自剖與王辭焉憤而成篇

曹子建

謁帝承明廬逝將歸舊疆　陸機洛陽記曰承明門後宫出入之門吾常怪謁帝承明廬問張公云魏明帝作建始殿朝會皆由承明門毛詩曰逝將去汝舊疆鄄城也時植雖封雍丘仍居鄄城　清晨發皇邑日夕過首陽　陸機洛陽記曰首陽山在洛陽東北去洛二十里　伊洛廣且深欲濟川無梁　楚詞曰道壅塞而不達江河廣而無梁　汎舟越洪濤怨彼東路長　國語曰秦汎舟于河西京賦曰起洪濤而揚波　顧瞻戀城闕引領情内傷　其一　毛詩曰顧瞻周道又曰在城闕兮朱氏傳穆叔謂晋侯曰引領西望曰庶幾乎楚辭曰永

別本及三國志注引
何念 魏氏春秋

懷兮內傷

太谷何寥廓山樹鬱蒼蒼薛綜東京賦注曰太谷在洛陽西南風俗通曰泰山松樹鬱鬱蒼蒼霖雨泥我塗流潦浩縱橫魏志曰黃初四年七月大雨伊洛溢流毛萇詩傳曰行潦流潦也中逵絕無軌改轍登高岡毛詩曰肅肅兎罝施於中逵廣雅曰軌迹也脩坂造雲日我馬玄以黃其二毛詩曰陟彼高岡我馬玄黃毛萇曰玄馬病則黃玄黃猶能進我思鬱以紆楚詞曰顧假簧以舒憂志紆鬱其難釋王逸曰紆屈也鬱愁也鬱紆將難進何念親愛在離居楚詞曰將以遺兮離居本

圖相與偕中更不克俱毛萇詩傳曰偕俱也鴟梟鳴衡扼豺狼當路衢鴟梟豺狼以喻小人也毛詩曰懿厥哲婦爲梟爲鴟漢書杜文謂孫寶曰豺狼當路不宜復問狐狸公羊傳曰楚莊王伐鄭放乎路衢何休注曰路衢郭內衢也蒼蠅間白黑讒巧令親疎毛詩曰營營青蠅止於樊鄭玄曰蠅之爲蟲汙白使黑汙黑使白喻佞人變亂善惡也廣雅曰間毀也

欲還絶無蹊。攬轡止踟躕。其三　楚辭曰攬騑轡而下節毛詩曰搔首踟躕
亦何留相思無終極漢素息夫躬絶命詞曰嗟若是欲何留也秋風發微涼。
寒蟬鳴我側。蔡邕月令章句曰寒蟬應陰而鳴鳴則天涼故謂之寒蟬也原野何蕭
條。白日忽西匿。楚辭曰山蕭條而無獸又曰日杳杳而西頹歸鳥赴喬林。翩
翩厲羽翼。毛詩曰翩翩者鵻厲疾貌孤獸走索群。銜草不遑食。尚書曰不
遑暇食感物傷我懷。撫心長太息。其四　廣雅曰感傷也古詩曰感物懷所思列子
曰師襄乃撫心高蹈楚辭曰長太息以掩涕太息將何爲。天命與我違。鄭玄周易
注曰命所受天命也楚辭曰屬天命而委之咸池王逸曰咸池天神也古詩曰同袍與我違毛萇詩傳曰違離
也謂不耦也奈何念同生。一往形不歸。魏志曰武皇帝卞皇后生任城王彰陳思
王植左氏傳曰鄭罕駟豐同生杜預曰罕子皮駟子皙豐公孫段也三家本同母兄弟也漢書武帝詔曰梁王

親慈同生願以邑分弟孤魂翔故城魏志城作域靈柩寄京師漢書貢禹上書曰骸骨棄捐孤魂不歸存者忽復過亡沒身自衰人生處一世去若朝露晞漢書李陵謂蘇武曰人生如朝露何久自苦如此薤露歌曰薤上零露何易晞毛萇詩傳曰晞乾也年在桑榆間影響不能追日在桑榆以前人之將老東觀漢記光武曰失之東隅收之桑榆仲長子昌言曰捷疾馳影響人間也自顧非金石咄唶令心悲其五鄭玄毛詩箋曰顧念也古詩曰人生非金石豈能長壽考說文曰咄叱也丁兀切聲類曰唶大呼也子夜切言人命叱呼之間或至大喪也心悲動我神棄置莫復陳丈夫志四海萬里猶比鄰恩愛苟不虧在遠分日親鄧析子曰遠而親者志相應也分猶志也何必同衾幬然後展慇勤毛詩曰抱衾與裯毛萇曰衾被也鄭玄曰裯床帳也幬與裯古字同憂思成疾疢無乃兒女仁毛詩曰心之憂矣疢如疾首史記曰呂公謂呂

媪曰非兒女之所知又韓信謂漢祖曰項王所謂婦人之仁也倉卒骨肉情能不懷苦辛其六李陵書曰前書倉卒骨肉謂兄弟也蘇子卿詩云骨肉緣枝葉古詩又曰轗軻長苦辛苦辛何慮思天命信可疑虛無求列仙松子久吾欺班固楚辭序曰帝閽宓妃虛無之語論衡曰傳稱赤松王喬好道爲仙度世不死是又虛也魏武帝善哉行曰痛哉世人見欺神仙變故在斯須百年誰能持漢書谷永曰三郡所奏皆有變故鄭玄周禮注曰故災也禮記君子曰禮樂不可斯須去身鄭玄曰斯須猶須臾也古詩曰生年不滿百呂氏春秋曰人之壽久不過百離別永無會執手將何時蔡琰詩曰念別無會期毛詩曰執子之手與子偕老王其愛玉體俱享黃髮期七發曰太子玉體不安東觀漢記太子執報桓榮書曰君慎疾加飡重愛玉體杜預左氏傳注曰享受也尚書曰詢茲黃髮收淚即長路援筆從此辭其七韓詩外傳曰孫叔敖治楚三年而楚國霸楚史援筆而書於策蘇武詩曰去去從此辭

吹

贈丁翼二首 五言文士傳曰翼字敬禮儀之弟也爲黄門侍郎

曹子建

嘉賓塡城闕豐膳出中厨 鄭玄禮記注曰塡滿也毛詩曰我有嘉賓城闕已見上文

吾與二三子曲宴此城隅 論語子曰二三子以我爲隱乎吾無隱乎爾毛詩曰俟我於城隅

秦箏發西氣齊瑟揚東謳 楚辭曰挾秦箏而彈徵歌録有美女篇齊瑟行史記蘇秦說秦王曰臨菑甚富其民無不吹竽鼓瑟說文曰謳齊歌也

肴來不虛歸觴至反無餘我豈狎異人朋友與我俱 毛詩曰豈伊異人兄弟匪他爾雅曰狎習也毛詩序曰伐木燕朋友故舊也

大國多良材譬海出明珠 禮斗威儀曰其君乘金而王則江海出大貝明珠

君子義休偫小人德無儲 言君子之義美而且具小人之德寡而無儲也說文曰偫待也一曰具也儲謂蓄積之以待無也

積善有餘慶榮枯立

原文作龔襆

別本　盻即盼字

可須周易曰積善之家必有餘慶孔安國尚書傳曰須待也滔蕩固大節世俗多所拘淮南子曰使神滔蕩而不失其充又曰曲士不可與語至道拘於俗而束於教君子通大道無願為世儒論衡曰說經者為世儒

贈秀才入軍五首

四言集云兄秀才公穆入軍贈詩劉義慶集林曰嵇熹字公穆舉秀才

嵇叔夜

良馬既閑麗服有暉毛詩曰良馬四之又曰君子之馬既閑且馳鄭玄曰閑習也廣雅曰麗好也揚雄反騷曰素初貯厥麗服兮左攬繁弱右接忘歸新序曰楚王載繁弱之弓忘歸之矢以射兕於雲夢風馳電逝躡景追飛四子講德論曰風馳雨集雜襲並至孫該琵琶賦曰飄風電逝舒疾無方七啓曰忽躡景而輕騖凌厲中原顧盼生姿劉歆遂初賦曰登句注以凌厲廣雅曰凌馳也厲上也風俗通曰顏色厚所顧盼若以親密也攜我好仇載

我輕車毛詩曰君子好仇南凌長阜北厲清渠廣雅曰凌乘也王逸楚辭注曰厲度也仰落驚鴻俯引淵魚盤于遊田其樂只且西京賦曰盤于游畋其樂只且

輕車迅邁息彼長林春木載榮布葉垂陰習習谷風吹我素琴毛詩曰習習谷風秦嘉婦徐氏書曰芳香既珍素琴又好咬咬黃鳥顧疇弄音毛詩曰交交黃鳥古歌曰黃鳥鳴相追咬咬弄好音感悟馳情思我所欽古詩曰馳情整中帶心之憂矣永嘯長吟毛詩曰心之憂矣我歌且謠杜篤連珠曰能離光明之顯長吟永嘯

浩浩洪流帶我邦畿毛萇詩傳曰畿疆也萋萋綠林奮榮揚暉魚龍瀺灂山鳥羣飛樂動聲儀曰風雨動魚龍仁義動君子上林賦曰瀺灂霣墜劉向七言曰

顧愷之每重嵇康四言詩因爲之圖恒云手揮五絃易目送歸鴻難見世說晉書

山鳥羣鳴我心懷

駕言出游日夕忘歸毛詩曰駕言出遊楚辭曰日將暮兮悵忘歸

思我良朋如渴如飢毛詩曰每有良朋曹植責躬詩曰遲奉聖顏如渴如飢

願言不獲愴矣其悲張衡詩曰願言不獲終然永思曹植責躬詩曰心之云慕愴矣其悲

息徒蘭圃秣馬華山蘭圃蕙圃也毛詩曰之子于歸言秣其馬毛萇詩傳曰秣養也華山山有光華也

流磻平皐垂綸長川說文曰磻以石著弋繳也鄭玄毛詩箋曰釣者以絲爲之綸

目送歸鴻手揮五絃漢書曰周亞夫趨出上以目送之歸田賦曰彈五絃於妙指

俯仰自得游心泰玄楚辭曰漠虛靜以恬愉兮澹無爲而自得泰玄謂道也淮南子曰自得者全其身者也全其身則與道爲一矣

嘉彼釣叟得魚忘筌莊子曰莊子釣於濮水之上又曰筌者所以得魚也得魚而忘筌蹄者所以在兔也得兔而忘蹄言者所以在意也得意而忘言吾焉得夫忘言之人而與之言哉

郢人逝矣誰與盡言莊子曰莊子送葬過惠子之墓顧謂

原作之

從者曰郢人堊漫其鼻端若蠅翼使匠石斲之匠石運斤成風聲而斲之盡堊而鼻不傷郢人立不失容宋元君聞之召匠石曰嘗試爲寡人爲之匠石曰臣則當能斲之雖然臣質死久矣自夫子之死也吾無以爲質矣吾無與言之矣

閑夜肅清朗月照軒舞賦曰夫何皦皦之閑夜明月列以施光軒已見曹子建贈徐幹詩注**微風動袿組帳高褰**方言曰袿謂之裾音圭袿或爲幃周禮曰幕人掌帷幕幄帟綬之事鄭司農曰帟平帷也綬組綬所以繫帷也王逸楚詞注曰以幕組結束玉璜爲帷帳也**旨酒盈樽莫與交歡**毛詩曰旨酒欣欣漢書曰郭解入關賢豪爭交歡**鳴琴在御誰與鼓彈**毛詩曰琴瑟在御莫不靜好**仰慕同趣其馨若蘭**六韜曰同好相趣薛綜西京賦注曰趣猶意也易曰同心之言其臭如蘭**佳人不在能不永歎**楚辭曰聞佳人兮召予毛詩曰假寐永歎

贈山濤一首　五言

原作烱

司馬紹統 臧榮緒晉書曰司馬彪字紹統少篤學初拜騎都尉太始中爲秘書郎轉丞後拜散騎侍郎終於家

苕苕椅桐樹。寄生於南岳。椅桐彪自喻也毛詩曰其桐其椅其實離離馬融琴賦曰惟椅梧之所生在衡山之峻陂上凌青雲霓。下臨千仞谷。蒼頡篇曰夌侵也呂氏春秋曰若決積水於千仞之谿包咸論語注曰七尺曰仞處身孤且危。於何託余足。毛詩序曰孤危將亡漢書賈山上書曰不得邪徑而託足焉昔也植朝陽。傾枝俟鸞鷟。毛詩曰鳳凰鳴矣于彼高岡梧桐生矣于彼朝陽鄭玄曰鳳凰之性非梧桐不棲非竹實不食也說文曰鸑鷟鳳屬神鳥也今者絕世用。倥傯見迫束。新語曰楩梓仆則爲世用楚辭曰悲余生之無歡兮愁倥傯於山陸王逸曰倥傯困苦也班匠不我顧。牙曠不我錄。班匠及牙曠皆喻執政也墨子曰公輸般爲雲梯鄭玄禮記注曰般伎巧者也莊子曰匠石之齊見櫟社樹匠伯不

顉司馬彪曰匠石字伯鄭玄毛詩箋曰顉視也列子曰伯牙善鼓琴左氏傳曰師曠侍於晉侯杜預曰師曠晉樂太師

焉得成琴瑟何由揚妙曲桓子新論曰黃門工鼓琴者有任真卿虞長倩能傳其度數妙曲遺聲

冉冉三光馳逝者一何速廣雅曰冉冉進也淮南子曰大道含吐陰陽而章三光許慎曰三光日月星也逝者見下注

中夜不能寐撫劒起躑躅毛詩曰耿耿不寐左氏傳曰子朱怒撫劒從之說文曰蹢躅住足也躑躅與蹢躅同

感彼孔聖歎哀此年命促春秋說題辭曰天當有血書魯端門作法孔聖沒周室亡論語曰子在川上曰逝者如斯司馬遷悲士不遇賦曰天道悠昧人理促

卞和潛幽冥誰能證奇璞卞和巳見上文

冀願神龍來揚光以見燭神龍喻壽也山海經曰赤水之山有神人面蛇身其瞑乃晦其視乃明是燭九陰是謂燭龍

荅何劭二首五言　張茂先

吏道何其迫窘然坐自拘 班彪與金昭卿書曰遠在東垂吏道迫促鵬鳥賦曰愚士繫俗窘若囚拘 纓緌爲徽纆文憲焉可踰 纓緌制人同於徽纆國之文憲豈可踰乎禮記曰冠緌纓鄭玄曰緌纓飾也周易曰繫用徽纆孔安國尚書傳曰憲法也 恬曠苦不足煩促每有餘 廣雅曰恬靜也蒼頡篇曰曠疏曠也 良朋貽新詩示我以遊娛 良朋已見上文徐幹贈五官中郎將詩曰貽爾新詩又思玄賦曰雖遊娛以媮樂 穆如灑清風奐若春華敷 毛詩曰吉父作誦穆如清風淮南子曰猶條風之時灑荅賓戲曰摛藻如春華 自昔同寮宷於今比園廬 臧榮緒晉書曰惠帝即位劭爲太子太師又曰武帝崩華爲太子少傅然考乎其時事正相接故曰同寮也左氏傳曰先蔑之使也荀林父止之曰同官爲寮吾嘗同寮敢不盡心乎爾雅曰采僚官也南都賦曰園廬舊宅也 衰夕近辱殆庶幾並懸輿 王逸楚辭注曰夕以喻衰言日夕將暮己已衰老子曰知足不辱知止不殆漢書曰薛廣德乞骸骨賜安車駟馬懸

「儵」别本

其安車傳子傳孫也散髮重陰下抱杖臨清渠鍾會遺榮賦曰散髮抽簪屬耳聽鸎鳴流目翫儵魚毛詩曰耳屬于垣鄭玄曰屬耳於壁聽之又儀禮注曰屬注也毛詩曰鸎其鳴矣思玄賦曰流目眺夫衡阿翫猶悅也莊子曰儵魚出遊從容是魚樂也從容養餘日取樂於桑榆漢書疏廣曰此金者聖主所以惠養老臣也故樂與鄉黨共饗其賜以盡吾餘日不亦可乎桑榆已見上文洪鈞陶萬類大塊稟羣生洪鈞大鈞謂天也大塊謂地也言天地陶化萬類而羣化稟受其形也鵩鳥賦曰大鈞播物廣雅曰陶化也河圖曰地有九州以苞萬類莊子曰大塊載我以形勞我以生孔安國尚書傳曰稟受也漢書董仲舒對策曰羣生和而萬物殖明闇信異姿靜躁亦殊形劉歆遂初賦曰非積習之生常固明闇之所別老子曰重爲輕根靜爲躁君王弼曰凡物輕不能載重小不能鎮大不行者使行不動者制動是以重必爲輕根靜必爲躁君自子及有識志不

在功名。李陵與蘇武書曰陵自有識以來士之立操未有如子卿者也呂氏春秋曰功名大立天也虛恬竊所好。文學少所經。楚辭曰漠虛靜以恬愉忝荷既過任。白日已西傾。白日西傾以諭年老也洛神賦曰日既西傾道長苦智短。責重困才輕。論語曾子曰士不可以不弘毅任重而道遠仁以爲己任不亦重乎死而後已不亦遠乎呂氏春秋曰智短則不知化不知化者每舉必危范曄後漢書劉寬曰任重責大憂心如醉曹植上表曰爵重才輕周任有遺規。其言明且清。論語孔子云周任有言曰陳力就列不能者止馬融曰周任古之良史子思子詩云昔吾有先正其言明且清國家以寧都邑以成負乘爲我戒。夕惕坐自驚。周易曰負且乘致寇至負也者小人之事也乘也者君子之器也小人乘君子之器盜思奪之矣又曰夕惕若厲孔安國尚書傳曰惕懼也是用感嘉貺。寫心出中誠。感猶荷也魏文帝書曰嘉貺益腆發篇雖溫麗。無乃違其情。西都賦曰啓發篇章漢書曰司馬相

如作賦甚弘麗温雅廣雅曰違背也

贈張華一首 五言

何敬祖

四時更代謝懸象迭卷舒孫卿子曰日月遞照四時代御淮南子曰二者代謝舛馳周易曰懸象著明莫大乎日月淮南子曰陰陽贏縮卷舒淪於不測暮春忽復來和風與節俱論語曰暮春者春服既成毛詩曰習習谷風毛萇傳曰習習和舒之皃楊泉物理論曰春氣臑其風温和俯臨清泉涌仰觀嘉木敷西都賦曰嘉木樹庭周旋我陋圃西瞻廣武廬臧榮緒晉書曰吳滅封張華廣武侯左氏傳太史克曰奉以周旋既貴不忘儉處有能存無毛萇詩傳曰有謂富無謂貧鎮俗在簡約樹塞焉足摹周易曰簡則易從廣雅曰約儉也論語曰或問管仲知禮乎孔子曰邦君樹塞門管氏亦樹塞門在昔同班司今者並園墟同班司已見張華荅詩私願偕黃髮逍遙

綜琴書黄髮已見上文王肅周易注曰綜理事也劉歆遂初賦曰玩琴書以條暢舉爵茂陰下攜手共躊躇韓詩曰搔首躊躇薛君曰躊躇躑躅也奚用遺形骸忘筌在得魚莊子曰申徒兀者謂子産曰吾與夫子遊十有九年矣而未曾知吾兀者也今子與我遊於形骸之內而子索我於形骸之外不亦過乎得魚忘筌已見上文

贈馮文羆遷斥丘令一首四言晉百官名曰外兵郎馮文羆集云文羆爲太子洗馬遷斥丘令贈以此詩闞駰十三州記曰斥丘縣在魏郡東八十里

陸士衡

於皇聖世時文惟晉毛詩曰於皇時周周禮栗氏量銘曰時文思索鄭玄曰言是文德之君思求可以爲人立法也受命自天奄有黎獻謂武帝也毛詩曰有命自天命此文王又曰奄有四方毛萇曰奄大也尚書曰萬邦黎獻共惟帝臣孔安國曰黎衆也獻賢也閶闔既闢承

原作爍

華再建謂惠帝也晉宮閣名曰洛陽城閶闔門陸機洛陽記曰太子宮在太宮東薄室門外中有承華門再建謂立愍懷太子國儲以對閶闔故謂之再也明明在上有集惟彥其一毛詩曰明明在下赫赫在上奕奕馮生哲問允迪方言曰自關而西凡美容謂之奕奕尚書曰允迪厥德謨明弼諧孔安國曰迪蹈也言信蹈行古人之德天保定子靡德不鑠毛詩曰天保定爾亦孔之固劇秦美新曰鑠德懿和之風爾雅曰鑠美也邁心玄曠矯志崇邈爾雅曰邁行也王逸楚辭注曰矯舉也爾雅曰崇高也遵彼承華其容灼灼其二毛詩曰桃之夭夭灼灼其華嗟我人斯戢翼江潭毛詩曰嗟我懷人又曰彼何人斯又曰鴛鴦在梁戢其左翼楚辭曰遊於江潭有命集止飜飛自南周易曰大君有命毛詩曰有命既集又曰飜飛惟鳥又曰凱風自南出自幽谷及爾同林謂俱爲洗馬也臧榮緒晉書曰楊駿誅徵機爲太子洗馬毛詩曰出自幽谷遷于喬木雙情交映遺物識心其三映猶照也

人亦有言交道實難毛詩曰人亦有言靡哲不愚漢書曰蕭育與朱博後有隙故世以交爲難也有頍者弁千載一彈毛詩曰有頍者弁實維伊何毛萇曰頍弁貌也弁皮弁也彈冠已見上文杜預左氏傳注曰弁亦冠也故通言之頍丘橤切與跬同音今我與子曠世齊歡言我及子雖與王貢曠世而實齊其歡也范曄後漢班固議曰以漢興已來曠世歷年廣雅曰曠遠也利斷金石氣惠秋蘭其四周易曰二人同心其利斷金同心之言其臭如蘭羣黎未綏帝用勤止毛詩曰羣黎百姓長楊賦曰羣黎爲之不康毛詩曰文王既勤止我應受之我求明德肆于百里毛詩曰我求懿德肆于時夏鄭玄曰肆陳也陳其功烈也漢書曰縣大率百里其人稠則盛稀則曠也僉曰爾諧俾民是紀尚書僉曰垂哉帝曰汝諧毛詩曰四方是維俾民不迷鄭玄毛詩箋曰以網罟喻爲政理之爲紀也乃眷北徂對揚帝祉其五毛詩曰乃眷西顧又曰對揚王休又曰既受帝祉施于孫子疇昔之遊好合纏綿

左氏傳羊斟曰疇昔之羊子爲政毛詩曰妻子好合張升與任彦堅書曰纏綿恩好庶蹈高蹤借曰未洽亦既三年毛詩曰借曰未知亦既抱子居陪華幄出從朱輪應璩與趙叔潛書曰入侍華幄出典禁闈司馬彪續漢書曰皇太子安車朱班輪方驥齊鑣比迹同塵其六鄭玄儀禮注曰方併也南都賦曰騄驥齊鑣范曄後漢書孔融薦謝該曰該實卓然比迹前列老子曰和其光同其塵之子既命四牡項領毛詩曰駕彼四牡四牡項領遵塗遠蹈騰軌高驥四子講德論曰未若遵塗之疾也鄭玄考工記注曰軌謂轍也慶雲扶質清風承景廣雅曰質軀也嗟我懷人其邁惟永其七毛詩曰嗟我懷人毛萇曰懷思也否泰苟殊窮達有違否泰周易二卦名也列子西門子謂北宮子曰汝造事而窮予造事而達此厚薄之驗與賈逵國語注曰違異也及予春華後爾秋暉言否泰殊流窮達異轍今雖及爾春華之美終當後爾秋暉之盛也春華喻少年秋暉喻老成也蘇武詩曰努力愛春華

細爲細繹贈詩始知此詩乃微風刺兼而有之未識賈謐喻其旨否

逝將去我陟彼朔垂逝將去汝已見上文毛詩曰陟彼高岡朔垂斥丘也爾雅曰朔北方也說文曰垂遠邊也非子之念心孰爲悲其八

荅賈長淵一首四言并序王隱晉書曰魯公賈謐字長淵　陸士衡

余昔爲太子洗馬漢書曰太子屬官有先馬如淳曰前驅也先或作洗賈長淵以散騎常侍東宮積年高誘呂氏春秋注曰東宮太子所居詩曰東宮之妹余出補吴王郎中令臧榮緒晉書曰吴王晏字平度武帝第二十三子封吴又曰吴王出鎮淮南以機爲郎中令元康六年入爲尚書郎臧榮緒晉書曰機爲尚書中兵郎魯公贈詩一篇作此詩荅之云爾

伊昔有皇肇濟黎蒸爾雅曰伊惟也郭璞曰發語辭也毛詩曰有皇上帝毛萇曰皇君也封禪書曰覺悟黎蒸先天創物景命是膺周易曰先天而天弗違周禮曰智者創物毛詩

曜 別本

曰君子萬年景命有僕毛萇曰僕附也毛詩曰戎翟是膺毛萇曰膺當也降及。羣后。迭毀。迭興。史記太史公曰遞興遞廢能者用事小雅曰遞迭更也邈矣。終古。崇替。有徵。其一

楚辭曰春蘭兮秋菊長無絕兮終古國語藍尹亹謂子西曰吾聞君子唯獨居思念前世之崇替於是乎有歎韋昭曰崇終也替廢也左氏傳曰君子之言信而有徵在漢之季皇綱幅裂韋昭曰國語注曰季末也皇綱以綱爲喻也苔賓戲曰廓帝紘恢皇綱毛萇詩傳曰張之曰綱魏志崔琰曰今天下分崩九州幅裂大辰匿耀金虎習質曜漢書曰東方蒼龍房心心爲明堂大星天王爾雅曰大辰房心尾也石氏星經曰昴者西方白虎之宿也太白者金之精太白入昴金虎相薄主有兵亂雄臣也馳騖。義夫。赴節。解嘲曰世亂則聖哲馳騖而不足釋位。揮戈。言謀。王室。其二左氏傳王子朝告于諸侯曰居王于彘諸侯釋位以閒王政說文曰揮奮也左氏傳曰會于洮謀王室也王室之亂靡邦不泯平聲毛詩曰亂生不夷靡國不泯毛萇曰泯滅也如彼。墜景。

師古避晉諱

曾不可振丁德禮寡婦賦曰日亹亹以西墜說文曰振舉也乃眷三哲俾乂斯
民三哲劉備孫權曹操也尚書帝曰下民其咨有能俾乂孔安國曰乂治也啓土雖難改物
承天其三尚書曰建邦啓土國語王謂晉侯曰叔父若能更姓改物以創天下禮記明堂陰陽錄曰王者
承天統物也爰茲有魏即宮天邑禮記孔悝鼎銘曰即宮于宗周尚書曰周公曰肆予
敢求爾于天邑商吳實龍飛劉亦岳立東京賦曰乃龍飛白水干戈載揚
俎豆載戢毛詩曰載戢干戈毛萇曰戢聚也論語孔子曰俎豆之事則嘗聞之矣民勞師
興國玩凱入其四毛詩曰民亦勞止玩與翫同古字通周禮曰師有功則愷樂天厭霸
德黃祚告亹左氏傳鄭伯曰天而既厭周德矣干寶搜神記曰魏惟五德之運以土承漢春秋保
乾圖曰漢以魏魏徵黃精接期天下歸高貴逵國語注曰亹兆也言禍有兆獄訟違魏謳歌適
晉孟子萬章曰堯以天下與舜有諸孟子曰否不然天與之堯崩三年之喪畢舜讓避丹朱於南河之南天

下朝覲獄訟者不之堯之子而之舜謳歌者不謳歌堯
之子而謳歌舜舜曰天也夫而後歸中國踐天子之位
焉陳留歸蕃我皇登禪魏志曰陳留王諱奐字景明武帝孫燕王宇子也奉皇帝璽綬
策禪位于晉嗣王魏世譜曰封帝爲陳留王庸岷稽顙三江改獻其五庸岷蜀境也庸
國名也岷山名也禮記孔子曰拜而後稽顙三江吴境也尚書曰三江既入赫矣隆晉奄宅
率土曹府君陳寔誄曰赫矣陳君毛詩曰宅殷土芒芒又曰率士之濵對揚天人有秩
斯祜對揚已見上文司馬相如封禪文曰天人之際已交毛詩曰嗟爾烈祖有秩斯祜爾雅曰祜福也
惟公太宰光翼二祖臧榮緒晉書曰晉太祖爲大將軍以賈充爲司馬右長史及世祖受
禪轉太宰左氏傳康王論晉范會曰宜夫子之光輔五君誕育洪胄纂戎于魯其六臧榮
緒晉書曰謚父韓壽河南尹母賈充少女也充平生不
議立後充後妻郭槐輙以外孫韓謚爲黎民子襲封槐
自表陳是充遺意也帝許之以謚爲魯公毛詩曰誕彌
厥月毛萇曰誕大也鄭玄曰大矣后稷之在其母終於人

道十月而生毛詩曰纘戎祖考鄭玄曰戎汝也毛詩曰俾侯于魯東朝既建淑問峩峩謂愍懷太子也毛詩曰淑問如臯陶我求明德濟同以和我求懿德已見上文左氏傳齊侯曰唯據與我和晏子曰據亦同也焉得爲和和如羹焉宰夫和之齊其不及以洩其過君子食之以平其心君臣亦然杜預曰梁丘據也魯公戾止袞服委蛇毛詩曰魯侯戾止爾雅曰戾至也周禮曰三公自袞冕而下毛詩曰退食自公委蛇委蛇思媚皇儲高步承華其七王隱晉書曰謚以賈后之妹子數入宮與愍懷處毛詩曰思媚周姜又曰媚于天子漢書䟽廣曰太子國儲嗣君承華已見上文昔我逮茲時惟下僚下僚謂洗馬也及子棲遲同林異條俱在東宮故曰同林而貴賤殊隔故曰異條毛詩曰或棲遲偃仰年殊志比服舛義稠服章服也尊卑殊制故曰舛也說文曰稠多也遊跨三春情固二秋其八祗承皇命出納無違尚書曰祗承于帝論語曰樊遲問孝子曰無違往踐蕃朝來步

此注極諦

爛注

紫微蕃朝吴也紫微至尊所居謂爲尚書郎升降祕閣我服載暉謝承後漢書曰謝承父嬰爲尚書侍郎每讀高祖及光武之後將相名臣策文通訓條在南宮祕於省閣唯臺郎升複道取急因得開覽序云入爲尚書郎作此詩然祕閣即尚書省也孰云匪懼仰肅明威其九尚書曰我有周佑命將天明威分索則易携手實難鄭玄禮記注曰索散也念昔良遊茲焉永歎劉楨黎陽山賦曰良遊未猒白日潛輝毛詩曰茲之永歎公之云感貽此音翰應劭漢書注曰云有也韋昭曰翰筆也蔚彼高藻如玉之闌其十蔚文貌周易曰君子豹變其文蔚也楚辭曰文彩耀於玉石王逸曰言發文舒詞爛然成章如玉石之有文彩也闌力旦切協韻力丹切惟漢有木曾不踰境惟南有金萬邦作詠木謂橙也賈謐贈詩云在南稱柑度北則橙故荅以此言木度北而變質故不可以踰境金百鍊而不銷故萬邦作詠賈戒之以木而陸自勗以金也穀梁傳曰婦人既嫁不踰境毛詩曰大賂南金民之胥好狂

猶厲聖爾雅曰胥相也謂相戒勗以所好尚也論語子曰不得中行而與之必也狂猶乎狂者進取猶者有所不爲尚書曰惟聖罔念作狂惟狂克念作聖說文曰厲石也言人之自勗若金之受厲儀形在昔予聞子命其十一毛詩曰儀形文王萬邦作孚左氏傳晉克曰吕聞命矣

於承明作與士龍一首五言集云與士龍於承明亭作

陸士衡

牽世嬰時網駕言遠徂征鄒陽上書曰豈拘於俗牽於世曹子建責躬詩曰舉挂時網毛詩曰駕言徂東飲餞豈異族親戚弟與兄毛詩曰飲餞于禰又曰豈伊異人兄弟匪他婉孌居人思紆鬱遊子情方言曰俛歡也俛與婉同古字通說文曰孌慕也班固漢書述哀紀曰婉孌董公惟亮天工紆鬱已見上文明發遺安寐寤言涕交纓毛詩曰明發不寐又曰獨寐寤言淮南子曰雍門子以琴見孟嘗君涕流霑纓分塗長林側

「眄」別本

「外」別本校語

揮袂萬始亭佇盼要遐景傾耳玩餘聲家語孔子曰傾耳而聽之不可得而聞杜預左氏傳注曰䛐貪也南歸憩永安北邁頓承明毛萇詩傳曰憩息也頓止舍也永安有昨軌承明子棄予毛詩曰棄予如遺俯仰悲林薄慷慨含辛楚范曄後漢書劉瑜上書曰竊爲辛楚泣血連如楚猶痛也懷往歡絶端悼來憂成緒言和悦綣往歡已絶端哀悼暫來憂便成緒毛萇詩傳曰懷和也楚辭曰欲寂漠而絶端方言曰悼哀也感別慘舒翮思歸樂遵渚舒翮謂鵠遵渚謂鴻言感別之情慘於舒翮之飛鵠思歸之志樂於遵渚之征鴻也蘇武詩曰黄鵠一遠別鄺炎詩曰舒吾凌霄羽毛詩曰鴻飛遵渚

贈尚書郎顧彥先二首五言王隱晋書曰顧榮字彥先吴人也爲

尚書郎 陸士衡

大火貞朱光積陽熙自南爾雅曰大火謂之大辰郭璞曰大火心也在中最明故時

候主之也孔安國尚書傳曰貞正也朱光朱明也爾雅曰夏爲朱明尚書曰日永星火以正仲夏淮南子曰積陽之熱氣生火火氣之精者爲日爾雅曰熙興也續漢書曰日行南陸謂之夏也望舒離金虎屏翳吐重陰言月離畢天將雨也楚辭曰前望舒使先驅王逸曰望舒月御也漢書曰西方金也尚書考靈耀曰西方秋虎漢書曰參白虎三星又曰觜觽爲虎首孔安國尚書傳曰昴白虎中星然西方七星畢昴之屬俱白虎也毛詩曰月離于畢俾滂沲矣楚辭曰屏翳起雨王逸曰屏翳雨師名也曹子建贈王粲詩曰重陰潤万物淒風迕時序苦雨遂成霖左氏傳申豐曰春無淒風秋無苦雨杜預曰苦雨爲人所患苦也小雅曰迕犯也莊子曰陰陽四時運行各得其序朝遊忘輕羽夕息憶重衾輕羽謂扇也傳毅有羽扇賦衾已見上文感物百憂生纏綿自相尋百憂纏綿並已見上文與子隔蕭牆蕭牆隔且深論語子曰吾恐季孫之憂在蕭牆之内也形影曠不接所託聲與音音聲日夜闊何用慰

吾心。毛詩曰仲山甫永懷以慰其心

朝遊遊層城夕息旋直廬。張晏漢書注曰直宿曰廬也迅雷中宵激驚電光夜舒。論語曰迅雷風烈必變楚辭曰夌驚雷軼駭電兮玄雲拖朱閣振風薄綺疏。說文曰拖曳也徒可切鄭玄禮記注曰振動也風以動物故謂之振孔安國尚書傳曰薄迫也李尤東觀銘曰房闥內布綺疏外陳是謂東觀書籍林淵豐注溢脩霤黃潦浸階除。王逸楚辭注曰霤屋宇也說文曰潦雨水也又曰除殿階也停陰結不解通衢化爲渠。沉稼湮梁潁流民泝荆徐。廣雅曰湮沒也梁潁一地名也毛萇詩傳曰泝向也荆徐二州名也眷言懷桑梓無乃將爲魚。毛詩曰眷言顧之又曰惟桑與梓必恭敬止左氏傳曰天王使劉定公勞趙孟館於雒汭劉子曰美哉禹功明德遠矣微禹吾其魚乎

贈顧交阯公真一首 五言 晉百官名曰交州刺史顧祕字公真

陸士衡

顧侯體明德清風肅已邁周易曰君子體仁足以長人鄭玄曰體生也尚書曰先王既勤用明德胡廣書曰建鴻德流清風發迹翼藩后改授撫南裔藩后吳王也顧氏譜曰祕爲吳王郎中令南裔謂交阯也解嘲曰驃騎發迹於祈連蔡邕陳球碑曰遠鎮南裔近撫侯服鄭玄周禮注曰撫安也伐鼓五嶺表揚旌萬里外漢書曰秦北爲長城之役南有五嶺之戍裴淵廣州記五嶺云大庾始安臨賀桂陽揭陽漢書劉向上疏曰甘延壽懸旌万里之外遠績不辭小立德不在大左氏傳劉子謂趙孟曰子盍亦遠績禹功而大庇民焉又穆叔曰大上有立德其次立功高山安足凌巨海猶縈帶古辯異博遊曰衆星累累如連貝江河四海如衣帶惆悵瞻飛駕引領望歸旆楚辭曰惆悵兮而私自憐左氏傳穆叔謂晉侯曰引領西望曰庶幾乎

贈從兄車騎一首

五言集云陸士光

陸士衡

孤獸思故藪，離鳥悲舊林。周禮曰藪牧養蕃鳥獸鄭玄曰澤無水曰藪

翩翩遊宦子，辛苦誰爲心。漢書薄昭與淮南王書曰游宦事人

髣髴谷水陽，婉孌崐山陰。楚辭曰時髣髴以遥見陸道瞻吴地記曰海塩縣東北二百里有長谷昔陸遜陸凱居此谷東二十里有崐山父祖葬焉穀梁傳曰水北曰陽婉孌已見上文

營魄懷茲土，精爽若飛沈。孝子曰載營魄抱一能無離乎鍾會曰載辭也經護爲營形氣爲魄謂魂魄經護其形氣使之長存也論語子曰小人懷土左氏傳樂祁曰心之精爽是謂魂魄

寤寐靡安豫，願言思所欽。東京賦曰膺多福以安悆毛詩曰願言思子嵇康贈秀才詩曰思我所欽

感彼歸塗艱，使我怨慕深。孟子萬章問曰舜往于田曰號泣于旻天何謂其號泣也孟子曰怨慕也集本云歸塗順也

安得忘歸草，言樹背與衿。韓詩曰焉得諠草言樹之背然衿猶前也

斯言

豈虛作思鳥有悲音

答張士然一首

五言孫盛晉陽秋曰張悛字士然少以文章與陸機友善悛七全切

陸士衡

絜身躋祕閣祕閣峻且玄四子講德論曰絜身脩思弔魏武曰機出補著作遊乎祕閣然祕書省亦爲祕閣說文曰玄幽遠也謂祕閣之幽遠也終朝理文案薄暮不遑瞑毛詩曰不遑假寐瞑古眠字駕言巡明祀致敬在祈年駕言已見上文毛詩曰敬祭明祀禮記曰拜至所以致敬也毛詩曰祈年孔夙鄭玄曰我祈豐年甚早也逍遥春王圃躑躅千畝田晉宮閣銘曰洛陽宮有春王園躑躅與蹢躅同禮記曰天子爲籍田千畝回渠繞曲陌通波扶直阡風俗通曰南北曰阡東西曰陌嘉穀垂重穎芳樹發華顛尚書曰農殖嘉穀廣雅曰顛末也余固水鄉士惣轡臨清淵水鄉

今本來作交

「游」別本

謂吳也漢書曰武功中水鄉人三舍墊爲池家語孔子曰善御者正身以惣轡戚戚多遠念行行遂成篇楚辭曰居戚戚而不解

爲顧彥先贈婦二首五言集云爲全彥先作今云顧彥先誤也且此上篇贈婦下篇荅而俱云贈婦又誤也　陸士衡

辭家遠行遊悠悠三千里鸚鵡賦曰女辭家而適人蔡琰詩曰悠悠三千里何時復來會京洛多風塵素衣化爲緇毛萇詩傳曰緇黑色脩身悼憂苦感念同懷子孟子曰古之人不得志脩身見於世列子曰里辱則憂苦隆思亂心曲沈歡滯不起薛君韓詩章句曰時風又且暴使已思益隆毛詩曰亂我心曲歡沈難克興心亂誰爲理願假歸鴻翼飜飛浙江汜魏文帝喜霽賦曰思寄身於鴻鸞舉六翮而輕飛毛詩曰江有汜

東南有思婦，長歎充幽闥。曹子建七哀詩曰：上有愁思婦，悲歎有餘哀。西京賦曰：重閨幽闥。借問歎何爲？佳人眇天末。西京賦曰：眇天末以遠期。遊宦久不歸，山川脩且闊。遊宦已見上文。形影參商乖，音息曠不達。左氏傳子産曰：昔高辛氏有二子，伯曰閼伯，季曰實沈，居曠林，不相能，日尋干戈，以相征討。后帝不臧，遷閼伯于商丘，主辰，商人是因，故辰爲商星。遷實沈于大夏，主參，唐人是因，以服事夏商。其季世曰唐叔，故參爲晉星。法言曰：吾不睹參辰之相比也。音息，音問消息也。廣雅曰：曠，久也。離合非有常，譬彼弦與括。呂氏春秋曰：夫萬物成則毀，合則離，離則復合，合則復離。劉熙釋名曰：矢末曰括。括，會也，與弦會。願保金石軀，慰妾長飢渴。金石已見上文。李陵贈蘇武詩曰：思得瓊樹枝，以解長飢渴。

贈馮文羆一首　五言　陸士衡

昔與二三子，遊息承華南。二三子及承華已見上文。拊翼同枝條，翻飛

飛各異尋班固漢書曰撫翼俱起苟無淩風翮徘徊守故林莊子曰鵠
巢於高榆之巔巢折淩風而起慷慨誰爲感願言懷所欽所欽已見上文發軫
清洛汭驅馬大河陰尚書曰東至于洛汭孔安國曰水北曰汭穀梁傳曰水南曰陰佇
立望朔塗悠悠迴且深馮在斥丘故云朔塗毛詩曰佇立以泣王粲贈士孫文始詩曰
雖則同域邈其迴深分索古所悲志士多苦心古詩曰晨風懷苦心悲情臨
川結苦言隨風吟張平子書曰酸者不能不苦於言愧無雜珮贈良訊
代兼金毛詩曰知子之來之雜珮以贈之孟子曰齊王餽兼金一百而不受趙岐曰兼金其價兼倍於
惡金也夫子茂遠猷款誠寄惠音尚書曰遠尒猷秦嘉贈婦詩曰何用叙我心遺
思致款誠好色賦曰絜齋俟兮惠音聲

贈弟士龍一首 五言 陸士衡

行矣怨路長，惄焉傷別促。論語曰：君命召，不俟駕行矣。曹子建贈白馬王詩曰：怨彼東路長。詩曰：我心憂傷，惄焉如擣。方言曰：惆，憂也。自關而西秦晉之間或曰惄。並奴的切。曹子建送應氏詩曰：別促會日長。指途悲有餘，臨觴歡不足。我若西流水，子爲東跱岳。言己逝如西流之不息，雲止類東岳之不移也。慷慨逝言感，徘徊居情育。逝，機自謂也。居，謂雲也。言慷慨不平，逝者之言多感；徘徊與戀，居者之志彌生。安得攜手俱，契闊成騑服。毛詩曰：死生契闊，與子成說。又曰：攜手同行。毛萇曰：契闊，勤苦也。說文曰：騑，驂傍馬也。鄭玄毛詩箋曰：兩服，中央夾轅也。

爲賈謐作贈陸機一首　四言

潘安仁

肇自初創，二儀絪緼。周易曰：易有太極，是生兩儀。王肅曰：兩儀，天地也。易曰：天地絪緼，萬物化醇。粤有生民，伏羲始君。結繩闡化，八象成文。劇秦美新曰：爰初生民周易曰上古結繩而治後世聖人易之以書契又曰古者包犧氏之王天下也始作八卦以通神明之德以類萬物之情包犧即伏犧也聲類曰闡大開也**芒芒九有區域以分**其一左氏傳魏絳曰虞人之箴曰芒芒禹跡畫爲九州杜預云芒芒遠貌也毛詩曰方命厥后奄有九有毛萇曰九有九州也**神農更王軒轅承紀**史紀曰軒轅爲天子代神農氏是爲黃帝順天地之紀家語孔子曰古之王者易代改號取法五行五行更王終始相生也**畫野離疆爰封衆子**漢書曰昔在黃帝畫埜分州得百姓之國萬區史紀曰黃帝二十五子得其姓者一十四人**夏殷既襲宗周繼祀**楚辭曰思堯舜兮襲興毛詩曰赫赫宗周**綿綿瓜瓞六國下峙**其二毛詩曰綿綿瓜瓞民之初生自土沮漆六國謂韓燕趙魏齊楚也**強秦兼并吞滅四隅**史記曰秦始皇初并天下班固漢書述曰孝武行師吞滅海隅淮南子曰經營四隅還反於樞高誘曰隅猶方也**子嬰面櫬漢祖膺圖**子嬰漢祖並已見上文左氏傳曰楚子圍許許僖公見楚子於武城

面縛銜璧大夫衰經士輿櫬東京賦曰高祖膺錄受圖曹植大魏篇曰大魏膺符 靈獻微弱在涅則渝 范曄後漢書曰孝靈皇帝諱宏肅宗玄孫也桓帝崩無子即皇帝位又曰孝獻皇帝諱協靈帝中子也靈帝崩即皇帝位曾子曰沙在泥與之皆黑趙岐孟子章句曰白沙入泥不染自黑爾雅曰渝變也

三雄鼎足孫啓南吴 其三 三雄即三國之主班固漢書述曰三雄是敗漢書蒯通說韓信曰方今足下三分天下鼎足而居 南吴伊何僭號稱王 吴志曰黄龍元年權即皇帝位春秋命歷序曰吴楚駒勝僭號稱王駒景駒也勝陳勝也字書曰僭假也 大晉統天仁風遐揚 謂武帝也周易曰大哉乾元萬物資始乃統天典引曰仁風翔于海表 僞孫銜璧奉土歸疆 僞孫謂皓也吴志曰孫皓字元宗和子也孫休薨皓立晉命王濬伐皓皓致書於濬濬受皓之降銜璧已見上句

婉婉長離凌江而翔 其四 長離喻機也楚辭曰駕八龍之婉婉漢書曰長麗前掞光耀明臣瓚曰長離靈鳥也離與麗古字通 長離云誰咨爾陸生 毛詩曰云誰之

思又曰谷爾殷商鶴鳴九皐猶載厥聲毛詩曰鶴鳴九皐聲聞于天又曰厥聲載路

況乃海隅播名上京海隅謂吳也尚書曰至于海隅范甚後漢書沮授謂袁紹曰將軍弱冠登朝播名海內孔安國尚書傳曰播布也

爰應旌招撫翼宰庭其五臧榮緒晉書曰太熙末太傳楊駿辟機爲祭酒孟子曰夫招士以旍大夫以旌撫翼已見上文宰謂駿也宰或爲紫非也

儲皇之選實簡惟良漢書疏廣曰太子師友必之天下英俊爾雅曰簡擇也尚書曰時惟良顯哉孔安國曰是惟良臣則君顯明於世

英英朱鸞來自南岡鸞亦喻機也毛萇詩傳曰英鮮明也王逸楚辭序曰虯龍鸞鳳以託君子毛詩曰我來自東

曜藻崇正玄冕丹裳謂爲洗馬也崇正太子之宮也臧榮緒晉書曰世祖以皇太子富於春秋初命講孝經於崇政殿周禮曰大夫玄冕禮記曰君朱韠環濟要略曰韠以象裳色

如彼蘭蕙載採其芳其六藩岳作鎮輔我京室謂吳王也班固盧綰述曰綰自同閈鎮我北壃毛詩曰大啓爾宇爲周室輔

旋反桑梓帝

弟作弼桑梓已見上文作弼謂爲吴王郎中令也或云國宦清塗攸失漢書曰武有淮南衡山之謀作左官之律應劭曰人道尚右今舍天子而仕諸侯故謂之左官吾子洗然恬淡自逸其七莊子曰庚桑子之始來也吾洒然異之鄭玄禮記注曰洒如肅敬也文子曰靜漠恬淡説文曰淡安也徒敢切毛詩曰我不敢傚我友自逸陳太丘碑曰澹然自逸廊廟惟清俊乂是延史記曰賢人深謀於廊廟爾雅曰室有東西廂曰廟揵爲舍人曰殿有東西小堂也然廊廟君之居臣朝覲之所故曰俊乂是延也尚書曰俊乂在官鄭玄周禮注曰延進也擢應嘉舉自國而遷方言曰擢拔也齊轡羣龍光讚納言謂爲尚書郎也楊雄河東賦曰建乾坤之貞兆兮將悉總之以羣龍韋昭曰比羣賢也尚書帝曰龍命汝作納言應劭漢書注曰納言如今尚書官機爲郎故曰光讚也鄭玄周禮注曰贊佐也優遊省闥珥筆華軒其八毛詩曰優遊爾休矣崔駰奏記竇憲曰珥筆持牘拜謁曹下韋昭漢書注曰檻殿上欄軒上板昔余與子繾綣東朝左氏

傳臧昭伯曰繾綣從公無通外內也雖禮以賓情同友僚嬉娛絲竹撫鞞

舞韶禮記曰絲竹樂之器也字林曰鞞小鼓也尚書曰簫韶九成孔安國曰韶舜樂名偕曰朗

月携手逍遥其九自我離羣二周于今禮記曰子夏曰吾離羣索居毛詩曰

自我不見于今三年雖簡其面分著情深孔安國尚書傳曰簡略也袁紹與公孫瓚書曰

分著丹青子其超矣實慰我心毛詩曰實獲我心發言爲詩俟望好

音其十毛詩序曰在心爲志發言爲詩毛詩曰誰將西歸懷之如音欲崇其高必重其

層郭璞山海經注曰層重也慈登切立德之柄莫匪安恒周易曰謙德之柄也恒德

之固也在南稱甘度北則橙言甘以移植而易名恐人從居而變節故引以誡之淮南

子曰江南橘樹之江北而化爲橙博物志曰橘柚類甚多甘橙枳皆是崇子鋒穎不頹不

崩其十一鄭玄禮記注曰崇猶尊也摯伯陵荅司馬遷書曰有能者見鋒穎之秋毫毛詩曰如南山之壽不

原作籍

騫不崩

贈陸機出爲吳王郎中令一首 四言 潘正叔

文章志曰潘尼字正叔少有清才初應州辟後以父老歸供養父終乃出仕位終大常

東南之美曩惟延州爾雅曰東南之美者有會稽之竹箭焉左氏傳曰吳子使屈狐庸聘于晉趙文子問焉曰延州來季子其果立乎杜預曰延州來季札邑也顯允陸生於今尠儔毛詩曰顯允君子莫不令德振鱗南海濯翼清流高唐賦曰振鱗奮翼應德璉建章臺集詩曰翟翼陵高梯婆娑翰林容與墳丘其一荅賓戲曰婆娑乎術藝之場長揚賦曰借翰林以爲主人左氏傳楚左史倚相趍過王曰是史也能讀三墳五典八索九丘玉以瑜潤隨以光融禮記孔子曰君子比德於玉焉溫潤而澤仁也瑜不揜瑕忠也鄭玄曰瑜其中間美者隨隨珠已見上文杜預左氏傳注曰融朗也乃漸上京乃儀儲官周易曰鴻漸于陸其羽可以爲

儀吉玩爾清藻。味爾芳風。玩猶愛也祢衡顏子碑曰秀不實振芳風涂之彌廣。
挹之彌沖。其二毛詩曰漢之廣矣涂之游之毛萇曰潛行爲涂又曰挹斟也老子曰大蒲若沖字書
曰沖猶虛也崐山何有有瑤有珉新序晉平公嘆曰嗟乎安得賢士大夫與共此樂舩
人固桑對曰夫劒產於越珠產江漢玉產崐山此三寶皆無足而致今君苟好士則賢士至矣說文曰瑤玉美
者又曰珉石之美者及爾同僚具惟近臣臧榮緒晉書曰正叔元康初拜太子舍人機仕
東宮已見上文毛詩曰我雖異事及爾同僚東京賦曰具惟帝臣國語曰近臣盡規予涉素秋子
登青春素秋喻老青春喻少也劉楨與臨淄侯書曰肅以素秋則落楚辭曰青春受謝愧無老
成廁彼日新其三毛詩曰雖無老成人尚有典刑周易曰大畜剛健篤實輝光日新其德祁
祁大邦惟桑惟梓毛詩曰采蘩祁祁毛萇曰祁祁衆多也穆穆伊人南國
之紀毛詩曰穆穆魯侯又曰所謂伊人又曰滔滔江漢南國之紀帝曰爾諧惟王卿

士尚書帝曰爾諧俯僂從命爰恤奚喜其四左氏傳孟僖子召其大夫曰吾聞將有達者曰孔丘聖人之後也其祖弗父何始有國而授厲公及正考父佐戴武宣三命茲恭敬其鼎銘曰一命而僂再命而傴三命而俯循牆而走莫余敢侮我車既巾我馬既秣周禮巾車下大夫二人鄭玄曰巾猶衣也秣馬已見上文星陳夙駕載脂載轄尚書大傳八伯歌曰爛然星陳毛詩曰星言夙駕說于桑田又曰載脂載轄還車言邁婉孌二宮徘徊殿闥醪澄莫饗孰慰飢渴其五淮南子曰酒澄而不飲孔叢子子思謂魯穆公曰君若飢渴待賢也昔子忝私貽我蕙蘭陸集有贈正叔詩今子徂東何以贈旃徂東謂適吳也毛詩曰駕言徂東又曰何以贈之寸晷惟寶豈無璵璠淮南子曰聖人不貴尺之璧而重寸之陰難得而易失也說文曰晷景也璵璠美玉也彼美陸生可與晤言其六毛詩曰彼美淑姬可以晤言鄭玄曰晤猶對也

贈河陽一首 五言　潘正叔

宓生化單父子奇莅東阿 呂氏春秋曰宓子賤治亶父彈鳴琴身不下堂亶父治巫馬期以戴星出入日夜不居以身親之而亶父亦治巫馬期以問於宓子宓子曰我之任人子之任力任力者固勞任人者固逸說苑曰子奇年十八齊君使治阿既行齊君悔之遣使追使者返曰子奇必能矣共載者皆白首者也子奇至阿鑄庫兵以爲耕器魏聞童子爲君庫無兵倉無粟乃起兵擊之阿人父率子兄率弟以私兵戰遂敗魏師 桐鄉建遺烈武城播弦歌 漢書曰朱邑字仲卿廬江人少時爲舒桐鄉嗇夫廉平不苛後爲大司農病且死屬其子曰我故爲桐鄉吏其人愛我必葬我桐鄉後世子孫奉我不如桐鄉人及死其子葬之桐鄉西郭外人果共立爲邑起冢立祠祭至今不絕班固說東平王蒼曰遺烈著於無窮論語曰子之武城聞弦歌之聲孔安國曰子游爲武城宰 逸驥騰夷路潛龍躍洪波 驥龍喻岳也 弱冠步鼎鉉既立宰三河 岳早辟賈充府出爲河陽令禮

記曰人生二十曰弱冠周易曰鼎金鉉鄭玄曰金鉉喻明道能舉居之官職也尚書注曰鼎三公象也論語曰三十而立漢書東方朔曰漢去三河之地止霸滻以西

流聲馥秋蘭摛藻艷春華 家語孔子曰流聲後裔非唯學之所致耶楚詞曰秋蘭兮青青說文曰摛舒也摛藻春華已見上文

徒美天姿茂豈謂人爵多 風俗通曰太尉掾范滂天姿聰叡孟子曰有天爵有人爵仁義忠信樂善不倦此天爵也公卿大夫此人爵也古之人脩其天爵而人爵從之今之人脩天爵以要人爵既得人爵而弃天爵終亦亡矣

贈侍御史王元貺一首 五言

潘正叔

崐山積瓊玉廣廈構衆材 崐山出玉已見上文慎子曰廊廟之材非一木之枝

遊鱗萃靈沼撫翼希天階 遊鱗龍也毛萇詩傳曰萃集也毛詩曰王在靈沼楚辭曰攀天階而下視

膏蘭孰為銷濟治由賢能 漢書曰龔遂卒有父老來弔曰薰以香自燒膏

以明自銷**王侯厭崇禮迴迹清憲臺**漢書上謂嚴助曰君厭承明之廬張孟陽魏都賦注曰聽政殿左崇礼門漢官儀曰御史爲憲臺也**蠖屈固小往龍翔迺大來**周易曰尺蠖之屈以求伸也龍蛇之蟄以存身也又曰泰小往大來吉郭璞方言注曰尺蠖又呼爲步屈也於縛切**協心毗聖世畢力讚康哉**尚書曰三后協心毛詩曰天子是毗鄭玄曰毗輔也呂氏春秋曰百官有司之事畢力竭智矣尚書咎繇乃歌曰元首明哉股肱良哉庶事康哉

文選卷第二十四

庚六月廿七夕　侃讀

黄侃黄焯批校昭明文選

三

〔梁〕蕭統 編
〔唐〕李善 注
黄侃 黄焯 校訂

湖北省公益学术著作出版专项资金
Hubei Special Funds for Academic and Public-Interest Publications

長江出版傳媒
崇文書局

抄与前同卷六

抄無此行

抄無此之行

注　抄世

文選卷第十二

梁昭明太子撰

文林郎守太子右內率府録事參軍事崇賢館直學士臣李善注上

江海

海賦

木玄虛　今書七志曰木華字玄虛華集曰爲楊駿府主簿傅亮文章志曰廣川木玄虛爲海賦文甚儁麗足繼前良

昔在帝媯古爲巨唐之代　帝媯謂舜也尚書序曰昔在帝堯尚書曰釐降二女于媯汭孔

抄激　抄彤

抄但存足盍踏字之半

抄迤

抄沃　「沃」注同。瀹字訛改

尤云相淺五臣淺作潑　瀹

抄崿

抄泄

安國曰舜所居嬀水之汭也左氏傳季文子使太史克對宣公曰舜臣堯舉八愷使主后土杜預曰爲堯臣也天綱浡蒲没潏以出爲凋爲瘵側界反言水之廣大爲天綱紀浡潏沸涌貌桓子新論曰夏禹之時潙水浡潏說文曰潏水涌出也又說文曰凋半傷也爾雅曰瘵病也尚書曰湯湯洪水方割孔安國曰割害也洪濤瀾汗萬里無際瀾汗長貌西京賦曰起洪濤而揚波長波涾徒荅沲杜我迆羊氏涎延八裔涾沲相重之貌迆涎邐迆相連也八裔猶八方也於是乎禹也乃鏟臨崖之阜陸決陂潢而相沃沃孟子曰當堯之時洪水横流氾濫天下堯獨憂之舉舜舜使禹疏九河瀹濟漯蒼頡篇曰鏟削平也淮南子曰禹有洪水之患陂塘之事高誘曰陂畜也塘堤也說文曰潢積水池也沃灌也啓龍門之岝𡾊墾陵巒而嶄七咸鏨尚書璇璣鈐曰禹開龍門導積石鄭玄注曰龍門山名也岝𡾊高貌岝助格切𡾊五格切廣雅曰墾治也墾與墾音義同廣雅曰鑱謂之鏨仕咸切鏨與嶄古字通羣山既略百川潛渫息列切孔

抄領　尤云騰波五臣作騰傾

抄適瀝

瀹

安國尚書傳曰治山通水故以山名尚書曰嵎夷既略
孔安國曰用功少曰略周書曰禹渫七十川大利天下
尚書大傳曰百川趨於海爾雅泱思朗漭莫廣澹徒敢泞騰波
曰潛深也說文曰渫除去也
赴勢泱漭廣大也澹泞澄深也泞音紵江河既導萬穴俱流尚書曰岷山導江又
曰導河積石淮南子曰瀆有萬穴掎居蟻拔五嶽竭涸九州掎拔竭涸言水既除掎拔
而出竭涸而乾也掎引也廣雅曰拔出也五嶽泰華
霍恒嵩高賈逵國語注曰涸竭也尚書序曰禹別九州瀝
滴滲淫七林薈烏外蔚雲霧消流泱烏黨瀼乃朗莫不來注說文
曰瀝滴水下滴瀝也滲淫小水津液也滲音侵薈蔚雲
霧雲潤也毛詩曰薈兮蔚兮南山朝隮消流小流也泱
瀼渟淤也漢書杜欽曰屯氏河羨溢
有填淤反瀼之害說文曰注灌也於廓靈海長為委
輸[illegible]毛萇詩傳曰於歎辭也爾雅曰廓大也孟子曰舜使
禹疏九河踰濟漯而注諸海禮記曰三王之祭川也
或源或委鄭玄曰委流所聚淮南子曰河
水九折注海而流不絕者崐崘之輸也其為廣也其

抄無　抄悠

抄无下同

抄冲　尤云沆瀁五臣沆作滉

抄吸

抄潪　別本作嵩

抄迺

抄攄　尤云攄轡五臣作鑣

轡

滔　濤

抄枎

抄飄

爲怪也。宜其爲大也。爾其爲狀也，則乃㴸由湠亦瀲力冉灩以冉，浮天無岸。㴸湠，流行之貌。瀲灩，相連之貌。玄中記曰：天下之多者水焉，浮天載地。說文曰：浮，沇也。沖冲瀜融沆胡廣瀁余兩，渺亡少瀰弥湠炭漫。沖瀜沆瀁，深廣之貌。渺瀰湠漫，曠遠之貌。波如連山，乍合乍散。莊子曰：白波若山。噓噏許急百川，洗滌淮漢。噓噏，猶吐納也。百川已見上文。淮漢之流小而且穢，故洗滌之。襄陵廣舃，漻交盭浩汗。尚書曰：懷山襄陵。又曰：海濱廣斥。史記曰：斥爲舃，古今字也。膠盭，廣深之貌。若乃大明攄苗彼轡於金樞之穴。言月將夕也。大明，月也。周易曰：懸象著明，莫大乎日月。攄，猶攬也。月有御，故言轡。金，西方也。河圖帝覽嬉曰：月者，金之精。月有窟，故言穴。伏韜望清賦曰：金樞理轡，素月告望。義出於此。翔陽逸駭於扶桑之津。言日初出也。翔陽，日也。淮南子曰：日，陽之主也。日中有烏，故言翔逸。駭，言出疾也。廣雅曰：駭，起也。山海經曰：湯谷上有扶木。扶木者，扶桑也，十日所浴。彯匹遙

抄嵨　氣

抄渭　抄跌　尢云渭濆淪五臣作汾渭

抄消湖潟

沙礐(苦角)石蕩颸(以出)島濱(言此二時風尤疾也易通卦驗曰巽風不至則大風發屋揚沙說文曰礐石聲也春秋命歷序曰大風飄石飃風疾貌　說文曰島海中往往有山可居曰島)於是鼓怒溢浪揚浮(言風既疾而波鼓怒也上林賦曰沸乎暴怒)更相觸摶飛沫起濤(蒼頡篇曰濤大波也)狀如天輪膠戾而激轉(呂氏春秋曰天地如車輪終則復始高誘曰輪轉也上林賦曰宛潬膠盭)又似地軸挺拔而爭迴(河圖括地象曰地下有四柱廣十萬里有三千六百軸廣雅曰挺出也)岑嶺飛騰而反覆五嶽鼓舞而相磓(丁迴反岑嶺五嶽言波濤之形遞相觸激故或反覆故或相磓也爾雅曰山小而高曰岑五嶽已見上文磓猶激也)渭(謂)濆淪而滀(丑六)漯(他荅)鬱沏(切)迭而隆頹(渭亂貌濆淪相糾貌滀漯攢聚貌鬱盛貌沏迭疾貌隆頹不平貌)盤盓(于乙)激而成窟㴋(七笑)𣶒(土含)濼(桀)而為魁(盤盓旋遶也㴋𣶒峻波也毛萇詩傳曰傑特立也濼與傑同賈逵國語注

抄洦 別本作洦舊注音陌

湆音涔

抄蹜 抄潗

抄消

抄涌

抄碨 呷呼甲切 抄隴

抄派 抄瀹 抄溢

尤云渤蕩五臣蕩作湯

曰川阜曰魁潤失冉泊帛栢而迆以爾颺余諒磊洛罪匒苔匌苦合而相

豗呼迴反潤疾貌泊栢小波也迆颺邪起也磊大貌匒匌重疊也相豗相擊也驚浪雷奔駭

水迸集七發曰波湧而濤起橫奔以雷字書曰迸散也開合解會瀼瀼傷濕

濕瀼瀼濕濕開合之貌葩華踧子六沑女六瀕頂濘奴冷潗側立湒子女及反葩華分

散也踧沑蹴聚也瀕濘沸貌潗湒沸聲若乃霾莫排曀一計潛銷莫振莫竦

爾雅曰風而雨土為霾陰而風為曀霾音埋說文曰潛藏也廣雅曰振動也竦亦動也輕塵不飛

纖蘿不動爾雅曰唐蒙女蘿猶尚呀呼加呷餘波獨涌言風雖靜而餘波猶

壯呀呷波相吞吐之貌澎四宏濞灪於勿䃶烏埋碨烏罪磊山壟澎濞水聲洞簫賦曰

澎濞慷慨灪䃶高峻貌碨磊不平貌爾其枝岐潭以審瀹藥渤蕩成汜音似管子

管仲對桓公曰水別於他水入於大水及海者命曰枝穆天子傳曰飲于枝涛之中郭璞曰水岐成涛涛小渚

抄徧　尤云偏荒五臣作遍荒

抄許云五本駿爲迅　抄檝

抄浮

尤云飛駿五臣作飛迅

冋　抄驪

倏

也音止潭淪動搖之貌毛詩曰江有汜毛萇曰決復入爲汜也乖蠻。隔夷。迴互。萬。里。若乃偏荒速告王命急宣列子曰殊方偏國張湛曰偏邊也毛詩曰肅肅王命飛駿鼓楫汎海凌山爾雅曰駿速也郭璞曰駿猶迅速亦疾也方言曰楫謂之橈東方朔對詔曰凌山越海窮天乃止於是候勁風揭桀百。尺。廣雅曰揭舉也百尺帆檣也。維長綃所交挂帆席綃今之帆綱也。以長木爲之所以挂帆也劉熙釋名曰隨風張幔曰帆或以席爲之故曰帆席也望濤遠決冏九永然鳥逝蒼頡篇曰冏光也鷸聿如驚鳧之失侶。倏如六龍之所掣。充制反。鷸疾貌。蘇武荅李陵書曰雖乘雲附景不足以比速晨鳧失羣不足以喻疾春秋命歷序曰皇伯登出扶桑日之陽駕六龍以上下說文曰掣引而縱也一越三千不終朝而濟所屆左氏傳曰子文訓兵於睽終朝而畢爾雅曰濟度也孔安國尚書傳曰屆至也若其負穢臨深虛誓愆祈負穢言身有罪若負

注彷彿罔象

抄暫是

抄魍魎

荷然尚書曰負罪引慝杜預左氏傳注曰愆失也鄭玄周禮注曰祈禱也則有海童邀路。馬銜當蹊。吳歌曰仙人齎持何等前謁海童爾雅曰邀遮也陸綏海賦圖云馬銜其狀馬首一角而龍形杜預左氏傳注曰蹊徑也天吳乍見而髣髴蝄像暫曉而閃式染屍山海經曰朝陽之谷神爲天吳吳爲水伯說文曰髣髴見不諟也楚辭曰時彷彿以遙見國語仲尼曰丘聞之水之怪龍罔象木之怪夔魍魎韋昭曰罔象食人閃屍暫見之貌。羣妖遘迕眇䁱余沼冶夷爾雅曰遘遇也小雅曰迕犯也眇䁱視貌冶夷妖媚之貌決帆摧橦直江戕風起惡夫聲橦百尺也杜預左氏傳注曰戕卒暴之名也起惡起爲暴惡也廓如靈變。惚怳幽暮。廓猶開也言廓然暫開如神之變惚怳之頃而又幽暮也鄭玄禮記注曰幽闇者不明也氣似天霄。靉愛靆費雲布。言海神吐氣類於天霄靉靆昬闇貌。韓子曰雲布風動⿱雨儵叔昱絕電。百色妖露。⿱雨儵昱疾貌。妖露爲妖而呈露也呵⿰口欻許勿掩

抄灪　无云掩鬱五臣作鬱忽

无云沸潰五臣作沸渭　五臣泋音諱　此條塙證舊音兆　五臣曰音

杈胸評云作罥本胸　抄巖

鬱矆居縛睒失冉無度呵歘掩鬱不明貌說文曰矆大視也又曰睒暫視也飛澇勞相磢楚石爽激勢相沏楚櫛反言衆風迅疾而波浪相衝也澇大波也郭璞方言注曰磢錯也磢與磢同沏摩也楚乙切崩雲屑雨浤浤宏汩汩火曰屑雨飛灑之貌言波浪飛灑似雲之崩如雨之屑也李文辟雝賦曰興雲動雷飛屑風雨浤浤汩汩波浪之聲也浤音宏趻勑甚踔丑角湛以甚灤藥沸潰渝溢趻踔湛灤波前却之貌潰亂流也渝亦溢也瀖霍泋卉濩鑊渭蕩雲沃日瀖泋濩渭衆波之聲於是舟人漁子徂南極東言風起而浪驚故漂浮而無定毛萇詩傳曰極至也或屑沒於黿鼉之穴或挂罥於岑嶅敖之峯言被漂溺死非一所也屑猶碎也禮記曰屑桂與薑聲類曰罥係也爾雅曰山多小石曰嶅或掣充制掣洩余制洩於裸人之國或汎汎悠悠於黑齒之邦掣制掣洩洩任風之貌汎汎悠悠隨流之貌淮南子曰自西南至東南有裸人國黑齒民許慎曰其民不衣也其人黑

文十二　五

抄溢

抄無 抄蓬 抄而
尤云萍流而浮轉五臣作蓬轉
抄洒
尤云北灑五臣作北洗
天墟音區
尤云經途五臣作經綸
抄墟
抄下有其

（菌也）或乃萍流而浮轉，或因歸風以自反。（謝承後漢書鄭玄戒子書曰黃巾爲害萍浮南北）徒識觀怪之多駭，乃不悟所歷之近遠。（蒼頡篇曰駭驚也說文曰悟覺也）爾其爲大量也，則南瀲（斂）朱崖，北灑天墟。（音虛廣雅曰瀲漬也東都主人曰南燿朱垠垠亦崖也爾雅曰北陸虛也）東演析木，西薄青徐。（說文曰演長流也言流至析木之境爾雅曰析木謂之天津海在青徐之東故云西薄小雅曰薄迫也尚書曰海岱惟青州又曰海岱及淮惟徐州）經途瀴（烏泠）溟（莫泠），萬萬有餘。（鄭玄周禮注曰經謂里數也瀴溟猶絕遠杳冥也）吐雲霓，含龍魚。（淮南子曰四海之雲湊）隱鯤鱗，潛靈居。（鯤鱗或爲昆山昆山方壺之屬也靈居衆仙所處也）豈徒積太顛之寶貝，與隨侯之明珠。（琴操曰紂徙文王於羑里擇日欲殺之於是太顛散宜生南宮适之屬得水中大貝以獻紂立出西伯墨子曰和氏之璧隋侯之珠）將世之所收者常聞，所未

抄髣　抄大　抄盤　抄颺

名者若無言世之所收者常聞其名其或未名者若本無也且希世之所聞惡烏審其名言希世乃一聞之故不能審其名魯靈光殿賦曰邈希世而特出故可仿像其色靉於氣虛愷雲氣其形仿像靉𩃬不審之貌爾其水府之內極深之庭劉劭趙都賦曰其東則有天浪水府百川是理則有崇島巨鼇峌庭結峴五結孤亭擘洪波指太清崇島五嶽也巨鼇大鼇也列仙傳曰巨鼇負蓬萊山而抃滄海之中列子曰渤海之東名曰歸墟其中有五山帝命禺強使巨鼇十五舉首載五山峙而不動說文曰海中往往有山可依止曰島崿峌峴高貌山居海中故云擘峻極際天故云指鄭衆周禮注曰擘破裂也東方朔十洲記曰冥海洪波百丈鶡冠子曰上及泰清下及太寧竭磐石栖百靈鄭玄禮記注曰竭猶載也聲類曰磐大石也百靈衆仙颺凱風而南逝廣莫至而北征言巨鼇多力遡風而行也呂氏春秋曰南方曰凱風北方曰廣莫風其垠銀則有天琛水怪鮫人之室

天琛自然之寶也尚書曰天球在東序水怪奇石生乎水濵也尚書曰鈆松怪石曹子建七啓曰戲鮫人劉淵林吴都賦注曰鮫人水底居瑕石詭暉鱗甲異質說文曰瑕玉之小赤色者也詭暉別色說文曰詭變也異質殊形也廣雅曰質軀也若乃雲錦散文於沙汭之際綾羅被光於螺蚌之節言沙汭之際文若雲錦螺蚌之節光若綾羅也毛萇詩傳曰芮崖也芮與汭通曹植齊瑟行曰蚌蛤被濵崖光采如錦紅繁采揚華萬色隱鮮說文曰隱蔽也陽氷不治陰火潛然言其陽則有不治之氷其陰則有潛然之火也晏子春秋曰陰氷凝陽氷厚五寸說文曰治銷也熺許眉炭重燔煩吹烱古永九泉熺炭炭之有光也廣雅曰熺熾也重燔猶重然也吹猶然也漢書趙氏無吹火焉說文曰烱光也言火之光下照九泉地有九重故曰九泉朱燉熖綠煙䁏一眇眇蟬蜎一緣反䁏眇蟬蜎煙豔飛騰之貌燉與爓同魚則橫海之鯨突扤孤遊弔屈原曰橫江湖之鱣鱏郭璞山海經注曰橫

抄魚上有其則下有有

抄杌

原文鱓作鯨

字作焰

抄烱

蜎下抄有珊瑚琿珀羣產相連磚礫焉磁瀾積如山十六字

抄迺　抄蹶　失　抄搖　鰭　刺當作刺　抄羽　抄割

塞也。突抗，高貌。戛巖嶔偃高濤，戛猶櫽也。茹鱗甲，吞龍舟。廣雅曰：茹，食也。莊子曰：吞舟之魚，碭而失水。高誘淮南子注曰：龍舟，大舟。噏虛及波則洪漣踧蹜，吹澇去聲則百川倒流。劉劭趙都賦曰：巨鼇冠山，陵魚吞舟，吸潦吐波，氣成雲霧。蹜蹙，聚貌。踧，子六切。蹜，所六切。或乃蹭七鄧蹬鄧窮波，陸死鹽田。蹭蹬，失勢之貌。鹽田，海邊也。張揖上林賦注曰：海水之崖，多出鹽也。巨鱗插雲，鬐鬣刺天。郭璞上林賦注曰：鰭，魚背上鬣也。南都賦曰：森蓴蓴而刺天。顱盧骨成嶽，流膏爲淵。廣雅曰：顱謂之顎顙。魏武四時食制曰：東海有魚如山，長五六里，謂之鯢，時死岸上，膏流九頃。春秋元命包曰：積骨成山，流血成淵。若乃巖坻直夷之隈，沙石之嶔，音欽。郭璞上林賦注曰：坻，岸也。說文曰：隈，水曲也。嶔，沙石嶔岑也。毛翼産轂，苦候剖卵成禽。爾雅曰：生哺轂。郭璞曰：鳥子須母食也。剖猶破也。鳧雛離褷，所宜鶴子淋滲。所今反。西京雜記曰：太液池其間鳧雛鶴子，布滿充積。離褷、淋滲，毛

尤云翔霧五目作翔鶩
抄評此行上有鶩字當是霧字之異本
抄泄
尤云擾翰爲林五目林作霖
抄廼
抄覲
抄覿 嚌
橋
抄冢
家
尤云羣仙縹眇五目作神仙瞟
抄飡 抄青
注引魯靈光殿賦字當如此
抄頁
抄摻

羽始生之貌羣飛侶浴戲廣浮深翔霧連軒下洩余世洩淫淫軒舉也洩洩淫淫飛翔之貌翻動成雷擾翰爲林翻動貌漢書趙王曰聚蚊成雷孔安國尚書傳曰擾亂也王弼周易注曰翰高飛貌更相叶嘯詭色殊音詭異也若乃三光旣清天地融朗淮南子曰夫道紘宇宙而章三光杜預左氏傳注曰融朗也不汎陽侯乘蹻去喬絕往淮南子曰武王渡于孟津陽侯之波逆流而擊曹植苦寒行曰乘蹻追術士遠在蓬萊山抱朴子曰乘蹻可以周流天下蹻道有三法一曰龍蹻二曰氣蹻三曰鹿盧蹻覿安期於蓬萊見喬山之帝像列仙傳曰安期先生謂始皇曰後千歲求我蓬萊山下史記曰武帝祭黃帝冢橋山上曰吾聞黃帝不死今有冢何也或對曰黃帝已仙上天羣臣葬其衣冠也羣仙縹匹妙眇餐玉清涯音宜縹眇遠視之貌魯靈光殿賦曰忽瞟眇以響像列仙傳曰赤松子服水玉屨阜鄉之留舄被羽翮之襂所今纚所宜反列仙傳曰安期先生琅

尤云翔天沼五臣作大沼

抄苞

此奇怪指神怪故不与下何有何無閡

邪阜鄉人自言千歲秦始皇與語賜金數千萬於阜鄉亭皆置去留書以赤玉舃一量爲報言仙人以羽翮爲衣漢書曰天道將軍衣羽衣襂纚羽垂之貌翔天沼。戲窮溟。莊子曰窮髮之北有溟海者天池也甄古然有。形於。無欲。永悠。悠以。長生。言衆仙雖表有形而無情欲故能久視長生也鄭玄尚書緯注曰甄表也淮南子曰有形之類莫尊於水莊子曰同乎無欲老子曰常無欲以觀其妙又曰長生久視之道且其。爲。器。也包乾。之。奧括坤之。區。周易曰乾爲天坤爲地孔安國尚書傳曰奧內也又曰區域也惟神。是。宅。亦祇。是。廬神祇衆靈之通稱非惟天地而已禮記曰有天下者祭百神也何奇。不。有。何怪。不。儲。說文曰儲積也芒芒。積。流含。形。內。虛。班彪覽海賦曰余有事於淮浦觀滄海於茫茫孫卿子曰不積小流無以成河海含形內虛言水能含衆形內虛似乎謙也孫卿子曰水清則見物之形周易曰君子以虛受人曠哉。坎。德。卑以。自。居。周易曰坎爲水家語金人銘曰江海雖左長百川以其卑也周易曰

充

句有誤

此論未詳首由洪水未平疏瀹注海敘起最得勢末則文義已竭提理其辭也

材 注

謙謙君子卑以自牧管子曰夫人皆赴高水獨赴下卑也而水以為都居也弘往納來以宗以都自海而往弘之而令大自外而來納之而不逆尚書曰江漢朝宗于海山海經曰和山實惟河之九都郭璞曰九水所潛故曰九都品物類生何有何無言諸品物以類相生何所不有何者而無言其多也韓詩外傳曰夫水羣物以生品物以正李尤翰林論曰木氏海賦壯則壯矣然首尾負揭狀若文章亦將由未成而然也

江賦

釋名曰江者公也出物不私故曰公也風俗通曰江者貢也為其出物可貢晉中興書曰璞以中興王宅江外乃著江賦述川瀆之美

郭景純臧榮緒晉書曰郭璞字景純河東人璞性放散不脩威儀為佐著作後轉王敦記室參軍敦謀逆為敦所害又云有人見其睡形變鼉云是鼉精也

咨五才之並用寔水德之靈長左氏傳宋子罕曰天生五材人並用之廢一不

抄苞

抄而　抄以　信字不湲胡校非　江

可杜預曰金木水火土也淮南子曰夫水者大不可極深不可測無公無私水之德也惟岷山之導江初發源乎濫觴惟發語之辭也岷山導江東別爲沱南都賦曰發源巖穴家語孔子謂子路曰夫江始於岷山其源可以濫觴及其至於江津不舫舟不避風則不可以涉王肅曰觴所以盛酒者言其微也聿經始於洛沫昧攏萬川乎巴梁薛君韓詩章句曰聿辭也漢書廣漢郡雒縣有漳山雒水所出入湔雒與洛通湔音煎說文曰沫水出蜀西塞外東南入江沫武蓋切攏猶括束也巴郡名也梁州名也衝巫峽以迅激躋江津而起漲盛弘之荊州記曰信陵縣西二十里有巫峽方言曰躋登也酈元水經注曰馬頭崖北對大岸謂之江津漲水大之貌極泓烏宏量而海運狀滔天以淼茫鄭玄禮記注曰極窮也莊子曰大鵬海運則將徙南溟司馬彪曰運轉也尚書曰浩浩滔天揔括漢泗兼包淮湘并吞沅澧禮汲引沮七余漳南都賦曰總括趨欲郭璞山海經注曰泗水出魯國卞縣至臨淮下相縣入淮孟子

與

抄綱即綱之误

抄秀評作委

曰禹決汝漢排淮泗而注之江景福殿賦曰兼苞博落郭璞山海經注曰湘水出鄷陵營道縣陽朔山過秦論曰并吞八荒之心山海經曰沅水出象郡而東注江合洞庭中應劭漢書地理志曰武陵郡充縣歷山澧水所出入沅水經云入江說文曰汲引水也山海經曰景山雎水出焉南注于沔江又曰荆山漳水出焉而東南流注于雎沮與雎同源二分於崌居崍來流九派乎潯陽山海經曰岷山東北百四十里崍山江水出焉又東百五十里崌山江水出焉而東流注于大江郭璞曰崍山中江所出也崌山北江所出也水別流爲派尚書曰荆州九江孔殷應劭漢書注曰江自廬江潯陽分爲九也漢書廬江郡有潯陽縣鼓洪濤於赤岸淪餘波乎柴桑洪濤已見海賦七發曰淩赤岸或曰赤岸在廣陵輿縣廣雅曰淪沒也餘波濤之餘波也言濤之餘波至柴桑而盡也尚書曰餘波入于流沙漢書豫章郡有柴桑縣綱絡羣流商搉苦角消古玄澮古外反廣雅曰商度也許慎淮南子注曰搉粗略也消澮小流也爾雅曰注溝曰澮也表神委於江都混流宗

抄險

而東會。委及宗並見上文漢書曰廣陵國有江都縣東會于海尚書曰東會于泗沂注五湖以漫漭，灌三江而漰普萌沛。普會反墨子曰禹治天下南爲江漢淮汝東流之注五湖之處以利荊楚干越之民史記太史公曰余登姑蘇望五湖張勃吴録曰五湖者太湖之別名也周行五百餘里尚書曰三江既入震澤底定孔安國曰自彭蠡江分爲三入震澤又曰震澤吴南太湖名也滈胡道汗。六州之域，經營炎景之外。六州益梁荆江揚徐臧榮緒晉書曰華陽黑水惟梁州部巴東郡益州梁州之南地部蜀郡江州本荆州之東界揚州之南境也海岱及淮惟徐州部廣陵郡上林賦曰經營于其内南方火故曰炎景所以作限於華裔，壯天地之嶮介。言江波之濬既作限於華夷天地嶮介因之益壯也吴録曰魏文帝臨江嘆曰天所以隔南北也周易曰天嶮不可升地嶮山川丘陵郭璞爾雅注曰介閡也呼吸萬里。吐納靈潮。自然往復，或夕或朝。呼吸萬里言其疾也抱朴子曰麋氏云朝者據朝來也言夕者據夕至也激逸勢以前

此四句直貫協靈通氣

蜀

抄烝

昨宗切

文十二　十

驅乃鼓怒而作濤峨嵋爲泉陽之揭玉壘作東别之標峨嵋玉壘二山名也泉陽即陽泉也顧野王輿地志云益州陽泉縣蜀分縣竹立揭標皆表也水經曰江水又東别爲沲開明之所鑿尚書曰岷山導江東别爲沲戰國策曰舉標甚高衡霍磊落以連鎮周禮曰荆州之鎮山曰衡山鄭玄曰在湘水南鎮山名安巫廬嵬魚鬼崛危勿而比嶠地德者也爾雅曰霍山爲南岳郭璞曰今在廬江西漢書曰南郡巫縣巫山在西南釋慧遠廬山記曰山在江州潯陽之南爾雅曰山銳而高曰嶠其廟切協韻音橋協靈通氣濆忿薄相陶流風蒸雷騰虹揚霄莊子曰川谷通氣故飄風老子曰陰陽陶冶萬物韋昭國語注曰蒸升也出信陽而長邁淙悰大壑與沃焦信陽即信陵之陽也藏榮緒晉書曰建平郡有信陵縣吴都賦曰寂寥長邁説文曰淙水聲也列子曰渤海之東不知幾萬億里有大壑無底之谷其下無底名歸墟玄中記曰天下之大者東海之沃焦焉水灌之而不已沃焦山名也在東海南方

原文颸作颮

闇

尤云荊門闕五臣闕作闕　抄京　抄盤礴

三萬里若乃巴東之峽，夏后疏鑿。盛弘之荊州記古歌曰：巴東三峽巫峽長，猨鳴三聲淚沾裳。禹疏三江已見上文。絶岸萬丈，壁立赮駮。赮駮，如赮之駮也。赮，古霞字。虎牙嵥（桀）竪（樹）以屹（魚乙）峷（慈聿），荊門闕竦而磐礴。盛弘之荊州記曰：郡西泝江六十里，南岸有山名曰荊門，北岸有山名曰虎牙，二山相對，楚之西塞也。虎牙石壁紅色，間有白文如牙齒狀。荊門上合下開，開達山南，有門形，故因以爲名。嵥，特立貌。屹崪，高峻貌。闕竦，如闕之竦也。西京賦曰：圜闕竦以造天。磐礴，廣大貌。圜淵九回以懸騰，湓（普寸）流雷呴（呼后）而電激。淮南子曰：藏志九旋之淵。許慎曰：九旋之淵，至深也。說文曰：騰，水涌也。蒼頡篇曰：湓，水聲也。聲類曰：呴，嗥也。苔賓戲曰：遊說之徒，風颺電激。駭浪暴灑，驚波飛薄。灑，散也。飛薄，飛騰蕩薄也。迅澓（扶福）增澆，涌湍疊躍。澓，澓流也，音伏。王逸楚辭注曰：洄波爲澆。古堯切。砅（普冰）巖鼓作，㵾（普萌）湱（呼陌）㶁（胡角）灂（仕角反）。砅，水激巖之聲也。㵾湱㶁灂，皆大

抄灅

尤云碧石沙瀢沲五臣作潰沲

抄沲

抄隒

抄鍔

尤云礐硞礐礭五臣硞作硌

礭作確

波相激之聲也爾雅曰夏有水冬無水曰澩音學㴔蒲冰瀷蒲拜灇火宏瀫呼拜潰濩穫

泧呼活漷呼郭反皆水勢相激洶湧之貌潏決湟胡皇淴烏骨泱烏朗潚叔潣

失冉瀾舒感灂始灼反皆水流漂疾之貌漩旋澴許玄濴於營瀯營渨紆鬼灅誄

濆忿瀑步角反皆波浪回旋濆涌而起之貌也溭助側淢域濜助謹溳于窘龍鱗

結絡溭淢濜溳參差相次也龍鱗結絡如龍之鱗連結交絡也潘岳金谷詩曰濫泉龍鱗瀾碧沙

瀢杜罪沲徒可而往來巨石硉洛骨矹五骨以前却瀢沲硉矹沙石隨水之貌

潛演胥之所汩淈胡骨奔溜之所磢楚爽錯說文曰潛藏也又曰演水脉行

地中弋刃切蒼頡篇曰淈水通貌磢已見海賦廣雅曰錯摩也厓隒魚檢為之泐勒嵃魚免

碕嶺為之喦崿說文曰隒厓也周禮曰石有時以泐鄭司農曰泐謂石解散也嵃猶嶮也

楚辭曰觸石碕而橫逝許慎淮南子注曰碕長邊也幽㵎積岨礐力角硞客角礐盧角礭

舊音　舊音　抄淳　沌下同

砉角反爾雅曰山夾水曰澗澗與澗同礐硞礐確皆水激石嶮峻不平之貌若乃曾潭之府靈湖之淵鄭玄毛詩箋曰曾重也王逸楚辭注曰楚人名淵曰潭府澄澹汪洸烏宏瀇烏廣滉胡廣囦泫音玄皆水深廣之貌説文曰汪廣也烏黃切泓汯宏浻烏猛澋胡猛涒紆鈞鄰圝鑾潾力銀反皆水勢回旋之貌混澣音翰灝呼見渙流映揚焆音涓水勢清深而澄澈光映也蒼頡篇曰焆明也溟莫令漭渺湎莫翦汗汗沺田沺皆廣大無際之貌察之無象尋之無邊氣滃烏孔渤蒲沒以霧杳時鬱律其如煙滃渤霧出貌鬱律煙上貌成公綏天河賦曰氣蓬勃以霧蒸説文曰杳冥也類胚不普抔渾之未凝象太極之構天言雲氣杳冥似胚胎渾混尚未凝結又象太極之氣欲構天也淮南子曰孕婦三月而胚胎春秋命歷序曰冥茎無形濛鴻萌兆渾渾混混宋均曰渾渾混混雖卵未分也周易曰是故易有太極是生兩儀韓康伯曰太極者無稱之稱不可得名也長

別本作迣舊音同

按淳

抄涌

物志

鱣

鱣

波淡子叶渫牒崚湍崔嵬埤蒼曰淡渫水滂溏也小雅曰峻高也盤渦烏和谷轉凌濤山頹渦水旋流也廣雅曰凌馳也王粲遊海賦曰洪濤奮蕩大浪踊躍山隆谷窳宛亶相搏陽侯砐五合硪我以岸起洪瀾涴宛演而雲迴陽侯已見海賦砐硪搖動貌涴演迴曲貌迣銀淪烏溛華瀼烏懷乍浥烏甲乍堆迣淪回旋之貌溛瀼不平之貌豃呼濫如地裂豁若天開豃豁開貌易緯曰天下愁地裂山崩漢書曰孝惠二年天開東北廣十餘丈觸曲崖以縈繞叶駭崩浪而相礧相礧相擊也音雷鼓㕉苦合窟以漰普萌渤蒲沒乃湓普寸湧而駕隈㕉亦窟之類也漰渤水聲也小雅曰駕凌也魚則江豚徒昆海狶喜叔鮪于軌王鱣音亶南越志曰江豚似豬臨海水土記曰海狶豕頭身長九尺郭璞山海經注曰今海中有海狶體如魚頭似豬爾雅曰鮥鰍鮪郭璞曰鮪屬大者王鮪小者叔鮪王鱣之大者猶曰王鮪鮥音洛䱻骨鰊練鰧特登鮋直流鯪陵

鰩遥鯩鰱音連山海經曰鮨魚其狀如魚而鳥翼出入有光其音如鴛鴦郭璞曰音滑舊說曰鱘似
縺山海經曰鱳其狀如鱖居逵切蒼文赤尾郭璞曰舊說曰鮋似鱓楚辭曰鯪魚何所出王逸曰鯪魚鯪鯉也
山海經曰鰩魚狀如鯉又曰鯩魚黑文狀如鮒食之不腫郭璞曰音倫廣雅曰鰱鱮也或鹿觡格
象鼻或虎狀龍顏臨海異物志曰鹿魚長二尺餘有角腹下有脚如人足郭璞山海經
注曰麋鹿角曰觡又曰今海中有虎鹿魚體皆如魚而頭似虎鹿龍顏似龍也鱗甲鑵七罪錯煥
爛錦斑鑵錯間雜之貌揚鰭掉尾噴普悶浪飛唌似延反上林賦曰揵鬐掉
尾說文曰噴吒也唌沫也排流呼哈呼合隨波遊延或爆蒲角采以晃
淵或嚇呼厄鰓乎巖間說文曰爆灼也今以爲曝曬也曝步木切廣雅曰晃暉也嚇猶開也
介鯨乘濤以出入鯼祖洪鮆薺順時而往還尔雅曰介大也字林曰鯼
魚出南海頭中有石一名石首郭璞山海經注曰鮆狹薄而長頭大者長尺餘一名刀魚常以三月入月出故

舊音
抄續

曰順時爾其水物怪錯則有潛鵠魚牛虎蛟鉤蛇怪錯奇怪
雜錯也舊說曰潛鵠似鵠而大山海經曰魚牛其狀如
牛陵居蛇尾有翼又曰虎蛟其狀魚身而蛇尾有翼其
音如鴛鴦郭璞山海經注曰今永昌郡有鉤蛇蜦倫蟤
長數丈尾歧在水中鉤取斷岸人及牛馬啖之
團鱟候蝞媚鱝扶粉鼇鳥郎鼂迷䵻音麻說文曰蜦蛇屬也
黑色潛於神泉之中能
與雲致雨山海經曰蟤魚其狀如鮒而彘尾郭璞曰音
團如扇之團廣志曰鱟魚似便面雌常負雄而行失雄
則不能獨活出交阯南海中臨海水土物志曰蝞似蝦
中食益人顏色有愛媚又曰鱝魚如圓盤口在腹下尾
端有毒又曰初寧縣多鼇龜形薄頭喙似鵝指爪又
鼂䵻与龜辟相似形大如蘧生乳海邊曰沙中肉極
好中
啖王珧姚海月土肉石華郭璞山海經注曰珧
亦蚌屬也臨海水土
物志曰海月大如鏡白色正圓常死海邊其柱如搔頭
大中食又曰土肉正黑如小兒臂大長五寸中有腹無
口目有三十足炙食又
曰石華附石生肉中啖三蝬子工蚽淶江鸚螺力戈蜁旋蝸

抄蠣　抄二字到　抄蜐　抄蚌　別本作吉

古花反臨海水土物志曰三蟧似蛤舊説曰蚽江似蟹而小十二脚南州異物志曰鸚鵡螺狀如覆杯頭如鳥頭向其腹視似鸚鵡故以爲名也舊説曰蜁蝸小螺也璅蛣詰腹蟹水母目蝦遐南越志曰璅蛣長寸餘大者長二三寸腹中有蟹子如榆莢合體共生俱爲蛣取食又曰海岸間頗有水母東海謂之蛇正白濛濛如沫生物有智識無耳目故不知避人常有蝦依隨之蝦見人則驚此物亦隨之而沒蛇音蜡二字並除嫁切紫蚢胡岡如渠洪蚶呼甘專車爾雅曰大貝曰蚢漢書曰尉佗獻紫貝五百尚書大傳曰文王囚於姜里散宜生之江淮之浦而得大貝如車渠以獻紂鄭玄曰渠罔也臨海水土物志曰蚶則徑四尺背似瓦壟有文國語孔子曰防風氏其骨節專車賈逵曰專滿也瓊蚌晞曜以瑩珠石蜐居葉應節而揚葩異物志曰蚌似車螯絜白如玉睎曜向日也楊雄蜀都賦曰蚌含珠而擘裂南越志曰石蜐形如龜脚得春雨則生花花似草華廣雅曰葩花也蜐音劫蜛居蝫諸森衰以垂翹玄蠣力滯磈苦罪磥力罪而碨烏懷啞烏遐反南越志

抄瀲 別本作瀲舊音豔

抄肺

抄儵

抄沈

曰蜛蛣一頭尾有數條長二三尺左右有脚狀如蠶可食森衰埀貌翹尾也臨海水土物志曰蠣長七尺南越志曰蠣形如馬蹄磈磥碨硱不平之貌或泛瀲許豔於潮波或混淪乎泥沙字書曰瀲泛也水波上及也混淪輪轉之貌廣雅曰混轉也混平本切淪力本切若乃龍鯉一角奇鶬倉九頭山海經曰龍鯉陵居其狀如鯉或曰龍魚一角也劉騊駼玄根賦曰一足之夔九頭之鶬有鼈三足有龜六眸莫侯反山海經曰三足鼈岐尾爾雅曰鼈三足曰能郭璞曰今吳興郡陽羨縣山上有池池中出三足鼈又有六眼龜赬蟞胏扶廢躍而吐璣文魮毗磬鳴以孕璆山海經曰珠蟞之魚其狀如肺而有目六足有珠郭璞曰蟞音鼈南越志曰珠鼈吐珠山海經曰文魮之魚其狀如覆銚鳥首而翼魚尾音如磬之聲是生珠玉郭璞曰音毗鯈條鰫庸拂翼而掣充制耀神蜧麗蝹於粉蜦力殞以沉遊山海經曰鯈鰫扒如黃蛇魚翼出入有光郭璞曰音條容說文曰蜧蛇屬也許慎淮南子注曰黑蜧神蛇也潛於神泉蝹蜦行

抄蹀　抄乎　抄萸　尤云紫菜五臣作紫䔈　硯　抄蘢　抄萍

貌䮍薄沒馬騰波以噓蹀牒水兕雷咆薄交乎陽侯山海經曰䮍馬牛尾白身一角其音如虎郭璞曰音勃黄伯仁龍馬賦曰噓天慷慨南越志曰西華縣東暨于海其中多水兕形似牛說文曰咆嘷也淵客築室於巖底鮫人構館于懸流吳都賦曰淵客慷慨而泣珠鮫人已見海賦黿布餘糧星離沙鏡黿布星離言衆多也本草經曰禹餘糧生東海池澤傅玄擬楚篇曰光滅星離舊說曰沙鏡似雲母也青綸競糾縟組爭映爾雅曰綸似綸組似組東海有之糾繚也縟繁采也紫菜熒曄以叢被綠苔鬖所咸髿沙乎研上紫菜色紫狀似鹿角菜而細生海中熒曄光明貌南越志曰海藻一名海苔生研石上風土記曰石髮水苔也青綠色皆生於石通俗文曰髮亂曰鬖髿說文曰硎滑石也研與硯同五見切菜或為萸石帆平蒙蘢以蓋嶼序萍實時出而漂泳音詠劉逵吳都賦注曰石帆生海嶼石上草類也又曰嶼海中洲上有山石家語曰楚昭王渡江中流有

抄下有有
抄靈 抄燭
抄珉
抄乎
抄朵 抄粼
粼據生引說文當作此

物大如斗負而赤直觸王舟舟人取之王大怪使聘魯
問孔子孔子曰此所謂萍實也可剖而食之吉祥也唯
霸者爲能得焉王肅曰萍水草也其下則金礦丹礫歷
說文曰漂浮也爾雅曰泳游也
雲精爥銀說文曰礦銅鐵璞也古猛切丹礫丹砂也
異物志曰雲母一曰雲精入地萬歲不朽
穆天子傳曰乃披圖視典曰天子之寶珕麗珋留璿瑰
璿珠爥銀郭璞曰銀有精光如爥也
古回水碧潛瑎美巾反說文曰珕蜃屬力計切又曰珋石
之有光者山海經曰大荒之中有西王母
之山爰有璿瑰郭璞曰璿瑰亦玉名也旋回兩音山海
經曰耿山多水碧郭璞曰亦水玉類也潛瑎亦水玉也
鳴石列於陽渚浮磬肆乎陰濱山海經曰共水多鳴
石郭璞曰晉永康元
年襄陽郡上鳴石似玉色青撞之聲聞七八里或頹古
尚書曰泗濱浮磬孔安國尚書傳曰肆陳也迴
彩輕漣或焆消燿崖鄰焆已見上文說文曰鄰水林
崖間鄰鄰然也力因切
無不溽岸無不津孫卿子曰玉在山而木潤淵生珠而崖
不枯廣雅曰溽濕也鄭玄周禮注曰津

杪無　橼音正　孙文選文繫傳引作鮫

翍嘗作翍　翻翍与獝狘同

潤也其羽族也則有晨鵠天雞鵁於絞鶄鷔敖鷗鴃鴃山海經曰大鶚
音如晨鵠郭璞曰晨鵠猶晨鳧也爾雅曰鶾天雞孫炎
曰黑身一名莎雞山海經曰鵁鶄其狀如鳧青身而朱目
赤尾郭璞曰音窈窕之窈山海經曰鷔青黃其所集者
其國亡郭璞曰音敖山海經曰鴃其狀如鳧郭璞曰音
鉗鈇之鈇徒計切陽鳥爰翔于以玄月尚書曰彭蠡既豬陽鳥攸居爾雅曰九月為玄
郭璞曰國語云至于玄月也千類萬聲自相喧聒說文曰聒讙語也濯翮
疏風鼓翅翻許幸翍許月反跳理也禮記曰鳳以為畜故鳥不獝麟以為畜故獸不狘鄭玄曰
獝狘飛走之貌翍與獝同揮弄灑珠拊拂瀑沫洞簫賦曰揚素波而揮連珠說文曰瀑霣
也蒲到切集若霞布散如雲豁產氃他積羽往來勃碣其列反字
書曰毻落毛也毻與氃同音唾竹書曰穆王北征行流沙千里積羽千里漢書曰燕地勃碣之間一都會也
伏琛齊地記曰勃海郡東有碣石謂之勃碣也橉力刃杞稹之忍薄於潯涘栛槤

○據別本 抄紅

抄厓側

抄蹁踊蹁誤

上文

連森蘋而羅峯櫹杷二木名也字林曰槙椆槪也薄

潯水涯也音尋協榩叢生也淮南子曰南遊江潯許慎注曰

亦二木名也協音隸桃枝篔筠簹當實繁有叢劉淵

林蜀都賦注曰桃枝竹屬也可爲杖又

吴都賦注曰篔簹竹生水邊長數丈葭蒲雲蔓纓

以蘭紅工雲蔓言多而無際也纓采色相

映也蘭澤蘭也爾雅曰紅龍舌揚皜杲毦二擢

紫茸而容反皜白也毦與

茸皆草花也薆潭隩於六被長江爾雅曰

隩隈也

郭璞曰今江東呼

爲浦隩於到切繁蔚尉芳蘺隱藹水松蘺江蘺香

草也似水

蕣水松藥

草名也涯灌芊千見莿力見潛薈烏外葱蘢郎公反涯灌

則叢生也

潛薈水中茂盛也芊

莿葱蘢皆青盛貌也鯪陵鯥六䠶卬踴具於垠銀隒魚

眉側儉

獱頻獺䁲失冉瞲呼尤乎厱去聲空鯪魚已見同篇山海經曰

冉尤聲有魚狀如牛陵居蛇尾其

名曰鯥埤蒼曰䠶歷跳也求悲切聲類曰偏舉一足曰

踦蹄也渠俱切郭璞三蒼解詁曰獱似青狐居水中食

獱　獳

獱

抄　鶬鴰

物

養生論泄之以尾閭

獱山海經曰壚山潚潚之水出焉有獸名曰獺其狀如獱其毛如彘鬣郭璞曰音碧頡之頡與獺同獱如珠切睒暫視也聲類曰瞯驚視上也呼冘切嶮岸側空處也去巖切迅蜼聿季臨虛以騁巧孤玃居縛登危而雍容蜼猨也玃似獼猴也夔牰呼口翹踛六於夕陽鶬雞弄翮乎山東山海經曰岷山多夔牛郭璞曰今蜀山中有大牛重數千斤名爲夔牛又爾雅注曰今青州呼犢爲牰牰夔牛之子也牰與物同火口切莊子曰齕草飲水翹尾而踛此馬之真性也司馬彪曰踛跳也廣雅曰翹舉也山海經曰南禺之山有鶬鴰郭璞曰鶬鴰鳳屬也爾雅曰山西曰夕陽山東曰朝陽圖岐成渚觸澗開渠岐已見上文漱所遘壑生浦區別作湖周禮曰善爲溝者水漱之鄭玄曰漱齧也論語曰區以別矣磴土登之以瀿煩瀷翼渫息列之以尾閭磴猶益也土登切淮南子曰莫鑒於流瀿而鑒於澄水許慎曰楚人謂水暴溢爲瀿扶園切淮南子曰潦水旬月不雨則涸而枯澤受瀷而無源者也許慎曰瀷湊漏之流也瀷昌即切莊子海若曰天

抄汜

抄赮

下之水莫大於海萬川歸之而不盈尾閭泄之而不虛司馬彪曰尾閭水之從海出也標之以翠

蘙泛之以遊菰標猶表識也蘙草之蘙薈也菰菰蔣也浮於水上故曰遊也播匪藝

之芒種挺自然之嘉蔬孔安國尚書傳曰播布也鄭玄毛詩箋曰藝猶樹也鄭司農周

禮注曰芒種稻麥也禮記曰凡祭廟之禮稻曰嘉蔬鄭玄曰嘉善也稻菰蔬之屬鱗被菱荷

攢布水蓏力果反鱗被如鱗之被言多也蒼頡篇曰攢聚也應劭漢書注曰木實曰果草實曰蓏

翹莖瀵芳問蘂濯穎散裹說文曰瀵水浸也匹問切廣雅曰蘂華也穎穗也裹謂草

實也高唐賦曰綠葉紫裹隨風猗萎於危與波潭淹猗萎隨風之貌潭淹隨波之貌

潭音覃淹徒我切流光潛映景炎羊染霞火言草之華蘂流耀潛映波瀾景色外

發炎於赮火赮與霞同其旁則有雲夢雷池彭蠡青草雲夢澤名

也吳錄曰雷池在皖尚書曰彭蠡既豬孔安國曰澤名也吳錄曰巴陵縣有青草湖具區洮姚滆

抄謞

尤云潛逵五臣作潛達
尹云水經河水注引作達

潛

抄摎

翻朱滻丹漅具區亦澤名也風土記曰陽羨縣西有洮湖水經注曰中江東南左合滆湖音
核又曰朱湖在溧陽又曰沔水又東得滻湖水周三四百里丹湖在丹陽漅湖在居巢漅祖了切極望
數百沆胡朗瀁余兩皛胡白杳溔余少反七發曰極望成林鄭玄禮記注曰極盡也沆瀁廣大之貌皛
溔深白之貌爰有包山洞庭巴陵地道潛逵傍通幽岫窈
窕郭璞山海經注曰洞庭地穴在長沙巴陵吳縣南太湖中有苞山山下有洞庭穴道潛行水底云無所不
通號爲地脉逵水中穴道交通者金精玉英瑱他見其裏瑤珠怪石琗其
表穆天子傳河伯曰示汝黃金之膏郭璞曰金膏其精汋也汋音綽孝經援神契曰玉英玉有英華之色也
孫卿子曰琁玉瑤珠不知佩山海經曰荀林之山多怪石郭璞曰怪石似玉也瑱琗謂文采相雜小雅曰雜采
曰綷琗與綷同瑱徒見切琗字憒切驪虬渠幽摎居由其址止梢雲冠其㟽必耿
反驪虬驪龍也在於九重之泉故云摎其址也莊子曰千金之珠在九重之淵而驪龍頷下宋衷太玄經注曰

斐 注
抄以

摎猶糾也孫氏瑞應圖曰梢雲瑞雲人君德
至則出若樹木梢梢然也嶸山巔也方耿切海童之所
巡遊琴高之所靈矯海童已見上文列仙傳曰琴高
遊冀州二百餘年後入碭水中乘
赤鯉魚來出泊一月復入水去方
言曰矯飛也言飛而去來其中冰夷倚浪以傲睨五計
江婓含嚬而縣邈彌山海經曰從極之川唯冰夷恒都
延焉冰夷人面而乘龍郭璞曰冰夷
馮夷也莊子曰獨與天地精神往來而不傲睨於萬物
傲睨自寬縱不正之貌列仙傳曰江婓二女出遊江濱
鄭交甫所挑者孟子注嚬感而言嚬感憂貌
縣邈遠視貌法言曰邈縣作緬縣縣音縣撫凌波而
鳧躍吸翠霞而夭矯鄭玄禮記注曰撫以手按之也
廣雅曰凌馳也上林賦曰馳波
跳沫廣雅曰吸飲也陵陽子明經曰春食朝
霞朝霞者日始出之赤氣夭矯自得之貌若乃宇宙
澄寂八風不翔文子曰四方上下謂之宇說文曰宙舟
車所極覆淮南子曰天有八風條風明
庶風清明風景風涼風閶闔風不周風
廣莫風洞簫賦曰翔風蕭蕭而逕其末舟子於是搦女
角

檥　抄艤

補浪切　抄餘

九云赴交益五臣赴作越

抄督

注

棹涉人於是艤魚綺榜補郎反毛詩曰招招舟子人涉卬否搦捉也應劭漢書注曰艤止也王逸楚辭注曰榜船櫂也補孟切一曰榜併船也漂飛雲運艅艎劉淵林吳都賦注曰飛雲吳樓船之有名者左氏傳曰楚敗吳師獲其乘舟艅艎杜預曰艅艎舟名也舳艫相屬萬里連檣說文曰舳舟尾也艫船頭也埤蒼曰檣帆柱也才羊切泝洄沿流或漁或商毛詩曰泝洄從之毛萇曰逆流而上曰遡洄孔安國尚書傳曰順流而下曰沿列子曰中國之人或農或商或佃或漁赴交益投幽浪平聲交益二州名也周禮曰東北曰幽州漢書有樂浪郡也竭南極窮東荒淮南子曰章亥自北極步至南極山海經有東荒經爾乃䨴雺紛祲子蔭於清旭許玉覘敕詹五兩之動靜方言曰覘視也音隸杜預左氏傳曰氛氣也說文曰雺亦氛字也鄭玄禮記注曰祲陰陽氣相浸漸以成災也毛萇詩傳曰旭日始出也鄭玄禮記注曰覘闚視也敕廉切兵書曰凡候風法以雞羽重八兩建五丈旗取羽繫其巔立軍營中許慎淮南子注曰綄候風也楚

抄若　抄瓶

十九

人謂之五兩也綄音桓長風颹于鬼以增扇廣莫颲麗而氣整高唐
賦曰長風至而波起颹大風貌音葦廣莫風巳見上文郭璞山海經注曰颲颲急風貌音戾徐而不
⿵風委烏回疾而不猛埤蒼曰⿵風委風遅也音隈鼓帆平迅越趠陌漲張截
洞音迴帆巳見上文趠猶越也截直度也張洞皆深廣之貌淩波縱柂電往杳溟
覓冷反楊雄方言曰船後曰舳郭璞曰今江東柂呼爲舳也王逸荔枝賦曰飛匡上下電往景還匡勤往切
霱如晨霞孤征眇若雲翼絶嶺霱征貌徒對切晨霞朝霞也莊子曰大鵬
翼若垂天之雲故曰雲翼言廣大也倏忽數百千里俄頃楚辭曰往來儵忽何休公羊傳
注曰俄者須臾之間司馬彪莊子注曰頃乆也王肅家語注曰俄有頃也飛廉無以睎其蹤
渠黃不能企其景史記曰飛廉善走廣雅曰睎視也穆天子傳曰天子之八駿曰渠黃毛詩
曰跂予望之鄭玄曰舉足則望見之企與跂同於是蘆人漁子擯落江山謂採蘆捕

魚之子也擯落謂被斥擯而漂落也司馬彪莊子注曰擯弃也衣則羽褐食惟蔬鱻思延切鄭玄毛詩箋曰褐毛布也聲類曰𩶟鱻小魚也栫寂見澱廷見爲涔夾漈在公羅筌說文曰栫以柴木壅水也劉淵林吳都賦注曰淀如淵而淺澱與淀古字通爾雅曰槮謂之涔郭璞曰今作槮叢木於水中魚得寒入其裹以薄捕取之也槮蘇感切涔字廉切說文曰漈小水入大水也筌捕魚之器以竹爲之蓋魚笱屬筩灑連鋒罾子僧罶雷比船舊說曰筩灑皆釣名也罾罶皆網名也灑所蟹切或揮輪於懸碕奇或中瀨而橫旋輪釣輪也埤蒼曰碕曲岸頭也忽忘夕而宵歸詠採菱以叩舷淮南子曰夫歌採菱發陽阿楚辭曰漁父鼓枻而去王逸曰叩船舷也傲自足於一嘔尋風波以窮年字書曰傲倨也嘔與謳同楚辭曰順風波以南北兮霧宵晦以紛紛西京賦曰窮年忘歸猶不能徧也爾乃域之以盤巖豁之以洞壑疏之以沲度河汜似鼓之以朝夕尚書

抄瑰

河

曰沲潛既導孔安國曰沲江別名也汜已見上文漢川書枚乘上書曰游曲臺臨上路不如朝夕之池也流之所歸湊雲霧之所蒸液王逸楚辭注曰湊聚也琴賦曰蒸靈液以播雲淮南子曰山雲蒸而柱礎潤珍怪之所化産傀奇之所窟宅高唐賦曰珍怪奇偉子虛賦曰珍怪鳥獸說文曰傀偉也又曰奇異也納隱淪之列眞挺異人乎精魄桓子新論曰天下神人五一曰神仙二曰隱淪三曰使鬼物四曰先知五曰鑄凝馮衍爵銘曰富如江海壽配列眞說文曰眞仙人變形也班固公孫弘贊曰異人並出孝經援神契曰五岳之精雄四瀆之精仁左氏傳樂祁曰心之精爽是謂魂魄播靈潤於千里越岱宗之觸石公羊傳曰曷爲祭大山河海山川有能潤乎百里者天子秩而祭之觸石而出膚寸而合不崇朝而徧雨天下者唯太山雲爾海潤于千里何休曰雲氣觸石理而出爲雨無膚寸之地而不徧也河海與雲雨及千里及其譎變儵怳符祥非一動應無方感事而出孔安國尚書傳曰神妙無方鄭

織

居○注

陽

抄會

玄論語注曰方常也經紀天地錯綜人術言以綜為喻也符祥上則經紀天地下則錯綜人術漢書五行志曰厥風絶經紀如淳曰壞絶匹帛之屬周易曰錯綜羣數王肅曰錯交也綜理事也仲長子昌言曰錯綜人情妙不可盡之於言事不可窮之於筆若乃岷精垂曜於東井陽侯遯形乎大波河圖括地象曰岷山之地上為井絡史記曰五星聚于東井陽后陽侯也高誘淮南子注曰楊國侯溺死於水其神能為大波莊子曰其死登遐三年而形遯奇相去得道而宅神乃協靈爽於湘娥廣雅曰江神謂之奇相西京賦曰懷湘娥王逸楚辭注曰堯二女墜湘水之中因為湘夫人也駭黃龍之負舟識伯禹之仰嗟呂氏春秋曰禹南省方濟乎江黃龍負舟舟中之人五色無主禹仰視天而嘆曰吾受命於天竭力以養民生性也死命也余何憂於龍焉龍俛耳曳尾而逃壯荊飛之擒蛟終成氣乎太阿呂氏春秋曰荊有佽飛者得寶劒於于遂反涉江至于中流有兩蛟夾繞其舩佽飛拔寶劒曰

愆

此江中腐肉朽骨也赴江刺蛟殺之荆王聞之仕以執珪高誘曰于遂吴邑越絶書曰歐冶子作鐵劒二曰太阿

悍要離之圖慶在中流而推戈廣雅曰悍勇也呂氏春秋曰要離走往見王子慶忌於衛慶忌喜要離曰請與王子往奪之國王子慶忌㸃要離倶渉於江拔劒以刺王子慶忌捽而投之於江浮出又取而投之於江如此者三其卒曰汝天下之國士也幸汝以成名要離不死歸吴矣

悲靈均之任石嘆漁父之櫂歌楚辭曰名余曰正則字余曰靈均又曰望大河之洲渚悲申徒之抗直驟諫君而不聽重任石之何益又曰懷沙礫而自沉兮不忍見君之蔽壅史記曰屈原作懷沙賦懷石自投汨羅懷沙即任石也義與王逸不同楚辭曰漁父鼓枻而歌曰滄浪之水清可以濯吾纓

想周穆之濟師驅八駿於黿鼉紀年曰周穆王三十七年征伐大起九師東至于九江叱黿鼉以爲梁列子曰周穆王遠遊命駕八駿之乘驊騮緑耳赤驥白儀渠黄踰輪盜驪山子張湛曰儀古義字

感交甫之喪珮愍神使之嬰羅廣雅曰感傷也韓詩內傳曰鄭交甫遵彼漢皐

抄六

抄下有存

江河連類云不爲海類

臺下遇二女與言曰願請子之珮二女與交甫交甫受而懷之超然而去十步循探之即亡矣迴顧二女亦即亡矣莊子曰宋元君夜半夢人被髪而窺阿門曰予自罕露之泉爲清江使河伯之所漁者豫且得予元君覺召占夢者占之曰此神龜也元君乃刳龜以卜七十鑽而無遺策司馬彪曰鑽命卜以所卜事而灼之

大塊之流形。混萬盡於一科。莊子曰夫大塊載我以形勞我以生司馬彪曰大塊自然也周易曰品物流形混萬盡於一科言混萬物盡歸於一科也孟子曰水源泉混混不舍晝夜盈科而後進放乎四海趙岐曰科坎也

保不虧而永固稟元氣於靈和春秋元命包曰水者五行始焉元氣之湊液也

考川瀆而妙觀實莫著於江河班固漢書贊曰中國川原以百數莫著於四瀆而河爲宗也

文選卷第十二　壬戌六月廿六日　黃侃温

魏風伐檀河水清且漣猗傳風行水成文曰漣猗又猗別本作漪

文選卷第十三

梁昭明太子撰

文林郎守太子右内率府録事參軍事崇賢館直學士臣李善注上

物色

四時所觀之物色而爲之賦又云有物有文曰色風雖無正色然亦有聲詩注云風行水上曰

漪易曰風行水上渙渙然即有文章也

風賦

劉熙釋名云風者汎也爲能汎博萬物又云風者放也動氣放散曾子書曰陰陽偏則風物理志曰陰陽擊發氣也

宋玉 史記曰楚有宋玉景差之徒皆好辭而以賦見稱王逸楚辭序曰宋玉屈原弟子

楚襄王游於蘭臺之宮史記曰楚懷王薨太子橫立爲頃襄王又曰楚有謂頃襄王曰王綪繳蘭臺徐廣曰綪縈也七見切宋玉景差侍有風颯然而至景差亦楚大夫說文曰颯風聲楚辭曰風颯颯兮木蕭蕭王廼披襟而當之曰快哉此風寡人所與庶人共者邪宋玉對曰此獨大王之風耳庶人安得而共之王曰夫風者天地之氣溥暢而至不擇貴賤高下而加焉河圖帝通紀曰風者天地之使也五經通義曰陰陽散爲風風氣無根也管子

尤云緣泰山五臣作緣於

尤云風氣殊焉五臣作氣與風

曰風漂物者也風之所漂不避貴賤美惡今子獨以爲寡人之風豈有說乎

宋玉對曰臣聞於師枳句來巢空穴來風枳木名也枳句言枳樹多句也說文曰句曲也古侯切似橘屈曲也考工記曰橘踰淮爲枳莊子曰騰猿得枳棘枳句之間振動悼慄又曰空閼來風桐乳致巢此以其能苦其性者司馬彪曰門戶孔空風善從之桐子似乳著其葉而生其葉似箕鳥喜巢其中也其所託者然則風氣殊焉者下或有因字非也王曰夫風始安生哉宋玉對曰夫風生於地起於青蘋之末莊子曰大塊噫氣其名爲風爾雅曰萍其大者曰蘋郭璞曰水萍也侵淫谿谷盛怒於土囊之口春秋元命包曰陰陽怒而爲風侵淫漸進也土囊大穴也盛弘之荆州記曰宜都佷山縣有山山有穴口大數尺爲風井土囊當此之類也緣泰山之阿舞於松栢之下阿曲也飄風忽淜滂激颺熛怒淜滂風擊物聲淜疋冰切熛怒如漂之聲說文曰熛火飛也俾堯切滂普

郎切耾耾雷聲迴穴錯迕。耾侯萌切埤蒼曰耾耾風聲廣雅曰耾聲也十洲記曰玄洲在北海上有風聲響如雷上對天之西北門也凡事不能定者迴穴此即風不定貌錯迕雜錯交迕也蹷石伐木梢殺林莽。蹷動也伐擊也漢書音義應劭曰蹷頓也韋昭曰梢擊也至其將衰也被麗披離衝孔動楗。被麗披離四散之貌楗也字林曰楗拒門也眴煥粲爛離散轉移。眴呼縣切眴煥粲爛鮮明貌故其清涼雄風則飄舉升降乘凌高城入于深宮。邸華葉而振氣說文曰邸觸也邸與抵古字通徘徊於桂椒之間翱翔於激水之上將擊芙蓉之精廣雅曰菁華也精與菁古字通獵蕙草離秦衡獵歷也秦香草也衡杜衡也又云秦木名也范子計然曰秦衡出於隴西天水芳香也槩新夷被荑楊楚詞曰露甲新夷飛林薄顏師古曰新夷一名留夷即上林賦雜以留夷也易曰枯楊生稊稊與荑同徒奚切王弼曰稊者楊之秀也迴穴衝陵蕭條

至其將衰也五字必當有，與上下移為韻無此句則被麗句踦三

尤云華葉五臣作華萼

申　死

楚詞睦留夷与揭車兮

尤云動沙堁五臣作沙堁

衆芳然後倘常佯羊中庭北上玉堂倘佯猶徘徊也躋于羅帷經于洞房迺得爲大王之風也說苑雍門周說孟甞君曰下羅帷來清風楚辭曰姱容修態亘洞房故其風中人狀直憯悽惏慄清涼增欷素問曰若汗出逢虛風其中人也楚詞曰憯悽增欷鄭玄曰憯憂也說文曰憯痛也錯感切惏寒貌毛萇詩傳曰慄洌寒氣也慄理吉切欷欣既切清清泠泠愈病析酲清清泠泠清涼之貌也愈猶差也漢書曰泰尊柘漿析朝酲應劭曰酲酒病析解也發明耳目寧體便人此所謂大王之雄風也王曰善哉論事夫庶人之風豈可聞乎宋玉對曰夫庶人之風塕然起於窮巷之間堀窟堁課揚塵塕然風起之貌也一孔切堀堁風動塵也廣雅曰堀突也淮南子曰揚堁而弭塵許慎曰堁塵塺也塺莫迴切勃鬱煩寃衝孔襲門勃鬱煩寃風迴旋之貌司馬彪莊子注曰襲入也動沙堁

烏卧切

二蔑改䁾繫傳
引已蔑
人衍

吹死灰堁或爲堀非也駭溷濁揚腐餘廣雅曰駭起也言風之來既起溷濁之處又舉揚腐臭之餘家語孔子曰惜其腐餘而務施仁人之偶也溷胡困切腐扶甫切邪薄入甕牖至於室廬禮記孔子曰儒有蓬戶甕牖故其風中人狀直憞溷鬱邑毆溫致濕憞徒對切孔安國尚書傳曰憞惡也言此風入於人身體令惡也憞溷煩濁之貌字林曰溷亂也王逸楚詞注曰鬱邑而憂也毆古驅字素問曰冬傷於寒春必病溫又曰中央生濕濕生土也言此風毆溫濕氣來令致濕病也中心慘怛生病造熱慘怛憂勞也慘錯感切方言曰怛痛也素問黃帝問歧伯曰人傷於寒而轉爲熱何也曰夫寒盛則生於熱也中脣爲胗軫得目爲蔑說文曰胗脣瘍也呂氏春秋曰氣鬱處目則爲蔑爲盲高誘曰蔑眵也蔑與䁾古字通亡結切眵充支切啗齰嗽獲死生不卒啗齰嗽獲中風人口動之貌風疾既甚言死而未即死言生而又有疾也故云不卒說文曰啗食也齰齧也士白切嗽吮也山角切聲類曰嚄大喚也宏麥切獲與嚄古字通卒七忽切

何焯云只此四語而不堪當世之想已見乎詞矣

此所謂庶人之雌風也

秋興賦 并序

潘安仁 劉熙釋名曰秋就也言萬物就成也興者感秋而興此賦故因名之

晉十有四年余春秋三十有二始見二毛 十四年晉武帝太始十四年也左氏傳宋襄公曰不禽二毛杜預曰二毛頭白有二色也 以太尉掾兼虎賁中郎將寓直于散騎之省 臧榮緒晉書云賈充爲太尉又曰岳爲賈充掾漢書曰期門僕射秩比千石平帝更名虎賁郎置中郎將寓寄也世說曰桓玄既篡將改置直館問左右虎賁中郎將省合在何處有人荅云無省當時殊迕旨問何以知無荅曰潘岳秋興賦叙云兼虎賁中郎將寓直於散騎之省玄咨嗟稱善劉謙之晉紀云玄欲復虎賁中郎將疑訪之僚屬咸莫能定叅軍劉荀之對昔潘岳秋興賦叙云兼虎賁中郎將寓直於散騎之省以言之是也玄從之 高閣連雲陽景罕曜 言閣之高而且深故

曰罕曜其中珥蟬冕而襲紈綺之士此焉游處珥猶揷也蔡邕獨斷曰侍
中中常侍加貂附蟬鄭玄禮記注曰襲重衣也漢書曰班伯與王許子弟爲羣在於綺襦紈袴之閒鸚鵡賦曰
感平生之遊處僕野人也偃息不過茅屋茂林之下禮記曰唯饗野人皆
酒呂氏春秋田替曰若夫偃息之義則未聞也范曄後漢書曰王霸隱居止茅屋蓬戶論衡曰山種棗栗名曰
茂林談話不過農夫田父之客說文曰話會合善言也胡快切毛詩曰帥時農夫播
厥百穀禮記曰上農夫食九人尹文子曰魏田父有耕於野者攝官承乏猥廁朝列左氏
傳韓厥謂齊侯曰敢告不敏攝官承乏蒼頡篇曰廁次也雜也禮記曰爵祿有列於朝夙興晏寢
匪遑底寧毛詩曰夙興夜寐又曰不遑寧處譬猶池魚籠鳥有江湖山
藪之思於是染翰操紙慨然而賦翰筆毫也說文曰慨太息也字林曰慨壯
士不得志也許既切于時秋也故以秋興命篇鄭玄周禮注曰興者記事於物其

尤云末士五臣士作事
原文士作事
華
疾暴

辭曰四時忽其代序兮萬物紛以迴薄。莊子黃帝曰陰陽四時運行各
得其序楚辭曰日月忽其不淹兮春與秋兮代序鵩鳥賦曰萬物迴薄覽花蒔之時育兮
察盛衰之所託字林曰蒔更別種上吏切周易曰時育萬物感冬索而春敷
兮嗟夏茂而秋落。孔安國尚書傳曰索盡也又曰敷布也又曰已布而生也呂氏春秋曰春
氣至則草木產秋氣至則草木落雖末士之榮悴兮伊人情之美惡舞賦
曰慢末士之鄙曲文子曰有榮悴者必末愁悴善乎宋玉之言曰悲哉秋之為
氣也王逸注曰寒氣聊戾歲將暮也蕭瑟兮陰氣促急風暴疾也草木搖落花葉隕落
肥潤去也而變衰形體易色憀了枝枯槁也憀慄兮息念卷戾心自傷若在遠行
遠出之他方登山臨水升高遠望視江河也送將歸族親別還故鄉已上宋玉九辯之文
夫送歸懷慕徒之戀兮言懷思慕戀徒侶也遠行有羇旅之憤左氏

尤云疚心五臣疚作疢

常

尤云諒無愁五臣諒作良

清

傳陳敬仲曰羇旅之臣杜預曰羇寄旅客臨川感流以歎逝兮登山懷遠而悼近論語曰子在川上曰逝者如斯夫不舍晝夜包曰逝往也言凡往者如川之流也晏子春秋曰景公遊於牛山臨齊國乃流涕而歎曰奈何去此堂堂之國而死乎使古而無死不亦樂乎左右皆泣晏子獨笑曰夫盛之有衰生之有死天之數也物有必至事有當然曷有悲老而哀死古無死古之樂也君何有焉懷遠悼近齊景之謂也彼四感之疚心兮遭一塗而難忍毛詩曰既來既往使我心疚鄭玄曰疚病也嗟秋日之可哀兮諒無愁而不盡野有歸燕隰有翔隼楚辭曰燕翩翩其辭歸鷙擊之鳥通呼曰隼一曰鶚春化爲布穀文子曰鷹隼未擊羅網不張得游氛朝興槁葉夕殞杜預左氏傳注曰氛氣也鄭玄毛詩箋曰木葉槁得風乃落於是迺屏輕箑所甲釋纖絺呂氏春秋曰冬不用箑非愛箑也清有餘也髙誘曰箑扇也孔安國尚書傳曰纖細也絺細葛也藉莞蒻若御袷衣鄭玄毛詩箋曰莞小蒲席

華

也胡官切說文曰蒻蒲子以爲華蓆也又曰袷衣無絮也古洽切庭樹槭以灑落兮勁
風戾而吹帷。槭枝空之貌所隔切戾勁疾之貌蟬嘒嘒而寒吟兮鴈飄
飄而南飛毛詩曰菀彼柳斯鳴蜩嘒嘒毛萇詩曰嘒嘒小聲也飄飄飛貌楚辭曰鴈雝雝而南游天晃
朗以彌高兮日悠陽而浸微言秋日天氣高朗晃朗明貌悠陽日入貌杜篤弔王子比干曰
霞霏尾而四除言晃朗而高明楚辭曰天高而氣清禮記曰仲秋殺氣浸盛陽氣日衰何微陽之短晷
覺涼夜之方永尚書曰日短星昴以正仲冬毛詩曰夏之日冬之夜毛萇曰言長也月朣朧以
含光兮露淒清以凝冷。埤蒼曰朣朧欲明也朣徒東切朧力東切熠燿粲於階闥
兮蟋蟀鳴乎軒屏。毛詩曰熠燿宵行毛萇曰熠燿燐也燐螢火也毛詩曰蟋蟀在堂毛萇曰
蟋蟀蛬也崔豹古今注曰熠燿燐也一曰燿夜腐草爲之食蚊蚋又曰蟋蟀名蛬初秋生得寒則鳴噪濟南謂
之嬾婦也聽離鴻之晨吟兮望流火之餘景毛詩曰七月流火毛萇曰大火

尤云鬢髟五臣髟作彪

也流下也宵耿介而不寐兮獨展轉於華省王逸楚辭注曰耿介執節守度毛詩曰耿耿不寐如有隱憂又曰悠哉悠哉展轉反側悟時歲之遒盡兮慨俛首而自省楚辭曰歲忽忽而遒盡毛萇詩傳曰遒終也廣雅曰遒急也列子曰師曠俛首而聽之曾子曰君子旦就業夕而自省也斑鬢髟以承弁兮素髮颯以垂領服虔通俗文曰髮垂而影方料切說文曰白黑髮雜而髟字林亦同周禮曰士弁服白虎通曰皮弁冠名仰羣儁之逸軌兮攀雲漢以游騁登春臺之熙熙兮珥金貂之烱烱高閣連雲升之以攀雲漢也言羣儁自致高遠老子曰衆人熙熙如享太牢如登春臺漢書谷永對詔曰戴金貂之飾執常伯之職也董巴輿服志曰侍中冠金璫附蟬爲文貂尾爲飾廣雅曰烱烱光也苟趣舍之殊塗兮庸詎識其躁靜六韜太公曰夫人皆有性趣舍不同司馬遷書曰趣舍異路莊子王倪曰吾庸詎知吾所謂知非不知邪司馬彪曰庸猶何用也老子曰重爲輕根靜爲躁君聞

今本作趨

指

至人之休風兮，齊天地於一指。莊子曰不離於真謂之至人又曰以指喻指之非指不若以非指喻指之非指也以馬喻馬之非馬不若以非馬喻馬之非馬也天地一指也萬物一馬也郭象曰夫自是而非彼我之常情也故以我指喻彼指則彼指於我指獨爲非指矣此以喻指之非指也若覆以彼指還喻我指則我指於彼指復爲非指矣此以非指喻指之非指也將明無是無非莫若反覆相喻反覆相喻則彼之與我既同於自是又均於相非均於相非則天下無是同於自是則天下無非何以明其然邪是若果是則天下不得復有非之者也非若果非亦不得復有是之者也今是非無主紛然殽亂明此區區各信其偏見而同於一致耳仰觀俯察莫不皆然是以至人知天地一指也萬物一馬也故浩然大寧而天下萬物各當其分同於自得而無是無非也

彼知安而忘危兮，故出生而入死。周易曰安不忘危存不忘亡老子曰出生入死韓子曰人始於生而卒於死始之謂出卒之謂入故曰出生入死也

行投趾於容跡兮，殆不踐而獲底。闕側足以及泉兮，雖

猴猨而不履。言人之行投趾在乎容跡之地近不踐而獲安若以足外爲無用欲闕之及泉雖則
捷若猴猨亦不能履也莊子惠子謂莊子曰子言無用
莊子曰知無用而可與言用矣夫地非不廣且大也人
之所用容足耳然則側足而墊之致黃泉人尚有用乎
惠子曰無用莊子曰然則無用之爲用也亦明矣郭璞
爾雅注曰底止也龜祀骨於宗祧兮，思反身於綠水。莊子曰莊子釣於濮
水楚王使二大夫往聘莊子曰願以境内累子莊子持
竿不顧曰吾聞楚有神龜死已三千歲矣王巾笥而藏
之廟堂之上此龜者寧其死爲留骨而貴乎寧其生而
曳尾塗中乎二大夫曰寧生而曳尾塗中莊子曰往矣
吾將曳尾於塗中矣且斂衽以歸來兮，忽投紱以高厲。衽襟也字林曰紱綬
也楚辭曰颯弭節而高厲耕東皋之沃壤兮，輸黍稷之餘稅。水田曰皋東者
取其春意漢書鄭明曰將歸延陵之皋修農圃之疇張
晏曰隱耕皋澤之中阮籍奏記曰將耕東皋之陽輸黍
稷之稅說文曰稅租也泉涌湍於石間兮，菊揚芳於崖澨。禮記曰仲秋菊

高閣連雲陽景罕曜視此何如

有黄華**澡秋水之涓涓兮。玩游儵之潎潎。**莊子曰秋水時至百川灌河金人銘曰涓涓不壅將成江河莊子曰莊子與惠子遊於濠梁上莊子曰儵魚出遊從容是魚樂也惠子曰子非魚安知魚樂莊子曰子非我安知我不知魚之樂也潎潎遊貌也匹曳切**逍遥乎山川之阿、放曠乎人間之世。**莊子有逍遥遊篇司馬彪曰言逍遥無爲者能游大道也又有人間世篇司馬彪曰言處人間之宜居亂世之理與人羣者不得離人然人間之事故世世異宜唯無心而不自用者爲能唯變所適而何足累**優哉游哉。聊以卒歲。**家語孔子歌曰優哉游哉聊以卒歲王肅曰言優游以終歲也

雪賦

說文曰雪凝雨也釋名曰雪綏也水下遇寒而凝綏綏然下也曾子曰陰氣凝而爲雪五經通訓曰春洩氣爲雨寒凝爲雪

謝惠連沈約宋書曰謝惠連陳郡陽夏人也幼而聰敏年十歲能屬文族兄靈運深加

何焯云作者借前人立格以相如為正文以鄒陽為後勁

云漢南歸德為漢梁園孝王都於此

邸 雱

知賞本州辟主簿不就後爲司徒彭城王法曹爲雪賦以高麗見奇年二十七卒

歲將暮。時既昏。毛詩曰歲亦暮止劉向七言曰時將昏暮白日午昏冥也寒風積。愁雲繁。莊子曰風積不厚則其負大翼也無力傅玄詩曰浮雲含愁色悲風坐自歎班婕妤擣素賦曰佇風軒而結睇對愁雲之浮沈然疑此賦非婕妤之文行來已久故兼引之梁王不悅。游於兔園。此假主客以爲辭也漢書曰梁孝王文帝子也西京雜記曰梁孝王好宮室苑囿之樂築兔園也迺置旨酒。命賓友。召鄒生。延枚叟。漢書梁孝王待立鄒陽從孝王游又曰枚乘爲弘農都尉去官游梁相如末至。居客之右。漢書曰相如客游梁又曰田叔等十人漢廷臣無能出其右者俄而微霰零。密雪下。莊子曰我而死王肅家語注曰俄有頃也王迺歌北風於衛詩。詠南山於周雅。毛詩衛風曰北風其涼雨雪其滂又小雅信南山曰上天同雲雨雪雰雰授簡於司馬大夫。言大夫尊之也國語越王勾踐曰苟聞子大夫

援

之言爾雅曰簡謂之畢也郭璞曰今簡札也曰抽子秘思騁子妍辭侔色揣稱爲寡人賦之鄭玄周禮注曰侔等也莫侯切說文曰揣量也初委切爾雅曰稱好也老子曰王公自謂孤寡不穀相如於是避席而起逡巡而揖孝經曰曾子避席公羊曰逡巡北面再拜也廣雅曰逡巡却退也曰臣聞雪宮建於東國雪山峙於西域孟子曰齊宣王見孟子於雪宮劉熙曰雪宮離宮之名也漢書西域傳曰天山冬夏有雪岐昌發詠於來思姬滿申歌於黃竹岐周所居昌文王名也毛詩曰昔我往矣楊柳依依今我來思雨雪霏霏姬周姓也滿穆王名昭王子也孔安國尚書傳曰申重也穆天子傳曰天子遊黃臺之丘大寒北風雨雪天子作詩三章以哀人夫我徂黃竹員閟寒乃宿於黃竹曹風以麻衣比色楚謡以幽蘭儷曲毛詩曹風曰蜉蝣掘閲麻衣如雪宋王諷賦曰臣嘗行至主人獨有一女置臣蘭房之中臣援琴而鼓之爲幽蘭白雪之曲賈逵曰儷偶也盈尺則呈瑞

文十三　九

於豐年袁文則表沴於陰德左氏傳曰凡平地尺爲大雪毛萇詩傳曰豐年之冬必有積雪金匱曰武王伐紂都洛邑未成雨雪十餘日深丈餘漢書曰氣相傷謂之沴沴臨莅不和意也春秋潛潭巴曰大雪甚厚後必有女主天雪連月陰作威宋均曰雪爲陰臣道也雪之時義遠矣哉請言其始若迺玄律窮嚴氣升禮記曰季冬之月日窮於次月窮於紀又曰孟冬之月天地始肅鄭玄曰肅嚴急之氣也孟冬之月天氣上騰夏侯孝若寒雪賦曰嚴氣枯殺玄澤閉凝之焦溪涸護湯谷凝酈元水經注曰焦泉發于天門之左南流成溪謂之焦泉盛弘之荆州記曰南陽郡城北有紫山東有一水冬夏常温因名湯谷也火井滅温泉冰轉物志曰臨邛火井諸葛亮往視後火轉盛以盆貯水煮之得鹽後人以火投井火即滅至今不燃又曰西河郡鴻門縣亦有火井祠火從地出張衡温泉賦曰遂適驪山觀温泉沸潭無湧炎風不興酈元水經注曰以生物投之須臾即熟又曰曲阿季子廟前井及潭常沸故名井曰沸井潭曰沸潭炎風在南海外常有火風亙叉日

尤云湯谷凝五臣作暘谷溪

焦溪温泉沸潭一也

何焯云北戶卯日南

注

則蒸殺其過鳥也呂氏春秋曰何謂八風東北曰炎風高誘曰一曰融風北戸墐扉裸胡卦壤
垂繒毛詩曰穹窒熏鼠塞向墐戸毛萇曰向北出牖也墐塗也東夷傳曰倭國東四千餘里裸人國也字
林曰繒帛總名也於是河海生雲朔漠飛沙淮南子曰西海之雲湊又曰八澤之
雲以雨九州公羊傳曰河海潤千里何休曰河海興雲雨汲千里說文曰北方流沙漢書李陵歌曰徑萬里兮
度沙漠范曄後漢書袁安議曰今朔漠既定楊泉物理論曰風怒則飛沙揚礫連氛累靄揜日
韜霞文字集略曰靄雲狀又曰霭亦靄也一大切毛萇詩傳曰揜覆也於儼切杜預左氏傳曰韜藏也吐
刀切霰淅瀝而先集雪紛糅女又而遂多韓詩曰先集惟霰薛君曰霰霙也音
英夏侯孝若寒雪賦曰集洪霰之淅瀝煥摧磊以纚索楚辭曰雪紛糅其增加鄭玄禮記注曰糅雜也其
為狀也散漫交錯氛氳蕭索王逸楚辭注曰氛氳盛貌藹藹浮浮瀌瀌
弈弈毛詩曰雨雪浮浮又曰雨雪瀌瀌方遙切廣雅曰藹藹弈弈盛貌聯翩飛灑徘徊

文十三　一

嫮　○姱字有誤

嫮以姱　嫮　嫮姱

尤云積素未虧五臣作積雪

委積始緣甍而冒棟終開簾而入隙杜預曰甍屋棟也毛詩曰下土是冒傳曰冒覆也字林云隙壁際孔從阜傍二小夾日也初便娟於墀廡末縈盈於帷席便娟縈盈雪迴委之貌楚辭曰嬛娟修竹王逸曰嬛娟好貌說文曰廡堂下周屋也釋名曰大屋曰廡既因方而為圭亦遇圓而成璧眄隰則萬頃同縞瞻山則千巖俱白於是臺如重璧逵似連璐廣雅曰縞練也穆天子傳曰為盛姬築壹臺是曰重璧之臺劉公幹清慮賦曰蹈琳珉之塗然即逵也許慎淮南子注曰璐美玉也音路庭列瑤階林挺瓊樹瑤階玉階也已見西京賦說文曰挺拔也達鼎切莊子曰南方積石千里樹名瓊枝皓鶴奪鮮白鷴失素相鶴經云鶴千六百年形定而色白復二千年大毛落茸毛生色雪白白鷴鳥名也西都賦曰招白鷴紈袖慙冶玉顏掩嫮說文曰紈素也冶妖也范子紈素出齊古詩曰燕趙多佳人美者顏如玉楚辭曰美人皓齒嫮與姱同好貌若迺積素未虧白日朝

丨乂川文

羌

到

鮮爛兮若燭龍銜燿照崑山 山海經曰赤水之北有章尾山有神人面蛇身其瞋乃晦其視乃明是燭九陰是謂燭龍楚辭曰日安不飛燭龍何照王逸曰言天西北有幽冥無日之國有龍銜燭而照之山海經曰鍾山之神名曰燭陰郭璞曰即燭龍也詩含神務曰天不足西北無有陰陽故有龍銜火精以照天門中也崑山已見上文 爾其流滴垂冰緣霤承隅 王逸楚辭注曰霤屋宇也 粲兮若馮夷剖蚌列明珠 莊子曰夫道馮夷得之以遊大川抱朴子釋鬼篇曰馮夷華陰人以八月上庚日度河溺死天帝署為河伯說文曰蚌蜃也司馬彪以為明月珠蚌蛤也蜀志秦宓奏記曰剖蚌求珠 至夫繽紛繁鶩之貌皓旰皦絜之儀迴散縈積之勢飛聚凝曜之奇固展轉而無窮嗟難得而備知 若迺申娛翫之無已夜幽靜而多懷風觸楹而轉響月承幌而通暉 包氏論語注曰梲者梁上楹也說文曰楹柱也承上也文字集略曰幌以帛明牎也

折園中之萱草擷階上之芳薇

鄒陽以下少憂不飲其直也

酌湘吳之醇酎御狐狢之兼衣吳録曰湘川酃陵縣水以作酒有名吳興烏程縣若下酒有名醇酎已見魏都賦論語曰狐狢之厚以居晏子春秋曰景公時雨雪三日公被狐白之裘晏子入公曰怪哉雨雪三日不寒晏子曰古之賢者飽而知飢温而知寒公曰善出裘發粟以與飢人夏侯孝若寒雪賦曰既增覆而累鎮又加裘而兼衣對庭鵾之雙舞瞻雲鴈之孤飛西京雜記曰公孫乘月賦曰鵾雞舞於蘭渚蟋蟀鳴於西堂踐霜雪之交積憐枝葉之相違馳遥思於千里願接手而同歸杜篤衆瑞頌曰千里遥思展轉反側毛詩曰攜手同歸鄒陽聞之懣然心服莊子曰子貢懣然慙又曰使人以心服而不敢忤說文曰懣煩也蒼頡曰悶也莫本切有懷妍唱敬接末曲於是迺作而賦積雪之歌歌曰攜佳人兮披重幄援綺衾兮坐芳縟燎薰鑪兮炳明燭酌桂酒兮揚清曲漢武帝秋風辭曰攜佳人兮不能忘

澁

歎辛以下又變

次與已通

劉向有薰鑪銘楚辭曰奠桂酒兮椒漿薰火煙上出也字從黑又續而爲白雪之歌歌曰曲既揚兮酒既陳朱顏酡兮思自親楚辭曰美人既醉朱顏酡王逸曰酡著也面著赤色也徒何切願低帷以昵枕念解珮而褫紳昵近也褫奪衣也孔安國論語注曰紳大帶也怨年歲之易暮傷後會之無因君寧見階上之白雪豈鮮耀於陽春楚辭曰無衣裘以御冬恐死不得見乎陽春歌卒王迺尋繹吟翫撫覽扼腕毛萇詩傳曰繹悅也方言曰繹理也說文曰扼把也鄭玄儀禮注曰腕掌後節也史記曰天下之士莫不扼腕以言顧謂枚叔起而爲亂亂者理也摠理一賦之終也亂曰白羽雖白質以輕兮白玉雖白空守貞兮孟子曰白羽之白也猶白雪之白也與白雪之白也猶白玉之白也與劉熙曰孟子以爲白羽之白性輕白雪之性消白玉之性堅雖俱白其性不同問告子告子以爲三白之性同未若茲雪因時興滅言隨時行

尤云解珮而褫紳五臣作褫珮而解紳

梁

藏也玄陰凝不昧其潔太陽曜不固其節蔡雍述行賦曰玄靈黷以凝結零雨集之溱溱正歷曰日太陽也節豈我名潔豈我貞憑雲陞降從風飄零值物賦象任地班形任猶因也素因遇立汙隨染成汙猶相染汙也縱心皓然何慮何營歸田賦曰苟縱心於域外孟子曰我善養吾浩然之氣敢問何謂浩然之氣曰難言也其為氣也至大至剛以直養而無害則塞於天地之間鴻安上嚴平頌曰無營無欲澹爾淵清

月賦

周易曰坎為月陰精也鄭玄曰臣象也廣雅云夜光謂之月月御謂之望舒說文曰月者太陰之精釋名曰月闕也言有時盈有時闕也

謝希逸沈約宋書曰謝莊字希逸陳郡陽夏人也太常弘微子也年七歲能屬文仕至光祿大夫泰初二年卒時年三十六謚曰憲子所著文章四百餘首行於代

借陳王立格与雪賦同意
局端憂多暇生出一篇大
意
顧亭林曰古人爲賦多假設之辭
序述往事以爲點綴不必一一符
同也子虛亡是公烏有先生之文
已肇始於相如矣後之作者實
祖此意謝莊月賦陳王初
喪應劉端憂多暇又曰抽
毫進牘以命仲宣按王粲
以建安二十一年從征吳二十
二年春道病卒徐陳應
劉一時俱逝亦是歲也至明
帝太和六年植封陳王豈
可掎摭史傳以議此賦之不
合哉

心有不快觸景傷神

陳王初喪應劉端憂多暇假設陳王應劉以起賦端也陳王曹植也應應瑒劉劉楨
也魏文帝書曰徐陳應劉一時俱逝孫卿子曰其爲人也多暇日者其出入不遠綠苔生閣芳
塵凝榭言無復娛遊故綠苔生而芳塵凝也高誘注淮南子曰蒼苔水衣庾闡揚都賦曰結芳塵於綺
疎郭璞爾雅注曰榭臺上起屋也悄焉疚懷不怡中夜毛詩曰憂心悄悄悄悄憂貌七
小切爾雅曰疚病也怡樂也家語孔子云日出聽政至于中夜廼清蘭路肅桂苑蘭路有蘭
之路桂苑有桂之苑楚辭曰皇蘭被徑王逸曰徑路也劉淵林吳都賦注曰吳有桂林苑騰吹寒山
弭蓋秋阪王逸楚辭注曰騰馳也禮記曰季秋入學習吹王逸楚辭注曰弭按也臨濬壑
而怨遙登崇岫而傷遠於時斜漢左界北陸南躔大戴禮曰
七月漢案戶漢天漢也案戶直戶也李陵詩曰天漢東南馳左傳申豐曰日在北陸而藏冰杜預曰陸道也漢
書曰冬則南夏則北漢書音義韋昭曰躔處也亦次也方言曰日運爲躔躔歷行也白露曖空素

尤云不怡五臣不作弗

傷

尤云擅扶光五臣作扶桑

月。流。天。長歌行曰昭昭素明月輝光燭我牀沈唫齊章殷勤陳篇楚辭曰意欲兮沈吟毛詩齊風曰東方之月兮彼姝者子在我闥兮又陳風曰月出皦兮佼人憭兮抽毫進牘以命仲宣此假王仲宣也毫筆毫也文賦曰或含毫而藐然說文曰牘書版也仲宣跪而稱曰聲類曰跪跽也跪渠委切跽奇几切臣東鄙幽介長自丘樊仲宣山陽人故云東鄙戰國策范睢謂秦王曰臣東鄙賤人爾雅曰樊藩也郭璞曰藩籬也昧道懵學孤奉明恩說文曰懵目不明也莫䁯切臣聞沈潛既義高明既經尚書曰沈潛剛克高明柔克孔安國曰沈潛謂地高明謂天左氏傳子太叔曰子產云禮天之經地之義曰以陽德月以陰靈春秋說題辭曰陽精爲日易辯終備曰日之既陽德消鄭玄曰日既蝕明盡也春秋感精符云月者陰之精擅扶光於東沼嗣若英於西冥扶光扶桑之光也東沼湯谷也若英若木之英也西冥昧谷也月盛於東故曰擅始生於西故曰嗣山海經曰湯谷有扶木九日居下枝一日居上拔又曰灰野之山有赤樹青葉名曰若木日之所入處郭璞曰扶木扶桑也尚書曰宅西曰昧谷孔安國曰昧冥也淮南子曰日出於湯谷拂於扶桑又曰若木末有十日其華照下地高誘曰若木端有十日狀如蓮華

引玄兔於帝臺集素娥於后庭張衡靈憲曰月者陰精之宗積成為獸象兔形春秋元命苞曰月之為言闕也兩說蟾蠩與兔者陰陽雙居明陽之制陰陰之倚陽張泉觀象賦曰漸臺可升自注曰漸臺天臺之名四星在織女東淮南子曰羿請不死之藥於西王母常娥竊而奔月注曰常娥羿妻也歸藏曰昔常娥以不死之藥犇月論語曰皇皇后帝張泉觀象賦曰寔參寔參帝庭自注云帝庭謂太微宮也春秋元命苞曰太微為天庭

朒朓警闕朏魄示沖說文曰朒朔而月見東方縮朒然朓晦而月見西方也朏月未成光魄月始生魄然也尚書五行傳曰晦而月見西方謂之朓朓則王侯奢也朔而月見東方謂之側匿側匿則王侯肅鄭玄曰朓條達行疾貌也警闕謂朒朓失度則警人君有所闕德示沖言朏魄得所則表示人君有謙沖不自盈大也禮記注曰月三日而成魄是以禮有三讓也朒女六切朓大鳥切朏芳

隸事及吳究為疵累 長白焯說

東

尾切順辰通燭從星澤風辰十二辰言月順之以照天下也淮南子曰正月建寅月從左行十二辰許慎曰歷十二辰而行尚書曰月之從星則以風以雨孔安國尚書傳曰月經于箕則多風離于畢則多雨然澤則雨也增華台室揚釆軒宮台室三公位軒宮軒轅之宮史記曰中宮文昌魁下六星兩兩相比名曰三能能古台字也齊色則君臣和也淮南子曰軒轅者帝妃之舍高誘曰軒轅星名委照而吳業昌淪精而漢道融吳錄曰長沙桓王名策武烈長子母吳氏有身夢月入懷漢書元后母李親夢月入懷而生后遂爲天下母昌盛也融明也若夫氣霽地表雲斂天末說文曰霽雨止也西京賦曰眇天末以遠期霽才計切洞庭始波木葉微脫楚辭曰洞庭波兮木葉下菊散芳於山椒鴈流哀於江瀨禮記曰仲秋菊有黃華王逸楚辭注曰土高四墮曰椒漢書武帝傷李夫人賦曰釋子馬於山椒山椒山頂也說文曰瀨水流沙上也升清質之悠悠降澄輝之藹藹楚辭曰白日出兮悠悠長門賦曰望中庭之藹藹若季秋之降霜

尤三絃桐五臣作絲桐

列宿掩縟，長河韜映。楚辭曰：若列宿之錯置。說文曰：縟，繁采飾也。毛詩曰：倬彼雲漢。毛萇曰：雲漢，天河也。柔祇雪凝，圓靈水鏡。柔祇，地也。圓靈，天也。連觀霜縞，周除冰淨。觀，宮觀也。徐幹七喻曰：連觀飛榭。說文曰：除，殿陛也。君王廼猒晨懽，樂宵宴，收妙舞，弛清縣。邊讓章華臺賦曰：妙舞麗於陽阿。長笛賦曰：磬襄弛縣。周禮曰：大憂弛縣。鄭玄曰：弛，釋也。字林曰：弛，解也。韋昭漢書注曰：弛，廢也。去燭房，即月殿，芳酒登，鳴琴薦。若廼涼夜自凄，風篁成韻，篁，竹叢生也。風篁，風吹篁也。親懿莫從，羈孤遞進。親懿，懿親也。左氏傳富辰曰：兄弟雖有小忿，不廢懿親。杜預曰：懿，美也。羇孤，羇客孤子也。言親懿不從遊，而羇旅之孤更進也。聆皐禽之夕聞，聽朔管之秋引。詩曰：鶴鳴九皐。皐禽，鶴也。抱朴子曰：峻槩獨立，而皐禽之響振也。朔管，羌笛也。說文曰：管，十二月位在北方，故云朔。秋引，商聲也。於是絃桐練響，音容選和。絃桐，琴也。埤蒼曰：練，擇也。練與揀音義同。桓譚新論曰：神

瑾

房

農始削桐爲琴練絲爲絃侯瑾箏賦曰察其風采揀其聲音鄭玄禮記注曰選可選擇也徘徊房露

惆悵陽阿防露蓋古曲也文賦曰寤防露與桑間又雖悲而不雅房與防古字通淮南子曰夫歌采

菱發陽阿鄢人聽之不若延露以和也聲林虛籟淪池滅波。此言風將息也聲林而籟管虛淪池

而大波滅韋秀相風賦曰幽林絕響巨海息波莊子曰子綦謂子游曰夫大塊噫氣其名曰風是以無作作則萬竅

怒號泠風則小和飄風則大和厲風濟則衆竅爲虛子游曰地籟則衆竅是已郭象曰烈風作則衆竅實及其止則

衆竅虛薛君韓詩章句曰從流而風曰淪淪文貌說文曰波水涌也情紆軫其何託愬皓月而

長歌楚辭曰鬱結紆軫兮離愍而長鞠王逸曰紆曲軫痛也毛詩曰如彼愬風毛萇曰愬鄉之也歌

曰美人邁兮音塵闕隔千里兮共明月楚辭曰望美人兮未來陸機思

歸賦曰絕音塵於江介託影響乎洛湄淮南子曰道德之論譬如日月馳騖千里不能改其處也臨風

歎兮將焉歇川路長兮不可越楚辭曰臨風怳兮浩歌歌響未終

尤云羞辟五臣羞作薦　厚

○鵩鳥賦非賦鳥也此則昭明歸類之誤

尤云服鳥賦五臣並作鵩字

餘景就畢滿堂變容迴遑如失說文曰滿堂飲酒莊子子貢曰夫子見之變容失色范曄後漢書曰戴良見黃憲反歸罔然若有失也又稱歌曰月既沒兮露欲晞歲方晏兮無與歸楚辭曰歲既晏兮孰與歸佳期可以還微霜霑人衣楚辭曰與佳人期兮夕張又曰微霜兮夜降魏文帝善哉行曰谿谷多悲風霜露霑人衣陳王曰善廼命執事獻壽羞璧左氏傳原成叔曰敢私於執事史記曰平原君以千金爲魯連壽韓詩外傳曰楚襄王遣使持白璧百雙聘莊子敬佩玉音復之無斁毛詩曰無金玉爾音尚書曰我有周無斁爾雅曰斁猒也

鳥獸爾雅曰兩足而羽謂之禽四足而毛謂之獸禽即鳥也

○鵩鳥賦　并序

賈誼漢書曰賈誼洛陽人也年十八屬文稱於郡中河南太守吳公聞其秀才召置

謫

尤云長沙卑溼五臣無長沙二字

門下甚幸愛後文帝召爲博士爲絳灌馮敬之屬害之於是天子疎之以爲長沙王傅然賈生英特弱齡秀發縱横海之巨鱗矯冲天之逸翰而不參謀棘署贊道槐庭虚離謗缺爰傳卑土發憤嗟命不亦宜乎而班固謂之未爲不達斯言過矣

誼爲長沙王傅 漢書云誼爲長沙王太傅三年鵩入誼舍又云後歲餘文帝思誼徵拜爲梁王傅然文帝之世王長沙者唯有吴芮之子孫耳經史不載其謚號故難得而詳也又景帝十三王傳曰長沙定王發母唐姬無寵故王卑濕國 三年有鵩鳥飛入誼舍止於坐隅鵩似鴞不祥鳥也 晉灼曰巴蜀異物志曰有鳥小如雞體有文色上俗因形名之曰鵩不能遠飛行不出域鴞于妖切 誼既以謫居長沙 韋昭曰謫譴也 長沙卑濕誼自傷悼以爲壽不得長廼爲賦以自廣 自廣自寬也 其辭曰單閼之歲兮四月孟夏 爾雅曰太歲在卯曰單閼徐廣曰文帝六年歲在丁卯 庚子日斜

疑有誤

問
尤云請對以臆五臣作臆曰
監

兮鵩集予舍李奇曰日西斜時也止于坐隅兮貌甚閑暇閑暇不驚恐也
異物來萃兮私怪其故萃集也發書占之兮讖言其度說文
曰讖驗也有徵驗之書河洛所出書曰讖曰野鳥入室兮主人將去請問于
鵩兮予去何之善曰讖于鵩鳥也吉乎告我凶言其災淹速之
度兮語予其期淹遲也速疾也謂死生之遲疾也鵩迺歎息舉首奮翼
口不能言請對以臆請以臆中之事以對也萬物變化兮固無休
息莊子曰已化而生又化而死鵩冠子曰固無休息斡流而遷兮或推而還如湻
曰斡轉也善曰鵩冠子曰斡流遷徙固無休息形氣轉續兮變化而嬗韋昭曰而如也
蘇林曰轉續相傳與也嬗音蟬如蜩蟬之蛻化也或曰嬗相連也沕穆無窮兮胡可勝
言沕穆不可分別也顏師古曰沕穆微深也鵩冠子曰變化無窮何可勝言沕亡筆切禍兮福所

褒

疑有挩文

倚福兮禍所伏鶡冠子曰禍乎福之所倚福乎禍之所伏老子注曰倚因也聖人遭禍而能悔過責己脩善則禍去福來也中人得福而爲驕恣則福去而禍來也憂喜聚門兮吉凶同域鶡冠子曰憂喜聚門吉凶同域或作最亦聚也董仲舒云弔者在門慶者在廬今言皆在門者好惡故言同域也彼吴強大兮夫差以敗越棲會稽兮句踐霸世鶡冠子曰失反爲得成反爲敗吴大兵強夫差以困越棲會稽句踐霸世史記曰越王句踐其先允常與吴王闔閭戰而相怨伐允常卒子句踐立是爲越王闔閭聞允常死乃興師伐越越王句踐使士挑戰射傷吴王闔閭闔閭且死告其子夫差曰必無忘越三年句踐聞吴王夫差日夜勒兵且以報越欲先吴未發往伐之范蠡諫曰不可王曰已決之矣遂興師吴王聞之悉精兵以伐越敗之夫椒越王乃以甲兵五千人棲於會稽吴師追而圍之越王謂范蠡曰以不聽子故至於此爲之奈何蠡對曰持滿者與天定傾者與人節事者以地卑辭厚禮以遺之不許而身與之市句踐曰諾乃令大夫種行成於吴膝行頓首曰君王亡臣句踐使陪臣種敢告下執事句踐請爲臣妻爲妾吴王將許子胥言於吴王曰天以越賜吴勿許也吴王不聽卒

此旱讀爲悍戾之悍說文厲旱石也亦謂堅悍耳
孙云淮南兵略說苑談叢旱並作悍

許越平句踐自會稽歸拊循其士民伐吴大破吴因留圍之三年越遂棲吴王於姑蘇山吴王謝曰吾老矣不能事君王遂自殺乃蔽面曰吾無以見子胥也高誘淮南子注云山處曰棲越滅吴稱霸**斯游遂成兮卒被五刑**應劭曰李斯西游於秦身登相位二世時爲趙高所讒身被五刑**傅說胥靡兮迺相武丁**尚書曰高宗夢得說使百工營求諸野得諸傅巖爰立作相孔安國曰傅氏之巖通道所經有澗水壞道使胥靡刑人築護此道說賢而隱代胥靡築之莊子曰夫道傅說得之以相武丁**夫禍之與福兮何異糾纆**字林曰糾兩合繩纆三合繩應劭曰禍福相與爲表裏如糾纆索相附會也臣瓚曰糾絞也纆索也鶡冠子曰禍與福如糾纆也**命不可說兮孰知其極**鶡冠子曰終則有始孰知其極老子道德經曰孰知其極河上公注曰禍福更相生死孰知其窮極時也顔監曰極止也**水激則旱兮矢激則遠萬物迴薄兮振盪相轉**言矢飛水流各有常度爲物所激或旱或遠斯則萬物變化烏有常則乎鶡冠子曰水激則悍矢激則遠精神迴薄振蕩相轉悍與旱同

揣 注同 善曰

並戸但切呂氏春秋曰激矢遠激水旱雲蒸雨降兮糾錯相紛黃帝素問曰地氣上爲雲天氣下爲雨韋昭國語注曰蒸升也大鈞播物兮坱圠無垠如淳曰陶者作器於鈞上此以造化爲大鈞應劭曰陰陽造化如鈞之造器也其氣坱圠非有限齊也善曰坱烏黨切圠烏黠切天不可預慮兮道不可預謀鶡冠子曰天不可預謀道不可預慮遲速有命兮焉識其時鶡冠子曰遲速止息必中參伍焉識其時見下文也且夫天地爲鑪兮造化爲工莊子子棃曰今一以天地爲大鑪以造化爲大冶惡乎往而不可哉陰陽爲炭兮萬物爲銅合散消息兮安有常則莊子曰人之生也氣之聚也聚爲生散爲死鶡冠子曰同合消散孰識其時千變萬化兮未始有極列子曰千變萬化不可窮極莊子曰若人之形者萬化而未始有極司馬彪曰當復化而爲無忽然爲人兮何足控摶控摶愛生之意也孟康曰控引也摶持也言人生忽然何足引持自貴惜也如淳曰摶音

高依說文改

象

每讀爲冒沒輕儳之冒貪墨亦此字也

團或作揣晉灼曰許慎云揣量也度商曰揣言何足度量已之年命長短而惜之乎按史記英布傳云果如薛公揣之陳平云生揣我何念皆訓爲量與晉灼說同音初毀切又丁果切但字者滋也不可膠柱在此賦訓摶爲量義似未是至於合韻全復參差且史記揣作摶字如淳孟康義爲是也善曰鶡冠子曰彼時之至安可復還安可控摶也**化爲異物兮又何足患**師古曰患音還言人皆死變化我何足患之莊子曰假於異物託於同體郭璞曰假因也今死生聚散變化無方皆異物也**小智自私兮賤彼貴我**列子曰小智自私怨之莊子北海若曰以道觀之無貴無賤以物觀之自貴而相賤鶡冠子曰小智立趣好惡自懼**達人大觀兮物無不可**鶡冠子曰達人大觀乃見其符莊子曰物故有所然物故有所可無物不然無物不可**貪夫殉財兮烈士殉名**列子云胥士之殉名貪夫之殉財天下皆然不獨一人司馬彪曰殉營也瓚曰以身從物曰殉**夸者死權兮品庶每生**善曰鶡冠子曰夸者死權自貴矜容殉名司馬彪莊子注曰夸虛名也孟康曰每貪也莊子曰貪生

別本及史漢

文子曰

窘注同

別本作怳

坻

失理怵迫之徒兮或趨東西孟康曰怵爲利所誘怵也迫迫貧賤也東西趨利也趨音娶怵音戍大人不曲兮意變齊同大人者與天地合其德愚士繫俗兮窘若囚拘莊子曰不肖繫俗窘囚拘之貌求殞切至人遺物兮獨與道俱莊子曰不離於眞謂之至人又孔子謂老聃曰形體若槁木似遺物而立於獨也鶡冠子曰聖人捐物又曰至人不遺動與道俱衆人惑惑兮好惡積億李奇曰惑惑東西也所好所惡積之萬億也鶡冠子曰衆人惑惑迫於嗜慾眞人恬漠兮獨與道息文子曰得天地之道故謂之眞人也莊子曰虛靜恬淡寂漠無爲者道德之至也釋智遺形兮超然自喪莊子云仲尼問於顔回曰何謂坐忘回曰墮支體黜聰明離形去智同於大道此謂坐忘司馬彪曰坐而自忘其身老子曰燕處超然莊子曰南伯子綦曰嗟乎我悲人之自喪寥廓忽荒兮與道翺翔寥廓忽荒元氣未分之貌廣雅曰寥深也廓空也鶡冠子曰與道翺翔乘流則逝兮得坻

則止。孟康曰易坎為險遇險難而止也張晏曰坻水中小洲也坻或為坎又曰易明夷則仕險難則隱鶡冠子曰乘流以逝縱軀。委命。兮。不私。與。己。鶡冠子曰縱軀委命與時往來其生兮若浮其死兮若休莊子曰其生若浮其死若休澹乎若深泉之靜泛乎若不繫之舟莊子老聃曰其居也淵而靜其唯人心乎鶡冠子曰泛泛乎若不繫之舟不以生故自寶兮養空而浮鄭展曰自寶自貴也鄭氏曰道家養空虛若浮舟也莊子曰汎若不繫之舟虛而遨遊德人。無。累。知命。不。憂。莊子苑風曰願聞德人湻芒曰德人者居無思行無慮也又曰聖人循天之理故無天災故無物累周易曰樂天知命故不憂細故。蔕。芥。何足。以。疑。鶡冠子曰細故袃薊奚足以疑袃薊與蔕芥古字通張揖子虛賦注曰蔕芥刺鯁也

鸚鵡賦并序山海經曰黃山有鳥其狀如鴞青羽赤喙人舌能言名鸚鵡也注曰舌似小兒舌脚指前後各兩鵡一作䳇莫口切

禰正平 范曄後漢書曰禰衡字正平平原人也少有才辯而尚氣傲曹操欲見之不肯往操懷忿而以才名不欲殺之送劉表後復侮慢於表表不能容以江夏太守黃祖性急故送衡與之祖長子射為章陵太守尤善於衡射大會賓客人有獻鸚䳇者射舉札於衡前曰願先生賦之衡攬筆而作辭彩甚麗後黃祖殺之時年二十六

時黃祖太子射亦賓客大會有獻鸚䳇者舉酒於衡前曰禰處士 應劭風俗通曰處士者隱居放言也 今日無用娛賓竊以此鳥自遠而至明慧聰善羽族之可貴 典引曰來儀集羽族於觀魏 願先生為之賦使四坐咸共榮觀不亦可乎 老子曰雖有榮觀燕處超然 衡因為賦筆不停綴文不加點其辭曰惟西域之靈鳥兮挺自然之奇姿體金精之妙質兮合火德之明輝 西域謂隴坻出此鳥也老子曰以輔萬物

機

之自然河上公曰輔萬物自然之性也西方爲金毛有白者故曰金精南方爲火觜有赤者故曰火德歸藏殷筮曰金水之子其名曰羽蒙是生百鳥蔡邕月令章句曰天官五獸前有朱雀鶉火之體也性辯慧而能言兮才聰明以識機禮記曰鸚鵡能言不離飛鳥王弼周易注曰幾者事之微也故其嬉遊高峻棲跱幽深說文曰嬉樂也跱立也飛不妄集翔必擇林紺趾丹觜綠衣翠衿說文曰紺深青而揚赤也采采麗容咬咬好音韓詩曰采采衣服薛君曰采采盛貌也韻略曰咬咬鳥鳴也音交毛詩曰晛晥黄鳥載好其音雖同族於羽毛固殊智而異心配鸞皇而等美焉比德於衆禽於是羨芳聲之遠暢偉靈表之可嘉命虞人於隴坻詔伯益於流沙漢書音義應劭曰天子有大阪曰隴坻尚書帝曰益汝作朕虞孔安國曰伯益也掌山澤官也尚書曰導弱水餘波入于流沙跨崑崙而播弋冠雲霓而張

尤云逼之不懼五臣逼作迫　足

尤云寧順從五臣寧作能

禰氏

羅雖綱維之備設終一目之所加文子曰有鳥將來張羅而待之得鳥者羅之一目也今爲一目之羅即無以得鳥也且其容止閑暇守植安停鵩鳥賦曰貌甚閑暇王逸楚辭注曰植志也逼之不懼撫之不驚鶡冠子曰迫之不懼定以知勇寧順從以遠害不違迕以喪生毛詩序曰君子全身遠害故獻全者受賞而傷肌者被刑爾迺歸窮委命離羣喪侶委命已見上文禮記曰離羣索居閉以雕籠翦其翅羽淮南子曰天下以爲之籠又何失鳥之有乎然籠所以盛鳥說文曰翅翼也流飄萬里崎嶇重阻埤蒼曰崎嶇不平也崎去奇切嶇音驅踰岷越障載罹寒暑岷障二山名續漢書曰岷山在蜀郡五道西障縣屬隴西蓋因山立名也毛詩曰二月初吉載離寒暑一曰障亭障也女辭家而適人臣出身而事主有以託意也時爲曹操所迫故寄意以申情家語曰女十五許嫁有適人之道漢書鄭都曰巳背親而出

慷

也

身固當奉職也彼賢哲之逢患猶棲遲以羇旅毛詩曰衡門之下可以棲遲女適人臣事君逢禍患尚棲遲羇旅也羇旅已見上文矧禽鳥之微物能馴擾以安處薛君韓詩章句曰鳥微物也說文曰馴順也漢書音義應劭曰擾馴也眷西路而長懷望故鄉而延佇楚辭曰情慨慨而長懷又曰結幽蘭而延佇忖陋體之腥臊亦何勞於鼎俎毛詩曰予忖度之七本切國語舅犯對晉侯曰偃之肉腥臊將焉用之孔安國尚書傳曰腥臭也嗟祿命之衰薄奚遭時之險巇禮斗威儀曰天其祿命不得極其數楚辭曰何周道之平易然蕪穢而險巇王逸曰險巇顛危也豈言語以階亂將不密以致危周易孔子曰亂之所生則言語以爲階也君不密則失臣臣不密則失身痛母子之永隔哀伉儷之生離左氏傳曰施氏之婦怨施氏曰已不能庇其伉儷扗頡曰儷偶也伉敵也楚辭曰悲莫悲兮生別離匪餘年之足惜慜衆雛之無知

或謂西都即指西域言故下言代越

原文代作胡

原文而作為

爾雅曰生蜀雛謂鳥子初生能自啄食揔名曰雛也背蠻夷之下國侍君子之光儀毛詩曰命于下國非天子之國故曰下也懼名實之不副恥才能之無奇莊子許由曰名者實之賓羨西都之沃壤識苦樂之異宜西都長安也鸚鵡言長安樂自古有之未詳所見懷代越之悠思故每言而稱斯斯此也此長安也言類彼鳥馬而懷代越之思故亦每言而稱此古詩曰代馬依北風越鳥巢南枝若迺少昊司辰蓐收整轡禮記曰孟秋之月其帝少昊其神蓐收嚴霜初降涼風蕭瑟楚詞曰冬又申之以嚴霜長吟遠慕哀鳴感類毛詩曰哀鳴嗷嗷音聲悽以激揚容貌慘以顦顇漢書谷永上䟽曰贊命之臣靡不激揚荅賓戲曰夕而顦顇也聞之者悲傷見之者隕淚毛詩曰涕旣隕之毛萇曰隕墜也放臣爲之屢歎棄妻爲之歔欷放臣棄妻屈原哀姜之徒王逸楚詞注曰歔欷啼聲感平生之

雨　贈子篤詩注引多此文之作以此之通襟體詩潘岳注引作兩兩絕疑本校狀上方諫吳王自絕於天語

尤云高嶽五臣嶽作峻

尤云惋毒五臣惋作冤

游處若壎篪之相須論語曰君子久要不忘平生之言毛詩曰伯氏吹壎仲氏吹篪毛萇曰土曰壎竹曰篪何今日之兩絕若胡越之異區淮南子曰自異者視之肝膽胡越也高誘曰胡越喻遠順籠檻以俯仰闚戶牖以踟躕說文曰櫳房室之疏也楯欄檻也王逸楚詞注曰從曰檻橫曰楯說文曰牖穿壁以爲牕也韓詩曰搔首踟躕薛君曰踟躕躑躅也踟腸知切躕腸誅切想崑山之高嶽思鄧林之扶疏班固漢書贊禹本紀云崑崙山高二千五百餘里山海經曰夸父與日競走渴死棄其杖化爲鄧林上林賦曰垂條扶疏顧六翮之殘毀雖奮迅其焉如韓詩外傳蓋乘曰夫鴻鵠一舉千里所恃者六翮耳心懷歸而弗果徒怨毒於一隅毛詩曰豈不懷歸廣雅曰毒痛也苟竭心於所事敢背惠而忘初左氏傳子犯曰背惠食言楚詞曰不敢忘初之厚德託輕鄙之微命委陋賤之薄軀楚詞曰蜂蛾微命力何固期守死以報德

文十三　二十三

櫳　注

遷報任安書曰效其款款之愚与此異

甘盡辭以效愚論語子曰守死善道毛詩曰欲報之德司馬遷書曰效其癡愚侍隆恩於既往庶彌久而不渝渝變也感恩久不變也

鷦鷯賦并序毛詩曰肇允彼桃蟲詩義疏曰桃蟲今鷦鷯微小黃雀也鷦音焦鷯音遼又方言曰桑飛郭璞注曰即鷦鷯也自關而東謂之工雀又云女工一云巧婦又云女匠

張茂先臧榮緒晉書曰張華字茂先范陽人也少好文義博覽墳典爲太常博士轉兼中書郎雖栖處雲閣慨然有感作鷦鷯賦後詔加右光祿大夫封壯武郡公遷司空爲趙王倫所害

鷦鷯小鳥也生於蒿萊之間長於藩籬之下翔集尋常之內而生生之理足矣漢書音義應劭曰八尺曰尋倍尋曰常老子曰人之輕死以其生生之厚易繫辭曰生生之謂易韓康伯曰陰陽轉易以化成生也色淺體陋不爲人用

得

吴都　羽族以

形微處卑物莫之害呂氏春秋曰高節厲行物莫之害繁滋族類乘居匹游列女傳姜后曰睢鳩之鳥猶未常見其乘居而匹遊翩翩然有以自樂也翩翩自得之貌毛詩曰翩翩者鵻彼鷲鶚鵾鴻孔雀翡翠說文曰鷲鳥黃頭赤目五色皆備鶚鵰也山海經曰景山多鷲黑色多力鵾狀如鶴而文漢書音義應劭曰雄曰翡雌曰翠異物志曰翡赤色大於翠顏監曰鳥各別異非雄雌異名也或凌赤霄之際或託絕垠之外絕垠天邊之地也楚辭曰載赤霄而淩太清又曰蹻絕垠于寒門翰舉足以沖天觜距足以自衛王弼周易注曰翰高飛也史記楚莊王曰有鳥三年不蜚蜚乃沖天蜚與飛同字書曰沖中也呂氏春秋曰凡人之性爪牙不足以自守衛西京賦曰觜距爲刀鈹然皆負矰嬰繳羽毛入貢何者有用於人也繳繫箭線也尚書曰厥貢齒革羽毛夫言有淺而可以託深類有微而可以喻大故賦之云爾

注

何造化之多端兮播羣形於萬類易曰天地造生萬物咸成又曰造化道也
淮南子曰大丈夫無爲與造化逍遥楚辭曰多端膠加老子曰道生萬物河圖曰地有九州以包萬類惟
鷦鷯之微禽兮亦攝生而受氣老子曰善攝生者不然莊子北海若曰吾受氣
於陰陽育翩翾之陋體無玄黃以自貴字林曰翩疾飛也說文曰翾小飛也
呼縁切毛弗施於器用肉弗登於俎味左氏傳臧僖伯曰皮革齒牙骨角毛
羽不登於器鳥獸之肉不登於俎則公不射古之制也鷹鸇過猶俄翼尚何懼於
罿衛罻尉左氏傳然明曰見不仁者誅之如鷹鸇之逐鳥雀也爾雅曰晨風鸇也廣雅曰俄邪也毛
詩曰側弁之俄箋云俄傾貌罿罻皆網也鸇之然切翳薈蒙籠是焉游集孫子兵法曰林
木翳薈草樹蒙籠飛不飄颺翔不翕習翕習盛貌其居易容其求易
給巢林不過一枝每食不過數粒莊子曰鷦鷯巢林不過一枝孔安國尚書

尤云靜守約五臣約作性

傳曰米食曰粒棲無所滯，游無所盤。爾雅曰盤盤樂也匪陋荆棘，匪榮茝蘭。動翼而逸，投足而安。委命順理，與物無患。委命已見上文淮南子曰守道順理伊兹禽之無知，何處身之似智。莊子曰鳥高飛以避矰弋之害鼷鼠深穴乎神丘之下以避熏鑿之患而曾二蟲之無知也不懷寶以賈害，不飾表以招累。左氏傳曰虞叔有玉虞公求之弗獻既悔之曰周任有言匹夫無罪懷璧其罪吾焉用此以賈其害杜預曰賈賣也靜守約而不矜，動因循以簡易。文子曰約其所守即察尚書曰汝惟不矜孔安國曰自賢曰矜淮南子曰因循而任下周易曰簡易而天下之理得矣任自然以爲資，無誘慕於世僞。自然已見上文文子曰去其誘慕除其嗜欲張湛曰遺其衒尚爲害眞性傅毅七激曰排挫禮學譏誚世僞鵰鶡介其觜距，鵠鷺軼於雲際。穆天子傳曰青鵰執犬羊食豕鹿郭璞曰今鵰亦能食麏鹿山海經曰煇諸之山多鶡郭璞曰似雉而大青色

代

有角鬪死乃止出上黨言因觜角距而爲人用也鶡鷄竄於幽險孔翠生乎遐裔彼晨鳧與歸鴈又矯翼而增逝說苑曰魏文侯嗜晨鳧史記曰楚人有好以弱弓微繳加歸鴈之上解嘲曰矯翼厲翮淮南子曰鳳皇曽逝萬仞之上咸美羽而豐肌故無罪而皆斃文子曰羽翼美者傷其骨骸司馬相如美人賦曰弱骨豐肌徒銜蘆以避繳終爲戮於此世淮南子曰鴈銜蘆而翔以備矰繳抱朴子曰智禽銜蘆以避網水牛結陣以却虎史記太史公曰英布不克於身爲世大戮蒼鷹鷙而受緤鸚鵡惠而入籠李陵詩曰有鳥西南飛熠燿似蒼鷹王逸楚詞注曰緤繫也鸚鵡賦曰性辯惠而能言又曰閉以雕籠屈猛志以服養塊幽縶於九重淮南子曰塊然獨處苦對切楚辭曰君之門兮九重變音聲以順旨思摧翮而爲庸戀鍾岱之林野慕隴坻之高松鍾岱二山鷹之所產漢書曰趙地鍾岱迫近胡寇如淳曰鍾所在未聞漢有代郡故

爰居注

代國也東方朔十洲記曰北海外有鍾山鸑鷟賦曰命虞人於隴坻

雖蒙幸於今日未若疇昔之從容左氏傳曰羊斟云疇昔之羊子爲政杜預曰疇昔猶前日也尚書曰從容以和

海鳥鶢袁鶋居避風而至國語曰海鳥曰爰居止於魯東門外展禽曰今茲海其有災乎夫廣川之鳥獸常知而避其災是歲海多大風

條枝巨雀踰嶺自致漢書曰條枝國臨西海有大鳥

提挈萬里飄颻逼畏漢書曰左提右挈

夫唯體大妨物而形瓌足瑋也陰陽陶蒸萬品一區文子老子曰陰陽陶冶萬物蒸氣出貌

巨細舛錯種繁類殊鷦螟巢於蚊睫接晏子春秋景公曰天下有極細者乎對曰有東海有蟲巢於蚊睫再飛而蚊不爲驚臣不知其名而東海有通者命曰鷦螟莊子曰北溟有魚其名曰鵾化而爲鵬怒而飛翼若垂天之雲

大鵬彌乎天隅將以上方不足而下比有餘莊子曰長者不爲有餘短者不爲不足

普天壤以遐觀吾又

安知大小之所如莊子北海若曰以差觀之因其所大而大之則萬物莫不大因其所小而小之則萬物莫不小則差數覩矣歸田賦曰安知榮辱之所如

文選卷第十三

六月廿五日禺中　侃誦

五字當爲六字之誤　焯　或係抽闕

文選卷第十四

梁昭明太子撰

文林郎守太子右内率府録事參軍事崇賢館直學士臣李善注

鳥獸

顏延年赭白馬賦并序

鮑明遠舞鶴賦

志上

班孟堅幽通賦

鳥獸

赭白馬賦

劉芳毛詩義證曰形白雜毛曰駁形赤也即赭白也

不字蓋衍

舊音

以韵言之蓋馬名也

丘光庭說疇等也
案當用疇庸義

疇昔也非善注

顏延年沈約宋書曰顏延之字延年琅邪人也好讀書無所不覽文章之美冠絕當時吴國內史劉柳以爲行軍參軍後爲祕書監太常卒

驥不稱力馬以龍名論語曰驥不稱其力稱其德周禮曰凡馬八尺已上爲龍豈不以國尚威容軍駃音伏馬名趫迅而已傳玄乘輿馬賦曰用之軍國則文武之功顯又曰文榮其德武耀其威庾中丞昭君辭曰聯雪隱天山崩風盪河澳朔障裂寒笳冰原嘶代駛顏庾同時未詳所見毛詩曰四牡有蹻毛萇曰蹻壯貌趫與蹻同並綺嬌切實有騰光吐圖疇德瑞聖之符焉尚書中候曰帝堯即政七十載脩壇河洛仲月辛日禮備至于日稷榮光出河龍馬銜甲赤文綠色臨壇吐甲圖宋均曰稷側也黃伯仁龍馬賦曰或有奇貌絕足蓋爲聖德而生疇昔也是以語崇其靈世榮其至我高祖之造宋也沈約宋書曰高祖武皇帝諱裕字德輿彭城縣人後封宋王受晉禪五方率職四隩入貢禮記曰中國蠻夷戎狄五

廏　此注有误文

方之人魏都賦曰樂率職貢尚書曰四隩既宅孔安國曰四方之宅可居四隩四方之隱處也漢書曰古者諸侯以時入貢**祕寶盈於玉府文駟列乎華廏**周禮曰玉府掌王之金玉玩好尚書曰王府則有周書曰犬戎文馬赤鬣白身左氏傳曰宋人以馬百駟贖華元漢舊儀有承華廏**乃有乘輿赭白特稟逸異之姿妙簡帝心用錫聖皁**潘安仁夏侯湛誄曰妙簡邦良論語曰簡在帝心崔駰武賦曰假皇天兮簡帝心用錫見下文司馬彪莊子注曰皁櫪也**服御順志馳驟合度**韓子曰造父御駟馬馳驟周旋而恣於馬者轡策制之**齒歷雖衰而藝美不忒**穀梁傳曰馬齒加長矣爾雅曰歷數也毛詩曰其儀不忒**襲養兼年恩隱周渥**賈逵國語注曰襲受也周書曰小人無兼年之食國語注曰隱私也毛萇詩傳曰渥厚也**歲老氣殫斃于內棧**說文曰殫盡也棧櫪也呂氏春秋曰取之內皁而著之外皁莊子伯樂曰我善治馬編之以皁棧司馬彪曰棧若檽牀施之濕地也**少盡其力有惻上仁**韓詩

有誤

尤云維宋二十有二載五臣作十有四載

尤云軌可接五臣可作既

外傳曰昔者田子方出見老馬於道問其御者此何馬也曰公家畜也疲而不用故出之子方喟然歎曰少盡其力老棄其身仁者不爲也束帛而贖之長楊賦曰自上仁所不化乃詔陪侍奉述中旨末臣庸蔽敢同獻賦其辭曰崔瑗胡公碑曰唯我末臣頑蔽無聞惟宋二十有二載盛烈光乎重葉宋文帝十七年也沈約宋書曰文帝諱義隆武帝第二子也烈業也自武至文故曰重葉毛萇詩傳曰葉世也武義粤其肅陳文教迄巳優洽羽獵賦曰武義動於南鄰尚書曰偃武脩文孔安國曰脩文教也泰階之平可升興王之軌可接泰階已見上國語曰與王賞諫臣訪國美於舊史考方載於往牒兩都賦序曰國家之遺美西京賦曰學乎舊史氏方載四方之事漢書杜下方書音義曰四方之文書說文札牒也昔帝軒陟位飛黃服皁春秋命歷序曰帝軒受圖雒授歷尚書曰汝陟帝位淮南子曰黃帝治天下於是飛黃服皁高誘曰飛黃如狐背上有角乘之壽三千歲

尤云精曜協從五臣
上多是用二字

也后唐膺籙赤文候曰后唐謂堯也膺籙已見東京賦赤文候日即至于日稷也已見
上注漢道亨而天驥呈才杜預左氏傳注曰亨通也天馬歌曰天馬來從西極漢書曰武
帝元鼎四年馬生渥洼水中李斐曰南陽新野有暴利
長武帝時遭刑屯田燉煌界數於水旁見羣野馬中有
奇異者與凡馬異來飲此水利長先作土人持勒絆於
水旁後馬翫習久之代土人持勒絆收得其馬獻之欲
神異此馬云從水中出作天馬歌魏德楙而澤馬効質說文曰楙盛也魏志曰文帝黃
初中於上黨得澤馬魏都賦曰澤馬丁阜伊逸倫之妙足自前代而間出公孫
弘贊曰異人間出並榮光於瑞典登郊歌乎司律瑞典吐圖也作天馬歌
之以郊祀合于司律也所以崇衛威神扶護警蹕魯靈光殿賦曰又似帝室之威
神漢儀曰皇帝輦動則左右侍帷幄者稱警出則傳蹕止行人清道也精曜協從靈物咸
秩協合也論語撰考讖曰下學上達知我者其天平通精曜也尚書曰龜筮協從又曰咸秩無文秩序也

暨明命之初基，罄九區而率順，爾雅曰：暨，及也。明命，謂高祖也。九區，九服也。尚書伊尹曰：先王顧諟天之明命。劉騊駼郡太守箴曰：大漢遵周，化洽九區。有肆險以禀朔，或踰遠而納貢。肆險，人慕化也。長楊賦曰：故平不肆險。魏都賦曰：思稟正朔。孟子曰：有遠行者必以賮。蒼頡篇曰：賮，財貨也。說文曰：賮，會禮也。聞王會之阜昌，知函含夏之充牣。阜，盛也。周書王會曰：成周之會。鄭玄曰：王城既成，大會諸侯及四夷也。漢書郊祀歌曰：敷華就實，既阜既昌。楊雄河東賦曰：函夏之大。服虔曰：函，諸夏也。漢書音義蘇林曰：充牣，喻多也。如淳曰：牣，滿也。揔六服以收賢，掩七戎而得駿。收賢，取賢善之馬也。周禮曰：王畿外侯服、甸服、男服、采服、衛服、蠻服，斯爲六服。爾雅曰：九夷、八狄、七戎、六蠻，謂之四海。郭璞曰：七戎在西。蓋乘風之淑類，實先景之洪胄。崔駰七依曰：服飛兎之中乘，騁華騠之騄輪，蹠虛騰雲，乘風度津。漢書楊雄河東賦曰：六先景之乘。劉邵魏明帝誄曰：先皇嘉其誕受洪胄。故能代騄象輿，歷配鉤陳，鄭玄

嬋本賦作僤

毛詩箋曰在旁曰驂韓子曰黃帝合鬼神於泰山駕象車張揖曰德流則山出象車山之精瑞也上林賦曰象輿婉嬋於西清鉤陳已見上文**齒筭延長聲價隆振**鄭玄儀禮注曰筭數也風俗通曰張伯坐養聲價**信聖祖之蓄錫留皇情而驟進**祖高祖也皇文帝也蓄錫已見魏都賦**徒觀其附筋樹骨垂梢植髮**相馬經曰良馬可以筋骨相也梢尾之垂者髮額上毛也尾欲梢而長梢所交切張敞集曰蒼蠅託驥之髮也傅玄乘輿馬賦曰頭似削成尾如植髮**雙瞳夾鏡兩權協月**相馬經曰目成人者行于里注云成人者視童子中人頭足皆見言目中清明如鏡或云兩目中央旋毛爲鏡權頰權也相馬經曰頰欲圓如懸璧因謂之雙璧其盈滿如月異相之表也黃伯仁龍馬頌曰雙璧似月**異體峯生殊相逸發**峯生若山而生峯也**超攄絶夫塵轍驅騖迅於滅沒**劉歆遂初賦曰馬龍騰以超攄列子秦穆公謂伯樂曰子之年長矣子之姓有可使求馬者乎伯樂對曰良馬可以形容筋骨相也天下之馬者若滅若沒若亡若失若

此者絕塵弭轍臣之子皆下才也可告以良馬不可告天下之馬也李尤馬鞍銘曰驅騖馳逐騰踊覆踐簡偉塞門獻狀絳闕塞紫塞也已見蕪城賦有關故曰門塞或爲寒非也傅玄北都賦曰巖巍絳闕旦刷幽燕晝秣荊越說文曰刷刮也魏都賦曰刷馬江州毛詩曰言秣其馬杜預曰以粟飯馬曰秣幽燕荊越四地名也教敬不易之典訓人必書之舉孝經曰聖人因嚴以教敬國語虢文公曰王其監農不易左氏傳曰訓人事君又曹劌諫曰君舉必書惟帝惟祖爰游爰豫孟子曰一游一豫爲諸侯度飛輶軒以戒道環轂騎而清路輶輕也吳都賦曰輶軒蓼擾轂騎煒煌杜篤迎鍾文曰必令河伯戒道道先也清路已見射雉賦勒五營使按部聲入鸞以節步漢書王尋勑諸營皆按部薛綜東京賦注曰馬步齊則鸞聲和應劭漢官儀曰大駕鹵簿五營校尉在前名曰填衛毛詩曰四牡彭彭八鸞鏘鏘具服金組兼飾丹雘倚弧切金組二甲也蔡雍女琰詩曰卓衆來東下金甲耀日光左氏傳

原賦濩上無逌字
逌字在上句綏蕤作
蕤綏

曰組甲三千馬融曰組甲以組爲甲也
丹䑋二色也郭璞山海經曰䑋黝屬寶鉸星纏鏤章
霞布鉸裝飾也章采文也袁宏
酎宴賦曰朱帷赫以霞布進迫遮迾却屬輦輅
服虔通俗文曰天子出虎賁伺非常
謂之遮迾漢書音義晉灼曰迾古列字欻聳擢以鴻驚時
濩略而龍翥薛綜西京賦注曰欻忽也說文曰欻有所
吹起也傅玄乘輿馬賦曰形便飛燕勢越
鷩鴻甘泉賦曰逌濩略綏蕤張景
陽七命曰蚪踊螭騰麟超龍翥弭雄姿以奉引婉柔
心而待御東京賦曰奉引
既畢先輅乃發至於露滋月肅霜戾秋登禮
記
曰孟秋之月天地始肅爾
雅曰戾至也又曰登成也王于興言闡肄威稜毛詩曰
王于興
師漢書武帝報李廣曰威稜憺乎鄰國又曰興言
出宿聲類曰闡大開也賈逵國語注曰肄習也臨廣
望坐百層地理書洛陽故宮曰廣望觀臨金
市劉梁七擧曰鴻臺百層干雲參差料武藝品
驍騰字林曰料量也夏侯湛馳射賦曰叅武藝
以遊遨說文曰驍良馬也廣雅曰騰奔也流藻周

原賦回唐作迴塘
原賦洩作瀁

施和鈴重設流藻周流藻畫也應瑒馳射賦曰藻飾齊明和鈴已見上睍影高鳴將超中折相馬經曰馬有眄影而視者分馳迴場角壯永埒南都賦曰群士放逐馳乎沙場曹毗馬射賦曰倏埒坦其平舒別輩越群絢火縣練夐絕絢練疾貌也夐絕迴絕也捷趫夫之敏手促華鼓之繁節廣雅曰趫健也孔安國尚書傳曰敏疾也言射有常儀鼓有常節今以馬馳之疾故加捷促也應瑒馳射賦曰擒動鼓震讚聲雷潰魏略司馬景王與許允書曰震華鼓建朱節經玄蹄而雹散歷素支而冰裂玄蹄馬蹄也素支月支也皆射帖名也言馬既良射者亦中故玄蹄雹散素支冰裂也邯鄲淳藝經曰馬射左邊爲月支二枚馬蹄三枚也膺門沬赭汗溝走血相馬經曰膺門欲開汗溝欲深漢書天馬歌曰霑赤汗沬流赭應劭曰大宛馬汗血霑濡也流沬如赭也如淳曰沬或作頮音悔踠迹回唐畜怒未洩方言曰洩歇也南都賦曰收驪命駕分背回唐東都主人曰馬踠餘足士怒未洩乾心降而

尤云凌遽之氣方屬五臣屬作厲

尤云秀騏五臣騏作驥

微怡都人仰而朋悅乾喻文帝也周易曰乾爲天都人巳見西都賦妍蘊參之態
旣畢凌遽之氣方屬凌遽巳見西京賦鄭玄喪服注曰屬連也跼鑣纏之牽
制隥道都之圈束字林曰跼踡行不申也得通都馳騁猶爲圈束司馬遷書曰通邑大都說
文曰圈養畜閑也眷西極而驤首望朔雲而蹀足漢書天馬歌曰天馬來從
西極又曰武帝得烏孫馬名天馬後更名西極馬鄒陽上書曰交龍驤首曹顏遠感舊賦曰胡馬仰朔雲越鳥
巢南樹又圍棊賦曰良馬蹀足輕車結輪將使紫燕駢衡綠虵衛轂尸子曰我得而
民治則馬有紫燕蘭池劉邵趙都賦曰良馬則飛兎奚斯常驪紫燕衡車衡也尚書中候曰龍馬赤文綠色鄭玄曰赤文
色而綠地也纖驪接趾秀騏齊亍李斯上書曰乘纖離之馬尸子曰馬有秀騏逢騩毛萇詩傳曰騏綦
文也音其騩京媚切覲王母於崑墟要帝臺於宣嶽史記曰造父取驥之乘匹與桃
林盜驪驊騮綠耳獻之繆王繆王使造父爲御西巡狩見王母樂之忘歸列仙傳西王母在崑崙山山海經曰鼓鍾之

盤 注

尤云鑒武穆五臣作鏡
武穆式

山帝臺之所以觴百神也郭璞曰帝臺神人名山海經有宣山跨中州之轍迹窮神行之
軌躅司馬相如大人賦曰世有大人在乎中州列子曰黃帝夢游華胥氏之國其國乘空如履實山谷而不蹪
其步神行而已轍迹穆王也見下文軌躅已見魏都賦然而般于遊畋作鏡前王尚書曰文
王不敢盤于遊畋孟子曰詩云殷鑑不遠在夏后之世趙岐曰以前代善惡爲明鏡肆於人上取
悔義方肆敢也左氏曰師曠諫晉悼公曰天之愛人甚矣豈使一人肆於人上扗頭曰肆恣也庾元規
表曰爲國取悔左氏傳石碏曰臣聞愛子教之義方天子乃輟駕迴慮息徒解裝
孔叢子曰孔子歌曰喟然回慮題彼泰山嵇康贈秀才詩曰息徒蘭圃王逸荔枝賦曰裝不及解許慎淮南子
注曰裝東也鑒武穆憲文光左氏傳右尹子革曰周穆王欲肆其心周行天下將皆有車轍
馬迹焉漢書武帝好大宛馬使者相望於道又賈捐之曰孝文皇帝時有献千里馬者詔曰鸞旗在前屬車在
後吉行日三十凶行日五十朕乘千里之馬獨先安之於是乃還其馬東觀漢記光武紀曰是時名郡王國有

一本云敬備乎五臣防作警

如淳曰方腫切

獻名馬駕鼓車振民隱脩國章小雅曰振救也國語祭公謀父曰勤恤民隱而除其害韋昭曰隱痛也戒出豕之敗御惕飛鳥之跱衡韓子曰王子期爲趙簡子御取道爭千里之表其始發也彘伏溝中王子期齊轡筴而進之彘突出於溝中馬驚敗駕古文周書曰穆王田有黑鳥若鳩翩飛而跱於衡御者斃之以策馬佚不克止之蹪於乘傷帝左股案漢明帝起居注云帝向太山至滎陽有鳥鳴軛中郎將王吉引弓射殺之將以示帝曰鳥鳴軛彎弓射洞胷腋陛下壽萬歲臣受二千石乃賜帛二百匹東觀漢記朱勃上書理馬援曰飛鳥跱衡馬驚觸虎物類相生亦無不有故祗慎乎所常忽敬備乎所未防周書芮良夫曰惟禍發於人之倏忽王弼周易注曰敬慎防備可以不敗輿有重輪之安馬無泛駕之佚重輪已見東京賦漢書曰夫泛駕之馬亦在御之而已應劭曰泛覂覆也處以濯龍之奧委以紅粟之秩盧植集曰詔給濯龍廄馬三百匹鄭玄尚書注曰奧內也廣雅曰委累也言累加之也鄭玄周禮注曰秩祿稟也紅粟已見吳都賦

綽矣

郵

書

服養知仁從老得卒鷦鷯賦曰屈猛志以服養嵇康養生論曰從白得老從老得終

加弊帷收仆質禮記孔子曰弊帷不弃為埋馬也天情周皇恩畢魏都賦曰皇恩畢

亂曰惟德動天神物儀兮尚書益贊于禹曰惟德動天春秋合誠圖曰黃帝先致白狐白虎諸神物乃下於時駔駿充階街佳兮說文曰駔壯也言駔駿之馬充於階街也魏都賦曰冀馬填廄而駔駿王逸楚詞注曰駔駿馬名也稟靈月駟祖雲螭兮春秋考異郵云地生月精為馬漢書曰漢中星為天駟黃伯仁龍馬賦曰資玄螭之表像似靈虯之矩則郭璞遊仙詩曰雲螭非我駕雄志倜儻精權奇兮漢書天馬歌曰志俶儻精權奇廣雅曰倜儻卓異也既剛且淑服鞿羈兮周禮曰師曠見太子太子曰詩云馬之剛矣轡之柔矣楚詞曰余雖好脩姱以鞿羈兮王逸曰韁在口曰鞿絡在頭曰羈效足中黃殉驅馳兮曹植與陳

文館詞林六九五引作自誡令

目

琳書曰驥騄不常步應良御而効足漢書舊儀曰中黄門騎馬又大宛馬汗血馬乾河馬天馬曹植令曰今皇帝損乘車之副竭中黄之府**願終惠養蔭本枝兮**漢書踈廣曰此金者聖主所以惠養老臣毛詩曰本枝百世**竟先朝露長委離兮**朝露至危而又先之言甚遠也漢書李陵謂蘇武曰人生如朝露曹子建自試表曰常恐先朝露楚詞曰遂萎絶而離異禮記曰哲人其萎乎家語爲委萎與委古字通

舞鶴賦　鮑明遠

散幽經以驗物偉胎化之仙禽相鶴經者出自浮丘公公以自授王子晉崔文子者學仙於子晉得其文藏於嵩高山石室及淮南八公採藥得之遂傳於世鶴經曰鶴陽鳥也因金氣依火精火數七金數九故十六年小變六十年大變千六百年形定而色白又云二年落子毛易黑點三年頭赤七年飛薄雲漢又七年學舞復七年應節晝夜十二鳴六十年大毛落茸毛生色雪白泥水不能汚百六十年雄

吭胡浪切

海

雌相見目精不轉孕千六百年飲而不食食於水故喙長軒於前故後短栖於陸故足高而尾凋翔於雲故毛豐而肉踈行必依洲嶼止必集林木蓋羽族之宗長仙人之騏驥也隆鼻短口則少眠露眼赤精則視遠頭銳身短則喜鳴四翎亞膺則體輕鳳翼雀毛則善飛龜背鼈腹則能產軒前垂後則善舞洪髀纖趾則能行

鍾浮曠之藻質抱清迥之明心曹植九詠章句曰鍾當也指蓬壺而翻翰望崑閬而揚音蓬壺崑閬見上帀日域以迴騖窮天步而高尋相鶴經曰一舉千里不崇朝而徧四方者也長楊賦曰東震日域毛詩曰天步艱難陸機擬古詩曰粲粲光天步然文雖出彼而意並殊不以文害意也踐神區其既遠積靈祀而方多一舉千里故云既遠壽喻千歲故云方多精含丹而星曜頂凝紫而烟華相鶴經曰露目赤精則視遠引員吭之纖婉頓脩趾之洪姱吭已見吳都賦相鶴經曰高脚踈節則多力王氏楚詞注曰姱好也疊霜毛而弄影振玉羽而臨

尤云愁暮晉目愁作惟惆悵五臣悵作惕

霞閔鴻羽扇賦曰同皦素於凝霜江逌扇賦曰瓊澤氷鱗瓊亦玉也朝戲於芝田夕飲乎瑤池十洲記曰鍾山在北海之中地仙家數千萬耕田種芝草課計頃畝也穆天子傳曰天子觴王母于瑤池之上厭江海而游澤掩雲羅而見羈新序曰晉文公出田漁者曰鴻鵠保河海之中厭而徙之小澤必有矰弋之憂鸚鵡賦曰冠雲霓而張羅去帝鄉之岑寂歸人寰之喧卑莊子曰乘彼白雲至于帝鄉岑寂猶高靜也人寰已見魏都賦歲崢嶸而愁暮心惆悵而哀離廣雅曰崢嶸高貌歲之將盡猶物之高楚詞曰惆悵而私自憐於是窮陰殺節急景凋年禮記曰季冬之月日窮于次神農本草經曰秋冬爲陰禮記曰仲秋之月殺氣浸盛涼沙振野箕風動天易卦通驗曰巽氣至則大風揚沙春秋緯曰月失其行離於箕者風易緯曰箕風飄石折樹嚴嚴苦霧皎皎悲泉冰塞長河雪滿羣山海賦曰羣山既略既而氛昏夜歇景物澄廓廣雅曰廓空也星

尤云臨驚風五臣作清風

原詩紀作絕

尤云矯翅雪飛五臣雪作雲

神女

翻漢迴曉月將落魏文帝雜詩曰天漢迴西流感寒雞之早晨憐霜鴈之違漠漠已見雪賦臨驚風之蕭條對流光之照灼傅休奕雜詩曰一紀如流光唳清響於丹墀舞飛容於金閣唳鶴聲也八王故事陸機歎曰欲聞華亭鶴唳不可復得力計切丹墀已見魏都賦相鶴經云七年飛薄雲漢復七年學舞又七年舞應節始連軒以鳳蹌終宛轉而龍躍海賦曰翔霧連軒相鶴經曰鳳翼則善飛尚書曰鳥獸蹌蹌龍躍已見吳都賦躑躅徘徊振迅騰摧或飛騰或摧折驚身蓬集矯翅雪飛如蓬之集如雪之飛相鶴經曰大毛落茸毛生色雪白離綱別赴合緒相依綱緒謂舞之行列也言或離而別赴或合而相依將興中止若往而歸颯沓矜顧遷延遲暮颯沓羣飛貌矜顧矜莊相顧也遷延徐退也高唐賦曰遷延引身蹇詞曰恐美人之遲暮王逸曰暮晚也逸翮後塵翱翥先路言飛之疾塵起居鶴之後鶴飛

來　旁　猶

尤云雲罷五臣罷作羅

原賦而作以

尤云更惆悵五臣悵作惕

（在路之先。楚詞曰：吾導夫先路。）指會規翔，臨岐矩步。（會，四會之道。岐，岐路也。四會已見蕪城賦。爾雅曰：二達謂之岐。郭璞曰：岐道傍出。）態有遺妍，貌無停趣。奔機逗（闘）節，角睞（力代）分形。（機，節舞之機。節奔，衟赴也。說文曰：逗，止也。角猶競也。廣雅曰：睞，視也。）長揚緩騖，並翼連聲。輕迹凌亂，浮影交橫。（相凌而交橫。）衆變繁姿，參差洊（在見）密。（傅玄乘輿馬賦曰：繁姿屢發。字書曰：洊，仍也。）煙交霧凝，若無毛質。（毛羽與煙霧同色，故云若無。）風去雨還，不可談悉。（風雨既除而色愈淨，故難悉也。）既散魂而盪目，迷不知其所之。（韓詩曰：聊樂我魂。薛君注曰：魂，神也。）忽星離而雲罷，整神容而自持。（星離，分散也。雲罷，俱止也。韓子曰：雲罷霧霽，而龍與螾蟻同矣。自持，自整持也。神女賦曰：頩薄怒而自持。）仰天居之崇絕，更惆悵以驚思。（蔡邕述行賦曰：皇家赫赫而天居崇絕，高而懸絕。）當是時也，燕姬色沮，巴童恧恥。

左氏傳曰齊侯伐北燕人歸燕姬巴渝之童也毛萇詩傳曰沮猶壞也巴童巾拂兩停丸劒雙止沈約宋書曰晉初有公莫舞今之巾舞也相傳云項莊劒舞項伯以袖隔之今之用巾蓋像項伯衣袖之遺式又江左初有拂舞舊云拂舞吳舞西京賦曰跳丸劒之揮霍雖邯鄲其敢倫豈陽阿之能擬漢書有邯鄲鼓員古樂府曰黃金爲君門白璧爲君堂上有雙樽酒使作邯鄲倡陽阿已見上入衛國而乘軒出吳都而傾市左氏傳曰衛懿公好鶴鶴有乘軒者注云軒大夫車也吳越春秋曰吳王闔閭有小女王與夫人女會食蒸魚王嘗半女怨曰王食魚辱我不忍久生乃自殺闔閭痛之葬於邦西閶門外鑿池積土爲山石爲槨金鼎玉盃銀樽珠襦之寶以送女乃舞白鶴於吳市中萬人隨觀遂使男女與鶴俱入墓門因塞之以送死守馴養於千齡結長悲於萬里養生要曰鶴壽有千百之數阮籍詠懷詩曰鴻鵠相隨飛隨飛適荒裔雙翮浸長風須臾萬里逝

志上

乳虎何焯漢書注乙
凡〔〕以下雖舊注皆
當加音四不備出

曹植白馬篇注引
颺作揚

成帝下云云顔注
以为張晏說

幽通賦 漢書曰班固作幽通賦以致命遂志賦云覩幽人之髣髴然幽通謂與神遇也

班孟堅

系高頊之玄胄兮 曹大家曰系連也胄緒也高高陽氏也頊帝顓頊也言己與楚同祖俱帝顓頊之子孫也水北方黑行故稱玄也家語孔子曰顓頊者黃帝之孫昌意之子也曰高陽配水也

氏中葉之炳靈 應劭曰中葉謂令尹子文也乳虎故曰炳靈漢書班氏之先與楚同姓令尹子文之後子文初生弃於夢澤中虎乳之楚人謂虎班其子以爲號秦滅楚遷晉代之間因氏焉毛詩曰昔在中葉

颻颻風而蟬蛻兮雄朔野以颺聲 曹大家曰颻颻颻也南風曰颻風朔北方也言己先人皇楚從北至朔方也如蟬蛻之剖後爲雄桀揚其聲淮南子曰蟬飲而不食三十日而蛻漢書曰始皇之末班懿避地於樓煩當孝惠高后時以財雄北邊

皇十紀而鴻漸兮有羽儀於上京 晉灼曰皇漢皇也應劭曰紀世也鴻鳥也漸進也言先人至漢十世始進仕有羽翼於京師也成帝

颻䌛漢書作

善曰尚書曰

[illegible]違漢書作愇師古曰愇字与韙同是也

之初班況女爲婕妤父子並在長安周易曰鴻漸于陸其羽可用爲儀巨滔天而泯夏兮考遘愍以行謡應劭曰王莽字巨君曹大家曰滔漫也泯滅也夏諸夏也考父也言父遭亂猶行歌謡意欲救亂也詩云我歌且謡圂象恭滔天行謡言憂思也終保己而貽則兮里上仁之所廬終猶竟也言考能自保己又遺我法則也莊子曰聖人其於人也樂物之通而保己焉曹大家曰貽遺也里廬皆居處名也言我父早終遺我善法則也何謂善法則乎言爲我擇居處也孔子曰里仁爲美懿前烈之純淑兮窮與達其必濟曹大家曰懿美也前烈先祖也言己先祖窮遭王莽達則必富貴濟渡民人惠利之風有令名於後世也孟子曰窮則獨善其身達則兼善天下呂氏春秋曰古之得道者窮亦樂達亦樂非窮達異也道得於此窮達一也咨孤蒙之眇眇兮將圮皮義絕而罔階曹大家曰蒙童蒙也眇微也圮毀也言己孤生童微陋鄙薄將毀絕先祖之迹無階路以自成也豈余身之足殉兮違世業之可懷項岱曰殉營也

○黨人猶言凡庶也

善曰曰音越

曹大家曰違恨也懷以也違或作愇愇亦恨也孔叢子曰仲尼大聖自茲以降世業不替也靖潛處以永思兮經日月而彌遠曹大家曰言己安靜長思不欲毀絶先人之功跡日月不居忽復太遠匪黨人之敢拾兮庶斯言之不玷應劭曰拾更也自謙不敢與鄉人更進也曹大家曰庶此異行不玷先人之道也毛詩曰斯言之玷不可為也拾巨業切䰟煢煢與神交兮精誠發於宵寐曹大家曰言人之晝所思想夜為之發夢乃與神靈接也夢登山而迥眺兮覿幽人之髣髴項岱曰覿見也張晏曰幽人神人也曹大家曰登山遠望見深谷之中有人髣髴欲來也攬葛藟而授余兮眷峻谷曰越勿墜曹大家曰言夢臨深谷欲墜見神持葛來授我也昒韋昭曰音昧又音忽昕寤而仰思兮心曚曚猶未察曹大家曰昒昕晨旦明也言巳旦御思此夢心中曚曚未知其吉凶黃神邈而靡質兮儀遺讖以臆對應劭曰黃黃帝也作占夢書邈遠也言黃神邈遠無

五臣作選

以

應劭曰

應劭及曹大家注類注以為服虔說

鮮少之也

臨漢書作臨是也臨即無之轉語猶憮與憮異矣

所質問依其遺讖文以胷臆爲對也淮南子曰黃神嘯吟遺讖謂夢書也曰乘高而遌神兮道遐通而不迷曹大家曰遌遇也言己緣高而遇神道術將通不迷惑之象也葛緜緜於樛木兮詠南風道爲綏曹大家曰詩周南國風曰南有樛木葛藟纍之樂只君子福履綏之此是安樂之象也蓋惴惴之臨深兮乃二雅之所祗曹大家曰祗敬也大雅曰人亦有言進退維谷小雅曰惴惴小心如臨于谷此皆敬慎之戒也既訊爾以吉象兮又申之以烱戒爾雅曰訊告也曹大家曰烱明也登高爲吉象深谷爲明戒也盍孟晉以迨羣兮辰倏忽其不再盍何不也曹大家曰孟勉也晉進也迨及也倏過也言何不勉進而及羣時早得進用日月倏忽將復過去楚辭曰時不可兮再得承靈訓其虛徐兮竚盤桓而且俟曹大家曰靈神靈也虛徐狐疑也竚立也盤桓不進也俟待也詩曰其虛其徐周易曰初九盤桓利居貞惟天地之無窮兮鮮生民之晦在曹大

顔注以爲孟康漢書音義艱字下有難字

寤　豈　注

家曰鮮少也晦亡幾也言天地無窮極民在其閒上壽一百二十年少者亡幾耳莊子曰天與地無窮人死有時晦紛屯亶與蹇連兮何艱多而智寡漢書音義曰世艱多智少故遇禍也曹大家曰屯蹇皆難也周易曰屯如亶如又曰往蹇來連上聖迕而後拔兮雖群黎之所御曹大家曰迕觸也御禦止也言上聖之人舜有焚廩填井湯囚夏臺文王拘羑里孔子畏匡在陳絕粮皆觸艱難然後自拔張晏曰豈衆人之所能預自防止耶曹大家以寤爲迕也毛詩有曰君羣黎百姓昔衛叔之御昆兮音訝迎也昆爲寇而喪予公羊傳曰叔武讓國奈何文公逐衛侯而立叔武叔武立治反衛侯衛侯得反曰叔武篡我殺叔武何休曰叔武訟治於晉文公令白王者反衛侯使還國也管彎弧欲斃讎兮讎作后而成己讎謂桓公也左氏傳曰呂郤將殺晉侯寺人披請見公使讓之對曰齊桓公置射鉤而使管仲相之變化故而相詭兮孰云預其終始曹大家曰詭反也事變如此誰能預知其始終吉凶也雍造怨而

尤六丁繇惠 五臣繇作由

尤三王膺慶 五臣膺作應 應

先賞兮丁繇惠而被戮漢書曰六年春正月上巳日封功臣二十餘人上居南宮從複道上見諸將往往偶語以問張良良曰陛下與此屬共取天下今已為天子所封皆故人所愛所誅皆平生仇怨今軍吏計功以天下為不足徧封而恐以過失誅故相聚謀反上曰為之柰何良曰取上素所不快羣臣共知最甚者一人先封以示羣臣上曰雍齒與我有故數窘我張良曰今急先封雍齒羣臣見雍齒先封則人人自堅矣於是封雍齒為什方侯什音十又丁公為項羽將逐窘漢王漢王謂丁公曰兩賢豈相阸哉丁公引兵而還及項王滅丁公謁見漢王漢王曰丁公為臣不忠遂斬之栗取弔于逌所也音由吉兮王膺慶於所感應劭曰孝景栗姬也孝景立栗姬男為太子栗姬妬而廢太子為臨江王栗姬愈恚以憂死又曰孝宣王皇后初為婕妤許后薨上憐太子蚤失母乃選後宮素謹慎而無子者立王婕妤為皇后令母養太子叛迴穴其若茲兮北叟頗識其倚伏曹大家曰叛亂也迴邪也穴僻也禍福相反韓詩曰謀猶迴穴淮南子曰塞上之人有善馬者其馬無故亡而入胡人皆弔之

其父曰此何遽不爲福居數月其馬將胡駿馬而歸人皆賀之其父曰何遽不爲禍乎家富馬其子好騎墮而折髀人皆弔之其父曰此何遽不爲福乎居一年胡人大出丁壯者控弦而戰塞上之人死者十九此獨以跛足故父子相保故福之爲禍禍之爲福變化不可測鶡冠子曰禍乎福所倚福乎禍所伏單治裏而外凋兮張脩襮慱而內逼曹大家曰治裏謂導氣也襮表也莊子曰田開謂周成公曰魯有單豹者巖居而水飲行年七十而猶嬰兒之色不幸遇餓虎虎殺而食之有張毅者高門懸薄無不趣義也行年四十而有內熱之病以死豹養其內而虎食其外毅養其外病攻其內聿中龢爲庶幾兮顏與冉又不得曹大家曰聿惟也顏顏淵也冉冉伯牛也二子居中履和庶幾聖賢然淵早夭伯牛被疾俱不得其死也論語孔子曰有顏回者好學不幸短命死矣今也則亡又曰伯牛有疾溺招路以從己兮謂孔氏猶未可曹大家曰溺桀溺也謂孔子爲避人之士未可與安身自謂避世者招子路從己隱也論語曰長沮桀溺耦而耕孔子過之使子路問津焉桀溺曰孔丘之徒

曹大家注顏陸作鄰展

此四句為下發端

从注文多者

罔兩
此言罔兩亦隨景而動
未可以責之也罔兩之
於景正猶柯葉之於
根柢也

歟對曰然曰滔滔者天下皆是也而誰以易之且與其從避人之士豈若從避世之士哉安慆慆而不葩肥兮卒隕身乎世禍曹大家曰慆慆亂貌葩避也言子路不避慆慆之亂終隕身於世之禍也遊聖門而靡救兮雖覆醢其何補曹大家曰子路遊學聖師之門無救禍防患之助既身死於衛覆醢不食何補益乎禮記曰孔子哭子路於中庭引使者而問其故使者曰醢之矣遂命覆醢固行行胡朗其必凶兮免盜亂為賴道應劭曰子路得免盜與亂聞道於仲尼也論語曰子路行行如也子曰若由也不得其死然又曰君子有勇而無義為亂小人有勇而無義為盜形氣發於根柢帝兮柯葉彙胃而零茂韋昭曰柢本也應劭曰彙類也曹大家曰零落也張晏曰言人稟氣於父母吉凶夭壽非獨在人譬諸草木華葉盛與零落由本根也恐魍魎（罔兩）之責景兮羌未得其云已應劭曰諸子以顏冉季路逢災路害或疑其身或非其師是由魍魎問景乃未得有已也言罔兩責景之無操不知景之行止而有待或

非三子之行殊不知吉凶之由命也故云恐罔兩之責景羑未得其實言也莊子曰罔兩問景曰曩子行今子止曩子坐今子起何其無特操與景曰吾有待而然者也郭象為罔兩司馬彪為罔浪罔浪景外重陰也

黎湻耀于高辛兮芈亡氏彊大於南汜重黎有大明之德於高辛之世而德流子孫故楚彊大於南汜也國語曰史伯對鄭桓公曰大黎為高辛氏火正以湻耀敦大光照四海夫成天地之大功者其子孫未嘗不章韋昭曰湻大也耀明也章顯也史記曰楚之先祖出自重黎毛詩曰江有汜曹大家曰芈楚姓汜涯也

嬴取威於伯儀兮姜本支乎三趾應劭曰嬴秦姓伯益之後伯益在唐虞為有儀鳥獸百物之功秦所由取威於六國也姜齊姓也趾禮也齊伯夷之後伯夷為虞舜典天地人鬼之禮也

既仁得其信然兮仰天路而同軌劉德曰人道既然仰視天道又同法也仁謂求仁而得仁也馮衍顯志賦曰惟天路之同軌

東鄰虐而殲仁兮王合位乎三五曹大家曰東鄰謂紂也殲盡也仁謂三仁也周易曰東鄰殺牛國語曰泠周鳩對景

王曰昔武王伐殷歲在鶉火月在天駟日在析木之津辰在斗柄星在天黿星與日辰之位在北維顓頊之所建也帝嚳受之我姬氏出自天黿及析木者有建星及牽牛焉則我皇妣大姜之姪伯陵之後逄公所馮神也歲之所在則我有周之分野月之所在辰馬農祥也五位歲日月星辰也三年逄公所馮周分野所在后稷所經緯老也

戎女烈而喪孝兮伯祖歸於龍虎

曹大家曰戎女驪姬也烈酷也孝孝子申生也左氏傳曰晉獻公娶驪姬爲夫人生奚齊姬謂太子曰君夢齊姜速祭之太子祭歸胙于公姬寘毒公祭之地地墳與犬犬斃姬泣曰賊由太子太子縊于新城姬譖諸公子曰皆知之重耳奔蒲應劭曰伯文公也孟康曰歲在卯出歷十九年過一周歲在酉入卯東方爲龍酉西方爲虎也國語晉侯問簡子曰吾其濟乎對曰公以辰出而以參入皆晉祥也必伯諸侯也

發還師以成命兮重醉行而自耦

曹大家曰發武王名也項岱曰重晉文公重耳也應劭曰與天時耦會也成命以成天命也周書武王觀兵于孟津諸侯皆曰帝紂可伐矣武王曰汝未知天命未可也乃還師左氏傳曰晉公子及齊桓公妻之

宣帝

公子安之姜與子犯醉而遣之**震鱗漦**仕緇**于夏庭兮匝三正而滅姬**應劭曰震爲龍鱗蟲之長漦沫也曹大家曰三正謂夏殷周也史記曰夏后氏之衰也有二龍止於夏庭而言曰余褒之二君也於是幣而冊告之龍亡而漦在櫝而藏之比三代莫敢發之至厲王發而觀之漦流于庭化爲玄龜童妾而遭之既笄而孕生子懼而棄之有收之奔[?]褒褒人有罪入棄子以贖罪謂之褒姒幽王廢申后立褒姒爲后廢后父申侯怒攻幽王遂殺幽王驪山下**巽羽化于宣宮兮彌五辟而成災**曹大家曰易巽卦爲雞雞羽蟲之屬故言羽也應劭曰宣帝時未央宮路軨中雌雞化爲雄元后時始爲太子妃至平帝歷五葉而莽篡也五辟謂王后元帝也成帝也哀帝也平帝也辟君也故云終五辟而成災也**道脩長而世短兮夐冥默而不周**曹大家曰夐遠邈也周至也言天道長遠人世促短當時冥默不能見微應之所至也劉德曰冥默玄深不可通至**胥仍物而鬼諏**子侯**兮乃窮宙而達幽**應劭曰胥須也仍因也諏謀也易曰人謀鬼謀百姓與能往古來今

曰宙聖人須因卜筮然後
諒鬼神極古今通幽微也嬀巢姜於孺筮兮旦筭祀于
契龜應劭曰嬀陳姓也巢居也姜齊姓也旦周公名也
孺小也音義曰筭數也祀年也左氏傳曰陳公子
完奔齊又曰敬仲其少也周史有以周易見陳侯筮之
遇觀之否曰是謂觀國之光利用賓于王此其代陳有國乎
不在此其在異國非此其身在其子孫若異國必姜姓
也又曰懿氏卜妻敬仲其妻占之曰有嬀之後將育于
姜杜預曰敬仲陳公子完也左氏傳王孫滿曰周
卜世三十卜年七百天所命也毛詩曰爰契我龜宣曹
興敗於下夢兮魯衛名謚於銘謡曹大家曰宣周宣王
也毛詩曰牧人乃夢
衆維魚矣大人占之衆維魚矣實維豐年宣王竟中興
左氏傳曰初曹人或夢衆君子立於社宮而謀亡曹曹
叔振鐸請待公孫強許之及曹伯陽即位公孫強爲政
背晉而奸宋宋人伐之執曹伯陽以歸殺之又曰師己
曰吾聞文成之世童謡有之禂父喪勞宋父以驕杜預
曰禂父昭公宋父定公也應劭曰昭公死于野井定公
即位而驕也莊子曰衛靈公卜葬沙丘而吉掘之數仞
得石槨焉有銘曰不馮其子靈公奪而埋之靈之爲靈

應注及漢書刻

嬴

久矣夫

妣聆呱而劾何代石兮許相理而鞫條應劭曰妣叔向母石叔向子字林曰呱子啼聲也左氏傳曰叔向娶申公巫臣氏生伯石姑視之及堂聞其聲而還曰是豺狼之聲非是莫喪羊舌氏杜預曰姑叔向之母也應劭曰刻其必滅羊舌氏本或爲劾項岱曰舉罪曰劾漢書曰周亞夫爲河內守許負相之曰縱理入口此餓死法也後亞夫封條侯爲丞相人上變告子事連亞夫亞夫詰廷尉不食五日歐血而死毛萇詩傳曰鞫告也

道混成而自然兮術同原而分流曹大家曰大道神明混沌而成言人生而心志在內聲音在外骨體有形事變有會更相爲表裏合成一體此自然之道至於術學論其成敗考其貧賤觀其富貴各取一槩故或聽聲音或見骨體或占色理或視威儀或察心志或省言行或考卜筮或本先祖如水同原而分流也老子曰有物混成先天地生又曰道法自然也

神先心以定命兮命隨行以消息曹大家曰言人之行各隨其命命者神先定之故爲徵兆於前也雖然亦在人消息而行之

斡流遷其不濟兮故遭罹而嬴

應劭注顔注作孟康

縮。項岱曰斡轉也遷徙也𣎆過也縮不及也遭遇也罹繇憂也言人受先祖善惡之迹轉徙流行故有遭遇福禍相及也三欒。同於。一體兮。雖移。易而不忒。應劭曰晉大夫欒書書子黶黶子盈書賢而覆黶黶惡而害盈曹大家曰天命祐善災惡非有差也然其道廣大雖父子百葉猶若一體也左氏傳秦伯問士鞅曰晉大夫誰先亡對曰其欒氏乎黶汰虐已甚猶可以免其身禍在盈也欒黶死盈之善未能及人武子之施沒矣而黶之惡實彰將於是乎在後晉果滅欒氏洞參。差其。紛錯兮。斯衆。兆。之所惑。曹大家曰衆庶也兆人也報應參差不齊紛亂錯繆故迷惑不信天道也楚辭曰衆兆之所咍周賈。盪而。貢憤兮。齊死。生與。禍福。曹大家曰周莊周賈賈誼也貢潰也憒亂也盪盪不知所守也莊周賈誼有好智之才而不以聖人爲法潰亂於善惡遂爲放盪之辭莊周曰生爲徭役死爲休息賈誼曰忽然爲人何足控揣化爲異物又何足患抗爽。言以。矯情兮。信畏。犧而。忌鵩。項岱曰抗極過差之言以矯枉其情耳莊子曰或聘莊子莊子應其使曰子見犧牛乎衣以文繡食以芻菽及其牽入于太廟雖欲爲孤犢其可得乎鵬鳥已見上文所貴聖人至論兮順天性而斷誼曹大家曰至論謂五經六藝所以貴之者順天之性也亦當以義斷之不可貪苟生而失名物有欲而不居兮亦有惡而不避論語子曰富與貴是人之所欲不以其道得之不處也貧與賤是人之所惡不以其道得之不去也守孔約而不貳兮乃轓德而無累曹大家曰孔甚也轓輕也言聖人所守甚約而無二端則乎心立而思慮輕矣轓德德輕而易行也毛詩曰德轓如毛民鮮克舉之曹大家曰以乃爲內晉灼曰與萬物無害累也三仁殊於一致兮夷惠舛而齊聲項岱曰三人所行各異俱至於仁也曹大家曰柳下惠以不去辱身爲善伯夷以高逝爲賢言去留適等也論語曰微子去之箕子爲之奴比干諫而死孔子曰殷有三仁焉又子曰不降其志不辱其身伯夷叔齊與謂柳下惠降志辱身也木偃息以蕃魏兮申重繭以存荆木段干木也蕃魏已見魏都賦呂氏春秋曰田贊說荆王

尤云紀焚躬五臣躬作身

曹大家注顏注作應劭說

曰若夫偃息之義則未之識也高誘曰段干木偃息以安魏也淮南子曰申包胥重藟七日七夜至于秦庭以見秦王曰使下臣告急秦王乃發軍擊吳果大破之以存楚國高誘戰國策注曰重藟累胝也藟古典切胝竹遲切

紀焚躬以衛上兮皓頤志而弗傾漢書曰項羽圍漢榮陽將軍紀信曰事急矣臣請誑楚可以間出信乃乘王車曰食盡漢王降楚皆之城東觀紀信王得與數十騎出遁羽見信問漢王安在曰巳去矣羽燒殺信項岱曰皓四皓也頤養也漢書曰袁公綺里季夏黃公角里先生當秦之世避而入商雒深山

俟草木之區別兮苟能實其必榮曹大家曰俟候也項岱曰苟誠也張晏曰苟能有仁義之道必有榮名也論語子夏曰君子之道譬諸草木區以別矣

要沒世而不朽兮乃先民之所程論語子曰君子疾沒世而名不稱焉左氏傳穆叔曰魯有先大夫臧文仲既歿其言立此之謂不朽毛詩曰匪先人是程毛萇曰程法也

觀天綱之紘覆兮實棐諶而相訓曹大家曰棐輔也忱誠也相助也訓教也項岱曰天綱大覆人上非不信

有視明禮脩

也誠欲有誠實於世間亦當相輔助教也尚書曰天威棐忱諶與忱古字通也訓或爲順謨先聖之大猷兮亦鄰德而助信曹大家曰謨謀也猷道也言人常當謨先聖人之道亦當爲鄰人所助也孔子易繫辭曰天所助順也人所助信也孔子曰德不孤必有鄰毛詩曰匪大猷是經或作繇字誤也虞韶美而儀鳳兮孔忘味於千載尚書曰簫韶九成鳳皇來儀論語曰子在齊聞韶三月不知肉味素文信而底麟兮漢賓祚于異代應劭曰底致也孔子作春秋素王之文以明示禮廢之信而致麟漢封其後爲紹嘉公係殷爲二代之客也春秋緯曰麟出周亡故立春秋制素王授當興也精通靈而感物兮神動氣而入微曹大家曰言人參於天地有生之最神靈也誠能致其精誠則通於神靈感物動氣而入微者矣養流睇而猨號兮李虎發而石開曹大家曰睇眄也淮南子曰楚有白猨王自射之則搏矢而顧使養由基射之始調弓矯矢未發而猨抱樹號矣流或爲由非也漢書曰李廣居右北平獵見草中石以爲虎

若如也身沒名存通情來哲即與長生何異也此注及小顏注皆不諦

命賢為韻

而射之中石沒矢視之石也他日射之終不能入非精誠其焉通兮苟無實其孰信曹大家曰非精誠所感誰能若斯操末技猶必然兮矧耽躬於道真項岱曰矧況耽樂也言由基李廣奮精誠於末技感歎而開石豈況乃能推至精耽身於大道之中乎莊子曰道之真以持身也登孔昊而上下兮緯羣龍之所經應劭曰昊太昊也孔孔子也羣龍喻羣聖也自伏羲下訖孔子經緯天道備矣孟康曰聖人作經賢者緯之朝貞觀而夕化兮猶諠己而遺形應劭曰貞正也諠忘也易曰天地之道貞觀者也張晏曰言朝聞大道而夕死可也論語曰朝聞道夕死可矣鵩鳥賦曰釋智遺形若肩彭而偕老兮訴來哲而通情言人若欲肩彭祖之年偕老聃之壽當訊之來哲與之通情非己所慕也列仙傳曰彭祖殷賢大夫歷夏至商末號年七百老已見遊天台山賦亂曰天造草昧立性命兮曹大家曰亂理也天道始造萬物草創於冥昧之中皆立其性命也周易曰天造草昧復心弘

○剡末及漢書孟子顏注作應劭引以易占

道惟聖賢兮曹大家曰明道在人身誠能復心而弘之達於天地之性也周易曰復其見天地之心乎孔子曰人能弘道非道弘人渾元運物流不處兮曹大家曰渾大也元氣運轉也物萬物也言元氣周行終始無已如水之流不得獨處也保身遺名民之表兮曹大家曰言人生能保其身死有遺名民之表也莊子曰可以保身可以全生家語孔子曰凡上者民之表舍生取誼以道用兮孟子曰生我所欲也義亦我所欲也二者不可得兼舍生而取義也應劭曰舍置也憂傷夭物忝莫痛兮曹大家曰忝辱也橫夭於物憂辱傷生恥辱不過於是皓爾太素曷渝色兮曹大家曰皓白也素質也渝變也言人能篤信好學守死善道不漸染於流俗是爲白爾天質何有渝變之色也尚越其幾淪神域兮曹大家曰大素不染神色不變則庶幾於神道之幾微而入於神明之域矣子易繫辭曰知幾其神乎

文選卷第十四

壬戌六月廿五日中　侃誦

廿五日當爲廿六日之誤　焯識係

抽閱

治一等字後同

文選卷第十五

梁昭明太子撰

文林郎守太子右內率府録事參軍事崇賢館直學士臣李善注上

志中

張平子思玄賦一首　歸田賦一首

思玄賦

平子名衡南陽西鄂人也漢和帝時爲侍中順和二帝之時國政稍微專恣內豎平子欲言政事又爲奄豎所讒蔽意不得志欲游六合之外勢既不能義又不可但思其玄遠之道而賦之以申其志耳系曰回志朅來從玄諆獲我所求夫何思玄而已老子曰玄之又玄衆妙之門 舊注 善曰未詳注者姓名摯虞流別題云衡注詳其義訓甚多疎略而注又稱愚以爲疑非衡明矣但行來既久故不去

仰先哲之玄訓兮雖彌高而弗違 訓教也彌終也違避也善曰論語顏回曰仰之

何必歷遠之意已顯

亭

彌高匪仁里其焉宅兮匪義迹其焉追里宅皆居也焉猶安也善曰論語曰里仁爲美

潛服膺以永靚兮緜日月而不衰緜連也善曰禮記曰服膺拳拳方言曰靖思也靖與靚同字林曰靖審也

伊中情之信脩兮慕古人之貞節脩善也貞誠也善曰楚詞曰苟中情其好脩又曰原生受命于貞節

竦余身而順止兮遵繩墨而不跌竦立也止禮也善曰楚詞曰遵繩墨而不頗廣雅曰跌差也

志摶摶以應懸兮誠心固其如結摶摶垂貌善曰戰國策楚王曰寡人心摇摇然如懸旌毛詩曰勞心團團憂勞也又曰心之憂矣如或結之

旌性行以製珮兮佩夜光與瓊枝旌明也製裁也善曰白虎通曰所以必有珮者表德見所能也楚辭曰折瓊枝以繼珮

纗幽蘭之秋華兮又綴之以江離纗系也幽深也善曰楚辭曰結深蘭之茝又曰扈江離與薜芷兮紉秋蘭以爲珮說文曰繫幃曰纗幃一名縭爾雅曰婦人之幃謂之縭今之香囊在男曰幃在女曰縭然則纗者即繫囊之繩也說文曰纗網中繩纗音攜

美襞積以酷烈兮允塵邈而難虧襞積衣縫也允信也塵久也邈遠也虧歇也善曰子虛賦曰襞積褰縐上林賦曰酷烈淑郁楚

斅

辭曰芳菲菲兮難虧旣姱麗而鮮雙兮非是時之攸珍姱大也麗好也鮮寡也攸所也奮余榮而莫見兮播余香而莫聞奮動也播散也幽獨守此仄陋兮敢怠遑而舍勤怠懈也遑暇也勤勞也善曰楚辭曰幽獨處乎山中尚書帝曰明明揚仄陋毛詩曰不敢怠遑左氏傳曰人生在勤幸二八之遌虞兮嘉傅說之生殷二八八愷八元也遌遇也傅姓說名也武丁相也善曰左氏傳季孫行父曰昔高辛氏有才子八人伯奮仲堪叔獻季仲伯虎仲熊叔豹季貍言此八人忠肅恭懿宣慈惠和天下之民謂之八元元善也長也八愷者高陽氏有才子八人倉舒隤敱檮戭大臨庬降庭堅仲容叔達言此八人齊聖廣淵明允篤誠天下之民謂之八愷尚書曰高宗夢得說使百工營求諸野得諸傅巖尚前良之遺風兮恫後辰而無及尚庶幾也良善也恫痛也言我後時將無及也恫他公切善曰楚辭曰竊慕詩人之遺風何孤行之煢煢兮瓊孑不羣而介立煢煢獨也介特也善曰毛詩曰獨行煢煢楚辭曰旣惸獨而不羣感鸞鷖之特棲兮悲淑人之希合鸞鷖皆鳥名淑善也善曰鸞鷖喻君子也毛詩曰淑人君子其儀不忒山海經曰蛇

山有鳥五色飛蔽日名鷖鷺廣雅曰鷖鳥鳳屬也彼無合而何傷兮患衆僞之冒眞無合猶不遇也冒覆也旦獲讟于羣弟兮啓金縢而後信善曰尚書曰武王既喪管叔乃流言於國曰公將弗利於孺子秋大熟未穫天大雷電以風王啓金縢之書乃得周公代武王之說王執書以泣曰其勿穆卜乃信周公覽蒸民之多僻兮畏立辟以危身覽觀也蒸衆也僻邪也辟法也毛詩曰民之多僻無自立辟善曰毛萇傳曰辟法也民之行多爲邪辟此言無遺爲法也尚書曰蒸民乃粒楚辭曰寧正言不諱以危身增煩毒以迷惑兮羌孰可爲言已善曰楚辭曰獨便悁而煩毒焉發憤而舒情又曰中瞀亂兮迷惑私湛憂而深懷兮思繽紛而不理湛深也懷思也繽紛亂貌善曰宋玉笛賦曰武毅發沈憂結願竭力以守誼兮雖貧窮而不改竭盡也執彫虎而試象兮占焦原而跟止彫虎象獸名也尸子中黃伯曰余左執太行之獶而右搏彫虎唯象之未與吾心試焉有力者則又願爲牛欲與象鬭以自試今二三子以爲義矣將惡乎試之夫貧窮太行之獶也疏賤義之彫虎也而吾日遇之亦

○別本及後漢書要

寶書

足以試矣㚓臨也焦石名也踉踥也尸子又曰莒國有石焦原者廣五十步臨百仞之谿莒國莫敢近也有以勇見莒子者獨卻行齊踵焉所以稱於世夫義之爲焦原也亦高矣賢者之於義必且齊踵此所以服一時也善曰彫虎以喻貧試象以喻竭力焦原以喻義言己以執彫虎之貧窮願竭試象之力而守焦原之義上句爲此張本漢書曰賈誼曰安天下㚓危若是而上不驚者臣瓚曰安臨危曰㚓

庶斯奉以周旋兮要既死而後已善曰左氏傳太史克曰奉以周旋不敢失墜論語子曰死而後已不亦遠乎

俗遷渝而事化兮泯規矩之員方遷移也渝變也泯滅也規圓也矩方也善曰楚辭曰因時俗之工巧兮滅規矩而改錯

寶蕭艾於重笥兮謂蕙芷之不香蕭艾草名也蕙芷香草也禮記曰簞笥問人者注盛食器員曰簞方曰笥案盛衣亦曰笥後漢作珍蓋瑤字相似誤耳

斥西施而弗御兮褺騕褭以服箱斥卻也西施越之美女也御幸也褺羈也服服轅也箱大車也善曰楚辭曰西施斥於北宮兮漢書音義應劭曰騕褭古之駿馬也赤喙玄身日行五千里毛詩曰睆彼牽牛不可以服箱馽中立切今賦作褺字

行頗僻而獲志兮循法度而離殃頗傾也離遭也殃咎也蕭該音本作陂布義切禮記曰商亂曰陂鄭玄曰

蕭該音見此

後漢書及刊本范書作雕琢

陂傾也周易曰无平不陂廣雅曰陂邪也惟天地之無窮兮何遭遇之無常鄭玄曰惟思也善曰楚辭曰惟天地之無窮哀人生之長勤不抑操而苟容兮譬臨河而無航航舟也善曰賈逵曰抑止也孫卿子曰偷合苟容以持祿周書陰符曰四輔不存若濟河無舟矣楚辭曰昔余夢登天兮魂中道而無航欲巧笑以干媚兮非余心之所嘗干求也嘗行也善曰楚辭曰處濁世而顯榮兮非余心之所樂襲溫恭之黻衣兮被禮義之繡裳襲衣也黻黼也五色備曰繡善曰毛詩曰君子至止黻衣繡裳辮貞亮以爲鞶兮雜伎藝以爲珩辮交織也鞶所以帶珮也手伎曰伎體才曰藝珩珮也善曰說文曰辮交也又曰鞶覆衣大巾也從巾般聲或以爲首飾字林曰鞶革帶也禮記曰男鞶革鄭玄曰鞶巾囊盛帨巾者說文曰珩所行也從玉行聲字林曰珩珮玉所以節行大戴禮曰下車以珮玉爲度上有雙衡下有雙璜珩與衡音義同昭綵藻與琱瑑兮璜聲遠而彌長綵文綵也藻華藻也字林曰半璧曰璜善曰董巴輿服志曰古者君佩玉尊卑有序及秦以采組連結於璲謂之綬漢承秦制用而弗改淹棲遲以恣欲兮耀靈

○別本及後漢書妬注同

流刪

○別本臚注同

忽其西藏燿靈日也善曰毛詩曰衡門之下可以棲遲楚辭曰燿靈曄而西征廣雅曰朱明曜靈東君日也恃己知而華予兮鶗鴂鳴而不芳鶗鴂鳥名也以秋分鳴善曰楚辭曰歲既晏兮孰華予又曰恐鶗鴂之先鳴使夫百草爲之不芳臨海異物志曰鶗鴂一名杜鵑至三月鳴晝夜不止夏末乃止服虔曰鶗鴂一名鵙伯勞順陰陽氣而生賊害之鳥也王逸以爲春鳥繆也冀一年之三秀兮遒白露之爲霜說文曰遒迫也善曰楚辭曰采三秀於山間王逸曰三秀謂芝草也毛詩曰蒹葭蒼蒼白露爲霜爾雅曰茵芝郭璞曰芝一歲三華瑞草時亹亹而代序兮疇可與乎比伉咨姡嫮之難並兮想依韓以流亡亹亹進貌疇誰也伉儷也咨嗟也嫮好也韓衆獲道輕舉故思依之以流亡也善曰楚辭曰時亹亹而過中又曰恐天時之代序又曰羨韓衆之得一又曰寧溘死以流亡姡惡也恐漸冉而無成兮留則蔽而不彰漸進也善曰楚辭曰漸冉而不自知詩不曰蹇淹留而無成心猶豫而狐疑兮即岐阯而臚情即就也岐山名也臚陳也善曰楚辭曰欲從靈氛之吉占兮心猶豫而狐疑孟子曰昔文王之治岐也仕者世祿臚力於切文君爲我端蓍兮利

別本作肥

二肥改飛

二葉一卜全賦意皆體插其中

原賦揚作颺

飛遁以保名文君文王也遁卦名也上九曰飛遁無不利謂去而遷也九師道訓曰遁而能飛吉孰大焉此從得遁之咸其遁卦艮下乾上上九爻辭云肥遁最在卦上居無位之地不爲物所累矰繳所不及遁之最美故名肥遁處陰長之時而獨如此故曰利飛遁而保名史記曰蓍百莖一根劉向曰蓍百年而一本生百莖歷衆山以周流兮翼迅風以揚聲從初至三爲艮艮爲山故曰歷衆山從二至四爲巽巽爲風故曰翼迅風善曰謂遁卦也楚辭曰歷衆山而日遠又曰聊浮遊於山陿又曰步周流於江畔幽通賦曰雉朔野以揚聲遁下體是艮說卦云爲山假言衆爾下互體得巽巽爲風故曰揚聲二女感於崇岳兮或冰折而不營崇高也岳五岳也遁上九變爲咸咸感也巽長女兌少女故曰二女從三至五爲乾乾爲冰故曰冰折而不營遁上九變爲兌說卦云巽爲長女兌爲少女也俱在艮上艮即是山故云感二女於崇岳岳即山也說卦曰乾爲冰而變爲兌故曰冰折物也毀折不可經營故曰不營天蓋高而爲澤兮誰云路之不平互體四至乾變爲兌兌爲澤天爲澤言天高尚爲澤雖復險戲世路可知誰言其路不通者乎欲其行也善曰周易曰乾爲天兌爲澤云勔自強而不息兮蹈玉階之嶢崢勔勉也乾爲玉故曰蹈玉階玉階天子階也言我雖欲去

果

猶戀玉階不思去言尚欲進忠賢勔亡衍切善曰周易曰天行健君子以自强不息方言曰嶢崢高貌也懼筮氏之長短兮鑽東龜以觀禎長短謂卜筮也左氏傳曰筮短龜長周禮曰東龜長又曰東曰龜甲屬善曰爾雅曰龜左睨不煩郭璞曰行顯左睨也今江東所謂左食以甲卜審鄭玄周禮注曰東龜青說文曰禎祥也遇九皐之介鳥兮怨素意之不逞介大也逞快也善曰言卜而遇大鳥之卦也素意不逞謂繇辭也毛詩曰鶴鳴于九皐字林曰逞盡也遊塵外而瞥天兮據冥翳而哀鳴瞥裁見也善曰莊子曰彷徨塵垢之外說文曰遠也瞥匹洩切鵰鶚競於貪婪兮我脩絜以益榮競逐也善曰鵰鶚惡鳥喻小人也楚辭曰皆競進以貪婪兮婪力含切子有故於玄鳥兮歸母氏而後寧善曰此假卜者之辭也玄鳥謂鶴也母氏喻道也言子有故於玄鳥唯歸於道而後獲寧也古文周書曰周穆王姜后晝寢而孕越姫嬖竊而育之斃以玄鳥二七塗以釁血寘諸姜后遽以告王王恐發書而占之曰蜉蝣之羽飛集于戶鴻之戾止弟弗克理皇靈降誅尚復其所問左史氏史豹曰蟲飛集戶是日失所惟彼小人弗克以育君子史良曰是謂闕親將留其身歸于母氏而後獲寧冊而

藏之厥休將振王與令尹冊而藏之於櫝居三月越姬死七日而復言其情曰先君怒予甚曰爾夷隸也胡竊君之子不歸母氏將寘而大戮及王子於治老子曰天下有始以爲天下母既得其母又知其子河上公曰道爲天下物母也韓子解老曰母者道也

占既吉而無悔兮簡元辰而俶裝。俶始也裝束也周易曰同人于郊無悔

旦余沐水清源兮晞余髮於朝陽。晞乾也山東曰朝陽善曰楚辭曰朝濯髮於暘谷夕晞余身乎九陽

漱飛泉之瀝液兮咀石菌之流英。善曰楚辭曰吸飛泉之微液兮懷琬琰之華英瀝流也菌芝也說文曰漱蕩口也從水欶聲所右切字林曰液汁也石菌石芝也蒼頡篇曰咀噍也

翾鳥舉而魚躍兮將往走乎八荒。廣雅曰翾飛也淮南子曰四海之外有八澤八澤之外曰八埏八埏之外曰八荒善曰走音奏

過少皞之窮野兮問三丘于句芒。少皞金天氏居窮桑在魯北左丘謂蓬萊方丈瀛洲句芒木正也左氏傳曰少皞氏有四子曰重曰該曰修曰熙實能金木及水使重爲句芒木正該爲蓐收金正修及熙爲玄冥二子相代爲水正也世不失職遂濟窮桑此其三祀也杜預曰窮桑少皞氏之號也四子能治其官使不失職濟成少皞之功死皆爲民所祀也史記云蓬萊方丈瀛洲此三神山傳在

海中去人不遠及到三山反在水下何道眞之淳粹兮去穢累而飄輕不澆曰淳不雜曰粹穢德之累也善曰幽通賦曰䂂躭躬於道眞楚辭曰昔三后之淳粹又曰除穢累而反眞登蓬萊而容與兮鼇雖抃而不傾抃手搏也善曰列仙傳曰巨鼇負蓬萊山而抃於滄海之中留瀛洲而采芝兮聊且以乎長生瀛洲海中山也善曰玄中記曰東南之大者巨鼇焉以背負蓬萊山周迴千里列子曰勃海之東有太壑其山一曰岱輿二曰員嶠三曰方壺四曰瀛洲五曰蓬萊山高下周圍三萬里其頭平地九千里五山之根無所連著常隨潮流上下帝命封禺使巨鼇十五舉頭而戴之迭爲三番六萬歲一交龍伯國人一釣而連六鼇於是岱輿員嶠沉於大海楚辭曰飲沆馮歸雲而遐逝兮夕余宿乎扶桑憑依也遐遠也逝往也善曰傳毅七激曰仰歸雲翅遊風淮南子曰日出暘谷拂於扶桑海外東經曰黑齒國北暘谷上有扶桑十洲記曰扶桑葉似桑樹又如椹樹長丈大二千圍兩兩同根生更相依倚是以名之扶桑飲青岑之玉醴兮飡沆瀣以爲粻青岑山名上高者曰岑流瀣夕霞也粻糧也廣雅曰沆瀣常氣也善曰揚雄太玄經曰茹芝英以禦飢兮飲玉醴以解渴楚辭曰飡六氣而飲沆瀣兮漱正陽而食

瀣

發昔二字連讀討曰齊子發昔

神

後漢書作儐是也

朝霞陵陽子經曰夏飡沆瀣北方夜半氣發昔夢於木禾兮穀崑崙之高岡昔日夢至木禾今親往是發昔日之夢也穀生也善曰淮南子曰崑崙之上有木禾焉其穗長五尋山海經曰帝之下都崑崙之墟高萬仞上有木禾長五尋大五圍郭璞曰木禾穀類也說文曰嘉穀也二月生八月孰得中和故曰禾木王而生木衰而死故曰木禾朝吾行於湯谷兮從伯禹乎稽山湯谷日所出嘉羣神之執玉兮疾防風之食言食僞也善曰國語曰吳伐越墮會稽獲骨節專車吳之使來問之仲尼曰丘聞之昔禹致羣臣於會稽之山防風後至禹乃殺而戮之其骨節專車此爲大矣韋昭曰羣神謂主山川之君爲羣神之主故謂之神防風汪芒氏君之名也違命後至故禹殺之陳尸爲戮左氏傳曰禹合諸侯於塗山執玉帛者萬國尚書曰朕不食言指長沙之邪徑兮存重華乎南鄰重華舜也善曰尚書曰重華協于帝山海經曰南方蒼梧之川其中九疑山舜之所葬在長沙界中說文曰存恤也哀二妃之未從兮翩繽處彼湘濵二妃堯之二女娥皇女英舜妻也善曰禮記曰舜葬蒼梧之野蓋二妃未之從也鄭玄曰離騷所謂歌湘夫人也舜南巡狩死於蒼梧二妃留江湘之間濵水湄也山海經曰洞庭

原賦風作波

之山多黃金其下多銀鐵帝之二女是常游江川澧沅之側交游瀟湘之淵在九江之閒出入必以飄風暴雨郭璞曰今長沙巴陵縣西入洞庭而通江水離騷曰遭吾道兮洞庭洞庭風兮木葉下皆謂此也天帝之女而處江爲神即列仙傳云江妃二女離騷所謂湘夫人稱帝子者是也而河圖玉版曰聞之堯二女舜妻也而喪此傳云二妃死於江湘之閒俗謂之湘君鄭司農亦以舜妃爲湘君說者皆以舜陟方而死二妃從之俱死於江湘遂號爲湘夫人也

流目眺夫衡阿兮覩有黎之圮墳眺視也衡山名也阿山下也黎高辛氏之火正謂祝融也圮毀也楚靈王之世衡山崩而祝融之墓壞中有營丘九頭圖矣善曰馮衍顯志賦序曰遊情宇宙流目八紘左氏傳昭十九年顓頊氏有子曰黎爲祝融圮房鄙切

痛火正之無懷兮託山阪以孤魂託寄也善曰杜預曰黎爲火正懷歸也

愁鬱鬱以慕遠兮越邛州而遊遨邛州正南州名也四海圖曰交廣南有邛州其處極熱善曰楚辭曰愁鬱鬱之無快邛五郎切

躋日中于昆吾兮憩炎火之所陶鄭玄曰躋升也善曰淮南子曰日出于暘谷至于昆吾是謂正中高誘曰昆吾南方爾雅憩息也山海經曰西海之南其外有炎火之山爾雅曰再成曰陶丘

揚芒熛而絳天兮水泫沄而涌濤熛風熾也泫沄沸貌

孫 孫

濤水波也善曰爾雅曰泫沉也芸光芸也熛火飛也揚雄冀州箴曰冀土糜沸泫泫如湯

温風翕其增熱兮惄鬱悒其難聊說文曰翕熾也善曰淮南子曰南方之極自北戶八之外南至委火炎風之野萬二千里高誘曰北戶孤作國名也爾雅曰惄思也乃的切楚辭曰心鬱悒余侘傺賈逵曰聊賴也協韻爲勞

顊羇旅而無友兮余安能乎留茲顊獨也羇寄也旅客也善曰左氏傳陳敬仲曰羇旅之臣楚辭曰廓落兮羇旅而無友顊苦骨切

顊金天而歎息兮吾欲往乎西嬉金天少昊位也善曰家語孔子曰生爲明主死配五行少皞配金說文曰嬉樂也

前祝融使舉麾兮纚朱鳥以承旗尚書曰右秉白旄以麾案執旄以指撝也秦漢以來即以所執之旄名曰麾謂麾幢曲蓋者也善曰楚辭曰飛朱鳥使先驅又曰鳳皇翼其承旂

躔建木於廣都兮摭若華而躊躇躔息也摭拾也若華樹名也善曰方言曰日運爲躔躔行也淮南子曰建木在廣都若木在建木西末有十日其華照下地韓詩曰愛而不見搔首躊躇薛君曰躊躇躑躅也廣雅曰躊躇猶豫也方言曰摭取也躊直由切躇直於切

超軒轅於西海兮跨汪氏之龍魚聞

此國之千歲兮曾焉足以娛余善曰海外西山經曰軒轅之國在窮山之際不壽者八百歲龍魚陵居在北狀如狸在汪野北其爲魚也如狸汪氏國在西海外此國足龍魚也思九土之殊風兮從蓐收而遂徂九土九州蓐收金正該也徂往也善曰好色賦曰周覽九土山海經曰濛山神西望日之所入其氣貟神光之所司郭璞曰蓐收金神也人面虎身右手執鉞歘神化而蟬蛻兮朋精粹而爲徒歘輕舉貌善曰楚辭曰濟江海兮蟬蛻又曰吸精粹而吐氛濁漢書音義韋昭曰蟬蛻出於皮殼也蹶白門而東馳兮云台行乎中野漢書音義韋昭曰蹶蹋也爾雅曰台我也善曰淮南子曰八極西南方曰偏駒之山曰白門高誘注曰金氣白故曰白門楚辭曰行中野而散之台音夷亂弱水之潺湲兮逗華陰之湍渚爾雅曰絕流曰亂郭璞注曰直橫渡也書曰亂于河逗止也華太華也山北曰陰善曰山海經曰崑崙之丘其下有弱水之川環之郭璞曰其水不勝鴻毛字林曰潺湲流貌漢書京兆有華陰縣號馮夷俾清津兮櫂龍舟以濟予號呼也青令傳曰河伯華陰潼鄉人也姓馮氏名夷浴於河中而溺死是爲河伯太公金匱曰河伯姓馮名脩裴氏新語謂爲馮夷淮南子曰馮夷服夷石而

原本隄首里人服八石得水仙

水仙注曰馮夷河伯也華陰潼鄉隄首人服八石而水仙俾使也淮南子曰天子龍舟鷁首予合韻音夷渚切會帝軒之未歸兮悵徜徉而延佇黃帝葬於西海橋山神未東歸也應劭曰上郡周陽縣有黃帝冢也悵徜徉思貌春秋命歷序曰帝軒受圖雒授歷楚辭曰且徜徉而氾觀延佇見上注怬河林之蓁蓁兮偉關雎之戒女怬息也偉異也詩曰關關雎鳩在河之洲窈窕淑女君子好逑善曰中山經曰北望河林其狀如蒨郭璞注曰說者云蒨木名也毛萇詩傳曰蓁蓁至盛也怬許吏切又虛祕切黃靈詹而訪命兮樛天道其焉如黃靈黃帝也詹至也訪謀也樛求也如之也曰近信而遠疑兮六籍闕而不書六籍六經神逵昧其難覆兮疇克謀而從諸九交道曰逵覆審也疇誰也克能也謀察也諸之也牛哀病而成虎兮雖逢昆其必噬牛哀魯人牛哀也昆兄也噬食也淮南子曰牛哀病七日而化為虎其兄啓戶而入哀搏而殺之不自知為虎也廣雅曰噬齧也鼈令殪而尸亡兮取蜀禪而引世鼈令蜀王名也殪死也禪傳也引長也善曰蜀王本紀曰望帝治汶山下邑曰郫積百餘歲荆地有一死人名

顏延年宋文皇帝元皇后哀策文注引其作而晣作晰

鼈令其尸亡隨江水上至郫與望帝相見望帝以鼈令爲相以德薄不及鼈令乃委國授之而去死生錯其不齊兮雖司命其不晣晣昭晣也善曰禮記曰王立七祀曰司命鄭玄曰司命主督察三命史記扁鵲曰疾在骨髓雖司命無奈之何晣之曳切東方朔曰司命之神揔鬼録者竇號行於代路兮後膺祚而繁廡善曰漢書曰孝文竇皇后景帝母也呂太后出宮人以賜諸王竇姬與在行中家在清河願如趙近家請其主遣宦者吏必置趙籍之伍中宦者忘之誤置代籍伍中當行竇姬涕泣怨其宦者不欲往相强乃肯行至代代王獨幸竇姬生景帝後立爲皇后王肆侈於漢庭兮卒銜恤而絶緒善曰漢書曰孝平王皇后莽女也莽秉政以女配帝遣劉歆奉乘輿法駕迎后于莽第及莽即眞后常稱疾不朝會莽誅自投火中死國語曰肆侈不違韋昭曰肆恣也毛詩曰出則銜恤尉尨眉而郎潛兮逮三葉而遘武尉官名也尨蒼也善曰漢武故事曰顔駟不知何許人漢文帝時爲郎至武帝嘗輦過郎署見駟尨眉皓髮上問曰叟何時爲郎何其老也荅曰臣文帝時爲郎文帝好文而臣好武至景帝好美而臣貌醜陛下即位好少而臣已老是以三世不遇故老於郎署上感其言擢拜會稽都尉董弱冠而

司衮兮設王隧而弗處善曰漢書曰董賢年二十二爲三公哀帝崩賢自殺家惶恐夜葬之莽疑其詐
死有司奏賢造冢墓不異王制賢既見發贏診其尸因埋獄中禮記曰人
生二十曰弱冠周禮曰三公自衮冕而下左氏傳曰晉侯請隧杜預曰掘
地通路曰隧王葬禮也夫吉凶之相仍兮恒反仄而靡所仍因也恒常也穆届
天以悅牛兮豎亂叔而幽主善曰孔安國尚書傳曰届至也左氏傳曰穆叔孫穆子名豹魯大夫
有罪走向齊及庚宗遇婦人通之有子在齊夢天壓已不勝顧而見人
黑而上僂深目而猳豕號之曰牛助余乃勝之旦而驂其徒無之後穆
子還過庚宗婦人獻雉穆子問之曰女有子乎曰余子已能捧雉而從
我矣而見之則所夢也未問其名號之曰牛曰唯使爲豎牛欲亂其室
而有之叔孫疾牛詐謂外人曰夫子疾病不欲見人使寘饋于介而退牛不進叔孫覆器空而還之示君已食穆子遂餓而死文斷
袪而忌伯兮閹謁賊而寧后善曰國語曰初獻公使寺人勃韅伐文公於蒲城文公踰垣勃
韅斬其袪及入勃韅求見於是呂甥郤芮畏逼悔納公謀作亂伯楚知
之故求見公公遽見之伯楚以呂郤之謀告公韋昭曰寺人掌內人袪
袂也勃韅字伯楚通人闇於好惡兮豈愍惑而能剖剖分明也贏適擿

讖而戒胡兮備諸外而發內蒼頡篇讖書河洛書也說文曰讖驗也秦語曰秦三十二年燕人盧生奏籙圖曰亡秦者胡也始皇乃使將軍蒙恬將其三十萬北擊胡取河南地遂築長城以爲塞三十六年始皇南游還至平原津病始皇惡言死無復言死事病甚乃璽書賜蒲蘇使與喪會咸陽而葬以書付行符璽令趙高未授使者丙寅始皇崩於沙丘惟少子胡亥從丞相李斯恐天下有變不敢發喪棺載還咸陽趙高素與亥善留所賜蒲蘇書密謂胡亥曰上崩無詔封王諸子而獨賜蒲蘇書蒲蘇即位爲皇帝太子無尺寸之地胡亥曰爲將奈何高曰非與丞相謀事不能成乃謂李斯曰蒲蘇即位必召蒙恬爲相於君不亦踈乎於是李斯然趙高言乃許受始皇詔立胡亥爲太子更作書賜蒲蘇曰朕巡天下禱祀名山以延年壽而數上書非我所爲日夜怨望不得爲人子不孝其賜自裁將軍恬與蘇君不匡正宜知其謀爲人臣不知亦賜死蒲蘇爲人仁得書泣即死胡亥即位爲二世葬始皇酈山善曰史記曰盧生使人奏籙圖曰亡秦者胡也使將軍蒙恬北擊胡略取河南地又曰始皇崩李斯與趙高謀詐受始皇詔立胡亥爲太子也或輦賄而違車兮孕行產而爲對車人名也孕懷子也昔有周犨者家甚貧夫婦夜田天帝見而矜之問司命曰此可富乎司命曰命當貧有張車子財可以假之乃借而與之期曰車子生急還之田者稍富致貲巨萬及期忌司命之言夫婦輦其賄以逃

與行旅者同宿逢夫妻寄車下宿夜生子問名於夫夫曰生車間名車子也從是所向失利遂使貧困鄭玄曰孕任子也善曰見鬼神志及搜神記

愼竈顯以言天兮占水火而妄訊愼者魯大夫梓愼竈者鄭大夫裨竈訊告也善曰左氏傳昭公二十四年五月乙未朔日有食之梓愼曰將水叔孫昭子曰旱也日過分而陽猶不尅尅必甚能無旱乎秋八月大雩旱也叔孫之言驗也則梓愼之言不驗又昭公十八年夏五月火始昏見丙子風裨竈言于子産曰宋衛陳鄭將同火若我用瓘斝玉瓚禳之猶必不火子産不予裨竈曰不用吾言鄭又將火鄭人請用之子産曰天道遠人道邇非爾及也何以知之竈焉知天道遂不與亦不復火今言梓愼裨竈是顯明天道之人占於水火亦有妄爲言事之難知也占謂自隱度而言也訊息對切

梁叟患夫黎丘兮丁厥子而剚刃善曰呂氏春秋曰梁國之北地名黎丘有奇鬼焉善效人之子姪昆弟之狀邑丈人有之市而醉歸者黎丘之鬼效其子之狀扶而道苦之丈人歸酒醒而誚其子曰吾爲汝父也豈謂不慈哉我醉汝道苦我何故其子泣而觸地曰孽矣無此事也昔也往責於東邑人可問也其父信之曰譆是必奇鬼固嘗聞之矣明日復於市欲遇而刺殺之明旦之市而醉其真子恐其父之不能反也遂往迎之丈人望見之拔劍而刺之丈人智惑於似其子者而殺於真子高誘曰誚讓也漢書蒯通曰不敢剚刃公之腹者畏秦法也韋昭曰北方人呼插物地中爲剚側吏切爾雅曰丁當也

飲

親所睼而弗識兮，矧幽冥之可信。睼視也。矧況也。毋綿攣以倖己兮，思百憂以自疹。毋勿也。綿攣係貌。倖引也。疹疾也。善曰：毛詩曰：我生之後，逢此百憂。倖，胡冷切。彼天監之孔明兮，用棐忱而祐仁。監視也。孔甚也。棐輔也。忱誠也。祐助也。善曰：尚書曰：天監厥德。又曰：周公若天威棐忱。湯蠲體以禱祈兮，蒙厖褫以拯民。湯帝乙也。蠲絜也。拯濟也。善曰：淮南子曰：湯時大旱七年，卜用人祀天。湯曰：我本卜祭爲民，豈乎自當之。乃使人積薪，翦髮及爪，自潔居柴上，將自焚以祭天。火將然，即降大雨。呂氏春秋曰：湯剋夏，大旱七年，乃以身禱於桑林，自以爲犧牲，用祈於上帝。民乃甚悦，雨乃大至。爾雅曰：厖大也。褫福也。祈或爲祓，非。景三慮以營國兮，熒惑次於他辰。景謚也。慮謀也。熒惑火星也。次舍也。善曰：呂氏春秋曰：宋景公有疾，司星子韋曰：熒惑守心。心，宋之分野，君當之。若祭，可移於相。公曰：相，寡人之股肱，豈可除心腹之疾，移於股肱乎？曰：可移於民。公曰：民者國之本，國無民何以爲國？如何傷本而救吾身乎？曰：可移於歲。公曰：歲所以養民，歲不登，何以畜民？子韋曰：君善言三，熒惑必退三舍，延命二十一年。視之信。一舍七度，又三七二十一，當更壽二十一年。魏顆亮以從治兮，鬼亢回以斃秦。善曰：

何云謂英六滅而秦趙興也

左氏傳曰初魏武子有嬖妾武子有疾命顆曰必嫁是妾疾病則曰必以殉及卒顆嫁之及輔氏之役顆見老人結草以抗杜回杜回躓而顛故獲之夜夢曰余乃所嫁婦人之父也傳宣公十五年秋七月秦桓公伐晉次于輔氏輔氏即晉地使魏顆敗秦師于輔氏獲杜回秦之力人也魏顆所以敗秦師者專由魏嬖妾之父也他年魏武子武子即嬖也有嬖妾無子武子疾病命顆曰必嫁是妾及武子疾甚困則更命顆曰必殺以爲殉葬及武子卒顆嫁之不殺殉葬曰疾病則心情亂吾從其治時也及今年有輔氏之役顆領兵拒秦師之日忽見一人在前結草以亢禦杜回杜回遂躓而顛故獲杜回於是秦師遂敗獲杜回之夜夢曰余汝所嫁婦人之父也爾用先人之治命余是以報也

咎繇邁而種德兮樹德懋于英六 邁行也英六國也楚末乃滅善曰尚書禹曰咎繇邁種德史記曰帝禹封皋陶之後於英六

桑末寄夫根生兮卉既凋而已育 桑末木名也根生寄生也卉草木凡名也育生也凋落也善曰舊注之意以卉即桑末也言桑末寄夫根生桑末既凋而寄生已茂以喻皋繇之後封於英六衆國已滅而英六獨存言積德之後必有餘慶也

有無言而不酬兮又何往而不復 復返也善曰邁德行仁必貽後慶如有言必酬有往必復也毛詩曰無言不酬無德不報禮記曰往而不來非禮也周易曰無平不陂無往不復

盍遠迹以飛

江文通襍體詩鮑照注引殼作㲉

聲兮孰謂時之可蓄善曰言何不遂迹以飛聲遊六合而訪道誰謂時之可蓄而不可行乎言時易逝也鄭玄論語注曰盍何不也孔安國尚書傳曰蓄積也仰矯首以遥望兮魂懒惘而無儔儔匹也善曰甘泉賦曰仰矯首以高視楚辭曰悵懒惘兮永思王逸曰懒惘悵失望志錯越也逼區中之隘陋兮將北度而宣遊賈逵曰逼迫也爾雅曰宣徧也善曰司馬相如大人賦曰悲世俗之逼隘楚辭曰宣遊兮列宿順極兮彷徨行積冰之磑磑兮清泉沍而不流沍凍也善曰淮南子曰八紘北方曰積冰高誘曰北方寒冰所積名積冰也方言曰磑磑堅也牛哀切方言磑堅也左氏傳曰固陰沍寒杜預曰沍閉也寒風淒其永至兮拂穹岫之騷騷淒寒貌說文曰拂擊也爾雅曰穹大也毛詩傳曰騷動也善曰騷騷風勁貌王逸曰騷愁也合韻所流切玄武縮于殼中兮騰蛇蜿而自糾龜與蛇交曰玄武殼甲也春秋漢含孳曰太一常居後玄武蔡雍月令章句曰北方玄武介蟲之長爾雅曰騰蛇龍類能興雲霧而遊其中文子曰騰無足而騰也淮南子曰奔蛇廣雅曰蜿曲也魚矜鱗而并凌兮鳥登木而失條凌冰也善曰矜

○注屛及別本

猋注同○注引足當作此

寒貌凌力證切坐太陰之屛室兮慨含唏而增愁善曰楚辭曰選見神於太陰兮漢書曰以陰陽言之太陰者北方也說文曰屛蔽也慨太息也屛與屛古字通又曰不泣曰唏何休曰欷悲也火既切怨高陽之相寓兮佃顓頊而宅幽高陽帝顓頊也相視也寓居也佃小貌也善曰家語孔子曰顓頊者黃帝之孫昌意之子高陽配水山海經曰北海之內有山名幽都之山黑水出焉佃去鳳切庸織路於四裔兮斯與彼其何瘳瘳愈也南至炎火鬱邑無聊北至積冰含欷增愁此與彼何以相愈乎庸勞也織曰緯善曰言涉路東西有似於織也望寒門之絕垠兮縱余紲乎不周善曰楚辭曰踔絕垠乎寒門又曰登閬風而紲馬王逸曰紲繫也楚辭曰路不周以左轉王逸曰不周山名也在崑崙西北漢書司馬相如大人賦曰軼先驅於寒門注寒門天北門也左氏傳曰臣負羈紲紲馬絆也大荒經西北海之外大荒隅有山而不合名曰不周淮南子曰昔共工與顓頊爭為帝共工怒而觸不周山天維絕地柱折故令此山缺壞不周迅焱潚其媵我兮騖翩飄而不禁潚疾貌媵送也翩飄疾貌潚音肅善曰爾雅曰風飄謂之焱字林曰潚深清也越谽閜之洞穴兮漂逿

原賦所作而

右後漢書如此作石注云西方也

川之𥕢𥕢。經重磨乎寂漠兮慜墳羊之深潛（先谽閜大貌漂浮也𥕢𥕢深貌重陰地下也寂寞靜貌磨古陰字墳羊土精怪也善曰上林賦曰通川過於中庭春秋外傳國語曰季桓子穿井獲如土缶中有羊焉使問仲尼曰吾聞穿井得狗何也對曰以丘所聞墳羊也丘聞木石之怪夔罔兩水之怪龍罔象土之怪墳羊唐固云墳羊雌雄未成者也淮南子曰水生罔象木生畢方井生墳羊廣雅曰羊土神谽火含切閜火加切𥕢音林）追荒忽於地底兮軼無形而上浮（善曰荒忽幽昧貌廿泉賦曰窺地底於上回楚辭曰覽方物之荒忽春秋說題辭曰元氣以為天混沌無形）出石密之闇野兮不識蹊之所由。（蹊路也由自也善曰山海經曰密山是生玄玉黃帝取密山之玉策而投之鍾山之陰然下既有鍾山此石密疑是密山）速燭龍令執炬兮過鍾山而中休（速徵也善曰楚辭曰日安不到燭龍何照山海經曰鍾山之神人面蛇身而赤身長千里其眠乃晦其視乃明不食不寢不息風雨是謁是燭九陰是謂燭陰郭璞曰即燭龍也）瞰瑶谿之赤岸兮弔祖江之見劉（瞰瞻也瑶谿赤岸謂鍾山東瑶岸也祖江人名也劉殺也善曰山海經曰鍾山有子曰鼓其狀人面而龍身欽䲹殺祖江于崑崙之陽帝

慭訓笑皃則借為听也

别本作睗舊注音揚

蛾

乃戮之於鍾山之東曰瑶岸欽䲹
化爲大鶚郭璞曰鶚音五鶚音愕　聘王母於銀臺兮羞玉
芝以療飢　王母西王母也銀臺王母所居羞進也療愈也善曰史記曰三神山仙人在焉黄金白銀爲宫闕王母仙者故假言
之本草經曰白芝一名玉芝　戴勝慭其既歎兮又誚余之行遲　戴勝謂西王母
也慭笑貌誚讓也善曰字林曰慭謹敬也山海經曰西海之南流沙之濱
赤水之後黑水之前有大山名曰昆侖之丘其下有弱水之淵環之有人
戴勝虎齒豹尾穴處名王母又曰西王母其狀如
人戴勝是司天之屬郭璞曰勝玉勝慭魚覲切　載太華之玉女兮
召洛浦之宓妃　浦涯也善曰列仙傳曰毛女者字玉姜在華陰山中體生毛所止巖中有鼓琴聲楚辭曰迎宓妃下
伊浦　咸姣麗以蠱媚兮增嫮眼而蛾眉　說文曰姣好也廣雅曰嫮好也善曰楚辭曰嫮
目冥宜笑眉曼　舒訬婧之纖腰兮揚雜錯之袿徽　訬婧細腰貌善曰方言曰袿謂
之裾劉熙釋名曰婦人上服謂之袿青絳爲之緣袿古攜切爾雅曰婦人
之徽謂之縭郭璞曰即今香纓也訬音眇說文曰婧妍婧也財性切一音
精　離朱脣而微笑兮顏的礫以遺光　離開也的礫明貌善曰神女賦曰朱脣的

總

其若丹上林賦曰宜笑的皪皪音歷獻環琨與琛縭兮申厥好以玄黃環珠也琨璧也琛寶也縭今之香纓玄黃玉石之色善曰白虎通曰所以必有珮者表德見所能也故循道無窮則佩環能本道德則佩琨薛君韓詩章句曰縭帶也尚書曰厥篚玄黃琨音昆縭音離雖色艷而賂美兮志皓蕩而不嘉艷美色也善曰賂美謂環琨玄黃也楚辭曰怨靈脩之皓蕩雙材悲於不納兮並詠詩而清歌善曰雙材謂玉女宓妃也劉歆列女傳頌曰材女脩身廣觀善惡歌曰天地烟熅百卉含葩烟熅和貌葩華也善曰周易曰天地烟熅萬物化醇廣雅曰絪緼元氣也毛萇詩傳曰卉草也郭璞曰草物名也說文曰蘤古花字本誤作蘤音爲詭切非此之用也鳴鶴交頸鴡鳩相和善曰周易曰鳴鶴在陰詩曰關關鴡鳩處子懷春精魂回移善曰莊子曰藐姑射之山有神人居焉綽約若處子毛詩曰有女懷春如何淑明忘我實多淑善也淑明謂衡也玉女宓妃言忘棄我實多善曰論語摘輔像曰仲弓淑明清理可以爲卿毛詩曰如何如何忘我實多將荅賦而不暇兮爰整駕而亟行爰於是也亟疾也善曰毛詩曰

三字有誤

○恐誤

十四

爾之亟行皇腑爾車瞻崑崙之巍巍兮臨縈河之洋洋巍巍高貌縈紆也言河之
曲也善曰史記大史公曰禹本紀言河出崑崙毛詩曰河水洋洋毛萇曰洋洋盛大也伏靈龜以負坻兮
亘螭龍之飛梁坻所以止船也善曰楚辭曰麾蛟龍以梁津兮詔西皇使涉予登閬風之層
城兮構不死而為牀閬風崑崙山名也善曰淮南子曰崑崙虛有三山閬風桐版玄圃層城九重禹云崑崙有
此城高一萬一千里十洲記曰崑崙北角曰閬風之顛山海經曰崑崙開明北有不死樹食之長壽郭璞曰言常生也古今通論曰不死樹在層城
西屑瑤蘂以為糇兮斟白水以為漿屑碎也糇精也斟酌也善曰瑤蘂也說文
曰糇乾食糧也楚辭曰精瓊劘以為粻王逸曰劘屑也毛萇詩傳曰糇食也又曰斟挹也爾雅曰斟酌也楚辭曰朝吾將濟於白水
兮王逸淮南言白水在崑崙之源也蘂而髓切斟居于切抨巫咸作占夢兮乃貞吉之
元符抨使也善曰言我昔夢木禾今令巫咸占之楚辭曰巫咸將夕降兮懷椒糈而要之王逸曰巫咸古神巫也當殷中宗之
時也抨甫耕切滋令德於正中兮含嘉秀以為敷滋繁也不華而實謂之秀善曰

原賦列作烈

今郭注無人字大字

言已有令德類禾之有嘉秀也尚書曰惟爾令德孝恭　既垂穎而顧本兮亦要思乎故居　穎穗也善曰言禾垂穎以顧本猶人之思故居也淮南子曰孔子見禾三變始於粟生於苗成於穗乃歎曰我其首禾乎高誘曰禾穗向根故君子不忘本也　安和靜而隨時兮姑純懿之所廬　懿美也廬居也善曰韓詩曰靜貞也周易曰隨時之義大矣哉杜預左氏傳注曰姑且也　戒庶僚以夙會兮僉供職而並訝　庶僚即下豐隆列缺等也訝迎也言戒誓令夙早而會皆供職而來迎我也善曰孔安國尚書傳曰僉皆也　豐隆軒其震霆兮列缺曄其照夜　豐隆雷公也軒聲貌震霆霹靂也列缺電也曄光貌善曰楚辭曰吾令豐隆乘雲兮羽獵賦曰霹靂列缺吐火施鞭軒普耕切　雲師黮以交集兮涷雨沛其灑塗　雲師雨師也黮陰貌涷雨暴雨也巴郡謂暴雨為涷雨沛雨貌塗路也善曰諸家之說豐隆皆曰雲師此賦別言雲師明豐隆為雷也故留舊說以廣異聞爾雅曰暴雨謂之涷注曰今江東人呼夏月大暴雨為涷雨楚辭曰使涷雨兮灑塵黮徒感切　轙琱輿而樹葩兮擾應龍以服路　善曰爾雅曰載轡謂之轙郭璞曰轙車軛

衆

上環鑾所貫也琱輿琱玉之輿爾雅曰玉謂之琱葩蓋之金華也獨斷
曰乘輿車皆羽蓋金華爪揔騑也廣雅曰有翼曰應龍路車也
百神森其備從兮屯騎羅而星布森聚貌屯聚也善曰楚辭曰百神翳其備
降振余袂而就車兮脩劒揭以低昂揭卬貌冠嵒嵒其
映蓋兮珮緋纚以煇煌緋纚盛貌嵒嵒冠貌煇煌珮光貌善曰嵒五咸切緋音林纚音離僕
夫儼其正策兮八乘騰而超驤僕夫謂御車人也儼敬也入乘公上得從車入乘善
曰楚辭曰僕夫懷余心悲又曰撰余轡
而正策又曰駕八龍之蜿蜿又曰超驤氛旄溶以天旋兮蜺旌
飄以飛颺旌羽旒也善曰氛旄氛氣爲旄也楚辭曰連五宿兮建旄
揚氛氳以爲旄字林曰溶水盛貌今取盛意宋玉笛賦曰
天旋少陰白日西靡高
唐賦曰蜺爲旌溶音勇撫軨軹而還睨兮心勺藥其若湯
勺藥熱貌善曰說文曰無輻曰軨軹車輪小穿也又曰睨邪視也楚辭曰
忽臨睨夫舊鄉又曰心涫沸其若湯軨音零軹之氏切勺市灼切涫音換
羨上都之赫戲兮何迷故而不忘羨欲也赫戲盛貌迷惑也何惑舊故而不忘新

注及別本後漢書同　水
揚　曳　楚辭

愚以爲當去己之迷故之心也善曰言己願上都之赫戲是何迷己之故而不能忘謂不忘上都也楚辭曰陟登皇之赫戲兮左青琱之揵芝兮右素威以司鉦青琱青文龍也素威白虎威也善曰芝小蓋也禮記曰君行左青龍而右白虎也說文曰揵豎立也鉦鐃也揵巨偃切前長離使拂羽兮後委衡乎玄冥長離朱鳥也委屬也水衡官名也善曰司馬相如大人賦曰前長離後矞皇如淳曰長離朱鳥也禮記曰前行朱鳥而後玄武又曰鳴鳩拂其羽家語季康子曰吾聞玄冥爲水正此即五行之主也司馬相如大人賦曰左玄冥而右黔雷屬箕伯以函風兮懲澂沤而爲清函含也懲騰也清靜也善曰風俗通曰風師者箕星也主簸物能致風氣也易曰巽爲長女長者伯之故曰風伯也楚辭曰切澂沤之流俗兮王逸曰澂沤垢濁也拽雲旗之離離兮鳴玉鸞之嚶嚶鸞鳥鸞鑣也嚶嚶聲也善曰楚辭曰載雲旗之委蛇又曰鳴玉鸞之啾啾嚶古嚶字涉清霄而升遐兮浮蠛蠓而上征霄微雲也善曰楚辭曰涉青雲而氾濫兮甘泉賦曰騰清霄而軼浮景又曰浮蠛蠓而撇天淮南子曰蠛蠓磑而雨春而風言羣而上下至疾曰溢埃風而上征紛翼翼以徐戾兮

融

炎回回其揚靈炎至也回回光明貌善曰說文曰炎炎火華也言光之盛如火之華楚辭曰皇剡剡其揚靈王逸曰揚其光靈也叫帝閽使闢扉兮覿天皇于瓊宮叫呼也閽主門也闢開也扉宮門闔也覿見也天皇天帝也善曰楚辭曰吾令帝閽開闔兮楊雄甘泉賦曰選巫咸兮叫帝閽聆廣樂之九奏兮展洩洩以彤彤聆聽也廣樂樂名也展信也洩洩彤彤皆樂貌善曰史記曰趙簡子病二日而寤曰我之帝所甚樂與百神遊于鈞天廣樂九奏萬舞左氏傳曰鄭莊公入而賦大隧之中其樂也彤彤姜出而賦大隧之外其樂也洩洩杜預云融融和也洩洩舒散也融與彤古字通考治亂於律均兮意建始而思終律十一律均所均聲也建立也善曰琴道曰琴七絃足以通萬物而考治亂也樂汁圖徵曰聖人往承天助以立五均均者亦律調五聲之均也宋均曰均長八尺施絃以調六律五聲惟般逸之無斁兮懼樂往而哀來孔安國尚書傳注曰斁猒也善曰莊子曰樂未畢也哀又繼之素女撫絃而餘音兮太容吟曰念哉建始念終也素素女也太容黃帝樂師也高誘淮南子注曰素女黃帝時方術之女也善曰史記曰泰帝使素女鼓五十

今本太作天极曲字一作
未大宮作官環下有之
匡二字
原賦閬〻下有閬字

絃琴舊注本素下無女字今本有之尚書曰帝念哉既防溢而靖志兮迨我暇以翺翔靖靜也迨及也廣雅曰翺翔浮游也善曰字林曰靖立也毛詩曰迨我暇矣又曰將翺將翔出紫宮之肅肅兮集太微之閬閬漢書天文志曰中宮太極星其一明者泰一之常居也旁三星三公後句曲四星一星正妃餘三星後宮之屬也環衛十二星藩臣皆曰紫宮善曰紫宮太微二星名也春秋合誠圖曰紫宮帝太宮也又曰太微其星十二字林曰閬高貌甘泉賦曰閬閬其寥廓閬音郎命王良掌策駟兮踰高閣之將將善曰春秋元命苞曰漢中四星曰天騎一曰天駟旁一星王良主天馬也漢書天文志曰王良車騎古善馭者漢書曰營室爲清廟又曰離宮閣道建罔車之幕幕兮獵青林之芒芒善曰罔車畢星也青林天苑也河圖曰桐栢山上爲掩畢三危山上爲天苑彎威弧之拔刺兮射嶓冢之封狼彎引也威弧星名也拔刺彎弓貌善曰楊雄河東賦曰彏天狼之威弧漢書曰狼下有四星曰弧淮南子曰琴戒撥刺高誘曰撥刺不正也河圖曰嶓嵱山名此山之精上爲星名封狼拔方割切刺力達切觀壁壘於北落兮伐河鼓之磅

說文娩疾也此當从兔

疑作戫

硠壁壘壁也壘中壘也北落星名也伐擊也河鼓星名也磅硠聲也善曰漢書曰羽林天軍西爲壘或曰鉞傍一大星曰北落爾雅曰河鼓謂之牽牛今荆人呼牽牛星爲檐鼓檐者荷也秉天潢之汎汎兮浮雲漢之湯湯天潢天津也汎汎流貌也雲漢天河也湯湯水流也善曰樂緯曰商爲五潢宋均曰五潢天津之别名也毛詩曰倬彼雲漢倚招搖攝提以低佪剹流兮察二紀五緯之綢繆遹皇二紀日月也五緯五星也攝提星名形似車禮記曰以日星爲紀善曰漢書杓端有兩星一内爲矛爲招搖孟康曰近北斗者招搖剹流繚繞也漢書曰攝提直斗柄所指以建時節故曰攝提越絶書范蠡曰天貴持盈不失日月星辰紀綱易乾鑿度曰五緯順軌四時和粟宋均曰和粟氣和而嚴正綢繆連緜也遹皇往來貌也偃蹇夭矯娩以連卷兮說文曰生子二人俱出爲娩纂要曰齊人謂生子曰娩善曰偃蹇驕傲之貌也夭矯自縱恣貌也娩跳也連卷長曲貌娩匹萬切雜沓叢顇颯以方驤善曰衆多之貌顇音悴䫻汨飂淚沛以罔象兮善曰皆疾貌罔象即仿像也楚辭曰沛罔象而自浮䫻一六切飂力凋切淚音戾爛漫麗靡藐以迭逿

焱注同

分布遠馳之貌善曰爛漫分散貌藐遠貌迭過也逿突也逿音唐凌驚雷之砊礚兮弄狂電之淫裔凌乗也淫裔電貌善曰楚辭曰凌驚雷軼駭電兮砊礚雷聲也上林賦曰淫淫裔裔砊音苦郎切踰痝鴻於宕冥兮貫倒景而高厲痝鴻宕冥皆天之高氣也善曰孝經援神契曰天度痝鴻孳萌宋均曰痝鴻未分之象也楚辭曰貫蒙鴻以東竭兮說文曰宕過也冥窈也凌陽明經曰倒景氣去地四千里其景皆倒在下楚辭曰颯弭節而高厲痝莫孔切鴻胡孔切宕徒浪切廓盪盪其無涯兮乃今窺乎天外宋玉大言賦曰長劍耿耿倚天外據開陽而頫眡兮臨舊鄉之暗藹善曰春秋運斗樞曰北斗七星第六開陽也楚辭曰忽臨睨夫舊鄉兮悲離居之勞心兮情悁悁而思歸楚辭曰將以遺夫離居字林曰悁忿恨也善曰毛詩曰勞心悁悁烏玄切魂眷眷而屢顧兮馬倚輈而徘徊輈車轅也善曰韓詩曰眷眷懷顧毛詩曰屢顧爾僕雖遊娛以媮樂兮豈愁慕之可懷善曰楚辭曰聊假日而媮樂兮出閶闔兮降天途乘焱

忽兮馳虛無閶闔天門也降下也善曰楚辭曰倚閶闔而望兮又曰乘迴風而遠遊服虔甘泉賦注曰猋風也上
林賦曰凌驚風歷駭猋乘虛無與神俱猋必遙切雲菲菲兮繞余輪風眇眇兮
震余旟楚辭曰雲菲菲而承宇眇眇遠貌周禮曰鳥隼爲旟爾雅曰錯鳥隼爲旟此謂合剝鳥皮毛置之竿頭即禮記所謂
載鴻及鳴鳶也繽連翩兮紛暗曖儵眩眃兮反常閭蒼頡篇曰眩眃
目視不明貌善曰眩音懸眃音云收疇昔之逸豫兮卷淫放之遐心善曰左氏
傳羊斟曰疇昔之羊子爲政毛詩曰逸豫無期楚辭曰神要眇以淫放毛詩曰無金玉爾音而有遐心修初服之娑
娑兮長余佩之參參善曰楚辭曰退將復修吾初服又曰長余佩之陸離文章奐以
粲爛兮美紛紜以從風御六藝之珍駕兮遊道德之
平林周禮曰六藝禮樂射御書數毛詩曰依彼平林結典籍而爲罟兮敺儒墨以
爲禽儒家者述聖道之書也以仁義爲本以禮樂爲用墨家者强本節用之書也以貴儉尚賢爲用善曰敺音驅墨墨家流也

玩陰陽之變化兮詠雅頌之徽音善曰孫卿子曰四時代御陰陽交化周易曰四時變化毛詩曰大姒嗣徽音嘉曾氏之歸耕兮慕歷阪之嶔崟善曰琴操曰歸耕者曾子之所作也曾子事孔子十有餘年晨覺眷然念二親年衰養之不備於是援琴鼓之曰歔欷歸耕來兮安所耕歷山盤兮恭夙夜而不貳兮固終始之所服不貳不差貳也服所服事也善曰毛詩曰夙夜在公楚辭曰事君而無貳夕惕若厲以省諐兮懼余身之未勑勑整也善曰周易曰君子夕惕若厲無咎苟中情之端直兮莫吾知而不恧善曰楚辭曰苟余情之端直又曰國無人兮莫我知小雅曰小愧為恧女六切默無為以凝志兮與仁義乎逍遙善曰老子曰上德無為楚辭曰超無為以志清上林賦曰馳騖乎仁義之塗不出戶而知天下兮何必歷遠以劬勞善曰老子曰不出戶而知天下不窺牖而見天道河上公曰聖人以己身知人身以己家知人家所以見天下矣毛詩曰之子于征劬勞于野系曰系繫也言繫一賦之前意也

慍怨也悄悄憂皃為毛傳
怨今本或作怒羣小至
君側也為箋語也今作
者不如鳥至飛去為毛
傳語今本不下有能字
臣不遇至至也為箋語

後漢書謀作諆

天長地久歲不留善曰老子曰天長地久天地所以長且久者以其不自生故能長生俟河之清

秖懷憂秖適也善曰左氏傳子駟曰周諺有之曰俟河之清人壽幾何杜預曰逸詩也言人壽促而河清遲也京房易傳曰河千年一清

願得遠渡以自娛上下無常窮六區善曰楚辭曰遠度世以忘歸六區上下四方也周易曰上下無常非為邪也

超踰騰躍絕世俗飄遙神舉逞所欲說文曰逞極也

天不可階仙夫稀善曰周髀曰天不可階而升栢舟悄悄吝不飛栢舟詩篇名也注慍怨也悄悄憂貌羣小衆小人在君側也吝恨也其詩曰憂心悄悄慍于羣小又曰靜言思之不能奮飛注不如鳥奮翼而飛去臣不遇於君猶不忍去厚之至也

松喬高跱孰能離松赤松子喬王喬離附也結精遠遊使心攜攜離也善曰楚辭曰願輕舉而遠遊公羊傳曰攜其妻子何休曰攜猶提將也迴志朅來從玄謀朅去也善曰劉向七言曰朅來歸耕永自疎獲我所求夫何思夫復也

歸田賦一首

濁

无此廿六字

張平子歸田賦者張衡仕不得志欲歸於田因作此賦凡在曰朝不曰歸田

遊都邑以永久無明略以佐時徒臨川以羨魚俟河清乎未期都謂京都永長也久滯也言久淹滯於京都而無知略以匡佐其時君也字林曰羨貪欲也淮南子曰臨河羨魚不如歸家織網高誘曰羨願也易乾鑿度曰天降嘉應河清清三日變爲赤赤變三日鄭玄曰聖王爲政治平之所致感蔡子之慷慨從唐生以決疑史記曰蔡澤燕人遊學干諸侯不遇從唐舉相舉熟視而笑曰先生偈鼻戴肩魋顏蹙頞膝攣吾聞聖人不相殆先生乎澤知舉戲之乃曰富貴吾所自取吾不知者壽也願聞之舉曰先生之壽從今以往者四十三歲澤笑而謝去謂御者曰吾持粱刺齒肥躍疾驅懷黃金之印結紫綬於要揖讓人主之前食肉富貴四十一年足矣及入秦昭王召見與語大說拜爲客卿遂代范睢爲秦相說文曰慷慨壯士不得志於心也諒天道之微昧追漁父以同嬉諒信也微昧幽隱司馬遷悲士不遇賦曰天道悠昧楚辭曰屈原既放漁父見而問之曰子非三閭大夫歟漁父悠爾而笑鼓枻而去王逸楚辭序曰漁父避世隱身釣魚江湖欣然而樂漁父歌曰滄浪之水清可以濯吾纓滄浪之水濁可以濯吾

文一五

倉庚 注及別本

足嬉樂也超埃塵以遐逝與世事乎長辭世務紛濁以喻塵埃莊子曰遊乎塵埃之外
於是仲春令月時和氣清儀禮曰令月吉日鄭玄曰令善也原隰鬱
茂百草滋榮王雎鼓翼鶬鶊哀鳴雎鳩王鳩也郭璞曰雕類也爾雅曰
倉庚黃鸝也鸝音利交頸頡頏關關嚶嚶頡頏上下也毛萇詩傳曰飛而上曰頡飛而下
曰頏爾雅曰關關雝雝音聲和也釋訓曰丁丁嚶嚶相切直也注嚶嚶兩鳥鳴也於焉逍遙聊以
娛情毛詩曰於焉逍遙廣雅曰逍遥儴徉也爾乃龍吟方澤虎嘯山丘言已
從容吟嘯類乎龍虎春秋元命苞曰杓星高則羣龍吟淮南子曰龍吟而景雲至虎嘯而谷風臻仰飛纖繳俯
釣長流觸矢而斃貪餌吞鉤觸矢射也吞鉤釣也楚辭曰知貪餌而近斃落
雲間之逸禽懸淵沈之魦鰡列子曰詹何以獨繭爲綸芒針爲鉤引盈車之魚於
百仞之淵楚王問其故詹何曰蒲且子之弋弱弓纖繳連雙鶬於青雲之際臣因學釣五年始盡其道毛萇詩傳曰魦鮀也字指曰鰡魦屬

今本田作畋 精上有人字 精散氣亡作精神散亡

于時曜靈俄景係以望舒廣雅曰曜靈日也王逸楚辭注曰望舒月御也俄斜也極般遊之至樂雖日夕而忘劬尚書曰般遊無度感老氏之遺誡將迴駕乎蓬廬老子曰馳騁田獵令人心發狂注曰精神安靜馳騁呼吸精散氣亡故發狂劉向雅琴賦曰潛坐蓬廬之中巖石之下彈五絃之妙指詠周孔之圖書五絃琴也禮記曰舜作五絃之琴以歌南風鄭玄注曰南風長養之風也毛詩曰南風之薰兮可以解吾民之慍兮蔡邕琴操曰伏羲氏作琴絃有五者象五行也周周公孔孔子也揮翰墨以奮藻陳三皇之軌模賈逵國語注曰軌法也鄭玄毛詩箋曰模法也莫奴切苟縱心於物外安知榮辱之所如班固漢書述賈鄒枚路曰榮如辱如有機有樞劉德曰易曰樞機之發榮辱之主也張晏曰乍榮乍辱如辭也

文選卷第十五　壬六月廿六日　朕　偃誦

文選卷第十六

梁昭明太子撰

文林郎守太子右内率府録事參軍事崇賢館直學士臣李善注上

志下

潘安仁閑居賦

哀傷

司馬長卿長門賦

向子期思舊賦

陸士衡歎逝賦

潘安仁懷舊賦

題字當羡晉書亡此

寡婦賦

江文通恨賦

别賦

志下

閑居賦并序閑居賦者此蓋取於禮篇不知世事閑静居坐之意也

潘安仁晉武帝時人也

岳嘗讀汲黯傳至司馬安四至九卿而良史書之題以巧宦之目未嘗不慨然廢書而歎漢書汲黯傳曰黯姊子司馬安文深善巧宦四至九卿以河南太守卒班固司馬遷賛曰遷有良史之才李陵書曰能不慨然史記太史公曰始齊之蒯通讀樂毅報燕王書未嘗不廢書而泣漢書司馬安黯姊子也與長孺同傳爲人諂佞善事上下故四至九卿之位

班固曰安文善巧故每讀其傳而歎息黯於滅切字林曰慨仕不得志許既切曰嗟乎巧誠有之拙亦宜然言誠有巧宦之理拙固有之西京賦曰小必有之大亦宜然顧常以爲士之生也非至聖無軌微妙玄通者鄭玄毛詩箋曰顧念也周易曰用無常道事無軌度廣雅曰軌迹也老子曰善行無轍跡又曰古之善爲士者微妙玄通深不可識河上公曰玄天也言其節志精微與天通也則必立功立事効當年之用漢書平當書曰建功立事可以永年延篤與張奐書曰烈士殉名立功立事也杜預左氏傳注曰効致也是以資忠履信以進德脩辭立誠以居業周易曰履信思乎順又曰君子進德脩業忠信所以進德也脩辭立誠所以居業也僕少竊鄉曲之譽燕丹子夏扶曰士無鄉曲之譽則未可與論行也忝司空太尉之命所奉之主即太宰魯武公其人也舉秀才爲郎臧榮緒晉書曰賈充字公閭封魯公爲司空轉太尉薨贈太宰謚武公又曰岳弱冠太尉舉秀才爾雅曰忝辱也命謂舉命之爾雅曰命告也凡尊者之言曰命孝經曰則周公其人也逮事世祖武皇帝臧榮緒晉書武紀曰帝諱炎字安世崩上號世祖禮記曰逮事父母爲

河陽懷令 臧榮緒晉書曰岳出爲河陽令轉懷令漢書河內郡有懷縣河陽縣也 尚書郎廷尉平 臧榮緒晉書岳頻宰二邑勤於政績調補尚書郎遷廷尉平爲公事免官漢書曰宣帝初置廷尉左右平秩皆六百石平皮命切 今天子諒闇之際 天子惠帝也諒闇今謂凶廬裏寒涼幽闇之處故曰諒闇 領太傅主簿府主誅除名爲民 臧榮緒晉書曰楊駿爲太傅輔政高選吏佐引岳爲太傅主簿駿誅除名 俄而復官除長安令 何休公羊傳注曰俄者須臾之間也漢書音義如淳曰凡言除者除故官就新官也 遷博士未召拜親疾輙去官免自弱冠涉乎知命之年 禮記曰二十曰弱冠論語子曰五十而知天命孔安國曰知子命之終始 八徙官而一進階再免一除名一不拜職遷者三而已矣 八徙官謂舉秀才爲郎河陽令懷令尚書郎廷尉平領太傅主簿長安令遷博士也一除名謂太傅主簿府誅除名爲民也一不拜職謂遷博士未召拜親疾輙去官也一進階謂從懷令爲尚書郎也再免謂任廷尉平以公事免遷博士以去官免也三遷謂廷尉平領太傅主簿及遷博士也 雖通塞有遇抑亦拙者之效也 周易曰不出户庭知通塞也漢書楊雄曰以爲遇不遇命也廣

今本於作其无則字於字後作則

雅曰劾驗也昔通人和長輿之論余也固謂拙於用多論衡曰博覽古今者爲通人臧榮緒晉書曰和嶠字長輿莊子謂惠子曰夫子固拙於用大尚書周公曰予多才多藝稱多則吾豈敢言拙信而有徵論語孔子曰若聖與仁則吾豈敢左氏傳叔向曰君子之言信而有徵方今俊乂在官百工惟時方今猶正今也廣雅曰方正也尚書曰俊乂在官又曰百工惟時孔安國曰百工皆是言政無非拙者可以絶意乎寵榮之事矣太夫人在堂有羸老之疾漢書曰列侯太夫人如淳曰列侯之妻稱夫人列侯死子復爲列侯乃得稱太夫人左氏傳荀罃曰余羸老矣王隱晉書曰岳母寒以數戒焉尚何能違膝下色養而屑屑從斗筲之役乎孝經曰故親生之膝下以養父母日嚴論語子夏問孝子曰色難左氏傳晉侯謂汝叔齊曰魯侯善禮叔齊曰而屑屑焉習儀以亟方言曰屑屑不靜也論語子曰噫斗筲之人何足筭也鄭玄曰筲竹器也容斗二升袁宏後漢紀郭林宗曰大丈夫焉能久處斗筲之役乎於是覽止足之分庶浮雲之志老子曰知足不辱知止不殆注知足之人絶利去欲不辱於身也知可止則止財利不累於身聲色不亂於耳目終身不危殆也論語孔子

鬻

曰不義而富且貴於我如浮雲班固荅賔戲曰仲尼抗浮雲之志**築室種樹逍遙自得**毛詩曰築室百堵漢書景帝詔曰藝種樹可衣食物莊子善卷曰余日出而作日入而息逍遙於天地之閒而心意自得家語曰原憲衣弊衣冠衎然有自得之志**池沼足以漁釣春稅足以代耕**說文曰稅租也禮記曰夫祿足以代其耕**灌園粥蔬以供朝夕之膳**列女傳曰於陵子仲爲人灌園字書曰粥饘也粥與鬻音義同說文曰饍具食也**牧羊酤酪以俟伏臘之費**鄭玄周易注曰牧養也廣雅曰酤賣也古護切釋名曰酪乳汁所作也漢書秦德公作伏祠孟康曰六月伏日歷忌釋曰伏者何也金氣伏藏之日也四時代謝皆以相生立春木代水水生木立夏火代木木生火立冬水代金金生水至於立秋以金代火金畏火故至庚日必伏庚者金故也臘者風俗通禮傳曰夏曰嘉平殷曰清祀周曰大蜡漢改爲臘臘獵也言獵取禽獸以祭其先祖故曰臘也秦孝公始置伏始皇改臘曰嘉平**孝乎惟孝友于兄弟此亦拙者之爲政也**論語或謂孔子曰子奚不爲政子曰書云孝乎惟孝友于兄弟施于有政是亦爲政奚其爲爲政包氏曰孝乎惟孝美大孝之辭也友于兄弟善於兄弟也施行也所行有政道即與爲政同也**乃作閑居賦以歌事遂情焉**韓詩序曰勞者歌其事聲類曰遂從意也

當陸晉本作遨

陸晉本作背此陸誤為信

原賦陽作南

其辭曰

傲墳素之場圃步先哲之高衢 左氏傳楚靈王曰左史倚相能讀三墳五典八索九丘賈逵曰三墳三皇之書五典五帝之典八索素王之法九丘亡國之戒墳大也言三皇之大道孔子作春秋素王之文也上林賦曰翺翔乎書圃登樓賦曰假高衢而騁力 雖吾顏之云厚猶內媿於甯蘧有道吾不仕無道吾不愚 尚書曰顏厚有忸怩楚漢春秋韓信曰臣內媿於心論語子曰甯武子邦有道則智邦無道則愚其智可及也其愚不可及也又曰君子哉蘧伯玉邦有道則仕邦無道則卷而懷之 何巧智之不足而拙艱之有餘也 管子曰巧者有餘而拙者不足 於是退而閑居于洛之涘 陽佺期洛陽記曰城南七里名曰洛水蔡邕祓禊文曰自求多福在洛之涘毛萇詩傳曰涘猶涯也 身齊逸民名綴下士 論語子曰逸民伯夷叔齊虞仲夷逸朱張柳下惠少連注逸民者節行超逸也禮記王制祿爵公侯伯子男凡五等禮記曰諸侯之上大夫卿下大夫上士中士下士凡五等 陪京泝伊面郊後市 南都賦曰陪京之陽薛綜東京賦注曰泝向也楊佺期洛陽記曰洛水之南名曰伊水周禮曰面朝後市鄭玄儀禮注曰面前

刪十八字改黝長兒三字

也陸機洛陽記曰洛陽凡三市大市名曰金市公觀之西城中馬市在大城之東洛陽縣市在大城南然此市洛陽縣也

浮梁黝以徑度靈臺傑其高峙

河南郡縣境界簿曰城南五里洛水浮橋方言曰造舟謂之浮梁郭璞曰即今浮橋爾雅曰地謂之黝說文曰黝微青黑色於糾切楚辭曰不能凌波以徑度陸機洛陽記曰靈臺在洛陽南去城三里毛萇詩傳曰傑特立也思玄賦曰松喬高跱孰能離傒爰射雉賦注曰峙立也

闚天文之祕奧究人事之終始

日月五星天之文也陸賈新語曰楚王作乾谿之臺闚天文謝承後漢書曰姚俊右明圖緯祕奧字書曰祕密也廣雅曰奧藏也禮含文嘉曰禮天子靈臺以考觀天人之際法陰陽之會易曰歸妹人之終始也

其西則有元戎禁營玄幙綠徼

其西宅之西也元戎兵車也詩曰元戎十乘以先啓行禁營謂五營也陸機洛陽記曰五營校尉前後左右將軍府皆在城中陸機既不言所處難得而詳也鄭玄禮記注曰徼旗旗之名也

谿子巨黍異絭同機

史記蘇秦說韓王曰谿子巨黍者皆射六百步之外許慎曰南方谿子蠻夷柘弩皆善材也孫卿子曰繁弱巨黍古之良弓異絭同機言弩絭雖異而同一機也漢書音義張晏曰連弩三十絭共一臂然絭弩弓也李奇曰絭弓也字林曰絭音卷孔安國尚書傳曰機弩牙也本或為異卷同歸誤也

礮石雷駭激矢蝱飛

礮石今之

原賦皇威作威靈

続

原賦祖作帝

抛石也皆匹孝切廣雅曰駭起也呂氏春秋曰激矢遠法言曰羿激夭范蠡兵法飛石重二十斤爲機發行三百步東觀漢記光武作飛宝箭以攻赤眉廣雅曰宝飛箭名也方言曰凡箭三鎌謂之羊頭三鎌長六尺謂之飛宝郭璞曰此謂今之射箭也鎌稜也**以先啓行耀我皇威**詩曰元戎十乘以先啓行西都賦曰耀皇威而講武事**其東則有明堂辟廱清穆敞閑**陸機洛陽記曰辟廱在靈臺東相去一里俱魏武所徙三輔黃圖大司徒宮奏曰明堂辟廱其實一也毛詩曰於穆清廟洞簫賦曰又足樂乎其敞閑也**環林縈映圓海迴淵**三輔黃圖曰明堂辟廱水四周於外象四海也仲長昌言曰溝池自周竹木自環白虎通曰天子立辟雍者所以行禮樂宣教化辟者象璧圓以法天雍者擁之以水象教化流行也班固東都賦曰昌若辟雍海流**聿追孝以嚴父宗文考以配天**毛萇詩傳曰聿述也南都賦曰奉先祖而追孝孝經曰孝莫大於嚴父嚴父莫大於配天又曰宗祀文王於明堂以配上帝文考謂晉文王也尚書曰惟予文考**祗聖敬以明順養更老以崇年**言尊祖父以配天所以明順也養三老五更所以崇年也韓詩曰湯降不遲聖敬曰躋言湯聖敬之道上聞於天白虎通曰禮三老於明堂所以教諸侯孝也禮五更於太學所以教諸侯弟也**若乃背冬涉春陰謝陽施**去聲七發曰於

之字是也古人多有之不足疑

是背秋涉冬神農本草曰春夏爲陽秋冬爲陰楚辭曰青春爰謝王逸曰謝去也莊子曰隨四時之施漢書曰陰陽之施化萬物之終始施猶布也

天子有事于柴燎以郊祖而展義左氏傳宰孔曰天子有事於文武杜預曰有祭事也尒雅曰祭天曰燔柴郭璞曰既祭積薪燒之周禮曰以禋祀祀昊天上帝以實柴祀日月星辰以槱燎祀司中司命鄭司農曰三祀皆積柴實牲體焉燔燎而生煙以報陽也禮記曰周人禘嚳而郊稷鄭玄曰禘郊祖宗謂祀祭以食也左氏傳曰天子非展義不巡狩

張鈞天之廣樂備千乘之萬騎史記趙簡子曰我之帝所與百神游於鈞天廣樂九奏萬舞蔡邕獨斷曰大法駕備千乘萬騎

服振振以齊玄管啾啾而並吹去聲左氏傳卜偃曰童謠云袀服振振音真服虔曰袀服黑服也杜預曰振振威貌也說文曰袀玄服也音均風俗通曰竹曰管郭璞爾雅注曰管長尺圍寸併吹之有底賈氏以爲如篪六孔風俗通曰漢帝時零陵文學奚景仲於泠道舜祠下得玉管後人易之以竹王逸楚辭注曰啾啾鳴聲也

煌煌乎隱隱乎蒼頡篇曰煌煌光明也上林賦曰煌煌扈扈隱隱盛也又曰沈沈隱隱一作殷殷音義同

玆禮容之壯觀而王制之巨麗也春秋考異郵曰飾禮容成文法史記曰孔子陳俎豆設禮容漢書龔遂曰坐則誦詩書立則習禮容史記曰天下之壯觀上林賦曰君未覩夫巨麗

安字衍　韋孟

兩學齊列，雙宇如一。郭緣生述征記曰：國學在辟廱東北五里，太學在國學東二百步。魯靈光殿賦曰：萬户如一。右延國胄，左納良逸。爾雅曰：延，進也。國學教胄子，太學招賢良。太學在國學東。尚書曰：夔教胄子。李尤明堂銘曰：夏進賢良。祁祁生徒，濟濟儒術。安韋孟詩曰：祁祁我徒。毛詩曰：來假祁祁。又曰：濟濟多士。班固公孫弘贊曰：蕭望之以儒術進。或升之堂，或入之室。家語：衛將軍文子問於子貢曰：吾聞孔子之施教也，成之以文德，蓋入室升堂七十餘人。教無常師，道在則是。尚書曰：德無常師，主善爲師。蔡邕勸學篇曰：人無貴賤，道在則尊。論語：叔孫武叔曰：吾亦何常師之有。道在則是，言有道則可以爲師。故髦士投紱，名王懷璽。言棄紱藏璽，咸來學也。毛詩曰：髦士攸宜。爾雅曰：髦，俊也。漢書曰：匈奴單于遣名王奉獻。西京賦曰：懷璽藏紱。訓若風行，應如草靡。論語：孔子曰：君子之德風，小人之德草，草上之風必偃。此里仁所以爲美，論語曰：里仁爲美。鄭玄曰：里者，人之所居也。居於仁者之里，是爲善也。孟母所以三徙也。列女傳曰：孟母舍近墓，孟子嬉戲爲墓間之事。孟母曰：此非所以居子處也。乃去舍市旁，其子嬉戲爲賈衒。孟母又曰：此非所以居子處也。乃舍學宮之旁，其子嬉戲乃設俎豆，進退揖讓。孟母曰：此真可以居子矣。遂居之。及孟子長，學六藝，卒成大儒。

爰定我居，築室穿池。毛詩曰：築室百堵。莊子：孔子曰：魚相造于水者，穿池而養給。長楊映沼，芳枳樹籬。馮衍顯志賦曰：揵六枳而為籬。游鱗瀺灂，菡萏敷披。瀺灂，出没貌。高唐賦曰：巨石溺之瀺灂。毛萇詩傳曰：菡萏，荷華。竹木蓊藹，靈果參差。張公大谷之梨，梁侯烏椑之柹。廣志曰：洛陽北芒山有張公夏梨，甚甘，海内唯有一樹。大谷未詳。西京雜記曰：上林苑有烏椑木。廣志曰：梁國侯家有烏椑，甚美，世罕得之。椑，方彌切。周文弱枝之棗，房陵朱仲之李。西京雜記曰：上林苑有弱枝棗。廣志曰：周文王時有弱枝之棗，甚美，禁之不令人取，置樹苑中。王逸荔枝賦曰：房陵縹李。荊州記：房陵縣有好棗，甚美，仙人朱仲來竊。大山肅亦稱學問，讀岳賦周文弱枝之棗爲杖策之杖。世本：容成造歷，爲碓磨之磨。靡不畢殖。蒼頡篇曰：殖，種也。三桃表櫻胡之别，二柰曜丹白之色。漢書音義曰：櫻桃，含桃也。爾雅曰：荊桃，今櫻桃也。冬桃，子冬熟也。榹桃，山桃也。實似桃而小，不解核。西京雜記曰：上林苑有胡桃，出西域。廣志曰：張掖有白柰，酒泉有赤柰。石榴蒲陶之珍，磊落蔓衍乎其側。石榴即若榴也。蒲陶似燕薁。磊落，實貌。蔓衍，長也。博物志曰：張騫使大夏，得石榴。李廣利爲貳師將軍，伐大宛，得蒲陶。梅杏郁棣之

荾
通親

屬繁榮麗藻之飾郁今之郁李棣實似櫻桃也張揖上林賦注曰薁山李也郁與薁音義同郭璞上林賦注曰棣
實似櫻桃華實照爛言所不能極也春秋文耀鉤曰春致其時華實乃榮菜則葱韭
蒜芋青筍紫薑堇薺甘旨蓼荾綏芬芳毛詩曰堇荼如飴毛萇曰堇菜也居隱切鄭玄
儀禮注曰葰廉薑也韻略曰荾香菜也相惟切與葰同蘘荷依陰時藿向陽崔豹古今注曰蘘荷葉似苗宜陰翳
地依陰而生也鄭玄儀禮注曰藿豆葉也曹子建求親表曰葵藿之傾葉太陽綠葵含露白薤負霜於是
凜秋暑退熙春寒往楚辭曰竊獨悲此凜秋字書曰凜寒也左氏傳張趯曰火星中而寒暑乃退老子曰衆人熙熙
如登春臺河上公注熙熙淫情欲也熙春陰陽交通萬物感動登臺觀之志意淫故曰熙春廣雅曰熙熾也易曰暑往則寒來微雨新
晴六合清朗呂氏春秋曰神通乎六合太夫人乃御版輿升輕軒禮記曰諸侯曰夫人注夫之言
扶也言能以禮自扶版輿車名傅暢晉諸公賛曰傅祗以足疾版輿上殿版輿一名步輿周遷輿服雜事記曰步輿方四尺素木爲之以皮爲襻攔
之自天子至庶人通得乘之遠覽王畿近周家園周禮曰方千里曰王畿體以行和藥

以勞宣爾雅釋言曰宣徇徧也郭璞注曰皆周徧也杜預左傳注曰宣散也常膳載加舊痾有痊說文曰痾病也莊子曰今余病少痊司馬彪曰痊除也席長筵列孫子柳垂陰車結軌曹子建名都篇曰列坐竟長筵言屈軌不行也司馬相如難蜀父老曰結軌還轅張揖曰結猶屈也陸擿紫房水挂赬鯉馬融髙第頌曰黄果揚芳紫房潰漏張載安石榴賦曰紫房獨熟毛萇詩傳曰赬赤也或宴于林或禊于汜史記曰武帝禊灞上續漢書曰三月上巳宮人皆禊於東流水上自洗濯拂除宿疾垢也風俗通曰禊者絜也仲春之時於水禊除故事取於清絜也爾雅曰窮瀆曰汜郭璞注曰水無所通也爾雅曰水決復入曰汜昆弟班白兒童稚齒王隱晉書曰兒御史釋弟燕令豹禮記曰班白不提挈爾雅曰幼稚也方言曰稚小也稱萬壽以獻觴咸一懽而一喜毛詩曰萬壽無疆史記曰武安君起爲壽如湻曰上酒爲稱壽黄香天子頌曰獻萬年之玉觴論語子曰父母之年不可不知一則以喜一則以懼孔安國曰見其壽則喜見其衰老則懼壽觴舉慈顏和舞賦曰嚴顏和而怡懌浮杯樂飲絲竹駢羅說苑曰公承不仁舉大白浮君廣雅曰浮罰也漢書曰陳平厚具樂飲太尉風俗通曰絲曰絃竹曰管酉

夾

原賦無之字

京賦曰蓬萊而駢羅 **頓足起舞抗音高歌** 楊惲報孫會宗書曰奮袖低卬頓足起舞傅武仲傅賦曰抗音高歌爲樂之方 **人生安樂孰知其佗** 佗謂榮貴也國語曰晉文公適齊齊侯妻之女甚善焉文公曰人生安樂孰知其佗 **退求己而自省信用薄而才劣** 論語孔子曰君子求諸已曾子曰旦就業夕而自省 **奉周任之格言敢陳力而就列** 論語孔子曰周任有言曰陳力就列不能者止論語考比讖賜問曰格言成法亦可以次序也 **幾陋身之不保尚奚擬於明哲** 爾雅曰幾近也孟子曰士庶人不仁不保四體毛詩曰既明且哲以保其身此安仁不自保何更擬於昔之哲人而登官位于世也 **仰衆妙而絕思終優遊以養拙** 老子曰玄之又玄衆妙之門毛詩曰優哉游哉亦是戾矣鄭玄曰戾止也優游自安止言思不出其位

哀傷

長門賦一首并序

司馬長卿

此文假託非長卿也南齊書陸厥傳長門上林殆非一家之作蓋自來疑之矣

原文唐作堂

原文投公字

原文堂字在等字下

原文呪作祝 歸作居

黃删

注說于非也此言因于陳后解憂愁之辭相爲文以悟上耳

原賦妖作姣

孝武皇帝陳皇后時得幸頗妬別在長門宮愁悶悲思

漢書外戚傳曰陳皇后者長公主嫖女也曾祖嬰與項羽起後歸漢爲唐邑侯傳子至孫午午尚長公主生女初武帝得立爲太子長公主有力取主女爲妃及帝即位立爲皇后擅寵驕貴十餘年而無子聞衛子夫得幸幾死者數焉元光五年坐女子楚服等爲皇后巫蠱祠祭呪詛罷退歸長門宮嫖匹妙切

聞蜀郡成都司馬相如天下工爲文奉黃金百斤爲相如文君取酒漢書曰卓氏女文君既奔相如相如與俱之臨卭賣酒舍文君當壚相如身自滌器於市因于解悲愁之辭鄭玄儀禮注曰于爲也而相如爲文以悟主上說文曰悟覺也陳皇后復得親幸字林曰幸吉而免凶也其辭曰

夫何一佳人兮步逍遙以自虞神女賦曰夫何神女之姣麗何休公羊傳注曰據疑問不知者曰何佳人謂陳皇后也楚辭曰聞佳人兮召予說文曰佳善也廣雅曰佳好也爾雅曰虞度也

慊注同
玉篇熑㷻火不絶也
廣韵同此熑移當
從玉篇之訓字未必
同玉篇耳
熑㷻猶遷延也
別本作慊舊音慊
据此條推得舊
音熑本書前即
善之所据或本也

廓

郭璞曰謂測度也言忖所爲被退在長門宮之事魂踰佚而不反兮形枯槁而獨居言精魂踰佚形體枯槁悲悴之甚也蒼頡篇曰佚楊也楚辭曰神儵忽而不反兮形枯槁而獨留槁古老切言我朝往而暮來兮飲食樂而忘人我武帝也言帝昔許朝往暮來幸臨於己今以飲食恣樂而忘於爲人人后自謂也心慊移而不省故兮交得意而相親鄭玄周禮注曰慊絶也言帝心絶移不省故舊交在得意相親而已慊字或從火非爾雅曰省察也慊理兼切伊予志之慢愚兮懷貞慤之懽心蒼頡篇曰懷抱也說文曰慤謹也鄭玄禮記注曰慤愿也空角切願賜問而自進兮得尚君之玉音願君問已因而自進也尚猶奉也毛詩曰無金玉爾音奉虛言而望誠兮期城南之離宮言奉君虛言而望爲誠實離宮即長門宮也在城南脩薄具而自設兮君曾不肯乎幸臨薄具肴饌也史記曰臨親也廓獨潛而專精兮天漂漂而疾風楚辭曰悲愁窮慼兮獨處廓禮記曰祥而廓然鄭玄曰憂悼在心之貌登蘭臺

赵 别本

而遥望兮神怳怳而外淫（王逸楚辭注曰怳失意也又曰不安之意也韓子曰神不淫放則身全廣雅曰淫游也蘭臺臺名）浮雲鬱而四塞兮天窈窈而晝陰（毛萇詩傳曰鬱積也楚辭曰日窈冥其兮羌晝晦說文曰窈深遠也）雷殷殷而響起兮聲象君之車音（言似君之車音也毛詩曰殷其靁殷音隱）飄風迴而起閨兮舉帷幄之襜襜（楚辭曰裳襜襜以含風王逸曰襜襜搖貌）桂樹交而相紛兮芳酷烈之誾誾（酷烈誾誾香氣盛也誾魚斤切）孔雀集而相存兮玄猨嘯而長吟（說文曰存恤問也）翡翠脅翼而來萃兮鸞鳳翔而北南（脅斂也萃集也）心憑噫而不舒兮邪氣壯而攻中（憑噫氣薄貌字林曰噫飽出息也乙戒切管子曰邪氣襲內正色乃衰攻中言攻其中心）下蘭臺而周覽兮步從容於深宮（好色賦曰周覽九土尚書曰從容以和）正殿塊以造天兮鬱並起而穹崇（孔安國尚書傳曰造至也郭璞方言注曰鬱壯大也穹崇高貌）閒徙

倚於東廂兮觀夫靡靡而無窮高誘呂氏春秋注曰閒頃也謂下蘭臺少頃也郭璞方言注曰靡靡細好也濟擠玉戶以撼金鋪兮聲噌吰而似鐘音字林曰擠排也子計切說文曰撼搖也胡感切金鋪以金爲鋪首也噌吰聲也噌音曾吰音宏刻木蘭以爲榱兮飾文杏以爲梁木蘭似桂木文杏亦木名羅丰茸之遊樹兮離樓梧而相撐丰茸衆飾貌遊樹浮柱也離樓攢聚衆木貌漢書音義臣瓚曰邪柱爲梧字林曰撐柱也直庚切施瑰木之欂櫨兮委參差以槺梁方言曰櫨拱也言以瑰奇之木以爲欂櫨委積參差以承虛梁說文曰欂櫨柱上枅也方言曰㝩康虛也㝩康與槺同音康時仿佛以物類兮象積石之將將楚辭曰時仿佛而不見心涫熱其若湯說文曰髣髴見不審諟也尚書曰導河積石將七羊切五色炫以相曜兮爛燿燿而成光埤蒼曰炫光貌廣雅曰曜照也賈逵國語注曰燿明也緻錯石之瓴甓兮象瑇瑁之文章鄭玄禮記注曰緻密也錯石雜衆石也言累衆石令之密緻以爲瓴甓采

色間雜象瑇瑁之文章也爾雅曰瓴甋謂之甓郭璞注曰今江東呼甓爲甗甎張蘿綺之幔帷兮垂楚組之連綱尚書曰荊州厥篚玄纁璣組孔安國曰組綬類也周禮曰幕人掌帷綬之事鄭司農注曰組綬所以繫帷也撫柱楣以從容兮覽曲臺之央央爾雅曰楣謂之梁三輔黃圖曰未央東有曲臺殿央央廣貌白鶴噭以哀號兮孤雌跱於枯楊廣雅曰噭鳴也日黃昏而望絕兮悵獨託於空堂說文曰悵望恨也懸明月以自照兮徂清夜於洞房楚辭曰姱容脩態亙洞房援雅琴以變調兮奏愁思之不可長宋玉風賦曰援琴而鼓之七略曰雅琴琴之言禁也雅之言正也君子守正以自禁也賈逵國語注曰援引也案流徵以却轉兮聲幼妙而復揚宋玉笛賦曰吟清商追流徵幼音要貫歷覽其中操兮意慷慨而自卬言依曲次第貫穿而歷覽見之志其中操也中操操之中也論語曰吾道一以貫之琴道曰琴有伯夷之操窮則獨善其身不失其操故謂之操自卬激厲也漢書王章妻謂章曰不自激卬如淳注曰激厲抗揚之意也卬五郎切左右悲

而垂涙兮涕流離而從橫自眼出曰涕流離涕垂貌舒息悒而增欷兮
蹝履起而彷徨息歎息也悒於悒也楚辭曰憯悽增欷倉頡篇曰欷泣餘聲也臣瓚漢書注曰躡跟爲跕挂跕爲躧說文曰蹝履也一曰蹝韉屬韉蹝草履也蒼頡篇曰躧徐行貌蹝與躧音義同揄長袂以自翳兮數昔
日之諐殃說文曰揄引也爾雅曰諐過也殃咎也無面目之可顯兮遂頹思
而就牀廣雅曰頹壞也言壞其思慮而就牀摶芬若以爲枕兮席荃蘭而茝香
芬若荃蘭皆香草也言以爲枕席與君來而幸臨也廣雅曰摶著也段丸切忽寢寐而夢想兮魄
若君之在旁琴操聶政之妻曰聶政出遊七年不歸吾常夢想思見之惕寤覺而無見
兮魂迋迋若有亡迋迋恐懼之貌狂往切楚辭曰魂迋迋而南行王逸曰迋迋惶遽貌莊子曰君惝然若有
亡衆雞鳴而愁予兮起視月之精光楚辭曰目眇眇兮愁予觀衆星
之行列兮畢昴出於東方言將曉也淮南子曰西方其星昴畢今出東方謂五月六月也爾雅

曰燭謂之畢又曰大梁昴也望中庭之藹藹兮若季秋之降霜藹藹月光微闇之貌禮記曰季秋之月霜始降夜曼曼其若歲兮懷鬱鬱其不可再更楚辭曰終長夜之曼曼又曰望孟夏之短夜何明晦之若歲曼曼長也一作漫漫又曰心鬱鬱之憂思兮獨永歎而增傷鄭玄周禮注曰鬱不舒散也越絕書計倪曰會稽之飢不可再更更歷也憺偃蹇而待曙兮荒亭亭而復明說文曰憺搖也李奇曰憺猶動也偃蹇佇立貌也楚辭曰思不眠而極曙王逸曰曙明也莊子廣成子謂黃帝曰自汝治天下日月之光益以荒矣然荒欲明貌亭亭遠貌一云將至之意妾人竊自悲兮究年歲而不敢忘管子婦對桓公曰妾人聞之非有內憂必有外患不敢忘不敢忘君也

思舊賦一首 幷序

向子期

臧榮緒晉書曰向秀字子期河內懷人也始有不羈之志與嵇康呂安友康既被誅秀應本州計入洛太祖問曰聞有箕山之志何以在此秀曰以爲巢許未達堯心是以來見反自役作思舊賦

太平御覽人事部袁宏七賢序曰阮公瓌傑之量不移於俗然獲免者豈不以虛中犖節動無過則乎中散遺外之情最爲高絶不免世禍將舉
體秀異直致自高故傷之者至也山公中懷體默易可因任平施不撓在衆樂同游刃一世不亦宜乎

何義門云不容太露故爲辭止此晉人文尤不易及也
張皋文云子期以嵇呂之誅危懼入洛返役作此悼嵇呂實自感也
晉書康娶魏宗室曹林子之女

後爲黄門郎卒

余與嵇康呂安居止接近。臧榮緒晉書曰嵇康爲竹林之遊預其流者向秀劉靈之徒呂安字仲悌東平人也

其人並有不羈之才，鄒陽上梁孝王書曰使不羈之士與牛驥同皁 然嵇志遠而疎，呂心曠而放。其後各以事見法。干寶晉書曰嵇康譙人呂安東平人與阮籍山濤及兄巽友善康有潛遯之志不能被褐懷寶矜才而上人安巽庶弟俊才妻美巽使婦人醉而幸之醜惡發露巽病之告安謗已巽於鍾會會有寵太祖遂徙安邊郡遺書與康昔李叟入秦及關而歎云云太祖惡之追收下獄康理之俱死 魏氏春秋曰康寓居河內之山陽鍾會爲大將軍所昵聞而造之乘肥衣輕賓從如雲康方箕踞而鍛會至不爲禮會深恨之康與東平呂昭子巽友弟安親善會巽婬安妻徐氏而誣安不孝囚之安引康爲證義不負心保明其事安亦至烈有濟世志鍾會勸大將軍因此除之殺安及康康臨刑自援琴而鼓既而曰雅音於是絶矣時人莫不哀之 說文曰法刑也

嵇博綜技藝，於絲竹特妙。王肅周易注曰綜理事也

臨當就命，顧視日影，索琴而彈之。國語曰先人就世 方言曰就終也 文士傳

日薄虞淵暗慨魏之將亡也

山陽乃漢獻降居之國知此則此篇爲弔魏而作而嵇呂之死魏不待煩言矣

黍離二語乃微詞也 獻帝陵在山陽

曰嵇康臨死顔色不變謂兄曰向以琴來不兄曰已來康取調之爲太平引曲成歎息曰太平引絶於今日邪康別傳臨終曰袁孝尼嘗從吾學廣陵散吾每靳固之不與廣陵散於今絶矣就死命也曹嘉之晉紀曰康刑於東市顧日影援琴而彈

余逝將西邁經其舊廬言昔逝將西邁今返經其舊廬毛詩曰逝將去汝于時日薄虞淵寒冰淒然淮南子曰日入于虞淵之汜淒冷也鄰人有吹笛者發聲寥亮追思曩昔遊宴之好感音而歎故作賦云

將命適於遠京兮遂旋反而北徂論語曰將命者出鄭玄曰將命傳辭者鄭玄毛詩箋曰將奉也徂行也毛詩曰不能旋反爾雅曰適往也濟黃河以汎舟兮經山陽之舊居國語曰秦汎舟於河漢書河內郡有山陽縣瞻曠野之蕭條兮息余駕乎城隅西都賦曰原野蕭條列子曰孔子自衛反魯息駕乎河梁毛詩曰俟我乎城隅踐二子之遺跡兮歷窮巷之空廬二子謂呂安嵇康也風賦曰起於窮巷之間歎黍離之愍周兮悲麥秀於

禾黍油油箕子麥秀詩句見史記宋世家

今魏祚將亡時也

殷墟毛詩序黍離閔宗周也周大夫行役過故宗周見周墟盡爲禾黍故歌黍離之詩毛詩正義曰過故宗廟宮室盡爲禾黍又曰禾黍油油尚書大傳曰微子將朝周過殷之故墟見麥秀之蔪蔪此父母之國志動心悲作雅聲曰麥秀漸兮黍米蠅蠅彼狡僮兮不我好

惟古昔以懷今兮心徘徊以躊躇方言曰惟思也說文曰懷念也韓詩曰搔首躊躇

棟宇存而弗毀兮形神逝其焉如家語孔子謂魯哀公曰君仰視榱桷其器皆存而不覩其人也孔安國尚書傳曰如往也

昔李斯之受罪兮歎黃犬而長吟史記曰李斯者楚上蔡人也年少時爲郡小吏見吏舍厠中鼠食不絜近人犬數驚恐之斯入倉觀倉中鼠食積粟居大廡下不見人犬之憂斯乃歎曰人之賢不肖譬如鼠矣在所自處耳乃從荀卿學帝王之術已成度楚王不足事六國皆弱無可爲建功者欲西入秦辭卿曰今秦王欲吞天下此布衣馳騖之時而遊說者之秋也故斯將說秦矣乃拜斯爲客卿卒用其計謀官至廷尉二十餘年竟并天下以斯爲丞相二丗立用趙高之言以屬中郎令趙高按治斯斯居囹圄中仰天歎曰嗟乎不道之君何可爲計哉令反者已有天下之半而心未寤而以趙高爲佐吾必見寇至咸陽趙高治斯榜掠千餘不勝痛自誣服斯所以不死自負其辯有功實無心反二丗乃具斯五刑論要斬咸陽斯出獄與其中子三川守

此言卅夜勝於李相而謂志遠非以歎黄犬偶顧影彈琴也劉今之人指瑕之篇譏其不類殆未詳繹其旨也

此係評語宜移寫

原賦淨作静

由俱執㕓謂其子曰吾欲與若復牽黄犬出上蔡東門逐狡兔豈可得乎遂父子相哭夷三族拜高爲中丞相事無大小輒決於高

悼嵇生之永辭兮顧日影而彈琴託運遇於領會兮寄餘命於寸陰 運遇五行運轉遇人所遇之吉凶也領會冥理相會也鄭玄禮記注曰領理也司馬彪曰領會言人運命如衣領之相交會或合或開淮南子曰聖人不貴尺之璧而重寸之陰時難得而易失也 聽鳴笛之慷慨兮妙聲絶而復尋 洞簫賦曰其妙聲則清淨猒瘱長門賦曰聲幼妙而復揚 佇駕言其將邁兮遂援翰而寫心 言駕將邁遂停不行毛詩曰駕言出遊廣雅曰將欲也胡廣弔夷齊文曰援翰録弔以舒懷兮毛詩曰我心寫兮

五臣夭領受而遭而悟会之

張惠言云運遇領会謂國運与人遇相交会也

已停之駕復將東邁

歎逝賦一首 并序

陸士衡

王隱晉書曰陸機字士衡吳郡人也少爲牙門將軍吳平太傅楊駿辟爲祭酒轉太子洗馬後成都王穎以機爲司馬參大將軍軍事遂爲穎所害臨刑年四十有三 歎逝者謂嗟逝者往也

嵇康琴　炎　為

言日月流邁人世過往
傷歎此事而作賦焉

昔每聞長老追計平生同時親故。論語曰久要不忘平生之言孔安國曰平生少時也或凋落已盡。或僅有存者。何休曰僅劣也賈逵國語注曰僅猶言纔能也余年方四十而懿親戚屬。士多存寡。左氏傳富辰曰兄弟雖有小忿不廢懿親昵交密友亦不半在。爾雅曰昵近也孫林曰親之近也長笛賦曰密友近賓或所曾共遊一塗同宴一室。十年之外索然已盡。索盡貌以是思哀哀可知矣。家語孔子謂哀公曰君以此思哀則哀可知矣乃作賦曰

伊天地之運流紛升降而相襲。伊惟也升降謂天地氣上下也禮記曰地氣上齊天氣下降而百化興焉鄭玄曰齊讀曰躋躋升也孔安國尚書傳曰襲因也日望空以駿驅節循虛而警立。警猶驚也言日月望空駿驅而去時節循虛驚動而立嗟人生之短期孰長年

为

之能執能執言不能執持得長年也素問雷公曰請問知期黃帝曰在經論中管子曰導血氣而求長年時飄

忽其不再老晼晚其將及楚辭曰時不可兮再得思玄賦曰辰倏忽其不再楚辭曰白日晼晚其將入晼晚言日將暮也懟瓊蘂之無徵恨朝霞之難挹字林曰懟怨也西京賦曰

屑瓊蘂以朝飡必性命之可度楚辭曰噏正陽而含朝霞毛萇詩傳曰挹斞也挹音揖斞音俱望湯谷以企予惜

此景之屢戢山海經曰湯谷上於扶桑一日方至一日方出郭璞曰上於扶桑在上也一日至一日出言交會相代也毛詩曰誰謂宋遠跂予望之鄭玄曰跂足則可望見之企與跂同字林曰金舉踵也賈逵國語注曰惜痛也戢藏也悲夫川

閱水以成川水滔滔而日度高誘淮南子注曰閱揔也毛詩曰滔滔江漢世閱人

而爲世人冉冉而行暮夫世之得名緣於君上人之父子相繼亦取其名故以一代之人通呼爲世暮言人之年老也楚辭曰老冉冉而逾絕廣雅曰冉冉進也人何世而弗新世何人之能故言皆滅亡而不能故野每春其必華草無朝而遺露野每春其必華喻人何世而弗

說文蕣字云木槿朝華暮落引詩顔如蕣華

新草無朝而遺露喻世何人之能故夫露之在草無一朝有餘以喻人之居世無一時而能故也王逸楚辭注曰遺餘也經終古而常然率品物其如素楚辭曰長無絕兮終古周易曰品物咸亨鄭玄禮記注曰素故也譬日及之在條恒雖盡而弗寤言命之行逝譬乎日及雖至於盡而不能寤爾雅曰椴木槿櫬木槿郭璞注曰别二名似李樹華朝生夕隕可食或呼爲雖曰及一曰王蒸潘昆朝菌賦曰朝菌者世謂之木槿或謂之日及雖不寤其可悲心惆焉而自傷廣雅曰惆痛也亮造化之若茲吾安取夫久長爾雅曰亮信也淮南子曰大丈夫無爲與造化逍遥痛靈根之夙隕怨具爾之多喪靈根祖禰也具爾兄弟也南都賦曰固靈根於夏葉毛詩曰戚戚兄弟莫遠具爾箋曰莫無也具猶俱也爾謂進之也王與族人燕兄弟之親無遠無近王俱揖而進之悼堂搆之隤瘁愍城闕之丘荒尚書曰厥子乃弗肯堂矧肯搆瘁猶毀也毛詩曰在城闕兮親彌懿其已逝交何戚而不忘咨余今之方殆何視天之芒芒爾雅曰咨嗟也芒芒猶夢夢也毛詩曰民今方

舊音

殆視天夢夢鄭玄曰夢夢亂也爾雅曰殆危也傷懷悽其多念慼貌瘁而尠歡蒼頡篇曰瘁憂也瘁與悴古字通爾雅曰尠少也幽情發而成緒滯思叩而興端舞賦曰幽情形而外揚慘此世之無樂詠在昔而爲言毛詩曰自古在昔居充堂而衍宇行連駕而比軒彌年時其詎幾夫何往而不殘充滿於堂盈衍於宇何往而不殘殘毁也爾雅曰彌終也或冥邈而既盡或寥廓而僅半半平聲協韻說文曰冥窈也廣雅曰寥深也廓空也信松茂而栢悅嗟芝焚而蕙歎毛詩曰如松之茂淮南子曰巫山之上順風縱火紫芝與蕭艾俱死栢悅蕙歎蓋以自喻苟性命之弗殊豈同波而異瀾言人之性命脆促不殊譬水同波而無異瀾也瞻前軌之既覆知此路之良難此路即死路也晏子春秋曰前車覆後車戒啓四體而深悼懼茲形之將然論語曰曾子有疾召門弟子曰啓予足啓予手毒娛情而寡方怨

感目之多顏廣雅曰毒痛也歸田賦曰聊以娛情方術也多顏謂亡者既多而非一狀也日思往沒之人多在顏也諒多顏之感目神何適而獲怡爾雅曰怡樂也尋平生於響像覽前物而懷之夫響以應聲像以寫形今形聲既亡故尋其響像魯靈光殿賦曰忽瞟眇以響像步寒林以悽惻翫春翹而有思翹茂盛貌毛詩曰翹翹錯薪觸萬類以生悲歎同節而異時言春秋與往同然存亡異時河圖曰地有九州以包萬類魏文帝與吳質書曰節同時異年彌往而念廣塗薄暮而意迮楚辭曰年洋洋而日往史記伍子胥曰日暮塗遠故倒行而逆施之聲類曰迮迫也阻格切親落落而日稀友靡靡而愈索落落稀貌靡靡盡貌索協韻所格切顧舊要於遺存得十一於千百舊要猶久要也遺餘也言顧久要於遺存之中得十一於千百之內十一者謂通千百而計之十分而得其一言亡多而存寡也久要已見上注樂隤心其如忘哀緣情而來宅忘失也宅居也言樂

指彼日之方除言未去亦無久存之道也

易失而哀易居也薛君韓詩章句曰隤猶遺也**託末契於後生余將老而爲客**言我將欲老死與汝爲客也說文曰契約也論語子曰後生可畏古詩曰人生天地閒忽如遠行客**然後弭節安懷妙思天造**楚辭曰久弭節于北渚王逸曰弭安也論衡曰孔子作春秋妙思自出胷中周易曰天造草昧**精浮神淪忽在世表**表外也言精神不定世表在世之表也**寤大暮之同寐何矜晚以怨早**寤覺也大暮猶長夜也原夫生死之理雖則長短有殊然則同歸一揆言覺斯理則晚死者何足矜早夭者何傷也繆熈伯挽歌曰大暮安可晨寐猶死也古詩曰潛寐黃泉下**指彼日之方除豈茲情之足攪**言既寤之則彼死日之方除豈能亂我情乎言不足亂也毛詩曰日月其除又曰秖攪予心毛萇曰攪亂也**感秋華於衰木瘁零露於豐草在殷憂而弗違夫何云乎識道**言達人之志混齊死生今反感木衰之秋華悲豐草之零露是乃在殷憂而不去何云識道乎言未識也毛詩曰零露團兮又曰在彼豐草韓詩曰耿耿不寐如有殷憂毛萇曰違去也法言曰委大聖而好乎諸子者惡覩

其識道也殷深也將頤天地之大德遺聖人之洪寶言將養生而遺榮也爾雅曰頤養也遺棄也周易曰天地之大德曰生聖人之大寶曰位解心累於末迹聊優遊以娛老未迹喻老言解世俗之心累於末聊優游卒歲以娛老年莊子曰解心之繆去德之累容動色治氣意六者繆心者也惡欲喜怒哀樂六者累德者也累猶負也優遊已見上文班固漢書述曰疏克有終散金娛老

懷舊賦一首并序

懷舊賦者懷思也謂思於親舊而賦也

潘安仁

余十二而獲見于父友東武戴侯楊君臧榮緒晉書曰岳父芘琅邪內史潘岳楊肇碑曰肇字秀初滎陽人封東武伯薨謚曰戴芘音毗始見知名遂申之以婚姻言岳有名譽為肇所知漢書曰官皇帝知名者賈弼之山公表注曰楊肇女適潘岳左氏傳晉呂相絕秦曰相好勠力同心申之以婚姻爾雅曰壻之父母相謂為昏姻而道元公嗣亦隆世親之愛賈弼之山公表注曰肇生潭字道元

太中大夫次韶字公嗣射聲司馬臣松之注魏志引劉曄傳曰楊暨字肇晉荆州刺史子譚字道源次韶字公嗣不幸短命父子凋殞論語哀公問孔子弟子孰爲好學孔子曰有顏回者不幸短命死矣今也則亡余既有私艱且尋役于外私艱謂家難也毛詩曰未堪家多難余又集于蓼言尋役謂之任也王充論衡曰充罷州役不歷嵩丘之山者九年于茲矣陸機洛陽記曰嵩高在洛陽東南五十里今而經焉慨然懷舊而賦之白啓開陽而朝邁濟清洛以徑渡洛陽記曰大興在開陽門外應劭漢官儀曰開陽門始成未有名夜有一柱來樓上琅邪開陽縣上言南門一柱飛去光武使視之因刻記其年月日以名門焉楚辭曰不能復陵波以徑渡晨風淒以激冷夕雪暠以掩路埤蒼曰暠高白也掩覆也轍含冰以滅軌水漸軔以凝沍顏延年纂要解曰車跡曰軌車輪謂之軔王逸楚辭注曰軔支輪木也廣雅曰漸漬也字林曰凝冰也杜預曰沍閉也塗艱屯其難進日晼晚而將暮周易曰屯難楚辭曰白日晼晚其將暮仰睎歸雲俯鏡泉流傅毅

七激曰仰歸雲遡遊風西都賦曰鏡清流前瞻太室傍眺嵩丘山海經曰太室之山郭璞曰即中嶽嵩高山也今在陽城縣西漢書曰太室山嵩高也戴延之西征記曰嵩高中嶽也東謂太室西謂少室摠名嵩高也小說曰昔傅亮北征在河中流或人問之曰潘安仁作懷舊賦曰前瞻太室傍眺嵩丘嵩丘太室一山何云前瞻傍眺哉亮對曰有嵩丘山去太室七十里此是寫書誤耳河南郡圖經曰嵩丘在縣西南十五里東武託焉建塋啓疇如淳漢書注曰塋田家田也賈逵國語注曰一井爲疇巖巖雙表列列行楸崔豹古今注曰堯設誹謗之木今華表也以橫木交柱頭古人亦施之於墓爾雅曰檟大而皵楸郭璞曰老乃皮麤皵者爲楸望彼楸矣感于予思尚書曰予思日孜孜

既興慕於戴侯亦悼元而哀嗣墳壘壘而接壟柏森森以攢植古樂府詩曰遥望故鄉鬱何壘壘廣雅曰壘壘重也說文曰壟丘也仲長子昌言曰古之葬植松栢梧桐以識其墳鄭玄周禮注曰植根生之屬森森一作榛榛壘平聲何逝沒之相尋曾舊草之未異禮記曰朋友之墓有宿草而不哭焉鄭玄曰宿草陳根余總角而獲見承戴侯之

文十六　×十三

原刻北作南

清塵 毛詩曰總角丱兮孔安國尚書傳曰承奉也楚辭曰聞赤松之清塵 名余以國士眷余以嘉姻 史記豫讓曰智伯以國士遇我我故以國士報之 自祖考而隆好逮二子而世親歡攜手以偕老庶報德之有鄰 毛詩曰君子偕老家語孔子曰詩云皇皇上帝其命不忒天之與人必報有德論語孔子曰德不孤必有鄰 今九載而一來空館闃其無人 周易曰闚其戶闃其無人埤蒼曰闃靜也 陳荄被于堂除舊圃化而為薪 鄭玄禮記注曰宿草陳根也方言曰荄根也音皆說文曰除殿階也 步庭廡以徘徊涕泫流而霑巾 說文曰廡堂下周屋禮記曰孔子泫然流涕張平子四愁詩曰側身北望涕霑巾泫胡犬切 宵展轉而不寐驟長歎以達晨 毛詩曰展轉伏枕漢書曰劉向或夜觀星宿不寐達旦 獨鬱結其誰語聊綴思於斯文 楚辭曰遭沈濁而汙穢兮獨鬱結其誰語

寡婦賦一首 并序

序寡婦者任子咸之妻也子咸死安仁序其寡孤之意故有賦焉少而無夫曰寡

嚴可均曰此丁廙蔡伯喈女賦藝文類聚三十有長篇近或宋此二語入蔡集誤

潘安仁

樂安任子咸賈弼之山公表注曰任護字子咸奉車都尉有韜世之量與余少而歡焉廣雅曰韜藏也言度之大包藏一世也雖兄弟之愛無以加也范曄後漢書曰姜肱與二弟仲海季江友愛天至不幸弱冠而終不幸弱冠並已見上良友既沒何痛如之毛詩曰伐木丁丁鳥鳴嚶嚶雖有兄弟不如友生孫卿子曰夫人必將擇良友而友之其妻又吾姨也賈弼之山公表注曰楊肇次子適任護爾雅曰妻之姊妹同出爲姨郭璞曰同出謂俱已嫁也毛詩曰邢侯之姨左氏傳曰蔡哀侯娶於陳息侯亦娶焉息嬀將歸過蔡蔡侯曰吾姨也杜預注曰妻之姊妹曰姨少喪父母適人而所天又殞家語曰女年十五有適人之道適謂往嫁也杜預左氏傳注曰婦人在室則父天出則夫天喪服傳曰父者子之天夫者婦之天蔡伯喈女賦曰當三春之嘉月將言歸於所天孤女藐焉始孩潘岳集任澤蘭哀辭曰澤蘭者任子咸之女也涉三齡未沒喪而殞余聞而悲之遂爲其母辭左氏傳晉獻公使荀息傅奚齊公疾召之曰以是藐諸孤辱大夫其若之何注曰言其幼稚與諸子縣藐廣雅曰

藐小也字林曰小兒笑也孟子孩提之童無不知愛其親者趙岐曰孩提謂二三歲之間始孩笑可提抱者禮記內則曰子生三月孩而名

斯亦生民之至艱而荼毒之極哀也尚書曰不忍荼毒孔安國曰荼毒苦也

昔阮瑀既歿魏文悼之並命知舊作寡婦之賦魏文帝寡婦賦序曰陳留阮元瑜與余有舊薄命早亡故作斯賦以叙其妻子悲苦之情命王粲等並作之

余遂擬之以叙其孤寡之心焉其辭曰

嗟予生之不造兮哀天難之匪忱毛詩曰閔予小子遭家不造天難匪忱言天行禍難不由誠信也爾雅曰忱信也

少伶俜而偏孤兮痛忉怛以摧心伶俜單孑貌偏孤謂喪父也古猛虎行曰少年惶且怖伶俜到他鄉伶力丁切俜匹成切毛詩曰勞心忉忉又曰勞心怛怛毛萇曰忉忉憂勞也又怛怛猶忉忉也

覽寒泉之遺歎兮詠蓼莪之餘音寒泉謂母存也蓼莪謂父母俱亡也毛詩曰爰有寒泉在浚之下有子七人母氏勞苦又曰蓼蓼者莪匪莪伊蒿哀哀父母生我劬勞蓼音陸莪音俄

情長感以永慕

兮。思彌遠而逾深。長笛賦曰長慼慼不能閑居兮曹子建應詔詩曰長懷永慕伊女子之有
行兮爰奉嬪於高族毛詩曰女子有行遠父母兄弟箋曰行道也婦人生而有適人之道尚書曰嬪于虞孔安國曰奉行婦道於虞氏承慶雲之光覆兮荷君子之惠渥慶雲喻父母也史記曰若煙非煙若雲非雲郁郁紛紛蕭索輪囷是謂慶雲楚辭注曰慶雲喻尊顯君子謂夫也毛詩曰既見君子不我遐棄詩傳曰渥厚也
顧葛藟之蔓延兮託微莖於樛木葛藟二草名也言二草之託樛木喻婦人之託夫家也毛詩曰南有樛木葛藟纍之毛萇曰木下曲曰樛纍猶蔓也藟力水切樛居虯切纍力追切懼身輕而施
重兮若履冰而臨谷曹植鸚鵡賦曰恐身輕而施重恐往惠之中虧丁儀妻寡婦賦曰恐施厚而德薄若履冰而臨淵毛詩曰惴惴小心如臨于谷又曰戰戰兢兢如履薄冰遵義方之明訓兮憲女史
之典戒蔡邕袁公夫人碑曰義方之訓如川之流毛萇詩傳曰古者后夫人必有女史奉蒸嘗以效
順兮供洒掃以彌載禮記曰天子諸侯宗廟之祭春礿夏禘秋嘗冬蒸又曰女於大夫曰備掃灑毛

善哉行無此二句

周礼天官幕人賈公彥疏引作在旁曰帷（依馬國翰輯本）

萇詩傳曰灑掃也又曰教成之祭牲用魚芼之以蘋藻所以成婦順（鄭注毛詩箋）
也毛萇詩傳曰洒灑同班婕妤自傷賦曰供灑掃於帷幄永終死以
為期爾雅曰彌終也彼詩人之攸歎兮徒願言而心痗毛詩曰願言思伯使我心痗毛
萇傳曰痗病也音妹何遭命之奇薄兮遘天禍之未悔魏文帝善哉行曰自惜奇
薄少離凶殃爾雅曰遘遇也言天之早隕者遇天未悔禍之時
言天降禍于己未有悛悔之心也左氏傳曰天其悔禍于我榮
華𦼮其始茂兮良人忽以捐背丁儀妻寡婦賦曰榮華𦼮其始茂所將奄其俱泯楚
辭曰及榮華之未落王逸曰榮華喻顏色也孟子曰齊人有一
妻一妾而處室者其良人出必猒酒肉而後反劉熙曰婦人稱
夫曰良人孔安國曰捐棄也靜闔門以窮居兮塊煢獨而靡依丁儀妻寡
婦賦曰靜閑門以却掃塊孤惸以窮居易錦茵以苫席兮代羅幬以素帷丁儀
妻寡婦賦曰刷朱闕以白堊易玄帳以素幬桓子新論曰吾謂楊子
曰君數見乘輿錦繡茵席禮記曰父母之喪寢苫枕塊爾雅曰蓋謂
之苫注茅苫也江東呼為蓋楚辭曰蒻阿拂壁羅幬張爾雅曰
幬謂之帳纂要曰在上曰帳在旁曰帳單帳曰幬幬丈尤切命

阿保而就列兮覽巾箑以舒悲列女傳曰齊孝孟姬曰后妃下堂必從傅母保阿就列就其房列之位也箑扇也口嗚咽以失聲兮淚橫迸而霑衣韓詩外傳曰嗚歎聲也毛萇詩傳曰咽憂不能息也家語曰公父文伯卒其妻妾行哭失聲丁儀妻寡婦賦曰涕流迸以淋浪字書曰迸散走也波諍切愁煩冤其誰告兮提孤孩於坐側誰告言告誰也丁儀妻寡婦賦曰含傺悴其何訴抱弱子以自慰王粲寡婦賦曰提孤孩兮出戶與之步兮東箱坐側靈坐之側也時曖曖而向昏兮日杳杳而西匿楚辭曰時曖曖其將罷王逸曰曖曖昏昧貌楚辭曰日杳杳而西頽丁儀妻寡婦賦曰時翳翳而稍陰日亹亹以西墜曹植贈白馬王詩曰白日忽西匿雀羣飛而赴楹兮雞登棲而斂翼秦嘉贈婦詩曰啾啾雞雀羣飛赴楹丁儀妻寡婦賦曰雞斂翼以登棲雀分散以赴羣爾雅曰雞棲於弋爲榤鑿垣而棲爲塒棲雞宿處也歸空館而自憐兮撫衾裯以歎息楚辭曰私自憐兮何極毛詩曰抱衾與裯寔命不猶毛萇詩傳曰衾被也裯單被也思纏緜以瞀亂兮心摧傷以愴惻張昇與任彥堅書曰纏緜

馬國翰以顏語爲梁元帝纂要 名作各

恩好庶蹈高蹤楚辭曰中瞀亂兮迷惑又曰心悶瞀之屯屯王逸曰瞀亂也瞀莫遘切曜靈曄而遄邁兮四節運而推移。楚辭曰耀靈曄而西征廣雅曰曜靈日也孔子曰天有春秋冬夏之節故云四時顏延年曰春夏秋冬曰四時時名一節故言四時遄速也古歷九秋篇曰寒暑推移遄速也天凝露以降霜兮木落葉而隕枝。毛萇詩傳曰隕墜也仰神宇之寥寥兮瞻靈衣之披披曹植九詠曰嵩蔓滋兮冒神宇廣雅曰寥深也空廓寥廓也楚辭曰靈衣兮披披退幽悲於堂隅兮進獨拜於牀垂。楚辭曰日暮黃昏羌幽悲王粲神女賦曰登筵對兮倚牀垂耳傾想於疇昔兮目仿佛乎平素左氏傳羊斟曰疇昔之羊子爲政杜預曰疇昔猶前日也楚辭曰時髣髴以遥見曹植任城王誄曰旨想宮城心存平素字林曰仿相似也佛不審也素昔也言平生昔日之時也雖冥冥而罔覿兮猶依依以憑附。冥冥幽昧也蘇武詩曰胡馬失其羣思心常依依依依思戀之貌小雅曰憑依也痛存亡之殊制兮將遷神而安厝丁儀妻寡婦賦曰痛存亡之異路將遷靈以大行厝置也孝經曰卜其宅兆而安厝之龍轜儼其星駕兮飛旐翩以啓路丁儀妻寡婦賦曰駕龍轜於門側旐繽紛以飛揚爾雅曰緇廣充幅長尋曰旐禮記有龍輴鄭玄注曰龍輴畫轅爲龍也說文曰轜喪車也音而毛詩曰星言夙駕禮記曰孔子之喪公西爲志焉設旐夏也然旐喪柩之旌也爾雅曰廣幅曰旐凶幡即今之旒旐楚辭曰前飛廉以啓路輪按軌以徐進兮馬悲鳴而跼顧李陵詩曰轅馬顧悲鳴楚辭曰僕夫悲余懷兮馬踡局而不行局與跼古字並通渠足切潛靈邈其不反兮殷憂結而靡訴殷憂見上文毛詩曰心之憂矣如或結之靡訴言無所告訴也睎形影於几筵兮馳精爽於丘墓家語曰俯察机筵其器存而不覩其人說文曰睎望也廣雅曰睎視也左氏傳樂祁曰心之精爽是謂魂魄自仲秋而在疚兮踰履霜以踐冰丁儀妻寡婦賦曰自銜恤而在疚履春冬之四節韓詩曰惸惸余在疚凡人喪曰疚鄭玄毛詩箋曰在憂病之中周易曰履霜堅冰至雪霏霏而驟落兮風瀏瀏而夙興丁儀妻寡婦賦曰風蕭蕭而日勁雪翩翩以交零毛詩曰雨雪霏霏楚辭曰秋風瀏以蕭蕭王逸曰瀏風疾貌霤泠泠以夜下兮水漾

原賦然作淚

賦

溓以微凝丁儀妻寡婦賦曰霜凄凄而夜降水溓溓而晨結說文曰霤屋水流也又曰溓溓薄冰也力檢切意
忽怳以遷越兮神一夕而九升老子曰惚兮怳兮其中有象楚辭曰惟郢路之遼遠魂一
夕而九逝庶浸遠而哀降兮情惻惻而彌甚東觀漢記上賜東平王蒼書曰歲月騖過
山陵浸遠願假夢以通靈兮目炯炯而不寢陳琳神女賦曰儀營魄於髣髴託嘉夢以
通精楚辭曰夜炯炯而不寐炯公冷切夜漫漫以悠悠兮寒凄凄以凜凜夜漫
漫巳見上文楚辭曰去白日之昭昭龒長夜之悠悠毛詩曰秋日凄凄說文曰凜凜寒也氣憤薄而乘胷兮
涕交橫而流枕丁儀妻寡婦賦曰氣憤薄而交縈撫素枕而歔欷長笛賦曰泣血泫泫然交橫而下亡魂
逝而永遠兮時歲忽其遒盡丁儀妻寡婦賦曰神爽緬其日永歲功忽其巳成楚辭曰歲忽忽而
遒盡毛萇詩傳曰遒終也廣雅曰遒忽也容貌儡以頓顇兮左右悽其相愍家語曰儡
乎若喪家之狗禮記曰喪容儡儡鄭玄曰儡羸貌鸚鵡曰容貌慘以顦顇丁儀妻寡婦賦曰顦顇貌之拖拖對左右而掩涕洞簫賦曰槩

跰躃傳儡頓穎說文曰儡敗也洛罪切絶普撘切感三良之殉秦兮甘捐生而自引毛詩秦風曰黃鳥哀三良也國人刺穆公以人從死而作是詩左氏傳文公六年秦穆公卒以子車氏之三子奄息仲行鍼虎爲殉皆秦之良也杜預曰以人從葬爲殉妻言願亦如三良死從於夫也自引自殺也漢書主簿謂王嘉曰君侯宜引決鞠稚子於懷抱兮羌低徊而不忍王粲寡婦賦曰欲引刃以自裁顧弱子而復停史記曰楚懷王稚子蘭毛詩曰母兮鞠我出入腹我毛萇曰鞠養也鄭玄曰腹懷抱也獨指景而心誓兮雖形存而志隕韓詩曰謂余不信有如皎日楚辭曰辭靈脩而隕志重曰仰皇穹兮歎息私自憐兮何極皇穹天也省微身兮孤弱顧稚子兮未識如涉川兮無梁若陵虛兮失翼周易曰利涉大川楚辭曰江河廣而無梁丁儀妻寡婦賦曰鳥凌虛以徘徊上瞻兮遺象下臨兮泉壤象謂形像也以其已化故謂之遺也窈冥兮潛翳心存兮目想魏太祖祭橋玄文曰幽靈潛翳心存目想奉虛坐兮肅清愬空宇兮曠朗

惄亦訴字廓孤立兮顧影塊獨言兮聽響楚辭曰廓抱影而獨倚丁儀妻寡婦賦曰睽焭焭焭顧影爲儔顧影兮傷摧聽響兮增哀遥逝兮逾遠緬邈兮長乖國語聲子曰椒舉奔鄭緬然引領南望賈逵曰緬思貌也四節流兮忽代序歲云暮兮日西頹楚辭曰日月忽其不淹春與秋兮代序毛詩曰歲聿其暮古詩曰凛凛歲云暮說文曰頹墜也霜被庭兮風入室夜既分兮星漢迴韓子曰衞靈至濮水夜分而聞有鼓琴者魏文帝雜詩曰天漢迴西流夢良人兮來遊若閶闔兮洞開楚辭曰倚閶闔而望兮王逸曰閶闔天門怛驚悟兮無聞超慌怳兮慟懷方言曰怛痛也悟覺也莊子曰君慌然若有怳已見上文慟懷兮奈何言陟兮山阿爾雅曰大陵曰阿墓門兮肅肅脩壟兮峨峨毛詩曰墓門有棘方言曰無墳謂之墓秦晉之間或謂冢爲壟孤鳥嚶兮悲鳴長松萋兮振柯楚辭曰秋風兮蕭蕭舒芳兮振條廣雅曰振動也哀鬱結兮交集淚横流兮滂

淹。楚辭曰鬱結紆軫兮又曰涕流交集班婕妤自傷賦曰雙涙下兮横流毛詩曰涕泗滂沲蹈恭姜兮明誓。詠柏舟兮清歌。毛詩序曰柏舟恭姜自誓也衛世子早死其妻守義父母欲奪而嫁之誓而不許終歸骨兮山足。存憑託兮餘華。班婕妤自傷賦曰願歸骨於山足依松柏之餘休要吾君兮同穴。之死矢兮靡佗。毛詩序曰柏舟恭姜自誓也衛世子恭伯早死其妻守義父母欲奪而不許注毛傳恭伯僖侯之世子也曹植文帝誄曰願投骨於山足報恩養於下庭毛詩曰穀則異室死則同穴又曰髧彼兩髦實維我儀之死矢靡佗毛萇曰矢誓也之至也言至已之死信無佗心

恨賦

意謂古人不稱其情皆飲恨而死也

江文通 劉璠梁典曰江淹字文通濟陽考城人祖躭丹陽令父康之南沙令淹少而沉敏六歲能屬詩及長愛奇尚異自以孤賤厲志篤學洎於强仕漸得聲譽甞夢郭璞謂之曰君借我五色筆今可見還淹即探懷以筆付璞自此以後材思稍減前後二集並行於世卒贈醴泉侯謚憲子宋

按毛詩序与二行注相同宜略

桂陽王舉秀才齊興爲豫章王記室天監中爲金紫光祿大夫卒

試望平原蔓草縈骨拱木斂魂爾雅曰試用也毛詩曰野有蔓草左氏傳秦伯謂蹇叔曰中壽爾墓之木拱矣注兩手曰拱古蒿里歌曰蒿里誰家地聚斂魂魄無賢愚人生到此天道寧論於是僕本恨人心驚不已列女傳趙津吏女歌曰誅將加兮妾心驚直念古者伏恨而死至如秦帝按劒諸侯西馳說苑曰秦始皇帝太后不謹幸郎嫪毒茅焦上諫始皇按劒而坐戰國策蘇代曰伏軾而西馳削平天下同文共規禮記曰書同文車同軌華山爲城紫淵爲池過秦論曰踐華爲城因河爲池上林賦曰丹水更其南紫淵徑其北雄圖既溢武力未畢方架黿鼉以爲梁巡海右以送日鄭玄毛詩箋曰方且也紀年曰周穆王三十七年伐紂大起九師東至于九江叱黿鼉以爲梁列子曰穆王駕八駿之乘乃西觀日所入一旦魂斷宮車晚出史記王稽謂范雎曰宮車一日晏駕是事之不可知三也韋昭曰凡初崩爲晏駕者日子之心猶謂宮車當駕而晚出風俗通曰天

子夜寢早作故有萬機今忽崩隤則爲晏駕若乃趙王既虜遷於房陵淮南子曰趙王遷流房陵思故鄉作山木之嘔聞者莫不隕涕高誘曰趙王張敖秦滅趙虜王遷徙房陵房陵在漢中山木之嘔歌曲也薄暮心動昧旦神興楚辭曰薄暮雷電高唐賦曰使人心動左氏傳曰昧旦丕顯別豔姬與美女喪金輿及玉乘杜預左氏傳注曰美色曰艷史記曰爲之金輿鏓衡以繁其飾玉乘玉輅也置酒欲飲悲來填膺漢書曰上置酒沛宮鄭玄禮記注曰填滿也千秋萬歲爲怨難勝戰國策楚王謂安陵君曰寡人萬歲千秋之後誰與樂此也至如李君降北名辱身寃漢書武帝天漢二年李陵爲騎都尉領步卒三千出居延至浚稽山與匈奴相值戰敗弓矢並盡陵遂降孫卿子曰功廢而名辱社稷必危拔劒擊柱漢書曰漢高已併天下尊爲皇帝羣臣飲爭功醉或妄呼拔劒擊柱弔影慚魂曹子建表曰形影相弔晏子春秋曰君子獨寢不慚於魂情往上郡心留鴈門漢書有上郡鴈門郡並秦置裂帛繫書誓還漢恩漢書曰常惠教漢使者謂單于言天子射上林中得鴈足有係帛書蘇武等在某澤中李陵書曰欲如前書之言報恩於國主耳朝

原賦西作將

原〻異域作別世

露溘至握手何言。漢書李陵謂蘇武曰人生如朝露何久自苦如此楚辭曰寧溘死以流亡王逸曰溘奄也史記繆賢曰燕王私握臣手曰願結交潘岳邪夫人誄曰臨命相決交腕握手若夫明妃去時仰天太息漢書元帝竟寧元年春正月呼韓邪單于來朝詔掖庭王廧為閼氏應劭曰王廧王氏之女名廧字昭君文頴曰本南郡人也琴操曰王昭君者齊國王襄女也年十七獻元帝會單于遣使請一女子帝謂後宮欲至單于者起昭君喟然而歎越席而起乃賜單于石崇曰王明君本為王昭君以觸文帝諱改之戰國策曰樊於期仰天太息流涕紫臺稍遠關山無極。紫臺猶紫宮也古樂府相和歌有度關山曲搖風忽起白日西匿。爾雅曰飆颻謂之飈飆音扶颻與搖同登樓賦曰白日忽其西匿潘岳寡婦賦曰日杳杳而西匿隴鴈少飛代雲寡色。漢書曰凡望雲氣勃碣海代之間氣皆黑望君王兮何期終蕪絶兮異域淮南子曰君王欲緣五常之道而不失則可以長矣李陵書曰生為異域之人至乃敬通見抵罷歸田里東觀漢記曰馮衍字敬通明帝以衍才過其實抑而不用漢書曰高后怨趙堯乃抵堯罪馮衍說陰就書曰衍與先事自歸上書報歸田里漢書曰時多上書言便宜輙下蕭望之問狀下者或罷歸田里閉關却掃塞

醉飽過差輒為桀紂房中調戲布散海外

左旁側也
敬通妻悍老竟逐之則
此左對孺人亦無足樂又
敬通与婦弟書曰姜豹
常为奴婢姜豹而敬
通之子此云顧弄稚
子適足以增悲而已

原本醪作酒

門不仕司馬彪續漢書曰趙壹閉關却掃非德不交吴志曰張昭稱疾不朝孫權恨之士塞其門左對孺人顧弄稚子禮記曰天子之妃曰后大夫妻曰孺人稚子見寡婦賦脫略公卿跌宕文史杜預左氏傳注曰脫易也賈逵國語注曰略簡也揚雄自敘曰雄爲人跌宕齎志没地長懷無已馮衍說陰就書曰懷抱不報齎恨入冥鸚鵡賦曰眷西路而長懷毛萇詩傳曰懷思也及夫中散下獄神氣激揚臧榮緒晉書曰嵇康拜中散大夫東平呂安家事繫獄亹閱之始安甞以語康辭相證引遂復收康王隱晉書曰嵇康妻魏武帝孫穆王林女也淮南子曰古之人神氣不蕩乎外漢書谷永上疏曰贊命之臣靡不激揚濁醪夕引素琴晨張嵇康與山巨源書曰濁醪一盃彈琴一曲又贈秀才詩曰習習谷風吹我素琴秋日蕭索浮雲無光鄭玄禮記注曰索散也鬱青霞之奇意入脩夜之不暘青霞奇意志言高也曹毗臨園賦曰青霞曳於前阿素顈流於森管漢書武帝李夫人賦曰釋輿馬於山椒奄脩夜之不暘張衡司徒呂公誄曰玄室冥冥脩夜彌長孔安國尚書傳曰暘明也音陽或有孤臣危涕孽子墜心孟子曰孤臣孽子其操心也危其慮患也深登樓賦曰涕橫墜而弗禁字林曰孽子庶子也然

心當云危涕當云墜江氏愛奇故互文以見義遷客海上流戍隴陰漢書曰匈奴乃徙蘇武北海上無人處使牧羝羊史記曰婁敬齊人也戍隴西此人但聞悲風汨起血下霑衿琴道雍門周說孟嘗君曰幼無父母壯無妻子若此人者但聞秋風鳴條則傷心矣毛詩曰鼠思泣血尸子曰曾子每讀喪禮泣下霑衿亦復含酸茹歎銷落湮沈廣雅曰茹食也又曰湮沒也銷猶散也若迺騎疊跡車屯軌此言榮貴之子車騎之多也吳都賦曰躍馬疊跡楚辭曰屯余車其千乘王逸曰屯陳也黃塵帀地歌吹四起山陽公載記曰賈詡鳴鼓雷震黃塵蔽天李陵書曰邊聲四起無不煙斷火絕閉骨泉裏煙斷火絕喻人之死也王充論衡曰人之死也猶火之滅火滅而耀不照人死而智不慧已矣哉孔安國尚書傳曰已發端歎辭春草暮兮秋風驚秋風罷兮春草生綺羅畢兮池館盡琴瑟滅兮丘壟平琴道雍門周曰高臺既已傾曲池又已平墳墓生荊棘狐兔穴其中自古皆有死莫不飲恨而吞聲論語子曰自古皆有死穆天子傳七萃之士曰古有死生張奐與崔

楚词悲莫悲兮生别離

元始書曰匈奴若非其罪何肯吞聲

别賦

江文通

黯然銷魂者唯别而已矣黯失色將敗之貌言黯然魂將離散者唯别而然也夫人魂以守形魂散則形斃今别而散明恨深也説文曰黯深黑也楚辭曰魂魄離散家語孔子曰黯然而黑賈逵曰唯獨也况秦吴兮絶國復燕宋兮千里言秦吴燕宋四國川塗既遠别恨必深故舉以爲况也文子曰爲絶國殊俗立諸侯以教誨之或春苔兮始生乍秋風兮蹔起言此二時别恨逾切是以行子腸斷百感悽惻鮑昭東門行曰野風吹秋木行子心腸斷風蕭蕭而異響雲漫漫而奇色荆軻歌曰風蕭蕭兮易水寒尚書大傳帝唱曰卿雲爛兮體漫漫兮舟凝滯於水濵車逶遲於山側楚辭曰船容與而不進淹迴水以凝滯廣雅曰凝止也毛詩曰周道逶遲毛萇曰逶遲歷遠貌櫂容與而詎前馬

居人送別之人

深秋清夜帷幔淒涼

寒鳴而不息楚辭曰檝齊揚以容與掩金觴而誰御橫玉柱而霑軾韋誕詩曰旨酒盈金觴清顏發朱華毛萇詩傳曰御進也論曰鼓琴者於絃設柱然琴有柱以玉爲之袁淑正情賦曰解蘊麝之芳衾陳玉柱之鳴箏楚辭曰涕潺湲兮霑軾居人愁臥怳若有亡鮑昭東門行曰居人掩閨臥莊子曰君惝然若有亡日下壁而沈彩月上軒而飛光軒檻版也見紅蘭之受露望青楸之離霜巡曾楹而空揜撫錦幕而虛涼曾高也空息也揜掩滌也涼悲涼也典路曰衛夫人南子在錦帷中廣雅曰帷幙帳也纂要曰帳曰幕知離夢之躑躅意別魂之飛揚說文曰蹢躅住足也蹢與躑同馳戟切躅馳錄切曹植悲命賦曰哀魂靈之飛揚故別雖一緒事乃萬族孔安國尚書傳曰族類也至若龍馬銀鞍朱軒繡軸周禮曰馬八尺已上爲龍後漢書明德馬皇后曰前過濯龍門上見外家問起居者車如流水馬如游龍辛延年羽林郎詩曰銀鞍何煜爚翠蓋空踟蹰尚書大傳曰未命爲士不得朱軒鄭玄曰軒輿也士以朱飾之軒車通稱也魯連子門客謂陳無宇曰君車衣文繡帳飲東都送客金谷漢書曰高祖過

以受人之恩未報爲慚

原文櫂作棹

沛帳飲三日又漢書曰疏廣字仲翁東海蘭陵人也廣兄子受字公子廣爲太子太傅受爲少傅甚見器重朝庭爲榮廣謂受曰吾聞知足不辱知止不殆功成身退天之道也廣遂退稱疾篤上疏乞骸骨上以其年老皆許之加賜黃金二十斤皇太子賜五十斤公卿大夫故人邑子爲設祖道供帳東都門外送車數千兩辭決而去蘇林曰長安東都門也石崇金谷詩序曰余元康六年從太僕卿出爲使持節青徐諸軍事征虜將軍有别廬在河内縣金谷澗中時征西將軍祭酒王詡當還長安余與衆賢共送澗中

琴羽張兮簫鼓陳燕趙歌兮傷美人

琴羽琴之羽聲說苑曰雍門周以琴見孟嘗君微揮角羽張晏甘泉賦注曰聲細不過羽漢武帝秋風辭曰簫鼓鳴兮發櫂歌古詩曰燕趙多佳人美者顏如玉

珠與玉兮豔暮秋羅與綺兮嬌上春驚駟馬之仰秣聳淵魚之赤鱗

言樂之盛也韓詩外傳曰昔伯牙鼓琴而淵魚出聽瓠巴鼓琴而六馬仰秣成公綏琴賦曰伯牙彈而駟馬仰子野揮而玄鶴鳴

造分手而銜涕感寂漠而傷神

謝宣遠送王撫軍詩曰分手東城闉呂氏春秋曰聖人不以感私傷神

乃有劍客慚恩少年報士

漢書李陵曰臣所將屯邊者奇材劍客也又曰郭解以軀藉友報仇少年慕其行亦輒爲報讎

韓國

趙厠吳宮燕市史記曰聶政者軹深井里人也濮陽嚴仲子事韓哀侯與韓相俠累有郄嚴仲子告聶政而言臣有仇聞足下高義故進百金以交足下之驩聶政拔劍至韓直入上階刺殺俠累又曰豫讓者晉人也事智伯智伯甚尊寵之趙襄子滅智伯讓乃變姓名為刑人入宮塗厠欲刺襄子故言趙厠又曰專諸者棠邑人也吳公子光具酒請王僚酒既酣使專諸置匕首魚炙之腹中而進既至王前專諸以匕首刺王僚王僚立死又曰荆軻者衛人也至燕與高漸離飲於燕市旁若無人後荆軻為燕太子丹獻燕地圖圖窮匕首見因以匕首揕秦王割慈忍愛離邦去里瀝泣共訣伏虔通俗文曰與死者辭曰訣史記曰今太子請辭訣矣鄭玄毛詩箋曰往矣決別之辭訣與決音義同廣雅曰抆拭也泣血已見恨賦抆武粉切抆血相視驅征馬而不顧見行塵之時起史記曰荆軻遂發就車不顧方衛感於一劒非買價於泉裏言衛感恩遇故効命於一劒非買價於泉壤之中也尉僚子吳起曰一劒之任非將軍也金石震而色變骨肉悲而心死燕丹太子曰荆軻與武陽入秦秦王陛戟而見燕使鼓鍾並發群臣皆呼萬歲武陽大恐面如死灰色戰國策曰武陽色變史記曰聶政刺韓相俠累死因自

注

皮面決眼屠腹而死莫知其誰韓取政尸暴於市能知者與千金久之莫知政姊曰何愛妾之身而不揚吾弟之名於天下哉乃之韓市抱尸而哭曰此妾弟軹深井里聶政自殺於尸旁晉楚齊聞之曰非獨政之賢乃其姊亦烈女莊子仲尼謂顏回曰夫哀莫大於心死

或乃邊郡未和負羽從軍司馬相如檄蜀文曰邊郡之士聞烽舉燧燔漢書曰有障徼曰邊郡服虔曰士負羽楊子雲羽獵賦曰蒙楯負羽杖鏌邪而羅者以萬計遼水無極鴈山參雲水經曰遼山在玄兔高句麗縣遼水所出海內西經曰大澤方百里鳥所生在鴈山鴈出其間孟子曰大山之高參天入雲謝承後漢書劉訓曰程夫人富貴參雲

閨中風暖陌上草薰薰香氣也日出天而耀景露下地而騰文鏡朱塵之照爛襲青氣之烟熅楚辭曰經堂入奧朱塵筵些王逸曰朱畫承塵也或曰朱塵紅塵楚辭曰芳菲菲兮襲人易通卦驗曰震東方也主春分日出青氣出震此正氣也司馬彪注曰襲入也攀桃李兮不忍別送愛子兮霑羅裙言當盛春之時而分別不忍也左氏傳趙盾曰括君姬氏之愛子杜預曰括趙盾異母弟趙姬文公女也

至如一赴絕國詎相見期琴道曰雍門周以琴見孟嘗君孟嘗君曰

先生鼓琴亦能令悲乎對曰臣之所能令悲者無故生離遠赴絕國無相見期臣爲一揮琴而太息未有不悽愴而流涕者絕國絕遠之國視喬木兮故里決北梁兮永辭王充論衡曰睹喬木知舊都孟子曰故國者非爲喬木有世臣也孟子見齊宣王曰所謂故國世臣之謂注非但見其木當有累世脩德之臣也楚辭曰濟江海兮蟬蛻決北梁兮永辭左右兮魂動親賓兮淚滋蘇武詩曰淚爲生別滋可班荊兮贈恨唯罇酒兮敘悲左氏傳曰楚聲子與伍舉俱楚人舉將奔晉聲子將如晉遇之於鄭郊班荊而坐相與食蘇武詩曰我有一罇酒欲以贈遠人願子留斟酌敘此平生親值秋鴈兮飛日當白露兮下時怨復怨兮遠山曲去復去兮長河湄毛詩曰居河之湄爾雅曰水草交曰湄又若君居淄右妾家河陽漢書有淄川國又河內郡有河陽縣淄或爲塞同瓊珮之晨照共金爐之夕香毛詩曰有女同車顏如蕣華將翺將翔佩玉瓊琚司馬相如美人賦曰金爐香薰黼帳周垂君結綬兮千里惜瑤草之徒芳結綬將仕也顏延年秋胡詩曰脫巾千里外結綬登王畿漢書曰蕭育與朱博友長安語曰蕭

我帝之季女云云與高唐賦注所引襄陽耆舊傳語略同

練

朱結綬宋玉高唐賦曰我帝之季女名曰瑤姬未行而亡封于巫山之臺精魂爲草寔曰靈芝山海經曰姑瑤之山帝女死焉名曰女尸化爲䔄草其葉胥成其花黄其實如兎絲服者媚於人郭璞曰瑤與䔄並音遥然䔄與瑤同

慙幽閨之琴瑟晦高臺之流黄

張載擬四愁詩曰佳人贈我筒中布何以報之流黄素環濟要略曰間色有五紺紅縹紫流黄也

春宫閟此青苔色秋帳含兹明月光

毛詩曰閟宫有侐毛萇詩傳曰閟閉也班婕妤自傷賦曰應門閉兮玉階苔劉休玄擬古詩曰羅帳延秋月

夏簟清兮晝不暮冬釭凝兮夜何長

張儼席賦曰席爲冬設簟爲夏施夏侯湛釭燈賦曰秋日既逝冬夜悠長

織錦曲兮泣已盡迴文詩兮影獨傷

織錦廻文詩序曰竇韜秦州被徙沙漠其妻蘇氏秦州臨去别蘇誓不更娶至沙漠便娶婦蘇氏織錦端中作此迴文詩以贈之符國時人也

儻有華隂上士服食還山

列仙傳脩羊者魏人也華陰山下石室中有龍石段其上服黄精食之後去不知所之

術既妙而猶學道已寂而未傳

方言曰寂安靜也

守丹竈而不顧錬金鼎而方堅

南越志曰長沙郡瀏陽縣東有王喬山山有合丹竈

若士

依此綢繆留戀之意

芍詩作勺

不顧不顧於世也鍊金鼎鍊金爲丹之鼎也抱朴子曰鄭君唯見授金丹之經又曰九轉丹内神鼎中史記曰黄帝采首山銅鑄鼎鼎成龍下迎黄帝也方堅共忘方堅也**駕鶴上漢驂鸞騰天**列仙傳曰王子晉吹笙作鳳鳴遊伊洛之閒道士浮丘公接上嵩高三十餘年後上見桓良曰告我家七月七日待我緱氏山頭果乘白鶴住山下望之不能得到舉手謝卅人數日去伺於緱山下雷次宗豫章記曰洪井西鸞岡鶴嶺舊說洪崖光生與子晉乘鸞鶴憩於此張僧鑒豫章記曰洪井有鸞岡舊說六洪崖先生乘鸞所憩處也鸞岡西有鶴嶺王子喬控鶴所經過處**蹔遊萬里少別千年**神仙傳曰若士者仙人也燕人盧敖者秦時遊北海而見若士曰一舉而千里吾猶未之能今子始至於此乃語窮豈不陋哉馬明先生隨神女還岱見安期生語神女曰昔與女郎遊於安息西海之際憶此未久已二千年矣**惟世間兮重別謝主人兮依然**說文曰謝辭也**下有芍藥之詩佳人之謌**詩溱洧章刺乱也兵革不息男女相棄淫風大行莫之能救云維士與女伊其相謔贈之以芍藥注芍藥香草也箋曰伊因也士女往觀因相與戲謔行夫婦之事其別則送與芍藥結恩情也漢書李延年歌曰北方有佳人絕世而獨立**桑中衛女上宮陳娥**衛陳二國名也毛詩桑中章曰期我

門

乎桑中要我乎上宫送我於淇之上注桑中淇上上宫所期之地箋云
此思孟姜之愛厚己也此我期於桑中要我於上宫送我於淇水之上
又竹竿章衛女思歸適異國而不見荅思而能以禮也女子有行遠父
母兄弟箋云行道也女子之道當嫁耳不以荅違婦道也又燕燕章衛
莊姜送歸妾也注莊姜無子陳女戴嬀生子名完莊姜以爲己子莊公
薨完立而州吁殺之戴嬀於是大歸莊姜送於野作詩以見己志方言
曰秦晉之間美貌謂之娥春草碧色春水淥波送君南浦傷如之何楚辭曰子
交手兮東行送美人兮南浦至乃秋露如珠秋月如珪陸雲芙蓉詩曰盈盈荷上露灼灼如明珠
遯甲開山圖曰禹遊於東海得玉珪碧色圓如日月以自照目達幽冥明月白露光陰往來與子
之別思心徘徊是以別方不定別理千名千名言多也南都賦曰百種千名有
別必怨有怨必盈蔡琰詩曰心吐思兮胷憤盈使人意奪神駭心折骨驚亦互文也
左氏傳衛太子禱曰無折骨雖淵雲之墨妙嚴樂之筆精漢書曰王襃字子淵揚雄字子雲漢書曰
嚴安臨淄人也徐樂燕無終人也上疏言時務上召見乃拜樂安皆爲郎中金閨之諸彥蘭臺之羣英

拾滑稽傳原文与此文異

金閨金馬門也史記曰金門宦者署承明金馬著作之庭東方朔曰公孫弘等待詔金馬門蘭臺臺名也傳毅班固等爲蘭臺令史是也論衡曰孝明好文人竝徵蘭臺之官文雄會聚**賦有淩雲之稱辯有雕龍之聲**史記荀卿趙人年五十始來游學於齊騶衍之術迂大而閎辯奭也文難施齊人爲諺曰談天衍劉向別録曰騶衍之所言五德終始天地廣大書言天事故曰談天彫龍赫赫修騶衍之術文飾之若彫鏤龍文故曰彫龍赫**誰能摹暫離之狀寫永訣之情者乎**

文選卷第十六

壬戌六月廿六日覆　侃温

此篇經細斠

文選卷第十七

梁昭明太子撰

文林郎守太子右内率府録事參軍事崇賢館直學士臣李善注

論文

陸士衡文賦一首

音樂上

王子淵洞簫賦一首　傅武仲舞賦一首

論文

文賦并序　何焯云此賦殆入洛之前所作　杜子美詩有士衡二十為文賦之句

陸士衡　臧榮緒晉書曰機字士衡吴郡人祖遜吴丞相父抗吴大司馬機少襲領父兵為牙門將

此篇注多非李善之舊用心注不諦猶下言情也

此言觀他文既知其用意自作文則知之愈切注亦未暢

先士盛藻即前之才士所作

軍年二十而吳滅退臨舊里與弟雲勤學積十一年譽流京華聲溢四表被徵爲太子洗馬與弟雲俱入洛司徒張華素重其名舊相識以文華呈天才綺練當時獨絶新聲妙句係蹤張蔡機妙解情理心識文體故作文賦

余每觀才士之所作竊有以得其用心作謂作文也用心言士用心於文莊子堯曰此吾所用心夫放言遣辭良多變矣夫作文者放其言遣其理多變故非一體妍蚩好惡可得而言文之好惡可得而言論也范曄後漢書趙壹刺世疾邪曰孰知辯其妍蚩廣雅曰妍好也説文曰妍慧也釋名曰蚩癡也聲類曰蚩騃也然妍蚩亦好惡也每自屬文尤見其情論衡曰幽思屬文著記美言屬綴也杜預左氏傳曰尤甚也士衡自言每屬文其甚見爲文之情恒患意不稱物文不逮意爾雅曰逮及也蓋非知之難能之難也尚書曰非知之艱行之惟艱故作文賦以述先士之盛藻因論作文之利害所由利害由好惡孔安國尚書傳曰藻水草之有文者故以喻文焉佗日殆

疑當作遣其辭其理多變

謂是衍文此言今以能為難他日庶幾能之耳

此言自見其情而仍難於筆說也

前不能言即是難以辭逮其自餘則此賦盡之矣

原賦不作帶

可謂曲盡其妙。言既作此文賦佗日而觀之近謂委曲盡文之妙理論語鯉曰它日又獨立趙歧孟子章句曰它日異日也至於操斧伐柯雖取則不遠。此喻見古人之法不遠毛詩曰伐柯伐柯其則不遠注則法也伐柯必用其柯大小長短近取法於柯謂不遠也若夫隨手之變良難以辭逮。言作之難也文之隨手變改則不可以辭逮也莊子輪扁謂桓公曰斲徐則甘而不固疾則苦而不入不疾不徐得於手而應於心口不能言也有數存焉蓋所能言者具於此云。蓋所言文之躰者具此賦之言

佇中區以玄覽頤情志於典墳。漢書音義張晏曰佇久俟待也中區區中也字書曰玄幽遠也老子曰滌除玄覽河上公曰心居玄冥之處覽知萬物故謂之玄覽幽通賦曰皓頤志而不傾左氏傳楚子曰左史倚相能讀三墳五典遵四時以歎逝瞻萬物而思紛。遵循也循四時而歎其逝往之事攬視萬物盛衰而思慮紛紜也淮南子曰四時者春生夏長秋收冬藏悲落葉於勁秋喜柔條於芳春。秋暮衰落故悲春條敷暢故喜也淮南子曰木葉落長年悲心懍懍以懷霜志眇眇而臨雲。懍懍危懼貌眇眇高遠貌懷霜臨雲言高

何云此文華之本

民

絜也說文曰懔懔寒也孔融薦祢衡表曰志懷霜雪舞賦曰氣若浮雲志若秋霜詠世德之駿烈誦先人[民]之清芬言歌詠世有俊德者之盛業先民謂先世之人有清美芬芳之德而誦勉毛詩曰王配于京世德作求又曰在昔先民有作遊文章之林府嘉麗藻之彬彬論語曰文質彬彬然後君子孔安國注曰彬彬文質見半之貌慨投篇而援筆聊宣之乎斯文韓詩外傳曰孫叔敖治楚三年而國霸楚史援筆而書之於策尚書中候曰玄龜負圖出洛周公援筆以寫也

其始也皆收視反聽耽思傍訊收視反聽言不視聽也耽思傍訊靜思而求之也毛萇詩傳曰耽樂之久廣雅曰訊問也精騖八極心遊萬仞精神騖也八極萬仞言高遠也淮南子曰八紘之外乃有八極包咸論語注曰七尺曰仞其致也情曈曨而彌鮮物昭晣而互進爾雅曰致至也埤蒼曰曈曨欲明也說文曰昭晣明也傾羣言之瀝液漱六藝之芳潤揚子法言曰或問羣言之長曰羣言之長德言也宋衷曰羣非一也周禮曰六藝禮樂射御書數也浮天淵以安流濯下泉而潛浸言思慮之至無處不至故上至天淵於安流之中下至下泉於潛浸之所劇秦美新曰盈塞天淵之間楚辭曰使江水兮安流毛詩曰洌彼下泉浸彼苞稂

以上言作文之由

此構思之始

六藝六經也

二句須聯決辭下解之喻隱身能顯之揚者能抑之

怫悅猶怫鬱

四句意言去故就新也

此言搆思之狀

別景

抱景二句言應有之義皆無所遺

二句言文之來若龍虎而馴擾之如鳥獸瀾於闌也言在範茲之中法迂曲

於是沈辭怫悅若遊魚銜鉤而出重淵之深怫悅難出之貌浮藻聯翩若翰鳥纓繳而墜曾雲之峻聯翩將墜貌王弼周易注曰翰高飛也說文曰繳生絲縷也謂縷繫矰矢而以弋射收百世之闕文採千載之遺韻論語子曰吾猶及史之闕文謝朝華於已披啓夕秀於未振華秀以喻文也已披言已用也觀古今於須臾撫四海於一瞬高唐賦曰須臾之間司馬遷曰卒卒無須臾之間莊子老聃曰俛仰之間再撫四海之外呂氏春秋曰萬世猶一瞬說文曰開闔目數搖也尸閏切然後選義按部考辭就班小雅曰班次也抱景者咸叩懷響者畢彈言皆擊擊而用或因枝以振葉或沿波而討源孔安國尚書傳曰順流而下曰沿源水本也或本隱以之顯或求易而得難言或本之於隱而遂之顯或求之於易而便得難之或爲未非也或虎變而獸擾或龍見而鳥瀾周易曰大人虎變其文炳也言文之來若龍之見煙雲之上如鳥之在波瀾之中應劭曰擾馴也莊子曰君子尸居而龍見大波曰瀾或妥帖而易施或岨

景

眇古以为妙字　眇

二句言初難後獲之狀

含毫邈然謂文成之遲

以上言命篇之必郁著辭意之狀

峿而不安。妥帖易施貌公羊傳曰帖服也廣雅曰帖靜也王逸楚辭序曰義多乖異事不妥帖岨峿不安貌楚辭曰圜鑿而方枘兮吾固知其鉏鋙而難入妥他果切帖吐協切岨助舉切峿魚呂切

罄澄心以凝思，眇眾慮而為言。周易曰神也者妙萬物而為言者也

籠天地於形內，挫萬物於筆端。淮南子曰太一者牢籠天地也說文曰挫折也韓詩外傳曰辟文士之筆端辟武士之鋒端辟辯士之舌端

始躑躅於燥吻，終流離於濡翰。廣雅曰躑躅跢跦也鄭玄毛詩箋云志往謂跢躕也蹢與躑同跢跦與跢跦同蒼頡篇曰吻脣兩邊也莫粉切字林曰吻口邊流離津液流貌劉公幹詩曰敘意於濡翰毛萇詩傳曰濡漬也濡如娛切漢書音義韋昭曰翰筆也協韻音寒

理扶質以立幹，文垂條而結繁。言文之體必須以理為本垂條以樹喻也廣雅曰幹本也鄭玄禮記注曰繁盛也

信情貌之不差，故每變而在顏。楚辭曰情與貌其不變

思涉樂其必笑，方言哀而已歎。或操觚以率爾，或含毫而邈然。觚木之方者古人用之以書猶今之簡也史由急就章曰急就奇觚觚木簡也論語先進篇子路帥爾而對毫謂筆毫也王逸楚辭注曰鋭毛為毫也毛詩曰聽我藐藐毛萇曰藐藐然不入

伊茲事

課虛二句極狀用意之精微

粲、鬱皆小逗、二句與理扶質二言相發明釋助

鬱上狀文之深閟芳茂

二句與理扶質二言相發明釋助

之可樂。固聖賢之所欽。茲事謂文也左氏傳仲尼曰志有之言足以志文足以言不言誰知其志言而不文行之不遠課虛無以責有。叩寂寞而求音。春秋說題辭曰虛生有形淮南子曰寂寞音之主也函緜邈於尺素。吐滂沛乎寸心。毛萇詩傳曰函含也古詩曰中有尺素書列子文摯謂叔龍曰吾見子之心矣方寸之地虛矣言恢之而彌廣。思按之而逾深。杜預左氏傳注曰恢大也按抑按也言思慮一發愈深恢大播芳蕤之馥馥。發青條之森森。說文曰蕤草木華垂貌纂要曰草木華曰蕤字林曰森多木長貌以喻文采若芳蕤之香馥青條之森盛也粲風飛而猋豎。鬱雲起乎翰林。爾雅曰颫颻謂之猋長楊賦曰翰林以為主人體有萬殊。物無一量。文章之體有萬變之殊中眾物之形無一定之量也淮南子曰斟酌萬殊紛紜揮霍。形難為狀。紛紜亂貌揮霍疾貌西京賦曰跳丸劍之揮霍辭程才以效伎。意司契而為匠。眾辭俱湊若程才效伎取捨由意類司契為匠老子曰有德司契論衡曰能雕琢文書謂之史匠也在有無而僶俛。當淺深而不讓。毛詩曰何有何無僶

泯

無當作唯

此下以數字括論一體皆碻不可易

碑是以體而當叙事故文其表而質在乎

禁邪制放詩體所同

已上辨體

俛求之俛俛由勉强也論語子曰當仁不讓於師雖離方而遯員期窮形而盡相方圓謂規矩也言文章在有方圓規矩也故夫夸目者尚奢愜心者貴當其事既殊爲文亦異故欲夸目者爲文尚奢欲快心者爲文貴當愜猶快也起頰切言窮者無隘論達者唯曠言其窮賤者立説無非湫隘其論通達者發言唯存放曠詩緣情而綺靡賦體物而瀏亮詩以言志故曰緣情賦以陳事故曰體物綺靡精妙之言瀏亮清明之稱漢書甘泉賦曰瀏清也字林曰清瀏流也碑披文以相質誄纏綿而悽愴碑以叙德故文質相半誄以陳哀故纏綿悽慘銘博約而温潤箴頓挫而清壯博約謂事博文約也銘以題勒示後故博約温潤箴以譏刺得失故頓挫清壯頌優遊以彬蔚論精微而朗暢頌以褒述功美以辭爲主故優遊彬蔚論以評議臧否以當爲宗故精微朗暢彬蔚已見上文漢書音義曰暢通也奏平徹以閑雅説煒曄而譎誑奏以陳情叙事故平徹閑雅説以感動爲先故煒曄譎誑雖區分之在兹亦禁邪而制放要辭達而理舉故無取乎冗長論語

何焯云離方遯員二句謂文無定體以有體爲常也

綺文也靡細也微也

説七國時士縱横捭闔煒曄陳言取快一时雖有煒曄譎誑之觀

後來范沈聲律之論皆濫觴於此實已盡其要妙也

二句必聯此下文謂乃見音聲無常惟達變者能調之也

注未釋秩秩當田本作秩耳

秩已上言會意遣言而詳論調聲

子曰辭達而已矣文穎漢書注曰冗散也如勇切言文章體要在辭達而理舉也其為物也多姿其為體也屢遷萬物萬形故曰多姿文非一則故曰屢遷琴賦曰既豐贍以多姿周易曰為道也屢遷其會意也尚巧其遣言也貴妍暨音聲之迭代若五色之相宣言音聲迭代而成文章若五色相宣而為繡也爾雅曰暨及也又曰迭更也論衡曰學士文章其猶絲帛之有五色之功杜預左氏傳注曰宣明也雖逝止之無常固崎錡而難便言雖逝止無常唯情所適以其體多變固崎錡難便也逝止由去留也崎錡不安貌楚辭曰嶔岑崎錡崎音綺錡音蟻苟達變而識次猶開流以納泉言其易也如失機而後會恒操末以續顛言失次也謬玄黃之秩敘故淟涊而不鮮言音韻失宜類繡之玄黃謬敘故淟涊垢濁而不鮮明也禮記曰朱綠之玄黃之以為黼黻文章楚辭曰切淟涊之流俗王逸曰淟涊垢濁也或仰逼於先條或俯侵於後章擬辭或孚於後義廣雅曰條科條也凡為文之體先後皆須意別不能者則有此累或辭害而理比或言順而義妨周易曰比輔也說文曰妨害也離之則雙美合之則

此言權衡所裁去取雖意非不當亦應繩之

銓

已上言去取之術

適當也讀如適莫之適

不易不可改易也

已上言篇中必有主語

兩傷考殿最於錙銖定去留於毫芒漢書音義項岱曰殿負也最善也韋昭曰弟一為最極下曰殿又曰下功曰殿上功曰最鄭玄禮記注曰八兩為錙漢書曰黃鍾之一籥容千二百黍重十二銖然百黍重一銖也應劭漢書注曰十黍為一絫十絫為一銖賓戲曰銳思毫芒之內音義曰芒稻芒毫毛兔毫苟銓衡之所裁固應繩其必當言銓衡所裁苟有輕重雖應繩墨須必除之聲類蒼頡篇曰銓稱也曰銓所以稱物也七全切漢書曰衡平也平輕重也尚書曰惟木從繩則正莊子曰匠石治木直者應繩或文繁理富而意不指適極無兩致盡不可益言其理既極而無兩致其言又盡而不可益立片言而居要乃一篇之警策以文喻馬也言馬因警策而彌駿以喻文資片言而益明也夫駕之法以策駕乘今以一言之好最於眾辭若策驅馳故云警策論語子曰片言可以折獄左氏傳繞朝贈士會以馬策曹子建應詔詩曰僕夫警策鄭玄周禮注曰警勑戒也雖眾辭之有條必待茲而效績必待警策之言以效其功也家語公父文伯之母曰男女效績愆則有辟亮功多而累寡故取足而不易言其功既多為累蓋寡故以取足而不改易其文或藻思綺合清麗千

或謂警於驚也策即孟子吾於武成取二三策之策警之策蓋謂一篇中之警動者又左傳繞朝贈之以策杜注以為馬策服虔解為策書

昔之曩篇之曩當乙

已上言不當勦襲

眼說文曰謂文藻思如綺會千眼光色盛貌 炳若縟繡悽若繁絃說文曰縟繁彩色也又繡五色彩備也蔡邕琴賦曰繁絃既抑雅音復揚 必所擬之不殊乃闇合乎曩篇言所擬不異闇合昔之曩篇爾雅曰曩久也謂久舊也 雖杼軸於予懷怵他人之我先杼軸以織喻也雖出自己情懼他人先己也毛詩曰杼軸其空 苟傷廉而愆義亦雖愛而必捐言他人言我雖愛之必須去之也王逸楚辭注曰不受曰廉說文曰捐棄也 或苕發穎豎離衆絕致苕草之苕也言作文利害理難俱美或有一句同乎苕發穎豎離於衆辭絕於致思也毛詩傳曰苕陵苕也孫卿子曰蒙鳩爲巢繫之葦苕小雅曰禾穗謂之穎 形不可逐響難爲係言方之於影而形不可逐譬之於聲而響難係也鶡冠子曰影之隨形響之應聲 塊孤立而特峙非常音之所緯文之綺麗若經緯相成一句既佳塊然立而特峙非常音所能緯也 心牢落而無偶意徘徊而不能揥牢落猶遼落也言思心牢落而無偶揥之意徘徊而未能也蔡邕瞽師賦曰時牢落以失次咢繼蹇而陽絕說文曰揥取也他狄切協韻他帝切或爲褫褫猶去也 石韞玉而山輝水懷珠而川媚

褫

翠即翠鳥言榛楛惡木而有珍禽萃之則木亦蒙禽之榮而不見剗伐也

已上言文中雖有佳處而全篇不稱

已上言情而無應此文小之故

雖無佳偶因而留之譬若水石之藏珠玉山川爲之輝媚也尸子曰水中折者有玉圓折者有珠孫卿子曰玉在山而木潤淵生珠而岸不枯高氏注玉陽中之陰故能潤澤草珠陰中之陽有明故岸不枯廣雅曰韞裹也

彼榛楛之勿翦亦蒙榮於集翠

榛楛喻庸音也以珠玉之句既存故榛楛之辭亦美毛詩曰榛楛濟濟郭璞山海經注曰榛小栗楛木可以爲箭

綴下里於白雪吾亦濟夫所偉

言以此庸音而偶彼嘉句譬以下里鄙曲綴於白雪之高唱吾雖知美惡不倫然且以益夫所偉也宋玉對楚王問曰客有歌於郢中者其始曰下里宋玉笛賦曰師曠爲白雪之曲淮南子曰師曠奏白雪而神禽下降白雪五十絃瑟樂曲名下里俗之謡歌說文曰偉猶奇也協韻禹貴切

或託言於短韻對窮迹而孤興

短韻小文也言文小而事寡故曰窮迹迹窮而無偶故曰孤興

俯寂寞而無友仰寥廓而莫承

言事寡而無偶俯求之則寂寞而無友仰應之則寥廓而無所承

譬偏絃之獨張含清唱而靡應

言累句以成文猶衆絃之成曲今短韻孤起譬偏絃之獨張含清唱而無應韻之孤起藴麗則而莫承也毛萇詩傳曰靡無也應於興切

或寄辭於瘁音徒靡言而弗華

瘁音謂惡辭也靡美也言空美而不光華也班固漢書贊

瘁音猶云庸音俗調

已上言應而不和此辭寙之故

已上言和而不悲此理虛之故

已上言悲而不雅此聲俗之故

曰纖微憔悴之音作而民思憂薛君韓詩章句曰靡好也混妍蚩而成體累良質而爲瑕妍謂蚩謂瘁音既混妍蚩共爲一躰翻累良質而爲瑕也言靡礼記曰玉瑕不掩瑜鄭玄曰瑕玉之病也胡加切象下管之偏疾故雖應而不和言其音既瘁其言徒靡類乎下管其聲偏疾升歌與之間奏雖復相應而不和諧杜預左氏傳注曰象類也礼記曰升歌清廟下管象武王肅家語注曰下管堂下吹管象武舞也或遺理以存異徒尋虛以逐微言寡情而鮮愛辭浮漂而不歸漂猶流也不歸謂不歸於實猶絃么而徽急故雖和而不悲說文曰么小也於遥切淮南子曰鄒忌一徽琴而威王終夕悲許慎注曰鼓琴循絃謂之徽悲雅俱有所以成樂直雅而無悲則不成或奔放以諧合務爲奔放之和以求和合務嘈囋而妖冶埤蒼曰嘈囋聲皃嘈與囋及囋同才曷切徒悅目而偶俗固高聲而曲下言聲雖高而曲下張衡舞賦曰既娛心以悅目廣雅曰耦諧也耦與偶古字通寤防露與桑閒又雖悲而不雅防露未詳一居賦曰楚客放而防露作注曰楚人放逐東方朔感江潭而作七諫然靈運有七諫有防露之言遂以七諫爲防露也礼記曰桑閒濮上之音亡

文心麗辭云若气無奇類文乏異采碌碌麗辭則昏睡耳目

文心定勢云若雅鄭而共篇則總一之勢離

文心麗辭云若兩事相配而優劣不均是驥在左駑爲右服也

已上言雅而不豔此質多之故

國之音也鄭玄曰濮水之上地有桑間先亡國之音於此水上或清虛以婉約每除煩而去濫左氏傳君子曰臣除煩而去惑闕大羹之遺味同朱絃之清氾雖一唱而三歎固既雅而不豔言作文之體必須文質相半雅艷相資今文少而質多故既雅而不豔比之大羹而闕其餘味方之古樂而同清氾言質之甚也餘味謂樂羹皆古不能備其五聲五味故曰有餘也禮記曰清廟之瑟朱絃而疏越一唱而三歎有遺音者矣大饗之禮尚玄酒而俎腥魚大羹不和有遺味者矣鄭玄曰朱絃練朱絃也練則聲濁越瑟底孔畫疏之使聲遲唱發歌句者三歎三人從而歎之大羹肉湆不調以鹽菜也遺猶餘也然大羹之有餘味以爲古矣而又闕之甚甚之辭也若夫豐約之裁俯仰之形廣雅曰約儉也因宜適變曲有微情毛萇詩傳曰適之也楚辭曰結微情以陳辭說文曰微妙也或言拙而喻巧或理朴而辭輕或襲故而彌新或沿濁而更清孔安國尚書傳曰襲因也禮記曰明王以相沿鄭玄曰沿猶因述也或覽之而必察或研之而後精譬猶舞者赴節以投袂歌者應絃而遣聲王粲七釋曰邪睨鼓下亢音赴節左氏傳

文有專尚清約而質樸者

各鎔裁云思贍者善敷才覈者善刪

文心事類云凡用舊合機不啻自其口出

已上總論文之變言隨手之變難以詞述

濬發之高言有文實巧而不為世俗所知其注未諦

㰻　㰻別本校語

中原有菽喻易采亦由言世間自有佳文而佳者寡題

曰投袂而起杜預曰投振也**是蓋輪扁所不得言故亦非華說之所能精**莊子曰桓公讀書於堂上輪扁斲輪於堂下釋椎鑿而上問桓公敢問公之所讀者何言也公曰聖之言曰聖人在乎公曰死矣輪扁曰然則君之所讀者聖人之糟魄耳公曰寡人讀書輪人安得議乎有說則可無說則死輪扁曰臣也以臣之事觀之斲輪徐則甘而不固疾則苦而不入矣不徐不疾得於手而應於心口不能言也有數存焉於其間臣不能以喻臣之子臣之子亦不能受之於臣是以行年七十而老斲輪郭子玄云言物各有性効學之無益也李頤曰齊桓公也扁音篇又扶緬切斲丁角切謂斲輪之人扁其名也魄音普莫切李頤曰酒滓曰糟司馬彪曰爛食曰魄甘緩也苦急也李曰數術也王充論衡曰虛談竟於華葉之言無根之深安危之際文人不與徒能華說之効也**普辭條與文律良余膺之所服**尚書帝曰律和聲孔安國曰律六律也禮記子曰回得一善則拳拳服膺不失之**練世情之常尤識前脩之所淑**纆子董無心曰罕得事君子不識世情尤非也楚辭曰蹇吾法夫前脩非時俗之所服淑善也**雖濬發於巧心或受㰻於拙目**言文之難不能無累雖復巧心濬發或於拙目受蚩㰻笑也㰻與蚩同**彼瓊敷與玉藻若中原之有菽**瓊敷玉藻以喻文也毛詩

覬覦

謂瓊敷玉藻之文帆勤學能致所喻絶非詩本旨

上六

挈缾自喻己言謂古之佳文

以下言古人之文既歎佳者己之文亦復然邪此見士衡之嫌虛前云恒患意不稱物文不逮意非知之難能之難此節与彼文相應

踸踔於短垣言為才分所限

已上言古之佳文難得故己作亦鮮有佳

總自述

佳者皆非易得

曰中原有菽庶人采之毛萇曰中原原中也菽藿也力采者得之同橐籥之罔窮與天地乎並育老子曰天地之間其猶橐籥乎虛而不屈動而愈出河上公曰橐籥中空虛故能育聲氣也王弼曰橐排橐籥樂器按橐冶鑄者用以吹火使炎熾說文曰橐囊也音託籥音藥雖紛藹於此世嗟不盈於予掬毛詩曰終朝采綠不盈一掬毛萇曰綠王芻兩手曰掬患挈缾之屢空病昌言之無屬挈缾喻小智之人以注在上何休曰提猶挈也左傳曰雖有挈缾之智守不假器論語曰回也屢空尚書帝曰禹亦昌言孔安國曰昌當也王逸楚辭注曰屬續也故踸踔於短垣放庸音以足曲廣雅曰踸踔無常也今人以不定爲踸踔不定亦無常也莊子曰夔謂蚿曰吾以一足踸踔而行爾無如矣謂腳長短也踸勑甚切踔勑角切國語曰有短垣君不踰爾雅曰庸常也恒遺恨以終篇豈懷盈而自足言才恒不足也荅賓戲曰孔終篇於西狩懼蒙塵於叩缶顧取笑乎鳴玉缶瓦器而不鳴更蒙之以塵故取笑乎玉之鳴聲也文子曰蒙塵而欲無眯不可得也李斯上書曰擊甕叩缶若夫應感之會通塞之紀紀綱紀也周易曰不出戶庭知通塞也來不可遏去不

文十七

八

一頁

蒼蔚宗云詩賦娙書云所以每於操筆其所成篇殆無全稱者

自求於心也

章

可止莊子曰其來不可却其去不可止毛詩傳曰遏止也孔安國尚書傳曰遏絕也藏若景滅行猶響起枚乘
上書曰景滅迹絕王命論曰趣時如響起方天機之駿利夫何紛而不理莊子蚿曰今予動吾天機
司馬彪曰天機自然也又大宗師曰其耆欲深者其天機淺也劉瓛曰言天機者言萬物轉動各有天性任之自然不知所由然也思風
發於胷臆言泉流於脣齒論衡曰吾言潏淈而泉出紛葳蕤以馺遝唯
毫素之所擬葳蕤盛貌馺遝多貌封禪書曰紛綸葳蕤毫筆也纂文曰書縑曰素楊雄書曰齎油素四尺文
徽徽以溢目音泠泠而盈耳延篤仁孝論曰煥乎爛兮其溢目也論語曰洋洋乎盈耳哉及其
六情底滯志往神留春秋演孔圖曰詩含五際六情絕於申宋均曰申申公也仲長子昌言曰喜怒哀樂好惡
謂之六情國語曰夫人氣縱則底底則滯韋昭曰底著也滯廢也兀若枯木豁若涸流莊子曰形固可使如枯木
心固可使如死灰郭象注莊子曰遺身而自得雖掞然而不持坐忘行忘而爲之故行若曳枯木止若聚死灰是以云其神凝也向秀曰死灰枯木取
其寂漠無情耳爾雅曰涸竭也
國語泉涸而成梁涸水盡也攬營魂以探賾頓精爽於自求自求

已上言文思開塞之殊

恢萬里由言所傳其廣通億載由言所行其久文章容時容方皆備廣適博也

於文也楚辭曰營魂而升遐周易曰探賾索隱鉤深致遠左氏傳樂祁曰心之精爽是謂魂魄孟子曰使自求之

理翳翳而愈伏。思乙乙其若抽。方言曰翳奄也乙抽也乙難出之貌說文曰陰氣尚強其出乙乙然乙音軋新論曰桓譚嘗欲從子雲學賦子雲曰能讀千賦則善爲之矣譚慕子雲之文嘗精思於小賦立感發病彌日瘳子雲說成帝祠甘泉詔雄作賦思精苦困倦小臥夢五藏出外以手收而內之及覺病喘悸少氣士衡與弟書曰思苦生疾

是以或竭情而多悔。或率意而寡尤。左氏傳趙武曰范會言於晉國竭情無私淮南子曰人輕小害至於多悔論語子曰言寡尤行寡悔包曰尤過也

雖兹物之在我。非余力之所勠。物事也勠并也言文之不來非予力之所并國語曰勠力一心賈逵曰勠力併力也

故時撫空懷而自惋。吾未識夫開塞之所由。開謂天機駿利塞謂六情底滯

伊兹文之爲用。固衆理之所因。恢萬里而無閡。通億載而爲津。言文能廓萬里而無閡假令億載而今爲津法言曰著古昔之昬昬傳千里之忞忞者莫如書軌曰昬昬目所不見忞忞心所不了小雅曰閡限也

俯貽則於來葉。仰觀象乎古人。葉世

賦之稱頌

此近今所謂笙也

已上總歎之用

也幽通賦曰終保己而貽則尚書曰予恐來世又曰予欲觀古人之象 濟文武於將墜。宣風聲於不泯。論語子貢曰文武之道未墜於地尚書畢命曰彰善癉惡樹之風聲毛詩曰靡國不泯毛萇曰泯滅也爾雅曰泯盡也 塗無遠而不彌。理無微而弗綸。法言曰彌綸天地之事記久明遠者莫如書周易曰易與天地準故能彌綸天地之道王肅曰彌綸纏裹也 配靄潤於雲雨。象變化乎鬼神。論衡曰山大者雲多太山不崇朝辨雨天下然則賢聖有雲雨之智彼其吐文萬牒以上賈子曰神者變化而無所不為也 被金石而德廣。流管絃而日新。金鐘鼎也石碑碣也言文之善者可被之金石施之樂章禮記曰金石絲竹樂之器也漢書曰聖王已没鐘鼓管絃之聲未衰吳越春秋樂師謂越王曰君王德可刻之於金石聲可託之於管絃毛詩曰漢廣德廣所及也周易曰日新之謂盛德

音樂

樂記曰凡音之起由人心生也心之動物使之然也感於物而動故形於聲聲相應故生變變成方謂之音比音而樂之及干戚羽旄謂之樂注曰方猶文章也又曰聲成文謂之音

洞簫賦

漢書音義如淳曰洞者通也簫之無底者故曰洞簫釋名簫肅也言其聲肅肅然清也大者二十三

管長三尺四寸小者十六管一名籟

王子淵 漢書曰王襃字子淵蜀人也宣帝時爲諫議大夫帝太子體不安苦忽忽不樂詔使襃等皆之太子宮娛侍太子朝夕誦讀奇文及自所造作疾平復乃歸太子嘉襃所爲甘泉及洞簫頌令後宮貴人左右皆誦讀之益州有金馬碧雞之寶使襃祀焉於道病卒

原夫簫幹之所生兮于江南之丘墟 廣雅曰原本也江圖曰慈母山此山竹作簫笛有妙聲丹陽記曰江寧縣慈母山臨江生簫管竹王襃賦云于江南之丘墟即此處也其竹圓異衆處自伶倫採竹嶰谷後見此奇故歷代常給樂府而呼鼓吹山幹小竹也王逸楚辭注曰幹體也 洞條暢而罕節兮標敷紛以扶踈 條暢條直通暢也罕稀也言竹節稀踈而相去標竹之末也宋玉笛賦曰奇篠異幹罕節簡支敷紛茂盛扶踈四布 徒觀其旁山側兮則嶇嶔巋崎倚巇迤巁誠可悲乎其不安也 嶇嶔巋崎皆山險峻之貌迤巁邪平之貌言竹生其旁故欹側不安巁音靡 彌望儻莽聯延曠瀁又足樂乎其

敞閑也。儻莽曠盪寬廣之貌儻佗朗切敞大貌言竹生敞閑之處又足樂也託身軀於后土兮經萬載而不還。左氏傳晉大夫謂秦伯曰君履后土而戴皇天后土地也言竹託生於地經歷萬載不易其貞萃也吸至精之滋熙兮稟蒼色之潤堅。周易曰精氣爲物滋熙潤悅貌孔安國尚書傳曰稟受也周易曰震爲蒼莨竹感陰陽之變化兮附性命乎皇天。孫卿子曰陰陽大化周易曰四時變化翔風蕭蕭而逕其末兮迴江流川而溉其山。風賦曰翶翔乎激水之上荊軻歌曰風蕭蕭兮易水寒言風蕭蕭逕過其末回江謂江回曲也說文曰溉猶灌也言江之流注灌溉其山也揚素波而揮連珠兮聲礚礚而澍淵。呂忱曰波水涌也漢武帝秋風辭曰橫中流兮揚素波杜預左氏傳注曰揮湔也湔音贊字指曰礚大聲也說文曰注灌也澍與注古字通朝露清泠而隕其側兮玉液浸潤而承其根。說文曰液津也夾石切孤雌寡鶴娛優乎其下兮春禽羣嬉翶翔乎其顛。說文曰嬉樂也秋蜩不食抱樸而長吟兮玄猨悲嘯搜

原賦作於

據注諠改屏　注字顛倒

妃 此本作婓 妃与襄字形近 襄

索乎其間爾雅曰蜩蜋蜩方言曰楚謂蟬爲蜩家語子夏曰蟬飲露而不食蜩徒凋切抱音附蒼頡篇曰朴木皮也上林賦曰玄猨素雌搜索往來貌搜所求切索所白切處幽隱而奧庰兮密漠泊以㺃猭廣雅曰奧藏也說文曰屏蔽也庰與屏同嵮岶竹窘貌㺃猭相連延貌字書𤢖猭獸逃走也漠與嵮同浦百切泊與岶同亡百切㺃勑陳切猭勑貞切惟詳察其素體兮宜清靜而弗諠方言曰素本也言審視竹之本體清而不讙譁也幸得謚爲洞簫兮蒙聖主之渥恩謚號也實二切言得謚爲簫而恒施用之豈非蒙聖王之厚恩也可謂惠而不費兮因天性之自然論語子曰因人所利而利之斯不亦惠而不費乎家語孔子曰器用陶匏以象天地之性也萬物無可以稱之者故其自然之體於是般匠施巧夔妃准法墨子曰公輸爲雲梯鄭玄曰般倕伎巧者莊子曰匠石之齊見櫟社樹匠伯不顧司馬彪曰匠石字伯尚書帝曰夔命汝典樂教胄子妃未詳也一云夔列子曰孔子就師襄學琴帶以象牙掍其會合帶猶飾也方言曰掍同也言以象牙飾其會合之際言巧密也掍胡本切鎪鏤離灑絳脣錯雜爾雅曰鏤鎪也離灑鏤鏤之貌絳脣謂簫孔以

當为懇之誤

朱飾之灑所宜切粼鄰、菌、繚、糾、羅、鱗、捷、獵。言簫之形也鄰菌繚糾相著貌如羅魚鱗布列也捷獵參差也膠緻理比。挹抐擫㩶。膠緻理比言細密也挹抐擫㩶言中制也北扶至切挹於泣切抐女立切擫於頰切㩶奴協切於是乃使夫性昧之宕冥生不覩天地之體勢闇於白黑之貌形性昧宕冥謂天性闇昧過於幽冥也說文曰宕過也生初生也淮南子曰夫盲者不能別晝夜分白黑矣憤伊鬱而酷䎃愍眸子之喪精鄭玄禮記注曰憤怒氣充實也伊鬱不通酷猶甚也蒼頡篇曰䎃憂貌奴谷切廣雅曰眼珠子謂之眸趙岐孟子注曰眸子目瞳子也寡所舒。其思慮兮專發。憤乎音聲。言宕冥生之人而絕所見思慮無所故得專意發憤在於音聲論語子曰發憤忘食故吻吮值夫宮商兮龢紛離其匹溢言口吻所吮皆遇宮商紛離匹溢聲四散也字林曰吻口邊也說文曰吮嗽也似兖切形旖旎以順吹兮瞋㖤喖以紆鬱言簫聲既發形旖旎以隨之漢書音義張揖曰旖旎猶阿那也司馬相如賦曰又旖旎以招搖說文曰顄頤也釋名曰喖咽下垂也言氣之盛而㖤喖類瞋也楚辭曰鬱結紆軫王逸曰紆曲也㖤與顄劉並音含喖音胡氣旁迕

誤當作吸

鍖銋猶沾濡呫囁也

以飛射兮馳散渙以邈律旁迕言氣競旁出遞相迕也飛射氣出迅疾也散渙分布也邈律出遲貌邈張律切趣從容其勿述兮鶩合遝以詭譎勿述無所逆誤之貌合遝盛多貌封禪書曰奇物譎詭詭譎猶奇怪也或渾沌而潺湲兮獵若枚折聲或渾沌不分潺湲或復其聲樸無似枚之折也雜字曰潺湲水流貌獵聲也詩曰伐其條枚毛萇詩傳曰枚幹也廣雅曰獵折也或漫衍而駱驛兮沛焉競溢漫衍流溢貌駱驛相連延貌沛多貌悈慄密率掩以絕滅悈慄寒貌恐懼也風賦曰憯悽悈慄密率安靜也掩止息貌嚌霵曄踕跳然復出嚌霵曄踕眾聲疾貌說文曰跳躍也嚌胡急切霵或為驟同助急切跳徒彫切若乃徐聽其曲度兮廉察其賦歌廉亦察也啾咇喞而將吟兮行鍖銋以龢囉啾眾聲也咇喞聲出貌行猶且也胡庚切鍖銋聲不進貌龢囉聲迭蕩相雜貌咇音筆喞音櫛鍖湯錦切銋奴錦切風鴻洞而不絕兮優嬈嬈以婆娑鴻洞相連貌嬈嬈柔弱也婆娑分散貌廣雅曰嬈奇也翩緜連以牢落兮漂乍棄而為他說文曰漂浮也芳妙切他謂奇聲也言聲漂結

而去棄其舊調而更爲奇聲要復遮其蹊徑兮與謳謠乎相龢謳謠已發簫聲於其蹊徑要復而遮之與之相和也龢古和字故聽其巨音則周流氾濫并包吐含若慈父之畜子也韓詩曰夫爲人父者必懷慈仁之愛以畜養其子也含下闇切其妙聲則清靜厭瘱順敘卑迖若孝子之事父也妙聲聲之微妙也厭安靜貌曹大家列女傳注曰瘱深邃也音翳字林曰迖滑也迖佗戾切科條譬類誠應義理澎濞慷慨一何壯士言聲之慷慨如壯立澎濞渡浪相激之聲說文曰慷慨壯士不得志於心也優柔溫潤又似君子大戴禮曰優之柔之禮記曰溫潤而澤故其武聲則若雷霆輘輷佚豫以沸渭輘輷大聲也埤蒼曰沸渭不安貌輘力萠切輷呼萠切沸或爲潰扶味切渭音謂其仁聲則若颽風紛披容與而施惠呂氏春秋曰南方曰颽風颽風長物故曰施惠容與寬裕之貌或雜遝以聚斂兮或拔撥以奮棄雜遝衆多貌拔撥分散也何休公羊傳注曰側手擊曰撥拔扶割切撥蘇割切悲愴怳以惻惐兮時恬淡以緩肆

楚辭曰憯悽憤恨兮惻惐傷痛也廣雅曰恬靜也
說文曰淡安也綏遲也王肅尚書注曰肆緩也被淋灑其靡靡兮
時橫潰以陽遂孔安國尚書傳曰被及也淋灑不絕貌靡靡聲之細好
也橫潰旁決貌陽遂清通貌言其聲或盛壯而細密時
復橫潰而清通也橫音于孟切鄭玄周
禮注曰陽清也又禮記注曰遂達也哀悄悄之可懷兮良醰醰而
有味毛詩曰中心悄悄說文曰憂煩悄邑憂貌字林曰
悄舍怒也於玄切又曰醰甜同長味也大含切故貪饕者聽
之而廉隅兮狼戾者聞之而不懟尚書曰叨懫曰欽孔安國曰貪
饕急懫禮記曰儒者有砥礪廉
隅戰國策曰張儀去趙王
狼戾無親爾雅曰懟怨也剛毅彊虣反仁恩兮嘽唌逸豫戒其失
字書曰虣古文暴字也嘽唌逸豫舒
緩自放縱之貌嘽吐誕切唌音誕鍾期牙曠悵然而愕兮杞
梁之妻不能爲其氣呂氏春秋曰伯牙鼓琴志在太山鍾子期曰
善哉巍巍乎若太山須臾志在流水子期曰
善哉洋洋若流水子期死伯牙破琴絕絃終身不復鼓琴以爲世無人爲
鼓琴者按列女傳齊杞殖妻也齊莊公襲莒殖戰死杞梁之妻無子內外
無五屬之親既非所歸乃就其夫之屍於其城下而哭之內誠動人道路
迎者莫不爲之揮涕十日而城爲之崩杞梁字殖名也鄭玄注禮魯襄公

三

二十九年齊侯襲莒是也列子曰伯牙善鼓琴鐘子期善聽左氏傳曰師曠侍於晉侯杜預曰師曠晉樂太師子野書曰愕驚也琴操曰杞梁妻嘆者齊邑芑梁殖之妻所作也殖死妻嘆曰上則無父中則無夫下則無子將何以立吾亦死而已援琴而鼓之曲終遂自投水而死芑與杞同也

師襄嚴春不敢竄其巧兮浸淫叔子遠其類家語曰孔子學鼓琴於師襄七略有莊春言琴宋玉笛賦曰於是天旋少陰白日酒靡命嚴春使叔子浸淫猶漸冉相親附之意也毛萇詩傳曰昔顏叔子獨處于室鄰之釐婦又獨處室夜暴風雨至屋壞婦人趨而至叔子納之而使執燭放於乎旦蒸盡摍屋而繼之自為避嫌不審矣趙岐孟子章句曰故至也方往切

嚚頑朱均惕復惠兮桀跖鬻博儡以頓顇左氏傳富辰曰心不則德義之經為頑口不道忠信之言為嚚史記曰堯子丹朱不肖舜子商均亦不肖復惠復黠慧也桀夏桀也跖盜跖也莊子曰施及三王天下大駭矣下言桀跖上有曾史鬻夏育也古字同博申博也未詳其始陸機夏育贊曰夏育之猛千載所希申博角勇臨頷奮椎儡羸族貌顇郎愁顇也

吹參差而入道德兮故永御而可貴楚辭曰吹參差兮誰思王逸曰參差洞簫時奏狡弄則彷徨翱翔埤蒼曰彷徨猶彷徉也或留而不行或行而不留言逝止無常狡急也弄小曲也

草恅灡漫亡耦失𤳳 埤蒼曰嘆𦺇寂靜也嘆𦺇與慔恅音義同慔鹿飁 剌老田老切恅閙草切灡漫分散也上林賦曰灡漫遠遷

遷 薄索合沓罔象相求 薄迫也索求也合沓重沓也罔象虛無罔象然也莊子曰黃帝遊赤水之武遺其玄時罔象求之而得

故知音者樂而悲之不知音者怪而偉之故聞其悲聲則莫不愴然累欷撆涕抆淚 說文曰撆城也匹結切廣雅曰戲欷悲也抆亦拭也亡粉切

其奏歡娛則莫不憚漫衍凱阿那腲腇者已 憚漫衍凱歡樂貌阿那腲腇舒遲貌埤蒼曰腲腇肥貌腲一罪切腇乃罪切

是以蟋蟀蚸蠖蚑行喘息 言所感深爾雅曰蟋蟀蛬也郭璞曰促織也爾雅曰蠖蚇蠖也郭璞曰今蝍蝛也周書曰蚑行喘息說文曰蚑徐行凡生類之行皆曰蚑蚑音奇說文曰喘疾息也

螻蟻蝘蜓蠅蠅翊翊 方言曰南楚謂螻蛄爲拈螻力侯切爾雅曰蚍蜉大螘螘與蟻同爾雅曰蜥蜴蝘蜓蝘於典切蜓徒典切蠅蠅胡胡遊行貌

遷延徙迤魚瞰雞睨 皆蟲之形也遷延徙迤却退貌魚目不瞑雞好邪視故取喻焉瞰視也睨邪視也

垂喙𧌒轉瞪瞢忘食 韓詩外傳曰𧌒寘有聲倮介之蟲無不延頸以聽說文曰喙口也許穢切或爲咮鳥

原賦作爛

○疑無此十二字是也　○失韻

口也都遺切蜑轉動貌埤蒼曰瞪直視也直耕切瞢視不審諦也莫耕切況感陰陽之龢而化風俗之倫哉家語曰人也者天地之德陰陽之交亂曰狀若捷武超騰踰曳迅漂巧兮狀聲之狀也捷武言捷巧曳亦踰也或爲跇鄭德曰跇度也弋制切漂疾也妨妙切又似流波泡溲汎湊趨巇道兮泡溲盛多貌汎湊微小貌又云波急之聲方言曰泡盛也薄交切溲所求切汎房法切埤蒼曰湊裁有水也所獵切巇道嶔巇之道哮呷呟喚躋躓連絕㴔殄沌兮言其聲之大哮呷呟喚或躋或躓時連時絕㴔然相亂殄沌不分也埤蒼曰哮嚇大怒也呼交切杜預左氏傳注曰躋升也將雞切漢書音義韋昭曰躓頓也竹利切㴔胡忽切沌徒損切攪搜㶅捎逍遥踊躍若壞頹兮攪搜㶅捎水聲也壞褢頹言如物崩壞頹毀也攪胡卯切搜所卯切㶅胡角切捎所學切優游流離躊躇稽詣亦足耽兮韓詩曰搔首躊躇稽詣言聲稽留如有所詣也蒼頡篇曰詣至也頹唐遂往長辭遠逝漂不還兮頹唐隕墜貌本或無此十二字賴蒙聖化從容中道樂不淫兮中於道德雖樂不荒左氏傳曰吳公子札來聘爲之歌頌曰遷而不淫樂而不荒條暢洞達

四字疑羨衍文

失韵

連延句上或脫一句

中節操兮言聲有條貫通暢洞達而中於節操終詩卒曲尚餘音兮言簫中次詩而曲將盡尚有餘音也吟氣遺響聯綿漂撇生微風兮漂撇餘響少騰相擊之貌漂匹遥切撇匹曳切連延駱驛變無窮兮

舞賦一首幷序按周禮舞師樂師掌教舞有兵舞有干舞有羽舞有旄舞呂氏春秋曰堯時陰氣滯伏陽氣閉塞使人舞蹈以達氣舞者音聲之容也

傅武仲范曄後漢書曰傅毅字武仲扶風茂陵人也少博學建初中肅宗博召文學之士以毅爲蘭臺令史少逸氣亦與班固爲竇憲府司馬早卒

楚襄王既遊雲夢使宋玉賦高唐之事高唐賦序曰楚襄王與宋玉遊於雲夢之臺望高唐之觀王曰試爲寡人賦之將置酒宴飲謂宋玉曰雲夢藪名在南郡華容縣高唐觀名此並假設爲辭寡人欲觴羣臣何以娛之左氏傳曰欒盈觴曲沃人杜預曰飲酒於曲沃玉曰臣

原序作永

原賦作鄢

聞歌以詠言，舞以盡意。尚書曰歌詠言孔安國曰歌詠其義以長其言毛萇詩序曰言之不足故嗟嘆之嗟嘆之不足故詠歌之詠歌之不足不知手之舞之足之蹈之說苑曰聲樂易良而合於歌情盡舞意是以論其詩不如聽其聲，謂言之不足故詠歌之聽其聲不如察其形。謂詠歌之不足故手舞足蹈也言不如視其舞形鄭玄注樂記曰宮商角徵羽雜比曰聲單曰音激楚結風，陽阿之舞，張晏曰激楚歌曲也列女傳曰聽激楚之遺風結風亦曲名上林賦曰鄢郢繽紛激楚結風文穎曰激衝激急風也結風迴風亦急風也楚地風既自漂疾然歌樂者猶復依激結之急風為節楚辭曰宮庭震驚發激楚兮淮南子曰夫足蹀陽阿之舞又曰歌采菱發陽阿鄭人聽之曰不若延露以和非歌者拙也聽者異也高誘曰陽阿古之名倡也材人之窮觀，天下之至妙。噫可以進乎？孔安國尚書傳曰噫恨辭也鄭玄注禮記曰噫弗寤之聲王曰：如其鄭何？樂記曰鄭衛之音云國之音也恐其同於鄭舞當如之何楚辭曰二八齊容起鄭舞王逸曰鄭國舞也王曰：小大殊用，鄭雅異宜。韓詩曰舞則篹兮薛君曰言其舞應雅樂也弛張之度，聖哲所施。禮記孔子曰一張一弛文武之道是以樂記干戚之容，雅美蹲蹲之舞禮記曰干戚羽旄謂之樂鄭玄曰干楯也戚斧也武舞所執也毛詩小雅曰坎坎鼓我蹲蹲舞我一本或云旌旄之舞禮設三爵之制頌有醉歸之歌禮記曰君子飲酒也禮三爵而油油以退鄭玄曰油油悅敬貌毛詩魯頌曰振振鷺鷺于飛鼓咽咽醉言歸于胥樂兮夫咸池六英所以陳清廟協神人也樂動聲儀曰黃帝樂曰咸池顓頊樂曰五莖帝嚳樂曰六英宋均曰能為天地四時六合之英華也毛詩曰清廟祀文王也尚書曰八音克諧神人以和鄭衛之樂所以娛密坐接歡欣也禮記曰鄭衛之音亂世之音餘日怡蕩非以風民也其何害哉餘日聽覽之餘日也怡蕩怡悅放蕩也爾雅曰怡樂也毛詩序曰風教也王曰試為寡人賦之玉曰唯唯夫何皎皎之閑夜兮明月爛以施光古詩曰明月何皦皦楚辭曰夜皎皎兮既明朱火曄其延起兮燿華屋而熺洞房古詩曰朱火然其中青煙颺其間廣雅曰熺熾也虛疑切楚辭曰姱容脩態絙洞房黼帳袪而結組兮鋪首炳以煌煌司馬相如美人賦曰黼帳高垂袪猶舉也長門賦曰張羅綺之幔帳兮垂楚組之連綱漢書曰鋪首鳴訛

無名氏

文曰鋪著門抪首陳茵席而設坐兮溢金罍而列玉觴毛詩曰文茵暢轂鄭玄注曰茵蓐也詩曰我姑酌彼金罍鄭玄曰君黃金罍玉觴玉爵也周禮曰朝覲有玉几玉爵騰觚爵之斟酌兮漫既醉其樂康儀禮曰媵觚于賓又曰小臣請媵爵鄭玄曰今文媵皆作騰禮記禮器篇注曰凡觴一升曰爵二升曰觚毛詩曰既醉以酒楚辭曰君欣欣兮樂康毛萇詩傳曰康樂也嚴顏和而怡懌兮幽情形而外揚爾雅曰懌樂也文人不能懷其藻兮武毅不能隱其剛言皆欲騁其材能效其技也左氏傳曰致果爲毅簡惰跳踃般紛挐兮淵塞沈蕩改恒常兮言失度也簡惰跳踃踈簡怠惰也埤蒼曰踃跳也先聊切紛挐相著牽引也毛詩曰其心塞淵毛萇曰塞實也淵深也於是鄭女出進二八徐侍楚辭曰二八齊容起鄭舞淮南子曰鼓舞或作鄭舞高誘注曰鄭褒也楚王之幸姬善歌舞名曰鄭舞楚辭曰二八迭奏女樂羅些姣服極麗姁媮致態姁媮和悅貌態謂姿態也姁況于切媮以朱切貌嫽妙以妖蠱兮紅顏曄其揚華毛萇詩傳曰嫽好貌理紹切妖蠱淑豔也揚華揚其光華眉連娟以

原賦作帷

原文作蜚纖

注引詩文如此文別本揚

上文無張絃事此云弛緊急之絃張而不弛文武不能之意

細體猶文之繁縟也注誤

增繞兮目流睇而橫波。連娟細貌繞謂曲也言眉細而益曲也上林賦曰長眉連娟橫波言目邪視如水之橫流也神女賦曰望余幬而延視兮若流波之將瀾珠翠的皪而炤燿兮華袿飛髾而雜纖羅珠翠珠及翡翠也說文曰的皪珠光也劉熙釋名曰婦人上服謂之袿上林賦曰飛纖垂髾司馬彪曰髾燕尾也衣上假飾子虛賦曰雜纖羅垂霧縠司馬彪曰纖細也顧形影自整裝順微風揮若芳裝服也揮動也若杜若也美人佩以爲芳香也七發曰揄流波雜杜若動朱脣紆清陽揚動朱脣將歌也神女賦曰朱脣的其若丹毛詩曰有美一人清陽婉兮毛萇曰清陽眉目之間亢音高歌爲樂方杜預左氏傳注曰方法也歌曰攄予意以弘觀兮繹精靈之所束攄散也弘大也言精靈有所窘束今將舒繹之也方言曰繹理也弛緊急之絃張兮慢末事之骫曲言將觀舞故緊急之絃先已張者今廢弛之末事之骫曲者今輕慢之周禮曰弛縣也鄭玄曰弛釋下也說文曰緊纏絲急也蒼頡篇曰骫曲也於詭切言鄭衛之末事而委曲順君之好無益故廢而慢之舒恢炱之廣度兮闊細體之苛縟恢炱廣大之貌苛縟煩數之貌言度之恢炱者更令舒緩體之煩數者使之踈

文十七　十七

閶楚辭曰敗帙台之孟夏兮亮與台古字通賈逵國語注曰苛煩也賀多切鄭玄喪服注曰縟數也言舒廣大之度則細體之事不利於德者踈而闊之嘉關雎之不淫兮哀蟋蟀之局促毛詩序曰關雎樂得淑女以配君子憂在進賢不淫其色毛詩曰蟋蟀刺晉僖公也儉不中禮蟋蟀在堂歲聿云暮今我不樂日月其除古詩曰蟋蟀傷局促小見之貌啓泰真之否隔兮超遺物而度俗太真太極真氣也否隔不通也言所否閉隔絶使通之呂氏春秋曰陶唐氏之時陰多滯伏陽道壅塞乃作舞宣導之莊子孔子謂老聃曰先生似遺物離人揚激徵騁清角激徵清角皆雅曲名琴操曰伯牙鼓琴作激徵之音韓子師曠曰清徵之聲不如清角贊舞操奏均曲舞操而奏操也琴道曰琴有伯夷之操樂汁圖徵曰聖人立五均均者亦律調五聲之均也宋均曰長八尺施絃形態和神意協從容得志不劫雍容閑雅得其大體不相迫劫也協和也鄭玄禮記注曰劫脅也於是躡節鼓陳舒意自廣言舞人躡鼓以爲節此鼓旣陳故志意舒廣遊心無垠遠思長想莊子曰乘物以遊心晉灼曰垠崖也其始興也若俯若仰若來若往雍容惆悵不可爲象象形象也謂停節之間形態頓乏如惆悵失志也變態不

此翺之變形字

原賦作嫚

極不可盡述其形象也其少進也若翺若行若竦若傾兀動赴度指顧應聲兀然而動赴其節度手指目顧皆應聲曲羅衣從風長袖交橫王孫子曰衛靈公侍御數百隨珠照日羅衣從風韓子曰長袖善舞駱驛飛散颯擖合并駱驛不絕貌颯擖屈折貌與曲度相合并也鶣鷅燕居拉揩鵠鷟鶣鷅輕貌拉揩飛貌鶣音篇拉音臘綽約閑靡機迅體輕綽約美貌閑美閑緩而柔莫赴曲機疾體自輕少上林賦曰便嬛綽約莊子曰綽約若處子埤蒼曰嫺雅也機迅體輕言舞之回折如弩機之發迅姿絕倫之妙態懷愨素之絜清神女賦曰懷貞亮之絜清說文曰愨貞也薛君韓詩章句曰素質也脩儀操以顯志兮獨馳思乎杳冥脩治儀容志操以自顯心志杳冥謂遠而出冥也對問曰翺翔乎杳冥之上在山峨峨在水湯湯與志遷化容不虛生列子曰伯牙鼓琴志在登高山鍾子期曰善哉峨峨乎若太山志在流水鍾子期曰善哉湯湯然若江河伯牙所念鍾子期必得之言舞人與志遷化亦如此者容不虛生必有所象也湯音洋曰明詩表指噴息激昂歌中有詩舞人表而明之指而合節表明也韓詩外傳曰魯哀公噴然太息說文曰

翔亦是也作[illegible]則改字不可解

噴大息也噴與喟同漢書王章妻謂章曰今在囚厄不自激卬如淯曰激厲抗揚之意也卬我郎切氣若浮雲志若秋霜言既高且絜也觀者增歎諸工莫當工樂師也於是合場遞進按次而俟遞迭也俟待也言待次第而出也埒材角妙夸容乃理晉灼漢書注曰埒等言鬬巧妙也夸猶美也理謂裝飾也軼態橫出瑰姿譎起眄般鼓則騰清眸吐哇咬則發皓齒瑰美也譎異也般鼓之舞載籍無文以諸賦言之似舞人更遞蹈之而爲舞節古新成安樂宮辭曰般鼓鍾聲盡爲鏗鏘張衡七盤舞賦曰歷七盤而屣躡又曰般鼓煥以駢羅王粲七釋曰七盤陳於廣庭疇人儼其齊俟揄皓袖以振策竦并足而軒跱邪睨鼓下伉音赴節安翺足以徐擊駁頓身而傾折卞蘭許昌宮賦曰振華足以却蹈若將絕而復連鼓震動而不亂足相續而不并婉轉鼓側蜲蛇丹庭與七盤其遞奏覲輕捷之翺翔義並同也說文曰哇謟聲也於佳切咬淫聲也烏交切楚辭曰美人皓齒嫮以姱兮摘齊行列經營切儗指摘行列使之齊整經營往來之貌摘佗歷切相摩切也鄭玄禮記注曰儗猶比也魚里切扱引也言舞人舉引皆有所比擬也廣雅曰扱引也彷彿神動迴翔竦峙子虛賦曰若神仙之彷彿說文曰彷彿見不審也擊不致策蹈不頓趾

蹈鼓而足跐不頓言輕且疾也翼爾悠往闇復輟巳言翼然而往闇而復止闇猶奄也古人呼闇殆與奄同方言曰奄遽也及至迴身還入迫於急節巳輟止復迴身旋入舞場遍迫於曲之急節也浮騰累跪跗蹋摩跌言舞者之容也浮騰跳躍也累跪進跪貌跗蹋摩跌或反足跗以象蹈或以足摩地而揚跌也鄭玄禮記注曰跗足趾也方于切字書曰跌失蹠也徒結切紆形赴遠漼似摧折言要之曲折漼然以摧折紆曲其形以蹺其身也漼折貌七罪切纖縠蛾飛紛猋若絕纖縠細縠也蛾飛如蛾之飛也紛猋飛揚貌上林賦曰垂霧縠大戴禮曰食桑者有絲而蛾郭璞爾雅注曰蠶蛾也超踰鳥集縱弛殟歿殟歿舒緩貌言舞勢超踰如鳥疾速飛集也縱弛之際又且舒緩弛捨也字林曰鳥踰跳也殟烏骨切歿音沒蜲蛇姌嫋雲轉飄曶說文曰委蛇邪行去也姌嫋長貌蜲與逶同於危切蛇音移姌如剡切嫋音弱如雲轉之疾也飄忽如風之疾也毛萇詩傳曰迴風爲飄曶與忽同呼沒切體如遊龍袖如素蜺遊龍素蜺喻美麗也宋玉神女賦曰婉若遊龍從風翱翔司馬相如大人賦曰垂絳幡之素蜺黎收而拜曲度究畢言舞將罷徐收斂容態而拜曲度於是究畢蒼頡篇曰邌徐也邌與黎同力奚切曹憲曰瞭眊而拜

原賦作乘雲

六臣作瞭眊音黎收字同曹憲音又殊是知舊音所合多矣

本賦作因遷延而辭避

上音戾下居蚪反今撿玉篇目部無此二字遷延微笑退復次列舞畢退次行列也好色賦曰遷延引身觀

者稱麗莫不怡悅於是歡洽宴夜命遣諸客言懽情已洽而宴迫於夜

故命遣諸客也擾攘就駕僕夫正策埤蒼躟疾行貌史記曰天下躟躟僕夫執駕者策轡也大戴禮曰驪駒在

門僕夫具存車騎竝狎龍蓯逼迫狎謂多而相排也巃嵸聚貌巃力董切嵸音揔良駿逸足

蹌捍凌越駿馬也逸疾也爾雅曰蹌動也蹌捍馬走疾之貌言馬駿逸奔突而走相凌越也龍驤橫舉

揚鑣飛沫鄒陽上書曰蛟龍驤首鑣馬勒旁鐵也馬舉首而橫走動鑣則飛馬口之沫也馬材不同各相

傾奪傾奪謂馳競也或有踰埃赴轍霆駭電滅列子伯樂曰天下之馬絕塵弭轍言馬踰越於

塵埃之前以赴車轍如雷霆之聲忽驚忽滅也蹠地遠羣闇跳獨絕許慎淮南子注曰蹠踏也遠出於羣言疾速之

甚也鄭玄尚書五行傳曰闇跳行疾貌闇跳獨絕言行急無比也或有宛足鬱怒般桓不發言馬按足

緩步鬱怒飛遲留不發也周易曰初九盤桓利居貞後往先至遂為逐末言逸材之馬雖後往而能先至遂為

原賦作殷殷

曹子建名都篇注引作駱驛

泆字不誤注中字誤耳

馳逐者之末也逐者以發足爲本或有矜容愛儀洋洋習習鄭玄毛詩注曰洋洋莊敬貌又詩箋云習習和調貌遲速承意控御緩急言遲速任意也毛詩曰又良御忌抑磬控忌毛萇曰止馬曰控忌辭也音異家語孔子曰御者同是車馬其所爲進退緩急異也車音若雷鶩驟相及長門賦曰雷隱隱而響起聲象君之車音言車聲隱隱如遠雷之音相連屬也駱漠而歸雲散城邑駱漠駱驛紛漠奔馳之貌中夜車皆歸城邑之中寂然而空有同雲散也天王燕胥樂而不泆毛詩曰籩豆有且侯氏燕胥胥皆也皆來相與燕也孝經曰滿而不溢娛神遺老永年之術優哉游哉聊以永日家語孔子歌曰優哉游哉聊以卒歲毛詩曰且以喜樂且以永日

文選卷第十七

六月廿六夕漏三下　侃溫

此笛非今之製者亦非七孔也
題曰長笛別於笛也

文選卷第十八

梁昭明太子撰

文林郎守太子右内率府録事參軍事崇賢館直學士臣李善注上

音樂下

馬季長長笛賦一首　嵇叔夜琴賦一首

潘安仁笙賦一首　成公子安嘯賦一首

長笛賦并序

周禮笙師掌教吹笛說文曰笛七孔長一尺四寸今人長笛是也風俗通曰笛滌也蕩滌邪志納之雅正

馬季長　范曄後漢書曰馬融字季長扶風茂陵人也將作大匠嚴之子為人美容貌有俊才好吹笛為校書郎順帝時遷南郡太守免與馬皇后親坐高堂施絳帳前授生徒後列女樂鄭玄盧植皆其弟子後拜議郎卒

○悲者因笛聲爲雒人樂者樂其音也

融既博覽典雅精核數術仲長子昌言曰精核是非議之嘉也說文曰覈考實事也核與覈古字通漢書曰術數者皆羲和卜史之職韋昭曰曆數占術也又性好音能鼓琴吹笛而爲督郵無留事韋昭釋名曰督郵主諸縣罰負殿糾攝之也辨位曰言督郵書掾者郵過也此官不自造書主督上官所下所過之書也史記齊威王語即墨大夫曰自子之居即墨無留事獨卧郿平陽鄔中有雒客舍逆旅漢書右扶風有郿縣平陽鄔聚邑之名也鄔烏古切毛詩曰王餞于郿毛萇曰地名說文曰鄔小障也一曰庳城在阜部服虔通俗文曰營居曰鄔左氏傳荀息曰今號爲不道保於逆旅吹笛爲氣出精列相和歌録曰古相和歌十八曲氣出一精列二魏武帝集有氣出精列二古曲融去京師京師謂洛陽也踰年暫聞甚悲而樂之追慕王子淵枚乘劉伯康傅武仲等簫琴笙頌唯笛獨無王子淵作洞簫賦枚乘未詳所作以序言之當爲笙賦文章志曰劉玄字伯康明帝時官至中大夫作簧賦傅毅字武仲作琴賦故聊復備數作長笛賦其辭曰

五臣作椯舊音團

說文頵頭頵頵大也

惟籦籠之奇生兮于終南之陰崖字林曰惟有也戴凱之竹譜曰籦籠竹名毛詩曰終南何有毛萇曰周之山名尚書大傳曰觀乎南山之陰謂山北託九成之孤岑兮臨萬仞之石磎山海經曰桓山四成郭璞曰成亦重也言九者數之多也爾雅曰山小高曰岑孔安國曰八尺曰仞包氏曰七尺曰仞爾雅曰山瀆無所通谿尸子曰焦原者臨萬仞之谿特箭稾而莖立兮獨聆風於極危箭稾二竹名也言似二竹或生而莖立或生於極危爾雅曰東南之美者會稽之竹箭焉郭璞方言注曰箭者竹名也鄭玄周禮注曰箭幹謂之稾尚書曰惟箘簬楛鄭玄曰箘簬蒼頡篇曰聆聽也音零秋潦漱其下趾兮冬雪揣封乎其枝說文曰潦雨水也鄭玄周禮注曰漱齧也爾雅曰趾足也鄭玄毛詩箋曰團聚貌揣與團古字通徒歡切漢書音義孟康曰揣持也巔根跱之槷刖兮感迴飈而將頹巔根根生於巔也作顛根將顛墜也槷刖危貌感觸也爾雅曰飈飆謂之猋猋與飈同頹落也槷吾結切刖五刮切夫其面旁則重巘增石簡積頵砡面前也爾雅曰重巘隒郭璞曰謂山形如累巘巘巘曰甑山狀似之因以名也又曰簡大也說文曰頵頭頵落也五隕切字林曰砡齊頭也牛六切

狋廣韻語其切

馬韓作魚

兀嶁狋嶷傾昃倚伏兀嶁狋嶷嶔崟之貌嶁力于切狋助緇切嶷魚飢切庨窌巧老港洞坑谷庨窌巧老深空之貌港洞相通也庨苦交切窌郎交切巧老依字港胡貢切嶰壑澮峪臽窞巖穾爾雅曰小山別大山曰嶰又兩山夾澗也澮峪嶰壑深平之貌鄭玄尚書注曰澮所以通水於川也峪音兌臽即坎也周易曰入於坎窞凶王弼曰最處峪底也說文曰窞坎中小坎也徒感切巖深巖也說文曰巖岸也巖穾不平也廣雅曰穾窔也字從穴從复扶福切運裛窏窔岡連嶺屬運裛迴旋相纏也窏窔卑曲不平也屬連也窏於孤切窔音按林簫蔓荊森槮柞樸說文曰篠小竹也簫與篠通本草經曰蔓荊實味苦森槮木長貌鄭玄毛詩箋曰柞櫟也子落切樸包木也補木切於是山水猥至渟涔障潰廣雅曰猥衆也埤蒼曰渟水止也薛君韓詩章句曰涔漁池也音岑賈逵國語注曰障防也字林曰潰旁決也頣淡滂流碓投瀺穴頣淡水搖蕩貌頣胡感切淡徒敢切碓投似碓之所投也說文曰碓舂也都隊切瀺水注聲也字林曰流水行也瀺穴瀺注隙穴也士咸切爭湍苹縈汩活澎濞許慎淮南子注曰湍水疾也苹縈迴旋之貌汩活疾貌字林曰澎濞水瀑至聲也苹芳耕切汩古浸切活古活切波瀾鱗淪窊

隆詭戾爾雅曰大波爲瀾郭璞曰言藴淪也鱗淪相次貌說文曰窊邪下也窊隆高下貌詭戾乖違貌窊烏瓜切濄瀑噴沫犇遯碭突濄瀑沸湧貌噴沫跳沫也碭徒郎切搖演其山動杌其根者歲五六而至焉說文曰搖動也賈逵國語注曰演引也張揖注漢書上林賦曰杌搖也字林曰至到也是以間介無蹊人迹罕到孟子曰山徑之蹊間介然用之而成路趙岐曰介然人用之不止則蹊成爲路杜預注左氏傳曰介猶間也間介一也蹊徑也言山間隔絕無有蹊徑也漢書曰舟車所不至人迹所不及猨蜼晝吟鼯鼠夜叫爾雅曰蜼卬鼻而長尾張揖上林賦注曰蜼似獼猴而大郭璞爾雅注曰鼯鼠一名夷由狀如小狐似蝙蝠肉翅亦謂之飛生聲如人呼寒熊振頷特麚昏髟振動也方言曰頷頤也胡感切爾雅曰鹿牡麚牝麀也昏視髟長髦也言或顧視或振髦昏昌夷切髟方妙切山雞晨羣壄雉晁雊毛詩曰雉之朝雊尚求其雌說文曰雄雞之鳴爲雊壄古野字晁古朝字求偶鳴子悲號長嘯由衍識道噍噍讙譟由衍行貌羽獵賦曰噍噍昆鳴噍子由切鄭玄周禮注曰譟讙也經涉其左右哤聒其前後者無晝

此段前世詩賦音樂并思所未及

夜而息焉左右謂林之左右國語管子曰四民雜處則其言庬哤聒雜聲也說文曰聒讙語也夫固危殆險巇之所迫也險巇猶傾側也衆哀集悲之所積也故其應清風也纖末奮蕱錚鐄營嗃方言曰蕱動也蕱與捎同所交切營嗃並謂其仿聲也錚鐄聲也錚士庚切說文曰錚金聲鐄與鍠同音宏字林曰營小聲也呼盲切埤蒼曰嗃大呼也呼交切若絙瑟促柱號鍾高調淮南子曰張瑟者小絃絙大絃緩高氏注曰絙急也楚辭曰絙瑟兮交鼓又曰破伯牙之號鍾王逸曰絙急張絃也博物志曰鑑脅號鍾善琴名於是放臣逐子棄妻離友彭胥伯奇哀姜孝己彭彭咸胥伍子胥也琴操曰尹吉甫周上卿人也有子伯奇伯奇母死更娶後妻生伯邦乃譖伯奇於吉甫曰見妾有美色然有邪心吉甫曰伯奇爲人慈仁豈有此也妻曰試置空房中君登樓而察之後妻知伯奇仁孝乃取毒蜂綴衣領伯奇前持之於是吉甫大怒放伯奇於野宣王出遊吉甫從伯奇乃作歌感之於宣王宣王曰此放子辭吉甫乃求伯奇射殺後妻左傳曰魯哀公夫人姜氏歸於齊將行哭而過市曰天乎仲爲不道殺適立庶市人皆哭魯人謂之哀姜帝王世紀曰高宗有賢子孝己其母早死高宗惑後妻之言放之而死天下哀之口子曰孝己事

掐注引國語字當如此

原賦作炕

親一夜而五起視衣厚薄枕之高下也家語曰曾子遣妻告其子曰高宗以後妻殺孝己尹吉甫以後妻放伯奇吾上不及高宗中不及吉甫庸知得免於非乎

攢乎下風收精注耳收精不窺注耳專聽靁歎頹息掐膺擗摽歎聲若雷息聲若頹也楚辭曰吒增歎兮如雷靁與雷古今字也爾雅曰焚輪謂之頹郭璞曰暴風從上下也埤蒼曰搯爪也說文曰膺胷也國語曰無搯膺韋昭曰搯叩也苦洽切魏書程昱傳曰昱於魏武前忿爭聲氣忿高邊人搯之乃止毛詩曰寤擗有摽毛萇曰擗摽拊心貌

泣血泫流交橫而下毛詩曰鼠思泣血禮記曰高子皐之執親之喪泣血三年未嘗見齒楚辭曰橫垂涕兮泫流

通旦忘寐不能自禦淮南子曰病疵瘕者通旦不寐鄭玄周禮注曰禦禁也

於是乃使魯般宋翟構雲梯抗浮柱魯宋二國名也淮南子曰魯般古之巧人注公輸班也爲木鳶而飛論衡曰魯班刻木爲鳶飛三日不下爲母作木車木人爲御機關一發遂去不還人謂班母亡翟墨子之名也墨子曰公輸般爲雲梯垂成大山四起所謂善攻具也必取宋於是墨子見公輸般而止之張湛列子注曰雲梯可以凌虛甘泉賦曰抗浮柱之飛榱按墨子削竹以爲鵲鵲三日不行韓子云爲木鳶三年不飛一日而敗抱朴子曰墨子名翟宋人或云孔子時人或云在後今案其人在七十弟子後也

蹉纖根跋篋

原賦作縷

縷言以足蹉蹋纖根又跋蹻細縷也蹉七何切一作搓埤蒼曰搓𢷾也方言曰篾小也縷言細似縷也上林賦曰布結蘉縷顏監注蔓生着地
之處皆生細根如相結故名縷今俗呼鼓箏草而幼童對銜之手鼓中央則聲如箏因以名彼雖草名抑亦義兼似縷也膺陗阤
腹陘阻言以膺服於陗阤而腹突於陘阻也淮南子曰岸陗者必阤許愼曰陗峻也七笑切阤落也直紙切字林曰阤小崩也爾雅曰
山絶陘郭璞曰連山中斷也陘音刑逮乎其上匍匐伐取挑截本末規摹彠矩
聲類曰挑決也鄭玄毛詩箋曰挑支落之佗堯切說文曰摹規也莫奴切彠亦矱字王逸楚辭注曰矱度也矩法也彠於縛切夔襄比
律子壄協呂尚書帝曰夔命汝典樂教胄子家語孔子學琴於師襄鄭玄周禮注曰比次也周禮大師掌六律六呂六律陽
聲黃鐘太簇姑洗蕤賓夷則無射六呂陰聲大呂應鐘南呂林鐘中呂夾鍾左氏傳曰師曠侍於晉侯杜預曰曠晉樂太師子野也孟子曰師曠之
聰不以六律不能正五音十二畢具黃鍾爲主呂氏春秋曰黃帝命伶倫爲律伶倫制十二筩聽鳳鳥之鳴以
別十二律以比黃鍾之宮故黃鍾宮律之本也高誘曰六律六呂各有管也故曰十二籥漢書律歷志曰十二陽六爲律陰六爲呂律者黃帝之所
作也黃帝使伶倫自大夏之西昆侖之陽取竹解谷生其薄厚均者斷兩節間吹之以爲黃鍾之律本氣至則應六律六呂者述十二月之音氣也

黃鍾律呂之長故曰爲主撟揉斤械剸掞度擬蒼頡篇曰矯正也鄭玄周禮注曰揉謂以火撟也如酉切說文曰斤所木又曰械治也字林曰剸裁也大丸切又曰剡銳也周易曰掞木爲矢掞與剡音義同度擬量度比擬也鏓硐隤墜程表朱襄說文曰鏓大鑿中木也然則以木通其中皆曰鏓也蘇董切廣雅曰硐磨也音動說文曰隤墜也徒雷切爾雅曰墜落也說文曰程示也張晏漢書注曰表猶外也定名曰笛以觀賢士以其滌穢故可覿士陳於東階八音俱起儀禮大射禮曰樂人宿縣于階東周禮曰播之以八音孔安國注曰八音金石絲竹匏土革木食舉雍徹勸侑君子食舉謂進食於天子而設樂食竟奏詩之樂以徹食徹去也蔡雍禮樂志曰天子中樂殿中食舉樂也周禮曰及徹而歌徹鄭玄曰歌之者歌雍也周禮曰王以樂侑食鄭玄曰侑助也然後退理乎黃門之高廊漢書音義如淳曰今樂家五日一習爲理樂桓譚新論曰漢之三主內置黃門工倡重丘宋灌名師郭張漢書曰平原郡有重丘縣名師有名師也宋灌郭張皆其姓也工人巧士肄業脩聲工樂人也巧伎巧也賈逵國語注曰肄習也於是遊閒公子暇豫王孫史記曰宛孔氏有游閒公子之名國語優施曰我教暇豫之事君韋

蕬

昭曰間暇也服虔曰諸公間遊戲若依服解間當工莧切韋昭曰優游閒暇也按史記貨殖傳有遊閑公子飾冠劍連車騎此則韋說勝閒音閑豫樂也

心樂五聲之和耳比八音之調左氏傳曰五聲六律杜預曰五聲宮商角徵羽乃相與集乎其庭詳觀夫曲胥之繁會叢雜何其富也胥亦曲也字或為引蔡雍琴操有思歸引衛女之所作富謂聲之富也紛葩爛漫誠可喜也紛葩盛多貌波散廣衍實可異也毛萇詩傳曰衍溢也牚距劫遻又足怪也言聲之相逆遻也說文曰牚柱也鄭玄禮記注曰劫脅也郭璞穆天子傳注曰遻觸也五故切啾咋嘈啐似華羽兮絞灼激以轉切蒼頡篇曰啾衆聲也鄭玄周禮注曰咋咋然聲大也仕白切埤蒼曰嘈啐聲貌嘈音曹啐才喝切鶡冠子曰南方萬物華羽焉故調以羽絞灼激聲相繞激也切猶磨切也震鬱怫以憑怒兮耾碭駭以奮肆楚辭曰怫鬱兮弗陳王逸曰蘊積也怫扶弗切左氏傳蹶由曰今君震電憑怒杜預曰憑大也埤蒼曰耾聲貌碭突也杜預左氏傳注曰肆放也氣噴勃以布覆兮乍跱蹠以狼戾蒼頡篇曰噴叱也普寸切或作憤防

粉切勃盛貌布覆周布四覆也跱蹠言其聲跱立如有所蹠蹋也狼戾乖背也戰國策張儀曰趙王狼戾無親靁叩鍛之岌

峇兮正瀏凓以風冽言音如靁之叩鍛岌峇爲聲也蒼頡篇曰鍛椎也都亂切岌苦協切峇苦合切漢書音義孟康曰瀏清也毛萇詩傳曰凓寒也說文曰冽清也瀏凓清涼貌冽寒貌薄湊會而凌節兮馳趣期

而赴躓凌乘也節曲節也趣向也期會也躓謂顛仆也爾乃聽聲類形狀似流水

又象飛鴻列子曰伯牙鼓琴志在流水鍾子期曰洋洋乎若江河琴道曰伯夷操似鴻鴈之音氾濫溥漠

浩浩洋洋氾濫任波搖蕩之貌說文曰氾濫也上林賦曰汎淫氾濫溥漠以覹撫水之貌謂飛鴻之狀也長矕遠

引旋復迴皇孟康漢書注曰矕視也莫干切廣雅曰引伸也李尤七疑曰迴皇競集充屈鬱律瞋

菌碨抰皆衆聲鬱積競出之貌屈音掘瞋尺鄰切菌去倫切碨於迴切抰烏郎切酆琅磊落駢田磅

唐衆聲宏大四布之貌酆普耕切琅力耕切磅唐廣大盤礴也宋玉笛賦曰磅唐千仞取予時適去就有

方莊子曰去就取予能知六者塞道者也高誘呂氏春秋注曰適中適也毛萇詩傳曰方則也洪殺衰序希數

必當鄭玄周禮注曰殺滅也所屆切左氏傳魏獻子曰遲速衺序杜預曰衺差序次也衺楚危切微風纖妙若
存若亡老子曰若存若亡蓋滯抗絕中息更裝方言曰燼餘也蓋與燼同在進切喪服子
夏傳曰抗極也許慎淮南子注曰裝束也調更裝而奏之奄忽滅沒睢然復揚方言曰奄遽也睢盛貌
或乃聊慮固護專美擅工聊慮固護精心專一之貌說文曰擅專也漂淩絲簧
覆冒鼓鍾漂淩謂漂蕩淩駕也覆冒謂掩覆冠冒也風俗通曰簧笙中簧也大笙謂之簧或乃植持縼
纆佁儗寬容言聲或植立而相牽引持似於縼纆也說文曰縼以長繩繫牛也徐絹切漢書音義張晏曰二股謂之糾三股
謂之纆佁儗寬容之貌佁勑吏切儗五吏切簫管備舉金石並隆毛詩曰既備乃奏簫管備舉漢書曰
石曰磬金曰鍾鄭玄禮記注曰隆盛也無相奪倫以宣八風尚書曰八音克諧無相奪倫呂氏春秋曰舜以
夔為樂正於是正六律和均五聲以通八風杜預左氏傳注曰八風八方之風金乾主磬其風不周石坎主鼓其風廣莫革艮主笙其風明庶匏震
主簫其風條竹巽主柷敔其風清明木離主瑟琴其風景絲坤主鍾其風涼土兌主壎其風閶闔律呂既和哀聲

五降左氏傳醫和對晉平公曰先王之樂中聲以降五降之後不容彈矣杜預曰聲成五降而息也降罷退也曲終闋盡
餘絃更興鄭玄禮記注曰闋終也苦穴切繁手累發密櫛疊重左氏傳醫和曰於是有煩手淫聲慆堙心耳乃忘平和君子不聽也手煩不已則雜聲並奏記傳所謂鄭衛之聲謂此也樂記曰鄭衛之音亂世之音也又雜樂姦聲以濫衛而不止鄭音好濫淫志衛音促速煩志言鄭衛速聲煩手雜也密櫛密如櫛也毛詩曰其比如櫛蹈踧攢仄蜂聚
蟻同蹈踧迫蹙貌攢仄攢聚貌埤蒼曰蹈蹋地聲也字林曰踧蹈不進蹈音複踧子六切衆音猥積以送
厥終然後少息蹔怠雜弄間奏易聽駭耳有所摇演
言變易人之視聽也摇動也演引也言有所動引於心安翔駘蕩從容闡緩毛萇詩傳曰闡代也莊子曰惠施之林駘蕩而不得駘蕩安翔貌蒼頡篇曰闡開也漢書曰闡諧慢易之音作惆悵怨懟窳圔窴赧
字林曰懟怨也窳圔聲下貌圔於洽切窴赧聲緩也窴恥聲切赧女善切聿皇求索乍近乍遠聿皇疾貌臨
危自放若頹復反蚡緼繙紆緸冤蜿蟺蚡緼繙紆聲相糾紛貌蚡扶云切緼

法待考

於文切經宛蜿蟺盤屈搖動貌鄭玄曰蝌蚪也經音因蜿於阮切蟺音善箟泯笏抑隱行入諸變箟笏抑隱手循孔之貌毛萇詩傳曰行往也鄭玄周禮注曰變猶更也樂成則更奏絞槩汩湟五音代轉絞槩汩湟音相切摩貌言聲相絞槩如水之聲汩湟水流貌絞古巧切槩古愛切汩于筆切湟音黃挼拏捘臧遞相乘邅說文曰挼摧也奴迴切蒼頡篇曰拏捽也引也奴家切廣雅曰捘按之也子濆切臧猶抑也邅邅迴也張連切一云邅當爲躔司馬彪莊子注曰躔蹈也女展切反商下徵每各異善反商猶變商也淮南子曰變宮生徵變徵生商變商生羽琴道曰下徵七絃揔會樞極沈約宋書曰下徵調法林鍾爲宮南呂爲商注云第三孔也本正聲黃鍾之羽今爲下徵之商也故聆曲引者觀廣雅法於節奏察變於句投以知禮制之不可踰越焉曰聆聽也引亦曲也蔡邕琴操曰思歸引者衛女之所作也琴引者秦時倡屠門高之所作也禮記曰文采節奏聲之飾也說文曰逗止也投與逗古字通音豆投句之所止也聽簉弄者遥思於古昔虞志於怛惕以知長戚之不能閒居焉簉弄蓋小曲也說文曰簉倅字如此毛萇傳曰怛怛惕惕憂勞也閒音閑故

論記其義協比其象徬徨縱肆曠漾敞罔老莊之槩也老子已見遊天台賦史記曰莊子者蒙人也名周其要本歸於老子之言其言汪洋自恣其適已也曠若廣切敞用大貌槩猶節也温直擾毅孔孟之方也尚書曰皋陶曰擾而毅直而温言正直而有温和也温和正直柔而能毅也史記曰孔子名丘字仲尼姓孔氏魯昌平鄉陬邑人又曰孟軻鄒人也序詩書述仲尼之意激朗清厲隨光之介也激切明朗清而能厲厲列也莊子曰湯將伐桀因卞隨而謀之卞隨曰非吾事也湯又因瞀光而謀之瞀光曰非吾事也湯伐桀克之以讓卞隨隨曰再來漫我以其辱行乃自投桐水而死湯又讓瞀光曰無道之世不踐其土況尊我乎乃負石而自沈瀘水高士傳曰湯伐桀求道于卞隨隨不應及滅讓於卞隨隨曰君以我為食天下遂投瀘水而死湯又讓務光光亦投水而死劉熙孟子注曰介操也牢刺拂戾諸賁之氣也牢刺牢落乖刺也說文曰刺戾也左氏傳曰吴公子光享王鱄諸抽劍刺王說苑曰勇士孟賁水行不避蛟龍陸行不避虎狼節解句斷管商之制也史記曰管仲夷吾者潁上人也任政於齊又曰商君者衛之諸庶孽子也名鞅姓公孫氏好刑名之學秦封之於商號商君條決繽紛申韓之察也言科條能分決繽紛能整

理也史記曰申不害者京人也學本於黃老而主刑名又曰韓非者韓之諸公子也喜刑名法術之學見韓稍弱數以書諫韓王王不能用乃觀王者得失之變作孤憤五蠹說林十萬言秦王見其書曰嗟乎寡人得見與之游死不恨繁縟駱驛范蔡之說也辭旨繁縟又相連續也說文曰縟彩飾也范雎蔡澤並辯士也范雎已見西京賦蔡澤見歸田賦剺櫟銚㦎晳龍之惠也剺櫟銚㦎皆分別節制之貌剺音黎櫟音歷銚他堯切㦎胡麥切左氏傳曰鄭駟歂殺鄧晳而用其竹刑杜預曰鄧晳鄭大夫也史記曰公孫龍趙人為堅白同異之辯晉太康地記曰汝南西平縣有淵水可用淬刀劍特利故有堅白之論云黃以為堅白以為利也或辯之曰白所以為不堅黃所以為不利也上擬法於韶箾南籥左氏傳昭二十九年吳公子札來聘魯人為奏四代樂見舞韶箾者曰德至哉杜預曰舜樂也音簫又曰見舞象箾南籥者曰美哉杜預曰象箾舞者所執南籥舞也文王樂也南言文王化自北而南謂從岐周被江漢也爾雅釋樂曰大籥謂之產注籥如笛三孔而短小廣雅曰七孔箾音簫中取度於白雪渌水宋玉諷賦曰臣援琴而鼓之作幽蘭白雪之曲淮南子曰手會渌水之趣高誘曰渌水古詩下采制於延露巴人淮南子曰歌采菱發陽阿鄙人聽之不若延露以和宋玉對問曰客有歌於郢中者其始曰下里巴人是以尊

甲都鄙賢愚勇懼毛萇詩傳曰子都世之美好者鄙陋也呂氏春秋曰愚智勇懼可得而知魚鼈禽獸聞之者莫不張耳鹿駭熊經鳥申鴟眎狼顧拊（撫）譟踴躍鹽鐵論曰邊境無鹿駭狼顧之憂淮南子曰鴟視而狼顧熊經而鳥申此養形之人也莊子音義曰熊經若熊之攀樹而引氣也各得其齊人盈所欲禮記曰樂者樂也君子樂得其道小人樂得其欲齊分限也在細切皆反中和以美風俗禮記曰喜怒哀樂之未發謂之中發而皆中節謂之和漢書王尊曰廣敎化美風俗屈平適樂國介推還受祿言各反其常性也屈平屈原也必適樂國而求仕不沈湘流以殞身也史記屈原者名平楚人同姓爲懷王左司徒爲上官大夫心害其能讒平及懷王卒襄王立又爲令尹子蘭使上官大夫短屈原於襄王王怒而遷之原至江南乃作懷沙賦於是懷石因投汨羅以死也今言屈平聞此笛聲即還之楚國不投汨羅而死下他皆放此毛詩曰適彼樂國左氏傳僖二十四年晉侯賞從亡者介之推不言祿祿亦不及推曰獻公之子九人唯君在矣惠懷無親內外弃之天未絕晉必將有主主晉祀者非君而誰而二三子以爲己力不亦誣乎其母曰盍亦求之以死誰懟曰尤而效之其又甚焉其母曰能如是乎與汝皆隱遂死而晉侯求之不獲以綿上爲之田澹臺

載尸歸皐魚節其哭博物志曰澹臺滅明之子溺死於江弟子欲收而葬之明止之曰螻蟻何親魚鼈何仇弟子曰何夫子之不慈乎對曰生爲吾子死非吾鬼遂不收葬韓詩外傳曰孔子出行聞有哭聲甚悲則皐魚也披褐擁劒哭於路左孔子下車而問其故對曰吾少好學周流天下以後吾親死一失也高尚其志不事庸君而晚仕無成二失也少擇交遊寡親友而老無所託三失也夫樹欲靜而風不止子欲養而親不待往而不可反者年也逝而不可追者親也吾於是辭矣立哭而死孔子謂弟子曰識矣於是門人辭歸養親者一十三人

長萬輟逆諫渠彌不復惡左傳曰莊十二年長萬南宮萬也弑宋閔公於蒙澤蒙澤宋地梁國有蒙縣南宮氏長萬名也左傳曰桓十二年傳云初鄭伯將以高渠彌爲卿昭公惡之固諫不聽昭公立懼其殺己辛卯殺昭公而立公子亹君子謂昭公知所惡矣公子達曰高伯其爲戮乎復惡已甚矣注曰公子達魯大夫復重本爲昭公所惡而復殺君重也昭公鄭莊公子忽姓高渠彌名也鄭家大將欲爲卿

蒯聵能退敵不占成節鄖左傳曰定十四年衛靈公逐太子蒯聵太子奔宋至哀公二年衛靈公卒而立蒯聵之子輒爲衛侯晉趙鞅乃納蒯聵于戚至哀三年衛石姑帥師圍之父子爭國爲讎敵也韓詩外傳云不占陳不占也齊人崔杼弑莊公陳不占聞君有難將往赴之食則失哺上車失軾其僕曰敵在數百里外而懼怖如是雖往其益乎占曰死君

原本無喁字人作民
高注作魚喁氣出於水

之難義也無勇私也乃驅車而奔之至公門之外聞鼓戰之聲遂駭而死君子謂不占無勇而能行義可謂志士矣愕直也從邑者乃地名也非此所施也字林曰鄂直言也謂節操蹇鄂而不怯懦也王公保其位隱處安林薄楚辭曰露新夷死林薄王逸曰草木交曰薄宦夫樂其業士子世其宅淮南子曰古者至德之時農安其業大夫安其職而處士脩其道鱏魚喁於水裔仰駟馬而舞玄鶴韓詩外傳曰昔伯牙鼓琴而淫魚出聽瓠巴鼓琴而六馬仰沫淮南子瓠巴鼓琴而淫魚出聽注曰瓠巴楚人也亦善於瑟淫魚出頭於水而聽之淮南子水濁則魚噞政苛則人亂注楚人噞喁魚出頭也淮南子伯牙鼓琴而鳴馬仰秣昂頭出謂馬笑韓子師曠援琴一奏有玄鶴二八來集再奏而列三奏延頸而鳴舒翼而舞尚書大傳曰虞舜歌樂曰和伯之樂舞玄鶴于時也緜駒吞聲伯牙毀絃孟子湻于髡曰昔緜駒處高唐而齊右善歌伯牙見上瓠巴聑柱磬襄弛懸列子曰瓠巴鼓琴而鳥舞魚躍孫卿子曰昔瓠巴鼓琴潛魚出聽江邃文釋曰瓠巴齊人也說文曰聑安也丁篋切論語曰擊磬襄入于海周禮曰大喪令弛懸鄭玄曰弛釋下也懸鍾格也留眎瞠眙累稱屢讚字林曰瞠直視貌蒼頡篇曰瞠直下視貌丑庚切字林曰眙驚貌敕吏切失容墜席搏

拊雷抃廣雅曰摶擊也說文曰抃撫手也雷抃聲如雷也焦眇睢維涕洟流漫焦眇睢維曰開合之貌焦子小切方言曰眇小也亡小切聲類曰睢大視也字林曰睢仰目也許惟切字林曰維持也周易曰齎咨涕洟王弼曰齎咨嗟嘆之聲也說文曰洟鼻液也勑計切是故可以通靈感物寫神喻意喻曉也禮記曰樂和故萬物皆化言可以通於神靈感致萬物舒寫精神曉喻志意也致誠効志率作興事致極也効驗也尚書咎繇曰率作興事慎乃憲欽哉孔安國曰憲法也天子率臣下爲起治事當慎汝法度敬其職也溉盥汙濊瀑雪垢滓矣毛萇詩傳曰溉滌也古載切本或爲槩音義同禮記曰食於賓者盥亦滌也公緩切說文曰濊水多也瀑洗手也莊子曰瀑雪而精神高誘淮南子注曰雪拭也說文曰滓澱也滓壯里切澱音殿昔庖羲作琴神農造瑟庖羲即伏羲也琴操曰昔伏羲氏之作琴所以修身理性反天真也淮南子曰神農之初作瑟以歸神及望及其天心也女媧制簧暴辛爲塤禮記曰女媧之笙簧世本曰女媧作簧暴辛爲塤宋均曰女媧黃帝臣也暴辛周平王時諸侯作塤有三孔郭璞爾雅注曰塤燒土爲之大如雞卵塤虛袁切倕之和鐘叔之離磬禮記曰垂之和鐘叔之離磬鄭玄曰垂堯之共工也

一切經音義十三引淮南許注作埏揉也埴土也

原文作歲

𫓃本曰叔舜時人和離謂次序其聲縣也或鑠金龍苔華睆胡𫓃切錯皆理器之名也樂汁圖徵曰鑠金爲鐘四時九乳鑠金雖出樂緯此金謂黃金捴飾衆器非止鐘也賈逵注傳曰消鑠也說文曰金有五色黃爲長鑠與爍同國語張老曰天子之室斲其椽而龍苔之加密石焉韋昭曰龍苔磨也力東切禮記曰華而睆大夫之簣與鄭玄曰華畫也說者以睆爲刮節目也睆胡綰切爾雅曰骨謂之切犀謂之剒毛萇詩傳曰治骨曰切尚書曰錫貢磬錯孔安國曰治玉曰錯丸挻彫琢刻鏤鑽笮韓詩曰松栢丸丸薛君曰取松與栢然則丸取也漢書音義如淳曰挻擊也舒連切一作埏老子曰埏埴以爲器河上公注曰埏和也埴土也和土爲食飲之器也淮南子曰陶人克埏埴許重曰埏抒也埴土爲也爾雅玉謂之彫石謂之琢郭璞曰治玉石也爾雅曰金謂之鏤木謂之刻郭璞曰治器之名也說文曰鑽所以穿也又曰鑿穿木也國語臧文仲曰中刑用刀鋸其次用鑽笮韋昭注爲笮而賈逵注爲鑿然笮與鑿音義同也鑽子丸切窮妙極巧曠以日月然後成器其音如彼解嘲曰曠以日月唯笛因其天姿不變其材伐而吹之其聲如此天姿天然之姿也蓋亦簡易之義賢人之業也周易曰乾以易知坤以簡能易則易知簡則易從易知則有親易從則有功有親則可久

長笛生大漢謂此長笛所昉始也非伶倫所作笙師所教

曰近世雙笛別於古笛也

据此文剡其上孔通洞之則其形似今之簫而豎吹之也

有功則可大可久則賢人之德可大則賢人之業此言簡易不煩劇也若然六器者猶以二皇聖哲黈益六器琴瑟簧塤鐘磬淮南子曰二皇鳳至於庭高誘曰二皇伏羲神農也聖哲謂女媧暴辛垂叔之流黈猶演也佗斗切況笛生乎大漢而學者不識其可以裨助盛美忽而不讚悲夫説文曰裨益也婢移切有庶士丘仲言其所由出而不知其弘妙尚書曰庶邦庶士風俗通曰笛武帝時丘仲所作其辭曰近世雙笛從羌起羌人伐竹未及已風俗通曰笛元羌出又有羌笛然羌笛與笛二器不同長於古笛有三孔大小異故謂之雙笛龍鳴水中不見已截竹吹之聲相似見胡鍊切已謂龍也剡其上孔通洞之裁以當簻便易持麤者曰槅細者曰校言裁笛以當簻故便而易持也簻馬策也竹瓜切裁或爲材易京君明識音律故本四孔加以一君明所加孔後出是謂商聲五音畢漢書曰京房字君明漢武帝時人也修易尤好鐘律知五聲然京房修易故曰易京笛本四孔京加

一孔於下爲商聲故謂五音畢沈約宋書曰笛京房備其五音言易京者猶如莊周蒙人謂蒙莊及磬襄宋翟之比

琴賦并序

〔尸子曰舜作五絃之琴以歌南風南風之薰兮可以解吾人之慍是舜歌也白虎通曰琴者禁也禁人邪惡歸於正道故謂之琴〕

嵇叔夜〔臧榮緒晉書曰嵇康字叔夜譙國人幼有奇才博覽無所不見拜中散大夫以呂安事誅〕

余少好音聲長而翫之〔杜預左氏傳注曰翫習也〕以爲物有盛衰而此無變〔文子曰夫物盛則衰〕滋味有猒而此不勌〔莊子曰聲色滋味之於人心不待學而樂之左氏傳閻沒女寬見曰及饋之畢願以小人之腹爲君子之心屬猒而已說文曰猒從甘田犬會意字也〕可以導養神氣宣和情志〔管子曰導血氣而求長年淮南子曰古之人神氣不蕩乎外〕處窮獨而不悶者莫近於音聲也〔孟子曰柳下惠遺佚而不怨阸窮而不憫〕是故復之而不足則吟詠以肆志吟詠之不足則寄言以廣意〔毛詩序曰言之不足故詠歌之詠歌之不足不知手

之舞之杜預左氏傳注曰肆申也尚書曰詩言志然八音之器歌舞之象歷世才士
竝爲之賦頌其體制風流莫不相襲淮南子曰晚世風流俗敗禮義廢仲長子
昌言乘此風頹此流而下走誰復能爲此限者哉孔安國尚書傳曰襲因也稱其材幹則以危苦爲
上賦其聲音則以悲哀爲主美其感化則以垂涕爲
貴麗則麗矣然未盡其理也高誘戰國策注曰麗美麗也推其所由
似元不解音聲覽其旨趣亦未達禮樂之情也趣意也禮記曰
故知禮樂之情者能作衆器之中琴德最優桓譚新論曰八音廣博琴德最優馬融琴賦曰曠三奏而
神物下降何琴德之深哉故綴敘所懷以爲之賦其辭曰
惟椅梧之所生兮託峻嶽之崇岡毛詩曰椅桐梓漆爰伐琴瑟毛萇曰椅梓屬也史記
曰龍門有桐樹高百尺無枝堪爲琴披重壤以誕載兮參辰極而高驤披開也重

壤謂地也泉壤稱九故曰重也毛萇詩傳曰誕大也載生也爾雅曰北極北辰也孔安國尚書傳曰襄上也驤與襄同含天地之醇和兮吸日月之休光謂包含天地醇和之氣引日月光明也周易曰天地絪縕萬物化醇鬱紛紜以獨茂兮飛英蕤於昊蒼說文曰蕤草木花貌汝誰切夕納景于虞淵兮旦晞幹於九陽納藏也淮南子曰日入于虞淵之汜又曰入于虞淵是謂黃昏高誘曰視物黃也晞乾也幹本也楚辭曰夕晞余身乎九陽王逸曰九陽謂九天之崖也經千載以待價兮寂神跱而永康論語子曰我待價者也價者物之數也康安也且其山川形勢則盤紆隱深崔嵬岑嵓盤曲紆屈隱幽深邃也崔嵬高峻之貌岑嵓危嶮之形字林曰嵓山巖也互嶺巉巖岞崿嶇崟皆山石崖巘嶮峻之勢丹崖嶮巇青壁萬尋若乃重巘增起偃蹇雲覆偃蹇高貌言高在上偃蹇然如雲覆下也邈隆崇以極壯崛巍巍而特秀巍巍高大貌廣雅曰秀出也蒸靈液以播雲據神淵

御覽三十八敘山引尚書大傳曰孔子曰夫山者出雲雨以通乎天地之間

蜀都注引詩傳異色字

而吐霤蒸氣上貌言山能蒸出雲以沾潤萬物播布也孔子曰夫山者與吐風雲以通乎天地之間說文曰津液也溜水流也爾乃䫍波奔突狂趭爭流觸嶤嚴觝隈䵵怒彪休觝至也隈水曲也彪休怒貌洶湧騰薄奮沫揚濤瀄汩澎湃蜿蟺相糾瀄汩去疾貌澎湃相戾之形也蜿蟺展轉也糾繚也蜿於阮切蟺音善糾已糾切放肆大川濟乎中州肆猶縱也中州猶中國也安回徐邁寂爾長浮安回波靜遠去象上林賦曰安翔徐回又曰寂漻無聲澹乎洋洋縈抱山丘說文曰澹水搖也詳觀其區土之所產毓奧宇之所寶殖廣雅曰奧藏也毛萇詩傳曰宇居也珍怪琅玕瑤瑾翕艶高唐賦曰珍怪奇偉尚書曰球琳琅玕皆美玉名說文瑾玉名翕艶盛貌詩傳曰艶赤色貌叢集累積奐衍於其側蒼頡篇曰奐散貌衍溢也若乃春蘭被其東沙棠殖其西楚辭曰春蘭兮秋菊山海經曰崑崙之丘有木焉其狀如棠而黃華赤實其味如李而無核名曰沙棠御水人食之使不溺涓子宅其陽玉

原賦作倒

醴涌其前列仙傳曰涓子者齊人好餌朮著天地人經三十八篇淮南王少得文不能解其音旨其琴心三篇有條理焉楊雄泰玄賦曰茹芝英以禦飢飲玉醴以解渴宋玉笛賦曰丹水湧其左醴泉流其右玄雲蔭其上翔鸞集其巔清露潤其膚惠風流其閒邊讓章華臺賦曰惠風春施竦肅肅以靜謐密微微其清閑爾雅曰謐靜也微微幽靜也夫所以經營其左右者固以自然神麗而足思願愛樂矣東都主人曰闕庭神麗於是遯世之士榮期綺季之疇周易曰遯世無悶列子曰孔子遊於泰山見榮啓期行乎郕之野鹿裘帶索鼓琴而歌孔子曰先生何以爲樂曰天地萬物惟人爲貴吾得爲人一樂也男貴女賤吾得爲男二樂也生有不見日月不免繈褓者吾年九十是三樂也貧者士之常死者人之終處常得終復何憂乎孔子曰能自寬也班固漢書曰漢興有東園公綺季夏黃公角里先生當秦之時避世而入商洛深山以待天下之定即四皓也皇甫謐高士傳曰四皓皆河內軹人一曰在汲乃相與登飛梁越幽壑飛梁橋也甘泉賦曰歷倒景而絶飛梁援瓊枝陟

十四

子當作字依左思詠史詩注引皇甫謐高士傳曰許由武陽城槐里人則此文當於仲字句絕◎注

峻崿以遊乎其下莊子曰南方生樹名瓊枝周旋求望邈若凌飛言若鳥之凌飛左氏傳史克曰奉君以周旋邪睨崑崙俯闚海湄說文曰睨邪視也崑崙山名也闚視也毛萇詩傳曰水草交曰湄指蒼梧之迢遞臨迴江之威夷漢書有蒼梧郡山海經曰南方蒼梧之丘其中有九嶷山舜之所葬在長沙零陵界洞簫賦曰迴江流川而溉其山韓詩曰周道威夷悟時俗之多累仰箕山之餘輝高士傳曰堯讓位於許由由辭曰鷦鷯巢在深林不過一枝偃鼠飲河不過滿腹隱乎沛澤堯讓不已於是遁於中岳潁水之陽箕山之下死因葬於箕山之巔十五里堯因就封其墓號曰箕公子仲武陽城槐里人也呂氏春秋曰昔堯朝許由於沛澤之中曰請屬天下於夫子許由遂之箕山之下羨斯嶽之弘敞心慷慨以忘歸西京賦曰赫昈昈以弘敞爾雅曰愷慷樂也史記曰穆天子見西王母樂之忘歸情舒放而遠覽接軒轅之遺音軒轅黃帝也遺音謂琴也慕老童於騩隅欽泰容之高吟山海經曰騩山神耆童居之其音常如鐘磬音郭璞曰耆童老童也顓頊之子山海經曰顓頊生老童思玄賦曰大容吟曰念哉騩山在三危西九十里顧茲

愷慷

閒

原注婁作朱里作步

梧而興慮思假物以託心 莊子曰不以身假物 乃斵孫枝准量所任 說文曰斵斫也張衡應問曰可剖其孫枝鄭玄周禮注曰孫竹枝根之末生者也蓋桐孫亦然 至人攄思制為雅琴 莊子曰不離於真謂之至人又曰至人無已神人無功郭象曰無已故順物順物而至劉向有雅琴賦 乃使離子督墨 匠石奮斤 趙岐孟子注曰離婁黃帝時人黃帝亡其玄珠使離婁索之能視百里之外見秋毫之末離子離朱也淮南子曰離朱之明察鍼末於百步之外桉慎子為離珠周禮禁督逆祀者鄭玄曰督正也字書曰督察也莊子曰匠石之齊見櫟社樹觀者如市匠石不顧司馬彪曰匠石字伯 夔襄薦法般倕騁神 夔及師襄班垂並已見上文 鏤會裛廁朗密調均 鏤會謂鏤其縫會也裛廁謂裛纏其填廁之處也說文曰裛纏也廣雅曰廁間也 華繪彫琢布藻垂文 孔安國尚書傳曰繪會五彩也胡憒切 錯以犀象籍以翠綠 犀象二獸名翠綠二色也 絃以園客之絲徽以鍾山之玉 列仙傳曰園客者濟陰人也常種五色香草積數十年食其實一旦有五色神蛾止香樹末客收而薦之以布生桑蠶焉時有好女夜至自稱我與君作妻道蠶狀客與俱蠶得百頭繭皆如甕繅繭六十日乃盡

訖則俱去莫知所如淮南子曰譬若鍾山之玉許慎曰鍾山北陸無日之地出美玉爰有龍鳳之象古人之形西京雜記曰趙后有寶琴曰鳳凰皆以金玉隱起爲龍螭鸞鳳古賢列女之像伯牙揮手鍾期聽聲廣雅曰揮動也呂氏春秋曰伯牙鼓琴鍾子期聽之志在泰山鍾子期曰善哉巍巍乎若太山湏臾志在流水子期曰湯湯乎若流水子期死伯牙破琴絕絃終身不復鼓琴以爲世無賞音列子曰伯牙善鼓琴鍾子期聽伯牙鼓琴每奏鍾期輒窮其趣伯牙捨琴而嘆曰善哉子之聽夫志相象猶吾心也吾於何逃聲哉華容灼爚發采揚明何其麗也說文曰灼明也又曰爚火光也伶倫比律田連操張漢書曰黃帝使伶倫自大夏之西崑崙之陰取竹之嶰谷斷兩節間而吹之以爲黃鍾之宮制十二篇以聽鳳凰之音以比黃鍾之宮皆可以生之是爲律本韓子曰田連成竅天下善鼓琴者也然而田連鼓上成竅擽下而不成曲或曰成連古之善音者琴操伯牙學琴於成連先生先生曰吾能傳曲而不能移情吾師有方子春善於琴能作人之情今在東海上子能與我同事之乎伯牙曰夫子有命敢不敬從乃相與至海上見子春受業焉進御君子新聲憀（聊）亮何其偉也憀亮聲清徹貌亦與聊字義同及其初調則角羽俱起宮徵相證王逸楚辭注曰

證驗也

參發並趣，上下累應。踸踔磥硌，美聲將興。廣雅曰：踸踔，無常也。磥硌，壯大貌。磥與磊同，力罪切。

固以和昶而足耽矣。廣雅曰：昶，通也。勑兩切。

爾乃理正聲，奏妙曲，揚白雪，發清角。淮南子曰：師曠奏白雪而神禽下。白雪，五十弦瑟樂曲，未詳。韓子曰：昔衛公之晉，於濮水上宿，夜有鼓新聲者，召師涓撫琴寫之。公遂之晉，晉平公曰：試聽之。師曠援琴一奏，有玄鶴二八來舞；再奏而列；三奏延頸鳴，舒而舞，音中宮商。師曠曰：不如清角。師曠奏之，有雲從西北方起之，大風起，天雨隨之。此言感天地，清角爲勝。宋玉對問曰：其爲陽春白雪。韓子師曠曰：清徵之聲不如清角。

紛淋浪以流離，奐淫衍而優渥。粲奕奕而高逝，馳岌岌以相屬。廣雅曰：奕奕，盛貌。王逸楚辭注曰：岌岌，高貌。

沛騰遌而競趣，翕韡曄而繁縟。韡曄，盛貌。繁縟，聲之細也。郭璞爾雅注曰：遌，相觸遌也。

狀若崇山，又象流波。浩兮湯湯，鬱兮峩峩。列子曰：伯牙鼓琴，志在登高山，鍾子期曰：善哉，峩峩兮若泰山。志在流水，巳見上文。

怫愲煩寃，紆餘婆娑。怫愲煩寃，聲蘊積不安貌。怫，扶味切。愲，音渭。風賦曰：勃鬱

原賦作萃蔡張揖注同

◦㹀𧲜稍也

煩寃上林賦曰紆餘委蛇陵縱播逸霍濩紛葩言聲陵縱播布而起霍濩然似水聲紛葩開張貌霍濩盛貌魯靈光殿賦曰霍濩燐亂檢容授節應變合度兢名擅業安軌徐步洋洋習習聲烈遐布含顯媚以送終飄餘響乎泰素含顯媚之聲以送曲終也列子曰太素者質之始也若乃高軒飛觀廣廈閑房軒長廊之有牕冬夜肅清朗月垂光新衣翠粲纓徽流芳子虛賦曰翕呷翠粲張揖曰翠粲衣聲也班婕妤自傷賦曰紛翠粲兮紈素聲洛神賦曰披羅衣之璀粲字雖不同其義一也爾雅曰婦人之徽謂之縭郭璞曰今之香纓也於是器泠絃調心閑手敏毛萇詩傳曰閑習也觸攙如志唯意所擬說文曰批反手擊也與攙同蒲結切如志謂如其志意初涉淥水中奏清徵淥水已見上文韓子曰師曠奏清徵有玄鶴二八集廊門雅昶唐堯終詠微子七略雅暢第十七曰琴道曰堯暢逸又曰達則兼善天下無不通暢故謂之暢昶與暢同又曰微子操微子傷殷之將亡終不可奈何見鴻鵠高飛援琴作操寬明弘潤優遊

俻原書當作飡並此賦無飡字不應有注別本無此文是也

躇跱躇跱躊躇竦跱拊絃安歌新聲代起楚辭曰翔江州而安歌王逸曰安意歌吟也漢書曰李延年善歌爲新變之聲歌曰凌扶搖兮憩瀛洲要列子兮爲好仇爾雅曰扶搖風也莊子曰扶搖而上者九萬里史記曰瀛洲海中神山也列子曰勃海之中有山曰瀛洲莊子列子御風泠然者風仙也劉向上列子表曰列子者鄭人與鄭繆公同時漢書曰列子名御宼先莊子莊子稱之毛詩曰窈窕淑女君子好仇餐沆瀣兮帶朝霞眇翾翾翩翩兮薄天遊鄭玄周禮注曰餐夕食也說文曰餐吞也楚辭曰餐六氣而飲沆瀣兮漱正陽而食朝霞淩陽子明經曰夏食沆瀣沆瀣北方夜半氣也廣雅曰薄至也齊萬物兮超自得委性命兮任去留莊子有齊物篇楚辭曰漠靈靜以恬愉兮澹無爲而自得服鳥賦曰縱軀委命不私與已激清響以赴會何絃歌之綢繆會節會也論語曰子之武城聞絃歌之聲毛詩傳曰綢繆猶纏緜也於是曲引向闌衆音將歇引亦曲也半在半罷謂之闌改韻易調奇弄乃發揚和顏攘皓腕舞賦曰嚴顏和而怡懌洛神賦曰攘皓腕於神滸飛纖指以馳騖紛㗘譶以流漫㗘譶

原烓作闛

原賦作煥

聲多也㗊不及也師立切說文曰譶語疾言也徒合切或徘徊顧慕擁鬱抑按盤桓毓養從容祕翫廣雅曰盤桓不進貌從容舉動也毓與育同闛爾奮逸風駭雲亂闛疾貌七發曰波湧而雲亂牢落凌厲布濩半散牢落猶遼落也洞簫賦曰翩緜連以牢落劉歆遂初賦曰過句注而凌厲上林賦曰布濩宏澤甘泉賦曰半散照爛粲以成章豐融披離斐韡奐爛豐融盛貌風賦曰被麗披離斐韡明貌斐敷尾切韡于鬼切風賦曰眴奐粲爛英聲發越采采粲粲廣雅曰英美也或閒聲錯糅狀若詭赴言其狀若詭詐而相赴也鄭玄禮記注曰糅雜也雙美並進駢馳翼驅駢併也翼疾貌蒼頡篇曰隨後曰驅初若將乖後卒同趣或曲而不屈直而不倨左傳吳公子季札聞歌頌曰直而不倨曲而不屈杜預曰倨傲也居預切或相凌而不亂或相離而不殊左氏傳曰武城人斷其後之木而不殊漢書音義曰殊猶絕也時劫掎以慷慨或怨嫭而躊躇說文曰掎偏引也嫭嬌也子庶切或作姐古字通假借也姐子也切韓詩曰愛而不

見搔首踟躕踟躕猶躑躅也忽飄颻以輕邁乍留聯而扶踈言扶踈四布也或
參譚繁促複疊攢仄參譚相隨貌參七感切譚徒感切一音並依字攢仄聚聲長笛賦曰蹈踧攢仄從
橫駱驛奔遯相逼魯靈光殿賦曰從橫駱驛拊嗟累讚間不容息淮南
子曰時之反側間不容息高誘曰不容氣息促之甚也瓌豔奇偉殫不可識高唐賦曰瓌譎詭奇偉不可究陳
若乃閑舒都雅洪纖有宜說文曰閑雅也毛萇詩傳曰都閑也清和條昶
案衍陸離案衍不平貌上林賦曰陰淫案衍之音衍弋戰切廣雅曰陸離參差也穆溫柔以怡
懌婉順敘而委蛇毛萇傳曰婉然美貌委蛇聲長貌鄭玄毛詩箋曰委蛇委曲自得之貌或乘險
投會邀隟趨危會節會也邀要也嚶若離鵾鳴清池翼若游鴻
翔曾崖蒼頡篇曰嚶嚶鳥聲也琴道曰操似鴻鴈詠之聲張衡舞賦曰含清唯而吟詠若離鵾鳴姑耶紛文斐
尾慊縿離纚紛文斐尾文彩貌慊縿離纚羽毛貌微風餘音靡靡猗猗

原賦作葩

靡靡順風貌猗猗衆盛貌或摟㩧櫟捋縹繚潎洌摟㩧櫟捋皆手撫絃之貌爾雅曰摟牽也劉熙孟子注曰摟牽也力頭切說文曰㩧反手擊也廣雅曰櫟擊也毛詩曰薄言捋之傳曰捋取也縹繚潎洌聲相糾激之貌說文曰繚纏也上林賦曰轉騰潎洌潎洌水波浪貌言聲似也輕行浮彈明嫿睽慧說文曰嫿靜好也睽察也七祭切疾而不遠留而不滯左氏傳吳公子札觀頌曰處而不底行而不流淮南子曰流而不滯翩緜飄邈微音迅逝遠而聽之若鸞鳳和鳴戲雲中迫而察之若衆葩敷榮曜春風古本葩字爲此芛郭璞三蒼爲古花字今讀音于彼切字林音于彼切張衡思玄賦曰天地烟熅百卉含藹鳴鶴交頸雎鳩相和以韻推之所以不惑既豐贍以多姿又善始而令終字書曰贍足也封禪書曰豈不善始善終哉毛詩曰高朗令終令善也嗟姣妙以弘麗何變態之無窮西京賦曰盡變態乎其中若夫三春之初麗服以時班固終南山賦曰三春之季孟夏之初纂要曰一時三月謂之三春九十日謂之九春西京賦曰麗服揚菁乃攜友生以遨以嬉毛詩曰雖有兄

弟不如友生又曰以遨以遊說文曰嬉樂也涉蘭圃登重基春秋運斗樞曰山者地之基指長林

翳華芝甘泉賦曰登夫鳳皇而翳華芝臨清流賦新詩楚辭曰竊賦詩之所明王逸曰賦鋪也

嘉魚龍之逸豫樂百卉之榮滋樂動聲儀孔子曰風雨動魚龍仁義動君子歸田賦曰百卉滋榮

理重華之遺操慨遠慕而長思重華謂舜也琴道曰舜操者昔虞舜聖德玄遠遂升天子喟然念親巍巍上帝之位不足保援琴作操

若乃華堂曲宴密友近賓蘭肴兼御旨酒清醇邊讓章華臺賦曰蘭肴山竦椒酒淵流毛詩曰旨酒思柔醇厚也進南荊發西秦南荊即荊豔楚舞也古妾薄命行歌曰齊謳楚舞紛紛漢書有秦倡員紹陵陽度巴人宋玉對問曰既而曰陵陽白雪國中唱而和之者彌寡然集所載與文選不同各隨所用而引之又對曰客有歌於郢中者始曰巴人變用雜而並起竦衆聽而駭神料殊功而比操豈笙籥之能倫

若次其曲引所宜則廣陵止息東武太山廣陵等曲今並猶存未詳

所起應璩與劉孔才書曰聽廣陵之清散傅玄琴賦曰馬融譚思於止
息魏武帝樂府有東武吟曹植有太山梁甫吟左思齊都賦注曰東武
太山皆齊之土風謡歌謳吟之曲名也然引應及傅者明
古有此曲轉以相證耳非嵇康之言出於此也他皆類此

飛龍鹿鳴鵾雞遊絃 漢書曰房中樂有飛龍章毛詩序曰鹿鳴宴羣臣也蔡邕琴操曰鹿鳴者周大臣之所作也王道衰大臣知賢者幽隱故彈絃風諫古相和歌者有鵾雞曲遊絃未詳

更唱迭奏聲若自然 高唐賦曰更唱迭和

流楚窈窕懲躁雪煩 言流行清楚窈窕之聲足以懲止躁競雪蕩煩懣也懲直陵切

下逮謡俗蔡氏五曲 歌録曰空侯謡俗行蓋亦古曲未詳本末俗傳蔡氏五曲遊春淥水坐愁秋思幽居也

王昭楚妃千里別鶴猶有一切承間簉乏亦有可觀者焉 琴操曰王襄女漢元
帝時獻入後宮以妻單于昭君心念鄉土乃作怨曠之歌歌録曰石崇
楚妃歎歌辭曰楚妃歎莫知其所由楚之賢妃能立德著勳垂名於後
唯樊姬焉故令歎詠聲永世不絶疑必爾也相鶴經曰鶴一舉千里蔡
邕琴操曰商陵牧子娶妻五年無子父兄欲爲改娶牧子援琴鼓之歎
別鶴以舒其憤懣故曰別鶴操鶴一舉千里故名千里別鶴也崔豹古
今注曰別鶴操商陵牧子所作也牧子娶妻五年無子父母將爲之改娶

聞之中夜起聞鶴聲倚戶而悲故子聞之愴然歌曰將乖比翼隔天端山川悠遠路漫漫攬衣不寢食後人因以爲樂章也漢書音義曰一切權時也譖已是五文然非夫曠遠者不能與之嬉遊非夫淵靜者不能與之閑止莊子老聃曰其居也淵而靜非夫放達者不能與之無恡說文曰恡亦貪惜也非夫至精者不能與之析理也周易曰非天下之至精其孰能與於此莊子曰判天下之美析萬物之理若論其體勢詳其風聲器和故響逸張急故聲清說苑曰應侯與賈子坐聞有鼓瑟之聲應侯曰今瑟一何怨也賈子曰張急調下使之怨也夫張急者良材也國下者官卑也取良材而卑官之能無怨乎蔡邕月令章句曰凡絃之緩急爲清濁琴緊其絃則清縵則濁間遼故音庳絃長故徽鳴間遼謂絃間遼遠也絃長謂徽闊而絲長也阮籍樂論曰琵琶箏笛間促而聲高琴瑟之體間遼而音埤義與此同鄭玄周禮注曰庳短也音婢傅毅雅琴賦曰時促均而增徽接角徵而控商性絜靜以端理含至德之和平禮記曰絜靜精微易教也孝經曰昔者先王有至德要道禮記曰樂行血氣和平

此与声无哀乐论相应

誠可以感盪心志而發洩幽情矣說文曰泄除去也舞賦曰幽情形而外揚是故懷
慼者聞之莫不憯懍慘悽愀愴傷心字林曰慘毒也漢書音義郭璞曰愀變色貌說文曰
愴傷也憯七感切慘七敢切愀七小切含哀懊郁咿不能自禁字林曰懊咿內悲也列子曰喜懼抃舞不能自禁懊
於六切咿音伊其康樂者聞之則欨愉懽釋抃舞踊溢說文曰欨笑貌也況于切
留連瀾漫嗢噱終日服虔通俗篇曰樂不勝謂之嗢噱嗢烏沒切噱巨略切若和平者聽
之則怡養悅悆淑穆玄真廣雅曰養樂也恬虛樂古棄事遺身莊子
曰虛靜恬惔者道德之至也又曰棄事則形不勞是以伯夷以之廉顏回以之仁論語子曰伯夷
叔齊餓於首陽之下又曰顏回問仁子曰克己復禮爲仁列子子夏問孔子曰顏回之爲人奚若子曰回之仁賢於丘比干以
之忠尾生以之信論語曰比干諫而死莊子盜跖曰尾生與女子不來水至不去抱柱而死髙誘注淮南子曰尾生魯
人與婦人期於梁下不至而水溺死惠施以之辯給萬石以之訥慎莊子曰惠施多方其書五

高誘注淮南子齊俗訓惠子名施仕为梁相

依漢书校

慶为以下为漢书文

車高誘曰惠施宋人仕魏爲惠王相漢書曰萬石君奮恭謹舉朝
無比奮長子建次甲次乙慶皆以馴行孝謹官至二千石景帝曰
石君及四子皆二千石人臣尊寵迺舉集其門凡號奮爲萬石君
建郎中令奏下建讀之驚恐曰書馬者與尾而五今迺四不足一
譴死矣其爲謹雖佗皆如是服虔曰作馬字下四而爲五建上書
奏誤作四慶爲太僕御出上問車中幾馬慶策數馬舉手曰四馬
孔安國曰訥遲鈍也其餘觸類而長所致非一同歸殊途或文或質
周易曰引而伸之觸類而長之又曰天下同歸而殊途一致而百慮禮記曰虞夏之質殷周之文至矣揔中和以
統物咸日用而不失禮記曰樂者天地之命中和之紀周易曰百姓日用而不知其感人
動物蓋亦弘矣禮記曰樂其感人深于時也金石寢聲匏竹屏氣
孔安國曰屏除也王豹輟謳狄牙喪味孟子淯于髡曰昔王豹處淇而河西善謳說文曰謳齊歌
也淮南子曰淄澠之水合狄牙嘗而知之天吳踊躍於重淵王喬披雲而下墜
山海經曰朝陽之谷有神名曰天吳是爲水伯其形首足尾並人面而色青楚辭曰譬若王喬之乘雲兮載赤霄而凌太清舞

鸑鷟於庭階游女飄焉而來萃說文曰鸑鷟鳳屬神鳥也國語曰周文王時鸑鷟鳴於岐山韓詩曰漢有游女不可求思薛君曰游女漢神也言漢神時見不可求而得之列女傳曰游女漢水神鄭大夫交甫於漢皐見之聘之橘柚張衡南都賦曰游女弄珠於漢皐之曲感天地以致和況蚑行之衆類禮記曰聖人作樂以應天制禮以配地此則樂者天之和也洞簫賦曰蟋蟀蚸蠖蚑行喘息垂喙蜿轉瞪瞢忘食說文曰蚑行也凡生之類行皆曰蚑嘉斯器之懿茂詠茲文以自慰永服御而不厭信古今之所貴懿美也傅毅雅琴賦曰明仁義以厲已故永御而密親

亂曰愔愔琴德不可測兮劉向雅琴賦曰遊予心以廣觀且德樂之愔愔韓詩曰愔愔和悅貌聲類曰和靜貌體清心遠邈難極兮良質美手遇今世兮紛綸翕響冠衆藝兮識音者希孰能珍兮本詩曰不惜歌者苦但傷知音希能盡雅琴唯至人兮賈逵曰唯獨也

原文作稀

笙賦 周禮笙師掌教笙鄭衆曰笙十三簧爾雅曰大笙謂之巢郭璞曰列管匏中施簧管端白虎通曰笙者太簇之氣衆物之生也

潘安仁

河汾之寶有曲沃之懸匏焉 河汾二水名也漢書曰汾水出汾陽北山又曰河東郡聞喜縣故曲沃也崔豹古今注曰匏瓠也有柄曰懸匏可爲笙曲沃者尤善 鄒魯之珍有汶陽之孤篠焉 漢書魯國有鄒縣有汶陽縣杜預左氏傳注曰汶水大山出萊蕪縣說文曰篠小竹戴凱之竹譜曰篠出魯郡堪爲笙也 若乃緜蔓紛敷之麗浸潤靈液之滋隅隈夷險之勢禽鳥翔集之嬉 鄭玄毛詩箋曰隅角也說文曰隈曲也 固衆作者之所詳余可得而略之也 賈逵國語注曰略猶簡也 徒觀其制器也則審洪纖面短長 周禮曰審曲面勢以飭五材鄭司農曰察五材曲直方面形勢之宜 剏生簳裁熟簧 剏割也

原注作妙

設宮分羽，經徵列商，泄之反謚，厭焉乃揚。鄭玄毛詩箋曰：泄，出也。厭猶捻也。於頰切，亦作擫，謂揞擫也。管攢羅而表列，音要妙而含清。長門賦曰：聲幼要而復揚。各守一以司應，統大魁以爲笙。言其管各守一聲，以主相應，統物也。鄭玄禮記注曰：魁猶首也。大魁謂匏首，揷定所也。苦回切，今古怪切。基黃鍾以舉韻，望鳳儀以擢形。毛萇詩傳曰：基，本也。漢書：黃帝使伶倫取竹，斷兩節閒而吹之，以爲黃鍾之宮。黃鍾，律呂之長，故言基也。說文曰：笙十三簧，象鳳之身。尚書曰：鳳皇來儀。寫皇翼以插羽，摹鸞音以厲聲。列管以象鳳翼也。列仙傳曰：王子喬好吹笙作鳳鳴。鸞鳳類，故通言之。如鳥斯企，翾翾歧歧。司馬彪曰：企，望也。景福殿賦曰：鳥企山跱。翾翾，字林：翾翾，初起也。歧歧，飛行貌。漢書音義曰：歧歧，將行貌。明珠在咮，若銜若垂。郭璞爾雅注曰：咮，鳥口也。音晝。脩檛內辟，餘簫外逶。脩檛，長管也。辟，開也。餘簫，齊衆管也。逶，逶迤漸邪之貌。駢田獦攡，鯉鯠參差。駢田，聚也。獦攡，不齊也。攡音歷。鯉鯠，裝飾重疊貌。鯉音押。鯠，助甲切。於是

六臣作慠 舊音激

誤 別本校誤

乃有始泰終約前榮後悴激憤於今賤求懷乎故貴杜預左氏傳注曰泰奢也約儉也家語孔子曰激憤厲之志始桓子新論琴道曰雍門周見孟嘗君孟嘗君曰先生鼓琴亦能令人悲乎對曰臣之所能令悲者先貴而後賤故富而今貧於是雍門揮琴而孟嘗君流涕衆滿堂而飲酒獨向隅以掩淚說苑曰古人於天下譬一堂之上今有滿堂飲酒有一人獨索然向隅泣則一堂之人皆不樂韓詩外傳曰衆或滿堂而飲酒有人向而悲泣則一堂爲之不樂王者之於天下也有一物不得其所則爲之悽愴心傷盡祭不舉樂焉援鳴笙而將吹先嗢噦以理氣言將欲吹笙咽中先噦而理氣也說文曰嗢咽也又曰噦氣氣悟也嗢於忽切噦紆月切嗢噦或爲温穢謂先温煖去其垢穢調理其氣也初雍容以安暇中佛鬱以怫惘埤蒼曰佛鬱不安貌終嵬峩以蹇愕鄂又颸遝而繁沸蹇愕正直之貌罔浪孟以惆悵若欲絕而復肆罔及浪孟皆失志之貌又云孟浪虛誕之聲也肆放也言聲將絕而復放留懰檄糴以奔邀似將放而

中匱櫢纙疾貌埤蒼劉宿留也櫢音激愀愴惻淢，虺韡煜熠，愀愴惻淢悲傷貌虺韡熠盛多貌淢與㳚同況逼切廣雅曰煜熾也音育說文曰熠盛光也熠以入切汎淫氾艷，霅曄岌岌。汎淫氾艷自放縱貌霅曄急疾貌霅素合切曄于怯切或桉衍夷靡，或竦踴剽急。夷靡平而漸靡也或既往不反，或已出復入。徘徊布濩，渙衍葺襲。葺襲重貌舞既蹈而中輟，節將撫而弗及。言以笙聲爲主故舞者足蹈中止而待之歌者將撫節而恐不及樂聲發而盡室歡，悲音奏而列坐泣。列子秦青曰昔韓娥爲曼聲哀哭一里老幼悲愁垂涕相對復爲曼聲長歌一里老幼喜躍抃舞不能自禁搦纖翮以震幽簧，越上筩而通下管。搦指捻也奴協切翮管也其形類羽故曰翮也周易曰震動也呂氏春秋曰伶倫制十二筩說文曰筩斷竹也徒東切應吹噏以往來，隨抑揚以虛滿。噏虛及切虛滿謂隨氣虛滿也勃慷慨以憀亮，顧躊躇以舒緩。憀亮聲清也聲類曰憀且也音留廣雅曰躊躇猶豫也輟張女之哀彈流廣陵之名散閔洪琴賦曰汝南鹿鳴張女羣彈然蓋古曲未詳所起詠園桃之夭夭歌棗下之篹篹魏文帝園桃行曰夭夭園桃無子空長虛美難假偏輪不行古咄唶歌曰棗下何攢攢榮華各有時棗欲初赤時人從四邊來棗適今日賜誰當仰視之攢聚貌篹篹與攢古字通歌曰棗下。篹篹。朱實離離。毛詩曰其實離離毛萇曰離離樂也宛其落矣化爲枯枝毛詩曰宛其死矣毛萇曰宛死貌人生不能行樂死何以虛謚爲楊惲與孫會宗書曰人生行樂耳謚法曰謚者行之迹也爾乃引飛龍鳴鶤雞雙鴻翔白鶴飛飛龍鶤雞已見上文古樂府有飛來雙白鵠篇子喬輕舉明君懷歸荊王喟其長吟楚妃歎而增悲歌録曰吟歎四曲王昭君楚妃歎楚王吟王子喬皆古辭荊王子喬其辭猶存夫其悽戾辛酸嚶嚶關關若離鴻之鳴子也爾雅曰關關嚶嚶音和也含胡嘽諧雍雍喈喈若羣鶵之從

嗒 ○注

母也洞簫賦曰膹函胡以紆鬱禮記嘽諧慢易繁文簡節之音作而民康樂爾雅曰廱廱和也毛萇詩傳曰喈喈和

聲遠聞也歌録步出夏門行古辭歌曰鳳凰鳴啾啾一母從九鶵郁抰劫悟泓宏融裔郁抰口循

孔貌劫悟氣相衝激泓宏聲大貌融裔聲長貌說文曰泓泓下深也嘒咬嘲嗻一何察惠舞賦曰吐

哇咬則發晧齒說文曰哇謟聲哇咬淫聲也楚辭曰鶤雞嘲哳而悲鳴哇咬嘲哳聲繁細貌訣厲悄切又

何磬折訣厲謂決斷清冽也悄切憂貌磬折言其聲若磬形之曲折也若夫時陽初暖臨

川送離神農本草曰春夏爲陽莊子曰暖然似春楚辭曰登山臨水送將歸酒酣徒擾樂闋

日移漢書音義應劭曰不醒不醉曰酣擾謂擾攘裝飾也鄭玄曰闋終也踈客始闌主人微

疲韓子曰穰歲之秋踈客畢食文穎漢書注曰闌言希也謂飲酒半罷半在謂之闌弛絃韜籥徹

塤屏篪杜預左氏傳注曰弛解也韜藏也絃謂琴瑟也孔安國論語注曰徹去也屏除也廣雅曰長琴三尺

六寸六分五絃瑟二十七弦也爾雅曰大籥謂之産郭璞注曰籥如笛三孔而狹小廣雅曰七孔大塤謂之嘂郭璞注曰

燒土爲之大如鵞子鋭上平底形似稱錘六孔小者如雞子䶵謂之䶲郭璞曰䶵竹爲也尺四寸圍三寸一孔上出二寸分右翹橫吹之小者尺二寸廣雅曰六孔也爾乃促中筵攜友生解嚴顏擢幽情舞賦曰嚴顏和而怡懌幽情形而外揚披黃包以授甘傾縹瓷以酌酃尚書曰厥包橘柚說文曰縹青白色字林瓷白瓶長頸大禹切鄒陽酒賦曰醪醴既成綠瓷既啓又曰其品類則沙洛淥酃鄔鄉若下齊公之情吳錄地理志曰湘東酃以爲酒有名光歧儼其偕列雙鳳嘈以和鳴光華飾也歧衆管也以其分別故謂之歧或作伎謂光華之伎也西京雜記曰成帝侍郎善鼓琴能爲雙鳳之曲晉野悚而投琴況齊瑟與秦箏子野師曠字晉人故曰晉野杜預左氏傳注曰悚懼也史記蘇秦說齊王曰臨菑其民無不吹竽鼓瑟歌錄有美人篇齊瑟行風俗通曰箏蒙恬所造楚辭曰扶秦箏而彈徽新聲變曲奇韻橫逸縈纏歌鼓網羅鍾律爛熠爚以放豔鬱蓬勃以氣出熠爚光明貌蓬勃泰出貌秋風詠於燕路天光重乎

朝日魏文帝燕歌行曰秋風蕭瑟天氣涼傳玄長簫歌有天光篇魏文帝善哉行有朝日篇言既奏天光又奏朝日故曰
重也重遂龍切大不踰宮細不過羽鄭玄月令注曰大不過宮細不過羽國語泠州鳩對景王曰臣聞琴
尚宮鍾尚羽大不踰宮細不過羽唱發章夏導揚韶武樂動聲儀曰堯樂曰大章禮記曰大章章
之也鄭玄曰言堯德章明也樂動聲儀曰舜樂曰大韶禹曰大夏武曰大武協和陳宋混一齊楚
樂動聲儀曰樂者移風易俗所謂聲俗者若楚聲高齊聲下所謂事俗者若齊俗奢陳俗利巫也又曰先魯後殷新周故
宋然宋商俗也張衡舞賦曰移風易俗限一齊楚邇不逼而遠無攜聲成文而節有
敘左氏傳昭公二十九年吳公子札來聘魯人爲奏四代樂爲之歌頌季札歎曰至矣哉邇而不偪遠而不攜節有度
守有敘凡人邇近者好在逼迫此樂中乃有不逼之聲凡人極遠者好在攜離此頌中乃有遠不携離之音毛詩序曰聲
成文謂之音彼政有失得而化以醇薄呂氏春秋曰其治厚者其樂厚其治薄者其樂薄
樂所以移風於善亦所以易俗於惡孝經曰移風易俗莫善於樂故絲

竹之器未改而桑濮之流已作禮記曰絲竹樂之器也又曰桑間濮上之音亡國之音鄭玄注曰濮水之上地有桑間者亡國之音於此水出惟簫也能研羣聲之清惟笙也能揔衆清之林言衆若林能揔之禮記曰唱和清濁遞相爲經鄭玄曰清謂蕤賓至應鍾濁謂黃鍾至仲呂衛無所措其邪鄭無所容其淫禮記曰鄭衛之音亂世之音非天下之和樂不易之德音其孰能與於此乎禮記曰順氣成象而和樂興焉又曰德音之謂樂周易曰非天下至精其孰能與於此

嘯賦

鄭玄毛詩箋曰嘯蹙口而出聲也籀文爲歗在欠部毛詩曰其嘯也歌

成公子安臧榮緒晉書曰成公綏字子安東郡人也少有俊才辭賦壯麗徵爲博士歷中書郎

逸羣公子體奇好異傲世忘榮絕棄人事文子曰傲世賤物不汙於俗漢書曰張良願棄人間事欲從赤松子遊睎高慕古長想遠思謝承後漢書曰陳謙睎高視遠清舉

矯俗馮衍顯志賦曰獨耿介而慕古舞賦曰遠思長想將登箕山以抗節浮滄海以游
志箕山已見上文論語子曰道不行乘桴浮於海從我者其由歟於是延友生集同好尚書序曰
與我同好精性命之至機研道德之玄奧周易曰乾道變化各正性命管子曰虛無
無形謂之道化育萬物謂之德應德璉馳射賦曰窮百氏之玄奧愍流俗之未悟獨超然而
先覺禮記曰不從流俗老子曰雖有榮觀燕處超然孟子伊尹曰天生斯民使先知覺後知使先覺覺後覺也
狹世路之阨僻仰天衢而高蹈史記曰不從流俗王之阨僻羽獵賦曰狹三王之阨
僻孔融薦禰衡表曰龍躍天衢左氏傳齊人歌曰魯人之皐使我高蹈邈姱俗而遺身乃
慷慨而長嘯琴賦曰弃事遺身遺身謂其身事楚辭曰臨深水而長嘯于時曜靈俄景
流光濛汜廣雅曰燿靈日也俄邪也歸田賦曰於時曜靈俄景楚辭曰出自湯谷次于濛汜淮南子濛汜
日所入處逍遙攜手踟跦步趾廣雅曰躑躅踟跦也踟跦與踟蹰古字通左氏傳蔿啓强謂魯

侯曰今君若步玉趾發妙聲於丹脣激哀音於皓齒神女賦曰朱脣的其若丹楚辭曰美人皓齒嫮以姱響抑揚而潛轉氣衝鬱而熛起言聲在喉中而轉故曰潛也熛起言疾字林曰熛飛火也協黃宮於清角雜商羽於流徵黃宮謂黃鍾宮聲清角已見上文宋玉風笛賦曰吟清商追流徵飄遊雲於泰清集長風乎萬里言所感幽深有同龍虎聖主得賢臣頌曰虎嘯而風冽龍興而致雲氣泰清天也鶡冠子曰上及泰清下及泰寧曲既終而響絕遺餘玩而未已良自然之至音非絲竹之所擬是故聲不假器用不借物近取諸身役心御氣周易曰近取諸身動脣有曲發口成音觸類感物因歌隨吟大而不洿細而不沈洿漫也琴道曰大聲不震譁而流漫細聲不湮滅而不聞清激切於竽笙優潤和於瑟琴玄妙足以通神悟靈精微足以窮幽測深老子曰玄之又玄衆妙之

門禮記曰夫禮樂通乎鬼神窮高遠而測深厚精微巳見上文收激楚之哀荒節北里之奢淫楚辭曰宮庭震驚發激楚王逸曰激楚清聲也史記曰紂使師涓作淫聲北里之舞靡靡之樂濟洪災於炎旱反亢陽於重陰言有洪水之災濟之以炎旱有亢陽之災反之於重陰說苑曰湯時太旱七年煎沙爛石靈寶經曰禪黎世界墜王有女字姓音生仍不言年至四歲王恠之乃棄女於南浮桑之阿空山之中女無糧常日咽氣引月服精自然充飽忽與神人會於丹陵之舍柏林之下姓音右手題赤石之上語姓音汝雖不能言可憶此文也遣朱宮靈童下教姓音治弟之術授其釆書八字之音於是能言於山出還在國中國中大枯旱地下生火人民焦燎死者過半穿地取水百丈無泉王悕懼女顯其真爲王仰嘯天降洪水至十丈於是化形隱景而去唱引萬變曲用無方鄭玄論語注曰方常也和樂怡懌悲傷摧藏摧藏自抑挫之貌言悲傷能挫於人操王昭君歌曰離宮絕曠身體摧藏時幽散而將絕中矯厲而慨慷也徐婉約而優遊紛繁騖而激揚

飄眇音名作繚眺

列列音名作烈烈

依

漢依注當作幕 注

依漢書改

罽賓

情既思而能反心雖哀而不傷毛詩序曰關雎哀而不傷揔八音之至和固極樂而無荒毛詩曰好樂無荒若乃登高臺以臨遠披文軒而騁望新語曰高臺百仞文軒彫窻楚辭曰白蘋兮騁望喟仰抃而抗首嘈長引而憀亮憀亮已見上文或舒肆而自反或徘徊而復放孔安國尚書傳曰肆緩也或冉弱而柔撓或澎濞而奔壯說文曰冉弱長貌上林賦曰柔橈嫚嫚横鬱鳴而滔涸洌飄眇而清昶滔涸如水之滔漫或竭涸也飄眇聲清長貌眇心鳥切爾雅曰涸竭也字林曰洌寒貌逸氣奮湧繽紛交錯列列飈揚啾啾響作奏胡馬之長思向寒風乎北朔古詩曰胡馬思北風又似鴻鴈之將鶵羣鳴號乎沙漠似鴈之音已見琴賦字林曰鳴聲也大曰鴻小曰鴈武帝元朔六年衛青將六將軍絶幕應劭曰幕匈奴之南界傳贊沙土曰幕今案決幕漫也西域傳曰罽賓國以銀爲錢文爲騎馬幕爲人面

嫚

靄音爱別本

如湆曰幕音漫韋昭曰幕錢背也然則漫幕同義古詩曰此匈奴中沙漫地也崔浩謂之河底故李陵歌曰徑萬里兮度沙漠是也猶今人呼帳幔亦曰幕可依字讀義無爽今書或作漠音訓同說文曰漠北方流沙故能因形創聲隨事造曲應物無窮機發響速怫鬱衝流參譚雲屬怫扶勿切淮南子曰通古之風氣以貫譚萬物之理譚猶着也參譚不絕又曰龍舉而景雲屬若離若合將絕復續飛廉鼓於幽隧猛虎應於中谷楚辭曰後飛廉使奔屬王逸曰飛廉風伯也毛詩曰大風有隧春秋元命苞曰猛虎嘯谷風起類相動也南箕動於穹蒼清飈振乎喬木毛詩曰維南有箕春秋緯曰月失其行離于箕者風爾雅曰穹蒼蒼天也毛詩曰南有喬木散滯積而播揚蕩埃藹之溷濁國語泠州鳩曰太蔟所以金奏贊陽出滯也姑洗所以脩絜百物考神納賓鄭玄儀禮注曰播散也風賦曰駭溷濁揚腐餘說文曰溷亂也變陰陽之至和移淫風之穢俗禮記曰夫禮樂行乎陰陽又曰移風易俗鄭玄曰樂用之則正

人和陰陽若乃遊崇岡陵景山臨巖側望流川坐盤石漱清泉景山
大山也聲類曰盤大石也說文曰漱蕩口也藉皐蘭之猗靡蔭脩竹之蟬蜎楚辭曰皐
蘭被徑斯路漸猗靡隨風之貌楚辭曰嬋娟之脩竹枚乘兎園賦曰脩竹檀欒乃吟詠而發散聲駱
驛而響連駱驛不絕貌舒蓄思之悱憤奮久結之纏綿論語子曰不憤不啓
不悱不發字書曰悱心誦也芳匪切纏綿已見上注心滌蕩而無累志離俗而飄然莊子
曰聖人無天災無物累淮南子曰單豹背世離俗若夫假象金革擬則陶匏孔安國尚書傳
曰象法也禮記曰器用陶匏尚禮然也衆聲繁奏若笳若簫磞郭硠震隱訇
礚啣嘈字林曰礚大聲也磞芳宏切硠音郎啣音勞嘈音曹發徵則隆冬熙蒸騁羽
則嚴霜夏凋動商則秋霖春降奏角則谷風鳴條列子曰鄭
師文學琴於師襄師襄曰子之琴何如師文曰請嘗試之於是當春而叩商絃以召南呂涼風忽至草木成實及秋而叩角絃以激

此段複

夾鍾溫風徐廻草木發榮當夏而叩羽絃以召黃鍾霜雪交下川池暴沍及冬而叩徵絃以激蕤賓陽光熾烈堅冰立散師襄曰雖師曠之清角鄒衍之吹律無以加之張湛曰商金音屬秋南呂八月律角木音屬春夾鍾二月律羽水音屬冬黃鍾十一月律徵火音屬夏蕤賓五月律鄭玄禮記注曰喜蒸也聲類曰喜熙字

音均不恒曲無定制均古韻字也鶡冠子曰五聲不同均然其可喜一也晉灼子虛賦注曰文章假借可以恊韻均與韻同行而不流止而不滯已見上文

隨口吻而發揚假芳氣而遠逝音要妙而流響聲激曒而清厲激曒清疾貌曒音翟信自然之極麗羌殊尤而絕世杜預左氏傳注曰尤異也越韶夏與咸池何徒取異乎鄭衛樂動聲儀曰黃帝樂曰咸池韶夏鄭衛已見上文于時緜駒結舌而喪精王豹杜口而失色孟子曰王豹處淇而善謳緜駒處唐而齊右善歌言二人以歌謳化齊衛之國鄧析子曰左右結舌西京賦曰喪精亡魄漢書鄧公曰以杜忠臣之口莊子曰見夫子之失色

虞公輟聲而止歌甯子檢手而歎息晏子春秋虞公善歌以新聲惑景公晏子退朝而拘

之漢興又有虞公即劉向別録曰有人歌賦楚漢興
以來善雅歌者魯人虞公發聲清哀遠動梁塵其世
學者莫能及淮南子曰甯戚欲干齊桓公窮困無以
自達於是爲商於齊宿于郭門之外桓公郊迎閉門
辟任車爝火甚盛從者甚衆甯戚飯牛車下望桓公而
悲擊牛角而疾商歌曲甯戚衛人商金聲清故以爲
曲歌曰出東門兮厲石班上有松栢兮青且蘭麁布
衣兮緼縷時不遇兮堯舜牛兮努力食細草大臣在
尔側吾當與尔適楚國應劭曰齊桓夜迎客甯戚疾
擊其角商歌曰南山崖巖白石爛生不遭堯與舜禪
短布單衣適至骭從昏飯牛薄夜半長夜冥冥何時
旦七略曰漢興善歌者魯人虞公發聲動梁上塵呂氏
春秋曰甯戚至齊暮宿於郭門之外桓公郊迎客夜
至開門甯戚飯牛望桓公而悲擊牛角疾歌桓公聞
之歌者非常人也命後車載之史
記春申君曰秦楚臨韓韓必斂手**鍾期棄琴而改聽**
孔父忘味而不食論語曰子在齊聞韶三月不知肉
味孔安國曰不圖於韶樂之至於
斯周生烈曰孔子在齊聞韶樂之盛故忽忘
肉味王肅曰不圖作韶樂之至於此此齊也**百獸率**

舞而抃足鳳皇來儀而拊翼尚書夔曰於予擊石拊石百獸率舞簫韶九成鳳皇來儀孔安國曰雄曰鳳雌曰皇靈鳥也儀有容儀也備樂九奏而致鳳皇也乃知長嘯之奇妙蓋亦音聲之至極晉書阮籍字嗣宗陳留尉氏人容皃瓌傑志氣宏放尤好莊老嗜酒能嘯籍嘗於蘇門山遇孫登與商略終古栖神道氣之術登皆不應籍因長嘯而退至於半嶺聞有聲若鸞鳳之音響乎巖谷乃登之嘯也

文選卷第十八 壬戌六月廿七日昳 侃溫

黃侃黃焯批校昭明文選

五

湖北省公益学术著作出版专项资金
Hubei Special Funds for Academic and Public-interest Publications

〔梁〕蕭統 編
〔唐〕李善 注
黃侃 黃焯 校訂

長江出版傳媒
崇文書局

文選卷第二十五

梁昭明太子撰

文林郎守太子右内率府録事參軍事崇賢館直學士臣李善注上

贈荅三

贈崔温一首　荅魏子悌一首

謝宣遠荅靈運一首　於安城荅靈運一首

謝惠連西陵遇風獻康樂一首

謝靈運還舊園作見顔范二中書一首

登臨海嶠與從弟惠連一首

酬從弟惠連一首

贈何劭王濟一首五言并序　傅長虞

王隱晉書曰傅咸字長虞北地泥陽人也舉孝廉拜太子洗馬後爲司隸校尉薨

朗陵公何敬祖咸之從内兄臧榮緒晉書曰何劭襲封朗陵郡公國子祭酒王武子咸從姑之外孫也王隱晉書曰王濟爲國子祭酒並以明德

見重於世咸親之重之（尚書曰先王既勤用明德漢書曰霍光以張安世篤行光親重之）情猶同生義則師友（左氏傳曰鄭罕駟豐同生孫卿子曰人必將求賢師而事之擇良友而友之）何公既登侍中武子俄而亦作（臧榮緒晉書曰何劭爲散騎常侍遷侍中傅暢晉諸公讚曰王濟左遷國子祭酒數年入爲侍中）二賢相得甚歡咸亦慶之（漢書曰灌夫竇嬰兩人相得歡甚無厭）然自恨闇劣雖願其繾綣而從之末由（左氏傳臧昭伯曰繾綣從公無通內外毛詩傳曰遡洄從之）歷試無效且有家艱（尚書曰歷試諸難毛詩曰未堪家多難余又集于蓼）賦詩申懷以貽之云爾（蒼頡篇曰懷抱也薛君韓詩章句曰云詞也）

日月光太清列宿曜紫微（鶡冠子曰上及泰清下及太寧春秋合誠圖曰北辰其星七在紫微之中也）赫赫大晉朝明明闢皇闈（左氏傳子囊曰赫赫楚國而君臨之毛詩曰明明在下赫赫在上張衡陳公誄曰穆穆皇闈公

寔省之吾兄既鳳翔王子亦龍飛吳質荅文帝牋曰曹烈曹丹加以公室枝庶骨
肉舊恩其龍飛鳳翔實其分也雙鸞遊蘭渚二離揚清暉鸞離喻王何也蘭渚喻中
書也王逸楚詞序曰虯龍鸞鳳以託君子漢書曰長麗前掞光耀明臣瓚曰長離靈鳥也二離日月也攜
手升玉階並坐侍丹帷毛詩曰攜手同行西都賓曰玉階彤庭毛詩曰既見君子並坐
鼓瑟曹植娛賓賦曰丹帷曄以四張金璫綴惠文煌煌發令姿董巴輿服志曰侍中
冠弁大冠加金璫附蟬爲文漢書曰昌邑王賀冠惠文冠音義曰今侍中所著也服虔通俗文耳珠曰璫斯
榮非攸庶繾綣情所希賈逵國語注曰庶冀也廣雅曰希庶也豈不企高
蹤麟趾邈遐難追司馬彪莊子注曰企望也蔡邕袁陽碑曰邈矣高蹤孰能尅兹毛詩曰麟之趾
振振公子臨川靡芳餌何爲空守坻芳餌以喻令德也歸田賦曰徒臨川以羨魚吳
越春秋大夫種曰深川之魚死於芳餌餌魚食也莊子曰任公爲大鈎犗牛以爲餌淮南子曰黃帝化天下也

漁者不爭坻槁葉待風飄逝將與君違槁葉自喻也毛詩曰蘀兮蘀兮風其吹女鄭玄曰木葉槁得風乃落毛詩曰逝將去汝毛萇詩傳曰違離也違君能無戀尸素當言歸韓詩曰何謂素餐素者質人但有質朴無治民之材名曰素餐尸祿者頗有所知善惡不言默然不語苟欲得祿而已譬若尸矣毛詩曰言旋言歸歸身蓬蓽廬樂道以忘飢劉向雅琴賦曰潛坐蓬廬之中禮記孔子曰儒有蓽門圭竇毛詩曰泌之洋洋可以樂飢毛萇曰言可以樂道忘飢進則無云補退則恤其私漢書諸葛豐曰臣誠願之獨恐未有云補廣雅曰云有也論語曰退而省其私但願隆弘美王度日清夷東觀漢記陳元上疏曰抉瑕擿釁掩其弘美左氏傳右尹革曰祈招之詩曰思我王度式如玉式如金仲長子昌言曰謦躍清夷

荅傅咸一首五言

郭泰機傅咸集曰河南郭泰機寒素後門之士不知余無能爲益以詩見激切可施用之才而況沈淪不能自拔於世余雖心知

之而末如之何此屈非復文辭所了故直戲以答其詩云

皦皦白素絲，織為寒女衣。素絲喻德寒女喻賤也傳咸贈詩曰素絲豈不絜寒女難為容崔駰七言曰皦皦練絲退濁汗曹植閑居賦曰願同衾於寒女寒女雖妙巧，不得秉杼機。言不見用也傳咸贈詩曰貧寒猶手拙操杼安能工古詩曰札札弄機杼天寒知運速，況復鴈南飛。言歲之方晏以喻年之將老也莊子曰天寒既至霜雪既降楚辭曰鴈廱廱而南遊衣工秉刀尺，弃我忽若遺。衣工喻傳咸也張衡髑髏賦曰飛鋒曜景秉尺持刀毛詩曰將安將樂棄我如遺人不取諸身，世士焉所希。言凡人皆不能恕己及物取之於身故世間之士安可冀而相薦乎周易曰近取諸身況復已朝餐，曷由知我飢。言已朝餐而忘我飢猶居貴而遺我賤

為顧彥先贈婦二首 五言集亦云為顧彥先然此二篇並是婦荅而云贈

海林喻年盛以啓下意

原貼作孎

陸士龍　婦誤也

悠悠君行邁，煢煢妾獨止。毛詩曰：悠悠南行。又曰：行邁靡靡。又曰：獨行煢煢。山河安可踰，永路隔萬里。京室多妖冶，粲粲都人子。上林賦曰：妖冶閑都。毛詩曰：西人之子，粲粲衣服。又曰：彼都人士。鄭玄儀禮注曰：女子子者，女子也，別於男也。雅步擢纖腰，巧笑發皓齒。雅，閑雅，謂妖麗也。許愼淮南子注曰：擢，引也。毛詩曰：巧笑倩兮。楚辭曰：美人皓齒嫮以姱。佳麗良可美，衰賤焉足紀。戰國策司馬憙曰：趙，佳麗之所出。高誘曰：佳，大也；麗，美也。賈逵國語注曰：紀，猶錄也。遠蒙眷顧言，銜恩非望始。毛詩曰：眷言顧之。鄭玄曰：顧，念也。左氏傳鄭伯曰：非所敢望。魏文帝哀已賦曰：蒙君子之博愛，垂過望之渥恩。浮海難爲水，遊林難爲觀。林海以喻上京也。言遊上京難爲容色也。孟子曰：觀

原作婀娜

海者難爲水容色貴及時朝華忌日晏說文曰木槿朝華暮落皎皎彼姝子灼灼懷春粲古詩曰盈盈樓上女皎皎當牕牖毛詩曰彼姝者子又曰有女懷春毛萇曰懷思也毛詩曰今夕何夕見此粲者國語曰女三爲粲賈逵曰粲亦美貌西城善雅儛總章饒清彈陸機洛陽記曰金墉城在宮之西北角魏故宮人皆在中崔豹古今注曰魏文帝宮人尚衣能歌舞一時冠絕孫盛晉陽秋傳隆議曰其總章技即古之女樂鳴簧發丹脣朱絃繞素腕毛詩曰吹笙鼓簧神女賦曰朱脣的其若丹禮記曰清廟之瑟朱絃而疏越洛神賦曰攘皓腕輕裾猶電揮雙袂如霧散張衡舞賦曰裾若飛燕神如迴雪徘徊相侔瞥若電伐韓康伯周易注曰揮散也封禪書曰雲布霧散華容溢藻幄哀響入雲漢洛神賦曰華容阿那杜預左氏傳注曰幄帳也列子曰薛談學謳於秦青辭歸青餞於郊衢撫節悲歌聲震林木響過行雲張湛曰二人薛秦之善歌者知音世所希非君誰能讚古詩

北辰不移顧婦自喻玄龍運轉言恩斥被姝
玄龍猶言蒼龍趙高以青爲黑民言從之後世猶存

曰不惜歌者苦但傷知音稀孔安國論語注曰稀少也希與稀通釋名曰稱人之美曰讚也**棄置北辰星問此玄龍煥**彼北辰言不移也玄龍喻美女也言棄色而不好德陸雲代彥先贈婦詩曰何用結中款仰指北辰星石氏星讚曰軒轅龍體主后妃然此唯取衆姬即指西城揔章宮人不論於后也龍色多玄故取以喻**時暮復何言華落理必賤**毛詩序曰華落色衰復相棄背

答兄機一首 五言

陸士龍 士衡前爲太子洗馬時贈別士龍今答之

悠遠塗可極別促怨會長機贈詩曰行矣怨路長慼焉傷別促鄭玄禮記注曰極盡也曹子建送應氏詩曰別促會日長**銜恩戀行邁興言在臨觴**機詩曰指塗悲有餘臨觴歡不足毛詩曰念彼恭人興言出宿**南津有絶濟北渚無河梁**言己心有絶濟而可旋機行無河梁而可涉也韋昭漢書注曰直渡爲絶爾雅曰濟渡也機詩曰我若西流水子爲東時

原詩作攜手俱

岳故云南比以報之楚辭曰江河廣而無梁

神往同逝感形留悲參商言已形雖留而神實往故曰神往同逝言之感形留悲參商之隔左氏傳子産曰高辛氏有二子伯曰閼伯季曰實沈居于曠林不相能也日尋干戈以相征討后帝不臧遷閼伯于商丘主辰商人是因故辰爲商星遷實沈于大夏主參唐人是因以服事夏商其季世曰唐叔虞故參爲晉星法言曰吾不見參商之相比也

衡軌若殊迹牽牛非服箱機詩曰安得同攜手契闊成騑服故荅云衡軌若殊其迹則類牽牛不以服箱也毛詩曰睆彼牽牛不以服箱

荅張士然一首 五言

陸士龍

行邁越長川飄颻冒風塵新序孔子張曰臣犯霜露冒塵埃曹植出行曰蒙霧犯風塵鄭玄考工記注曰冒蒙也

通波激枉渚悲風薄丘榛西都賓曰與海通波楚辭曰朝發枉渚又曰哀江介之悲風高誘淮南子注曰叢木曰榛

脩路無窮迹井邑自相循周禮曰九夫爲井四井爲邑廣雅曰循從也

百城各異俗千室非

良鄰。謝承後漢書曰黄琬拜豫州刺史威邁百城禮記曰廣谷大川異制民生其間異俗論語子曰千室之邑百乘之家晏子春秋曰願有良鄰則見君子也歡舊難假。合風豈虛。親感念桑梓域。髣髴眼中人。毛詩曰惟桑與梓必恭敬止楚辭曰時髣髴以遥見魏文帝詩曰迴頭四向望眼中無故人靡靡。曰夜遠。眷眷懷苦辛。毛詩曰行邁靡靡毛萇曰靡靡行貌也韓詩曰眷眷懷顧古詩曰轗軻長辛苦

答盧諶詩一首并書四言　劉越石

王隱晉書曰劉琨字越石中山靖王之後也初辟太尉隴西秦王府未就尋爲博士未之職永嘉中爲并州刺史與盧志親善志子諶琨先辟之後爲從事中郎段匹磾領幽州牧諶求爲匹磾別駕諶牋詩與琨故有此荅後琨竟爲匹磾所害也

琨頓首損書及詩備辛酸之苦言暢經通之遠旨張平子書

謹詩有死生殊齊榮辱異別詩語故答之如此

曰酸者不能不苦於言漢董仲舒對策曰天地之常經古今之通義執玩反覆不能釋手玩猶愛弄也慨然以悲歡然以喜昔在少壯未嘗檢括蒼頡篇曰檢法度也薛君韓詩章句曰括約束也遠慕老莊之齊物近嘉阮生之放曠老莊老聃莊周也阮生嗣宗也莊子有齊物論臧榮緒晉書曰阮籍放誕不拘禮教蒼頡篇曰曠疎曠也怪厚薄何從而生哀樂何由而至列子曰身非愛之所能厚身亦非輕之所能薄愛之或不厚輕之或不薄此似反也自厚自薄或愛之而厚或輕之而薄此似非順也亦自厚自薄信命者亡壽天信理者亡是非信心者亡逆順信性者亡安危則謂都亡所信亡不信真矣慤矣奚去奚就奚哀奚樂之謂也自頃輈張困於逆亂輈張驚懼之貌也楊雄國三老箴曰負乘覆餗姦寇侏張輈與侏古字通張由切國破家亡親友彫殘崔鴻前趙錄曰劉聰僭即位于平陽又曰聰遣從弟曜攻晉破洛陽又曰遣子粲攻長安陷之家亡見下文負杖行吟則百憂俱

至。禮記曰公叔禺人遇負杖者楚辭曰屈原行吟澤畔毛詩曰逢此百憂塊然獨坐。則哀憤兩集。淮南子曰卓然獨立塊然獨處時復相與。舉觴對膝。破涕爲笑。排終身之積慘。求數刻之暫歡。刻漏也説文曰以銅盆受水分時晝夜百刻也譬由疾疢彌年。而欲一丸銷之。其可得乎。毛萇詩傳曰彌終也夫才生於世。世實須才。蘇武荅李陵書曰每念足下才爲世生器爲時出和氏之璧。焉得獨曜於郢握。夜光之珠。何得專玩於隨掌。淮南子曰隨侯之珠和氏之璧得之而富失之而貧天下之寶。當與天下共之。孫卿子曰和氏之璧爲天下之寶史記秦王曰和氏璧天下所共傳寶也但分析之。日不能不悵恨耳。然後知聃周之爲虛誕。嗣宗之爲妄作也。孔安國尚書傳曰誕欺也昔騄驥倚輈於吴坂。長鳴於良樂。知與不知也。戰國策楚客謂春申君曰昔騏驥駕鹽車上吳坂遷延負轅而不能進遭伯樂仰而鳴之知伯樂知己也今僕屈厄日久君獨無意使僕爲君長鳴乎思玄賦曰馬倚輈而徘徊鄭玄考工記注曰輈轅也古今地名曰虞零坂在吳城之北今謂之吳坂良王良也王良無遇驥之事因伯樂而連言之孔融薦禰衡表曰飛兎騕褭良樂之所急也

百里奚愚於虞而智於秦遇與不遇也漢書韓信謂廣武君曰僕聞百里奚居虞而虞亡之秦而秦伯非愚於虞而智於秦用與不用聽與不聽耳漢書揚雄曰以爲遇不遇命也

今君遇之矣勗之而已孔安國尚書傳曰勗勉也

不復屬意於文二十餘年矣鄭玄儀禮注曰屬綴也

久廢則無緣想必欲其一反故稱指送一篇稱旨一稱其意旨也稱赤證切

適足以彰來詩之益美耳毛萇詩傳曰適祇適也

琨頓首頓首久罹厄運故述喪亂多感恨之言也

厄運初遘陽爻在六言晉之遇災也毛萇詩傳曰遘成也陽爻在六謂乾上九也周易曰

上九亢龍有悔盈不可久也乾象棟傾坤儀舟覆乾坤謂天地左氏傳子産謂子
皮曰子於鄭國棟也棟折榱崩僑將厭焉戰國策或謂公叔曰塞漏舟而輕陽侯之波則舟覆矣橫厲
糺紛羣妖競逐言劉聰之構逆也橫厲從橫猛厲也糺紛亂貌也楚辭曰櫂舟航以橫厲范睢
後漢書岑彭曰四方蜂起羣雄競逐火燎神州洪流華域火燎洪流以喻亂也尚書曰若
火之燎于原河圖括地象曰崑崙東地方五千里名曰神州孟子曰洪水橫流氾濫天下彼黍離離
彼稷育育毛詩曰彼黍離離彼稷之苗毛萇詩傳曰育長也哀我皇晉痛
心在目其一左氏傳呂相曰是用痛心疾首也天地無心萬物同塗無心謂無
心愛育萬物即不仁也同塗謂皆爲芻狗也已見下句禍淫莫驗福善則虛尚書
曰天道福善禍淫逆有全邑義無完都逆謂劉聰義謂晉室英蘂夏
落毒卉冬敷英蘂以喻晉朝毒卉以比胡寇也王逸離騷序曰善馬香草以配忠貞惡禽醜

物以比讒佞也如彼龜玉韞櫝毀諸論語孔子曰虎兕出於柙龜玉毀於櫝中是誰之過
與又曰有美玉於斯韞櫝而藏諸馬融曰韞藏也芻狗之談其最得乎其二老子曰天
地不仁以萬物爲芻狗聖人不仁以百姓爲芻狗結芻爲狗也言天地不愛萬物類祭祀之弃芻狗也然此與
談老者不同彼美而此怨耳咨余軟弱弗克負荷漢書曰王尊之子伯爲京兆尹
軟弱不勝任左氏傳鄭子產曰古人有言其父析薪其子弗克負荷軟奴亂切愆釁仍彰榮
寵屢加孔安國尚書傳曰諐過也杜預左氏傳注曰釁瑕隙也威之不建禍延凶
播威之不建謂爲聰所敗而父母遇害也凶播猥自謂也言遭凶禍而遷播播韻補何切聲類曰播散也
忠隕于國孝愆于家范曄後漢書世祖誡馮勤曰能盡忠於國又明帝詔曰陰興在家仁
孝杜預左氏傳曰愆失也斯罪之積如彼山河言高深也毛詩曰如山如河斯釁
之深終莫能磨其三毛詩曰白圭之玷尚可磨也郁穆舊姻嬿婉新婚

別本有不慮其敗惟義是殺八字當補

三孽指三劉最是即此用漢之義也

臧榮緒晉書曰琨妻即諶之從母也新婚未詳毛詩曰不思舊姻又曰嬿婉之求又曰覯爾新婚裹糧攜弱匍匐星奔左氏傳晉趙穿曰裹糧坐甲固敵是求毛詩曰凡民有喪匍匐救之星奔言疾也未輟爾駕已隳我門二族偕覆三孽並根王隱晉書曰劉聰晉陽令狐泥以千餘人爲鄉導琨求救猗盧未至太原太守高嶠反應聰逐琨琨父母年老不堪鞌馬步檐不免爲泥所害何法盛晉錄曰劉粲悉害諶父母三孽謂琨之兄子也張晏漢書曰孺子爲孽一曰謂劉聰劉曜劉粲也班固漢書曰三孽之起本根既朽音義曰孽木斬而後特生喻魏齊韓滅而後更生也何休公羊傳注曰孽猶樹之孽生者也長慙舊孤永負寃魂其四結上二句也舊孤謂三孽也寃魂謂二族也王隱晉書曰琨遣兄子演領兗州石勒圍演於三臺突圍得免後演治廩丘遂不守兄少子及演妻息盡爲所虜也亭亭孤幹獨生無伴孤幹孤生之竹以諭諶宋玉笛賦曰倚篠異幹王逸楚辭注曰伴侶也綠葉繁縟柔條脩罕說文曰縟繁采飾也宋玉笛賦曰罕

文二十五　九

注及別本憤

節簡枝朝採爾實夕採爾竿字林曰竿木挺也協韻公旦切竿翠豐尋
逸珠盈椀豐尋言節長盈尋也說文曰豐滿也應劭漢書注曰八尺曰尋珠即以喻德也逸謂
過於眾類盈椀言多也寔消我憂憂急用緩逝將去乎庭虛情
滿其五去謂之匹彈之所也逝將已見上文白虎通曰哀痛憤滿虛滿伊何蘭桂移植茂彼
春林瘁此秋棘春林以喻匹彈秋棘琨自喻也有鳥翻飛不遑休息鳥謂鳳以喻諶
也毛詩曰肇允彼眺蟲拚飛惟鳥匪桐不棲匪竹不食鄭玄毛詩箋曰鳳皇之性非梧桐不棲非
竹實不食括地圖曰鳳皇食竹實永戢東羽翰撫西翼戢歛也翰高飛也我之敬
之廢歡輟職其六毛詩曰我之懷矣又曰敬之敬之音以賞奏味以殊珍
呂氏春秋曰鍾期死而伯牙乃破琴絕絃以爲世無復賞音者也淮南子曰珍其味人之所美也文以
明言言以暢神左氏傳仲尼曰志有之言以足志文以足言家語孔子曰言說者情之導也王

曹集詮評作陳審舉表

肅曰所以導達其情也之子之往四美不臻毛詩曰之子于征四美音味文言也澄

醪覆觴絲竹生塵謂音味也淮南子曰酒澄而不飲禮記曰絲竹樂之器也素卷

莫啓幄無談賓謂文言也既孤我德又闕我鄰其七光光段

生出幽遷喬臧榮緒晉書曰鮮卑段匹磾自號大將軍楊雄侍中箴曰光光常伯毛詩曰出自幽

谷遷于喬木范曄後漢書順帝詔曰楊倫出幽升喬寵以蕃傳資忠履信武烈文昭閑居

賦曰資忠履信以進德漢武帝贈故朱崖太守董廣部曰伐叛柔服文昭武烈曹植令曰相者文德昭將者武

功烈旍弓騂騂輿馬翹翹孟子曰夫招大夫以旌左氏傳陳薇仲曰詩曰翹翹車乘

招我以弓杜預云逸詩也翹翹遠也毛詩曰騂騂角弓毛萇曰騂騂調利也乃奮長縻是

轡是鑣廣雅曰縻索也說文曰鑣馬勒傍鐵也何以贈子竭心公朝毛詩

曰何以贈之鸚鵡賦曰苟竭心於所事曹子建求親親表曰執政不廢於公朝也何以敘懷引

六百四十六

訓 酬以常詞良由言不盡之意耳

領長謠其八左氏傳云穆叔謂晉侯曰引領西望曰庶幾乎

重贈盧諶一首五言臧榮緒晉書曰琨詩託意非常想張陳以激諶諶素無奇略

諶

劉越石以常詞酬琨

握中有懸璧本自荊山璆懸璧懸黎以為璧以喻諶也琴操卞和歌曰攸攸沂水經荊山兮宂山采玉兮玉難為功兮孔安國尚書傳曰璆玉也惟彼太公望昔在渭濱叟協平聲史記曰太公望以漁釣于周西伯將出獵果遇太公于渭之陽六韜曰文王卜田史扁為卜田于渭之陽將大得非龍非彲非熊非羆非得公侯天遺汝師文王齋戒三日田于渭陽卒見呂尚坐茅以漁荅賓戲曰周望兆動於渭濱鄧生何感激千里來相求東觀漢記曰鄧禹字仲華南陽人也更始既至雒陽以世祖為大司馬使安集河北禹聞之自南陽發北徑渡河追至鄴謁上見之甚驩謂曰我得拜除長吏生遠來寧欲仕耶禹曰不願也趙岐孟子章指曰千載聞之猶有感激周易曰同氣相求白登幸

中有段匹磾在

前謂激湛在幽越石何嘗自有帝王之志哉

誰云十字一意

曲逆鴻門賴留侯漢書曰陳平從高帝擊韓信至平城爲匈奴所圍七日不食用平奇計使單于閼氏解圍以得開高帝既出南過曲逆詔御史封平爲曲逆侯又曰冒頓圍高帝於白登七日如淳曰平城旁高之地若丘陵者也留侯已見謝惠連張子房詩重耳任五賢小白相射鉤左氏傳曰晉公子重耳之及於難也遂奔狄從者狐偃趙衰顛頡魏武子司空季子杜預曰狐偃子犯也魏武子魏犫也司空季子胥臣曰季也此五人賢而有大功也左氏傳寺人披謂晉侯曰齊桓公置射鉤而使管仲相杜預曰乾時之役管仲射桓公中鉤苟能隆二伯安問黨與讎二伯晉文齊桓公也黨謂五賢讎謂射鉤也中夜撫枕歎想與數子遊數子謂太公已下也言數子皆能陳謀以靜亂故已想之而共遊吾衰久矣夫何其不夢周論語曰甚矣吾衰也久矣吾不復夢見周公誰云聖達節知命故不憂毛萇詩傳曰云言也左氏傳曹子臧曰前志有之曰聖達節周易曰樂天知命故不憂宣尼悲獲麟西

狩泣孔丘公羊傳曰哀公十四年春西狩獲麟何以書記異也孔子曰孰謂來哉孰謂來哉反袂拭面涕泣沾袍功業未及建夕陽忽西流家語曰孔子云脩事而能建業注曰建功業夕陽西流喻將老之人也時哉不我與去乎若雲浮嵇康幽憤詩曰時不我與雲浮言疾也朱實隕勁風繁英落素秋劉楨與臨淄侯書曰肅以素秋狹路傾華蓋駭駟摧雙輈劉歆遂初賦曰奉華蓋於帝側說文曰輈轅也何意百鍊剛化為繞指柔應劭漢書注曰說者以金取堅剛百鍊不耗

贈劉琨一首并書 四言　盧子諒

故吏從事中郎盧諶死罪死罪傅子曰漢武元光初郡國舉孝廉元封五年舉秀才歷世相承皆向郡國稱故吏漢書音義張晏曰人臣上書當昧犯死罪而言諶稟性短弱當世罕任孔安國尚書傳曰稟受也鄭玄周禮注曰任用也因其自然用安

靜退。鬼谷子曰物有自然樂氏曰自然繼本名也曾子曰君子進則能達退則能靜在木闕不材之資，處鴈之善鳴之分。莊子行於山中見大木枝葉盛茂伐木者止其傍而不取也問其故曰無所可用莊子曰此木以不材得終其天年夫子出於山舍故人之家故人喜令豎子殺鴈烹之豎子請曰其一能鳴其一不能鳴請奚殺主人曰殺不能鳴者明日弟子問於莊子曰昨山中之木以不材得終其天年主人之鴈以不能鳴死先生將何處莊子笑曰周將處夫材與不材之間矣材與不材之間似之而非也故未免乎累晉灼漢書注曰資材量也分謂己所當得也卷異蘧子，愚殊甯生。論語子曰蘧伯玉邦無道可卷而懷之又曰甯武子邦無道則愚匠者時眄，不免⿰月巽寘。言在木闕不材故匠者時眄在鴈之善鳴故不免⿰月巽寘也莊子惠子謂弟子曰吾有大樹人謂之樗匠者不顧廣雅曰饌進食也饌與⿰月巽同仕眷切嘗自思惟，因緣運會，得蒙接事。宋衷保乾圖注曰五運五行用事之運自奉清塵，于今五稔。楚辭曰聞赤松之清

塵然行必塵起不敢指斥尊者故假塵以言之言清尊之也左氏傳叔向曰所謂不及五稔者杜預曰稔年也
謨明之効不著。候人之譏以彰。尚書曰允迪厥德謨明弼諧毛詩序曰候人刺
近小人也詩曰彼候人兮何戈與祋大雅含弘量苞山藪班固漢書贊曰大雅卓爾不羣
河閒獻王近之矣周易曰含弘光大品物咸亨左氏傳宋伯謂晉侯曰川澤納汙山藪藏疾加以待
接彌優款眷逾昵與去運籌之謀廁讌私之歡廣雅
曰款誠也爾雅曰昵近也漢書高祖曰運籌策於帷幄之中吾不如子房毛詩曰諸父兄弟備言燕私
綢繆之旨有同骨肉毛詩曰綢繆束薪毛萇曰綢繆纒緜也骨肉謂父子呂氏春秋曰
父母之於子也子之於父母也此之謂骨肉之親其爲知己古人罔喻晏子春秋越石
父曰士者申乎知己昔聶政殉嚴遂之顧荆軻慕燕丹之義聶政
已見別賦荆軻已見西征賦意氣之間靡軀不悔謝承後漢書楊喬曰侯生爲意

氣刎頸楚辭曰子胥諫而糜軀比干忠而剖心說文曰靡爛也靡與糜古字通雖微達節謂之可庶達節已見上文然苟曰有情孰能不懷毛萇詩傳曰懷思也故委身之曰夷險已之委身猶委質也左氏傳狐突曰策名委質貳乃辟也夷險喻治亂也淮南子曰接徑歷遠直道夷險杜預左氏傳注曰已猶決竟也事與願違當忝外役役謂別駕也對琨故謂之外嵇康幽憤詩曰事與願違遘茲淹留廣雅曰違背也論衡曰王充以章和二年罷州役遂去左右收迹府朝蓋本同末異楊朱興哀始素終玄墨翟垂涕淮南子曰楊子見達路而哭之為其可以南可以北墨子見練絲而泣之為可以黃可以黑高誘曰閔其別與化也分乖之際咸可歎慨致感之途或迫乎茲鄭玄周禮注曰致猶會也廣雅曰迫急也亦奚必臨路而後長號覩絲而後歔欷哉楚辭曰泣歔欷而沾衿王逸曰歔欷啼貌也是以仰惟先情俯覽

然則琨託意非
常談所未喻也

今遇先謂諶父也今謂琨也感存念亡觸物眷戀尸子曰其生也存其死也亡

易曰書不盡言言不盡意周易繫辭然則書非盡言之

器言非盡意之具矣況言有不得至於盡意書有

不得至於盡言邪不勝猥懣謹貢詩一篇廣雅曰猥衆也王逸

楚辭注曰懣憤也抑不足以揄揚弘美亦以慮其所抱而已班固

兩都賦序曰雍容揄揚著於後嗣弘美已見上文抱或爲挹若公肆大惠遂其厚恩

左氏傳王使富辛如晉曰伯父若肆大惠杜預曰肆展也廣雅曰遂竟也漢書劉向曰蒙漢厚恩錫以

咳唾之音慰其違離之意莊子孔子謂漁父曰丘竊侍於下風幸聞咳唾之音也

則所謂咸池酬於北里夜光報於魚目樂動聲儀曰黃帝樂曰咸池史

記曰紂使師涓作新淫聲北里之舞靡靡之樂雒書曰秦失金鏡魚目入珠鄭玄曰魚目亂真珠諶之

匈奴和親議

顧也非所敢望也左氏傳鄭伯曰孤之顧也非所敢望也諶死罪死罪
濬哲惟皇紹熙有晉皇謂懷帝也毛詩曰濬哲維商爾雅曰紹繼也又曰熙興也
振厥弛維光闡遠韻韋昭漢書注曰弛廢也蒼頡篇曰闡開也韻謂德音之和也有來
斯雍至止伊順毛詩曰有來雍雍至止肅肅三台摛朗四岳增峻其一
漢書曰比斗魁下六星兩兩而比曰三能也色齊爲和不齊爲乖說文曰摛舒也尚書帝曰咨四岳春秋漢含
孳曰三公象五岳在天法三能台與能同也伊陟佐商山甫翼周尚書曰在太戊
時則有若伊陟格于上帝毛詩曰肅肅王命仲山父將之也弘濟艱難對揚王休尚書
王曰用敬保元子釗弘濟于艱難毛詩曰虎拜稽首對揚王休苟非異德曠世同流言琨
之德苟不異於昔賢雖復與之曠世若同一流也班固議曰漢興以來曠世歷年廣雅曰曠遠也加其
忠貞宣其徽猷其二左氏傳荀息曰公家之利知無不爲忠也送往事居偶俱無猜貞也毛詩

曰君子有徽猷伊諶陋宗昔遘嘉惠爾雅曰遘遇也越絶書曰恭承嘉惠述暢往事
申以婚姻著以累世左氏傳呂相曰相好戮力同心申之以婚姻范曄後漢書孔融謂李
膺曰與君累世通家義等休戚好同興廢孰云匪諧如樂之契其三
左氏傳晉侯謂魏絳曰八年之中九合諸侯如樂之和無所不諧爾雅曰諧和也說文曰契大約也王室
喪師私門播遷喪師謂爲劉聰所敗也左氏傳會于洮謀王室也國語曰宣王既喪南國之師
法言曰屈國喪師戰國策曰破公家而成私門列子曰
岱輿負嶠二山沈於大海仙聖播遷者巨億計也聲類
曰播散也望公歸之視險忽艱左氏傳晉趙孟曰望楚而歸之視遠如邇吴季重與曹丕
書曰雖云幽深視險若夷茲願不遂中路阻顛阻顛謂諶父爲劉粲所害也仰悲
先意俯思身愆其四大鈞載運良辰遂往鵩鳥賦曰大鈞播物孔安國尚
書傳曰載行也莊子曰天道運行楚辭曰瞻彼日月迅
日兮良辰鄭玄儀禮注曰遂猶因也

忽 輕忽之忽

○尋文義改

眇　微

過俛仰。毛詩曰瞻彼日月悠悠我思莊子老聃謂崔瞿曰其疾也俛仰之間杜預左氏傳注曰俛俯也

感今惟昔口存心想借曰如昨忽爲疇曩其五毛詩曰借曰未知蒼頡篇曰昨隔日也爾雅曰曩久也

疇曩伊何逝者彌疎呂氏春秋曰死者彌久生若彌踈

温温恭人愼終如初恭人謂琨也毛詩曰温温恭人惟德之基老子曰愼終如始則無敗事

覽彼遺音恤此窮孤譬彼樛木蔓葛以敷其六遺音謂諶父之言也窮孤謂諶自謂也爾雅曰恤憂也禮記曰恤孤獨以逮不足范曄後漢書曰何敞謂宋由曰郎省浮費賑恤窮孤樛木喻琨也詩曰南有樛木葛藟纍之

妙哉蔓葛得託樛木妙猶徽也

葉不雲布華不星燭封禪書曰雲布霧散

承侔卞和質非荆璞薛君韓詩章句曰承受也謂受恩鄭玄周禮注曰侔等也韓子曰楚子和氏得璞玉於楚山之中奉而獻之武王也

眷同尤良用乏驥騄其七左氏傳曰晉趙鞅納衛太子于戚將戰郵無恤

御簡子杜預曰郵無恤王良也尢與郵同古字通承亦既篤眷亦既親飾奬駑猥方駕駿珍方言曰凡相被飾亦曰奬禮記曰凶年乗駕馬廣雅曰駑駘也許慎淮南子注曰猥總凡也西京賦曰方駕授饔鄭玄儀礼注曰方併也駑以方駿猥以方珍也賈逵國語注曰珍寶也弼諧靡成良謀莫陳尚書曰謨明弼諧無覬狐趙有與五臣其入五臣之從晉文猶諶之事劉氏無敢埶同狐趙之立大功有志與彼五臣供履危厄賈逵國語注曰覬望也覊致切五臣已見上文五臣奚與契闊百罹言五臣何故敢與五臣契闊逢於百罹毛詩曰死生契闊又曰我生之後逢此百離毛萇曰離憂也離一作罹身經險阻足蹈幽遐言己與五臣同也左氏傳楚子曰晉侯險阻艱難備嘗之矣義由恩深分隨恥加分猶節也綢繆委心自同匪他其九綢繆已見上文漢書韓信謂廣武君曰委心歸計願子勿辭毛詩云豈伊異人兄弟匪他昔在暇日妙尋通理孟子曰壯者以暇日脩其孝悌忠信也尢

挾別本注亦誤

罔當是亡自本作同

彼意氣使是節士言已昔以意氣而殞命皆非正道故尤而使之薛君韓詩章句曰尤非也意氣已見上文謝承後漢書曰節士鮑昂有鴻漸浮雲之志慎子曰世高節士情以體生感以情起言今乃知意氣節士之流思情以體信而乃生感趣舍罔要窮達斯已其十言既感厚恩而吉凶惟命故云趣舍無所要求窮達仕其所止也六韜太公謂武王曰夫人皆有性趨舍不同喜怒不等趨猶向也舍猶置也列子孔子曰脩古一身任窮達所謂樂天知命之無憂者也呂氏春秋曰古之得道者窮亦樂達志也道德於此則窮達一也由余片言秦人是憚史記秦繆公問內史廖曰孤聞鄰國有聖人敵國之憂也今由余寡人之害將柰何也日磾效忠飛聲有漢金日磾已見西征賦思玄賦曰盍遠迹以飛聲桓桓撫軍古賢作冠來牧幽都濟厥塗炭其十一劉琨勸進表曰撫軍幽州刺史臣匹磾尚書曰勗哉夫子尚桓桓漢書曰陳遵張竦為後進冠小雅曰牧臨也尚書曰有夏昏虐民隊塗炭塗炭既濟寇

原作就

挫民阜周禮曰以阜人民鄭玄曰阜盛也謬其疲隸授之朝右朝右謂別駕也張璠漢記曰玉堂為汝南太守教掾史曰其憲章朝右委功曹陳蕃也上懼任大下欣施厚漢書武帝制曰任大而守重管子曰上施厚則民之報上亦厚也實袛高明敢忘所守其十二毛詩曰高朗令終鄭玄曰有高明之譽而以善名終也漢書谷永曰有守者循其職也相彼反哺尚在翔禽毛詩曰相彼鳥矣猶求友聲小雅曰純黑而反哺者謂之烏也孰是人斯而忍斯心斯心謂謀父母見害之心也國語國人誦共世子曰是人斯而有是臭也每憑山海庶覬高深山海以喻琨也李斯上書曰太山不讓土壤故能成其高河海不擇細流故能成其深遐眺存亡緬成飛流其十三韋昭國語注曰緬猶邈也長徽已纓逝將徙舉長徽已纓謂被匹磾所辟類乎徽纆之縶於己也周易曰繫用徽纆說文曰嬰繞也收迹西踐銜哀東顧鄭玄毛詩箋曰迴首曰顧曷云塗遼曾

原作大

○此段惜与摽木蔓葛祀後耳

不咫步。賈逵國語注曰入寸曰咫豈不夙夜。謂行多露。其十四毛詩曰豈不夙夜謂行多露然貞女以露多而不往喻己懼威而不行緜緜女蘿。施于松標。女蘿自喻松標謂琨也毛詩曰蔦與女蘿施于松栢廣雅曰標末也必遥切亶澤洪幹。睎陽豐條。說文曰幹本也楚辭曰夕睎余身乎九陽毛萇詩傳曰睎乾也根淺難固。莖弱易彫。操彼纖質。承此衝飆。其十五飆喻亂也鹽鐵論曰衝風飄鹵沙石凝積纖質寔微。衝飆斯值。誰謂言精。致在賞意。莊子曰可以言論者物之粗者也可以意致者物之精者也鄭玄禮記注曰致之言至也不見得魚。亦忘厥餌。餌猶筌也莊子曰筌者所以得魚也得魚而忘筌言者所以在意也得意而忘言遺其形骸。寄之深識。其十六莊子曰申徒兀者也謂子産曰吾與夫子遊十有九年矣而未曾知吾兀者也今與我遊於形骸之內而子索我於形骸之外不亦過乎王命論曰淵然深識先民頤意。潛山。

懸壁之篇更在其後注引臧公邪也且彼詩亦不得云有帝王之志

隱机毛詩曰先民有作爾雅曰頤養也莊子曰南郭子綦隱机而坐嗒焉似喪其偶也仰熙丹

崖俯澡綠水說文曰熙燥也也謂㬥燥也無求於和自附衆美莊子曰古之治

道者智與恬交相養而和理出其性又曰無不亡也無不有也澹然無極而衆美從之慷慨遐蹤

有愧高旨其十七言心慷慨慕古賢之遠蹤而事與願違故有愧高旨爰造異論

肝膽楚越謂琨被謗也臧榮緒晉書曰衆人謂琨詩懷帝王大志莊子仲尼謂常季曰自其異

者視之肝膽楚越也高誘淮南子注曰肝膽喻近也楚越喻遠也惟同大觀萬殊一轍

同大觀謂琨也鶡冠子曰達人大觀乃見其符文子曰聖人由近知遠以萬異爲一同也淮南子曰萬殊爲一

也死生既齊榮辱奚別列子楊朱曰生齊死齊賢齊愚齊貴齊賤齊王仲宣七釋

曰均同死生混齊榮辱也處其玄根廓焉靡結其十八廣雅曰玄道也張衡玄圖曰

玄者無形之類自然之根作於太始莫與爲先廣雅曰廓空也靡結謂體道虛通心無怨結也福爲禍

始禍作福階言無常也韓詩曰利爲用本福爲禍先越記曰禍爲福先福爲禍堂天地盈虛寒暑周迴言物極必反也周易曰天地盈虛與時消息又曰寒往則暑來暑往則寒來夫差不祀釁在勝齊以喻聰也史記曰吳王夫差北伐齊敗於艾陵越王勾踐敗吳吳王遂自刭死越王滅吳也勾踐作伯祚自會稽其十九以喻琨也史記曰勾踐已平吳周元王使人賜勾踐胙九命爲伯又曰夫差以甲兵五千人棲於會稽也邈矣達度唯道是杖達度亦謂琨也形有未泰神無不暢何晏論語注曰泰自縱泰也漢書音義曰暢通也如川之流如淵之量毛詩曰如山之苞如川之流家語齊大夫子高適魯見孔子曰而今而後知泰山之爲高海淵之爲大也上弘棟隆下塞民望其十二周易曰棟隆之吉不橈乎下也鄭玄禮記注曰塞滿也左氏傳師曠謂晉侯曰夫君神之主而民之望也

贈崔温一首五言集曰與温太真崔道儒何法盛晉録曰温嶠字太真又曰崔悅

字道儒盧子諒

逍遥步城隅暇日聊遊豫毛詩曰俟我於城隅暇日已見上文曹植蟬賦曰始遊豫乎芳林北眺沙漠垂南望舊京路說文曰漠北方流沙也曹子建白馬篇曰揚聲沙漠垂平陸引長流岡巒挺茂樹中原厲迅飈山阿起雲霧厲疾貌也遊子恒悲懷舉目增永慕漢書高祖曰遊子悲故鄉李陵書曰舉日言笑誰與爲懽曹子建應詔詩曰長懷永慕良儔不獲偕舒情將焉訴楚辭日向長風而舒情遠念賢士風遂存往古務楚辭曰伊思兮往古朔鄙多俠氣豈惟地所固爾雅曰朔北方也鄭玄周禮注曰都之所居曰鄙漢書曰趙地北通燕涿高氣勢也李牧鎮邊城荒夷懷南懼史記曰李牧者趙之北邊良將也常代居鴈門備匈奴匈奴小入佯北不勝以數千人委之單于聞之大率衆來入李牧多爲奇陳張左右翼擊之大破

殺匈奴十餘萬騎單于奔走其後十餘歲
匈奴不敢近趙邊城說文曰懷念思也趙奢正疆場
秦人折北慮史記曰趙奢趙之田部吏也秦伐韓令趙奢將救之大敗秦軍秦軍解而走遂解閼
與之圍而歸左氏傳曰疆場之患一彼一此羈旅及寬政委質與時遇左氏傳齊
侯使敬仲爲卿辭曰羈旅之臣幸若獲宥及於寬政君之惠也又狐突曰策名委質貳乃辟也恨以駑
蹇姿徒煩飛子御王命論曰駑蹇之乘不騁千里之塗史記曰大雒生非子非子居大
丘好馬及畜善養息之大丘人言之周孝王召使主馬于汧渭之閒馬大蕃息非與飛古字通亦既弛
負擔忝位宰黔庶若云免罪戾何暇收民譽左氏傳陳公子
完曰免於罪戾弛於負擔又曰晉悼公即位公官之長皆民譽也倪寬以殿黜終乃最
衆賦漢書曰倪寬遷左內史時裁闊狹與民相假貸以租多不入後有軍發左內史以負租課殿當免皆
恐失之大家牛車小家擔負輸租繈屬不絕課更以最上何武不赫赫遺愛常在

文二十五　十九

去漢書曰何武爲大司空其所居亦無赫赫名去後常見思古人非所希短弱自有素鄭玄禮記注曰素猶故也何以敷斯辭惟以二子故二子謂崔溫也

荅魏子悌一首 五言

盧子諒

崇臺非一幹珍裘非一腋慎子曰廊廟之材蓋非一木之枝狐白之裘非一狐之皮也治亂安危存亡榮辱之施非一人之力埤蒼曰腋在肘後多士成大業羣賢濟弘績班固漢書贊曰高祖征伐定天下縉紳之徒騁其智辯並成大業遇蒙時來會聊齊朝彥迹言富貴榮寵時之暫來也漢書蒯通曰時乎時不再來顧此腹背羽愧彼排虛翮韓詩外傳曰晉平公遊於河而歎曰安得賢士與之樂此也船人孟胥跪而對曰主君亦不好士耳何患無士乎平公曰吾食客門左千人右千人何謂不好士乎對曰夫鴻鵠一舉千里所恃者六翮耳背上之毛腹下之毳益一把飛不爲加高損一把飛不爲加下今君之食客門左右各千人亦有六翮在其中矣

原文若作如

何焯説晉昌是新興改名在并州一國五郡之中是也一説昌乃陽之誤案後説是

將背背上之毛腹下之毳耶寄身蔭四嶽託好憑三益四嶽謂劉琨也四嶽已見上文論語孔子曰益者三友友直友諒友多聞益矣傾蓋雖終朝大分邁疇昔鄒陽上書曰白頭如新傾蓋若故左氏傳曰楚子文訓兵終朝而畢李固與寘卿書曰開廓大分綢繆恩信左氏傳羊斟曰疇昔之羊子爲政在危每同險處安不異易易夷易也協韻以赤切俱涉晉昌艱共更飛狐厄王隱晉書曰惠帝以敦煌土界闊遠分立晉昌郡又曰晉昌護匈奴中郎將別領户然時段匹磾爲此職諶在磾所難斥言之故曰晉昌也晉中興書曰石勒攻樂平劉琨自代飛狐口奔安次也恩由契闊生義隨周旋積契闊已見上文左氏傳晉公子重耳謂楚子曰晉楚治兵以與君周旋豈謂鄉曲譽謬充本州役燕丹子曰士無鄉曲之譽則不可以論行匹磾辟諶爲幽州別駕故曰本州之役已見上文乖離令我感悲欣使情惕毛萇詩傳曰惕惕猶切切也理以精神通匪曰形骸

陽。楚辭曰衆人莫可與論道非精神之不通形骸已見上文妙詩申篤好清義貫幽賾。小雅曰賾深也恨無隨侯珠以酬荊文璧。隨侯珠已見上文荊楚也韓子曰楚人下和得璞玉於荊山之中文王即位乃使理其璞得寶焉乃命曰和氏之璧也傅玄豫章行曰琅玕溢金匱文璧世所無

荅靈運一首　五言　謝宣遠

夕霽風氣涼閑房有餘清。何敬祖雜詩曰閑房來清氣呂氏春秋曰冬不用翣清有餘也開軒滅華燭月露皓已盈。軒牕也蜀都賦曰高軒以臨山秦嘉贈婦詩曰飄飄帷帳熒熒華燭獨夜無物役寢者亦云寧。孫卿子曰是謂以已爲物役也忽獲愁霖唱懷勞奏所成。靈運愁霖詩序云示從兄宣遠歎彼行旅艱深玆眷言情。魏文柳賦曰行旅仰而迴眷毛詩曰眷言顧之伊余雖寡慰

當作成

般憂暫爲輕長門賦曰伊余志之懷慢愚韓詩曰耿耿不寐如有般憂牽率訓

嘉藻長揖愧吾生左氏傳智伯曰牽率老夫以至于此文賦曰嘉藻麗之彬彬漢書曰酈食其長揖不拜陸機贈潘岳詩曰僉曰吾生明德惟允

於安城荅靈運一首五言謝靈運贈宣遠序曰從兄宣遠義熙十一年正月作守安城其年夏贈以此詩到其年冬有荅　謝宣遠

條繁林彌蔚波清源愈濬阮德猷荅東道彥詩曰體直響正源深流清華

宗誕吾秀之子紹前胥魏志曹植上疏曰華宗貴族必有應斯舉者毛萇詩傳曰誕大也大矣后稷十月而生也廣雅曰秀美也毛詩曰之子于征尚書曰俾克紹前烈孔安國尚書傳曰胥嗣也

綢繆結風徽烟熅吐芳訊綢繆已見上文周易曰天地烟熅萬物化醇演連珠曰肆義芳訊鄭玄禮記注曰訊問也

鴻漸隨事變雲臺與年峻其一鴻漸以喻仕進

鳴 別本

江南五臣作南江是也
係五臣乙

雲臺以喻爵位也周易曰鴻漸于陸其羽可以爲儀李顒阮彥倫誄曰累土積功以爲雲臺淮南子曰雲臺之高墮者折脊碎腦高誘曰臺高際於雲故曰雲臺也

華萼相光飾嚶嚶悅同響毛詩曰棠棣之華萼不韡韡鄭玄曰興者諭弟以敬事兄兄以榮覆弟也毛詩曰伐木丁丁鳥鳴嚶嚶鄭玄曰其鳴之志似於求友也

親親子敦予賢賢吾爾賞禮記曰君子賢其賢而親其親又曰親親故尊祖尊祖故敬宗論語曰賢賢易色

比景後鮮輝方年一日長言比景後爾鮮輝方年長爾一日也說文曰景光也孔安國論語曰子路曾晳冉有公西華侍坐子曰以吾一日長乎爾

萎葉愛榮條涸流好河廣其二萎葉涸流自喻也王逸楚辭注曰枝葉早萎痛絶落潘安仁河陽詩曰峻巖敷榮條文賦曰豁若涸流楚辭曰江河廣而無梁

殉業謝成操復禮愧貧樂司馬彪莊子注曰殉營也論語子曰一日克己復禮天下歸仁焉子曰貧而樂富而好禮者

幸會果代耕符守江南曲許慎淮南子注曰果成也

監當作丞本何說邪

禮記曰諸侯之下士視上農夫祿足以代耕漢書曰初與郡守爲竹使符也履運傷荏苒遵塗歎緬邈莊子曰陰陽四時運行各得其序張茂先勵志詩云日與月與荏苒代謝陸機贈馮文熊詩曰遵塗遠蹈又擬古詩曰緬邈若飛沈布懷存所欽我勞一何篤其三嵆康秀才詩曰思我所欽我勞如何徐幹荅劉楨詩曰我思一何篤其愁兼三春肇允雖同規翻飛各異槩毛詩曰肇允彼桃蟲翻飛惟鳥異槩謂異量也凡槩以平量故言槩而顯量爲楚辭曰一槩而相量也迢遞封畿外窈窕承明內宣遠爲安城守故云封畿外靈運爲秘書監故云承明內也毛詩曰京畿千里承明假京洛而言之也尋塗塗既睽即理理已對外內殊職是塗睽也賢愚異任是理對也絲路有恒悲矧迺在吾愛其四絲路已見上文又絲或爲蹊也跬行安步武鍛翮周數仞漢書公孫玃曰吴失與而無助跬行獨進如淳曰跬以一足行爲跬空蘂切鄭玄禮記注曰武迹也淮南子曰飛鳥鍛羽

此与彭柳濤陸同旨

許愼曰鎩殘羽也莊子曰有鳥焉其名爲鵬摶扶搖羊角而上者行九萬里斥鷃笑之曰我騰躍而上不過數仞而下此亦飛之至也包咸論語注曰七尺曰仞**豈不識高遠違方往有吝**阮籍詠懷詩曰豈不識宏大羽翼不相儀郭象莊子注曰亦猶鳥之自得於一方也周易曰君子舍之往吝窮也**歲寒霜雪嚴過半路愈峻**言位高而愈懼也莊子孔子曰天寒既至霜雪既降戰國策曰或謂秦王曰日行百里者半於九十此言末路之難也**量己畏友朋勇退不敢進**庾元規讓中書表曰量己知弊左氏傳陳敬仲曰詩云豈不欲往畏我友朋晏子春秋曰上士難進而易退也**行矣勵令猷寫誠訓來訊**其五孔安國尚書傳曰勵勉也補亡詩曰寘寫爾誠曹植與吳重書曰得所來訊文采委曲

西陵遇風獻康樂一首五言沈約宋書曰靈運襲封康樂侯鄭玄禮記注曰獻猶進也又曰古者致物於人尊之曰獻

謝惠連

原註隱作艤

我行指孟春春仲尚未發趣途遠有期念離情無歇趣向也成裝候良辰漾舟陶嘉月許慎淮南子注曰裝飾也良辰已見上文蜀都賦曰漾輕舟楚辭曰陶嘉月兮總駕搴玉英兮自脩爾雅曰陶喜也瞻塗意少悰還顧情多闋其一韋昭漢書注曰悰樂也哲兄感仳別相送越坰林兄謂靈運也漢書谷永謝王鳳曰察父哲兄覆育子弟誠無以加毛詩曰有女仳離慨其嘆矣毛萇曰仳別也匹視切爾雅曰野外曰林林外曰坰飲餞野亭館分袂澄湖陰毛詩曰飲餞于禰范曄後漢書曰郭伋遂止野亭淒淒留子言眷眷浮客心韓詩曰眷眷懷顧孔安國尚書傳曰浮行也迴塘隱艫栧遠望絕形音其二南都賦曰分背迴塘說文曰艫船頭也韋昭漢書注曰栧檝也靡靡即長路戚戚抱遙悲楚辭曰居戚戚而不解悲遙但自弭路長當語誰楚辭曰汎容與而遐舉兮聊抑志而自弭

原作告

原作湯

杜預左氏傳注曰弭息也古詩曰愁思當語誰行行道轉遠去去情彌遲陸機
赴洛詩曰行行遂已遠韓詩外傳曰孔子之去魯遲遲乎其行也昨發浦陽汭今宿浙
江湄其三酈善長水經注曰浦陽江水導源烏傷縣而經上虞縣孔安國尚書傳曰水北曰汭晉灼漢書
注曰江水至會稽山陰爲浙江郭璞山海經注曰今錢塘有浙江音折屯雲蔽曾嶺驚
風漏飛流零雨潤墳澤落雪灑林丘毛詩曰零雨其濛浮氣
晦崖巘積素惑原疇爾雅曰重巘嗛也曲汜薄停旅通川絕
行舟其四王逸楚辭注曰泊止也泊與薄古字通韓詩外傳阿谷之女曰阿谷之隊隱也行旅已見上文
上林賦曰遍川過於中庭魏文帝善哉行曰洋洋川流中有行舟臨津不得濟佇檝阻
風波孔叢子孔子歌曰臨津不濟還轅息鄒爾雅曰佇久也家語孔子曰不觀巨海何以知風波之患也
蕭條洲渚際氣色少諧和西瞻興遊歎東睇起悽

辭滿屬邴謝病屬張或云張爲𦾔手張與謝病事未爲諦也

武帝文曰唐聖靈之想像魏

歌積憤成疢痗無萱將如何其五韓詩曰焉得萱草言樹之背願言思伯使我心痗薛君曰諠草忘憂也萱與諠通痗音悔

還舊園作見顔范二中書一首

五言沈約宋書曰元嘉三年徐羨之等誅徵顔延之爲中書侍郎范中書蓋謂范泰也

謝靈運

辭滿豈多秩謝病不待年偶與張邴合久欲還東山漢書張良曰今以三寸舌爲帝師封萬户位列侯此布衣之極於良足矣願弃人閒事欲從赤松子學道輕舉又曰琅邪邴漢亦有清行兄子曼容亦養志自脩爲官不肯過六百石輒自免去東山謂會稽始寧也檀道鸞晉陽秋曰謝安有反東山之志每形之於言聖靈昔迴眷微尚不及宣聖靈謂高祖也陸機弔魏文帝柳賦曰行旅仰而迴眷何意衝飈激烈火縱炎烟焚玉發崐峯餘燎遂見遷沈約宋書曰少帝即位權在大臣靈運構扇異同非毀執

攸司徒徐羨之等患之出爲永嘉太守衡颺巳見上投
文尚書曰火炎崐崗玉石俱焚天吏逸德烈于猛火
沙理既迫如邛顧亦愆漢書曰賈誼以謫居長沙長沙
卑濕誼自傷悼以爲壽不得長
又曰卓文君謂司馬長卿曰第如臨邛從昆弟假貸猶
足以爲生何至自苦如此相如與俱之臨邛第但也
長與懽愛別永絕平生緣緣因緣也浮舟千仞壑揔轡萬
尋山巔戰國策蘇代曰水浮輕舟春秋繁露曰水赴千
仞之壑而不旋似勇者家語孔子曰善御者正
身以揔轡琴賦
曰青壁萬尋流沫不足險石林豈爲艱列子曰孔子
觀於呂梁懸
水四十仞流沫三十里見一丈夫遊之以爲有苦使弟
子並水而承之數百步出被髮行歌而遊於堂下孔子
從而問焉曰蹈水有道乎長於水
而安於水性也楚辭曰焉有石林閩中安可處日夜念
歸旋漢書曰故越王無諸世奉越祀身帥閩中兵
以佐滅秦韋昭曰東越之別名也閩音旻事蹟
兩如直心愜三避賢言史魚有道無道行俱如矢而已
有道則見召無道則左遷故云事

當作板　別本作板而扳　三訛

躓兩如矢直而已雖遷終無悔吝心愜三避之賢韋昭曰漢書注曰躓頓也謂顛仆也說文曰躓跌也論語子曰直哉史魚邦有道如矢邦無道如矢史記曰孫叔敖相楚三去相而不悔知其非已罪也三避三黜也躓音致

託身青雲上棲巖挹飛泉陸機詩曰託身承華側嵇康絶交書曰許由之巖棲

盛明湯氛昏貞休康屯邅盛明貞休謂太祖也言以盛明之德而蕩氛昏之徒又以正美之道以康屯邅之俗也解嘲曰遭盛明之世周易曰乾元亨利貞又曰休否大人吉鄭玄曰休美也王弼曰居尊位能休否也周易曰迍如邅如

殊方咸成貸微物豫采甄沈約宋書曰太祖登祚徐羨之等徵靈運爲秘書監再召不起上使光禄大夫范泰與靈運書敦奬之乃出就文子曰殊方偏國老子曰夫惟道善貸且成說文曰貸施也魏明帝豫章行曰於斯誠微物能不懷傷悴鄭玄尚書緯注曰甄表也

感深操不固質弱易版纏謂應徵也感深感荷情深也楚辭曰悲靈脩之浩蕩何執操之不固應璩與陰中夏書曰體正者則檢於人質弱者則陋於衆版版纏猶牽引也

曾是反昔園語往實款然毛詩曰曾是在位廣雅曰款愛也曩基即
先築故池不更穿爾雅曰曩久也謂久舊也仲長子曰築基起功莊子曰相造于水者穿池
而養給也果木有舊行壞石無遠延劉歆甘泉賦曰桂木雜而成行說苑曰楚
莊王築層臺延石千里延壤百里雖非休憩地聊取永日閑毛詩曰且以永日鄭
玄曰永引也衛生自有經息陰謝所牽莊子南榮趎曰願聞衛生之經而已
矣老子曰衛生之經乎能抱一乎能勿失乎能與物委蛇而同其波乎是衛生之經也司馬彪曰生謂
衛護其生全性命也息陰即息影也牽謂俗務也已見遊南亭詩夫子照情素探懷
授往篇史記蔡澤謂應侯曰公孫鞅之事孝公也披心腹示情素素猶實也王仲宣詩曰探懷授
所歡願醉不顧身

登臨海嶠初發彊中作與從弟惠連見羊何共

和之一首 五言謝靈運遊名山志曰桂林頂遠則嵊尖彊中沈約宋書曰靈運既東還與族弟惠連東海何長瑜潁川荀雍太山羊璿之文章常會共爲山澤之遊時人謂之四友

謝靈運

杪秋尋遠山山遠行不近楚辭曰靚杪秋之遥夜與子別山阿含酸赴脩軫軫當爲眕說文曰眕井田閒陌中流袂就判欲去情不忍毛萇詩傳曰判分也毛詩曰彷徨不忍去顧望脰未悄汀曲舟已隱何休公羊傳注曰脰頸也陸彥聲詩曰相思心既勞相望脰亦悄說文曰痟疲也痟與悄通文字集略曰汀水際平也隱汀絕望舟騖棹逐驚流海賦曰驚浪雷奔欲抑一生歡并奔千里遊言遠別已爲抑歡千里逾加離思列子公孫朝曰欲盡一生之歡窮當年之樂古詩曰離家千里客戚戚多思復日落當棲薄繫纜臨江樓纜維舟索也吳志曰更增舸纜謝靈

運遊名山志曰從臨江樓步路南上二里餘左望湖中右傍長江也豈惟夕情斂憶爾共淹留楚辭曰攀桂枝兮聊淹留淹留昔時歡復增今日歎潘岳哀永逝曰憶舊歡兮增新悲茲情已分慮況迺協悲端悲端謂秋也楚辭曰悲哉秋之爲氣也秋泉鳴北澗哀猿響南巒爾雅曰巒山隨郭璞曰山形長狹者荆州謂之巒戚戚新別心悽悽久念攢蒼頡篇曰攢聚之也攢念攻別心旦發清溪陰暝投剡中宿明登天姥岑楚辭曰夕投宿於石城漢書曰會稽有剡縣吴録地里志曰剡縣有天姥岑剡植琰切姥莫古切高高入雲霓還期那可尋孟子曰太山之高參天入雲羊祜請伐吴表曰高山尋雲霓潘安仁在懷縣詩曰感此還期淹儻遇浮丘公長絶子徽音列仙傳曰王子喬好吹笙道人浮丘公接以上嵩高山毛詩曰太姒嗣徽音

酬從弟惠連一首　五言　謝靈運

寢瘵謝人徒，滅迹入雲峯。爾雅曰瘵病也太玄經曰老子行則滅迹立則隱形巖壑寓耳目，歡愛隔音容。永絕賞心望，長懷莫與同。潘安仁詩曰歲寒無與同末路值令弟，開顏披心胷。其一鄒陽上書曰至其晚節未路應亨古詩曰濟濟令弟史記蔡澤曰披腹心

心胷既云披，意得咸在斯。莊子善卷曰余逍遙於天地之間而心意自得也凌澗尋我室，散帙問所知。說文曰帙書衣也夕慮曉月流，朝忌曛日馳。王逸楚辭注曰曛黃昏時也悟對無厭歇，聚散成分離。其二言事無常故聚而必散成有分離也范子曰禍福相生聚散以成

分離別西川，迴景歸東山。別時悲已甚，別後情更延。爾雅曰延長也傾想遲嘉音，果枉濟江篇。遲猶思也果猶遂也辛勤

暮春未至謂未至暮春也

風波事款曲洲渚言其三風波已見上文秦嘉贈婦詩曰思面叙款曲洲渚既淹時風波子行遲務協華京想詎存空谷期廣雅曰務遠也華京猶京華也郭璞遊仙詩曰京華遊俠窟毛詩曰皎皎白駒在彼空谷猶復惠來章秪足攪余思毛詩曰胡逝我梁秪攪我心儻若果歸言共陶暮春時其四陶喜也已見上文暮春雖未交仲春善遊遨未交謂暮春氣節與仲春未交也孔安國尚書傳曰南交言夏與春交也山桃發紅萼野蕨漸紫苞爾雅曰櫶山桃也毛詩曰言采其蕨毛詩義疏曰蕨山菜也初生紫色尚書曰草木漸苞孔安國曰漸進長苞叢生也鳴嚶已悅豫幽居猶鬱陶鳴嚶已見上文禮記曰幽居而不淫論衡曰幽居而靜處恬澹自守尚書曰鬱陶乎予心顏厚有忸怩孔安國曰鬱陶哀思也夢寐佇歸舟釋我吝與勞其五范曄後漢書曰陳蕃周舉嘗相謂曰數日之間不見黃生則鄙恪之

萌復存乎心毛詩曰豈不爾思勞心忉忉

文選卷第二十五

壬戌六月廿九日　保湊　廿九日當作廿八日　焯　或係抽閱

文選卷第二十六

梁昭明太子撰

文林郎守太子右内率府録事參軍事崇賢館直學士臣李善注上

贈荅四

顔延年贈王太常一首

夏夜呈從兄散騎車長沙一首

直東宮荅鄭尚書一首

和謝監一首　王僧達荅顔延年一首

謝玄暉郡内高齋閑坐荅吕法曹一首

在郡卧病呈沈尚書一首

行旅上

陶淵明始作鎮軍叅軍經曲阿作一首

辛丑歲七月赴假還江陵夜行塗口作一首

謝靈運初發都一首　過始寧墅一首

富春渚一首　七里瀨一首

登江中孤嶼一首　初去郡一首

初發石首城一首　道路憶山中一首

入彭蠡湖口一首

入華子崗是麻源第三谷一首

贈荅

贈王太常一首 王言蕭子顯齊書曰玉僧達除太常 顏延年

玉水記方流璇源載圓折尸子曰凡水其方折者有玉其圓折者有珠也蓄寶
每希聲雖祕猶彰徹老子曰大音希聲左氏傳君子曰若險危大人而有名彰徹也
聆龍睽九泉聞鳳窺丹穴廣雅曰聆聽也莊子曰夫千金之珠必在九重之泉
驪龍頷下說文曰睽察也山海經曰丹穴之山有鳥焉其狀如鶴五采名曰鳳鳥丹穴已見東京賦歷聽
豈多士唯然覿世哲孔安國尚書傳曰工官也舒文廣國華敷言
遠朝列王逸楚辭注曰發文舒詞爛然成章國語季文子曰吾聞以德榮爲國華尚書曰凡厥衆
人極之敷言秋興賦曰猥廁朝列爾雅曰列業也德輝灼邦懋芳風被鄉耋
禮記曰德輝動乎內而人莫不承聽禰衡顏子碑曰秀不實振芳風側同幽人居郊扉常
晝閑周易曰履道坦坦幽人貞吉殷仲堪誄曰荆門晝掩閑庭晏然林閭時晏開亟迴
長者轍爾雅曰野外謂之林鄭玄周禮注云閭里門也漢書淮南王曰早閑晏開又曰陳平門外多長

者車轍庭昏見野陰山明望松雪靜惟浹羣化徂生入窮節鄭玄毛詩箋曰惟思也蘇林漢書注曰浹周也莊子曰已化而生又化而死爾雅曰徂往也謂往之死也家語孔子曰花於陰陽象形而發謂之生化窮數盡謂之死豫往誠歡歇悲來非樂闋周易曰初六鳴豫凶王弼曰樂過則淫志窮則凶爾雅曰豫樂也淮南子曰奏樂而喜曲終而悲鄭玄禮記注曰闋終也屬美謝繁翰遥懷具短札屬猶綴也謝猶懃也說文曰懷念思也又曰札牒也阻黠切

夏夜呈從兄散騎車長沙一首

五言集曰從兄散騎字敬宗車長沙字仲遠

顏延年

炎天方埃鬱暑晏闋塵紛淮南子曰南方曰炎天高誘曰南方五月建午火之

中也火性炎上故曰炎天廣雅曰方正也毛萇詩傳曰
鬱積也禮記曰仲夏小暑至賈逵國語注曰晏晚也毛
萇詩傳曰闋息也杜預左氏傳注曰紛亂也獨靜闋偶坐臨堂對星分賈逵
國語注曰偶對也周禮曰以星分夜側聽風薄木遙睇月開雲法言曰風薄于
山孔安國尚書傳曰薄迫也亦激之意也楚辭曰雪紛紛而薄木夜蟬當夏急陰蟲
先秋聞禮記曰仲夏之月蟬始鳴易通系卦曰蟋蟀之蟲隨陰迎陽聖主得賢臣頌曰蟋蟀俟秋吟
歲候初過半荃蕙豈久芬楚辭曰時亹亹而過中又曰荃蕙化而爲茅屏
居惻物變慕類抱情殷漢書曰竇嬰謝病屏居田南山下鵩鳥賦曰萬物變化楚
辭曰思慕類兮以悲魏文帝善哉行曰喟然以惋歎抱情不得敘桓玄鸚鵡賦曰眷儔侶而情殷殷憂也九
逝非空思七襄無成文楚辭曰惟郢路之遼遠兮魂一夕而九逝韓詩曰跂彼織女終
日七襄雖則七襄不成報章薛君曰襄反也

直東宮荅鄭尚書一首 五言

沈約宋書曰鄭鮮之字道子高祖踐祚遷都官尚書

顏延年 沈約宋書曰高祖受命延年補太子舍人然荅詩謝舍人之日

皇居體寰極設險祇天工 孔融薦禰衡表曰帝室皇居 西京賦曰若夫長年神仙宣室玉堂譬衆星之環極泮赫羲以輝煌 周易曰王公設險以守其國 尚書曰天工人其代之

兩闈阻通軌對禁限清風 兩闈謂東宮及中臺也 方言曰軌道也 各有禁守謂禁中也 故曰對也 胡廣書曰建洪德流清風

跂予旅東館徒歌屬南墉 毛詩曰誰謂宋遠跂予望之 賈逵國語注曰旅客也 爾雅曰徒歌曰謠 鄭玄儀禮注曰屬注也 謂意注之也 尚書爲中臺在南故曰南墉

寢興鬱無已起觀辰漢中 毛詩曰言念君子載寢載興 鄭玄考工記注曰鬱不舒散 辰大辰也 爾雅大辰房心尾也 郭璞曰龍星明者以爲時候故曰大辰 毛萇詩傳曰漢天

○二語當西尚之來討中之意

○絲桐連類而言猶大夫不得造車馬耳李治議之非也

河也流雲藹青闕，皓月鑒丹宮。廣雅曰鑒照也踟躕清防密，徙倚恒漏窮。毛詩曰搔首踟躕夏侯沖答潘岳詩曰相思限清防企佇誰與言爾雅曰密靜也楚辭曰步徙倚而遙思漏窮言曉也君子吐芳訊，感物惻余衷。演連珠曰肆義芳訊古詩曰感物懷所思惜無丘園秀，景行彼高松。賈逵國語注曰惜痛也周易曰賁于丘園束帛戔戔陸機演連珠曰丘園之秀因時則揚毛詩曰景行行止高松喻守節而不移也論語子曰歲寒然後知松栢之後彫也知言有誠貫，美價難克充。知汝之言有誠實舊貫美價難以克充漢書武帝詔書曰九變復貫知言之選論語子貢曰有美玉於斯韞櫝而藏諸求善價而沽諸何以銘嘉貺，言樹絲與桐。言樹絲桐欲播之琴瑟也魏文帝書曰嘉貺益腆爾雅曰貺賜也毛詩曰言樹之背史記曰騶忌以鼓琴見齊威王王曰夫治國家何異絲桐之間哉

和謝監靈運一首五言沈約宋書曰靈運為祕書監也

顔延年 沈約宋書曰少帝出顔延年爲始安太守元嘉三年徵爲中書侍郎

弱植慕端操，窘步懼先迷。左氏傳鄭子產如陳曰陳亡國也其君弱植王逸楚辭注曰植志也楚辭曰内惟省以端操又曰夫唯捷徑以窘步窘求隕切周易曰先迷失道後順得常

寡立非擇方，刻意藉窮棲。孫卿子曰寡立而不勝堅強而不暴周易曰君子以立不易方王弼曰得其所久故不易也孔安國論語注曰方道也謂常道也莊子曰刻意尚行離世異俗此山谷之士非俗之人枯槁赴淵者之所好也韋昭國語注曰山處曰棲

伊昔遘多幸，秉筆侍兩闈。陸機荅賈謐詩曰伊昔有皇左氏傳羊舌職曰民之多幸國之不幸國語士茁謂智襄子曰臣秉筆事君兩闈謂上臺及東宮也事二宮已見曲水詩

雖慙丹雘施，未謂玄素睽。丹雘喻君恩也玄素喻別也盧諶荅劉琨書曰始素終玄墨翟垂涕周易曰睽者乖也苦圭切尚書曰惟其塗丹雘

徒遭良時詖，王道奄昬霾。謂少帝之日也潘岳河陽縣詩曰徒恨良

人稱乃平盧陸也

時秦蒼頡篇曰詖諂佞也彼寄切方言曰奄遽也民曰霾晦冊亂也爾雅曰風雨土爲霾人神幽明

絶朋好。雲雨乖。人神幽明絶言時亂不獲祭享也曾子曰天曰明地曰幽張載詠懷詩曰雲乖雨散絶心乎愴而弔屈汀洲浦。謁帝蒼山蹊。謂之始安郡也賈誼有弔屈原文楚辭曰搴汀洲兮杜若文字集略曰汀水際也曹子建贈白馬王詩曰謁帝承明廬禮記曰舜葬蒼梧之野倚巖

聽緒風。攀林結留荑。楚辭曰倚石巖以流涕又曰款秋冬之緒風又曰畦留荑與揭車王逸曰留荑香草也跂予閒衡嶠。曷月瞻秦稽。跂予已見上文衡山名也爾雅曰山銳而高曰嶠毛詩曰曷月余還歸哉孔睢會稽記曰秦望山在州城正南史記曰始皇登之望南海越絶書曰禹救水到大越上茅山大會計更名茅山曰會稽皇聖昭天德豐澤振

沈泥皇聖謂文帝也孫卿子曰變化代興謂之天德謝承後漢書曰仁風豐澤四海所宗說文曰振舉也葛龔與張略書曰頓閣沈泥惜無爵雉化。何用充海淮。國語曰趙簡子歎曰

琓。注及別本
悽。五臣

雀入于海爲蛤雉入于淮爲蜃鄭玄禮記注曰充足也子喻切

去國還故里。幽門樹蓬藜。

去國謂去始安也莊子曰越之流人去國旬月古詩曰思還故里閭楚辭曰處玄舍之幽門陸雲荅兄書曰脩庭樹蓬

采茨葺昔宇。翦棘開舊畦。

鄭玄周禮注曰茨闔苫也廣雅曰葺覆也左氏傳戎子駒支曰驅其狐貍翦其荆棘孟子曰病于夏畦劉熙曰今俗以二十五畝爲小畦

物謝時既晏。年往志不偕。

言年既日往志意已衰不與子俱也王逸楚辭注曰謝去也楚辭曰年洋洋而日往毛萇詩傳曰偕俱也俱亦齊同之意也

親仁敷情昵。興賦究辭悽。

親仁謂靈運也左氏傳陳五父曰親仁善鄰國之寶也爾雅曰昵近也孫炎曰親之近也說文曰興悅也愛也琓

芬馥歇蘭若。清越奪琳珪。

吳都賦曰芬馥肸蠁說文曰歇息也一曰氣越泄也禮記曰昔者君子比德於玉焉叩之其聲清越以長鄭玄曰越猶揚也

盡言非報章。聊用布所懷。

易曰書不盡言報章已見上文莊子曰有問而應之盡其所懷蒼頡篇曰懷抱

也

荅顔延年一首 五言 王僧達

沈約宋書曰王僧達琅邪人少好學善屬文爲始興王行軍參軍稍遷至中書令以屢犯上顔於獄賜死

長卿冠華陽仲連擅海陰長卿相如字也尚書曰華陽黑水惟梁州華陽國記曰益州地稱天府原曰華陽史記曰魯仲連齊人也穀梁傳曰水南曰陰珪璋既文府精理亦道心言珪璋之麗既光於文府精理之妙亦窮於道心文賦曰遊文章之林府尚書曰道心惟微君子聳高駕塵軌實爲林楚辭曰竦余駕兮入冥何邵詩曰亮無風雲會安能襲塵軌司馬遷書曰列於君子之林也崇情符遠迹清氣溢素襟思玄賦曰盍遠迹以飛聲陸景典語曰清氣漂於青雲之上聲類曰襟交領也結遊略年義篤顧

○塵軌句拙而難解

棄浮沉莊子曰志年志義振於無境鄭玄毛詩箋曰顧念也高誘淮南子注曰浮沉猶盛衰也寒榮共偃曝春醞時獻斟桓子新論曰余與揚子雲奏事坐白虎殿廊廡下以寒故背日曝焉郭璞上林賦注曰榮屋南簷也曹植酒賦曰或秋藏冬發或春醞夏開聿來歲序暄輕雲出東岑毛詩曰聿來胥宇鄭玄曰聿自也麥隴多秀色楊園流好音魏文帝登城賦曰嘉麥被壟廣雅曰秀美也毛詩曰楊園之道又曰睍睆黃鳥載好其音歡此乘日暇忽忘逝景侵言人壽不留與景俱逝而壽損侵謂之侵莊子牧馬童子謂黃帝曰有長者教予曰若乘日之車而遊於襄城之野郭象曰日出而遊日入而息幽衷何用慰翰墨久謠吟歸田賦曰揮翰墨以奮藻棲鳳難為條淑貺非所臨鳳非梧桐不棲故曰難為也誦以永周旋匣以代兼金左氏傳太史克曰奉以周旋不敢失墜孟子曰齊王餽兼金一百而不受也

原作谷

郡内高齋閑坐荅吕法曹一首 五言 郡是宣城郡 謝玄暉

結構何迢遰曠望極高深 結構謂結連構架以成屋宇也魯靈光殿賦曰觀其結構廣雅曰曠遠也高深謂江山也魏武帝善哉行曰山不厭高海不厭深吴都賦曰曠瞻迢遰 牕中列遠岫庭際俯喬林 曹子建詩曰歸鳥赴喬林 日出衆鳥散山暝孤猿吟已有池上酌復此風中琴 石崇思歸引曰宴華池酌玉觴嵇康贈秀才詩曰習習和風吹我素琴 非君美無度孰爲勞寸心 毛詩曰彼已之子美無度又曰勞心怲怲列子文摯謂叔龍曰吾見子之心矣方寸之地虚矣 惠而能好我問以瑶華音 毛詩曰惠而好我携手同行毛萇曰惠愛也鄭玄曰言愛仁而又好我毛詩曰雜佩以問之毛萇曰問遺也楚辭曰折踈麻兮瑶華將以遺兮離居 若遺金門步見就玉山岑 解嘲曰歷金門上玉堂穆天子傳曰癸巳至羣玉之山容氏所守先王之謂冊府郭璞曰即山海經玉山

西王母所居者皇甫謐釋勸曰排閶闔步玉岑

在郡卧病呈沈尚書一首

五言集曰沈尚書約也

謝玄暉

淮陽股肱守高卧猶在兹漢書曰季布爲河東守上召布曰河東吾股肱郡故時召君耳又曰拜汲黯爲淮陽太守黯伏地不受印上曰君薄淮陽耶顧淮陽吏人不相得吾徒得君重卧而治之也況復南山曲何異幽棲時謝靈運南山詩曰嶷此永幽棲連陰盛農節簦笠聚東菑胡安道愁霖賦曰與連陰之時退想雲物之見微毛詩曰彼都人士簦笠緇撮毛萇曰簦臺所以御雨音臺爾雅曰田一歲曰菑高閣常晝掩荒階少諍辭[illegible]書掩已見上文珍簟清夏室輕扇動涼颸楚辭曰溢颸風而上征嘉魴聊可薦淥蟻方獨持毛詩曰南有嘉魚鄭玄毛詩箋曰聊略也釋名曰酒有汎齊浮蟻在上洸洸然鄭玄毛詩箋曰方且也夏李沈朱實秋藕折輕絲魏文帝與

據詠懷詩改 注引誤
今本詩亦此

吴質書曰沈朱李於寒水。良辰竟何許，夙昔夢佳期。佳期謂沈也言會面良辰竟在何許而令夙昔空夢佳期阮籍詠懷詩曰良辰在何許凝霜沾衣襟許猶所也尚書曰夙夜浚明有家孔安國曰夙早也浚深也早夜思之須明行之楚辭曰與佳期兮夕張王逸曰不敢斥尊者故言佳也坐嘯徒可積，爲邦歲已朞。張璠漢記曰南陽太守弘農成瑨任功曹岑晊時人爲之語曰南陽太守岑公孝弘農成瑨但坐嘯瑨音津晊音質論語子曰善人爲邦百年可以勝殘去殺矣又曰苟有用我者期月而已可也三年有成絃歌終莫取，撫机令自嗤。論語曰子游爲武城宰聞絃歌之聲陸機赴洛詩曰撫机不能寐阮籍詠懷詩曰嗷嗷令自嗤

暫使下都夜發新林至京邑贈西府同僚一首

五言　蕭子顯齊書曰謝朓爲隨王子隆文學子隆在荆州好辭賦數集僚友朓以才文尤被賞愛長史王秀之以朓年少相動密以啓聞世祖勑朓可還都朓道中爲詩以寄西府

謝玄暉

大江流日夜，客心悲未央。呂氏春秋曰：水泉東流，日夜不休。毛詩曰：夜未央。廣雅曰：央，已也。

徒念關山近，終知反路長。古樂府有度關山曲。王粲閑邪賦曰：關山介而阻險。顏延年秋胡詩曰：反路遵山河。

秋河曙耿耿，寒渚夜蒼蒼。秋河，天漢也。耿耿，光也。毛詩曰：蒹葭蒼蒼。

引顧見京室，宮雉正相望。潘岳河陽縣詩曰：引領望京室。東都賦曰：京室密清。周禮曰：王城隅之制九雉。古詩曰：兩宮遙相望。

金波麗鳷鵲，玉繩低建章。漢書歌云：月穆穆以金波。王弼周易注曰：麗，連也。張揖漢書注曰：鳷鵲觀在雲陽甘泉宮外。春秋元命包曰：玉衡北兩星為玉繩。星漢書曰：柏梁災，於是作建章宮也。

驅車鼎門外，思見昭丘陽。古詩曰：驅車策駑馬。帝王世紀曰：春秋成王定鼎于郟鄏，其南門名定鼎門，蓋九鼎所從入也。方言曰：冢大者為丘。丘南曰陽。荊州圖記曰：當陽東有楚昭王墓。登樓賦曰：所謂西接昭丘也。

馳暉不可接，何況隔

兩鄉馳暉曰也眺至尋陽詩曰過客無留軫馳暉有奔箭毛萇詩傳曰鄉所也風雲有鳥路江漢限無梁南中入志曰交阯郡治龍編縣自興古鳥道四百里楚辭曰江河廣而無梁常恐鷹隼擊時菊委嚴霜毛萇詩傳曰古者鷹隼擊然後罻羅設潘岳河陽詩曰時菊耀秋華委猶悴也楚辭曰冬又申之以嚴霜寄言罻羅者寥廓已高翔喻蜀父老曰猶鷦鵬之翔乎寥廓之宇而羅者猶視乎藪澤廣雅曰寥深也廓空也

酬王晉安一首五言集曰王晉安德元王隱晉書曰晉安郡太康三年置即令之泉州也

謝玄暉

梢梢枝早勁塗塗霜露晚晞爾雅曰梢梢櫂也郭璞曰謂木無枝柯梢櫂長而殺也楚辭曰白露紛以塗塗王逸曰塗塗厚貌也毛萇詩傳曰晞乾也南中榮橘柚寧知鴻鴈飛列子曰吳越之國有木焉其名曰櫾碧樹而冬、生櫾則柚字也鴻鴈南棲衡陽不至晉安之境故曰寧

難

知也

拂霧朝青閣，日旰坐彤闈。左氏傳趙鞅曰日旰矣說文曰旰日晚也

悵望一塗阻，參差百慮依。蔡邕詩曰暮宿何悵望周易曰一致而百慮仲長統詩曰百慮何爲至安在我

春草秋更緑，公子未西歸。言春草萋萋故王孫樂之而不反今春草秋而更緑公子尚未西歸楚辭曰王孫遊兮不歸春草生兮萋萋古詩曰秋草萋已緑毛詩曰誰能西歸

誰能久京洛，緇塵染素衣。陸機爲顧彥先贈婦詩曰京洛多風塵素衣化爲緇

奉荅内兄希叔一首

五言顧氏家譜曰胖字希叔邵陵王國常侍

陸韓卿

蕭子顯齊書曰陸厥字韓卿吴人好屬文州舉秀才王晏少傅主簿後至行軍叅軍厥父被誅坐繫尚方尋有令赦厥恨父不及感慟而卒其集云竟陵王舉秀才選太子太傅功曹掾

朝夕句言氣候之度甚速
如刪去

嘉惠承帝子躧履奉王孫帝子謂竟陵也王孫謂太傳王晏也越絕書曰恭承嘉惠述暢往事管子曰君有嘉惠於其臣漢舊儀曰帝子爲王長門賦曰躧履起而彷徨魏志蔡邕見王粲曰此王公孫有異才屬叨金馬署又點銅龍門漢書音義曰屬近也叨金馬署謂爲秀才也兩都賦序曰內設金馬石渠之署點銅龍門謂爲太傅功曹掾也漢書曰上嘗急召太子出龍樓門張晏曰門樓上有銅龍出入平津邸一見孟嘗尊孟嘗喻太傅也漢書曰封丞相公孫弘爲平津侯於是起客館開東閤以延賢人與參謀議說苑雍門周說孟嘗君曰以孟嘗之尊乃如是也歸來翳桑柘朝夕異涼溫其一左太沖詠史詩曰陳平無產業歸來翳負郭涼溫喻貴賤也徂落固云是寂蔑終始斯徂落猶彫落也羽獵其賦曰萬物徂落於外荀組七哀詩曰何其寂蔑杜門清三逕坐檻臨曲池漢書曰王陵杜門竟不朝請三輔決錄曰蔣詡字元卿舍中三徑楚辭曰坐堂伏檻臨曲池鳧鵠嘯儔侶荷茭始

臣字不誤

參差蜀都賦曰鴻儔鵠侶雖無田田葉及爾泛漣漪其二古樂府詩曰江南可采蓮蓮葉何田田毛詩曰河水清且漣漪春華與秋實庶子及家臣魏志曰邢顒字子昂爲平原侯植家丞顒防閑以禮無所屈撓由是不合庶子劉楨書諫植曰家丞邢顒北土之彥而楨禮遇殊特顒反疎簡私懼觀者將謂君侯習近不肖禮賢不足采庶子之春華忘家丞之秋實王門所以貴自古多俊民鄒陽上書曰何王之門不可曳長裾乎尚書曰畯民用康畯與俊同離宮收杞梓華屋富徐陳離宮華屋皆謂太子也卞壼議曰太子所居宮稱東宮不言太子宮者二宮以東西爲稱明是天子之離宮使太子居之也左氏傳楚聲子曰晉大夫皆卿才也如杞梓皮革自楚往也吳質荅曹子建書曰塤簫激於華屋魏志曰文帝爲五宮郎將北海徐幹廣陵陳琳並見友善平旦上林苑日入伊水濱其三言晨夕侍遊良非一所也楚辭曰平明發兮蒼梧漢書曰梁孝王入朝侍帝遊獵上林中論衡曰堯時擊壤者曰吾日入而息列仙傳曰王子喬周靈王太子晉也遊伊雒之

間書記旣翩翩賦歌能妙絶魏文帝與吳質書曰公幹五言詩之善者妙絶時人元瑜書記翩翩致足樂之相如恧溫麗子雲慙筆札西京雜記曰枚皐文章捷疾長卿製作淹遲皆一時之譽長卿首尾溫麗枚皐時有累句故知疾行無善迹矣方言曰恧慙也漢書曰樓護與谷永俱為五侯上客長安號曰谷子雲之筆札樓君卿之脣舌駿足思長阪柴車畏危轍駿足喻希叔柴車自喻也棗臺彥荅杜育詩曰矯矯駿足繁纓朱韍韓詩外傳齊子曰臣賴君之賜駑馬柴車可得而乘也愧茲山陽讌空此河陽別其四魏氏春秋曰嵇康寓居山陽縣與向秀遊於竹林號曰七賢曹植送應氏詩曰親昵並集送置酒此河陽平原十日飲中散千里遊平原趙勝也史記曰秦昭王聞魏齊在平原君家遺平原君好書曰寡人聞君之高義願與為布衣之交君幸過寡人寡人願與君為十日之飲平原君遂入秦見昭王干寶晉紀曰初呂安友嵇康相思則命駕千里從之渤海方滃滯宜城誰獻酬言己之事竟陵猶徐吳之在渤海漢書渤

海郡有南皮縣即徐吳遊之所也國語曰底著滛滯賈逵曰滛久也陳思王酒賦曰酒有宜城濃醪蒼梧漂清毛詩曰獻酬交錯

屏居南山下，臨此歲方秋。屏居南山下已見上文左氏傳卜徒父曰歲云秋矣漢書路博德曰方秋匈奴馬肥未可與戰廣雅曰方始也

惜哉時不與，日暮無輕舟。其五言無輕舟以相從也賈逵國語注曰惜痛也劉越石贈盧諶詩曰時哉不我與曹子建贈王仲宣詩曰有彼孤鴛鴦哀鳴無匹儔我願執此鳥惜哉無輕舟

贈張徐州稷一首　五言

范彥龍

田家樵採去，薄暮方來歸。漢書楊惲曰田家作苦張景陽雜詩曰投耒修岸垂時聞樵採音楚辭曰薄暮雷電廣雅曰薄至也毛詩曰來歸自鎬杜預左氏傳注曰來者自外之文也

還聞稚子說，有客款柴扉。史記曰楚懷王稚子子蘭呂氏春秋曰款門而謁高誘曰款叩也柴扉即荊扉也鄭玄禮記注曰蓽門荊竹織門也

儐從皆珠玳，裘馬悉輕肥。

原作未循

吳都賦曰儐從奕奕廣雅曰儐導也史記曰趙平原君
使人於春申君春申君舍之於上舍趙使欲夸楚爲玳
瑁簪刀劒並以珠飾之請春申君客論
語于曰赤之適齊也乘肥馬衣輕裘軒蓋照墟落傳
瑞生光輝說苑翟璜謂田子方曰吾祿厚得此軒蓋又
師曠謂晉平公曰五鼎不當生墟落應劭風
俗通曰諸侯及使者有傳傳信乃得舍於傳耳今刺史行
部車號傳車從事督郵周禮曰典瑞鄭玄曰瑞節信也
疑是徐方牧既是復疑非阮瑀止欲賦曰
意謂是而復非思舊昔言有
此道今已微穀梁傳曰叔姬歸于紀其不言逆何
也逆之道微范甯曰逆者非卿也物情
棄疵賤何獨顧衡闈莊子曰人之有所不得與皆物之
情也郭象曰憂娛在懷皆物情耳
非理也爾雅曰疵痛也衡闈衡
門也或以衡闈爲絃韋非也恨不具雞黍得與故人
揮謝承後漢書曰山陽范式字巨卿與汝南張元伯爲
友春別京師以秋爲期至九月十五日殺雞作黍二
親笑曰山陽去此幾千里何必至元伯曰巨卿信士不
失期者言未絕而巨卿至韓康伯周易注曰揮散也

五臣作慅　慅音草

漢紀漢世也　曰作由

懷情徒草草，淚下空霏霏。毛萇詩傳曰：懷，思也。毛詩曰：驕人好好，勞人草草。又曰：雨雪霏霏。

寄書雲間鴈，為我西北飛。漢書曰：帝思蘇武，使謂單于：天子射上林中，得鴈足有係帛書。西北，謂徐州也，在揚州之西北。輿地志曰：宋以鍾離置徐州，齊以荊州為北徐州也。

古意贈王中書一首

五言。集曰：覽古贈王中書融。

范彥龍

攝官青瑣闥，遥望鳳皇池。王融答詩題云：雜躰報范通直雲。梁書曰：雲為通直散騎侍郎。左氏傳韓厥曰：敢告不敏，攝官承乏。漢舊儀曰：黄門郎暮入對青瑣門拜。晉中興書曰：荀勗徙中書監為尚書令，人賀之，乃發恚云：奪我鳳皇池，卿諸人何賀我耶？

誰云相去遠，脉脉阻光儀。劉楨贈徐幹詩曰：誰謂相去遠。古詩曰：盈盈一水間，脉脉不得語。鸚䳇賦曰：侍君子之光儀。

岱山饒靈異，沂水富英奇。尚書曰：海岱及淮惟徐州。又曰：淮沂其乂。漢書有琅邪郡，音義曰：屬徐州。晉書曰：琅邪王氏之先，漢紀曰：秦遷于琅邪之臯虞，後徙于臨沂。

逸翮凌北海，摶飛出

南皮徐幹居北海昇質遊南皮二人皆蒙魏文恩幸故言地以明之也郭璞遊仙詩曰逸翮思拂霄杜預左氏傳注曰陵傳也謂輕易之莊子曰鵬摶扶搖而上司馬彪曰摶圜也圜飛而上若扶搖也遭逢聖明后來棲桐樹枝孔安國尚書傳曰聖人受命則鳳皇至鄭玄毛詩箋曰鳳皇之性非梧桐不棲竹花何莫莫桐葉何離離鄭玄毛詩箋曰鳳皇非竹實不食毛詩曰葛之覃兮維葉莫莫又曰其桐其椅其實離離可棲復可食此外亦何爲古詩曰賤妾攜何爲豈如鷦鷯者一粒有餘貲鷦鷯賦曰巢林不過一枝每食不過數粒蒼頡篇曰貲財也

贈郭桐廬出溪口見候余既未至郭仍進村維舟久之郭生方至一首五言顧野王輿地志曰桐廬縣吳分富陽之桐廬溪也劉孝標集曰郭桐廬峙

任彥昇

原校歎作歎

朝發富春渚蓄意忍相思漢書曰會稽郡富春縣孔安國尚書傳曰蓄積也

涿令行春反冠蓋溢川坻范曄後漢書曰滕撫字叔輔北海人也初仕州郡稍遷爲涿令有文武理用太守以其能委任郡職兼領六縣流愛于民行春兩白鹿隨車挾轂而行郭璞上林賦注曰坻岸也坻或爲湄

望久方來萃悲歡不自持毛萇詩傳曰萃集也滄江路窮此湍險方自茲疊嶂易成響重以夜猨悲客心幸自弭中道遇心期楚辭曰聊抑志而自弭親好自斯絶孤遊從此辭謝靈運詩曰孤遊非情款蘇武詩曰去去從此辭

行旅上

河陽縣作二首　五言

潘安仁哀傷贈答皆潘居陸後而此在前疑誤也

達 別本

微身輕蟬翼弱冠忝嘉招岳弱冠舉秀才曹植表曰身輕蟬翼恩重丘山楚辭曰蟬翼爲輕也在疚妨賢路再升上宰朝言己在病以妨賢路也毛詩曰煢煢在疚說苑楚令尹虞丘子謂莊王曰臣爲令尹處士不升妨群賢路上宰朝謂司空太尉府猥荷公叔舉遠陪廁王寮言以凡猥之才而荷薦舉也太尉舉爲郎已見閑居賦許慎淮南子注曰猥凡也論語曰公叔文子之臣大夫僎與文子同昇諸公子曰可以爲文矣又曰陪臣執國命馬融曰陪重也謂家臣也長嘯歸東山擁耒耨時苗岳天陵詩序曰岳屛居天陵東山下楚辭曰臨深水而長嘯說文曰耒手耕曲木鄭玄周禮注曰耨耘耔也幽谷茂纖葛峻巖敷榮條落英隕林趾飛莖秀陵喬杜預左氏傳注曰趾足也爾雅曰大阜曰陵卑高亦何常升降在一朝二者升降在於倏忽以喻人之榮辱亦在須臾言不足歎也徒恨良時泰小人道遂消李陵贈蘇武詩曰良時不再至禰衡書曰衡以良時

散而復合周易泰卦曰君子道長小人道消譬如野田蓬斡流隨風飄商君書曰今夫飛蓬遇飄風而行千里乘風之勢也鶡冠子曰斡流遷徙如淳漢書注曰斡轉也昔倦都邑游今掌河朔傜歸田賦曰游都邑以永久尚書曰王次于河朔登城眷南顧凱風揚微綃鄭玄毛詩箋曰顧視也呂氏春秋曰南方凱風禮記曰綃幕也鄭玄曰綃縑也音消洪流何浩蕩脩芒鬱苕嶢浩蕩或為濟蕩音西郭緣生述征記曰北芒城北芒嶺也誰謂晉京遠室邇身實遼毛詩曰誰謂宋遠又曰其室則邇其人甚遠誰謂邑宰輕令名患不劭叶平聲左氏傳子產曰令名德之輿也小雅曰劭[illegible]人生天地間百歲孰能要古詩曰人生天地間又曰人生年不滿百熲如槁石火瞥若截道飈爾雅曰熲光也毛詩曰子有鍾鼓弗擊弗考毛萇曰考亦擊也槁與考古字通古樂府詩曰鑿石見火能幾時說文曰瞥見也張衡舞賦曰瞥若電滅古詩曰人生寄一世奄忽若飈塵瞥孚說切齊

曲別本

浦

作
淸泚當作詩謝
朓原隰西地封作
引臣作詩五臣作
詩舊音止

文二十六　十五

都無遺聲桐鄉有餘謠論語曰齊景公有馬千駟死之日人無德而稱焉漢書曰
朱邑爲桐鄉嗇夫廉平不苛及死子葬之桐鄉邑人爲之起冢立祠也福謙在純約害盈
循矜驕周易曰鬼神害盈而福謙左氏傳晉成鱄曰在約思純孔安國尚書傳曰自賢曰矜雖
無君人德視民庶不恌毛詩曰我有嘉賓德音孔昭視民不恌君子是則是傚毛
萇詩曰恌偷也
日夕陰雲起登城望洪河潘元茂九錫文曰濟師洪河川氣冒山嶺
驚湍激巖阿歸鴈映蘭畤游魚動圓波史記曰楚以弱弓微
繳加歸鴈之上韓詩曰死在水中沚薛君曰大渚曰沚之以切鳴蟬厲寒音時菊耀秋
華禮記曰孟秋寒蟬鳴廣雅曰厲高也謂高而急也禮記曰季秋菊有黃華引領望京室南
路在伐柯左氏傳穆叔曰引領西望毛詩曰伐柯伐柯其則不遠大夏緬無覿崇

原文作如

苕鬱嵯峨。陸機洛陽記曰大夏門魏明帝所造有三層高百尺韋昭國語注曰緬猶邈也郭緣生述征記曰北芒去大夏門不盈一里秦嘉詩曰巖石鬱嵯峨揔揔都邑人。擾擾俗化訛。楚辭曰紛揔揔兮九州王逸曰揔聚也七發曰擾擾若三軍之騰裝鄭玄毛詩箋曰訛僞也五戈切依水類浮萍。寄松似懸蘿。淮南子曰夫萍樹根於水木樹根於土天地性也毛詩曰蔦與女蘿施于松相曹植雜詩曰寄松爲女蘿依水如浮萍朱博糾舒慢楚風被琅邪漢書曰朱博字子元杜陵人也遷琅邪太守齊部舒緩勅功曹官屬多裒衣大袑不中節度自今掾吏衣皆去地三寸視事數年大改其裕掾吏禮節皆如楚趙袑音紹袑袴也曲蓬何以直託身依叢麻。曾子曰蓬生麻中不扶自直漢書婁護曰呂公託身於我黔黎。竟。何常。政成。在。民。和。史記曰秦更名人曰黔首左氏傳季梁曰民和而神降之福位同單父邑愧無子賤歌呂氏春秋曰宓子賤治單父彈鳴琴身不下堂而單父治豈敢陋微官。但恐

原注導作遵

忝所荷

在懷縣作二首 五言 潘安仁

南陸迎脩景朱明送末垂 續漢書曰日行南陸謂之夏淮南子曰仲夏至脩毛詩曰夏之日毛萇曰言時長也爾雅曰夏爲朱明末垂猶末也崔駰臨洛觀賦曰迎夏之首末春之垂 初伏啓新節隆暑方赫羲 崔寔四民月令曰六月初伏薦麥瓜于祖禰賈誼旱雲賦曰隆暑盛其無聊繁欽柳樹賦曰翳炎夏之白日救隆暑之赫羲思玄賦注曰赫羲盛也 朝想慶雲興夕遲白日移 遲猶思也 揮汗辭中宇登城臨清池 史記蘇秦曰揮汗成雨賈逵國語注曰揮灑也 涼飈自遠集輕襟隨風吹 楚辭曰爨土𧃒南于中宇 靈圃耀華果通衢列高椅 靈圃猶靈囿也東征賦曰導乎通衢之大道椅梓屬 瓜瓞蔓長苞薑芋紛廣畦 韓詩曰緜緜瓜瓞薛君曰瓞小瓜也毛萇詩傳曰苞

春秋以下提行　別本

襄

本也劉熙孟子注曰今俗以五十畝爲大畦也稻栽肅仟仟黍苗何離離禮記曰故栽者培之凡蒔草謂之栽也廣雅曰芊芊茂也毛詩曰彼黍離離彼稷之苗虛薄乏時用位微名日卑朝子曰工商游食之民少而名卑驅役宰兩邑政績竟無施自我違京輦四載迄于斯胡廣漢官解故注曰轂下諭在輦轂之下京城之中也詩曰以迄于今毛詩曰迄至也器非廊廟姿屢出固其宜慎子曰廊廟之材非一木之枝史記曰賢人深謀於廊廟孫卿子曰君道行則萬物皆得其宜也徒懷越鳥志眷戀想南枝古詩曰越鳥巢南枝春秋代遷逝四運紛可喜去聲楚辭曰春與秋其代序莊子曰黃帝曰陰陽四時運行各得其序楚辭曰綠葉素榮紛其可喜寵辱易不驚戀本難爲思去聲老子曰寵辱若驚何謂寵辱寵爲下得之若驚失之若驚是謂寵辱若驚禮記曰太公封於營丘比及五世皆反葬於周君子樂其所自生禮不忘其本

樓上宋提行

注及別本著

我來冰未泮時暑忽隆熾毛詩曰我來自東又曰迨冰未泮感此還期淹歎彼年往駛楚辭曰年洋洋而日往登城望郊甸遊目歷朝寺楚辭曰忽返顧以遊目風俗通曰今尚書御史所止皆曰寺也小國寡民務終日寂無事老子曰小國寡民陸賈新語曰君子之治也混然無事寂然無聲白水過庭激綠槐夾門植鄭玄周禮注曰植根生之屬也信美非吾土祇攪懷歸志登樓賦曰雖信美而非吾土毛詩曰祇攪我心孟子曰浩然有歸志眷然顧鞏洛山川邈離異孔叢子歌曰眷然顧之慘焉心悲鄭玄毛詩箋曰回首曰顧鞏洛岳父墳塋所在也漢書曰潁川北近鞏洛墳塋已見西征賦楚辭曰終免獨離異願言旋舊鄉畏此簡書忌毛詩曰願言思子又曰豈不懷歸畏此簡書毛萇曰簡書戒命也祇奉社稷守恪居處職司論語子路使子羔爲費宰子路曰有民人焉有社稷焉左氏傳公鉏曰敬恭朝夕恪居官次

原樂府作詩暮無栖宿

迎大駕一首 五言王隱晉書曰東海王越從大駕討鄴軍敗永康二年越率天下甲士三萬人奉迎大駕還洛

潘正叔

南山鬱岑崟洛川迅且急青松蔭脩嶺綠蘩被廣隰爾雅曰蘩皤蒿也朝日順長塗夕暮無所集毛詩曰順彼長道魏武帝短歌行曰暮無所宿栖歸雲乘幰浮凄風尋帷入傳毅七激曰仰歸雲翅游風說文曰乘覆也帷車飾也子虛賦曰張翠帷建羽蓋然此雖無翠羽而蓋即同也道逢深識士舉手對吾揖王命論曰超然遠覽淵然深識世故尚未夷崤函方嶮澀假為深識之言也國語桓公問於史伯曰王室多故鄭玄周禮注曰故災禍也孔安國尚書傳曰夷平也戰國策蘇武曰秦東有崤函之固狐貍夾兩轅豺狼當路立漢書侯文謂孫寶曰豺狼當路不宜復問狐貍翔鳳嬰籠檻騏驥見維縶翔鳳騏驥皆喻賢也楚辭曰騏驥伏匿而不見鳳皇

高飛而不下鸕鷀賦曰順籠檻以俯仰毛詩曰縶之維之俎豆昔嘗聞軍旅素未習論語曰衛靈公問陳於孔子孔子對曰俎豆之事則嘗聞之矣軍旅之事未之學也鄭玄喪服注曰素猶故也且少停君駕徐待干戈戢既假爲彼人之辭故自謂爲君也毛詩曰載戢干戈

赴洛二首五言集云此篇赴太子洗馬時作下篇云東宮作而此同云赴洛誤也

陸士衡

希世無高符營道無烈心莊子原憲謂子貢曰夫希世而行比周而友憲不忍爲也漢書音義希世隨世也禮記曰儒有合志同方營道同術靖端肅有命假檝越江潭國語祁午見范宣子曰若能靖端諸侯使服聽命於晉國周易曰大君有命說文曰越渡也楚辭曰游於江潭親友贈予邁揮淚廣川陰家語公父文伯卒敬姜曰二三婦無揮淚王肅

曰揮涕者淚以手揮之撫膺解攜手永歎結遺音列子曰撫膺而恨毛詩曰攜手
同行又曰寤寐永歎曹子建雜詩曰翹思慕遠人願欲託遺音無迹有所匿寂漠聲必
沈言分訣之後形聲俱沒視之無迹而形有所匿聽之寂寞而其聲必沈也呂氏春秋曰作則有所匿其塗
也淮南子曰寂寞音之主也迹或爲積非也肆目眇不及緬然若雙潛高誘淮南
十注曰肆盡也毛詩曰瞻望不及緬已見上文南望泣玄渚北邁涉長林西京賦曰
海若遊於玄渚谷風拂脩薄油雲翳高岑王逸楚辭注曰草木交曰薄孟子曰油然
作雲亹亹孤獸騁嚶嚶思鳥吟亹亹走貌也曹子建詩曰孤獸走索羣毛詩曰鳥鳴
嚶嚶感物戀堂室離思一何深感物已見上文曹子建雜詩曰離思一何深佇
立慨我歎寤寐涕盈衿毛詩曰佇立以泣又曰慨我寤歎惜無懷歸
志辛苦誰爲心歸志已見上文

羈旅遠遊宦託身承華側謂爲太子洗馬也左氏傳陳敬仲曰羈旅之臣漢書
薄昭書曰遊宦事人范曄後漢書王常曰臣撫劍導銅
託身陛下陸機洛陽記曰太子宮有承華門
輦振纓盡祗肅左氏傳曰子朱怒撫劍從之銅輦太
子車飾未詳所見漢書匡衡曰祗肅
舊禮銅
或爲彫歲月一何易寒暑忽已革載離多悲心感物
情悽惻毛詩曰二月初吉載離寒暑慷慨遺安愈求歡廢餐食
東京賦曰膺多福以安愈求歡已見上文列子曰杞
國有人憂天崩廢寢食蔡琰詩曰飢當食兮不能餐思
樂難誘曰歸歸未克國語楚藍尹亹曰飲食思禮
同宴思樂毛詩云曰歸曰歸
歲亦
暮止憂苦欲何爲纏緜月與臆列子曰畢辱則憂苦
張叔與任彥堅書曰
纏緜恩好庶蹈高蹤登仰瞻陵霄鳥羨爾歸飛翼高誘
樓賦曰氣交憤於胷臆
淮南子注曰羨願也毛詩
曰弁彼鸒斯歸飛提提

赴洛道中作二首　五言　陸士衡

揔轡登長路，嗚咽辭密親。家語孔子曰：善御者正身以揔轡。蔡琰詩曰：行路亦嗚咽。薛君韓詩章句曰：嗚，歎辭也。毛萇詩傳曰：咽，憂不能息也。借問子何之？世網嬰我身。江偉荅軍司馬詩曰：羈縶繫世網，維進退準繩。說文曰：嬰，繞也。永歎遵北渚，遺思結南津。永歎已見上文。秦嘉贈婦詩曰：遺思致款誠。行行遂已遠，野途曠無人。周禮曰：野塗五軌。楚辭曰：野寂寞其無人。山澤紛紆餘，林薄杳阡眠。上林賦曰：紆餘逶迤。楚辭曰：遠望兮阡眠。虎嘯深谷底，雞鳴高樹巔。淮南子曰：虎嘯而谷風至。樂錄曰：雞鳴高樹巔。哀風中夜流，孤獸更我前。悲情觸物感，沈思鬱纏緜。纏緜已見上文。佇立望故鄉，顧影悽自憐。佇立已見上文。丁儀寡婦賦曰：賤妾煢煢，顧影爲儔。楚辭曰：私自憐兮何極。

遠遊越山川，山川脩且廣。楚辭曰：願輕舉而遠遊。秦嘉妻徐氏荅嘉書曰：高山巖巖，而君是越。振策陟崇丘，案轡遵平莽。秦嘉詩曰：過辭二親墓，振策陟長衢。漢書曰：天子案轡徐行。方言曰：草，南楚謂之莽。夕息抱影寐，朝徂銜思往。楚辭曰：廓抱影而獨倚。頓轡倚嵩巖，側聽悲風響。頓，猶舍也。爾雅曰：嵩，高也。清露墜素輝，明月一何朗。撫几不能寐，振衣獨長想。新序曰：老古振衣而起舞。賦曰：遊心無垠，遠思長想。

吳王郎中時從梁陳作一首 五言 陸士衡

在昔蒙嘉運，矯迹入崇賢。孫放詩曰：矯迹步玄闈。東京賦曰：昭仁惠於崇賢。薛綜曰：立崇賢門於東也。假翼鳴鳳條，濯足升龍淵。應璩與劉公幹書曰：鵾鷄棲翔鳳之條，黿鼉遊升龍之川。識真者所爲憤結也。玄冕無醜士，治服使我妍。周禮曰：大

夫玄晃

輕劒拂鞶厲長纓麗且鮮禮記曰男鞶革也毛詩曰垂帶而厲毛萇曰厲帶之垂者鄭玄曰鞶必垂厲以爲飾韓子曰鄒君好長纓左右皆服長纓也誰謂伏事淺契闊踰三年周禮大司徒頒職事十有二曰服事鄭司農曰服事謂爲公家服事也服與伏同古字通毛詩曰死生契闊薄言肅後命改服就藩臣毛詩曰薄言旋歸左氏傳曰宰孔謂齊侯曰且有後命無下拜漢書曰吴王濞稍失藩臣禮夙駕尋清軌遠遊越梁陳毛詩曰星言夙駕廣雅曰軌道也遠遊已見上文感物多遠念慷慨懷古人毛詩曰我思古人實獲我心

始作鎮軍叅軍經曲阿作一首

五言臧榮緒晉書曰宋武帝行鎮軍將軍

陶淵明

沈約宋書曰陶潛字淵明或云字元亮潯陽人少有高趣爲鎮軍建威叅軍後爲彭澤令解印綬去職卒於家

寘 江文通襍詩注引

「逝」別本

弱齡寄事外，委懷在琴書。晉中興書簡文詔曰會稽王英秀玄虛神棲事外鄭玄儀禮注曰委安也劉歆遂初賦曰玩琴書以條暢

被褐欣自得，屢空常晏如。家語曰原憲衣冠弊并日而食蔬衎然有自得之志論語子曰回也其庶乎屢空漢書曰楊雄家產不過十金室無儋石之儲晏如也

時來苟宜會，宛轡憩通衢。盧子諒荅魏子悌詩曰遇蒙時來會宛屈也言屈長往之駕息於通衢之中通衢喻仕路也毛萇詩傳曰憩息也通衢已見上文

投策命晨旅，暫與園田疏。七命曰夸父為之投策

眇眇孤舟遊，綿綿歸思紆。楚辭曰安眇眇兮無所歸薄又曰縹緜緜之不可紆王逸曰緜緜細微之思難斷絕也

我行豈不遙，登降千里餘。目倦脩塗異，心念山澤居。仲長子昌言曰古之隱士或夫負妻戴以入山澤

望雲慚高鳥，臨水愧遊魚。言魚鳥咸得其所而己獨違其性也文子曰高鳥盡而良弓藏大戴禮曰魚遊於水鳥飛于雲

真想初在衿，誰謂形迹

此但言不稱永初以來年號耳義熙以上固多好偶題甲子也

抑。淮南子曰全性保真不虧其身老子曰脩之於身其德乃真王逸楚辭注曰保真守玄默也聊且。憑。化遷終返班生廬。莊子謂惠子曰孔子行年六十化郭象曰與時俱化也班固幽通賦曰終保己而貽則里上仁之所廬漢書曰班彪與從兄嗣共遊學家有賜書楊子雲已下莫不造門

辛丑歲七月赴假還江陵夜行塗口一首 五言沈約宋書曰潛自以曾祖晋世宰輔不復屈身後代自高祖王業漸隆不復肯仕所著文章皆題年月義熙已前則書晋氏年號自永初已來唯云甲子而已江圖曰自沙陽縣下流一百十里至赤圻赤圻二十一里至塗口也

陶淵明

閑居三十載遂與塵事冥。漢書曰司馬相如稱疾閑居塵事塵俗之事也郭象莊子注曰凡非真皆塵垢矣說文曰冥窈也又曰窈深遠也詩書敦宿好林園無世情。左氏傳趙襄曰郄縠

悅禮樂而敦詩書纏子董無心曰無心鄙人也不識世情如何舍此去遙遙至西荊西荊州也時京都在東故謂荊州爲西也叩枻新秋月臨流別友生楚辭曰漁父鼓枻而去王逸曰叩船舷也楚辭曰臨流水而太息毛詩曰雖有兄弟不如友生涼風起將夕夜景湛虛明昭昭天宇闊皛皛川上平淮南子曰甘瞑于大霄之宅覺視于昭昭之宇李顒離思篇曰烈烈寒氣嚴寥寥天宇清說文曰通白曰皛皛明也懷役不遑寐中宵尚孤征毛詩曰不遑假寐商歌非吾事依依在耦耕淮南子曰甯戚商歌車下而桓公慨然而悟許愼曰甯戚衛人聞齊桓公興霸無因自達將車自往商秋聲也莊子卞隨曰非吾事也論語曰長沮桀溺耦而耕投冠旋舊墟不爲好爵縈周易曰我有好爵吾與爾縻之養眞衡茅下庶以善自名曹子建辯問曰君子隱居以養眞也衡門茅茨也范曄後漢書馬援曰吾從弟少遊曰士生一時鄉里稱善人斯可矣鄭玄禮記注曰名令聞也

永初三年七月十六日之郡初發都一首 五言 沈約

宋書曰高祖永初三年五月崩少帝即位出靈運爲永嘉郡守少帝猶未改元故云永初

謝靈運

述職期闌暑理棹變金素尚書大傳曰古者諸侯之於天子五年一朝朝見其身述其職述其職者述其所職也漢書王吉傳邵公述職舍於棠下而聽斷焉潘岳悼亡詩曰溽暑隨節闌猶盡也金素秋也秋爲金而色白故曰金素也漢書曰西方金也劉楨書曰肅以素秋則落也秋岸澄夕陰火旻團朝露火大火也毛詩曰七月流火爾雅曰秋爲旻天毛詩曰野有蔓草零露團兮辛苦誰爲情遊子値頹暮陸機赴洛詩曰辛苦誰爲心楚辭曰歲曶曶其若頹愛似莊念昔久敬曾存故言遊子多悲觸物增戀愛其似者若莊生之念疇昔久而愈敬類曾子之存故交莊子曰夫越之流人去國旬月見所嘗見於國中喜及期年也見似人者而喜矣論語曰晏平仲善與人交久而敬之韓詩外傳曰子夏過曾子曰入食子夏曰不爲公費乎曾子曰有三費飲

食不在其中子夏曰敢問三費曾子曰少而學長而忘
之一費也事君有功輕而負之二費也久交友而中絶
此三費也如何懷土心持此謝遠度此謂懷土也言如何同彼懷土之心持此爾懃
遠度也楚辭曰遠度世以忘歸思玄賦曰願得遠度以自娱李牧愧長袖郤克慙躧
步言手足有疾故或愧或慙也戰國策曰武安君李牧至趙王使韓蒼數之曰將軍戰勝王觴將軍將軍爲
壽於前捍匕首當死武安君曰身大臂短不能及地起
居不敬恐獲死罪於前故使工人爲木杖以接手上若
弗信請視之說文曰捭兩手擊也希買切左氏傳曰使
郤克徵會于齊頃公帷婦人使觀之郤子登婦人笑於
房杜預曰跛而登階故笑也魏都賦曰邯鄲躧步良時不見遺醜狀不成惡言雖
有疾皆不見弃遺也良時已見上文
左氏傳曰醜蘘惡杜預曰惡貌醜也曰余亦支離依方
早有慕莊子曰支離疏者頤隱於齊肩高於頂會撮指天五管在上兩髀爲脅下賢音義曰形體
離不全正也名疏莊子曰子桑戶孟子反子琴張三人
相與友子桑戶死孔子使子貢往待事或鼓琴相和而

歌子貢反以告孔子孔子曰彼遊方之外者也而丘遊
方之内者也子貢曰夫子何方之依曰丘天之戮民也
郭象曰以方内爲桎梏明所貴在方外夫遊外者依内
司馬彪曰方常也言彼遊心於常教之外也漢書郊祀
歌曰天地並況惟予有慕會
音括撮租括切髀步米切
生幸休明世親蒙英達顧
左氏傳王孫滿曰德之
休明英達謂廬陵王也
空班趙氏璧徒乖魏王瓠
言見
珍同
乎趙璧爲用而乖魏瓠言無所施也杜預左氏傳注曰
班次也趙氏璧已見盧諶覽古詩莊子曰惠子謂莊子
曰魏王貽我大瓠之種我樹之成而實五石以盛水漿
其堅不自舉剖之以爲瓢則瓠落無所容非不枵然大
也吾爲其無用掊之莊子曰夫子固拙於用大矣何不
能攄以爲大罇而浮乎江湖司馬彪曰瓠布濩落零落
也枵然大貌掊謂擊破之也踰莊子之言大也若巨瓠
之無施也一瓠落大貌徐仙民戶郭切枵許喬切掊方
部
切
從來漸二紀始得傍歸路
孔安國尚書傳曰十二
年曰紀言欲之郡必塗
經始寧故
日歸路
將窮山海迹永絶賞心悟
言今遠遊將窮山
海之迹賞心之對

此辭鄭文見漢書

於此長乖鄭玄毛詩箋曰晤對也

過始寧墅一首 五言沈約宋書曰靈運父祖並葬始寧縣并有故宅及墅遂脩營舊業極幽居之美水經注曰始寧縣西本上虞之南鄉也 謝靈運

束髮懷耿介逐物遂推遷韓詩外傳曰夫人爲父者必全其身體及其束髮屬授明師以成其材楚辭曰獨耿介而不隨兮願慕先聖之遺教莊子曰惠施之才逐萬物而不反尚書王曰惟民生厚因物有遷 違志似如昨二紀及茲年廣雅曰違背也楊雄解嘲曰歷覽者茲年矣 淄磷謝清曠疲薾慙貞堅論語子曰不曰堅乎磨而不磷不曰白乎涅而不淄蒼頡篇曰曠疏曠也莊子曰薾然疲而不知所歸司馬彪曰薾極貌也薾奴結切 拙疾相倚薄還得靜者便拙謂拙宦也閑居賦曰巧誠有之拙亦宜然韓康伯周易注曰薄謂相附也論語曰智者動仁者靜 剖竹守滄海枉帆過舊山漢書曰初與郡守爲使符說文

曰符信漢制以竹分而相合山行窮登頓水涉盡洄沿爾雅曰逆流而上曰遡洄孔安國尚書傳曰順流而下曰沿巖峭嶺稠疊洲縈渚連緜廣雅曰峭高也又曰稠穊也三輔故事曰連緜四百餘里白雲抱幽石綠篠媚清漣清漣已見上文葺宇臨迴江築觀基曾巔洞簫賦曰迴江流川而漑其山春秋運斗樞曰山者地基也揮手告鄉曲三載期歸旋劉越石扶風歌曰揮手長相謝說文曰揮奮也燕丹子夏扶曰士無鄉曲之譽則未與論行三載黜陟幽明故以爲限且爲樹枌檟無令孤願言左氏傳曰初季孫爲已樹六檟於蒲圃東門之外杜預曰檟欲自爲櫬也

富春渚一首　五言　謝靈運

宵濟漁浦潭旦及富春郭吳郡記曰富春東三十里有漁浦定山緬雲霧赤亭無淹薄吳郡緣海四縣記曰錢唐西南五十里有定山去富春又七十里橫出江

中濤迅邁以避山難辰發錢唐巳達富春赤亭定溯流
山東十餘里王逸楚辭注曰泊止也薄與泊同
觸驚急臨圻阻參錯溯流已見上文埤蒼曰碕曲岸頭也碕與圻同參錯謂碕岸之險參
差交錯也亮乏伯昏分險過呂梁壑列子曰列御寇爲伯昏無人射引之盈貫措杯
水其肘上伯昏無人曰是射之射非不射之射也當與
汝登高山履危石臨百仞之泉若能射乎於是無人遂
登高山履危石臨百仞之泉背逡巡足二分垂在外揖
御寇而進御寇伏地汗流至踵伯昏無人曰夫至人者
上闚青天下潛黃泉揮斥八極神氣不變今汝怵然有
恂目之志爾於中殆矣夫分猶節也列子曰孔子觀於
呂梁懸水三十仞流沫三十里黿鼉魚鼈之不能游也洊至宜便習兼山貴止託
周易曰水洊至習坎王弼曰重險懸絕故水洊至也不
以坎爲隔絕相仍而至習乎坎者也習謂便習之也周
易曰兼山良又曰良其止止其所也平生協幽期淪躓困微弱久露干祿
請始果遂遊諾論語曰子張學干祿果猶遂也鄭玄毛詩箋曰諾應辭也然古者請於君君許

畫

則盡諾以報之 宿心漸申寫萬事俱零落 趙壹報羊陟書曰惟君明叡平斯宿心莊子曰致命盡情天地樂而萬事銷亡楚辭曰惟草木之零落 懷抱既昭曠外物徒龍蠖 莊子莁風謂諄芒曰願聞神人諄芒曰上神乘光與形滅亡此謂昭曠說文曰曠明也周易曰尺蠖之屈以求伸也龍蛇之蟄以存身也

七里瀨一首 五言甘州記曰桐廬縣有七里瀨瀨下數里至嚴陵瀨

謝靈運

羈心積秋晨晨積展遊眺 爾雅曰展適也郭璞曰得自申展皆適意 孤客傷逝湍徒旅苦奔峭 曹植九詠曰何孤客之可悲淮南子曰岸峭者必陀許慎曰陀落也然奔亦落也入彭蠡湖口詩曰圻岸屢崩奔與此同也 石淺水潺湲日落山照曜 楚辭曰觀流水兮潺湲雜字曰潺湲水流貌也毛詩曰羔裘如膏日出有曜毛萇曰日出照曜然見其如

何曰宋本作世

膏也荒林紛沃若哀禽相叫嘯毛詩曰桑之未落其葉沃若海賦曰更相叫嘯詭色殊音遭物悼遷斥存期得要妙廣雅曰斥推也老子曰湛兮似或存王弼曰和光而不汙其軆同塵而不渝其眞不亦湛兮似或存兮莊子曰此之謂要妙也既秉上皇心豈屑末代誚莊子曰監照下土天下載之此謂上皇王逸楚辭注曰屑顧也先結切劉向雅琴賦曰未世鎖才兮智孔寡目覩嚴子瀨想屬任公釣范曄後漢書曰嚴光字子陵光武除爲諫大夫不屈耕於富春山後人名其釣處爲嚴陵瀨莊子曰任公子爲大鈎巨綸五十犗以爲餌蹲會稽投竿東海旦旦而釣朞年不得魚已而大魚食之牽巨鈎陷沒而下驚揚而奮鬐白波若山任公子得若魚離而腊之自制河以東蒼梧以北莫不厭若魚也誰謂古今殊異世可同調郭象莊子注曰人性有變古今不同樂稽耀嘉曰聖人雖生異世其心意同如一也調猶運也謂音聲之和也

登江中孤嶼一首五言永嘉江也　謝靈運

江南倦歷覽，江北曠周旋。長門賦曰貫歷覽其中操周旋已見上文懷雜道轉迴，尋異景不延。爾雅曰迴遠也又曰延長也亂流趨正絶，孤嶼媚中川。爾雅曰水正絶流曰亂劉淵林吴都賦注曰嶼海中洲上有山石雲日相輝映，空水共澄鮮。表靈物莫賞，藴真誰爲傳。鄭玄禮記注曰表明也謂顯明之也馬融論語注曰藴藏也說文曰真仙人變形也想像崐山姿，緬邈區中緣。楚辭曰思舊故而想像列仙傳曰西王母神人名王母在崑崙山司馬相如大人賦曰迫區中之隘陜始信安期術，得盡養生年。列仙傳曰安期生琅邪阜鄉人自言千歲文子曰靜漠恬淡所以養生也莊子養生篇曰可以盡年郭象曰養生非求過分蓋全理盡年而已

初去郡一首

五言沈約宋書曰靈運在郡一周稱疾去職

謝靈運

彭薛裁知恥，貢公未遺榮。漢書曰彭宣字子佩淮陽人也遷御史大夫轉爲大司空

○依文改

王莽秉政專權宣上書乞骸骨歸鄉里又曰薛廣德字長卿沛郡人也爲御史大夫乞骸骨班固漢書彭薛平當述曰廣德當宣近於知恥漢書貢禹字少卿琅耶人也爲光祿大夫上書乞骸骨鍾會有遺榮賦**或可優貪競豈足稱達生**楚辭曰皆競進以貪婪莊子曰達生之情者傀達於知者胥司馬彪曰傀讀曰瑰瑰大也情在故曰大也胥多智也**伊余秉微尚拙訥謝浮名**禮記孔子曰恥名之浮於行也**廬園當棲巖卑位代躬耕**嵇康絕交書曰子房之巖棲列女傳黔婁先生妻曰先生安天下之卑位禮記曰夫祿足以代其耕**顧已雖自許心迹猶未并**莊子曰夫神者不自許也**無庸妨周任有疾像長卿**論語子曰周任有言曰陳力就列不能者止漢書曰司馬長卿有消渴疾常稱疾閑居不慕官爵**畢娶類尚子薄遊似邴生**嵇康高士傳曰尚長字子平河內人隱避不仕爲子嫁娶畢敕家事斷之勿復相關當如我死矣嵇康書亦云尚子平范曄後漢書曰向長字子平男娶女嫁既畢乃勑斷家事尚向不同未

詳孰是班固漢書曰邴曼容養志自修爲官不肯過六百石輙自免去恭承古人意促裝反柴荆越絶書曰恭承嘉惠思玄賦曰簡元辰而促裝柴荆已見上文牽絲及元興解龜在景平牽絲初仕解龜去官也臧榮緒晉書曰安帝即位改元曰元興靈運初爲琅耶王大司馬行軍參軍沈約宋書曰少帝即位改元曰景平應璩詩曰不悮牽朱絲三署來相尋漢書曰薛宣爲左馮翊高陽令楊湛解印綬付吏又曰黃金印龜紐文曰章負心二十載於今廢將迎嵇康幽憤詩曰內負宿心文子曰聖人若鏡不將不迎爾雅曰將送也理棹遄還期遵渚騖脩坰潘岳在懷縣詩曰感此還期淹遄速也陸機越洛詩曰永歎遵北渚爾雅曰林外曰坰遡溪終水涉登嶺始山行野曠沙岸淨天高秋月明憩石挹飛泉攀林搴落英毛萇詩傳曰搴取也王逸楚辭注曰搴采取也戰勝臞者肥止監流歸停戰明貴不如義止監明語不如嘿也韓子子夏曰吾入見先王之義則榮之出見富

貴又榮之二者戰于胷臆故臞今見先王之義戰勝故肥也爾雅注曰臞肉之瘦也巨俱切文子曰莫監於流潦而監於止水以其保心而不外蕩也蒼頡篇曰亭定也停與亭同古字通即是。義。唐。化獲

我擊。壤。聲。羲庖羲也唐唐堯也周處風土記曰擊壤者以木作之前廣後銳長四尺三寸其形如履將戲先側一壤於地遙於三四十步以手中壤擊之中者為上部論衡曰堯時百姓無事有五十之民擊壤於塗觀者曰大哉堯之德也擊壤者曰吾日出而作日入而息鑿井而飲耕田而食堯何力於我也

初發石首城一首

五言沈約宋書曰靈運陳疾東歸會稽太守孟顗乃表其異志靈運馳往京都詣闕上表太祖知其見誣不罪也不欲使東歸以為臨川內史伏韜北征記曰石頭城建康西界臨江城也是曰京師

謝靈運

白珪尚可磨斯言易為緇毛詩曰白珪之玷尚可磨也斯言之玷不可為也毛萇詩傳曰緇黑色也雖抱。中孚。爻。猶勞。貝。錦。詩。周易曰中孚以利貞乃應乎天毛詩曰萋

兮非兮成是貝錦鄭玄曰讒人集作已過寸心若不亮以成於罪猶女功之集彩色以成錦文也

微命察如絲寸心已見上文亮猶明也楚辭曰蜂蛾微命東觀漢記梁節王暢上疏曰筋骨相連命在絲髮鄭玄毛詩箋曰察省也

日月垂光景成貸遂兼茲日月喻太祖也葛龔薦黃鳳文曰君垂日月之光流萬里之恩老子曰夫唯道善貸且善成說文曰貸施也

出宿薄京纖晨裝摶曾颸毛詩曰出宿于濟又曰莊子曰摶扶搖而上征颸已見上文

重經平生別再與朋知辭再謂前之永嘉今適臨川

故山日已遠風波豈還睽古詩曰相去日已遠家語孔子曰不覩巨海何以知風波之患

茫茫萬里帆茫茫終何之毛詩曰洪水茫茫莊子曰芒乎何之忽乎何適

遊當羅浮行息必廬霍期羅浮山記曰山高三千丈長八百里舊說浮山從會稽來傅于羅山故稱傅羅今羅浮山上獨有東方草木廬霍二山名也已見江賦

越海淩三山遊湘歷九嶷東方朔集

○此已有韓王子房[illegible]矣

○江南當引招魂爲注

朔對詔曰陵山越海窮天乃止三山在海中衆仙所居九疑山在長沙零陵舜帝所葬也欽聖若旦暮懷賢亦悽其范曄後漢書曰朱勃謂馬援曰欽慕聖義莊子曰萬代之後而一遇大聖知其解者是旦暮遇之也毛萇詩傳曰其辭也皎皎明發心不爲歲寒欺毛詩曰明發不寐有懷二人說苑曰孔子曰義士不欺心

道路憶山中一首 五言 謝靈運

采菱調易急江南歌不緩楚辭曰涉江採菱發揚荷王逸曰楚人歌曲也古樂府江南辭曰江南可採蓮楚人心昔絕越客腸今斷楚人屈原也越客自謂也沈約宋書曰靈運本在陳郡父祖並葬始寧縣并有故宅遂籍會稽故稱越客焉斷絕雖殊念俱爲歸慮款廣雅曰款扣也存鄉爾思積憶山我憤懣王逸楚辭注曰言己情憤懣也追尋棲息時偃臥任縱誕崔寔答譏詩曰棲息高丘范

腊後漢書曰光武共嚴光偃卧縱念而傲誕

得性非外求自已爲誰纂

言得性之理非在外求取足自止爲誰之所繼哉言不爲人之所繼也莊子南郭子綦曰夫吹万不同而使其自已也咸其自取怒者其誰也司馬彪曰已止也使各得其性而止也爾雅曰纂繼也

不怨秋夕長常苦夏日短濯流激浮湍息陰倚密竿

字林曰竿竹挺也古寒切今協韻爲古旦切

懷故叵新歡含悲忘春暎

言春暎當喜爲含悲而忘之字書曰叵不可也莊子曰煖然似春

悽悽明月吹惻惻廣陵散

古樂府有明月皎夜光應璩與劉孔才書曰聽廣陵之清散

殷勤訴危柱慷慨命促管

危柱謂琴也孫氏箜篌賦曰陵危柱以頡頏促管謂笛也籍樂論曰琵琶箏笛間促而聲高也

入彭蠡湖口一首 五言

謝靈運

客遊倦水宿風潮難具論洲島驟迴合圻岸屢崩

雲。別本

毅。別本原作魄

奔孔安國尚書傳曰海曲謂之島乘月聽哀狖浥露馥芳蓀乘月猶乘日也廣雅曰言乘月而遊以聽哀狖之響濕露而行爲歆芳叢之馥狖蜼也說文曰浥濕也春晚綠野秀巖高白雲屯千念集日夜萬感盈朝昏攀崖照石鏡牽葉入松門張僧鑒潯陽記曰石鏡山東有一圓石懸崖明淨照人見形顧野王輿地志曰自入湖三百三十里窮於松門東西四十里青松徧於兩岸三江事多往九派理空存尚書曰三江既入又曰九江孔毅江賦曰流九派乎潯陽靈物郄珍怪異人祕精魂孔安國尚書傳曰郄惜也高唐賦曰珍怪奇偉毛萇詩傳曰祕閉也江賦曰納隱淪之列真挺異人乎精魂金膏滅明光水碧輟流溫穆天子傳曰河伯示汝黃金之膏山海經曰耿山多水碧郭璞曰碧亦玉也流溫言水玉溫潤也徒作千里曲絃絕念彌敦言奏曲冀以消憂絃絕而念逾甚故曰徒作也琴賦曰千里別鶴演連珠曰繁會之音生乎絕絃

入華子崗是麻源第三谷一首 五言 謝靈運山居圖曰華子崗麻山第三谷故老相傳華子期者祿里弟子翔集此頂故華子爲稱也

謝靈運

南州實炎德桂樹凌寒山 楚辭曰嘉南州之炎德麗桂樹之冬榮 銅陵映碧澗石磴瀉紅泉 銅陵銅山也楊雄蜀都賦曰橘林銅陵靈運山居賦曰訊丹沙於紅泉靈運自注云即近山所出然銅陵亦近山 既枉隱淪客亦棲肥遯賢 桓子新論曰周易曰肥遯無不利 險逕無測度天路非術阡 爾雅曰山絕險家語孔子曰人藏其心不可測度仲長子昌言曰蕩蕩平若昇天路而不知夫所登也 遂登羣峯首邈若升雲烟 論衡曰天審氣氣如雲曹子建述仙詩曰遊將升雲煙 羽人絕髣髴丹丘徒空筌 楚辭曰仰羽人於丹丘留不死之舊鄉筌捕魚之器莊子以喻言也 圖牒復摩滅

注作常

碑版誰聞傳蘇林漢書注曰牒譜也孔安國論語注曰版邦國之圖籍也莫辯百世後安知千載前且申獨往意乘月弄潺湲淮南王莊子略要曰江海之士山谷之人輕天下細萬物而獨往者也司馬彪曰獨往任自然不復顧世也恒充俄頃用豈爲古今然言古之獨往必輕天下不顧於世而已之獨往常充俄頃之間豈爲尊古卑今而然哉小雅曰充猶備也江賦曰千里俄頃何休公羊注曰俄者須臾之間也司馬彪莊子注曰常久也莊子曰尊古卑今學者之流也郭象曰古無所尊今無所卑而學者尊古卑今失其原矣

文選卷第二十六

壬戌六月廿八日中　侃誦

文選卷第二十七

梁昭明太子撰

文林郎守太子右内率府録事參軍事崇賢館直學士臣李善注上

軍戎

郊廟

樂府上

古樂府三首

班婕妤怨歌行一首

魏武帝樂府二首

魏文帝樂府二首

曹子建樂府四首

石季倫王明君辭一首

行旅下

北使洛一首　顏延年

沈約宋書曰：延之為豫章世子中軍行軍參軍。義熙十二年，高祖北伐，有宋公之授，府遣一

使慶殊命參起居延至洛陽道中作詩一首文辭藻麗為謝晦傅亮所賞集曰時年三十二

改服飭徒旅首路跼險難左氏傳曰齊侯謂韓厥曰服改矣杜預曰戎朝異服也謝承後漢書序曰係我車首路毛詩曰謂天蓋高不敢不跼毛萇詩傳曰跼曲也鄭玄曰跼不畏懼之意也

振楫發吳洲秣馬陵楚山陸機赴洛懷詩曰朱楫遵飛泉夜飛過吳洲毛詩曰言秣其馬杜預曰粟食馬曰秣韓子曰楚和氏得璞玉於楚山之中

塗出梁宋郊道由周鄭閒漢書曰沛公從道碭晉灼曰道由碭也

前登陽城路日夕望三川漢書曰南郡有陽城縣音義曰三川也南郡有陽城韋昭曰有河洛伊故曰三川也

在昔輟期運經始闊聖賢毛詩曰自古在昔魏都賦曰應期運之數以邑陳寔碑曰應期運而生蔡邕抱朴子曰周孔之前志聖人生率闊五百歲

伊穀絕津濟臺館無尺椽伊穀二水名曹植故

宮集注評椽作柖

原討陰作岭

注閔馬輯感作悽

蓬延年自況也

殿令曰秦之滅也則阿房無尺椽鄭玄論語注曰津濟渡處也宮陛多巢穴城闕生雲煙王猷升八表嗟行方暮年言王道被於八荒余行屬於歲莫暮也摯虞尚書令箴曰補我衮闕闡我王猷毛詩曰嗟行之人又曰歲聿云暮陰風振涼野飛雲瞀窮天陸機苦寒行曰涼野多險難爾雅曰霧謂之晦郭璞曰言昏冥也武賦切窮天謂季冬之日月窮盡也呂氏春秋曰季冬日窮于次月窮于紀臨塗未及引置酒慘無言引猶進也漢書曰上置酒沛宮隱憫徒御悲感遲良馬煩楚辭曰隱閔而不達韓詩曰周道威遲洛神賦曰車殆馬煩遊役去芳時歸來屢徂諐言當歸來而更數有所往而諐本期蓬心既已矣飛薄殊亦然言己有蓬心事既已矣而身飛薄亦復同之自傷之辭也莊子謂惠子曰夫拙於用大則夫子猶有蓬之心也夫郭象曰蓬非直達者曹植吁嗟篇曰吁嗟此轉蓬居世亦然之

原文堙作湮

還至梁城作一首 五言 顏延年

眇默軌路長憔悴征戍勤楚辭曰登石巒兮遠望路眇眇兮默默又曰顏色憔悴左氏傳曰勤戍五年昔邁先徂師今來後歸軍振策騁東路傾側不及羣陸機赴洛詩曰振策陟崇丘楚辭曰肩傾側而不容息徒顧將夕極望梁陳分嵇康贈秀才詩曰息徒蘭圃陸機從梁陳詩曰遠遊越梁陳故國多喬木空城凝寒雲論衡曰觀喬木知舊都丘壟塡郛郭銘志滅無文木石扃幽闥黍苗延高墳說文曰扃門之關也惟彼雍門子吁嗟孟嘗君愚賤同堙滅尊貴誰獨聞桓子新論曰雍門周見孟嘗君孟嘗君曰臣竊悲千秋萬歲後墳墓生荊棘行人見之曰孟嘗君尊貴乃如是乎毛詩曰吁嗟女兮封禪書曰堙滅而不稱[illegible]子曰伏羲以來三十餘萬歲賢愚好醜無不消滅曷爲久遊客憂念坐自殷

稱列

巴陵 覩作見見作覩

毛詩曰憂心殷殷

始安郡還都與張湘州登巴陵城樓作一首 五言

顏延年 沈約宋書曰延之爲員外常侍出爲始安太守徵爲中書侍郎集曰張邵

江漢分楚望，衡巫奠南服。左氏傳曰楚昭王曰江漢雎漳楚之望也衡巫二山名尚書曰奠高山大川孔安國曰奠定也三湘淪洞庭，七澤藹荊牧。盛弘之荊州記曰湘水北流二千里入于洞庭子虛賦曰臣聞楚有七澤嘗覩其一未見其餘郭璞山海經注曰巴陵縣有洞庭陂江湘沅水皆共會巴陵故號三江口也爾雅曰郊外曰牧經塗延舊軌，登闉訪川陸。周禮曰國中經塗九軌說文曰延長也又曰闉城曲重門也舊軌謂張劭也蜀都賦曰經途所亘鄭玄周禮注曰延進也陸機豫章行曰川陸殊塗水國周地嶮，河山信重復。陸機荅張士然詩曰余固水鄉士呂氏春秋注曰鄉國也地嶮巴見上文左傳子犯曰表裏山河必無害也郤倚雲夢

據注文應作此氛注

林前瞻京臺囿尚書曰荊州雲土夢作乂孔安國曰雲夢之澤在江南西都賦曰含櫺檻而却倚懷舊賦曰前瞻大室說苑曰楚昭王遊於荊臺司馬子期諫曰荊臺左洞庭右彭蠡荊或爲京囿于有切清氣霽岳陽曾暉薄瀾澳說文曰氛亦氛字也杜預左氏傳注曰氛氣也毛萇詩傳曰山南曰陽尒雅澳隈也悽矣自遠風傷哉千里目潘安仁在懷縣詩曰涼飈自遠集楚辭曰湛湛江水兮河上有楓目極千里兮傷春心萬古陳往還百代勞起伏起伏即倚伏也存沒竟何人烱介在明淑蒼頡篇曰烱明也劉熙孟子注曰介操也楚辭曰彼堯舜之耿介王逸曰耿光也介大也耿與烱同古迥切請從上世人歸來蓺桑竹論衡曰上世之人質樸易化毛萇詩傳注曰蓺樹也

還都道中作一首五言集曰上潯陽還都道中作都謂都揚州也

鮑明遠

昨夜宿南陵今旦入蘆洲宣城郡圖經曰南陵縣西南水路一百三十里庾仲雍江圖曰蘆洲至樊口二十里伍子胥初所渡處也樊口至武昌十里然此蘆洲在下非子胥所渡處也客行惜日月崩波不可留江賦曰駭漰浪而相礧言客行既惜日月兼崩波之上不可少留侵星赴早路畢景逐前儔鱗鱗夕雲起獵獵曉風遒廣雅曰遒急也騰沙鬱黃霧翻浪揚白鷗鷗水鳥也登艫眺淮甸掩泣望荊流漢書音義李斐曰艫船前頭刺櫂處也楚辭曰長太息而掩涕絕目盡平原時見遠煙浮絕猶盡也倏悲坐還合俄思甚兼秋兼猶三也毛詩曰一日不見如三秋未嘗違戶庭安能千里遊周易曰不出戶庭無咎古歌曰離家千里客戚戚多思復誰令乏古節貽此越鄉憂思玄賦曰慕古人之貞節左氏傳宋人曰懷璧不可以越鄉

比之此水东流而勝西上語为還韻矣

之宣城出新林浦向版橋一首　五言酈善長水經注曰江水經三山又幽浦出焉水上南北結浮橋渡水故曰版橋浦江又北經新林浦

謝玄暉

江路西南永歸流東北騖　宋孝武之江州詩曰山曲蒙幽雨江路結流寒尚書大傳曰大水小水東流歸海也上林賦曰東西南北馳騖往來　天際識歸舟雲中辨江樹　楊雄交州箴曰交州荒裔水與天際應劭風俗通曰太山嵓巖石松樹鬱鬱蒼蒼如雲中　旅思倦搖搖孤遊昔已屢　毛詩曰中心搖搖謝靈運湖中詩曰孤遊非情歎　既懽懷祿情復協滄州趣　楊惲書曰懷祿貪勢不能自退楊雄檄靈賦曰世有黃公者起於蒼州精神養性與道浮遊謝靈運遊南亭詩曰賞心惟良知　囂塵自茲隔賞心於此遇　左氏傳曰景公謂晏子曰子之宅湫隘囂塵　雖無玄豹姿終隱南山霧　列女傳曰陶荅子治陶三

然程為此也

薆

亙又漢作池宋作恒

年名譽不興家富三倍其妻抱兒而泣姑怒以爲不祥妻曰妾聞南山有玄豹隱霧而七日不食欲以澤其衣毛成其文章至於犬豕肥以取之逢禍必矣朞年荅子之家果被盜誅

敬亭山詩一首 五言宣城郡圖經曰敬亭山宣城縣北十里　謝玄暉

茲山亘百里，合沓與雲齊。方言曰亘竟也賈誼旱雲賦曰遂積聚而合沓相紛薄而慷慨應劭漢書注曰沓合也古詩曰西北有高樓上與浮雲齊 隱淪既已託，靈異俱然棲。桓子新論曰天下神人五二曰隱淪海賦曰棲百靈 上干蔽白日，下屬帶迴谿。子虛賦曰日月蔽虧交錯糾紛上干青雲罷池陂陁七發曰依絶區兮臨迴谿 交藤荒且蔓，樛枝聳復低。毛萇詩傳曰木曲曰樛 獨鶴方朝唳，飢鼯此夜啼。入王故事曰陸機歌曰欲聞華亭鶴唳不可得也鼯鼠已見上文 渫雲已漫漫，多雨亦淒淒。魏都賦曰窮岫渫雲日月常翳楚辭曰山峻高以蔽日兮下幽冥以多雨 我行雖紆組，兼得

今本屢作詭

尋幽蹊揚子雲解嘲曰紆青拖紫說文曰紆屈也一曰縈也又曰組綬也幽蹊山徑也楚辭曰道幽路

疑 取

緣源殊未極歸徑窅如迷聲類曰窅遠望也於鳥切要欲追奇趣即此陵丹梯丹梯謂山也眺鼓吹登山曲曰暮春春服美遊駕陵丹梯升嶠旣小魯登巒且悵齊謝靈運登石門最高頂詩曰共登青雲梯皇恩竟已矣茲理庶無睽西京賦曰皇恩溥周易曰睽乖也王粲從軍行詩曰茲理不可違

休沐重還道中一首五言休假也沐洗也漢書張安世休沐未嘗出如淳曰五日得下一沐

謝玄暉

薄遊第從告思閑願罷歸孫綽子曰或問賈誼不遇漢文將退耕於野乎薄遊於朝乎漢書曰蘇林曰第且也又曰高祖嘗告歸之田李斐曰休謂退之名也又韋賢乞骸骨罷歸還卬歌賦似休汝車騎非漢書曰司馬相如家貧素與臨卬令相善於是相如往舍臨卬都亭

沐卬休沐之沐

是時卓文君新寡好音相如以琴心挑之相如時從車騎雍容閑雅甚都文君心悅而好之恐不得當也范曄後漢書曰許劭汝南人爲郡功曹同郡袁紹濮陽令車徒甚盛將入界內曰吾輿服豈可使許子將見遂以單車歸家霸池不可別伊川難重違枚乘集有臨霸池遠訣賦伊川已見上文潘岳關中記曰霸陵文帝陵也上有池有四出道以寫水汀葭稍靡靡江菼復依依毛詩曰葭菼揭揭毛萇曰葭蘆也菼薍也高唐賦曰薄草靡靡韓詩曰楊柳依依田鵠遠相叫沙鴇忽爭飛雲端楚山見林表吳岫微枚乘樂府詩曰美人在雲端表猶外也試與征徒望鄉淚盡沾衣古詩曰淚下沾衣裳賴此盈罇酌含景望芳菲嵇康秀才詩曰旨酒盈罇陸機日出東南隅清川含藻景問我勞何事沾沐仰清徽志狹輕軒冕恩甚戀重闈管子曰先王制軒冕以著貴賤歲華春有酒初服偃郊扉楚辭曰進不入以離

文二十七　七

原詩作滯淫

尤兮退將復修吾初顏延之贈王太常詩曰剡扉常晝閑

晚登三山還望京邑一首五言山謙之丹陽記曰江寧縣北十二里濵江有三山相接即名爲三山舊時津濟道也　謝玄暉

灞涘望長安河陽視京縣王粲七哀詩曰南登灞陵岸迴首望長安潘岳河陽縣詩曰引領望京室南路在伐柯白日麗飛甍參差皆可見吳都賦曰飛甍舛互李尤洪池銘曰漸臺中起列館參差餘霞散成綺澄江靜如練喧鳥覆春洲雜英滿芳甸去矣方滯淫懷哉罷歡宴邯鄲湛贈伍處玄詩曰行矣去言別易會難王粲七哀詩曰何爲久淫滯毛詩曰懷哉懷哉曷月余旋歸哉佳期悵何許淚下如流霰楚辭曰與佳人期兮夕張又曰涕淫淫而若霰有情知望鄉誰能縝不變盧諶與劉琨書曰苟曰有情孰能不懷廣雅曰縝黑也古詩曰還顧望舊鄉張

載七哀詩曰憂來令髮白毛萇詩傳曰鬒黑髮也縝與鬒同

京路夜發一首 五言

謝玄暉

擾擾整夜裝肅肅戒徂兩枚乘七發曰擾擾若三軍之騰裝尚書曰戒車三百兩廣雅曰擾擾亂也毛詩曰肅肅宵征許慎淮南子注曰裝束也曉星正寥落晨光復泱漭寥參落星稀之貌也字書曰泱漭不明之貌猶霑餘露團稍見朝霞上毛詩曰野有蔓草零露團兮故鄉邈已敻山川脩且廣班固燕山銘曰敻其邈兮亙地界陸機赴洛詩曰遠遊越山川山川脩且廣文奏方盈前懷人去心賞勑躬每跼蹐瞻恩唯震蕩曹子建聖皇篇曰侍臣首文奏陛下躰仁慈毛詩曰嗟我懷人鮑昭白頭吟曰心賞猶難恃孝經鉤命決曰勑躬未濟毛詩曰謂天蓋高不敢不跼謂地蓋厚不敢不蹐楚辭曰心怵惕而震蕩行矣倦路長無由税歸鞅陸機贈弟詩曰行矣怨路長説

原注濟作躋

文曰鞅頸靼也又曰靼柔革也鞅於兩切靼都達切

望荊山一首 五言 江文通

奉義至江漢始知楚塞長 沈約宋書曰建平王景素為右將軍荊州刺史江淹授景素五經奉義猶慕義也江漢荊楚之境也盛弘之荊州記曰魯陽縣其地重險楚之北塞也 南關繞桐柏西嶽出魯陽 尚書曰導淮自桐柏漢書曰南陽郡魯陽縣有魯陽山 寒郊無留影秋日懸清光悲風橈重林雲霞肅川漲 周易曰橈萬物者莫疾于風說文曰橈曲木也奴教切肅寒也江賦曰濟江津而起漲漲水大之貌也 歲晏君如何零淚沾衣裳 古詩曰淚下沾衣裳楚辭曰歲既晏兮 玉柱空掩露金樽坐含霜 袁淑正情賦曰解蘊麝之芳衾陳玉柱之鳴箏曹子建樂府詩曰金樽玉杯不能使薄酒更厚楚辭曰衣納納而掩露 一聞苦寒奏更使豔歌傷 沈約宋書曰北上苦寒行魏帝辭又

漁○别本

曰羅敷豔歌行古辭也

旦發魚浦潭一首　五言

丘希範

漁潭霧未開赤亭風已颺漁潭赤亭已見謝靈運富春渚詩櫂歌發中流鳴鞞響沓障馬融廣成頌曰發櫂歌縱水謳字林曰鞞小鼓也爾雅曰山正曰障村童忽相聚野老時一望詭怪石異像嶄絕峯殊狀張衡七辯曰蹊路詭怪森森荒樹齊析析寒沙漲謝靈運山居賦注曰漲者沙始起將成嶼也藤垂島易陟崖傾嶼難傍說文曰島海中有山劉淵林吳都賦注曰嶼海中洲上有山石說文曰傍附也信是永幽棲豈徒暫清曠謝靈運方山詩曰資此永幽栖又田南樹詩曰清曠招遠風蒼頡篇曰曠踈曠也坐嘯昔有委臥治今可尚坐嘯臥治並見謝玄暉在郡臥病詩

原作敷駁

早發定山一首 五言 梁書曰約爲東陽大守然定山東陽道之所經也

沈休文

夙齡愛遠壑，晚莅見奇山。毛萇詩傳曰：莅，臨也。標峯綵虹外，置嶺白雲間。楚辭曰：建綵虹以招指。穆天子傳西王母謡曰：白雲在天，丘陵自出。傾壁忽斜豎，絶頂復孤圓。江賦曰：絶岸萬丈，壁立霞駮。謝靈運有登廬山絶頂詩。毛萇詩傳曰：山頂曰冢。歸海流漫漫，出浦水淺淺。歸海已見上文。楚辭曰：石瀨兮淺淺。王逸曰：淺淺，流疾貌也。音戔。野棠開未落，山櫻發欲然。忘歸屬蘭杜，懷祿寄芳荃。楚辭曰：遊子憺兮忘歸。懷祿已見上文。楚辭曰：荃不察余之中情。王逸曰：荃，香草，以喻君子。眷言採三秀，徘徊望九仙。楚辭曰：采三秀於山間。王逸曰：三秀謂芝草也。列仙傳曰：涓子者，齊人，好餌朮，至三百年乃見於齊，後授伯陽九仙法。

新安江水至清淺深見底貽京邑遊好一首 五言

十洲記曰桐廬縣新安東陽二水合於此仍東流爲浙江 沈休文

眷言訪舟客，茲川信可珍。廣雅曰珍重也 洞澈隨深淺，皎鏡無冬春。千仞寫喬樹，百丈見遊鱗。淮南子曰豐水之深千仞投金鐵焉則形見於外抱朴子曰扶南金鋼生於百丈水底 滄浪有時濁，清濟涸無津。楚辭曰漁父歌曰滄浪之水濁可以濯我足戰國策曰蘇秦曰齊有清濟濁河吴越春秋曰禹周行宇内竭洛涸濟瀝淮於澤賈逵國語注曰涸竭也字書曰津液也涸胡落切 豈若乘斯去，俯映石磷磷。鵬鳥賦曰乘流則逝毛詩曰揚之水白石磷磷 紛吾隔囂滓，寧假濯衣巾。囂滓謂去京師囂塵之地以往東陽自然隔越亦不須濯衣巾楚辭曰紛吾可以濯我纓 願以潺湲水，沾君纓上塵。雜予曰潺湲水流皃也楚詞曰滄浪之水清可以濯我纓

閈 别本

此是征張魯时題下注當移在詩中語

軍戎

從軍詩五首

五言 魏志曰建安二十年三月公西征張魯魯及五子降十二月至自南鄭是行也侍中王粲作五言詩以美其事

王仲宣

從軍有苦樂但聞所從誰漢書曰李廣程不識爲名將程不識擊刁斗吏治軍簿至明軍不得自便李將軍極簡易其士亦佚樂然士卒多樂從廣而苦程不識所從神且武焉得久勞師班固漢書高祖紀述曰寔天生德聰明神武左氏傳蹇叔曰勞師以襲遠非所聞也周易曰古之神武不殺者夫相公征關右赫怒震天威曹操爲丞相故曰相公也毛詩曰王赫斯怒陸賈新論曰聖人承天威承天功與之爭功豈不難哉左氏傳齊侯對宰孔曰天威不違顏咫尺一舉滅獯虜再舉服羌夷漢書曰獯鬻虐老獸心服虔曰獯鬻堯時匈奴號也西收邊地賊忽若俯拾遺漢書梅福上書曰高祖舉秦如鴻毛取楚如拾遺陳賞

越丘山酒肉踰川坻六韜曰賞如高山罰如深溪左氏傳晋侯投壺穆子曰有酒如淮有肉如坻寡君中此爲諸侯師軍中多飫饒人馬皆溢肥杜預左氏傳注曰飫猒也說文曰饒飽也徒行兼乘還空出有餘資論語孔子曰以吾從大夫之後不可徒行也拓地三千里往返速若飛虞丘壽王驃騎論功曰拓地萬里海內晏然毛詩曰王旅嘽嘽如飛如翰毛萇曰疾如飛也歌舞入鄴城所願獲無違漢書曰魏郡有鄴城縣家語孔子曰無聲之樂所願志從之晝日處大朝日暮薄言歸毛詩曰薄言旋歸外參時明政內不廢家私禽獸憚爲犧良苗實已揮左氏傳曰賓孟適郊見雄雞自斷其尾問之侍者曰自憚其爲犧也遽歸告王且曰雞其憚爲人用乎異於是矣良苗穀也國語曰秦伯將饗公子如饗國君之礼使子餘相公子賦黍苗子餘曰重耳之仰君也若黍苗之仰陰雨也若君實庇蔭膏澤之使能成嘉穀薦在宗廟君之力也賈逵曰在宗廟爲祭主也揮當爲輝

別本有寫鶴暮負鼎翁頓厲於鈍賁婁十字
覽夫子詩知沮溺所言之非
夫子詩沮非沮所引趙曦說爲去魯龜
山陵詩 孫志祖說孰与熟同
下四首征孫權时陳甚作
顧

崔駰七依曰霈若膏雨之潤良苗不能效沮溺相隨把鋤犁論語曰長沮桀溺耦而耕孰覽夫子詩信知所言非孔叢子曰趙簡子使聘夫子夫子將至及河聞鳴犢與竇犨之見殺迴輿而趣爲操曰翱翔于衛復我舊居從吾所好其樂只且然夫子欲從所好而隱居仲宣欲厲節而求仕有異夫子之志故以所言爲非也

涼風厲秋節司典告詳刑禮記孟秋之月涼風至用始行戮天子乃命將帥選士厲兵以征不義尚書王曰有邦有士告爾詳刑魏志曰建安二十一年粲從征吳作此四篇我君順時發桓桓東南征穀梁傳曰葬我君還公順時應秋以征也禮記曰舉事必順其時東南謂吳也毛詩曰桓桓于征逖彼東南汎舟蓋長川陳卒被隰坰國語曰秦汎舟于河爾雅曰林外曰坰征夫懷親戚誰能無戀情拊衿倚舟檣眷眷思鄴城漢書公孫玃曰累足撫衿埤蒼曰檣帆柱曰檣韓詩曰眷眷懷歸哀彼東山人喟

然感鸛鳴毛詩曰我徂東山滔滔不歸我來自東零雨其蒙鸛鳴于垤婦歎于室毛萇曰垤螘冢也鄭玄曰鸛水鳥也將陰雨而鳴行於陰雨尤苦婦人則歎於室垤徒頡切日月不安處人誰獲常寧國語姜氏謂晉公子曰日月不處人誰獲安昔人從公旦一徂輒三齡毛萇詩序曰周公東征三年而歸今我神武師暫往必速乎弃余親睦恩輸力竭忠貞左氏傳樂盈曰陪臣書能輸力於王室又曰荀息曰公家之事知無不爲忠也送往事居偶俱無猜貞也懼無一夫用報我素餐誠毛詩曰彼君子兮不素餐兮夙夜自恲性思逝若抽縈廣雅曰恲忼慨也普耕切將秉先登羽豈敢聽金聲東觀漢記曰賈復擊青犢於射犬被羽先登所向皆靡仲宣從軍詩曰被羽在先登甘心除國疾秉羽被羽其義同也孫卿子曰聞鼓聲而進聞金聲而退

從軍征遐路討彼東南夷方舟順廣川薄暮未安坻

史記曰春申君曰廣川大水山林谿谷白日半西山桑梓有餘暉右步出夏門行曰行行復行行白日薄西山桑梓二木名也餘暉言將夕也蟋蟀夾岸鳴孤鳥翩翩飛毛詩曰七月在野鄭玄曰謂蟋蟀也征夫心多懷惻愴令吾悲礼記曰霜露既降君子履之必有悽愴之心下船登高防草露沾我衣說文曰防隄也迴身赴牀寢春秋元命苞曰露所以潤草說苑曰孺子不覺露之沾衣此愁當告誰楚辭曰居愁期誰告古詩曰愁思當告誰身服干戈事豈得念所私孔安國尚書傳曰戈戟干盾也所私情所親也即戎有授命兹理不可違論語子曰善人教民七年亦可以即戎矣又曰見危授命亦可以成人矣

朝發鄴都橋暮濟白馬津漢書酈食其曰塞白馬之津逍遙河堤上左右望我軍毛詩曰河上乎逍遙連舫踰萬艘帶甲千萬人

完何焯說當作牢不當輒改獨亦當作猶

六韜曰武王伐紂出於河呂尚爲右將以四十七艘舫踰於河國語曰吴王帶甲三萬人也説文舫併舟也又曰艘船緫名也率彼東南路將定一舉勳毛詩曰率彼曠野戰國策張儀謂秦王曰一舉而伯王之名可成也籌策運帷幄一由我聖君漢書高祖曰夫運籌策於帷幄之中吾不如子房范曄後漢書光武詔曰將軍鄧禹與朕謀謨帷幄之中恨我無時謀譬諸具官臣論語季子然問仲由冉求可謂大臣與孔子對曰今由與求也可謂具臣矣鞠躬中論語曰入公門鞠躬如也東觀漢記曰光武賜陳俊絳衣三百領以堅內微畫無所陳衣中堅同心之士也許歷爲完士一言獨敗秦史記曰秦伐韓趙使趙奢救之令軍中曰軍中有以軍事諫者死許歷請以軍事諫趙奢曰內之許歷曰秦人不意趙師至此其來氣盛將軍必厚集其陳以待之不然必敗趙奢曰諾受令許歷曰請就鈇鑕之誅趙奢曰有後令邯鄲許歷請復諫曰先據北山上者勝後至者敗趙奢許諾即發萬人赴之秦兵後至爭山不得上趙奢縱兵擊之大敗秦軍完謂全具也

言非有奇也論衡曰西門豹董安于我有素餐責誠
誠爲完具之人能納韋絃之教也
愧伐檀人毛詩曰坎坎伐檀兮寘之河之干兮彼君子兮不素餐兮漢書平當曰吾已負素餐責矣
雖無鉛刀用庶幾奮薄身東觀漢記班超曰臬立鉛刀一割之力班孟堅荅賓戲曰
搦朽摩鈍鉛刀
悠悠涉荒路靡靡我心愁毛詩曰悠悠南行又曰行邁靡靡中心搖搖四望
無煙火但見林與丘東觀漢記曰北夷作寇千里無火煙城郭生榛棘蹊
徑無所由高誘淮南子注曰聚木曰榛萑蒲竟廣澤葭葦夾長流
日夕涼風發翩翩漂吾舟寒蟬在樹鳴鸛鵠摩天遊禮記
曰孟秋寒蟬鳴古烏生八九子歌曰黃鵠摩天極高飛客子多悲傷淚下不可收
朝入譙郡界曠然消人憂魏志曰武皇帝譙人也雞鳴達四境黍

此三字不与登樓相遠

振法寅威二字有误

宋本作濬

穊盈原疇孟子曰齊有地矣雞鳴狗吠相聞而達乎四境也說文曰疇耕治之田也館宅充廛里女士滿莊馗韓詩曰肅肅兎罝施于中馗爾雅曰六達謂之莊薛君曰馗九交之道也自非聖賢國誰能亭斯休孔安國尚書傳曰亭當也詩人美樂土雖客猶願留毛詩曰逝將去汝適彼樂土鄭玄曰樂土有德之國也

郊廟

宋郊祀歌二首四言　顔延年

夤威寶命嚴恭帝祖尚書曰周公曰嚴恭寅畏又曰王無墜天之降寶命帝上帝祖先祖也炳海表岱系唐胄楚尚書曰海岱及淮惟徐州東京賦曰系唐統接漢緒漢書曰楚元王交高祖同父少弟也爲楚王王彭城沈約宋書曰高祖彭城人楚元王之後也彭城徐州之境靈監叡文民屬叡武曹植離友詩曰靈鑒無私奄受敷錫宅中拓

愼

宇
毛詩曰奄大也尚書曰斂是五福用敷錫厥庶民東
京賦曰豈如宅中而圖大范曄後漢書虞詡曰先帝
開拓
士宇
亘地稱皇璧天作主
燕然山銘曰夐其邈兮亘地
界曹植玄暢賦曰璧天壤而
作皇孝經鉤命決曰道機合者稱皇張儼
請立太子師傅表曰陛下膺期順乾作主
月窟來賓日
際奉土
甘泉賦曰西壓月䏁東震日域服虔曰音窟兔
窟月所生也尚書曰明王盛德四夷咸賓杜子
春周禮注曰今南陽人名穿地爲竁充芮切曹植玄暢
賦曰組日際而來王潘岳爲賈謐贈陸機詩曰奉土歸
疆
開元首正禮交樂舉
張載元康頌曰開元建號班德
布化禮記曰禮交動乎上樂交
應乎下和
之至也
六典聯事九官列序
周禮曰以官府之聯合
邦治一曰祭祀之聯事
又曰太宰之職掌建邦之六典以佐王治邦國一曰治
典二曰禮典三曰教典四曰政典五曰刑典六曰事典
漢書劉向上疏曰舜命九官濟濟相讓應劭曰尚書曰
禹作司空棄后稷契司徒皋繇作士師垂共工益朕虞
伯夷秩宗夔典樂龍
納言也凡九官也
有牷在滌有絜在俎
周禮曰充人
掌繫祭祀之

牲禮記曰帝牛必在滌三月鄭玄曰滌牢中所捜除變毛詩曰絜爾牛羊或肆或將鄭玄曰有肆其骨體於俎者或奉將而進也

薦饗重衷以荅神祐杜預左氏傳注曰薦獻也衷中心也長楊賦曰受神人之福祐

維聖饗帝維孝饗親禮記曰唯聖人爲能饗帝孝子爲能饗親皇乎備矣

有事上春漢書郊祀歌曰大孝備矣休德昭清左氏傳宰孔曰天子有事于郊杜預曰有事祭事也周禮上春生種稑之種

禮行宗祀敬達郊禋禮記曰禮行祖廟而孝慈服焉孝經曰宗祀文王於明堂又曰郊祀后稷孔安國尚書傳曰精意以享謂之禋

金枝中樹廣樂四陳漢書曰金枝秀華應劭曰金枝銅鐙百二十枝史記曰趙簡子病寤寐曰我與百神聽於鈞天廣樂矣

陟配在京降德在民毛詩曰三后在天陟配在京禮記曰后王命冢宰降德于兆民

奔精昭夜高燎煬晨奔精星流也史記曰漢家常以正月上辛祠甘泉昏時夜祠到明而終常有流

沈熒亦星也 原作熒

輪作轂 廿三卷魏文帝芙蓉池詩注引張衡羽獵賦風詡詡其扶輪

玉臺新詠以為蔡邕作

星經於祠壇東京賦曰䫻檟燻燎之炎煬致高煙於太一**陰明浮爍沈熒深淪**言宋為水德而主辰故陰明之宿浮爍而揚光沈熒所祭沈淪而沈靜也尚書考靈耀曰氣在於冬其紀辰星是謂陰明尚書大傳曰沈四海鄭玄曰祭水曰沈鄭司農周禮注曰禜祭名也**告成大報受釐元神**禮記曰升中于天鄭玄曰中成也燎柴祭天告以諸侯之成功又曰大報天而主日也漢書曰上方受釐坐宣室臣瓚曰釐謂祭祀餘胙也如淳曰釐音僖呂安髑髏賦曰上奏元神下告皇祇服虔甘泉宮賦注曰釐福也**月御案節星驅扶輪**月御案節並見上文言天神降月御為之案節星驅為之扶輪王濟鍾夫人序德頌曰濟蒙天假星驅省疾羽獵賦曰齊桓公曾不足使扶輪羽獵賦曰風詡詡其扶輪**遥興遠駕曜曜振振**漢書房中歌曰雷震震電曜曜杜預左氏傳注曰振振盛貌遠駕乘駕也

樂府上

漢書曰武帝定郊祀之禮而立樂府

樂府三首

古辭 五言言古詩不知作者姓名他皆類此

玉臺新詠以爲蔡邕作

此四句言無情之物尚有知，豈人而無之乎？對無可告語耳

飲馬長城窟行

酈善長水經曰余至長城其下往往有泉窟可飲馬古詩飲馬長城窟行信不虛也然長城蒙恬所築也言征戍之客至於長城而飲其馬婦思之故爲長城窟行　音義曰行曲也

青青河邊草，緜緜思遠道。言良人行役以春爲期期至不來所以增思　王逸楚辭注曰緜緜細微之思也遠道不可思，夙昔夢見之。廣雅曰昔夜也夢見在我傍，忽覺在他鄉。他鄉各異縣，輾轉不可見。字書曰輾亦展字也說文曰展轉也鄭玄毛詩箋曰轉移也枯桑知天風，海水知天寒。枯桑無枝尚知天風海水廣大尚知天寒君子行役豈不離風寒之患乎入門各自媚，誰肯相爲言。但人入門咸各自媚誰肯爲言乎皆不能爲言也客從遠方來，遺我雙鯉魚。呼兒烹鯉魚，中有尺素書。鄭玄禮記注曰素生帛也長跪讀素

刻本及何校祖禱詩注引

原賦屣作躧

書書上竟何如說文曰跪拜也上有加餐食下有長相憶

傷歌行

昭昭素月明暉光燭我牀憂人不能寐耿耿夜何長毛詩曰耿耿不寐如有隱憂微風吹閨闥羅帷自飄颺毛萇詩傳曰闥內門也攬衣曳長帶屣履下高堂長門賦曰屣履起而彷徨東西安所之徘徊以彷徨春鳥翻南飛翩翩獨翺翔悲聲命儔匹哀鳴傷我腸感物懷所思泣涕忽沾裳佇立吐高吟舒憤訴穹蒼毛詩曰佇立以泣谷永與王譚書曰抑於家不得舒憤毛詩曰靡有旅力以念穹蒼李巡爾雅注曰仰視天形穹隆而高其色蒼蒼故曰穹蒼爾雅曰穹蒼蒼天也

長歌行崔豹古今注曰長歌言壽命長短定分不妄求也此上一篇似傷年命而

劉本作待

劉本及下篇注

又劉本作徒

謝玄暉和王主簿怨情詩注引新裂作新製皎潔作鮮絜合歡作合歡扇又江文通雜體詩班婕妤注引亦同

下一首直敘怨情古詩曰長歌正激烈魏武帝燕歌行曰短歌微吟不能長傅玄豔歌行曰咄來長歌續短歌然行聲有長短非言壽命也

青青園中葵，朝露行日晞。毛詩曰湛湛露斯匪陽不晞毛萇曰晞乾也陽春布德澤，萬物生光輝。楚辭曰恐死不見乎陽春淮南子曰光暉萬物常恐秋節至，焜黃華葉衰。焜黃色衰貌也胡本切百川東到海，何時復西歸。尚書大傳曰百川赴東海少壯不努力，老大乃傷悲。

怨歌行一首 五言

歌錄曰怨歌行古辭然言古者有此曲而班婕妤擬之婕妤帝初即位選入後宮始爲少使俄而大幸爲婕妤居增成舍後趙飛燕寵盛婕妤失寵希復進見成帝崩婕妤充園陵薨

班婕妤

新裂齊紈素，皎潔如霜雪。漢書曰罷齊三服官李斐曰紈素爲冬服范子曰紈素出齊荀悅曰齊國獻紈素絹天子爲三官服也裁爲合歡扇團團似明月古詩曰文綵雙鴛鴦裁爲合歡被出入君懷袖動搖微風發蒼頡篇曰懷抱也此謂蒙恩幸之時也常恐秋節至涼風奪炎熱古長歌行曰常恐秋節至焜黃華葉衰炎熱氣也弃捐篋笥中恩情中道絕

樂府二首

短歌行　魏武帝魏志曰太祖武皇帝沛國譙人姓曹諱操字孟德少機警有權數而任俠擧孝廉爲郎遷南頓令封魏王文帝追謚曰武皇帝

對酒當歌人生幾何左氏傳曰俟河之清人壽幾何譬如朝露去日苦多漢書李陵謂蘇武曰人生如朝露慨當以慷憂思難忘何以解憂唯有杜康毛詩曰微我無酒以遨以遊博物志曰杜康作酒王著與杜康絕交書曰康字仲寧或云

此爲劉先主所作

宋本作情

○宋本作明明如月四句在呦呦鹿鳴上

皇帝時宰人號酒泉太守漢書東方朔曰臣聞消憂者莫若酒也青青子衿悠悠我心但爲君故沈吟至今古詩曰馳車整中帶沈吟聊躑躅呦呦鹿鳴食野之苹我有嘉賓鼓瑟吹笙毛詩小雅文也苹萍也鹿得萍草呦呦然而鳴相呼而食以興嘉樂賓客相招以盛禮也鄭玄云苹藾蕭也明明如月何時可掇憂從中來不可斷絕言月之不可掇由憂之不可絕也說文曰掇拾取也豬劣切越陌度阡枉用相存應劭風俗通曰里語云越陌度阡更爲客主長門賦曰孔雀集而相存契闊談讌心念舊恩毛詩曰死生契闊漢書曰張賀思念舊恩月明星稀烏鵲南飛繞樹三匝何枝可依月明已見上句喻客子無所依託也山不厭高海不厭深管子曰海不辭水故能成其大山不辭土故能成其高明主不猒人故能成其衆周公吐哺天下歸心韓詩外傳曰周公踐天子之位七年成王封伯禽於魯周公誡之曰無以魯國驕士吾文王之子武王之弟也成王叔父

也又相天下吾於天下亦不輕矣然一沐三握髮一飯三吐哺猶恐失天下之士也論語素王受命讖曰河授圖天下歸心

苦寒行 五言歌録曰苦寒行古辭

北上太行山艱哉何巍巍羊腸坂詰屈車輪爲之摧 呂氏春秋曰天地之間上有九山何謂九山曰太行羊腸高誘曰太行山在河內野王縣北也羊腸其山盤紆如羊腸在太原晉陽北高誘注淮南子曰羊腸坂是太行孟門之限然則坂在太行山在晉陽也 樹木何蕭瑟北風聲正悲熊羆對我蹲虎豹夾路啼谿谷少人民雪落何霏霏 毛詩曰雨雪霏霏 延頸長歎息遠行多所懷 呂氏春秋曰天下莫不延頸舉踵也 我心何怫鬱思欲一東歸 楚辭曰怫鬱兮不陳東歸言望舊鄉也 水深橋梁絶中路正徘徊迷惑失故路薄暮無

清

宿棲。楊雄琴情英曰當行行道獨居暮無所宿行行日已遠人馬同時飢檐囊行取薪斧冰持作糜莊子曰檐囊而趨悲彼東山詩悠悠使我哀毛詩曰我徂東山滔滔不歸

樂府二首

燕歌行七言歌錄曰燕地名猶楚宛之類此不言古辭起自此也他皆類此

魏文帝

秋風蕭瑟天氣涼草木搖落露爲霜楚辭曰悲哉秋之爲氣也蕭瑟兮草木搖落而變衰毛詩曰蒹葭蒼蒼白露爲霜羣燕辭歸鴈南翔念君客遊思斷腸禮記曰仲秋之月鴻鴈來玄鳥歸鄭玄曰玄鳥燕也楚辭曰燕翩翩其辭歸又曰鴈雍雍而南遊慊慊思歸戀故鄉何爲淹留寄他方鄭玄禮記注曰慊恨不滿之貌

誳

也口簞切賤妾煢煢守空房煢單也憂來思君不敢忘不覺淚下霑衣裳古詩曰淚下霑衣裳援琴鳴絃發清商短歌微吟不能長宋玉風賦曰臣援琴而鼓之宋玉笛賦曰吟清商追流徵明月皎皎照我牀星漢西流夜未央古詩曰明月何皎皎照我羅牀帷毛詩曰夜如何其夜未央牽牛織女遥相望爾獨何辜限河梁史記曰牽牛爲犧牲其北織女織女天女孫也曹植九詠注曰牽牛爲夫織女爲婦織女牽牛之星各處一旁七月七日得一會同矣

善哉行四言歌録曰善哉行古詞也古出夏門行曰善哉殊復善絃歌樂我情然善哉歎美之辭也　魏文帝

上山采薇薄暮苦飢毛詩曰陟彼南山言采其薇楚辭曰薄暮雷電歸何憂古豔歌曰居貧衣單薄腸中常苦飢谿谷多風霜露沾衣說苑曰孺子不覺露之沾衣野雉

高山有崖林以齊
山有崖無窮注郎
此言高山之木有枝
以興人無知耳取
同音之字以爲喻其
風吉矣昔之隱之
皆此類也

羣雛猴猿相追。毛詩曰雉之朝雊還望故鄉鬱何壘壘。廣雅曰壘重也高山有崖林木有枝憂來無方人莫之知言高山之有崖林木之有枝愚智同知之今憂來仍無定方而人皆莫能知之說苑曰莊辛謂襄成君曰昔越人之歌曰山有木兮木有枝心悅君兮君不知人生如寄多憂何爲尸子曰老萊子曰人生天地之間寄也寄者固也楚辭曰傷楚國之多憂今我不樂歲月如馳毛詩曰今我不樂日月其除湯湯川流中有行舟隨波迴轉有似客遊策我良馬被我輕裘毛詩曰良馬四之論語子曰赤之適齊也乘肥馬衣輕裘載馳載驅聊以忘憂毛詩曰載馳載驅歸唁衛侯楚辭曰聊媮娛以忘憂又毛詩曰駕言出游以寫我憂

樂府四首 五言

箜篌引

漢書曰塞南越禱祠太一后土作坎侯坎聲也應劭曰使樂人侯調作之取其坎坎應節也因以其姓號名曰坎侯蘇林曰作箜篌

曹子建

置酒高殿上親友從我遊漢書曰過沛置酒沛宫又曰賢大夫有肯從我遊者吾能尊顯也
中廚辦豐膳烹羊宰肥牛鄭玄周禮注曰膳之言善今時美物曰珍聲類曰宰治也
秦箏何慷慨齊瑟和且柔楚辭曰挾秦箏而彈徵史記蘇秦說齊王曰臨淄其民無不鼓瑟也
陽阿奏奇舞京洛出名謳漢書曰孝成趙皇后及壯屬陽阿主家學歌舞
樂飲過三爵緩帶傾庶羞禮記曰君子之飲酒也一爵而色灑如二爵而言言斯三爵而油油以退儀禮曰上大夫庶羞二十品
主稱千金壽賓奉萬年酬史記曰平原君以千金為魯仲連壽毛詩曰君子萬年永錫祚胤
久要不可忘薄終義所尤論語曰久要不忘平生之言亦可以為成人矣列子曰或厚之於始或薄之於終
謙謙君子德磬折欲何求周易曰謙謙君子卑以自牧尚書大傳曰諸侯來受命周公莫不磬

存刊本及晉宋書

折

驚風飄白日，光景馳西流。盛時不可再，百年忽我遒。生在華屋處，零落歸山丘。舞賦曰：燿華屋而熺洞房。古董逃行曰：年命冉冉我遒零，落下歸山丘。毛萇詩傳曰：遒，終也。先民誰不死，知命亦何憂。左氏傳曰：子產曰：人誰不死。周易曰：樂天知命，故不憂。

美女篇

歌錄曰：美女篇，齊瑟行也。

美女妖且閑，采桑歧路間。說文曰：閑，雅也。上林賦曰：妖冶閑都。又曰：閑，幽閑也。柔條紛冉冉，葉落何翩翩。攘袖見素手，皓腕約金環。攘袖，卷袂也。環，釧也。頭上金爵釵，腰佩翠琅玕。釋名曰：爵釵，釵頭上施爵。尚書曰：厥貢惟球琳琅玕。明珠交玉體，珊瑚間木難。南方草物狀曰：珊瑚出大秦國，有洲在漲海中。廣雅曰：珊瑚，珠也。南越志曰：木難，金翅鳥沫所成，碧色珠也，大秦國珍之。羅衣何飄飄，輕裾隨風還顧眄遺光采長嘯氣若蘭神女賦曰芬芳其若蘭行徒用息駕休者以忘餐慎子曰毛廧西施衣以玄錫則行者止杜篤禊祝曰懷秀女使不餐借問女安居乃在城南端爾雅曰安止也薛綜西京賦注曰安猶焉也南端城之正南門也青樓臨大路高門結重關漢書枚叔上書曰游曲臺臨大路列子曰虞氏梁之富人高樓臨大路容華耀朝日誰不希令顏神女賦曰耀乎若白日初出照屋梁韓詩曰東方之日兮彼姝者子在我室兮薛君曰詩人言所說者顏色盛也言美如東方之日出也媒氏何所營玉帛不時安周禮有媒氏之職爾雅曰安定也佳人慕高義求賢良獨難楚辭曰聞佳人兮召予衆人何嗷嗷安知彼所觀盛年處房室中夜起長歎蘇武荅李陵詩曰低頭還自憐盛年行已衰蔡雍霖雨賦曰中宵夜而嘆息

白馬篇 歌録曰白馬篇齊瑟行也

白馬飾金羈，連翩西北馳。古羅敷行曰青絲繫馬尾黄金絡馬頭說文曰羈絡頭也

借問誰家子，幽并遊俠兒。幽并二州名班固漢書贊曰布衣遊俠劇孟之徒也

少小去鄉邑，揚聲沙漠垂。幽通賦曰雄朔野以揚聲說文曰漠北方流沙也

宿昔秉良弓，楛矢何參差。墨子曰良弓難張然可以及高入深家語孔子曰肅慎氏貢楛矢

控弦破左的，右發摧月支。班固漢書李廣述曰控弦貫石威動北鄰毛詩曰發彼有的的射質也邯鄲淳藝經曰馬射左邊爲月支三枚馬蹄二枚

仰手接飛猱，俯身散馬蹄。片物飛迎前射之曰接猱猨屬也

狡捷過猴猨，勇剽若豹螭。螭猛獸也已見西都賦方言曰剽輕也

邊城多警急，胡虜數遷移。長楊賦曰木無邊城之災

羽檄從北來，厲馬登高堤。長驅蹈匈奴，左顧凌鮮卑。漢書

曰匈奴其先夏后氏之苗裔也又曰燕北有東胡山戎或云鮮卑蒼頡篇曰淩侵也棄身鋒刃端。性命安可懷。父母且不顧。何言子與妻。鄭玄毛詩箋曰顧念也名編壯士籍。不得中顧私。捐軀赴國難。視死忽如歸。呂氏春秋管子云平原廣城車不結軌士不旋踵鼓之三軍之士視死若歸臣不若王子城也

名都篇歌録曰名都篇齊瑟行也

名都多妖女京洛出少年王逸荔枝賦曰宛洛少年寶劍直千金被服光且鮮史記曰陸賈寶劍直千金論衡曰世稱利劍有千金之價鬬雞東郊道。走馬長楸間。漢書眭弘少時好鬬雞走馬馳馳未能半雙兔過我前攬弓捷。鳴鏑。長驅。上南。山。儀禮曰司射搢三挾一鄭玄曰搢插也楚甲切漢書曰匈奴冒頓乃作爲鳴鏑習勒其騎射音義曰鏑箭也如今鳴箭也左挽因右發一縱兩禽連

寒當讀爲寒具之寒寒即今肉凍羊膏之類

鄭玄周禮注曰凡鳥獸未孕曰禽也毛萇詩傳曰發矢曰縱兩禽雙兎也餘巧未及展仰手接飛鳶毛詩曰鳶飛戾天鄭玄曰鵰之屬也觀者咸稱善衆工歸我妍舞賦曰觀者稱麗我歸宴平樂美酒斗十千平樂觀名膾鯉臇胎鰕寒鱉炙熊蹯毛詩曰炮鱉膾鯉蒼頡解詁曰臇少汁臛也子兖切鹽鐵論曰煎魚切肝羊淹雞寒劉熙釋名曰韓羊韓雞本出韓國所爲然寒與韓古字通也左氏傳曰宰夫胹熊蹯不孰鳴儔嘯匹旅列坐竟長筵連翩擊鞠壤巧捷惟萬端漢書曰霍去病在塞外尚穿域蹴鞠也如淳曰域鞠室也郭璞三蒼解詁曰鞠毛丸可蹋戲鞠巨六切史記曰魏公子賓客辨士説王萬端白日西南馳光景不可攀雲散還城邑清晨復來還舞賦曰駱驛而歸雲散城邑

王明君詞一首 并序 五言

石季倫臧榮緒晉書曰石崇字季倫勃海人也早有智慧稍遷至衛尉初崇與賈謐善謐既誅趙王倫專任孫秀崇有妓曰綠珠秀使人求之崇不許秀勸倫殺崇遂被害

王明君者本是王昭君以觸文帝諱改焉琴操曰王昭君者齊國王襄女也年十七獻元帝臧榮緒晉書曰文帝諱昭匈奴盛請婚於漢元帝以後宮良家子昭君配焉琴操曰單于遣使請一女子帝以昭君賜單于漢書曰詔采良家女也昔公主嫁烏孫令琵琶馬上作樂以慰其道路之思漢書曰烏孫使使獻馬願得尚公主乃遣江都王建女為公主以妻烏孫焉其送明君亦必爾也其造新曲多哀怨之聲故敘之於紙云爾

我本漢家子將適單于庭漢書曰匈奴歲正月諸長小會單于庭祠辭訣未

原文作默々

及終前驅已抗旌曹子建應詔曰前驅舉燧後乘抗旌僕御涕流離轅馬悲且鳴魏文帝柳賦曰左右僕御已多亡長門賦曰涕流離而縱横李陵詩曰轅馬顧悲鳴哀鬱傷五内泣淚濕朱纓李陵詩曰行行且自割無令五内傷沾纓已見郭璞遊仙詩行行日已遠遂造匈奴城魏文帝苦哉行曰行行日已遠人馬同時飢延我於穹廬加我閼氏名漢書曰烏孫公主作歌曰吾家嫁我兮天一方遠託異國兮烏孫王穹廬爲室兮旃爲墻音義曰旃帳也蘇林曰閼氏音焉支如漢皇后殊類非所安雖貴非所榮殊類異類也李陵荅蘇武書曰但見異類父子見陵辱對之慙且驚漢書曰呼韓邪死子雕陶莫皋立爲復系若鞮單于復妻王昭君生二女也殺身良不易默默以苟生曹子建三良詩曰殺身誠獨難賈誼弔屈原曰吁嗟默默言墨子曰哀公迎孔子席不端不坐割不正不食子路曰何與陳蔡異孔子曰曩與汝爲苟生今與汝爲苟義也苟生亦何聊積思常

憤盈楚辭曰蓄怨乎積思王逸曰結恨在心慮憤鬱蔡琰詩曰心吐思兮胷憤盈願假飛鴻翼乘之以遐征魏文帝喜霽賦曰思寄身於鴻鸞舉六翮而輕飛高誘呂氏春秋曰征飛也昔飛鴻不我顧佇立以屏營毛詩曰佇立以泣國語申胥曰昔楚靈王獨行屏營爲匣中玉今爲糞上英朝華不足歡甘與秋草并古詩曰傷彼蕙蘭花含英揚光輝過時而不采將隨秋草萎說文曰木槿朝華暮落也傳語後世人遠嫁難爲情漢書張禹曰有愛女遠嫁爲張掖太守蕭咸妻

文選卷第二十七

壬戌六月廿八日　侃誦

文選卷第二十八

梁昭明太子撰

文林郎守太子右内率府録事參軍事崇賢館直學士臣李善注上

樂府下

陸士衡樂府十七首　謝靈運樂府一首

鮑明遠樂府八首　謝玄暉鼓吹曲一首

挽歌

繆熙伯挽歌一首　陸士衡挽歌三首

陶淵明挽歌一首

雜歌

荊軻歌一首　漢高帝歌一首

劉越石扶風歌一首

陸韓卿中山王孺子妾歌一首

樂府下

樂府十七首

猛虎行　雜言古猛虎行曰飢不從猛虎食暮不從野雀棲野雀安無巢遊子爲誰驕　陸士衡

渴不飲盜泉水熱不息惡木陰惡木豈無枝志士多苦心　尸子曰孔子至於勝母暮矣而不宿過於盜泉渴矣而不飲惡其名也江邃文釋云管子曰夫士懷耿介之心不蔭惡木之枝惡木尚能耻之況與惡人同處今檢管子近亡數篇恐是亡篇之内而邃見之論語曰志士仁人古詩曰晨風懷苦心

整駕肅時命杖策將遠尋　思玄賦曰爰整

璞當作瑾後漢書文苑傳有傳

駕而亟行時君之命也杜預左氏傳注曰策馬檛也廣雅曰將欲也飢食猛虎窟寒棲野雀林日歸功未建時往歲載隂日而逸切言日以屢歸而功未立陸賈新語曰以義建功神農本草曰秋冬爲陰崇雲臨岸駭鳴條隨風吟爾雅曰崇高也廣雅曰駭起也桓子新論雍門周曰秋風鳴條則傷心矣靜言幽谷底長嘯高山岑毛詩曰靜言思之又曰出自幽谷楚辭曰臨深水而長嘯爾雅曰山小而高曰岑急絃無懦響亮節難爲音侯璞箏賦曰急絃促柱變調改曲賈逵國語注曰懦下也爾雅曰亮信也謂有貞信之節言必慷慨故曰難也人生誠未易曷云開此衿言人生既多難苦誠爲未易何爲開此行役之衿乎王仲宣贈蔡子篤詩曰人生實難眷我耿介懷俯仰愧古今夫蘊耿介之懷者必高蹈風塵之表今乃愧不隨慕先聖之遺教蒼頡篇曰懷抱也

君子行

五言古君子行曰君子防未然不處嫌疑間

天道夷且簡。人道嶮而難。莊子曰有天道有人道無爲而尊者天道也有爲而累者人道也孔安國尚書傳曰夷平也又曰簡略也休咎。相乘。躡。翻覆。若波瀾。尚書曰休徵咎徵杜預左氏傳注曰乘登也廣雅曰躡履也去疾。苦。不遠。疑似。實生患。左氏傳伍員曰樹德莫如滋去疾莫如盡賈逵國語注曰疾惡也呂氏春秋曰使人大迷惑者物之相似者也人主之所患患石似玉者疑似之道不可不察也近火固宜熱。履冰豈惡寒。言當慎所習也論衡曰夫近水則寒近火則溫遠之纔微何則氣之所加遠近有差也火位在南水位在北北邊則寒南極則熱毛詩曰如履薄水掇蜂滅天道。拾塵惑孔顏。說苑曰王國君前母子伯奇後母子伯封兄弟相愛後母欲其子爲太子言王曰伯奇愛妾王上臺視之後母取蜂除其毒而置衣領之中往過伯奇奇往視袖中殺蜂王見讓伯奇伯奇出使者就袖中有死蜂使者白王王見蜂追之已自投河中呂氏春秋曰孔子窮於陳蔡之閒藜羹不糝七日不嘗粒晝寢顏回索米得而來爨之幾熟孔子望見顏回攫

此言天損人益皆憂之也其語似與莊子云同　天損承禍言　人益承福言

其甑中而飯之少選間食熟謁孔子而進食孔子起曰今者夢見先君食絜故饋顏回對曰不可嚮者炱煤入甑中弃食不祥回攫而飯之孔子笑曰所信者目矣目猶不可信所恃者心矣而心猶不足恃弟子記之知人固不易夫孔子所以知人難也高誘曰炱煤煙塵也炱讀作臺入猶墮也

逐臣尚何有。弃友焉足歎。

傅毅七激曰闇君逐臣頑父放子王逸楚辭序曰屈原放逐在沅湘之間毛詩谷風序曰天下俗薄朋友道絶焉鄭玄曰道絶者弃恩舊也

福鍾恒有兆。禍集非無端。

言禍福之至而皆有漸也枚叔上書曰福生有基禍生有胎傅子銘曰福生有兆禍來有端小雅曰鍾聚也言無端緒也

天損未易辭。人益猶可懽。

言禍福之有端兆故天損之至非已所招故安之而未辭人益之來非已所求故受之可爲懽也莊子孔子謂顏回曰無受天損易無受人益難郭象曰無受天損易者唯安之故易也所在皆安不以損爲損斯待天而不受其損也無受人益難者物之儻來不可禁禦至人則玄同天下故天下樂推而不猒相與社而稷之斯無受人益之所以爲難矣然文雖出彼而意微殊彼以榮辱同途故

安之甚易此以吉凶異轍故辭之實難朗鑒豈遠假取之在傾冠荀悅申鑒曰側弁垢顏不鑒於明鏡矣抱朴子曰明鏡舉則傾冠見矣以其遞相祖述故引之近情苦自信君子防未然言小人近情苦自信而遇禍君子遠慮防未然而蒙福列子蕭叔曰皇子果於自信鄧析子曰慮能防於未然

從軍行五言

苦哉遠征人飄飄窮四遐南陟五嶺巔北戍長城阿漢書曰秦北爲長城之役南有五嶺之戍史記曰始皇以讁遣戍讁罰獄吏不直者築長城也深谷邈無底崇山鬱嵯峨列子曰夏革曰渤海之東有大壑焉實惟無底之谷秦嘉詩曰巖巖石鬱嵯峨奮臂攀喬木振迹涉流沙史記曰武臣曰陳王奮臂爲天下唱始毛詩曰南有喬木尚書曰導弱水入于流沙隆暑固已慘涼風嚴且苛賈誼旱雲賦曰隆暑盛其

無聊說文曰慘毒也宋均春秋緯注曰苛者切也

夏條集鮮藻寒冰結衝波文子曰夏條可結毛詩曰誕寘之寒冰

胡馬如雲屯越旗亦星羅鄒陽書曰胡馬遂進闕於邯鄲杜篤論都賦曰斬白蛇屯黑雲廣雅曰屯聚也國語越王曰吳爲不道敢問諸大夫戰奚以而可大夫種曰審物則可以戰韋昭曰物旌旗物色徽幟之屬也羽獵賦曰渙若天星之羅

飛鋒無絕影鳴鏑自相和張衡髑髏賦曰飛鋒曜景秉尺持刀漢書曰冒頓乃作爲鳴鏑音義曰如今鳴箭也

朝食不免胄夕息常負戈戰國策曰衛行人燭過免胄横戈而進李陵荅蘇武書曰負戟而長歎孔安國論語注曰戈戟也

苦哉遠征人拊心悲如何列子曰師襄乃撫心高蹈

豫章行

五言古豫章行曰白楊初生時乃在豫章山

汎舟清川渚遥望高山陰國語曰秦汎舟于河列子曰伯牙遊於泰山之陰川

陸殊途軌，懿親將遠尋。廣雅曰：軌，道也。左氏傳富辰曰：昔周公弔二叔之不咸，故封建親戚以蕃屏周。不廢懿親也。三荆歡同株，四鳥悲異林。古上留田行曰：出是上獨西門，三荆同一根生，一荆斷絶不長。兄弟有兩三人，小弟塊摧獨貧。家語曰：孔子在衛，昧旦晨興，顔回侍側，聞哭者之聲甚哀。子曰：回，汝知此哭何者？曰：回以此哭之聲，非但爲死者而已矣，又爲生離别者。子曰：何以知之？對曰：回聞完山之鳥生四子焉，羽翼既成，將分乎四海，其母悲鳴而送之，哀聲有似於此，爲其往而不返。回竊以音類知之。孔子使問哭者，果曰：夫死家貧，賣子葬之，與之長決。子曰：回善於識音矣。樂會良自古，悼别豈獨今。鄭玄毛詩箋曰：悼，傷也。古詩曰：今日良宴會，歡樂難具陳。又曰：别日何易，會日何難。寄世將幾何，日昃無停陰。尸子老萊子曰：人生於天地之間，寄也。寄者，固歸也。左氏傳曰：人壽幾何。周易曰：日昃之離，不鼓缶而歌，則大耋之嗟，凶。前路既已多，後塗隨年侵。前路、後塗，喻壽命也。言前路已多，而罕至後塗，隨年侵而又盡，言無幾何也。促促薄暮景，亹

別本作嚾舊注音歡

亹鮮克禁景之薄暮喻人之將老也流行不息鮮能止之孔安國尚書傳曰薄迫也楚辭曰時亹亹而過中曷爲復以茲曾是懷苦心言何爲復以此暮景不留之志而曾是重懷悲苦之心乎毛詩曰曾是在位苦心見上文遠節嬰物淺近情能不深說文曰嬰繞也行矣保嘉福景絕繼以音景影也言形影若絕當繼之以惠音

苦寒行五言或曰北上行

北遊幽朔城涼野多嶮難尚書曰宅朔方曰幽都毛萇詩傳曰北方寒涼也俯入穹谷底仰陟高山盤韓詩曰在彼穹谷王弼周易注曰盤山石之安也凝冰結重澗積雪被長巒爾雅曰巒山嶞也郭璞曰山形長狹者荊州謂之巒陰雲興巖側悲風鳴樹端不覩白日景但聞寒鳥喧猛虎憑林嘯玄猿臨岸歎春秋元命苞曰猛虎嘯而谷風起小雅曰憑依也上林賦曰玄猿素雌夕

宿喬木下慘愴恒鮮歡渴飲堅冰漿飢待零露餐周易曰履霜堅冰至詩曰零露團兮離思固已久寤寐莫與言曹子建雜詩曰離思一何深毛詩曰獨寐寤言劇哉行役人慊慊恒苦寒說文曰劇甚也鄭玄禮記注曰慊恨不滿足之貌也

飲馬長城窟行 五言

驅馬陟陰山山高馬不前漢書侯應上書曰臣聞北邊塞有陰山往問陰山候勁虜在燕然解嘲曰西北一候范曄後漢書曰竇憲征北單于登燕然山戎車無停軌旌旆屢徂遷鄭玄考工記注曰軌轍跡也仰憑積雪巖俯涉堅冰川冬來秋未反去家邈以緜邈遠也獫狁亮未夷征人豈徒旋獫狁匈奴也毛詩曰赫赫南仲獫狁于夷毛萇曰夷平也末德爭先鳴

凶器無兩全吳越春秋范蠡曰夫人君勇者逆德也兵者凶器也爭者國之末也莊子曰三軍五兵之運德之末也左氏傳州綽謂齊侯曰平陰之役先二子鳴師克薄賞行軍浸微軀捐李陵書曰薄賞子以守節將遵甘陳迹收功單于旃漢書曰甘延壽字君況北地人也爲郎中諫大夫使西域與副校尉陳湯共誅斬郅支單于封義成侯又曰陳湯字子公山陽人也爲西域副校尉與甘延壽俱出同斬單于首賜爵關內侯班固漢書述曰博望仗節收功大夏旃旌旗也振旅穀梁傳曰入曰振旅毛詩序曰杕杜勞還役也南都賦曰受爵傳觴勞歸士受爵槀街傳漢書陳湯上疏曰斬郅支單于首及名王以下宜懸頭槀街蠻夷邸間晉灼曰黃圖在長安城門內邸謂傳舍也

門有車馬客行　五言

門有車馬客駕言發故鄉毛詩曰駕言出遊念君久不歸濡

迹涉江湘毛萇詩傳曰濡漬也投袂赴門塗攬衣不及裳左氏傳曰楚子
投袂而起古詩曰攬衣起徘徊毛萇詩傳曰上曰衣下曰裳拊膺攜客泣掩淚敘
溫涼刻子曰撫膺而無恨楚辭曰長太息以掩涕尚書曰以殷仲春鄭玄曰春秋言溫涼也借問
邦族閒惻愴論存亡毛詩曰言旋言歸復我邦族尸子曰其生也存其死也亡親友
多零落舊齒皆彫喪曹子建箜篌引曰親友從我遊孔融與曹操書曰海內知識零
落殆盡黃石公記曰王聘舊齒萬事乃理市朝互遷易城闕或丘荒古出東門行曰
市朝人易千歲墓平毛詩曰在城闕兮墳壟日月多松柏鬱芒芒仲長子昌
言曰古之葬松柏梧桐以識其墳也天道信崇替人生安得長國語藍尹亹曰君子
獨居思前世之崇替賈逵曰崇終也慷慨惟平生俛仰獨悲傷說文曰慷慨壯士不
得志於心莊子曰俛仰之閒

君子有所思行　五言

命駕登北山，延佇望城郭。孔叢子孔子歌曰巾車命駕楚辭曰結幽蘭而延佇廛里一何盛，街巷紛漠漠。鄭德漢書注曰廛謂城邑之居也甲第崇高闥，洞房結阿閣。漢書音義曰有甲乙次第故曰甲第楚辭曰姱容脩態絚洞房尚書中候曰昔黃帝軒轅鳳皇巢阿閣鄭玄周禮注曰四阿若今四注也曲池何湛湛，清川帶華薄。楚辭曰坐堂伏檻臨曲池邃宇列綺牕，蘭室接羅幕。楚辭曰高堂邃宇檻層軒古詩曰交疏結綺牕又曰盧家蘭爲室桂爲梁楚辭曰蒻阿拂壁羅幬張淑貌色斯升，哀音承顏作。言淑貌以色斯而見升哀音亦承顏哀而作也論語曰色斯舉矣人生誠行邁，容華隨年落。楚辭曰生天地之若過古詩曰人生天地間忽如遠行客善哉膏粱士，營生奧且博。國語欒伯請公族大夫公曰夫膏粱之性難止也賈逵曰膏肉之肥者粱食之精者

不可恪猶言不可懷改以就韵李治以爲當作可不恪非

言其食肥美者率驕放其性難止也韋昭漢書注曰生業也廣雅曰奥藏也**宴安消靈根酖毒不可恪**左氏傳管敬仲言於齊侯曰宴安酖毒不可懷也杜預曰以宴安比之酖毒也老子黄庭經曰玉池清水灌靈根靈根堅固老不衰然靈根謂身也左氏傳曰鄭不書緩也以懲不恪爾雅曰恪敬也**無以肉食資取笑葵與藿**說文曰晉東郭氏上書於獻公公曰肉食者已慮之矣對曰怨使肉食失計於廟堂藿食寧得不肝腦塗地也

齊謳行五言漢書禮樂志曰齊謳員六人

營丘負海曲沃野爽且平禮記曰太公封於營丘鄭玄曰齊曰營丘晁錯新書曰齊地僻遠負海地大人衆鄭玄禮記注曰負之言背也漢書曰沃野千里左氏傳齊景公欲更晏子之宅曰請更諸爽塏之地**洪川控河濟崇山入高冥**毛萇詩傳曰控引也戰國策蘇秦曰齊有清濟濁河傅毅洛都賦曰弋高冥之獨鵠連軒者翦之雙鶤崇或爲嵩非也**東被姑尤側南界**

原注品作種

聊攝城左氏傳晏子曰聊攝以東姑尤以西其爲人也
多矣杜預曰姑尤齊東界姑水尤水皆在城陽
郡東南入海也聊攝齊西界也平原聊縣東北有攝城
然西南不同者其地既非正方故各舉一隅言之也
海物錯萬類陸產尚千名尚書曰海岱惟青州禹貢海
物惟錯河圖曰地有九州以
苞萬類禮記曰恒豆之俎陸產之物也加豆
陸產也其醢水物也南都賦曰百品千名孟諸吞楚
夢百二侔秦京子虛賦曰齊浮勃澥游孟諸吞若雲夢
者八九於其胷中曾不蔕芥漢書田肯
賀上曰陛下得韓信又治秦中秦持戟百萬秦得百二
焉齊持戟百萬齊得十二焉此所謂東西秦也李斐云
持戟百萬秦得百二焉又曰設有持戟百萬之衆齊得
十中之二焉百萬十分之二夾二十萬也但文相避耳
故言東西秦其勢敵也然李斐之意以百
二謂百萬中之二也字林曰侔齊等也惟師懷東表
桓后定周傾毛詩曰惟師尚父時維鷹揚左氏傳曰季
札請觀於周樂爲謌齊曰表東海者其太
公乎又曰公及齊侯會于首止謀寧周也公
魯僖公也齊侯桓公也鹽鐵論曰定傾扶危天道有迭

代人道無久盈孫卿子曰日月遞照四時代御王符潛夫論曰廉頗翟公再盈再虛鄙哉

牛山歎未及至人情論語荀賁曰鄙哉硜硜乎晏子春秋曰景公遊牛首山北臨其國流涕曰若何去此而死乎艾孔梁丘據皆泣晏子獨笑公收涕而問之晏子曰使賢者常守則太公桓公有之使勇者常守則莊公有之吾君安得有此而為流涕是不仁也見不仁之君一諂諛之臣二所以獨笑也莊子曰不離於眞謂之至人也

爽鳩苛已徂吾子安得停左氏傳齊侯飲酒樂公曰古而無死其樂若何晏子對曰古而無死古之樂也君何得焉爽鳩氏始居此地季萴因之而逢伯陵因之蒲姑氏因之而太公因之古若無死爽鳩氏之樂非君所願也萴助華切

行行將復去長存

非所營西京賦曰若歷世而長存羽獵賦序曰禁御所營

長安有狹邪行五言

伊洛有歧路歧路交朱輪爾雅曰二達謂之歧旁郭璞曰歧道旁出也楊惲書曰乘

欲鳴一則豪彥之芳訊也

此下似士衡之辭
原評士衡誤作明遠

朱輪者十人曹植妾薄相行曰輜軿飛轂交輪輕蓋承華景。騰步躡飛塵。華景日也漢書云曰華曜也鳴玉豈樸儒。憑軾皆俊民。國語曰趙簡子鳴玉以相禮記曰君子行則鳴佩玉漢書儒林傳武帝曰吾始以尚書爲樸學左氏傳楚子王曰請與君馮軾而觀之尚書曰俊民用康烈心厲勁秋。麗服鮮芳春。厲嚴貌也西京賦曰麗服颺菁余本倦遊。客。豪彥。多舊親。漢書曰司馬長卿故倦遊傾蓋承芳訊。欲鳴當及晨。家語曰孔子之郯遭程子於塗傾蓋而語雞及晨而鳴以喻人及時而仕也春秋考異記曰雞應旦明明與鳴同古字通也守一不足矜。歧路良可遵。漢書嚴安上書曰守一而不變者未睹治之至也淮南子曰楊子見逵路而哭之爲其可以南可以北也老子曰聖人抱一爲天下式河上公曰抱守也守一乃知萬事故爲天下法式夫規行無曠迹。矩步豈遠人。楊雄覈靈賦曰二子規遊矩步蘇子曰行務應規步慮投矩廣雅曰曠遠也投足緒已爾。四時不必循。言規

子原作步
○步字誤當从刻本作子

行矩步既無所及故投足前緒且當止矣猶如四時異節不必相循解嘲曰欲行者擬足而投迹爾雅曰緒事也孫卿子曰日月遞照四時代御將遂殊塗軌。要子同歸津。周易曰天下同歸而殊塗

長歌行五言

逝矣經天日悲哉帶地川范曄後漢書曰上黨太守田邑與馮衍書曰日月經天河海帶地寸陰無停晷。尺波豈徒旋。言日無停景川不旋波以喻年命流行曾無止息也淮南子曰聖人不貴尺之璧而重寸之陰時難得而易失也說文曰晷景也年往迅勁矢。時來亮急絃。楚辭曰年洋洋而日往釋名曰矢指也其有所指迅疾也漢書蒯通曰時乎時不再來急絃已見上文遠期鮮克及盈數固希全管子曰任之重者莫如身期之遠者莫如年左氏傳卜偃曰萬盈數也然此之盈數謂百年也列子揚朱曰人得百年之壽千中無一疾病哀苦居其半矣毛詩曰

君子萬年介爾景福鄭玄曰汝有萬年之壽矣又助汝大福也容華夙夜零體澤坐自捐無故自捐曰坐也茲物苟難停吾壽安得延爾雅曰延長也俛仰逝將過倏忽幾何間俛仰已見上文毛詩曰逝將去汝毛萇曰逝往也楚辭曰往來倏忽慷慨亦焉訴天道良自然但恨功名薄竹帛無所宣四子講德論曰節趨不立則功名不宣墨子曰以其所行書於竹帛傳遺後子孫迨及歲未暮長歌承我閑毛萇詩傳曰迨及也韓詩曰歲聿其暮薛君曰暮晚也言君之年歲已晚也楚辭曰願乘閑而自察

悲哉行

五言歌錄曰悲哉行魏明帝造

遊客芳春林春芳傷客心和風飛清響鮮雲垂薄陰蕙草饒淑氣時鳥多好音毛詩曰睍睆黄鳥載好其音翩翩鳴鳩羽

注及別本

皆唶倉庚吟禮記曰季春之月鳴鳩拂其羽毛詩曰倉庚喈喈幽蘭盈通谷長秀被高岑幽蘭生乎通谷而長秀被乎高岑言有託也楚辭曰結幽蘭而延佇漢書伍被曰通谷數行漢武秋風辭曰蘭有秀兮菊有芳女蘿亦有託蔓葛亦有尋言女蘿蔓葛各有尋託而已獨無所以增思也毛詩曰蔦與女蘿施于松栢毛萇曰女蘿松蘿也詩曰南有樛木葛藟纍之鄭玄曰葛藟纍而蔓之尋猶緣也傷哉遊客士憂思一何深言己客遊不如蘿葛故憂思逾深也目感隨氣草耳悲詠時禽寤寐多遠念緬然若飛沈韋昭國語注曰緬猶邈也飛沈言殊陽也願託歸風響寄言遺所欽李陵荅蘇武書曰時因北風復惠德音嵇康贈秀才詩曰思我所欽

吳趨行五言崔豹古今注曰吳趨曲吳人以詞其地也

楚妃且勿歎齊娥且莫謳楚妃樊姬齊娥齊后也歌錄曰石崇楚妃歎曰歌辭楚妃

鮮 據江文通擬許徵君詩注引及別本改

歎莫知其所由楚之賢妃能立德著勲垂名於後唯樊
姬焉故今歎詠之聲永世不絶孟子㴴于髡曰昔綿駒
處高唐而齊右善謳方言曰秦晉之
間美貌謂之娥説文曰謳齊歌也　四坐並清聽聽我
歌吳趨吳趨自有始請從昌門起吳越春秋曰大城立昌門者象天通閶闔
風亦名破楚門也　昌門何峩峩飛閣跨通波吳地記曰昌門者吳王闔閭所作也
名爲閶闔門高樓閣道西都賦曰脩除飛閣又曰與海通波　重欒承游極回軒啓曲
阿西京賦曰跱游極於浮柱結重欒以相承軒長廊也言長廊開於屋之曲阿也周書曰明堂咸有四阿鄭
玄周禮注曰四阿若今四注也　藹藹慶雲被泠泠祥風過史記曰若煙非煙若雲非
雲郁郁紛紛蕭索輪囷是謂慶雲風賦曰清清泠泠　山澤多藏育土風清且嘉左氏
傳曰晉侯曰鍾儀樂操土風不忘本也　泰伯導仁風仲雍揚其波史記曰吳太伯
弟仲雍皆周太王之子而王季歷之兄也季歷賢有聖子昌太王欲立季歷以及昌於是太伯仲雍二人乃奔

原文作乎

荆蠻以避季歷季歷果立是爲王季而昌爲文王太伯
之奔荆蠻自號句吴太伯卒無子弟仲雍立典引曰仁
風翔於海表楚辭曰汩其泥而揚其波穆穆延陵子灼灼光諸華毛萇詩傳曰穆
穆美也左氏傳曰吴公子札來聘其出聘也通嗣君也
廣雅曰灼灼明也左氏傳曰吴周之冑裔也今而始大
比于諸華王迹隤陽九帝功興四遐孟子曰王者之跡息而詩亡漢書陽九厄曰初
入百六陽九音義曰易傳所謂陽九之厄百六之會者也東都賦曰軒轅氏之所以開帝功大皇自
富春矯手頓世羅吴志曰孫權字仲謀吴富春人也薨謚曰大皇帝説文曰矯舉手也頓整
也世羅猶皇綱也言大皇生自富春矯手而整天綱也邦彥應運興粲若春林
葩毛詩曰彼己之子邦之彥兮春秋命歷序曰五德之運應錄次相代也屬城咸有士吴
邑最爲多蔡邕陳留太守行縣頌曰府君勸耕桑于屬城也八族未足侈四姓
實名家張勃吴錄曰八族陳桓呂竇公孫司馬徐傅也四姓朱張顧陸也漢書劉敬曰徙齊諸田豪桀

陳審舉表

原討作命

名家文德熙淯懿武功侔山河曹植令曰相者文德昭將者武功烈爾雅曰熙興也謂盛多也謝丞後漢書曰朱皓德行純懿才學優裕漢書曰漢興封爵之誓曰使黃河如帶泰山若礪國以永存爰及苗裔禮讓何濟濟流化自滂沱毛萇詩傳曰濟濟多威儀也論語曰泰伯三以天下讓毛詩曰月離于畢俾滂沱矣淑美難窮紀商摧爲此歌公羊傳宋萬曰魯侯之淑魯侯之美何休曰淑美也美好也賈逵國語注曰紀猶錄也廣雅曰商度也許慎淮南子注曰商摧粗略也言商度其粗略也

短歌行四言

置酒高堂悲歌臨觴列子曰秦青撫節悲歌王逸楚辭曰悲歌言愁思也人壽幾何逝如朝霜左氏傳曰俟河之清人壽幾何曹植送應氏詩曰人壽若朝霜時無重至華不再陽論語摘輔像讖曰時不再及宋均曰及亦至也蘋以春暉蘭以秋

芳禮記曰季春萍始生鄭玄曰萍華其大者曰蘋楚辭曰秋蘭兮青青來日苦短去日苦長曹植苦短篇曰苦樂有餘魏武帝短歌行曰去日苦多今我不樂蟋蟀在房毛詩曰蟋蟀在堂歲聿其暮今我不樂日月其除樂以會興悲以別章豈曰無感憂為子忘我酒既旨我肴既臧毛詩曰爾酒既旨爾肴既嘉短歌有詠長夜無荒史記曰紂為長夜之飲毛詩曰好樂無荒

日出東南隅行五言　或曰羅敷豔歌

崔豹古今注曰陌上桑者出秦氏女也秦氏邯鄲人有女名羅敷嫁為邑人千乘王仁為妻王仁後為趙王家令羅敷出採桑於陌上趙王登臺見而悅之因飲酒欲奪焉羅敷巧彈箏乃作陌上之歌以自明焉

扶桑升朝暉照此高臺端山海經曰湯谷上有扶木扶木者扶桑也十日所浴新語

娭　邃

○据注引呂覽楚辭注原文改娭注誤

○注

曰高臺百仭臺端猶室端也高臺多妖麗，濬房出清顔。呂氏春秋曰列精子高謂侍者曰我奚若侍者曰公妖且麗王逸楚辭注曰妖好也琴道雍門周曰廣廈邃房淑貌耀皎日，惠心清且閑。韓詩曰東方之日兮彼姝者子在我室兮薛君曰顔色盛美如東方之日矣周易曰有孚惠心廣雅曰閑正也美目揚玉澤，蛾眉象翠翰。毛詩曰美目盼兮楚辭曰娥眉曼睩目騰光王逸曰曼澤也睩視貌也言美女之貌娥眉玉貌曼好目曼澤睩音錄登徒子好色賦曰眉如翠羽鄭玄尚書大傳注曰翰毛也鮮膚一何潤，秀色若可餐。張衡七辯曰淑性窈窕秀色美豔窈窕多容儀，婉媚巧笑言。毛詩曰窈窕淑女又曰巧笑倩兮暮春春服成，粲粲綺與紈。論語曾點曰暮春者春服既成毛詩曰粲粲衣服金雀垂藻翹，瓊珮結瑤璠。釋名曰爵釵釵頭及上施爵也楚辭曰砥室翠翹王逸注曰翹羽名也毛詩曰珮玉瓊琚杜預左氏傳注曰璵璠美玉也方駕揚清塵，濯足

原注綏作纕

原文會作集

岸○别本

馬韓莫作箕集

諷

洛水瀾西京賦曰方駕授綏鄭玄儀禮注曰方併也司馬相如諫獵書曰犯屬車之清塵楊雄太玄賦曰蹈弱水而濯足藹藹風雲會佳人一何繁風雲言多也過秦論曰天下雲會響應南崖充羅幕北渚盈軿軒蒼頡篇曰軿衣車也清川含藻景高岸被華丹藻景華景也馥馥芳袖揮泠泠纖指彈蘇武詩曰馥馥我蘭芳又曰誰爲遊子吟泠泠一何悲悲歌吐清響雅舞播幽蘭悲歌已見上文韓詩曰舞則莫兮薛君曰言其舞則應雅樂也杜預左氏傳注曰播揚也宋玉風賦曰臣援琴而鼓之爲幽蘭白雪之曲丹脣含九秋妍迹陵七盤洛神賦曰丹脣外朗廣雅曰陵乘也南都賦曰結九秋之增傷怨西荊之折盤張衡舞賦曰歷七盤而縱躡赴曲迅鷩鴻蹈節如集鸞卞蘭七牧曰蹝旋袂而赴節若遊鴻之翔天邊讓章華臺賦曰忽飄然以輕逝似鸞鳥飛於天漢淮南子曰龍興鸞集綺態隨顏變沈姿無乏之源乏之或爲定俯仰紛阿那顧步

感。可。懽。張衡七辯曰蝤蠐之領阿那宜顧著頰篇曰顧視也王逸楚辭注曰步徐行也遺。芳。結。飛。飈。浮。景。映。清。湍。爾雅曰扶搖謂之飈說文曰湍水疾也冶。容。不。足。詠。春。遊。良。可。歎。周易曰慢藏誨盜冶容誨淫

前緩聲歌 五言

游仙聚靈族。高會曾城阿。淮南子曰掘崑崙墟以下地中有層城九重其高萬一千里一十四步二尺六寸長風萬里舉。慶雲鬱嵯峨。慶雲已見上文宓妃興洛浦。王韓起太華。楚辭曰迎宓妃於伊洛魏文帝詩曰王韓獨何人翱翔躋天塗神仙傳曰衛叔卿歸華山漢武帝令叔卿子度求之見其父與數人博度曰向與博者爲誰叔卿曰是洪崖先生主子晉薛容也又曰劉根初學道到華陰見一人乘白鹿從十餘玉女根頓首乞一言神人乃住曰爾聞有韓衆不荅曰實聞有之神曰即我是也尚書曰至于太華北徵瑤臺女。南要湘川娥。爾雅

○五臣作霄非也

曰徵召也楚辭曰望瑤臺之偃蹇兮見有娀之佚女西京賦曰懷湘娥王逸楚辭注曰堯二女娥皇女英墮湘
水之中爲湘夫人也肅肅宵駕動翩翩翠蓋羅毛詩曰肅肅宵征曹植飛
龍篇曰芝蓋翩翩甘泉賦曰咸翠蓋而鸞旗羽旗棲瓊鸞玉衡吐鳴和琴道雍門
周曰水嬉則建羽旗瓊鸞以瓊爲鸞以施於旗上鸞鳥故曰棲也鸞旗巳見上注楚辭曰鳴玉鸞之啾啾又曰
枉玉衡於炎火王逸曰衡車衡也鄭玄周禮注曰鑾和皆以金爲鈴也應劭漢書注曰鑾在軾和在衡太
容輝高絃洪崖發清歌思玄賦曰太容吟曰念哉注曰太容黃帝樂師廣雅曰揮動也
西京賦曰洪崖立而指麾薛綜曰三皇時伎人也獻酬既已周輕舉乘紫霞毛詩
曰獻酬交錯漢書谷永曰遥興輕舉登霞倒景揔轡扶桑枝濯足湯谷波楚辭曰飲
余馬乎咸池揔余轡乎扶桑又曰朝濯髮於湯谷清輝溢天門垂慶惠皇家淮南
子曰馮夷大禹之御也乘雲車排閶闔淪天門高誘曰天門上帝所居紫宮門也蔡雝述征賦曰皇家赫而天

居禹方徂而星集

塘上行

五言 歌錄曰塘上行古辭或云甄皇后造或云魏文帝或云武帝歌曰蒲生我池中其葉何離離

江蘺生幽渚，微芳不足宣。張揖漢書注曰江蘺香草也郭璞曰似水薺也被蒙風雲會，移居華池邊。周易曰潤之以風雨楚辭曰鼂鼂遊乎華池發藻玉臺下，垂影滄浪泉。西京賦曰西有玉臺連以昆德孟子曰滄浪之水清滄浪水色也沾潤既已渥，結根奧且堅。毛詩曰既沾既渥毛萇曰渥厚也古詩曰冉冉孤生竹結根太山阿奧猶深也四節逝不處，華繁難久鮮。淑氣與時殞，餘芳隨風捐。天道有遷易，人理無常全。司馬遷悲士不遇賦曰天道悠昧人理促兮男懽智傾愚，女愛衰避妍。莊子曰喜怒相疑愚智相欺仲長子昌言曰彊者勝弱智者欺

丘字衍

原文獲下有燿字

愚也不惜微軀退但懼蒼蠅前毛詩曰營營青蠅止于丘樊鄭玄曰蠅之爲蟲汙白

使黑汙黑使白喻佞人變亂善惡也願君廣末光照妾薄暮年封禪書曰使獲

日月之末光暮年喻老也

樂府一首

會吟行 五言　謝靈運

六引緩清唱三調佇繁音沈約宋書曰控揔宫引第一商引第二徵引第三羽引第

四古有六引其宫引本第二角引本第四也並無歌有絃笛存聲不足故闕二曲又曰第一平調第二清調第

三瑟調第四楚調第五側調然今三調蓋清平側也爾雅曰佇立也郭璞曰稽久也列筵皆靜寂

咸共聆會吟廣雅曰聆聽也會吟自有初請從文命敷尚書曰若稽古

大禹曰文命敷于四海史記曰夏禹名曰文命孔安國尚書傳曰敷陳也敷績壼冀始刊木

至江汜尚書曰禹敷土隨山刊木孔安國曰敷布也又曰冀州既載壺口治梁及岐又曰岷山導江毛

詩曰江有汜列宿炳天文負海橫地理前漢書地理志曰吴地斗分野論衡曰天晏列宿炳奐負海已見上文宋衷易緯注曰天文者謂三光地理謂五土也連峯競千仭背流各百里上林賦曰蕩蕩乎八川分流相背而異態滮池泛粳稻輕雲曖松杞毛詩曰滮池北流浸彼稻田毛萇曰滮流貌也王逸楚辭曰曖闇昧貌也兩京愧佳麗三都豈能似兩京東西二京也曹子建贈丁儀詩曰佳麗殊百城三都蜀吴魏也層臺指中天高墉積崇雉楚辭曰層臺累榭臨高山列子曰周穆王築臺號曰中天之臺周易曰公用射隼于高墉之上爾雅曰崇重也王肅家語注曰高一丈曰堵三堵曰雉也飛燕躍廣途鷁首戲清沚西京雜記曰文帝自代還有良馬九匹一名飛燕騮淮南子曰龍舟鷁首毛萇詩傳曰沚渚也肆呈窈窕容路曜便娟子周禮曰立市為其肆鄭玄曰陳物處也毛詩曰窈窕淑女枚乘兔園賦曰若採桑之女連袖方路磨陁長髻便娟數顧阮籍詠懷詩曰路端便娟子常恐日月傾王

趙景真與嵇茂齊
出梁鴻適越

逸楚辭注曰便娟好貌也自來彌年代賢達不可紀爾雅曰紀終也句踐善
廢興越叟識行止史記曰吳伐越越王棲於會稽後句踐平吳周元王賜句踐胙命越叟蓋
越公也越絕書曰子胥戰於雋李闔閭傷馬軍敗而還
欲復其讎師事越公錄其術周易曰時止則止時行則行
動靜不失其時其道光明范蠡出江湖梅福入城市史記曰范蠡既雪會稽之恥乃喟然
而歎曰計然之策七越用其五而得意既已施於國吾
欲用之於家乃乘扁舟浮於江湖變名易姓適齊爲鴟
夷子漢書曰梅福字子真九江人也少學長安至元始
中王莽顓政福一朝棄妻子去九江至今傳以爲仙其
後人見福於會稽者變姓名爲吳市門卒東方就旅逸梁鴻去桑梓列仙傳曰
東方朔者楚人也久在吳中爲書師武帝時上書拜爲
郎至宣帝初棄郎去以避亂政置冠幘官舍風飄之去
後見會稽賣藥旅逸謂爲客而旅逸也杜預左氏傳注
曰旅客也范曄後漢書曰梁鴻字伯鸞扶風人也東出
關遂至吳依大家皐伯通居廡下爲人賃舂伯通異之
乃舍之家鴻著書十餘篇毛詩曰惟桑與梓必恭敬止

牽綴書士風辭殫意未已左氏傳晉侯曰鍾儀樂操土風不忘本也

樂府八首

東武吟五言左思齊都賦注曰東武太山皆齊之土風絃歌謳吟之曲名也　鮑明遠

主人且勿諠賤子歌一言漢書曰王邑請召賓邑自稱賤子僕本寒鄉士出身蒙漢恩始隨張校尉占募到河源漢書曰張騫漢中人也騫以校尉從大將軍擊匈奴知水草處軍得以不乏占謂自隱度而應募爲占募也吳志曰中郎將周祗乞於鄱陽占募班固漢書曰自張騫使大夏之後窮河源也後逐李輕車追虜窮塞垣漢書曰李廣從弟蔡爲郎事武帝元朔中爲輕車將軍擊右賢王有功卒封樂安侯范曄後漢書曰耿夔追虜出塞而還遂蔡邕上䟽曰秦築長城漢起塞垣所以別內外異殊俗密塗亘萬里寧歲猶七奔孔安國尚書傳曰密近也方言曰亘竟也國語曰姜氏告於公子曰自子之行晉無寧歲左氏

胥鐮十字但言其二如歸老田里耳不觀前後文与末兄有信趣昏心之意（尋常）（不肯）

傳曰巫臣請使於吳晉侯許之乃通吳於晉吳始伐楚
子重奔命吳入州來子重子反於是乎一歲七奔命
肌力盡鞍甲心思歷涼溫孟子曰既竭心思焉涼溫已見上文將軍既下
世部曲亦罕存列女傳曰柳下惠妻曰愷悌君子永能厲兮吁嗟惜哉乃下世兮司馬彪續漢
書曰大將軍營五部校尉一人部有曲曲有軍候一人時事一朝異孤績誰復論
荅客難曰時異事異少壯辭家去窮老還入門古長歌行曰少壯不努力漢書婁護
曰呂公窮老託身於我腰鐮刈葵藿倚杖牧雞㹠說文曰鐮鍥也鍥古頡切昔
如韝上鷹今似檻中猨東觀漢記桓虞謂趙勒曰善吏如良鷹矣下韝即中淮南子曰
置猨檻中則與㹠同非不巧捷也無所肆其能也徒結千載恨空負百年怨言怨
在已若何負之弃席思君幄疲馬戀君軒願垂晉主惠不愧
田子魂言已窮老而還同夫弃席疲馬願垂晉主之惠而不見遺則兼愛之道斯同故亦無愧於田子

也晉主言惠田子言愧互文也然田子久謝故謂之魂韓子曰文公至河令曰籩豆捐之席蓐捐之手足胼胝面目黎黑者後之咎犯聞之而夜哭公曰寡人出士二十年乃今得反國咎犯聞之不喜而哭意者不欲寡人反國邪咎犯對曰籩豆所以食也而君捐之席蓐所以臥也而君弃之手足胼胝面目黎黑有勞功者也而君後之今臣與在後中不勝其哀故哭之文公乃止韓詩外傳曰昔田子方出見老馬於道喟然有志焉以問於御曰此何馬也御曰故公家畜也罷而不用故出放之田子方曰少盡其力而老弃其身仁者不爲也束帛而贖之窮士聞之知所歸心矣韓詩曰縞衣綦巾聊樂我魂薛君曰魂神也

出自薊北門行 五言漢書曰薊故燕國也

羽檄起邊亭烽火入咸陽 漢書高祖曰吾以羽檄徵天下兵史記曰有寇至則舉烽火風俗通曰文帝時匈奴犯塞候騎至甘泉烽火通長安 徵騎屯廣武分兵救朔方 臣瓚漢書注曰律說勒兵而住曰屯班固漢書贊曰聚天下兵軍於廣武又曰太原郡有廣武縣又酈食其曰

原貼貫作歷 之作絶

楚人聞則分兵救之又有朔方郡武帝開嚴秋筋竿勁虜陣精且强漢書曰匈奴秋馬肥大會蹛林周禮曰弓人爲弓筋也者所以爲深也竿箭幹也並公旱切天子按劍怒使者遥相望說苑曰秦帝按劍而坐漢書曰遣使冠蓋相望於道鴈行緣石逕魚貫度飛梁漢書曰公孫戎奴以校尉擊匈奴至右賢王庭爲鴈行上石山先登周易曰貫魚以宮人寵無不利王弼曰駢頭相次似貫魚也甘泉賦曰貫倒景而歷飛梁簫鼓流漢思旌甲被胡霜疾風衝塞起沙礫自飄揚易通卦驗曰大風揚沙春秋命歷序曰大風飄石馬毛縮如蝟角弓不可張西京雜記曰元封二年大雪深五尺野鳥獸皆死牛馬踡縮如蝟韋曜集曰秋風揚沙塵寒露霑衣裳角弓持急絃鴆鳥化爲鷹時危見臣節世亂識忠良老子曰國家昏亂有忠臣焉投軀報明主身死爲國殤國殤爲國戰亡也楚辭祠國殤曰身既死兮神以靈塊魄毅兮爲鬼雄

結客少年場行

曹植結客篇曰結客少年場報怨洛北芒范曄後漢書曰祭遵嘗爲部吏所侵結客報之也

驄馬金絡頭錦帶佩吴鉤 古曰出東南行曰黄金絡馬頭觀者滿道傍禮記曰居士錦帶吴都賦曰吴鉤越棘也

失意杯酒間白刃起相讎 桓範世要論曰觴酌遅速使用失意淮南子曰今有美酒嘉肴以相賔饗争盈爵之間乃反爲鬭而相傷三族結怨

追兵一旦至負劒遠行遊 追兵謂捕已也遠行以避之也范曄後漢書曰世祖會追兵至燕丹太子聽秦王姬人鼓琴琴聲曰鹿盧之劒可負而拔

去鄉三十載復得還舊丘 廣雅曰丘居也

升高臨四關表裏望皇州 陸機洛陽記曰洛陽有四關東爲城皋南伊闕北孟津西函谷表裏猶内外也左氏傳子犯曰表裏山河

九塗平若水雙闕似雲浮 周禮曰匠人營國傍三門國中九經九緯鄭玄曰經緯塗也莊子曰平者水停之盛也其可以爲法也古詩曰雙闕百餘

尺史記曰三神山黃金白銀爲宮闕望之如雲崔駰達旨曰冠蓋雲浮扶宮羅將相夾道列王侯漢書曰宣帝登長平坂王侯迎者夾道陳也日中市朝滿車馬若川流周易曰日中爲市致天下之人聚天下之貨張協禊飲賦曰車馬膠葛川流波亂擊鍾陳鼎食方駕自相求左氏傳曰宋左師每食擊鍾聞鍾聲公曰夫子將食家語曰子路南遊於楚積粟萬鍾列鼎而食方駕已見上文古詩曰冠帶自相索今我獨何爲埳壈懷百憂嵇康幽憤詩曰予獨何爲楚辭曰貧士失職而志不平又曰惟鬱鬱之憂獨兮志坎壈而不違王逸曰坎壈不遇貌也毛詩曰我生之後逢此百憂

東門行歌錄曰日出東門行古辭也

傷禽惡弦驚倦客惡離聲戰國策魏加對春申君曰臣少之時好射願以射譬可乎春申君曰可異日更嬴與魏王處京臺之下更嬴謂魏王曰臣能虛發而下鳥魏王曰然則射可至此乎

更嬴曰可有鴻鴈從東方來更嬴以虚弓發而下之王曰射之精可至此乎更嬴曰此孽也王曰先生何以知之對曰其飛徐者其創痛也悲鳴者久失羣也故創未息而驚心未忘聞弦音引而高飛故創怯今臨武君常爲秦孽不可爲拒秦之將也

離聲斷客情賓御皆涕零涕零心斷絶將去復還訣訣與決同一息不相知何況異鄉別說文曰息喘也遥遥征駕遠杳杳落日晚左氏傳童謡曰鸜鵒之巢遠哉遥遥楚辭曰日杳杳以西頹居人掩閨卧行子夜中飯野風吹秋木行子心腸斷食梅常苦酸衣葛常苦寒淮南子曰百梅足以爲百人酸毛詩曰絺兮綌兮淒其以風毛萇曰淒寒風也絲竹徒滿坐憂人不解顔禮記曰絲竹樂之器也列子曰列子師老商氏五年之後夫子始一解顔而笑也長歌欲自慰彌起長恨端鄭玄禮記注曰彌益也

韶

苦熱行曹植苦熱行曰行遊到日南經歷交阯鄉苦熱但曝霜越夷水中藏

赤阪橫西阻火山赫南威漢書西域傳杜欽曰又歷大頭痛小頭痛山赤土身熱之阪令人身熱無色頭痛嘔吐東方朔神異經曰南荒外有火山焉長四十里廣四五里其中皆生木晝夜火燃雖暴風雨火不滅身熱頭且痛鳥墮魂來歸東觀漢記馬援謂官屬曰吾在浪泊仰視烏鳶跕跕墮水中楚辭曰魂兮來歸南方不可以止雕題黑齒得人以祀其骨爲醢湯泉發雲潭焦煙起石坼王歆之始興記曰雲水源泉涌溜如沸湯有細赤魚出游莫有獲之者焦烟蓋熱氣也南越志曰興寧縣有熱水山焉其下有焦石歊蒸之熱恒數四丈楚辭曰觸石碕而衡遊埤蒼曰碕曲岸碕與坼同日月有恒昏雨露未嘗晞魏都賦曰窮岫渫雲日月恒翳曹植感時賦曰惟淫雨之永降曠三旬而未晞毛詩曰白露未晞毛萇曰晞乾也東觀漢記馬援曰吾在浪泊之時下潦上霧丹蛇踰百尺玄蜂盈十圍外國圖曰楊山丹蛇居之夫九疑五萬里楚辭

曰赤蟻名象玄蜂若壺百尺十圍言其長大也**含沙射流影吹蠱痛行暉**干寶搜神記曰有物處于江水其名曰蜮一曰短狐能含沙射火所中者頭痛發熱劇者至死毛詩義疏曰蜮短狐一名射影吹蠱即飛蠱也顧野王輿地志曰江南數郡有畜蠱者主人行之以殺人行食飲中人不覺也其家絕滅者則飛遊妄走中之則斃行暉行旅之光暉也**鄣氣晝熏體菌露夜沾衣**吳志華覈表曰蒼梧南海歲有癘風鄣氣宋永初山川記曰寧州鄣氣菌露四時不絕菌草名有毒其上露觸之肉即潰爛菌音罔**飢猨莫下食晨禽不敢飛**南越志曰礬石縣有銅澗泉源沸涌謂之毒水飛禽走獸經之者殞礬音礬列女傳陶荅子妻曰玄豹霧雨七日不下食曹植七哀詩曰南方有鄣氣晨鳥不得飛**毒涇尚多死渡瀘寧具腓**言秦人毒涇尚或多死況今毒癘乎諸葛渡瀘寧有俱病也左氏傳曰諸侯之大夫從晉侯伐秦濟涇而次秦人毒涇上流師人多死諸葛亮表曰五月渡瀘深入不毛毛詩曰秋日凄凄百卉具腓毛萇曰腓病也瀘音盧腓音肥**生軀蹈死地昌志**

○注

○後漢書馬援傳援謂孟冀曰昔伏波將軍路博德開置七郡裁封數百戶

登(發)禍機 列女傳曰楚子發之母謂子發曰使人入於死地而康樂於上雖有以得勝非其術也曹大家曰軍事險危故爲死地也莊子曰其發若機栝其司是非之謂也司馬彪曰言生以是非臧否交接則禍敗之來若機栝之發班固漢書述曰禍如發機

戈船榮既薄伏波賞亦微 漢書曰歸義侯嚴爲戈船將軍出零陵下離水范曄後漢書曰交阯女子徵側反拜馬援爲伏波將軍擊交阯斬徵側振軍旅還京師朝見位次九卿

財輕君尚惜士重安可希 韓詩外傳曰宋燕相齊還遂罷歸舍召門尉田饒等問曰大夫誰與我赴諸侯乎皆伏不對宋燕曰何士易得而難用也田饒對曰君納素錦繡從風而弊士曾不得緣衣夫財者君所輕死者士所重君不能用所輕欲使士致重乎

白頭吟 西京雜記曰司馬相如將娉茂陵二女爲妾文君作白頭吟以自絕相如乃止

沈約宋書古辭白頭吟曰淒淒重淒淒嫁娶不須啼願得一心人白頭不相離

直如朱絲繩清如玉壺冰 朱絲朱絃也禮記清廟之瑟朱絃而疏越桓子新論曰神

農始削桐爲琴繩絲爲絃秦子曰玉壺必求其以盛干將必求其以斷何慙宿昔意猜恨坐相仍馮衍荅任武達書曰敢不露陳宿昔之意東觀漢記段熲曰張奐事勢相友遂懷猜恨方言曰猜疑也爾雅曰仍因也猜千才句人情賤恩舊世議逐衰興毛詩序曰朋友道絕鄭玄曰道絕者弃恩舊也毫髮一爲瑕丘山不可勝李尤戟銘曰山陵之禍越于毫芒仲長子昌言曰事求絲髮之疊孫盛曰劉琨王浚睚眦起於絲髮疊敗成於丘海文子曰禍福之至雖丘山無由識之矣食苗實碩鼠玷白信蒼蠅毛詩曰碩鼠碩鼠無食我苗蒼蠅之爲蟲汙白使黑已見上文鳬鵠遠成美薪芻前見陵韓詩外傳曰田饒事魯哀公而不見察謂哀公曰夫鷄頭戴冠文也足有距武也見敵敢鬬勇也有食相呼仁也夜不失時信也雞有五德君也曰瀹而食之者以其所從來近也夫黃鵠一舉千里出君園池食君魚鼈啄君稻粱無此五者而貴之以其有從來遠也故臣將去君黃鵠舉矣公曰吾書子之言文子曰虛無因循常後而不光譬若積薪燎後者處上也蓍頡

起

篇曰陵侵也史記曰汲黯謂武帝曰陛下同羣臣如積薪後來者居上申黜褒女進班去趙姬昇周王日淪惑漢帝益嗟稱毛詩序曰幽王取申女以爲后又得褒姒而黜申后孔安國尚書傳曰淪沒也班婕妤失寵巳見班婕妤怨詩心賞猶難恃貌恭豈易憑呂氏春秋曰所恃者心也而心猶不足恃尚書曰貌曰恭古來共如此非君獨撫膺列子曰昔人有知不死之道者齊子欲學其道聞言者巳死乃撫膺而歎

放歌行歌録曰孤子生行古辭曰放歌行

蓼蟲避葵堇習苦不言非楚辭曰蓼蟲不徙乎葵藿王逸曰言蓼蟲處辛辣食苦惡不徙葵藿食甘美者也小人自齷齪安知曠士懷漢書酈食其曰其將齷齪好苛禮也雞鳴洛城裏禁門平旦開史記曰雞三號平明東觀漢記杜詩曰伏湛出入禁門補拾遺闕冠蓋縱橫至車騎四方來素帶曳長飈華纓結

遠埃。禮記曰大夫帶素爾雅或爲此猋飈與猋同古字通也七啓曰華組之纓日中安能止鍾鳴猶未歸。日中爲市已見上文崔元始正論永寧詔曰鍾鳴漏盡洛陽城中不得有行者夷世不可逢賢君信愛才郭象注莊子曰世有夷險左氏傳曰魏犫傷於胸公欲殺之而愛其才明慮。自。天。斷。不受。外嫌猜李尤上林苑銘曰顯宗備禮明慮弘深左氏傳箴尹克黃曰君天也杜預左氏傳注曰猜疑也一言分珪爵。片善辭草萊。漢書張竦奏曰一言之勞皆蒙丘山之賞解嘲曰析人之珪擔人之爵莊子曰農夫無草萊之事則不比豈伊白璧賜。將起黃金臺。史記曰虞卿說趙孝成王一見賜黃金百鎰白璧一雙王隱晉書曰段匹磾討石勒進屯故安縣故燕太子丹金臺上谷郡圖經曰黃金臺易水東南十八里燕昭王置千金於臺上以延天下之士二說既異故具引之今君。有。何疾。臨路。獨遲。迴。

升天行

勝帶猶言勝衣耳　金甡說

家世宅闗輔勝帶宦王城闗闗中也漢書曰右扶風左馮翊京兆尹是爲三輔東京賦曰然後以建王城備聞十帝事委曲兩都情十帝兩都俱謂漢也論衡曰漢家三百歲十帝燿德倦見物興衰驟覩俗屯平周易曰屯難也翩翻類迴掌迴掌言疾也孟子曰武丁朝諸侯有天下猶運掌也潘岳朝菌賦曰柰何兮繁華朝榮兮久斃怳惚似朝榮窮塗悔短計晚志重長生春秋合誠圖曰黃帝請問太一長生之道太一曰齋戒六丁道乃可成從師入遠岳結友事仙靈莊子曰從師不囿郭象曰任其自聚非囿之也楚辭曰與赤松結友兮比王喬而爲偶五圖發金記九籥隱丹經抱朴子曰余聞鄭君言道書之重莫尚於三皇文五岳真形圖也又曰鄭君唯見授金丹之經又曰仙經九轉丹金液經皆在崑崙五城之內藏以玉函尚書曰啓籥見書鄭玄易緯注曰齊魯之閒名門戶及藏器之管曰籥以藏經而丹有九轉故曰九籥也風餐委松宿雲臥恣天行莊子曰藐姑射之山

解玉佩也　呂向注

有神人居焉不食五穀吸風飲露乘雲氣御飛龍

冠霞登綵閣解玉飲椒庭

郭璞遊仙詩曰振髮戴翠霞解褐禮絳霄陸機雲賦曰似長城曲蜿綵閣相扶椒庭取其芬香也洛神賦曰踐椒塗之郁列

暫遊越萬里近別數千齡

神仙傳若士謂盧敖曰吾一舉于萬里吾猶未之能馬明先生別傳曰先生隨神士還代見安期先生語神女曰昔與女郎遊于安息憶此未久已二千年矣

鳳臺無還駕簫管有遺聲

列仙傳曰簫史者秦繆公時人也善吹簫繆公有女號弄玉好之公遂以妻之遂教弄玉作鳳鳴居數十年吹似鳳聲鳳皇來止其屋爲作鳳臺夫婦止其上不下數年一旦皆隨鳳皇飛去故秦氏作鳳女詞有簫聲阮籍詠懷詩曰簫管有遺音梁王安在哉

何時與爾曹啄腐共吞腥

如淳漢書注曰曹輩也孔安國尚書傳曰腥臭也

鼓吹曲一首

五言集云奉隋王教作古入朝曲蔡邕曰鼓吹歌軍樂也謂之短簫鐃歌黃帝岐伯所作也

謝玄暉

原文无此字

江南佳麗地金陵帝王州爾雅曰江南曰揚州佳麗已見上文吴録曰張紘言於孫權曰秣陵楚武王所置名爲金陵秦始皇時望氣者云金陵有王者氣故斷連崗改名秣陵也曹植贈王粲詩曰壯哉帝王居佳麗殊百城逶迤帶淥水迢遞起朱樓王逸楚辭注曰逶迤長貌也吴都賦曰亘以淥水劉逵注曰迢遞遠望懸絶也馮衍顯志賦曰伏朱樓而四望採三秀之華英飛甍夾馳道垂楊蔭御溝吴都賦曰飛甍舛互漢書曰太子不敢絶馳道應劭曰天子道也洛陽記曰天淵南有石溝御溝水也崔豹古今注曰長安御溝謂之楊溝植楊於其上凝笳翼高蓋疊鼓送華軔徐引聲謂之凝小雅曰翼送也老子曰駟馬高蓋小擊鼓謂之疊西京賦曰龍輈華轙獻納雲臺表功名良可收兩京賦序曰朝久論思日月獻納范曄後漢書曰肅宗詔賈逵入講尚書南宫雲臺解嘲曰藺先生收功於章臺

挽歌譙周法訓曰挽歌者高帝召田横至尸鄉自殺從者不敢哭而不勝哀故爲此歌以寄哀音焉

攷異從何説乙
存上宋本有尸子曰
其生也六字已見本
卷六至七四行

挽歌詩一首 五言　繆熙伯

文章志曰繆襲字熙伯魏志曰襲東海人有才學多所叙述官至尚書光祿勳

生時遊國都，死沒弃中野。歸田賦曰遊都邑以永久周易曰古之葬者厚衣之以薪葬之中野

朝發高堂上，暮宿黃泉下。論衡曰親之生也生之高堂之上其死也葬之黃泉之下服虔左氏傳注曰天玄地黃泉在地中故言黃泉也

白日入虞淵，懸車息駟馬。淮南子曰日出湯谷至于悲泉爰息其馬是爲懸車至于虞淵是謂黃昏

造化雖神明，安能復存我。淮南子曰大夫恬然無爲與造化逍遙高誘曰造化天地生也存已見上文

形容稍歇滅，齒髮行當墮。自古皆有然，誰能離此者。穆天子傳七萃之士曰自古有死生

挽歌詩三首 五言　陸士衡

○注䪥 ○注中第一薤字亦誤

卜擇考休貞嘉命咸在兹儀禮曰筮若不從筮擇如初儀又曰卜若不從卜擇如初儀鄭玄曰擇地而筮之也鄭玄毛詩箋云考稽也鄭衆周禮注曰大貞大卦也廣雅曰命名也夙駕驚徒御結轡頓重基毛詩曰星言夙駕又曰徒御不驚春秋運斗樞曰山者地基也龍輴被廣柳前驅矯輕旗禮記曰飾棺君龍帷三池振容黼荒鄭玄曰荒蒙也在傍曰帷在上曰荒皆所以衣柳然龍荒畫龍於荒也被猶衣也史記曰周氏置季布於廣柳車中劉熙釋名曰輿棺之車其蓋曰柳晉灼漢書曰柳聚也衆飾之所聚也禮記曰以死者爲不可別也故以其旗識之賀循葬禮曰杠今之旐也古以緇布爲之絳縿題姓名而已不爲畫飾輴與荒同古字通殯宮何嘈嘈哀響沸中闈釋名曰於西壁下塗之曰殯儀禮曰遂適殯宮中闈且勿讙聽我薤露詩崔豹古今注曰薤露蒿里並喪歌出田橫門人橫自殺門人傷之爲之悲歌言人命如䪥上之露易晞滅亦謂人死魂精歸乎蒿里故有二章其一曰䪥上朝露何易晞露晞明朝更復落人死一去何時歸

其二章曰蒿里誰家地聚斂魂魄無賢愚鬼伯一何相催促人命不得少踟蹰至李延年乃分二章爲二曲薤露送王公貴人蒿里送士大夫庶人使挽柩者歌之世亦呼爲挽歌也死生各異倫祖載當有時范曄後漢書曰唐姬詩曰死生各異兮從此乖周禮曰喪祝掌大喪祖飾棺乃載鄭玄曰祖爲行始也其序載而後飾白虎通曰祖者始也始載於庭輀車辭祖禰故名曰祖載也白虎通與鄭說不同故俱引之含觴酎兩楹位啓殯進靈輀儀禮曰遷于祖用輀正柩於兩楹間奠設如初又曰請啓期鄭玄曰請啓殯之期也說文曰輀喪車也禮記孔子曰予疇昔之夜夢坐奠於兩楹之間鄭玄曰是夢坐奠於兩楹之間而見饋食言奠者以爲凶也飲餞觴莫舉出宿歸無期毛詩曰出宿于泲飲餞于禰帷衽曠遺影棟宇與子辭鄭玄禮記注曰衽卧席也孔安國尚書傳曰曠空也周親咸奔湊友朋自遠來尚書王曰雖有周親不如仁人孔安國曰周至也王逸楚辭注曰湊衆也論語子曰有朋自遠方來翼翼飛輕軒駸駸策

賀校

別本此二字在流離親友思一二字後是也

素騏毛詩曰乘其四駱載驟駸駸又曰有騂有騏毛萇曰蒼白曰騏也按轡遵長薄送

子長夜臺漢書曰天子按轡徐行阮瑀七哀詩曰冥冥九泉室漫漫長夜臺呼子子不

聞泣子子不知歎息重櫬側念我疇昔時杜預左氏傳注曰櫬棺

也楚鎮切左氏傳羊斟曰疇昔之羊子爲政三秋猶足收萬世安可思毛詩曰一

日不見如三秋兮殉沒身易亡救子非所能臣瓚漢書注曰亡身從物曰殉殉或

爲殉含言言哽咽揮涕涕流離劉表與袁譚書曰聞之哽咽若存若亡長門賦

曰涕流離而從橫

重阜何崔嵬玄廬竄其間曹植曹喈誄曰痛玄廬之虛廓旁薄立四

極穹隆放蒼天爾雅曰東至於泰遠西至於邠國南至於僕鈆北至於祝栗謂之四極太玄經

曰天穹隆而周乎下地旁薄而向乎上故天裹地側聽陰溝涌臥觀天井懸古之

葬者於壙中爲天象及江河陰溝江河也天井天象也魯靈光殿賦曰玄醴騰涌於陰溝史記曰始皇治酈山以水銀爲江河上具天文天官星占曰東井一名天井廣霄何寥廓大暮安可晨張負遺令曰地底冥冥長無曉期人往有反歲我行無歸年呂氏春秋曰管仲有病桓公往問之對曰今臣將有遠行胡可以問之高誘曰行謂即世也昔居四民宅今託萬鬼鄰管子曰士農工商四民者國之正民也海水經曰東海中有山焉名度索上有大桃樹東北瘣枝名曰鬼門萬鬼所聚昔爲七尺軀今成灰與塵淮南子曰吾生也有七尺之形吾死也有一棺之土韓子曰死者始而灰已而土李尤九曲歌曰肥骨消滅隨塵去金玉素所佩鴻毛今不振漢書郊祀歌曰曳珂錫佩珠玉鄭玄喪服注曰素故也鴻毛輸輕也燕丹子曰死有輕於鴻毛豐肌饗螻蟻妍姿永夷泯司馬相如美人賦曰弱骨豐肌莊子曰莊子將死弟子欲厚葬之莊子曰吾以天地爲棺弟子曰恐烏鳶之食夫子也莊子曰在上爲烏鳶食在下爲螻蟻食

奪彼與此何其偏也廣雅曰夷滅也爾雅曰泯盡也壽堂延螭魅虛無自相賓楚辭
曰蹇將澹兮壽宮與日月兮齊光王逸曰壽宮供神之處也左氏傳曰王孫滿對楚子曰螭魅罔魎莫能逢之
杜預曰魑山神獸形魅怪物也周禮曰五州爲鄉使之相賓鄭玄曰賓賓客其賢者也螻蟻爾何
怨螭魅我何親拊心痛荼毒永歎莫爲陳拊心已見上文毛詩曰民
之貪亂寧爲荼毒又曰假寐永歎
流離親友思惆悵神不泰流離已見上文楚辭曰惆悵兮而私自憐素驂佇
輀軒玄駟騖飛蓋哀鳴興殯宮迴遲悲野外殯宮已見上文魂
輿寂無響但見冠與帶周遷輿服志曰禮葬有魂車儀禮曰薦車直東榮鄭玄曰進車
者象生時將行陳駕今時謂之魂車也備物象平生長旌誰爲旆禮記曰孔子爲
明器者備物而不可用周禮曰大喪供銘旌悲風徽行軌傾雲結流藹爾雅曰徽

謂

止也或作鼓軛車也結猶積也文字集略曰靄雲雨狀也藹與靄古字同振策指靈丘駕言從此逝秦嘉詩曰振策陟長衢曹植感節賦曰豈吾鄉之足顧戀祖宗之靈丘毛詩曰駕言出遊

挽歌詩一首　五言　陶淵明

荒草何茫茫白楊亦蕭蕭古詩曰四顧何茫茫東風搖百草又曰白楊何蕭蕭松柏夾廣路楚辭曰風颯颯兮木蕭蕭嚴霜九月中送我出遠郊楚辭曰冬又申之以嚴霜爾雅曰邑外曰郊四面無人居高墳正嶕嶢字林曰嶕嶢高貌也馬爲仰天鳴風爲自蕭條蔡琰詩曰馬爲立踟蹰漢書息夫躬絕命辭曰秋風爲我吟幽室一已閉千年不復朝千年不復朝賢達無柰何向來相送人各已歸其家親戚或餘悲他人亦已歌死去何所道託體同山阿

雜歌

歌一首并序七言 荆軻史記曰荆軻衛人其先齊人徙於衛衛人謂之慶卿之燕燕人謂之荆卿荆卿好讀書擊劍

燕太子丹使荆軻刺秦王丹祖送於易水上崔寔四民月令曰祖道神祀以求道路之福高漸離擊筑鄧展漢書注曰筑音竹應劭曰狀似琴而大頭安絃以竹擊之故名曰筑也荆軻歌宋如意和之曰

風蕭蕭兮易水寒壯士一去兮不復還

歌一首并序七言 漢高祖

高祖還過沛留置酒沛宫悉召故人父老子弟佐酒應劭漢書注曰助行酒也發沛中兒得百二十人教之歌酒酣應劭漢書注曰酣洽也上擊筑自歌曰

大風起兮雲飛揚威加海

内兮歸故鄉安得猛士兮守四方風起雲飛以喻羣兇競逐而天下亂也威加四海言已靜也夫安不忘危故思猛士以鎮之

扶風歌一首五言　劉越石

集注扶風歌九首然以兩韻爲一首今此合之蓋誤

朝發廣莫門暮宿丹水山晋宮閣名曰洛陽城廣莫門北向漢書曰高都縣莞谷丹水所出也莞音管左手彎繁弱右手揮龍淵左氏傳衛子魚曰分魯公以封父之繁弱杜預曰封父古諸侯也繁弱大弓名也戰國策蘇秦說韓曰韓之劍戟龍淵大阿皆陸斷馬牛水擊鴻鴈顧瞻望宮闕俯仰御飛軒鄭玄毛詩箋曰迴首曰顧據鞍長歎息淚下如流泉繫馬長松下發鞍高岳頭烈烈悲風起泠泠澗水流揮手長相謝哽咽不能言晋灼漢書注曰以辭相告

竟

曰謝哽咽已見上文浮雲爲我結歸鳥爲我旋漢書息夫躬絶命辭曰秋風爲我吟浮雲爲我陰去家日已遠安知存與亡古詩曰相去日已遠韋弘嗣秋風篇曰辭親向長路安知存與亡慷慨窮林中抱膝獨摧藏琴操王昭君歌曰離宮絶曠身摧藏麋鹿遊我前猨猴戲我側資糧既乏盡薇蕨安可食史記曰伯夷叔齊隱於首陽山采薇而食之攬轡命徒侶吟嘯絶巖中楚辭曰攬騑轡而下節李陵書曰吟嘯成羣君子道微矣夫子故有窮周易曰君子道消穀梁傳曰叔姬歸于紀其不言逆何也逆之道微矣論語曰夫子在陳絶糧子路愠見曰君子亦有窮乎子曰君子固窮小人窮斯濫矣惟昔李騫期寄在匈奴庭忠信反獲罪漢武不見明李陵降匈奴已見恨賦周易曰歸妹愆期遲歸有時王肅曰愆過也騫與愆通也我欲競此曲此曲悲且長宋子侯歌曰吾欲競此曲此曲愁人腸弃置勿

重陳重陳令心傷魏文帝雜詩曰棄置勿復陳

中山王孺子妾歌一首 五言

陸韓卿

漢書曰詔賜中山靖王噲及孺子妾并未央才人歌詩四篇如淳曰孺子幼少稱也孺子宮人也

如姬寢臥內班婕坐同車史記侯嬴謂魏公子毋忌曰嬴聞晉鄙之兵符常在魏王臥內而如姬出入王臥內力能竊之漢書曰成帝遊於後庭常欲與班婕妤同輦載洪波陪飲帳林光宴秦餘韓詩外傳曰趙簡子與諸大夫飲於洪波之臺西都賓曰視往昔之遺館獲林光於秦餘然秦餘漢帝所幸洪波非魏王所遊疑陸誤也歲暮寒飇及秋水落芙蕖爾雅曰荷芙蕖也郭璞曰別名芙蓉也子瑕矯後駕安陵泣前魚韓子曰昔者彌子瑕有寵於衛君衛國之法竊駕君車者罪刖彌子母病人聞夜告彌子彌子矯駕君車以出於門君聞賢之曰孝

哉爲母之故犯跀罪跀古刖字也說文曰矯擅也戰國策曰魏王與龍陽君共船而釣龍陽君釣得十餘魚而弃之泣下王曰有所不安乎對曰無王曰然則何爲涕出對曰臣始得魚甚喜後得益多而大欲弃前之所得也今以臣凶惡而得拂枕席今爵至人君走人於庭避人於塗四海之內其美人甚多矣聞臣之得幸於王畢褰裳而趍王臣亦同曩者所得魚也亦將弃矣得無涕出乎王乃布令曰敢言美人者族然泣魚是龍陽非安陵疑陸誤也

賤妾終已矣君子定焉如楚辭曰已矣哉王逸曰已矣絕望之辭也思玄賦曰樛天道其焉如

文選卷第二十八　六月廿八夕　侃誦

文選卷第二十九

梁昭明太子撰

文林郎守太子右内率府録事參軍事崇賢館直學士臣李善注上

雜詩上

沈休文云凡樂章古詞今之存者並漢世街陌謳謠江南可采蓮烏生十五子白頭吟之屬是也余謂古詩敗遊人世雜詩縱有主名亦必閭里流傳之作後人或取為高下豈諳謠諺之體耶裁

齊以聞所輕舍之志俱未申可為十九首之總然所以歷千載而光景常新也

此首玉臺新詠屬枚乘

張茂先雜詩一首　情詩二首

陸士衡園葵詩一首　曹顔遠思友人詩一首

感舊詩一首　何敬祖雜詩一首

王正長雜詩一首　棗道彦雜詩一首

左太沖雜詩一首　張季鷹雜詩一首

張景陽雜詩十首

古詩一十九首 五言並云古詩蓋不知作者或云枚乘疑不能明也詩云驅馬上東門又云遊戲宛與洛此則辭兼東都非盡是乘明矣昭明以失其姓氏故編在李陵之上

行行重行行與君生別離 楚辭曰悲莫悲兮生別離 相去萬餘里各

校

在天一涯 廣雅曰涯方也 道路阻且長會面安可知 毛詩曰遡洄從之道阻且長薛綜西京賦注曰安焉也 胡馬依北風越鳥巢南枝 韓詩外傳曰詩曰代馬依北風飛鳥棲故巢皆不忘本之謂也 相去日已遠衣帶日已緩 古樂府歌曰離家日趨遠衣帶日趨緩 浮雲蔽白日遊子不顧反 浮雲之蔽白日以喻邪佞之毀忠良故遊子之行不顧反也文子曰日月欲明浮雲蓋之陸賈新語曰邪臣之蔽賢猶浮雲之鄣日月古楊柳行曰讒邪害公正浮雲蔽白日義與此同也鄭玄毛詩箋曰顧念也 思君令人老歲月忽已晚棄捐勿復道努力加餐飯

青青河畔草鬱鬱園中柳 鬱鬱茂盛也 盈盈樓上女皎皎當牕牖 草生河畔柳茂園中以喻美人當牕牖也廣雅曰嬴容也盈與嬴同古字通 娥娥紅粉粧纖纖出素手 方言曰秦晉之間美貌謂之娥韓詩曰纖纖女手可以縫裳薛君曰纖纖女手

倡女獨宿特多故梁鄧鑑月夜閨中詩云誰能當此夕獨宿類倡家　本何焯說

後漢

之貌毛萇曰摻摻猶纖纖也昔爲倡家女今爲蕩子婦史記曰趙王遷母倡也說

文曰倡樂也謂作妓者蕩子行不歸空牀難獨守列子曰有人去鄉土遊於四方

而不歸者世謂之爲狂蕩之人也

青青陵上柏磊磊磵中石言長存也莊子仲尼曰受命於地唯松柏獨也在冬夏常

青青楚詞曰石磊磊兮葛蔓蔓字林曰磊磊衆石也人生天地間忽如遠行客言異

松石也尸子老萊子曰人生於天地之間寄也寄者固歸列子曰死人爲歸人則生人爲行人矣韓詩外傳曰枯

魚銜索幾何不蠹二親之壽忽如過客斗酒相娛樂聊厚不爲薄鄭玄毛詩箋曰

聊粗略之辭也驅車策駑馬遊戲宛與洛廣雅曰駑駘也謂馬遲鈍者也漢書南陽

郡有宛縣洛東都也洛中何鬱鬱冠帶自相索春秋說題辭曰齊俗冠帶以禮相提

賈逵國語注曰索求也長衢羅夾巷王侯多第宅魏王奏事曰出不由里門面大

二句与斗酒二句相應

人生以下即高言也

歐陽詢藝記四以此樓為西城門外之西北高樓則楊衒之不以為校
校枚乘之作

大者名曰第兩宮遥相望雙闕百餘尺蔡質漢官典職曰南宮北宮相去七里極宴娛心意戚戚何所迫楚辭曰居戚戚而不可解

今日良宴會歡樂難具陳毛萇詩傳曰良善也陳猶說也彈箏奮逸響新聲妙入神劉向雅琴賦曰窮音之至入於神令德唱高言識曲聽其真左氏傳宋昭公曰光昭先君之令德莊子曰是以高言不止於衆人之口廣雅曰高上也謂辭之美者真猶正也齊心同所願含意俱未申所願謂富貴也人生寄一世奄忽若飆塵人生若寄已見上注方言曰奄遽也爾雅曰飄颻謂之猋爾雅或爲此飆何不策高足先據要路津高上也亦謂逸足也無為守窮賤轗軻長苦辛楚辭曰年既過太半然輡軻不遇也轗與輡同苦闇切軻苦賀切

西北有高樓上與浮雲齊此篇明高才之人仕宦未達知人者稀也西北乾位君之

居也交疏結綺牕阿閣三重階薛綜西京賦注曰疏刻穿之也說文曰綺文繒也此刻鏤以象之尚書中候曰昔黃帝軒轅鳳皇巢阿閣周書曰明堂咸有四阿然則閣有四阿謂之阿閣鄭玄周禮注曰四阿若今四注者也薛綜西京賦注曰殿前三階也上有絃歌聲音響一何悲論語曰子游為武城宰聞絃歌之聲說苑應侯曰今日之琴一何悲也誰能為此曲無乃杞梁妻琴操曰杞梁妻嘆者齊邑杞梁殖之妻所作也殖死妻嘆曰上則無父中則無夫下則無子將何以立吾節亦死而已援琴而鼓之曲終遂自投淄水而死清商隨風發中曲正徘徊宋玉長笛賦曰吟清商追流徵一彈再三歎慷慨有餘哀說文曰歎太息也又曰慷慨壯士不得志於心也不惜歌者苦但傷知音稀賈逵國語注曰惜痛也孔安國論語注曰稀少也願為雙鳴鶴奮翅起高飛楚辭曰將奮翼兮高飛廣雅曰高遠也

校

還顧二句在遠道共之辭

太初以前

涉江采芙蓉蘭澤多芳草采之欲遺誰所思在遠道楚辭曰折芳馨兮遺所思還顧望舊鄉長路漫浩浩鄭玄毛詩箋曰回首曰顧同心而離居憂傷以終老周易曰二人同心楚辭曰將以遺兮離居毛詩曰假寐永歎維憂用老

明月皎夜光促織鳴東壁春秋考異郵曰立秋趣織鳴宋均曰趣織蟋蟀也立秋女功急故趣之禮記曰季夏蟋蟀在壁玉衡指孟冬衆星何歷歷春秋運斗樞曰北斗七星第五曰玉衡淮南子曰孟秋之月招搖指申然上云促織下云秋蟬明是漢之孟冬非夏之孟冬矣漢書曰高祖十月至霸上故以十月爲歲首漢之孟冬今之七月矣白露沾野草時節忽復易禮記曰孟秋之月白露降列子曰寒暑易節秋蟬鳴樹間玄鳥逝安適禮記曰孟秋寒蟬鳴又曰仲秋之月玄鳥歸鄭玄曰玄鳥鷰也謂去蟄也呂氏春秋曰國危甚矣若將安適高誘曰適之也復云秋蟬玄鳥者此明實候故以夏正言之昔我同門友高舉振六翮論語

文心雕龍以此篇為傳毅之詞

曰有朋自遠方來不亦樂乎鄭玄曰同門曰朋韓詩外傳蓋桑曰夫鴻鶴一舉千里所恃者六翮耳不念攜手好棄我如遺跡毛詩曰惠而好我攜手同車國語楚鬬且語其弟曰靈王不顧於民一國棄之如遺跡焉南箕北有斗牽牛不負軛言有名而無實也毛詩曰維南有箕不可以簸揚維北有斗不可以挹酒漿睆彼牽牛不以服箱良無盤石固虛名復何益良信也聲類曰盤大石也

冉冉孤生竹結根泰山阿竹結根於山阿喻婦人託身於君子也風賦曰緣太山之阿與君為新婚兔絲附女蘿毛萇詩傳曰女蘿松蘿也毛詩草木疏曰今松蘿蔓松而生而枝正青兔絲草蔓聯草上黃赤如金與松蘿殊異此古今方俗名草不同然是異草故曰附也兔絲生有時夫婦會有宜蒼頡篇曰宜得其所也千里遠結婚悠悠隔山陂說文曰陂阪也思君令人老軒車來何遲傷彼蕙蘭花

○校　○校　○脈當作脈

含英揚光輝過時而不采將隨秋草萎楚辭曰秋草榮其將實微霜下而夜殞君亮執高節賤妾亦何爲爾雅曰亮信也

庭中有奇樹綠葉發華滋蔡質漢官典職曰宮中種嘉木奇樹攀條折其榮將以遺所思遺所思已見上文馨香盈懷袖路遠莫致之王逸楚辭注曰在衣曰懷毛詩曰豈不爾思遠莫致之說文曰致送詣也此物何足貢但感別經時賈逵國語注曰貢獻也物或爲榮貢或作貴

迢迢牽牛星皎皎河漢女牽牛已見上文毛詩曰維天有漢監亦有光跂彼織女終日七襄雖則七襄不成報章毛萇曰河漢天河也纖纖擢素手札札弄機杼纖織已見上文終日不成章泣涕零如雨不成章已見上句注毛詩曰瞻望弗及泣涕如雨河漢清且淺相去復幾許盈盈一水間脈脈不得語

或云此太初以前但据歲暮而説不知夏正之秋亦可稱暮蟋蟀詩豈忘之也

爾雅曰脉相視也郭璞曰脉脉謂相視貌也

迴車駕言邁，悠悠涉長道。毛詩曰駕言出遊又曰悠悠南行順彼長道 四顧何茫茫，東風搖百草。莊子曰方將四顧王逸楚辭注曰茫茫草木彌遠容貌盛也 所遇無故物，焉得不速老。盛衰各有時，立身苦不早。人生非金石，豈能長壽考。韓子曰雖與金石相弊蕪天下未有日也 奄忽隨物化，榮名以爲寶。化謂變化而死也不忍斥言其死故言隨物而化也莊子曰聖人之生也天行其死也物化

東城高且長，逶迤自相屬。城高且長故登之以望也王逸楚辭注曰逶迤長貌也 迴風動地起，秋草萋已綠。四時更變化，歲暮一何速。周易曰四時變化而能久成毛詩曰歲聿云暮尸子曰人生也亦少矣而歲往之亦速矣 晨風懷苦心，

武

江文通雜體詩李陵注引思作顧

後漢

蟋蟀傷局促。毛詩曰鴥彼晨風鬱彼北林未見君子憂心欽欽蒼頡篇曰懷抱也毛詩序曰蟋蟀刺晉僖公儉不中禮漢書景帝曰局促效轅下駒蕩滌放情志何爲自結束。燕趙多佳人美者顏如玉。燕趙二國名也楚辭曰聞佳人兮召予神女賦曰苞溫潤之玉顏被服羅裳衣當戶理清曲。如淳漢書注曰今樂家五日一習樂爲理樂也音響一何悲絃急知柱促。馳情整中帶沈吟聊躑躅。中帶中衣帶整帶將欲從之毛萇詩傳曰丹朱中衣說文躑躅住足也躑躅與蹢躅同思爲雙飛燕銜泥巢君屋。

驅車上東門。遥望郭北墓。上東門已見阮籍詠懷詩應劭風俗通曰葬於郭北北首求諸幽之道也白楊何蕭蕭。松栢夾廣路。白虎通曰庶人無墳樹以楊柳楚辭曰風颯颯兮木蕭蕭仲長子昌言曰古之葬者松栢梧桐以識其墳也下有陳死人。杳杳即

詩品説舊疑此篇建安中陳思王所製

長暮。莊子曰人而無人道是之謂陳人也郭象曰陳久也楚辭曰去白日之昭昭襲長夜之悠悠潜寐黄泉下。千載永不寤。服虔左氏傳注曰天玄地黄泉在地中故言黄泉浩浩陰陽移。年命如朝露。神農本草曰春夏爲陽秋冬爲陰莊子曰陰陽四時運行漢書李陵謂蘇武曰人生如朝露人生忽如寄。壽無金石固。如寄已見上文萬歲更相送。聖賢莫能度。服食求神仙。多爲藥所誤。不如飲美酒。被服紈與素。范子曰白紈素出齊

去者日以疎。生者日以親。呂氏春秋曰死者弥久生者弥疎出郭門直視。但見丘與墳。白虎通曰葬於城郭外何死生異別終始異居古墓犂爲田。松柏摧爲薪。白楊多悲風。蕭蕭愁殺人。楚辭曰哀江介之悲風又曰秋風兮蕭蕭思還故里閭。欲歸道無因。

張景陽七命注作人生

後漢

古懽舊懽也

生年不滿百，常懷千歲憂。孫卿子曰：人生無百歲之壽，而有千歲之信士，何也？曰：以夫千歲之法自持者，是乃千歲之信士矣。晝短苦夜長，何不秉燭遊。爲樂當及時，何能待來茲。呂氏春秋曰：今茲美禾，來茲美麥。高誘曰：茲，年。愚者愛惜費，但爲後世嗤。說文曰：嗤，笑也。仙人王子喬，難可與等期。列仙傳曰：王子喬者，太子晉也。道人浮丘公接以上嵩高山。

凜凜歲云暮，螻蛄夕鳴悲。說文曰：凜，寒也。歲暮已見上注。方言曰：南楚或謂螻蛄爲螻螻。廣雅曰：螻螻，蛄也。螻，力侯切。蛄，鼓胡切。涼風率已厲，遊子寒無衣。禮記曰：孟秋之月，涼風至。杜預左氏傳注曰：厲，猛也。毛詩曰：無衣無褐，何以卒歲。錦衾遺洛浦，同袍與我違。毛詩曰：角枕粲兮，錦衾爛兮。又曰：豈曰無衣，與子同袍。獨宿累長夜，夢想見容輝。良人惟古懽，枉駕惠前綏。良人念昔之懽愛，故枉駕而迎己，惠以前綏，欲

太初以凌

占法及七命注

令升車也故下云攜手同車孟子曰齊人一妻一妾而處室者其良人出必厭酒肉劉熙曰婦人稱夫曰良人禮記曰壻出御婦車而壻授綏御輪三周願得常巧笑攜手同車歸毛詩曰巧笑倩兮攜手同歸見上注既來不須臾又不處重闈楚辭曰何須臾而忘反亮無晨風翼焉能凌風飛爾雅曰晨風鸇也莊子曰鵾凌風而起眄睞以適意引領遙相睎徙倚懷感傷垂涕沾雙扉

孟冬寒氣至北風何慘慄毛詩曰二之日栗冽毛萇曰栗冽寒氣也愁多知夜長仰觀衆星列三五明月滿四五詹兔缺禮記曰地秉陰竅於山川播五行於四時和而后月生也是以三五而盈三五而闕春秋元命苞日月之爲言闕也兩說以詹諸與兔然詹與占同古字通客從遠方來遺我一書札說文曰札牒也上言長相思下言久離別置書懷袖中三歲字不滅韓詩外傳曰趙簡子

詩品說此篇舊疑陳思所製

被著以相思絲音同思以隱語後來吳聲歌曲以碑為悲以蓮為憐即本于此本楊慎說

說文締結不解也案長言曰繫縯今語曰結達本慎

校

少子名無恤簡子自爲書牘使誦之居三年簡子坐青臺之上問書所在無恤出其書於左袂令誦習焉一心抱區區懼君不識察李陵與蘇武書曰區區之心竊慕此爾廣雅曰區區愛也客從遠方來遺我一端綺綺已見上文相去萬餘里故人心尚爾鄭玄毛詩箋曰尚猶也字書曰爾詞之終耳文綵雙鴛鴦裁爲合懽被著以長相思緣以結不解鄭玄儀禮注曰著謂充之以絮也著張慮切鄭玄禮記注曰緣飾邊也緣以絹反以膠投漆中誰能別離此韓詩外傳子夏曰實之與實如膠與漆君子不可不留意也

明月何皎皎照我羅床幃毛詩曰月出皎兮憂愁不能寐攬衣起徘徊毛詩曰耿耿不寐客行雖云樂不如早旋歸毛詩曰言旋言歸出户獨彷徨愁思當告誰毛詩序曰彷徨不忍去引領還入房淚

魏文帝燕歌行謝玄暉休沐重還道中江文通望荊山詩注並引裳衣作衣裳疑是也未可據韻耳

下沾裳衣 引須已見上文

與蘇武三首 五言 李少卿 漢書曰李陵字少卿少時爲侍中建章監善射愛人降匈奴爲右校王病死

良時不再至離別在須臾 論語摘輔像讖曰時不再及宋均曰及亦至也須臾已見上文

屏營衢路側執手野踟蹰 國語申胥曰昔楚靈王獨行屏營毛詩曰執子之手又曰搔首踟蹰

仰視浮雲馳奄忽互相踰風波一失所各在天一隅 言浮雲之馳奄忽相踰飄飄不定逮乎因風波蕩各在天之一隅以喻人之客遊飛薄亦爾

長當從此別且復立斯須 禮記君子曰禮樂不可斯須去身鄭玄曰斯須猶須臾也

欲因晨風發送子以賤軀 晨風早風言欲因風發而已乘之以送子也楚辭曰乘回風兮遠遊

能　別本

嘉會難再遇，三載為千秋。琴操曰劒虜者邵國之女所作也古者役不踰時不失嘉會

臨河濯長纓，念子悵悠悠。夫冠纓仕子之所服濯之以遠遊今因遠遊而感逝川故增別念也

遠望悲風至，對酒不能酬。行人懷往路，何以慰我愁。毛萇詩傳曰懷思也

獨有盈觴酒，與子結綢繆。毛詩曰綢繆束薪毛萇曰綢繆纏綿之貌也

攜手上河梁，遊子暮何之。楚辭曰浮雲兮容與導予兮何之也

徘徊蹊路側，悢悢不得辭。廣雅曰悢悢恨也

行人難久留，各言長相思。安知非日月，弦望自有時。劉熙釋名曰弦月半之名也其形一旁曲一旁直若張弓弛弦也望月滿之名也月大十六日月小十五日日在東月在西遙相望也

努力崇明德，皓首以為期。周易曰利用安身以崇德也毛萇詩傳曰崇終也尚書曰先王既勤用明德聲類曰顥白首貌

也皓與顥古字通

。詩四首五言　蘇子卿漢書曰蘇武字子卿為移中監使匈奴十九年歸拜為典屬國病卒

骨肉緣枝葉。結交亦相因。骨肉謂兄弟也漢書帝謂燕王旦曰今王骨肉至親古詩曰結交莫羞貧四海皆兄弟。誰為行路人。論語子夏謂司馬牛曰四海之內皆為兄弟君子何患乎無兄弟家語曰子游見行路之人云魯司鐸火也況我連枝樹。與子同一身。昔為鴛與鴦。今為參與辰。毛詩曰鴛鴦于飛畢之羅之鄭玄曰言其止則相偶飛則為雙尚書大傳曰書之論事離離若參辰之錯行法言曰吾不睹參辰之相比也宋衷曰辰龍星也參虎星也我不見龍虎俱見昔者常相近。邈若胡與秦。淮南子曰肝膽胡越許慎曰胡在北方越居南方然胡秦之義猶胡越也惟念當離別。恩情日以新。鹿鳴

思野草可以喻嘉賓毛詩曰呦呦鹿鳴食野之苹我有嘉賓鼓瑟吹笙我有一罇酒欲以贈遠人願子留斟酌叙此平生親黄鵠一遠別千里顧徘徊韓詩外傳曰田饒謂魯哀公曰夫黄鵠一舉千里胡馬失其羣思心常依依胡馬已見上文依依思戀之皃也何況雙飛龍羽翼臨當乖雙龍喻己及朋友也幸有絃歌曲可以喻中懷請爲遊子吟泠泠一何悲琴操曰楚引者楚游子龍丘高出游三年思歸故鄉望楚而長歎故曰楚引蒼頡篇曰吟嘆也絲竹厲清聲慷慨有餘哀禮記曰絲竹樂之器也王逸楚辭注曰厲烈也謂清烈也古詩曰慷慨有餘哀長歌正激烈中心愴以摧欲展清商曲念子不能歸清商已見上文俛仰內傷心淚下不可揮爾雅曰揮竭也郭璞曰揮振去水亦爲竭莊子曰俛仰之間家語曰公文伯卒敬姜曰二三子無揮涕也願

秋下注

爲雙黃鵠送子俱遠飛

結髮爲夫妻恩愛兩不疑結髮始成人也謂男年二十女年十五時取笄冠爲義也漢書李廣曰結髮而與匈奴戰也歡娛在今夕嬿婉及良時孟子曰霸者之人歡娛如也毛詩曰今夕何夕又曰嬿婉之求征夫懷往路起視夜何其毛詩曰駪駪征夫又曰夜如何其夜未央毛萇曰其辭也參辰皆已沒去去從此辭參辰已沒言將曉也

行役在戰場相見未有期毛詩曰嗟余子行役戰國策曰綴甲勵兵効勝於戰場握手一長歎淚爲生別滋史記繆賢曰燕王私握臣手生別已見上文努力愛春華莫忘歡樂時春華喻少時也生當復來歸死當長相思

燭燭晨明月馥馥秋蘭芳蒼頡篇曰燭照也韓詩曰馥芬孝祀薛君曰馥香貌也

以杜甫觀之則此陸正以前作也

序蓋華嶠後漢之詞　永建

芬馨良夜發隨風聞我堂秋月既明秋蘭又馥遊子感時彌增戀本也征夫懷遠路遊子戀故鄉漢書高祖曰遊子悲故鄉寒冬十二月晨起踐嚴霜漢書武帝太初元年改從夏正此或改正之後也楚辭曰冬又申之以嚴霜俯觀江漢流仰視浮雲翔良友遠離別各在天一方江漢流不息浮雲去靡依以喻良友各在一方播遷而無所托楚辭曰仰浮雲而永歎山海隔中州相去悠且長楚辭曰蹇誰留兮中州嘉會難兩遇懽樂殊未央嘉會已見上文願君崇令德隨時愛景光令德已見上文景光即光景也楚辭曰借光景以往來

四愁詩四首 并序

張平子

張衡不樂久處機密陽嘉中出爲河間相時國王驕奢不遵法度范曄後漢書順帝紀曰改元嘉七年爲陽嘉元年改陽嘉五年爲永和元年又曰順帝初

衡復爲太史令陽嘉元年造候風地動儀永和初出爲河間相而此云陽嘉中誤也范曄後漢書曰和帝申貴人生河間孝王開立四十二年順帝永建六年薨子惠王政嗣傲很不奉法憲然考其年月此是惠王也又多豪右并兼之家漢書曰魏郡豪右李竟文類曰有權勢豪右大家也漢書曰禁兼并之塗李奇曰謂大家役小民富者兼役貧民也衡下車治威嚴能內察屬縣漢書曰班伯爲定襄太守其下車作威吏民竦息姦滑行巧劫皆密知名下吏收捕盡服擒諸豪俠遊客悉惶懼逃出境郡中大治爭訟息獄無繫囚時天下漸弊鬱鬱不得志楚辭曰心鬱鬱之憂思獨永歎而增傷鄭玄考工記注曰鬱不舒散也爲四愁詩屈原以美人爲君子以珍寶爲仁義以水深雪雰爲小人思以道術相報貽於時君而懼讒邪不得以通其辭曰

一思曰我所思兮在太山欲往從之梁父艱言王者有德功成則東封泰山故思之太山以喻時君梁父以喻小人也漢書曰有太山郡又武帝登封太山之梁父音義曰梁父太山下小山也側身東望涕霑翰楚辭曰願側身而無所韋昭漢書注曰翰筆也美人贈我金錯刀何以報之英瓊瑤漢書曰王莽鑄大錢又造錯刀以金錯其文續漢書曰佩刀諸侯王黃金錯鐶謝承後漢書曰詔賜應奉金錯把刀毛詩曰投我以木桃報之以瓊瑤又曰尚之以瓊英乎而路遠莫致倚逍遙何爲懷憂心煩勞古詩曰路遠莫致之

二思曰我所思兮在桂林欲往從之湘水深漢書曰鬱林郡故秦桂林郡海南經曰桂林八樹在番禺東又曰湘水出零陵舜死蒼梧葬九疑故思明君側身南望涕沾襟楚辭曰泣歔欷而沾襟美人贈我金琅玕何以報之雙玉盤尚書禹貢曰厥貢惟球琳琅玕古詩曰委身玉盤中歷年巽見食應劭漢官儀曰封禪壇有白玉盤路遠

莫致倚惆悵何爲懷憂心煩傷楚辭曰惆悵兮而私自憐三思曰我所思兮在漢陽欲往從之隴阪長漢書曰天水郡明帝改曰漢陽應劭曰天水有大坂名曰隴阪秦州記曰隴坂九曲不知高幾里側身西望涕沾裳古長歌行曰泣涕忽沾裳美人贈我貂襜褕何以報之明月珠蔡雍獨斷曰侍中中常侍加貂蟬說文曰直裾謂之襜褕淮南子曰隨侯之珠高誘曰明月珠也路遠莫致倚踟躕何爲懷憂心煩紆楚辭曰志紆鬱其難釋王逸曰紆屈也四思曰我所思兮在鴈門欲往從之雪紛紛漢書有鴈門郡楚辭曰雪紛紛而薄木側身北望涕沾巾說文曰佩巾也美人贈我錦繡段何以報之青玉案錦繡有五采成文章玉案君所憑倚喻大臣亦爲天子所恃禮記曰春服青玉楚漢春秋淮陰侯曰臣去項歸漢漢王賜臣玉案之食路遠莫致倚增歎何爲

懷憂心煩惋楚辭曰汔增歎兮如雷

雜詩一首五言　雜者不拘流例，遇物即言，故云雜也　王仲宣

日暮遊西園，冀寫憂思情。曲池揚素波，列樹敷丹榮。楚辭曰：坐堂伏檻臨曲池。列女傳津吏女歌曰：水揚波兮杳冥冥。上有特棲鳥，懷春向我鳴。毛詩曰：有女懷春。褰衽欲從之，路嶮不得征。說文曰：衽，衣衿也。衿音今。徘徊不能去，佇立望爾形。毛詩曰：瞻望弗及，佇立以泣。風飈揚塵起，白日忽已冥。鄭玄毛詩箋曰：冥，夜也。迴身入空房，託夢通精誠。幽通賦曰：精誠發於宵寐。人欲天不違，何懼不合并。尚書王曰：人之所欲，天必從之。

雜詩一首五言　劉公幹

職事相填委，文墨紛消散。漢書功臣皆曰：蕭何徒恃文墨，顧居臣上。馳翰未

暇食日昃不知晏翰墨已見上尚書曰自朝至于日昃不遑暇食沈迷簿領書回回自昏亂簿領謂文簿而記録之史記曰問上林尉諸禽獸簿司馬彪莊子注曰領録也楚辭曰腸回回兮盤紆釋此出西城登高且遊觀方塘含白水中有鳧與鴈楚辭曰乘白水而髙鶩毛詩曰弋鳧與鴈安得肅肅羽從爾浮波瀾毛詩曰鴻鴈于飛肅肅其羽

雜詩二首五言集云枹中作下篇云於黎陽作　魏文帝

漫漫秋夜長烈烈北風涼楚辭曰終長夜之曼曼毛詩曰冬日烈烈又曰北風其涼展轉不能寐披衣起彷徨毛詩曰展轉不寐彷徨已見上文彷徨忽已久白露沾我裳白露已見上文説苑曰孺子不覺露之沾裳俯視清水波仰看明月光天漢迴西流三五正從橫河圖括地象曰河精上爲天漢毛詩

曰嘒彼小星三五在東毛萇曰三心五噣四時更見也草蟲鳴何悲孤鴈獨南翔毛詩曰喓喓草蟲趯趯阜螽毛萇曰草蟲常羊也楚辭曰鴈雍雍而南遊鬱鬱多悲思緜緜思故鄉古詩曰緜緜思遠道願飛安得翼欲濟河無梁葛龔與梁相張府君牋曰悠悠憂想願飛無翼楚辭曰江河廣而無梁向風長歎息斷絕我中腸楚辭曰向長風而舒情

西北有浮雲亭亭如車蓋亭亭迥遠無依之貌也易通卦驗曰太陽雲出張如車蓋惜哉時不遇適與飄風會何休公羊傳注曰適遇也吹我東南行南行至吳會當時實至廣陵未至吳會今言至者據已入其地也吳會非我鄉安能久留滯楚辭曰然軺軻而留滯棄置勿復陳客子常畏人

朔風詩一首 四言　曹子建

「云」○別本

仰彼朔風，用懷魏都。願騁代馬，倏忽北徂。代馬已見上文。凱風永至，思彼蠻方。毛萇詩傳曰：南風謂之凱風。禮記曰：南方曰蠻。毛詩曰：用逷蠻方。願隨越鳥，翩飛南翔。古詩曰：越鳥巢南枝。四氣代謝，懸景運周。爾雅曰：四氣和謂之玉燭。淮南子曰：二者代謝舛馳。周易曰：懸象著明。別如俯仰，脫若三秋。毛詩曰：一日不見，如三秋兮。昔我初遷，朱華未希。今我旋止，素雪雲飛。毛詩曰：昔我往矣，楊柳依依。今我來思，雨雪霏霏。希與稀同，古字通也。俯降千仞，仰登天阻。莊子曰：千仞之高，不足以極其深。天阻，山也。范曄後漢書郭林宗論蘇不韋曰：城闕天阻，宮府幽絕。風飄蓬飛，載離寒暑。商君書曰：夫飛蓬遇飄風而行千里，乘風之勢也。毛詩曰：載離寒暑。千仞易陟，天阻可越。昔我同袍，今永乖別。同袍已見上文。子好芳草，豈忘爾貽。古詩曰：蘭澤多芳草。繁華將茂，秋霜悴之。悴，傷也。君

○注不字衍

不垂眷，豈云其誠。言君雖不垂眷己，則豈得不言其誠。蒼頡篇曰：豈，冀也。秋蘭可喻，桂樹冬榮。蘭以秋馥，可以喻言；桂以冬榮，可以喻性。楚辭曰：秋蘭兮青青。又曰：麗桂樹之冬榮。絃歌蕩思，誰與消憂。言絃歌可以蕩滌悲思，誰與共奏以消憂也。臨川暮思，何爲汎舟。言臨川日暮而又相思，何爲汎舟而不濟以相從乎。國語曰：秦汎舟乎河。豈無和樂，遊非我鄰。言豈無和樂以蕩思乎，爲遊非我鄰，故不奏也。誰志凡舟，愧無榜人。言豈志汎舟以相從乎，愧無榜人所以不齊也。榜人，喻良朋也。張揖漢書注云：榜人，船長也。

雜詩六首　五言

曹子建

此六篇並託喻傷政急，朋友道絕，賢人爲人竊勢。別京已後，在鄄城思鄉而作。

高臺多悲風，朝日照北林。新語曰：高臺喻京師，悲風言教令，朝日喻君之明，照北林言狹，比喻小人。新序曰：高堂百仞。之子在萬里，江湖迥且深。江湖喻小人隔蔽。毛

十五

詩曰之子于征爾雅曰迴遠也方舟安可極離思故難任爾雅曰大夫方舟郭璞曰併兩船也毛萇詩傳曰極至也孤鴈飛南遊過庭長哀吟鴈南遊已見上文翹思慕遠人願欲託遺音翹猶懸也形影忽不見翩翩傷我心轉蓬離本根飄颻隨長風說苑曰魯哀公曰秋蓬惡其本根美其枝葉秋風一起根本拔矣何意迴飈舉吹我入雲中爾雅曰扶搖謂之猋飈與猋同高高上無極天路安可窮呂氏春秋曰風乎其高無極也仲長子昌言曰蕩蕩乎若昇天路而不知其所登子若昇天路也類此遊客子捐軀遠從戎毛褐不掩形薇藿常不充淮南子曰布衣掩形鹿裘禦寒言貧人冬則羊裘短褐不掩形也列女傳曾子謂黔婁妻曰先生在時食不充虛衣不蓋形文子曰聖人食足以充虛接氣衣足以蓋形禦寒去去莫復道沈憂令人老宋玉笛賦曰武毅發沈憂古詩曰思君令人老

西北有織婦，綺縞何繽紛。小雅曰繒之精者曰縞古老切明晨秉機杼，日昃不成文。言憂甚而志亂太息終長夜，悲嘯入青雲。妾身守空閨，良人行從軍。良人謂夫也自期三年歸，今已歷九春。一歲三春故以三年爲九春言已過期也纂要曰九十日故九春飛鳥繞樹翔，噭噭鳴索羣。楚辭曰聲噭噭以寂寥願爲南流景，馳光見我君。

南國有佳人，容華若桃李。楚辭曰受命不遷生南國謂江南也佳人己見上文毛詩曰何彼襛矣華如桃李朝遊江北岸，日夕宿湘沚。毛萇詩傳曰沚渚也時俗薄朱顏，誰爲發皓齒。楚辭曰容則秀雅稚朱顏又曰美人皓齒嫮以姱俛仰歲將暮，榮耀難久恃。歲暮已見上文邊讓章華臺賦曰體迅輕鴻榮耀春華

僕夫早嚴駕，吾將遠行遊。楚辭曰僕夫懷兮心悲又曰嚴車駕兮出戲遊又曰願輕

舉兮遠遊遠遊欲何之吳國爲我仇說苑楚王謂涓子晃曰吾有仇在吳國子能爲吾報之乎將騁萬里塗東路安足由廣雅曰由行也江介多悲風淮泗馳急流楚辭曰哀江介之悲風孟子曰禹排淮泗而注之江泗水名也願欲一輕濟惜哉無方舟閑居非吾志甘心赴國憂漢書曰司馬相如稱疾閑居范曄後漢書梁竦歎曰閑居可以養志毛詩曰甘心首疾

飛觀百餘尺臨牖御櫺軒古詩曰雙闕百尺爾推曰觀謂之闕御猶憑也說文曰櫺楯欄也韋昭漢書注曰軒檻上板也遠望周千里朝夕見平原烈士多悲心小人媮自閑風俗通曰烈士者有不易之分國讎亮不塞甘心思喪元塞謂杜絕也孟子曰勇士不忘喪其元拊劍西南望思欲赴太山左氏傳曰子朱怒撫劍從之太山東岳接吳之境西喻蜀責躬詩曰願蒙矢石建旗東岳意與此同也絃急

原詩作音響一何悲

黍離但取行邁之義式微但取望歸之義而或者專以詳代之際發服悲哭之事不知斷章取詩之旨矣

悲聲發聆我慊慨言古詩曰音響何太悲絃急知柱促

情詩一首　五言　曹子建

微陰翳陽景清風飄我衣春秋說題辭曰陽精為日楚辭曰陽杲杲兮朱光遊魚潛淥水翔鳥薄天飛言得所也大戴禮曰魚遊于水鳥飛于雲眇眇客行士遙役不得歸言不如魚鳥也楚辭曰安眇眇兮無所歸薄始出嚴霜結今來白露晞嚴霜已見上文毛詩曰蒹葭凄凄白露未晞遊子歎黍離處者歌式微毛詩曰彼黍離離彼稷之苗行邁靡靡中心搖搖又曰式微式微胡不歸慷慨對嘉賓悽愴內傷悲毛詩曰我有嘉賓又曰我心傷悲

雜詩一首　四言　嵇叔夜

微風清扇雲氣四除漢書張竦為陳崇作奏曰日不移晷霍然四除皎皎亮月

○意言誰為賢者當与
之契合也注非
昭明何焯為説

麗于高隅。古詩曰明月何皎皎亮明也周禮曰城隅之制九雉輿命公子。攜手同
車。攜手同車已見上文龍驥翼翼。揚鑣踟蹰。毛詩曰四牡翼翼舞賦曰揚鑣飛沫
肅肅宵征。造我友廬。毛詩曰肅肅宵征光燈吐輝。華幔長舒。鸞
觴酌醴。神鼎烹魚。毛詩曰且以酌醴又曰誰能烹魚絃超子野。歎過綿
駒。杜預左氏傳注曰子野師曠字也孟子曰昔緜駒處高唐而齊右善歌流詠太素。俯
讚玄虛。列子曰太初形之始太素質之始老子曰玄之又玄衆妙之門管子曰虛無形謂之道史記太
史公曰老子所貴道虛無應用變化無方孰克英賢。與爾剖符。言詠讚妙道遊心恬漠誰
能以英賢之德與爾分符而仕乎班固漢書述曰漢興柔遠與爾剖符然文雖出彼而意微殊東觀漢記韋虔
上議曰二千石皆以選出京師剖符典千里

雜詩一首 五言

傅休奕 臧榮緒晉書曰傅玄字休奕北地人勤學善屬文州舉秀才稍遷至司隷校尉卒

志士惜日短。愁人知夜長。論語子曰志士仁人無求生以害仁古詩曰愁多知夜長仰觀衆星列攝衣步前庭。仰觀南鴈翔。漢書沛公攝衣迎酈食其玄景隨形運。流響歸空房。清風何飄颻。微月出西方。禮記曰月生於西繁星依青天。列宿自成行。蟬鳴高樹間。野鳥號東箱。古詩曰秋蟬鳴樹間王逸楚辭注曰牖序之東爲東箱也纖雲時髣髴。渥露沾我裳。曹植魏德論曰纖雲不形陽光赫戲劉楨詩曰皦月垂素光玄雲爲髣髴露沾裳已見上文良時無停景。北斗忽低昂。常恐寒節至。凝氣結爲霜。曾子曰陰氣勝則凝爲霜落葉隨風摧。一絕如流光。

雜詩一首 五言 張茂先

晷度隨天運，四時互相承。說文曰晷景也孫卿子曰四時代御 東壁正昏中，固陰寒節升。禮記仲冬之月日昏東壁中左氏傳申豐曰深山窮谷固陰沍寒 繁霜降當夕，悲風中夜興。毛詩曰正月繁霜 朱火青無光，蘭膏坐自凝。古詩曰朱火然其中青煙颺其間楚辭曰蘭膏明燭華容備王逸注曰以蘭香煉膏也無故自凝曰坐 重衾無暖氣，挾纊如懷冰。左氏傳曰楚子圍蕭申公巫臣曰師人多寒王巡三軍拊而勉之三軍之士皆如挾纊孔安國尚書傳曰纊細綿也 伏枕終遙昔，寤言莫予應。韓詩曰寤寐無爲展轉伏枕廣雅曰昔夜也毛詩曰獨寐寤言 永思慮崇替，慨然獨撫膺。楚辭曰永思兮內傷國語藍尹亹曰君子獨居思前世之崇替列子曰撫膺而恨

情詩二首 五言　張茂先

清風動帷簾，晨月照幽房。佳人處遐遠，蘭室無容光。古詩

靈五臣作虛疑是也言往想其形容正承蘭室無容光而言此作靈字舊當有注　玉靈亦作虛

曰廬家蘭室桂爲梁曹植離別詩曰人遠精魂近寤寐夢容光襟懷擁靈景輕衾覆空牀擁猶抱也居歡愒夜促在感怨宵長一云居歡惜夜促爾雅曰愒貪也苦蓋切拊枕獨嘯歎感慨心内傷

遊目四野外逍遥獨延佇楚辭曰忽反顧以遊目又曰結幽蘭而延佇蘭蕙緣清渠繁華蔭綠渚佳人不在兹取此欲誰與巢居知風寒穴處識陰雨春秋漢含孳曰穴藏先知雨陰曀未集魚已噞喁巢居之鳥先知風樹木摇鳥已翔韓詩曰鸛鳴于垤婦歎于室薛君曰鸛水鳥巢處知風穴處知雨天將雨而蟻出壅土鸛鳥見之長鳴而喜不曾遠别離安知慕儔侶

園葵詩一首　五言

陸士衡臧榮緒晉書趙王倫簒位遷帝於金墉城後諸王共誅倫復帝位齊王冏諸機爲倫作禪文賴成都王穎救

之免故作此詩以葵爲喻謝顏

種葵北園中葵生鬱萋萋朝榮東北傾夕穎西南晞淮南子曰聖人之於道猶葵之與日雖不與終始哉其鄉之誠也高誘曰鄉仰也誠實也零露垂鮮澤朗月耀其輝毛詩曰零露瀼瀼時逝柔風戢歲暮商猋飛管子曰東方曰春柔風甘雨乃至楚辭曰商風肅而害之曾雲無溫液嚴霜有凝威鄭玄毛詩箋曰曾重也漢書音曰孫寶曰當從天氣以成嚴霜之威幸蒙高墉德玄景蔭素蘂爾雅曰牆謂之墉說文曰蘂草木華盛皃也豐條並春盛落葉後秋衰慶彼晚彫福志此孤生悲

思友人詩一首 五言

曹顏遠臧榮緒晉書曰曹攄字顏遠譙國人篤志好學桼南國中郎將遷高密王左司馬流人王逌等寇掠

城邑據與戰軍敗而死

密雲翳陽景，霖潦淹庭除。周易曰：密雲不雨。左氏傳曰：凡雨自三日以往爲霖。說文曰：潦，雨水也。又曰：除，殿階也。

嚴霜彫翠草，寒風振纖枯。鄭玄禮記注曰：振，動也。

凜凜天氣清，落落卉木疎。古詩曰：凜凜歲云暮。杜篤首陽山賦曰：長松落落。毛萇詩傳曰：卉，草也。

感時歌蟋蟀，思賢詠白駒。毛詩曰：蟋蟀在堂，歲聿其莫。又曰：皎皎白駒，食我場苗。縶之維之，以永今朝。毛萇曰：賢者有乘白駒而去。鄭玄曰：絆之繫之，欲留也。

情隨玄陰滯，心與迴飈俱。思心何所懷？懷我歐陽子。顏遠贈歐陽堅石詩曰：嗟我良友，惟彥之選。然此歐陽即堅石也。

精義測神奧，清機發妙理。周易曰：精義入神，以致用也。廣雅曰：奧，藏也。機，樞機也。

自我別旬朔，微言絕于耳。論語崇爵讖曰：子夏共撰仲尼微言，以當素王。劉子駿讓太常博士書曰：夫子沒而微言絕。禮記曰：聲不絕于耳。

褰裳不足

殷浩送其甥韓康伯詠此二言淚下見晉書
斉隱華記云出慎子當是鶡冠子

難清陽未可俟毛詩曰子惠思我褰裳涉溱又曰有美一人清陽婉兮邂逅相遇適我願兮毛萇曰清陽眉目之間也延首出階檐佇立增想似阮瑀止欲賦曰佇延首以極視兮意謂是而復非莊子徐無鬼曰夫越之流人去國數日見其所知而喜去國旬月見所嘗見於國中而喜及期年也見似人者而喜矣不亦去人滋久者思人滋深乎

感舊詩一首 五言

曹顏遠此篇感故舊相輕人情逐勢

富貴他人合貧賤親戚離鶡冠子曰家富踈族聚居貧兄弟離廉藺門易軌賓相奪移史記曰藺相如出望見廉頗相如引車避匿於是舍人相與諫曰臣去親戚而事君者徒慕君之高義也今君與廉君同列廉君宣惡言而君畏之匿恐懼殊甚且庸人尚羞之況於將相乎臣等不肖請辭去漢書曰竇太后怒免丞相竇嬰太尉田蚡嬰蚡以侯居家蚡雖不任職以太后故親幸數言事多效士趨勢利者皆去嬰而歸蚡也晨風集茂林棲鳥去枯枝毛詩

曰鴝彼晨風鬱彼北林國語優施歌曰暇豫之吾吾不如烏烏烏皆集於苑已獨集于枯黃石公兵書曰樹杌者鳥不棲也今我唯困蒙，羣士所背馳。周易曰困蒙吝鄉人敦懿義，濟濟蔭光儀。春秋說題辭曰秉懿誠之義思至忠之功鸚鵡賦曰侍君子之光儀對賓頌有客，舉觴詠露斯。毛詩曰有客宿宿有客信信言授之縶以縶其馬又曰湛湛露斯匪陽不晞厭厭夜飲不醉無歸今鄉人情重皆頌詠此詩臨樂何所歎，素絲與路歧。禮記曰執紼不笑臨樂不歎淮南子曰揚子見逵路而哭之爲其可以南可以北墨子見練絲而泣之爲其可以黃可以黑高誘曰閔其別與化也

雜詩一首 五言

何敬祖 贈荅何在陸前而此居後誤也

秋風乘夕起，明月照高樹。賈逵國語注曰乘陵也陵亦侵也閑房來清氣，廣庭發暉素。暉素月光也古長歌行曰昭昭素明月暉光燭我牀靜寂愴然

歎惆悵出遊顧（惆悵已見上文）仰視垣上草俯察階下露（垣草易彫階露易隕言可傷也）心虛體自輕飄颻若仙步（言既悟二物故當全形養生列子曰南郭子貌充心虛張湛曰心虛則形全劉梁七舉曰霍爾軀輕）瞻彼陵上栢想與神人遇（古詩曰青青陵上栢文子曰天地之間有神人真人）道深難可期精微非所慕（魏武帝秋胡行曰道深未可得名山歷觀行禮記曰德産之緻也精微鄭玄曰緻密也）勤思終遥夕

永言寫情慮（尚書曰歌永言）

雜詩一首（五言）

王正長（臧榮緒晉書曰王讃字正長義陽人也博學有俊才辟司空掾歷散騎侍郎卒）

朔風動秋草邊馬有歸心（蔡琰詩曰北風厲兮肅泠泠胡笳動兮邊馬鳴）胡寧久分析靡靡忽至今（毛詩曰胡寧忍子又曰行邁靡靡）王事離我志殊

隔過商參。毛詩曰王事靡盬左氏傳子產曰高辛氏有二子伯曰閼伯季曰實沈不相能后帝不臧遷閼伯于商丘主辰商人是因故辰爲商星遷實沈于大夏主參唐人是因其季世曰唐叔虞故參爲晉星參辰更見已見上文昔往鶬鶊鳴今來蟋蟀吟。毛詩曰春日遲遲倉庚喈喈聖主得賢臣頌曰蟋蟀俟秋吟人情懷舊鄉客鳥思故林。文子曰鳥飛反鄉依其所生師涓。久不奏誰能宣我心。韓子曰衛靈公將之晉至濮水之上而宿夜分而聞有鼓新聲者而說之召師涓而告之曰有鼓新聲者其狀似鬼神子爲我聽而寫之師涓曰諾因端坐撫琴而寫之師涓明日報曰臣得之矣

雜詩一首 五言

棗道彥 今書七志曰棗據字道彥潁川人弱冠辟大將軍府遷尚書郎太尉賈充爲伐吳都督請爲從事中郎遷中庶子卒

服 ○別本

吴寇未殄滅，亂象侵邊疆。左氏傳晉侯問於士弱曰：吾聞之宋災，於是乎知有天道，可必乎？對曰：國亂無象，不可知也。天子命上宰，作蕃于漢陽。上宰，賈充也。毛詩曰：价人爲藩。毛萇曰：价，善也。藩，屏也。左氏傳晉欒貞子曰：漢陽諸姬，楚實盡之。穀梁傳曰：水北曰陽。漢陽，漢水之陽也。開國建元士，玉帛聘賢良。周易曰：大君有命，開國承家，小人勿用。禮記曰：天子八十一元士。王逸楚辭注曰：天下賢人，將持玉帛聘而遺之。呂氏春秋曰：聘名士。高誘曰：聘，問之也。將與興化致治也。予非荆山璞，謬登和氏場。韓子曰：楚人和氏得璞玉於楚山之中。羊質復(服)虎文，燕翼假鳳翔。楊子法言曰：敢問質？曰：羊質而虎皮，見草而悅，見豺而戰也。既懼非所任，怨彼南路長。曹子建贈白馬王詩曰：怨彼東路長。千里既悠邈，路次限關梁。楚辭曰：關梁閉而不通。僕夫罷遠涉，車馬困山岡。僕夫已見上文。深谷下無底，高巖暨穹蒼。列子夏革曰：渤海之東有大壑焉，實惟無底之谷杜預左氏傳注曰暨至也爾雅曰穹蒼天也豐草停滋潤霧露沾衣裳毛詩曰湛湛露斯在彼豐草露沾衣裳已見上文玄林結陰氣不風自寒涼高唐賦曰玄木冬榮顧瞻情感切惻愴心哀傷廣雅曰感傷也士生則懸弧有事在四方禮記曰國君太子生三日卜士負之射人以桑弧蓬矢六射天地四方又孔子曰士使之射不能則辭以疾懸弧之義也韓詩內傳曰男子生桑弓蓬矢六射上下四方明當有事天地四方也安得恒逍遥端坐守閨房引義割外情內感實難忘非有先生論曰引義以正身

雜詩一首 五言

左太沖 沖于時賈充徵爲記室不就因感人年老故作此詩

秋風何洌洌白露爲朝霜毛詩曰蒹葭蒼蒼白露爲霜柔條旦夕勁

綠葉日夜黃明月出雲崖皦皦流素光劉楨詩曰皦月垂素光披軒臨前庭嗷嗷晨鴈翔軒長廊之牕也毛詩曰鴻鴈于飛哀鳴嗷嗷高志局四海塊然守空堂尸子曰入極爲局淮南子曰塊然獨處壯齒不恒居歲暮常慨慷廣雅曰歲年也

雜詩一首五言

張季鷹今書七志曰張翰字季鷹吳郡人也文藻新麗齊王冏辟爲東曹掾覩天下亂東歸卒於家

暮春和氣應白日照園林青條若揔翠黃華如散金嘉卉亮有觀顧此難久躭西京賦曰嘉卉灌叢爾雅曰躭樂也毛萇詩傳曰躭樂之久者也延頸無良塗頓足託幽深呂氏春秋曰天下莫不延頸舉踵頓猶止也吳季重與曹丕書曰雖云幽深視險若夷榮與壯俱去賤與老相尋歡樂不

照顔慘慘發謳吟謳吟何嗟及古人可慰心毛詩曰啜其泣矣何嗟及矣又曰我思古人實獲我心又曰仲山甫永懷以慰其心

雜詩十首 五言

張景陽

秋夜涼風起清氣蕩暄濁蜻蛚吟階下飛蛾拂明燭易通卦驗曰立秋蜻蛚鳴崔豹古今注曰飛蛾善拂燈火也君子從遠役佳人守煢獨君子謂夫也毛詩曰未見君子佳人已見上文離居幾何時鑽燧忽改木離居已見上文論語曰鑽燧改火禮含文嘉曰燧人始鑽木取火炮生爲熟鄒子曰春取榆柳之火夏取棗杏之火季夏取桑柘之火秋取柞楢之火冬取槐檀之火房櫳無行跡庭草萋以緑說文曰櫳房室之疏也古詩曰秋草萋以緑青苔依空牆蜘蛛網四屋淮南子曰窮谷之洿生以蒼苔說文曰龍龕龕蓬也魏文帝詩曰蜘蛛繞户牖野草當階生論衡曰蜘蛛結絲以網飛虫

人之用計安能過之

感物多所懷沈憂結心曲古詩曰感物懷所思沈憂已見上文毛詩曰亂我心曲

大火流坤維白日馳西陸毛詩曰七月流火毛萇曰火大火也淮南子曰坤維在西南又曰斗指西南維爲立秋續漢書曰日行西陸謂之秋杜預左傳注曰陸道也浮陽映翠林迴飆扇綠竹陽日也飛雨灑朝蘭輕露棲叢菊龍蟄暄氣凝天高萬物肅周易曰龍蛇之蟄以求伸也禮記曰仲秋之月蟄虫坏戶廣雅曰凝止也楚辭曰悲哉秋之爲氣天高而氣清毛詩曰九月肅霜毛萇曰肅縮也霜降而收縮萬物也尸子曰西方爲秋秋肅也萬物草木肅敬禮之至也弱條不重結芳蕤豈再馥文子曰冬冰可折夏條可結時難得而易失人生瀛海內忽如鳥過目史記鄒衍曰中國名赤縣中州也中國外如赤縣州者九乃所謂九州也於是有瀛海環之人民禽獸莫能相通者如一區中者乃爲一

州如此者九乃有大瀛海環之其外天地之外也川上之歎逝前脩以自勗論語子在川上曰逝者如斯楚辭曰謇吾法夫前脩兮非世俗之所服蔡琰詩曰竭心自勗厲金風扇素節丹霞啓陰期西方爲秋而主金故秋風曰金風也河圖曰崑崙山有五色水赤水之氣上蒸爲霞陰而赫然魏文帝芙蓉池詩曰丹霞夾明月騰雲似涌煙密雨如散絲寒花發黃采秋草含綠滋閑居翫萬物離羣戀所思閑居已見上文禮記子夏曰吾離羣索居亦已久矣案無蕭氏牘庭無貢公綦漢書曰蕭育與朱博爲友著聞當世時人爲之綦語曰蕭朱結綬王貢彈冠往者有王陽貢公説文曰牘書版也班婕好賦曰俯視兮丹墀思君兮履綦綦晉灼曰綦履跡也高尚遺王侯道積自成基周易曰不事王侯高尚其事文子曰積道德者天與之地助之莊子曰無爲無治謂之道基至人不嬰物餘風足染時莊子曰不離於真謂之至人又南伯子綦曰吾與之

乘天地之誠而不以物與之相嬰

朝霞迎白日丹氣臨湯谷丹氣謂赤水之氣也淮南子曰日出湯谷翳翳結繁雲森森散雨足毛詩曰噎噎其陰毛萇曰如常陰噎然翳與噎古字通論衡曰初出爲雲繁雲爲翳蔡雍霖賦曰瞻玄雲之晻晻懸長雨之森森輕風摧勁草凝霜竦高木楚辭曰漱凝霜之紛紛密葉日夜疎叢林森如束疇昔歎時遲晩節悲年促左氏傳羊斟曰疇昔之羊子爲政鄒陽上書曰至其晩節末路歲暮懷百憂將從季主卜史記曰司馬季主者楚人也卜於長安東市宋忠與賈誼遊於市中謁司馬季主請卜

昔我資章甫聊以適諸越章甫以喻明德諸越以喻流俗也莊子曰宋人資章甫而適諸越越人斷髮文身無所用之司馬彪曰斷斷也資取也章甫冠名也諸於也爾雅曰適往也行行

「甌」注又刊本

下節猶云下曲耳

入幽荒甌駱從祝髮史記曰東海王搖者其先越王勾踐之後也姓騶氏搖率越人佐漢漢立搖爲東海王都東甌世俗號爲東甌王徐廣曰騶一作騶穀梁傳曰吳夷狄之國祝髮文身范甯曰祝斷也鄭玄毛詩曰從隨也窮年非所用此貨將安設冠無所設以喻德無所效也西京賦曰窮年志歸瓴甋夸璵璠魚目笑明月言流俗之失也爾雅曰瓴甋謂之甓左氏傳曰季平子卒陽虎將以璵璠斂雜書曰秦失金鏡魚目入珠明月珠已見上文不見郢中歌能否居然別陽春無和者巴人皆下節宋玉對問曰客有歌於郢中者其始曰下里巴人國中屬而和者數千人其爲陽春白雪國中屬而和者不過數十人是其曲彌高者其和彌寡募尹文子曰形之與名居然別矣楚辭曰攬騑轡而下節流俗多昏迷此理誰能察禮記曰不從流俗鄭玄曰流俗失俗也

朝登魯陽關狹路峭且深庾仲雍荊州記曰其北有四關魯陽伊闕之屬也流

澗萬餘丈圍木數千尋酈元水經注曰魯陽關水出魯陽關分頭山說苑曰齊王曰大國之樹必巨圍應劭漢書注曰八尺曰尋咆虎響窮山鳴鶴聒空林說文曰咆嗥也杜預左傳注曰聒讙也淒風為我嘯百籟坐自吟漢書息夫躬絕命辭曰秋風為我吟莊子子游曰地籟則衆竅是無故自吟曰坐也感物多思情在險易常心朅來戒不虞挺轡越飛岑劉向七言曰朅來歸耕永自踈周易曰君子以治戎器戒不虞王陽驅九折周文走岑崟漢書曰琅邪王陽為益州刺史行部至邛棘九折坂嘆曰奉先人遺體柰何數乘此險以病去及王尊為刺史至其坂問吏曰此非王陽所畏道耶吏對曰是尊叱其馭曰驅之王陽為孝子王尊為忠臣然此言王陽驅九折蓋驅馬而去之也公羊傳曰百里奚與蹇叔子送其子而戒之口爾即死必殺之廞巖是文王之所避風雨者也何休曰其處阻險故文王過之驅馳常若避風雨也經阻貴勿遲此理著來今漢書杜業上書曰深思往事以戒來今

「衣」刻下

此鄉非吾地，此郭非吾城。羈旅無定心，翩翩如懸旌。左氏傳陳敬仲曰：羈旅之臣。戰國策楚王曰：寡人心摇摇然如懸旌，終無所泊。出覩軍馬陣，入聞鞞鼓聲。禮記曰：君子聽鼓鞞之聲，則思將帥之臣。陣或爲塵。周禮注曰：鞞，小鼓也。常懼羽檄飛，神武一朝征。漢書高祖曰：吾以羽檄徵天下兵。班固漢書高紀述曰：實天生德，聰明神武。長鋏鳴鞘中，烽火列邊亭。楚辭曰：帶長鋏之陸離。王逸曰：長鋏，劒名也。曹植結客篇曰：利劒鳴手中，一擊兩尸僵。說文曰：烽燧，候表，邊有警則舉也。舍我衡門衣，更被縵胡纓。毛詩曰：衡門之下，可以棲遲。莊子趙太子悝曰：吾王所好劒士，皆蓬頭突鬢，垂縵胡之纓。疇昔懷微志，帷幕竊所經。帷謂謀於帷帳也。兵書曰：將軍於營張幕也。何必操干戈，堂上有奇兵。呂氏春秋曰：士尹池爲荆使於宋，司城子罕觴之。南面之牆犨於其前而不直，西家潦注於庭下而不止。問其故，子罕曰：南家輓工也，吾徙之。其父曰：吾恃輓而食三葉矣，今徙，求輓者不知吾處吾將不食故不從也西家高吾宮卑潦注吾宮也今故不禁也荆適與兵攻宋尹陁歸諫而止孔子聞之曰夫修之廟堂之上折衝千里之外其司城子罕之謂乎高誘曰犨出也輗屨也孫武兵法曰奇正還相生若環之無端也

折衝樽俎閒制勝在兩楹

晏子春秋曰晉平公使范昭觀齊國政景公觴之范昭起曰願得君之樽爲壽公令左右酌樽以獻晏子命徹去之范昭不悅而起舞顧太師曰爲我奏成周之樂太師曰盲臣不習也范昭歸謂平公曰齊未可并吾欲試其君晏子知之吾欲犯其樂太師知之於是輟伐齊謀孔子聞之曰善哉不出樽俎之閒而折衝千里之外晏子之謂也高誘呂氏春秋注曰折衝者衝車所以衝突也敵之軍能陷破也欲攻己者折還其衝車於千里之外不敢來也孫子兵法曰水因地而制行兵因敵而制勝李奇漢書注曰制折也漢書杜鄴說王音曰所接雖在楹階俎豆之閒其於爲國折衝厭難豈不遠哉兩楹賓主之位也

巧遲不足稱拙速乃垂名

孫子兵法曰兵聞拙速不睹工久陸賈新語曰建大功於天下者必垂名於萬世也

弇見文江文通擬張黃門詩注引

述職投邊城，羈束戎旅間。尚書大傳曰：古者諸侯之於天子，五年一朝，見其身，述其職。述其職者，述其所職也。長楊賦曰：永無邊城之患。下車如昨日，望舒四五圓。下車，已見上文。楚辭曰：前望舒使先驅。王逸曰：望舒，月御。借問此何時，胡蝶飛南園。莊子曰：莊周夢爲胡蝶，栩栩然。司馬彪曰：蝶，蛺蝶也。流波戀舊浦，行雲思故山。閩越衣文蛇，胡馬願度燕。漢書曰：漢立無諸爲閩越王，王閩中。蘇武書曰：越人衣文蛇，代馬依北風。君子於其國也，悽愴傷於心。度燕，即依北風也。土風安所習，由來有固然。左氏傳：晉侯曰：鍾儀樂操土風。東京賦曰：凡人心是所學，躰安所習。魯連子：譚子曰：物之必至，理固然也。結宇窮岡曲，耦耕幽藪陰。論語曰：長沮、桀溺耦而耕。鄭玄周禮注曰：藪，大澤也。荒庭寂以閑，幽岫峭且深。淒風起東谷，有渰興南岑。毛詩曰：有渰萋萋，興雨祁祁。毛萇曰：渰，雲興貌。渰與弇同，音奄。說文曰：山有穴曰岫。雖無箕畢期，膚寸自成霖尚書曰月之從星則以風雨孔安國曰月經于箕則多風離于畢則多雨公羊傳曰觸石而出膚寸而合不崇朝而徧天下者唯太山雲也何休曰膚寸四指爲膚澤雉登壟雊寒猿擁條吟莊子曰澤雉十步一啄百步一飲溪壑無人跡荒楚鬱蕭森長笛賦曰人迹罕到說文曰森林叢木也投耒循岸垂時聞樵采音左氏傳曰楚公子弃疾過鄭楚芻牧樵采不入田不樵樹不采蓺杜預曰蓺種也重基可擬志迴淵可比心春秋運斗樞曰山者地基顧子曰登高使人意遐臨深使人志清養真尚無爲道勝貴陸沈曹植辨問曰君子隱居以養真也王逸楚辭注曰守真玄默也莊子曰天無爲以之清地無爲以之寧故兩無爲相合萬物皆化人孰得無爲哉韓子解老子曰所以貴無爲無思爲虛者謂其意無所制也慎子曰夫道所以使賢無奈不肖何也所以使智無奈愚何也若此則謂之道勝矣又曰道勝則名不彰莊子曰孔子之楚舍於蟻丘之漿其鄰有夫妻臣妾登極者仲尼曰是陸沈者也是其市南宜僚邪郭象曰人中隱者譬

如無水而沈也

遊思竹素園，寄辭翰墨林。風俗通曰：劉向爲孝成皇帝典校書籍，皆先書竹，爲易刊定，可繕寫者以上素也。今東觀書竹素也。歸田賦曰：揮翰墨以奮藻。長楊賦曰：藉翰林以爲主人。

黑蜧麗躍重淵，商羊舞野庭。淮南子曰：犧牛騂毛，宜於廟牲，其於致雨，不若黑蜧。髙誘曰：黑蜧，黑虵也，潛於神泉，能致雲雨。家語曰：齊有一足之鳥，飛集公朝，下止於殿前，舒翅而跳。齊侯大怪之，使使聘魯，訪諸孔子。孔子曰：此名曰商羊，水祥也。昔童兒有屈其一脚，振訊兩臂而跳，且謡曰：天將大雨，商羊鼓儛。今齊有之，其應至矣。告趣治溝渠，修隄防，將有大水爲災。須臾大霖，水溢汎諸國，傷害民人，唯齊備不敗也。

飛廉應南箕，豐隆迎號屏。楚辭曰：後飛廉兮使奔屬。飛廉，風伯也。楚辭曰：吾令豐隆乘雲兮。王逸曰：豐隆，雲師也。楚辭曰：屏號起雨，何以興之。王逸曰：屏，屏翳，雨師名也。號，呼也。興，起也。言雨師呼則雲起而雨下也。

雲根臨八極，雨足灑四溟。淮南子曰：八紘之外有八極，八

稽

極之雲是雨天下高誘曰八極八方之極也四溟四海也霖瀝過二旬散漫亞九齡言今滛雨霖瀝已過二旬水流散漫亞乎九齡也鄭玄詩譜曰堯之末洪水九年萬國不粒階下伏泉涌堂上水衣生高誘淮南子注曰蒼苔水衣也洪潦浩方割人懷昏墊情尚書曰湯湯洪水方割孔安國曰割害也水方爲害也尚書禹曰洪水滔天浩浩懷山襄陵下民昏墊孔安國曰昏瞀墊溺皆病水災沈液漱陳根緑葉腐秋莖漱蕩也鄭玄毛詩箋曰陳根可拔里無曲突煙路無行輪聲漢書徐福上書曰曲突徙薪無恩澤環堵自頽毀垣閭不隱形禮記曰儒有環堵之室廣雅曰墉垣墻也釋名曰墉容也所以蔽隱形容也尺燼重尋桂紅粒貴瑤瓊說文曰燼薪也戰國策曰蘇秦之楚三月乃得見王談卒辭行楚王曰先生不遠千里而臨寡人曾弗肯留願聞其說對曰楚國食貴於玉薪貴於桂謁者難見於鬼王難見於帝今令臣食玉炊桂因鬼見帝其可得乎漢書曰太倉之粟紅腐而不可食也

謐

君子守固窮，在約不爽貞。論語曰子路慍見曰君子亦有窮乎子曰君子固窮左氏傳晉成鱄曰居利思義在約思純爾雅曰爽差也周易曰貞正也雖榮田方贈，慚爲溝壑名。說苑曰子思居衛縕袍無裏二旬九食田子方使人遺狐白之裘恐其不受因謂之曰吾假人遂忘之吾與人如弃之子思辭曰伋聞志與不如遺弃物於溝壑伋雖貧不忍身爲溝壑故不敢當卒不肯受取志於陵子，比足黔婁生。孟子章句曰陳仲子豈不誠廉士哉居於陵三日不食耳無聞目無見井上有李實螬食者過半矣匍匐往將而食之三咽然後耳有聞目有見也仲子織屨妻辟纑以易之劉熙曰陳仲子齊一介士也螬蟲也李實有虫食之過半言仲子目無見也仲子自織屨妻紡纑以易食也緝續其麻曰辟練絲曰纑也列女傳曰黔婁先生死曾子弔之曰先生何以爲謚妻曰以康爲謚曾子曰先生在時食不充虛衣不蓋形何樂於此而謚爲康乎妻曰先生君甞欲授之政以爲國相而辭不爲是其有餘貴也君甞賜之粟三十鍾先生不受是其有餘富也其謚爲康不宜何也皇甫謚高士傳曰黔婁先生者齊人也

修清節不求進

文選卷第二十九

六月廿八日 侃誦

文選卷第三十

梁昭明太子撰

文林郎守太子右內率府録事參軍事崇賢館直學士臣李善注上

雜詩下

齋中讀書詩一首
石門新營所住四面高山迴溪石瀨脩竹茂林
詩一首　王景玄雜詩一首
鮑明遠數詩一首
翫月城西門解中詩一首
謝玄暉始出尚書省詩一首
直中書省詩一首　觀朝雨詩一首
郡內登望詩一首
和伏武昌登孫權故城詩一首
和王著作八公山詩一首

雜擬上

陶淵明擬古詩一首

謝靈運擬鄴中詩八首

雜詩下

時興一首 五言 盧子諒諶

亹亹圓象運悠悠方儀廓楚辭曰歲亹亹而過中曾子曰天道曰圓地道曰方在天成象故曰圓象天地曰兩儀故曰方儀也賈逵國語注曰悠悠長也爾雅曰廓大也忽忽歲云暮游原采蕭藿楚辭曰歲忽忽而遒盡毛詩曰歲聿云暮采蕭穫菽毛萇曰云言也又曰蕭蒿也菽藿也北踰芒與河南臨伊與洛芒山名也河及伊洛皆水名凝霜霑蔓草悲風振林薄楚辭曰激凝霜之紛紛又曰哀江介之悲風摵摵芳葉零橤橤芬華落摵已見射雉賦字書曰橤垂也如捶切下泉激洌清

集題為飲酒本廿首

望字不誤不望南山何由知其佳耶無故改古以伸其謬見此宋人之病也本何焯

曠野增遼索。毛詩曰列彼下泉毛萇曰洌寒也司馬彪莊子注曰流急曰激毛詩曰率彼曠野毛萇曰曠空也登高眺遐荒，極望無崖崿。文字集略曰崿崖也形變隨時化，神感因物作。莊子曰形變而有生又曰一龍一蛇與時俱化爾雅曰感動也莊子曰萬物並作吾以觀其復王弼曰作生長也子曰以虛靜觀其反覆者也澹乎至人心，恬然存玄漠。言已澹乎同彼至人意存玄漠而已莊子曰澹而靜乎漠而清乎王逸楚辭注曰澹安也澹與澹同莊子曰不離於真謂之至人又曰至人之用心若鏡淮南子曰恬然則縱之廣雅曰恬靜也張華勵志詩曰大猷玄漠廣雅曰玄道也又曰漠泊也說文曰泊無也

雜詩二首　陶淵明

結廬在人境，而無車馬喧。結猶構也問君何能爾，心遠地自偏。鄭玄禮記注曰爾助語也琴賦曰體清心遠邈難極采菊東籬下，悠然望南山。

當不誤觀注引狐死首丘設之則還此還仍即上飛鳥之還也言真意安其還之真意安其故常也或作中路真意與上心遠相應且既即為真意矣豈忘言之謂乎或若遂引陶入禪則毋寧遠援蒙吏矣

遺集本作遺世案李注不當輒改

歸鳥趨林仍与上篇同旨

詩紀作嘯傲遺世蘿縲性在作任獨往

山氣日夕佳飛鳥相與還管子曰夫鳥之飛必還山集谷也此還有真意欲辯已忘言楚辭曰狐死必首丘夫人孰能反其真情王逸注曰真本心也莊子曰言者所以在意也得意而忘言

秋菊有佳色裛露掇其英文字集略曰裛坌衣香也然露坌花亦謂之裛也毛萇詩傳曰掇拾也汎此忘憂物遠我遺世情毛詩曰微我無酒以遨以遊毛萇曰非我無酒可以忘憂也潘岳秋菊賦曰汎流英於清醴似浮萍之隨波纏子董無心曰無心鄙人也不識世情一

觴雖獨進杯盡壺自傾日入群動息歸鳥趨林鳴莊子善卷曰余日出而作日入而息尸子曰晝動而夜息天之道也杜育詩曰臨下覽見群動曹子建贈白馬王彪詩曰歸鳥赴喬林嘯傲東軒下聊復得此生郭璞遊仙詩曰嘯傲遺俗羅得此生劉瓛易注曰自無出有曰生生得性之始也

本七首

詠貧士詩一首 五言　陶淵明

萬族各有託孤雲獨無依孤雲喻貧士也陸機鼈賦曰揔美惡而兼融播萬族乎一區楚辭曰憐浮雲之相佯王逸注曰相佯無依據之貌也曖曖虛中滅何時見餘暉王逸楚辭注曰曖曖昬昧貌陸機擬古詩曰照之有餘輝朝霞開宿霧衆鳥相與飛喻衆人也遲遲出林翮未夕復來歸亦喻貧士量力守故轍豈不寒與飢左氏傳晉荀吳曰量力而行又向戍曰飢寒之不恤誰能恤楚也知音苟不存已矣何所悲古詩曰不惜歌者苦但傷知音稀楚辭曰已矣國無人兮莫我知

本十三首

讀山海經詩一首 五言　陶淵明

孟夏草木長繞屋樹扶踈上林賦曰垂條扶踈衆鳥欣有託吾亦愛吾廬既耕亦已種且還讀我書窮巷隔深轍頗

迴故人車漢書曰張負隨陳平至其家乃負郭窮巷以席爲門門外多長者車轍韓詩外傳楚狂接輿妻曰門外車轍何其深歡言酌春酒擿我園中蔬張協歸舊賦曰苦辭既接歡言乃周毛詩曰爲此春酒微雨從東來好風與之俱閑居賦曰微雨新晴汎覽周王傳流觀山海圖周王傳穆天子傳也山海圖山海經也俛仰終宇宙不樂復何如莊子老聃曰其疾也俛仰之間再撫四海之外又善卷曰余立於宇宙之中毛詩曰既見君子云何不樂

七月七日夜詠牛女一首五言齊諧記曰桂陽城武丁有仙道常在人間忽謂其弟曰七月七日織女渡河諸仙悉還宮吾向以被召不得停與爾別矣弟問織女何事渡河兄何當還荅曰織女暫詣牽牛吾去後三千年當還耳明旦失武丁所在世人至今猶云七月七日織女嫁牽牛

謝惠連

落日隱櫩楹，升月照簾櫳。毛詩曰如月之升。說文曰櫳房室之疏也。團團滿葉露，析析振條風。毛詩曰野有蔓草零露團兮。楚辭曰秋風兮蕭蕭舒芳兮振條。蹀足循廣除，瞬目矖曾穹。呂氏春秋曰惠盎見宋康王康王蹀足謦欬聲類曰蹀蹋也徒頰切登樓賦曰循階除而下降說文曰除殿階也又曰瞬開闔目也蒼頡篇曰矖索視之貌也穹天也雲漢有靈匹，彌年闕相從。毛詩曰倬彼雲漢曹植九詠注曰牛女爲夫婦七月七日得一會同也毛萇詩傳曰彌終也遐川阻昵愛，脩渚曠清容。曹植九詠注曰織女牽牛之星各處河之旁爾雅曰昵近也孫炎曰親之近也蒼頡篇曰曠踈曠也弄杼不成藻，聳轡鶱前蹤。古詩曰纖纖擢素手札札弄機杼終日不成章泣涕零如雨王逸楚辭注曰蹤軌也昔離秋已兩，今聚夕無雙。昔離迄今會而秋已兩今聚便別故夕無雙也傾河易迴斡，款顏難久悰。傾河天漢也陸機擬古詩曰天漢東南傾邊讓章華臺賦曰天河既迴歡樂未

終如滈漢書注曰斡轉也字林曰沃若靈駕旋寂寥雲
款誠也意有所欲廣雅曰悰樂也
幄空毛詩曰我馬維駱六轡沃若陸
機雲賦曰藻帟高舒長帷虹繞留情顧華寢遥心
逐奔龍龍仙者所駕故遥心以逐之莊
子曰神人承雲氣御飛龍也沈吟爲爾感情
深意彌重古詩曰馳情整中帶沈吟聊躑躅鄭玄毛詩
箋曰爾汝也廣雅曰感傷也鄭玄儀禮注
曰彌
盡也

擣衣一首 五言 謝惠連

衡紀無淹度晷運倐如催漢書曰用昏建者杓夜半建
者衡晉灼曰衡斗之中央也
爾雅曰星紀斗牽牛也漢書音義曰二十八舍列在四
方日月行焉起於星紀也說文曰晷日景也周易曰日
月運行白露滋園菊秋風落庭槐肅肅莎雞羽烈烈寒螿
啼毛詩曰六月莎雞振羽一名促織一名絡緯一名蟋
蟀論衡曰夏末寒蜻蛚鳴將感陰氣也許慎淮南子

宵五呂

俗云簪玉鳴金殊為不類不知所謂乃深閨思婦非蓬門陋質也何言出曰簪著出北房懸鵜步南階耶

注曰寘蛩螿蟬屬也子羊切冬陰結空幙，霄宵月皓中閨。美人戒裳服，端飾相招攜。楚辭曰美人皓齒嫮以姱左氏傳曰招攜以禮何休公羊傳注曰攜提將也簪玉出北房，鳴金步南階。魏臺訪議曰以王爲笄也古曰笄今曰簪繁欽定情詩曰何以致拳拳綰臂雙金環櫚高砧響發，楹長杵聲哀。郭璞曰砧木質也然此砧爲擣帛之質也文字集略曰砧杵之質也猪金切爾雅曰砧謂之虔微芳起兩袖，輕汗染雙題。說文曰題額也紈素既已成，君子行未歸。君子謂夫也毛詩曰未見君子裁用笥中刀，縫爲萬里衣。古詩曰相去萬餘里盈篋自余手，幽緘候君開。說文曰篋笥也又曰緘束篋也古咸切腰帶準疇昔，不知今是非。左氏傳羊斟曰疇昔之羊子爲政

南樓中望所遲客一首

五言謝靈運遊名山志曰始寧又北轉一汀七

○别本校語

里直指舍下園南門樓
自南樓百許步對横山

謝靈運

杳杳日西頹漫漫長路迫楚辭云日杳杳以西頹路長遠而窘迫王逸注曰言道路長遠不得復還憂心迫窘無所舒志也登樓爲誰思臨江遲來客楚辭曰吹參差兮誰思遲猶思也與我別所期期在三五冬陸機贈馮文羆詩曰問子別所期耀靈緣扶木三五謂十五日也禮記曰月者三五而盈也圓景早已滿佳人猶未適曹子建贈徐幹詩曰圓景光未滿衆星粲已繁魏文帝秋胡行曰朝與佳人期日夕殊不來杜預左氏傳注曰適歸也即事怨睽攜感物方悽戚即事即此離別之意也列子周之尹氏有老役夫晝則呻呼即事夜則昏憊而熟寐周易曰睽乖也賈逵國語注曰攜離也古詩曰感物懷所思鄭玄論語注曰方常也孟夏非長夜晦明如歲隔楚辭曰望孟夏之短夜何晦明兮若歲瑶華未堪折蘭苕已屢摘楚辭曰折疏麻兮瑶華將以遺乎離居又曰被石蘭兮帶

杜衡折芳馨兮遺所思路阻莫贈問云何慰離析楚辭曰媒絶路阻言不可結而贈也毛萇詩傳曰問遺也又曰慰安也杜育金谷詩曰既而慨爾感此離析搔首訪行人引領異良覿毛詩曰愛而不見搔首踟躕爾雅曰覿見也良覿謂見良人也

田南樹園激流植援一首　五言　謝靈運

樵隱俱在山由來事不同臧榮緒晉書曰何琦曰胡孔明有言隱者在山樵者亦在山在山則同所以在山則異豈不信乎不同非一事養痾亦園中高彪與馬融書曰公今養痾傲士說文曰痾病也中園屏氛雜清曠招遠風范曄後漢書仲長統曰欲卜居清曠以樂其志廣雅曰曠遠也卜室倚北阜啓扉面南江西都賦曰臨峻路而啓扉激澗代汲井插槿當列墉群木既羅戶衆山亦對窗靡迤趨下田迢遞瞰高峯西京賦曰澶漫靡迤寡欲不期勞

即事空人功。老子曰少私寡欲即事即此營室之事也已見上文唯開蔣生逕。永懷求羊蹤。三輔决録曰蔣詡字元卿隱於杜陵舍中三逕惟羊仲求仲從之遊二仲皆挫廉逃名毛萇詩傳曰懷思也賞心不可忘。妙善冀能同。莊子曰顏成子遊謂東郭子綦曰自吾聞子之言也八年而不知死生九年大妙郭象曰妙善同故無往而不冥也

齋中讀書一首 五言永嘉郡齋也

謝靈運

昔余遊京華。未嘗廢丘壑。郭璞遊仙詩曰京華游俠窟漢書班嗣書曰夫嚴子者漁釣於一壑萬物不干其志棲遲於一丘天下不易其樂也矧迺歸山川。心跡雙寂漠。爾雅曰矧況也楚辭曰野寂漠兮無人虛館絕諍訟。空庭來鳥雀。張衡四愁詩序曰静訟息鬻子曰禹治天下朝廷之間可以羅雀也卧疾豐暇豫。翰墨時間作。國語優施曰我教暇豫之事君韋昭曰暇閑也豫樂也歸田賦曰揮翰墨以奮藻兩都賦序曰時時間作

原文諍作爭

懷抱觀古今，寢食展戲謔。文賦曰：觀古今於須臾。毛詩曰：善戲謔兮，不爲虐兮。既笑沮溺苦，又哂子雲閣。執戟亦以疲，耕稼豈云樂。論語曰：長沮桀溺耦而耕。漢書曰：王莽既以符命自立，即位之後，欲絕其源，以神前事。而甄豐子尋、劉歆子棻復獻之，莽誅豐父子，投棻四裔。辭所連及，便收不請。時楊雄校書天祿閣上，理獄使者來，欲收雄，雄恐不能自免，乃從閣上自投，幾死。京師爲之語曰：惟寂惟漠，自投于閣。潘安仁夏侯湛誄曰：執戟疲楊。萬事難並歡，達生幸可託。莊子曰：達生之情者傀。司馬彪曰：傀，大也。情在無故曰大。傀音瑰。

石門新營所住四面高山迴溪石瀨脩竹茂林詩一首 五言

謝靈運

躋險築幽居，披雲臥石門。方言曰：躋，登也。論衡曰：幽居靜處，恬澹自守。莊子曰：雲者風起北方，一西一東，孰居無事而披拂是。苔滑誰能步，葛弱豈可捫。遊天台山賦曰：

踐莓苔之滑石又曰援葛藟之飛莖毛萇詩傳曰捫持也娟娟秋風過萋萋春草繁楚辭曰娟娟兮秋風王逸注曰娟娟風搖木貌也楚辭曰春草生兮萋萋美人遊不還佳期何由敦楚辭曰望美人兮未來又曰與佳期兮夕張方言曰敦信也芳塵凝瑤席清醑滿金樽庾闡楊都賦曰結芳塵於綺疏楚辭曰瑤席兮玉瑱毛詩曰飲此醑矣埤蒼曰滑美貌也曹子建樂府詩曰金樽玉杯不能使薄酒更厚洞庭空波瀾桂枝徒攀翻楚辭曰洞庭波兮木葉下又曰攀桂枝兮聊淹留結念屬霄漢孤景莫與諼言所思念邈若霄漢孤影獨處莫與忘憂蔡琰詩曰煢煢對孤影怛咤糜肝肺毛萇詩傳曰諼忘也張翰詩曰單形依孤影俯濯石下潭仰看條上猿早聞夕飈急晚見朝日暾楚辭曰暾將出兮東方王逸注曰始出其形暾暾而盛大也崖傾光難留林深響易奔感往慮有復理來情無存言悲感已往而夭壽紛錯故慮有迴復妙理若來而

用刻本注云車或為居者自釋莊子耳

原文說作道

物我俱喪故情無所存往謂適彼可悲之境也庶持乘日車得以慰營魂莊子牧馬童子謂黃帝曰有長者教子曰若乘日之車而遊襄城之野郭象曰日出而遊日入而息也車或為居楚辭曰載營魂而升霞鍾會老子注曰經護為營也匪爲衆人說冀與智者論司馬遷書曰可為智者說難為俗人言

雜詩一首 五言

王景玄 沈約宋書曰王微字景玄少好學無不通覽年十六舉秀才除南平王鑠右軍咨議微素無宦情並陳疾不就江湛舉為吏部郎中

思婦臨高臺長想憑華軒 陸機為顧彥先贈婦詩曰東南有思婦舞賦曰遠思長想登樓賦曰憑軒檻以遥望潘岳為賈謐贈陸機詩曰珥筆華軒韋昭漢書注曰軒檻上板也 弄絃不成曲哀歌送苦言 左太沖詠史詩曰哀歌和漸離張平子書曰駿者不能不苦於言也

熙

箕箒留江介，良人處鴈門。箕箒婦人所執也國語曰吳王夫差伐越越王勾踐乃命諸稽郢行成於吳曰勾踐請盟一介適女執箕箒以備姓於王宮說文曰箕簸也箒糞也楚辭曰哀江介之悲風孟子曰齊人一妻一妾而處室者其良人出必厭酒肉劉熙曰婦人稱夫曰良人漢書有鴈門郡詎憶無衣苦，但知狐白溫。曹植贈丁儀詩曰狐白足禦冬焉念無衣客日闇牛羊下，野雀滿空園。毛詩曰日之夕矣羊牛下來古猛虎行曰日暮不從野雀棲孟冬寒風起，東壁正中昏。禮記曰仲冬之月昏東壁中朱火獨照人，抱景自愁怨。古詩曰朱火然其中楚辭曰廓抱景而獨倚誰知心曲亂，所思不可論。毛詩曰亂我心曲古詩曰所思在遠道

數詩一首 五言 鮑明遠

一身仕關西，家族滿山東。家語孔子曰恭敬忠信四者可以正國豈特一身漢書王衛

尉曰蕭何守關中摇足則關西非陛下所有又曰高帝問羣臣羣臣皆山東人也二年從車駕

齋祭甘泉宫漢書曰元延二年行幸甘泉賦曰正月從上甘泉蔡邕獨斷曰不敢指斥天子故但言車駕漢書曰武帝作甘泉宫中爲臺置祭具以致天神也三朝國慶畢休沐還舊

邦漢書谷永上書曰食於三朝之會周禮曰國有福事即慶賀之漢書曰張安世休沐未甞出王粲贈蔡子篤詩曰戾舊邦也四牡曜長路輕蓋若飛鴻毛詩曰駕彼四牡石崇還京詩曰迅風翼華蓋飄飄若鴻飛

五侯相餞送高會集新豐漢書曰成帝悉封舅王譚王立王根王逢王商時爲列侯五人同日封故世謂之五侯又曰漢王置酒高會三輔舊事曰太上皇思慕鄉里高祖徙豐沛商人立爲新豐也六樂陳廣坐組帳揚春風周禮曰凡六樂者文之以五聲鄭玄曰此因所以存六代之樂史記侯嬴曰公子自迎嬴羣衆廣坐之中嵇康贈秀才詩曰組帳高褰七

盤起長袖庭下列歌鍾張衡舞賦曰歷七盤而屣躡七盤巳見陸機羅敷歌韓子曰長

袖善舞國語曰鄭伯納女樂二八歌鍾巳見魏都賦八珍盈彫俎綺肴紛錯重周禮食醫掌和王八珍之齊莊子曰祝宗人說彘曰汝奚惡死吾將加汝肩尻乎彫俎之上應璩與公琰書曰繁俎綺錯羽爵飛騰九族共瞻遲賔友仰徽容尚書曰敦叙九族孔安國曰九族高祖玄孫之親也張載送鍾衆軍詩曰善見理不拔闡道播徽容十載學無就善宦一朝通漢書曰張釋之事文帝十年不得調又曰司馬安巧善宦四至九卿

翫月城西門解中一首五言　鮑明遠

始見西南樓纖纖如玉鉤西京雜記公孫乘月賦曰值圓巖而似鉤蔽脩堞如分鏡王逸楚辭注曰曲瓊玉鉤也末映東北墀娟娟似蛾眉說文曰墀塗地也禮天子赤墀上林賦曰長眉連娟毛詩曰螓首蛾眉蛾眉蔽珠櫳玉鉤隔瑣窻珠櫳以珠飾疏也瑣窻窻爲瑣文也范曄後漢書曰梁冀第舍窻牖皆有綺疏青瑣也三五二八時千

風注

闕。別本

里。與。君。同。三八十六日也釋名曰望滿之名月大十六日月小十五日淮南子曰道德之論譬如日月馳騖千里不能改其處夜移。衡。漢。落。徘。徊。帷。戶。中。衡斗中央也漢天漢也已見上文曹植七哀詩曰明月照高樓流光正徘徊歸。華。先。委。露。別。葉。早。辭。風。言歸華先委爲露所墮別葉早辭爲風所隕華落向本故曰歸本葉下離枝故云別葉王逸楚辭注曰委弃也巽爲風角用曰木落歸本水流歸末客游厭苦辛仕子倦飄塵陸機荅張士然詩曰飄颻冒風塵休澣自公日宴慰及私辰。禮記曰晏子澣衣以朝字林曰醧私宴飲也方言曰慰居也蜀琴抽白雪郢曲發陽春相如工琴而處蜀故曰蜀琴客歌郢中故稱郢曲也宋玉笛賦曰師曠將爲白雪之曲也又對問曰客有歌於郢中者其爲陽春白雪國中屬而和者不過數十人肴乾酒未缺金壺啓夕淪肴雖乾而酒未止金壺之漏已啓夕波杜預左氏傳注曰肴乾而不食爾雅曰小波爲淪陸機漏賦曰伏陰蟲以承波吞恒流其如揖迴軒駐輕

雲

蓋留酌待情人

始出尚書省一首 五言　謝玄暉

蕭子顯齊書曰眺兼尚書殿中郎高宗輔政以眺為諮議領記室高宗明帝也

惟昔逢休明十載朝雲陛休明謂齊武皇帝也左氏傳曰王孫滿曰德之休明蕭子顯齊書曰眺解褐豫章王行參軍然王故朝也左思七牧曰開甲第之廣袠建雲陛之嵯峨既通金閨籍復酌瓊筵醴金閨即金門也解嘲曰歷金門上玉堂應劭漢書注曰籍者為二尺竹牒記其年紀名字物色懸之宮門案省相應乃得入也袁宏夜酣賦曰開金扉坐瓊筵漢書楚元王敬禮穆生等穆生不嗜酒王每置酒常為穆生設醴也宸景厭照臨昏風淪繼體宸比辰以喻帝位也厭照臨謂武帝崩也繼躰謂鬱林王昭業也蕭子顯齊書曰鬱林王文惠太子長子武帝崩王即位毛詩曰明明上天照臨下士尚書曰遠耆德比頑童時謂亂風廣雅曰昏亂也又曰淪沒也公羊傳曰繼文王之

厲王防口視欝林猶為寬政也
法非本良法

躬守文王之法度紛虹亂朝日濁河穢清濟漢書息夫躬絶命辭曰虹霓燿兮日
微張晏曰虹蜺邪陰之氣也而有照耀以蔽日月方讒
言流行忠良浸微也戰國策張儀說秦王曰清濟濁河足
以爲阻孔安國尚書注曰濟水入河並流十數
里清濁異色混爲一流亦喻讒邪之穢忠正也防口猶
寬政餐荼更如薺言防衆口實由寬政雖遇餐荼之苦更同如薺之甘時明帝輔政故曰寬
也國語召公諫厲王曰防人之口甚於防川左氏傳陳
公子完謂齊侯曰臣幸若獲宥及於寬政君之惠也仲
長子昌言曰有軍興之大役焉有凶荒之殺用焉如此
則清脩絜皎之士固當食荼塩膽枕籍菁棘毛詩曰誰
爲荼苦其甘如薺英衮暢人謀文明固天啓英衮謂明帝也初爲尚書令故曰英
衮蕭子顯齊書曰明帝以太后令廢欝林王及海陵王而
即帝位周禮曰三公自衮冕而下漢書音義曰暢通也周易
曰人謀鬼謀百姓與能又曰見龍在田天下文明左
氏傳曰晉侯賜畢萬魏卜偃曰以是始賞天啓之矣青
精翼紫軑黃旗映朱邸春秋元命苞曰殷紂之時五星聚房房者蒼神之精周據而興

然青即蒼也齊木德故蒼精翼之孔安國尚書傳曰翼輔也方言曰韓楚之閒輪謂之軑徒計切天子之車以紫爲蓋故曰紫軑司馬德操與劉恭嗣書曰黃旗紫蓋恒見東南終成天下者揚州之君子史記曰諸侯朝天子於天子之所立宅舍曰邸漢書曰代王入代邸諸王朱戶故曰朱邸

還觀司隸章復見東都禮

東觀漢記曰更始欲北之雒陽以上爲司隸校尉三輔官府吏東迎雒陽見更始諸將過者數十輩皆冠幘而衣婦人之衣大爲長安所笑見司隸官屬皆相指視之極望老吏或垂涕槷然復見官府儀體賢者蟻附也

中區咸已泰輕生諒昭洒洗

文賦曰佇中區以玄覽說文曰洒滌也桑禮切

趨事辭宮闕載筆陪旌棨

謂出殿中而爲記室也漢書曰朱博夜寢早起妻希見面趨事如是慎子曰趨事之有司賊也禮記曰史載筆士載言司馬彪續漢書曰公以下至二千石騎吏四人皆帶劍棨戟爲前行韋昭漢書注曰棨戟也音啓

邑里向疎蕪寒流自清泚

鶡冠子曰士之居邑里賈逵國語注曰蕪薉也說文曰泚清也且禮切

衰柳尚沈沈凝露方

陰〻不偶弘敞必有误

泥泥沈沈茂盛之貌也毛詩曰蓼彼蕭斯零露
泥泥廣雅曰方正也毛萇曰泥泥沾濡也零落悲
友朋歡虞讌兄弟孔融與曹操書曰海內知識零落殆
盡虞與娛通毛詩序曰常棣燕兄弟
也既秉丹石心寧流素絲涕丹石言不移也呂氏春秋
曰石可破而不可奪其堅
丹可磨而不可奪其赤韓子曰上下相德守道者皆懷
金石之心素絲隨染涕墨子所悲也淮南子曰墨子見
練絲而泣之爲其可以黃可以黑高誘曰
閔其化也曹顏遠感時詩曰素絲與路歧秉此終蕭散
垂竿深澗底孫惠龜賦曰汎舟於清泠之淵垂竿
於巖澗之下如淯漢書注曰秉因也

直中書省一首五言蕭子顯齊書
曰朓轉中書郎謝玄暉

紫殿肅陰陰彤庭赫弘敞紫殿紫宮也漢書成紀曰神
光降集紫殿莊子曰至陰肅肅
肅至陽赫赫西都賦曰玉階彤
庭西京賦曰赫昈昈以弘敞風動萬年枝日華承露
掌晉宮闕名曰華林園有萬年樹十四株漢書曰日華
曜宣明又曰武帝作栢梁銅柱承露盤僊人掌也

玲瓏結綺錢深沈映朱網晉灼甘泉賦注曰玲瓏明見貌也東宮舊事曰窻有四面綾綺連錢楚辭曰網戸朱綴刻方連王逸注曰網綺文縷也綴緣也網與罔同而義異也紅藥當階飜蒼苔依砌上淮南子曰窮谷之污生以蒼苔茲言翔鳳池鳴珮多清響晉中興書曰荀勗從中書監爲尚書令人賀之乃發恚云奪我鳳凰池卿諸人何賀我耶禮記曰君子行則鳴佩玉信美非吾室中園思偃仰登樓賦曰雖信美而非吾土兮毛詩曰或棲遲偃仰朋情以鬱陶春物方駘蕩尚書曰鬱陶乎予心顏厚有忸怩莊子曰惠施之林駘蕩而不得逐物不反司馬彪曰駘蕩猶施散也安得凌風翰聊恣山泉賞莊子曰鵠巢於高檜之顛巢折凌風而起毛詩曰如飛如翰鄭玄曰如鳥之飛翰也

觀朝雨一首 五言

謝玄暉

朔風吹飛雨蕭條江上來既灑百常觀復集九成臺張景

原訛眇作訬勁作徑

二句言希榮畏辱也

陽七命曰表以百常之闕西京賦曰通天眇以竦峙勁百常而莖擢薛綜曰臺名也爾雅曰觀謂之闕呂氏春秋曰有娀氏有二佚女爲九成臺飲食必以鼓**空濛如薄霧散漫似輕埃**

明振衣坐重門猶未開楚辭曰平明發兮蒼梧新序曰老古振衣而起周易曰重門擊柝

耳目暫無擾懷古信悠哉東京賦曰慨長思而懷古毛詩曰悠哉悠哉毛萇曰悠思也

戢翼希驤首乘流畏曝鰓成公綏慰情賦曰惟潜龍之勿用戢鱗翼以匿影鄒陽上書曰鮫龍驤首奮翼則浮雲出流鵬鳥賦曰乘流則逝三秦記曰河津一名龍門兩傍有山水陸不通龜魚莫能上江海大魚薄集龍門下上則爲龍不得上曝鰓水次也

動息無兼遂歧路多徘徊動息猶出處言出處之情有疑譬臨歧路而多惑也淮南子曰楊子見逵路而哭之謂其可以南可以北

方同戰勝者去翦北山萊言隱勝仕也方猶將也韓子子夏曰吾入見先王之義則榮之出見富貴又榮之二者戰於胷臆故臞也今見先王之義戰勝故肥也毛詩曰南山有臺北山

原鈔阻作岨

有萊毛萇曰萊草也

郡内登望一首 五言蕭子顯齊書曰眺出爲宣城太守 謝玄暉

借問下車日匪直望舒圓 張景陽詩曰下車如昨日望舒四五圓 寒城一

以眺平楚正蒼然 毛詩曰翹翹錯薪言刈其楚說文曰楚叢木也鄭玄毛詩箋曰蒹葭在衆草之中蒼蒼然也

山積陵陽阻溪流春穀泉 江賦曰幽澗積阻沈約宋書曰宣城郡太康中分丹陽立陵陽子明得仙於廣陽縣山戰國策曰飲茹溪之流漢書曰丹陽郡有春穀縣水經注曰江連春穀縣北又合春穀水

威紆距遥甸巉嵒帶遠天 威紆威夷紆餘流長之貌也孔安國尚書傳曰距至也廣雅曰巉嵒高也

切切陰風暮桑柘起寒煙悵望

心已極惝怳塊屢遷 悵望已見上文楚辭曰招惝怳而永懷招勑驕切惝况壤切怳况往切

結髮倦爲旅平生早事邊 漢書霍光結髮内侍論語子曰久要不忘平生

之言誰規鼎食盛寧要狐白鮮家語曰子路南遊於楚列鼎而食晏子春秋曰景公被狐白之裘坐於堂側方棄汝南諾言稅遼東田續漢書曰汝南太守南陽宗資任用范滂時人謠曰汝南太守范孟博南陽宗資主畫諾魏志曰管寧聞公孫度令行海外遂至于遼東皇甫謐高士傳曰人或牛暴寧田者寧爲牽牛著涼處自飲食也

和伏武昌登孫權故城一首五言徐勉伏曼容墓誌序曰曼容爲大司馬諮議參軍出爲武昌太守

謝玄暉

炎靈遺劒璽當塗駭龍戰炎靈謂漢也典引曰蓄炎上之烈精漢儀禮志曰皇太子即位中黃門以斬蛇寶劒授異苑曰晉惠帝元康三年武庫火燒漢高斬白蛇劒吳書曰初黃門張讓等作亂劫天子出奔尚璽投井中春秋保乾圖曰漢以魏徵當塗在世名行四方獻帝紀太史丞許芝奏故白馬令李雲上事曰許昌氣見於當塗高當塗高者魏也象魏者兩觀闕是也當道而高大者魏也當代漢周易曰龍戰于

野其血玄黃聖期缺中壤霸功興寓縣論衡曰孟子云五百年有王者興五百年
者以爲天出聖期也桓譚陳便宜曰所謂霸功者法度
明正百官脩治威令流行者也蒼頡篇曰宇㝢邊也說文
曰寓籒文宇字也鵲起登吳山鳳翔陵楚甸莊子曰鵲上城之垝巢於高榆之顛
城壞巢折陵風而起故君子之居時也得時則義行失
時則鵲起司馬彪曰垝最高危限之處也起飛也東都
賦曰龍飛白水鳳翔參墟孫氏初基武昌
後都建鄴故云吳山楚甸也垝居毀切衿帶窮巖險
帷帟盡謀選西京賦曰巖險周固衿帶易守漢書高祖
曰運籌策於帷帳之中左氏傳蔿啓彊曰
趙成中行吳皆諸侯之選也鄭玄毛
詩箋曰選者謂於倫等之中最上也北拒溺驂鑣西龕
收組練比拒謂禦曹操西龕謂敗劉備也春秋感精符
曰強傑並侵戰兵雷合龍門溺驂宋均曰龍門
魯地名也時齊與宋鄭戰敗相殺血溺驂馬尚書序曰
西伯戡黎孔安國曰戡勝也龕與戡音義同左氏傳曰
組甲三百被練三千馬融曰組
甲以組爲甲被練爲甲裏也江海既無波俯仰流英

「盻」別本印盻字

原缺作袍以離字別寢

盻禮斗威儀曰其君乘木而王其政象平則江海不揚波好色賦曰竊視流盻袞冕類禋郊卜
揆崇離殿周禮曰王祀昊天上帝則服大裘而冕祀五帝亦如之又曰兆五帝於四郊四類亦如之
孔安國尚書傳曰類事類也又曰精意以享曰禋毛詩曰卜云其吉終然允臧毛萇曰凡建國必卜之毛詩曰
揆之以日作爲楚室毛萇曰揆度也度日出日入以知西東視定北準極以正南北毛萇詩傳曰崇立也西都
賦曰外則離殿別寢釣臺臨講閱樊山開廣讌吳志曰孫權於武昌臨釣臺飲酒大
歡國語號文公曰一時講武公羊傳曰大閱者何簡車馬也水經曰武昌郡治城南有袁山即樊山也北背大
江江上有釣臺顏延年釋奠詩曰即宮廣讌文物共葳蕤聲明且葱蒨左氏傳臧
哀伯曰夫德儉而有度文物以紀之聲明以發之三光厭分景書軌欲同薦三國
名臣頌曰三光參分宇宙暫隔禮記子曰今天下車同軌書同文杜預左氏傳注曰薦獻也參差世
祀忽寂漠市朝變魏都賦曰非有期乎世祀忽謂忽忽然而去也古出夏北門行曰市朝易

籍 別本

人千載墓平舞館識餘基歌梁想遺轉蕪城賦曰歌堂舞閣之基西征賦曰亙見陛殿之餘基歌有繞梁故曰歌梁淮南子曰秦楚燕趙之歌也異轉而皆樂高誘曰轉音聲也故林衰木平荒池秋草徧雄圖悵若茲茂宰深遐睠茂宰謂伏武昌也言孫氏雄圖悵然如此伏氏感之而深遠睠幽客滯江皐從賞乖纓弁幽客眺自謂也言從賞而乖纓弁遊也楚辭曰朝馳騁兮江皐王逸注曰澤曲曰皐清卮阻獻酬良書限聞見良書謂伏詩也鄭玄禮記注曰卮酒器也毛詩曰獻酬交錯墨子曰墨子獻書惠王王受而讀之曰良書也幸籍芳音多承風采餘絢楚辭曰聞赤松之清塵願承風之遺則馬融論語注曰絢文貌也干役儻有期鄂渚同游衍毛詩曰君子于役不知其期楚辭曰乘鄂渚而反顧兮王逸注曰鄂渚地名也毛詩曰昊天曰旦及爾遊衍毛萇曰游行也衍溢也鄭玄曰常與汝入往遊溢相從也

和王著作八公山一首五言淮南子曰淮南王安養士數千人中有高

才八人蘇非李上左吳陳由伍被雷被毛被晉昌爲八公神仙傳曰雷被誣告安謀反人告公曰安可以去矣乃與登山即日升天八公與安所踐石上之馬跡存焉

謝玄暉

二別阻漢坻雙崤望河澳左氏傳曰吳子伐楚子常乃濟漢而陣自小別至于大別殽有二陵巳見西征賦爾雅曰小沚曰泜又曰澳隈也茲嶺復巑岏分區奠淮服字林曰巑岏銳山也潘岳贈陸機詩曰區域以分孔安國尚書傳曰奠定也東限琅邪臺西距孟諸陸山海經曰琅邪臺在渤海間琅邪之東孔安國尚書傳曰距至也周禮曰正東曰青州其藪曰孟諸爾雅曰宋有孟諸郭璞曰今在梁國濉陽縣東北然孟諸澤在八公山東而云西距者謂澤西距山以避上文耳謂山在澤東是也仟眠起雜樹檀欒蔭脩竹楚辭曰遠望兮仟眠枚乘兔園賦曰脩竹檀欒夾池水日隱澗凝空雲聚岫如複出沒眺樓雉

羣改陳郡

遠近送春目王肅家語注曰高文長曰堵三堵曰雉呂氏春秋曰客出田騈送之以目戎州
昔亂華素景淪伊穀亂華謂苻堅也左氏傳曰衛侯登城以望見戎州公曰我姬姓也何戎之有焉又孔子曰裔不謀夏夷不亂華素景謂晉也干寶搜神記曰金者晉之行也漢書曰穀水出穀陽谷東北入洛也伊水已見上文
阽危賴宗袞微管寄明牧宗袞謝安也明牧謝玄也晉中興書曰時盜賊強盛浸寇無已朝議求文武良將可以鎮北方者衛將軍謝安曰唯兄子玄可堪此任於是拜建武將軍兗州刺史領廣陵相監江北諸軍事漢書賈誼上書曰安有天下阽危者若是臣瓚曰臨危曰阽或曰阽屋檐也論語子曰微管仲吾其被髮左衽矣
長蛇固能翦奔鯨自此曝八公山謝玄敗苻堅之處也長蛇喻融奔鯨喻堅也羣謝錄曰玄領徐州苻堅傾國大出玄爲前鋒射傷苻堅陣殺苻融左氏傳申苞胥如秦乞師曰吴爲封豕長蛇以荐食上國又楚子曰古者明王伐不敬取其鯨鯢而封以爲大戮杜預曰鯨鯢大魚名以喻不義之人吞食小國也
道峻芳塵流業遥

年運遒儵陸機大暮賦曰播芳塵之馥馥莊子老聃曰予年運而往矣將何以戒我乎平生仰令圖吁嗟命不淑平生眺自謂也左氏傳汝叔齊曰君子能知其過必有令圖令圖天贊也薛君韓詩章句曰吁嗟歎辭也毛詩曰子之不淑楊泉五湖賦曰厎功定績蓋寓令圖不淑已見嵇康幽憤詩浩蕩別親知連翩戒征軸楚辭曰志浩蕩而傷懷思玄賦曰繽連翩兮紛暗曖再遠館娃宮兩去河陽谷方言曰吳有館娃之宮石崇思歸引序曰肥遯於河陽別業風煙四時犯霜雨朝夜沐曹植亟出行曰蒙霧犯風塵淮南子曰禹沐淫雨櫛疾風高誘曰以雨爲沐浴也以疾風爲梳篦也魏書公令曰沐浴霜露二十餘年春秀良已凋秋場庶能築孫子曰秋霜被不凋其秀毛詩曰九月築場圃

和徐都曹一首五言集云和徐都曹勉昧旦出新渚　謝玄暉

宛洛佳遨遊春色滿皇州古詩曰驅車策駑馬遊戲宛與洛鮑昭結客少年場行曰表

裏望皇州結軫青郊路迴瞰蒼江流楚辭曰結余軫於西山周禮曰東方謂之青蜀都賦曰列綺跦以瞰江日華川上動風光草際浮日華已見上文楚辭曰光風轉蕙汎崇蘭王逸注曰光風謂日出而風草木有光色也桃李成蹊逕桑榆蔭道周班固漢書贊曰諺曰桃李不言下自成蹊楚辭曰鳴鳩棲於桑榆毛詩曰有杕之杜生于道周毛萇曰周曲也東都已俶載言歸望綠疇毛詩曰以我覃耜俶載南畝毛萇曰覃利也王肅曰俶始也載事也言用我之利始事於南畝也毛詩曰言旋言歸賈逵國語注曰一井為疇

和王主簿怨情一首五言集云王主簿名季哲

謝玄暉

掖庭聘絕國長門失歡宴漢書元紀曰賜單于待詔掖庭王廧為閼氏應劭曰名廧小字昭君娶女曰聘據單于而言也琴道雍門周曰一赴絕國掖庭王昭君所居也長門陳皇后所居也南都賦曰

生平宿昔一言一顧重千金賤一言云此複語耳

曾集詮評錢作賤

末二句一向一答云故人心尚當如生平宿昔乎今則不見此心矣或謂作故心人不見而復妄諾之

接歡宴於日夜相逢詠蘪蕪辭寵悲班扇古樂府詩曰上山採蘼蕪下山逢故夫班婕妤怨詩曰新製齊紈素鮮絜如霜雪裁爲合歡扇團團似明月花叢亂數蝶風簾入雙燕徒使春帶賖坐惜紅顔變賖緩也生平一顧重宿昔千金賤鄭玄毛詩箋曰顧迴首也列女傳曰楚成鄭子瞀者楚成王之夫人也初成王登臺子瞀不顧王曰顧吾與女千金子瞀遂行不顧曹植詩曰一顧千金重何必珠王錢阮籍詠懷詩曰宿昔同衾裳故人心尚爾故人心不見古樂府曰相去萬餘里故人心尚爾鄭玄毛詩箋曰尚猶也字書曰爾詞也

和謝宣城一首 五言集云謝宣城眺卧疾

沈休文

王喬飛鳧舄東方金馬門從宦非宦侶避世不避喧范曄

覽。據離騷改注引亦誤

後漢書曰王喬者河東人也顯宗時爲葉令喬有神術每月朔望自縣詣臺朝帝怪其來數而不見車騎密令太史伺望之言其臨至輒有雙鳧東南飛來於是伺鳧至舉羅張之但得一雙舄焉乃詔尚方診視則四年中所賜尚書官屬履也史記曰武帝時齊人有東方生名朔時坐席中酒酣據地歌曰陸沈於俗避世金馬門

揆余發皇鑒短翮屢飛翻楚辭曰皇鑒揆予于初度丁儀周成王論曰振短翮與鸞鳳並翔

晨趨朝建禮晚沐臥郊園漢書與職曰尚書郎晝夜更直於建禮門內沐休沐也

賓至下塵榻憂來命緑樽謝承後漢書曰徐稺字孺子豫章人屢辟公府不起時陳蕃爲太守以禮請署功曹稺不免之既謁而退蕃在郡不接賓唯稺來特設一榻去則懸之應休璉與曹長思書曰紅塵蔽於机榻傅玄雜詩曰机榻委塵埃漢書東方朔曰臣聞銷憂者莫若酒也

昔賢侔時雨今守馥蘭蓀字林曰侔齊等也孟子曰君子之所以教者五有如時雨化之者今守即朓也潘正叔贈河陽詩曰流聲馥秋蘭王逸楚辭注曰蓀香草名也

神交疲夢寐路

原文雀作崖鳥作鳥
原注蕩作盪

遠隔思存列子曰夢有六候此六者皆魂神所交也莊子曰子綦曰其寐也魂交其覺也形開說文曰交會也毛詩曰雖則如雲匪我思存牽拙謬東汜浮情及西崐梁書曰隆昌中約出爲東陽太守明帝即位徵爲五兵尚書以日之早晏喻年之少老也牽拙牽率庸拙也東汜謂湯谷日之所出也浮情浮名情懈也西崐謂崦嵫日之所入也顧循良菲薄何以儷璵璠鄭玄毛詩箋曰顧念也楚辭曰質菲薄而無由馬融論語注曰菲薄也廣雅曰儷偶也左氏傳曰季平子卒陽虎將以璵璠斂杜預曰璵璠美玉也將隨渤澥去刷羽汎清源解嘲曰若江湖之雀渤澥之鳥吴都賦曰刷蕩漪瀾說文曰刷刮也劉公幹詩曰方塘含清源

應王中丞思遠詠月一首五言蕭子顯齊書曰王思遠爲御史中丞

沈休文

月華臨靜夜夜靜滅氛埃魏明帝詩曰靜夜不能寐楚辭曰辟氛埃而清涼方

暉竟戶入圓影隙中來淮南子曰受光於隙照一隅受光於戶照室中無遺物況受光於宇宙乎說文曰隙壁際也高樓切思婦西園游上才曹子建七哀詩曰明月照高樓流光正徘徊上有愁思婦悲歎有餘哀魏文帝芙蓉池詩曰乘輦夜行遊逍遙步西園丹霞夾明月華星出雲間網軒映珠綴應門照綠苔楚辭曰網戶朱綴刻方連下云綠苔此當爲朱綴兮並爲珠疑傳寫之誤漢書曰班婕妤自傷賦曰潛玄宮兮幽以清應門閉兮禁闥扃華殿塵兮玉階苔中庭萋兮綠草生洞房殊未曉清光信悠哉楚辭曰姱容脩態亙洞房毛萇詩傳曰悠遠貌也

冬節後至丞相第詣世子車中一首五言蕭子顯齊書曰豫章王嶷太祖第三子也薨贈丞相揚州牧長子廉字景藹爲世子蔡邕獨斷曰諸侯適子稱世子

沈休文

廉公失權勢，門館有虛盈。史記曰：廉頗失勢之時，故客盡去，及復爲將，又復至。王符潛夫論曰：昔魏其之客，流於武安；長平之利，移於冠軍。廉頗、翟公，再盈再虛。貴賤猶如此，況乃曲池平。漢書曰：下邽翟公爲廷尉，賓客亦填門；及廢，門外可設雀羅。後爲廷尉，客欲往，翟公大署其門曰：一貴一賤，交情乃見。桓子新論：雍門周說孟嘗君曰：千秋萬歲後，高臺既已傾，曲池又以平。高車塵未滅，珠履故餘聲。漢書曰：于定國父于公，閭門壞，父老方共治之，于公謂之曰：少高大閭門，令容駟馬高蓋。說文曰：高車，其蓋高立載之車也。史記曰：春申君上客皆躡珠履。賓階緑錢滿，客位紫苔生。家語曰：公自阼階，孔子由賓階升堂立侍。又曰：醮於客位，加其有成也。崔豹古今注曰：空室無人行則生苔蘚，或青或紫，一名緑錢。禮記曰：斗人就東階，客就西階。又曰：殯於客位，祖於庭。誰當九原上，鬱鬱望佳城。禮記：趙文子曰：以從先大夫於九原。鄭玄曰：晉卿大夫之墓地在九原。西京雜記曰：滕公駕至東都門，馬鳴跼不肯前，皆以前脚跼地。久之，滕公懼，使卒掘馬所跼地入

三尺所得石槨有銘焉銘曰佳城鬱鬱三千年見白日吁嗟滕公居此室滕公曰嗟乎天也吾其卽安此乎遂葬焉漢書曰夏侯嬰號滕公也

學省愁卧一首 五言學省國學也梁書曰齊明帝卽位約遷國子祭酒

沈休文

秋風吹廣陌蕭瑟入南闈廣雅曰陌道也愁人掩軒卧高牕時動扉楚辭曰愁人兮奈何掩猶閉也軒長廊也虛館清陰滿神宇曖微微謝靈運齋中詩曰虛館絕諍訟曹植九詠曰蔓葛滋兮冒神宇王逸楚辭注曰曖曖暗昧貌南都賦曰清廟肅以微微網蟲垂戶織夕鳥傍櫚飛張景陽雜詩曰蜘蛛網戶屋栔文帝詩曰蜘蛛繞戶牖纓珮空爲忝江海事多違爾雅曰忝辱也莊子曰就藪澤處閑曠此江海之士避世之人也廣雅曰違異也謂乖異也山中有桂樹歲暮可言歸山中有桂樹卽

四原詩戶作

攀桂枝而聊淹留也韓詩曰蟋蟀在堂歲聿其莫薛君曰莫晚也言君之年歲已晚也

詠湖中鴈一首　五言　沈休文

白水滿春塘旅鴈每迴翔劉公幹雜詠詩曰方塘含白水中有鳧與鴈謝靈運戲馬臺集詩曰旅鴈違霜雪楚辭曰孔雀兮迴翔穀梁傳曰掩禽旅范甯曰衆禽也唼流牽弱藻斂翮帶餘霜楚辭曰鳧鴈皆唼夫梁藻應瑒建章臺集詩曰遠行蒙霜雪羣浮動輕浪單汎逐孤光上林賦曰鴻鷫鵠鴇浮乎其上懸飛竟不下亂起未成行呂氏春秋曰羣鳥翔而不下白虎通曰鴈飛則乃成行刷羽同搖漾一舉還故鄉搖漾飛貌也韓詩外傳田饒曰黃鵠一舉千里烏孫公主歌曰願爲黃鵠兮歸故鄉

三月三日率爾成篇一首　五言　沈休文

麗日屬元巳年芳具在斯南都賦曰暮春之禊元巳之辰開花已匝樹

流嚶復滿枝洛陽繁華子長安輕薄兒阮籍詠懷詩曰昔日繁華子安陵與龍陽范雎後漢書曰李寶勸劉嘉且觀成敗光武聞告于鄧禹曰孝孫素謹當是長安輕薄兒誤之耳嘉字孝孫嚶於耕切東出千金堰西臨鴈鶩陂楊佺期洛陽記曰于金堰在洛陽城西去城三十五里堰上有穀水塢朱超石與兄書曰千金堤舊堰穀水魏時更脩謂之千金塢廣雅曰堰潛堰也謂潛築土以壅水也一作堨音遏塢烏古切堰一建切然三字義同而音則異也漢宮殿疏曰長安有鴈鶩陂承昆明下流也游絲映空轉高楊拂地垂緑幘文照耀紫燕光陸離漢書曰董偃與母以賣珠為事隨母入館陶公主家因留第中偃謂上緑幘傅韝毛萇詩傳曰日出照耀紫燕巳見赭白馬賦楚辭曰玉珮兮陸離清晨戲伊水薄暮宿蘭池曹子建名都篇曰清晨復來還楚辭曰薄暮雷電歸何憂廣雅曰薄至也漢書曰渭城有蘭池宮象筵鳴寶瑟金瓶汎羽巵吳都賦曰桃笙象簟韜於筒中漢書曰莽何羅行觸寶瑟瓶酒器也古樂

府詞曰金瓶素綆汲寒漿羽巵即羽觴也楚辭曰瑤漿蜜勺實羽觴寧憶春蠶起日暮桑欲萎枚乘兔園賦曰桑萎蠶飢中人望奈何長袂屢以拂彫胡方自炊楚辭曰長袂拂面善留客宋玉諷賦曰主人之女爲臣炊彫胡之飯露葵之羹來勸臣食鄭玄毛詩箋曰方且也愛而不可見宿昔減容儀毛詩曰愛而不見且當忘情去歎息獨何爲公孫尼子曰衆人役物而忘情郭象論曰忘情於無有之域曹子建贈白馬王詩曰太息將何爲

雜擬上

擬古詩十二首　陸士衡

擬行行重行行

悠悠行邁遠戚戚憂思深此思亦何思思君徽與音音徽日夜離緬邈若飛沉王鮪懷河岫晨風思北林王鮪已見

東京賦晨風已見上文遊子眇天末。還期不可尋。驚飆褰反信。歸雲難寄音。楚辭曰願寄言於浮雲兮遇豐隆而不將佇立想萬里。沈憂萃我心。攬衣有餘帶。循形不盈衿。去去遺情累。安處撫清琴。

擬今日良宴會

閑夜命歡友。置酒迎風館。迎風已見西京賦齊僮梁甫吟。秦娥張女彈。南都賦曰齊僮唱兮列趙女蔡邕琴頌曰梁甫悲吟周公越裳琴操曰曾子耕泰山之下天雨雪東旬月不得歸思其父母作梁山歌應瑒神女賦曰夏姬曾不足以供妾御況秦娥與吳娃方言曰秦俗美皃謂之娥張女彈已見笙賦哀音繞棟宇。遺響入雲漢。列子秦青曰昔韓娥東之齊鬻歌假食既去而餘響繞梁三日不絕又曰薛談學謳於秦青辭歸青餞於郊衢撫節悲歌聲振林木響遏行雲張湛曰三人辟秦韓之善歌者也四坐咸同志羽觴不可筭高談一何綺蔚若朝霞爛霞或為華人生無幾何為樂常苦晏秦嘉荅婦詩曰憂艱常早至為樂常苦晚譬彼伺晨鳥揚聲當及旦尸子曰使雞伺晨春秋考異郵曰鶴知夜半雞應旦明明與鳴同古字通曷為恒憂苦守此貧與賤列子曰卑辱則憂苦

擬迢迢牽牛星

昭昭清漢暉粲粲光天步晏子春秋曰星之昭昭不如月之曖曖毛萇詩傳曰粲粲鮮盛也步行也言行止之盛儀步而光耀於天牽牛西北迴織女東南顧大戴禮夏小正曰七月初昏織女正東而向華容一何冶揮手如振素冶或為綺非也怨彼河無梁悲此年歲暮跂彼無良緣睆焉不得度跂彼

已見上毛詩曰睆彼牽牛引領望大川雙涕如霑露

擬涉江采芙蓉

上山采瓊蘂穹谷饒芳蘭采采不盈掬悠悠懷所歡毛詩曰終朝采綠不盈一掬故鄉一何曠山川阻且難沈思鍾萬里躑躅獨吟歎

擬青青河畔草

靡靡江離草熠燿生河側江離已見子虛賦皎皎彼姝女阿那當軒織粲粲妖容姿灼灼美顏色良人游不歸偏棲獨隻翼空房來悲風中夜起歎息

擬明月何皎皎

安寢北堂上，明月入我牖。照之有餘暉，攬之不盈手。淮南子曰：天地之間，巧歷不能舉其數，手微惚恍，不能攬其光也。高誘曰：天道廣大，手雖能微其惚恍無形者，不能攬得日月之光也。涼風繞曲房，寒蟬鳴高柳。踟躕感節物，我行永已久。游宦會無成，離思難常守。

擬蘭若生朝陽

嘉樹生朝陽，凝霜封其條。執心守時信，歲寒終不彫。美人何其曠，灼灼在雲霄。枚乘樂府詩曰：美人在雲端，天路隔無期。隆想彌年月，長嘯入飛飈。引領望天末，譬彼向陽翹。

擬青青陵上柏

冉冉高陵蘋，習習隨風翰。山海經曰：崑崙之丘有草，名曰蕡，如葵。字書曰：蕡，亦蘋字。

也人生當幾何譬彼濁水瀾言濁水之波易竭也慼慼多滯念置酒宴所歡方駕振飛轡遠遊入長安名都一何綺城闕鬱盤桓史記曰公仲謂韓王曰不如和秦賂以一名都飛閣纓虹帶曾臺冒雲冠虹帶已見吳都賦虹或爲垂非也高門羅北闕甲第椒與蘭西京賦曰北闕甲第當道直啓椒蘭蓋取其嘉名且芬香也俠客控絕景都人驂玉軒列子曰晉范氏有子曰子華善養私名使其俠客以鄙相攻魏書曰張繡降而復反上所乘馬名絕景爲流矢所中都人已見上國語叔向曰絳之富商而能金玉其車遨遊放情願慷慨爲誰歎

擬東城一何高

西山何其峻曾曲鬱崔嵬零露彌天墜蕙葉憑林衰尚書五行傳曰雲起於山彌於天寒暑相因襲時逝忽如頹三閭結飛

江文通雜體詩注引作佳人撫鳴琴

欒大耋嗟落暉離騷引曰屈原者爲三閭大夫離騷曰飲余馬於咸池摠余轡於扶桑周易曰日昃之離不鼓缶而歌則大耋之嗟凶曷爲牽世務中心若有違毛詩曰行道遲遲中心有違京洛多妖麗玉顏侔瓊蕤古詩曰燕趙多佳人美者顏如玉閑夜撫鳴琴惠音清且悲長歌赴促節哀響逐高徽一唱萬夫歎往而梁塵飛七略曰漢興魯人虞公善雅歌發聲盡動梁上塵思爲河曲鳥雙游豐水湄

擬西北有高樓

高樓一何峻苕苕峻而安綺窻出塵冥飛陛躡雲端綺窻飛陛已見上文佳人撫琴瑟纖手清且閑芳氣隨風結哀響馥若蘭玉容誰得顧傾城在一彈玉容傾城並已見上佇立望日昃

歌者即上佳人此佇立者為望之人正與本詩意相反

躑躅再三歎不怨佇立久但願歌者歡思駕歸鴻羽比翼雙飛翰

擬庭中有奇樹

歡友蘭時往苕苕匿音徽虞淵引絕景四節逝若飛虞淵已見上文芳草久已茂佳人竟不歸躑躅遵林渚惠風入我懷感物戀所歡采此欲貽誰

擬明月皎夜光

歲暮涼風發昊天肅明明招搖西北指天漢東南傾呂氏春秋曰季秋之月招搖指戌大戴禮夏小正曰七月漢案戶漢天漢也漢案戶者直戶也李陵詩曰招搖西北馳天漢東南流朗月照閑房蟋蟀吟戶庭翩翩歸鴈集嘒嘒

寒蟬鳴歸鴈已見鶤鷄賦嘒嘒已見秋興賦寒蟬已見上文疇昔同宴友翰飛戾高冥毛詩曰匪鶉匪鳶翰飛戾天高冥已見齊謳行服美改聲聽居愉遺舊情織女無機杼大梁不架楹言有名無實也織女已見上爾雅曰大梁昴也

擬四愁詩一首 七言

張孟陽

我所思兮在營州欲往從之路阻脩登崖遠望涕泗流

我之懷矣心傷憂佳人遺我緑綺琴何以贈之雙南金傅玄琴賦序曰齊桓公有鳴琴曰號鍾楚莊有鳴琴曰繞梁中世司馬相如有緑綺蔡邕有燋尾皆名琴也

願因流波超重深終然莫致增永吟

擬古詩一首 五言

陶淵明

日暮天無雲春風扇微和佳人美清夜達曙酣且歌尚書

賞心謂賞心之朋友也後来多用誤

日酣歌于室歌竟長歎息持此感人多明明雲間月灼灼葉中花豈無一時好不久當如何

擬魏太子鄴中集詩八首五言并序　謝靈運

建安末余時在鄴宮朝遊夕讌究歡愉之極天下良辰美景賞心樂事四者難并今昆弟友朋二三諸彥共盡之矣古來此娛書籍未見何者楚襄王時有宋玉唐景梁孝王時有鄒枚嚴馬遊者美矣而其主不文漢書曰梁孝王來朝從遊說之士齊人鄒陽淮陰枚乘吳莊忌夫子之徒司馬相如見而悅之客遊梁漢武帝徐樂諸才徐樂已見別賦備應對之能而雄猜多忌豈獲晤言之適晤言已見上文不誣方將庶必賢於今日爾歲月如流零落

原文卻作都

原文無生字

必与畢通

將盡撰文懷人感往增愴魏文帝與吳質書曰撰其遺文却爲一集其辭曰

魏太子

百川赴巨海衆星環北辰百川北辰已見上文照灼爛霄漢遙裔起長津天地中橫潰家王拯生民橫潰以水喻亂也家王謂魏太祖也陳思王行女哀辭曰家王征蜀漢司馬相如難蜀文曰拯生民於沈溺說文曰出溺爲拯區宇既滌蕩羣英必來臻東京賦曰區寓乂寧謝承後漢書曰黄向對策爲羣英之表忝此欽賢性由來常懷仁況值衆君子傾心隆日新論物靡浮說析理實敷陳莊子曰判天地之美析萬物之理羅縷豈闕辭窈窕究天人王延壽王孫賦曰羌難得而羅縷羅或爲𦋺天人已見應吉甫華林園詩澄觴滿金罍連榻設華茵急絃動飛聽清歌拂梁塵侯瑾箏賦曰急絃促柱變調改曲抱

此下四章離并合盡之矣言

朴子曰瓠巴操琴翔禽爲之下聽梁塵已見陸機擬東城一何高詩何言相遇易此歡信可珍

王粲

家本秦川貴公子孫遭亂流寓自傷情多

幽厲昔崩亂桓靈今板蕩幽厲周二王也桓靈後漢二帝也已見上毛詩曰上帝版版鄭玄曰版反也反先王之道也毛詩曰蕩蕩上帝鄭玄曰蕩蕩法度廢壞之貌伊洛既燎煙函崤沒無像曹子建送應氏詩曰洛陽何寂寞宮室盡燒焚王粲七哀詩曰西京亂無象整裝辭秦川秣馬赴楚壤王粲七哀詩曰復棄中國去遠身適荊蠻魏明帝自惜薄祜行曰出身秦川爰居伊洛沮漳自可美客心非外奬沮漳已見登樓賦小雅曰奬勸也常歎詩人言式微何由往式微已見曹子建情詩上宰奉皇靈

養訓樂非也當讀養生之養

侯伯咸宗長上宰魏太祖也棗道彥雜詩曰天子命上宰雲騎亂漢南紀郢
音掃湯盪王肅格虎賦曰羽騎雲布蘭車星陳漢書曰郢楚別邑紀見下文排霧屬盛明披
雲對清朗盛明清朗喻太祖也王隱晉書曰樂廣爲尚書令衛瓘見而奇之命諸子造焉曰每見此人瑩然若開雲霧之覩青天阮瑀謝太祖牋曰一得披玄雲望白日唯力是視敢有二心慶泰欲重
疊公子特先賞公子謂曹植也不謂息肩願一旦值明兩息肩已見
東京賦明兩謂文帝也明兩已見謝宣遠張子房詩並載遊鄴京方舟泛河廣魏文
帝與吳質書曰同乘並載以遊後園綢繆清讌娛寂寥梁棟響陸機集有皇太
子清宴詩梁棟響則歌聲繞也已見陸機擬今日良宴會詩既作長夜飲豈顧乘日
養史記曰紂爲長夜之飲乘日已見上廣雅曰養樂也

陳琳

原討讌作宴

注

袁本初書記之士故述喪亂事多

皇漢逢屯邅天下遭氛慝西都賓曰皇漢之初經營也屯如邅如已見上董氏

淪關西袁家擁河北董卓袁紹並已見上文單民易周章窘身就

羈勒豈意事乖已永懷戀故國相公實勤王信能定蝥賊相公魏太祖也王仲宣從軍詩曰相公征關右勤王已見西征賦左氏傳王使富辛如晉曰諸侯用寧蝥賊遠屏晉之力也杜預曰蝥賊喻災害也食根曰蝥食節曰賊復覩東都輝重見漢

朝則已見謝玄暉始出尚書省詩餘生幸已多矧迺值明德愛客不

告疲飲讌遺景刻曹子建公讌詩曰公子敬愛客終讌不知疲刻漏刻也夜聽極

星闌爛朝遊窮曛黑毛詩曰子與視夜明星有爛曛已見上哀哇動梁埃急

觴盪幽默法言曰哇則鄭李軌曰哇邪也梁塵已見上張敏神女賦曰既澹泊於幽默暢覺寤而中

驚且盡一日娛莫知古來惑范曄後漢書曰楊秉嘗從容言曰我有三不惑酒色財也

徐幹

少無宦情有箕潁之心事故仕世多素辭國語桓公問於史伯曰王室多故余懼及焉

伊昔家臨淄提攜弄齊瑟臨淄已見魏都賦置酒飲膠東淹留憩高密漢書膠東國故齊高帝別爲國又曰高密國故齊宣帝更爲高密國此歡謂可終外物始難畢莊子曰外物不可必故龍逢比干僇焉搖蕩箕濮情窮年迫憂慄箕山許由所隱也濮濮水莊周所釣也莊子季徹曰搖蕩人心又曰憂慄乎廟堂之上末塗幸休明棲集建薄質已免負薪苦仍游椒蘭室禮記曰君

繼 注及別本

使士射不能則辭以疾言曰某有負薪之憂大戴禮曰
與君子遊苾乎如入蘭芷之室久而不聞則與之化矣
陸機詩曰甲第椒與蘭清論事究萬美話信非一曹植四言詩曰高談虛論問彼
道原話巳見秋興賦行觴奏悲歌永夜繫白日魏文帝與吳質書曰白日既匿繼以
朗月華屋非蓬居時髦豈余匹華屋巳見陸韓卿贈顧中希叔詩髦士巳見上文
飮顧昔心悵焉若有失說苑曰晉靈公欲殺趙宣孟而飮之酒宣孟知之中飮而出淮
南子曰悵然有喪漢書曰戴良見黃憲及歸罔然若有失

劉楨

卓犖偏人而文最有氣所得頗經奇潘勗玄達賦曰匪偏人之自踶訴諸
衷於來哲
貧居晏里閈少小長東平漢書泰山郡有東平縣音義曰泰山郡屬兗州河兗

當衢要淪飄薄許京謝承後漢書李燮曰涼州天下要衝廣川無逆流招納廁群英管子曰善為君者宜法江海江海不逆細流故為百谷長羣英已見擬太子詩北渡黎陽津南登紀郢城漢書音義臣瓚曰黎陽在魏郡伏滔北征記曰黎陽津名也杜預左氏傳注曰楚國今南郡江陵縣北紀南城也既覽古今事頗識治亂情歡友相解達敷奏究平生解達言相談說而進達也方言曰解說也矧荷明哲顧知深覺命輕王逸晉書孔坦表曰士死知遇恩令命輕朝遊牛羊下暮坐括揭鳴毛詩曰雞棲于桀日之夕矣牛羊下括毛萇曰雞棲於杙為桀括至也桀與揭音義同終歲非一日傳卮弄新聲辰事既難諧歡願如今并唯羨肅肅翰續紛戾高冥

應瑒

汝頴之士流離世故頗有飄薄之歎

嗷嗷雲中鴈舉翮自委羽毛詩曰鴻鴈于飛哀鳴嗷嗷淮南子曰燭龍在鴈門北蔽于委羽之山不見日高誘曰蔽至也委羽北方山名也求涼弱水湄違寒長沙渚成公綏鴈賦曰瀕弱水之陰岸弱水巳見上列子曰禽獸之智違寒就溫漢書曰長沙國屬荊州然則彭蠡之所在顧我梁川時緩步集潁許漢書曰汝南潁川許皆魏分也魏徙大梁故魏一號爲梁

一旦逢世難淪薄恒羈旅天下昔未定託身早得所官度廁一卒烏林預艱阻魏志曰公還軍官渡袁紹進臨官渡公斬淳于瓊等紹衆大潰漢書音義文頴曰於滎陽下引河東爲鴻溝即今官渡水也盛弘之荊州記曰薄沂縣沿江一百里南岸名赤壁周瑜黃蓋此乗大艦上破魏武兵於烏林烏林赤壁其東西一百六十里晚節值衆賢

會同庇天宇列坐廕華榱金樽盈清醑馬融樗蒲賦曰坐華榱之高殿

臨敫水之清流金樽清醑並已見上始奏延露曲繼以闌夕語延露已見上調笑輒酬荅嘲謔無慙沮傾軀無遺慮在心良已叙

阮瑀

管書記之任有優渥之言

河洲多沙塵風悲黃雲起繁欽述行賦曰芒芒河濱實多沙塵古詩曰白楊多悲風淮南子曰黃泉之埃上爲黃雲金羈相馳逐聯翩何窮已說文曰羈馬絡頭也慶雲惠優渥微薄攀多士慶雲喻太祖也王逸楚辭注曰慶雲喻尊顯也念昔渤海時南皮戲清沚漢書渤海郡南皮縣魏文帝與吳質書曰每念昔日南皮之遊誠不可忘今復河曲遊鳴葭泛蘭汜魏文帝與吳質書曰時駕而遊北遵河曲從者鳴笳以啓路文學託乘於後車躧步陵丹梯並坐侍君子躧步並坐並已見上丹梯丹墀也

妍談既愉心哀弄信睦耳魏文帝與吴質書曰高談娛心哀箏順耳傾酤係芳醑酌言豈終始毛詩曰君子有酒酌言嘗之自從食蓱來唯見今日美毛詩曰呦呦鹿鳴食野之苹毛萇曰苹蓱也

平原侯植

公子不及世事但美遨游然頗有憂生之嗟

朝游登鳳閣日暮集華沼傾柯引弱枝攀條摘蕙草徙倚窮騁望目極盡所討楚辭曰白蘋兮騁望又曰目極千里西顧太行山北眺邯鄲道太行已見上漢書曰文帝指慎夫人新豐道曰此走邯鄲道也平衢脩且直白楊信褭褭褭褭風搖木貌副君命飲宴歡娛寫懷抱副君謂文帝也漢書疏廣曰太子國儲副君也良游匪晝夜豈云晚與早衆賓

中山當引中山靖王勝事魚沈之於焯謂專指閒樂亦非

悉精妙清辭灑蘭藻哀音下迴鵠餘哇徹清昊下迴鵠謂師曠也徹清昊謂秦青也並已見上文中山不知醉飲德方覺飽中山有美酒已見魏都賦毛詩曰既醉以酒既飽以德願以黃髮期養生念將老左氏傳隱公曰使營菟裘吾將老焉菟音塗

文選卷第三十

壬戌六月廿九日　偁誦

湖北省公益学术著作出版专项资金
Hubei Special Funds for Academic and Public-Interest Publications

黄侃黄焯批校昭明文選

六

〔梁〕蕭統 編
〔唐〕李善 注
黄侃 黄焯 校訂

長江出版傳媒
崇文書局

文選卷第三十一

梁昭明太子撰

文林郎守太子右内率府録事參軍事崇賢館直學士臣李善注上

雜擬下

效曹子建樂府白馬篇一首　五言　袁陽源

孫巖宋書曰袁淑字陽源陳郡人少好屬文彭城王起爲祭酒後遷至左衛率凶劭當行篡逆淑諫見害

劒騎何翩翩長安五陵間史記曰游閑公子飾冠劒連車騎西京賦曰南望杜霸北眺五陵秦地天下樞八方湊才賢戰國策范子見秦王曰今韓魏天下之樞也高誘曰樞要也河圖龍文曰鎮星光明八方歸德賈逵國語注曰湊聚也荆魏多壯士宛洛富少年呂氏春秋客有語周昭文君曰魏氏人張儀壯士也王逸荔支賦曰宛洛少年邯鄲遊士意氣深自負肯事郡邑權謝承後漢書曰楊喬曰侯生爲意氣刎頸漢書曰郭解姊子負解之勢應劭曰負恃也班固漢書游俠傳贊曰郡國豪傑處處各有又郭解曰奈何從他縣奪人邑賢大夫權也籍籍關外來車徒傾國鄽籍籍關外來謂被從關中也車徒傾國鄽從者之多

也漢書武帝曰事籍籍如此鄭玄礼記注曰鄽市物邸舍也今云鄽以明市也五侯競書幣羣
公亟爲言漢書曰樓護字君卿爲京兆史王氏五侯兄弟爭名護盡入其門咸得懽心五侯己見鮑
明遠數詩古人相遺幣必書之於刺故曰書幣戰國策秦王謂趙使涼穀曰吾所使趙國者小大皆聽吾言則
受書幣漢書曰郭解河內軹人自喜爲俠及徙豪茂陵衛將軍爲言解家貧不中徙上曰布衣權至使將軍此
其家不貧解徙諸公送出者千餘義分明於霜信行直如弦義分則盼義也孫鄉
子曰礼樂則脩分義則明仲長子昌言曰絜若清冰嚴若秋霜應劭風俗通曰順帝之夫京師謡曰直如弦死
道邊曲如鉤反封侯交歡池陽下留宴汾陰西漢書曰郭解入關中賢豪争交歡又
曰左馮翊有池陽縣河東郡有汾陰縣漢書曰酤留飲食也西音先協韻也一朝許人諾何
能坐相揖諾相然許之辭也老子曰輕諾者必寡信廣雅曰諾應也彯節去函谷投
佩出甘泉公羊傳曰曹子摽劒而去之劉兆曰摽辟也彯與摽字同孚堯切嗟此務遠

圖心爲四海懸左氏傳榮成伯曰遠圖者忠也莊子曰心若懸於天地之間郭象曰所希企者高而闊也但營身意遂豈校耳目前列子楊朱曰愼耳目之觀聽惜身意之是非失當年之至樂不得自肆於一時聲類曰遂從意也嵇康養生論曰嗜好常在耳目之前也俠烈良有聞古來共知然漢書曰楚田仲以俠聞傳暢晉諸公賛曰劉希彭俠烈有才用也

效古一首五言　袁陽源

訊此倦遊士本家自遼東訊猶問也漢書曰司馬長卿故倦游又曰有遼東郡也昔隷李將軍十載事西戎將軍李廣也西戎匈奴也毛詩序曰備其兵甲以討西戎也結車高闕下極望見雲中莊子曰車軌結於千里之外高誘呂氏春秋注曰結交也漢書曰將軍衛青至高闕臣瓚注曰山名也七發曰極望成林漢書有雲中郡秦置也四面各千里從橫起嚴風陸機從軍行曰凉風嚴且苛寒燠豈如節霜雨多

遠之即遠哉改以合韻耳

異同。毛詩傳曰煥爰也 夕寐北河陰，夢還甘泉宮。史記曰秦惠王遊至北河 徐廣曰戎地之河上 穀梁傳曰水南曰陰 勤役未云已，壯年徒爲空。迺知古時人，所以悲轉蓬。曹植雜詩曰轉蓬離本根飄飄隨長風類此客遊子捐軀遠從戎

擬古二首 五言　劉休玄 沈約宋書曰南平穆王鑠字休玄文帝第四子也少好學有文才元兇弒立以爲中軍將軍世祖入討歸世祖進侍中司空後以藥内食中毒殺之

擬行行重行行

眇眇陵長道，遥遥行遠之。楚詞曰路眇眇以默默 廣雅曰眇眇遠也 左氏傳童謡曰遠哉遥遥 迴車背京里，揮手從此辭。古詩曰迴車駕言邁 劉越石扶風歌曰揮手長相謝 説文曰揮奮也 蘇武詩曰去去從此辭 堂上流塵生，庭中綠草滋。曹植 曹仲

維誄曰流塵飄蕩魂安歸寒螿翔水曲秋兎依山基淮南子曰兎走歸窟寒螿翔水
各哀其所生高誘曰寒螿水鳥哀猶愛也芳年有華月佳人無還期魏文秋胡行曰
朝與佳人期日夕殊不來日夕涼風起對酒長相思李陵贈蘇武詩曰遠望悲風至
對酒不能酬悲發江南調憂委子襟詩古樂府江南辭曰江南可採蓮毛詩曰青
青子襟悠悠悠我心臥覺明燈晦坐見輕紈緇陸機爲顧彥先贈婦詩曰京洛多風
塵素衣化爲緇淚容不可飾幽鏡難復治曹植七哀詩曰膏沐誰爲容明鏡闇不治
願垂薄暮景照妾桑榆時陸機塘上行曰願君廣末光照妾薄暮年日在桑榆
以喻人之將老東觀漢記光武曰失之東隅收之桑榆

擬明月何皎皎

落宿半遙城浮雲藹曾闕鄭玄詩箋曰曾重也玉宇來清風羅帳

誰爲程爲誰也

延秋月。曹植芙蓉賦曰退潤玉宇進文帝庭羅帳羅帷也桓子新論雍門周説孟甞君曰今君下羅帳來清風古詩曰明月何皎皎照我羅牀帷結思想伊人。沈憂懷明發。毛詩曰所謂伊人宋玉笛賦曰武毅發沈憂結毛詩曰明發不寐誰爲客行久。屢見流芳歇。潘岳悼士詩曰流芳未及歇河廣川無梁。山高路難越。楚辭曰江河廣而無梁秦嘉妻徐氏荅嘉書曰高山巖巖而君是越斯亦難矣

和琅邪王依古一首　五言

王僧達

少年好馳俠。旅宦遊關源。旣踐終古跡。聊訊興亡言。楚辭曰長無絶兮終古訊與信通易乾鑿度曰興亡殊方各有其祥隆周爲藪澤。皇漢成山樊。漢書楊雄河東賦曰賑隆周之大寧難蜀父老曰羅者猶視乎藪澤西都賓曰皇漢之初經營也莊子曰彭陽曰公閱休夏則休乎山樊者也毛萇詩傳曰樊藩也久沒離宮地。安識壽陵園。

甘泉賦曰往往離宮般以相燭張晏漢書注曰景帝作壽陵也又元帝詔曰從民以奉園陵

仲秋邊風起孤蓬卷霜根白日無精景黃沙千里昏顯軌莫殊轍幽塗豈異魂郭象注莊子曰待隱謂之死待顯謂之生廣雅曰軌道也陸機泰山吟曰幽塗延萬鬼神房集百靈

聖賢良已矣抱命復何怨桓範世要論曰聖哲之人知有終之命必至之理不可以智力避列子曰怨年我逝不知命也

擬古三首 五言

鮑明遠

幽并重騎射少年好馳逐史記曰趙武靈王胡服以習騎射也七發曰馳騁角逐

氈帶佩雙鞬象弧插彫服搜神記曰太康中以氈爲貊頭及帶身袴口魏志曰董卓有武力雙帶兩鞬左右馳射方言曰所以藏箭謂之服所以盛弓謂之鞬毛詩曰四牡翼翼象弭魚服鄭玄曰弭弓之末彆者以象骨爲之服矢服也鞬居言切

獸肥春草短飛鞚越平陸魏文帝典

論曰弓燥手柔草淺獸肥埤蒼曰鞚馬勒鞚孫子曰平陸平處鞚口送切朝遊鴈門上暮還樓煩宿漢書曰鴈門郡有樓煩縣石梁有餘勁驚雀無全目闞子曰宋景公使工人爲弓九年乃成公曰何其遲也工人對曰臣不復見君矣臣之精盡於此弓矣獻弓而歸三日而死景公登虎圈之臺援弓東面而射之矢踰於西霜之山集于彭城之東其餘力逸勁猶飲羽于石梁帝王世紀曰帝羿有窮氏與吴賀北遊賀使羿射雀羿曰生之乎殺之乎賀曰射其左目羿引弓射之誤中右目羿抑首而媿終身不忘故羿之善射至今稱之漢虜方未和邊城屢翻覆留我一白羽將以分虎竹白羽矢名國語曰吴素甲白羽之矰望之如荼漢舊儀曰郡國銅虎符三竹使符五也魯客事楚王懷金襲丹素魯客假言楊子法言或曰使我紆朱懷金其樂可量也李軌曰金金印也司馬彪上林賦注曰襲服也毛詩曰素衣朱襮毛萇曰丹朱中衣也既荷主人恩

原讨顧作頋

「得」注及别本

「靖」别本

又蒙令尹顧主人謂君也王仲宣公讌詩曰顧我賢主人臣瓚漢書注曰諸侯之卿惟楚稱令尹其餘國稱相也日晏罷朝歸鞍塞衢路宗黨生光華賓僕遠傾慕富貴人所欲道德亦何懼論語曰富與貴是人之所欲不以其道得之不處也南國有儒生迷方獨淪誤儒生自謂也漢書叔孫通曰弟子儒生隨臣久矣莊子曰小惑易方郭象曰東西易方於禮未虧孔安國尚書傳曰誤謬也沈淪謬誤也伐木青江湄設置守毚兎毛詩曰坎坎伐檀兮寘之河之干兮河水之清且漣猗兮又曰肅肅兎罝椓之丁丁又曰趯趯毚兎遇犬獲之十五諷詩書篇翰靡不通論語曰吾十有五而志於學韋昭漢書注曰翰筆也弱冠參多士飛步遊秦宮華覈與薛瑩詩曰存者今惟三飛步有四特側覩君子論預見古人風魏志太祖謂毛玠曰君有古人之風兩說窮舌端五

此言兩説皆以摧他人　云舌端五車皆以摧他人之筆鋒也

車摧筆鋒　兩說謂魯連說新垣衍及下聊城史記曰秦東圍邯鄲魏王使新垣衍入邯鄲說平原君尊秦昭王爲帝秦必罷兵去魯連聞之乃責垣衍新垣衍請出不敢言帝秦秦將聞之爲却五十里又曰田單攻聊城不下魯連乃爲書約之矢以射聊城中燕將得書自殺韓詩外傳曰避文士之筆端避武士之鋒端避辯士之舌端莊子曰惠施其書五車道踳駮也

羞當白璧貺　恥受聊城功　韓詩外傳曰楚襄王遣使者持金千斤白璧百雙聘莊子以爲相莊子不許史記田單屠聊城歸而言魯連欲爵之魯連逃隱於海上也

晚節從世務　乘障遠和戎　鄒陽上書曰至其晚節末路漢書曰嚴安上書言世務又曰帝使博士狄山乘鄣李奇曰乘守也左氏傳晉侯謂魏絳曰子教寡人和諸戎狄

解佩襲犀渠　卷袠奉盧弓　國語曰奉文犀之渠尚書曰平王錫晉文侯盧弓十

始願力不及　安知今所終　左氏傳周子曰孤始願不及此莊子曰苟爲不知其然也孰知其所終司馬彪曰誰知禍之所終者也

闕

學劉公幹體一首 五言 鮑明遠

胡風吹朔雪千里度龍山范曄後漢書蔡琰詩曰處所多霜雪胡風春夏起楚辭曰增冰峨峨飛雪千里又曰北方寒山逴龍赩然王逸曰逴龍山名集君瑤臺裏飛舞兩楹前楚辭曰望瑤臺之偃蹇兮鄭玄禮記注曰兩楹之間人君聽治正坐之處兹辰自爲美當避豔陽年神農本草曰春夏爲陽豔陽桃李節皎潔不成妍呂氏春秋曰仲春之月桃李華

代君子有所思一首 五言 鮑明遠

西出登雀臺東下望雲闕鄴中記曰鄴城西北立臺名銅雀臺劉歆甘泉賦曰雲闕蔚之巖巖泉星接之嵦嵦層閣肅天居馳道直如髮王逸楚辭注曰層重也蔡雍述征賦曰皇家赫而天居漢書曰太子不敢絕馳道應劭曰天子之道毛詩曰彼君子女綢直如髮繡甍

結飛霞琁題納行月西京賦曰雕楹玉舄繡栭雲楣甘泉賦曰珍臺閒館琁題玉英築
山擬蓬壺穿池類溟渤蓬壺二山名溟渤二海名選色遍齊代徵聲
而卭越齊代卭越四地名陳鍾陪夕讌笙歌待明發楚辭曰陳鍾按鼓造
新歌魏文帝東門行曰朝遊高臺觀夕宴華池陰儀禮曰歌魚麗笙由庚明發已見上文年貌不可
還身意會盈歇列子西門子謂東郭先生曰北宮子年貌言行與子並身意已見上文蟻
壞漏山河絲淚毀金骨傅玄口銘曰勿謂不然變出無聞蟻孔潰河溜穴傾山絲淚淚
之微者金骨之堅踰親之篤者言讒邪之人但下如絲之淚而金骨爲之傷毀也張叔孔及反論曰煩寃俯仰淚如
絲兮鄒陽上獄中書曰衆口鑠金積毀消骨器惡含滿欹物忌厚生沒家語曰孔子觀
於魯桓公之廟有欹器焉孔子問於守廟者曰此爲何器對曰此蓋爲宥坐之器孔子曰吾聞宥坐之器虛則
欹中則正滿則覆明君以爲至誠故常置於坐側顧謂弟子曰試注水實之中而正滿則覆夫子喟然而歎曰

嗚呼夫物惡有滿而不覆者哉老子曰人之生生之厚動皆之死地十有三夫何故以其生生之厚也智哉。衆。多。士。服理。辯。昭。晰。莊子冉求問於仲尼曰未有天地可知乎夫子曰古猶今也昔日吾昭然今日吾昧然敢問何謂也仲尼曰昔之昭然也神者先受之今昧然也且又爲不神者求耶郭象曰思求更致不了

效古一首 五言

范彥龍

寒沙。四。面。平。飛雪。千。里。驚。雪千里已見上文風斷。陰。山。樹。霧失。交。河。城。漢書侯應上書曰臣聞陰山草木茂盛又曰車師前國王治交河城河水分流繞城下故號交河朝馳左賢陣夜薄休屠營漢書李將軍廣出右北平擊匈奴左賢王陣又曰驃騎將軍霍去病將萬騎出隴西得休屠祭天金人昔事前軍幕今逐嫖姚兵漢書曰大將軍大擊匈奴李廣數自請行上以爲老不許良久乃許之以爲前將軍又曰霍去病善騎射再從大將軍

六臣注載序之全文

受詔予壯士爲嫖姚校尉

失道刑既重，遲留法未輕。漢書曰：李廣與右將軍食其合軍出東道，或失道。大將軍問廣失道狀，廣曰：校尉無罪，乃我者自失道。引刀自剄。又曰：宣帝命虎牙將軍田順出五原塞，去塞八百餘里不進。上以虎牙不至期，逗留不進，下吏自殺。音義曰：律語也，謂軍行頓止稽留不進。遲或作逗，音豆。

所賴今天子，漢道曰休明。太史公自序曰：作今上本紀，其述事皆云今天子。班固漢書文紀述曰：登我漢道。左氏傳王孫蒲曰：德之休明也。

雜體詩三十首

五言雜躰詩序曰：關西、鄴下，既已罕同；河外、江南，頗爲異法。云云作三十首詩，斆其文躰，雖不足品藻淵流，庶亦無乖商搉。

江文通

古離別

遠與君別者，乃至鴈門關。鴈門郡已見上。以其邊塞，故曰關。

黃雲蔽千

里，遊子何時還。黃雲已見謝靈運擬鄴中詩。古詩曰：浮雲蔽白日，遊子不顧反。注之此製非直

學其躰而亦兼用其文故各自引文而爲之證其無文者乃他說　送君如昨日。簷前露已團。張景陽雜詩曰：下車如昨日，望舒四五圓。毛詩曰：野有蔓草，零露團兮。不惜蕙草晚，所悲道里寒。古詩曰：香風難久居，空令蕙草殘。君在天一涯，妾身長別離。古詩曰：各在天一涯。又曰：與君生別離。願一見顏色，不異瓊樹枝。李陵贈蘇武詩曰：思得瓊樹枝，以解長飢渴。菟絲及水萍，所寄終不移。爾雅曰：女蘿，菟絲也。毛詩曰：蔦與女蘿，施於松柏。淮南子曰：夫萍樹根於水，木樹根於土，天地性也。曹植雜詩曰：寄松爲女蘿，依水如浮萍。

李都尉從軍　陵

樽酒送征人，踟蹰在親宴。蘇武詩曰：我有一樽酒，欲以贈遠人。日暮浮雲滋，握手淚如霰。悠悠清川水，嘉魴得所薦。言魚處水而得所，我

原詩願作思

萬里而離鄉數魚之不若也毛詩曰河水悠悠釋名曰薦藉也而我在萬里結髮不相思古詩曰相去萬餘里蘇武詩曰結髮為夫妻恩愛兩不疑袖中有短書願寄雙飛燕桓子新論曰若其小說家合叢殘小語近取譬論以作短書治身理家有可觀之辭陳琳止欲賦曰欲語言於玄鳥玄鳥逝以差池古詩曰願為雙飛鷰雙或為南淮南子曰燕鴈代飛許慎曰鷰春南而鴈北虞義送別詩曰唯有一字書寄之南飛燕文與此同

班婕妤 詠扇

紈扇如圓月出自機中素班婕妤怨詩曰新製齊紈素鮮潔如霜雪裁為合歡扇團團似明月畫作秦王女乘鸞向煙霧列仙傳曰簫史者秦繆公時人善吹簫也公有女字弄玉好之公遂以妻焉一旦皆隨鳳皇飛去楚辭曰駕鸞鳳而上游采色世所重雖新不代故竊愁涼風至吹我玉階樹班婕妤怨詩曰常恐秋節至涼風奪炎熱

義

原討遠作陳

又自傷賦曰華殿塵兮玉階苔君子恩未畢零落在中路班婕好怨詩曰棄捐篋笥
中恩情中道絶

魏文帝　遊宴　曹丕

置酒坐飛閣逍遙臨華池曹子建詩曰置酒高殿上西都賔曰脩塗飛閣魏文帝東
門行曰朝游高臺側夕宴華池陰神飇自遠至左右芙蓉披曹子建公讌詩曰神
飇接丹轂魏文帝詩曰蘭芷生兮芙蓉披緑竹夾清水秋蘭被幽涯枚乗兎園賦曰
脩竹檀欒夾池水旋兎園曹植公讌詩曰秋蘭被長坂朱華冒渌池月出照園中冠珮相
追隨曹植公讌詩曰清夜遊西園飛蓋相追隨客從南楚來為我吟參差古詩
曰客從遠方來楚辭曰望夫君兮未來吹參差兮誰思淵魚猶伏浦聽者未云疲
淵魚鱗魚也韓詩外傳曰昔伯牙鼓琴而淵魚出聽高文一何綺小儒安足為陸機

今日良宴會詩曰高談一何綺孫卿子曰小儒者謂大夫士蕭蕭廣殿陰雀聲愁北林莊子曰至陰肅肅眾賓還城邑何以慰吾心曹子建名都篇曰雲散還城邑清晨復來還李陵詩曰何以慰我心

陳思王 贈友　　曹植

君王禮英賢不悋千金璧孔安國尚書傳曰悋惜也史記曰虞卿說起孝成王一見賜金百鎰白璧一雙莊子曰林回棄千金之璧負赤子而趨雙闕指馳道朱宮羅第宅古詩曰兩宮遙相望雙闕百餘尺馳道已見上文傳玄西都賦曰彤彤朱宮古詩曰長衢羅夾巷王侯多第宅從容冰井臺清池映華薄鄴中記曰銅雀臺北則冰井臺陸機君子有所思曰曲池何湛湛清川帶華薄涼風盪芳氣碧樹先秋落論衡曰物至秋而死先榮後落朝與佳人期日夕望青閣魏文帝秋胡行曰朝與佳人期日夕殊不來曹子建美女

難

篇曰青樓臨大路褰裳摘明珠徙倚拾蕙若毛詩曰褰裳涉溱洛神賦曰或采明珠或拾翠羽謝靈運鄴中集曰攀條摘蕙草楚辭曰連蕙若以爲佩眷我二三子辭義麗金雘曹子建贈丁翼詩曰吾與二三子人之辭乃玉乃金王仲宣誄曰吾與夫子義貫丹青說文曰雘善丹也延陵輕寶劍季布重然諾延陵已見上漢書曰季布楚人也楚諺曰得黃金百不如得季布諾又曰貫高趙國立名義不侵爲然諾者也處富不忘貧有道在葵藿何敬祖贈張華詩曰旣貴不忘儉處有能存無莊子東郭子問於莊子曰所謂道惡乎在莊子曰無所不在陸機君子有所思曰無以肉食資取笑葵與藿

劉文學感遇　楨

蒼蒼中山桂團團霜露色言桂霑霜露而色不渝身經夷險而操不易也劉楨贈徐幹詩曰亭亭山上松瑟瑟谷中風霜露一何緊桂枝生自直劉楨贈徐幹詩曰風

原姑作民以固結

聲一何盛松枝一何勁廣雅曰緊急也橘柚在南國因君爲羽翼橘柚在南雖珍須君羽翼乃貴也楚辭曰后皇嘉樹橘來服受命不遷生南國古詩曰人儻欲我知因君爲羽翼謬蒙聖主私託身文墨職洞簫賦曰蒙聖主之渥恩鄭玄禮記注曰私之猶言恩也劉楨雜詩曰職事相填委文墨紛消散丹采既已過敢不自彫飾古詩曰橘柚垂華實乃在深山則聞君好我甘竊獨自彫飾華月照芳池列坐金殿側古歌辭曰上金殿酌玉樽微臣固受賜鴻恩良未測曹植天地篇曰復爲時所拘羈紲作微臣東京賦曰洪恩素齒人心罔結

王侍中　懷德　粲

伊昔值世亂秣馬辭帝京王粲七哀詩曰西京亂無象又曰遠身適荆蠻既傷蔓草別方知杕杜情毛詩序曰野有蔓草思遇時也君之澤未流民窮於兵革男女失時

若或云杜若也　杜別本作枯

二　別本

不期而會焉毛詩曰有杕之杜其葉萋萋王事靡盬我心傷悲崤函復丘墟冀闕緬縱橫崤函崤谷及函谷也呂氏春秋燭過曰吴爲丘墟西征賦曰冀闕緬其堙盡倚棹汎涇渭日暮山河清方言曰楫謂之櫂棹與櫂同蟋蟀依桑野嚴風吹若莖毛詩曰七月在野八月在宇鄭玄曰謂蟋蟀毛詩曰蛸蛸者蜀蒸在桑野賈逵國語注曰若木晚矣鸛鵠在幽草客子淚已零鸛鵠在幽草謂鸛鳴于垤鵠亦水鳥故連言之王仲宣從軍詩曰哀彼東山人喟然感鸛鳴毛詩曰有芃者狐率彼幽草去鄉三十載幸遭天下平楚辭曰去鄉離家來遠客鮑昭結客少年場曰去鄉三十載禮記曰國治而天下平賢主降嘉賞金貂服玄纓賢主魏太祖也時粲爲侍中故云金貂漢書谷求對詔曰戴金貂之飾執常伯之職尉繚子曰天子玄冠玄纓也侍宴出河曲飛蓋遊鄴城魏文帝與吴質書曰時駕而遊北遵河曲曹子建公讌詩曰飛蓋相追隨朝露竟幾何忽如水上浮漢書李陵謂蘇武曰

人生如朝露楚辭曰竊哀兮浮萍汎濫兮無根王逸注曰自比藾蘋隨水浮汎乍東乍西君子篤惠義柯葉終不傾新語曰君子篤義於惠礼記曰其在人也如竹箭之有筠如松柏之有心二者雜貫四時而不改柯易葉福履既所綏千載垂令名王粲公宴詩曰古人有遺言君子福所綏左氏傳子産曰令名德之輿也

嵇中散言志　康

曰余不師訓潛志去世塵嵇康幽憤詩曰恃愛肆姐不訓不師楚辭屈原曰蒙世俗之塵埃遠想出宏域高步超常倫左太沖詠史詩曰高步追許由靈鳳振羽儀戢景西海濱朝食琅玕實夕飲玉池津莊子老子歎曰吾聞南方有鳥其名爲鳳居積石千里河海出下鳳皇居上天爲生樹名瓊枝高百二十仞大三十圍以琳琅爲實周易曰鴻漸于陸其羽可用爲儀阮籍詩曰朝食琅玕實夕宿丹山際衡山記曰空青嵎有天津玉池傳玄擬

楚篇曰登崑崙漱玉池處順故無累養德乃入神莊子曰夫得者時也失者順也
安時處順哀樂不能入也此古之所謂縣解也又曰欲勉為形者莫如棄世棄世則無累又曰堯觀乎華華封
人請祝聖人使壽使富使多男子堯曰多男子則多懼富則多事壽則多辱是三者非所養德也故辭周易曰
精義入神以致用也曠哉宇宙惠雲羅更四陳文子曰四方上下謂之宇說文曰宙
舟輿所極覆也鸚鵡賦曰冠雲霓而張羅哲人貴識義大雅明庇身毛詩大雅曰既
明且哲以保其身左氏傳曰子反曰信以守禮禮以庇身也莊生悟無為老氏守其
真莊子曰夫虛靜恬淡寂寞無為者天地之平而道德之至也老子曰見素抱樸河上公曰見素者當抱素
守真不文飾也天下皆得一名實久相賓老子曰昔之得一者天得一以清地得一
以寧王侯得一以為天下正莊子曰堯讓許由以天下許由曰而我猶代子吾將為名乎名者實之賓也吾將為賓乎咸
池饗爰居鍾鼓或愁辛樂動聲儀曰黃帝樂曰咸池莊子曰海鳥止於魯郊魯侯觴之

於廟奏九韶以爲樂具太牢以爲膳鳥眩視憂悲不敢食一臠不飲一杯三日而死此以已養養鳥也司馬彪曰海鳥爰居也柳惠善直道孫登庶知人柳下惠已見西征賦孫登已見嵇康幽憤詩寫懷良未遠感贈以書紳論語曰子張問行子曰言忠信行篤敬子張書諸紳

阮步兵籍詠懷

青鳥海上遊鷽斯蒿下飛阮籍詠懷詩曰雖云不可知青鳥明我心呂氏春秋曰海上有人好青者朝至海上而從青遊青至者前後數百其父曰聞汝從青遊盍取來吾欲觀之其子明旦至海上羣青翔而不下莊子曰北溟有魚化爲鳥其名曰鵬齊諧曰鵬之徙南溟搏扶搖而上者九萬里蜩與鷽鳩笑之我決起而飛搶榆枋而止不至控地而已奚以之九萬里而圖南爲北溟有鳥焉其名爲鵬搏扶搖羊角而上者行九萬里尺鷃笑之曰彼且奚適我騰躍而上不過數仞而下翱翔蓬蒿之閒此亦飛之至也而彼且奚適也此小大之辯也司馬彪曰蜩蟬也鷽鳩小鳥毛萇詩傳曰鸒斯鵯居鵯居雅烏也音豫沈浮不相

鸞鵠

宜。羽翼各有歸。曹子建七哀詩曰沉浮各異世阮籍詠懷詩曰鸞斯飛桑榆海鳥運天池豈不識宏大羽翼不相宜飄飄可終年沉瀁安是非。阮籍詠懷詩曰逍遥可終生又曰蕩瀁焉可能列子曰信理者亡是非莊子曰彼一是非也此一是非也飄颻蕩高下流瀁海上逍遥一也朝雲。乘變化。光耀世所希。阮籍詠懷詩曰三楚多秀士朝雲進荒淫高唐賦曰須臾之間變化無窮陸雲詩曰知音世所希

為顧彥先贈婦

精衛。銜木。石。誰能測幽微。阮籍清思賦曰女娃榮於東海之濵而翩飄於西山之傍山海經曰發鳩之山有鳥名精衛赤帝之女娃女娃遊於東海溺而死不反化爲精衛常取西山木石以塡東海也

張司空華離情

秋月。照。簾。籠。懸光。入。丹墀。張華情詩曰清風動帷簾晨月燭幽房班婕妤自傷賦曰俯視兮丹墀佳人。撫。鳴琴。清夜。守空。帷。陸機擬古詩曰佳人撫鳴琴又曰閑

原討燭作照

原詩欲作時

述哀 刻本及後擬郭弘農詩注

夜撫鳴琴曹子建雜詩曰妾身守空閨蘭逕少行迹玉臺生網絲楚詞曰皐蘭被徑斯路漸張景陽雜詩曰房櫳無行迹西京賦曰西有玉臺張景陽雜詩曰蜘蛛網四星論衡曰蜘蛛經絲以網飛虫庭樹發紅彩閨草含碧滋張景陽雜詩曰寒花發黄彩秋草含緑滋延佇整綾綺萬里贈所思楚詞曰結幽蘭而延佇古詩曰客從遠方來遺我一端綺相去萬餘里故人心尚尒又曰欲以遺所思願垂湛露惠信我皎日期毛詩曰湛湛露斯匪陽不晞又曰謂予不信有如皎日

潘黄門悼亡岳

青春速天機素秋馳白日楚詩曰青春受謝潘岳悼亡詩曰曜靈運天機四節代遷逝劉楨與臨淄侯書曰肅以素秋則落也美人歸重泉悽愴無終畢潘岳悼亡詩曰之子歸窮泉重壤永幽隔殯宮已肅清松柏轉蕭瑟陸機挽歌曰殯宮何

嘈嘈寡婦賦曰虛坐兮肅清仲長子昌言曰古之葬者松柏梧桐以識其墳楚詞曰蕭蕭瑟兮草木搖落而變衰

俯仰未能弭尋念非但一楚詞曰聊抑志而自弭賈逵國語注曰弭忘也魏文帝詩曰所憂非但一撫襟悼寂寞怳然若有失潘岳悼亡詩曰撫襟長歎息王逸楚詞注曰怳失意也後漢書曰戴良見黃憲及歸罔然若有失也明月入綺窻髣髴想蕙質潘岳悼亡詩曰歲寒無與同朗月何朧朧獨無李氏靈髣髴覩尒容古詩曰交疏結綺窻左九嬪武帝納皇后類曰如蘭之茂蕙蘭類故變之耳消憂非萱草永懷寧夢寐毛詩曰焉得諼草言樹之背毛萇曰諼草令人忘憂毛詩曰終其永懷寡婦賦曰願假夢以通靈夢寐復冥冥何由覿爾形潘岳哀永逝賦曰既目遇兮無兆曾寤寐兮不夢冥冥幽昧也文子曰慮患於冥冥之外我慙北海術爾無帝女靈列異傳曰北海營陵有道人能使人與死人相見同郡人婦死已數年聞而往見之曰願令我一見死人不恨遂教其見之於是與婦人相見言語悲喜恩情

松銘松下之碑碣也

原討自作目

如生良久乃聞鼓聲悢悢不能出戶掩門乃走其裾爲戶所閉掣絶而去後歲餘此人死家葬之開見婦棺蓋下有衣裾宋玉集云楚襄王與宋玉遊於雲夢之野望朝雲之館有氣焉須臾之間變化無窮王問此是何氣也玉對曰昔先王遊於高唐怠而晝寢夢見一婦人自云我帝之季女名曰瑤姬未行而亡封於巫山之臺聞王來遊願薦枕席王因幸之去乃言妾在巫山之陽高丘之阻旦爲朝雲暮爲行雨朝朝暮暮陽臺之下旦而視之果如其言爲之立館名曰朝雲

駕言出遠山。徘徊泣松銘。毛詩曰駕言出遊

兩絶無還雲。華落豈留英。鸚鵡賦曰何今日之兩絶

日月方代序。寢興何時平。潘岳悼亡詩曰四節代遷逝又曰寢興自存形

陸平原機 羇宦

儲后降嘉命。恩紀被微身。漢書疏廣曰太子國儲副君琴操史魚曰思竭愚志以報塞恩紀潘岳河陽詩曰微身輕蟬翼

明發眷桑梓。永歎懷密親。陸機贈顧彥先曰眷

「驅」注及別本

五臣川作淵

言懷桑梓又赴洛道中作詩曰嗚咽辭密親永歎見下注流念辭南澨銜怨別西津陸機赴洛道中詩曰永歎遵北渚遺思結南津杜預左氏傳曰澨水涯也馳馬遵淮泗旦夕見梁陳毛詩曰驅馬悠悠陸機從梁陳詩曰夙駕尋清軌遠遊越梁陳服義追上列矯迹廁宮臣楚辭曰身服義而未沫陸機從梁陳詩曰在昔蒙嘉運矯迹入崇賢朱黻咸髦士長纓皆俊人毛詩曰朱芾斯皇室家君王鄭玄曰芾者諸侯黃朱又曰芾太古蔽膝之象黻與芾古字通毛詩曰烝我髦士又曰髦士攸宜陸機從梁陳詩曰長纓麗且鮮尚書曰俊民用章契闊承華內綢繆踰歲年陸機從梁陳詩曰契闊踰三年又赴洛詩曰託身承華側李陵詩曰與子結綢繆日暮聊揔駕逍遙觀洛川陸機荅張士然詩曰余固水鄉士揔轡臨清川徂沒多拱木宿草淩寒煙公羊傳曰秦伯謂蹇叔曰尒之年冢上之木拱矣禮記曾子曰朋友之墓有宿草而不哭焉遊子易感慨躑躅還自憐劉公幹詩

贈徐幹

原衍慟作動

曰乖人易感慟陸機道中詩曰佇立望故鄉顧影悽自憐願言寄三鳥離思非徒然楚詞曰三鳥飛以自南覽其志而欲北願寄言於三鳥兮去飄疾而不得陸機赴洛詩曰感物戀堂室離思一何深

赴洛

左記室思 詠史

韓公淪賣藥梅生隱市門范曄後漢書曰韓康字伯休一名恬休京兆人也常采名藥賣於長安市口不二價三十餘年梅生梅福也漢書曰梅福一朝棄妻子去其後人見於會稽者變名姓爲吳市門卒百年信荏苒何用苦心魂張華勵志詩曰荏苒代謝漢書廣陵王胥歌曰人生要死何爲苦心當學衛霍將建功在河源衛衛青霍霍去病陸賈新語曰以義建功河源匈奴之境山海經曰崑崙之東北隅實河海源也珪組賢君眄青紫明主恩漢書夏侯勝曰士病不明經術苟明其取青紫如俛拾地芥終軍才始達賈誼位方

尊漢書曰終軍至長安上書武帝異其文拜爲謁者給事中又曰賈誼爲博士文帝悅之超遷歲中至太中大夫也金張服貂冕許史乘華軒左思詠史詩曰金張籍舊業七葉珥漢貂又曰朝集金張館暮宿許史廬漢書劉向曰王氏乘朱輪華轂王侯貴片議公卿重一言大平多歡娛飛蓋東都門張景陽詠史詩曰昔在西京時朝野多歡娛藹藹東都門羣公祖二疏顧念張仲蔚蓬蒿滿中園曹子建贈徐幹詩曰顧念蓬室士趙岐三輔決録注曰張仲蔚扶風人也少與同郡魏景卿隱身不仕明天官博學好爲詩賦所居蓬蒿没人也

張黄門　苦雨　協

丹霞蔽陽景緑泉涌陰渚曹子建情詩曰微陰翳陽景張景陽雜詩曰丹霞啓陰期又詩曰階下伏泉涌水鸛巢層甍山雲潤柱礎鄭玄毛詩箋曰鸛水鳥將陰雨而鳴巢層甍未詳淮南子曰山雲蒸而柱礎潤廣雅曰礎礩也音楚有弇興春節愁霖貫

奪猶脫也

秋序張景陽雜詩曰有弃與南岑王仲宣有愁霖賦燮燮涼葉奪。戾戾颸風舉。楚辭曰溘颸風余上征高談玩四時。索居慕疇侶。曹子建求通親表曰高談無所與陳禮記子夏曰吾離羣索居亦已久矣張華雜詩曰安知慕疇侶青春日夜黃。芳蕤成宿楚。張景陽雜詩曰青苔依空牆又詩曰密葉日夜踈又詩曰芳蕤豈再馥又詩曰荒楚鬱蕭森說文曰芳蕤草木華盛貌歲暮百慮交。無以慰延佇。仲長統詩曰百慮何爲至安在我延佇

劉太尉　傷亂　琨　臧榮緒晉書曰琨卒後贈太尉

皇晉遘陽九。天下橫雰霧。劉琨荅盧諶詩曰厄運初遘陽爻在六哀我皇晉痛心在目班固漢書曰陽九日初入百六陽九音義曰易傳所謂陽九日厄會也郭璞山海經注曰橫塞也楚詞曰望時風之清激愈雰霧其如塵秦趙值薄蝕。幽并逢虎據。薄蝕虎據踰羣盜也

此爲真知懸壁一篇之情者

帝王大志之說觀此益信其誣

京房易飛候占曰凡日蝕皆於晦朔不於晦朔蝕者名曰薄戰國策曰蘇秦說楚威王曰王興師襲秦戰於藍田此所謂兩虎相據也伊余荷寵靈感激殉馳騖劉琨勸進表曰荷寵三世左氏傳曰蘧啓彊曰寵靈楚國劉琨詩曰鄧生何感激解嘲曰世亂則聖哲馳騖而不足重贈盧諶雖無六奇術冀與張韓遇漢書曰陳平自初從至天下定後常以護軍中尉從擊臧荼陳豨凡六出奇計輒益邑封奇計或頗祕世莫得聞也張張良韓韓信也甯戚扣角歌桓公遭乃舉淮南子曰甯戚擊牛角而歌桓公舉以爲大田高誘曰大田田官也荀息冒險難實以忠貞故左氏傳曰初獻公使荀息傅奚齊公疾召之曰其若之何稽首而對曰臣竭其股肱之力加之以忠貞其濟君之靈也不濟則以死繼之公曰何謂忠貞對曰公家之利知無不爲忠也送往事居耦俱無猜貞也空令日月逝愧無古人度論語陽虎曰日月逝矣盧諶贈崔溫詩曰古人非所希飲馬出城濠北望沙漠路古有飲馬長城窟行盧諶贈崔溫詩曰北眺沙漠垂南望舊京路

千里何蕭條，白日隱寒樹。投袂既憤懣，撫枕懷百慮。（左氏傳曰：楚子投袂而起。白虎通曰：天子崩，哀痛憤懣。劉琨重贈盧諶詩曰：中夜撫枕歎，想與數子遊。百慮已見上文。）功名惜未立，玄髮已改素。（劉琨重贈盧諶詩曰：功業未及建，夕陽忽西流。陸機東宮詩曰：柔顏收紅蘂，玄髮吐素華。）時或苟有會，治亂惟冥數。（劉琨重贈盧諶詩曰：時哉不我與。陶淵明經曲阿詩曰：時來苟冥會。冥，幽冥也。數，歷數也。孫子兵法曰：治亂，數也。范曄後漢書烏丸論曰：天之冥數，以至於是乎。）

盧中郎感交　諶

大廈須異材，廊廟非庸器。（盧諶荅魏子悌詩曰：崇臺非一幹，珍裘非一腋。潘岳在懷縣詩曰：器非廊廟姿。爾雅曰：庸，常也。謂非凡常之器也。）英俊著世功，多士濟斯位。（左氏傳衆仲曰：官有世功，則有官族。盧諶荅魏子悌詩曰：多士成大業，羣賢濟弘績。）眷顧成綢

原討愚作遇敢作聊

原討厄作危

繆迺與時髦匹毛詩曰眷言顧之盧諶荅魏子悌詩曰愚蒙時來會敢齊朝彥跡姻媾又不虛契闊豈但一盧諶贈劉琨詩曰申以婚姻又荅魏子悌詩曰恩由契闊生但一己見上文逢迍厄既已同處危非所恤盧諶荅魏子悌詩曰也更飛狐厄又曰在厄每同險常慕先達槩觀古論得失槩志節也馮衍曰志序曰追觀往古得失之迹馬服爲趙將疆場得清謐史記曰趙奢大破秦軍秦軍解而走遂解閼與圍而歸趙惠文王賜奢號爲馬服君左氏傳魯公曰疆場之事慎守其一而備其不虞爾雅曰謐靜也信陵佩魏印秦兵不敢出史記曰魏公子毋忌爲信陵君秦昭王進兵圍邯鄲公子進兵擊秦軍秦軍解去遂救邯鄲存趙公子留趙十年不歸秦聞公子在趙日夜出軍東伐魏魏王患之使使請公子歸救魏魏王以上將軍印授公子公子遂將破秦軍於河外乘勝逐秦至函谷抑秦兵不敢出慨無幄中策徒慙素絲質范曄後漢書詔曰前將軍鄧禹與朕謀謨帷幄決勝千里淮南子曰墨子見練

原躰之作乎

絲而泣之爲其可以黄可以黒高誘曰閔其化也

羇旅去舊鄉，感遇喻琴瑟。盧諶贈崔温詩曰羇旅及寬政委質與時遇毛詩曰妻子好合如鼓琴瑟

自顧非杞梓，勉力在無逸。杞梓已見陸韓卿贈内兄希叔詩無逸已見景福殿賦

更以畏友朋，濫吹乖名實。左氏傳陳敬仲曰詩曰翹翹車乘招我以弓豈不欲往畏我友朋韓子曰齊宣王使人吹竽南郭處士請爲王吹竽粟食與三百人等宣王死文王即位一一聽之處士乃逃一曰韓昭侯曰吹竽者衆吾無以知其善者田嚴對曰一一聽之乃知濫也名實已見上

郭弘農 遊仙 臧榮緒晉書曰璞卒後贈弘農太守 璞

崦山多靈草。海濱饒奇石。郭璞遊仙詩曰圜丘有奇草鍾山出靈液楚詞曰吾令羲和弭節兮望崦嵫而勿迫王逸曰崦嵫山也海濱即海中三山也

偃蹇尋青雲。隱淪駐精魄。江賦曰納隱淪之列真挺異人之精魄抱朴子曰人無賢愚皆知身之有䰟魄䰟魄分去

〔孫〕剔去

則人病盡去則人死道人讀丹經方士鍊玉液道人方術之士已見擬潘黃門述哀詩神仙傳曰淮南王好道術之士於是入公乃往遂授以丹經漢書曰燕齊之方士傳玄求仙篇曰玉液涌出華泉楚詞曰吮玉液兮止渴朱霞入窻牖曜靈照空隙十洲記曰朱霞九光廣雅曰曜靈日也說文曰隙壁縫也傲睨摘木芝凌波采水碧江賦曰冰夷倚浪以傲睨本草經曰紫芝一名木芝洛神賦曰凌波微步江賦曰水眇碧潛瑻山海經曰耿山多水碧郭璞曰碧亦玉也然萬里遊矯掌望煙客神仙傳曰若士謂盧敖曰吾一舉千里說文曰矯舉也郭璞遊仙詩曰駕鴻乘紫煙永得安期術豈愁濛汜迫列仙傳曰安期先生自言千歲楚辭日出於暘谷次于濛汜

張廷尉 雜述　綽

太素既已分吹萬著形兆列子曰太素者質之始也莊子南郭子綦曰夫吹萬不同

而使自已也司馬彪曰言天氣吹煦生養萬物形氣不同已止也使各得其性而止潛夫論曰太素之時元氣窈冥未有形兆也寂動苟有源因謂殤子夭言大道之要動寂無源今誠以有源即壽夭異轍故以殤子爲夭也呂氏春秋曰一也者至貴也莫知其源莫知其端莫知其始莫知其終而萬物以爲宗高誘曰道無匹敵故曰至貴莊子南郭子綦曰莫壽乎殤子而彭祖爲夭道喪涉千載津梁誰能了莊子曰世喪道矣道喪世矣世與道交相喪也司馬彪曰世皆異端喪道道不好世故曰喪耳思乘扶搖翰卓然淩風矯莊子齊諧之言曰鵬之徙於南溟也水擊三千里摶扶搖而上者九萬里司馬彪曰齊諧人姓名也摶圜也扶搖上行風也圜飛而上者若扶搖也毛詩曰如飛如翰鄭玄曰如鳥之飛也翰其中豪俊也廣雅曰矯飛也靜觀尺棰義理足未嘗莊子曰一尺之棰日取其半萬世不竭辯者以此與惠施相應於身無窮司馬彪曰若其可折則常有兩若其不可折其一常存故曰萬世不竭冏冏秋月明憑軒詠堯老蒼頡篇曰冏大明也俱永切

登樓賦曰憑軒檻以遥望堯老堯及老子玄宗之太師故莊生稱之浪迹無蚩妍然後君子道浪猶放也妍蚩猶美惡也戴逵棲林賦曰浪迹頫湄棲景簣岑文賦序曰妍蚩好惡也領略歸一致南山有綺皓王文度贈許詢詩曰吾生挺奇幹領略摠玄標鄭玄禮記注曰領理也廣雅曰略要也周易子曰一致而百慮漢書曰園公綺季夏黃公角里先生當秦之世避而入商雒深山苍睢後漢書孔融曰南山四皓潛光隱曜交臂久變化傳火迺薪草莊子仲尼謂顏回曰吾終身與汝交一臂而失之可不哀與郭象曰夫變化不可執而留也故雖交臂相守而不能令停若哀死則此亦可哀者也今人未嘗以此爲哀奚獨哀死耶莊子秦失曰指窮於爲薪火傳也不知其盡郭象曰窮盡也爲薪猶前薪也前薪以指指盡前薪之理故火傳而不滅心得納養之中故命續而不絕明盡生也亹亹玄思清胷中去機巧許詢農里詩曰亹亹玄思得濯濯情累除莊子曰子貢南遊於楚反於晉過漢陰見一丈夫方將爲圃畦鑿隧而入井抱甕而出灌搰搰然力用甚多而見功寡子貢曰有械

於此一日浸百畦用力甚寡而見功多夫子不欲乎爲圃者仰而視之曰柰何曰鑿木爲機後重前輕挈水若抽數如泆湯名曰桔槔爲圃者忿然作色而笑曰吾聞之吾師有機械者必有機事有機事者必有機心機心存於胷中則純白不備純白不備則神生不定神生不定者道之所不載子貢瞞而不對也

物我俱忘懷，可以狎鷗鳥。莊子曰吾喪我郭象曰吾喪我我自忘矣我自忘天下何物足識哉又列子曰海上有人好鷗鳥者旦而之海上從鷗鳥游鷗鳥至者百數其父曰吾聞鷗從汝遊哉取來吾從玩之曰諾明旦之海上鷗鳥舞而不下

許徵君自序　詢

晉中興書曰高陽許詢字玄度寓居會稽司徒蔡謨辟不起詢有才藻善屬文時人皆欽愛之

張子闇內機，單生蔽外像。張毅單豹並已見幽通賦一時排冥筌，泠然空中賞。筌捕魚之器言魚之在筌猶人之處塵俗今既排而去之超在埃塵之外故泠然涉空得

原[illegible]作敞閑

中而留也莊子曰列子御風而行泠然而善旬有五日
而反司馬彪曰泠然涼貌也郭象莊子注曰天下莫不
自是而相非故一是一非兩行無窮
唯涉空得中曠然無懷乘之以遊也遺此弱喪情資神
任獨往莊子曰予惡乎知悅生之非惑耶予惡乎知惡
死之非惑耶非夫弱喪而不知歸者耶郭象曰
少失其故居爲弱喪者遂於彼之所在而不知歸於故
鄉淮南王莊子略要曰江海之士山谷之人輕天下細
萬物而獨往者也司馬彪
曰獨往任自然不復顧世也採藥白雲隈聊以肆所養隈
曲
也賈逵國語
注曰肆恣也丹葩耀芳蕤綠竹蔭閑敞廣雅曰葩華也
尚洞簫賦曰又足
樂乎其閑敞西征賦
曰厭紫極之閑敞苕苕寄意勝不覺陵虛上曲櫺
激鮮飆石室有幽響櫺窗間孔也陸機吳趨行曰泠泠
鮮風過列仙傳曰赤松子常止西
王母石
室中也去矣從所欲得失非外獎陸機招隱詩曰稅駕
從所欲李蕭遠運命
論曰得與失孰賢謝靈運擬鄴中
詩曰客心非外獎小雅曰獎勸也至哉操斤客重明固

已朗。程子曰：莊子送葬，過惠子之墓，顧謂從者曰：郢人堊漫其鼻端若蠅翼，使匠石運斤成風，聽而斲之，盡堊而鼻不傷，郢人立不失容。宋元君聞之，召匠石曰：嘗試爲寡人爲之。匠石曰：臣則嘗能斲之，雖然，臣質死久矣。自夫子之死，吾無以爲質矣，吾無與言也。五難既灑落。超迹絕塵網。向秀難嵇康養生論曰：養生有五難，名利不減，此一難；喜怒不除，此二難；聲色不去，此三難；滋味不絕，此四難；神慮消散，此五難。

殷東陽（興矚）　仲文

晨遊任所萃。悠悠蘊真趣。毛萇詩傳曰：萃，集也。方言曰：蘊，積也。莊子曰：道之真以持身。謝靈運登江中孤嶼詩曰：蘊真誰爲傳。雲天亦遼亮。時與賞心遇。莊子曰：黃帝得之以登雲天。謝靈運田南樹園詩曰：賞心不可忘。青松挺秀萼。惠色出喬樹。廣雅曰：秀，美也。鄭玄詩箋曰：承花者曰鄂。鄂與萼同。極眺清波深。緬映石壁素。韋昭

國語注曰緬邈也瑩情無餘滓拂衣釋塵務廣雅曰瑩磨也說文曰滓澱也謂鄙穢左氏傳曰叔向拂衣從之求仁既自我玄風豈外慕論語曰求仁而得仁又何怨乎漢書灌嬰曰侯自我得之玄風謂道也李充玄宗賦曰慕玄風之遐裔余皇祖曰伯陽謝靈運憶山中詩曰得性非外求直置忘所宰蕭散得遺慮淮南子曰成化象而弗宰高誘曰宰主也謝靈運越嶺溪行詩曰觀此遺物慮一悟得所遣

謝僕射遊覽混

信矣勞物化憂襟未能整左氏傳商臣曰信矣莊子曰天不産而萬物化又曰既化而生又化而死也薄言遵郊衢揔轡出臺省毛詩曰薄言旋歸家語子曰善御者正身揔轡也淒淒節序高寥寥心悟永毛詩曰秋日淒淒楚詞曰天高而氣清莊子曰寥已吾志郭象曰寥然空虛也聲類曰悟心解也時菊耀巖阿雲霞冠

秋顏。潘安仁河陽詩曰：時菊耀秋華。眷然惜良辰，徘徊踐落景。孔叢子歌曰：眷然顧之。東征賦曰：撰良辰而將行。卷舒雖萬緒，動復歸有靜。淮南子曰：至道無爲，盈縮卷舒，與時變化。莊子曰：虛則靜，靜則動，動者得矣。老子曰：夫物云云，復歸其根，歸根曰靜，靜是謂復命。王弼曰：凡有起於虛，動起於靜，故萬物雖並動作，卒復歸於虛靜，各反其始，歸根則靜也。曾是違桑榆，歲暮從所秉。毛詩曰：曾是在位。桑榆，日所没，以喻人年老已見上文。韓詩曰：歲聿其暮。薛君曰：言年歲已晚也。所秉，謂心所執也。毛詩曰：君子秉心。鄭玄曰：秉，執也。舟壑不可攀，忘懷寄匠郢。莊子曰：夫藏舟於壑，藏山於澤，謂之固矣。然而夜半有力者負之而走，昧者不知。司馬彪曰：舟，水物；山，陸居者也。藏之壑澤，非人意所求，謂之固。有力者或能取之。郢人已見上文。

陶徵君田居　潛

種苗在東皋，苗生滿阡陌。歸去來曰：登東皋以舒嘯。風俗通曰：南北曰阡，東西曰陌。

雖有荷鋤倦濁酒聊自適陶潛詩曰晨興理荒穢帶月荷鋤歸又曰雖欲揮手歸濁
酒聊自持莊子曰智一不知論極妙之言而自適一時日之秋者非埳井之蛙與又郭象注曰自適其志者也
暮巾柴車路闇光已夕歸去來曰或巾柴車鄭玄周禮注曰巾猶衣也歸人望
煙火稚子候檐隙歸去來曰稚子候門問君亦何爲百年會有役
莊子盜跖曰人上壽百歲陶潛夜行塗口詩曰懷役不遑寐但願桑麻成蠶月得紡
績陶潛詩曰相見無雜言但道桑麻長毛詩曰蠶月條桑家語曰公父文伯之母紡績不懈素心正
如此開逕望三益方言曰素本也謝靈運田南詩曰唯開蔣生逕求羊蹤論語曰益者
三友友直友諒友多聞益矣

謝臨川遊山　靈運

江海經邅迴山嶠備盈缺楚辭曰入漵浦兮邅迴爾雅曰山銳而高曰嶠謝靈運

登廬山詩曰山行非前期弥遠不能輟但欲淹昏旦遂復經盈缺春秋元命包曰月盈而缺者詘鄉尊宋均曰詘還也尊君也

靈境信淹留。賞心非徒設。賞心已見上文平明登雲峯。杳與廬霍絶。楚詞曰平明發兮蒼梧謝靈運詶惠連詩曰滅迹入雲峯又初發石首城詩曰息必廬霍期

碧鄣長周流。金潭恒澄澈。碧鄣出碧之鄣即玉山也已見上文思玄賦曰歷衆山以周流上林賦曰步櫩周流臨海記曰白石山下有金潭金光煥然也

桐林帶晨霞。石壁映初晰。說文曰昭晰明也之逝切今協韻以為之舌切

乳竇既滴瀝。丹井復寥泬。謝靈運山居賦曰訪銅乳於洞穴訊丹砂於經泉鮑昭過銅山詩曰乳竇夜涓滴說文曰滴瀝水下滴瀝也抱朴子曰武陵舞陽有丹砂井王逸楚詞注曰泬寥曠蕩空虛靜也

嵒崿轉奇秀。岑崟還相蔽。說文曰嵒山巖也五咸切文字集略曰崿崖也郭璞方言注曰岑崟峻貌

赤玉隱瑤溪。雲錦被沙汭。子虛賦曰石則赤玉玫瑰思玄賦曰瞰瑤溪之赤岸海賦曰雲錦散文於沙

納之際夜聞猩猩啼朝見鼯鼠逝蜀都賦曰猩猩夜啼郭璞爾雅注曰鼯鼠狀如小狐亦謂之飛生聲如人呼南中氣候暖朱華凌白雪謝靈運入華子崗詩曰南州實炎德桂樹凌寒山王逸楚詞注曰南方冬溫草木常華幸遊建德鄉觀奇經禹穴莊子市南宜僚謂魯侯曰南越有邑焉名爲建德之國其民愚朴少私寡欲其生可樂其死可葬吾願君去國捐俗與道相輔而行漢書曰司馬遷南遊江淮上會稽探禹穴也身名竟誰辯圖史無磨滅謝靈運入華子崗詩曰莫辯百世後又曰圖諜復磨滅且汎桂水潮映月遊海瀲楚詞曰桂水兮潺湲謝靈運入華子崗詩曰乘月弄潺湲攝生貴處順將爲智者說謝靈運還湖中詩曰寄言攝生客又登石門詩曰處順故安排又石門詩曰匪爲衆人說莫與智者論

新營所作　冀

顏特進侍宴　延之

原姓作蒙

原姓之作以

都 別本作氣 依生改

詩紀作王地

太微凝帝宇，瑤光正神縣。淮南子曰：太微者，天一之廷。孔安國尚書傳曰：凝，成也。魏都賦曰：耽耽帝宇。周禮曰：匠人建國，晝參諸日中之景，夜考之極星，以正朝夕。鄭玄曰：極星謂北斗也。廣雅曰：北斗第七星爲瑤光。地理書曰：崑崙東南地方五千里，名神州。史記鄒衍曰：中國名赤縣神州。赤縣神州内自有九州，禹之所叙九州是也，不得爲州數。中國外若赤縣神州者九，所謂九州也。揆日粲書史，相都麗聞見。毛詩曰：揆之以日，作爲楚室。尚書序曰：成王在豐，欲宅洛邑，使召公先相宅。孔安國曰：欲以爲都也。列漢構仙宮，開天制寶殿。毛萇詩傳曰：漢，天河。桂棟留夏飈，蘭橑停冬霰。楚詞曰：桂棟兮蘭橑。青林結冥濛，丹巘被葱蒨。吳都賦曰：迥眺冥濛。毛萇詩傳曰：巘，小山別於大山也。山雲備卿藹，池卉具靈變。尚書大傳曰：百工相和而歌卿雲。鄭玄曰：卿當爲慶。魏文帝東閣詩曰：高山吐慶雲。西京賦曰：濯靈芝之朱柯。陳思王靈芝篇曰：靈芝生玉池。重陽集清氣，下輦降玄宴。楚詞曰：集重陽入帝

李陸宴作燕

愉注及別本

承榮重五臣
巡与循通讀循省之
循猶言循省榮華
云還六朝造語多
未必合本訓當以意
求之文心雕龍云字
以訓正義以理宣而
晉宋篇章依希

宮兮造甸始而觀清都西京賦曰恣意所鶩望分宴隧
幸下輦成宴尚書曰玄德升聞玄猶聖也
矖旨盡都甸宴猶畿也穀梁傳曰宴內諸侯周禮有六鄉六隧倉頡篇曰矖矖視之貌也氣
生川岳陰煙滅淮海見中坐溢朱組步櫚造瓊弁魯靈光殿
賦曰中坐垂景禮記曰侯伯佩玄玉而朱組綬上林賦曰步櫚周流長途中宿說文曰造雜字如此左氏傳曰
楚子玉為瓊弁玉纓未之服也禮登許睿情樂闋延皇眄爾雅曰登成也又曰
許久也謂久留也禮記曰有司告以樂闋鄭玄曰闋終也延引也測恩躋踰逸沿牒憯
浮賤爾雅曰測深也愉逸欢樂縱逸也漢書長安令楊興說將軍史高曰匡衡無階朝廷隨牒在遠方說
文曰憯不明也浮賤浮名微賤也禮記曰恥名浮於行也榮重餽兼金巡華過盈瑱
孟子曰齊王餽兼金一百而不受盈瑱盈尺之玉也說文曰田父得寶玉至尺魏都賦曰尺璧有盈淮南子曰
崑山之玉瑱天見切敢飾輿人詠方慚綠水薦左氏傳曰晉侯聽輿人之誦曰原田

其旨始有賞際奇至之言終無
蟲極叩酬即之語
懸領似若可辨謀
文斬不成義案此
迎舊亦其方物也

每每舍其舊而新是謀淮南〔有字當作此無下無字誤〕子曰爭會淥水已見上文

謝法曹贈別　惠連

昨發赤亭渚今宿浦陽汭謝靈運富春渚詩曰赤亭無淹薄謝惠連獻康樂詩曰昨發浦陽汭今宿浙江湄方作雲峯異豈伊千里別雲峯已見上文芳塵未歇席庾闡楊都賦曰結芳塵於綺疏楚詞曰泣沾襟而濡袂涔淚猶在袂停艫望極浦說文曰艫船頭也楚詞曰望涔陽兮極浦弭棹阻風雪謝惠連獻康樂詩曰停楫阻風波毛萇詩傳曰弭止也風雪既經時夜永起懷思汎濫北湖遊岧亭南樓期謝靈運詩序曰於南山往北山經湖中又序曰南樓中望所遲客點翰詠新賞開帙攀所疑謝靈運荅惠連詩曰凌澗尋我室散帙問所知摘芳愛氣馥拾蘂憐色滋畏沃若人事亦銷鑠毛詩曰桑之未落其葉沃若楚辭曰質銷

互係吳郡
婧法政

鑠以汋約賈逵國語注曰鑠銷也子襟怨勿往谷風誚輕薄毛詩曰青青子襟悠悠我心縱我不往子寧不嗣音又詩序曰谷風刺幽王也天下俗薄朋友道絶焉共秉延州信無慙仲路諾延州信謂挂劒也已見謝靈運廬陵墓下詩論語子曰子路無宿諾靈芝望三秀孤筠情所託楚詞曰采三秀於山間王逸云秀謂芝草也竹箭之有筠已見上注韋昭漢書注曰竹皮筠也于貧切所託已慇懃祗足攪懷人謝靈運詩曰猶復惠來章祗足攪余思毛詩曰嗟我懷人今行嶀嵊外衘思至海濵孔曄會稽記曰始寧縣西南有嶀山剡縣有嵊山陸機赴洛道中詩曰朝徂銜思往尚書曰海濵廣斥嶀他乎切嵊食證切覿子杳未僁款睇在何辰孔安國尚書曰僁見也士簡切字林曰款誠也意有所欲也廣雅曰睇見也雜珮雖可贈疏華竟無陳毛詩曰知子之來之雜珮以贈之疏華瑤華也已見謝靈運越嶺溪行及南樓望所遲客詩無陳心悄勞旅人豈遊遨毛詩曰中

原討復作猶

練注

原注汎作氾

心悄悄幸及風雪霽青春滿江皐說文曰霽雨止也楚詞曰青春受謝又曰馳騖乎江皐解纜候前侶還望方鬱陶謝靈運相送方山詩曰解纜及流潮又謝惠連詩曰幽居復鬱陶煙景若離遠未響寄瓊瑤瓊瑤謂玉音也

王徵君養疾　微

窈藹瀟湘空翠崿漼無滋窈藹深遠之貌杜育荈賦曰懷豐櫰之滋潤寂歷百草晦欻吸鵾雞悲寂歷彫踈貌說文曰晦盡也謂彫盡也一曰毛萇詩傳曰晦昧也凡草木華實欻茂謂之明枝葉彫傷謂之晦欻吸疾貌楚詞曰鵾雞啁哳而悲鳴清陰往來遠月華散前墀前墀已見上文鍊藥矚虛幌汎瑟臥遙帷說文曰鍊化金也鍊與練古字通又集略曰幌以帛萌窻也文賦曰同朱絃之清汎朱絃瑟絃也水碧驗未黷金膏靈詎緇水碧已見上文蒼頡篇曰黷垢黷也穆天子傳河伯曰示汝黃金之膏毛

裳詩傳曰緇黑色也北渚有帝子蕩瀁不可期楚詞曰帝子降兮北渚目眇眇兮愁予阮籍詠懷詩曰蕩瀁焉可能悵然山中暮懷痾屬此詩淮南子曰悵然若有所亡楚辭曰幽獨處乎山中又曰抒中情而屬詩

袁太尉從駕　淑

宮廟禮哀敬枌邑道嚴玄顏延年拜陵廟詩曰哀敬隆祖廟枌枌榆社也漢書曰高祖禱豐枌榆社說文曰玄幽遠也謂神道幽遠也恭絜由明祀肅駕在祈年毛詩曰敬恭明祀又曰祈年孔夙詔徒登季月戒鳳藻行川孔安國尚書傳曰登升也羽獵賦曰玄冬季月鳳皇車名甘泉賦曰乃登鳳皇兮翳華芝行川所行之川也行猶道也雲旆象漢徒宸網擬星懸高唐賦曰建雲旆宸網天罼也西京賦曰天罼前驅薛綜曰罼網也象罼星魯靈光殿賦曰浮柱岧嵽以星懸朱櫂麗寒渚金鍐映秋山朱櫂以朱漆飾櫂也

收

萠剡本校語

蔡邕獨斷曰金鍐者馬冠也高廣各五寸羽衛藹流景綵吹震沈淵羽衛負羽羽侍衛也綵發吹也淮南子曰浮吹以虞沈川鱗介也辯詩測京國履籍鑑都壥禮記曰天子五年一巡狩命太師陳詩以觀民風孫卿子曰履天子之籍聽天下之斷眂謠響玉律邑頌被丹絃沈約宋書曰調樂金石有一定之聲故造鍾磬者先律調之然後施之於箱懸司馬彪續漢書曰候氣之法殿中候用玉律十二唯二至乃候靈臺用竹律六十顏延年曲水詩序曰途歌邑頌尚書大傳曰大琴朱絃蔡邕琴賦曰丹絃既張八音既平文軫薄桂海聲教燭冰天禮記曰書同文車同軌尚書曰外薄四海孔安國曰薄迫也言至海也南海有桂故云桂海上林賦曰經平桂林之中過乎泱漭之野尚書曰朔南暨聲教蒼頡篇曰燭照也淮南子曰八紘北方曰積冰高誘曰北方寒冰所積因以爲名積冰也和惠頌上笏恩渥浹下筵禮記曰笏諸侯以象顏延年觀北湖田牧詩曰温渥浹輿隷和惠屬後筵幸侍觀洛後豈慕巡河前尚書中候曰天

乙在亳東觀乎雒黄魚雙躍出躋于壇化爲黒玉孝經鉤命决曰舜即位巡省中河録圖授文服義方

無沫展歌殊未宣服義已見上文沫亡貝切廣雅曰沫已也楚詞曰展詩兮會舞王逸曰展舒也言舒展詩曲作爲雅樂者也

謝光禄郊遊 莊

肅舲出郊際徙樂逗江陰楚詞曰乘舲船余上沅兮齊吴榜以擊汰王逸曰舲船窻牖也徙樂行樂也說文曰逗止也翠山方藹藹青浦正沈沈廣雅曰藹藹盛貌上林賦曰沈沈隱隱凉葉照沙嶼秋榮冒水潯劉淵林吴都賦注曰嶼海中洲上有山石也說文曰潯傍深也風散松架險雲鬱石道深松枝可以爲架故因謂之架焉靜默鏡緜野四睇亂曾岑莊子曰靜然可以補病穀梁傳曰緜地千里氣清知鴈引露華識猨音雲裝信解黻煙駕可辭金雲裝雲衣也蒼頡篇

樂別本作藥注中字亦當改

曰紱綬也韍與紱通煙駕煙車也金金印也 始鑿丹泉術。終覿紫芳心。抱朴子曰黃帝南到貟隴采若乾之華飲丹巒之泉外國圖曰貟丘有赤泉飲之不老紫芳紫芝也鄒潤甫遊仙詩曰紫芝列紅敷丹泉激陽濆 行光自容裔。無使弱思侵。楚辭曰雲旗兮電鶩儵忽兮容裔

鮑參軍 戎行 昭

豪士枉尺璧。宵人重恩光。呂氏春秋傳曰文王飾其辭令幣帛以禮豪士以璧禮賢巳見上文淮南子曰聖人不貴尺璧春秋孔演圖曰宵人之世多飢寒宋均曰宵猶小也鄭玄毛詩箋曰爲龍爲光言天子恩澤光曜被及者也 殉義非爲利。執羈輕去鄉。莊子曰彼所殉仁義則俗謂之君子又曰小人則以身殉利士則以身殉名禮記曰執羈靮而從靮音的去鄉已見上文 孟冬。郊祀月。殺氣起。嚴霜。禮記曰孟冬之月天子迎冬於北郊又曰仲秋之月殺氣浸盛陽氣日衰楚詞曰冬又申之以嚴霜 戎馬粟不煖。軍士冰爲漿。陸機苦寒行曰渴飲堅冰

原妷礫作歷

槳晨上成臯坂磧礫皆羊腸薛綜東京賦注曰旋門坂在成臯上林賦曰下磧礫之坻高誘呂氏春秋注曰羊腸其山盤紆似羊腸寒陰籠白日太谷晦蒼蒼夏侯湛歎秋賦曰陰籠景而下翳曹植贈白馬王詩曰太谷何寥廓山樹鬱蒼蒼爾雅曰霧謂之晦郭璞曰蒼蒼昏冥也息徒稅征駕倚劍臨八荒嵇康贈秀才詩曰息徒蘭圃法言曰仲尼之駕稅矣朱玉大言賦曰方地爲輿負天爲蓋長劍耿介倚天之外甘泉賦曰入荒恊兮萬國諧鵾鵬不能飛玄武伏川梁樂緯曰鵾鵬狀似鳳皇身禮戴信嬰仁膺智負義宋均曰身禮質赤色思玄賦曰玄武縮於殼中兮騰蛇蜿而自糾鎩翮由時至感物聊自傷淮南子曰飛鳥鎩羽許慎曰鎩殘羽也古詩曰感物懷所思豎儒守一經未足識行藏漢書高祖曰豎儒幾敗乃公事韋昭曰豎猶小也論衡曰能說一經爲儒生論語子謂顏淵曰用之則行捨之則藏唯我與爾有是夫

注

休上人 別怨

沈約宋書曰沙門惠休善屬文徐湛之與之甚厚世祖命使還俗本姓湯位至楊州從事也

西北秋風至楚客心悠哉日暮碧雲合佳人殊未來魏文帝秋胡行曰朝與佳人期日夕殊不來露采方汎豔月華始徘徊曹子建七哀詩曰明月照高樓流光正徘徊寶書爲君掩瑤琴詎能開道學傳曰夏禹撰真靈之玄要集天官之寶書書以南和丹繒封以金英之函檢以玄都之印瑤琴已見上文相思巫山渚悵望陽雲臺高唐賦曰妾在巫山之陽蔡邕詩序曰暮宿河南悵望子虛賦曰楚王乃登雲陽之臺膏鑪絕沈燎綺席生浮埃鑪熏鑪也取其芬香故加之膏煙而無燄故謂之沈西京雜記鄒陽酒賦曰綃綺爲席犀璩爲鎮桂水日千里因之平生懷言因桂水以通情也桂水已見上文李陵詩曰浮雲日千里洛神賦曰託微波而通辭鍾會懷土賦曰記遠念於與波

文選卷第三十一

六月廿九日　侃诵

離騷本稱離騷賦，以為經者，蓋淮南作傳時所題。
騷即愁也。
補之注匡華曰：德義不行，則通其騷離。注騷愁也。離畔也。
揚子雲旁九章作畔牢愁，似即離騷之意。
此篇注已斠正。
楚詞惟宜守師家法，不宜緣妄說。李氏采章句，無所詁益，誠知訓故之精者也。
反離騷曰：圖纍承彼洪族。

文選卷第三十二

梁昭明太子撰

文林郎守太子右內率府録事參軍事崇賢館直學士臣李善注上

騷上

屈平離騷經一首　九歌四首

離騷經一首　屈平　王逸注

序曰：離騷經者，屈原之所作也。屈原與楚同姓，仕於懷王，為三閭大夫。同列大夫上官靳尚妒害其能，共譖毀之，王乃流屈原。原乃作離騷經，不忍以清白久居濁世，遂赴汨淵自投而死也。

帝高陽之苗裔兮，苗，胤也。裔，末也。高陽，顓頊有天下之號也。帝繫曰：顓頊娶于滕隍氏女而

揆度讀如忖度之度初度法度之度也

于義文楚詞無

反離騷曰但皇天之清則兮度后土之方貞

已上世系生日名字

生老僮是楚先其後熊繹事周成王封爲楚子居於丹陽其孫武王求尊爵於周周不與遂僭號稱王始都於郢是時生子瑕受屈爲客卿因胤末之子孫恩深而義厚也**朕皇考曰伯庸**朕我也皇美也父死稱考詩曰既右烈考伯庸字也屈原言我父伯庸體有美德以忠輔楚世有令名以及於己**攝提貞于孟陬兮**太歲在寅曰攝提孟始也貞正也于於也正月爲陬**惟庚寅吾以降**惟辭也庚寅日降下也寅爲陽正庚爲陰正言已以太歲在寅正月始春庚寅之日下母之體**皇覽揆余初度兮**皇皇考也覽觀也揆度也**肇錫余以嘉名**肇始也錫賜也嘉善也言已美父伯庸觀我始生年時度其日月皆合天地正中故始錫我以美善之名**名余曰正則兮**正平也則法也**字余曰靈均**靈神也均調也言平正可法則者莫過於天養物均調者莫神於地高平曰原故伯庸名我爲平以法天字我曰原以法地夫人非名不榮非字不彰故子生父思善應而名字之以表其德觀其志也**紛吾既有此內美兮**紛盛貌**又重之以脩能**脩遠

覽五臣作鑒

又離騷素而貯厥麗服又
卷薜芷与若蕙
扈即憮也
薜即𧀢也
楚之薜扱下皆同當衍衍

搴即攓也
阰即陛之別字
已上素志

其言之商也自下多茁不悉楊
纍

也言已之生内含天地之美氣又重有絶遠之能與衆異也扈江離與辟芷兮扈披也楚人名披爲扈江離芷皆香草也辟爲幽也芷幽而香紉秋蘭以爲佩紉索也蘭香草也秋而芳佩飾也所以象德言已脩身清潔乃取江離辟芷以爲衣被紉索秋蘭以爲佩飾博采衆善以自約束汨余若將不及兮汨去貌疾若水流也恐年歲之不吾與言我念年命汨然流去誠欲輔君心汲汲常若不及又恐年忽過不與我相待而身老朝搴阰音毗之木蘭兮搴取也阰山名夕攬洲之宿莽攬采也水中可居者曰洲草冬生不死者楚人名曰宿莽言已旦起升山采木蘭上事太陽承天度也夕入洲澤采取宿莽下奉太陰順地數也動以神祇自勑誨也木蘭去皮不死宿莽遇冬不枯屈原以喻讒人雖欲困己己受天性終不可變易日月忽其不淹兮淹久也春與秋其代序代更也序次也言日月晝夜常行忽然不久春往秋來以次相代言天時易過人年易老惟草木之零落兮零落皆墮也草曰零木曰落恐美人之遲

蘸
紉

案注無不字六臣無撫有也

改下有其字

以而也自下另解者不復出之

純即醇也

在在官也

反離騷提申椒与菌桂

紉

暮遲晚也美人謂懷王也言天時運轉春生秋殺草木零落歲復盡矣而君不建立道德舉賢用士則年老暮晚而功不成不撫壯而棄穢兮年德盛曰壯棄去也穢行之惡也以喻讒佞百草爲稼穡之穢讒佞亦爲忠直之害也何不改此度也改更也言願君務及年德盛壯之時脩明政教棄遠讒佞無令害賢改此惑誤之度脩先王之法也乘騏驥以馳騁兮騏驥駿馬也以喻賢智言乘駿馬一日可致千里以言任賢智即可至於治也來吾導夫先路言已如得任用將驅先行願來隨我遂爲君導入聖王之道昔三后之純粹兮昔往也后君也謂湯禹文王也至美曰純齊同曰粹固衆芳之所在衆芳喻羣賢也言往古夏禹殷湯周王所以能純美其德而有聲明之稱者皆舉用衆賢使在顯職故道化興而萬國寧也雜申椒與菌桂兮申重也椒香木其芳小重之乃香菌薰也葉曰蕙根曰薰也豈維紉夫蕙茝紉索也蕙茝皆香草也以喻賢者言禹湯文王唯有聖德猶雜用衆賢以致於化非獨索蕙茝任一人也彼堯舜之耿

○昌披猶彔薄也墮弛之貌故訓衣不帶俗字作裮

○已上格君

五臣本惟下有夫字

○之言之閒也

介兮耿光也介大也既遵道而得路遵循也路正也言堯舜所以能有光明大德之稱者以循用天地之道舉賢任能使得萬事之正也何桀紂之昌披兮昌披衣不帶貌夫唯捷徑以窘步捷疾也徑邪道窘急也言桀紂愚惑違背天道施行惶遽衣不及帶欲涉邪徑急疾為治故身觸陷阱至於滅亡惟黨人之偷樂兮黨朋也論語曰羣而不黨偷苟也路幽昧以險隘幽昧不明也險隘諭傾危也言已念彼讒人相與朋黨嫉妬忠直苟且偷樂不知君道不明國將傾危以及其身豈余身之憚殃兮憚難也殃咎也恐皇輿之敗績皇君也輿君之所乘也以諭國也績功也言我欲諫爭者非難身之被殃咎也但恐君國傾危以敗先王之功忽奔走以先後兮及前王之踵武踵繼也武迹也詩曰履帝武敏歆言已急欲奔走先後以輔翼君者冀及先王之德繼續其迹而廣其基也奔走先後四輔之職也詩曰予聿有奔走予聿有先後是之謂也荃不察余之忠情兮荃香草也以諭君也人君被服

齋即齌也
已上過讒

正正其忠策也

成言平議也

已上言傷君悔遁非爲已私

芬香故以香爲諭(喻)惡數指斥尊者故變言荃也反信讒而齌怒齌疾也言懷王不徐察我忠信之情反信讒言而疾怒余固知謇謇之爲患兮謇謇忠言貌也易曰王臣謇謇匪躬之故忍而不能舍也舍止也言已忠言謇謇諫君之過必爲身患然中心不能自止而不言也指九天以爲正兮指語也九天謂中央八方也正平也夫唯靈脩之故也靈神也脩遠也能神明遠見者君德故以諭君言已將陳忠策內慮之心上指九天告語神明使平正之唯用懷王之故欲自盡也初既與余成言兮後悔遁而有他遁隱也言懷王始信任己與我平議國政後用讒言中道悔恨隱遁其情而有他志余既不難離別兮近曰離遠曰別傷靈脩之數化化變也言我竭忠見過非難與君離別也傷念君信用讒言志數變易無常操也余既滋蘭之九畹兮滋蒔也十二畝爲畹又樹蕙之百畝樹種也二百四十步爲畝言已雖見放流猶種蒔衆香脩行仁義勤身自勉朝暮不倦畦留夷與

難下五臣本有夫字

蕾荑

三

乎言之閒也

已上言己身斥退衆賢亦沮

憑猶愊也　乎言之閒也

羌楚也史記高祖本紀集解引風俗通沛人語初發聲皆言其

揭車兮留夷香草也揭車亦香草一名芞輿五十畝爲畦雜杜衡與芳芷杜衡芳芷皆香草名也言己積累衆善以自絜飾復植留夷杜衡雜以芳芷芬香益暢德行彌盛也冀枝葉之峻茂兮冀幸也峻長也願竢時乎吾將刈刈穫也言己種植衆芳幸其枝葉盛長實核成熟願待天時吾將穫取收藏而成其功也以言君亦宜畜養衆賢以時進用而待仰其治也雖萎絕其亦何傷兮萎病也絕落也哀衆芳之蕪穢言己所種芳草當刈未刈蚤有霜雪枝葉雖蚤萎病絕落何能傷我乎哀惜衆芳摧折枝葉蕪穢而不成也以言己脩行忠信冀君任用而遂斥棄則使衆賢志士失其行也衆皆競進以貪婪兮競並也愛財曰貪愛食曰婪憑不猒乎求索憑滿也楚人名滿爲憑言在位之人無有清絜之志皆並進取貪婪於財利中心雖滿猶復求索不知猒飽羌內恕己以量人兮羌楚人語詞也以心揆心爲恕量度也各興心而嫉妒害賢爲嫉害色爲妒言在位之臣心皆貪婪內以其志恕度他人謂與己不同則各

衡 法同

穫

孙志祖云此言貪婪之人反嫉妬媢己者耳注似非

已上志與衆殊

菊即𦵙也
反離騷精瓊靡與秋菊兮將以延夫天年

說文作顑頷

此下奪一葉

生嫉妬之心推棄清絜使不得用也忽馳騖以追逐兮非余心之所急言衆
人所以馳騖惶遽者追逐權貴求財利也故非我心之所急務衆急於利我獨急於義者也老冉冉
其將至兮冉冉行貌恐脩名之不立立成也言人年命冉冉而行我之衰老將以速
至恐脩身建德而功不成名不立也朝飲木蘭之墜露兮墜墮也夕餐秋菊
之落英言己旦飲香木之墮露吸正陽之津液暮食芳菊之落英吞陰陽之精蘂動以香淨自潤澤
苟余情其信姱苦瓜以練要兮尚誠也練簡也長顑呼感感頷亦何傷顑頷不飽
貌也言己飲食好美中心簡練而合道要雖長顑頷飢而不飽亦無所傷病也擥木根以結茝
兮擥持也貫薜荔之落蘂貫累也薜荔香草也緣木而生蘂落墮也蘂實貌言己施行
常擥木引堅據持根本又貫累香草之實執持忠信不爲華飾之行也矯菌桂以紉蕙兮
矯直也索胡繩之纚纚胡繩香草也纚纚索好貌言己行雖據根本猶復矯直菌桂芬芳之

貌下有也字

脩遠也　習鑿齒詞
反離騷蹠彭咸之所遺
已上引古自厲是時死志已定
而猶回車復路退修初服往
觀四荒詢占訊巫周流上下
至于僕悲馬懷而後卒從
彭咸班固以為忿懟不容過
乎
鞿替對轉為韻
案注無好字　脩遠也
鞿即靳也
九死支解之刑

性紉索胡繩令之澤好以善自約束終無懈已謇吾法夫前脩兮非時俗之所
服言我忠信謇謇者乃上法前代遠賢固非今時俗之人所可服行也雖不周於今之人
兮周合也願依彭咸之遺則彭咸殷賢大夫諫其君不聽自投水而死遺餘也則法也
言己所行忠信雖不合於今之人欲依古之賢者彭咸餘法以自率厲也願長太息以掩涕
兮哀人民生之多艱言己自傷施行不合於俗將效彭咸沈身於淵乃太息長悲哀念萬民受
命而生遭遇多艱以隕其身也余雖好脩姱以鞿羈兮鞿羈以馬自喻也轡在口曰鞿
革絡頭曰羈言為人所係纍也謇朝誶而夕替誶諫也詩云誶予不顧替廢也言己雖有絕遠
之智姱好之姿然以為讒人所鞿羈而係纍矣故朝諫謇謇於君夕暮而身廢棄也既替余以蕙
纕兮纕佩帶也又申之以攬茝申復也言君所以廢棄己者以余帶佩眾香行以忠正之
故也然猶復重引芳茝以自結束執志彌篤也亦余心之所善兮雖九死其猶

无願字

已上言守死不悔

蛾眉於娥媚娥媌也
反離騷知衆嫭之嫉妒兮
何必颺纍之蛾眉

工即工師之工

未悔悔恨也言己履行忠信執守清白亦我心中之所美善也雖以見過支解九死終不悔恨也

怨靈脩之浩蕩兮靈脩謂懷王也浩猶浩浩蕩猶蕩蕩無思慮貌也

終不察夫民心言己所以怨恨於懷王者以其用心浩蕩驕敖放恣無有思慮終不見省察萬民善惡之心故朱紫相亂國將傾危也

衆女嫉余之蛾眉兮衆女謂臣衆也蛾眉好貌

謠諑謂余以善淫謠謂毀也諑音啄猶譖也淫邪也言衆女嫉妬蛾眉美好之人譖而毀之謂之善淫不可信也猶衆臣嫉妒中正言己淫邪不可任也

固時俗之工巧兮偭面規矩而改錯偭背也圓曰規方曰矩錯置也言今時之工才知彊巧背去規矩更造方圓必不堅固敗材木也以言佞臣巧於言語背違先聖之法以意妄造必亂政化危君國也

背繩墨以追曲兮追隨也繩墨所以正曲者

競周容以爲度周合也度法也言百工不隨繩墨之直道隨從曲木屋必傾危而不可居也以言人臣不脩仁義之道背棄忠直隨從枉佞苟合於世以求容媚以爲常法身必傾危而被刑戮也

忳

蛾法同
以五日作之

學林

侘傺猶踞時也

時時人也

已上言忠邪異路而邪終不可爲

孙云忍尤攘詬當一意攘敵也

忳鬱邑余侘傺兮忳徒昆切憂貌也侘傺失志貌也侘丑加切猶堂堂立貌也傺丑世切住也楚
人名住曰傺吾獨窮困乎此時也言我所忳忳而憂中心鬱邑悵然住立而失志者以不能
隨從時俗屈求容媚故獨爲時人所窮困也寧溘死以流亡兮溘猶奄也余不忍
爲此態也言我寧奄然而死形體流亡不忍以忠正之性爲邪淫之態也鷙鳥之不羣
兮鷙執也謂能執服衆鳥鷹鸇之類也以諭忠正自前代而固然言鷙鳥執志剛厲特處不
羣以言忠正之士亦執分守節不隨俗人自前代固然非獨於今何方圜之能周兮夫
孰異道而相安言何所有圜鑿受方枘而能合者誰有異道而相安耶言忠佞不相爲謀也
屈心而抑志兮抑案也忍尤而攘詬尤過也攘除也詬恥也言己所以能屈案
心志含忍罪過而不去者欲以除去恥辱誅讒佞之人如孔子誅少正卯也伏清白以死直
兮固前聖之所厚言士有伏清白之志以死忠直之節者固乃前代聖王所厚哀也故武王

骸

乎言之閒也

已上思復歸正國

焉言之閒也

孫志祖引許履宗云蘭皐蘭皐椒丘以喻君子蘭子椒

反離騷衿芰茄之綠衣兮被夫容之朱裳

其言之閒也下二其同餘可以意求之

伐紂封比干之墓表商容之閭也悔相道之不察兮悔恨也相視也察審也延佇乎吾將反延長也佇立貌也詩云佇立以泣言己自恨視事君之道不明察當若比干伏節死義故長立而望將欲還反終己之志也迴朕車以復路兮迴旋也及行迷之未遠迷誤也言及旋我之車以反故道反迷己誤欲去之路尚未甚遠也同姓無相去之義故欲還也步余馬於蘭皐兮步徐行也澤曲曰皐馳椒丘且焉止息土高曰丘四墮曰椒言己欲還則徐徐行步我之馬於芳澤之中以觀聽懷王遂馳高丘而止息以須君命進不入以離尤兮退將復脩吾初服退去也言己誠欲遂進竭其忠誠君不肯納恐重遇禍將復去脩吾初始清絜之服製芰荷以爲衣兮製裁也芰蔆也荷扶蕖也集芙蓉以爲裳芙蓉蓮華也上曰衣下曰裳言己進不見納猶復製裁芰荷集合芙蓉以爲衣裳被服愈絜脩善益明不吾知其亦已兮苟余情其信芳高余冠之岌岌兮岌岌

陸離猶參儷

質體也

已上言復退保身

自下文明不煩爰也

反離騷覽四荒以顧懷

繽紛猶闠闠也

常當作恒

高貌長余佩之陸離陸離參差衆貌也言己懷德不用復高我之冠長我之佩尊其威儀整其服飾以異於衆也芳與澤其雜糅兮芳德之臭也澤質之潤也玉堅而有澤糅雜也唯昭質其猶未虧唯獨也昭明也虧歇也言我外有芬芳之德外內有玉澤之質二美雜會兼在於己而不得施用故獨保明身無有虧失而已所謂道行則兼善天下不用則獨善其身忽反顧以遊目兮將往觀乎四荒荒遠也言己欲進忠信以輔事君而不見省故忽然反顧而去將遊目往觀四遠之外以求賢君也佩繽紛其繁飾兮繽紛盛貌芳菲菲其彌章菲菲猶勃勃也芳香貌也章明也言己雖欲之四荒猶整飾儀容佩玉繽紛而衆盛忠信勃勃而愈明不以遠故改其行人生各有所樂兮余獨好脩以爲常言萬人稟天命而生各有所樂或樂諂佞或樂貪淫我獨好脩正直以爲常行雖體解吾猶未變兮豈余心之可懲懲艾也言己好脩忠信以爲常行雖獲罪支解志猶不艾也女嬃須之

說文嬃女字也引此文又云賈侍中說楚人謂姊曰嬃

嬋媛猶撣援也

然乃也

以言王聞也

服用也

嬋媛兮女嬃屈原姊也嬋媛猶牽引也申申其詈予申重也言女嬃見已施行不與衆合以見放流故來牽引數怒重詈我也曰鮌婞直以亡身兮曰女嬃詞也鮌堯臣也帝繫曰顓頊後五葉而生鮌婞音脛很也終然殀乎羽之野蚤死曰殀言堯使鮌治洪水婞很自用不順堯命乃殛之於羽山死於中野女嬃比屈原於鮌不承君意亦將遇害汝何博謇而好脩兮紛獨有此姱節女嬃數諫屈原言汝何爲獨博采往古好脩謇謇姱異之節不與衆同而見憎惡於世薋菉葹以盈室兮薋蒺藜也菉王芻也葹枲耳也詩曰楚楚者薋又曰終朝采菉三者皆惡草也以喻讒佞盈滿也判獨離而不服判別貌也女嬃言衆人皆佩薋菉枲耳爲讒佞之行滿於朝廷而獲富貴汝獨服蘭蕙守忠直判然離别不與衆同故斥弃也衆不可戶說兮孰云察余之中情屈原外困羣佞內被姊詈知時莫識言己心志所執不可戶說人告誰當察我中情之善否世並舉而好朋兮夫何煢獨而不予

鮌法同

茲茲詞也
反離騷舒中情之煩或
反離騷橫江湘以南淮又將折衷乎重華
戴震云康娛連文篇中凡三見不應以為夏康太康
本言之閒也紛紛妄說皆緣不了此耳

聽煢孤也詩曰哀此煢獨予我也言時俗之人皆行佞僞相朋黨並相薦舉忠直之士孤煢特獨何肯聽用我言而納之也依前聖之節中兮節度也喟憑心而歷茲歷數也言己所言皆依前代聖王之法節其中和喟然舒憤懣之心歷前代成敗之道而作此詞者也濟沅湘以南征兮沅湘水名也就重華而陳詞重華舜名也帝繫曰瞽叟生重華是爲帝舜葬於九疑山在於沅湘之南言己依聖王法而行不容於俗故欲度沅湘之水南行就舜陳詞自說稽疑聖帝冀聞祕要以自開悟啓九辯與九歌兮啓禹子也九辯九歌禹樂也言禹平治水土以有天下啓能承志纘敘其業育養品類故九州之物皆可辯數九功之德皆有次敘而可歌也左傳曰六府三事謂之九功九功之德皆可歌也謂之九歌水火金木土穀謂之六府正德利用厚生謂之三事夏康娛以自縱夏康啓子太康也娛樂也縱放也不顧難以圖後兮五子用失乎家巷圖謀也言夏太康不遵禹啓之樂而更作淫聲放縱情欲以自娛樂不顧患難不謀後葉

夫言之閒也下同

夫言之閒也

焉言之閒也

卒以失國兄弟五人家居閭巷失尊位也書序曰太康失國昆弟五人須于洛汭作五子之歌此逸篇也羿

淫遊以佚田兮羿諸侯也田獵也又好射夫封狐封狐大狐也言羿爲諸侯

荒淫遊戲以佚田獵又射殺大狐固亂流其鮮終兮鮮少也浞又貪夫厥

家浞寒浞羿相也厥其也婦謂之家言羿因夏衰亂代之爲政娛樂田獵不恤人事信任寒浞使爲國相浞

行媚於內施賂於外樹之詐慝而專其權勢羿田將歸使家臣衆逢蒙射而殺之貪取其家以爲妻也羿以亂

得政身即滅亡故言鮮終也澆身被服强圉兮澆寒浞子也强圉多力也縱欲而

不忍縱放也言浞取羿妻而生澆强梁多力縱放其情不忍其欲以殺夏后相也日康娛而

自忘兮康安也厥首用夫顛隕首頭也自上下日顛隕墮也言澆既殺夏后相安居

無憂日作淫樂忘其過惡卒爲相子少康所誅其首顛隕而墮也論語曰羿善射奡盪舟俱不得其死然自此

以上羿澆寒浞事皆見於左傳夏桀之常違兮乃遂焉而逢殃殃咎也言夏桀

脩 五臣本此注

焉猶因也招魂焉乃下招之焉義同于此

維猶也以懸

上背於天道下逆於人理乃遂以逢殃咎爲殷湯所誅滅**后辛之菹醢兮**辛殷之王紂名也藏菜曰菹肉醬曰醢**殷宗用而不長**言紂爲無道殺比干醢梅伯武王把黃鉞行天罰殷宗遂絕不得久長也**湯禹嚴而祗敬兮**嚴畏也祗敬也**周論道而莫差**周周家也差過也言殷湯夏禹周之文王受命之君皆畏天敬賢論議道德無有過差故能獲神人之助子孫蒙福也**舉賢而授能兮脩繩墨而不陂**陂傾也言三王選士不遺幽陋舉賢用能不顧左右循用先聖法度無有傾失故能綏萬國安天下也易曰無平不陂**皇天無私阿兮**竊愛爲私所祐爲阿**覽民德焉錯輔**錯置也輔佐也言皇天明神無所私阿觀萬民之中有道德之者因置以爲君使賢輔佐成其志也故桀爲無道傳與湯紂爲淫虐傳與文王**夫維聖哲以茂行兮**哲智也茂盛也**苟得用此下土**苟誠也下土謂天下也言天下之所立者獨有聖明之知盛德之行故得用事天下而爲萬人之主**瞻前而顧後兮**顧視也**相觀人之**

初先古也

反離騷紺增欷以於邑

之言之閒也

反離騷思重華之不纍

與

計極相視也計謀也極窮也言前觀禹湯之所以興顧視桀紂之所以亡足以觀察萬民忠佞之謀窮其眞僞

夫孰非義而可用兮孰非善而可服服服事也言人臣誰有行仁義而不可任用誰有不行信義而可服事者乎言人非義則德不立非善則行不成

阽余身而危死兮阽猶危也

覽余初其猶未悔言己正言危行身將危亡上觀初代伏節之士我志所樂終不悔恨

不量鑿而正枘兮量度也正方也

固前脩以菹醢言工不度其鑿而方正其枘則物不固而木破矣臣不量君賢愚竭其忠信則被罪過而身殆也自前代脩名之人以獲菹醢龍逢梅伯是也

曾歔欷余鬱邑兮曾累也歔欷懼貌也

哀朕時之不當言我累息而懼鬱邑而憂者自哀生不當舉賢之時而値菹醢之日

攬茹蕙以掩涕兮茹柔耎也

霑余襟之浪浪霑濡也衣皆謂之襟浪浪流貌也言自傷放在山澤心悲泣下霑濡我衣浪浪而流猶引取柔耎香草以自掩拭不以悲故失仁義也

跪敷衽以陳詞兮敷布也

耿

衍文

上文如此

吾既得此中正耿明也言己覩禹湯文王脩德以興天下見羿澆桀紂行惡以亡中知龍逢比干執履忠直身以菹醢乃長跪布衽俛首自省念仰訴於天中心曉明得此中正之道情合真人神與化游故得乘雲駕龍周歷天下以慰己情緩憂思也駟玉虬以乘鷖兮有角曰龍無角曰虬鷖鳳皇別名也山海經曰鷖身有五采溘埃風余上征溘猶奄也埃塵也言我設往行游將乘玉虬駕鳳車淹塵埃而上征去離時俗遠羣小也朝發軔於蒼梧兮軔支輪木也蒼梧舜所居夕余至乎縣圃縣圃神山淮南子曰縣圃在崑崙閶闔之中乃維上天言己朝發帝舜之居夕至縣圃之山受道聖王而登神明之山欲少留此靈瑣兮靈以喻君瑣門鏤也文如連瑣楚王之省閤也日忽忽其將暮言己誠欲少留於君之省閤以須政教日又忽去時將欲暮年歲且盡言己衰老也吾令羲和弭節兮羲和日御也弭按也望崦嵫而勿迫崦嵫日所入之山也迫附也言我恐日暮年老道德不施欲令日御按節徐行望日所入之山且勿附

天衍文

反離騷解扶桑之總轡兮縱令之遂奔馳

聊印僇也 須臾五臣作逍遙

反離騷鸞皇騰而不屬兮豈獨飛廉與雲師

近與及盛時遇賢君也路曼曼其脩遠兮脩長也吾將上下而求索言天地廣大其路曼曼遠而且長不可卒徧吾方上下左右以求索賢人與己合志者也飲余馬於咸池兮咸池日所浴也揔余轡乎扶桑揔結也扶桑日所拂木也淮南子言日出暘谷浴於咸池拂于扶桑爰始將行是謂朏明我乃往至東極之野飲馬於咸池與日俱浴以絜己身結我車轡於扶桑以留日行幸得不老延年壽折若木以拂日兮若木在崐崘西極其華照下地拂擊也聊須臾以相羊聊且也須臾相羊皆游也言己揔結日轡恐不能制年時卒過故復轉之西極折取若木以拂擊日使之還去且相羊而游以俟君命也或謂拂蔽也以若木蔽日使不得過前望舒使先驅兮望舒月御也月體光明以喻臣清白後飛廉使奔屬飛廉風伯也風爲號令以諭君命言己使清白之臣如望舒先驅求賢使風伯奉君命於後以告百姓鸞皇爲余先戒兮鸞俊鳥也皇雌鳳也以喻明知之士也雷師告余以未具雷爲諸侯以興君言己使

陸離其上下倒語也
時時世也
罷讀曰疲

仁知之士如鸞皇先戒百官將行適道而君怠墯告我嚴裝未具吾令鳳皇飛騰兮又繼之以日夜言我使鳳皇明知之士飛行天下以求同志續以日夜冀逢遇之飄風屯其相離兮回風曰飄飄風無常之風以興邪惡帥雲霓而來御雲霓惡氣以喻佞人御迎也言己使鳳皇往求同志之士欲與俱共事君反見邪惡之人相與屯聚謀欲離己又遇佞人相帥來迎欲使我變節以隨之紛總總其離合兮總總猶僔聚皃也斑陸離其上下斑亂皃也陸離分散也言己游觀天下但見俗人競爲讒佞僔僔相聚乍離乍合上下之義班然散亂而不可知也吾令帝閽開關兮帝謂天帝也閽主門者倚閶闔而望予閶闔天門也言己求賢不得嫉惡讒佞將上愬天帝使閽人開關又倚天門望而距我使我不得入也時曖曖其將罷兮曖曖昏昧皃罷極也結幽蘭而延佇言時世昏昧無有明君周行罷極不遇賢士故結芳草而長立有還意也世溷濁而不分兮溷亂也濁貪也好蔽美

反離騷吳必云女彼高丘

而嫉妬言時世君亂臣貪不別善惡好蔽美德而嫉妬忠信朝吾將濟於白水兮濟度也淮南子曰白水出崐崘之源飲之不死登閬風而緤馬閬風山名在崑崙上緤繫也言我見中國溷濁則欲度白水登神山屯車繫馬而留止白水絜凈閬風清明言已脩絜白之行不懈怠也忽反顧以流涕兮哀高丘之無女楚有高丘之山女以喻臣言已雖去意不能已猶復顧念楚國無有賢臣心爲之悲而流涕溘吾遊此春宮兮溘奄也春宮東方青帝舍折瓊枝以繼佩繼續也言我遊奄然至于青帝宮觀萬物始生皆出仁義復折瓊枝以續佩守行仁義志彌固也及榮華之未落兮榮華喻顏色也落墮也相下女之可貽相視也貽遺也言已既脩行仁義思得同志願及年德盛時顏貌未老視天下賢人將持玉帛聘而遺之與俱事君也吾令豐隆乘雲兮豐隆雲師求宓妃之所在宓妃神女也以喻隱士言我令雲師豐隆乘雲周行求隱士清絜若宓妃者欲與并力也解佩纕以結言

相

慮清同

理猶行理之理

緯繣猶[illegible]也亦即乖違廣韻云乖違也字作[illegible]繣

[illegible]集注云窮石山名在張掖乃后羿之國也

反離騷初纍棄彼宓妃兮更思瑤臺之逸女抨雄鴆以作媒兮何百離而曾不壹耦

覽相觀複語也

兮纕佩帶也吾令蹇脩以爲理蹇脩伏羲氏之臣也理分理述禮意也言既見宓妃則解我佩帶之玉以結言語使古賢蹇脩而爲媒理也伏羲時湻朴故使其臣紛緫緫其離合兮忽緯繣其難遷緯繣乖戾也呼麥切遷徙也言蹇脩既持其佩帶通言而讒人復相聚毀敗令其意一合一離遂以乖戾而見距絶言所居深僻難遷徙也夕歸次於窮石兮次舍也再宿爲信過信爲次淮南曰弱水出于窮石入于流沙朝濯髮乎洧盤洧盤水名也禹大傳曰洧槃之水出崦嵫之山言宓妃體好清絜暮所歸舍窮石之室朝沐洧槃之水遁世隱居而不肯仕保厥美以驕傲兮倨簡曰驕侮慢曰傲日康娛以淫遊康安也言宓妃用志高遠保守美德驕傲侮慢日自娛樂以遊戲無事君之意也雖信美而無禮兮來違弃而改求違去也改更也言宓妃雖有美德驕傲無禮不可與共事君來去相弃而更求賢也覽相觀於四極兮周流乎天余乃下言我乃復往觀視四極周流求賢然後乃來下

槃

猶豫即冘豫淫豫由豫猶與容與一也

詒遺也

望瑤臺之偃蹇兮偃蹇高意見有娀之佚女有娀國名也佚美也謂帝嚳之妃契母簡狄也簡狄配聖帝生賢子以喻貞賢也詩曰有娀方將帝立子生商呂氏春秋曰有娀氏有美女爲之高臺而飲食之言己望瑤臺高峻睹有娀氏美女思得與共事君也吾令鴆爲媒兮鴆惡鳥也明有毒殺人以喻讒賊鴆告余以不好言我使鴆鳥爲媒以求簡狄其性讒賊不可信用還詐告我言不好雄鳩之鳴逝兮逝往也余猶惡其佻巧言又使雄鳩銜命而往其性輕佻巧利多語而無要實復不可信也心猶豫而狐疑兮欲自適而不可適往也言己令鴆爲媒其心讒賊以善爲惡又使雄鳩多言少實故中心狐疑猶豫意欲自往禮又不可也鳳皇既受詒兮恐高辛之先我高辛嚳有天下號也帝繫曰高辛氏爲帝嚳次妃有娀氏女生契言已既得賢智之人若鳳皇受禮遺將恐帝嚳以先我得簡狄也欲遠集而無所止兮聊浮游以逍遙言已既求簡狄復後高辛欲遠集他

及遠也

哲王古明智之王

終古久也　此瓊茅非即是菖蒲茅故注但云靈草蓋即菁茅也

方又無所之故且遊戲觀望以忘憂也及少康之未家兮留有虞之二姚少康夏后相之子也有虞國名也姓姚氏舜後也昔寒浞使澆殺夏后相少康逃奔有虞虞因妻以二女而邑於綸有田一成有衆一旅能布其德以收夏衆遂誅滅澆復禹舊績屈原放至遠方之外博求衆賢索宓妃則不肯見求簡狄又後高辛少康留止有虞而得二妃以成顯功也是不欲遠去貌理弱而媒拙兮拙鈍恐導言之不固言已欲效少康留而不去又恐媒人弱鈍達言於君不能堅固復使回移時溷濁而嫉賢兮好蔽美而稱惡再言時溷濁者懷襄二世不明故羣下好蔽中正之士而舉邪惡之人閨中既以邃遠兮小門謂之閨邃深也哲王又不寤哲知也寤覺也言君處宮殿之中其閨邃遠忠言難通指語不達自明智之王尚不覺善惡之情高宗殺孝已是也何況不智之君而以闇蔽固其宜也懷朕情而不發兮余焉能忍與此終古言我懷忠信之情不得發用安能久與此闇亂之君終古居乎意欲復去也索瓊茅

既下有以字

以與也

篿數之數韓語也楚人謂卜問吉凶曰數又即筮之

韓語

反離騷費椒稽以要神兮又勤索彼瓊茅

无明知二字

曰更端詞也

此女亦爾也釋舍也

以筳篿兮索取也瓊茅靈草也筳小破竹也楚人名結草折竹卜曰篿筳音廷篿音專命靈氛為余占之靈氛古明占吉凶者也言已欲去則無所集欲止則又不見用憂懣不知所從乃取神草竹筳結而折之以卜去留使明知靈氛占其吉凶曰兩美其必合兮孰信脩而慕之靈氛言以忠臣而就明君兩美必合楚國誰能信明善惡脩行忠直欲相慕及者乎已宜以時去之也思九州之博大兮豈唯是其有女言我思念天下博大豈獨楚國有君臣可止乎曰勉遠逝而無疑兮孰求美而釋女何所獨無芳草兮爾何懷乎故宇爾女也懷思也宇居也言何所獨無賢芳之君何必思故居而不去也此皆靈氛之詞時幽昧以眩曜兮眩曜惑亂貌孰云察余之美惡屈原荅靈氛曰當時之君皆暗昧惑亂不知善惡誰當察我之善情而用已乎是難去之意人好惡其不同兮惟此黨人其獨異黨鄉黨謂楚國也言天下萬人之所好惡其性不同

疑上有脫字此女亦爾也

猶

珵珽〻別字

蘇穌〻借字

反鄙飽蓮靈氛而不信

糈正作貶亦作稰皆通

翳蔽〻日也

繽正作闠

迎故對轉為韵

此楚國尤獨異也戶服艾以盈要兮艾白蒿也盈滿也謂幽蘭其不可佩言楚人戶服白蒿滿其要帶以爲芬芳反謂幽蘭臭惡爲不可佩也以言君親愛讒佞憎遠忠直而不近也覽察草木其猶未得兮察視也豈珵美之能當珵美王也相玉書言珵大六寸其曜自照言時人無能識臧否觀視衆草尚不能别其香臭豈當知玉之美惡乎以爲草木易别於禽獸禽獸易别於珠王珠玉易别於忠佞知人最難蘇糞壤以充幃兮蘇取也充滿也壤土也幃謂之幐幐香囊也謂申椒其不芳言取糞土以滿香囊佩而帶之反謂申椒臭而不香言近小人而遠君子也欲從靈氛之吉占兮心猶豫而狐疑言已欲從靈氛勸去之占則心狐疑念楚國也巫咸將夕降兮巫咸古神巫也當殷中宗之世降下也懷椒糈而要之椒香物所以降神糈精美所以享神言巫咸將夕從天上下來願懷椒糈要之使筮吉凶百神翳其備降兮九疑繽其並迎翳蔽也繽

朱子辯證云皇即指百神不必言天使也

就

同調對轉爲韻

咎注

下而乃也

脩善也

此下屈子之詞反觀騷纍既於夫傅說

盛貌也九疑舜所葬也言巫咸得巳椒糈則將百神蔽日來下舜又使九疑之神紛然近迎我知巳之意皇剡剡其揚靈兮皇皇天也剡剡光貌告余以吉故言皇天揚其光靈使百神告我當去就吉善也曰勉升降以上下兮勉強也上謂君下謂臣也求矩矱之所同矩法也矱於縛切度也言當自勉上求明君下索賢臣與巳合法度者因與同志共爲化也湯禹儼而求合兮儼敬也合匹也摯咎繇而能調摯伊尹名湯臣也咎繇禹臣也調和言湯禹至聖猶敬承天道求其匹合得伊尹咎繇力能調和陰陽而安天下苟中情其好脩兮何必用夫行媒行媒諭左右之臣也言臣能中心常好善則精感神明賢君自舉用之不必須左右薦達之說操築於傅巖兮說傅說也傅巖地名武丁用而不疑武丁殷之高宗也言傅說抱懷道德而遇刑罰操築作於傅巖武丁思想賢者夢得聖人以其形像使求之因得說登以爲公道用大興爲殷高宗呂望之鼓刀兮呂太公之氏姓也鼓鳴也

誠

其言之閒也
鶗鴂即子巂出此鶗
當亦作鵜古雉字也
度又作鴂　今謂之
杜鵑
反鶗鴂往恐鶗鴂之
將鳴之則先百草為
不芳
偃蹇擬蔚薈也
繽紛蘭蘞也

遭周文而得舉言大公避紂居東海之濵聞文王作典盡往歸之至於朝歌道窮困自鼓刀而
屠遂西釣於渭濵文王夢得聖人於是出獵而遇之遂載以歸用爲師甯戚之謳歌兮甯戚
衛人齊桓聞以該輔該備也甯戚脩德不用退而商賈宿齊東門外桓公夜出甯戚方飯牛叩
角而歌桓公聞之知其賢舉用爲卿備輔佐也及年歲之未晏兮晏晩也時亦猶
其未央央盡也言己所以汲汲欲輔佐君者冀及年未晏晩以成德化然年時亦未盡若三賢之遭遇
也恐鶗鴂之先鳴兮鶗鴂一名買鵤常以春分鳴也鶗弟鴂挂使百草爲
之不芳言我恐鶗鴂以先春分鳴使百草華英摧落芬芳不成以喻讒言先使忠直之士被罪過也
何瓊佩之偃蹇兮偃蹇衆盛貌衆薆然而蔽之言我佩瓊玉懷美德
偃蹇而衆人薆然而蔽之傷不得施用也惟此黨人之不亮兮信亮也恐嫉妬
而折之言楚國之人不尚忠信之行恐妬我正直欲必折挫而敗也時繽紛其變易

賈

反離騷曰晴衆以其
讒嫉

反離騷靈脩既信椒
蘭之唼佞兮吾纍忽
焉而不蚤睹

「列 五臣作「例

慢六臣謟也
樧注謟作諂並非

兮又何可以淹留言時俗溷濁善惡變易不可以久留宜速去也蘭芷變而不芳兮荃蕙化而為茅荃蕙皆香草也言蘭芷之草變其體而不復香荃蕙化而為茅失其本性也以言君子更為小人忠信更為佞偽何昔日之芳草兮今直為此蕭艾也言往昔芬芳之草今皆直為蕭艾而已以言往日明智之士今皆佯愚豈其有他故兮莫好脩之害也言士人所以變直為曲者以上不好用忠正之人害其善士之故余以蘭為可恃兮蘭懷王少弟司馬子蘭也恃怙也羌無實而容長實誠也言我以子蘭能進賢達能可怙而進不意內無誠信之實但有長大之貌浮華而已委厥美以從俗兮委弃也苟得引乎衆芳言子蘭弃其美質正直之性隨從諂佞苟欲引於衆賢之位而無進賢之心也椒專佞以慢諂兮椒楚大夫子椒也諂淫也樧又欲充其佩幃樧茱萸也似椒而非以喻子椒似賢而非賢也幃盛香之囊也以喻親近言子椒為楚大夫處蘭芷

佞

言吾哲也

之間而行淫慢諂諛之志又欲援引面從不賢之類皆使居親近無有憂國之心責之也

既干進而務入兮干求也又何芳之能祗祗敬也言子蘭子椒苟欲求進自入於君身得爵祿而已復何能敬愛賢者而舉之乎

固時俗之從流兮又孰能無變化言時世俗人隨從上化若水之流二子復以諂諛之行衆人誰有不變節而從俗者乎疾之甚也

覽椒蘭其若茲兮又況揭車與江離言覩子椒子蘭變節若此豈況朝廷衆臣而不爲佞媚以容其身邪

惟茲佩之可貴兮委厥美而歷茲歷逢也茲此也言己內行忠正外佩衆芳此誠可貴不遭明君棄其至美而逢此咎也

芳菲菲而難虧兮虧歇也

芬至今猶未沬沬已也言己所行芬芳誠難虧歇至今猶未已也

和調度以自娛兮聊浮游而求女言我雖不見用猶和調己之行度執守忠貞以自娛樂且徐浮游以求同志

及余飾之方壯兮周流觀乎上下上謂君下謂臣也言我願

歷擇也

乎言之閒也

雚音

邅卽展也

揚上有志字

左鄰經乘雲霓之旖旎兮望崑崙以樛流又說文屯字下曲藹兮駕八龍之委蛇騰江瀨而擁蒲兮何有九招與九歌

文三十二　十六

及年德方盛壯之時周流四方觀君臣之賢欲往就之靈氛既告余以吉占兮歷吉日乎吾將行言靈氛既告我以吉占歷善日吾將去君而遠行折瓊枝以爲羞兮羞脯也精瓊爢以爲粻音張精鑿也爢屑也粻糧也言我將行乃折瓊枝以爲脯腊精鑿玉屑以爲儲粻飲食香絜冀以延年也爲余駕飛龍兮雜瑤象以爲車象象牙也言我駕飛龍乘明知之獸載象玉之車文章雜錯以言德似龍玉而世俗莫識也何離心之可同兮吾將遠逝以自疏言賢愚異心何可合同知君與己殊志故將遠去自疏而流遁也邅吾道夫崑崙兮邅轉也楚人名轉爲邅路脩遠以周流言己設去楚國遠行乃轉至崑崙神明之山其路長遠周流天下以求同志揚雲霓之晻藹兮揚披也晻藹蓊鬱蔭貌鳴玉鸞之啾啾鸞鸞鳥也以玉作之著於衡和著於軾啾啾鳴聲言從崑崙將遂升天披雲霓之蓊鬱排群佞之黨羣鳴玉鸞之啾啾而有節度也朝發軔

周礼交龍爲旂

○之言□□閒也

於天津兮天津東極箕斗之間漢津也夕余至乎西極言已朝發天之東津萬物所生夕至地之西極萬物所成動順陰陽之道且亟疾也鳳皇翼其承旂兮翼敬也旂旗也畫龍蛇爲旂高翱翔之翼翼翼翼和貌也言已動順天道則鳳皇來隨我車敬承旂旗高飛翱翔翼翼而和嘉忠正懷有德也忽吾行此流沙兮流沙沙流如水也尚書曰餘波入於流沙遵赤水而容與遵循也赤水出崑崙容與遊戲貌也言吾行忽然過此流沙遂循赤水而游戲雖行遠方動以清潔自洒飾也麾蛟龍使梁津兮舉手曰麾小曰蛟大曰龍詔西皇使涉予詔告也西皇帝少皞也涉渡也言我乃麾蛟龍以橋西海使少皞渡我動與神獸聖王相接言能渡萬人之厄路脩遠以多艱兮艱難也騰衆車使徑待騰過也言崑崙之路險阻多難非人所能由故令衆車先使從邪徑以相待也以言已所行車遠莫能及路不周以左轉兮不周山名在崑崙山西北轉行也指西海以爲期指語也期會也

〻言〻閒也

反斛療後回復於舊都
兮何必湘淵與濤瀨

言已使語衆車我所行之道當過不周山而左行俱會西海之上也過不周者言道不合於俗也左轉者言君行左乖不與已同志也屯余車其千乘兮屯陳也齊玉軑音大而並馳軑轄也言乃屯陳我車前後千乘齊以玉爲車轄並馳左右從已者衆皆有玉德宜輔千乘之君駕八龍之婉婉兮婉婉龍貌載雲旗之委移言已駕八龍神智之獸其狀婉婉又載雲旗委移而長也駕八龍者言已德如龍可制御入方也載雲旗者言已德如雲雨能潤施抑志而弭節兮神高馳之邈邈邈邈遠貌也言已雖乘雲龍猶自抑案弭節徐行高抗志行邈邈而遠莫能逮及奏九歌而舞韶兮九歌九德之歌禹樂也九韶舜樂也尚書曰簫韶九成是也聊假日以媮樂言已德高智明宜輔舜禹以致太平奏九德之歌九韶之舞而不遇其時故假日游戲媮樂而已陟升皇之赫戲平聲兮皇皇天也赫戲光明之貌忽臨睨五計夫舊鄉睨視也舊鄉楚國也言已雖陟崑崙過不周度西海舞九韶升天庭據光曜不足以解憂猶復顧楚國愁

軑

九歌循舊名也
九歌九章九辯皆取舊名章大章也所以取九者九成之義也

且思也僕夫悲余馬懷兮僕御也懷思也蜷局顧而不行蜷局詰屈不行貌也屈原設去時離俗周天匝地意不忘舊鄉望見楚國僕御悲感我馬思歸蜷局詰屈而不肯行此終志不失以辭自見以義自明也亂曰亂理也所以發理詞指摠撮行要也屈原舒肆憤懣極意陳詞或去或留文采紛華然後結括一言以明所趣已矣哉國無人莫我知兮已矣絶望之詞也無人謂無賢人也屈原言已矣者我懷德不見用以楚國無有賢人知我忠信之故也自傷之詞也又何懷乎故都言衆人無有知已已復何爲思故鄉念楚國也既莫足與爲美政兮吾將從彭咸之所居言時世之君無道不足與共行美德善政我將自沈汨淵從彭咸而居處也

○九歌四首

屈平　王逸注

序曰九歌者屈原之所作也昔楚南郢之邑其俗信鬼而好祠其祠必作樂鼓舞因

漢書郊祀志云謬忌曰天神貴者太一太一佐曰五帝然則東君太一即蒼帝配天楚既稱王亦僭郊矣

集注云璆鏘皆玉聲

瑱猶鎮也

爲作九歌之曲託之以諷諫也

東皇太一

吉日兮辰良日謂甲乙辰謂寅卯也穆將愉兮上皇穆敬也愉樂也上皇謂東皇太一也言已將脩祭祀必擇吉辰之日齋戒恭敬以宴樂天神撫長劒兮玉珥撫持也珥謂劒鐔也劒者所以威不服衛有德故撫持之也璆鏘鳴兮琳琅璆琳琅皆美玉名也鏘佩聲也詩曰佩玉鏘鏘言已供神有道乃使靈巫佩持好劒以辟邪惡垂衆佩周旋而舞動鳴五玉鏘鏘五音而和且有節度瑤席兮玉瑱（鎮）盍將把兮瓊芳盍何不也把持也瓊玉枝也言已脩飾清潔以瑤玉爲席美玉爲瑱靈巫何不持乎乃把玉枝以爲香蕙肴蒸兮蘭藉蕙肴以蕙草蒸肉也藉所以藉飯食也易曰藉用白茅奠桂酒兮椒漿桂酒切桂以置酒中也椒漿以椒置漿中也言已供待彌敬及以蕙蒸肴芳蘭爲藉進桂酒椒漿以備五味也揚枹兮拊鼓

漢志晉巫祠雲中君注雲神也
辯證云若杉爲是

拊擊也疏緩節兮安歌疏希也言肴膳既具不敢寧處親舉枹擊鼓使靈巫緩節而舞徐歌相和以樂神也陳竽瑟兮浩倡浩大也言已陳列竽瑟大倡作樂以自竭盡也靈偃蹇兮姣服靈謂巫也偃蹇舞貌也姣好也服飾也芳菲菲兮滿堂菲菲芳貌也言乃使姣好之巫被服盛飾舉足奮袂偃蹇而舞芬芳菲菲盈滿堂室也五音紛兮繁會五音宮商角徵羽也紛盛貌也繁衆也君欣欣兮樂康欣欣喜貌康樂也言已重作衆樂合會五音紛然盛美神以歡欣猒飽喜樂則身蒙慶祐家受多福也屈原以爲神無形聲難事易失然人竭心盡禮則歆其祀而惠降以祉自傷履行忠誠以事於君不見信任而身放逐以危殆也

雲中君

浴蘭湯兮沐芳華采衣兮若英華采五色也若杜若也言已將脩饗祭以事靈神乃先使靈巫先浴蘭湯沐香芷衣五采華衣飾以杜若之英以自絜飾靈連蜷巨員反兮既留

○蹇 猾羌也
御引許慎宗云吕字知樣篇
蒙衣袚而絕手壽宮注
壽宮寢堂也

靈巫也楚人名巫爲靈子連蜷巫迎神道引貌也既已也留止也 **爛昭昭兮未央** 爛光貌也昭昭明貌也未央未已也巫執事肅敬奉迎導引神顏貌矜莊形體連蜷神則歡喜安留見止見其光容爛然昭明長無極已 **蹇將憺兮壽宮** 蹇詞也憺安也壽宮供神之處也祠祀皆欲得壽故名爲壽宮也言雲神既至在於壽宮歆饗酒食憺然安樂無有去意也 **與日月兮齊光** 齊同也光明也言雲神豐隆爵位尊高乃與日月同光明也夫雲興而日月晦雲藏而日月明故言齊光也 **龍駕兮帝服** 龍駕言雲神駕龍帝謂五方之帝也服飾也言天尊雲神使之乘龍兼衣言青黃五采之色與五方帝同服也 **聊翺遊兮周章** 聊且也周章猶周流也言雲神居無常處動則翺翔周流往來且游且翺也 **靈皇皇兮既降** 靈謂雲神也皇皇美貌也降下也言神來下其皇皇而美有光文也 **猋遠舉兮雲中** 猋去疾貌雲中其所居也言雲神往來急疾飲食既飽猋然遠舉復還其處 **覽冀州兮有餘** 覽望也兩河閒曰冀州餘猶他方也言雲神所在高遠乃望於

極疲也

史記始皇本紀浮江至湘山祠逢大風幾不得渡上問博士曰湘君何神博士對曰聞之堯女舜之妻而葬此

索隱以湘君是舜詳叔師之意亦以此此与南征陵詞同旨

冀州尚復見他方也橫四海兮焉窮窮極也言雲神出入奄忽須臾之間橫行四海安有窮極者也思夫君兮太息君謂雲神極勞心兮忡忡忡忡憂心貌也屈原見雲一動千里周徧四海想得隨從觀望四方以忘己憂思而念之終不可得故太息而歎中心煩勞而忡忡

湘君

君不行兮夷猶君謂湘君也夷猶猶豫也言湘君所在土地肥饒又有嶮岨故其神常安不肯游蕩既設祭祀使巫請呼之尚復猶豫蹇誰留兮中洲蹇詞也留待也中洲洲中也水中可居者爲洲言湘君蹇然難行誰留待於水中之洲乎以爲堯二女妻舜有苗不服舜往征之二女從而不反道死於沅湘之中因爲湘夫人也所留盖謂此二女美要眇兮宜脩要眇好貌也脩飾也言二女之貌要眇而好又宜脩飾也沛普頼吾乘兮桂舟沛行貌也舟船也吾屈原自謂也言己雖在湖澤之中猶乘桂木之船沛然而行令沅湘兮無波沅湘水名使江水兮安流

未○注及刊本

○太當作大

○注

朱子以女指旁觀之人

言已乘船常恐危殆願君令沅湘
無波涌使江順徑徐流則得安也望夫君兮歸來君謂湘君
吹參差兮誰思參差洞簫也言已瞻望於君而未肯來則吹簫作樂君當復誰思念駕飛
龍兮北征屈原思神略畢意念楚國駕飛龍北行還亟歸故居也邅吾道兮洞庭
邅轉也洞庭太湖也言已欲乘龍而歸不敢隨
從大道願轉江湖之側安委曲之徑欲急至也薜荔拍
兮蕙綢薜荔香草也拍搏壁也綢縛束也詩曰綢繆束楚荃橈兮蘭旌荃香草也
橈小楫也屈原言已居家則以薜荔搏飾四壁蕙草縛屋乘舟船則以荃爲楫櫂蘭爲旌旗動以香絜自脩飾
望涔陽兮極浦涔陽江碕名也近附郢極遠也浦涯水也橫大江兮揚靈
靈精誠也屈原思念楚國願乘輕舟上望江海之遠浦附郢之碕以泄憂念橫度大江揚已精誠冀能感寤懷
王使還已也揚靈兮未極極已也女嬋媛兮爲余太息女謂女須
也屈原姊也嬋媛猶牽引也言已遠揚精神雖欲自竭
盡終無從達故女須牽引責之數爲已太息悲毒欲使

從王注乙

從王注乙

畢王注
從王注乙

朱子以君指湘君

屈原攺性易行隨風俗也橫流涕兮潺湲潺湲流貌也屈原感女須之言亦欲變節而意不能
攺內自悲傷涕泣橫流隱思君兮陫側君謂懷王也陫陋也言已雖見放弃隱伏山野猶從
側陋之中思念君也桂櫂兮蘭枻櫂楫也枻船傍板斲冰兮積雪斲斫也言已乘
船遭天盛寒舉其楫斲斫冰凍紛然如積雪言已勤苦采薜荔兮水中搴芙蓉
兮木末搴手取也芙蓉荷華也生水中屈原言已執忠信之行以事於君其志不合猶入池涉水而求
薜荔登山緣木而采芙蓉固不可得心不同兮媒勞言婚姻所好心意不同則媒人疲勞而無
功也屈原自喻行與君異終不可合亦疲勞而已恩不甚兮輕絕言人交接初淺恩不甚篤
則輕相與離絕也言已與君同姓共祖無離絕之義石瀨兮淺淺音戔瀨湍也淺淺流疾貌飛龍
兮翩翩屈原憂愁俯視川水見石瀨淺淺疾流而下將有所至仰見飛龍翩翩而上將有所登自傷弃
在草野終無所登至也交不忠兮怨長交友也忠厚也朋友相與不厚則長相怨恨也言已

執履忠貞雖獲罪過不敢怨恨於衆人期不信兮告余以不閒閒暇也言君常與己期欲共爲治後以讒言之故更告我以不閒暇遂以疏遠朝騁騖兮江皋朝以喻已盛也澤曲曰皋言已願及朝明已年盛時任重騁以行道德夕弭節兮北渚弭安也渚水涯也夕以喻衰言日將暮已已衰老弭情安意終於草野鳥次兮屋上次舍也過信爲次水周兮堂下周旋也言已所居在湖澤之中衆鳥舍止我之屋上流水周旋已之堂下自傷與鳥獸魚鼈爲伍捐余玦兮江中玦玉佩也先王所以命臣之瑞也故與環即還與玦即去也遺余佩兮澧浦遺離也佩瓊琚之屬也言已雖見放逐常思念君設欲遠去猶捐玦佩置於水涯冀君求已示有還意采芳洲兮杜若芳洲香草叢生水中之處將以遺兮下女遺與也女陰也以喻臣謂已之儔匹也言已願於芳芬絶異之洲采取杜若以與貞正之人思與同志終不更變時不可兮再得言日不再中年

不再盛也

聊逍遥兮容與逍遥遊戲也言天時不再至人年不再盛己既老矣不遇於時聊且逍遥而游容與而戲以待天命之至也

湘夫人

帝子降兮北渚帝子謂堯女也降下也言堯二女娥皇女英隨帝不反墮於湘水之渚因爲湘夫人

目眇眇兮愁予眇眇好貌也予屈原自謂也堯二女儀德美好眇然絶異又配帝舜而乃没命水中屈原自傷不遭值堯而遇暗君亦將沈身湘流故曰愁我也

嫋嫋兮秋風嫋嫋秋風搖木貌

洞庭波兮木葉下言秋風疾則草木搖湘水波而樹葉落矣以言君政急則衆人愁而賢者傷矣

登白薠兮騁望薠草秋生騁平也

與佳期兮夕張佳期謂湘夫人也不敢指斥尊者故言佳也張施也言己願以始秋薠草初生望平之時脩設祭具夕早洒掃張施帷帳與夫人期歆饗之也

鳥萃兮薠中萃集也

罾何爲兮木上罾魚網也夫鳥

荒注

當集木巔而言草中罾當在水中而言木上以喻所願不得失其所也沅有芷兮澧有蘭言沅水之中有盛茂之芷澧水之外有芬芳之蘭異於衆草以興湘夫人美好亦異於衆人思公子兮未敢言公子謂湘夫人也重以卑說尊故變言公子也言己想若舜之遇二女二女雖死猶思其神所以不敢達言者士當須介女當須媒也慌忽兮遠望觀流水兮潺湲言神鬼荒忽往來無形近而視之彷彿若存遠而望之但見水流潺湲也麋何為兮庭中麋獸名蛟何為兮水裔蛟龍類也言麋當在山林而在庭中蛟當在深淵而在水涯以言小人當處野而升朝廷賢者當居尊官而為僕隸朝馳余馬兮江皋夕濟兮西澨濟渡也澨水涯白傷驅馳不出湖澤之域聞佳人兮召予予屈原自謂也將騰駕兮偕逝偕俱也逝往也屈原幽居草澤思神念鬼冀湘夫人有命呼已則願騰駕而往不待侶偶也築室兮水中葺之兮以荷蓋屈原困於世上願築室水中託附神明而居處也荃壁兮

紫壇以荃草飾室壁累紫貝為壇播芳椒兮成堂布香椒於堂上桂棟兮以桂木為屋棟蘭橑以木蘭為橑辛夷楣兮辛夷香草以作户楣葯房葯白芷也房室也罔薜荔兮為帷罔結也結薜荔為帷帳擗蕙櫋兮既張擗折也以折蕙覆櫋屋白玉兮為鎮以玉鎮坐席疏石蘭以為芳石蘭香草疏布陳也芷葺兮荷屋葺蓋屋也繚之兮杜衡繚縛束也杜衡香草也合百草兮實庭合百草之華以實庭也建芳馨兮廡門馨香之遠聞者也積之以為門廡也屈原生遭濁世憂愁困極意欲隨從鬼神築室水中與湘夫人比鄰而處然猶積衆芳以為殿堂脩飾彌盛行善彌高也九嶷繽兮並迎九嶷山名舜所葬也靈之來兮如雲言舜使九嶷之山神繽然來迎二女則百神侍送衆多如雲捐余袂兮江中袂衣袖也遺余褋兮澧浦褋襜襦也屈原設託與湘夫人共鄰處舜復迎之而去窮困無所依故欲捐棄衣物裸身而行將適九夷

身狂走殊只雜洲且九夷之說亦因與宋田自石合

也搴汀洲兮杜若汀平也將以遺兮遠者遠者謂高賢隱士也言已雖欲之九夷絕城之外猶求高賢之士采平洲香草以遺之共與修道德也時不可兮驟得驟數也聊逍遙兮容與言富貴有命天時難值不可數得聊且游戲以盡年壽也

文三十二

文選卷第三十二

廿日夕將半　侃誦此卷往後審諟目眵睛疲

漢志荊巫祠堂下巫先司命疑此少司命則志之堂下也
三台上台二星西近文昌曰司命文昌六星四爲司命不知孰為長幼也

文選卷第三十三

梁昭明太子撰

文林郎守太子右内率府録事參軍事崇賢館直學士臣李善注上

騷下

九歌二首　屈平　王逸注

少司命

夫人人：也

此美人万民也

倏

秋蘭兮蘪蕪羅生兮堂下言已供神之室閑而清靜衆香之草又環其堂下羅列而生誠司命君所宜幸集也綠葉兮素華芳菲菲兮襲予襲及也予我也言芳草茂盛吐葉垂華芳香菲菲上及我也夫人自有兮美子夫人謂萬民也蓀何以兮愁苦蓀謂司命也言天下萬民人人自有子孫司命何爲主握其年命而用思愁苦秋蘭兮青青綠葉兮紫莖言已事神崇敬重種芳草莖葉五色香益暢也滿堂兮美人忽獨與余兮目成言萬民衆多美人並會盛滿於堂而司命獨與我睨而相視成爲親親也入不言兮出不辭言神往來奄忽入不語言出不訣辭其志難知也乘回風兮載雲旗言司命之去乘風載雲其形貌不可得見悲莫悲兮生別離屈原思神略畢憂愁復出乃長歎曰人居世悲哀美痛與妻子生別離傷已當之也樂莫樂兮新相知言天下之樂莫大於男女始相知之時也屈原言已無新相知之樂而有生離之憂荷衣兮蕙帶儵而來兮忽而逝言司命被服香

淨

以五臣本作爲

與汝云云王逸注蓋後河伯章中語也

此美人司命也

始皇本紀始皇曰山鬼固不過知一歲事詳其所目乃江神也然則鬼亦神耳諸侯祭其疆內名山大川此其類

淨往來奄忽難當值也夕宿兮帝郊帝謂天帝君誰須兮雲之際言司命之去暮由於天帝之郊誰待於雲之際乎卒其有意而顧已與汝遊兮九河衝飆起兮水揚波與汝沐兮咸池咸池星名也蓋天池晞汝髮兮陽之阿晞乾也詩云匪陽不晞阿曲阿曰所行也言已願託司命俱沐咸池乾髮陽阿齋戒絜已與蒙天祐也望美人兮未來美人謂司命也臨風怳兮浩歌怳失意貌也言已思望司命而未肯來臨疾風而大歌與神聞之而來至也孔蓋兮翠旌言司命以孔雀之翅為車蓋翡翠之羽為旌旗言殊飾也登九天兮撫彗星九天八方中央也言司命乃昇九天之上撫持彗星欲掃除邪惡輔仁賢也竦長劍兮擁幼艾竦執也幼少也艾長也言司命持長劍以誅絕惡擁護萬人長少使各得其命荃獨宜兮為民正言司命執心公方無所阿私善者佑之惡者誅之故宜為萬民之正

山鬼

孫云下處幽篁爲山鬼自謂則此亦應子指人子鬼自謂

余山鬼自余也

若有人兮山之阿有人謂山鬼也阿曲隅也被薜荔兮帶女蘿女蘿菟絲也言山鬼彷彿若人見山之阿被薜荔之衣以菟絲為帶也薜荔菟絲皆無根緣物而生山鬼亦奄忽無形故衣之以為飾也既含睇兮又宜笑睇微眄也言山鬼之狀體含妙容美目盼然又好口齒而宜笑子慕予兮善窈窕子謂山鬼也窈窕好皃々詩云窈窕淑女言山鬼之皃既以姱麗亦復慕我有善行好姿是故來見其容也乘赤豹兮從文貍辛夷車兮結桂旗辛夷香草也言山鬼出入乘赤豹從神貍結桂與辛夷以為車旗言有香絜也被石蘭兮帶杜衡石蘭杜衡皆香草也折芳馨兮遺所思所思謂清絜之士若屈原者也言山鬼脩飾眾香以崇其神屈原履行清絜以厲其身神人同好故折香馨相遺以同其志也余處幽篁兮終不見天言山鬼所處乃在幽昧之內終不見天地所以來出歸有德也或曰幽篁竹林路險難兮獨後來言所處既深其路阻險又難故來晚暮後諸神表獨立兮山之

留待也

朱子以公子亦謂公子椒孫
封圖滅來玉起而揭出山
鬼以後俱代山鬼言章
主注支離

朱子謂山中人亦山鬼自謂也

並詞也

上。表特也言山鬼後到特立於山之上而自異也雲容容兮而在下。杳冥冥兮羌晝晦。言山鬼所在至高雲出其下雖白晝猶冥晦東風飄兮神靈雨。飄風皃也詩云匪風飄兮言東風飄然而起則靈應之而雨以言陰陽相感風雨相和屈原自傷獨無和也留靈脩兮憺忘歸。靈脩謂懷王也歲既晏兮孰華予。晏晚也孰誰也言己宿留懷王冀其還己心中憺然安而忘歸年歲晚暮將欲罷老誰當復使我榮華也采三秀兮於山間。三秀謂芝草也石磊磊兮葛蔓蔓。吁莫盤反言己欲服芝草以延年命周旋山間采而求之終不能得但見山石磊磊葛草蔓蔓或曰三秀秀才之士隱處者也言石葛者喻所在深也怨公子兮悵忘歸。公子謂公子椒也言所以怨公子椒者以其知己忠信而不肯達故我悵然失志而忘歸也君思我兮不得閒。言懷王時思念我顧不肯以閒暇之日召己謀議山中人兮芳杜若。山中人屈原自謂也飲石泉兮蔭松柏。言己雖在山中無人之處猶取杜若以爲芬芳飲石泉之水蔭松柏之木飲食居處動以香絜自脩飾君思我兮然疑作。言懷王有思我時然讒言

離憂卽離騷也

劒鋏一聲之轉耳

妄作故令狐疑者也雷填填兮雨冥冥猨啾啾兮狖夜鳴風颯颯兮木蕭蕭言己在深山之中遭雷電暴雨猨號狖鳴風木搖動以言恐懼失其所也或曰雷爲諸侯以興於君雲雨冥昧以興佞臣猨狖善鳴以興讒言風以喻政木以喻人雷填填者君妄怒也雨冥冥者羣佞聚也猨啾啾者讒夫弄口也風颯颯者政煩擾也木蕭蕭者民驚駭也思公子兮徒離憂言己怨子椒不見逹故遂憂愁

九章一首

序曰九章者屈原之所作也屈原放江南之野故復作九章章著也明也言己所陳忠信之道甚明著也

屈平　王逸注

涉江

余幼好此奇服兮奇異也或曰奇服好服也年既老而不衰衰懈也己少好奇偉之服履忠直之行至老不懈帶長鋏之陸離兮長鋏劒名也其所握長劒楚人名曰

長鋏也冠切雲之崔嵬崔嵬高貌也言己內修忠信之志外帶長利之劒戴崔嵬之冠其高切青雲也被明月兮佩寶璐在背曰被寶璐美玉也言己背被明月之珠要佩美玉德寶兼備行度清白世溷濁而莫余知兮溷亂也濁貪也吾方高馳而不顧言時世貪亂遭君蔽闇無有知我之賢然猶高行抗志終不回曲也駕青虬兮驂白螭言虬螭神獸宜於駕乘以喻賢人清白宜可信任也吾與重華遊兮瑤之圃重華舜名也瑤石次玉也圃園也言己想侍虞舜遊玉圃猶言遇聖帝升清朝也登崑崙兮食玉英猶言坐明堂受爵位與天地兮比壽與日月兮齊光言己年與天地相敝名與日月同曜也哀南夷之莫吾知兮屈原怨毒楚俗嫉害忠貞乃曰可哀哉南夷之人無知我賢者也旦余濟乎江湘旦明也濟度也言己遭放棄以明旦時始去遂渡江湘之水言明旦之者紀時明刺君不明也乘鄂渚而反顧兮乘登也鄂渚地名也欸秋冬之緒

侶

吳猶菜也錄下鏵之別字

望疑与凝同

之言之閒也

漵玉篇又作漵則說文潊字之別體然說文但言水名未詳何地此漵元和志引作敘水經注

風。欸歎也緒餘也言已登鄂渚高岸還望楚國嚮秋冬北風愁而長歎之中憂思也步余馬兮山皋。邸余車兮方林邸舍也方林地名言我馬壯强行山皋無所驅馳我車堅牢捨於方林無所載任也以言己才德方壯誠可任用棄在山野亦無所施也乘舲船余上沅兮舲船船有窻牖者也齊吳榜以擊汰吳榜船櫂也汰水波言已始去乘窻船西上沅湘之水士卒齊舉大櫂而擊水波自傷去朝堂之上而入湖澤之中也或曰齊悲歌言愁思也船容與而不進兮淹回水而疑滯疑惑也滯留也言士衆雖同力引櫂船猶不進隨水流使已疑惑有意還之者也朝發枉渚兮枉渚地名夕宿辰陽辰陽亦地名言已乃從枉渚宿辰陽自傷去日遠也或曰枉曲也渚沚也辰時也陽明也言已將去枉曲之俗而處時明之鄉苟余心其端直兮苟誠也雖僻遠之何傷僻左也言我惟行正直之心雖在遠僻之域猶有善稱無害疾也故論語曰子欲居九夷也入漵浦余儃佪兮漵水名也迷不知吾之所

謂之序溪
溆浦以下更無所指
則溆浦山中屈子所
遷之地後此沅湘乃
溆下行也

如迷惑也如之也言己思念楚國雖循水涯意猶迷惑不知所之深林杳以冥冥兮草木
茂盛乃猨狖之所居非賢士之道徑山峻高以蔽日兮言嶮岨下危傾也下
幽晦以多雨言暑濕泹渟也霰雪紛其無垠兮涉冰凍之盛寒雲霏霏
而承宇室屋沈沒與天連也或曰日以喻君山以喻臣霰雪以喻殘賊雲以象佞人山峻高以蔽日者
謂臣掩君明也下幽晦以多雨者羣下專擅施恩惠也霰雪紛其無垠者殘賊之政害仁賢也雲霏霏而承宇
者佞人並進滿朝廷也哀吾生之無樂兮遭遇讒佞失官祿也幽獨處乎山
中遠離親戚而斥逐也吾不能變心而從俗兮終不易志隨枉曲也固將愁
苦而終窮愁思無聊身困極也接輿髡首兮桑扈臝行接輿楚狂接輿
也髡剔也首頭也自刑體避世不仕也桑扈隱士也去衣臝袒效夷也言屈原不容於世引比隱者以自慰
忠不必用兮賢不必以以亦用也伍子逢殃兮伍子伍子胥也爲吳王夫

與舉也

差臣諫令伐越夫差不聽遂賜劒而自殺後越竟滅吴故逢殃也

比干葅醢比干紂之諸父也紂淫惑妲己作糟丘酒池長夜之飲斮朝涉剖孕婦比干正諫紂怒妲己曰聖人之心有七孔於是乃殺比干剖其心而觀之故言葅醢也

與前世而皆然兮謂行忠直而遇患害若比干子胥也

吾又何怨乎今之人言自古有迷亂之君若紂夫差不用忠信滅國忘身當何爲復怨今之君乎

余將董道而不豫兮董正也豫猶豫也言己雖見先賢執忠被害猶正身直行志不猶豫而有狐疑也

固將重昏而終身昏亂也言己不逢明君思慮交錯心將重亂以終年命

卜居一首序曰卜居者屈原之所作也原放棄乃往太卜之家卜己居俗何所宜行

屈平　王逸注

屈原既放三年違去郢都處山林也不得復見道路僻遠所在深也竭智盡忠建造策謀披胷心也蔽鄣於讒遇諂佞也心煩意亂意憒悶也不知所從迷瞀眩也乃往見太卜鄭詹尹稽神明也鄭詹尹工師姓名也曰余有所疑意惑遑也願因先生決之斷吉凶也詹尹乃端策拂龜整儀容也曰君將何以教之願聞其要屈原曰吐詞情也吾寧悃悃款款志純一也朴以忠乎竭誠信也將送往勞來追俗人也斯無窮乎不困貧也寧誅鋤草茅刈蒿營也以力耕乎耕稼穡也將遊大人事貴戚也以成名乎榮譽立也寧正言不諱諫君惡也以危身乎被刑戮也將從俗富貴食重祿也以媮生乎身安樂也寧超然高舉讓官爵也以保真乎守玄默也將哫訾慄斯承顔色也喔伊嚅兒强笑噱也以事婦人乎詘蜷局也寧廉絜

突梯即鶻義，義之鶻也。滑稽亦即義也，義墨翟書作蕭，讀如鏑。潔楹未詳，當為敫之緩音。
乎字當有，或去之非也。此以句太長，加乎以緩音節也。

正直志如玉也以自清乎脩絜白也將突梯滑稽轉隨俗也如脂如韋
柔弱曲也以絜楹乎順滑澤也寧昂昂若千里之駒乎志行高也才絕殊也
將氾氾普愛衆也若水中之鳧乎羣戲遊也與波上下隨衆高卑偷以
全吾軀乎身無憂患寧與騏驥亢軛乎沖天驅也將隨駑馬之迹
乎安步徐也寧與黃鵠比翼乎飛雲偶也將與雞鶩爭食乎啄糠
糟也此孰吉孰凶誰喜憂也何去何從安所由也世溷濁而不清貨賂
行也蟬翼為重近讒佞也千鈞為輕遠忠良也黃鍾毀棄賢隱藏也瓦釜
雷鳴愚讙訟也讒人高張居朝堂也賢士無名身窮困也吁嗟嘿嘿兮
世莫論也誰知吾之廉貞不別賢也詹尹乃釋策而謝曰恐不能明
夫尺有所短騏驥不驟中庭寸有所長雞鶴知時而鳴物有所不足地虧

故曰易不可以占險

此設論之和祖非果有此漁父也
漁父之所知自屈子意中語也
出卒於汨沏者亦曰所欲有甚於生者耳卜居云用君之心行君之意屈子之自計亦已素矣

東南角也矣智有所不明孔子厄陳蔡也數有所不逮天不可計量也神有所不通日不能夜照也用君之心所念慮也行君之意遂本操也龜策誠不能知此事不能決君之志

漁父一首序曰漁父者屈原之所作漁父避俗時遇屈原恠而問之遂相應荅

屈平　王逸注

屈原既放身斥逐也遊於江潭戲水側也行吟澤畔履荊棘也顏色憔悴奸徽黒也奸古旱切徽力遲切形容枯槁癯瘦瘠也漁父見而問之恠屈原也曰子非三閭大夫歟謂其故官何故至於斯曷為遭此患也屈原曰世人皆濁衆貪鄙也我獨清忠絜己也衆人皆醉惑財賄也我獨醒廉自守也是以見放棄草野也漁父曰隱士言也聖人不凝滯於物不困

此二乎字為韻

不復與言道不同不相為謀也

辱其身也而能與世推移隨俗方圓世皆濁人貪婪也何不淈其泥同其風也而揚其波與沈浮也衆人皆醉巧佞曲也何不餔其糟從其俗也而歠其醨食其祿也何故深思高舉獨行忠直自令放為遠在他域屈原曰吾聞之受聖制也新沐者必彈冠拂土芥也新浴者必振衣去塵穢也安能以身之察察已清絜也受物之汶汶者乎蒙垢塵也寧赴湘流自沈淵也葬於江魚腹中身消爛也安能以皓皓之白皓皓猶皎皎也蒙世俗之塵埃乎被汙點也漁父莞尒而笑笑難斷也鼓枻而去叩船舷也乃歌曰滄浪之水清兮喻世昭明可以濯我纓沐浴陞朝滄浪之水濁兮喻世昏闇可以濯我足宜隱遁也遂去不復與言合道真也

賦由至宋玉而極其變後之賈生枚馬皆由此而得度宋

九辯五首

序曰九辯者楚大夫宋玉之所作也辯者變也九者陽之數也道之綱紀也謂陳說道德以變說君也宋玉屈原弟子閔惜其師忠而放逐故作九辯以述其志也

宋玉　王逸注

悲哉秋之為氣也寒氣聊戾歲將暮也蕭瑟兮陰令促急風疾暴也草木搖落華葉隕零肥潤去也而變衰形體易色枝枯槁也自傷不遇將與草木俱衰老也憭慄兮思念暴戾心自傷也憭音了若在遠行遠客出去之他方也登山臨水兮升高遠望視江河也送將歸族親別逝還故鄉泬寥兮泬寥曠蕩而虛靜也或曰泬寥猶蕭條無雲貌也泬音血天高而氣清秋天高朗體清明也言天高朗照見無形傷君昏亂不聰明也寂漻兮源潰順流漠無聲也收潦而水清溝無溢潦百川靜也言川水夏濁而秋清傷君無有清明之時也憯悽增欷兮愴痛感動歎息也薄寒之中人傷我肌膚變顏色也愴

坎壈卬顑頷也

貧士失職趙曦明云流離

辛苦長常華也

怳懭悢兮中情愴悢意不得也去故而就新初會鉏鋙志未合也坎廩兮數遭患禍身困窮也貧士失職士失財物逢寇賊也而志不平心常憤懣意未明也廓落兮喪志失耦塊獨立也羈旅而無友生遠客寄居孤單特也惆悵兮後黨失輩惆愁毒也而私自憐竊内念己自閔傷也燕翩翩其辭歸兮將入大海飛徊翔也蟬寂寞而無聲螗蜩歛翅而伏藏也鴈廱廱而南遊兮雄雌和樂群戲行也鵾雞啁哳而悲鳴奮翼呼而低昂也夫燕蟬遇秋寒將穴處而懷懼候鴈鵾雞喜樂而逸豫言無有候鴈鵾鷄之喜而有蟬燕之憂也獨申旦而不寐兮夜坐視瞻而終明也哀蟋蟀之宵征見蜻蛚之夜行自傷放棄與昆蟲爲雙也或曰宵征謂七月在野入月在宇九月在户十月蟋蟀入我牀下是其宵征行也時亹亹而過中兮年已過半日進往也亹亹進貌詩曰亹亹文王蹇淹留而無成雖久壽考無成功也

悲憂窮戚兮脩德見過愁懼惶也獨處廓孤立持止居一方也有美一人
兮位尊服好謂懷王也心不繹常念弗解內結藏也去鄉離家兮背違邑里之他鄉也
來遠客去郢南征濟沅湘也超逍遙兮遠出游逝離州域也今焉薄欲止無賢皆讒
賊也專思君兮執心壹意在胷臆也不可化同姓親聯恩義篤也君不知兮聰明
淺短志迷惑也可柰何顧囂難啓長歎息也蓄怨兮積思結恨在心慮憒鬱也心煩
憺兮忘食事思君念主忽不食也願一見兮道余意舒寫忠誠自陳列也君
之心兮與余異方圓殊性猶白黑也車駕兮朅而歸迴逝言還欲反國也不
得見兮心悲自傷流離路隔塞也倚結軨兮太息伏車重軨而涕泣也涕潺
湲兮霑軾泣下交流濡茵席也忼慨絕兮不得中心恚恨心剝切也中瞀亂
兮迷惑思念煩惑忘南北也私自憐兮何極哀祿命薄常含戚也心怦怦兮

說文楚辭有菩蕭即此梧楸也与王說異

台

諒直。志行忠正無所告也

皇天平分四時兮何直春生而秋殺也爾雅曰四時和爲通正竊獨悲此凜秋霜微凄愴寒慄烈也白露既下降百草兮萬物羣生將被害也奄離披此梧楸痛傷茂木又芟刈也去白日之昭昭兮違離天明而湮没也襲長夜之悠悠永處冥冥而覆蔽也離芳藹之方壯兮去已盛美之光容也余萎約而悲愁身體疲病而憂窮也秋既先戒以白露兮君不弘德而嚴令也冬又申之以嚴霜刑罰刻峻而重深也收恢炱之孟夏兮上無仁恩以養民夫天制四時春生夏長人君則之以養萬物秋殺冬藏亦順其宜而行刑罰故君賢臣忠政合大中則品庶安寧萬物豐茂上闇下僞用法殘虐則貞良被害草木枯落故宋玉援引天時託譬草木以茂美樹興於仁賢早遇霜露懷德君子忠而被害也然坎傺而沈藏民無住兄竄巖藪也楚人謂住曰傺葉菸邑而無色兮顏容變易

而蒼黑也枝煩挐而交橫柯條糺錯而崩嵬也顏淫溢而將罷兮形貌羸瘦
無潤澤也柯彷彿而萎黃腹內空虛皮乾腊也萷櫹槮之可哀兮華葉已落
莖獨立也形銷鑠而瘀傷身體燋枯被病久也惟其紛糅而將落兮蓬茸
偵仆根蠹朽也恨其失時而無當不值聖主而年老也覽騑轡而下節兮
安步徐馬而勿驅也聊逍遙以相羊且徐低佪以遊戲也歲忽忽而遒盡兮
年歲逝往之若流也恐余壽之弗將懼我性命之不長也悼余生之不時兮
傷已幼少後三王也逢此世之俇攘卒遇譖讒而遽惶也澹容與而獨倚兮
煢煢獨立無朋黨也蟋蟀鳴此西堂自閔傷已與蟲並也心怵惕而震盪兮
思慮惕動沸若湯也何所憂之多方內念君父及兄弟也卬明月而太息兮
上告昊天愬神靈也步列星而極明周覽九天不能臥寐乃至明也

竊悲夫蕙華之曾敷兮蕙草芬芳以興在位之賢臣也紛旖旎乎都房被服盛飾於宮殿也旖旎盛皃也詩云旖旎其華何曾華之無實兮外貌若忠而心佞也從風雨而飛颺隨君嗜欲而回傾也夫風爲號令雨爲德惠故風動而草木搖雨降而萬物植故以風雨諭君政言德惠所由出之也以爲君獨服此蕙兮體受正氣而高明也羌無以異於衆芳乃與佞臣同情也閔奇思之不通兮傷已忠策無由入也將去君而高翔適彼樂土之他域也心閔憐之慘悽兮內自哀念心惻隱也願一見而有明分別忠心與僞惑也重無怨而生離兮身無罪過而逐放也中結軫而增傷肝膽破裂心剖隔也普逼切豈不鬱陶而思君兮憤念蓄積盈胸臆也君之門以九重門閭扃閉道路塞也猛犬狺狺而迎吠兮讒佞讙呼而在側也關梁閉而不通閽人承指呵問急也皇天淫溢而秋霖

駒猶躍也楚〻詞作踊

兮久雨連日澤深厚也后土何時而得乾山阜濡澤草木茂也塊獨守此無澤兮不蒙恩施獨枯槁也仰浮雲而永歎愬天語神我何咎也

何時俗之工巧兮世人辯慧造詐僞也背繩墨而改錯違廢聖典也夫繩墨者工之法度也仁義者民之正路也繩墨用則曲木截仁義進則讒佞滅二者殊義不可不察也卻騏驥而不乘兮斥逐子胥與比干也策駑駘而取路言任豎刁與椒蘭也當世豈無騏驥兮家有稷契與管晏也誠莫之能善御世無堯舜及桓文也見執轡者非其人兮遭值桀紂之亂昏也故駒跳而遠去被髮爲奴走橫奔也鳧鴈皆唼夫粱藻兮羣小在位食重祿也鳳愈飄翔而高舉賢者伏匿竄山谷也圜鑿而方枘兮正直邪枉行殊則也吾固知其鉏鋙而難入所務不同若粉墨也衆鳥皆有所登棲兮羣佞並進處官爵也鳳獨遑遑而無所集孔〻寸棲棲

而困厄也顧銜枚而無言兮意欲括囊而靜默也常被君之渥洽前蒙寵遇錫祉福也太公九十乃顯榮兮呂尚耆老然後貴也誠未遇其匹合遭值文王功冠世也謂騏驥兮安歸躊躇吳坂遇伯樂也謂鳳皇兮安棲集棲梧桐食竹實也變古易俗兮世衰以賢爲愚時闇惑也今之相者兮舉肥不量才能視顏色也騏驥伏匿而不見兮仁賢幽處而隱藏也鳳皇高飛而不下智者遠逝之四方也鳥獸猶知懷德兮慕歸堯舜之明德也何云賢士之不處二老太公歸文王也驥不驟進而求服兮干木闔門而辭相也鳳亦不貪餧而妄食顏闔鑿培而逃士也君棄遠而不察兮介推割股而自放也雖願忠其焉得申生至孝而被謗也欲寂寞而絕端兮甯武佯愚而不言也竊不敢忘初之厚德常受祿惠識舊恩也獨悲愁其傷人兮思念

此述屈原之詞

帝欲輔之与上無所考盛德相應招魂四極內崇楚之美与離殃愁苦相應

巫陽見海內西經古之神巫也聰明齋肅故帝輔屈原必謀於彼而不欲委招於占夢也

纆結摧肺肝也馮鬱鬱其何極憤懣盈胷終年歳也

○招魂一首 序曰招魂者宋玉之所作也宋玉憐哀屈原厥命將落作招魂欲以復其精神延其年壽也

宋玉　王逸注

朕幼清以廉絜兮朕我也不求曰清不受曰廉不汙曰絜身服義而未沬沬已也言我少小脩清絜之行身服仁義未曾有懈已之時也沬音昧主此盛德兮牽於俗而蕪穢牽引也不治曰蕪多草曰穢言己施行常以道德爲主以忠事君以信結交爲俗人所推引德能蕪穢無所用也上無所考此盛德兮考校也長離殃而愁苦殃禍也言己履行忠信而遇闇主上則無所考校己盛德長遭殃禍愁苦而已帝告巫陽帝謂天也女曰巫陽其名也曰有人在下我欲輔之人謂賢人也則屈原也宋玉上設天意祐助貞良故曰帝告巫陽有賢人屈原在於下方我欲輔成其志以厲黎民也魂魄離散汝筮

掌夢即周官之占夢也

其猶之也

若必以下又巫陽之辭

據補注引一本

不能復用者不能用卜筮非不能用巫陽細審注文巫陽焉三字當下屬為句焉猶因也遠游焉乃逝以徘徊焉乃逝用

不筮而招所以招之天地四方也筮而招恐有非龜筮能知者則卜筮之職廢矣

不筮而招亦有不敢要君之意其言招魂招此旨宋

此些即呰之變形而嗟之聲之變也

子之魂者身之精魄者性之決也所以經緯五藏保守形體也著曰筮尚書曰決之著龜言天帝哀閔屈原魂魄離散身將顛沛使巫陽筮問求索得而與之使反其身巫陽對曰掌夢巫陽對天帝言招魂者本掌夢之官所主職也上帝其命難從言天帝難從掌夢之官欲使巫陽招之也若必筮子之恐後之謝不能復用巫陽焉謝去也巫陽言如必欲先筮問求魂魄所在然後與之恐後世怠懈必卜筮之法不能復脩用但招之可也乃下招曰巫陽受天帝之命因下招屈原之魂也魂兮來歸還歸屈原之身去君之恒幹恒常也幹體也易曰貞者事之幹也何為兮四方些言魂靈當扶人養命何為去君之常體而遠之四方乎夫人須魂而生魂待人而榮二者別離命則霣零也或曰去君之恒閑閑里也楚人名里曰閑也舍君之樂處而離彼不祥些舍置也祥善也言何為舍君楚國饒樂之處陸離走不善之鄉以觸象惡也魂兮歸來東方不可以託些託寄也論語曰可以託六尺之孤言東方之俗

其人無義不可以託寄身也長人千仞唯魂是索些七尺曰仞索求也言東方有長人國其高千仞主求人魂而食之也十日代出代更也流金鑠石些鑠銷也言東方有扶桑之木十日並在其上以次更行其勢酷烈金石堅剛皆爲銷釋彼皆習之魂往必釋些釋解也言彼十日之處自習其熱魂行到身必解爛也歸來歸來不可以託些言魂宜急來歸此誠不可託附而居魂兮歸來南方不可以止些言南方之俗其人無信不可久留也雕題黑齒雕畫也題額也得人肉而祀以其骨爲醢些醢醬也言南極之人雕畫其額齒牙盡黑常食蠃蚌得人之肉用祭先祖復以其骨爲醢醬蝮蛇蓁蓁蝮大蛇蓁蓁積聚之皃封狐千里些封狐大狐也言炎土之氣多蝮虺積聚蓁蓁爭欲齧齧人又有大狐徤走千里求食不可逢遇也雄虺九首往來倏忽吞人以益其心些倏忽疾急皃也言復有雄虺一身九頭往來奄忽常喜吞人魂䰟以益其賊害之心也

歸來歸來不可久淫些淫遊也言其惡如此不可久遊必被害也魂兮歸來西方之害流沙千里些流沙沙流而行也言西方之地厥土不毛流沙滑滑晝夜流行從横千里又無舟舩者也旋入雷淵旋轉也淵室也爢散而不可止些爢碎也言欲涉流沙則回入雷公之室運轉而行身雖爢碎尚不可得休止也幸而得脫其外曠宇些曠大也宇野也言從雷淵雖得免脫其外復有曠遠之野無人之士也赤蟻若象蟻蚍蜉也玄蠭若壺些壺乾瓠也言曠野之中有赤蟻其大如象又有大飛蜂腹大如壺皆有蠆毒能殺人五穀不生藂菅是食些柴棘為藂菅茅也言西極之地不生五穀其人但食柴草若羣牛也其土爛人求水無所得些言西方之土溫暑而熱燋爛人身肉渴欲求水無有源泉不可得也彷徉無所倚廣大無所極些倚依也言欲彷徉東西無人可依其野廣大行不可極也彷蒲忙切歸來歸來恐自遺賊些賊害也魂魄欲往者

孫引錢氏校云山海經崐崘之下都面有九門門有開明獸守之虎身人面

從音縱

自予賊害魂兮歸來北方不可以止些增冰峨峨飛雪千里些言北方常寒其冰重累峩峩如山凉風急疾雪隨之飛行千里乃至地也歸來歸來不可以久些言其寒殺人不可久留也魂兮歸來君無上天些天不可得上也虎豹九關啄害下人些啄齧也天門九重使神虎豹執其開閉言啄天下欲上之人而殺之一夫九首拔木九千些言有丈夫一身九頭强梁多力從朝至暮拔大木九千枚也豺狼從目往來侁侁些侁侁行聲也詩曰侁侁征夫有豺狼之獸其目皆從奔走往來其聲侁侁爭欲啗人懸人以嬉投之深淵些投擲也言豺狼得人不即啗食先懸其頭用之嬉戲疲倦已後乃擿於深淵之底而棄之致命於帝然後得瞑些瞑臥也言投人已訖上致命於天帝然後乃得眠臥也歸來歸來往恐危身些往則逢害身危殆也魂兮歸來君無下此幽都些幽都地下后土所治也地下幽冥故曰幽都土伯

說文[illegible]作[illegible]土伯九約謂身有九節也

錢引金氏甡云背行謂側身向所招者由前卻之爲背行也猝御行爲導之義背字只須直解而必作倍讀也

九約其角觺觺些土伯后土之侯伯也約屈也觺觺角利皃言地有土伯執衛門戶其身九屈有角觺觺觸害人也敦脄血拇敦厚也脄背也拇手拇指也逐人駓駓些駓駓走皃也言土伯之狀廣肩厚背逐人駓駓其走捷疾以手中血漫汙人參目虎首其身若牛些言土伯之頭其皃如虎而有三目身又肥大狀如牛矣此皆甘人歸來歸來恐自遺災些甘美也災害也此物食人以爲甘美往必自害不旋踵魂兮歸來入脩門些脩門郢城門也宋玉設呼屈原之魂歸楚都入郢門欲以感激懷王使還之也工祝招君背行先些工巧也男巫曰祝背倍也言選擇名工巧辯之巫使招呼君倍道先行在前宜隨也秦篝齊縷篝落也縷線也鄭緜絡些緜纏也絡縛也言爲君魂作衣乃使秦人織其篝落齊人作綵縷鄭國之工纏而縛之堅而且好也招具該備永嘯呼些該亦備也言撰設甘美招魂之具靡不畢備故長嘯大呼以招君也夫嘯者陰也呼者陽也陰主魂陽主䰟故必嘯呼以

感之也魂兮歸來反故居些反遠也故古也言宜意來歸還古昔之處天地四方多賊姦些賊害姦惡也言天有虎豹地有土伯東有長人西有赤蟻南有雄虺北有增冰皆爲姦惡以賊害也像設君室像法也靜閒安些無聲曰靜空寛曰閒言乃爲君造設第室法像舊廬所在之處清靜寛閒可安樂之高堂邃宇邃深也宇屋也檻層軒些檻楯也從曰檻橫曰楯軒樓板也言所造之室其堂高顯屋宇深邃下有檻楯上有樓板形容異制且鮮明也層臺累榭層累皆重也有木謂之臺無木謂之榭臨高山些言復作層重之臺累石之榭其顛眇眇上乃臨於高山也或曰臨高山而作臺榭也網戶朱綴網戶綺文鏤也朱丹也綴緣也刻方連些刻鏤也橫木關柱爲連言門戶之楣皆刻鏤綺文朱丹其椽雕鏤綺木使方好也冬有穾夏穾複室也夏大屋也詩云於我乎夏屋渠渠也穾烏弔切夏室寒些言隆冬凍寒則有大屋複穾溫室盛夏暑熱則有洞達陰堂其內寒涼也川谷徑復流源爲川注谿爲谷徑過也復反也流

奇

潺湲些。言所居之舍激導川水經過園庭回邅反覆其流急疾又絜淨也光風轉蕙。光風
謂雨已日出而風草木有光色轉搖也汜崇蘭些。汜猶汎汎搖動皃也崇充也言天霽日明微風
奮發動搖草木皆令有光充實蘭蕙使之芬芳而益暢經堂入奧西南隅謂之奧朱塵筵
些朱丹也塵承塵也筵席也詩云肆筵設机言升殿過堂入房至奧處上則有朱畫承塵下則有筵簟好席
可以休息也或曰朱塵筵謂承塵薄壁曼延相連接也砥室翠翹砥石名也翠鳥名也翹羽也絓
曲瓊些絓懸也曲瓊玉鉤也言內卧之室以砥石爲壁平而滑澤以翠鳥之羽雕飾玉鉤以懸衣物也
或曰僓室謂僓佪曲房也翡翠珠被雄曰翡雌曰翠被衾也爛齊光些齊同也言牀上
之被則飾以翡翠之羽及與珠璣刻畫衆華其文爛然而同光明蒻阿拂壁蒻蒻席也阿曲隅也
拂薄也羅幬張些羅綺屬也張施也言房內則以蒻席薄牀四壁及與曲隅施羅幬輕且涼
也纂組綺縞纂組綬類也結琦璜些璜玉名也言幃帳之細皆用綺縞又以纂組結

束玉璜爲幃帳之飾室中之觀多珍怪些金玉爲珍詭異爲怪言從觀房室之中四方珍琦玩好怪物無不畢具蘭膏明燭以蘭香錬膏也華容備些容貌也言日暮游宴然香蘭之膏張施明燭以觀其鐙錠雕鏤百獸華奇好備也錠都定切二八侍宿二八二列也言大夫有二列之樂左傳曰晉悼公賜魏絳女樂二八歌鍾二肆也射遞代些射猒也詩云服之無射遞更也言使好女十六侍君宴宿意有猒倦則使更相代也或日遞代夕暮也九侯淑女淑善也多迅眾些迅疾也言復有九國諸侯好善之女多才長意用心齊疾勝於眾人也盛鬋不同制鬋鬢也制法也實滿宮些宮猶室也爾雅曰宮謂之室言九侯之女工巧妍雅裝飾兩結垂鬢下髮形皃詭異不與眾同皆來實滿後宮也容態好比態姿也比親也順彌代些彌久也言美女眾多其貌齊同姿態好美自相親比承順上意久則相代弱顏固植固堅植志也謇其有意些謇正言貌也言美女內多廉恥弱顏易愧心志堅固不可侵犯則謇然發言中禮意者也姱

容脩態姱好皃也脩長也絙亘洞房些絙竟也房室也言復有美好之女其皃姱好多意長智羣聚羅列竟於洞達滿房室也娥眉曼睩祿曼澤也睩視貌也目騰光些騰馳也言美女之貌娥眉玉貌好目曼澤時睩睩然視精光騰馳驚感人心也靡顏膩理靡緻也膩滑也遺視矊綿些遺竊視矊脉也言美女顏容脂緻身體夷滑中心矊脉時竊視安詳諦志不可動也離榭脩幕離別也脩長也幕大帳也侍君之閒閑些閒靜也言願令美女於離宮別觀帳幕之中侍君閒靜而宴游以樂君也翡帷翠幬飾高堂些言復以翡翠之羽雕飾幬帳之高堂紅壁沙版紅赤貌也沙丹沙也玄玉之梁些玄黑也言堂上四壁皆堊色令之紅白又以丹沙畫飾軒版承以黑玉之梁五采分別也仰觀刻桷畫龍蛇些言仰視屋之榱橑皆刻畫龍蛇而有文章也坐堂伏檻檻楯也臨曲池些言坐於堂上前伏楯下臨曲水清池可漁釣也芙蓉始發芙蓉蓮華也雜芰荷些芰蔆也秦人謂之薢茩〻

楊慎之後說最是

池中有芙蓉始發其芰菱雜錯羅列而生俱盛茂也或曰倚荷立生特倚也薢古買切茩古后切紫莖屏風屏風水葵也文緣波些言復有水葵生於池中其莖紫色風起水動波緣其葉而生文也或曰紫莖言荷葉紫色也屏風謂葉鄣風也文異豹飾豹循虎豹也侍陂陁些陂陁長陛也言侍從之人皆衣虎豹之文異采之飾侍君堂隅衛階陛也或曰侍陂池侍從於君遊陂池之中也軒輬既低軒輬皆輕車名也低屯也步騎羅些徒行為步乘馬為騎羅列也言官屬之車既已屯止步騎士衆羅列之陳竢須君命蘭薄戶樹薄附也樹種也瓊木籬些柴落為籬言所造舍種樹蘭蕙附於門戶外以玉木為其籬落守禦堅重又芬香也魂兮歸來何遠為些遠為四方而不歸也室家遂宗宗衆也食多方些方道也言君九族室家以衆盛人人曉味故飲食之和多方道也稻粢穱麥稻稌也粢稷也穱擇也擇麥中先熟者粢子夷切穱側角切挐黃粱些挐糅也言飯則以稻糅穱擇新麥糅以黃粱和而柔濡且香滑大苦鹹酸

血當作皃

大苦豉也辛甘行些辛謂椒薑也甘謂飴蜜也言取豉汁調和以椒薑鹹酢和以飴蜜則辛甘之味皆發而行也肥牛之腱腱筋頭也臑若芳些臑若熟爛也言取肥牛之腱爛熟之則膞美也膞蘇本切臑仁珠切和酸若苦陳吳羹些言吳人工作羹和調甘酸其味若苦而後甘者也濡鼈炮羔羔羊子也有柘漿些柘藷蔗也言復以飴蜜濡鼈炮羔令之爛熟取諸蔗之汁以為漿飲也鵠酸臇鳧臇小臛也臇子兖切煎鴻鶬些鴻鴻鴈也鶬鶬鶴也言復以酢醬烹鵠為羹小臇臛鳧煎熬鴻鶬令之肥美也露雞臛蠵露露雞露栖雞也有菜曰羹無菜曰臛蠵大龜也蠵以規切厲而不爽些厲烈也爽敗也楚人名羹敗曰爽言乃復烹露棲之肥雞臛蠵龜之肉其味清烈不敗也粔籹蜜餌有餦餭些餦餭餳也以蜜和米麪熬煎作粔籹擣黍作餌又有美餳眾味甘具也瑤漿蜜勺瑤玉也勺沾也實羽觴些實滿也羽翠羽也觴觚也言食已復有玉漿以蜜沾之滿羽觴以漱口挫糟凍飲挫捉也凍冰也酎

淮南有發陽阿之文注陽阿古名倡此又一說

劉云謂華麗而不奇哀與上文靡麗而不爽意同注非

清涼些酎醇酒也言盛夏則爲覆蹙乾釀提去其糟但
取清醇居之冰上然後飲之酒寒清涼又長味
好飲華酌既陳酌酒升也有瓊漿些言酒尊在前華酌陳列復
有玉漿恣意所用者也
歸來歸來反故室敬而無妨些妨害也言若魂急來歸
還反所居故室子孫承
事恭敬長無禍害也肴羞未通魚肉爲肴羞進也女樂羅些言肴膳已具
進舉在前賓
主之禮慇懃未通則女樂列堂下陳鍾按鼓按徐也造新歌些言乃奏樂
作音而撞
鍾徐鼓造爲新曲之歌與衆絕異涉江采菱發揚荷些揚楚人歌曲也言
已涉彼大江南
入湖池采取菱芰發揚荷葉喻屈原背去朝堂隱伏草澤失其所也美人既醉朱顏酡些駞
朱赤也酡著也言美女飲啗醉飽則面著赤色而鮮好也娭光眇視娭戲也眇眺也目曾波
些波華也言美人醉樂顧望娭戲身有光文眺視曲眄目采眇然白黑分明精若水波而重華也被文
服纖文謂綺繡也纖謂羅縠也麗而不奇些麗美好貌也不奇奇也猶詩云不顯顯也言美女

被服綺繡曳羅縠其長髮曼鬋也曼澤豔陸離些豔好
容美麗誠足怪奇也貌也
左氏傳曰宋華督見孔父之妻目逆而送之曰美而豔
言美人長髮工結鬢鬋滑澤其狀豔美儀皃陸離而難
形二八齊容齊同起鄭舞些鄭舞鄭國舞也言二八美
也也女其儀容齊一被服同飾
奮袂俱起而舞也或袿若交竿撫案下些撫抵也言舞
曰鄭重折屈而舞也者便旋衣袿
掉搖回轉相拘狀如交竹竽瑟狂會狂猶搷田鳴鼓些
竽以抵案而徐行者也並也
搷擊也言衆樂並會吹竽彈瑟宮庭震驚發激楚些
又搷擊鼓以進入音爲之節也
激清聲也言衆樂並會宮庭之內莫不吳歈俞蔡謳吳蔡
震動驚駭復作激楚之聲以發其音也
國名也歈奏大呂些大呂律名也周官曰舞雲門奏大
謳皆歌也吕言乃復使吳人歌謠蔡人謳吟
進雅樂奏大呂五士女雜坐亂而不分些言醉飽酣樂
音六律聲和調也合尊促席男
女雜坐比肩齊膝恣意放陳組纓組綬班其相紛些紛
調戲亂而不分別也也亂

全氏雖云結字解當訛上林賦激楚結風秦之七發亦云發激楚之結風

菎借爲箘後說是說文箘一曰博棊也

費字亦作曊

也言男女共坐除其威嚴放其冠纓舒陳印綬班然相亂不可整理也鄭衛妖玩來雜陳些。鄭衛國名也妖玩好女也雜厠也陳列也言鄭衛二國復遺妖玩好女來雜厠俱坐而陳列之激楚之。結激感也結頭髻也結吉詰切獨秀先些。秀異也言鄭衛妖女工於服飾其結殊形能感楚人故秀異獨前而先進也菎昆蔽象棊菎玉蔽簿箸以玉飾之也或言菎蕗今之箭囊也有六簙些投六箸行六棊故爲六簙也言宴樂既畢乃設六簙菎蕗作箸象牙爲棊棊妙且好也分曹並進曹偶也遒相迫些遒亦迫也言分曹列耦並進伎巧投箸行棊轉相遒迫使不得擇行也或曰分曹並進者謂並用射禮進之成梟而牟倍勝爲牟呼五白些五白簙齒也言已棊已梟當成牟勝射張食棊下逃於窟故呼五白以助投者也晉制犀比晉國名也制作也比集者也費白日些費光皃也言晉國工作簙棊箸比集犀角以爲雕飾投之皜然如日光鏗鐘搖簴鏗撞也搖動也揳梓瑟些揳鼓也言衆賓既集簙以相樂堂下復鳴太鐘左右

最後一説是也

衍 別本無

招魂有亂亂以南征則屈子竟終于不反矣

此與篇首相應仍述屈子之辭南征懷舊終以傷心此宋玉所用諷懷王者也

歌吟鼓琴瑟揳古入切娛酒不廢娛樂也沈日夜些言雖以酒相娛樂不廢政事晝夜沈湎以忘憂也或曰娛酒不發發旦也詩曰明發不寐言歡娛日夜湛樂也又曰和樂且耽言晝夜以酒相樂也蘭膏明燭華鐙錯些言鐙錠盡雕琢錯鏤飾設以禽獸有英華結撰至思撰猶博也蘭芳假些假至也書曰假于上下言蘭芳以喻賢人君能結撰博思至心以思賢人賢人即至也人有所極同心賦些賦誦也言衆座之人各欲盡情與己同心者獨誦忠與道德酎飲盡歡樂先故些故舊也言飲酒作樂盡己歡欣者誠欲樂我先祖及與故舊人魂兮歸來反故居些言魂神宜急來歸還楚國居舊故之處安樂無憂亂曰

獻歲發春兮獻進也汨吾南征些征行也言歲始來進春氣奮揚萬物皆感氣而生自傷放逐獨南行也菉蘋齊葉兮爾雅曰菉王芻也白芷生些言屈原放時菉蘋之草其葉適齊白芷萌牙方始欲生懷所見自傷哀也猶詩云昔我往矣楊柳依依也路貫廬江

畦即瀛也詳蜀都賦劉注引王逸曰瀛澤中也班固以爲畦是王本本無畦字並作畦者古字叚借以畦爲洼瀛又洼之後出字耳沼畦瀛三字聯文雖古不避複語而此訛義既有所徵不得用彼之例矣

此甚見信任時之事也先兕替射爲韻

兮左長薄貫出也廬江長薄地名也言屈原行先出廬江過歷長薄在江北時東行故言左者也
倚沼畦瀛兮沼池也畦猶區也瀛池中也楚人名澤中曰瀛遙望博遙遠也博平也言循
江而行遂入池澤其中區瀛遠望平博無人也青驪結駟兮純黑爲驪結連也四馬爲駟也齊
千乘齊同也言屈原嘗與君俱獵於此官屬駕駟馬或清或黑連車千乘皆同服也懸火延起
兮玄顏烝懸火懸鐙也玄天也言己時從君夜獵懸鐙林木之中其火延起燒於野澤煙上烝于天使
黑色也步及驟處兮驟走也處止也誘騁先誘導也騁馳也言獵時有步行者有乘馬走驟
者有處止者分以圍獸己獨馳騁爲君先導也抑騖若通兮抑止也騖馳也若順也引車
右還還轉也言抑止馳騖者順通共護引車右轉以遮獸也與王趨夢兮課後先
夢澤中也楚名澤中爲夢中左氏傳曰楚大夫鬭伯比與鄖公之女淫而生子弃諸夢中言己與懷王俱獵趍
於夢澤之中課第羣臣先至後至也君王親發兮發射也憚青兕憚驚也言懷王是時

時不見淹猶言歲不我與感舊游遊遠也

斯路往与君王共行之路也

見疎懷舊所以傷心也

宋生欲風懷王反其身謬言招魂耳

文三十三　十　一ㄨ〇ㄨ

親自射獸驚青兕牛而不能制也言嘗侍從君田獵今乃放逐歎而自傷閔也朱明承夜兮朱明謂日也承續也時不見淹淹淹久也言歲月逝往晝夜相續年命將老不可久處當急來歸也皋蘭被徑兮皋澤也被覆也徑路也斯路漸漸沒也言澤中香草茂盛覆被徑路人無采取者水卒增溢漸沒其道將棄捐也以言賢人久處山野君不事用亦將隕顛也湛湛江水兮湛湛水貌上有楓楓木名也言湛湛江水浸潤楓木使之茂盛傷己不蒙君惠而身放棄曾不如樹木得其所也或曰水旁林木中鳥獸所聚不可居也目極千里兮傷春心言湖澤博平春時草短望見千里令人愁思而傷心也或曰蕩春心蕩滌也言春時平望遠可以滌蕩愁思之心魂兮歸來哀江南言魂魄當急來以歸江南士地僻遠山林嶮峨誠可哀傷不足處也

招隱士一首序曰招隱士者淮南小山之所作也小山之徒閔傷屈原身雖沈沒名德顯聞與隱處山澤無異故作招隱士之賦以彰其志也

漢書劉安

曰惟南王安爲人好書招致賓客數千人後伍被自詣吏具告與淮南謀反上使宗正以符節劾王未至自刑殺也

王逸注

桂樹叢生兮　桂樹芬香以興屈原之忠良也　山之幽　遠去朝廷而隱藏也　偃蹇連卷兮　容皃美好德茂盛也　枝相繚　信義枝結條理成也以言才德高明宜輔賢君楨幹也　山氣巃嵸兮　峷崒嵾嵯雲嵡鬱也嵡烏孔切　石嵯峨　嵯峨巀嶭峻蔽日也　谿谷嶄巖兮　崎嶇閜寪險阻儃也閜呼雅切寪于軌切儃苦滑切　水曾波　涌躍灃沛流迅疾也　蝯狖羣嘯兮　禽獸所居志樂佚也狖余救切　虎豹嘷　猛獸爭食欲相齘也以言山谷之中幽深險阻非君子之所處猨狖虎豹非賢者之偶也齘下戒切　攀援桂枝兮　登引山木遠望愁也　聊淹留　便旋中野立踟蹰也　王孫遊兮　隱士避世在山隅也　不歸　違背舊土棄室家也　春草生兮　万物蠢動抽萌芽也　萋萋　垂條吐葉紛榮華也　歲暮兮　年齡已老壽命衰也　不自聊

岤即穴之别字

硱磈猶魁隗磳硊猶嶄巖也

茇骫猶駊騀亦盤紆也

靃靡猶隨靡也

五臣作麕麚舊音加

中心煩亂常含憂也蟪蛄鳴兮蜩蟬得夏喜呼號也啾啾秋節將至悲嘹噍也以言物盛則衰

樂極則憂不宜久隱失盛時也坱兮軋霧氣昧也山曲岪盤詰屈也心淹留兮志望

絕也洞荒忽亡妃匹也罔兮沕精氣失也憭兮慄心剝切也虎豹岤嵺穿岤也

嵺音料岤音血叢薄深林兮攢刺棘也人上慄恐變色也嶔崟碕礒兮山阜

嶇嵎也硱磈磳硊崔巍嶉嶉樹輪相糾兮交錯扶踈林木茷骫枝葉盤紆

茇音跋青莎雜樹兮草木列居薠草靃靡隨風披敷白鹿麏麚兮

衆禽並遊或騰或倚走住殊異狀皃崟崟兮峩峩頭角甚殊淒淒兮漇

漇淒淒漇漇毛衣若濡獼猴兮熊羆百獸皆俱也慕類兮以悲哀已不遇也從

此已上皆陳山林傾危草木茂盛麋鹿所居虎兕所聚不宜青道德養情性欲屈原還歸郢也攀援桂

枝兮配託香木誓同志也聊淹留踟躕徘徊待明時也虎豹鬭兮殘賊之獸忽急怒也

熊羆咆貪殺之獸咆跳深吼也禽獸駭兮雉兔之羣驚駭奔走也亡其曹違離鄉黨失羣偶也誠多患害難隱處也

王孫兮歸來旋反舊邑入故宇也山中兮不可以久留

文選卷第三十三

壬戌七月朔旦　保誦

劉舍人以為七竅所發

文選卷第三十四

梁昭明太子撰

文林郎守太子右內率府錄事參軍事崇賢館直學士臣李善注上

七上

枚叔七發八首

曹子建七啓八首

七發八首

七發者說七事以起發太子也猶楚詞七諫之流

枚叔　漢書曰枚乘字叔淮陰人也爲吳王濞郎中善屬辭武帝以安車徵乘（蒲輪徵之死於路）道死也

楚太子有疾而吳客往問之曰伏聞太子玉體不安亦少間乎　言玉美之也史記新垣衍謂魯連曰觀先生之玉貌論語曰子疾病間孔安國曰少差曰間也

太子曰僃謹謝客說文曰謝辭也客因稱曰今時天下安寧四宇和平太子方富於年凡人之幼者將來之歲尚多故曰富也意者久耽安樂日夜無極邪氣襲逆中若結轖言邪氣入內而爲逆其堅若結也管子曰邪氣襲內玉色乃衰素問岐伯曰邪氣內著絶人長命說文曰轖車籍交革也轖音色也紛屯澹淡嘘唏煩酲紛屯澹淡憒耄煩悶之貌也王逸楚辭注曰歔欷唏皃方言曰哀而不泣曰唏嘘與歔古字通唏許兾切列子曰季梁病矯氏曰病由精慮煩散也毛萇詩傳曰病酒曰酲惕惕怵怵臥不得瞑尚書曰怵惕惟厲中夜以興素問岐伯曰不得臥者是陽明之逆虛中重聽惡聞人聲素問曰何謂虛荅曰精氣奪則虛黃帝八十一問曰陰病惡聞人聲精神越渫百病咸生呂氏春秋曰精神勞則越高誘曰越散也鄭玄毛詩箋曰渫發也聰明眩曜悅怒不平王逸楚辭注曰眩曜惑亂皃也久執不廢大命乃傾太子豈

○言未至於是乃賴君之力也

有是乎鄭玄禮記注曰廢止也毛萇詩傳曰廢猶去也毛詩曰曽是莫聽大命以傾太子曰謹謝客賴君之力時時有之然未至於是也言賴君之力天下太平故久耽安樂時有此疾也客曰今夫貴人之子必宮居而閨處內有保母外有傳父欲交無所禮記曰孔子曰古者男子外有傳父內有慈母又曰其次爲保母鄭玄曰保母安其居處者也飲食則溫淳甘膬脭醲肥厚溫淳謂凡味之厚也韓子曰夫香美膬味甘口病形厚酒肥肉曼理皓齒而損精說文曰膬腝易破也膬昌芮切脭肥肉也池貞切說文曰醲厚酒也女龍切衣裳則雜遝曼煖燂爍熱暑曼輕細也說文曰燂火熱也詳廉切爍亦熱也舒灼切雖有金石之堅猶將銷鑠而挺解也韓子曰雖與金石相弊兼天下未有日也高誘呂氏春秋注曰挺猶動也賈逵國語注曰鑠銷也況其在筋骨之間乎哉故曰縱耳目之欲恣支體之安者傷

孫志祖曰引注下文洞房清宮命曰寒熱之媒注曰呂氏春秋曰室大多陰臺高多陽多陰則蹷多陽則痿此陰陽不適之患也高誘注曰蹷逆寒疾也痿蹷不能行也是枚乘語呂氏春秋佁蹷之機高誘性[illegible]

血脈之和且夫出輿入輦命曰蹷痿之機呂氏春秋曰出則以車入則以輦務以自佚命曰佁蹷之機高誘曰佁至也蹷機門内之位也乘輦于宮中游翔至於蹷機故曰務以佚也枚乘引佁蹷而爲蹷痿未詳乘之謬爲好奇而改之聲類曰佁嗣理切蹷渠月切洞房清宮命曰寒熱之媒呂氏春秋曰室大多陰臺高多陽多陰則蹷多陽則痿此陰陽不適之患也高誘曰蹷逆寒疾也痿蹷不能行也皓齒蛾眉命曰伐性之斧呂氏春秋曰靡曼皓齒鄭衛之音務以自樂命曰伐性之斧高誘曰靡曼細理弱肌美色也皓齒謂齒如瓠犀也鄭國淫僻以其淫僻滅亡故曰伐性之斧也甘脆肥醲命曰腐腸之藥呂氏春秋曰肥肉厚酒務以相强命曰爛腸之食高誘注老子六五味實口爽傷故謂之爛腸之食廣雅曰脆弱也清歲切醲厚之味也今太子膚色靡曼四支委隨筋骨挺解王逸楚詞注曰靡細也曼澤也隨不能屈伸也血脈淫濯手足墮窳淫濯謂過度而且大也爾雅曰淫過也又曰濯大也郭璞

方言注曰嶞𡐨解嶞也應劭漢書注曰窊㼜弱也餘乳切越女侍前齊姬奉後越絕書曰越王句踐飾美女西施鄭巴使大夫種獻之於吴王曰越王句踐竊有天人之遺西施鄭巴越不敢當使獻之大王吴王大悅齊姬齊女也毛詩曰豈其取妻必齊之姜如淳漢書注曰姬衆妾之揔稱也往來游醼縱恣于曲房隱間之中此甘餐毒藥戲猛獸之爪牙也所從來者至深遠淹滯永久而不廢王逸楚辭注曰淹久也雖令扁鵲治內巫咸治外尚何及哉史記曰扁鵲渤海鄭人也姓秦氏名越人得長桑君禁方視病盡見五藏韓子曰扁鵲謂晉桓侯曰君有疾在腠理猶可湯熨若在骨髓司命不能醫也桓侯初不信後病遣召扁鵲扁鵲逃之桓侯遂死又曰巫咸雖善祝不能自祓也賈逵國語注曰尚且也今如太子之病者獨宜世之君子博見強識禮記曰博聞強識而讓謂之君子也承間語事變度易意楚詞曰願承間而自察也常無離側以為羽

翼 高誘注呂氏春秋曰羽翼佐也 淹沈之樂 浩唐之心 遁佚之志 其奚由至哉 唐猶蕩也 太子曰 諾 病已 請事此言

客曰 今太子之病 可無藥石針刺灸療而已 可以要言妙道說而去也 言可無用藥石唯可用要言也莊子瞿鵲子問長梧子曰夫子以爲孟浪之言也而我以爲妙道之行也 不欲聞之乎 太子曰 僕願聞之 客曰 龍門之桐 高百尺而無枝 周禮曰龍門之琴瑟孔安國尚書傳曰龍門山在河東之西界魯連子曰東方有松樅高千仞而無枝也 中鬱結之輪菌 根扶疏以分離 樛鬱結隆高之皃也說文曰扶疏四在也張晏漢書注曰輪菌委曲皃 上有千仞之峯 下臨百丈之谿 包咸論語注曰七尺曰仞 湍流遡波 又澹淡之 遡波逆流之波也澹淡搖蕩之貌也 其根半死半生 冬則烈風漂霰飛雪之所激也 夏

則雷霆霹靂之所感也。感觸也莊子曰異鵲感周之顙也朝則鸝黄鳱鴠鳴焉。爾雅曰鶬鶊黎黄高唐賦曰王雎鸝黄禮記曰仲冬曷旦不鳴鄭玄曰曷旦求旦鳥也郭璞方言注曰鳥似雞冬無毛晝夜鳴鳱與曷並音渴鴠音旦也暮則羈雌迷鳥宿焉。獨鵠晨號乎其上。鵾鷄哀鳴翔乎其下。楚辭曰鵾鷄啁哳而悲鳴於是背秋涉冬使琴摯斫斬以爲琴野繭之絲以爲絃論語曰師摯之始關雎之亂洋洋乎盈耳哉鄭玄曰師摯魯太師也以其工琴謂之琴摯猶京房善易謂之易京野繭野蠶之繭也東觀漢記曰光武二年野蠶成繭被山民收爲絮孤子之鉤以爲隱九寡之珥以爲約古樂府有孤子生行賈逵國語注曰鉤帶鉤也桓子新論曰琴隱長四十五分隱以前長八分列女傳曰魯之母師九子之寡母也不幸早失夫獨與九子居著頡篇曰珥珠在耳也珥人志切字書曰約亦的字也都狄切的琴徽也使師堂操暢伯子牙爲之歌師堂樂師也韓

此以麥秀託諷也

○别本

詩外傳曰孔子學鼓琴於師堂子京而不進師堂子京曰夫子可以進孔子曰丘已得其曲未得其數也琴道曰堯暢達則兼善天下無不通暢故謂之暢列子曰伯牙善鼓琴也歌曰麥秀蔪兮雉朝飛宋玉笛賦曰麥秀蔪兮鳥華翼埤蒼曰蔪麥芒也慈歛切向虛壑兮背槁槐說文曰稾與槁古字通依絕區兮臨迴溪飛鳥聞之翕翼而不能去野獸聞之垂耳而不能行蚑蟜螻蟻聞之拄喙而不能前周書曰蚑行喙息說文曰蚑行也凡生類之行皆謂之蚑又曰蟜蟲也居兆切方言曰南楚或謂蛄爲螻爾雅曰蟻蚍蜉也拄陟羽切此亦天下之至悲也太子能強起聽之乎

太子曰僕病未能也

客曰犓牛之腴菜以筍蒲說文曰犓以芻莝養國牛也國語曰犓豢幾何犓或爲犨未詳說文曰腴腹下肥者毛詩曰其蔌維何維筍及蒲也肥狗之和冒以山膚楚苗

耆當即鰭之耆或當爲鬐之耆垂以字之

之食安胡之飰禮記曰士無故不殺犬豕和謂和羹也鄭玄禮記注曰芼菜也謂以菜調和之也冒與芼古字通山膚未詳楚苗山出禾可以爲食淮南子曰苗山之鋌高誘曰苗山楚山也安胡未詳一曰安胡彫胡也宋玉諷賦曰爲臣炊彫胡之飯摶之不解一啜而散禮記曰無摶飯徒完切說文曰啜嘗也穿劣切於是使伊尹煎熬易牙調和呂氏春秋曰伊尹說湯以至味又白公曰若以水投水奚若孔子曰淄澠之合者易牙嘗而知之熊蹯之臑勺藥之醬左氏傳曰宰夫臑熊蹯不熟方言曰臑熟也音而韋昭上林賦注曰勺藥和齊鹹酸美味也薄耆之炙鮮鯉之鱠薄耆未詳一曰薄切獸耆之肉而以爲炙也耆今人謂之耆頭毛詩曰炰鼈鱠鯉秋黃之蘇白露之茹茹菜之揔名也蘭英之酒酌以滌口漢書曰百味旨酒布蘭生晉灼曰布列芬芳若蘭之生山梁之餐豢豹之胎論語子曰山梁雌雉時哉時哉鄭玄曰孔子山行見一雌雉食其梁粟杜預左氏傳注曰豢養也音宦六韜曰武王伐紂得二

（大夫而問之曰殷國將有妖乎對曰有殷君陳玉杯象箸玉杯象箸不盛菽藿之羹必將熊蹯豹胎）小飰大歠如湯沃雪（說文曰歠飲也昌悅切沃雪言易也家語孔子曰人之棄惡如湯之灌雪焉）此亦天下之至美也太子能彊起嘗之乎太子曰僕病未能也

客曰鍾岱之牡齒至之車（漢書曰趙地鍾岱石北迫近胡寇如淳曰鍾所在未聞石山險之限在上黨曲陽呂氏春秋曰代故馬郡宜馬齒至之車未詳或說曰公羊傳曰先軫謂晉侯曰君馬齒至也言以齒至馬駕車也戰國策曰驥之齒至矣服鹽車而上太行也）前似飛鳥後類距虛（黃子曰駿馬有晨風黃鵠皆取鳥名馬言走疾若飛也范子曰千里馬必有距虛呂氏春秋曰距虛鼠後而兔前）穱麥服處躁中煩外（以穱麥分劑而食馬馬肥故中躁而外煩也王逸楚詞注曰稻粢穱麥挐黃粱左氏傳慶鄭謂晉侯曰今乘異產將與人易張脉僨興外強中乾）羈堅轡附

易路易平易也於是伯樂相其前後王良造父爲之御秦缺樓季爲之右呂氏春秋曰古之善相馬者若趙之王良秦之伯樂尤盡其妙文子曰伯樂相之王良御之史[illegible]曰周繆王使造父爲御西巡狩秦缺未詳韓子曰夫獵託車輿之安用六駕之足使王良佐轡則身不勞而易及輕獸今捨車輿則雖樓季之走無時及獸矣許慎淮南子注曰樓季魏文侯之弟也此兩人者馬佚能止之車覆能起之兩人秦缺樓季也家語顏回曰東野之御善則善矣其馬將必佚也於是使射千鎰之重爭千里之逐史記曰田忌數與齊公子馳逐重射孫子見其馬足不甚相遠有上中下輩於是謂田忌曰君弟重射臣能令君勝忌然之與射千金及臨質孫子曰今以君之下駟與彼上駟取君之上駟與彼中駟取君中駟與彼下駟既馳三輩而忌一不勝而再勝卒得千金賈逵國語注曰一鎰二十四兩韓子曰王子期爲趙簡子取道爭千里之發也此亦天下之至駿也太子能彊起乘之乎太子曰僕病未能也

溷章疑汚澤之鶉

客曰既登景夷之臺南望荆山北望汝海左江右湖其樂無有景夷臺名也孔安國尚書傳曰荆山在荆州郭璞山海經注曰汝水出魯陽山東北入淮海汝稱海大言之也戰國策魯君曰楚王登京臺南望獵山左江右湖其樂之忘死無有天下無有於是使博辯之士原本山川極命草木趙岐孟子注曰命名也比物屬事離辭連類禮記孔子曰屬辭比事春秋教也韓子曰多言繁稱連類比物也浮游覽觀乃下置酒於虞懷之宮虞懷宮名也連廊四注鄭玄周禮注曰四阿若今四注也臺城層構紛紜玄綠輦道邪交黃池紆曲黃當為湟湟城池也溷章白鷺孔鳥鶤鵠溷章鳥名未詳鵷鶵鵁鶄翠鬣紫纓鬣首毛也纓頸毛也螭龍德牧邕邕群鳴螭龍德牧並鳥形未詳爾雅曰邕邕鳴聲和也陽魚騰躍奮翼振鱗曾子曰鳥魚皆生於陰而屬於陽故鳥魚皆卵生魚

蕎蓼即淑漻之複語淑从尗得声与蕎从喬得聲最近

遊於水鳥飛於雲**淑漻薵儔蓼蔓草芳苓**言水清淨之處生薵蓼二草也上林賦曰悠遠長懷寂漻無聲淑與寂音義同也字書曰薵藸草也丈尤切藸音豬毛萇詩傳曰蓼水草也力鳥切苓古蓮字也**女桑河柳素葉紫莖**毛詩曰猗彼女桑毛萇曰女桑荑桑也爾雅曰檉河柳郭璞曰今河旁赤莖小楊也**苗松豫章條上造天**苗松未詳一曰苗山之松豫章木名也孔安國尚書傳曰造至也**梧桐并閭極望成林**張揖上林賦注曰并閭椶也**眾芳芬鬱亂於五風**遁甲開山圖曰女媧沒大庭氏之王有天下五風異色也**從容猗靡消息陽陰**消滅也息生也林木茂盛隨風披靡故或陽或陰也文子曰與陰俱閉與陽俱開消息或爲須史也**列坐縱酒蕩樂娛心景春佐酒杜連理音**孟子景春曰公孫衍張儀豈不誠大丈夫哉孟子曰是焉得爲大丈夫劉熙曰景春孟子時人爲縱橫之術者史記曰上召子弟佐酒如淳漢書注曰今樂家五日一習樂爲理樂杜連未詳也**滋味雜陳肴糅錯**

該王逸楚詞注曰該備也練色娛目流聲悅耳埤蒼曰練擇也爾雅曰流擇也於是乃發激楚之結風揚鄭衛之皓樂文穎上林賦注曰激衝激急風也結風回風亦急風也楚地風氣既漂疾然歌樂者猶復依激結之急風爲節其樂促迅哀切也淮南子曰揚鄭衛之皓樂此齊民所以淫泆流湎也許慎曰鄭衛新聲所出國也皓樂善倡也皓下或有齒字誤使先施徵舒陽文段干吳娃閭娵傅予之徒皆美女也先施即西施也戰國策魯仲連謂孟嘗君曰君後宮十妃皆衣縞紵食粱肉豈毛廧先施哉徵舒段干傅予皆未詳一曰左氏傳曰楚莊王欲納夏姬申公巫臣曰不可今納夏姬貪其色也史記曰夏姬徵舒母也淮南子曰不待脂粉西施陽文也許慎曰陽文楚之好人也吳娃已見上文孫卿子曰閭娵子奢莫之媒韋昭漢書注曰閭娵梁王魏嬰之美人雜裾垂髾目窕心與司馬彪子虛賦注曰髾燕尾也窕當爲挑史記曰目挑心招張晏漢書注曰挑嬈也髾所交切揄流波雜杜若言引流波以自絜雜杜若以爲芳杜若見下注說文曰

揄引也蒙清塵被蘭澤列子曰穆王爲中天之臺鄭衛之處子施芳澤雜芷若以滿之神女賦曰沐蘭澤含若芳嬿服而御尚書大傳曰古者后夫人至于房中釋朝服襲嬿服入御于君也此亦天下之靡麗皓侈廣博之樂也太子能彊起游乎太子曰僕病未能也

客曰將爲太子馴騏驥之馬駕飛軨之輿乘牡駿之乘廣雅曰馴擾也說文曰騏馬驪文如綦也尚書大傳曰未命爲士車不得有飛軨鄭玄曰如今窻車也力廷切右夏服之勁箭左烏號之彫弓夏服已見子虛賦服即今步义也烏號已見子虛賦又古考史曰柘樹枝長而勁烏集之將飛柘起彈烏烏乃號呼此枝爲弓快而有力因名也游涉乎雲林周馳乎蘭澤弭節乎江潯雲林雲夢之林楚詞曰羲和弭節兮字林曰潯水涯也掩青蘋游清風方言曰奄息也呂氏春秋曰崑崙之蘋也張揖子虛賦注曰青

杜預左傳注曰魚獸名

後漢書馮衍顯志賦注大宅謂天地

蘋以莎而大陶陽氣蕩春心薛君韓詩章句曰陶暢也陽氣春也神農本草曰春夏爲陽楚詞曰目極千里傷春心王逸曰蕩蕩滌也逐狡獸集輕禽言射而矢集於輕禽也左氏傳曰楚君親集矢於其目闕子曰矢集于彭城之東並以所止爲集也於是極犬馬之才困野獸之足窮相御之智巧文子曰無相御之勞而致千里也恐虎豹慴鷙鳥爾雅曰慴恐也逐馬鳴鑣魚跨麋角逐馬馳逐之馬鳴鑣鑾鳴於鑣也魚跨跨度魚也麋角執麋之角也履游麕兔蹈踐麖鹿汗流沫墜寃伏陵窘陵猶促也說文曰窘迫也無創而死者固足充後乗矣此校獵之至壯也太子能彊起游乎李五漢書注曰以而校兵出獵太子曰僕病未能也然陽氣見於眉宇之閒侵淫而上幾滿大宅周書曰民有五氣喜氣內蓄雖欲隱之陽喜必見大宅未詳

當連上

觀字衍

作廛字也借爲墠
觀字當衍上注無

當連上

客見太子有悦色遂推而進之曰冥火薄天兵車雷運鄭玄詩箋曰冥夜也廣雅曰薄至也王逸楚詞注曰運轉也音旋旍旗偃蹇羽毛肅紛馳騁角逐慕味爭先徼墨廣博觀望之有圻墨燒田也言逐獸於燒田廣博之所而觀望之有圻堮也墨或爲壥也說文曰圻地圻堮也魚斤切純粹全犧獻之公門尚書父師曰乃攘竊神祇之犧牷牲孔安國曰色純曰犧體完曰全應劭漢書注曰粹湻也毛詩曰獻豣于公太子曰善願復聞之

客曰未既孔安國尚書傳曰既盡也於是榛林深澤煙雲闇莫兕虎並作莫闇貌也說文曰莫日且冥也毅武孔猛袒裼身薄左氏傳曰致果爲毅毛萇詩傳曰孔甚也毛詩曰襢裼暴虎毛萇曰袒裼肉袒也孔安國尚書傳曰薄迫也白刃磑磑矛戟交錯莊子孔子曰白刃交前視死若生者烈士之勇也六韜書刀銘曰刀刺磑磑牛哀切收

○篇中地名自廣陵而外無一不以實指如曲江南山朱汜或園伍子之山胥母

獲掌功賞賜金帛鄭玄周禮注曰掌主也掩薠肆若爲牧人席張揖上林賦注曰掩覆也毛萇詩傳曰肆陳也旨酒嘉肴羞炰膾炙以御賓客毛詩曰旨酒思柔又曰嘉肴脾臄又曰炰鱉鮮魚鄭玄曰炰火熟之漢書東方朔曰生肉爲膾毛詩曰以御賓客也涌觸並起動心驚耳誠必不悔決絕以諾言游獵歡宴忠誠爲之必不有悔事之決絕但以一諾不俟再三貞信之色形乎金石毛詩序曰貞信之教興家語孔子曰夫鐘鼓之音憂而擊之則悲喜而擊之則樂故志誠感之通于金石而況人乎哉高歌陳唱萬歲無斁孔安國尚書傳曰斁厭也此真太子之所喜也能强起而游乎太子曰僕甚願從直恐爲諸大夫累耳然而有起色矣

客曰將以八月之望孔安國尚書傳曰十五日日月相望與諸侯遠方交

三場赤岸籍之之口也一可以實指而吳越爭此故實類於廣詢之訟田視同甌脫寧不善歟

慌據下文當作此

超別本已下皆就觀者言之

游兄弟並往觀濤乎廣陵之曲江漢書曰廣陵國屬吳也至則未見濤之形也徒觀水力之所到則卹然足以駭矣卹然驚恐貌觀其所駕軼者所擢拔者所揚汩者所溫汾者所滌汔者小雅曰駕陵也杜預左氏傳注曰軼突也蒼頡篇曰擢抽也孔安國尚書傳曰汩亂也古沒切溫汾轉之貌也爾雅曰幾汔也郭璞曰謂摩近汔許乞切雖有心略辭給固未能縷形其所由然也略智也縷辭縷也怳兮忽兮聊兮慄兮混汩汩兮老子曰怳兮忽兮其中有物聊慄恐懼之貌忽兮慌兮俶兮儻兮廣雅曰俶儻卓異也浩瀇瀁兮慌曠曠兮秉意乎南山通望乎東海爾雅曰秉執也虹工洞兮蒼天極慮乎崖涘虹洞相連貌也莊子曰出於厓涘毛萇詩傳曰涘涯也虹胡洞切流攬無窮歸神日母言周流觀覽而窮然後歸神至日所出也春秋內事云日者陽

已下皆就觀者言之

繆往不來謂舟也

莫日莫也

此村濤時之景況

依法乙

母

德之汩乘流而下降兮或不知其所止方言曰汩疾貌也爲畢切或紛紜其流折兮忽繆往而不來言衆浪紛紜其流曲折或錯繆俱往而不迴流臨朱汜而遠逝兮中虛煩而益怠朱汜蓋地名未詳莫離散而發曙兮內存心而自持莫離散謂精神不離散也發曙發夕至曙也說文曰曙旦明也於是澡槩胷中灑練五藏毛萇詩傳曰漑滌也槩與漑同練猶汰也莊子曰愁其五藏也澹瀲手足頮濯髮齒瀲澹猶洗滌也瀲湖敢切說文頮洗面也頮呼潰切輸棄恬怠輸寫淟濁方言曰輸脫也王逸楚詞注曰淟垢濁也勑顯切分決狐疑發皇耳目楚詞曰心猶豫以狐疑諡法曰明者曰皇也風賦曰發明耳目當是之時雖有淹病滯疾猶將伸傴起躄發瞽披聾而觀望之也廣雅曰傴曲也郁禹切淮南子曰遺躄者優然躄跛不能行也必亦切況直眇小煩

揄

當連上

謝玄暉京路夜發注引如作若

懣醒醲病酒之徒哉故曰發蒙解惑不足以言也素問黃帝曰發蒙解惑未足以論也太子曰善然則濤何氣哉客曰不記也然聞於師曰似神而非者三疾雷聞百里言聲似疾雷而聞百里一也江水逆流海水上潮言能令二水逆流上潮二也山出內雲日夜不止山出內雲而日夜不止三也衍溢漂疾波涌而濤起小雅曰衍散也說文曰漂浮也其始起也洪淋淋焉若白鷺之下翔說文曰淋山下水也淋或爲汧聲類曰汧漂也口伶切其少進也浩浩溰溰如素車白馬帷蓋之張浩浩深廣之貌也溰溰高白之貌也帷或爲幃音韋幃帳也其波涌而雲亂擾擾焉如三軍之騰裝高唐賦曰奔揚踊而相擊雲興聲之霈霈雲亂也許慎淮南子注曰裝束也其旁作而奔起也飄飄焉如輕車之勒

兵六騖蛟龍附從太白以蛟龍若馬而駕之其數六也淮南子曰昔馮遲太白之御六雲霓游微霧鶩怱荒許慎曰馮遲太白河伯也純馳浩蜺前後驂騤賈逵國語注曰純專也浩蜺即素蜺也波濤之勢若素蜺而馳言其長也顒顒卬卬据据彊彊莘莘將將顒顒卬卬波高貌也椐椐彊彊相隨之貌椐據於切彊渠章切莘莘多貌也將將高貌也莘所巾切莘或爲萃壁壘重堅沓雜似軍行太公陰符曰并我勇力重堅壁壘應劭漢書注曰沓合也行户剛切協韻也匒隱匌礚軋盤湧裔原不可當軋坱無垠貌也盤謂盤礡廣大貌涌裔行貌也觀其兩傍則滂渤怫鬱闇漠感突上擊下律有似勇壯之卒律當爲硉硉盧骨切突怒而無畏及蹈壁衝津窮曲隨隈踰岸出追說文曰隈水曲也上林賦曰觸穹石激堆碕郭璞曰沙堆也都迴切追亦堆字今爲追古字假借之也遇者死當者壞初發乎或圍之津涯荾軫谷

一本是也

注中說郭璞江賦鼓洪濤於赤岸淪餘波於柴桑臣承用此文並則扶桑乃柴桑之誤棄注所舉非證不足以改此文

分或圍蓋地名也言涯如轉而谷似裂也一曰涯如草轉也方言曰荄根也謂草之根也一本無荄字許慎淮南子注曰軫轉也**迴翔青篾銜枚檀桓**青篾檀桓蓋並地名也迴翔水復流也銜枚水無聲也周禮曰銜枚氏鄭玄曰止言語嚻讙也枚大如箸橫銜之也**弭節伍子之山通厲骨母之場**弭節已見上文史記曰吳王殺子胥投之于江吳人立祠於江上因名胥母山王逸楚辭注曰高厲遠行也越絕書曰闔閭旦食鮑山晝游於胥母疑骨母字之誤也**凌赤岸篲扶桑橫奔似雷行**赤岸蓋地名也曹子建表曰南至赤岸山謙之南徐州記曰京江禹貢北江春秋分朔輒有大濤至江乘北激赤岸尤更迅猛然並以赤岸在廣陵而此文勢似在遠方非廣陵也說文曰篲掃竹也山海經曰湯谷上有扶木扶木者扶桑也十日所浴之地**誠奮厥武如振如怒**毛詩曰王奮厥武如震如怒毛萇曰震猶威也**沌沌渾渾狀如奔馬**沌沌渾渾波相隨之貌也孫子兵法曰渾渾沌沌形圓而不可敗也越絕書曰王捐子胥於大江口勇士之執乃有遺鄙發憤馳騰

求自試

原表至作極

氣若奔馬沌徒本切渾胡本切混混庉庉聲如雷鼓混混沌沌波浪之聲也越絶書越王
勾踐曰浩浩之水聲音若雷霆庉徒本切發怒庢沓清升踰跇言初發怒礙止而涌沸少
選之頃清者上升遞相踰跇也說文曰庢礙止也庢竹栗切庢或爲底古字也杜預左氏傳曰底平也埤蒼曰
沓釡沸出也徒荅切如湻漢書注曰跇超踰也侯波奮振合戰於藉藉之口楚辭
曰陵陽侯之氾濫兮王逸曰陽侯大波也藉藉蓋地名也鳥不及飛魚不及迴獸不
及走高唐賦曰飛鳥未及起走獸未及發紛紛翼翼波涌雲亂廣雅曰紛紛衆
也毛萇詩傳曰翼翼莊健貌也蕩取南山背擊北岸覆虧丘陵平夷西
畔言水之勢既蕩南山又擊北岸丘陵爲之顛覆然後平夷西畔險險戲戲崩壞陂池
決勝乃罷合戰決勝而後乃罷瀄汩潺湲披揚流灑瀄泌瀄波相擊也汩蜜汩
水流疾也字書曰潺湲流貌也橫暴之極魚鼈失勢顛倒偃側沈沈

應休璉與從弟君苗君胄書注引便蜎作蜎蠉

精 注及別本

湲湲，蒲伏連延。沇沇湲湲，魚鱉顛倒之貌也。蒲伏即匍匐也。連延，相續貌。沇，禹牛切。神物怪疑，不可勝言。直使人踣焉，洄闇悽愴焉。郭璞爾雅曰：踣，覆也。薄北切。洄與回同也。此天下怪異詭觀也，太子能强起觀之乎？太子曰：僕病未能也。

客曰：將為太子奏方術之士有資略者，孔安國論語注曰：方，道也。晉灼漢書注曰：資，材量也。若莊周、魏牟、楊朱、墨翟、便蜎、詹何之倫，呂氏春秋：中山公子牟謂詹何，身在江海之上，心居魏闕之下。高誘曰：子牟，魏公子也。詹子，古得道者也。淮南子曰：雖有鈎鍼芳餌，加以詹何、蜎蠉之數，猶不能與罔罟爭得也。高誘曰：蜎蠉，白公時人。宋玉集曰：宋玉與登徒子偕受釣於玄淵。七略曰：蜎子名淵，楚人也。然三文雖殊，其一人也。使之論天下之釋精微，理萬物之是非，家語曰：卜商好論精微，時人無以尚也。孫卿子曰：是是非非謂之智也。孔老

別本無此三字

覽觀孟子持籌而筭之萬不失一漢書張良曰臣借前箸以籌之音義曰以籌度之也直流切史記蒯通曰以此叅之萬不失一老或爲左也此亦天下要言妙道
也太子豈欲聞之乎於是太子據几而起曰渙乎若一
聽聖人辯士之言涊然汗出霍然病已涊汗貌也莊子曰泚然汗出涊乃顯切霍疾貌也

七啓八首 并序

曹子建

昔枚乘作七發傅毅作七激張衡作七辯崔駰作七依
辭各美麗余有慕之焉遂作七啓并命王粲作焉
玄微子隱居大荒之庭玄微幽玄精微也山海經曰大荒之中有山名曰大荒之山日月所入是謂大荒之野中也飛遯離俗澄神定靈九師道訓曰遯而能飛吉孰大焉淮南子

曰單豹背世離俗巖居谷飲也輕祿傲貴與物無營莊子曰夫輕爵祿人者之所託材司馬彪曰材身也蔡邕釋誨曰安貧樂賤與世無營也耽虛好靜羨此永生列子口莫如靜莫如虛靜也虛也得其居獨馳思於天雲之際無物象而能傾舞賦曰獨馳思乎杳冥左氏傳韓簡曰物生而後有象於是鏡機子聞而將往說焉鏡機鏡照機微也駕超野之駟乘追風之輿超野追風言疾也經迴漠出幽墟入乎泱漭之野遂屆玄微子之所居子虛賦曰過乎泱漭之野其居也左激水右高岑子虛賦曰其西則激水推移上林賦曰山小而高曰岑也背洞溪對芳林冠皮弁被文裘儀禮曰皮弁服素積鄭玄曰皮弁者白鹿皮爲冠象上古也文裘文狐之裘也出山岫之潛穴倚峻崖而嬉遊爾雅曰山有穴爲岫志飄飄焉嶢嶢焉似若狹六合而隘九州山海經口地之所載六合之間

漢書本傳放作畫
無若字絃作弦

也若將飛而未逝若舉翼而中留於是鏡機子攀葛藟而登距巖而立毛詩曰南有樛木葛藟纍之孔安國尚書傳曰距至也順風而稱曰莊子曰黃帝聞廣成子在崆峒之上故往見之黃帝順風膝行而進予聞君子不遯俗而遺名智士不背世而滅勳周易曰遯世無悶幽通賦曰保身遺名民之表兮鄭玄毛詩箋曰遺忘也又礼記注曰名令聞也背世已見上注今吾子棄道藝之華遺仁義之英耗精神乎虛廓廢人事之紀經韓子曰精神曰耗蒼頡篇曰耗消也史記太史公曰春秋上明三王之道下辨人事之經紀耗呼到切譬若畫形於無象造響於無聲言像因形生響隨聲發今欲無聲而造響圖像而無形豈有得哉孫卿子曰下之和上譬響之應聲影之像形楊雄解難曰譬若畫者放於無形絃者放於無聲也未之思乎何所規之不通也論語子曰未之思也玄微子俯而應之曰譆有是

言乎鄭玄禮記注曰譆悲恨之聲也譆與嘻古字通也譆欣碁切夫太極之初渾沌未分萬物紛錯與道俱隆漢書曰太極元氣分三爲一言元氣初爲一後爲天地人也春秋說題辭曰元清氣以爲天渾沌無形體宋均曰言元氣之初如此也渾沌未分也言氣在易爲元在老爲道義不殊也蓋有形必朽有跡必窮列子曰形必終也芒芒元氣誰知其終春秋命歷序曰元氣正則天地八卦孳也名韱我身位累我躬莊子曰行名失己非士也又魏文侯曰夫魏真爲我累耳竊慕古人之所志仰老莊之遺風思玄賦曰慕古人之貞節毛詩序曰有堯之遺風如淊漢書注曰遺餘也假靈龜以託喻寧掉尾於塗中莊子曰楚王使大夫往聘莊子莊子曰吾聞楚有神龜死已三千歲矣王巾笥而藏之於廟堂之上此龜者寧其死爲留骨而貴乎寧其生而曳尾塗中乎二大夫曰寧生曳尾塗中莊子曰往矣吾將曳尾於塗中也

鏡機子曰夫辯言之豔能使窮澤生流枯木發榮庶感靈而激神況近在乎人情僕將爲吾子説游觀之至娛演聲色之妖靡羽獵賦曰遊觀侈靡小雅曰演廣也尚書仲虺曰惟王不迩聲色列子隰朋曰妖靡盈庭忠良蒲朝也論變化之至妙敷道德之弘麗願聞之乎

玄微子曰吾子整身倦世倦世倦於人間之世也探隱拯沈小雅曰探取也難蜀父老曰拯民於沈溺説文曰出溺爲拯不遠遐路幸見光臨將敬滌耳以聽玉音尚書大傳曰天下諸侯受命於周莫不玉音金聲

鏡機子曰芳菰精粺霜蓄露葵張揖上林賦注曰彫菰米也宋玉諷賦曰主人之女爲臣炊彫胡之飯説文曰稗禾别也稗與粺古字通薄懈切毛詩曰我行其野言采其蓫鄭玄曰蓫牛頹蓫與蓄音義通也宋玉諷賦曰爲臣煮露葵之羹玄熊素膚肥豢膿肌鄭玄

周禮注曰犬豕曰豢臇肥皃也女龍切蟬翼之割剖纖析微蟬翼言薄也楚詞曰蟬翼為重也累如疊縠離若散雪輕隨風飛刃不轉切山鵽斥鷃珠翠之珍鵽已見南都賦莊子曰鵬摶扶搖而上斥鷃笑之曰彼奚適也許慎淮南子注曰鷃雀飛不過一尺言劣弱也斥與尺古字通珠翠珠桂也南方異物記曰採珠人以珠肉作鮓也寒芳苓之巢龜膾西海之飛鱗寒今胹肉也鹽鐵論曰煎魚切肝羊淹雞寒劉熙釋名曰韓雞本出韓國所為寒與韓同史記曰有神龜在江南嘉林中常巢於芳蓮之上苓與蓮同西海飛鱗即文鰩也山海經曰泰器之山濩水出焉是多鰩魚常行西海而游於東海夜飛而行臛江東之潛鼉臇漢南之鳴鶉說文曰臛肉羹也蒼頡解詁曰臇少汁臛也子兖切糅以芳酸甘和既醇鄭玄禮記注曰糅雜也醇已見上注玄冥適鹹蓐收調辛禮記曰北方其神玄冥北方水也尚書曰水曰潤下潤下作鹹禮記曰西方其神蓐收西方金也尚書曰金曰從革從革作辛

紫蘭丹椒施和必節禮斗威儀曰君乘金而王其政平則蘭常生鄭玄曰主給調和也張衡七辯曰芳以薑椒拂以木蘭滋味既殊遺芳射越上林賦曰衆香發越郭璞曰香氣射散也乃有春清縹酒康狄所營毛詩曰爲此春酒鄭玄禮記注曰清酒今之中山冬釀接夏而成也縹綠色而微白也博物志曰杜康作酒戰國策曰梁王請爲魯君舉觴魯君曰昔帝女儀狄作酒而美進之於禹禹飲而甘之遂踈儀狄乃絕旨酒應化則變感氣而成淮南子曰物類之相應故東風至而酒汎溢高誘曰東風木風也木味酸入酒故酢而汎者沸蓋非類相感也春秋說題辭曰黍爲酒陽援陰乃能動故以麥黍爲酒宋衷曰麥陰也黍先漬麴黍後入故曰陽援陰相得而沸是其動也彈徵則苦發叩宮則甘生禮記曰季夏之月其音徵其味苦又曰中央土其音宮其味甘也於是盛以翠樽酌以彫觴浮蟻鼎沸酷烈馨香釋名曰酒有汎齊浮蟻在上汎汎然漢書曰田延年謂霍光曰今羣臣鼎沸上林賦曰酷烈淑郁也可以和

神可以娛腸神人之精爽也此肴饌之妙也子能從我而食之
乎玄微子曰予甘藜藿未暇此食也韓子曰糲粮之飯藜藿之羹也
鏡機子曰步光之劒華藻繁縟越絶書曰孔子從弟子七十人往奏勾踐乃身
被賜夷之甲帶步光之劒藻文采也說文曰縟繁采飾也飾以文犀彫以翠緑國語曰奉
文犀之渠綴以驪龍之珠錯以荆山之玉莊子曰千金之珠在九重之淵而驪
龍頷下韓子曰楚人和氏得璞玉於楚山之中也陸斷犀象未足稱雋隨波
截鴻水不漸刃聖主得賢臣頌曰巧冶鑄干將之璞陸劃犀革戰國策蘇素說韓王曰韓卒之
劒陸斷牛馬水擊鴻鴈廣雅曰漸漬也九旒之冕散耀垂文劉梁七舉曰九旒之冕散
耀垂文周禮曰弁師掌王之五冕諸侯繅九就鄭玄曰就成也每繅九成則九旒也應劭漢官儀曰冕公侯九
旒者也華組之纓從風紛紜禮記曰玄冠丹組纓諸侯之齊冠說文曰組綬屬也小者

以爲冠纓又曰纓冠系也佩則結綠懸黎寶之妙微戰國策應侯謂秦王曰梁有懸黎宋有結綠而爲天下名器也符采照爛流景揚煇劉淵林蜀都賦注曰符采玉之橫文也說文曰景光也黼黻之服紗縠之裳孔安國尚書傳曰諸侯自龍袞而下至黼黻漢書曰江充衣紗縠單衣也金華之舃動趾遺光言以金華飾舃故動足而有餘光也劉欣期交州記曰金華出珠崖如淳漢書注曰遺餘也繁飾參差微鮮若霜緄佩綢繆或彫或錯說文曰緄織成帶也古本切薰以幽若流芳肆布說文曰薰火煙上出也若杜若也若稱幽若猶蘭曰幽蘭也擬古詩曰屢見流芳歇毛萇詩傳曰肆陳也雍容閑步周旋馳燿聖主得賢臣頌曰雍容垂拱左氏傳晉公子謂楚子曰晉楚治兵若不獲命則與君周旋也南威爲之解顏西施爲之巧笑戰國策曰晉文公得南威三日不聽朝遂推而遠之曰後世必有以色亡其國者列子曰列子師老商氏五年之後夫子始一解顏而笑西施已見上文毛詩曰巧

笑倩兮此容飾之妙也子能從我而服之乎玄微子曰予好毛褐未暇此服也鄭玄毛詩箋曰褐毛布也

鏡機子曰馳騁足用蕩思游獵可以娛情子虛賦曰終日馳騁曾不下輿又曰游獵之地饒樂若此者乎歸田賦曰聊以娛情僕將爲吾子駕雲龍之飛駟飾玉路之繁纓馬有龍稱而雲從龍故曰雲龍也周禮曰凡馬八尺已上爲龍又曰玉路錫樊纓鄭玄曰樊讀如鞶纓謂今之馬大帶也纓今馬鞅繁與鞶古字通垂宛虹之長緌抗招搖之華旍楚詞曰建雄虹之綵旄禮記曰天子殺則下大綏鄭玄曰綏當爲緌緌有虞氏之旌旗也禮記曰招搖在上急繕其怒鄭玄曰繕讀爲勁畫招搖星於其上以起居堅勁軍之威怒也捷忘歸之矢秉繁弱之弓儀禮曰司射搢三挾一箇鄭玄曰搢插也楚甲切新序曰楚王載繁弱之弓忘歸之矢以射隨兕於夢也忽躡景而輕騖。逸奔驥而超遺風。

漏
漏 張景陽七命注作
別本

景日景也躡之言疾也呂氏春秋伊尹説湯曰青龍之匹遺風之乘高誘曰皆馬名也疾若比遺風於是磎塡谷塞榛藪平夷緣山置罝彌野張罘鄭玄周禮注曰彌遍也下無瀟跡上無逸飛鳥集獸屯然後會圍廣雅曰屯聚也獠徒雲布武騎霧散説文曰獠獵也韓子曰雲布風動羽獵賦曰武騎聿皇封禪書曰雲布霧散丹旗燿野戈殳晧盰南都賦曰曜野暎雲曳文狐揜狡兎禮斗威儀曰其君乘土而王南海輸以文狐史記李斯曰牽黃犬逐狡兎方言曰掩覆也捎鷫鷞拂振鷺鷫鷞振鷺皆鳥之名當軌見藉值足遇踐西京賦曰當足見蹍值輪被轢也飛軒電逝獸隨輪轉孫該琵琶賦曰飄風電逝舒疾無力翼不暇張足不及騰西京賦曰鳥不暇舉獸不得發動觸飛鋒舉挂輕罾西都賓曰鳥驚觸絲獸駭值鋒罾亦罔也班固漢書序曰鷹隼未擊罾弋不施於蹊隧也搜林索險探薄窮阻廣雅

曰草蘩生曰薄騰山赴壑風厲焱舉古詩曰涼風率已厲楚辭曰焱遠舉兮雲中王逸注云焱去疾貌說文曰焱火華也機不虛發中必飲羽孔安國尚書傳曰機弩牙也子虛賦曰弓不虛發中必決眥呂氏春秋曰養由基射兕中石矢飲羽高誘曰飲羽飲矢至羽也於是人稠網密地逼勢脅嗥闞之獸張牙奮鬣毛詩曰進厥虎臣闞如虓虎毛萇曰虓闞虎怒也哮與虓同也志在觸突猛氣不慴慴巳見上文乃使北宮東郭之疇孟子曰北宮黝之養勇也不膚撓不目逃思以一毫挫於人若撻於市朝趙岐曰北宮姓黝名也呂氏春秋曰齊有好勇者一人居東郭一人居西郭卒然相遇於塗曰姑相飲乎觴數行曰姑求肉乎一人曰子肉也我肉也因抽刀而相噉也生抽豹尾分裂貙肩尒雅曰貙似狸形不抗手骨不隱拳小雅曰抗禦也服虔漢書注曰隱築也於瑾切批熊碎掌拉虎摧斑掌熊蹯也孟子曰熊掌亦我所欲也斑虎文也上林賦曰被斑文野無毛

别本

原鈔作騄驥

原鈔冒作帽

尤

類林無羽群積獸如陵飛翮成雲羽獵賦曰創淫輪夷丘累陵聚於是駴鍾鳴鼓收旌弛旆周禮曰鼓皆駴鄭玄曰雷擊鼓曰駭駴古駭字杜預左氏傳注曰弛解也頓綱縱網罷獠回邁頓猶捨也說文曰縱緩也駿騄齊驤揚鑾飛沫南都賦曰驥騄齊鑣舞賦曰龍驤橫舉揚鑣飛沫也俯倚金較仰撫翠蓋東西京賦曰戴翠冒倚金較說文曰較車上曲鉤高唐賦曰蜺為旌翠為蓋雍容暇豫娛志方外國語優施曰我教汝暇豫之事君韋昭曰暇閑也豫樂也杜預左氏傳注曰方法也此羽獵之妙也子能從我而觀之乎高唐賦曰傳言羽獵玄微子曰予樂恬靜未暇此觀也

鏡機子曰閑宮顯敞雲屋皓旰李充高安館銘曰增臺顯敞雲屋言高若雲也崇景山之高基迎清風而立觀班婕妤自傷賦曰仰視兮雲屋雙涕下兮橫流

基若景山言極高也毛萇詩傳曰崇立也毛詩曰陟彼景山地理書曰迎風觀在鄴也彤軒紫柱文㰚華梁劉梁七舉曰丹墀縹壁紫柱紅梁也綺井含葩金墀玉箱金墀猶金戺也西京賦曰金戺玉階玉箱猶玉房也溫房則冬服絺綌清室則中夏含霜劉騊駼玄根頌曰前殿冬絺李尤函谷關賦曰盛夏臨漂而含霜也華閣緣雲飛陛陵虛魯靈光殿賦曰飛陛揭孽緣雲上征頫眺流星仰觀八隅魯靈光殿賦曰中坐垂景頫視流星頫音俯升龍攀而不逮眇天際而高居崔駰七依曰升龍於天者雲也西京賦曰翔鶤仰而不逮周易曰豐其屋天際翔也繁巧神怪變名異形班輸無所措其斧斤離婁為之失睛鄭玄禮記注曰公輸若匠師也般若之族多技巧者也孟子曰離婁之明趙岐曰古之明目者也蓋黄帝時人麗草交植殊品詭類綠葉朱榮熙天曜日熙光也素水盈沼叢木成林楚辭曰含素水而蒙深飛

乘

翺淩高鱗甲隱深於是逍遥暇豫忽若忘歸楚辭曰觀者憺兮忘歸也乃使任子垂釣魏氏發機莊子曰任子爲大鈎巨緇五十犗以爲餌蹲會稽投竿東海旦而釣朞年不得魚已而魚大食之牽巨鈎陷沒而下鶩揚而奮鬐白波若山吴越春秋曰越王欲伐吴范蠡進善射者陳音越王問其射所起焉音曰黄帝作弓以備四方後有楚狐父以其道傳羿羿傳逄蒙蒙傳楚琴氏琴氏傳大魏大魏傳楚三侯麋侯翼侯魏侯也芳餌沈水輕繳弋飛吴越春秋大夫種曰深川之魚死於芳餌落翳雲之翔鳥援九淵之靈龜賈誼弔屈原曰襲九淵之神龍然後采菱華擢水蘋子虛賦曰外發芙蓉菱華許慎淮南子注曰擢引也毛萇詩傳曰蘋大萍弄珠蜯戲鮫人楊雄蜀都賦曰蜯含珠而擘裂劉淵林吴都賦注曰鮫人水底居也諷漢廣之所詠覿游女於水濱韓詩序曰漢廣悦人也詩曰漢有游女不可求思薛君曰游女謂漢神也燿神景於中沚被輕縠之纖羅毛詩曰宛在水中沚

望雲二句微旨之所存也

巖注

子虛賦曰雜纖羅也遺芳烈而靖步抗皓手而清歌廣雅曰抗舉也歌曰望雲際兮有好仇天路長兮往無由楚辭曰君誰須兮雲之際毛詩曰君子好仇枚乘樂府曰美人在雲端天路隔無期佩蘭蕙兮為誰脩嬿婉絕兮我心愁楚辭曰紉秋蘭為佩王逸注曰脩飾也毛詩曰燕婉之求毛萇曰燕安也婉順也鄭玄曰夲求燕婉之人也此宮館之妙也子能從我而居之乎玄微子曰子耽巖穴未暇此居也巖穴隱者所居黃石公記曰主聘巖穴事乃得實也鏡機子曰既游觀中原逍遙閑宮情放志蕩淫樂未終亦將有才人妙妓遺世越俗漢書曰傅昭儀少為才人韋昭曰才伎人也廣雅曰遺離也揚北里之流聲紹陽阿之妙曲史記曰紂使師涓作新淫之聲北里之舞靡靡之樂淮南子曰夫歌采菱發陽阿鄭人聽之不若延露以和爾乃御文軒臨洞

庭文畫飾也軒殿檻也洞庭廣庭也尸子曰文軒無四寸之鍵則車不行莊子曰黃帝張咸池之樂於洞庭也新語曰高臺百仞文軒彫窗也琴瑟交揮左篪右笙廣雅曰揮動也毛萇詩傳曰竹曰篪鍾鼓俱振簫管齊鳴廣雅曰振動也毛詩曰簫管備舉然後姣人乃被文縠之華袿振輕綺之飄飄毛詩曰佼人僚兮劉熙釋名曰婦人上服謂之袿戴金搖之熠燿揚翠羽之雙翹宋玉諷賦曰主人之女垂珠步搖來排臣戶西京雜記曰趙飛鷰爲皇后其弟上遺黃金步搖毛萇詩傳曰熠燿鮮明也司馬彪續漢書曰皇太后入廟先爲花勝上爲鳳凰以翡翠爲毛羽王逸楚辭注曰翹羽名也揮流芳燿飛文韓康伯周易注曰揮散也歷盤鼓煥繽紛張衡舞賦曰般鼓煥以駢羅長裾隨風悲歌入雲列子曰薛談學謳於秦青辭歸青餞於郊撫節悲歌響遏行雲也蹻捷若飛蹈虛遠蹠廣雅曰蹻趫行也今爲蹻古字無定也廣雅曰蹠履也淩躍超驤蜿蟺揮霍楚辭曰超

驤推阿西京賦曰跳丸劒之揮霍也翔尒鴻翥瀸然鳧没爾雅曰翥舉也瀸疾貌也瀸則
立切縱輕體以迅赴景追形而不逮西京賦曰紛縱體而迅赴不逮言疾也韓
子曰形影相應而生飛聲激塵依違厲響七略曰漢興善歌者魯人虞公發聲動梁
上塵依違猶徘徊也楚辭曰余思舊鄉心依違才捷若神形難爲象舞賦曰仿彿神動又
曰不可爲象也於是爲歡未渫白日西頹東都賦曰士怒未渫方言曰渫歇也楚辭
曰日杳杳以西頹散樂變飾微步中閨玄眉弛兮鉛華落收亂
髮兮拂蘭澤鉛華已見洛神賦蘭澤已見上文也形嬙服兮揚幽若說文曰婧
南楚之外謂好也婧湯火切紅顏宜笑睇眄流光楚辭曰既含睇兮又宜笑王逸曰睇
微眄貌時與吾子攜手同行毛詩曰惠而好我攜手同行也踐飛除即閑
房司馬彪上林賦注曰除樓陛也華燭爛幄幙張秦嘉贈婦詩曰飄飄帷帳熒熒華燭左氏

原誤作彷
原誤作滦

劉良注或曰荆軻字公叔

傳曰子產以幄幙行動朱脣發清商舞賦曰動朱脣神女賦曰朱脣的其若丹宋玉笛賦曰吟清商追流徵也揚羅袂振華裳九秋之夕爲歡未央九秋之夕言其長也古樂府有歷九秋妾薄相行蘇武詩曰懽樂殊未央此聲色之妙也子能從我而游之乎玄微子曰予願清虛未暇此遊也

鏡機子曰予聞君子樂奮節以顯義烈士甘危軀以成仁張衡應問曰貫高以端辭顯義論語子曰志士仁人有殺身以成仁是以雄俊之徒交黨結倫重氣輕命感分遺身西京賦曰輕死重氣結黨連群分分義也鄭玄禮記注曰遺亡也故田光伏劒於北燕公叔畢命於西秦史記燕太子丹謂田光曰丹所言者國大事也願先生勿泄也光曰諾退見荆軻曰吾聞長者爲行不使人疑己今太子疑光非節俠也欲自殺以激荆卿遂自剄公叔未詳果毅輕斷虎步谷風左氏傳曰殺敵

舜典作蠻夷猾夏

當連上
此陳思王自喻

爲果致果爲毅李陵詩曰幸託不肖軀且當猛虎步春秋元命苞曰猛虎嘯而谷風起類相動也威慴萬乘華夏稱雄漢書曰天子畿方千里出兵車萬乘故稱萬乘之主尚書曰華夏蠻貊也辭未及終而玄微子曰善——

鏡機子曰此乃游俠之徒耳未足稱妙也若夫田文無忌之儔乃上古之俊公子也田文孟嘗也無忌信陵也皆飛仁揚義騰躍道藝游心無方抗志雲際莊子曰乘物以游心又曰應物無方晉灼漢書注曰方常也楚辭曰放志游乎雲中也凌轢諸侯驅馳當世呂氏春秋曰淩轢諸侯說文曰轢車所踐也揮袂則九野生風慷慨則氣成虹蜺說文曰揮奮也淮南子曰所謂一者上通九天下貫九野劉邵趙郡賦曰呴氣成虹蜺揮袖起風塵文與此同未詳其本也吾子若當此之時能從我而友之乎玄微子曰予亮願焉

原文靈作神，神作靈

尒雅曰亮信也然勞於大道有累如何
鏡機子曰世有聖宰翼帝霸世謂魏太祖孔安國尚書傳曰翼輔也同
量乾坤等曜日月乾坤天地也張超尼父頌曰合量乾坤參曜日月也玄化參
神與靈合契蔡邕陳留太守頌曰玄化洽矣黔首用寧漢書伍被説淮南王曰今陛下令雖未出
化馳如神劇秦美新曰與天剖靈符地合神契惠澤播於黎苗威靈震乎無外
國語曰少昊之衰九黎亂德韋昭曰九黎黎民九人尚書帝曰禹惟時有苗不率汝徂征孔安國曰三苗之民
數干王誅崔駰七依曰仁臻於行葦惠及乎黎苗四子講德論曰威靈外覆公羊傳曰王者無外也超隆
平於殷周踵羲皇而齊泰東都賦曰即土之中有周成隆平之制焉東京賦曰踵三
皇之遐武薛綜曰踵繼也顯朝惟清王道遐均民望如草我澤如春
班固漢書文紀述曰我德如風民應如草古長歌行曰陽春布德澤萬物生光輝也河濵無洗耳

之士，喬岳無巢居之民。洗耳，許由也。琴操曰：堯大許由之志，禪爲天子，由以其不善，乃臨河而洗耳。毛詩曰：嶞山喬岳。巢居，巢父也。皇甫謐逸士傳曰：巢父者，堯時隱人，常山居，以樹爲巢而寢其上，時人號曰巢父也。是以俊乂來仕，觀國之光。尚書曰：俊乂在官。國語曰：秦后來仕。韋昭曰：仕於晉也。周易曰：觀國之光，利用賓于王。舉不遺才，進各異方。左氏傳曰：楚子囊曰：晉君舉不失選。又曰：不遺德刑。杜預曰：遺，失也。讚典禮於辟雍，講文德於明堂。左氏傳曰：隨武子曰：典禮不易。尚書曰：帝乃誕敷文德。毛詩曰：矢其文德，洽此四國。正流俗之華說，綜孔氏之舊章。流俗已見上。華說已見文賦。舊章已見東都主人。王肅周易注曰：綜，理事也。左氏傳曰：舊章不可忘也。散樂移風，國富民康。解嘲曰：散以禮樂，風以詩書。禮記曰：樂行移風易俗，天下皆寧。春秋說題辭曰：盡精竭思，國富民康也。神應休臻，屢獲嘉祥。尚書曰：休徵。東京賦曰：總集瑞命，備致嘉祥也。故甘靈紛而晨降，景星宵而

於彼高岡

側注及別本

原校燭作爝

舒光禮斗威儀曰其君乘土而王其政太平時則甘靈降鶡冠子曰聖人其德上及泰清下及泰寧景星光潤史記曰天精明時有赤方氣與青方氣相連赤方中有兩黃星青方中有一黃星凡三星合爲景星其狀無常出於有道之國也覩游龍於神淵聆鳴鳳於高岡禮斗威儀曰其君乘水而王龜龍被文而見神女賦曰婉若游龍周易曰潛龍勿用又曰或躍在淵樂汁圖徵曰五音克諧各得其倫則鳳皇至廣雅曰聆聽也毛詩曰鳳皇鳴矣此霸道之至隆而雍熙之盛際漢書宣帝曰漢家自有制度本霸王道雜之東京賦曰上下共其雍熙然主上猶以沈恩之未廣懼聲教之未厲漢書司馬相如難蜀父老曰湛恩汪濊尚書曰朔南暨聲教廣雅曰厲高也采英奇於仄陋宣皇明於巖穴邊讓章華臺賦曰舉英奇於側陋尚書曰明明揚側陋東都賦曰散皇明以燭幽巖穴已見上文此甯子商歌之秋而呂望所以投綸而逝也淮南子曰甯戚商歌車下而桓公慨然而悟秋猶時也史記朱亥謂魏公子曰

此是刻命之秋也尚書中候曰王至磻溪之水呂尚釣崖下趨拜尚立變名曰望毛詩曰之子于釣言綸之繩
鄭玄曰以繩爲之綸吾子爲太和之民不欲仕陶唐之世乎法言曰或
問太和曰其在唐虞成周也李軌曰天下太和也孔安國尚書傳曰陶唐帝堯氏也於是玄微子
攘袂而興曰韡哉言乎近者吾子所述華淫欲以厲我
祇攪予心杜預左氏傳注曰勸勵也毛詩曰胡逝我梁代攪我心至聞天下穆清
明君莅國史記曰漢興已來受命於穆清蔡邕釋誨曰生穆清之世稟湆和之靈毛萇詩傳曰莅臨
也覽盈虛之正義知頑素之迷惑周易曰損益盈虛與時偕行薛君韓詩章
句曰素質也言人但有質朴無治人之材也今予廓尔身輕若飛劉梁七舉曰先生照
然神悟霍尔體輕願反初服從子而歸楚詞曰進不入以離尤退將復修吾初服公羊
傳楚莊王謂司馬子反曰吾亦從子而歸

文選卷第三十四

七月初一夕 保誦

文選卷第三十五

梁昭明太子撰

文林郎守太子右內率府録事參軍崇賢館直學士臣李善注上

七下

張景陽七命八首

詔

漢武帝詔一首　賢良詔一首

册

潘元茂魏公九錫文一首

七下

蟠注及晉之

七命八首

張景陽

沖漠公子含華隱曜沖漠沖虛恬漠也范曄後漢書孔融曰南山四皓潜光隱耀丗嘉其高也嘉遯龍盤翫世高蹈周易曰嘉遯貞吉尚書大傳曰盤龍賁信越其藏鄭玄曰蟠屈也左氏傳齊人歌曰魯人之皐使我高蹈也游心於浩然玩志乎衆妙莊子曰乘物以游心孟子曰我善養吾浩然之氣敢問何謂浩然之氣曰難言也其爲氣也至大至剛以直養而無害則塞于天地之間老子曰玄之又玄衆妙之門絕景乎大荒之遐阻吞響乎幽山之窮奧山海經曰大荒之中有山名曰大荒之山日月所入是謂大荒之野毛詩曰幽幽南山奧隱處也於是殉華大夫聞而造焉殉營也華浮華乃勑雲輅驂飛黃東京賦曰結飛雲之袷輅淮南子曰黃帝治天下於是飛黃服皁越奔沙輾流霜劉劭七華曰超重淵越流沙凌扶搖之風躡堅冰之津莊子曰摶扶搖而上者九萬里

司馬彪曰扶揺上行風也列子曰堅冰立散旌拂霄堮軌出蒼垠許慎淮南子注曰垠堮端崖也天清泠而無霞。野曠朗而無塵。臨重岫而攬轡顧石室而迴輪仲長子昌言曰聞上古之隱士或伏重岫之内窟窮皐之底列仙傳曰赤松子常止西王母石室中遂適沖漠之所居爾雅曰適之也其居也崢嶸幽藹蕭瑟虛玄廣雅曰崢嶸深冥也說文曰玄幽遠也溟海渾濩涌其後嶰谷嶗嶆張其前十洲記曰東王所居處山外有員海員海水色正黑謂之溟海說文曰渾流聲也後衮切又曰濩雷下貌也胡郭切漢書曰取竹之嶰谷音義曰嶰谷崐崘北谷名嶗嶆深空之貌也嶰音解嶗音牢嶆音曹尋竹竦莖蔭其壑百籟群鳴聾其山山海經曰大荒之中有岳山尋竹生焉郭璞曰尋竹大竹也莊子曰地籟則衆竅是也聾其山謂衆聲既喧山爲之聾也蒼頡篇曰聾耳不聞也衝飈發而迴日飛礫起而灑天鹽鐵論曰衝風飄鹵沙石凝積

原詩人生作生年

東京賦曰飛礫雨散於是登絕巘遡長風毛萇詩傳曰巘小山别大山者也薛綜西京賦注曰遡向風也陳辯惑之辭命公子於巖中論語子張曰敢問崇德辨惑曰蓋聞聖人不卷道而背時智士不遺身而匿迹應瑒釋賓曰聖人不違時而遯迹賢者不背俗而貴功七啓曰感分遺身楚辭曰聊竄端匿迹也生必耀華名於玉牒没則勒洪伐於金冊東觀漢記曰封禪其玉牒文祕說文曰牒札也陳琳韋端碑曰撰勒洪伐式昭德音金冊已見西京賦今公子違世陸沈避地獨竄陸沈已見張景陽雜詩孔安國尚書傳曰違避也論語子曰賢者避世其次避地有生之歡滅資父之義廢漢書曰夫人有生之最靈者也孝經曰資於事父以事君而敬同愁洽百年苦溢千歲古詩曰人生不滿百常懷千歲憂何異促鱗之游汀濘短羽之棲翳薈張升與任彥堅書曰今將老弱處于窮澤漸漬汀濘當何聊賴汀吐

冷切說文曰濘絶小水也奴冷切孫子兵法曰林木翳薈也今將榮子以天人之大寶悅子以縱性之至娛周易曰天地之大德曰生聖人之大寶曰位列子楊朱曰從性而游不逆萬物所好七啓曰說游觀之至娛窮地而游中天而居列子曰穆王執化人之袪騰而上者中天乃止傾四海之歡殫九州之腴說文曰歡喜樂也又曰腴腹下肥者西都賓曰華實之毛則九州之上腴焉鑽屈轂之瓠解蹠屬之拘子欲之乎言屈轂之瓠難鑽蹠屬之拘難解今欲以辯而鑽解之也韓子曰齊有居士田仲者宋人屈轂往見之謂仲曰轂有巨瓠堅如石厚而無竅願效之先生田仲曰堅如石不可剖而斲厚而無竅不可以受水漿吾無用此瓠爲也屈轂曰然其棄物乎曰然今先生雖不恃人之食亦無益人之國矣猶可棄之瓠也田仲若有所失暫而不對山海經曰二負殺猰貐帝乃梏之蹠屬之山桎其右足及縛兩手公子曰大夫不遺來萃荒外毛萇詩傳曰萃集也雖在不敏敬聽嘉話孝經曰參

當提行

原鈔作繒後

翹注

不敏說文曰話會合善言也大夫曰寒山之桐出自太冥楚辭曰北有寒山卓
龍艴然北方極陰故曰太冥含黃鍾以吐幹據蒼岑而孤生禮記曰季夏之
月中央土律中黃鍾之宮尚書曰嶧陽孤桐孔安國曰孤特生桐中琴也既乃瓊巘曾崚金
岸崥崹瓊巘玉山也魯靈光殿賦曰崱崚嶒而龍鱗崥崹漸平貌也崥步迷切崹徒奚切左當
風谷右臨雲谿上無淩虛之巢下無跖實之蹊淮南子曰鳥排
虛而飛獸蹠實而走高誘曰實地也廣雅曰蹠履也跖與蹠同搖刖峻挺茗邈苕嶢搖刖
危貌也茗邈高貌也茗莫冷切睎三春之溢露遡九秋之鳴飆毛萇詩傳曰睎
乾也班固終南山賦曰三春之季孟夏之初遡與遡同已見上文古樂府有歷九秋妾薄相行零雪寫
其根霏霜封其條毛萇詩傳曰霏雪貌也霜亦雪類故通言之木既繁而
後綠草未素而先彫傅毅七激曰陽春後榮涉秋先彫於是構雲梯

注師輯云張平子西京
賦曰西匠營宮室某陽
當是用此

陟崢嶸墨子曰公輸般爲雲梯必取宋長笛賦曰構雲梯抗浮柱郭璞方言注曰崢嶸高峻也剪蕤賓之陽柯剖大呂之陰莖禮記曰仲夏之月律中蕤賓又曰季冬之月律中大呂蒼頡篇曰剖析也周禮曰仲冬斬陽木仲夏斬陰木鄭玄曰陽木生於山南陰木生於山北也營匠斲其樸伶倫均其聲營匠未詳莊子曰匠石之齊見櫟杜樹觀者如市匠伯不顧司馬彪曰石字伯說文曰斲斫也漢書曰黃帝使伶倫取嶰谷之竹斷兩節間而吹之以爲黃鍾之宮制十二籥以聽鳳皇之音以比黃鍾之宮器舉樂奏促調高張禮記曰金石絲竹樂之器也楊雄解嘲曰絃者高張急徽音朗號鍾韻清繞梁楚辭曰操伯牙之號鍾兮挾秦箏而彈徵尸子曰繞梁之鳴許史鼓之非不樂也墨子以爲傷義故不聽也追逸響於八風采奇律於歸昌風俗通曰聲所以五者繫五行也音所以入者繫八風也淮南子曰律之初生也寫鳳之音韓詩外傳曰鳳舉曰上翔集鳴曰歸昌啓中黃之少宮發蕤賓之變商中黃

雝

長笛

士色禮斗威儀曰少宮主政宋均曰聲五而已必加少
宮少商者以君臣任重爲設副也劉向雅琴賦曰彈少
宮之際天援中徵以及泉禮記曰孟秋之月其神蓐收淮南子曰變宮生徵變商生羽若乃龍火
西頹。暄氣初收。漢書曰東宮蒼龍房心心爲火故曰龍火也左氏傳曰仲尼曰火猶西流
禮記曰仲秋陽氣日衰飛霜迎節。高風送秋。桓麟七說曰飛霜霜厲其末猋風激其崖李
尤七歎曰季秋末際高風猋厲羇旅懷士之徒。流宕百罹之疇。左氏傳陳
敬仲曰羇旅之臣論語曰小人懷士謝忱後漢書序曰士庶流宕他州異境毛詩曰我生之後逢此百罹撫
促柱則酸鼻。揮危絃則涕流。舞賦曰若絙瑟促柱高唐賦曰寒心酸鼻廣雅曰揮
動也鄭玄論語注曰危高也侯瑾箏賦曰急絃促柱變調改曲陸機前緩歌行曰大客揮高絃意與此同也
若乃追清哇赴嚴節張衡舞賦曰含清哇而吟咏蒼頡曰哇謳也嚴節急節也漢書曰嘖
銅丸以擿鼓聲中嚴鼓之節奏綠水吐白雪淮南子曰手會綠水之趨高誘曰淥水古詩也

宋本作詠

病未能畢乎七發之意

颸

宋玉風賦曰爲幽蘭白雪之曲激楚迴流風結上林賦曰激楚結風文頡曰激衝急風也結風迴風亦急風也楚地風氣既自漂疾然歌樂者猶復依激結之急風爲節也悲蓂莢之朝落。悼望舒之夕缺。田俅子曰堯爲天子蓂莢生於庭爲帝成歷鄭玄詩箋曰悼傷也楚辭曰前望舒使先驅王逸曰望舒月御也古詩曰四五占兎缺煢蠶爲之擗摽孀老爲之嗚咽左氏傳初莒有婦人莒子殺其夫已爲嫠婦杜預曰寡婦爲嫠毛詩曰寤擗有摽毛萇曰擗拊心貌淮南子曰童子不孤婦人不孀高誘曰寡婦曰孀王子拂纓而傾耳六馬噓天而仰秣列仙傳曰王子喬周靈王太子晉也吹笙則鳳鳴禮記曰傾耳而聽之孫卿子曰昔者瓠巴鼓瑟而鱏魚出聽伯牙鼓琴而六馬仰秣黃伯仁龍馬賦曰或有噓天嘯慨骨騰肉飛說文曰噓吹噓音虛秣或爲蹀也此蓋音曲之至妙子豈能從我而聽之乎舞賦曰天下之至妙

公子曰余病未能也

大夫曰蘭宮祕宇彫堂綺櫳楚辭曰彷徨兮蘭宮魯靈光殿賦曰乃立靈光之祕殿說文曰櫳房室之疏也雲屏爛汗瓊壁青葱禮記曰疏屏天子廟飾也鄭玄曰屏謂之樹刻之爲雲氣王褒甘泉賦云耀照形之玉壁應門八龍褏琁臺九重毛詩曰乃立應門郭璞爾雅注曰襲猶重也汲古文曰桀作傾宮飾瑤臺韓子箕子曰紂必爲九重高臺也表以百常之闕圜以萬雉之墉表標也百常高也西京賦曰徑百常而莖擢西都賦曰建金城之萬雉毛萇詩傳曰墉城也爾乃嶢榭迎風秀出中天方言曰嶢高也郭璞爾雅注曰榭臺上起屋也曹子建七啓曰迎清風而立觀國語曰秀出於衆秀出貌也列子曰周穆王築臺號曰中天之臺翠觀岑青彫閣霞連長翼臨雲飛陛凌山鄭玄禮記注曰榮屋翼也魯靈光殿賦曰飛陛揭孼緣雲上征望玉繩而結極承倒景而開軒春秋元命苞曰玉衡北兩星爲玉繩說文曰極棟也陵陽子明經曰倒景氣去地四千里其景皆倒在下

軒長廊之牎也頳素炳煥棼栱嵯峨毛萇詩傳曰頳赤也說文曰棼複屋棟也棼與
枌古字通陰虯負檐陽馬承阿虯龍也楚辭曰仰觀刻桷畫龍虯馬融梁將軍西第
賦曰騰極受檐陽馬承阿周書曰明堂咸有四阿錯以瑤英鏤以金華廣雅曰錯廁也
范子計然曰玉英出藍田劉欣期交州記曰金華出珠崖謂金有華彩也方疏含秀圓井吐
葩魯靈光殿賦曰懸棟結阿天牎綺疏圓淵方井反植荷蕖張載曰疏刻鏤也秀謂華也重殿疊
起交綺對幌西京賦曰交綺豁以疏寮文字集略曰幌以帛明牎也幽堂晝密明
室夜朗焦螟飛而風生尺蠖動而成響晏子春秋景公問於晏子曰天
下有極細乎對曰東海有蟲名曰焦螟巢於蚊睫飛乳去來而蚊不覺周易曰尺蠖之屈以求伸也若乃
目厭常玩體倦帷幄列子曰聲色不可常玩聞攜公子而雙游時娛
觀於林麓曹大家列女傳注曰竹木曰林山足曰麓登翠阜臨丹谷華草錦

繁飛采星爥。陽葉春青。陰條秋緑。華實代新承意恣歡仰折神⿱艹鄭俯采朝蘭本草經曰白芷一名虈許妖切遡蕙風於衡薄眷椒塗於瑶壇邊讓章華臺賦曰蕙風春施洛神賦曰践椒塗之郁烈步衡薄而流芳漢書曰偏觀此眺瑶堂王逸楚辭注曰壇猶堂也爾乃浮三翼戲中沚越絶書伍子胥水戰兵法内經曰大翼一艘長十丈中翼一艘長九丈六尺小翼一艘長九丈毛詩曰宛在水中沚潛鰓駭鷩翰起蘇林漢書注曰鰓音魚鰓今呼魚謂之鰓猶呼車以爲軫也鄭玄詩箋曰翰鳥中豪俊者也沈絲結飛矰理毛詩曰其釣維何維絲伊緡毛萇曰緡綸也鄭玄曰以絲爲之綸周禮曰矰矢用諸弋射鄭玄曰結繳於矢謂之矰也挂歸翮於赤霄之表出華鱗於紫淵之裏歸翮鴻鵠之屬也淮南子曰夫鴻鵠背負蒼天膺摩赤霄上林賦曰紫淵徑其北然後縱棹隨風弭楫乘波杜預左氏傳曰縱放也毛萇詩傳曰弭止也吹孤竹

唐鈔作濯靈芝以朱柯

拊雲和周禮曰孤竹之管雲和之琴瑟鄭玄曰孤竹竹特生者雲和山名淵客唱淮南
之曲榜人奏采菱之歌淵客習水者也吳都賦淵客慷慨而泣珠漢書曰淮南鼓員四
人子虛賦曰榜人歌張揖曰船長也淮南子曰歌采菱發陽阿也歌曰乘鳧舟兮為水
嬉穆天子傳曰天子乘鳧舟郭璞曰舟為鳧形制今吳之青雀舫此其遺象也琴道雍門周曰水嬉則舫龍
舟臨芳洲兮拔靈芝楚辭曰采芳洲兮杜若西京賦曰擢靈芝之朱柯樂以忘
戚游以卒時論語子曰樂以忘憂家語孔子歌曰優哉游哉聊以卒歲窮夜為日畢
歲為期此蓋宴居之浩麗子豈能從我而處之乎毛詩曰或
燕燕居息浩猶大也公子曰余病未能也
大夫曰若乃白商素節月既授衣周禮曰西方白禮記曰孟秋之月其音商
劉楨與臨淄侯書曰肅以素秋則落毛詩曰九月授衣天凝地閉風厲霜飛凝猶結也

上林賦無此句高唐賦有建雲旆句

禮記曰仲冬之月塗城闕築囹圄助天地之閉藏也柔條夕勁密葉晨稀將因氣以效殺臨金郊而講師禮記曰季冬之月天子乃教於田獵劉向尚書五行說曰金西方萬物既成殺氣之始也故立秋出軍行師西方爲金故曰金郊也國語虢文公曰三時務農一時講武爾乃列輕武整戎剛輕武戎剛四車名也司馬彪續漢書曰輕車古之戰車也不巾不蓋韓子曰管仲之始治也桓公武車元戎已見上文輕武卒名也戎剛車名也東京賦總輕武於後陳奏嚴鼓之嘈囋漢書曰衛青令武剛車環爲營張晏曰兵車也建雲髦啓雄芒雲髦雲旆竿上施旄也上林賦曰連雲旆髦與旄古字通子虛賦曰建干將之雄戟芒鋒刃也漢書賈誼曰髖十二牛而芒刃不頓駕紅陽之飛燕驂唐公之驌驦紅陽飛燕未詳或曰駿馬圖有含陽侯驃騎含即紅聲之誤也左氏傳曰唐成公有兩驌驦馬馬融曰驌驦鴈也馬似之屯羽隊於外林縱輕翼於中荒羽隊上負羽而爲隊也羽獵賦曰蒙盾負羽而羅者以萬計翼左右甄也越絕書曰子胥兵分爲兩翼夜火相望爾乃布飛羉或

「壑」别本

散注及音亡及别本

音亡有聲動響飛
刑移景發二句别本亡
有

飛羅盧端切張脩罠爾雅曰兎罟謂之罝或作罠音旻夫然罜罣罝罠一以爲對恐互體廣雅曰罠兎罟也劉逵吳都賦注曰罠麋網也然張氏之意蓋同劉說罜罣或爲羅陵黄岑挂青巒爾雅曰巒嶞山也郭璞曰山嶞長者荆州謂之巒畫長壑以爲限帶流谿以爲關旣乃内無䟽蹊外無漏迹廣雅曰䟽通也七啓曰下無漏迹上無逸飛叩鉦數校舉麾旌獲周禮曰鼓鉦鳴鐲車皆行鄭玄曰鐲鉦也散爲陣列而行也漢書曰大校獵如淳曰合軍聚衆有幡校也周禮曰建大麾以田鄭玄曰不在九旗之中周禮曰服不氏射則贊張侯以旌居乏而待獲鄭玄曰待獲射者舉旌以獲也彀金機馳鳴鏑說文曰彀張弓弩機弩牙也以金爲之漢書曰冒頓乃作爲鳴鏑音義曰箭鏑也如今鳴箭是也剪剛豪落勁翮車騎競鶩駢武齊轍說文曰鶩亂馳也駢並也毛萇詩傳曰武迹也杜預左氏傳注曰轍車迹也翕忽揮霍雲迴風烈孫卿子曰下之和上譬猶響之應聲影之隨形舉弋林竦揮鋒電滅東京賦曰

据音及集韻當作鼿从兀晉書音義云鼿音兀恐誤字爲音也

戈矛若林廣雅曰竦立也仰傾雲巢俯殫地穴周禮有穴氏鄭玄曰穴搏蟄獸所藏者也

乃有圓文之豣班題之猔毛萇詩傳曰豕一歲曰豣又鄭玄曰豕生三子曰猔然此豣猔指諸獸不專論豕也

鼓鬣風生怒目電瞛瞛光也七從切口齩霜刃足撥飛鋒說文曰齩齧骨也胡狡切廣雅曰撥除也補達切

鼿林蹶石扣跋幽叢鼿以鼻搖動也五忽切郭璞爾雅注曰蹶動搖之貌也居月切孔安國論語注曰扣擊也毛萇詩傳曰跋躐也扣跋或謂却伏也

於是飛黃奮銳賁石逞技史記曰蜚廉以材力事殷紂尸子中黃伯曰余左執太行之獶而右搏雕虎說苑曰勇士孟賁水行不避蛟龍陸行不避虎狼吳越春秋曰夫差使王孫聖占夢聖曰占之不吉王怒使力士石蕃以鐵椎椎殺聖張華博物志曰石蕃衛臣也背負千二百斤沙

䖘封豨僨馮豕淮南子曰伍胥曰吳爲封豨脩蛇小爾雅曰封大也方言曰南楚人謂豬爲豨爾雅曰僨僵也甫運切僨或爲獖非也王逸楚辭注曰馮大也

拉甝虪挫獬廌爾雅曰甝

白虎爩黑虎張揖漢書注曰獮鷹似鹿而一角也勾爪摧鋸牙捭淮南子曰勾爪鋸牙於是
挚矣說文曰捭兩手擊也補買切㵎漫狼藉傾榛倒壑說文曰草編狼藉也殞胔
掛山僵踣掩澤鄭玄周禮注曰四足死者曰胔爾雅曰僵仆也郭璞爾雅注曰踣前覆也張揖
上林賦注曰掩覆也藪為毛林隰為丹薄鄭玄周禮注曰澤無水曰藪也廣雅曰草叢生
曰薄於是撤圍頓罔卷旆收鳶鄭玄禮儀注曰撤去也頓猶捨也禮記曰前有塵埃
則載鳴鳶虞人數獸林衡計鮮周禮有虞人又有林衡孔安國尚書傳曰鳥獸新殺
曰鮮論最犒勤息馬韜弦張晏漢書注最功第一也西京賦曰犒勤賞功杜預左氏
傳注曰犒勞也又曰韜藏也肴駟連鑣酒駕方軒說文曰鑣馬銜也西京賦曰酒車酌
醴方駕授饔千鍾電釂萬燧星繁孔叢子曰堯飲千鍾西京賦曰升觴舉燧既釂鳴鍾
說文曰釂飲酒盡也陵阜霑流膏谿谷厭芳煙歡極樂殫迴節

宋本煉作鍊
又書作篇

而旋鄭玄周禮注曰節信也行者所執之信也此亦田游之壯觀子豈能從我而為之乎封禪文曰天下之壯觀公子曰余病未能也

大夫曰楚之陽劒歐冶所營越絶書曰楚王召風胡子而問之曰寡人聞吳有干將越有歐冶子寡人願賫邦之重寶請此二人作鐵劒可乎於是風胡子之吳見歐冶干將使之作鐵劒二枚一曰龍淵一曰太阿三曰工市陽劒見下文邪谿之鋌赤山之精越絶書曰越王勾踐有寶劒五聞於天下客有能相劒者名曰薛燭王召而問之對曰當造此劒之時赤堇之山破而出錫若耶之溪涸而出銅許慎淮南子注曰鋌銅鐵璞也徒鼎切精謂其中尤善者銷踰羊頭鏷越鍛成淮南子曰苗山之鋌羊頭之銷雖水斷龍鬠陸剸兕甲莫之服帶許慎曰銷生鐵也高誘曰苗山利金所出羊頭之銷白羊子刀也鏷或謂為鍱廣雅曰鍱鋌也謝承後漢書曰孝章皇帝賜諸尚書劒手自署姓名尚書陳寵濟南鍛成蒼頡書曰鍛椎也乃鍊乃鑠萬辟千灌說文曰煉冶金也賈逵國語注

曰鑠銷也說文曰銷鑠金也辟謂疊之灌謂鑄之典論曰魏太子丕造百辟寶劒長四尺王粲刀銘曰灌辟以數質象以呈**豐隆奮椎飛廉扇炭**越絕書薛燭曰當造此劒之時雨師灑掃雷公擊橐蛟龍捧爐天帝裝炭思玄賦注曰豐隆雷公也王逸楚辭注曰飛廉風伯也**神器化成陽文陰縵**吳越春秋曰干將者吳人造劒二枚一曰干將二曰莫耶莫耶者干將之妻名也干將曰吾師之作冶也金鐵之類不銷夫妻俱入冶爐之中莫耶曰先師親爍身以成物妾何難也於是干將夫妻乃斷髮揃爪投之爐中使童女三百鼓橐裝炭金鐵乃濡遂以成劒陽曰干將而作龜文陰曰莫耶而漫理干將匿其陽出其陰而獻之闔閭闔閭甚重之**流綺星連浮綵豔發**綺光色也越絕書曰王取純鈞薛燭觀其釽爛如列星之行典論曰太子丕劒銘曰流采色似采虹釽齒掾切**光如散電質如耀雪**莊子曰此劒一用如雷霆之震也魏文帝大牆上蒿行曰我帶長寶劒光白如積雪**霜鍔水凝冰刃露潔**典論曰魏太子丕造素質堅而似霜造匕首理似堅冰聲類曰鍔刀刃也字書

曰凝冰之絜也越絕書曰王取純鈞薛燭觀其光如水之溢於塘觀其文煥煥如冰之將釋形冠豪
曹名珍巨闕越絕書曰越王取豪曹薛燭曰豪曹非寶劒也夫寶劒五色並見莫能覇勝曹已擅
名矣非寶劒也王取巨闕曰非寶劒也夫寶劒者金錫和銅而不離今巨闕已離矣非寶劒也指鄭則
三軍白首麾晉則千里流血越絕書曰楚王作鐵劒三枚晉鄭聞而求之不得興
師圍楚之城三年不解於是楚引太阿之劒登城而麾之三軍破敗士卒迷惑流血千里晉鄭之軍頭畢白也
豈徒水截蛟鴻陸灑奔駟韓非子曰負長劒赴榛薄折兕豹赴深淵斷蛟龍戰國策
曰蘇秦曰韓卒之劒水擊鴻鴈越絕書曰勾踐示薛燭巨闕曰吾坐露壇之宮有駟駕白鹿而過者車奔馬騰
吾引劒而指之駟駕上飛揚不知其絕也斷浮翮以爲工絕重甲而稱利云
爾而已哉浮翮鴻鴈也已見上注史記蘇秦說韓王曰韓卒之劒當敵則斬堅甲若其靈
寶則舒辟無方奇鋒異模說文曰舒申也晉灼漢書注曰方常也鄭玄毛詩箋曰漠

法也形震薛燭光駭風胡越絶書爲燭吳越春秋爲蜀蓋一人也價兼三鄉
聲貴二都越絶書勾踐示薛燭純鈞曰客有買之者有市之鄉二駿馬千匹千户之都二可乎薛燭
曰雖傾城量金珠玉滿河猶不得此一物況有市之鄉二駿馬千匹千户之都二何足言哉然實貰二鄉而云三
者避下文也或馳名傾秦或夜飛去吳越絶書曰闔廬無道湛盧之劒去之入水
行湊楚楚王卧而設湛盧之劒也秦王聞而求之不得興師擊楚曰與我湛盧之劒還師去汝楚王不與
是以功冠萬載威曜無窮揮之者無前擁之者身雄
說文曰揮奮也漢書元后詔曰奮無前之威可以從服九國橫制八戎過秦曰秦
人開關延敵九國之師遯逃而不敢進史記趙良曰五羖大夫相秦施德諸侯而八戎來服爪牙景
附函夏承風毛詩曰祈父予王之爪牙崔琰大將軍夫人寇氏誄曰英雄景附楊雄河東賦曰函
夏之大漢家語孔子曰舜之爲君四海承風此蓋希世之神兵孚豈能從我

而服之乎魯靈光殿賦曰逸希世而特出公子曰余病未能也大夫曰天驥之駿逸態超越天驥天馬也驥或爲機傅玄乘輿馬賦曰九方不能測其天機列子伯樂曰九方皇之所觀天機也稟氣靈淵受精皎月孔安國尚書傳曰稟受也遁甲開山圖曰隴西神馬山有淵池龍馬所生春秋考異郵曰地生月精爲馬月數十二故馬十二月而生眸瞯黑照玄采紺發趙岐孟子注曰眸目瞳子也說文曰瞯戴目也音閑說文曰紺深青而赤色沫如揮紅汗如振血漢書天馬歌曰霑赤汗沫流赭應劭曰大宛馬汗血霑濡也流沫如赭也韓康伯周易注曰揮散也薛君韓詩章句曰振猶奮也秦青不能識其衆尺方堙不能覩其若滅呂氏春秋曰古者善相馬者管青相脣吻秦牙相前皆天下良士也若趙之王良秦之伯樂九方堙尤盡其妙矣相馬經曰夫法千里馬有三十六尺四寸列子伯樂曰天馬者若滅若沒若亡若失若此者絕塵弭轍爾乃巾雲軒踐朝霧鄭玄周禮注曰

本賦作驤

巾猶衣也雲軒已見上赴春衢整秋御秋御秋駕也司馬彪莊子注曰秋駕法駕也虯踊螭騰麟超龍翥甘泉賦曰駟蒼螭兮六素虯劉梁七舉曰天馬之號出自西域纖阿爲右御以術儀攬轡舒節淩雲先螭尸子曰馬有騏驎徑駿南都賦曰馬鹿超而龍駿望山載奔視林載赴氣盛怒發星飛電駭李尤七歎曰神奔電驅星流矢驚則莫若益野驤駒也志淩九州勢越四海景不及形塵不暇起劉廣世七興曰駿騔之馬影不及形塵不暇興也浮箭未移再踐千里浮箭謂漏刻也爾乃踰天垠越地隔過汗漫之所不游躡章亥之所未迹淮南子若士曰吾與汗漫期於九垓之上若士舉臂竦身而遂入雲中又曰禹乃使大章步自東極至於西極二億三萬三千五百里七十步使豎亥步自比極至於南極二億三萬三千五百七十里陽烏爲之頓羽夸父爲之投策春秋元命苞曰陽成於三故日中有三足烏烏者陽精山海經曰夸父與日競走渴

飲河渭河渭不足北飲大澤未至道渴而死弃其杖爲鄧林 斯盖天下之雋乘子豈能從我而御之乎公子曰余病未能也

大夫曰大梁之黍瓊山之禾 大梁黍未詳瓊山禾即崑崙之山木禾山海經曰崑崙之上有木禾長五尋大五圍 唐稷播其根農帝嘗其華 尚書帝曰汝后稷播時百穀賈誼曰神農嘗百草之實教人食穀者也 爾乃六禽殊珍四膳異肴 周禮曰庖人掌共六禽鄭司農注曰鴈鶉鷃雉鳩鴿禮記曰孟春食麥與羊孟夏食菽與雞孟秋食麻與犬孟冬食黍與彘 窮海之錯極陸之毛 尚書曰海物惟錯禮記曰加豆陸産也穀梁傳曰凡地之所生謂之毛 伊公爨鼎庖子揮刀 伊公伊尹也韋昭漢書注曰爨灼也庖庖子庖丁也 味重九沸和兼勺藥 呂氏春秋伊尹說湯曰凡味之本水最爲始五味三和九沸九變爲火之紀高誘曰紀節也味待火然後成故曰火爲之節也文穎上林賦注曰勺藥五味之和 晨鳧

露鵠霜鵽黄雀說苑曰魏文侯嘗晨鳧霜露降鵠鵽美南都賦曰歸鴈鳴鵽楚辭曰煎鰿臛雀王逸曰臛黄雀也圓案星亂方丈華錯鹽鐵論曰垂拱持案食者不知蹠耒躬耕者之勤也墨子曰美食方丈目不能徧視口未能徧味也列女傳曰方丈於前所甘不過一肉也封熊之蹯翰音之跖左氏傳曰晉靈公宰夫胹熊蹯不熟禮記曰雞曰翰音呂氏春秋曰善學者若齊王之食雞也食其跖數千而後足也鸞髀猩脣髦殘象白呂氏春秋伊尹說湯曰肉之美者嶲鸞之髀孫炎爾雅注曰嶲胡圭切說文曰髀股外也裨尒切呂氏春秋伊尹曰肉之美者猩猩之脣髦象之約高誘曰髦髦牛也在西方象象獸也在南方取其遠方物之美也髦象之肉美貴異味也殘白蓋貲肉之異名也崔駰博徒論曰鸞鷰臛羊殘炙鴈煮鳧靈淵之龜萊黄之鮐七啓曰寒方苓之巢龜鹽鐵論曰江湖之魚萊黄之鮐不可勝也漢書東萊郡有黄縣說文曰鮐海魚也待來切丹穴之鷚玄豹之胎山海經曰丹穴之山有鳥焉其狀如鶴五采名曰鳳說文曰鷚鳥大鶵鶵列女傳陶荅子妻曰

原作芳

南山有玄豹六韜曰殷君玉杯象箸不盛菽藿之羹必將熊蹯豹胎也燀以秋橙酤以春梅左氏傳晏子曰和如羹焉水火醯醢鹽梅以烹魚肉燀之以薪杜預曰燀炊之也愽物志曰橙似橘而非若柚而有芬香劉梁七擧曰酤以醢醢和以密飴廣雅曰沽溢也酤與沽同也他兼切尚書曰若作和羹爾惟鹽梅接以商王之箸承以帝辛之杯商王帝辛皆謂紂也史記曰帝乙崩子辛立是爲帝辛天下謂之紂六韜曰殷君陳玉杯象箸韓子曰紂爲象箸箕子曰象箸玉杯不盛菽藿者也范公之鱗出自九溪陶朱公養魚經曰威王聘朱公問之曰公家累億金何術乎朱公曰夫爲生之法五水畜第一所謂水畜者魚池也以六畝地爲池池中有九洲即求懷子鯉魚以二月上旬庚日內池中養鯉者鯉不相食易長又貴也頳尾丹鰓紫翼青鬐毛詩曰魴魚頳尾丹鰓已見上文上林賦曰揵鬐掉尾振鱗奮翼爾乃命支離飛霜鍔莊子曰朱泙漫學屠龍於支離益殫千金之家三年技成而無所用其巧司馬彪曰朱姓也泙漫名也益人名也泙普彭切霜鍔巳

見上文紅肌綺散素膚雪落七啓曰玄熊素膚又曰離若散雪婁子之豪不能厠其細秋蟬之翼不足擬其薄孟子曰離婁者古明目者也能視百步之外見秋毫之末楚辭曰蟬翼爲重繁肴既闋亦有寒羞蒼頡篇曰闋訖也周禮曰朝事之籩鄭司農曰朝事謂清朝未食先進寒具口實之籩也商山之果漢皐之榛漢書曰四人者秦之世避而入商雒深山已見西都賦漢皐已見南都賦韓詩外傳曰鄭交甫遵彼漢皐臺下郭璞上林賦注曰榛亦橘之類也音湊或曰榛析龍眼之房剖椰子之殼劉淵林吳都賦注曰龍眼如荔枝而小味甘又曰椰樹似檳榔實大如瓠裏有汁美如蜜核可作飲器殼即核也凡物內盛者皆謂之殼苦角切恊韻苦豆切芳旨萬選承意代奏鄭玄周禮注曰選擇也孔安國尚書傳曰奏進也乃有荆南烏程豫北竹葉盛弘之荆州記曰淥水出豫章康樂縣其間烏程鄉有酒官取水爲酒酒極甘美與湘東酃湖酒年常獻之世稱酃淥酒吳地理志

據別本及晉書乙

曰吳興烏程縣酒有名張華輕薄篇曰蒼梧竹葉清宜城九醖酒浮蟻星沸飛華蓱接南都賦曰醪敷徑寸浮蟻如（若）蓱玄石嘗其味儀氏進其法博物志曰玄石從中山酒家酤酒酒家與之千日之酒戰國策魯君曰昔帝女儀狄作酒而美進之於禹也傾罍一朝可以流湎千日薛君韓詩章句曰齊顏色均衆寡謂之流閉門不出客謂之湎漢書谷永曰流湎媟嫚千日已見上文單醪投川可使三軍告捷黃石公記曰昔良將之用兵也人有饋一簞之醪投河令衆迎流而飲之夫一簞之醪不味一河而三軍思爲致死者以滋味及之也斯人神之所歆羨觀聽之所煒曄也毛詩曰帝謂文王無然歆羨說文曰歆神食氣也方言曰煒盛也郭璞曰暐曄盛貌也子豈能强起而御之乎公子曰耽口爽之饌甘腊毒之味老子曰五味令人口爽廣雅曰爽傷也國語單襄公謂魯成公曰高位寔疾顛厚味寔腊毒賈逵曰顛隕也腊久也言味厚者其毒久服腐腸之藥御

此篇本旨唯在此節耳然非無風刺晉史稱天下已亂協遂屏居草澤擬諸文士作七命然則斯篇傷亂憂時故作此秘之語以寄其遁藻之思耳

亡國之器呂氏春秋曰肥肉厚酒以務相彊命曰爛腸之食亡國之器象箸玉杯已見上文雖子大夫之所榮故亦吾人之所畏余病未能也大夫曰蓋有晉之融皇風也金華啓徵大人有作杜預左氏傳注曰融朗也晉爲金德故曰金華周易曰利見大人又曰聖人作而萬物覩繼明代照配天光宅周易曰明兩作離大人以繼明照于四方毛詩序曰思文后稷配天也尚書序曰昔在帝堯光宅天下其基德也隆於姬公之處岐姬公文王也國語曰太上基德十五王而始平之孟子曰昔文王之治岐也仕者世祿王處岐已見思玄賦其垂仁也富乎有殷之在亳尚書仲虺曰惟王克寬克仁彰信兆民孔安國曰言湯有寬仁之德尚書序曰湯既黜夏命復歸於亳南箕之風不能暢其化離畢之雲無以豐其澤尚書曰星有好風星有好雨春秋緯曰月失其行離於箕者風離於畢者雨皇道煥炳帝載緝熙景福殿賦曰樂我皇道尚書舜曰有能奮庸熙帝之載詩曰維清緝熙文王之

文三十五

典導氣以樂宣德以詩呂氏春秋曰陶唐氏之化陰多滯伏陽道壅塞人氣鬱閼筋骨攣縮作舞宣導之國語曰王將鑄無射問律於泠州鳩對曰律所以立均度所以宣布哲人之令德示民軌儀也教清於雲官之世治穆乎鳥紀之時左氏傳曰郯子來朝公與之宴昭子問焉曰少皞氏鳥名何故也郯子曰昔者黃帝氏以雲紀故爲雲師而雲名我高祖少皞摯之立也鳳鳥適至故以鳥紀爲鳥師而鳥名也王猷四塞函夏謐寧毛詩曰王猶允塞猶與猷同已見上文爾雅曰謐寧也丹冥投烽青徼釋警丹南方朱冥也楚辭曰歷祝融於朱冥王逸曰朱冥之野也青徼東方也呂氏春秋曰禹東至青羌之野南至交阯丹粟范睢後漢書遼東徼外貊人寇右北平張揖漢書注曰徼塞也以木柵水中爲夷狄之界也却馬於糞車之轅銘德於昆吾之鼎老子曰天下有道却走馬以糞王弼曰天下有道脩於內而已故却走馬以糞田東京賦曰却走馬以糞車墨子曰昔夏開使飛廉採金於山以鑄鼎於昆吾蔡邕銘論曰呂尚作周大師而封齊

原炷即作則

其功銘於昆吾之治也群萌反素。時文載郁。素樸素也東京賦曰遵節儉尚素樸論語子曰周監於二代郁郁乎文哉耕父推畔。魚豎讓陸。文子曰黃帝之化天下田者讓畔淮南子曰黃帝化天下漁者不爭坻樵夫恥危冠之飾。輿臺笑短後之服。長楊賦曰士有不談王道者即樵夫笑之韓非子曰解其長劒免其危冠左氏傳曰人有十等皁臣僕僕臣臺莊子魏太子謂莊周曰吾王所見唯劒士短後之服王乃說之也六合時邕。巍巍蕩蕩。呂氏春秋曰神通乎六合尚書曰黎民於變時雍論語子曰大哉堯之爲君蕩蕩乎民無能名焉巍巍乎其有成功也玄齠卷歌。黃髮擊壤。埤蒼曰髫髮也髫與齠古字通也大聊切列子曰堯理天下乃微服游康衢聞兒童謠曰立我蒸民莫匪爾極不識不知順帝之則毛詩曰黃髮台背爾雅曰黃髮壽也論衡曰堯時天下大和百姓無事有五十之人擊壤於塗也解羲皇之繩。錯陶唐之象。周易曰上古結繩而治尚書大傳曰唐虞之象刑赭衣不純中刑雜屨下刑墨幪幪音蒙也若

鳥。别本及晋出
原注林作樹

乃華裔之夷流荒之貊左氏傳孔子曰裔不謀夏夷不亂華尚書曰五百里荒服又曰二百里流孔安國曰要服之外五百里也周書曰四夷九貊孔晁曰貊夷之別也語不傳於輶軒地不被乎正朔風俗通曰秦周常以八月輶軒使採異代方言藏之秘府春秋說題辭曰蠻服流遠正朔不及盛德則感越裳重譯至也莫不駿奔稽顙委質重譯毛詩曰駿奔走在廟喻巴蜀曰稽顙來享禮記曰拜而後稽顙左氏傳狐突曰策名委質貳乃辟也重譯見上文于時昆蚑感惠無思不擾毛詩序曰文王德及鳥獸昆虫焉說文云蚑行也凡生之類行皆蚑也毛詩曰無思不服應劭漢書注曰擾馴也苑戲九尾之禽囿棲三足之烏春秋元命苞曰天命文王以九尾狐白虎通曰禽者何鳥獸之揔名明爲人所禽制也典引曰三足軒翥於茂林蔡邕曰烏反哺之鳥至孝之應也鳴鳳在林夥於黃帝之園禮瑞命記曰黃帝服黃服戴黃冠齋于宮鳳乃蔽日而來止帝園食竹實棲帝梧桐終不去漢書曰楚人謂多爲夥有

龍游淵盈於孔甲之沼左氏傳蔡墨曰有夏孔甲擾于有帝帝賜之乘龍河漢各二各有雌雄也杜預曰孔甲少康之後九世之君也萬物烟熅天地交泰周易曰天地絪縕萬物化醇又曰天地交泰義懷靡內化感無外莊子徧謂周曰吾知道近乎無內遠乎無外林無被褐山無韋帶老子曰聖人被褐懷玉漢書賈山上疏曰夫布衣韋帶之士脩身於內成名於外皆象刻於百工兆發乎靈蔡尚書曰高宗夢得說使百工營求諸野審象求於天下孔安國曰審所夢之人刻其形象也史記曰呂尚年老矣以漁釣奸周西伯西伯將畋卜之曰所獲霸王之輔於是西伯獵果遇太公論語子曰臧文仲居蔡鄭玄曰蔡謂國君之守龜也搢紳濟濟軒冕藹藹封禪書曰因雜搢紳先生之略術毛萇詩傳曰濟濟多威儀也管子曰先王制軒冕足以著貴賤廣雅曰藹藹盛也功與造化爭流德與二儀比太淮南子曰大丈夫無爲與造化逍遥周易曰易有太極是生兩儀嚴君平老子指歸曰功與造化爭流德與天

地齊光言未終公子蹶然而興莊子曰黃帝問廣成子廣成子蹶然而起司馬彪曰蹶疾起貌曰鄙夫固陋守此狂狷鄙夫已見西征賦司馬遷書曰請略陳固陋論語子曰不得中行而與之必也狂狷乎狂者進取狷者有所不為也蓋理有毀之而爭寶之訟解莊子曰庚市子肩之毀玉也淮南子莊子后解曰庚市子聖人無慾者也人有爭財相鬭者庚市子毀玉於其間而鬭者止言有怒之而齊王之疾痊呂氏春秋曰齊閔王病瘠往宋迎文摯文摯視王疾謂太子曰王病得怒當愈愈則殺摯如何太子曰臣當與母共請於王必不殺子矣摯往不解屨登牀履衣問王之疾王怒叱而起病即瘳將生烹文摯太子與后請不得遂烹文摯司馬彪莊子注曰瘥除也向子誘我以聾耳之樂棲我以蔀家之屋老子曰五音令人耳聾周易曰豐其屋蔀其家覆曖障光之物也既豐其屋又覆其家屋厚家覆闇之甚也田游馳蕩利刃駿足既老氏之攸戒非吾人之所欲故靡得

而　别本及晋名

應子老子曰馳騁田獵令人心發狂至聞皇風載韙時聖道醇杜預左氏傳注曰韙是也于匪切尚書曰政事惟醇孔安國曰醇粹也舉實爲秋摛藻爲春韓詩外傳曰魏文侯之時子質仕而獲罪謂簡主曰夫春樹桃李夏以得蔭其下秋得食其實今子樹其非人也吾不復樹德簡主曰夫春樹桃李夏以得蔭其下秋得食其實今子樹其非人也苔賓戲曰摛藻如春華下有可封之民上有大哉之君尚書大傳曰周人可比屋而封論語子曰大哉堯之爲君惟天爲大惟堯則之民或爲屋余雖不敏請尋後塵論語顏回曰回雖不敏請事斯語應璩璩與桓元則書曰敢不策馳蔽尋後塵

詔

詔一首　漢武帝

詔曰蓋有非常之功必待非常之人故馬或奔踶而致千里善曰言馬不良或奔或踶御之以道而致千里之塗聲類曰踶蹋也杜計切士或有負

其字至者字句

莫 别本及漢書

俗之累而立功名晉灼曰被世譏論也善曰越絕書曰有高世之林者必有負俗之累也夫泛駕之馬跅弛之士亦在御之而已應劭曰泛覆也馬有餘氣力乃能敗駕馬泛方奉切如淳曰弛廢也士行卓異不入俗檢如見斥逐也跅音拓或曰音尺其令州縣察吏民有茂才異等應劭曰舊言秀才避光武諱改稱茂才異等者越等軼羣不與凡同也善曰察觀也察審知然後薦之也可爲將相及使絕國者善曰桓子新論雍門周曰遠赴絕國無相見期

賢良詔一首

漢武帝

朕聞昔在唐虞畫象而民不犯應劭曰二帝但畫衣冠章服而民不敢犯也善曰尚書大傳曰唐虞象刑而民不敢犯墨子曰畫衣冠而民不犯日月所燭罔不率

俾。善曰大戴禮孔子曰昔舜出入日月罔不率俾孔安國尚書傳曰無不循化而使也周之成康，刑措不用德及鳥獸。善曰紀年曰成康之際天下安寧刑措四十年不用毛詩序曰文王受命樂其有靈德以及鳥獸焉尸子曰湯之德及鳥獸矣教通四海海外肅慎晋灼曰東夷傳肅慎今挹婁地是也在夫餘之東北千餘里大海之濵善曰大戴禮孔子曰昔舜西王母來獻其白玉琯云教通于四海海外肅慎挹於甲切北發渠搜氐羌來服。晋灼曰北發似國名也應劭曰禹貢析支渠搜屬雍州在金河關之西善曰北發國名也大戴禮北發渠搜氐羌來服鄭玄詩箋曰氐羌夷狄國別在西方也星辰不孛日月不蝕山陵不崩川谷不塞善曰大戴禮曰聖人有國則日月不蝕星辰不孛川澤不竭山不崩解陵不絕矣麟鳳在郊藪河洛出圖書。善曰禮記曰聖王所以順故鳳凰騏麟皆在郊藪周易曰河洛出圖書聖人則之嗚呼何施而臻此乎今朕獲奉宗廟夙興以求夜寐以思若涉

魏尉瑾云九錫或稱王粲与代作言曹植 酉陽雜俎十二

淵水未知所濟善曰尚書曰予唯小子若涉淵水予惟往求朕攸濟猗歟偉歟何行而可以彰先帝之洪業休德如淳曰猶詩曰猗歟那歟猗美也偉大也歟辭也言美而且大上參堯舜下配三王朕之不敏不能遠德此子大夫之所覩聞也善曰國語越王勾踐曰苟聞子大夫之言賈逵曰親而近故曰子大夫也賢良明於古今王事之體受策察問咸以書對著之于篇朕親覽焉

册說文曰册符命也諸侯進受於王象其札一長一短中有二編也

册魏公九錫文一首

范曄後漢書曰曹操自為魏公加九錫韓詩外傳曰諸侯之有德天子錫之一錫車馬再錫衣服三錫虎賁四錫樂器五錫納陛六錫朱戶七錫弓矢八錫鈇鉞九錫秬鬯謂之九錫也

制字至侯字一句

潘元茂文章志曰潘勗字元茂獻帝時爲尚書郎遷東海相未發拜尚書左丞病卒魏錫勗所作

制詔蔡邕獨斷曰制詔者王之言以爲法制也詔猶誥也三代無其文秦漢有也使持節丞相領冀州牧武平侯魏志曰建安元年天子假太祖節鉞封武平侯建安九年領冀州牧也朕以不德少遭閔凶越在西土遷于唐衛朕謂獻帝也左氏傳楚子曰不穀不德少主社稷又楚少宰如晉師曰寡君少遭閔凶又厚成叔弔于衛曰聞君不撫社稷而越在佗境尚書曰逷矣西土之人范曄後漢書獻帝紀曰初平元年遷都長安興平二年車駕東歸李傕追戰王師敗帝渡河幸安邑建安元年六月幸聞喜七月車駕至洛陽漢書河東郡有皮邑縣聞喜縣然自聞喜入洛必塗經河內河內本衛國河東本唐堯所封故曰唐衛也當此之時若綴旒然公羊傳曰君若贅旒然何休曰旒旗旒也贅猶綴也以譬者言爲下所執持東西耳宗廟乏祀社稷無

位羣凶覬覦分裂諸夏左氏傳師服曰民服事其上而下無覬覦杜預曰下不冀望上
位也說文曰覬幸也覦欲也一人尺土朕無獲焉孟子曰紂之去武丁未久也尺地莫
非其有也一民莫非其臣也即我高祖之命將墜於地朕用夙興假
寐震悼于厥心論語子貢曰文武之道未墜於地毛詩曰夙興夜寐又曰假寐永歎楚辭曰心
震悼而不敢曰惟祖惟父股肱先正其孰恤朕躬尚書曰臣作朕股肱
耳目又曰亦惟先正克左右昭事厥辟又曰惟祖惟父其伊恤朕躬鄭玄曰先正先臣爲公卿大夫也乃
誘天衷誕育丞相左氏傳甯武與衛人盟曰用昭乞盟于爾大神以誘天衷毛詩傳曰誕
大也鄭玄曰大矣后稷之生也保乂我皇家弘濟于艱難朕實賴之
尚書周公曰天壽平格保乂有殷又曰用敬保元子釗弘濟于艱左氏傳然明曰鄭國其實賴之令將
授君典禮其敬聽朕命昔者董卓初興國難羣后

釋注及魏志

失位以謀王室君則攝進首啓戎行此君之忠於本朝也魏志曰董卓廢帝爲弘農王而立獻帝將軍袁紹等同時俱赴卓兵彊莫敢先進太祖遂引兵西左氏傳王子朝告于諸侯曰釋位以間王政又曰會于洮謀王室也服虔曰諸侯釋其私政而佐王室後及黃巾反易天常侵我三州延于平民君又討之翦除其迹以寧東夏此又君之功也魏志曰青州黃巾衆有百餘萬入兗州遂轉入東平太祖遂進兵擊黃巾於壽張東破之黃巾至濟北乞降左氏傳太史克曰顓頊氏有不材子以亂天常尚書曰蚩尤惟始作亂延及平民韓暹楊奉專用威命又賴君勳克黜其難魏志曰韓暹楊奉以天子還洛陽奉別屯梁太祖遂至洛陽暹走公征奉奉南奔袁術遂攻其梁屯拔之遂建許都造我京畿設官兆祀不失舊物天地鬼神於是獲乂此又君之功也魏志曰建安元年洛陽殘破太祖都許至

轅注及魏志

是宗廟社稷制度始立周禮曰設官分職又曰兆五帝於四郊鄭玄曰兆爲壇之營域也左氏傳五員曰少康祀夏配天不失舊物袁術僭逆肆于淮南懾憚君靈用丕顯謀蘄陽之役橋蕤授首魏志曰袁術字公路欲稱帝於淮南術侵陳公東征之術聞公自來弃軍走留其將橋蕤公擊破蕤等斬之左氏傳曰肆於民上杜預曰肆施也蘄縣屬沛在陳之東也稜威南厲術以殞潰此又君之功也魏志曰術爲太祖所敗欲至青州從袁譚發病道死漢書武帝報李廣曰威稜憺乎鄰國鄭玄論語注曰厲嚴整也左氏傳曰民逃其上曰潰迴戈東指呂布就戮魏志曰呂布字奉先五原人也爲兖州牧建安三年公東征大破之布乃還固守公遂決泗沂水以灌城禽布殺之長楊賦曰迴戈邪指南越相夷乘軒（轅）將反張揚沮斃眭固伏罪張繡稽服此又君之功也魏志曰張楊字稚叔雲中人董卓以爲建義將軍建安四年公還昌邑張揚將楊醜殺揚以應太祖揚將眭固殺醜將其衆欲北合袁紹太祖遣史渙

邀擊之殺固又曰張繡武威人驃騎將軍濟族子也濟死繡領其衆屯宛太祖南征軍育水繡等舉降左氏傳曰楚王告令尹改乘轅而北之毛萇詩傳曰沮壞也袁紹逆常謀危社稷憑恃其衆稱兵内侮魏志曰袁紹字本初汝南人天子以紹爲太尉會太祖迎天子都許紹擇精卒十萬騎萬匹將攻許也當此之時王師寡弱天下寒心莫有固志寒心已見上文周易曰執用黃牛固志也君執大節精貫白日論語曾子曰臨大節而不可奪戰國策唐雎謂秦王曰聶政之刺韓傀也白虹貫日奮其武怒運諸神策致屆官渡大殲醜類魏志建安五年公軍官渡袁紹遣車運穀使淳于瓊送之公擊瓊斬之紹衆大潰紹弃軍走毛詩曰致天之罰屆于牧之野鄭玄曰致天所以罰殛紂也尒雅曰殲盡也醜衆也俾我國家拯於危墜此又君之功也說文曰出溺爲拯也濟師洪河拓定四州青冀幽并也袁譚高幹咸梟其首魏志曰紹出長子譚領青州又

曰建安十年公攻袁譚破之斬譚又曰袁紹以甥高幹領并州牧公征幹幹遂走荆州上洛都尉王琰捕斬之漢書音義曰懸首於木上曰梟**海盜奔迸黑山順軌此又君之功也**魏志曰公東征海賊管承至淳于遣樂進擊破之承走入海島又曰黑山賊張燕率其衆降封爲列侯**烏丸三種崇亂二世袁尚因之逼據塞北**魏志曰三郡烏丸承天下亂破幽州略有漢民袁紹皆立其酋豪爲單于遼西單于蹹頓尤強故尚兄弟歸之數入塞爲害尚書周公曰乃大降罰崇亂有夏孔安國云崇重也**束馬懸車一征而滅此又君之功也**魏志曰君北征三郡烏丸袁尚袁熙與蹹頓遼西單于樓班右北平單于巨祇等數萬騎逆軍公縱兵擊之虜衆大崩斬蹹頓尚奔遼東遼東太守公孫康即斬尚熙等傳其首管子曰桓公征孤竹之君懸車東馬踰太行至卑耳之山**劉表背誕不供貢職王師首路威風先逝百城八郡交臂屈膝此又君之功也**魏志曰建安十三年公南征劉表表卒其子

下飄字原文作遙又無求字　原姑鄉作耶　無作亡

箄魏志及別本作單此是也不當改故回改之

琮降左氏傳楚伯州犂謂鄭行人揮曰子姑憂子皙之欲背誕也管仲曰爾貢苞茅不入王祭不供廣雅曰首向也戰國策張儀曰交臂而事齊楚檄蜀文曰匈奴屈膝請和馬超成宜同惡相濟濱據河潼求逞所欲殄之渭南獻馘萬計遂定邊城撫和戎狄此又君之功也魏志曰建安十六年關中諸將馬超韓遂成宜等及超等屯潼關公西征與超等夾關戰公乃分兵結營於渭南賊夜攻營伏兵擊破之斬成宜周書太公曰同惡相助同好相趨思賢賦曰飄飄神舉求逞所欲小推曰殄盡也毛詩曰在泮獻馘鄭玄曰馘所格者左耳也羽獵賦曰杖鏌鋣而羅者以萬計長楊賦曰永無邊城之災左氏傳晉侯謂魏絳曰子教寡人和諸戎狄鮮卑丁令重譯而至箄于白屋請吏帥職此又君之功也鮮卑丁令二國名重譯已見上文張茂先博物志曰北方五狄一曰匈奴二曰穢貊三曰密吉四曰箄于五曰白屋然白屋今之靺鞨也箄于今之契丹也本並以箄于爲單于疑字誤也箄音必計切劉淵林魏都賦注曰

尚書洛誥旁作穆穆迓衡不迷文武勤教 孔傳勤教
文武所勤之教

比罽鞨單于白屋范曄後漢書曰單于謂耿恭曰若降
者當封爲白屋王漢書曰卬笮請吏比西南夷也又曰
滇王降請吏然請吏請漢爲之置吏也君有定天下之功重以明德左氏傳史
趙曰舜重以明德宣德於遠也班叙海内宣美風俗旁施勤教恤慎刑
獄尚書曰旁作穆穆弗迷文武勤教又曰欽哉欽哉惟刑之恤哉又曰文王罔追兼于庶獄庶愼也吏
無苛政民不回慝禮記曰孔子過山側有婦哭於墓者而使子貢問之曰昔者吾舅死於虎
夫又死焉吾子又死焉夫子曰何不去也曰無苛政左氏傳季文子曰少皥氏有不才子曰靖譖庸回邪服蒐
慝杜預曰回慝惡也敦崇帝族援繼絕世舊德前功罔不咸秩
尚書曰敦叙九族鄭玄詩箋曰崇厚也論語曰繼絕世周易曰食舊德貞厲終吉尚書曰咸秩無文雖
伊尹格于皇天周公光于四海方之蔑如也尚書曰時則有若伊
尹格于皇天孝經曰孝悌之至通于神明光于四海法言曰俗稱東方生之盛其遺書蔑如也毛萇詩傳曰蔑

無也朕聞先王並建明德胙之以土分之以民左氏傳曰子魚曰昔武王選建明德以蕃屏周又衆仲曰天子建德因生以賜姓胙之以土而命之氏又子魚曰武王分康叔殷人七族崇其寵章備其禮物所以蕃衛王室左右厥世也鄭玄禮記注曰崇猶尊也禮記曰以爲旗章以別貴賤鄭玄曰章識也尚書曰統承先王修其禮物又曰率由典常以蕃王室又曰予欲左右有民其在周成管蔡不靖尚書曰武王旣喪管叔及其群弟乃流言於國又曰西土之人亦不靖懲難念功乃使邵康公錫齊太公履東至于海西至於河南至于穆陵北至于無棣五侯九伯實得征之左氏傳管仲對屈完之辭世胙太師以表東海左氏傳王使劉定公賜齊侯命曰世胙太師以表東海杜預曰表顯也爰及襄王亦有楚人不供王職又命晉文登爲侯伯錫以二輅虎賁鈇鉞秬鬯

悳 女六 漢

弓矢大啓南陽世作盟主左氏傳曰晉侯及楚人戰于城濮楚人敗績王策命晉侯爲侯伯賜之大輅戎輅秬鬯一卣虎賁三百人又曰晉文侯朝王王與之陽樊攢茅之田於是始啓南陽又范宣子曰晉主夏盟杜預曰爲諸夏盟主也故周室之不壞繄二國是賴二國齊晉也左氏傳王使劉定公賜齊侯命曰王室不壞繄伯舅是賴杜預曰繄發聲也今君稱丕顯德明保朕躬奉荅天命導揚弘烈尚書曰王曰公明保予冲子稱丕顯德以予小子揚文武烈奉荅天命綏爰九域罔不率俾尚書曰綏爰有衆曰亡戲怠韓詩曰方命厥后奄有九域薛君曰九域九州也尚書湼曰海隅日出罔不率俾功高乎伊周而賞卑乎齊晉朕甚[illegible]焉漢書哀帝詔曰惟念德報未殊朕甚悳焉朕以眇身託于兆民之上[illegible]書宣帝詔曰朕以眇身奉承宗祖又曰託於兆民之上也永思厥艱若涉淵水非君攸濟朕無任焉尚書曰肆予冲人永思厥

艱又曰已予惟小子若涉淵水予惟往求朕攸濟今以冀州之河東河內魏郡趙國中山鉅鹿常山安平甘陵平原凡十郡封君爲魏公使使持節御史大夫慮授君印綬冊書金虎符第一至第五竹使符第一至第十魏志曰天子使御史大夫郗慮持節策命公爲魏公司馬彪續漢書曰慮字鴻豫山陽人應劭漢官儀曰金銅虎符五竹使符十范曄後漢書杜詩上書曰舊制發兵皆以虎符其餘徵調竹使符錫君玄土苴以白茅爰契爾龜用建冢社尚書緯曰天子社東方青南方赤西方白北方黑上冒以黃土將封諸侯各取方土苴以白茅以爲社毛詩曰爰始爰謀爰契我龜毛萇曰契問也鄭玄曰契灼其龜毛詩曰乃立冢社戎醜攸行毛萇詩傳曰冢土大社也昔在周室畢公毛公入爲卿佐尚書曰乃召畢公毛公孔安國曰畢毛皆國名入爲天子公卿周邵師保出爲二伯尚書曰召公爲保周公爲師鄭玄毛詩箋曰召

伯姬姓也作上公爲二伯外内之任君實宜之其以丞相領冀州牧如故今更下傳璽肅將朕命以允華夏其上故傳武平侯印綬（應劭風俗通曰諸侯有傳信乃得舍於傳故既下新傳命上故傳及印綬也尚書曰肅將天威又曰夙夜出納朕命惟允爾雅曰允信也）今又加君九錫其敬聽後命（左氏傳宰孔曰且有後命）以君經緯禮律爲民軌儀（家語孔子曰唐叔封於晉以經緯其民王肅曰經緯猶織以成之國語冷州鳩曰爾民軌儀也）使安職業無或遷志是用錫君大輅戎輅各一玄牡二駟（杜預左氏傳注曰大輅金輅戎輅戎車也）君勸分務本嗇民昏作（左氏傳臧文仲曰貶食省用務嗇勸分杜預曰勸分有無相濟也漢書詔曰農天下之本也而人或不務本而事末尚書曰惰農自安弗昏作勞）粟帛滯積大業惟興是用錫君袞冕之服赤舃副焉（韋昭漢書注曰滯積

原文向作嚮

久也易曰富有之謂大業韋昭漢書注曰衮卷龍衣玄上纁下冕冠也周禮曰王之服纓赤舃青絇也君敦尚謙讓俾民興行杜預左氏傳注曰尚上也孝經曰陳之以德義而民興行先之以敬讓而民不爭少長有禮上下咸和左氏傳晉侯觀師曰少長有禮其可用也孝經子曰上下無怨尚書曰用咸和萬人是用錫君軒懸之樂六佾之舞周禮曰小胥掌正樂懸之位諸侯軒懸鄭司農曰軒懸去一面也左氏傳曰公問羽數於衆仲衆仲對曰諸侯用六杜預曰六六三十六人也君翼宣風化爰發四方尚書曰予欲左右有民汝翼予欲宣力四方汝爲毛詩曰賦政于外四方爰發遠人回面華夏充實劇秦美新曰海外遐方回面内向漢書班固昭紀贊曰匈奴和親百姓充實也是用錫君朱户以居服虔漢書注曰朱户天子之禮也朱户赤户也潘勗集曰制詔魏公朱户納陛就所治作君研其明哲思帝所難鄭玄周易注曰研喻思慮哲尚書咎繇曰在知人禹曰咸若時惟帝其難之知人則哲能官人

官才任賢群善必舉尚書伊尹曰任官惟賢才論語子曰舉善而教不能則勸是用錫君納陛以登漢書音義如淳注曰刻殿基以爲陛以有兩旁上下安也孟康曰謂鑿殿基際爲陛不使露也孟説是也尊者不欲露而升陛故内之霤也君秉國之均正色處中毛詩曰秉國之均四方是維尚書王曰正色率下纖毫之惡靡不抑退謝承後漢書曰李咸奏曰春秋之義貶纖介之惡采毫毛之善是用錫君虎賁之士三百人虎賁三百人已見上文君糾虔天刑章厥有罪國語敬姜曰太史司載糾虔天刑韋昭曰糾察也虔敬也刑法也尚書曰降災于夏以章厥罪犯關干紀莫不誅殛左氏傳季孫盟臧氏曰無或如臧孫紇干國之紀犯門斬關孔安國尚書傳曰殛誅也是用錫君鈇鉞各一蒼頡篇曰鈇椹也質也又曰鉞斧也君龍驤虎視旁眺八維鄒陽上書曰蛟龍驤首周易曰虎視眈眈楚辭曰引八維以自導也揜討逆節折衝四海

毛萇詩傳曰揜大也漢書主父偃説上曰今以法割諸侯則逆節萌起晏子春秋孔子曰不出樽俎之間而折衝千里之外子之謂也

是用錫君彤弓一彤矢百玈弓十玈矢千杜預左氏傳注曰彤赤也玈黑也弓一矢百則矢千弓十矣

君以溫恭爲基孝友爲德毛詩曰溫溫恭人惟德之基又曰張仲孝友

明允篤誠感乎朕思左氏傳曰高陽氏有子明允篤誠

是用錫君秬鬯一卣珪瓚副焉孔安國尚書傳曰黑黍曰秬釀以鬯草卣中樽也以圭爲杓謂之圭瓚

魏國置丞相以下群卿百僚皆如漢初諸王之制君往欽哉敬服朕命簡恤爾衆時亮庶功用終爾顯德對揚我高祖之休命尚書王曰簡恤爾命用成爾顯德又曰惟時亮天功又曰敢對揚天子休命

文選卷第三十五

七月初一夕 侃誦

文選卷第三十六

梁昭明太子撰

文林郎守太子右內率府錄事參軍事崇賢館直學士臣李善注上

令

任彥昇宣德皇后令一首

教

傅季友爲宋公修張良廟教一首

修楚元王墓教一首

文

王元長永明九年策秀才文五首

具位者略言官代以此二字代其文猶中謝之類非施用時若此也注未晰後世亦稱具官

永明十一年策秀才文五首

任彥昇天監三年策秀才文三首

令

宣德皇后令一首蕭子顯齊書曰文安王皇后諱寶明琅邪臨沂人也父曄之齊世祖爲文惠太子納后欝林即位尊爲皇太后稱宣德宮梁王蕭衍定京邑迎后入宮稱制至禪位梁王於荊州立蕭穎胄爲帝進梁王爲相國封十郡爲梁公表讓不受詔斷表宣德皇后勸令受封

任彥昇

宣德皇后敬問具位言梁武故曰具也夫功在不賞故庸勳之典蓋闕言功績既高在乎不賞故庸勳之典蓋闕而不論周書曰平州之臣功大弗賞諂臣日貴史記

蒯通說韓信曰功蓋天下者不賞左氏傳富辰曰庸勳親親暱近尊賢

施侔造物則謝德之途已寡也

言恩施既隆侔於造物則謝德之途已寡而不著莊子曰夫造物者爲人司馬彪曰造物謂道也魏志曰劉廙上疏曰物不荅施於天地而子不謝生於父母

要不得不彊爲之名使荃宰有寄

言德顯功高雖無酬謝之理要不彊爲酬謝之名庶使君主之情微有所寄也老子曰吾彊爲之名曰大楚辭曰荃不察余之中情王逸曰荃香草以諭君也鄧析子曰聖人逍遥一世閒宰匠萬物之形晉中興書孝武詔曰誠存匪懈治道有寄

公實天生德齊聖廣淵

班固漢書高祖述曰寔天生德聰明神武尚書曰乃祖成湯齊聖廣淵

不改參辰而九星仰止不易日月而二儀貞觀

陸賈新語曰堯舜不易日月而興桀紂不異星辰而亡天道不改而人道易也周書王曰余不知九星之光周公旦曰九星星辰日月四時歲是謂九星九星九光毛詩小雅曰高山仰止周易曰易有太極是生兩儀王肅曰兩儀天地也又曰天地之道貞觀者也

在昔

晦明隱鱗戢翼周易曰明入地中明夷君子以莅衆用晦而明王弼曰藏明於内乃得明也曹植矯志詩曰仁虎匿爪神龍隱鱗成公綏慰志賦曰惟潛龍之勿用戢鱗翼而匿景博通群籍而讓齒乎一卷之師謝承後漢書曰范丹博通群藝范曄後漢書曰馬續博觀羣籍揚子法言曰一巷之市不勝異價一卷之書不勝異意一巷之市必立之平一卷之書必立之師劒氣淩雲而屈迹於萬夫之下魏志段灼理鄧艾曰艾勇氣淩雲士衆乘勢六韜太公曰屈一人之下伸萬夫之上惟聖人能焉辯析天口而似不能言七略齊田駢好談論故齊人爲語曰天口駢天口者言田駢子不可窮其口若事天論語曰孔子於鄉黨恂恂然似不能言者文擅彫龍而成輙削藁說文曰擅專也七略曰鄒赫子齊人齊人爲之語曰彫龍赫赫言鄒衍之術文飾之若彫鏤龍文漢書曰孔光時有所言輙削草藁如淳曰所作起草爲藁爰在弱冠首應弓旌禮記二十曰弱冠漢書制曰褒然爲舉首左氏傳曰陳敬仲曰詩云翹翹車乘招我以弓

孟子曰大招士以旃大夫以旌客游梁朝則聲華籍甚何之元梁典曰高祖起家齊巴陵王法曹漢書曰梁孝王來朝從游說之士相如見而說之客游梁朝淮南子曰聲華嘔符之樂其性者仁也嘔紆武切符音撫漢書曰陸賈游漢庭公卿間名聲籍甚音義或曰狼籍甚盛也薦名宰府則延譽自高何之元梁典曰高祖遷儀同王儉東閤祭酒王隱晉書曰周玘累薦名宰府國語曰使張老延君譽於四方隆昌季年勤王始著蕭子顯齊書曰鬱林王即位改元曰隆昌韋昭國語注曰季末也左氏傳曰狐偃曰求諸侯莫如勤王建武惟新締構斯在蕭子顯齊書曰明帝即位改元曰建武毛詩曰周雖舊邦其命惟新魏都賦曰有魏開國之日締構之初功隆賞薄嘉庸莫疇陸機高祖功臣頌曰帝疇爾庸後嗣是膺一馬之田介山之志愈厲言止有一馬之田以懷讓祿之志纔居六百之秩以秉推功之誠管子曰卜者卜凶吉利害也民之能此者皆一馬之田一金之衣左氏傳曰晉侯賞從士者介之推不言祿祿亦不及

史記曰文公環緜上山中而封子推號曰介山廣雅曰厲高也六百之秩大樹之號斯存漢書曰琅邪邴曼容養志以自脩爲官不肯過六百石輒自免去范瞱後漢書曰馮異每止舍諸將並坐論功異常獨屏樹下軍中號曰大樹將軍及擁旄司部代馬不敢南牧何之元梁典曰司州刺史蕭誕被殺高祖監司州班固涿邪山祝文曰杖節擁旄鉦人伐鼓沈約宋書曰明帝於南豫州之義陽郡立司州韓詩外傳曰代馬依北風過秦論曰胡人不敢南下而牧馬推轂樊鄧胡塵罕嘗夕起何之元梁典曰虜主拓跋宏既退高祖據樊城漢書馮唐曰臣聞上古王者遣將也跪而推轂曰閫以內寡人制之閫以外將軍制之鄧陽上書曰今胡數涉河北上覆飛鳥蘇林曰言胡來人馬之盛揚塵上覆飛鳥惟彼狡僮窮凶極虐何之元梁典曰東昏即位嬖近羣小誅高祖兄懿弟暢尚書大傳微子歌曰彼狡僮兮不我好兮鄭玄曰狡僮謂紂衣冠泯絕禮樂崩喪袁子曰古者命士巳上皆有冠冕謂之冠族之家劇秦美新曰弛禮崩樂塗民耳目旣而

原文拱作恭

鞠旅誓衆言謀王室何之元梁典曰高祖密與呂僧珍謀爲内伐毛詩曰陳師鞠旅毛萇曰鞠告也尚書曰王明誓衆士左氏傳曰公會齊侯于洮謀王室也白羽一麾黃鳥底定呂氏春秋曰武王至殷係墮武王左釋白羽右釋黃鉞免而自爲係出師頌曰素旄一揮鬻子曰武王率兵車以伐紂紂虎旅百萬陣于商郊起自黃鳥至于赤斧三軍之士靡不失色武王乃命太公把旄以麾之紂軍反走尚書曰震澤厎定甲既鱗下車亦瓦裂尚書大傳曰武王伐紂戰于牧野紂之卒輻分紂之車瓦裂紂之甲如鱗下賀于武王致天之屆拱揖群后毛詩曰致天之屆于牧之野典引曰欽若上下拱揖羣后豐功厚利無得而稱王命論曰帝王之祚必有豐功厚利積累之業論語孔子曰太伯三以天下讓人無德而稱焉是以祥光總至休氣四塞尚書中候曰帝堯文明榮光出河休氣四塞鄭玄曰朱美也四塞炫燿四方也五老游河飛星入昴論語比考讖仲尼曰吾聞帝堯率舜等升首山觀河渚乃有五老游渚五老曰河圖將浮

原文乎作于

具

據篇首具係之

龍銜玉苞刻版題命可卷金泥玉檢封書成知我者重瞳黃姚視五老飛爲流星上入昴注曰入昴宿則復爲星元功茂勳若斯之盛馮衍集曰定國家之大業成天地之元功劉琨勸進表曰茂勳格乎皇天而地狹乎四履勢卑乎九伯左氏傳管仲曰昔召康公命我先君太公曰五侯九伯汝實征之賜我先君履東至于海西至于河南至于穆陵北至于無棣杜預曰履復踐履也帝有恧焉輶軒莘止帝寶融也輶軒莘止謂進封梁公之使也漢書哀帝詔曰惟念德報未殊朕甚恧焉楊雄荅劉歆書曰常聞先代輶軒之使毛詩曰有鴞萃止今遣某位某甲等率茲百辟人致其誠致誠謂請無讓也毛詩曰百辟其刑之長笛賦曰致誠効志庶匪席之旨不遠而復梁王固讓同乎匪席之旨百辟固請庶王有不遠而復之義也毛詩曰我心匪席不可卷也周易曰不遠復無祇悔

教蔡邕獨斷曰諸侯言曰教

文心指瑕云始有賞際奇至之言終無撫叩酬即之語又云夫賞訓錫賚豈關心解撫訓執握何預情理 於此云晉末用字有三弊一造語[illegible]稀二同字重複[illegible]三用典以飾[illegible]錢則孔方之類

爲宋公修張良廟教一首

裴子野宋略曰義熙十三年高祖北伐大軍次留城令修張良廟

傅季友 沈約宋書曰傅亮字季友北地人也博涉文史尤善文辭初爲建威參軍稍遷至散騎常侍後太祖收亮付廷尉伏誅

綱紀 綱紀謂主簿也教主簿宣之故曰綱紀猶今詔書稱門下也虞預晉書東平主簿王豹白事齊王曰況豹雖陋故大州之綱紀也 夫盛德不泯義存祀典 左氏傳晉侯問於史趙曰陳其遂亡乎對曰未也臣聞盛德必百世祀虞之世數未也禮記曰非此族也不在祀典也毛萇詩傳曰泯滅也 微管之歎撫事彌深 論語子曰管仲相桓公霸諸侯一匡天下民到于今受其賜微管仲吾其被髮左衽矣 張子房道亞黃中照鄰殆庶 周易曰君子黃中通理正位居體又曰顔氏之子其殆庶幾乎 風雲玄感蔚爲帝師 周易曰雲從龍風從虎聖人作而萬

原文圯作垠侯作俟

物覩漢書曰張良從容步游下邳圯上有一老父出編書曰讀是則爲王者師又良曰以三寸舌爲帝者師河圖曰黃石公謂張良讀此爲劉帝師也夷項定漢大拯橫流廣雅曰夷滅也漢書王追羽至陽夏諸侯不會用良計諸侯皆會圍羽垓下羽敗自到說文曰出溺爲拯孟子曰洪水橫流氾濫於天下固已參軌伊望冠德如仁廣雅曰軌迹也伊伊尹望呂望也典引曰以冠德卓絕者莫崇乎陶唐論語子曰桓公九合諸侯不以兵車管仲之力也如其仁如其仁若乃交神圯上道契商洛苔賓戲曰齊甯激聲於康衢漢良受書於邳圯皆侯命而神交匪詞言之所信圯上已見謝宣遠張子房詩注袁宏三國名臣贊序曰體分冥固道契不墜班固漢書贊曰漢興園公綺季夏黃公角里先生當秦之世避而入商洛深山以待天下之定也漢書曰上竟不易太子者良本召此四人之力也顯默之際窅然難究淵流浩瀁莫測其端矣言其度量深大不可測度也孫綽桓玄城碑曰游仰顯默之際優游可否之間莊子老聃曰而知夫道窅然難言哉吳都賦曰㵾溶沆瀁莫測

記

陔餘叢考云宋玉招魂有像設君室之文則塑像自戰國時已有之人殯尸礼廢而像事興亦風会使然也唐宋時尚多塑像近世祠堂則俱有畫像耳

其深莫究其廣黃石公記序曰張良慮若源泉深不可測也

塗洨舊沛佇駕留城漢書沛郡有留縣又曰張良爲留侯爾雅曰佇久也謂佇久也

靈廟荒頓遺像陳昧范曄後漢書曰薛苞與弟子分田廬取其荒頓者杜預左氏傳注曰頓壞也夏侯湛東方朔畫贊序曰徘徊露寢見先生之遺像廣雅曰昧闇也

撫事懷人永歎寔深毛詩曰嗟我懷人又曰寤寐永歎

過大梁者或佇想於夷門游九京者亦流連於隨會史記魏有隱士曰侯嬴年七十家貧爲大梁夷門監者太史公過大梁之墟求問其所謂夷門者夷門城之東門禮記曰趙文子與叔譽觀乎九京文子曰死者如可作也吾誰與歸叔譽曰其陽處父乎文子曰利君不忘其身謀身不忘其友我則隨武子乎鄭玄曰武子士會也食邑於隨京當爲原

擬之若人亦足以云論語子曰君子哉若人毛萇詩傳曰云言也

可改構棟宇脩飾丹青蘋蘩行潦以時致薦左氏傳君子曰蘋蘩蘊藻之菜潢汙行潦之水可薦於鬼神

抒懷

古之情存不刊之烈廣雅曰抒滞也西京賦曰慨長思而懷古左氏傳序曰經者不刊之書也主者施行

爲宋公修楚元王墓教一首宋公楚元王後故修治其墓

傅季友

綱紀夫褒賢崇德千載彌光禮緯曰天子辟雍所以崇有德褒有行鄭玄禮記注曰崇尊也尊本敬始義隆自遠魏志明帝詔曰追本敬始所以篤教流化孫卿子曰先祖者類之本也貴始德之本也楚元王積仁基德啓藩斯境漢書曰楚元王交字游高祖同父異母少弟也漢立交爲楚王王彭城賈子曰君子積於仁而民積於財刑罰廢矣國語太子晉曰太上基德十五王而始平之素風道業作範後昆三國名臣贊曰素風愈鮮習鑿齒襄陽耆舊記龐統曰方欲興長道業郗正釋識曰創制作範匪時不立尚書曰垂裕後昆本支之

譏

祚實隆鄗宗毛詩曰本支百世楊脩牋曰述鄗宗之過言遺芳餘烈奮乎
百世抱朴子曰嵇君道云郭有道沒則遺芳永播春秋元命苞曰文王積善所聞之餘烈孟子曰聞伯夷
之風者貪夫廉懦夫有立志奮乎百世之下莫不興起也而丘封翳然墳塋莫翦
晉中興書武陵王令曰丞相墳塋翳然飄薄非所感遠存往慨然永懷李陵書曰能不
慨然毛詩曰惟以不永懷夫愛人懷樹甘棠且猶勿翦毛詩曰蔽芾甘棠勿翦勿
伐召伯所茇風俗通曰召公出爲二伯止甘棠樹之下聽訟決獄後人思其德美愛其樹而不敢伐追
甄墟墓信陵尚或不泯鄭玄尚書緯注曰甄表也禮記周豐曰墟墓之間未施哀於民
而民哀漢書高紀詔曰秦始皇守家三十家魏公子無忌五家況瓜瓞所興開元自
本者乎毛詩曰緜緜瓜瓞可蠲復近墓五家長給灑掃便可
施行郭璞方言注曰蠲除也

文

永明九年策秀才文五首

王元長 蕭子顯齊書曰王融字元長琅邪人少而神明警惠博涉有文才晉安王版行軍參軍遷中書郎世祖疾融欲立竟陵王子良下廷尉於獄賜死

問秀才高第明經朕聞神靈文思之君聰明聖德之后史記曰黃帝者生而神靈弱而能言尚書序曰昔在帝堯聰明文思孔安國曰言聖德之遠著也體道而不居見善如不及文子曰聖人體道反至動而無爲老子曰聖人功成而弗居論語孔子曰見善如不及見不善如探湯是以崆峒有順風之請華封致乘雲之拜莊子曰黃帝聞廣成子在崆峒之山故往見之廣成南首而臥黃帝順下風膝行而進再拜稽首而問曰治身奈何而可以長久廣成子曰來吾語汝至道又曰堯觀乎華封華封人曰嘻請祝聖人壽且富且

多男子，堯皆辭。曰：多男子則多懼，富則多事，壽則多辱。封人曰：天之生人，必授之職，多男子而授之職，則何懼之有？富而使人分之，則何事之有？天下有道，則與物皆昌；天下無道，則修德就閒。千歲厭世，去而上僊，乘彼白雲，至于帝鄉，三患莫至，身常無殃，則何辱之有？封人去之，堯隨之，請問。封人曰：退然。崆峒有拜，乘雲爲請，今不同者，盖請者必拜，故互文也。

或揚旌求士，或設簴待賢。求士待賢，皆謂請其言也。管子曰：舜有告善之旌。應劭漢書注曰：旌，幡也，設之五達之道。鬻子曰：昔大禹治天下，以五聲聽治，爲銘於筍簴，曰：教寡人以道者擊鼓，教寡人以義者擊鍾，教寡人以事者振鐸，語寡人以憂者擊磬，語寡人以獄者揮鞀。

用能敷化一時，餘烈千古。謝承後漢書序曰：陰修敷化二都，威教克平。餘烈，已見上文。

朕夤奉天命，恭惟永圖。爾雅曰：夤，敬也。尚書曰：茲率厥典，奉若天命。又曰：慎乃儉德，惟懷永圖。

審聽高居，載懷祗懼。六韜曰：王者之道，如龍之首，高居而遠望，徐視而審聽。尚書曰：予小子夙夜祗懼。

雖言事必史，而象闕未箴。禮記曰：動則左史書之，言

升注及別本

則右史書之鄭玄周禮注曰象魏闕也范曄後漢書曰靈帝熹平中有何人書朱雀闕言公卿皆尸祿無有忠言者。寤寐嘉猷延佇忠實。毛詩曰窈窕淑女寤寐求之尚書爾有嘉謀嘉猷楚辭曰結幽蘭而延佇子大夫選名昇學利用賓王國語曰越王勾踐曰苟聞子大夫之言賈逵曰親而近之故曰子大夫也禮記曰司徒論選士之秀者升之於學曰俊士鄭玄曰學大學也周易曰觀國之光利用賓于王懋陳三道之要以光四科之首漢書詔策鼂錯曰大夫之行當此三道張晏曰國體人事直言也崔寔政論曰詔書故事三公辟召以四科取士一曰德行高妙志節清白二曰學通行修經中博士三曰明曉法令足以決疑能按章覆問四曰剛毅多略遭事不惑才任三輔劇縣令鹽梅之和屬有望焉。尚書曰若作和羹尒惟鹽梅

又問昔周宣惰千畝之禮。號公納諫。國語曰宣王即位不藉千畝虢文公諫曰夫民之大事在農漢文缺三推之義。賈生置言。禮記曰躬耕帝籍天子三

推漢書曰文帝即位賈誼說上曰一夫不耕或受之飢一女不織或受之寒上感誼言始開籍田躬耕以勸百姓

良以食爲民天農爲政本漢書酈食其說漢王曰臣聞王者以民爲天民以食爲天尚書入政一曰食孔安國曰勸農業也漢書文帝詔曰農天下大本也民所恃以生也

金湯非粟而不守水旱有待而無遷漢書蒯通說武信君曰皆爲金城湯池不可攻也氾勝之書曰神農之教雖有石城湯池帶甲百萬而無粟者弗能守也禮記曰雖有凶旱水溢民無菜色

朕式照前經寶茲稼穡范子計然曰五穀者萬民之命國之重寶也

祥正而青旗肅事土膏而朱紘戒典祥正土膏並已見東京賦禮記曰孟春之月天子駕蒼龍載青旗躬耕帝籍又曰昔天子爲籍千畝冕而朱紘躬耕秉耒鄭玄周禮注曰朱紘以朱組爲紘一條屬兩端也

將使杏花菖葉耕穫不愆氾勝之書曰杏始華榮輒耕輕土弱土望杏花落復耕之輒藺之此謂一耕而五穫呂氏春秋曰冬至五旬七日菖始生菖者草之先者也於是始耕高誘曰菖菖

蒲水草也清𤱔。泠風。述遵。無廢。呂氏春秋后稷曰凡耕之道畝欲廣以平𤱔欲小以清又曰正其行通其風夬必中央師爲泠風高誘曰泠風和風所以成穀也夬決也必於苗中央師師然肅泠風以搖長

也而釋耒佩牛相沿莫反鹽鐵論曰儒者釋耒耜而學不驗之語漢書曰龔遂爲渤海太守民有帶持刀劒者使賣劒買牛賣刀買犢何爲帶牛佩犢杜預左氏傳注曰沿緣也兼貧擅

富浸以爲俗。漢書曰兼并之塗李奇曰謂大家兼役小人富者兼役貧民說文曰擅專也風俗通曰子不以從令爲孝後主固宜是草浸以爲俗豈不謬哉若爰。井。開制。懼驚。擾患民。漢書曰民爰上田夫百畝中田夫二百畝下田夫三百畝歲耕種者爲不易上田休一歲者爲一易中田休二歲者爲再易下田休三歲更耕之自爰其處賈逵國語注曰爰易也周禮曰畝百爲夫夫三爲屋屋三爲井也

舄鹵。可腴。恐時。無史。白。史記曰史起引漳水溉田鄴民歌之曰決漳水兮灌鄴旁終古舄鹵兮生稻粱又曰秦中大夫白公復爲秦穿涇水注渭溉田四千餘頃因曰白渠也興廢之術矣

陳厥謀尚書序曰咎繇矢厥謨孔安國曰矢陳也又問議獄緩死大易深規周易曰君子以議獄緩死敬法卹刑虞書茂典尚書虞書曰欽哉欽哉惟刑之卹哉自萌俗澆弛法令滋彰莊子曰唐虞始爲天下淳醇散朴許慎淮南子注曰澆薄也澆與淳同老子曰法令滋章盗賊多有也肺石少不寃之人棘林多夜哭之鬼周禮曰肺石達窮民鄭司農曰肺石赤石也窮民天民之窮而無告者漢書于定國爲廷尉民自以爲不寃周禮曰外朝之法左九棘孤卿大夫位焉右九棘公侯伯子男位焉楚辭七諫曰荊棘聚而成林春秋元命苞曰樹棘槐聽訟於其下尚書旋璣鈐曰鬼哭山鳴鄭玄注言鬼哭詠無辜也山鳴聽不聰之異也王隱晉書司直劉隗奏曰懷情抱恨雖没不士故有殞霜之應夜哭之鬼朕所以明發動容具食興慮毛詩曰明發不寐尚書曰文王自朝至于日中昃不遑暇食傷秋荼之密網惻夏日之嚴威鹽鐵論曰秦法繁於秋荼網密於凝脂左

原討棄作世

氏傳酆舒問於賈季曰趙衰趙盾孰賢對曰趙衰冬日
之日也趙盾夏日之日也杜預曰夏日可畏冬日可愛永
念畫冠緬追刑厝墨子曰畫衣冠異章服謂之戮上世
用戮而民不犯賈逵國語注曰緬思
貌也紀年曰成康之際天下
安寧刑措四十餘年不用徒以百鍰輕科反行季葉
環
尚書呂刑曰穆王訓夏贖刑墨辟疑赦其罰百鍰孔安
國曰六兩曰鍰鍰黄鐵也張孟陽七哀詩曰季葉喪亂
起四支重罰爰創前古呂氏春秋曰越王勾踐曰孤雖
首足異處四支布裂周禮曰司
刑掌五刑之法以麗萬民之罪墨罪五百劓
罪五百宮罪五百刵罪五百殺罪五百訪游禽於
絕澗作霸秦基韓子曰董閼于為趙上地守行石邑山
中深澗峭如牆深百仞因問其左右人
曰嘗有人入此者乎對曰無有嬰兒盲聾狂勃有入此
者乎對曰無有牛馬犬彘嘗有入此者乎對曰無有董
閼于喟然太息曰吾能治矣使吾法無赦也猶入澗之
必死則民莫敢犯何為求治鄭玄周禮注曰凡鳥獸未
孕曰禽史記曰趙氏之先與秦共祖
然則以其共祖故雖趙亦號曰秦歌雞鳴於闕下稱

仁漢牘班固歌詩曰三王德彌薄惟後用肉刑太倉令有罪就逮長安城自恨身無子困急獨煢煢小女痛父言死者不復生上書詣北闕闕下歌鷄鳴憂心摧折裂晨風激揚聲聖漢孝文帝惻然感至誠百男何憒憒不如一緹縈列女傳曰緹縈歌鷄鳴晨風之詩然鷄鳴齊詩與夫人及君早起而視朝晨風秦詩言未見君而心憂也二途如爽即用兼通輕重二途似如差爽就其用也彼此兼通言俱濟時昌言所安朕將親覽尚書曰禹拜昌言孔安國曰昌當也漢書問董仲舒曰靡有所隱朕將親覽焉又問聚人曰財次政曰貨周易曰何以守位曰仁何以聚人曰財尚書曰八政一曰食二曰貨泉流表其不匱貿遷通其有无漢書曰貨流於泉布如淯曰流行如泉也尚書帝曰貿遷有無化居既龜貝積寢緡繈專用漢書曰王莽居攝更作金銀龜貝錢布之品寢猶息也漢書曰武帝初筭緡錢李斐曰緡絲以貫錢也管子曰凶歲糴釜千繈孟康漢書注曰繈錢貫也世代滋多銷漏參倍言錢之銷磨鈌漏或復三分或至一

○别本無

圜○据漢志當如此

倍也

下貧無兼辰之業，中產闕洊歲之貲。周書夏箴曰：小人無兼年之食。妻子非其妻子也。班固漢史文帝贊曰：上嘗欲作露臺，召匠計之，直百金。曰：百金，中民十家產也。左氏傳：晉洊飢。字書曰：洊，仍也。

惟瘼卹隱，無捨矜嘆。毛萇詩傳曰：瘼，病也。國語祭公謀父曰：勤恤人隱而除其害也。

上帝溥臨，賜朕休寶。漢書曰：上帝溥臨，不異下防。

命邛斜之谷，開而出銅。齊春秋曰：永明八年，蜀郡太守劉悛啓上曰：南廣郡界蒙山有銅坑，掘則得銅，其利無極。上從之。

且有後命，事茲鎔範。左氏傳曰：王使宰孔賜齊侯胙，將拜。孔曰：且有後命。也無下拜。漢書曰：釋其耒耨，冶鎔炊炭。應劭曰：鎔，錢模也。禮記孔子曰：然後範金合土。鄭玄曰：範，鑄作模器用也。

充都內之金，紹圜府之職。桓子新論曰：漢宣已來，百姓賦錢壹歲餘二十萬，藏於都內。漢書曰：太公爲周立九府圜法。李奇曰：圜即錢也。將繼太公之職事也。

但赤側深巧學之患，揄莢難輕重之權。言今欲爲錢，若赤側則如巧學鑄深爲可患，揄莢則輕重兼用。

漢書食貨志權輕重注權作平

難可準平漢書曰民多姦錢而公卿請令京師鑄官赤側一當五如淳曰以赤銅爲其郭也漢書曰漢興以爲秦錢重難用更令民鑄榆莢錢如淳曰如榆莢也國語曰周景王將鑄大錢單穆公曰不可古者量貲幣權輕重以救民民患輕則爲之作重幣以行之於是有母權子而行民皆得焉若不堪重則多作輕幣而行之亦不廢重於是乎有子權母而行韋昭曰重謂母輕謂子權秤也若物直千二而母當一千則子二百平之也應劭曰權其輕重也開塞所宜悉心以對淮南子曰通乎動靜之機明乎開塞之節開塞猶取捨也尹文子曰書開塞之宜得周通之路詩緯曰君子息心研慮推變見事

又問治歷明時紹遷革之運周易曰君子以治歷明時毛詩曰去殷之惡就周之德周易曰湯武革命改憲敕法審刑德之原司馬彪續漢書永平詔曰春秋保乾圖云三百年升歷改憲史官田太初鄧公平術有餘分一在三百年之域行度轉差浸以繆錯旋璣不正文象不稽冬至之日日在斗二十二度而歷以爲牽牛中星先立春一日則四分數之立春也而以折獄斷夫刑於氣

鄒說蓋鄒衍之說
本良注

已迮用望平和隨時之義蓋亦遠矣今改四分以遵於堯以順孔聖奉天之文宋均保乾圖注曰三陽而陽備備則宜改憲憲法也周易曰雷電噬嗑先王以明罰勑法淮南子曰冬至爲德夏至爲刑分命顯於唐官文條炳於鄒說尚書曰分命羲仲宅嵎夷曰暘谷又曰分命和仲宅西曰昧谷鄒說未詳及嵎夷廢職昧谷虧方言司歷之官廢也嵎夷昧谷已見上文漢秉素祇之徵魏稱黃星之驗言五德之次土也漢書曰高祖夜徑澤中前有大蛇當路高祖乃前拔劒斬蛇後人來至蛇所有一老嫗夜哭人問嫗何哭嫗曰吾子白帝子也化爲蛇當道今者赤帝子斬之魏志曰初桓帝時有黃星見於楚宋之分遼東殷馗善天文言後五十歲當有真人起於梁沛之間其鋒不可當至是凡五十年而太祖破袁紹天下莫敵紛爭空軫疑論無歸方言曰軫謂枊乖戾也朕獲纂洪基思弘至道班固高紀述曰纂堯之緒爾雅曰纂繼也曹植魏德頌曰武創洪基克光厥德尚書序曰恢弘至道庶令日月休徵風雨玉燭尚書

曰休徵曰月之行則有冬有夏爾雅曰春爲青陽夏爲朱明秋爲白藏冬爲玄英四氣和謂之玉燭克明之旨弗遠，欽若之義復還。尚書曰克明俊德又曰欽若昊天於予大夫何如哉？其驪翰改色，寅丑殊建，別白書之。禮記曰夏后氏尚黑戎事乘驪鄭玄曰以建寅之月爲正物生色黑黑馬曰驪禮記曰殷人尚白戎事乘翰鄭玄曰以建丑之月爲正物生色白翰白色馬也漢書董仲舒對策曰臣前所上對辭不別白指不分明

永明十一年策秀才文五首

王元長

問秀才：朕秉籙御天，握樞臨極，尚書旋璣鈐曰河圖命紀也圖天地帝王終始存亡之期録代之矩籙錄與録同也周易曰時乘六龍以御天易通卦驗曰遂皇氏始出握機矩鄭玄曰遂皇遂人也但持斗機運轉之法春秋運斗樞曰北斗七星第一星天樞論語素王受命讖曰王者受命布政易俗以

御八極五辰空撫九序未歌尚書咎繇曰撫于五辰庶績其凝孔安國曰百官皆撫順五行之時衆功皆成也又曰德惟善政政在養民水火金木土穀惟修正德利用厚生惟和九功惟序九序惟歌至於思政明臺訪道宣室管子曰黃帝立明臺之義上觀於賢也漢書曰文帝思賈誼徵之至入見上方受釐坐宣室上因感鬼神事而問鬼神之本蘇林曰宣室未央前正室也若墜之惻每勤如傷之念恒軫尚書曰民墜塗炭孔安國曰若陷泥墜火左氏傳逢滑曰國之興也視人如傷許慎淮南子注曰軫轉也故郵貧緩賦省繇慎獄應劭曰繇者役也幸四境無虞三秋式稔尚書曰四方無虞予一人以寧秋有三月故曰三秋元命苞曰陽氣數成於三故時別三月宋衷曰四時皆象此類不惟秋也廣雅曰年稔秋穀熟也而多黍多稌不興兩穗之謡毛詩曰豐年多黍多稌東觀漢記曰張堪字君游為漁陽太守勸民耕種以致殷富有百姓歌曰桑無附枝麥穗兩歧張君為政樂不可支無褐無衣必盈七月

漢書注

原文作吰議

之歎。毛詩曰七月流火九月授衣無褐無衣何以卒歲豈布政未優將罷民難業。毛詩曰敷政優優百祿是遒周禮曰以圖土教罷民登爾於朝是屬宏議漢書詔策晁錯曰登大夫于朝親諭朕志難蜀文曰必將崇論宏義罔弗同心以匡厥辟。尚書曰罔不同心以匡乃辟

又問。惟王建國惟典命官周禮曰惟王建國辨方正位尚書堯典曰乃命羲和上叶星象下符川嶽春秋漢含孳曰故三公象五岳九卿法河海三公在天法三台九卿法北斗必待天爵具僚人紀咸事孟子曰仁義忠信樂善不倦此天爵也公卿大夫此人爵也古之人脩其天爵而人爵從之漢書詔策公孫弘曰天文地理人事之紀也子大夫習焉公孫弘對曰天地無私親順之利逆之害生此天文地理人事之紀也然後泓才受職揆務分司爾雅曰揆度也是以五正置於朱宣下民不忒。左氏傳郯子謂昭子曰少

官人之方既廢則士之進
者無過其讒退者又
當構議自古所患今
庸所無

皡摯之立鳳鳥適至故紀於鳥鳥師而鳥名五雉爲五
工正河圖曰大星如虹下流華渚女節意感生白帝朱
宣宋均曰朱宣少昊氏鄭玄孝經注曰忒差也九工開於黃帝庶績其凝漢書劉向
上疏曰舜命九官濟濟相讓和之至也應劭尚書禹作司空棄作后稷契作司徒咎繇作士垂作共工益作虞
伯夷作秩宗夔作典樂龍作納言凡九官皇甫謐帝王世紀曰舜始即真改正朔以土承火色尚黃尚書中候
所謂建黃授正改朔尚書咎繇曰庶績其凝孔安國曰凝成也周官三百漢位兼倍禮記
曰有虞氏之官五十夏后官百殷官二百周官三百漢書曰秦立百官漢因循不革自佐史至丞相十三萬二
百八十五人今云兼倍略言之耳歷茲以降游惰寔繁孔叢子趙王曰仲尼大聖自茲
以降世業不替禮記曰垂緌五寸游惰之士鄭玄曰惰游罷人也尚書曰寔繁有徒若開宂卑弃
則横議無已荀悅申鑒曰正貪禄省閑宂與時消息昭惠恤下文穎漢書注曰宂散也孟子曰聖
王不作諸侯放恣處士横議冕紱不除則坐談彌積魏志郭嘉説太祖曰劉表坐談

客耳何則可脩善詳其對家語孔子曰欲善則詳王肅曰欲善其事當詳慎之毛萇詩傳曰詳審也

又問昔者賢牧分陝良守共治公羊傳曰自陝以東周公主之自陝以西召公主之袁煥與曹植書曰召公與周公俱受分陝之任漢書曰孝宣躬親萬機厲精爲治常稱曰與我共治者其唯良二千石乎下邑必樹其風一鄉可以爲績論語曰子之武城聞絃歌之聲鄭玄曰武城魯之下邑尚書曰章善癉惡樹之風聲一鄉謂桐鄉也漢書曰朱邑爲桐鄉嗇夫廉平不苛及死子葬之桐鄉人爲邑起冢立祠至有旦撫鳴琴旦置醇酒呂氏春秋曰宓子賤治單父彈琴身不下堂而單父治漢書曰曹參代蕭何爲相國日夜飲酒卿大夫以下吏及賓客見參不事事來者皆欲有言至者參輒飲以醇酒度之欲有言復飲醉而後去終莫得開說文而無害嚴而不殘漢書曰蕭何以文毋害爲沛主吏掾音義曰文無所枉害也漢書曰雋不疑爲吏嚴而不殘故能

○刻本無

出人於阽危之域躋俗於仁壽之地阽危已見謝朓入公山詩漢書王吉上䟽曰陛下敺一世之民躋之仁壽之域則俗何以不若成康壽何以不若高宗也是以賈誼有言天下之有惡吏之罪也賈子曰吏能爲善則人必能爲善也故人之不善也吏之罪也頃深汰珪符妙簡銅墨范曄後漢書曰詔書沙汰刺史二千石以賈琮爲兾州刺史說文曰汰簡也汰達蓋切周禮曰上公之禮執桓珪諸侯之禮執信珪諸伯執躬珪漢書曰文帝初與郡守爲銅虎符竹使符潘安仁夏侯湛誄曰妙簡邦良爾雅曰簡擇也漢書曰縣令長皆秦官秩六百石以上皆銅印墨綬而春雉耒馴秋螟不散東觀漢記曰魯恭爲中牟令時郡國螟傷稼犬牙緣界不入中牟河南尹袁安聞之疑其不實使仁恕掾肥親往廉之恭隨行阡陌俱坐桑下有雉過止其傍傍有童兒親曰何不捕之兒言雉方將鶵親曰所以來者欲察君之化迹爾今虫不犯境此一異也化及鳥獸此二異也豎子有仁心此三異也具以狀言安范曄後漢書曰宋均遷九江守山陽楚沛多蝗其飛至九江東界者輙

（東西散去）入在朕前，湊其智略，出連城守，闕爾無聞。（漢書曰：吾丘壽王爲東郡尉，詔賜壽王璽書曰：子在朕前之時，智略輻湊，及至連十餘城之守，職事並廢，甚不稱在前時，何也。）豈薪槱之道未弘，爲網羅之目尚簡。（毛詩曰：芃芃棫樸，薪之槱之。毛萇曰：山木茂盛，萬人得而薪之，賢人衆多，國家得用蕃興也。曹子建書曰：仲宣獨步於漢南，孔璋鷹揚於河朔，吾王設天網以該之。文子曰：有鳥將來，張羅而得鳥者，羅之一目也。今爲一目之羅，即無時得鳥。孔安國尚書傳曰：簡，略也。）悉意正辭，無優執事。（漢書詔策晁錯曰：大夫其正論，毋枉執事。音義或曰：毋爲有司枉橈。）

又問：朕聞上智利民，不述於禮，大賢彊國，罔圖惟舊。（史記：商君說秦孝公曰：聖人苟可以彊國，不法其故；苟可以利民，不循其禮。）豈非療飢不期於鼎食，拯溺無待於規行。（毛詩曰：泌之洋洋，可以樂飢。鄭玄曰：泌水洋洋然，飢者見

之可飲以藥飢藥音義與療同家語曰子路南游於楚列鼎而食抱朴子曰規行矩步不可以救火拯溺也

是以三王異道而共昌五霸殊風而並列淮南子曰五帝異道而德覆天下三王殊事而名施後世左氏傳賓媚人曰五伯之霸也動而撫之以役王命杜預曰夏伯昆吾商伯大彭豕韋周伯齊桓晉文戰國策趙王謂趙文曰三代不同服而王五伯不同俗而政

今農戰不脩文儒是競商君書曰國待農戰而安君待農戰而尊論衡曰上書白記者文儒也夫文儒之力過儒生況文史也

棄本殉末厥弊茲多漢書詔曰農天下之大本也而人或不務本而事末故生不遂李奇曰本農也末賈也

昔宋臣以禮樂爲殘賊漢主比文章於鄭衛宋臣墨翟也孫卿子曰樂也者和之不可變者也禮也者理之不可易者也墨子非之幾遇刑也墨子賤禮樂而賈勇力貪則爲盜富則爲賊治世反是漢書曰宣帝數從王褒等所幸宮觀輒爲歌頌議者多以爲淫靡不急上曰辭賦大者與詩同義小者辯麗可喜譬如女工有綺縠音樂有鄭衛也

豈欲非

原文御作馭

權

聖無法將以既道而權 孝經曰非聖人者無法論語子曰可與學未可與適道可與適道未可與立可與立未可與權公羊傳曰[illegible]者何權者反於經然後有善者也 今欲尊士女於耕桑習鄉閭以弓騎 孝經鉤命決曰耕桑得利究年受福史記曰趙武靈王胡服以習騎射 五都復而事庠序四民富而歸文學 漢書曰王莽於五都立均官吏名雒陽邯鄲臨淄宛成都五都市長皆爲五均司市師又曰平帝立學官鄉曰庠聚曰序管子曰士農工商四民者國之石民也 其道奚若爾無面從 尚書曰予違汝弼汝無面從

又問自晉氏不綱關河蕩析 班固漢書述曰秦人不綱網漏于楚王隱晉書曰石季龍死朝廷欲遂蕩平關河尚書盤庚曰今我民用蕩析離居 宋人失馭淮汴崩離 苔賓戲曰王塗蕪穢周失其御應劭漢書注曰汴水在滎陽西南論語子曰邦分崩離析而不能守也 朕思念舊民永言攸濟 毛詩曰永言孝思尚書曰予惟小子若涉淵水予惟往求朕攸

濟故選將開邊勞來安集漢書嚴尤上疏曰武帝選將練兵深入遠戍又班固曰武帝廣開三邊毛詩序曰萬民離散不安其居而能勞來還定安集之加以納款通和布德脩禮納其款關之誠而通其和好之禮漢書曰匈奴呼韓邪單于款五原塞名王奉獻始和親呂氏春秋曰季春之月天子布德和惠孫卿子曰管仲為政者也未及脩禮故脩禮者王為政者彊歌皇華而遣使賦膏雨而懷賓毛詩序曰皇皇者華君遣使臣也左傳曰季武子如晉晉侯饗之范宣子為賦黍苗季武子再拜曰小國之仰大國也如百穀之仰膏雨焉若常膏之其天下集睦豈惟獘邑周禮曰二曰教職以安邦國以懷賓客所以關洛動南望之懷僬夷遽北歸之念王逸楚辭注曰遽競也夫危葉畏風驚禽易落漢書上曰單于待命加慢今欲攻之如何王恢曰草木遭霜者不可以風過通方之士不可以文亂今擊之單于可禽淮南子曰使葉落者風之搖也戰國策魏加謂春申君曰曰者更嬴謂魏王曰臣能虛發而下鳥有鴻鴈從東

二語當有實事

方來更嬴以虛弓發而下之王曰射爾至此乎更嬴曰此孽也其飛徐者創痛也悲鳴者久失羣也故創未息而驚心未去聞弦音而高飛故創怯今臨武君嘗爲秦孽不可爲秦之將**無待干戈聊用辭辯**

片言而求三輔一說而定五州。漢書曰內史武帝更名京兆尹左內史更名左馮翊主爵中尉更名右扶風是爲三輔天下有十二州齊得其七故謂北境爲五州**斯路何階人誰或可**。爾雅曰階因也**進謀誦志以沃朕心**。言進嘉謀當謂誦汝志以沃帝心也周禮曰撣人掌誦王志道國之政事鄭玄曰以王之志與政事諭說諸侯撣音探廣雅曰誦言也然彼言王志與此微殊不以文害意也尚書曰啓乃心沃朕心

天監三年策秀才文三首

何之元梁典曰天監武帝年號也

任彥昇

問秀才朕長驅樊鄧直指商郊商謂齊也史記樂毅書曰輕卒銳兵長驅

至國漢書朱買臣曰發兵浮海直指泉山尚書曰武王朝至于商郊因藉時來乘此歷
運魏志劉廙上疏曰臣遭乾坤之靈值時來之運當扆求念猶懷慙德禮記曰天
子當扆而立尚書曰成湯放桀於南巢惟有慙德何者百王之弊齊季斯甚班固
漢書贊曰漢承百王之弊季謂末年衣冠禮樂掃地無餘言衣冠制度禮樂軌儀皆見廢
弃故無餘也班固漢書贊曰秦滅六國而上古遺烈掃地盡矣斲雕刓方經綸草昧漢書
曰漢興破觚而爲圜斲琱而爲樸蘇林漢書注曰刓音角之刓與刓劃同周易曰雲雷屯君子以經綸又曰天造
草昧宜建侯而不寧鄭玄曰造成也草草創也昧昧爽也採三王之禮冠屨粗分因
六代之樂宮判始辨周禮曰王宮縣諸侯軒縣卿大夫判縣士植縣而百度草
創倉廩未實尚書曰百度唯貞論語曰禪諶草創之管子曰倉廩實知禮節若終畝不
稅則國用靡資國語曰王耕三推之庶人終于畝禮記曰古者公田籍而不稅毛萇詩傳曰資

財也百姓不足則惻隱深慮論語有若曰百姓足君孰與不足百姓不足君孰與足孟子曰無惻隱之心非仁也惻隱者仁之端每時入芻稾。歲課田租。漢舊儀曰民田租芻稾以給經用也尚書曰百里納稾愀然疚懷。如憐赤子。禮記曰哀公敢問人道誰為大孔子愀然作色而對月賦曰悄焉疚懷尚書曰若保赤子惟民其康乂今欲使朕無滿堂之念。民有家給之饒。說苑曰古人於天下也譬一堂之上今有滿堂飲酒有一人獨索然向隅泣則一堂之人皆不樂也鄧析子曰聖人道遥一世之間而家給人足天下太平漸登九年之畜。稍去關市之賦。禮記曰國無九年之畜曰不足周禮曰以九賦斂財賄七曰關市之賦鄭玄曰賦謂口出泉關市謂占會百物也子大夫當此三道利用賓王三道賓王已見上文斯理何從佇聞良說。顏延之策秀才文曰廢興之要敬俟良說

問朕本自諸生弱齡有志鍾離意別傳曰嚴遵與光武皇帝俱為諸生禮記孔子曰

原文閑作閒

大道之行也與三代之英丘未之逮而有志焉閉戶自精開卷獨得楚國先賢傳曰孫敬入學閉戶牖精力過人太學謂曰閉戶生入市市人相語閉戶生來不忍欺也陶潛誡子書曰開卷有得便欣然忘食九流七略頗常觀覽六藝百家庶非牆面漢書曰九流有儒家流道家流陰陽家流法家流名家流墨家流從橫家流雜家流農家流又曰劉歆總羣書而奏其七略故有輯略有六藝略有諸子略有詩賦略有兵書略有數術略有方技略廣雅曰頗少也周禮保氏養國子以道乃教之六藝一曰五禮二曰六樂三曰五射四曰五御五曰六書六曰九數淮南子曰百家異說各有所出論語子謂伯魚曰汝爲周南召南矣乎人而不爲周南召南其猶正牆面而立也與雖一日萬機早朝晏罷尚書曰兢兢業業一日二日萬機墨子曰早朝晏罷斷獄治政也聽覽之暇三餘靡失上林賦曰朕以覽聽餘閒無事弃日魏略曰董遇字季眞善左氏傳從學者云若渴無日遇言當以三餘或問三餘之意遇言冬者歲之餘夜與陰者日之餘雨者月之餘上之化下草

偃風從論語子曰君子之德風小人之德草草上之風必偃惟此虛寡弗能動俗
蔡邕姜肱碑曰至德動俗邑中化之昔紫衣賤服猶化齊風韓子曰齊桓公好服紫一
國盡服紫當時十素不得一紫公患之告管仲管仲曰
君欲止之何不自誡勿衣也謂左右曰甚惡紫臭公曰
諾於是郎中莫衣紫其明日國中
莫有衣紫三日境內莫衣紫長纓鄙好且變鄒俗
韓子曰鄒君好長纓左右皆服長纓甚貴鄒君患之問
左右左右對曰君好服之百姓亦多服是故貴鄒君因
先自斷其纓而出國
中皆不服長纓雖德慚往賢業優前事且夫搢紳
道行祿利然也封禪書曰因雜搢紳先生之略術班固
漢書贊曰大師衆至千餘人蓋祿利之
路然也朕傾心駿骨非懼真龍新序曰郭隗謂燕王曰古
之君有以千金市千里馬
者三年不得人請求之三月得馬已死矣買其骨以五
百金君大怒之人曰死馬骨且市之況生馬乎天下必
以王爲好馬矣於是不能朞年千里馬至者二今王誠
願致士請從隗始隗且見事況賢於隗者乎又子張見

魯哀公哀公不禮去曰君之好士有似葉公子高之好龍也葉公好龍室屋彫文盡以寫龍於是天龍聞而下之窺頭於牖拖尾於堂葉公見之弃而退走失其魂魄五色無主是葉公非好真龍也好夫似龍而非龍者也今君之好士也好夫似士而非士者也

輜軿青紫如拾地芥范曄後漢書曰袁紹賓客所歸輜軿紫轂填接街陌說文曰軿車前衣車後爲輜漢書曰夏侯勝每講授常謂諸生曰士病不明經經術苟明其取青紫如俛拾地芥爾言好學明經術以取貴位之服如似車載之多也取之易也如拾地草

而惰游廢業十室而九惰遊已見上文抱朴子曰秦降及季杪天下欲反十室而九

鳴鳥蔑聞子衿不作言古者攸教不及於道者故天下太平而鳳凰至學校廢則作子衿以刺之而人感思學今則不然言不如古也尚書周公曰攸罔勗弗及苟造德弗降我則鳴鳥不聞毛萇詩傳曰蔑如也詩序曰子衿刺學廢也兩都賦序曰王澤竭而詩不作

弘奬之路斯旣然矣小雅曰奬勸也

猶其寂寞應有良規魏志明帝報王朗詔曰欽納至言思聞良規

原賦反作返無矣字

問朕立諫鼓設謗木於茲三年矣鄧析子曰堯置欲諫之鼓舜立誹謗之木此聖人也比雖輻湊闕下多非政要文子曰群臣輻湊張湛曰如衆輻之集於轂也范曄後漢書曰詔問蔡邕冝披露得失指陳政要曰伏青蒲罕能切直漢書曰史丹直入卧内頓首伏青蒲上應劭曰以青規地曰青蒲桓子新論曰切直忠正則汲黯之敢諫爭也將齊季多諱風流遂往毛萇詩傳曰將且也老子曰天下多忌諱而民彌貧淮南子曰晚世風流終敗禮廢義上林賦曰遂往而不反矣將謂朕空然慕古虛受弗弘漢書曰王莽好空言慕古法多封爵人周易曰君子以虛受人然自君臨萬寓介在民上左氏傳子囊曰赫赫楚國而君臨之方言曰介特也漢書宣帝詔曰朕承洪業託於士民之上也何當以一言失旨轉徙朔方范曄後漢書曰蔡邕上疏帝覽而歎息因起更衣曹節於後竊視之悉宣語左右事遂漏露程黃遂使人飛章言邕於是下邕洛陽獄詔減死一等與家屬髡鉗徙朔方詔不得

以赦令除睚眦有違論輸左校漢書曰原涉好殺眦睚於塵中論輸謂論其罪而輸作也漢書陳咸字子康年十八以父萬年任爲郎有異材抗直數言事刺譏近臣書數十上遷爲左曹父甞病召咸教戒於牀下語至夜半咸睡頭觸屏風父大怒欲杖之曰乃公教戒汝汝反睡不聽吾言何也咸叩頭謝曰具曉所言大要教咸諂也父遯不復言元帝擢咸爲御史中丞後爲南陽太守所居以殺伐立威豪猾吏及大姓犯法輒論輸府范曄後漢書曰李膺爲河南尹時宛陵大姓羊元羣罷北海郡贓罪狼籍膺表欲罪元羣行賂宦豎膺反坐輸作左校漢書曰將作少府有左校令丞而使直臣杜口忠讜路絕漢書景帝問鄧公鄧公曰夫鼂錯患諸侯彊大不可制故請削之以尊京師萬世之利也計畫始行卒受大戮內杜忠臣之口外爲諸侯報仇聲類曰讜善言也將恐弘長之道別有未周韓詩曰將恐將懼薛君曰將辭也檀道鸞晉陽秋曰謝安爲桓溫司馬不存小察盡弘長之風悉意以陳極言無隱漢書曰哀帝使傅喜問李尋曰間者水出地動日月失度星辰亂行災異仍重極言無有所諱周書曰愼問其故無隱乃情

壬戌七月二日晨 侃覽

文選卷第三十六終

文選卷第三十七

梁昭明太子撰

文林郎守太子右内率府録事參軍事崇賢館直學士臣李　善注上

表上

表者明也標也如物之標表言標著事序使之明白以曉主上得盡其忠曰表三王已前謂之敷奏故尚書云敷奏以言是也至秦并天下改爲表摠有四品一曰章謝恩曰章二曰表陳事曰表三曰奏劾驗政事曰奏四曰駮推覆平論有異事進之曰駮六國及秦漢兼謂之上書行此五事至漢魏已來都曰表進之天子稱表進諸侯稱上疏魏已前天子亦得上疏

孔文舉薦禰衡表　諸葛孔明出師表

曹子建求自試表　求通親親表

羊叔子讓開府表　李令伯陳情事表

陸士衡謝平原內史表　劉越石勸進表

薦禰衡表

孔文舉　范曄後漢書曰孔融字文舉魯國人也幼有異才性好學舉高第拜御史歷官至將作大匠遷少府曹操既積嫌忌奏誅之下獄弃市

臣聞洪水橫流，帝思俾乂。孟子曰當堯之時天下猶未平洪水橫流泛濫於天下尚書曰湯湯洪水方割有能俾乂孔安國傳曰俾使乂治也旁求四方，以招賢俊。尚書曰旁求天下孔安國曰旁非一方也昔世宗繼統，將弘祖業。世宗孝武廟號也李奇漢書注曰統緒也班固漢書紀述曰世宗曅曅思弘祖業疇咨熙載，群士響臻。尚書云帝曰疇咨若時登庸又曰有能熙帝之載班固漢書述曰疇咨熙載髦俊並作響臻如應而至也孫卿子曰下之和上譬如響

原文卓作逴

之應聲也陛下睿聖纂承基緒陛下謂獻帝也班固高紀述曰纂堯之緒爾雅曰纂繼也遭遇厄運勞謙日昃說文曰遇逢也周易曰勞謙君子有終吉尚書曰文王自朝至于日中昃弗遑暇食維嶽降神異人並出毛詩曰維嶽降神生甫及申竊見處士平原禰衡年二十四字正平淑質貞亮英才卓躒孟子曰得天下英才而教育之西都賓曰卓躒諸夏卓躒絕異也躒力角反初涉藝文升堂覩奥論語云子曰由也升堂矣未入於室也爾雅曰西南隅謂之奥目所一見輒誦於口耳所暫聞不忘於心性與道合思若有神淮南子曰所謂眞人者性合于道也弘羊潛計安世默識以衡準之誠不足怪漢書曰桑弘羊雒陽賈人子以心計年十三拜侍中又曰張安世字少孺爲郎上行幸河東嘗亡書三篋詔問莫能知唯安世識之具作其事後復購得書以相校無所遺失上奇其能擢爲尚書令忠果正直志懷霜雪

見善若驚疾惡若讎國語楚藍尹亹謂子西曰夫闔廬聞一善言若驚得一士若賞謝承後漢書曰張儉清絜中正疾惡若讎任座抗行史魚厲節殆無以過也呂氏春秋曰魏文侯飲問諸大夫寡人何如主也任座曰君不肖君也克中山不以封君之弟而以封君之子是以知不肖君也文侯不悅次及翟璜曰君賢君也臣聞其主賢者其臣直是以知君之賢也文侯悅文子曰傲世賤物士之抗行也廣雅曰抗舉也論語子曰直哉史魚廣雅曰厲高也鷙鳥累百不如一鶚史記趙簡子曰鷙鳥累百不如一鶚使衡立朝必有可觀論語子曰赤也束帶立于朝可使與賓客言又曰必有可觀者焉漢書成帝詔曰舉博士使卓然可觀飛辯騁辭溢氣坌涌坌涌貌也坌步寸切解疑釋結臨敵有餘七略曰解紛釋結反之於平安昔賈誼求試屬國詭係單于漢書賈誼曰何不試以臣爲屬國之官以主匈奴行臣之計必係單于之頸而制其命說文曰詭責也自責必係單于也漢書曰況自詭滅賊終軍欲以長

纓牽致勁越漢書曰南越與漢和親乃遣終軍使南越說其王欲令入朝比內諸侯軍自請願受長纓必羈南越王而致之闕下說文曰組綦小者爲冠纓弱冠慷慨前代美之說文曰慷慨壯士不得志於心賈誼終軍皆年十八故曰弱冠近日路粹嚴象亦用異才擢拜臺郎衡宜與爲比典畧曰路粹字文蔚少學於蔡邕髙才與京兆嚴象拜尚書郎象以兼有文武出爲揚州刺史粹後爲軍謀祭酒與陳琳阮瑀等典記室如得龍躍天衢振翼雲漢李陵詩曰策名於天衢班固漢書述曰攀龍附鳳並集天衢毛詩曰倬彼雲漢揚聲紫微垂光虹蜺春秋合誠圖曰北辰其星七在紫微中也尸子曰虹蜺爲析翳足以昭近署之多士增四門之穆穆兩都賦序曰內設金馬石渠之署尚書曰賓于四門四門穆穆鈞天廣樂必有竒麗之觀史記趙簡子曰我之帝所甚樂與百神遊夫鈞天廣樂九奏方儛不類三代之樂其聲動心帝室皇居必蓄非常之寶應劭漢官

儀曰帝室猶古言王室尚書曰所寶惟賢則迩人安若衡等輩不可多得激楚陽阿至妙之容掌技者之所貪楚辭曰宮庭震驚發激楚王逸曰激楚清聲也淮南子曰足蹀陽阿之舞飛兎騕烏烏褭絕足奔放良樂之所急也呂氏春秋曰飛兎騕褭古之俊馬也又曰古善相馬者若趙之王良秦之伯樂尤盡其妙也臣等區區敢不以聞李陵書曰區區之心廣雅曰區區愛也陛下篤慎取士必須效試乞令衡以褐衣召見漢書劉敬曰臣衣褐衣褐見無可觀采臣等受面欺之罪漢書曰上以張湯懷詐面欺

出師表蜀志曰建興五年亮率軍北駐漢中臨發上疏

諸葛孔明蜀志云諸葛亮字孔明琅邪人也時先主屯新野徐庶謂先主曰諸葛孔明乃卧龍也將軍豈欲見之乎先主遂詣見之及即帝位拜爲丞相

忘蜀志及别本

引喻失義蜀本以蜀侯白帝馬璋自待也

後主即位十二年卒

臣亮言先帝創業未半而中道崩徂孟子曰君子創業垂統今天下三分益州罷弊此誠危急存亡之秋也歲以秋爲功畢故以諭時之要也馮衍與田邑書曰忠臣立功之日志士馳馬之秋然侍衛之臣不懈於內忠志之士忘身於外者蓋追先帝之遇欲報之於陛下也遇謂以恩相接也史記豫讓曰以國士遇我誠宜開張聖聽以光先帝遺德恢志士之氣漢書谷永上書曰王法納乎聖聽莊子盜跖曰此父母之遺德也不宜妄自菲薄引喻失義以塞忠諫之路也方言曰菲薄也郭璞曰微薄也宮中府中俱爲一體陟罰臧否不宜異同毛詩曰嗚呼小子未知臧否何休公羊傳注曰否不也若有作姦犯科及爲忠善者宜付有司論其

刑賞以昭陛下平明之理不宜偏私使内外異法也侍中侍郎郭攸之費禕於宜反董允等楚國先賢傳曰郭攸之南陽人以器業知名蜀志曰費禕字文偉江夏人也後主襲位亮上疏曰侍中郭攸之費禕然攸之與禕俱爲侍中又曰董允字休昭後主襲位遷黄門侍郎此皆良實志慮忠純是以先帝簡拔以遺陛下愚以爲宫中之事事無大小悉以咨之然後施行必能裨補闕漏有所廣益也將軍向寵蜀志曰向寵襄陽人也建興元年爲中部督典宿衛兵遷中領軍性行淑均曉暢軍事廣雅曰暢達也試用於昔日先帝稱之曰能是以衆議舉寵爲督愚以爲營中之事悉以諮之必能使行陣和穆優劣得所也親賢臣遠小人此先漢所以興隆也親小人遠賢臣此後漢

所以傾頹也。先帝在時，每與臣論此事，未嘗不歎息痛恨於桓靈也。桓靈，後漢二帝，用閹竪所敗也。侍中、尚書、長史、參軍，此悉貞亮死節之臣也。蜀志曰：建興二年，陳震拜尚書。又曰：諸葛亮出駐漢中，張裔領留府長史。又曰：蔣琬遷參軍，統留府事。願陛下親之信之，則漢室之隆，可計日而待也。臣本布衣，躬耕於南陽，說苑：唐且謂秦王曰：王聞布衣之士怒乎？苟全性命於亂世，不求聞達於諸侯。論語：子張曰：在邦必聞。又孔子曰：在邦必達。先帝不以臣卑鄙，猥自枉屈，猥猶曲也。言已曲蒙先帝自枉屈而來也。三顧臣於草廬之中，諮臣以當世之事，漢晉春秋曰：諸葛亮家于南陽之鄧縣。荊州圖副曰：鄧城舊縣西南一里，隔沔有諸葛亮宅，是劉備三顧處。劉歆七言詩曰：結構野草起室廬。由是感激，遂許先帝以驅馳。趙岐孟子章指曰：千載聞之，猶有感激也。後值傾

覆受任於敗軍之際，奉命於危難之間，爾來二十有一年矣。（裴松之蜀志注曰：案劉備以建安十三年敗，遣亮使吴，亮以建興五年抗表北伐，自傾覆至此整二十年。然則備始與亮相遇在軍敗前一年也。）先帝知臣謹慎，故臨崩寄臣以大事也。（蜀志曰：先主於永安病篤，召亮成都，屬以後事，謂亮曰：君才十倍曹丕，必能安國，終定大業。若嗣子可輔，輔之；如其不才，君可自取。亮涕泣曰：臣敢竭股肱之力，效忠貞之節，繼之以死。）受命以來，夙夜憂嘆，恐託付不效，以傷先帝之明，故五月度瀘，深入不毛。（蜀志曰：建興元年，南中諸部並皆叛亂。三年春，亮率衆征之，其秋悉平。漢書曰：瀘水出牂柯郡句町縣。史記鄭襄公曰：君王錫不毛之地，使復得改事君王。何休曰：墝埆不生五穀曰不毛。句，求俱切。町，庭冷切。）今南方已定，兵甲已足，當獎帥三軍，北定中原，（爾雅曰：獎，勸也。）庶竭駑鈍，攘除姦凶，（廣雅曰：駑，駑駘也，謂馬遲鈍者。毛萇詩傳曰：攘，除也。）興

此據蜀志本傳董允傳則知所改者詳文義允傳所載是也作若無興德之言則戮允等以章其慢詳文義允傳所載是也

復漢室還于舊都此臣之所以報先帝而忠陛下之職分也至於斟酌損益進盡忠言則攸之禕允之任也願陛下託臣以討賊興復之效不效則治臣之罪以告先帝之靈（若無興德之言則戮）責攸之禕允等咎（云慢）以彰其慢（答）蜀志載亮表云若無興德之言則戮允等以章其慢今此無上六字於義有闕誤矣陛下亦宜自課以咨諏足俱善道察納雅言深追先帝遺詔王逸楚辭注曰課試也毛詩曰載馳載驅周爰咨諏毛萇曰訪問於善爲咨咨事爲諏論語曰子所雅言南都賦曰奉先帝而追孝臣不勝受恩感激今當遠離臨表涕泣不知所云

求自試表

魏志曰太和二年植還雍上植常自憤怨抱利器而無所施上疏求自試

曹子建

馬韓作薛君章句

臣植言：臣聞士之生世，入則事父，出則事君。論語子曰：出則事公卿，入則事父兄。事父尚於榮親，事君貴於興國。故慈父不能愛無益之子，仁君不能畜無用之臣。墨子曰：雖有賢君，不愛無功之臣；雖有慈父，不愛無益之子。夫論德而授官者，成功之君也；量能而受爵者，畢命之臣也。史記樂毅報燕惠王書曰：察能而授官者，成功之君也。孫卿子曰：論德而定次，量能而授官，君子之所長也。尸子曰：君子量才而受爵，量功而受祿。故君無虛授，臣無虛受。王符潛夫論曰：故明王不敢以私授，忠臣不敢以虛受。虛授謂之謬舉，虛受謂之尸祿，詩之素餐所由作也。韓詩曰：何謂素餐？素者，質也。人但有質朴而無治民之材，名曰素餐。尸祿者，頗有所知，善惡不言，默然不語，苟欲得祿而已，譬若尸矣。昔二虢不辭兩國之任，其德厚也。左氏傳：晉侯假道於虞以伐虢，宮之奇諫曰：虢仲、虢叔，王季之

穆也爲王卿士勳在盟府孫卿子曰德厚者進廉節者起旦奭不讓燕魯之封其
功大也史記曰武王殺紂封周公旦於少昊之墟曲阜是爲魯公又曰周武王封召公奭於燕今
臣蒙國重恩三世于今矣三世謂文武明也正値陛下升平之
際陛下明帝也孝經鉤命決曰明王用孝升平致譽沐浴聖澤潛潤德教可謂
厚幸矣史記太史公成王作頌沐浴膏澤孝經曰德教加于百姓而位竊東藩爵在
上列論語子曰臧文仲其竊位者與漢書中山靖王曰位雖卑也得爲東藩身被輕煖口
厭百味孝經援神契曰甘肥適口輕煖適神墨子曰衣服之法冬則練帛之中足以爲輕且煖崔駰七依曰雍人調膳展選百味目極華靡耳倦絲竹者爵重祿厚之所致
也鄭玄禮記注曰致之言至也退念古之受爵祿者有異於此皆以
功勤濟國輔主惠民爾雅曰濟益也人臣無德可述無功可紀

若此終年無益國朝將挂風人彼己之譏毛詩彼己之子不稱其服是以上慙玄冕俯愧朱紱周禮曰王之五冕玄冕朱裏禮記曰諸侯佩山玄玉而朱組綬蒼頡篇曰紱綬也方今天下一統九州晏如尚書大傳曰周公一統天下合和四海然一統謂其統緒也顧西尚有違命之蜀東有不臣之吳使邊境未得稅甲謀士未得高枕者爾雅曰稅舍也漢書賈誼曰陛下高枕垂統無山東之憂誠欲混同宇內以致太和也法言曰或問太和曰其在唐虞成周也李軌曰天下太和故啓滅有扈戶而夏功昭尚書曰啓與有扈戰于甘之野史記曰啓遂滅有扈氏天下咸朝夏成克商奄而周德著尚書曰武王崩三監及淮夷叛周公相成王將黜殷命孔安國曰三監管蔡商也淮夷徐奄之屬史記曰成王東伐淮夷徐奄今陛下以聖明統世將欲卒文武之功繼成康之隆假周之令德以

謂魏之先王也臣瓚漢書注曰統總覽也毛詩序曰文武之功起於后稷春秋歷序曰成康之隆醴泉涌簡良授能以方叔邵虎之臣鎮衛四境爲國爪牙者可謂當矣爾雅曰簡擇也毛詩曰方叔涖止其車三千又曰江漢之滸王命邵虎又曰祈父予王之爪牙然而高鳥未挂於輕繳淵魚未懸於鉤餌者恐鉤射之術或未盡也高鳥淵魚喻吳蜀二主也昔耿弇不俟光武亟擊張步言不以賊遺於君父也東觀漢記曰耿弇討張步陳俊謂弇曰虜兵盛可且閉營休士以須上來弇曰乘輿且到臣子當擊牛釃酒以待百官反欲以賊虜遺君父邪及出大戰自旦及昏大破之弇古含切故車右伏劍於鳴轂雍門刎首於齊境說苑曰越甲至齊雍門狄請死之齊王曰鼓鐸之聲未聞矢石未交長兵未接子何務死知爲人臣之禮邪雍門狄對曰臣聞之昔王田於囿左轂鳴車右請死之王曰子何爲死車右曰爲其鳴吾君也王曰左轂鳴此者工師之罪也子何爲死車右曰五吾不見工師之乘而見其鳴吾君也遂刎頸而死有之乎齊王曰有之雍門狄曰今越甲至

燿 魏志及別本及 魏志

魏志

其鳴吾君豈左轂之下哉車右可以死左轂而臣獨不可以死越甲耶遂刎頸而死是日越人引甲而退七十里齊王葬雍門子以上卿若此二子豈惡生而尚死哉誠忿其慢主而陵君也夫君之寵臣欲以除害興利尸子曰禹興利除害爲萬民種也臣之事君必以殺身靜亂以功報主也昔賈誼弱冠求試屬國請係單于之頸而制其命終軍以妙年使越欲得長纓占其王羈致北闕賈誼終軍已見薦禰衡表爾雅曰占隱也郭璞曰隱度之此二臣豈好爲夸主而燿世俗哉志或鬱結欲逞才力輸能於明君也昔漢武爲霍去病治第辭曰匈奴未滅臣無以家爲漢書文也固夫憂國忘家捐軀濟難忠臣之志也趙岐孟子章指曰憂國忘家今臣居外非不厚也而寢不安席食不遑味者伏以二方

魏志作舟

未尅爲念戰國策曰秦王告蒙驁曰寡人一城圍食不甘味臥不便席伏見先武皇帝武臣宿兵年耆即世者有聞矣左氏傳子朝曰太子壽早夭即世雖賢不乏世宿將舊卒猶習戰也史記曰王翦宿將始皇師之竊不自量志在效命庶立毛髮之功以報所受之恩若使陛下出不世之詔效臣錐刀之用文子曰欲治之主不世出東觀漢記黃香上疏曰以錐刀小用蒙見宿留也使得西屬大將軍當一校之隊魏志曰太和二年遣大將軍曹真擊諸葛亮於街亭司馬彪漢書曰大將軍營伍部校尉一人若東屬大司馬統偏師之任魏志曰太和二年大司馬曹休率諸軍至皖臣瓚漢書注曰統由揔覽也必乘危躡險騁舟奮驪禮記曰夏后尚黑戎事乘驪鄭玄云馬黑色曰驪突刃觸鋒爲士卒先漢書伍被曰大將軍當敵勇常爲士卒先雖未能禽權馘亮庶將虜其

魏志作舟

策　魏志

雄率殲其醜類鄭玄毛詩箋曰馘所獲之左耳也爾雅曰殲盡也又曰醜衆也必效須臾之捷以滅終身之愧杜預左氏傳注曰捷獲也使名挂史筆事列朝榮雖身分蜀境首懸吳闕猶生之年也北征賦曰首身分而不寤漢武帝遺使者告單于曰南越王頭已懸於漢北闕傅武仲與荊文姜書曰雖死之日猶生之年如微才不試沒世無聞論語曰君子疾沒世而名不稱徒榮其軀而豐其體生無益於事死無損於數虛荷上位而忝重禄禽息鳥視終於白首鄭玄周禮注曰凡鳥獸未孕曰禽此徒圈牢之養物非臣之所志也說文曰圈養獸閑也鄭玄周禮注曰牢閑也流聞東軍失備師徒小衄漢書王音曰失行流聞魏志曰休至皖與吳將陸遜戰於石亭敗績衄猶挫折也輟食棄餐奮袂攘衽撫劍東顧而心已馳於吳會矣鄭玄周禮注曰攘却

也謂却扱衽也左氏傳曰子朱撫劒從之臣昔從先武皇帝南極赤岸東臨滄海西望玉門北出玄塞七發曰凌赤岸篲扶桑山謙之南徐州記曰京江禹貢北江有大濤濤至乘北激赤岸尤更迅猛漢書燉煌郡龍勒縣有玉門關玄塞長城也北方色黑故曰玄伏見所以行軍用兵之勢可謂神妙矣孫子曰兵與敵變化而取勝者謂之神故兵者不可預言臨難而制變者也孫卿曰水因地而制行兵因敵而制勝志欲自效於明時立功於聖世每覽史籍觀古忠臣義士出一朝之命以殉國家之難司馬遷書曰李陵奮不顧身以殉國家之急身雖屠裂而功銘著於景鍾名稱垂於竹帛未嘗不拊心而歎息也國語晉悼公曰昔克潞之役秦來圖敗晉攻魏顆以其身却退秦師于輔氏親止杜回其勳銘於景鍾景公鍾也墨子曰以其功書於竹帛傳遺後子孫也臣聞明主使臣不廢有罪故奔北敗軍之將用秦

魯以成其功史記曰秦繆公使百里奚子孟明視蹇叔子西乞術及白乙丙將兵襲鄭晉發兵遮秦兵於殽虜秦三將以歸後還秦三將穆公復三人官秩優使將兵伐晉大敗晉人以報殽之役又曰曹沫者魯人也以勇力事魯莊公爲魯將與齊戰三敗三北魯莊公懼乃獻遂邑之地以和猶復以爲將齊桓公許與魯會于柯而盟桓公與莊公既盟於壇上曹沫執上首劫齊桓公公問曰子將何欲曹沫曰齊强魯弱而大國侵魯亦已甚矣今魯城壞即壓境君其圖之桓公乃許盡還魯之侵地曹沫三戰所亡盡復于魯絶纓盜馬之臣赦楚趙以濟其難說苑曰楚莊王賜羣臣酒日暮華燭滅有引美人衣者美人援絶冠纓告王知之王曰賜人酒醉欲顯婦人之節吾不取也乃命左右勿上火與寡人飲不絶纓者不懽也羣臣纓皆絶盡懽而去後與晉戰引美人衣者五合五獲以報莊王吕氏春秋曰昔者秦繆公乘馬右服失之野人取之繆公自往求之見野人方將食之於岐山之陽繆公笑曰食駿馬之肉不飲酒余恐傷汝也徧飲而去韓原之戰晉人已環繆公之車矣晉梁繇巳扣公左驂矣野人嘗食馬於岐山之陽者三百有餘人畢力爲繆公疾鬭於車下遂大克晉及獲惠公以歸此秦而謂之趙者史記曰趙氏之先與秦共祖然則以其同祖故曰趙焉臣

竊感先帝早崩，威王棄代，先帝謂文帝也。魏志曰：任城王彰薨，謚曰威。臣獨何人，以堪長久，常恐先朝露填溝壑，漢書李陵謂蘇武曰：人如朝露。列女傳梁寡婦曰：妾之夫先犬馬填溝壑。墳土未乾而身名並滅。漢書霍禹曰：將軍墳土未乾。李宏武功歌曰：身非金石，名俱滅焉。臣聞騏驥長鳴，伯樂昭其能；戰國策楚客謂春申君曰：昔騏驥駕車吳坂，遷延負轅而不能進，遭伯樂，仰而長鳴，知伯樂知己也。今僕屈厄日久，君獨無意使僕爲君長鳴也。盧狗悲號，韓國知其才。戰國策曰：齊欲伐魏，湻于髡謂齊王曰：韓子盧者，天下之壯犬也；東郭俊者，海內之狡兎也。韓子盧逐東郭俊，環山者三，騰山者五，兎極於前，犬廢於後，犬兎俱罷，各死其處。田父見之，而擅其功。今齊魏相持，臣恐强秦大楚承其後，有田父之功。高誘曰：韓國之盧犬，古之名狗也。然悲號之義未聞也。是以效之齊楚之路，以逞千里之任；齊楚言遠也。孫卿子曰：夫驥一日而千里也。試之狡兎之捷，以驗搏噬之用。今臣

志狗馬之微功，竊自惟度，終無伯樂韓國之舉，是以於邑而竊自痛者也。楚辭曰：長呼吸以於悒。王逸曰：於悒，啼貌。夫臨博而企竦，聞樂而竊抃者，或有賞音而識道也。說文曰：博，局戲也。大著十二棊。又曰：企，舉踵也。竦，猶立也。說文曰：抃，拊也。昔毛遂趙之陪隸，猶假錐囊之喻以寤主立功。史記曰：秦之圍邯鄲，趙使平原君求救合從於楚，約與食客門下有勇力武備具者二十人俱，得十九人，餘無可取者。毛遂前自讚於平原君。平原君曰：先生處勝之門下幾年於此矣？遂曰：三年于此矣。平原君曰：夫賢士之處世，譬若錐之處囊中，其末立見。今先生處勝之門下三年，勝未有所聞。毛遂曰：臣乃今日請處囊中耳。使遂蚤得處囊中，乃穎脫而出，非特其末見而已也。平原君竟與毛遂偕十九人。平原君與楚合從，日出而言，日中不決。毛遂按劒歷階而上曰：合從者爲楚，非爲趙也。楚王曰：唯唯，謹奉社稷以從。何況巍巍大魏多士之朝，而無慷慨死難之臣乎！夫自衒

别本

玄徧自媒著士女之醜行也越絕書曰范蠡其始居楚之越越王與言盡日大夫石買進曰行女不貞衒士不信客歷諸侯渡河津無因自致殆不真賢也干時求進者道家之明忌也莊子曰功成者墮名成者虧孰能去功與名而還與衆人而臣敢陳聞於陛下者誠與國分形同氣憂患共之者也呂氏春秋曰父母之於子也子之於父母也一體而分形同氣血而異息痛疾相救憂思相感生則相驩死則相哀此之謂骨肉之親也冀以塵露之微補益山海謝承後漢書楊喬曰猶塵壁附泰山露集滄海雖無補益款誠至情猶不敢嘿也螢燭末光增輝日月淮南子曰人主之居也如日月之明也是以敢冒其醜而獻其忠必知為朝士所笑聖主不以人廢言論語子曰君子不以人廢言伏惟陛下少垂神聽臣則幸矣

求通親親表魏志曰太和五年植上疏求存問親戚自因致其意也

曹子建

臣植言：臣聞天稱其高者，以無不覆；地稱其廣者，以無不載；日月稱其明者，以無不照。禮記子夏問曰何謂三無私孔子曰天無私覆地無私載日月無私照此之謂三無私江海稱其大者，以無不容。管子曰海不辭水故能成其大墨子曰江河不惡小谷之滿已也故能大故孔子曰：「大哉堯之為君，惟天為大，惟堯則之。」論語文也夫天德之於萬物，可謂弘廣矣。蓋堯之為教，先親後踈，自近及遠。其傳曰：「克明俊德，以親九族。九族既睦，平章百姓。」孔安國曰能明俊德之士任用之以睦高祖玄孫之親也又曰既已也百姓百官也言化九族而平和章明也及周之文王亦崇厥化，鄭玄禮記注曰崇猶尊也其詩曰：「刑于寡妻，至于兄弟，以御于家邦。」

賈逵以宗爲尊　服虔以宗盟爲同宗之盟　杜預以爲宗伯屬官屬作盟詛之載辭

資　潘耒改

毛萇曰刑法也鄭玄云御治也寡妻寡有之妻文王以禮接其妻至於宗族又能爲政治於家邦是以雝雝穆穆風人詠之毛詩曰有來雝雝又曰天子穆穆僖廿四年昔周公弔管蔡之不咸廣封懿親以藩屏王室左氏傳富辰曰周公弔二叔之不咸故封建親戚以蕃屏周室馬融曰二叔管蔡也傳曰周之宗盟異姓爲後左氏傳曰滕侯薛侯來朝爭長公使羽父請於薛侯曰周之宗盟異姓爲後誠骨肉之恩爽而不離漢書宣帝詔曰蓋聞象有罪舜封之骨肉之親粲而不殊如淳曰粲或爲散爾雅曰爽差也親親之義寔在敦固禮記曰君子賢其賢而親其親未有義而後其君仁而遺其親者也孟子曰未有仁而遺其親者也未有義而後其君者也伏惟陛下濬帝唐欽明之德尚書曰放勳欽明體文王翼翼之仁毛詩曰惟此文王小心翼翼惠洽椒房恩昭九親漢舊儀曰皇后稱椒房詩椒聊之實蔓延盈升美其繁與九親猶九

魏志植每欲求別見獨談論及時政幸冀試用終不能得 又云時法制待藩國既自峻迫僚屬皆賈豎下材兵人給其殘老大數不過二百人又植以前過事事復減半

族群后百僚番休遞上列子曰巨鼇迭爲三番江偉上便宜曰上下郎吏計作四五番休執政不廢於公朝下情得展於私室親理之路通慶弔之情展誠可謂恕己治人推惠施恩者矣論語子貢問曰一言可以終身行之者乎子曰其恕乎己所不欲勿施於人三略曰良將恕己而治人又曰推惠施恩士力日新至於臣者人道絕緒禁固明時臣竊自傷也左氏傳曰申公巫臣奔晉子反請以重幣錮之杜預曰禁固勿仕也錮與固通不敢乃望交氣類脩人事敘人倫謝承後漢書曰桓𤅙鄙營氣類毛詩序曰成孝敬厚人倫近且婚媾不通兄弟永絕吉凶之問塞慶弔之禮廢恩紀之違甚於路人蘇子卿詩曰誰爲行路人隔閡之異殊於胡越淮南子曰自其異者視之肝膽胡越許慎曰胡在北方越在南方今臣以一切之制永無朝覲之望漢書音義曰一切權時也至於注心

無惟豈魏志及刊本作有然當依此

若下有以字亦當依此

皇極結情紫闥神明知之矣尚書考靈耀曰建用皇極宋均曰建立也皇大極天
也崔駰達旨曰攀台階闚紫闥然天寔爲之謂之何哉毛詩國風文退省
諸王常有戚戚具爾之心毛詩曰戚戚兄弟莫遠具爾願陛下沛然
垂詔孟子曰油然作雲沛然下雨使諸國慶問四節得展以敘骨肉
之歡恩全怡怡之篤義論語子曰兄弟怡怡如也妃妾之家膏沐之
遺歲得再通毛詩曰豈無膏沐齊義於貴宗等惠於百司如此
則古人之所歎風雅之所詠復存於聖世矣臣伏自思惟
豈無錐刀之用東觀漢記黄香上䟽曰以錐刀小用蒙見宿留及觀陛下之
所拔授若臣爲異姓竊自料度不後於朝士矣若得
辭遠遊戴武弁蔡邕獨斷曰遠遊冠者王侯所服傅子曰侍中冠武弁解朱組佩

青紱朱組綬已見自試表注漢書曰凡二千石以上銀印青綬駙馬奉車趣得一號
漢書曰奉車都尉掌御乘輿車駙馬都尉掌駙馬說文曰駙近也安宅京室執鞭珥筆論語子曰富而可求雖執鞭之士吾亦爲之范曄後漢書岑彭謂朱鮪曰彭往者得執鞭侍從珥筆戴筆也漢
書趙卬曰張安世持橐簪筆張晏曰近臣負橐簪筆從也出從華蓋入侍輦轂劉歆遂初
賦曰奉華蓋於帝側胡廣漢官解故注曰轂下諭在輦轂之下京兆之中承荅聖問拾遺左
右漢書曰議郎掌顧問應對又曰蕭望之劉更生並拾遺左右乃臣丹情之至願不
離於夢想者也遠慕鹿鳴君臣之宴毛詩序曰鹿鳴宴群臣嘉賓也中
詠棠棣匪他之誡毛詩序曰棠棣燕兄弟也毛詩曰豈伊異人兄弟匪他下思伐
木友生之義毛詩序曰伐木燕朋友故舊也詩曰矧伊人矣不求友生終懷蓼莪罔
極之哀毛詩蓼莪曰父兮生我母兮鞠我欲報之德昊天罔極每四節之會塊然

別本校語魏志作並無終字

獨處左右惟僕隷所對惟妻子高談無所與陳發義無所與展未嘗不聞樂而拊心臨觴而歎息也漢書曰中山靖王勝來朝天子置酒勝聞樂聲而泣對曰臣聞悲者不可爲絫欷思者不可爲歎息今臣心結日久每聞幼妙之聲不知泣涕之橫集臣伏以爲犬馬之誠不能動人譬人之誠不能動天崩城隕霜臣初信之以臣心況徒虚語耳列女傳曰杞梁妻者齊杞梁殖之妻也齊莊公襲莒殖戰死杞梁之妻無子内外皆無五屬之親既無所歸乃就其夫屍於城下而哭之内誠動人道路過者莫不爲之揮涕十日而城爲之崩淮南子曰鄒衍盡忠於燕惠王惠王信譖而繫之鄒子仰天而哭正夏而天爲之降霜也若葵藿之傾葉太陽雖不爲之迴光然終向之者誠也淮南子曰聖人之於道猶葵之與日雖不能終始哉其鄉之者誠也臣竊自比葵藿若降天地之施垂三光之明者實在

陛下臣聞文子曰不爲福始不爲禍先 文子曰與道爲際與德爲隣不爲福始不爲禍先范子曰文子者姓辛葵丘濮上人也稱曰計然南遊於越范蠡師事 今之否隔友于同憂而臣獨唱言者何也 廣雅曰否隔也尚書曰友于兄弟 竊不願於聖代使有不蒙施之物有不蒙施之物必有慘毒之懷故柏舟有天只之怨谷風有棄予之歎 毛詩柏舟曰母也天只不諒人只毛萇曰諒信也母也天也尚不信我也又谷風曰將安將樂汝轉棄予 伊尹恥其君不爲堯舜 尚書曰昔先正保衡作我先王乃曰予弗克俾厥后惟堯舜其心愧恥若撻于市 孟子曰不以舜之所以事堯事其君者不敬其君者也臣之愚蔽固非虞伊至於欲使陛下崇光被時雍之美宣緝熙章明之德者 尚書曰允恭克讓光被四表協和萬邦黎民於變時雍毛詩曰維清緝熙文王之典章明已見上文尚書曰百姓昭明 是臣

吴季重答魏太子牋考異作字之

慺慺之誠竊所獨守尚書傳曰慺慺謹慎也寔懷鶴立企佇之心劉敢復陳聞者戰國策曰吳入郢樊冒勃蘇潛行十日而薄秦鶴立不轉冀陛下儻發天聰而垂神聽也尚書曰天聰明神聽己見自試表

讓開府表

羊叔子臧榮緒晉書曰羊祜字叔子太山人也能屬文爲中書郎陳留王立封鉅平子世祖受禪加散騎常侍後以祜都督荆州諸軍事又爲車騎將軍開府儀同三司祜表讓後以祜爲征南大將軍開府辟召儀同三司薨

臣祜言臣昨出伏聞恩詔拔臣使同台司昨出爲沐浴而出在外台司三公也爲台司故言儀同三司威儀百物使同三司也臣自出身巳來適十數年受任外内每極顯重之地王隱晉書曰太祖引祜祜爲從事中郎遷中領軍事兼内外

常以智力不可强進恩寵不可久謬夙夜戰慄以榮爲憂中謝裴氏新語曰若薦其君將有所乞請中謝言臣誠惶誠恐頓首死罪臣聞古人之言德未爲衆所服而受高爵則使才臣不進功未爲衆所歸而荷厚祿則使勞臣不勸管子曰國有德義未明於朝而處尊位者則良臣不進有功未見於國而有重祿者則勞臣不勸今臣身託外戚事遭運會王隱晉書曰祜同産姊配景帝爲弘訓太后誡在寵過不患見遺而猥超然降發中之詔加非次之榮猥猶曲也孔融荅曹公書曰來書懇切訓誨發中臣有何功可以堪之何心可以安之以身誤陛下辱高位傾覆亦尋而至國語單襄公曰高位寔疾顛左氏傳吕相曰傾覆我社稷願復守先人弊廬豈可得哉莊子曰顏闔守陋閭左氏傳齊侯遇杞梁之妻于郊使弔之辭曰有先人之弊廬在

音之異　衍字也

下妾不得與郊邗違命誠忤天威曲從即復若此左氏傳齊侯對宰孔曰天威不違顏咫尺蓋聞古人申於見知晏子春秋越石父謂晏子曰臣聞之士者屈於不知己而申乎知己大臣之節不可則止論語子曰周任有言曰陳力就列不能者止臣雖小人敢緣所蒙念存斯義今天下自服化已來方漸八年列子曰子產相鄭三年善者服其化雖側席求賢不遺幽賤國語曰越王夫人側席而坐韋昭曰側猶特也禮憂者側席而坐然臣等不能推有德進有功使聖聽知勝臣者多而未達者不必假令有遺德於板築之下有隱才於屠釣之間尚書序曰高宗夢得說說築傅巖之野孟子曰傅說舉於版築之間郭璞三蒼解詁曰板牆上下板築杵頭鐵沓也尉繚子曰太公屠牛朝歌史記曰太公望呂尚以漁釣奸周西伯而令朝議用臣不以為非臣處之不以為

原文德作恩

愧所失豈不大哉遺賢不薦而謬處崇班非直身殃抑爲朝累今乃朝議用臣不以爲非已累朝矣處之又不以爲愧已殃身矣此失豈不大哉言甚大也且臣忝竊雖久未若今日蕪文武之極寵等宰輔之高位也文武謂車騎及開府等宰輔謂儀同三司臣所見雖狹據今光祿大夫李憙秉節高亮正身在朝晉諸公讚曰憙字季和上黨人少有高行爲僕射年老遜位拜光祿大夫光祿大夫魯芝絜身寡欲和而不同臧榮緒晉書曰魯芝字世英扶風人也耽思墳籍爲鎮東將軍徵光祿大夫四子講德論曰絜身修德老子曰少私寡欲論語曰和而不同光祿大夫李胤莅政弘簡在公正色王隱晉書曰李胤字宣伯遼東人也稍遷至尚書僕射轉光祿大夫孔安國尚書傳曰簡大也尚書曰正色率下皆服事華髮以禮終始周禮曰大司徒領職曰服事鄭司農曰服事謂公家服事新序閭丘卯曰士亦華髮竝領而後用耳雖歷內外之寵

出處之際宜慎固也然諸夏廢興目條改隸素非顯厚何足責以守忠楊雄李密並蒙詬誚此後人奴於一姓之鄙見也惟遭身虜廷若李陵衛律輩乃真罪通天耳

不異寒賤之家而猶未蒙此選臣更越之何以塞天下之望少益日月聖主得賢臣頌曰不足以塞厚望日月踰君已見上求自試表是以誓心守節無苟進之志左傳季札曰曹宣公之卒也諸侯與曹人不義曹君將立子臧子臧去之遂弗爲也以成曹君君子曰能守節矣今道路未通方隅多事乞留前恩使臣得速還屯王隱晉書曰太始五年出爲都督荆州諸軍事不爾留連必於外虞有闕臣不勝憂懼謹觸冒拜表惟陛下察匹夫之志不可以奪論語子曰匹夫不可奪志

陳情事表

李令伯華陽國志曰李密字令伯父早亡母何氏更適人密見養於祖母事祖母以孝聞侍疾日夜未嘗解帶蜀平後晉武帝徵爲太子洗馬詔書累下郡

見蜀志注晉書及別本校語

縣逼迫密上書武帝覽其表曰密不空有名者也嘉其誠欵賜奴婢二人使郡縣供其祖母奉膳祖母卒服終徙尚書郎爲河内温令左遷漢中太守一年去官卒密一名虔

臣密言臣以險釁夙遭閔凶賈逵國語注曰釁兆也左氏傳楚少宰曰寡君少遭閔凶生孩六月慈父見背孟子曰孩提之童趙岐曰知孩笑可提抱也文子曰慈父之愛子非求報行年四歲舅奪母志莊子田開之曰單豹行年七十毛詩序曰衛世子蚤死其妻守義父母欲奪而嫁之祖母劉愍臣孤弱躬親撫養毛詩曰父兮生我母兮鞠我撫我畜我長我育我毛萇曰鞠養也臣少多疾病九歲不行零丁孤苦至于成立李陵贈蘇武詩曰遠處天一隅苦困獨伶丁國語曰晉趙文子冠韓獻子戒之曰此之謂成人論語曰二十而立既無伯叔終鮮兄弟毛詩曰終鮮兄弟維予與女門衰祚薄晚有兒息字書曰祚福也外無朞功強近之親内無應門五尺

之僮孫卿子曰仲尼之門五尺豎子羞言五伯煢煢獨立一作子形影相弔曹植責躬表曰形影相弔五情愧赧而劉夙嬰疾病常在牀蓐臣侍湯藥未曾廢離逺奉聖朝沐浴清化前太守臣逵察臣孝廉後刺史臣榮舉臣秀才臣以供養無主辭不赴命詔書特下拜臣郎中尋蒙國恩除臣洗馬朱浮書曰同被弃恩如湻漢書注曰凡言除者除故官就新官也漢書曰太子屬官有洗馬如湻曰前驅也猥以微賤當侍東宮非臣隕首所能上報廣雅曰猥頓也漢書谷永上書王鳳曰齊客隕首公門以報恩施史記曰孟嘗君相齊使其舍人魏子收邑三反而不致孟嘗君問其故對曰有賢者竊假之數年或毀孟嘗孟嘗乃弃魏子所與粟賢者聞之乃上書言孟嘗不作亂請身盟遂自刎宮門以明孟嘗臣具以表聞辭不就職詔書切峻責臣逋慢郡縣逼迫催臣上道州司臨

僞朝猶士衡之言出自敵國耳不足以爲病楊慎妄造荒朝之說豈知荒之与僞初無輕重哉

門急於星火臣欲奉詔奔馳則劉病日篤欲苟順私情則告訴不許臣之進退實爲狼狽孔叢子孔子曰吾於狼狽見聖人之志荀悅漢紀論曰周勃狼狽失據塊然囚執伏惟聖朝以孝治天下凡在故老猶蒙矜育爾雅曰矜憐也況臣孤苦特爲尤甚且臣少仕僞朝歷職郎署本圖宦達不矜名節鄭玄禮記注曰矜謂自尊大也今臣亡國賤俘至微至陋賈逵國語注曰伐國取人曰俘過蒙拔擢寵命優渥毛詩曰既優既渥豈敢盤桓有所希冀周易曰初九盤桓利居貞但以劉日薄西山氣息奄奄楊雄反騷曰臨汨羅而自隕兮恐日薄於西山廣雅曰奄困泊也人命危淺朝不慮夕左氏傳趙孟曰朝不謀夕何其長也臣無祖母無以至今日祖母無臣無以終餘年鸚鵡賦曰匪餘年之足惜母孫二人更

金氏對亦無矜持之矜非驕矜之矜書曰不矜細行

相爲命是以區區不能廢遠臣密今年四十有四祖母劉今年九十有六是臣盡節於陛下之日長報養劉之日短也烏鳥私情願乞終養葛龔喪伯父還傳記曰烏鳥之情誠竊傷痛毛詩曰蓼莪孝子不得終養也臣之辛苦非獨蜀之人士及二州牧伯所見明知皇天后土實所共鑒左氏傳晉大夫曰皇天后土實聞君之言願陛下矜愍愚誠聽臣微志庶劉僥倖保卒餘年禮記曰子曰小人行險以僥倖僥與徼同古堯切臣生當隕首死當結草隕首已見上文左氏傳曰晉魏顆敗秦師於輔氏獲杜回秦之力人也初魏武子有嬖妾無子武子疾命顆必嫁是疾病曰必爲殉顆嫁之曰疾病則亂吾從其治也及輔氏之役魏顆見老人結草以亢杜回杜回躓而顛故獲之夜夢之曰余而所嫁婦人之父也臣不勝犬馬怖懼之情謹拜表以聞史記丞相青翟曰臣不勝

此十字別本中謝印其省文也

犬馬心

謝平原内史表 臧榮緒晉書曰成都王表機起爲平原内史到官上表 理

陸士衡

陪臣陸機言 蔡邕獨斷曰諸侯境内自相以下皆爲諸侯稱臣於朝皆稱陪臣 今月九日魏郡太守遣兼丞張含齎板詔書印綬假臣爲平原内史 凡王封拜謂之板官時成都攝政故稱板詔 拜受祗竦不知所裁臣機頓首頓首死罪死罪 范曄後漢書陳蕃上疏曰臣誠悼心不知所裁 臣本吳人出自敵國 漢書蒯通説韓信曰敵國破謀 臣士 世無先臣宣力之效才非丘園耿介之秀 尚書舜曰予欲宣力四方汝爲易曰賁于丘園束帛戔戔王肅曰隱處丘園道德弥明必有束帛之聘楚辭曰獨耿介而不隨 皇澤廣被惠濟無遠 四子講德論曰皇澤豐沛尚書曰無遠弗屆 擢自群萃累蒙榮進 國語曰群萃而同處

（賈逵曰萃亦聚也）入朝九載，歷官有六，身登三閣，官成兩宫。（臧榮緒晉書曰太熙末太傅楊駿辟機爲祭酒駿誅徵爲太子洗馬吴王出鎮淮南以機爲郎中令遷尚書中兵郎轉殿中郎又爲著作郎晉令曰祕書郎掌中外三閣經書兩宫東宫及上臺也）服冕乘軒，仰齒貴游。（左傳衞太子謂渾良夫曰服冕乘軒三死無與杜預傳注曰齒列也周禮曰師氏以三德教國子凡國之貴游子弟學焉）振景拔迹，顧邈同列。（臣瓚漢書注曰邈凌邈也）施重山岳，義足灰沒。（葛龔讓州辟文曰恩重山岳言君之義我身如灰之滅不足報也）遭國顛沛，無節可紀。雖蒙曠盪，臣獨何顏。俛首頓膝，憂愧若厲。（中謝周易曰夕惕若厲）而橫爲故齊王冏（九永）所見枉陷，誣臣與衆人共作禪文。（王隱晉書曰齊王冏字景治趙王倫篡位冏舉兵討倫臨陳斬之禪文倫受禪之文）幽執囹圄，當爲誅始。（司馬遷書曰深幽囹圄之中）臣之微誠，不負天

地倉卒之際慮有逼迫乃與弟雲及散騎侍郎袁瑜王隱
晉書曰袁瑜字世都中書侍郎馮熊馮熊字文羆尚書右丞崔基廷尉
正顧榮顧榮字彥先汝陰太守曹武晉百官名曰曹武字道淵思所以獲
免陰蒙避迴岐一作崎嶇自列言密自蒙蔽避迴罔黨岐嶇艱阻得自申列也廣雅曰列陳也
片言隻字不關其間事蹤筆跡皆可推校王隱晉書曰機與吳王晏
表曰禪文本草今見在中書一字一迹自可分別蔡邕書曰惟是筆跡可以當面而一朝翻然
更以爲罪蕞爾之生尚不足忝左傳子產曰諺云蕞爾之國杜預曰蕞小貌也
說文曰尚曾也孔安國尚書傳曰忝惜也區區本懷實有可悲李陵書曰區區之心切慕
此爾畏逼天威即罪惟謹天威已見上讓開府表公羊傳曰不即罪爾何休曰不就罪也
漢書曰終軍詰徐偃請下御史徵偃即罪論語曰子在宗廟朝廷便便言惟謹爾鉗口結舌不

敢上訴所天莊子曰鉗墨翟之口慎子曰臣下閉口主右結舌潛夫論曰臣鉗口結舌而不敢言左傳箴尹克黄曰君天也何休墨守曰君者臣之天也莫大之釁日經聖聽孝經曰五刑之屬三千而罪莫大於不孝肝血之誠終不一聞所以臨難慷慨而不能不悢悢者惟此而已重蒙陛下愷悌之宥陛下謂成都也毛詩曰愷悌君子杜預左傳注曰宥赦也迴霜收電使不隕越威如霜已見西征賦苟悦申鑒曰人主威如雷電之震左傳齊侯對宰孔曰小白恐隕越于下復得扶老攜幼生出獄户戰國策曰薛人扶老攜幼迎孟嘗君道中懷金拖紫退就散輩楊子法言曰使我紆朱懷金其樂不可量也解嘲曰紆青拖紫拖徒我切感恩惟咎五情震悼文子曰昔中黄子曰色有五章人有五情跼天蹐地若無所容中謝毛詩曰謂天蓋高不敢不跼謂地蓋厚不敢不蹐史記曰魏公子自責似若無所容跼音局蹐精亦切不悟日月之明遂

垂曲照雲雨之澤播及朽瘁尚書武王曰惟我文考若日月之照臨范曄後漢書鄧騭
上疏曰被雲雨之渥澤也志臣弱才身無足采哀臣零落罪有可察
苟削丹書得夷平民左傳曰斐豹隸也著於丹書書曰延及平民則塵洗天
波謗絶衆口臣之始望尚未至是猥辱大命顯授符虎
漢書文紀曰初與郡守爲銅虎符竹使符使春枯之條更與秋蘭垂芳陸沈
之羽復與翔鴻撫翼莊子曰孔子之楚其鄰有夫妻臣妾登極者仲尼曰是陸沈者也班
固漢書張陳述曰攜手遂秦撫翼俱起雖安國免徒起紆青組漢書曰韓安國事梁
孝王爲中大夫其後安國坐法抵罪梁内史缺漢使使者拜安國爲梁内史起徒中爲二千石張敞亡
命坐致朱軒漢書張敞爲京兆尹坐與楊惲厚善不宜處位免爲庶人數月冀州部中有大賊天
子思敞功使使召敞即裝隨使者詣公車上書天子引敞見拜爲冀州刺史敞起亡命復奉使典州命名也謂

所犯罪名已定而逃亡避之謂之亡命青組朱軒並二千石之車飾方臣所荷未足爲泰豈臣蒙垢含忝所宜忝竊范曄後漢書陳蕃曰鄙夫之萌復存于心方言曰貪而不施謂之忝非臣毀宗夷族所能上報喜懼參并悲慙哽結拘守常憲當便道之官如淳漢書注曰律二千石以上告歸寧不過行在所者便道之官無問也不得束身奔走稽顙城闕瞻係天衢馳心輦轂天衢已見上薦禰衡表輦轂已見上求通親親表臣不勝屏營延仰謹拜表以聞國語申胥曰昔楚靈王獨行屏營

勸進表

何法盛晉書曰劉琨連名勸進中宗嘉之晉紀曰劉琨作勸進表無所點竄封印既畢對使者流涕而遣之

劉越石

別本 下同

建興五年晉書曰建興閔帝年號三月癸未朔十八日辛丑使持節散騎常侍都督河北并冀幽三州諸軍事領護匈奴中郎將司空并州刺史廣武侯臣琨使持節侍中都督冀州諸軍事撫軍大將軍冀州刺史左賢王渤海公臣磾頓首死罪上書臣琨臣磾頓首頓首死罪死罪臣聞天生蒸人樹之以君所以對越天地司牧黎元左傳鄭文公曰天生人而樹之君以利之也典引曰發祥流慶對越天地左傳師曠曰天生人而立之君使司牧之勿使失性孝經鉤命決曰天有顧盼之義授圖于黎元聖帝明王鑒其若此易緯曰聖帝明王所以致太平知天地不可以乏饗故屈其身以奉之范曄後漢書袁紹上疏曰洛邑乏祀荀悅申鑒曰聖王屈己以申天下之樂知黎元不可以無主故

不得已而臨之。東觀漢記馮異曰更始敗亡天下無主莊子曰君子不得已而臨莅天下也社稷。時難。則戚藩定其傾。郊廟或替。則宗哲纂其祀。所以弘振遐風。式固萬世。韋秀衛公誄曰御睎遐風重輝冠世毛詩曰式固爾猶三五以降。靡不由之。史記楚子西曰孔丘述三五之法明周召之業臣琨臣磾頓首頓首。死罪死罪。伏惟高祖宣皇帝肇基景命。王隱晉書曰宣皇帝河内温人今上受禪追上尊號曰宣皇帝尚書武王曰至于大王肇基王迹詩曰景命有僕毛萇曰僕附也鄭玄曰天之大命又附著於汝世祖武皇帝遂造區夏。世祖武帝廟號書曰惟丕顯考文王用肇造我區夏三葉重光。四聖繼軌。三世謂景宣文四聖謂武帝也書曰昔我文王武王宣重光廣雅曰軌跡也惠澤侔於有虞。卜年過於周氏。左傳王孫滿曰成王定鼎郟鄏卜世三十卜年七百自元康以來。艱禍繁興。晉書曰惠帝即位改

原文御作馭

元日元康永嘉之際氛厲彌昏永嘉懷帝年號宸極失御登遐醜裔
王隱晉書懷紀曰羯賊劉曜破洛皇帝崩於平陽宸極喻帝位荅賔戲曰周失其御禮曰天王崩告喪曰天王
登遐國家之危有若綴旒公羊傳曰君若贅旒然贅猶綴也何休曰旒旗旒也以譬者言
爲下所執持東西爾賴先后之德宗廟之靈皇帝嗣建舊物克甄
王隱晉書懷紀曰洛陽破大司馬南陽王保於長安立秦王爲皇太子懷帝崩皇太子即位左傳伍員曰少康
祀夏配天不失舊物鄭玄尚書緯注曰甄表也誕授欽明服膺聰哲欽明已見上求通親
親表禮曰服膺拳拳玉質幼彰金聲夙振應劭漢官儀曰太子太傅琢磨王質言太子有
王之質琢磨以道也孟子曰孔子之謂集大成集大成也者金聲而玉振之也冢宰攝其綱百
辟輔其治尚書曰冢宰掌邦治統百官包咸論語注曰攝猶兼也毛詩曰不顯維德百辟其刑之四
海想中興之美羣生懷來蘇之望毛詩序曰宣王任賢使能周室中興尚書

曰僕我后后來其蘇不圖天不悔禍大災荐臻左傳鄭伯曰天其悔禍于許國
未忘難寇害尋興左傳富辰曰人未忘禍王又興之逆胡劉曜縱逸西
都何法盛晉書胡錄曰建興四年劉載使劉曜寇長安敢肆犬羊凌虐天邑漢名臣奏
曰太尉應劭等議以爲鮮卑隔在漢北犬羊爲群尚書曰肆予敢求爾于天邑商臣等奉表使
還仍承西朝以去年十一月不守主上幽劫復沈虜庭
干寶晉愍紀曰賊入掠京都劉粲寇于城下天子蒙塵于平陽傳暢諸公讚曰葛蕃傳檄平陽求連和迎上上
於是見害謝承後漢書序曰黃他求沒將投骸虜庭神器流離再辱荒逆再謂懷愍二帝老子曰天下神器不可爲爲者敗之
韋昭曰漢書注神器天子璽符服御之物也臣每覽史籍觀之前載小雅曰載事也厄運
之極古今未有苟在食土之毛含氣之類左傳芋尹無宇謂楚子曰
食土之毛誰非君臣三略曰含氣之類咸願得志莫不叩心絶氣行號巷哭新序

三世謂三帝也

子貢曰子產死國人聞之皆叩心流涕曰子產已死吾將安歸皆巷哭況臣等荷寵三世位廁鼎司三世謂邁至琨也王隱晉書曰琨祖邁相國參軍父蕃太子洗馬侍御史鼎司謂司空也謝承後漢書序曰王龔幹事遂陟鼎司承問震惶精爽飛越謝承後漢書竇武上疏曰奉承詔命精爽隕越且悲且惋五情無主五情已見上謝平原內史表注莊子葉公見龍失其魂魄五情無主舉哀朔垂上下泣血謝承後漢書胡母班書曰董卓起朔垂毛詩曰鼠思泣血臣琨臣磾頓首頓首死罪死罪臣聞昬明迭用否泰相濟昬明謂晝夜也文子曰春秋之代謝日月之晝夜孫卿子曰日月遞照周易曰泰者通也物不可終通故受之以否天命未改歷數有歸左氏傳王孫滿謂楚子曰周德雖衰天命未改書曰天之歷數在爾躬或多難以固邦國或殷憂以啓聖明左氏傳曰楚使椒舉如晉求諸侯晉侯欲勿許司馬侯曰不可鄰國之難不可虞也或多難以固其國啓其疆土齊

有仲孫之難而獲桓公至今賴之晉有里丕之難而獲文公是以爲盟主也韓詩曰耿耿不寐如有殷憂啓聖見下注齊有無知之禍而小白爲五伯之長左傳曰初齊襄公立無常鮑叔牙曰君使民慢亂將作矣奉公子小白出奔莒亂作管夷吾召忽奉公子糾來奔雍廩殺無知公伐齊納子糾桓公自莒先入晉有驪姬之難而重耳主諸侯之盟左傳曰初晉獻公以驪姬爲夫人夫人譖太子太子縊于新城遂譖二公子曰皆知之重耳奔蒲夷吾奔屈漢書路溫舒曰齊有無知之禍而桓公以興晉有驪姬之難而文公用伯繇是觀之禍亂之作將以開聖人也社稷靡安必將有以扶其危監鐵論曰定傾扶危黔首幾絶必將有以繼其緒史記曰秦更民名曰黔首伏惟陛下玄德通於神明聖姿合於兩儀陛下謂元帝也書曰玄德升聞乃命以位孝經援神契曰十世升平至德通神明兩儀天地也易曰易有太極是生兩儀應命代之期紹千載之運孟子曰五百年必有王者興其間必有名世者

也廣雅曰命名也桓子新論曰夫聖人乃千載一出賢人君子所想思而不可得見也夫符瑞之表天人有徵東觀漢記群臣上奏世祖曰符瑞之應昭然著聞矣中興之兆圖讖垂典自京畿隕喪九服崩離曹子建責躬詩曰得會京畿周書曰乃辨九服之國方千里曰王圻其外曰侯服甸服男服采服衛服蠻服夷服鎮服蕃服論語子曰邦分崩離析天下嚻然無所歸懷班固漢書贊曰海内嚻然喪其樂生之心雖有夏之遘夷羿宗姬之離犬戎蔑以過之左氏傳曰魏絳對晉侯曰昔有夏之方衰也后羿自鉏遷于窮石因夏人以代夏政又曰夷羿收之杜預曰夷氏也史記曰幽王嬖愛褒姒竟廢后立褒姒爲后廢后父申侯乃與西夷犬戎共攻幽王遂殺幽王驪山之下陛下撫寧江左奄有舊吳王隱晉書曰元帝琅邪共王之長子永興元年就國二年加揚州諸軍事韋孟諷諫詩曰撫寧遐荒江左江東也春秋歷序曰東方爲左毛詩曰奄有龜蒙柔服以德伐叛以刑左氏傳晉隨武子曰伐叛

刑也柔服德也抗明威以攝不類杖大順以肅宇內尚書曰我有周佑命將天明威漢書音義曰攝安也禮記曰天子以德爲車以樂爲御諸侯以禮相與大夫以法相序天下之肥也是謂大順純化既敷則率土宅心義風既暢則遐方企踵尚書曰汝丕遠惟商耇成人宅心知訓劇秦美新曰海外遐方延頸企踵百揆時叙于上四門穆穆于下書曰納于百揆百揆時叙賓于四門四門穆穆昔少康之隆夏訓以爲美談左氏傳伍員謂吳子曰昔有過澆滅夏后相后緡方娠逃出自竇歸于有仍生少康焉爲仍牧正以收夏衆使女艾諜澆遂滅過戈復禹之績澆五叫切公羊傳曰魯人至今以爲美談宣王之興周詩以爲休詠毛詩序曰烝民尹吉甫美宣王也任賢使能周室中興焉況茂勳格于皇天清輝光于四海尚書曰昔成湯既受命時則有若伊尹格于皇天孝經曰孝悌之至通于神明光于四海蒼生顒然莫不欣戴尹文子曰堯德化布于四海仁惠被于蒼

生淮南子曰聖人呼吸陰陽之氣而群生莫不喁喁然仰其德以和順國語祭公謀父曰商王大惡庶人不忍
欣戴武王聲教所加願爲臣妾者哉尚書曰朔南暨聲教史記張良曰百姓莫不願
爲臣妾且宣皇之胤惟有陛下王隱晉書曰元皇帝宣帝之曾孫左傳介之推曰獻
公之子九人惟君在矣億兆攸歸曾無與二尚書曰受有億兆夷人晏子春秋晏子謂
魯哀公曰君蟜魯國化而爲一心君曾无與二何暇有三乎天祚大晉必將有主主
晉祀者非陛下而誰法言曰昔在有熊高辛唐虞三代咸有顯德故天因而祚之左傳介
之推曰天未絕晉必將有主主晉祀者非君而誰是以邇無異言遠無異望漢書
曰霍光以內外異言左傳叔向曰我先君文公人從而與之獻无異親民无異望矣謳歌者無不
吟詠徽猷獄訟者無不思于聖德孟子曰堯崩三年之喪畢舜讓避丹朱於
南河之南天下朝覲訟獄者不之堯之子而之舜謳歌者不謳歌堯之子而謳歌舜曰天也夫而後歸中國踐

原文作上下相發允答

晉書無

原鈔莫作鏌

天子之位焉詩曰君子有徽猷荅賓戲曰用納乎聖德天地之際既交華裔之情允洽封禪書曰天人之際已交上下之情允洽左傳孔子曰裔不謀夏夷不亂華一角之獸連理之木以爲休徵者蓋有百數春秋感精符曰麟一角明海内共一主也王者不刳胎不剖卵則出於郊孝經援神契曰德至草木則木連理尚書有休徵西都賓曰夷乎斯列者盖以百數冠帶之倫要荒之衆冠帶謂中國也西蜀父老曰封疆之内冠帶之倫尚書曰五百里要服五百里荒服也不謀而同辭者動以萬計周書曰不謀同辭會於武王郊下羽獵賦曰枚莫邪而羅者万計矣是以臣等敢考天地之心因函夏之趣昧死以上尊號漢書楊雄河東賦曰函夏之大漢書又曰諸侯昧死再拜言上尊號願陛下存舜禹至公之情狹巢由抗矯之節以社稷爲務不以小行爲先東觀漢記群臣上奏世祖曰大王社稷爲計万姓爲心漢書賈誼上書曰人主

難

之行異布衣布衣節小行以自託於鄉黨人主惟社稷固爾以黔首爲憂不以克讓爲事書曰允恭克讓上以慰宗廟乃顧之懷下以釋普天傾首之望詩曰乃眷西顧又曰溥天之下漢書翟義曰天下傾首服從莫能抗扞國難則所謂生繁華於枯荑育豐肌於朽骨易曰枯楊生稊王弼曰稊者楊之秀稊与荑通左傳蘧子馮曰所謂生死而肉骨神人獲安無不幸甚尚書帝曰夔命汝典樂神人以和漢書漢王曰以韓信爲大將軍蕭何曰幸甚臣琨臣磾頓首頓首死罪死罪

臣聞尊位不可久虛萬機不可久曠史記李斯曰明主聖皇所能久處尊位東觀漢記諸將上奏世祖曰帝王不可以久曠虛之一日則尊位以殆曠之浹辰則萬機以亂公羊傳曰緣臣之心不可一日无君左氏傳君子曰莒恃陋不修其城郭浹辰之間而楚尅其二都杜預曰浹辰十二日也方今鍾百王之季當陽九之

會曹植九詠章句曰鍾當也班固漢書贊曰漢承百王之弊左傳叔向問晏子曰齊其何如晏子曰此季世也漢書曰陽九之厄曰初入百六陽九音義曰易傳所謂陽九之厄百六之會狡寇窺窬伺國瑕隙左氏傳師服曰民服其上下无覬覦杜預曰下不冀望上位也窬與覦同杜預左傳注曰狡猾也說文曰窺小視也文曰覦欲也毛萇詩傳曰瑕猶過也隙閒隙也齊人波蕩無所繫心安可以廢而不恤哉漢書曰富人博戲亂齊人如淳曰齊民齊等無有貴賤故謂之齊若今平民也范曄後漢書李熊說公孫述曰方今四海波蕩匹夫横議谷永集曰國家久無繼嗣天下无所繫心陛下雖欲逡巡其若宗廟何其若百姓何公羊傳曰齊侯逡巡而謝范曄後漢書馬武謂世祖曰大王雖欲執謙退奈宗廟社稷何昔惠公虜秦晉國震駭呂郤之謀欲立子圉外以絶敵人之志內以固闔境之情故曰喪君有君群臣輯穆好我者勸惡我者懼左傳僖十五年

原文不作非

晉與秦戰于韓原秦伯獲晉侯以歸乃許晉平晉侯使郤乞告瑕呂飴甥且召之呂甥曰將若君何衆皆曰何爲而可對曰征繕以輔孺子諸侯聞之喪君有君羣臣輯睦甲兵益多好我者勸惡我者懼庶有益乎莊子曰方二千餘里闔四境之内前事之不忘後代之元龜也戰國策張孟談謂趙襄子曰前事之不忘後事之師也吳志魏文帝策命孫權曰前代之懿事後王之元龜陛下明並日月無幽不燭家語孔子曰所謂聖者明並日月東都賦曰散皇明以燭幽深謀遠慮出自胸懷過秦論曰深謀遠慮行軍用兵之道不及曩時之士也不勝犬馬憂國之情遲覲人神開泰之路史記丞相翟青曰臣不勝犬馬心是以陳其乃誠布之執事左氏傳晉使呂相絶秦曰敢盡布之執事臣等各忝守方任職在遐外不得陪列闕庭共觀盛禮踊躍之懷南望罔極謹上臣琨謹遣兼左長史右司馬臣溫嶠王隱晉書曰溫嶠字泰真太原人也劉琨假守左長史西臺除司

空右司馬五年琨使詣江南主簿臣辟閭訓臧榮緒晉書曰辟閭訓字祖明樂安人也没石勒爲幽州刺史臣磾遣散騎常侍征虜將軍清河太守領右長史高平亭侯臣榮劭晉百官名曰榮劭字茂世北平人爲清河太守輕車將軍關内侯臣郭穆百官名曰郭穆字景通没胡中奉表臣琨臣磾等頓首頓首死罪死罪

三十七

七月二日　御覽

顔薜荔無恥尚書曰余心顔厚有忸怩碧嶺再辱丹崖重滓塵游躅於蕙路汙淥池以洗耳皇甫謐高士傳曰巢父聞許由爲堯所讓也以爲汙乃臨池而洗耳宜扃岫幌掩雲關斂輕霧藏鳴湍截來轅於谷口杜妄轡於郊端於是叢條瞋膽疊穎怒魄或飛柯以折輪乍低枝而掃跡請迴俗士駕爲君謝逋客孔安國尚書傳曰逋亡也晉灼漢書注曰以辭相告曰謝

文選卷第四十三 初三夕 侃誦

遣　刊本

怨山人去兮曉猨驚昔聞投簪逸海岸今見解蘭縛塵纓投簪疏廣也東海人故曰海岸也摯虞徵士胡昭賛曰投簪卷帶韜聲匿跡蘭蘭佩也於是南岳獻嘲北壟騰笑列壑爭譏攢峯竦誚慨遊子之我欺悲無人以赴弔礼記曰凡訃於其君之臣曰某死鄭玄曰訃或作赴赴至也故其林慙無盡磵愧不歇秋桂遣風春蘿罷月騁西山之逸議馳東皋之素謁馳騁猶宣布也逸議隱逸之議也素謁貧素之謁也史記伯夷叔齊詩曰登彼西山兮採其薇矣阮籍奏記曰將耕東皋之陽稚珪集訓張長史詩曰同貧清風館共素白雲室杜預左氏傳注曰謁告也謂告語於人亦談議之流今又促裝下邑浪拽翊制上京楚辭曰漁父鼓拽而去王逸曰舡船也浪猶鼓也韋昭漢書注曰拽楫也雖情投於魏闕或假步於山扃呂氏春秋曰中山公子牟謂詹子曰身在江海之上心居魏闕之下高誘曰魏闕象魏也說文曰扃向外閉之關也豈可使芳杜厚

湖北省公益学术著作出版专项资金
Hubei Special Funds for Academic and Public-interest Publications

黄侃黄焯批校昭明文選

七

〔梁〕蕭統 編
〔唐〕李善 注
黄侃 黄焯 校訂

長江出版傳媒
崇文書局

文選卷第三十八

梁昭明太子撰

文林郎守太子右內率府錄事參軍事崇賢館直學士臣李善注上

表下

張士然爲吴令謝詢求爲諸孫置守冢人表

庾元規讓中書令表　桓元子薦譙元彦表

殷仲文自解表

傅季友爲宋公至洛陽謁五陵表

爲宋公求加贈劉前軍表

任彦昇爲齊明帝讓宣城郡公第一表

爲范尚書讓吏部封侯表

爲蕭揚州薦士表

爲褚蓁讓代兄襲封表

爲范始興作求立太宰碑表

爲吴令謝詢求爲諸孫置守冢人表孫盛晉陽秋曰

謝詢河東人終於吴令

張士然孫盛晉陽秋曰張悛字士然吴國人也元康中吴令謝詢表爲孫氏置守冢人悛爲其文詔從之晉百官名曰悛爲太子庶子

臣聞成湯革夏而封杞武王入殷而建宋尚書曰乃爾先祖成湯革夏駿命漢書酈生曰昔湯放桀封其後於杞呂氏春秋曰武王入殷立成湯之後於宋春秋征伐

則晉脩虞祀，燕祭齊廟。左氏傳曰晉滅虢遂襲虞滅之而修虞祀歸其職貢於王傳于曰樂毅伐齊遂下齊七十餘城置吏屬燕爲郡而修齊之宗廟夫一國爲一人興，先賢爲後愚廢。成湯夏禹賢與國後桀紂無道而失國誠仁聖所哀悼而不忍也。故三王敦繼絕之德，春秋貴柔服之義。論語曰繼絕世柔服已見劉琨勸進表昔漢高受命，追存六國，凡諸絕祚，一時並祀。漢書曰高祖撥亂猶修祀六國又詔曰秦皇帝楚隱王魏安釐王齊愍王趙悼襄王皆絕亡後其與秦始皇帝守冢三十家趙及魏公子亡忌各五家令視其冢復亡與它事親與項羽對爭存亡，逮羽之死，臨哭其喪。漢書灌嬰斬項羽東城漢王爲發喪哭臨而去將以佗嘗俾尊，力嘗均勢，雖功奪其成，而恩與其敗。且暴興疾顛，禮之若舊。班固漢書項羽贊曰舜重瞳子項羽又重瞳子豈其苗裔邪何其興之暴也國語單

美 別本

注加恩孫氏子孫引入祖宗語便易入

襄公曰高位寔疾顛殘戮之尸乃以公葬漢書曰初懷王封羽爲魯公乃以魯公禮葬羽於穀城若使羽位承前緒世有哲王一朝力屈全身從命則楚廟不隳有後可冀伏惟大晉應天順民武成止戈應天順民已見上左氏傳楚子謂潘黨曰夫文止戈爲武京邑開吳蜀之館書曰織皮崐崘析支渠搜西戎即叙洛陽故宮名曰馬市在城東吳蜀二主館與相連西戎有即序之人興滅加乎萬國繼絶接于百世論語子曰興滅國繼絶世雖三五弘道商周稱仁洋洋之義未足以喻是以孫氏雖家失吳祚而族蒙晉榮子弟量才比肩進取懷金侯服佩青千里懷金已見上謝平原內史表佩青已見上求通親親表毛詩曰侯服于周天命靡常東觀漢記楊喬曰臣伏念二千石典牧千里當時受恩多有過望臣聞春雨潤

木自桑流根，鴟鴞恤功，愛子及室。毛詩曰：鴟鴞鴟鴞，既取我子，無毀我室。故天稱罔極之恩，聖有綢繆之惠。罔極已見上《求通親親表》。毛詩曰：徹彼桑土，綢繆牖戶。追惟吴僞武烈皇帝，吴志：孫堅字文臺，吴郡人，蓋孫武後也。權既稱尊号，謚堅曰武烈皇帝。遭漢室之弱，值亂臣之強，首唱義兵，先衆犯難，破董卓於陽人，濟神器於甄井。吴志曰：堅屯梁東，爲卓軍所攻，潰圍而出，堅復合戰於陽人，大破卓軍。漢書音義韋昭曰：神器，天子璽符也。吴書曰：初，堅入洛，軍城南甄官井上，每旦有五色氣，舉軍驚怪，莫敢汲。堅命人浚，探得漢傳國璽，文曰"受命于天，既壽永昌"。方圓四寸，上紐交五龍，龍上一角缺。甄，音真。威震群狡，名顯往朝。桓王才武，弱冠承業，吴志：孫策字伯符，堅子也。權稱尊号，追謚策曰長沙桓王。招百越之士，奮鷹揚之勢，漢書曰：故衡山王芮從百越之兵，以佐諸侯誅暴秦。詩曰：維師尚父，時維鷹揚。西赴許都，將迎幼

又舉詔書以見事之相符

主雖元勳未終，然至忠已著。吳志曰：曹公與袁紹相距於官渡，策陰謀襲許，迎漢帝，未發，爲故吳郡太守許貢客所殺。夫家積義勇之基，世傳扶危之業，進爲御漢之臣，退爲開吳之主，而蒸嘗絕於三葉，園陵殘於薪采。爲采薪者所踐毀也。臣竊悼之。伏見吳平之初，明詔追錄先賢，欲封其墓。愚謂二君並宜應書，二君，堅、策也。故舉勞則力輸先代，論德則惠存江南，正刑則罪非晉寇，從坐則異世已輕。若列先賢之數，蒙詔書之恩，裁加表異，以寵亡靈，則人望克厭，誰不曰宜？二君私奴多在墓側，今爲平民，乞差五人，蠲其徭役，使四時修護，頹毀掃除塋壟，永以爲常。

讓中書令表 諸晉書並云讓中書監此云令恐誤也

庾元規 何法盛晉書潁川庾録曰亮字元規爲中書郎肅祖欲使爲中書監上䟽肅祖納亮言封永昌公後遷司馬録尚書事薨

臣亮言臣凡庸固陋少無檢操昔以中州多故舊邦喪亂 中州爲洛陽庾氏潁川人近洛陽故云中州舊邦 隨侍先臣遠庇有道爰客逃難求食而已 何法盛晉書曰亮父琛爲會稽太守亮少隨父會稽又曰中宗爲鎮東將軍鎮建鄴論語季康子以就有道孔安國尚書序曰逃難解散 不悟微時之福遭遇嘉運先帝龍興垂異常之顧 尚書序曰漢室龍興先帝謂中宗元帝也 既眷同國士又中之婚姻 何法盛晉書曰中宗欽亮名德故中婚姻又曰中宗娉亮妹爲皇太子妃國士婚姻已見懷舊賦 遂階親寵累忝非服弱冠濯纓沐浴玄風 孟子曰滄

浪之水清兮可以濯我纓沐浴已見上求自試表注頻繁省闥出總六軍晉書曰王敦表亮爲中領軍何法盛晉書曰十餘年間位超先達無勞被遇無與臣比小人祿薄福過災生止足之分臣所宜守老子曰知足不辱知止不殆而偷榮昧進日爾一日謗讟既集上塵聖朝始欲自聞而先帝登遐先帝謂元帝也登遐已見上文區區微誠竟未上達陛下踐祚聖政維新臧榮緒晉書曰明帝諱紹字道幾元帝太子也禮曰成王幼不能莅祚周公作相踐祚而治詩曰周雖舊邦其命維新宰輔賢明庶寮咸允康哉之歌實在至公康哉之歌已見景福殿賦仲長子昌言曰人主臨之以至公行之以至仁而國恩不已復以臣領中書臣領中書則示天下以私矣何者臣於陛下后之兄也王隱晉書曰明穆皇后庾氏字文君琛第二女生成帝孫盛晉陽秋曰庾亮明穆皇后之

兄也姻婭之嫌，實與骨肉中表不同。雖太上至公，聖德無私，老子曰：太上下知有之。河上公曰：太上，謂太古無名之君也。無私，已見上求通親親表注。然世之喪道，有自來矣。悠悠六合，皆私其姻者也。人皆有私，則謂天下無公矣。是以前後二漢，咸以抑后黨安，進婚族危。向使西京七族、東京六姓，西京七族，已見西京賦。東京六姓，章德竇后、和熹鄧后、安思閻后、桓思竇后、順烈梁后、靈思何后。皆非姻黨，各以平進，縱不悉全，決不盡敗。今之盡敗，更由姻昵。臣歷觀庶姓在世，無黨於朝，無援於時，植根之本輕也薄也，苟無大瑕，猶或見容。至於外戚，憑託天地，勢連四時，根援扶疎，重矣大矣。而財居權寵，四海側目，漢書曰：列侯宗室見邪都，側目而視也。事有不允，罪

不容誅身既招殃國爲之弊其故何邪直由婚媾之私群情之所不能免故率其所嫌而嫌之於國是以疏附則信姻進則疑疑積於百姓之心則禍成重闥之內矣此皆往代成鑒可爲寒心者也夫萬物之所不通聖賢因而不奪冒親以求一才之用未若防嫌以明公道韓詩外傳曰公道達而私門塞今以臣之才兼如此之嫌而使內處心膂音呂外揔兵權尚書穆王曰今命汝作朕股肱心膂賈逵國語注曰膂脊也以此求治未之聞也以此招禍可立待也孫卿子曰亂則危辱滅亡可立而待也雖陛下二相明其愚欵二相王敦王導也王隱晉書曰王敦字處仲中宗時爲大將軍謀逆肅祖以爲丞相不受又曰王導字茂弘中宗時爲侍中肅祖即位敦平進太保不拜後爲丞相朝

百寮頗識其情天下之人何可門到戶說使皆坦然耶孝經曰君子之教以孝非家至而日見之鄭玄曰非門到戶至而見之楚辭曰衆不可戶說兮孰云察予之中情尚書序曰坦然明白夫富貴寵榮臣所不能忘也刑罰貧賤臣所不能甘也今恭命則愈違命則苦臣雖不達何事背時違上自貽患責邪實仰覽殷鑒量己知弊毛詩曰殷鑒不遠在夏后之世身不足惜爲國取悔是以悾悾屢陳丹款曹大家蟬賦曰復丹款之未足留滯恨乎天際也而微誠淺薄未垂察諒憂惶屏營不知所厝屏營已見上謝平原內史表以臣今地不可以進明矣且違命已久臣之罪又積矣歸骸私門以待刑書漢書曰彭宣上書乞骸骨歸鄉里私門已見本篇注尚書曰哀矜折獄明啓刑書願陛下垂天地之鑒察臣

之愚，則雖死之日，猶生之年矣。

薦譙元彦表

孫盛晉陽秋曰：譙秀字元彦，巴西人，譙周孫，性清不交於俗。李雄盜蜀，安車徵秀，秀不應，躬耕山藪。桓溫平蜀，反役，上表薦秀。

桓元子

何法盛晉書曰：桓溫字元子，譙國人，爲琅邪王文學，後進位大司馬，薨。

臣聞太朴既虧，則高尚之標顯；易曰：不事王侯，高尚其事。道喪時昏，則忠貞之義彰。道喪已見江淹雜體詩。左氏傳荀息曰：公家之利，知無不爲，忠也；送往事居，耦俱無猜，貞也。故有洗耳投淵以振玄邈之風，洗耳，許由也。琴操曰：堯大許由之志，禪爲天子，由以其不善，乃臨河洗耳。莊子曰：舜以天下讓其友北人無擇，北人無擇曰：異哉后之爲人也，欲以其辱行慢我，吾羞見之。因自投清泠之淵。亦有秉心矯迹以敦在三之節。國語曰：晉武公伐翼，殺哀侯，止欒子曰：苟無死，吾令子爲上卿。辭曰：成聞之，人生於三，事之如一，父生之，師教

之君食之韋昭曰三君父師也是故上代之君莫不崇重斯軌所以篤俗訓民靜一流競魏書文帝令曰樹德垂聲崇化篤俗伏惟大晉應符御世應符已見上文論語比考讖曰聖王御世河龍負卷舒圖運無常通時有屯蹇神州丘墟三方圮裂神州見吳都賦注兔罝絕響於中林白駒無聞於空谷毛詩曰肅肅兔罝施于中林鄭玄曰兔罝之人能恭敬則是賢者衆多也又曰皎皎白駒在彼空谷生芻一束其人如玉斯有識之所悼心大雅之所歎息者也劉歆移書曰有識之所歎愍阮瑀爲曹公與孫權書曰大雅之人不肯爲此陛下聖德嗣興方恢天緒何法盛晉書曰孝宗穆帝諱聃字彭子康帝崩乃即位臣昔奉役有事西土鯨鯢既懸思宣大化何法盛晉書曰李勢盜蜀溫伐勢勢出軍戰于笮橋軍敗面縛請命鯨鯢喻李勢也鯨鯢已見上文謝眺入公山詩訪諸故老搜揚潛逸庶武

羅於羿浞之墟，想王蠋音蜀於亡齊之境。左氏傳魏絳曰：昔后羿因夏人以代夏政，弃武羅、伯因、熊髡、尨圉而用寒浞。寒浞，伯明氏之讒子弟也。虞羿于田，以取其國家。杜預曰：四子皆羿之良臣也。史記曰：燕之初入齊，聞畫邑人王蠋賢，令軍中曰：環畫邑三十里毋入，以王蠋之故。已而使人謂蠋曰：齊人多高子之義，吾以爲將，封子萬家。蠋固謝。燕人曰：子不聽，吾引三軍而屠畫邑。王蠋曰：忠臣不事二君，貞女不更二夫。齊王不聽吾諫，則退而耕於野。國既破亡，吾不能存，今又劫之以兵爲君將，是助桀爲暴也。與其生無義，固不如享名。遂經其頸於樹枝，自奮絕脰而死。竊聞巴西譙秀，植操貞固，易曰：貞固足以幹事。抱德肥遯，揚清渭波。文子曰：養生以經世，抱德以終年，可謂體道矣。楚辭曰：溷其泥而揚其波。渭水已見西征賦。于時皇極遘道消之會，群黎蹈顛沛之艱。道消、顛沛已見謝平原內史表。中華有顧瞻之哀，幽谷無遷喬之望。毛詩曰：顧瞻周道，中心怛兮。遷喬已見劉琨荅盧諶詩。凶命屢招，姦威仍

逼孫盛晉陽秋曰李雄安車徵秀雄叔父驤驤子壽辟命皆不應也身寄虎吻危同朝露莊子孔子曰丘幾不免虎口哉朝露已見上求自試表而能抗節玉立誓不降辱琴操莊周歌曰避世佚道志潔如玉論語子曰不降其志不辱其身伯夷叔齊與杜門絕迹不面僞庭進免龔勝亡身之禍退無薛方詭對之譏漢書曰王莽既篡遣使者奉璽書太子師及祭酒印綬安車駟馬迎龔勝勝自知不見聽即謂門人高暉曰吾受漢室厚恩無以報今老矣旦暮入地誼豈以一身事二姓下見故主哉語畢遂不復開口飲食積十四日死時年七十九矣又曰薛方字子容王莽以安車迎方方因使者辭謝曰堯舜在上下有巢許今明主方隆唐虞之德亦猶小臣欲守箕山之節也使者以聞莽說其言不強致說音悅雖園綺之棲商洛管寧之默遼海漢書曰園公綺季當秦之世避而入商洛深山管寧遼東已見謝朓郡內登望詩博物志廉翻夢人謂已曰余孤竹君之子遼海漂吾棺槨也方之於秀殆無以過于今西

土以爲美談西土蜀也夫旌德禮賢化道之所先崇表殊節聖喆之上務方今六合未康豺豕當路遺黎偷薄義聲弗聞漢書曰偷薄之政自是滋矣魏志崔琰書諫文帝曰盤遊滋侈義聲不聞益宜振起道義之徒以敦流遯之弊若秀蒙蒲帛之徵漢書曰武帝初即位使使者束帛加璧安車以蒲輪駕駟迎申公也足以鎮靜頹風軌訓囂俗魏文帝令曰道薄於當年風頹於百代幽遐仰流九服知化矣周書曰乃辨九服之國

解尚書表檀道鸞晉陽秋曰桓玄僭位仲文以佐命親貴帝初反正抗表自解

殷仲文

臣聞洪波振壑川無恬鱗魏略王脩奏記曰消流之水無洪波之勢七發曰橫暴之極魚鼈失勢顛倒偃側也驚飆拂野林無靜柯家語吾丘曰樹欲靜而風搖之何者

此用劉景純憂思詩而郭文魚在于沼亦匪克樂之義來

非晉書晉之有非字

佇留也

勢弱則受制於巨力，質微則莫以自保。於理雖可得而言，於臣寔所敢喻。昔桓玄之世，誠復驅迫者衆。至於愚臣，罪實深矣。進不能見危授命，忘身殉國；論語子張問士子曰見危致命見利思義司馬遷荅任少卿書曰李陵常思奮不顧身以殉國家之急退不能辭粟首陽，拂衣高謝。史記曰伯夷叔齊恥武王伐紂義不食周粟隱於首陽山遂乃宴安昏寵，叨昧僞封。左傳曰宴安酖毒不可懷也錫文篡事，曾無獨固，曾無固守之節亦從於衆也晉中興書曰詔加桓玄爲楚王備九錫之禮玄到姑孰朝臣勸進玄遂篡位名義以之俱淪，情節自茲兼撓。宜其極法，以判忠邪。鎮軍臣裕鎮軍宋高祖也匡復社稷，大弘善貸。馮衍與田邑書曰左平山東右匡社稷老子曰夫惟道善貸且成佇一戮於微命，申三驅於大信。楚辭曰蜂蛾微命力何固

用与下是以複

三驅已見東都賦既惠之以首領復引之以縶維左氏傳宋公曰若以大夫之靈得保首領以沒縶維已見上文于時皇輿否隔天人未泰用志進退惟力是視惟力是視已見東京賦是以僶俛從事自同全人毛詩曰何有何無僶俛求之呂氏春秋曰任天下而不强此之謂全人高誘曰全人全德之人無虧闕也令宸極反正惟新告始新已見庾元規讓中書令表反正已見謝靈運述祖德詩惟憲章既明品物思舊禮曰仲尼憲章文武品物已見歎逝賦臣亦胡顏之厚可以顯居榮次尚書曰予心顏厚有忸怩乞解所職待罪私門私門已見上庾元規讓中書令表違謝闕庭乃心愧戀謹拜表以聞臣某云云

爲宋公至洛陽謁五陵表晉書曰義熙十二年洛陽平裕命修晉氏陵置守備

傅季友

臣裕言：近振旅河湄，揚旆西邁。左氏傳季文子曰：中國不振旅，蠻夷入伐。詩曰：居河之湄。將届舊京，威懷司雍。威懷已見潘岳關中詩。太康地記曰：司州，司隸校尉治。漢武帝初置，其界本西得梁州之地，今以三輔爲雍州。河流遄疾，道阻且長。詩曰：遡洄從之，道阻且長。加以伊洛榛蕪，津塗久廢。蜀志許靖與曹公書曰：袁術方命圮族，津塗四塞。伐木通逕，淹引時月。東觀漢記曰：岑彭伐樹木開道，直出黎丘。十二日，次故洛水浮橋。山川無改，城闕爲墟，宮廟隳頓，鍾簴空列，觀宇之餘，鞠爲禾黍。鞠爲茂草，已見西征賦。毛詩序曰：過故宗廟宮室，盡爲禾黍。廛里蕭條，雞犬罕音。蕭條已見上西征賦。東觀漢記曰：比夷寇作，無鷄鳴狗吠之聲。感舊永懷，痛心在目。劉琨荅盧諶詩曰：哀我皇晉，痛心在目。以其月十

五日奉謁五陵郭緣生述征記曰北邙東則乾脯山山西南晉文帝崇陽陵陵西武帝峻陽陵邙之東北宣帝高原陵景帝峻平陵邙之南則惠帝陵也墳塋幽淪百年荒翳天衢開泰情禮獲申故老掩涕三軍悽感瞻拜之日憤慨交集行河南太守毛脩之等沈約宋書曰毛脩之字敬文滎陽人也高祖將伐羌爲河南河內二郡太守戍洛陽既開翦荊棘繕修毀垣左氏傳戎子駒支曰驅其狐狸翦其荊棘西京賦曰步毀垣而延竚職司既備蕃衛如舊伏惟聖懷遠慕兼慰不勝下情謹遣傳詔殿中中郎臣某奉表以聞

爲宋公求加贈劉前軍表

沈約宋書曰劉穆之字道冲東莞人爲前將軍卒追贈儀同三司高祖又表於天子於是重贈侍中司徒封南昌縣侯

傅季友

臣聞崇賢旌善王教所先王隱晉書衛瓘上言曰崇賢舉善而教用彰謝承後漢書曰滕延拜京兆尹旌善爲務念功簡勞義深追遠尚書禹曰惟帝念功論語曰慎終追遠民德歸厚矣故司勳秉策在勳必記周禮曰凡有功者銘書於王之太常德之休明沒而彌著左氏傳王孫滿曰德之休明故尚書左僕射前軍將軍臣穆之爰自布衣協佐義始裴子野宋略曰高祖潛謀匡復署穆之主簿委以腹心內竭謀猷外勤庶政尚書曰爾有嘉謀嘉猷則入告爾后于内又曰庶政惟和萬邦咸寧密勿軍國心力俱盡韓詩曰密勿同心不宜有怨密勿僶俛也及登庸朝右尹司京畿沈約宋書曰穆之爲尚書左僕射又曰加丹陽尹尚書曰若時登庸敷讚百揆翼新大猷尚書曰納于百揆毛詩曰匪大猷是經惟邇言是聽頃戎車遠役居中作捍沈約宋書曰高祖北伐轉穆之左僕射甲仗五十人入居東城毛詩曰左旋右抽中軍作

識量九字常在無棱處已 另憾

文三十八　　十

好鄭玄曰居軍中爲容好也撫寧之勳。實洽朝野。識量局致。棟幹之器也。蜀志曰文帝察黃權有局量易曰棟隆之吉不橈乎下也方宣讚盛化。緝隆聖世。志績未究。遠邇悼心。皇恩褒述。班同三事。蜀志曰偉度姓胡爲諸葛亮主簿故見褒述尚書曰三事大夫敬爾有官榮哀既備。寵靈已泰。論語子貢曰夫子其生也榮其死也哀寵靈已見江淹雜體詩臣伏思尋自義熙草創。艱患未弭。王隱晉書曰義熙安帝年號國語太子曰天禍至于今未弭乎外虞既殷。內難亦荐。沈約宋書曰義熙五年慕容超數爲邊患公抗表北伐公之北伐也徐道覆乃有闚闓之志勸盧循承虛而下循從之公羊傳曰君子避內難不避外難時屯世故。靡有寧歲。周易曰屯剛柔始交而難生又曰屯難也潘正叔迎大駕詩曰世故尚未夷國語姜氏告於公子曰子之行晉無寧歲臣以寡劣。負荷國重。實賴穆之匡翼之勳。豈惟讜言嘉謀。溢

若以民聽直捷履迪則可謂難之雙美矣

于民聽。若乃忠規密謨，潛慮帷幕，造膝詭辭，莫見其際，穀梁傳曰：士造辟而言，詭辭而出。范甯曰：辟，君也。詭辭而出，不以實告人也。風俗通曰：禮諫有五，諷為上，故入則造膝，出則詭辭。禮曰：善則稱君，過則稱己。王隱晉書曰：樂廣任誠保素，莫見其際。事隔於朝，功隱於視聽者，不可勝記。所以陳力一紀，遂克有成，國語狐偃曰：畜力一紀，可以遠矣。又舅犯曰：若克有成，晉之柔嘉，是甘。出征入輔，幸不辱命，微夫人之左右，未有寧濟其事者矣。左氏傳重耳曰：微夫人力之不及此。爾雅曰：左右，助也。寧濟已見曹植責躬詩。履謙居寡，守之彌固，易曰：九三勞謙君子，有終吉。王弼曰：履得其位也。每議及封爵，輒深自抑絕，所以勳高當年，而茅土弗及。三輔決録曰：茂陵馬氏代襲茅土。撫事永念，胡寧可昧？謂宜加贈正司，追甄土宇，俾忠貞之烈，不泯於身後，大賚

窩當在篇末作諱五月作公程後蕭揚州薦士表移目王言也

所及求秩於善人論語曰周有大賚善人是富臣契闊屯夷旋觀終始金蘭之分義深情感易曰二人同心其利斷金同心之言其臭如蘭是以獻其乃懷布之朝聽所啓上合請付外詳議

爲齊明帝讓宣城郡公第一表蕭子顯齊書曰明皇帝姶安貞王道生子初太祖封西昌侯廢鬱林王海陵王封宣城郡公也

任彦昇

臣鸞言被臺司召以臣爲侍中中書監驃騎大將軍開府儀同三司揚州刺史録尚書事封宣城郡開國公食邑三千戶加兵五千人臣本庸才智力淺短毋丘儉表曰禹禹之朝不畜庸才東觀漢記李通上疏曰臣經術短淺智能空薄太祖高皇帝篤猶子之

梁書及初本有皇字

愛降家人之慈。蕭子顯齊書太祖高皇帝諱道成道生即太祖之弟也禮記曰兄弟之子猶子也蓋引而進之漢書曰齊悼惠王肥孝惠二年入朝帝與齊王燕飲太后前置齊王上坐如家人禮世祖武皇帝情等布衣。寄深同氣。蕭子顯齊書曰世祖武皇帝諱賾字宣遠太祖長子晉中興書庾亮上疏曰先帝謬顧情同布衣曹植求自試表曰與國分形同氣憂患共之武皇大漸。實奉話言。尚書王曰嗚呼疾大漸惟幾毛詩曰其惟哲人告之話言雖自見之明。庸近所蔽。韓子曰楚莊王欲伐越莊子曰伐越何也王曰以政亂兵弱莊子曰臣患知之如目見百步之外不能自見其頰故曰自見之謂明愚夫一至。偶識量己。劉劭人物志曰一至謂之偏材偏材小雅之質也爾雅曰偶遇也郭璞曰偶爾值也庾元規表曰仰覽殷鑒量己知弊實不忍自固於綴衣之辰。拒違於玉几之側。尚書顧命曰出綴衣於庭越翼日王崩玉几見下句遂荷顧託。道揚末命。又曰后憑玉几道揚末命雖嗣君棄常。獲罪宣德。

嗣君謂欝林王也爲宣太后所廢左傳申繻曰人棄常而妖興漢書曰太后召昌邑王賀賀曰我安得罪而召我哉王室不造職臣之由不造已見嵇康幽憤詩職汝之由已見王仲宣贈文叔良詩何者親則東牟任惟博陸漢書曰齊悼惠王子興居爲東牟侯又曰武帝遺詔封博陸侯徒懷子孟社稷之對何救昌邑爭臣之譏漢書霍光奏曰昌邑王賀不可以承天緒當廢皇太后詔可王曰聞天子有爭臣七人雖无道不失天下光謝曰王行自絶於天臣寧負王不負社稷四海之議於何逃責且陵土未乾訓誓在耳曹植求自試表曰墳土未乾而身名並滅左傳晉穆嬴曰今君雖終言猶在耳家國之事一至於斯謂欝林猖蹷顛躓也孫盛晉陽春秋曰郤超假還東簡文帝謂之曰致意尊公家國之事遂至於此非臣之尤誰任其咎毛詩曰發言盈庭誰敢執其咎將何以肅拜高寢虔奉武園寢廟已見吳都賦園陵已見上張士然表悼心失圖泣血待

旦。左傳楚薳啓彊曰孤與二三臣悼心失圖尚書曰先王昧爽坐以待旦寧容。復。徽。榮。於。
家。恥。宴。安。於。國。危。晉中興書曰卞壼表曰豈敢干祿位以徽時榮平宴安已見上辭尚書表
驃騎上將之元勳神州儀刑之列岳漢書曰霍去病征匈奴有絕漠之勳
始置驃騎將軍位在三公上班固衛青述曰長平桓桓上將之元神州已見上薦譙元彥表鄭氏毛詩箋曰儀
則刑法也尚書古稱司會中書實管王言周禮曰司會中大夫二人鄭玄曰司
會主天下之事若今之尚書耳沈約宋書曰置祕書令典尚書奏事文帝黃初初改爲中書令且虛飾
寵章委成御侮王隱晉書曰武帝詔山濤曰勿復爲虛飾之煩詩曰予曰有禦侮臣知不
愜物誰謂亘命輕鴻毛責重山岳戰國策唐雎謂楚王曰國權輕於鴻
毛而積禍重於山岳陽泉養性賦曰況性命之幾微如鴻毛之漂輕毋丘儉之遼東詩曰憂責重山岳誰能爲
我檐存沒同歸毀譽一貫莊子曰哀公曰何謂材命仲尼曰存亡毀譽是事之變吳志周

勑與曹休書曰志行雖微存沒一節周易曰殊途而同歸書曰爲善不同同歸于治莊子老聃曰彼以死生爲
一條以可不可爲一貫也辭一官不減身累增一職已黷朝經七略曰位
累我躬賈逵國語注曰黷慢朝經也家語孔子曰治天下國家有九經其所以行者一也便當自同
體國不爲飾讓穀梁傳曰大夫國體也何休曰君之卿佐是謂股肱故曰國體孫皓詔紀陟曰
故特任使莫復飾讓至於功均一匡賞同千室論語孔子曰管仲相桓公一匡天下
左傳曰晉侯滅赤狄潞氏晉侯賞桓子狄臣千室光宅近甸奄有全邦光宅已見吴都
賦謝承後漢書曰周防及守近甸嘉瑞表應毛詩曰奄有龜蒙漢書淮南王上書曰淮南全國之時殞越
爲期不敢聞命左傳齊侯對宰孔曰小白恐殞越于下亦願曲留降鑒即
垂順許鉅平之懇誠必固永昌之丹慊獲申鉅平羊祜永昌庾亮
並見上表乃知君臣之道綽有餘裕孟子曰欲爲君盡君道欲爲臣盡臣道又曰

吾聞之也有官守者不得其職則去有言責者不得其言則去我無官守我無言責則吾進退豈不綽綽然有餘裕哉苟曰易昭敢守難奪故可庶心弘議酌已親物者矣不勝荷懼屏營之誠謹附某官某甲奉表以聞臣諱誠惶誠恐

爲范尚書讓吏部封侯第一表

范雲字彥龍與梁武同事齊竟陵王爲八友又與雲往處相近更增親密及爲天子以爲吏部尚書甚敬雲嘗語其二弟曰我昔與雲情同昆弟汝當爲我呼雲爲兄

任彥昇

臣雲言被尚書召以臣爲散騎常侍吏部尚書封霄城縣開國侯食邑千戶奉命震驚心顏無措臣雲頓首頓首

八字刊本作中謝下同

死罪死罪臣素門凡流輪翮無取張載贈棗子玆詩曰輶車運在輪飛骨須六翮進謝中庸退慙狂狷禮記仲尼曰君子中庸小人反中庸論語子曰狂者進取狷者有所不爲也固嘗鑽厲求學而一經不治漢書曰韋賢少子玄成復以明經歷位至丞相故鄒魯諺曰遺子黄金滿籯不如一經篆刻爲文而三冬靡就法言曰童子彫蟲篆刻漢書東方朔上書曰臣朔學書三冬文史足用負書燕魏空彈菽粟戰國策曰蘇秦說秦王書十上而說不納去秦而歸負書擔囊孟子曰聖人之治天下使菽粟如水火躡屩齊楚徒失貧賤史記曰虞卿躡蹻檐簦說趙孝成王也韓詩外傳曰田子方謂魏太子曰貧賤可以驕人矣志不得則受履而適秦楚耳安往而不得吾貧賤乎既而分虎出守以囊被見嗤漢書文紀曰初與郡守爲銅虎符漢書曰王陽父子皆好車馬衣服其自奉養極爲鮮明及遷徙去處所載不過囊衣爾持斧作牧以葸玆興謗漢書曰暴勝之持斧逐捕盜賊周禮曰八命作

蹻注

莫據閩中討注引韓詩當如此

牧范曄後漢書曰吴祐父恢爲南海太守欲殺青簡以寫經書祐諫曰今大人踰越五嶺遠在海濱其俗誠陋然舊多珎怪上爲國家所疑下爲權戚所望此書若成則載之兼兩昔馬援以薏苡興謗王陽以衣囊徼名嫌疑之間誠先賢所慎也赭衣爲虜見獄吏之尊漢書賈山上書曰秦赭衣半道群盗滿山又曰人有上書告周勃欲反下廷尉勃恐不知致辭勃以千金與獄吏獄吏乃書牘背示之曰以公主爲證勃既出曰吾嘗將百万軍然安知獄吏之貴也除名爲民知井臼之逸孫盛晋陽秋曰劉弘願望除名爲民東觀漢記曰馮敬通廢於家娶北地任氏女爲妻悍忌不得畜媵妾兒女常自操井臼也百年上壽既曰徒然莊子盜跖謂孔子曰人上壽百歲中壽八十如其誠說亦以過半亂離斯瘼欲以安歸毛詩曰亂離瘼矣奚其適歸薛君曰瘼散也閉門荒郊再離寒暑閉門已見恨賦毛詩曰載離寒暑兼以東皐數畝控帶朝夕秋興賦曰耕東皐之沃壤輸黍稷之餘稅朝夕已見江賦關外一區帳

○彥龍與梁武故交故詞多嫌質

望。鍾。阜。漢書楊僕上書曰恥爲關外人又曰楊雄有宅一區蔡邕詩序曰暮宿河南悵望許慎曰鍾山北陸無日之地雖室。無趙女而門。多好事。楊惲與孫會宗書曰婦趙女也雅善鼓瑟漢書曰楊雄素貧嗜酒人希至其門時有好事者載酒肴從遊學祿微。賜。金。而懽。同。娛。老。賜金娛老謂疏廣也已見張景陽詠史詩折芰。燔。枯。此焉。自。足。謝承後漢書曰鄭敬字次都釣魚大澤折芰而坐以蒲薦肉瓠瓢盈酒琴書自樂焚枯已見應璩百一詩陛下應期萬世接統千祀莊子曰萬世之後而遇大聖知其解者是旦暮遇之也漢書司馬談曰今天子接千歲之統三千景附八百不謀周書曰湯放桀而歸於亳三千諸侯大會然後即天子之位又曰武王將渡河中流白魚入于王舟王俯取出涘以祭不謀同辭不期同時一朝會武王於郊下者八百諸侯臣釁等離心功懃同德尚書武王曰受有億兆夷人離心離德予有亂臣十人同心同德泥首在顛輿櫬未毀張溫表曰臨去武昌庶得泥首闕下輿櫬即輿櫬也已見潘安仁贈

陸機詩締構草昧，敢叨天功。締構見魏都賦。易曰：天造草昧。鄭玄曰：草，草創也。昧，爽也。左氏傳介之推曰：竊人之財，猶謂之盜，況貪天之功以爲己力。獄訟謳謌，示民同志。獄訟謳謌已見劉越石勸進表。而隆器大名，一朝摠集。莊子曰：語大功立大名，此朝廷之士也。左傳仲尼曰：惟名與器，不可以假人。顧己反躬，何以臻此？正當以接閈白水，列宅舊豐。光武居白水，已見南都賦。東觀漢記曰：吳漢，南陽人也，爲人質厚少文，上以其南陽人，故親之。漢書曰：盧綰，豐人也，與高祖同里，蕭曹等特以事見禮，至其親幸，莫及綰也。忘捨講之尤，存諸公之費。東觀漢記曰：初，上學長安時，過朱祐，祐嘗留上，須講竟，乃談話。及帝登位，車駕幸祐第，問主人得無去我講乎？祐曰：不敢。又曰：上初學長安，南陽大人賢者往來長安，爲之邸閣，稽疑資用乏，與同舍生韓子合錢買驢，令從者僦，以給諸公費。俯拾青紫，豈待明經。漢書夏侯勝曰：士病不明經，苟明其取青紫，如俛拾地芥。臣雲頓首頓首，死罪死罪。夫銓衡之重，關諸隆替，

陸機顧譚誄曰選吏部尚書才長於銓衡而綜核人物**遠惟則哲在帝猶難**尚書咎繇曰在知人禹曰咸若時惟帝其難之知人則哲能官人**漢魏已降達識繼軌雅俗所歸惟稱許郭**孫綽子或問雅俗曰判風流正位分涇渭殊流雅鄭異調題帖分明標榜可觀斯謂之雅俗矣范曄後漢書曰郭泰字林宗性明知人好獎訓士類其獎拔士人皆如所鑒又曰許劭字子將少峻名節好獎人倫多所賞識故天下言拔士者咸稱許郭**拔十得五尚曰比肩**習鑿齒襄陽耆舊傳記曰龐統爲郡功曹性好人倫每所稱述多過其中時人怪問之統曰方欲興長道業不美其談即聲名不足慕企即爲善者少今拔十失五猶得其半而可以崇邁世教使有志自厲不亦可乎戰國策曰淳于髡一日而見七人宣王曰寡人聞千里一士是比肩而至也今子一朝而見七人不亦衆乎**其餘得失未聞偶察童幼天機暫發顧無足算**魏志曰王脩識高柔於弱冠異王基於童幼天機已見文賦論語曰斗筲之人何足算也**在魏則毛玠公方居**

臣延濟注云趙王倫爲亂謠曰金章滿笥不可長言小人麻任好冠

晉則山濤識量魏志曰毛玠字孝先陳留人也爲尚書僕射典選舉先賢行狀曰玠雅量公正魏氏春秋曰山濤爲選曹郎遷尚書以臣況之一何遼落世說袁彥伯曰江山遼落居然有萬里勢齊季陵遲官方淆亂毛詩序曰禮義陵遲莊子曰是非之塗樊然淆亂鴻都不綱西園成市華嶠後漢書曰元和元年置鴻都門學其諸生皆勑州郡三公舉用辟召或出爲刺史太守入爲尚書侍中乃有封侯賜爵者士君子皆恥與爲列焉漢記曰靈帝即位太后臨朝於西園賣官自關內侯以下入錢各有差金章有盈笥之談華貂深不足之歎金章盈笥未詳虞預晉錄曰趙王倫篡位時侍中常侍九十七人每朝卜人滿庭貂蟬半座時人謠曰貂不足狗尾續草創惟始義存改作恭己南面責成斯在論語子曰舜夫何爲哉恭己正南面而已淮南子曰人主之術責成而不勞豈宜妄加寵私以乏王事附蟬之飾空成寵章董巴輿服志曰侍中中常侍冠武弁大冠加金璫附蟬

爲文求之公私授受交失近世侯者功緒參差或足食關中或成軍河內漢書曰蕭何以丞相留收巴蜀使給軍食漢王擊楚何守關中後爲酇侯范曄後漢書曰上拜寇恂河內太守上謂恂曰河內完富吾將因是而起昔高祖留蕭何鎮關中今吾委公以河內後封雍奴侯或制勝帷幄或門人加親漢書高祖曰夫運籌於帷帳之中決勝千里之外吾不如子房可封留侯東觀漢記曰拜前將軍鄧禹爲大司徒制曰孔子曰自吾有回也門人日以親封禹爲酇侯或與時抑揚或隱若敵國班固漢書叔孫通述曰叔孫奉常與時抑揚稅介免冑禮義是創通爲稷嗣君也東觀漢記曰吳漢自初從征伐兵有不利軍營不如意漢常獨繕檠弓戟上時令人視吳公何爲還言方作攻具上曰差強人意隱若一敵國矣封漢廣平侯或策定禁中或功成野戰東觀漢記曰殤帝崩惟安帝宜承大統車騎將軍鄧騭定策禁中封騭爲上蔡侯漢書鄂千秋曰曹參雖有野戰略地之功此特一時之事又曰賜參爵列侯食邑平陽或盛德如卓

君前不名其祖此又一例

當衍何焯說

白文

茂彧師道如桓榮東觀漢記曰卓茂字子容南陽人也陽卓茂爲太傅封宣德侯東觀漢記曰桓榮字春卿沛國人也治歐陽尚書事九江朱文剛窮極師道賜榮爵關內侯彧四姓侍祠邑無足紀應劭漢官典職曰四姓侍祠侯顏氏家訓曰漢明帝時外戚有樊氏郭氏陰氏馬氏是爲四姓謂之小侯者或以侍祠非列侯故曰小侯五侯外戚且非舊章漢書曰成帝昔封舅王譚王立王根王逢時王商爲列侯五人同日封故世謂之五侯而臣之所附惟在恩澤漢書恩澤侯表曰公孫弘自海瀕而登宰相寵以列侯之爵既義異疇庸實榮乖儒者陸機高祖功臣頌曰帝疇爾庸後嗣是膺雖小人貪幸豈獨無心臣本自諸生家承素業東觀漢記相者謂班超曰祭酒布衣諸生耳董仲舒不遇賦曰若不友身於素業莫隨世而轉輪門無富貴易農而仕東方朔戒子書曰飽食安步以仕易農乃祖玄平道風秀世晉中興書曰范汪字玄平善言

日字不誤

文三十六　十九

玄理爲吏部郎徙吏部尚書徐兖二州刺史爰在中興儀刑多士中興謂元帝也位裁元凱任止牧伯尚書即古元凱也刺史即古牧伯也左傳太史克曰昔高陽氏有才子八人蒼舒隤敳檮戭大臨尨降庭堅仲容叔達謂之八凱高辛氏有才子八人伯奮仲堪叔獻季仲伯虎仲熊叔豹季貍謂之八元高祖少連夙秉高尚王僧孺范氏譜曰汪生少連所富者義所之者時富義謂段干木已見魏都賦漢書文帝曰惜李廣不逢時薄宦東朝謝病下邑王僧孺范氏譜曰少連太子舍人餘杭令先志不忘愚臣是庶且去歲冬初國學之老博士耳今茲首夏將亞冢司劉璠梁典曰齊永元初雲爲廣州刺史因廢家居久之爲國子博士梁書曰天監元年雲遷散騎常侍吏部尚書雖千秋之一日九遷荀爽之十旬遠至東觀漢記馬援與楊廣書曰車丞相高寢郎一月九遷爲丞相者知武帝恨誅衛太子上書訟之然曰當爲月字之誤也范曄後漢書荀爽字慈明獻

帝即位董卓輔政徵爽爽欲遁吏持之急不得去因復就拜平原相行至宛陵復追爲光祿勳視事三日進拜司空爽自被徵命及登台司九十五日方之微臣未爲速達臣雖無識惟利是視至於虧名損實爲國爲身尚書伊尹曰臣爲上爲德爲下爲民知其不可不敢妄冒陛下不棄菅蒯愛同絲麻左氏傳君子曰詩云雖有絲麻無棄菅蒯雖有姬姜無棄蕉悴儻平生之言猶在聽覽宿心素志無復貳辭嵇康幽憤詩曰内負宿心王隱晉書甄彬奏曰不宜違人之素志矜臣所乞特迴寵命則彝章載穆微物知免臣今在假不容詣省不任荷懼之至謹奉表以聞臣雲誠惶以下

爲蕭揚州薦士表

蕭子顯齊書曰始安王遥光爲揚州刺史劉璠梁典曰齊建武初有詔舉士始安王表薦琅邪王暕及王僧孺

標目不言臣王言者當是屬草時闕其名非昭明舊文也

任彥昇

臣王言臣聞求賢暫勞垂拱永逸呂氏春秋曰賢主勞於求人而佚於治事方之疏壤取類導川孟子曰舜使禹疏九河禹掘地而注之海國語太子晉曰伯禹疏川導滯伏惟陛下道隱旒纊信充符璽老子曰大象無形道隱無名河上公注曰道潛隱使人無能指名也大戴禮孔子曰古者絻而前旒所以蔽明也黈絖塞耳所以掩聽也絻古冕字絖古纊字音義並同莊子曰聖人治天下爲符璽以信之六飛同塵五讓高世漢書爰盎謂文帝曰陛下有高世之行三陛下從代乘六乘傳馳不測之淵雖賁育之勇不及陛下陛下至代邸西向讓天子者三南向讓者再夫許由一讓而陛下五以天下讓過許由四矣又曰今陛下騁六飛馳不測老子曰和其光而同其塵白駒空谷振鷺在庭白駒已見桓元子薦譙元彥表毛詩曰振鷺于飛于彼西雍我客戾止亦有斯容猶懼隱鱗卜祝藏器屠保司馬遷書曰僕之先

人文史星歷近乎卜祝之閒易曰君子藏器於身待時而動鶡冠子曰伊尹酒保太公屠牛海内荒亂立爲世師 **物色關下。委裘河上。** 列仙傳曰關令尹喜内學老子西遊先見其氣知真人當過物色而遮之果得老子晏子曰治天下若委裘用賢委裘之寶桓公聽管仲而趙襄子信王登此之謂委裘然委裘謂用賢也神仙傳曰河上公莫知其姓名也嘗讀老子道德經漢孝文帝駕從而詰之 **非取製於一狐諒求味於兼采** 王褒講德論曰千金之裘非一狐之腋張璠易注序曰蜜蜂以兼采爲味 **五聲倦響九工是詢** 鬻子曰昔者大禹治天下以五聲聽治九工已見王元長策秀才文 **寢議廟堂借聽輿皁。** 說苑晉東郭氏曰肉食者失計於廟堂藿食得不肝腦塗地班固漢書匈奴贊曰漢興忠言嘉謀之臣相與議事於廟堂之上左氏傳曰晉侯聽輿人之誦輿皁已見射雉賦 **臣位任隆重義兼家邦實欲使名實不違徼倖路絕** 鄧析子曰循名責實君之事也奉法宣令臣之職也徼倖已見李令伯表 **勢門上品。猶當格。**

以清談說苑晏子曰陂也之魚入於勢門謝靈運宋書序曰下品無高門上品無賤族王隱晉書曰祖約清談平裁老而不倦英俊下僚不可限以位貌左太冲詠史詩曰世胄躡高位英俊沈下僚竊見祕書丞琅邪臣王暕年二十一字思晦七葉重光海内冠冕梁書曰儉子暕字思晦何之元梁典曰侍中領右驍騎王騫字思晦太尉文憲公長子也左僕射王暕字思寂文憲公次子也王筠爲騫碑亦云騫字思晦據此及梁書明梁典及碑誤也晉中興書曰王祥弟覽覽生導導生洽洽生珣珣生曇首沈約宋書曰王僧綽曇首長子遇害子儉嗣也尚書曰宣重光晉中興書庾冰疏曰臣因循家寵冠冕當世神清氣茂允迪中和淮南子曰神清者嗜欲不能亂蔡洪張錡狀曰錡資氣早茂才幹足任尚書曰允迪厥德禮曰以樂德教國子中和祗庸叔寶理遣之談彥輔名教之樂臧榮緒晉書曰衛玠字叔寶好言玄理拜孝友太子洗馬常以人有不及可以情恕非意相干可以理遣故終身不見喜慍之容世說曰王平子胡母彥國諸

人昔以放任爲達或去衣裸體樂廣曰名教中自有樂地何爲乃爾故以暉映先達領袖後進孫盛晉陽秋曰裴秀有風操十餘歲時人爲之語曰後進領袖有裴秀居無塵雜家有賜書韋昭吳書曰劉基不安交遊門無雜賓漢書曰班彪幼與兄嗣共遊學家有賜書好古之士自遠方至辭賦清新屬言玄遠陸機陸雲別傳曰雲亦善屬文清新不及機而口辯持論過之臧榮緒晉書曰阮籍雖放誕不拘禮教然發言玄遠室邇人曠物疏道親毛詩曰其室則邇其人甚遠尹文子曰處名位雖不肖不患物不親己在貧賤不患物不疏己親疏係乎勢利不係乎不肖與仁賢也養素丘園台階虛位養素已見謝宣遠送孔令詩庠序公朝萬夫傾望孟子曰夏曰校殷曰序周曰庠學則三代共之曹植求通親親表曰執政不廢於公朝豈徒荀令可想李公不亡而已哉臧榮緒晉書曰荀顗字景倩潁陽人也魏太尉彧之第六子黃初末除中郎高祖輔政見顗異之曰顗令君之子也近見袁侃亦曜卿之子也皆有父風

范曄後漢書曰李固字子堅漢中郡南鄭人司徒郃之子少好學四方有志之士多慕其風而來學京師咸嘆曰是復爲李公矣

前晉安郡候官令東海王僧孺年三十五字僧孺理尚棲約思致恬敏劉璠梁典曰王僧孺字僧孺東海郯人六歲解屬文梁興除鎮軍記室稍遷蘭陵太守卒於諮議既筆耕爲養亦傭書成學東觀漢記曰班超家貧爲官傭寫書投筆嘆曰大夫獨不效傅介子立功絕域之地以封侯安久筆耕乎東觀漢記耕或爲研范曄漢書曰班超爲官傭書以供養吴志曰闞澤字德潤會稽人家世農夫至澤好學無以資常爲人傭書以供紙筆所寫既畢誦讀亦徧至乃集螢映雪編蒲緝柳檀道鸞續晉陽春秋曰車胤字武子學而不倦貧不常得油夏月則練囊盛數十螢火以夜繼日焉孫氏世錄曰孫康家貧常映雪讀書清介交遊不雜漢書曰路温舒取澤中蒲截爲牒編用寫書楚國先賢傳曰孫敬到洛在太學左右一小屋安止母然後入學編楊柳簡以爲經先言往行人物雅俗易曰君子多識前言往行以畜其德孫綽

据考異改

子或問人物曰察虛實審眞僞斷成敗定終始斯可謂之人物矣雅俗已見范雲讓表甘泉遺儀南宮故事胡廣漢官制度曰天子出車駕次第謂之鹵簿長安時出祠天於甘泉用之名曰甘泉鹵簿范曄後漢書曰鄭弘爲尚書令弘前後所陳有補益著之南宮以爲故事畫地成圖抵掌可述漢書張安世子千秋爲中郎將將兵擊烏桓還謁大將軍霍光問戰鬬方略山川形勢千秋口對兵事畫地成圖无所忘失戰國策曰蘇秦說趙王抵掌而言豈直鼮鼠有必對之辯竹書無落簡之謬摯虞三輔決錄注曰竇攸舉孝廉爲郎世祖大會靈臺得鼠如豹文熒熒光澤世祖異之以問羣臣莫能知者攸對曰鼮鼠也詔問何以知之攸對曰見爾雅詔案秘書如攸言賜帛百匹張隱文士傳曰人有嵩山下得竹簡一枚兩行科斗書人莫能識張華以問束晳晳曰此明帝顯節陵策文驗校果然朝廷士庶皆服其博識暕坐鎭雅俗弘益已多僧孺訪對不休質疑斯在班固漢書董仲舒述曰讜言訪對爲世純儒太玄經曰爰質所疑宋衷曰質問也

賁之讓討由於上旨非本懷也

並東序之秘寶瑚璉之茂器書曰大玉夷玉天球河圖在東序典引曰御東序之秘寶論語子貢問曰賜也何如子曰汝器也曰何器也曰瑚璉也誠言以人廢而才實世資論語子曰君子不以言舉人不以人廢言解嘲曰鄒衍頡頏而取世資班固漢書翟方進述曰用合時宜器周世資臨表悚戰猶懼未允不任下情云云

爲褚諮議蓁讓代兄襲封表蕭子顯齊書曰褚蓁字茂緒爲義興太守改封巴東郡表讓封賁子霽詔許之官至前將軍卒然此表與集詳略不同疑是蓁本辭多冗長

任彦昇

臣蓁言昨被司徒符仰稱詔旨許臣兄賁所請以臣襲封南康郡公臣門籍勳蔭光錫土宇臣賁世載承家允

膺長德。蕭子顯齊書曰：褚淵長子賁，字蔚先，官歷散騎常侍，上表稱疾，讓封與弟蓁。國語曰：祭公謀父曰：弈世載德。韋昭曰：載，成也。易曰：開國承家，小人勿用。左氏傳王子朝曰：王后無嫡，則擇立長；年鈞以德，德鈞以卜。而深鑒止足，脫屣千乘。老子曰：知足不辱，知止不殆。吴都賦曰：輕脫屣於千乘。遂乃遠謬推恩，近萃庸薄。能以國讓，弘義有歸。左氏傳公子魚曰：能以國讓，仁孰大焉。匹夫難奪，守以勿貳。昔武始迫家臣之策，陵陽感鮑生之言，張以誠請，丁爲理屈。東觀漢記曰：張純字伯仁，建武初，先詣闕，封武始侯。子奮，字穉通。兄根常被病，純病困，勑家丞翕：司空無功，爵不當傳嗣。純薨，大行移書問嗣，翕上書。奪詔封奮，奮上書曰：根不病，哀臣小稱病，令翕移臣。又曰：丁綝爲陵陽侯，薨，長子鴻，字季公，讓位於弟盛，逃去。鴻初與九江鮑駿友善，及鴻亡，駿遇於東海，陽狂不識駿。駿乃止，讓之曰：今子以兄弟私恩而絕父不滅之基，可謂智乎？鴻感悟垂涕，乃還就國。且先臣以太宗絕緒，命臣出纂傍

統禮記曰繼別爲宗鄭玄曰別子之嫡也族人尊之謂之大宗是宗子也稟承在昔理絕終天天道無終終而云終天永訣之辭也徐廣赴謝車騎葬還詩曰潛壙既掩扉終天隔幽壤潘岳哀永逝曰今奈何兮一舉邈終天而不反永惟情事觸目崩殞若使臯高延陵之風臣志子臧之節左傳曰吳子諸樊既除喪將立季札辭曰曹宣公之卒也諸侯與曹人不義曹君將立子臧子臧去之遂不爲也以成曹君君子曰能守節君義嗣也誰敢奸君有國非吾節也札雖不才願附於子臧之節是廢德舉賢豈曰能賢左氏傳曰宋公疾召大司馬孔父而屬殤公焉對曰群臣願奉馮也公曰先君以寡人爲賢使主社稷若弃德不讓是廢先君之舉豈曰能賢陛下察其丹款特賜停絕丹款已見庾元規表不然投身草澤苟遂愚誠耳謝承後漢書曰朱寵隱身草澤不勝丹悚之至謹詣闕拜表以聞臣誠惶誠恐以下

爲范始興作求立太宰碑表

吳均齊春秋曰竟陵文宣王子良薨西昌侯以天子命假黃鉞太宰蕭子顯齊書曰建武中故吏范雲上表爲子良立碑事不行

任彥昇

臣雲言原夫存樹風猷沒著徽烈尚書曰彰善癉惡樹之風聲應璩與王將軍書曰雀鼠雖愚猶知徽烈既絶故老之口必資不刊之書西征賦曰兆惟奉明邑號千人訊諸故老造自帝詢杜預傳序曰左丘明受經於仲尼以爲經者不刊之書也而藏諸名山則陵谷遷貿司馬遷書曰僕誠以著此書藏諸名山毛詩曰高岸爲谷深谷爲陵府之延閣則青編落簡劉歆七略曰孝武皇帝勑丞相公孫引廣開獻書之路百年之間書積如山故內則延閣廣內祕書之府又曰尚書有青絲編目録然則配天之迹存乎泗

崇師承素王而尊主取配天而下啓精廬君長一城一段

形 別本

水之上漢書平紀曰郊祀高祖以配天酈善長水經注曰泗水南有泗水亭漢高祖廟前有碑延熹十年立素王之道紀於沂川之側家語南宮敬叔曰孔子生於衰周讃明易道以爲法或者天將欲素王之乎何其盛也沂水南有孔子舊廟漢魏以來列七碑二碑無字由是崇師之義擬迹於西河禮記曾子謂子夏曰事夫子於洙泗之間退而老西河之上使西河之人疑汝於夫子七略曰西河燕趙之間尊主之情致之於堯禹尊主謂伊尹也恥其君不如堯舜已見曹子建通親親表禹亦聖帝故連言之故精廬妄啓必窮鐫勒之盛東觀漢記曰王阜年十一辭父母欲出精廬以尚幼不見聽荊州圖曰陰令劉喜魏時宰縣雅好博古教學立碑君長一城亦盡刊刻之美陳寔別傳曰寔卒蔡邕爲立碑刻銘然寔爲太丘宰故曰一城也況乎甄陶周召孕育伊顏周公召公伊尹顏回也典引曰孕虞育夏甄殷陶周故太宰竟陵文宣王臣某與存與亡則義𠛬社稷漢書

此無乃而稱与論語
意殊

文帝即位絳侯爲丞相盎進曰丞相何如人上曰社稷臣盎曰絳侯所謂功臣非社稷臣社稷臣主存與存主亡與亡如淳曰人主在時與共治不以主亡而不行其政令也**嚴天配帝則周公其人**孝經子曰孝莫大於嚴父嚴父莫大於配天則周公其人也昔者周公郊祀后稷以配天宗祀文王於明堂以配上帝**體國端朝出藩入守進思必告之道退無苟利之專**尚書曰爾有嘉謀嘉猷則入告爾后于內公羊傳曰大夫出境有可以安社稷利國家者則專之可也左氏傳曰子產曰苟利社稷死生以之**五教以倫百揆時序**尚書帝曰契汝作司徒敬敷五教在寬又曰納于百揆百揆時序**若夫一言一行盛德之風**孟子曰舜聞一善言見一善行若決江河沛然莫之能禦也易云日新之謂盛德**琴書藝業述作之茂**漢書曰鄭敬字次都琴書自樂禮記曰作者之謂聖述者之謂明明聖者述作之謂也**道非兼濟事止樂善亦無得而稱焉**周易曰智周萬物而道濟天下東觀漢記曰上嘗問

東平王蒼曰在家何業最樂蒼對曰爲善最樂上嗟歎之論語曰齊景公有馬千駟死之日民無德而稱焉

人之云亡，忽移歲序。詩曰人之云亡邦國殄瘁**鴟鴞東徙，松檟成行。**言成王未知周公之意類鬱林之嫌子良而周公有居攝之情由子良有代宗之議故假鴟鴞以諭焉吳均齊春秋曰鬱林王即位子良謝疾不視事帝嫌之又潘敞以仗防之子良既有代宗議憂懼不敢朝事而子良薨毛詩序曰鴟鴞周公救亂也成王未知周公之志乃作詩以遺王名之曰鴟鴞焉說苑曰梟與鳩相遇鳩曰子安之梟曰我將東徙鳩曰何梟曰西方之人皆惡我聲鳩曰子鳴於是鳴鳩曰子改鳴則可不改子鳴雖東徙猶惡子也左傳伍子胥曰樹吾墓檟

六府臣僚，三藩士女。蕭子顯齊書曰子良爲輔國將軍征虜將軍竟陵王鎮北將軍征北將軍護軍將軍斯謂六府子良又爲會稽太守南徐州刺史又南兗州刺史斯謂之三藩也

人蓄油素，家懷鉛筆。油素已見吳都賦葛龔與梁相牋曰曹襃寢懷鉛筆行誦文書

瞻彼景山，徒然望慕。景山謂墳也毛詩曰陟彼景山劉楨贈五官中郎將

何焯説故下疑有脱文案此衍字也孫志祖説當在魏舒上

詩曰塋墓結不解昔晉氏初禁立碑晉令曰諸葬者不得作祠堂碑石獸魏舒之亡亦從班列而阮略既泯故首冒嚴科爲之者竟免刑戮致之者反蒙嘉嘆陳留志曰阮略字德規爲齊國内史爲政表賢黜惡化風大行卒於郡齊人欲爲立碑時官制嚴峻自司徒魏舒已下皆不得立齊人思略不已遂共冒禁樹碑然後詣闕待罪朝廷聞之尤嘆其惠至於道被如仁功参微管本宜在常均之外如仁微管並見上故太宰淵丞相嶷親賢並軌即爲成規褚淵碑即王儉所制蕭子顯齊書曰豫章文獻王嶷字宣儼薨贈丞相南陽樂藹爲建立碑第二子恪託沈約及孔稚珪爲文乞依二公前例賜許刊立寧容使長想九原樵蘇罔識其禁駐驆長陵轜軒不知所適禮記曰趙文子與叔譽觀乎九原文子曰死者如可作也吾誰與歸戰國策顔蠋謂齊王曰秦攻齊令曰敢有去柳下季墓五十步樵採

者罪死不赦東觀漢記和帝詔曰高祖功臣蕭曹爲首朕望長陵東門見二臣之壟感焉臣里閭孤

賤才無可甄值齊網之弛賓客之禁范曄後漢書曰建武中禁網尚寬諸王既長各招引賓客策名委質忽焉二紀左氏傳狐突曰策名委質其二乃辟慮

先犬馬厚恩不答列女傳曰梁寡高行曰妾之夫不幸早死先犬馬塡溝壑虞貞節曰人受命於天而命長犬馬受命於天而命短妾之夫及先犬馬死矣而斃帷毀蓋未葬螻蟻禮記仲尼曰吾聞之斃帷不棄爲埋馬也斃蓋不棄爲埋狗也戰國策安陵君謂楚王曰犬馬臣願得式黃泉蓐螻蟻延叔堅戰國策論曰爲王先用塡黃泉爲王作蓐以御螻蟻珠襦玉匣遽飾幽泉西京雜記曰漢帝及諸侯王送死皆珠襦玉匣匣形如鎧甲連以金縷皆鏤爲蛟龍鸞鳳龜龍之形所謂交龍玉匣陛下弘獎名教不隔微物使臣得駿奔南浦長號

北陵南浦迎喪北陵送葬既曲逢前施實仰覬後澤儻驗杜預山

頂之言庶存馬駿必拜之感襄陽記曰杜元凱好爲身後名常自言百年後必高岸爲谷深谷爲陵作二碑叙其平吴勳一沈萬山下一沈峴山下謂叅佐曰何知後代不在山頭乎臧榮緒晉書曰扶風王駿字子臧宣帝第七子也都督雍涼州諸軍事後薨民吏樹碑讃述德範長老見　碑　無不拜之言其遺愛如此臨表悲懼言不自宣臣誠惶已下

文選卷第三十八　初二晨　保曉見

文選卷第三十九

梁昭明太子撰

文林郎守太子右内率府録事參軍事崇賢館直學士臣李善注上

上書

李斯上書秦始皇一首　鄒陽上書吴王一首

獄中上書自明一首　司馬長卿上疏諫獵一首

枚叔奏書諫吴王濞一首　重諫舉兵一首

江文通詣建平王上書一首

啓

任彦昇奉荅七夕詩啓一首

爲卞彬謝脩卞忠貞墓啓一首

上蕭太傅固辭奪禮啓一首

上書

○上書秦始皇一首

李斯 史記曰李斯者楚上蔡人也西説秦秦拜斯爲客卿會韓使鄭國來閒秦以作漑渠已而覺秦室大臣皆言秦王曰諸侯人來秦者秖爲其主游閒秦耳請一切逐客李斯議亦在逐中斯乃上書秦王乃除逐客之令復李斯官始皇帝以斯爲丞相後二世具斯五刑論腰斬咸陽市

臣聞吏議逐客竊以爲過矣昔穆公求士西取由余於戎史記曰戎王使由余於秦秦後歸由余繆公又使人閒要由余遂去降秦繆公以客禮禮之東得

百里奚於宛史記曰晉獻公以百里奚爲秦穆公夫人媵於秦百里奚亡秦走宛楚之鄙人執之繆公聞百里奚欲重贖之恐楚子不許以五羖羊皮贖之楚人許與之繆公與議國事大悅授之國政迎蹇叔於宋史記曰百里奚謂繆公曰臣不及臣友蹇叔賢而世莫知繆公使人厚幣迎蹇叔以爲上大夫來丕豹公孫支於晉左氏傳曰晉郤芮丕鄭丕豹奔秦又曰秦伯謂公孫支曰夷吾其定乎對曰今其言多忌克難哉杜預曰公孫支秦大夫子桑也此五子者不產於秦穆公用之并國三十遂霸西戎史記曰秦用由余謀伐戎王益國十二開地千里遂霸西戎孝公用商鞅之法移風易俗民以殷盛國以富彊百姓樂用諸侯親服史記曰獻公卒子孝公立又曰衛鞅西入秦說孝公變法修刑內務耕稼外勸戰死之賞罰三年百姓便之天子致胙諸侯畢賀也獲楚魏之師舉地千里至今治彊史記曰衛鞅將兵圍魏安邑降之又曰衛鞅擊魏公子卬封鞅爲列侯號商君

卭五剛切惠王用張儀之計，拔三川之地，西并巴蜀，北收上郡，南取漢中，史記曰：孝公卒，子惠文君立。又曰：惠文君八年，張儀復相秦，攻韓宜陽，降之。十年，納魏上郡。張儀伐蜀，滅之。又攻楚漢中，取地六百里，置漢中郡。史記云孝王納上郡，此云惠王，疑此誤也。又曰：武王立，張儀死。武王謂甘茂曰：寡人欲通車三川，窺周室。使甘茂伐宜陽，拔之，然通三川是武王，張儀已死。此云惠王用張儀之計拔三川，疑此誤也。三川，韓界也。宜陽，韓邑也。包九夷，制鄢郢，九夷屬楚夷也。鄢郢，楚二縣也。蓋秦令人據之也。東據成臯之險，割膏腴之壤，成臯，縣名，周之東境。遂散六國之從，六國，韓、魏、燕、趙、齊、楚也。漢書音義文穎曰：關東爲從。使之西面事秦，功施到今。史記曰：惠王卒，韓、魏、齊、楚皆賓從。昭王得范雎，廢穰侯，逐華陽，史記曰：武王卒，立異母弟，爲昭襄王。又曰：穰侯魏冉者，秦昭王母宣太后之弟。太后二弟，其異父長弟曰穰侯，姓魏氏，名冉；同父弟曰芈戎，爲華陽君。魏冉爲相國，范雎説秦昭王，言穰侯權重諸侯，昭王乃免相

國逐華陽君關外彊公室杜私門蠶食諸侯使秦成帝業春秋保乾圖曰光闓害蠶食天下高誘淮南子注曰蠶食無餘也此四君者皆以客之功由此觀之客何負於秦哉負猶背也向使四君卻客而弗納疏士而弗用是使國無富利之實而秦無彊大之名也今陛下致昆山之玉有和隨之寶新序固桑對晉平公曰夫劍產於越珠產於江南玉產於昆山此三寶皆無足而致墨子曰和氏之璧隨侯之珠垂明月之珠服太阿之劒越絶書曰楚王召歐冶子干將作鐵劒二枚一曰太阿乘纖離之馬建翠鳳之旗樹靈鼉徒河切之鼓孫卿曰纖離蒲梢皆馬名鄭玄禮記注曰鼉皮可以冒鼓此數寶者秦不生一焉而陛下說之何也必秦國之所生然後可則夜光之璧不飾朝廷犀象之器不爲玩好而趙衛

之女不充後庭駿良駃決騠啼不實外廏周書曰正北以駃騠爲獻廣雅曰駃馬屬江南金錫不爲用西蜀丹青不爲采所以飾後宮充下陳下陳猶後列也晏子曰有二女願得入身於下陳娛心意悅耳目者必出於秦然後可則是宛於元切珠之簪傅璣之珥阿縞之衣錦繡之飾不進於前言以宛珠飾簪以璣傅珥也說文曰珥瑱也徐廣曰齊之東阿縣繒帛所出者也此解阿義與子虛不同各依其說而留之舊注既少不足稱臣以別之他皆類此而隨俗雅化佳冶窈窕趙女不立於側也隨俗雅化謂閑雅變化而能隨俗也夫擊甕叩缶彈箏搏髀而歌呼嗚嗚快耳者眞秦之聲也說文曰甕汲瓶也於貢切說文曰缶瓦器秦鼓之以節樂缶甫友切鄭衛桑間韶虞武象者異國之樂也禮記曰鄭衛之音亂世之音也又曰桑間濮上亡國之音也樂動聲儀曰

舜樂曰簫韶又曰周樂伐時曰武象宋均曰武象象伐時用干戈徐廣曰韶一作昭今棄擊甕

而就鄭衛退彈箏而取韶虞若是者何也快意當前適

觀而已矣高誘呂氏春秋注曰適中適也今取人則不然不問可否不

論曲直非秦者去為客者逐然則是所重者在乎色樂

珠玉而所輕者在乎民人也此非所以跨海內制諸侯之術也

臣聞地廣者粟多國大者人衆兵彊者則士勇是以太

山不讓土壤故能成其大河海不擇細流故能就其深管子曰海不辭水故成其大山不辭土石故能成其高王者不卻衆庶故能明其

德文子曰聖人不讓負薪之言以廣其名是以地無四方民無異國四時

充美鬼神降福此五帝三王之所以無敵也今乃棄黔

首以資敵國郭象莊子注曰資者給齎之謂却賓客以業諸侯使天下之士退而不敢西向裹足不入秦此所謂藉寇兵而齎盜糧者也戰國策范睢說秦王曰此所謂藉賊兵而齎盜食者也說文曰齎持遺也夫物不產於秦可寶者多士不產於秦願忠者衆今逐客以資敵國損民以益讎內自虛而外樹怨諸侯求國無危不可得也

上書吳王一首

鄒陽漢書曰鄒陽齊人也陽事吳王濞王以太子事怨望陰有邪謀陽奏書諫爲其事尚隱惡不指斥言故先引秦爲喻因道胡越齊趙之難然後乃致其意

臣聞秦倚曲臺之宫應劭曰始皇帝所治處也若漢家未央宫也三輔黄圖曰未央

所謂不忍所言者在此
今胡以下迄此目之所以爲
大王患也而皆質言非隱
諱正勸其同心於漢毋使
有列郡不親萬室不相救
之弊也

有曲臺殿懸衡天下如淳曰衡猶稱之衡也言其懸法度於其上申子曰君必有明法正義若權衡以稱輕重所以一群臣也畫地而人不犯兵加胡越至其晚節末路張耳陳勝連從子容兵之據以叩函谷咸陽遂危史記曰陳勝字涉陽城人也勝爲王號爲張楚西擊秦又曰張耳大梁人也陳勝起蘄以耳爲校尉廣雅曰據引也言相引以爲援也何則列郡不相親萬室不相救也今胡數涉北河之外史記曰秦惠王遊至北河徐廣曰戎地之河上也上覆飛鳥下不見伏兎蘇林曰覆盡也言胡上射飛鳥下盡地之伏兎鬬城不休救兵不至死者相隨輦車相屬轉粟流輸去千里不絕鄭玄禮記注曰流猶行也何則彊趙責於河間應劭曰趙幽王爲呂后所幽死文帝立其長子遂爲趙王取趙之河間立弟辟彊爲河間王至子哀王无嗣國除遂欲復還得河間也六齊望於惠后孟康

曰高后割濟南郡爲呂王台奉邑又割琅邪郡封營陵侯劉澤爲琅邪王文帝乃立悼惠王六子爲王言六齊不保今日之恩而追怨惠帝與呂后漢書曰文帝閔濟北逆亂自滅盡封悼惠王諸子爲列侯後齊文王薨无子於是分齊爲六將閭爲齊王惠爲濟北王賢爲淄川王雄渠爲膠東王卬爲膠西王辟光爲濟南王也

城陽顧於盧博孟康曰城陽王喜也喜父章與弟興居討諸呂有功本當盡以趙地王章梁地王興居文帝聞其欲立齊王更以二郡王之章失職歲餘薨興居誅死盧博濟北王治處喜故顧念而怨也二郡謂城陽章所封濟北興居所封興居誅死故喜顧念而恨也泰山郡有博縣濟北縣

三淮南之心思墳墓張晏曰淮南厲王三子爲三王念其父見遷殺也漢書曰上憐淮南王不軌上乃立厲王三子安爲淮南王勃爲衡山王賜爲廬江王

大王不憂臣恐救兵之不專孟康曰不專救漢也如湻曰皆自私怨宿憤不能爲吳也若吳舉兵反天子來討謂四國但有意不敢相救也以孟康解其文故言不專救漢如湻解其意故云不能爲吳二說相成義乃可明

胡馬遂

大王不憂即不同心於漢也　孟說是

若斥吳則吳未破滅梁兵豈能越廣陵哉

注皆未諦此胡越皆設言有其事下既明舉全趙淮南爲鑒此處何必諱其辭說哉要之此段只以列郡不親大王不憂見意耳

進窺於邯鄲越水長沙還舟青陽蘇林曰青陽水名也言胡越水陸共伐漢也善曰此同孟康之義也張晏曰還還舟聚舟也言胡爲趙難越爲吳難不可恃也善曰此微同如淳之說秦始皇本紀曰荆王獻青陽之田已而背約要擊我南郡雖使梁并淮陽之兵下淮東越廣陵以遏越人之糧漢亦折西河而下北守漳水以輔大國胡亦益進越亦益深此臣之所爲大王患也善曰大國謂趙也陽假言吳思助漢今胡越俱來伐之漢雖復使梁并淮陽之兵以遏越人之糧漢截西河以下而助於趙終無所益故胡亦益進越亦益深此臣爲大王患也然其意欲破吳計雖使當爲乃使越人當爲吳人輒當爲禦亦言吳趙欲來伐漢漢乃使梁并淮陽之兵以止吳人之糧漢截西河以禦於趙如此則趙不得進吳不得深陽惡指斥故假胡越錯亂其辭自此以下乃致其意焉臣聞蛟龍驤首奮翼則浮雲出流霧雨咸集聖王底節脩德則游談之士

諸□以鷙鳥□下文武力鼎士喻吳王國當鶚自喻也讒說

此則明言矣固知上文胡進越深非繆其辭也所謂陂其意卉為此

歸義思名善曰厎與砥同厎礪也戰國策蘇秦説趙王曰外客游談之士无敢自進於前漢書王莽傳曰遊者為之談説今臣盡知卑議易精極慮如淳曰陂易精思以謀慮之則無國而不可奸善曰爾雅曰奸求也奸與干同飾固陋之心則何王之門不可曳長裾乎然臣所以歷數王之朝背淮千里而自致者非惡臣國而樂吳民竊高下風之行尤悦大王之義善曰新序公孫龍謂平原君曰臣居魯則聞下風高先生之知悅先生之行故願大王無忽察聽其至善曰劉瓛周易注曰至極也謂極言之臣聞鷙鳥累百不如一鶚孟康曰鶚大鵰也如淳曰鷙鳥比諸侯鶚比天子夫全趙之時服虔曰全趙趙未分之時應劭曰後分為三武力鼎士袨服叢臺之下者一旦成市服虔曰袨服大盛玄黃服也臣瓚以為鼎士舉鼎之士叢臺趙王之臺不能止幽王之湛患韋昭曰髙帝子幽王

壤下帑之對射音
亦作孥子孥通言兒
子孺子耳

友也呂后殺之湛今沈字也淮南連山東之俠死士盈朝不能還厲王之西也善曰漢書曰淮南厲王長謀反廢遷蜀韋昭曰徙蜀嚴道然則計議不得雖諸賁不能安其位亦明矣善曰左氏傳曰吳公子光享王鱄設諸寘劍於魚中以進抽劍以刺王說苑曰勇士孟賁水行不避蛟龍陸行不避狼虎故願大王審畫而已始孝文皇帝據關入立寒心銷志不明求衣臣瓚以爲文帝入關而立以天下多難故乃寒心戰栗未明而起自立天子之後使東牟朱虛東褒儀父之後應劭曰天下已定文帝遣朱虛侯章東喻齊王嘉其首舉兵欲誅諸呂猶春秋褒邾儀父者也深割嬰兒王之應劭曰封齊王六子爲王其中有小嬰兒孝文帝於骨肉厚也壤子王梁代益以淮陽善曰此言文帝之時梁王揖代王參淮陽王武後梁王揖早薨徙武爲梁王也然參揖皆少故云壤也晉灼曰方言梁益之間所愛諱其肥盛曰壤也善曰方言云瑋其肥盛

晉書注以璋爲諱卒仆濟北囚弟於雍者豈非象新垣等哉善曰漢書曰濟北王興居聞帝之代乃反棘蒲侯擊之興居自殺又曰淮南王道死雍應劭曰二國有姦臣如新垣平等勸王共反也今天子新據先帝之遺業善曰今天子景帝也先帝文帝也左規山東右制關中變權易勢大臣難知大王弗察臣恐周鼎復起於漢如淳曰新垣平詐言周鼎在泗水中臣望東北汾陰有金寶氣鼎在其中新垣過計於朝服虔曰過誤也則弗迎則不至爲吳計者猶新垣平之言周鼎終不可得也我吳遺嗣不可期於世矣高皇帝燒棧道灌章邯應劭曰章邯爲雍王高祖以水灌其城破之燒棧道言高祖涉所燒之棧道也史記曰張良說漢王燒絕棧道也兵不留行善曰言攻之易故不稽留也收弊人之倦東馳函谷西楚大破張晏曰項羽自號西楚霸王水攻則章邯以亡其城陸擊則荊

上卅三

不幾猶言不可逆知也

王以失其地。如淳曰：荆亦楚，謂項王敗走也。此皆國家之不幾者也。孟康曰：言國家不可庶幾得之也。願大王孰察之。

獄中上書自明

鄒陽　漢書曰：陽以吴王不可説，去之梁，從孝王遊。羊勝、公孫詭等疾陽，惡之於孝王。孝王怒，陽下獄，吏將殺之。陽乃從獄中上書，書奏，孝王立出之，卒爲上客。

臣聞忠無不報，信不見疑，臣常以爲然，徒虚語耳。昔者荆軻慕燕丹之義，白虹貫日，太子畏之；如淳曰：白虹，兵象；日爲君。善曰：畏，畏其不成也。列士傳曰：荆軻發後，太子相氣，見白虹貫日不徹，曰：吾事不成矣。後聞軻死，太子曰：吾知其然也。衛先生爲秦畫長平之事，太白食昴，昭王疑之。蘇林曰：白

何焯云左右謂勝詭之徒

起爲秦伐趙破長平軍欲遂滅趙遣衛先生說昭王益兵粮爲應侯所害事用不成其精誠上達於天故太白爲之食昴昴趙分也將有兵故太白食昴食者干歷也如淳曰太白天之將軍也夫精誠變天地而信不諭兩主豈不哀哉今臣盡忠竭誠畢議願知張晏曰盡其計議願王知之左右不明卒從吏訊爲世所疑張晏曰左右不明不敢斥王也訊考三日問之知與前辭同不也是使荊軻衛先生復起而燕秦不寤也願大王熟察之昔玉人獻寶楚王誅之善曰韓子曰楚人和氏得璞玉於楚山之下奉而獻之武王武王使人相之玉人曰石也王刖和左足武王薨成王即位和又獻之玉人又曰石也刖其右足李斯竭忠胡亥極刑善曰史記曰始皇以李斯爲丞相始皇崩胡亥立斯具五刑者也是以箕子陽狂接輿避世恐遭此患善曰史記曰紂淫亂不止箕子懼乃佯狂爲奴論語曰楚狂接輿歌而過孔子曰鳳兮鳳兮何德之衰願

大王察玉人李斯之意而後楚王胡亥之聽善曰以其計謬故令之後毋使臣爲箕子接輿所笑臣聞比干剖心子胥鴟夷善曰史記曰比干彊諫紂怒曰吾聞聖人心有七竅剖比干觀其心又曰子胥自剄王乃以子胥尸盛以鴟夷之革浮之江中應劭曰取馬革爲鴟夷鴟夷榼形臣始不信乃今知之願大王孰察少加憐焉語曰白頭如新漢書音義曰或初不相識相知至白頭不相知傾蓋如故文穎曰傾蓋猶交蓋駐車也善曰家語曰孔子之郯遭程子於塗傾蓋而語終日甚相悅何則知與不知也故樊於期逃秦之燕藉荆軻首以奉丹事善曰史記曰荆軻見樊於期曰今聞秦購將軍首金千斤邑萬家今有言可以解燕國之患報將軍之仇何如於期曰爲之奈何軻曰願得將軍首以獻秦王秦必喜見臣臣左手把其袖右手揕其匈於期遂自剄徐廣曰揕丁鴆切王奢去齊之魏臨城自剄以却齊而存魏善曰漢書

音義曰王奢齊臣也自齊亡之魏齊伐魏奢登城謂齊將曰今君之來不過以奢故也義不苟生以爲魏累遂自剄夫王奢樊於期非新於齊秦而故於燕魏也所以去二國死兩君者行合於志而慕義無窮也是以蘇秦不信於天下爲燕尾生服虔曰蘇秦於秦不出其信於燕則出尾生之信也善曰史記蘇秦曰尾生與女子期於梁下女子不來水至不去抱梁柱而死白圭戰亡六城爲魏取中山張晏曰白圭爲中山將亡六城欲誅之亡入魏文侯厚遇之還拔中山何則誠有以相知也蘇秦相燕人惡之於燕王善曰惡謂讒短也燕王按劍而怒食以駃騠孟康曰敬重蘇秦雖有讒惡王更膳以珍奇之味也白圭顯於中山人惡之於魏文侯善曰言白圭拔中山而尊顯而人詆短於文侯文侯投以夜光之璧何則兩主二臣剖心析肝相信豈移於浮辭哉故

漢書服虔注云廣州三河

女無美惡入宮見妬士無賢不肖入朝見嫉昔者司馬喜臏𨋏脚於宋卒相中山善曰戰國策曰司馬喜三相中山尚書呂刑曰臏者脫去人之臏也郭璞三蒼解詁曰臏膝蓋也范睢摺脇折齒於魏卒爲應侯善曰史記曰范雎隨魏中大夫須賈使齊齊襄王賜范雎金十斤及牛酒須賈以爲持魏國陰事告齊以告魏相魏之諸公子魏齊使舍人笞擊范雎折脇摺齒雎得出亡入秦爲應侯廣雅曰摺折也力合切此二人者皆信必然之畫捐朋黨之私挾孤獨之交故不能自免於嫉妬之人也是以申徒狄蹈雍之河服虔曰殷之末世人也如淳曰莊周云申徒狄諫而不聽負石自投河善曰爾雅曰水自河出爲雍言狄先蹈雍而後入河也雍一龍切徐衍負石入海漢書音義曰徐衍周之末人也見列士傳善曰論語讖曰徐衍負石伐子自狸守分亡身握石失軀宋均曰狸猶殺也力之切不容身於世容於世無紹介通之義

不苟取比周於朝以移主上之心善曰言皆義不苟取比周朋黨在朝廷以移主上之心妄求合也六韜曰結連朋黨比周爲權杜預曰比近也周密也故百里奚乞食於路穆公委之以政說苑鄒子說梁王曰百里奚乞食於路而穆公委之以政甯戚飯牛車下而桓公任之以國善曰呂氏春秋曰甯戚飯牛車下望桓公而悲擊牛角疾歌鄒子說苑鄒子說梁王曰甯戚扣轅行歌桓公任之以國此二人豈素宦於朝借譽於左右然後二主用之哉感於心合於意堅如膠漆昆弟不能離豈惑於衆口哉故偏聽生姦獨任成亂昔魯聽季孫之說而逐孔子善曰論語曰齊人饋女樂季桓子受之三日不朝孔子行宋信子冉之計囚墨翟文子曰子罕也冉音任善曰未詳夫以孔墨之辯不能自免於讒諛而二國以危何則衆口鑠金積毀

史記作越人蒙

寤 据前文及史漢

銷骨國語泠州鳩曰衆心成城衆口鑠金賈逵曰鑠銷也衆口所惡金爲之銷亡積毀銷骨謂積讒善曰毀之言骨肉之親爲之銷滅是以秦用戎人由余而霸中國齊用越人子臧而彊威宣善曰言齊任子臧故威宣二王所以彊盛史記曰齊桓公卒子威王因齊立威王卒子宣王辟彊立張晏曰子臧越人也此二國豈拘於俗牽於世繫奇偏之辭哉公聽並觀垂明當世善曰公聽言無私也並觀言無偏也尸子曰論是非者自公心聽之而後可知也故意合則胡越爲昆弟由余子臧是矣不合則骨肉爲讎敵朱象管蔡是矣善曰史記曰舜弟象傲帝常欲殺舜丹朱堯子讎敵未聞尚書曰周公位冢宰羣叔流言乃致管叔于商囚蔡叔于郭鄰今人主誠能用齊秦之明後宋魯之聽則五霸不足侔三王易爲比也是以聖王覺悟捐子之之心而不悅田常之

賢善曰史記曰燕王噲曾屬國於子之子之南面行王事齊因伐燕燕王噲死子之乃亡又曰齊田常殺簡公而立平公平公即位田常爲相五年齊國政皆歸田常封比干之後修孕婦之墓應劭曰紂刳姙者觀其胎産故功業覆於天下何則欲善無厭也夫晉文公親其讎而彊霸諸侯張晏曰寺人勃鞮也善曰國語曰初獻公使寺人勃鞮伐文公於蒲城文公踰垣寺人斬其袪及入寺人求見於是呂郤冀芮畏偪悔納公謀作亂伯楚知之故求見公公還見之伯楚以呂郤之謀告公韋昭曰寺人掌內袪袂也勃鞮字伯楚齊桓公用其仇而一匡天下善曰左傳寺人披謂晉侯曰齊桓公置射鉤而使管仲相論語曰管仲相桓公霸諸侯一匡天下民到于今受其賜何則慈仁殷勤誠嘉於心此不可以虛辭借也至夫秦用商鞅之法東弱韓魏立彊天下而卒車裂之善曰商鞅車裂已見西征賦越用大夫種之謀禽勁吳而霸中

孫志祖云新序作無愛於士與上句「與之窮達」意相貫

金氏甡曰蹠客刺由亦見戰國策

國遂誅其身善曰史記曰越王勾踐舉國政屬大夫種越平吳以兵北渡淮東方諸侯畢賀稱霸王范蠡乃去遺大夫種書種見稱疾不朝人或讒種作亂越王乃賜種劍而自殺是以孫叔敖三去相而不悔善曰史記曰孫叔敖楚之處士也虞丘相進之三月而相楚三得相而不喜知其材自得之也三去相而不悔知其非己之罪也於陵子仲辭三公爲人灌園善曰列女傳曰於陵子終賢楚王欲以爲相使使者往聘迎之子終出使者與其妻逃乃爲人灌園今人主誠能去驕傲之心懷可報之意善曰言士有功可報者恩必報披心腹見情素善曰戰國策曰蔡澤說應侯曰公孫鞅事孝王竭知謀示情素墮肝膽施德厚終與之窮達無愛於士善曰於士所求無所愛惜也則桀之猶可使吠堯而跖之客可使刺由應劭曰由許由也跖盜跖也韋昭曰言恩厚無不使善曰戰國策刁鞮謂田單曰跖之猶或吠堯非其主也哦音吠並同何況因萬乘之權假聖王之資乎然則荊

湛 沈没下滅非謂沈於水也
劉孝標廣絶交論注引
湛作沈 燔作焚

趙景真與嵇茂齊書
注引衆下有人字

軻湛七族要離燔妻子豈足爲大王道哉應劭曰荊軻爲燕刺秦王不成而死其七族坐之湛沒也張晏曰七族上至高祖下至曾孫善曰呂氏春秋曰吳王闔閭欲殺王子慶忌要離曰王誠助臣請必能吳王曰諾明旦加罪焉執其妻子燔而揚其灰高誘曰吳王僞加要離罪燒妻子揚其灰臣聞明月之珠夜光之璧以暗投人於道衆莫不按劒相眄者何則無因而至前也蟠木根柢輪囷離奇張晏曰柢下本也輪囷離奇委曲盤戾也蘇林曰柢音蔕善曰廣雅曰蟠曲也囷去倫切離薄棊切奇音衣而爲萬乘器者何則以左右先爲之容也善曰器謂服玩之屬容謂雕飾竝預左氏傳注曰容形容也故無因而至前雖出隨侯之珠夜光之璧秪足結怨而不見德故有人先談則枯木朽株樹功而不忘善曰談或爲游今天下布衣窮居之士身在貧賤雖蒙堯舜之術

挾伊管之辯善曰伊尹管仲懷龍逢比干之意欲盡忠當世之君而素無根柢之容雖竭精神欲開忠信輔人主之治則人主必襲按劒相眄之跡矣善曰小雅曰開達也是使布衣之士不得爲枯木朽株之資也是以聖王制世御俗獨化於陶鈞之上張晏曰陶家名模下圓轉者爲鈞以其能制器爲大小比之於天也善曰論語考比讖曰引五子以避俗遂邦殊域莫不向風而不牽乎卑辭之語不奪乎衆多之口善曰聖人有深謀善計而即行之不爲卑辭所牽制戰國策蘇秦曰卑辭以謝君衆口已見上文故秦皇帝任中庶子蒙嘉之言以信荆軻之說而匕首竊發善曰戰國策曰荆軻既至秦持千金之資幣厚遺秦王寵臣中庶子蒙嘉嘉爲先言於秦王曰燕願擧國爲内臣如郡縣又獻燕督亢之地圖圖窮匕首見秦王驚自引而起乃引其匕首以擿秦王通俗文曰匕首其頭類匕故曰匕首短而便用周文獵涇渭載呂尚而歸以王天下六韜曰文王田于渭陽卒見呂尚坐茅而漁戰國策曰范睢謂秦王

劉本及史記

曰臣聞呂尚遇文王立爲太師史記曰西伯獵果遇太公于渭俱爲師也秦信左右而亡周用烏集而王善曰漢書音義曰太公望塗遘卒遇共成王功如烏鵲之暴集也何則以其能越拘攣之語馳域外之義獨觀於昭曠之道也今人主沉諂諛之辭牽於帷牆之制善曰漢書音義曰言爲左右便辟侍帷牆臣妾所見牽制說文曰牆垣蔽也然帷妾之所止牆臣之所居也使不羈之士與牛驥同皁漢書音義曰皁食牛馬器以木作如槽善曰不羈謂才行高遠不可羈繫也此鮑焦所以忿於世而不留富貴之樂也善曰列士傳曰鮑焦怨世不用己采蔬於道子貢難曰非其世而采其蔬此焦之有哉弃其蔬乃立枯於洛水之上蔬即古蔬字臣聞盛飾入朝者不以私汙義砥厲名號者不以利傷行善曰孔安國尚書傳曰砥磨石也論語撰考讖曰于竽言利利傷行也故里名勝母曾子不入邑號朝歌墨子迴車晉灼曰史記樂書紂作朝歌之音朝歌者不時也善曰淮南子曰墨子非樂不入朝歌然古有此事未詳其本今欲使

言不止諫獵篇末云此言雖小可以喻大即其說也相如之事長卿知之矣

天下恢廓之士誘於威重之權脅於位勢之貴回面汙行以事諂諛之人而求親近於左右則士有伏死堀穴巖藪之中耳安有盡忠信而趨闕下者哉

上書諫獵　司馬長卿

臣聞物有同類而殊能者故力稱烏獲捷言慶忌勇期賁育善曰史記曰秦武王有力士烏獲孟說皆至大官呂氏春秋曰吳王欲殺王子慶忌謂要離曰吾嘗以馬逐之江上而不能及說苑曰勇士孟賁水行不避蛟龍陸行不避狼虎戰國策范雎曰夏育之勇焉而死臣之愚竊以為人誠有之獸亦宜然今陛下好凌岨險射猛獸卒然遇軼才之獸駭不存之地犯屬車之清塵漢書音義曰大駕屬車八十一乘善曰車塵言清尊之意也輿不及還轅人不暇施

不亦難矣揆言不亦難乎

功雖有烏獲逢蒙之伎力不得用枯木朽株盡爲難矣善曰吳越春秋陳音曰黄帝作弓後有楚孤父以道傳羿羿傳逢蒙是胡越起於轂下而羌夷接軫也豈不殆哉雖萬全無患然本非天子所宜近也且夫清道而後行中路而馳猶時有銜橛之變張揖曰銜馬勒也橛騑馬口長銜也善曰家語子曰郊之日汜掃清路行者必止莊子伯樂曰我善調馬前有飾橛而後鞭策之威而況乎涉豐草騁丘墟善曰毛詩曰湛湛露斯在彼豐草呂氏春秋吳夫爲丘墟前有利獸之樂而內无存變之意善曰鄭玄禮記注曰利猶貪也其爲害也不亦難矣夫輕萬乘之重不以爲安而樂出萬有一危之塗以爲娛臣竊爲陛下不取也蓋聞明者遠見於未萌而智者避危於无形善曰太公金匱曰明者見兆於未萌智者

遐危於无形禍固多藏於隱微而發於人所忽者也故鄙諺曰家累千金坐不垂堂張揖曰畏櫩瓦墮中人也此言雖小可以喻大臣願陛下留意幸察

上書諫吳王

枚叔善曰漢書曰枚乘字叔淮陰人爲吳王濞郎中吳王初怨望謀爲逆也乘奏書諫王不納遂去之從梁孝王遊後景帝拜乘弘農都尉卒然乘之卒在相如之前而今在後誤也

臣聞得全者昌失全者亡善曰史記湻于髡說鄒忌子曰得全全昌失全全亡舜无立錐之地以有天下禹无十戶之聚以王諸侯湯武之土不過百里善曰韓子曰舜无置錐之地於後世而德結史記蘇秦說趙王曰舜无咫尺之

係疑本作而，緣上文而誤作係耳。

地以有天下禹无百人之聚以王諸侯湯武之土不過百里立爲天子誠得其道也上不絶三光之明下不傷百姓之心者有王術也善曰不絶其明言合度也高誘淮南子注曰三光日月星也故父子之道天性也善曰父子喻君臣也孝經曰父子之道天性也忠臣不避重誅以直諫則事无遺策功流萬世臣乘願披腹心而効愚忠惟大王少加意念惻怛之心於臣乘言夫以一縷之任係千鈞之重上懸之无極之高下垂之不測之淵雖甚愚之人猶知哀其將絶也馬方駭鼓而驚之係方絶又重鎮之係絶於天不可復結墜入深淵難以復出善曰孔叢子曰齊東郭亥欲攻田氏子貢曰今子士也位卑圖大殆非子之任也夫以一縷之任繫千鈞之重上懸之於无極之高下垂於不測之深傍人皆畏其絶而造之者不

景祐本及別本下同

知其子之謂乎馬方駭鼓而驚之繫方絕又重鎮之馬奔車覆六轡之不禁繫絕其高墜入於深其危必矣亥曰吾已矣其出不出間不容髮歷迭相治也間不容髮矣其能聽忠臣之言百舉必脫蘇林曰臣改計取福正在今日言其激切甚急善曰曾子曰律善曰孫卿子曰平則慮險安則慮危是百舉不陷也必若所欲為危於累卵難於上天善曰說苑曰晉靈公造九層臺荀息聞之求見曰臣能累十二博棊加九雞卵棊上公曰危哉論語曰天不可階而升也變所欲為易於反掌安於泰山善曰反掌言易也孟子曰武丁有天下猶反掌也春秋保乾圖曰安於泰山與日合符今欲極天命之上壽弊無窮之極樂善曰弊猶盡也究萬乘之勢不凈出反掌之易居泰山之安而欲乘累卵之危走上天之難此愚臣之所大惑也顏師古曰走趣也走音奏人性有畏其影而惡其迹卻背而走迹逾多影逾疾

滄漢之

不如就陰而止，影（景）滅迹絕。善曰：莊子漁父曰：人有畏影惡迹而去之走者，舉足愈數而迹疾，而影不離，自以為尚遲，疾走不休，絕力而死。不知處陰以休影，靜處以息迹，愚亦甚矣。孫卿子以為涓蜀梁。欲人勿聞，莫若勿言；欲人勿知，莫若勿為。欲湯之滄，漢書音義或曰：滄，寒也。一人炊之，百人揚之，無益也。不如絕薪止火而已。善曰：呂氏春秋曰：夫以湯止沸，沸愈不止，去火則止矣。不絕之於彼，而救之於此，譬猶抱薪而救火也。善曰：文子曰：不治其本而救其末，無異鑿渠而止水，抱薪而救火也。養由基，楚之善射者也，去楊葉百步，百發百中。善曰：戰國策蘇厲謂周君曰：養由基善射，去柳葉百步而射，百發百中。去楊葉之大，加百中焉，可謂善射矣。然其所止，百步之內耳，比於臣，乘未知操弓持矢也。福生有基，禍生有胎。服虔曰：基、胎皆始也。納其基，絕其胎，禍

學林

何自來善曰自從也太山之霤力救切穿石殫極之紌紌斷幹胥灼曰紌古綆字殫盡也極之綆幹幹井上四交之幹常爲汲者所契傷也水非石之鑽索非木之鋸漸靡使之然也夫銖銖而稱之至石必差寸寸而度之至丈必過張晏曰乘所轉四萬六千八十銖而至於石合而稱之必有盈縮也石稱丈量徑而寡失善曰文子曰夫事煩難治也法苛難行也多求難贍也寸而度之至丈必差銖而稱之至石必過石稱丈量徑而寡失故大較易爲智曲辯難爲惠也徑直也夫十圍之木始生而蘖足可搔而絕手可擢而抓拔善曰尸子曰千丈之木始若蘖足易去也莊子曰橡樟初生可抓而絕廣雅曰搔抓也字林曰搔先牢切抓壯交切據其未生先其木形磨礱砥礪不見其損有時而盡善曰賈逵國語注曰礱磨也礱力公切尚書注砥磨石也種樹畜養不見其益有時而大積德累行不知

莋 六臣作筰舊音昨 漢書司馬相如傳邛筰冉駹近蜀道易通異時嘗通為郡縣矣至漢興而罷此言南朝羌筰共叁時來服屬歟

其善有時而用弃義背理不知其惡有時而亡臣願大王孰計而身行之此百世不易之道也

上書重諫吴王

枚叔 善曰漢書曰吴王舉兵西鄉以誅晁錯爲名漢聞之斬錯以謝諸侯乘於是復說吴王

昔秦西舉胡戎之難北備榆中之關 善曰胡戎爲難舉兵而却也漢書曰金城郡有榆中縣 南距羌莋之塞東當六國之從 善曰漢書曰南夷自嶲東北君長十數莋都最大莋在洛切 六國已見李斯書 六國乘信陵之藉 善曰漢書音義曰无忌常揔五國却秦有地資也 明蘇秦之約厲荆軻之威并力一心以備秦然秦卒禽六國滅其社稷而并天下是何也則地

漢書司馬相如傳云邛筰冉駹近蜀●道易通異時嘗通爲郡縣矣至漢興而罷此言南朝羌莋者蓋時來服屬歟

利不同而民輕重不等也今漢據全秦之地兼六國之衆修戎狄之義顏師古曰修恩義以撫戎狄而南朝羌莋此其與秦地相什而民相百大王之所明知也善曰言地多秦十倍民多百倍今夫讒諛之臣爲大王計者不論骨肉之義民之輕重國之大小以爲吳禍此臣所以爲大王患也夫舉吳兵以訾於漢李奇曰訾量也譬猶蠅蚋之附群牛腐肉之齒利劍鋒接必無事矣善曰說文曰秦謂之蚋楚謂之蚊蚋而鋭切齒猶當也天下聞吳率失職諸侯願責先帝之遺約今漢親誅其三公以謝前過善曰謂誅晁錯也錯爲御史大夫故曰三公是大王威加於天下而功越於湯武也夫吳有諸侯之位而富實於天子有隱匿之名而居過於中

此在武帝修治上林之前

國韋昭曰隱匿謂僻在東南夫漢并二十四郡十七諸侯方輸錯出張晏曰漢時有二十四郡十七王也善曰此言貢獻之多方輸四方更輸錯雜而出也軍行數千里不絕於郊其珍怪不如山東之府如淳曰山東吳王之府藏也善曰錯出張云錯互出攻則謂興軍遠行也軍一為運錯出謂四方更輸交錯出獻之而行也轉粟西鄉陸行不絕水行滿河不如海陵之倉如淳曰言漢京師仰須山東漕運以自給耳臣瓚曰海陵縣名有吳太倉脩治上林雜以離宮積聚玩好圈守禽獸不如長洲之苑服虔曰吳苑也韋昭曰長洲在吳東游曲臺臨上路不如朝夕之池張晏曰曲臺長安臺臨道上也蘇林曰以海水朝夕為池深壁高壘副以關城不如江淮之險此臣之所為大王樂也今大王還兵疾歸尚得十半善曰言王早還冀十分之中得半安全不然漢知吳有

備漢書及別本當爲漢書之誤校者親見其事不得誤也

當爲漢書之誤校叔親見其事不得誤也

呑天下之心赫然加怒遣羽林黄頭循江而下〔蘇林曰羽林黄頭郎習水戰者〕襲大王之都魯東海絶吴之饟道〔善曰吴饟軍自海入河故命魯國入東海郡以絶其道也地理志有魯國及東海郡〕梁王飾車騎習戰射積粟固守以備滎陽待吴之飢大王雖欲反都亦不得已夫三淮南之計不負其約〔晉灼曰吴楚反皆守約不從也〕齊王殺身以滅其迹〔晉灼曰齊孝王將閭也吴楚反堅守距三國不從後欒布等聞初與三國有謀欲伐之王懼自殺善曰漢書曰齊王聞吴楚平乃自殺今乘已言之漢書與此必有一誤也〕四國不得出兵其郡〔晉灼曰膠東膠西濟北菑川四國王也發兵應吴楚〕趙囚邯鄲此不可掩亦巳明矣〔應劭曰漢將酈寄圍趙王於邯鄲與囚無異也善曰杜預注左氏傳曰掩匿也〕今大王巳去千里之國而制於十里之内矣〔張晏曰吴地方千里梁下屯兵方十

里言王必見制於此地張韓將北地如淳曰張張羽韓韓安國也善曰將北地謂將兵在吳軍之北弓高宿左右服虔曰弓高侯韓頹當也如淳曰宿軍左右也兵不得下壁軍不得太息臣竊哀之願大王孰察焉

詣建平王上書

江文通梁書曰宋建平王景素好士淹隨景素在南兗州廣陵令郭彥文得罪辭連淹繫州獄中上書景素覽書即出之

昔者賤臣叩心飛霜擊於燕地淮南子曰鄒衍盡忠於燕惠王惠王信譖而繫之鄒子仰天而哭正夏而天爲之降霜春秋考異郵曰桓公殺賢吏民含痛流涕叩心庶女告天振風襲於齊臺淮南子曰庶女告天雷電下擊景公臺隕海水大出許愼曰庶女齊之少寡無子養姑姑無男有女女利母財而殺母以誣告寡婦寡婦不能自解故寃告天司馬彪莊子注曰襲入也下

官每讀其書未嘗不廢卷流涕沈約宋書曰郡縣爲封國者内史相並於國主稱臣去任便止世祖孝建中始改此制爲下官太史公曰始齊之蒯通讀樂毅報燕書未嘗不廢書而泣也楊雄見屈原作離騷悲其文讀之流涕也何者士有一定之論女有不易之行淮南子文也高誘曰士有同志同德其交接有一會而分定故曰有一定之論也貞女專一亦無二心雖有偏喪不須更醮故曰有不易之行信而見疑貞而爲戮是以壯夫義士伏死而不顧者此也史記曰屈原信而見疑忠而被謗能無怨乎法言曰壯夫不爲左氏傳曰義士猶或非之又曰君子曰臣治煩去惑者也是以伏死而爭李陵與蘇武書曰足下遭時不遇至於伏劒不顧下官聞仁不可恃善不可依謂徒虛語乃今知之司馬遷悲士不遇賦曰理不可據智不可恃鄒陽書曰臣常以爲然徒虛語耳又曰臣始不信今乃知之伏願大王暫停左右少加憐察鄒陽書曰左右不明卒從吏訊又曰願王熟察少加憐焉

下官本蓬戶桑樞之人布衣韋帶之士淮南子曰處窮僻之鄉蓬戶甕牖揉桑以爲樞此齊人所謂形植犁黑憂悲而不得志也高誘曰編蓬爲戶揉桑條爲戶樞說苑唐且謂秦王曰大王嘗聞布衣韋帶之士怒乎伏尸二人流血五步退不飾詩書以驚愚進不買名聲於天下淮南子曰古之人同氣于天地與一世而優游及僞之生飾智以驚愚設詐以巧上又曰周室衰而王道廢儒墨於是博學疑聖飾詩書以買名譽於天下日者謬得升降承明之闕出入金華之殿漢書帝賜嚴助書曰君猒承明之廬又曰班伯少受詩於師丹上方向學鄭寬中張禹朝夕入說尚書論語於金華殿中詔伯受焉何嘗不局影凝嚴側身扃禁者乎詩序曰側身脩行班婕妤自傷賦曰應門閉兮禁闥扃竊慕大王之義復爲門下之賓備鳴盜淺術之餘豫三五賤伎之末史記曰孟嘗君入秦昭王乃囚孟嘗君謀欲殺之孟嘗君謀欲使人抵昭王幸姬求解姬曰妾願得君狐

白裘此時孟嘗君有一狐白裘入獻之昭王無他裘孟嘗君患之徧問客莫能對最下爲狗盜者曰臣能得狐白裘乃夜爲狗以入秦宮藏中取所獻狐白裘至以獻幸姬姬爲言昭王孟嘗君得出馳去至關關法雞鳴出客孟嘗君恐追至客之居下坐者能爲雞鳴遂得出之如食頃追至關已後孟嘗君乃還抱朴子軍術曰大將車當明案九宮視年在宮常就三居五五爲死三爲生能知三五横行天下司馬遷書曰使得奏薄伎

大王惠以恩光顧以顏色鄭玄詩箋曰爲光言天子恩澤光耀被及己也曹植豔歌曰長者賜顏色泰山可動移實佩荆卿黄金之賜竊感豫讓國士之分矣燕丹子曰荆軻之燕太子東宮臨池而觀軻拾瓦投鼃太子令人奉盤金轉用抵抵盡復進軻曰非爲太子愛金但臂痛耳史記趙襄子數豫讓曰子嘗事范中行氏智伯滅之不爲報讎臣事智伯死而子何獨爲報讎也豫讓曰中行氏衆人遇我我故衆人報之智伯國士遇我我故國士報之常欲結纓伏劒少謝萬一左氏傳曰衛太子追孔悝於廁强盟之子路曰太子无勇若燔臺半必舍孔叔太子聞之懼下石乞

陸士衡謝平原内史表注引作何休墨守
限畢之及判本

孟饜黨敵子路以戈擊之斷纓子路曰君子死冠不免結纓而死又曰晉侯殺里克公使謂之曰子弒二君與一大夫爲子君者不亦難乎對曰臣聞命矣伏劒而死莊子曰弇堈曰今於道秋毛之端万分未得處一焉

剖心摩踵以報所天鄒陽上書自明曰剖心析肝孟子曰墨子兼愛摩頂致於踵利天下爲之劉熙曰致至也左氏傳箴尹克黄曰君天也何休曰君者臣之天

不圖小人固陋坐貽謗䜋楊惲書曰言固陋之愚也迹墜昭憲身恨幽圄陸機謝内史表曰幽縶囹圄當爲誅始

履影弔心酸鼻痛骨詩曰顧瞻周道中心弔兮高唐賦曰孤子寡婦寒心酸鼻太子丹謂麴武曰今秦王反戾天常每念之痛入骨髓

下官聞虧名爲辱虧形次之辱尸子曰衆以虧形爲君子以虧義爲辱

是以每一念來忽若有遺李陵荅蘇武書曰每一念至忽然亡生

加以涉旬月迫季秋天光沉陰左右無色司馬遷荅任少卿書曰今少卿抱不測之罪涉旬月迫季冬呂氏春秋曰何秋令則天多沉陰蔡邕月令

章句曰陰者密雲也沈者雲之重也身非木石與獄吏爲伍司馬遷荅任少卿書曰身非木石獨與法吏爲伍此少卿所以仰天槌心泣盡而繼之以血也李陵與蘇武書曰何圖志未立而怨已成此陵所以仰天槌心而泣血也韓子曰卞和乃抱其璞而哭於楚山三日三夜泣盡繼之以血下官雖乏鄉曲之譽然嘗聞君子之行矣曲之譽則未可以論行其上則隱於簾肆之間臥於巖石之下燕丹子夏扶曰士无鄉漢書曰谷口有鄭子真蜀有嚴君平君平卜筮於成都市裁日閱數人得百錢足自養則閉肆下簾而授老子論衡谷口鄭子真耕於巖石之下名震京師次則結綬金馬之庭高議雲臺之上漢書曰蕭育與朱博友故長安語曰蕭朱結綬西都賦曰承明金馬著作之庭東觀漢記曰建初元年詔賈逵日南宮雲臺使出左氏大義退則虜南越之君係單于之頸漢書曰南越與漢和親乃遣終軍使南越軍自請願受長纓必羈南越王而致闕下又賈誼曰

退景五作䟺此不當改

行臣之計，請必係單于之頸而制其命。俱啓丹冊，並圖青史。漢書曰：高祖論功定封，以丹書之信，重以白馬之盟。又有青史子，音義曰：古史官記事。寧當爭分寸之末，競錐刀之利哉？左氏傳曰：叔向詒子産書曰：錐刀之末，將盡爭之。下官聞積毀銷金，積讒磨骨。鄒陽上書曰：衆口鑠金，積毀消骨。遠則直生取疑於盜金，近則伯魚被名於不義。漢書曰：直不疑，南陽人，爲郎，事文帝。其同舍有告歸，誤持其同舍郎金。已而同舍郎覺亡，意不疑。不疑謝有之，買金償。後告歸者至而歸金，亡金郎大慙。范曄後漢書曰：第五倫，字伯魚，京兆人。舉孝廉，補淮陽醫工長。後從王朝京師，得會帝。戲倫謂倫曰：聞卿爲吏篣婦公，不過從兄飯，寧有之耶？倫對曰：臣三娶妻，皆无父。少遭飢亂，實不妄過人食。帝大笑。彼之二子，猶或如是，況在下官，焉能自免？昔上將之恥，絳侯幽獄；名臣之羞，史遷下室。司馬遷荅任少卿書曰：絳侯誅諸呂，因於請室。又曰：而僕又茸以蠶室。至如下

茸以原文作佴之

官當何言哉司馬遷書曰如僕尚何言哉夫魯連之智辭祿而不返史記曰秦使白起圍趙聞魯仲連責新垣衍秦軍遂引去平原君欲封仲連連謝終不肯受接輿之賢行歌而忘歸楚狂接輿已見鄒陽書子陵閑關於東越仲蔚杜門於西秦亦良可知也范曄後漢書曰嚴光字子陵會稽餘姚人少有高名與光武同游學及即位變名姓隱身不見趙岐三輔決錄注曰張仲蔚扶風人也少與同郡魏景卿隱身不仕所居蓬蒿沒人若使下官事非其虛罪得其實亦當鉗口吞舌伏匕首以殞身莊子曰鉗墨翟之口燕丹子荊軻曰田光向軻吞舌而死何以見齊魯奇節之人燕趙悲歌之士乎左氏傳子方曰事子我而有私於其讎何以見魯衛之士漢書王先生謂鄒陽曰今子欲安之乎陽曰齊楚多辨智韓魏時有奇節吾將歷問之史記荊軻之燕高漸離悲歌擊筑荊軻和而歌於市中又曰趙大夫悲歌慷慨者也方今聖歷欽明天下樂業尚書曰放

而已畢方及別本無，此下文而下之誤衍也

勛欽明管子曰天下有道人樂其業青雲浮雒榮光塞河尚書中候曰成王觀于洛河沈璧禮畢王退俟至于日昧榮光並出幕河青雲浮洛青龍臨壇銜玄甲之圖吐之而去西洎臨洮土刀切狄道北距飛狐陽原淮南子曰秦之時丁壯丈夫西至臨洮狄道東至會稽浮石南至豫章桂林北至飛狐陽原高誘曰臨洮隴西之縣洮水出北狄道漢陽之臨洮也飛狐盖在代郡飛狐山陽原盖在太原莫不浸仁沐義照景飲醴而已楊雄覈靈賦曰文王之始起浸仁漸義會賢贊智贊音攢論語摘輔像曰帝率握炤景飲醴莫英為歷宋均曰炤景謂景星所炤也而下官摠痛圓門含憤獄戶周禮曰以圜土教罷民鄭司農曰圜土獄城也一物之微有足悲者家語孔子謂哀公曰一物失理亂士之端此思憂則憂可知矣仰惟大王少垂明白則梧丘之魂不愧於沈首鵠亭之鬼無恨於灰骨晏子春秋曰景公田於梧丘夜坐晝夢見五丈夫倚徙稱无罪公問晏子曰昔先公靈公出畋有五丈夫

回改

來驚獸悉斷其頭而葬之命曰丈夫丘命人掘之五頭同穴公令厚葬之乃恩及白骨說苑曰景公畋於梧丘謝承後漢書曰蒼梧廣信女子蘇娥行宿高安鵲巢亭爲亭長龔壽所殺及婢致富取其財物埋致樓下交阯刺史周敞行部宿亭覺壽姦罪奏之殺壽列異傳曰鵠奔亭不任肝膽之切敬因執事以聞

啓

奉荅勑示七夕詩啓一首

任昉集詔曰聊爲七夕詩五韻殊未近詠歌卿雖訥於言辯於才可即制付使者

此入梁武帝詔下

任彦昇

臣昉啓奉勑并賜示七夕五韻竊惟帝迹多緒俯同不一春秋合誠圖曰黃帝布迹必稽功務法宋均日迹行迹謂功績也春秋保乾圖曰帝異緒託情風

什希世罕工毛詩題曰關雎之什魯靈光殿賦曰皦希世而特出雖漢在四世魏稱三祖四世漢武帝也三祖謂魏武文明也魏志高貴鄉公詔曰昔三祖神武聖德應天受祚寧足以繼想南風克諧調露家語曰昔者舜彈五絃琴造南風之詩其詩曰南風之薰兮可以解吾民之慍兮南風之時兮可以阜吾民之財兮王肅曰薰風至貌也樂動聲儀曰時元氣者受氣於天布之於地以時出入物者也四時之節動靜各有分職不得相越謂調露之樂也宋均曰調露調和致甘露也使物茂長之樂也性與天道事絕稱言論語子貢曰夫子之文章可得而聞也夫子之言性與天道不可得而聞也豈其多幸親逢旦暮左氏傳羊舌職曰民之多幸國之不幸莊子曰萬世之後而一遇大聖知其解者是旦暮遇也臣早奉龍潛與賈焉而入室易曰潛龍勿用法言曰若以孔門用賦賈誼升堂相如入室晚屬天飛比嚴徐而待詔易曰飛龍在天利見大人荅賓戲曰泥蟠天飛者應龍之神也漢書曰嚴安徐樂上疏言世務上召

見乃拜樂安借爲郎中又惟君知臣見於訥言之旨左氏日東方朔待詔金馬門傳君子曰古人有言曰知臣莫若君論取求不疵表於語子曰君子欲訥於言而敏於行辯才之戲左氏傳曰初申侯有寵於楚文王文王曰唯我安汝汝專利而不猒余取余求不汝疵瑕也非表詭集有辯才論謹輙牽率庸陋式訓天獎拙速雖勤䓁鄙已彰孫子兵法曰兵聞拙速未睹工久陳琳牋曰凿鄙益著闇續上詩表曰勞者歌其事貴露凿鄙臨啓慚恧女六切罔識所寘謹啓

爲卞彬謝脩卞忠貞墓啓一首蕭子顯齊書曰卞彬字士蔚官至綏建太守卒濟陰卞録曰壼字望之永嘉中除著作郎蘇峻稱兵爲尚書令右將軍領右衛峻至東陵口六軍敗績壼乘馬被甲赴賊二子眕盱見父去隨從俱爲賊所害贈侍中開府謚忠貞公眕音真忍切盱休于切

任彦昇

彥昇文善於序情，御同季友近世任中詒句其一二，業已名家矣

臣彬啓伏見詔書并鄭義泰宣勑當賜修理臣亡高祖晉故驃騎大將軍建興忠貞公壺墳塋臣門緒不昌天道所昧忠遘身危孝積家禍名教同悲隱淪惆悵王隱晉書述曰壺及二子死徵士翟湯聞而歎曰父爲忠臣子爲孝子忠孝之道萃於一門可謂賢哉名教謂王隱隱淪謂翟湯世說樂廣曰名教中自有樂地桓子新論曰天下神人五二曰隱淪而年世貿遷孤裔淪塞廣雅曰貿易也遂使碑表蕪滅丘樹荒毀狐兎成穴童牧哀歌桓子新論曰雍門周以琴見孟嘗君曰臣切悲千秋萬歲後墳墓生荆棘狐兎穴其中樵兒牧豎躑躅而歌其上也感慨自哀日月纏迫劉公幹贈五官中郎詩曰感慨以長歎陛下弘宣教義非求効於方今杜預左氏傳序曰弘宣祖業仲長子昌言曰引之於教義說苑曰聖王布德施惠非求報

何焯據下文別本校
張改又文苑英華辭
記十稱昉字彥本作
君

於百姓也壹餘烈不泯固陳力於異世春秋元命苞曰文王積善所潤之餘烈論語子曰周任有言曰陳力就列不能者止但加等之渥近闕於晉典左氏傳曰凡諸侯薨於朝會加一等死王事加二等樵蘇之刑遠流於皇代戰國策顏斶謂齊宣王曰秦攻齊令曰敢有去柳下季壟五十步樵採者罪死不赦臣亦何人敢謝斯幸不任悲荷之至謹奉啓事以聞謹啓

啓蕭太傅固辭奪禮一首劉璠梁典曰昉爲尚書殿中郎父憂去職居喪不知塩味冬月單衫廬于墓側齊明作相乃起爲建武將軍驃騎記室再三固辭帝見其辭切亦不能奪

任彦昇

昉君啓近啓歸訴庶諒窮款奉被還旨未垂哀察悼心失

此居字別本作昉蓋其宋集諱之

此言昉亦預人倫也言居喪未進不足數人注非

別本校語

此言昉亦預人倫也振見讀此不禁撫膺長號矣

圖泣血待旦左氏傳楚薳啓彊曰孤與二三臣悼心失圖毛詩曰鼠思泣血尚書曰坐以待旦君於品庶示均鎔造鵩鳥賦曰品庶每生倉頡篇曰鎔燒鑪所以行銷鐵也干祿祈榮更爲自拔論語曰子張學干祿虧教廢禮豈關視聽言已之所陳但正虧教而廢禮豈敢関白於視聽哉所不忍言具陳茲啓言事迫情切口不忍言故陳此啓公羊傳曰謂之新宮不忍言也昉往從未宦祿不代耕晉中興書簡文詔曰祿不代耕非經通之制也飢寒無甘旨之資限役廢晨昏之半禮記曰命士已上父子皆異宮昧爽而朝慈以旨甘鄭玄曰慈愛敬進之也又曰凡爲人子之禮冬溫而夏清昏定而晨省膝下之懽已同過隙孝經曰故親生之膝下以養父母禮記曰君子三年之喪二十五月而畢若駟之過隙然而遂函之則是无窮几筵之慕幾何可憑孫卿子孔子謂魯哀公曰君入廟而右登自阼階仰視榱棟俛見几筵其器存其人亡君以此思哀則哀將焉不至矣左氏傳曰人壽幾

何且奠酹不親，如在安寄。鄭玄周禮注曰：喪所薦饋曰奠。聲類曰：酹，以酒祭地也。酹，力外切。論語子曰：吾不与祭，如不祭。又曰：祭神如神在。晨暮寂寥，闃苦覓切若無主。埤蒼曰：闃，靜也。喪服傳曰：无主者，其无祭主。王隱晉書曰：傅咸遭繼母憂，上書曰：咸身无兄弟，到官之日，喪祭无主。所守既無，別理窮咽，豈及多喻。呂安荅嵇康論曰：易了之理，不在多喻。

明公功格區宇，感通有塗。尚書曰：時則有若伊尹，格于皇天。東京賦曰：區宇乂寧。周易曰：寂然不動，感而遂通。若霈然降臨，賜寢嚴命，孟子曰：沛然下雨。是知孝治所被，愛至無心。孝經曰：昔者明王之以孝治天下也。韓詩外傳曰：阿谷之女謂子貢曰：吾鄙野之人，僻陋无心。錫類所及，匪徒教義。毛詩曰：孝子不匱，永錫尔類。不任崩迫之情，謹奉啓事陳聞。謹啓。

文選卷第三十九　壬戌七月二日　侃讀此

文選卷第四十

梁昭明太子撰

文林郎守太子右内率府録事參軍事崇賢館直學士臣李善注上

彈事

任彦昇奏彈曹景宗一首　奏彈劉整一首

沈休文奏彈王源一首

牋

楊德祖荅臨淄侯牋一首

繁休伯與魏文帝牋一首

陳孔璋荅東阿王牋一首

吴季重荅魏太子牋一首

在元城與魏太子牋一首

阮嗣宗爲鄭冲勸晉王牋一首

謝玄暉拜中軍記室辭隋王牋一首

任彦昇到大司馬記室牋一首

勸進今上梁高祖武皇帝牋一首

奏記

阮嗣宗奏記詣蔣公一首

彈事

奏彈曹景宗一首

任彦昇梁典曰高祖即位昉爲吏部郎遷中丞

御史中丞臣任昉稽首言臣聞將軍死綏咫步無却司馬法曰將軍死綏注曰綏却也有前一尺無却一寸杜預左氏傳注曰古名退軍爲綏顧望避敵逗撓奴教切有刑漢書曰廷尉王恢逗撓當斬音義曰逗曲行避敵也撓橈顧望也至乃趙母深識乞不爲坐史記曰趙王將使趙括爲將其母上書曰括不可使將王曰母置之吾已決矣母曰王終遣之即有不稱妾得無坐乎王許諾魏主著令抵罪已輕魏志太祖令曰自命將征行但賞功而不罰罪非國典也其諸侯將出征敗軍者抵罪失利者免官是知敗軍之將身死家戮爰自古昔明罰斯在魏志太祖令曰將者軍破於外而家受罪于內也漢書廣武君曰敗軍之將不可以語勇新序曰臣侮其主身死妻子爲戮呂氏春秋曰民有逆天之道者罪死家戮也臣昉頓首頓首死罪死罪竊尋獯獫侵軼

暫擾疆陲，王師薄伐，所向風靡。獯獫，謂後魏也。魏收後魏書曰：太祖道武諱珪，改稱魏王。左氏傳曰：北戎侵鄭，鄭伯曰：彼徒我車，懼其侵軼我也。杜預曰：軼，突也。毛詩曰：於鑠王師。又曰：薄伐玁狁，至于太原。晉起居注曰：檀道濟所向風靡。是以淮徐獻捷，河兗凱歸。尚書曰：海岱及淮惟徐州。左氏傳曰：齊侯來獻戎捷。尚書曰：濟河惟兗州。周禮曰：師有功則凱樂。東關無一戰之勞，塗中罕千金之費。吳歷曰：諸葛恪作東關，魏軍距之，恪令丁奉等兵使亂斫，遂大破北軍。歷陽郡圖經曰：東關，歷陽縣西南一百里。史記蔡澤曰：白起一戰舉鄢郢。吳志曰：晉命鎮東大將軍司馬伷向塗中。伏滔北征記曰：金城西沂澗，魏步道所出也。文子曰：起師十萬，日費千金。張湛曰：日有千金之費。而司部懸隔，斜臨寇境。沈約宋書曰：宋世分郢州爲司州。故使狡虜憑陵，淹移歲月。杜預左氏傳注曰：狡，猾也。左氏傳子產曰：今陳介恃楚衆，憑陵弊邑。故司州刺史蔡道恭，劉璠梁典曰：天監三年，司州刺史漢壽伯蔡道恭卒於闈。

道恭少以勇力聞及病猶自力行城數日不能起聞戰鼓聲憤吒而卒衆猶拒守無有二心攻圍二年無有叛者入秋霖雨洪澍一夜城頽壯士猶戰不降及城陷擒其餘衆求恭屍卒不能得率厲義勇奮不顧命潘安仁汧馬督誄曰率厲有方司馬遷書曰常思奮不顧身全城守死自冬徂秋潘安仁汧馬督誄大將軍疏曰臨危奮節保穀全城論語子曰守死善道猶有轉戰無窮亟擢醜虜史記曰驃騎將軍轉戰過烏支山毛詩曰鋪敦淮濆仍執醜虜方之居延則陵降而恭守比之疏勒則耿存而恭亡漢書曰武帝遣驃騎都尉李陵將兵五千人出居延北與單于戰陵兵敗降匈奴范曄後漢書曰耿恭字伯宗爲戊己校尉恭以疏勒城傍有澗水可固乃據之匈奴復來攻恭於城中穿井十五丈不得水恭仰嘆曰聞昔貳師將軍取佩刀刺山飛泉涌出今漢德神明豈有窮哉乃整衣服向井再拜爲吏士禱有飛泉奔出衆皆稱萬歲乃令吏士揚水示虜虜以爲神明引去也若使郢部救兵微接聲援鄒陽上書曰臣恐救兵之不專

英雄記曰袁術嚴兵爲呂布作聲援則單于之首久懸北闕漢書宣帝詔曰傅介子斬樓蘭王安歸首懸之北闕豈直受降可築涉安啓土而已哉漢書曰武帝遣因杅將軍公孫敖築塞外受降城杅音盂又曰涉安侯於單于以匈奴單于太子降尚書曰建邦啓土寔由鄖州刺史臣景宗受命致討不時言邁晉起居注詔曰檀道濟奉命致討所向風靡毛詩曰旋車言邁故使蝟音謂結蟻聚水草有依漢書曰賈誼曰高帝王功臣反者蝟毛而起吳志曰錢唐大帥种式等蟻聚爲寇漢書曰獫狁獯粥居于邊地逐水草遷徙方復按甲盤桓緩救資敵魏志曰司馬文王征諸葛誕六軍按甲而誕自困廣雅曰盤桓不進也李斯上書曰今逐客以資敵遂令孤城窮守力屈凶威謝承後漢書胡爽曰耿恭以甲兵守孤城於絕域史記李左車謂韓信曰今足下情見力屈欲戰不拔左氏傳晉溫季曰逃威也杜預曰凶賊爲害故曰威也雖然猶應固守三關更謀進

卯主才當時文儒讒武
魏土才專侍閣官楚
寧壽侍皆有卯主之
文本趙巽說

取而退。師。延。頸。自。貽。虧。衂。劉璠梁典曰宣城王以冠軍將軍曹景宗爲郢州刺史初司州被圍詔荆郢發兵往援曹景宗爲都督及荆州援軍至三關頓兵不進聞司州沒即日退還延頸敵人縱暴緣邊景宗不能禦遂失三關諸戍有司奏罰景宗聞之輒去州伏闕泥首待罪帝一無所問三關延頸二戍名也管子曰民無恥不可以固守漢書曰諸將曰楚數進取如淳曰進取多所攻也毛詩曰自貽伊戚陳琳檄豫州曰傷夷折衂衂折挫也疆。埸。侵。駭。職。是。之。由。左氏傳曰齊人侵魯疆疆吏來告公曰疆埸之事慎守其一又范宣子數諸戎曰言語漏泄則職汝之由不。有。嚴。刑。誅。賞。安。寘。景宗即主史記曰繁法嚴刑而天下振西征賦曰峻御以誅賞毛萇詩傳曰寘置也主謂爲主首待也王隱晉書庾純自劾曰醉酒荒迷昏亂儀度即主謹按河南尹庾純云云然以主爲句則臣當下讀也臣

謹案使持節都督郢司二州諸軍事左將軍郢州刺史湘西縣開國侯臣景宗擢自行間遘茲多幸漢書衛青曰臣幸得

待罪行間左氏傳羊舌職曰民之多幸國之不幸也指蹤非擬，獲獸何勤。漢書曰上先封蕭何爲酇侯功臣皆曰蕭何未有汗馬勞顧居臣等上何也上曰諸君知獵乎曰知之上曰知獵狗乎曰知之上曰夫獵追殺者狗也而發蹤指示獸處者人也今諸公徒能走得獸者功狗也如蕭何發蹤指示功人也羣臣莫敢言賞茂通侯，榮高列將。漢書蘇武謂李陵曰武父子位列將爵通侯應劭曰通侯者言其功德通於王室張晏曰後改爲列侯列侯見序列也方言曰列班列也負擔裁施，鍾鼎遽列。左傳曰齊侯使敬仲爲卿辭曰羇旅於負擔君之惠也又曰宋左師每食擊鍾家語曰子路南遊楚列鼎而食廣雅曰列陳也和戎莫效，二八已陳。左氏傳曰鄭人賂晉侯以女樂二八晉侯以樂之半賜魏絳曰子教寡人和諸戎狄也自頂至踵，功歸造化。孟子曰墨子兼愛摩頂致於踵趙岐曰致至也淮南子曰大丈夫恬然無爲與造化逍遙也潤草塗原，豈獲自已。喻巴蜀曰肝腦塗中原膏液潤野草而不辭也且道恭云逝，城宗累卹，景

原文亢作元

宗之存一朝棄甲史記曰沛令閉城守左氏傳曰宋華元爲植巡功城者謳曰睅其目皤其腹棄甲而復生曹死蔡優劣若是惟此人斯有靦面目毛詩曰彼何人斯居河之湄又曰有靦面目視人罔極毛萇曰靦姡也鄭玄曰汝姡然有面目也昔漢光命將坐知千里東觀漢記曰代郡太守劉興將數百騎攻賈覽上狀檄至光武知其必敗報書曰欲復進兵恐失其頭首也詔書到興已爲覽所殺長史得檄以爲國家坐知千里也魏武置法案以從事魏書曰太祖自作兵書諸將征伐皆以新書從事從令者克捷違教者負敗故能出必以律錙銖無爽周易曰師出以律鄭玄禮記注曰八兩爲錙漢書曰二十四銖爲兩伏惟聖武英挺略不世出漢書蒯通說韓信曰功無二於天下略不世出料敵制變萬里無差趙充國頌曰料敵制勝威謀靡亢奉而行之實弘廟筭西征賦曰彼雖衆其焉用故制勝於廟筭孫子曰夫未戰而廟筭勝得筭多也惟此庸固理

絓字據下篇當在誅字下
應及咎者應於及罪也
云云劉本作誠惶誠恐頓首頓首死罪死罪目
昭穆之以閑廿一字

絕言提晉起居注宋公表曰臣寔庸固毛詩曰匪面命之言提其耳自逆胡縱逸久

患譴夏劉琨勸進表曰逆胡劉曜縱逸西都漢書匈奴傳贊曰久矣夷狄之為患聖朝乃顧

將軍書沂馬督誄曰聖朝西顧関右震惶禮記曰書同文車同軌愍彼司氓致辱

非所晉起居注曰大司馬表曰園陵辱於非所早朝永嘆載懷矜惻致茲

虧喪何所逃罪宜正刑書肅明典憲左氏傳仲尼曰叔向古之遺直也邢

侯之獄言其貪也以正刑書臣謹以劾請以見事免景宗所居官下太

常削爵土收付廷尉法獄治罪其軍佐職僚偏裨將帥

絓胡卦切諸應及咎者別攝治書侍御史隨違續奏臣謹

奉白簡以聞云云

奏彈劉整一首沈約齊紀曰整宋吴興太守兄子也歷位持節都督交廣越三州也

原文作夫懷貞節

可致當時語言風俗并可識之

列并當時文之之體文心雕龍萬民達志則有狀列辭諺列辭也陳列事情略然如見也

分前二奴者分產前寅之私產也

教子當伯二奴名也

錢帀當脫一字以後文知之

温教子弟子之名也

任彥昇

御史中丞臣任昉稽首言臣聞馬援奉嫂不冠不入汜毓字孤家無常子東觀漢記曰馬援事寡嫂雖在閨内必衣冠然後入見王隱晉書曰汜毓字稚春濟北人也敦睦九族青土號其家兒無常母衣無常主也汜音凡毓音育是以義士節夫聞之有立左氏傳臧哀伯曰武王克商遷九鼎於洛邑義士猶或非之東京賦曰貞夫懷節班固漢書賛曰孟子曰聞伯夷之風懦夫有立志千載美談斯爲稱首公羊傳曰魯人至今以爲美談封禪書曰求保鴻名而常爲稱首也臣昉頓首頓首死罪死罪謹案齊故西陽内史劉寅妻范詣臺訴列稱出適劉氏二十許年劉氏喪亡撫養孤弱叔郎整常欲傷害侵奪分前奴教子當伯並已入衆又以錢婢姊妹弟温仍留奴自使

伯字又别本作寅 無伯字 衍也

展送亦當時語 猶今言發送也

準今言當也

夾杖蓋靭也 龍牽蓋韉也

查即叉也

攝檢以上並列辭竟

使用也

乞今言給也

依别本乙

宋順帝諱準 遂有作準字

伯又奪寅息逡婢綠草私貨得錢並不分逡寅第二庶

息師利去歲十月往整田上經十二日整便責范米六㪷

哺食米未展送忽至户前隔箔攘拳大罵突進房中屏風

上取車帷準米去二月九日夜婢采音偷車欄夾杖龍

牽范問失物之意整便打息逡整及母并奴婢等六人

來至范屋中高聲大罵婢采音舉手查范臂求攝檢如

訴狀輒攝整亡父舊使奴海蛤到臺辯問列稱整亡父

與道先爲零陵郡得奴婢四人分財以奴教子乞大息

寅亡寅後第二弟整仍奪教子云應入衆整便留自使

婢姊及弟各準錢五千文不分逡其奴當伯先是衆奴整

別本無
貼賣也唐人猶有此言

規規度也猶今言打算保

夫直今言工夫錢也
已上海鹽列辭竟
當作列
劉整以下采音列辭也

兄弟未分財之前整兄寅以當伯貼錢七千共衆作田寅罷西陽郡還雖未別火食寅以私錢七千贖當伯仍使上廣州去後寅喪亡整兄弟後分奴婢唯餘婢緑草入衆整復云寅未分財贖當伯又應屬衆整意貪得當伯推緑草與逡整規當伯還擬欲自取當伯遂經七年不返整疑已死亡不迴更奪取婢緑草貨得錢七千整兄弟及姊共分此錢又不分逡寅妻范云當伯是亡夫私贖應屬息逡當伯天監二年六月從廣州還至整復奪取云應充衆准雇借上廣州四年夫直今在整慮使進責整婢采音劉整兄寅第二息師利去年十月十二日

墅 今所謂暲屋

還 還米也

據上文改

子語尾詞 猶今言卓子 椅子矣

仍 今語之就也

其 楚人語也 今吾鄉及黃梅語讀伽耶切 或書作渠 亦古語也 而非其字

此上采音列辭也

別本

忽往整墅停住十二日整就兄妻范求米六斗哺食范
未得還整怒仍自進范所住屏風上取車帷爲質范送
米六斗（斛）整即納受范今年二月九日夜失車欄子夾杖
龍牽等范及息逡道是采音所偷整聞聲仍打逡范喚問
何意打我兒整母子爾時便同出中庭隔箔與范相罵婢
采音及奴教子楚玉法志等四人于時在整母子左右
整語采音其道汝偷車校具汝何不進裏罵之既進爭
口舉手誤查范臂車欄夾杖龍牽實非采音所偷進責
寅妻范奴苟奴列孃（稱）去三月九日夜失車欄夾杖龍牽疑是
整婢采音所偷苟奴與郎逡往津陽門糴米遇見采音

登時今猶有此語

度錢今言過錢也
已上苟奴列辭竟

此所當伯教子列

諸所連逮絓今所謂干証也
應洗之源今所謂予由也
借書讀此
細讀此篇如觀漢書趙后傳不知以此等文爭今日法吏不敢矚目者否
此俗語所以斷之不可爲文也
主爲今所謂臣犯也

在津陽門賣車欄龍牽苟奴登時欲捉取逡語苟奴已
爾不須復取苟奴隱僻少時伺視人買龍牽售五千錢
苟奴仍隨逡歸宅不見度錢並如釆音苟奴等列狀粗
與范訴相應重覈當伯教子列孃被奪今在整處使悉
與海蛤列不異以事訴法令史潘僧尚議整若輙略兄
子逡分前婢貨賣及奴教子等私使若無官令輙収付
近獄測治諸所連逮絓應洗之源委之獄官悉以法制
從事如法所稱整即主（昭明刪此文大略故詳引之令與彈相應也）臣謹案
新除中軍參軍臣劉整閭閻闒茸名教所絕（史記太史公曰李斯
自閭閻歷諸侯弔屈原曰闒茸尊顯讒諛得志世説曰
王平子胡母彥國諸人皆任放爲達或有祼體樂廣曰

名教中自有樂地何爲乃爾直以前代外戚仕因紈袴漢書曰班伯出與王許子弟爲羣在綺襦紈袴之間非其好也惡積釁稔親舊側目左氏傳萇弘曰毛得必亡是昆吾稔之日也杜預曰稔熟也惡積與桀同誅漢書郅都傳列侯宗室見都側目而視理絕通問而妄肆醜辭謂大罵也禮記曰嫂叔不通問諸母不漱裳包咸論語注曰肆極意敢言也詩曰好言自口莠言自口毛萇曰莠醜也終夕不寐而謬加大杖謂打逐也謝承後漢書曰或問弟五倫曰公有私乎對曰吾兄子嘗病一夜十往退而安寢吾子有病雖不省視而竟夕不眠若是者豈可謂無私乎家語曰孔子謂曾子曰汝不聞乎昔瞽叟有子曰舜舜事瞽叟也小捶則待過大杖則逃走故瞽叟不犯不父之罪而舜不失烝烝之孝薛包分財取其老弱范曄後漢書曰汝南薛包字孟嘗好學篤行弟子求分異居包不能止乃中分其財奴婢引其老者曰與我共事久若不能使也田廬取其荒頹者曰吾少時所治意所戀也器物取朽敗者曰我素所服食身口所安後徵拜侍中高鳳自

記

○二何字複

穢。爭訟寡嫂。東觀漢書曰高鳳字文通南陽人也鳳年老聲名著聞太守連召請恐不得免自言鳳本巫家不應爲吏又與寡嫂詐訟田遂不仕未見孟嘗之深心唯斅文通之僞迹。顏延年詠向秀曰深心託豪素袁彥伯名臣頌曰迹浮必僞昔人睦親衣無常主顏延年陶徵士誄曰睦親之行衣无常主已見上文整之撫姪食有故人謂責米也西京雜記曰公孫弘起家徒步爲丞相故人齊高賀從之弘食以脫粟飯覆以布被賀怨曰何用故人富貴爲脫粟布被我自有之弘大慚賀乃告人曰公孫弘內廚五鼎外膳一肴豈可以臨天下於是朝右疑其矯焉弘嘆曰寧逢惡賓不逢故人何其不能折契鍾庾而襜昌占切帷交質謂取車帷也漢書曰高祖從王媼武負貰酒兩家常折券棄責左氏傳晏子曰釜十則鍾杜預曰六斛四斗也包咸論語注曰十六斗爲庾詩曰漸車帷裳毛萇曰帷裳婦人車飾鄭玄曰帷裳童容也方言曰江淮謂襜褕爲童容也左氏傳曰鄭伯怨王王曰無之故周鄭交質人之無情一何至此莊子惠子謂莊

見事猶今事

據前文補

款今云招狀

宗長今云族長戶人

言乙云云代補其以下語字不得在誠惶誠恐上也

此篇与所撰恩倖傳序併序紙語竊謂中正既設上品無寒門之人末俗愈訛大胝有褋婚之禁然而野曆之討但求吉士何鲂之嫁豈樂大邦匹使吞水嫦兒成姻援恨以貴貴賤賤亦又何嫌佛之云賤男娶貴女身居而貴貴

子曰人故無情乎莊子曰然惠子曰人而無情何謂之人實教義所不容紳冕所共棄仲長子昌言曰引之於教義嵇康絶交書曰世教所不容臣等參議請以見事免整所除官輙勒外收付廷尉法獄治罪諸所連逮應洗之源委之獄官悉以法制從事婢采音不款偷車龍牽請付獄測實其宗長及地界職司初無糾舉及諸連逮請道不足申盡臣昉云云誠惶誠恐以聞

奏彈王源一首

沈休文吳均齊春秋曰永明八年沈約爲中丞

給事黄門侍郎兼御史中丞吳興邑中正臣沈約稽首言臣聞齊大非偶著乎前誥辭霍不婚垂稱往烈左氏

男妻賤女身淫而賤可謂同斯蛩謬也且永嘉之末后嬪妃主為戎卒所陵渠武之袁兄弟子姪以侍妾相贈以視抱布而貿絲結縭而行不計貴袁長為伉儷者雖愚者亦知其不若矣

傳曰齊侯欲以文姜妻鄭太子忽忽辭人問其故太子曰人各有偶齊大非吾偶也漢書曰雋不疑爲京兆尹大將軍霍光欲以女妻之不疑固辭不肯當班固不疑述曰不疑膚敏應變當理辭霍不婚逡巡致仕若乃交二族之和辨伉合之義升降窳隆誠非一揆禮記曰婚禮者將合二姓之好上以事宗廟下以繼後代也左氏傳施氏之婦怨施氏曰已不能庇其伉儷尚書曰道有汁降政繇俗革吳都賦曰窳隆異固宜本其門素不相等孟子曰先聖後聖其揆一也奪倫尚書曰八音克諧無相奪倫使秦晉有匹涇渭無舛左氏傳曰晉公子重耳至於秦秦伯納女五人懷嬴與焉奉匜沃盥既而揮之怒曰秦晉匹也何以卑我孫綽子曰或問雅俗曰涇渭分流雅鄭異調自宋氏失御禮教彫衰蒼賔戲曰周失其御衣冠之族日失其序范曄後漢書霍諝奏記曰宋光衣冠子孫袁子正書曰古者命士已上皆有冠冕故謂之冠族左氏傳鄭莊公曰周之子孫日失其序姻婭淪雜罔計廝音斯庶毛詩曰瑣瑣姻婭則

無膴仕毛萇曰兩壻相謂曰婭漢書曰有厮養卒如淳曰厮賤也販鬻祖曾以爲賈音古

道鄭玄周禮注曰居賣物曰賈明目腆顔曾無愧畏丁德禮厲志賦曰苟神祇之我昭汞明目而無怍孔安國尚書傳曰腆厚也毛詩曰不愧於人不畏於天若夫盛德之胄世

業可懷左氏傳史趙曰盛德必百世祀幽通賦曰違世業之可懷欒郤之家前徽未

遠左氏傳叔向曰欒郤胥原降在皁隸杜預曰晉舊臣之族也既壯而室竊貲莫非

皁隸禮記曰三十壯有室鄭玄曰有室有妻妻稱室也解嘲曰司馬長卿竊貲卓氏左氏傳曰人有十等士臣皁又曰輿臣隸結褵以行箕帚咸失其所詩曰親結其褵九十其儀毛萇曰褵婦人之幃也母戒女施衿結褵國語曰越王勾踐行成於吴曰一介適女執箕帚於王宮者也志士聞而

傷心舊老爲之歎息論語子曰志士仁人無求生以害仁也自宸歷御寓

弘革典憲雖除舊布新而斯風未殄左氏傳曰有星孛於大辰申須曰彗

懦 刋本作懦 宋本化作俗

所以除舊布新也尚書曰商俗靡靡利口惟賢餘風未殄公其念哉**陛下所以負扆**於紀切**興言恩清弊俗者也**禮曰天子負斧扆南向而立鄭玄曰負之言背也斧依爲斧文屏風扆與依同詩曰興言出宿尚書曰弊化奢麗萬世同流**臣實儒品謬掌天憲**范曄後漢書劉陶上疏曰今權臣口含天憲**雖埋輪之志無屈權右**范曄後漢書曰張綱字文紀爲侍御史順帝遣八使詢風俗餘人受命之部綱獨埋其車輪於洛陽都亭曰豺狼當路安問狐狸遂奏大將軍梁冀東觀漢記曰皇甫嵩上言四姓權右咸各斂手也**而狐鼠微物亦蠹大猷**應璩詩曰城狐不可掘社鼠不可熏晏子春秋景公問晏子曰治國亦有常乎對曰讒佞之人隱在君側猶社鼠不熏也去此乃治矣范曄後漢書虞延謂馬成曰尒民之巨蠹久依城社不畏熏燒毛詩曰秩秩大猷也**風聞東海王源嫁女與富陽滿氏**漢書曰尉佗曰風聞老夫父母墓已壞削賈逵國語注曰風采也采聽商旅之言也**源雖人品庸陋胄實參華曾祖雅**

見告窮盡嗣之被源告
以現正窮盡之也

位登八命檀道鸞晉陽秋曰王雅字茂德東海郯人爲右僕射周禮曰八命作牧鄭司農曰一州之牧也王之三公亦八命也祖少卿內侍帷幄父璿升采儲闈亦居清顯尚書曰亮采惠疇孔安國注曰采事也何法盛陳郡謝錄曰謝石以有大勳遂居清顯源頻叨諸府戎禁豫班通徹應劭漢書注曰舊曰徹侯避武帝諱曰通侯也而託姻結好唯利是求左氏傳晉侯使呂相絕秦曰秦與晉出入秦惟利是視玷辱流輩莫斯爲甚孝經鉤命訣曰名毀行廢玷辱先人源人身在遠輒攝媒人劉嗣之到臺辯問嗣之列稱吳郡滿璋之相承云是高平舊族寵奮胤胄魏志滿寵字伯寧景初二年爲太尉薨子偉嗣世說曰偉弟子奮元康中至司隸校尉荀綽兾州記曰奮高平人也家計溫足見託爲息鸞覓婚漢書董仲舒對策曰家溫而食厚祿王源見告窮盡即索璋之簿閥漢書朱博曰王卿憂公齎閥閱詣府

己上列辭

音義曰明其等曰閥積功曰閱也見璋之任王國侍郎鸞又爲王慈吳郡正閤主簿吳均齊春秋曰王慈字伯寶早有令譽稍歷侍中吳郡太守源父子因共詳議判與爲婚璋之下錢五萬以爲聘禮娶妻反納徵皆曰聘周禮曰穀圭以聘女源先喪婦又以所聘餘直納妾如其所列則與風聞符同竊尋璋之姓族士庶莫辨蒲奮身殞西朝胤嗣殄沒武秋之後無聞東晉晉初都洛陽故曰西朝後在江東故曰東晉臧榮緒晉書陳畧有譽西朝干寶晉紀曰苗願殺司隷校尉蒲奮荀綽冀州記曰蒲奮字武秋公羊傳曰紀子伯者何謂無聞焉尔其爲虛託不言自顯王蒲連姻寔駭物聽漢書音義曰連親婣也尚書大傳曰文王施政而物皆聽潘楊之睦有異於此潘岳楊仲武誄曰潘楊之睦有自來矣曹子建求自試表曰古之受爵祿者有異於此且買妾納媵因聘

爲資左氏傳鄭子產曰故志曰買妾不知其姓則卜之施衿之費。化充牀第。儀禮曰女嫁母施衿結帨鄭玄曰帨佩巾也左氏傳曰趙武過鄭伯有賦鶉之賁賁趙孟曰牀第之言不踰閾杜預曰第箦也鄙情贅行造次以之蜀志諸葛亮表李平曰臣知平鄙情欲因行止之際逼臣取利也老子曰自伐無功自矜不長其在道曰餘食贅行王弼曰更爲疣贅也糾慝繩違允茲簡裁源即主言其違慝信當此簡之所貶哉尚書曰繩愆糾繆格其非心臣謹案南郡丞王源忝藉世資得參纓冕漢書音義曰無忌知秦有地資也同人者貌異人者心列子曰夏桀殷紂魯桓齊穆狀皃七竅皆同於人而有禽獸之心也以彼。行。媒同之抱布。禮記曰男女非有行媒不相知名詩曰氓之蚩蚩抱布貿絲匪來貿絲來即我謀且非我族類往哲格言薰蕕不雜聞之前典左氏傳曰公欲求成于楚而叛晉季文子曰史佚之志有之非我族類其心必異論語老比識曰格言成法家語顏回曰回聞

薰蕕不同器而藏田馬督誅曰聞之前典豈有六卿之胄。納女於管庫之人。宋尚書曰六卿分職禮記曰晉文謂趙文子知人所舉晉國管庫之士七十有餘家鄭玄曰管管鍵者也子河魴。同究於輿臺之鬼。毛詩曰豈其食魚必河之魴豈其娶妻必齊之姜豈其食魚必河之鯉豈其娶妻必宋之子又曰穀則異室死則同穴左氏傳曰皁臣輿又曰僕臣臺高門降衡。雖自己作。陸雲荅兄書曰高門降衡脩庭樹蓬蔑祖辱親於事爲甚說文懱輕易也蔑与懱古字同此風弗翦。其源遂開。點世塵家。將被比屋。尚書大傳曰周民可比屋而封宜寘以明科。黜之流伍。使己汚之族。永愧於昔辰。方媾之黨。革心於來日。賈子曰宋昭公革心易行臣等參議。請以見事免源所居官。禁錮終身。輒下禁止視事如故。言禁止其視事之法當如故事也源官品應黃紙。臣輒奉白簡以聞。

臣約誠惶誠恐云云

牋

荅臨淄侯牋

楊德祖 典略曰楊脩字德祖太尉彪子謙恭才博自魏太子以下並爭與交好又是時臨淄侯以才捷愛幸秉意投脩數與脩書脩荅牋後曹公以脩前後漏泄言教交關諸侯乃收殺之

脩死罪死罪不侍數日若彌年載 毛萇詩傳曰彌終也 豈由愛顧之隆使係仰之情深邪損辱嘉命蔚矣其文 易曰君子豹變其文蔚也 誦讀反覆雖諷雅頌不復過此 說文曰諷誦也 若仲宣之擅漢表陳氏之跨冀域徐劉之顯青豫應生之發魏國斯

目 魏志注及別本

皆然矣。仲宣投劉表寓流楚壤故云漢表孔璋竄身袁氏故云冀域偉長淹留高密故云青川也公幹淪飄頴汝頴太祖食邑故云魏也至於脩者聽采風聲仰德不暇。尚書曰樹之風聲自周章於省覽何遑高視哉。家語曰孔子出乎四門周章遠望曹植書曰足下高視於上京也伏惟君侯少長貴盛體發旦之資有聖善之教。發武王名也旦周公名也毛詩曰凱風自南吹彼棘心母氏聖善我無令人遠近觀者徒謂能宣昭懿德光贊大業而已。毛詩曰宣昭義問又曰人之秉彝好是懿德周易曰富有之謂大業不復謂能兼覽傳記留思文章。今乃含王超陳度越數子矣。漢書桓譚曰揚子之書文義至深必度越諸子矣觀者駭視而拭目聽者傾首而竦耳。非夫體通性達受之自然其孰能至於此乎。老子曰天法道道法自然鍾會曰莫知所出故曰自

懵 別本

然又此也

然又嘗親見執事握牘持筆有所造作若成誦在心借助書於手曾不斯須少留思慮仲尼日月無得踰焉論語子貢曰仲尼不可毀也仲尼日月也無得而踰焉脩之仰望殆如此矣是以對鶡而辭作暑賦彌日而不獻植爲鶡鳥賦亦命脩爲之而脩辭讓植又作大暑賦而脩亦作之竟日不敢獻見西施之容歸增其貌者也越絕書曰越王乃飾美女西施鄭巴使大夫種獻之於吳王伏想執事不知其然猥受顧錫教使刊定鄭玄禮記注曰刊削也春秋之成莫能損益呂氏淮南字直千金然而弟子箝口市人拱手者聖賢卓犖固所以殊絕凡庸也史記曰孔子在位聽訟文辭有可與共者弗獨有也至於爲春秋筆則筆削則削子夏之徒不能贊一辭桓子新論曰秦呂不韋請迎高妙作呂氏春秋漢之淮南王聘天下辯通以著篇章書成皆布之都

市懸置千金以延示衆士而莫能有變易者乃其事約豔體具而言微也今之賦頌古詩之流不更孔公風雅無別耳兩都賦序曰賦者古詩之流也文雖出此而意微殊脩家子雲老不曉事強著一書悔其少作曹植書曰揚雄猶稱壯夫不爲楊子法言或問吾子少好賦曰然童子彫蟲篆刻俄而曰壯夫不爲少失照切若此仲山周旦之儔爲皆有愆邪毛詩序曰七月周公遭變陳王業之蘩蘩然詩無仲山甫作者而吉父美仲山父之德未詳德祖何以言之君侯忘聖賢之顯迹述鄙宗之過言竊以爲未之思也楚辭曰吾聞作忠以造怨忽謂之過言論語曰未之思也若乃不忘經國之大美流千載之英聲曹植書曰采庶官之實録成一家之言東京賦曰忘經國之長基封禪書曰飛英聲銘功景鍾書名竹帛國語晉悼公曰昔克路之後秦來圖敗晉功魏顆以其身却退秦師于輔氏親止杜回其勳銘于景鍾韋昭曰景鍾景公鍾也墨子曰以其所

獲書於竹帛傳遺後世子孫也斯自雅量素所畜也豈與文章相妨害哉輒受所惠竊備矇瞍誦詠而已詩曰矇瞍奏工敢望惠施以忝莊氏曹植書曰其言之不慚恃惠子之知我也修言曰豈敢望比惠施之德以忝辱於莊周之相知平莊周喻植也惠施莊周相知者也故引之季緒璅璅何足以云曹植書曰劉季緒好詆訶文章魏志曰劉季緒名備脩表子官至樂安太守反荅造次不能宣備脩死罪死罪

與魏文帝牋一首

繁休伯文章志曰繁欽字休伯潁川人少以文辯知名以豫州從事稍遷至丞相主簿病卒文帝集序云上西征余守譙繁欽從時薛訪車子能喉轉與笳同音欽牋還與余而盛歎之雖過其實而其文甚麗

車子殆騶御之屬而有斯伎故異矣
左傳注車子微者

正月八日壬寅領主簿繁欽死罪死罪近屢奏牋不足自宣頃諸鼓吹廣求異妓時都尉薛訪車子年始十四左氏傳曰叔孫氏之車子鉏商獲麟能喉囀引聲與笳同音白上呈見果如其言許慎淮南子注曰果成也即日故共觀試乃知天壤之所生誠有自然之妙物也潛氣內轉哀音外激大不抗越細不幽散廣雅曰抗高也聲悲舊笳曲美常均樂汁圖徵曰聖人往承天以立五均均者亦律調五聲之均也宋均曰長八尺施絃也及與黃門鼓吹溫胡迭唱迭和漢書曰鄭聲尤集黃門集樂之所漢書音義如淳曰今樂家五日一習樂為理樂桓譚新論曰漢之三主內置黃門工倡喉所發音無不響應曲折沉浮尋變入節自初呈試中間二旬胡欲慠其所不知尚之以一曲巧竭

哀感頑艷与上儷句言頑者艷者皆爲其哀音所感耳嘗見有人云哀感頑艷四字連而有之似是棄不知是何標擇言語矣

郭舍人稱幸倡則謇之姐名倡蓋男子耳朱彝尊謂此故實以爲婦人非也名倡連下能識以來爲句姐即恃愛肆之姐非以後世稱婦人爲姐也杜夔借試於賓客之中可知必非女妓

意匱既已不能（左氏傳韓宣子如楚叔向爲介王欲傲叔向以其所不知而不能也）而此孺子遺聲抑揚不可勝窮優遊轉化餘弄未盡髣髴其清激悲吟雜以怨慕（暨及也）詠北狄之遐征奏胡馬之長思（古詩曰胡馬依北風）悽入肝脾哀感頑豔是時日在西隅涼風拂衽（說文曰衽衣衿也）背山臨谿流泉東逝同坐仰歎觀者俯聽莫不泫泣殞涕悲懷慷慨自左顛史妠謇姐名倡（魏志文帝令杜夔與左顛等於賓客之中吹笙鼓琴然顛與䫇音同也其史妠謇姐蓋亦當時之樂人聲類曰妠奴紺切說文曰媚字或作姐古字假借也姐子也切）能識以來耳目所見僉曰詭異未之聞也（李陵與蘇武書曰陵自有識以來士之立操未有如子卿者也說文曰詭變也）竊惟聖體兼愛好奇（莊子仲尼謂老聃曰兼愛無私也）是以因牋先白委曲

此文青萍當指劍

伏想御聞必含餘懽異事速訖旋侍光塵寓目階庭與聽斯調左氏傳曰得臣與寓目焉宴喜之樂盖亦無量詩曰吉甫宴喜欽死罪死罪

荅東阿王牋一首

陳孔璋文章志曰陳琳字孔璋廣陵人也避亂冀州袁紹辟之使典啚事紹死魏太祖辟爲軍謀祭酒典記室病卒

琳死罪死罪昨加恩辱命并示龜賦披覽粲然君侯體高世之才秉青萍干將之器漢書袁盎諫文帝曰陛下有高世之行三吕氏春秋曰趙襄子遊於圃中至於梁馬却不肯進青萍爲參乘青萍進視之下豫讓却寢佯爲死人叱青萍曰去長者且有事青萍曰少而與子友子今日爲大事而我言之失相與之道子賊吾君而我不言失爲人臣之道如我者

升反

唯死之可也退而自殺青萍豫讓之友也張叔及論曰
青萍砥礪於鋒鍔庖丁剖犧於用刀越絶書曰楚令歐
冶子干將爲鐵劒二枚吴越春秋曰干將
者吴人造劒二枚一曰干將二曰莫邪 拂鐘無聲應機立斷 説苑
欲説東諸侯船人曰子渡河而溺安能説東諸侯乎過曰獨不
曰西閭過東渡河中流而溺船人接而出之問曰子何之過曰
聞干將莫邪拂鍾不錚試物不知然以之綴履曽不如
兩錢之錐今子持檝乗扁舟子所能也若試與子東説
諸侯王見一國之主子之蒙蒙然無異於未視狗也又
曰滄于髡三稱鄒忌三知之髡等辭屈而去故所以尚
干將莫邪者 此乃天然異稟非鑽仰者所庶幾也 言天性自
貴於立斷
然受於異氣也孔安國尚書傳曰稟受 音義既遠清辭
也論語顔淵曰仰之彌高鑽之彌堅
妙句焱絶煥炳 説文曰焱火華也塩念切 譬猶飛兎流星超山越海
龍驥所不敢追況於駑馬可得齊足 呂氏春秋曰飛兎騕褭古之駿馬也
流星言疾也李充七嘆曰神奔電驅星流矢驚 夫聽白
則莫若益野騰駒楚辭曰驢騾偃蹇而齊足

雪之音觀綠水之節然後東野巴人蚩鄙益著（宋玉諷賦曰臣援琴而鼓之爲幽蘭白雪之曲淮南子曰手會綠水之趍高誘曰綠水古詩也東野下里之音也宋玉對問曰客有歌於郢中者其始曰下里巴人也）載懽載笑欲能不能（詩曰既見復關載笑載言論語顏淵曰夫子博我以文約我以禮欲罷不能）謹韞櫝玩耽以爲吟頌（論語子貢曰有美玉於斯韞櫝而藏諸吟誦謂謳吟歌誦）琳死罪死罪

荅魏太子牋一首（魏略曰魏郡大疫故太子與質書質報之）

吴季重（魏志吴質字季重濟陰人以文才爲文帝所善爲朝歌長官至振威將軍）

（文帝爲太子時重荅此牋也）

二月八日庚寅臣質言奉讀手命追亡慮存恩哀之隆形於文墨日月冉冉歲不我與（楚辭曰老冉冉而逾施論語陽貨曰歲不我與）

昔侍左右，厠坐衆賢，出有微行之遊，入有管絃之懽，漢書曰：武帝微行私出。張晏曰：騎出入市里，若微賤之所爲，故曰微行。置酒樂飲，賦詩稱壽，漢書曰：陳平厚具樂飲太尉。史記曰：武安君起爲壽。如淳曰：上酒謂稱壽也。自謂可終始相保，並騁材力，效節明主。何意數年之間，死喪略盡，臣獨何德，以堪久長。陳、徐、劉、應，才學所著，誠如來命，惜其不遂，可爲痛切。凡此數子，於雍容侍從，實其人也。兩都賦序曰：雍容揄揚。漢書曰：嚴助侍燕從容。若乃邊境有虞，群下鼎沸，軍書輻至，羽檄交馳，於彼諸賢，非其任也。漢書田延年曰：群下鼎沸，社稷將傾。又息夫躬上疏曰：軍書交馳而輻湊，羽檄重積而狎至。往者孝武之世，文章爲盛，若東方朔、枚皋之徒，不能持論，根即阮、陳之儔也。漢書：東方朔、枚皋不根持論，上

根注

頗俳優其唯嚴助壽王與聞政事然皆不慎其身善謀畜之於國卒以敗亡臣竊恥之漢書曰唯嚴助與吾丘壽王見任用後淮南王朝賂遺助竟坐棄市壽王後坐事誅論語曰冉子退朝子曰何晏也對曰有政子曰其事也如有政雖不吾以吾其與聞之至於司馬長卿稱疾避事以著書爲務則徐生庶幾焉漢書司馬相如常稱疾避事又長卿妻曰長卿時時著書人又取去魏文書曰偉長著中論二十餘篇爾雅曰尚庶幾也而今各逝已爲異物矣鵩鳥賦曰化爲異物又何足患後來君子實可畏也魏文書曰後生可畏來者難誣伏惟所天左氏傳箴尹克黃曰君天也何休墨守曰君者臣之天也優游典籍之場休息篇章之囿班固荅賔戲曰婆娑乎藝術之場休息乎篇籍之囿項岱曰場囿講藝之處發言抗論窮理盡微周易窮理盡性孔安國尚書傳曰微妙也摛藻下筆鸞龍之文奮矣鸞龍鱗羽之有五彩故以喻焉荅賔戲曰摛藻如春華班固與弟超書曰傅武仲下筆不休雖年

耆異当作字

齊蕭王才實百之魏文書曰吾德不及蕭王年㕠之齊矣東觀漢記曰更始遣使者立光武爲蕭王漢書劉向上䟽曰陳湯比於貳師功德百之此衆議所以歸高遠近所以同聲周易曰同聲相應然年歲若墜今質已四十二矣白髮生鬢所慮日深實不復若平日之時也但欲保身勑行不蹈有過之地以爲知己之累耳莊子曰可以保身孔安國尚書傳曰勑正也慎子曰久處無過之地則世俗聽矣遊宴之歡難可再遇盛年一過實不可追臣幸得下愚之才值風雲之會論語子曰唯上智與下愚不移周易曰雲從龍風從虎時邁齒載徒結切尚書曰日月逾邁左氏傳宰孔謂齊侯曰伯舅耋老杜預曰七十日耋也猶欲觸胸奮首展其割裂之用也不勝慺慺尚書曰慺慺謹敬也以來命備悉故略陳至情質死罪死罪

在元城與魏太子牋一首

吴季重 魏略曰質遷元城令之官過鄴辭太子到縣與太子牋

臣質言前蒙延納侍宴終日 鄭玄禮記注曰延進也 燿靈匿景繼以華燈 楚辭曰角宿未旦燿靈匿藏廣雅曰燿靈日也楚辭曰蘭膏明燭華燈錯 雖虞卿適趙平原入秦受贈千金浮觴旬日無以過也 史記曰虞卿者遊說之士也説趙孝成王一見賜金百鎰再見爲上卿故號爲虞卿又曰秦昭王爲書遺平原君曰寡人聞君之高義願與君爲布衣之交君幸過寡人願與爲十日之飲平原君遂入秦見昭王 小器易盈先取沈頓醒寤之後不識所言 孔安國尚書傳曰沈謂醉冥也頓猶弊也 即以五日到官初至承前未知深淺 言每事承前無所改易也深淺猶善惡也 然觀地形察土宜 左氏傳賓媚人曰先王疆理天下物土之宜 西帶常山連岡平

代。漢書有恒山郡張晏曰恒山在西漢書代郡有平邑及代二縣北鄰。栢人。乃高帝之。所忌也。漢書上東擊韓信餘寇東垣還過趙趙相貫高等恥上不禮其王陰謀欲殺上上欲宿心動問縣名何曰栢人上曰栢人者迫於人也去弗宿重以泜水。漸漬疆宇。漢書恒山郡元氏縣有泜水首受中丘西山窮泉谷入黄河泜音脂喟然。嘆息。思淮陰之奇謫。亮成安之失策。漢書成安君陳餘背漢之趙遣張耳與韓信擊破趙井陘斬陳餘泜水上奇謫謂拔趙幟立漢幟失策謂不用李左車之言也南望。邯鄲。想廉藺之風。廉頗藺相如趙國之賢將也故想其風邯鄲趙所都也東接。鉅鹿。存李齊之流。漢書文帝問馮唐曰吾居代時吾尚食監高袪數爲我言趙將李齊之賢戰於鉅鹿下吾每飲食意未嘗不在鉅鹿也都人。士女。服習。禮教。西都賦曰都人士女殊異乎五方皆懷。慷慨之節。包左車之計。漢書廣武君李左車說成安君曰聞漢將韓信議欲以下趙願假臣奇兵三万人絕其輜重足下深溝高

依注引漢書比例之當
从此

壘堅壁勿與戰吾奇兵絶其後兩將之首可致麾下成安君不聽也而質闇弱無以莅之毛萇詩傳曰莅臨也若乃邁德種恩樹之風聲尚書咎繇邁種德風聲已見上使農夫逸豫於疆畔女工吟咏於機杼固非質之所能也詩曰爾公爾侯逸豫無期漢書酈食其曰農夫釋耒紅女下機工與紅同毛詩序曰吟咏情性至於奉遵科教班揚明令爾雅曰科條也下無威福之吏邑無豪俠之傑尚書曰臣無有作福作威賦事行刑資於故實國語樊穆仲曰魯侯賦事行刑必問於遺訓而咨於故實抑亦懍懍有庶幾之心孔安國尚書傳曰懍懍危懼皃往者嚴助釋承明之權受會稽之位壽王去侍從之娛統東郡之任其後皆克復舊職追尋前軌今獨不然不亦異乎漢書曰嚴助爲中大夫上問所欲對曰願爲會稽太守數年賜書制詔會稽太守君猒承明之廬出爲郡

吏久不聞問恐上書謝願奉三年計最詔許因留侍中又曰吾上壽王善格五召待詔拜侍中後爲東郡尉復徵入爲光祿大夫侍中張敞在外自謂無奇陳咸憤積思入京城漢書曰張敞爲膠東相與朱邑書曰值敞遠守劇郡馭於繩墨匈臆約結固無奇矣又曰陳咸字子康爲南陽守咸數賂遺陳湯與書曰即蒙子公力得入帝城死不恨矣後竟入爲少府又曰陳湯字子公彼豈虛談夸論誑燿世俗哉斯實薄郡守之榮顯左右之勤也古今一揆先後不貿爾雅曰貿易也焉知來者之不如今論語曰後生可畏焉知來者之不如今聊以當覲不敢多云質死罪死罪

爲鄭沖勸晉王牋一首

阮嗣宗臧榮緒晉書曰鄭沖字文和滎陽人也位至太傅又曰魏帝封晉太祖爲晉公太原等十郡爲邑進位相國備禮九錫太祖讓不受公卿將校皆詣府勸進阮

此文諷刺至明不識当時何以竟用之也後人夢夢且以是爲臣下之罪是但觀勸進之題而不一究其文義也

費誓序曰

籍爲其辭魏帝高貴鄉公也太祖晉文帝也

沖等死罪死罪伏見嘉命顯至竊聞明公固讓沖等眷眷實有愚心以爲聖王作制百代同風褒德賞功有自來矣漢書武帝詔曰古者賞有功褒有德左氏傳叔孫曰叔出季處有自來矣昔伊尹有莘氏之媵田證切臣耳一佐成湯遂荷阿衡之號說苑鄒子說梁王曰伊尹有莘之媵臣湯立以爲三公史記曰伊尹欲干湯乃爲有莘媵臣毛詩曰實維阿衡實左右商王毛萇曰阿衡伊尹也周公藉已成之勢據既安之業光宅曲阜奄有龜蒙尚書曰光宅天下又曰魯侯伯禽宅曲阜毛詩曰奄有龜蒙遂荒大東毛萇曰龜山蒙山也呂尚磻溪之漁者一朝指麾乃封營丘尚書中候曰王即迴駕水畔至磻溪之水呂尚釣於崖史記曰西伯以呂尚爲太師武王東伐師尚父左仗黃鉞右秉白旄以誓武王以平商封尚父於齊營丘魏

書荀攸勸進曰昔周公承文武之迹受已成之業呂望暫把旄鉞一時指麾皆大啓土宇跨州兼國自是以來功薄而賞厚者不可勝數東觀漢記曹節上書曰功薄賞厚誠有踧踖也然賢哲之士猶以爲美談公羊傳曰魯人至今以為美談況自先相國以來世有明德王隱晉書宣紀曰天子策命上爲相國又景紀曰天子策上爲相國毛詩曰世有哲王尚書曰明德惟馨翼輔魏室以綏天下朝無闕政民無謗言南都賦曰朝無闕政風烈昭宣左氏傳曰晉悼公即位民無謗言所以復霸也前者明公西征靈州北臨沙漠榆中以西望風震服羌戎東馳迴首内向王隱晉書文紀曰姜維出隴右上帥輕兵到靈州大破之諸虜震服漢北地郡有靈州縣金城郡有榆中縣李陵書曰遠聽之臣望風馳命爾雅曰震懼也長楊賦曰靡節西征羌僰東馳封禪文曰昆虫闓澤回首面内劇秦美新曰回首内嚮喁喁如也東誅叛逆全軍獨尅禽闔閭之將

斬輕銳之卒以萬萬計威加南海名懾之涉切三越王隱晉書文紀曰諸葛誕反上親臨西園四面並攻須臾陷潰斬送誕首魏志曰誕閉城自守遣小子靚至吳請救吳遣唐咨王祚來應誕及斬誕唐咨王祚皆降吳兵萬衆器仗軍實山積孫子兵法曰用兵之法全軍爲上破軍次之闔閭吳王也以比孫權爾雅曰懾懼也郭璞曰即懾字也漢書有三越謂吳越及南越閩越也宇內康寧苛慝不作過秦論曰包舉宇內尚書五福三曰康寧左氏傳晉叔向曰有楚國者其弃疾乎君居陳蔡苛慝不作盜賊伏隱也是以殊俗畏威東夷獻舞范曄後漢書曰東夷自少康以後世服王化獻其樂舞故聖上覽乃昔以來禮典舊章開國光宅顯兹太原毛詩曰率由舊章周易曰大君有命開國承家明公宜承聖旨受兹介福允當天心周易曰受兹介福以中正也左氏傳楚子曰軍志云允當則歸元功盛勳光光如彼國土嘉祚巍巍如此內外協同靡愆言

令音名

靡違由斯征伐則可朝服濟江掃除吳會國語曰齊教大成定三革隱五刃朝服以濟河而無怵惕焉文事勝矣西塞江源望祀岷山漢書曰江水祀蜀塞特牲亦牛犢塞謂報神恩也禮記曰東巡狩望祀山川漢書曰秦并天下令祠官祠瀆山瀆山蜀之岷山也迴戈弭節以麾天下長楊賦曰迴戈聊指南越相夷靡節西征羌僰東馳今以靡爲弭誤也遠無不服邇無不肅國語祭公謀父曰近無不聽遠無不服今大魏之德光于唐虞明公盛勳超於桓文然後臨滄洲而謝支伯登箕山而揖許由豈不盛乎莊子曰舜讓天下於子州支伯子州支伯曰予有幽憂之病方且治之未暇治天下支或爲交呂氏春秋曰昔堯朝許由於沛澤之中請屬天下於夫子許由遂之箕山之下至公至平誰與爲鄰仲長子昌言曰人主臨之以至公莊子魯侯曰其道幽遠而無人吾誰與之爲鄰何必勤勤小讓也哉沖等不通大體敢

隨 别本下盡[redacted]同隋文帝前凡隨國未有作隋字也

朓下當悉改

以陳聞

拜中軍記室辭隋王牋一首（隨）

謝玄暉 蕭子顯齊書曰謝朓爲隋王子隆府文學世祖勑朓可還都遷新安王中軍記室牋辭子隆世祖武皇帝

故吏文學謝朓死罪死罪即日被尚書召以朓補中軍新安王記室參軍朓聞潢汙之水願朝宗而每竭左氏傳曰潢汙行潦之水尚書曰江漢朝宗于海駑蹇之乘希沃若而中疲班固王命論曰駑蹇之乘不騁千里之塗王逸楚辭注曰蹇跛也法言曰希驥之馬亦驥之乘也李軌曰希望也詩曰我馬維駱六轡沃若沃若調柔也何則皋壤搖落對之惆悵莊子仲尼謂顏回曰山林與皋壤與使我欣欣而樂樂未畢也哀又繼之楚辭曰草木搖落而變衰又曰惆悵兮私自憐岐路西東

或以歍唈烏合切淮南子曰楊子見歧路而哭之爲其可以南可以北又曰雍門周見於孟嘗孟嘗君爲之嗚唈流涕歍與嗚同況廼服義徒擁歸志莫從言客服義之情也楚辭曰身服義而未沬鄭玄儀禮注曰擁抱也孟子曰予浩然有歸志曹植應詔詩曰朝覲莫從邈若墜雨翩似秋蔕潘岳楊氏七哀詩曰漼如葉落樹邈然雨絕天論衡曰雲散水墜成爲雨矣郭璞遊仙詩曰在世無千月命如秋葉蔕眺實庸流行能無算鄭玄論語注曰算數也屬天地休明山川受納天地喻帝山川喻王左氏傳王孫滿曰德之休明又伯宗曰川澤納汙山藪藏疾褒采一介抽揚小善尚書秦穆公曰如有一介臣周書陰符太公曰好用小善不得眞賢也蔡邕玄表賦曰庶小善之有益故捨耒場圃奉筆兔園詩曰九月築場圃西京雜記曰梁孝王好宮室苑圃之樂築兔園也東亂三江西浮七澤言常從子隆也蕭子顯齊書曰隋王子隆爲東中郎將會稽太守後遷西將軍荆州刺史三江越境也七澤楚境也孔安國尚書傳曰正絕流曰亂

原文魚作崖鳥作島

尚書曰三江既入震澤厎定楚辭曰過夏首而西浮子虛賦曰臣聞楚有七澤**弅闊戎旃從容讌語**言毛詩曰死生弅闊周禮九旗通帛曰旃劉向七言曰讌處從容觀詩書毛詩曰燕笑語兮是以有譽處兮**長裾日曳後乘載脂**鄒陽上書曰何王之門不可曳長裾乎魏文帝與吳質書曰文學託乘於後車毛詩曰載脂載舝還車言邁**榮立府庭恩加顏色**曹植鼙歌行曰長者賜顏色**沐髮晞陽未測涯涘**楚辭曰朝濯髮於湯谷兮夕晞余身乎九陽**撫臆論報早誓肌骨**演連珠曰撫臆論心陳思王責躬表曰抱釁歸藩刻肌刻骨**不悟滄溟未運波臣自蕩**莊子曰鯤化而爲鳥其名曰鵬海運則將徙於南溟司馬彪曰轉運也又曰莊周謂監河侯曰周顧視車轍中有鮒魚焉曰我東海之波臣也君豈有升斗之水而活我哉**渤澥方春旅翮先謝**滄溟渤澥皆以喻王波臣旅翮皆自喻也解嘲曰若江湖之魚渤澥之鳥**清切藩房寂寥舊蓽**藩房王府舊蓽眺舍也劉楨贈徐幹詩曰拘限清切禁中情無由宣

輕舟送朓之舟也
原本浮作御

左氏傳曰華門圭竇之人皆陵其上**輕舟反溯弔影獨留**言舟反而已留也洛神賦曰浮輕舟而上溯曹子建責躬表曰形影相弔五情愧赧**白雲在天龍門不見**穆天子傳西王母爲天子謠曰白雲在天山陵自出道路悠遠山川間之將子無死尚能復來楚辭曰過夏首而西浮顧龍門而不見王逸曰龍門楚東門也**去德滋永思德滋深**莊子徐無鬼謂女商曰子不聞夫越之流人乎去國數日見其所知而喜去國旬月見所嘗見於國中而喜及朞年也見似人者而喜矣不亦去人滋久思人滋深乎**唯待青江可望候歸艎於春渚**與王入朝而已候於江渚也杜預左氏傳注曰艅艎舟名也**朱邸方開效蓬心於秋實**史記曰諸侯朝天子於天子之所立舍曰邸諸侯朱戶故曰朱邸莊子謂惠子曰夫子拙於用大則夫子猶蓬之心也夫韓詩外傳簡王曰夫春樹桃李秋得食其實也**如其簪屨或存衽席無改**韓詩外傳曰少原之野婦人刈蓍薪而失簪哭甚哀賈子曰楚昭王亡其踦屨已行二十步復還取之左右曰何惜此王曰

吾悲與之俱出不俱反自是楚國無相弃者韓子曰文公至河命席蓐捐之咎犯聞之曰席蓐所卧也而君弃之臣不勝其哀鄭玄周禮注曰衽席乃單席也**雖復身填溝壑猶望妻子知歸**列女傳梁高行曰妾夫不幸早死先狗馬填溝壑東觀漢記張湛謂朱暉曰願以妻子託朱生**攬涕告辭悲來橫集**楚辭曰思美人兮攬涕而竚眙又曰涕橫集而成行漢書中山靖王曰不知涕泣之橫集**不任犬馬之誠**史記丞相青翟曰臣不勝犬馬心

到大司馬記室牋一首

任彥昇 劉璠梁典曰宣德太后以公爲大司馬錄尚書事以任昉爲記室用舊也

記室參軍事任昉死罪死罪伏承以今月令辰肅膺典策劉歆古泉賦曰擇吉日之令辰**德顯功高光副四海**東觀漢記明帝冊曰剖符封侯或以德顯朱浮與彭寵書曰伯通自伐以爲功高天下**含生之倫庇身有地**曹植對酒

行曰含生蒙澤草木茂延左氏傳子反曰信以守禮禮以庇身況昉受教君子將二十年魏文帝令曰況吾託士人之末列曾受教君子哉咳苦改切唾爲恩眄睞成飾莊子孔子謂漁父曰丘幸聞咳唾之音古詩曰眄睞以適意小人懷惠顧知死所論語子曰小人懷惠左氏傳其友謂狼瞫曰盍死瞫曰吾未獲死所昔承嘉宴屬有緒言提挈苦結切之旨形乎善謔豈謂多幸斯言不渝梁史曰始高祖遇昉於竟陵王西邸從容謂昉曰我登三府當以卿爲記室昉亦戲高祖曰我若登三事當以卿爲騎兵高祖善騎射也至是故引昉符昔言也莊子孔子謂漁父曰曩者先生有緒言而去漢書厮養卒曰兩人左提右挈滅燕易矣詩曰善戲謔兮漢書衛青曰臣幸得待罪行間左氏傳羊舌職曰民之多幸國之不幸詩曰寔命不渝毛萇曰渝變也雖情謬先覺而迹淪驕餌知梁武之必貴爲謬先覺也猶仕齊邦是淪驕餌也論語子曰抑亦先覺者是賢乎漢書桓生欲借書班嗣報曰不絓聖人之網不齅驕君之餌也湯

沐具而非弔大廈構而相賀淮南子曰湯沐具而蟣蝨相弔大廈成而燕雀相賀憂樂別也明公道冠二儀勳超遂古易曰易有太極是生兩儀楚辭曰遂古之初誰傳道將使伊周奉轡桓文扶轂上林賦曰孫叔奉轡羽獵賦曰齊桓曾不足使扶轂也神功無紀作物何稱言聖德幽玄同夫二者既無功而可紀亦何名而可稱莊子曰神人無功聖人無名司馬彪曰神人無功言脩自然不立功也聖人無名不立名也莊子曰造物者爲人司馬彪曰造物謂道也府朝初建俊賢翹首阮籍奏記曰羣英翹首俊賢抗足惟此魚目唐突璵璠魚目似珠璵璠魯王也雒書曰秦失金鏡魚目入珠韓詩外傳曰白骨類象魚目似珠左氏傳曰季平子卒陽虎將以璵璠斂孔融汝潁優劣論陳羣曰潁有蕪菁唐突人參也顧己循涯寔知塵忝千載一逢再造難荅東觀漢記太史官曰耿況千載而一遇者也易曰天造草昧言王者之恩同於上帝故云再造也雖則殞越且知非報左氏傳齊侯曰小白恐隕越于下毛

詩曰匪報也永以爲好也不勝荷戴屏營之情國語申胥曰昔楚靈王獨行屏營謹

詣廳奉白牋謝聞昉死罪死罪

百辟勸進今上牋一首

任彦昇何之元梁典曰高祖武皇帝諱衍字叔達姓蕭氏本蘭陵郡縣中都里人也劉璠梁典曰帝詔授公梁公加公九錫公辭於是左長史王瑩等勸進公猶謙讓未之許瑩等又牋並任昉之辭也帝謂竟融也史記曰司馬遷自序作今上本紀然遷以漢武見在故云今上也

近以朝命蘊策冒奏丹誠方言曰蘊崇也謂尊崇而加策命也蘊與韞同奉被還命未蒙虛受易曰君子以虛受人搢紳顒顒深所未達司馬相如封禪書曰因雜搢紳先生之略術李奇曰搢插笏於紳紳大帶薛君韓詩章句曰萬人顒顒仰天告愬論語子曰上未

贈梁之南史

達也蓋聞受金於府通人之弘致呂氏春秋曰魯國之法魯人爲人臣妾於諸侯
有能贖之者取其金於府子貢贖魯人於諸侯來而辭
不取其金孔子曰賜失之矣自今以往魯人不贖人矣
鄭玄禮記注曰致之言至也高蹈海隅匹夫之小節莊子曰舜以天下讓其友石戶
之農石戶之農以舜之德爲未至於是夫負妻戴攜子以入
于海終身不反魏書荀攸勸進曰信匹夫細行攸等所
大懼是以履乘石而周公不以爲疑尸子曰昔者武王崩成王少周公旦踐東
宮履乘石假爲天子七年周禮曰王行先
乘石鄭司農曰乘石王所登上輦之石也增玉璜而太
公不以爲讓尚書中候曰王蹕田雞水畔至磻溪之水呂尚釣於崖
王下拜曰切望公七年乃今見光景于斯
尚立變名荅曰望釣得玉璜刻曰姬受命呂佐旌
德合昌來提撰尔雒鈐報在齊宋均曰旌理也況世
哲繼軌先德在民毛詩曰世有哲王晉中興書曰王綏八世德名繼軌左氏傳晉士鞅謂秦
伯曰欒武子之德在
人如周人思召公焉經綸草昧嘆深微管易曰雲雷屯君子以經綸

又曰天造草昧論語子曰管仲相桓公霸諸侯一匡天下民到于今受其賜微管仲吾其被髮左衽矣**加以朱方之役荊河是依**劉璠梁典曰蕭順之生高帝及兄懿懿爲豫州刺史鎮歷陽譲軍將軍崔慧景反破左興衆十萬於鍾山宮城拒守豫州聞難投袂而起戰於越城破慧景走追斬之除侍中遷尚書令左氏傳曰冬吳伐楚以報朱方之役杜預曰朱方吳邑也尚書禹貢曰荊河惟豫州**班師振旅大造王室**尚書曰班師振旅孔安國曰班還也兵入曰振旅言整衆也左氏傳呂相曰我有大造于西**雖累繭救宋重胝存楚**說文曰繭黑皺也古典切戰國策曰公輸般爲楚設機械將以攻宋墨子聞之百舍重繭往見公輸般輸般服焉請見之王王曰善哉請無攻宋高誘曰公輸般魯班之子百舍百里一舍也重繭累胝也淮南子曰申包胥累繭重胝七日七夜至于秦庭以見秦王曰使下臣告急秦王乃發軍擊吳果大破之以存楚國胝竹尼切**居今觀古曾何足云而惑甚盜鍾功疑不賞**呂氏春秋曰范氏亡有得其鍾者欲負而走則大鍾不可負以椎毀之鍾怳然有音恐人聞之而奪

己遽掩其耳惡聞其過亦由此也漢書蒯通謂韓信曰臣聞勇略震主者身危功蓋天下者不賞**皇天后土不勝其酷**左氏傳晉大夫謂秦伯曰君履后土而戴皇天**是以玉馬駿奔表微子之去金版出地告龍逢之怨**劉璠梁典曰東昏荒淫歸政閹豎尚書令懿於中書省飲鴆薨論語比考讖曰殷惑女妲己玉馬走宋均曰女妲己有美色也玉馬喻賢臣奔去也論語陰嬉讖曰庚子之旦金版尅書出地庭中曰臣族虐王禽宋均曰謂殺關龍之後庚子旦庭中地有此版異也龍同姓稱族王虐殺我必見禽也**明公據鞍輟哭厲三軍之志獨居掩涕激義士之心**劉璠梁典曰高祖告難於荊州行事蕭穎冑建牙陳伐吳志曰孫策亡權悲感未視事張昭謂權曰方今天下鼎沸何得寢伏哀戚乃扶上馬陳兵而出范曄後漢書曰馬援據鞍顧盼三國名臣頌曰輟哭止哀東觀漢記曰光武兄齊武王以譖遇害上獨居不御酒肉坐卧枕席有涕泣處晉中興書劉肖謂邵續曰莫若亢大順以激義士之心奉忠正以厲軍民之志**故能使海若登祇**

鏧圖效祉楚辭曰使湘靈鼓瑟兮令海若舞馮夷王逸曰海若海神名也管子曰登山之神有俞兒者長尺人物具焉霸王之君興登山之神見且走馬前走導也爾雅曰鏧盡也山戎孤竹東馬景從漢書郊祀志曰齊桓公曰寡人北伐山戎過孤竹東馬懸車上辟耳之山東都賦曰天官景從伐罪弔民一匡靖亂尚書曰奉辭伐罪孟子曰湯始征自葛誅其君弔其民論語子曰管仲相桓公一匡天下左氏傳宰孔謂晉侯曰君務靖亂無勤於行匪叨天功實勤濡足左氏傳介之推曰竊人之財猶謂之盜況貪天功以為己力韓詩外傳曰申徒狄非其世將自投於河崔嘉聞而止之曰聖人仁人民之父母今為濡足故不救人可乎且明公本自諸生取樂名教鍾離意別傳曰嚴遵與光武皇帝俱為諸生樂廣曰名教中自有樂地何為乃爾道風素論坐鎮雅俗王隱晉書劉琨表曰李術以素論門望不可與樵采同日也孫綽子曰或問雅俗曰浮渭分流雅鄭異調不習孫吳遺茲神武曹植上疏（陳審舉表）曰不取孫吳而闇與之會周易曰古之聰明睿智神

[湖]別本校語

武而不殺者夫驅盡誅之。堯濟必封之俗。史記周公曰後嗣王紂其民皆可誅尚書大傳曰周民可比屋而封也孔安國尚書傳曰濟成也王充論衡曰堯舜之民比屋可封桀紂之民比屋可誅也龜玉不毀誰之功歟。論語曰季氏將伐顓臾冉有季路見於孔子孔子曰虎兕出於柙龜玉毀於櫝中是誰之過歟獨爲君子將使伊周何地。謝承後漢書王暢諫劉表曰蘧伯恥獨爲君子何地謂何地自處也某等不達通變實有愚誠周易曰通其變使民不倦不任悾款悉懇重謁論語注曰悾悾誠懇也廣雅曰款誠也伏願時膺典冊式副民望左氏傳師曠謂晉侯曰夫君神之主而民之望也

奏記

詣蔣公一首

阮嗣宗　藏榮緒晉書曰太尉蔣濟聞籍有才雋而辟之籍詣都亭奏記初濟恐籍不至得記欣然

遣卒迎之而籍已去濟大怒於是鄉親共喻之籍乃就吏後謝病歸復爲尚書郎籍本有濟世志屬魏晉之際天下多故遂酣飲爲常文帝初欲爲武帝求婚於籍籍醉六十日不得言而已

籍死罪死罪伏惟明公以含一之德據上台之位尚書曰伊尹作咸有一德泰階六符經曰中階上星謂諸侯三公漢書音義曰泰階三台群英翹首俊賢抗足易通卦驗曰萬人聞鷄鳴皆翹首開府之日人人自以爲掾屬辟書始下下走爲首辟猶召也司馬遷書曰太史公牛馬走應劭漢書注曰走僕也子夏處西河之上而文侯擁篲史記曰卜商字子夏禮記曾子謂子夏曰事夫子於洙泗之間退而老於西河之上呂氏春秋白圭曰魏文侯師子夏李奇漢書注曰擁篲爲恭也如今卒持箒也鄒子居黍谷之陰而昭王陪乘劉向別録曰鄒衍在燕有谷寒不生五穀鄒子吹律而温生黍七略曰方士傳言鄒子在燕其遊諸侯畏之皆郊迎而擁篲鄭玄周禮注曰陪乘參乘也夫布衣窮居韋帶之士王公大人所以屈體而下之者爲道

存也鄒陽上書曰布衣窮居之士身在貧賤説苑唐且謂秦王曰大王常聞布衣韋帶之士怒乎呂氏春秋曰王公大人從而化之此得之於學也莊子曰若夫人者目擊而道存焉籍無鄒卜之德而有其陋猥見採擢無以稱當方將耕於東臯之陽輸黍稷之税以避當塗者之路漢書武帝制曰守文之君當塗之士欲則先王之法以翼戴其世主者甚衆也負薪疲病足力不強孟子曰孟子有疾王使人問疾孟仲子對曰昔者有王命有負薪之憂不能造朝列子曰非足力之所及也補吏之召非所克堪乞迴謬恩以光清舉

文選卷第四十　七月二日日旰　俻覽

文選卷第四十一

梁昭明太子撰

文林郎守太子右内率府録事參軍事崇賢館直學士臣李善注上

書上

李少卿荅蘇武書一首

司馬子長報任少卿書一首

楊子幼報孫會宗書一首

孔文舉論盛孝章書一首

朱叔元爲幽州牧與彭寵書一首

陳孔璋爲曹洪與魏文帝書一首

此及長門賦皆作僞之徒工巧於辭真者過於尚書序矣
任主政達言且不易僞有此書誰為設之
此殆建安以後人所爲而尤類陳孔璋以其健而微傷繁富也
劉知幾以為齊梁人作則非也

一似子卿不知此等情狀何其傎耶

荅蘇武書一首　李少卿

子卿足下　蔡邕獨斷曰陛下者群臣與至尊言不敢指斥天子故呼在陛下者而告之因卑達尊之意也及群臣庶士相與言殿下閤下足下侍者執事之屬皆此類也　勤宣令德策名清時　左氏傳僖公二十三年狐突對晉惠公曰策名委質貳乃辟也策名謂君簡書臣之名清時謂昭帝之時　榮問休暢幸甚幸甚　小雅曰非分而得謂之幸　遠託異國昔人所悲　子桓新論雍門周鼓琴見孟嘗君曰先生鼓琴亦能令悲乎對曰所能令悲者遂赴絕國無相見期若此人者但聞飛鳥之號秋風蕭條則心傷矣　望風懷想能不依依　昔者不遺遠辱還荅慰誨勤勤有踰骨肉陵雖不敏　孝經曰參不敏　能不慨然　自從初降以至今日身之窮困獨坐愁苦終日無覩但見異類　家語孔子曰舜之爲君暢於異類王肅曰異類四方夷狄也　韋韝　古豆切　毳　川芮切

以下三條接上劉知幾條寫

太平御覽四百八十九引此篇謂出李陵別傳詳別傳之體盛於漢末亦非西漢所有也（西漢人有別傳者惟東方朔）及陵皆後人所爲類聚三十六有蘇武報李陵書全是麗詞此蘇李往復決出南北朝時所僞託取漢書蘇武傳讀之便知此書之僞較然明白

說文匠夜作帳耳

方言夜即言晨

文言亦淩亂

幙以御風雨羶肉酪漿以充飢渴說文曰韝臂衣也漢書董君綠幘傅韝注曰韝形如射韝以縛左右手以於事便也毛毳幙氈帳也烏孫公主歌曰肉爲食酪爲漿舉目言笑誰與爲歡胡地玄冰邊土慘裂說文曰慘毒也廣雅曰裂分也但聞悲風蕭條之聲涼秋九月塞外草衰夜不能寐側耳遠聽胡笳互動牧馬悲鳴杜摯笳賦序曰笳者李伯陽入西戎所作也傅玄笳賦序曰吹葉爲聲說文作葭毛詩曰駉駉牧馬吟嘯成羣邊聲四起晨坐聽之不覺淚下嗟乎子卿陵獨何心能不悲哉與子別後益復無聊賈逵國語注曰聊賴也上念老母臨年被戮妻子無辜並爲鯨鯢左氏傳楚子曰古者明王伐不敬取其鯨鯢而封之以爲大戮杜預曰鯨鯢大魚名以喻不義之人吞食小國身負國恩爲世所悲背恩不報爲負恩也鄭玄禮記注曰負背也子歸受榮我

留受辱命也如何身出禮義之鄉而入無知之俗違棄君親之恩長爲蠻夷之域傷已令先君之嗣先君謂其父當戶也即廣之子更成戎狄之族又自悲矣功大罪小不蒙明察孤負陵心區區之意每一念至忽然忘生陵不難刺七亦切心以自明刎亡粉切頸以見志顧國家於我已矣王逸注離騷曰已矣絕望之辭也殺身無益適足增羞故每攘臂忍辱輒復苟活孟子曰馮婦善搏虎攘臂下車衆皆悅之左右之人見陵如此以爲不入耳之歡來相勸勉異方之樂秖音支令人悲增忉怛耳爾雅曰忉憂也方言曰怛痛也嗟乎子卿人之相知貴相知心前書倉卒七忽未盡所懷故復略而言之昔先帝授陵步卒五千先帝謂武

以人傳書卿不知此等
借此作其僞耶
文似子卿不悉此等行
事出此段印證司馬
子長報任安書中一段
此出必卿豈能見子
長之耶

帝也出征絕域五將失道陵獨遇戰漢書武紀曰天漢二年將軍李廣利出酒泉公孫敖出西河騎都尉李陵將步卒五千出居延時無五將未審陵書之誤而武紀略之集表云臣以天漢二年到塞外尋被詔書責臣不進臣輒引師前到浚稽山五將失道詳此亦不云其名而裹萬里之糧帥徒步之師出天漢之外入強胡之域漢書蕭何曰語曰天漢其稱甚美臣瓚按流俗語曰天漢其言常以漢配天此美名也以五千之衆對十萬之軍策疲乏之兵當新羈之馬說文曰覊馬絡頭也然猶斬將搴居展切旗追奔逐北史記曰斬將搴旗之士臣瓚按拔取曰搴商君書曰戰勝逐北服虔漢書注曰師敗曰北滅跡掃塵斬其梟帥張晏漢書注曰驍勇也若六博之梟使三軍之士視死如歸呂氏春秋管仲謂齊侯曰平原廣域車不結軌士不旋踵鼓之使三軍之士視死如歸臣不如王子成父陵也不才希當大任不肖不足以當大任呂氏春秋滀于髡曰臣意

謂此時功難堪矣［說文作戡戡勝也此堪是地名今傳俗用］匈奴既敗舉國興師［劉兆穀梁注曰舉盡也］更練精兵強踰十萬單于臨陣親自合圍客主之形既不相如［而去切］步馬之勢又甚懸絕疲兵再戰一以當千然猶扶乘創［初良切］痛決命爭首［漢書曰陵與單于連戰士卒矢傷三創者載輦兩創者將車一創者持兵］死傷積野餘不滿百而皆扶病不任干戈然陵振臂一呼創病皆起舉刃指虜胡馬奔走兵盡矢窮人無尺鐵猶復徒首奮呼［火故切徒空也言空首奮擊無復甲胄］爭爲先登當此時也天地爲陵震怒戰士爲陵飲血［血即淚也燕丹子曰太子唏嘘飲淚］單于謂陵不可復得便欲引還而賊臣教之遂便復戰［賊臣謂管敢也李陵傳云軍候管敢爲軍旅候被校］

前書亦偽也

尉笴之五十乃士入匈奴于時匈奴與陵戰至塞恐漢有伏兵欲引還敢曰漢無伏兵匈奴因大進新兵陵戰蘭于山漢軍敗弓矢並盡陵於是遂降故陵不免耳昔高皇帝以三十萬衆困於平城當此之時猛將如雲謀臣如雨然猶七日不食僅乃得免史記曰高祖自將擊韓王信遂至平城爲匈奴所圍七日不得食用陳平祕計始得免毛詩曰齊子歸止其從如雲又曰其從如雨何休公羊注曰僅纔也力哉而執事者云云謂漢朝執事之人也苟怨陵以不死然陵不死罪也子卿視陵豈偷生之士而惜死之人哉寧有背君親捐妻子而反爲利者乎然陵不死有所爲也故欲如前書之言報恩於國主耳李陵前與蘇子卿書云陵前爲子卿死之計所以然者與其駈醜虜飆然南馳故且屈以求伸若將不死功成事立則將上報厚恩下纘祖考之明也誠以

虛死不如立節滅名不如報德也琴操曰重耳將自殺子曰申生虛死子復隨之昔范蠡不殉會稽之恥曹沫士貝切不死三敗之辱卒子律切復勾踐之讎報魯國之羞史記曰吳王發精卒擊越敗之越王乃以餘兵五千人保棲於會稽勾踐令大夫種行成於吳吳王赦越勾踐自會稽七年撫循其士民吳王北會諸侯於黃池范蠡曰可矣乃發兵伐吳吳師敗乃請成於越後四年越復伐吳吳師敗吳王遂自殺又曰曹沫者魯人以勇力事魯莊公爲魯將與齊戰三戰三北莊公懼乃獻遂邑之地以和猶復以爲將齊桓公許與魯會于柯桓公與莊公既盟于壇上曹沫執匕首劫齊桓公桓公問曰子將何欲曹沫曰齊強魯弱而大國侵魯亦已甚矣今魯城壞壓境君其圖之桓公乃許盡還魯之侵地區區之心切慕此耳何圖志未立而怨已成計未從而骨肉受刑漢書曰公孫敖捕得生口言陵教單于爲兵以備漢於是陵家母弟妻子皆伏誅此陵所以仰天椎直追切心而泣

此段文勢實淋漓泛肆

范書二十八□傳論注引縶作執

血也足下又云漢與功臣不薄子爲漢臣安得不云爾乎昔蕭樊囚縶韓彭葅醢史記曰相國蕭何爲民請曰長安地狹上林中多空弃地願令民得入田收藁爲獸食上大怒曰相國多受賈人財物乃請吾苑遂下廷尉械繫之又曰高祖病有人惡樊噲黨呂氏即日上一日宮車晏駕則噲欲以兵盡誅戚氏趙王如意之屬高祖大怒乃使陳平載絳侯代將而即軍中斬噲陳平畏呂氏執噲詣長安又曰陳豨反韓信在長安欲應之事覺呂后使武士縛信斬於長安鍾室又曰彭越反高祖赦之遷處蜀道著青衣行至鄭逢呂后從長安來越泣曰願處故昌邑后許諾既至白上曰彭越壯士也今徙蜀自遺患不如誅之令其舍人告越反遂夷三族黥布傳薛公曰前年醢彭越往年殺韓信說文曰葅肉醬也鼂錯受戮周魏見辜鼂錯已見西征賦漢書曰周勃爲丞相十餘月上乃免丞相就國歲餘每河東尉守行縣至絳絳侯勃自畏恐誅常被甲令家人持兵以自衛其後人有上書告勃欲反下廷尉捕治之又曰竇嬰景帝時吳楚反拜嬰爲大將軍七國破封嬰爲魏其侯坐灌夫罵丞相

劉志祖云李善謂范蠡曹沫也容齋續筆曰二子謂上文賈誼亞夫也遐舉猶言枉殁

田蚡不敬遂論嬰弃市其餘佐命立功之士賈誼亞夫之徒皆信命世之才抱將相之具而受小人之讒並受禍敗之辱卒使懷才受謗能不得展彼二子之遐舉誰不爲之痛心哉左氏傳曰太上有立德其次有立功賈誼已見鵩鳥賦漢書曰周亞夫諫上不用因謝病免相亞夫子爲父買官尚方甲楯五百被召詣廷尉責問曰君侯欲反乎亞夫曰所買乃葬器也何謂反乎吏侵之益怒遂入廷尉不食五日歐血而死孟子曰十年一聖五百年一賢賢聖未出其中有命出者二子謂范蠡曹沫也言諸侯才能者被囚戮不如二子之能雪恥報功也陵先將軍功略蓋天地義勇冠三軍徒失貴臣之意刭身絶域之表此功臣義士所以負戟而長歎者也何謂不薄哉先將軍謂李廣也貴臣謂衛青也漢書曰元狩四年大將軍衛青擊匈奴廣爲前將軍出塞捕虜知單于所居處乃自部精兵而令廣出東道東道迴遠廣辭曰臣

結髮而與匈奴戰願居前大將軍不聽廣意色愠怒引兵出東道惑失道後大將軍大將軍因問失道狀欲上書報天子廣未對大將軍長史急責廣曆謂其麾下曰結髮與匈奴大小七十餘戰今幸從大將軍出接單于兵而大將軍令廣部行迴遠又迷失道豈非天哉且廣年六十餘終不復對刀筆之吏遂引刀自剄音義鄭德曰以刀割頸爲剄姑鼎切 且足下昔以單車之使適萬乘之虜遭時不遇至於伏劍不顧流離辛苦幾巨依切死朔北之野 漢書曰漢遣蘇武以中郎將持節送匈奴使留在漢者匈奴方欲使送武會匈奴緱王長水虞常反匈奴中常以告武副使張勝勝許以貨物與常一人夜亡告之緱王等死虞常生得匈奴使衛律治其事張勝以告武武曰事如此必及我衛律召武受辭武謂惠等屈節辱身雖生何面目以歸漢引佩刀以自刺衛律驚自抱持武武氣絶半日復息乃徙武北海上無人處 丁年奉使皓首而歸 丁年謂丁壯之年也漢書曰武留匈奴凡十九歲始以強壯出及還鬚髮並白 老母終堂生妻去帷 漢書陵謂武曰陵來時太

此上官桀之言李少卿安得聞之

觀陵刺報李終必不肯爲此言

夫人已不幸陵送至陽陵子卿婦年少聞以更嫁此天下所希聞古今所未有也蠻貊之人尚猶嘉子之節況爲天下之主乎陵謂足下當享茅土之薦受千乘之賞尚書緯曰天子社東方青南方赤西方白北方黒上冒以黃土將封諸侯各取方土苴以白茅以爲社論語曰道千乘之國漢書曰兵車千乘諸侯之大者聞子之歸賜不過二百萬位不過典屬國漢書元始六年武至京師拜爲典屬國秩中二千石賜錢二百萬無尺土之封加子之勤而妨功害能之臣盡爲萬戶侯親戚貪佞之類悉爲廊廟宰子尚如此陵復何望哉且漢厚誅陵以不死薄賞子以守節欲使遠聽之臣望風馳命此實難矣所以每顧而不悔者也陵雖孤恩漢亦負德言陵無功以報漢爲孤恩漢戮陵母爲負德論語曰德不

雖忠不烈語亦難解蓋即怯夫慕義何處不勉之意
雖忠不烈視死如歸分字一面言其人之志雖非甚烈亦有視死如歸所謂怯夫慕義是也前評大義之意是也解析未允

孤必有鄰

昔人有言雖忠不烈視死如歸陵誠能安言陵忠誠能安於死事而主豈復能眷眷乎男兒生以不成名死則葬蠻夷中誰復能屈身稽顙還向北闕使刀筆之吏弄其文墨邪史記張釋之曰秦任刀筆之吏又功臣曰蕭何徒持文墨顯居臣上願足下勿復望陵嗟乎子卿夫復何言相去萬里人絕路殊生爲別世之人死爲異域之鬼長與足下生死辭矣幸謝故人故人謂任立政大將軍霍光上官桀等勉事聖君足下胤子無恙漢書曰武在匈奴時胡婦生子名通國楚辭曰賴皇天之厚德兮還及君之無恙勿以爲念努力自愛老子曰聖人自愛時因北風復惠德音李陵頓首

○報任少卿書一首

東京賦薛注云走公子自稱走使之人如今言僕爲矣善引此書太史公牛馬走於其下是善釋此文與綜同此又云其父之僕非

謙言不敢居太史公之職不過太史公之牛馬走耳

太史公遷之官也牛馬走猶自稱其僕也當連下爲文而注誤絕之不知子長與人書無故尊其父何爲者耶

或曰牛當作先引淮南有先馬走之文然不可施于此

楊雄劇秦美新注引勤勤作勤勤

司馬子長漢書曰遷既被刑之後爲中書令尊寵任職故人益州刺史任安而與書責以進賢之義遷報之遷死後其書稍出史記曰任安滎陽人爲衛將軍後爲益州刺史

太史公牛馬走太史公遷父談也走猶僕也言已爲太史公掌牛馬之僕自謙之辭也司馬遷再拜言少卿足下如淳曰少卿任安字也曩者辱賜書教以順於接物推賢進士爲務禮記曰儒有推賢而進意氣勤勤懇懇勤勤懇懇忠款之皃也若望僕不相師而用流俗人之言僕非敢如此也蘇林曰而猶如也禮記曰不從流俗鄭玄曰流俗失俗也僕雖罷駑亦嘗側聞長者之遺風矣側聞謙辭也列子曰吾側聞之禮記曰與長者坐必異席顧自以爲身殘處穢動而見尤言舉動必爲人之所尤過也欲益反損是以

獨鬱悒而與誰語鬱悒不通也楚辭曰獨鬱結其誰語諺曰誰爲爲之孰令聽之誰爲猶爲誰也言已假欲爲善當爲誰爲之乎復欲誰聽之乎蓋鍾子期死伯牙終身不復鼓琴呂氏春秋曰伯牙鼓琴意在太山鍾子期曰善哉巍巍若太山俄而志在流水子期曰善哉湯湯乎若流水子期死伯牙破琴絶絃終身不復鼓琴以爲世無賞音者何則士爲知己者用女爲說己者容戰國策曰晉陽之孫豫讓事知伯知伯寵之及趙襄子殺知伯豫讓逃山中曰嗟乎士爲知己者用女爲悅己者容吾其報智氏矣若僕大質已虧缺矣雖才懷隨和行若由夷隋隋侯珠也和和氏璧也由許由也夷伯夷也終不可以爲榮適足以見笑而自點耳點辱也書辭宜荅往前與我書書宜應荅但有事故不獲荅會東從上來又迫賤事服虔曰從武帝還孟康曰卑賤之事若煩務也如淳曰遷爲中書令任職常知中書時偶有賊盜之事晉灼曰賤事家之私事也相見

依漢書添

日淺卒卒無須臾之間文穎曰卒卒促遽之意也間隙也得竭至意今少卿抱不測之罪涉旬月迫季冬如淳曰平居時不肯報其書今安有不測之罪在獄故報往日書欲使其恕以度己也僕又薄從上雍恐卒然不可爲諱李奇曰薄迫也迫當從行善曰難言其死故云不可諱是僕終已不得舒憤懣以曉左右廣雅曰懣悶也楚辭曰惟煩悶以盈胷則長逝者魂魄私恨無窮謂任安恨不見報也請略陳固陋闕然久不報幸勿爲過僕聞之脩身者智之符也符信也愛施者仁之端也取與者義之表也恥辱者勇之決也勇士當於此而果決之立名者行之極也凡人能立志者行中之最極也士有此五者然後可以託於世而列於君子之林矣故禍莫憯於欲利悲莫痛於傷心所可憯者

惟欲之與利爲禍之極也所可痛者唯傷心之事而可爲悲也行莫醜於辱先詬莫大於宮刑醜穢也先謂祖也詬音垢應劭曰詬恥也說文詬或作詢火逅切禮記儒行曰妄常以儒相詬病左氏傳宋元公曰余不忍其詬尋此二書其訓頗同刑餘之人無所比數非一世也所從來遠矣昔衛靈公與雍渠同載孔子適陳家語曰孔子居衛月餘靈公與夫人同車出令宦者雍渠參乘使孔子爲次乘遊過市孔子曰吾未見好德如好色於是恥之去衛過曹此言孔子適陳未詳商鞅因景監見趙良寒心史記商君謂趙良曰我化秦孰與五羖大夫賢趙良曰五羖大夫荊之鄙人也繆公知其賢舉之牛口之下加之百姓之上今君之見秦王也因嬖人景監以爲主非所以爲名也又趙高謂李斯曰釋此不從禍及子孫足爲寒心也同子參乘袁絲變色蘇林曰趙談也與遷父同諱故曰同子漢書曰上朝東宮趙談參乘袁絲伏車前曰臣聞天子所與共六尺輿者皆天下豪英今漢雖乏人陛下獨奈何與刀鋸餘同載於是上笑下趙

談自古而恥之夫以中才之人事有關於宦豎莫不傷氣而況於慷慨之士乎如今朝廷雖乏人奈何令刀鋸之餘薦天下豪儁哉史記履貂曰臣刀鋸之餘不敢二心僕賴先人緒業廣雅曰緒末也司馬彪莊子注曰緒餘也得待罪輦轂下二十餘年矣所以自惟上之不能納忠効信有奇策才力之譽自結明主次之又不能拾遺補闕招賢進能顯巖穴之士外之又不能備行伍攻城野戰有斬將搴旗之功下之不能積日累勞取尊官厚祿以爲宗族交遊光寵四者無一遂苟合取容無所短長之効可見如此矣上之四事無一遂假欲苟合取容亦無其所也史記蔡澤曰吳起言不苟合行不苟容鄉者僕常廁下大夫之列

陪外廷末議。臣瓚曰太史令千石故下大夫也外廷郎令僕射外朝也不以此時引維綱盡思慮。今以虧形爲掃除之隷。在闒茸之中。闒茸猥賤也茸細毛也張揖訓詁以爲闒猤劣也呂忱字林曰闒茸不肖也乃欲仰首伸眉論列是非。不亦輕朝廷羞當世之士邪。嗟乎。嗟乎。如僕。尚何言哉。尚何言哉。且事本末未易明也。僕少負不羈之行長無鄉曲之譽。不羈言材質高遠不可羈繫也燕丹子夏扶曰士無鄉曲之譽未可以論行也主上幸以先人之故。使得奏薄伎服虔曰薄伎薄才也出入周衛之中。周衛言宿衛周密也韋昭曰天子有宿衛之官僕以爲戴盆何以望天言人戴盆則不得望天望天則不得戴盆事不可兼施言己方一心營職不假修人事也故絕賓客之知亡室家之業。日夜思竭其不肖之才力禮記曰某之子不肖應劭

夫字當屬下

風俗通曰生子不似父母曰不肖務一心營職以求親媚於主上毛詩曰藹藹多士媚于天子而事乃有大謬不然者夫夫語助也論語子曰有是夫僕與李陵俱居門下素非能相善也趣舍異路太公六韜曰夫人皆有性趣舍不同顏師古曰趣所向也舍所廢也未嘗銜盃酒接慇懃之餘懽然僕觀其爲人自守奇士事親孝與士信臨財廉取與義分別有讓恭儉下人常思奮不顧身以徇國家之急顏師古曰徇從也營也其素所蓄積也言其意中舊所蓄積也僕以爲有國士之風一國之中推而爲士夫人臣出萬死不顧一生之計赴公家之難斯以奇矣新序昭奚恤曰使皆赴湯火蹈白刃出萬死不顧一生司馬子反在此今舉事一不當而全軀保妻子之臣隨而媒孽其短鄭玄周禮注曰媒猶

起躬　起身也躬自
流涕則不詞
舊以士無不起爲句則

卽希範與陳伯之書注引
旃作氈　怖作懼

行也臣瓚以爲媒謂遘合
會之蘖文謂生其罪釁也
僕誠私心痛之且李陵提步
卒不滿五千有五千言不滿者痛之甚也深踐戎馬之地足歷王庭
胡地出馬故曰戎馬單于所居之處號曰王庭垂餌二音虎口橫挑彊胡仰億萬
之師弔說文曰挑相呼也李奇曰挑身獨戰不須衆挑茶切臣瓚曰挑挑敵求戰也古謂之致師北地高
故曰仰與單于連戰十有餘日所殺過平聲半當虜救死扶
傷不給顧野王決曰所殺過半當言陵軍殺已過半給供給也旃裘之君長咸震
怖旃裘謂匈奴所服也故言旃裘之君乃悉徵其左右賢王舉引弓之人
漢書曰匈奴至冒頓最強大置左右賢王以其善射故曰引弓之人一國共攻而圍之轉
鬭千里矢盡道窮救兵不至士卒死傷如積子智切然陵
一呼勞軍士無不起躬自流涕沬血飲泣更張空拳孟康曰沬

自涕血飲泣以下四句均無主格而句首字獨立不住當以士無不起躬流涕爲句直冠下四句自爲衍文當由一本躬作身或於身字注躬字下後遂誤爲正文故衍耳漢書司馬遷傳無自字可證 焯謹述

音頻善曰頻古沬字言流血在面如盥頻也說文曰頻洗面也李登聲類云拳或作捲此言兵已盡但張空拳以擊耳桓寬鹽鐵論曰陳勝無將帥之兵師旅之衆奮空捲而破百萬之軍何晏白起故事白起雖坑趙卒向使預知必死則前驅空捲猶可畏也況三十萬被堅執銳乎顏師古曰讀爲拳者謬矣拳則屈指不當言張陵時矢盡故張弩之空弓非手拳也李奇曰拳者弩弓也冒白刃北嚮爭死敵者陵未沒時使有來報史記曰陵至浚稽山使麾下騎陳步樂還以聞步樂召見道陵將得士死力上甚悅之漢公卿王侯皆奉觴上壽後數史杜切日陵敗書聞主上爲之食不甘味聽朝不怡大臣憂懼不知所出僕竊不自料其卑賤見主上慘愴怛都割切悼誠欲效其款款之愚款款忠實之皃以爲李陵素與士大夫絕甘分少孝經援神契曰母之於子絕少分甘宋均曰少則自絕甘則分之能得人死力雖古

之名將不能過也身雖陷敗彼觀其意且欲得其當而報於漢〔張晏曰欲得相當也言欲立効以當罪而報漢恩〕事已無可奈何其所摧敗功亦足以暴〔蒲沃切〕於天下矣〔謂摧破匈奴之兵其功足暴露見於天下〕僕懷欲陳之而未有路適會召問即以此指推言陵之功欲以廣主上之意塞睚〔魚解切〕眦〔柴懈切〕之辭〔言欲廣主上之意及塞群臣睚眦之辭〕未能盡明明主不曉以爲僕沮貳師而爲李陵遊說遂下於理〔漢書曰初上遣貳師李廣利出令陵爲助兵及陵與單于相值而貳師少功上以遷誣罔欲沮貳師而爲陵遊說下遷腐刑鄭玄禮記注曰理治獄官也〕拳拳之忠終不能自列〔禮記子曰回得一善拳拳不失之矣鄭玄曰拳拳捧持之皃說文曰列分解也〕因爲誣上卒從吏議〔言衆吏議以爲誣上〕家貧貨賂不足以自贖交

行事 往事也

說文佴佽也人志切佽一曰遞也此猶言僕又隨之蠶室耳

江文通詣建平王上書注引佴之作茸以少

遊莫救左右親近不爲一言身非木石獨與法吏爲伍深幽囹圄之中誰可告愬者此眞少卿所親見僕行事豈不然乎李陵既生降隤其家聲蘇林曰家世爲將有名陵降而隤之也顏師古曰隤墜也而僕又佴之蠶室如淳曰佴次也若人相次也人志切今諸本作茸字蘇林注景紀曰作窬室廣大如蠶室故言下蠶室衛宏漢儀以爲置蠶宮令承諸法云請蠶室與罪人從事主天下室者屬少府顏監云茸推也人勇切推置蠶室之中重爲天下觀笑悲夫悲夫事未易一二爲俗人言也僕之先非有剖符丹書之功漢書曰漢初功臣剖符世爵又曰論功而定封訖於是申以丹書之信重以白馬之盟文史星歷近乎卜祝之間固主上所戲弄倡優所畜流俗之所輕也說文曰倡樂也左氏傳曰鮑氏之圉人爲優杜預曰俳優也假令僕伏法受誅若九

與許也　師古注

鬄即髡鬄也

牛亡一毛，與螻蟻何以異？（螻螻蛄也蟻蚍蜉也皆虫之微者故以自喻）而世又不與能死節者，（與如也言時人以我之死又不如能死節者言死無益也）特以爲智窮罪極，不能自免，卒就死耳。何也？素所自樹立使然也。人固有一死，或重於太山，或輕於鴻毛，用之所趨異也。（燕丹子荆軻謂太子曰烈士之節死有重於太山有輕於鴻毛者但問用之所在耳）太上不辱先，其次不辱身，其次不辱理色，（理道理也色顔色也）其次不辱辭令，（辭謂言辭令謂教令）其次詘體受辱，（詘體謂被縲紲）其次易服受辱，（易服謂著赭衣）其次關木索被箠楚受辱，（漢書曰箠長五尺說文曰棰以杖擊手也箠與棰同以之笞人同謂之箠楚皆杖木之名也）其次鬄毛髮嬰金鐵受辱，（謂髡鉗也）其次毁肌膚斷肢體受辱，（謂肉刑也）最下腐刑極矣！（蘇林曰宮刑腐

臭故曰腐刑傳曰刑不上大夫此言士節不可不勉勵也禮記文也東方朔別傳武帝問曰刑不上大夫何朔曰刑者所以止暴亂誅不義也大夫者天下表儀萬人法則所以共承宗廟而安社稷也猛虎在深山百獸震恐及在檻穽之中搖尾而求食積威約之漸也周禮注曰穿地爲塹所以御禽獸其或超踰則陷焉尚書曰杜乃擭斂乃穽言威爲人制約漸積至此故有畫地爲牢勢不可入削木爲吏議不可對定計於鮮平聲也臣瓚曰以爲患吏刻暴雖以木爲吏期於不對此疾苛吏之辭也文穎曰未遇刑自殺爲鮮明也今交手足受木索暴肌膚受榜箠幽於圜牆之中廣雅曰榜擊也圜牆獄也周禮曰以圜土教罷民當此之時見獄吏則頭槍七良切地視徒隸則正惕息何者積威約之勢也及以至是言不辱者所謂強顏耳曷足貴乎

且西伯伯也拘於羑里史記曰季歷卒子昌立是爲西伯西伯文王也崇侯虎譖西伯
於殷紂曰西伯積善累德諸侯皆嚮之將不利於帝紂乃
囚西伯於羑里王制曰九州之長曰伯注曰伯長也
李斯相也具于五刑史記曰李斯楚上蔡人也從荀卿學帝王之術入秦秦卒用其計二
十餘年竟并天下以斯爲丞相二世立以郎中趙高之
譖乃具斯五刑腰斬咸陽漢書刑法志曰漢興之初其
大辟尚有夷三族之令曰當三族者皆先黥劓斬左右趾
笞殺之梟其首菹其骨肉於市其誹謗詈詛者又斷舌
故言具具謂五刑也淮陰王也受械於陳漢書曰韓信爲楚王都下邳信因行縣邑陳兵
出入人有變告信欲反上聞患之用陳平謀僞遊雲夢
信謁上於陳高祖令武士縛信載後車信曰果若人言
狡兎死良狗烹上曰人告公反遂械信至洛陽
赦以爲淮陰侯陳楚之西界也械謂桎梏也彭越張
敖南面稱孤繫獄抵罪史記曰高帝立彭越爲梁王梁王稱疾上使使掩捕梁王囚之
洛陽漢書曰趙王張耳高祖五年薨子敖嗣立尚高祖
長女魯元公主七年高祖從平城過趙趙王旦暮自上

食禮甚卑有子壻之禮高祖箕踞罵詈甚慢之趙相貫高趙午說敖曰天下豪傑並起能者先立今王事皇帝甚恭皇帝遇王無禮請爲殺之八年上從東垣過貫高等乃壁人柏人要之置廁上過欲宿心動問縣名爲何曰柏人上曰柏人者迫於人遂去貫高怨家知其謀反告之於是逮捕趙王諸反者趙午十餘人皆自剄貫高獨怒罵曰誰令公等爲之今王實無反謀檻車與詣長安高下獄曰吾屬爲之王不知也

絳侯誅諸呂權傾五伯囚於請室史記曰絳侯周勃與陳平謀誅諸呂而立孝文後勃被囚已見李陵荅蘇武書漢書音義如淳曰請室請罪之室若今之鍾下也魏其大將也衣赭衣關三木三木在項及手足也魏其侯已見李陵荅蘇武書周禮曰上罪梏拲而桎應劭漢書注曰在手曰梏兩手同械曰拲在足曰桎韋昭曰桎兩手合也梏音告拲音拱桎之栗切季布爲朱家鉗奴漢書曰季布楚人也爲任俠有名項籍使將兵數窘漢王項籍滅高祖購求布千金敢舍匿者罪三族布匿於濮陽周氏周氏曰漢求將軍急臣敢進計布許之乃髡鉗布衣褐致廣柳車中與其家僮數十人之魯朱

家賣之朱家心知季布也買置田舍乃之洛陽見汝陰滕公説曰季布何罪臣各爲其主耳君何不從容爲上言之滕公許諾侍閒果言如朱家旨上乃赦布召見謝拜郎中

灌夫受辱於居室

漢書灌夫字仲孺潁陰人也爲太僕時坐與衛尉竇甫飲輕重不得徙爲燕相及竇嬰失勢兩人相爲引重夫過丞相田蚡蚡曰吾欲與仲孺過魏其侯會仲孺有服夫曰將軍廼肯幸臨夫安敢以服爲解請語魏其帳具將軍旦日蚤臨之蚡許諾夫以語嬰嬰益牛酒夜灑埽帳具自旦候伺至日中蚡不來夫不懌夫乃自往迎之蚡尚臥駕往又徐行夫益怒遂以爲隙元光四年蚡取燕王女爲夫人太后詔曰列侯宗室皆往賀嬰爲壽夫行酒至蚡蚡半膝席曰不能滿觴夫怒乃嘻言曰將軍貴人也畢之時蚡不肯行酒次至臨汝侯灌賢方與程不識耳語又不避席夫無所發怒乃罵賢曰生毀程不識不直一錢今日長者爲壽乃效兒女曹呫囁耳語蚡謂夫曰今衆辱程將軍仲孺獨不爲李將軍地乎夫曰今日斬頭穴胷何知程李乎乃起蚡遂怒曰此吾驕灌夫罪也籍福起爲謝按夫項令謝夫愈怒不肯謝蚡乃麾騎縛夫置傳舍長史曰今日召宗室有詔劾灌夫罵坐不敬繫於居室

在塵埃之中，橫言之；古今一體，縱言之。言無不受辱者也。或以在塵埃之中屬上讀，文理不通。

如淳曰百官表居室爲保宮今守宮也此人皆身至王侯將相聲聞鄰國及罪至罔加不能引決自裁在塵埃之中古今一體安在其不辱也由此言之勇怯勢也强弱形也審矣何足怪乎孫子兵法曰治亂數也勇怯勢也强弱形也夫人不能早自裁繩墨之外以稍陵遲至於鞭箠之閒乃欲引節斯不亦遠乎古人所以重施刑於大夫者殆爲此也夫人情莫不貪生惡死念父母顧妻子至激於義理者不然乃有所不得已也言激於義理者則不念父母顧妻子也今僕不幸早失父母無兄弟之親獨身孤立少卿視僕於妻子何如哉言已輕妻子故反問之且勇者不必死節言勇烈之人不必死於名節也造次自裁耳怯夫慕義何

魏文帝典論〻文注引
文王作西伯

善拔下陷

處不勉焉言怯夫慕義以自立名何處不勉於死哉言皆勉勵自殺僕雖怯懦欲苟活亦頗識去就之分矣何至自沈溺縲紲之辱哉孔安國曰縲紲墨索也紲攣也所以拘罪人且夫臧獲婢妾晉灼曰臧獲敗敵所被虜獲為奴隸韋昭曰善人以婢為妻生子曰獲奴以善人為妻生子曰臧荊楊海岱淮濟之間罵奴曰獲齊之北鄙燕之北郊凡人男而歸婢謂之臧女而歸奴謂之獲皆異方罵奴婢之醜稱也由能引決況僕之不得已乎所以隱忍苟活幽於糞土之中而不辭者恨私心有所不盡鄙陋沒世而文彩不表於後世也論語曰君子疾沒世而名不稱古者富貴而名摩滅不可勝記唯倜儻非常之人稱焉廣雅曰俶儻卓異也蓋文王拘而演周易周易曰易之興也當文王與紂之事邪又曰作易者其有憂患邪史記本紀曰崇侯譖西伯於殷紂曰西伯積善累德諸侯皆向之將有不利於帝

紂乃囚西伯於羑里西伯演易之八卦爲六十四地理志曰河内湯陰有羑里城西伯所拘韋昭曰羑音酉蒼頡篇曰演引之也**仲尼厄而作春秋**史記孔子曰吾道不行矣何以自見於後世哉乃約魯史而作春秋**屈原放逐乃賦離騷**史記曰屈原名平楚之同姓爲楚懷王左司徒博文強志敏於辭令王甚任之上官大夫與之同列心害其能懷王使原爲憲令原草稾未定上官大夫見而欲奪之不與因讒之曰王使屈原爲令衆莫不知每令出平伐其功以爲非我莫爲王也王怒而疏之平病聽之不聰作離騷經**左丘失明厥有國語**漢書曰國語左丘明著失明未詳**孫子臏脚其法脩列**史記曰孫臏與龐涓俱學兵法涓事魏惠王自以爲能不及臏乃陰使人召臏臏至涓恐其賢於己則以法刑斷其兩足而黥之欲隱勿見齊使者田忌善客待之於是田忌進孫子於威王威王問兵法而師之其後魏伐趙趙急請救於齊齊威王欲將臏臏曰刑餘之人不可於是乃以田忌爲將而孫子爲師居輜重中主爲計謀田忌從之魏果去邯鄲與齊戰於桂陵大破魏軍**不韋遷蜀世傳**

劉子玄云何不云虞卿窮愁著書八篇

呂覽史記曰呂不韋大賈人也莊襄王即位三年薨太子正立爲王尊不韋爲相國號仲父當是時魏有信陵楚有春申趙有平原齊有孟嘗皆下士喜賓以相傾呂不韋以秦之強大招士厚遇之乃致食客三千人是時諸侯多辯士如荀卿之徒著書布於天下不韋乃使其客人人著所聞集論爲八覽十二紀三十餘萬言以爲備天下之物古今之事號曰呂氏春秋布咸陽市門懸千金其上延諸侯遊士賓客有能增損一字與千金及始皇帝壯太后通不韋恐禍及已私求嫪毐爲舍人詐令以腐罪告之遂得侍太后與太后通九年人有告嫪毐實非宦者下吏治之得情實事連相國秦王恐其爲變乃賜不韋書曰君何功於秦秦封君河南食十萬戶君何親於秦號稱仲父後與家屬徙處蜀飲鴆而死

韓非囚秦說難孤憤史記曰韓非者韓之公子也見韓稍弱以書諫王王不能用非心廉直不容於邪枉之臣觀往者得失之變故作孤憤五蠹說難十餘萬言秦王見孤憤五蠹之書曰嗟乎寡人得見此人與游死不恨矣李斯曰此韓非所著書秦因急攻韓韓乃遣非使秦秦王悅之未信用李斯姚賈毀之曰韓非韓之諸公子也今王欲并諸侯非終爲韓不爲秦

孫志祖云而遊身不敏因謙詞也

此人情也今王不用久留而歸之此自遺患也不如以過法誅之秦王爲然下吏治非李斯使人遺藥使自殺韓非欲自陳不得見秦王後悔之使人赦而非已死矣說難孤憤韓子之篇名也詩三百篇大氐聖賢發憤之所爲于僞切作也論語曰詩三百孔安國曰篇之大數也爾雅曰氐致也郭璞曰音恰此人皆意有鬱結不得通其道故述往事思來者言故述往前行事思令將來人知己之志乃如左丘無目孫子斷足終不可用退而論書策以舒其憤思垂空文以自見空文謂文章也自見已情僕竊不遜近自託於無能之辭論語子曰唯女子與小人爲難養也近之則不孫網羅天下放失舊聞略考其行事綜其終始稽其成敗興壞之紀上計軒轅下至于兹爲十表本紀十二書八章世家三十列傳七十凡百三十篇亦欲以

已改是以二字……本

曹子建与楊德祖書注引此作之

究天人之際，通古今之變，成一家之言。草創未就，會遭此禍，惜其不成，已就極刑而無慍色。僕誠以著此書，藏諸名山，傳之其人通邑大都，其人，謂與己同志者。則僕償前辱之責，雖萬被戮，豈有悔哉！然此可為智者道，難為俗人言也。且負下未易居，下流多謗議。負累之下，未易可居。論語曰：君子惡居下流而訕上者也。僕以口語遇此禍，重為鄉黨所笑，以汙烏臥切辱先人，亦何面目復上父母丘墓乎？雖累百世，垢彌甚耳！是以腸一日而九迴，居則忽忽若有所亡，出則不知其所往。莊子魯哀公問仲尼曰：衛有惡人焉，曰哀駘他。夫寡人而行，寡人恤焉若有亡也。庚桑子曰：吾聞至人尸居環堵之室，不知所如往。每念斯恥，汗未嘗不發背沾衣也。身直

○漢六

爲閨閤之臣，寧得自引於深藏巖穴邪？故且從俗浮沈，與時俯仰，以通其狂惑。鬻子曰：吾聞之於政也，知善不行者謂之狂，知惡不改者謂之惑。夫狂與惑者，聖人之戒也。今少卿乃教以推賢進士，無乃與僕私心剌謬乎？剌，力割切。今雖欲自雕琢，曼辭以自飾，如淳曰：曼，美也。戰國策蘇秦曰：夫從人飾辯曼辭，高主之節行。曼音萬。無益於俗，不信，適足取辱耳。要之死日，然後是非乃定。書不能悉意，略陳固陋。謹再拜。

○報孫會宗書一首

楊子幼　漢書：楊惲字子幼，華陰人。以才能稱譽，爲常侍騎，與太僕戴長樂相失，坐事免爲庶人。惲見已失爵位，遂即歸家，閑居自治産業，起室，以財自娛。歲餘，友人安定太守西河孫會宗與惲書，誡諫之，言大臣廢退，當杜門惶懼，爲可憐之意，不當治

惲前爲光祿勳

産業通賓客有稱譽惲乃作此書報之

惲材朽行穢文質無所底論語曰文質彬彬然後君子包氏曰彬彬文質相半之皃也氐致也幸賴先人餘業得備宿衛遭遇時變以獲爵位漢書曰霍氏謀反惲先聞知告霍氏伏誅惲封爲平通侯終非其任卒與禍會足下哀其愚矇賜書教督以所不及爾雅曰督正也懇懃甚厚然竊恨足下不深惟其終始而猥隨俗之毀譽也猥猶曲也言鄙陋之愚心則若逆指而文過言過會宗之指自文飾已之過論語子曰小人之過也必文孔安國曰文飾其過不言實也默而自守恐違孔氏各言爾志之義論語曰顔淵季路侍子曰盍各言爾志故敢略陳其愚惟君子察焉惲家方隆盛時乘朱輪者十人二千石皆得乘朱輪位在列卿爵爲通

漢書及別本

漢書及別本

侯揔領從官應劭曰舊曰徹侯避武帝諱故爲通言其功德通於王室也從天子侍從官也與聞政事曾不能以此時有所建明以宣德化又不能與群僚并(同心)力陪輔朝廷之遺忘已負竊位素飡之責久矣論語子曰臧文仲其竊位者歟知柳下惠之賢而不與立毛詩曰彼君子兮不素飡兮懷祿貪勢不能自退曾子曰君子不安貴位不懷厚祿遂遭變故橫被口語身幽北闕妻子滿獄口語即戴長樂所告也如淳漢書注曰上章者於公車有不如法者以付北軍尉北軍尉以法罰之楊惲上書遂幽北闕公車門所在也當此之時自以夷滅不足以塞責史記司馬欣謂章邯曰趙高欲以法誅將軍塞責豈(意)得全其首領復奉先人之丘墓乎左氏傳宋公曰若以大夫之靈得保首領以沒于地伏惟聖主之恩不可勝量君子遊道樂以忘憂史記曰陳平遊道日廣論語曰樂以忘憂

此宣帝所以必報之也不能遂終有既語言而子幼之怨懷不服罪已甚矣　又以憚之致禍由說少忘罪耳

漢書及別本任為卿為范吏乃議史部封矣第一表佳引琴作瑟

小人全軀，說以忘罪，楚辭曰：與波上下，偷以全吾軀乎。竊自念過已大矣，行已虧矣，長為農夫以沒世矣。是故身率妻子，戮力耕桑，國語曰：戮力一心。灌園治產，以給公上，蘇林漢書注曰：充縣官之賦斂。不意當復用此為譏議也。夫人情所不能止者，聖人弗禁，故君父至尊親，送其終也，有時而既。終，謂終沒也。既，盡也。張晏漢書注曰：喪不過三年，臣見放逐，降居三月復初。臣之得罪，已三年矣。田家作苦，歲時伏臘，漢書曰：秦繆公作伏祠。孟康曰：六月伏日也。風俗通禮傳曰：夏曰嘉平，殷曰清祀，周曰大蜡，故改為臘。烹羊炰羔，斗酒自勞。家本秦也，能為秦聲。婦趙女也，雅善鼓瑟。瑟。奴婢歌者數人，酒後耳熱，仰天撫缶，而呼嗚嗚。應劭漢書注曰：缶，瓦器也，秦人擊之以節歌。李斯上書曰：擊甕叩缶，而呼嗚嗚快耳者，真秦聲也。其

別本作力非也

詩曰田彼南山蕪穢不治種一頃豆落而爲萁張晏漢書注曰山高在陽人君之象也蕪穢不治朝廷荒亂也一頃百畝以喻百官也言豆者貞直之物零落在野喻巳見放弃也其曲而不直言朝臣皆諂諛也臣瓚按田彼南山蕪穢不治言於王朝而遇民亂也種一頃豆落而爲萁雖盡忠効節徒勞而無獲也人生行樂耳須富貴何時是日也拂衣而喜奮袖低昂頓足起舞誠滛荒無度不知其不可也惲幸有餘祿方糴賤販貴逐什一之利什一謂十中之一也尚書大傳曰王者十一而稅此賈豎之事汙烏卧切辱之處惲親行之下流之人衆毀所歸言處下流爲衆惡毀所舉不寒而慄雖雅知惲者猶隨風而靡尚何稱譽之有楚辭曰丗從容而變化隨風靡而成行董生不云乎明明求仁義常恐不能化民者卿大夫之意也明明

求財利常恐困乏者庶人之事也漢書董仲舒對策曰夫皇皇求財利常恐匱乏者庶人之意也皇皇求仁義常恐不能化人者大夫之意也故道不同不相爲謀論語曰道不同不相爲謀今子尚安得以卿大夫之制而責僕哉言今我親行賈豎之事安得責我卿大夫之制乎夫西河魏土文侯所興有段干木田子方之遺風史記李克謂翟璜曰魏成子東得子夏田子方段干木此三人者君皆師之漂然皆有節槩知去就之分頃者足下離舊土謂去西河臨安定安定山谷之間昆夷舊壤毛詩序曰文王西有昆夷之患北有玁狁之難鄭玄曰昆夷西戎也子弟貪鄙豈習俗之移人哉言豈隨懷安貪鄙之俗而移人之本性者哉於今乃睹子之志矣方當盛漢之隆願勉旃毋多談

此文當在朱叔元文後

論盛孝章書一首

孔文舉 與魏太祖。虞預會稽典録曰：盛憲字孝章，器量雅偉，舉孝廉，補尚書郎，遷吴郡太守，以疾去官。孫策平定吴會，誅其英豪。憲素有名，策深忌之。初，憲與少府孔融善，憂其不免禍，乃與曹公書，由是徵爲都尉。詔命未至，果爲權所害。子匡奔魏，位至征東司馬。

歲月不居，時節如流。國語，文姜曰：日月不居，人誰不安。毛詩曰：徂年如流。鄭玄注毛詩曰：居，止也。五十之年，忽焉已至。公爲始滿，融又過二。公謂曹操。言公年始滿五十，融過於五十二歲也。海内知識，零落殆盡，惟有會稽盛孝章尚存。其人困於孫氏，妻孥湮没，孫氏已見上文。毛詩曰：樂爾妻孥。孔安國尚書大傳曰：孥，子也。單孑獨立，孤危愁苦。若使憂能傷人，此子不得永年

矣。春秋傳曰：諸侯有相滅亡者，桓公不能救，則桓公恥之。公羊傳曰：邢亡。孰亡之？蓋狄滅也。曷爲不言狄滅之？爲桓公諱也。曷爲爲桓公諱？上無天子，下無方伯，天下諸侯有相滅亡者，桓公不能救，則桓公恥之。今孝章實丈夫之雄也，天下談士依以揚聲，而身不免於幽縶，命不期於旦夕。吾祖不當復論損益之友，而朱穆所以絕交也。論語，孔子曰：益者三友，損者三友。吾祖即謂孔子也。後漢朱穆感世澆薄，莫尚敦厚，著絕交論以矯之。公誠能馳一介之使，加咫尺之書，左氏傳，晉行人子員對鄭王子伯駢曰：君有楚命，不使一介行李告於寡君。漢書，廣武君曰：發一乘之使，奉咫尺之書。則孝章可致，友道可弘矣。今之少年，喜謗前輩，或能譏評孝章。孝章要爲有天下大名，九牧之人所共稱歎。九牧，猶九州也。左氏傳，王孫蒲曰：貢金九牧。孫卿子曰：文王鑒於殷紂，此

其所以伐殷王而受九牧也燕君市駿馬之骨非欲以騁道里乃當以招絕足也戰國策郭隗謂燕昭王曰臣聞古之人君有市千里馬者三年而不得於是遣使者賚千金之貨將市於他國未至而千里之馬已死使者乃以五百金買死馬之首以歸其君大怒曰所求者夲不市死馬向故損金市死馬乎將誅之使者對曰死馬尚市之況生者乎天下必知君之好也馬將至矣於是朞年而千里馬至者三焉惟公匡復漢室宗社將絕又能正之術實須得賢珠玉無脛胡定切而自至者以人好之也況賢者之有足乎韓詩外傳曰盖胥謂晉平公曰珠出於海玉出於山無足而至者好之也士有足而不至者君不好也昭王築臺以尊郭隗隗雖小才而逢大遇竟能發明主之至心故樂毅自魏往劇辛自趙往鄒衍自齊往史記曰燕昭王於破燕之後卑身厚幣以禮賢者謂郭隗曰齊因孤之國亂而襲破燕孤知國

小力少不足以報然誠得賢士與共圖以雪先王之讎也願先生視可者得身事之隗曰王必欲致士先從隗始況賢於隗者豈遠千里哉於是昭王爲隗改築宮而師事之樂毅自魏往鄒衍自齊往劇辛自趙往向使郭隗倒懸而王不解居蟹切臨難而王不拯孟子曰當今之時万乘之國行仁政民悅而歸之猶解倒懸也又曰今燕虐其民而王征之人以爲將拯已於水火之中也則士亦將高翔遠引莫有北首音獸燕路者矣漢書廣武君曰牛酒以享士大夫北首燕路凡所稱引自公所知而復有若者欲公崇篤斯義因表不悉

爲幽州牧與彭寵書一首

朱叔元范曄後漢書曰朱浮字叔元沛國蕭人也初從世祖爲大司馬主簿遷偏將軍從破邯鄲後乃爲大將軍幽州牧守薊城浮少有才能頗欲厲正風迹收士心

辟召州中涿郡王岑之屬以爲從軍事及王莽時故吏二千石皆引置幕府乃多發諸郡倉穀贍其妻子漁陽太守以爲天下未定不宜多置官屬以費軍食不從其令浮密奏寵遣吏迎妻而不迎其母又受貨賄殺害友人多聚兵穀意計難量寵既積怨聞遂大怒舉兵攻浮浮以書責之

蓋聞智者順時而謀愚者逆理而動常竊悲京城太叔以不知足而無賢輔卒自棄於鄭也左氏傳曰鄭武公生莊公及共叔段姜氏愛共叔段欲立之亟請於武公公弗許及莊公即位爲之請制公曰制巖邑也虢叔死焉他邑唯命請京使居之謂之京城太叔既而太叔令西鄙北鄙貳於已公子呂曰國不堪貳君將若之何公曰不義不暱厚將崩太叔完聚繕甲兵具卒乘將襲鄭公聞其期曰可矣命子封帥車二百乘以伐京京叛太叔段段入于鄢公伐諸鄢五月辛丑太叔出奔共書曰鄭伯克段于鄢伯通以名字典郡有佐命之

功（名字謂聲譽遠聞也漢書曰陳遵劉竦偎著名字佐命已見李陵書）臨民親職愛惜倉庫。而浮秉征伐之任。欲權時救急。（言朱浮所以招致賓客者此亦權時救急也）二者。皆為國耳。即疑浮相譖。何不詣闕自陳。而為滅族之計乎。朝廷之於伯通（蔡邕獨斷云朝廷者不敢指斥君故言朝廷）恩亦厚矣。委以大郡。任以威武。事有柱石之寄。情同子孫之親。（漢書大司農田延年謂霍光曰將軍為國柱石）匹夫。媵母。尚能致命一餐。（左氏宣公二年傳曰初趙宣子畋于首山見靈輒餓問其病對曰不食三日矣食之舍其半問之曰宦三年矣未知母之存否今近矣請以遺使盡之而為之簞食與肉旣而與為公介靈公比以趙盾驟諫伏甲將攻殺之靈輒乃倒戟以禦之又戰國策曰楚王伐中山中山君亡有二人荷戈而從之中山君顧二人曰子何為者對曰昔臣之父嘗餓且死君捨食以餔臣父臣之父且死曰中山君有事汝必赴之是以今來死君之難中山君曰以

一杯羹而亡國以一飡而獲二死士滕毋未詳豈有身帶三綬職典大邦而不顧恩義生心外叛者乎三綬者古人兼官者一官一綬也范曄後漢書曰更始使謁者韓鴻持節徇北州承制得專拜二千石以下鴻至薊以寵鄉閭故人相見大喜拜寵偏將軍行漁陽太守世祖又以書招寵寵乃發步騎三千人歸世祖世祖承制封建忠侯賜號大將軍伯通與吏民語何以為顏行步拜起何以為容坐臥念之何以為心引鏡窺景何以施眉目舉厝建功何以為人惜乎棄休令之嘉名造梟鴟之逆謀捐傳葉之慶祚招破敗之重災高論堯舜之道不忍桀紂之性生為世笑死為愚鬼不亦哀乎伯通與耿俠遊范曄後漢書曰吳漢說寵從世祖會上谷太守耿況亦使功曹寇恂詣寵結謀共歸世祖又曰況字俠遊俱起佐命同被國恩俠遊謙

讓屢有降挹之言（蒼頡篇曰挹損也）而伯通自伐以爲功高天下（孔安國尚書傳曰自功曰伐）往時遼東有豕生子白頭異而獻之行至河東見羣豕皆白懷慙而還若以子之功高論於朝廷則爲遼東豕也（白頭豕未詳）今乃愚妄自比六國（張晏漢書注曰齊燕楚韓趙魏）六國之時其勢各盛廓土數千里勝兵將百萬故能據國相持多歷年所今天下幾里列郡幾城奈何以區區漁陽而結怨天子（區區言小也公羊傳曰司馬子反謂楚王曰以區區之宋猶有不欺之臣）此猶河濵之民捧土以塞孟津多見其不知量也（論語曰叔孫武叔毀仲尼子貢曰仲尼日月也無得而踰焉人雖欲自絶其何傷於日月乎多見其不知量也）方今天下適定海内願安士無賢不肖皆樂立名

於世而伯通獨中風狂走自捐盛時內聽嬌（驕）婦之失計外信讒邪之諫言東觀漢記曰浮密奏寵上徵之寵既自疑其妻勸寵無應徵今漁陽大郡兵馬衆多奈何爲人所奏而棄此去寵與所親信吏計議吏皆怨浮勸寵止不應徵長爲羣后惡法永爲功臣鑒戒豈不誤哉或本云永爲羣后惡法今檢范曄後漢書有此一句然東觀漢記亦載此書大意雖同辭旨全別蓋録事者取舍有詳略矣定海內者無私讎勿以前事自疑願留意顧老母少弟凡舉事無爲親厚者所痛而爲見讎者所快范曄後漢書曰寵齊獨在便室蒼頭子密等三人因寵卧寐共縛著牀又以寵命呼其妻妻入大驚晝夜後解寵手令作記告城門將軍云今遣子密等至子后蘭卿所速開門出勿稽留之書成即斬寵及妻頭置囊中便持記馳出城因以詣闕封爲不義侯

爲曹洪與魏文帝書一首魏志曰曹洪字子廉太祖從弟

使不載琳集竟似子康自为矣

劉本

張孟陽劍閣銘注一人作一夫萬夫作萬人

陳孔璋 陳琳集曰琳爲曹洪與文帝牋文帝集序曰上平定漢中族父都護還書與余盛稱彼方土地形勢觀其辭如陳琳所叙爲也

十一月五日洪白前初破賊情奓意奢說事頗過其實得九月二十日書 得文帝書 讀之喜笑把玩無猒亦欲令陳琳作報琳頃多事不能得爲念欲遠以爲懽故自竭老夫之思 左氏傳趙孟曰老夫罪戾是懼 辭多不可一一粗舉大綱以當談笑漢中地形實有險固四嶽三塗皆不及也 左氏傳司馬侯曰四嶽三塗九州之險也杜預曰東嶽岱南嶽衡西嶽華北嶽恒三塗在河南陸渾縣南 彼有精甲數萬臨高守要一人揮戟萬夫不得進 漢書朱買臣曰一人守險千人不得上 而我軍過之若駭鯨之決細網奔兕之觸魯縞

漢書韓安國曰強弩之末力不能穿魯縞音義曰縞曲阜之地俗善作之既皆輕細故以喻之爾雅曰繒之細者曰縞未足以喻其易雖云王者之師有征無戰漢書淮南王安上書曰臣聞天子之兵有征無戰言莫之敢校不義而強古人常有左氏傳叔向謂趙孟曰不義而強其斃必速故唐虞之世蠻夷猾夏尚書舜典曰咎繇蠻夷猾夏寇賊姦宄周宣之盛亦讎大邦毛詩曰蠢爾蠻荊大邦為讎詩書歎載言其難也斯皆憑陵情遠故使其然是以察茲地勢謂為中才處之殆難倉卒司馬遷報任少卿書曰夫中才之人事有關於宦豎者莫不傷氣來命陳彼妖惑之罪敘王師曠蕩之德豈不信然文帝荅漢書曰今魯包凶邪之心肆蠱惑之政天兵神拊師徒无暴樵牧不臨是夏殷所以喪苗扈所以斃尚書帝曰咨禹惟時有苗不率汝徂征又曰啟與有扈戰于甘之野我之所以克彼

氂墨子弟子禽滑釐也

舊別本

之所以敗也。不然，商周何以不敵哉。左氏傳鬬廉曰：師克在和不在衆，商周之不敵，君之所聞也。昔鬼方聾昧，崇虎讒凶，殷辛暴虐，三者皆下科也。三科之中，此等爲下科。然高宗有三年之征，文王有退脩之軍，盟津有再駕之役。周易曰：高宗伐鬼方，三年克之。左氏傳曰：子魚言於宋公曰：文王聞崇德亂，伐之，軍三旬而不降，退而脩德，復伐之，因壘而降。尚書曰：惟十有一年，武王克殷。又曰：一月戊午，師渡孟津。然後殪戎勝殷，有此武功。尚書曰：天乃大命文王殪戎殷，誕受厥命。焉有星流景集，飈奪霆擊，長驅山河，朝至暮捷，若今者也。戰國策曰：樂毅輕卒鋭兵，長驅至齊。由此觀之，彼固不逮下愚。彼張魯也，下愚指鬼方等。則中才之守，不然明矣。在中才則謂不然，若中才守之，則茲可得也。而來示乃以爲彼之惡稔，雖有孫、田、墨氂，力而切。猶

無所救窮又疑焉文帝荅曹洪書曰今魯罪兼苗桀惡稔厲莽縱使宋翟妙機械之巧田單騁奔牛之誑孫吳勒入陣之變猶无益也何者古之用兵敵國雖亂尚有賢人則不伐也是故三仁未去武王還師論語曰微子去之箕子爲之奴比干諫而死孔子曰殷有三仁焉史記曰周武王東觀兵於孟津諸侯皆曰紂可伐矣武王曰未知天命未可也乃還師聞殺王子比干囚箕子於是曰殷有重罪不可不伐宮奇在虞晉不加戎左氏傳曰晉侯假道於虞以伐虢宮之奇諫曰虢虞之表也虢亡虞必從之諺所謂輔車相依脣亡齒寒其虞虢之謂乎弗聽宮之奇以其族行曰虞不臘矣在此行也不再舉矣季梁猶在強楚挫謀左氏傳曰楚王侵隋隋使少師董成鬬伯比言於楚子曰吾不得志於漢東也我則使然我張吾三軍而被吾甲兵以武臨之漢東之國隋爲大隋張必弃小國小國離楚之利也請羸師以張之熊率且比曰季梁在何益注曰季梁隋賢臣也暨至衆賢奔絀勑律切三國爲墟明其無道有人

猶可救也。且夫墨子之守，縈帶爲垣，高不可登，折箸爲械，堅不可入。墨子曰：公輸爲雲梯，必取宋。於是見公輸，九設攻城之機變，墨子九距之。公輸般之攻城械盡，子墨子之守圉有餘。公輸般出而曰：吾知所以距子矣，吾不言。子墨子亦曰：吾知子之所以距我者，吾不言。之王問其故，子墨子曰：公輸子之意，不過欲殺臣。殺臣，宋莫能守，乃可攻也。然臣之弟子禽滑釐三百人，已持守圉之器，在宋城上而待楚寇矣。雖殺臣，不能絕也。楚王曰：善，吾請無攻也。

苟距陽平，據石門，周地圖記曰：褒谷西有古陽平關。劉淵林蜀都賦注曰：石門在漢中之西。攄八陣之列，騁奔牛之權，雜兵書曰：八陣，一曰方陣，二曰圓陣，三曰牝陣，四曰牡陣，五曰衝陣，六曰輪陣，七曰浮沮陣，八曰鴈行陣。史記曰：田單爲將軍，破燕城時，以千餘牛爲絳繒衣，畫以五綵龍文，東兵刃於角，灌脂束葦於尾，燒之。鑿城數十穴，夜縱牛，壯士五千人隨其後。牛尾熱，怒而奔燕軍，夜大驚。牛尾炬火光明炫燿，燕軍視之皆龍文，所觸盡死傷。五千人因銜枚擊之，而城中鼓噪從之，老弱皆擊銅器爲聲，聲動天地。燕軍大駭，敗

走齊人遂夷殺其將騎劫燕軍大亂奔走齊人追亡逐北所過城邑叛燕歸田單而齊七十餘城皆復爲齊乃
迎襄王於莒焉肯土崩魚爛哉漢書徐樂上書曰臣聞天下之患在於土崩公羊傳曰其
言梁亡何自亡也魚爛而亡何休注曰魚爛自內發設令守無巧拙皆可攀附則
公輸巳陵宋城樂毅巳拔即墨墨翟之術何稱田單
之智何貴老夫不敏未之前聞左氏傳趙孟曰老夫罪戾是懼禮記檀弓曰我
未之前聞蓋聞過高唐者效王豹之謳孟子淯于髡曰昔王豹處淇而西河善謳
綿駒處高唐而齊女右善歌按此文當過高唐者效綿駒之歌但文人用之誤遊睢息惟切渙者風俗
學藻績之綵陳留記曰襄邑渙水出其南睢水經其北傳云睢渙之間出文章故其黼黻絺繡日
月華蟲以奉宗廟御服焉間自入益部仰司馬楊王遺風有子勝斐
然之志司馬相如楊雄王褒也墨子曰二三子復於子墨子曰告子勝仁子墨子曰未必然也告子爲

家丘不當引邴原別傳爲證孫崧字文璋亦未詳也

牧 別本

法五字當屬上句下

駬 別本

仁猶跂以爲長偃以爲廣不可久也故頗奮文辭異於
論語曰吾黨之小子狂簡斐然成章
他日怪乃輕其家丘謂爲倩七靖切人邴原別傳曰原遊學詣孫崧崧曰君
以鄭君而舍之以鄭君爲東家丘也原曰
君以鄭君爲東家丘以僕爲西家愚夫耶是何言歟夫
綠驥垂耳於林坰屈原曰驥垂兩耳服鹽車爾雅曰野外謂之林林外謂之坰鴻雀
戢翼於汙池周禮有牧田鴻雀鳥之通稱也毛詩曰鴛鴦在梁戢其左翼列子楊朱謂梁王曰鴻
鵠高飛不集汙池褻之者固以爲園囿之凡鳥外廄之下乘也
穀梁傳晉荀息曰君何不以屈產之乘借道乎公曰此晉國之寶也荀息曰取之中廄置之外廄及整
蘭筋相馬經云一筋從玄中出謂之蘭筋玄中者目上陷如井字蘭筋豎者千里揮勁翮陵
厲清浮顧盼千里豈可謂其借翰於晨風假足於六駮
哉爾雅曰晨風鸇也毛詩曰隰有六駮毛萇曰駮如馬倨牙食虎豹恐猶未信丘言必

大噱也。洪白孟康漢書注曰：丘，空也。此雖假孔子名，而實以空爲戲也。或无丘言二字。漢書曰：趙李諸侍中皆談笑大噱。説文曰：噱，大笑也。

文選卷第四十一

七月二夕　侃誦

文選卷第四十二

梁昭明太子撰

文林郎守太子右內率府錄事參軍事崇賢館直學士臣李善注上

書中

阮元瑜爲曹公作書與孫權一首

魏文帝與朝歌令吳質書一首

與吳質書一首　與鍾大理書一首

曹子建與楊德祖書一首

與吳季重書一首

吳季重荅東阿王書一首

曹公使瑀作書与韓遂瑀因於馬上具草書成呈之曹公擥筆欲有所定而竟不能增損

此亦檄耳

應休璉與滿公琰書一首

與侍郎曹長思書一首

與廣川長岑文瑜書一首

與從弟君苗君胄書一首

爲曹公作書與孫權一首 吳書曰孫策初與魏武俱事漢芜周瑜魯肅諫權曰將軍承父兄餘資兼六郡之衆兵精糧多何區區而受制於人也權遂據江東西連蜀漢與劉備和親故作書與權望得來同事漢也

阮元瑜 魏志曰阮瑀字元瑜宏才卓逸不羣於俗太祖爲司空召爲軍謀祭酒又管記室書檄多瑀所作又轉丞相倉曹屬卒文章志曰陳留人也

意跂　俗儒來説

雖絶以來于今三年無一日而忘前好亦猶姻媾之義恩情已深爾雅曰壻之父曰姻婦之父曰婚毛詩箋曰重婚曰媾吳志曰策并江東曹公力未能逞且欲撫之乃以弟女配策小弟匡又爲子彰取賁女皆禮辟策弟權翊又命楊州刺史嚴象舉茂才違異之恨中間尚淺也孤懷此心君豈同哉每覽古今所由改趣因緣侵辱或起瑕釁心忿意危用成大變心既忿恨意不自安若韓信傷心於失楚彭寵積望於無異漢書曰高祖徒信爲楚王後以爲淮陰侯信知漢畏其能稱疾不朝由此日怨陳狶反高祖自將往信陰使人之狶所而與家人謀夜詐赦諸官徒奴欲發兵襲吕后太子范曄後漢書曰光武至薊彭寵上謁自負功德光武接之不能滿以此懷不平光武知之以問幽州牧朱浮浮對曰陛下昔倚爲北道主人寵謂至當迎閤握手交歡並坐今旣不然所以失望也盧綰嫌畏於已隙英布憂迫於情漏此事之緣也

馥嘗請操伐吳

漢書曰上立盧綰爲燕王初上如邯鄲擊陳豨燕王盧綰亦擊其東北豨使王黃求救於匈奴綰亦使其臣張勝於匈奴勝至胡燕王臧荼子衍亡在胡見勝曰公何不令燕且緩豨而與胡和事寬得長王燕勝以爲然廼令匈奴兵擊燕綰疑勝與胡反上書請族勝勝還報具道所以爲者綰寤廼詐論他人以脫勝家屬使得爲匈奴間而陰使范齊之豨所欲令連兵無決漢既斬豨其裨將降言燕王綰使范齊通謀豨所上使使召綰綰稱病於是上曰綰果反矣乃遣樊噲伐燕又曰黥布爲淮南王漢誅梁王彭越盛其醢以徧賜諸侯至淮南王王大恐陰令人部聚兵伺旁郡警急賁赫爲布中大夫上變言布謀反有端可先未發誅也淮南王疑其上言國陰事漢使又來頗有所驗遂族赫家發兵反　孤與將軍恩如骨肉割授江南不屬本州豈若淮陰捐舊之恨　楊州舊屬江南江南之地盡屬蜀焉今魏徙楊州於壽春而孫權全有江南之地故云屬蜀本州也江都圖經曰江西壽春屬魏魏楊州刺史鎮壽春捐舊或爲捐奪誤也　抑遏劉馥相厚益隆寧放朱浮顯露之奏　魏志劉馥字元

貸故貸其前事也

注從今史記亦作當作此注

潁沛國人也太祖方有袁紹之難謂馥可任以東南之事遂爲揚州刺史後漢書曰朱浮爲幽州牧奏漁陽守彭寵多買兵器不迎母寵遂反無匿張勝貸他改切故之變張勝有故於胡盧綰匿之而加恩貸也貸或爲貳匪有陰構賁音肥赫之告固非燕王淮南之釁也而忍絕王命明棄碩交實爲佞人所構會也史記蘇秦謂齊王曰此弃仇讎而得一石交者也碩与石古字通論語子曰遠佞人夫似是之言莫不動聽因形設象易爲變觀戰國策曰曾參殺人人有告曾參母母不信又有人告之母又不信須臾又有人告之母乃投杼而起示之以禍難激之以耻辱大丈夫雄心能無憤發吳志曰周瑜云受制於人豈與南面稱孤同哉昔蘇秦說韓羞以牛後韓王按劒作色而怒雖兵折地割猶不爲悔人之情也戰國策蘇秦爲楚合從說韓王曰臣聞鄙諺曰寧爲雞尸不爲牛從今西面交臂而臣事

暢字不當有

秦何以異於牛從也夫以大王之賢也挾强韓之名臣
切爲大王羞之韓王忿然作色攘臂按劒仰天曰寡人
雖死其不事秦延叔堅戰國策注曰尸雞中主也從牛子也從或爲後非也仁君年壯氣盛
緒信所嬖楚辭曰竊悲申包胥之氣盛宋均詩緯注曰緒業也既懼患至兼懷忿
恨不能復遠度孤心近慮事勢遂齎見薄之決計秉翻
然之成議加劉備相扇揚事結釁連推而行之想暢本
心不願於此也周易曰推而行之存乎通孤之薄德位高任重幸蒙
國朝將泰之運蕩平天下懷集異類家語注曰異類夷狄也喜得
全功長享其福而姻親坐離厚援生隙漢書谷永曰因而生隙常
恐海內多以相責以爲老夫苞藏禍心陰有鄭武取胡
之詐左氏傳趙孟曰老夫罪戾是懼焉能恤遠又曰楚公子圍聘于鄭鄭使行人子羽與之言曰大國无

乃苞藏禍心以圖之韓子曰昔者鄭武公伐胡先以其子妻胡君以娛其意因而問於群臣曰吾所用兵誰可伐者大夫關其思對曰胡可武公怒而戮之曰胡兄弟之國也子言伐之何胡君聞之以鄭親己遂不備鄭鄭人襲胡取之也乃使仁君翻然自絕以是忿忿懷慙反側常思除棄小事更申前好小事忿恨前好謂婚姻二族俱榮流祚後嗣以明雅素中誠之效抱懷數年未得散意昔赤壁之役遭離疫氣燒舡自還以避惡地非周瑜水軍所能抑挫也江陵之守物盡穀殫無所復據徙民還師又非瑜之所能敗也赤壁地名在荊州下吳志曰曹公臨荊州權遣周瑜程普爲左右督各領萬人與劉備俱進遇於赤壁大破曹公軍燒其餘舡引退士卒飢疫死者太半備瑜等復追至南郡公遂北還留曹仁於江陵瑜仁相守歲餘所殺傷甚衆仁委城走荊土本非己分我盡與君冀取其

其餘謂荆州以外

此變謂赤壁江陵荆州之事

自遂於此不復還之謂權因此自遂其心不復還念往非

焯云詳此文義與孫氏結好不復還之與下顧固德音相應注以爲仍是荆州之土不復還我殊非此書前後并無欲還荆州之意也

善改

餘言荆州之士非我之分今盡以與君實冀取其餘地耳非相侵肌膚有所割損也列子孟孫陽謂禽子曰有侵若肌膚獲萬金者若爲之乎曰爲之思計此變無傷於孤何必自遂於此不復還之言我尚冀君之餘地何必荆州之士不復還我哉高帝設爵以延田横光武指河而誓朱鮪榮美切君之負累豈如二子漢書高紀曰初田横攻彭越項羽已滅横懼誅與賓客士入海上恐其久爲亂遣使赦横曰横來大者王小者侯謝承後漢書曰光武攻洛陽朱鮪守之上令岑彭説鮪曰赤眉已得長安更始爲胡殷所反害今公誰爲守乎鮪曰大司徒公被害鮪与其謀誠知罪深不敢降耳彭還白上上謂彭復往明曉之夫建大事不忌小怨今降官爵可保況誅罰乎上指水曰河水在此吾不食言是以至情願聞德音毛詩曰彼美孟姜德音不忘往年在譙新造舟舡取足自載以至九江貴欲觀湖漅之形定江濵之民耳魏志曰建安十四年

二月軍至譙作輕舟治水軍自渦入淮出肥水吳志曰初曹公恐江濵郡縣爲權所略徵令內移轉相警備自廬江九江蘄春廣陵十餘萬皆東渡江江西遂虛合肥以南唯有皖城裴松之吳志注曰濼祖了切非有深入攻戰之計將恐議者大爲已榮（左氏傳楚子曰安人之亂以爲己榮）自謂策得長無西患重以此故未肯迴情然智者之慮慮於未形達者所規規於未兆（金匱曰明者見於未萌智者避危於無形）是故子胥知姑蘇之有麋鹿輔果識智伯之爲趙禽（漢書伍被謂淮南王曰昔伍子胥諫吳王曰臣今見麋鹿遊姑蘇之臺也越絶書曰姑蘇臺名夫差所造高見三百里戰國策曰智伯與韓魏圍趙於晉陽張孟談陰見韓魏之君曰智伯伐趙趙亡則二君爲之次二君乃與孟談陰約夜遣人入晉陽智果見二君說智伯曰二主色動而變必背君矣不如殺之智伯曰不可智果見言之不聽出便易姓爲輔氏）穆生謝病以免楚難鄒陽北遊不同吳禍（漢書

割江之表謂操自捨棄江南也

曰穆生不嗜酒楚王戊常設醴後忘設焉穆生退曰可以逝矣遂謝病去後戊乃與吳王通謀遂應吳王反又曰鄒陽仕吳吳王有邪謀陽奏書諫吳王王不納去之梁從孝王遊此四士者豈聖人哉徒通變思深以微知著耳范子計然曰見微知著以君之明觀孤術數量君所據相計土地豈勢少力乏不能遠舉割江之表宴安而已哉甚未然也若恃水戰臨江塞要欲令王師終不得渡亦未必也夫水戰千里情巧萬端越爲三軍吳曽不禦漢潛夏陽魏豹不意江河雖廣其長難衛也左氏傳曰越子伐吳吳子禦之笠澤夾水而陳越子爲左右句卒使夜或左或右鼓譟而進吳師分以禦之越子以三軍潛涉當吳中軍而鼓之吳師大亂遂敗之漢書曰韓信爲左丞相進擊魏王豹魏王豹盛兵蒲坂塞臨晉信迺益爲疑兵陳船欲渡至於臨晉而伏兵從夏陽以木罌渡軍襲安邑魏王豹驚張兵

注　別本無

迎信信遂虜豹而歸凡事有宜不得盡言將修舊好而張形勢更無以威脅重敵人重威重也言以威重迫脅敵人然有所恐恐書無益何則往者軍逼而自引還今日在遠而興慰納辭遜意狹謂其力盡適以增驕不足相動但明效古當自圖之耳昔淮南信左吳之策漢書曰淮南王安謀反日夜與左吳等按輿地圖部署兵所從出入漢隗囂納王元之言范曄後漢書曰隗囂字季孟天水人更始亂囂亡歸天水招聚其衆自稱西州上將軍遣子恂詣闕囂將王元說囂曰天水完富天下士馬最强元請一丸泥東封函谷此萬世一時也囂心然元計遂反彭寵受親吏之計彭寵已見朱浮與彭寵書三夫不寤終爲世笑梁王不受詭勝竇融斥逐張立三賢既覺福亦隨之願君少留意焉漢書曰梁孝王怨袁盎迺與羊勝公孫詭之屬陰使人刺

殺袁盎天子意梁逐賊果梁使之遣使覆案梁事捕公孫詭羊勝皆匿王後宮韓安國泣諫王王乃令出之勝詭皆自殺梁王使韓安國因長公主謝上怒稍解范曄後漢書竇融字周公扶風人也行西河五大郡大將軍事遥聞光武即位心欲東向隗囂使辯士張玄遊說西河曰今各據土宇與隴蜀合從高可爲六國下不失尉陀融召豪傑計議遂決策東向奉書獻馬光武賜融璽綬爲涼州牧封安豐侯後遷大司空若能内取子布外擊劉備吴志曰張昭字子布以効赤心用復前好則江表之任長以相付高位重爵坦然可觀上令聖朝無東顧之勞下令百姓保安全之福君享其榮孤受其利豈不快哉若忽至誠以處僥倖婉彼二人不忍加罪婉猶親愛也二人劉備張昭也所謂小人之仁大仁之賊大雅之人不肯爲此也韓子曰行小忠則大忠之賊也班固漢書贊曰大雅卓爾不羣河間獻王近之矣若憐子

劉繇據豫章不久往叩
病卒孫策西伐江夏還
過豫章收載繇喪見
吳志繇傳此云云作乃在
孫策薨後權據江東
之時劉繇死久矣豫章
距命之言恐涉虛飾
○人兵減損以上降者之
言以求進軍詠也之
言

○加務言如何也

布願言俱存，亦能傾心去恨，順君之情，更與從事，取其後善。史記曰：王溫舒徙諸名禍猾吏與從事。廣雅曰：從，行也。但禽劉備，亦足爲效。開設二者，審處一焉。聞荊楊諸將並得降者，皆言交州爲君所執，豫章距命，不承執事。吳志曰：孫輔字國儀，假節交州刺史，遣使與曹公相聞，事覺，權幽縶之，數歲卒。又曰：劉繇字正禮，避亂淮浦，詔遣爲楊州刺史，繇不敢之州，遂南保豫章。疫旱並行，人兵減損，各求進軍，其言云云。孤聞此言，未以爲悒然。道路既遠，降者難信，幸人之災，君子不爲。左氏傳曰：秦飢，使乞糴于晉，晉人弗與。慶鄭曰：背施無親，幸災不仁。且又百姓國家之有，加懷區區，樂欲崇和，庶幾明德來見昭副，不勞而定，於孤益貴。是故按兵守次，遣書致意。古者兵交，使在其中。左氏傳曰

晉欒書伐鄭鄭使伯蠲行成晉人殺之非禮也兵交使在其間可也願仁君及孤虛心回意以應詩人補袞之歎而慎周易牽復之義毛詩曰袞職有闕惟仲山甫補之周易曰牽復吉濯鱗清流飛翼天衢良時在茲勗之而已

與朝歌令吳質書一首典略曰質爲朝歌長大軍西征太子南在孟津小城與質書漢書曰魏郡有朝歌縣

魏文帝

五月十八日丕白季重無恙爾雅曰恙憂也塗路雖局官守有限爾雅曰局近也孟子曰吾聞有官守者不得其職則去願言之懷良不可任毛詩曰願言思子杜預左氏傳注曰任當也足下所治僻左書問致簡益用增勞每念昔日南皮之遊漢書勃海郡有南皮縣誠不可忘既妙思六經逍遥百氏莊子孔子謂老聃曰丘治詩書禮樂易春秋六經自以爲久矣淮南子曰百家

箏蒙恬所造

異說各有所出彈碁間設終以六博藝經曰碁正彈法二人對局白黑碁各六枚先列碁相當更先控三彈不得各去控一碁先補角世說曰彈碁出魏宮大躰以巾角拂碁子也高談娛心哀箏順耳馳騁北場旅食南館儀禮曰尊上旅食于門鄭玄注曰旅衆也上衆謂未得正祿所謂庶人在官者浮甘瓜於清泉沈朱李於寒水白日既匿繼以朗月同乘竝載以遊後園輿輪徐動參從無聲清風夜起悲笳微吟樂往哀來愴然傷懷列女傳陶荅子妻曰樂極必哀莊子仲尼曰樂未畢哀又繼之余顧而言斯樂難常足下之徒咸以爲然今果分別各在一方元瑜長逝化爲異物司馬遷荅任少卿書曰則長逝者魂魄私恨無窮鵩鳥賦曰化爲異物又何足患莊子曰假於異物託於同體郭象曰今死生聚散變化無方皆異物也每一念至何時可言方今蕤賓紀時景風

扇物禮記曰仲夏之月律中蕤賓易通卦驗曰夏至則景風至天氣和暖衆果具繁時駕而遊北遵河曲從者鳴笳以啓路文學託乘於後車毛詩曰命彼後車謂之載之節同時異物是人非我勞如何毛詩曰道之云遠我勞如何今遣騎到鄴故使枉道相過行矣自愛老子曰聖人自愛丕白

與吳質書一首典略曰初徐幹劉楨應瑒阮瑀陳琳王粲等與質並見友於太子二十二年魏大疫諸人多死故太子與質書 魏文帝

二月三日丕白歲月易得別來行復四年行猶且也三年不見東山猶歎其遠況乃過之思何可支毛詩曰我徂東山滔滔不歸自我不見于今三年杜預左氏傳注曰不支不能相支持也雖書疏往返未足解其勞

此下當与論文參看

人壽百年百年乃已分内所有故曰百年已分

徐山东壽光人陳廣陵人應汝南人劉泰安人

結昔日年疾疫親故多離其災徐陳應劉一時俱逝痛可言邪昔日遊處行則連輿止則接席何曾須臾相失每至觴酌流行絲竹並奏酒酣耳熱仰而賦詩楊惲報孫會宗者曰酒後耳熱仰天撫缶當此之時忽然不自知樂也謂百年已分可長共相保何圖數年之間零落略盡言之傷心頃撰其遺文都爲一集廣雅曰撰定也都凡也觀其姓名已爲鬼録追思昔遊猶在心目而此諸子化爲糞壤可復道哉觀古今文人類不護細行鮮能以名節自立尚書曰不矜細行終累大德而偉長獨懷文抱質恬惔寡欲有箕山之志可謂彬彬君子者矣論語子曰文質彬彬然後君子桓子新論雍門周曰身財高妙懷質抱真老子曰少私寡欲吕

典論幹時有逸氣然非粲匹

典論應瑒和而不壯劉楨壯而不密

大氐子桓論文以遒健不弱爲貴耳又以風骨爲全生於此

典論稱粲之初征登樓洗文雖張蔡不能過

文之繁簡隱顯百狀千名而最忌乎弱耳有畢世劬勞熟諳文律而文反不顯者大氐由於斯

氏春秋曰昔堯朝許由於沛澤之中曰請屬天下於夫子許由遂之箕山之下著中論二十餘篇成一家之言辭義典雅足傳于後此子爲不朽矣志曰徐幹字偉長北海人太祖召以爲軍謀祭酒轉太子文學以道德見稱著書二十篇號曰中論司馬遷書曰通古今之變成一家之言德璉常斐然有述作之意論語曰斐然成章又曰述而不作其才學足以著書美志不遂良可痛惜間者歷覽諸子之文對之抆淚既痛逝者行自念也楚辭曰孤吟而抆淚孔璋章表殊健微爲繁富公幹有逸氣但未遒耳其五言詩之善者妙絕時人言其詩之善者時人不能逮也元瑜書記翩翩致足樂也仲宣續自善於辭賦言仲宣最少續彼衆賢自善於辭賦也續或爲獨惜其體弱不足起其文典論論文曰文以氣爲主氣之清濁有體弱謂之體弱也

至於理非精則文不能古乃有後世之名為流俗所指耳心其氣強之效也然氣之強弱不可強為學之精粗學以精粗可以盡力吾儕亦為所可為而已

魏文以漢靈帝中平四年生至獻帝建安二十二年立為太子時年三十一棲然任尊年長才退所以傷惶歎息也

至於所善古人無以遠過昔伯牙絕絃於鍾期仲尼覆醢於子路痛知音之難遇傷門人之莫逮呂氏春秋曰子期死而伯牙乃破琴絕絃禮記曰孔子哭子路於中庭有人弔者而夫子拜之既哭進使者而問故使者曰醢之矣遂命覆醢諸子但為未及古人自一時之儁也今之存者已不逮矣後生可畏來者難誣然恐吾與足下不及見也論語子曰後生可畏焉知來者之不如今年行已長大所懷萬端時有所慮至通夜不瞑志意何時復類昔日已成老翁但未白頭耳光武言年三十餘在兵中十歲所更非一東觀漢記光武賜隗囂書曰吾年已三十餘在兵中十歲所更非一猷浮語虛辭耳吾德不及之年與之齊矣以犬羊之質服虎豹之文無眾星之明假日月之光法言

易諸難易之易言華
而常爲世所觀見何時
容易共乎此承德不及
之而言
憂虞既深所以不得爲
昔之娛樂
秉 法及古詩校
附吳騫爲之城縣今吳名帝

曰敢問質曰羊質而虎皮見草而悅見豺而戰文子曰百星之明不如一月之光實子曰主之與臣若日月之與星也動見瞻觀何時易乎愁衆不復得爲昔日遊也少壯眞當努力古詩曰少壯不努力老大乃傷悲年一過往何可攀援莊子北海若曰年不可攀時不可止消息盈虛終則又始古人思炳燭夜遊良有以也古詩曰晝短苦夜長何不秉燭遊秉或作炳頃何以自娛頗復有所述造不東望於邑裁書敘心楚辭曰長呼吸以於邑丕白

與鍾大理書一首魏志曰鍾繇字元常魏國初建爲大理魏略曰後太祖征漢中太子在孟津聞繇有玉玦欲得之而難公索使臨淄侯轉因人說之繇即送之太子與繇書

魏文帝

丕白良玉比德君子珪璋見美詩人禮記孔子曰君子比德於玉毛詩曰

承上而惟舉垂棘和
璧文乃參錯可以爲式

顒顒昂昂如珪如璋晉之垂棘魯之璵璠宋之結綠楚之和璞垂棘見下文左氏傳曰季平子卒陽虎將以璵璠斂戰國策應侯謂秦王曰宋有結綠楚有和璞此二者而爲天下之名器也價越萬金貴重都城尹文子曰魏有田父耕于野得玉徑尺不知其玉也弃之于野鄰人盜之以獻魏王魏王召玉工相之玉工賀曰敢賀大王得天下之寶臣所未嘗見王問其價玉工曰此無價以當之五城之都即可一觀魏王立賜獻者千金長食上大夫之祿有稱疇昔流聲將來孔子家語曰流聲後裔是以垂棘出晉虞虢雙禽左氏傳曰晉荀息請以屈產之乘與垂棘之璧假道於虞以伐虢虞公許之宮之奇曰虞不臘矣晉滅虢虢公醜奔京師旋館於虞遂襲虞滅之和璧入秦相如抗節孝經援神契曰抗節厲義通乎至德竊見玉書稱美玉白如截肪黑譬純漆赤擬雞冠黃侔蒸栗王逸正部論曰或問玉符曰赤如雞冠黃如蒸栗白如猪肪黑如純漆玉之符也通俗文曰脂在腰曰肪音方側

○因荀仲茂連下為句

聞斯語未覩厥狀雖德非君子義無詩人高山景行私所仰慕毛詩曰高山仰止景行行止然四寶邈焉已遠秦漢未聞有良比也求之曠年不遇厥眞私願不果飢渴未副許慎淮南子注曰果成也孔叢子子思謂魯穆公曰君若飢渴待賢近日南陽宗惠叔稱君侯昔有美玦聞之驚喜笑與抃會說文曰抃拊手也當自白書恐傳言未審未敢作書是以令舍弟子建因荀仲茂荀氏家傳曰荀宏字仲茂爲太子文學時從容喻鄙旨乃不忽遺厚見周稱周稱謂縣書也鄴騎既到寶玦初至捧匣跪發五內震駭縣在鄴城太子在孟津也李陵詩曰行行且自割無令五內傷繩窮匣開爛然滿目延篤與李文德書曰吾誦伏犧氏之易煥兮爛兮其滿目猥以蒙鄙之姿得覩希世之寶不煩一介

之使不損連城之價既有秦昭章臺之觀而無藺生詭奪之誑史記曰趙惠文王得和氏之璧秦昭王聞之使人遺趙王書願以十五城易璧趙王遂使相如奉璧西入秦秦王坐章臺見相如相如奉璧奏王相如視秦王無意償趙城乃前曰璧有瑕請指之王授相如相如持璧倚柱怒髮上衝冠曰觀大王無償趙城色故臣復取璧大王必欲急臣臣頭與璧俱碎於柱矣嘉貺益腆敢不欽承謹奉賦一篇以讚揚麗質丕白

與楊德祖書一首

典略曰臨淄侯以才捷愛幸秉意投脩數與脩書論諸才人優劣

曹子建

植白數日不見思子爲勞想同之也僕少小好爲文章迄至于今二十有五年矣然今世作者可略而言也昔仲宣獨步於漢南孔璋鷹揚於河朔仲宣在荊州故曰漢南孔璋廣陵人

在冀州袁紹記室故曰河朔仲長子昌言曰清如水碧潔如霜露輕賤世俗高立獨步此士之次也毛詩曰惟師尚父時惟鷹揚**偉長擅名於青土公幹振藻於海隅**徐偉長居北海郡禹貢之青州也故云青土公幹東平寧陽人也寧陽邊齊故云海隅呂氏春秋曰東方爲海隅青州齊也**德璉發跡於此魏足下高視於上京**德璉南頓人也近許都故曰此魏脩太尉之子故曰上京**當此之時人人自謂握靈蛇之珠家家自謂抱荆山之玉**淮南子曰隨侯之珠高誘曰隋侯見大蛇傷斷以藥傅而塗之後蛇於大江中銜珠以報之因曰隋侯之珠韓子曰楚人和氏得玉璞於楚山之中奉而獻之文王使玉人治其璞而得寶**吾王於是設天網以該之頓八紘以掩之今悉集茲國矣**吾王謂操也崔寔本論曰舉弥天之網以羅海內之雄淮南子曰九州之外是有八澤八澤之外乃有八紘**然此數子猶復不能飛軒絕跡一舉千里**韓詩外傳盖胥曰鴻鵠一

惡魏志注作麗然此不誤意言丁字吾文吾可以自得其佳惡後世既

長別本

別本

舉千里所恃者六翮以孔璋之才不閑於辭賦而多自謂能與司馬長卿同風譬畫虎不成反爲狗也東觀漢記曰馬援誡子嚴書曰效杜季良而不成陷爲天下輕薄子所謂畫虎不成反類狗也前有書嘲之反作論盛道僕讚其文夫鍾期不失聽于今稱之列子曰伯牙善鼓琴鍾子期善聽吾亦不能忘歎者畏後世之嗤余也世人之著述不能無病僕常好人譏彈其文有不善者應時改定荀子曰有人道我善者是吾賊也道我惡者是吾師也昔丁敬禮常作小文使僕潤飾之論語曰行人子羽脩飾之東里子產潤色之僕自以才不過古卧切若人辭不爲也若人謂敬禮也論語子謂子賤君子哉若人包曰若人若此之人也敬禮謂僕卿何所疑難文之佳惡吾自得之後世誰相知定吾文者邪

與吾不相知而焉貴言吾乃文耶其旨可此耶欲假力子建以興後世也

文殊蘊藉乃知休文云寄情以來此秘未睹可爲不善措詞 劉本

要作其下才而議作者之利病古今仍止一劉季緒哉

吾常歎此達言以爲美談公羊傳曰魯人至今以爲美談昔尼父之文辭與人通流至於制春秋游夏之徒乃不能措一辭禮記曰魯哀公曰嗚呼尼父史記曰孔子文辭有可與共者至于春秋子游子夏之徒不能贊一辭過此而言不病者吾未之見也蓋有南威之容乃可以論其淑於媛于戀切爲劉季緒張本戰國策曰晉平公得南威三日不聽朝遂推而遠之曰後世必有以色亡國者爾雅曰美女爲媛有龍泉之利乃可以議其斷丁段切劉戰國策蘇秦說韓王曰韓之劍戟龍淵大阿陸斷牛馬水擊鴻鴈劉季緒才不能逮於作者摯虞文章志曰劉表子官至樂安太守著詩賦頌六篇而好詆丁禮切訶呼歌切文章掎居綺切摭之石切利病說文曰訶大言也又曰掎偏引也昔田巴毀五帝罪三王呰紫五霸於稷下一旦而服千人魯連一說使終身

春秋說題辭曰孔子作春秋一萬八千字九月而書成以授游夏游夏之徒不能改一字

劉季緒班命論注引其作孫

讀此可以忘鄙吝
孫識昔漢武讀大人
而飄飄有凌雲之意
吾之讀此其快相如

相與移言相付也

杜口魯連子曰齊之辯者曰田巴辯於狙丘而議於稷下毀五帝罪三王一日而服千人有徐劫弟子曰魯連謂劫曰臣願當田子使不敢復說七略曰齊有稷城門也齊談說之士期會於稷下者甚衆漢書鄧公謂景帝曰內杜忠臣之口劉生之辯未若田氏今之仲連求之不難可無息乎毛萇詩傳曰息止也人各有好尚蘭茝蓀蕙之芳昌待切衆人所好而海畔有逐臭之夫喻人評文章愛好不同也呂氏春秋曰人有大臭者其親戚兄弟妻妾知識无能與居者自苦而居海上人有悅其臭者晝夜隨而不去咸池六莖之發衆人所共樂而墨翟有非之之論豈可同哉樂動聲儀曰黃帝樂曰咸池漢書曰顓項作六莖樂墨子有非樂篇今往僕少小所著辭賦一通相與夫街談巷說必有可采擊轅之歌有應風雅漢書曰小說家者街談巷語道聽塗說之所造也崔駰曰竊作頌一篇以當野人擊轅之歌班固集曰擊轅相杵亦

足樂也匹夫之思未易輕棄也我此一通同匹夫之思也辭賦小道固未足以揄揚大義彰示來世也昔楊子雲先朝執戟之臣耳猶稱壯夫不爲也漢書曰楊雄奏羽獵賦爲郎然郎皆執戟而侍也東方朔荅客難曰官不過侍郎位不過執戟揚子法言曰彫蟲篆刻壯夫不爲也吾雖德薄位爲蕃侯猶庶幾勠力上國流惠下民國語曰勠力一心四子講德論曰質敏以流惠建永世之業留金石之功尚書王曰與國咸休永世无窮吳越春秋樂師謂越王曰君王德可刻金石豈徒以翰墨爲勳績辭賦爲君子哉若吾志未果吾道不行則將采庶官之實錄辯時俗之得失班固漢書司馬遷贊曰有良史之才其文直其事該不虛美不隱惡故謂之實錄應劭曰言其實錄事也定仁義之衷成一家之言司馬遷書曰通古今之變成一家之言雖未能藏

之於名山，將以傳之於同好。司馬遷書曰：僕誠以著此書，藏之名山。尚書序曰：好古博雅君子，與我同志，亦所不隱也。此要一召切之皓首，豈今日之論乎？其言之不慙，恃惠子之知我也。張平子書曰：其言之不慙，恃鮑子之知我。明早相迎，書不盡懷。植白。

與吳季重書一首

典略曰：質出為朝歌長，臨淄侯與質書。

曹子建

植白：季重足下，前日雖因常調，得為密坐，曹大家歎器頌曰：侍帝王之密坐。雖燕飲彌日，其於別遠會稀，猶不盡其勞積也。毛詩曰：彌，終也。若夫觴酌凌波於前，簫笳發音於後，足下鷹揚其體，鳳歎虎視，鷹揚已見上文。足下，謂季重也。鳳以喻文也，虎以喻武也。歎猶歌也。取美壯之意。山

海經曰丹穴之山有鳥名曰鳳飮食自歌自舞易曰虎視眈眈謂蕭曹不足儔衛霍不足侔也左顧右眄謂若無人豈非吾子壯志哉史記曰荆軻與高漸離歌於市已而相泣傍若无人過屠門而大嚼慈躍切雖不得肉貴且快意桓子新論曰人聞長安樂則出門向西而笑知肉味美對屠門而大嚼當斯之時願舉太山以爲肉傾東海以爲酒伐雲夢之竹以爲笛斬泗濱之梓以爲箏尚書曰雲土夢作乂孔安國曰雲夢之澤在江南尚書曰泗濱浮磬食若塡巨壑飮若灌漏巵莊子湻芒謂苑風曰夫大壑之爲物也注焉而不滿取之而不竭淮南子曰今夫霤水足以溢壺榼而江河不能實漏巵其樂固難量豈非大丈夫之樂哉然日不我與曜靈急節楚辭曰角宿未旦曜靈焉藏廣雅曰曜靈日也面有逸景之速別有參商之闊左氏傳子產曰昔高辛氏有二子伯曰閼伯季

曰實沈不相能后帝不臧遷閼伯于商丘主辰商人是因故辰爲商星遷實沈於大夏主參唐人是因其季葉曰唐叔故參爲晉星思欲抑六龍之首頓羲和之轡楚辭曰貫鴻濛以東竭兮維六龍於扶桑又曰吾令羲和弭節兮折若木之華閉濛汜之谷楚辭曰折若木以拂日兮聊逍遥以相佯王逸曰若木在崑崙言折取若木以拂擊蔽日使之還却也楚辭曰出自陽谷次於濛汜天路高邈良久無緣仲長子昌言曰蕩蕩乎若昇天路而不知夫所登也懷戀反側如何如何得所來訊文采委曲曄若春榮瀏若清風荅賓戲曰摛藻如春華毛詩曰吉甫作頌穆如清風楚辭曰秋風瀏以蕭蕭兮申詠反覆曠若復面其諸賢所著文章想還所治復申詠之也所治謂朝歌也可令憙許記切事小吏諷而誦之周禮曰諷誦言語鄭玄曰背文曰諷以聲節之曰誦夫文章之難非獨今也古之君子猶亦病諸論語子曰

別本無自君至而蔽据篇末法似本無有特無則文不貫

言不好伎可也迴車於朝歌之名則太過矣

堯舜其猶病諸家有千里驥而不珍焉人懷盈尺和氏無貴矣言驥及和氏以希爲貴今若家有千里人懷盈尺即驥及和氏寧得珍貴乎呂氏春秋曰所爲貴驥者爲其一日千里也淮南子曰聖人不貴尺璧而重寸陰韓子曰楚人和氏得玉璞於楚山之中遂名曰和氏之璧夫君子而不知音樂古之達論謂之通而蔽墨翟不好伎何爲過朝歌而迴車乎足下好伎值墨翟迴車之縣想足下助我張目也文聞足下在彼自有佳政矣求而不得者有之矣未有不求而得者也法言曰學者所以有求爲君子求而不得者有矣未有不求而得之者也且改轍易行非良樂之御呂氏春秋曰古之善相馬者若趙之王良秦之伯樂九盡其妙也左氏傳曰晉趙鞅納衛太子于戚將戰郵無恤御杜預曰郵無恤王良也易民而治非楚鄭之政戰國策曰趙告謂趙王曰臣聞之聖人不易民而教智者不變

俗而勸史記曰循吏楚有孫叔敖鄭有子產而二國俱治是不易之民也願足下勉之而已
矣適對嘉賓口授不悉往來數相聞曹植白植集此書別題云夫爲君子而不知音樂古之達論謂之通而蔽墨翟自不好伎何謂過朝歌而迴車乎足下好伎而正值墨氏迴車之縣想足下助我張目也今本以墨翟之好伎置和氏无貴矣之下蓋昭明移之与季重之書相映耳

荅東阿王書一首　吴季重

質白信到奉所惠貺發函伸紙是何文采之巨麗而慰
喻之綢繆乎夫登東嶽者然後知衆山之邐迤也奉至
尊者然後知百里之卑微也法言曰觀書者譬如觀山升東嶽而知衆山之邐迤也況介丘乎下句蓋季重自況也自旋之初伏念五六日至于旬時尚書曰要囚服念五六日至于旬時精散思越惘若有失非敢羡寵光之休

此數句偶一敘之則可屢用則可憎厭矣

慕猗頓之富毛詩曰既見君子為龍為光毛萇曰龍寵也孔叢子子產問子順曰臣聞於財聞猗頓善殖貨欲學之然先生同國也當知其術願以告我荅曰然我知之猗頓魯之窮士也耕則常飢桑則常寒聞朱公富往之問牛于朱公公告之曰子欲速富當畜五牸於是乃適河大畜牛羊于猗氏之南十年之間其滋息不可計貲擬王公馳名天下以興富於猗氏一曰猗頓誠以身賤犬馬德輕鴻毛戰國策魯連說張相國曰鴻毛之輕也而不能自舉至乃歷玄闕排金門升玉堂三輔舊事曰未央宮北有玄武闕解嘲曰歷金門上玉堂有日矣伏虛檻於前殿臨曲池而行觴楚辭曰坐堂伏檻臨曲池既威儀虧替言辭漏泄思列反雖恃平原養士之懿愧無毛遂燿穎之才史記曰秦之圍邯鄲使平原君求救合從於楚約與食客門下有勇士文武備具者二十人偕得十九人餘无可取者毛遂自讃於平原君平原君曰夫賢士之處俗譬若錐之處囊中其末立見今在左右未有所稱誦是先生无所有也毛遂曰臣今日

請處囊中耳使遂早得處囊中乃穎脫而出非特其末見而已深蒙薛公折節之禮而無馮諼火爰切三窟之効漢書曰淮南王折節下士戰國策曰齊人有馮諼者貧乏不能自存使人屬孟嘗君願寄食門下孟嘗君曰諾孟嘗問門下諸客誰習會計能爲文收債於薛者乎馮諼曰能於是約車促裝單衣載契而辭問曰收債畢何市而反孟嘗君曰視吾家所寡有者驅而之薛矯命以債賜諸人因燒其券人稱萬歲長驅到齊孟嘗君見之曰何市而反曰竊計君家所無不有所乏者義爾爲君市義孟嘗不悅後有毀孟嘗君於湣王孟嘗君就國于薛未至百里老幼迎於道中孟嘗君顧馮諼曰先生爲文市義乃今見矣馮諼曰狡兎有三窟免其死耳今君有一未得高枕而臥也請爲君復鑿二窟孟嘗君乃與車五十乘金五百斤西遊於梁梁惠王聘孟嘗君齊王聞之君臣恐懼使太傅謝孟嘗君曰願君顧先王之宗廟姑反國統民馮諼謂孟嘗君請先王之祭器立宗廟於薛廟成還謂孟嘗君曰三窟已就請君高枕爲樂矣屢獲信陵虛左之德又無侯生可述之美史記曰魏公子置酒大會賓客

此風諫也

公子從車騎虛左自迎夷門侯生侯生攝衣冠直載公子上坐不讓欲以觀公子公子執轡愈恭侯生謂公子曰今日嬴之爲公子亦足矣市人皆以嬴爲小人而以公子爲長者能下士也凡此數者乃質之所以憤積於胸臆懷眷而悁邑者也若追前宴謂之未究傾海爲酒并山爲肴伐竹雲夢斬梓泗濱然後極雅意盡歡情信公子之壯觀非鄙人之所庶幾也封禪書曰天下之壯觀周易曰顏氏之子其殆庶幾乎若質之志實在所天左氏傳箴尹克黃曰君天也思投印釋黻朝夕侍坐鑽仲父之遺訓覽老氏之要言仲父仲尼也老氏老子也對清酤而不酌抑嘉肴而不享毛詩曰旣載清酤又曰嘉肴脾臄使西施出帷嫫母侍側越絕書曰越王乃飾美女西施使大夫種獻之於吳王楚辭曰西施娓而不得見兮嫫母勃屑而日侍王逸曰嫫母醜女也斯盛德之

所臨明哲之所保也周易曰日新之謂盛德毛詩曰既明且哲以保其身若乃近者之觀實盪鄙心秦箏發徽二八迭奏楚辭曰扶秦箏而彈徽又曰二八齊容起鄭舞塤簫激於華屋靈鼓動於座右舞賦曰燿華屋而熺洞房周禮曰靈鼓鼓社祭也耳嘈嘈於無聞情踴躍於鞍馬謂可北懾肅慎使貢其楛矢南震百越使獻其白雉家語曰孔子之陳陳惠公賓之有隼集庭而死楛矢貫之惠公使使如孔子之館問之孔子曰昔武王克商於是肅慎氏貢楛矢石砮其長尺有咫故銘其楛曰肅慎氏貢矢以分太姬配虞胡公而封諸陳王肅曰肅慎北夷國名也楛木名也砮箭鏃也太公金匱曰武王伐殷四夷聞各以來貢越裳獻白雉重譯而至又況權備夫何足視乎還治諷采所著觀省英瑋實賦頌之宗作者之師也漢書曰司馬相如蔚爲辭宗賦頌之首衆賢所述亦各有志昔趙武過平聲鄭

七子賦詩春秋載列以爲美談左氏傳曰趙武與諸侯大夫會過鄭鄭伯享趙孟於垂隴七子從趙孟曰七子從君以寵武也請皆賦詩以卒君貺武亦以觀七子之志子展賦草虫伯有賦鶉之奔奔子西賦黍苗之四章子產賦隰桑子大叔賦野有蔓草叔段賦蟋蟀公孫段賦桑扈賀小人也無以承命又所荅貺辭醜義陋申之再三赧然汗下尚書曰至于再至于三小雅曰面慙曰赧此邦之人閑習辭賦三事大夫莫不諷誦何但小吏之有乎毛詩曰三事大夫莫肯夙夜重惠苦言訓以政事史記衛鞅曰苦言藥也甘言疾也惻隱之恩形乎文墨謝承後漢書曰甄豐惻隱之恩發於自然墨子迴車而質四年雖無德與民式歌且舞淮南子曰曾子至孝不過勝母里墨子非樂不入朝歌鄒陽上書曰里名勝母曾子不入邑號朝歌墨子迴車毛詩曰雖无德與女式歌且舞式作或者非儒墨不同固以久矣然一旅

今謂它事曰別事 語出於此

之衆不足以揚名左氏傳伍員曰少康有衆一旅杜預曰一旅伍百人也步武之間不足以騁跡司馬法曰六尺曰步禮記曰堂上接武鄭玄注曰武跡也若不改轍易御將何以効其力哉今處此而求大功猶絆良驥之足而責以千里之任檻猨猴之勢而望其巧捷之能者也淮南子曰兩絆騏驥而求其致千里置猨檻中則與豚同非不巧捷也無所肆其能也不勝見恤謹附遣白荅不敢繁辭質白

與滿公琰書一首 賈弼之山公表注曰滿寵子炳字公琰爲別部司馬

應休璉 公琰前日曾過休璉至明日欲遣書謝值公琰又使人來召璩璩別事不得往故爲報

璩白昨者不遺猥見照臨雖昔侯生納顧於夷門毛公

書今說苑作畫別本亦作書陽書亦喻術魚楊倩亦喻沽酒
此述留媚飯也

今本韓非子此文後有宋之酤酒者有莊氏云云未審即此文范武之譏否

受眷於逆旅無以過也夷門侯嬴也已見吳季重答東阿王書史記曰趙有處士毛公藏於博徒薛公藏於賣漿家魏公子欲見之兩人自匿不肯見公子聞所在乃間步往從此兩人遊甚歡左氏傳荀息曰今號爲不道保於逆旅外嘉郎君謙下之德內幸頑才見誠知己歡欣踴躍情有無量是以奔騁御僕宣命周求陽書喻於詹何楊倩說於范武說苑曰宓子賤將適單父陽書謂子賤曰吾少賤無以送子今贈子以釣道夫投綸錯餌迎而吸之者楊鱎也其爲魚薄而不美若亡若存若食若不食者魴其爲魚味厚子賤至單父冠蓋迎之者交接於道子賤曰陽書所謂楊鱎者也乃請耆老尊賢與之共化列子曰詹何楚人也以獨繭絲爲綸芒鍼爲鉤荊條爲竿剖粒爲餌而引盈車之魚韓子曰宋人有酤酒者升槩甚平遇客甚謹爲酒甚美懸幟甚高然而不售酒酸怪其故問其所知問長者楊倩曰汝狗猛曰狗猛則酒美何故而不售曰人畏焉或令孺子懷錢挈壺甕而往酤狗迎而齕之此酒所以酸不售也夫國亦然有道之士懷其術而

欲以輔萬乘之主大臣爲猛狗迎而齕之人主之故使所以蔽脅而有道之士所以不用也范武未詳鮮魚出於潛淵芳香發自幽巷繁俎綺錯羽爵飛騰楚辭曰瑶漿蜜勺實羽觴些漢書音義曰羽觴作生爵形儀禮曰請媵爵鄭玄曰今文媵多作騰牙曠高徽義渠哀激列子伯牙善鼓琴左氏傳曰師曠侍於晉侯杜預曰師曠晉樂太師也許愼淮南子注曰鼓琴循絃謂之徽戰國策曰義渠君之魏高誘曰義渠西戎國名也其樂未聞當此之時仲孺不辭同產之服孟公不顧尚書之期漢書曰灌夫字仲孺夫嘗有姊服過丞相田蚡從容曰吾欲與仲孺過魏其侯會仲孺有服夫曰將軍乃肯幸臨魏其侯夫安敢以服爲辭又曰陳遵字孟公嗜酒好賓客每取客車轄投井中雖有急終不去嘗有部刺史奏事過遵值其女飲刺史候遵霑醉時突入見遵母叩頭白曰當對尚書有期會狀母廼令刺史從後閤出去徒恨宴樂始酣白日傾夕驪駒就駕意不宣展漢書曰諸儒士共持酒肉勞王式江翁謂歌吹諸生曰歌

驪駒王式曰聞之於師客歌驪駒主人歌客毋庸歸今諸君爲主人日尚早未可也服虔曰大戴禮篇客欲去歌之文穎曰其辭曰驪駒在門僕夫具存驪駒在路僕夫整駕追惟耿介迄于明發楚辭曰獨耿介而不隨毛詩曰明發不寐適欲遣書會承來命知諸君子復有漳渠之會夫漳渠西有伯陽之館北有曠野之望伯陽即老子也詩曰率彼曠野高樹翳朝雲文禽蔽綠水沙場夷敞清風肅穆是京臺之樂也得無流而不反乎淮南子曰令尹子瑕請飲莊王許諾子瑕具於京臺莊王不往曰吾聞京臺者南望獵山北臨方皇左江右淮其樂忘歸若吾薄德之人不可以當此樂也恐流而不能自反高誘曰京臺高臺也方皇大澤也適有事務須自經營何休公羊傳注曰適遇也不獲侍坐良增邑邑邑邑不樂也因白不悉璩白

與侍郎曹長思書一首　應休璉

璩白足下去後甚相思想叔田有無人之歌闉闍有匪
存之思風人之作豈虛也哉毛詩曰叔于田巷無居人又曰出其闉闍有女如荼
又曰雖則如雲匪我思存闉音因闍音都王肅以宿德顯授何曾以後進見拔
魏志曰王肅字子雍黃初中爲散騎黃門侍郎臧榮緒晉書曰何曾字穎考陳國人也曾弱冠累遷散騎侍郎
給事黃門郎東觀漢記梁商上書曰猥復起起宿德論語子曰後進於禮樂君子也皆鷹揚虎視
有萬里之望薄援助者不能追參於高妙復斂翼於故
枝桓子新論曰昔顏淵有高妙次聖之才聞一知十塊然獨處有離羣之志淮南
子曰卓然獨立塊然幽處禮記子夏曰吾離羣索居亦已久矣汲黯樂在郎署何武耻
爲宰相千載揆之知其有由也漢書汲黯字長孺拜淮陽太守黯伏地謝不受
卬綬臣願爲中郎出入禁闥臣之願也又曰何武字君
公爲御史司空多所舉奏號爲煩碎不稱賢公耻義未

詳德非陳平門無結駟之跡漢書曰陳平家貧好讀書張負隨平至其家家負郭窮巷以席爲門然門外多長者車轍學非楊雄堂無好事之客漢書曰楊雄家素貧嗜酒人稀至其門時有好事者載酒肴從雄遊學才劣仲舒無下帷之思家貧孟公無置酒之樂漢書曰董仲舒廣川人以學春秋孝景時爲博士下帷講誦又曰陳遵字孟公嗜酒每大飲賓客滿堂尊過寡婦左阿君置酒歌謳遵起舞跳梁樂之悲風起於閨闥紅塵蔽於机榻幸有袁生時步玉趾樵蘇不爨清談而已左氏傳楚宰薳啓彊謂魯侯曰今君昔步玉趾辱見寡君也漢書廣武君李左車說成安君曰樵蘇後爨師不宿飽晉灼曰樵取薪也蘇取草也有似周黨之過平聲閔子東觀漢記日太原閔貢字仲叔與周黨相遇含菽飲水無菜茹也夫皮枯者毛落川涸者魚逝蔡邕正論曰皮極則毛落水涸則魚逝其勢然也春生者繁華秋榮者零悴周書陰符

太公曰春道生萬物榮秋道成萬物零自然之數豈有恨哉聊爲大弟陳其苦懷耳想還在近故不益言瓌白

與廣川長岑文瑜書一首廣川縣時旱祈雨不得作書以戲之

應休璉

瓌白頃者炎旱日更增甚沙礫銷鑠草木焦卷呂氏春秋曰湯時大旱七年煎沙爛石山海經曰十日所落草木焦卷處涼臺而有鬱蒸之剩切之煩浴寒水而有灼爛之慘宇宙雖廣無陰以憩雲漢之詩何以過此毛詩雲漢曰赫赫炎炎云我無所鄭玄曰言無所茈蔭而處也土龍矯首於玄寺泥人鶴立於闕里淮南子曰聖人用物若用朱絲約芻狗若爲土龍以求雨芻狗待之而求福土龍待之而得食高誘曰土龍致雨雨而成穀故待土龍之神而得穀食玄寺道場也風

俗通曰尚書御史所止皆曰寺故後代道場及祠宇皆取其稱焉淮南子曰西施毛嬙猶倛醜也高誘曰倛醜請雨土人也司馬彪續漢書梅福上書曰仲尼之廟不出闕里修之歷旬靜無徵効明勸教之術非致雨之備也知恤下人躬自暴露拜起靈壇勤亦至矣司馬彪續漢書曰郡國旱各掃除社稷公卿官長以次行雩禮求雨昔夏禹之解陽盱殷湯之禱桑林淮南子曰禹爲水以身解於陽盱之河湯苦旱以身禱於桑林之祭高誘曰爲治水解禱以身爲質解讀解除之解陽盱河蓋在秦地桑山之林能興雲致雨故禱之盱音紆言未發而水旋流辭未卒而澤滂沛說苑曰湯之時大旱七年使人持三足鼎而祝山川盖爵未已而天下大雨也今者雲重積而復散雨垂落而復收得無賢聖殊品優劣異姿割髮宜及膚翦爪宜侵肌乎呂氏春秋曰昔殷湯尅夏而大旱五年湯乃身禱於桑林於是翦其髮䥞其手自以爲犧用祈福於

注

上帝民乃甚悅雨乃大至鄜音鄜周征殷而年豐衛伐邢而致雨左氏傳衛人伐邢於是衛大旱甯莊曰昔周飢克殷而年豐今邢方無道諸侯無伯天其或者欲使衛討邢乎從之師興而雨善否之應甚於影響未可以爲不然也尚書曰惠迪吉從逆凶惟影響想雅思所未及謹書起予論語子曰起予者商也應璩白

與從弟君苗君胄書一首此書言欲歸田故報二從弟也

應休璉

璩報間者北遊喜歡無量登芒濟河曠若發矇說文曰芒洛北大阜也禮記曰昭然若發蒙矣如淳漢書注曰以物蒙覆其頭而爲發去其人欲之耳風伯掃途雨師灑道韓子師曠曰黃帝合鬼神於太山之上風伯進掃雨師灑道列仙傳曰赤松子爲雨師按轡清路周望山野亦既至止酌彼春酒詩曰亦既見止又曰至止

蒙注

肅肅又曰為此春酒接武茅茨涼過大夏禮記曰堂上接武鄭玄曰武跡也說文曰屋以草蓋曰茨淮南子曰大夏增加擬於崑崙高誘曰大夏大屋也涼或作椋非也扶寸肴脩味踰方丈尚書大傳曰扶扶寸而合不崇朝而雨天下鄭玄曰四指為扶扶音膚墨子曰美食方丈目不能徧視口不能徧味逍遙陂塘之上吟詠菀柳之下淮南子曰禹有陂塘之事毛詩曰菀彼柳斯結春芳以崇佩折若華以翳日楚辭曰紉秋蘭以為佩又曰春蘭兮秋菊毛萇詩傳曰崇充也若華已見曹植與吳季重書弋下高雲之鳥餌出深淵之魚蒲且子餘切讚善便嬛一緣切稱妙何其樂哉列子詹何曰臣聞蒲且子之弋弱弓微繳乘風振之連雙鶬於青雲之上用心專也淮南子曰雖有鉤鍼芳餌加以詹何便嬛之妙猶不能與罔罟爭得也高誘曰便嬛白翁時人也七發曰蜎蠉詹何之倫然便嬛即蜎蠉也雖仲尼忘味於虞韶楚人流遯於京臺無以過也論語曰子

平文作便娟

在齊聞韶三月不知肉味曰不圖爲樂之至於斯也京臺已見應休璉與滿公琰書班嗣之書信不虛矣漢書曰桓生欲借其書班嗣報曰漁釣一壑則萬物不奸其志栖遲一丘則天下不易其樂來還京都塊然獨處營宅濱洛困於囂塵晏子春秋曰景公欲更晏子之宅近市湫隘囂塵不可居思樂汶上發於寤寐論語曰季氏使閔子騫爲費宰閔子騫曰善爲我辭焉如有復我者則吾必在汶上矣昔伊尹輟耕郅惲投竿思致君於有虞濟蒸人於塗炭孟子曰伊尹耕於有莘之野而樂堯舜之道湯使人以幣聘之囂囂然湯三使往聘之既而幡然改之曰與我處畎畝之中是以樂堯舜之道吾豈若使是君爲堯舜之君哉吾豈若使是民爲堯舜之民哉吾豈若於吾身親見之哉東觀漢記曰郅惲字君章汝南人也鄭次都隱於弋陽山中惲即去從次都止漁釣甚娛留數十日惲喟然歎曰天生俊士以爲民也鳥獸不可與同羣子從我爲伊尹乎將爲許巢而去堯舜也次都曰吾年耄矣安得從子子勉正性命勿勞神以害生告別而去惲客

下目及别本

州郡崇禮官師授邑
謂辟入幕府也

於江夏郡舉孝廉爲郎尚書曰民墜塗炭而吾方欲秉耒耜於山陽沈鉤緡於丹水知其不如古人遠矣漢書河内郡有山陽縣又上黨郡高都縣有莞谷丹水所出莞音管然山父不貪天地之樂曾參不慕晉楚之富亦其志也山父即巢父也譙周古考史曰許由夏常居巢故一號巢父琴操曰許由夏則巢居冬則穴處飢則仍山而食渴則仍河而飲堯大其志禪爲天子由曰放髮優游所以安己不懼非以貪天下也孟子曾子曰晉楚之富不可及也彼以其富我以吾仁彼以其爵我以吾義吾何慊之前者邑人念弟無已欲州郡崇禮官師授邑誠美意也歷觀前後來入軍府至有皓首猶未遇也漢書賈誼上疏曰古者内有公卿大夫外有公侯伯子男然後有官小史延及庶人徒有飢寒駿奔之勞尚書曰駿奔走俟河之清人壽幾何左氏傳子駟曰周詩有之曰俟河之清人壽幾何杜預曰言人壽促而河清遲也且宦

無金張之援，遊無子孟之資。漢書金日磾贊曰：夷狄亡國，羈虜漢庭，七葉内侍，何其盛矣。又張湯贊曰：張氏子孫相繼，自宣元已來爲侍中中常侍者凡十餘人。功臣之後，唯有金氏、張氏。漢書曰：霍光，字子孟，驃騎將軍去病之弟也。而圖富貴之榮，望殊異之寵，是隴西之遊，越人之射耳。淮南子曰：夫乘舟而惑者，不知東西，見斗極則曉然而寤矣。性亦人之斗極，有自見也，則不失物之情；無以自見，則動而惑。譬若隴西之游，愈躁愈沈。又曰：越人學遠射，參天而發，適在五步之内，不易其儀，時已變矣，而守其故，譬猶越之射爾。幸賴先君之靈，免負擔之勤，左氏傳陳公子完曰：免於罪戾，弛於負擔。追蹤丈人，畜雞種黍，論語曰：子路從而後，遇丈人以杖荷蓧。子路問曰：子見夫子乎？丈人曰：四體不勤，五穀不分，孰爲夫子？植其杖而耘。止子路宿，殺雞爲黍而食之。漢書鄭朗曰：修農圃之疇，畜雞種黍。潛精墳籍，立身揚名，斯爲可矣。孝經曰：立身行道，揚名於後世。無或遊言，以增邑邑。禮記曰：大人不倡遊言。鄭

玄曰遊浮也不可用之言郊牧之田宜以爲意爾雅曰郊周禮……劉杜二生想數……土宇吾將老焉左氏傳曰隱公使營菟裘吾將老焉菟音塗往來朱明之期已復至矣爾雅曰夏爲朱明相見在近故不復爲書慎夏自愛璩白

文選卷第四十二

壬戌七月初四日　侃讀

初四日當作初三日或係柚閱焯

移 意補

文選卷第四十三

梁昭明太子撰

文林郎守太子右內率府録事參軍事崇賢館直學士臣李善注上

書下

嵇叔夜與山巨源絶交書

孫子荆爲石仲容與孫皓書

趙景真與嵇茂齊書

丘希範與陳伯之書

劉孝標重荅劉秣陵沼書

劉子駿移書讓太常博士

別本注題下皆當依此補

集載与呂長悌絶交書云古之君子絶交不出醜言然此書乃激切已甚想彼乃朋友間細故此則關於出處大節彼可對衆不惡人故當避辭此則本爲同志十旦乖異遂不能不介懷耶

字 別本

羲文 別本

經常也

孔德璋北山移文

與山巨源絶交書一首 魏氏春秋曰山濤爲選曹郎舉康自代康荅書拒絶因自說不堪流俗而非薄湯武大將軍聞而惡焉

嵇叔夜

康白足下昔稱吾於頴川吾常謂之知言 言稱謂說其情不願仕也愜其素志故謂知言也虞預晉書曰山嶔字頴川嵇康文集録注曰河内山嶔字頴川山公族父莊子曰狂屈豈聞之以黃帝爲知言 然經怪此意尚未熟悉於足下何從便得之也 言常怪足下何從而便得吾之此意也 前年從河東還顯宗阿都說足下議以吾自代 晉氏八王故事注曰公孫崇字顯宗譙國人爲尚書郎嵇康文集録注曰阿都呂仲悌東平人也康與呂長悌絶交書曰少知阿都志力閑華每喜足下家復有此弟 事雖不行知足下故不知之 言不知己之情 足下傍通多可而少怪 言足下傍

狹中即淺之促中也

今字至耳字当一句言性所不堪不可殄古雖有達人亦不能學空知之耳

通衆藝多有許可少有疑怪言寬容也周易曰六爻發揮旁通情也法言曰或問行曰旁通厥德李軌曰應萬變而不失其正者唯旁通乎吾直性狹中多所不堪偶與足下相知耳偶謂偶然非本志也爾雅曰偶遇也郭璞曰偶值也間聞足下遷惕然不喜恐足下羞庖人之獨割引尸祝以自助莊子曰庖人雖不治庖尸祝不越樽俎而代之手薦鸞刀漫平聲之羶腥毛詩曰執其鸞刀以啓其毛莊子北人無擇曰帝欲以辱行漫我高誘呂氏春秋注曰漫汙也故具爲足下陳其可否吾昔讀書得并介之人或謂無之今乃信其真有耳并謂兼善天下也介謂自得無悶也趙岐孟子章句曰伯夷柳下惠介然必偏中和爲貴性有所不堪真不可強今空語同知有達人無所不堪外不殊俗而內不失正與一世同其波流而悔吝不生耳空語猶虛說也共知有通達之人至於世

自老子至接輿皆其性也

事無所不堪言已不能則而行之也太玄經曰君子內正而外馴莊子曰與物委虵而同其波周易曰悔吝者憂虞之象也　老子莊周吾之師也親居賤職柳下惠東方朔達人也安乎卑位吾豈敢短之哉　史記曰莊子名周嘗爲蒙漆園吏列仙傳曰李耳爲周柱下史轉爲守藏史論語曰柳下惠爲士師漢書曰東方朔著論設客難已位卑以自慰諭孟子曰爲貧仕者辭尊居卑　又曰位卑言高罪也　又仲尼兼愛不羞執鞭子文無欲卿相而三登令尹是乃君子思濟物之意也　莊子仲尼謂老聃曰兼愛無私仁之情也論語子曰富而可求雖執鞭之士吾亦爲之子張問令尹子文三仕爲令尹無喜色三已之無慍色舊令尹之政必以告新令尹何如子曰忠矣　所謂達能兼善而不渝窮則自得而無悶　孟子曰古之人窮則獨善其身達則兼善天下又曰柳下惠遺佚而不怨厄窮而不憫　以此觀之故堯舜之君世許由之巖棲　呂氏春秋曰昔

韓詩外傳云朝廷之士爲祿故入而不出山林之士爲名故往而不返

堯朝許由於霈澤之中曰請屬天下於夫子許由遂之箕山之下張升反論曰黃綺引身巖棲南岳子房之佐漢接輿之行歌其揆一也漢書曰上封良爲留侯行太子少傅事論語曰楚狂接輿歌而過孔子孟子曰先聖後聖其揆一也仰瞻數君可謂能遂其志者也賈逵國語注曰遂從也故君子百行殊塗而同致循性而動各附所安周易子曰天下同歸而殊塗一致而百慮淮南子曰循性而行或害或利論語讖曰貧而無怨循性動也故有處朝廷而不出入山林而不反之論班固漢書賛曰山林之士往而不能反朝廷之士入而不能出二者各有所短且延陵高子臧之風長卿慕相如之節志氣所託不可奪也左氏傳吳子諸樊既除喪將立季札季札辭曰曹宣公之卒也諸侯與曹人不義曹公將立子臧子臧去之遂弗爲也以成曹君君子曰能守節君義嗣也誰能奸君有國非吾節也札雖不才願附於子臧以無失節史記曰司馬相如字長卿其親名之犬子相

仫蒙刺史曰條章以保終性命
存神養和以明使君奉宣
詔古夕惕庶乃反不苦耶

幽憤詩母兄鞠育有慈無威
恃愛肆姐不訓不師
○晉
嵇喜康傳曰學不師
授博洽多聞

○常作當

幽憤詩託好老莊賤物
貴身志在守樸養素
全真

如既學慕藺相如之爲人更名相如吾每讀尚子平臺孝威傳慨然慕之想其爲人英雄記曰尚子平有道術爲縣功曹休歸自入山擔薪賣以供食飲范曄後漢書曰向子平隱居不仕性尚中和好通老易尚向不同未詳又曰臺佟者字孝威魏郡人隱於武安山鑿穴爲居采藥爲業佟徒冬切史記太史公曰余讀孔氏書想見其爲人少加孤露母兄見驕不涉經學性復疏嬾筋駑肉緩頭面常一月十五日不洗不大悶癢不能沐也每常小便而忍不起令胞中略轉乃起耳又縱逸來久情意傲散簡與禮相背嬾與慢相成孔安國論語注曰簡與也言性簡略與禮相背也而爲儕類見寬不攻其過又讀莊老重增其放放謂放蕩故使榮進之心日穨任實之情轉篤此由禽鹿少見馴育則服從教制長而見羈則狂顧

幽憤詩惟此褊心顯明臧否感悟思愆怛若創痏據此是特夜不溺於酒也集載家戒云見醉薰薰便止慎不當至困醉不能自裁也此嵇阮之異

資性及晉書

頓纓赴蹈湯火。楚辭曰狂顧南行王逸曰狂猶遽也雖飾以金鑣饗以嘉肴逾思長林而志在豐草也。毛詩曰茀厥豐草茀甫物切阮嗣宗口不論人過吾每師之而未能及至性過人與物無傷唯飲酒過差耳莊子仲尼謂顏回曰聖人處物不傷物者物不能傷也李尤盃銘曰飲無求辭繞以相娛荒沈過差可不慎與至為禮法之士所繩疾之如讎幸賴大將軍保持之耳孫盛晉陽秋曰何曾於太祖坐謂阮籍曰卿任性放蕩敗禮傷教若不革變王憲豈得相容謂太祖宜投之四裔以絜王道太祖曰此賢素羸病君當恕之吾不如嗣宗之賢而有慢弛之闕資材量也又不識人情闇於機宜無萬石之慎而有好盡之累漢書曰萬石君石奮長子建為郎中令奏事事下建讀之驚恐曰書馬者與尾而五今廼四不足一獲譴死矣其為謹慎雖他皆如是又曰建奏事於上前即有可言屏人乃言極切至延見如不

好夜虞禍之形蓋不自賦幽憤時始而龍性難馴終于被害哀哉

不得搖謂不得動　痺謂腳麻也

能言若好盡謂言則盡情不知避忌久與事接。疵釁日興。雖欲無患。其可得乎。又人倫有禮。朝廷有法。自惟至熟。有必不堪者七。甚不可者二。臥喜晚起。而當關呼之不置。一不堪也。東觀漢記曰汝郁再徵載病詣公車尚書勑郁自力受拜郁乘輂白衣詣止車門臺遣兩當關扶郁入拜郎中抱琴行吟。弋釣草野。而吏卒守之。不得妄動。二不堪也。危坐一時。痺必切不得搖。管子曰少者之事先生出入恭敬如有賓客危坐向師顏色無怍說文曰痺濕病也性復多蝨。瑟把蒲巴搔無已。而當裹以章服。揖拜上官。三不堪也。素不便書。又不喜作書。而人間多事。堆案盈机。不相酬荅。則犯教傷義。欲自勉強。則不能久。四不堪也。不喜弔喪。而人道以此為重。已為未見恕者所

詭故變舊也

此所非薄乃偽湯武周孔也

此事會顯言此乃必為世人所知 孫志祖說絕句 非夜自知何其明對 促中小心褊急之謂也

怨至欲見中傷者言人於己爲未見有詠怨之者而纔有所怨乃至欲見中傷言被疾苦也雖瞿音句然自責然性不可化班固漢書惠帝贊曰聞叔孫通之諫則瞿然欲降心順俗則詭故不情新序卜偃謂晉侯曰天子降心迎公周書曰飾貌者不情亦終不能獲無咎無譽如此五不堪也周易曰括囊無咎無譽不喜俗人而當與之共事或賓客盈坐鳴聲聒耳杜預左氏傳注曰聒讙也囂塵臭處千變百伎在人目前六不堪也心不耐煩而官事鞅掌機務纏其心世故繁其慮七不堪也毛詩曰或棲遲偃仰或王事鞅掌尚書曰一日二日萬機又每非湯武而薄周孔在人間不止此事會顯世教所不容此甚不可一也剛腸疾惡輕肆直言遇事便發此甚不可二也以促中小心之性

一行於一事也

統此九患。不有外難。當有內病。寧可久處人間邪。文聞道士遺言。餌朮黃精令人久壽。意甚信之。著頡篇曰餌食也本草經曰朮黃精久服輕身延年遊山澤觀魚鳥心甚樂之。一行作吏此事便廢。安能舍其所樂而從其所懼哉。夫人之相知貴識其天性。因而濟之。禹不偪伯成子高。全其節也。莊子曰堯治天下伯成子高立爲諸侯堯授舜舜授禹伯成子高辭爲諸侯而耕禹往見之則耕在野禹趨就下風而問焉子高曰昔堯治天下不賞而民勸不罰而民畏今則賞罰而民且不仁德自此衰刑自此立後世之亂自此始矣耕而不顧仲尼不假蓋於子夏。護其短也。家語曰孔子將行雨無蓋門人曰商也有焉孔子曰商之爲人也嗇短於財吾聞與人交者推其長者違其短者故能久也王肅曰短猶嗇甚也近諸葛孔明不偪元直以入蜀。蜀志曰潁川徐庶字元直曹公來征先主在楚

據別本校添州

度内言濤所知也

聞之率其衆南行亮與徐庶並從爲曹公所追破庶母見獲庶辭先主而指其心曰本與將軍共圖王霸之業者以此方寸之地也今已失老母方寸亂矣無益於事請從此別遂詣曹公魏略曰庶名福華子魚不強幼安以卿相魏志曰華歆字子魚平原人也文帝即位拜相國黄初中詔公卿舉獨行君子歆舉管寧帝以安車徵之又曰管寧字幼安北海人也華歆舉寧寧遂將家屬浮海還郡詔寧爲太中大夫固辭不受此可謂能相終始眞相知者也足下見直木必不可以爲輪曲者不可以爲桷蓋不欲以枉其天才令得其所也故四民有業各以得志爲樂管子曰士農工商四民者國之石民也唯達者爲能通之此足下度内耳不可自見好章甫強越人以文冕也莊子曰宋人資章甫而適越越人敦髮文身無所用之司馬彪曰敦斷也章甫冠名也已嗜臭腐養鴛雛以死鼠也莊子曰惠子相梁莊子往見之

郭本校語

嵇叔夜養生論云善養生者先除六害然後可以延駐於百年何者是也一曰薄名利二曰禁聲色三曰廉貨財四曰損滋味五曰除佞妄六曰去沮嫉六者不除修養之道徒設耳

自試猶自向也

無事猶無用也

由此觀之叔夜之類故有所爲耶矣豈獨陶潛避俗翁未必能達道也哉

新失母兄之歡謂母兄

新沒集有與親討可證非以罪於母兄也

或謂惠子曰莊子來欲代子相於是惠子恐搜於國中三日三夜莊子往見之曰南方有鳥名鵷鶵子知之乎夫鵷鶵發南海而飛於北海非梧桐而不止非竹實不食非醴泉不飲於是鴟得腐鼠鵷鶵過之仰天而視之曰嚇今子欲以子國嚇我邪吾頃學養生之術方外榮華去滋味游心於寂寞以無爲爲貴高誘呂氏春秋傳曰外猶賤也莊子曰夫恬淡寂寞虛無無爲此天地之平而道德之篤也縱無九患尚不顧足下所好者又有心悶疾頃轉增篤私意自試不能堪其所不樂言己所不樂之事必不能堪而行之自卜已審若道盡塗窮則已耳足下無事寃之令轉於溝壑也左氏傳曰侍者謂楚王曰老而無子知擠於溝壑矣吾新失母兄之歡意常悽切女年十三男年八歲未及成人況復多病顧此悢悢如何可言力向王隱晉書曰紹字延祖十歲而孤事母孝謹國語曰晉趙

武冠見韓獻子獻子曰戒之此謂成人鄭玄禮記注曰女子以許嫁爲成人廣雅曰悢悢悲也今但願守陋巷教養子孫時與親舊叙闊陳說平生濁酒一盃彈琴一曲志願畢矣足下若嬲嬲擿嬈也音義之嬲與嬈同奴了切不置不過欲爲官得人以益時用耳足下舊知吾潦倒麤踈不切事情自惟亦皆不如今日之賢能也若以俗人皆喜榮華獨能離之以此爲快此最近之可得言耳言俗人皆喜榮華而已獨能離之以此爲快此最近己之情可得言之耳然使長才廣度無所不淹而能不營乃可貴耳鄭玄禮記注曰淹復漬也若吾多病困欲離事自全以保餘年此真所乏耳言己離於俗事以自安全保其餘年此乃真性之所乏耳非如長才廣度之士而不營之豈可見黃門而稱貞哉若趣平欲

其登王塗期於相致時爲權益一旦迫之必發其狂疾自非重怨不至於此也野人有快炙背而美芹子者欲獻之至尊列子曰宋國有田父常衣緼黂至春自暴於日當爾時不知有廣夏隩室綿纊狐貉顧謂其妻曰負日之暄人莫知之以獻吾君將有賞也其室告之曰昔人有美戎菽甘枲莖與芹子對鄉豪稱之鄉豪取嘗之苦於口躁於腹衆哂之雖有區區之意亦已疏矣李陵書曰孤負陵區區之意願足下勿似之其意如此既以解足下并以爲別

嵇康白

爲石仲容與孫皓書

臧榮緒晉書曰石苞字仲容太祖輔政都督揚州諸軍事進位征東大將軍又曰太祖遣徐劭孫郁至吴將軍石苞令孫楚作書與孫皓劭至吴不敢爲通

孫子荊

苞台蓋聞見機而作，周易所貴；小不事大，春秋所誅。周易曰君子見幾而作不俟終日左氏傳曰楚子伐鄭子展曰小所以事大信也小國無信兵亂日至亡無日矣此乃吉凶之萌兆，榮辱之所由興也。是故許鄭以銜璧全國，曹譚以無禮取滅。左氏傳楚子圍許蔡侯將許僖公見楚子於武城許男面縛銜璧楚子問諸逢伯對曰昔武王克殷微子啓如是王親釋其縛禮而命之使復其所楚子從之又曰楚子圍鄭克之鄭伯肉袒牽羊以逆王曰其君能下人退三十里而許之平又曰晉公子重耳奔狄及曹曹共公聞其駢脅欲觀其裸浴薄而觀之及即位晉侯圍曹又曰齊桓公之出也過譚譚不禮焉及其入也諸侯皆賀譚又不至冬齊師滅譚譚無禮也載籍既記其成敗，古今又著其愚智。叅不復廣引譬類，崇飾浮辭。鄭玄孝經注曰引譬連類尚書序曰翦截浮辭苟以夸大為名，更喪忠告之實。論語曰忠告而善道之不可則止無自辱焉今粗

論事勢以相覺悟昔炎精幽昧歷數將終東觀漢記曰漢以炎精布燿或幽而光尚書曰天之歷數在爾躬桓靈失德災釁並興孝桓孝靈漢二帝也漢書詔策曰大禹能亡失德豺狼抗爪牙之毒生人陷荼炭之艱漢書杜文謂孫寶曰豺狼當路尚書曰夏有昏德民墜塗炭荼與塗字通用於是九州絕貫皇綱解紐周禮曰職方乃辨九州之國使同貫利苔賔戲曰廓帝紘恢皇綱四海蕭條非復漢有太祖承運神武應期春秋緯曰五德之運各象其類宋均曰運籙運也周易曰古之神武不殺者夫河圖闓苞受曰弟感苗裔出應期征討暴亂克寧區夏尚書曰用肇造我區夏協建靈符天命既集曹植大魏篇曰大魏應靈符天祿乃始毛詩曰有命既集遂廓洪基奄有魏域曹植魏德論曰武創洪基克光厥德毛詩曰奄有四方土則神州中岳器則九鼎猶存河圖括地象曰崑崙東南地方五千里名曰神州中

醻意改　晉書及別本作酬

有五岳地圖帝王居之左氏傳王孫滿曰成土定鼎於郟鄏史記曰秦取周九鼎世載淑美重
光相襲國語祭公謀父曰奕世載德尚書王曰昔我君文王武王宣重光新序孔子曰聖人雖生異世
相襲若規矩固知四隩之攸同天下之壯觀也尚書曰九州攸同四隩既
宅封禪書曰此事天下之壯觀也公孫淵承籍父兄世居東裔魏志曰公孫度
字叔濟本遼東襄平人度知中國擾攘自立爲遼東侯度死子康嗣位康死子晃淵等皆小衆立兄子恭爲遼
東太守淵脅奪恭位景初元年徵淵淵遂發兵逆於遼東自立爲燕王擁帶燕胡馮凌險
遠左氏傳子産曰今陳介恃楚衆馮凌弊邑講武盤桓不供職貢國語號文公曰古者
三時務農一時講武周禮曰制其職各以其所能制其貢各以其所有家語孔子曰古者分異姓以遠方之職
貢所以無志服也内傲帝命外通南國乘桴滄流交疇貨賄葛
越布於朔土貂馬延乎吳會魏志曰公孫淵遣使南通孫權往來贈遺權使張彌

許晏等齎金玉珍寶立爲燕王論語子曰乘桴浮于海
孔安國尚書傳曰卉服葛越魏志曰夫餘國出名馬貂
豿自以爲控弦十萬奔走足用漢書匈奴傳曰控弦之士三十餘萬信能
右折燕齊左振扶桑凌轢沙漠南面稱王也山海經曰湯谷上有
扶木扶木者扶桑也史記曰楚靈王兵强凌轢中原說
文曰漠北方流沙也漢書李陵歌曰經萬里兮度沙漠
周易曰聖人南宣王薄伐猛銳長驅魏志曰景初二年
面而聽天下遣大司馬宣王征
淵斬淵傳首洛陽戰國策曰師次遼陽而城廻不守漢書
樂毅輕卒銳兵長驅至齊
曰遼東郡桴鼓一震而元凶折首左氏傳曰援桴而鼓
有遼陽縣周易曰有嘉折首獲
非其然後遠跡疆場列郡大荒史記樂毅書曰吳王遠
醜跡至郢班固漢書述曰
列郡祁連山收離聚散咸安其居毛詩序曰萬民民庶
海經有大荒離散不安其居
悅服殊俗款附尚書曰萬姓悅服過秦自茲遂隆九野
論曰餘威震于殊俗

清泰淮南子曰所謂一者上通九天下貫九野高誘曰九野八方中央也東夷獻其樂器肅慎貢其楛矢范曄後漢書曰東夷自少康已後世服王化獻其樂舞魏志曰常道鄉公景元三年肅慎國遣使重譯來貢弓長三尺五寸三十張楛矢長一尺八寸石砮三百枚曠世不羈應化而至崔寔本論曰孝宣帝方外安靜單于稽顙來朝百世不羈之厲也巍巍蕩蕩想所具聞論語子曰大哉堯之爲君蕩蕩乎民無能名焉巍巍乎其有成功吳之先主起自荊州遭時擾攘播潛江表吳志曰董卓專朝政孫堅亦舉兵荊州討卓引軍還住魯陽范曄後漢書馮衍上疏曰遭擾攘之時值兵革之際劉備震懼亦逃巴岷蜀志曰益州牧劉璋迎先主入益州至涪璋勅諸將勿復關通先主大怒進圍成都璋降先主領益州遂依丘陵積石之固張載劍閣銘曰巖巖梁山積石峩峩三江五湖浩汗無涯漢書曰吳有三江五湖之利也假氣游魂迄于四紀魏明帝善哉行曰權實豎子備則亡

虜假氣游魂鳥魚爲伍二邦合從子容東西唱和漢書合從連衡力政爭強毛詩曰叔兮伯兮唱予和汝互相扇動距捍中國自謂三分鼎足之勢可與泰山共相終始漢書曰蒯通說韓信曰方今足下三分天下鼎足而居戰國策呂不韋曰其寧泰山相國晉王輔相帝室魏志曰咸熙元年進晉公爵爲王文武桓桓志厲秋霜荀悅申鑒曰人主怒如秋霜廟勝之筭應變無窮孫子曰夫未戰而廟勝得筭多者也又曰言出奇正者無窮如天地獨見之鑒與衆絕慮春秋元命苞曰明王獨見四海歸往主上欽明委以萬機魏志曰陳留王奐字景明封常道鄉公高貴鄉公卒公卿議迎立尚書曰放勛欽明萬幾已見上文長轡遠御妙略潛授偏師同心上下用力稜威奮伐罙入其阻漢書曰[illegible]報李廣曰威稜[illegible]鄰國毛詩曰罙入其阻裒荊之旅毛萇曰罙深也并敵一向奪其膽氣孫子兵法曰併敵一向千里殺將又曰三軍可奪氣將軍

武帝 憺乎

可奪心小戰江介則成都自潰曜兵劍閣而姜維面縛魏志曰景元四年使征西將軍鄧艾鎮西將軍鍾會伐蜀艾自陰平先登至江介西蜀衛將軍諸葛瞻列陣待艾艾遣子惠唐亭侯忠等大破之斬瞻進軍到雒劉禪遣使奉皇帝璽綬爲箋詣艾會統十餘萬衆分從斜谷駱谷入平行至漢中姜維守劍閣距會維等聞瞻已破以其衆東入巴劉禪詣艾降勑維等令降於會維詣會降商君書曰小戰勝逐北無過五里左氏傳曰凡民逃其上曰潰面縛已見上文開地五千列郡三十師不踰時粱益肅清穀梁傳曰伐不踰時戰不逐奔使竊號之雄稽顙絳闕禮記曰拜而後稽顙傅玄西都賦曰巍巍絳闕球琳重錦充於府庫左氏傳曰齊侯歸衛侯夫人重錦三十兩夫虢滅虞亡韓并魏徙左氏傳曰晉滅虢虢公醜奔京師遂襲虞滅之執虞公史記曰秦始皇十七年攻韓得韓王安二十三年攻魏其王請降此皆前鑒之驗後事之師也戰國策張孟談謂趙襄子曰前事不忘後事之師又南

當引常武王旅嘽嘽如飛如翰

中呂興深覩天命吳志曰交阯郡吏呂興等殺太守孫諝使使如魏請太守及兵蟬蛻內向願爲臣妾淮南子曰蟬飲而不食三十日而蛻孝經曰治家者不敢失於臣妾外失輔車脣齒之援內有毛羽零落之漸左氏傳宮之奇曰諺所謂輔車相依脣亡齒寒而俳佪危國冀延日月此猶魏武侯却指河山以自強殊不知物有興亡則所美非其地也史記曰吳起者衛人也魏武侯浮西河而下中流顧謂吳起曰美哉山河之固此魏之寶也起對曰在德不在險若君不修德則舟中之人盡爲敵國也武侯曰善方今百僚濟濟儁乂盈朝尚書曰百僚師師又曰俊乂在官虎臣武將折衝萬里毛詩曰進厥虎臣闞如虓虎晏子春秋孔子曰不出罇俎之間而折衝千里之外晏子之謂也國富兵強六軍精練新序曰孫叔敖相楚國富兵強思復翰飛飲馬南海毛詩曰翰飛戾天鄭玄曰翰高也李陵與蘇武書曰陵當爲單于畜兵養士循先將軍之令將飲馬河洛收珠南海自頃國

上字自家皆不誤

自字不誤

家整治器械禮記曰聖人異器械鄭玄曰器械兵甲也修造舟楫簡習水戰伐樹北山則太行木盡高誘呂氏春秋注曰太行山在河內野王縣北濬決河洛則百川通流尚書大傳曰百川趨於海樓船萬艘蘇勞千里相望漢書曰江淮以南樓舡十萬自刳木以來舟車之用未有如今日之盛者也周易曰黃帝堯舜刳木爲舟剡木爲檝驍勇百萬畜力待時役不再舉今日之謂也六韜太公謂武王曰聖人興兵爲天下除患去賊非利之也故役不再籍一舉而畢然主上眷眷未便電邁者以爲愛民治國道家所尚老子曰愛人治國能無知乎崇城自卑文王退舍左氏傳子魚言於宋公曰文王聞崇侯德亂而伐之軍三旬而不降退修教而復伐之因壘而降故先開示大信喻以存亡殷勤之旨往使所究若能審識安危自求多福毛詩曰永言配命自

求多福蹷然改容祇承往告漢書曰陸賈說尉佗佗於是蹷然起坐謝賈稱臣奉漢約追慕南越嬰齊入侍漢書曰南越王胡立天子使嚴助往喻意南越王胡遣其子嬰齊入侍宿衛北面稱臣伏聽告策禮記曰君之南鄉也荅陽之義也臣之北面也荅君也則世祚江表永爲藩輔左氏傳王賜齊侯命曰世祚太師豐報顯賞隆於今日矣若猶侮慢不式王命然後謀力雲合指麾風從范曄後漢書張綱謂張嬰曰大兵雲合豈不危乎雍益二州順流而東青徐戰士列江而西荆楊兗豫爭驅入衝征東甲卒虎步秣陵征東即石苞也李陵詩曰幸託不肖軀且當猛虎步漢書丹陽郡有秣陵縣爾乃皇輿整駕六師徐征羽檄爛日旌旗流星羽鳥羽也漢書高祖曰吾以羽檄徵天下兵檄或爲校遊龍曜路歌吹盈耳周禮曰凡馬八尺爲龍樂稽耀嘉曰武王興師誅于商

萬國咸喜前歌後舞論語子曰洋洋乎盈耳哉士卒奔邁其會如林尚書曰受率其旅若林煙塵俱起震天駭地渴賞之士鋒鏑爭先忽然一旦身首橫分宗祀屠覆取誡萬世引領南望良以寒心左氏傳穆叔謂晉侯曰引領西望曰庶幾乎高唐賦曰寒心酸鼻夫治膏肓者必進苦口之藥決狐疑者必告逆耳之言左氏傳曰晉景公夢疾爲二豎子一日居肓之上一日居膏之下若我何史記曰沛公入秦宮樊噲諫沛公不聽張良曰忠言逆耳利於行良藥苦口利於病願公聽樊噲言楚辭曰心猶豫而狐疑如其迷謬未知所投恐俞附見其已困扁鵲知其無功也列子曰楊朱之友曰季梁得病七日大漸謁醫俞氏俞氏曰汝始則胎氣不足乳湩有餘疾非一朝一夕之故其所由來者漸矣季梁曰良醫也且食之史記虢中庶子曰上古之時醫病不以湯液又曰扁鵲過齊桓侯客之入朝見曰君有疾在腠理不療將深桓侯曰寡人無疾過五

竊疑此延祖諱言之也非嵇呂桂還何以有平滌九區恢維宇宙之議乎生之言得其實矣

然舊姓注引干寶晉紀太祖徙呂安遠郡遂收與康太祖惡之追收下獄康理之俱死

魏氏春秋言安亦得頗有濟世志力

日扁鵲復見曰君有疾在腸胃間不療將深桓侯不應後五日扁鵲復見望桓侯而走桓侯使人問其故扁鵲曰疾其在骨髓雖司命無奈何今在骨髓臣是以無請也後五日桓侯體痛使人召扁鵲扁鵲已逃去桓侯遂死郭璞穆天子傳注曰湩乳汁也竹用切勉思良圖惟所去就左氏傳令尹子常曰敢弗良圖曾子曰君子慎其所去就石苞白

與嵇茂齊書

趙景真 嵇紹集曰趙景真與從兄茂齊書時人誤謂呂仲悌與先君書故具列本末趙至字景真代郡人州辟遼東從事從兄太子舍人蕃字茂齊與至同年相親至始詣遼東時作此書與茂齊干寶晉紀以爲呂安與嵇康書二說不同故題云景真而書曰安

安白昔李叟入秦及關而歎梁生適越登岳長謠列子曰楊

如果真歸秋州辟未卯為不得已

與依任文段

朱南之沛老聃西游於秦邀於郊至梁而遇老子老子中道仰天歎曰始以汝爲可教今不可教也揚朱曰請聞其過老子曰睢睢而盱盱而誰與居范曄後漢書梁鴻字伯鸞扶風人也東出關過京師作五噫之歌曰陟彼北邙兮噫顧瞻帝京兮噫宮室崔嵬兮噫人之劬勞兮噫遼遼未央兮噫肅宗聞而非之求鴻不得居齊魯之間又去適吳然老子之歎不爲入秦梁鴻長謠不由適越且復以至郊爲及關升邙爲登岳斯盖取意而略文也

夫以嘉遯之舉猶懷戀恨況乎不得已者哉周易曰嘉遯貞吉惟別之後離群獨游背榮宴辭倫好經迥路涉沙漠鳴雞戒旦則飄爾晨征燕禮曰燕小臣戒盥者鄭玄曰警戒告語焉陳琳武軍賦曰啓明戒旦長庚告昏日薄西山則馬首靡託漢書楊雄反騷曰恐日薄於西山左氏傳荀偃曰唯余馬首是瞻尋歷曲阻則沈思紆結乘高遠眺則山川悠陽或乃迴飆狂厲白日寢光踦嶇交錯陵隰相望徘徊

風波潛駭危機密發此定不以為此言也

枳置而歎息四字當有

影真乃代郡人寧以言北土之性難以託根也

九皋之內慷慨重阜之巔毛詩曰鶴鳴九皋進無所依退無所據涉澤求蹊披榛覓路嘯詠溝渠良不可度斯亦行路之艱難然非吾心之所懼也至若蘭茞傾頓桂林移植根萌未樹牙淺絃急常恐風波潛駭危機密發斯所以怵惕於長衢按轡而歎息也喻身之危也根萌未樹故恐風波潛駭牙淺絃急故懼危機密發也夲或有於長衢之下云按轡而歎息者非也又北土之性難以託根投人夜光鮮不按劍鄒陽上書曰夜光之璧以闇投人於道衆人莫不按劍也今將植橘柚於玄朔蔕華藕於脩陵曹植橘賦曰背江洲之氣煖處玄朔之肅清淮南子曰夫以其所脩而游不用之鄉若樹荷山上畜火井中也表龍章於裸壤奏韶舞於聾俗固難以取貴矣龍袞龍之服也章章甫之冠也裸壤文身也莊子曰宋人資章

朝霞四語似複而非複以有疲劬樂觀樂閑詩字故耳也

甫適諸越越人斷髮文身無所用之又肩吾曰聾者無以與乎鍾鼓之聲夫物不我貴則莫之與莫之與則傷之者至矣周易曰無交而求則人不與也莫之與則傷之者至矣飄颻遠遊之士託身無人之鄉揔轡遐路則有前言之艱懸鞌陋宇則有後慮之戒前言之艱謂經迴路涉沙漠以下也後慮之戒謂北土之性難以託根以下也朝霞啓暉則身疲於遄征蔡琰悲憤詩曰遄征日遐邁太陽戢曜則情劬於夕惕周正歷曰日太陽也易曰夕惕若厲肆目平隰則遼廓而無覩極聽脩原則淹寂而無聞吁其悲矣心傷悴矣然後乃知步驟之士不足爲貴也若迺顧影中原憤氣雲踊哀物悼世激情風烈龍睇大野虎嘯六合猛氣紛紜雄心四據阮元瑜爲曹公與孫權書曰大丈夫雄心能無憤發思躡雲

假使景真所作何乃酷似其師

毋亦儉子乃叔夜未嘗不與聞徼之此文而信

惟此節不似叔夜生平無以詳知也然叔夜本高門姬侍蓄亦所有未足為病且其篤信導養以安期彭祖為不求然則弄姿帷房信有之乎更觀酒色今人枯之篇是文與荒酒非異趣矣

此堅其乃心王室也

梯橫奮八極披艱掃穢蕩海夷岳范曄後漢書田邑與馮衍書曰欲摇太山蕩北海蹴崐崘使西倒蹋太山令東覆平滌九區恢維宇宙斯亦吾之鄙願也劉騊駼郡太守箴曰大漢遵因化洽九區時不我與垂翼遠逝周易曰明夷于飛垂其翼君子于行三日不食有攸往鋒距靡加翅翮摧屈自非知命誰能不憤悒者哉周易曰樂天知命故不憂吾子植根芳苑擢秀清流布葉華崖飛藻雲肆俯據潛龍之淵仰蔭棲鳳之林榮曜眩其前豔色餌其後良儔交其左聲名馳其右翺翔倫黨之間弄姿帷房之裏從容顧眄綽有餘裕俛仰吟嘯自以爲得志矣豈能與吾同大丈夫之憂樂者哉去矣嵇生永離隔矣煢煢飄寄臨沙漠矣悠悠三

毋望其乃心王室也

千路難涉矣。攜手之期，邈無日矣。思心彌結，誰云釋矣。無金玉爾音而有遐心。毛詩曰：無金玉爾音，而有遐心。身雖胡越，意存斷金。淮南子曰：自其異者視之，肝膽胡越也。周易曰：二人同心，其利斷金。各敬爾儀，敦履璞沈。毛詩曰：各敬爾儀。繁華流蕩，君子弗欽。臨書悵然，知復何云。

與陳伯之書

劉璠梁典曰：帝使呂僧珍寓書於陳伯之，丘遲之辭也。伯之歸于魏，爲通散常侍。何之元梁典云：天監五年，前平南將軍陳伯之以其衆自壽陽歸降。不書伯之前史失之。梁史以爲丘遲與伯之書。

丘希範

遲頓首陳將軍足下：無恙，幸甚幸甚。將軍勇冠三軍，才爲世出。李陵與蘇武書曰：陵先將軍功略蓋天地，義勇冠三軍。蘇武荅李陵書曰：每念足下才爲世生，器爲時出。棄燕雀之小志，慕鴻鵠以高翔。史記曰：陳涉嘗爲人傭耕，輟耕壟上

悵恨久之曰苟富貴無相忘庸者笑而應之曰若爲庸耕何富貴也陳涉太息曰嗟乎鸎雀安知鴻鵠之志哉

昔因機變化遭遇明主主劉璠梁典曰高祖得陳虎牙幢刺史陳伯之伯之虎牙父也蘇隆還稱伯之許降江州乃遣鄧元起前驅逼之伯之聞師近以應義師

立功立事開國稱孤延篤與張奐書曰烈士殉名立功立事周易曰大君有命開國承家老子曰王侯自稱孤寡不穀

朱輪華轂擁旄萬里何其壯也史記蒯通說范陽令乘朱輪華轂班固泳邪山祝文曰杖節擁旄征武信君曰今人伐鼓荀悅漢記曰今之州牧號爲萬里漢書樊噲說高祖曰始陛下定天下何其壯也

如何一旦爲奔亡之虜聞鳴鏑而股戰對穹廬以屈膝又何劣邪漢書曰冒頓乃作爲鳴鏑音義曰箭鏑也如今鳴箭史記曰魏勃退立股戰漢書烏孫公主歌曰穹廬爲室兮旃爲牆音義曰穹廬旃帳也喻巴蜀文曰交臂受事屈膝請和漢書樊噲曰今天下已定又何憊邪

尋君去就之際非有他故直以

不能内審諸己外受流言呂氏春秋曰君子必審諸己然後任尚書曰管叔乃流言於國沈迷猖獗以至於此劉公幹雜詩曰沈迷領簿書回向自昏亂蜀志先主謂諸葛亮曰孤遂用猖獗至于今日志猶未已聖朝赦罪責功棄瑕録用鄒潤甫爲諸葛穆荅晉王令曰高世之君赦罪責功略小收大吳志陸瑁與暨豔書曰此乃漢高棄瑕録用之時也推赤心於天下安反側於萬物東觀漢記曰上破銅馬等封降賊渠率諸將未能信賊亦兩心上勑降賊各歸營勒兵待上輕騎入按行賊營賊將曰蕭王推赤心置人腹中安得不效死又曰漢兵破邯鄲誅王郎收文書得吏人謗毀公言可擊者數千章公會諸將燒之曰令反側子自安將軍之所知不假僕一二談也長楊賦曰僕嘗倦談不能一二其詳朱鮪涉血丁牒切與喋同於友于張繡剚刃於愛子漢主不以爲疑魏君待之若舊謝承後漢書曰光武攻洛陽朱鮪守之上令岑彭說鮪曰赤眉已得長安更始爲胡殷所反害今公誰爲

守乎鮪曰大司徒公被害鮪與其謀誠知罪深不敢降耳彭還白上上謂彭復往明曉之夫建大事不忌小怨今降官爵可保況誅罰乎春秋合誠圖曰戰龍門之下涉血相創如渲漢書注曰殺血滂沱爲喋血尚書曰孝乎惟孝友于兄弟魏志曰建安二年公到宛張繡降既而悔之復反公與戰軍敗爲流矢所中長子昂弟子安民遇害四年張繡率衆降封列侯漢書曰蒯通說范陽令曰慈父孝子所不敢剚刃公之腹者畏秦法也李奇曰東方之人以物揷地中皆爲剚也況將軍無昔人之罪而勳重於當世夫迷塗知反往哲是與楚辭曰迴朕車而復路及迷塗之未遠不遠而復先典攸高主上屈法申恩吞舟是漏范曄後漢書明帝詔曰先帝不忍親親之恩枉屈大法鹽鐵論曰明王茂其德教而緩其刑罰網漏吞舟之魚將軍松柏不翦親戚安居仲長子昌言曰古之葬松柏梧桐以識其墳高臺未傾愛妾尚在桓子新論雍門周說孟嘗君曰千秋萬歲後高臺既已傾曲池又已平悠悠爾心亦何可言

毛詩曰青青子衿悠悠我心今功臣名將鴈行有序應劭漢官儀典職楊喬糾羊永曰柔知丞郎鴈行威儀有序佩紫懷黃讚帷幄之謀魏書荀攸勸進曰諸將佩紫懷金蓋以數百史記蔡澤曰懷黃金之印結紫綬於腰東觀漢記詔鄧禹曰將軍深執忠孝與朕謀謨帷幄乘軺建節奉疆場之任如淳漢書注曰二馬爲軺傳漢書曰終軍爲謁者使行郡國建節敕出関左氏傳曰齊人來侵魯疆吏來告公曰疆場之事慎守其一並刑馬作誓傳之子孫漢書曰漢王即皇帝之位論功而封之申以丹書之信重以白馬之盟將軍獨醜顏借命驅馳氈裘之長寧不哀哉毛詩曰有靦面目司馬遷書曰氈裘之君長咸震懼

夫以慕容超之强身送東市姚泓之盛面縛西都沈約宋書曰慕容超大掠淮北宋公表請北伐遂圍廣固超踰城走高晉獲之送超京師斬于建康又曰公以舟師進討至洛陽王鎮惡尅長安生禽姚泓執送泓斬于建康市左氏傳曰楚子圍許許僖公見楚子於武城面縛銜璧

故知霜露所均不育異類禮記曰天之所覆地之所載日月所照霜露所墜李陵與蘇武書曰但見異類姬漢舊邦無取雜種姬周姓也漢書曰匈奴凡二十四長呼衍氏蘭氏後有須卜氏此三姓其貴種也北虜僭盜中原多歷年所魏收後魏書曰太祖道武諱珪改稱魏王都平城孝文皇帝諱宏自平城遷都洛陽東觀漢記曰北虜遣使和親尚書周公曰故殷陟配天多歷年所惡積禍盈理至燋爛周易曰惡不積不足以滅身故惡積而不可掩燋爛見下文況偽孽昏狡自相夷戮魏收後魏書曰世宗宣武帝諱恪景元三年蕭衍廢其主寶融自借立稱梁宣武即位凡一十六年然梁武之初當宣武之日偽孽蓋指宣武也虞預晉書西陽王羕上書曰朱旗南指自相夷戮部落攜離酋豪猜貳晉中興書曰胡俗以部落為種類酋各取豪貴文穎漢書注曰羌胡名大師為酋國語伯陽父曰國之將亡百姓攜貳韋昭曰攜離也貳二心也方當繫頸蠻邸懸首藁街漢書曰沛公至霸上秦王子嬰係頸以維又陳湯上疏曰斬郅支

首及名王以下宜縣頭藁街蠻夷邸間而將軍魚游於沸鼎之中鷰巢於飛幕之上不亦惑乎袁崧後漢書朱穆上䟽曰養魚沸鼎之中棲鳥烈火之上用之不時必也燋爛左氏傳曰吳季札曰夫子之在此也猶鷰巢于幕之上暮春三月江南草長雜花生樹羣鸎亂飛見故國之旗鼓感平生於疇日撫絃登陴婢移切豈不愴悢袁宏漢獻帝春秋臧洪報袁紹書曰每登城勤兵望主人之旗鼓感故交之綢繆撫弦搦矢不覺涕流之覆面也左氏傳曰晉邊吏讓鄭曰今執事㵎然授兵登陴所以廉公之思趙將吳子之泣西河史記曰廉頗爲趙將伐齊大破之拜爲上卿趙孝成王卒悼襄王立使樂乘代之頗怒攻樂乘遂奔魏之大梁久之魏王不能信用而趙亦數困於秦兵趙王思復得廉頗廉頗亦思復用於趙王以爲老遂不召呂氏春秋曰吳起治西河王錯譖之魏武侯武侯使人召吳起至岸門止車而立望西河泣數下其僕曰竊觀公之志視天下若舍屣今去西河而泣何也吳起雪泣應

妙極

之曰子弗識也君誠知我而使我畢能秦必可亡西河今君聽讒人之議不知我西河之爲秦不久矣起入荆西河果入秦

人之情也將軍獨無情哉司馬遷與任安書曰夫人情莫不念父母顧妻子莊子惠子曰人故無情乎

想早勵良規自求多福魏志明帝報王朗詔曰欽納至言思聞良規多福已見上文

當今皇帝盛明天下安樂皇帝梁武也解嘲曰遭盛明之世漢書曰孝惠髙后時天下安樂

白環西獻楛矢東來世本曰舜時西王母獻白環及佩家語孔子曰昔武王尅商於是肅慎氏貢楛矢石砮

夜郎滇池解辮請職朝鮮昌海蹶角受化漢書曰夜郎滇池皆椎結嶲昆明編髮漢拜唐蒙郎中遂見夜郎王多同又曰始楚威王時使將軍莊𫏋將兵略巴黔中𫏋至滇池欲歸報會秦奪楚黔中郡道塞不通以其衆王滇池又朝鮮王蒲燕人孝惠髙后時蒲爲外臣又曰西域有昌蒲海一名鹽澤去玉門陽關三百餘里孟子曰武王之伐殷也百姓若崩厥角趙岐曰厥角叩頭以額角犀厥地也

唯北狄野心掘强沙塞

荅死者出晉有庾亮荅孔坦矣何焯謂此非書乃荅之序其言甚非

之閒欲延歲月之命耳左氏傳令尹子文曰諺云狼子野心漢書伍被說淮南王曰東保會稽南通勁越屈強江淮之閒可以延歲月之壽耳范曄後漢書匈奴論曰世祖用事諸夏未遑沙塞之事中軍臨川殿下何之元梁典曰高祖即位以宏爲臨川郡王天監三年以宏爲中軍將軍明德茂親揔茲戎重劉璠梁典曰天監四年詔臨川王宏北討千寶晉紀河閒王顒表曰成都王穎明德茂親功高勳重晉中興書桓溫檄曰幕府不才忝荷戎重弔民洛汭伐罪秦中孟子曰湯始征自葛始誅其君弔其民尚書曰東至于洛汭又曰奉詞伐罪漢書田肯曰陛下既得韓信又治秦中若遂不改方思僕言聊布往懷君其詳之顏延之和謝靈運詩曰聊用布所懷丘遲頓首

重荅劉秣陵沼書

劉璠梁典曰劉沼字明信爲秣陵令

劉孝標 劉峻自序曰峻字孝標平原人也生於秣陵縣朞月歸故鄉八歲遇桑梓顛覆身充僕圉齊求

明四年二月逃還京師後爲崔豫州刑獄參軍梁天監中詔峻東掌石渠閣以病乞骸骨後隱東陽金華山

劉侯既重有斯難值余有天倫之戚竟未之致也孝標集有沼難辨命論書穀梁傳曰兄弟天倫也何休曰兄先弟後天之倫次尋而此君長逝化爲異物魏文帝與吳質書曰元瑜長逝化爲異物緒言餘論蘊而莫傳莊子謂漁父曰曩者先生有緒言而去子虛賦曰願聞先生之餘論或有自其家得而示余者余悲其音徽未沫而其人已亡楚辭曰芳菲菲而難虧兮芳至今猶未沫王逸曰沫已也孫卿子曰其器存其人亡以此思哀則哀將焉不至青簡尚新而宿草將列風俗通曰劉向別錄殺青者直治青竹作簡書之耳禮記曰朋友之墓有宿草而不哭焉泫然不知涕之無從也禮記門人曰防墓崩孔子泫然流涕又曰孔子之衛遇舊館人之喪入而哭之遇一

禮記曰三年之喪若駟之過隙

哀而出涕曰予惡夫涕之無從也雖隙駟不留尺波電謝墨子曰人之生乎地上無幾何也譬之猶駟而過郤也郤古隙字也陸機詩曰寸陰無停晷尺波豈徒旋而秋菊春蘭英華靡絕楚辭曰春蘭兮秋菊長無絕兮終古故存其梗槩更酬其旨東京賦曰其梗槩如此若使墨翟之言無爽宣室之談有徵墨子曰昔周宣王殺其臣杜伯而不辜杜伯曰吾君殺我而不辜若以死者爲無知則止矣若死而有知不出三年必使吾君知之期三年周宣王合諸侯而田於圃車數百乘從數千人滿野日中杜伯乘白馬素車朱衣冠執朱弓挾朱矢追宣王射之車上中心折脊殪車中伏弢而死若書之說觀之則鬼神之有豈可疑哉漢書曰文帝受釐宣室因感鬼神事問鬼神之本賈誼具道所以然之故冀東平之樹望咸陽而西靡蓋山之泉聞絃歌而赴節聖賢冢墓記曰東平思王冢在東平無鹽人傳云思王歸國京師後葬其冢上松柏西靡宣城記曰臨城縣南四十里蓋山高百許丈有舒姑泉昔有舒氏女與其父析

移 姜補

義 漢志

昔字以下刪布揑行是也

薪此泉處坐牽挽不動乃還告家比還唯見清泉湛然女母曰吾女本好音樂乃絃歌泉涌迴流有朱鯉一雙今作樂嬉戲泉固涌出也文賦曰舞者赴節以投袂但懸劒空壠有恨如何劉向新序曰延陵季子將西聘晉帶寶劒以過徐君徐君不言而色欲之季子爲有上國之事未獻也然心許之矣致使於晉顧反則徐君死於是以劒帶徐君墓樹而去

移書讓太常博士 并序

劉子駿 漢書曰劉歆字子駿向少子也少通詩書能屬文爲黄門郎至中壘校尉王莽篡位爲羲和京兆尹卒

歆親近欲建立左氏春秋及毛詩逸禮古文尚書皆列於學官哀帝令歆與五經博士講論其義諸儒博士或不肯置對言諸博士既不肯立左氏而又不肯與歆論議相對也歆因移書太常博士責讓之曰昔唐虞既衰而三代迭興聖帝明王累

劉申叔云孔子以六經教授當時錄經文其參考之語詮釋之詞則大抵以口耳相傳而講說之時或旁微事實以廣見聞或判斷是非以資儆論或雜引他說以証異聞弟子各記所聞故所記互有詳略或詳故事或舉微言詳於此者或略於彼所記既有詳略因之而即有異同斯厥源流咸為仲尼所述此春秋所由分為三詩所由分為四也

起相襲其道甚著周室既微而禮樂不正道之難全也如此是故孔子憂道不行歷國應聘自衛反魯然後樂正雅頌乃得其所論語子曰吾自衛反魯然後樂正雅頌各得其所修易序書制作春秋以記帝王之道論語讖曰自衛反魯刪詩書修春秋春秋元命苞孔子曰丘作春秋王道成及夫子沒而微言絕七十子卒而大義乖論語讖曰子夏六十四人共撰仲尼微言重遭戰國棄籩豆之禮理軍旅之陣孔氏之道抑而孫吳之術興論語曰衛靈公問陳於孔子孔子對曰俎豆之事則嘗聞之矣軍旅之事未之學也漢書曰孫子兵法八十二篇又曰吳起三十八篇陵夷至于暴秦焚經書殺儒士設挾書之法行是古之罪道術由此遂滅漢書武帝制曰大道微缺陵夷至于桀紂之行作史記李斯曰臣請天下敢有藏詩書百家語者悉詣

商君書墾令篇民不貴學則愚愚則無外交國安不殆
韓非子和氏篇商君教孝公燔詩書而行法令又云
微篇商君為學者所忌

廷尉雜燒之以古非今者族又盧生爲始皇求仙藥亡去始皇大怒使御史桉問諸生諸生犯禁者四百六十八人皆坑之咸陽漢興去聖帝明王遐遠仲尼之道又絶法度無所因襲時獨有一叔孫通略定禮儀漢書叔孫通曰臣願頗采古禮與秦儀雜就之上曰可天下惟有易卜未有他書漢書曰秦燔書而易爲筮卜之書傳者不絶至於孝惠之世乃除挾書之律漢書曰孝惠四年除挾書律然公卿大臣絳灌之屬咸介冑武夫莫以爲意楚漢春秋曰漢已定天下論羣臣破敵禽將活死不衰絳灌樊噲是也功成名立臣爲爪牙世世相屬百世無邪絳侯周勃是也然絳灌自一人非絳侯與灌嬰至孝文皇帝始使掌故晁錯從伏生受尚書史記曰伏生者濟南人也故爲秦博士孝文聞伏生修尚書年九十餘老不能行詔太常掌故晁錯往受之尚書初出於屋壁朽折散絶漢書曰秦燔書禁學濟南伏生獨壁

漢書補注引錢大昕說此李注以絳灌為一人之非

儒林傳注引衛宏定古文尚書序云伏生老不能正言言不可曉也使其女傳言教錯齊人語多與潁川異錯所不知者凡十二三略以其意屬讀而已

章太炎云荀卿隆禮義殺詩書，殺詩書者，殺則伏生刪百篇而為二十九，齊詩之說五際六情，度然與國風而舉二雅。又云尚書大傳所言六誓五誥，其篇具在伏書，伏之所無如湯誥者，劉序在百篇而五誥不與焉，以是知二十九篇伏生自定其目，乃就百篇殺之，非託其詞於孔子耳。謂授漢未卒遽死者非也。知殺詩書之說，則近儒郭嵩燾謂孔子本無百篇，壁中之文皆劉歆莽賀等言偽造者亦非也。

詩齊風載驅齊子豈弟箋云豈讀當爲闓弟古文尚書以弟爲圛圛明也疏云古文尚書即今鄭注尚書是也亦以悌爲圛字惟洪範稽疑論卜兆有五曰圛注云圛者色澤光明蓋古文作悌今文作圛賈逵以今文校之定以爲圛故鄭依賈氏所奏遂從定爲圛於古文則爲悌故云古文尚書以悌爲圛

藏之漢亡失求得二十九篇也今其書見在時師傳讀而已詩始萌芽天下衆書往往頗出皆諸子傳說猶廣立於學官爲置博士在朝之儒唯賈生而已賈生賈誼也至孝武皇帝然後鄒魯申公梁趙頗有詩禮春秋先師皆出於建元之間漢書曰建元孝武皇帝年號也當此之時一人不能獨盡其經或爲雅或爲頌相合而成一經也成泰誓後得博士集而讀之七略曰孝武皇帝末有人得泰誓書於壁中者獻之與博士使讀說之因傳以教今泰誓篇是也故詔書曰禮壞樂崩書缺簡脫朕甚閔焉禮稽命徵曰文王見禮壞樂崩道孤而無主也時漢興已七八十年離於全經固以遠矣服虔漢書注曰漢與秦相去七八十年韋昭曰全經未焚書之時也及魯恭王壞孔子宅欲以爲宮而得古文於壞

錢大昕曰歆建立左氏春秋是以推賈生

章太炎曰此言過矣三家詩皆教在經而專取其一表今可見者獨齊詩（齊詩度於五國風而舉二雅）齊詩怪誕讖不可爲典要以證荀說行於漢儒耳荀[illegible]禮記及[illegible]詩者

今文古文猶今日所謂新板本舊板書也

平帝紀在征和之世而安國卒在太初前

獻與遭離不同時也漢紀作孔安國家獻之語更明晰

劉申叔云春秋一書有事有義事有古籍記載之岐義有後儒傳說之岐孔子僅以經教授而其事其義均未及著之竹帛

古文有二本一為秘府所藏之本一為民間私行之本

脫簡古全脫其文脫編古顛倒其次

漢之作傳或閒編策當依此學官所傳本無傳也

桓公付禮貫公付左氏庸生付書

壁之中。逸禮有三十九篇，書十六篇。天漢之後，孔安國獻之。遭巫蠱倉卒之難，未及施行。漢書曰：武帝末，魯恭王壞孔子宅，欲以廣宮，而得古文尚書及禮、論語、孝經。孔安國者，孔子後也，悉得其書，以考二十九篇，得多十六篇。安國獻之，遭巫蠱事，未列于學官。天漢，武帝年號也。及春秋左氏丘明所脩，漢書曰：仲尼以魯周公之國，史官有法，故有左丘明觀其史記，丘明作傳。皆古文舊書，多者二十餘通。藏於祕府，伏而未發。孝成皇帝愍學殘文缺，稍離其真，乃陳發祕藏，校理舊文，得此三事，以考學官所傳，經或脫簡，傳或脫編。漢書曰：劉向以古文校歐陽、大小夏侯三家經文，酒誥脫一簡，召誥脫二簡。博問人間，則有魯國桓公、趙國貫公、膠東庸生之遺學，與此同。抑而未施。七略曰：禮家先魯有桓生，說經頗異。論語家近琅邪王卿，不審名，及膠東庸生，皆以教。然

史記十二諸侯年表序云七十子之徒口授其傳指為有所刺譏褒諱挹損之文辭不可以書見也魯君子左丘明懼弟子人人異端各安其意失其真故因孔子史記具論其語成左氏春秋

漢書劉歆傳云左丘明好惡與聖人同

藝文志云丘明論本事而作傳

桓元子薦譙元彥表注引無此字愍作愍

亦載孔中丞薦儒學之後憂知愍信

魏志王肅傳注引魏略云正始中議圜丘普延學士是時郎官及司徒領吏二萬餘人雖復分布見在京師者尚且萬人而應書與議者略無幾人又是時朝堂公卿以下四百餘人其能操筆者未有十人

不字義從文據因及漢書刪

則虜生亦未詳其名也此乃有識者之所歎愍士君子之所嗟痛也往者綴學之士不思廢絕之闕苟因陋就寡分文析字煩言碎辭學者罷老且不能究其一藝信口說而背傳記是末師而非往古至於國家將有大事若立辟雍封禪巡狩之儀則幽冥而莫知其原猶欲保殘守缺挾恐見破之私意而亡從善服義之公心或懷疾妬不考情實雷同相從隨聲是非禮記曰無雷同抑此三學以尚書爲不備謂左氏不傳春秋豈不哀哉臣瓚漢書注曰當時學者謂尚書唯有二十八篇不知本有百篇今聖上德通神明繼統揚業亦愍此文教錯亂學士若茲雖深照其情猶依違謙讓樂與士君

子同之故，下明詔試左氏可立不，遣近臣奉旨銜命，將以輔弱扶微，與二三君子比意同力，冀得廢遺。今則不然，深閉固距而不肯試，猥以不誦絕之，欲以杜塞餘道，絕滅微學。夫可與樂成，難與慮始。（太公金匱曰：夫人可以樂成，難以慮始。）此乃衆庶之所為耳，非所望於士君子也。且此數家之事，皆先帝所親論，今上所考視，其為古文舊書，皆有徵驗，內外相應，豈苟而已哉！夫禮失求之於野，古文不猶愈於野乎？（漢書班固曰：仲尼有言：禮失而求諸野。）往者博士書有歐陽，春秋公羊，易則施孟，（漢書曰：歐陽生字和伯，千乘人也，事伏生。又曰：樂陵侯史高言穀梁子本魯學，公羊氏迺齊學。又曰：施讎字長卿，沛人也，從田王孫受易。又曰：孟喜字長卿，東海人也，從田王孫受易。

漢文

然孝宣帝（皇）猶復廣立穀梁春秋。梁丘易。大小夏侯尚書。漢書曰梁丘字長翁琅邪人也從京房受易又曰夏侯勝從濟南伏生受尚書勝傳從兄子建建又事歐陽高由是尚書有大小夏侯之學義雖相反。猶並置之。何則。與其過而廢之。寧過而立之。傳曰。文武之道。未墜於地。在人。賢者志其大者。不賢者志其小者。論語子貢曰文武之道未墜於地在人賢者識其大者不賢者識其小者今此數家之言。所以兼包大小之義。豈可偏絕哉。若必專己守殘。黨同門。妬道真。違明詔。失聖意。以陷於文吏之議。甚爲二三君子不取也。

師古曰志識也

北山移文　孔德璋

蕭子顯齊書曰孔稚珪字德璋會稽人也少涉學有美譽舉秀才解褐宋安成王車騎法曹行參軍稍遷至太子詹事卒

呂向注鍾山在都北其先周彥倫隱于此山後應詔出爲海鹽縣令欲却過此山孔生乃假山靈之意移之使不許得至

尾公云：路或霧之訛，盖霧先訛作露，再訛作路，而驛路文屬當語，遂莫知改正也。按王子安集驛字每作驛，詞用則驛霧與馳煙爲對文，非與山庭爲對文也。

焯記：王勃乾元殿頌霧出鏘陰驛霧馳烟，疑即本此文。驛與馳爲對，字外馳魂驛思是也。

孫志祖說當指延陵季子。據遊金華記衡之庵篇云披裘而薪，與此薪歌合。

鍾山之英，草堂之靈，梁簡文帝草堂傳曰：汝南周顒昔經在蜀，以蜀草堂寺林壑可懷，乃於鍾嶺雷次宗學館立寺，因名草堂，亦號山茨。馳煙驛路，勒移山庭。夫以耿介拔俗之標，蕭灑出塵之想，楚辭曰：獨耿介而不隨。孫盛晉陽秋曰：呂安志量開曠，有拔俗風氣。莊子曰：孔子彷徨塵垢之外，逍遥無爲之業。度白雪以方潔，干青雲而直上，吾方知之矣。孟子曰：白雪之白也，猶白玉之白也。子虛賦曰：上下青雲。若其亭亭物表，皎皎霞外，芥千金而不盼，屣萬乘其如脫，爾雅曰：芥，草也。史記曰：秦軍引去，平原君乃置酒，酒酣，起前以千金爲魯連壽。魯連笑曰：所貴於天下之士者，爲人排患釋難解紛而不取也。即有取者，是商賈之事，而連不忍爲也。遂辭平原君而去。淮南子曰：堯年衰志閔，舉天下而傳之舜，猶却行而脫屣也。許慎曰：言其易也。劉熙孟子注曰：屣，草屨可屣。聞鳳吹於洛浦，值薪歌於延瀨，固亦有焉。列仙傳曰：王子喬，周宣王太子晉也，好吹笙作鳳鳴，遊伊

雒之閭薪歌延瀨未聞豈期終始參差蒼黃翻覆淚翟子之悲慟朱公之哭終始參差岐路也蒼黃翻覆素絲也翟墨翟也朱楊朱也淮南子曰楊子見岐路而哭之為其可以南可以北墨子見練絲而泣之為其可以黃可以黑高誘曰閔其別與化也乍迴跡以心染或先貞而後黷何其謬哉蒼頡篇曰黷垢也嗚呼尚生不存仲氏既往山阿寂寥千載誰賞尚生子平也已見上文范曄後漢書曰仲長統字公理山陽人也性俶儻默語無常每州郡命召輒稱疾不就世有周子雋俗之士蕭子顯齊書曰周顒字彥倫汝南人也釋褐海陵國侍郎元徽中出為剡令建元中為長沙王後軍參軍山陰令稍遷國子博士卒於官既文既博亦玄亦史然而學遁東魯習隱南郭莊子曰魯君聞顏闔得道人也使人以幣先焉顏闔守陋閭使者至曰此顏闔之家與顏闔對曰此闔之家使者致幣顏闔對曰恐聽謬而遺使者罪不若審之使者友審之復來求之則不得矣又曰南郭

此篇殊多佳段

子綦隱机而坐仰天嗒然似喪其偶郭象曰嗒焉解體若失其配匹也嗒土合切偶吹草堂濫（或本作竊）巾北岳偶吹即齊竽也偶匹對之名巾隱者之飾東觀漢記曰江革專心養母幅巾屐蹻誘我松桂欺我雲壑雖假容於江皐乃纓情於好爵楚辭曰將馳騖兮江皐周易曰我有好爵吾與爾縻之其始至也將欲排巢父拉許由傲百氏蔑王侯風情張日霜氣橫秋或歎幽人長往或怨王孫不遊周易曰幽人貞吉西征賦曰悟山潛之逸士悼長往而不反楚辭曰王孫遊兮不歸春草生兮萋萋談空空於釋部覈玄玄於道流蕭子顯齊書曰顒汎涉百家長於佛理著三宗論兼善老易釋部內典也漢書曰道家流者出於史官歷記成敗存亡禍福古今之道也務光何足比涓子不能儔列仙傳曰務光者夏時人也耳長七寸好琴服蒲韭根殷湯伐桀因光而謀光曰非吾事也湯得天下已而讓光光遂負石沈窾水而自匿列仙傳曰涓子者齊人也好餌朮隱於

○殯字不誤或作擯乃誤耳

岩山能風及其鳴騶入谷鶴書赴隴如淳漢書注曰騶馬以給騶使乘之臧榮緒晉書曰騶六人蕭子良古今篆隸文體曰鶴頭書與偃波書俱詔板所用在漢則謂之尺一簡髣髴鵠頭故有其稱形馳魄散志變神動爾乃眉軒席次袂聳筵上焚芰製而裂荷衣抗塵容而走俗狀楚辭曰製芰荷以爲衣集芙蓉而爲裳王逸曰製裁也風雲悽其帶憤石泉咽而下愴望林巒而有失顧草木而如喪至其紐金章綰墨綬金章銅印也漢書曰萬戶以上爲令秩千石至六百石又曰秩六百石以上皆銀印墨綬跨屬城之雄冠百里之首蔡邕陳留太守行縣頌曰府君勸耕桑于屬縣漢書曰縣大率百里張英風於海甸馳妙譽於浙右阮籍詠懷詩曰英風截雲霓字書曰江水東至會稽山陰爲浙右道帙長殯法筵久埋敲扑諠囂犯其慮牒訴倥偬裝其懷過秦論曰執敲扑以鞭笞天

下楚辭曰悲余生之無歡兮愁倥傯於山陸王逸曰倥傯困苦也王令歌既斷酒賦無續董仲舒集七言琴歌二首西京雜記鄒陽酒賦常綢繆於結課每紛綸於折獄廣雅曰課第也然今考第爲課也尚書王曰哀敬折獄明啓刑書籠張趙於往圖架卓魯於前籙漢書曰張敞字子高稍遷至山陽太守又曰趙廣漢字子都涿郡人也爲陽翟令以化行尤異遷京輔都尉范曄後漢書曰卓茂字子康南陽人也遷密令視人如子吏人親愛而不忍欺又曰魯恭字仲康扶風人也拜中牟令螟傷稼犬牙緣界不入中牟希蹤三輔豪馳聲九州牧漢書曰內史武帝更名京兆尹左內史更名左馮翊主爵中尉更名右扶風是爲三輔左氏傳王孫滿曰夏之方有德也貢金九牧杜預曰九州之牧貢金也使我高霞孤映明月獨舉成公綏鷹賦曰陵高霞而輕舉青松落陰白雲誰侶磵戶摧絕無與歸石逕荒涼徒延佇至於還飈入幕寫霧出楹蕙帳空兮夜鵠

黄侃黄焯批校昭明文選

八

湖北省公益学术著作出版专项资金
Hubei Special Funds for Academic and Public-interest Publications

〔梁〕蕭統 編
〔唐〕李善 注
黄侃 黄焯 校訂

長江出版傳媒
崇文書局

文選卷第四十四

梁昭明太子撰

文林郎守太子右内率府録事參軍事崇賢館直學士臣李善注上

檄

喻巴蜀檄一首　漢書曰相如爲郎數歲會唐蒙使略通夜郎僰中徵發巴蜀吏卒千人郡

又多爲發轉漕萬餘人用軍興法誅其渠率巴蜀人大驚恐上聞之乃遣相如責唐蒙等因喻告巴蜀人以非上之意也

司馬長卿

告巴蜀太守蠻夷自擅不討之日久矣時侵犯邊境勞士大夫陛下即位存撫天下安集中國然後興師出兵北征匈奴單于怖駭交臂受事屈膝請和戰國策張儀曰儀交臂而事楚康居西域重譯納貢稽顙來享禮記王制曰五方之人言語不通北方曰譯說文曰譯傳也傳四夷之語也漢書西域傳曰康居國去長安萬二千三百里春秋說題辭曰盛德則感越裳重譯禮記孔子曰拜之而後稽顙毛詩曰自彼氐羌莫不來享爾雅曰享獻也移師東指閩越相誅右弔番禺太子入朝文穎曰弔至也番禺南海郡縣治也東伐越後至番禺故言右也顏師古曰南越爲東越所伐漢以兵救之南越蒙天子德惠故遣太子朝所以云弔也非訓

潤野草而不辭也春秋考異郵曰枯胲收胲血膏潤草胲古亥切今奉幣役至南夷即自賊殺或亡逃抵誅抵至也亡逃而至於誅也一曰逃亡被誅而抵拒於誅也如淳曰抵其罪而誅戮之也一曰誅者亡不肯受誅也身死無名謚爲至愚無名言無善名也謚猶號也恥及父母爲天下笑人之度量相越豈不遠哉春秋合誠圖曰君殺妻誅爲天下笑然此非獨行者之罪也父兄之教不先子弟之率不謹寡廉鮮恥而俗不長厚也其被刑戮不亦宜乎陛下患使者有司之若彼悼不肖愚民之如此故遣信使誠信之使也曉諭百姓以發卒之事因數之以不忠死亡之罪讓三老孝悌以不教誨之過漢書景帝詔曰置三老孝悌以道民焉方今田時重煩百姓重難也不欲召聚之已親見

近縣張揖曰檄以示巴蜀城旁近縣恐遠所谿谷山澤之民不徧聞檄到亟下縣道亟急也漢書曰縣有蠻夷曰道使咸喻陛下之意無忽

爲袁紹檄豫州一首魏氏春秋曰袁紹伐許乃檄州郡

陳孔璋魏志曰琳避難冀州袁本初使典文章作此檄以告劉備言曹公失德不堪依附宜歸本初也後紹敗琳歸曹公曹公曰卿昔爲本初移書但可罪狀孤而已惡惡止其身何乃上及父祖邪琳謝罪曰矢在絃上不可不發曹公愛其才而不責之

左將軍領豫州刺史郡國相守蜀志曰先主歸陶謙謙表先主爲豫州刺史後歸曹公曹公表爲左將軍蓋聞明主圖危以制變忠臣慮難以立權是以有非常之人然後有非常之事有非常之事然後立非常之功難蜀父老曰世必有非常之人然後有非常之事有非常之事然後有非常之功

夫非常者故非常人所擬也曩者彊秦弱主趙高執柄專制朝權威福由已時人迫脅莫敢正言終有望夷之敗史記曰秦二世夢白虎囓其左驂馬殺之問占夢卜曰涇水爲祟二世乃齊望夷宮欲祠涇水使使責讓趙高以盜事高懼乃陰與其女婿咸陽令閻樂數二世二世自殺張華曰望夷宮在長安西北長平觀故臺處是臨涇水作之以望北夷也漢書曰王氏浸盛羣下莫敢正言祖宗焚滅汙辱至今永爲世鑒及臻呂后季年產祿專政內兼二軍外統梁趙擅斷萬機決事省禁下陵上替海內寒心漢書曰張辟彊謂丞相陳平請拜呂台呂產爲將將兵居南北軍丞相如辟彊計太后臨朝以呂侯子台爲呂王台弟產爲梁王建成侯釋之子祿爲趙王呂后崩將軍祿相國產顓兵秉政韋昭國語注曰季末也左氏傳閔子騫曰下陵上替能無亂乎高唐賦曰寒心酸鼻於是絳侯朱虛興兵奮怒誅夷逆暴尊立

後漢宦者傳嵩靈帝時貨賂中官及輸西園錢一億萬故位至太尉

太宗漢書曰產祿因謀作亂齊悼惠王子朱虛侯章在京師知其謀使人告兄齊王令發兵章欲與太尉勃內應以誅諸呂又曰呂祿呂產欲作亂朱虛侯章與太尉勃等誅之大臣乃謀迎代王代王立是為孝文皇帝故能王道興隆光明顯融此則大臣立權之明表也明表謂明白之表儀也司空曹操祖父中常侍騰與左悺徐璜並作妖孽饕餮放橫傷化虐民司馬彪續漢書曰曹騰字季興少除黃門桓帝即位加特進范曄後漢書曰左悺河南人也為小黃門徐璜下邳人也為中常侍左氏傳史克曰縉雲氏有不才子天下之人謂之饕餮山海經曰鉤吾山有獸羊身人面其口腋下虎齒人爪其音如嬰兒名曰狍鴞食人郭璞云為物貪惏食人未盡還害其身象在禹鼎左氏傳所謂饕餮者也狍音咆父嵩乞匄攜養因贓假位魏志曰曹騰養子嵩官至太尉莫能審其生本末司馬彪續漢書曰嵩字巨高說文曰匄乞也古賴切輿金輦璧輸貨權門漢書曰息夫躬交遊貴戚趨走權門為名竊盜

𤟤猶僄也　佼魏志注及後漢書

師　據後漢書三國志並作偏師
授以裨師四後漢書及國志注並在被以虎文句下　後漢書作授以偏師國志注作偏師

鼎司傾覆重器。周易曰鼎金鉉鄭玄尚書注曰鼎三公象也文子老子曰天下之大器也操贅閹遺醜，本無懿德，贅謂假相連屬也莊子曰附贅懸肬然肬贅假肉也贅之銳切肬音尤𤟤狡鋒協，好亂樂禍。幕府董統鷹揚，掃除凶逆，魏志曰大將軍何進與紹誅諸閹官進被殺紹遂勒兵捕諸閹人無少長皆殺之漢書音義曰衛青征匈奴大克獲帝就拜大將軍於幕中因曰幕府續遇董卓侵官暴國。董卓字仲穎隴西人爲相國卓以山東豪傑並起乃徙天子都長安燔燒宮室卓至西京呂布誅卓左氏傳欒鍼謂欒書曰侵官冒也失官慢也於是提劍揮鼓，發命東夏，收羅英雄，棄瑕取用。魏志曰董卓呼紹欲廢帝紹不應因橫刀長揖而出遂奔冀州卓因拜紹渤海太守紹遂以渤海之衆以攻卓故遂與操同諮合謀，授以裨師。裨師偏師也漢書衛青傳曰裨將及校尉侯者九人謂其鷹犬之才，爪牙可任。謝承後漢書陳龜表曰臣累世展鷹犬搏擊之用至乃愚佻

蹴 國志注作就

短略輕進易退字書曰佻輕也勑聊切傷夷折衂數喪師徒幕府
輙復分兵命銳脩完補輯表行東郡領兗州刺史謝承後漢
書曰袁紹以曹操爲東郡太守劉公山爲兗州公山爲黃巾所殺乃以操爲兗州刺史被以虎文
奬蹴威柄被以虎文則羊質虎文也法言曰敢問質曰羊質而虎皮見草而說見豺而戰魏志作奬
蹴蹴成也言奬成其威柄也冀獲秦師一尅之報左氏傳曰秦孟明師師伐晉晉侯禦
之秦師敗績又曰秦伯伐晉濟河焚舟取王官及郊晉人不出遂霸西戎用孟明也而操遂承資
跋扈肆行凶忒謝承後漢書曰操得兗州兵衆強盛內懷反紹意毛詩曰無然畔援鄭玄曰畔
援猶跋扈也西京賦曰睢盱跋扈賈逵國語曰肆恣也孔安國尚書傳曰忒惡也割剥元元殘
賢害善太公金匱曰天道無親常與善人今海內陸沈於殷久矣何乃急急於元元哉高誘戰國策注
曰元元善也張奐與屯留君書曰氣厲流行傷賢害善故九江太守邊讓英才俊

偉天下知名直言正色論不阿諂身首被梟懸之誅妻孥受灰滅之咎（魏志曰太祖在兖州陳留邊讓言議頗侵太祖太祖殺讓族其家臣賢漢書注曰懸首於木曰梟尚書曰余則孥戮汝）自是士林憤痛民怨彌重（林喻多也司馬遷書曰列於君子之林孔安國尚書傳曰民咨胥怨）一夫奮臂舉州同聲（史記武臣曰陳王奮臂爲天下唱始周易曰同聲相應）故躬破於徐方地奪於呂布彷徨東裔蹈據無所（魏志曰陶謙爲徐州刺史太祖征謙糧少引軍還又曰太祖與呂布戰於濮陽太祖軍不利）幕府惟強幹弱枝之義且不登叛人之黨（叛人謂呂布也漢書曰徙二千石高貲富人豪傑并兼之家於諸陵蓋亦以強幹弱枝非爲奉山園也左氏傳曰圍宋彭城非宋地也於是爲宋討魚石故稱宋且不登叛人）故復援旌擐甲席卷起征（紹征呂布諸史不載蓋史略也左氏傳曰擐甲執兵杜預曰擐貫也胡慢切春秋握誠圖曰諸侯氷散席卷各爭恣妄）金鼓響振布衆奔沮（漢書曰膠西王叩頭

後漢書無當御二字作國朝者蓋此刻本無以後漢改此本而又未删其舊耳當從舊

漢軍壁弓高侯執金鼓見之拯其死亡之患復其方伯之位謝承後漢書曰操圍呂布於濮陽爲布所破投紹紹哀之乃給兵五千人還取兖州說文曰拯上舉也則幕府無德於兖土之民而有大造於操也左氏傳呂相絶秦曰秦師克還無害則是我有大造於西也後會鸞駕反旆羣虜寇攻魏志曰董卓徙天子都長安後韓暹以天子還雒陽時冀州方有北鄙之警匪遑離局魏志曰冀州牧韓馥以冀州讓紹紹遂領冀州謝承後漢書曰公孫瓚非紹立劉伯安歛其衆攻紹禮記曰各司其局鄭玄曰局部分也故使從事中郎徐勛就發遣操使繕脩郊廟翊衛幼主操便放志專行脅遷當御省禁魏志曰天子還洛陽太祖遂至洛陽衛京師脅遷謂迫脅天子而遷徙也卑侮王室敗法亂紀家語孔子曰是謂壞法亂紀也坐領三臺專制朝政應劭漢官儀曰尚書爲中臺御史爲憲臺謁者爲外臺爵賞由心

依後漢書及國志注乙

刑戮在口，所愛光五宗，所惡滅三族。宗亦族也。漢書徐自為曰：古有三族，而王温舒罪至同時而五族。平家語曰：宰予為臨淄大夫，與田常之亂，夷三族也。羣談者受顯誅，腹議者蒙隱戮。漢書曰：上既造白鹿皮幣，令下，顏異不應，反脣。張湯奏異腹非，論死。自是之後，有腹非之法也。百寮鉗口，道路以目。莊子曰：鉗墨翟之口。史記曰：周厲王行暴虐侈傲，國人謗王，王怒，得衛巫，使監謗者，以告則殺之。國人莫敢言，道路以目。鉗其嚴切。尚書記朝會，公卿充員品而已。故太尉楊彪，典歷二司，享國極位，操因緣眦睚，被以非罪，榜楚參并，五毒備至，觸情任忒，不顧憲綱。范曄後漢書曰：彪字文先，代董卓為司空，又代黃琬為司徒。時袁術僭亂，操託彪與術婚姻，誣以欲圖廢置，奏收下獄，劾以大逆。漢書曰：王莽誅翟義，夷滅三族，皆至同坑，以五毒參并葬之。如淳曰：野葛狼毒之屬。韓詩外傳曰：不肖者觸情縱欲也。又議郎趙彥，忠諫直言，義有可納，是以聖朝含聽，改容加

先

飾操欲迷奪時明杜絶言路擅收立殺不俟報聞又梁孝王先帝母昆墳陵尊顯桑梓松柏猶宜肅恭而操帥將吏士親臨發掘破棺裸尸掠取金寶至令聖朝流涕士民傷懷漢書曰孝文皇帝竇皇后生孝景帝梁孝王武曹瞞傳曰曹操破梁孝王棺收金寶天子聞之哀泣昆或爲弟毛詩曰維桑與梓必恭敬止仲長子昌言曰古之葬者松柏以識其墳操又特置發丘中郎將摸金校尉所過隳突無骸不露身處三公之位而行桀虜之態汙國虐民毒施人鬼加其細政苛慘科防互設罾繳充蹊坑穽塞路舉手挂網羅動足觸機陷是以兗豫有無聊之民帝都有吁嗟之怨戰國策蘇秦曰上下相怨民無所聊家語孔子曰今人之言惡者比之於桀紂民怨其虐莫不吁嗟歷觀載籍無道之臣貪殘酷烈於操爲甚幕府方

○緒業已之業也

詰外姦未及整訓鄭玄禮記注曰詰謂問其罪也去質切加緒含容冀可彌
縫左氏傳展喜對齊侯曰桓公是以糾合諸侯彌縫其闕而匡救其災而操豺狼野心潛包
禍謀劉向列女傳曰羊舌叔姬者叔向之母也長姒産男叔姬往觀之曰其聲狼也狼子野心非是莫滅羊舌
氏平乃欲摧橈棟梁孤弱漢室周易曰棟橈之凶不可以有輔除滅忠正專
爲梟雄往者伐鼓北征公孫瓚魏志曰公孫瓚字伯圭董卓至洛陽遷瓚奮武將軍封薊侯范曄後漢書曰公孫瓚大破黃巾威震河北紹自將擊之強寇桀逆拒圍一年操
因其未破陰交書命外助王師內相掩襲左氏傳曰凡師輕曰襲杜預曰掩其不備也故引兵造河方舟北濟會其行人發露瓚亦梟夷
魏志曰紹悉軍圍瓚瓚自知必敗盡殺其妻子乃自殺故使鋒芒挫縮厥圖不果爾乃
大軍過蕩西山屠各左校皆束手奉質爭爲前登犬羊殘醜

陸佐公石闕銘注引作胡馬三千羣

消淪山谷范曄後漢書曰黑山賊于毒等覆鄴城紹入朝歌鹿腸山破之斬毒又擊左校郭太賢等遂及西營屠各戰於常山晉中興書曰胡俗其入居塞者有屠各種最豪貴故得爲單于統領諸種於是操師震慴晨夜逋遁屯據敖倉阻河爲固魏志曰袁紹將進單攻薛公留于禁屯河上公軍官度漢書音義曰敖地名在滎陽西北上臨河有太倉欲以螗蜋之斧禦隆車之隧莊子蘧伯玉謂顏闔曰汝不知夫螗蜋乎怒其臂以當車轍不知其不勝任也幕府奉漢威靈折衝宇宙班孟堅與陳文通書曰奉國威靈信志方外晏子春秋孔子曰不出樽俎之間而折衝千里之外晏子之謂也長戟百萬胡騎千羣奮中黃育獲之士騁良弓勁弩之勢尸子中黃伯曰余左執太行之獶而右搏彫虎戰國策范睢說秦王曰烏獲之力焉而死夏育之勇焉而死文子曰狡兎得而獵犬烹高鳥盡而良弓藏史記蘇秦說韓王曰天下之彊弓勁弩皆從韓出并州越太行青州涉濟漯魏志曰袁紹出長子譚爲青州外甥高翰爲并州淮南子曰何謂九山曰太行

又霆作震

别本

羊腸高誘曰太行直河内野王縣尚書曰浮于濟漯達于河大軍汎黄河而角其前，荆州下宛葉而掎其後。魏志曰劉表爲荆州刺史北與袁紹相結左氏傳狄子駒支曰譬如捕鹿晉人角之諸戎掎之征伐軍有前後猶如捕獸人捉角一人戾足說文曰掎戾足也雷霆虎步，並集虜庭，李陵詩曰幸託不肖軀且當猛虎步若舉炎火以焫飛蓬，覆滄海以沃熛炭，有何不滅者哉？楚辭曰離憂患而迺窮兮若縱火於秋蓬黄石公三畧曰夫以義而誅不義若決江河而溉熒火其尅必矣聲類曰焫燒也說文曰熛火飛也又操軍吏士其可戰者，皆自出幽冀，或故營部曲，咸怨曠思歸，流涕北顧。毛詩序曰男女怨曠其餘兖豫之民，及吕布張揚之遺衆，吕布張楊已見九錫文覆亡迫脅，權時苟從，各被創夷，人爲讎敵。尚書曰父師曰召敵讎弗怠若迴旆方徂，登高岡而擊鼓吹，揚素揮以啓降路，廣雅曰徽幡也徽與揮古通用必土崩瓦解不俟血刃漢書徐樂上書曰何謂土崩秦之末葉是也人困而主不恤下怨而上不知此之謂土崩何謂瓦解吳楚齊越之兵是也當此之時安土樂俗之人衆故諸侯無外境之助此之謂瓦解孫卿子曰舜伐有苗禹伐共工湯伐有夏文王伐崇武王伐紂遠方慕義兵不血刃方今漢室陵遲綱維弛絶聖朝無一介之輔股肱無折衝之勢尚書秦穆公曰如有一介臣尚書大傳曰股肱臣也折衝已見上文方畿之内簡練之臣皆垂頭搨翼莫所憑恃雖有忠義之佐脅於暴虐之臣焉能展其節又操持部曲精兵七百圍守宮闕外託宿衛内實拘執懼其篡逆之萌因斯而作說文曰逆而奪取曰篡义患切此乃忠臣肝腦塗地之秋烈士立功之會可不勗哉喻巴蜀文曰肝腦塗中原漢書曰一敗塗地尚書曰勗哉夫子操又矯命稱制

遣使發兵恐邊遠州郡過聽而給與強寇弱主違衆旅
叛漢書以旅爲助舉以喪名爲天下笑則明哲不取也即日幽
并青冀四州並進魏志曰紹以中子熙爲幽州書到荆州便勒見兵
與建忠將軍協同聲勢魏志曰張繡以軍功稍遷至建忠將軍屯宛與劉表合州
郡各整戎馬羅落境界舉師揚威並匡社稷則非常之
功於是乎著其得操首者封五千户侯賞錢五千萬部
曲偏裨將校諸吏降者勿有所問廣宣恩信班揚符賞
布告天下咸使知聖朝有拘逼之難如律令風俗通曰謹按律者
法也皋陶謨虞云始造律時主所制曰令漢書著甲令夫吏者始也當先自正然後正人故文書下如律令言
當履繩墨動不失律令也

宋書禮志已載宋世文移有云年月朔日甲子尚書令某甲下有云年月日子下蓋脫日子二字為甲子也

日子，日十日也，子十二子也。今人謂時日之日為日子，本於此

此篇中率多在彧旁後批尚書令彧之彧字為後人以意溢之耳

又疑此彧本作或猶稱何人猶稱某稱某甲耳

孫志祖補正云左傳魏絳引書曰居安思危又於安思危見逸周書程典解不當引漢書

檄吴將校部曲文一首

陳孔璋

年月朔日子尚書令彧魏志曰荀彧字文若潁川人也太祖進彧為漢侍中守尚書令告江東諸將校部曲及孫權宗親中外蓋聞禍福無門惟人所召左氏傳閔子騫之辭夫見機而作不處凶危上聖之明也周易曰君子見機而作不俟終日臨事制變困而能通智者之慮也漢書曰江充因變制宜周易曰困而不失其所亨其唯君子乎王弼曰窮必通也漸漬荒沈往而不反下愚之蔽也是以大雅君子於安思危以遠咎悔班固漢書贊曰大雅卓爾不群河間獻王近之矣封禪書曰興必慮衰安必慮危小人臨禍懷佚以待死亡二者之量不亦殊乎孫權小子未辨菽麥

左氏傳曰晉周子有兄而無慧不能辨菽麥要領不足以膏齊斧名字不足以洿簡墨漢書音義服虔注曰易曰喪其齊斧未聞其說張晏曰斧鉞也以整齊天下應劭曰齊利也虞喜志林曰齊側皆切凡師出必齊戒入廟受斧故曰齊斧也譬猶鷇卵始生翰毛爾雅曰生而自食曰雛待哺曰鷇郭璞曰鳥子須母食鄭玄尚書大傳注曰翰毛毛長大者而便陸梁放肆顧行吠主西京賦曰怪獸陸梁戰國策刁勃謂田單曰跖之狗吠堯非其主也謂爲舟楫足以距皇威江湖可以逃靈誅不知天網設張以在綱目爨鑊之魚期於消爛也若使水而可恃則洞庭無三苗之墟子陽無荆門之敗尚書帝曰咨禹惟時有苗弗率汝徂征三旬苗民逆命帝乃誕敷文德七旬有苗格孔安國曰三苗之國左洞庭右彭蠡范曄後漢書曰公孫述字子陽自立爲蜀王遣任滿據荆門帝令征南大將軍岑彭攻之滿大敗朝鮮之壘不刊南越

○罄 縊殺也
文王世子曰磬于甸人注磬
懸縊殺之也罄與磬同

之旍不捴史記曰天子拜涉何爲遼東部都尉朝鮮襲殺何天子遣左將軍荀彘擊朝鮮朝鮮人殺其王右渠來降定朝鮮爲四郡又曰南越呂嘉反以主爵都尉楊僕爲樓舡將軍下横浦咸會番禺南越以平遂爲九郡又曰東越王餘善反遣横海將軍韓悦出句章越建成侯敖殺餘善以其衆降昔夫差承闔閭之遠跡用申胥之訓兵棲越會稽可謂強矣史記曰吴王闔閭死立太子夫差又樂毅遺燕惠王書曰昔伍子胥説聽於闔閭而吴王遠跡至郢韋昭國語注曰申胥楚大夫伍奢之子子胥也名貟貟奔吴吴與地故曰申胥史記曰吴王夫差伐越敗之越王勾踐乃以甲兵五千人棲於會稽及其抗衡上國與晉爭長都城屠於勾踐武卒散於黄池終於覆滅身罄越軍毛萇詩注曰抗舉也鄭玄周禮注曰稱上曰衡抗衡謂對舉以爭輕重也史記陸賈曰以區區之越與天子抗衡爲敵國又曰吴王夫差北會諸侯於黄池欲霸中國吴王與晉定公爭長乃長晉定公吴引兵歸國又曰吴與晉人相遇黄池之上吴晉爭強晉人擊之大

敗吳師越王聞之襲吳吳王聞之去晉而歸與越戰不勝城門不守遂圍王宫而殺夫差及吳王濞驕恣屈强猖猾始亂漢書曰吳王濞高帝兄仲之子也立濞爲吳王孝景五年起兵於廣陵左氏傳曰鄭子太叔卒晉趙簡子曰黄父之會夫子語我九言曰無始亂無怙富自以兵强國富勢陵京城太尉帥師甫下滎陽則七國之軍瓦解冰泮漢書曰七國反書聞天子遣條侯周亞夫往擊楚敗之七國吳王濞楚王戊趙王遂膠西王卬濟南王辟光淄川王賢膠東王渠鄭玄周禮注曰甫始也瓦解已見上文淮南子曰冰泮而農桑起濞之罵言未絶於口而丹徒之刃以陷其胷漢書曰吳王敗乃與戲下壯士千人夜亡渡淮走丹徒保東越漢使人以利啗東越東越即紿吳王吳王出勞軍漢使人鏦殺吳王漢書賈誼上疏曰適啓其口匕首已陷其胷矣紿音殆何則天威不可當而悖逆之罪重也且江湖之衆不足恃也自董卓作亂以迄於今將三十載其

間豪桀縱橫熊據虎跱強如二袁勇如呂布（二袁袁紹袁術也魏志曰呂布便弓馬旅力過人號爲飛將）跨州連郡有威有名十有餘輩其餘鋒捍特起鸇視狼顧爭爲梟雄者不可勝數（淮南子曰鴟視虎顧鹽鐵論曰無鹿駭狼顧之憂）然皆伏鈇嬰鉞首腰分離雲散原燎罔有孑遺（尚書曰若火之燎于原毛詩曰周餘黎民靡有孑遺）近者關中諸將復相合聚續爲叛亂（魏志張魯據漢中遣鍾繇討之是時關中諸將疑繇欲自襲馬超遂與楊秋李湛宜成等反遣曹仁討之超等屯潼關公勑諸將關西兵精悍堅壁勿與戰）阻二華據河渭驅率羌胡齊鋒東向氣高志遠似若無敵丞相秉鉞鷹揚順風烈火元戎啓行未鼓而破（魏志曰公西征馬超公自潼關北度未濟超赴船急戰丁斐曰放馬以餌賊賊亂取馬公乃得渡循河爲甬而南賊追距渭口公乃分兵結營於渭

南賊夜攻營伏兵擊破之進軍渡渭超等數挑戰不許公乃與尅日會戰先以輕兵挑之戰良久乃縱虎騎夾擊大破之斬宜成李湛等漢書元后詔曰運獨見之明奮無前之威毛詩曰武王載旆有虔秉鉞如火烈烈則莫我敢遏又曰元戎十乘以先啓行伏尸千萬流血漂櫓此皆天下所共知也戰國策秦王謂唐且曰天子之怒伏尸百萬流血千里賈誼過秦曰伏尸百萬流血漂櫓是後大軍所以臨江而不濟者以韓約馬超逋逸迸脫走還涼州復欲鳴吠魏志曰曹公斬宜成遂超走涼州典略曰韓遂字文約在涼州阻兵爲亂積三十年建安二十年乃死逆賊宋建僭號河首同惡相救並爲脣齒魏志曰初隴西宋建自稱河首平漢王聚衆枹罕夏侯淵討之屠枹罕斬建涼州又鎮南將軍張魯負固不恭魏志曰張魯字公旗據漢中以鬼道教人自號師君長雄巴漢垂三十年漢末力不能征遂就寵魯爲鎮民中郎將漢寧太祖征之周禮曰負固不服則攻之皆我王誅所當先

加故且觀兵旋旅魏志曰建安十七年公征孫權攻破江西營乃引軍還史記曰武王東觀兵至于孟津諸侯皆曰帝紂可伐武王曰未可乃還師復整六師長驅西征致天下誅魏志曰建安二十年公西征張魯偏將涉隴則建約梟夷旍首萬里魏志曰韓遂在顯親夏侯淵欲襲取之遂走後淵大破遂軍得其旍麾斬建及遂死已見上文軍入散關則群氐率服王侯豪帥奔走前驅魏志曰公西征張魯自陳倉出散關至河池氐王竇茂恃險不服攻屠之進臨漢中則陽平不守魏志曰西征張魯至陽平魯使弟衛據陽平關公乃遣高祚等乘險夜襲大破之十萬之師土崩魚爛張魯逋竄走入巴中懷恩悔過委質還降魏志曰魯弟衛夜遯魯潰走巴中遣人慰喻魯盡家屬出降土崩已見上文公羊傳曰其言梁亡何自亡也奈何魚爛而亡何休曰魚爛從內發左氏傳狐突曰策名委質巴夷王朴胡賨邑侯杜濩各帥種落共舉巴郡以奉王職魏志曰建安二十年七姓巴夷

○云字不誤　別本作支非也

王朴胡賔邑侯杜濩舉巴夷賨民來附於是分巴郡以胡爲巴東太守濩巴西太守孫盛曰朴音浮濩音護鉦鼓一動二方俱定利盡西海兵不鈍鋒戰國策司馬錯曰今伐蜀利盡西海而諸侯不以爲貪漢書淮南王安上疏曰不勞一卒不頓一戟又曰不挫一兵之鋒鈍與頓同若此之事皆上天威明社稷神武非徒人力所能立也聖朝寛仁覆載允信允文春秋考異郵曰赤帝之精寛仁大度禮記曰天無私覆地無私載毛詩曰允文允武昭假列祖大啓爵命以示四方魯及胡濩皆享萬戶之封魯之五子各受千室之邑魏志曰胡濩者皆封列侯又曰封魯及五子皆爲列侯胡濩子弟部曲將校爲列侯將軍已下千有餘人百姓安堵四民反業漢書曰高祖入關吏民皆安堵如故管子曰士農工商四民者國之石民而建約之屬皆爲鯨鯢左氏傳楚子曰古者明王伐不敬取其鯨鯢而封以

為大戮超之妻孥焚首金城魏志曰南安趙衢討超梟其妻子漢書有金城郡父
母嬰孩覆尸許市范曄後漢書曰建安元年遷都于許非國家鍾禍於彼
降福於此也逆順之分不得不然漢書蒯通曰甚誖逆順之理夫鷙
鳥之擊先高攫鷙之勢也牧野之威孟津之退也此述往年未伐之意
尚書序曰武王與受戰於牧野又曰惟十有一年武王伐殷孔安國曰諸侯僉同乃退以示弱今者枳
棘翦扞戎夏以清枳棘以喻殘賊也翦扞翦除而防衛之也杜預左氏傳注曰扞衛也音捍
萬里肅齊六師無事故大舉天師百萬之衆魏志曰建安二十一
年治兵遂征孫權也與匈奴南單于呼完厨及六郡烏桓丁令屠
各湟中羌僰魏志曰建安二十一年匈奴南單于呼厨泉將其名王來朝待以客禮漢書曰諸羌
言願得度湟水北然湟水左右羌之所居湟音皇丁令屠各已見上文霆奮席卷自壽春

而南〈漢書九江郡有壽春邑〉又使征西將軍夏侯淵等〈魏志曰夏侯淵字妙才惇族弟也爲征西將軍〉率精甲五萬及武都氐羌巴漢銳卒南臨汶江搤據庸蜀〈魏志曰建安二十一年留夏侯淵屯漢中〉江夏襄陽諸軍橫截湘沅以臨豫章樓船橫海之師直指吳會〈漢書曰東越反上遣橫海將軍韓說樓船將軍楊僕入軍於越〉萬里克期五道並入〈大舉天師至壽春而南一道也使征西甲卒五萬二道也及武都至庸蜀三道也江夏至豫章四道也樓船至會稽五道也〉權之期命於是至矣丞相銜奉國威爲民除害元惡大憝必當梟夷〈尚書成王曰元惡大憝〉至於枝附葉從皆非詔書所特禽疾〈楊雄覈靈賦曰枝附葉從表立景隨〉故每破滅强敵未嘗不務在先降後誅拔將取才各盡其用是以立功之士莫不翹足引

度羽东校張

領望風響應新序趙良謂商君曰君亡可翹足而待也左氏傳穆叔謂晉侯曰引領西望曰庶幾乎尚書曰惟影響孔安國曰若影之隨形響之應聲昔袁術僭逆王誅將加則廬江太守劉勳先舉其郡還歸國家魏志曰建安四年袁術敗於陳術病死廬江太守劉勳率衆降封為列侯呂布作亂師臨下邳張遼侯成率衆出降魏志曰張遼字文遠鴈門人也以兵屬呂布太祖破呂布於下邳遼將衆降拜中郎將爵為關內侯還討眭固薛洪繆尚開城就化魏志曰眭固屬袁紹屯射犬公進軍臨河使史渙曹仁渡河擊之固使張楊故長史薛洪河內太守繆尚留守自將兵以迎紹求救與渙仁遇交戰大破之斬固公遂濟河圍射犬洪尚率衆降封為列侯繆音留官渡之役則張郃高奐舉事立功魏志曰公擊淳于瓊留曹洪守紹使張郃高覽攻曹洪郃等聞瓊破遂來降魏志云高覽此云奐蓋有二名郃烏合切後討袁尚則都督將軍馬延故豫州刺史陰夔

縣 注及刻本

射聲校尉郭昭臨陣來降魏志曰公圍尚營未合尚懼遣故豫州刺史陰夔及陳琳乞降公不許圍益急尚夜遯保歧山追擊之其將馬延等臨陣降衆大潰圍守鄴城則將審配兄蘇游反爲内應魏志曰尚攻譚留蘇由守鄴公進軍到洹水由降游與由同審配兄子開門入兵魏志曰袁尚走中山盡獲其輜重印綬節鉞使尚降人示其家城中崩沮審配兄子榮夜開所守東城門内兵配逆戰敗生禽配斬之既誅袁譚則幽州大將焦觸攻逐袁熙舉事來服魏志曰建安十年袁熙大將焦觸叛熙尚奔三郡烏丸觸等舉其縣來降凡此之輩數百人皆忠壯果烈有智有仁悉與丞相參圖畫策折衝討難芟敵搴旗靜安海内豈輕舉措也哉誠乃天啓其心計深慮遠西京賦曰天啓其心司馬相如喻巴蜀文曰計深慮遠急國家之難審邪正之津明可否之分勇不虛死節不苟立

論語以私智言 此乃說恩惠言

屈伸變化，唯道所存，故乃建丘山之功，享不訾之祿。答客難曰：所欲必得，功若丘山。賈逵國語注曰：訾，言量也。朝爲仇虜，夕爲上將，所謂臨難知變，轉禍爲福者也。說苑孔子曰：聖人轉禍爲福，報怨以德。若夫說誘甘言，懷寶小惠，毛詩曰：盜言孔甘。論語曰：好行小惠。泥滯苟且，沒而不覺，隨波漂流，與熛俱滅者，亦甚衆多，吉凶得失，豈不哀哉。昔歲軍在漢中，東西懸隔，合肥遺守，不滿五千，權親以數萬之衆，破敗奔走。今乃欲當御雷霆，難以冀矣。魏志曰：太祖使張遼與樂進等將七千餘人屯合肥。太祖征張魯，俄而權率十萬衆圍合肥，於是遼夜募敢從之士，得八百人。明日大戰，平旦，遼被甲持戟，先登陷陣，殺千人，斬二將。權登高冢，以長戟自守。遼呼權，不敢動。權守合肥十餘日，城不可拔，乃引退。夫天道助順，人道助信。周易曰：天之所助者，順也；人之所助

盛乃吳郡太守權吳人故云君也

何焯云後漢書黨錮傳魏朗字少英會稽上虞人當是少英

信也事上之謂義親親之謂仁盛孝章君也而權誅之吳志曰權殺吳郡太守盛憲會稽典錄曰憲字孝章孫輔兄也而權殺之典略曰孫輔恐權不能守江東因權出行東治乃遣人齎書呼曹公行人以告權乃還僞若不知與張昭共見輔權謂輔曰兄厭樂耶何爲呼他人輔云無是權投書與昭以示輔輔慙無辭乃悉斬輔親近徙輔置東吳賊義殘仁莫斯爲甚孟子齊王曰臣弒其君可乎孟子曰賊仁者謂之賊賊義者謂之殘殘賊之人謂之一夫聞誅一夫紂矣未聞弒其君也乃神靈之逋罪下民所同讎辜讎之人謂之凶賊是故伊摯去夏不爲傷德飛廉死紂不可謂賢尚書曰伊尹去亳適夏既醜有夏復歸于亳孫子曰殷之興也伊摯在夏魏武曰伊摯伊尹也孟子曰周公相武王誅紂驅飛廉於海隅而戮之何者去就之道各有宜也丞相深惟江東舊德名臣多在載籍近魏叔英秀出高峙著名

何云虞仲翔父名歆為日南太守

周榮會稽典錄作周林名騰吳志吳範傳及注作滕祖父河内太守朗

海内虞文繡砥礪清節耽學好古周秦明當世儁彦德
行脩明皆宜膺受多福保乂子孫尚書曰永膺多福又曰保乂王家而
周盛門户無辜被戮遺類流離湮沒林莽言之可為愴
然聞魏周榮虞仲翔各紹堂構能負析薪吳志曰虞翻字仲翔尚書
曰若考作室既厎法厥子乃弗肯堂矧肯構左氏傳鄭子産曰古人有言曰其父析薪其子弗克負荷及
吳諸顧陸舊族長者世有高位當報漢德顯祖揚名及
諸將校孫權婚親皆我國家良寳利器尚書曰所寳惟賢則邇人安聖
主得賢臣頌曰夫賢者國家器用也所任賢則趨舍省而功施普器用利則用力少而就効衆也而並
見驅逼兩絶於天有斧無柯何以自濟陸賈新語曰有斧無柯何以治
之相隨顛没不亦哀乎蓋鳳鳴高岡以遠罻羅賢聖之

何云秦聞昕學

膺 別本

德也毛詩曰鳳皇鳴矣于彼高岡梧桐生矣于彼朝陽鷦鷯之鳥巢於葦苕折子破下愚之惑也韓詩曰鵄鴞既取我子無毀我室鵄鴞鸋鴂鳥名也鵄鴞所以愛養其子者適以病之愛憐養其子者謂堅固其窠巢病之者謂不知託於大樹茂枝反敷之葦蔄風至蔄折巢覆有子則死有卵則破是其病也字林曰鸋鴂鴂也上乃丁切下古穴切廣雅曰鸋鴂工雀也荀卿子曰南方鳥名蒙鳩爲巢編之以髪繫之葦苕苕折卵破巢非不牢所繫之弱也說文曰葦大葭也苕與蔄同今江東之地無異葦苕諸賢處之信亦危矣聖朝開弘曠蕩重惜民命誅在一人與衆無忌故設非常之賞以待非常之功司馬長卿難蜀父老曰有非常之事然後有非常之功乃霸夫烈士奮命之良時也可不勉乎若能翻然大舉建立元勳以應顯祿福之上也如其未能未能如上之計筭量大小以存易亡亦

其次也漢書鄒陽上書曰昔者鄭祭仲許宋人立公子突以活其君非其義也春秋記之爲其以生易死以存易士夫係蹄在足則猛虎絕其蹯戰國策魏魁謂建信君曰人有置係蹄者而得虎虎怒跌蹯而去虎之情匪不愛其蹯也然而不以環寸之蹯害七尺之軀者權也今國家者非直七尺之軀也而君之身於王非環寸之蹯也願公早圖之也延叔堅曰係蹄獸絆也蝮蛇在手則壯士斷其節漢書曰項梁使使趨齊兵擊章邯田榮曰楚殺田假趙殺田角田閒乃出兵楚不殺假趙亦不殺角閒齊王曰蝮蠚手則斬手蠚足則斬足何者爲害於身也田假田角田閒於楚趙非手足之戚何故不殺蠚音釋何則以其所全者重以其所棄者輕若乃樂禍懷寧迷而忘復周易曰迷復之凶反君道也闇大雅之所保皆先賢之去就毛詩大雅曰既明且哲以保其身忽朝陽之安甘折若之末日忘一日以至覆沒大兵一放玉石俱碎尚書曰火炎崑岡玉石俱

焚雖欲救之亦無及已史記衞平謂宋王曰後雖悔之亦無及已故令往購募爵賞科條如左檄到詳思至言如詔律令

檄蜀文一首魏志曰景元四年令鍾會伐蜀會至漢中蜀大將姜維等守劒閣距會會移檄檄蜀將吏

鍾士季魏志鍾會字士季潁川人少敏慧夙成爲秘書郎遷鎮西將軍後爲司徒謀反於蜀爲衆兵所殺

往者漢祚衰微率土分崩生民之命幾於泯滅我太祖武皇帝神武聖哲撥亂反正魏志曰有太武皇帝爲魏太祖公羊傳曰君子曷爲春秋撥亂世反諸正莫近乎春秋拯其將墜造我區夏尚書曰文王用肇造我區夏高祖文皇帝應天順民受命踐祚魏志曰文帝爲魏高祖周易曰湯武革命順乎天而應乎人禮記曰成王幼不能莅祚周公相踐祚而治烈祖明皇帝奕世重光

恢拓洪業魏志曰明皇帝為魏烈祖國語祭公謀父曰奕世載德尚書曰昔我君文王武王宣重光以彰先帝之洪業休德然江山之外異政殊俗毛詩序曰國異政家殊俗率土齊民未蒙王化難蜀父老曰割齊人以附夷狄如淳曰齊人齊等無有貴賤故謂之齊此三祖所以顧懷遺志也劇秦美新曰后土顧懷今主上聖德欽明紹隆前緒主上陳留王奐也尚書曰放勛欽明宰輔忠肅明允劬勞王室宰輔司馬文王也左氏傳史克對魯侯曰齊聖廣淵明允篤誠忠肅恭懿宣慈惠和布政垂惠而萬邦協和毛詩曰布政優優尚書曰百姓昭明協和萬邦施德百蠻而肅慎致貢毛詩曰因時百蠻大戴禮孔子曰昔舜教通于四海之外肅慎北發渠搜氐羌來服悼彼巴蜀獨為匪民毛詩曰哀我征夫獨為匪民愍此百姓勞役未已是以命授六師龔行天罰尚書曰予惟龔行天之罰征西雍州鎮西諸

軍五道並進魏志曰詔使征西將軍鄧艾督諸軍趣甘松沓中雍州刺史諸葛緒督諸軍趣武街高樓鎮西將軍鍾會由駱谷伐蜀古之行軍以仁爲本以義治之司馬法曰古者以仁爲本以義治之之謂正曹操曰古者五帝三王以來也仁者生而不名義者成而不有王者之師有征無戰孫卿子曰王者有誅無戰漢書淮南王上書曰天子之兵有征無戰莫敢校之故虞舜舞干戚而服有苗尚書曰帝乃誕敷文德舞干羽于兩階七旬有苗格周武有散財發廩表閭之義尚書曰式商容之閭散鹿臺之財發鉅橋之粟今鎮西奉辭銜命攝統戎車尚書禹曰奉辭伐罪漢書孫寶曰臣幸得銜命奉使庶弘文告之訓以濟元元之命國語曰祭公謀父曰有征罰之備有文告之辭元元已見上文非欲窮武極戰以快一朝之志新序李克對魏武侯曰好戰窮武未有不亡者故略陳安危之要其敬聽話言毛詩曰告之話言益州先生

荆 魏志及列本

與 魏志

以命世英才興兵新野困蹟冀徐之郊制命紹布之手太祖拯而濟之興隆大好中更背違棄同即異蜀志曰先主姓劉諱備字玄德涿郡人也靈帝末黃巾起先主率其屬討賊有功除安喜尉後領徐州呂布襲徐州虜先主妻子乃求和於布後歸曹公曹公厚遇之以爲豫州牧後背曹公歸袁紹漢書張良曰湯武伐桀紂封其後者能制其死命也左氏傳子太叔曰棄同即異是謂離德諸葛孔明仍規秦川姜伯約屢出隴右蜀志曰姜維字伯約勞動我邊境侵擾我氐羌方國家多故未遑脩九伐之征也周禮曰以九伐之法正邦國馮弱犯寡則眚之賊賢害民則伐之暴內陵外則壇之野荒民散則削之負固不服則侵之賊殺其親則征之放弒其君則殘之犯令陵政則杜之內外亂鳥獸行則滅之今邊境乂清方內無事蓄力待時併兵一向孫子兵法曰併敵一向千里殺將而巴蜀一州之衆分張守備

難以禦天下之師段谷侯和沮傷之氣難以敵堂堂之陣魏志曰姜維趣上邽鄧艾與戰于段谷大破之又曰姜維寇洮陽鄧艾拒之破維于侯和漢書公乘興上書曰王尊厲奔北之吏起沮傷之氣黃帝出軍決曰始立牙之日吉氣來應旗幡指敵或從風而來金鐸之聲揚以清鼓鞞之音婉而鳴是謂堂堂之陣整整之旗此大勝之徵也比年已來曾無寧歲國語姜氏告於公子曰自子之行晉無寧歲征夫勤瘁難以當子來之民毛詩曰經始勿亟庶民子來此皆諸賢所共親見蜀侯見禽於秦公孫述授首於漢史記曰秦惠文君八年張儀復相伐蜀滅之公孫述已見吳都賦九州之險是非一姓此皆諸君賢所備聞也左氏傳司馬侯曰九州之險也是非一姓明者見危於無形智者規福於未萌太公金匱曰明者見危於未萌智者避危於無形是以微子去商長為周賓毛詩序曰有客微子來見祖廟也鄭玄曰武王

既黜殷命殺武庚微子代殷後既受命來朝而見之於廟陳平背項立功於漢史記曰陳平懼項王誅遂至脩武降漢拜平爲都尉豈宴安鴆毒懷祿而不變哉左氏傳管敬仲曰宴安鴆毒不可懷也漢書楊惲曰懷祿貪勢不能自退今國朝隆天覆之恩宰輔弘寬恕之德禮記孔子曰天無私覆地無私載先惠後誅好生惡殺尚書大傳成王問周公曰舜何以也周公曰其政也好生而惡殺往者吳將孫壹舉衆內附位爲上司寵秩殊異吳志曰孫壹爲江夏太守及孫綝誅滕胤呂據據胤皆壹之妹夫也綝遣朱異潛襲壹異至武昌壹知其攻己率部曲將胤妻奔魏魏以壹爲車騎將軍封吳侯文欽虐咨爲國大害叛主讎賊還爲戎首咨困偪禽獲欽二子還降皆將軍封侯咨豫聞國事魏志曰文欽字仲若曹爽之邑人也與毋丘儉舉兵反大將軍司馬文王臨淮討之諸葛誕遂殺欽欽子鴦及虎踰城出自歸大將軍大將軍表鴦

虎爲將軍各賜爵關内侯大將軍乃自臨圍四面進兵同時鼓譟登城唐咨面縛降拜咨安遠將軍禮記子思曰無爲戎首鄭玄曰爲兵主曰戎首壹等窮蹙歸命猶加上寵况巴蜀賢智見機而作者哉見機已見上文誠能深鑒成敗邈然高蹈投跡微子之蹤措身陳平之軌則福同古人慶流來裔百姓士民安堵樂業安堵已見上文農不易畝市不迴肆呂氏春秋曰桀爲無道湯立爲天子夏民大說農不去疇商不變肆去累卵之危就永安之計豈不美與說苑曰晉靈公造九層臺孫息聞之求見曰臣能累十二博棊加九雞子其上公曰作之孫息以棊子置下加九雞子其上公曰危哉若偷安旦夕迷而不反大兵一放玉石俱碎雖欲悔之亦無及也並已見上文各具宣布咸使知聞

勞中國以事遠夷文意至頭

冉駹今茂縣地筰今榮經縣南邛今西昌縣

斯榆今天全州

難蜀父老一首 漢書曰武帝時相如使蜀長老多言通西南夷之不為國用大臣亦以為然相如業已建之不敢諫乃著書假蜀父老為辭而已以語難之以諷天子因宣其使指令百姓知天子意焉

司馬長卿

漢興七十有八載德茂存乎六世六世謂自高祖至武帝威武紛紜湛恩汪濊韋昭曰湛音沈張揖曰汪濊深貌也善曰汪烏黃切濊烏外切群生霑濡洋溢乎方外於是乃命使西征隨流而攘風之所被罔不披靡因朝冉從駹定筰存邛服虔曰冉駹筰邛皆蜀郡西部也應劭曰蜀郡岷江本冉駹也文穎曰邛今為邛都縣筰今為定筰縣皆屬越巂善曰駹蒙江切筰音鑿略斯榆舉苞蒲鄭玄曰斯音曳張揖曰斯俞本俞國名也服虔曰苞蒲夷種也結軌還轅東鄉將

河焯曰附附益之立割齊民語賂以巴蜀吏幣物

報楚辭曰結余軫于西山王逸曰結旋也至于蜀都耆老大夫搢紳先生
之徒二十有七人儼然造焉辭畢進曰蓋聞天子之牧
夷狄也其義羈縻勿絕而已應劭漢官儀曰馬曰羈牛曰縻言四夷如牛馬之受
羈縻也今罷三郡之士通夜郎之塗三年於茲而功不竟
士卒勞倦萬民不贍今又接之以西夷百姓力屈恐不
能卒業此亦使者之累也竊爲左右患之且夫邛筰西
夷之與中國並也歷年茲多不可記已孟子曰禹之相舜歷年茲多
仁者不以德來强者不以力并意者其殆不可乎不可猶不
堪也以其不堪爲用故棄之也今割齊民以附夷狄附謂令之親附也齊民已見上文
敝所恃以事無用鄙人固陋不識所謂使者曰烏謂此

尚漢考

溢乃溢沘溢即沘衍也

乎必若所云則是蜀不變服而巴不化俗也應劭曰巴蜀皆古蠻夷椎結左衽之人也僕常惡聞若說然斯事體大固非觀者之所覯也余之行急其詳不可得聞已請爲大夫粗陳其略孟子曰其詳不可得聞嘗聞其略矣韋昭曰粗猶略也徂古切蓋世必有非常之人然後有非常之事有非常之事然後有非常之功夫非常者固常人之所異也故曰非常之原黎民懼焉張揖曰非常之事其本難知衆民懼也尚書曰黎民於變時雍及臻厥成天下晏如也昔者洪水沸出氾濫衍溢張揖曰溢溢也郭璞三蒼解詁曰溢水聲也字林云四寸切古漢書爲溢今爲衍非也民人升降移徙崎嶇而不安夏后氏慼之乃堙洪塞源決江疏河張揖曰疏通也灑沈澹災張揖曰灑分也韋昭曰灑史紙切蘇林曰澹音淡言分其沈溺搖動之災也灑或作澌

手　別本作来

循　漢文長瑣細碎喔躖局促也

循誦習傳言循其所誦習其所傳也

當世取說言積取悅於當時也

王元長永明十一年策秀才文注引作宏議義

字書曰漸水索也賜孩切說文曰澹水揺也徒濫切顔師古曰沈深也澹安也言分散其深水以安定其災也灑所宜切東歸之於海而天下永寧當斯之勤豈惟民哉心煩於慮而身親其勞躬腠胝無胈膚不生毛張晏曰躬體也孟康曰腠腠理也韋昭曰胈其中小毛也蒲葛切郭璞三蒼解詁曰胝繭也竹施切莊子曰爾袒女流於白水之上者禹過之而趨曰治天下奈何女曰昊無胈脛不生毛顔色烈凍手足胼胝何以至是也胼步千切故休烈顯乎無窮聲稱浹乎于茲且夫賢君之踐位也豈特委瑣喔齪拘文牽俗應劭曰喔嚙急促之貌也善曰喔音握循誦習傳當世取說云爾哉必將崇論吰議鄧展子曰字詁云吰今宏字創業垂統爲萬世規孟子曰君子創業垂統爲可繼故馳騖乎兼容并包而勤思乎參天貳地己比德於地是貳地也地與己并天是三也且詩不云乎普

此皆風辭也

天之下莫非王土率土之濱莫非王臣毛詩小雅文濱涯也本或作賓是以六合之內八方之外浸淫衍溢懷生之物有不浸潤於澤者賢君恥之今封疆之內冠帶之倫咸獲嘉祉靡有闕遺矣而夷狄殊俗之國遼絕異黨之域舟車不通人跡罕至政教未加流風猶微孟子曰故家遺俗流風善政猶有存者內之則時犯義侵禮於邊境外之則邪行橫作放殺其上君臣易位尊卑失序父老不辜幼孤為奴虜係縲號泣張揖曰為人所係戰國策曰韓魏父子老弱係虜於道路內嚮而怨曰蓋聞中國有至仁焉德洋恩普物靡不得其所今獨曷為遺己舉踵思慕若枯旱之望雨孟子曰湯始征葛伯民望之若大旱之望雨戾夫為

師古曰浸淫漸漬也衍溢有餘也

之垂涕況乎上聖又焉能已故北出師以討强胡南馳使以誚勁越四面風德二方之君鱗集仰流論語比考讖曰賜風德宋均曰賜能言語故可使風諭以德也二方謂西夷南夷也鱗集相次也願得受號者以億計故乃關沫若漢書音義曰以沫若水爲關也張揖曰沫水出蜀西徼外入于江若水出廣平徼外出旄牛入江沫音妹徼牂牁張揖曰徼塞也以木柵水爲夷狄之界鏤靈山梁孫原張揖曰鑿通山道置靈道縣屬越嶲郡孫水出登縣南至會無縣入若水李奇曰於孫水之本作獨梁創道德之塗垂仁義之統將博恩廣施遠撫長駕長駕謂所駕者遠使疏逖不閉曶晦爽闇昧得耀乎光明韋昭曰曶梅憒切言疏遠之國不被壅塞閉曶爽闇昧後得乎光明言化之所被者遠也郭璞三蒼解詁曰曶旦明也字林音勿尚書曰甲子昧爽孔安國曰昧早旦也爽明也以偃甲兵於此而息討伐於彼遐

史漢及別本無二字衍也

師古曰初有所懷而來欲進而陳之

邇一體中外褆福不亦康乎說文曰褆安也音支夫拯民於沈溺奉至尊之休德反衰世之陵夷繼周氏之絕業天子之亟務也陵夷即陵遲也史記張釋之曰秦陵遲而至於二世天下土崩漢書作陵夷至於二世百姓雖勞又惡可以已乎哉且夫王者固未有不始於憂勤而終於逸樂者也毛詩序曰始於憂勤終於逸樂然則受命之符合在於此方將增太山之封加梁父之事鳴和鸞揚樂頌上減五下登三李奇曰五帝之德比漢爲減三王之德漢出其上觀者未覩旨聽者未聞音猶鷦鵬已翔乎寥廓之宇而羅者猶視乎藪澤悲夫樂緯曰鷦鵬狀如鳳皇爾雅曰寥深也空廓寥寥也於是諸大夫茫然喪其所懷來失厥所以進喟然並稱曰允哉漢德此鄙

人之所願聞也。百姓雖勞。請以身先之。敞罔靡徙。遷延而辭避。尚書大傳曰魏文侯問子夏子夏乃遷延而退

文選卷第四十四

初三夕　侃誦

文選卷第四十五

梁昭明太子撰

文林郎守太子右内率府録事參軍事崇賢館直學士臣李善注上

對問

宋玉對楚王問一首

設論

東方曼倩荅客難一首　楊子雲解嘲一首

班孟堅荅賓戲一首

辭

漢武帝秋風辭一首　陶淵明歸去來一首

此似卜居漁父而不盡用韻

序上

卜子夏毛詩序一首　孔安國尚書序一首

杜元凱春秋序一首

皇甫士安三都賦序一首

石季倫思歸引序一首

對問

○對楚王問一首

宋玉

楚襄王問於宋玉曰先生其有遺行與遺行可遺棄之行也韓詩外傳子路謂孔子曰夫子尚有遺行乎奚居之隱何士民衆庶不譽之甚也宋玉

作然為此也唯應之詞也

鯤鯨也

尺讀為廣斥之斥

對曰唯然有之願大王寬其罪使得畢其辭客有歌於郢中者其始曰下里巴人國中屬而和者數千人其為陽阿薤露國中屬而和者數百人其為陽春白雪國中屬而和者不過數十人引商刻羽雜以流徵國中屬而和者不過數人而已是其曲彌高其和彌寡故鳥有鳳而魚有鯤曾子曰聞諸夫子曰羽蟲之精者曰鳳鱗蟲之精者曰龍淮南子曰孟春之月其蟲鱗許慎曰鱗龍之屬也鳳皇上擊九千里絕雲霓負蒼天翱翔乎杳冥之上夫蕃籬之鷃豈能與之料天地之高哉鯤魚朝發崑崙之墟爾雅曰河出崑崙墟色白郭璞曰墟山下基也暴鬐於碣石暮宿於孟諸孔安國尚書傳曰碣石海畔山夫尺澤之鯢豈能與之量江海

林琴南云東方之答客難話皆側說本極無理而偏言之成理通篇虛言假語却無一句非牢騷其緊要處在以一時字貫串到底即為全文眼目而其工夫則在遠行二字能為蓋過一切末言鼠虎皆寓刺罵時主之意

之大哉尺澤言小也故非獨鳥有鳳而魚有鯤也士亦有之夫聖人瑰意琦行超然獨處夫世俗之民又安知臣之所為哉

設論

答客難一首

東方曼倩漢書曰朔上書陳農戰强國之計推意放蕩終不見用因著論設客難已用位卑以自慰諭

客難東方朔曰蘇秦張儀壹當萬乘之主而身都卿相之位如湻曰都謂居也澤及後世今子大夫修先王之術慕聖人之義諷誦詩書百家之言不可勝記著於竹帛唇腐齒落服膺

而不可釋 禮記曰回之爲人也得一善則拳拳服膺而不失之矣 好學樂道之效明白甚矣自以爲智能海内無雙則可謂博聞辯智矣然悉力盡忠以事聖帝曠日持久積數十年官不過侍郎位不過執戟 史記韓信曰臣事項王官不過侍郎位不過執戟 意者尚有遺行邪 遺行已見上文也 同胞之徒無所容居其故何也 蘇林曰音胞胎之胞言親兄弟也 東方先生喟然長息仰而應之曰是故非子之所能備彼一時也此一時也豈可同哉 孟子謂充虞曰彼一時也此一時也 夫蘇秦張儀之時周室大壞諸侯不朝力政爭權相擒以兵 慎子曰昔周室之衰也厲王擾亂天下諸侯力政人欲獨行以相兼 并爲十二國未有雌雄 張晏曰周千八百國在者十二謂魯衛齊宋楚鄭燕趙韓魏秦中山春秋孔演圖曰

漢書及劉本

天運三百歲雌雄代起得士者强失士者亡故說得行焉孔叢子子思謂
曾子曰今天下諸侯方欲力爭競招英雄以自輔翼此乃得士則昌失士則亡之秋也身處尊位
珍寶充內外有倉廩蔡邕月令章句曰穀藏曰倉米藏曰廩澤及後世子
孫長享今則不然聖帝德流天下震慴諸侯賓服連四
海之外以爲帶安於覆盂韓詩外傳曰君子之居也晏如覆杅盂與杅同音于天
下平均合爲一家動發舉事猶運之掌賢與不肖何以
異哉列子曰楊朱見梁惠王言治天下猶運之掌禮記子曰道之不明也我知之矣賢者過之不肖者不及
遵天之道順地之理物無不得其所故綏之則安動
之則苦尊之則爲將卑之則爲虜抗之則在青雲之上
抑之則在深淵之下用之則爲虎不用則爲鼠雖欲盡

節效情安知前後夫天地之大士民之衆竭精馳說並進輻湊者不可勝數文子曰群臣輻湊悉力慕之困於衣食或失門戶言上書忤旨或被誅戮使蘇秦張儀與僕並生於今之世曾不得掌故安敢望侍郎乎應劭漢書注曰掌故百石吏主故事者傳曰天下無害雖有聖人無所施才上下和同雖有賢者無所立功故曰時異事異韓子曰文王行仁義而王天下偃王行仁義而喪其國故曰時異則事異雖然安可以不務脩身乎哉詩曰鼓鍾于宮聲聞于外鶴鳴九皐聲聞于天毛詩小雅文也毛萇曰有諸中必見於外也又曰皐澤也苟能脩身何患不榮太公體行仁義七十有二乃設用於文武得信厥說封於齊七百歲而不絕說苑鄒子說梁王曰太公年七十而

相周九十而封齊此士所以日夜孳孳脩學敏行而不敢怠也孟子曰雞鳴而起孳孳爲善舜之徒也譬若鶺鴒飛且鳴矣毛詩曰題彼鶺鴒載飛載鳴毛萇曰題視也傳曰天不爲人之惡寒而輟其冬地不爲人之惡險而輟其廣君子不爲小人之匈匈而易其行矣有常度地有常形君子有常行君子道其常小人計其功詩云禮義之不愆何恤人之言皆孫卿子文水至清則無魚人至察則無徒冕而前旒所以蔽明黈纊充耳所以塞聰皆大戴禮孔子之辭也薛綜東京賦注曰黈纊以黃緜爲丸懸冠兩邊當耳不欲聞不急之言也明有所不見聰有所不聞舉大德赦小過無求備於一人之義也論語曰仲弓爲季氏宰問政子曰先有司赦小過舉賢才尚書曰與人弗求備檢身若不

天下和平与義相扶言
言不用世则修身

及枉而直之，使自得之；優而柔之，使自求之；揆而度之，使自索之。（皆大戴禮孔子之辭也。家語亦同。王肅曰：雖當直枉，從容使自得也。優寬和柔之，使自求其宜也。揆度其法以開視之，使自索得也。趙岐孟子注曰：使自得其本善性也。）蓋聖人之教化如此，欲其自得之；自得之，則敏且廣矣。今世之處士，時雖不用，塊然無徒，廓然獨居，上觀許由，下察接輿，計同范蠡，忠合子胥，（史記曰：勾踐之棲會稽，范蠡令甲辭厚禮以遺吴。後欲伐吴，勾踐復問蠡，蠡曰：可矣。遂滅之。）天下和平，與義相扶，寡偶少徒，固其宜也，子何疑於予哉？若夫燕之用樂毅，秦之任李斯，酈食其之下齊，（史記曰：樂毅去趙適魏，聞燕昭王好賢，樂毅爲魏昭王使於燕，燕時以禮待之，遂委質爲臣下。又曰：秦卒用李斯計謀，竟并天下，以斯爲丞相。漢書：酈食其謂上曰：臣說齊王，使爲漢而稱東藩。上曰：善。乃說齊，齊王田廣以爲然迺罷歷下守戰之備說行如流曲從如環所欲必得功若丘山海内定國家安是遇其時者也子又何怪之邪語曰以筦窺天以蠡測海以筳撞鍾豈能通其條貫考其文理發其音聲哉服虔曰筦音管張晏曰蠡瓠瓢也文穎曰筳音庭莊子曰魏牟謂公孫龍曰乃規規而求之以察索之以辯是直用管窺天用錐指地不亦小乎說苑趙襄子謂子路曰吾嘗問孔子曰先生事七十君無明君乎孔子不對何謂賢邪子路曰建天下之鳴鍾撞之以筳豈能發其音聲哉猶是觀之譬由鼱鼩之襲狗孤豚之咋虎至則靡耳何功之有如淳曰鼱音精服虔曰鼩音劬李巡爾雅注曰鼱鼩一名奚鼠應劭風俗通曰挼方言豚豬子也今人相駡曰孤豚之子是也說文曰靡爛也亡皮切靡與糜古字通也今以下愚而非處士雖欲勿困固不得已此適足以明其不知權變而終惑於大道也

林琴南云：子雲解嘲行氣甚包舉，東方客難則多趣而少氣，斯之謂後生能勝前人矣。又云：解嘲文能於重複中使不重複，每一轉折即自闢一境界，當今之字如萬丈瀑布突石而過，中間上世數提挂之鐵對漢世，故為可為於可為之時二句即所謂圖窮匕首見也。通篇剛中有柔，柔中有剛。

漢書無

沈休文齊故安陸昭王碑文注引儋作檐

解嘲一首 并序

楊子雲

哀帝時丁傅董賢用事漢書曰定陶丁姬哀帝母也兄明爲大司馬又曰孝哀傅皇后父晏爲孔鄉侯哀帝即位封后諸附離之者起家至二千石漢書音義莊子曰附離不以膠漆時雄方草創太玄有以自守泊如也人有嘲雄以玄之尚白服虔曰玄當黑而尚白將無可用雄解之號曰解嘲其辭曰

客嘲楊子曰吾聞上世之士人綱人紀不生則已尚書曰先王肇修人紀孔安國曰修爲人綱紀也孔叢子子魚曰丈夫不生則已生則有云爲於世也生必上尊人君下榮父母析人之珪儋人之爵懷人之符分人之祿說文曰儋荷也應劭曰文帝始與諸王竹使符紆青拖紫朱丹其轂東觀漢記

丘希範與陳伯之書注引作盛明

王西莊以為法言非也據此子雲太玄自有說〻〻文也

數字漢書無

漢書及別本

曰印綬漢制公侯紫綬九卿青綬漢書曰吏二千石朱兩轓今吾子幸得遭明盛之世處不諱之朝與羣賢同行歷金門上玉堂有日矣應劭曰待詔金馬門晉灼曰黃圖有大玉堂小玉堂曾不能畫一奇出一策上說人主下談公卿目如耀星舌如電光一從一橫論者莫當史記秦王曰知一從一橫其說何顧默而作太玄五千文枝葉扶疏獨說數十餘萬言以樹喻文也說文曰扶疏四布也深者入黃泉高者出蒼天大者含元氣細者入無間春秋命歷序曰元氣正則天地八卦孳無間言至微也淮南子曰出入無間然而位不過侍郎擢纔給事黃門蘇林曰擢之纔為給事黃門不長作意者玄得無尚白乎何為官之拓落也拓落猶遼落不諧偶也楊子笑而應之曰客徒欲朱丹吾轂不知一跌

班固典引注引剖作劃

連蹇也難也

將赤吾之族也廣雅曰跌差也赤謂誅滅也往昔周網解結羣鹿爭
逸服虔曰鹿喻在爵位者離爲十二合爲六七十二國已見上文張晏曰謂齊燕楚
韓趙魏爲六就秦爲七四分五剖並爲戰國晉灼曰此直道其分離之意耳鄒陽傳云
濟北四分五裂之國也士無常君國無定臣得士者富失士者貧
春秋保乾圖曰得士則安失士則危矯翼厲翮恣意所存故士或自盛以
橐或鑿坏以遁服虔曰范雎入秦藏於橐中史記王稽辭魏去竊載范雎入秦至湖見車騎曰
爲誰王稽曰穰侯范雎曰此恐辱我我寧匿車中有頃穰侯過淮南子曰顏闔魯君欲相之而不肯使人以幣
先焉鑿坏而遁之坏普來功是故鄒衍以頡頏而取世資應劭曰齊人著書所
言多大事故齊人號談天鄒衍仕齊至卿蘇林曰頡音提挈之挈頡頏奇怪之辭也鄒衍著書雖奇怪尚取世
以爲資而已爲之師也言資以避下文也頏苦浪切孟軻雖連蹇猶爲萬乘師

七國五晉衛宋鄭中山

漢書作陶塗

晉書地理志以東南一尉爲秦之南海尉典桂林南海象郡

倚廬字含

蘇林曰連蹇言語不便利也趙岐孟子章指曰滕文公尊敬孟子若弟子之問師今大漢左東海應劭曰會稽東海也右渠搜服虔曰連西戎國也應劭曰禹貢析支渠搜屬雍州在金城河間之西前番禺應劭曰南海郡張晏曰南越王都也蘇林曰番音潘後椒塗應劭曰漁陽之北界東南一尉如淳曰地理志云在會稽西北一候如淳曰地理志曰龍勒王門陽關有候也徽以糾墨制以鑕鈇服虔曰制縛束也應劭曰束以繩徽弩之徽說文曰糾三合繩也又曰墨索也公羊傳曰不忍加之鈇鑕何休注曰斬要之刑也音質散以禮樂風以詩書曠以歲月結以倚廬應劭曰漢律以爲親行三年服不得選舉結爲倚廬以結其心左氏傳曰齊晏桓子卒晏嬰麤縗斬衰居倚廬天下之士雷動雲合魚鱗雜襲咸營于八區史記蒯通曰天下之士雲合霧集魚鱗雜遝遝徒合切家家自以爲稷契人人自以爲臯陶尚書帝曰俞咨禹汝平水土惟時懋哉禹讓于稷契暨臯陶戴縰垂纓而談者皆擬

纚韜髮者

謝玄暉拜中軍記室辭隨王牋注引崖作魚島作鳥

於阿衡鄭玄儀禮注曰纚與縰同縰所氏切詩曰實惟阿衡左右商王毛萇曰阿衡伊尹也五尺童子羞比晏嬰與夷吾孫卿子曰仲尼之門五尺豎子羞言五伯當塗者升青雲失路者委溝渠旦握權則為卿相夕失勢則為匹夫譬若江湖之崖渤澥之島乘鴈集不為之多雙鳧飛不為之少方言曰飛鳥曰雙四鴈曰乘昔三仁去而殷墟二老歸而周熾三仁微子箕子比干孟子曰伯夷避紂居北海之濱聞文王作興曰盍歸乎來吾聞西伯善養老者二老者天下之大老也子胥死而吳亡種蠡存而越霸史記曰吳既誅子胥遂伐齊越王勾踐襲殺吳太子王聞乃歸與越平越王勾踐遂滅吳又曰越王勾踐返國奉國政屬大夫種而使范蠡行成為質於吳後越大破吳也五羖入而秦喜樂毅出而燕懼史記曰百里奚亡秦走宛秦穆公聞百里奚欲重贖之恐楚不與請以五羖皮贖之楚人許與之繆公與語國事繆公大悅又曰樂毅伐齊破之燕

○相傳對言，則說官为傳也

昭王死子立爲燕惠王乃使騎劫代將而召毅毅畏誅遂西奔趙惠王恐趙用樂毅以伐燕也范雎以折摺而危穰侯危穰侯已見李斯上書折摺已見鄒陽上書晉灼曰摺古拉字也力荅切蔡澤以噤吟而笑唐舉史記曰唐舉見蔡澤熟視而笑曰吾聞聖人不相殆先生乎韋昭曰噤欺稟切吟疑甚切故當其有事也非蕭曹子房平勃樊霍則不能安當其無事也章句之徒相與坐而守之亦無所患故世亂則聖哲馳騖而不足世治則庸夫高枕而有餘說苑曰管仲庸夫也桓公得之以爲仲父漢書賈誼曰陛下高枕終無山東之憂楚辭曰堯舜皆有舉任兮故高枕而自適夫上世之士或解縛而相或釋褐而傳左氏傳曰齊鮑叔帥師來言曰子糾親也請君討之管召讎也請受而甘心焉乃殺子糾于生竇召忽死之管仲請囚鮑叔受之及堂阜而脫之歸而以告曰管夷吾治於高傒使相可也公從之墨子曰傅說被褐帶索庸築傅巖武丁得

（旁批：[illegible]）

之舉以爲三公或倚夷門而笑應劭曰侯嬴也秦伐趙趙求救於魏魏無忌將百餘人往過嬴嬴無所誡更還見嬴嬴笑之以謀告無忌韋昭曰笑人不知已也或橫江潭而漁服虔曰漁父也或七十說而不遇應劭曰孔丘也已見東方朔荅客難或立談而封侯史記曰虞卿說趙孝成王再見爲趙上卿故號爲虞卿譙周曰食邑於虞也或枉千乘於陋巷呂氏春秋曰齊桓公見小臣稷一日三至弗得見從者曰萬乘之主見布衣之士一日三至而不得見亦可以止矣桓公曰不然士傲爵禄者固輕其主君傲霸王者亦輕其士從夫子傲爵禄吾庸敢傲霸王乎或擁篲而先驅擁篲鄒衍也七略曰方士傳言鄒子在燕其游諸侯畏之皆郊迎擁篲也是以士頗得信其舌而奮其筆窒隙蹈瑕而無所詘也李奇曰君臣上下有瑕隙乖離之漸則可抵而取之窒竹栗切當今縣令不請士郡守不迎師羣卿不揖客將相不俛眉言奇者見疑行殊者得辟言世尚同而惡異爾雅曰辟罪

此豐卦之辭也李光地說

宗漢之及利末

也行趨步也行胡庚切是以欲談者卷舌而同聲欲步者擬足而投跡言不敢奇異也故欲談者卷舌不言待彼發而同其聲欲行者擬足不前待彼行而投其跡也周易曰子曰同聲相應莊子曰多物將往投跡者衆嚮使上世之士處乎今世策非甲科史記曰歲課甲科爲郎中乙科爲太子舍人然甲科爲第一行非孝廉舉非方正獨可抗疏時道是非高得待詔下觸聞罷又安得青紫言抗疏有所觸犯者帝報以聞而罷之言不任用也且吾聞之炎炎者滅隆隆者絶觀雷觀火爲盈爲實如淳曰周易云雷雨之動滿盈滿水也雷極則爲水火之光炎炎不可久久亦消滅爲灰炭之實也天收其聲地藏其熱高明之家鬼瞰其室李奇曰鬼神害盈而福謙攫挐者亡默默者存位極者高危自守者身全是故知玄知默守道之極淮南子曰天道玄默無容無則

抵　據注引說文當作[illegible]　今漢書亦誤

爰清爰靜，游神之庭；老子曰：知清知靜，爲天下正。惟寂惟漠，守德之宅。莊子曰：恬淡寂漠，虛無無爲，此道德之質也。世異事變，人道不殊，彼我易時，未知何如。李奇曰：或能勝之。今子乃以鴟梟而笑鳳皇，執蝘蜓而嘲龜龍，不亦病乎！孫卿雲賦曰：以龜龍爲蝘蜓，鴟梟爲鳳皇。說文曰：在壁曰蝘蜓，在草曰蜥蜴。蝘，烏典切。蜓，徒顯切。子之笑我玄之尚白，吾亦笑子病甚不遇俞跗與扁鵲也，悲夫！史記中庶子謂扁鵲曰：臣聞上古之時，醫有俞跗，醫病不以湯液。法言曰：扁鵲，盧人，而善醫。跗音附。客曰：然則靡玄無所成名乎？論語曰：君子去仁，惡乎成名。范蔡以下，何必玄哉？楊子曰：范雎，魏之亡命也，折脅摺髂，免於徽索；埤蒼曰：髂，要骨也。口亞切。翕肩蹈背，扶服入橐；孟子曰：脅肩諂笑。劉熙曰：脅肩，悚體也。入橐，已見上文。激卬萬乘之主，介涇陽，抵穰侯而

顉漢書作頷並顩是正字說文曰顩善也此今語所云歁下巴折頞則塌鼻也韓詩實大且儉薛君訓為重頤乃顩之段借耳

代之當也。如淳曰激卬怒也善曰史記曰范雎至秦上書因感怒昭王昭王乃免相國逐涇陽君於關外又曰秦昭王母宣太后長弟曰穰侯姓魏名冉昭王同母弟曰涇陽君蘇林曰介者間其兄弟使踈也說文曰抵側擊也音紙蔡澤山東之匹夫也顉頤折頞涕唾流沫西揖彊秦之相搤其咽而亢其氣搚其背而奪其位時也。韋昭曰曲上曰顉欺甚切史記曰蔡澤聞應侯內慙乃西入秦應侯使人召蔡澤蔡澤入則揖應侯應侯延入坐數曰言於秦昭王曰客有從山東來者曰蔡澤其人辯士昭王與語悅之應侯請歸相印遂拜蔡澤為相說文曰頞鼻莖也於達切沫洒面也呼憒切廣雅曰咽嗌也一千切嗌音益天下已定金革已平都於洛陽禮記子夏曰三年之喪卒金革之事無避也禮鄭漢書曰高祖西都洛陽婁敬委輅脫輓掉三寸之舌建不拔之策舉中國徙之長安適也。漢書曰婁敬戍隴西過洛陽高帝在焉敬脫輓曰臣願見上言便宜又說上曰陛下都洛陽不便不如入關據秦之固是日車駕西都長安應劭曰軒謂以木當胷以輓車也論語摘輔像曰子貢

李蕭遠運命論注引敝作弊

子雲陋漢之意與史公同後孟堅乃並觀於東志而知之也

坻　坻即說文氐字韋昭又音是吉氏母作底仲遠則作坻

掉三寸之舌動於四海之內五帝垂典三王傳禮百世不易叔孫通起於枹鼓之間解甲投戈遂作君臣之儀得也左氏傳曰援枹而鼓漢書叔孫通曰臣願徵魯諸生弟子共起朝儀也呂刑靡敝秦法酷烈尚書呂命序曰穆王訓夏贖刑禮記曰國家靡敝鄧展曰靡音糜聖漢權制而蕭何造律宜也漢書曰相國蕭何捃摭秦法取其宜於時者作律九章故有造蕭何之律於唐虞之世則悖矣服虔曰悖猶繆也悖布迷切悖或作繆有作叔孫通儀於夏殷之時則惑矣有建婁敬之策於成周之世則乖矣左氏傳曰召公糾合宗族于成周有談范蔡之說於金張許史之間則狂矣金日磾張安世許廣漢史恭史高也夫蕭規曹隨留侯畫策陳平出奇功若泰山響若坻隤應劭曰天水有大坂名曰隴坻其山堆傍着崩落作

贍　漢書及本文東方朔畫贊馬汧督誄兩注引並不誤

三頭三瞻言皆不為所謂非聖哲之善不好於此驗矣

名　漢書注兩炙字亦係此改

聲聞數百里故曰坻隤坻丁禮切韋昭坻音若是理之是字書曰巴蜀名山堆落曰坻韓子曰泰山之功長立於國家日月之名久著於天地雖其人之贍智哉亦會其時之可為也故為可為於可為之時則從為不可為於不可為之時則㐫若夫藺生收功於章臺晉灼曰相如獻璧於此臺四皓采榮於南山四皓已見上文采榮采取榮名也公孫創業於金馬驃騎發跡於祁連孟康曰公孫弘對策於金馬門史記曰弘至太常對策為第一拜為博士又曰驃騎將軍霍去病擊匈奴至祁連山捕首虜甚多司馬長卿竊訾於卓氏東方朔割炙於細君史記曰文君夜亡奔相如卓王孫不得已分予文君僮百人錢百萬為富人居漢書曰伏日詔賜從官肉太官丞日晏不來東方朔獨拔劍割肉即懷肉去太官奏之上曰先生起自責也朔曰受賜不待詔何無禮也拔劍割肉一何壯也割之不多

又何廉也歸遺細君又何仁也上笑曰使先生自責乃反自譽復賜酒一石肉百斤歸遺細君割炙割損其炙也僕誠不能與此數子並故默然獨守吾太玄

○荅賓戲一首 并序

班孟堅

永平中爲郎典校祕書專篤志於儒學以著述爲業或譏以無功項岱曰或有譏班固雖篤志博學無功勞於時仕不富貴也又感東方朔楊雄自喻以不遭蘇張范蔡之時曾不折之以正道明君子之所守故聊復應焉其辭曰

賓戲主人曰蓋聞聖人有一定之論列士有不易之分項岱曰謂庖羲堯舜文王周公孔子也論論道化也一定五經垂之萬世後人不能改也分決也謂許由巢父

王簡棲頭陀寺碑文注引之治作治之

陸士衡演連珠注引暖作煖

義文注及漢書皆無英華謂名聲

漢书及注

伯成子高夷齊吴札志自然之決不可變易也善曰淮南子曰士有一定之論女有不易之行亦云名而已矣如淳曰唯貴得名耳故太上有立德其次有立功左氏傳叔孫豹之辭也夫德不得後身而特盛功不得背時而獨彰言德以潤身而功以濟世故德不得後其身而特盛功不得背其時而獨彰言貴及身與時也是以聖哲之治棲棲遑遑言貴及時故不避棲遑之弊也棲遑不安居之意也孔席不暖墨突不黔韋昭曰暖温也言坐不暖席也文子曰墨子無黔突孔子無煖席非以貪禄慕位欲起天下之利除萬民之害也小雅曰黔黑也巨炎切由此言之取舍者昔人之上務著作者前列之餘事耳劉德曰取者施行道德也舍者守靜無爲也今吾子幸遊帝王之世躬帶紱冕之服師古曰帶大帶冕冠也項岱曰冕服三公卿大夫之服也浮英華湛道德英華草木之美故以諭帝德也浮沈言其洋溢可游泳也禮斗威儀曰帝者德其英華湛古沈

藉漢書

當已於知己耳
當已於言及身耳
焯

字字或爲耽於義雖同非古文也䜌龍虎之文舊矣孟康曰䜌被也蘇林曰謂被龍虎之
衣也易曰大人虎變其文炳言文章之盛久也䜌胥莫版切卒不能攄首尾奮翼鱗項岱
曰攄舒也翼鱗皆謂飛龍振拔洿塗跨騰風雲說文曰洿濁水不流也塗泥也使見
之者影駭聞之者響震言見之者雖影而必駭聞之者雖響而必震言驚懼之甚不俟形聲也蒼頡篇曰駭
驚也爾雅曰震懼也徒樂枕經籍書紆體衡門上無所蔕下無所根韋昭
曰蔕都計切獨攄意乎宇宙之外銳思於毫芒之內項岱曰毫毛也
芒毛之顛杪也潛神默記絙以年歲如淳曰絙音亘竟之亘方言曰絙竟也古鄧切晉灼
曰以亘爲絙然而器不賈於當己用不効於一世劉德曰賈讎也賈音
古雖馳辯如濤波如淳曰潮水之激者爲濤波摛藻如春華韋昭曰摛布也
勑施切藻水草之有文者鹽鐵論曰文學繁於春華猶無益於殿最也漢書音義曰上功曰

馭王元長策秀才文劉越石勸進表沈休文奏彈王源陸士衡辯亡論注並引作御

說文闞望也虓闞形云虎視

劉孝標廣絶交論注引颮作飈漢書作[illegible]

敢下功日毀 意者且運朝夕之策定合會之計使存有顯號

亡有美謚不亦優乎主人逌爾而笑曰 項岱曰逌寬舒顏色之貌也讀作攸

若賓之言所謂見世利之華闇道德之實守窔奧之

熒燭未仰天庭而覩白日也 應劭曰爾雅曰西南隅謂之奧東南隅謂之窔字林曰窔一弔切熒小光也

曩者王塗蕪穢周失其馭 項岱曰周王失牧御之化也

侯伯方軌戰國橫騖 項岱曰方併也軌轍也東西交馳謂之騖七國爭彊車既併轍騎復橫騖

於是七雄虓闞分裂諸夏龍戰虎爭 晉灼曰詩云闞如虓虎項岱曰龍以喻人君周易曰龍戰于野其血玄黃虎以喻猛力爭不以任也

遊說之徒風颮電激並起而救之其餘猋飛景附霅煜其間者蓋不可勝載 韋昭曰颮風之聚猥者也音庖晉灼曰霅音曅爾之曅說文曰熛火飛也猋與熛古字通並必遙切霅煜光明之

漢書注投曲趣合曲之居

遇時之容漢書作偶時之會

貌也雲炎輒切煜弋叔切當此之時搦朽摩鈍鉛刀皆能一斷韋昭曰搦摩也女握切韓詩外傳陳饒謂宋燕曰鉛刀畜之而干將用之不亦難乎是故魯連飛一矢而蹶千金魯連已見上文李奇曰蹶蹋也虞卿以顧眄而捐相印史記曰秦昭王遺趙王書持魏齊頭來魏齊亡出見趙相虞卿虞卿度趙王終不可說乃解其印與魏齊閒行夫啾發投曲感耳之聲項岱曰啾口吟也投曲投合歌曲也合之律度淫䆗而不可聽者非韶夏之樂也李奇曰淫䆗不正也因勢合變遇時之容項岱曰容宜也或因際會之勢合變譎之事遇時獨暫足得容也本遇多爲偶容多爲會風移俗易乖迕而不可通者非君子之法也及至從人合之衡人散之韋昭曰從人合之助六國衡人散之佐秦者也亡命漂說羈旅騁辭項岱曰委君之徒謂之亡命謂亡君命也善曰左傳陳敬仲曰羈旅之臣杜預曰羈寄也旅客也商鞅挾

李周翰云三術謂帝王霸漢書應劭注与服虔同

又韓非道印此遒字漢書作酋應劭曰酋雄也王念孫云酋當作就解

三術以鑽孝公服虔曰王霸富國强兵爲三術李斯奮時務而要始皇項岱曰奮發也時務謂六國更相攻伐爭爲雄伯之務彼皆躡風塵之會履顛沛之勢項岱曰彼謂商鞅李斯輩也風發於天以喻君上塵從下起以喻斯等據徼乘邪以求一日之富貴言據徼幸而乘邪僻也朝爲榮華夕爲顦顇福不盈眥禍溢於世李奇曰當富貴之間視之不滿目凶人且以自悔況吉士而是賴乎項岱曰凶人謂商鞅之輩臨死敗皆悔恨之言吉士班固以自託也尚書曰其惟吉士且功不可以虛成名不可以僞立韓設辨以激君呂行詐以賈國服虔曰韓韓非設辨於始皇韋昭曰呂不韋立子楚以市秦利說難既遒其身乃囚應劭曰遒好也項岱曰韓非作說難之書欲以爲天下法式上書既終而爲李斯所疾乃囚而死秦貨既貿厥宗亦墜史記曰秦昭王子子楚質於趙呂不韋賈邯鄲見曰此奇貨可居乃以五百金與子

注皓 臣瓚曰正字作暠与皓義亦近耳須訓為白則顥之段借也

發音撥

楚復以五百金買奇物玩好而遊秦獻華陽夫人立子楚爲嫡嗣秦王薨謚爲孝文子楚代立爲莊襄王以吕不韋爲丞相竟飲酖而死故云厥宗亦隊墜尚書曰弗德罔大墜厥宗是以仲尼抗浮雲之志孟軻養浩(皓)然之氣孔叢子子思曰抗志則不愧於道論語子曰不義而富且貴於我如浮雲孟子曰我善養吾浩然之氣曰難言也其爲氣也至大至剛以直養而無害則塞乎天地之間項岱曰皓白也如天之氣皓然也彼豈樂爲迂闊哉道不可以貳也項岱曰迂遠也貳二也君子履端於始歸成於終擬聖人之道豈可二行如斯鞅韓非不韋之徒也善曰說文曰迂羽夫切方今大漢洒埽群穢夷險芟(發)荒晉灼曰發開也今諸本皆作芟字善曰埽即今掃字也廓帝紘恢皇綱項岱曰紘張也皇君也善曰許慎淮南子注曰紘維也基隆於羲農規廣於黄唐其君天下也炎之如日威之如神函之如海養之如春說文曰炎火也謂光照也史記曰帝堯其仁如天其智如神就

此於不能挾命運之蔽蒙形也然日氣失時皆屬偶然則不謝功於天地矣

鍪虞本作旄

之如日望之如雲朝錯新書曰臣開帝王之道包之如海養之如春是以六合之內莫不同源共流韋昭曰六合天地四方也沐浴玄德稟仰太龢史記太公曰沐浴膏澤尚書曰玄德升聞法言曰或問太和曰其在唐虞成周也龢古和字枝附葉著譬猶草木之植山林鳥魚之毓川澤得氣者蕃滋失時者零落項岱曰蕃盛也零凋病也言遇仕者昌盛不遇者凋病如萬物於天地之間也參天地而施化豈云人事之厚薄哉項岱曰參三也言漢家之施化布德周參天地豈人所能論耶今吾子處皇代而論戰國曜所聞而疑所覿欲從鍪敦而度高乎泰山懷氿濫而測深乎重淵亦未至也服虔曰敦音頓頓丘也應劭曰爾雅曰前高鍪丘如覆敦者敦丘也爾雅曰氿泉穴出穴出仄出也濫泉正出正出湧出也服虔曰氿音軌韋昭曰濫音檻鍪音旄郭璞爾雅注曰敦盂也都回切賓曰若夫鞅斯之倫衰

漢之

垠漢之作沂水崖也　又曰橋也

以上皆不干進取辛能大用於世以顯其名

周之亾人既聞命矣項岱曰周褒王霸起鞅斯說得行故言褒周亾人也敢問上古之士處身行道輔世成名可述於後者默而已乎主人曰何為其然也昔者咎繇謨虞箕子訪周尚書曰咎繇矢厥謨又曰武王勝殷以箕子歸又曰王訪于箕子言通帝王謀合神聖殷說夢發於傅巖周望兆動於渭濱尚書曰高宗夢得說使百工營求諸傅巖史記曰太公望以漁釣奸周西伯將出占之曰所獲非龍非虎非熊非羆所獲霸王之輔西伯果遇太公渭濱齊甯激聲於康衢漢良受書於邳垠說苑陳子說梁王曰甯戚飯牛康衢擊車輻而歌桓公得之而霸也爾雅曰五達曰康四達曰衢漢書曰張良從容步遊下邳圯上有一老父出一編書曰讀是則為王者師晉灼曰垠涯也邳水之涯也皆俟命而神交匪詞言之所信故能建必然之策展無窮之勳也近者陸子優游新語以興

謝下陸賈　劉揚

譚漢書作覃

吳季重答魏太子牋注引作藝術

聖德漢書作聖聽

以上皆由學術而君以見得名如盡由他途也

漢書無二字

董生下帷發藻儒林鄭玄曰優游不仕也史記高帝拜陸賈爲太中大夫謂賈曰試爲我著秦所以失天下我所以得之者何陸生乃祖述存亡之徵凡著十二篇號其書曰新語又曰董仲舒以治春春爲博士下帷講誦弟子或莫見其面劉向司籍辨章舊聞揚雄譚思法言太玄項岱曰司主也籍書籍也善曰漢書曰光祿大夫劉向校經傳諸子詩賦每一卷書已向輒條其篇目撮其旨意錄而奏之又曰揚雄譚思渾天又七譔十二卷象論語號曰法言渾天即太玄經也皆及時君之門闈究先聖之壼奧應劭曰爾雅曰宮中巷謂之壼苦本切婆娑乎術藝之場項岱曰婆娑偃息也場圃講經藝之處也休息乎篇籍之圃以全其質而發其文用納乎聖德烈炳乎後人斯非亞歟項岱曰聖德明君知賢而納用之也烈業也後人著書傳之後世若乃伯夷抗行於首陽柳惠降志於辱仕顏潛樂於簞瓢孔終篇於西狩論語子曰

以上皆不苟棄富貴而名益大

共漢文　此亦是倩文而有乙　意對屠切小殊耳

賢哉回也一簞食一瓢飲在陋巷人不堪其憂回也不改其樂左氏傳曰哀公十四年春西狩獲麟春秋元命包曰孔子曰丘作春秋始於元終於麟王道成也聲盈塞於天淵真吾徒之師表也項岱曰言若此之榮名上達皇天下洞重泉也且吾聞之一陰一陽天地之方周易曰一陰一陽之謂道孔安國論語注曰方猶常也乃文乃質王道之綱項岱曰或施質道或施文道此王者所以為綱維也善曰春秋元命包曰一質一文據天地之道天質而地文曰正朔三而改文質再而復有同有異聖哲之常項岱曰有同仕遇而進有異不合而退此聖人之常道故曰慎脩所志守爾天符委命供己味道之腴項岱曰符相命也腴道之美者也善曰文子曰不言之師不道之道若或通焉謂之天符桓譚荅楊雄書曰子雲勤味道腴者也神之聽之名其舍諸項岱曰有賢智君子行之如此神豈舍之乎將必福祿之善曰毛詩曰神之聽之式穀與汝賓又不聞和氏之璧韞於荊石隋侯之

珠藏於蚌蛤乎歷世莫賑不知其將含景曜吐英精曠千載而流光也韓子曰楚人和氏得璞玉於楚山之中奉而獻之成王使玉人理其璞而得寶焉遂名曰和氏之璧淮南子曰隋侯之珠和氏之璧得之者富失之者貧高誘曰隋侯見大蛇傷斷以藥傅而塗之後蛇於江中銜大珠以報之因名曰隋侯之珠應龍潛於潢汙魚黿媟之項岱曰天有九龍應龍有翼服虔曰左氏傳注曰蓄小水謂之潢不流謂之汙不覩其能奮靈德合風雲超忽荒而躆昊蒼也項岱曰忽荒天上也昊蒼皆天名也徐廣史記注躆音戟躆與據同謂之足戟持之並京逆切故夫泥蟠而天飛者應龍之神也先賤而後貴者和隋之珍也時暗而久章者君子之真也項岱曰時暗未顯用時也久舊也章明也言君子懷德雖初時未見顯用後亦終自明達如應龍蟠屈而升天隋和先賤而後貴也如此是比君子道德之真言屈仲如一無變也善曰淮南子曰君子之道久而章遠而隆

也

若乃牙曠清耳於管絃，離婁眇目於毫分。項岱曰：牙，伯牙也。曠，師曠也。管，鍾律之管。絃，琴瑟之調也。毫分，秋毫之末分也。善曰：纒子董無心曰：離婁之目，察秋毫之末於百步之外。可謂明矣。

逢蒙絶技於弧矢，般輸㩁巧於斧斤。吳越春秋陳章曰：黃帝作弓，後有楚狐父，以其道傳羿，羿傳逢蒙。項岱曰：公輸若之族，名班。韋昭曰：㩁，猶專也。

良樂軼能於相馭，烏獲抗力於千鈞。項岱曰：良，王良，晉人也。樂，伯樂，秦穆公時人也。軼，過也。王良善御馬，伯樂工相馬。抗力，力抗也。三十斤曰鈞，千鈞者，三萬斤。善曰：呂氏春秋，薄疑說衛嗣君曰：烏獲舉千鈞，又况一斤乎。

和鵲發精於鍼石，研桑心計於無垠。左氏傳曰：晉侯求醫於秦，秦伯使醫和視之。史記曰：扁鵲使弟子子陽厲鍼砥石。又曰：越王勾踐困於會稽之上，乃用范蠡計然。韋昭曰：研，范蠡之師計然之名也。漢書曰：桑弘羊，雒陽賈人子，以心計爲侍中也。

走亦不任廁技於彼列，故密爾自娛於斯文。服虔曰：走，孟堅自謂也。爾雅曰：密，靜也。

元白班湛淵靜語以爲作於元鼎四年十月是也十月則夏正八月也

懷

雄才大略而乃懷神仙由此念也主通以爲有悔心非

辭

○秋風辭一首 并序　漢武帝

上行幸河東祠后土顧視帝京欣然中流與群臣飲燕上歡甚乃自作秋風辭曰

秋風起兮白雲飛草木黃落兮鴈南歸禮記曰季秋之月草木黃落鴻鴈來賓蘭有秀兮菊有芳攜佳人兮不能忘泛樓舡兮濟汾河應劭漢書注曰作大舡上施樓故號曰樓舡橫中流兮揚素波列女傳津吏女歌曰水揚波兮杳冥冥簫鼓鳴兮發棹歌棹歌引棹而歌歡樂極兮哀情多列女傳陶荅子妻曰樂極必哀來少壯幾時兮奈老何古長歌行曰少壯不努力老大乃悲傷

此題最是今皆稱曰歸去來辭非

此言以心為形役點亦似蓋惟有歸耳

晉宋之熹並作希是也熹微蓋連語即微耳訓熹為光則不詞

歸去來一首

陶淵明 序曰余家貧又心憚遠役彭澤縣去家百里故便求之及少日眷然有歸與之情自免去職因事順心命篇曰歸去來

歸去來兮田園將蕪胡不歸毛詩曰式微式微胡不歸既自以心爲形役奚惆悵而獨悲淮南子曰是皆形神俱役者也楚辭曰惆悵兮而私自憐悟已往之不諫知來者之可追論語楚狂接輿歌曰往者不可諫來者猶可追寔迷途其未遠覺今是而昨非迷途已見丘遲與陳伯之書莊子謂惠子曰孔子行年六十而化始時所是卒而非之未知今之所謂是之非五十九非也舟遙遙以輕颺風飄飄而吹衣問征夫以前路恨晨光之熹微毛詩曰駪駪征夫聲類曰熹亦熙字也熙光明也乃瞻衡宇載欣載奔毛詩曰衡門之下可以棲遲僮僕

趨達成趣謂成徑路也

歡迎稚子候門周易曰得僮僕貞史記曰楚懷王稚子子蘭三逕就荒松菊猶存三輔決録曰蔣詡字元卿舍中三逕唯羊仲求仲從之遊皆挫廉逃名不出攜幼入室有酒盈罇戰國策曰扶老攜幼迎孟嘗君嵇康贈秀才詩曰旨酒盈樽引壺觴以自酌眄庭柯以怡顔陸機高祖功臣頌曰怡顔高覽倚南窗以寄傲審容膝之易安韓詩外傳北郭先生妻曰今結駟列騎所安不過容膝食方丈於前所甘不過一肉園日涉以成趣門雖設而常關爾雅曰堂上謂之行堂下謂之步門外謂之趨中庭謂之走郭璞曰此皆人行步趨走之處因以名趨避聲也七喻切策扶老以流憩時矯首而遐觀易林曰鳩杖扶老衣食百口王逸楚辭注曰矯舉也雲無心以出岫鳥倦飛而知還景翳翳以將入撫孤松而盤桓丁儀妻寡婦賦曰時翳翳而稍陰日亹亹以西墜爾雅曰盤桓不進也歸去來兮請息交以絶游列子

別本無當曰義

巾柴　據江文通引陶徵君詩注所引改

時与下三句韻

曰公孫穆屏親暱絶交游**世與我而相遺復駕言兮焉求**桓子新論曰凡人性難極也難知也故其絶異者常爲世俗所遺失焉毛詩曰駕言出遊又曰知我者謂我心憂不知我者謂我何求**悅親戚之情話樂琴書以消憂**說文曰話會合爲善言也劉歆遂初賦曰玩琴書以滌暢**農人告余以春及將有事乎西疇**賈逵國語注曰一井爲疇**或命巾車或棹孤舟**孔叢子孔子歌曰巾車命駕將適唐都鄭玄周禮注曰巾猶衣也**既窈窕以尋壑亦崎嶇而經丘**曹攄贈石荊州詩曰窈窕山道深埤薈曰崎嶇不安之貌**木欣欣以向榮泉涓涓而始流**毛萇詩傳曰欣欣樂也家語金人銘曰涓涓不壅爲江爲河**善萬物之得時感吾生之行休**大戴禮曰君道當則萬物皆得其宜郭璞遊仙詩曰吾生獨不化莊子曰其生若浮其死若休**已矣乎寓形宇內復幾時曷不委心任去留**尸子老萊子曰人生於天地之

間寄也琴賦曰委性命兮任去留胡爲遑遑欲何之孟子曰傳云孔子三月無君則遑遑如也孔叢子孔子歌曰天下如一欲何之富貴非吾願帝鄉不可期大戴禮孔子曰所謂賢人者躬爲匹夫而不願富貴莊子華封人謂堯曰乘彼白雲至于帝鄉懷良辰以孤往或植杖而耘耔東征賦曰選良辰而將行淮南子要略曰山谷之人輕天下細萬物而獨往者也司馬彪曰獨往任自然不復顧世論語曰植其杖而耘毛詩曰或耘或耔登東皋以舒嘯臨清流而賦詩阮籍奏記曰將耕東皋之陽毛萇詩傳曰舒緩也琴賦曰臨清流而賦新詩聊乘化以歸盡樂夫天命復奚疑家語孔子曰化於陰陽象形而發謂之生化窮數盡謂之死莊子曰生有所乎萌死有所乎歸周易曰樂天知命故不憂

序上

○毛詩序一首

卜子夏家語曰卜商字子夏衛人也　鄭氏箋

陸士衡辯亡論下注引困作怨

關雎后妃之德也風之始也所以風天下而正夫婦也故用之鄉人焉用之邦國焉風風也教也風以動之教以化之詩者志之所之也在心爲志發言爲詩情動於中而形於言言之不足故嗟歎之嗟歎之不足故永歌之永歌之不足不知手之舞之足之蹈之也情發於聲聲成文謂之音發猶見也聲謂宮商角徵羽也聲成文者宮商上下相應也治世之音安以樂其政和亂世之音怨以怒其政乖亡國之音哀以思其民困故正得失動天地感鬼神莫近於詩先王以是經夫婦成孝敬厚人倫美教化移風俗故詩有六義焉一曰風二曰賦三曰比四曰興五曰雅六曰頌

上以風化下下以風刺上主文而譎諫言之者無罪聞之者足以戒故曰風風化風刺皆謂譬喻不斥言也主文主與樂宮商相應也譎諫詠歌依違不直諫也至于王道衰禮義廢政教失國異政家殊俗而變風變雅作矣國史明乎得失之迹傷人倫之廢哀刑政之苛吟詠情性以風其上達於事變而懷其舊俗者也故變風發乎情止乎禮義發乎情民之性也止乎禮義先王之澤也是以一國之事繫一人之本謂之風言天下之事形四方之風謂之雅雅者正也言王政之所由廢興也政有小大故有小雅焉有大雅焉頌者美盛德之形容以其成功告於神明者也是謂四始詩之志

此与家語序文體相似今世排古文者謂之僞則又非也文體沿襲無以柰之製衣

也始者謂王道興衰之所由也然則關雎麟趾之化王者之風故繫之周公南言化自北而南也鵲巢騶虞之德諸侯之風也先王之所以教故繫之召公自從也從北而南謂其化從岐周被江漢之域先王大王王季文王也周南召南正始之道王化之基是以關雎樂得淑女以配君子憂在進賢不淫其色哀窈窕思賢才而無傷善之心焉是關雎之義也哀蓋字之誤也哀當爲衷謂中心念恕之也无傷善之心謂好仇也

尚書序一首

孔安國漢書曰孔安國以治尚書爲武帝博士臨淮太守

古者伏犧氏之王天下也始畫八卦造書契以代結繩之政由是文籍生焉伏羲神農黃帝之書謂之三墳言

覩史二句不似西漢

匡謬正俗稱晉宋時書皆云懼覽者多不一史通自叙篇同

芟夷四句不似西漢

大道也少昊顓頊高辛唐虞之書謂之五典言常道也至于夏商周之書雖設教不倫雅誥奥義其歸一揆是故歷代寶之以爲大訓八卦之說謂之八索求其義也九州之志謂之九丘丘聚也言九州所有土地所生風氣所宜皆聚此書也春秋左氏傳曰楚左史倚相能讀三墳五典八索九丘即謂上世帝王遺書也先君孔子生於周末覩史籍之煩文懼覽之者不一遂乃定禮樂明舊章刪詩爲三百篇約史記而修春秋讚易道以黜八索述職方以除九丘討論墳典斷自唐虞以下訖於周芟夷煩亂翦截浮辭舉其宏綱撮其機要足以垂世

龍興出楊子雲文閻若璩以此譏之則非也以闡大猷不似西漢

傳之付也

立教典謨訓誥誓命之文凡百篇所以恢弘至道示人主以軌範也帝王之制坦然明白可舉而行三千之徒並受其義及秦始皇滅先代典籍焚書坑儒天下學士逃難解散我先人用藏其家書于屋壁漢室龍興開設學校旁求儒雅以闡大猷濟南伏生年過九十失其本經口以傳授裁二十餘篇以其上古之書謂之尚書百篇之義世莫得聞至魯共王好治宮室壞孔子舊宅以廣其居於壁中得先人所藏古文虞夏商周之書及傳論語孝經皆科斗文字王又升孔子堂聞金石絲竹之音乃不壞宅悉以書還孔氏科斗書廢已久時人無能

研精至此末皆不似西漢

知者以所聞伏生之書考論文義定其可知者爲隷古定更以竹簡寫之增多伏生二十五篇伏生又以舜典合於堯典益稷合於皐陶謨盤庚三篇合爲一康王之誥合於顧命復出此篇并序凡五十九篇爲四十六卷其餘錯亂摩滅不可復知悉上送官藏之書府以待能者承詔爲五十九篇作傳於是遂研精覃思博考經籍採摭羣言以立訓傳約文申義敷暢厥旨庶幾有補於將來書序序所以爲作者之意昭然義見宜相附近故引之各冠其篇首定五十八篇既畢會國有巫蠱事經籍道息用不復以聞傳之子孫以貽後世若好古博雅

君子與我同志亦所不隱也

春秋左氏傳序一首

杜預

臧榮緒晉書曰杜預字元凱京兆人也起家拜尚書郎稍遷至鎮南大將軍都督荊州諸軍事平吳加位特進薨

春秋者魯史記之名也記事者以事繫日以日繫月以月繫時以時繫年所以紀遠近別同異也故史之所記必表年以首事年有四時故錯舉以爲所記之名也周禮有史官掌邦國四方之事達四方之志諸侯亦各有國史大事書之於策小事簡牘而已孟子曰楚謂之檮杌晉謂之乘而魯謂之春秋其實一也韓宣子適魯見

不得據此以春秋爲周公所制之法

何但考真僞志典禮而已乎

即用舊史自來無此說惟出此而後盡删先師之說耳

近世謂六經乃周公之舊典仲尼則而傳之其謬乃自元朗然漢世本自分明也

此條係評上以遵周公之遺制內原評在用舊史條前　焯

文四十五　十四

易象與魯春秋曰周禮盡在魯矣吾乃今知周公之德與周之所以王也韓子所見蓋周之舊典禮經也周德既衰官失其守上之人不能使春秋昭明赴告策書諸所記注多違舊章仲尼因魯史策書成文考其真僞而志其典禮上以遵周公之遺制下以明將來之法其教之所存文之所害則刊而正之以示勸誡其餘皆即用舊史史有文質辭有詳略不必改也故傳曰其善志又曰非聖人孰能修之蓋周公之志仲尼從而明之左丘明受經於仲尼以爲經者不刊之書也故傳或先經以始事或後經以終義或依經以辨理或錯經以合異隨

隨義已所重爲所今疏以隨義而發絶句非也言但就所重發例而檢其它又法不盡舉之此暗駁先師一字褒貶之說也孔疏釋之皆誤

周公垂法亦元凱之椒言也

據舊例亦元凱之私言

此名亦元凱所椒

此係隨之詞也

義而發其例之所重舊史遺文略不盡舉非聖人所修之要故也身爲國史躬覽載籍必廣記而備言之其文緩其旨遠將令學者原始要終尋其枝葉究其所窮優而柔之使自求之饜而飫之使自趨之若江海之浸膏澤之潤渙然冰釋怡然理順然後爲得也其發凡以言例皆經國之常制周公之垂法史書之舊章仲尼從而脩之以成一經之通體其微顯闡幽裁成義類者皆據舊例而發義指行事以正褒貶諸稱書不書先書故書不言不稱書曰之類皆所以起新舊發大義謂之變例然亦有史所不書即以爲義者此蓋春秋新意故傳不

○仍須觸類而長則不外先師所已明者矣

言凡曲而暢之也其經無義例因行事而言則傳直言其歸趣而已非例也故發傳之體有三而爲例之情有五一曰微而顯文見於此而義起在彼稱族尊君命舍族尊夫人梁亡城緣陵之類是也二曰志而晦約言示制推以知例參會不地與謀曰及之類是也三曰婉而成章曲從義訓以示大順諸所諱避璧假許田之類是也四曰盡而不汙直書其事具文見意丹楹刻桷天王求車齊侯獻捷之類是也五曰懲惡而勸善求名而亡欲蓋而章書齊豹盜三叛人名之類是也推此五體以尋經傳觸類而長之附于二百四十二年行事王道之正

一字褒貶亦由此例知之非曰止此一字即見褒貶也此不足以難先師依傳為斷此最足以惑人然何用知先師不見左氏微也

預亦未嘗不竊公穀也特先師所取則駁之耳其術与王子雍之難鄭同

人倫之紀備矣或曰春秋以錯文見義若如所論則經當有事同文異而無其義也先儒所傳皆不其然荅曰春秋雖以一字爲褒貶然皆須數句以成言非如八卦之爻可錯綜爲六十四也固當依傳以爲斷古今言左氏春秋者多矣今其遺文可見者十數家大體轉相祖述進不成爲錯綜經文以盡其變退不守丘明之傳於丘明之傳有所不通皆沒而不説而更膚引公羊穀梁適足自亂預今所以爲異專脩丘明之傳以釋經經之條貫必出於傳傳之義例總歸諸凡推變例以正褒貶簡二傳而去異端蓋丘明之志也其有疑錯則備論而

○此集解与論語集解穀梁集解皆不同

○將令至之也為一句

闕之以俟後賢然劉子駿創通大義賈景伯父子許惠卿皆先儒之美者也末有潁子嚴者雖淺近亦復名家故特舉劉賈許潁之違以見同異分經之年與傳之年相附比其義類各隨而解之名曰經傳集解又別集諸例及地名譜第歷數相與為部凡四十部十五卷皆顯其異同從而釋之名曰釋例將令學者觀其所聚異同之說釋例詳之也或曰春秋之作左傳及穀梁無明文說者以為仲尼自衛反魯修春秋立素王丘明為素臣言公羊者亦云黜周而王魯危行言遜以避當時之害故微其文隱其義公羊經止獲麟而左氏經終孔丘卒

此皆預之妄說

此故与先师嘉隱公至孝謹讓相違

敢問所安答曰異乎余所聞仲尼曰文王既沒文不在玆乎此制作之本意也歎曰鳳鳥不至河不出圖吾已矣夫蓋傷時王之政也麟鳳五靈王者之嘉瑞也今麟出非其時虛其應而失其歸此聖人所以爲感也絕筆于獲麟之一句者所感而起固所以爲終也曰然春秋何始於魯隱公答曰周平王東周之始王也隱公讓國之賢君也考乎其時則相接言乎其位則列國本乎其始則周公之祚胤也若平王能祈天永命紹開中興隱公能弘宣祖業光啓王室則西周之美可尋文武之跡不隊是故因其歷數附其行事采周之舊以會成王義垂

據

据此左氏先師不説獲麟爲絶筆商瞿卜期日中而孔子尚命以書來然則四月己丑之文未足怪也

法將來所書之王即平王也所用之歷即周正也所稱之公即魯隱也安在其黜周而王魯乎子曰如有用我者吾其爲東周乎此其義也若夫制作之文所以彰往考來情見乎辭言高則旨遠辭約則義微此理之常非隱之也聖人包周身之防既作之後方復隱諱以避患非所聞也子路使門人爲臣孔子以爲欺天而云仲尼素王丘明素臣又非通論也先儒以爲制作三年文成致麟既已妖妄又引經以至仲尼卒亦又近誣據公羊經止獲麟而左氏小邾射不在三叛之數故余以爲感麟而作作起獲麟則文止於所起爲得其實至於反袂

拭面稱吾道窮亦無取焉

三都賦序一首

臧榮緒晉書曰左思作三都賦世人未重皇甫謐有高名於世思乃造而示之謐稱善爲其賦序也

皇甫士安

臧榮緒晉書曰皇甫謐字士安安定朝那人年二十始受書得風痺疾猶手不輟卷舉孝廉不行又辟著作不應卒於家

玄晏先生曰謐自序曰始志乎學而自號玄晏先生玄靜也晏安也先生學人之通稱也古人稱不歌而頌謂之賦漢書曰傳云不歌而頌謂之賦然則賦也者所以因物造端敷弘體理欲人不能加也漢書曰登高能賦可以爲大夫言感物造端材智深美可以列爲大夫也釋名曰賦敷也敷布其義謂之賦引而申之故文必極美觸類而長之故辭必盡麗周易曰引而申之觸類而長之天下之能

事畢矣然則美麗之文賦之作也法言曰詩人之賦麗以則昔之為文
者非苟尚辭而已法言曰或曰君子尚辭乎曰君子事之為尚將以紐之王
教本乎勸戒也說文曰紐系也女九切自夏殷以前其文隱沒靡
得而詳焉夏有五子之歌殷有湯頌周監二代文質之體百世可知
論語子曰周監於二代郁郁乎文哉吾從周又子曰其或繼周者雖百世可知也故孔子采萬
國之風正雅頌之名集而謂之詩漢書曰古有采詩之官王者所以觀風俗
知得失自考正也孔子純取周詩詩人之作雜有賦體子夏序詩曰一
曰風二曰賦故知賦者古詩之流也兩都賦序曰賦者古詩之流也至
于戰國王道陵遲風雅寢頓於是賢人失志辭賦作焉
漢書曰春秋之後周道寖壞而賢人失志之賦作矣是以孫卿屈原之屬遺文炳

摯虞云賦者敷陳之稱古詩之流也前世爲賦者有孫卿屈原尚有古詩之義至宋玉則多淫浮之病矣　又云楚辭之賦賦之善者也故揚子稱賦莫深於離騷賈誼之作則屈原儔也　又云古詩之賦以情義爲主事類爲佐今之賦以事形爲主以義正爲助

存者也

制體制也

七略次賦爲四家一曰屈原賦二曰陸賈賦三曰孫卿賦四曰雜賦屈原言情孫卿效物陸賈賦不可見其屬朱建嚴助朱買臣諸家蓋縱橫之變也

恢張與極美盡麗似異　空類謂虛構形象

訐牛充棟　觀此二言而貌異以同也

然辭義可觀西都賦序曰文章炳焉論語曰必有可觀者焉存其所感咸有古詩之意皆因文以寄其心託理以全其制賦之首也漢書曰大儒孫卿及楚臣屈原離讒憂國皆作賦以風喻咸有惻隱古詩之義班固漢書述曰蔚爲辭宗賦頌之首及宋玉之徒淫文放發言過於實誇競之興體失之漸風雅之則於是乎乖漢書曰其後宋玉唐勒競爲侈麗宏衍之詞沒其風諭之義法言曰辭人之賦麗以淫逮漢賈誼頗節之以禮自時厥後綴文之士不率典言並務恢張其文博誕空類孔安國尚書大傳曰誕大也大者罩天地之表細者入毫纖之內雖充車聯駟不足以載廣夏接榱不容以居也其中高者至如相如上林揚雄甘泉班固兩都張衡二京馬融廣成王生靈光范曄後漢

此正極美盡麗之源失耳

書曰馬融爲校書郎時鄧太后臨朝遂寢蒐狩之禮故猾賊縱橫融以爲文武之道聖賢不墜上廣成頌以諷諫初極宏侈之辭終以約簡之制煥乎有文蔚爾鱗集皆近代辭賦之偉也論語子曰大哉堯之爲君煥乎其有文章也周易曰君子豹變其文蔚也難蜀父老曰鱗集仰流若夫土有常產俗有舊風方以類聚物以群分周易曰方以類聚物以羣分吉凶生矣而長卿之儔過以非方之物寄以中域虛張異類託有於無祖構之士雷同影附流宕忘反非一時也徐廣史記注曰祖者宗習之謂也蔡邕郭有道碑曰望形表而影附譏承後漢書序曰士庶流宕他州異境曩者漢室內潰四海圮裂孫劉二氏割有交益魏武撥亂擁據函夏公羊傳曰撥亂反正函夏已見赭白馬賦故作者先爲吳蜀二客盛稱其本土險阻瓌琦可以偏

玉埤蒼曰瓌瑋珍琦也而却爲魏主述其都畿弘敞豐麗奄有諸華之意言吳蜀以擒滅比亡國而魏以交禪比唐虞既已著逆順且以爲鑒戒漢書曰甚誘逆之理西京賦曰鑒戒唐詩蓋蜀包梁岷之資吳割荆南之富魏跨中區之衍考分次之多少計殖物之衆寡星之分次物之生殖也周禮曰以星土辨九州之地所封域又曰動物宜毛植物宜皁比風俗之清濁課土人之優劣亦不可同年而語矣過秦論曰則不可同年而語矣二國之士各沐浴所聞史記曰太史公曰成王作頌沐浴膏澤家自以爲我土樂人自以爲我民良皆非通方之論也作者又因客主之辭正之以魏都折之以王道其物土所出可得披圖而校左氏傳賓媚人曰疆理天下物土之宜杜預曰播殖

之物各從土宜體國經制可得按記而驗豈誣也哉周禮曰惟王建國體國經野鄭玄曰體猶分也

思歸引序一首　石季倫

余少有大志夸邁流俗弱冠登朝臧榮緒晉書曰崇早有智慧年二十餘爲修武令有能名范曄後漢書馬援曰吾從弟少遊哀吾慷慨多大志禮記曰不從流俗班固漢書述曰矯矯賈生弱冠登朝歷位二十五年五十以事去官臧榮緒晉書曰崇爲大司農坐未被書擅去官免晚節更樂放逸篤好林藪魏太祖祭喬玄文曰非至親之篤好胡肯爲此辭哉遂肥遁於河陽別業周易曰肥遁無不利其制宅也却阻長堤前臨清渠百木幾於萬株流水周於舍下楚辭曰水周兮堂下有觀閣池沼多養魚鳥家素習技頗有秦趙之聲班固

此後言也

此後言也

漢書楊惲報孫會宗書曰家本秦人能爲秦聲婦趙女也雅善鼓瑟出則以游目弋釣爲事入則有琴書之娛楚辭曰忽反顧以游目劉歆遂初賦曰玩琴書以條暢又好服食咽氣志在不朽古詩曰服食求神仙傲然有凌雲之操漢書曰司馬相如既奏大人賦天子曰飄飄有凌雲之氣仲長子昌言曰節操凌高雲欻許勿復見羈婆娑於九列藏榮緒晉書曰崇後爲太僕困於人間煩黷常思歸而永歎賈逵國語注曰黷媟也毛詩曰茲之永歎尋覽樂篇有思歸引琴操思歸者衛女之所作也欲歸不得心悲憂傷援琴而歌作思歸引儻古人之情有同於今故制此曲此曲有絃無歌今爲作歌辭以述余懷恨時無知音者令造新聲而播於絲竹也周禮曰播之以八音

文選卷第四十五

壬戌七月四日　侃温尋及此卷

文選卷第四十六

梁昭明太子撰

文林郎守太子右內率府錄事參軍事崇賢館直學士臣李善注上

序下

豪士賦序一首

陸士衡 臧榮緒晉書曰機惡齊王冏矜功自伐受爵不讓及齊亡作豪士賦呂氏春秋曰老聃孔子墨翟關尹子

列子陳駢楊朱孫臏王寥兒良此十人者皆天下之豪士也然機猶假美號以名賦也

夫立德之基有常而建功之路不一左氏傳穆叔曰太上有立德其次有立功何則循心以爲量者存乎我言立德必循於心故存乎我因物以成務者繫乎彼言建功必因於物故繫乎彼存夫我者隆殺止乎其域繫乎物者豐約唯所遭遇言德有常量至域便止功無常則因遇乃成域謂身也落葉俟微風以隕而風之力蓋寡漢書子恢謂韓安國曰夫草木遭霜者不可以遇風孟嘗遭雍門而泣而琴之感以末桓子新論曰雍門周以琴見孟嘗君孟嘗君曰先生鼓琴亦能令文悲乎對曰臣竊爲足下有所悲千秋萬歲後墳墓生荊棘游童牧豎躑躅其足而歌其上曰孟嘗君之尊貴亦猶若是乎於是孟嘗君喟然太息涕承睫而未下雍門周引琴而鼓之徐動宮徵揮角羽初終而成曲孟嘗君遂歔欷而就之是琴之感以末也何者欲隕之葉無所

〇繁煩晉書作煩

假烈風將墜之泣不足繁哀響也是故苟時啓於天理盡於民時既啓之於天理又盡於人事言立功易也庸夫可以濟聖賢之功斗筲可以定烈士之業說苑曰管仲庸夫也桓公得之以為仲父論語子貢曰今之從政者何如子曰噫斗筲之人何足算也故曰才不半古而功已倍之蓋得之於時勢也孟子曰當今之時萬乘之國行仁政民之悅之猶解倒懸也故事半古之人功必倍之惟此時為然歷觀古今徼一時之功而居伊周之位者有矣孟子曰彼一時此一時夫我之自我智士猶嬰其累物之相物昆蟲皆有此情孟子曰爾為爾我為我文子曰譬吾處於天下亦為一物也然則我亦物也而物亦物也物之與我也有何以相物也禮記曰昆蟲未蟄鄭玄曰昆明也明蟲者陽而生陰而藏夫以自我之量而挾非常之勳神器暉其顧眄萬物隨其俯仰老子

言人主有權天下服之
偶由易失解

曰天下神器不可為也為者敗之心玩居常之安耳飽從諛之說史記汲黯曰上置公卿寧令從諛承意陷主於不義乎豈識乎功在身外任出才表者哉且好榮惡辱有生之所大期孫卿子曰好榮惡辱好利惡害是君子小人之所同忌盈害上鬼神猶且不免周易曰鬼神害盈而福謙左氏傳狼瞫曰周志有之勇則害上不登於明堂人主操其常柄天下服其大節韓子曰操生殺之柄此人主之勢也左氏傳仲尼曰唯器與名不可以假人君之所司也政之大節也故曰天可讎乎左氏傳曰楚子入于雲中鄖公辛之弟懷將殺王辛曰君討臣誰敢讎之君命天也若死天命將誰讎乎而時有袨服荷戟立于廟門之下援旗誓衆奮於阡陌之上漢書曰宣帝祠孝昭廟先敺旄頭劒挻墮地首垂泥土中刃鄉乘輿車馬驚於是召梁丘賀筮之有兵謀不吉上還使有司侍祠時霍氏外孫代郡太守任宣坐謀反誅宣子章為公車丞亡在渭城界中夜袨服入廟居郎間

執戟立廟門待上至欲爲逆發覺伏誅蘇林曰袨服黒服也過秦論曰陳涉躡足行伍之間而俛起阡陌之中斬木爲兵揭竿爲旗援于元切況乎代主制命自下財物者哉（后以財成而臣爲之故云自下尸子曰天生萬物聖人財之）廣樹恩不足以敵怨勤興利不足以補害故曰代大匠斲者必傷其手（老子曰夫代大匠斲希有不傷其手）且夫政由寗氏忠臣所爲慷慨祭則寡人人主所不久堪（左氏傳曰衛獻公使與寗喜言曰苟反國政由寗氏祭則寡人）是以君奭鞅鞅（於亮）不悅公旦之舉高平師師側目博陸之勢（尚書序曰召公爲保周公爲師相成王爲左右召公不悅漢書景帝曰送周亞夫曰此之鞅鞅非少主臣也又曰魏相字弱翁遷御史四歲代韋賢爲丞相封高平侯班固述魏相曰高平師師惟辟作威圖黜凶害天子是毗韋昭曰師師相尊法也漢書曰列侯宗室見郅都側目又曰霍光爲博陸侯）而成王不遺嫌吝於懷宣帝若負芒刺於背非其然者

天注及別本

與尚書曰武王既喪管叔及群弟流言於國曰公將不
利於孺子孔安國曰成王信流言而疑周公漢書曰
宣帝始立謁見高廟大將軍霍光從
叅乘上內嚴憚之若有芒刺在背嗟乎光于四表德
莫富焉王曰叔父親莫昵焉尚書曰光被四表毛詩曰
王曰叔父毛萇曰叔父謂
周公
也登帝大〔天〕位功莫厚焉守節沒齒忠莫至焉漢書昭
帝崩霍
光上奏曰太宗亡嗣孝武皇帝曾孫病已可以嗣孝昭
皇帝太后詔可尚書伊尹曰天位艱哉李陵與蘇武書
曰薄賞子以守節論語或問管仲曰奪
伯氏駢邑三百飯疏食沒齒無怨言而傾側顛沛僅
而自全則伊生抱明允以嬰戮文子懷忠敬而齒劒固
其所也尚書曰太甲既立不明伊尹放諸桐左氏傳曰
高陽氏有才子明允篤誠紀年曰太甲潛出自
桐殺伊尹吳越春秋曰文種者本楚南郢人也姓文字
少禽禮記孔子曰儒有懷忠信以待舉史記曰勾踐平
吳人或讒大夫種且作亂越王乃賜種劒曰子教寡人
伐吳七術寡人用其三而敗吳其四在子子爲我從先

（王誅之種遂自殺枚叔上書諫吳王曰腐肉之齒利劍也）因斯以言夫以篤聖穆親如彼之懿（謂周公也）大德至忠如此之盛（謂霍光也）尚不能取信於人主之懷止謗於衆多之口（鄒陽於獄上書曰不奪乎衆多之口）過此以往惡（烏）覩其可安危之理斷可識矣又況乎饕（土高）大名以冒道家之忌運短才而易聖哲所難者哉（穀梁傳曰君不尸小事臣不專大名老子曰富貴而驕自遺其咎莊子曰功成者隳名成者虧孰能去功與名而還與衆人）身危由於勢過而不知去勢以求安禍積起於寵盛而不知辭寵以招福見百姓之謀已則申宮警守以崇不畜之威（左氏傳曰公待於壤隤申宮警備設守而後行杜預曰申整宮備也）懼萬民之不服則嚴刑峻制以賈（古）傷心之怨（新序曰商鞅為嚴刑峻法易古三代之制）

杜預左氏傳注曰賈賣也尚書曰民罔不盡傷心然後威窮乎震主而怨行乎上下漢書蒯通說韓信曰臣聞勇略震主者身危功蓋天下者不賞衆心日陊亘氏危機將發而方偃仰瞪直孕眄謂足以奪世毛詩曰或棲遲偃仰魯靈光殿賦曰齊首目以瞪眄埋蒼曰瞪直視也笑古人之未工忘己事之已拙知囊勳之可矜暗成敗之有會是以事窮運盡必於顛仆音赴風起塵合而禍至常酷也荅賓戲曰彼皆躡風塵之會履顛沛之勢項代山曰彼謂李斯輩也風發於天以諭君上塵從下起以諭斯等聖人忌功名之過己惡寵祿之踰量蓋為此也夫惡欲之大端賢愚所共有禮記曰飲食男女人之大欲存焉死亡貧苦人之大惡存焉故惡欲者心之大端也而游子殉高位於生前志士思垂名於身後受生之分唯此而已夫蓋世之

業名莫大焉（漢書曰：項羽歌曰：力拔山兮氣蓋世。）震主之勢位莫盛焉（震主已見上文。）率意無違欲莫順焉借使伊人頗覽天道知盡不可益盈難久持（周易曰：天道虧盈而益謙。毛詩序曰：太平之君子能持盈守成。）超然自引高揖而退（司馬遷報任少卿書曰：寧得自引深藏巖穴耶。）則巍巍之盛仰邈前賢洋洋之風俯冠來籍而大欲不乏於身至樂無愆乎舊節彌效而德彌廣身逾逸而名逾劭（爾雅注曰：劭，美也。）此之不爲彼之必昧然後河海之跡堙爲窮流一簣之釁積成山岳（論語曰：譬如爲山，未成一簣，止，吾止也。）名編凶頑之條身厭荼毒之痛豈不謬哉（毛詩曰：人之貪亂，寧爲荼毒。）故聊賦焉庶使百世少有寤云

三月三日曲水詩序一首

風俗通曰周禮女巫掌歲時祓除疾病禊者絜也於水上盥絜也巳者祉也邪疾巳去祈介祉也韓詩曰三月桃花水之時鄭國之俗三月上巳於溱洧兩水之上執蘭招魂祓除不祥也續齊諧記曰晉武帝問尚書摯虞曰三月曲水其義何荅曰漢章帝時平原徐肇以三月初生三女至三日而俱亡一村以爲怪乃招携至水濵盥洗遂因水以泛觴曲水之義起於此帝曰若所談非好事尚書郎束晳曰仲治小生不足以知臣請說其始昔周公成洛邑因流水以泛酒故逸詩曰羽觴隨流波又秦昭王三日置酒河曲見有金人出奉水心劒曰令君制有西夏乃因其處立爲曲水二漢相沿皆爲盛集帝曰善賜金五十斤左遷仲治爲陽城令裴子野宋畧曰文帝元嘉十一年三月丙申禊飲於樂遊苑且祖道江夏王義恭衡陽王義季有詔會者咸作詩詔太子中庶子顔延年作序

顔延年

夫方策既載，皇王之迹已殊；鍾石畢陳，舞詠之情不可

禮記哀公問政子曰文武之道布在方冊春秋說題辭曰尚書者二帝之跡三王之義所推期運明受命之際郭象莊子注曰皇王殊跡隨世爲名漢書曰石曰磬金曰鍾毛詩序曰永歌之不足不知手之舞之

雖淵流遂往，詳略異聞，

上林賦曰恐後代靡麗遂往而不反春秋序曰史有文質辭有詳略

然其宅天衷立民極，莫不崇尚其道，神明其位，

東京賦曰豈如宅中而圖大呂氏春秋曰古之王者擇天之中而立國擇國之中而立宮周禮曰設官分職以爲民極周易曰聖人以神明其德

拓土洛世貽統，圖萬葉而爲量者也。

魏志高堂隆上疏曰拓跡垂統必俟聖賢晉中興書詔桓玄曰蕃衛王家垂固萬葉

有宋函夏，帝圖弘遠，

楊雄河東賦曰函夏之大漢書服虔注曰函夏諸夏也孝經鉤命決曰上乃授帝圖掇秘文

高祖以聖武定

鼎規同造物宋高祖也左氏傳王孫滿謂楚子曰成王定鼎于郟鄏莊子孔子曰夫造物者爲人司馬彪曰造物者爲道皇上以叡文承歷景屬宸居皇上宋文帝也尚書曰叡哲文明又曰天之歷數在爾躬景光景連屬也典引曰高光二聖宸居其域蔡邕曰如北辰居其所而衆星拱之隆周之卜既永宗漢之兆在焉楊雄河東賦曰脉隆周之大寧左氏傳王孫滿曰成王定鼎於郟鄏卜世三十卜年七百漢書文紀曰兆得大橫古曰大橫庚庚余爲天王正體毓德於少陽王宰宣哲於元輔正體太子也喪服傳曰父爲長子三年傳曰何以三年長子正體於上周易曰蠱君子以振民毓德少陽東宮也鄭玄禮記注曰東郊少陽諸侯象也王宰已見曲水詩毛詩曰宣哲維人文武惟后班固邪山文曰晄晄將軍大漢元輔晷緯昭應山瀆效靈說文曰晷日影也緯五星也易乾鑿度曰五緯順軌四時和粟山五嶽也瀆四瀆也效靈山出器車瀆出圖書之類五方雜遝徒合四隩來暨漢書曰京師五方雜錯尚書曰九州攸同四隩

擇○注及別本

既澤吳都賦曰都輦殷而四隩来暨選賢建戚則宅（擇）之於茂典施命發號
必酌之於故實左氏傳士會曰楚君之舉也內姓選於親外姓選於舊又曰蔿敖為宰擇楚國
之令典尚書武王曰發號施令罔有不臧毛詩序曰能酌先祖之道以養天下國語楚穆仲謂宣王曰魯侯賦
事行刑必問於遺訓而資於故實大予協樂上庠肄教東觀漢記孝明詔曰正大樂官
曰大予樂官禮記曰有虞氏養國老於上庠章程明密品式周備漢書曰高祖命張蒼
定章程謝承後漢書曰魏朗為河內太守明密法令漢書曰宣帝樞機周密品式備具國容眡令
而動軍政象物而具司馬法曰國容不入軍軍容不入國左氏傳曰士會曰蔿敖為宰百
官象物而動軍政不戒而備箴闕記言校文講藝之官采遺於內輶
車朱軒懷荒振遠之使論德于外左氏傳魏絳曰昔周辛甲之為太史也命
百官箴王闕禮記曰言則右史書之西都賓曰啓發篇章校理秘文講論于六藝稽古於同異楊雄荅劉歆書

列 言改

曰嘗聞先代輶軒之使風俗通曰周秦常以八月輶軒使釆異代方言輶士論曰輶軒驛於南荒尚書大傳曰未命爲士不得朱軒西征賦曰銜命則蘇屬國震遠則張博望頳莖素毳昌銳并柯共穗之瑞史不絕書棧山航海踰沙軼漠之貢府無虛月頳莖朱草也素毳白虎也并柯連理也共穗嘉禾也左氏傳晉司馬叔侯曰魯之於晉也職貢不乏史不絕書府無虛月如是可矣楊雄交州箴曰航海三萬東牽其犀軼余日切烈燧千城通驛萬里穹居之君內首稾朔卉服之酋回面受吏穹居之君匈奴也魏都賦曰思稾正朔尚書曰島夷卉服劇秦美新曰海外遐方回首內嚮漢書曰卬笮之君長欲願爲內臣妾請吏比面是以異人慕嚮俊民間出班固漢書贊曰羣士慕嚮異人竝出尚書曰俊民用章漢書曰漢興詩書往往間出警蹕清夷表裏悅穆仲長子昌言曰姦慝既弭警蹕清夷將徙縣中宇張樂岱郊言將徙都洛邑封禪泰山也莊子曰北門成問於黃帝曰帝張咸池

江文通雜體詩袁淑注引禰作頌

之樂於洞庭之野增類帝之宮飭禮神之館塗歌邑誦以望屬車之塵者久矣禮記曰天子將出征類于上帝類祭也西都（東）賦曰禮神祇懷百靈司馬相如諫獵曰犯屬車之清塵日躔直連胃維月軌青陸漢書曰日月初躔星之紀韋昭曰躔處也禮記曰季春之月日在胃王仲宣思征賦曰在建安之二八星步次於箕維漢書天文志曰日月順入軌道河圖帝覽嬉曰立春春分月從東青道杜預左氏傳注曰陸道也皇祇發生之始后王布和之辰皇天神也祇地神也周禮曰大宗伯掌天神地祇之禮曹植九詠曰皇祇降兮潛靈舞爾雅曰春為發生禮記曰后王命冢宰降德于衆兆人又曰孟春之月命相布德和令思對上靈之心以惠庶萌之願加以二王于邁出餞戒告二王已見上文毛詩曰從公于邁韓詩章句曰送行飲酒曰餞（儀禮）燕禮曰小臣戒盥者鄭玄曰君以宴禮勞使臣則警戒告語焉有詔掌故爰命司歷封禪書曰宜命掌故左氏傳仲尼曰今火猶西流司歷過也獻洛飲之禮具上巳

盥當作興　注云興者謂留群臣也　鄭謂群臣留在國不行者也

之儀洛飲上已並已見上注南除輦道北清禁林左閑嵓巖隥都鄧右梁潮源略亭皐跨芝廛苑太液懷曾山上林賦曰輦道纚屬西都賓曰集禁林而屯聚難西蜀父老曰關沫若梁孫原穆天子傳曰天子東升于三道隥郭璞曰隥阪也上林賦曰亭皐千里靡不被築洛神賦曰税駕乎衡皐秣駟乎芝田漢書有太液池松石峻垝古毀葱翠陰煙游泳之所攢萃翔驟之所往還於是離宮設衛別殿周徼音叫西都賓曰離宮別觀三十六所周以鉤陳之位衛以嚴更之署周廬千列徼道綺錯旌門洞立延帷接梐周禮曰王之會同爲帷宮設旌門楊雄蜀都賦曰延帷揚幕接帳連岡又周禮曰王之會同之舍設梐枑再重杜子春曰梐枑行馬也閲水環階引池分席歎逝賦曰閲水以成川春官聯事蒼靈奉塗然後昇秘駕脩緹徒兮騎搖玉鑾發流吹言春官聯事以供職蒼靈奉塗以衛行也周禮有春官宗伯又曰以官府之六聯合邦治二曰賓客之聯事蒼靈青帝也尚書

帝命驗曰帝者承天立五府蒼曰靈府鄭玄曰蒼君帝靈威仰之府續漢書曰緹騎二百人屬執金吾楚辭曰鳴玉鸞之啾啾兮淮南子曰龍舟鷁首浮吹以虞天動神移淵旋雲被以降于行所禮也羽獵賦曰天動地岋淮南子曰藏志九旋之淵蔡邕獨斷曰天子以天下為家自謂所居為行在所既而帝暉臨幄百司定列鳳蓋俄軫虹旗委旆俄軫委旆不行也東都主人曰鳳蓋棽纚楚辭曰回朕車俾西引搴虹旗於玉門肴蔌芬藉觴醳介勿泛浮毛詩曰其肴維何炰鼈及魚其蔌維何維筍及蒲鄭玄禮記注曰醳苜酒也妍歌妙舞古妍歌篇曰妍歌展妙聲發曲吐令辭邊讓章華賦曰妙舞麗於陽之容銜組樹羽之器阿阮諶三禮圖曰筍虡兩頭並為龍以銜紐曹植九詠曰雲龍兮銜組流羽兮交橫毛詩曰設業設簴崇牙樹羽三奏四上之調六莖九成之曲競氣繁聲合變爭節韓子曰師曠奏清徵一奏有玄鶴二八來集再奏而列三奏延頸而鳴攄翼而舞馬融琴賦曰師曠三奏而神

九

物下楚辭曰四上競氣極聲變王逸曰四上謂代奏鄭衛也漢書曰顓頊作六莖尚書曰簫韶九成鳳皇來儀

龍文飾轡青翰侍御班固西域傳贊曰蒲梢龍文魚目汗血之馬也說苑莊辛謂襄城君曰鄂君乘青翰之舟汎新波之中華裔殷至觀聽鶩集揚袂風山舉袖陰澤靚莊藻野袨服縟川籍田賦曰居靡都鄙民無華裔蜀都賦曰觀聽之所踊躍法言曰雷震揚天風薄于山上林賦曰靚莊刻飾鄒陽上書曰袨服叢臺之下者一旦成市說文曰縟繁彩色也故以殷隱賑外區煥衍都內者矣西京賦曰鄉邑殷賑張載劍閣銘曰矧茲狹隘王之外區王粲羽獵賦曰叢華雜沓煥衍陸離上膺萬壽下禔氏移百福毛詩曰報以介福萬壽無疆司馬相如難蜀文曰中外禔福毛詩曰介爾百福帀筵禀和闓堂依德情盤景遽歡洽日斜金駕總駟四聖儀載佇悵鈞臺之未臨慨酆宮之不縣左氏傳曰楚子合諸侯於申椒舉言於楚子曰夏啓有鈞臺之享康

王有豐鄗宮之朝方且排鳳闕以高遊開爵園而廣宴闕中記曰建章圓闕臨北道銅鳳在上故號鳳闕鄴中記曰銅爵臺西有爵園並命在位展詩發志楚辭曰展詩兮會舞王逸曰展舒也周易曰有孚發若信以發志也則夫誦美有章陳信無愧者歟詩序曰頌者美盛德之形容左傳曰楚子木問趙孟曰范武子之德何如對曰祝史陳信於鬼神無愧辭

三月三日曲水詩序一首　王元長

蕭子顯齊書曰武帝永明九年三月三日幸芳林園禊飲朝臣勑王融爲序文藻富麗當代稱之

臣聞出豫爲象鈞天之樂張焉時乘既位御氣之駕翔焉周易豫卦曰先王作樂殷薦上帝史記曰趙簡子病二日而悟曰我之帝所甚樂與百神遊于鈞天廣樂九奏萬舞莊子曰北門成問於黃帝曰帝張咸池之樂於洞庭之野莊子曰乘天地之正而御六氣之辯穆天子傳曰天子命駕八駿之乘遂東南翔行馳千里郭璞曰行如飛翔也是以得一奉宸逍遙襄城之

域體元則大悵望姑射之阿然窅眇寂寥其獨適者巳老子曰王
侯得一而天下正尚書曰惟辟奉天宸與辰同已見上文莊
子曰黃帝將見大隗于具茨之山至襄城之野東都主人曰
體元立制繼天而作論語子曰唯天爲大唯堯則之莊子曰
堯治天下之民平海內之政往見四子藐姑射之山汾水之
陽窅然喪其天下焉家語孔子曰聖人
舉事可施於百姓非獨適一身之行至如夏后兩龍載
驅璿臺之上穆滿八駿如舞瑤水之陰亦有饗云固不
與萬民共也山海經曰大樂之野夏后啓於此舞九代馬
乘兩龍毛詩曰載馳載驅周爰咨諏易歸藏
曰昔者夏后啓筮享神於晉之墟作爲璿臺於水之陽
穆滿八駿巳見江賦又穆天子傳曰天子北升太山之
上以望四野乙丑天子觴西王母於瑤池之上毛詩曰
執轡如組兩驂如舞孟子曰今王田獵於此百姓聞王
車馬之音與羽毛之美父子不相見兄
弟妻子離散此無佗不與民同樂也我大齊之握機創
歷誕命建家接禮貳宮考庸太室蕭子顯齊書曰齊太祖高皇帝諱道成字紹伯

受宋禪尚書曰我文考文王誕膺天命又曰永建乃家孟子曰舜尚見帝帝館甥於貳室亦饗舜迭爲賓主是天子而友匹夫也趙岐曰尚上也舜在畎畝之時堯友禮之舜上見堯堯舍之於副宮堯亦就饗舜之所設更爲賓主尚書大傳曰維十月五祀舜爲賓客禹爲主人樂正進贊曰尚考太室之義唐爲虞賓鄭玄曰舜既使禹攝天下之事於祭祀避之居賓客之位獻酒則爲亞獻尚考猶言往時也太室明堂之中央室也義當爲儀儀禮儀也謂祭太室之禮堯爲舜賓也幽明獻期雷風通饗昭華之珍既從延喜之玉攸歸曾子夫子曰天道曰圓地道曰方方曰幽圓曰明禮記曰明則有禮樂幽則有鬼神太公伏符陰謀曰武王伐紂四海神河伯皆曰天伐殷立周謹來受命願獻時雨論語讖曰仲尼云吾聞堯率舜等遊首山觀河渚一老曰河圖將來告帝期尚書曰納于大麓烈風雷雨不迷尚書大傳曰舜將禪禹入風循通又曰堯得舜推而尊之贈以昭華之玉尚書璇璣玉鈐曰玄圭出刻曰延喜之玉革宋受天保生萬國度時洛邑靜鹿丘之歎遷鼎息大坰之慙周書武王曰膺

受大命革殷受天明命又曰我聞古商先王成湯保生
商人又度邑篇曰維王克殷乃永歎曰嗚呼不淑充天
之對自鹿至于丘中具明不寢帝王世紀曰湯即天子
位遂遷九鼎于亳至大坰而有慙德周書曰或爲苑
紹清和於帝猷聯顯懿於王表駿發開其遠祥定爾固
其洪業言以清和之德繼於大道楊子雲劇秦美新曰
鏡滈粹之至精聆清和之正聲蔡邕月令論曰
出此闡視帝猷法言曰昔在有熊高辛唐虞三代咸有
顯懿故天因而瑞之爲神明主河圖曰成帝德者堯開
王表者禹毛詩曰濬哲維商長發其祥又曰駿發爾私
又曰天保定爾亦孔之固劇秦美新曰制作六經洪業
皇帝體膺上聖運鍾下武冠五行之秀氣邁三代之英
風昭章雲漢暉麗日月牢籠天地彈壓山川設神理以
景俗敷文化以柔遠澤普氾而無私法含弘而不殺蕭子
顯齊書曰世祖武皇帝諱賾字宣遠以太子即位墨子
曰上聖立爲天子其次立爲三公毛詩序曰下武嗣文

也禮記曰人者五行之秀又孔子曰大道之行也三代之英丘未之逮而有志焉毛詩曰倬彼雲漢爲章于天譬猶天子爲法度於天下也周易曰聖人與日月合其明淮南子曰帝者體太一牢籠天地彈壓山川神理猶神道也周易曰聖人以神道設教而天下服劉義恭丹徒宮集曰昭化景俗玄教凝神廣雅曰景熠也尚書曰帝乃誕敷文德録圖曰女聞偃兵建文化尚書曰柔遠能邇淮南子曰覆露昭道普汜而無私周易曰含弘光大品物咸亨又曰古之聰明叡智神武而不殺者夫潛夫論曰簡刑薄威不殺不誅此德之上也

猶且具明廢寢昃晷忘餐念負重於春冰懷御奔於秋駕具明已見上文尚書曰文王自朝至于日中昃弗皇暇食鄧析子曰明君之御民若乘奔而無轡履冰而負重也尚書曰若蹈虎尾涉於春冰莊子曰尹儒學御三年而無所得夜夢受秋駕明日往朝師師曰今將教子以秋駕司馬彪曰秋駕法駕也可謂巍巍弗與蕩蕩誰名秉靈圖而非泰涉孟門其何嶮論語子曰巍巍乎舜禹之有天下而不與焉又曰大哉堯之爲君蕩蕩乎民無

能名焉春秋漢含孳曰天子南面秉圖書咸公綏大河賦曰靈圖授録於羲皇孟子曰以其道舜受堯之天下不以爲泰呂氏春秋曰舜修德而苗服孔子聞之曰通乎德之情則孟門太行不爲嶮矣

儲后睿哲在躬妙善居質內積和順外發英華斧藻至德琢磨令範言炳丹青道潤金璧出龍樓而問豎入虎闈而齒胄愛敬盡於一人光耀究於四海

蕭子顯齊書曰世祖立皇太子長楙漢書疏廣曰太子國儲副君尚書曰睿作聖明作哲禮記曰清明在躬桓子新論曰聖賢之材不世而妙善之技不傳禮記曰和順積中而英華外發法言曰吾未見斧藻其德若斧藻其粢者應劭漢官儀曰太子太傅日就月將琢磨玉質言太子有玉之質琢磨以道也法言或問聖人之言炳若丹青有諸曰丹青初則炳久則渝渝乎哉淮南子曰夫道潤乎草木浸乎金石毛詩曰如金如錫如珪如璧漢書成紀曰上嘗召太子出龍樓門禮記曰文王之爲太子朝於王季日三雞初鳴至寢門外問內豎曰今日安不何如周禮曰師氏以三德教國子居虎門之左蔡邕明堂月令論曰周官有闈門之學禮記曰行一物而三善皆得者惟世子

而已其齒於學之謂也尚書曰夔典樂敎冑子孝經曰愛敬盡於事親毛詩曰夙夜匪懈以事一人呂氏春秋曰愛敬盡於事親光耀加於百姓究於四海此天子之孝也若夫族茂麟趾宗固盤石跨掩昌姬韜軼炎漢毛詩曰麟之趾振振公子漢書宋昌曰帝王子弟犬牙相制所謂盤石之宗春秋錄圖曰倉精萌姬稷之後昌東觀漢記序曰漢以炎精布耀或幽而光元宰比肩於尚父中鉉繼踵乎周南分陝流勿翦之懽來仕允克施之譽莫不如珪如璋令聞令望朱芾斯皇室家君王者也元宰家宰也中鉉司徒也說苑晏子謂楚王曰齊之臨淄比肩繼踵毛詩曰惟師尚父周易曰鼎金鉉鄭玄曰金鉉喻明道能舉君之官職也鄭玄尚書注曰鼎三公象也毛詩序曰周南言化自北而南故繫之周公公羊傳曰自陝以西召公主之毛詩曰蔽芾甘棠勿翦勿伐召伯所茇國語曰秦后太子來仕其車千乘韋昭曰王仕於晉也班固漢書貢禹贊曰禹既黃髮以德來仕尚書曰君陳克施有政毛詩曰如珪如璋令聞令望又曰朱芾斯皇室家君王

枝之盛如此稽古之政如彼用能免羣生於湯火納百姓於休和草萊樂業守屏稱事毛詩曰文王孫子本枝百世尚書曰若稽古帝堯史記曰文帝時會天下新去湯火人人樂業左氏傳君子曰一人刑善百姓休和莊子曰農夫無草萊之事則不比禮記諸侯曰某土之守臣其在邊邑曰某屏尸子曰能官者必稱事引鏡皆明目臨池無洗耳沈冥之怨旣缺薖軸之疾已消譙周考史曰公孫述竊位於蜀蜀人任永乃託目盲及述誅永澡盥引鏡自照曰時清則目明也皇甫謐高士傳曰堯致天下讓許由巢父聞之以爲汙乃臨池水而洗耳漢書曰蜀嚴沈冥侯巴曰嚴君平常病不事沈冥而死亦絜矣毛詩曰考槃在陸碩人之軸考槃在阿碩人之薖鄭玄曰薖飢意軸病也謂賢人隱居而離困病也薖苦和切與廉舉孝歲時於外府署行議年日夕于中甸漢書曰詔執事與廉舉孝又詔曰有懿稱明德者遣詣相國府署行議年蘇林曰行狀年紀也尚書曰五百里甸服協律揔章之司

厚倫正俗崇文成均之職道廿德齊禮漢書曰李延年爲協律都尉魏志曰明帝立揔章觀荀氏傳曰勗爲光禄大夫公以爲魏杜夔所制律呂檢技大樂揔章鼓吹八音與律呂乖毛詩序曰先王以是厚人倫美教化移風俗風俗通曰爲政之要辨風正俗最其上也魏志曰明帝置崇文觀徵善文者以充之周禮曰大司樂掌成均之法以教建國之學校而合國之子弟焉論語子曰導之以德齊之以禮

挈壺宣夜辯氣朔於靈臺書笏珥彤紀言事於仙室周禮夏官曰挈壺氏掌懸壺蔡邕天文志曰言天體者有三家其一曰宣夜鄭玄毛詩箋曰天子有靈臺者所以觀祲象察氣之妖祥左氏傳曰公既視朔遂登觀臺以望而書雲物禮記曰造受命於君則書於笏潘岳賈武公誄曰惟帝以公通揚祖宗延登東序服衮珥彤史記曰秦文公初有史以紀事禮記曰動則左史書之華嶠後漢書曰學者稱東觀爲老氏藏室道家蓬萊今故言仙室

褰帷斷裳危冠空履之吏范曄後漢書賈琮爲冀州刺史車垂

彯搖武猛扛鼎揭旗之士赤帷而行及至州白言曰刺

圜注

史當遠視廣聽糾察美惡何反垂帷裳以自掩塞乎乃命御者
褰之百城聞風自然震悚漢書曰蓋寬饒初拜爲司馬未出殿
斷其單衣令短離地說苑曰楚人長劒危冠而有子西
漢書曰唐遵以明經飾行顯名於世衣弊履穿又曰霍
去病每從大將軍受詔與壯士爲嫖姚校尉華嶠後漢
書曰丁白爲武猛校尉法言曰或問力能扛鴻鼎揭華
旗知德亦有之乎曰百人也勤恤民隱糾逖王慝射集隼於高墉繳
大風於長隧不仁者遠惟道斯行國語祭公謀父曰勤恤民隱而除其害左
氏傳曰王謂晉文侯曰以綏四方糾逖王慝周易曰公
用射隼于高墉之上淮南子曰堯之時大風爲害堯命
羿繳大風於青丘之澤許慎曰大風風伯也毛詩曰大
風有隧論語子夏曰舜有天下選於衆舉皋陶不仁者
遠矣禮記曰大道之行也讒莠蔑聞攘爭掩息稀鳴桴於砥路鞠茂
草於圜扉毛詩曰好言自口莠言自口尚書曰無或攘敓說文曰桴鼓柄也漢書曰張敞爲京兆尹
桴鼓稀鳴市無偷盜毛詩曰周道如砥其直如矢
又曰踧踧周道鞫爲茂草周禮曰以圜土教罷民耆年

侮食乃海食之誤而王元長用之困學紀聞以為訓風淮南之類此下引用周書多錯誤

闕市井之游稚齒豐車馬之好宮鄰昭泰荒憬九衣清夷史記太史公曰文帝時百姓皆安自年六七十翁未嘗至市井遊遨嬉戲如小兒狀閑居賦曰昆弟斑白兒童稚齒杜氏幽求子曰年五歲聞有鳩車之樂七歲有竹馬之歡應劭漢官儀曰不制之臣相與比周比周者宮鄰金虎宮鄰金虎者言小人在位比周相進與君爲鄰堅若金讒言人惡若虎毛詩曰憬彼淮夷來獻其琛仲長子昌言曰警蹕清夷侮食來王左言入侍離身反踵之君髽側麻首貫匈之長屈膝厥角請受纓縻漢書匈奴傳曰壯者食肥美老者食其餘貴壯健賤老弱也古本作晦食周書曰東越侮食尚書曰四夷來王楊雄蜀王本紀曰蜀之先名曰蠶叢柏濩魚鳧開明是時人民椎髻左言漢書曰南越王太子嬰齊入侍周書曰離身染齒之國以龍角神龜爲獻爾雅曰北方有比肩人焉迭食而迭望郭璞曰此即半體之人人各有一目一鼻孔一臂一脚亦猶魚鼠之相合爾呂氏春秋曰舜登爲天子大人反踵皆被其澤高誘淮南子注曰反踵國名其人南行迹北向也淮南子曰三

周書作紈
露犬恐非可玩之獸
颮犬即說文之蚼犬食
人者也

苗髮首山海經曰有貫匈國其人匈有竅括地圖曰禹平天下會于會稽之野又南經防風之神弩射之有迅雷二神恐以刃自貫其心禹哀之乃拔刃療以不死之草皆生是爲貫匈之民喻巴蜀文曰交臂受事屈膝請和孟子曰武王之伐殷百姓若崩厥角趙岐曰厥角叩頭以額角犀㧏地也漢書終軍曰願受長纓必羈南越王致之闕下難蜀父老曰蓋聞天子之收夷狄也其義羈縻勿絕而已

文鉞碧砮之琛奇幹善芳之賦紈牛露犬之玩乘黃茲白之駟文鉞未詳一曰鉞當爲越杜篤展武論曰文越水震鄉風仰流徐廣晉紀曰鮮卑以碧石爲寶王沈魏書曰東夷矢用楛青石爲鏃孔安國尚書傳曰砮中矢鏃也家語孔子曰昔武王克商於是肅慎氏貢楛矢石砮其長尺有咫周書曰成王時貢奇幹善芳者頭若雄雞佩之令人不昧孔晁曰奇幹亦北狄善芳者鳥名不昧不忘也周書曰卜盧國獻紈牛紈牛小牛也又曰渠搜獻颮犬颮犬露犬也能飛食虎豹又曰白民乘黃乘黃者似狐其背有兩角又曰西方正北曰義渠獻茲白茲白者若馬鋸齒食虎豹盈衍儲邸充仞郊虞匭牘相

尋鞮譯無曠儲邸猶府藏也郊虞掌山澤之官也尚書曰苞匭菁茅匭音軌聘禮曰賈人啓櫝取圭垂繅而受宰晉中興書王禹上言曰貢篚相尋連舟載路周官曰鞮鞻氏掌四夷之樂禮記曰西方曰狄鞮北方曰譯尚書大傳曰成王時越裳氏重九譯而獻白雉一尉候於西東合車書於南北暢轂埋轔轔之轍綏而惟旍卷悠悠之旆楊雄解嘲曰東南一尉西北一候禮記曰書同文車同軌毛詩曰文茵暢轂范曄後漢書曰張綱埋其車輪於洛陽都亭毛詩曰有車轔轔禮記曰武車綏旌魏都賦曰虹旌攝麾以就卷毛詩曰悠悠旆旌四方無拂五戎不距偃革辭軒銷金罷刃周書曰四方無拂奄有天下又曰五戎不距加用師旅漢書張良曰昔武王伐殷紂事已畢偃革爲軒陳琳應機曰治刃銷鋒偃武行德天瑞降地符升澤馬來器車出紫脫華朱英秀佞枝植歷草孳詩緯曰天下和同天瑞降地符升孝經援神契曰德至山陵則澤出神馬禮記曰山出器車禮斗威儀曰人君乘土而王其政太平而遠方神獻其朱英紫脫

星

宋均注曰紫脫北方之物上值紫宫凡言常生者不死也死則主當之尚書大傳曰德先地序則朱草生瑞應圖曰朱草亦曰朱英田俅子曰黃帝時有草生於帝庭階若佞臣入朝則草指之名曰屈軼是以佞人不敢進也又曰堯爲天子蓂莢生於庭爲帝成歷尚書帝命驗曰舜受命蓂莢孳**雲潤星暉風揚月至江海星象龜龍載文**京房易飛候曰青雲潤澤蔽日在西北爲舉賢良禮斗威儀曰君乘土其政平則鎮星黃而多暉禮含文嘉曰朋友有舊內外有差則箕□之直月至風揚宋均曰月至月行以度至也禮斗威儀曰其君乘水而王江海著其象龜龍被文而見宋均曰龜龍水物也文青黃白赤黑也具有此色見於水故曰被**方握河沈璧封山紀石邁三五而不追踐八九之遙迹**帝王世紀曰堯與羣臣沈璧於河乃爲握河記今尚書候是也孝經鈎命決曰封于太山考績燔柴禪于梁父刻石紀號禮記逸禮曰三皇禪云云五帝禪亭亭史記楚子西曰孔子丘述三五之法明周召之業八九謂七十二君曹植魏德論曰越八九於往素蹤黃帝之靈矩**功既成矣世**

既貞矣，信可以優游暇豫，作樂崇德者歟！（禮記曰：王者功成作樂。老子曰：王侯得一以爲天下貞。曹植魏德論曰：帝猷成矣，暇賅貞矣。尚書大傳曰：周公作樂優游三年。孫子兵法曰：人效死而上能用之，雖優游暇譽，令猶行也。譽，猶豫，古字通。周易曰：先王作樂崇德。）于時青鳥司開，條風發歲，粤上斯巳，惟暮之春。（左氏傳：郯子曰：青鳥氏，司啓者也。易通卦驗曰：立春條風至。楚辭曰：獻歲發春，汨吾南行。上巳，巳見上文。毛詩曰：嗟嗟保介，惟暮之春。）同律克和，樹草自樂。禊飲之日在茲，風舞之情咸蕩。去肅表乎時訓，行慶動於天矚。（周禮曰：太師掌六律六同，以合陰陽之聲。鄭玄曰：同，陰律也。尚書曰：入音克諧。孔安國曰：諧，和也。漢書文帝詔曰：方春和時，草木羣生之物，皆有以自樂。禮傳曰：禊者，絜也。仲春之時，於水上釁絜也。論語曰：風乎舞雩，詠而歸。蔡邕月令章句曰：秋冬肅急之後，故布生德，和政令，去肅急。禮記曰：孟春之月，命相布德和令，行慶施惠。）載懷平圃，乃睠芳林。芳林圃者福地奧區之湊丹陵若水之舊毄毄上均乎姚澤膴膴尚於周原狹豐邑之未宏陋譙居之猶褊山海經曰槐江之山實惟帝之平圃南望崑崙十洲記曰芳林園在青溪菰首橋東齊高帝舊宅齊有天子爲舊宮宮東築山鑿池號曰芳林園遁甲開山圖曰驪山之西原有阜名曰風涼雍州之福地西京賦曰寔惟地之奧區神皐帝王世紀曰堯生於丹陵呂氏春秋曰顓頊生於若水乃登爲帝又曰舜陶於河濵釣於雷澤登爲天子賢士歸之萬人譽之陳陳毄毄無不戴悅高誘曰毄盛也呂氏春秋曰舜爲天子輾輾敀敀莫不戴悅高誘曰敀敀動而喜貌也毄毄或爲敀敀故兩引之輾知輦切敀仕勤切帝王世紀曰瞽叟之妻曰握登生舜於姚墟故姓姚氏堯求賢而四嶽薦舜堯乃命于順澤之陽毛詩曰周原膴膴堇荼如飴漢高祖豐人魏太相譙人求中和而經處揆景緯以裁基飛觀神行虛檐臨豐雲構周禮曰以土圭之法正日影日至之影尺有五寸謂之地中陰陽之所和故曰中和也景日也緯星也毛詩曰定之方中作爲楚宮

「清」劉本校語

揆之以日作爲楚室東京賦曰飛閣神行莫我能形劉公幹詩曰大夏雲構離房乍設層樓閒起負朝陽而抗殿跨靈沼而浮榮鏡文虹於綺䟽浸蘭泉於玉砌蜀都賦曰百室離房李尤平樂館銘曰層樓通閣禁闈洞房爾雅曰山東曰朝陽西京賦曰䟽龍首以抗殿狀巍峩以業岌毛詩曰王在靈沼鄭玄禮記注曰榮屋翼也傅玄陽春賦曰丹霞攡景文虹竟天李尤東觀銘曰房闥內布綺䟽外陳張衡七辨曰迴飈拂其寮蘭泉注其庭劉楨魯都賦曰金階玉砌玄栢雲阿幽幽叢薄秩秩斯干曲拂邅迴濳湲徑復楚辭曰叢薄深林人上慓毛詩曰秩秩斯干幽幽南山淮南子曰曲拂邅迴以像偶語高誘曰拂戾邅迴水流也楚辭曰川谷徑復流濳湲新蓱泛沚華桐發岫雜夭采於柔荑亂嚶聲於緜羽禮記月令曰季春之月桐始華蓱始生爾雅曰小洲曰沚山有穴爲岫毛詩曰桃之夭夭灼灼其華又曰手如柔荑又曰鳥鳴嚶嚶又曰緜蠻黃鳥薛君注曰緜蠻文貌禁軒承幸清宮俟

宴緹帷宿置齋幕宵懸如淳漢書注曰省中本為禁中然乘輿之物通呼曰禁漢書曰太僕先清宮南都賦曰朱帷連綱鄭司農周禮注曰在旁曰帷在上曰幕鄭玄曰帟在幕若幄中坐上承塵也皆以繒為之既而滅宿澄霞登光辨色式道執殳展軨効駕徐鑾警節明鍾暢音宿列宿也張平子東京賦曰以須消啓明掃朝霞登天光於扶桑禮記曰朝辨色始入漢書曰式道左右中候也毛詩曰伯也執殳禮記曰君車已駕則僕展軨効駕鄭玄曰展軨具視也效駕白已駕也淳于髡斗酒說曰明鍾擊磬調歌綿舞七萃連鑣九斿由齊軌建旗拂霓揚葭振木周穆王傳曰天子賜七萃之士郭璞曰萃聚也猶傳有七輿大夫張景陽七命曰駟馬連鑣文穎曰甘泉鹵簿天子出道車五乘斿車九乘蔡邕釋誨曰羣車方奔于險路安能與之齊軌東京賦曰龍輅充庭雲旗拂霓列子曰秦青撫節悲歌聲振林木魚甲煙聚貝冑星羅重英曲瑵側絞之飾絕景遺風之騎昭灼甄部駔祖朗駿

函列虎視龍超雷駭電逝轟轟隱隱紛紛軫軫羌難得而稱詁孫卿子曰楚鮫革犀兕以爲甲堅如金石毛詩曰公徒三萬貝冑朱綅又曰二矛重英西京賦曰蘢瑤曲蓋魏書曰上所乘馬名絕景爲矢所中呂氏春秋曰故須青龍之匹遺風之乘孫子兵法曰長陳爲甄魏都賦曰冀馬塡廄而駔駿周易曰虎視眈眈南都賦曰馬鹿超而龍驤潘岳閑居賦曰礮石雷駭嵇康贈秀才詩曰風馳電逝說文曰轟轟羣車聲也羽獵賦曰隱隱軫軫被陵緣坂莫莫紛紛山谷爲之風飈左思吳都賦曰羌難得而覼縷爾乃迴輿駐罕嶽鎮淵渟睟邃容有穆賓儀式序授几肆筵因流波而成次蕙肴芳醴任激水而推移東觀漢記曰天子行有畢罕孫子兵法曰其鎮如山其渟如淵石崇楚妃歎曰矯矯莊王淵渟嶽峙孟子曰君子所性仁義禮智根於心其生色也睟然見於面趙岐曰睟潤澤貌也毛詩曰天子穆穆又曰序賓以賢又曰式序在位又曰或肆之筵或授之几古逸詩云羽觴隨流波楚辭曰蕙肴蒸兮蘭藉子虛賦曰涌泉清池

[illegible]注及別本豳注
○注

激水推移蓧佾陳階金匏在席戚奏翹舞籥動詠詩張晏漢書注曰以翠羽爲蓧也佾舞行列也毛詩曰我姑酌彼金罍禮記曰器用陶匏司馬彪續漢書曰執干戚舞雲翹周禮曰籥章掌土鼓豳籥又曰仲春擊土鼓歌豳詩以迎暑也召鳴鳥于弇菴州追伶倫於嶰谷發參差於王子傳妙糜於帝江山海經曰弇州之山五采之鳥名曰鳴鳥爰有百樂歌舞之風漢書黃帝使伶倫自大夏之西崑崙之陰取竹嶰谷斷兩節閒而吹之以爲黃鍾之宮孟康曰解脫也谷竹溝也取竹之脫無溝節者楚辭曰望夫君兮未來吹參差兮誰思列仙傳曰王子喬好吹笙作鳳鳴山海經曰天山有神鳥其狀如黃囊其文丹六足四翼渾沌無面目是識歌舞實惟帝江正歌有闋羽觴無筭上陳景福之賜下獻南山之壽詩信凱讌之在藻知和樂於食苹桑榆之陰不居草露之滋方渥儀禮曰工告于樂正曰正歌備禮記曰有司告以樂闋鄭玄曰闋終也楚辭曰瑤漿蜜勺實羽觴燕禮曰

此为既没者作之序
三字法

無筭之爵毛詩曰君子萬年介爾景福又曰如南山之壽不騫不崩又曰魚在在藻有莘其尾王在在鎬飲酒樂愷毛詩序曰鹿鳴廢則和樂缺詩曰呦呦鹿鳴食野之苹桑榆曰所入也東觀漢記光武曰失之東隅收之桑榆毛詩曰湛湛露斯在彼豐草有詔曰今日嘉會咸可賦詩周易曰嘉會足以合禮揚雄蜀都賦曰吉日嘉會凡四十有五人其辭云爾

王文憲集序一首　任彥昇

公諱儉字仲寶琅邪臨沂魚依人也蕭子顯齊書曰王儉字仲寶其先自秦至宋國史家諜待協詳焉琅邪王氏錄曰王氏之先出自周王子晉秦有王翦王離世為名將七略曰子雲家諜言以甘露元年生也晉中興以來六世名德海內冠冕晉中興書曰王祥弟覽生導導生洽洽生珣珣生曇首沈約宋書曰王僧綽曇首長子遇害子儉嗣晉中興書庾冰疏曰臣因家寵冠冕當世古語云仁人之利天道運行左氏

箋注

傳君子曰仁人之言其利愽哉莊子曰天道運行而無所積故萬物成故呂虔歸其佩刀郭璞誓以淮水晉中興書曰魏徐州刺史任城呂虔有刀工相之爲三公可服此刀虔謂别駕王祥曰苟非其人乃或爲害卿有公輔之量故以此相與及祥死之日以刀授弟覽曰吾兒凡汝後必興之足稱此刀故以相與王氏家譜曰初王導渡淮使郭璞筮之卦成璞曰吉無不利淮水絕王氏滅若離翦之止殺吉驗之誠感蓋有助焉史記曰王翦者頻陽人也事秦始皇使翦將兵而攻趙閼與破之後遂拔趙陳勝之反秦秦使王翦之孫王離擊趙王孔安國尚書傳曰以殺止殺終無犯者漢書曰王吉字子陽琅邪人也爲諫議大夫子駿亦爲諫議大夫超遷御史大夫吉居長安其東家有大棗樹垂吉庭中吉婦取棗以啖吉吉後知之乃去婦東家聞而欲伐其樹鄰里固請吉令還婦子駿元帝時爲御史大夫妻死不復娶漢書張賀賛曰賀之陰德亦有助云公之生也誕授命世體三才之茂踐得二之機周易曰有天道焉有地道焉兼三才而兩之又子曰知幾其神乎顏氏之子其殆庶幾乎有不善未嘗不知知

而未嘗復行韓康伯曰在理則昧造形則悟顔子之分也失之於幾故有不善得之於二不遠而復故知之未嘗復行也信乃昴宿垂芒德精降祉春秋佐助期曰漢相蕭何昴星精垂芒謂發秀也精星也異苑曰汝南陳仲弓從諸息姪詣潁川荀季和父子于時德星爲之聚太史奏五百里內必有賢人集焉有一于此蔚爲帝師漢書曰張良從容步游下邳圯上有一老父出一編書曰讀是則爲王者師況乃淵角殊祥山庭異表論語撰考讖曰顔回有角額似月形淵水也月是水積故名淵摘輔像曰子貢山庭斗繞口謂面有三庭言山在中臯高有異相也故子貢至孝顔回至仁也望衢罕窺其術觀海莫際其瀾孟子曰觀海有術必觀其瀾趙岐曰瀾水中大波也宏覽載籍傳游才義若乃金版玉匱之書海上名山之旨七略曰太公金版玉匱雖近世之文然多善者抱朴子曰鄭君有玉匱記金版經范曄後漢書曰荀爽遭黨錮隱於海上又遁漢濱以著述爲事題爲新書凡百餘篇司馬遷書曰僕誠著此書藏諸名山沈鬱澹

雅之思離堅合異之談楊雄爲方言劉歆與雄書曰非子雲澹雅之才沈鬱之志不能成此書莊子公孫龍問於魏牟曰龍少學先王之道長明仁義之行合同異離堅白呂氏春秋曰相劒者曰白所以爲堅也黃所以爲紉也黃白雜則堅且紉良劒也難者曰黃白雜則不堅且不紉又柔則錈堅則折劒折且錈焉得爲利劒也莫不揔制清衷遞爲心極斯固通人之所包非虛明之絕境不可窮者其唯神用者乎言金版玉匱之書無不制在情衷爲心之極斯故通人君子或能兼而包之故非王公之絕境也然其不可窮而盡者其唯有神用乎言難測也衷中心也虛明亦心也然檢鏡所歸人倫以表雲屋天構匠者何自咸洛不守憲章中輟劉琨勸進表曰仍承西朝不守禮記曰仲尼憲章文武賀生達禮之宗蔡公儒林之亞晉中興書曰賀循字彥先博覽羣書尤明三禮爲江東儒宗徵拜博士又曰諸葛恢字道明時潁川荀顗字道明陳留蔡謨字道明俱有名譽號曰中興三明

時人爲之歌曰京都三明各有名蔡氏儒雅荀葛清闕典未補大備茲日劇秦美新曰帝典闕而不補至若齒危髮秀之老含經味道之生鄭玄禮記注曰危高也然齒危謂高年也髮秀猶秀眉也東觀漢記杜詩謂功曹郭丹曰今功曹稽古含經可謂至德桓譚荅楊雄書曰子雲勤味道腴莫不北面人宗自同資敬漢書曰于定國爲廷尉乃迎學春秋身執經北面備弟子禮孝經曰資於事父以事母而敬同性託夷遠少屏塵雜自非可以弘獎風流增益標勝未嘗留心習鑿齒晉陽秋曰王夷甫樂廣俱以宅心事外名重於時故天下之言風流者稱王樂焉朞歲而孤叔父司空簡穆公早所器異蕭子顯齊書曰王僧虔兄僧綽之子儉又曰世祖即位遷僧虔爲侍中甍贈司空侍中如故謚簡穆公年始志學家門禮訓皆折衷於公丁仲論語子曰吾十有五而志于學羽獵賦序曰不折衷于泉臺孝友之性豈伊橋梓夷雅之體

無待韋弦

毛詩曰張仲孝友尚書大傳曰伯禽與康叔朝於成王見于周公三見而三笞之康叔有駭色乃與伯禽問於商子曰吾二子見於周公三見而三笞何也商子曰南山之陽有木名橋北山之陰有木名梓二子盍往觀焉於是二子如其言而往觀之見橋木高而仰見梓木實而俯反以告商子商子曰橋者父道也梓者子道也二子明日復見入門而趨登堂而跪周公迎拂其首而勞之曰汝安見君子乎二子以實對公曰君子哉商子也言王公有孝友之性自天而成豈惟見橋梓而知也夷平也體性也韋皮繩喻緩也弦弓弦喻急也孫子曰由禮則雅不由禮則夷韓子曰西門豹之性急故佩韋以自緩董安于之心緩故佩弦以自急言王公平雅之性無待此韋弦以成也蓋自天性得中也

汝郁之幼挺淯至黃琬之早標聰察曾何足尚

東觀漢記曰汝郁字幼異陳國人年五歲母被病不能飲食郁常抱持啼泣亦不肯飲食母憐之强爲餐飯欺言已愈郁察母顏色不平輙復不食宗親共奇異之因字幼異挺拔也淯至謂淯孝之甚至也范曄後漢書曰黃琬字公琰少失父母而辨慧祖父瓊育之瓊初爲魏郡太守建和元年正月日蝕京

師不見而瓊以狀聞梁太后詔問所蝕多少瓊思其對而未知所出琬年七歲在傍曰何不言日蝕之餘如月之初瓊大驚即以其言應詔標立也言此二子湻孝聰察比之王公則二子曾何足尚也年六歲襲封豫寧侯拜日家人以公尚幼弗之先告既襲珪組對揚王命因便感咽若不自勝蕭子顯齊書曰儉數歲襲爵豫寧侯拜受茅土流涕嗚咽江表傳曰潘濬見孫權涕泣交橫哀咽不能自勝初宋明帝居蕃與公母武康公主素不恊及即位有詔廢毀舊塋投棄棺柩公以死固請誓不遵奉表啓酸切義感人神太宗聞而悲之遂無以奪也太宗宋明帝也蕭子顯齊書曰宋明帝以儉嫡母武康公主同太初巫蠱事不可以爲婦姑欲開冢離埜儉因人自陳密以死請故事不行初拜秘書郎遷太子舍人以選尚公主拜駙馬都尉吳均齊春秋曰宋明帝太始中儉尚陽羨公主拜駙馬都

尉爲秘書郎太子舍人元徽初遷秘書丞沈約宋書曰蒼梧王踐年曰元徽吳均齊春秋曰儉超遷秘書丞於是采公曾之中經刋弘度之四部蕭子顯齊書曰儉又撰定元徽四部書目王隱晉書曰荀勗字公曾領秘書監與中書令張華依劉向别錄整理錯亂又得汲冢竹書身自撰次以爲中經臧榮緒晉書曰李充字弘度爲著作郎于時典籍混亂刪除煩重以類相從分爲四部甚有條貫秘閣以爲永制五經爲甲部史記爲乙部諸子爲丙部詩賦爲丁部依劉歆七略更撰七志蕭子顯齊書曰秘書丞上表求校墳籍撰七志四十卷上表獻之漢書曰劉歆總羣書而奏其七略故有輯略有六藝略有諸子略有詩賦略有兵書略有術數略有方技略蓋嘗賦詩云稷契匡虞夏伊呂翼商周自是始有應務之跡生民屬心矣時司徒袁粲有高世之度脫落塵俗沈約宋書曰袁粲字景倩順帝即位遷中書監司徒侍中袁喬與褚左軍解交書曰雖欲虛詠濠肆脫落儀制其能得乎見公弼

齡便望風推服，歎曰：衣冠禮樂在是矣。吴均齊春秋曰：儉精神秀徹，體識聰巽。司徒袁粲見之，歎曰：宰相之門也。栝栢豫章雖小，已有棟梁之氣矣。時粲位亞台司，公年始弱冠，春秋漢含孳曰：三公象五嶽，在天法三能。台與能同。禮記曰：人生二十曰弱冠。年勢不侔，公與之抗禮。漢書婁敬曰：今欲比隆成康之時，臣竊以不侔矣。又曰：將軍衞青位既益尊，然汲黯與抗禮。因贈粲詩，要以歲暮之期，申以止足之戒。韓詩曰：蟋蟀在堂，歲聿其暮。薛君曰：暮，晚也。言君之年歲已晚也。老子曰：知足不辱，知止不殆。粲荅詩曰：老夫亦何寄，之子照清襟。服闋，拜司徒右長史。儉遭所生母憂。服闋也。司徒，袁粲也。出爲義興太守，風化之美，奏課爲最。漢書曰：倪寛爲司農都尉，大司農奏課聯最。韋昭曰：聯，得第一也。還除給事黄門侍郎，旬日遷尚書吏部郎，參選。昔毛玠之公清，李重之識會，兼之者公也魏志曰毛玠字孝先陳留人也少爲縣吏以公清稱魏國初建以玠爲尚書僕射復典選舉傳暢晉諸公讚曰王戎爲選官時李重李毅二人操異俱處要職戎以識會待之各得其所玠音介俄遷侍中以愍侯始終之職固辭不拜蕭子顯齊書曰升明二年儉遷長史兼侍中以父終此職固讓沈約宋書曰王僧綽遷侍中二凶巫蠱事泄上召僧綽具言之劭於宮夜饗將士僧綽密以啓聞頊之劭亂檢太祖巾箱得僧綽所啓饗士并廢諸王事乃收害焉世祖贈散騎常侍金紫謚愍侯補太尉右長史蕭子顯齊書曰進太祖太尉也時聖武定業肇基王命聖武謂齊高帝也干寶晉武革命論曰高光爭伐定功業也尚書曰至于太王肇基王迹寤寐風雲實資人傑毛詩曰寤寐思服毛萇曰服思之也周易曰雲從龍風從虎聖人作而萬物覩漢書高祖曰夫運籌於帷幄之中决勝千里之外吾不如子房鎮國家撫百姓給餉饋不絕粮道吾不如蕭何連百萬之衆戰必勝攻必取吾不如韓信三者皆人傑吾能用之是以宸居膺列宿之表圖緯

策勛注

著王佐之符若漢高祖之膺五星李通之著赤伏宸居已見上文班固漢書贊曰劉向稱董仲舒有王佐之才俄遷左長史齊臺初建蕭子顯齊書曰進太祖位和國爲齊公也以公爲尚書右僕射領吏部時年二十八宋末艱虞百王澆季班固漢書贊曰漢承百王之弊禮紊舊宗樂傾恒軌自朝章國紀典彝備物奏議符策文辭表記素意所不蓄前古所未行皆取定俄頃神無滯用太祖受命太祖謂齊高祖也以佐命之功封南昌縣開國公食邑二千戶建元二年遷尚書左僕射領選如故自營部分司盧欽兼掌譽望所歸允集茲日應劭漢官儀曰獻帝建始四年始置左右僕射以執金吾營部爲左僕射衛臻爲右僕射今以策勛爲營部誤也營役瓊切部烏合切虞預晉書曰盧欽少好學爲尚書僕射領吏部欽清實選舉稱爲廉平

尋表解選詔加侍中又授太子詹事侍中僕射如故固辭侍中改授散騎常侍餘如故太祖崩遺詔以公爲侍中尚書令鎮國將軍永明元年進號衛將軍二年以本官領丹陽尹本官謂侍中尚書令六輔殊風五方異俗漢書曰兒寬遷左內史表奏開六輔渠韋昭注曰六輔謂京兆馮翊扶風河東河南河內五方已見上文公不謀聲訓而楚夏移情楊雄與桓譚書曰望風景附聲訓自結史記曰淮南沛陳汝南郡此西楚也潁川南陽夏人之居也故至今謂之夏故能使解劍拜仇歸田息訟謝承後漢書曰許荊字子張吳郡人兄子世嘗報讎殺人其讎操兵欲殺世荊與相遇乃解劍長跪曰今願身代世死仇讎者曰許掾郡中稱君爲賢何敢相侵遂解劍而去漢書曰韓延壽爲東郡太守春因行縣至高陵人有昆弟相與訟田延壽乃自悔責閉閤不出於是訟者宗族傳相責讓此兩昆弟深自悔皆自髡肉袒謝願以田相移終不敢復爭延壽乃起聽事

前郡尹温太真劉真長或功銘鼎彜或德標素尚王隱晉書曰温嶠字太真太原人也爲郡尹後平蘇峻之亂臧榮緒晉書曰劉惔字真長沛國人也爲丹陽尹性重莊老禮記曰鼎有銘銘者論譔其先祖之德美功烈勳勞而酌之祭器左氏傳臧武仲曰大伐小取其所得以作彜器銘其功以示子孫孔欣猛虎行曰飢不食邪蒿萊倦不息無終里邪蒿乖素尚無終喪若始臭味風雲千載無爽言其感應千載不差也左氏傳季武子謂晉范宣子曰今譬於草木寡君之臭味也楚辭曰虎嘯而谷風至龍舉而景雲從言物類之相感也王逸曰虎陽物也谷風陽氣也言虎悲嘯而吟則谷風至而應其類龍介蟲陰物也景雲亦陰也言神龍將舉升天則景雲覆而扶之輔其類也親加弔祭表薦孤遺遠協神期用彰世祀左氏傳史趙曰盛德必百世祀時簡穆公薨以撫養之恩特深恒慕表求解職有詔不許蕭子顯齊書曰儉父僧綽遇害爲叔父僧虔所養國學初興華夷慕義經師

人表允資望實漢書平帝詔曰校書置經師一人任昉雜傳魏德公謂郭林宗曰經師易獲人師難遭何法盛晉中興書曰王安期爲東海王越記室參軍敕子毗曰王參軍人倫之表汝其師之復以本官領國子祭酒三年解丹陽尹領太子少傅餘悉如故掛服捐駒前良取則卧轍棄子後予胥怨挂服未詳王隱晉書曰王遜字劭伯爲上洛太守遜在郡有私馬生駒私牛生犢悉留以付郡去是爲郡所産以還官也三輔決録曰長安劉氏唯有孟公談者取則范曄後漢書曰侯霸字君仲爲臨淮太守王莽敗霸卒全一郡更始元年遣使徵霸百姓號哭遮使者車或當道而卧皆曰願乞侯君復留朞年百姓乃戒其乳婦棄其孩子侯君當去必不能全也尚書曰湯初征自葛東征西夷怨南征北狄怨曰奚獨後予言儉解丹陽尹百姓亦如此戀之皇太子不矜天姿俯同人範師友之義穆若金蘭蜀志曰諸葛亮與杜微書曰今年始十八天姿仁敏愛德下士說苑曰燕昭王問於郭隗

曰寡人地狹人寡齊人削取八城宗廟恐危社稷存亡有道乎郭隗曰帝者之臣其實師也王者之臣其實友也王誠能與隗請爲天下之士開路周易曰二人同心其利斷金同心之言其臭如蘭　又領本州大中正頃之解職四年以本號開府儀同三司餘悉如故本號衛將軍也謙光愈遠大典未申謂辭儀同三司也周易曰謙尊而光卑而不可踰君子之終也六年又申前命儀同三司之命七年固辭選任帝所重違選任尚書令也謝承後漢書曰楊賜讓還侯爵朝廷重違其志也詔加中書監猶叅掌選事長輿追專車之恨公曾甘鳳池之失言昔者任非其人或專車而獨坐或發志於見奪今儉有德故專車者追恨失之者甘心臧榮緒晉書曰和嶠爲黃門侍郎遷中書令舊監令共車入朝及嶠爲令荀勗爲監嶠不禮勗常以意氣加之每同乘高抗尊車而坐乃使監令異車自嶠始也晉中興書曰荀勗字公曾從中書監爲尚書令人賀之乃發恚云奪我鳳皇池卿諸人賀我邪夫

奔競之塗有自來矣晉諸公讚曰傅宣定九品未訖劉疇代之悉改宣法於是人人望品求者奔競以難知之性協易失之情桓子新論曰凡人性難極也難知也故其絶異者常爲世俗所遺失焉必使無訟事深弘誘論語子曰聽訟吾猶人也必也使象訟乎公提衡惟允一紀于茲漢書曰衡平也所以平輕重也言選曹以材授官似衡之平物故取以喻焉韓子曰貴賤不相踰愚智提衡而立孫綽王蒙誄曰提衡左府舉直閑邪孔安國尚書傳曰十二年曰紀拔奇取異興微繼絶王隱晉書羊祜曰吾不能取異於屠釣拔奇於版築豈不愧知人之難哉興微即興滅也論語子曰興滅國繼絶世望側階而容賢候景風而式典燕丹太子曰田光見太子太子側階而迎家語孔子謂魯哀公曰衛有士曰慶足者國有大事則必赴而治之國無事則退而容賢靈公悅而敬之王肅曰言其所以退欲以容賢於朝也淮南子曰景風至施爵禄賞有功春秋三十有八七年五月三日薨于建康官舍皇

朝軫慟儲鉉傷情漢書疏廣曰太子國儲副君周易曰鼎金鉉鄭玄尚書注曰鼎三公象也有識銜悲行路掩泣說苑雍門周說孟嘗君曰有識之士莫不爲足下寒心酸鼻論衡曰行路之人皆能論之豈直舂者不相工女寢機而已哉史記趙良謂商鞅曰五羖大夫死秦國男女流涕童子不歌謠舂者不相杵劉紹聖賢本紀曰子產治鄭二十年卒國人哭於巷婦人哭於機故以痛深衣冠悲纏教義豈非功深砥礪道邁舟航尚書高宗曰若金用汝作礪若濟巨川用汝作舟檝沒世遺愛古之益友左氏傳曰子產卒仲尼聞之出涕曰古之遺愛也班固漢書贊曰劉向指明梓柱以推廢興豈非直諒多聞古之益友與追贈太尉侍中中書監如故給節加羽葆鼓吹增班劍六十人漢官儀曰班劍者以虎皮飾之諡曰文憲禮也諡法曰忠信接禮曰文博文多能曰憲公在物斯厚居身以約玩好絕於耳目布素表於

造次齊春秋曰儉不好聲色未嘗遊宴衣裘服用自周而已周禮曰凡式貢之餘財以供玩好之用尚書
曰弗役耳目則百度惟貞論語子曰造次必於是室無姬姜門多長者左氏傳君子曰
詩曰雖有姬姜無弃憔悴漢書曰陳平少時家貧然門外多長者車轍立言必雅未嘗顯
其所長孝經援神契曰矜莊嚴栗出言必雅孫資別傳曰朝臣會議資奏是非擇善者推而成之終不
顯己之德持論從容未嘗言人所短風俗通曰太尉范滂辨於持論謝承後漢書曰
夏勤從容議論吳志曰是儀時時有所進未嘗言人之短弘長風流許與氣類檀道鸞晉
陽秋曰謝安爲桓温司馬不存小察盡弘長之風風流已見上文謝承後漢書曰桓礹邴營氣類經緯士人
雖單門後進必加善誘三輔決録曰王豹出自單門論語曰夫子善誘人勗以
丹霄之價弘以青冥之期鍾會集言程盛曰丹霄之鳳青冥之龍公銓品
人倫各盡其用廣雅曰稱謂之銓聲類曰銓所以稱物也居厚者不矜其多

處薄者不怨其少老子曰前識者道之華而愚之始是以大丈夫處厚不處薄窮涯而反盈量知歸莊子市南子曰君涉於江南而浮於四海望之而不見其涯愈往而不知其所窮送君者皆自涯而反皇朝以治定制禮功成作樂禮記曰王者功成作樂治定制禮思我民譽緝熙帝圖左氏傳曰晉悼公即位六官之長皆民譽也毛詩曰維清緝熙文王之典帝圖已見上文雖張曹爭論於漢朝荀摯至競爽於晉世東觀漢記曰張酺拜太尉章帝詔射聲校尉曹褒案漢舊儀制漢禮酺以爲褒制禮非禎祥之特達有似異端之術上䟽曰褒不被刑誅無以絕毀實亂道之路臧榮緒晉書曰太尉荀顗先受太祖勑述新禮太康初尚書僕射朱整奏付尚書郎摯虞討論之虞表所宜增損條目改正禮新昔異狀凡十五事左氏傳晏子曰二惠競爽猶可無以仰模淵旨取則後昆尚書曰以義制事以禮制心垂裕後昆每荒服請罪遠夷慕義宣威授指寔寄宏略理積則神

異端猶多技也

無忤往事感則悅情斯來無是已之心事隔於容諮罕愛憎之情理絕於毀譽造理常若可干臨事每不可奪約已不以廉物弘量不以容非魏文帝典論曰君子謹乎約已弘乎接物魏志孟康薦崔林曰體高雅之弘量謝承後漢書郎顗章曰陛下寬不容非攻乎異端歸之正義論語曰攻乎異端斯害也已公生自華宗世務簡隔魏志曹植上疏曰華宗貴族必應斯與漢書曰嚴安徐樂上書言世務至於軍國遠圖刑政大典既道在廊廟則理擅民宗若乃明練庶務鑒達治體潘尼潘岳碣曰君深達治體垂化三宰懸然天得不謀成心求之載籍翰牘所未紀訊之遺老耳目所不接至若文案自環主者百數皆深文爲吏積習成姦漢書曰張湯務在深文拘守職之吏應劭風俗通曰積習而成不敢

獨否蓄筆削之刑懷輕重之意漢書曰令有司請定法削即削筆即筆張虔曰言隨君意也又曰嚴延年爲涿郡太守掾趙繡按高氏即爲兩劾欲先白其輕者觀延年意焉怒乃出其重劾公秉理照物動必研機晉中興書謝安石上疏曰王恭超登清任當虛心秉理周易曰夫易所以極深研幾當時嗟服若有神道周易曰聖人以神道設教而天下服矣豈非希世之雋民瑚璉之宏器汝南先賢傳曰謝子微高才遠見許劭年十八時乃歎息曰此希世之偉人也論語子貢問曰賜也何如子曰汝器也曰何器也曰瑚璉也昉行無異操才無異能得奉名節迄將一紀魏志董昭謂太祖曰明公樂保名節而無六貴路粹一言之譽東陵侔於西山一貶之榮鄭璞踰於周寶路粹爲曹公與孔融書曰邈一言之譽者計有餘矣莊子曰伯夷死名於首陽之下盜跖死利於東陵之上彼所殉仁義也則俗謂之君子其所殉貨財也則俗謂之小人其所殉一也司馬彪曰東陵陵名今屬濟南也法言曰

統體即通體也
綴賞無地言無所不美也

夷齊無仲尼則西山餓夫列子曰吾師老商氏三年之後始得夫子一盼而已戰國策應侯曰鄭人謂玉之未理者爲璞周人謂鼠之未腊者爲璞周人懷璞過鄭問賈曰欲買璞乎鄭賈曰欲之出其璞示之乃鼠也因謝而不取髙誘曰理治也鼠未燥腊者號之爲璞尚書曰弘璧琬琰在西序孔安國曰皆歷代傳寶士感知己懷此何極曹植祭橋玄文曰士死知己懷此無忘出入禮闈朝夕舊館宮十州記曰崇禮闈即尚書上省門崇禮東建禮門即尚書下舍門然尚書省二門名禮故曰禮闈也瞻棟宇而興慕撫身名而悼恩孫卿子孔子謂哀公曰吾入廟仰視榱棟俛見几筵君以此思哀則哀將焉而不至矣公自幼及長述作不倦仲長子昌言曰子長班固述作之士固以理窮言行事該軍國豈直彫章縟采而已哉說文曰縟繁也彩色也若乃統體必善綴賞無地王彪之賦曰於是乎統體而詠之雖楚趙羣才漢魏衆作曾何足云曾何足云楚有屈原趙有

袟言改

王俭謂傅季友以来始復見昉其作文雲今昉改定

荀卿漢則司馬楊雄魏則陳思王粲昉嘗以筆札見知思以薄技效德陸機表詣吳王曰臣本以筆札見知淮南子曰齊伐楚市偷進謂楚將子發曰臣有薄技願而行之是用綴緝遺文永貽世範袁宏三國名臣贊序曰風軌德音爲世作範爲如干秩如干卷所撰古今集記今書七志爲一家言不列于集集録如左

袟

文選卷第四十六

初四日中　保覽

文選卷第四十七

梁昭明太子撰

文林郎守太子右内率府録事參軍事崇賢館直學士臣李善注上

頌

贊

文四十七

夏侯孝若東方朔畫贊一首

袁彦伯三國名臣序贊一首

此非頌也覽襃傳但云頌其意並不題曰頌

頌

聖主得賢臣頌一首善曰漢書曰王襃既爲益州刺史王襄作中和樂職宣布詩王襄因奏言襃有軼才上乃徵襃既至詔爲聖主得賢臣頌

王子淵

夫荷旃被毛毳者難與道純綿之麗密應劭曰不知純綿之麗密也瓚以爲純綿羹藜唅糗者不足與論太牢之滋味服虔曰唅音今含糗乾食也臣僻在西蜀生於窮巷之中長於蓬茨之下戰國策張儀曰蜀西僻之國而戎翟之長也風賦曰起於窮巷之閒列子曰北宮子庇其蓬室若廣廈之蔭廣雅曰茨覆也無

有游觀廣覽之知顧有至愚極陋之累不足以塞厚望應明旨雖然敢不略陳愚心而抒情素戰國策蔡澤說應侯曰公孫鞅事孝公竭知謀示情素記曰恭惟春秋法五始之要在乎審己正統而已服虔曰恭敬也胡廣曰五始一曰元二曰春三曰王四曰正月五曰公即位夫賢者國家之器用也所任賢則趨舍省而功施普器用利則用力少而就效衆故工人之用鈍器也勞筋苦骨終日矻矻如淳曰矻矻健作貌苦骨切及至巧冶鑄干將之璞清水淬其鋒越砥斂其鍔應劭曰傳曰得一寶劒不如一甌冶甌冶即巧冶也越絶書曰楚王召風胡子而問之曰寡人聞吴有干將越有甌冶願請此二人為鐵劒吴越春秋曰于將者吴人造劒二枚一曰干將二曰莫耶郭璞三蒼解詁曰焠作刀鋻也焠子妹切鋻工練切說文云鍔劒刃也晋灼曰砥石出南昌故曰越砥

篲掃也氾洿也塗泥也此四字為兩事 氾洿也方言文饒為師古説

孟康注良馬低頭口至膝曰齧膝

水斷蛟龍陸剸犀革胡非子曰負長劍赴榛薄析兕豹赴深淵斷蛟龍字林曰剸截也漢書音義曰剸章兖切忽若篲氾畫塗如淳曰若以篲掃於氾灑之處也篲音遂塗路也如此則使離婁督繩公輸削墨雖崇臺五層延袤百丈而不溷者工用相得也孟子曰離婁之明趙岐曰古之明目者也黄帝時人鄭玄禮記注曰公輸若匠師也般若之族多伎巧者也史記曰蒙恬築長城延袤萬餘里王逸楚辭注曰溷亂也胡困切庸人之御駑馬亦傷吻敝策而不進於行胷喘膚汗人極馬倦及至駕齧膝驂乘旦應劭曰馬怒有餘氣常齧膝而行也張晏曰齧膝乘旦皆良馬名也駕則旦至故以爲名王良執靶韓哀附輿張晏曰王良郵無卹也世本云韓哀侯作御也時已有御此復言之加其精巧也音義或曰靶音霸謂轡也縱騁馳騖忽如影靡過都越國蹶如歷塊追奔電逐遺風遺風風之疾者也周流

陸士衡五等論注引齊桓作齊侯

八極萬里，一息何其遼哉！人馬相得也。故服絺綌之涼者，不苦盛暑之鬱燠；論語曰：當暑袗絺綌。孔安國曰：絺綌，葛也。襲狐貉之煖者，不憂至寒之淒愴。論語曰：狐貉之厚以居。何則？有其具者易其備。賢人君子，亦聖王之所以易海內也。是以嘔一侯吁切喻俞受之，應劭曰：嘔喻，和悅貌。開寬裕之路，以延天下之英俊也。夫竭智附賢者，必建仁策；索人求士者，必樹伯迹。昔周公躬吐握之勞，故有圄空之隆；韓詩外傳曰：成王封伯禽於魯，周公誡之曰：無以魯國驕士。吾一沐三握髮，一飯三吐哺，猶恐失天下之士也。文子曰：法寬刑緩，囹圄空虛。齊桓設庭燎之禮，故有匡合之功。韓詩外傳曰：齊桓公設庭燎，為士之欲造見者，朞年而士不至。於是東野人有以九九見者，桓公使戲之曰：九九足以見乎？鄙人曰：臣不以九九足以見也。臣聞君設庭燎以待士朞年而士不至夫士之所以不至者君天下之賢君也四方之士皆自以爲不及君故不至也夫九九薄能而君猶禮之況賢於九九者乎桓公曰善乃禮之朞月四方之士相選而並至矣論語子曰管仲相桓公一匡天下民到于今受其賜又子曰桓公九合諸侯不以兵車管仲之力也由此觀之君人者勤於求賢而逸於得人臣亦然呂氏春秋曰賢主勞於求賢而逸於治事昔賢者之未遭遇也圖事揆策則君不用其謀陳見悃誠則上不然其信郭璞三蒼解詁曰悃誠信也苦本切進仕不得施效斥逐又非其愆是故伊尹勤於鼎俎太公困於鼓刀魯連子曰伊尹負鼎佩刀以干湯得意故尊宰舍尉繚子曰太公屠牛朝歌文子曰伊尹負鼎而干湯呂望鼓刀而入周百里自鬻甯戚飯牛離此患也孟子萬章問曰或曰百里奚自鬻於秦要秦穆公信乎孟子曰不然好事者爲之也甯戚飯牛已見鄒陽上書及其遇明君遭聖主

也運籌合上意諫諍則見聽進退得關其忠任職得行
其術去卑辱奧渫而升本朝離蔬釋蹻而享膏粱張晏曰奧
幽也渫狎也辱汙也如湻曰奧音郁應劭曰離此蔬食釋此木屩蹻案屩以繩爲屨也國語欒伯請公族大夫
膏粱之性難正也賈逵曰膏肉之肥者粱食之精者言其食肥美者率驕放其性難正也剖符錫壤
而光祖考傳之子孫以資說士故世必有聖智之君而
後有賢明之臣虎嘯而谷風冽龍興而致雲氣周易曰雲從龍
風從虎管輅別傳曰龍者陽精以潛于陰幽靈上通和
氣感神二物相扶故能興雲虎者陰精而居于陽依木
長嘯動於巽林二數相感故能運風蟋蟀俟秋吟蜉蝣出以陰易通卦驗曰立秋蜻
蛚鳴蔡邕月令章句曰蟋蟀蟲名世謂之蜻蛚也毛詩
傳曰蜉蝣渠略也又蟲魚疏曰渠略甲下有翅能飛夏
月陰時出地中易曰飛龍在天利見大人乾卦之辭也龍以喻大人言龍飛在天

諭聖人之德顯故天下萬物而利見之王肅曰大人在位之日也詩曰思皇多士生此王國毛詩大雅文也毛萇曰皇天也鄭玄曰思願也願天多生賢人於邦故世平主聖俊乂將自至若堯舜禹湯文武之君獲稷契皋陶伊尹呂望之臣明明在朝穆穆列布尚書曰厥后惟明明又曰則以穆穆在乃位聚精會神相得益章雖伯牙操遞鍾逢門子彎烏號猶未足以喻其意也晉灼曰遞音迭遞之遞二十四鍾各有節奏聲之不常故曰遞鍾瓚以爲楚辭曰奏伯牙之號鍾馬融長笛賦曰號鍾高調號鍾琴名也謂伯牙以善鼓琴不說能擊鍾也且漢書多借假或以遞爲號不得便以迭遞判其音也善曰孫卿子曰羿逢蠭門善服射者也吳越春秋陳音曰黃帝作弓後有楚狐父以其道傳羿羿傳逢蒙漢書曰黃帝鼎成龍迎黃帝黃帝上騎小臣持龍髯拔墮墮黃帝之弓百姓仰望黃帝龍髯號故名其弓曰烏號故聖主必待賢臣而弘功業俊士亦俟明

別本作喣　舊音吁

主以顯其德，上下俱欲，懽然交欣，千載一會，論說無疑，翼乎如鴻毛遇順風，沛乎若巨魚縱大壑。春秋保乾圖曰：神明之應，疾於倍風吹鴻毛。其得意如此，則胡禁不止，曷令不行，化溢四表，橫被無窮，遐夷貢獻，萬祥必臻。是以聖主不徧窺望而視已明，不殫傾耳而聽已聰，恩從祥風翱，德與和氣游，太平之責塞，優游之望得。為君之道，莫太平而優游。今已太平，是責塞也；今已優游，是望得也。史記泄公曰：今王已出，吾責塞。尚書大傳曰：周公作樂，優游三年。遵游自然之勢，恬淡無為之場，莊子曰：夫恬淡寂寞，虛無無為，此天地之平而道德之至。休徵自至，壽考無疆，雍容垂拱，永永萬年。尚書曰：垂拱而天下治。何必偃仰詘信若彭祖，呴噓呼吸如喬松，眇然絕俗離世哉！莊子曰吹呴呼吸吐故納新熊經鳥伸爲壽而已矣彭祖壽考者之所好也列仙傳曰王子喬好吹笙道人浮丘公接以上嵩山又曰赤松子者神農時雨師也至崑崙山上常止西王母石室中詩曰濟濟多士文王以寧蓋信乎其以寧也

○趙充國頌一首 漢書曰成帝時西羌常有警上思將帥之臣追美充國乃召黃門郎楊雄即充國圖畫而頌之

楊子雲

明靈惟宣戎有先零漢書曰諸羌先零豪然先零羌別號先零猖狂侵漢西疆漢書宣紀曰元鳳元年西羌反漢命虎臣惟後將軍毛詩曰進厥虎臣闞如虓虎漢書曰昭帝時擢充國爲後將軍整我六師是討是震漢書曰遣後將軍趙充國擊西羌毛詩曰整我六師以脩我戎又曰徐方震驚旣臨其域諭以威德漢書曰充國至西部都尉府欲以威信招降罕开乃上疏曰因田致穀威德兼行有守矜功謂之弗克應劭

任彦昇奏彈曹景宗注引亢作伉

日酒泉太守辛武賢言充國屯田之便不如擊之論語讖曰重耳反譎伐德矜功請奮其旅于罕之羌韋昭曰罕羌名也蘇林曰在金城南武賢言但擊罕羌先零自降也天子命我從之鮮陽應劭曰宣帝使充國共討罕开於鮮水陽營平守節屢奏封章漢書曰充國封營平侯屢奏封章言屯田之便不從武賢之策料敵制勝威謀靡亢制勝已見張景陽雜詩遂克西戎還師于京漢書曰充國奏言凡斬首七千六百級降者三萬一千二百請罷屯兵奏可充國振旅而還鬼方賓服罔有不庭毛詩曰內奰于中國覃及鬼方毛萇曰鬼方遠方也卌本注曰鬼方於漢則先零戎是也尚書曰惟周王四征弗庭昔周之宣有方有虎詩人歌功乃列于雅詩小雅曰方叔莅止其車三千又大雅曰江漢之滸王命召虎在漢中興充國作武赳赳桓桓亦紹厥後毛詩曰赳赳武夫公侯干城尚書曰武王曰勖哉夫子尚桓桓

出師頌一首 范曄後漢書曰鄧隲字昭伯女弟為和熹皇后安帝立隲為虎賁中郎將封上蔡侯涼部叛羌搖蕩西州詔隲將兵擊之車駕幸平樂觀餞送隲西屯漢陽征西校尉任尚與羌戰大敗之遣中郎將迎拜隲為大將軍既至大會羣臣賜以束帛乘馬

史孝山 范曄後漢書曰王莽末沛國史岑字孝山以文章顯文章志及集林今書七志並同皆載岑出師頌而流別集及集林又載岑和熹鄧后頌并序計莽之末以訖和熹百有餘年又東觀漢記東平王蒼上光武中興頌明帝問校書郎此與誰等對云前世史岑之比斯則莽末之史岑明帝之時已云前世不得為和熹之頌明矣然蓋有二史岑岑字子孝者仕王莽之末字孝山者當和熹之際但書典散亡未詳孝山爵里諸家遂以孝山之文載於子孝之集非也隲則鄧后之兄元舅則隲也

天命中易謂漢厄三七之間然此數語太草次

茫茫上天，降祚有漢，兆基開業，人神攸贊。五曜霄映，素靈夜歎，皇運來授，萬寶增煥。漢書曰：元年冬十月，五星聚于東井，沛公至霸上。應劭曰：五星所在，其下以義取天下也。又曰：高祖夜經涅中，有大蛇當徑，拔劒斬蛇，蛇分爲兩，後人至蛇所，有一嫗夜哭，人問嫗，嫗曰：吾子白帝子，化爲蛇當道，今者赤帝子斬之也。歷紀十二，天命中易。漢書曰：漢起元高祖，終于孝平、王莽之誅，十有二世也。西零不順，東夷遘逆。西零即先零也。乃命上將，授以雄戟。子虛賦曰：建干將之雄戟。桓桓上將，寔天所啓。桓桓，已見上文。左氏傳：晉侯賜畢萬魏，卜偃曰：以是始賞，天啓之矣。允文允武，明詩悅禮。毛詩曰：允文允武，昭格烈祖。左氏傳：趙衰曰：郤縠説禮樂而敦詩書。憲章百揆，爲世作楷。禮記曰：仲尼憲章文武。尚書曰：納于百揆。禮記曰：今世行之，後世以爲楷。昔在孟津，惟師尚父。尚書曰：武王伐殷，師渡孟津。毛詩曰：維師尚父，時惟鷹揚，諒彼武王。素旄一麾，渾一區宇鬻子曰武王伐紂乃命太公把旄以麾之紂軍反走尚書曰王右秉白旄以麾蒼生更始朔風變楚蒼生猶黔首也尚書曰至于海隅蒼生朔北方也楚南方也史記子貢問樂曰舜彈五絃之琴歌南風之詩而天下治紂爲朝歌北鄙之音身死國亡何也夫南風之詩者生長之音舜樂好之故天下治也夫北者敗也鄙者陋也紂樂好之故身死國亡薄伐獫狁至于太原毛詩小雅文也鄭玄曰薄伐言逐出之而已詩人歌之猶歎其艱況我將軍窮域極邊鼓無停響旗不蹔褰澤霑遐荒功銘鼎鉉禮記曰夫鼎者有銘銘者論譔其先祖之德美功烈勳勞而酌之祭器自成其名焉周易曰鼎金鉉我出我師于彼西疆毛詩曰我出我車于彼牧矣天子餞我路車乘黃言念伯舅恩深渭陽毛詩序曰渭陽康公念母也我見舅氏如母存焉又曰我送舅氏曰至渭陽何以贈之路車乘黃介珪既削列壤酬勳毛詩曰錫爾介珪以作爾寶今我將軍啓土

上郡尚書曰建邦啓士也傳子傳孫顯顯令問毛詩曰假樂君子顯顯令德又曰令問令望

酒德頌一首　劉伯倫

臧榮緒晉書曰劉伶字伯倫沛國人也志氣曠放以宇宙爲狹著酒德頌爲建威參軍卒以壽終

有大人先生以天地爲一朝萬期爲須臾日月爲扃牖八荒爲庭衢行無轍迹居無室廬老子曰善行無轍迹馬融琴賦曰游閑公子中道失志居無室廬罔所自置幕天席地縱意所如止則操卮執觚動則挈榼提壺說文曰榼酒器也苦闔切唯酒是務焉知其餘有貴介公子搢紳處士左氏傳曰伯州犂謂鄭皇頡曰夫子爲王子圍寡君之貴介弟也司馬相如封禪書曰因雜搢紳先生之略術臣瓚曰縉赤白色紳大帶應劭風俗通曰處士者隱居放言聞吾

下焉乃也
晋之貴勝吾學嵇阮者皆
劉伶所笑嵇含所譏者也

風聲議其所以乃奮袂攘襟怒目切齒北征賦曰遂奮袂而北征戰國策張儀說魏王曰天下遊士莫不瞋目切齒陳說禮法是非鋒起春秋感精符曰禍亂鋒起君若贅旒先生於是方捧甖承槽銜杯漱醪劉熙孟子注曰槽者齊俗名之如酒槽也奮髯踑踞枕麴藉糟漢書曰朱博遷琅邪齊部舒緩博奮髯抵几曰觀齊兒欲以爲俗耶又曰尉佗魋結箕倨無思無慮其樂陶陶兀然而醉豁爾而醒静聽不聞雷霆之聲孰視不覩泰山之形不覺寒暑之切肌利欲之感情莊子曰知反於帝宮見黃帝而問焉曰何思何慮則知道黃帝曰無思無慮始知道毛詩曰君子陶陶俯觀萬物擾擾焉如江漢之載浮萍廣雅曰擾擾亂也焉如猶何如也二豪侍側焉如蜾蠃之與螟蛉二豪公子處士也蹟已而化類蜾蠃之變螟蛉也法言曰螟蛉之子蜾蠃祝之曰類我類我久則肖之矣速哉七十

王陵上當補沛字

侯上當補武字

子之化仲尼也李軌曰螟蛉桑蟲也蜾蠃蜂蟲也肖類也蜂蟲無子取桑蟲蔽而殪之幽而養之祝曰類我久則化而成蜂蟲矣速疾哉二三子受學仲尼之化疾也

漢高祖功臣頌一首　陸士衡

相國鄭文終侯沛蕭何相國平陽懿侯沛曹參太子少傅留文成侯韓張良丞相曲逆獻侯陽武陳平楚王淮陰韓信梁王昌邑彭越淮南王六黥布趙景王大梁張耳韓王韓信燕王豐盧綰長沙文王吳芮荆王沛劉賈太傅安國懿侯王陵左丞相絳武侯沛周勃相國舞陽侯沛樊噲右丞相曲周景侯高陽酈商太僕汝陰文侯沛夏侯嬰丞相潁陰懿侯睢陽灌嬰代丞相陽陵景侯

凡四言韻文當以遒健矯壯處爲法

城 言改

魏傅寬車騎將軍信武肅侯靳歙大行廣野君高陽酈食其中郎建信侯齊劉敬太中大夫楚陸賈太子太傅稷嗣君薛叔孫通魏無知護軍中尉隨何新成（城）三老董公轅生將軍紀信御史大夫沛周苛平國君侯公右三十一人與定天下安社稷者也頌曰

芒芒宇宙上墋下黷天以清爲常地以靜爲本今上墋下黷言亂常也墋不清澄之貌也楚錦切國語觀射父曰民神異業敬而不黷賈逵曰黷媟也波振四海塵飛五岳振波塵飛以喻亂也九服徘徊三靈改周書曰乃辨九服之國春秋元命苞曰造起天地鑄演人君通三靈之貺交錯同端赫矣高祖肇載天祿尚書曰天祿永終沈跡中鄉飛名帝錄中鄉即中陽里也漢書曰高祖中陽里人尚書璇璣鈐孔子曰五帝出受錄圖慶

雲應輝皇階授木漢書范增謂項羽曰吾使人望沛公其氣皆爲龍成五色此天子氣急擊之勿失春秋孔演圖曰天子皆五帝精必有諸神扶助使開階立遂宋均曰遂道也春秋保乾圖曰黑帝治八百歲運極而授木蒼帝七百二十歲而授火言漢之歷運爲周木德所授也龍興泗濱虎嘯豐谷尚書序曰漢室龍興漢書曰高祖爲泗上亭長淮南子曰虎嘯而谷風至漢書曰高祖居沛豐彤雲晝聚素靈夜哭漢書曰高祖隱於芒碭山澤間呂后求常得之高祖怪問呂后后曰季所居上常有雲氣故從往常求得季彤丹色也素靈夜哭已見上文金精仍頽朱光以渥漢書郊祀志曰秦襄公自以居西主少昊之神作西時祠白帝至獻公時櫟陽雨金以爲瑞又作畦時祠白帝少昊金德也朱光謂漢也殺之者明漢當滅秦也萬邦宅心駿民效足尚書曰宅心知訓又曰俊民用章曹植與陳琳書曰騏騄不常一步應良御而效足堂堂蕭公王迹是因蕭何爲丞相故曰公論語曾子曰堂堂乎張也難與並爲仁矣綢繆叡后無競維人

毛詩曰無競維
人四方其訓之外濟六師內撫三秦漢書曰漢王與諸
侯擊楚何守關中
漢王數失軍何常與關中卒輒補缺應劭曰章邯爲雍
王司馬欣爲塞王董翳爲翟王分王秦地故曰三秦
拔奇夷難邁德振民漢書曰何進韓信漢王以爲大將
軍黥布反上自將擊之使使問相
國何爲曰爲上在軍拊循百姓尚書曰
咎繇邁種德周易曰君子以振民毓德體國垂制上穆
下親周禮曰惟王建國體國經野班固蕭何述曰砦都
立宮定制修文然重威則上穆刑約則下親
名蓋羣后是謂宗臣班固漢書贊曰蕭何曹參位冠羣
后聲施後世爲一代之宗臣張晏
曰宗臣國
所宗也平陽樂道在變則通論語曰貧而樂周易
曰易窮則變變則通爰
淵爰嘿有此武功莊子曰君子淵嘿而雷聲毛
詩曰文王受命有此武功長驅河
朔電擊壤東漢書曰秦將王離圍鉅鹿參擊王離軍成
陽南大破之又擊三秦軍壤東破之文穎
曰壤東地名也班固漢書
述曰長驅大舉電擊雷震協策淮陰亞迹蕭公漢書曰
魏王豹

反叅以假丞相別與韓信東攻魏將孫遬大破之又從韓信擊趙大破之又從韓信擊龍且大破之又曰謁者鄂秋曰位次蕭何第一曹參次之

文成作師，通幽洞冥。漢書張良終謚曰文成侯又曰張良從容步游下邳圮上有老父出一編書曰讀是則爲王者師

永言配命，因心則靈。毛詩曰永言配命自求多福又曰維此王季因心則友

窮神觀化，望影揣情。周易曰窮神知化德之盛也史記太史公曰虞卿斷事揣情爲趙畫策鬼谷子曰測深揣情

鬼無隱謀，物無遯形。武關是闢，鴻門是寧。漢書曰漢王與良西入武關良曰臣聞秦將屠者賈豎易動以利今持重寶啗秦將秦將果欲連和沛公欲聽之良曰此其將欲叛士卒恐不從不如因其解擊之沛公乃擊秦軍大破之又曰項羽至鴻門欲擊沛公良因要項伯見沛公沛公令伯具言沛公不敢背項王項羽意乃解周易曰人謀鬼謀百姓與能

隨難滎陽，即謀下邑。隨難滎陽見下文漢書曰漢王兵還至下邑漢王曰吾欲捐關以東誰可與共功者良曰九江王英布楚梟將彭越反梁地此兩人可急

使韓信可屬大事當一面即欲捐之此三人楚可破也**銷印惎**忌**廢推齊勸立**漢書曰項羽急圍漢王滎陽酈食其曰誠復立六國後楚必斂衽而朝漢王曰善趣刻印先生行佩之良曰誰爲陛下畫此計者陛下大事去矣且楚唯無彊六國復撓而從之陛下焉得而臣之漢王曰趣銷印後韓信破齊欲自立爲齊王漢王怒良勸漢王因封之班固漢書述張良曰推齊銷印驅致越信**運籌固陵定策東襲三王從風五侯允集**漢書曰漢王與齊王信魏相國彭越期會擊楚至固陵不會漢王謂張良曰諸侯不從奈何良曰今能取睢陽以北至穀城以王彭越從陳以東傅海與齊王信則楚易敗也於是韓信彭越皆引兵來黥布隨劉賈皆會項羽敗自刎淮南子曰施于寡妻至于兄弟天下從風漢書曰漢王用良計諸侯皆至史記曰漢部五諸侯兵東伐楚又蘇秦曰梁從風而動**霸楚寔喪皇漢凱入**周禮曰師有功則愷樂**怡顏高覽彌翼鳳戢託迹黃老辭世卻粒**史記良曰願弃人間事從赤松子游耳乃學辟穀導引輕身**曲逆宏達好**

謀能深西都賦曰大雅宏達論語子曰好謀而成遊精杳漠神迹是尋重玄匪奥九地匪沈重玄天也鄧析子曰九地之下重天之巓伐謀先兆擠濟響于音言將伐其謀先其未兆欲墜其響在於爲音然兆爲謀始響爲音初也孫子曰上兵伐謀其次伐交鶡冠子曰音者所以調聲也未聞音出而響過其聲者也奇謀六奮嘉慮四迴漢書曰陳平凡六出奇計或頗秘之世莫得聞宋仲子法言注曰張良爲高祖畫策六陳平出奇策四皆權謀非正也然機之此言有符仲子之説未詳相承而誤或別有所憑也規主於足離項于懷格人乃謝楚翼是權漢書曰淮陰侯破齊王使使來言漢王漢王怒而罵平躡漢王漢王寤乃厚遇齊使音義曰躡謂平躡漢王足也漢書陳平曰項羽骨鯁之臣亞父鍾離沫龍且周殷之屬不過數人大王捐數萬金行反間閒其君臣破楚必矣漢王以爲然反間既行羽果疑亞父亞父去發病死尚書曰格人元龜罔敢知吉韓王窘執胡馬洞開漢書曰人有上書告楚王韓信反陳平曰陛下第出僞遊雲夢

信聞天子以好遊出其勢必郊迎謁陛下因禽之此特
萬世之事也高祖以爲然信果郊迎即執縛之毛萇詩
傳曰窘困也漢書曰上至平城爲匈奴所圍
高祖用平奇計使單于閼氏解圍以得出**迎文以謀**
哭高以哀漢書曰呂太后崩平與太尉勃合謀誅諸呂
立文帝平本謀也又曰高帝崩平馳至宮哭
殊悲**灼灼淮陰靈武冠世策出無方思入神契**孔安國尚
書傳曰神
妙無方蔡邕李咸碑曰
明略兼洞與神合契**奮臂雲興騰迹虎噬凌險必夷**
摧剛則脆呂氏春秋曰凡兵
之用也攻亂則脆**肇謀漢濱還定渭表**漢書
蕭何
謂高祖曰必長王漢中無所事信必欲爭天下非信無
可與計事者漢王乃拜信大將軍信說漢王曰今王舉
兵而東三秦可傳檄而定也漢王
喜遂聽信計舉兵出陳倉定三秦**京索既扼引師北討**
漢書曰漢擊楚彭城漢兵敗散而還信復發兵與漢王
會滎陽復擊破楚京索間齊趙魏皆反與楚和以信爲
左丞相
擊魏**濟河夷魏登山滅趙**漢書曰信遂進擊魏魏盛
兵蒲坂塞臨晉信乃益爲

疑兵陳船欲渡臨晉而伏兵從夏陽以木罌缻渡軍襲安邑虜魏王豹信請北舉燕趙選輕騎二千人人持一赤幟從閒道登山而望趙軍戒曰趙見我走必空壁逐我若疾入拔趙幟立漢幟後趙空壁爭漢鼓旗奇兵馳入趙壁皆拔趙幟立漢赤幟趙卒見之大驚遂亂走禽趙王歇**威亮火烈。勢踰風掃。**孫子曰兵以詐立以利動以分合而為變者也故其疾如風侵掠如火則彼三軍可奪氣將軍可奪心此用兵之法也**拾代如遺。偃齊猶草。**漢書曰信進擊代禽夏說閼與李奇曰代相也孟康曰音焉頋邑名也漢書曰信發趙兵未發者擊齊信引兵東遂渡河襲齊歷下軍至臨菑齊王走高密又梅福上書曰高祖取楚如拾遺論語曰草上之風必偃**二州肅清。四邦咸舉。**據禹貢九州之屬魏趙屬冀州齊代屬青州四邦魏代趙齊也**乃眷北燕。遂表東海。**漢書曰信用廣武君策發使使燕燕從風而靡又曰信平齊使人言于漢王齊夸詐多變反覆之國不為假王以鎮之其勢不定請自立為假王漢王乃遣張良立信為齊王表東海已見九錫文**克滅龍且。爰取其旅。**漢書曰齊王走高密使使于楚

別本

楚使龍且救齊與信夾濰水陣信乃夜令人爲萬餘囊
盛沙以壅水上流引軍半渡擊龍且佯不勝還走龍且
果喜曰固知信怯遂追渡水信使人決壅囊水大至
龍且軍太半不得渡即急擊殺龍且楚卒皆降之劉
項懸命人謀是與漢書蒯通說信曰當今之時兩主縣命於足下足下爲漢則漢勝與楚則
楚勝人謀巳見上文念功惟德辭通絕楚漢書曰項王使盱眙人武涉往說信曰足下何
不與楚連和三分天下而王齊信辭曰人信親我背之不祥蒯通知天下權在信深說以三分天下之計信自
以功大漢不奪我齊遂不聽尚書曰惟帝念功彭越觀時弢韜迹匿光人民具爾
瞻翼爾鷹揚杜預左氏傳注曰韜藏弢與韜古字通也毛詩曰赫赫師尹人具爾瞻又曰維師尚
父時維鷹揚威凌楚域質委漢王靖難河濟即宮舊梁漢書曰漢
使人賜越將軍印綬使下濟陰以擊楚大敗楚軍拜越爲魏相國漢敗彭城越皆亡其所下城獨將其兵北居河
上往來爲漢王游兵擊楚絕其糧於梁地項籍死封越爲梁王都定陶禮記孔悝爲鼎銘曰即宮於宗周烈

烈烈黥布，眈眈其眄漢書曰黥布姓英氏項梁定會稽布以兵屬之周易曰虎視眈眈名冠彊楚，鋒猶駭電漢書曰楚兵常勝功冠諸侯者以布數以少敗衆覩幾蟬蛻，悟主革面漢書曰漢王使隨何說布布閒行與何歸漢淮南子曰蟬飲不食三十日而蛻周易曰小人革面以從君也肇彼梟風，翻爲我扇漢書曰上立布爲淮南王與擊項籍天命方輯，王在東夏東夏即陽夏也漢書曰漢王追項羽至陽夏南矯矯三雄，至于垓下三雄韓信彭越英布漢書曰漢王發使使韓信彭越至皆引兵來黥布隨劉賈皆會圍羽垓下毛詩曰矯矯虎臣也元凶既夷，寵禄來假元凶謂項羽班固漢書張湯述曰既成寵禄亦羅咎慝保大全祚，非德孰可左氏傳楚子曰保大定功班固漢書張湯述曰子孫遵業全祚保國謀之不臧，舍福取禍毛詩曰謀之不臧則具是依左氏傳劉子曰能者養之以福不能者敗以取禍張耳之賢，有聲梁魏漢書曰張耳大梁人也少時及魏公子毋忌爲客毛詩曰文王有聲士也罔極。自詒伊愧。漢書曰張耳陳餘相與爲刎頸交耳與趙王歇走入鉅鹿王離圍之餘自度兵少不敢前後耳得出鉅鹿責餘餘怒脫印綬與耳耳佩其印綬後餘以兵襲耳耳敗走毛詩曰士也罔極二三其德又曰心之憂矣自詒伊慼詒音怡俯思舊恩仰察五緯漢書耳曰漢王與我有故而項王強立我我欲之楚甘公曰漢王之入關五星聚東井先至必王耳走漢易乾鑿度曰五緯順軌四時和肅脫迹違難披榛來洎攺策西秦報辱北冀漢書曰漢定三秦方圍章邯廢丘耳謁漢王又曰漢遣張耳與韓信擊破趙井陘斬餘泜水上追殺趙王歇於襄國泜音祗悴葉更輝枯條以肄以木爲喻也漢書曰漢立耳爲趙王毛萇詩傳曰斬而復生曰肄王信韓孽宅土開疆我圖爾才越遷晉陽漢書曰韓王信故韓襄王孽孫也漢立信爲韓王上以信壯武乃更以太原郡爲韓國徙信以備胡都晉陽毛萇詩曰我圖爾居盧綰自微婉孌我皇漢書曰高祖與綰壯學書又相愛也班固漢書述哀紀曰婉孌董公惟亮天工跨功踰德祚爾煇章漢書曰群臣知上欲王綰皆曰綰可王上乃立綰爲燕王章印章也人之貪禍寧爲亂亡漢書曰高祖崩綰遂將其衆亡入匈奴死胡中毛詩曰民之貪亂寧爲荼毒鄭玄曰天下之民苦王之政欲其亂亡也吳芮之王祚由梅鋗功微勢弱世載忠賢漢書曰天下之初叛秦吳芮率越人舉兵以應諸侯沛公攻南陽遇芮之將梅鋗與偕攻析酈上以鋗有功武關故德芮徙爲長沙王高祖賢之詔御史長沙王忠其著之甲令音義曰鋗呼玄切酈持益切肅肅荊王董我三軍漢書劉賈將貳萬人騎數百擊楚孔安國尚書傳曰董督也我圖四方殷薦其勳漢書曰漢王追項籍至固陵賈使人間招楚大司馬周殷周殷反楚佐賈庸親作（祚）勞舊楚是分往踐厥宇大啓淮濆漢書曰高祖子弟弱昆弟少欲王同姓以鎮天下詔立賈爲荊王王淮東毛詩曰鋪敦淮濆安國違親悠悠我思依依哲母既明且慈引身伏劒永言

像識二字依文選理學權輿所引增

固之漢書曰王陵以兵屬漢項羽取陵母寘軍中陵使至則東鄉坐陵母欲以招陵陵母私送使者泣曰爲老妾語陵善事漢王漢王長者也無以老妾故持二心妾以死送使者遂伏劍而死毛詩曰青青子佩悠悠我思淑人君子實邦之基毛詩曰淑人君子其儀不忒又曰樂只君子邦家之基義形於色。憤發于辭。漢書曰陵爲人少文任氣好直言高后欲立諸呂爲王問陵陵曰高皇帝刑白馬而盟曰非劉氏而王者天下共擊之今王呂氏非約也公羊傳曰孔父可謂義形於色矣主亡與亡。末命是期。主亡與亡已見任昉爲范雲立太宰碑表絳侯質木多略寡言漢書曰周勃爲人木強敦厚論語摘輔像曰子然公順多略曾是忠勇惟帝攸歎漢書曰始呂后問宰相高祖曰安劉氏者必勃也雲騖靈丘景逸上蘭平代禽豨奄有燕韓漢書曰陳豨反勃復擊豨靈丘破之斬豨定代郡九縣燕王盧綰反勃破綰軍上蘭定上谷右北平遼西遼東寧亂以武。斃呂以權。漢書曰高后崩呂產秉權欲危劉氏勃與丞相

平誅諸呂左傳樂桓子謂范宣子曰夫戭亂在權滌穢紫宮徵帝太原漢書曰勃已滅
諸呂遂共迎立代王是爲孝文皇帝勃又曰臣無功請得
除宮乃與太僕滕公入宮載少帝出乃奉天子法駕迎
皇帝代邸張衡羽獵賦曰開閶闔兮坐紫宮實惟太尉劉宗以安漢書曰惠帝以勃爲
太尉安劉氏巳見上文挾功震主自古所難漢書蒯通說韓信曰功畧震主者身危
勳耀上代身終下藩漢書上曰丞相朕所重其爲朕率列侯之國乃免丞相就國舞
陽道迎延帝幽藪漢書曰陳勝初起蕭何曹參使噲求高祖迎立爲沛公范噲後漢書順帝
詔曰張揖竄迹幽藪宣力王室匪惟厥武揔干鴻門披闥帝宇聳
顔誚項掩淚悟主漢書曰項羽在鴻門亞父謀欲殺沛公樊噲聞事急乃持楯入曰沛公先
入定咸陽以待大王大王聽小人之言與沛公有隙臣
恐天下解心疑大王也項羽默然高祖甞病惡見人卧
禁中詔戶者無得入羣臣噲乃排闥直入流涕曰始陛
下與臣等起豐沛定天下何其壯也今天下已定又何

憊也高帝笑而起尚書帝曰余欲宣力禮記子曰揔干而山立武王事也班固漢書贊曰金日磾以篤敬悟主忠信自著由周之進于其哲兄俾率爾徒從王于征漢書曰酈食其進其弟商使將數千人從沛公略地漢書谷永謝王鳳曰察父哲兄覆青子弟誠無以加振威龍蛻攄武庸城六師寔因克荼禽黥漢書曰燕王荼反商以將軍從擊荼戰龍蛻破荼軍音義或曰龍脫地名也音奪漢書曰商又從擊黥布兩陳以破布軍又曰布軍與上兵遇蘄西上乃壁庸城𨝚展曰地名也猗歟汝陰綽綽有裕毛詩曰猗與那與又曰此令兄弟綽綽有裕戎軒肇迹荷策來附漢書曰上降沛為沛公以嬰為太僕常奉車馬煩轡殆不釋擁樹皇儲時乂平城有謀漢書曰嬰從擊項籍漢王不利馳去見孝惠魯元載之漢王急馬罷取兩兒弃之嬰常收載行面擁樹馳晉灼曰今京師謂抱小兒為擁樹漢書曰平城之難冒頓乃開一角高帝出欲馳嬰固請除行弩皆持滿外鄉卒以得脫潁陰銳敏屢為軍鋒

奮戈東城禽項定功漢書曰項籍敗垓下去嬰追籍至東城破之所將卒斬籍乘風藉響高步長江收吴引淮光啓于東漢書曰嬰渡江定吴還定淮北吕氏春秋曰順風而呼聲乃加疾所因便也左氏傳宋向戌曰光啓寡君群臣安矣陽陵之勳元帥是承漢書曰傅寛屬淮陰擊破齊歷下軍屬丞相參殘博信武薄伐揚節江陵漢書曰靳歙別定江陵身得江陵王致雒陽上林賦曰揚節上浮毛夷王殄國俾亂作懲詩曰戎狄是膺荆舒是懲恢恢廣野誕節令圖進謁嘉謀退守名都東窺白馬北距飛狐即倉敖庾據險三塗漢書曰漢王數困滎陽成皐計欲捐成皐以東屯鞏雒以距楚酈食其曰願足下急進兵收取滎陽據敖庾之粟塞成皐之險杜太行之道距飛狐之口守白馬之津以示諸侯形制之勢則天下歸矣老子曰天網恢恢班固漢書述曰陳湯誕節救在三哲尚書曰爾有嘉謀嘉猷杜預左氏傳注曰三塗在河南陸渾縣南輶軒東踐漢風載

徂。漢書曰燕趙已定唯齊未下上使酈食其說齊齊王田廣以爲然罷歷下兵守備身死于齊。
非說之辜。漢書曰韓信聞食其下齊乃襲齊王齊王田廣聞漢兵至以爲食其賣已乃烹食其我
皇寔念言祚爾孤。漢書曰高祖舉功臣思食其封其子爲高梁侯建信委輅被
褐獻寶漢書婁敬脫輅見虞將軍曰臣願見上言便宜事虞將軍欲與鮮衣敬曰臣衣帛衣帛見衣褐
衣褐見不敢易衣虞將軍入言於上上召見指明周漢銓時論道移帝伊洛。
定都酆鎬。漢書婁敬謂上曰陛下取天下與周異而都雒陽不便不如入關據秦之固是日車駕西
都長安班固漢書婁敬述曰敬繇役夫還京定都聲類曰銓所以稱物也柔遠鎮邇寔敬攸
考。毛詩曰柔遠能邇以定我王爾雅曰考成也抑抑陸生知言之貫毛詩曰抑抑威
儀維德之隅漢書武詔曰詩云九變復貫知言之選應劭曰言變政復禮合於先王舊貫選善也往制。
勁越來訪皇漢。漢書曰中國初定尉他平南越因王之高祖使賈賜佗印爲南越王賈卒拜佗

爲南越王令稱臣奉漢約歸報高帝大悅爾雅曰訪謀也附會平勃夷凶翦亂漢書曰諸呂欲危劉氏陳平患之賈說平曰天下安注意於相危注意於將將相和天下雖有變權不分君何不交驩太尉深相結平乃以五百金爲絳侯壽太尉勃亦報如之則呂氏謀益壞及誅呂氏賈頗有力焉所謂伊人邦家之彥毛詩曰所謂伊人於焉逍遙又曰彼已之子邦之彥兮班固漢書王遵贊曰遵寶趙趙邦家之彥百王之極舊章靡存班固漢書贊曰漢承百王之獘典引曰彝倫斁而舊章欽漢德雖朗朝儀則昏稷嗣制禮下肅上尊穆穆帝典煥其盈門風睎三代憲流後昆漢書叔孫通曰臣願徵魯諸生與臣弟子共起朝儀高帝曰得無難乎通曰臣願采古禮與秦儀雜就之上曰可其儀就皇帝輦出房諸侯王以下莫不震恐肅敬高帝曰今日知爲皇帝之貴也劇秦美新曰帝典闕而不補毛詩曰韓侯顧之爛其盈門包咸論語注云三代夏殷周也尚書曰垂裕後昆無知叡敏獨昭奇迹察倅蕭相貺同

襃 据前序改

師錫。蕭何進韓信無知進陳平故曰倂也漢書曰陳平降漢因魏無知求見漢王後上封平平曰非魏無知臣安得進上乃賞魏無知尚書師錫帝曰有鰥在下曰虞舜隨何辯達因資於敵紓漢披楚唯生之績漢書漢王曰孰爲我使淮南使之發兵背楚項王必留留數月漢之取天下可萬全隨何曰臣請使之往說布布歸漢毛詩曰酆水東注惟禹之績皤皤董叟謀我平陰三軍縞素天下歸心漢書曰漢王南渡平陰津至洛陽新城三老董公遮說漢王曰項王無道放殺其主三軍之衆爲之素服東伐四海之內莫不仰德此三王之舉也漢王曰善於是爲義帝發喪兵皆縞素擊楚之殺義帝者論語素王受命讖曰河受圖天下歸心袁生秀朗沈心善照漢旆南振楚威自撓大略淵回元功響效邈哉惟人何識之妙漢書曰袁生說漢王曰願軍出武關項王必引兵南走王深壁令滎陽成皐間且得休王乃復走滎陽如此則楚所備者多力分漢得休復與之戰破楚必矣漢王從其計出軍宛葉間羽乃聞漢王在

宛果引兵南漢書司馬遷述曰大畧孔明史記太史公曰惟祖元功輔臣股肱紀信誑項軺軒
是乘攝齊赴節用死孰懲身與煙消名與風興漢書曰項羽圍
漢王滎陽將軍紀信曰事急矣臣請誑楚可以間出紀信乃乘王車黄屋左纛曰食盡漢王降楚皆之城東觀
以故漢王得遯羽見紀信問漢王安在曰已出去矣羽燒殺信論語曰攝齊升堂周苛慷慨心
若懷冰應劭風俗通曰言人清高如冰之潔刑可以暴志不可凌漢書曰楚圍漢
王滎陽急漢王出去而使苛守滎陽楚破滎陽欲令將苛罵曰若趣降漢王不然今爲虜矣項王怒烹苛貞
軌偕沒亮迹雙升謝承後漢書黄向對策曰雷陳義重出則雙升帝疇爾庸後
嗣是膺漢書曰苛子成以父死王事封爲高景侯又曰襄平侯紀通尚符節張晏曰紀信子也晉灼曰
紀信焚死不見其後功臣表曰襄平侯紀通父成以將軍從定三秦死王事子侯然則通非信子也機之此言
與晏同誤也天地雖順王心有違毛詩曰行道遲遲中心有違懷親望楚

求言長悲侯公伏軾皇媼來歸是謂平國寵命有㷀漢書
曰漢遣陸賈說羽請太公羽弗聽漢復使侯公說羽羽歸太公媼漢書項羽傳曰歸漢王父母妻子漢書音義
曰媼母別名也烏老切楚漢春秋曰上欲封侯公匿不肯復見曰此天下之辨士所居傾國故號平國君震
風過物清濁効響文子曰昔堯之治天下也舜爲司徒契爲司馬禹爲司空后稷爲田疇奚
仲爲工師是以離叛者寡聽從者衆若風之過簫忽然感之各以清濁應物也大人于興利在
攸往周易曰巽小亨利有攸往利見大人弘海者川崇山惟壤管子曰海不辭水故
能成其大山不辭土故能成其高明主不厭人故能成其衆韶護錯音袞龍比象漢書
曰舜作韶湯作護周禮王之吉服享先王則袞龍衣也左傳曰臧哀伯曰五色比象昭其物也明明衆
哲同濟天網毛詩曰明明魯侯崔寔本論曰舉彌天之網以羅海內之雄劒宣其利
鑒獻其朗廣雅曰鑒炤也鑑謂之鏡文武四充漢祚克廣尚書曰光被四表孔

夏侯湛以泰始中對策爲郎中第拜郎中累年不調乃作抵疑以自廣

朔傳自訟獨不得大官欲求試用其言專商鞅韓非之語也

安國曰光充也充溢四外也毛詩曰克廣德心悠悠遐風千載是仰

贊

東方朔畫贊一首 并序

夏侯孝若 臧榮緒晉書曰夏侯湛字孝若譙國人也美容儀才華富盛早有名譽與潘岳友善時人謂之連璧爲散騎常侍此贊爲當時所重

大夫諱朔字曼倩平原厭次人也漢書曰朔爲太中大夫又曰朔字曼倩平原厭次人漢書地理志無厭次縣而功臣表有厭次侯爰類疑地理誤也魏建安中范曄後漢書曰獻帝改興平三年爲建安元年今云魏疑誤也分厭次以爲樂陵郡故又爲郡人焉漢書平原郡有樂陵縣也事漢武帝漢書具載其事先生瓌瑋博達思周變通家語孔子曰老聃博古而達今王肅曰博達古今而好道周易曰化而裁之謂

自公卿在位朔皆傲弄無所爲屈武帝嘗問公孫卿以至司馬遷諸人朔曰臣朔雖不肖尚兼此數子者諫虞丘林苑諍董偃又恐誅儒皆劉向等事

非夷齊而是柳下惠

之變推而行之謂之通又曰變通者趨時者也以爲濁世不可以富貴也故薄遊以取位王逸楚辭序曰不忍以清白久居濁世苟出不可以直道也故頡頏以傲世論語曰直道而事人解嘲曰鄒衍以頡頏而取世資傲世不可以垂訓也故正諫以明節家語南宮叔曰孔子作春秋垂訓後嗣班固漢書贊曰朔正諫似直明節不可以久安也故詼諧以取容班固漢書贊曰朔詼諧逢占其事浮淺字書曰詼啁也口回切孔安國尚書傳曰諧和也史記太史公曰王翦偷合取容潔其道而穢其迹班固漢書贊曰朔穢德似隱清其質而濁其文弛張而不爲邪進退而不離羣禮記孔子曰一張一弛文武之道鄭玄曰張弛以弓弩喻人也班固漢書東方朔述曰弛張沈浮周易曰上下無常非爲邪也進退無常非離羣也若乃遠心曠度贍智宏材楊子雲解嘲曰雖其人之贍智倜儻博物觸類多能史記曰魯仲連好奇偉倜

莊子人間世篇疏鼓筴播精云
布蓍播精謂精判吉凶辨
猶云鼓筴播精 糈言
壹頁下

儻之畫䇿左氏傳晉侯聞子產之言曰博物君子也周易曰觸類而長之論語太宰曰夫子聖者與何其多能也

合變以明筭射覆幽贊以知來周易曰夫爻者何也言乎變者也又曰幽贊於神明而生蓍又曰神以知來智以藏往

自三墳五典八索九丘左氏傳曰左史倚相趍過王曰是良史也能讀三墳五典八索九丘

陰陽圖緯之學百家衆流之論漢書曰陰陽家流者蓋出於羲和之官圖河圖也緯五緯也謝承後漢書曰尤明圖緯百家衆流巳見任昉策秀才文

周給敏捷之辯支離覆逆之數莊子曰支離疏鼓筴播糈足以食十人糈音所漢書曰上甞使諸數家射覆不能中使朔射之連中輙賜帛逆逆剌也

經脉藥石之藝射御書計之術漢書曰醫經者原人血脉經絡而用度箴石湯火之所施調百藥齊和之所宜周禮曰六藝禮樂射御書數也

乃研精而究其理不習而盡其功孔安國尚書序曰研精覃思易曰不習無不利

經目而諷於口過耳而闇於心孔融薦禰

濟与霽通此濟猶言此霽也

朔傳云後世好事者因取奇言怪語附著之朔

衡表曰目所一見輙誦於口耳所暫聞不忘於心 夫其明濟開豁包含弘大凌轢卿相嘲哂豪桀籠罩靡前跆籍貴勢 漢書曰張楚並興兵相跆籍蘇林曰跆音臺鄧展曰蹈也 出不休顯賤不憂戚戲萬乘若寮友視儔列如草芥 十洲記曰朔弄萬乘傲王公孟子曰天下大悅而將歸己視之如草芥 雄節邁倫高氣蓋世 漢書項羽歌曰力拔山兮氣蓋世 可謂拔乎其萃遊方之外者已 孟子曰聖人之於人亦類也出於其類拔於其萃自生民以來未有盛於孔子也莊子曰子桑户孟子反子琴張三人相與友子桑户死未葬孔子聞之使子貢往侍事焉或編曲或鼓琴相和而歌子貢趍而進曰敢問臨尸而歌禮乎二人相視而笑曰是惡乎知禮意子貢反以告孔子孔子曰彼遊方之外者也而丘也遊方之內者也司馬彪曰方常也言彼遊心於常教之外也 談者又以先生嘘吸冲和吐故納新蟬蜕龍變棄俗登仙 莊子曰吹呴呼吸吐故納新此導引

顔真卿集十二碑陰記夏侯孝若父莊爲樂陵太守余蕭客説

之士養形之人也淮南子曰至人蟬蛻蛇遊忽然入冥史記趙高曰聖人龍變而從之列仙傳曰東方朔武帝時爲郎宣帝時棄去後見會稽神交造化靈爲星辰淮南子曰大丈夫恬然無爲與造化逍遙高誘曰造化天地也應劭風俗通曰東方朔是太白星精黃帝時爲風后堯時爲務成子周時爲老聃在越爲范蠡齊爲鴟夷子言其變化無常也此又奇怪惚恍不可備論者也大人來守此國此國謂樂陵也其父爲樂陵郡守史傳不載難得而知也僕自京都言歸定省京都洛陽也毛詩曰言告言歸禮記曰凡爲人子之禮昏定而晨省覲先生之縣邑想先生之高風徘徊路寢見先生之遺像楚辭曰馮翼遺像何以識之逍遙城郭觀先生之祠宇慨然有懷乃作頌焉其辭曰

矯矯先生肥遯居貞矯矯輕舉之貌也毛詩曰矯矯武臣周易曰肥遯無不利又曰居貞

淪字不誤或改伶非也

之吉順以從上也退不終否進亦避榮周易曰物不可以終否故受之以同人臨
世濯足希古振纓楚辭漁父歌曰滄浪之水清可以濯我纓滄浪之水濁可以濯我足涅
而無滓既濁能清論語子曰涅而不緇老子曰孰能濁以靜之徐清淮南子曰濁而徐清冲
而徐盈無滓伊何高明克柔尚書曰沈潛剛克高明柔克能清伊何視
汙若浮班固東方朔述曰懷肉汙殿弛張浮沈樂在必行處淪罔憂周易曰樂
則行之憂則違之跨世凌時遠蹈獨遊瞻望往代爰想遐蹤邈
邈先生其道猶龍莊子曰孔子見老聃而弟子問曰夫子見老聃亦何規哉孔子曰吾乃於
是乎見龍合而成體散而成章乘乎雲氣而養乎陰陽余口張而不能嗋予有何規於老聃哉染迹朝
隱和而不同史記東方朔曰如朔所謂避俗於朝廷間也論語子曰君子和而不同棲遲
下位聊以從容毛詩曰或棲遲偃仰孟子曰居下位而不獲於上不可得而治也尚書曰寬而

左傳云盛德必百世記

有制從容以和我來自東言適茲邑茲邑謂樂陵也毛詩曰我來自東零雨其濛爾雅曰適往也敬問墟墳企佇原隰王仲宣贈蔡子篤詩曰允企伊佇墟墓徒存精靈永戢民思其軌祠宇斯立徘徊寺寢遺像在圖周旋祠宇庭序荒蕪爾雅曰東西牆謂之序榱棟傾落草萊弗除呂氏春秋曰農夫弗除肅肅先生豈焉是居是居弗形悠悠我情悠悠已見上文昔在有德罔不遺靈天秩有禮神監孔明尚書咎繇曰天秩有禮自我五禮五庸哉毛詩曰祀事孔明彷彿風塵用垂頌聲

三國名臣序贊一首　袁彥伯檀道鸞晉陽春秋曰

袁宏字彥伯陳郡人爲大司馬府記室參軍稍遷至吏部郎出爲東陽郡守卒

夫百姓不能自治故立君以治之漢書成帝詔曰天生衆民不能相治爲之

立君以統理之明君不能獨治則爲臣以佐之墨子曰古者同天之義是故選擇賢者立爲天子天子以其知力爲未足獨治天下是以選擇其次立爲三公然則三五迭隆歷世承基史記楚子西曰孔丘述三五之法明周召之業西京賦曰若歷世而長存又曰繼體承基揖讓之與干戈文德之與武功孔叢子曾子謂子思曰舜禹揖讓湯武用師非相詭乃時也尚書武王曰稱爾戈比爾干宋均樂動聲儀注曰武象象伐時用干戈也莫不宗匠陶鈞而羣才緝熙鄧析子曰聖人逍遥一世間宰匠萬物之形漢書鄒陽上書曰聖王制世御俗獨化於陶鈞之上音義曰陶家名模下圓轉爲鈞毛詩曰維清緝熙元首經略而股肱肆力尚書咎繇歌曰元首明哉股肱良哉遭離不同迹有優劣王命論曰遭遇異時禪代不同孝經鉤命決日俱在隆平優劣殊迹至於體分冥固道契不墜言至於君臣之體分既固於冥兆上下之契亦存而不墜風美所扇訓革千載其揆一也

蒼頡篇曰黃戒也孟子曰先聖後聖其揆一也故二八升而唐朝盛伊呂用而湯武寧舜舉八元八愷用之於堯時也成湯得伊尹武王得呂望而社稷安也三賢進而小白興五臣顯而重耳霸三賢管仲鮑叔牙隰朋也五臣狐偃趙衰顛頡魏武子司空季子中古凌遲斯道替矣居上者不以至公理物爲下者必以私路期榮御圓者不以信誠率衆執方者必以權謀自顯呂氏春秋曰天道圓地道方聖人之所以立上下主執圓臣處方方圓不易國乃昌高誘曰上君也下臣也於是君臣離而名教薄世多亂而時不治故蘧甯以之卷舒柳下以之三黜論語子曰君子哉蘧伯玉邦有道則仕邦無道則可卷而懷之又曰甯武子邦有道則智邦無道則愚又曰柳下惠爲士師三黜之接輿以之行歌魯連以之赴海論語楚狂接輿歌而過孔子史記曰魯連子下聊城田單歸而欲爵之魯

連逃隱於海上衰世之中保持名節君臣相體若合符契則燕昭樂毅古之流也魏志董昭謂太祖曰明公樂保名節論語比考讖曰君子上達與天合符劇秦美新曰地合靈契史記曰樂毅賢好兵為魏昭王使於燕燕昭王以客禮待之樂毅遂委質為燕王以為亞卿夫未遇伯樂則千載無一驥戰國策楚客謂春申（又蘇代謂淳于髡）君曰昔者騏驥駕鹽車上吳坂遷延負轅而不能進見伯樂仰而鳴之知伯樂知己也時值龍顏則當年控三傑漢書曰高祖隆準而龍顏應劭曰顏額顙也漢書上曰夫運策於帷幄之中決勝於千里之外吾不如子房鎮國家撫百姓給饋餉不絕糧道吾不如蕭何連百萬之軍戰必勝攻必取吾不如韓信三者皆人傑也漢之得材於斯為貴高祖雖不以道勝御物羣下得盡其忠蕭曹雖不以三代事主百姓不失其業靜亂庇人抑亦其次左氏傳宰孔謂晉侯曰君務靜亂無勤於行又劉子謂趙孟曰盍遠續禹功而大庇

此彥伯寄意所在

趙儀明云此當引孟子充廣路四年

萬歲一朝當引萬歲更相送賢聖莫能度注之此則人生必有沒也

民論語子曰抑亦可以爲次也夫時方顛沛則顯不如隱萬物思治則默不如語毛詩序曰下泉思治也周易曰君子或默或語是以古之君子不患弘道難遭時難遭時匪難遇君難論語子曰人能弘道非道弘人莊子謂魏王曰士有道德而衣弊履穿此所謂非遭時者也文子老子曰欲治之主不世出可與之巳不萬一以不世出求不萬一此至化所以千載不一也故有道無時孟子所以咨嗟有時無君賈生所以垂泣孟子曰齊人有言雖有智慧不如乘勢雖有鎡基不如待時漢書賈誼上疏曰臣竊惟事勢可爲流涕者二夫萬歲一期有生之通塗桓子新論曰夫聖人乃千載一出然此文去萬歲一期蓋甚言之以避下文也莊子曰萬世之後而遇大聖知其解者是旦暮遇之也千載一遇賢智之嘉會東觀漢記太史官曰耿況彭寵俱遭際會順時承風列爲蕃輔忠孝之策千載一遇也慱奕論曰誠千載之嘉會百世之良遇也周易曰亨者嘉之會也遇之不

異世一時也以上作文之旨

曹操嘗曰公達非常人也吾得與之計事天下當何憂哉

文四十七　二五

能無欣喪之何能無慨古人之言信有情哉余以暇日常覽國志考其君臣比其行事雖道謝先代亦異世一時也文若懷獨見之明而有救世之心文子曰必有獨見之明然後能擅道而行左氏傳子產曰吾以救世論時則民方塗炭計能則莫出魏武尚書曰有夏昏德民墜塗炭故委面霸朝豫議世事舉才不以標鑒故久之而後顯籌畫不以要功故事至而後定雖亡身明順識亦高矣董卓之亂神器遷逼老子曰天下神器不可爲也爲者敗之公達慨然志在致命論語子張曰士見危致命由斯而談故以大存名節至如身爲漢隸而迹入魏幕源流趣舍其亦文若之謂所以存亡殊致始終不同將以文若既明名教

少時何顒見之以爲王佐才

後漢紀言魏氏得以代漢者文若之力也

此所以不得譏誚子雲子魚也

有寄乎言文若殞身既明仁義之道且寄迹於名教之地也夫仁義不可不明則時宗舉其致莊子曰仁義已明而分守次之生理不可不全故達識攝其契鶺鴒賦曰生生之理足矣相與弘道豈不遠哉弘道已見上文崔生高朗折而不撓管子曰夫玉溫潤以澤仁也折而不橈勇也所以策名魏武執笏霸朝者蓋以漢主當陽魏后北面者哉鍾會與吳主書曰執笏之心載在名策左傳甯武子曰諸侯朝正於王王宴樂之於是乎賦湛露則天子當陽諸侯用命也禮記曰君之南鄉荅陽之義也臣之北面荅君也若乃一旦進璽君臣易位漢書曰羣臣謹奉天子璽符代王遂即天子位則崔子所不與魏武所不容夫江湖所以濟舟亦所以覆舟孫卿子孔子曰君者舟也人者水也水則載舟亦能覆舟仁義所以全身亦所以亡身然而先賢玉攢於前來哲攘袂

以視司馬懿猶三光之与九泉也

於後。仁義已見上文漢書公孫玃曰攘袂而正議者獨大王耳豈非天懷發中而名教束物者乎孔明盤桓俟時而動遐想管樂遠明風流蜀志曰諸葛亮每自比於管仲樂毅時人莫之許也唯博陵崔州平潁川徐元直與亮友善謂爲信然周易曰君子藏器於身待時而動琴賦曰體制風流莫不相襲治國以禮民無怨聲論語曰爲國以禮孝經援神契曰得萬國之懽心人說喜無怨聲刑罰不濫沒有餘泣蜀志曰廖立爲長水校尉誹謗先帝於是廢立爲庶人徙汶山郡聞諸葛亮卒垂泣曰吾終爲左衽矣左傳聲子曰善爲國者賞不僭而刑不濫雖古之遺愛何以加茲左氏傳曰子產卒仲尼聞之出涕曰古之遺愛也及其臨終顧託受遺作相劉后授之無疑心武侯處之無懼色繼體納之無貳情百姓信之無異辭君臣之際良可詠矣蜀志曰先主於永安病篤召亮成都屬以後事謂亮曰若嗣子可輔輔之如其不才君可自取亮涕泣曰臣敢竭股肱之力繼之以死又勑後主汝與丞相從事事之如父尚書曰成王將崩作顧命班固漢書述曰博陸堂堂受遺武皇春秋元命苞曰繼體守文之君不害聖人之王公瑾卓爾逸志不羣總角料主則素契於伯符吳志曰孫策字伯符江表傳策令曰周公瑾與孤有總角之好骨肉之分毛詩曰總角丱兮晚節曜奇則參分於赤壁吳志曰曹公入荊州權遂遣周瑜與備并力逆曹公遇於赤壁初一交戰公軍披退惜其齡促志未可量吳志曰瑜還江陵於道疾卒時年三十六子布佐策致延譽之美國語曰使張老延君譽于四方輟哭止哀有翼戴之功吳志曰策薨以事授權權哭未及息張昭謂權曰孝廉此寧哭時耶乃扶權上馬使出巡軍士左氏傳叔向謂宣子曰文之伯也翼戴天子神情所涉豈徒蹇愕而已哉周易曰王臣蹇蹇匪躬之故史記趙良謂商君曰千人諾諾不如一士之愕愕東觀漢記戴馮謝上曰臣無蹇愕之節而有狂瞽之言字書曰愕直言也然

亦必須擇題之言也

別本魏志以下別行

而杜門不用登壇受譏吴志曰權以公孫淵稱藩遣張彌至遼東拜淵爲燕王昭諫權不聽昭忿言不用稱疾不朝權恨之土塞其門昭又於内以土封之江表傳曰權既即尊位請會百官歸功周瑜昭舉笏欲褒賛功德未及言權曰如張公計今已乞食矣昭大慙伏地流汗然而登壇即位之時也夫一人之身所照未異而用舍之間俄有不同論語子曰用之則行舍之則藏況沈迹溝壑遇與不遇者乎漢書高祖功臣頌曰沈迹中鄉孟子曰志士不忘在溝壑漢書曰楊雄以爲遇不遇命也夫詩頌之作有自來矣家語孔子曰諸侯之有冠禮有自來矣或以吟詠情性或以述德顯功子夏毛詩序曰國史明乎得失之迹吟詠情性以風其上頌者美盛德之形容以其成功告於神明者也雖大旨同歸所託或乖若夫出處有道名體不滯風軌德音爲世作範不可廢也故復撰序所懷以爲之讃云魏志九人蜀

溴據後文改

易大過棟橈利有攸往亨以言衰亂之世本末皆弱故遭衰亂聖人利有攸往以拯患亂難乃得亨道

志四人吴志七人荀彧字文若諸葛亮字孔明周瑜字公瑾荀攸字公達龐統字士元張昭字子布袁煥字曜卿蔣琬字公琰魯肅字子敬崔琰字季珪黄權字公衡諸葛瑾字子瑜徐邈字景山陸遜字伯言陳羣字長文顧雍字元歎夏侯玄字泰初虞翻字仲翔王經字承宗陳泰字玄伯

火德既微運纏大過火德謂漢也班固漢書高紀贊曰旗幟尚赤協于火德周易曰大過大者過也洪飈扇海二溟揚波揚波喻亂也虯虎雖驚風雲未和周易曰雲從龍風從虎潛魚擇淵高鳥候柯周書曰美爲士者飛鳥歸之蔽於天魚鼈歸之沸於淵左氏傳曰仲尼曰鳥則擇木木豈能擇鳥赫赫三雄並迴乾軸潘岳爲賈

謐贈陸機詩曰三雄鼎足競收杞梓爭采松竹國語聲子謂子木曰若杞梓皮革楚實遺
之韋昭曰杞良才也孫子曰真人在冬則松竹也鳳不及棲龍不暇伏谷無幽
蘭嶺無葶菀香草善鳥皆喻賢也英英文若靈鑒洞照應變知微
探賾賞要周易曰君子知微知章又曰探賾索隱鉤深致遠日月在躬隱之彌
曜莊子曰孔子圍於陳蔡之閒太公往弔之曰子甚者脩身以明汙昭昭乎如揭日月而行故不免也文
明映心鑽之愈妙孫卿子曰君子通則文而明窮則約而詳論語顏淵曰鑽之彌堅滄
海橫流玉石同碎孟子曰當堯之時洪水橫流尚書曰火炎崑崗玉石俱焚達人兼
善廢己存愛孟子曰古人窮則獨善其身達則兼善天下謀解時紛功濟宇
內老子曰解其紛始救生人終明風槩魏志曰太祖進彧爲漢侍中守尚書令董昭等
謂太祖宜進爵國公九錫備物以彰殊勳密以咨彧彧
以爲太祖本興義兵以匡朝寧國君子愛人以德不宜

攸嘗濡馬攸交二十餘年無毫毛可非者 又以顏子寓武比之

渙為司徒濤之子渙字曼趙康度渙獨清靜舉動必以禮

如此太祖軍至濡須彧病留壽春魏氏春秋曰太祖饋彧食發之乃空器也於是飲藥而卒**公達潛朗思同蓍蔡**法言曰楟里之智也使知國若葬吾以疾爲蓍蔡也**運用無方動攝**（攸爲鍾繇所推服）**羣會爰初發迹遘此顛沛神情玄定處之彌泰**魏志曰荀攸與議郎何顒等謀殺卓垂就而覺收顒攸繫獄顒憂懼自殺攸言語飲食自若會卓死得免班固漢書述曰子明光光發迹西疆蔡邕楊復碑曰景命不延遘此顛沛**愔愔**（深靜也）**幕裏筭無不經**（通）魏志荀攸自從太祖征伐常謀謨幃幄時人及子弟莫知其所言左氏傳右尹華曰祈昭之愔愔**亹亹通韻迹不暫停雖懷尺璧顧哂連城**史記趙惠文王得和氏璧秦昭王聞之使人遺趙王書願以十五城易璧**知能拯物愚足全生**魏志曰魏國初建攸爲尚書令從征孫權薨太祖每稱公達外愚內智外怯內勇外弱內强不伐善無施勞知可及愚不可及新序溫斯子曰古者有愚以全身莊子曰可以全生**郎中溫雅器識純素**魏志曰魏國初建渙爲郎中令莊子曰聖人貴純

貴正道而輕小信外溫柔而內能斷然不爲呂布作書罵劉備是

素之道唯神是守素也者謂其無所雜也純也者謂其不虧其神也能體純素謂之眞人貞而不諒

通而能固論語子曰君子貞而不諒恂恂德心汪汪軌度論語曰孔子於鄉黨

恂恂如也毛詩曰濟濟多士克廣德心范曄後漢書郭林宗曰黃叔度汪汪若萬頃之陂志成弱冠

道敷歲暮禮記曰人生二十曰弱冠韓詩曰蟋蟀在堂歲聿其暮薛君曰言君之年歲已晚也仁

者必勇德亦有言論語子曰有德者必有言仁者必有勇雖遇履虎神氣

恬然魏志曰呂布擊袁術於阜陵渙往從之遂復爲布所拘留布初與劉備和親後離隙布欲使渙作書罵辱備渙不可再三強之不許布大怒以兵脅渙曰爲之則生不爲則死渙顏色不變笑而應之曰渙聞唯德可以辱人不聞以罵使彼固君子耶且不耻將軍之言彼誠小人耶將復將軍之意則辱在此不在於彼且渙佗日之事劉將軍猶今日之事將軍也如一旦一去此復罵將軍可乎布慙而止周易曰履虎尾不咥人亨列子曰至人者神氣不變行不脩飾名迹無愆班固漢書贊曰雋不疑遂立名迹終始可述

不問產業之所取之於人不爲皦察之行然時人服其清

琰聲姿高暢眉目疏朗
鬚長四尺甚有威重

盧欽著書稱邈曰或問欽曰
徐公當武帝之世人以爲通自
在涼州及還京師人以爲介何
也欽曰往者毛孝先崔季珪
用事貴清素之士於時皆變
易車服以求名高而徐公不
改其常故人以爲通比來天
下奢靡轉相倣效而徐公
雅尚自若不與俗同故前日
之通乃今日之介也是世人之無
常而徐公之有常也

操不激切素風愈鮮邈哉崔生體正心直天骨疎朗牆
宇高嶷蔡邕度侯碑曰朗鑒出於自然英風發於天骨論語子貢曰夫子之牆數仞忠存軌
迹義形風色義形於色已見上文思樹芳蘭剪除荆棘芳蘭以喻君子荆棘
以喻小人人惡其上時不容哲左氏傳曰伯宗之妻曰盜憎主人民惡其上琅琅
先生雅杖名節雖遇塵霧猶振霜雪孔融薦祢衡表曰忠果正直志懷霜
雪運極道消碎此明月魏志曰琰爲中尉太祖爲魏王楊訓發表褒述盛德琰取訓表
草視之與訓書有白琰此書傲田怨謗者太祖怒以是罰琰爲徒隸使人視之辭色無撓太祖遂賜琰死周易
曰小人道長君子道消景山恢誕韻與道合桓子新論曰老子其心玄遠而與道合
形器不存方寸海納周易曰形乃謂之器王輔嗣曰成形曰器列子文摯謂叔龍曰吾見
子之心矣方寸之地虛矣和而不同通而不雜和而不同已見上文莊子曰純粹而不雜

遇醉忘辭在醒貽荅魏志曰太祖時利禁斷酒而徐邈私飲至於沈醉校事趙達問以曹
事邈曰中聖人達白太祖甚怒度遼將軍鮮于輔進曰平日醉客謂酒清者爲聖人濁者爲賢人邈性循慎俾
醉言耳竟坐免刑文帝踐祚歷潁川典農中郎將車駕幸許昌問邈曰頗復中聖人不邈對曰昔子反斃於穀
陽御叔罰於飲酒臣嗜同二子不能自懲時復中之然宿瘤以醜見傳臣以醉見識帝大笑顧左右曰名不虛
立後爲光祿大夫薨長文通雅義格終始思戴元首擬伊同恥尚書
曰昔先正保衡作我先王乃曰予弗克俾厥后惟堯舜其心愧恥若撻于市民未知德懼若
在己嘉謀肆庭讜言盈耳魏書曰群前後數陳得失群爲司空録尚書事薨尚書曰
爾有嘉謀漢書成帝曰久不見班生今日復聞讜言論語子曰洋洋乎盈耳哉玉生雖麗光不
踰把德積雖微道映天下言德喻玉淵哉泰初宇量高雅器
範自然標準無假全身由直迹洿必僞處死匪難理存

則易魏志曰曹爽見誅徵夏侯玄爲大鴻臚數年徙太常中書令李豐謀欲以玄輔政誅大將軍以玄代之大將軍徵聞事下廷尉玄臨斬東市顏色不變舉動自若班固漢書楊雄述曰淵哉若人實好斯文史記太史公曰非死者難處死者難

萬物波蕩孰任其累六合徒廣容身靡寄范曄後漢書李熊說公孫述曰方今四海波蕩匹夫橫議荀悅漢紀論曰以六合之大一身之微而匹夫無所容豈不哀哉

君親自然匪由名教敬授既同情禮兼到孝經曰資於事父以事母而愛同資於事父以事君而敬同

烈烈王生知死不撓求仁不遠期在忠孝漢魏春秋曰魏帝見威權日去不勝其忿乃召侍中王沈尚書王經散騎常侍王業謂曰司馬昭之心路人所知也吾不能坐受廢辱今日當與卿自出討之世語曰王沈王業馳告文王尚書王經以正直不出遂被文王殺之魏志曰清河王經甘露中爲尚書坐高貴鄉公事誅裴松之曰經字彥緯今云承宗蓋有二字也班固漢書述曰樂昌篤實不撓不詘論語子曰仁遠乎哉我欲仁斯仁至矣

玄伯

蟠注

剛簡大存名體志在高構增堂及陛漢書賈誼上書曰人主之尊譬如堂群臣如陛故陛九級上廉遠地則堂高陛亡級廉近地則堂卑高者難攀卑者易淩理勢然也端委虎門正言彌啓臨危致命盡其心禮干寶晉紀曰高貴鄉公之弑司馬文王會朝臣謀其故太常陳泰垂涕入文王待之曲室謂曰玄伯卿何以處我對曰誅賈充以謝天下文王曰爲吾更思其次泰言唯有進於此不知其次文王乃久不言爲侍中轉左僕射薨左氏傳曰晏平仲端委立於虎門之外見危致命已見上文堂堂孔明基宇宏邈堂堂已見上文器同生民獨稟先覺孟子曰伊尹曰天之生斯人使先覺覺後覺也子天民之先覺者也標牓風流遠明管樂孫綽子曰聖賢極其標牓有大力矣管樂已見序也初九龍盤雅志彌確周易曰初九潛龍勿用何謂也子曰龍德而隱者也確乎其不可拔潛龍也方言曰未升天之龍謂之蟠龍百六道喪干戈迭用漢書陽九厄曰初入百六陽九音義曰易傳所謂陽九之厄百六之

四千六百七十一歲為一元初入元百六歲有陽九謂此百六歲中有災歲九

司馬温公謂昭烈之於漢族屬疏遠不能紀其世次名位亦猶南唐烈祖之稱吴王恪後不當以光武爲比章太史云昭烈爲漢中王時羣臣表於獻帝稱肺腑枝葉宗子藩翰又諸葛瑾與備牋云關羽之親何如先帝

統少樸鈍
統性好人倫勤於長養每所稱述多過其才

說文霚之籀文作雺俗作霧

會者荀非命世孰掃雺霿孟子曰五百年必有王者興其間必有名世者廣雅曰命名也爾雅曰天氣下地氣不應曰雺孔安國尚書傳曰雺陰氣也武功切今協韻音夢宗子思寧薄言解控蜀志曰劉備漢景帝子中山靖王後也故曰宗子也解控謂彼有急而控告於已已能解之也左氏傳王子伯騈曰無所控告杜預曰控引也釋褐中林鬱爲時棟亮爲丞相故曰時棟袁崧後漢書郭林宗與陳留盛仲明書曰足下諸人爲時棟梁士元弘長雅性內融謝承後漢書曰嚴遵雅性高厲崇善愛物觀始知終孟子曰親親而仁民仁民而愛物六韜曰聖人見其所始則知其所終周易曰終以知始始以知終喪亂備矣勝塗未隆先生標之振起清風胡廣書曰建洪德流清風綢繆哲后無妄惟時毛詩曰綢繆束薪毛萇曰綢繆猶纏緜也周易曰無妄之行窮之災也夙夜匪懈義在緝熙毛詩曰夙夜匪懈以事一人緝熙已見上文三略既陳霸業已基蜀志曰劉璋既還成

孔明嘗曰公琰托志忠雅當與吾共贊王業者也

司馬懿與孔明書曰黃公衡快士也每坐起歎述足下不去口實

仲 別本

都先主當爲璋北征漢中統說曰陰選精兵晝夜兼道徑襲成都璋既不武素無備豫大軍卒至一舉便定此上計也楊懷高沛璋之名將各杖強兵據守關頭聞數有牋諫璋使發遣將軍還荊州將軍未去遣與相聞說荊州有急欲還救之並使裝束外作歸形此二子既服將軍英名又喜將軍之去必乘輕騎來見將軍因此執之進取其兵乃向成都此中計也退還白帝連引荊州徐還圖之此下計也若沈吟不去將致大困不可久矣先主然其中計即斬懷沛還向成都所過輒尅爲軍中郎將卒

公琰殖根不忘中正豈曰摸擬實在雅性亦既羈勤負荷時命推賢恭己久而可敬

蜀志曰琬爲大將軍錄尚書事卒司馬遷書曰推賢進士爲務論語子曰君子其行己也恭又曰晏平仲善與人交久而敬之

不羈揚戲

公衡仲達秉心淵塞

毛詩曰秉心塞淵

媚茲一人臨難不惑

毛詩曰媚茲一人應侯順德

疇昔不造假翩鄰國

蜀志先主將東伐吳權諫曰吳人悍戰又水戰順流進易退難臣請爲先驅以當寇陛下宜爲後鎮先主不從以權爲鎮北將

○鳥擇高梧惜与篇首相犯

軍督江北軍先主自在江南吳將陸議乘虛斷圍南軍敗績先主引退而道隔權不得還故率將所領降于魏拜鎮南將軍**進能徽音退不失德**蜀志曰魏文帝謂權曰君舍逆効順欲追蹤陳韓邪權對曰臣過受劉氏殊遇降吳不可還蜀無路是以歸命且敗軍之將獲免為幸何古人之可慕先主薨問至魏群臣咸賀權獨否後為車騎將軍卒**六合紛紜民心將變鳥擇高梧臣須顧眄**鳥擇木巳見上文**公瑾英達朗心獨見披草求君定交一面**崔寔本論曰且觀世人之相論也徒以一面之交定臧否之決**桓桓魏武外託霸迹志掩衡霍恃戰忘敵**衡霍二山在吳之境**卓卓若人曜奇赤壁三光參分宇宙暫隔**淮南子曰夫道紘宇宙而章三光高誘曰三光日月星也**子布擅名遭世方擾撫翼桑梓息肩江表**吳志曰張昭彭城人也漢末大亂徐方士民多避難揚土昭南渡江孫策創業命昭為長史撫軍中郎將升堂拜母如比肩之舊文武之事一以委

孫權與魯肅合榻對飲密議張昭以肅年少麤疏未可用

檐即擔字

陸每諫權亦云切愕激也風采粗疏指歸外有未合則權云及他條復託事造端以物類相求於是權意往往而釋

昭班固漢書述曰攜手遯秦撫翼俱起毛詩曰惟桑與梓必恭敬止左氏傳鄭成公子騑曰請息肩于晉王略威夷吳魏同寶應瑒釋賓曰九有威夷始失其政遂獻宏謨匡此霸道史記商鞅曰吾說孝公以霸道其意欲之桓王之薨大業未純把臂託孤惟賢與親吳志曰孫策臨亡弟權託昭昭率群寮立而輔之東觀漢記張堪把朱暉臂曰欲以妻子託朱生輟哭止哀臨難忘身成此南面寔由老臣吳志張昭謂權曰昔太后桓王不以老臣屬陛下而以陛下屬老臣才爲世出世亦須才蘇武荅李陵書曰每念足下才爲世生器爲時出得而能任貴在無猜昂昂子敬拔迹草萊荷檐吐奇乃構雲臺吳志曰初肅見權說權曰爲將軍計惟有鼎足江東以觀天下之釁然後建號帝王以圖天下陸機謝平原表曰振影拔迹莊子曰農夫無草萊之事淮南子曰雲臺之高高誘曰高際於雲故曰雲臺子瑜都長體性純懿諫而不犯正而不

易注能涉蹇難而往濟難
故曰王臣蹇蹇
破劉備於猇亭敗曹休於
夾石
雍容言語舉動得當樣當謂
顧之花坐使人不樂
行 音下及剛反

毅都長謂體貌都閑而雅性長厚也謝承後漢書曰朱
皓德行純懿禮記曰事親有隱而無犯鄭玄曰無犯
顔色諫也論語曰事父母幾諫將命公庭退忘私位吴志曰建安二十年權遣使蜀
通好劉備與弟亮但公會相見無私面論語曰將命者出毛詩曰公庭萬舞豈無鶺鴒固慎名
器毛詩曰鶺鴒在原兄弟急難左氏傳仲尼曰惟器與名不可以假人伯言謇謇以道佐
世謇謇已見上文出能勤功入能獻替國語史黯謂趙簡子曰夫事君者諫過而賞善
薦可而替不獻能而進賢謀寧社稷解紛挫銳老子曰挫其銳解其紛正以招
疑忠而獲戾吴志曰遜爲丞相太子有不安之議遜上疏陳太子正統宜有盤石之固魯王藩臣
當使寵秩有差彼此得所上下獲安謹叩頭流血以聞書三四上太傅吴粲坐數與遜交書下獄死權累遣中
使責讓遜遜憤恚致卒元歎穆遠神和形檢如彼白珪質無塵玷
毛詩曰白圭之玷尚可磨也斯言之玷不可爲也東觀漢記杜詩薦伏湛曰自行束脩訖無毀玷立上

以恒匡上以漸吳志曰雍訪及政職所宜輒密以聞若見納用則歸之上不用終不宣泄周易曰君子以言有物而行有恒清不增潔濁不加染言得清濁之宜也清濁已見上文

仲翔高亮性不和物吳志曰翻性不協俗多見毀謗好是不羣折而不屈屢權逆鱗直道受黜吳志曰翻數犯顏諫諍權不能悅權與張昭論及神仙翻指昭曰彼皆死人而語神仙俗豈有仙人也權積怒非一遂徙翻交州班固漢書贊曰大雅卓爾不羣韓子曰龍之爲蟲也擾柔可狎而騎然其喉下有逆鱗徑寸之處若嬰之則殺人人主有逆鱗說者嬰之則不幾矣論語柳下惠曰直道而事人焉往而不三黜嘆過孫陽放同賈屈楚辭曰驥躊躇於弊輂兮遇孫陽而得代王逸曰孫陽伯樂姓名也孔叢子子高對魏王曰駑驥同轅伯樂爲之咨嗟玉石相糅和氏爲之歎息漢書曰天子以賈誼任公卿之位絳灌之屬害之乃毀誼天子亦疎之以誼爲長沙王太傅誼既適去意不自得及度湘水爲賦以弔屈原屈原楚賢臣也被讒放逐作離騷誼追傷之因以自諭詵詵衆賢

此段改作燦只云由

重暉承日月言挹味承仁義言

千載一遇毛萇詩傳曰詵詵衆多也使陳切千載一遇已見上文整轡高衢驤首天路鸚鵡賦曰蔣收整轡登樓賦曰假高衢而騁力鄒陽上書曰蛟龍驤首奮翼枚乘樂府詩曰天路隔無期仰挹玄流俯弘時務毛萇詩傳曰挹斞也名節殊塗雅致同趣周易曰殊塗同歸嵇康贈秀才詩曰仰慕同趣日月麗天瞻之不墜周易曰日月麗乎天禮記曰夫日月星辰所以瞻仰也非此族也不在祀典呂氏春秋曰德行昭美比於日月不可息也仁義在躬用之不匱論語比考讖曰仁義在身行之可强毛詩曰孝子不匱毛萇曰匱竭也尚想重暉載挹載味羊秀衛公誄曰仰睎遐風重暉冠世後生擊節懦夫增氣魏畧王朗荅太祖曰承旨之日撫掌擊節孟子曰聞伯夷之風者貪夫廉懦夫有立志

文選卷第四十七

初四日日旰　保誦

司馬長卿封禪文一篇
揚雄而[illegible]擬春容絕不吃力其
體格境界較班氏典引為高
其善處要處則在逗析
二字先言周所謂逗以該入
漢所謂析也
此卷用韻以〻記之

此文簡[illegible]複隱精義堅深雖
子雲孟堅效之不能至也
劇秦美新序但云作封禪
一篇無文字本注引多稱
為封禪文心雕龍亦但云相
如封禪 南齊王儉傳[illegible]日用
封禪亦託以諷諫鋪之諛議
皆所謂張[illegible]退降不靚嗚

文選卷第四十八

梁昭明太子撰

文林郎守太子右內率府録事參軍事崇賢館直學士臣李善注上

符命

司馬相如封禪文一首

楊子雲劇秦美新一首

班孟堅典引一首

封禪文一首

白虎通云天以高為尊地以厚為德故增泰山之高以報天附梁父之厚以報地

宋林通並稱此文為封禪書

司馬長卿　史記曰長卿病甚武帝使所忠往求其書及至長卿已卒其妻曰長卿未死時為一卷書曰有使來求書奏之其遺札書言封禪事所忠奏言

雁雲飛南齊王儉唐崔日用宋林逋並稱此文為封禪書

初肇複語也移之雅或以肇字屬下甚非

疑此文當本作率邇者踵武逖者聽聲率大率也風聲因往而誤或云風諷也亦通　封禪書已題

劉孝標辯命論注引威蕤作葳蕤湮作堙

七十二君者識其一十二而首無懷訖韶夏不得為舜禹之樂

三五言其世亦猶言其書載籍之傳即亦經以外百家傳記

維語也

伊上古之初肇自昊穹兮生民張揖曰昊穹春夏天名郭璞爾雅注曰伊發語辭也歷選列辟以迄於秦文穎曰選數也辟君也率邇者踵武逖聽者風聲漢書音義曰率循也邇近也踵蹈也武迹也逖遠也近者蹈其迹遠者聽其風聲紛綸威蕤湮滅而不稱者不可勝數張揖曰紛綸亂貌善曰湮沒也勝盡也繼韶夏崇號謚略可道者七十有二君文穎曰韶明也夏大也德明大相繼封禪於泰山者七十有二人也管子曰封太山禪梁父者七十有二家罔若淑而不昌疇逆失而能存應劭曰罔無也若順也淑善也疇誰也服虔曰無有始善而後不昌者又無逆失而能存之者罔與冈同軒轅之前遐哉邈乎其詳不可得聞已五三六經載籍之傳維風可觀也漢書音義曰五五帝也三三王也經籍所載善惡可知也書曰元首明哉股肱良哉尚書益稷之文也因斯以談君莫盛

言軒轅之前古不可得而聞

昭據注義及漢書改並韻亦照崇必改

假此發端以喜欲揚華周德耳　下堯字義史漢及別本無
爰於是也
言歷千載而後張減也
此皆以抑為揚也

於唐堯臣莫賢於后稷后稷創業於唐堯漢書音義曰唐堯之世播殖百穀公劉發迹於西戎漢書音義曰公劉后稷曾孫文王改制爰周郅隆大行越成文穎曰郅至也行道也文王始開王業改正朔易服色太平之道於是成也如淳曰越於也而後陵遲衰微千載亡聲鄭氏曰無聲無有惡聲也豈不善始善終哉漢書音義曰美周家終始相副若一也莊子曰善始善終人猶効之然無異端慎所由於前謹遺教於後耳言周之先王創制垂業既慎其規模又謹其遺教也故軌迹夷易易遵也夷易皆平也言周之軌迹平易易可遵奉也二易並盈豉切湛恩厖鴻易豐也湛深也厖鴻皆大也言湛恩廣大易可豐厚也湛音沈厖莫江切憲度著明易則也垂統理順易繼也張揖曰垂懸也統緒也理通也文王重易六爻窮理盡性懸於後世其道和順易續而明孔子得錯其象而彖其辭是以業隆於繦緥而崇

終都攸卒　終卒複語也

首字據下文改

由此觀之自周而來未有無法可以封禪者此諷其先修道而後鬼神亦極明白

別本逢作蓬舊音蜂　逢涌猶本字也　原泉亦疊韵形容語

別本逢作蓬舊音蜂

此諷其先修道而後鬼神意極明白

橫充也

冠於二后。孟康曰繈緥謂成王也二后謂文武也周公輔成王以致太平功德冠於文武者遵法易故揆厥所元，終都攸卒。張揖曰都於也卒終也爾雅曰元始也未有殊尤絕跡可考於今者也。然猶躡梁父，登泰山，建顯號，施尊名。顯號尊名謂封禪也大漢之德，逢涌原泉，沕潏曼羨。張揖曰逢遇也喻其德盛若遇原泉之涌出也服虔曰潏泉貌徐廣曰沕没也士必切音義或曰曼羨廣散也旁魄四塞，雲布霧散。張揖曰旁魄布衍也魄音薄上暢九垓，下泝八埏。孟康曰暢達也垓重也泝流也埏若兗埏地之八際也言其德上達於九重之天流於地之八際懷生之類，霑濡浸潤。懷生氣之類皆被恩澤協氣橫流，武節猋逝。協氣和氣也橫流多也猋逝遠也邇陿遊原，迥闊泳沫。孟康曰邇近也原本也迥遠也闊廣也泳浮也恩德比之於水近者游其原遠者浮其沫首惡鬱没，晻昧昭晰。孟康曰始為惡者皆湮滅晻昧喻前夷澤讀爲闓，明也。闓澤與齊子豈弟之豈弟同。

囿徼導犧皆實字虛用，故說文訓導爲禾，即本此文。顏師古駁許君之誤非也。段氏竟改說文犬部，惟小徐說近之。

珍字善本作玢，漢書無。顏注不釋可證。又周餘放，據此注當作周放餘，二字其所言之餘也。作周餘則不詞，珍又餘之誤耳。

鬼神接閒館九字爲一句，言賓接鬼神靈圉皆於閒館中也。注云有似於古靈圉，非。

郭璞注靈圉古仙人也。

然皆化之也。穀梁傳曰：諸侯不首惡。**昆蟲闓澤，迴首面內。**文穎曰：闓澤，皆樂也。韋昭曰：面，向也。闓音愷，澤音驛。**然後囿騶虞之珍羣，**言騶虞之羣在於苑囿之中。毛萇詩傳曰：騶虞，義獸，有至信之德則應也。**徼麋鹿之怪獸，**漢書音義曰：徼，遮也。遮麋鹿得其奇怪者，謂獲白麟也。**導一莖六穗於庖，**鄭玄曰：導，擇也。一莖六穗，謂嘉禾之米，於庖廚以供祭祀。**犧雙觡共柢之獸，**服虔曰：犧，牲也。觡，角也。柢，本也。武帝獲白麟，角共一本，用以爲牲。**獲周餘珍放龜于岐，**文穎曰：周放畜餘龜於沼池之中，至漢得之於岐山之旁。龜能吐故納新，千歲不死。**招翠黃乘龍於沼，**漢書音義曰：翠黃，乘黃也。龍翼馬身，黃帝乘之而仙。言見乘黃而招呼之也。禮樂志曰：訾黃其何不來下。余吾渥洼水中出神馬，故言乘龍於沼。**鬼神接靈圉，賓於閒館，**文穎曰：是時上求神仙之人，得上郡之巫，長陵女子能與鬼神交接，療病輒愈，置於上林苑中，號曰神君，有似於古靈圉，禮待之於閒館舍中。**奇物譎詭，俶儻窮變，**漢書音義：或曰俶儻

導字注史記作渠，從文導禾也。

史記首珍字，漢書無。裴駰集解引漢書音義曰：餘珍以寶龜也。是漢書原有珍字，乃顏師古刪之，以便上下句爲偶耳。又放龜史記作收龜，收

舊音

期應，期而來也紹至相繼而至也

蓋加也況賜也

別本及史漢有上帝垂恩儲祉將以慶成十字據下章注三神之文則當有之 ○慶史記作卷

卓異也奇偉之物譎詭非常卓然絶異窮極事變欽哉符瑞臻茲猶以爲德薄不敢道封禪蓋周躍魚隕航休之以燎應劭曰航舟也休美也尚書旋機鈐曰武得兵鈐謀東觀白魚入舟俯取魚以燎也微夫此之爲符也以登介丘不亦恧乎服虔曰介大丘也言周以白魚爲瑞登泰山封禪不以慙乎小雅曰心慙曰恧女六切進讓之道何其爽歟張揖曰進周也讓漢也爽差也言周未可封禪爲進漢可封禪而不爲爲讓於是大司馬進曰陛下仁育羣生義征不譓音惠文穎曰大司馬上公也故先進議譓順也諸夏樂貢百蠻執贄德侔往初功無與二休烈浹洽符瑞衆變期應紹至不特創見文穎曰不獨一物造見也創初創也意泰山梁甫設壇場望幸蓋號以況榮漢書音義曰意者言太山梁甫設壇場望帝封禪紀號以表榮名也望幸望帝之臨幸也蓋者發語之辭也陛

鼂疑係後來獻白鼂獲雲爲鼂之類

微夫猶云小哉

舊音

借羣臣口中說請封禪之意

錢大昕史記考異曰蓋讀如盍文穎訓爲合合號猶言合符也 小顏以爲語詞似迂

天爲天之所爲也天爲質三字乃成語白虎通引礼三正記曰質法天文選注引元命苞天質而地文說苑質主天白虎通天爲質此祇其信祥瑞也

濟盡也此語乃一意唐注非

張注非長卿未知必封太山也

下謙讓而弗發文穎曰弗發往意挈三神之驩缺王道之儀應劭曰挈絕也李奇曰缺闕也韋昭曰三神上帝太山梁父也羣臣恧焉或曰且天爲質闇示珍符固不可辭孟康曰天道質昧以符瑞見意不可辭讓若然辭之是泰山靡記而梁甫罔幾也漢書音義曰泰山之上無所表記梁父壇場無所庶幾亦各並時而榮咸濟厥世而屈說者尚何稱於後而云七十二君哉應劭曰屈絕也言古者帝王若但作一時之榮畢世而絕者則說無從顯稱於後世也夫修德以錫符奉命以行事不爲進越也文穎曰越踰也不爲苟進而踰禮也故聖王不替而修禮地祇謁款天神漢書音義曰謁告也款誠也言不廢脩禮地祇告誠天神之義也勤功中嶽以章至尊張揖曰蓋先禮中嶽而幸泰山舒盛德發號榮受厚福以浸黎元黎元已見上文皇皇哉此

觀於王者卒業之文則長卿諛頌之意全顯嘗謂勸封禪之速無殊於諫獵時而後來或用此為諂病未之思也

卒字正與下全字相應

因經乃言更襍取儒術以就此儀

猶尚也

天下之壯觀王者之卒業不可貶也皇皇美也卒終也貶損也卒或爲本願陛下全之張揖曰願以封禪全其終而後因雜搢紳先生之略術使獲燿日月之末光絕炎以展寀錯事漢書音義曰寀官也使諸儒記功著業得觀日月末光殊絕之明以展其官職設錯事業也錯千故切猶兼正列其義祓弗飾厥文作春秋一藝孟康曰猶因也春秋者正天時別人事諸儒既得展事業因兼正天時別人事敘述大義爲一經也將襲舊六爲七攄之亡窮服虔曰舊爲六經漢欲七經孔安國尚書傳曰襲因也俾萬世得激清流揚微波蜚英聲騰茂實蜚古飛字也前聖所以永保鴻名而常爲稱首者用此宜命掌故悉奏其儀而覽焉漢書音義曰掌故太史官屬主故事者也於是天子俙然改容曰俞乎朕其試哉張揖曰俙感動之意也許皆切俙或爲沛

俙即欷也

此指封禪

詩字六臣用所進酒曲詩審博語同此

此六臣注無而後符瑞之言注未盡

不當搖行　此下喻治化也

此承文中導一莖六穗也

偏　之字義文選多作偏我　史記索隱引胡廣曰　言雨澤非偏於我

此承文中騶虞　囿与嘉為韵不誤今　史記誤耳漢書亦作囿

乃遷思迴慮摠公卿之議詢封禪之事詩大澤之博廣符瑞之富漢書音義曰詩歌詠功德下四章之頌也大澤之博謂自我天覆雲之油油廣博也符瑞之富謂玢玢之獸以下三章言符應廣大之富饒也遂作頌曰自我天覆雲之油油漢書音義曰油油雲行貌孟子曰天油然作雲甘露時雨厥壤可遊遊遨也言祥瑞屢臻故可遊遨也滋液滲漉鹿何生不育說文曰滲下漉也又曰漉水下貌韋昭曰滲滲踈禁切嘉穀六穗我穡曷蓄李奇曰我之稼穡何等不蓄積非惟雨之又潤澤之非惟徧之我氾布護之萬物熙熙懷而慕思周書王子晉曰萬物熙熙非舜而誰名山顯位望君之來韋昭曰名山泰山也顯位封禪之事也君乎君乎侯不邁哉李奇曰侯何也言君何不行封禪般般之獸樂我君囿謂騶虞也春秋考異郵曰虎班文者陰陽雜也白質

般般之獸　史記作般　漢書作般　師古曰般与斑同字从舟青之丹叢般字右見說文般見於呂忱字林漢書注　古班般通用也　檀弓以輪般列子偶用作班易乘馬班如王注班如槃桓不進也是以班為般旋字　般獸之般專字為辬說文云駁文也或通作斑易貫卦釋文作辬　古斑俗體

王氏讀云雜志云詩為詩賦之詩則此詩字誤不詞詩者志也志其記也謂作此頌以記大澤之溥博也

非惟徧之　史記作非惟濡之　布護史記作尃護　胡廣注曰言雨澤非偏於我普徧布散無所不護也

嘉漢書作熹則上當作圖

徽與叶來狴徽讀祉耳也

此承文中乘龍也

黑章其儀可嘉毛萇詩傳曰騶虞白虎黑文旼旼穆穆君子之態漢書音義曰旼旼和也穆穆敬也言容態和且敬有似君子也張揖曰旼音旻態他代切蓋聞其聲今親其來親見其來厥塗靡從天瑞之徵文穎曰其道何從乎此乃天瑞之應茲亦於舜虞氏以興文穎曰百獸率舞則騶虞在其中濯濯之麟遊彼靈畤漢書音義曰武帝祠五畤獲白麟故言遊靈畤也毛詩曰麀鹿濯濯孟冬十月君徂郊祀馳我君輿帝用享祉帝天帝也白麟馳我君車之前因取燎祭於天天用歆享之荅以祉福也三代之前蓋未嘗有宛宛黃龍興德而升文穎曰起至德而見也楚辭曰駕八龍之宛宛采色炫燿煥炳煇煌正陽顯見覺悟黎蒸文穎曰陽明也於傳載之云受命所乘如淳曰書傳挨其比類或以漢土德則宜有黃龍之應於成紀是也故言受命者所乘厥之有章不必諄諄漢書音義曰天之所

史記建章宮後閣重櫟中育物出焉其狀若麋武帝詔東方朔視之朔曰所謂騶牙者也

黃龍見成紀

此文亦依類託寓也
頌止此
劇越不勸進表注引
作上下之情允洽
頌止此
篇終三段言
陳孔璋檄吳將校部曲
文注引思作慮
此肅祇非敬天之此遺
失非不封禪也注非
厥
據注義及史漢
改
文以言詭言遁辭作此
文之真矣

命表以符瑞章明其德不必諄諄然有語言也孟子萬章曰舜之有天下也孰與之孟子曰天與之天與之者諄諄然命之乎曰否諄之純切依類託寓喻以封巒漢書音義曰寓寄也巒山也言依事類託寄以喻封禪披藝觀之天人之際已交上下相發允答聖王之德兢兢翼翼尚書曰兢兢業業毛詩曰小心翼翼爾雅曰翼翼敬也故曰於興必慮衰安必思危太公陰謀机之書曰安不忘危存不忘亡是以湯武至尊嚴不失肅祇舜在假典顧省闕遺此之謂也徐廣曰假大也湯武雖居至尊嚴之位而猶不失肅祇之道舜所以在於大典謂能顧省其遺失言漢亦當不失恭敬而自省也祭天是不忘敬也不封禪是遺失也毛詩曰湯降不遲上帝是祇言舜察璿璣玉衡以己政化有所遺失不合天心今漢亦當順天意而封禪也

劇秦美新李充翰林論曰揚子論秦之劇稱新之美此乃計其勝負比其優劣之義漢書王莽下書曰定有天下之號曰新

揚子雲王莽潛移

此名下注非崇賢之語以是責子雲則卓哉名言竇融功臣張純通侯皆有仕莽之嫌何止區區一郎吏乎

拔擢倫比　拔擢於倫比中也

龜鼎子雲進不能辟戟丹墀亢辭鯁議退不能草玄虛室頤性全真而反露才以耽寵詭情以懷祿素餐所刺何以加焉抱朴方之仲尼斯爲過矣

諸吏漢書曰左右曹諸吏皆加官所加或列侯將軍卿大夫中散大夫臣雄稽首再拜上封事皇帝陛下臣雄經術淺薄行能無異數蒙渥恩拔擢倫比與羣賢並媿無以稱職臣伏惟陛下以至聖之德龍興登庸欽明尚古登庸欽明已見上文作民父母爲天下主尚書曰天子作民父母又曰爲天下君執粹清之道鏡照四海聽聆風俗博覽廣包參天貳地兼並神明難蜀父老曰勤思乎參天貳地神明已見顔延年曲水詩序配五帝冠三王開闢以來未之聞也開闢已見西征賦臣誠樂昭著新德光之罔極往時司馬相如作

蔡邕獨斷云漢承秦法羣臣上書皆言昧死言王莽盜位慕古法去昧死曰稽首朝臣曰稽首頓首非朝臣曰稽首再拜

王安石揚子詩千古雄文造聖真眇然幽思入無倫他年未免投天祿虛爲新都著劇秦

曾子固答王深甫論揚雄書云輩自度學每有所進則於雄之每有所得尤有以知其所以然則雄之言不幾於測之而愈深窮之而愈遠者乎

劇秦而不劇漢文旨已晦

權輿當提行 别本

封禪一篇以彰漢氏之休臣常有顛眴病賈逵國語注曰眩惑也眴與眩古字通恐一旦先犬馬填溝壑先犬馬已見曹子建責躬詩所懷不章長恨黃泉左氏傳鄭伯曰不及黃泉無相見也服虔曰天玄地黃泉在地中故言黃泉敢竭肝膽寫腹心作劇秦美新一篇雖未究萬分之一亦臣之極思也萬分㨿一已見江文通詣建平王上書臣雄稽首再拜以聞

曰權輿天地未袪睢睢盱盱言混沌之始天地未開萬物睢盱而不定也爾雅曰權輿始也睢盱已見景福殿賦睢許惟切盱音吁或玄而萌或黃而牙言天地方開故玄黃異色而生萌牙也易曰玄黃者天地之雜色也玄黃剖判上下相嘔言天地既開玄黃分判故天地上下相與嘔養萬物也易曰天玄而地黃禮記曰煦嫗覆育萬物鄭玄曰以氣曰煦煦與嘔同況俱切爰初生民帝王始存言初有生民之時帝王之義始存也易曰有天地然後有萬物有萬

曶闵即昏冥也
罕漫即蒲胡也

劉东瓯法引史记乃释不遭用非释文中困字

蒋並秦之基業而亟之

物然後有男女有男女然後有父子有父子然後有君臣在乎混混茫茫之時曶聞混混茫茫天地未分曶聞罕漫不明之貌也言天地肇開君臣始樹善惡罕漫而不昭察故世莫得而言之也莊子曰古之人在混茫之中與一時而得澹漠焉罕漫而不昭察世莫得而云也厥有云者上罔顯於羲皇罔無也顯明也伏羲為三皇故曰羲皇中莫盛於唐虞邇靡著於成周左氏傳召公曰糾合宗族于成周仲尼不遭用春秋因斯發司馬遷書曰仲尼厄而作春秋言神明所祚兆民所託罔不云道德仁義禮智言有斯四德乃為神明所祚兆民所託獨秦屈起西戎邠荒岐雍之疆史記曰秦自非子為附庸之邑秦號曰秦嬴因襄文宣靈之僭迹史記曰秦莊公卒襄公立卒文公立卒德公立卒宣公立又曰懷公卒懷公太子靈公立立基孝公茂惠文奮昭莊孝公惠文君襄王並已見李斯上書史記曰文王卒子莊

左傳定八年正義曰魏齊斗秤於古二而為一周隋斗秤於古三而為一杜氏通典云六朝量三升當今一升秤三兩當今一兩尺一尺二寸當今一尺　顧亭林謂古尺一寸適當今之六分有半
中國尺度之制由短而長晉迄後魏三百年間數增十分之三自唐迄今則所增已徵實由魏晉以降以絹布為調而絹布之制率以二尺二寸為幅四丈為匹官吏懼其短耗又欲多取於民故尺度代有增益北朝尤甚自金元以來不課絹布故八百年來尺度視用唐宋之舊
史記始皇本紀一法度衡石丈尺

襄王立至政破縱擅衡并吞六國遂稱乎始皇史記曰莊襄卒子政立初并天下號始皇帝從橫已見上盛從鞅儀韋斯之邪政商鞅張儀呂不韋李斯也秦馳騖起翦恬賁之用兵史記曰白起攻楚拔鄢郢又曰王翦攻趙拔之翦子賁破定燕齊地又曰蒙恬攻齊大破之剗滅古文刮語燒書史記李斯曰請非博士官所職天下敢有藏書詩百家語者詣守尉雜燒之弛禮崩樂塗民耳目崩樂已見劉歆移太常博士書六韜曰先塗民耳目遂欲流唐漂虞滌殷蕩周流漂滌蕩謂除之也⿱難灬除仲尼之篇籍自勒功業⿱難灬古然字改制度軌量咸稽之於秦紀稽考也紀本紀也言考校而著之秦紀是以耆儒碩老抱其書而遠遜禮官博士卷其舌而不談來儀之鳥肉角之獸狙獷而不臻來儀鳳也肉角麟也說文曰狙犬暫齧人且餘切又曰獷犬不可親附也古猛切甘露

神歇靈繹即指從使返璧海水羣飛謂連弩射魚事

嘉醴景曜浸潭之瑞潛嘉醴醴泉也景曜景星有光曜也浸潭謂滋液浸潤能生萬物也潛藏也大茀經霄巨狄鬼信之妖發茀彗星也穀梁傳曰星孛入北斗孛之爲言猶茀也步内切茀步忽切史記始皇本紀曰彗星光見東方北方漢書音義曰經謂星出東入西出西入東也史記始皇本紀曰有隊星下東郡至地爲石漢書曰始皇時有大人身長五丈夷狄之患見臨洮鬼信謂告祖龍死也已見西征賦神歇靈繹海水羣飛繹猶緒也言神靈歇其舊緒不福祐之繹或爲液海水喻前萬民羣飛言亂二世而亡何其劇與二世胡亥也爲趙高所殺劇甚也言促甚也帝王之道兢兢乎不可離已尚書曰兢兢業業夫能貞而明之者窮祥瑞貞正也言既正且明故祥端咸格回而昧之者極妖慝回邪也言既邪且闇故妖慝競集也昧或爲蔑上覽古在昔有憑應而尚缺焉壞徹而能全言古帝王之興有憑依端應而尚毀缺焉有行壞徹之道而全立者乎言無也故

此正罵莽之盡改漢制也長卿之文諷而已耳子雲則直攻訐之矣

若古者稱堯舜尚書曰若稽古帝堯又云若稽古帝舜威侮者陷桀紂夏桀殷紂也尚書曰威侮五行況盡汛埽前聖數千載功業專用己之私而能享祐者哉況況始皇也私私所爲也而能享祐言不能也毛詩曰洒埽庭內毛萇曰洒灑也洒與汛同所買切會漢祖龍騰豐沛奮迅宛葉漢高祖發迹在於豐沛滅秦道自宛葉自武關與項羽戮力咸陽武關已見陸機高祖功臣頌漢書沛公謝羽曰與將軍戮力攻秦不自意先入關創業蜀漢發迹三秦漢書曰項羽立沛公爲漢王王巴蜀漢中又曰韓信因陳三秦易并之計漢王聽信策剋項山東而帝天下漢書曰灌嬰追斬羽東城漢王即皇帝位于汜水之陽擿秦政慘酷尤煩者應時而蠲蠲除也漢書沛公召秦豪桀曰父老苦秦苛法久矣與父老約法三章餘悉除秦法如儒林刑辟歷紀圖典之用稍增焉歷紀歷數綱紀也秦餘制度項氏爵號

陸士衡辯亡論注引王作皇

震聲日景連下句

旅而成章

雖違古而猶襲之其秦政制度及項羽爵號雖知違古而猶襲之也孔安國尚書傳曰襲猶因也是以帝典闕而不補王綱弛而未張爲襲秦項故闕者不補弛者未張也道極數殫闇忽不還言天道既極歷數又殫故闇忽而滅不能自還也逮至大新受命大新王莽也已見西征賦上帝還資后土顧懷言上帝迴還而資助后土顧眷而懷歸言天地福祐之也玄符靈契黃瑞涌出玄符天符也靈契地契也黃瑞謂王莽承黃虞之後黃氣之瑞也漢書王莽曰予前在攝黃氣薰蒸以著黃虞之烈焉涌出而瑞之滭浡沕潏川流海渟雲動風偃霧集雨散言衆瑞之多也誕彌八圻上陳天庭八圻猶八埏言下終入圻上刻天庭震聲日景言威聲如雷光景若日也易曰震爲雷炎光飛響盈塞天淵之閒炎光日景也飛響震聲也塞乎天淵所及遠也天淵已見荅賓戲必有不可辭讓云爾言難辭也於是乃奉若天命

滭浡盛皃 詩觱沸檻泉

窮寵極崇（尚書曰明王奉若天命）與天剖神符地合靈契（分天之符合地之契言應錄而王也）創億兆規萬世（創業經乎億兆規模至於萬世也）奇偉倜儻譎詭天祭地事（言衆瑞所以咸臻者由能祭天事地）其異物殊怪存乎五威將帥班乎天下者四十有八章（漢書曰莽遣五威將王奇等班符命四十二篇於天下）登假皇穹鋪衍下土（假至也言衆瑞升至於皇天鋪衍於下土）非新家其疇離之（離應也）卓哉煌煌眞天子之表也（表儀也）若夫白鳩丹烏素魚斷蛇方斯蔑矣（吳錄曰孫策使張紘與袁紹書曰殷湯有白鳩之祥然古者此事未詳其本尚書帝驗曰太子發渡河中流火流爲烏其色赤素魚白魚也已見封禪書漢書曰高祖夜經澤中有大蛇當徑高祖杖劒斬蛇分爲兩道開也）受命甚易格來甚勤（格至也言莽德盛故受天命甚易今衆瑞咸至甚勤也）昔帝纘皇王纘帝隨前踵古

當從劉本作損益而已損益而已正所以斥莽之紛紜改作也云字誤損益未即改云且与帝纘皇王纘帝之言不合又治已為韻言異術而同亡也

孝經鄭注覺大也呂是郭注訓愷爲明不懇〻則覺德不愷言不懇〻則大德不明於天下也

王仲寶褚淵碑文注引遥集作逍遥

或無爲而治或損益而云論語子曰無爲而治者其舜也與又曰殷因於夏禮所損益可知也豈知新室委心積意儲思垂務委積也亦旁作穆穆明旦不寐勤勤懇懇者非秦之爲與言新室所以旁作穆穆勤勤懇懇者以秦之所爲爲非故欲勤修德政也尚書曰勤施於四方旁作穆穆司馬遷書曰勤勤懇懇夫不勤勤則前人不當不懇懇則覺德不愷言不勤勤則不能當先王之意不懇懇則覺德不和也尚書曰篤前人成烈毛詩曰有覺德行左氏傳注曰愷和也是以發祕府覽書林遥集乎文雅之囿翱翔乎禮樂之場言以文雅爲園囿以禮樂爲場胤殷周之失業紹唐虞之絶風胤續也紹繼也懿律嘉量金科玉條律六律也嘉量斗斛也金科玉條謂法令也言金玉貴之也神卦靈兆古文畢發著曰卦龜曰兆神靈尊之也古文先王之典籍也煥炳照曜靡不宣臻宣徧

家据上文

王元長三月三日曲水詩序注引成作作

也臻至也式輅軒旂旗以示之式用也漢書曰莽立大夫卿車服黻冕各有差輅軒皆車也尚書大傳曰未命爲士車不得有飛軨鄭玄曰如今窻車也周禮曰交龍爲旂熊虎爲旗揚和鸞肆夏以節之大戴禮曰行以和鸞趣中肆夏鄭玄周禮注曰鸞和皆金鈴也漢書音義曰肆夏肆夏詩樂也步則歌之以中節施黼黻袞冕以昭之言制服有差亦明貴賤也尚書曰黼黻絺繡周禮曰公之服自袞冕而下正嫁娶送終以尊之漢書曰莽請考論五經定娶禮親九族淑賢以穆之漢書莽詔曰姚嬀陳田王子之同族也尚書曰惇序九族五姓世世復無有所與夫改定神祇上儀也漢書曰莽奏定南郊欽修百祀咸秩也漢書曰莽奏定羣神之禮尚書召誥曰祀于新邑咸秩無文明堂雍臺壯觀也漢書曰莽奏起明堂辟雍九廟長壽極孝也九廟已見西征賦漢書曰王莽隳壞孝元廟獨置孝元廟故殿以爲文母篹食堂既成名曰長壽宮制成六經洪業也漢書曰莽奏立樂經然經有五

莽傳設進善之旌非謗之木敢諫之鼓

而又立樂故云六經也北懷單于廣德也漢書曰莽重賂匈奴使上書慕從聖制以諱曜

太后若復五爵度三壤晉灼漢書注曰若頊及之辭漢書曰莽奏曰周爵五等地四等臣請

受爵者爵五等地四等尚書曰列爵惟五分土惟三經井田漢書曰莽令天下公田口井其男口不盈

入而田過一井者分餘田與九族周禮曰九夫爲井免人役漢書曰莽令吏名天下奴婢曰私屬皆不

得賣之方甫刑漢書曰莽分移律令儀法尚書曰穆王作呂刑孔安國曰後爲甫侯匡馬法

馬法司馬穰苴之法也謂成出革車一乘教戎備也穰苴已見左太冲詠史詩恢崇祗庸爍德

懿和之風周禮曰以樂德教國子中和祗庸孝友爾雅曰懿爍美也廣彼搢紳講習

言諫箴誦之塗搢紳已見封禪書漢書賈山上疏曰古者工誦箴諫瞽誦詩士傳言諫過也

振鷺之聲充庭鴻鸞之黨漸階振鷺鴻鸞喻賢也毛詩振鷺于飛于彼西雝我客戾止亦

有斯容易曰鴻漸于陸俾前聖之緒布濩流衍而不韞韣韞韣已見上文櫝與

麟別本作燐

術即述也

韣古字通音讀郁郁乎煥哉論語曰郁郁乎文哉又曰煥乎其有文章天人之事盛矣鬼神之望允塞言有聖德信能允塞鬼神之望羣公先正罔不夷儀尚書曰羣公既皆聽命又曰亦惟先正夷儀言有常儀也姦宄寇賊罔不振威尚書曰蠻夷猾夏寇賊姦宄紹少典之苗著黃虞之裔史記曰黃帝者少典之子姓公孫河圖著命曰握登見大虹意生黃帝漢書曰予惟黃帝舜帝咸有聖德營求其後將祚厥祀於是封姚恂爲初睦侯奉黃帝後嬀昌爲始睦侯奉虞帝後帝典闕者已補王綱弛者已張炳炳麟麟豈不懿哉麟麟光明也麟與燐古字同用厥被風濡化者京師沈潛甸内匝洽侯衛厲揭要荒濯沐言風化所被近者逾深遠者稍淺故京師沈潛而要荒濯沐也厲揭已見上文而術前典巡四民迄四嶽言法術前典而巡四民至於四嶽也管子曰士農工商四民者國之石民也尚書曰二月東巡狩至于岱宗柴五月南巡

甫 別本

阮嗣宗為鄭沖勸晉王牋顏延年三月三日曲水詩序注引面並作首

○舊三 作舊二字

二 據注當如此自來皆未校正言舊二典為此一篇因而成三也作舊三則不可通

狩至于南嶽八月西巡狩至于西嶽十有一月朔巡狩至于北嶽增封泰山禪梁父斯受命者之典業也典常也言封禪之事王者常業也管子曰昔封泰山禪梁甫者七十有二家漢書音義項岱曰梁父者泰山下小山也蓋受命曰不暇給或不受命然猶有事矣受命謂高祖也言高祖受命而不封禪始皇不受命猶有事乎泰山言俱失也史記曰始皇之上泰山中阪遇暴風雨況堂堂有新正丁厥時崇嶽渟海通瀆之神咸設壇場望受命之臻焉言莽既受命故嶽瀆之神皆設壇場而望來祭也堂堂盛也晏子景公春秋曰將去此堂堂國者而死乎海外遐方信延頸企踵回面內鄉喁喁如也呂氏春秋曰聖人南面而立天下延頸舉踵矣論語素王受命讖曰莫不喁喁延頸歸德帝者雖勤惡可以已乎何休公羊傳注惡猶於何也音烏宜命賢哲作帝典一篇舊三為一襲以示來人摛之罔極言宜

臭即齅也

王元長三月三日曲水詩序注引純作淳

並序　別本

此文諷漢以制作也

篇中絶未言及封禪而文心云體因紀禪殆誤於蔡伯喈也

命賢智作常典一篇足舊二典而成三典也謂堯典舜典令萬世常戴巍巍屓栗

栗巍巍高大也已見上文尚書曰栗栗危懼臭馨香含甘實言明德比於馨香甘實故臭而

含之鏡純粹之至精聆清和之正聲易曰剛健中正純粹精也則百工

伊凝庶績咸喜尚書曰允釐百工庶績咸熙曰庶績其凝喜與古熙字通荷天衢

提地釐孔安國尚書傳曰釐理也上荷天道而下提地理言則而効之斯天下之上則

已庶可試哉

典引一首蔡邕曰典引者篇名也典者常也法也引者伸也長也尚書疏堯之常法謂之堯典

漢紹其緒伸而長之也范曄後漢書曰班固字孟堅亦云注典引

班孟堅　蔡邕注

臣固言永平十七年臣與賈逵傅毅杜矩展隆郗萌等

善曰後漢書曰賈逵字景伯爲侍中七略曰尚書郎中比海展隆然七略之作雖在哀平之際展隆壽或至永

下贊語中言所下贊語之中也

由今觀之賈生之言乃至平允漢亦一秦耳

具對素聞知狀并具以平昔聞知其非之狀對也

別本無

王子雍言隱切在孝武而不在子長另乃甚乎祇任安之謂草創未就會遭此禍是作史在前被刑在後然秋漢舊儀注說則遷之禍乃由景紀極言其短及武帝過然則微文刺譏又不因隱刑也此並不悟長卿之意而知封禪為文辭之首

平之中召詣雲龍門小黃門趙宣持秦始皇帝本紀問臣等曰太史遷下贊語中寧有非耶臣對此贊賈誼過秦篇云向使子嬰有庸主之才僅得中佐秦之社稷未宜絕也此言非是即召臣入問本聞此論非耶將見問意開寤耶臣具對素聞知狀詔因曰司馬遷著書成一家之言揚名後世善曰司馬遷書曰通古今之變成一家之言孝經曰揚名於後世至以身陷刑之故反微文刺譏貶損當世非誼士也司馬相如洿行無節但有浮華之辭不周於用至於疾病而遺忠主上求取其書竟得頌述功德言封禪事忠臣効也至是賢遷遠矣自固常伏刻誦聖論昭明好惡不遺微細

文心引靡作麗之即靡耳今人云精微

不典謂不主經義

亡實謂若不足以當

愚戇頓首乃稱惶恐頓首之比也

緣事斷誼動有規矩雖仲尼之因史見意亦無以加臣固被學最舊受恩浸深誠思畢力竭情昊天罔極臣固頓首頓首伏惟相如封禪靡而不典楊雄美新典而亡實然皆游揚後世垂爲舊式臣固才朽不及前人蓋詠雲門者難爲音觀隋和者難爲珍不勝區區竊作典引一篇雖不足雍容明盛萬分之一猶啓發憤滿覺悟童蒙光揚大漢軼聲前代然後退入溝壑死而不朽臣固愚戇頓首頓首曰

太極之元易曰太極是生兩儀兩儀始分烟烟熅熅有沈而奥有浮而清烟烟熅熅陰陽和一相扶貌也奥濁也言兩儀始分之時其氣和同沈而濁者爲地浮而清者

善皋云繹當作縡縡事也最是

龍翼指伏羲伏羲以龍紀官

爲天沈浮交錯庶類混成地體沈而氣昇天道浮而氣降升降交錯則衆類同矣善曰國語曰夏禹能平水土以品處庶類者也老子曰有物混成先天地生肇命民主五德初始民主者天子也尚書曰成湯簡代夏作民主五德五行之德自伏羲巳下帝王相代各據其一行始於木終於水則復始也同於草昧易曰天造草昧玄混之中混猶溷濁踰繩越契寂寥而亡詔著系不得而綴也言結繩書契已往其道寂漠亡聲莫能以相告故易系不得綴連也綴知銳切厥有氏號所依爲氏也號功之表也號太昊曰伏羲炎帝曰神農黃帝曰軒轅少昊曰金天顓頊曰高陽帝嚳曰高辛堯曰陶唐舜曰有虞紹天闡繹宗紹天地開道人事莫不開元於太昊皇初之首上哉邈乎其書猶得而修也亞斯之代通變神化函光而未曜若夫上稽乾則降承龍翼善曰翼法也言陶唐上能考天之則下能承龍之法也龍法龍圖也而炳諸典謨以冠

文選四十八　十四

德阜絕者莫崇乎陶唐善曰春秋合誠圖曰黄帝德冠帝位陶唐舍胤而禪有虞有虞亦命夏后稷契熙載越成湯武股肱既周天邁歸功元首將授漢劉天有五行之序堯與四臣各據其一行而堯爲之正四臣已偏故歸功元首之子孫而授漢劉也高祖始於沛公起兵入關後爲漢王以即尊位故遂曰漢也春秋左氏傳曰陶唐氏既衰其後劉累者在夏爲御龍氏在商爲豕韋氏在周爲唐杜氏成王滅唐宣王殺杜伯杜伯之子隰叔奔晉其後士會奔秦而復歸其子留秦者爲劉氏以是明之漢爲堯後善曰尚書曰熙帝之載元首股肱已見上文俾其承三季之荒末值亢龍之災孼善曰國語郭偃曰夫三季王之亡宜也韋昭曰季末也三季王桀紂幽王也易曰亢龍有悔窮之災也懸象闇而恒文乖彝倫斁而舊章缺善曰易曰懸象著明莫大乎日月尚書曰帝乃震怒弗俾洪範九疇彝倫攸斁左氏傳曰季桓子命藏象魏曰舊章不可亡也故先命玄聖使綴學立制善曰

辰

玄聖孔子也莊子曰夫虛靜恬淡玄聖素王之道也春秋孔演圖曰玄丘制命帝卯行也宏亮洪業表相祖宗贊揚迪喆相助也始受命爲祖繼中爲宗皆不毀廟之稱也言仲尼之作亦顯助祖宗揚明其蹈喆之德備哉粲爛真神明之式也雖臯夔衡旦密勿之輔比茲褊矣茲孔子也善曰謂臯陶后夔阿衡周旦也密勿已見傅季友求贈劉前軍表是以高光二聖宸辰居其域言高祖光武如北辰居其所而衆星拱之時至氣動乃龍見淵躍善曰易曰見龍在田或躍在淵拊翼而未舉則威靈紛紜海內雲蒸雷動電熛胡綋莽分尚不莅其誅言二祖即位胡亥王莽皆先已誅天之所爲先除也善曰史記曰始皇崩趙高立子胡亥爲大子襲位爲二世皇帝後陳勝等反趙高乃使閻樂誅二世二世自殺漢書曰王莽地黃四年十月漢兵從宣平城門入城中少年朱弟等恐見虜掠私燒其室門呼曰虜王莽何不出來降莽避火之漸臺衆兵上臺商人杜吳殺莽軍人裂莽尸然後欽若上下恭揖羣

虞宗用今文尚書顧命

高光即位皆蒙遜讓　此種由陽子乃為武丕自于雲來

矢敦謂太誓牧誓並有茂勵之文茂勵皆勉也

曾子建王仲宣陳注引作大漢

誥誓不及五帝此漢於堯故曰誥誓不及

后正位虞宗虞居也宗尊也言二主既除亂諸侯推而尊之然後敬順天地恭揖諸侯正位居尊也善曰易曰君子正位凝命有于德不台淵穆之讓淵穆深美之辭也善曰尚書曰舜讓于德不嗣漢書音義韋昭曰古文台爲嗣靡號師矢敦奮撝之容矢陳也敦勉也毛詩曰矢于牧野善曰言漢取天下無名號師衆陳兵誥誓勸勉秉旄奮麾之容撝與麾音義同蓋以膺當天之正統受克讓之歸運善曰尚書曰誕膺天命又曰允恭克讓蓄炎上之烈精謂火漢之德也蓄聚也善曰尚書曰火曰炎上蘊孔佐之弘陳云爾善曰孔佐即孔子也能表相祖宗故曰佐洋洋乎若德帝者之上儀誥誓所不及已本事曰誥戎事曰誓鋪觀二代洪纖之度洪大也纖細也其賾可探也善曰探賾見文賦並開迹於一匱同受侯甸之服奕世勤民以方伯統牧善曰言殷周二代初皆微開迹於一匱並受夏殷侯甸之服勤勞治人或爲方伯或爲統牧也論語

敦實也其文華而實不華
也後漢之華作偉謹亦同

曰雖覆一簣桓子新論曰湯武則久居諸侯方伯之位德惠加於百姓紀年曰武乙即位周王季命爲殷牧師也

秉其命賜彤弧黃鉞之威用討韋顧黎崇之不恪韋豕韋顧己姓之國皆夏諸侯也黎崇殷諸侯也四國爲不敬湯文王誅之毛詩曰韋顧既伐又曰既伐于崇作邑於豐書曰西伯既戡黎善曰秉因也言因其命賜以彤弓黃鉞乃始征伐也

至于參五華夏京遷鎬亳善曰參五謂參五分之也言殷周參五而分華夏之地然後乃始京遷於鎬亳也論語曰參分天下有其二以服事殷解嘲曰四分五割並爲戰國毛詩曰考卜維王宅是鎬京毛萇曰武王作邑於鎬京尚書湯誥曰王歸自夏至于亳孔安國傳曰湯遷於亳

遂自北面虎螭其師革滅天邑天邑天子邑也善曰北面臣位也虎螭如虎如螭也史記武王曰勉哉夫子如虎如羆如豺如離徐廣曰此音義訓並與螭字同尚書曰肆予敢求爾于天邑商

是故誼士華而不敦武稱未盡護有慙德不其然歟武周樂也護殷樂也孔子曰韶盡美矣又盡善也謂武盡美矣未盡善也舜禪

此擬子雲而過之矣

孫志祖云孕育甄陶言德兼四代也不必作父母模範解

而周伐故未盡善也延陵季子聘魯觀樂見舞大護者曰聖人之弘也而猶有慙德恥於始伐也豈不然乎左氏傳臧哀伯曰武王克商遷九鼎于洛邑義士猶或非之亦猶於穆猗那翕純皦繹周頌曰於穆清廟商頌曰猗歟那歟孔子曰始作翕如也從之純如也皦如也繹如也以崇嚴祖考殷薦宗配帝善曰周易曰先王作樂崇德殷薦之上帝以配祖考發祥流慶對越天地者對苔也善曰毛詩曰對越在天鄭玄曰越於也舄奕乎千載舄奕光曜流行貌豈不克自神明哉善曰言二代以臣伐君尚能作樂配天豈不能自神明其道哉周易曰聖人以此齋戒以神明其德誕略有常審言行於篇籍光藻朗而不渝耳善曰言二代神明其道大略有常但審言行於篇籍光藻明而不變言無殊功也矧夫赫赫聖漢巍巍唐基泝測其源乃先孕虞育夏甄殷陶周言測度漢本至唐乃任舜育禹化契成稷皆為之父母模範也甄陶已見上文然後宣二祖之重光

王仲寶褚淵碑文注引乎作于　沈休文齊故安陸昭王碑文注引乎作于

匿即慝也後漢書作慝回作迴是也

興弘爲韻厥道當下屬注并不誤

襲四宗之緝熙宣徧也襲因也高祖光武爲二祖孝文曰太宗孝武曰世宗孝宣曰中宗孝明曰顯宗二祖重光天下四宗盛美相因而起也善曰尚書王曰昔君文王武王宣重光緝熙巳見上文神靈曰照光被六幽六幽謂上下四方也尚書曰光被四表格于上下仁風翔乎海表威靈行乎鬼區鬼區絶遠之區也善曰尚書曰方行天下至于海表鬼區即鬼方也毛詩曰覃及鬼方毛萇傳曰鬼方遠方也匿亡回而不泯微胡瑣而不頤善曰頤養也何細而不養言皆養也故夫顯定三才昭登之績匪堯不興言明定天地人之道明登天之功非堯莫能興也尚書曰昭登于上善曰周易曰易有天道焉有地道焉兼三才而兩之鋪聞遺策在下之訓匪漢不弘厥道善曰言布聞古之遺策聖德在下之訓非漢不能弘道毛詩曰明明在下毛萇傳曰文王之德明明在天下謂天之下也至於經緯乾坤出入三光言使日月星辰出以其節入以其期亡朒朓側匿盈縮之異也善曰言漢之道能經緯天地出入三光也淮南子曰

鞏拱邛也

令字是今後漢書作今

遷正黜色賓監之事特借以目詠宜改作其耳

揚越散也

與禮樂志同其言旨此不能直斥其君也

屯聚也

用字是今後漢書作朋

覆天載地紘宇宙而章三光也外運渾元內沾豪芒言漢道外則運行於渾元內則沾潤於豪芒言巨細咸被也性類循理品物咸亨其已久矣易曰品物咸亨盛哉皇家帝世德臣列辟功君百王言漢之德能臣古之列辟其功又爲百王之君也榮鏡宇宙四表曰宇往古來今曰宙尊亡與亢乃始虔鞏勞謙鞏亦勞也易曰勞謙君子有終吉兢兢業業貶成抑定不敢論制作尚書曰兢兢業業一日二日萬機禮記曰王者功成作樂治定制禮至令遷正黜色賓監之事渙揚寓內漢承周後當就夏正以十二月爲年首而秦以十月爲年首高祖又以十月至霸上因而不改至武帝太初始改焉賈誼公孫臣等議以漢土德服色尚黃至光武中乃黜黃而尚赤立殷後曰紹嘉公周後曰承休公以賓而監二代矣於四者宣揚海內制作之事由未章也禮記曰聖人南面而治天下也改正朔易服色而禮官儒林屯用篤誨之士不傳祖宗之髣髴

来儀羽族肉角毛宗皆倒用以成文不可為式然亦自封禪囿騶虞數句化出也

雖云優慎無爲慙與慎而無禮則葸優謂優游也尚書大傳曰周公作樂優游三年於是三事嶽牧之寮僉爾而進曰三事嶽牧已見上陛下仰監唐典中述祖則俯蹈宗軌躬奉天經惇睦辨章之化洽孝經曰夫孝天之經也尚書曰惇敘九族九族既睦平章百姓辨與平古字通也巡靖黎蒸懷保鰥寡之惠浹懷安也保養也巡靖巡狩而安之也毛詩曰日靖四方尚書周公曰懷保小民惠鮮鰥寡燔瘞縣沈肅祇羣神之禮備爾雅曰祭天曰燔柴祭地曰瘞埋祭山曰庪縣祭川曰浮沈是以來儀集羽族於觀魏貌恭體仁則鳳皇來儀尚書曰鳳皇來儀家語子夏曰商聞山書曰羽蟲三百有六十而鳳爲之長肉角馴毛宗於外囿視明禮修則麒麟來應廣雅曰麒麟狼題肉角家語子夏曰毛蟲三百有六十而麟爲之長擾緇文皓質於郊思睿信立則白虎擾騶虞也升黃輝采鱗於沼聽德知正則黃龍見禮記曰黿

此類代謗之開顛並秦
毛氏虬戶銑溪之端宜
勿效也

龍在宮沼甘露宵零於豐草德至天則甘露降毛詩曰湛湛露斯在彼豐草三足軒翥於茂樹烏反哺之鳥至孝之應也楚辭曰鸞鳥軒翥而翔飛若乃嘉穀靈草奇獸神禽應圖合諜窮祥極瑞者朝夕坰牧天子寰內也日月邦畿卓犖乎方州洋溢乎要荒昔姬有素雉朱烏玄秬黃鍪之事耳素雉白雉也已見東都主人朱烏火流爲烏也毛詩曰誕降嘉種惟秬惟秠爾雅曰秬黑黍也韓詩外傳曰貽我嘉鍪薛君曰鍪大麥也音莫侯切君臣動色左右相趣濟濟翼翼峨峨如也濟濟翼翼已見上毛詩曰奉璋峨峨蓋用昭明寅畏承聿懷之福毛詩曰昭事上帝聿懷多福尚書曰嚴恭寅畏亦以寵靈文武貽燕後昆覆以懿鑠左氏傳薳啓疆曰辱見寡君寵靈楚國毛詩曰貽厥孫謀以燕翼子尚書曰垂裕後昆豈其爲身而有顓辭也若然受之亦宜勤恁旅力

繇 及注及別本

允信宜行之也与文為韻善
屬下非

聖 注及別本

寤寐次於心謂思制作瞻
前顧後謂仰觀俯察哉
云善無瞻前顧後
豈蔑清廟之之指祖宗
言所以教制作者豈敢輕
祖而以勑正天命為難哉

恁思也旅陳也恁如深切以充厥道啓恭館之金縢恭館宗廟金縢之所在御東序之祕寶以流其占東序牆也尚書曰顓頊河圖雒書在東序流演也雒書皆存亡之事尚覽之以演禍福之驗也夫圖書亮章天哲也亮信也章明也言河圖洛書至信至明而出天賜之使視而行之孔猷先命聖孚也繇道也言孔子先定道誠至信也體行德本正性也體行正性習堯所履今天子復蹈之逢吉丁辰景命也言逢此吉當此時者皇天之大命也順命以創制因定以和神易曰湯武革命順乎天應乎人治定作樂以和人神答三靈之蕃祉展放唐之明文善曰三靈天地人也已見陸機高祖功臣頌尚書旋機鈐曰平制禮樂放唐之文茲事體大而允寤寐次於心瞻前顧後善曰允信也次止也言此事體大式弘大信能寤寐常止於聖心不可忘也大戴禮曰神明自得聖心備矣前謂前代帝王後謂子孫也豈蔑清廟憚勑天命也蔑輕

也別本作
乎

也憚難也勑正也言封禪之事皆述祖宗之德今乃推讓豈輕清廟而難正天命乎善曰毛詩序曰清廟祀文王也尚書曰勑天之命伊考自遂古乃降戾爰茲伊維也遂古遠古也戾至也言自遠古以來至於此也楚辭曰遂古之初誰傳道之作者七十有四人善曰古封禪者七十二君今又加之二漢有不俾而假素罔光度而遺章言前封禪之君有天下使之而尚假竹素未有告之以光明之度而遺其篇章今其如台而獨闕也尚書曰夏罪其如台孔安國傳曰台我也是時聖上固以垂精遊神苞舉藝文屢訪羣儒諭咨故老與之斟酌道德之淵源肴覈仁誼之林藪以望元符之臻焉斟酌飲也肴覈食也肉曰肴骨曰覈水深曰淵水本曰源叢木曰林澤無水曰藪言六藝者道德之深本而仁義之叢藪也天子與羣儒故老斟酌肴覈而行以天應之至也詩云泂酌彼行潦又曰肴覈惟旅旣感羣后之讜辭又悉經五繇之碩慮

矣讜直言也經常也繇占也王者巡狩預卜五年歲習其祥習則行不則修德而改卜言天下已舉五卜之占而習吉也將絣萬嗣揚洪輝奮景炎揚奮皆振布之意也絣使也絣與絣古字通也扇遺風播芳烈久而愈新用而不竭汪汪乎丕天之大律其疇能亙之哉唐哉皇哉皇哉唐哉言誰能竟此道惟唐堯與漢漢與唐堯而已

文選卷第四十八　初四夕　侃誦

孫志祖云：許云廣雅絣使也，此當作使字解，善注非。

丕天之大律出今文泰誓，鄭注云：丕，大也；律，法也。案丕光大之也。鄭哉鄭哉唐哉唐哉鄭哉鄭哉，乃法此言惟唐乃以比漢，惟漢乃以繼唐。

文選卷第四十九

梁昭明太子撰

文林郎守太子右內率府錄事參軍事崇賢館直學士臣李善注上

史論上

公孫弘傳贊一首　班孟堅

贊曰公孫弘卜式倪寬皆以鴻漸之翼困於燕雀李奇漢書

注云漸進也鴻一舉而進千里者羽翼之材也弘等言皆以大材初困爲俗所薄若燕雀不知鴻鵠之志遠迹羊豕之間非遇其時焉能致此位乎漢書曰公孫弘少時家貧牧豕海上年四十餘乃學春秋武帝初即位召賢良文學士是時弘年六十徵賢良文學對策拜博士遷丞相又曰卜式以田畜爲事式以入山牧羊十餘年羊致千餘頭上拜爲中郎遷御史大夫韋昭漢書注曰遠迹謂耕牧在遠方也是時漢興六十餘載海内乂安府庫充實而四夷未賓制度多闕上方欲用文武求之如弗及始以蒲輪迎枚生見主父而歎息漢書曰武帝爲太子聞枚乘名及即位乘已年老迺以安車蒲輪徵乘又曰主父偃齊國臨淄人武帝時言九事其八事爲律令上書闕下朝奏暮召入見謂曰公安在何相見之晚也羣士慕嚮異人並出卜式拔於芻牧弘羊擢於賈豎古漢書曰桑弘羊洛陽賈人子衛青奮於奴僕日磾出於降虜

漢書曰衛青其父鄭季與陽信長公主家僮衛媼通生青青姊子入宫幸上召青爲建章監侍中又曰金日磾本匈奴休屠王子王降漢後悔昆耶王殺之將其衆降日磾以父不降没入宫輸黄門養馬馬肥好上拜爲馬監 斯亦曩時版築飯牛之朋已 尚書序曰高宗夢得說使百工營求諸野得諸傅巖孟子曰傅說舉於版築之閒呂氏春秋曰甯戚飯牛居車下望桓公悲擊牛角而疾歌矣 漢之得人於兹爲盛儒雅則公孫弘董仲舒倪寬 漢書曰倪寬治尚書爲侍御史上問尚書一篇擢爲中大夫 篤行則石建石慶 漢書曰石奮長子建次子慶皆以馴行孝謹官至二千石 質直則汲黯卜式 汲黯已見西征賦漢書曰卜式言郡國不便鹽鐵船有算可罷 推賢則韓安國鄭當時 漢書曰韓安國所推舉皆廉士賢於己者於梁舉壺遂臧固至此皆天下名士鄭當時已見西征賦 定令則趙禹張湯 漢書曰張湯遷太中大夫與趙禹共定諸律令又曰趙禹斄人至中大夫斄音邰 文章則司馬遷相如滑稽

則東方朔枚皋楚辭曰突梯滑稽如脂如韋王逸曰轉免隨俗也漢書曰枚皐字少孺不通經術談笑類俳倡以故得媟黷應對則嚴助朱買臣漢書曰嚴助爲中大夫與朱買臣並在左右歷數則唐都落下閎漢書曰造漢太初歷方士唐都巴郡落下閎與焉益部耆舊傳曰閎字長公巴郡閬中人也明曉天文地理隱於落亭武帝時友人同縣譙隆薦閎待詔太史更作太初歷拜侍中辭不受風俗通曰姓有落下漢有落下閎協律則李延年漢書曰李延年中山人坐法腐刑善歌新聲爲協律都尉運籌則桑弘羊漢書曰桑弘羊以心計爲侍中奉使則張騫蘇武張騫蘇武已見西征賦將帥則衛青霍去病衛青霍去病已見長楊賦受遺則霍光金日磾漢書曰武帝病篤霍光曰如有不諱誰當嗣者上曰立少子君行周公之事光讓日磾日磾亦曰臣不如光並受遺詔輔少主其餘不可勝紀是以興造功業制度遺文後世莫及孝宣承統纂修洪業國語曰祭公謀

父曰時序其德纂修其緒亦講論六藝招選茂異六藝六經也漢書武帝詔曰察吏民茂才異等而蕭望之梁丘賀夏侯勝韋玄成嚴彭祖尹更始以儒術進漢書曰蕭望之修齊詩事同縣后倉又曰梁丘賀字長公從京房受易賀入說上善之以賀爲郎至少府又曰夏侯勝從濟南伏生受尚書至長信少府又曰韋賢修詩傳子玄成至丞相又曰嚴彭祖字次公與顏安樂俱事眭孟公羊春秋有顏嚴之學爲太子太傅又曰穀梁學有尹更始爲諫議大夫劉向王褒以文章顯將相則張安世趙充國魏相邴吉于定國杜延年漢書曰張安世字少孺宣帝即位爲大司馬車騎將軍又曰杜延年字幼公爲太僕給事中宣帝任信之即奉駕入給事中趙充國于定國已見西征賦治民則黃霸王成龔遂鄭弘召信臣韓延壽尹翁歸趙廣漢嚴延年張敞之屬漢書曰黃霸字次公爲揚州刺史宣帝以爲潁川太守又曰王成爲膠東相政甚有聲宣帝最先褒之又

蕭嗣何以竟以斯文入選
豈是非之公未可泯乎

曰龔遂字少卿宣帝以爲渤海太守人皆富實獄訟止息又曰鄭弘字穉卿爲淮陽相以高第入爲右扶風又曰召信臣字翁卿爲南陽太守吏民親愛號之曰召父又曰韓延壽字長公爲東郡太守吏民敬畏趨嚮之斷獄大減爲天下最又曰尹翁歸字子況拜東海太守東海大治又曰嚴延年字次卿爲涿郡太守道不拾遺趙張已見西征賦皆有功迹見述於後世參其名臣亦其次也

晉紀論晉武帝革命一首　干令升

何法盛晉書曰干寶字令升新蔡人始以尚書郎領國史遷散騎常侍卒撰晉紀起宣帝迄愍五十三年評論切中咸稱善之

史臣曰帝王之興必俟天命尚書曰俟天休命苟有代謝非人事也淮南子曰二者代謝舛馳高誘曰代更也謝次也文質異時興建不同春秋元命苞曰王者一質一文據天地之道也天質而地文又曰正朔三而改文質再而復故古之有

天下者柏皇栗陸以前爲而不有應而不求執大象也
莊子曰獨不知至德之時乎昔者柏皇氏栗陸氏若此
之時則至治也淮南子曰天地大矣成而弗有老子曰
執大象天下往鴻黄世及以一民也父子相承以一民之心也左氏傳史克曰昔帝鴻氏
有不材子杜預曰帝鴻黄帝也禮記曰大人世及以爲禮堯舜内禪體文德也漢魏
外禪順大名也謝靈運晉書禪位表曰夫唐虞内禪無兵戈之事故曰文德漢晉外禪有翦伐
之事故曰順名以名而言安得不借稱以爲禪代邪靈運之言似出于此文既詳悉故具引之湯武革
命應天人也周易曰湯武革命順乎天而應乎人高光爭伐定功業也漢高
祖及光武也仲長子昌言曰高光二祖之神武遇際會而不能得管子曰禹平治天下及桀而亂之湯放桀以
定禹功也湯平治天下及紂而亂之武王伐紂以定湯功也各因其運而天下隨時
隨時之義大矣哉周易曰隨元亨隨時之義大矣哉古者敬其事則命

而晉祚安得久長矣

過秦一篇尊郭無數

此其一也

摹擬過秦過多未能

鎔鍊是此文之病特大

體骸健耳

劉知幾云干寶直言取譏朝士

晉書干寶傳寶少勤學博覽

書記以才器召爲著作郎中興

草創未置史官王導乃表請

以寶領國史寶乃著晉紀自

宣帝迄於愍帝五十三年凡二

十卷奏之其書簡略直而能

婉咸稱良史

以始今帝王受命而用其終尚書曰月正元日舜格于文祖孔安國曰將即政故至文祖廟告也魏志曰陳留王咸熙二年十二月禪位于晉嗣王左氏傳曰晉侯使太子申生伐東山皐落氏狐突歎曰時事之徵也故敬其事則命以始今命以時卒閟其事也豈人事乎其天意乎

晉紀總論一首

干令升

史臣曰昔高祖宣皇帝以雄才碩量應運而仕范曄後漢書曰陶謙奏記於朱儁曰將軍既文且武應運而出值魏太祖創基之初籌畫軍國嘉謀屢中干寶晉紀曰魏武帝爲丞相命高祖爲文學掾每與謀策畫多善遂服輿軫驅馳三世干寶晉紀曰魏文帝即王位爲丞相長史明帝即位遷驃騎大將軍性深阻有如城府而能寬綽以容納行任數以御物而知人善采拔管子曰聖君任法不任智任數不任說尚書禹曰知人則哲能官人故賢愚咸懷小大

隙晉書作瑣

初以口吃不得為幹佐為稻田守叢草吏後為

司馬宣王征孟達時泰導軍為兗州刺史時於討諸葛誕之役極有功

凌晉書

畢力。尚書穆王曰小大之臣咸懷忠良東觀漢記太史官曰明主勞神忠臣畢力爾乃取鄧艾於農隙引州來於行役委以文武各善其事魏志曰鄧艾字士林義陽人也典農綱紀上計吏因使見太尉司馬宣王宣王奇之辟以爲掾遷尚書郎郭頒世語曰初荊州刺史裴潛以州泰爲從事司馬宣王鎮宛潛數遣詣宣王由此爲宣王所知歷兗豫州刺史故能西禽孟達東舉公孫淵干寶晉紀曰新城太守孟達反高祖親征之屠其城斬達魏志曰公孫淵爲遼東太守景初元年徵淵遂發兵逆於遼隧自立爲燕王三年遣司馬宣王征淵斬淵傳首洛陽內夷曹爽外襲王陵干寶晉紀曰高祖與曹爽俱受遺輔政爽橫恣日甚高祖乃奏事永寧宮廢爽兄弟以侯歸第有司奏黃門張當辭道爽反狀遂夷三族又曰高祖東襲太尉王陵于壽春初陵以魏王非明帝親生且不明也謀更立楚王彪陵聞軍至面縛請降高祖解縛反服見之送之京都飲藥而死神略。獨斷征伐。四克。楊雄連珠曰兼聽獨斷聖王之法也法言曰湯武桓桓征伐四克維御。

輔頰也口旁肌之名也輔車本一処分為二名輔為外表車是內骨

據晉書及別本乙

老子執大象天下往

群后大權在己春秋孔演圖曰天子執圖諸侯得之大權成屢拒諸葛亮節制之兵而東支吳人輔車之勢漢書曰齊桓晉文之兵可謂入其域而有節制矣左氏傳宮之奇曰諺所謂輔車相依脣亡齒寒世宗承基太祖繼業干寶晉紀曰世宗景皇高祖崩以撫軍大將軍輔政又曰太祖文皇帝母弟也世宗崩進位大將軍錄尚書事輔政軍旅屢動邊鄙無虧於是百姓與能大象始構矣周易曰人謀鬼謀百姓與能大象已見上文玄豐亂內欽誕寇外干寶晉紀曰中書令李豐推太常夏侯玄謀廢大將軍世宗聞之乃遣王羨迎豐至世宗責之豐知禍及遂肆惡言勇士築殺之皆夷三族又曰楊州刺史文欽自曹爽死後陰懷異志乃矯太后令罪狀世宗世宗自帥中軍討之欽敗得入吳又曰鎮東大將軍諸葛誕貳于我太祖親率六軍東征拔之斬誕首夷三族也潛謀雖密而在幾必兆淮浦再擾而許洛不震咸黜異圖用融前烈左氏傳曰咸黜不端尚書

九錫　大輅戎輅、衮冕赤舃、軒懸之樂六佾之舞、朱戶以居、納陛以登、虎賁之士三百人、鈇鉞、彤弓彤矢旅弓旅矢、秬鬯圭瓚、

藝文類聚載袁淑俳諧集載驢廬山公九錫文雞會稽公九錫文

王曰公劉克篤前烈然後推轂鍾鄧長驅庸蜀干寶晉紀曰景元四年大舉伐蜀太祖部分諸軍指授方略使征西將軍鄧艾自狄道攻姜維於沓中使鎮西將軍鍾會自駱谷襲漢中漢書馮唐曰上古王者遣將也跪而推轂曰閫以內寡人制之閫以外將軍制之戰國策曰樂毅輕卒銳兵長驅至齊尚書曰及庸蜀人三關電掃劉禪入臣吳志賀邵曰劉氏據三關之險守重山之固張瑩漢南記曰蜀有陽平江關白水關此為三關干寶晉紀曰鄧艾進軍城北蜀主劉禪面縛輿櫬詣壘門范曄後漢書閻忠說車騎將軍皇甫嵩曰旬月之間神兵電掃天符人事於是信矣東觀漢記耿純說上曰天時人事已可知矣始當非常之禮終受備物之錫干寶晉紀曰天子命太祖為晉公九錫之禮又進公爵為王左氏傳子魚曰備物典策名器崇於周公權制嚴於伊尹至於世祖遂享皇極世祖武帝也尚書考靈耀曰建用皇極宋均曰建立也皇極大中也正位居體重言慎法周易曰君子正位居體也法言曰重言重

易坤卦疏云正位居體者居中得正是正位也處上體之中是居體也

行言重則有法行重則有德仁以厚下儉以足用周易曰山附於地剝上以厚下安宅毛詩序曰儉以足用寬以愛民和而不弛寬而能斷論語曰君子和而不同韋昭國語注曰弛廢也尚書曰寬而栗斷猶決也故民詠惟新四海悅勸矣毛詩曰周雖舊邦其命惟新周易曰說以先民民忘其勞說以犯難民忘其死說之大民勸矣哉聿修祖宗之志思輯戰國之苦毛詩曰無念爾祖聿修厥德腹心不同公卿異議而獨納羊祜之策以從善為衆干寶晉紀曰征南大將軍羊祜來朝上疏云以國家之盛強臨吳之危弊軍不踰時尅可必也上納之而未宣左氏傳欒武子曰善鈞從衆夫善衆之主也從之不亦可乎故至於咸寧之末遂排群議而杖王杜之決干寶晉紀曰咸寧五年龍驤將軍王濬上疏曰吳王荒淫且觀時運宜征伐上將許之賈充荀勖等陳諫以為不可張華固勸之杜預亦上疏上先納羊祜之謀重以濬預之決乃發詔諸方大舉況舟三峽介馬桂

桂陽今湘南地杜預取江陵沅湘以南接於交廣望風降下

陽左氏傳晉饑秦輸之粟命之曰汎舟之役劉淵林蜀都賦注曰三峽巴東永安縣有高山相對民謂之峽左氏傳曰晉郤克與齊侯戰于鞌齊侯不侯介馬而馳之漢書曰有桂陽郡高帝置之役不二時。江湘來同。干寶晉紀曰咸寧五年十一月命安東將軍王渾龍驤將軍王濬帥巴蜀之卒浮江而下太康元年四月王濬鼓譟入于石頭吳主孫皓面縛輿櫬降于濬毛詩曰淮夷來同也夷吳蜀之。壘。垣。通二。方。之。險。塞。掩唐。虞。之。舊。域。班正。朔。於。八。荒。漢書曰賈捐之曰堯舜之盛也地方不過數千里論語比考讖曰正朔所加莫不歸義甘泉賦曰八荒協兮萬國諧

太康之中天下書同文車同軌禮記子曰今天下書同文車同軌牛馬被野餘糧棲畝行旅草舍外閭不閉東觀漢記曰建武十七年商賈重寶單車露宿牛馬放牧道無拾遺淮南子曰昔容成之時置餘糧於畝首蔡邕胡廣碑曰餘糧棲乎畎畝毛詩曰召伯所茇毛萇曰茇草舍也禮記曰外戶不閉謂之大同民相遇者如親其匱乏者

說文諺傳言也傳言其古語也凡經傳所稱之諺皆屬前代故訓宋人作注始以俗語俗論當之

取資於道路禮記孔子曰昔者大道之行也人不獨親其親不獨子其子故于時有天下無窮人之諺莊子孔子曰當堯舜而天下無窮人非知得也當桀紂而天下無通人非知失也雖太平未洽亦足以明吏奉其法民樂其生百代之一時矣東觀漢記詔曰吏安其職民樂其業孝經援神契曰天下歸往人人樂生論語曰百世可知言喻遠也武皇既崩山陵未乾漢書霍禹曰將軍墳墓未乾楊駿被誅母后廢黜干寶晉紀曰永平元年誅太傅楊駿遷太后楊氏于永寧宮策廢為庶人居於金墉城朝士舊臣夷滅者數十族尋以二公楚王之變干寶晉紀曰太子太傅孟觀知中宮旨因譖二公欲行廢立之事楚王瑋殺太宰汝南王亮太保衛瓘張華以二公既亡楚必專權使董猛言於后遣謁者李雲宣詔免瑋付廷尉瑋以矯詔伏誅宗子無維城之助而閼伯實沈之郤歲構毛詩曰懷德維寧宗子維城左氏傳子產曰昔高辛氏有二子伯曰

廿二史劄記云八王之亂晉書及通鑑紀事本末所載頭緒繁多覽者不易了今撮敘於此　武帝臨崩欲以汝南王亮與后父楊駿同輔政駿匿其詔矯命亮司馬懿子出鎮許昌惠帝既立賈后擅權殺楊駿廢楊太后徵亮入與衛瓘同輔政亮與楚王瑋不協瑋武帝子訴於賈后誣亮瓘有廢立之謀后遂使帝詔瑋殺亮瓘又坐瑋以矯殺亮瓘之罪即日殺瑋后益肆淫恣廢太子遹惠帝長子非賈后生廢楊太后附趙王倫懿子在京師素諂賈后其嬖人孫秀說以太子之廢人言公實與謀宜廢后以雪其謗倫從之秀又恐太子聰明終有疑於倫不如待后殺太子而廢后為太子報讎可以立功乃使后黨諷后后果殺太子倫遂矯詔與齊王冏攸子率兵入宮廢后幽於金墉城尋害之倫自為相國侍中都督中外諸軍事孫秀等恃勢肆橫冏內懷不平秀覺之出冏鎮許昌倫僭位以惠帝為太上皇遷於金墉於是冏及河間王顒司馬孚之孫惠帝從叔成都王穎武帝子共起兵討倫倫兵敗其

閼伯季曰實沈居曠壄不相能日尋干戈以相征討閼伯實沈則參商也師尹無具瞻之貴而顛墜戮辱之禍日有毛詩曰赫赫師尹民具爾瞻至乃易天子以太上之號而有免官之謠臧榮緒晉書曰惠帝永寧二年禪位于趙王倫倫以兵留守衛上號曰太上皇改金墉曰永昌宮中書令繆播云太史案星變事當有免官天子民不見德唯亂是聞左氏傳卜偃曰民不見德唯戮是聞朝為伊周夕為桀跖莊子曰施不及三王天下大駭矣下有盜跖上有曾史善惡陷於成敗毀譽脅於勢利於是輕薄干紀之士役姦智以投之如夜蟲之赴火范曄後漢書曰李寶勸劉嘉且觀成敗光武聞告鄧禹曰當是長安輕薄兒誤之耳左氏傳季孫盟臧氏曰無或如臧孫紇干國之紀呂氏春秋曰人主有能明其德者天下之士歸之若蟬之赴明火也內外混淆庶官失才鄭玄毛詩箋曰內謂諸夏也外謂夷狄也尚書曰推賢讓能庶官乃和名實反錯

將王冏與廢倫斬秀迎惠帝復位倫尋伏誅冏入京帝拜冏為大司馬冏大權在握恣行非法河間王顒遂上表請廢冏並檄長沙王乂（武帝子）為內主冏遣兵襲乂乂徑入宮奉帝討斬冏顒本以乂弱冏強冀乂為冏所殺而以殺乂之罪討之因廢帝立穎己為宰相可以專政及殺乂先殺冏其計不遂穎亦以乂在內己不得逞執朝權於是顒遣將張方與穎同向京師帝拜乂為大都督拒方等先勝後敗東海王越（司馬泰之子惠帝從叔祖）在京慮事不濟收乂送金墉乂為張方所殺穎入京朝政皆穎主之穎尋還鄴乘輿服御及宿衛兵皆遷於鄴右衛將軍陳眕不平奉帝討穎穎遣將石超敗帝於蕩陰超遂以帝入於鄴平北將軍王浚復起兵討穎穎戰敗仍擁帝還洛陽時顒遣張方救穎方遂挾帝及穎歸於長安東海王越自徐州起兵迎大駕顒又命穎統兵拒之河橋戰敗越兵入關奉惠帝還洛陽穎為劉輿所殺顒亦於途為南陽王模所殺惠帝崩懷帝即位越出討石勒而卒

建安中單于於扶羅来朝曹操留之使右賢王去卑監國分其衆為五部左部居今汾陽右部在今祁縣南部居隰縣北部居忻縣中部居今文水東北各立貴人為帥帥皆稱劉氏
魏嘉平中鄧艾上言於司馬師宜分并州境内匈奴左部為二國徙居雁門其羌胡同民同處者宜以漸出之使居民表議未及行
武帝初郭欽上言戎狄彊獷歷古為患魏初民少西北諸郡皆為戎居内及京兆魏郡弘農往往有之今雖服從若百年後有風塵之警胡騎自平陽上黨不三日而至孟津北地西河太

天綱解紐管子曰循名而案實實而定名名實相爲情國政迭移於亂人禁兵外散於四方方岳無鈞石之鎮關門無結草之固漢書十六兩爲斤三十斤爲鈞四鈞爲石左氏傳曰晉輔氏之役魏顆見老人結草以亢杜回回躓而顛仆李辰石冰傾之於荆揚干寶晉惠紀曰蜀賊李流攻益州發武勇以西赴益州兵不樂西征李辰因之誑曜百姓以山都民丘沈爲主石冰應之石冰略揚州揚州刺史蘇峻降劉淵王彌撓之於青冀干寶晉紀曰劉淵遷離石遂謀亂淵在西河離石攻破諸郡縣自稱王又曰王彌攻東莞東安二郡復攻青州二十餘年而河洛爲墟戎羯稱制二帝失尊山陵無所干寶晉懷紀曰賊劉曜入京都百官失守天子蒙塵於平陽又愍紀曰劉曜寇長安劉粲寇於城下天子蒙塵於平陽矣何哉樹立失權託付非才四維不張而苟且之政多也管子曰不供祖舊則孝悌不備四維不張國乃滅亡四維一曰禮二曰義三曰

原酒泖上郎安定盡為
秋庭矣宣及平吳之感
裕內地襍胡於邊地峻四
夷出入之防則先王荒服
之制此萬世長策也不聽
元康末関中氐齊萬年
反事平江統作徙戎論

此則他本摹擬不能脫
化非可為式
可檢史通摹擬篇
晉書載記成都王穎拜淵為
北單于淵至左國城劉宣等
上大單于之號二旬之間眾已
五萬都于離石
離石今山西永寧縣

廉四曰聦漢書王嘉上䟽曰上下相望莫有苟且之意夫作法於治其弊猶亂作
法於亂誰能救之左氏傳曰渾罕曰君子作法於涼其弊猶貪作法於貪弊將若之何故
于時天下非暫弱也軍旅非無素也彼劉淵者離石之
將兵都尉王彌者青州之散吏也于寶晉武紀曰太康八年詔淵領北部都
尉蓋皆弓馬之士驅走之人凡庸之才非有吳先主諸
葛孔明之能也新起之寇烏合之衆非吳蜀之敵也晉子
曰烏合之衆初雖相歡後必相咋脫耒爲兵裂裳爲旗非戰國之器也
賈誼過秦論曰斬木爲兵揭竿爲旗自下逆上非鄰國之勢也然而成敗
異效擾天下如驅群羊舉二都如拾遺孔安國尚書傳曰擾亂也淮南
子曰兵略者乘勢以爲資清淨以爲常避實就虛若驅群羊此所以言兵者也漢書梅福上書曰高祖舉秦如

躬逢喪亂如有感乎斯言

鴻毛取楚如拾遺將相侯王連頭受戮乞爲奴僕而猶不獲干寶晉紀曰劉曜入京都殺大將軍吳王晏光祿大夫竟陵王其餘官僚僵尸塗地百不遺一后嬪妃主虜辱於戎卒豈不哀哉孫盛晉陽秋曰劉曜入于京都六宮幽辱征西將軍南陽王模出降以模妃劉氏賜胡張平爲妻夫天下大器也羣生重畜也文子老子曰天下大器也不可執也不可爲也爲者敗之執者失之漢名臣奏陳風對問曰民如六畜在牧養者耳愛惡相攻利害相奪周易曰愛惡相攻而吉凶生情僞相感而利害生六韜曰利害相臻猶循環之無端其勢常也若積水于防燎火於原未嘗暫靜也周禮曰以防止水鄭玄曰偃豬畜流水之陂尚書曰若火之燎于原器大者不可以小道治勢動者不可以爭競擾古先哲王知其然也是以扞其大患而不有其功禦其大災而不尸其利禮記曰聖王之制祭祀也能禦

爾雅晨風鸇郭璞注云鷂屬

大災則祀之能扞大患則祀之百姓皆知上德之生已而不謂浚已以生也左氏傳子產寓書於子西以告宣子曰毋寧使人謂子子實生我而謂子浚我以生乎杜預曰浚取也是以感而應之悅而歸之如晨風之鬱北林龍魚之趣淵澤也毛詩曰鴥彼晨風鬱彼北林孫卿子曰川淵深而魚鼈歸之刑政平而百姓歸之川淵者龍魚之居也國家者士人之居也順乎天而享其運應乎人而和其義然後設禮文以治之斷刑罰以威之孝經曰安上治民莫善於禮毛詩序曰君臣上下動無禮文左氏傳叔向詒子產書曰嚴斷刑罰以威其淫謹好惡以示之審禍福以喻之孝經曰示之以好惡而民知禁謝承後漢書曰朱儁宣國威靈審示禍福求明察以官之篤慈愛以固之故衆知向方左氏傳叔向曰猶求聖哲之主明察之官忠信之長慈惠之師禮記曰樂行而人向方皆樂其生而哀其死鶡冠子所

何之君子勤禮云云乃左傳所載劉康公之言

邪僻銷於胸懷當由不飢不寒始不盡邪之念以為易也

老子云善建者不拔

謂人者惡死樂生悦其教而安其俗孟子曰萬乘之國行仁政民悦之猶解倒懸也老子曰安其居樂其俗君子勤禮小人盡力趙岐孟子章指曰治身勤禮君子所能家語曰子路治蒲孔子曰此其恭敬以信故其人盡力廉恥篤於家閭邪僻銷於胸懷廉恥已見上注禮記曰情慢邪僻之氣不設於身體故其民有見危以授命而不求生以害義論語子張曰士見危致命又子曰志士仁人無求生以害仁又況可奮臂大呼聚之以干紀作亂之事乎漢書淮南王安上疏曰陳勝吳廣奮臂大呼天下響應基廣則難傾根深則難拔文子曰人主之有民猶城之有基木之有根根深則本固基厚則上安理節則不亂膠結則不遷是以昔之有天下者所以長久也夫豈無僻主賴道德典刑以維持之也左氏傳韓厥曰三代之令王皆數百年保天之禄夫豈無辟王賴前哲以免也毛詩曰雖無老成人

此段拟子政而引詩太多殊累氣而不健意在以周反形晉耳

毛詩云遭夏人亂

尚有典刑故延陵季子聽樂以知諸侯存亡之數短長之期著蓋民情風教國家安危之本也左氏傳曰吳公子札來聘請觀於周樂使工爲之歌鄭曰其細已甚民不堪也是其先亡乎爲之歌齊曰表東海者其太公乎國未可量也昔周之興也后稷生於姜嫄生民詩序而天命昭顯文武之功起於后稷毛詩序曰后稷生於姜嫄文武之功起於后稷故其詩曰思文后稷克配彼天又曰立我蒸民莫匪爾極毛詩周頌文也鄭玄曰周公思先祖之有文德者后稷之功能配天又播殖百穀蒸民乃粒天下無不於汝得其中者言反其性情豳元什又曰實穎實栗生民即有邰胎家室毛詩大雅文也毛萇曰穎垂穎也鄭玄曰栗成熟也后稷教世種黍稷堯見敀封於邰就其家室無變更也至于公劉遭狄人之亂去邰之豳身服厥勞故其詩曰乃裹公劉餱糧于槖託于囊毛詩大雅文毛萇曰小曰槖大曰囊鄭玄曰爲

狄人所迫逐不忍鬬其民裹糧食橐囊之中棄其餘而去陟則在巘復降在原以處其民毛詩大雅文也毛萇曰巘小山別於大山者也鄭玄曰由原而升巘復下在原言反覆之重民居以至于太王爲戎翟所逼而不忍百姓之命杖策而去之莊子曰太王亶父居豳狄人攻之太王曰與人之兄居而殺其弟與人之父居而殺其子吾不忍也子皆免居矣因杖策而去故其詩曰來朝走馬帥西水滸至于岐下毛詩大雅文鄭玄曰來朝走馬言其避惡早且疾也循西水滸漆沮側也謂亶父避狄循漆沮之水而至岐下周民從而思之曰仁人不可失也故從之如歸市毛萇詩傳曰古公處豳狄人侵之乃屬其耆老而告之曰吾聞之君子不以其養人而害人二三子何患無君去之踰梁山邑於岐山之下豳人曰仁人之君不可失也從之如歸市居之一年成邑二年成都三年五倍其初新序曰太王亶父止於岐下百姓扶老攜幼隨而歸之一年成邑二年成都三

年五倍其初每勞來而安集之毛詩序曰萬民離散不安其居而能勞來安集之故其詩曰乃慰乃止乃左乃右乃疆乃理乃宣乃畝毛詩大雅文也毛萇曰慰安也人心定乃安隱其居乃左右而處之乃疆理其經界乃時耕其田畝者鄭玄曰時耕曰宣以至于王季能貊其德音毛詩曰維此王季帝度其心貊其德音毛萇曰心能制義曰度貊靜也鄭玄曰德政應和曰貊故其詩曰克明克類克長克君載錫之光毛詩大雅文也左傳曰勤施無私曰類教誨不倦曰長慶賞刑威曰君毛萇曰光大也鄭玄曰載始也於使之顯著也至于文王備修舊德而惟新其命毛詩曰周雖舊邦其命惟新鄭玄曰太王國於周至文王而受命言新者美之也故其詩曰惟此文王小心翼翼昭事上帝聿懷多福毛詩大雅文也鄭玄曰小心翼翼恭順之貌也昭明也聿述也懷思也謂能明事上天又能述思多福由此觀之周家世積忠厚仁及

毛傳耇凍梨也 黃耇壽也
内則云凡養老五帝憲三王有乞
言
先謙案詩言福禄多不别商頌五
篇兩言福三言禄大指不殊說
文𥙆雅毛傳皆曰禄福也此古義
也鄭既醉箋始為分别之詞如云
天予汝福祚至於子孫天覆被
汝以禄位使禄臨天下

草木内睦九族外尊事黃耇養老乞言以成其福禄者也毛詩行葦序文而其妃后躬行四教禮記曰古婦人教以婦德婦言婦容婦功鄭玄毛詩箋曰法度莫大於四教尊敬師傅服澣濯之衣脩煩辱之事化天下以婦道毛詩葛覃序也詩曰葛之覃兮毛萇曰葛所以為絺綌女功之事煩辱者也故其詩曰思齊刑于寡妻至于兄弟以御于家邦毛詩大雅文也毛萇曰刑法也鄭玄曰御治也文王以禮法接其妻至于宗族又能為正治於家邦是以漢濱之女守絜白之志中林之士有純一之德毛詩曰漢有游女不可求思鄭玄曰女雖出游漢水之上人無欲求犯禮者亦由貞絜使之然也毛詩曰肅肅兎罝施于中林赳赳武夫公侯腹心鄭玄曰亦言賢故曰文武自天保以上治内采薇以下治外始於憂勤終於逸樂毛詩六月魚麗序也鄭玄曰内謂諸夏也外謂夷狄也於是天下三

文外之意隱約不貽
孔叢子載子思云殷王帝乙之時王季以九命作伯於西故文王因之以專征伐
鄭玄云雍梁荊豫徐揚之人咸被其德而從之

分有二猶以服事殷諸侯不期而會者八百猶曰天命未至論語孔子曰三分天下有其二以服事殷周之德其可謂至德已矣周書曰武王將渡河不期同時一朝會於武王郊祀下者八百諸侯史記曰武王至於孟津諸侯皆曰帝紂可伐武王曰天命未至也以三聖之智伐獨夫之紂猶正其名教曰逆取順守保大時遵定功安民和衆琴操曰崇侯譖文王於紂曰西伯昌聖人也長子發中子旦皆聖三聖合謀將不利於君尚書武王曰獨夫受洪惟作威孔安國尚書傳曰湯順天應人逆取順守左氏傳楚子曰夫武禁暴戢兵保大定功安民和衆豐財猶著大武之容曰未盡善也論語孔子曰謂武盡美矣未盡善也及周公遭變陳后稷先公風化之所由致王業之艱難者則皆農夫女工衣食之事也毛詩七月序也故自后稷之始基靜民十五王而文始平之十六王而武始居

說苑建本篇云本不正者末必倚始不盛者終必衰春秋之義有正春者無亂秋有正君者無危國

蓋此數語斯旁皇周浹矣

孽晉名

苟濟告司馬懿王淩文武具瞻當今無儷廣等志力有美於父耳退而因此言滅人門宗

之十八王而康克安之國語曰靈王十二年穀洛鬬王欲壅之太子晉諫曰后稷始基靜民十五王而文始平之十八王而康克安之其難也如是韋昭曰基始也靜安也自后稷播百穀以始安民凡十五王世脩其德至文王乃平民受命也十五王謂后稷不窋鞠陶公劉慶節皇僕羌弗毀俞公非高圉亞圉公組太王王季文王也十八者加武王成王康王并上十五故其積基樹本經緯禮俗節理人情恤隱民事如此之纏緜也潘元茂九錫文曰經緯禮律王肅家語注曰經緯猶織以成之也國語祭公謀父曰勤恤民隱爰及上代雖文質異時功業不同文質已見上文及其安民立政者其揆一也安民已見上文尚書有立政篇孟子曰先聖後聖其揆一也今晉之興也功烈於百王事捷於三代蓋有爲以爲之矣禮記孔子曰昔者魯公伯禽有爲爲之宣景遭多難之時務伐英雄誅庶桀以便事左氏傳司馬侯曰或乃多難尸子曰

此于文勢為太盡其論无疵

恥尚失所其所恥非恥其所尚非尚也建安十五年令有云若必廉士而後可用則齊桓其何以霸世今天下得無有盜嫂受金而未遇無知者乎

便事以立官也以固其國不及脩公劉太王之仁也受遺輔政屢遇廢置故齊王不明不獲思庸於亳魏志曰齊王芳字蘭卿明帝崩即皇帝位大將軍司馬景王廢帝以太后令遣芳歸藩于齊尚書曰太甲既立弗明伊尹放諸桐宮三年復歸于亳思庸也高貴沖人不得復子明辟魏志曰高貴鄉公諱髦字士彥齊王廢即皇帝位魏氏春秋曰帝自出討文王擊戰鼓出雲龍門賈充自外入帝師潰騎督成倅弟濟以矛進帝崩于師尚書曰惟予沖人弗及知又周公曰朕復子明辟二祖逼禪代之期不暇待參分八百之會也二祖景文是其創基立本異於先代者也景福殿賦曰武創元基又加之以朝寡純德之士鄉乏不二之老尚書曰昔君文武則有不二心之臣風俗淫僻恥尚失所學者以莊老為宗而黜六經干寶晉紀劉弘教曰太康以來天下共尚無為貴談莊老少有說事談者以虛薄為

檢晉書

魏董昭上疏云竊見當今年少不復以學問為本專更以交游為業國士不以孝弟清脩為首乃以趨勢游利為先合黨連群互相褒歎以毀訾為罰戮用黨譽為爵賞附己者則歎之盈言不附者則為作瑕釁

蕭杌蓋指儒岳題閙道為謠之類

晉書向秀傳秀好莊老之學當注解之讀者超然心悟郭象又述而廣之儒墨之迹見鄙道家之風遂盛

阮籍素有高名口談浮虛不遵禮法其後王衍樂廣效之俱宅心事外名重於時天下言風流者以王樂為稱首後進莫不競為浮誕遂成風俗 ○卞壼斥王澄謝鯤謂悖禮傷教 中朝傾覆實由於此范甯亦謂王弼何晏之罪深於桀紂

辯而賤名儉王隱晉書曰王衍不治經史唯以莊老虛談惑衆劉謙晉紀應瞻表曰元康以來以儒術清儉爲群俗行身者以放濁爲通而狹節信劉謙晉紀應瞻表曰以宏放爲夷達王隱晉書曰貴遊子弟多祖述於阮籍同禽獸爲通文傳玄上疏曰魏文慕通達而天下賤守節也進仕者以苟得爲貴而鄙居正鄭玄毛詩箋曰祿仕者苟得祿而已公羊傳曰君子大居正當官者以望空爲高而笑勤恪劉謙晉紀應瞻表曰元康以來望白署空顯以台衡之量尋文謹案目以蘭薰之器是以目三公以蕭杌之稱標上議以虛談之名干寶晉紀云言君上之議虛談也蕭杌未詳劉頌屢言治道傳咸每糾邪正皆謂之俗吏干寶晉紀曰劉頌在朝忠正才經政事武帝重之訪以治道悉心陳奏多所施行又曰尚書郭啓出赴妹葬疾病不辭左丞傅咸糾之尚書弗過王隱晉書傳玄曰論經禮者謂之俗生說法理者名爲俗吏其倚杖虛曠依阿無心者皆名

朱珔以蕭杌字乃當時謠諺造為斯語非言似成處也晉書無此句

當時惟裴頠著崇有論江惇著通道崇檢論以矯正之

以此世民俗雖亡百晉可也晉不足惜所痛者華夏之民耳

魏文帝時陳群奏定九品中正之法其始鄉邑清議不拘爵位褒貶所加足為勸勵猶有鄉論餘風其後遂計資定品惟以居位為重

重海內若夫文王日昃不暇食仲山甫夙夜匪懈者尚書曰文王自朝至于日中側弗皇暇食毛詩曰肅肅王命仲山甫將之夙夜匪懈以事一人蓋共嗤黜以爲灰塵而相詬火候反病矣鄭玄毛詩箋曰言時人骨肉無相詬病也說文曰詬恥也由是毀譽亂於善惡之實情慝奔於貨欲之塗選者爲人擇官官者爲身擇利謝承後漢書呂強上䟽曰苟寵所愛私擢所幸不復爲官擇人反爲人擇官也而秉鈞當軸之士身兼官以十數毛詩曰秉國之鈞四方是維桓寬鹽鐵論曰車丞相當軸處中括囊不言大極其尊小錄其要機事之失十恒八九漢書解故曰機事所摠號令攸發胡廣曰機密之事而世族貴戚之子弟陵邁超越不拘資次劉寔崇讓論曰非勢家之子率多因資次而進之悠悠風塵皆奔競之士孔安國論語注曰悠悠周流之貌風塵以喻汙辱也晉諸公讃曰人人望

品求者奔競列官千百無讓賢之舉孫卿子曰天子千官諸侯百官史記曰司馬季主曰試官不讓賢子眞著崇讓而莫之省干寶晉紀曰時禮讓未興賢者壅滯少府劉寔著崇讓論孫盛晉陽秋曰劉寔字子眞平原人子雅制九班而不得用王隱晉書曰劉頌字子雅轉吏部尚書爲九班之制裴頠有所駁長虞數直筆而不能糾孫盛晉陽秋曰司隸校尉傅咸勁直正厲果於從政先後彈奏百寮王戎多不見從其婦女莊櫛織紝女金反皆取成於婢僕禮記曰婦事舅姑如事父母雞初鳴咸盥漱櫛縰笄總維見下句未嘗知女工絲枲胥里反之業中饋酒食之事也禮記曰女子十年不出執麻枲治絲繭織紝組紃周易曰在中饋無攸遂毛詩曰乃生女子無非無儀酒食是議先時而婚任情而動故皆不恥淫逸之過不拘妬忌之惡有逆于舅姑有反易剛柔有殺戮妾媵有黷亂上下爾雅曰婦

莊字亦作妝說文云飾也上林賦作糚借作裝衰也

休其蠶織市也婆娑今古同此乎斯可異矣

抱朴子疾謬云今俗婦女休其蠶織之業廢其玄紞之務不績其麻市也婆娑舍中饋之事修周旋之好

篤守节義斥異姓亂宗二事自南宋後始然

左氏成八年傳凡諸侯嫁女同姓媵之異姓則否

詩摽梅疏引王肅云前賢有言丈夫二十不敢不有室女子十五不敢不事人謂用其男自二十以及三十女年十五以至二十皆得以嫁娶先是則速後是則晚矣

契即楔也
五臣注云鑿契簨也案桂氏札樸云木工穿鑿謂之卯簨
阮籍傳云籍嘗作大人先生傳謂世之禮法君子如蝨之處褌
阮芝當別論
爭晉亡及別本

稱夫之父曰舅稱夫之母曰姑禮記曰婦將有事大小必請於舅姑又曰男子親迎男先於女剛柔之義也公羊傳曰媵者何諸侯娶一國則二國往媵之以姪娣禮記曰婚禮者上以事宗廟而下以繼後世也尚書說命曰黷于祭祀時謂弗欽父兄弗之罪也天下莫之非也又況責之聞四教於古修貞順於今以輔佐君子者哉四教已見上文列女傳宋鮑女宗曰貞順婦人之至行也毛詩序曰后妃又當輔佐君子求賢審官禮法刑政於此大壞如室斯構而去其鑿契如水斯積而決其隄防呂氏春秋曰若積大水而失其壅隄矣如火斯畜而離其薪燎也國之將亡本必先顛其此之謂乎左氏傳齊仲孫謂齊侯曰臣聞國之將亡本必先顛而後枝葉從之故觀阮籍之行而覺禮教崩弛之所由干寶晉紀曰阮籍宏逸曠遠居喪不帥常檢察庾純賈充之事而見師尹之多僻干寶晉紀曰賈充饗

晉書及別本

衆官庚純後至充曰君行常居人前今何以在後純曰有小市井事不了是以後世俗言純乃祖爲五伯又曰充之先爲市魁故以戲荅考平吴之功而知將帥之不讓干寶晉紀曰王渾愧久造江而王濬先之乃表濬違詔不受已節度濬上書自陳曰惡直醜正實繁有徒欲構南箕成此貝錦思郭欽之謀而悟戎狄之有釁干寶晉紀御史大夫郭欽上書曰戎狄強獷歷古爲患今西北郡皆與戎居若百年之後有風塵之警胡騎自平陽上黨不三日至盟津及平吴之盛出北地西河安定復上郡置馮翊平陽帝弗聽覽傅玄劉毅之言而得百官之邪干寶晉紀傅玄上書曰昔魏氏虚無放誕之論盈於朝野使天下無復清議而亡秦之病復發於今又上顧謂劉毅曰朕方漢何主對曰桓靈帝曰吾雖不及古賢猶尅己爲治方之桓靈不亦甚乎對曰桓靈賣官錢入於官陛下賣官錢入私門以比言殆不若也核傅咸之奏錢神之論而覩寵賂之彰干寶晉紀司隷校尉傅咸上書曰臣以貨賂流行所宜深絶又曰魯褒字元道南陽人作錢神論左氏傳曰取

一千三

詩蕩〻之篇〻法度廢壞之見

郜大鼎于宋，臧哀伯諫曰：官之失德，寵賂彰也。民風國勢如此，雖以中庸之才守文之主治之，賈誼過秦篇曰：陳涉材能不及中庸。論語曰：中庸之爲德也，其至矣乎，民鮮久矣。何晏曰：庸，常也。中和可常行之德也。公羊傳曰：繼文王之體，守文王之法度。何休曰：引文王者，文王始受命制度也。辛有必見之於祭祀，季札必得之於聲樂，左氏傳曰：初，平王之東遷也，辛有適伊川，見被髮而祭於野者，曰：不及百年，此其戎乎，其禮先亡矣。又曰：季札來聘，請觀樂，使工爲之歌陳，曰：國無主，其能久乎。范燮必爲之請死，賈誼必爲之痛哭，左氏傳曰：范燮反自鄢陵之役，使其祝宗祈死，曰：君無禮而克敵，天益其疾矣。愛我者唯祝使我速死，無及於難，范氏之福也。漢書賈誼上疏曰：可爲痛哭者一也。又況我惠帝以蕩蕩之德臨之哉。惠帝已見西征賦。毛詩曰：蕩蕩上帝，下民之辟。故賈后肆虐於六宮，韓午助亂於外內，其所由來者漸矣，豈特繫一婦人之惡乎。

文四十九　十七

晉去及別本

積印後之訛當改刪

干寶晉紀曰賈庶人賜死初武帝爲太子取后在宮不恭遜而甚妬忌有孕者輒殺子或以手戟擿之子隨刃墜又曰韓壽妻賈午寔始助亂**懷帝承亂之後得位覊於彊臣**干寶晉懷紀曰太傅東海王越總兵輔政**愍帝奔播之後徙厠其虛名**干寶晉紀曰洛京傾覆秦王業避難密南趣許潁豫州刺史閻鼎以天下無主有輔立之計**天下之政既已去矣非命世之雄不能取之矣**孟子曰五百年必有王者興其閒必有名世者廣雅曰命名也**然懷帝初載嘉禾生于南昌**徐廣晉紀曰太康五年八月嘉禾生南昌九月懷帝生毛詩曰文王初載天作之合載猶生也**望氣者又云豫章有天子氣**干寶晉紀曰初望氣者言豫章廣陵有天子氣**及國家多難宗室迭興**毛詩曰予小子未堪家多難史記太史公曰遞興遞廢能者用事**以愍懷之正淮南之壯成都之功長沙之權皆卒於傾覆**王隱晉書曰愍懷太子遹立爲皇太子賈后無子妬害滋

孫志祖云長沙之死由東海王越收送別省爲張方所殺並非敗死注誤

讖者詭爲隱語預決吉凶史記秦本紀稱盧生奏錄圖書之語是其始也

甚廢太子爲庶人送太子于許昌宫之别坊矯詔使小黄門孫慮害太子趙王倫亂殺賈后帝詔謚遹爲愍懷皇太子又曰武皇帝男允字欽度封淮南王領中護軍孫秀既害石崇等以懼允允遂進圍相府相國趙王倫閉門允兵四勝陷破無前倫息虔僞云有詔助淮南王王下車受詔遂害允又曰穎字章度封成都王拜越屯騎校尉趙王倫簒位穎謀舉義兵迎天子倫死後廢太子覃立穎爲皇太弟張方廢穎歸藩遣田徽殺之於鄴又曰乂字士度封長沙王拜步兵校尉齊王冏相攻冏敗縛至上前乂叱左右斬之河閒王顒欲廢太子立成都王欲先誅乂出征連戰敗走遂誅之

而懷帝以豫章王登天位

干寶晉惠紀曰詔豫章王熾爲皇太弟皇帝崩太弟即位崩謚曰孝懷皇帝尚書曰天位艱哉

劉向之讖云滅亡之後有少如水名者得之起事者據秦川西南乃得其朋

神彥解

案愍帝蓋秦王之子也得位於長安長安固秦地也

干寶晉愍紀曰關中建秦王業爲皇太子本吴孝王之子出爲秦獻王後皇帝崩太子即位于長安崩謚曰愍皇帝

焯按淳耀之烈未渝文止於此餘三句論之

此論在紀前不宜在逸民傳論宗之恩倖傳論並同或謂當作三序亦泥

而西以南陽王爲右丞相東以琅邪王爲左丞相干寶晉紀愍帝詔琅邪王叡曰今以王爲侍中左丞相督陝東諸軍事右丞相南陽王督陝右諸軍事臧榮緒晉書曰南陽王保字景度太尉模世子或以南陽王爲秦王非也上諱業故改鄴爲臨漳漳水名也由此推之亦有徵祥而皇極不建禍辱及身皇極已見上文豈上帝臨我而貳其心毛詩曰上帝臨汝無貳爾心將由人能弘道非道弘人者乎淳燿之烈未渝故大命重集于中宗元皇帝晉中興書曰中宗元皇帝諱睿字景文嗣爲琅邪王愍帝崩于平陽陟皇帝位國語史伯曰黎爲高辛氏火正以淳燿敦大光照四海夫成天地之大功者其子孫未嘗不章韋昭曰淳大也燿明也

後漢書皇后紀論一首 范蔚宗

夏殷以上后妃之制其文略矣周禮王者立后三夫人

九嬪二十七世婦八十一女御以備内職焉后正位宮闈同體天王夫人坐論婦禮九嬪掌教四德世婦主知喪祭賓客女御序于王之燕寢頒官分務各有典司

禮記曰舜葬於蒼梧之野蓋三妃未之從也鄭玄曰帝嚳立四妃以象后妃四星其一明者爲正妃餘三小者次妃也帝堯因焉至舜不告而娶不立正妃但立三妃而已夏后氏增以三三而九合十二人春秋説以天子娶十二即夏制也以虞夏及周制差之則殷人又增以三九二十七合三十九人周人上法帝嚳立正妃又三三九二十七爲八十一以增之合百二十一人其位后也夫人也世婦也嬪也女御也五者相參以定尊卑周禮曰九嬪掌婦學之法教九御婦德婦言婦容婦功各帥其屬而以時御敘于王所世婦掌祭祀賓客喪紀之事女御書敘于王之燕寢以歲時獻功事女史掌王后之禮職掌内治之貳以詔后治内政也

女史彤管記功書過

毛詩曰靜女其孌貽我彤管毛萇曰古者后夫人必有女史彤管之法女史不記其過其

罪殺之居有保阿之訓動有環珮之響列女傳曰齊孝孟姬者華氏之長女
齊孝公之夫人也孝公遊於琅邪華姬從後車奔姬墮車碎孝公使駟馬載姬以歸姬曰妾聞妃后踰閾必乘
安車輜軿下堂必從傅母保阿進退則鳴玉環珮今立車無軿非敢受命也曹大家曰玉環珮珮玉有環進
賢才以輔佐君子哀窈窕而不淫其色毛詩序曰關雎樂得淑女以配
君子憂在進賢不淫其色哀窈窕思賢才所以能述宣陰化脩成內則魏文帝典
論曰欲納二女充備六宮佐宣陰教聿脩古義又禮記有內則篇閨房肅雍險謁不行
者也毛詩序曰王姬猶執婦道以成肅雍之德又曰后妃內有進賢之志而無險詖私謁之心故康
王晚朝關雎作諷宣后晏起姜氏請愆列女傳曰曲沃負謂其子如耳
曰周之康王晏出朝關雎預見虞貞節曰其夫人晏出故作關雎之歌以感誨之列女傳曰姜后者齊侯之女
宣王之后也宣王嘗夜臥而晏起后夫人不出於房姜后既出乃脫簪珥待罪於永巷曰妾不才妾之淫心見

矣至使君王失禮而晏朝及周室東遷禮序凋缺諸侯僭縱軌制無章史記曰平王東徙雒邑周室微諸侯以强并弱齊桓有如夫人者六人左氏傳曰齊侯之夫人三王姬徐嬴蔡姬皆無子齊侯好內多寵內嬖如夫人者六人長衛姬生武孟少衛姬生惠公鄭姬生孝公葛嬴生昭公密姬生懿公宋華子生公子雍公與管仲屬孝公於宋襄公以爲太子雍巫有寵於衛恭姬因寺人貂以薦羞於公亦有寵也公許之立武孟管仲卒五公子皆求立齊桓公卒易牙入與貂因寵以殺群吏而立公子無虧孝公奔宋晉獻升戎女爲元妃左氏傳曰初晉侯欲以驪姬爲夫人卜之不吉筮之吉公曰從筮立之生奚齊其娣生卓子及將立奚齊既與中大夫成謀姬謂太子曰君夢齊姜必速祭之太子祭於曲沃歸胙于公公田姬寘諸宮六日公至毒而獻之公祭之地地墳與犬犬斃與小臣小臣亦斃姬泣曰賊由太子太子奔新城自縊而死終於五子作亂冢嗣遘屯五子齊武孟等冢嗣晉太子也爰逮戰國風憲愈薄適情任欲顛倒衣裳

後漢书及刘本

毛詩曰綠兮衣兮綠衣黃裳鄭玄曰今衣黑而黃裳諭亂嫡妾之禮也以至破國亡身不可勝數斯固輕禮弛防先色後德者也秦并天下多自驕大官備七國爵列八品當秦之時凡有七國秦并其六國故內職皆備置之而爵列八品焉漢書曰漢興因秦之稱號正嫡稱皇后妾皆稱夫人又有美人良人八子長使少使之號焉漢興因循其號而婦制莫釐孔安國尚書傳曰釐理也力之切高祖帷薄不修孝文衽席無辨漢書曰高祖得戚姬愛幸常從呂后年長常留守希見大戴禮曰古者大臣坐汙穢淫亂男女亡別者不曰汙穢曰帷薄不修漢書孝文竇皇后景帝母也上幸上林皇后慎夫人從其在禁中常同坐桓子新論曰文帝慎夫人與皇后同席以亂尊卑鄭玄周禮注曰衽席單席然而選納尚簡飾玩華少自武元之後世增淫費至乃掖庭三千增級十四班固漢書贊曰漢興因秦之稱號至武帝制婕妤元帝加昭儀之號凡十四

等妖倖毀政之符外姻亂邦之迹前史載之詳矣及光武中興斲雕爲朴（漢書班固曰漢興破觚爲圜斲雕爲朴）六宮稱號惟皇后貴人金印紫綬奉不過粟數十斛又置美人宮人采女三等並無爵秩歲時賞賜充給而已漢法常因八月筭民遣中大夫與掖庭丞及相工於洛陽鄉中閱視良家童女年十三以上二十以下姿色端麗合法相者載還後宮擇視可否乃用登御所以明慎聘納詳求淑哲（應劭風俗通曰采女案采者擇也以歲八月雒陽民遣中大夫與掖庭丞相工閱視童女年十三以上二十以下長壯妖絜有法相者載入後宮）明帝聿遵先旨宮教頗修登建嬪后必先令德內無出閫之言權無私溺之授可謂矯其弊

○瀆即瀆之隸變也後漢書作瀆

矣。禮記曰外言不入於閫內言不出於閫向使因設外戚之禁編著甲令如淳漢書注曰甲令者前帝第一令改正后妃之制貽厥方來豈不休哉毛詩曰詒厥孫謀雖御已有度而防閑未篤毛詩序曰魯桓公不能防閑文姜故孝章以下漸用色授范曄後漢書曰肅宗孝章皇帝諱炟顯宗第五子也炟丁達反恩隆好合遂忘瀆釁自古雖主幼時艱王家多釁委成冢宰簡求忠貞未有專任婦人斷割重器重器神器也唯秦芉太后始攝政事故穰侯權重於昭王家富於嬴國史記曰秦武王取魏女爲后無子立異母弟爲昭襄王昭襄王母楚人姓芉氏號宣太后又曰穰侯之富富於王家魏人范睢說秦昭王言穰侯擅權於諸侯漢仍其謬知患莫改東京皇統屢絕權歸女主外立者四帝臨朝者六后范曄後漢書曰孝安皇帝諱祐父清河孝王慶殤帝崩鄧太后與兄隲定策禁中立之又曰安帝崩閻太后與兄顯立濟北惠王子北鄉侯懿又曰桓帝諱志父蠡吾侯質帝崩梁太后與兄冀立之又曰靈帝諱宏父萇解瀆亭侯桓帝崩竇太后與父武立之又曰章德竇皇后和帝即位太后臨朝和熹鄧皇后立殤帝太后臨朝安思閻皇后立少帝太后臨朝順烈梁皇后立沖帝太后臨朝桓思竇皇后立靈帝太后臨朝曹節等遷太后於南宮雲臺家屬徙北景又曰靈思何皇后帝崩皇子辯即位太后臨朝董卓遷於永安宮莫不定策帷帟委事父兄貪孩童以久其政抑明賢以專其威任重道悠利深禍速身犯霧露於雲臺之上家纓縲紲於囹犴岸之下范曄後漢書謝弼上封事曰竇太后幽隔空宮如有霧露之疾陛下何面目以見天下論語子曰公治長可妻也雖在縲紲之中非其罪也毛詩曰宜犴宜獄湮滅連踵傾輈繼路運命論曰前鑒不遠覆車繼軌王隱晉書曰劉肩商貨繼路而赴蹈不息燋爛為期嵇康與山巨源

親屬謂同居正號者之親屬也下無所見者同

書曰禽鹿長而見羈則赴蹈湯火袁崧後漢書朱儁上疏曰養魚沸鼎之中棲鳥烈火之上用之不時必見燋爛也終於陵夷大運淪亡神寶漢書張釋之曰秦陵夷至于二世天下土崩史記作陵遲漢書哀帝詔曰尚書曰考終命言大運一終也詩書所歎略同一揆毛詩曰赫赫宗周褒姒烕之毛萇曰烕滅也尚書曰古人有言牝雞之晨惟家之索故考列行迹以爲皇后本紀雖成敗事異而同居正號者並列于篇其以恩私追尊非當世所奉者則隨他事附出親屬別事各依列傳其餘無所見則係之此紀以纘西京外戚云爾私恩謂桓順外立即位以私恩尊其母后似此者則隨他事附出不同此篇

文選卷第四十九

初四夕編三下 閱及於此 侃记

黄侃黄焯批校昭明文選

九

〔梁〕蕭統 編
〔唐〕李善 注
黄侃 黄焯 校訂

湖北省公益学术著作出版专项资金
Hubei Special Funds for Academic and Public-interest Publications

長江出版傳媒
崇文書局

文選卷第五十

梁昭明太子撰

文林郎守太子右内率府録事參軍事崇賢館直學士臣李善注上

史論下

范蔚宗後漢二十八將論一首

宦者傳論一首　逸民傳論一首

沈休文宋書謝靈運傳論一首

恩幸傳論一首

史述贊

班孟堅漢書述高紀贊一首

此題昭明所代為製者也
今在馬武傳後

述成紀贊一首

述韓彭英盧吳傳贊一首

范蔚宗後漢書光武紀贊一首

史論下

後漢書二十八將傳論一首　范蔚宗

論曰中興二十八將前世以爲上應二十八宿未之詳也中興謂漢有王莽篡位後光武復興爲中興也天有二十八宿將以輔君洽化者也然咸能感會風雲奮其智勇周易曰雲從龍風從虎史記太史公曰相如其處智勇可謂兼之稱爲佐命亦各志能之士也李陵書曰其餘佐命立功之士議者多非光武不以功臣任職至使英姿茂績委而勿用謝承後漢書序曰申

焉後漢書及別本

徒蟠英姿磊落潘岳楊肇誄曰茂績惟嘉然原夫深圖遠筭固將有以爲爾焉若乃王道既衰降及霸德猶能授受惟庸勳賢兼序如管隰之迭升桓世先趙之同列文朝可謂兼通矣左氏傳寺人披曰齊桓公置射鉤而使管仲相又曰齊桓衛姬之子有寵於僖公有鮑叔牙隰朋以爲輔佐又曰晉蒐于被廬命趙衰爲卿讓於先軫杜預曰先軫晉下軍之佐原軫也降自秦漢世資戰力至於翼扶王室皆武人屈起亦有鬻繒盜狗輕猾之徒漢書曰灌嬰睢陽販繒者也高祖爲沛公以中涓從後剖符食潁陰侯丞相又曰樊噲沛人也以屠狗爲事高祖爲沛公以舍人從後封舞陽侯或崇以連城之賞或任以阿衡之地班固漢書贊曰藩國大者跨州兼郡連城數十毛詩曰實惟阿衡左右商王毛萇曰阿衡伊尹也故勢疑則隙生力侔則亂起蕭樊且猶縲紲信越終見葅戮不其

然乎。李陵書曰昔蕭樊囚執韓彭葅醢自茲以降訖于孝武宰輔五世莫非公侯遂使縉紳道塞賢能蔽壅司馬相如封禪書曰因雜縉紳先生之略術臣瓚曰縉赤色紳大帶也朝有世及之私下多抱關之怨禮記曰大人世及以爲禮漢書曰蕭望之署小苑東門候王仲翁謂望之曰不肯錄錄反抱關爲其懷道無聞委身草莽者亦何可勝言。論語陽貨謂孔子曰懷其寶而迷其邦淮南子曰今至人生於亂世含德懷道而死者衆天下莫知貴其不言也故光武鑒前事之違存矯枉之志班固漢書贊曰漢興懲强秦之敗大啓九國可謂矯枉過其正也雖寇鄧之高勳耿賈之鴻烈分土不過大縣數四所加特進朝請而已。范曄後漢書曰寇恂字子翼封雍奴侯邑萬户爲執金吾鄧禹字仲華爲大司徒封高密侯食邑四縣耿弇字伯昭封好畤侯食二縣以列侯奉朝請賈復字君文封膠東侯食六縣以列侯加位特進蔡邕獨斷曰諸侯功德優盛朝廷所異者賜位特進位在三公下孟康漢書注曰律春曰朝秋曰請觀其治平臨政課職責咎將所謂導之以法齊之以刑者乎論語子曰導之以政齊之以刑民免而無恥若格之功臣其傷已甚何者直繩則虧喪恩舊撓情則違廢禁典范曄後漢書第五倫上疏曰臣愚以爲貴戚可封侯以言之不當職事以任之何者繩以法則傷恩私以親則違憲選德則功不必厚舉勞則人或未賢參任則群心難塞並列則其弊未遠言選德棄功參差雜用即怨望必多故云難塞若論功棄德並列於朝即葅戮相仍故云未遠不得不校其勝否即事相權言尊功而不尊德此功權於德任德而不任功此德權於功漢書曰量資弊權輕重於是有母權子而行有子權母而行韋昭曰重爲母輕爲子衡平也故高秩厚禮允荅元功峻文深憲責成吏職漢書曰翟方進爲相峻文深詆中傷者尤多建

武之世建武光武年號侯者百數若夫數公者則與參國議分均休咎其餘並優以寬科完其封禄莫不終以功名延慶于後范曄後漢書郎顗上疏曰攘災延慶號令天下昔留侯以爲高祖悉用蕭曹故人郭伋亦議南陽多顯鄭興又戒功臣專任漢書曰上望見諸將往往數人偶語上曰此何語張良曰此謀反耳陛下起布衣與此屬取天下已爲天子而所封皆蕭曹故人所誅者皆平生仇怨故相聚謀反耳范曄後漢書曰光武以郭伋爲并州牧過京師謝恩帝即引見伋因言選補衆職當簡天下賢俊不宜專用南陽人帝納之又曰鄭興字少贛河南人徵爲太中大夫上疏曰道路流言咸曰朝廷欲用功臣功臣用則人位謬矣夫崇恩偏授易啓私溺之失至公均被必廣招賢之路意者不其然乎班固漢書引曰崇恩德以撫海内仲長子昌言曰人主臨之以至公永平中顯宗追感前世功臣顯宗明帝

此注皆非崇賢之筆

乃圖畫二十八將於南宮雲臺其外又有王常李通竇融卓茂范曄後漢書曰王常字顏卿頴川人封山桑侯拜爲横野大將軍位次與諸將絶席又曰李通字次元南陽人封固始侯拜大司空又曰竇融字周公扶風人封安豐侯爲衛尉又曰卓茂字子康南陽人爲密令世祖即位以茂爲太傅合三十二人故依本第係之篇末以志功次云爾

宦者傳論一首　范蔚宗

宦者養也養閹人使其看宫人此是小臣後漢用之尊重故集爲傳論

易曰天垂象聖人則之宦者四星在皇位之側仲長子昌言曰天文宦者四星在帝座傍而周禮有其官職故周禮置官亦備其數閽者守中門之禁周禮曰閽人掌守王宮中之門禁鄭玄曰中門於外内爲中寺人掌女

宮之戒周禮曰寺人掌王之内人及女宮之戒令又云王之正内者五人周禮曰寺人王之正内五人鄭玄曰正内路寢也月令仲冬閹尹審門閭謹房室禮記文也鄭玄曰閹尹主領閹竪之官也於周則爲内宰掌治王之内政宮令譏出入及關閉之屬也重閉外内門詩之小雅亦有巷伯刺讒之篇毛詩小雅曰巷伯刺幽王也寺人傷於讒而作是詩也毛萇曰巷伯内小臣也然宦人之在王朝者其來舊矣將以其體非全氣情志專良通關中人易以役養乎老子曰未知牝牡之合而全作王弼曰作長也無物以損其身故全長也漢書曰元帝以石顯久典事中人無外黨精專可信任遂委以政應劭漢官儀曰掖庭後宮所處中宮謂諸中人然而後世因之才任稍廣其能者則勃貂管蘇有功於楚晉左氏傳曰吕郤畏偪焚公宮而殺晉侯寺人披請見公見之以難告又曰晉侯問原守於寺人勃鞮對曰昔趙衰以壺飧從徑餒而弗食故使處原

杜預曰勃鞮披也史記以勃鞮爲履貂上新序曰楚恭王有疾告諸大夫曰管蘇犯我以義違我以禮與處不安不見不思然而有德焉吾死之後爵之於朝申侯順吾所欲行吾所樂與處則安不見則思然未嘗有得焉必速遣之景監繆賢著庸於秦趙史記曰商鞅入秦因孝公寵臣景監以求見又曰藺相如爲趙宦者令繆賢舍人趙求人使報秦者未得宦者令繆賢曰臣舍人藺相如可使及其弊也豎刁亂齊伊戾禍宋左氏傳曰齊桓公卒易牙入與寺人貂因內寵以殺群吏而立公子無虧孝公奔宋杜預曰寺人內閹官豎刁也史記曰豎貂爲豎刁並音凋左氏傳曰楚客聘於晉過宋太子知之請野享之公使往伊戾請從至則爲坎用牲加書徵之而騁告平公曰太子將爲亂既與楚客盟矣公使視之則信有焉太子死公徐聞其罪乃烹伊戾漢興仍襲秦制置中常侍官然亦引用士人以參其選皆銀璫左貂給事殿省范曄後漢書朱穆曰案漢故事中常侍或用士人建武以後乃悉用宦者假貂璫之飾任常伯之職及高后稱制

乃以張卿爲大謁者出入卧內受宣詔令漢書高后紀曰太后臨朝稱制蔡邕曰天子命令之別二曰制書然制非皇后所行故曰稱也漢書劉澤傳田生求事呂氏所幸大謁者張釋卿如傳曰奄人也呂后紀云張釋劉澤傳又曰張卿然則張釋字子卿今漢書或爲釋卿誤也仲長子昌言曰宦豎傳近房卧之內交錯婦人之間文帝時有趙談北宮伯子頗見親幸漢書曰孝文時宦者則趙談北宮伯子至於孝武亦愛李延年漢書曰孝武時宦者李延年帝數宴後庭或潛遊離館故請奏機事多以宦人主之漢書曰蕭望之以武帝遊燕後庭故用宦者非國舊制仲長子昌言曰至於武皇遊燕後庭置中書之官領受軍事漢官解故曰機事所摠號令攸發胡廣曰機密之事元帝之世史游爲黃門令勤心納忠有所補益漢書曰急就一篇元帝黃門令史游作董巴輿服志曰禁門曰黃闥中人主之其後弘恭石顯以佞險自進卒有蕭周之禍

後漢書及別本

損穢帝德焉漢書曰前將軍蕭望之及光祿大夫周堪
建議以爲宜罷中書宦官應古不近刑人
由是大與石顯忤後皆害焉望
之自殺堪廢錮不得復進用中興之初宦官悉用閹
人不復雜調他士如淳漢書注
曰調選也至永平中始置員數中
常侍四人小黃門十人和帝即祚幼弱而竇憲兄弟專
總權威范曄後漢書曰孝和皇帝諱肇肅宗子也年十
歲竇太后詔曰竇憲朕之元兄當以舊典輔斯
職焉內外臣僚莫由親接所與居者惟閹宦而已故鄭衆
得專謀禁中終除大憝徒對反史記曰景帝居禁中如
淳漢書注曰省中本爲禁中蔡
邕曰禁中者門戶有禁非侍御不
得入故曰禁中尚書曰元惡大憝遂享分土之封超登
宮卿之位於是中官始盛焉范曄後漢書曰鄭衆字季
產南陽人和帝初竇憲圖
作不軌衆遂首謀誅之以
功遷大長秋封鄛鄉侯自明帝以後迄乎延平范曄
後漢

後漢書及別本

書曰安帝年號延平委用漸大而其資稍增中常侍至有十人小黃門亦二十人改以金璫右貂兼領卿署之職鄧后以女主臨政而萬機殷遠和熹鄧后已見皇后紀論朝臣圖議無由參斷帷幄稱制下令不出房闈之閒不得不委用刑人寄之國命范曄後漢書朱穆曰自和熹太后以女主稱制不接公卿乃以閹人爲常侍小黃門通命兩宮手握王爵口含天憲范曄後漢書諫議大夫劉陶上疏訟朱穆曰今權宦傾擅朝室手握王爵口含天憲非所以崇尊顯之高業守和平之隆祚非復掖庭永巷之職閨牖房闈之任也漢書曰掖庭八丞又曰永巷官皆取其領事之號或曰永巷則曰永巷僕射其後孫程定立順之功曹騰參建桓之策范曄後漢書曰孫程字稚卿涿郡人安帝時爲中黃門時江京等廢皇太子爲濟陰王明年帝崩立北鄉侯爲天子十月北鄉侯疾篤程謂濟

陰王謁者長興渠曰王以嫡統遂至廢黜若北鄉不起共斬江京事乃可成渠然之北鄉薨程與十八人謀於西鍾下皆截衣爲誓斬江京迎濟陰王立之是爲順帝封程浮陽侯又曰順帝詔保安帝之子又曰曹騰遷中常侍桓帝立騰以定策封費亭侯大長秋續以五侯合謀梁冀受鉞范曄後漢書曰單超河南人徐璜下邳人具瑗魏郡人左悺河南人唐衡頴川人桓帝呼超悺入室謂曰梁將軍兄弟專國今欲誅之於常侍意如何超等對曰誠國姦賊當誅日久五人遂定其議帝齧超臂出血爲盟於是詔收冀悉誅之超封新豐侯璜武原侯瑗東武侯悺上蔡侯衡汝陽侯五人同日封故俗謂之五侯迹因公正恩固主心故中外服從上下屏氣屏氣言恐懼也論語曰屏氣似不息者范曄後漢書曰陽球既誅王甫權門聞之莫不屏氣或稱伊霍之勲無謝於往載或謂良平之畫復興於當今伊尹霍光張良陳平雖時有忠公而競見排斥舉動迴山海呼吸變霜露阿旨曲求則寵光

棊 後漢書及別本

此種長句皆襲過秦宜有以變

三族直情忤意則參夷五宗漢之綱絕大亂矣陳琳檄曰所愛光五宗所惡滅三族若夫高冠長劒紆朱懷金者布滿宮闈枚乘兎園賦曰高冠扁焉長劒閈焉法言曰或問使我紆朱懷金其樂不可量也李軌曰朱紱也苴子余茅分虎南面臣民者蓋以十數尚書緯曰天子社東方青南方赤西方白北方黑上冒以黃土封諸侯各取方土苴以白茅以為社漢舊儀曰郡分銅虎符三府署第館碁列於棊都鄙子弟支附過半於州國南金和寶冰紈霧縠之積盈牣刃珍藏毛詩曰元龜象齒大賂南金韓子曰楚人和氏得玉璞於楚山之中奉而獻之王使玉人理其璞而得寶焉漢書曰齊地織作冰紈臣瓚曰紈之細密如堅冰也子虛賦雜纖羅垂霧縠嬙媛侍兒歌童舞女之玩充備綺室左氏傳子西曰今聞夫差宿有妃嬙嬪御焉杜預曰妃嬙貴者也嬙音墻漢書曰初袁盎為吳相時從史盜私盎侍兒文穎曰婢也仲長子昌言曰為音樂則歌

古今邪黨之所以成黨無非同惡相濟耳

皃舞女千曹而迭起左氏傳晏子謂齊侯曰高臺深池撞鍾舞女狗馬飾彫文土木被緹繡漢書東方朔曰土木衣綺繡狗馬被繢罽倢伃傳曰董賢起大第闕下土木之功窮極伎巧柱檻衣以綈錦皆剝割萌黎競恣奢欲搆害明賢專樹黨類其有更相援引希附權彊者皆腐身熏子以自衒達班固漢書曰司馬遷述曰嗚呼史遷薰胥以行刑韋昭曰古者腐刑必薰合之同弊相濟故其徒有繁潘元茂九錫文曰同惡相濟尚書曰簡賢附勢實繁有徒敗國蠹政之事不可殫書所以海內嗟毒志士窮棲韋昭國語注曰山居曰棲寇劇緣間搖亂區夏劉騊駼與李子堅書曰下車負乘劇賊未禽韓詩曰讒言緣間而起雖忠良懷憤時或奮發而言出禍從旋見孥戮尚書曰予則孥戮汝因復大考鉤黨轉相誣染東觀漢記曰靈帝時故太僕杜密故長樂少府李膺各為鉤黨尚書曰下本州考治

時上年十三問諸常侍曰何鈎黨諸常
侍對曰鈎黨人即黨人也即可其奏凡稱善士莫不
罹被災毒桓子新論曰居家循理鄉里和順
出入恭敬言語謹遜謂之善士竇武何進
位崇戚近乘九服之囂怨協群英之勢力周書曰乃辨
九服之國謝
承後漢書曰黃向對
策以爲群英之表而以疑留不斷至於殄敗斯亦運
之極乎范曄後漢書曰竇武字游平扶風人也女立爲
皇后武爲大將軍謀誅中官曹節等矯詔將兵
誅武又曰何進字遂高南陽人也女弟立爲皇后爲大
將軍靈帝崩袁紹說進令誅中官謀泄張讓趙忠等因
進入省共殺進應劭風俗
通曰秦因愚弱之極運雖袁紹龔行芟夷無餘范曄
後漢
書曰袁紹勒兵斬趙忠捕宦官無少長悉斬之張讓投
河而死尚書曰今予恭行天之罰左氏傳君子曰周任
有言爲國家者見惡如農夫之務去草
焉芟夷蘊崇之絕其本根勿使能殖然以暴易亂亦
何云及史記伯夷歌曰登彼西山兮言
采其薇以暴易亂兮不知其非自曹騰說梁冀

竟立昏弱 曹騰梁冀已見上文昏弱謂桓帝也 魏武因之遂遷龜鼎 魏武曹操也龜鼎國之守器以喻帝位也尚書曰寧王遺我大寶龜紹天明即命左氏傳王孫滿曰桀有昏德鼎遷於商商紂暴虐鼎遷於周 所謂君以此始必以此終信乎其然矣 左氏傳曰晉荀林父及楚子戰於邲楚子見左廣將從之乘屈蕩尸之曰君以此始必以此終

逸民傳論一首 何晏論語注曰逸民言節行超逸

范蔚宗

易稱遯之時義大矣哉 易曰艮下乾上遯彖曰遯之時義大矣哉孔子曰遯逃也謂去代不求利是其大也 又曰不事王侯高尚其事 周易蠱卦上九爻辭 是以堯稱則天而不屈潁陽之高 論語子曰唯天爲大唯堯則之呂氏春秋曰昔堯朝許由於沛澤之中請屬天下於夫子許由遂之潁水之陽 武盡美矣終全孤竹之絜 論語曰子謂武盡美矣未盡善也史記伯夷叔齊孤竹君之子也武王已平殷亂天下宗周而伯夷叔齊恥之義不

感致之數所以致乎爲隱之道也

文五十　大

食周粟隱於首陽山自茲以降風流彌繁琴賦曰體制風流莫不相襲長往之軌未殊而感致之數匪一西征賦曰悟山潛之逸士卓長往而不返或隱居以求其志或迴避以全其道論語孔子曰隱居以求其志行義以達其道又曰賢者避世其次避地或靜己以鎮其躁或去危以圖其安言或靜默隱居以鎮心之躁競或去彼危難以謀己之安全也或垢俗以動其槩或疵物以激其清言或垢穢時俗以動其槩或疵黜萬物以發其清槩猶操也然觀其甘心畎畝之中憔悴江海之上莊子曰舜以天下讓其友北人無擇北人無擇曰異哉后之爲人也居於畎畝之中而遊堯舜之門不若是而已又曰就藪澤處閑曠此江海之士避世之人也閑暇者之所好也豈必親魚鳥樂林草哉亦云介性所至而已世說簡文入華林園顧謂左右曰覺鳥獸禽魚自來親人爾故蒙恥之賓屢黜不去其國列女傳曰

柳下惠死妻誄之曰蒙耻救民德彌大兮雖遇三黜終不蔽兮蹈海之節千乘莫移其情史記曰魯仲連謂新垣衍曰秦即爲帝則連蹈東海死耳又曰魯連下聊城田單歸而欲爵之魯連逃隱於海上適使矯易去就則不能相爲矣論語曰長沮桀溺耦而耕孔子過之使子路問津焉桀溺曰與從避人之士豈若從避世之士哉子路行以告夫子曰天下有道丘不與易也漢書賈誼上書曰胡越之人雖死不相爲者教習然也彼雖硜硜有類沽名者論語曰子擊磬於衛有荷蕢而過孔氏之門者曰有心哉擊磬乎既而曰鄙哉硜硜乎莫已知也已又子貢曰有美玉於斯韞櫝而藏諸求善價而沽諸孔子曰沽之哉沽之哉我待價者也然而蟬蛻税嚚埃之中自致寰區之外淮南子曰蟬飲而不食三十日而蛻異夫飾智巧以逐浮利者乎淮南子曰古之人同氣于天地與一世而優遊及僞之生飾智以驚愚設詐以巧上荀卿有言曰志意修則驕富貴道義重則輕王公也荀卿子曰志意

蘊藉猶懷蓄也 注非

修則驕富貴矣道義重則輕王公矣內省則外物輕矣漢室中微王莽篡位士之
蘊藉慈夜義憤甚矣東觀漢記曰桓榮溫恭有蘊藉明經義文穎曰謂寬博有餘也是時
裂冠毀冕相攜持而去之者蓋不可勝數范曄後漢書曰胡剛清高
有志節值王莽居攝解其衣冠縣府門而去遂亡命交趾隱於屠肆之間左氏傳王使詹桓伯辭於晉侯曰伯
父若裂冠毀冕拔本塞源毛詩序曰百姓莫不相攜持而去焉揚雄曰鴻飛冥冥弋人
何篡焉言其違患之遠也法言曰鴻飛冥冥弋人何篡焉宋衷曰篡取也鴻高飛冥
冥薄天雖有弋人執矰繳何所施巧而取焉喻賢者深居亦不罹暴亂之害今篡或為慕誤也光武側
席幽人求之若不及國語越王夫人去笄側席而坐韋昭曰側猶特也禮憂者側席而坐
班固漢書公孫弘贊曰上方欲用文武求之如不及旌帛蒲車之所徵賁彼義相望
於巖中矣言招士或旌以帛也漢書曰武帝以枚乘年老乃以安車蒲輪徵乘周易曰賁于丘園束

帛箋箋若薛方逢步江萌聘而不肯至漢書曰薛方字子容王莽以安車迎方方因使者辭謝曰堯舜在上下有巢許今明主方隆唐虞之德亦猶小臣欲守箕山之節也使者以聞莽說其言不强致也丗祖即位徵方於道病卒范曄後漢書曰逢萌字子康北海人也王莽殺其子宇萌將家屬入海客於遼東光武即位徵萌託以老耄迷路東西語使者曰朝廷所以徵我者以其有益於政尚不知方面所在安能濟時乎即便駕歸嚴光周黨王霸至而不能屈范曄後漢連徵不起以壽終書曰嚴光一名遵會稽人與光武同遊學及光武即位聘之三反而後至舍於北軍車駕即日幸其館光卧不起帝即其卧所撫光腹曰咄咄子陵不可相助爲政邪又眠不應良久乃張目熟視曰昔唐堯著德巢父洗耳士故有志何至相迫乎又曰周黨字伯況太原人建武中徵爲議郎以病去職遂將妻子居于澠池後復徵不得已乃著短布單衣穀皮綃頭巾待見尚書及光武引見黨伏而不謁自陳願守所志帝乃許焉又曰王霸字仲儒太原人建武中徵到尚書拜稱名不稱臣有司問其故霸曰天子有所不臣諸侯有所不友以病歸隱居守

後漢書及別本

此逸民獨行所以分二傳也

及後漢書作反

志羣方咸遂志士懷仁郭象莊子注曰一方得而羣方失論語子曰志士仁人無求生以害仁禮記曰君子有禮故物無不懷仁斯固所謂舉逸人則天下歸心者乎論語子曰舉逸人天下之人歸心焉肅宗亦禮鄭均而徵高鳳以成其節范曄後漢書曰肅宗孝章皇帝諱炟顯宗第五子又曰鄭均字仲虞東平任城人建初六年公車特徵再遷尚書數納忠言肅宗敬重之以疾乞骸骨又曰高鳳字文通南陽人建初中將作大匠任隗舉鳳直言到公車託病逃歸隱身漁釣終於家自後帝德稍衰邪孽當朝處子耿介與蓋卿相等列束廣微補亡詩曰堂堂處子楚辭曰獨耿介而不隨俗至乃抗憤而不顧多失其中行焉論語子曰不得中行而與之必也狂狷乎蓋錄其絕塵不及同夫作者列之此篇莊子顏回問於仲尼曰夫子步亦步夫子趨亦趨夫子馳亦馳奔逸絕塵而瞠乎若後耳司馬彪曰言不可及也論語子曰作者七人包咸曰七人謂長沮桀溺丈人石門荷

後漢書及別本

此篇未易促了保考三至深刻其篇札宜取省覽

貴儀封人楚狂接輿

宋書謝靈運傳論一首　沈休文

沈休文修宋書百卷見靈運是文士遂于傳下作此書說文之利害辭之是非

史臣曰民稟天地之靈含五常之德剛柔迭用喜慍分情漢書曰夫人肖天地之貌懷五常之性聰明精粹有生之最靈者也應劭曰肖類也頭圓象天足方象地又曰凡民函五常之性而剛柔不同史記曰況懷五常含好惡鄭玄禮記注曰五常五行也孔安國尚書傳曰五行之德王者相承以取法禮記曰何謂七情喜怒哀懼愛惡欲夫志動於中則歌詠外發毛詩序曰情動於中而形於言嗟歎之不足故永歌之又曰情發於聲聲成文謂之音六義所因四始攸繫升降謳謠紛披風什毛詩序曰詩有六義焉一曰風二曰賦三曰比四曰興五曰雅六曰頌又曰是謂四始詩之至也毛詩題曰鹿鳴之什說者云詩每十篇同卷故曰什也雖虞夏以前遺文不覩虞書有帝

或無異也宋本作無或

此數言正與上所云廣相因

庸作歌夏書有五子之歌已前不見歌文稟氣懷靈理或無異古猛虎行曰稟氣有豐約受形有短長然則歌詠所興宜自生民始也周室既衰風流彌著幽厲之時多有諷刺在下祖習如風之散如水之流故曰彌著屈平宋玉導清源於前賈誼相如振芳塵於後孫卿子曰君子養源源清則流清陸機大暑賦曰播芳塵之馥馥英辭潤金石高義薄雲天仲長子昌言曰英辭雨下吳越春秋樂師謂越王曰君王德可刻之於金石淮南子曰夫道潤乎草木浸乎金石法言曰或問屈原相如之賦孰愈曰原也過以浮如也過以虛過浮者蹈雲天過虛者華無根然原上援稽古下引鳥獸其著意子雲長卿亮不可及自茲以降情志愈廣王褒劉向揚班崔蔡之徒范曄後漢書曰崔駰年十三能通百家言善屬文與班固傅毅同時齊名又曰蔡邕少博學好辭章揚揚子雲班班孟堅異軌同奔遞相師祖禮記曰仲尼祖述堯舜雖清辭麗曲時發乎篇

形似摹寫事物之情狀也
情理推論是非也
氣質專尚天姿取其適上也

原當云及初宋
所謂百家騰躍終入環內

煒案文鏡秘府論十體，形似者，風花無定影，露竹有餘清，映浦樹疑浮，入雲峰似滅，是也。情理者，含著知返，行人獨未歸，四鄰不相識，自然成掩扉，是也。質氣者，霧烽暗無色，霜旗凍不翻，雪覆白登道，冰塞黃河源，是也。

而蕪音累氣，固亦多矣。賈逵國語注曰：蕪，穢也。累，猶負也。若夫平子艷發，文以情變，絕唱高蹤，久無嗣響。平子，張衡字也。至于建安，曹氏基命，三祖陳王，咸蓄盛藻。續晉陽秋曰：及至建安，而詩章大盛。尚書曰：王如不敢及天基命定命。建安，獻帝年號。魏志曰：陽帝青龍四年，有司奏武皇帝為魏太祖，文皇帝為魏高祖，明皇帝為魏列祖也。甫乃以情緯文，以文被質。鄭玄周禮注曰：甫，始也。言始將情意以緯於文。自漢至魏，四百餘年，辭人才子，文體三變。相如工為形似之言，二班長於情理之說，二班，叔皮、孟堅也。子建、仲宣以氣質為體，並標能擅美，獨映當時。是以一世之士，各相慕習，源[原]其飈流所始，莫不同祖風騷。續晉陽秋曰：自司馬相如、王褒、揚雄諸賢，代尚詩賦，皆體則風騷，詩揔百家之言。飈流，即風流也，已見上文。廣雅曰：祖，法也。徒以賞好異

所謂論甘忌辛是丹非素

以繁縟二字標潘陸之文信得之矣

平臺指相如南皮指曹王繼異之而不能有所取貴在變通而已矣

右字極是言潘陸之風此極西晉故下云東晉無聞麗詞或作左非也

情故意製相詭說文曰詭變也降及元康潘陸特秀元康晉惠帝年號也續晉陽秋曰逮乎西朝之末潘陸之徒有文質而宗師不異律異班賈體變曹王縟旨星稠繁文綺合論衡曰德彌盛者文彌縟又曰或能陳得失奏便宜應經傳文如星月若谷子雲唐子高者並為高第漢書宣帝曰辭賦譬如女工有綺穀也綴平臺之逸響采南皮之高韻漢書曰梁孝王廣治睢陽城為複道自宮連屬於平臺三十餘里招延四方豪傑逸響謂司馬相如之文南皮魏文帝所遊也高韻謂應徐之文也遺風餘烈事極江右史記曰宣王法文武遺風春秋元命苞曰文王積善所潤之餘烈江右西晉也在晉中興玄風獨扇為學窮於柱下博物止乎七篇續晉陽秋曰正始中王弼何晏好莊子玄勝之談而俗遂貴焉老子為柱下史莊子內篇其數有七馳騁文辭義殫乎此自建武暨于義熙歷載將百建武晉愍帝年號義熙晉安帝年號雖比響聯辭波屬

遒則言健麗則文密文詞至此乃無遺恨矣

興會標舉遒之屬也體裁明密麗之方也然顏終遜于謝以未遒耳

雲委荅賓戲曰馳辯如濤波仲長統昌言曰妙句雲布孝經鉤命決曰雲委霧散殊錯沈浮莫不寄言上德託意玄珠孫綽子曰莊子多寄言渾沌得宗罔象得珠老子德經曰上德不德是以有德莊子曰黃帝遊乎赤水之北登乎崑崙之上而南還歸遺其玄珠郭象曰此明得真之所由遒麗之辭無聞焉爾孫綽集序曰綽文藻遒麗公羊傳曰紀子伯者何無聞焉爾仲文始革孫許之風叔源大變太元之氣仲文殷仲文也續晉陽秋曰許詢有才藻善屬文詢及太原孫綽轉相祖尚又加以三世之辭而風騷之體盡矣詢綽並為一時文宗自此作者悉化之至義熙中謝混始改之叔源混字也太元晉武帝年號爰逮宋氏顏謝騰聲靈運之興會標舉延年之體裁明密興會情興所會也鄭玄周禮注曰興者託事於物也體裁制也謝承後漢書曰魏朗為河內太守明密法令也並方軌前秀垂範後昆尚書曰垂裕後昆若夫敷衽論心商搉前藻楚辭曰跪敷衽以陳辭陸機樂

此明用文賦中語，而云此祕未睹，不其誣乎。

聲律論作文變無窮，其所擢揚於不可勝數也，而此數言實已攝挈綱維。嘗謂文士有二偉人，一則隱侯，一則蘇綽。駢文律詩小詞曲子皆自聲律論出者也；陳張李杜之詩，韓柳李孫之文，皆自復古論出者也。工拙之數不繫於此，紛紛爭論，只在形貌間耳。

此說未盡，亦須有美耳。宜云美辭而不講音律，則雖美而不華；但調音律而無辭，俱乖，寧足以取高前式哉。

府篇曰商摧爲此歌工拙之數，如有可言。夫五色相宣，八音協暢，文賦曰暨音聲之迭代若五色之相宣由乎玄黃律呂，各適物宜。周易曰象其物宜是故謂之象欲使宮羽相變，低昂舛節，若前有浮聲，則後須切響。一簡之內，音韻盡殊；兩句之中，輕重悉異。妙達此旨，始可言文。至於先士茂製，諷高歷賞，言諷詠之者咸以爲高歷載辭人所共傳賞子建函京之作，仲宣灞岸之篇，（霸 注及宋書）曹子建贈丁儀王粲詩曰從軍度函谷驅馬過西京王仲宣七哀詩云南登霸陵岸回首望長安子荊零雨之章，正長朔風之句，孫子荊陟陽候詩曰晨風飄岐路零雨被秋草王正長雜詩曰朔風動秋草邊馬有歸心並直舉胸情，非傍詩史，正以音律調韻，取高前式。自靈均以來，多歷年代，靈均屈原字也尚書周公曰殷禮陟配天多歷年所雖文體稍

焯案：浮聲〻即指平聲，切響〻即上去入。調聲之法，其例有三：一曰換頭，如五言詩首句頭兩字平，次句頭兩字仄，三句頭兩字仄，四句頭兩字又平是也。二曰護腰，謂五字之中第三字上下兩不宜同聲。三曰相承，若上兩仄〻聲多，則下兩宜多用平聲。多王中書詩云：對君竟不至，秋雁雙雙飛是。

亦須高破而後貴音韻天成耳

暗与理合何也音韻乃自然之物不待教而能調也

宋書作知此言之非謬

休文言恩倖之弊由當時階級之制成之也題下注未詳且不數崇賢之辭

此与奏彈王源議論不合假使胡廣黃憲可以与王源為婚姻不耶

精而此秘未覩至於高言妙句音韻天成皆暗與理合匪由思至張蔡曹王曾無先覺論語曰抑亦先覺者是賢乎潘陸顏謝去之彌遠世之知音者有以得之此言非謬如曰不然請待來哲西征賦曰如其禮樂以俟來哲

四聲論云元長嘗謂鍾嶸曰宮商与二儀俱生自古詞人不知用之唯范曄謝莊頗識之耳今讀范曄獄中謝莊赤鸚鵡表辭氣流靡罕有挂礙斯蓋獨悟於一時為知聲之創首也　又云梁王蕭衍謂朱异曰何者名為四聲荅云天子萬福即是四聲衍云天子壽考豈不是四聲也　此蕭之之博洽通識而之元不能辨之

恩倖傳論一首　沈休文

約言當時遇幸會者即得好官又以晉宋之閒皆取門戶不任才能故作此論

夫君子小人類物之通稱蹈道則為君子違之則為小人莊子曰天下盡殉也彼其所殉仁義也則俗謂之君子其所殉貨財也則俗謂之小人屠釣卑事也板築賤役也太公起為周師傅說去為殷相尉繚子曰太公屠牛朝歌史記曰太公望呂尚以漁釣奸周西伯戰國策范雎謂秦王曰呂尚之遇文王立為太師尚書

胡廣虽兼葉華名
字子嚴六白中雖有
所本亦不可為式
何云胡廣當作匡衡以前
後漢文學多見注家無
路后也伯始亦當作稚圭

任宗名

曰高宗夢得說乃審厥象俾以形旁求非論公侯之世
於天下說築傅巖之野惟肖爰立作相
鼎食之資家語曰子路南遊於楚列鼎而食明敭幽仄唯才是與尚書曰明明敭仄陋逮于二漢茲道未革胡廣累世農夫伯始致位公
相黃憲牛醫之子叔度名動京師范曄後漢書曰胡廣字伯始南陽人六世
祖剛值王莽居攝士命交阯莽敗乃歸鄉里廣少孤貧
法雄察廣孝廉試以章奏為天下第一旬月拜尚書郎
凡一履司空再作司徒三登太尉又曰黃憲字叔度南
陽人世貧賤父為牛醫同郡陳蕃臨朝而歎曰叔度若
在吾不敢先佩印綬漢書曰鄭子真名震乎京師且士子居朝咸有職業雖七
葉珥貂見崇西漢左太沖詠史詩曰金張藉舊業七葉珥漢貂而侍中身奉
奏事又分掌御服應劭漢書注曰入侍天子故曰侍中晉令曰侍中除書表奏皆掌署之應
劭漢官儀曰侍中出則佩璽抱劍東方朔為黃門侍郎執戟殿下漢書曰東方

朝初爲常侍郎後奏泰階之事拜爲太中大夫給事中嘗辭小遺殿上詔免爲庶人復爲中郎百官表郎中令屬官中有郎比六百石侍郎比四百石又黃門有給事黃門漢官儀云給事黃門侍郎位次侍中給事中故曰給事黃門然侍郎黃門侍郎二官全別沈以爲同悞也荅客難曰官不過侍郎位不過執戟非黃門侍郎明矣

郡縣掾吏並出豪家負戈宿衛皆由勢族掾吏卑位負戈賤役豪家世族咸亦爲之言無貴賤之異也子虛賦曰幸得宿衛十有餘年非若晚代分爲二塗者也二塗謂士庶也言仕子不居賤職庶族不涉清階漢末喪亂魏武始基國語曰后稷始基靖民尚書曰太王肇基王迹軍中倉卒權立九品蓋以論人才優劣非謂世族高卑列子曰子華之門徒皆世族也因此相沿遂爲成法自魏至晉莫之能改言魏晉二朝咸遵魏武之法州都郡正以才品人傅子曰魏司空陳群始立九品之制郡置中正平人才之高下各爲輩目州置州都而揔其義而

南北九朝只是一世族之局耳顧炎武獨以此嘉美之所謂類例見

泰機若瑜之才使論不進正使人不能不有感澗松之篇

以智役愚窮九州亘萬古而無術以處之也自餘階級皆不合道真喪亂弘多寧不以此歟

舉世人才升降蓋寡徒以憑籍世資用相陵駕人才不甚懸殊故因世資以成貴也都正俗士斟酌時宜品目少多隨事俯仰法言壞之漸也都正既皆俗士不能校其材藝乃隨時斟酌定其品差劉毅所云下品無高門上品無賤族者也臧榮緒晉書曰劉毅爲尚書左僕射上疏陳九品之弊曰上品無寒門下品無勢族言勢族之人不居下品寒門之子不居上班歲月遷訛斯風漸篤凡厥衣冠莫非二品言衣冠之族皆居二品之中自此以還遂成卑庶衣冠以外皆同下科周漢之道以智役愚臺隸參差用成等級左氏傳曰人有十等輿臣隸隸臣僚僚臣僕僕臣臺魏晉以來以貴役賤士庶之科較古學然有辨太玄經曰君子之道較然見矣夫人君南面九重奧鳥到絕楚詞曰豈不鬱陶而思君兮君之門以九重陪奉朝夕義隔卿士階闥之任

宜有司存 論語曾子曰籩豆之事則有司存 既而恩以狎生，信由恩固。爾雅曰狎習也 無可憚之姿，有易親之色。孝建、泰始，主威獨運。沈約宋書曰孝建武帝年號泰始明帝年號 空置百司，權不外假，而刑政糾雜，理難遍通，耳目所寄，事歸近習。禮記月令曰仲冬省婦事無得淫雖有貴戚近習無有不禁鄭玄曰貴戚姑姊妹也近習天子所親幸也 賞罰之要，是謂國權，出納王命，由其掌握，於是方塗結軌，輻湊同奔。莊子曰車軌結乎千里之外文子曰羣臣輻湊張湛曰如衆輻之集於轂 人主謂其身卑位薄，以爲權不得重，曾不知鼠憑社貴，狐藉虎威。晏子春秋景公問晏子曰理國亦有常乎對曰讒佞之人隱在君側猶社鼠不熏也去此乃治矣戰國策荊宣王問群臣曰吾聞北方之畏昭奚恤也何如群臣莫對江乙對曰虎求百獸而食之得狐狐曰子無敢食我天帝命我長百獸今子食我是逆天命子以我爲不信吾爲子先行子隨我後觀百獸之畏我虎不知百獸之畏已而走也以爲畏狐也今王之地方五千里帶甲百萬而專屬之於昭奚恤故北方之畏昭奚恤其實畏王之甲兵也猶百獸之畏虎

外無逼主之嫌內有專用之功勢傾天下未之或悟揆朋樹黨政以賄成左氏傳曰襄十年王朝卿士王叔陳生與伯輿爭政大夫瑕禽曰今自王叔之相也政以賄成

鈇鉞瘡痏構於牀第側里之曲西京賦曰所惡成瘡痏左氏傳趙孟曰牀第之言不踰閾杜預曰第簀也

服冕乘軒出於言笑之下左氏傳衛太子謂渾良夫曰服冕乘軒三死無與

南金北毳來悉方艚徂刀素縑丹魄至皆兼兩音亮北毳罽貂之屬艚舩也丹魄虎魄也色赤故曰丹孔安國尚書傳曰車稱兩

西京許史蓋不足云晉朝王石未或能比漢書孝宣許皇后元帝母元帝封外祖父廣漢爲平恩侯又曰史良娣宣帝祖母也兄恭宣帝立恭已死封恭長子高爲樂陵侯王隱晉書曰王愷字君夫世祖舅自以外戚宣氏

四言紀贊斷宜以班氏為宗士衡彥伯皆於是出

五字依別本移在後　下二首同

文心云遷固著書託讚褒貶又紀傳後評亦同其名而仲治流別謬稱為述失之遠矣然則昭明承仲治之誤者也

政寬又性至豪險又曰石崇貪而好利富擬王者及太宗晚運慮經盛衰沈約宋書曰明帝廟號太宗法言曰聖人之法未嘗不関盛衰焉權倖之徒慴憚丁達宗戚欲使幼主孤立永竊國權六代論曰君孤立於上臣弄權於下搆造同異興樹禍隙帝弟宗王相繼屠勦尚書曰天用勦絕其命孔安國曰勦截也截絕謂滅之也民忘宋德雖非一塗寶祚夙傾實由於此寶祚猶寶命也嗚呼漢書有恩澤侯表又有佞倖傳今采其名列以為恩倖篇云

史述贊三首　班孟堅

述高紀第一

皇矣漢祖纂堯之緒漢書曰劉向頌高祖云漢帝本系出自唐帝降及于周在秦作

劉爾雅曰纂繼也寔天生德聰明神武項岱曰聽於無聞曰聰照臨四方曰明以內知
外曰神尅定禍亂闢土斥疆曰武論語子曰天生德於予周易曰古之聰明叡智神武而不殺者夫秦
人不綱網漏于楚項岱曰秦重斂殘人天下叛之故敗言人耳綱以喻網綱無綱無所成故
漏也言秦人不能整其網維令網目漏也於楚謂陳涉反而不能誅故高祖因而起爰茲發迹斷
蛇奮旅神母告符朱旗乃舉漢書曰高祖夜經澤中有大蛇當徑拔劍斬蛇
蛇分爲兩後人來至蛇所有一嫗夜哭曰吾子白帝子化爲蛇今者赤帝子斬之又曰高祖立爲沛公旗幟皆
赤粵于厥蹈秦郊嬰來稽首元年冬十月沛公至霸上秦王子嬰素車白馬降于軹道
革命創制三章是紀周易曰湯武革命順乎天而應乎人漢書曰高祖謂秦父老曰與父
老約法三章耳殺人者死傷人及盜抵罪應劭曰抵至也除秦酷政但至於罪應天順民五
星同晷晷光景也應劭曰東井秦之分野五星所在其下以義取天下之象也項氏畔換

黜我巴漢漢書曰項羽背約更立沛公爲漢王王巴蜀漢中韋昭曰畔換跋扈也西土宅心尚書曰逷矣西土之人又曰惟克厥宅心郭璞三蒼解詁曰西士謂長安也戰士憤怒乘釁而運席卷三秦左氏傳士會謂晉侯曰會聞用師觀釁而動春秋握誠圖曰諸侯氷散席卷各爭恣志漢書曰韓信陳三秦易并之計應劭曰章邯爲雍王司馬欣爲塞王董翳爲翟王分王秦地故曰三秦割據河山保此懷民保安也懷歸也言漢據河山之固民懷歸者能保乂之漢書田肯賀上曰秦帶河阻山懸隔千里尚書曰黎民懷之股肱蕭曹社稷是經蕭何曹參也礼記衛獻公曰有柳莊者非寡人之臣社稷之臣爪牙信布腹心良平韓信英布張良陳平也毛詩曰予王之爪牙又曰赳赳武夫公侯腹心恭行天罰赫赫明明恭行已見上文毛詩曰赫赫明明王命卿士

述成紀第十

亦漢之及别本

梁書劉之遴傳稱鄱陽嗣王範得漢書真本有此贊前六句異於此

孝成皇皇臨朝有光項岱曰皇皇華色盛也威儀之盛如珪如璋項岱曰珪璋玉之妙好雕鏤者毛詩曰顒顒卬卬如珪如璋閫闈恣趙朝政在玉閫闈閫門之内也門内恣趙昭儀姊妹以元舅侍中封陽平侯王鳳爲大將軍領尚書事炎炎燎火亦允不陽項岱曰允信也内損於飛鷰外見壅於王鳳等信不得陽也張晏曰天子之威盛若燎火之陽今委政王氏不亦熾乎

述韓英彭盧吳傳第四

信惟餓隸布實黥徒漢書曰韓信家貧從下鄉南昌亭長寄食亭長苦之乃晨炊蓐食食時往不爲具食信知之自絶去又曰黥布姓英少時客相之當刑而王及坐法黥欣然笑曰人相我當刑而王幾是乎越亦狗盜芮尹江湖漢書曰彭越嘗漁鉅野澤中爲盜沛公攻昌邑越助之説苑曰管仲故城陰之狗盜漢書曰吳芮秦時鄱陽令也甚得江湖閒心號曰鄱君音義曰尹正也雲

蔚宗自言贊無一字虛設由今觀之信爲不誇

起龍驤化爲侯王割有齊楚跨制淮梁韓信初爲齊王後楚王黥布爲淮南王彭越爲梁王綰自同閈胡旦鎮我北疆應劭曰閈音扞南楚汝沛名里門曰閈綰爲燕王故曰北疆德薄位尊非祚惟殃周易曰德薄而位尊智小而謀大左氏傳舟之僑曰無德而祿殃也吳克忠信胤嗣乃長漢書曰芮爲長沙王薨子忠嗣自芮後傳位五世無子國除

後漢書光武紀贊一首　范蔚宗

贊曰炎政中微大盜移國東觀漢記序曰漢以炎精布曜中微謂平世衰也魯靈光殿賦序曰遭漢中微盜賊奔突九縣飆回三精霧塞三精日月星也孝經援神契曰天地至貴精不兩明宋均曰天精爲日地精爲月河圖曰巛德布精上爲衆星民厭淫詐神思反德世祖誕命靈貺自甄尚書曰我文考誕膺天命春秋元命苞曰通三靈之貺交錯詞端鄭玄尚書緯

天 注及另本文兩漢刊誤補遺引今後漢書誤

注曰甄表也沈機先物深略緯文說文曰機主發之機也周書曰經緯天地曰文矣尋邑百萬貔虎為群長轂雷野高旗彗蘇沒雲漢書曰劉聖公為天子以光武為偏將軍徇昆陽光武令王常留守光武出收兵王莽遣大司徒王尋大司空王邑將兵百萬旌旗輜車千里不絕又驅諸猛獸虎豹犀象之屬以助威武圍城數重光武遂進尋邑亦遣兵合戰光武奔之斬首數千級光武乃與敢死士三千人衝中堅尋邑陣亂遂殺王尋鬻子曰紂虎旅百萬穀梁傳曰長轂五百乘范甯曰長轂兵車也東都主人曰戈鋋彗雲英威既振新都自焚漢書曰莽封為新都侯又曰更始兵到城中少年子弟自燒室門呼曰反虜王莽何不出降莽避火宣室火輒隨之虔劉庸代紛紜梁趙范曄後漢書曰梁王劉永擅命睢陽又曰公孫述稱王王巴蜀又曰卜者王郎為天子都邯鄲又曰彭寵自立為燕王代即燕也三河未澄四關重擾三河洛陽也四關長安也范曄後漢書曰赤眉賊入函谷關敗更始光武乃遣鄧禹引兵西乘更始赤眉之亂時更始大司馬朱鮪等屯

洛陽光武令馮異守孟津以拒之神旌乃顧，遞行天討。金湯失險，車書共道。鹽鐵論曰：秦金城千里。氾勝之書曰：神農之教，雖石城湯池，無粟者不能守也。禮記子曰：今天下車同軌，書同文。靈慶既啓，人謀咸贊。靈慶，謂天符也。易繫辭曰：人謀鬼謀，百姓與能。王弼曰：人謀，謂衆議。西都賓曰：天啓之心，人惎之謀。明明廟謨，赳赳雄斷。廟謨，廟筭也。揚雄連珠曰：兼聰獨斷，聖王之法也。於赫有命，系我皇漢。毛詩曰：有命自天。蔡邕獨斷曰：光武以再命復漢之祚。

文選卷第五十　初五晨　侃閱

覆盡無窮
論字爲後人所題吳志闞澤付澤稱此篇爲過秦論則稱論舊矣文心諸子篇有賈誼新書而論說篇但云陸機辨亡效過秦而不及賈無專論過秦之詞則當知亦不題之爲論也

文選卷第五十一

梁昭明太子撰

文林郎守太子右內率府録事參軍事崇賢館直學士臣李善注上

論一

賈誼過秦論一首

東方朔非有先生論一首

王褒四子講德論一首

過秦論一首　漢書應劭曰賈誼書第一篇名也言秦之過　賈誼

秦孝公據殽函之固擁雍州之地韋昭曰崤謂二殽函函谷關也史記張良曰關中左殽函右隴蜀君臣固守以窺周室有席卷天下包舉宇

內。春秋握誠圖曰諸侯氷散席卷各爭恣妄囊括四海之意，并吞八荒之心。張晏曰括結囊囊也言能苞含天下也周易曰括囊無咎無譽當是時也，商君佐之，內立法度，務耕織，修守戰之具，外連衡而鬭諸侯。戰國策蘇秦說秦王曰始將連横高誘曰合關東從通之於秦故曰連横文穎曰關西為横衡音横於是秦人拱手而取西河之外。李斯上書曰孝公用商鞅之法獲楚魏之師舉地千里孝公既沒，惠文武昭史記曰孝公卒子惠文王立卒子武王立卒立異母弟是曰昭襄王也蒙故業，因遺策，南取漢中，西舉巴蜀，東割膏腴之地，收要害之郡。李斯上書曰惠王用張儀之計西并巴蜀南取漢中東據成皋之險割膏腴之壤諸侯恐懼，會盟而謀弱秦，不愛珍器重寶肥饒之地，以致天下之士，合從締交，相與為一。文穎曰關東為從張晏曰締連結也徒帝切當此之時齊有孟嘗趙有平原楚有春申魏有信陵史記曰平原君趙勝者趙之諸公子也又曰孟嘗君者名文姓田氏又曰春申君者楚人也名歇姓黃氏又曰魏公子無忌者魏安釐王弟也爲信陵君此四君者皆明智而忠信寬厚而愛人尊賢而重士約從離橫言諸侯結約爲從欲以分離秦橫也兼韓魏燕趙宋衛中山之衆於是六國之士有甯越徐尚蘇秦杜赫之屬爲之謀呂氏春秋曰齊攻廩丘趙使孔青將而救之與齊人戰大敗齊人得尸二萬以爲二京甯越謂孔青曰惜矣不如歸尸以內攻之彼得尸而府庫盡於葬此之謂內攻之甯越趙人也徐尚未詳蘇秦已見上文呂氏春秋曰杜赫以安天下說周昭文君昭文君謂杜赫曰願學所以安周高誘曰杜赫周人也齊明周最陳軫召滑樓緩翟直的景蘇厲樂毅之徒通其意戰國策東周齊明謂東周君曰臣恐西周之與楚韓寶令之爲已求地於東周也高

誘曰齊明東周臣也戰國策曰齊令周最使鄭立韓擾
而廢公叔周最患之高誘曰周最周君之子也仕於齊
故齊使之也字林曰最才勿切戰國策秦王謂陳軫曰
吾聞子欲去秦而之楚信乎軫曰然高誘曰陳軫夏人
仕秦亦仕楚也韓子于象謂楚王曰前時王使召滑之
越五年而能成之史記范蠡對楚王曰王前嘗用召滑
而郡江東召音劭滑音依字戰國策曰秦王伐楚魏王
不欲樓緩謂魏王曰不與秦攻楚楚且與秦攻王王不
如令秦楚戰王交制之高誘曰樓緩魏相也翟景未詳
史記曰蘇秦之弟厲因燕子而求見齊王齊王怨蘇秦
欲因蘇厲燕子爲謝遂委質爲齊臣又曰樂毅賢而好
兵爲魏昭王使於燕燕昭王以客禮待之樂毅遂委質
爲臣燕昭王以爲亞卿也吳起孫臏帶佗兒良王廖田忌廉頗趙奢
之倫制其兵史記曰吳起衛人也聞魏文侯賢事魏文侯以爲將又曰孫臏生阿甄之間臏亦孫
武之後也田忌進孫子於齊威王帶佗未詳佗徒何切
呂氏春秋曰王廖貴先兒良貴後此二人者皆天下之
豪士也兒五兮切廖力彫切戰國策曰韓魏之君朝田
侯鄒忌爲齊相田忌爲將使田忌伐魏三戰三勝高誘

匡謬正俗所見作逡遁然自潘岳用過秦已作遁逃未可輒改

陳孔璋檄吳將校部曲文注引櫓作樐

曰田侯宣王也史記曰廉頗趙之良將也趙惠文王廉頗爲趙將伐齊大破之又曰趙奢者趙之田部吏也秦伐韓趙王令趙奢將而救之嘗以十倍之地百萬之衆叩關而攻秦孔安國論語注曰叩擊也叩或爲仰古秦地高故曰仰攻之秦人開關延敵九國之師逡巡而不敢進九國謂齊楚韓魏燕趙宋衛中山也史記曰逡巡遁逃秦無亡矢遺鏃之費而天下諸侯已困矣李巡爾雅注曰鏃以金爲箭鏃也於是從散約解爭割地而賂秦秦有餘力而制其弊追亡逐北伏尸百萬流血漂櫓音魯韋昭曰大楯曰櫓左氏傳曰狄虒彌建大車之輪以爲櫓因利乘便宰割天下分裂河山彊國請服弱國入朝施及孝文王莊襄王享國之日淺國家無事史記曰昭襄王卒子孝文王立卒子莊襄王立公羊傳曰桓公之享國也長何休曰享食也及至始皇奮六世

之餘烈張晏曰孝公惠文王武王昭王孝文王莊襄王振長策而御宇內吞二
周而亡諸侯以馬喻也說文曰振舉也史記曰始皇滅二周置三川郡履至尊而制
六合執敲扑浦木以鞭笞天下臣瓚以爲短曰敲長曰扑說文曰敲擊也祜交切
威振四海南取百越之地以爲桂林象郡漢書音義曰百越非一種若今
言百蠻也史記曰始皇略取陸梁地爲桂林象郡韋昭曰桂林今鬱林象郡今日南也百越之君俛
首係計頸委命下吏乃使蒙恬北築長城而守藩籬卻
匈奴七百餘里胡人不敢南下而牧馬士不敢彎弓而
報怨於是廢先王之道燔百家之言以愚黔首史記李斯曰請
廢博士官所職天下敢有藏詩書百家語
者詣守尉雜燒之又曰秦更名民曰黔首隳名城殺豪
俊應劭曰壞城恐復阻以爲巳害收天下之兵聚之咸陽銷鋒鍉鑄以爲

○此中有漢高祀所以漢所以史之取以入史为檄文刺譏也

金人十二以弱天下之民如淳曰鍉箭足也鄧展曰鍉是矛頭鐵也史記曰始皇收天下兵聚之咸陽以銷鋒鍉爲鍾鐻金人十二重各千石置宮庭中鍉音的鍉或爲提鐻音巨然後踐華爲城因河爲池服虔曰斷華山爲城美大之也晉灼曰踐登也據億丈之城臨不測之谿以爲固良將勁弩守要害之處信臣精卒陳利兵而誰何誰何問之也漢書有誰何卒如淳曰何謂何官也廣雅曰何問也天下已定始皇之心自以爲關中之固金城千里金城言堅也史記張良曰關中所謂金城千里天府之國也子孫帝王萬世之業史記秦始皇曰朕爲始皇帝後世以計數二世三世至于萬世傳之無窮始皇既沒餘威震于殊俗然而陳涉甕牖繩樞之子陳涉已見鄒陽上書禮記曰儒有蓬户甕牖韋昭曰繩樞以繩扃户爲樞也甿隸之人如淳曰甿古氓字氓人也而遷徙之徒也材能不及

中庸方言曰庸賤稱也言不及中等庸人也非有仲尼墨翟之賢陶朱猗
頓之富史記曰范蠡之陶爲朱公以爲陶天下之中諸侯四通貨物所交易也乃治產積十九年之
間三致千金孔叢子曰猗頓魯之窮士也耕則常飢桑則常寒聞朱公富往而問術焉公告之曰子欲速富當
畜五牸乃適河東大畜牛羊于猗氏之南其滋息不可計以與富猗氏故曰猗頓也躡足行伍之
閒俛起阡陌之中如淳曰躡音疊音義曰俛音免如淳曰時皆卑屈在阡陌之中率罷
散之卒將數百之衆轉而攻秦斬木爲兵揭竿爲旗埤蒼
曰揭高舉也巨列切莊子曰揭竿求諸海也天下雲集而響應嬴糧而景從
莊子曰今使民曰某所有賢者嬴糧而趣之方言曰嬴擔也音盈山東豪俊遂並起而
亡秦族矣且夫天下非小弱也雍州之地殽函之固自
若也陳涉之位非尊於齊楚燕趙韓魏宋衛中山之君

劉越石勸進表注引非作不

此文諷漢而託言過秦耳

也。鋤耰棘矜，巨巾非銛息鹽於鉤戟長鎩所介也。孟康曰：耰，鋤柄也。張晏曰：矜音槿。爾雅曰：棘，戟也。言鋤柄及戟槿也。耰音憂。槿，巨巾切。如淳曰：鉤戟似矛，刃下有鐵，橫上鉤曲也。說文曰：鎩，鈹有鐔也。謫戍之眾，非抗於九國之師也。通俗文曰：罰罪曰謫。丈厄切。深謀遠慮，行軍用兵之道，非及曩時之士也。史記曰：賢人深謀於廊廟。論語曰：人無遠慮，必有近憂。然而成敗異變，功業相反。試使山東之國與陳涉度長絜大，比權量力，則不可同年而語矣。莊子曰：大樹其絜百圍。司馬彪曰：絜，帀也。丁結切。然秦以區區之地，致萬乘之權，招八州而朝同列，百有餘年矣。鄧展曰：招猶舉也。蘇林曰：招音翹。然後以六合為家，殽函為宮，一夫作難而七廟隳，身死人手，為天下笑者，何也？春秋考異郵曰：君殺淺誅，為天下笑。仁義不施，而攻

此文進武帝者也

守之勢異也

非有先生論　東方曼倩

班固漢書東方朔字曼倩平原厭次人武帝即位言得失又設非有先生論

非有先生仕於吳進不能稱往古以廣主意退不能揚君美以顯其功默然無言者三年矣吳王怪而問之曰寡人獲先人之功寄于衆賢之上夙興夜寐未嘗敢怠也今先生率然高舉遠集吳地率然輕舉之皃將以輔治寡人誠竊嘉之體不安席食不甘味目不視靡曼之色耳不聽鐘鼓之音虛心定志欲聞流議者三年於茲矣呂氏春秋曰越王欲致必死於吳身不安枕席口不甘厚味目不視靡曼耳不聽鐘鼓三年苦身勞力高誘曰靡曼好色也流議猶餘論也今先生進無以輔治退不揚主譽竊爲先生

不取也。蓋懷能而不見，是不忠也；見而不行，主不明也。意者寡人殆不明乎？非有先生伏而唯唯。吳王曰：可以談矣，寡人將竦意而聽焉。先生曰：於戲！可乎哉？可乎哉？於戲，歎辭也。於音烏，戲音呼。可乎哉，言不可也。談何容易！言談說之道，何容輕易乎。夫談者有悖於目而佛於耳，悖，蒲忽。謬於心而便於身者；韓子曰：聖人之救危國，以忠佛耳。字書曰：佛，違也。佛，扶勿切。或有說於目，順於耳，快於心而毀於行者。非有明王聖主，孰能聽之矣？吳王曰：何爲其然也？中人以上可以語上也。論語，孔子曰：中人以上可以語上也，中人以下不可以語上也。先生試言，寡人將覽焉。先生對曰：昔關龍逢深諫於桀，而王子比干直言於紂，尸子曰：義必利，雖桀殺關龍逢，紂殺王子比干，猶謂之必利也。

○遂及句屬下讀

此二臣者皆極慮盡忠閼主澤不下流而萬民騷動故直言其失切諫其邪者將以為君之榮除主之禍也今則不然反以為誹方未謗君之行無人臣之禮如淳曰漢書注曰誹非上所行也果紛然傷於身蒙不辜之名戮及先人為天下笑鄭玄禮記注曰戮猶辱也故曰談何容易是以輔弼之臣瓦解而邪諂之人並進春秋考異郵曰瓦解土崩遂及飛廉惡來革等史記曰中潏生蜚廉蜚廉生惡來惡來父子俱以材力事殷紂說苑子石曰費仲惡來革長鼻決目崇侯虎順紂之心欲以合於意武王伐紂四子身死牧之野三人皆詐偽巧言利口以進其身論語子曰巧言令色鮮矣仁又曰惡利口之覆邦家陰奉彫瑑刻鏤之好以納其心務快耳目之欲以苟容為度遂往不戒身沒被戮宗

此所以諷諫也

廟崩弛國家爲墟殺戮賢臣親近讒夫詩不云乎讒人罔極交亂四國此之謂也（毛詩小雅文也鄭玄曰極猶已也）故卑身賤體說色微辭愉愉（逾）呴呴（况于）終無益於主上之治即志士仁人不忍爲也（愉愉呴呴和說之皃也孝經鈎命决曰驩忻慎懼嘔嘔喻喻呴與嘔同音吁論語子曰志士仁人無求生以害仁也）將儼然作矜莊之色深言直諫上以拂人主之邪下以損百姓之害（拂與弼同）則忤於邪主之心歷於衰世之法故養壽命之士莫肯進也遂居深山之間積土爲室編蓬爲户彈琴其中以詠先王之風亦可以樂而忘死矣（尚書大傳曰子夏曰弟子所授書於夫子者不敢忘雖退而窮居河濟之閒深山之中作壤室編蓬户尚彈琴瑟其中以歌先王之風則可以發憤矣）是以伯夷叔齊

懼 據音及漢書改

避周餓于首陽之下後世稱其仁論語子曰伯夷叔齊餓於首陽之下人到于今稱之如是邪主之行固足畏也故曰談何容易於是吳王戄然易容戄敬皃也居具切捐薦去几危坐而聽捐薦去几自貶損也管子曰少者之事先生危坐向師顏色無怍先生曰接輿避世箕子被髮佯狂此二子者皆避濁世以全其身者也論語曰楚狂接輿歌而過孔子尸子曰箕子胥餘漆體而為厲被髮佯狂以此免也使遇明王聖主得賜清讌之閒寬和之色發憤畢誠圖畫安危揆度得失上以安主體下以便萬民則五帝三王之道可幾而見也故伊尹蒙恥辱負鼎俎和五味以干湯太公釣於渭之陽以見文王魯連子曰伊尹負鼎佩刀以干湯得意故尊宰舍六韜曰文王卜田史編為卜曰于渭之陽將大得

焉非熊非羆非虎豺狼兆得公侯天遺女師文士齋戒三日田于渭陽卒見呂望坐茅以漁心合意同謀無不成計無不從誠得其君也深念遠慮引義以正其身推恩以廣其下孟子曰推恩足以保四海本仁祖誼戰國策蘇代說齊王曰祖仁者王立義者霸褒有德祿賢能誅惡亂揔遠方壹統類美風俗此帝王所由昌也上不變天性下不奪人倫則天地和洽遠方懷之故號聖王臣子之職既加矣於是裂地定封爵爲公侯傳國子孫名顯後世民到于今稱之以遇湯與文王也太公伊尹以如此龍逢比干獨如彼豈不哀哉故曰談何容易於是吳王穆然俛而深惟仰而泣下交頤穆猶默靜思貌也孫子兵法曰令發之日士寢者涕交頤曰嗟乎余

別本校語删

漢書作洽

國之不亡也綿綿連連殆哉世之不絕也說文曰綿聯微也爾雅曰殆危也於是正明堂之朝齊君臣之位舉賢才布德惠施仁義賞有功躬親節儉減後宮之費損車馬之用放鄭聲遠佞人論語顔回問爲邦子曰放鄭聲遠佞人鄭聲淫佞人殆省庖廚去侈靡卑宮館壞苑囿填池塹以與貧民無產業者開內藏振貧窮存耆老恤孤獨薄賦斂省刑罰行此三年海內晏然天下大洽陰陽和調萬物咸得其宜孫卿子曰萬物得宜事變得應國無災害之變民無飢寒之色家給人足畜積有餘囹圄空虛文子曰法寬刑緩囹圄空虛鳳皇來集麒麟在郊禮記曰鳳皇麒麟皆在郊藪甘露既降朱草萌芽禮記曰天降膏露鄭玄曰膏猶甘也尚書大傳曰德光地序則

○此下對武帝言

○据此是此文乃自作請付題曰論耳

朱草生遠方異俗之人鄉風慕義各奉其職而來朝賀故治亂之道存亡之端若此易見呂氏春秋曰治亂存亡如可見如不可見而君人者莫肯為也臣愚竊以為過故詩曰王國克生惟周之楨濟濟多士文王以寧此之謂也毛詩小雅文也

四子講德論 并序　王子淵

褒既為益州刺史王襄作中和樂職宣布之詩又作傳漢書曰益州刺史王襄欲宣風化於衆庶聞王褒有俊才使褒作中和樂職宣布詩選好事者令依鹿鳴之聲習而歌之褒既為刺史作頌又作傳如淳曰言王政中和在官者樂其職國語所謂宣布哲人之令德也名曰四子講德以明其意焉

微斯文學問於虛儀夫子曰蓋聞國有道貧且賤焉恥

也論語子曰邦有道貧且賤焉恥也今夫子閉門距躍專精趨學有日矣距躍不行也應劭風俗通曰涉始於足足卒長十寸十寸則尺一單三尺法天地人再躍則涉幸遭聖主平世而久懷寶論語陽貨謂孔子曰懷其寶而迷其邦可謂仁乎是伯牙去鍾期而舜禹遁帝堯也廣雅曰遁逃也於是欲顯名號建功業不亦難乎夫子曰然有是言也夫蠶蝱終日經營不能越階序說文曰蠶蝱蝱齧人飛蟲也莊子曰蠶蝱噆膚蝱亡云切蝱莫衡切爾雅曰東西牆謂之序附驥尾則涉千里攀鴻翮則翔四海文子曰蝱與驥致千里而不飛僕雖嚚頑願從足下雖然何由而自達哉文學曰陳懇誠於本朝之上行話談於公卿之門春秋說題辭曰稟懿誠之義思至忠之功高誘淮南子注曰本朝國朝也夫子曰無介紹之道安從行乎公卿禮記

曰介紹而傳命文學曰何爲其然也昔甯戚商歌以干齊桓呂氏春秋曰甯戚飯牛車下望桓公而悲擊牛角疾歌淮南子曰甯越商歌車下而桓公慨然而悟許慎曰商秋聲也越石負芻而竊晏嬰晏子春秋曰晏子之晉至於中牟睹弊冠皮裘負芻息於途側者晏子曰吾子何爲者對曰我越石父者也晏子曰何爲此曰吾爲人臣僕於中牟見使將歸晏子曰何爲僕對曰吾身不免凍餓之地吾是以爲僕也晏子曰可得而贖乎對曰可遂解左驂而贖之因載而與之俱歸至舍不辭而入越石父立而請絶晏子使人應之子何絶我之暴也越石父對曰臣聞之士者詘乎不知己而申乎知己吾三年爲人臣而莫吾知也今子贖我吾以子爲知我矣今不辭而入是與臣僕者同矣晏子出見之曰嚮也見客之容而今也見客之意非有積素累舊之歡皆塗覯卒遇而以爲親者也故毛嬙西施善毀者不能蔽其好愼子曰毛嬙先施天下之姣也衣之以皮倛則見之者皆走易之玄錫則行者皆止先施西施一也嫫暮姆母

僂傀善譽者不能掩其醜孫卿子曰閭娵子奢莫之媒也嫫母力父是之喜也僂傀醜女未詳所見僂於爲切傀古回切苟有至道何必介紹夫子曰洛夫特達而相知者千載之一遇也招賢而處友者衆士之常路也是以空柯無刃公輸不能以斲伯懸曼矰蒲苴不能以射聲類曰但徒也薛君韓詩章句曰曼長也鄭玄周禮注曰結繳於矢謂之矰矰高也列子曰蒲苴子弋弱弓纖繳乘風而振之連雙鶬於青雲故膺騰撇波而濟水不如乘舟之逸也說文曰撆擊也撆與撇同也疋設切衝蒙涉田而能致遠未若遵塗之疾也才藏於無人行衰於寡黨此古今之患唯文學處之文學曰唯唯敬聞命矣於是相與結侶攜手俱遊求賢索友歷于西州有二人焉乘輅而歌倚輗五雞而

○已上子淵自敘其意

聽之輅車也白虎通曰名車爲輅者何言所以步之於路也包咸論語注曰輗者轅端橫木以縳軛也詠歎中雅轉運中律嘽闡緩舒繹曲折不失節禮記曰嘽諧慢易繁文簡節之音作而民康樂問歌者爲誰則所謂浮遊先生陳丘子者也於是以士相見之禮友焉儀禮曰士相見之禮贄冬用雉夏用腒左頭奉之禮文既集韓子曰禮有文禮者義之文文學夫子降席而稱曰俚力紀人不識寡見尠聞劉德漢書注曰俚鄙也曩從末路望聽玉音竊動心焉尚書大傳曰天下諸矦莫不玉音金聲敢問所歌何詩請聞其說浮遊先生陳丘子曰所謂中和樂職宣布之詩益州刺史之所作也刺史見太上聖明股肱竭力如淳漢書注曰太上天子也尚書大傳曰股肱臣也德澤洪茂黎庶和睦天人並應屢降瑞

福。故作三篇之詩以歌詠之也。文學曰君子動作有應從容得度。南容三復白珪孔子睹其慎戒。論語曰南容三復白珪孔子以其兄之子妻之太子擊誦晨風文侯諭其指意。韓詩外傳曰魏文侯有子曰擊次曰訢訢少而立之以爲嗣封擊中山三年莫往來其傅趙倉唐諫曰何不遣使乎則臣請使擊曰諾於是遂求北犬晨鴈齎行倉唐至曰北藩中山之君再拜獻之文侯曰嘻擊知吾好北犬嗜晨鴈也即見使者文侯曰中山之君亦何好乎對曰好詩文侯曰於詩何好曰好晨風文侯曰晨風謂何對曰詩云鴥彼晨風鬱彼北林未見君子憂心欽欽如何如何忘我實多此自以忘我者也於是文侯大悅曰欲知其君視其所使中山君不賢惡能得賢傅遂廢太子訢召中山君以爲嗣今吾子何樂此詩而詠之也。先生曰夫樂者感人密深而風移俗易。禮記曰樂者聖人所作也其感人深又曰樂者所以移風易俗也吾所以詠歌之者。美其君術明而臣。

武夫注

道德也。君者中心，臣者外體。外體作然後知心之好惡，臣下動然後知君之節趨。子思子曰：民以君爲心，君以民爲體。心正則體修，心肅則身敬也。好惡不形則是非不分，節趨不立則功名不宣。故美玉藴於碔武砆夫，凡人視之怢焉。馬融論語注曰：藴，藏也。戰國策曰：白骨疑象，武夫類玉。張揖漢書注曰：武夫，石之次玉者。廣蒼曰：怢，忽忘也。怢，他没切。良工砥之，然後知其和寶也。精練藏於鑛朴，庸人視之忽焉。精練，金也。金言練不耗，故曰精練也。說文曰：鑛，銅鐵璞也。礦與鑛同，瓜並切。巧冶鑄之，然後知其幹也。況乎聖德巍巍蕩蕩，民氓所不能命哉。論語子曰：大哉堯之爲君也，蕩蕩乎民無能名焉，巍巍乎其有成功。廣雅曰：命，名也。是以刺史推而詠之，揚君德美。深乎洋洋，罔不覆載，紛紜天地，寂寥宇宙。言所覆者廣也。

子淵所引乃今文尚書之注，不當引孔安國說。太誓孔亦有注，豈於文則有今文尚書之注乎？此疑不可解也

紛紜衆多之貌也寂寥曠遠之貌也明君之惠顯忠臣之節究爾雅曰究窮也郭璞曰謂窮盡也皇唐之世何以加茲是以每歌之不知老之將至也論語子曰發憤志食樂以志憂不知老之將至也文學曰書云迪一人使四方若卜筮尚書曰故一人有事于四方若卜筮無罔不是孚孔安國曰迪道也孚信也夫忠賢之臣道主志承君惠攄盛德而化洪天下安瀾比屋可封瀾水波安瀾以喻太平也尚書大傳曰周民可比屋而封何必歌詠詩賦可以揚君哉愚竊惑焉浮遊先生色勃眥溢曰是何言與論語子曰君召使擯色勃如也孝經子曰是何言與昔周公詠文王之德而作清廟建爲頌首吉甫歎宣王穆如清風列于大雅毛詩周頌曰清廟祀文王也周公既成雒邑朝諸侯率以祀文王焉毛詩大雅序曰蒸民尹吉甫美宣王也詩曰吉甫作誦穆

且聊且也

如清風 夫世衰道微僞臣虛稱者殆也世平道明臣子不宣者鄙也鄙殆之累傷乎王道故自刺史之來也宣布詔書勞來不怠令百姓徧曉聖德莫不霑濡厖 邈江 眉耇之老 厖雜也謂眉有白黑雜色 咸愛惜朝夕願濟須臾且觀大化之涫流於是皇澤豐沛主恩滿溢百姓歡欣中和感發是以作歌而詠之也 感發謂情感於中發言爲詩也 傳曰詩人感而後思思而後積積而後滿滿而後作言之不足故嗟歎之嗟歎之不足故詠歌之詠歌之不厭不知手之舞之足之蹈之也 樂動聲儀文也 此臣子於君父之常義古今一也今子執分寸而罔億度 億度之言無限也韓子曰有尺寸而無億度又曰前識無緣而妄億

度也馬融論語注曰罔誣也處把握而却寥廓乃欲圖大人之樞機道方伯之失得不亦遠乎大人謂天子也周易曰利見大人又曰言行君子之樞機陳亡子見先生言切恐二客慙膝步而前曰先生詳之戰國策曰荊軻見太子太子再拜而跽膝行流涕行潦老暴集江海不以爲多左氏傳曰君子曰潢汙行潦之水杜預曰行潦流潦也莊子海若曰天下之水莫大於海百川歸之而不盈鰌鱓並逃九罭域不以爲虛爾雅曰鰼鰌郭璞曰今泥鰌也鰼似立切鰌且由切郭璞山海經注曰鱓魚似蛇時闡切毛詩曰九罭之魚鱒魴爾雅曰九罭魚網也是以許由匿堯而深隱唐氏不以衰呂氏春秋曰昔堯朝許由於沛澤之中請屬天下於夫子許由遂之箕山之下夷齊恥周而遠餓文武不以卑夷齊已見上文夫青蠅不能穢垂棘毛詩曰營營青蠅止於樊鄭玄曰蠅之爲蟲汙白使黑汙黑使白左氏傳曰晉荀息

巨大也

請以垂棘之璧假道於虞以伐虢邪論不能惑孔墨今刺史質敏以流惠舒化以揚名采詩以顯至德歌詠以董其文爾雅曰董正也受命如絲明之如綸禮記曰王言如絲其出如綸王言如綸其出如綍音弗鄭玄曰言出彌大也甘棠之風可倚而俟也毛詩序曰甘棠美召伯也召伯之教明於南國二客雖窒計沮慈與議何傷言二客雖於計窒塞於議沮敗何傷於理乎言未傷也爾雅曰窒塞也顧謂文學夫子曰先生微矜於談道又不讓乎當仁論語子曰當仁不讓於師亦未巨過也願二子措意焉夫子曰否夫雷霆必發而潛底震動呂氏春秋曰開春始雷則蟄蟲動矣枹孚鼓鏗苦耕鏘七羊而介士奮竦左氏傳曰郤克援枹而鼓鄭玄周禮注曰介被甲也故物不震不發士不激不勇今文學之言欲以議愚感敵舒先生之

子淵自用其語入聖主得賢臣頌可知其為慘淡經營之作

憤頽二生亦勿疑言議前敵之愚以感動之於是文繹復集乃始講德馬融論語注曰繹尋繹也文學夫子曰昔成康之世君之德與臣之力也韓子曰晉平公問叔向曰齊桓公九合諸侯臣之力邪君之力邪與音余先生曰非有聖智之君惡有甘棠之臣故虎嘯而風寥戾龍起而致雲氣周易曰雲從龍風從虎聖人作而萬物覩蟋蟀俟秋吟蜉蝣由出以陰易通卦驗曰立秋蜻蛚鳴蔡邕月令章句曰蟋蟀蟲也謂之蜻蛚也易曰飛龍在天利見大人鳴聲相應仇偶相從周易曰同聲相應同氣相求水流濕火就燥人由意合物以類同是以聖主不偏窺望而視以明不殫傾耳而聽以聰何則淑人君子人就者衆也毛詩曰淑人君子其儀不忒故千金之裘非一狐之腋亦大厦之材非一

亡之本太平之功非一人之略也慎子曰廊廟之材蓋非一木之枝狐白之裘非一狐之皮也治亂安危存亡榮辱之施非一人之力也蓋君爲元首臣爲股肱明其一體相待而成有君而無臣春秋刺焉公羊傳曰宋公與楚人期戰于泓之陽宋師大敗故君子大其不鼓不成列臨大事而不忘大禮有君而無臣以爲雖文王之戰亦不過此也何休曰惜其有王德而無王佐也三代以上皆有師傅五伯以下各自取友說苑郭隗曰帝者之臣其名臣也其實師也王者之臣其名臣也其實友也伯者之臣其名臣也其實僕也齊桓有管鮑隰甯九合諸侯一匡天下左氏傳曰鮑叔牙奉公子小白又曰齊桓衛姬之子有鮑叔牙隰朋以爲輔佐說苑鄒子曰甯戚叩轅行歌桓公任之以國政論語子曰桓公九合諸侯不以兵車管仲之力也又曰管仲相桓公一匡天下民到于今受其賜晉文公有咎犯趙衰楚危取威定霸以尊天子左氏傳曰晉公子重耳奔

注及别本

狄從者狐偃趙衰顛頡魏武子司空季子杜預曰狐偃子犯也司空季子胥臣曰季也左氏傳曰先軫謂晉侯曰報施救患取威定霸於是乎在矣秦穆有王由五羖攘却西戎始開帝緒韓詩外傳曰昔戎將由余使秦秦繆公問得失之要對曰古之有國者未嘗不以恭儉也失國者未嘗不以驕奢也繆公然之於是告內史王廖曰隣國有聖人敵國之憂也由余聖人也將奈之何王廖曰君其遺之女樂以婬其志然後可圖繆公曰善乃使王廖以其女樂二列遺戎王史記曰百里奚亡秦走宛秦繆公聞百里奚故重贖之恐楚不予請以五羖羊皮贖之楚人曰予之繆公與語國事大悅又曰秦用由余謀伐戎王并國十二遂霸西戎春秋保乾圖曰五帝異緒宋衷曰緒業也楚莊有叔孫子反兼定江淮威震諸夏韓詩外傳曰沈令尹進孫叔敖於莊王叔敖治楚三年而楚國霸左氏傳曰楚子圍鄭子反將右晉師救鄭及楚師戰于邲晉師敗績邲步必切勾踐有種蠡泄庸剋滅彊吳雪會稽之恥漢書曰江都王問董仲舒曰越王勾踐與大夫泄庸種蠡謀伐吳遂

滅之孔子稱殷有三仁寡人亦以爲越有三仁史記曰吴王夫差伐越敗之越王勾踐乃以甲兵五千人棲於會稽又曰勾踐自會稽歸拊循其士民伐吴大破之吴王自殺也魏文有段干田翟秦人寢兵折衝萬里呂氏春秋曰孟嘗君問白圭曰魏文侯名過桓公而功不及五伯何也白圭對曰文侯師子夏友田子方敬段干木此名之所以過桓公也而名號顯榮者三士羽翼之也史記魏文侯謂李克曰寡人之相非成則璜璜翟璜也成魏文侯弟名也呂氏春秋曰段干木者魏文敬之過其廬而軾秦欲攻魏而司馬康諫曰段干木賢者而魏禮之天下皆聞無乃不可加兵乎秦君以爲然乃止燕昭有郭隗樂毅夷破彊齊困閔於莒史記曰燕昭王以子之之亂而齊大破燕燕昭王怨齊於是詘身下士先禮郭隗以招賢者樂毅爲魏使於燕燕昭王以爲亞卿使樂毅伐齊破之追至于臨菑齊湣王走保於莒湣與閔同夫以諸侯之細功名猶尚若此而況帝王選於四海羽翼百姓哉高誘呂氏春秋注曰羽翼輔佐也故有賢聖

能與域爲韻

匍匐二字别本無當删

此下亦諷誦也

之君必有明智之臣欲以積德則天下不足平也欲以立威則百蠻不足攘也（毛萇詩傳曰攘除也）今聖主冠道德履純仁被六藝佩禮文屢下明詔舉賢良求術士招異倫拔俊茂是以海內歡慕莫不風馳雨集襲雜並至塡庭溢闕含湑詠德之聲盈耳登降揖讓之禮極目進者樂其條暢怠者欲罷不能（條猶理也漢書音義曰暢通也）偃息匍匐乎詩書之門遊觀乎道德之域咸絜身修思吐情素而披心腹各悉精銳以貢忠誠允願推主上弘風俗而騁太平濟濟乎多士文王所以寧也（濟濟多士已見上文）若乃美政所施洪恩所潤不可究陳舉孝以篤行崇能以招賢去煩蠲苛以

别本

○言茂

綏百姓，祿勤增奉，以厲貞廉。漢書宣紀曰：律令有可蠲除以安百姓，條奏。又曰：吏不廉平則治道衰。今小吏皆勤事，祿薄，其益吏奉什五也。減膳食，卑宮觀，宣紀曰：令太官損膳省宰。又曰：郡國宮觀勿復修理。省田官，損諸苑，宣紀曰：池籞未御幸者，假與貧人。踈繇役，振乏困，宣紀曰：流人還歸，勿筭繇事。又曰：遣使者振貸乏困。恤民災害，不遑遊宴。宣紀曰：今天下頗被疾疫之災，朕甚愍之。閔耄老之逢辜，憐縗絰之服事，宣紀曰：朕惟耆老之人，髮齒墮落，亦無暴虐之心。諸年八十以上，非誣告人殺傷人，他皆勿坐。又曰：百姓遭縗經凶災，而吏繇事，傷孝子之心。自今有大父母父母喪者，勿繇事。惻隱身死之腐人，悽愴子弟之縲匿。宣紀曰：今繫者或以掠辜若飢寒死獄中，朕甚痛之。又曰：自今子首匿父母，孫匿大父母，皆勿坐。恩及飛鳥，惠加走獸，胎卵得以成育，草木遂其零茂。尸子曰：湯之德及鳥獸矣。莊子曰：至德之世，禽獸成群，草木遂長。愷悌君子，民

此下並諷在官

之父母豈不然哉毛詩大雅文先生獨不聞秦之時耶違三王背五帝滅詩書壞禮義信任群小憎惡仁智詐僞者進達佞諂者容入宰相刻峭大理峻法廣雅曰峭急也謂嚴急也峻與峭同處位而任政者皆短於仁義長於酷虐狼摯虎攫懷殘秉賊孟子曰賊仁者謂之賊賊義者謂之殘其所臨莅莫不肌栗慴伏吹毛求疵並施螫毒百姓征忪無所措其手足韓子曰古之人君大體者不吹毛而求小疵不洒垢而察難知方言曰征忪惶遽也論語子曰刑罰不中則民無所措手足忪章容切嗷嗷愁怨遂亡秦族是以養雞者不畜貍牧獸者不育豺樹木者憂其蠹保民者除其賊文子曰乳犬噬虎伏雞搏貍又曰所爲立君者以禁暴亂也夫養禽獸者必除豺狼又況牧民乎又曰木林生蠹還自食人生事因自賊故

大漢之爲政也，崇簡易尚寬柔進淳仁舉賢才上下無怨民用和睦孝經曰民用和睦上下無怨今海内樂業朝廷淑清天符既章人瑞又明品物咸亨山川降靈周易曰雲行雨施品物咸亨神光燿暉洪洞朗天宣紀曰薦鬯之夕神光交錯或降于天或登于地鳳皇來儀翼翼邕邕群鳥並從舞德垂容宣紀曰鳳皇集魯群鳥從之尚書曰鳳皇來儀爾雅曰翼翼恭也邕邕和也又曰邕邕者聲和也山海經曰鳳首文曰德神雀仍集麒麟自至宣紀神雀仍集九真獻奇獸甘露滋液嘉禾櫛比宣紀曰甘露降未央宮又曰嘉穀玄稷降于郡國大化隆洽男女條暢家給年豐歲則三壤豈不盛哉尚書曰咸則三壤成賦中邦昔文王應九尾狐而東夷歸周春秋元命苞曰天命文王以九尾狐武王獲白魚而諸侯同辭尚書琁璣鈐曰

周已受秬鬯見洛誥

武王得兵鈐謀東觀白魚入舟俯取以燎入百諸侯順同不謀魚者視用無足翼從欲紂如魚乃誅周公受秬鬯而鬼方臣周公受秬鬯未詳鄭玄詩箋曰鬼方遠方也宣王得白狼而夷狄賓史記曰穆王征犬戎得四白狼以歸今云宣王未詳夫名自正而事自定也論語曰名不正則言不順言不順則事不成今南郡獲白虎亦偃武興文之應也獲之者張武武張而猛服也是以北狄賓洽邊不恤寇甲士寢而旌旗仆也文學夫子曰天符既聞命矣敢問人瑞先生曰夫匈奴者百蠻之最彊者也毛詩曰因時百蠻天性憍蹇習俗傑暴左氏傳曰彼皆偃蹇杜預曰偃蹇憍傲也賤老貴壯氣力相高史記曰匈奴貴壯健賤老弱也業在攻伐事在獵射史記曰匈奴因射獵爲生業習戰攻以侵伐兒能騎羊走箭飛鏃史記曰匈奴兒能騎

抗能改齋漫錄引作㧓並作抗未必非抗

周書王會解有嫣函皆即黑齒也

羊引弓射鳥鼠也逐水隨畜都無常處史記曰匈奴逐水草遷徙無城郭常處鳥
集獸散往來馳騖周流曠野以濟嗜欲其耒耜則弓矢
鞌馬播種則扜弦掌拊禮記曰左佩決扞鄭玄曰扞拾也言所以拾弦也何旦切鄭玄
禮記注曰拊弓把也音夫收秋則奔狐馳兔穫胡郭刈則顛倒殪伊計仆
史記曰匈奴射狐兔用爲食追之則奔遁釋之則爲寇史記曰匈奴利則進不利
則退不羞遁走是以三王不能懷五伯不能綏鸛邊抗士屢危
鬻荒詩人所歌自古患之毛詩曰六月棲棲戎車既飭四牡騤騤載是常服玁狁孔
熾我是用急今聖德隆盛威靈外覆日逐舉國而歸德單于
稱臣而朝賀宣王曰日逐王先賢撣將人衆來降鄭氏曰撣音纏束之纏又曰單于稱臣使弟奉
珍朝賀正月乾坤之所開陰陽之所接編蒲典結計沮顏燋齒

按梟瞯言其目似梟兮歐蘇也人種皆如此

梟瞯閑翦髮鬋首文身裸力果袒旦徒之國編結即編髮也漢書終軍曰解辮髮削左衽又曰匈奴有罪小者軋音義曰刀刻其面蓋沮顏也燋齒未詳又曰大宛深目多鬚䰅蓋梟瞯也黥首蓋雕題也山海經曰雕題國在鬱林南靡不奔走貢獻懽忻來附婆娑嘔吟鼓掖而笑夫鴻均之世何物不樂孔安國尚書傳曰洪大也鴻與洪古字通毛萇詩傳曰均平也飛鳥翕翼泉魚鶱躍毛詩曰鴛鴦在梁戢其左翼鄭玄曰明王之時人不驚駭也韓詩曰鳶飛戾天魚躍于泉薛君曰魚喜樂則踴躍於泉中是以刺史感懣莫本舒音而詠至德鄙人黭淺不能究識黭不明也黭烏感切敬遵所聞未𧾷虓殫焉於是二客醉于仁義飽于盛德毛詩曰既醉以酒既飽以德終日仰歎怡懌而悅服

文選卷第五十一

壬戌七月初五禺中　侃溫尋及此卷

文則浩浩洋洋風骨遒上
楊嗣復對唐文宗以爲此文矯言以正賊亂符讖非其所重信也
此說蓋從漢之辭囂亦英傑故特而以天命嚇之

文選卷第五十二

梁昭明太子撰

文林郎守太子右內率府錄事參軍事崇賢館直學士臣李善注上

論二

王命論一首　班叔皮

善曰王命帝王受命也漢書曰彪遭王莽敗光武即位於冀州時隗囂據隴擁衆囂問彪曰往者周亡戰國並爭天下分裂意者從横之事復起於今乎

昔在帝堯之禪曰咨爾舜天之歷數在爾躬舜亦以命

袁彥伯三國名臣序贊
注引代作伐

禹善曰論語文也尚書帝曰來禹予懋乃德嘉乃丕績天之歷數在汝躬汝終陟元后孔安國曰歷數謂天道也元后天子也爾雅曰命告也曁于稷契咸佐唐虞光濟四海奕世載德至于湯武而有天下善曰稷武王之祖也契成湯之祖也杜預左氏傳注曰曁至也國語祭公謀父曰奕世載德孔安國尚書傳曰載行也雖其遭遇異時禪代不同至于應天順人其揆一焉善曰周易曰湯武革命順乎天應乎人孟子曰先聖後聖其揆一也是故劉氏承堯之祚氏族之世著于春秋善曰漢書贊曰春秋晉史蔡墨有言陶唐氏既衰其後有劉累范氏其後也范氏爲晉士師魯文公世出奔秦後歸于晉其處者爲劉氏唐據火德而漢紹之善曰帝系曰帝堯封于唐爲火德漢書贊曰漢承堯運德祚已盛斷蛇著符旗幟尚赤協于火德自然之應得天統矣始起沛澤則神母夜號以彰赤帝之符善曰漢書曰高祖夜徑澤中有大蛇當徑高祖乃拔劍斬蛇後人來至蛇所

凡在華夏孰不好帝繫哉自曹馬以來有何德而登天位趙朱之世亦復久長至於髡首辮髮之流亦據赤縣紅羮之地况曰有命一何謬乎

有一老嫗夜哭曰吾子白帝子也化爲蛇當道今者赤帝子斬之又曰高祖立爲沛公旗幟皆赤由是知所殺蛇白帝子殺者赤帝子故也由是言之帝王之祚必有明聖顯懿之德善曰春秋河圖揆命篇曰倉戲農黄三陽翼天德聖明法言曰昔在有熊高陽高辛唐虞三代咸有顯懿故天因而祚之豐功厚利積累之業善曰史記崇侯虎曰西伯積善累德諸侯皆嚮之然後精誠通于神明流澤加於生民善曰孝經子曰孝悌之至通於神明尚書周公曰道洽政治澤潤生民故能爲鬼神所福饗天下所歸往善曰孟子萬章曰堯薦舜如何曰使之主祭百神享之使之主事事治而百姓安之易乾鑿度曰王者天下所歸韓詩外傳曰王者往也天下往之謂之王也未見運世無本功德不紹而得倔起在此位者也善曰世運五行更運相次之世也不紹不爲人所記也春秋元命苞曰五德之運運應録次相代埤蒼曰崛特起也崛與倔同世俗見高祖興於布衣不達其故

此言得之矣

褻 據引説文及字林音改 淺士乃作襲 則褻之誤也

(善曰漢書曰高祖曰吾以布衣取天下家語孔子曰舜起布衣而終以帝也)以爲適遭暴亂得奮其劍(善曰適猶遇也漢書高祖曰吾提三尺劍取天下)遊説之士至比天下於逐鹿幸捷而得之(善曰漢書隗囂曰秦失其鹿劉季逐而掎之時人復知漢乎太公六韜曰取天下若逐野鹿得鹿天下共分其肉)不知神器有命不可以智力求(韋昭曰神器天子璽符服御之物善曰老子曰天下神器不可爲也爲者敗之也)悲夫此世之所以多亂臣賊子者也(善曰孟子曰孔子成春秋而亂臣賊子懼)若然者豈徒闘於天道哉又不覩之於人事矣夫餓饉流隷飢寒道路(善曰説文曰餓飢也穀梁傳曰五穀不升謂之饉流隷流移賤隷也左氏傳曰人有十等輿臣隷也饉或爲殣荀悦曰道瘞謂之殣也)思有短褐之襲檐石之蓄(韋昭曰短爲裋裋襦也毛布曰褐善曰裋丁管切説文曰襲重衣也字林曰襲衣大篋也晉灼曰無一檐與一斛之餘)所願

此等不係它害必屬無能或自損其生或羣惡善制歸之於命毋乃顢頇

此直指隗王

麽漢書作麽骨說文無麽字推當爲麻之後出字麻与𡭊同𡭊之爲言微也麽磨糜亦同聲義

不過一金，終於轉死溝壑。韋昭曰：一斤爲一金。善曰：孟子謂滕文公曰：爲人父母，使老稚轉乎溝壑，惡在爲人父母也。何則？貧窮亦有命也。善曰：墨子曰：貧富治亂，固有天命，不可損益也。況乎天子之貴，四海之富，神明之祚，可得而妄處哉？善曰：禮記，孔子曰：舜其大孝也與？尊爲天子，富有四海之內，宗廟饗之，子孫保之。法言曰：天因祚之爲神明主也。故雖遭罹阨會，竊其權柄，勇如信布，强如梁籍，成如王莽，然卒潤鑊伏鑕，亨醢分裂。善曰：史記曰：項籍其季父項梁，陳勝等起，梁爲楚上柱國，軍下邳，自號武信君，北至定陶，再破秦軍，後秦大破之，項梁死。又況幺麽不及數子，而欲闇干天位者也？善曰：鶡冠子曰：無道之君，任用幺麽，動則煩濁；有道之君，任用俊雄，動則明白。通俗文曰：不長曰幺，細小曰麽，莫可切。爾雅曰：干，求也。是故駑蹇之乘，不騁千里之塗，善曰：廣雅曰：駑，駘也，今謂馬之下者爲駑。王逸楚辭注曰：蹇，破也。呂氏春

少受其利移言多受其利

秋曰所爲貴驥者爲其一日千里也鷰雀之疇不奮六翮之用善曰史記陳涉曰鷰雀安知鴻鵠之志哉韓詩外傳蓋賁曰夫鴻鵠一舉千里所恃者六翮耳楶梲之材不荷棟梁之任應劭曰爾雅曰㮰謂之楶梲朱儒柱善曰說文曰㮰枅上標周易曰棟隆之吉不撓乎下也楶音節梲之劣切斗筲之子不秉帝王之重音義曰筲竹筥也受一斗善曰論語子曰斗筲之人何足筭也易曰鼎折足覆公餗不勝其任也善曰周易鼎卦之辭也謚又曰鬻鬻鼎實也鬻與餗同音速當秦之末豪桀共推陳嬰而王之嬰母止之曰自吾爲子家婦而世貧賤卒富貴不祥不如以兵屬人事成少受其利不成禍有所歸嬰從其言而陳氏以寧善曰史記文王陵之母亦見項氏之必亡而劉氏之將興也是時陵爲漢將而母獲於楚有漢使來陵母

二本謂天道人事

唯後二者足爲興徵耳

見之謂曰願告吾子漢王長者必得天下子謹事之無有二心遂對漢使伏劒而死以固勉陵其後果定於漢陵爲宰相封侯善曰史記文夫以匹婦之明猶能推事理之致探禍福之機善曰白虎通曰庶人稱匹夫何言其夫妻爲偶也鄭玄周禮注曰致猶會也而全宗祀於無窮垂冊書於春秋而況大丈夫之事乎張晏曰冊書史記也晉灼曰至周名春秋考紀也善曰孟子曰富貴不能淫貧賤不能移此之謂大丈夫也是故窮達有命吉凶由人善曰呂氏春秋曰道德於此窮達一也左氏傳周內史叔興曰吉凶由人嬰母知廢陵母知興審此二者帝王之分決矣蓋在高祖其興也有五一曰帝堯之苗裔二曰體貌多奇異善曰漢書曰高祖爲人隆準而龍顏美鬚髯左股有七十二黑子三曰神武有徵應善曰

惟後二善足以興徵耳
此段即知人善任詳言之耳
此則帝業所由成也非無
敍何必為言命哉乎
王仲寶褚淵碑文注引由
己作用己

徵應謂下衆瑞也 四曰寬明而仁恕善曰漢書曰高祖寬仁愛人意豁如也 五曰知人善任使善曰高祖任張良以運籌委蕭何以關內是也 加之以信誠好謀達於聽受見善如不及用人如由己善曰論語子曰見善如不及 從諫如順流趣時如響起善曰左氏傳叔向曰齊桓公從善如流周易曰變通者趣時者也 當食吐哺納子房之策善曰漢書酈食其欲立六國後漢王以問張良良發八難漢王輟食吐哺曰豎儒幾敗乃公事 拔足揮洗揖酈生之說善曰漢書曰酈食其求見沛公方踞牀使兩女子洗足酈生不拜長揖曰足下必欲誅無道秦不宜踞見長者沛公起攝衣謝之延上坐食其說沛公襲陳留 悟戍卒之言斷懷土之情善曰漢書曰高祖西都洛陽戍卒婁敬說上曰陛下都洛陽不便不如入關據秦之固是日車駕西都長安 高四皓之名割肌膚之愛善曰漢書曰上欲廢太子立戚夫人子趙王如意呂后不知所為張良曰顧上有所不能致四

略謀略之略

人令太子爲書卑辭安車請以爲客令上見之則一助也於是太子迎四人至上破黥布歸愈欲易太子及置酒太子侍四人者從上乃驚曰吾求公公逃避我今公何自從吾兒遊煩公幸卒調護太子竟不易太子者良本招此四人之力也

舉韓信於行陳收陳平於亡命 善曰漢書曰蕭何薦韓信於漢王於是漢王齋戒設壇場拜信爲大將軍又曰陳平士楚來降漢王與語說之使驂乘監諸將

英雄陳力羣策畢舉此高祖之大略所以成帝業也 善曰莊子許由曰我爲汝言其大略廣雅曰略法也

若乃靈瑞符應又可略聞矣 善曰略粗略也

初劉媪妊高祖而夢與神遇震電晦冥有龍蛇之怪 善曰漢書曰高祖母媪嘗息大澤之陂夢與神遇是時雷電晦冥父往視則見蛟龍於其上已而有娠遂產高祖說文曰妊孕也如蔭切

及長而多靈有異於衆是以王武感物而折契呂公覩形而進女 善曰漢書曰高祖常從王媪武負貰酒時飲醉卧武負王媪見其上常

此直指隗王

有怪歲竟此兩家常折劵棄債貰食夜切又曰呂公見高祖曰臣少好相人相人多矣無如季相臣有息女願爲箕箒妾也秦皇東遊以厭其氣呂后望雲而知所處善曰漢書秦始皇帝曰東南有天子氣於是東遊以厭當之高祖隱於芒碭山澤閒呂后與人俱求常得之高祖怪問呂后曰季所居上常有雲氣故從往常得季說文曰厭塞也於冉切始受命則白蛇分西入關則五星聚善曰白蛇分已見上文漢書曰元年冬十月五星聚於東井沛公至霸上也故淮陰留侯謂之天授非人力也善曰漢書韓信謂高祖曰且陛下天授非人力也又曰張良數以太公兵法說沛公沛公喜常用其策爲他人言皆不省良曰沛公殆天授故遂從之歷古今之得失驗行事之成敗稽帝王之世運考五者之所謂取舍不厭斯位符瑞不同斯度韋昭曰厭合也善曰一豔切而苟昧權利越次妄據外不量力內不知命善曰左氏傳曰息侯

○豈共此也

依漢書之乙彼要作毋

伐鄭君子曰不量力論語孔子曰不知命無以爲君子則必喪保家之主失天年之壽善曰左氏傳曰趙孟過鄭印段賦蟋蟀趙孟曰保家之主也莊子弟子問於莊子曰山中之木以不材得終其天年也遇折足之凶伏斧鉞之誅英雄誠知覺寤畏若禍戒超然遠覽淵然深識收陵嬰之明分絶信布之覬覦善曰左氏傳師服曰下無覬覦杜預曰下不敢望上位也說文曰覬幸也覦欲也距逐鹿之謀審神器之有授貪不可冀無爲二母之所笑韋昭曰幾望也今本作冀則福祚流于子孫天禄其永終矣善曰尚書曰四海困窮天禄永終

典論論文一首

魏文帝

文人相輕自古而然傅毅之於班固伯仲之間耳而固

言其無雜以官益奮於文也非識其文多

享 注作亨是言敝帚之直通于千金極言重視己物其作享無義然亨享古皆作亯將當訓爲通而不當就享字立訓耳

三國志注

小之與弟超書曰武仲以能屬文爲蘭臺令史下筆不能自休伯仲喻兄弟之次也言勝負在兄弟之間不甚相踰也范曄後漢書曰班超字仲升徐令彪之少子也夫人善於自見而文非一體鮮能備善是以各以所長相輕所短里語曰家有弊帚享之千金斯不自見之患也東觀漢記曰吳漢入蜀都縱兵大掠上詔讓漢曰城降孩兒老母口萬數一旦放兵縱火聞之可爲酸鼻家有弊帚享之千金禹宗室子孫故甞更職何忍行此杜預左氏傳注曰亨通也亨或爲享今之文人魯國孔融文舉廣陵陳琳孔璋山陽王粲仲宣北海徐幹偉長陳留阮瑀元瑜汝南應瑒德璉東平劉楨公幹斯七子者於學無所遺於辭無所假咸以自騁驥騄於千里仰齊足而並馳以此相服亦良難矣千里已見

而作論文當屬上文帝自言能審己度人故能作論文不失其實
文帝論文主於遒健故以齊氣爲嫌
壯即遒密即麗
不能持論即遒而不麗詞多則史矣
以字依志注及劉本刪
擬丁令盜牛等言妲己賜周公皆嘲戲之著者

上文毛萇詩傳曰田獵齊足尚疾也蓋君子審己以度人故能免於斯累呂氏春秋曰君子必審諸己然後任人楚辭曰羌内恕己以量人王逸曰量度也而作論文。王粲長於辭賦徐幹時有齊氣然粲之匹也言齊俗文體舒緩而徐幹亦有斯累漢書地理志曰故齊詩曰子之還兮遭我乎峱之間兮此亦舒緩之體也如粲之初征登樓槐賦征思幹之玄猿漏巵圓扇橘賦雖張蔡不過也然於他文未能稱是琳瑀之章表書記今之雋也應瑒和而不壯劉楨壯而不密孔融體氣高妙有過人者然不能持論理不勝詞漢書東方朔枚皐不根持論孔叢子平原君謂公孫龍曰公無復與孔子高辯事也其理勝於辭公辭勝於理以至乎雜以嘲戲及其所善揚班儔也常人貴遠賤近向聲背實又患闇於自見謂己

銘誄尚實可以補文然竝被于碑下見此義

麗亦兼緻也

沈休文曰子建仲宣以氣質為體此與子桓笑聲同聲

使人致之素情耶

隱約不廢者世有之矣康樂不荒者識難能也

爲賢夫文本同而末異蓋奏議宜雅書論宜理銘誄尚實詩賦欲麗此四科不同故能之者偏也唯通才能備其體文以氣爲主氣之清濁有體不可力強而致譬諸音樂曲度雖均節奏同檢蒼頡篇曰檢法度也至於引氣不齊巧拙有素雖在父兄不能以移子弟桓子新論曰惟人心之所獨曉父不能以禪子兄不能以教弟也蓋文章經國之大業不朽之盛事年壽有時而盡榮樂止乎其身二者必至之常期未若文章之無窮是以古之作者寄身於翰墨見意於篇籍不假良史之辭不託飛馳之勢而聲名自傳於後故西伯幽而演易周旦顯而制禮司馬遷書曰西伯拘而演周易不以隱約而弗務不以

此文最善敘過秦殊非子建不辯何曹氏之多才乎
据晉書曹志傳晉武且疑其為子建之作由元首自託於子建也
魏氏春秋載此論前有上云

康樂而加思。周易曰隱約者觀其不懾懼夫然則古人賤尺璧而重寸陰，懼乎時之過已。淮南子曰聖人不貴尺之璧而重寸之陰時難得而易失孔叢子孔子曰不讀易則不知聖人之心必不使時過已也而人多不強力，貧賤則懾於飢寒，富貴則流於逸樂。鄭玄禮記注曰懾恐懼也賈逵國語注曰流放也遂營目前之務，而遺千載之功。日月逝於上，體貌衰於下，忽然與萬物遷化，斯志士之大痛也。古詩曰奄忽隨物化榮名以爲寶融等已逝，唯幹著論，成一家言。

六代論一首 論夏殷周秦漢魏也　曹元首

魏氏春秋曰曹冏字元首少帝族祖也是時天子幼稚冏冀以此論感悟曹爽爽不能納爲弘農太守少帝齊王芳也

何焯云此篇反覆痛切其才不減過秦

段成式語資篇載元魏尉瑾曰九錫或言王粲六代或言曹植按元首不以文章名世安得宏偉至此意者陳王感愴孤立嘗著論欲上以身居親藩嫌爲己地至身殁而元首以貽曹爽歟

昔夏殷周之歷世數十而秦二世而亡紀年曰凡夏自禹以至于桀十七王殷自成湯滅夏以至于受二十九王大戴禮曰殷爲天子二十餘世而周受之周爲天子三十餘世而秦受之秦爲天子二世而亡何殷周有道而長秦無道而暴也何則三代之君與天下共其民故天下同其憂秦王獨制其民故傾危而莫救夫與人共其樂者人必憂其憂與人同其安者人必拯其危先王知獨治之不能久也故與人共治之班固漢書贊曰孝宣帝稱曰與我共此者其唯良二千石乎知獨守之不能固也故與人共守之班固漢書贊曰昔周盛則周召相其治其致刑措衰則五伯扶其弱與共守之兼親疏而兩用參同異而並進是以輕重足以相鎮親疏足以相衛并兼路塞逆節不生賈誼過秦曰秦并兼諸侯山東三十郡漢書主父偃說上曰今以法

割削諸侯則逆節萌起及其衰也桓文帥禮齊桓晉文苞茅不貢齊師伐楚宋不城周晉戮其宰左氏傳曰齊侯伐楚楚子使與師言曰不虞君之涉吾地何故管仲對曰爾貢苞茅不入王祭不共無以縮酒寡人是徵又曰晉魏舒合諸侯之大夫于翟泉將以城成周宋仲幾不受功曰滕薛郳吾役也爲宋役亦職也士伯怒曰必以仲幾爲戮乃執仲幾歸諸京師王綱弛而復張諸侯傲而復肅二霸之後寖以陵遲漢書曰二霸之後寖以陵遲吳楚憑江負固方城雄心希九鼎而畏迫宗姬左氏傳屈完對齊侯曰楚國方城以爲城漢水以爲池又曰楚子觀兵于周疆問鼎之大小輕重焉王孫滿對曰周德雖衰天命未改鼎之輕重未可問也姦情散於胷懷逆謀消於脣吻亡粉反斯豈非信重親戚任用賢能枝葉碩茂本根賴之與班固漢書述曰公族蕃滋枝葉碩茂自此之後轉相攻伐吳并於越晉分

三 据漢之原文改

秦自用范雎遠交近攻之策二十年不加攻於楚四十年不加兵於齊

爲三魯滅於楚鄭蕪於韓史記曰越王勾踐自會稽歸揃循其上民伐吳大破之吳王自殺又曰魏武侯韓哀侯趙敬侯滅晉後而三分其地又曰楚考烈王伐滅魯又曰韓哀滅鄭并其國暨乎戰國諸姬微矣唯燕衛獨存然皆弱小西迫強秦南畏齊楚救於滅亡匪遑相卹至於王赧匿簡降爲庶人猶枝幹相持得居虛位海内無主四十餘年班固漢書贊曰暨于王赧降爲庶人用天年終號位巳絶於天下尚猶枝葉相持莫得居其虛位海内無主四十餘年也秦據勢勝之地騁譎詐之術征伐關東蠶食九國班固漢書贊曰秦據勢勝之地騁狙詐之兵蠶食山東一切取勝賈誼過秦曰九國之師遁逃而不敢進至於始皇乃定天位尚書曰天位艱哉曠日若彼用力若此班固漢書贊曰至始皇乃并天下以德若彼用力如此其艱難也豈非深根固蔕不拔之道乎老子曰有國之母可

姚姬傳郡縣考云郡之稱蓋始於秦晉以所得戎翟地遠使人守之爲戎翟民君長故名曰郡趙簡子之誓曰上大夫受縣下大夫受郡郡遠而縣近縣成聚富庶而郡荒陋故以美惡異等而非郡與縣相統屬也

以長久是謂深根固蔕長生久視之道班固漢書贊曰所以親親賢賢褒表功德深根固本爲不可拔者也

易曰其亡其亡繫于苞桑周德其可謂當之矣周易否卦之辭也鄭玄曰苞植也否世之人不知聖人有命咸云其將亡矣其將亡矣而聖乃自繫於植桑不亡也王弼曰心存將危乃得固也

秦觀周之弊將以爲以弱見奪於是廢五等之爵立郡縣之官班固漢書贊曰秦既稱帝患周之敗以爲諸侯力爭四夷交侵以弱見奪於是削去五等史記李斯奏曰置諸侯不便始皇於是分天下以爲三十六郡置守尉監也

棄禮樂之教任苛刻之政子弟無尺寸之封功臣無立錐之土內無宗子以自毗輔外無諸侯以爲蕃衛班固漢書贊曰秦竊自號謂皇帝而子弟爲匹夫內亡骨肉本根之輔外亡尺士蕃翼之衛莊子曰堯舜有天下子孫無置錐之地

仁心不加於親戚惠澤不流於枝葉譬猶芟刈股肱獨任

胷腹浮舟江海捐棄楫櫂法言曰瀕瀕之海濟樓航之力也航人無楫如航何通俗文櫂謂檝也觀者爲之寒心而始皇晏然自以爲關中之固金城千里子孫帝王萬世之業也豈不悖哉賈誼過秦曰天下已定始皇之心以爲關中之固金城千里子孫帝王萬世之業也是時淳于越諫曰臣聞殷周之王封子弟功臣千有餘歲今陛下君有海內而子弟爲匹夫卒有田常六卿之臣而無輔弼何以相救事不師古而能長久者非所聞也史記曰齊簡公立田常監止爲左右相田氏殺監止簡公出奔田氏執簡公于徐州遂殺之又曰晉昭公卒六卿強公室卑六卿謂范氏中行氏智氏及趙韓魏也論語紀滑讖曰陳滅齊六卿分晉尚書曰事不師古以克永代匪說攸聞始皇聽李斯偏說而絀其義至身死之日無所寄付委天下之重於凡

此直見司馬仲達之為矣

刻生及三國志注

夫之手託廢立之命於姦臣之口史記曰始皇崩趙高乃與胡亥丞相李斯陰破去始皇所封書賜公子扶蘇者而更詐爲丞相受始皇遺詔立子胡亥爲太子更爲書賜公子扶蘇死至令趙高之徒誅鉏宗室史記曰二世尊用趙高申法令乃行誅大臣及諸公子春秋合誠圖曰誅鉏民害胡亥少習刻薄之教長遵凶父之業史記曰趙高故常教胡亥書及獄律令法事史記太史公曰商君其天資刻薄人也不能改制易法寵任兄弟而乃師謨申商諮謀趙高自幽深宮委政讒賊史記李斯上書二世曰能明申韓之術而修商君之法法修術明而天下亂者未之聞也應劭漢書注曰申不害韓昭侯相衞公孫鞅秦孝公相李奇曰法皆深刻無恩史記曰二世常居禁中與趙高決事事無大小輙決於高蒼頡篇曰委任之也身殘望夷求爲黔首豈可得哉史記曰二世齋望夷宮欲祠涇使使責讓趙高高以盜事高懼乃陰與其女壻咸陽令閻樂謀易上樂前即謂二世曰足下其自爲計

士三國志注及刻本

二世曰願得妻子爲黔首閻樂麾其兵進二世自殺也遂乃郡國離心衆庶潰叛尚書曰受有億兆夷人離心離德左氏傳曰人逃其上曰潰勝廣唱之於前劉項斃之於後史記曰吳廣爲假王擊秦班固漢書賛曰秦竊自號謂皇帝而子弟爲匹夫吳陳奮其白挺劉項隨而斃之向使始皇納淳于之策抑李斯之論割裂州國分王子弟封三代之後報功臣之勞士有常君民有定主枝葉相扶首尾爲用雖使子孫有失道之行時人無湯武之賢姦謀未發而身已屠戮何區區之陳項而復得措其手足哉故漢祖奮三尺之劍驅烏集之衆曾子曰烏合之衆初雖相歡後必相咋也五年之中而成帝業漢書曰高祖五年斬羽東城即皇帝位於氾水之陽自開闢以來其興功立勳未有若漢祖之易者也

據國志注及別本删

夫代深根者難爲功摧枯朽者易爲力理勢然也班固漢書贊曰漢無尺土之階繇一劍之任五年而成帝業書傳所未嘗有焉何則古代相革皆承聖王之烈今漢獨收孤秦之斃鐫金石者難爲功摧枯朽者易爲力其勢然也漢鑒秦之失封植子弟及諸呂擅權圖危劉氏漢書太后崩上將軍呂祿相國呂產專兵秉政謀作亂賈逵國語注曰權秉即柄字也而天下所以不能傾動百姓所以不易心者徒以諸侯強大盤石膠固漢書宋昌曰高帝王子弟所謂盤石之宗也莊子曰待膠漆而固者是侵其德者也范曄後漢書曰鄭泰曰以膠固之衆當解合之勢東牟朱虛授命於內齊代吳楚作衛於外故也漢書宋昌曰諸呂擅權專制太尉卒以滅之內有朱虛東牟之親外畏吳楚齊代之強又曰齊悼惠王肥高祖六年立又曰齊悼惠王子章高后封爲朱虛侯章弟興居爲東牟侯向使高祖踵亡秦之法王逸楚辭注曰踵繼也忽先王之

制則天下已傳非劉氏有也然高祖封建地過古制大者跨州兼域小者連城數十上下無別權侔京室故有吳楚七國之患班固漢書贊曰漢興懲戒亡秦孤立之敗於是封王子弟大者跨州兼郡小者連城數十宮室百官制同京師賈誼曰諸侯强盛長亂起姦夫欲天下之治安莫若衆建諸侯而少其力令海內之勢若身之使臂臂之使指則下無背叛之心上無誅伐之事文帝不從漢書賈誼上疏之文至於孝景猥用朝錯之計削黜諸侯親者怨恨疏者震恐吳楚唱謀五國從風兆發高祖釁成文景由寬之過制急之不漸故也漢書曰朝錯數言吳過可削文帝寬不忍罰及景帝即位錯曰高帝初定天下諸子弱故大封同姓今吳謀作亂逆削之亦反不削亦反於是方議削吳

吳王恐因欲發謀舉事諸侯旣新削罰震恐多怨錯及吳先起兵膠西膠東淄川濟南楚趙亦皆反猥曲也所謂末大必折尾大難掉左氏傳楚子問於申無宇曰國有大城何如對曰末大必折尾大不掉君所知也枉頸曰折折其本也尾同於體猶或不從況乎非體之尾其可掉哉武帝從主父之策下推恩之命自是之後齊分爲七趙分爲六淮南三割梁代五分漢書主父偃說上曰今諸侯或連城數十願陛下令諸侯得推恩分子弟以地侯之彼人人喜得所願上以德施實分其國必稍自銷弱矣上從其計又班固贊曰武帝施主父之策下推恩之令使諸侯得分戶邑以封子弟不行黜陟而國自析自是齊分爲七趙分爲六梁分爲五淮南分爲三也遂以陵遲子孫微弱衣食租稅不豫政事班固漢書贊曰景帝遭七國之難抑損諸侯諸侯唯得衣食租稅不與政事或以酎金免削或以無後國除漢書曰列侯坐獻黃金酎祭宗廟不如法奪爵

者百六人漢儀注王子爲侯侯歲以戶口酎黃金於漢廟皇帝臨受獻金助祭大祀曰飲酎飲酎受金小不如斤兩色惡者王削縣侯免國漢書曰趙哀王福薨無子國除至於成帝王氏擅朝劉向諫曰臣聞公族者國之枝葉枝葉落則本根無所庇蔭方今同姓疏遠母黨專政排擯宗室孤弱公族非所以保守社稷安固國嗣也漢書劉向上疏之文其言深切多所稱引成帝雖悲傷歎息而不能用漢書曰成帝即位向數上疏言得失陳法戒書數十上以助觀覽補遺闕上雖不能盡用然嘉其言常嗟歎之至乎哀平異姓秉權假周公之事而爲田常之亂高拱而竊天位一朝而臣四海漢宗室王侯解印釋紱貢奉社稷猶懼不得爲臣妾或乃爲之符命頌莽恩德豈不哀哉班固漢書贊曰至哀平之際王莽知

莽以居攝之萌出於泉陵侯劉慶

中外殫微，因母后之權，假伊周之稱，詐謀既成，遂據南面之尊，漢諸侯王厥角稽首，奉上璽韍，唯恐在後，或乃稱美頌德以求容媚，豈不哀哉。田常篡齊，已見上文。漢書曰：王莽廢漢藩王，廣陵王嘉獻符命，封扶策侯。又曰：部鄉侯閔以莽篡位，獻神書言莽，得封列侯。部音吾。由斯言之，非宗子獨忠孝於惠文之間，而叛逆於哀平之際也，徙以權輕勢弱，不能有定耳。賴光武皇帝挺不世之姿，杜篤論都賦曰：于時聖帝兼不世之姿。禽王莽於已成，紹漢祀於既絕，斯豈非宗子之力耶？而曾不鑒秦之失策，襲周之舊制，踵亡國之法，而僥倖無疆之期。至於桓靈，奄豎執衡，范曄後漢書曰：桓帝立，曹騰以定策功遷大長秋。又曰：靈帝時，大將軍竇武謀誅中官，曹節矯詔誅武等。鄭玄尚書注曰：稱上曰衡。朝無死難之臣，外無同憂之國，君孤立於上，臣弄權於下，班固漢書序曰：漢興懲戒

何焯云當正始四年上此文

云秦孤立之敗本末不能相御身手不能相使由是天下鼎沸姦凶並争張超牋曰中外雲擾萬夫鼎沸宗廟焚爲灰燼宮室變爲蓁藪杜預左氏傳注曰燼火餘木也居九州之地而身無所安處悲夫魏太祖武皇帝躬聖明之資兼神武之略晉灼漢書注曰資材量也恥王綱之廢絶愍漢室之傾覆龍飛譙沛鳳翔兖豫魏志曰太祖武皇帝沛國譙人爲兖州牧後太祖遷都於許許屬豫州東京賦曰龍飛白水鳳翔參墟掃除凶逆剪滅鯨鯢左氏傳曰楚子曰古者明王伐不敬取其鯨鯢而封以爲大戮杜預曰鯨鯢大魚以喻不義之人也迎帝西京定都潁邑魏志曰天子東遷敗於曹陽太祖乃遣曹洪將兵西迎天子還雒董昭勸太祖都許漢書潁川郡有許縣德動天地義感人神漢氏奉天禪位大魏大魏之興于今二十有四年矣觀五代之

史記樊噲傳賜爵封号賢成君傅寬傳賜寬封号共德君皆虛封也

存亡而不用其長策覩前車之傾覆而不改其轍迹晏子曰諺曰前車覆後車戒也子弟王空虛之地君有不使之民宗室竄於閭閻不聞邦國之政權均匹夫勢齊凡庶內無深根不拔之固外無盤石宗盟之助非所以安社稷爲萬代之業也左氏傳曰周之宗盟異姓爲後且今之州牧郡守古之方伯諸侯皆跨有千里之土兼軍武之任或比國數人或兄弟並據而宗室子弟曾無一人間厠其間與相維持非所以強幹弱枝備萬一之慮也班固漢書賛曰徙吏二千石於諸陵蓋亦强幹弱枝也今之用賢或超爲名都之主或爲偏師之帥而宗室有文者必限以小縣之宰有武者必置於百人之上使

夫廉高之士畢志於衡軛之內衡軛車之衡軛也言王者之御群臣猶人之御牛馬故以衡軛諭焉畢志其內未得騁其駿足也才能之人恥與非類爲伍非所以勸進賢能褒異宗族之禮也夫泉竭則流涸根朽則葉枯枝繁者蔭根條落者本孤故語曰百足之蟲至死不僵扶之者衆也魯連子曰百足之蟲至斷不蹶者持之者衆也此言雖小可以譬大司馬相如諫獵書曰此言雖小可以喻大且墉基不可倉卒而成威名不可一朝而立文子曰人主之有人猶城之有基木之有根根深即本固基厚即上安也皆爲之有漸建之有素譬之種樹久則深固其根本茂盛其枝葉若造次徙於山林之中植於宮闕之下雖壅之以黑墳暖之以春日尚書曰厥土惟黑墳孔安國曰色黑而墳起也猶不

三國志注及別本

救於枯槁何暇繁育哉夫樹猶親戚土猶士民建置不久則輕下慢上平居猶懼其離叛危急將如之何是以聖王安而不逸以慮危也存而設備以懼亡也故疾風卒至而無摧拔之憂天下有變而無傾危之患矣

博弈論一首　韋弘嗣

系本曰烏曹作博許慎說文曰博局戲也六箸十二棊也揚雄方言曰圍棊自關而東齊魯之間謂之弈

吳志曰韋曜字弘嗣吳郡人爲太子中庶子時蔡穎亦在東宮性好博弈太子和以爲無益令曜論之後爲中書僕射孫皓誅之裴松之曰曜本名昭史爲晉諱改之也

蓋君子恥當年而功不立疾沒世而名不稱論語子曰君子疾沒世而名不稱焉故曰學如不及猶恐失之論語孔子之辭是以古之志

士悼年齒之流邁而懼名稱之不建也勉精厲操晨興夜寐不遑寧息經之以歲月累之以日力若甯越之勤董生之篤漸漬德義之淵棲遲道藝之域呂氏春秋曰甯越中牟之鄙人也苦耕稼之勞謂其友曰何爲而可以免此苦耕也其友曰莫如學學三十歲則可達矣甯越曰請以十五歲人將休吾將不休人將卧吾將不敢卧十五歲而周威王師之漢書曰董仲舒修春秋三年不窺園圃其精如此且以西伯之聖姬公之才猶有日昃待旦之勞尚書周公曰文王自朝至於日中昃不遑暇食用咸和萬民孟子曰周公思兼三王其有不合者仰而思之夜以繼日幸而得之坐以待旦故能隆興周道垂名億載況在臣庶而可以已乎歷觀古今功名之士皆有積累殊異之迹勞神苦體契闊勤思平居不惰其業窮困不易其素是以卜

式立志於耕牧，而黃霸受道於囹圄，終有榮顯之福，以成不朽之名。漢書曰：卜式，河南人，以田畜爲事，入山牧羊十餘年，羊致千餘頭。又曰：黃霸，字次公，淮陽人，遷丞相長史。宣帝欲襃先帝，夏侯勝曰：武帝不宜爲立廟。欒勝坐非議詔書，霸坐阿縱勝不舉劾，皆下獄。勝霸既久繫，霸欲從勝受經，勝辭以罪死。霸曰：朝聞道，夕死可矣。勝賢其言，遂授之。繫更再冬，講論不怠。故山甫勤於夙夜，而吳漢不離公門，豈有遊惰哉？毛詩曰：肅肅王命，仲山甫將之。夙夜匪懈，以事一人。東觀漢記曰：吳漢，字子顏，南陽人。鄧禹及諸將多漢舉者，再三召見。其後勤勤不離公門，上亦以其南陽人，漸親之。今世之人多不務經術，好翫博弈，廢事棄業，忘寢與食，窮日盡明，繼以脂燭。當其臨局交爭，雌雄未決，專精銳意，神迷體倦，人事曠而不脩，賓旅闕而不接，雖有太牢之饌，韶夏之樂，不暇存也。至

賭之大獘在其心皆欲屈人以伸己損人以利己耳故曰廉恥之意弛

或賭及衣物徙棊易行。埤蒼賭䝿也賭丁古切䝿記祓切廉恥之意弛而忿戾之色發。然其所志不出一枰之上所務不過方罫之間。古方言曰投博謂之枰皮兵切桓譚新論曰俗有圍棊或言是兵法之類也及爲之上者張置疏遠多得道而爲勝中者務相絕遮要以爭便利下者守邊趨作罫自生於小地猶薛公之言黥布反也上計取吳楚廣道者也中計塞城皐遮要爭利者也下計據長沙以臨越此守邊隅趨作罫者也更始帝將相不能防衛而令罫中死棊皆生勝敵無封爵之賞獲地無兼土之實技非六藝用非經國立身者不階其術徵選者不由其道廣雅曰階因也求之於戰陣則非孫吳之倫也劉向圍棊賦曰略觀圍棊法於用兵怯者無功貪者先亡漢書曰孫子兵法八十二篇吳起三十八篇考之於道藝則非孔氏之門也。以變詐爲務。則非忠信之事也。以劫殺爲名則非仁者之意也尹文子曰以智力求者喻如弈弈進退取與攻劫殺舍在我者也而空妨日廢業終無補益是何異設木而擊之置石而投之哉且君子之居室也勤身以致養其在朝也竭命以納忠臨事且猶旰食而何暇博弈之足耽左氏傳伍奢曰楚君大夫其旰食乎班固漢書述曰媚茲一人日旰忘食夫然故孝友之行立貞純之名章也方今大吳受命海內未平聖朝乾乾務在得人周易曰君子終日乾乾班固公孫弘贊曰漢之得人於茲爲盛勇略之士則受熊虎之任儒雅之徒則處龍鳳之署熊虎猛捷故以譬武龍鳳五彩故以喻文尚書曰如虎如貔如熊如羆于商郊蘇武荅李陵書曰其於學人皆如鳳如龍百行兼苞文武並驁孝經鉤命決曰引典摘暴一字管百行博選良才旌簡髦俊賈逵國語注曰旌表也設

程試之科，垂金爵之賞，說文曰：程，品也。廣雅曰：科，條也。誠千載之嘉會，百世之良遇也。桓子新論曰：夫聖人乃千載一出。周易曰：亨者，嘉之會也。當世之士，宜勉思至道，愛功惜力，以佐明時，廣雅曰：惜，愛也。使名書史籍，勳在盟府，左氏傳宮之奇曰：虢叔爲文王卿士，勳在王室，藏於盟府。乃君子之上務，當今之先急也。夫一木之枰，孰與方國之封？枯棊三百，孰與萬人之將？邯鄲淳藝經曰：棊局縱橫各十七道，合二百八十九道，白黑棊子各一百五十枚。袞龍之服，金石之樂，足以兼棊局而貿博弈矣。周禮曰：三公自袞冕而下。鄭玄曰：袞龍，九章衣也。東都賦曰：修袞龍之法服。左氏傳曰：晉侯以樂之半賜魏絳，始有金石之樂。廣雅曰：貿，易之也。假令世士移博弈之力，用之於詩書，是有顏閔之志也；用之於智計，是有良平之思也；用之於資

貧是有猗頓之富也猗頓已見賈誼過秦論用之於射御是有將帥之備也如此則功名立而鄙賤遠矣

文選卷第五十二

初五日　低誦

養生論此文驟觀覺其漫羨細按之條理仍自井然緣其氣體浩壯天機駿利故詞雖多而不覺繁但未免稍於放效耳

服藥求仙數語

叔夜性存老莊然養生之說實與莊生微異莊生所云養生非服食之謂其要在於以恬養知以知養恬知世途之多患故無以相待知萬事

之靡定故無為而自得乃鳴

雅散不之喻單豹張毅之事皆是以排陷服食仙道之談使之不得成立又況叔夜尚奇任俠性烈才儁以處衰世所謂游于羿之彀中繼朝鑣五石久餐久芝終陷幽憤之詩無救彈琴之痛每讀此論良為惆悵然

壽有仙無生原有養文如謂仙非學致又云可遇常期皆為理未精稍云養生之理是耳

文選卷第五十三

梁昭明太子撰

文林郎守太子右內率府録事參軍事崇賢館直學士臣李善注上

論三

嵇叔夜養生論一首　李蕭遠運命論一首

陸士衡辯亡論上下二首

養生論一首

嵇喜爲康傳曰康性好服食常采御上藥以爲神仙稟之自然非積學所致至於導養得理以盡性命若安期彭祖之倫可以善求而得也著養生篇

嵇叔夜

世或有謂神仙可以學得不死可以力致者王逸楚辭注曰謂說

服藥求汗數語設譬至切符采未有觀

或云上壽百二十古今所同過此以往莫非妖妄者養生經黃帝問天老曰人生上壽一百二十年中壽百年下壽八十年而竟不然者皆天耳此皆兩失其情請試粗論之鄭玄禮記注曰粗麤也說文曰粗疏也徂古切夫神仙雖不目見然記籍所載前史所傳較角而論之其有必矣廣雅曰較明也似特受異氣稟之自然非積學所能致也孔安國尚書傳曰稟受也夫自然者不知其然而然老子曰道法自然至於導養得理以盡性命上獲千餘歲下可數百年可有之耳天老養生經老子曰人生大期以百二十年爲限節度護之可至千歲而世皆不精故莫能得之何以言之夫服藥求汗或有弗獲而愧情一集渙然流離漢書曰上問右丞相周勃曰天下一歲決獄幾何勃謝不知問天下錢穀一歲出幾何勃又謝

不知汗出洽背媿不能對顔師古曰洽霑也周易曰渙汗其大號終朝未餐則囂然思
食而曾子銜哀七日不飢毛詩曰終朝采綠終朝謂從旦至食時囂然飢意也禮記
曾子謂子思曰伋吾執親之喪也水漿不入於口者七日夜分而坐則低迷思寢內
懷殷憂則達旦不瞑古眠字韓子曰衛靈公至濮水之上夜分而聞有鼓新聲者韓詩曰
耿耿不寐如有殷憂漢書劉向曰夜觀星宿或不寐達旦勁刷理鬢醇醴發顔僅乃
得之也通俗文曰所以理髮謂之刷也何休公羊傳注曰僅劣也壯士之怒赫然殊觀
植髮衝冠淮南子曰荊軻爲燕太子丹刺秦王高漸離宋如意爲擊筑而歌於易水之上荊軻瞋目
裂眥髮植衝冠由此言之精神之於形骸猶國之有君也神躁
於中而形喪於外猶君昏於上國亂於下也夫爲稼於
湯之世偏有一溉之功者雖終歸燋爛必一溉者後枯

○當知有形失其養而神
爲之痒飢寒迫身而
身神不病未之有也

然則一溉之益固不可誣也種曰稼言種穀於湯之世值七年之旱終歸是死而
彼一溉之苗則在後枯亦猶人處於俗同皆有死能攝生者則後終也孫卿子曰禹十年水湯七年旱說文曰
溉灌也而世常謂一怒不足以侵性一哀不足以傷身輕
而肆之淮南子曰大怒破陰大喜墜陽養生要彭祖曰憂恚悲哀傷人喜樂過差傷人賈逵國語注曰
肆恣也是猶不識一溉之益而望嘉穀於旱苗者也國語子餘
謂秦伯曰使能成嘉穀君之力也是以君子知形恃神以立神須形以
存悟生理之易失知一過之害生淮南子曰形者生之舍也氣者生之元也
神者生之制也一失位則二者傷矣故脩性以保神安心以全身愛憎不
棲於情憂喜不留於意泊然無感而體氣和平老子曰我獨泊
然而未兆說文曰泊無爲也禮記曰樂行血氣和平又呼吸吐納服食養身使形

漢書食貨志云治田勤則畝益三升与此文所云増加之数大相懸絶案漢隸書斗為卄絶似升字漢史書斗為㪷又近於斛字故皆傳寫之誤此文當作區種可百餘斗又斛与㪷音同考工記先鄭注㪷受三斗此文或因斛為㪷

神相親表裏俱濟也。莊子曰吹呴呼吸吐故納新為壽而已矣古詩曰服食求神仙夫田種者一畝十斛謂之良田此天下之通稱也不知區種可百餘斛汜勝之田農書曰上農區田大區方深各六寸相去七寸一畝三千七百區丁男女治十畝至秋收區三升粟畝得百斛也區音鄔侯切一曰謂區隴而種非漫田也田種一也至於樹養不同則功收相懸謂商無十倍之價農無百斛之望此守常而不變者也且豆令人重榆令人瞑經方小品倉公對黃帝曰大豆多食令人身重博物志云食豆三年則身重行止難又曰啖榆則瞑不欲覺也合歡蠲忿萱草忘憂愚智所共知也神農本草曰合歡蠲忿萱草忘憂崔豹古今注曰合歡樹似梧桐枝葉繁互相交結每一風來輒自相離了不相牽綴樹之堦庭使人不忿毛詩曰焉得萱草言樹之背毛萇詩傳曰萱草令人忘憂名醫別録曰萱草是今之鹿葱也薰辛害目豚魚不

服食有益言今無以易也

豈惟四句只承豆薰辛齒麝言　四往珠餘校以文律但云豈惟如上所云而已其意已明

延當為脠生肉醬也　嵇蓋用以為釀耳　注非

養常世所識也養生要曰大蒜勿食葷辛害目又神農曰豬肉虛人不可久食又曰豘肉損人與豬同說文曰蒜葷菜也薰與葷同豚魚無血食之皆不利人也蝨山乙處頭而黑麝食柏而香抱朴子曰今頭虱著身皆稍變而白身虱處頭皆漸化而黑則是玄素果無定質移易存乎所漸本草名醫云麝香形似麞常食柏葉五月得香又夏月食蛇多至寒香滿入春患急痛以脚剔去著矢溺中覆之皆有常處人有遇得乃勝殺取頸處險而癭於井齒居晉而黃淮南子曰險阻之氣多癭謂人居於山險樹木瘤臨其水上飲此水則患癭齒黃未詳推此而言凡所食之氣蒸性染身莫不相應豈惟蒸之使重而無使輕害之使闇而無使明薰之使黃而無使堅芬之使香而無使延哉方言曰延年長也故神農曰上藥養命中藥養性者本草曰上藥一百二十種為君主養命以應天無毒久服不傷人輕身益氣不老延年中藥一百二十種為臣主養

性以應人養生經曰上藥養命五石練形六芝延年中藥養性合歡蠲忿萱草忘憂也誠知性命之理因輔養以通也而世人不察惟五穀是見聲色是耽目惑玄黃耳務淫哇法言曰哇則鄭李軌曰哇邪也周禮鄭玄注曰五穀麻黍稷麥豆也滋味煎其府藏醴醪鬻其腸胃莊子曰聲色滋味之於人心不待學而樂之漢書曰五藏六腑周禮曰凡齊事鬻鹽以待戒令鄭玄曰鬻鹽謂練化之鬻今之煮字也香芳腐其骨髓喜怒悖其正氣廣雅曰悖亂也文子曰循理而動者正氣思慮銷其精神哀樂殃其平粹文子曰人之性欲平又曰真人純粹應劭漢書注曰粹湻也夫以蕞爾之軀攻之者非一塗左氏傳子產曰蕞爾小國杜預注曰蕞爾小貌也易竭之身而外內受敵身非木石其能久乎其自用甚者飲食不節以生百病好色不倦以致乏絕素問黃帝曰有病心

腹滿此何病岐伯曰此飲食不節故時病七發曰百病咸生漢書曰杜欽上疏曰佩玉晏鳴關雎歎之知好色之伐性短年也風寒所災百毒所傷中道夭於衆難莊子曰終天年不中道夭者是智之盛世皆知笑悼謂之不善持生也方言曰悼哀也笑悼謂笑其不善養生而又哀其保齡也至于措身失理亡之於微積微成損積損成衰從衰得白從白得老從老得終悶若無端莊子曰藏乎無端之紀中智以下謂之自然穀梁傳荀息曰中智以上乃能慮之臣料虞君中智以下也縱少覺悟咸歎恨於所遇之初而不知慎衆險於未兆老子曰未兆易謀是由桓侯抱將死之疾而怒扁鵲之先見以覺痛之日爲受病之始也韓子曰扁鵲謂桓侯曰君有疾在腠理猶可湯熨桓侯不信後病迎扁鵲鵲逃之桓侯遂死史記曰扁鵲療簡子東過齊見桓侯東晳曰齊桓在簡子前且二百

一切權時也此指言不實耳

歲小白後無齊桓侯田和子有桓公午去簡子首末相距二百八年史記自爲外錯韋昭曰魏無桓侯臣瓚曰魏桓侯新序曰扁鵲見晉桓侯然此桓侯竟不知何國也害成於微而救之於著故有無功之治馳騁常人之域故有一切之壽仰觀俯察莫不皆然以多自證以同自慰謂天地之理盡此而已矣縱聞養生之事則斷以所見謂之不然其次狐疑雖少庶幾莫知所由其次自力服藥半年一年勞而未驗志以厭衰中路復廢或益之以畎古犬澮古外而泄之以尾閭尚書曰濬畎澮距川孔安國曰一畝之間廣尺深尺曰畎廣二尋深二仞曰澮畎澮深之亦入海也莊子海若曰天下之水莫大於海萬川歸之不知何時止而不盈尾閭泄之不知何時已而不虛司馬彪曰尾閭水之從海水出者也一名沃燋在東大海之中尾者在百川之下故稱尾閭者聚也水聚族之處故稱閭也在扶

猶豫說文作冘豫乃雙聲字注非

麐

桑之東有一石方圓四萬里厚四萬里海水注者無不燋盡故名沃燋欲坐望顯報者或抑情忍欲割棄榮顯而嗜好常在耳目之前所希在數十年之後說文云希望也穀梁傳荀息曰夫人玩好在耳目之前而患在一國之後又恐兩失內懷猶豫楚辭曰心猶豫而狐疑尸子曰五尺大犬爲豫說文云隴西謂犬子爲猶顏師古以爲人將犬行豫在人前待人不得又來迎候如此往還至于終日斯乃豫之所以爲未定也故稱猶豫或以爾雅云猶如麂善登木猶獸名聞人聲乃猶豫緣木如此上下故稱猶豫心戰於內物誘於外交睽相傾如此復敗者夫至物微妙可以理知難以目識譬猶豫章生七年然後可覺耳淮南子曰豫章之生七年可知延叔堅曰豫章與杙木相似須七年乃可別耳杙音弋今以躁競之心涉希靜之塗老子道經曰聽之不聞名曰希王逸楚辭注曰無聲曰靜意速而事遲望近而應遠

欲而彊禁貪而後抑則多狀尤苦故必先淨其心先儉其識先空其意

故莫能相終。夫悠悠者既以未效不求。論語桀溺曰：滔滔者天下皆是也。而求者以不專喪業，偏恃者以不兼無功，追術者以小道自溺。凡若此類，故欲之者萬無一能成也。善養生者則不然矣。清虛靜泰，少私寡欲。莊子曰：廣成子謂黄帝曰：必靜必清，無勞汝形，無搖汝精，乃可以長生。老子曰：少私寡欲。知名位之傷德，故忽而不營，非欲而彊禁也。左氏傳曰：名位不同，禮亦異數。識厚味之害性，故棄而弗顧，非貪而後抑也。國語單襄公曰：厚味實腊毒也。外物以累心不存，神氣以醇白獨著。慎子曰：夫德精微而不見，聰明而不發，是故外物不累其内。莊子曰：外物不可必。司馬彪曰：物，事也。忠孝，内也。而外事咸不信受也。淮南子曰：古之人神氣不蕩乎外。莊子曰：虚室生白。向秀曰：虚其心則純白獨著。曠然無憂患，寂然無思慮。莊子曰：聖人平易恬淡，則憂患

恕即庶也庶幾之庶正當作恕字李注引楚辭釋之未諦

不能入也邪氣不能襲也故其德全而神不虧矣故曰聖人不思慮不預謀也又守之以一養之以和和理日濟同乎大順老子曰聖人抱一爲天下式河上公曰抱守也守一乃知萬事故能爲天下法式王弼曰一少之極也式猶則也文子曰古之爲道者養以和持以適莊子曰古之治道者以恬養知知生而無以知爲也謂之以知養恬知與恬交相養而和理出其性老子曰玄德深矣遠矣與物反矣乃至大順河上公曰大順者天理也鍾會曰反俗以入道然乃至於大順也然後蒸以靈芝潤以醴泉白虎通曰醴泉者泉也狀如醴酒也晞以朝陽綏以五絃毛萇詩傳曰晞乾也無爲自得體妙心玄莊子曰天無爲以之清地無爲以之寧故兩無爲相合萬物皆化之也孰能得無爲哉老子曰玄之又玄衆妙之門忘歡而後樂足遺生而後身存莊子曰天下有至樂無有哉曰至樂無樂郭象曰忘歡而後樂足樂足而後身存莊子曰棄事則形不勞遺生則精不虧夫形全精復與天爲一若此以往恕可與羨門

論衡命義篇子夏曰死生有命富貴在天而不曰死生在天富貴有命者何則死生者以性爲主稟得堅強之性則氣渥厚而體堅強堅強則壽命長稟性軟弱者氣少泊而性羸窳羸窳則壽命短故言有命命則性也至於富貴所稟猶性所稟之氣得眾星之精眾星在天天有其象得富貴象則富貴得貧賤象則貧賤故曰在天在天如何天有百官有眾星天施氣而眾星布精天所施氣而眾星之氣在其中矣人稟氣而生含氣而長得貴則貴得賤則賤貴或秩有高下富或資有多少皆星位尊卑小大之所授也

比壽王喬爭年何爲其無有哉聲類曰怨人心度物也史記曰始皇之碣石使燕人盧生求羨門韋昭曰羨門古仙人也列仙傳曰王子喬者周靈王太子晉也道人浮丘公接以上嵩高山

運命論一首

運謂五德更運帝王所稟以生也春秋元命苞曰五德之運各象其類興亡之名應籙以次相代宋均曰運籙運也春秋元命苞曰命者天下之命也

白虎通命有三科以記驗有壽命以保度有遭命以遇暴有隨命以應行

李蕭遠

集林曰李康字蕭遠中山人也性介立不能和俗著遊山九吟魏明帝異其文遂起家爲尋陽長政有美績病卒

夫治亂運也窮達命也貴賤時也墨子曰貧富治亂固有天命不可損益王命論曰窮達有命吉凶由人莊子北海若曰貴賤有時未可以爲常也故運之將隆必生聖明之君春秋河圖揆命篇曰倉戲農黃三陽翼天德聖明聖明之君必有忠

自來言命之篇皆言命其不遇之感斥之然詭命之有無于作者之前必爲所哭王仲任但言偶會而不言天命之岩不卓然對立哉惜哉之于此而不言之子彼也討之之言命無定孔孟之言命有定三命之說所以昭德此之著達不可不知蕭遠斯文則皆言定命也

賢之臣其所以相遇也不求而自合其所以相親也不介而自親介紹介也禮記曰介紹而傳命唱之而必和謀之而必從道德玄同曲折合符老子曰知者不言言者不知是爲玄同論語比考讖曰君子上達與天合符得失不能疑其志讒搆不能離其交然後得成功也其所以得然者豈徒人事哉授之者天也告之者神也成之者運也夫黃河清而聖人生里社鳴而聖人出易乾鑿度曰聖人受命瑞應先見於河河水先清清變白白變赤赤變黑黑變黃各三日春秋潛潭巴曰里社明此里有聖人出其响百姓歸天辟亡宋均曰里社之君鳴則教令行教令明惟聖人能之也响鳴之怒者聖人怒則天辟亡矣湯起放桀時蓋此祥也明與鳴古字通羣龍見而聖人用易曰見羣龍無首吉又曰聖人作而萬物覩故伊尹有莘氏之媵臣也而阿衡於商說苑

鄒子說梁王曰伊尹有莘氏之媵臣湯立以爲三公毛詩曰實維阿衡左右商王毛萇傳曰阿衡伊尹也太公渭濱之賤老也而尚父於周史記曰太公望以漁釣于周西伯六韜曰文王卜田史編爲卜曰于渭之陽將大得焉非熊非羆非虎非狼兆得公侯天遺汝師王乃齋戒三日田于渭陽卒見呂尚坐茅以漁毛詩大雅曰維師尚父時維鷹揚諒彼武王肆伐大商百里奚在虞而虞亡在秦而秦霸非不才於虞而才於秦也呂氏春秋曰凡亂也者必始乎近而後及遠始乎本而後及末亦然故百里奚處乎虞而虞亡處乎秦而秦霸百里奚之處乎虞知非遇也其處於秦非加益也有其本也其本也者定分之謂也張良受黃石之符誦三略之說黃石公記序曰黃石者神人也有上略中略下略河圖曰黃石公謂張良曰讀此爲劉帝師以遊於群雄其言也如以水投石莫之受也及其遭漢祖其言也如以石投水莫之逆也漢書曰張良以兵法說沛公沛公喜常用其策

其可格之賢愚言不量之以何时賢何时愚

爲它人言皆不省非張良之拙說於陳項而巧言於沛公也漢書張良乃說項梁立韓成爲韓王而漢書張良無說陳涉今此言之未詳其本也然則張良之言一也不識其所以合離合離之由神明之道也故彼四賢者名載於籙圖事應乎天人其可格之賢愚哉春秋考異郵曰稽之籙圖參於秦古昜坤靈圖曰湯臣伊尹振鳥陵春秋命歷序曰文王受丹書呂望佐昌發春秋保乾圖曰漢之一師爲張良生韓之吱漢以與春秋感精記曰西秦東闕謀襲鄭伯罸戎同心遮之殽谷反呼老人百里子哭語之不知泣血何益蒼頡篇曰格量度之也孔子曰清明在躬氣志如神嗜慾將至有開必先天降時雨山川出雲禮記孔子閒居文也鄭玄曰清明在躬氣志如神神謂聖人也嗜慾將至謂其王天下之期將至也神有以開之必先爲之生賢智之輔佐若天將降時雨山川爲之出雲也詩云惟嶽降神生甫及申惟申及甫惟

周之幹運命之謂也詩大雅文也箋云申申伯甫甫侯也毛萇傳曰翰幹也言周道將興五嶽爲之生佐仲山甫及申伯爲周之幹臣也豈惟興主亂亡者亦如之焉呂氏春秋曰世有興主之士也幽王之惑褒女也祅始於夏庭史記曰昔夏后氏之衰也有神龍二止於夏帝之庭而言曰余褒之二君也夏帝卜殺之與去之與止之莫吉卜請其漦而藏之乃吉於是布幣而策告之龍亡而漦在夏氏乃櫝而去之比三代莫之敢發至厲王之末發而觀之漦流於庭不可除厲王使婦人躶而譟之漦化爲玄黿以入王後宮後宮童妾既齔遭之既笄而孕無夫而生一女子懼而棄之宣王之時童謠檿弧箕服寔亡周國於是宣王聞之有夫婦賣是器者宣王使執而戮之於道而郷者後宮妾所棄妖子出於路者聞其夜啼哀而收之夫婦遂奔於褒褒人有罪請入棄子以贖罪棄子出於褒是爲褒姒幽王廢申后立褒姒爲后后父申侯怒攻幽王遂殺幽王酈山下漦仕淄切曹伯陽之獲公孫彊也徵發於社宮左氏傳曰初曹人或夢衆君子立於社宮而謀亡曹曹叔振鐸

○謀見謀也

請待公孫彊許之旦而求之曹無之戒其子曰我死爾聞公孫彊爲政必去之及曹伯陽即位好畋弋曹鄙人公孫彊好弋且言畋弋之說悅之因訪政事說於曹伯從之乃背晉而奸宋宋人伐之執曹伯陽以歸殺之

叔孫豹之暱豎牛也禍成於庚宗左氏傳曰初穆子去叔孫氏及庚宗過婦人使私爲食而宿焉魯人召之所宿庚宗之婦人獻以雉問其姓對余子長矣召而見之遂使爲豎有寵長使爲政田於蒲上遂遇疾焉豎牛曰夫子疾病不欲見人使寘饋于介而退弗進則置虛器命徹叔孫不食卒

吉凶成敗各以數至春秋考異郵曰吉凶有效存亡出象王命論曰驗行事之成敗數歷數也孔安國尚書傳曰歷數謂天道也咸皆不求而自合不介而自親矣

昔者聖人受命河洛曰以文命者七九而衰以武興者六八而謀河洛謂河圖洛書也文謂文德即文王也武謂武功即武王也言以文德受命者或七世九世而漸衰微以武功興起者或六世八世而謀也及成王定鼎於郟鄏卜世三

十卜年七百天所命也左氏傳王孫滿之辭也其世之多少年之短長皆天所命也七九六八即卜世數也杜預注曰郟鄏今河南也武王遷之成王定之故自幽厲之間周道大壞言自成王至于厲王凡有八世即應七而衰也毛詩序曰蕩召穆公傷周室大壞也二霸之後禮樂陵遲二霸齊桓晉文也自厲王至于二霸之卒凡有九世即應九而衰也毛詩序曰禮義陵遲男女淫奔也文薄之弊漸於靈景自二霸之卒至于景王凡有六世即應六而謀也尚書大傳曰周人之教以文上教以文君子其失也小人薄鄭玄曰文謂尊卑之差制也習文法無悃誠也靈景周之王末者也辯詐之僞成於七國言文薄既弊詐僞乃成也七國謂韓魏齊趙燕楚秦也自景王至于七國凡有八世即應八而謀也酷烈之極積於亡秦言詐僞既成故加之以酷烈也解嘲曰呂刑靡弊秦法酷烈也文章之貴棄於漢祖言周人之教以文故漢承之以貴也漢書曰陸賈爲太中大夫賈時上前說稱詩書高帝罵之曰迺公以馬上得之安事詩書也仲

此是一篇所為發

何云冉謂仲弓非子有也

此本錢注

體二希聖言其類冉而近仲尼也或云體二乃具體而微之意即後五之希聖備體蓋本是之

長子昌言曰漢祖輕文學而簡禮義雖仲尼至聖顏冉大賢家語冉有曰孔子者大聖兼該文武並通又曰顏回字子淵以德行著名孔子稱其賢又曰冉求字子有以政事著名性多謙退揖讓於規矩之內誾誾於洙泗之上不能遏其端論語曰孔子朝與上大夫言誾誾如也孔安國曰誾誾中正之貌禮記曾子謂子夏曰吾與汝事夫子於洙泗之間鄭玄曰洙泗魯水名也史記曰甚哉魯之衰也洙泗之間誾誾如也桓子新論曰過絕其端其命在天孟軻孫卿體二希聖從容正道不能維其末周易子曰君子知幾其神乎顏氏之子其殆庶幾乎有不善未嘗不知知之未嘗復行韓康伯曰在理則昧造形而悟顏氏子之分也失之於幾故有不善得之於二不遠而復故知之未嘗復行也法言曰晞驥之馬亦驥之乘晞顏之人亦顏之徒也顏嘗晞夫子矣李軌曰希望也言顏同嘗望孔子也禮含文嘉曰從容中道陰陽度行也天下卒至乎溺而不可援言小人之失在薄故孔孟所不能援也孟子曰天下溺則援之以道夫以仲

此當以管蔡之事解之

此當以桀紂之事解之

此當以崇侯之事解之

此當以微子之事解之

此當以夏臺羑里之事解之

尼之才也而器不周於魯衛以仲尼之辯也而言不行於定哀史記曰魯定公以孔子爲司寇季桓子受齊女樂不聽政孔子遂行適衛衛靈公置粟六萬居頃之或譖孔子於靈公孔子恐獲罪去衛也以仲尼之謙也而見忌於子西史記曰楚昭王興師迎孔子將以書社地七百里封孔子楚令尹子西曰王之使使諸侯有如子貢者乎曰無有王之將帥有如子路者乎曰無有王之官尹有如宰予者乎曰無有且楚之祖封於周爲子男五十里今孔丘述三五之法明周召之業王若用之則楚國安得世世土方數千里乎文王在豐武王在鎬卒王天下今孔丘得據土壤賢弟子爲佐非楚之福也昭王乃止以仲尼之仁也而取讎於桓魋史記曰孔子適宋與弟子習禮大樹下宋司馬桓魋欲殺孔子拔其樹孔子弟子曰可以速行矣孔子曰天生德於予桓魋其如予何以仲尼之智也而屈厄於陳蔡家語曰楚昭王聘孔子孔子往拜禮焉路出乎陳蔡陳蔡大夫相與謀曰孔子賢聖其刺譏皆中諸侯之病若用於楚則陳蔡

此當以居顛之意解之

此文之抑揚非不足於子思也觀前文贊孟荀體之希聖此云子思希聖備

危矣遂使徒兵距孔子孔子不得行絕糧七日外無所通藜羹不充以仲尼之行也而招毀於叔孫論語曰叔孫武叔毀仲尼子貢曰無以為也仲尼不可毀也他人之賢者丘陵也猶可踰也仲尼日月也無得而踰焉人雖自絕也其何傷於日月乎多見其不知量也夫道足以濟天下而不得貴於人周易曰智周萬物而道濟天下言足以經萬世而不見信於時文子曰養生以經世莊子曰未嘗聞任氏之風俗其不可與經於世亦遠矣行足以應神明而不能彌綸於俗孝經曰孝悌之至通於神明周易曰故能彌綸天地之道應聘七十國而不一獲其主說苑趙襄子謂子路曰吾嘗問孔子曰先生事七十君無明君乎孔子不對何謂賢也驅驟於蠻夏之域屈辱於公卿之門蠻謂蔡楚也毛詩曰蠢爾蠻荊夏謂宋衛也公謂魯侯也卿謂季氏也列子楊朱曰孔子屈於季氏見辱於陽虎也其不遇也如此及其孫子思希聖備體而未之至

體之言正同彼況不經孟荀此亦無抑子思矣

史記曰伯魚生伋字子思孟子曰子夏子游子張皆有聖人之一體冉伯牛閔子顏回則具體而微劉熙曰體者四支股脚也具體者皆微者也皆具聖人之體微小耳體以喻德也封已養高勢動人主國語叔向曰引黨以封己韋昭曰封厚也魏志高柔上疏曰三事不使知政遂各偃息養高其所遊歷諸侯莫不結駟而造門雖造門猶有不得賓者焉其徒子夏升堂而未入於室者也退老於家魏文侯師之西河之人肅然歸德比之於夫子而莫敢間其言論語子曰由也升堂矣未入於室也家語曰卜子夏孔子卒後敎於西河之上魏文侯師事之而咨問國政焉禮記曾子謂子夏曰吾與汝事夫子於洙泗之間退而老於西河之上使西河之人疑汝於夫子陳羣論語注曰不得有非間之言也故曰治亂運也窮達命也貴賤時也而後之君子區區於一主歎息於一朝屈原以之沈湘賈誼以

之發憤不亦過乎楚辭曰臨沅湘之玄淵兮遂自忍而沈流漢書曰天子以賈誼任公卿之
位絳灌之屬盡害之乃毀誼於是天子亦疏之以誼爲長沙王太傅誼既以謫去意不自得及渡湘水爲賦以
弔屈原原楚賢臣也被讒遂投江而死誼追傷之因以自諭楊雄反騷曰欽弔楚之湘纍音義曰屈原赴湘故
曰湘纍然則聖人所以爲聖者蓋在乎樂天知命矣周易曰樂
天知命故不憂故遇之而不怨居之而不疑也其身可抑而道
不可屈漢書孫寶曰道不可詘身詘何傷其位可排而名不可奪譬如
水也通之斯爲川焉塞之斯爲淵焉管子曰水有大小出之溝流於大水
及海者命之曰川出於地而不流命曰淵水升之於雲則雨施沈之於地則
土潤淮南子曰夫水者大不可極深不可測上天爲雨露下地爲潤澤無公無私水之德也周易文言曰
雲行雨施天下平也禮記月令曰季夏之月土潤溽暑鄭玄云土潤謂塗濕也體清以洗物不

依別本校後刪

亂於濁，受濁以濟物，不傷於清。晏子春秋景公問晏子曰廉正而長久其行何也晏子對曰其行水也美哉水平清其濁無不宷塗其清無不灑除是以長久也管子曰夫水淖溺以清好灑人之惡仁也宷式甚切是以聖人處窮達如一也。呂氏春秋曰古之得道者窮亦樂達亦樂所樂非窮達也道得於此則窮達一也夫忠直之迕於主，獨立之負於俗，理勢然也。小雅曰迕犯也鄭玄禮記注曰負背也故木秀於林，風必摧之；堆出於岸，流必湍之；廣雅曰秀出也論衡曰風衝之物不得育水湍之岸不得峭行高於人，衆必非之。史記曰商君說秦孝公曰夫有高人之行者固見非於世前監不遠，覆車繼軌。毛詩曰殷鑒不遠晏子春秋諺曰前車覆後車戒然而志士仁人猶蹈之而弗悔，操之而弗失，何哉？將以遂志而成名也。史記司馬遷曰詩書隱約者欲遂其志之思也班固漢書賛曰雖其陷於刑辟自與殺身成名也求遂其志而冒風波於險塗家語曰不觀巨海何以知風波之患也求成其名而歷謗議於當時司馬遷書曰下流多謗議彼所以處之蓋有筭矣蒼頡篇曰筭計也子夏曰死生有命富貴在天論語子夏曰商聞之死生有命富貴在天故道之將行也命之將貴也論語子曰道之將行也與命也則伊尹呂尚之興於商周百里子房之用於秦漢不求而自得不徼而自遇矣論衡曰命吉不求自得富貴之命西京賦曰不徼自遇道之將廢也命之將賤也論語子曰道之將廢也與命也豈獨君子恥之而弗為乎蓋亦知為之而弗得矣凡希世苟合之士蘧蒢戚施之人莊子曰原憲謂子貢曰夫希世而行比周而友憲不忍爲也司馬遷報任安書曰苟合取容毛詩云燕婉之求蘧蒢不鮮又曰燕婉之求得此戚施俛仰尊貴之顏逶迤勢

利之閒杜預左氏傳注曰俛仰伏也鄭玄毛詩箋曰蘧蒢觀人顏色而爲辭故不能俯又曰戚施下人以色故不能仰史記曰蘇秦嫂逶虵而謝曰見季子位高金多也意無是非讚之如流言無可否應之如響毛詩曰巧言如流史記湻于髡曰鄒忌其應我若響之應聲也以闚看爲精神以向背爲變通周易曰變通者趣時者也勢之所集從之如歸市勢之所去棄之如脫遺孟子曰大王居邠狄人侵之乃踰梁山邑于岐山下從者如歸市焉廣雅曰脫誤也毛詩曰棄予如遺鄭玄曰如人遺忘忽然不省存也其言曰名與身孰親也得與失孰賢也榮與辱孰珍也老子曰名與身孰親得與失孰病也家語子貢曰與其俱失二者孰賢鄭玄儀禮注曰賢猶勝也故遂絜其衣服矜其車徒冒其貨賄淫其聲色杜預左氏傳注曰冒貪也脉脉然自以爲得矣爾雅曰脉相視也郭璞曰脉脉謂相視貌也蓋見龍逢比干之

亡其身而不惟飛廉惡來之滅其族也呂子曰義必利雖桀殺關龍逢紂殺王子比干猶謂義之必利也史記曰中潏生蜚廉蜚廉生惡來父子俱以材力事殷紂說苑子石曰費仲惡來革去卑決目崇侯虎順紂之心欲以合於意武王伐紂四子死牧之野蓋知伍子胥之屬音燭鏤力俱於吳而不戒費無忌之誅夷於楚也左傳曰吳將伐齊越子率其屬以朝焉王及列士皆饋賂吳人皆喜惟子胥懼曰是豢吳也使於齊屬其子於鮑氏爲王孫氏反役王聞之使賜之屬鏤以死杜預曰改姓爲王孫欲以辟吳禍屬鏤劒名又左傳曰沈尹戌言於子常曰夫無極楚之讒人也去朝吳出蔡侯朱喪太子建殺連尹奢子而弗圖將焉用之子常曰是瓦之罪也乃殺費無極鄢將師盡滅其族以說其國蓋譏汲黯之白首於主爵而不懲張湯牛車之禍也漢書曰汲黯爲東海太守東海大治召爲主爵都尉又曰上以張湯爲懷詐面欺使使簿責湯湯自殺諸子欲厚葬湯母曰湯爲天子大臣被惡言而死何厚葬爲載以牛車有棺而無槨蓋笑蕭望

之跋蒲末躓竹利於前而不懼石顯之絞縊於後也漢書曰前將軍蕭望之及光祿大夫周堪建白以爲宜罷中書宦官應古不近刑人由是大與石顯忤後皆害焉望之自殺毛詩曰狼跋其胡載躓其尾漢書曰成帝立丞相奏顯舊惡免官徙歸故郡憂懣不食道病死故夫達者之筭也亦各有盡矣曰凡人之所以奔競於富貴何爲者哉若夫立德必須貴乎則幽厲之爲天子不如仲尼之爲陪臣也左氏傳王饗管仲管仲曰陪臣敢辭杜預注曰諸侯之臣曰陪臣必須勢乎則王莽董賢之爲三公不如楊雄仲舒之閴其門也漢書曰拜王莽爲大司馬又曰董賢代丁明爲大司馬楊雄自序曰雄家代素貧嗜酒人希至其門又曰董仲舒爲博士下帷講誦弟子傳以次相授業或莫見其面必須富乎則齊景之千駟不如顏回原憲之約其身也論語子曰齊景公有馬千駟死之日民無得而

糞

涉宜爲陽

稱焉又曰顔淵問仁子曰克己復禮爲仁馬融曰克己約身也家語曰原憲宋人字子思清約守節貧而樂道其爲實乎則執杓而飲河者不過滿腹棄糞室而灑雨者不過濡身過此以往弗能受也桓公新論曰子貢對齊景公曰臣事仲尼譬如渴而操杯器就江海飲滿腹而去又焉知江海之深也其爲名乎則善惡書乎史冊毀譽流於千載淮南子曰三代之善千歲之積譽也桀紂之惡千載之積毀也賞罰懸於天道吉凶灼乎鬼神固可畏也廣雅曰灼明也將以娛耳目樂心意乎南都賦曰道觀之好耳目之娛譬命駕而遊五都之市則天下之貨畢陳矣孔叢子孔子歌曰巾車命駕漢書曰王莽於五都立均官更名雒陽邯鄲臨淄宛成都市長皆爲五均司市師也褰裳而涉汶問陽之丘則天下之稼如雲矣毛詩曰子惠思我褰裳涉溱公羊傳曰莊公會諸侯盟于柯曹子曰願請汶陽之田如雲

言多也椎直追紒而守敖庾海陵之倉則山坻之積在前矣漢書曰尉佗魋結服虔曰魋音椎今兵士椎頭結張揖上林賦注曰紒鬟後垂也紒即髻字也于子正文引此而爲髻字漢書曰築甬道屬河以取敖倉粟又枚乘上書曰夫漢轉粟西向不如海陵之倉毛詩曰曾孫之庾如抵如京毛萇詩傳曰京丘也鄭玄曰庾露積穀也扱衽而登鍾山藍田之上則夜光璵余璠煩之珍可觀矣爾雅曰扱衽曰擷廣雅曰扱插也並初洽切淮南子曰鍾山之玉范子計然曰玉英出藍田許慎淮南子注曰夜光之珠有似明月故曰明月也左氏傳曰季平子卒陽虎將以璵璠斂杜預曰璵璠美玉也夫如是也爲物甚衆爲己甚寡不愛其身而嗇其神呂氏春秋曰凡事之本必理身嗇其大寶高誘曰嗇愛也寶身也風驚塵起散而不止風驚塵起喻惡積而豐生塵散而不止喻豐生而不滅六疾待其前五刑隨其後左氏傳曰昭元年晉侯求醫於秦秦使醫和視之和曰是謂近女室公曰

女不可近乎對曰天有六氣淫生六疾六氣曰陰陽風雨晦明過則爲災陰淫寒疾陽淫熱疾風淫末疾雨淫腹疾晦淫惑疾明淫心疾今君不節能無及此乎書曰惟敬五刑以成三德 利害生其左攻奪出其右而自以爲見身名之親踈分榮辱之客主哉言奔競之倫禍敗若此而乃尚自以爲審見身名親踈之理妙分榮辱客主之義哉言惑之甚也 天地之大德曰生聖人之大寶曰位何以守位曰仁何以正人曰義周易曰天地之大德曰生聖人之大寶曰位何以守位曰仁何以聚人曰財理財正辭禁人爲非曰義 故古之王者蓋以一人治天下不以天下奉一人也淮南子曰古之立帝王者非以奉養其欲也爲天下掩衆暴寡故立天子以齊一之也 古之仕者蓋以官行其義不以利冒其官也論語子曰君子之仕行其義也杜預左氏傳注曰冒貪也 古之君子蓋恥得之而弗能治也不恥能治

機 依注引鄭注改 注璣字皆誤

而弗得也。原乎天人之性，核胡革切乎邪正之分，呂氏春秋曰：衆正之所積，其福無不及；衆邪之所積，其禍無不違。權乎禍福之門，終乎榮辱之筭，其昭然矣。爾雅曰：權輿，始也。尸子曰：聖人權福則取重，權禍則取輕。呂氏春秋曰：少多治亂，不可不察此禍福之門也。管子曰：爲善者有福，爲不善者有禍。孟子曰：仁則榮，不仁則辱。孫卿子曰：先義後利者榮，先利後義者辱。故君子舍彼取此。言舍欲利而取仁義也。老子曰：故去彼取此。若夫出處不違其時，默語不失其人。周易曰：君子之道，或出或處，或默或語。天動星迴，而辰極猶居其所，言君子之性，語默出處，雖從其時，而中心常不改其操，似天動星迴，而北辰常居其所而不改也。論語子曰：爲政以德，譬如北辰居其所，而衆星拱之。鄭玄曰：北極謂之北辰。璣旋輪轉，而衡軸猶執其中。尚書曰：琁璣玉衡，以齊七政。孔安國曰：璣衡，王者正天文之器，可運轉者。馬融曰：琁璣，渾天儀，可轉旋。鄭玄曰：轉運者爲機，持正者爲衡。莊子曰：軸不運而輪

先友謂孔子蕭遠自謂老聃之後也

上篇主頌詠主下篇揚其先功而皆致暗然歸命之意

致于里既明且哲以保其身貽厥孫謀以燕翼子者毛詩大雅文也毛萇傳曰燕安也翼敬也箋云貽猶傳也孫順也言傳其所順以天下之謀以安其敬事之子孫謂使行之也昔吾先友嘗從事於斯矣論語曾子曰以能問於不能昔者吾友嘗從事於斯矣

辯亡論上下二首 孫盛曰陸機著辯亡論言吳之所以亡也 陸士衡

昔漢氏失御姦臣竊命 姦臣謂董卓也荅賓戲曰王塗蕪穢周失其御法言曰上失其政姦臣竊國命 禍基京畿毒徧宇內皇綱弛紊王室遂卑 荅賓戲曰廓帝紘恢皇綱劇秦美新曰皇綱弛而未張尚書傳曰紊亂也新序曰及定王王室遂卑矣 於是羣雄蜂駭義兵四合 廣雅曰駭起也漢高祖曰吾以義兵誅殘賊又魏相曰救亂誅暴謂之義兵 吳武烈皇帝慷慨下國電發荆南 吳志曰漢以孫堅為長沙太守董卓專權諸州郡並興義兵欲以討卓堅亦舉兵荆州刺史王叡素遇堅無禮堅過殺之北至南陽衆數萬人楚辭

曰雷動雷發權略紛紜忠勇伯世公羊傳曰權者反於經而後有善者也威稜則夷羿震盪逵朗兵交則醜虜授馘漢書曰武帝報李廣書曰威稜憺乎鄰國李奇曰神靈之威曰稜左氏傳魏莊子謂晉侯曰寒浞伯明氏之讒子弟也夷羿收之以爲己相杜預曰夷氏也羿善射左氏傳曰兵交使在其間毛詩曰仍執醜虜箋云馘所格者之左耳也遂掃清宗祊補肓蒸禋皇祖毛詩曰祝祭于祊毛萇傳曰祊廟門內之祭也爾雅曰冬祭曰蒸尚書孔氏傳曰精意以饗謂之禋皇祖謂漢祖也吳書曰堅入洛掃除漢宗廟祠以太牢于時雲興之將帶州飆起之師跨邑哮呼交闞之羣風驅熊羆之衆霧集毛詩曰進厥武臣闞如虓虎尚書武王曰勗哉夫子尚桓桓如虎如貔如熊如羆雖兵以義合同盟勠力左氏傳曰諸侯同盟於亳國語曰勠力一心賈逵曰勠力并力也然皆苞藏禍心阻兵怙亂左氏傳曰楚公子圍聘于鄭鄭使行人子羽與之言曰大國無乃苞藏禍心以

飭法

圖之又衆仲曰夫州吁阻兵而安忍杜預曰阻恃也又君子曰史佚所謂無怙亂也或師無謀律喪威稔寇言出師之法必以律齊之令則不然各恃兵怙亂而出師無律也稔寇言喪其威權令資熟於寇也周易曰師出以律否臧凶左氏傳萇弘曰毛得必亡是昆吾稔之日杜預曰稔熟也忠規武節未有如此其著者也漢書武帝詔曰躬秉武節武烈既沒長沙桓王逸才命世弱冠秀發吳志曰權稱尊號追謚策曰長沙王言桓王挺英逸之才命世而出也禮記曰人生二十曰弱冠招攬遺老與之述業神兵東驅奮寡犯衆范曄後漢書陳忠曰旬月之閒神兵電埽攻無堅城之將戰無交鋒之虜誅叛柔服而江外底旨定左氏傳隨武子曰君討鄭怒其貳而哀其卑叛而伐之服而赦之伐叛刑也柔服德也二者立矣尚書曰震澤底定飾法脩師則威德翕赫周易曰先王明罰飭法趙充國頌曰諭以威德賓禮名賢而張昭爲之雄吳志曰策以彭

王伯厚駁夷庚出左成十八年傳杜其地以塞夷庚疏謂平道也案疏說亦不知所本疑用笙詩夷庚之義此注所引皆是異也以爲藏車之所甚非

城張昭爲謀主班固漢書曰班伯諸所賓禮皆名豪又述曰賓禮故老交御豪俊而周瑜爲之傑吳志曰策徙居舒與周瑜相友收合士大夫江淮間人咸向之彼二君子皆弘敏而多奇雅達而聰哲故同方者以類附等契者以氣集而江東蓋多士矣周易曰方以類聚物以群分又曰同聲相應同氣相求將北伐諸華誅鉏干紀左氏傳曰吳周之冑裔也今而始大比于諸華又季孫盟臧氏曰無或如臧孫紇干國之紀犯門斬關春秋合誠圖曰誅鉏民害旋皇輿於夷庚反帝座乎紫闥吳志曰曹公與袁紹相拒於官渡策陰謀襲許迎漢帝繫欽辨惑曰吳人者以船檝爲輿馬以巨海爲夷庚臧榮緒晉書司徒王謐議曰夷庚未入乘輿旅館然夷庚者藏車之所崔駰達旨曰攀台階闚紫闥挾天子以令諸侯清天步而歸舊物戰國策張儀謂秦惠王曰挾天子以令天下此王業也毛詩曰天步艱難之子不猶左氏傳伍員曰少康祀夏配天不失舊物戎車既次

羣凶側目大業未就中世而殞漢書曰列侯宗室見郅都側目范曄後漢書陳蕃上疏曰群凶側目禍不旋踵周易曰富有之謂大業用集我大皇帝吳志曰權薨謚曰大皇帝以奇蹤襲於逸軌叡心因於令圖從政咨於故實播憲稽乎遺風國語樊穆仲對宣王曰魯侯賦事行刑必問於遺訓而諮於故實史記曰宣王即位脩政法文武成康遺風諸侯復宗周室也而加之以篤固申之以節儉疇咨俊茂好謀善斷尚書帝曰疇咨若時登庸班固王命論曰信誠好謀束帛旅於丘園旌命交於塗巷周易曰賁于丘園束帛戔戔孟子曰夫招士以弓大夫以旌謝承後漢書曰鄧道不應州郡旌命故豪彥尋聲而響臻志士希光而景騖異人輻湊猛士如林班固公孫弘贊曰異人並出文子曰群臣輻湊張湛曰如衆輻之集轂也漢高祖歌曰安得猛士守四方毛詩曰其會士林於是張昭爲師傅吳志曰權待張昭以

師傅之禮周瑜陸公魯肅呂蒙之儔入爲腹心出作股肱吴志曰呂蒙字子明汝南人也爲武威將軍南郡太守餘並已見三國名臣頌毛詩曰赳赳武夫公侯腹心尚書曰命汝予翼作股肱心膂甘寧凌統程普賀齊朱桓朱然之徒奮其威吴志曰甘寧字興霸巴郡臨江人也少有氣力好游俠拜西陵太守又曰凌統字公績吴郡人也拜偏將軍又曰程普字德謀右北平人也領江夏太守遷盪寇將軍又曰賀齊字公苗會稽人也爲蘄春太守又曰朱桓字休穆吴郡人也拜前將軍領青州牧又曰朱然字義封朱治姊子也姓施氏初治未有子然年十三乃啓策乞以爲嗣爲左大司馬右軍師韓當潘璋黄蓋蔣欽周泰之屬宜其力吴志曰韓當字義公遼西人也遷昭武將軍又加都督之號又曰潘璋字文珪東郡人也拜平北將軍襄陽太守又曰黄蓋字公覆零陵人也拜武鋒中郎將加偏將軍又曰蔣欽字公奕九江人也拜右護軍又曰周泰字幼平九江人也拜漢中太守奮威將軍尚書曰予欲宣力四方汝爲風雅則諸葛瑾張承

步騭以名聲光國諸葛瑾已見三國名臣頌吳志曰張昭長子承字仲嗣少以才學知名爲濡須督奮威將軍又曰步騭字子山臨淮人也孫權爲討虜將軍召騭爲主記權稱尊號代陸遜爲丞相誨育門生手不釋卷蔡邕陳太丘碑曰紆佩金紫光國垂勳政事則顧雍潘濬呂範呂岱以器任幹職吳志曰顧雍代孫劭爲丞相平尚書事其所選用文武將吏隨能所任心無適莫又曰潘濬字承明武陵人也弱冠從宋仲子受學權稱尊號拜爲少府遷太常又曰呂範字子衡汝南人也權拜裨將軍亮即位遷揚州牧又遷大司馬又曰呂岱字定公廣陵人也權拜上將軍亮即位拜大司馬岱清身奉公所在可述許慎淮南子注曰幹彊也奇偉則虞翻陸績張溫張惇以諷議舉正虞翻已見三國名臣頌吳志曰虞翻性不協俗數犯顏諫爭又曰陸績字公紀吳郡人也孫權統事辟爲奏曹掾又曰張溫字惠恕吳郡人也權拜議郎徙太子太傅甚見信重吳録曰張惇字叔方吳郡人也德量淵懿清虛淡泊又善文辭孫權以爲車騎將軍出補海昏令毛詩曰出入諷議奉使則趙咨

沈珩衡以敏達延譽吳志曰權遣都尉趙咨使魏魏帝問吳王何等主也咨對曰聰明仁智雄略之主也帝問其狀對曰納魯肅於凡品是其聰也拔呂蒙於行陣是其明也獲于禁而不害是其仁也取荊州兵不血刃是其智也據三州虎視於天下是其雄也屈身於陛下是其略也吳書曰咨字德度南陽人拜騎都尉又曰沈珩字仲山吳郡人也權以珩有智謀能專對乃使至魏魏文帝問曰吳嫌魏東向乎珩曰不嫌也曰何以知曰信恃舊盟言歸于好是以不嫌若魏渝盟自有備豫文帝善之以奉使有稱封永安鄉侯官至少府國語曰使張老延君譽于四方術數則吳範趙達以機祥協德韋昭漢書注曰歷數占術也吳志曰吳範字文則會稽人也以治歷數知風氣聞於郡中權以範爲騎都尉領太史令又曰趙達河南人也治九官一筭之術究其微旨孫權行師征伐每令達有所推步皆如其言呂忱字林曰禨祅祥也居衣切天文志曰臣主共憂患其察禨祥如湻曰呂氏春秋曰荊人鬼而越人禨今之巫祝禱祀之比也晉灼曰禨音珠璣之璣董襲陳武殺身以衛主吳志曰董襲字元世會稽人也

爲偏將軍曹公出濡須口襲從權赴之襲督五樓船往濡須口夜卒暴風樓船傾覆左右散走遂舸乞使襲出怒曰受將軍任在此備賊何等委去也敢復言此者斬於是莫敢干其夜船敗襲死權改服臨殯又曰陳武字子烈廬江人也累有功勞進位偏將軍建安二十年從擊合肥奮命戰死權哀之自臨其喪駱統劉基彊諫以補過吳志曰駱統字公緒會稽人也權召爲功曹志在補察苟所聞見夕不待旦又曰劉繇長子基字敬輿權爲吳王基爲大司農權嘗宴飲騎都尉虞翻醉酒犯忤權欲殺之威怒甚盛由基諫爭翻以得免左氏傳士季謂晉侯曰詩云袞職有闕惟仲山甫補之能補過也謀無遺諝舉不失策廣雅曰諝智也思慮與切東觀漢記魯恭上疏曰舉無遺策動不失其中故遂割據山川跨制荊吳而與天下爭衡矣爭衡謂角其輕重也漢書公孫獲曰吳楚之王西與天子爭衡鄭玄周禮注曰稱上曰衡魏氏嘗藉戰勝之威率百萬之師漢書晁錯曰戰勝之威民氣百倍浮鄧塞去之舟下漢陰之衆孔安國尚書傳

曰順流曰浮酈元水經注曰鄧塞者即鄧城東北小山也先後因之以爲鄧塞漢陰漢水之南也莊子曰子貢南遊於楚過漢陰羽檝萬計龍躍順流羽檝言疾也羽獵曰枝鎮邪而羅者以萬計周易曰見龍在田或躍在淵銳騎千旅虎步原隰李陵詩曰幸託不肖軀且當猛虎步謨臣盈室武將連衡包咸論語注曰衡軛也戎車武將所駕故以連衡諭多也喟然有吞江滸之志一宇宙之氣毛萇詩傳曰水涯曰滸而周瑜驅我偏師黜之赤壁吳志曰曹公入荆州權遂遣瑜與備并力逆曹公遇於赤壁初一交戰公軍破退喪旗亂轍僅而獲免收迹遠遁左氏傳曹劌曰吾視其轍亂望其旗靡鄭玄禮記注曰遁逃也漢王亦憑帝王之號帥巴漢之民乘危騁變結壘千里志報關羽之敗圖收湘西之地而陸公亦挫之西陵覆師敗績困而後濟絕命永安蜀志曰孫權襲殺關羽取荆州先主

覔 別本作莧最是 然莧字當作覔

忿孫權之襲關羽遂乃伐吳吳將陸遜大破先主軍遂弃船還魚復改縣曰永安先主徂于永安宮吳志曰備升馬鞍山陸遜促諸軍四面蹙之士崩瓦解馬鞍山在西陵之西續以濡須之寇臨川摧銳吳歷曰曹公出濡須作油船夜渡洲上權以水軍圍取得三千餘人其沒溺者數千人蓬籠之戰孑輪不反魏志曰張遼之討陳蘭別遣臧霸至皖討吳吳將韓當遣兵逆霸與戰于蓬籠楚辭曰登蓬籠而下隕兮王逸曰蓬籠山名也公羊傳曰晉敗秦於殽匹馬隻輪無反者由是二邦之將喪氣挫鋒勢衂奴六財匱而吳藐然坐乘其弊論語曰子之武城聞絃歌之聲莞爾而笑何晏曰莞爾小笑貌故魏人請好漢氏乞盟左氏傳曰隱公攝位而欲求好於邾又曰鄭伯乞盟請服遂躋天號鼎跱而立方言曰躋登也漢書蒯通說韓信曰今為足下之計莫若三分天下鼎足而立其勢莫敢先動西屠庸益之郊北裂淮漢之涘王逸楚辭注曰屠裂也東包百越之地南括羣蠻之

表賈誼過秦曰南取百越之地薛君韓詩章句曰括約束也於是講八代之禮蒐三
王之樂八代三皇五帝也杜預左氏傳注曰蒐闕也蒐與搜古字通三王夏殷周也告類上
帝拱揖群后尚書曰肆類于上帝孔安國曰類謂攝位事類遂以攝告天及五帝也尚書曰班瑞
于群后典引曰欽若上下恭揖群后虎臣毅卒循江而守毛詩曰進厥虎臣左氏傳君子
曰殺敵爲果致果爲毅漢書伍被曰彊弩臨江而守長棘勁鎩望飆而奮爾雅曰棘戟也
說文曰鎩鈹有鐔也亦曰長刃矛刃之類也山列切庶尹盡規於上四民展業于
下尚書曰庶尹允諧孔安國傳曰尹正也衆官之長國語召康公曰天子聽政近臣盡規又曰内史過曰庶
人工商各守其業以供其上化協殊裔風衍遐圻左氏傳曰天子之地一圻杜預曰一
圻方千里圻界也言風教及遠乃俾一介行人撫巡外域左氏傳曰晉人使子貢對
鄭使曰君有楚命亦不使一介行李告于寡君杜預曰一介獨使也巨象逸駿擾於外閑

孫志祖引注云晨服猶云夙駕

周禮曰天子十有二閑馬六種鄭玄曰每廐爲一閑明珠瑋寶耀於內府周禮曰玉府掌王之金玉玩好珍瑰重迹而至奇玩應響而赴漢書息夫躬曰羽檄重積而狎至輶軒騁於南荒衝輣息於朔野楊雄荅劉歆書曰嘗聞先代輶軒之使班固漢書述曰戎車七征衝輣閑閑字略作輣樓也音義曰輣兵車名也薄萌切齊民免干戈之患戎馬無晨服之虞而帝業固矣漢書難蜀父老曰今割齊民以附夷狄如淳曰齊等無有貴賤故謂之齊民老子曰天下無道戎馬生郊爾雅曰虞度也大皇既歿幼主莅朝幼主孫亮也吳志曰孫亮字子明權少子也立爲太子權薨即尊號姦回肆虐景皇聿興尚書曰崇信姦回南都賦曰豺狼肆虐吳志曰孫休字子烈權第六子也亮廢孫綝使宗正孫楷迎休即位薨謚曰景帝毛萇詩傳曰聿遂也虔修遺憲政無大闕守文之良主也南都賦曰朝無闕政公羊傳曰繼文王之體守文王之法度也降及歸命之

晉書作鍾離斐

初吳志曰孫皓降晉晉揚號歸命侯典刑未滅故老猶存尚書曰尚有典刑毛詩曰召彼故老大司馬陸公以文武熙朝左丞相陸凱以謇諤盡規吳志曰孫皓即位拜陸抗大司馬荊州牧又曰陸凱字敬風吳郡人也孫皓遷爲左丞相凱上表疏皆指事不飾忠懇孔安國尚書傳曰熙廣也周易曰王臣謇謇匪躬之故史記趙簡子曰諸大夫在朝徒聞唯唯子不聞周舍之諤諤書規已見上文而施績范慎以威重顯吳志曰施績字公緒遷將軍督領盜賊事持法不傾拜左大司馬吳錄曰范慎字孝敬廣陵人也竭忠知已之君纏緜三益之友時人榮之孫皓以爲太尉丁奉離斐以武毅稱吳志曰丁奉字承淵廬江人也少以驍勇爲小將亮即位爲冠軍將軍魏將諸葛誕據壽春降魏人圍之使奉與黎斐解圍奉爲先登黎斐力戰有功拜左將軍黎與離音相近是一人但字不同孟宗丁固之徒爲公卿吳志曰孫皓以左右御史大夫丁固孟仁爲司徒司空吳錄曰初固爲尚書夢松樹生腹上謂人曰松字十八公也後十八歲當爲三公乎卒

暗指歸命而仍不顯言

此謂吳之亡乃天命既盡非関晉功與魏徵李密諫徐鉉吳王碑同旨

注

如夢焉又曰孟仁字恭武江夏人也本名宗避皓字易焉楚國先賢傳曰累遷光禄勳遂至三公樓玄賀劭之屬掌機事吳志曰樓玄字承先沛郡人也孫皓遂用玄爲宮下録事禁中侯主殿中事又曰賀劭字興伯會稽人也皓時爲中書令漢官解故曰機事所揔號令攸發元首雖病股肱猶存尚書大傳曰元首君也股肱臣也爰及末葉群公既喪然後黔首有瓦解之志皇家有土崩之釁黔首已見過秦論漢書徐樂上書曰何謂瓦解吳楚齊趙之兵是也當是之時安土樂俗之民衆故諸侯無境外助此之謂瓦解又曰何謂土崩秦之末葉是也人困而主不恤下怨而上不知此之謂土崩也歷命應化而微王師躡運而發歷命歷數天命也王師謂晉師也言躡其運數而發也干寶晉紀曰咸寧五年十一月命安東將軍王渾向揚州龍驤將軍王濬帥巴蜀之卒浮江而下卒散於陣民奔于邑城池無藩籬之固山川無溝阜之勢過秦論曰楚師深入鴻門曾無藩籬之難非有工

公注

振憤士衡自謂

向卬卿鼂卿不數也

輪。雲梯之械。智伯灌激之害。墨子曰公輸班爲雲梯必取宋史記曰晉智伯攻晉陽歲餘引汾水灌其城不沒者三版城中懸釜而炊易子而食楚子築室之圍。燕人濟西之隊。左氏傳曰楚子圍宋將去之申叔時曰築室反耕者宋必聽命王從之宋人乃懼遂及楚平史記曰燕昭王使樂毅爲上將軍伐齊破之濟西軍未浹辰而社稷夷矣。左氏傳君子曰莒恃其陋浹辰之間而楚剋其三都杜預曰浹辰十二日也浹祖牒切干寶晉紀曰太康元年四月王濬鼓入于石頭吳主孫皓面縛輿櫬降于濬雖忠臣孤憤。烈士死節。將奚救哉。襄陽記曰張悌字臣先襄陽人晉伐吳悌逆之吳軍大敗諸葛靚退走使過迎悌悌不肯去靚自牽之悌垂泣曰今日是我死日也靚遂放之爲晉軍所殺韓子有孤憤篇司馬遷書曰世又不與能死節者也夫曹劉之將非一世所選。向時之師無曩日之衆。向時謂太康之役也曩日謂昔日之曹劉也戰守之道抑有前符。符猶法也險阻之利俄然未改。

初無深責歸命之辭亦特忠厚

晉書作劉翁此作桓譚殆莽曰王翁也

而成敗貿理古今詭趣何哉廣雅曰貿易也說文曰詭變也詭與恑同彼此之化殊授任之才異也

辯亡論下

昔三方之王也魏人據中夏漢氏有岷益吳制荆楊而奄交廣東都賦曰自中夏以布德毛萇詩傳曰奄覆也曹氏雖功濟諸華虐亦深矣其民怨矣左氏傳曰吳周之胄裔也今而始大比于諸華毛詩序曰亡國之音哀以思其民怨劉公因險以飾智功已薄矣其俗陋矣淮南子曰僞之生飾智以驚愚范曄後漢書吳祐曰遠在海濱其俗誠陋也夫吳桓王基之以武太祖成之以德聰明叡達懿度弘遠矣周易曰古之聰明叡智神武而不殺者夫莊子許由曰齧缺之爲人也聰明叡智其求賢如不及卹民如稚子論語曰子曰見

丹府猶赤心也

善如不及。謝承後漢書曰：延篤遷京兆尹，卹民如子。接士盡盛德之容，親仁罄丹府之愛。拔呂蒙於戎行，識潘濬於係虜。吴志曰：呂蒙年十五六，隨鄧當擊賊，策見而奇之，引置左右。張昭薦蒙，拜别部司馬。又曰：潘濬字承明，武陵人也。江表傳曰：權剋荆州，將吏悉皆歸附，而濬獨稱疾不見。權遣人以牀就家輿致之，濬伏面著牀席不起，涕泣交橫，哀哽不能自勝。權慰勞與語，呼其字曰：承明，昔觀丁父，鄀俘也，武王以爲軍帥；彭仲爽，申俘也，文王以爲令尹。此二人，卿荆國之先賢也，初雖見囚，後皆擢用，爲楚名臣。卿獨不然，未肯降意，將以孤異古人之量耶？使親近以巾拭面，濬起下地拜謝。即以爲治中，荆州諸軍事一以咨之。毛萇詩傳曰：識，用也。推誠信士，不恤人之我欺；量能授器，不患權之我逼。執鞭鞠躬，以重陸公之威；悉委武衛，以濟周瑜之師。吴志陸機爲遜銘曰：魏大司馬曹休侵我北鄙，乃假公黄鉞，統御六師及中軍禁衛，而攝行王事，主上執鞭，百司屈膝。江表傳曰：曹公入荆州，周瑜夜請見權曰：諸人徒見操書言水步八十萬而各恐懼不復斷其事實今以實較之不過十五六萬軍已久疲得精兵五萬自足制之權曰五萬兵難卒合已選三萬人船載糧具俱辦卿與子敬便在前發孤當增發人衆多載資糧爲軍後援也卑宮菲食以豐功臣之賞披懷虛己以納謨士之筭論語曰禹菲飲食而致孝乎鬼神卑宮室而盡力乎溝洫馬融曰菲薄也漢書李尋傳曰王根輔政數虛己問尋故魯肅一面而自託士燮蒙險而致命吳志曰魯肅字子敬臨淮人也周瑜薦肅才宜佐時當廣求其比以成功業不可令去也權即召肅與語甚說之衆賓罷退獨引肅還合榻對飲又曰士燮字威彥蒼梧人也漢時燮爲綏南中郎將董督七郡領交阯太守孫權遣步騭爲交州刺史燮率兄弟奉承節度權加燮爲左將軍燮遣子廞入質高張公之德而省遊田之娛吳志曰張昭爲軍師權每田獵常乘馬射虎虎嘗突前攀持馬鞍昭變色而前曰將軍何有當爾夫爲人君者謂能駕御英雄驅使群賢豈謂馳逐於原野校勇於賢諸葛之言而割情欲之歡

移張昭爲張公蓋避晉諱然上篇不避此由後寇三師之並見也

猛獸者乎如有一日之患奈天下笑何權謝昭曰年少慮事不遠慙君然猶不能已諸葛瑾事未詳感陸公之規而除刑法之煩奇劉基之議而作三爵之誓吴志曰陸遜陳便宜勸以施德緩刑寬賦息調權報曰君以爲太重孤亦何利焉但不得已而爲之爾於是令有司盡寫科條使郎中褚逢齎以就遜意所不安令損益之權既爲吴王歡宴之末自起行酒虞翻伏地陽醉不持權去翻起坐權於是大怒手劍欲擊之侍坐者莫不惶遽惟大司農劉基起抱權諫曰大王三爵後殺善士雖翻有罪天下孰知之翻由是得免權因勑左右自今酒後言殺皆不得殺屏氣跼局蹐脊以伺子明之疾分滋損甘以育凌統之孤論語曰屏氣似不息者毛詩曰謂天蓋高不敢不跼謂地蓋厚不敢不蹐吴志曰吕子明疾發權時在公安迎置内殿所以治護者萬方募封内有能愈蒙者賜千金欲數見其顔色又恐其勞動常穿鑿壁瞻之見其小能下食則喜顧左右言笑不然則咄唶夜不能寐病小瘳爲下赦令羣臣畢賀後更增篤自親臨視凌統卒權爲之數日減膳言及流涕乃列封

據注及吳志注作魯肅蓋複上文下句稱諸葛瑾之字則此亦當稱字也

統二子年各數歲權內養於宮愛待與諸子同賓客進見呼示之曰此吾虎子也登壇慷慨歸魯子（子敬）之功削投惡言信子瑜之節吳志曰權既稱尊號臨壇顧謂公卿曰昔魯子敬嘗道此可謂明於事勢矣又時或言諸葛瑾別遣親人與備相聞權曰孤與子瑜有死生不易之誓子瑜之不負孤猶孤不負子瑜也是以忠臣競盡其謨志士咸得肆力孔安國尚書傳曰謨謀也又曰肆陳也洪規遠略固不厭夫區區者也言其規略宏遠不安茲小國也左氏傳曰初楚靈王卜曰余尚得天下不吉投龜詬天而呼曰是區區者而不余畀方言曰猒安也於豔切故百官苟合庶務未遑論語曰子謂衛公子荊善居室始有曰苟合矣少有曰苟完矣初都建業羣臣請備禮秩天子辭而不許曰天下其謂朕何宮室輿服蓋慊如也口簟漢書文帝曰豫建太子所謂天下何貴遠國語注曰謂告也言何以告天下也劉兆穀梁傳注曰慊不足也爰及中葉天人之分

孫氏補正引金甡云左傳宋左師請賞[illegible]之邑與以示子罕子罕削而投之

觕注别本作粗

巨大也此程言更也吳志注作見

旣定百度之缺觕脩觕古粗字韋昭漢書注曰粗略也才古切雖醲化懿綱未齒乎上代杜預左氏傳注曰齒列也抑其體國經邦之具亦足以爲政矣周禮曰惟王建國體國經野地方幾萬里杜預左氏傳注曰幾音其近也帶甲將百萬其野沃其兵練韋昭國語注曰沃肥美也其器利其財豐東負滄海西阻險塞長江制其區宇峻山帶其封域國家之利未巨有弘於茲者矣借使中才守之以道善人御之有術陳琳爲曹洪與文帝書曰謂爲中才處之殆難倉卒論語子張問善人之道子曰不踐跡亦不入於室也敦率遺典勤民謹政循定策守常險則可以長世永年未有危亡之患也左氏傳北宮文子曰有其國家令聞長世尚書曰降年有永有不永或曰吳蜀脣齒之國謂輔車相依脣亡齒寒蜀滅

則吳亡理則然矣夫蜀蓋藩援之與國而非吳人之存亡也漢書項梁曰田假與國之王也如淳曰相與友善爲與國黨與也何則其郊境之接重山積險陸無長轂之徑穀梁傳曰長轂五百乘范甯曰長轂兵車也川阨流迅水有驚波之艱雖有銳師百萬啓行不過千夫詩曰元戎十乘以先啓行舳艫千里前驅不過百艦胡滅切漢書曰自尋陽浮江舳艫千里李斐曰舳船後持柂處也艫船前頭刺櫂處也言其船多前後相銜千里不絕故劉氏之伐陸公喻之長蛇其勢然也蛇鬬以首尾救故銳師百萬而無所施也昔蜀之初亡朝臣異謀或欲積石以險其流或欲機械以御其變戰國策曰公輸班爲攻宋機械天子總群議而諮之大司馬陸公公以四瀆天地之所以節宣其氣固無可遏之理國語太子晉曰

彼　彼音也

强寇音也

大邦亡音也

夫天地成而聚於高，歸物於下，疏為川谷，以道其氣。韋昭曰：聚，聚物也。高，山陵也。下，藪澤也。疏，通也。而機械則彼我之所共，彼若棄長技以就所屈，即荆楊而爭舟楫之用，是天贊我也。漢書鼂錯曰：匈奴之長技三，中國之長技五。左氏傳子魚曰：勍敵之人，隘而不成列，天贊我也。將謹守峽口以待禽耳。逮步闡之亂，憑寶城以延强寇，重資幣以誘群蠻。國語單穆公曰：量資幣。戰國策曰：荆軻至秦，持千金之幣，厚遺中庶子蒙嘉。于時大邦之衆，雲翔電發，雲翔，言衆也。戰國策頓子說秦王曰：今楚魏之兵，雲翔而不敢拔。然此雲翔與戰國微異，不以文害意也。懸旍江介，築壘遵渚，毛詩曰：鴻飛遵渚。毛萇傳曰：遵，循也。襟帶要害，以止吳人之西。而巴漢舟師，沿江東下，陸公以偏師三萬，北據東阬，東阬在西陵步闡城東北，長十餘里。陸抗所築之城在東阬上，而當闡城之北，其迹並存。深溝高壘，案甲

孫寇又晉也

俘晉人也

此句似訓不久

養威反虜踠跡待戮而不敢北窺生路彊寇敗績宵遁喪師太半分命銳師五千西御水軍東西同捷獻俘萬計吳志曰西陵督步闡據城以叛遣使降晉陸抗聞之因部分諸軍吳彥等徑赴西陵勑軍營更築嚴圍自赤谿至故市內以圍闡外以禦寇圍備始合晉巴東監軍徐胤率水軍詣建平荊州刺史楊肇至西陵抗令張咸固守其城公安督留慮距胤身率三軍憑圍對肇肇攻至月餘計屈夜遁抗使輕騎躡之肇大破敗胤等引還抗遂陷西陵城誅夷闡族左氏傳曰僖二十年晉侯敗楚師于城濮還師歸國獻俘授馘杜預曰獻楚俘于廟俘即囚也信哉賢人之謀豈欺我哉孟子公明儀曰文王我師也周公豈欺我哉自是烽燧罕驚封域寡虞言少有虞度之事也陸公歿而潛謀兆吳釁深而六師駭蒼頡篇曰駭驚也夫太康之役衆未盛乎曩日之師廣州之亂禍有愈乎向時之難吳志曰孫皓天紀三

年郭馬反攻殺廣州部督虞授馬自號都督交廣二州諸軍事安南將軍皋襄日向時皆謂曹劉之世而邦家顛覆宗廟爲墟嗚呼人之云亡邦國殄瘁不其然歟詩大雅文也易曰湯武革命順乎天周易革卦之辭也玄曰亂不極則治不形太玄經曰陰不極則陽不生亂不極則德不形言帝王之因天時也古人有言曰天時不如地利孟子曰天時不如地利地利不如人和趙岐曰天時支干五行王相孤虛之屬易曰王侯設險以守其國言爲國之恃險也周易坎卦之辭也又曰地利不如人和在德不在險言守險之由人也史記魏武侯曰山河之固此魏國之寶也吳起對曰在德不在險吳之興也參而由焉孫卿所謂合其參者也孫卿子曰天有其時地有其財人有其治夫是之謂能參合所以參而顛覆所參則惑矣及其亡也恃險而已又孫卿所

此亦晴答歸命也

此亦晴答歸命也

士衡亡國之痛

謂含其參者也夫四州之萌非無衆也大江之南非乏俊也山川之險易守也勁利之器易用也先政之策易循也功不興而禍遘者何哉所以用之者失也是故先王達經國之長規審存亡之至數謙己以安百姓敦惠以致人和寛沖以誘俊乂之謀慈和以結士民之愛是以其安也則黎元與之同慶孝經鉤命決曰天有顧眄之義授圖于黎元也及其危也則兆庶與之共患安與衆同慶則其危不可得也危與下共患則其難不足恤也夫然故能保其社稷而固其土宇麥秀無悲殷之思黍離無愍周之感矣尚書大傳曰微子將朝周過殷之故墟見麥秀之蔪蔪曰此父母之國宗廟社稷之所立也志動心悲欲哭則朝周俯泣

則婦人推而廣之作雅聲毛詩序曰黍離閔宗周也周大夫行役過故宗廟宮室盡爲禾黍故爲黍離之詩

文選卷第五十三

初五夕　侃誦及此

文選卷第五十四

梁昭明太子撰

文林郎守太子右内率府録事參軍事崇賢館直學士臣李善注上

論四

陸士衡五等論一首　劉孝標辯命論一首

五等論

五等公侯伯子男也言古者聖王立五等以治天下至漢封樹不依古制

陸士衡　乃作此論

夫體國經野先王所慎周禮曰惟王建國體國經野鄭玄曰體猶分也漢書王嘉曰王者代天爵人尤宜慎之創制垂基思隆後葉典引曰順命以創制論語比考讖曰以侯後聖垂基也然而經略不同長世異術左氏傳楚芋尹無宇曰天子有經略古之

制也又北宮文子曰有其國家令聞長世五等之制始於黃唐郡縣之治創自秦漢漢書曰周爵五等蓋千八百國而太昊黃帝後唐虞侯伯猶存至秦遂并四海分天下爲郡縣前聖苗裔靡有孑遺者矣漢興因秦制度以撫海內班固漢書述曰自昔黃唐經畧萬國三代損益降及秦漢革剗五等制立郡縣得失成敗備在典謨王命論曰歷古今之得失驗行事之成敗書序曰典謨訓誥是以其詳可得而言夫先王知帝業至重天下至曠楊雄長楊賦曰恢帝業孫卿子曰國者天下之大器也重任也廣雅曰曠遠也曠不可以偏制重不可以獨任任重必於借即力制曠終乎因人故設官分職所以輕其任也周禮曰設官分職以爲民極並建五長所以弘其制也尚書曰外薄四海咸建五長於是乎立其封疆之典財其親踈之宜賈逵國語注曰裁制也裁與財古字通使萬國相維以成

盤石之固周禮曰凡邦國小大相維漢書宋昌曰漢所謂盤石之宗也宗庶雜居而
定維城之業毛詩曰宗子維城無俾城壞而獨斯畏又有以見綏世之長
御識人情之大方大方法也呂氏春秋曰凡耕之大方力者欲柔知其爲人不
如厚己利物不如圖身周易曰利物足以和義莊子曰愛人利物之謂仁左氏傳欒武
子曰季孫圖其身不忘其君安上在於悅下爲己在乎利人孝經曰安上治
民莫善於禮左氏傳邾子曰天生民而樹之君以利之也民既利矣孤必與焉故易曰說以使
民民忘其勞周易兌卦之辭也孫卿曰不利而利之不如利而
後利之之利也孫卿子曰不利而利之不如利而後利之之利也不愛而用之不如愛而後用
之之功也利而後利不如利而不利者之利也愛而後用之不如愛而弗用者之功也利而不利愛而不用者
取天下者也利而後利之愛而後用之者保社稷者也不利而利之不愛而用之者危國家者也是以

分天下以厚樂而已得與之同憂饗天下以豐利而我得與之共害孟子謂齊宣王曰樂以天下憂以天下然而不王者未之有也趙岐曰古賢君樂則以己之樂與天下同之憂則以天下之憂與己共之如是未有不王者也鄭玄儀禮注曰饗餐勸強之也利博則恩篤樂遠則憂深呂氏春秋曰衆封建非以私賢也所以博利博義也利博義博則無敵也毛詩序曰憂深思遠故諸侯享食土之實萬國受世及之祚矣杜預左氏傳注曰享受也禮記曰大人世及以爲禮鄭玄曰大人諸侯之謂也夫然則南面之君各務其治論語子曰雍也可使南面也包氏曰可使南面言王諸侯治之也九服之民知有定主周書曰乃辨九服之國也上之子愛於是乎生周書文王曰周視民如子愛也禮記曰子庶民則百姓勸鄭玄曰子猶愛也下之體信於是乎結禮記曰先王能脩禮以達義體信以達順鄭玄注曰體猶親也世治足以敦風道衰足

萬邦思治則國安不思則不安古今一軌其此彼不思其何哉

以御暴故强毅之國不能擅一時之勢孟子曰彼一時也此一時也雄俊之士無所寄霸王之志漢書宣帝曰漢家本以霸王道雜之然後國安由萬邦之思治主尊賴羣后之圖身毛詩序曰下泉思治也譬猶衆目營方則天網自昶目綱目也以喻諸侯天網以喻王室也營布居也老子曰天網恢恢踈而不失呂氏春秋曰一引其綱万目皆張廣雅曰昶通也四體辭難而心膂獲乂四體亦喻諸侯心膂亦喻王室也論語大人曰四體不勤尚書穆王曰作股肱心膂三代所以直道四王所以垂業也論語子曰三代之所以直道而行也包氏曰三代夏商周也禮記曰三王四代唯其師鄭玄曰四代謂虞夏商周也漢書武帝策詔曰屬統垂業廢興何如夫盛衰隆弊理所固有教之廢興繫乎其人漢書韓安國曰夫盛之有衰猶朝之必暮禮記哀公問政子曰文武之政布在方策其人存則其政舉其人亡則其政息愿法期於必

凉明道有時而闇言法不可常愿故期在於必薄道不可常明故有時而或闇以諭盛衰廢興抑唯常理也孔安國尚書傳曰愿慤也娛萬切左氏傳渾罕曰君子作法於凉其弊猶貪杜預曰凉薄也故世及之制弊於彊禦言諸侯世及而盛彊其弊在於彊禦而難制也毛詩曰曾是彊禦厚下之典漏於末折言封建踰禮而爲害其漏在於末大而本折也周易曰剥上以厚下安宅左氏傳楚子問申無宇曰國有大城何如對曰鄭京櫟實殺曼伯宋蕭亳實殺子游由是觀之則害於國末大必折尾大不掉杜預曰折折其本也侵弱之釁遘自三季言諸侯秉權而王室侵弱斯乃遘自三季也班固異姓諸侯王表序曰秦患周之敗以爲四夷交侵以弱見奪於是削去五等杜預左氏傳注曰釁瑕隙也國語郭偃曰三季王之七宜也韋昭曰季末也三季王桀紂幽王也陵夷之禍終于七雄言七雄力政而王道因之陵夷漢書張釋之曰秦陵夷至于二世天下土崩東京賦曰七雄並爭昔者成湯親照夏后之鑒公旦目涉商人之戒

夏后之鑒即殷鑒也毛詩曰殷鑒不遠在夏后之世尚書曰爾唯舊人爾丕克遠省爾知寧王若勤哉孔安國傳曰目所親見法之又明之也

文質相濟損益有物

春秋元命苞曰王者一質一文據天地之道天質而地文論語子曰殷因於夏禮所損益可知也周因於殷禮所損益可知也物禮物也

故五等之禮不革于時封畛之制有隆焉爾者

呂氏春秋曰等彔步畝封畛所以一之也小雅曰封畛界疆也

豈玩二王之禍而闇經世之筭乎

二王謂夏殷也經世已見李蕭遠運命論

固知百世非可懸御善制不能無弊而侵弱之辱愈於殄祀土崩之困痛於陵夷也

家語孔子曰文武之祀無乃殄乎漢書徐樂上書曰何謂土崩秦之末葉是也人困而主不恤下怨而上不知此之謂土崩

是以經始權其多福慮終取其少禍

毛詩曰經始靈臺吳越春秋曰大夫種善圖始范蠡善慮終賈逵國語注曰權秉也尸子曰聖人權福則取重權禍則取輕

非謂侯伯

故字當误

晋之作聿

無所亂之符郡縣非致治之具也故國憂賴其釋位主弱憑其翼戴左氏傳王子朝告于諸侯曰王居于郟諸侯釋位以間王政又叔向語宣子曰文之伯也翼戴天子加之以恭及承微積弊王室遂卑新序曰及定王王室遂卑猶保名位祚垂後嗣左氏傳曰名位不同班固漢書序曰後嗣承序以廣親親皇統幽而不輟神器否而必存者豈非置勢使之然與東京賦曰恕皇統之見替鄭玄論語注曰輟止也老子曰天下神器不可爲也爲者敗之降及亡秦棄道任術史記曰商鞅見秦孝公謂景監曰吾說君以帝王之道君曰吾不能待吾以彊國之術說君君大悅懲周之失自矜其得言懲周以弱見奪自矜以力滅周也尋斧始於所庇制國昧於弱下弱下之術前王所棄秦以爲是故謂之昧焉左氏傳宋昭公將去羣公子樂豫曰不可公族公室之枝葉也若去之則本根無所庇蔭矣葛藟猶能庇其本根故君子以爲比況國君乎此所謂庇焉而縱尋斧也

賈逵國語注曰尋用也國慶獨饗其利主憂莫與共害國語曰晉國有慶未
嘗不怡史記范雎曰主憂臣辱雖速亡趨亂不必一道毛萇詩傳曰速召也顛沛
之釁實由孤立毛詩曰人亦有言顛沛之揭毛萇曰顛仆也沛拔也揭見根貌也漢書曰漢興
懲戒亡秦孤立之敗也是蓋思五等之小怨忘萬國之大德毛詩曰忘
我大德思我小怨知陵夷之可患闇土崩之爲痛也周之不競
有自來矣左氏傳鄭石奐謂子囊曰今楚實不競行人何罪又叔孫曰叔出季處有自來矣國
乏令主十有餘世左氏傳治區夫曰爲乏令主楊雄連珠曰古之令主所以統天者不遠焉
爾雅曰令善也然片言勤王諸侯必應論語子曰片言可以折獄左氏傳狐偃言於晉
侯曰求諸侯莫如勤王也一朝振矜遠國先叛公羊傳葵丘之會齊桓公震而矜之叛者
九國震之者何猶曰振振然矜之者何猶莫若我也何休曰震矜色自美之貌故彊晉收其請

隧之圖暴楚頓其觀鼎之志左氏傳晉侯朝王王享醴命之宥請隧弗許曰王章也未有代德而有二王亦叔父之所惡也又曰楚子伐陸渾之戎遂至于雒定王使王孫滿勞楚子問鼎之大小輕重焉杜預曰示欲逼周取天下也豈劉項之能闚關勝廣之敢號澤哉漢書沛公自武關入秦又曰羽至函谷關使當陽君擊關羽入至戲又曰勝廣爲屯長行至蘄西大澤鄉勝自立爲將軍廣爲都尉借使秦人因循周制雖則無道有與共獘覆滅之禍豈在曩日曩日謂土崩之禍也漢矯秦枉大啓侯王班固漢書表曰藩國大者夸州兼郡可謂矯枉過其正矣毛詩曰大啓爾宇爲周室輔境土踰溢不遵舊典東京賦曰規摹踰溢尚書曰舊典時式故賈生憂其危朝錯痛其亂漢書賈誼曰夫樹國固必相疑之勢下數被其殃上數爽其憂甚非所以安上而全下也又朝錯曰請諸侯之罪過削其支郡不如此宗廟不安也是以諸侯阻其國家之富憑其士

「黔」據引楚漢春秋改

民之力阻恃也　勢足者反疾，士狹者逆遲。六臣犯其弱綱，七子衝其漏網。漢書賈誼曰：大抵彊者先反。及淮陰王楚，最彊，則先反；韓信倚胡，則又反；及貫高因趙資，則又反；陳豨兵精，則又反；彭越用梁，則又反；黥布用淮南，則又反；盧綰最弱，最後反。然誼言八而機言六者，貫高非五等，盧綰亡入匈奴，故不數之。漢書曰：景帝即位，朝錯說上令削吳。及書至，吳王起兵，誅漢吏二千石以下。膠西、膠東、淄川、濟南、楚、趙亦皆反也。皇祖夷於黥徒，西京病於東帝。皇祖，高祖也。南都賦曰：皇祖止焉。史記曰：淮南王黥布反，高祖自往擊之，布走。高祖時爲流矢所中，行道病。史記曰：荆王劉賈者，不知何屬。高祖立賈爲荆王。淮南王黥布反，東擊荆，賈與戰，不勝，走富陵，爲布軍所殺。漢書曰：賈稱從兄，而機以爲皇祖，蓋别有所見。杜預左氏傳注曰：夷，傷也。楚漢春秋曰：下蔡亭長詈淮南王曰：封汝爵爲千乘，東南盡日所出，尚未足，黥徒羣盜所邪，而反何也？然黥當爲黔。漢書曰：吳王濞反，削吳會稽、豫章郡。書至，起兵反。以袁盎爲太常，使吳。吳王聞盎來，知其欲說，笑而應曰：我已爲東帝，尚誰拜？不肯見盎。是蓋過正之災，而非建侯之累也。矯枉過其正，已見上文。周易曰：利用建侯行師。然呂氏之難，朝士外顧宋昌策漢必稱諸侯。漢書曰呂產呂祿自知背高皇帝約因作亂朱虛侯使人告兄齊王令發兵西太尉勃丞相平爲內應以誅諸呂齊王遂發兵又曰呂后崩大臣迎立代王郎中令張武曰以迎大王爲名實不可往宋昌曰群臣議非也內有朱虛東牟之親外畏吳楚淮南琅邪齊代之强故迎大王大王勿疑也逮至中葉忌其失節割削宗子有名無實天下曠然復襲亡秦之軌矣。漢書曰諸侯小者淫荒越法大者睽孤橫逆以害身喪國故文帝采賈生之議分齊趙景帝用朝錯之計削吳楚是以五侯作威不忌萬邦新都襲漢易於拾遺也。五侯已見鮑明遠數詩尚書曰臣作福作威害于而家凶于而國漢書曰封王莽爲新都侯襲猶取也漢書梅福上書曰昔高祖舉秦如鴻毛取楚如拾遺光武中興纂隆皇統而猶遵覆車之遺轍養喪家之宿疾。言光武猶遵師前漢之失也晏子春秋諺曰前車覆後車戒也尚書曰卿士有一於身家必喪僅及數世姦軌充斥。

白引陳景雲云二句蓋指漢末群盜披猖殘破郡縣注似誤

尚書曰寇賊姦宄軌與宄古字通左氏傳士文伯讓子產曰以政刑之不修寇盜充斥

卒有彊臣專朝則天下風靡彊臣謂梁冀之屬也楚辭曰丗從俗而變化隨風靡而成行一夫縱衡則城池自夷豈不危哉一夫謂董卓也漢書曰縱恣意衡古橫字在周之衰難興王室放命者七臣干位者三子左氏傳曰初王姚嬖于莊王生子頹子頹有寵蒍國爲之師及惠王即位取蒍國之圃以爲囿邊伯之宮近於王宮王取之王奪子禽祝跪與詹父田而收膳夫之秩故蒍國邊伯石速詹父子禽祝跪作亂因蘇氏秋五大夫奉子頹以伐王不克出奔溫蘇子奉子頹以奔衛衛師燕師伐周冬立子頹杜預曰石速士也不在五大夫之數又曰初甘昭公有寵於惠后惠后將立之未及而卒昭公奔齊襄王復之又通於隗氏王替隗氏頹叔桃子曰我實能使狄遂奉太叔以狄師伐周大敗周師王出適鄭處于氾杜預曰甘昭公王子太叔帶也又曰王子朝賓起有寵於景王王崩子朝因舊官百工之喪職秩者與靈景之族以作亂單子逆悼王于莊宮以歸杜預曰子朝景王之長庶子悼王

子猛也班固漢書述曰孝景莅政諸侯方命韋昭曰方
放命不承天子之制七臣薦國邊伯詹父子禽祝跪及
頹叔桃子賔起也王命論曰闇于天位爾雅曰干求也三子子頹叔帶子朝嗣王委其九鼎
凶族據其天邑嗣王惠襄悼也凶族三子也史記曰秦取周九鼎寶器尚書曰肆予敢求爾于
天邑商鉦征鼙震於閫宇鋒鏑流乎絳闕傳玄正都賦曰巍巍絳闕然
禍止畿甸害不覃及毛詩曰覃及鬼方毛萇曰覃延也天下晏然以治
待亂漢書難蜀父老曰及臻厥成天下晏如也淮南子曰静以合躁治以待亂是以宣王興
於共和襄惠振於晉鄭史記曰周人相與畔襲厲王王出奔于彘召公周公二相行政
號曰共和共和十四年厲王死於彘二相乃共立宣王又左傳曰惠王即位衛師燕師伐周立子頹鄭伯見虢叔曰盍納
王乎虢公曰寡人之願也同伐王城鄭伯將王自圉門入虢叔自北門入殺王子頹及五大夫又曰天王出居
于鄭避母弟之難也晉侯辭秦師而下次于陽樊右師圍溫左師逆王王入於王城取太叔于溫殺之杜預曰叔帶襄王

同母弟也豈若二漢階闥暫擾而四海已沸階闥暫擾謂王莽也孽臣朝入而九服夕亂哉孽臣董卓也范曄後漢書曰何進私呼卓入朝以脅太后卓至遂廢少帝爲弘農王遠惟王莽簒逆之事近覽董卓擅權之際億兆悼心愚智同痛左氏傳蘧啓彊曰孤與二三臣悼心失圖然周以之存漢以之亡夫何故哉豈世之曩時之臣士無匡合之志歟聖主得賢臣頌曰齊侯設庭燎之禮故有匡合之功論語子曰管仲相桓公一匡天下又曰桓公九合諸侯蓋遠績屈於時異雄心挫於卑勢耳左氏傳劉子謂趙孟曰子蓋亦遠績禹功而大庇民乎阮瑀與孫權書曰大丈夫雄心能無憤發故烈士扼腕終委寇讎之手漢書曰燕齊之間方士瞋目扼腕中人變節以助虐國之桀漢書張博書曰公卿變節史記王歜謂燕將曰今爲君將是助桀爲暴也雖復時有鳩合同志以謀

王室漢書曰王莽居攝翟義心惡之遂與劉宇劉璜結謀舉義兵范曄後漢書曰董卓以尚書韓馥爲冀州刺史侍中劉岱爲兗州刺史馥等到官各舉義兵討卓然上非奧主下皆市人漢書曰翟義立劉信爲天子左氏傳曰蔡公召子干子皙將納之子干歸韓宣子問於叔向曰子干其濟乎對曰難恭王有寵子國有奧主呂氏春秋曰驅市人而戰之可以勝人之教卒也師旅無先定之班君臣無相保之志是以義兵雲合無救劫弒之禍范曄後漢書曰卓聞劉馥等兵起乃鴆殺弘農王文子曰用兵有五誅暴救弱謂之義漢書班彪曰假號雲合民望未改而已見大漢之滅矣漢書曰莽聞翟義起兵乃拜王邑爲虎牙將軍以擊義破之於是莽自謂大得天人之助遂即真矣漢書陳涉詐稱公子扶蘇從民望也或以諸侯世位不必常全公羊傳曰諸侯世位故國君爲一體也全或爲令非昏主暴君有時比迹故五等所以多亂唐子曰暴主闇君不可生殺范曄後漢書孔融薦謝該曰該實卓然

余意有君無君亦不用斯比例也

比迹前列今之牧守皆以官方庸能雖或失之其得固多故郡縣易以爲治夫德之休明黜陟日用左氏傳王孫滿曰德之休明尚書曰三載考績三考黜陟幽明長率連屬咸述其職禮記曰千里之外設方伯五國以爲屬屬有長十國以爲連連有帥尚書大傳曰古者諸侯之於天子五年一朝謂之述職述其職者述其所職也而淫昏之君無所容過左氏傳宋子魚曰又用諸淫昏之鬼何則其不治哉故先代有以之興矣苟或衰陵百度自悖尚書曰不役耳目百度惟貞鬻官之吏以貨準才則貪殘之萌皆如群后也安在其不亂哉故後王有以之廢矣且要而言之五等之君爲已思治民安已受其利故曰爲已郡縣之長爲利圖物物能利已乃始圖之故云爲利何以徵之蓋企及進取仕子之常志企及進取奔競以招

業及當斷
朱珔說及字下屬
希為冀以覬注非
珔又
業當斷

譽禮記曰不至焉者企而及之史記蘇秦說燕王曰忠信者所以自爲也進取者所以爲人也修己安
民良士之所希及修己安民積德以厚下論語子曰修己以安百姓尚書咎繇曰在安民孔
安國論語注曰希少也夫進取之情銳而安民之譽遲鄭玄禮記注曰情實
也銳猶疾也是故侵百姓以利己者在位所不憚安民譽遲不若侵之
以利己鄭玄論語注曰憚難也損實事以養名者官長所夙夜也進取名速
故損實事以求之列子曰范氏有子曰子華善養私名君無卒歲之圖邑挾一時
之志五等則不然知國爲己土衆皆我民民安己受其
利國傷家嬰其病說文曰嬰繞也故前人欲以垂後後嗣思其堂
構尚書曰若考作室子乃弗肯堂矧肯構爲上無苟且之心群下知膠固
之義漢書王嘉上疏曰孝文時吏居官者或長子孫然後上下相望莫有苟且之意莊子曰待膠漆而固

並賢兩愚並兩皆謂封
建郡縣也注誤

先師劉君亦信定命之說
著文數篇俾謂歸之於
命者有忽惜若明其偶
然斯無所歸咎今則
手絃摧絕惠墓荒涼
假有滯疑誰爲剖析
乎

者是侵其德者也范曄後漢書鄭泰曰以膠固之衆當解合之勢使其並賢居治則功有厚薄言八代同建五等而廢興殊迹者譬並賢居治而功有優劣也兩愚處亂則過有深淺言秦漢同立郡縣而脩短異期者譬兩愚居亂而過有輕重也然則八代之制幾可以一理貫八代謂五帝三王也然此八代異於辯亡各觀文立義也崔寔政論曰今既不能純法八代故宜參以霸政論語曰吾道一以貫之秦漢之典殆可以一言蔽矣論語子曰詩三百一言以蔽之曰思無邪孔安國尚書傳曰蔽斷也

辯命論并序

劉璠梁典曰峻字孝標辯命論蓋以自喻云

劉孝標

孝標植根淄右流寓魏庭冒履艱危僅至江左負材矜地自謂坐致雲霄豈圖逡巡十稔而榮慙一命因茲著論故辭多憤激雖義越典謨而足杜浮競也

主上嘗與諸名賢言及管輅主上謂梁武帝也魏志曰管輅字公明平原人也舉

秀才弟辰謂輅曰大將軍待君意厚冀當富貴乎輅長嘆曰然天與我才明不與我年壽恐四十七八間不見女嫁男娶婦也是歲八月爲少府丞明年二月卒年四十八歎其有奇才而位不達時有在赤墀之下豫聞斯議歸以告余漢書梅福上書曰願涉赤墀之塗說文曰墀塗地也禮天子赤墀余謂士之窮通無非命也莊子孔子謂子路曰聖人知窮之有命知通之有時臨大難而不懼聖人之勇也故謹述天旨因言其致云鄭玄禮記注曰致之言至也

臣觀管輅天才英偉珪璋特秀郭璞曰孫子荆上品狀王武子曰天才英博亮板不群抱朴子曰故侍郎周生恭遠英偉名儒禮記曰珪璋特達抱朴子曰陸士龍士衡曠世特秀超古邈今實海內之名傑豈日者卜祝之流乎墨子曰墨子北之齊過日者日者曰帝今日殺黑龍於北方先生之色黑不可以北墨子不聽史記有日者列傳然則占候時日謂之日者司馬遷

仲任子長皆執定命者也
因非王馬之言乃立命
之說耳

書曰僕之先人文史星歷近乎卜祝之間而官止少府丞年終四十八矣天之
報施何其寡歟史記曰司馬遷曰天之報施善人何如哉然則高才而無貴
仕饕餮而居大位自古所歎焉獨公明而已哉左氏傳楚叔伯
曰夫有大功而無貴仕其人能靖者與有幾又曰縉雲氏有不才子貪于飲食冒于貨賄天下之人以比三凶
謂之饕餮故性命之道窮通之數夭閼烏葛紛綸莫知其辯家語
魯哀公問於孔子曰人之命與性何謂孔子對曰分於道謂之命形於一謂之性王肅曰分於道始得爲人也
人各受陰陽剛柔之性故曰形於一也莊子曰風之積也不厚則其負大翼也無力故九萬里則風斯在下矣
而後乃今培風背負青天而莫之夭閼者司馬彪曰天折也閼止也言無有折止使不通者也封禪書曰紛綸葳
蕤鄭玄儀禮注曰辨別也仲任蔽其源子長闇其惑范曄後漢書曰王充字仲任鄭
玄論語注曰蔽塞也論衡曰凡人有生死壽夭之命亦有貴賤貧富之命命當貧賤雖富貴之猶涉患禍失其

此非王馬之言乃三命之說耳

蕭遠亦言定命同於王馬改命由己則詩之舊說所謂隨命者也

富貴命當富貴雖貧賤之猶逢福善離其貧賤今言隨操行而至此命在末不在本也司馬遷字子長著顏篇曰闌開也史記或曰天道無親常與善人伯夷叔齊可謂善人而餓死七十子之徒仲尼獨薦顏淵爲好學然蚤夭盜跖曰殺不辜肝人之肉竟以壽終此其大較者也余甚惑焉**至於鶡冠甕牖必以懸天有期鼎貴高門則曰唯人所召**七略鶡冠子者蓋楚人也常居深山以鶡爲冠故曰鶡冠禮記孔子曰儒者蓬户甕牖論衡曰夫命懸於天吉凶在乎時吴都賦曰高門鼎貴漢書賈捐之曰石顯方鼎貴又于公曰少高大門令容駟高蓋車左傳閔子騫曰禍福無門惟人所召**譊譊讙咋異端斯起**蜀志曰孟光好公羊春秋而譏呵左氏每與來敏爭此二義常譊譊讙咋裴松之曰譊音奴交切讙音謅袁切咋音祖格切論語子曰攻乎異端**蕭遠論其本而不暢其流子玄語其流而未詳其本**李蕭遠作運命論言治亂在天故曰論其本郭子玄作致命由己論言吉凶由己故曰語其流**嘗試言之曰**莊子曰請嘗試言之天無爲以之清

孝標言命歸之自然此文爲定命之說要一根蔕即古言富貴在天也終不以并自然而亦謂之偶然也

地無爲以之寧杜預左氏傳曰嘗試之也夫通生萬物則謂之道生而無主謂之自然老子曰大道汜兮萬物得之以生而不辭功成而不有愛養萬物而不爲之主王弼曰萬物皆得道而生管子曰萬物以生萬物以成命之曰道老子曰天法道道法自然自然者物見其然不知所以然同焉皆得不知所以得莊子曰孔子觀於呂梁見一丈夫謂孔子曰吾長於水而安於水性也不知吾所以然命也張湛曰固然之理不可以智知知其不可知故謂之命也莊子曰天下誘然皆生而不知其所以生同焉皆得而不知其所以得也鼓動陶鑄而不爲功庶類混成而非其力周易曰鼓天下之動者存乎辭韓康伯曰爻辭也交以鼓動効天下之動也莊子肩吾謂連叔曰藐姑射之山有神人居焉猶陶鑄堯舜也孰肯以物爲事典引曰沈浮交錯庶類混成生之無亭毒之心死之豈虔劉之志老子曰亭之毒之蓋之覆之王弼曰亭謂品其形毒謂成其質左氏傳呂相曰芟夷我農功虔劉我邊陲言殺也墜

天復注命〻哉

之淵泉非其怒升之霄漢非其悅墜之淵泉鱗屬也升之霄漢羽族也言稟性不同非天之有悅怒也淮南子曰鳥魚生於陰屬於陽故魚遊於水鳥飛於雲夫鳥排虛而飛獸蹠實而走蛟龍水居虎豹山處天地之性也蕩乎大乎萬寶以之化確乎純乎一化而不易莊子曰形非道不生生非德不明蕩蕩乎忽然出勃然動萬物從之乎又曰夫道覆載萬物者也洋洋乎大哉庚桑楚曰夫春氣發而百草生正得秋而萬寶成又楚狂接輿謂肩吾曰夫聖人之治也治外乎正而後行確乎能其事者而已矣司馬彪曰確乎不移易又曰道流而不明純純常常乃比於狂又曰吾一受其成形而不化以待盡也又曰性不可易命不可變化而不易則謂之命命也者自天之命也吕氏春秋曰若命之不可易春秋元命苞曰命者天之命也所受於帝行正不過得壽命也定於冥兆終然不變祖台之論命曰存亡壽天咸定冥初魏文帝典論曰夫生之必死天地所不能變鬼神莫能預聖哲不能謀西征賦曰生有脩短

之命位有通塞之遇鬼神莫之要聖哲弗能預觸山之力無以抗倒日之誠弗能感淮南子曰昔共工之力怒觸不周之山使地東南傾與高辛爭為帝許慎曰昔共工古諸侯之强者也不周之山西北之山也陸機弔魏武文曰夫以迴天倒日之力而不能振形骸之內短則不可緩之於寸陰長則不可急之於箭漏淮南子曰聖人不貴尺之璧而重寸之陰漢書曰漏刻以百二十為度韋昭曰舊漏晝夜共百刻哀帝有短祚之期故欲增之至德未能踰上智所不免孝經曰先王有至德要道論語子曰唯上智與下愚不移魏文帝典論曰夫生之必死賢聖所不能免是以放勛之世浩浩襄陵天乙之時焦金流石尚書曰放勛欽明又帝曰湯湯洪水方割蕩蕩懷山襄陵浩浩滔天史記天乙立是為成湯呂氏春秋曰成湯之旱煎沙爛石楚辭曰十日並出流金鑠石文公躓其尾宣尼絕其糧傳子曰周文王子公旦有聖德謚曰文毛詩曰狼跋美周公也狼跋其胡載疐其尾毛萇曰疐跲也躓音致漢

依馬韓本改

書平紀曰追謚孔子曰宣尼公論
語曰子在陳絕糧從者病莫能興顏回敗其叢蘭冉耕
歌其芣苢家語曰顏回年二十九而髮白三十二而早
死文子曰日月欲明浮雲蓋之叢蘭欲茂秋
風敗之家語曰冉耕魯人字伯牛以德行著名有惡疾
韓詩曰采苢傷夫有惡疾也詩曰采采芣苢薄言采之
薛君曰芣苢澤寫也芣苢臭惡之菜詩人傷其君子有
惡疾人道不通求已不得發憤而作以事興芣苢雖臭
惡乎我猶采采而不已者以興君
子雖有惡疾我猶守而不離去也夷叔斃淑媛之言子
輿困臧倉之訴崔瑋七竇曰三王行化夷叔隱己古史
考曰伯夷叔齊者殷之末世孤竹君之
二子也隱於首陽山采薇而食之野有婦人謂之曰子
義不食周粟此亦周之草木也於是餓死曹植與楊脩
書曰有南威之容乃可以論於淑媛傅子曰昔仲尼既
歿仲弓之徒追論夫子言謂之論語其後鄒之君子孟
子輿擬其體著七篇謂之孟子然子輿孟子之字也孟
子曰魯平公將出嬖人臧倉曰有司未知所之敢請公
曰將見孟子曰何哉孟子之後喪踰前喪君無見公曰
諾樂正子春見孟子曰克告於君君將來見也嬖人有

此皆偶然也

才行在內偶然在外焉不責其必合哉

臧倉者沮君君是以不果來孟子曰吾之不遇魯侯天也臧氏之子焉能使予不遇哉**聖賢且猶若此而況庸庸者乎**大戴禮孔子曰所謂庸人者口不能道善言而志不邑邑此可謂庸人也馮衍顯志賦曰獨慷慨以遠覽兮非庸庸之所識**至乃伍員浮尸於江流三閭沉骸於湘渚**史記曰子胥自剄死王乃取子胥尸盛以鴟夷之革浮之於江中楚辭漁父見屈原曰子非三閭大夫與漢書曰賈誼渡湘水爲賦以弔屈原楊雄反騷曰欽弔楚之湘纍纍音義曰諸不以罪死曰纍屈原赴湘死故曰纍也**賈大夫沮志於長沙馮都尉皓髮於郎署**漢書曰賈誼爲長沙王太傅誼既以謫去意不自得又曰馮唐以孝著爲郎中署長事文帝帝輦過問曰父老何自爲郎**君山鴻漸鍛**殺**羽儀於高雲敬通鳳起摧迅翮於風穴此豈才不足而行有遺哉**東觀漢記曰桓譚字君山少好學偏治五經光武即位拜議郎詔會議靈臺上問譚曰吾以讖決之何如譚不應良久對曰臣生不讀讖問其故譚頗有所非

是上怒曰桓譚非法將去斬之譚叩頭流血乃貰由是失旨遂不復轉遷出補六安太守丞之官意不樂道病卒周易曰鴻漸于陸其羽可用爲儀許慎淮南子注曰鎩羽殘羽也應璩與從弟書曰弋下高雲之鳥東觀漢記曰馮敬通少有俶儻之志明帝以爲行材過其實抑而不用遂埳壈失志以壽終於家淮南子曰鳳皇之翔至德也濯羽弱水暮宿風穴許慎曰風穴風所從出韓詩外傳曰子路謂孔子曰夫子尚有遺行乎奚居之隱也

近世有沛國劉瓛瓛桓弟璡津並一時之秀士也蕭子顯齊書曰劉瓛字子珪沛國人宋大明四年舉秀才少篤學博通五經爲安成王撫軍行參軍公事免自此不復仕永明初遇疾卒瓛弟璡字子璥方軌正直文惠太子召璡入侍東宮每上事輒削草尋署射聲校尉卒官呂氏春秋曰舜耕於歷山秀士從之璥君影切

瓛則關西孔子通涉六經循循善誘服膺儒行范曄後漢書曰楊震字伯起經明博覽無不窮究諸儒爲之語曰關西孔子楊伯起論語顏淵曰夫子循循然善誘人禮記曰回之爲人也得一善則拳拳服膺而不失之矣又禮記有儒行篇

此孝標自痛也

何止雍門之琴能垂涕
泗錞姑之浪能赴弦歌
乎吁其悲矣

進則志烈秋霜，心貞崑玉，亭亭高竦，不雜風塵。范曄後漢書孔融論曰：凜凜焉，皜皜焉，其與秋霜崑玉比質可也。西京賦曰：狀亭亭以岧岧。郭璞遊仙詩曰：高蹈風塵外。皆毓德於衡門，並馳聲於天地。周易曰：君子以振民毓德。毛詩曰：衡門之下，可以棲遅。而官有微於侍郎，位不登於執戟，相次殂落，宗祀無饗。答客難曰：官不過侍郎，位不過執戟。尚書曰：帝乃殂落。孔安國曰：殂落，死也。因斯兩賢，以言古則。昔之玉質金相，英髦秀達，毛詩曰：追琢其章，金玉其相。毛萇曰：相，質也。又曰：髦，毛後也。皆擯斥於當年，韞奇才而莫用，司馬彪莊子注曰：擯，弃也。馬融論語注曰：韞，藏也。徼草木以共彫，與麋鹿而同死，楚辭曰：願徼幸而有待兮，宿莽與壄草同死。王逸曰：將與百草俱殂落也。論衡曰：身與草木俱朽。楚辭曰：死日將至兮，與麋鹿同坑。膏塗平原，骨填川谷，堙滅而無聞者，豈可勝道哉！檄蜀文曰：肝腦

塗中原膏液潤野草封禪書
曰堙滅而不稱者不可勝數此則宰衡之與皁隸容彭
之與殤子尚書曰冢宰掌邦治毛詩曰實維阿衡左右
商王左氏傳曰人有十等士臣皁皁臣輿輿
臣隸列仙傳曰容成公者自稱黃帝師見於周穆王能
善補導之事髮白復黑齒落復生事與老子同亦云老
子師又曰彭祖殷賢大夫歷夏至商末號年七百莊子
南郭子綦曰天下莫大于秋毫之末而太山爲之小莫
壽于殤子而彭祖爲之夭猗頓之與黔婁陽文之與敦洽猗頓已見過秦論皇
甫謐高士傳曰黔婁先生修清節不求進於諸侯及終
曾參來弔曰何以爲謚妻曰以康爲謚曾子曰先生存
時食不充虛衣不蓋形死則手足不斂傍無酒肉何樂
於此而謚爲康哉淮南子曰不待脂粉西施陽文也許
慎曰楚之好人也呂氏春秋曰陳有惡人焉曰敦洽雔
麋推顙廣顏色如漆赭垂髮臨鼻長肘而盭陳侯見而
甚悅之高誘曰咸得之於自然不假道於才智抱朴子
醜而有德也曰古故曰死生有命富貴在曰聖人
體天皆得之於自然莊子
之至人假道於仁託宿於義

天其斯之謂矣。論語子夏曰死生有命富貴在天然命體周流變化非一或先號後笑或始吉終凶或不召自來或因人以濟周易曰同人先號兆而後笑老子曰不召而自來傳子曰昔人知下相接之易故因人以致人交錯糾紛迴還倚伏非可以一理徵非可以一途驗而其道密微寂寥忽慌無形可以見無聲可以聞子虛賦曰交錯糾紛鶡冠子曰禍兮福之所倚福兮禍之所伏思玄賦曰北叟頗識其倚伏抱朴子曰駑銳不可以一塗驗箏琴不可以膠柱調也鬼谷子曰即欲闔之貴密密之貴微西征賦曰寥廓忽恍文子曰道以無有爲體視之不見其形聽之不聞其聲謂之幽冥呂氏春秋曰道也者視之弗見聽之弗聞不可爲狀管子曰視之不見其形聽之不聞其聲而序其成謂之道必御物以效靈亦憑人而成象譬天王之冕旒任百官以司職言性命之道雖係于天然其來也必憑人而御物譬如天王冕旒而執契必因百官司職以立政文子曰德仁義禮四者聖人之所以御萬物也而或者覩湯武之龍躍謂龕亂在神功聞孔墨之挺生謂英睿擅奇響成湯武王也周易曰見龍在田又曰或躍在淵墨子曰夏桀時天乃命湯於鑣宮有神來告曰夏德大亂往攻之予必使汝大戡之商王紂時周武王見三神曰予既沈漬殷紂於酒德往攻之予必使汝大戡之孔孔子墨墨翟蔡邕陳太上碑曰元方季方皆命世挺生膺期特授視彭韓之豹變謂鷙猛致人爵見張桓之朱紱謂明經拾青紫彭彭越韓韓信易曰君子豹變其文蔚禮記曰鷙蟲攫搏不程其勇者鄭玄曰鷙蟲猛獸也孟子曰有天爵有人爵仁義忠信樂善不倦此天爵也公卿大夫此人爵也漢書曰張禹字子文善說論語令禹授太子遷光祿大夫賜關内侯范曄後漢書曰桓榮治歐陽尚書授太子爲太子少傅封關内侯禮記曰諸侯佩山玄玉而朱組綬蒼頡篇曰綬紱也漢書夏侯勝曰士病不明經經術苟明取青紫如俛拾地芥豈知有力者運之而趨乎莊子曰夫藏舟於壑藏山於澤謂之固矣然而夜半有力者負之而

吁皆偶然

走昧者不知故言而非命有六蔽焉爾論語子曰由汝聞六言六蔽矣乎然文雖出此蔽義則殊請陳其梗槩東京賦其梗槩如此夫靡顏膩理哆噅許爲顣子六頞烏割形之異也楚辭曰靡顏膩理遺視矊些王逸曰靡緻也膩滑也淮南子曰哆噅籧篨戚施醜也說文曰哆張口也音侈通俗文曰噅口不正也去皮切史記唐舉見蔡澤曰先生雕顏蹙齃朝秀晨終龜鵠千歲年之殊也淮南子曰朝秀不知晦朔許慎曰朝生暮死蟲也生水上似蠶蛾養生要曰龜鵠壽千百之數性壽之物也聞言如響智昏菽麥神之辨也史記曰湻于髡說鄒忌畢趨出曰是人者吾語之微言五其應我若響之應聲是人必封不久矣左氏傳曰程滑殺厲公荀罃士魴逆周子于京師而立之周子有兄而無慧不能辨菽麥故不可立杜預曰菽大豆也豆麥殊形易別故以之爲癡者之候也同知三者定乎造化榮辱之境獨曰由人是知二五而未識於十其蔽一也淮南子曰大丈夫恬

相人符命尤爲譔言

然無爲與造化逍遥高誘曰造化天地也莊子曰定乎内外之分辨乎榮辱之境左氏傳叔輿曰吉凶由人史記齊威王使人説越曰晉楚鬬越兵不起知二五而不知十也**龍犀日角帝王之表**朱建平相書曰額有龍犀入髮左角日右角月王天下也**河目龜文公侯之相**孔叢子曰夫子適周見萇弘萇弘語劉文公曰孔子仲尼有聖人之表河目而隆顙是黄帝之形貌也王肅家語注曰河目上下匡平而長也范曄後漢書曰李固貌狀有奇表鼎角匿犀足履龜文後爲太尉**撫鏡知其將刑壓紐顯其膺録**蜀志曰蜀郡張裕曉相術每舉鏡視面自知刑死未嘗不撲之於地左氏傳曰初楚恭王無冢適有寵子五人無適立焉乃大有事於群望而祈曰請神擇五人主社稷乃徧以璧見於群望曰當璧而拜者神所立也與巴姬密理璧於太室之庭使五人拜康王跨之靈王肘加焉子干子晳皆遠之平王弱抱而入再拜皆壓紐**星虹樞電昭聖德之符夜哭聚雲鬱興王之瑞**春秋元命苞曰大星如虹下流華渚女節夢意感生朱宣宋均曰華渚渚名也朱宣少昊氏詩

若謂四言言帝業之成不關功德此則并果武帝而亦指之矣

含神務曰大電繞樞照郊野感符寶生黃帝漢高祖皆功臣頌曰彤雲晝聚素靈夜哭國語曰興王賞諫臣兆發於前期渙汗於後葉周易曰渙汗其大號渙散也若謂驅貔虎奮尺劍入紫微升帝道則未達窅冥之情未測神明之數其蔽二也尚書武王曰如虎如貔如熊如羆于商郊孔安國曰貔執夷虎屬也史記高祖曰吾提三尺劍取天下此非天命乎薛綜西京賦注曰天有紫微宫王者象之曰紫微宫淮南子曰源道者測窅冥之深呂氏春秋曰窅乎冥莫知其情王命論曰神明之祚可得而妄處哉空桑之里變成洪川歷陽之都化爲魚鼈呂氏春秋曰有莘氏女子採桑得嬰兒于空桑之中獻之其君令烰人養之察其所以然曰其母居伊水之上孕夢有神告之曰臼出水而東走母顧明日視臼水出告其鄰東走十里而顧其邑盡爲水身因化爲空桑故命之曰伊尹淮南子曰歷陽淮南之縣名今屬九江郡歷陽中有老嫗常行仁義有兩諸生過之謂曰此國當沒爲湖嫗視東城門閫有血便走上山勿反顧也自此嫗數

往視門門吏問之嫗對如其言東門吏殺雞以血塗門明日嫗早往視門有血便走上山國沒爲湖楚師屠漢卒睢惟息河鯁其流秦人坑趙士沸聲若雷震漢書曰項羽晨擊漢大戰彭城靈辟東睢水上大破漢軍多殺上卒睢水爲不流戰國策蔡澤謂應侯曰白起率數萬之師越韓魏而敗彊趙北坑馬服屠四十餘萬衆流血成川沸聲如雷使秦業帝白起之勢也論衡曰古有命者曰夫天下之大人民之衆一歷陽之都一長平之坑同命俱死未可怪也命當溺死故相聚於歷陽命當壓死故相積於長平火炎崑嶽礫石與琬琰俱焚嚴霜夜零蕭艾與芝蘭共盡尚書曰火炎崑岡玉石俱焚又曰弘璧琬琰在西序傅玄鷹兎賦曰秋霜一下蘭艾俱落毛萇詩傳曰蕭蒿也雖游夏之英才伊顏之殆庶焉能抗之哉其蔽三也史記曰言偃吳人字子游夏子夏也伊伊尹也顏顏回也孟子曰得天下之英才而教育之易曰顏氏之子其殆庶幾乎王弼曰庶幾於知幾者也或曰明月之珠不能無纇夏

考正字作朽說文謂之琦

此自喻也

此志士所以保愛年華也

后之璜不能無考淮南子曰夏后氏之璜不能無考明月之珠不能無纇高誘曰考不平也纇瑕也故亭伯死於縣長相如卒於園令范曄後漢書曰崔駰字亭伯竇憲爲車騎將軍辟駰爲掾察駰高第出爲長岑長駰自以遠去不得意遂不之官而歸卒于家漢書曰相如拜爲孝文園令既病免家居茂陵而死才非不傑也主非不明也而碎結緑之鴻輝殘懸黎之夜色抑尺之量有短哉戰國策應侯謂秦王曰梁有懸黎宋有結緑而爲天下名器楚辭鄭詹尹曰尺有所短寸有所長若然者主父偃公孫弘對策不升第歷説而不入牧豕淄原見棄州部設令忽如過隙溘苦合死霜露其爲詬恥豈崔馬之流乎及至開東閣列五鼎電照風行聲馳海外寧前愚而後智先非而終是漢書主父偃齊國臨淄人也學長短縱横術家貧假貸無所得北遊燕趙中山皆莫

能厚客甚困乃上書闕下拜爲郎至中大夫偃曰大丈夫生不五鼎食死則五鼎烹耳又曰公孫弘淄川人也家貧牧豕海上太常上對諸儒太常奏弘第居下策天子擢弘對爲第一後至丞相於是起客館開東閤以延賢士莊子曰賓旅於鄉里逐於州部又曰人生天地之間若白駒之過隙楚辭曰寧溘死以流亡兮余不忍爲此態也漢書詔曰公孫弘不幸罹霜露之疾說文曰詬耻也范曄後漢書吴漢謂臧宫曰將軍嚮者經虜城下震揚威靈風行電照九州春秋閻忠說皇甫嵩曰今將軍威德震本朝風聲馳海外

將榮悴有定數天命有至極而謬生妍蚩其蔽四也

應璩與曹元長書曰春生者繁華秋榮者零悴自然之數豈有恨哉孫子荆陟陽候詩曰三命皆有極

夫虎嘯風馳龍興雲屬

淮南子曰虎嘯而谷風至龍舉而景雲屬四子講德論曰風馳雨集

故重華立而元凱升辛受生而飛廉進

史記曰虞舜名曰重華左氏傳季孫行父曰昔高陽氏有才子八人蒼舒隤敳檮戭大臨尨降庭堅仲容叔達天下之民謂之八愷高辛氏有才子八人伯奮仲堪叔獻季仲

此則肆詈非文德也

伯虎仲熊叔豹季貍天下之民謂之八元舜臣堯舉八愷使主后土舉八元使布五教于四方史記曰帝乙崩子辛立是爲帝辛天下謂之紂尚書曰祖伊恐奔告于受孔安國曰受紂也音相亂史記曰仲喬生蜚廉蜚廉生惡來父子俱以材力事殷紂然則天下善人少惡人多闇主衆明君寡莊子曰天下之善人少而不善人多法言曰聖君少庸君多杜篤弔比干文曰闇主之在上豈忠諫之是謀而薰蕕不同器梟鸞不接翼家語顏回曰聞薰蕕不同器而藏堯桀不共國而治以其類異也孫盛晉陽秋王夷甫論曰夫芝蘭之不與茨棘俱植鸞鳳之不與梟鴟同棲天理固然易在曉晤西都賦曰接翼側足是使渾胡本敦徒本檮桃杌元踵武於雲臺之上仲容庭堅耕耘於巖石之下左氏傳太史克曰昔帝鴻氏有不才子掩義隱賊好行凶德醜類惡物頑嚚不友是與比周天下之人謂之渾敦顓頊氏有不才子不可教訓不知話言告之則頑舍之則嚚傲狠明德以亂天常天下之人謂之檮杌楚辭曰忽奔走以先後及前王之踵武東觀漢記曰

詔賈逵入講南宮雲臺使出左氏大義仲容庭堅八愷之二已見上注法言曰谷口鄭子真不詘其節而耕於巖石之下橫去謂廢興在我無繫於天其蔽五也漢書董仲舒對策曰治亂廢興在於己非天降命不可得反彼戎狄者人面獸心宴安鴆毒戎狄謂魏也班固漢書贊曰夷狄之人被髮左衽人面獸心左氏傳管敬仲曰宴安鴆毒不可懷也以誅殺爲道德以蒸報爲仁義漢書曰匈奴其俗寬則隨畜田獵禽獸爲生業急則人習戰攻以侵伐其天性也父死妻其後母兄弟死皆取其妻妻之小雅曰上淫曰蒸下淫曰報雖大風立於青丘鑿齒奮於華野比於狼戾曾何足喻淮南子曰堯之時猰貐鑿齒九嬰大風封狶修蛇皆爲害堯乃使羿誅鑿齒於疇華之澤殺九嬰於凶水之上繳大風於青丘之野上射十日而下殺窫窳斷脩蛇於洞庭禽封豕於桑林高誘曰疇華南方地九嬰水火爲人害者北狄之地有凶水大風鷙鳥青丘東方封豕大豕桑林湯禱旱地戰國策張儀曰趙王狼戾無親自金行不競

假使孝標生於命特
愛新之世唯有蹈東
海而死耳

天地板蕩左帶沸脣乗閒電發金行謂晉也干寶搜神記曰程猗説石圖曰金者晉之行也左氏傳師曠曰吾驟歌北風又歌南風不競毛詩曰上帝板板毛萇曰板板又曰蕩蕩上帝鄭玄曰蕩蕩法度廢壞之貌左帶左衽也尚書曰四夷左衽罔弗咸賴王元長勸給虜書啓曰息沸脣於桑墟然齊梁之間通以虜爲沸脣也魏志詔曰劉備孫權乗閒作禍辨亡論曰電發荊南遂覆瀍洛傾五都東京賦曰泝洛背河左伊右瀍干寶晉紀愍帝詔曰群邪作逆傾盪五都居先王之桑梓竊名號於中縣毛詩曰維桑與梓必恭敬止漢書高紀詔曰秦徙中縣之人南方三郡與三皇競其萌黎五帝角其區宇韋昭漢書注曰萌民也孔安國尚書傳曰黎衆也東京賦曰區宇乂寧種落繁熾充仞神州范曄後漢書曰梁商上表曰匈奴種類繁熾不可彈盡子虛賦曰充仞其中不可勝記河圖曰崑崙東南地方千里名曰神州嗚呼福善禍淫徒虚言耳尚書湯曰天道福善禍淫降災于夏以彰厥罪豈非否泰相

此皆偶然亦有人為非天命也

傾盈縮遞運而汩骨之以人其蔽六也周易曰泰者通也物不可以終通故受之以否老子曰高下相傾淮南子曰孟春始羸孟秋始縮高誘曰羸長也縮短也孔安國尚書傳曰汩亂也然所謂命者死生焉貴賤焉貧富焉治亂焉禍福焉此十者天之所賦也死生有命已見上文論衡曰凡人有死生夭壽之命亦有貴賤貧富之命墨子曰貧富治亂固有天命不可損益呂氏春秋曰禍福之所自來衆人以為命焉知其所由之也愚智善惡此四者人之所行也桓範世要論曰遇不遇命也善不善人也夫神非舜禹心異朱均才絓中庸在於所習舜禹二帝也淮南子曰性命可說不待學問而合於道堯舜文王也不可教以道不可喻以德者丹朱商均也夫上不及堯舜下不若商均此教訓之所喻也高誘曰丹朱堯子也商均舜子也廣雅曰絓止也胡卦切賈誼過秦曰陳涉材能不及中庸論衡曰中人之性在所習習善為善習惡為惡是以素絲無恒玄黃代起鮑魚

芳蘭入而自變。言在所習也。淮南子曰：墨子見練絲而泣之，爲其可以黄可以黑。高誘曰：閔其化也。大戴禮曰：與君子游，苾乎如入蘭芷之室，久而不聞，則與之化矣；與小人游，臭乎如入鮑魚之肆，久而不聞，則與之化矣。是故君子愼其所去就也。故季路學於仲尼，厲風霜之節；尸子曰：子路，東鄙之野人，孔子教之，爲賢士。王隱晉書曰：應詹爲太守，人歌之曰：威若風霜，恩如父母。楚穆謀於潘崇，成殺逆之禍。左氏傳曰：楚子欲立王子職而黜太子商臣。商臣聞之，告其師潘崇曰：能事諸乎？曰：不能。能行大事乎？曰：能。以宮甲圍成王，王縊。穆王立，潘崇太子師。而商臣之惡，盛業光於後嗣；仲由之善，不能息其結纓。楚之後業，皆商臣之子孫。周易曰：盛德大業至矣哉。尚書曰：在今後嗣王。左氏傳曰：衛渾良夫與太子入舍於孔氏之外圃，欲劫孔悝而納太子。季子曰：太子無勇，若燔臺半，必舍孔叔。大子聞之，懼，下石乞、盂黶敵子路，以戈擊之，斷纓。子路曰：君子死，冠不免。結纓而死。杜預曰：季子，子路是也。斯則邪正由於人，吉凶在乎

此下駁討古之言非直駁傳記而已其說不固故孔孟皆言定命矣

命或以鬼神害盈皇天輔德周易曰鬼神害盈而福謙尚書曰皇天無親惟德是輔故宋公一言法星三徙呂氏春秋曰宋景公有疾司馬子韋曰熒惑守心心宋分野也君當移於相公曰相股肱也除心腹之疾而置之股肱可乎曰可移於民公曰民所以爲國無民何以爲君曰可移於歲公曰歲所以養民歲不登何以畜民子韋曰君善言三熒惑必退三舍延君命二十一年視之信廣雅曰熒惑謂之罰星或謂之執法殷帝自翦千里來雲呂氏春秋曰湯克夏四年天大旱湯乃以身禱於桑林於是翦其髮磨其手自以爲犧用祈福於上帝雨乃大至淮南子曰湯之時旱七年以身禱於桑林之祭而四海之雲湊千里之雨至若使善惡無徵未洽斯義因此而言則害盈輔德其由影響若以善惡猶命故未洽乎斯義毛萇詩傳曰洽合也且于公高門以待封嚴母掃墓以望喪漢書曰于定國父于公其閭門壞父老方共修之于公謂之曰少高大閭門令容駟馬高蓋車我理獄多陰德未嘗有所冤子孫必有興者至定國爲丞相封侯傳世又

孫志祖引周嬰卮林曰按前漢紀此東海人或作溧陽或作戴孝標蓋全用之

徑廷猶徑逞直遂之言也猶今言快口之談

過

曰嚴延年遷河南太守其母從東海來欲從延年臘到雒陽適見報囚母大驚畢正臘已謂延年曰天道神明人不可獨殺我不自意當老見壯子被刑戮也行矣去女東歸掃除墓地耳後歲餘果敗此君子所以自彊不息也言善惡有徵故君子庶幾自彊而不息也周易象曰天行健君子以自彊不息如使仁而無報奚爲修善立名乎斯徑廷之辭也若必爲仁而無報何故修善而立名乎是不由命明矣或爲茲說者斯乃徑廷之言耳莊子肩吾問于連叔曰大有徑廷不近人情司馬彪曰徑廷激過之辭也夫聖人之言顯而晦微而婉幽遠而難聞河漢而不測極此釋聖人之言顯晦難測也左氏傳君子曰春秋之稱微而顯志而晦婉而成章莊子市南宜僚見魯侯曰南越有邑焉名建德之國君曰彼其道幽遠而無人又肩吾問于連叔曰吾聞言於接輿大而無當往而不反吾驚怖其言猶河漢而無極司馬彪曰極崖也言廣若河漢無有崖也或立教以進庸怠或言命以窮性靈此釋不同之所由也積善

孝標尚未達此蓋與討出
言命之異，餘慶餘殃偶
沿舊說之敗文耳。故釋
氏踪繼之以生之世之說

故釋氏踪繼之以三世之說

餘慶立教也，鳳鳥不至言命也。周易曰：積善之家必有餘慶。徐幹中論曰：北海孫翺云：積善餘慶，誘民於善路耳。論語子曰：鳳鳥不至，河不出圖，吾已矣夫。今以其片言辯其要趣，何異乎夕死之類，而論春秋之變哉？毛萇詩傳曰：蜉蝣，渠畧也，朝生夕死。莊子曰：蟪蛄不知春秋也。且荆昭德音，丹雲不卷；周宣祈雨，珪璧斯罄。左氏傳曰：有雲如衆赤鳥，夾日飛三日。楚子使問周太史，太史曰：其當王身乎！若禜之，可移於令尹司馬。王曰：除腹心之疾而寘諸股肱，何益？不穀不有大過，天其夭諸？有罪受罰，又焉移之？遂弗禜。毛詩序曰：雲漢，仍叔美宣王也。毛詩曰：圭璧既卒，寧莫我聽。于臾種德，不逮勳華之高；延年殘獷，未甚東陵之酷。勳華已見上文。說文曰：獷，不可附也。古猛切。莊子曰：伯夷叔齊死名於首陽之下，盜跖死利於東陵之上。爲善一，爲惡均，而禍福異其流，廢興殊其迹。蕩蕩上帝，豈如是乎？毛詩曰：蕩蕩上帝，下民之辟。詩云：

明其無可奈何以識其不由智力則又何必更言天命建有於此無以惑亂世人哉

風雨如晦雞鳴不已此釋君子所以自彊也毛詩鄭風也鄭玄箋曰喻君子雖居亂世不變改其節度也故善人爲善焉有息哉尚書曰吉人爲善惟日不足家語孔子曰事君之難也焉可以息哉夫食稻粱進芻豢衣狐貉襲冰紈觀窈眇之奇儛聽雲和之琴瑟此生人之所急非有求而爲也論語子曰食夫稻韓詩外傳田饒謂魯哀公曰黄鵠啄君稻粱國語曰芻豢幾何論語子曰狐貉之厚以居漢書曰齊地織作冰紈長楊賦曰憎聞鄭衛窈眇之聲阮籍詠懷詩曰北里多奇儛周禮曰孤竹之管雲和之琴瑟修道德習仁義敦孝悌立忠貞漸禮樂之腴潤蹈先王之盛則此君子之所急非有求而爲也然則君子居正體道樂天知命公羊傳曰君子大居正莊子弇堈弔曰夫體道者天下之君子也郭象曰言體道者人之宗主也周易曰樂天知命故不憂明其無可奈何識其不由智力莊子

其悲過於馬董遠矣

曰知不可奈何而安之若命唯有德者能逝而不召來之王命論曰不知神器有命不可以智力求而不距生而不喜死而不慼莊子曰予惡乎知說生之或非邪予惡乎知惡死之非弱喪而不知歸者邪瑤臺夏屋不能悅其神尸子曰人之言君天下者瑤臺九累而堯白屋楚辭曰冬有大夏王逸曰夏大屋也毛詩曰於我乎夏屋渠渠土室編蓬未足憂其慮土室編蓬已見非有先生論不充詘於富貴不遑遑於所欲禮記孔子曰儒有不隕穫於貧賤不充詘於富貴皇甫謐高士傳黔婁先生妻謂曾子曰先生不慼慼於貧賤不遑遑於富貴論語曰富與貴是人之所欲也豈有史公董相不遇之文乎司馬遷爲太史公故曰史公遷集有悲不遇賦法言曰災異董相李軌曰董相江都相董仲舒也仲舒集有士不遇賦

文選卷第五十四

初五夕　保尋覽及此卷

尋茂灌餘臭在身而絕塵啟譽若非大力豈免、寒人無衫段之求拒之於生前練裙之穢何有於身後或謂溉卒儉性成以已想物既安單帬而無累人着葛帔而非貧以此寬其忘舊之愆誚是絕交之論誠有別解非余所知矣

文選卷第五十五

梁昭明太子撰

文林郎守太子右内率府録事參軍事崇賢館直學士臣李　善注上

論五

劉孝標廣絕交論一首

連珠

陸士衡演連珠五十首

論

廣絕交論

劉璠梁典曰劉峻見任昉諸子西華兄弟等流離不能自振生平舊交莫有收卹西華冬月著葛布帔練裙路逢峻峻泫然矜之乃廣朱公叔絕交論到溉見其論抵几

易繫辭下天地絪縕萬物化醇疏云絪縕相附著之義二氣絪縕共相和會

於地終身恨之

劉孝標

客問主人曰朱公叔絶交論爲是乎爲非乎此假言也爲是爲非疑而問之也范曄後漢書曰朱穆字公叔爲侍御史感俗澆薄慕尚敦篤著絶交論以矯之稍遷至尚書卒贈益州刺史主人曰客奚此之問奚何也何故有此問也未詳其意故審覆之也客曰夫草蟲鳴則阜螽躍雕虎嘯而清風起欲明交道不可絶故陳四事以喻之毛詩曰喓喓草蟲趯趯阜螽鄭玄曰草蟲鳴則阜螽跳躍而從之異類相應也雕虎已見思玄賦淮南子曰虎嘯而谷風至龍舉而景雲屬許慎曰虎陰中陽獸與風同類也故絪縕相感霧涌雲蒸嚶鳴相召星流電激元氣相感霧涌雲蒸以相應鳥鳴相召星流電激以相從言感應之遠也周易曰天地絪縕萬物化醇淮南子曰山雲蒸而柱礎潤毛詩曰伐木丁丁鳥鳴嚶嚶鄭玄云其鳴之志似於友道然曹植辯問曰游說之士星流電耀答賓戲曰游說之徒風颺電激是以王陽登

此章言良朋非以爲難遇也

則貢公喜罕生逝而國子悲此明良朋也良朋之道情同休戚故貢禹喜王陽之登朝子産悲子皮之未逝也漢書曰王吉與貢禹爲友世稱王陽在位貢禹彈冠言其趣舍同也罕生子皮國子子産也左氏傳曰子産聞子皮卒哭且曰吾以無爲爲善唯夫子知我也且心同琴瑟言鬱郁於蘭茝齒道叶膠漆志婉孌於塤篪心和琴瑟則言香蘭茝道合膠漆則志順塤篪言和順之甚也毛詩曰妻子好合如鼓瑟琴曹子建王仲宣誄曰好和琴瑟鬱郁香也上林賦曰芳芳漚鬱酷烈淑郁楚辭曰蘭茝幽而獨芳周易曰同心之言其臭如蘭范曄後漢書曰陳重字景公雷義字仲頙重少與義友鄉里爲之語曰膠漆自謂堅不如雷與陳班固漢書贊曰婉孌董公塤篪已見鸚鵡賦聖賢以此鏤金版而鐫盤盂書玉牒而刻鍾鼎聖賢以良朋之道故著簡策而傳之太公金匱曰屈一人之下申萬人之上武王曰請著金版墨子曰琢之盤盂銘於鍾鼎傳於後世玉牒已見上若乃匠人輟成風之妙巧伯子息流波

此舉古之良朋非以爲難遇也

之雅引此言良朋之難遇也莊子曰莊子送葬過惠子之墓謂從者曰郢人堊墁其鼻端若蠅翼使匠石斵之匠石運斤成風斵之盡堊而鼻不傷郢人立不失容宋元君聞之召匠石曰嘗試爲寡人爲之匠石曰臣則嘗能斵之雖然臣質死久矣自夫子之死也吾無以爲質矣吾無與言也伯牙及雅引已見上文范張款款於下泉尹班陶陶於永夕范曄後漢書曰范式字巨卿少與張劭爲友劭字元伯元伯卒式忽夢見元伯呼曰巨卿吾以某日死當以某時葬永歸黃泉子未我忘豈能相及式怳然覺悟便服朋友之服數其葬日馳往赴之旣至壙將窆而柩不進其母撫之曰元伯豈有望邪遂停柩移時乃見素車白馬號哭而來其母望之必范巨卿旣至叩喪言曰行矣元伯死生各異永從此辭式執引柩乃前式遂留冢次修墳種樹然後乃去司馬遷書曰誠欲効其款款之愚王仲宣七哀詩曰悟彼下泉人東觀漢記曰尹敏與班彪相厚每相與談常晏暮不食晝即至冥夜徹旦彪曰相與久語爲俗人所怪然鍾子期死伯牙破琴曷爲陶陶哉駱繹縱橫煙霏雨散巧歷所不知心計莫能

越　集古

測駱驛縱横不絶也煙霏雨散衆多也魯靈光殿賦曰縱横駱驛各有所趣陸機列仙賦曰騰煙霧之霏霏劇秦美新曰霧集雨散莊子曰巧歷不能得而况凡乎漢書曰桑弘羊雒陽賈人子以心計年十三侍中而朱益州汨彝敘粤謨訓捶直切絶交游比黚首以鷹鸇媲人靈於豺虎蒙有猜焉請辨其惑言朋友之義備在典謨公叔亂常道而絶之故以爲疑也尚書曰彝倫攸叙又曰聖有謨訓家語孔子曰祁奚對平公云羊舌大夫信而好直其切也王肅曰言其切直也爾雅曰丁丁嚶嚶相切直也列子曰公孫穆屏親昵絶交游司馬遷書曰交遊莫救視鷹鸇豺虎貪殘而無親也黚首已見過秦論左氏傳太史克曰見無禮於其君者誅之如鷹鸇之逐鳥雀爾雅曰媲妃也尚書曰惟人萬物之靈杜夷幽求子曰不仁之人心懷豺虎長楊賦曰蒙切惑焉論語子張曰敢問崇德辨惑主人听然而笑曰客所謂撫絃徽音未達燥濕變響張羅沮澤不覩鴻鴈雲飛言朋友之道隨時盛衰醇則志叶斷金醨則吕

琴徽所以表發揮抑之處

代語過晦非釋不明
未可則神妙

言交絕今以絕交爲惑是未達隨時之義猶撫絃者未
知變響張羅者不覩雲飛謬之甚也上林賦曰亡是公
听然而笑鄭玄禮記注曰撫以手按之也許慎淮南子
注曰鼓琴循絃謂之徽也韓詩外傳曰趙遣使於楚臨
去趙王謂之曰必如吾言辭時趙王方鼓琴使者因跪
曰大王鼓琴未有如今日之悲也請記其處後將法焉
王曰不可夫時有燥濕絃有緩急徽柱推移不可記也
使者曰臣愚請借此以譬之何者楚之去趙二千餘里
變改萬瑞亦猶絃不可記也難蜀父老曰鷦鵬已翔乎
寥廓之宇而羅者猶視乎藪澤悲夫沮澤巳見蜀都賦
吳都賦曰雲飛水宿蓋聖人握金鏡闡風烈龍驤蠖屈從道汙隆
言聖人懷明道而闡風教如龍蠖之驤屈蓋從道之汙
隆也春秋孔録法曰有人卯金刀握天鏡雒書曰秦失
金鏡鄭玄曰金鏡喻明道也春秋考異郵曰後雖殊世風烈猶
合於持方宋均曰持方受命者名也班固漢書韓彭述曰雲
起龍驤化爲侯王蠖屈巳見潘正叔贈王元況詩禮記
子思曰道隆則從而隆道汙則從而汙鄭玄曰汙猶殺
也日月聯璧贊亹亹之弘致雲飛電薄顯棣華之微

旨若五音之變化濟九成之妙曲此朱生得玄珠於赤水謨神睿而爲言日月聯璧謂太平也雲飛電薄謂衰亂也王者設教從道汙隆太平則明亹亹微妙之弘致道衰則顯棣華權道之微旨然則隨時之義理非一塗也若五音之變化乃濟九成之妙曲令朱公叔絶交是得孺時之義此猶得玄珠於赤水謨神睿而爲言謂窮妙理之極也易坤靈圖曰至德之萌日月若聯璧周易曰定天下之吉凶成天下之亹亹者莫善於蓍龜王弼曰亹亹微妙之意也鄭玄周禮注曰致至也漢書高祖歌曰大風起兮雲飛揚淮南子曰陰陽相薄爲雷激而爲電論語曰棠棣之華偏其反而何晏曰逸詩也棠棣之華反而後合賦此詩以言權反而後至於大順也長笛賦曰五音代轉尚書曰簫韶九成鳳皇來儀莊子曰黃帝遊於赤水之北遺其玄珠乃使象罔求而得之司馬彪曰赤水水假名玄珠喻道也孔安國尚書傳曰謨謀也睿聖也至夫組織仁義琢磨道德驩其愉樂恤其陵夷此言良友每事相成道德資以琢磨仁義因之組織居憂共慼處樂同驩仲長統昌言曰道德

仁義天性也織之以成其物練之以成其情禮記曰如切如瑳道學也如琢如磨自修也白虎通曰朋友之交樂則思之患則死之陵夷已見五等論寄通靈臺之下遺迹江湖之上風雨急而不輟其音霜雪零而不渝其色斯賢達之素交歷萬古而一遇良朋款誠終始若一故寄通神於心府之下遺迹相忘於江湖之上也莊子曰萬惡不可內於靈臺司馬彪曰心爲神靈之臺也李陵書曰人之相知貴相知心莊子曰魚相忘於江湖人相忘於道術郭象曰各自足故相忘也今引江湖唯取相忘之義也不輟其音已見辨命論莊子曰天寒既至霜雪既降吾是以知松栢之茂也素雅素也萬古一遇難逢之甚也逮叔世民訛狙詐飈起谿谷不能踰其險鬼神無以究其變競毛羽之輕趨錐刀之末上明良朋此明損友也左氏傳叔向曰三辟之興皆叔世也毛詩曰民之訛言鄭玄曰訛僞也漢書曰狙詐之兵音義曰狙伺人之閒隙也苔賓戲曰游說之徒風飈電激並起而救之莊子孔子曰凡人之心險

於山川難知於天董仲舒士不遇賦曰生不丁三代之盛隆兮丁三季之末俗鬼神不能正人事之變戾聖賢亦不能開愚夫之違惑葛龔集曰龔以毛羽之身戴丘山之施左氏傳叔向曰錐刀之末將盡爭之於是素交盡利交興天下蚩蚩鳥驚雷駭毛詩曰氓之蚩蚩廣雅曰蚩亂也崔寔正論曰秦時赭衣塞路百姓鳥驚無所歸淮南子曰月行日動電奔雷駭也然則利交同源派流則異較角言其略有五術焉廣雅曰較明也韓詩曰報我不術薛君曰術法也若其寵鈞董石權壓梁竇董賢石顯已見西京賦權猶勢也范曄後漢書曰梁冀字伯卓為大將軍專擅威柄凶恣日積竇憲已見范曄宦者論雕刻百工鑪捶朱靡萬物吐漱興雲雨呼噏下霜露九域聳其風塵四海疊其燻灼雕刻鑪捶喻造物也覆載天地刻雕衆形而不為巧尚書曰百工惟時莊子曰黃帝之忘其智皆在鑪捶之間聲類曰爐火所居也李顒莊子音義曰捶排口鐵以灼火也范曄後漢書曰舉動迴山海呼吸

變霜露九域已見潘元茂九錫文爾雅曰聳懼也夏侯
湛東方朔畫贊曰彷彿風塵用垂頌聲毛萇詩傳曰疊
懼也西征賦曰恭顯之任
勢也燻灼四方燿都鄙
麋不望影星奔藉響川
鶩雞人始唱鶴蓋成陰高門且開流水接軫蔡伯喈郭
林宗碑曰
于時紳佩之士望形表而影附聆嘉聲而響和者猶百
川之歸巨海鱗介之宗龜龍也周禮曰雞人凡國事爲
期則告之時鄭玄曰象雞知時也劉楨魯都賦曰蓋如
飛鶴馬似遊魚高門已見辨命論范曄後漢書明德馬
后曰前過濯龍門上見外家問
起居者車如流水馬如龍也
皆願摩頂至踵隳膽抽
腸約同要離焚妻子誓殉荆卿湛沈七族是曰勢交其
流一也孟子曰墨子兼愛摩頂放踵趙岐曰放至也鄒
陽上書曰見情素隳肝膽李顒詩曰焦肺枯肝
抽腸裂膈鄒陽上書曰荆軻沈七
族要離焚妻子豈足爲大王道哉
富埒陶白貲巨程羅
山擅銅陵家藏金穴出平原而聯騎居里閈而鳴鐘陶
朱

儒者要亦如此

公已見過秦論程鄭已見蜀都賦漢書曰白圭周人也樂觀時變天下言治生者祖白圭又曰成都羅裒貲至鉅萬又曰鄧通蜀郡人也文帝賜通蜀嚴道銅山得鑄錢鄧氏錢布天下楊雄蜀都賦曰西有鹽泉鐵冶橘林銅陵范睢後漢書曰光武帝郭皇后弟況爲大鴻臚數賞賜金錢京師號況家爲金穴連騎鳴鍾已見西京賦應劭漢書注曰里門曰閈則有窮巷之賓繩樞之士冀宵燭之末光邀潤屋之微澤魚貫鳧躍颯沓鱗萃分鴈鶩之稻粱霑玉斝之餘瀝漢書曰陳平家貧負郭窮巷以席爲門過秦論曰陳涉甕牖繩樞之子戰國策曰甘茂去秦且之齊出關遇蘇子曰君聞夫江上之處女乎夫江上之處女有家貧而無燭者處女相與語欲去之家貧無燭者將去矣謂處女曰妾以無燭之故常先掃室布席何愛餘明之照四壁者處女以爲然留之今臣弃逐於秦出關願爲足下掃室布席幸無我逐也賈逵國語注曰邀求也禮記曰富潤屋德潤身貫魚已見鮑昭出自薊北門行潘岳哀辭曰望歸瞥見鳧藻踴躍張衡羽獵賦曰輕車颯沓西京賦曰烏集鱗萃魯連子曰君

青松白水之誓原於微渫未光令人嗢噱

此中所作多矣

鴈鶩有餘粟韓詩外傳田饒謂魯哀公曰黃鵠止君園池啄君稻粱說文曰爵玉爵也史記湻于髡曰親有嚴客持酒於前時賜餘瀝銜恩遇進款誠援青松以示心指白水而旌陸士龍爲顧彥先贈婦詩曰銜恩非望始遇謂以恩相接也秦嘉婦詩曰何用敘我心惟思致款誠禮記曰其在人也如松栢之有心周松執友論曰推誠歲寒功標松竹左氏傳晉公子曰所不與舅氏同心者有如白水信是曰賄交其流二也陸大夫宴喜西都郭有道人倫東國公卿貴其籍甚搢紳羨其登仙漢書曰高祖拜陸賈爲太中大夫陳平以錢五百萬遺賈爲食飲費賈以此遊公卿間名聲籍甚音義曰狼籍甚盛也西征賦曰陸賈之優游宴喜范曄後漢書曰郭泰字林宗博通墳籍善談論游洛陽後歸鄉諸儒送之與李膺同舟而濟衆賓望之以爲神仙舉有道不應林宗雖善人倫不爲危言覈論東國洛陽也加以顉羌錦頤慼頞渧唾流沫騁黃馬之劇談縱碧雞之雄辯解嘲曰蔡澤顉頤折頞涕唾流沫西揖强

翻忠祖引崔述云黄馬與驪牛
辯同出公孫龍子馮衍所云
然亦指此碧雞非與王褒
辯無涉

載國言事爲褒道之好
事受經樹户見其祖之
解師過此以往寧爲西家
愚夫不知鄭氏南方畸人
頗雜惠施耳而世之擇
師亦復趨勢有噓枯之
力維王駘可以抗乎仲尼
無進士之能維江公不能陵

秦之相而奪其位時也莊子曰惠施其言黄馬驪牛三辯者以此與惠施相應終身無窮司馬彪曰牛馬以二爲三兼與别也曰馬曰牛形之三也曰黄曰驪色之三也曰黄馬曰驪牛形與色之三也蜀都賦曰劇談戲論扼捥抵掌馮衍與鄧禹書曰衍以爲寫神輸意則聊城之説碧雞之辯不足難也王褒碧雞頌曰持節使者敬移金精神馬縹縹碧雞歸來歸來漢德無疆黄龍見兮白虎仁歸來歸來可以爲倫歸來翔兮何事南荒也　叙温郁則寒谷成暄論嚴苦則春叢零葉飛沈出其顧指榮辱定其一言　毛萇詩傳曰燠煖也郁與燠古字通也寒谷已見顔延年秋胡詩王逸楚辭注曰嚴壯也風霜壯謂之嚴説文曰苦猶急也張升反論曰噓枯則冬榮吹生則夏落荀爽與李膺書曰任其飛沈與時抑揚莊子曰手撓顧指四方之民莫不俱至周易曰樞機之發榮辱之主　於是有弱冠王孫綺紈公子道不挂於通人聲未遒於雲閣攀其鱗翼丐其餘論附駔驥之旄端軼歸鴻於碣石是曰談交其流三也　弱冠已見辯士論漢書漂

夫王式然則以褒而施束脩而受可無慎乎

毋謂韓信曰吾哀王孫而進食又曰班伯與王許子弟
爲羣在於綺襦紈袴之間論衡曰夫能該一經者爲儒
生慱覽古今者爲通人應劭漢書注曰適好也應瑒釋
賔曰子猶不能騰雲閣攀天衢楊子法言曰攀龍鱗附
鳳翼子虛賦曰願聞先生之餘論說文曰駔壯馬也張敞
集曰蒼蠅之飛不過十步託驥之尾乃騰千里之路何
休公羊傳注曰軼過也淮南子曰馮
遟大丙之御也過歸鴻於碣石也陽舒陰慘生民大
情憂合驩離品物恒性西京賦曰人在陽時則舒在陰
時則慘莊子曰藏天下於天下
而不得所遯是恒物之大情也相喣以沫憂
合也相忘江湖驩離也周易曰品物咸亨故魚以泉
涸而喣沫鳥因將死而鳴哀莊子曰泉涸魚相與處於
陸相喣以濕相濡以沫論
語曾子曰鳥之
將死其鳴也哀同病相憐綴河上之悲曲恐懼寘懷昭
谷風之盛典吳越春秋曰伯嚭來奔於吳子胥請以爲
大夫吳大夫被離承宴問子胥曰何見而
信伯嚭乎子胥曰吾之怨與嚭同子聞河上之歌者乎
同病相憐同憂相救驚翔之鳥相隨而集瀨下之水回

窮交果能踣首亡豈可
非所惡於終始參差
耳故舉伍伯張陳以爲刺

復俱流誰不愛其所近悲其所思者乎詩谷風曰將恐將懼寘予于懷斯則斷金由於湫隘刎頸起於苫蓋周易曰二人同心其利斷金左氏傳曰景公欲更晏子之宅曰子之宅湫隘囂塵漢書曰張耳陳餘相與爲刎頸之交左氏傳范宣子數戎子駒支曰乃祖吾離被苫蓋是以伍員濯溉於宰嚭蒲几張王撫翼於陳相是曰窮交其流四也言宰嚭由伍員濯溉而榮顯嚭既貴而譖員陳餘因張耳撫翼而奮飛餘既尊而襲耳故曰窮交也毛詩曰可以濯溉說文曰濯浣也毛萇詩曰溉灌也在於貧賤類乎泥滓塵之好爵同於濯溉史記曰伍子胥者楚人名員楚王誅員父奢子胥往吳闔廬既立得志以子胥爲行人楚又誅大臣伯州犂州犂之孫士奔吳亦以嚭爲大夫吳越春秋曰帛否來奔於吳王闔廬問伍子胥帛否何如人也伍子胥對帛否者楚州犂孫楚平王誅州犂否因懼出奔聞臣在吳而來吳王因子胥請帛否以爲大夫與之謀於國事史記曰闔廬死夫差既立以伯嚭爲太宰吳敗越於會稽大夫種厚幣遺吳太宰請和將許之子胥諫不聽太宰既與子胥有隙因讒子胥王乃

余謂此等皆不足憤憤而孝標獨深責之亦未免褊心之刺也

使賜子胥屬鏤之劍乃自刎左氏傳曰哀公會吳槖睪吳子使太宰嚭請尋盟然本或作伯喜或作帛否或作太宰嚭字雖不同其人一也班固漢書述曰張陳之交好如父子携手遯秦撫翼俱起**馳騖之俗澆薄之倫無不操權衡秉纖纊衡所以揣其輕重纊所以屬其鼻息若衡不能舉纊不能飛雖顏冉龍翰鳳雛曾史蘭薰雪白**阮子政論曰交遊之黨為馳騖之所廢淮南子曰澆天下之淳許慎曰澆薄也漢書曰衡平也權重也衡所以任權而鈞物平輕重也鄭衆考工注曰稱錘曰權鄭玄尚書注曰稱上曰衡尚書曰厥篚纖纊說文曰揣量也儀禮曰屬纊以俟氣運命論曰顏冉大賢魏志崔琰曰邴原張範所謂龍翰鳳翼習鑿齒襄陽記曰舊目諸葛孔明為卧龍龐士元為鳳雛曾曾參史史魚也莊子曰削曾史之行鉗楊墨之口魏都賦曰信陵之名蘭芬也葛龔薦郝彥文曰雪白氷折皦然曜世也**舒向金玉淵海卿雲黼黻河漢**言舒向之辭同於淵海也論衡曰儒世之金玉又曰劉子駿漢朝之智囊筆墨之淵海言卿雲之文類於

河漢也論衡曰繡之未刺錦之未織恒絲庸帛何以異
哉加五綵之巧施針縷之飾文章玄耀黼黻華蟲學士
有文章猶絲帛之有五色之巧也又曰漢諸儒作
書者以司馬長卿楊子雲河漢也其餘涇渭也視若游塵遇
同土梗莫肯費其半菽罕有落其一毛游塵土梗喻輕
賤也左太沖詠
史詩曰視之若埃塵嵇含司馬誄曰命危朝露身輕游
塵莊子魏文侯曰吾所學者真土梗耳司馬彪曰梗土之
棒梗也漢書項羽曰歲飢人貧卒食半菽孟
子曰楊氏爲我拔一毛而利天下不爲也若衡重錙
銖纊微影飄撇匹滅雖共工之蒐慝驩兜之掩義南荊之
跋扈東陵之巨猾錙銖已見任彥升彈曹景宗文侯瑾箏
賦曰微風影擊泠氣輕浮左氏傳季
孫行父曰少昊氏有子靖譖庸回伏讒蒐慝杜預曰謂
共工也蒐隱慝惡也左氏傳季孫行父曰帝鴻氏有子
掩義隱賊好行凶德杜預曰謂驩兜也南荊謂楚也演連珠
曰南荊有寡和之歌韓子莊周子謂楚莊王曰莊蹻爲盜
於境內吏不能禁西京賦曰睢盱跋扈東陵盜跖也皆
巳見任昉王儉集序東京賦曰巨猾閒舋蹻其略切

爲觚觚逶迤折枝舐痔金膏翠羽將其意脂韋便辟婢亦導其誠說文曰逶迤邪行去也史記曰蘇秦笑謂嫂何前踞而後恭嫂逶迤蒲服而謝曰見季子位高金多也孟子曰爲長者折枝語人曰吾不能是不爲也非不能也趙岐曰折枝案摩折手節解罷枝也莊子謂宋人曹商曰秦王有病召醫破癰潰痤者得車一乘舐痔者得車五乘子豈療其痔邪金膏已見江賦漢書曰縣王閩侯亦遺江都王建犀甲翠羽毛詩序曰又實幣帛以將其厚意鄭玄曰將助也楚辭曰如脂如韋王逸曰柔弱曲也論語孔子曰損者三友友便僻損矣故輪蓋所游必非夷惠之室苞苴所入實行張霍之家謀而後動毫芒寡忒是曰量交其流五也禮記曰苞苴簞笥問人者鄭玄曰苞苴裹魚肉者也或以葦或以茅張張安世霍霍光也荅賓戲曰銑思毫芒之內凡斯五交義同賈古鬻故桓譚譬之於闤闠林回喻之於甘醴杜預左氏傳注曰賈買也鄭衆周禮注曰鬻賣也譚集及新論

交道可懼職此之由

並無以市諭交之文戰國策譚拾子謂孟嘗君曰得無怨齊士大夫乎孟嘗君曰然譚拾子曰富貴則就之貧賤則去之請以市諭市朝則滿夕則虛非朝愛市而夕憎之也求存故往亡故去願君勿怨然此以市諭交疑拾誤爲桓遂居譚上耳莊子林回曰君子之交淡若水小人之交甘如醴司馬彪曰林回人姓名也

夫寒暑遞進盛衰相襲或前榮而後悴或始富而終貧或初存而末亡或古約而今泰循環翻覆迅若波瀾

周易曰寒往則暑來暑往則寒來盛衰已見琴賦說文曰襲因也說苑雍門周對孟嘗君曰臣之能令悲者先貴而後賤古富而今貧笙賦曰有始泰終約前榮後悴尚書大傳曰三王之統若循連環周則復始窮則反本陸機樂府詩曰休咎相乘躡翻覆若波瀾

此則殉利之情未嘗異變化之道不得一

由是觀之張陳所以凶終蕭朱所以隙末斷焉可知矣

言貪利情同譎詐殊道也范曄後漢書王丹曰交道之難未易言也張陳凶其終蕭朱隙其末故知全之者鮮矣

漢書蕭育字次君朱博字子元育少與博爲友故長安語曰蕭朱結綬王貢彈冠言相薦達也後育爲九卿博先至丞相與博有隙也而翟公方規規然勸門以箴客何所見之晚乎莊子曰規規然自失也漢書曰下邽翟公爲廷尉賓客亦復塡門及廢門外可設爵羅後復爲廷尉賓客欲往翟公大署其門曰一死一生乃知交情一貧一富乃知交態一貴一賤交情乃見穀梁傳曰至城下然後知何知之晚也因此五交是生三釁杜預左氏傳注曰釁瑕隙也敗德殄義禽獸相若一釁也尚書曰侮慢自賢反道敗德史記衛平曰天有五色以辨白黑人民莫知辨也與禽獸相若也難固易攜讎訟所聚二釁也杜預左氏傳注曰攜離也名陷饕餮貞介所羞三釁也饕餮已見上漢書贊曰勢利之交古人羞之古人知三釁之爲梗懼五交之速尤毛萇詩傳曰梗病也又曰速召也故王丹威子以檟楚朱穆昌言而示絕有旨哉有旨哉有梁之初

澆風已喪俗多馳競人尚浮華故叙叔世之交情刺當時之輕薄朱生示絶良會其宜重言之者歎美之至范曄後漢書曰王丹字仲回其子有同門生喪親家在中山白丹欲奔慰丹怒而撻之令寄縑以祠焉禮記曰夏楚二物收其威也鄭玄曰夏稻也楚荆也夏與檟古今字也呂言已見王元長策秀才文孫綽子曰莊多寄言渾沌得宗罔象得珠旨哉言乎

近世有樂安任昉海内髦傑早綰銀黄夙昭民譽漢書上以書勑責楊僕曰懷銀黄垂三組夸鄉里左氏傳曰晋悼公即位六官之長皆民譽也遒文麗藻方駕曹王英跱俊邁聯横許郭類田文之愛客同鄭莊之好賢孫綽集序曰綽文藻遒麗方駕已見西京賦曹王子建仲宣也魏志曰崔琰謂司馬朗子之弟剛斷英跱裴松之案跱或作特竊謂英特爲是辯士論曰武將連衡范曄後漢書曰許劭少峻名節好人倫多所賞識故天下言拔士者咸稱許郭史記曰孟嘗君名文姓田氏在薛招致諸侯賓客食客數千人漢書曰鄭當時字莊爲大司農每朝候上問說未嘗不言天下長者班固述曰莊之推賢於茲

為德見一善則盱衡扼腕遇一才則揚眉抵掌雌黃出其脣吻朱紫由其月旦孟子曰舜聞一善言見一善行若決江河沛然莫之能禦盱衡已見魏都賦扼腕已見蜀都賦大戴禮曰孔子愀然揚眉戰國策曰蘇秦說趙王抵掌而言孫盛晉陽秋曰王衍字夷甫能言於意有不安者輒更易之時號口中雌黃東觀漢記曰汝南太守宗資等任用善士朱紫區別范曄後漢書曰許子將與從兄靖俱有高名好共覈論鄉黨人物月旦輒更品題故汝南俗有月旦評焉於是冠蓋輻湊衣裳雲合輜軿擊轊為歲坐客恒滿蹈其閫閾若升闕里之堂入其隩隅謂登龍門之阪西都賓曰冠蓋如雲漢書曰郡國輻湊浮食者多解嘲曰天下之士雷動雲合范曄後漢書曰袁紹賓客所歸輜軿比轂填接街陌說文曰軿車前衣車後為輜史記蘇秦曰臨菑之塗車轂相擊說文曰轊車軸端范曄後漢書孔融曰座上客恒滿鄭玄禮記注曰閫閾皆門限也闕里孔子所居也升堂入隩已見孔融薦禰衡表范曄後漢書曰李膺字元禮

此直斥到溉

獨持風裁士有被其容接者名爲登龍門至於顧眄增其倍價，翦拂使其長鳴。纓組雲臺者摩肩，趍走丹墀者疊迹。戰國策蘇代說淳于髡曰客有謂伯樂曰臣有駿馬欲賣之比三旦而立於市人莫與言願子還而視之去而顧之臣請獻一朝之費伯樂乃旋視之去而顧之一旦而馬價十倍又汗明說春申君曰夫驥服鹽車上太行中坂遷延負轅不能上伯樂遭之下車攀而哭之驥於是迎而鳴者何也彼見伯樂之知己今僕居鄙俗之日久矣君獨無湔拔僕也湔拔翦拂音義同也長鳴已見劉琨荅盧諶詩雲臺已見辯命論史記蘇秦說齊王曰臨菑之塗人肩相摩漢典職儀曰以丹漆地故稱丹墀吳都賦曰躍馬疊跡莫不締恩狎結，綢繆想惠莊之清塵，庶羊左之徽烈。過秦論曰合從締交禮記曰賢者狎而敬之鄭玄曰狎習也近也李陵詩曰獨有盈觴酒與子結綢繆淮南子曰惠施死而莊子寢說言世莫可爲語也楚辭曰日聞赤松之清塵烈士傳曰陽角哀左伯桃爲死友聞楚王賢往尋之道遇雨雪計不俱全乃并衣糧與角哀入樹中死應璩與俶幼遭大罰，晚隊人倫，追維當年恭承遺訓，既班袁布，亦甘負薪，繼成之亦愧於龍門，而仰人則殊於東里，然亦道死生之際，家門榮悴之形，則又何能無慨乎

王將軍書曰雀鼠雖愚猶知徽烈及瞑目東粵歸骸洛浦繐帳猶懸門罕漬酒之彥墳未宿草野絕動輪之賓東粵謂新安昉死所也洛浦謂歸葬揚州也莊子曰夫差瞑目東粵楚詞曰歸骸舊邦莫誰語魏武遺令曰於臺堂上施六尺牀繐帳謝承後漢書曰徐穉字孺子前後州郡選舉諸公所辟雖不就有死喪負笈赴弔常於家預炙雞一隻一兩綿漬酒日中曝乾以裹雞徑到所赴冢隧外以水漬之使有酒氣升米飯白茅藉以雞置前醊酒畢留謁即去不見喪主禮記曰朋友之墓有宿草而不哭焉動輪范式也已見上文藐爾諸孤朝不謀夕流離大海之南寄命嶂癘之地諸孤昉子也劉璠梁典曰昉有子東里西華南客北叟並無術學墜其家業左氏傳晉獻公曰以是藐諸孤又趙孟曰朝不謀夕何可長也李陵與蘇武書曰流離辛苦幾死朔北之野范曄後漢書朱勃上書曰士人飢困寄命漏刻蔣子萬機論曰許文休東渡江乃在嶂氣之南梁典不言昉子遠之交桂令言大海之南者蓋言流離之甚也自昔把臂之英金蘭之

友會無羊舌下泣之仁，寧慕郈成分宅之德。此謂到洽兄弟也。劉孝標與諸弟書曰：任既假以吹噓，各登清貫，任云亡未幾，子姪漂流溝渠，洽等視之倣然，不相存贍。平原劉峻疾其苟且，乃廣朱公叔絶交論焉。東觀漢記曰：朱暉同縣張堪有名德，每與相見，常接以友道。暉以堪宿成名德，未敢安也。堪至把暉臂曰：欲以妻子託朱生。堪後物故，南陽饑，暉聞堪妻子貧窮，乃自往候視，見其困厄，分所有以賑給之，歲送穀五十斛，帛五疋，以為常。羊舌氏，叔向也。春秋外傳曰：叔向見司馬侯之子，撫而泣之曰：自此父之死也，吾蔑與比事君也。昔者此其父始之，我終之；我始之，夫子終之。孔叢子曰：郈成子自魯聘晉，過于衛，右宰穀臣止而觴之，陳樂而不作，酣畢而送以璧。成子不辭。其僕曰：不辭何也？成子曰：夫止而觴我，親我也；陳樂不作，告我哀也；送我以璧，託我也。由此觀之，衛其亂矣。行三十里而聞衛亂作，右宰穀臣死之。成子於是迎其妻子，還其璧，隔宅而居之。嗚呼！世路險巇，許宜一至於此！太行孟門，豈云嶃絶？盧諶詩曰：山居是所樂，世路非我欲。楚詞曰：何周道之平易兮，然蕪穢而險巇。王逸焯案季昇告逝汝子凛流刘氏身受重恩不相存賑再[illegible]劉氏並論非之然觀劉瑞粟典載昉汝子並無術學墮其家業此則冬月蒿帔困由自取烏摩冠冕人倫者宜知教子之方身承名法者切凜負荷之戒不然則人亡義絶振古如斯非[illegible]請詞何敢陵替哉乎 戊寅冬

曰險巇猶顛危也孟門太行二山名也史記曰殷紂之國左孟門右太行也是以耿介之士疾其若斯裂裳裹足棄之長騖獨立高山之頂歡與麋鹿同群皦皦然絶其雰濁誠耻之也誠畏之也耿介之士峻自謂也韓子曰耿介之士寡而商賈之人多墨子曰公輸欲以楚攻宋墨子聞之自魯往裂裳裹足十日至郢曹植應詔詩曰弭節長騖郭象莊子注曰亢然獨立高山之頂楚詞曰高山崔巍兮水湯湯死日將至兮與麋鹿同坑論語子曰鳥獸不可與同群孔安國曰隱居山林是同群也范曄後漢書曰皦皦者易汙楚詞曰吸精氣而吐雰濁兮說文曰雰亦氣字

連珠

傅玄叙連珠曰所謂連珠者興於漢章之世班固賈逵傅毅三子受詔作之其文體辭麗而言約不指說事情必假喻以達其旨而睹者微悟合於古詩諷興之義欲使歷歷如貫珠易看而可悅故謂之連珠

隋志尚有何承天注孝標之注亦但徵成文

演連珠五十首　陸士衡

劉孝標注

臣聞日薄星迴，穹天所以紀物；山盈川沖，后土所以播氣。天地所以施生。日薄於天，星迴於漢，穹蒼所以紀陰陽之節。在山則實，在地則化，所以散剛柔之氣也。善曰：禮記曰：季冬之月，日窮于次，月窮於紀，星迴於天，數將幾終，歲且更始。國語太子晉曰：山，土之聚也。川，氣之通也。天地成而聚於高，歸物於下，疏爲川谷，以導其氣也。字書曰：沖，虛也。鄭玄考工記注曰：播，散也。五行錯而致用，四時違而成歲。夫五行四時，佐天地造物者也。然水火相殘，金木相代，而共成陶鈞之致；春秋異候，寒暑繼節，而俱濟一歲之功也。善曰：莊子曰：四時殊氣，天不私，故歲成；五官殊職，君不私，故國治也。是以百官恪居，以赴八音之離；明君執契，以要克諧之會。三才理通，趣舍不異，天地既然，人理得不效之哉？所以臣敬治其職，膺金石之别響；君執契居中納鏗鏘之合韻善曰左氏傳閔子騫曰敬恭朝夕恪居官次老子曰聖人執左契而不責於人有德司契無德司徹尚書曰八音克諧呂氏春秋曰宫徵商羽角各處其處音皆調均而不可以相違此所以無不受也賢主之立官有似於此百官各處其職治其事以待主主無不安矣

臣聞任重於力才盡則困用廣其器應博則凶是以物勝權而衡殆形過鏡則照窮夫錙銖之衡懸千斤之重徑尺之鏡照尋丈之形用過其力傷其本性故在權則衡危於鏡則照暗也善曰勝或爲稱爾雅曰稱舉也一曰稱亦勝也吴録子胥曰越未能與我爭稱負也故明主程才以效業貞臣底力而辭豐由衡危鏡凶哲人所以爲戒故主則程其才而授官臣則辭其豐而致力此唐虞所以緝熙稷契所以垂美也善曰說文曰程品也廣雅曰效驗也王肅尚書注曰底致也

臣聞髦俊之才世所希乏丘園之秀因時則揚是以大

毋請果高也

人基命不擢才於后土明主聿興不降佐於昊蒼此章言賢人雖希而無世不有故亡殷三仁辭職隆周十亂入朝故明主之興非天地特爲生賢才在引而用之爲貴爾善曰毛萇詩傳曰髦俊也周易曰六五賁于丘園束帛戔戔王肅曰失位無應隱處丘園蓋象衡門之人道德彌明必有束帛之聘戔戔委積之貌也鄭玄曰秀士有德行道藝者也尚書曰王如不敢及天基命定命

臣聞世之所遺未爲非寶主之所珍不必適治是以俊乂之藪希蒙翹車之招金碧之巖必辱鳳舉之使言末代闇主崇神弃賢故俊乂無翹車之徵金碧有鳳舉之使也善曰毛萇詩傳曰適之也左陳敬仲曰翹翹車乘招我以弓豈不欲往畏我友朋漢書曰或言益州有金馬碧雞之神可醮而致於是遣諫大夫王褒使持節而求之班固功德論曰朱軒之使鳳舉於龍堆之表

臣聞祿放於寵非隆家之舉官私於親非興邦之選是

以三卿世及東國多衰弊之政五侯並軌西京有陵夷之運寵謂五侯親謂三卿言三桓專魯而哀公見逐五侯用權而漢氏以亡善曰孔安國論語注曰放依也論語孔子曰政逮大夫四世矣三桓子孫微矣孔安國曰三桓謂仲孫叔孫季孫也東國謂魯也法言曰吏惠無仲尼西山之餓夫東國之黜臣漢書曰成帝悉封舅王譚王商王立王根王逢時列侯五人同日封故世謂之五侯廣雅曰軌迹也陵夷已見上文春秋命歷叙曰五德之運應録次相代也

臣聞靈輝朝覲稱物納照時風夕灑程形賦音是以至道之行萬類取足於世大化既洽百姓無匱於心言至道均被萬物取而咸足渻化普洽百姓用而不匱猶靈耀覲而品物納光清風流而百籟含響也善曰淮南子曰猶條風之時灑許慎曰灑猶汎也

臣聞頓綱探淵不能招龍振綱羅雲不必招鳳是以巢

箕之叟。不眄丘園之幣。洗渭之民。不發傅巖之夢。古之隱人結巢以居故曰巢父或言即許由也洗耳一說巢父也記籍不同未能詳孰是又傳說築於傅巖而精通武丁言巢許冥心長往故無發夢之符善曰頓猶整也說文曰振舉也陸云洗渭而劉之意云洗耳據劉之意則以洗渭爲洗耳乎呂氏春秋曰昔者堯朝許由於沛澤之中曰請屬天下於夫子許由遂之箕山之下潁水之陽琴操曰堯大許由之志禪爲天子由以其言不善乃臨河而洗耳李陵詩曰許由不洗耳後世有何徵魏子曰昔者許由之立身也恬然守志存已不甘祿位洗耳不受帝堯之讓謙退之高也益部耆舊傳秦宓對王商曰昔堯優許由非不弘也洗其兩耳皇甫謐逸士傳曰巢父者堯時隱人也及堯讓位乎許由也由以告巢父巢父責由曰汝何不隱汝光何故見若身揚若名令聞若汝非友也乃擊其膺而下之由悵然不自得乃過清冷之水洗其耳皇甫謐高士傳云巢父聞許由之爲堯所讓也以爲汙乃臨池水而洗耳譙周古史考曰許由堯時人也隱箕山恬泊養性無欲於世堯禮待之終不肯就時人高其無欲遂崇大之曰堯將以天下讓許由由聽聞之乃洗其耳或曰又有巢父與許由同志或曰許由夏常居巢故一號巢父不可知也凡書傳言許由則多言巢父者少矣范曄後漢書嚴子陵謂光武曰昔唐堯著德巢父洗耳士故有志何至相迫乎然書傳之説洗耳參差不同陸既以巢箕爲許由洗耳爲巢父且復水名不一或亦洗於渭乎

臣聞鑑之積也無厚而照有重淵之深目之察也有畔而眡視周天壤之際何則應事以精不以形造物以神不以器是以萬邦凱樂非悅鍾鼓之娛天下歸仁非感玉帛之惠鏡質薄而能照目形小而能視以其精明也故聖人以至精感人至神應物爲樂不假鍾鼓之音爲禮不待玉帛之惠此所感之至也善曰廣雅曰鑑謂之鏡莊子曰千金之珠在九重之淵又曰壺子曰吾示之以天壤司馬彪曰壤地也論語子曰禮云禮云玉帛云乎哉樂云樂云鍾鼓云乎哉

臣聞積實雖微必動於物崇虛雖廣不能移心是以都

人治容不悅西施之影。乘馬班如不輟太山之陰美女之影不惑荒婬之人高山之陰不止不進之馬虛實之驗在茲也善曰治容已見陸機樂府詩潛夫論曰夫圖西施毛嬙可說於心而不若醜妻陋妾而可御於前也周易曰乘馬班如王肅曰班如盤桓不進也呂氏春秋曰審堂下之陰而知日月之行高誘曰陰晷影之候也

臣聞應物有方。居難則易。藏器在身。所乏者時。是以充堂之芳非幽蘭所難。繞梁之音實縈絃所思此章言賢明有才不遇知者所以自古爲難芬芳之氣罕有而幽蘭豐其氣才明之術所希而賢人懷其術然則縈曲之絃無繞梁以盡妙不世之姿寡明時以取窮善曰劉云縈曲之絃謂絃被縈曲而不申者也言縈曲之絃思繞梁以盡妙以喻藏器之士俟明時以効績鄭玄論語注曰方常也何休公羊傳曰充滿也周易曰君子藏器於身尸子曰繞梁之鳴許史鼓之非不樂也墨子以爲傷義是弗聽也

臣聞智周通塞不爲時窮才經夷險不爲世屈是以淩飈之羽不求反風耀夜之目不思倒日鷙鶚能飛不假風力鴟鴞夜見豈藉還遝曜此與聖人通塞而不窮夷險而不屈何以異哉善曰莊子曰鷦鷯巢於高榆之顛巢折淩風而起淮南子曰鴟鵂夜撮蚤察毫末晝出瞋目而不見丘山言殊性也高誘曰鴟鵂謂之老菟鵂音休蚤音爪

臣聞忠臣率志不謀其報貞士發憤期在明賢是以柳莊黜殯非貪瓜衍之賞禽息碎首豈要先茅之田夫黜尸以明諫觸車以進賢並發之於忠誠豈有求而然哉善曰韓詩外傳曰昔衛大夫史魚病且死謂其子曰我數言蘧伯玉之賢而不能進彌子瑕不肖而不能退死不當居喪正堂殯我於室足矣衛君問其故子以父言聞於君乃召蘧伯玉而貴之彌子瑕退之徙殯於正堂成禮而後去可謂生以身諫死以尸諫然經籍唯有史魚黜殯非是柳莊豈爲書典散亡而或陸氏謬也左氏傳曰晉侯賞桓子狄臣千室亦賞士伯以瓜衍之縣曰吾獲狄土子之功

微子吾喪伯氏奚韓詩外傳曰禽息秦人知百里奚之賢薦之於穆公爲私而加刑焉公後知百里之賢乃召禽息謝之禽息對曰臣聞忠臣進賢不私顯烈士憂國不喪志奚陷刑臣之罪也乃對使者以首觸楹而死以上卿之禮葬之論衡曰傳言禽息薦百里奚繆公出當門仆頭碎首以達其友應劭漢書注曰繆公出當車以頭擊門而劉云觸車未詳其首左氏傳曰襄公以再命命先茅之縣賞胥臣曰舉郤缺子之功也杜預曰先茅絕後故取其縣以賞胥臣也

臣聞利眼臨雲。不能垂照。朗璞蒙垢。不能吐輝。是以明哲之君。時有蔽壅之累。俊乂之臣。屢抱後時之悲。言讒人在朝君臣否隔明君時有蔽壅喻利眼臨雲而息照俊乂後時而屢歎喻朗玉蒙垢而掩輝善曰論衡曰日月猶人之有目任子云日月天下眼目而人不知德抱朴子云日月之蝕乃至於盡天何爲當故壞其眼目以行譴人乎尸子曰鄭人謂玉未埋者爲璞

臣聞郁烈之芳。出於委灰。繁會之音。生於絕絃。是以貞

女嫛名於沒世，烈士赴節於當年。香以播質而發芳，絃以特絶而流響，喻貞女沒身而嫛立，烈士効節而名彰也。善曰：上林賦曰：酷烈淑郁。王逸楚辭注曰：委，棄也。楚辭曰：五音紛其繁會。

臣聞良宰謀朝，不必借威；貞臣衛主，脩身則足。是以三晉之強，屈於齊堂之俎；千乘之勢，弱於陽門之哭。晏嬰立威於樽俎，子罕慟哭於介夫，終使晉人輟謀，齊宋不撓，良宰貞臣有効於斯者也。善曰：晏子春秋曰：晉平公使范昭觀齊國政，景公觴之。范昭起曰：願得君之樽爲壽。公命左右酌樽以獻。晏子命撤去之。范昭不悅而起舞，顧太師曰：爲我奏成周之樂。太師曰：盲臣不習也。范昭歸，謂平公曰：齊未可并。吾欲試其君，晏子知之；吾欲犯其樂，太師知之。於是輟伐齊謀。孔子聞曰：善。不出樽俎之閒而折衝千里之外，晏子之謂也。禮記曰：晉人之覘宋者反報於晉侯曰：陽門之介夫死，而子罕哭之哀，而人說，殆不可伐也。孔子聞之曰：善哉覘國乎。史記曰：韓哀侯、魏武侯、趙敬侯共滅晉，參分其地，故曰三晉。陸氏從後通言爾，非謂平公之日已有三晉之名也。

臣聞赴曲之音，洪細入韻；蹈節之容，俯仰依詠。是以言

此孝標寄言也

苟適事精麤可施士苟適道修短可命此言取其正事而已豈復係門閥乎婁敬一言漢以遷都醜女暫說齊以爲后亦猶鼓缶而會時摇頭而韻曲也善曰高誘呂氏春秋注曰適中適也

臣聞因雲灑潤則芬澤易流乘風載響則音徽自遠是以德教俟物而濟榮名緣時而顯此言物有因而易彰也善曰乘猶因也孔安國尚書傳曰載行也孫卿曰吾嘗順風而呼聲非加疾而聞者彰君子生非異也善假於物也

臣聞覽影偶質不能解獨指之遠慕無救於遲是以循虛器者非應物之具翫空言者非致治之機此言爲事非虛立功須實故三章設而漢隆玄言流而晉滅此其驗也

臣聞鑽燧吐火以續湯谷之晷揮翮生風而繼飛廉之

此至言也

叟字最是別本作史乃大謬耳文章亦移此矣

文章亦移此矣

功是以物有微而毗著事有瑣而助洪物有小而益大不可忽也若緹縈獻書而除肉刑此其例也善曰論語宰予曰鑽燧改火楚辭曰後飛廉使奔屬王逸曰飛廉風伯也

臣聞春風朝煦蕭艾蒙其溫秋霜宵隊芝蕙被其凉是故威以齊物爲肅德以普濟爲弘春秋不以善惡殊其彫榮人君不以貴賤華其賞罰故詩云柔亦不茹剛亦不吐也善曰薛君韓詩章句曰煦暖也

臣聞巧盡於器習數則貫道繫於神人亡則滅是以輪匠肆目不乏奚仲之妙瞽叟清耳而無伶倫之察此言事在外則易致妙在內則難精奚仲巧見於器故輪工能繼其致也伶倫妙在其神故樂人不傳其術也善曰杜預左氏傳注曰肆極也世本曰奚仲作車尸子曰造車者奚仲也伶倫已見上文

臣聞性之所期貴賤同量理之所極卑高一歸是以准

月稟水不能加涼，晞日引火不必增輝。言物雖貴賤殊流，高卑異級，至其極也，殊塗共歸。雖方諸稟水於月，而不加於水之涼；陽燧取火於日，不加於火之輝也。善曰：周禮曰：司烜氏掌以夫遂取明火於日，以鑒取明水於月，以共祭祀之明齍明燭，共明水。鄭玄曰：夫遂，陽燧也。鑒，鏡屬也。取水者世謂之方諸。鄭司農曰：夫，發聲也。明齍謂以明水滫滌粢盛黍稷。烜音燬。

臣聞絕節高唱，非凡耳所悲；肆義芳訊，非庸聽所善。是以南荆有寡和之歌，東野有不釋之辯。商鞅言帝王之術，而孝公以之睡，此其義也。善曰：孔安國尚書傳曰：肆，陳也。宋玉集：楚襄王問於宋玉曰：先生有遺行歟？宋玉對曰：唯，然，有之。客有歌於郢中者，其始曰下俚巴人，國中屬而和者數千人。既而陽春白雪，含商吐角，絕節赴曲，國中唱而和之者彌寡。呂氏春秋曰：孔子行於東野，馬逸，食野人稼，野人留其馬。子貢說而請之，野人終不聽。於是鄙人馬圉乃復往說，曰：子耕東海至於西海，吾馬何得不食子苗？野人大悅，解馬還之。

此注繆其指意

善曰二字衍　焯

臣聞尋煙染芬，薰息猶芳；徵音録響，操終則絶。何則？垂於世者可繼，止乎身者難結。是以玄晏之風恒存，動神之化已滅。周孔以禮樂訓世，故其迹可尋；倪惠以堅白爲辭，故其辯難繼。是以唐虞遠而滔風流存，蘇張近而解環易絶也。善曰：字書曰：薰，火煙上出也。曹植魏德論曰：玄晏之化，豐洽之政。尚書益曰：至誠感神。

臣聞託闇藏形，不爲巧密；倚智隱情，不足自匿。是以重光發藻，尋虛捕景；大人貞觀，探心昭忒。善曰：日月發輝，既尋虛而捕影，欲藏形而託暗，豈得施其巧密乎？以喻聖人正見，既探心而明忒，欲隱情而倚智，豈足自匿其事乎？善曰：鄧析子曰：藏形匿影。鬼谷子曰：藏形其有欲也，不能隱其情。重光，日也。尚書五行傳曰：明王踐位，則日儷其精，重光以見吉祥。說文曰：捕，取也。思玄賦曰：朝貞觀而久化。應劭曰：貞，正也。易曰：天地之道，貞觀者也。仲長子昌言曰：探心測意，世加甚焉。

臣聞披雲看霄則天文清澄風觀水則川流平是以四族放而唐劭二臣誅而楚寧凶邪亂正亦由浮雲蔽天疾風激水故舜流四凶而朝穆穆楚戮費鄢而王道洽也善曰尚書舜流共工于幽州放驩兜于崇山竄三苗於三危殛鯀于羽山四罪而天下咸服小雅曰劭美也二臣費無極與鄢將師也已見李蕭遠運命論

臣聞音以比耳爲美色以悅目爲歡是以衆聽所傾非假百里之操萬夫婉孌非俟西子之顏故聖人隨世以擢佐明主因時而命官物之企競由乎不足政之不治才不合時故也心苟自足不假美女之麗用會其朝不勞稷契之賢矣善曰楊雄荅客難曰工聲調於比耳張衡舞賦曰既娛心以悅目孟子曰西子蒙不絜則人皆掩鼻而過之趙岐曰西子古好女西施也

臣聞出乎身者非假物所隆牽乎時者非克己所勖是

以利盡萬物不能叡童昏之心德表生民不能救棲遑之辱善曰下愚由性非假物所移弊俗係時非克已能正是以放勛化被四表不華丹朱之心仲尼德冠生人不救棲遑之辱善曰漢劉向上疏曰雖有堯舜之聖不能化丹朱荅賓戲曰聖哲之治棲棲遑遑孔席不煖墨突不黔

臣聞動循定檢天有可察應無常節身或難照是以望景揆日盈數可期撫臆論心有時而謬檢謂定檢不爛漫也此言晷景有節尺圭可以知其數深情難測淵識不能知其心故光武蔽於龐萌魏武失之張邈善曰趙歧孟子章指曰言循性守故天道可知妄跂常心乖性命之指蒼頡篇曰撿法度也

臣聞傾耳求音眡優聽苦澄心徇物形逸神勞是以天殊其數雖同方不能分其感理塞其通則並質不能共

賈誼疏云元元之民冀得安其性命也

其休耳之與目同在於身而苦樂有殊不能相救良由造化陽其通七竅理其用也善曰莊子曰棄生以徇物又曰譬如耳目鼻口皆有所明不能相通猶百官衆技皆有所長時有所用也

臣聞遯世之士，非受匏瓜之性；幽居之女，非無懷春之情。是以名勝欲，故偶影之操矜；窮愈達，故凌霄之節厲。

名則傳之不朽，窮則身居萬全，故謂之勝，所以烈士貞女棄彼而取此也。善曰：周易曰：遯世無悶。王逸楚辭注曰：遯，隱也。論語子曰：吾豈匏瓜也哉？焉能繫而不食。禮記曰：幽居而不淫。漢書蒯通曰：婦人有幽居守寡者。毛詩曰：有女懷春，吉士誘之。廣雅曰：矜，急也。厲，高也。

臣聞聽極於音，不慕鈞天之樂；身足於蔭，無假垂天之雲。是以蒲密之黎，遺時雍之世；豐沛之士，忘桓撥之君。

揺頭鼓缶，秦之樂也。秦人樂之，此故不願天帝之音。故子路之恵政，卓茂之仁恕，豐沛之甄復，三者自足其樂

學術興廢亦各有時惟
君子能不媮婯耳

矣豈復思時雍桓撥之治哉善曰身蔭既足故無假垂
天之雲垂天言雲之大也莊子曰北溟有魚名之曰鯤
化爲鵬怒而飛翼若垂天之雲家語曰子路爲蒲宰大
子入其境而歎子貢執轡而問曰夫子未見由而三稱
善何也曰吾入其境田疇甚易草萊甚辟此恭敬以信
故其人盡力也入其邑墉屋甚嚴樹木甚茂此忠信以
寬故其民不偷也至其庭甚閑此明察以斷其民不擾
也密令卓茂已見孔德璋北山移文尚書堯典曰黎民
於變時雍豐沛謂漢也桓撥謂殺也毛詩曰玄王桓撥
毛萇曰玄王契也或者以密爲宓子賤但子賤爲政雖
則有聞以邑對
姓恐文非體也

臣聞飛轡西頓則離朱與矇瞍收察懸景東秀則夜
光與武夫匿耀是以才換世則俱困功偶時而並劭運昔
時來則賢明易典數逢澆季則愚聖一揆故堯在朝而
舜登庸哀公居位而仲尼逐也善曰飛轡懸景皆謂日
也日有御故云轡也頓猶舍也西頓謂已夕也東秀謂旦
明也廣雅曰秀出也慎子曰離朱之明韓詩曰矇瞍奏

公薛君曰無珠子曰蠓珠子具而無見曰瞍大戴禮云日歸于西起明于東月歸于東起明于西鄒陽上書曰夜光之璧戰國策曰白骨疑象碔砆類玉

臣聞示應於近遠有可察託驗於顯微或可包是以寸管下傃天地不能以氣欺尺表逆立日月不能以形逃

寸管黃鍾九寸之律以灰飛所以辨天地之數即示近之義也以夏至立丈二表於陽城表觀其晷影以知日月之度斯所謂託驗於顯者也善曰司馬彪續漢書曰候氣之法爲室三重戶閉塗釁必周密布緹縵室中以木爲桉每律各一內庳外高從其方位加律上以葭灰抑其內端案歷而候之氣至者灰去其氣所動者其灰散人及風所動者其灰聚鄭玄禮記注曰傃猶向也周禮曰土圭之法測土深正日景以求地中日至之景尺有五寸謂之地中四時之所交也風雨之所會也陰陽之所和也

臣聞絃有常音故曲終則改鏡無畜影故觸形則照是

以虛己應物必究千變之容挾情適事不觀萬殊之妙常音謂君臣宮商之音夫絃節有恒清濁之聲難越對物有恒則應化之功不廣然明鏡無心物來斯照聖人玄同感至皆應是以滯有之與懷谿道難得而校也善曰文子曰事猶琴瑟每終改調淮南子曰鏡不設形故能形也高誘曰鏡不豫設人形貌清明以待人形形見則見之鵩鳥賦曰千變萬化未始有極淮南子曰隅而不通分爲萬殊

臣聞柷敔希聲以諧金石之和鼙鼓疎擊以節繁絃之契是以經治必宣其通圖物恒審其會夫道上環中理貴特會希發而節樂者繫一柷之功也一契而御衆者聖人之能也善曰廣雅曰踈遲也

臣聞目無嘗音之察耳無照景之神故在乎我者不誅之於己存乎物者不求備於人言爲政之道恕己及物也耳目在身施之異

務不以通塞之故而誅之於己是以存乎物者豈求其備哉善曰杜預左氏傳注曰嘗試也論語周公曰無求備於一人孔安國尚書傳曰誅猶責之甚也

臣聞放身而居體逸則安肆口而食屬厭則充是以王鮪登俎不假吞波之魚蘭膏停室不思銜燭之龍此欲令各當其所而無企羨之心抑亦在鵬鷃之義也善曰杜預左氏傳注曰肆放也左氏傳閻沒汝寬曰及饋之畀願以小人之腹而為君子之心屬厭而已鄭玄周禮注曰充猶足也周禮曰春獻王鮪劉邵趙都賦曰巨鰲冠山陵魚吞舟吸潦吐波氣成雲霧楚辭曰蘭膏明燭華容備王逸曰以蘭香練膏也楚辭曰日安不到燭龍何照王逸曰言天西北有幽冥無日之國有龍銜燭而照之也

臣聞衝波安流則龍舟不能以漂善曰楚辭曰衝風起兮横波王逸曰衝隧也言及遇隧風大波涌起楚辭曰使江水兮安流淮南子曰龍舟鷁首天子之乘廣雅曰漂激也震風洞

彪言舟牽動止也無波則止屋係靜止也有風則動後文溪風令舟貞女合動居

靜凝又不得為動正爲為止之義動正又不得為靜

動貞動其貞也此是字成韵耳其實上句只言靜下句只言動言舟本動而無波則止屋本靜而有風則動李解互易其義而說凝為止甚非

發則夏屋有時而傾善曰法言曰吾不見震風能動聾瞶也洞疾貌也楚辭曰夏屋廣大沙堂秀莊子云風謂蛇曰折大木飛大屋唯我也何則牽乎動則靜凝言舟牽乎水波靜而舟定故曰靜凝也善曰屋雖靜而爲動之所牽則靜止而爲動也鄭玄儀禮注曰凝止也自定之貌也係乎靜則動貞言屋係乎地風動而屋傾是動貞也善曰舟雖動而爲靜之所係則動正而爲靜也周易曰貞正也然此文勢與上句稍殊不可以文而害意也是以溪風大行貞女蒙冶容之悔湆化殽流盜跖挾曾史之情此謂物無常性惟化所珍故水本驚蕩風靜則安屋本貞堅風來則傾亦由貞專之女值溪奔之俗或有桑中之心凶虐之人被湆風之化當挾賢士之義善曰言舟本搖蕩流靜則安流爲水及風誤也悔當爲誨曾曾參史史魚

臣聞達之所服貴有或遺窮之所接賤而必尋是以江漢之君悲其墜屨少原之婦哭其亡簪言人居窮則志

靜凝又不得爲動

正不得爲止之義動正不得爲靜

篤處逵則恩輕是以楚君施纊激三軍之澆俗少原流慟誚輕薄之頹風善曰賈子曰楚昭王與吳人戰軍敗走昭王亡其踦屨已行三十步後還取之左右曰大王何惜於此昭王曰楚國雖貧豈無此一踦屨哉吾悲與之偕出而不與之偕反於是楚俗無相棄者韓詩外傳曰孔子出遊少原之野有婦人中澤而哭甚哀孔子怪之使弟子問焉婦人對曰向者刈蓍薪而亡吾蓍簪是以哀孔子曰刈蓍薪而亡蓍簪有何悲也婦人曰非傷亡簪吾所以悲者不忘故也

臣聞觸非其類雖疾弗應感以其方雖微則順是以商飈漂山不興盈尺之雲谷風乘條必降彌天之潤故暗於治者唱繁而和寡審乎物者力約而功峻商風漂蕩本無興雲之候暗君攻亂不能懷百姓之心至谷風習習必陰必雨明主在上則天下自安也善曰毛詩曰習習谷風維風及雨毛萇詩傳曰乘升也洪範五行傳曰雲起於山而彌於天鄭玄周禮注曰彌徧也

此當以踧〻周道鞠爲茂草說之

臣聞煙出於火非火之和情生於性非性之適故火壯則煙微性充則情約是以殷墟有感物之悲周京無佇立之跡殷墟、謂紂也周京幽王也棄性逐欲遂令身死國家爲墟故微子視麥秀而悲殷周大夫見禾黍而悲感者也善曰夫性者生之質情者性之欲故性充則國興情役則國亂二王皆棄性而縱欲所以滅亡也或者以詩序云彷徨不忍去而疑佇立之跡然序又云盡爲禾黍豈得佇立哉

臣聞適物之技俯仰異用應事之器通塞異任是以鳥栖雲而繳飛魚藏淵而網沈賁鼓密而含響朗笛疎而吐音賢、聖之道動合物宜隨俗汙隆用行其正取其濟物而已由求鳥必高其繳須魚必沈其網也善曰爾雅曰大鼓謂之鼖鼖與賁古字同鄭玄禮記注曰密之言閉也說文曰疎通也

臣聞理之所守勢所常奪道之所閉權所必開是以生

注非也貪利者理全生者智惜死者道取義者權

重於利故據圖無揮劒之痛義貴於身故臨川有投迹之哀善曰性命之道含靈所惜以利方生則生重利不以利喪生是理之所守道之所閑也以身方義則義貴身而以義棄身是勢之所奪權所必開也是以據圖無揮劒之痛以利輕於生臨川有投迹之哀以身輕於義文子曰左手據天下之圖而右手刎其喉愚者不爲身貴乎天下也死君之難者視死若歸義重於身故也天下大利也比身則小身所重也比義則輕臨川自投謂北人無擇也已見桓温薦譙元彥表

臣聞通於變者用約而利博明其要者器淺而應玄是以天地之賾該於六位萬殊之曲窮於五絃事得其要雖寡而用博易之六爻該綜萬象琴之五絃備括衆聲善曰廣雅曰玄遠也小雅曰賾深也周易曰大明終始六位時乘五絃琴也蔡邕琴操曰伏羲氏作琴絃有五象五行

臣聞圖形於影未盡纖麗之容察火於灰不覩洪赫

之烈是以問道存乎其人觀物必造其質此言令人尋本而棄末也

善曰法言曰或問經難易曰其人存則易亡則難

臣聞情見於物雖遠猶踈神藏於形雖近則密是以儀天步晷而脩短可量臨淵揆水而淺深難察天布列象物所以知其度此即遠猶踈淵之積水人所不能測此即藏於器也善曰儀猶法象也鄭玄尚書大傳注曰步推也說文曰晷日景也慎子曰離朱之明察毫末於百步之外下於水尺而不能見淺深非目不明也其勢難覩也

臣聞虐暑熏天不減堅冰之寒涸陰凝地無累陵火之熱是以吞縱之強不能反蹈海之志漂鹵之威不能降西山之節言勢有極也虐暑涸陰之隆不能易火冰之性吞縱漂鹵之威不能移貞介之節善曰淮南子曰夫寒之與煖相反寒地坼水凝火弗爲衰其勢暴也見下文吞縱謂秦也六國爲縱而秦滅之故曰吞

縱過秦曰秦有并吞八荒之心史記曰魏將軍新垣衍說趙使尊秦爲帝魯連曰彼秦者棄禮義而上首功之國也即肆然而爲帝則連有蹈東海而死耳吾不忍爲之民尚書序曰武王伐殷尚書曰前徒倒戈攻于後以北血流漂杵過秦曰伏尸百萬流血漂櫓說文曰漂浮也史記曰武王伐紂伯夷叔齊叩馬諫曰以臣伐君可謂仁乎左右欲兵之太公曰此義人也扶而去之武王以平殷亂伯夷叔齊恥之隱於首陽山及餓且死作歌其辭曰登彼西山兮採其薇

臣聞理之所開力所常達數之所塞威有必窮是以烈火流金不能焚景沈寒凝海不能結風金爲火所流海爲寒所凝此是理開而常達也然則能流金而不能焚景能凝海而不能結風此理閉而所窮也善曰高誘呂氏春秋注曰數術也

臣聞足於性者天損不能入貞於期者時累不能淫是

以迅風陵雨不謬晨禽之察勁陰殺節不凋寒木之心

夫冒霜雪而松栢不凋此由是堅實之性也天雖損無害也雞善伺晨雖陰晦而不輟其鳴此謂時累不能淫也善曰莊子曰孔子謂顏回曰無受天損易無受人益難淫猶侵也法言曰震風陵雨然後知夏屋帡幪李軌曰陵雨暴雨也帡莫經切幪莫公切

文選卷第五十五

壬戌七月六日　侃溫尋及此卷

文選卷第五十六

梁昭明太子撰

文林郎守太子右内率府録事条軍事崇賢館直學士臣李善注上

箴

張茂先女史箴一首

銘

班孟堅封燕然山銘一首

崔子玉座右銘一首

張孟陽劒閣銘一首

陸佐公石闕銘一首

此言陰陽之道無情則為天地有情則為男女故天地陶甄萬物而為牝牡也

新漏刻銘一首

誄上

曹子建王仲宣誄一首

潘安仁楊荆州誄一首

楊仲武誄一首

箴

女史箴一首曹嘉之晉紀曰張華懼后族之盛作女史箴　張茂先

茫茫造化。二儀既分。淮南子曰大丈夫恬然無爲與造化逍遥高誘曰造化天地周易曰易有太極是生兩儀散氣流形。既陶既甄。家語孔子曰地載神氣流形庶物無非教也漢書董仲舒曰泥之在鈞唯甄者之所爲如湻曰陶人作瓦器謂之甄在帝庖羲。肇經天人。

而别本

離注及别本

爰始夫婦以及君周易曰庖犧氏之王天下也始作八卦以通神明之德以類萬物之情也臣周易曰有天地然後有萬物有萬物然後有男女有男女然後有夫婦有夫婦然後有父子有父子然後有君臣家道以正王猷有倫周易曰家道正而天下定毛詩曰王猷允塞猷與猶古字通婦德尚柔含章貞吉周易曰坤至柔而動也剛妻道也又曰含章貞吉以時發也婉嫕淑慎正位居室漢書曰孝平王皇后爲人婉嫕有節操服虔曰嫕音翳柔之翳曹大家列女傳注婉柔和嫕深邃也毛詩曰淑慎爾止周易曰女正位乎內施衿結褵虔恭中饋儀禮曰女嫁母施衿結帨曰勉之敬之夙夜無違父母之誡毛詩曰親結其褵九十其儀毛萇曰褵婦人之褘也褵與離古字通也周易曰在中饋無攸遂肅慎爾儀式瞻清懿毛詩曰敬慎威儀又曰各敬爾儀樊姬感莊不食鮮禽衛女矯桓耳忘和音志厲義高而二主易心列女傳曰楚莊樊姬者楚莊王之夫人莊王初即位好狩

獵畢弋樊姬諫不止乃不食禽獸之肉三年王改又曰齊侯衛姬者衛侯之女齊桓公之夫人桓公好淫樂衛姬為不聽鄭衛之聲曹大家曰衛國作淫泆之音衛姬疾桓公之好是故不聽以厲桓公也

玄熊攀檻馮媛趍進夫豈無畏知死不恡漢書曰孝元馮昭儀上幸虎圈鬭獸熊佚出圈攀檻欲上殿左右貴人傅昭儀皆走馮婕妤直前當熊而立左右格殺熊上問何故當熊婕妤曰猛獸得人而止妾恐至御座故身當之帝嗟嘆以此倍敬重焉

班妾有辭割驩同輦夫豈不懷防微慮遠漢書曰成帝遊於後庭欲與班婕妤同輦載婕妤辭曰妾覩古圖畫賢聖之君皆有名臣在側三代末主乃有嬖女今欲同輦得無近似乎

道罔隆而不殺物無盛而不衰長楊賦曰事罔隆而不殺物靡盛而不虧

日中則昃月滿則微周易曰日中則昃月盈則蝕毛詩曰彼月而微此日而微鄭玄曰謂不明也

崇猶塵積替若駭機

人咸知飾其容而莫知飾其性蔡邕女誡曰夫心猶首面一旦不脩飾則塵垢

穢之人心不修善則邪惡入之人盛飾其面而莫脩其心惑矣家語孔子曰容不可不飾也性之不飾或愆禮正斧之藻之克念作聖法言曰吾未見斧藻其德若斧藻其資者尚書曰惟狂克念作聖出其言善千里應之周易子曰君子居其室出其言善則千里之外應之況其邇者乎居其室出其言不善則千里之外違之況其邇者乎苟違斯義則同衾以疑徐幹中論曰苟失其心同衾爲遠夫出言如微而榮辱由茲周易曰言行君子之樞機樞機之發榮辱之主勿謂幽昧靈監無象勿謂玄漠神聽無響無矜爾榮天道惡盈周易曰鬼神害盈而福謙無恃爾貴隆隆者墜楊雄解嘲曰炎炎者滅隆隆者絶鍳于小星戒彼攸遂毛詩序曰小星惠及下也詩曰嘒彼小星三五在東周易曰無攸遂王弼曰盡婦人之正義無所必遂也比心螽斯則繁爾類毛詩曰螽斯羽詵詵兮宜爾子孫振振兮驩不可以黷寵

自美 自以為美也

不可以專 國語司空季子謂文公曰男女不相及畏黷敬也黷則生怨怨亂毓災災毓滅性韋昭曰畏褻黷其類也漢書曰孝成趙皇后入宮寵少褻而女弟絕幸姊弟專寵十餘年卒皆無子也 專實生慢愛極則遷致盈必損理有固然 文子老子曰天道極即反盈即損日月是也魯連子譚子曰物之必至理固然也 美者自美翩以取尤 列子曰楊朱過宋東之於逆旅逆旅人有妾二人其一美其一惡惡者貴而美者賤楊子問其故逆旅小子對曰其美者自美吾不知其美也其惡者自惡吾不知其惡也 冶容求好君子所讎 周易曰慢藏誨盜冶容誨淫 結恩而絕職此之由 漢書曰王立與諸劉結恩左氏傳范宣子數諸戎曰言語漏洩職汝之由 故曰翼翼矜矜福所以興 太公金匱師尚父謂武王曰舜之居人上矜矜乎如履薄冰湯之居人上翼翼乎懼不敢息 靖恭自思榮顯所期 毛詩曰靖恭爾位好是正直 女史司箴敢告庶姬 毛萇詩傳曰古者后夫人必有女史彤管之法女史不記其

補此一行

銘之體有二一曰警戒二曰祝頌古人銘詞但施之器物其後作者寖繁山川宮室門井之類皆有銘詞

過其罪殺

銘

封燕然山銘一首

并序范曄後漢書曰齊殤王子都鄉侯暢來弔國憂竇憲遣客刺殺暢發覺憲懼誅自求擊匈奴以贖死會南單于請兵北伐乃拜憲車騎將軍以執金吾耿秉爲副大破單于遂登燕然山刻石勒功紀漢威德令班固作銘

班孟堅

惟永元元年秋七月有漢元舅曰車騎將軍竇憲范曄後漢書曰孝和皇帝母梁貴人爲竇皇后所譖憂卒竇后養帝以爲己子即位改年曰永元又曰竇憲字伯度女弟立爲皇后竇憲稍遷侍中和帝即位太后臨朝寅亮聖皇登翼王室尚書曰三孤寅亮天地弼予一人登翼謂登用輔翼納于大麓惟清緝熙尚書曰納于大麓烈風雷雨弗迷毛詩曰維清緝熙文王之典乃與執金吾耿秉述職巡御治兵

武帝遣霍去病擊破匈奴左地因徙烏桓於上谷漁陽右北平遼西遼东五郡塞外為漢偵察匈奴動靜始置護烏桓校尉監領之

周禮鄭注云輕車所用馳敵致師之車也又曲禮武車綏旌鄭注武車亦兵車疏云武車亦革路也檠後漢書竇憲傳注云元戎兵車也輕武言疾也剛以輕武為虛用

八陣天地風雲為四正飛龍虎翼鳥翔蛇盤為四奇
乾坤艮巽為闔门
坎離震兑為開门

于朔方。范曄後漢書曰耿秉字伯初爲執金吾與竇憲北擊匈奴大破之左氏傳臧僖伯曰三年而治兵杜預曰三年而大習出曰訓兵鷹揚之校螭虎之士爰該六師毛詩曰惟師尚父時惟鷹揚史記曰武王乃作秦誓曰勗哉夫子尚桓桓如虎如貔如熊如羆徐廣曰此音訓並與上同也毛詩曰整我六師暨南單于東胡烏桓西戎氐羌侯王君長之羣驍騎十萬范曄後漢書曰南單于休蘭尸逐侯鞮單于屯屠河立時北虜大亂南單于將討并北庭上言願發國中諸部胡會虜北竇太后從之元戎輕武長轂四分毛詩曰元戎十乘以先啓行司馬彪續漢書曰輕車古之戰車孫吳兵法曰有巾有蓋謂之武剛車者先驅穀梁傳曰長轂五百乘范甯曰長轂兵車也雷輜蔽路萬有三千餘乘漢書楊雄河東賦曰奮電鞭駗雷輜勒以八陣蒞以威神雜兵書入陣者一曰方陣二曰圓陣三曰牝陣四曰牡陣五曰衝陣六曰輪陣七曰浮沮陣八曰鴈行陣玄甲。耀日。朱旗絳天。漢書曰發光屬玄甲李

奚霫鮮卑
扎薩克圖

陵與蘇武書曰雷鼓動天朱旗翳日遂凌高闕下雞鹿漢書曰遣將軍衛青出雲中至高闕臣瓚曰山名也范曄後漢書曰竇憲與南匈奴萬騎出朔方雞鹿塞經磧鹵絕大漠說文曰鹵西方鹹地也漢書曰衛青復將六將軍絕漠臣瓚曰沙土曰漠直度曰絕也斬温禺以釁鼓血尸逐以染鍔范曄後漢書曰匈奴其大臣次左右曰逐王次左右温禺鞮王皆單于子弟次第當爲單于者也其異姓大臣左右骨都侯次左右尸逐骨都侯左傳智罃曰不以釁鼓也然後四校橫徂星流彗掃蕭條萬里野無遺寇於是域滅區殫反旆而旋考傳驗圖窮覽其山川遂踰涿邪跨安侯乘燕然范曄後漢書曰度遼將軍鄧鴻與後諸軍皆會涿邪山又曰南單于上言北單于創刈南兵遯逃遠去依安侯河西躡冒頓之區落焚老上之龍庭漢書曰頭曼單于有太子曰冒頓冒頓以鳴鏑射殺頭曼遂自立爲單于冒頓死子稽粥立號曰老上單于又曰匈奴正

鑠王師以下當提行

月諸長小會單于庭祠五月大會蘢城祭其先天地鬼神蘢音龍將上以攄高文之宿憤光祖宗之玄靈祖高祖也宗太宗文帝也史記曰高祖自將擊韓王信遂至平城爲匈奴所圍七日又文紀曰匈奴攻朝那塞殺北都尉徐廣曰姓孫也下以安固後嗣恢拓境宇振大漢之天聲甘泉賦曰天聲起兮勇士厲茲可謂一勞而久逸暫費而永寧也漢書楊雄上疏曰以爲不一勞者不久佚不暫費者不永寧乃遂封山刊石昭銘盛德其辭曰刊石削石即謂立銘也

鑠王師兮征荒裔毛詩曰於鑠王師遵養時晦勦凶虐兮截海外毛詩曰相土烈烈海外有截敻其邈兮亘地界封神丘兮建隆嵑說文曰碣立石也嵑與碣同熙帝載兮振萬世尚書曰有能奮庸熙帝之載

○座右銘一首

崔子玉范曄後漢書曰崔瑗字子玉涿郡人也早孤銳志好學盡能傳其父業舉茂才爲汲令遷濟北相疾卒

無道人之短，無說己之長。施人慎勿念，受施慎勿忘。戰國策唐雎謂信陵君曰人之有德於我不可忘也吾之有德於人不可不忘也世譽不足慕，唯仁爲紀綱。隱心而後動，謗議庸何傷。劉熙孟子注曰傷度也周易曰君子安其身而後動易其心而後語呂氏春秋曰内反於心不慙然後動也無使名過實，守愚聖所臧。越絶書范子曰名過實者滅聖人不使名過實家語孔子曰聰明睿智守之以愚功被天下守之以讓在涅貴不淄，曖曖内含光。論語子曰不曰堅乎磨而不磷不曰白乎涅而不淄晏子春秋仲尼曰星之昭昭不如月之曖曖周易曰含弘光大品物咸亨柔弱生之徒，老氏誡剛強。老子曰人生也柔弱其死也堅強萬物草木生也柔脆其死也枯槁故堅強者死之明一統志大劍山下有梁山胡氏禹貢錐指謂積石山有二大積石在塞外吐谷渾界小積石在鄯州龍支縣界爲今西寧府地與蜀遠不應銘劍閣而遠及他山焯謂此稱梁山積石之狀不必以積石山當之

徒柔弱者生之徒也又曰柔弱勝剛强河上公曰柔弱者久長剛强者先亡也行行鄙夫志悠悠故難量論語曰閔子侍側誾誾如也子路行行如也子曰若由也不得其死然鄭玄曰行行剛强貌愼言節飲食知足勝不祥周易曰君子以愼言語節飲食老子曰知足不辱行之苟有恒久久自芬芳郭璞三蒼曰苟誠也

劍閣銘一首

張孟陽臧榮緒晉書曰張載父收爲蜀郡太守載隨父入蜀作劍閣銘益州刺史張敏見而奇之乃表上其文世祖遣使鐫石記焉

巖巖梁山積石峩峩楊雄益州箴曰巖巖岷山古曰梁州毛萇詩傳曰巖巖積石貌也遠屬荆衡近綴岷嶓尚書曰荆及衡陽惟荆州孔安國曰北據荆山南及衡山之陽也尚書曰岷嶓既藝孔安國曰岷山嶓冢皆山名也南通邛僰蒲北北達褒斜漢書

顏延年三月三日曲水詩序注引土作王

音義服虔曰邛蜀都西部也僰夷名也梁州記曰萬狹
石城泝漢上七里有褒谷口南口曰褒北口曰斜
過彭碣高踰嵩華劉淵林蜀都賦注曰岷山都安縣有兩山相對立如闕號曰彭門孔安國
尚書注曰碣石海畔山也惟蜀之門作固作鎮是曰劍閣壁立千仞
酈元水經注曰小劍戍北去大劍三十里連山絕險飛閣相通故謂之劍閣也窮地之險極路
之峻周易曰地險山川丘陵也西都賦曰臨峻路而啓扉世濁則逆道清斯順閉
由往漢開自有晉開由劉備故曰往漢開自鍾會故曰有晉也鍾會之伐蜀雖在魏朝政由
晉王故歸功於晉也秦得百二并吞諸侯齊得十二田生獻籌漢書
田肯賀上曰陛下得韓信又治秦中持戟百萬齊得十二此所謂東西秦也矧茲狹隘土之
外區一人荷戟萬夫趑趄陳琳爲曹洪苕文帝書曰一夫揮戟萬人不得進廣雅曰
趑趄難行也形勝之地匪親勿居漢書田肯曰秦形勝之國也齊有琅邪之鐃非親子

○與實在德兩晉書在洞庭孟門之界

弟莫可使王齊也昔在武侯中流而喜山河之固見屈吳起興實在德險亦難恃洞庭孟門二國不祀史記曰魏武侯浮西河而下中流顧而謂吳起笑曰美哉乎河山之固此魏國之寶也吳起對曰在德不在險昔三苗氏左洞庭而右彭蠡恃此險也德義不修禹滅之夏桀之居左河濟右太華伊闕在其南羊腸在其北修政不仁湯放之殷紂之國左孟門右太行常山在其北大河經其南修政不德武王殺之由此觀之在德不在險若君不修德舟中之人盡為敵國武侯曰善自古迄今天命匪易尚書曰爾亦弗知天命不易憑阻作昏鮮不敗績左氏傳曰凡師大崩曰敗績杜預曰喪其功績也公孫既滅劉氏銜璧范曄後漢書曰公孫述為導江卒正假稱蜀都太守自立為天子漢使吳漢伐之述死吳漢盡滅公孫氏蜀志曰後主諱禪先主子也魏使鄧艾伐之後主輿櫬自縛詣壘門左氏傳曰楚子圍許僖公面縛銜璧覆車之軌無或重跡晏子春秋諺曰前車覆後車戒范曄後漢書陳忠上疏曰覆車之軌

其迹不遠勒銘山阿敢告梁岱

石闕銘一首

陸佐公劉璠梁典曰陸倕字佐公吳郡人少篤學善屬文起家議曹從事遷太子中舍人後仕至太常卿詔使爲漏刻石闕二銘冠絶當世賜以束帛朝野榮之

昔在舜格文祖禹至神宗周變商俗湯黜夏政尚書帝曰舜汝陟帝位正月上日受終於文祖又帝曰禹惟汝諧正月朔旦受命于神宗墨子曰紂之亂武王理之當此之時時不渝而人不易上變政而人改俗尚書序曰湯既黜夏命復歸于亳雖革命殊乎因襲揖讓異於干戈而晷緯冥合天人啓惎巨吏克明俊德大庇生民其揆一也舜禹揖讓也湯武干戈也言揖讓干戈之道雖殊而用賢愛仁之義爲一也周易曰湯武革命順乎天而應乎人論衡曰漢力勝周多矣舜以司徒受堯禪文王百里爲西伯武王襲文

王皆有因緣力易爲也孔叢子曾子謂孔子曰舜禹揖讓湯武用師非相詭此乃時也三國名臣序贊曰揖讓之與干戈説文曰晷日影也緯五星也易乾鑿度曰五緯順軌四時和粟西都賦曰天啓之心人惎之謀尚書曰克明俊德以親九族左傳鄭子駟曰以待強者而庇民焉孟子曰先聖後聖其揆一也

在齊之季昏虐君臨威侮五行怠棄三正吳均齊春秋曰東昏侯蕭寶卷高宗子高宗崩太子即位左傳子囊曰赫赫楚國而君臨之書曰有扈氏威侮五行怠棄三正

刑酷然炭暴踰膏柱民怨神怒衆叛親離踏地無歸瞻烏靡託六韜曰紂患刑輕乃更爲銅柱以膏塗之加於然炭之上使有罪者緣焉滑跌墮火中紂與妲己笑以爲樂名曰炮烙之刑鄭玄尚書五行傳注曰民怨神怒左氏傳衆仲曰州吁阻兵而安忍衆叛親離難以濟矣毛詩曰謂天蓋高不敢不跼謂地蓋厚不敢不蹐又曰瞻烏爰止于誰之屋

於是我皇帝拯之乃操斗極把鈎陳翼百神禔是支萬福我皇梁武帝也斗極天下之所取法鈎陳兵衛之象故王者把

操焉長楊賦曰高祖順斗極運天關樂汁圖曰鉤陳後宮也服虔漢書音義曰紫宮外營陳星毛萇詩傳曰翼敬也禮記曰禮行於郊百神受職焉漢書曰司馬相如難蜀父老曰遐邇一體中外禔福毛詩曰樂只君子萬福攸同

龍飛黑水虎步西河雷動風驅天行地止

謂舉義旗以伐齊也何之元梁典曰齊明帝崩遺詔授高祖雍州刺史永元二年十一月高祖擁南康王寶融以主號令以高祖督前鋒三年十二月義旗發自襄陽已酉檄京師東都賦曰龍飛白水陳孔璋爲表紹檄豫州曰雷震虎步並集虜庭尚書曰黑水西河惟雍州沈約宋書曰元嘉中割荊州之襄陽爲雍州西京賦曰千乘雷動萬騎龍趨楊修許昌宮賦曰聸瞜低佪天行地止

命旅致屯雲之應登壇有降火之祥龜筮協從人祗響附

命旅誓衆也登壇祭天也杜篤論都賦曰大漢開基高祖有勳斬白蛇屯黑雲尚書帝命驗曰太子發渡河中流火流爲烏其色赤鄭玄曰以魚燎於天有火自上復于下至于王屋流爲烏尚書曰詢謀僉同鬼神其依龜筮叶從吳質魏都賦曰英雄響附

穿胸露頂之

豪箕坐椎髻之長莫不援旗請奮執銳爭先博物志曰昔禹
平天下會諸侯於會稽之野防風後至殺之夏德盛二
龍降之使范成克御之以行域外既周南經防風之神
見禹使怒而射之有迅雷二龍升去二臣恐以刃自貫
其心死禹哀之乃拔其刃療以不死之草皆生是爲穿
胷人去會稽萬五千里范曄後漢書西域傳論曰自兵
威之所肅服財賂之所懷誘莫不露頂肘行東向而朝
漢書曰高祖使陸賈賜尉佗印爲南越王賈至尉佗魋
結箕踞見賈豪士賦序曰援旗誓衆奮於阡陌之上趙
充國頌請奮其旅于罕之羌漢書陳餘說陳涉曰將
軍被堅執銳以誅暴秦楚辭曰矢之墜兮士爭先夏
首憑固庸岷負阻協彼離心抗茲同德楚辭曰過夏首而西浮王逸曰
夏首水口也孔安國尚書傳曰庸國名也岷山名也尚
書曰受有億兆夷人離心離德予有亂臣十人同心同
德帝赫斯怒秣馬訓兵嚴鼓未通兇渠涅首毛詩曰王赫斯怒爰
整其旅左氏傳子重曰秣馬利兵又趙宣子曰訓卒利
兵軍戰令曰嚴鼓一通步騎士悉嚴然鼓一曲爲一通

尚書曰殲厥渠魁張溫表曰
臨去武昌庶得涅首闕下
弘舸連軸巨艦接艫鐵馬
千羣朱旗萬里
吳都賦曰弘舸連軸巨艦接艫鐵馬
鐵甲之馬范曄後漢書公孫瓚與子
書曰厲五千鐵騎於北隰之中陳琳爲袁
紹檄豫州曰胡馬之千羣朱旗巳見上文
折簡而禽盧
九傳檄以下湘羅兵不血刃士無遺鏃而樊鄧威懷巴
黔底定
魏略王陵察欲立楚王彪司馬宣王自討之陵
自縛歸罪遙謂太傅曰卿直以折簡召我我不
當至邪太傅曰以卿非肯遂折簡者也盧廬江九九江
二郡名也伏滔正淮曰盧九之間流弱兵死者十而七
八焉漢書韓信曰三秦可傳檄而定湘羅二水名也孫
卿子曰舜伐有苗禹伐共工湯伐有夏文王伐崇武王
伐紂遠方慕義兵不血刃過秦論曰秦無士矢遺鏃之
費而天下諸侯巳困矣尚書曰大邦畏其力小邦懷其
德尚書曰
震澤底定
於是流湯之黨握炭之徒守似藩籬戰同
枯朽
六韜曰紂之卒握炭流湯者十八人以牛爲禮過
秦論曰蒙恬北築長城而守藩籬班固漢書賛曰

漢獨收孤秦之弊鐫金石者難爲功摧枯朽者易爲力其勢然也

革車近次師營商牧華夷士女冠蓋相望扶老攜幼一旦雲集壺漿塞野簞食盈塗

鄭玄周禮注曰兵車革路也左氏傳曰凡師過信爲次尚書曰王至于商郊牧野左氏傳曰孔子曰夷不亂華尚書曰惟其士女篚厥玄黃昭我周王漢書曰天子遣使冠蓋相望於道覆案梁事又淮南王上書曰越必攜幼扶老以歸聖德西都賦曰雲集霧散孟子曰葛伯不祀湯往征之其君子實玄黃于篚以迎君子小人簞食壺漿以迎小人也

似夏民之附成湯殷士之窺周武安老懷少伐罪弔民農不遷業市無易賈

尚書中候曰天乙在薄夏桀迷惑諸鄰國襁負歸湯帝王世紀曰商容及殷人觀周軍之入見武王至殷人曰是吾新君也容曰然聖人爲海內討惡見惡不怒見利不喜顏色相副是以知之論語曰老者安之少者懷之尚書曰奉辭伐罪孟子曰湯始征自葛誅其君弔其民呂氏春秋曰曰桀爲無道湯立爲天子夏人大悅農不去疇商不變

肆八方入計四隩奏圖羽檄交馳軍書狎至一日二日非止萬機河圖龍文曰鎮星光明入方歸德漢書曰張蒼領主郡國上計者又曰嚴助願奏三年計如湻曰助自欲入奏之也尚書曰四隩既宅范曄後漢書曰光武平河北吳漢與諸將奏圖書上尊號漢書息夫躬曰軍書交馳而輻湊羽檄重迹而狎至尚書曰兢兢業業一日二日萬機而尊嚴之度不僁於師旅淵默之容無改於行陣計如投水思若轉規策定帷幄謀成几案曾未浹辰獨夫授首班固漢書贊曰成帝臨朝淵默尊嚴若神可謂穆穆天子之容矣李康運命論張良及其遭漢祖其言也如以石投水莫之逆也范曄後漢書曰朱勃上疏訴馬援寃曰謀如涌泉勢如轉規又光武詔曰將軍鄧禹與朕謀謨帷幄決勝千里仲長子昌言曰運籌於几案之前而所制者乃百代之後左氏傳君子曰莒恃其陋不修其城郭浹辰之間而楚克其三都杜預曰浹辰十二日也梁典曰永元三年十二月丙寅張齊殺東昏于含德殿其夜以黃油裹首縋而下尚書曰獨夫受洪

惟作威鍾士季檄蜀文曰蜀侯見禽於秦公孫述授首於漢乃焚其綺席棄彼寶衣歸璇臺之珠反諸侯之玉六韜曰紂時婦人以文綺爲席衣以綾紈者三千人又曰武王伐紂蒙寶衣投火而死帝王世紀曰王命歸璇臺之珠王說苑曰武王大敗殷人上堂見玉曰誰之玉曰諸侯之玉即取而歸於諸侯天下聞之曰王廉於財指麾而四海隆平下車而天下大定拯茲塗炭救此橫流功均天地明並日月新序劉向曰先王之所以指麾而四海賓服者誠德之至也孝經鈎命決曰俱在隆平優劣殊流禮記曰下車而封夏后之後於杞封殷之後於宋尚書曰一戎衣天下大定又曰有夏昏德民墜塗炭孟子曰當堯之時鴻水橫流汎濫於天下漢書曰德配天地明並日月於是仰叶三靈俯從億兆受昭華之玉納龍敘之圖春秋元命苞曰造起天地鑄演人君通靈之貺交錯同瑞劉琨勸進表曰億兆攸歸曾無與二尚書大傳曰堯得舜推而尊之贈以昭華之玉春秋元命苞曰堯游河渚赤龍負圖以出

圖赤如綈狀龍沒圖在楊維嚴敷靈賦曰大易之始河序龍馬雒貢龜書類帝禋宗光有神器升中以祀羣望攝袂而朝諸夏尚書曰肆類于上帝又曰禋于六宗國語富辰謂王曰光有天下而和寧百姓老子曰天下神器不可爲也爲者敗之禮記曰升于中天而鳳凰降左氏傳曰乃大有事于羣望漢書徐樂上書曰南面負扆攝袂而揖王公陛下之所服也論語子曰夷狄之有君不如諸夏之士也布敎都織班政方外謀協上策刑從中典周禮曰正月之吉始和布敎於邦國都鄙袁淑謝中丞章曰懸法象闕班政甸衛東觀漢記段熲上疏曰先零東羌討之難破降爲上策戰爲下計周禮曰大司寇掌三典以佐王二曰刑平國用中典也南服緩耳西羈反舌劍騎穹廬之國同川共穴之人杜篤論都賦曰連緩耳瑣雕題呂氏春秋曰善爲君者蠻夷反舌皆服德厚也高誘曰夷狄語言與中國相反因謂反舌一說南方有反舌國舌本在前末向喉故曰反舌也漢書曰匈奴力能彎弓盡爲甲騎其長兵則弓矢短兵則刀鋋漢書烏孫公主歌曰穹廬爲室兮旃爲牆杜篤論都

賦曰同穴裘褐之域共川鼻飲之國莫不屈膝交臂厥角稽顙蹵空萬里攘地千都幕南罷鄣河西無蹵喻巴蜀文曰交臂受事屈膝請和孟子曰武王之伐殷也百姓若崩厥角趙岐曰厥角叩頭以額角厥地禮記孔子曰拜而後稽顙漢書曰通西北國張騫蹵空蘇林曰蹵開空通也戰國策蔡澤謂應侯曰公孫鞅爲秦攘地千里漢書曰驃騎封於狼居胥山匈奴遠逃而漢南無王庭漢書武帝謂狄山曰使居一障間蒼頡曰障小城也漢書晉文公攘戎狄居於西河圁洛之間圁音銀謝承後漢書曰祝良爲梁州刺史歷年無蹵於是治定功成邇安遠肅志茲鹿駭息此狼顧禮記曰王者功成作樂治定制禮尚書曰柔遠能邇鹽鐵論曰以賢人爲兵聖人爲守則中國無狗吠之蹵而邊境無鹿駭狼顧之憂也乃正六樂治五禮改章程創法律周禮曰保氏掌諫王而養國子以道乃教之六樂鄭玄曰六樂雲門大咸大韶大夏大護大武尚書曰修五禮孔安國五禮吉凶軍賓嘉也漢書曰高祖令張蒼定章程又曰蕭何次律令韓信申

軍法置博士之職而著録之生若雲開集雅之館而款關之學如市漢書曰武帝初置五經博士范曄後漢書曰張與稍遷至博士弟子自遠至者著録且萬人司馬彪續漢書曰負書來學雲集京師劇秦美新曰遥集乎文雅之圃翱翔乎禮樂之場史記曰由余款關請見三輔黄圖曰元始中起明堂列槐樹數百行朔望諸生持經書及當郡所出物於此賣買號槐市興建庠序啓設郊丘一介之才必記無文之典咸秩漢書曰平帝立學官鄉曰庠聚曰序禮記曰立春之日天子迎春於東郊周禮曰冬至於地上之圜丘若樂六變天神皆降尚書秦穆公曰如有一介臣又曰稱秩元祀咸秩無文於是天下學士靡然向風人識廉隅家知禮讓班固漢書贊曰公孫弘以治春秋爲丞相封侯天下學士靡然鄉風矣禮記曰儒有砥礪廉隅論語子曰能以禮讓爲國乎何有敎臻侍子化洽期門區宇乂安方面静息役休務簡歲阜民和漢書曰呼韓邪遣子右賢

王銖婁渠堂入侍漢書曰武帝與北地良家子期諸殿門故有期門之號范曄後漢書曰樊準上疏曰明帝即位自期門羽林介冑之士悉令通孝經匈奴遣伊秩訾王來入就學東京賦曰區宇乂寧思和求中方面四方面也仲長子昌言曰五位以正方面孫楚客主言曰晉主聖明方面割地長揚賦曰休力役賈逵國語注曰阜厚也左氏傳季梁曰民和而神降之福歷代規謩前王典故莫不芟夷翦截允執厥中史記曰高祖雖日不暇給規謩弘遠矣東觀漢記東平王蒼上疏曰事過典故孔安國尚書序曰芟夷煩亂翦截浮辭尚書帝曰允執厥中以爲象闕之制其來已遠春秋設舊章之教經禮垂布憲之文左氏傳曰司鐸火季桓子命藏象魏曰舊章不可忘也禮記曰經禮三百曲禮三千鄭玄曰禮經謂周禮也周禮曰太宰以正月之吉懸治象之法於象魏使萬民觀治象鄭玄曰吉朔日也象魏闕也周禮曰布憲中士二人戴記顯游觀之言周史書樹闕之夢禮記戴聖所傳故號戴記曰昔者仲屋與於蜡賓事畢出遊於觀之上喟

然而嘆周書曰文王至自商至程太姒夢見商之庭生棘太子發取周庭之梓樹之於闕間化爲松柏北荒明月西極流精神異經曰西北荒中有二金闕高百丈金闕銀盤圓五十丈二闕相去百丈上有明月珠徑三丈光照千里十洲記曰崑崙山有三角其角一正東有墉城有流精之闕西王母所治也海岳黃金河庭紫貝史記曰三神山傳在海中黃金白銀爲宮闕楚辭曰魚鱗屋兮龍堂紫貝闕兮珠宮王逸曰言河伯所居以紫貝作闕也蒼龍玄武之製銅雀鐵鳳之工三輔舊事曰未央宮東有蒼龍闕北有玄武闕魏文帝歌曰長安城西有雙圓闕上有一雙銅爵一鳴五穀生再鳴五穀熟薛綜西京賦注曰圓闕上作鐵鳳凰令張兩翼舉頭敷尾或以聽窮省寃或以布化懸法李尤闕銘曰悉心聽省乃無窮寃布化懸法已見上文或以表正王居或以光崇帝里尚書王曰表正萬邦周易曰王居無咎正位也桓子新論曰昔周公光崇周道澤被四表蜀都賦曰崤函有帝皇之宅河洛爲王者之里也晉氏浸弱宋歷威夷

禮經舊典寂寥無記鴻規盛烈湮沒罕稱乃假天闕於牛頭託遠圖於博望有斯耳目無補憲章漢書曰浸弱微滅也韓詩曰周道威夷左氏傳曰以繼好息民謂之禮經東都主人曰唯子頗識舊典司馬相如美人賦曰上宮閑館寂寥參至虛封禪書曰湮滅而不稱不可勝數山謙之丹陽記曰大興中議者皆言漢司徒義興許彧墓二闕高壯可徙施之王茂弘弗欲後陪乘出宣陽門南望牛頭山兩峯即曰此天闕也豈煩改作帝從之今出宣陽望此山良似闕沈約宋書曰孝武大明七年博望梁山立雙闕禮記曰仲尼祖述堯舜憲章文武乃命審曲之官選明中之士陳圭置臬魚列瞻星揆地興復表門草創華闕周禮曰或審曲面勢明中謂四時昏明各有中星也尚書考靈耀曰冬至日月在牽牛一度求昏中者取六項加三旁蠡順除之鄭玄曰晝行十二項中正而分之左右各六項也蠡猶羅也昏中在日前故言順數也明中在日後故言却也周禮曰土圭之法測土深正日影以求地中又曰匠人建國

梁書云天監七年春正月壬戌作神龍仁虎闕於端門大司馬門外

求地中置槷以懸視其影鄭玄曰槷古文臬假借字也周禮曰晝參諸日中之影夜考之極星以正朝夕東觀漢記傅士等議曰陛下除殘去賊興復祖宗西京賦曰正紫宮於未央表嶢闕於閶闔論語曰禪諶草創之西都賦曰樹中天之華闕封冠山之朱堂於是歲次天紀月旅太簇天紀星紀也左氏傳梓慎曰歲在星紀而淫於玄枵杜預曰歲星也星紀斗牛之次也漢書曰太簇位在於寅正月也皇帝御天下。之。七載也。構茲盛則與此崇麗方且趨以表敬觀而知法劉璠梁典曰天監七年正月戊戌詔曰昔晉氏青蓋南移日不暇給而兩觀莫築懸法無所今禮盛化光役務簡便可營建象闕以表舊章於是選匠量功鐫石爲闕窮極壯麗冠絕古今奇禽異羽莫不畢備漢書曰萬石君過宮門闕必下車趨列女傳衛靈公夫人曰妾聞禮下公門式路馬所以廣敬也物觀雙碣之容人識百重之典周易曰聖人作而萬物覩西京賦曰圓闕竦以造天若雙碣之相望徐幹七喻曰豐屋廣夏崇闕百重作範垂訓。赫矣。壯乎。鄭玄釋讖曰創制作範匪

毗不立家語南宮敬叔曰孔子作春秋爰命下臣式銘
垂訓後嗣曹府君陳寔誄曰赫矣陳君
盤石其辭曰
惟帝建國正位辨方周營洛涘漢啓岐梁此言建國立都不恒一所
故洛涘岐梁咸爲帝宅也周禮曰惟王建國辨方正位
周周成王也尚書序曰召公既相宅周公往營成周作
洛誥蔡邕祝禊文曰自求多福在洛之涘漢漢
高祖也西京賦曰岐梁汧雍陳寶鳴雞在焉居因業
盛文以化光爰布象闕是惟舊章帝王所居因功業而後盛禮文之德由
政化而益光也周易曰後得
主而有常含萬物而化光青蓋南洎黃旗東指懸法
無闡藏書弗紹言帝祚南遷王綱弛紊懸法藏書咸皆廢絕青蓋晉日也虞預晉書王導上言曰
迴青蓋以反上京司馬彪續漢書曰皇子皆朱班輪青
蓋黃旗謂吳也司馬德操與劉恭嗣書曰黃旗紫氣恒
見東南終成天下者揚州之君子臧榮緒晉書曰孫氏
無闕大晉南都亦不暇立門闕遂廢矣藏書則渙日斂

垂篋當刻有故實

而藏之見下句大人造物。龍德休否。建此百常。興茲雙起。周易曰飛龍在天大人造也莊子孔子曰夫造物者爲人司馬彪曰造物謂道也周易曰龍德而正中者也又否卦曰九五休否王弼曰居尊位能休否道者也張景陽七命曰表以百常之闕雙起猶雙立也魯靈光殿賦曰崇墉岡連以嶺屬朱闕巖巖以雙立偉哉偃蹇壯矣巍巍旁映重疊上連翠微。王逸楚辭注曰偃蹇高貌也何晏論語注曰巍巍者高大之稱也重疊宮觀之多者也七命曰重殿疊起交綺對幌蜀都賦曰欝鬱氛氳以翠微布教方顯浹日初輝懸書有附委篋知歸布教已見上文周禮曰正月乃懸治象之法于象魏使萬民觀治象浹日而斂之懸書則懸法也委篋則藏書也重用之故變文耳欝崛魚勿重軒穹隆反宇形聳飛棟勢超浮柱甘泉賦曰洪臺崛其獨出西都賦曰重軒三階穹隆見下句西京賦曰反宇業業何禎許都賦曰景福欝抗以雲起飛棟鳥企而翼舒甘泉賦曰抗浮柱之飛榱兮神莫莫而扶傾色法上圓

原文復作複

製模。下矩。周望。原隰。俛臨。煙雨。上圓天也下矩地也繫欽建章鳳闕賦曰上規圓以穹隆下矩地而繩直望原隰臨煙雲言其高也前窴四會却背九房北通二轍南湊五方。王逸楚辭注曰窴列也陸機洛陽記曰有銅駝二枝在宮之南四會道頭鄭玄禮記注曰却返也東京賦曰復廟重屋八達九房則明堂之制也鄭玄禮記注曰天子廟及路寢皆如明堂制也然路寢在門北故云却背也暑來。寒往。地久。天長。神哉。華觀。永配。無疆。周易曰寒往則暑來暑往則寒來老子曰天長地久毛詩曰申錫無疆集云盤石鬱崫重軒穹隆色法上圓製模十四字是至尊所改也

新刻漏銘一首 并序

陸佐公 劉璠梁典曰天監六年帝以舊漏乖舛乃勑貟外郎祖暅治之漏刻成太子中舍人陸倕爲文司馬彪續漢書曰孔壺爲漏浮箭爲刻下漏數刻以考中星昬明星焉

夫自天觀象，昏旦之刻未分；治歷明時，盈縮之度無準。周易曰古者庖犧氏之王天下也仰則觀象於天俯則觀法於地五經要義曰昏闇也旦明也日入後漏三刻爲昏日出前漏三刻爲明周易曰君子以治歷明時淮南子曰孟春始贏孟秋始縮高誘曰贏長也縮短也

挈壺命氏，遠哉義用。周禮曰挈壺氏下士六人鄭玄曰壺盛水器也挈壺水以爲漏也

揆景測辰，徼叫宮戒井，守以水火，分茲日夜。揆景測辰謂晝夜漏也徼宮謂徼巡其宮也衛宏漢舊儀曰晝漏盡夜漏起宮中衛宮城門擊刀斗周廬擊木柝周禮曰挈壺氏掌壺以令軍井凡喪事懸壺以哭皆以水火守之分以日夜鄭司農曰挈壺以令軍井謂爲軍穿井井成挈壺懸其上令軍中衆皆望見知此下有井也壺所以盛飲故以壺表井也鄭玄曰以水守壺者爲沃漏也以火守壺者夜視刻數也分以日夜者異晝夜漏也

而司歷亡官，疇人廢業。孟陬殄滅，攝提無紀。左氏傳仲尼曰今火猶西流司歷過也漢書曰三代既没五霸之末史官喪紀疇人

子弟分嵌如淳曰家業世世相傳爲疇漢書曰孟陬殄
滅攝提失方音義曰正月爲孟陬歷紀廢絕閏餘乖錯
不與正歲相值謂之殄滅攝提星名隨斗杓所指建
十二月若歷誤春三月當指辰而乃指巳是爲失方衛
宏載傳呼之節較而未詳霍融敘分至之差詳而不
密衛宏漢舊儀曰夜漏起宮中宮城門傳五伯官直符
行衛士周廬擊木柝讙呼備火司馬彪續漢書曰太
史令霍融上言漏刻率九日增減一等不與
天相應或時差至二刻半不如夏歷密也陸機之賦
虛握靈珠孫綽之銘空擅崑玉陸機孫綽皆有漏刻
銘曹子建與楊德祖
書曰人人自謂握靈蛇之珠家家自謂抱荆
山之玉新序固乘曰珠産江漢玉産崑山弘度遺
篇承天垂日王隱晉書曰李充字弘度集有漏刻銘沈
約宋書曰宋太祖頗好歷數太子率更令
何承天私撰新法元嘉二十年上表詔有
付外詳之有司奏承天歷術令施行布在方冊無彰
器用禮記哀公問政子曰文武之道布在方冊左
氏傳臧僖伯曰山林川澤之實器用之資譬彼

劉宋

春華同夫海棗

春華言其文麗海棗譬其無實荅賓戲曰摛藻如春華晏子春秋曰齊景公謂晏子曰東海之中有水赤其中有棗華而不實何也晏子曰昔者秦穆公乘舟理天下黄布裹蒸棗至海而捐其布破黄布故水赤蒸棗故華不實公曰吾佯問晏子對曰嬰聞佯問者佯對也

寧可以軌物字民作範垂訓者乎

左氏傳曰隱公將如棠觀魚臧僖伯諫曰君將納民於軌物者也講事以度軌量謂之軌取材以章物采謂之物不軌不物謂之亂政周書成王曰朕不知字民之道敬問伯父作範垂訓已見上文

且今之官漏出自會稽

蕭子雲東宮雜記曰天監六年上造新漏以臺舊漏給宮漏銘云咸和七年會稽山陰令魏丕造即會稽內史王舒所獻漏也

積水違方導流乘則

陸機刻漏賦曰積水不過一鍾導流不過一筐也

六日無辨五夜不分

淮南子曰冬至子午夏至卯酉冬至加三日則夏至之日也歲遷六日終而復始高誘曰遷六日令年以子冬至後年以午冬至衛宏漢舊儀曰晝夜漏起省中用火中黄門持五夜甲夜乙夜丙夜丁夜戊夜也

歲躔閹茂月次姑洗

爾雅曰太歲在戌曰

閹茂禮記曰季春之月律中姑洗皇帝有天下之五載也樂遷夏諺禮

變商俗孟子夏諺曰吾王不游吾何以休尚書曰商俗靡靡利口惟賢業類補天功均

柱地列子曰昔女媧氏煉五色之石以補其闕斷鼇之足以立四極其後共工氏與顓頊爭爲帝怒而觸不周

之山折天柱絕地維也河海夷晏風雲律呂禮斗威儀曰君乘土而王其政太平則河濂海

夷十洲記曰天漢三年西國王使獻靈膠四兩吉光毛裘受以付庫使者曰常占東風入律十旬不休青雲干呂連

月不散意者閻浮有好道之君我王故搜奇蘊而貢神香步天林而請猛獸乘毛車以濟弱水于今十三年矣坐朝晏

罷每旦晨興呂氏春秋曰上稱三皇五帝之業以論其意蚤朝晏罷以告制兵者也尚書大傳曰帝猶反側晨興

辟四門來仁賢屬傳漏之音聽雞人之響周禮曰雞人掌大祭祀夜呼旦以叫百官集云雞人

二字是沈約所改作也以爲星火謬中金水違用左氏傳張趯曰火中寒暑乃退鄭玄毛詩

箋曰火星中寒暑退陸機漏刻銘曰蟾蜍之栖月識金水之相緣時乖啓閉箭異錙銖

左氏傳曰凡分至啓閉必書雲物爲備故也鄭玄禮記注曰八兩爲錙漢書曰二十四銖爲兩也爰命日官。草創新器。左氏傳曰天子有日官諸侯有日御於是俯察旁羅登臺升庫周易曰仰則觀於天文俯以察於地理史記曰黄帝順天地之紀旁羅日月星辰左氏傳曰公既視朔遂登觀臺以望而書禮也又曰宋衛陳鄭皆火梓慎登大庭之庫以望之曰宋衛陳鄭也則于地四。參以天一。言壺用金而漏用水也漢書曰天以得一生水地以得四生金也建武。遺意。咸和。餘蹤。司馬彪續漢書霍融曰四分施於建武咸和漏刻即上魏丕所造也金筒方員。之制。飛流吐納。之規。金則壺也而形方筒則引水者而形員孫綽漏刻銘曰乃制妙器挈壺氏銓累筒三階積水成川陸機漏刻銘曰口納胷吐水無滯咽變律。改經。一皆。懲革。蔡邕律歷志曰凡歷所革以變律呂相生至六十也天監六年太歲丁亥十月丁亥朔十六日壬寅漏成進御以考辰正晷

測表候陰陸機集志議曰考正三辰審其所司是談天紀綱也測表候陰謂土圭也不謬圭
撮無乖黍累漢書曰夫推歷生律制器量多少者不失圭撮權輕重者不失黍累應劭曰圭
自然之形陰陽之始也四圭日撮十黍一累十累一銖又可以校運筭之睽合辨
分天之邪正漢書曰造漢太初歷治歷者方士唐都巴郡洛下閎與焉都分天部而閎運筭轉歷也
察四氣之盈虛課六歷之踈密爾雅曰春爲發生夏爲長嬴秋爲收成冬
爲安寧四氣和爲通正漢書曰史記有黃帝顓頊夏商周及魯歷漢興張蒼用顓頊歷比於六歷疏闊中最爲微
近又曰湻于陵渠覆太初歷晦朔弦望皆最密也永世貽則傳之無窮赫矣煥
乎無得而稱也昔嘉量微物盤盂小器猶且昭德記
功載在銘典周禮栗氏爲量其銘曰嘉量既成以觀四國永啓厥後茲器惟則七略曰盤盂書者
其傳言孔甲爲之孔甲黃帝之史也書盤盂中爲誡法或於鼎名曰銘蔡邕銘論曰德非此族不在銘典

原本作辭也

況入神之制與造化合符孫綽子曰藝妙者以入神造化已見上文論語比考讖曰君子上達與天合符成物之能與坤元等契周易曰乾知太始坤作成物又曰至哉坤元萬物資生勳倍楹席事百巾机蔡邕銘論曰武王踐祚咨于太師而作席机楹杖雜銘又曰黃帝有巾机之法孔甲有盤盂之戒寧可使多謝曾水有陋昆吾郭象莊子注曰不可多謝堯舜而推之爲兄也蔡邕銘論曰昔召公作誥先王賜朕鼎出于武當曾水呂尚作周太師而封于齊其功銘于昆吾之野西都賓序曰有陋洛邑之義金字不傳銀書未勒者哉崔玄山瀨鄉記曰老子母碑老子把持仙籙玉簡金字編以白銀紀善綴惡劉人本觀書賦曰玉牒石記銀書金字奥矣不窮邈乎昭備乃詔小臣爲其銘曰集曰銘一字至尊所改勅書辭曰故當云銘

一暑一寒有明有晦周易曰日月運行一寒一暑莊子曰消息滿虛一晦一明日改月化

也神道無跡天工罕代莊子老聃謂孔子曰夫神生於道其來無迹其去無方尚書曰無曠庶官天工人其代之乃置挈壺是惟熙載氣均衡石晷正權概呂氏春秋曰仲春日夜分鈞衡石角斗桶正權概高誘曰角平升桶權概皆令均等也世道交喪禮術銷亡莊子曰世喪道矣道喪世矣世與道交相喪也毛詩序曰禮義消亡遽遷水火爭倒衣裳水火已見上文毛詩曰東方未明顛倒衣裳挈刀弁次聚木乖方漢書曰李廣行無部曲不擊刀斗自衛孟康曰以銅作鐎受一斗晝炊飯食擊持行夜周禮挈壺氏曰凡軍事懸壺以序聚欜鄭玄曰謂擊欜兩木相敲行夜時也爰究爰度時惟我臯毛詩曰維彼四國爰究爰度方壺外次圓流內襲洪殺殊等高卑異級陸機漏刻賦曰擬洪殺於漏鍾順卑高而爲級靈虬承注陰蟲吐噏孫綽漏刻銘曰靈虬吐注陰蟲承瀉倏往忽來鬼出神入呂氏春秋曰倏忽往來而莫知其方淮南子曰並應無窮

二語括而臨

鬼出神入微若抽繭逝如激電陸機漏刻賦曰形微獨繭之絲逝若垂天之電耳不輟音眼無留眹銅史司刻金徒抱箭張衡漏水轉渾天儀制曰盖上又鑄金銅仙人居左壺爲胥徒居右壺皆以左手抱箭右手指刻以別天時早晚履薄非兢臨深罔戰授受靡僁登降弗爽毛詩曰戰戰兢兢如臨深淵如履薄氷衛宏漢舊儀曰夜漏起中黄門持玉夜相傳授籍田賦曰挈壺掌升降之節惟精惟一可法可象尚書曰惟精惟一允執厥中孝經曰作事可法左氏傳北宮文子謂衛侯曰有儀可象謂之儀月不遁來日無藏往分以符契至循影響周易曰月往則日來杜預左氏傳注曰分春秋分也至冬夏至也袁彦伯三國名臣序賛曰若合符契尚書曰惠迪吉從逆凶惟影響合昬暮巻蓂莢晨生周處風土記曰合昬槿也葉晨舒而昬合田俅子曰堯爲天子蓂莢生於庭爲帝成歷也尚辨天意猶測地情詩氾歷樞曰靈臺恭天意周易曰聖人觀其所感而天地萬物之情可見矣况我

别本作痛

神造通幽洞靈陸機漏刻賦曰來象神造猶鬼之變配皇等極爲世作程呂氏春秋曰後世以爲法程高誘曰程度也曹植列女傳頌曰尚卑貴禮來世作程

誄上

王仲宣誄一首 并序　曹子建

建安二十二年正月二十四日戊申魏故侍中關內侯王君卒嗚呼哀哉皇穹神察悊人是恃如何靈祇殲我吉士毛詩曰彼蒼者天殲我良人誰謂不庸早世即冥范曄後漢書桓帝詔曰遭家不造先帝早世誰謂不傷華繁中零史記華陽夫人姊說夫人曰不以繁華時樹本存亡分流夭遂同期莊子曰雖有天壽相去幾何又曰聖也者遂於命也朝聞夕沒先民所思論語曰朝聞道夕死可也毛詩曰先民有作何用誄德表之素旗鄭司農周禮注曰誄謂積累生時德行儀禮士喪禮曰爲銘各以其物鄭玄曰銘明旌也雜帛

爲物大夫士之所建也以死者不可別故以其旌旗識之楊雄元后誄曰著德太常注諸旒旍何以贈終哀以送之孝經曰哀以送之遂作誄曰

猗歟侍中遠祖彌芳公高建業佐武伐商史記曰魏之先畢公高與周同姓武王伐紂而高封於畢也爵同齊魯邦祀絶亡流裔畢萬勳績惟光晉獻賜封于魏之疆天開之祚末胄稱王史記曰公高苗裔曰畢萬事晉獻公滅魏封畢萬爲大夫卜偃曰萬滿數也魏大名也以是始賞天開之矣國稱陳留風俗記曰浚儀縣魏之都也魏滅晉獻公以魏封大夫畢萬後世文侯初盛至子孫稱王是爲惠王然以稱王因氏焉楚詞曰伊伯庸之末胄也厥姓斯氏條分葉散世滋芳烈揚聲秦漢會遭陽九炎光中矇漢書曰陽九厄日初入百六陽九音義曰易稱所謂陽九之厄百六之會者也典引曰蓄炎上之烈精蔡邕曰謂大漢之盛德也中矇謂遭王莽之亂也

說文曰曚不明也世祖撥亂爰建時雍世祖謂光武皇帝也公羊傳曰撥亂反正莫近於春秋尚書曰黎民於變時雍三台樹位履道是鍾春秋漢含孳曰三公象五嶽在天法三能台能同周易曰履道坦坦寵爵之加匪惠惟恭自君二祖爲光爲龍張璠漢紀曰王龔字伯宗有高名於天下順帝時爲太尉暢字叔茂名在八俊靈帝時爲司空魏志曰粲曾祖父龔祖父暢皆爲漢三公毛詩曰既見君子爲龍爲光毛萇曰龍寵也僉曰休哉冝翼漢朝或統太尉或掌司空百揆惟敘五典克從尚書曰納于百揆百揆時敘又曰慎徽五典五典克從天靜人和皇教遐通伊君顯考弈葉佐時魏志曰粲父謙爲大將軍何進長史入管機密朝政以治張衡四愁詩序曰久處機密出臨朔代庶績咸熙粲父無傳其官未詳尚書曰庶績咸熙君以淑懿繼此洪基既有令德材技廣宣強記洽聞

棊注

幽讚微言孔叢子曰萇弘以仲尼洽聞強記博物不窮周易曰幽贊於神明而生蓍論語讖曰子夏六十人共撰仲尼微言也文若春華思若涌泉春華已見上文東觀漢記朱敎理馬援曰謀如涌泉勢如轉圜發言可詠下筆成篇魏志粲善屬文舉筆便成無所改定時人常以爲宿搆何道不洽何藝不閑棊局逞巧博弈惟賢魏志曰粲觀人圍棊局壞粲爲覆之棊者不信以帊蓋局使更以他局爲之用相比不誤一道其強記默識如此論語子曰不有博弈者乎爲之猶賢乎已皇家不造京室隕顛毛詩曰閔予小子遭家不造宰臣專制帝用西遷宰臣董卓也帝獻帝也魏志曰董卓以山東豪傑並起恐懼不寧初平元年二月乃徙天子都長安君乃覊旅離此阻艱翕然鳳舉遠竄荆蠻魏志曰粲以西京擾亂乃之荆州依劉表左氏春秋陳敬仲曰覊旅之臣杜預注曰覊寄也旅客也崔琦七蠲曰翩然鳳舉軒爾龍騰毛詩曰蠢爾蠻荆身窮志達居鄙行鮮振冠南

饗孫志祖殷集當作嚮向〻俗字也

嶽濯纓清川盛弘之荆州記曰襄陽城西南有徐元直宅其西北入里方山山北際河水山下有王仲宣宅故東阿王誄云振冠南嶽濯纓清川集本清或爲清誤也潛處蓬室不干勢權列子曰北宮子庇其蓬室若廣厦之蔭也我公奮鉞耀威南楚我公魏太祖也荆人或違陳戎講武禮記曰乃命將帥講武習射御君乃義發筭我師旅魏志曰劉表卒㮣勸表子琮令降太祖高尚霸功投身帝宇桓譚陳便宜曰所謂霸功者法度明正百官修治威令流行者也傅幹後漢王命叙曰世祖攘亂復帝宇斯言既發謀夫是與斯言謂琮降也毛詩曰謀夫孔多是用不售是與伊何饗我明德投戈編郡考稽顙漢北漢書南郡有編郡縣我公實嘉表揚京國金龜紫綬以彰勳則魏志曰太祖辟㮣爲丞相掾賜爵關內侯漢舊儀曰列侯黃金龜鈕又曰金印紫綬勳則伊何勞謙靡已周易曰勞謙君子有終吉憂世忘家殊略卓峙

史記穰苴曰將命之日則忘其家趙岐孟子章指曰憂國忘家乃署祭酒與君行止魏志
曰後遷軍謀祭酒周易曰時止則止時行則行筭無遺策畫無失理孟子曰計及下
者無遺策東觀漢記魯恭上疏曰舉無遺策動不失其中我王建國百司俊乂周禮曰維
王建國尚書曰俊乂在官君以顯舉秉機省闥戴蟬珥貂朱衣皓
帶魏志曰魏國建拜粲侍中蔡邕獨斷曰侍中常侍皆冠惠文加貂附蟬也入侍帷幄出擁
華蓋劉歆遂初賦曰奉華蓋於帝側榮曜當世芳風晻藹漢書曰韋玄成繼父相位封
侯榮當世焉禰衡顏子碑曰秀不實振芳風也嗟彼東夷東夷謂吳憑江阻湖騷擾
邊境勞我師徒光光戎路霆駭風徂君侍華轂輝輝
王塗漢書劉向上封事曰今王氏一姓乘朱輪華轂者二十三人蔡邕劉寬碑曰統艾三事以清王塗也
思榮懷附望彼來威言仲宣思念寵榮志在懷附異類望彼吳國畏威而來也漢書曰王

尊懷來徼外蠻夷歸附其威信也如何不濟運極命衰寢疾彌留吉往返歸嗚呼哀哉魏志曰建安二十一年從征吴二十二年春道病卒尚書王曰病日臻既彌留翩翩孤嗣號慟崩摧蔡邕袁成碑曰呱呱孤嗣含哀長慟發軫北魏遠迄南淮經歷山河泣涕如頹楚辭曰登山長望中心悲怨彼青青泣如頹哀風興感行雲徘徊游魚失浪歸鳥忘栖嗚呼哀哉吾與夫子義貫丹青丹青二色名言不渝也好和琴瑟分過友生毛詩曰妻子好合如鼓瑟琴又曰矧伊人矣不求友生庶幾遐年攜手同征如何奄忽棄我夙零感昔宴會志各高厲予戲夫子金石難弊人命靡常吉凶異制毛詩曰天命靡常春秋保乾圖曰利害同門吉凶異域此驩之人孰先殞越左氏傳齊侯曰小白恐殞越于下何寤夫子果

乃忘遊文，論死生存亡數度。春秋考異郵曰：吉凶有數，存亡有象。子猶懷疑，求之明據。儻獨有靈，游魂泰素。列子曰：泰素者，質之始也。我將假翼，飄飄高舉。超登景雲，要予天路。孝經援神契曰：德至山陵則景雲出。西京賦曰：美往昔之喬松，要羨門乎天路。喪柩既臻，將反魏京。靈轜迴軌，白驥悲鳴。說文曰：轜，喪車也。李陵詩曰：轜馬顧悲鳴，五步一彷徨。虛廓無見，藏景蔽形。孰云仲宣，不聞其聲。梁商誄曰：孰云忠侯，不聞其音。延首歎息，雨泣交頸。經盈嗟乎夫子，永安幽冥。人誰不沒，達士御名。莊子曰：小人徇財，君子徇名，天下皆然，不獨一人也。生榮死哀，亦孔之榮。嗚呼哀哉！論語，子貢曰：夫子其生也榮，其死也哀。

楊荊州誄一首并序

潘安仁

使 別本

維咸寧元年王隱晉書咸寧武帝年號夏四月乙丑晉故折衝將軍荆州刺史東武戴侯滎陽楊史(使)君薨嗚呼哀哉楊肇已見懷舊賦夫天子建國諸侯立家左氏傳師服曰吾聞國家之立也天子建國諸侯立家是以人服事其上而下無覬覦也選賢與能政是以和禮記曰選賢與能講信修睦周賴尚父殷憑太阿太阿阿衡謂伊尹也毛詩曰惟師尚父時惟鷹揚又曰實維阿衡實左右商王矯矯楊侯晉之爪牙毛詩曰矯矯武臣又曰予王之爪牙忠節克明茂績惟嘉尚書曰予懋乃德嘉乃丕績將宏王略肅清荒遐降年不永玄首未華尚書曰降年有永有不永范曄後漢書樊準上疏曰故朝多皤皤之良華首之老銜恨沒世命也奈何嗚呼哀哉范曄後漢書東海王彊上疏曰銜恨黃泉論語子曰君子疾沒世而名不稱焉自古在昔有生必死法言曰有生者必有死有始者必有終自然之道也

身沒名垂，先哲所韙。東征賦曰：唯令德爲不朽兮，身既沒而名猶存也。行以號彰，德以述美。周禮曰：謚者，行之迹；號者，功之表也。蔡邕郭有道碑曰：德音猶存，亦賴之見述也。敢託旒旗，爰作斯誄。旒旗已見上文。其辭曰：

邈矣遠祖，系自有周。昭穆繁昌，枝庶分流。族始伯僑，氏出楊侯。漢書曰：楊雄，其先出自有周伯僑者，以支庶食菜於晉之楊，因氏焉。不知伯僑與周何別也。楊在河汾之間，周衰而楊氏或稱侯，號曰楊侯。奕世丕顯，允迪大猷。尚書曰：公稱丕顯德。毛詩曰：秩秩大猷，聖人莫之。天猒漢德，龍戰未分。左氏傳曰：天而既猒周德矣。周易曰：龍戰于野，其血玄黃。伊君祖考，方事之殷。左氏傳曰：鄢陵之戰，楚子使工尹襄問郤至以弓，曰：方事之殷，有韎韋而跗注者，君子也。杜預云：殷，盛也。鳥則擇木，臣亦簡君。左氏傳：仲尼曰：鳥則擇木。家語孔子曰：君擇臣而任之，臣亦擇君而事之。投心魏朝，策名委身。

左氏傳狐突曰策名委質貳乃辟也奮躍淵塗跨騰風雲荅賔戲曰振拔洿塗跨騰風雲或統驍騎或據領軍潘岳楊肇碑序曰肇驍騎府君之嫡孫領軍肅侯之嗣子賈弼之山公表注曰楊恪字仲義驍騎將軍生曁字休先領軍將軍篤生戴侯茂德繼期纂戎洪緒克構堂基毛詩曰纂戎祖考尚書曰若考作室子弗肯堂矧肯構弱冠味道無競惟時弱冠已見上文桓譚荅楊雄書曰子雲勤味道腴毛詩曰無競惟烈孝實蒸蒸友亦怡怡尚書曰克諧以孝蒸蒸乂弗格姦怡怡已見上文多才豐藝強記洽聞尚書周公曰不若旦多才多藝洽聞強記已見上文目睇毫末心筭無垠愼子曰離朱之明察秋毫之末荅賔戲曰研桑心計於無垠草隷兼善尺牘必珍漢書曰陳遵善書與人尺牘主皆藏去以為榮也足不輟行手不釋文翰動若飛紙洽雲學優則仕乃從王政論語子夏曰仕而優則學學而優則仕左氏傳子產

謂子虔曰僑聞學而後入政未聞以政學者也散璞發輝臨軹止作令肇碑曰嘉平初
除軹令漢書河内郡有軹縣化行邑里惠洽百姓越登司官肅我朝
命肇碑曰肇遷治書侍御史惟此大理國之憲章肇碑曰肇兼統大理之任漢書曰廷
尉秦官掌刑辟景帝中六年更名大理君莅其任視民如傷左氏傳逢滑曰國之興也
視人如傷庶獄明慎刑辟端詳尚書周公曰庶獄庶慎聽察臯吕稱侔
于張尚書帝曰咎繇蠻夷猾夏寇賊姦宄汝作士惟明克允又序曰吕命穆王訓夏贖刑作吕刑漢書曰于定
國爲廷尉其決疑平法務在哀鰥寡罪從輕朝廷稱之又曰張釋之爲廷尉周亞夫見釋之持議平乃結爲親
友縣此天下稱之攺授農政于彼野王肇碑曰除野王典農中郎將魏略曰典農中郎
將太祖置秩比二千石漢書河内郡野王縣倉盈庾億國富兵彊毛詩曰我倉既盈我
庾惟億新序曰孫叔敖相楚國富兵彊煌煌文后鴻漸晋室君以兼資叅

王伯厚引左氏謂贊某忘

戎作弼肇碑曰文后歷數在躬爲參軍周易曰鴻漸于陸其羽可用爲儀漢書華陰守丞嘉上疏曰朱雲兼資文武用錫土宇儁茲顯秩青社白茅亦朱其紱肇碑曰五等初建封東武子毛詩曰錫爾土宇歸章尚書緯曰天子社東方青南方赤西方白北方黑上冒以黃土將封諸侯各取方土苴以白茅以爲社毛萇詩傳曰諸侯赤韍韍與紱古今字同魏氏順天聖皇受終魏志曰陳留王奉皇帝璽綬策禪位于晉嗣王周易曰湯武革命順乎天尚書曰正月上日受終于文祖烈烈楊侯寔統禁戎肇碑曰皇祖之始典戎武衛司管閶闔清我帝宮晉宮閣銘曰洛陽城閶闔門漢書曰東牟侯興居先清宮應劭曰天子行幸所至先案行清靜殿中以虞非常苛慝不作穆如和風國語內史過曰神亦往焉觀其苛慝毛詩曰穆如清風謂督勳勞班命彌崇肇碑曰以清宮勳勞進封東武伯說文曰督察也茫茫海岱玄化未周毛詩曰洪水茫茫尚書曰海岱及淮惟徐州蔡邕陳留太守頌曰玄化洽矣

帥何焯說改鉞陳景雲謂不必改是也

褰字誤當作騫形近之也繼騫謂無後繼部長蘅說當作繼義是而字非

滔滔江漢，疆埸分流。毛詩曰：滔滔江漢，南國之紀。尚書曰：江漢朝宗于海。孔安國曰：二水經此州而入海也。秉文兼武，時惟楊侯。既守東莞，官乃牧荆州。肇碑曰：須東莞相荆州刺史。漢書琅邪有東莞，屬徐州也。折衝萬里，對揚王休。肇碑曰：加折衝將軍。晏子春秋孔子曰：不出樽俎之間而折衝千里之外，晏子之謂也。毛詩曰：虎拜稽首，對揚王休。聞善若驚，疾惡如讎。國語楚藍尹亹謂子西曰：夫闔廬聞一善言若驚，得一士若賞。謝承後漢書曰：張儉清絜中正，疾惡若讎。示威示德，以伐以柔。左氏傳倉葛曰：德以柔中國，刑以威四夷。又曰：伐叛，刑也；柔服，德也。二者立矣。吳夷凶侈，僞師畏逼。將乘釁席卷，南極班固高紀述：乘釁而運，席卷三秦。繼褰。糧盡神謀不忒。楊肇伐吳而敗，已見辨亡論下。君子之過，引曲推直。如彼日月，有時則食。左氏傳曰：晉師歸，桓子請死，晉侯欲許之。士貞子諫曰：夫其敗也，如日月之食焉，何損於明。

貿執其咎功讓其力毛詩曰誰敢執其咎亦既旋旆爲法受黜左氏
傳孔子曰趙宣子古之良大夫也爲法受惡退守丘塋杜門不出漢書曰王陵杜門不
朝請游目典墳縱心儒術祁祁搢紳升堂入室毛詩曰采蘩祁祁封
禪書曰雜搢紳先王之畧術論語子曰由也升堂矣未入於室也靡事不咨無疑不質
毛萇詩傳曰訪問於善爲咨咨事爲諏漢書曰張竦居貧好事者從之質疑問事位貶道行身
窮志逸毛詩曰我位孔貶毛萇傳曰貶墜也論語子曰道之將行也與命也弗慮弗圖乃
寢乃疾毛詩曰昊天疾威弗慮弗圖楚辭曰寢疾而日愁昊天不弔景命其卒
嗚呼哀哉毛詩曰不弔昊天蔡邕楊公誄曰功成化洽景命有順子囊佐楚遺言
城郢史魚諫衛以尸顯政左氏傳曰楚子囊還自吳卒將死遺言謂子庚必城郢君
子謂子囊忠君薨不忘增其名將死不忘衛社稷可不謂忠乎韓詩外傳曰昔衛大夫史魚病且死謂其子曰我

數言蘧伯玉之賢而不能進彌子瑕不肖而不能退死不當居喪正堂殯我於室足矣衛君問其故子以父言聞君召蘧伯玉而貴之子瑕退之徙殯於正堂也伊君臨終不忘忠敬寢伏牀寤念在朝廷朝達厥辭夕殞其命聖上嗟悼寵贈衮襚誄德策勳考終定謚肇碑曰肇薨天子愍焉遣謁者祠以少牢謚曰戴侯漢書曰列侯薨大行奏謚誄策應劭曰賜與謚及哀策誄文也羣辟慟懷邦族揮淚孤嗣在疚寮屬含悴毛詩曰煢煢在疚赴者同哀路人增欷嗚呼哀哉余以頑蔽覆露重陰國語張老謂趙文子曰先王覆露子也韋昭曰露潤也仰追先考執友之心禮記曰見父之執不謂之進不敢進不謂之退不敢退俯感知己識達之深晏子春秋越石父曰士者申乎知己也承諱忉怛涕淚霑襟楚辭曰泣歔欷而沾襟豈忘載奔憂病是沈在疾不

省於士不臨舉聲增慟哀有餘音嗚呼哀哉

楊仲武誄一首 并序　潘安仁

楊綏字仲武滎陽宛陵人也中領軍肅侯之曾孫荆州刺史戴侯之孫肅侯楊暨也戴侯楊肇也並已見上文東武康侯之子也康侯楊潭也八歲喪父其母鄭氏光禄勳密陵成侯之元女賈弼之山公表注曰鄭袤爲司空密陵元侯生默爲光禄勳密陵成侯默女適滎陽楊潭潭生仲武成侯或爲元侯誤也漢書音義服虔曰元長也操行甚高恤養幼孤以保乂夫家而免諸艱難尚書周公曰巫咸保乂王家戴侯康侯多所論著又善草隸之藝子以妙年之秀曹子建自試表曰終軍以妙年使越固能綜覽義旨而軌式模範矣雖舅氏隆盛而孤貧守約必安陋巷

體服菲薄，余甚奇之。論語子曰回也在陋巷人不堪其憂又曰禹菲飲食馬融曰菲薄也若乃清才儁茂，盛德日新，周易曰日新之謂盛德吾見其進，未見其已也。論語子謂顔淵曰吾見其進也未見其止也旣藉三葉世親之恩，而子之姑，余之伉儷焉。左氏傳曰已不能庇其伉儷而士之又不能字人之孤而殺之將何以終遂誓施氏往歲卒於德宮里，陸機洛陽記曰德宮里名也喪服同次，綢繆累月。苟人必有心，此亦欵誠之至也。不幸短命，論語孔子對哀公曰有顔回者不幸短命死矣春秋二十九，元康九年夏五月己亥卒。嗚呼哀哉！乃作誄曰：伊子之先，弈葉熙隆。惟祖惟曾，載揚休風。顯考康侯，無祿早終。左氏傳子産曰公孫段無祿早世不獲久享君德名器雖光，勳業未融。篤生吾子，誕茂淑姿。克岐克嶷，知章知微毛詩曰克岐克嶷以就口食周易曰君子知微知章鉤深探賾味道研機周易曰探賾索隱鉤深致遠又曰夫易聖人之所以極深而研機也匪直也人邦家之輝毛詩曰匪直也人秉心塞淵又曰樂只君子邦家之光子之遘閔曾未齓髫鄭玄周禮注曰齓毁齒也埤蒼曰髫髦也如彼危根當此衝飇德之休明靡幽不喬言德之休明無有處幽而不遷喬也左氏傳王孫滿曰德之休明毛詩曰出自幽谷遷于喬木弱冠流芳雋聲清劭韶爾舅惟榮爾宗惟瘁幼秉殊操違豐安匱撰録先訓俾無隕墜舊文新藝罔不必肄潘楊之穆有自來矣矧乃今日慎終如始老子曰慎終如始則無敗事爾休爾戚如實在己新序曰晉襄公之孫周爲晉國休戚不倍本也視予猶父不得猶子論語曰顏回死門人欲厚葬之子曰回也視予猶父也子不得視猶子也敬亦既篤

金鉎云日東則景夕多風日西則景朝多陰此謂洛日遲此以比仲武少年光景正未有艾也

愛亦既深雖殊其年實同厥心日昃景西望子朝陰如何短折背世湮沈嗚呼哀哉尚書曰六極一曰凶短折孔安國曰短未六十折未三十也寢疾彌留守茲孝友彌留已見上文毛詩傳曰善父母爲孝善兄弟爲友臨命忘身顧戀慈母哀哀慈母痛心疾首毛詩曰哀哀父母生我劬勞左氏傳呂相絶秦曰諸侯痛心疾首暱就寡人嗷嗷叫同生悽悽諸舅莊子曰我嗷嗷隨而哭之春蘭擢莖方茂其華荆寶挺璞將剖于和含芳委耀毀璧摧柯言德業之美類於蘭玉始含芳而積耀遽毀璧而摧柯言早夭也太玄經曰破璧毀珪逢不幸也嗚呼仲武痛哉奈何德宮之艱同次外寢惟我與爾對筵接枕自時迄今曾未盈稔姑姪繼隕何痛斯甚嗚呼哀哉披帙散書屢覩遺文有造有寫或

草或真執玩周復想見其人紙勞乎手涕沾乎巾張衡四愁詩曰側身北望涕沾巾龜筮既襲埏隧既開尚書曰乃卜三龜一習吉又曰卜不襲吉孔安國曰襲因也聲類曰埏墓隧也痛矣楊子與世長乖朝濟洛川夕次山隈歸鳥頡頏行雲徘徊毛詩曰燕燕于飛頡之頏之臨穴永訣撫櫬盡哀毛詩曰臨其穴惴惴其慄杜預左氏傳注曰櫬棺也遺形莫紹增慟余懷壞兮往矣梁木實摧嗚呼哀哉往矣已見上文禮記曰孔子早作負手曳杖逍遙於門歌曰泰山其頹乎梁木其壞乎鄭玄曰太山衆山所仰梁木衆木所放也

文選卷第五十六

初六日
保尋繹及斯編

黄侃黄焯批校昭明文選

十

湖北省公益学术著作出版专项资金
Hubei Special Funds for Academic and Public-interest Publications

〔梁〕蕭統 編
〔唐〕李善 注
黄侃 黄焯 校訂

長江出版傳媒
崇文書局

文選卷第五十七

梁昭明太子撰

文林郎守太子右内率府録事參軍事崇賢館直學士臣李善注上

誄下

哀上

潘安仁哀永逝文一首

夏侯常侍誄一首 并序　潘安仁

夏侯湛字孝若譙人也少知名弱冠辟太尉府（臧榮緒晉書曰湛早有名譽爲太尉掾）賢良方正徵仍爲太子舍人尚書郎野王令（臧榮緒晉書曰湛舉賢良對策拜郎中進補太子舍人轉尚書郎出宰野王令漢書曰何武賢良方正徵也）中書郎南陽相（臧榮緒晉書曰湛除中書侍郎出補南陽相又曰秦王柬武帝第三子也初封南陽王後徙封秦王）家艱乞還（毛詩曰未堪家多難余又集于蓼）頃之選爲太子僕未就命而世祖崩（世祖武皇帝也穀梁傳曰高曰崩厚曰崩尊曰崩天子之崩以尊也其崩何以在人上故曰崩）天子以爲散騎常侍從班列也（天子惠帝也）春秋四十有九元康元年夏五月壬辰寢疾卒

于延喜里第。嗚呼哀哉。乃作誄曰：

禹錫玄珪，實曰文命。尚書曰：禹錫玄圭，告厥成功。又曰：文命敷于四海。史記曰：夏禹名曰文命。克明克聖，光啓夏政。尚書曰：居上克明。又曰：克齊聖廣淵。左氏傳宋向戌曰：以偪陽光啓寡君。其在于漢，邁勳惟嬰。漢書曰：夏侯嬰爲太僕，常奉車從擊項籍。思弘儒業，小大雙名。班固漢書述曰：世宗睟睟，思弘祖業。漢書曰：夏侯勝字長公，少好學，從夏侯始昌受尚書。又曰：勝從父兄子建字長卿，自師事勝。又曰：由是尚書有大小夏侯之學。顯祖曜德，牧兖及荆。王隱晉書曰：夏侯威字季權，歷荆兖二州刺史。史記祭公謀父曰：先王曜德不觀兵。父守淮岱，治亦有聲。王隱晉書曰：威次子莊，淮南太守。毛詩曰：文王有聲。英英夫子，灼灼其儁。飛辯摛藻，華繁玉振。孔融薦禰衡表曰：飛辯騁辭。班固苔賓戲曰：摛藻如春華。孟子曰：集大成也者，金聲而玉振。如彼隨和，發彩流潤。淮南子曰：隨侯之珠

和氏之璧得之而富失之而貧禮記孔子曰夫玉溫潤而澤仁也

如彼錦繢列素點絢

論語子夏問曰巧笑倩兮美目盼兮素以爲絢兮何謂也子曰繢事後素鄭玄曰繢畫文也

人見其表莫測其裏

尚書大傳孔子謂子夏曰子見其表未見其裏法言曰或問聖人表裏曰威儀文辭表也德行忠信裏也

徒謂吾生文勝則史

論語子曰文勝質則史

心照神交唯我與子

莊子子綦曰其寐也魂交論語子謂顏回曰唯我與爾有是夫

且歷少長遠觀終始

孝經曰夫孝始於事親中於事君終於立身

子之承親孝齊閔參

漢書武帝詔曰孝子順孫願自竭以承其親論語子曰孝哉閔子騫禮記公明儀問曾子曰夫子可以爲孝乎曾子曰君子之所謂孝者先意承志諭父母於道參直養者安能爲孝乎

子之友悌和如瑟琴

毛詩曰妻子好合如鼓瑟琴

事君直道與朋信心

論語柳下惠曰直道而事人又子夏曰與朋友交言而有信

雖實唱高猶賞爾音

宋玉對問曰曲

彌高著其和彌寡曹植求自試表曰或有賞音而識道

弱冠厲翼，羽儀初升。禮記曰人生二十曰弱冠呂氏春秋曰征鳥厲疾周易曰鴻漸于陸其羽可用爲儀

公弓既招，皇輿乃徵。左氏傳陳敬仲曰詩曰翹翹車乘招我以弓范曄後漢書曰侯瑾州郡累召公車有道徵也

內贊兩宮，外宰黎蒸。典引曰巡靖黎蒸

忠節允著，清風載興。胡廣書曰建鴻德流清風

泱央彼樂都，寵子惟玉。左氏傳延陵季子曰泱泱乎大風也哉南都賦曰於顯樂都

設官建輔，妙簡邦良。用取喉舌，相爾南陽。尚書帝曰龍命汝作納言孔安國曰納言喉舌之官毛詩曰出納王命王之喉舌

惠訓不倦，視民如傷。左氏傳祁奚曰惠訓不倦叔向有焉又逢滑曰國之興也視之如傷

乃眷北顧，辭祿延喜。孟子注德厚受祿德薄辭祿也

余亦偃息，無事明時。呂氏春秋田贊曰偃息之義則未之識

疇昔之遊，二紀于茲。左氏傳羊斟曰疇昔之羊子爲政孔安國尚書傳曰十二年曰紀

南史殷景仁舉此語作毋疵文雅是佁乃避諱改也

淄注

班白攜手何歡如之禮記曰班白者不提挈毛詩曰惠而好我攜乃手同行居吾語

汝衆實勝寡論語子曰由居吾語汝慎子曰衆之勝寡必也人惡雋異俗疵文

雅孔安國尚書傳曰疵病也大戴禮曰天子不知文雅之辭少師之任執戟疲揚長沙投賈

曹子建楊德祖書曰楊子雲先朝執戟之臣耳漢書曰賈誼爲長沙王太傅誼既以謫去意不自得無謂爾

高恥居物下子乃洗然變色易容史記曰蘿范睢之見王者羣臣莫不洒然變色易容者

慨焉嘆曰道固不同論語子曰道不同不相爲謀爲仁由己

匪我求蒙論語顏淵問仁孔子曰克己復禮爲仁爲仁由己而由人乎哉周易曰童蒙求我匪我求童蒙

誰毀誰譽淄何去何從論語孔子曰吾之於人誰毀誰譽楚辭曰此孰吉孰凶何去何從

莫涅匪緇莫磨匪磷論語子曰不曰堅乎磨而不磷不曰白乎涅而不淄子

獨正色居屈志申尚書曰正色率下雖不爾以猶致其身論語周公

此亦不復其實也汲

謂魯公曰不使大臣怨乎不以又子夏曰事君能致其身獻替。盡規。媚茲一人。國語史黯謂趙簡子曰夫事君者諫過而賞善薦可而替否獻能而進賢毛詩曰媚茲一人應侯順德讜言忠謀世祖是嘉漢書成帝曰久不見班生今日復聞讜言聲類曰讜善言也將僕儲皇奉纘承華漢書曰太子家有僕上林賦曰孫叔奉轡漢舊儀有承華廄先朝末命聖列顯加尚書曰道揚末命入侍帝闈出光厥家我聞積善神降之吉周易曰積善之家必有餘慶左氏傳季梁曰於是乎民和而神降之福宜享遐紀長保天秩尚書曰天秩有禮自我五禮有庸哉如何斯人而有斯疾論語伯牛有疾子曰斯人也而有斯疾也曾未知命中年隕卒嗚呼哀哉論語子曰五十而知天命中年猶中身也尚書曰文王受命惟中身唯爾之存匪爵而貴孫卿子曰君子無爵而貴無祿而富甘食美服重珍兼味臧榮緒晉書曰湛族爲盛門性

頗豪侈甘食美服窮滋極珍 臨終遺誓求錫爾類 毛詩曰孝子不匱求錫爾類
斂以時襲殯不簡器 藏榮緒晉書曰湛將沒遺命小棺薄斂不修封樹禮記曰延陵季子
適齊長子死其斂以時服漢書曰衣禪複爲襲 誰能拔俗生盡其養孰是養生
而薄其葬 漢書曰楊王孫家業千金厚自奉養生亡所不致及病且終曰吾欲臝葬淮南子曰節財
薄葬簡服生爲 淵哉若人縱心條暢 班固揚雄述曰淵哉若人實好斯文 傑操明
達困而彌亮柩輅既祖容體長歸 周禮小喪供柩輅鄭玄曰柩輅載柩
車也周禮曰喪祝掌大喪祖飾棺乃載鄭玄曰祖爲行始也家語曰顓孫師有容體資質 存亡永訣
逝者不追 鄭玄毛詩箋云往矣訣別之辭論語子在川上曰逝者如斯夫 望子舊車覽
爾遺衣偪抑失聲迸涕交揮 禮記曰內人行哭失聲家語公父文伯卒敬姜
曰二三婦無揮涕蔡邕陳仲弓碑曰巖藪知名失聲揮涕 非子爲慟吾慟爲誰嗚呼

哀哉論語曰顏淵死子哭之慟從者曰子慟矣子曰非夫人之爲慟而誰爲日往月來暑退寒襲周易曰日往則月來月往則日來寒往則暑來暑往則寒來左氏傳張趯曰火中寒暑乃退孔安國尚書傳曰襲因也零露沾凝。勁風淒急。慘爾其傷念我良執禮記曰見父之執不謂之進不敢進不謂之退不敢退適子素館。撫孤相泣毛詩曰適子之館兮撫孤羊舌氏叔向也已見廣絕交論前思未弭。後感仍集賈逵國語注曰弭忘也積悲滿懷。逝矣安及。嗚呼哀哉

馬汧督誄一首并序

潘安仁臧榮緒晉書曰汧督馬敦立功孤城爲州司所枉死於囹圄岳誄之

惟元康七年秋九月十五日晉故督守關中侯扶風馬君卒嗚呼哀哉初雍部之內屬羌反未弭而編户之氏

又肆逆焉傳暢晉諸公讚曰惠帝元康五年武庫火北地盧水胡蘭羌因此爲亂推齊萬年爲主杜預左氏傳注曰弭息也漢書呂后曰諸將與帝爲編户民雖王旅致討終於殄滅毛詩曰王旅嘽嘽而蜂蠆有毒驟失小利左氏傳臧文仲曰君無謂邾小蜂蠆有毒況國乎俾百姓流亡頓於塗炭毛詩曰人卒流亡尚書曰有夏昏德民墜塗炭建威喪元於好畤州伯宵遁乎大谿王隱晉書曰解系爲雍州刺史又曰朝廷以周處忠烈欲遣討氐乃拜爲建威將軍又曰周處解系與賊戰于六陌軍敗周處死之孟子曰勇士不忘喪其元左氏傳曰秦師夜遯若夫偏師裨將之殞首覆軍者蓋以十數左氏傳韓子曰彘以偏師陷子罪大矣漢書曰大將軍霍去病裨將侯者九人漢書谷永上書曰齊客隕首公門以報恩施史記齊使人說越曰韓之攻楚覆其軍殺其將剖符專城紆青拖墨之司奔走失其守者相望於境東觀漢記韋彪上議曰二千石皆以選出京師剖符典千里古樂府曰出東南隅曰三十侍中郎四十專城居解嘲曰紆青拖紫朱丹其

⿱罒弔方言之儱今通作鈞弔而俗字作
此⿱罒弔与西征賦用異
彼訓擊也

綬漢書比六百石以上銅印墨綬云剖符專城則青墨是也墨或爲紫非秦隴之僣羣更爲魁羣姓也更名也漢書曰羌煎羣降東觀漢記曰羌什長羣便然更蓋其種也尚書曰殲厥渠魁既已襲汧而館其縣左氏傳曰凡師輕曰龍衣杜預曰掩其不備子以眇爾之身介乎重圍之裏。率寡弱之衆。據十雉之城。十雉言小也羣氏如蝟毛而起。四面雨射城中。城中鑿穴而處。負戶而汲。漢書賈誼曰高帝功臣反者如蝟毛而起東觀漢記曰上入昆陽二公環昆陽城積弩射城矢如雨下城中負戶而汲木石將盡。樵蘇之竭。芻蕘罄絕。漢書李左車曰樵蘇後爨師不宿飽晉灼曰樵取薪也蘇取草也毛詩曰詢于芻蕘毛萇曰芻蕘薪采者也於是乎發梁棟而用之。⿱罒弔的以鐵鏁。機關既縱。礧而又升焉。言以鐵鏁繫木爲機關既縱之以礧敵而又收上焉漢書曰匈奴乘隅下礧石又曰高城深塹具藺石如溜曰藺石城上礧石也杜篤論

都賦曰一卒舉礧千夫沈滯然礧與壘碧並同力對切爨陳焦之麥柹孚廢梠呂桷角之

松說文曰柹削柹也梠楣也桷榱也用能薪芻不匱人畜取給青煙傍

起歷蔫長鳴古詩曰朱火然其中青煙颺其閒司馬彪莊子注曰皂歷也凶醜駭而

疑懼乃闕掘地而攻子命穴浚壍直壷鐳雷瓶甀武以

偵恥令之墨子曰若城外穿地來攻者宜於城内掘井以薄城幕甖瓦内井使聰耳者伏甖而聽審知穴處鑿内迎之

東觀漢記曰使先登偵之言虜欲去然偵廉視也方言曰甀甖也將穿響作内焚穬古猛

火蘖之潛氏殲焉崔寔四月令曰四月可糴穬注曰大麥之無皮毛者曰穬潛氏謂潛攻之氐也

久之安西之救至竟免虎口之厄王隱晉書曰齊萬年帥羌胡圍涇陽遣安

西將軍夏侯駿西討氐羌莊子孔子曰丘幾不免虎口哉全數百萬石之積文契書

於幕府漢書音義曰衛青征匈奴大克獲帝就拜大將軍於幕中府因曰幕府聖朝疇田咨進

以顯秩殊以幢蓋之制。幢蓋將軍刺史之儀也兵書曰軍主長服赤幢東觀漢記曰段頫爲并州刺史曲蓋朱旗而州之有司乃以私隷數口穀十斛考訊吏兵以檟楚之辭連之。禮記曰夏楚二物以收其威鄭玄曰夏稻也楚荊也夏與檟古今字通大將軍屢抗其疏干寶晉紀曰梁王彤爲征西大將軍曰敦固守孤城獨當羣寇管子曰民無恥不可以固守以少禦衆載離寒暑莊子曰晉之善戰者牛丑以寡擊衆臨危奮節保穀全城而雍州從事忌敦勳效極推小疵周易曰悔吝者言乎其小疵也非所以褒獎元功宜解敦禁劾何假授言請解禁劾而假授之以官也說文曰劾法有罪也詔書聽許而子固已下獄發憤而卒也。朝廷聞而傷之策書曰皇帝咨故督守關中侯馬敦忠勇果毅率厲有方固守孤城危逼獲濟寵秩未加不幸喪亡朕用悼焉今追贈牙門將軍印綬祠以少牢王隱晉書贈馬敦詔曰今追贈牙門將軍印綬祠以少牢魂而有靈嘉茲寵榮范曄後漢書曰和帝追謚梁竦詔曰魂而有靈嘉斯寵榮然絜士之聞穢其庸致思乎言絜士之聞已穢其庸致思以求生乎家語曰孔子登於豐山而嘆曰於斯致思無不至矣若乃下吏之肆其噤害則皆妬之徒也楚辭曰口噤閉而不言然則口不言心害之爲噤害也廣雅曰妬害也嗟乎妬之歟善抑亦貿首之讎也言嫉妬之徒欺此善士抑亦同彼貿首之讎也戰國策甘茂謂楚王曰魏氏聽甘茂與樗里疾貿首之讎也語曰或戒其子慎無爲善言固可以若是悲夫淮南子曰人有嫁其子而教之曰爾行矣慎無爲善曰不爲善將爲不善邪應之曰善且猶弗爲況不善乎此全其天器者也高誘曰器猶性也昔乘丘之戰縣玄賁奔父甫

御魯莊公馬驚敗績貢父曰他日未嘗敗績而今敗績是無勇也遂死之圉人浴馬有流矢在白肉公曰非其罪也乃誄之禮記曰魯莊公及宋人戰于乘丘縣賁父御馬驚敗績公墜縣賁父曰他日不敗績而今敗績是無勇也遂死之圉人浴馬有流矢在白肉公曰非其罪也遂誄之士之有誄自此始也鄭玄曰白肉股裏漢明帝時有司馬叔持者白日於都市手劒父讎視死如歸亦命史臣班固而爲之誄公羊傳曰仇牧聞宋萬弒君手劒而叱之何休曰手劒持拔劒也呂氏春秋管子曰三軍之士視死如歸然則忠孝義烈之流慷慨非命而死者綴辭之士未之或遺也班固漢書贊曰自孔子後綴文之士衆矣天子既已策而贈之微臣託乎舊史之末敢闕其文哉乃作誄曰

知人未易人未易知史記曰侯嬴曰人固未易知知人亦未易嗟茲馬生位末名卑西戎。猾夏。乃奮。其奇。尚書曰蠻夷猾夏孔安國曰猾亂也保此汧城救我邊危彼邊奚危城小。粟。富。子以眇身而裁其守兵無加衛墉不增築婁婁群狄犲虎競逐。左氏傳富辰諫王曰狄固貪惏王又啓之說文曰杜林說卜者黨相詐驗爲婁力南切漢書張耳陳餘述曰據國爭權還爲豺虎又曰魏其武安之屬競逐於京師輩更恣睢潛跱官寺呂氏春於曰在上無道倨傲荒惡恣睢自用也楚辭曰意恣睢以捎摘史記李斯曰獨行恣睢之心漢書任橫攻官寺東觀漢記曰象林蠻夷攻燔官寺齊萬虓呼交闞呼檻震驚台司毛詩曰進厥虎臣闞如虓虎又曰震驚徐方春秋漢含孳曰三公在天法三台聲勢沸騰種落煽扇熾謝承後漢書曰匈奴詣張奐降聲勢猛烈毛詩曰百川沸騰風俗通曰諸羌種落熾盛大爲邊害旌旗。電。舒。戈矛。林。

貫注及別本

槙彤珠星流飛矢雨集彤珠星流謂治鐵以灌敵司馬兵法曰火攻有五斯爲一焉漢書曰鑪中鐵銷散如流星矢如雨見上文惴惴士女號天以泣爾雅曰惴惴懼也尚書曰號泣於旻天爨麥而炊負户以汲累卵之危倒懸之急說苑曰晉靈公造九層臺孫息聞之求見曰臣能累十二博棊加九雞子其上公曰子作之孫息以棊子置下加九雞子其上公曰危哉孟子曰當今之時萬乘之國行仁政人悅之猶解倒懸馬生爰發在險彌亮毛詩曰賦政于外四方爰發精冠白日猛烈秋霜戰國策康雎曰聶政之刺韓傀也白虹貫日申鑒曰人主怒如秋霜稜威可厲懦夫克壯漢書武帝報李廣曰威稜憯乎隣國孟子曰聞伯夷之風者懦夫有立志毛詩曰克壯其猷霑恩撫循寒士挾纊左氏傳曰楚子伐蕭申公巫臣曰師人多寒王巡三軍拊而勉之三軍之士皆如挾纊春蟲蠢犬羊阻衆陵寡漢名臣奏曰太尉應劭等議以爲鮮卑隔在漠北犬羊爲羣韓詩外傳曰強不

陵弱衆不暴寡潛隧密攻九地之下司馬兵法曰善守者藏於九地之下善攻者動於九天之上愜愜窮城氣若無假王逸楚辭注曰愜愜小息畏罹患禍者也魏明帝善哉行曰假氣游魂鳥魚為伍昔命懸天今也惟馬論衡曰夫命懸於天吉凶存於時惟此馬生才博智贍解嘲曰雖其人之贍智哉字書曰贍足也偵恥命以瓶壺㓞靈結以長壍徐爰射雉賦注曰㓞割也說文曰壍坑也七豔切鍤未見鋒火以起焰董芦蕭窟棓穴以斂廣雅曰棓棰也蒲溝切木石匱竭萁稈空盧瞯然馬生傲若有餘左氏傳晉邊吏讓鄭曰今執事瞯然授兵登埤杜預曰瞯然勁忿貌也瞯與瞯同下板切孔融薦禰衡表曰臨敵有餘罒的粱為礌柿廢松為芻守不乏械歷有鳴騶哀哀建威身伏斧質鄭玄周禮注曰質木椹也悠悠烈將覆軍喪器戎釋我徒顯誅我帥以生易

死疇克不二。漢書公孫玃說梁王曰昔宋人立公子突以活其君非義也春秋記之爲其以生易死以存易士聖朝西顧關右震惶分我汧庾化爲寇糧實賴夫子思謩。模彌長。蔡邕趙歷碑曰加以思謀深長達於從政孔安國尚書傳曰謩謀也咸使有勇致命知方。論語子路曰千乘之國攝乎大國之閒加之以師旅因之以饑饉由也爲之比及三年可使有勇且知方也又子張曰士見危致命我雖末學聞之。前典。莊子曰末學古之人有之東京賦曰所謂末學膚受十世宥能表墓旌善左氏傳曰宣子囚叔向祁奚聞之而見宣子曰夫謀而鮮過叔向有焉社稷之固也猶將十世宥之以勸能者今一不免其身以弃社稷不亦惑乎尚書曰封比干之墓賈逵國語注曰旌表也思人愛樹甘棠不翦。左氏傳君子曰詩云蔽芾甘棠勿翦勿伐召伯所茇思其人猶愛其樹也矧乃吾子功深疑淺兩造未具儲隸蓋鮮尚書曰兩造具備師聽五辭孔安國曰兩謂囚證也造至也兩至具備衆聽其入五刑之辭孰是勳庸而不獲免猾哉部司其心反側斷善害能醜正惡直鄭玄毛詩箋曰惡直醜正牧人逶迤自公退食國語里革曰且夫君也者將牧人而正其邪毛詩曰逶迤逶迤自公退食毛萇詩傳曰逶迤行可蹤迹也聞鸃鷹揚曾不戢翼言聞鸃必殞若鷹之揚若不戢翼而少留也毛詩曰惟師尚父時惟鷹揚又曰鴛鴦在梁戢其左翼忘爾大勞猜爾小利方言曰猜恨也苟莫開懷于何不至言人不開懷以相容則瑕釁于何而不至慨慨馬生琅琅高致說文曰慷慨壯士不得志也廣雅曰琅琅堅也發憤囹圄沒而猶眡嗚呼哀哉左氏傳曰荀偃伐齊卒視不可含欒懷曰主苟終所不嗣事于齊有如河乃瞑受含安平出奇破齊克完史記曰田單者齊諸田疏屬也燕破齊田單東保即墨燕引兵圍即墨田單乃收城中得千餘牛為絳繒衣畫以五采龍文束兵刃其角而灌脂束葦於尾燒其端鑿城

金壇云此宜引左傳晉侯賞中行桓子狄臣千室事

數十穴夜縱牛壯士五千人隨其後牛尾熱怒而奔燕燕軍夜大驚尾炬火光明炫燿燕軍視之皆龍文所觸盡死傷五千人因銜枚擊之燕軍大敗駭走齊人遂夷殺其將騎刼而齊七十餘城皆復爲齊襄王封田單號曰安平君太史公曰兵善者出奇無窮

張孟運籌危趙獲安

戰國策曰智伯從韓魏兵以攻趙圍晉陽決晉水以灌之襄子謂張孟談曰士大夫病吾不能守矣孟談於是陰見韓魏之君曰今智伯率二君而伐趙趙亡則君次之二君曰我知其然卽與張孟談陰約三軍與之期曰夜遣人入晉陽趙氏殺守隄之吏而決水灌智伯智伯軍救水而亂韓魏翼而擊之襄子將卒犯其前大敗智伯軍而擒智伯智伯身死國亡地分爲三漢書高祖曰運籌策於帷幄之中

汧人賴子猶彼談單如何吝嫉搖之筆端

吝嫉謂有司貪吝嫉妬也論衡曰文吏搖筆考跡民事韓詩外傳曰避文士之筆端

傾倉可賞竊云私粟狄隸可頒況曰家僕

周禮有蠻隸夷隸鄭玄曰征蠻夷所獲也頒賦也頒與班古字通

剔子雋龜貫以三木

爲督守及關中侯故雙龜

也司馬遷荅任少卿書曰魏其大將也衣赭關三木功存汧城。身死汧獄。凡爾同圍。心焉攉剥。扶老攜幼。銜號巷哭。嗚呼哀哉。戰國策曰薛人扶老攜幼迎孟嘗君劉紹聖賢本紀曰子産卒國人哭於巷婦人泣於機明明天子。旌以殊恩。毛詩曰明明天子令聞不已光光寵贈。乃牙其門。司勲頒爵。亦兆後昆。周禮曰凡有功者祭于大蒸司勲詔之尚書曰垂裕後昆死而有靈。庶慰冤魂。嗚呼哀哉。

陽給事誄一首 并序

顏延年

沈約宋書曰永初三年索虜嗣自率衆至方城虜悉力攻滑臺城東北崩壞王景度出奔景度司馬陽瓚堅守不動衆潰抗節不降爲虜所殺少帝追贈給事中尚書令傅亮議瓚家在彭城宜即以入臺絹一百匹粟三百斛賜給文士顏延年爲之誄焉

惟永初三年十一月十一日宋故寧遠司馬濮陽太守
彭城陽君卒嗚呼哀哉沈約宋書曰高祖即位改元曰永初郡國記有東郡濮陽郡
瓚少禀志節資性忠果奉上以誠率下有方朝嘉其
能故授以邊事永初之末佐守滑臺東郡國圖經曰滑臺城即鄭之廩
延值國禍荐臻王略中否潘岳陽肇誄曰將宏王略獷虜閒釁
劘摩剥司兗沈約宋書曰司州漢之司隸校尉也武帝北平關洛置司州居虎牢又曰兗州
後漢居山陽武帝平河南居滑臺幽并騎弩屯逼鞏洛物理論曰幽州之騎
冀州之弓勁悍之上列營緣戍相望層潰關中詩曰列營基跱層謂誅殺其人
也漢書曰頼川層之左氏傳曰凡民逃其上曰潰瓚奮其猛鋭志不違難立
乎將卒之間以緝華夷之衆緝會聚也左氏傳孔子曰夷不謀夏夷不亂華

罷困相保，堅守四旬，上下力屈，受陷勍寇。史記李左車謂韓信曰：情見力屈，欲戰不拔。左氏傳公子魚曰：勍敵之人，隘而不成列。杜預曰：勍，強也。士師奔擾，棄軍爭免，而瓚誓命沈城，佻達彫身飛鏃，毛詩曰：佻佻公子。毛萇傳曰：獨行皃也。兵盡器竭，斃于旗下。非夫貞壯之氣，勇烈之志，豈能臨敵引義，以死徇節者哉！非有先生論曰：引義以正身。景平之元，朝廷聞而傷之，有詔曰：故寧遠司馬濮陽太守陽瓚，滑臺之逼，厲誠固守，投命徇節，在危無撓，左氏傳曰：師徒撓敗。杜預曰：撓，敗也。古之烈士，無以加之。可贈給事中，振卹遺孤，以慰存亡。鄭玄禮記注曰：振，收也。追寵旣彰，人知慕節，河汴之閒，有義風矣。逮元嘉廓祚，聖神紹物，光昭茂緒，旌録舊勳，苟有概於

陽州至不姓陽此文誤也　何焯但云地名亦非

貞孝者實事感於仁明東觀漢記曰章帝壯而仁明末臣蒙固側聞至訓敢詢諸前典而爲之誄其辭曰

貞不常祐義有必甄鄭玄尚書緯注曰甄表也處父勤君怨在登賢左氏傳曰晉蒐于夷舍二軍使狐射姑將中軍趙盾佐之陽處父至自溫改蒐于董易中軍陽子成季之屬也故黨于趙氏且謂趙盾能曰使能國之利也賈季怨陽子之易其班杜預曰本中軍帥易以爲佐也使續鞫居殺陽處父穀梁傳曰晉將與狄戰使狐夜姑爲中軍將盾佐之陽處父曰不可古者君之使臣也使仁者佐賢者不使賢者佐仁者今盾賢夜姑仁其不可襄公曰諾公謂夜姑曰吾使汝佐盾矣處父主境上之事夜姑使人殺之莒夷致果題子行間左氏傳曰莒越生子將待事而名之陽州之役獲焉名之曰陽州杜預曰莒夷也說文曰題名也漢書衛青曰非臣待罪行間之意忠壯之烈宜自爾先舊勳雖廢邑氏遂傳左氏傳呂相絕秦曰我襄公未忘君之舊勳又衆仲曰縣之以土而命之氏邑亦如之杜預曰取其舊邑之稱

以爲族也公羊傳曰其稱劉何以邑氏惟邑及氏自温徂陽左氏傳劉子單子謂晉郤至曰襄王
勞文公而賜之温狐氏陽氏先處之狐續既降晉族弗昌言狐射姑續鞫居誅處父之後在晉
之族不復昌盛也左氏傳曰賈季使續鞫居殺陽處父杜預曰狐射姑賈季也之子之生立續宋皇毛詩
曰之子于征拳猛沈毅温敏肅良管子曰子之鄉有拳勇秀出者毛萇詩傳曰拳力也戰國策鞠
武曰田光先生者其知深其慮沈如彼竹栢負雪懷霜孫子曰貞人在冬則松竹在火則玉英
如彼騑駟配服驂衡服服馬也衡車衡也言翼贊宋朝如彼騑之爲駟乃配服而參衡也服謂中央
兩馬夾轅者在服之左曰驂右曰騑四馬曰駟邊兵喪律王略未恢周易曰師出以律失律凶也廣
雅曰略法也函陝堙阻瀍洛蕪萊朔馬東騖胡風南埃毋丘儉在幽州
詩曰芒山邈悠悠但見胡地埃路無歸轊衛野有委骸漢書王恢曰轊車相望又高祖
令曰士卒從軍死者爲槥歸其縣應劭曰轊小棺也服虔曰轊與槥古字通司馬彪續漢書順帝詔曰死則委

尸原野帝圖斯艱簡兵授才寔命陽子佐師危臺懔彼危臺在滑之坰周衛是交鄭翟是爭交黨與也毛詩曰懔彼淮夷史記鄭入滑滑聽命已而反與衛於是鄭伐滑周襄王使伯犕請滑鄭文公不聽襄王請而囚伯犕王怒與翟伐鄭不剋昔惟華國今實邊亭憑戀結關負河縈城金柝夜擊和門晝扃金謂刁斗也衛宏漢舊儀曰晝漏盡夜漏起城門擊刁斗周盧擊木柝周禮曰大閤以旌爲左右和之門范曄後漢書章帝詔永平之末城門晝閉說文曰扃外閉之關也料敵厭難時惟陽生楊子雲趙充國頌曰料敵制勝唐子曰將要於折衝厭難決勝而已涼冬氣勁塞外草衰李陵荅蘇武書云涼秋九月塞外草衰遏矣獯虜乘障犯威尚書王曰遏矣西土之人漢書曰上遺狄山乘障蒼頡曰障小城也鳴驥橫厲霜鏑高暈漢書曰息夫躬絕命辭曰鷹隼橫厲又曰冒頓乃作爲鳴鏑音義曰箭鏑也西京賦

曰游鷮高翬薛綜曰翬猶飛也軼我河縣俘我洛畿左氏傳呂相曰迭我殽地入我河縣俘我王官迭與軼古字通攢鋒成林投鞍爲圍東京賦曰戈矛若林漢書韓安國曰高皇帝圍於平城匈奴至者投鞍高如城者數所翳翳窮壘嗷嗷羣悲師老變形地孤援闊左氏傳晉軍吏曰楚師老矣卒無半菽馬實拑秣巨炎漢書項羽曰歲飢民貧卒食半菽公羊傳曰楚莊王圍宋子反窺宋城見華元華元曰易子而食析骸而炊子反曰吾聞圍者拑馬而秣之使肥者應客何子之情何休曰以木銜其口守未焚衝攻已濡褐左氏傳曰公侵齊攻廩丘之郛主人焚衝或濡馬褐以救之烈烈陽子在困彌達周易曰困窮而通勉慰痍傷拊巡饑渴左氏傳曰子反令軍吏察夷傷杜預曰夷亦傷也力雖可窮氣不可奪禮記曰儒者身可危也而志不可奪也孫子兵法曰三軍可奪氣將軍可奪心義遘邊疆身終鋒栝嗚呼哀哉劉熙釋名曰矢末曰栝賁父殞

颜延年生平不喜見要人陶詩等不肯為五斗米折腰颜至尋陽訪陶留連數日臨别贈酒錢二十千陶亦受之不辭惟颜知陶故特尊其為晉徵士又表其在晉之舊名為獨以陶氏署甲子之意

説文璿美玉也

亂騷雜申椒与菌桂兮豈惟紉夫蕙茝

浧邶也此及下文同意[illegible]言物因藉而至人隨遭而立皆不足貴也

節魯人。是志汧督。効貞晉策。攸記。貫父汧督已見上文皇上嘉悼思存寵異于以贈之言登給事毛詩曰何以贈之路車乘黃䟽爵紀庸恤孤表嗣漢書滕公謂楚令尹曰黥布上䟽爵而貴之䟽分也嗟爾義士没有餘喜嗚呼哀哉

陶徵士誄一首 并序

顏延年 何法盛晉中興書曰延之為始安郡道經尋陽常飲淵明舍自晨達昏及淵明卒延之為誄極其思致

夫璿玉致美不為池隍之寶山海經曰升山黃酸之水出焉其中多琁玉說文曰璿亦琁字桂椒信芳而非園林之實春秋運斗樞曰椒桂連名士起宋均曰桂椒芬香美物也山海經曰招摇之山多桂又曰琴鼓之山多椒豈其深而好遠哉蓋云殊

注非也此及下文同意言物因藉而至人隨踵而立皆不足貴也
無足而至即耿璿玉不
畜池隍桂楫不入園林
而反言之
此四句承上開下
下云物尚據生則無足而
至者亦不足貴也

此即以巢高夷皓况嗣
明可謂推崇備至

性。而巳。故無足而至者物之藉也言物以希爲貴也藉資藉也韓詩外傳曰晉平公游於河而樂曰安得賢士與之樂此也舩人蓋胥跪而對曰夫珠出於江海玉出於崑山無足而至者由主君之好也士有足而不至者蓋君主無好士之意也何患無士乎隨踵而立者人之薄也言人以衆爲賤也薄賤薄也戰國策齊宣王曰百世一聖若隨踵而生也此亦不以文而害意若乃巢高之抗行夷皓之峻節皇甫謐逸士傳曰巢父者堯時隱人也莊子曰堯治天下伯成子高立爲諸侯堯授舜舜授禹伯成子高弃爲諸侯而耕史記曰伯夷叔齊孤竹君之子也隱於首陽山三輔三代舊事曰四皓秦時爲博士辟於上洛熊耳山西禰衡書曰訓夷皓之風故巳父老堯禹錙銖周漢（六銖一綫重三銖半）范曄後漢書曰郅惲謂鄭敬曰子從我爲伊呂乎將爲巢許乎而父老堯舜乎禮記孔子曰儒有上不臣天子下不事諸侯雖分國如錙銖有如此者鄭玄曰雖分國以祿之視之輕如錙銖矣而縣。世。浸。遠。光。靈。不。屬東觀漢記曰上賜東平王蒼書曰歲月驚過山陵浸

言後人不能繼其清塵芳躅

人自為量謂自比前世隱士此不能終隱恐當次宗亦不免斯譏

輟塗殊軌謂不能終隱

末景餘波亦無巢高夷皓之

淵明為名為字究難因此以定之

南岳潛靈也似亦廬山陶

毋字有誤或當作親耳宋

遠今魯國孔氏尚有仲尼車輿冠履明德盛者光靈遠也至使菁華隱沒。芳流歇絕。不其惜乎。雖今之作者。人自為量。論語子曰作者七人而首路同塵。輟塗殊軌者多矣。老子曰和其光而同其塵陸機俠邪行曰將遂殊塗軌要子同歸津豈所以昭末景。汎餘波。陸機詩曰惆悵懷平素豈樂于茲同豈宴棲末景游豫躡餘蹤尚書曰餘波入于流沙有晉徵士。尋陽陶淵明。南岳之幽居者也。禮記曰儒有幽居而不淫弱不好弄。長實素心。左氏傳郤芮對秦伯曰夷吾弱不好弄長亦不改禮記曰有哀素之心鄭玄曰凡物無飾曰素學非稱師。文取指達。在衆不失其寡。處言愈見其默。少而貧病。居無僕妾。范曄後漢書曰黃香家貧內無僕妾井臼弗任。藜菽不給。列女傳曰周南大夫之妻謂其夫曰親操井臼不擇妻而娶母老子幼。就養勤匱。禮記曰事親左右就養無

淵明為名為字究難因此以定之

程蘄州云毋疑作父諸葛亮年十二喪母三十七乃喪父也

方遠惟田生致親之議追悟毛子捧檄之懷韓詩外傳曰齊宣王謂田過曰吾聞儒者親喪三年君之與父孰重田過對曰殆不如父重王忿曰則曷爲去親而事君田對曰非君之土地無以處吾親非君之祿無以養吾親非君之爵無以尊顯吾親受之於君致之於親凡事君者亦爲親也宣王悒然無以應之范曄後漢書曰廬江毛義字少卿家貧以孝稱南陽人張奉慕其名往候之坐定而府檄適到以義守令義捧檄而入喜動顏色奉者志尚之士心賤之自恨來固辭而去及義母死去官行服數辟公府爲縣令進退必以禮後舉賢良公車徵遂不至張奉歎曰賢者固不可測往日之喜爲親屈也初辭州府三命後爲彭澤令道不偶物棄官從好孫盛晉陽秋曰嵇康性不偶俗論語子曰從吾所好遂乃解體世紛結志區外左氏傳季文子曰四方諸侯其誰不解體嵇康幽憤詩曰世務紛紜蔡伯喈郭林宗碑曰翔區外以舒翼定迹深棲於是乎遠灌畦鬻蔬爲供魚菽之祭閑居賦曰灌園鬻蔬供朝夕之膳公

自祭文云月中無射輓歌詩云嚴霜九月中送我出遠郊然則淵明以九月沒也

羊傳齊大夫陳乞曰常之母有魚菽之祭織絇。劬緯蕭。以充糧粒之費。穀梁傳曰
甯喜出奔晉織絇邯鄲終身不言衛鄭玄儀禮注曰絇
狀如刀衣屨頭也莊子曰河上有家貧恃緯蕭而食者
司馬彪曰蕭蒿也織蒿爲薄心好異書。性樂酒德。劉劭伶集有酒德頌簡棄煩
促。就成省曠。張茂先荅何劭詩曰恬曠苦不足煩促每有餘殆所謂國爵屏貴。
家人忘貧者與。莊子曰夫孝悌仁義忠信貞廉此皆自勉以役其德者也不足多也故曰
至貴國爵屏焉至富國財屏焉是以道不渝郭象曰屏者除弃之謂也夫貴在其身猶忘之況國爵乎斯貴之
至也莊子曰故聖人其窮也使家人忘貧其達也使王公忘爵祿而化卑郭象曰淡然無欲家人不識貧可苦
有詔徵爲著作郎稱疾不到春秋若干元嘉四年月日卒
于尋陽縣之某里近識悲悼遠士傷情冥默福應嗚呼
淑貞張衡靈憲圖注曰寂寞冥默不可爲象夫實以誄華名由謚高苟允德

貴

言謝丹之孤生竹 招隱士桂樹

叢生言山之阿

淵明之士行之曹孙

至自非敦難解或當

言出於自然非由敦

迫耳

當作自至非敦言由安而

行之不由勉強也 亥五月

焯案前一條爲侃箋

又壬戌歲所評 次一條

爲己亥遊世前四月所補

言依世則尚同詭時則

尚異二者皆有不譏

不可默置也 注非

義貴賤何筭焉若其寛樂令終之美好廉克己之操有合謚典無愆前志故詢諸友好宜謚曰靖節徵士謚法曰寛樂令終曰靖好廉自克曰節其辭曰

物尚孤生人固介立漢書音義臣瓚曰介特也豈伊時遘曷云世及

言好立獨行之士不因時世進退蓋其本性如是

嗟乎若士望古遥集韜此洪族蔑彼名級葛龔遂初賦曰承藜龍之洪族晛高陽之休基史記曰賜爵一級說文曰級次第也睦親之行至自非敦周禮二曰六行孝友睦姻任恤鄭玄曰睦親於九族然諾之信重於布言漢書曰季布楚人也諺曰得黄金百斤不如得季布一諾廉深簡絜貞夷粹温和而能峻博而不繁論語子曰和而不同家語子貢曰博而不舉是曾參之行依世尚同詭時則異有一於此兩非默置豈若夫子因心違事言為人之道依俗而行必譏之以尚同詭違於時必譏之以好異有一於身必被譏論非為黙置豈若夫子因心而能違

世霸亦宗武

伯夷之行失之太清而不能含容故為矮隘柳下惠之行失之太和而輕忽時人故衆不恭敬

言該悟則忘言　下懷當作集作歸去

於世事乎言不同不異也莊子曰列士壞植散羣則尚同也郭象曰所謂和其光同其塵班固漢書賛曰東方朔戒其子以上容首陽為拙柱下為工飽食安步以仕易農依隱玩世詭時不逢毛詩曰因心則友

畏榮好古薄身厚志論語子曰信而好古

世霸虛禮州壤推風世霸謂當世而霸者也蔡伯喈郭有道碑曰州郡聞德虛己備禮推風推挹其風也

孝惟義養道必懷邦范曄後漢書曰論言以義養則仲由之菽甘於東鄰之牲論語比考讖曰文德以懷邦

人之秉彝不隘不恭毛詩曰民之秉彝好是懿德孟子曰伯夷隘柳下惠不恭隘與不恭君子不由也綦毋邃曰隘謂疾惡太甚無所容也不恭謂禽獸畜人是不敬然此不為褊隘不為不恭

爵同下士祿等上農禮記曰諸侯之下士視上農夫祿足以代其耕

度量難鈞進退可限孝經容止可觀進退可度

長卿棄官稚賓自免漢書曰司馬長卿病免客游梁得與諸侯游士居又曰清居之士太原則郇相字稚賓舉州郡茂才數病去官

子之悟之何悟之辯賦詩歸來

晋書陶潛傳云躬耕自養遂抱羸疾

徵為著作郎不就

高蹈獨善歸來歸去來也左氏傳齊人歌曰魯人之皐使我高蹈孟子曰古之人窮則獨善其身達

則兼善天下亦既超曠無適非心吕氏春秋曰夫樂有道心亦適莊子曰知忘是非心

之適也汲流舊巘葺宇家林廣雅曰葺覆也晨烟暮藹春煦秋陰

陳書輟卷置酒絃琴居備勤儉躬兼貧病尚書曰克勤于邦克儉于

家史記原憲曰若憲貧也非病也人否其憂子然其命論語子曰賢哉回也一簞食一

瓢飲在陋巷人不堪其憂回也不改其樂墨子曰貧富固有天命不可損益隱約就閑遷延

辭聘周書曰隱約者觀其不懾懼登徒子好色賦曰因遷延而辭避非直也明是惟道

性毛詩曰匪直也人秉心塞淵高誘淮南子注曰道性無欲糾纆斡流冥漠報施鵩鳥

賦曰斡流而遷或推而還夫禍之與福何異糾纆弔魏武文曰悼繐帷之冥漠史記司馬遷曰天之報施善人

何如哉孰云與仁實疑明智言誰云天道常與仁人而我聞之實疑於明智此說明智

據此是徵士以久瘧亡故能自爲祭文又作輓歌也

「清」別本

謂老子也老子曰天道無親常與善人楚辭曰招賢良與明智謂天蓋高胡諐斯義言天高聽卑而報施無爽何故爽於斯義而不與仁乎毛詩曰謂天蓋高不敢不踡史記子韋曰天高聽卑屨信曷憑思順何寘周易曰屨信思乎順毛萇詩傳曰寘置也年在中身疢維痁傷閻疾尚書曰文王受命惟中身左氏傳曰齊侯疥遂痁杜預曰痁瘧疾也視死如歸臨凶若吉呂氏春秋曰遺生行義視死如歸藥劑弗嘗禱祀非恤魏都賦曰藥劑有司論語子曰丘之禱久矣傃幽告終懷和長畢嗚呼哀哉傃向也禮記曰幽則有鬼神孫卿子曰死人之終也敬述靖節式尊遺占漢書曰陳遵口占作書占謂口隱度其事令人書也存不願豐沒無求贍省訃却賻輕哀薄斂禮記曰凡訃於其君云某臣死鄭玄曰訃或作赴至也臣死使人至君所告之也周禮曰喪則令賻補之鄭玄曰謂賻喪家補助不足遭壤以穿旋葬而窆嗚呼哀哉河圖考鉤曰有壤者可穿禮記孔子曰斂手足

顔嘗至潯陽訪陶

此延年勸陶

原誤作舒卷

此陶答

形還葬而無椁稱其財斯之謂禮說文曰窆之葬下棺也深心追往遠情逐化莊子曰既化而生又化而死自爾介居及我多暇漢書陳餘說武臣曰將軍獨介居河北孫卿子曰其爲人也多暇日者其出入不遠伊好之洽接閻鄰舍宵盤晝憩非舟非駕毛萇詩傳曰憩息也念昔宴私舉觴相誨毛詩曰諸父兄弟備言燕私獨正者危至方則礙孫卿子曰方則止圓則行哲人卷舒布在前載西征賦曰蘧與國而卷舒西京賦曰多識前世之載取鑒不遠吾規子佩毛詩曰殷鑒不遠爾實愀然中言而發禮記曰孔子愀然作色而對違衆速尤迕風先蹷班固漢書述曰疑殆匪闕違衆忤世淺爲尤悔深作敦害韓詩外傳曰草木根荄淺未必橛也飄風與暴雨隧則橛必先矣身才非實榮聲有歇言身及才不足爲寶榮華聲名有時而滅恐已恃才以傲物憑寵以陵人故以相誡也叡音永矣誰箴余闕嗚呼哀

殷淑儀乃劉休龍堂妹其事干犯人倫誄作雖佳亦不宜取也

哉〔爾雅曰永遠也左氏傳魏絳曰百官箴王闕〕仁焉而終智焉而斃〔應劭風俗通曰傳云五帝聖焉死三王仁焉死五伯智焉死〕黔婁既沒展禽亦逝〔皇甫謐高士傳曰黔婁先生死曾參與門人來弔曾參曰先生終何以爲謚妻曰以康爲謚曾子曰先生存時食不充虛衣不蓋形死則手足不斂傍無酒肉生不得其美死不得其榮何樂於此而謚爲康哉妻曰昔先君嘗欲授之國相辭而不爲是所以有餘貴也君嘗賜之粟三十鍾先生辭不受是其有餘富也彼先生者甘天下之淡味安天下之卑位不戚戚於貧賤不遑遑於富貴求仁而得仁求義而得義其謚爲康不亦宜乎展禽柳下惠也論語柳下惠爲士師鄭玄曰柳下惠魯大夫也展禽食采柳下謚曰惠〕其在先生同塵往世〔同塵已見上文〕旌此靖節加彼康惠嗚呼哀哉〔康黔婁惠柳下惠也〕

宋孝武宣貴妃誄一首　并序

〔沈約宋書曰孝武殷淑儀薨追進爲貴妃班亞皇后謚曰宣謝莊爲誄〕

謝希逸

惟大明六年夏四月壬子宣貴妃薨律谷罷煖龍鄉輟曉律谷黍谷也吹律以暖之故曰律谷劉向別錄曰鄒衍在燕有谷寒不生五穀鄒衍吹律而温之至生黍陳留風俗傳曰允吾縣者宋陳楚地故梁國寧陵種龍鄉也出鳴雞照車去魏聯城辭趙史記曰齊威王與魏惠王會田于郊魏王問曰王亦有寶乎威王曰無有魏王曰若寡人小國也尚有徑寸之珠照車前後十二乘者十枚奈何以萬乘之國而無寶乎又曰趙惠文王得和氏璧秦王聞之使遺趙王書曰願以十五城易璧趙王遂使相如奉璧西入秦魏文帝與鍾大理書曰不損連城之價皇帝痛掖殿之既闃悼泉途之已宮埤蒼曰闃靖也風俗通曰梓宮者存時所居緣生事亡因以爲名也巡步檐而臨蕙路集重陽而望椒風嗚呼哀哉上林賦曰步檐周流長途中宿西都賦曰後宮則有蘭林蕙草楚辭曰集重陽入帝宮兮造旬始而觀清都

揆景　程撰曰

霣庇之怨　属公主言

鞮印不葬不見方丈仙人出瞰巷也

桓子新論曰董賢女弟爲昭儀居舍號曰椒風**天寵方降王姬下姻**沈約宋書曰淑儀生第二皇女周易曰在師中吉承天寵也毛詩序曰王姬亦下嫁於諸侯**肅雍揆景陟屺爰臻**言王姬將降至而貴妃遝霣毛詩曰曷不肅雍王姬之車又曰涉彼屺兮瞻望母兮**國軫喪淑之傷家凝霣庇之怨**穆天子傳曰天子爲盛姬謚曰哀淑人潘岳秦氏從姊誄曰家失慈覆世喪母儀鄭玄禮記注曰庇覆也庇或爲姚非也**敢撰德於旂旐庶圖芳於鍾萬**周易曰雜物撰德楊雄元后誄曰著德太常注諸旒旌曹植卞太后誄曰敢揚厚德表之旐旌國語晉悼公曰昔克潞之役秦來圖敗晉功魏顆以其身却退秦師于輔氏親止杜回其勳銘于景鍾左氏傳曰九月考仲子之宮將萬焉公問羽數於衆仲對曰天子用八諸侯用六公從之於是初獻六羽始用六佾**其辭曰**

玄丘烟因**熅瑤臺降芬**列女傳曰契母簡狄者有娀氏之長女也當堯之時與其妹娣

文五十七　三十

毓德素里程白居易詩義在深閨矣

莊後鬷以贊軌堯門之語以稱見來侍

浴於玄丘之水有玄鳥銜卵過而墜之五色甚好簡狄得含之誤而吞之遂生契焉楚辭曰望瑤臺之偃蹇兮

見有娀之佚女高唐渫雨巫山鬱雲高唐賦曰昔先王游於高唐夢見一婦人曰妾在巫

山之陽高丘之阻旦爲朝雲暮爲行雨誕發蘭儀光啓玉度楊修荀奕述讚曰其

德克明誕發幼齡左九嬪武帝納皇后頌曰如蘭之茂如玉之瑩光啓巳見上文望月方娥瞻

星比婺易歸藏曰昔常娥以不死之藥犇月漢書曰北宮有婺女星占曰婺女爲既嫁之女也

毓德素里捿景宸軒周易曰君子以振民毓德劉梁季南碑曰栖景曜於衡門

處麗絺綌出懋蘋蘩毛詩曰葛之覃兮施于中谷是刈是穫爲絺爲綌又曰于

以采蘋南澗之濱又曰于以采蘩于沼于沚脩詩賁道稱圖照言廣雅曰賁美也

世本曰史皇作圖宋忠曰史皇黃帝臣也圖謂畫物象也翼訓姒幄贊軌堯門列女傳曰

塗山氏之女夏禹娶以爲妃既生啓塗山獨明教訓而致其休焉史記曰禹姒爲姓漢書曰孝武鉤弋趙婕妤

邦之媛　邦字 風[illegible]詞也

（昭帝母也。妊身十四月乃生。上曰：昔聞堯十四月而生，今鉤弋亦然。乃命所生門曰堯母門。）綢繆史館，容與經闈。（史，三史。經，六經。）陳風緝藻，臨彖分微。（風，國風。彖，易彖。）游藝彈數，撫律窮機。（藝，六藝。律，六律。）躊躇冬愛，怊悵秋暉。（楚辭曰：蹇淹留而躊躇。左氏傳曰：酆舒問於賈季曰：趙衰、趙盾孰賢？對曰：趙衰，冬日之日；趙盾，夏日之日。杜預曰：冬日可愛，夏日可畏。楚辭曰：心怊悵以永思。）展如之華，寔邦之媛。（毛詩曰：展如之人兮，邦之媛也。）敬勤顯陽，肅恭崇憲。（沈約宋書曰：文帝路淑媛生孝武皇帝，即位，奉尊號皇太后，宫曰崇憲。太后居顯陽殿。）奉榮維約，承慈以遜。遠下延和，臨朋違怨。祚靈集祉，慶藹迎祥。（毛詩曰：既受帝祉，施于孫子。鄭玄禮記注曰：高辛氏之世，玄鳥遺卵，娀女簡狄吞而生契，後王以爲媒官嘉祥，而立其祠焉。潘尼上巳日會天淵池詩曰：外迎休祥，內和天人。）皇胥璿式，帝女金相。（式，法也。言皇之胥嗣如玉之有法也。沈約宋書曰：淑儀生始平王子鸞、晉陵王子雲、

帝女已見上文左氏傳祈招之詩云式如玉式如金毛詩曰追琢其章金玉其相毛萇曰相質也聯跗

齊穎接蕚均芳毛詩曰棠棣之華蕚不韡韡鄭玄曰承華者蕚不當作跗蕚足也以蕃

以牧燭代輝梁漢書曰文帝立武爲代王參爲梁王視朔書氛觀臺告

祲左氏傳曰公既視朔遂登觀臺以望而書禮也周禮曰眂祲掌十輝之法鄭玄曰陰陽氣相侵漸以成災也

八頌侷和六祈輟滲周禮曰占人掌占龜以八筮占八頌以視吉凶鄭玄曰以八筮占八頌

謂將卜八事先以筮筮之言頌者同於龜占周禮曰太祝掌六祈以同鬼神示一曰類二曰造三曰禬四曰禜

五曰攻六曰說滲謂滲漉踰祉福也衡總滅容翬翟毀袿包咸論語注曰衡軛也周禮曰

王后之五路重翟錫面朱總厭翟勒面繢總安車彫面鷖總皆有容蓋鄭司農曰總著馬勒直兩耳與兩鑣容

謂幨車也周禮曰司服掌王后之六服褘服褕狄闕狄鞠衣展衣禒衣鄭玄曰狄當爲翟翟雉名也褘衣畫翬

者也說文曰袿衣衿也掩綵瑤光收華紫禁嗚呼哀哉宋孝武傷宣貴妃擬

誄詞寔調不可爲式

漢武李夫人賦曰閟瑤光之密陛宮虛梁之餘陰又哀伯文美人賦曰居瑤光之嚴奧御象席之瓊珍並以瑤光爲殿名蓋貴妃之所處也王者之宮以象紫微故謂宮中爲紫禁**帷軒夕改輧輅晨遷**劉熙釋名曰容車婦人所載小車也其蓋施帷所以隱蔽其形容也列女傳齊孝孟姬曰妾聞妃后踰閾必乘安車輜輧蒼頡篇曰輧衣車也**離宮天邃別殿雲懸**西都賦曰徇以離宮別寢**靈衣虛襲組帳空煙**寡婦賦曰瞻靈衣之披披鄭玄禮記注曰襲重衣也長門賦曰張羅綺之幔帷垂楚組之連綱**巾見餘軸匣有遺絃嗚呼哀哉**巾巾箱也匣琴匣也**移氣朔兮變羅紈白露凝兮歲將闌**闌猶晚也**庭樹驚兮中帷響金釭曖兮玉座寒**夏侯湛有金釭燈賦曖不明也易是類誄曰假威出座玉床**純孝擗其俱毀共氣摧其同欒**純孝共氣謂皇子也左氏傳君子曰穎考叔純孝也孝經曰擗踊哭泣哀以送之鄭玄孝經注曰毀瘠羸瘦孝子有之呂氏春秋曰父母之於子也子之

此言子雲死也

於父母也一體而分形同血氣而異息毛詩曰庶見素冠兮棘人欒欒兮仰昊天之莫報怨凱風之徒攀毛詩曰欲報之德昊天罔極毛詩曰凱風美孝子也茫昧與善寂寥淮南子曰茫茫昧昧從天之道與善已見上文周易曰積善之家必有餘慶喪過乎哀喪過見上文孝經曰毀不滅性棘實滅性世覆沖華國虛淵兮嗚呼哀哉韋秀四言詩曰坤德尚沖毛詩曰秉心塞淵題湊既肅龜筮既辰呂氏春秋曰題湊之室棺槨數襲漢書音義韋昭曰題頭也頭湊以頭內向所以爲固階撤兩奠庭引雙輴儀禮曰屬引徹奠乃祖鄭玄曰屬著也引所以引柩車也在輴曰紼又禮記注曰輴殯車也維慕維愛曰子曰身沈約宋書曰孝武大明六年淑儀薨又曰大明六年子雲薨潘岳妹哀辭曰庭祖兩柩路引雙輴爾身爾子永與世辭慟皇情於容物崩列辟於上旻司馬彪漢書曰根車旋載容衣崇徽章而出寰甸照殊策而去城闉嗚呼

度别本

哀哉鄭玄禮記注曰微旌旗也又曰旌葬乘車所建也毛萇詩傳曰章旒也蔡邕獨斷曰以策書誄其行而賜之也穀梁傳曰寰內諸侯非天子之命不得出會尚書曰五百里甸服孔安國曰規方千里之內謂之甸服說文曰闉城曲重門也經建春而右轉循閶闔而逕渡度河南郡境界簿曰洛陽縣東城第一建春門楚辭曰歷太皓以右轉晉宮閣銘曰洛陽城閶闔門楚辭曰凌天池而徑渡旌委鬱於飛飛龍逶遲於步步毛詩曰周道逶遲鏘楚挽於槐風喝邊簫於松霧鏘鳴聲也楚辛楚也廣雅曰喝嘶喝也邊簫簫聲遠也涉姑繇而環迴望樂池而顧慕鳴呼哀哉穆天子傳曰天子西征至玄池之上乃奏樂三日而終是曰樂池盛姬亡天子乃殯姬於穀丘之廟葬於樂池之南天子乃周姑繇之水以圜喪車郭璞曰繇音姚晨轀於昆解鳳曉蓋俄金葬說故車解鳳飾蓋斜金爪也漢書曰載霍光尸以轀輬車如湆曰轀輬車形廣大有羽飾甘泉賦曰乃登夫鳳凰然羽飾則鳳凰也杜延年奏曰載霍光柩以輬車以

輼車爲倅也臣瓚曰秦始皇崩祕其喪載以輼輬車百官奏事如故此不得是轜車類也然輼車吉儀瓚說是也桓譚新論曰棄輿鳳皇蓋飾以金玉蔡邕獨斷曰凡乘輿皆羽蓋金華爪鄭玄詩箋曰俄傾也山庭寢曰隧路抽陰黃圖曰陵冢爲山鄭玄周禮注曰隧墓道也重扃閟兮燈已黷中泉寂兮此夜深哀永逝曰户闔兮燈滅夜何時兮復曉銷神躬于壤末散靈魄於天潯許慎淮南子注曰潯涯也響乘氣兮蘭馭風德有遠兮聲無窮言惠問乘四氣而靡窮其芳譽馭六風而彌遠嗚呼哀哉

哀上　哀永逝文一首　潘安仁

啓夕兮宵興悲絶緒兮莫承啓夕將啓殯之前夕也儀禮曰既夕哭請啓期告于殯宿興緒肴緒也思玄賦曰王肆倏於漢庭卒銜卹而絶緒俄龍轜兮門側嗟俟時兮將升儀禮曰遷于祖用軸鄭玄曰軸輁軸也天子畫之以龍說文曰轜喪車也嫂姪兮

劉本校語云善作章偟

慞惶慈姑兮垂矜（爾雅曰婦稱夫之母曰姑）聞鳴雞兮戒朝咸驚號兮撫膺（陳琳武庫賦曰啓明戒旦長庚告昏列子曰撫膺而恨）逝日長兮生年淺憂患衆兮歡樂尠彼遥思兮離居歎河廣兮宋遠（毛詩序曰河廣宋襄公母歸于衛思而不止故作此詩也詩曰誰謂河廣一葦杭之誰謂宋遠跂予望之）今奈何兮一舉邈終天兮不反（天地之道理無終極今云終天不反長逝之辭）盡余哀兮祖之晨揚明燎兮援靈輴（祖及輴車並已見上文儀禮曰宵設燎于門內之右鄭玄曰爲哭者爲明）徹房帷兮席庭筵舉酹觴兮告永遷（禮記曰士殯帷之儀禮曰商祝御柩乃祖布席乃奠禮記曰祖於庭說文曰酹餟祭也字林曰以酒沃地曰酹）悽切兮增欷俯仰兮揮淚想孤魂兮眷舊宇視倏忽兮若髣髴徒髣髴兮在慮靡耳目兮一遇停駕兮淹留徘

徊兮故處周求兮何獲引身兮當去華韡兮初邁馬

迴首兮旋旆風泠泠兮入帷雲霏霏兮承蓋班婕妤自傷賦曰廣

室陰兮帷幄暗房櫳虛兮風泠泠楚辭曰雲霏霏兮承宇鳥儵翼兮志林魚仰沫兮

失瀨悵悵兮遲遲遵吉路兮凶歸思其人兮已滅覽餘

跡兮未夷毛萇詩傳曰夷滅也昔同塗兮今異世憶舊歡兮增新

悲謂原隰兮無畔謂川流兮無岸望山兮寥廓臨水兮

浩汗視天日兮蒼茫面邑里兮蕭散匪外物兮或改固

歡哀兮情換嗟潛隧兮既敞將送形兮長往隧已見上文委

蘭房兮繁華襲窮泉兮朽壤賈逵國語注曰襲衣還也中慕叫兮

擗摽之子降兮宅兆擗摽已見上文孝經曰卜其宅兆而安厝之撫靈櫬兮

訣幽房棺冥冥兮埏窈窕杜預左氏傳注曰櫬親身戶之棺聲類曰埏墓隧也

闔兮燈滅夜何晞兮復曉司馬彪續漢書張奐遺令曰地底冥冥長無曉期歸

反哭兮殯宮聲有止兮哀無終左氏傳曰不反哭于寢故不曰薨杜預注曰自墓反虞于正寢所謂反哭于寢也釋名曰於西壁下塗之曰殯儀禮曰遂適殯宮是乎非

乎何皇趣一遇兮目中漢書曰孝武李夫人卒悲感作詩曰是邪非邪立而望之偏何姍姍其來遲鄭玄毛詩箋曰皇之言暀也又曰暀往也東觀漢記世祖曰虜在吾目中既遇目

兮無兆曾寤寐兮弗夢平聲既顧瞻兮家道長寄心兮爾

躬周易曰夫夫婦婦而家道正重曰已矣此蓋新哀之情然耳渠

懷之其幾何庶無愧兮莊子莊子曰莊子妻死惠子弔之則方箕踞鼓盆而歌惠子曰與人居長子老身死不哭亦足矣又鼓盆而歌不已甚乎莊子曰不然是其始死也我獨而能無槩然察

其始而本無生非徒無生而本無形非徒無形而本無
氣人且偃然寢於巨室而我噭噭隨而哭之自以爲不
通乎命
故止

文選卷第五十七

初六日 侃誦

文選卷第五十八

梁昭明太子撰

文林郎守太子右内率府録事參軍事崇賢館直學士臣李善注上

哀下

碑文上

此文實不愧其佳處言言
宮詞校總由無情耳

哀下

宋文皇帝元皇后哀策文一首

沈約宋書曰文帝袁皇后諱齊嬀陳郡人左光祿大夫敬公湛之庶女也適太祖生太子劭上待后禮甚篤及崩于顯陽殿詔前永嘉太守顏延年爲哀策文

顏延年

惟元嘉十七年七月二十六日大行皇后崩于顯陽殿周書曰謚者行之迹是以大行受大名細行受細名風俗通曰皇帝新崩未有定謚故揔其名曰大行皇帝行下孟切粤九月二十六日將遷座于長寧陵禮也龍輴卭纚離綷容翟結驂龍輴凶飾也容翟吉儀也儀禮曰遷于祖用軸鄭玄曰遷徙于祖廟也軸輴軸也軸狀如轉轔刻兩頭爲軹輴狀如長牀穿桯前後著金而關軸焉天子畫之以龍也桯餘征切韓詩纚

宋本作想

繫也鄭玄儀禮注曰引棺在輴車曰綍甫物切劉熙釋名曰
容車婦人所載小車也其蓋施帷所以隱蔽其形容曹植宣
后誄表曰容車飾駕以合北辰周禮曰王后之五路重翟鍚
面朱總厭翟勒面繢總皆有容蓋鄭司農云容謂幨車也鄭
玄曰蓋如今小車蓋也王逸楚辭注曰結
連也連驂言將行也鄭玄詩箋曰驂兩騑 皇塗昭列神路幽
嚴皇塗古制故曰昭列神路凶飾故曰幽嚴 皇帝親臨祖饋躬瞻宵載周禮曰喪祝掌大喪
祖飾棺乃載鄭玄曰祖爲行始也其序載而后飾白虎通曰始載於庭轜車辭祖禰也 飾遺儀於組旒
淪祖音平珩行珮毛詩曰素絲組之鄭玄曰以素絲爲縷縫之旌旗以爲文飾旌旗以銘功也楊雄元
后誄曰著德太常注諸旒旌尚書大傳曰太師奏雞鳴后夫人鳴佩玉于房中告去毛詩雜佩以贈之毛萇詩傳曰珮有
珩璜琚瑀琚音居瑀音禹 悲黼翣之移御痛翬褕以招之重晦周禮曰大朝覲王設次席
黼純又內司服掌王后之六服褘衣褕狄鄭玄曰褘衣畫翬者也褕畫鷂者也褕與鷂並以招切 降輿客位
撤奠殯階降輿謂祖載之時柩降於車也儀禮曰主人入祖乃載鄭玄曰舉柩却下而載之禮記曰殯於客位

有過臨之契

此四言不過言同體天地耳倫儷一言昭升一言帝后配合也

祖於庭儀禮曰屬引徹奠乃祖鄭玄曰屬著也引柩車也禮記曰周人殯於西階之上則猶賓之乃命史臣累德。述懷。鄭司農周禮注曰誄謂積累生時德行賜之命爲其辭也其辭曰

倫昭儷昇有物有憑言天地未分之前已明倫匹之義又昇伉儷之道皆有物象有所依憑毛詩曰天生蒸民有物有則鄭玄曰有物象也左氏傳曰石言於晉魏榆師曠曰石不能言或憑焉劇秦美新曰上覽古在昔有憑應而尚缺

圓精初鑠方祇始凝言天地始分也呂氏春秋曰天道圓地道方何以說天道之圓也精氣一上一下圓周復雜無所稽留故曰天道圓何以說地道之方也萬物殊類形皆有分職不能相爲故曰地道方郭璞方言注云鑠言光明也淮南子曰清陽薄靡而爲天重濁凝滯而爲地

昭哉世族祥發慶膺祥發猶發祥也毛詩曰長發其祥慶膺猶膺慶也幽通賦曰王者膺慶於所感

祕儀景胄圖光玉繩祕其令儀而生景胄圖其容光而升玉繩也廣雅曰圖度也沈約宋書曰宋有玉繩殿

昌暉在陰柔明將進陰物也又曰坤妻道也又曰順而麗乎大明柔尚書曰邦乃其昌孔安國曰昌盛也周易曰坤

文帝妣為宜都王后初拜宜都王妃故又如此

進而上行率禮蹈和稱詩納順南都賦曰率禮無違論語曰禮之用和爲貴史記曰陸賈時稱

詩書毛詩曰于以采蘋又曰于以采藻鄭玄毛詩箋曰蘋之言賓藻之言澡婦人之行尚柔順自絜清故取名以爲

戒禮記曰婦順者順於舅姑和於室人而后當於夫也爰自待年金聲夙振左氏傳曰

叔姬歸于紀杜預曰至是歸者待年於父母國也孟子曰孔子之謂集大成也者金聲而玉振亦既有行

素章增絢毛詩曰女子有行遠父母兄弟論語曰子夏問曰巧笑倩兮美目盼兮素以爲絢兮何謂也子

曰繪事後素曰禮後乎馬融曰絢文貌也象服是加言觀維則毛詩曰象服是宜又曰言

觀其旂又曰柔嘉維則俾我王風始基嬪德毛詩曰覆俾我悖尚書曰釐降二女于嬀

汭嬪于虞惠問川流芳猷淵塞蔡邕袁公夫人碑曰義方之訓如川之流毛詩曰仲氏任

只其心塞淵方江泳漢載謡南國毛詩序曰文王之道被于南國江漢之域無思犯禮

毛詩曰漢之廣矣不可泳思江之永矣不可方思毛萇曰方泭也伊昔不造鴻化中微

謂少帝之時陸機詩曰伊昔有皇毛詩曰閔予小子遭家不造東都賦曰鴻化惟神魯靈光殿賦曰遭漢中微用集寶命仰陟天機謂文帝即位也尚書曰用集大命又曰無墜天之降寶命天機喻帝位也尚書考靈耀曰璿璣玉衡以齊七政尚書爲此璣曹植秋胡行曰歌以永言大魏承天璣然璣與機同也釋位公宮登曜紫闈左氏傳子朝曰諸侯釋位以間王室禮記曰古者婦人先嫁三月祖廟未毀教于公宮魏明帝苦寒行曰修德乎紫闈八月自懷柔欽若皇姑允迪前徽尚書曰欽若昊天爾雅曰婦稱夫之母曰姑尚書曰允迪厥德孝達寧親敬行宗祀毛詩曰歸寧父母毛萇曰父母在則有時歸寧毛詩序曰夫人可以奉祭祀則不失職矣進思才淑傍綜圖史毛詩序曰關雎樂得淑女思進賢才王肅周易注曰綜理事也班婕妤自傷賦曰陳女圖以鏡鑒顧女史而問詩發音在詠動容成紀國語伶州鳩曰詠之以中音孟子曰動容周旋中禮者盛德之至也成紀見下注壼政穆宣房樂韶理爾雅曰宮中巷謂之壼禮記曰古者天子后立於宮以聽天下之內治方言曰穆信也儀

禮曰有房中之樂鄭玄曰絃歌周南召南之詩房中者后夫人諷誦以事君子禮記曰韶繼也如淳漢書注曰今樂家五日一習樂爲理樂也**坤則順成星軒潤飾**韓詩曰淑女奉順坤德成其紀綱周易曰坤順也漢書曰軒轅黃龍體前大星女主象也**德之所届惟深必測**尚書曰惟德動天無遠弗届卞蘭太子頌表曰道無深而不測術無細而不敷**下節震騰上清朓側**言后道得宜即地安靜而月合度也漢書李尋曰月者衆陰之長妃后之象春秋感精符曰月者陰之精地之理也國語曰幽王二年三川皆震毛詩曰百川沸騰山冢崒崩尚書五行傳曰晦日而月見西方謂之朓朔而月見東方謂之側匿鄭玄曰朓猶條達也條達行疾貌側匿猶縮懦行遲貌**有來斯雍無思不極**毛詩曰有來雍雍又曰無思不服孔安國尚書傳曰極中也**謂道輔仁司化莫晣**之逝切奉秀四言詩曰乾道輔仁坤德尚沖思玄賦曰死生錯而不齊兮雖司命其不斷說文曰昭晣明也**象物方臻眡祲告沴**零細切周禮曰凡樂六變而致象物鄭玄曰象物有象在天所

舊音

謂四靈也非德之和則不至也周禮曰眂祲鄭玄曰祲陰陽氣相祲漸成祥也漢書曰氣相傷謂之沴臨莅不和意也

太和既融收華委世

太和謂太平也法言曰或問太和曰其在唐虞成周也李軌曰天下太和蔡邕釋誨曰皇道惟融帝猷不顯廣雅曰融朗也委世弃世也

蘭殿長陰椒塗弛衛嗚呼哀哉

漢武故事曰帝以七月七日旦生於猗蘭殿漢書舊儀曰皇后稱椒房椒塗室亦取溫煖除惡氣也

戒凉在肂

弋二

杪秋即窆

冬

國語單襄公曰火見而清風戒寒賈逵曰戒人為寒備也儀禮曰死三日而殯三月而葬說文曰肂瘞也楚辭曰靚杪秋之遥夜禮記曰冢宰制國用必於歲之杪左氏傳楚子曰唯是春秋窀穸之事杜預曰窀厚也穸夜也厚夜長夜謂葬埋也窀之倫切

霜夜流唱曉月升魄

流唱挽歌也升魄祖載也禮記子曰氣也者神之盛也魄也者鬼之盛也

八神警引五輅遷迹

甘泉賦曰八神奔而警蹕兮振殷轔而軍裝周禮曰中車掌王后之五輅

嗷嗷儲嗣哀哀列辟

嗷嗷已見上文毛詩曰哀哀父母生我劬勞

灑零玉墀雨泗丹掖

劉駒

此八字固纏綿悽愴而與上文不接蓋斯言惟文帝自述可耳不可施於儲嗣列辟也

駼玄根賦曰致垂棘以爲塒撫存悼亡感今懷昔嗚呼哀哉沈約宋書曰哀策既奏上自益此八字以致其意焉潘岳祭庾新婦文曰伏膺飲淚感今惟昔南背國門北首山園楚辭曰出國門而軫懷廣雅曰首向也漢書曰後徙吏二千石之家於諸陵非獨爲奉山園僕人按節服馬顧轅楚辭曰僕人慌悴散若流兮子虛賦曰按節未舒鄭玄毛詩箋曰服中央夾轅也李陵詩曰轅馬顧悲鳴五步一彷徨遙酸紫蓋眇泣素軒傅玄乘輿馬賦曰紫蓋漂以連翩素軒猶素車也滅綵清都夷體壽原楚辭曰造旬始觀清都漢書曰作陽陵邑張晏曰景帝作壽陵起邑漢書音義曰天子未死呼壽原邑野淪藹戎夏悲讙京邑朝野淪其明盛戎狄華夏悲以競讙廣雅曰藹藹盛也國語史蘇曰戎夏交捽也來芳可述往駕弗援嗚呼哀哉

齊敬皇后哀策文一首

蕭子顯齊書明帝敬劉皇后諱惠端彭城人也光禄大夫道弘女太祖高皇帝爲高宗納之武帝永明七年卒葬江乘縣張山高宗即位追尊爲敬皇后高宗崩改塟祔于興安陵高宗即明帝也

謝玄暉

惟永泰元年蕭子顯齊書明帝改年爲永泰其年七月帝崩東昏即位秋九月朔日敬皇后梓宮啓自先塋將祔于某陵風俗通曰梓宮者禮天子歛以梓器宮者存時所居緣生事亡因以爲名凡人呼棺亦爲宮也說文曰塋墓地禮記孔子曰魯人之祔也合之鄭玄曰祔謂合塟也其日至尊親奉奠某皇帝至尊東昏侯寶卷鄭玄周禮注曰奠獻也饋奠明帝崩未謚故曰某乃使兼太尉某設祖于行宮禮也司馬彪續漢書太尉公一人凡大喪則告謚南郊祖已見上文翠帟舒皇玄堂啓扉張協禊賦曰翠幕蜺連張衡吕司徒誄曰去此寧寓歸于幽堂玄室冥冥脩夜彌長俎徹三獻籩

卷六衣杜預左氏傳注曰撤去也禮祭必三獻周禮内司服掌王后之六服褘衣褕狄闕狄鞠衣展衣
褖衣哀子嗣皇帝懷蜃衛而延首想鷖輅而撫心周禮曰遂人大喪使帥其屬以蜃車之役衛鄭玄曰蜃車柩路柩載柳四輪迫地而行有似蜃因取名焉阮瑀正欲賦曰佇延首以極視周禮曰安車雕面鷖總列子曰師襄乃撫心高蹈痛椒塗之先廓哀長
信之莫臨椒塗已見上文應劭漢官儀曰帝祖母爲太皇太后其所居曰長信宮也身隔兩
赴時無二展爾雅曰赴至也禮記顏淵謂子路曰反其國不哭展墓而入鄭玄曰展省視也旋
詔左言光敷聖善鄭玄禮記注曰旋便也漢書曰左史記言右史記事于寶晉紀魏帝
詔曰三后咸用光敷聖德毛詩曰母氏聖善我無令人其辭曰
帝唐遠胄御龍遙緒班固漢書贊曰范宣子曰祖自虞已上爲陶唐氏在夏爲御龍
氏晉主夏盟爲范氏在秦作劉在漢開楚班固漢書贊曰范氏爲晉士師魯文公世

奔秦後歸于晉其處者爲劉氏漢書曰楚元王交高祖同父少弟也爲楚王沈約宋書曰高祖楚元王交之後也肇惟淑聖克柔克令克柔已見上文毛詩曰令妻壽母清漢表靈曾沙膺慶韓詩曰漢有遊女薛君曰遊女謂漢神謝靈運登江中孤嶼詩曰表靈物莫賞漢書元后傳元城建公曰昔春秋沙麓崩晉史卜之曰後六百四十五年宜有聖女興其齊田乎今王翁孺徙正直其地日月當之元城東有五麓之虛即沙麓地後八十年當有貴女興天下膺慶已見上文爰定厥祥徽音允穆毛詩曰文定厥祥又曰太姒嗣徽音則百斯男光華沼沚榮曜中谷毛詩序曰采蘩夫人不失職也詩曰于以采蘩于沼于沚又詩序曰葛覃后妃之本也詩曰葛之覃兮施于中谷敬始紘綖敎先種稑列女傳敬姜曰皇后親蠶玄統公侯夫人加之以紘綖周禮曰上春詔王后帥六宮之人出種稑之種而獻於王睿問川流神襟蘭郁川流已見上文楊雄書曰賢女馨芬於蘭茝先德韜光君道方被先德謂明帝也韜光謂封

西昌侯之時也廣雅曰韜藏也吳志賀劭上䟽曰陛下
昔韜藏神光潛德東夏干寶晉紀文帝遺吳主書曰韜
神光福德久勞于外毛詩序曰文王之道被於南國**于佐求賢在謁無詖**毛詩序曰卷耳后妃之志也又當輔佐君子求賢審官內有進賢之志而無險詖私謁之心**顧史弘式陳詩展義**班婕妤自傷賦曰顧女史而問詩**厚下曰仁藏往伊智**周易曰山附於地剝上以厚下安宅干寶晉紀揔論曰仁以厚下易曰著之德圓而神卦之德方以智神以知來智以藏往**十亂斯俟四教罔忒**論語武王曰予有亂臣十人孔子曰才難不其然乎唐虞之際於斯爲盛有婦人焉九人而已馬融曰其一人謂文母也禮記曰古者婦人教以婦德婦容婦言婦功鄭玄詩箋云法度莫大於四教廣雅曰忒差也**思媚諸姑貽我嬪則**毛詩曰思媚周姜又曰問我諸姑又曰貽我來牟孔安國傳曰嬪婦也毛詩序曰后妃化天下以婦道也**化自公宮遠被南國**公宮南國並已見上文**軒曜懷光素舒佇德**光德皆謂后也言軒曜思大明以增耀素

舒佇聖德而分彩也淮南子曰軒轅者帝妃之舍高誘曰軒轅星也劉歆有曜歷楚辭曰前望舒使先驅王逸曰望舒月御也

閔予不祐慈訓早違毛詩曰閔予小子周易曰天命不祐晉中興書曰肅祖太妃荀氏薨顯宗詔曰朕少遭閔凶慈訓無稟廣雅曰違背也方年沖藐懷袖靡依尚書曰肆予沖人弗及知左氏傳晉獻公曰以是藐諸孤毛詩曰母兮鞠我出入腹我鄭玄曰腹懷抱也家臻寶業身嗣昌暉周易曰聖人之大寶曰位元皇后哀策文曰昌輝在陰壽宮寂遠清廟虛歸嗚呼哀哉楚辭曰蹇將澹兮壽宮王逸曰壽宮供神之處也毛詩曰清廟祀文王也帝遷明命民神胥悅謂明帝即位也毛詩曰帝遷明德串夷載路國語祭公謀父曰至于文武事神保民莫不欣喜又王孫圉曰又能上下悅于鬼神乾景外臨陰儀內缺周易曰乾爲君爲父禮記曰后治陰德也空悲故劒徒嗟金穴漢書曰宣帝許皇后元帝母也字平君曾孫立爲帝平君爲婕好是時公卿議更立皇后[illegible]未有言上乃詔求微時故劒大臣知指白立許婕

辰　振引蔡邕注典引　攺

何云蕭氏陵在武進故云豐沛

妤爲皇后范曄後漢書曰光武郭皇后弟況爲大鴻臚數賞賜金錢京師號況家爲金穴璋瓚寡獻

禕褕罔設嗚呼哀哉禮記曰君致齊於外夫人致齊於内君執圭瓚祼尸大宗執璋瓚亞祼鄭玄曰大宗亞祼容夫人有故攝焉璋瓚夫人所執又周禮注曰祼謂以圭瓚酌鬱鬯始獻尸也后於是以璋瓚酌亞祼禕褕已見上文

馮相告祲宸居長往謂明帝崩也周禮曰馮相氏中士鄭玄曰馮乘也相視也東京賦曰馮相觀祲典引曰宸居其域蔡邕曰如北辰居其所也

貽厥遠圖末命是獎謂顧命令祔也毛詩曰貽厥孫謀左氏傳榮成伯曰遠圖者忠也尚書曰道揚末命方言曰秦晉之間相勸曰獎

懷豐沛之綢繆兮背神京之弘敞豐沛齊帝鄉也漢書曰高祖沛豐邑毛詩曰綢繆束薪毛萇曰綢繆猶纏綿也風俗通曰秦政并吞六國苞宇宙之弘敞

陋蒼梧之不從兮遵鮒隅以同壤嗚呼哀哉禮記曰舜葬于蒼梧之野蓋二妃不從山海經曰大荒之中河水之間鮒隅之山帝顓頊與九嬪葬焉

陳象設

鍐 據說文改 別本同

此等語殊失體 雖哀而不荼

藉 別本

此言先為皇太后 後追崇尊號

禨

於園寢兮映輿鑁亡犯於松楸楚辭曰象設君室靜閑安漢書曰自高祖下至宣帝各自居陵傍立廟又園中各有寢蔡邕獨斷曰金鑁者馬冠也如玉華形在馬髦前望承明而不入兮度清洛而南遊陸機洛陽記曰承明門後宮出入之門藉田賦曰清洛濁渠繼池綍於通軌兮接龍帷於造舟禮記曰飾棺君三池鄭玄曰懸池於荒之爪端若今承霤然又禮記曰飾棺君龍帷振容黼荒鄭玄曰荒蒙也在傍曰帷在上曰荒皆所以衣柳毛詩曰造舟爲梁迴塘寂其已暮兮東川澹而不流嗚呼哀哉南都賦曰分背迴塘呂氏春秋曰水泉東流說文曰澹水搖也籍閟宮之遠烈兮聞纘女之遐慶毛詩閟宮曰赫赫姜嫄其德不回是生后稷降之百福又曰纘女維莘長子維行始協德於蘋蘩兮終配祇而表命晉中興書策明穆皇后曰正位閨房以著協德之義辨亡論曰趙達以機祥協德采蘋采蘩已見上文漢書曰天地合祭先祖配天先妣配地命爵號也慕方

中郎碑作三文所選太文
説文碑竪石也
聘禮鄭注云宮必有碑所以識日景引陰陽也其材宮廟以石窆用木
檀弓公室視豐碑注

纏。於賜衣兮哀。日。隆。於撫。鏡。東觀漢記上賜東平王蒼書曰獨衛南宮皇太后因過按行閲視舊時衣物今以先烈皇后假結帛巾各一枚衣一篋遺王可瞻視以慰愍凱風寒泉之思西京雜記曰宣帝被收繫郡邸獄臂上猶帶史良娣合綵婉轉絲繩係身毒寶鏡一枚舊傳此鏡照見妖魅得佩之者爲天神所福故宣帝從危獲濟及即大位每持此鏡感咽移辰宣帝崩後不知所在思寒。泉之。罔極。兮託形。管於。遺。詠。嗚呼哀哉毛詩曰爰有寒泉在浚之下有子七人母氏勞苦又曰欲報之德昊天罔極毛詩曰靜女其孌詒我彤管毛萇曰古者后夫人必有女史彤管之法

○郭有道碑文一首 并序 邕爲郭有道碑文謂盧植曰吾爲碑銘多矣皆有慚德唯郭有道無愧色耳

蔡伯喈 范曄後漢書曰蔡邕字伯喈陳留人也辟橋玄府稍遷至郎中後董卓辟邕遷尚書及卓被誅王允收邕付廷尉遂死獄中

先生諱泰字林宗太原界休人也漢書太原郡有界休縣其先出

云壹碑斷大木為之形如石碑於槨前後四角豎之穿中於間為轆轤下棺以繂繞
案碑本古葬時所用之木施轆轤以繩被其上以引棺遂臣子追述其君父之功美以書其上後人因焉故每建於道陌之頭
歐陽公集古錄云後漢以後始有碑文欲求前漢時碑碣不可得是則冢墓碑自後漢以來始有之

自有周王季之穆有虢叔者寔有懿德文王咨焉左氏傳曰晉侯假道於虞以伐虢宮之奇諫曰虢必從之公曰晉吾宗也豈害我哉對曰虢叔王季之穆也為文王卿士將虢是滅何愛於虞毛詩曰我求懿德國語胥臣曰文王即位而咨于二虢韋昭曰咨謀也建國命氏或謂之郭即其後也左氏傳師服曰天子建國又衆仲曰天子建德因生以賜姓胙之土而命之氏公羊傳晉獻公謂荀息曰吾欲攻郭則虞救之攻虞則郭救之如何高誘戰國策注曰郭古文號字也先生誕膺天衷聰睿明哲孝友温恭仁篤慈惠夫其器量弘深姿度廣大浩浩焉汪汪焉奧乎不可測已黃石公記序曰張良慮若源泉深不可測若乃砥節厲行直道正辭孔叢子曰魯人有儀公潛者砥節厲行樂道好古仲長子昌言曰直道正辭貞亮之節貞固足以幹事隱括足以矯時周易曰貞固足以幹事韓詩外傳曰設於隱括之中直己不直人蘧伯玉之行也孫

荀子大略篇古以木示注隱括當之大傳隱括之旁多曲木說文隱括也括隱也隱括共所以矯正曲木字本作木或通作隱括字

黨禍起泰乃閉門教授子弟以千數

鄉子曰拘木必將待隱括然後直劉熙孟子注曰隱度也括猶量也蒼頡篇曰矯正也

遂考覽六經，採綜圖緯，六經五經及樂經也圖河圖也緯六經及孝經皆有緯也

周流華夏，隨集帝學，收文武之將墜，拯微言之未絕。論語子貢曰文武之道未墜於地論語讖曰子夏六十四人共撰仲尼微言

于時纓緌之徒，紳佩之士，禮記曰子事父母冠緌纓鄭玄曰緌纓飾也孔安國論語注曰紳大帶也禮記曰凡帶必有佩玉

望形表而影附，聆嘉聲而響和者，楊雄覈靈賦曰支附葉從表立景隨荘子曰大人之教若形之於影聲之於響也

猶百川之歸巨海，鱗介之宗龜龍也。尚書大傳曰百川趍於東海曾子曰介蟲之精者曰龜鱗蟲之精者曰龍

爾乃潛隱衡門，收朋勤誨，毛萇詩傳曰衡門橫木爲門言淺陋也論語子曰誨人不倦何有於我哉

童蒙賴焉，用祛其蔽。周易曰匪我求童蒙祛猶去也

州郡聞德，虚已備禮，莫之能致。漢書李尋

王仲寶褚淵碑文注引先民作先生

洪注及本集

傳曰王根輔政數虛己問尋羣公休之遂辟司徒掾文舉有道皆以疾辭辟猶召也將蹈洪鴻涯之遐迹紹巢許之絕軌西京賦曰洪涯立而指麾神仙傳曰衛叔卿與數人博其子度曰向與博者爲誰叔卿曰是洪涯先生皇甫謐逸士傳曰巢父者堯時隱人也及堯之讓位于許由也由以告巢父焉巢父責由曰汝何不隱汝光何故見若身也翔區外以舒翼超天衢以高峙李陵書曰策名於天衢稟命不融享年四十有二毛萇詩傳曰融長也以建寧二年正月乙亥卒范曄後漢書曰建寧靈帝年號也凡我四方同好之人永懷哀悼靡所寘念毛詩曰終其永懷毛萇詩傳曰寘置也乃相與惟先生之德以謀不朽之事左氏傳穆叔曰太上有立德此之謂不朽僉以爲先民既沒而德音猶存者亦賴之於見述也毛詩曰先民有作又曰德音不忘今其如何而闕斯禮

於是樹碑表墓，昭銘景行。毛詩曰：高山仰止，景行行止。俾芳烈奮乎百世，令問顯於無窮。典引曰：扇遺風，播芳烈。孟子曰：聞伯夷之風者，貪夫廉，懦夫有立志。奮乎百世之上，百世之下，莫不興起。毛詩曰：顯顯令問。其辭曰：

於休先生，明德通玄。言其明德而通於玄。廣雅曰：玄，道也。純懿淑靈，受之自天。毛詩曰：有命自天。崇壯幽浚，如山如淵。家語：齊大夫子與適魯，見孔子，曰：乃今而後知泰山之為高，海淵之為大。禮樂是悅，詩書是敦。左氏傳曰：晉謀元帥，趙衰曰：郤縠可，臣亟聞其言矣，悅禮樂而敦詩書，君其試之。匪惟摭華，乃尋厥根。法言：或曰：亦有疾乎？曰：摭我華而不食我實。宮牆重仞，允得其門。論語：子貢謂叔孫武叔曰：夫子之牆數仞，不得其門而入，不見宗廟之美，百官之富。得其門者或寡矣。懿乎其純，確乎其操。周易曰：龍德而隱者也。確乎其不可拔，潛龍也。洋洋搢紳，言觀其高。音告。封禪書曰：因雜搢紳先生

毛詩疏三公雖無職而外與六卿之事故謂之三事

之略術棲遟泌丘善誘能教毛詩曰衡門之下可以棲遟泌之洋洋可以療飢論語顏淵曰夫子循循然善誘人赫赫三事幾行其招毛詩曰三事大夫莫肯夙夜招猶召也委辭召貢保此清妙言有召貢者委弃而辭之范曄後漢書曰司徒黃瓊辟泰太常趙典舉泰有道並不應召或爲台降年不永民斯悲悼尚書祖乙曰降年有永有不永爰勒茲銘摛其光耀韋昭漢書注曰摛布也嗟爾來世是則是效尚書曰予恐來世班固刑法志述曰五刑之作是則是效

陳大丘碑文一首并序　蔡伯喈

先生諱寔字仲弓潁川許人也范曄後漢書曰寔潁川許人漢書潁川郡有許縣魏志曰文帝黃初二年改許縣爲許昌縣然蔡邕之時惟有許縣或云許昌非也含元精之和應期運之數易通卦驗曰大皇之先與耀含元精論衡曰天稟元氣人受元精孟子謂充虞曰五

百年必有王者興其間必有名世者由周而來七百有餘歲矣當今之世舍我而誰兼資九德揔脩百行尚書臯陶曰都亦行有九德禹曰何臯陶曰寬而栗柔而立愿而恭亂而敬擾而毅直而温簡而廉剛而塞强而義孔臧與從弟書曰學者所以飾百行也於鄉黨則恂恂焉彬彬焉善誘善道寸仁而愛人論語曰孔子於鄉黨恂恂如也又曰文質彬彬然後君子善誘巳見上文論語曰樊遲問仁子曰愛人使夫少長咸安懷之論語曰老者安之少者懷之其爲道也用行舍藏進退可度論語子謂顏淵曰用之則行舍之則藏孝經曰進退可度不徼訐以干時不遷貳以臨下論語子貢曰惡徼以爲智者惡訐以爲直者又哀公問弟子孰爲好學孔子對曰有顏回者好學不遷怒不貳過四爲郡功曹五辟豫州六辟三府再辟大將軍宰聞喜半歲太丘一年德務中庸教敦不肅論語子曰中庸之爲德其至矣乎民鮮久矣孝經子曰其

教不肅而成政以禮成化行有謚左氏傳晉郤至謂子反曰政以禮成民是以息爾雅曰謚靜也會遭黨事禁固二十年樂天知命澹然自逸周易曰樂天知命故不憂莊子曰澹然無極衆美從之此天地之道聖人之德也毛詩曰我不敢傲我友自逸交不諂上愛不瀆下周易曰君子上交不諂下交不瀆見機而作不俟終日周易曰君子見機而作不俟終日及文書赦宥時年已七十遂隱丘山懸車告老漢書曰薛廣德乞骸骨賜安車駟馬懸其車傳子孫左氏傳曰晉韓獻子告老杜預曰告老致仕者也四門備禮閑心靜居尚書曰賓于四門四門穆穆大將軍何公司徒袁公范曄後漢書大將軍何進司徒袁隗遣人敦寔欲特授以不次之位寔謝使者前後招辟使人曉喻云欲特表便可入踐常伯超補三事應劭漢官儀曰侍中周官號曰常伯選於諸伯言其道德可常尊也環濟要略曰侍中古官或曰風后爲

黃帝侍中周時號曰常伯秦始復故三事已見上文紆佩金紫光國垂勳漢書曰大司徒大司馬大司空皆金印紫綬先生曰絕望已久飾巾待期而已皆遂不至列子林類曰吾老無妻子死期將至弘農楊公東海陳公范曄後漢書曰太尉楊賜司徒陳耽每拜公卿羣寮畢賀賜等常歎寔大位未登愧於先之也每在袞職羣寮賀之袞職謂三公也周禮曰三公自袞冕而下皆舉手曰潁川陳君絕世超倫大位未躋方言曰躋登也慙於臧文竊位之負論語曰臧文仲其竊位者歟知柳下惠之賢而不與立也故時人高其德重乎公相之位也年八十有三中平三年范曄後漢書中平靈帝年號也八月丙午遭疾而終臨沒顧命留葬所卒孔安國尚書傳曰臨終之命曰顧命時服素棺槨財周櫬喪事惟約用過乎儉周易曰用過乎儉群公百寮莫不咨嗟巖藪知名失聲揮涕禮記曰內人行哭失

聲家語曰公父文伯卒敬姜曰無揮涕王肅曰揮涕涕流以手揮之也大將軍弔祠錫以
嘉謚范睢後漢書曰何進遣使弔祭曰徵士陳君稟嶽瀆之精苞靈曜
之純孝經援神契曰五嶽之精雄聖四瀆之精仁明又鉤命決曰五嶽吐精宋均曰吐精生聖人也靈曜謂天也尚書緯有
考靈曜天不憖遺老俾屏我王左氏傳孔丘卒公誄之曰昊天不弔不憖遺一老俾
屏予一人以在位梁崩哲萎于時靡憲禮記曰孔子早作負手曳杖逍遥於門歌
曰泰山其頹乎梁木其壞乎搢紳儒林論德謀跡謚曰文範先生後漢書
有儒林傳傳曰郁郁乎文哉論語文也書曰洪範九疇彝倫攸敘
尚書箕子謂武王曰天乃錫禹洪範九疇彝倫攸敘文爲德表範爲士則存誨沒
號不亦宜乎三公遣令史祭以中牢刺史敬弔太守南
陽曹府君命官作誄曰赫矣陳君命世是生廣雅曰命名也李陵

緦麻設位當連府丞以下爲句

史何焯跋

書曰信命世之才含光醇德。爲士作程。孔安國尚書傳曰醇粹也毛萇詩傳曰程法也資始既正。守終又令。周易曰萬物資始史記祭公謀父曰犬戎率舊德而守終純固奉禮終沒。休矣清聲。遣官屬掾吏前後赴會。刊石作銘。府丞與比縣會葬。荀慈明。韓元長等五百餘人。范曄後漢書曰荀爽字慈明獻帝拜爲司空又曰韓歆字元長獻帝初官至太僕緦麻設位。哀以送之。喪服傳曰緦麻十五升布鄭玄曰謂之緦者縷細如絲也音思孝經曰哀以送之遠近會葬千人已上河南尹种府君臨郡。謝承後漢書曰劉翊潁川人河南尹种拂嘗來臨郡翊爲主簿迎之到官深敬待之然种府君即拂也追歎功德。述錄高行。以爲遠近鮮能及之。重直用部大掾以時成銘。斯可謂存榮沒哀。死而不朽者已。論語子貢曰夫子其生也榮其死也哀不朽已見上文乃作銘曰。

淵儉同為宋婿同作齊臣語閔興慶曾無報作異已若詭其文洵堪大手筆也

峩峩崇嶽吐符降神上林賦曰南山峩峩毛詩曰維嶽降神生甫及申於皇先生抱寶懷珍如何昊穹既喪斯文論語子曰文王既没文不在茲乎天之將喪斯文也後死者不得與於斯文也微言圯絕來者曷聞微言已見上文幽通賦曰將圯絕而罔階論語曰焉知來者之不如今也交交黃鳥爰集于棘毛詩國風文喻仕於亂時也命不可贖哀何有極毛詩曰如可贖兮人百其身

褚淵碑文一首 并序

宋明帝嘗曰褚淵能遲行緩步便持此得宰相矣淵眼多白精時人謂之白虹貫日言為宋氏之微也

王仲寶蕭子顯齊書曰王儉字仲寶琅邪人幼專心篤學手不釋卷為中書監薨

夫太上有立德其次有立功此之謂不朽左氏傳曰穆叔如晉范宣子逆之問焉曰古人有言曰死而不朽何謂也穆叔對曰豹聞之太上有立德其次有立功其次有立言雖久

不廢此之謂不朽也所以子產云亡宣尼泣其遺愛左氏傳曰子產卒仲尼聞之出涕曰古之遺愛也毛詩曰人之云亡隨武既沒趙文懷其餘風於文節公見之矣禮記曰趙文子與叔譽觀乎九原文子曰死者如可作也吾誰與歸叔譽曰其陽處父乎文子曰我則隨武子乎利君不忘其身謀身不遺其友鄭玄曰武子士會也食邑於隨蔡邕說文淵回水也郭林宗碑曰先生既沒魏志太祖曰孤到此州嘉其餘風也公諱淵字彥回河南陽翟人也微子以至仁開基宋段以功高命氏史記曰微子開者殷帝乙之首子紂之庶兄武王崩成王幼武庚作亂成王命誅武庚乃命微子開代殷國於宋微子以故而仁賢及代武庚故殷餘民甚欣戴之而愛焉左氏傳曰魯季武子如宋褚師段逆之杜預曰段共公子子石也褚師官也命氏已見上文爰逮兩漢儒雅繼及漢書曰褚大通五經為博士謝承後漢書曰褚禧字叔齊陳留尉氏人博聞廣見聰明智達也魏晉以降奕世重暉乃祖太傅元穆公魏代

謝安嘗曰褚季野雖不言而四時之氣亦備

說文剡上為圭半圭為璋

褚氏未聞晉中興書曰褚裒字季野侍中衛將軍薨贈太傅元穆侯德合當時行比州壤魏書曰陳寔德冠當時莊子曰行比一鄉深識臧否不以毀譽形言王命論曰淵然深識毛詩曰於乎小子未知臧否論語曰吾之於人誰毀誰譽如有所譽者其有所試矣毛詩序曰情動於中而形於言亮采王室每懷沖虛之道尚書曰亮采惠疇老子曰大滿若沖字林曰沖猶虛也可謂婉而成章志而晦者矣左氏傳君子曰春秋之稱微而顯志而晦婉而成章自茲厥後無替前規建官惟賢軒冕相襲尚書曰建官惟賢管子曰先王制軒冕足以著貴賤劉歆移太常博士曰聖帝明王累起相襲公稟川嶽之靈暉含珪璋而挺曜川嶽之靈已見上文禮記曰珪璋特達廣雅曰挺出也和順內凝英華外發禮記曰和順積中而英華外發神茂初學業隆弱冠弱冠已見上文是以仁經義緯敦穆於閨庭張叶白鳩頌曰經仁緯義王隱晉書

劉孝標辨命論碑石与琬
琰俱焚蕭艾与芝蘭共盡
庾子山三月三日華林園馬射
賦序蘭花与芝蓋同飛
楊柳共春旗一色又賀新
樂表赤鴈与斑麟俱下
醴泉与甘露同飛楊衒
之洛陽伽藍記序金刹与
靈臺比高宮殿共阿房
等壯庾王義方碑李義
甫[illegible]
此又子山所本調
[illegible]
[illegible]
[illegible]
[illegible]人字有言字

曰汜勝之穆敦九族蔡邕何休碑曰孝友盡於閨庭金聲。玉振。寥亮。於區寓。金聲玉振

已見上文鄭玄禮記注曰振猶動也東京賦曰區寓乂寧孝敬淳深率由斯至毛詩序曰

成孝敬袁宏竹林名士傳曰山濤淳深慎嘿尚書曰率由典常盡歡朝夕人無間言禮記

孔子曰啜菽飲水盡其歡斯之謂孝論語子曰孝哉閔子騫人不間於其父母昆弟之言逍遙乎文

雅之囿翺翔乎禮樂之場劇秦美新曰逍遙乎文雅之囿翺翔乎禮樂之場風

儀與秋月齊明音徽與春雲等潤音徽即徽音也毛詩曰太姒嗣徽音

韻宇弘深喜慍莫見其際晉中興書曰衛玠終身不見其慍喜袁宏竹林名士

傳曰山濤莫見其際心明通亮用人言必由於己王命論曰見善如不及用人如

用已汪汪焉。洋洋焉。可謂。澄之。不清。撓之。不濁。范曄後漢書曰郭林

宗少遊汝南先過袁宏不宿而退往從黃憲累日方還或問林宗林宗曰奉高之器譬諸汎濫雖清而易挹叔

當為汜毓字稚春見晉書儒林傳

漢制天子以列侯尚公主諸侯以國人承翁主魏晉之後尚公主皆拜駙馬都尉初駙馬都尉漢武置也掌御馬西漢多宗室及外戚任之至魏何晏晉杜預王濟皆以主婿拜駙馬都尉後代因魏晉以來恒每尚公主則拜駙馬都尉

度汪汪若萬頃之陂澄之不清撓之不濁不可量也袁陽源才氣高奇綜覈精裁沈約宋書曰袁淑字陽源少有風氣遷尚書吏部郎臧榮緒晉書曰呂安才氣高奇又曰荀顗綜覈名實風俗澄一范雎後漢書左朱零曰范滂精裁猶以利刃斷腐朽宋文帝端明臨朝鑒賞無昧鶡冠子曰所謂命者靡不在君也君也者端神明者也神明者以人爲本者也班固成帝贊曰臨朝淵默袁既延譽於遐邇文亦定婚於皇家國語曰使張老延君譽于四方蔡邕述行賦曰皇家赫而天居選尚餘姚公主拜駙馬都尉蕭子顯齊書曰淵少有世譽復尚公主漢結叔高晉姻武子方斯蔑如也三輔決録曰平陵竇叔高以經術稱摯虞曰叔高名玄以明經爲郡上計吏朝會數百人叔高儀狀絕衆天子異其貌以公主妻之出朝同輩嘲笑焉叔高時以自有妻不敢以聞方欲迎妻與決未發而詔叔高就第成婚王隱晉書曰王武子少知名有俊才尚武帝姊常山公主毛萇詩傳曰蔑無也釋褐著作佐郎轉太子舍人

洗馬洗音銑越語句踐身親爲吳王前馬韓非子云爲吳王洗馬淮南子則云爲吳王先馬走然則洗馬共馬前引導之人也至洗馬之官則古時已有之

濯纓登朝冠冕當世楚辭曰滄浪之水清可以濯我纓晉中興書庾冰䟽曰臣因循家寵冠冕當世升降兩宮實惟時寶陸機謝内史表曰官成兩宮尚書曰所寶惟賢具瞻之範既著台衡之望斯集毛詩曰赫赫師尹民具爾瞻春秋漢含孳曰三公在天法三能台與能同毛詩曰實惟阿衡左右商王出參太宰軍事入爲太子洗馬俄遷祕書丞贊道槐庭司文天閣周禮曰面三槐三公位焉晉令曰祕書郎掌三閣經書三輔故事曰天祿閣在大殿北以藏祕書光昭諸侯風流籍甚韓詩外傳曰爲人君者則願以爲臣名昭諸侯天下願焉習鑿齒晉陽秋曰王夷甫樂廣俱宅心事外言風流者稱王樂焉漢書曰陸賈遊漢庭公卿間名聲籍甚以父憂去職蕭子顯齊書曰淵父湛之驃騎將軍喪過乎哀幾將毀滅周易曰喪過乎哀孝經曰毀不滅性有識留感行路傷情桓譚新論雍門周説孟甞君曰有識之士莫不爲足下寒心酸鼻論衡曰行路之人皆能論之家語曰子游見行路

禮記云三公無官言有其人然後充之無其人則闕秦漢之際并無其官至高后帷置太傅漢平帝時以大司馬大司徒大司空爲三公立師傅保之官位在三公上崇號爲上公

吏部尚書專掌選職右於諸曹尚書西漢置尚書郎四人至光武分尚書爲六曹每一尚書則領六郎

秦置侍中本丞相史也丞相使史五人來往殿內奏事故謂之侍中西漢無常員或十人或八人魏置四人其職則掌儐贊天子出則護駕負璽陪乘

之人云魯司鐸火服闋除中書侍郎鄭玄禮記曰闋終也王言如絲其出如綸禮記曰王言如絲其出如綸恪居官次智効惟穆左氏傳曰閔子騫曰敬恭朝夕恪居官次莊子曰智効一官于時新安王寵冠列蕃越敷邦教毗佐之選妙盡國華沈約宋書曰始平孝敬王子鸞字孝羽孝武帝第八子也初封新安王母殷叔儀寵傾後宮子鸞愛冠諸子凡爲上所眄遇者莫不入子鸞府國子鸞兼司徒進號撫軍將軍尚書曰司徒掌邦教敷五典國語季文子曰吾以德榮爲國華韋昭曰以德榮顯者可以爲國之光華也出爲司徒右長史轉尚書吏部郎執銓以平韋昭漢書注曰銓稱錘聲類曰銓所以稱物晉起居注曰太康四年詔曰選曹銓管人材御煩以簡裴楷清通王戎簡要復存於茲臧榮緒晉書曰裴楷字叔則河東人也爲尚書吏部郎闕太祖問其人於鍾會會曰裴楷清通王戎簡要皆其選也是以楷爲吏部郎秦始之初入爲侍中裴子野宋略曰

壽寂之前刃少帝延湘東王升御坐立爲明帝又曰明皇帝年號泰始曾不移朔遷吏部尚書是時天步初夷王途尚阻天步初夷謂弑少帝也裴子野宋略曰江州刺史晉安王子勛作亂蕭子顯齊書曰建安王休仁南討賊屯鵲尾洲遣淵詰軍選將帥以下勳階毛詩曰天步艱難蔡邕劉寬碑曰統艾三軍以清王塗荅賓戲曰王塗蕪穢周失其馭元戎啓行衣冠未緝元戎啓行謂建安出征也毛詩曰元戎十乘以先啓行衣冠謂朝士也范曄後漢書霍諝奏記曰宋光衣冠子孫爾雅曰輯和也緝與輯同內贊謀謨外康流品東觀漢記世祖策曰前將軍鄧禹與朕謀謨帷幄李重集曰爲選部尚書其箴曰銓管人流品藻清濁制勝既遠涇渭斯明孫子兵法曰水因地而制行兵因敵而制勝孫綽子曰或問雅俗曰涇渭殊流雅鄭異調賞不失勞舉無失德左氏傳隨武子曰楚君舉不失德賞不失勞續簡帝心聲敷物聽崔駰武賦曰假皇天乎簡帝心尚書大傳曰文王施政而物皆聽事寧領太子右

衛率固讓不拜尋領驍騎將軍以帷幄之功膺庸祗之
秩帷幄已見上文尚書王曰惟乃文考庸庸祗祗威威顯民孔安國曰用可用敬可敬封雩都縣
開國伯食邑五百戶漢書有豫章郡雩都縣既秉辭梁之分又懷寢
丘之志國語曰惠王以梁予魯陽文子辭曰梁險而在遠逷懼子孫之有貳者縱臣而得全其首領以沒
懼子孫之以梁之臣之祀也乃與魯陽賈逵曰惠王楚昭王子梁楚北境魯陽文子楚平王之孫司馬子期之
子魯陽公列子曰孫叔敖疾將死戒其子曰王亟封我矣吾不受也我死王則封汝汝必無受利地楚越之間
有寢丘者此地不利而名甚惡楚人鬼之越人機之可長有者惟此也孫叔敖死王果以美地封其子辭而不
受請寢丘與之至今不失所受田邑不盈百井周禮曰畝百為夫夫三爲屋屋三爲井漢
書曰井方一里久之重爲侍中領右衛將軍盡規獻替均山甫
之庸國語召康公曰天子聽政近臣盡規又史黯謂趙簡子曰夫事君者諫過而後賞善薦可而替否獻

「楊」何焯改

漢官云侍中冠惠文冠加金璫附蟬爲文貂尾爲飾謂之貂蟬

能而進賢毛詩曰袞職有闕惟仲山甫補之緝熙王旅兼方叔之望毛詩曰維清緝熙文王之典又曰王旅嘽嘽如飛如翰又曰方叔蒞止其車三千丹陽京輔遠近攸則漢書曰右內史武帝更名京兆尹左內史更名左馮翊主爵中都尉更名右扶風是爲三輔又百官表有京輔都尉毛詩曰商邑翼翼四方之極鄭玄曰商邑之禮俗翼翼然可則效乃四方之中正也吴興襟帶實惟股肱李尤有函谷關銘曰襟帶咽喉漢書曰季布爲河東守上召布曰河東吾股肱郡故時召君耳頻作二守並加蟬冕蕭子顯齊書曰尋遷散騎常侍丹陽尹出爲吴興太守常侍加故蔡邕獨斷曰侍中中常侍加貂附蟬政以禮成民是以息左氏傳卻至之辭已見上文明皇不豫儲后幼沖沈約宋書曰太宗明皇帝諱彧又曰後廢帝昱字德融明帝長子也泰始七年立爲皇太子太宗崩太子即位尚書曰武王有疾弗豫謝承後漢書曰孝靈帝崩皇太子即位主上幼沖貽厥之寄允屬時望毛詩曰貽厥孫謀以燕翼子徵爲吏部尚書領衛尉固讓不拜改授尚書右僕射

散騎騎從傍乘輿車後獻可替否中常侍以出入禁中常侍左右曰散騎常侍本二官皆秦置也至魏文帝始以散騎中常侍合爲一官除中字直曰散騎常侍其職傍典章表詔命手筆之事中書令自魏晉以來皆置一人

彥回神寶因娓斯文

左宣十二年傳杜注物類也疏云類謂旌旗畫物類也言百官尊卑不同所建各有其物象其所建之物而行動君之政教不待約勅而自備辦也

端流平衡外寬內直賈子曰視有四則朝廷之視端流平衡韓詩外傳曰外寬內直蘧伯玉之行也弘二八之高謩宣由庚而垂詠二八八元八愷也毛詩序曰由庚萬物得由其道也太宗即世遺命以公爲散騎常侍中書令護軍將軍送往事居忠貞苑亮太宗明帝左傳荀息謂晉獻公曰公家之利知無不爲忠也送往事居耦俱無猜貞也秉國之均四方是維毛詩小雅文也百官象物而動軍政不戒而備左氏傳宣十二年曰隨武子曰蔿敖爲太宰百官象物而動軍政不戒而備公之登太階而尹天下君子以爲美談孔融張儉碑曰惜乎不登太階以尹天下致皇代於隆熙公羊傳曰魯人至今以爲美談亦猶孟軻致欣於樂正羊職悅賞於士伯者也孟軻曰魯欲使樂正子爲政孟子喜而不寐公孫丑曰奚喜曰其爲人也好善劉熙曰樂正姓也子通稱也名克左氏傳曰晉侯賞桓子狄臣千室亦賞士伯以瓜衍之縣羊舌職悅之以爲當也丁所生母憂謝職毀疾之重因心則

此乃有徵詞

礼記曾子問篇伯禽遭母喪而有徐戎之亂

至蕭子顯齊書曰淵遭庶母郭氏喪葬畢起爲中軍將軍本官如故毛詩曰因心則友朝議以有
爲爲之魯侯垂式禮記子夏問曰三年之喪卒哭金革之事無避也禮歟孔子曰吾聞諸老
聃曰昔有魯伯禽有爲爲之今以三年之喪從利者吾弗知也存公忘私方進明準漢書
曰翟方進字子威汝南人也爲丞相及母既終葬三十六日除服起視事以爲身備漢相不敢踰國家之制也
爰降詔書敦還攝任固請移歲表奏相望輩不我與屈
己弘化沈約宋書曰褚淵以母憂去職詔攝本任爾雅曰敦勉也嵇康幽憤詩曰時不我與荀悅申鑒
曰聖王屈己以申天下之樂尚書曰三孤貳公弘化屬値三季在辰戚蕃內侮國語
郭偃曰三季王之亡也宜哉韋昭曰三季桀紂幽王也潘元茂九錫文曰稱兵內侮桂陽失圖窺
窬神器沈約宋書曰桂陽王休範文帝子也封爲桂陽王後爲江州刺史及太宗晏駕王幼時屯遂舉
兵反休範已至新林朝廷震動平南將軍齊王出次新亭中軍將軍褚淵入衛殿省休範自於新林步上越騎

社稷連文宗稷猶言宗社六朝人多有稱宗稷後世則宗社習稱罕有稱宗稷者矣宗為尊義後人以指宗廟社稷則非

齊王禦休範於新亭　殘殲萬兜執休範

校尉張苟兒直前斬休範首持還休範自新林分遣同黨杜墨蠡等直入朱雀門休範雖死不相知聞墨蠡至杜姥宅宮省怖擾於是城內分遣諸軍東西奮擊諸賊一時奔散斬墨蠡等劉瑱勸進表曰狡寇窺窬左氏傳師服曰民服其上下無覬覦杜預曰下不冀望上位也窬與覦同　鼓棹則滄波振蕩建旟則日月蔽虧湛方生詩曰鼓棹行遊矚吳都賦曰振蕩汪流曹子建責躬詩曰建旗東岳子虛賦曰岑崟參差日月蔽虧　出江派而風翔入京師而雷動典引曰仁風翔于海表曹植任城王誄曰矯矯元戎雷動雲徂楚辭曰雷動電發　鳴控弦於宗稷流鋒鏃旟象魏班固漢書李廣述曰控弦貫石威動北鄰宗社也蔡邕獨斷曰天子立宗社曰泰社稷宗社之稷周禮曰太宰縣治象之法于象魏五等論曰鋒鏑流乎絳闕　雖英宰臨戎元渠時殄英宰謂齊王也元渠謂休範也晉中興書穆帝詔曰實賴英宰淵謀尚書曰殲厥渠魁　而餘黨寔繁宮廟憂逼餘黨謂杜墨蠡也　公乃撫熊羆之士不貳心

之臣尚書曰先君文武則亦有熊羆之士不貳心之臣戮力盡規克寧禍亂國語曰戮力一心賈逵曰戮力并力也盡規已見上文康國祚於綴旒拯王維於已墜公羊傳曰君若贅旒然贅猶綴也何休曰旒旗旒也誠由太祖之威風抑亦仁公之翼佐太祖齊王也可謂德刑詳禮義信戰之器也左氏傳曰楚子救鄭軍過申子反入見申叔時曰師其何如對曰德刑詳禮義信戰之器也杜預曰器猶用也以靜難之功進爵爲侯兼授尚書令中軍將軍給班劔二十人功成弗有固秉撝挹老子曰功成而弗居周易曰無不利撝謙韓詩外傳曰孔子曰持滿之道挹而損之晉起居注安帝詔曰灑落成勳固秉謙挹改授侍中中書監護軍如故又以居母艱去官蕭子顯齊書曰淵後嫡母吳郡公主薨毀瘠如初雖事緣義感而情均天屬莊子曰桑雩謂孔子曰子獨不聞假人之亡與林回弃千金之璧負

蒼梧王見殺時年才十五

赤子而趣何與林回曰彼以利合此以天屬者也司馬彪曰假國名也屬連也顏丁之合禮二連之善喪亦曷以踰禮記曰顏丁善居喪始死皇皇焉如有求而弗得及殯望望焉如有從而弗及鄭玄曰顏丁魯人也居喪合禮禮記孔子曰少連大連善居喪三日不怠三月不解天厭宋德水運告謝左氏傳鄭伯曰天而既厭周德矣水運宋也射雉賦曰青陽告謝王逸楚辭注曰謝去也嗣王荒怠於天位沈約宋書曰後廢帝明帝長子諱昱即位淫亂尚書曰商王受荒怠弗敬又伊尹曰天位艱哉彊臣憑陵於荊楚沈約宋書曰荊州刺史沈攸之便有異志左氏傳鄭王子伯駢曰今楚憑陵我城郭廢昏繼統之功龕亂寧民之德廢昏謂廢帝爲蒼梧王也繼統謂立順帝也蕭子顯齊書曰蒼梧暴虐稍甚及廢群公集議袁粲劉秉既不受濶曰非蕭公無以了此手取筆授太祖太祖曰相與不肯我安得辭事乃定順帝立撽太常曰繼統揚業墨子曰夏桀時天乃命湯於鑣宮有神來告曰夏德大亂往攻之予必使汝大戡之崔寔正論曰及其出也足以濟世寧民也

順帝被弒時年始十三

公實仰贊宏規，參聞神筭，潘岳賈充誄曰：使夫疑廟定於神筭。雖無受脤慎

出車之庸，亦有甘寢秉羽之績。左氏傳劉子曰：國之大事在祀與戎，祀有執膰，戎有受脤。毛詩曰：我出我車，于彼牧矣。莊子仲尼謂楚王曰：孫叔敖甘寢秉羽而郢人投兵。慎子注曰：甘寢，安寢也。

乃作司空，山川攸序，禮記曰：司空執度度地居民，山川沮澤也。兼授衛軍，

戎政輯睦。牽秀皇甫陶碑曰：帝命既允，戎政以閑。左氏傳隨武子曰：楚卒乘輯睦，事不奸矣。既

而齊德龍興，順皇高禪，沈約宋書曰：順帝諱準，字仲謨，明帝第三子。廢帝殞，奉迎入居朝堂即位，後四年禪位于齊，帝遜位于東邸。孔安國尚書序曰：漢室龍興。深達先天之運，

匡贊奉時之業，周易曰：大人者與天地合其德，先天而天弗違，後天而奉天時。弼諧允

正，徽猷弘遠，尚書曰：允迪厥德，謨明弼諧。毛詩曰：君子徽猷，小人與屬。樹之風聲，著

之話言，左氏傳君子曰：古之王者，並建聖哲，樹之風聲，著之話言。亦猶稷契之臣虞

寧爲表寀苑不作詩淵生何引陽叢雲云荀謂荀欸此注似誤

夏荀裴之奉魏晉魏志曰太祖封荀攸亭侯轉爲中軍師魏國初建爲尚書令臧榮緒晉書曰裴秀字季彥河東人也常道鄉公立與議定策遷尚書僕射及世祖受禪進左光祿大夫自非坦懷至公永鑒崇替國語藍尹亹謂子西曰吾聞君子惟獨居思念前世之崇替於是乎有歎韋昭曰崇終也替廢也孰能光輔五君寅亮二代者哉左氏傳曰楚屈建語康王晉范會之德康王曰神人無怨宜夫子之光輔五君以爲諸侯主也五君宋文明順齊高武然此武猶未立蓋終言之寅亮已見班孟堅封燕然山銘大啓南康爰登中鉉時膺土宇固辭邦教蕭子顯齊書曰建元元年進位司徒侍中中書監如故改封南康郡公邑三千戶淵固讓司徒毛詩曰大啓爾宇毛萇曰宇居也東京賦曰廣啓土宇周易曰鼎金鉉鄭玄曰金鉉喻明道能舉君之官職也鄭玄尚書注曰鼎三公象也今之尚書令古之冢宰蕭子顯齊書曰淵尋加尚書令本官如故周禮曰乃立天官冢宰而掌邦治鄭玄曰爾雅曰冢大也冢宰太宰雖秩輕於袞

司而任隆於百辟袞司三公也毛詩曰百辟其刑之暫遂沖旨改授朝端晉起
居注曰帝詔曰若不少順沖旨降損盛制晉中興書謝石上疏曰尸素朝端忽焉五載邇無異言遠無異
望劉琨勸進表曰是以邇無異言遠無異望帝嘉茂庸重申前冊執五
禮以正民簡八刑而罕用蕭子顯齊書曰二年重申前命爲司徒周禮曰掌邦禮以佐王
和邦國鄭玄曰禮謂典禮五吉凶軍賓嘉也孔安國尚書傳曰簡略也周禮大司徒職曰以八刑糾萬民一曰不孝之刑二曰
不義之刑三曰不婣之刑四曰不悌之刑五曰不任之刑六曰不恤之刑七曰造言之刑八曰亂民之刑婣音因故能騁
績康衢延慈哲后登樓賦曰假高衢而騁力鄧眈郊祀賦曰伊皇母以延慈義在資敬
情同布衣孝經曰資於事父以事君而敬同晉中興書庾亮上疏曰先帝謬顧情同布衣出陪鑾蹕
入奉帷殿仰南風之高詠餐東野之祕寶家語曰舜彈五絃之琴造
南風之詩王隱晉書庾峻曰知足如跡廣雖去列位而居東野
東野未詳又曰雒書零准聽曰顧命云天球河圖在東序天球

齊高帝曲宴羣臣數人各使效伎藝褚淵彈琵琶王僧虔彈琴

寳貝器也河圖本紀圖帝王終始存亡之期典引曰御東序之祕寳然野當爲抒古序字也以是圖緯故曰賫賫美也雅議於聽政之晨披文於宴私之夕禮記曰君日出視朝退適路寢聽政王廙思逸民賦曰左披文以邁話講六藝之宏敷毛詩曰諸父兄弟備言燕私參以酒德間以琴心晉書劉伶有酒德頌列仙傳曰涓子作琴心三篇曖有餘暉遥然留想曖温貌莊子曰曖然似春遥然流想所慮者深也君垂冬日之温臣盡秋霜之戒言君垂恩有如冬日而臣戒懼常若秋霜鄧析子曰爲君者若冬日之陽夏日之陰荀悦申鑒曰主怒如秋霜肅肅焉穆穆焉爾雅曰穆穆肅肅敬也於是見君親之同致知在三之如一國語武公伐翼殺哀侯止欒共子曰苟無死吾以見之令子爲上卿辭曰成聞之人生於三事之如一父生之師教之君食之非食不長非教不智生之族也故一事之惟其所在則致死矣太祖升遐綢繆遺寄蕭子顯齊書曰太祖崩遺詔以淵錄尚書事禮記曰天子崩告喪曰天王登遐西征賦曰武皇忽其升遐以侍中司徒録尚書事

稟玉几之顧，奉綴衣之禮。尚書顧命曰：皇后憑玉几，道揚末命。又曰：出綴衣于庭。越翼日，王崩。擇皇齊之令典，致聲化於雍熙。左氏傳隨武子曰：蔿敖為太宰，擇楚國之令典。東京賦曰：上下共其雍熙。內平外成，實昭舊職。左氏傳太史克曰：舜舉八元，在五教於四方，內平外成。又展禽曰：桓公糾合諸侯，實昭舊職。增給班劒三十人。晉公卿禮秩曰：諸公給虎賁三十人，持劒焉。物有其容，徽章斯允。左氏傳膳夫屠蒯曰：事有其物，物有其容。禮記曰：殊徽號。鄭玄曰：徽，旌旗之名也。又曰：以為旗章，以別貴賤。鄭玄曰：章，幟也。位尊而禮卑，居高而思降。自夏徂秋，以疾陳退，朝廷重違謙光之旨，用申超世之尚。周易曰：謙尊而光，卑而不可踰。晉起居注安帝詔曰：今權順所請，以申超世之美。改授司空、領驃騎大將軍、侍中、錄尚書如故。蕭子顯齊書曰：淵寢疾，上相星連有變，淵憂之，表遜位，乃改受司空、領驃騎將軍、侍中、錄尚書如故。景命

淵卒齊武帝親往臨哭

不求大漸彌留蔡邕楊公誄曰功成化洽景命有傾尚書曰降年有永有不永又曰疾大漸惟幾病日臻既彌留建元四年八月二十一日薨于私第春秋四十有八公昔柳莊疾棘衛君當祭而輟禮禮記曰衛有太史曰柳莊寢疾公曰若疾革雖當祭必告也公再拜稽首請於尸曰臣有柳莊也非寡人之臣社稷之臣聞之死請往不釋服而往遂以襚之晏嬰既往齊君趍車而行哭晏子曰齊景公遊於菑晏子死公繁駔而馳自以爲遲下車而趍知不如車之駃則又乘之比至國四下而趍至則伏尸而哭曰百姓誰復告我惡邪韓詩外傳曰趍車馳馬也公之云亡聖朝震悼於上群后恇動於下鄭玄禮記注曰恇恐也豈唯哀纏一國痛深一主而已哉言萬國同戚豈如柳莊晏嬰事止一國一主而已哉李蕭遠運命論曰區區於一主歎息於一朝追贈太宰侍中録尚書如故給節羽葆鼓吹班劒爲六十人謚

易復卦初九不遠復无祇悔元吉韓康伯曰祇大也改能速復是无大悔所以大吉

是因此也其外与君親同敗在三次一之說相悵

宋何

曰文簡禮也夫秉德而處萬物不能害其貞莊子曰夫秉道德而浮遊則不然無譽無訾浮遊乎萬物之祖物物而不物於物則胡可得而累邪虛己以遊當世不能攖其度莊子曰方舟而濟於河有虛船來觸舟雖有褊心之人不能怒人虛己以遊於世其孰能害之均貴賤於條風忘榮辱於彼我淮南子曰夫貴賤之於身也猶條風之時麗也毀譽之於己猶蚊虻之一過也莊子肩吾問於孫叔敖曰子三爲令尹而不榮華三去之而無憂色何也孫叔敖曰不知其在彼乎其在我乎其在彼邪亡乎我其在我邪亡乎彼何暇至乎人貴人賤哉然後可兼善天下聊以卒歲孟子曰古之人窮則獨善其身達則兼善天下者也家語孔子歌曰優哉游哉聊以卒歲經始圖終式免祗悔潘岳家風詩曰經始復圖終葺宇營丘園周易曰無祗悔誰云克備公實有焉是以義結君子惠霑庶類國語曰夏禹能平水土以品處庶類者也言象所未形述詠所不盡謝慶

趙曦明云莊書是渭丘里之言

齊以木德王木東方之行也辰在東方故曰辰精

緒苔鄰敬書曰至理深玄非言象所喻也故吏某甲等感逝川之無捨哀清暉之眇默論語子在川上曰逝者如斯夫不捨晝夜傅咸贈何劭王濟詩曰二離揚清暉眇默遠貌也楚辭曰路眇眇兮默默餐輿誦於丘里瞻雅詠於京國左氏傳曰子產爲政輿人誦之曰子產若死其誰嗣之思衛鼎之垂文想晉鍾之遺則禮記衛孔悝鼎銘曰公曰叔舅予與汝銘若纂乃考服國語晉悼公曰昔克路之役秦來圖敗晉功魏顆以其身却退秦師于輔氏親止杜回其勳銘于景鍾韋昭曰景鍾景公鍾也方高山而仰止刊玄石以表德其辭曰毛詩曰高山仰止禰衡顏子碑曰乃刊玄石而旌之

辰精感運昴靈發祥爾雅曰大辰房心尾也王逸楚辭注曰辰星房星也春秋元命苞曰殷紂之時五星聚房者蒼神之精同據而與齊胥水德故曰辰精春秋佐助期曰漢將蕭何昴星精生於豐通於制度發祥已見上文元首惟明股肱惟良言君感辰精而王故曰惟明臣感昴宿以生故

璇注

按此五臣當指舜之五臣謂禹稷契皋陶伯益也

良也尚書大傳曰元首明哉股肱良哉元首君也股肱臣也天鑒璿曜踵武前王言君能鑒照琁璣七曜之道踵武前王而受禪也毛詩曰天鑒在下有命既集尚書曰在璿璣玉衡以齊七政琁與璿同七政七曜楚辭曰及前王之踵武欽若元輔躰微知章言臣能敬順元輔大臣之義體微知章而匡贊之也尚書曰欽若昊天班固涿邪山文曰晄晄將軍大漢元輔周易曰君子知微知章求言必孝因心則友毛詩曰求言孝思孝思惟則因心則友已見上文仁洽兼濟愛深善誘莊子仲尼謂老聃曰兼愛無私此仁之情也善誘已見上文觀海齊量登嶽均厚班彪覽海賦曰觀滄海於茫茫海賦曰爾其大量也莊子曰淵淵其若海也郭象曰容慾無量也法言曰登東嶽而知衆山之邐迤莊子老聃曰至人若地之自厚家語齊大夫子與適魯見孔子曰乃今而後知泰山之為高海淵之為大五臣茲六八元斯九呂氏春秋曰武王之佐五人高誘曰周公旦召公奭太公望畢公高蘇公忿生也潘岳魯武公誄曰昂昂公侯實天誕育八元斯九五臣茲六內

謨帷幄外曜台階帷幄已見上文黃帝泰階六符經曰泰階者天之三階也上階爲天子中階爲諸侯公卿大夫下階爲元士庶人漢書音義三階三台也范曄後漢書郎顗曰三公上應三台遠無不肅邇無不懷國語祭公謀父曰近無不聽遠無不服阮嗣宗勸晉王牋曰遠無不服邇無不肅如風之偃如樂之諧論語曰草上之風必偃左氏傳曰晉侯以樂之半賜魏絳曰子教寡人和諸戎狄以正諸華八年之中九合諸侯如樂之和無所不諧請與子樂之光我帝典緝彼民黎劇秦美新曰帝典闕而不補率禮蹈謙諒實身幹南都賦曰率禮無違周易曰履道坦坦幽人貞吉王弼曰履道尚謙而二以陽處陰履於謙也左氏傳曰晉侯使郤錡來乞師將事不敬孟獻子曰郤氏其亡乎禮身之幹也敬身之基也跡屈朱軒志隆衡館尚書大傳曰未命爲士不得乘朱軒衡館衡門之館也眇眇玄宗萋萋辭翰義既川流文亦霧散蔡邕何休碑曰辭述川流文章雲浮孝經鉤命決曰雲委霧散蒿構云頹

梁陰載鈇並見上文德猷靡嗣儀形長遰音逝德猷令德徽猷也儀形容儀形體也鄭玄春秋緯注曰遰去也怊悵餘徽鏘洋遺烈楚辭曰心怊悵以永思久而彌新用而不竭典引曰扇遺風播芳烈久而愈新用而不竭

文選卷第五十八

七月初六日壬戌歲也　佩尊繹及此

文五八　三十七　攷十

凡用釋典字及理言皆以丨記之非敢施抹勒也

文選卷第五十九

梁昭明太子撰

文林郎守太子右内率府録事參軍事崇賢館直學士臣李善注上

碑文下

墓誌

碑文下

頭陁寺碑文一首　天竺言頭陁此言斗藪斗藪煩惱故曰頭陁

申 巾一作屮見說文繫傳恐不足據

王簡棲 姓氏英賢錄曰王巾字簡棲琅邪臨沂人也有學業爲頭陁寺碑文詞巧麗爲世所重起家郢州從事征南記室天監四年卒碑在鄂州題云齊國錄事參軍琅邪王巾製

蓋聞挹朝夕之池者無以測其淺深 家語曰孔子觀於魯桓公之廟有㰏器焉使弟子挹之水毛萇詩傳曰挹𣂏也漢書枚乘上書吳王曰游曲臺臨上路不如挹朝夕之池桓子新論子貢謂齊景公曰臣之事仲尼譬如渴而操杯就江海飲飲滿而去又焉知江海之深乎挹於入切𣂏勾愚切 仰蒼蒼之色者不足知其遠近 莊子曰天之蒼蒼其正色耶其遠而無所至極耶韓詩外傳子貢謂景公曰臣終身戴天不能知其高 況視聽之外若存若亡心行之表不生不滅者哉 僧肇涅盤論曰視聽之所不暨四空之所昏昧管子曰聖人之道若存若亡援而用之沒代不忘笁道生曰心行心所行之行也維摩經曰畢竟不生不滅是無常義也 是以

掩室摩竭用啓息言之津華嚴經曰佛在摩竭提國寂滅道場始成正覺法華經曰寂滅無言也僧肇論曰釋迦掩室於摩竭鄭玄論語注曰津濟渡水之處杜口毗邪以通得意之路至理幽微非言說之所及掩室摩竭示寂滅以息言杜口毗邪現默然而得意維摩經曰佛在毗邪離菴羅樹園佛告文殊師利汝行詣維摩詰問疾文殊師利問維摩詰何等是菩薩入不二法門時維摩詰嘿然無言文殊師利嘆曰善哉善哉乃至無有文字語言是真入不二法門僧肇論曰淨名杜口於毗邪莊子曰言者所以在意也得意而忘言也然語彝倫者必求宗於九疇談陰陽者亦研幾於六位真諦無言俗諦借言以明理故此明言之用也尚書武王訪于箕子曰我不知彝倫攸敘周易曰夫易所以極深研幾也又曰分陰分陽迭用柔剛故易六位而成章王弼曰六位爻之文也是故三才既辨識妙物之功萬象已陳悟太極之致此顯言之功也周易曰易有天道焉有人道焉有地道焉兼三才而兩之故六又曰神者妙萬物而爲言

所謂不有不無

者也孝經鉤命決曰地以舒形萬象咸載聲
類曰悟心曰解周易曰易有太極是生兩儀
言之不可以已其在茲乎言所以識物悟太極者皆藉言明之不
可止者其在此乎左氏傳叔向謂騶蔑
曰子若無言吾幾失子矣
言之不可以已也如是然文繫所筌窮於此域文六
文也
繫繫辭也因文以立辭亦因辭以明理也故文繫之所
明窮生死於此域也莊子曰筌所以得魚得魚而忘筌
筌捕魚之笱莊子以之喻言大
智度論曰二乘以生死爲此岸則稱去聲謂所絕形乎彼
岸矣至如涅盤妙旨非言說之所能明故稱謂所絕現
於涅盤之彼岸矣僧肇論曰玄極無名稱謂絕焉
鄭玄禮記注曰稱猶言也王逸楚辭注曰謂說也涅盤
經曰心無退轉即便前進既前進已得到彼岸登大高
山離諸恐怖多受安樂彼岸山者喻於如來受安樂者
喻於常住大高山者喻大涅盤也大智度論曰亦以涅
盤爲彼
岸也彼岸者引之於有則高謝四流推之於無則俯
弘六度彼岸絕乎稱謂者若引之而入有則去四流而
現無若推之而入無則弘六度以明有僧釋肇

維摩經注曰不可得而有不可得而無者其唯大乘乎何則欲言其有無相無名欲言其無方德斯行故雖無而有無相無名故雖有而無然則言有不乖無言無不乘有也魏都賦曰高謝萬邦大智度論曰欲流有流無明流有見流三國名臣頌曰俯弘時務端應經曰行六度無極布施持戒忍辱精進一心智慧諸經以一心爲禪也**名言不得其性相隨迎不見其終始**法離有無豈無名言之所得法無形象豈隨迎之可見維摩經維摩詰曰法無名字言語斷故法無形相如虛空故法同法性入諸法故法相如是豈可說乎竺道生曰法性者法之本分也法相者事之貌也老子曰隨之不見其後迎之不見其首**不可以學地知不可以意生及其涅盤之蘊也**妙法蓮華經曰昔住學地佛常教化言我法能離生老病死究竟涅盤勝鬘經曰音生身無漏業生依無明住學地謂三果意生謂菩薩言能變化生死隨意往生法華經曰諸佛弟子衆皆如舍利佛盡思共度量不能測佛智不退諸菩薩亦復如是不能知周易曰乾坤其易**夫幽谷無私有至斯**之蘊邪韓康伯注曰蘊淵奥也

隋志祖引許云佛有三身一法身二報身三應身

響洪鍾虛受無來不應周易曰入于幽谷幽不明也尚書大傳孔子曰夫山生材用而無私爲焉四方皆伐無私與焉論衡曰呼於坑谷之中響立應禮記曰善待問者如撞鍾叩之以小者則小鳴叩之以大者則大鳴劉熙釋名曰鍾空也內空受氣多故聲大也文子曰虛無不受靜無不持帝秀相風賦曰故無來而不應兮何適莫之足嬰況法身圓對規矩冥立圓對謂有感斯對而無不感周也勝鬘經曰涅盤界者即是如來法身僧肇論曰法身無像應物以形千難殊對而不干其慮禮記曰古之君子周旋中規折旋中矩僧肇維摩經序曰冥權無謀而動與事會一音稱物宮商潛運維摩經曰佛以一音演說法衆生隨類各得解脫周易曰稱物平施漢書曰聲者宮商角祉羽也是以如來利見迦維託生王室如來佛號謝靈運金剛般若經注曰諸法性空理無乖異謂之爲如會如解故名如來笁道生維摩經注曰如者謂如與如冥無復有如之理從此中來故曰如來端歷經曰菩薩下當丗作佛託生天笁迦維羅衛國父王名曰靜夫人曰妙迦維羅衛者天地之中央周易曰利見

大人左氏傳曰會于洮謀王室也憑五行之軾拯溺逝川僧肇論曰駛六通之神驥乘五行之安車五行五乘天竺言行此言乘五乘一人二天三聲聞四辟支佛五菩薩今碑本以爲憑四衢之軾盖梁代諱衍故改焉左氏傳曰楚子王使鬭勃謂晉候曰請與君之士戲君憑軾而觀之說文曰出溺爲拯論語曰子在川上曰逝者如斯開八正之門大庇交喪維摩經曰雖行八正道而樂行無量佛道是菩薩行僧肇論曰啓八正之平路坦衆聖之夷塗大品經說八正曰正見正思惟正語正業正命正精進正念正定爾雅曰庇廕也莊子曰世喪道矣道喪世矣世與道交相喪也於是玄關幽揵感而遂通玄關幽揵喻法藏也謝靈運金剛般若經注曰玄關難啓善揵易開戴逵棲林賦曰幽關忽其離揵玄風暖以雲頽字林曰揵門距周易曰寂然不動感而遂通天下之故非天下之至神孰能與於此遥源濬波酌而不竭遥源濬波喻法海也文子曰取焉而不損酌焉而不竭莫知其所由也行不捨之檀而施去聲洽羣有夫心愛衆生而行捨者捨則增愛非爲實

捨故大士之捨見不施之捨者及於衆生斯爲不捨以
玆而施故羣有俱洽大品經曰不施不慳是名檀波羅
蜜僧肇論曰賢劫稱無捨之檀成具美不爲之爲也天
竺言檀此言布施波羅蜜此言到彼岸也羣有謂有色
無色有想無想以其不一故曰羣有僧肇
維摩經注曰鏡羣有以通玄而物我俱一唱無緣之慈
而澤周萬物夫行慈者以衆生爲緣衆生爲緣則慈無
所寄故大士之慈離於衆相離相行慈名無
爲無緣無緣緣生慈是爲眞實以斯而唱則物無不周涅
盤經曰得諸菩薩無緣之慈僧肇論曰禪典唱無緣之
慈恩益演不知之知泥洹經曰無緣者不住法相反衆
生相釋道安曰解從緣散周易曰智周萬物而道濟天
下演勿照之明而鑒窮沙界夫以明照物明盡則照窮
而勿照之明猶無得之得
無得而得斯爲眞得故勿照之明斯爲眞明矣演眞明
而廣照何止鑒窮沙界乎僧肇論曰至人虛心實照理
無不統而靈鑒有餘金剛般若經曰諸
恒河所有沙數佛世界如是寧爲多不導亡機之權而
功濟塵劫以機機謂機心也權方便也夫以機心導物物所
以機心應之物有機心則結累斯起故誘以

原文魏氏作曾氏

無機之智何止功濟塵劫乎僧肇論曰至人灰心滅智
內無機照之勤辯亡論曰魏氏功濟諸華法華經曰如
人以力磨三千大千土復盡末爲塵一
塵爲一劫此諸微塵數其劫復過是
時義遠矣能事
畢矣
周易曰天下隨時隨時之義大矣哉又曰四營
而成易十有八變而成卦天下之能事畢矣
然
後拂衣雙樹脫屣金沙
左氏傳曰叔向拂衣從之涅盤
經曰佛在拘尸那國力士生地
阿利羅拔提河邊娑羅雙樹間爾時世尊臨涅盤史記
武帝曰嗟乎吾誠得如黃帝吾視去妻子如脫屣耳拔
河一名金
沙河也
惟怳惟惚不皦不昧莫繫於去來復歸於無
物
老子曰道之爲物惟怳惟惚王弼曰怳惚無形不繫
之貌也又曰一者其上不皦其下不昧繩繩不可言
復歸於無物鍾會曰光而不耀濁而不昧繩繩兮其無
繫汜汜乎其無薄也微妙難名終歸於無物維摩經曰
法無去來常不任故僧肇曰法若住則從未到現在從
現在未過去遙三世則有去來也以法不常住故也
因斯而談則棲遑大千無爲之寂不撓焚燎堅林不盡

之靈無歇大矣哉荅賓戲曰聖哲治之㥲遑大千者謂一三千界下至阿毗地獄上非想天爲一世界千三界爲小千世界千小世界爲中千世界至千中千世界爲大千世界維摩經曰夫出家者爲無爲法瑞應經曰吾虛心樂靜無爲無欲僧肇維摩經注曰寂謂寂滅常靜之道廣雅曰撓亂也涅盤經曰佛以千疊纏裹其身積衆香木以火焚之僧祇律曰如大涅盤經說世尊向熙連禪河力士生地堅固林雙樹閒般涅盤於天冠塔邊闍維僧肇維摩經注曰無實相無法常住故盡法華經曰方便見涅盤而實不滅度常住此說法也正法既沒象教陵夷曇無羅讖曰釋迦佛正法住世五百年像法一千年末法一萬年論語曰文王既沒陵夷已見上文穿鑿異端者以違方爲得一孔安國論語注曰妄作穿鑿以成文章不知所以裁製論語子曰攻乎異端斯害也已謝宣遠贈靈運詩曰違方往有悉杜預左氏傳注曰方法也云得一者鍾會老子注曰一亦道也順非辯僞者比微言於目論禮記曰言僞而辯順非而澤維摩經曰於衆言中微妙第一僧肇論曰采微言於聽表史記曰齊威王使

說越王齊使曰幸也越之不亡也吾不貴其用知之如目見毫毛而不自見其睫也今王知晉失計而不自知越之過是目論也於是馬鳴幽讚龍樹虛求摩訶摩耶經曰正法衰微六百歲已九十六種諸外道等邪見競興破滅佛法有一比丘名曰馬鳴善說法要降伏一切諸外道輩七百歲已有一比丘名曰龍樹善說法要滅邪見幢燃正法炬周易曰幽贊於神明而生著王弼曰幽深贊明也並振頹綱俱維絕紐陸機雲大將軍宴會詩曰頹綱既振謝莊爲沈慶之荅劉義宣書曰皇綱絕而復紐區夏墜而更維說文曰紐系也蔭法雲於真際則火宅晨涼華嚴經曰不壞法雲徧覆一切劉虯法華經注曰雲譬應身則殊形並現順機不徧此則彌布徧覆之義也維摩經曰同真際等法性不可量僧肇曰真際實際也法華經曰三界無安猶如火宅衆苦所燒我皆拔濟之曜慧日於康衢則重昏夜曉劉虯曰菩薩圓淨照均明兩故曰慧日又曰諸子安穩得出皆於四衢露坐爾雅曰四達謂之衢五達謂之康頭陀經心王菩薩曰我見瞖蔽飲雜毒酒重昏長寢云何得悟慈心示語使得

開解故能使三十七品有樽俎之師言義徒精銳有樽俎之深謀維摩經曰於諸見不動而修行三十七品是爲宴坐僧肇曰諸見六十二諸見妄也笠道生曰正觀則三十七品也羅什曰三十七品二乘通大品經說三十七道品曰四念處四勤正四如意足五根五力七覺分八正道分樽俎之師已見上文九十六種無藩籬之固邪黨分崩無藩籬以自固羅什維摩經注曰摩訶秦言無大亦言勝大能勝九十六種論議辯士論曰城池無藩籬之固既而方廣東被教肆南移華嚴經題云大方廣佛華嚴經孔安國尚書傳曰被及也周易曰君子以教思無窮周魯二莊親昭夜景之鑒漢晉兩明並勤丹青之飾顔徽吳縣記曰佛法詳其始而典籍亦無聞焉魯莊七年夜明佛生之日也左氏傳曰莊公七年四月辛卯夜恒星不見夜明也史記曰周桓王崩子莊王陀立十五年莊王崩左氏傳莊公三年葬桓王然則周莊王魯莊公爲同時也瑞應經曰到四月八日夜明星出時佛從右脅墮地即行七步牟子曰漢明帝夢見神人身有日光飛在殿前以問

羣臣傅毅對曰天竺有佛將其神也後得其形像何法
盛晉書曰彭城王紘以肅祖明皇帝好佛手書形像經
歷寇難而此堂猶在宜敕作頌蔡謨云今發王命稱
先帝好佛於義有疑張綱集曰盡功金石圖形丹青然
後遺文間出列刹相望遺文謂經也史記曰天下遺文靡不畢集太史公曰漢興詩書
往往間出孔安國尚書傳曰三山言相望也澄什結轍於山西林遠肩隨乎
江左矣高僧傳曰天竺佛圖澄西域人本姓帛少出家西域咸得道以晉懷帝永嘉四年來適洛陽以
麻油雜茵支塗掌千里外事皆徹見掌中如對面焉後
澄死之月人見在流沙又曰鳩摩羅什天竺人七歲出
家什既道流西域名被東川苻堅遣呂光西伐破龜茲
乃將什至涼州姚萇已殺苻堅光遂王彼至萇子興破
涼州始將什至長安後卒長安漢書文帝詔曰使者冠
蓋相望結轍於道班固漢書賛曰秦漢以來山東出相
山西出將高僧傳曰支遁字道林本姓關陳留人初至
京師王濛甚重之年二十五出家師釋道安苻丕後還
吳入剡王羲之遂與披襟解帶留連不能已又曰釋惠
遠本姓賈氏鴈門人遊許洛出家師釋道安苻丕後還

今黃鶴山下臨江一小寺榜曰古頭陀寺非其地也元和志頭陀寺在鄂州江夏縣東南二里

原抄膠作漻

吳入襄陽南達荊州欲往羅浮屆尋陽見廬峯遂居焉三十餘年影不出山迹不入俗晉義熙十二年終禮記曰十年以長則兄事之五年以長則肩隨之晉中興書元帝詔曰朕應天符創基江左春秋命歷序曰東方爲左西方爲右頭陀寺者沙門釋慧宗之所立也。瑞應經曰太子出北城門天帝復化作沙門太子曰何謂沙門對曰沙門之爲道舍妻子捐棄愛欲也釋僧肇維摩經注曰沙門秦言義訓勤行趍涅槃也南則大川浩汗。雲霞之所沃蕩。周易曰利涉大川海賦曰膠濭浩汗又曰灌濟濩渭蕩雲沃日北則層峯削成。日月之所迴薄。山海經曰泰華之山削成而四方蜀都賦曰陽烏迴翼於高標楊雄反離騷曰恐日薄於西山西眺城邑。百雉紆餘。左氏傳祭仲曰都城過百雉國之害也鍾會懷士賦曰望東城之紆餘東望平皋。千里超忽。楚辭曰出不入兮往不反平原忽兮路超遠信楚都之勝地也。宗法師行絜珪璧。擁錫來遊。毛詩曰有斐君子如珪如璧東觀漢記馮衍說鮑永曰

衍珪璧其行束脩其心錫錫杖也大智論曰菩薩常用錫杖經傳佛像莊子曰神農擁杖而起**以爲宅**

生者緣業空則緣廢言身從緣生緣亦斯廢也維摩經曰如影從身業緣生見僧肇曰身衆緣所成緣合則起緣散則離金光明經曰所謂無明緣行行緣識識緣名名緣色色緣六入六入緣觸觸緣受受緣愛愛緣取取緣有有緣生生緣老死憂悲苦惱滅聚釋僧肇維摩經注曰諸法之生本乎三業既無三業誰作諸法

存軀者惑理勝則惑亡惑煩惚也言萬法雖廣解惑則起相受生解者身心寂滅涅盤經曰要因煩惱而得有身竺道生維摩經注曰戀生者愛身情也苟曰無常豈可愛戀若能悟不惑而惑自亡矣惑者無復存身也

遂欲捨百齡於中身殉肌膚於猛鷙禮記曰古者謂年爲齡齒亦齡也范曄後漢田邑報馮衍書曰百齡之期未有能至尚書曰文王受命唯中身列子曰藐姑射之山有神人居焉肌膚若水雪漢書臣瓚注曰亡身從物曰殉李尤七歎曰猛鷙陸嬉龍鼉水

處班荊蔭松者久之左氏傳曰伍舉奔晉聲子將如晉遇之於鄭郊班荊相與食楚辭曰

歙

山中人兮芳杜若飲石泉兮蔭松栢宋大明五年始立方丈茅茨以庇經像沈約宋書孝武皇帝即位改元曰大明淮南子曰聖人處環堵之室茨之以生茅高誘曰堵長一丈高一丈面環一堵爲方丈故曰環堵言其小也說文曰茨蓋也爾雅曰庇廕也後軍長史江夏內史會稽孔府君諱覬沈約宋書曰孔覬字思遠會稽人也初舉揚州秀才補主簿後除冠軍長史江夏內史隨府轉後軍長史覬音冀爲之薙草開林置經行之室周禮曰薙氏下士二人鄭玄曰薙翦草也法華經曰經行林中勤求佛道安西將軍郢州刺史江安伯濟陽蔡使君諱興宗沈約宋書曰蔡興宗濟陽人也爲使持節都督郢州諸軍事安西將軍郢州刺史復爲崇基表剎立禪誦之堂焉維摩經曰佛言諸佛滅後以全身舍利起七寶塔表剎莊嚴而供養也以法師景行大迦葉故以頭陀爲稱首毛詩曰高山仰止景行行止彌勒成佛經曰彌勒佛讚言大迦葉比丘是釋迦牟尼佛大弟子釋迦牟尼佛於大衆

中常所讀歎頭陁第一通達禪定解脫三昧封禪書曰前聖所以永保鴻名而常爲稱首者用此者也後

有僧勤法師貞節苦心求仁養志楚辭曰原生受命于貞節曹植擬九詠曰徒勤躬兮苦心論語子曰求仁而得仁莊子曰養志者忘形也纂脩堂宇未就而滅國語祭公謀父曰時序其德纂脩其緒高軌難追藏舟易遠魏太祖祭橋玄文曰懿德高軌汎愛博容莊子曰夫藏舟於壑藏山於澤謂之固矣然而夜半有力者負之而趨昧者不知郭象曰方言死生變化之不可逃僧徒閒其無人榱椽毀而莫構周易曰闚其戶閴其無人高誘淮南子注曰椽榱也榱棟也可爲長太息矣漢書賈誼曰可長太息者此也惟齊繼五帝洪名紐三王絕業蕭子顯齊書曰高帝太祖諱道成字紹伯蕭何二十四世孫受宋禪史記曰惟漢繼五帝末流接三代絕業封禪書曰前聖所以永保鴻名祖武宗文之德昭升嚴配禮記曰周人祖文王而宗武王尚書曰丕顯文武昭升于上孝經曰嚴父莫大於配天

格天光表之功弘啓興服尚書曰成湯時則有若伊尹格于皇天又曰光被四表格于上下毛詩曰建爾元子俾侯于魯大啓爾宇爲周室輔東觀漢記博士議曰除殘去賊興復祖宗是以惟新舊物康濟多難毛詩曰周雖舊邦其命惟新左氏傳伍員曰不失舊物尚書曰康濟小民禮記晉太子申生使人辭於狐突曰君老矣國家多難步中雅頌驟合韶護禮記曰步中武象驟中韶護所以養耳鄭玄曰韶舜樂護湯樂也炎區九譯沙場一候十洲記曰炎洲南海中萬二千里韓詩外傳曰成王之時越裳氏重九譯而獻白雉於周公尚書曰西被于流沙解嘲曰東南一尉西北一候粤在於建武焉蕭子顯齊書曰明皇帝即位攺爲建武乃詔西中郎將郢州刺史江夏王觀政藩維樹風江漢蕭子顯齊書曰江夏王寶玄字智深明帝第三子也封江夏郡王仍爲持節都督郢司二州諸軍事西中郎將郢州刺史尚書曰以爾友邦冢君觀政于商又曰彰善癉惡樹之風聲擇方城之

令齊本作暄

令典酌龜蒙之故實方城謂楚龜蒙謂魯左氏傳屈完曰楚國方城以爲城又隨武子曰蔿敖爲宰擇楚國之令典毛詩曰奄有龜蒙遂荒大東國語樊穆仲曰魯侯孝王曰何以知之對曰賦事行刑而咨於故實政肅刑清於是乎在孝經曰其教不肅而成周易曰聖人以順動則刑罰清左氏傳先軫曰取威定覇於是乎在寧遠將軍長史江夏內史行事彭城劉府君諱諠蕭子顯齊書劉諠字士穆爲江夏王郢州行事者謂王年幼內史代之以行州府事故稱行事也智刃所遊日新月故莊子曰庖丁爲文惠君解牛曰今臣之刀十九年矣所解千牛而刃若新發於硎彼節者有閒而刀刃者無厚以無厚入有閒恢恢乎其於遊刃必有餘地矣論語子夏曰日知其所無月無忘其所能道勝之韻虛往實歸瑞應經曰迦葉二弟問迦葉曰今乃捨梵志道學沙門法豈獨大其道勝乎迦葉荅曰言佛道最勝莊子曰常季問於仲尼曰王駘兀者也與夫子中分魯立不教坐不議虛而往實而歸以此寺業廢於已安功墜

統

於幾立慨深覆簣悲同棄井論語曰譬如爲山雖覆一簣進吾往也孟子曰有爲者譬若掘井掘井九仞而不及泉猶爲棄井也因百姓之有餘間天下之無事孫卿子曰春耕夏耘秋收冬藏四者不失時故五穀不絕而百姓有餘食斬伐長養不失時故山林不童而百姓有餘村西都賦序曰海內清平朝廷無事庀婢匹徒揆日各有司存左氏傳宋災使華閱討右官官庀其司杜預注曰庀具也毛詩曰揆之以日作爲楚室論語曾子曰籩豆之事則有司存於是民以悅來工以心競周易曰悅以使民民志其勞莊子曰舜之治天下使民心競王隱晉書荀勗議曰君子心競而不力爭亘丘被陵因高就遠層軒延袤上出雲霓楚辭曰高堂邃宇檻層軒王逸曰軒樓板也聖主得賢臣頌曰雖崇臺五層延袤百丈說文曰南北曰袤東西曰廣司馬紹贈山濤詩曰上陵青雲霓飛閣逶迤下臨無地西都賦曰倐除飛閣楚辭曰載雲旗兮逶移王逸曰逶移而長移與迤音義同楚辭曰下崢嶸而無地上寥廓而無天

冬露爲珠網朝霞爲丹雘九衢之草千計四照之花萬品 山海經曰少室之山其上有木焉名曰帝休葉茂狀如楊其枝五衢黄花黒實服者不怒郭璞曰言樹枝交錯相重五出有象衢路也故離騷云靡華九衢仲長子昌言曰百夫之豪州以千計山海經曰南山之首山曰鵲山有木焉其狀如穀而黒其華四照其名曰迷穀佩之不迷郭璞曰言有光炎若木華赤其光照下地亦此類也仲長子昌言曰以一人之好惡裁萬品之不同 崖谷共清風泉相渙 周易曰風行水上渙 金資寶相永藉閑安 金光明經曰如來之身金色微妙其明照耀如金山王又曰光明熾盛無量無邊猶如無數珍寶大聚楚辭曰像設居室靜閑安 息心了義終焉遊集 大灌頂經曰息心達本源是故名沙門勝鬘經曰是故世尊依於了義一向記說班固終南山賦曰固仙靈之所遊集 法師釋曇珍業行淸脩理懷淵遠令屈知寺任求奉神居夫民勞事功既鏤文於鍾鼎 周禮曰民功曰庸事功曰勞凡有功

者銘書於王之太常國語曰昔克路之役秦來圖敗晉
功魏顆以其身却退秦師于輔氏親止杜回其勳銘於
景鍾韋昭曰景景公鍾禮記曰夫鼎有銘銘者論譔其
先祖之德美功烈勳勞而酌之祭器自成其名焉言
時稱伐亦樹碑於宗廟左氏傳曰季武子以所得齊之
兵作林鍾而銘魯功焉臧武仲
謂季孫曰非禮也夫銘天子令德諸侯言時計功大夫
稱伐蔡邕銘論曰碑在宗廟兩階之間近代以來咸銘
于碑也世彌積而功宣身逾遠而名劭法言曰年彌高而德彌劭者孔子之
徒與小雅曰劭美也敢寓言於彫篆庶髣髴於衆妙法言曰吾子少而好賦曰
然童子彫蟲篆刻老子曰玄之又玄衆妙之門其辭曰
質判玄黃氣分清濁周易曰玄黃天地之雜也天玄而地黃列子曰清輕者上為天重濁
者下為地涉器千名含靈萬族周易曰形而下者謂之器器謂品物也南都賦曰百種千
名春秋元命苞曰跂行喙息蠕動蛸蜚根生浮著含靈盛壯陸機鼈黿賦曰總美惡而黜融播萬族乎一區湻

源上派澆風下黷莊子曰德又不衰及唐虞澆淳散朴淮南子以澆淳爲澆音義同說文曰派水别流也字林曰黷垢也杜木切愛流成海情塵爲岳瑞應經曰感傷世間没於愛欲之海百法論曰情塵之意合故知生也言人皆沈於愛河則妻子財帛也言積之多如海情塵之積爲岳爲善曰積亦見多爲惡日積亦多也皇矣能仁撫期命世毛詩曰皇矣上帝臨下有赫天竺言釋迦牟尼此言能仁不退轉法經佗方菩薩曰能仁如來興此三道之教法華經曰我釋迦牟尼劉虯曰能仁哀此忍立俯來拯拔故曰能仁瑞應經曰期運之至當下作佛孟子曰五百年必有王者興其間必有名世者廣雅曰命名也乃睠中土聿來迦衛毛詩曰乃睠西顧又曰聿來胥宇迦衛巳見上文奄有大千遂荒三界毛詩曰奄有龜蒙遂荒大東法華經曰其佛以恒河沙等三千大千世界爲一佛土又曰如來以智慧方便於三界火宅拔濟衆生般鑒四門幽求六歲毛詩曰般鑒不遠瑞應經曰太子至十四啓王出游始出城東門天帝化作病人即迴車悲念人生俱有此患太子出城

南門天帝化作老人迴車而還愍念人生丁壯不久太子出城西門天帝化作死人迴車而還愍念天下有此三苦太子出城北門天帝化作沙門太子曰善哉唯是爲快即迴車還念道清淨不宜在家又曰佛既歷深山到幽閑處菩薩即拾藁草以布地正箕坐月食一麻一麥端坐六年

亦既成德妙盡無爲勝鬘經曰唯有如來化就一切功德無爲已見上文

帝獻方石天開淥池瑞應經曰佛還樹下道見棄衣取欲浣之天帝知佛意即頞那山上取四方成理澤好石來置池邊白佛言可用浣衣又曰明日食時佛持鉢到迦葉家受飯而還於屏處食已欲澡漱天帝知佛意即下以手指地水出成池令佛得用名爲指地池

祥河輟水寶樹低枝瑞應經曰時尼連河水流甚疾佛以自然神通斷水涌起高出人頭令底揚塵佛在其中法華經曰諸雜寶樹華葉光茂瑞應經曰佛後日入指地池澡浴畢欲出無所攀池上素有樹名迦和絕大脩好其樹自然曲枝下就佛佛攀而出

逼莊九折安步三危爾雅曰六達謂之莊漢書曰王陽爲益州刺史行部至卭郲九折坂歎曰奉先人遺體奈何數乘此險漢書東

方朔誡子曰飽食安步以仕易農尚書曰竄三苗於三危川靜波澄龍翔雲起頭陀經曰
令身調善震大法鼓摧伏異學外道邪師入佛性海煩惱風息波浪不生周易曰雲從龍風從虎聖人作而萬
物覩耆山廣運給園多士法華經曰佛在王舍城耆闍崛山中與大比丘衆萬二千人俱
尚書曰帝德廣運金剛般若經曰佛在舍衛國祇樹給孤獨園與大比丘衆千二百五十人俱毛詩曰濟濟多士
金粟來儀文殊戾止發迹經曰淨名大士是往古金粟如來尚書曰鳳凰來儀文殊已見
上文毛詩曰魯侯戾止應乾動寂順民終始春秋元命苞曰乾動川靜周易曰湯武革
命應乎天順乎人孫卿子曰生人之始也死人之終也法本不然今則無滅維摩經曰
法本不然今則無是寂滅之義僧肇曰小乘以三界熾然故滅之以求無爲大乘觀法本自不然今何以滅乃
真寂滅象正雖闕希夷未缺象法正法已見上文史記曰酒闕漢書音義文穎曰闕言
希也老子曰視之不見名之曰夷聽之不聞名之曰希王弼曰無象無聲無響無所不通無所不往於昭

據此是在山半文城在其西而寺南面皆見大川疑寺在今曾祠近旁也
曾祠自新國之始已改爲学校

有齊式揚洪烈毛詩曰文王在上於昭于天班固漢書述曰爰著目錄略序洪烈揚雄解嘲曰不足以揚洪烈釋網更維玄津重柵僧叡師十二法門序曰奏希聲於宇宙濟溺喪於玄津漢書音義韋昭曰柵橛也音嗇翅泄切叶韻惟此名區禪慧攸託禪慧禪定智慧也即六度之二行也倚據崇巖臨睨通壑楚辭曰忽臨睨夫舊鄉說文曰睨邪視也溝池湘漢堆阜衡霍言崇巖之高通壑之大故以湘漢爲溝池衡霍爲堆阜也史記曰屈完曰方城以爲城江漢以爲池膴膴武亭皋幽幽林薄毛詩曰周原膴膴堇荼如飴上林賦曰亭皋千里靡不被築毛詩曰秩秩斯干幽幽南山鄭玄周禮注曰竹木曰林高誘淮南子注曰深草曰薄媚茲邦后法流是挹毛詩曰媚茲一人氣茂三明情超六入維摩經曰佛身即法身也從六通生從三明生僧肇曰天眼宿命漏盡爲三明維摩經曰六入無積眼耳鼻舌身心已過眷言靈宇載懷興葺毛詩曰眷言顧之楚辭曰葺之兮荷蓋王逸注曰葺蓋屋也

難

丹刻翬飛輪奐離立左氏傳曰丹桓宮楹又曰刻桓宮桷杜預曰刻鏤也毛詩曰如翬斯飛君子攸躋鄭玄曰翬者鳥之奇異者也禮記曰晉獻文子成室晉大夫發焉張老曰美哉輪焉美哉奐焉潘岳關中記曰未央殿東有鳳凰殿春秋元命苞曰火離爲鳳劉邵魏文帝誄曰鳳凰立翥象設既闢睟容已安楚辭曰象設居室靜閑安孟子曰君子仁義禮智信根於心色睟然見於面趙岐曰睟潤澤之貌桂深冬燠松疎夏寒楚辭曰何所冬燠何所夏寒爾雅曰燠煖也神足遊息靈心往還瑞應經曰佛已神足適鬱單曰界維摩經曰降服四種魔勝幡建道場勝幡西振貞石南刊禰衡顏子碑曰乃刊玄石而旌之

齊故安陸昭王碑文一首

沈休文

公諱緬字景業南蘭陵人也蕭子顯齊書曰安陸昭王緬字景業又曰蕭氏之先蕭何居沛至孫侍中彪居東海蘭陵縣東都鄉中都里晉分東海爲東蘭陵郡中朝亂淮陰令整過江居晉陵武

注及劉本校語

進縣僑置本土加以南名於是爲南蘭陵人稷契身佐唐虞有大功於天地

商武姬文所以膺圖受籙王命論曰暨于稷契咸佐唐虞光濟四海奕世載德至于湯武而有天下國語史伯曰夫成天地之大功者其子孫未嘗不章毛詩商頌曰武王載旆毛萇曰武武王湯也春秋命歷序曰五德之運同徵符合膺録次相代尚書璇璣鈐孔子曰五帝出受圖籙蕭曹扶翼

漢祖滅秦項以寧亂魏氏乘時於前皇齊握符於後國語太子晉曰自后稷以來寧亂及文武成康僅克安民周易曰時乘六龍以御天孝經鉤命決曰帝受命提符出也

靈源與積石爭流神基與極天比峻尚書曰導河積石至于龍門毛詩曰崧高惟岳峻極于天

祖宣皇帝雄才盛烈名蓋當時蕭子顯齊書曰太祖皇考諱承之字嗣伯少有大志才力過人爲冠軍將軍太祖即位追尊曰宣皇帝班固漢書贊曰武帝雄才大略晉中興書曰諸葛誕名蓋海内又曰鄧遐氣蓋當時

考景皇帝含道居貞卷懷前代

蕭子顯齊書曰：高帝即位，追封兄道生爲始安貞王。明帝即位，追尊始安貞王爲景皇帝。周易曰：居貞之吉，順以從上也。論語讖曰：仲尼居鄉黨，卷懷道美。宋均曰：懷，藏也。公含辰象之秀，德體河岳之上靈。周易曰：在天成象。王弼曰：象謂日月星辰。孝經援神契曰：五嶽之精雄聖，四瀆之精仁明。氣藴風雲，身負日月。論衡曰：谷子雲、唐子高章奏百上，筆有餘力，然則賢者有風雲之智，故吐文萬牒。莊子曰：孔子圍於陳蔡之間，太公任弔之，曰：子其意者脩身以明汙，昭昭若揭日月而行。司馬彪曰：揭，擔也。立行可模，置言成範。仲長子昌言曰：規矩可模者，師傅之德也。曹植學宮頌曰：言爲世範，行爲時矩。英華外發，清明內照。禮記曰：和順積中而英華外發。又曰：清明在躬，氣志如神。天經地義之德，因心必盡。孝經曰：夫孝，天之經，地之義，民之行也。毛詩曰：因心則友。簡久遠大之方，率由斯至。周易曰：乾以易知，坤以簡能。易則易知，簡則易從。易知則有親，易從則有功。有親則可久，有功則可大。可久則賢人之德，可大則賢人之業。毛詩曰：率由舊章。

挹其源者游泳而莫測懷其道者日用而不知毛詩曰泳之游之周易曰百姓日用而不知昭昭若三辰之麗于天滔滔猶四瀆之紀于地傅子曰二漢之臣爛如三辰之附長天又曰道教者昭昭然猶日月麗乎天春秋漢含孳曰九卿法河海毛詩曰滔滔江漢南國之紀六幽允洽一德無爽典引曰神靈日照光被六幽尚書曰德惟一動罔不吉萬物仰之而彌高千里不言而斯應論語顏回曰仰之彌高周易曰默而成之不言而信存乎德行又曰君子居其室出其言善則千里之外應之況其邇者乎若夫彈冠出仕之日登庸莅事之年漢書曰王陽與貢禹爲友世稱王陽在位貢禹彈冠言其取舍同也尚書帝曰疇咨若時登庸又曰莅事惟能軍麾命服之序監督方部之數斯固國史之所詳今可得略也周禮曰建大麾以田然麾旌旗之名州將之所執也命服爵命之服也方部四方州部也漢書武帝南置交趾北置朔方

之州凡十三部置刺史數謂等差也賈逵國語注曰簡略也水德方衰天命未改水德
謂宋也左氏傳王孫滿曰今周德雖衰天命未改太祖龍躍俟時作鎮淮泗蕭子
顯齊書曰宋明帝以淮南孤弱以太祖假冠軍將軍鎮淮陰周易曰見龍在田時舍也或躍在淵自試也孫卿
子曰君子博學深謀脩身端行以俟其時潘岳金谷會詩曰遂擁朱旄作鎮淮泗如仁夕惕之
志中夜九迴論語子曰桓公九合諸侯不以兵車管仲之力也如其仁如其仁周易曰君子夕惕
若厲司馬遷書曰腸一日而九迴龕枯耽世拯亂之情獨用懷抱廣雅曰龕取也深
圖密慮衆莫能窺漢書劉向上疏曰智不可不深圖也公陪奉朝夕從容
左右蓋同王子洛濱之歲實惟辟彊內侍之年周書曰晉平公
使叔譽於周見太子與之言五稱而三窮歸告公曰太子晉行年十五而臣不能與言列仙傳曰王子喬者周
靈王太子晉也好吹笙作鳳鳴遊伊洛之間漢書留侯子張辟彊爲侍中年十五也起子聖懷發

言中京晉中興書王敦上疏曰導勳靜顧問夙予聖懷始以文學遊梁俄而入
掌綸誥蕭子顯齊書曰緬爲宋劭陵王文學中書郎遊梁謂相如也漢書曰梁孝王來朝從遊說之士
相如見而說之客遊梁禮記曰王言如絲其出如綸蘭桂有芬清暉自遠魏都賦曰信陵
之名若蘭芬也楚辭曰擷桂罹以顛覆王逸注曰言邑見先賢若擷桂之人劉琨勸進表曰茂勳格于皇天清暉
光于四海帝出于震曰衣青光言齊之興也周易曰帝出于震震東方也春秋元命苞曰
孔子曰扶桑者日所出房所立其耀盛蒼神用事精感姜原卦得震震者動而光故知周蒼代殷者爲姬昌人形龍
顏長大精翼日衣青光宋衷曰爲日精所羽翼故以爲名木神以其方色衣之方軌茅社俾侯
安陸蕭子顯齊書曰齊受禪緬封安陸侯漢書曰江夏郡有安陸縣尚書緯曰天子社東方青南方赤西
方白北方黑上冒以黃土將封諸侯各取方土苴以白茅以爲社毛詩曰俾侯于魯受瑞析珪遂
荒雲野周禮曰典瑞掌玉瑞鄭玄曰人執曰瑞瑞猶符信也揚子雲解嘲曰析人之珪檐人之爵遂荒

已見上文雲野雲夢之野式掌儲命帝難其人漢書疏廣曰太子國儲副君也尚書禹曰
惟帝其難之孔安國曰言堯帝亦以知人爲難公以宗室羽儀允膺嘉選蕭子顯齊
書曰緬轉太子中庶子周易曰鴻漸于陸其羽可用爲儀協隆三善仰敷四德晉中興書
烈宗詔曰桓沖協隆治道禮記曰行一物而三善皆得者唯世子而已其齒於學之謂也故世子齒於學其一日
而衆知父子之道矣其二曰而衆知君臣之義矣其三曰而衆知長幼之節矣周易曰君子體仁足以長人嘉
會足以合禮利物足以和義貞固足以幹事君子行此四德者故曰乾元亨利貞博望之苑載
暉龍樓之門以峻漢書曰武帝戾太子及冠就宮上爲立博望苑使通賓客從其所好故多
異端進者漢書成紀曰上嘗召太子出龍樓門獻替帷扆實掌喉脣國語史黯謂趙簡子
曰夫事君者諫過而賞善薦可而替否獻能而進賢帷扆帝座也禮記曰天子負斧扆孔融張儉碑曰聖王克
亮命作喉脣奉待漏之書銜如絲之旨東觀漢記曰樊梵字文高每當直事常晨

駐車待漏如絲已見上文前暉後光非止恒受周書孔子曰文王得四臣丘亦得四友自
吾得師也前有光後有暉是非先後邪公以密戚上賢俄而奉職蕭子顯齊書曰
緬遷侍中越絕書曰吳王書閭盧始得子胥以爲上賢無異乎聖人也出納惟允緫璽增
華尚書帝曰龍命汝作納言夙夜出納朕命惟允應劭漢官儀曰侍中殿上稱制出則陪乘佩璽把緫增華
謂自庶子而益其榮華也伊昔帝唐九官咸事熊豹臨戭納言是司
漢書劉向上䟽曰舜命九官濟濟相讓應劭曰尚書曰禹作司空棄后稷契司徒咎繇作士師垂共工益朕虞
伯夷秩宗夔典樂龍納言凡九官左氏傳曰昔高陽氏有才子八人檮戭大臨高辛氏有才子八人仲熊叔豹
自此迄今其任無爽爰自近侍式贊權衡蕭子顯齊書曰世祖即位
緬遷五兵尚書淮南子曰準繩連體權衡合德百工繇焉以定法式輔弼執玉以翼天子也而皇情
眷眷慮深求瘼毛詩曰皇矣上帝臨下有赫鑒觀四方求民之瘼班固漢書引詩而爲此瘼[illegible]

雅曰墺病也姑蘇奧壤任切關河奧壤猶奧區也韓康伯王述碑曰述遷會稽太守淮
海惟揚皇基所託此盖關河之重泱泱大邦都會殷負提封百萬史記曰夫吳有海鹽
之饒章山之銅三江五湖之利亦江東一都會也西京賦曰百物殷阜薛綜注曰殷盛阜大也今爲此負漢書
曰天子畿方千里提封百萬井臣瓚案舊說去提最凡言大舉頃畝也李奇曰提舉也舉四方爲内也韋昭曰
積土爲封限全趙之袨服叢臺方此爲劣鄒陽上書曰夫全趙之時武力鼎士
袨服叢臺之下者一旦成市也臨淄之揮汗成雨曾何足稱戰國策蘇秦說齊宣
王曰臨淄之塗人肩相摩轝袂成幕揮汗成雨高誘曰揮振也乃鴻騫舊吳作守東楚
蕭子顯齊書曰緬出爲吳郡太守吳質魏都賦曰我太公鴻飛兖豫劉琨勸進表曰奄有舊吳牽秀祖孫楚詩曰受茲明命
作守西疆漢書音義孟康曰舊名吳爲東楚世弘義讓以勗君子振平惠以字
小人論語讖曰伯夷叔齊義讓龍舉干寶晉紀曰丁固父覽以義讓稱尚書武王曰勗哉夫子周書成王

曰朕不知字民之道敬問伯父尚書王曰無或敢伏小人之攸箴撫同上德綏用中典老子曰上德不德是以有德鍾會曰體神妙以存化者上德也周禮曰刑平國用中典疑獄得情而弗喜宿訟兩讓而同歸漢書曰張湯以倪寬爲獄讞掾以古法義決疑獄論語曾子曰上失其道民散久矣如得其情則哀矜而勿喜東觀漢記曰魯恭爲中牟令宿訟許伯等爭陂澤田積年州郡不決恭平理曲直各退自相責讓雖春申之大啓封疆鄧攸之緝熙萌庶不能尚也史記曰楚考烈王立以黃歇爲相號春申君請封於江東王許之因城吳故墟以自爲都邑國語史伯謂鄭桓公曰加之以德可以大啓王隱晉書曰鄧攸字伯道爲吳郡太守吳人餓死攸到表振貸臺不時聽攸乃輒出倉米一郡蒙濟不受祿俸唯飲吳水毛詩曰緝熙文王之典夏首藩要任重推轂楚辭曰過夏首而西浮王逸注曰夏首水口也漢書馮唐曰臣聞上古王者遣將也跪而推轂曰閫以內寡人制之閫以外將軍制之衿帶中流地殷江漢李尤函谷關銘

劉良云衡巫二山名

曰函谷險要衿帶喉咽尚書曰九江孔殷南接衡巫風雲之路千里衡巫三江名吴都賦曰徑路絶風雲通西通鄾鄧水陸之塗三七左氏傳曰鄧南鄾人杜預曰鄾今鄧鄉縣南江水之北也鄧今潁川邵陵縣西南有鄧城蜀都賦曰水陸所湊是惟形勝闔外莫先漢書田肯曰秦形勝之國也闔外已見上文鄭玄禮記注曰闔門限也建麾作牧明德攸在蕭子顯齊書曰緬轉郢州刺史周禮曰建大麾以封藩國又曰八命作牧尚書王曰文王克明德慎罰乃暴以秋陽威以夏日孟子曰江漢以濯之秋陽以暴之綦母邃曰周之秋於夏爲盛陽也左氏傳曰酆舒問於賈季曰趙衰趙盾孰賢對曰趙衰冬、之日趙盾夏之日杜預曰夏日可畏澤無不漸螻蟻之穴靡遺西征賦曰澤靡不漸恩無不逮尸子曰舜之行其猶河海乎下仞之漢亦滿之螻蟻之穴亦滿之明無不察容光之微必照孟子曰日月有明容光必照焉趙岐曰容光小隙也言大明照幽微由近而被遠自已而及物史記

宋本惠作慧

皐陶曰邇可遠在茲鄭玄曰此政由近可以及遠惠與八風俱翔德與五才並運聖主得賢臣頌曰恩從祥風翱淮南子曰天有八風典引曰仁風翔于海表左氏傳子罕曰天生五才民並用之廢一不可遠無不懷邇無不肅阮嗣宗勸晉主牋曰遠無不服邇無不肅邑居不閒夜吠之犬牧人不覯晨飲之羊司馬彪續漢書曰劉寵字榮祖遷會稽太守徵入爲將作大匠山陰縣民去郡數十里有若耶山中有五六老公年皆七八十聞寵遷相率共送寵人齎百錢寵見勞來曰父老何乃自苦遠來皆對曰山谷鄙老生未嘗到郡縣他時吏徵發不去民閒或夜不絕狗吠竟夕民不得安自明府下車以來狗不夜吠吏希至民閒年老遭值聖化聞當棄去故戮力來送寵謝之爲選受一大錢故寵在會稽號爲一錢其清如是家語曰孔子爲大司寇初魯之販羊者沈猶氏常朝飲其羊以詐市人及孔子之爲政也則沈猶氏不敢朝飲其羊也譽表六條功最萬里漢書音義曰舊刺史所察有六條察民疾苦冤失職者察墨綬長吏以上居官政狀察盜賊爲民之害及大姦

猾者察犯田律四時禁示者察民有孝悌廉潔行脩正茂
才異等者察吏不簿入錢穀放散者所察不得過此漢
書曰倪寬爲郡内史課殿當免民恐失之輸租繈屬不
絶課更以最楊雄爲益州刺史作箴度曰刺史居深門
之中總萬里之統者也還居近侍兼饗戎秩蕭子顯齊書曰緬遷爲侍中領驍騎將軍
候府寄隆儲端任顯魏略曰中領軍延康置故漢北軍中候之官也漢書曰詹事秦官掌
皇太子家東西兩晉茲選特難羊琇顧言而匪獲謝玹功
高而後至晉諸公贊曰羊琇字稚舒泰山人通濟才術與世祖同年相善謂世祖曰後富貴時見用
作領護軍太子詹事世祖即位累遷左將軍中護軍特進何法盛晉中興書陳郡謝録曰玹字瑗度安少子也
爲輔國將軍距氐進號征虜左僕射領詹事升降二宮令績斯侯蕭子顯齊書曰緬遷
中領軍太子詹事禁旅尊嚴主器彌固蔡邕袁逢碑曰乃撫京邑摠齊禁旅周易曰主
器者莫若長子禹穴神皐地埒分陝漢書司馬遷南遊江淮上會稽探禹穴西京賦曰寔是

惟地之奧區神皋表煥與曹植書曰召公與周公受分陝之任也江左已來常遷斯任東渚鉅海南望秦稽子虛賦曰齊東渚鉅海南有琅耶孔皋會稽記曰秦望山在州城正南史記曰始皇登之不望南海越絕書曰禹救水到大越上茅山大會計更名茅山曰會稽淵藪萑萃藿蒲攸在尚書曰今商王受為天下逋逃主萃淵藪左氏傳曰子叔為政不忍猛而寬鄭國多盜聚人於萑蒲之澤貨殖之民千金比屋漢書千乘之國必有千金之賈者利有所并也郛鄽之內雲屋萬家徐幹陳情詩曰踟躕雲屋下嘯歌倚華楹屋或為甍刑政繁舛舊難詳一南山羣盜未足云多。漢書曰王遵為高陵令會南山羣盜備宗數百人為吏民害於是王鳳薦遵徵為諫議大夫守京輔都尉行京兆尹事旬月間盜賊肅清蘇林曰備音朋渤海亂繩。方斯易理。漢書曰上以龔遂為渤海太守問曰渤海廢亂朕甚憂之卿欲何以息其盜賊遂曰臣聞治亂民猶治亂繩不可急也唯緩之然後可理臣願一切以便宜從事上許焉公下車敷化風動神行蕭子顯齊書曰緬出為會稽太守漢書曰班伯為定襄太守其下車作威吏民悚息謝承後漢書曰陰脩敷化二郡威教克平太玄經曰風動雷興謝承後漢書曰威令神行征艾朔土誠恕既孚鉤距靡用杜預左氏傳注曰孚大信也漢書曰趙廣漢守京兆尹廣漢善為鉤距以得事情鉤距者欲知馬價則先問狗已問羊又問牛然後及馬參伍其價以類相推則知馬之賤貴不失實矣晉灼曰鉤致也距閉也設欲知馬價先問狗又問羊然後及馬使對者無疑以知馬價示若不問而自知以閉其術為距也不待赭汙之權而姦渠必翦漢書曰張敞守京兆尹召見諸偷酋長數人因貫罪把其宿負令致諸偷以自贖偷長曰今一旦召詣府恐諸偷驚駭願一切受署敞皆以為吏遣歸休置酒小偷悉來賀飲醉偷長以赭汙其衣吏坐里閭閱出者汙赭輒收縛之一日捕得數百人盡行法罰尚書曰殲厥渠魁孔安國曰渠大也無假里端之籍而惡子咸誅歌録曰鴈門太守行曰外行猛政內懷慈仁文武備具課民不貧移惡子姓偏著里端被以哀矜孚以信順

哀矜巳見上文南陽葦杖未足比其仁范曄後漢書曰劉寬字文饒弘農人也遷南陽太守吏民有過但用蒲鞭罰之示辱而已終不加苦韓詩外傳孔子曰水之精為土老蒲為葦願無怪之曹植對酒歌曰蒲鞭葦杖示有刑潁川時雨無以豐其澤趙岐三輔決錄曰茂陵郭伋為潁川化如時雨摯虞曰伋守細侯光武拜潁川太守公攬轡升車牧州典郡范曄後漢書曰范滂為詔使登車攬轡有澄清天下之志蔡邕橋玄碑曰牧一州典五郡也感達民祇非待朞月論語子曰苟有用我者朞月而已可也三年有成老安少懷塗歌里詠論語子曰老者安之少者懷之莫不懽若親戚芬若椒蘭孫卿子曰夫綦國之君將誰與至哉其所與至必其民也而其民之親我若父母其好我芬若椒蘭漢書刑法志曰鄰國望我懽若親戚芬若椒蘭靡旆每反行悲道泣攀車臥轍之戀爭塗忘遠東觀漢記曰秦彭字國平為開陽城門候後拜潁川太守老弱攀車啼號填道

又曰：侯霸字君房，王莽敗，霸保守臨淮。更始元年，遣謁者侯盛齎璽書徵霸，百姓號呼哭泣，遮使者，或當道臥，皆曰：願復留霸朞年。去思一借之情，愈久彌結。漢書曰：何武爲兗州刺史，徙京兆尹，其所居亦無赫赫名，去後常見思。東觀漢記曰：寇恂爲河内太守，徵入爲金吾。潁川盜賊羣起，車駕南征，恂從至潁川，盜賊悉降，百姓遮道曰：願從陛下復借寇君一年。上乃留恂。方城漢池，南顧莫重。左氏傳屈完曰：方城以爲城，漢水以爲池。北指崤潼，平塗不過七百。崤，二崤也。雍州圖經曰：潼水，華陰縣界。伏滔正淮論曰：壽春北接梁宋，平塗不過七百。西接嶢武，關路曾不盈千。漢書音義應劭曰：嶢山之關也。李奇曰：在上洛北。文頴曰：武關在析西。王隱晉書庾翼表曰：襄陽北去河洛，不盈千里。蠻陬夷徼，重山萬里。魏都賦曰：蠻陬夷落。張揖漢書注曰：徼，塞也，以木栅水爲夷狄界也。魏都賦曰：由重山之東阤。小則俘民略畜，大則攻城剽邑。賈逵國語注曰：伐國取人曰俘。漢書鼂錯上兵事曰：胡虜小入則小利，大入則大利，攻城屠邑，敺略畜産。

史記曰盜賊滋起大羣至數千人攻城剽邑小羣盜以百數掠鹵鄉里方言曰略强取也晉宋迄今有

切民患烽鼓相望歲時不息椎埋穿掘之黨阡陌成羣

史記曰攻剽椎埋掘冢皆爲財用耳徐廣曰椎殺人而埋之或謂發冢也慠法侮吏之人曽

莫禁禦累藩咸受其弊歷政所不能裁賈逵國語注曰裁制也

加以戎羯窺覦伺我邊隙朱鳳晉書曰前後徙河北諸郡縣居山間謂之羯胡劉琨

勸進表曰狡寇窺窬伺國瑕隙北風未起馬首便以南向魏志臧洪荅陳琳書曰秋風揚

塵伯珪馬首南向塞草未衰嚴城於焉早閉李陵與蘇武書曰涼秋九月塞外草

衰抱朴子鮑生曰人君恐姦釁之不虞故嚴城以備之戰國策子楚謂秦王曰臣恐邊境早閉晚開也永

明八載疆埸大駭吴均齊春秋曰永明八年匈奴寇朐山左氏傳沈尹戍曰吴新有疆埸之

駭國語曰晉師大駭揚雄集上書曰候騎至甘泉京師大駭天子乃心北眷聽朝不

怡 司馬遷書曰主上食不甘味聽朝不怡 揚旆漢南非公莫可 蕭子顯齊書曰緬遷
雍州刺史籍田賦曰九旗揚旆呂氏春秋曰漢南之國聞湯之德歸之 於是驅馬原隰卷
甲遄征 毛詩曰驅馬悠悠又曰于彼原隰孫子兵法曰卷甲趨利日夜不處曹植詩曰指日遄征
威令首塗仁風載路 李尤武功歌曰恩普洽威令行首塗猶首路也謝承後漢書序曰徐
淑戎車首路續晉陽秋曰謝安賞袁宏爲機對辯速宏爲東郡安取一扇授之聊以贈行宏應聲曰輒當奉揚
仁風慰彼黎庶毛詩曰厥聲載路 軌躅清晏車徒不擾 漢書音義曰躅迹也 牛酒
日至壺漿塞陌 漢書廣武君謂韓信曰不如按甲休兵百里之內牛酒日至以饗士大夫孟子
曰葛伯不祀湯征之其君子實玄黄于篚以迎君子小人簞食壺漿以迎小人 ○失義犬羊其來
久矣 漢書名臣奏曰太尉掾應劭等議以爲鮮卑隔在漢北犬羊爲羣 徵賦嚴切唯利
是求 左氏傳晉呂相告秦曰秦雖與晉出入秦惟利是視又曰惟好是求 首鼠疆界蠶

彌廣漢書田蚡謂韓安國曰與長孺共一禿翁何爲首鼠兩端音義曰首鼠一前一却也說文曰蠹木蟲也以喻殘賊公扇以廉風乎以誠德盡任棠置水之情弘郭伋待期之信東觀漢記曰龐參字仲達拜漢陽太守郡民任棠者有奇節參到先候之棠不與言但以薤一本水一柸置戶屏前自抱孫兒伏於戶下參思其微意良久曰棠是欲曉太守也水者欲吾清也拔大本薤欲吾擊強宗也抱兒當戶欲吾開門恤孤也於是歎息而還參在職果能抑豪助弱以惠政得民司馬彪續漢書曰郭伋拜并州牧行部西河到美稷數百小兒各騎竹馬逢迎伋問曰兒曹何自遠來對曰聞使君到喜故來迎伋謝曰辛苦諸童小兒復送至郭門外問使君何日當還伋謂別駕計日告之行部還入美稷先期一日伋念負諸兒即止野亭須期乃往伋重信得人心皆此類也金如粟而弗覩馬如羊而廉入范曄後漢書曰張奐字然明燉煌人也遷安定屬國都尉羌戎豪帥感奐恩德上馬二十匹先零酋長又遺金鐻八枚奐並受之而召主簿於諸羌前以酒酹地曰使馬如羊不以入廐使金如粟不

以入懷悉以金馬還之雛雉必懷豚魚不爽東觀漢記曰魯恭爲中牟令時郡國螟傷稼犬牙緣界不入中牟河南尹袁安聞之疑其不實使仁恕掾肥親往察之恭隨行阡陌俱坐桑下有雉過止其傍傍有兒童親曰何不捕之兒言雉方將雛親曰所以來者欲察君之化迹耳蟲不犯境此一異也化及鳥獸此二異也豎子有仁心此三異也具以狀言周易曰信及豚魚由是傾巢舉落望德如歸廣雅曰落謂村居也左氏傳曰衞遷邢于夷儀邢遷如歸也椎髻髽首曰拜門闕漢書曰尉佗魋髻箕踞淮南子曰三苗髽首卉服蕭塗夷歌成韻尚書曰島夷卉服蜀都賦曰夷歌成章范曄後漢書曰益州刺史朱輔上疏曰白狼王唐菆等慕化歸義作詩三章也禮義既敷威刑具舉公羊傳曰既者何盡也毛萇詩傳曰具俱也強民獷俗反志遷情韓詩曰獷彼淮夷薛君曰獷覺寤之貌劉騊駼與李子堅書曰吏民強獷比屋爲賊獷古並切風塵不起囹圄寂寞東觀漢記曰蔡彤爲遼東太守野無風塵魏都賦曰囹圄寂寞

富商野次宿秉停菑國語叔向曰絳之富商韋藩以過於朝范曄後漢書曰王渙字稚子廣漢人除温令境内清夷商人露宿於道毛詩曰彼有遺秉此有滯穗又曰于彼菑畝毛萇曰田一歲曰菑蝝蝗弗起豺虎遠迹范曄後漢書曰宋均字叔庠南陽人也遷九江太守郡多虎暴數為民患常設檻穽而猶多傷害均到下記屬縣可一去檻穽除削課制其後傳言虎相與東渡江後山陽楚沛多蝗其飛至九江東界者輙東西散去北狄懼威關塞謐靜偵諜不敢東窺駝馬不敢南牧偵伺也鄭玄周禮注曰諜賊反間為國賊者范曄後漢書曰鮮卑寇遼東蔡彤擊之虜大奔不敢復闚塞過秦論曰胡人不敢南下而牧馬方欲振策燕趙席卷秦代過秦論曰振長策而御宇内又曰有席卷天下之意陪龍駕於伊洛侍紫蓋於咸陽楚辭曰龍駕兮帝服聊翱翔兮周章傳玄乘輿馬賦曰紫蓋漂以連翩而遵疾彌留歘焉大漸尚書曰疾大漸惟幾病日臻既彌留耕夫釋耒桑婦下機曹植荀侯誄曰

𫶧　别本亦有作𫶧　梁元帝鉏說是之後漢之耿秉侍所謂䡅面　杜甫詩花門𫶧面請雪恥字正本此文

機女投杼農夫輟耕也叅請門衛並走羣望左氏傳曰乃大有事于羣望維永明九年夏五月三十日辛酉薨春秋三十有七城府颰然燕寮如霣颰然吹木葉落貌男女老幼大臨街衢潘勖荀彧碑曰男女老幼里號巷哭接響傳聲不踰時而達于四境臧榮緒晉書曰羊祜薨於是街衢塗巷傳哭接音邑里相達夷羣戎落幽遠必至望城拊膺震動鄣邑並求入奉靈櫬藩司抑而不許雖鄧訓致劈面之哀羊公深罷市之慕范曄後漢書曰鄧訓字平叔遷護烏桓校尉病卒官吏民羌胡愛惜旦夕臨者數千人戎俗父母死恥悲泣皆騎馬歌呼至聞訓卒莫不號咷或以刀自割又刺殺其犬馬牛羊曰鄧使君已死我曹亦俱死耳晉諸公讚曰羊祜薨贈太傅南州以市日聞喪即號哭罷市對而爲言遠有慚德尚書曰惟有慙德神駕東還號送踰境蕭子顯齊書曰緬喪還百姓泣

河水悲泣奉觴奠以望靈仰蒼天而自訴蕭子顯齊書曰百姓設祭於峴
山鄭玄周禮注曰喪所薦饋曰奠韓詩曰萬人顒顒仰天告訴震響成雷盈塗咽水周易
曰震動也漢中山靖王曰聚蚊成雷江衛與荀仲茂牋曰舉國顒顒歎慕盈塗公臨危審正載
惟話言說文曰話會合善言也楚囊之情惟幾而彌固左傳曰楚子囊還自吳卒將死
遺言謂子庚必城郢君子謂子囊忠君薨不忘增其名將死不忘衛社稷可不謂忠乎尚書曰疾大漸惟幾孔安國
曰幾危殆衛魚之心身亡而意結韓詩外傳昔衛大夫史魚病且死謂其子曰我數言
蘧伯玉之賢而不能進彌子瑕不肖而不能退死不當居喪正堂殯我於室足矣衛君問其故子以父言聞君
召伯玉而貴之彌子瑕退之徙殯於正堂二宮軫慟遐邇同哀追贈侍中領
衛將軍給鼓吹一部謚曰昭侯時皇上納麓在辰登庸
伊始皇上明帝也尚書曰納于大麓烈風雷雨弗迷孔安國曰麓錄也堯納舜使大錄萬機之政尚書曰

若時登庸允副朝端兼掌屯衛蕭子顯齊書曰明帝初爲右僕射加領衛尉晉中興書謝安石上疏曰尸素朝端忽焉五載漢書曰城門校尉掌京師城門屯兵聞凶哀震感絶移時因遘沈痾縣留氣序世祖日夜憂懷備盡寛譬世祖武帝臧榮緒晉書賀循戚曰日夜憂懷慷慨發憤寛譬見下文勉膳禁哭中使相望東觀漢記曰樊脩至孝母終上遣中黄門朝暮餐食吳志曰朱然寢疾孫權夜爲不寐中使醫藥口食之物相望於道上雖外順皇旨內殷私痛獨居不御酒肉坐卧泣涕霑衣毛萇詩傳曰殷憂也東觀漢記曰齊武王以譖愬遇害上與衆會飲食笑語如平常馮異侍從親近見上獨居不御酒肉坐卧枕席有泣涕處異獨入叩頭寛解上意若此移年癯瘠改貌爾雅曰臞瘠也與癯同渠俱切天倫之愛振古莫儔穀梁傳曰兄弟天倫也何休曰兄弟先後天之倫次也毛詩曰匪今斯今振古如茲毛萇曰振自也及俯膺天眷入纂絶業蕭子顯齊書明紀曰

太后廢海陵王以上入篹纂太祖爾雅曰篹纂繼也漢書司馬遷曰惟漢接三代絶業分命懿親台牧並建尚書曰分命羲叔左氏傳富辰曰兄弟雖有小忿不廢懿親春秋漢含孳曰三公在天法三能牧見上文對繁弱以流渼望曲阜而含悲左氏傳子魚曰周公相王室以尹天下於周爲睦分魯公以大路大旂夏后氏之璜封父之繁弱尚書曰魯侯伯禽宅曲阜改贈司徒因謚爲郡王禮也惟公少而英明長而弘潤風標秀舉清暉映世學徧書部特善玄言鞶帨之麗篆籀之則法言曰今之學者非獨爲之華藻也又從而繡其鞶帨李軌曰鞶革帶帨巾也喻今之文字多非獨華藻也巾帶皆文之如繡也漢書史籀音義曰周宣王太史作大篆窮六義於懷抱究八體於毫端毛詩序曰詩有六義焉一曰風二曰賦三曰比四曰興五曰雅六曰頌漢書八體六技韋昭曰一曰大篆二曰小篆三曰刻符四曰虫書五曰摹印六曰署書七曰殳書八曰隸書奕思之微秋儲無

困學紀聞云儲字未詳蓋六朝奕人注謂儲蓄精思非也

納注及別本

以競巧孟子曰奕秋通國之善奕者也儲謂儲蓄精思也馬融廣成頌曰儲積山藪廣思河澤取睽之妙流睇未足稱奇周易曰弦木爲弧剡木爲矢弧矢之利以威天下蓋取諸睽幽通賦曰養流睇而猿號李虎發而石開至公以奉上鳴謙以接下周易曰鳴謙貞吉中心得也尚書曰奉先思孝接下思恭撫僚庶盡盛德之容交士林忘公侯之貴辨亡論曰接士盡盛德之容吴志魯肅曰不失下曹從事交遊士林虛懷博約幽關洞開鄒潤甫爲諸葛穆荅晉王命曰雖曰博納虛懷下開幽關已見上文西征賦曰胷中豁其洞開宴語談笑情瀾不竭毛詩曰燕笑語兮是以有譽處兮世說曰王太尉云郭子玄語議如懸河寫水注而不竭譽滿天下德冠生民孝經曰言滿天下無口過千寶晉紀武帝詔曰蓋德冠生民必饗不泯之榮蓋百代之儀表千年之領袖荀氏家傳曰荀彧德行周備名重天下莫不以爲儀表王隱晉書曰魏舒爲相國參軍晉王特加器敬每朝會罷坐而目送之曰魏

汪師韓曰此似用召伯甘棠之詩

舒堂堂實曰人之領袖也曾不憖留梁摧奄及左氏傳孔丘卒公誄之曰旻天不弔不憖遺一老禮記曰孔子早起負手曳杖逍遙於門歌曰太山其頹乎梁木其壞乎豈唯僑終蹇謝興謠輟相而已哉僑子產也左氏傳曰產從政一年輿人誦之曰取我衣冠而褚之取我田疇而伍之孰殺子產吾其與之及三年又誦之曰我有子弟子產誨之我有田疇子產殖之子產而死誰其嗣之潘岳賈充誄曰秦士蹇叔春者不相杵史記趙良曰五羖大夫死春者不相杵史記以爲五羖而云蹇叔未詳潘沈之旨凡我僚舊均哀共戚怨天德之無厚痛棠陰之不留周易曰用九天德不可爲首也鄧析子曰天於人無厚也何足以言之天不能令夭折之人更生爲善之民必壽此於民無厚也淮南子曰日朝發扶桑入于落棠高誘曰扶桑日所出落棠山日所入也思所以克播遺塵弊之穹壤魏都賦曰列聖之遺塵曹植露盤頌曰弊之天壤以顯元功乃刊石圖徽寄情銘頌其辭曰

天命玄鳥，降而生商。毛詩商頌文也。是開金運，祚始玉筐。金謂殷。鄒子曰：五德從所不勝，虞土、夏木、殷金、周火。呂氏春秋曰：有娀氏有二佚女，為九成之臺，飲食以鼓。帝命燕往視之，鳴若隘隘。二女愛而爭搏之，覆以玉筐。少選，發而視之，鷰遺卵而北飛，遂不反。高誘曰：帝，天也。天命鷰降卵于有娀氏女，吞之生契。三仁去國，五曜入房。論語曰：微子去之，箕子為之奴，比干諫而死。孔子曰：殷有三仁焉。春秋元命苞曰：殷紂之時，五星聚房。房者，蒼神之精，周據而興。亦白其馬，侯服周玉。毛詩序曰：有客，微子來見祖廟。詩云：有客有客，亦白其馬。又曰：侯服于周，天命靡常。本枝派別，因菜命氏。微子之後，食邑於蕭，因氏焉。毛詩曰：文王孫子，本枝百世。吳都賦曰：百川派別。漢書曰：楊雄之先，初食菜於晉之楊，因氏焉。左氏傳羽父曰：胙之土而命之氏。涉徐而東，義均梁徙。謂徙蘭陵也。王隱晉書曰：徐州部東海郡蘭陵縣。班固高紀贊：劉向曰：戰國時，劉氏自秦獲於魏。秦滅魏，遷大梁，都豐。故周市說雍齒曰：豐，故梁徙也。頌高祖云：涉魏而東，遂為豐公。自茲以降

懷青拕紫 解嘲曰紆青拕紫朱丹其轂 崇基嵒巖長瀾瀰瀰 毛詩曰節彼南山維石嵒巖嵒巖又曰新臺有泚河水瀰瀰 惟聖造物龍飛天步 莊子孔子曰夫造物者爲人司馬彪曰造物謂道也周易曰飛龍在天利見大人毛詩曰天步艱難之子不猶 載鼎將載革有除有布 鼎革二卦名也周易曰井道不可不革故受之以革革物者莫若鼎故受之以鼎漢書音義文穎曰孛星多爲除舊布新改易君上也 高皇赫矣御曆乾顧 曹府君陳寔誄曰赫矣陳君毛詩曰乃眷西顧此維與宅 景皇蒸哉實啓洪祚 毛詩曰文王蒸哉潘岳羊夫人誄策文曰光啓洪祚慶流萬國 喬嶽峻峙命世興賢 毛詩崧高維嶽峻極于天維岳降神生甫及申鄭玄曰福祚興於子孫命世巳見上文 膺期誕德絕後光前 膺五百歲之期也曹植上文帝誄表曰階青雲而誕德晉起居注安帝詔曰元功盛德超前絕後 幾以成務覺在民先 周易曰夫幾者動之微又曰夫易開物成務孟子伊尹曰天之生斯人使先覺覺後覺也予天民之先覺者也 位非

大寶爵乃上天（周易曰天地之大德曰生聖人之大寶曰位孟子有天爵有人爵仁義忠信樂善不倦此天爵也公卿大夫此人爵也）爰始濯纓清猷濬發（楚辭曰滄浪之水清可以濯吾纓毛詩曰濬哲維商長發其祥）升降文陛逶迤魏闕（漢書梅福上疏曰願一登文石之陛涉赤墀之塗夏侯稚景福殿賦曰乃陟乎文陛以登華殿呂氏春秋中山公子牟謂詹子曰身在江海之上心居乎魏闕之下高誘曰魏闕象魏之闕也）惠露沾吴仁風扇越（陸機謝成都王牋曰慶雲惠露止於落葉）涉夏踰漢跂成朞月（楚辭曰江與夏之不可涉夏水名也尚書曰逾于漢朞月已見上文）用簡必從日新爲盛（周易曰簡則易從又曰日新之謂盛德）在上哀矜臨下莊敬（哀矜已見上文論語曰季康子問使民以敬如之何子曰臨之以莊則敬）草木不夭昆蟲得性（毛詩序曰周家忠厚仁及草木又曰民樂其有靈德以及鳥獸昆虫焉）我有芳蘭民胥攸詠（芳蘭即上芳若椒蘭也）羣夷蠢蠢巖

别嶂分爾雅曰蠢蠢動也傾山盡落其從如雲毛詩曰齊子歸止其從如雲挈妻荷子負戴成羣莊子曰邠人謂邠王曰挈吾妻子以從王乎又曰石戶之農夫負妻戴子入海也迴首請吏曾何足云封禪書曰昆蟲闓澤迴首面內漢書曰邛筰之君長聞南夷與漢通請吏比南夷昔聞天道仁罔不遂老子曰天道無親常與善人論語子曰仁者壽莊子曰聖也者遂於命者也彼蒼如何與山止簣毛詩曰彼蒼者天殲我良人止簣已見上文四牡方馳六龍頓轡毛詩曰駕彼四牡四牡項領頓轡踰死也楚辭曰貫鴻濛以東朅兮維六龍於扶桑王逸注曰結我車轡於扶桑以留日行幸得延年壽也頓猶舍也斯民曷仰邦國殄瘁毛詩曰人之云亡邦國殄瘁齊殞晏平行哭致禮晏子曰齊景公遊於淄晏子死公繁驅而馳自以為遲下車而趨知不如車之駃則又棄之比至國四下而趨至則伏尸而哭曰百姓誰復告我惡聲趙徂昌國列邦揮涕史記曰樂毅為燕伐齊破之封樂毅於昌國昭王卒燕惠王疑毅

降趙號曰望諸君而卒於趙潘岳太宰魯公碑曰趙喪望諸列國同傷家語敬姜曰無揮涕涕以手揮之也況我君斯皇之介弟左氏傳伯州犂謂皇頡曰夫子為王子圍寡君之貴介弟也哀感徒庶慟興雲陛左思七略曰閭甲第之廣袤建雲陛之差我階毀留攢川汎歸軸禮記曰君殯用輴攢至于上鄭玄曰攢猶叢也殯君棺以龍輴叢蔽不題湊象椁儀禮曰遷于祖用軸鄭玄曰軸輁也競羞野莫爭攀去轂遵渚號追臨波望哭毛詩曰鴻飛遵渚范曄後漢書曰祭遵喪至河南車駕臨之望哭哀慟無絕終古惟蘭與菊楚辭曰春蘭兮秋菊長無絕兮終古塗由帝渚朱軒靡駕楚辭曰帝子降兮北渚尚書大傳曰未命為士不得乘朱軒東首塋園即宮長夜廣雅曰首向也漢書音義如淳曰塋冢田也禮記曰孔悝鼎銘曰即宮于宗周李陵詩曰嚴父潛長夜慈母去中堂逝川無待黃金難化逝川已見上文史記少君言上曰祠竈則致物而丹砂可為黃金黃金成以為飲食器則益壽鍾石徒升

張伯起以文皆韻語而無家世生死歲月字爲疑其志而但選、其一銘疑稱志誤不知志墓之體從頭散文曰誌韻語曰銘此不過習慣相承云宋業說文誌記也銘亦記也非有散文韻語之別蓋散文自誌銘前序耳江淹之於孫緬單舉銘言亦是墓誌王融之於蕭章王謝朓之於海陵王沈約之於安陸王都無散序無以號銘豈必散爲誌韻稱銘耶

芳猷永謝吳越春秋樂師謂越王曰君王德可以刻之金石王逸楚辭注曰謝去也

墓誌吳均齊春秋王儉曰石誌不出禮典起宋元嘉顔延之爲王琳石誌

劉先生夫人墓誌蕭子顯齊書曰太祖爲劉瓛娶王氏女瓛卒天監元年下詔爲瓛立碑號曰貞簡先生王僧孺劉氏譜曰瓛娶王法施女也

任彦升

既稱萊婦亦曰鴻妻列女傳曰老萊子逃世耕於蒙山之陽或言之楚王楚王遂駕車至老萊之門楚王曰守國之孤願變先生老萊曰諾妻曰妾聞之居亂世爲人所制此能免於患乎妾不能爲人所制者投其畚而去老萊乃隨之又曰梁鴻妻者同郡孟氏之女也德行甚脩鴻納之共逃遁霸陵山中後復相將至會稽賃舂爲事雖雜傭保之中妻每進食常舉案齊眉不敢正視以禮脩身所在敬而慕之復有令德一與之齊曹植王仲宣誄曰既有令德材技廣宣禮記曰信婦德也一與之齊終身不改

寞別本

實佐君子，簪蒿杖藜。毛詩序曰又當輔佐君子求賢審官東觀漢記曰梁統與杜林書曰君非隗囂不降志辱身至簪蒿席草不食其粟莊子曰子貢見原憲原憲杖藜應門欣欣負載，在冀之畦。音攜漢書曰朱買臣常刈樵其妻亦負載相隨左氏傳曰初臼季過冀見冀缺耨其妻饁之敬相待如賓居室有行，亟聞義讓。言初居室及於有行俱聞義讓故曰亟也列女傳鮑蘇妻曰如不教吾以居室之行毛詩曰女子有行左氏傳趙衰曰臣亟聞其言矣稟訓丹陽，弘風丞相。蕭子顯齊書曰韜晉丹陽尹惔六葉孫也然其妻王氏丞相導之後也籍甚二門，風流遠尚。漢書曰陸賈遊漢庭公卿間名聲籍甚音藉晉陽秋曰王夷甫樂廣俱宅心事外言風流者稱王樂焉肇允才淑，閫德斯諒。毛詩曰肇允彼桃蟲又曰窈窕淑女禮記曰內言不出於閫鄭玄曰閫門限也毛萇詩傳曰諒信也蕪沒鄭鄉，寂寞楊家。范明後漢書曰鄭玄字康成北海人也國相孔融深敬玄屣履造門告高密縣爲玄特立一鄉曰齊置士鄉越有君子軍皆異賢之意也

王氏以柩壓挂鞋土葬
其姑於氏棺中被出

今鄭君鄉宜曰鄭公鄉七略曰楊雄
卒弟子侯芭負土作墳號曰玄冢
參差孔樹毫末
成拱皇覽聖賢冢墓誌注曰孔子冢在魯城北泗水
南冢塋中樹以百數皆異種人傳言孔子弟子
異國人各持其國樹來種之其樹柞枌雒離五味欃
檀之樹魯人莫之識老子曰合抱之木生於毫末公
羊傳曰秦伯謂蹇叔曰爾
之年老冢上之木拱矣
暫啓荒埏長扃幽隴蕭子
顯齊
書曰王氏被出今去合葬
盡孍卒之後王氏宗合之
夫貴妻尊匪爵而重喪服
傳曰
夫尊於朝妻貴於室潘岳夏侯
湛誄曰惟爾之存匪爵而貴

文選卷第五十九 初六夕 保讀

文選卷第六十

梁昭明太子撰

文林郎守太子右内率府録事參軍事崇賢館直學士臣李善注

任彥昇三字當在題下
祖父當各爲一行
中字據何焯增
公字别行

顏延之祭屈原文一首

王僧達祭顏光禄文一首

行狀

齊竟陵文宣王行狀一首

祖太祖高皇帝　父世祖武皇帝　任彥昇

南徐州南蘭陵郡縣都鄉中都里蕭公年三十五行狀

公道亞生知照隣幾庶論語孔子曰生而知之者上也學而知之者次也傅季友爲張良廟敎曰道亞黃中照隣殆庶孝始人倫忠爲令德毛詩曰成孝敬厚人倫左氏傳君子曰忠爲令德公實體之非毀譽所至論語子曰吾之於人誰毀誰譽如有所譽高誘呂氏春秋注曰體行也莊子曰舉世譽之而不加勸舉世非之而不加沮天才博贍學綜該

明郭子曰孫子荆上品狀王武子曰天才英博亮拔不羣潘岳任府君畫讃曰學綜羣籍智周萬物至若曲臺之禮九師之易七略曰宣皇帝時行射禮博士后倉爲之辭至今記之曰曲臺記又曰易傳淮南九師道訓者淮南王安所造也漢書音義曰淮南王安聘明易者九人號九師說樂分龍趙詩析齊韓漢書曰雅琴趙氏七篇名定渤海人宣帝時丞相魏相所表又曰雅琴龍氏九十九篇名德梁人也又曰詩魯齊韓三家應劭漢書注曰申公作魯詩韓嬰作韓詩后倉作齊詩也陳農所未究河閒所未輯漢書曰成帝時以書頗散亡使謁者陳農求遺書於天下又曰河閒獻王德從民得善書必爲好寫與之留其真加金帛賜以招之由是或有先祖舊書多奉以奏獻王者故得書多與漢朝等有一於此罔不兼綜者與謝承後漢書曰劉靚方筴所載靡不必綜昔沛獻訪對於雲臺東平齊聲於楊史東觀漢記曰沛獻王輔永平五年秋京師少雨上御雲臺召尚席取卦具自卦以周易卦林占之其繇曰蟻封穴戶大雨將集明日大雨

上即以詔書問輔曰道豈有是邪輔上書曰案易卦震之蹇蹇艮下坎上艮爲山坎爲水出雲爲雨蟻穴居而知雨將雲雨蟻封穴故以蟻爲興文詔報曰善哉王次序之又曰上以所自作光武皇帝本紀示東平憲王蒼蒼因上世祖受命中興頌上甚善之以問校書郎此與誰等皆言類相如揚雄前代史岑之比

淮南取貴於食時陳思見稱於七步方斯蔑如也

漢書淮南王安上使爲離騷傳旦受詔日食時上世說曰魏文帝令陳思王七步成詩詩曰萁在竈下然豆在釜中泣本是同根生相煎何太急

初沈攸之跋扈上流稱亂陝服

沈約宋書曰沈攸之字仲達爲荆州刺史順帝即位攸之師武義至夏口反毛詩傳曰無畔換猶跋扈也西京賦曰睢盱跋扈尚書曰非台小子敢行稱亂臧榮緒晉書曰武陵王令曰荆州勢據上流將軍休之委以分陝之重

宋鎮西晉熙王南中郎邵陵王並鎮盆口

沈約宋書曰明帝第六子爕字仲綏封晉熙王進號鎮西沈攸之舉兵鎮尋陽之盆城又曰邵陵殤王友字仲賢明帝第七子也年五歲

出爲南中郎將江州刺史邵陵王王太子奉晉熙王爕鎮尋陽之盆城世祖毗贊兩藩而任摠西伐沈約宋書曰齊公時從在軍鎮西府版寧朔將軍軍主南中郎版補行𠫭軍署法曹沈約宋書曰除拜則爲𠫭軍事府版則爲行𠫭軍于時景燭雲火風馳羽檄言雲火之多如景之照羽檄之疾若風之馳太公六韜曰雲火萬炬以防夜四子講德論曰風馳雨集漢書高祖曰以羽檄徵天下兵謀出股肱任切書記魏文帝與吴質書曰元瑜書記翩翩遷左軍邵陵王主簿記室𠫭軍既允焚林之求實兼儀形之寄刀筆不足宣功風體所以弘益文士傳曰太祖雅聞阮瑀名辟之不應連見逼促乃逃入山中太祖使人焚山得瑀送至召入太祖時在長安大延賔客怒不與語使就伎人列瑀善解音能鼓琴遂撫絃而歌因造歌曲曰弈弈天門開大魏應期運青蓋廵九州在西東人怨士爲知己死女爲悦己玩恩義苟潛暢他人焉能亂爲曲既捷音聲

殊妙當時冠坐太祖大悅署爲記室何法盛晉中興書曰王永字安期司空東海王越以爲記室參軍雅相敬重勅子毗曰夫學之所益者淺體之所安者深閑習禮度不如式瞻儀形諷味遺言不如親承音旨王參軍人倫之表汝其師之史記張釋之曰秦任刀筆之吏除邵陵王友又爲安南邵陵王長史東夏形勝關河重複東夏會稽也尚書王曰爰建爾于上公尹茲東夏漢書田肯曰秦形勝之國也韓康伯王述碑曰述遷會稽太守此蓋關河之重複泱泱大邦選衆而舉敦悅斯在論語子夏曰舜有天下選於衆舉皋陶不仁者遠矣左氏傳曰晉蒐於被廬謀元帥趙衰曰郤縠可臣亟聞其言矣說禮樂而敦詩書君其試之除使持節都督會稽東陽臨海永嘉新安五郡諸軍事輔國將軍會稽太守太祖受命廣樹藩屏左氏傳富辰曰昔周公故封建親戚以藩屏周室公以高昭武穆惟戚惟賢漢書韋玄成曰父爲昭子爲穆孫復爲昭也漢書文帝詔曰右賢左戚封閬喜縣

景注及刻本

開國公，食邑千戸。今又奏課連最，進號冠軍將軍。漢書曰：兒寬爲農都尉大司農奏課最連。韋昭曰：最連，得第一也。越人之巫，覩正風而化俗；范曄後漢書曰：第五倫，字伯魚，京兆人也。拜會稽太守。會稽俗多淫祀，好卜筮，民常以牛祭神，百姓財産以之困匱。倫到官，移書屬縣，曉告百姓，其巫祝有依託鬼神詐怖愚民，皆案論之。有妄屠牛，吏輒行罰。於後遂斷絶，百姓以安。篁竹之酋，感義讓而失險。漢書淮南王上書曰：臣聞越處谿谷之閒，篁竹之中。范曄光武紀贊曰：金湯失險。邪叟忘其西顯，龍丘狹其東皐。范曄後漢書曰：劉寵拜會稽太守，徵爲將作大匠。山陰有五六老叟，自若邪山谷出送寵，曰：聞當見弃，故自扶奉送。潘安仁楊經誄云：日吳景西望，子朝陰。范曄後漢書曰：任延字長孫，南陽人。拜會稽都尉，年十九。吳有龍丘萇者，隱居，志不降辱。四輔三公連辟，不到。掾史白請召之。延曰：龍丘先生躬德履義，有原憲、伯夷之節。都尉洒掃其門，猶懼辱焉，召之不可。使功曹奉謁修書記，致醫藥，吏使相望於道。積一歲，萇乃乗輦詣府門，願得先死備録。延辭讓再

句有誤

此句有誤

創鉅注

上二字當乙下據注

三遂署議曹祭酒阮籍奏記曰將耕東皋之陽輸黍稷之稅會武穆皇后崩公星言奔波泣血千里蕭子顯齊書曰武穆裴皇后諱惠昭河東人父璣之后生子良禮記曰推父母之喪見星而行夜見星而舍毛詩曰星言夙駕仲長子昌言曰救患赴急跋涉奔波者憂樂之盡也禮記曰高子皐執親之喪泣血三年未嘗見齒君子以爲難水漿不入於口者至自禹穴禮記曾子謂子思伋曰吾執親之喪水漿不入於口七日漢書曰司馬遷南遊江淮上會稽探禹穴逮衣裳外除心哀內疚禮記曰親喪外除鄭玄曰日月已竟哀不忘也嵇康幽憤詩曰心焉內疚爾雅曰疚疾也禮屈於厭降事迫於權奪禮記曰有從有服而無服公子於其妻之父母鄭玄曰凡公子厭於君降其私親女君之子不降也晉起居注宋公表曰情由權奪也而茹戚肌膚沈痛瘠距創鉅廣雅曰茹食也禮記曰創鉅者其日久痛甚者其愈遲三年者稱情而立文所以爲至痛極故知鍾鼓非樂云之本縗麻非隆殺之要論語子曰

一四〇上

樂云樂云鍾鼓云乎哉馬融曰樂之所貴者移風易俗也非謂鍾鼓而已左氏傳曰齊晏桓子卒晏嬰麤衰斬寢苫枕草孫卿子曰喪三年何也曰加隆焉故三年以爲隆緦小功以爲殺鄭玄禮記注曰有隆有殺進退如禮莊子曰本在於上末在於下要在於主詳在於臣鍾鼓之音羽旄之容樂之末哭泣縗絰隆殺之服哀之末

改授征虜將軍丹陽尹良家入徙戚里內屬三輔黃圖曰宣帝爲杜陵徙良家五千户居於陵漢書曰萬石君傳曰徙其家長安中戚里以姊爲美人故也政非一軌俗備五方漢書曰秦地五方雜錯公內樹寬明外施簡惠范曄後漢書馮衍說鮑永曰幸逢寬明之日將值危言之時臧榮緒晉書吴隱之爲晉陵太守布政簡惠神皋載穆轂下以清西京賦曰寔惟地之奧區神皋漢書谷永上疏曰薛宣爲御史中丞執憲轂下胡廣漢官解故注曰轂下喻在輦轂之下京城之中也范曄後漢書曰楊璉爲零陵太守郡境以清武皇帝嗣位進封竟陵郡王食邑加千户復授使持節都督南徐兗二

州諸軍事鎮北將軍南徐州刺史遷使持節侍中都督
南兖徐北兖青冀五州諸軍事征北將軍南兖州刺史兖
徐接壤素漸河潤漢書武帝詔曰淮南衡山兩國接壤東觀漢記曰拜郭伋潁川太守召見
辭謁帝勞之曰賢能太守去帝城不遠河潤九里冀京師并蒙福也未及下車仁聲先洽
漢書曰班伯爲定襄太守其下車作威吏民竦息玉關靖柝北門寢扃漢書曰龍勤有
王門關周禮曰凡軍事聚㰐鄭玄曰擊㰐兩木相敲行夜時也㰐與柝同史記曰齊威王曰吾吏有黔夫者使
守徐州則燕人祭北門裴駰曰齊之北門說文曰扃外關門之關朝旨以董司岳牧敷
興邦教晉起居注宋公表曰董司垂方過寔引罰孔安國尚書傳曰董督也潘岳關中詩曰岳牧慮殊
禮記司徒明七教以興民德尚書曰司徒掌邦教方任雖重比此爲輕山濤啓事曰方
任雖重比此爲輕徵護軍將軍兼司徒侍中如故文授車騎將

軍兼司徒侍中如故即授司徒侍中又如故上穆三能
下敷五典漢書曰三能色齊君臣和蘇林曰能音台尚書帝曰契汝作司徒敬敷五教在寬又曰五
典克從孔安國曰五典五常之教闡玄闡以闡化寢鳴鍾以體國玄謂道也
太玄經曰玄門混沌難知孫放數詩曰一往縱禕懷繾跡步玄闡范曄後漢書曰桓榮爲五更贊曰待問應若
鳴鍾翼亮孝治緝熙中教孝經曰昔者明王之以孝治天下也不敢遺小國之臣司徒故
曰中教奪金耻訟蹊田自嘿呂氏春秋曰齊人有欲得金者清旦衣冠之鬻金者之所
見人操金攫而奪之吏捕而束縛之問曰人皆在焉子攫人之金何故對吏曰殊不見人徒見金耳左氏傳申
叔時謂楚子曰牽牛以蹊人之田而奪之牛牽牛以蹊者信有罪矣而奪之牛罰以重矣不雕其朴
用晦其明呂氏春秋曰賢不肖各反其質行其情不雕其素高誘曰素樸也周易曰明入地中明夷
君子以莅衆用晦而明王弼曰藏明於內乃得明聲化之有倫繄公是賴潘元茂九

刑法及別本
歸別本

錫文曰故周室之不壞繄二國是賴庠序肇興儀形刑國胄師氏之選允師歸
人範禮記曰有虞氏養國老於上庠夏后氏養國老於東序鄭玄曰皆學名也毛詩曰儀刑文王袁山松
後漢書曰李膺風格儀刑皆可師範尚書曰夔命汝典樂教胄子周禮曰師氏中大夫以三德教國子法言曰
務學不如務求師師者人之模範也以本官領國子祭酒固辭不拜八座
初啓以公補尚書令陳壽魏志評曰八座尚書即古六卿之任也晉百官名曰尚書令尚
書僕射六尚書古爲八座尚書式是敷奏百揆時序尚書曰敷奏以言又曰納于百揆百揆時
敘王隱晉書詔曰今之尚書令皆古之百揆之任也夫國家之道互爲公私君親
之義遞爲隱犯禮記曰事親有隱而無犯事君有犯而無隱有諫諍之義公二極一
致愛敬同歸國語欒共子曰臣聞之人生於三事之如一父母生之師教之君食之非父不生非食不長
非教不智生之族也故一事之唯其所在則致死矣孝經曰資於事父以事母而愛同資於事父以事君而敬

揚 別本

同亮誠盡規謀猷弘遠矣國語召康公曰天子聽政近臣盡規晋中興書冊陶侃曰公經德秉哲謀猷弘遠又授使持節都督揚州諸軍事揚州刺史本官悉如故舊惟淮海今則神牧尚書曰淮海惟揚州地理書曰崑崙東南地萬五千里名曰神州編戶殷阜萌俗繁滋漢書呂后曰諸將故與帝爲編戶不言之化若門到戶說矣周易曰不言而信存乎德行孝經曰君子之教以孝非家至而日見之鄭玄曰非門到戶至而日見也楚辭曰衆不可戶說兮孰云察余之中情頃之解尚書令改授中書監餘悉如故獻納樞機絲綸允緝兩都賦序曰日月獻納周易曰言行君子之樞機禮記曰王言如絲其出如綸武皇晏駕寄深負圖應劭風俗通曰宮車晏駕謹按史記曰王稽謂范雎曰夫事有不可知者有不可奈何者一日宮車晏駕是事不可知也君雖恨於臣是無可奈何謂秦昭王以天下終也昔周康王一旦晏起侍人以

僾讀僶僾之僾不必改

爲深刺天子當夜寢早作身省萬機如今崩殞則爲晏駕矣家語孔子觀於明堂覩四門之墉有周公相成王抱之負斧扆南面以朝諸侯之圖焉公仰惟國典僾遵遺詁俯擗天倫踴絶于地居處之節復如居武穆之憂穀梁傳曰兄弟天倫也何休曰兄先弟後天之倫次也禮記曰婦人擊心爵踴鄭玄曰爵踴足不絶地也聖主嗣興地居旦奭蕭子顯齊書曰鬱林王昭業文惠太子長子世祖崩太孫即位有詔策授太傅領司徒餘悉如故坐而論道動以觀德周禮曰坐而論道謂之三公禮記曰樂行而民向方可以觀德矣地尊禮絶親賢莫貳晉中興書恭帝詔曰大司馬地隆任重親賢莫貳班固諸侯王表序曰親親賢賢褒功表德又詔加公入朝不趨讚拜不名劒履上殿蕭傅之賢曹馬之親兼之者公也漢書曰上賜蕭何帶劒履上殿入朝不趨文曰上欲自行擊陳狶周綜泣曰始秦攻破天下未曾自行今上常自行是無人可

使者乎上以爲愛我賜入殿門不趨而綜與傳寬同傳寬無不趨之言疑任公誤也魏志曰曹眞字子丹太祖族子也明帝即位遷大司馬賜劒履上殿入朝不趨晉公卿禮秩曰汝南王亮秦王東吳王晏梁王肜皆劒履上殿入朝不趨復以申威重道增崇德統進督南徐州諸軍事餘悉如故並奏疏累上身殁讓存王隱晉書曰武帝贈羊祜詔曰身殁讓存遺操益厲天不憖遺梁岳頹峻左氏傳曰孔丘卒公誄之旻天不弔不憖遺一老禮記曰孔子蚤作負手曳杖逍遥於門歌曰太山其頹乎梁木其壞乎某年某月日薨春秋三十有五詔給温明秘器斂以袞章備九命之禮遣大鴻臚監護喪事朝夕奠祭太官供給禮也漢書曰大將軍霍光薨賜東園温明秘器服虔曰東園處此器象如桶開一端漆畫懸鏡其中置尸上斂并蓋之周禮曰三公自袞冕而下又曰上公九命故以慟極津門感充長樂東觀漢記曰東海王彊薨上發魯相所上

撤下牀伏地舉聲盡哀至長樂宮白太后因出幸津門亭發喪豈徒舂人不相傾壓
罷肆而已哉史記曰趙良謂商鞅曰五羖大夫死秦國男女莫不流涕童子不歌謠舂者不相杵
劉紹聖賢本紀曰子產治鄭二十年卒國人哭于巷商賈哭于市農夫號于野乃下詔曰褒崇
肅德前王之令典追遠尊戚沿情之所隆禮記曰禮樂之情同故明
王相沿也鄭玄注曰沿猶因述也故使持節都督楊州諸軍事中書監
太傅領司徒楊州刺史竟陵王新除進督南徐州體睿
履正神監淵邈道冠民宗具瞻惟允毛詩曰民具爾瞻肇自弱
齡孝友光備毛詩曰張仲孝友爰及贊契協升景業爕和台曜
五教克宣台曜及五教並已見上文敷奏朝端百揆惟穆尚書曰敷奏以言
中興書謝石上疏曰尸素朝端忽焉五載尚書曰百揆時敘寄重先顧任均負圖先顧

別本亦作旒據此注則當作游

則亂命也尚書曰成王將崩命召公畢公相康王作顧命召頁圖已見上文諒以齊徽二南同
規往哲毛詩序曰關雎麟趾之化王者之風也故繫之周公鵲巢騶虞之德諸侯之風也故繫之召公
周南召南正始之道王化之基方憑保祐永翼雍熙東京賦曰上下共其雍熙天不
慭遺奄見薨落慭遺已見上文方言曰奄遽也尚書曰帝乃殂落哀慕抽割
震動于厥心今先遠戒期龜謀襲吉禮記曰喪事先遠日尚書曰謀及卜
筮孔安國曰龜曰卜又曰乃卜三龜一習吉襲與習通茂崇嘉制式弘風猷可追
崇假黃鉞尚書曰王左杖黃鉞孔安國曰鉞以黃金飾斧侍中都督中外諸軍
事太宰領大將軍揚州牧綠綟麗綬具九錫服命之禮
魏晉官品曰相國丞相綠綟綬九錫已見潘勗九錫文使持節中書監王如故給九
旒鑾輅甘泉鹵簿曰游車九乘禮記曰乘鑾輅駕蒼龍黃屋左纛導轀溫輬涼車漢書

詔贈止此

曰紀信乘王車黃屋左纛李斐曰黃屋天子車以黃繒爲蓋裏纛毛羽幢在乘輿衡左方上注之漢書曰載霍光尸以轀輬車文穎曰如今喪轜車前後部羽葆鼓吹挽歌二部虎賁班劒百人漢書韓延壽給羽葆鼓車歌車張晏曰羽葆幢也服虔曰如今鼓吹歌車也晉公卿禮秩曰諸公及開府立從公者給虎賁二十人持班劒焉葬禮一依晉安平獻王孚故事王隱晉書曰孚字叔達宣帝次弟也封安平王薨謚曰獻詔喪事一依漢東平獻王蒼故事公道識虛遠表裏融通淵然萬頃直上千仞范曄後漢書郭林宗曰黃叔度汪汪如萬頃之陂魯連子曰東山有松千仞無枝非爲正直無枉自然僕妾不覩其喜愠近侍莫見其傾弛晉中興書曰衛玠終身不見其愠喜王隱晉書曰王邵爲丹陽尹善禮儀操人近習未嘗見其傾替他人之善若己有之尚書穆公曰人之有技若己有之民之不臧公實貽恥尸子曰見人有過則如己有過虞氏之盛德也誘接恂恂降以顏

色。論語曰孔子於鄉黨恂恂如也似不能言者子肅曰恂恂溫恭之貌方於事。上好下。規己。魏志劉寔曰王肅方於事上而好下接己此一反也而廉於殖財施人不倦。左傳叔向曰齊桓施舍不倦求善不厭帝子。儲季。令行。禁止。文子曰夫抱順効誠者令行禁止國網。天憲。寘諸掌握。范曄後漢書劉陶曰今權官手握王爵口含天憲淮南子曰執節於掌握之閒寘致也未嘗。鞠人。於輕。刑。錮人。於重。議。東觀漢記曰袁安爲尹十餘年政令公平未嘗以贜罪鞠人常歎曰凡士之學高欲望宰相下及牧守繩人於聖代尹不忍爲也人有。不及。內恕。諸己。非意。相干。每爲。理屈。晉中興書曰衛玠常以人有不及可以情恕非意相干可以理遣任天下之重體生民之俊孟子曰伊尹其自任以天下之重也如此東觀漢記鄧鄆曰天生俊士以爲民也華衮與縕緒張呂同歸。山藻與蓬茨俱逸。潘岳密陵侯鄭公碑曰公雖違華衮猶朱其紱韓詩子路曰曾子褐衣縕

庾徐慣用此調降及初唐遂成俗響

繕未嘗完論語曰臧文仲山節藻梲包咸曰節者栭刻鏤爲山梲者梁上楹畫以藻文聖主得賢臣頌曰長於蓬茨之下良田廣宅符仲長之言范曄後漢書曰仲長統字公理山陽人也少好學博涉書記每州郡召命輒稱疾不就欲卜居清曠以樂其志嘗論之曰使居有良田廣宅背山臨流溝池環匝竹木周布足以息四體之役邙山洛水協應叟之志應璩與程文信書曰故求遠田在關之西南臨洛水北據邙山託崇岫以爲宅因茂林以爲蔭丘園東國鎦銖軒冕以東國若丘園輕軒冕猶鎦銖者鄭玄曰言君分國以祿之視之輕如鎦銖矣乃依林構宇傍巖拓架清猨與壼人爭旦緹幕與素瀨交輝光劉公幹贈五官中郎將詩曰明月照緹幕楚辭曰戲疾瀨之素水置之虛室人野何辯莊子曰虛室生白孟子曰舜之居深山之中所以異於深山之野人者幾希劉熙曰當此之時舜與野人相去豈遠哉殷仲文入剡詩曰野人雖云隔超語必有比高人何點躡屩於鍾阿徵士劉虯獻書於衛

王别本

岳贈以古人之服弘以度外之禮蕭子顯齊書曰何點
字子晳廬江人也隱
居東離門卞忠貞墓側豫章王命駕造門點後門逃去
竟陵王子良聞之曰豫章王命尚不屈非吾所議遺點
嵇叔夜酒杯徐景山酒鎗以通意虞孝敬高士傳曰何
點常躡草屩時乘柴車蕭子顯齊書又曰劉虯字靈豫
南陽人也豫章王爲荆州牧辟虯爲别駕遺書禮請虯脩
牋荅不應命子良致書通意虯荅書後以江陵沙洲人
遠乃徙居之魏志曰太祖賜毛玠素屏風素憑几曰君
有古人之風故賜以古人之服干寶晉紀何曾謂太祖
曰阮籍如此何以訓世太屈以好事之風申其趨王之
祖曰度外人也宜共容之
意戰國策曰先生王叔造門欲見於齊宣王宣王使謁
者迎入王叔曰叔趨見王爲好勢王趨見叔爲好士
於王何如使者復還報宣王曰先生徐
入寡人請從宣王因趨而迎之於門乃知大春屈己
於五王君大降節於憲后致之有由也范曄後漢書井
丹字大春扶風
人建武末沛王輔等五王居北宫皆好賓客更遣請丹
不能致信陽侯陰就光烈皇后弟也以外戚貴盛乃詭

五王求錢千萬約能致丹別使人要劫之丹不得已既至就故爲設麥飯葱菜之食丹推去之曰以君侯能供甘旨故來相過何其薄乎更致盛饌乃食東觀漢記曰荀恁字君大鴈門人也永平中驃騎將軍東平憲王蒼辟恁署祭酒敬禮焉後朝會上戲之曰先帝徵君不至驃騎辟而來何也對曰先帝秉德惠下臣故不來驃騎將軍執法撿下臣故不敢不來其弃木之奇泉石之美公所製山居四時序言之已詳文皇帝養德東朝同符作者蕭子顯齊書曰文惠太子懋字雲喬世祖長子昭業即皇帝位追尊爲文皇帝山濤啓事曰保傅不可不高天下之選羊祜秉德義克己復禮東宮少事養德而已論衡曰治國之道一曰養德養德者養名高尚之人亦能敬賢禮記曰作者之謂聖述者之謂明明聖者述作之謂也爰造九言實該百行竟陵王集有皇太子九言言德言賢言親言生言靜言昭言真言節言義孔藏與從弟書曰學者所以飾百行也導衿褵於未萌申烱戒於茲日衿褵於衿結褵也儀禮曰女嫁母施衿結帨曰勉之敬之毛詩曰親結其

客游梁朝代諱不可致

縭九十其儀毛萇曰離婦人之幃也幽通賦曰既訊爾以吉象兮申之以烱戒非直旦暮千載遘乃萬世一時也莊子曰萬世之後而一遇大聖知其解者是旦暮遇之也命公注解竟陵王集有皇太子九言注解衛將軍王儉綴而序之竟陵王集云衛將軍王儉爲九言序贊山宇初構超然獨往淮南王莊子略要曰江海之士山谷之人也輕天下細萬物而獨往者也司馬彪注曰獨往自然不復顧世顧而言曰死者可歸誰與入室國語曰趙文子與叔向觀乎九原曰死者若可作吾誰與歸尚想前良俾若神對思玄賦曰尚前良之遺風王隱晉書劉琨曰神爽忽然若已之侍對也乃命畫工圖之軒牖既而緬屬賢英傍思才淑賈逵國語注曰緬思貌匹婦之操亦有取焉有客游梁朝者從容而進曰未見好德愚竊惑焉論語孔子曰吾未見好德如好色者即命刊削投杖不暇禮記曰子夏喪其子而喪

其明弟子弔之子夏曰天乎予之無罪曾子怒曰喪爾親使人未有聞喪爾子喪爾明汝何無罪子夏投其杖而拜之公以爲出言自口驥騄不追鄧析書曰一言而非駟馬不能追一言而急駟馬不能及聽受一謬差以千里易乾鑿度曰正其本而萬物理失之毫釐差之千里所造箴銘積成卷軸門階戶席寓物垂訓李尤集序曰尤好爲銘讚門階戶席莫不有述家語南宮敬叔曰孔子作春秋垂訓後嗣先是震于外寢左氏傳曰震夷伯廟罪之匠者以爲不祥將加治葺弔屈原曰逢時不祥杜預左氏傳注曰葺覆也公曰此天譴也無所改修以記吾過且令戒懼不怠左氏傳曰晉侯求介之推不獲以緜上爲之田曰以志吾過且旌善人從諫如順流虛己若不足王命論曰從諫如順流莊子曰人能虛己以游於世其孰能害之老子曰大白若辱廣德若不足至於言窮藥石若味滋旨左氏傳曰孟孫卒臧孫入哭甚哀曰孟孫之惡我藥石也

信必由中貌無外悅左氏傳曰周鄭交惡君子曰信不由中質無益也貴而好
禮怡寄典墳論語子曰未若貧而樂富而好禮者也左氏傳楚子曰左史倚相能讀三墳五典
雖牽以物役孜孜無怠孫卿子曰是謂以己爲物役矣尚書曰禹予思曰孜孜又曰無
怠無荒乃撰四部要略淨住子淨住序云遺教經云波羅提木叉是女大師若住於
世無異我也又云波羅提木叉住則我法住波羅提木叉滅則我法滅是故衆僧於望晦再説禁戒謂之布薩
外國云布薩此云淨住亦名長養亦名增進所謂淨住身口意身絜意如戒而住故曰淨住子者紹繼爲義以
沙門淨身口七支不起諸惡長養增進菩提善根如是脩習成佛無差則能紹續三世佛種是佛之子故云淨
住子並勤成一家懸諸日月漢書曰太史公書序略以拾遺補闕藝成一家言楊雄方
言曰雄以此篇目煩示其成者張伯松伯松曰是懸諸日月不刊之書也弘洙泗之風闡迦
維之化禮記曾子謂子夏曰吾與汝事夫子於洙泗之間鄭玄曰洙泗魯水名也瑞應經曰菩薩下當作

弔文 別本有此一行

佛託生天竺迦維羅衛國大漸彌留話言盈耳尚書曰疾大漸惟幾病日臻既彌留說文曰話會合善言也論語子曰師摯之始關雎之亂洋洋乎盈耳哉黜殯之請至誠懇惻黜殯已見演連珠注豈古人所謂立言於世沒而不朽者歟左氏傳曰穆叔如晉范宣子逆之問焉曰古人有言曰死而不朽何謂也穆叔對曰豹聞之太上有立德其次有立功其次有立言雖久不廢此之謂不朽也易名之典請遵前烈謹狀禮記曰公叔文子卒其子戌請謚於君曰日月有時將葬矣請所以易其名者

弔文

弔屈原文一首 并序

賈誼

誼為長沙王太傅既以謫去意不自得韋昭曰謫譴也字林曰丈厄切及渡湘水為賦以弔屈原屈原楚賢臣也被讒放逐作離騷賦其終篇曰已矣哉國無人兮莫我知也遂自

投汨羅而死。誼追傷之，因自喻。其辭曰：應劭風俗通曰：賈誼與鄧通俱侍中同位，數廷譏之，因是文帝遷爲長沙太傅。及渡湘水，投弔書曰：闒茸尊顯，佞諛得意。以哀屈原離讒邪之咎，亦因自傷爲鄧通等所愬也。

恭承嘉惠兮，俟罪長沙。張晏曰：恭，敬也。越絕書曰：恭承嘉惠，述暢往事。琴操伍子胥歌曰：俟罪斯國，志願得兮。側聞屈原兮，自沈汨覔羅。韋昭曰：汨水名，羅今爲縣，屬長沙，汨水在焉。列子曰：吾側聞之。造託湘流兮，敬弔先生。言至湘水，託流而弔。遭世罔極兮，乃殞厥身。張晏曰：讒言罔極。罔極，言無中正。周書文王曰：惟世罔極，汝尚助予。嗚呼哀哉，逢時不祥。鸞鳳伏竄兮，鴟梟翺翔。闒茸尊顯兮，讒諛得志。胡廣曰：闒茸，不才之人，無六翮翺翔之用，而反尊顯，爲諂諛得志於世也。字林曰：闒茸，不肖也。賢聖逆曳兮，方正倒植。胡廣曰：逆曳，不可順道而行也。倒植者，賢不肖

生即先生也先生或省稱先或省稱生　故即辜也

以喻賢者在下也

若漢書及祭屈原文雜延年注引

顛倒易位也植史記作值世謂隨夷爲溷胡困兮服虔曰殷之賢士卞隨也韋昭曰夷伯夷也溷濁也史記隨字作伯謂跖蹻爲廉李奇曰跖魯之盜跖蹻楚之莊蹻莫邪爲鈍兮吳越春秋曰干將者與歐治同師俱作劍闔閭得而寶之以故使干將造劍二枚一曰干將二曰莫邪莫邪干將妻之名也鉛刀爲銛漢書音義曰銛徹謂利也息鹽切吁嗟默默生之無故兮應劭曰默默不得意也臣瓚曰先生謂屈原鄧展曰言屈原無故遇此禍也毛詩曰吁嗟鳩兮斡棄周鼎寶康瓠兮如淳曰斡轉也史記音烏活切爾雅曰康瓠謂之甈李巡曰大瓠瓢也甈丘列切騰駕罷牛驂蹇驢兮驥垂兩耳服鹽車兮戰國策汗明曰大驥服鹽車上太行中坂遷延負轅不能上章甫薦屨漸不可久兮冠當加首而以薦屨到上爲下故漸不可久也儀禮曰士冠章甫殷道也嗟苦先生獨離此咎兮應劭曰嗟咨嗟苦勞苦屈原遇此難也訊曰已矣國其莫我知兮張晏曰訊離騷下竟亂辭也獨

騏驥楚詞作騏麟

故亦幸也史記作辜楊子雲反離騷意即本此

賈生與屈子時又殊矣

壹鬱其誰語鳳漂漂其高逝兮固自引而遠去史記音漂匹遥切襲九淵之神龍兮沕深潛以自珍音義曰襲覆也猶言察也莊子千金之珠必九重之淵而驪龍頷下張晏曰沕潛藏也鄧展曰音昧偭蟂獺以隱處兮夫豈從蝦與蛭螾應劭曰蟂獺水蟲害魚者偭背也蘇林曰偭音面服虔曰蟂音梟韋昭曰蝦蝦蟇蛭水蟲食人者也螾丘螾也偭然自絕於蟂獺況從蝦與蛭螾也蝦音遐蛭之一切螾音引所貴聖人之神德兮遠濁世而自藏莊子曰宣尼見蛾丘之將是聖人僕也是自埋於民自藏於畔郭象曰進不榮華退不枯槁也使騏驥可得係而羈兮豈云異夫犬羊般紛紛其離此尤兮亦夫子之故也李奇曰般久也紛亂也應劭曰般音班或曰般桓不去紛紛構讒意也犍爲舍人爾雅注曰尤怨大也李奇曰亦夫子不如麟鳳不逝之故羅此咎善曰言般桓不去離此愆尤亦夫子自爲之故不可尤人也歷九州而相其君兮

细德猶小德细故也
险危也曾印上也

巨鱼印下鱣鲸

蟻与鱼韵不误

何必懷此都也言知時之亂當歷九州相賢君而事之何必思此都而遭放逐鳳凰翔于千仞兮覽德輝而下之見細德之險徵兮遥曾擊而去之如淳曰鳳凰曾擊九千里絶雲氣遥遠也曾高高上飛意也鄭玄曰擊音攻擊之擊李奇曰遥遠也曾益也史記擊字作翮文子曰鳳凰飛千仞莫之能致也禮記曰德輝動乎内險徵謂輕爲徵祥也彼尋常之汙瀆兮豈能容夫吞舟之巨魚應劭曰入尺曰尋倍尋曰常善曰莊子曰弟子謂庚桑楚曰夫尋常之溝巨魚無所還其體而鯢鰌爲之制也横江湖之鱣鯨兮固將制於螻蟻晉灼曰小水不容大魚而横鱣鯨於汚瀆必爲螻蟻所見制以況小朝主闇不容受忠迕之言亦謂讒賊小人所見害也鱣或作鱏史記鱣張連切鱏音尋莊子庚桑楚謂弟子曰吞舟之魚碭而失水則螻蟻能苦之戰國策齊人説靖郭君曰君不聞海大魚乎蕩而失水則螻蟻得意焉

弔魏武帝文一首 并序

陸士衡

此文諸序魏武上云盡酷時託云傷懷耳

元康八年，機始以臺郎出補著作，遊乎祕閣而見魏武帝遺令，愾然歎息，傷懷者久之。毛詩曰：嘯歌傷懷。客曰：夫始終者，萬物之大歸；死生者，性命之區域。家語孔子曰：命者，性之始也；死者，生之終也。有始必有終矣。尸子老萊子曰：人生於天地之間，寄也。寄者，同歸也。是以臨喪殯而後悲，覩陳根而絶哭。國語曰：楚子西歎於朝，藍尹亹曰：吾聞君子思前世之崇替，與哀殯喪，於是有歎，其餘則否。禮記曰：朋友之墓，有宿草而不哭焉。鄭玄曰：宿草謂陳根也。今乃傷心百年之際，興哀無情之地，意者無乃知哀之可有，而未識情之可無乎？機荅之曰：夫日食由乎交分，山崩起於朽壤，亦云數而已矣。左氏傳曰：秋七月壬午朔，日有蝕之。公問於梓慎曰：是何物也？禍福何爲？對曰：二至二分，日有蝕之，不爲災。日月之行也，分同道；至，相遇也。其他日則爲災，陽不克也。國語曰：梁山

此已有曹孟德在其言內矣

崩伯宗問絳人曰若何對曰山有朽壤而崩將若何然百姓怪焉者豈不以資高明之質而不免卑濁之累尚書曰高明柔克高明謂日月也居常安之勢而終嬰傾離之患故乎穀梁傳曰沙麓崩林屬於山爲麓沙山名無崩壞之道而云崩故志之也夫以迴天倒日之力而不能振形骸之內范睢後漢書曰左迴天貝獨坐謂中官左悺貝瑗也淮南子曰魯陽公與韓搆戰酣日暮援戈而麾之日爲之反三舍莊子曰申徒兀者也謂子產曰今子與我遊於形骸之內而子索我於形骸之外濟世夷難之智而受困魏闕之下崔寔政論曰及其出也足以濟世寧民呂氏春秋公子牟曰心居魏闕之下許慎淮南子注曰魏闕王之闕也已而格乎上下者藏於區區之木尚書曰格于上下左氏傳楚靈王曰是區區者而不畀余也光于四表者翳乎蕞爾之祖外士尚書曰光被四表左氏傳子產曰諺曰曰蕞爾之國杜預注曰蕞爾小貌也雄心摧於弱

國語周語瞽史教誨韋昭注云瞽樂太師史太史也

情壯圖終於哀志長筭屈於短日遠迹頓於促路筭計謀也迹功業也思玄賦曰盍遠迹以飛聲嗚呼豈特瞽史之異闕景黔黎之怪頹岸乎觀其所以顧命冢嗣貽謀四子顧命以見上文爾雅曰冢大也左氏傳里克曰太子奉冢祀社稷之粢盛故曰冢子謂文帝也毛詩曰貽厥孫謀經國之略既遠隆家之訓亦弘文云吾在軍中持法是也至小忿怒大過失不當効也善乎達人之讜言矣聲類曰讜善言也持姬女而指季豹以示四子曰以累汝因泣下魏略曰太祖杜夫人生沛王豹及高城公主四子即文帝已下四王也太祖崩文帝受禪封母弟彰爲中牟王植爲雍丘王庶弟彪爲白馬王又封支弟豹爲侯然太祖子在者尚有十一人今唯四子者蓋太祖崩時四子在側史記不言難以定其名位矣傷哉曩以天下自任今以愛子託人自任已見上文列子相室

建安十五年作銅雀臺令有云萬年之後汝曹皆當出嫁

汝等指丕等然陸以望田屬之伎人故文士亦沿用

謂東門吾曰公之愛子也同乎盡者無餘而得乎亡者無存言人命盡而神無餘身亡而識無存今太祖同而得之故可悲傷也鄭玄禮記注曰死言精神盡也然而婉孌房闥之內綢繆家人之務則幾乎密與班固漢書哀紀述曰婉孌董公力婉切毛詩曰綢繆東薪毛萇曰綢繆猶纏緜也杜預左氏傳注曰幾近也又曰吾婕妤妓人皆著銅爵臺魏志曰建安十五年冬作銅爵臺於臺堂上施八尺牀繐帳鄭玄禮記注曰凡布細而疏者謂之繐朝晡上脯糒之屬漢書東方朔曰乾肉爲脯方武切說文曰糒乾飯也蒲秘切月朝十五輒向帳作妓汝等時時登銅爵臺望吾西陵墓田又云餘香可分與諸夫人諸舍中無所爲學作履組賣也舍中謂衆妾衆妾既無所爲可學作履組賣之晏子春秋曰景公爲履黃金之綦飾以組連以珠吾歷官所得綬皆著藏中吾餘衣

令止分之由

愛謂生惡謂死生不了之

前識謂前世之識非老子之所謂前識

然則而女之體不自傷情明矣

裘可別爲一藏不能者兄弟可共分之既而竟分焉亡者可以勿求存者可以勿違求與違不其兩傷乎令衣裘別爲一藏是亡者有求也既而竟分焉是存者有違也求爲吝而虧廉違爲貪而害義故曰兩傷悲夫愛有大而必失惡有甚而必得智惠不能去其惡威力不能全其愛言愛是情之所厚故雖大而必失之惡是行之所穢故雖甚而必得之故智惠不能去其惡威力不能用其愛故可悲也尸子曰父母愛之喜而不忘父母惡之懼而無咎然則愛與惡其於成孝也無擇令人雖未得愛不得惡矣故前識所不用心而聖人罕言焉老子曰前識者道之華論語子曰飽食終日無所用心又曰子罕言利若乃繫情累於外物留曲念於閨房亦賢俊之所宜廢乎慎子曰德精微而不見是故物不累於內於是遂憤懣而獻乎云爾白虎通曰天子崩臣子哀痛憤懣

周易繫辭下疏云言天覆地載之道以貞正得一故其功可爲物之所觀也
左傳五年注雲物氣色災變也

接皇漢之末緒，値王途之多違。東都賦曰系唐統接漢緒荅賓戲曰王途蕪穢周失其馭蔡邕釋誨曰王途壞人極弛漢書元帝詔曰政令多違佇重淵以育鱗，撫慶雲而遐飛。以龍喻太祖也重淵九重之淵也揚雄釋愁曰懿神龍之淵潛族慶雲而將舉史記曰若煙非煙若雲非雲郁郁紛紛蕭索輪囷是謂慶雲運神道以載德，乘靈風而扇威。周易曰聖人以神道設教國語曰祭公謀父曰弈世載德載猶行也擢群雄而電擊，舉勍敵其如遺。左氏傳子魚曰君未知戰勍敵之人隘而不成列天贊我也杜預曰勍強也漢書梅福上書曰高祖取楚如拾遺指八極以遠略，必前驅焉而後綏。淮南子曰八紘之外乃有八極也罄三才之闕典，啓天地之禁闈。三才已見頭陀寺碑文范曄後漢書曰梁太后詔曰周舉在禁闈有密靜之風舉脩網之絶紀，紐大音之解徽。老子曰大音希聲許慎淮南子注曰鼓琴循絃謂之徽掃雲物以貞觀，要萬途

大造謂數之大成

孙志祖補正引齊云擠與躋通登也并也沈引孔傳躋之誤

操以建安二十四年由長安出兵漢中擊劉備無功而還

而來歸。雲物喻羣凶也左氏傳曰分至啓閉必書雲物周易曰天地之道貞觀者也來歸歸之於己也丕大德以宏覆。援日月而齊暉。周易曰天地之大德曰生禮記曰天無私覆淮南子曰爲帝異道而德覆天下楚辭曰與天地兮比壽與日月兮齊光宏普也濟元功於九有。固舉世之所推。史記太史公曰惟祖元功輔臣股肱毛詩曰奄有九有老子曰天下樂推而不猒彼人事之大造。夫何往而不臻。左氏傳呂相曰我有大造乎西也杜預注曰造成也將覆簣於浚谷。擠爲山乎九天。論語孔子曰譬如平地雖覆一簣進吾往也孔安國尚書傳曰擠墜也司馬兵法曰善攻者動於九天之上苟理窮而性盡。豈長筭之所研。周易曰窮理盡性以至於命鄭玄曰言窮其義理盡人之情性以至於命吉凶所定又曰研思慮也喻悟臨川之有悲。固梁木其必顛。論語子在川上曰逝者如斯夫梁木已見上文當建安之三八。實大命之所艱。大命謂天命也尚書曰天

焯云文昌操自託為周文王也

魏都賦造文昌之廣殿

非王心之所怡言志希九鼎不以王位為足也

此云操以西征無功發憤作　案操此役舉兵西行又救張郃於陽平辛毗言喪漢中之地遂班師而還因感憤成疾遂殂

監厥德用集大命　**雖光昭於曩載將稅駕於此年**　史記李斯曰當今可謂富貴極矣吾未知所稅駕也法言曰仲尼之駕稅矣李範曰稅舍也　**惟降神之縣邈眇千載而遠期**　降神謂生聖智也千載一出故曰遠期也毛詩曰惟嶽降神桓子新論曰夫聖人乃千載一出賢人君子所想思而不可得見者也　**信斯武之未喪膺靈符而在茲**　茲此也此太祖也論語曰子畏於匡曰文王既沒文不在茲乎天之未喪斯文也匡人其如予何曹植大魏篇曰大魏膺靈符天祿方茲始春秋孔演圖曰靈符滋液以類相感　**雖龍飛於文昌非王心之所怡**　周易曰飛龍在天大人造也東京賦曰龍飛白水漢書文昌宮一曰上將二曰次將三曰貴相　**憤西夏以鞠旅泝秦川而舉旗**　魏志曰建安二十四年三月王自長安出斜谷劉備固險距守五月引軍還長安陳思王述征賦曰恨西夏之不綱毛詩曰陳師鞠旅魏明帝自惜薄祜行曰出身秦川爰居伊陽　**踰鎬京而不豫臨渭濱而有疑冀翌日之云**

裴松之國志注引袁暐獻帝春秋載濮陽事
興平二年敗於張繡
慮噤閉故預爲今述

瘳彌四旬而成災毛詩曰宅是鎬京苔賓戲曰周望兆勳於渭濵尚書曰既克商二年王有疾不豫公乃告太王王季文王公歸王翌曰乃瘳孔安國曰翌日明日也瘳差也詠歸途以反旆登崤澠而揭來魏志曰建安二十四年十月還洛陽東京賦曰乃反旆而回復漢書曰王莽冊命王奇曰崤澠之險東當鄭衛新宰大臣曰洛陽西有崤澠思玄賦曰迴志揭來從玄諆次洛汭而大漸指六軍曰念哉魏志曰建安二十五年正月至洛陽庚子王崩尚書曰東至於洛汭大漸已見上文尚書曰帝念哉伊君王之赫奕寔終古之所難楚辭曰長無絕兮終古威先天而蓋世力盪海而拔山周易曰先天而天弗違漢書項羽歌曰力拔山兮氣蓋世時不利兮騅不逝田邑與馮衍書曰欲搖太山而盪北海厄奚險而弗濟敵何彊而不殘每因禍以禔福亦踐危而必安難蜀父老曰遐邇一體中外禔福說文曰禔安也時移切迄在茲而蒙昧慮噤閉而無端

楚辭曰口噤閉而不言噤巨蔭切委軀命以待難痛沒世而永言鶡冠子曰從祀
委命鵩鳥賦曰縱軀委命論語子曰君子疾沒世而名不稱焉撫四子以深念循膚體
而頹嘆追營魄之未離假餘息乎音顇楚辭曰我營魄而登遐老子曰
抱一能無離乎鍾會曰經護爲營形氣爲魄執姬女以嚬瘁指季豹而灌焉
孟子曰嚬蹙而言嚬蹙謂人嚬眉蹙額憂貌也灌泣涕垂貌氣衝襟以嗚咽涕垂睫
而汍瀾蔡琰詩曰行路亦嗚咽桓子新論曰雍門周以琴見孟嘗君孟嘗君淚承睫涕出漢書息夫躬
絶命辭曰涕泣流兮萑蘭臣瓚曰萑蘭涕泣闌干也萑與汍古今字同違率土以靖寐戢
彌天乎一棺毛詩曰率土之濵古詩曰潛寐黄泉下毛萇詩傳曰戢聚也彌天喻志高遠也尚書
五行傳曰雲起於山彌於天淮南子曰吾死也柎有一棺之土咨宏度之峻邈壯大業
之允昌周易曰富有之謂大業思居終而䘏始命臨沒而肇揚穀梁

吝此注大謬貞謂軍中於法是吝謂小忽大失不當執而在我不臧也　何焯

傳曰先君有正終後君有正始也援貞吝以惎悔雖在我而不臧言爲屨組及分香令藏衣裘是引貞吝之道致爲可悔之行也周易曰自邑告命貞吝毛詩曰何用不臧惜內顧之纆緜恨末命之微詳西京賦曰差內顧之所觀張堅與任彥昇書曰纆緜惠好庶蹋高蹤尚書曰道揚末命也紆廣念於履組塵清慮於餘香結遺情之婉孌何命促而意長陳法服於帷座陪窈窕於玉房孝經曰非先王之法服不敢服毛詩曰窈窕淑女漢書郊祀歌曰神之出排玉房宣備物於虛器禮記曰孔子謂盟器者備物而不可用說文曰倡樂也謂作伎人也發哀音於舊倡矯感容以赴節掩零淚而薦觴家語曰子貢問居父母之喪子曰感容稱其服楚辭曰長太息以掩涕物無微而不存體無惠而不亡言服玩雖微而必存儀形無善而必逝言物在而人亡也家語孔子謂哀公曰君入廟仰視榱桷俯察机筵其器皆存而不覩人君以此思哀

縹紗縹緲作瞟眇

顏延年陶徵士誄注引帳作帷

貯據注義改

何焯云魏志建安二十三年六月令曰古之葬者必居瘠薄之地其規西門豹祠西原上為壽陵因高為基不封不樹所謂遺累薄葬也

梁[illegible]云指曹丕說塵謗者指曹丕兄弟不能守其父遺令竟分其衣裘也

則意可知矣庶聖靈之響像想幽神之復光響像音影之異名魯靈光殿賦曰忽縹緲以響像孫卿子曰下和上譬響之應聲影之像形苟形聲之翳沒雖音景其必藏音以應聲景以隨形形聲咸已翳沒影響故亦必藏也鶡冠子曰景則隨形響則應聲也徽清絃而獨奏進脯糒而誰嘗悼繐帳之冥漠怨西陵之茫茫毛詩曰宅殷土茫茫登爵臺而群悲眝美目其何望字林曰眝長眙也博雅曰眝視也眝與貯同毛詩曰美目盼兮既睎古以遺累信簡禮而薄葬禮繁則易亂厚葬則傷生能遵簡薄所以遺累詩緯曰齊數好道廢義簡禮宋均曰簡猶闕也漢書劉向曰賢臣孝子亦命順意而薄葬史記曰因其俗簡其禮也彼裘紱於何有貽塵謗於後王言裘紱輕微何所有而空貽塵謗而及後王嗟大戀之所存故雖哲而不忘言情苟存乎大戀雖復上聖亦不能忘故可嗟也覽遺籍以慷慨獻茲文而

宋書謝靈運傳惠連幼有才悟而輕薄不爲父方明所知靈運過視惠連大相知賞謂方明曰阿連才悟如此而尊作常兒遇之

壍即塹字說文有塹無壍　塹遶城水也

懐僊

祭文

祭古冢文一首　并序

謝惠連　沈約宋書曰元嘉七年惠連爲司徒彭城王義康法曹參軍義康脩東府城城壍中得古冢爲之改葬使惠連爲祭文留信待成也

東府掘城北壍入丈餘　丹陽記曰東府城西則簡文會稽王時第東則孝文王道子府道子領揚州仍住九舍故俗稱東府　得古冢上無封域不用塼甓　毛萇詩傳曰甓瓴甋也今謂之塼　以木爲槨中有二棺正方兩頭無和　呂氏春秋惠公說魏太子曰昔王季歷葬渦山之尾欒水齧其墓見棺之前和高誘曰棺題曰和　明器之屬材瓦銅漆有數十種　禮記曰孔子曰明器者神明之器也　多異形不可盡識

今世所傳五銖錢皆云漢物非也南北朝皆鑄五銖錢梁武帝陳世祖齊文襄隋文帝時皆鑄五銖錢

刻木爲人長三尺可有二十餘頭初開見悉是人形以物棖撥之應手灰滅說文曰棖杖也宅庚切然南人以物觸物爲棖也廣雅曰撥除也補達切棺上有五銖錢百餘枚漢書曰武帝罷半兩錢行五銖錢也水中有甘蔗節及梅李核瓜瓣皆浮出不甚爛壞爾雅曰瓠棲瓣說文曰瓣瓜中實也白莧切一作辮字音練辮與練字通銘誌不存世代不可得而知也公命城者敀埋於東岡祭之以豚酒既不知其名字遠近故假爲之號曰冥漠君云爾

元嘉七年九月十四日司徒御屬領直兵令史統作城録事臨漳令亭侯朱林具豚醪之祭敬薦冥漠君之靈忝揔徒旅板築是司窮泉爲壍聚壤成基一榔既啓

說文慂泣下也从心漣則如瀾之重文易之泣血漣如及詩之泣涕漣漣皆以同音借漣為慂也

雙棺在茲捨畚悽愴縱鍤漣而左氏傳曰宋災陳畚揭杜預曰畚簣籠也畚音本揭居局切爾雅曰鍬謂之鍤周易曰泣血漣如杜預左傳注曰而助語也芻靈已毀塗車既摧禮記曰塗車芻靈自古有之也几筵糜腐俎豆傾低盤盞或梅李盎或醯醢爾雅曰盎謂之缶又曰肉謂之醢郭璞曰肉醬也音海說文曰醯酸也醯呼蹄切蕉傳餘節瓜表遺犀犀已見上文追惟夫子生自何代曜質幾年潛靈幾載寡婦賦曰潛靈邈其不反爲壽爲夭寧顯寧晦銘誌湮滅姓字不傳今誰子後曩誰子先功名美惡如何蔑然百堵皆作十仞斯齊毛詩曰百堵皆興墉不可轉塹不可迴黄腸既毀便房已頹循題興念撫俑增哀漢書曰霍光薨賜便房黄腸題湊各一具蘇林曰以栢木黄心致累棺外故曰黄腸木頭皆內向故曰題湊如淳曰便房冢壙中室也埋

蒼曰俑木送人葬也餘腫切俑或爲偶偶刻木以像人形五苟切射聲垂仁廣漢流渥范曄後漢書曰曹褒遷射聲校尉射聲營舍有停棺不葬百餘所褒親履行問其意故吏對曰此等多是建武以來絕無後者故不得埋掩褒爲買空地悉葬其無主者設祭以祀之東觀漢記曰陳寵字昭公沛國人也轉廣漢太守先是雒陽城南每陰常有哭聲聞於府中寵使案行昔歲倉卒時骸骨不葬者多寵乃勅縣葬埋由是即絕也祠骸府阿掩骼格城典禮記曰孟春之月掩骼埋胔鄭玄曰骨枯曰骼仰羨古風爲君攺卜孝經曰卜其宅兆而安厝之輪移北隍窀穸東麓說文曰城池無水曰隍音皇左氏傳楚子曰窀穸之事杜預曰窀厚也穸夜也厚夜長夜葬爲埋也說文曰穸葬下棺也穀梁傳曰林屬於山爲麓壙即新營棺仍舊木鄭玄周禮注曰壙謂冢中也棺或爲遂非也合葬非古周公所存禮記武子曰合葬非古自周公巳來未之有也敬導昔義還祔雙魂禮記孔子曰魯人之祔也合之鄭玄曰祔謂合葬也酒以兩壺

張邵連下讀

牲以特豚。幽靈髣髴。歆我犧樽。嗚呼哀哉魏太祖祭橋玄文曰幽靈潛翳李康髑髏賦曰幽魂髣髴忽有人形禮記曰祀周公於太廟牲用白牲尊用犧象也許宜切

祭屈原文一首沈約宋書曰少帝即位出延之爲始平太守之郡道經汨潭爲湘州刺史張邵作祭屈原文以致其意

顏延年

惟有宋五年月日湘州刺史吳郡張邵沈約宋書曰張邵字茂宗吳郡人也恭承帝命建旟舊楚賈誼弔屈原曰恭承嘉惠兮俟罪長沙周禮曰州里建旟鄭玄毛詩箋曰謂州長之屬陸機高祖功臣頌曰舊楚是分訪懷沙之淵得捐珮之浦楚辭曰懷沙礫而自沈兮不忍見之蔽壅又曰捐余玦兮江中遺余珮兮澧浦弭節羅潭艤舟汨渚楚辭曰路漫漫其悠遠夕弭節而高厲漢書曰烏江亭長艤舡待如淳曰南方人謂整舡向岸曰艤乃遣戶曹掾某敬祭故楚三閭大夫屈君之靈王逸楚辭序曰

屈原與楚同姓仕於懷王爲三閭大夫**蘭薰而摧玉縝則折**語林曰毛伯成負其才氣常稱寧爲蘭摧玉折不作蒲芬艾榮管子曰夫玉折而不撓勇也禮記孔子曰君子比德於玉焉縝密以栗智也鄭玄曰縝緻也**物忌堅芳人諱明潔**堅芳即玉及蘭劉熙孟子注曰白玉之性堅蔡邕度尚碑曰明潔鮮白珪**曰若先生逢辰之缺**賈誼弔屈原文曰嗟若先生獨離此咎楚辭曰悼余生之不辰逢此世之匡攘**溫風怠時飛霜急節**溫風長物飛霜殺物也周書曰小暑之日溫風至京房占曰三月建辰風衰怠桓麟七說曰飛霜厲其末飈風激其崖**嬴芊遘紛昭懷不端**嬴秦姓芊楚姓王逸楚辭序曰是時秦昭王使張儀譎詐懷王令絕齊交又使誘懷王請與俱會武關遂脅與俱歸拘留不遣卒客死於秦大戴禮曰太子處位不端受業不敬此屬太保之任也**謀折儀尚貞蔑椒蘭**史記曰楚懷王既絀屈平秦乃令張儀事楚秦昭王欲與懷王會欲行屈平曰秦不可信王問子蘭蘭勸王行秦因留懷王王逸楚辭序曰同列大夫上官靳尚妬害其能共講毀

藉用昭忠皆代祭品也六代好用代語而自毅彪蓋多其用字上非故訓下異方言大抵貴擬之類須以意模索之也

之楚辭曰椒專佞以慢謟兮極又欲充夫佩幃王逸曰椒大夫子椒也楚辭曰余以蘭爲可恃兮羌無實而害長王逸曰蘭懷王之少弟司馬子蘭也**身絶郢闕，迹遍湘干。**郢楚都也毛萇詩傳曰干崖也**比物荃蓀，連類龍鸞。**韓子曰連類比物見者以爲虛而無用荃蓀香草也王逸楚辭序曰善鳥香草以配忠貞虯龍鸞鳳以託君子**聲溢金石，志華日月。**金石樂也金日鍾石曰磬吳越春秋樂師曰君王之德可刻之於金石史記太史公曰屈原蟬蛻於濁穢以浮游塵埃之外推此志也與日月爭光可也**如彼樹芳，實頴實發。**毛詩曰實發實秀實頴實栗**望汨心歘，瞻羅思越。**吳質荅東阿王書曰精散思越**藉用可塵，昭忠難闕。**周易曰藉用白茅何咎之有夫茅之爲物薄而用可重也左氏傳君子曰風有采蘩采蘋雅有行葦泂酌昭忠信也

祭顔光禄文一首　顔光禄卧顔延年也

王僧達

維宋孝建三年，沈約宋書曰孝建孝武年號也九月癸丑朔十九日辛

朱王君以山羞野酌敬祭顏君之靈嗚呼哀哉夫德以道樹禮以仁清尚書曰樹德務滋孔安國曰樹立也清明也惟君之懿早歲飛聲思玄賦曰盍遠迹以飛聲義窮機彖文蔽班楊機彖謂周易班班固楊楊雄也郭璞三倉解詁曰楊音盈協韻性婞剛潔志度淵英楚辭曰鯀婞直以亡身兮婞猶直也登朝光國賓宋之華班固漢書述曰弱冠登朝蔡邕陳太上碑曰紆珮金紫光國垂勳國語季文子曰吾聞以德榮爲國華韋昭曰爲國光華才通漢魏譽浹龜沙漢書曰龜茲國王治延城去長安七千四百八十里尚書曰被于流沙漢書李陵歌曰經萬里度沙漠說文曰北方流沙服爵帝典棲志雲阿言服爵雖依帝典而棲志實在雲阿言高遠也管子曰將立朝廷者則爵服不可貴也張華勵志詩曰棲志浮雲清交素友比景共波共波猶連波以喻多氣高叔夜嚴方仲舉叔夜嵇康字也司馬彪續漢書曰陳蕃字仲舉汝南人

匕出爲豫章太守性方峻不接賓客逸翮獨翔，孤風絕侶。郭璞遊仙詩曰逸翮思拂霄廣
雅曰風聲也流連酒德，嘯歌琴緒。漢書班伯曰式號式謼大雅所流連劉靈有酒德頌
毛詩曰嘯歌傷懷琴緒緒引緒也遊顧移年，契闊燕處。何敬祖雜詩曰惆悵出遊顧毛
詩曰死生契闊春風首時，爰談爰賦，秋露未凝，歸神太素。列子曰太
素者質之始明發晨駕，瞻廬望路。毛詩曰明發不寐心悽目泫，情條
雲空。李陵詩曰仰視浮雲馳奄忽互相踰涼陰掩軒，娥月寢耀。姮娥掩月故曰娥月
周易歸藏曰昔常娥以西王母不死之藥服之遂奔月爲月精微燈動光，几牘誰炤。衾
裀長塵，絲竹罷調，孿悲蘭宇，屑涕松嶠。楚辭曰涕漸山漸其如屑古
來共盡，牛山有淚。晏子春秋曰景公遊於牛山北臨其國流涕曰若何去此而死乎艾孔梁
丘據皆泣唯晏子獨笑公收淚而問之晏子曰使賢者
常守則太公桓公有之使勇者常守則莊公有之吾君

安得此泣而爲流涕是曰不仁也見不仁之君一諂諛之臣二所以獨笑也悲獨昊天殲我明懿毛詩曰彼蒼者天殲我良人以此忍哀敬陳奠饋蒼頡篇曰饋祭名也申酌長懷顧望歔欷鳴呼哀哉范曄後漢書曰劉陶上疏曰喟爾長懷中篇而歎

文選卷第六十終

壬戌七月六日夜過中　黃侃覽誦至此卷

八代名篇此盡儲正如乳酪取醍醐王楊尚恐難輕敵莫遜達人海上夫　就餘帋題一絶句　李剛

文選考異

同治八年夏月湖北崇文書局重雕

文選考異序

賜進士出身通奉大夫江南蘇松常鎮太等處承宣布政使司布政使胡克家撰

文選之異起於五臣然使有五臣而不與善注合并若合并矣而未經合并者具在即任其異而勿考當無不可也今世間所存僅有袁本有茶陵本及此次重刻之淳熙辛丑尤延之本夫袁本茶陵本固合并者而尤本仍非未經合并也何以言之觀其正文則善與五臣已相羼雜或沿前而有譌或改舊而成誤悉心推究莫不顯然也觀其注則題下篇中各營闌入呂向劉良頗得指名非特意主增加他多誤取也觀其音則當句每未刊五臣注內閒兩存善讀割裂既時有之刪削殊復不少崇賢舊觀失之彌遠也然則數百年來徒據後出單行之善注便云顯慶勒成已爲如此豈非大誤即何義門陳少章斷斷於片言隻字不能挈其綱維皆緣有異而弗知考也余夙昔鑽研近始有悟參而會之徵驗不爽又訪於知交之通此學者元和顧君廣圻鎮洋彭君兆蓀深相剖晰僉謂無疑遂臚條舉件綮編撰十卷諸凡義例反覆詳論幾於二十萬言苟若體要均在所略不敢祕諸篋衍用貽海內好學深思之士庶其有取於斯

嘉慶十四年二月下旬序

文選考異卷第一

賜進士出身通奉大夫江南蘇松常鎮太等處承宣布政使司布政使胡克家撰

卷一〇兩都賦二首注自光武至和帝都洛陽下至和帝大悅也何屺瞻焯校曰案後漢書班固傳則兩都賦明帝世所上注和帝誤陳少章景雲校曰賦作於明帝之世注中故上此以諫和帝大悅語未詳所據今案此一節非善注也善下引後漢書顯宗時除蘭臺令史遷爲郎乃上兩都賦不得有此注甚明即五臣銑注亦言明帝云云然則并非五臣注也且此是卷首所列子目其下本不應有注洊是後來竄入凡善注失舊有竄入五臣注者有并非五臣注而亦竄入者說詳在後〇兩都賦序

〇注亦皆依違尊者都舉朝廷以言之吳郡袁氏翻雕六臣本茶陵陳氏刻增補六臣本都上有所字舉上有違字案此尤延之校改之也袁本五臣居前善次後茶陵本善居前五臣次後皆取六家以意合并如此凡各本所見善注初不甚相懸遠尤延之多所校改遂致迥異說見每條下

有陋雒邑之議袁本茶陵本雒作洛案二本不著校語詳賦正文及注俱用洛字其後漢書所載賦亦作洛蓋善自作洛也〇西都賦案賦下當有一首二字東都賦下有袁本茶陵本無蓋五臣每題俱無也又上兩都賦序下以三都賦序例之亦當有又東京賦南都賦吳都賦下同

衆流之隈汧涌其西何云後漢書無此二句陳云善此八字無訓釋疑與范書同案各本皆有恐五臣多此二句合併六家失著校語尤以之亂善也凡袁本茶陵本所失著校語者說具每條下其尤本無誤多不復出

注樂稽嘉耀曰案嘉耀當作耀嘉各本皆倒

注然則成功在西案則字不當有各本皆衍凡然則善例祇云然全書盡同其或衍者當依此求之不具出也

挾灃灞案灃灞當作豐霸豐字注可證必善豐霸五臣灃霸而亂之霸字說見後今注中亦作灞非善舊也餘依此求之後漢書作酆霸豐酆同字

度宏規而大起案度當作慶必善慶五臣度袁茶陵二本所載五臣銑注云度大規矩作度無疑各本失著校語尤以之亂善也注亦失舊見下

注度與羌古字通度或爲慶也陳云度當作慶是也各本皆誤下同

案云慶與羌古字通者正文作慶與所引小雅廣言之羌古字通也云慶或爲度者此賦作慶或本爲度如今後漢書之作度也五臣因此改慶爲度後來合并又倒此注以就之而不可通矣今特訂正

注高高祖漢書袁本茶陵本此五字作漢書高祖四字是也案此尤校改之下同

注爲功最高袁本茶陵本爲上有以字是也

注而爲漢帝太祖袁本茶陵本太作之是也

而觀萬國也袁本茶陵本無也字何云後漢書無

注王莽於五都立均官茶陵本於下有長安及三字均官作五均袁本與此同

注城都市長安袁本城作成茶陵本亦誤城陳云長下衍安字是也各本皆衍

注司市師茶陵本市下有稱字袁本與此同

注違躒猶超絕也茶陵本此六字作卓犖或作違躒袁本與此同案茶陵乃校語錯入注也正文善違躒後漢書違犖五臣卓犖二本作卓犖者亂之尤所見未誤袁此注亦未誤

注在彼空谷何校空改穹陳同是也各本皆譌案陸機苦寒行注引正作穹

注北謂天下陸海之地陳云北當作此是也各本皆譌

注穿漕渠道渭袁本茶陵本道作通是也

注漢書有蜀都漢中郡袁本茶陵本都作郡是也

條支之鳥袁本茶陵本支作枝是也注中字各本皆作枝後漢書亦是枝字

注楊雄司命箴曰何校命改空陳云據范書注當作空是也各本皆誤

注玉謂之彫袁本茶陵本彫作雕是也

注三階茶陵本階作陛是也袁本亦誤階

級勒城然

合歡增城何校城改成注同是也後漢書亦是成字

注漢中國姬姓諸侯也陳云中當作東是也各本皆誤

注傛華視眞二千石袁本茶陵本傛作容案此尤校改之也

注充依視千石袁本茶陵本依作衣案此尤校改之也

注天祿閣在大殿北何校大下添祕字是也各本皆脫

注除太常掌故袁本茶陵本故作固案此尤校改之也上序注孔安國射策爲掌固茶陵固袁故尤亦未改固即故字耳凡尤改每未必是

注方言曰亘竟也案亘當作緪觀下注可見各本皆誤此所引在第六卷中今本正作緪後荅賓戲引作緪緪即絙字也

內則別風之嶕嶢袁本茶陵本無之字案後漢書有或

尤依彼添耳注爾雅曰蓋戴覆也案爾當作小各本皆誤此所引廣詁文又章懷注後漢書所引今本亦誤小爲爾皆不知小雅者改也注窈窕深也陳云窕當作篠是也各本皆誤激神岳之嶈嶈案善引毛詩應門將將爲注似其本但作將將表茶陵二本所載五臣濟注云嶈嶈水激山之聲或各本所見皆以五臣亂善後漢書作嶈嶈章懷無注而此與彼不必全同也注臺梁何校臺改壹陳同是也各本皆譌注堨埃也案堨當作壒觀下注可見各本皆誤注周禮水衡茶陵本水作川是也表本亦誤水注紘罘之網也案網當作綱各本皆譌於是乘鑾輿案鑾字衍也注引獨斷以解乘輿中閒不得有鑾字甚明考後漢書章懷注引獨斷與此同亦不得有鑾字今本皆衍耳上林賦曰於是乘輿弭節徘徊甘泉賦曰於是乘輿乃登夫鳳皇兮句例相似孟堅之所出也表茶陵二本鑾作鸞詳五臣濟注仍言乘輿是其本初無鸞字各本之衍當在其後讀者罕察今特訂正又東都賦乘輿乃出注云乘輿已見上文指謂此可借證注鄠在始平鄠東表本茶陵本鄠下有縣字是也注何休公羊傳曰脰陳云傳下脫注字是也各本皆脫注嶄巖高峻之貌也表本茶陵本高上有石字是也注行幸長楊宮屬玉館陳云長當作貰案所校最是長楊別注在下各本皆誤此所引文在甘露二年注閣謂之臺何校閣改閤陳同是也各本皆誤注三軍忙然何校忙改芒是也各本皆譌若摛錦布繡表本茶陵本錦下有與字案後漢書無或尤依彼刪耳鳥則元鶴白鷺何云後漢書無鳥則二字今據文義當以後漢書爲是案各本蓋傳寫衍注說文曰揄表本茶陵本說上有投與揄同四字案此尤校刪之也疑本云揄與投同故五臣因此改正文作投二本誤互易揄投二字耳刪者未必是商循族世之所鬻表本茶陵本循作脩案後漢書亦是脩字注而處士循其道何校循改脩陳同是也各本皆譌案章懷注後漢書所引正作脩○

東都賦○注田肯曰秦帶河阻山表本茶陵本田肯作婁敬案二本非也此所引高帝紀文非婁敬傳之秦地被山帶河也下注所云婁敬已見上文者謂見西都奉春建策注二本蓋因下注致誤

何陳校皆據之改爲婁敬殊失之矣凡二本有誤及何陳校之非者多不復出附辨一二以爲舉例餘準是求之前聖靡得言焉表本茶陵本得下有而字案後漢書亦有注震雷憑怒表本雷作電是也茶陵本亦誤雷蹈一聖之險易云爾哉茶陵本無哉字云五臣有而已哉字表本有而已哉案表用五臣也失著校語非後漢書無而已有哉或尤依彼添耳至乎永平之際表本乎作于茶陵本作於案後漢書作于似乎字非也正雅樂案雅當作予後漢書作予章懷注正予樂謂依讖文改太樂爲太予樂也困學紀聞曰文選李善注亦引太予五臣乃解爲正樂今本作雅樂誤蓋五臣本改爲雅王伯厚此說最是善既引太予則作予自甚明表本茶陵本所載五臣銑注云雅樂正樂也其作雅亦甚明各本所見正文皆以五臣亂善而失著校語耳凡如此例者全書不少詳見每條下注作樂名雅案雅當作予各本皆誤此因誤改正文又并誤改注也後漢書明帝紀章懷注所引正是予字注會明帝改表本明作昌改作九是也茶陵本誤與此同案會昌帝九以四字爲一句何於此節注不得其讀多所紛更非今不論注正樂官曰太予樂官案正下當有太字各本皆脫顏延之曲水詩序太予協樂注引此詔有可證躬覽萬國之有無表本茶陵本躬作窮案後漢書亦是窮字於是皇城之內表本茶陵本於是作是以案後漢書亦作是以注毛詩傳曰古有梁鄒何校毛改魯案所校是也章懷注所引正是魯字各本皆誤又張載魏都賦注引亦可證覽駟鐵表本駟鐵作四驖茶陵本作駟驖今案表茶陵二本所載五臣銑注作四驖其善注中作駟鐵必善駟鐵五臣四驖失著校語也茶陵及此駟字未相亂何云後漢書作驖今考此與彼仍不必全同范書駟驖與善駟鐵五臣四驖互異但當各依其本注葼大枝條表本茶陵本條下有葼灑也三字是也注寢或爲侵表本茶陵本侵作祲是也雨師汎灑表本茶陵本汎作泛案後漢書作汎或尤依彼改耳陳師按屯茶陵本按作案云五臣作按表本作按用五臣也後漢書亦是案字此以五臣亂善非輶車霆激表本茶陵本輶作輕後漢書亦是輕字案此尤因善注引毛詩輶車而改之其實善下引傳輕也作輕車之注自通二本無校語未必非善亦作輕

尤改蓋非飛者未及翔表本茶陵本未作不下句同案後漢書此二字皆作未或尤依之改耳注大駕車八十一乘案車上當有屬字各本皆脫注永平三年正月案三當作二各本皆譌注一天子樂何校天子改太子云後漢注引作太子陳同是也各本皆譌注左氏傳曰子曰何校子上添晏字陳同案上曰字當作晏各本皆誤而息於東作也表本茶陵本無也字案後漢書有或尤依彼添耳下翼翼濟濟也而不知京洛之有制也而不知王者之無外也三也字同注分命義叔表本叔作仲是也茶陵本亦誤叔注織紝紃絹布也表本茶陵本紃作繼是也注尚書傳曰天下諸侯何校傳上添大字是也各本皆脫注蘇秦說孟嘗君曰何校孟嘗君改秦惠王案何校誤也章懷注所引亦是孟嘗君此齊策孟嘗君將入秦章文今本高注具存姚宏跋戰國策曾指此條爲今本所無其失檢與何正同附訂正之注面氣悚何校面改而陳同是也各本皆譌其詩曰表本茶陵本詩作辭案後漢書作詩注率土之濱表本

濵作賔是也茶陵本誤與此同案說見後寶鼎見兮色紛縕表本茶陵本縕作紜案後漢書作縕注太常其以初祭之日何校初改礿陳同是也各本皆譌嘉祥阜兮集皇都何云後漢書無此句陳同案各本皆有表茶陵不著校語今無可考也凡疑而未能明者俱載之以俟再詳此其例也容絜朗兮於純精表本茶陵本純作湻是也案後漢書亦是湻字

卷二〇西京賦〇心奓體忲案忲當作泰注奓忲同薛注云體安驕泰者其本作泰而如字解之也又云泰或謂忲習之忲者讀泰爲忲又一解也善引小雅曰狃忲也者爲薛後解申說也然則善本必言薛作泰今各本作忲蓋不知者誤改之注言帝王必欲順陽時表本茶陵本無陽字案此尤校添也注嶨驗也胡革切表本茶陵本無此六字何校去注作起也表本茶陵本無此三字何校去注夫筋之所由㦥恒由此作表本茶陵本無之所由㦥四字案此尤校添也注于陳倉北坂城祠之表本茶陵本無北字案此尤校添也注云野雞夜

鳥表本茶陵本無云字案此尤校添也注二山名也表本茶陵本此四字作終南太一二名也七字案二本是也二名也者謂一山有二名觀下注可見尤校改非注至于鳥鼠表本茶陵本無此四字案無者是也注此云終南太一不得爲一山明矣表本茶陵本無不得爲一四字案二本有脫文今無以補之尤所校添未必闇同善舊也注山形容也表本茶陵本山上有隆崛之類皆五字案尤校刪非注音戶杜陵鄠縣言終南太一含裹之表本茶陵本無此十四字注善曰爾雅曰爰有寒泉表本茶陵本無善曰二字案各本皆有誤也爾雅曰與爰有寒泉不相承接今無以訂之尤校添善曰仍未爲得善舊也其遠則九嵕甘泉表本茶陵本則下有有字案此無以考也實惟地之奧區神皐表本茶陵本惟作爲案此無以考也注善曰五緯五星也茶陵本善曰在也字下表本與此同案似茶陵是也注漢書曰漢元年表本茶陵本曰作高紀二字注尚書曰肆予敢求爾于天邑商表本

茶陵本曰上有王字無肆予二字注天命不滔案滔當作謟觀下注可見各本皆譌注洫域池也案域當作城後橫西洫而絶金墉兮注可證下郭者何域外大郭也何校域改城是也各本皆譌乃覽秦制表本茶陵本乃上有爾字案此無以考也注棼橑已見西京賦何校京改都陳同是也表本亦誤茶陵本複出前注更非凡茶陵例改已見爲複出故其首題增補二字以後悉放此雕楹玉碣案碣當作舄善引廣雅碣而云碣與舄古字通謂賦文之舄與廣雅之碣通也其作舄甚明各本所見蓋皆誤注山坻除也表本茶陵本無山字案此初亦無後脩添之而誤耳注陵陛也表本陛作斗是也茶陵本作外即斗字之譌仰福帝居何校福改福云顏氏匡謬正俗云副貳之字本爲福從衣畐聲西京賦仰福帝居傳寫譌舛轉衣爲示讀者便呼爲福祿之福失之遠矣今案所校是也凡從衣之字每與從示混各本傳寫之誤與顏云云正同善自作福不作福也注說文注曰案注字不當有各本皆衍大夏耽耽表本茶陵本夏作廈案此疑善夏五臣廈而失著校語又二本注中字盡作廈亦涉五臣亂之注

然則既有九室表本茶陵本無既有二字案則字亦衍注蕡精也薛君曰蕡
案當作薛君曰蕡積也六字各本皆誤注左傳子朱曰表本茶陵本左下有氏字無子朱二字是
也蘭臺金馬表本茶陵本蘭上有外有二字案此無以考也疑善五臣之異二本失著校語尤所見獨
未誤耳嗟內顧之所觀案嗟當作羌注同善引小雅廣言羌發聲爲注是其本作羌甚明表茶陵
二本所載五臣良注云嗟歎聲是其本改作嗟亦甚明各本所見以五臣亂善又并注中字改爲嗟益不可通特訂
正之注漢書武帝故事案漢上當有善曰二字茶陵本此作善注其薛注長樂桂宮至殿名也十
二字在上別以綜曰冠之最是尤本自此至末三十七字錯入薛注表本長樂云云十二字錯入善注皆大誤也又
何校去書字陳同各本皆衍後宮不移表本茶陵本後上有於是二字案此無以考也官以物
辨表本茶陵本辨作辦案此疑善五臣之異也注瑰奇也表本茶陵本此至末二十四字作善注茶陵本
與此同案似茶陵是也注漢書舊儀云陳云書字衍是也各本皆衍注刻陗升高

也表本外作升是也茶陵本亦誤外注瓶古字陳云古下疑當有備字是也各本皆脫注以
函屋上表本茶陵本函作亟是也注廣雅曰曲枅曰欒案廣上當有善曰二字茶陵本
此作善注最是表本與此同皆非注山海經曰陳云經下脫注字是也各本皆脫注上爲
清陽又爲陽表本茶陵本清陽作陽清是也櫓桴重棼表本茶陵本櫓作壇案此尤誤轢
輻輕鶩表本茶陵本轢作櫟案此尤誤注作櫟未改也注彌竟也言望之極目表本
茶陵本無此八字案無者是也表本復衍唐中已見西都賦七字亦非注水漾瀁也表本茶陵本瀁
作漾是也注三輔舊事曰清淵北表本茶陵本輔作代案此當三輔三代重有三輔三代舊
事屢引尤校添而又脫三代耳注以廛任國中之地案廛下當有里字各本皆脫此載師職文
也注說文曰隨落也案隨當作陊各本皆誤注劉逵魏都賦注曰案此
有誤也咢者有蘭錡內設魏都有附以蘭錡今善於兩賦舊注中皆不更見此所引語無以決其當爲劉逵吳都賦

注曰或當爲張載魏都賦注曰也凡善各篇所留舊注均非全文注司市胥師二十八人案十
下當有肆則一三字各本皆脫此地官序官文也注裨販夫婦爲主表本茶陵本無裨字夫下
有販字注今大官以十日作案日當作月各本皆譌注謂作刀劍削也
表本茶陵本無謂削也三字下有晉灼曰三字案漢書顏注引如淳曰作刀劍削者尤依之校改也晉灼曰三字誤
去注武陵何校武改茂表本亦作武茶陵本所複出作茂茂字是也注蒼頡曰何校頡下添篇
字陳同是也各本皆脫注五十里爲之郊表本茶陵本之作近是也注重車聲也
表本茶陵本無車字是也繚垣緜聯陳云善曰今並以亘爲垣案據此則正文及薛注中垣皆當作亘案
所說是也善但出垣字於注其正文必同薛作亘至五臣銑注直云垣墻是其本乃作垣各本所見非注植
物草木動物禽獸表本茶陵本此八字在上文薛注之下案依尤本當以正文植物斯生二句別
爲節而係以此注及下善曰云云也注夷堅聞而志之表本茶陵本無此六字注注曰

麓山足也表本茶陵本無此六字注爾雅曰梅柟表本茶陵本爾上有楠亦作柟四字
案此校語錯入注也二本正文作楠蓋善柟五臣楠而著此耳注謂昆明靈沼之水沚也
案沚當作阯各本皆譌注日出暘谷案暘當作湯下出自陽谷陽亦當作湯各本皆誤鮪鯢
鱨魦表本茶陵本魦作鯋案此尤誤注郭璞山海經曰何校經下添注字陳同是也各本皆
脫注鮦也案鮦上當有郭璞曰三字各本皆脫說見下注毛萇詩傳曰案此五字當作
又曰二字各本與下互誤說見下注鮪似鮎案鮪下當有鱧屬鯢三字各本皆脫說見下注又
曰案此二字當作毛萇詩傳曰五字各本與上互誤此節注所引郭璞曰鮦也在釋魚所引又曰鮪鱧屬鯢似鮎
亦在釋魚所引毛萇詩傳曰云云在魚麗首章今脫落顛倒絕不可通爲之訂正如此注孟春鴻來
表本茶陵本鴻下有鴈字是也奮隼歸鳧表本奮作集校語云善作奮茶陵本校語云五臣作集案各本
所見皆非也薛自作集集隼與歸鳧對文承上四句而言徳楊子雲以鴈集與鳧飛對文也善必與薛同則與五臣

亦無異傳寫譌奪耳二本校語但據所見而爲之凡如此例者全書不少詳見每條下 注奮迅聲也 表本茶陵本無此四字案無者最是詳表茶陵所載五臣濟注有沸卉砰訇鳥奮迅聲之語旣不得於奮字讀斷亦不得移作上句之解尤不察所見正文奮爲集之誤乃割取五臣增多薛注以實之斯誤甚矣 注賈逵國語曰 何校語下添注字陳同是也各本皆脫 注猗重較兮 表本茶陵本猗作倚是也 注馬冠也又髦 案又當作乂各本皆譌 注弧旌枉矢以象牙飾 案牙飾當作弧也各本皆誤 載獫獵猲獢 案獵當作猲茶陵本作猲校語云五臣作獵表本作獵用五臣也二本注中字善猲五臣獵皆不誤表但正文失著校語尤注中上二字猲未一字弁改爲獵歧出非也猲獵同字凡善五臣之異不必其字不可通也各還所本來而同字亦較然分別矣全書例如此 注同制也 何校同改周陳同是也各本皆譌 注虞初周說九百四十三篇初河南人也 表本茶陵本此十五字作虞初者洛陽人明此醫術十字 注以方士侍郎 表本茶陵本無此五字 注小說家者流蓋出於稗官 表本茶陵本小上有周說九百四十三篇八字無流字於字案此節注初同二本後尤脩改也 注毛萇曰鬣 案萇當作長各本皆譌以四字爲一句也 注猶拔扈 表本茶陵本扈下有也字是也拔疑跋之誤正文作拔下云拔與跋古字通似善引箋作跋也否則正文作跋爲與五臣無異乃與此注相應耳 注趣向也 案趣當作趨各本皆誤 白日未及移其晷 表本茶陵本無其字案此尤衍 注翬翬飛也 茶陵本不重翬字表本與此同案似重者是 注括箭括之御弦者 陳云御當作銜案之字不當有各本皆誤 注鷹青脛者善曰 表本無曰字茶陵本與此同案表本最是善字屬上讀以五字爲一句下文注象鼻赤者怒句例正同自此下盡不遠而獲皆薛注兆尤茶陵甚誤 注戰國策下至天下之駿狗也 案依善例當作韓盧巳見上文此十七字不當有各本皆誤此類不盡出 注禮記曰犬下至謂若韓盧宋鵲之屬 表本茶陵本無此四十二字 朱鬢鬣髽 案鬣當作鬣廣韻十三祭鬣𩭣髻即出此善注引通俗文露髻曰鬣及美

音作計切也各本所見皆傳寫誤 注虎亦食人 案亦當作爪各本皆誤 注其樂只且辭也 表本茶陵本重且字是也 注杜預左氏傳曰 何校傳下添注字是也各本皆脫 注空滅無也 表本茶陵本滅作滅下同案此尤改之也 皇恩溥洪德施 又 注皇皇帝普博施也 茶陵本正文下校語云善無此二句表本有無校語尤初亦無後脩改添入注七字表茶陵皆無案善魏都賦注引西京賦曰皇恩溥似無者但傳寫脫其注七字未審何出也 注㝅日多也 案日字不當有各本皆衍 注似石著繳也 何校似改以陳同是也各本皆譌 注漢書曰有淮南鼓負 案曰字不當有各本皆衍 布九罭 案罭當作緎善注罭與緎古字通謂引毛詩爾雅之罭與正文之緎通也蓋善緎五臣罭而各本亂之 注罝禁罜麗 案罝字不當有各本皆衍此蓋自依國語記罝字於罜旁者而誤在禁上也 注鰤細魚 表本鰤作鮞茶陵本亦作鮞下同案鮞即鰤別體字蓋表所見正文是鰤也 注李尤樂觀賦曰 案樂上當有平字各本皆衍陳云別本有今未見 烏獲扛鼎 案扛當作舡善注云扛與舡同謂引說文之扛與正文之舡同也蓋善舡五臣扛而各本亂之 注橫開對舉也 案開當作關各本皆譌 注扛與舡同 表本茶陵本舡作舡案此尤改之也 注羆豹熊虎 案熊當作能各本皆誤 注襪衣毛形也 案衣當作襪各本皆誤 注委聲也 表本茶陵本委作重是也案此與上注重聲也可互證皆尤改之而誤 驪駕四鹿 案驪當作麗薛注云驪猶羅列駢駕之也驪亦當作麗唯薛正文作麗故如此注之若作驪不可通善必與薛同表茶陵二本所載五臣濟注云仍以驪馬駕之是其本乃作驪各本以之亂善而失著校語又弁薛注中字改爲驪甚非 注掖庭今官 陳云今當作令是也各本皆譌 若驚鶴之群罷 表本茶陵本罷作羆下音媿美切案此疑善罷五臣羆也媿美切蓋善罷字之音凡善音合弁六家多所割裂失舊尤又刪削不全俱詳在後 注君作故事 案事字不當有各本皆衍 注尚書曰自契至成湯 案書下當有序字各本皆脫 注尚書序曰 案此四字不當有各本皆衍 注盤庚遷于殷

陳云盤上脫尚書曰三字是也各本皆脫注漢書注曰齷齪茶陵本漢上有善曰二字案有者最是表本連上作薛注誤與此同注謂據疑表本茶陵本謂作諸是也
卷三〇京都中注京都下至故曰京都中又東京賦注東京下至與班固東都賦同案此二節非善注也表茶陵二本不冠注家名於首恐并非五臣注但後來竄入耳注亡禹表本作憮亡禹切在注末是也茶陵本無非也注貴耳謂東京陳云耳下脫謂西京賤目五字是也各本皆脫注苦灰表本作枯灰切三字在注末是也茶陵本無非也注謂著翼也表本茶陵本此下有搏與附同四字是也注秦襄王子案秦下當有莊字各本皆脫
注徵符合膺表本茶陵本膺作應是也注紙表本茶陵本作軹音紙三字在注末是也注如制禮也表本茶陵本制禮作禮制是也注陽城人名延何校城改成去人名二字是也各本皆誤案所引功臣表文人名二字乃或記於旁而竄入者善注失舊於此等可見矣損之又損之表本茶陵本無下之字案無者是也此印亦無與二本同脩改誤添之注善曰毛詩曰陳云詩下脫序字是也各本皆脫注勒銘於宗廟之器于鐘鼎茶陵本無于字表本有何校去陳同

且天子有道表本茶陵本且下有夫字案此善有以否無可考也守位以仁案仁當作人薛注作人善必與薛同其注亦自可證見下蓋五臣仁各本所見亂之注綜作人表本無此三字茶陵本有案於茶陵爲校語此誤存之也注仁謂衆庶也表本茶陵本仁作人是也此所改甚非注何以守位曰仁也案仁當作人各本皆誤考經典釋文云曰人王肅卞伯玉桓元明僧紹作仁然則王弼本周易自作人今本作仁者非善亦必作人乃與薛注相應不知者妄改之絕不可通所當訂正注何用周固反易守乎案反當作及各本皆譌注土度也何校土改測今案此疑上下有脫各本皆同無以補也注薛綜曰轘轅坂下至故曰轘轅表本茶陵本無此十八字案無者最是漢初弗之宅表本茶陵本宅下有也字案此善有以否無可考也注北爲參虛

分野何校北上添河字今案此疑衍北字也區宇乂寧何校宇改寓案所改是也此薛注字作寓下立咸振八寓德寓天覆正文皆作寓善此無注者詳在彼也各本所見皆非注昭明有融案昭上當有又曰二字各本皆脫善倒如此餘不具出注爲水獸表本茶陵本水作木是也注舊章法令條章也表本茶陵本無此七字案無者最是注爾雅曰鸒斯何校爾上添善曰二字陳同下節首爾雅曰鵯鳩上亦然今案所校是也表本茶陵本此二節亦作薛注皆誤凡賦多誤善注爲薛其引書爲薛注所不及見如此爾雅郭璞注之類較然易辨又有疑無以明者難於輒定當俟再詳注頭尾青黑色表本茶陵本頭作短是也注謂各得其性也表本也下有鵯音匹鶻音骨鵃竹交切十字茶陵本與此同案表本乃眞善音之舊尤所見與茶陵皆誤注鵯鶻鵃類也表本茶陵本鶻鵃作鵃鶻是也注謂音聲和也表本也下有鸝麗古字通音離七字茶陵本有鸝麗古字通五字案表是也鸝下仍當有與字蓋脫於南則前殿靈臺茶陵本靈下校語云五臣雲表本作雲案此南宮雲臺也

德陽殿西有靈臺別在下文靈但傳寫誤耳薛注靈亦雲字誤下文靈臺薛亦別有注可見此薛與善並非靈字注鉤盾今官陳云今當作令是也各本皆誤注不雕不刻也表本雕作彫是茶陵本亦誤雕案此正文及下雕輦皆彫之誤也則洪池清蘌茶陵本蘌作籞注同表本皆作蘌何校改籞案蘌即籞別體字耳注則捕之表本茶陵本之下有音圉二字是也注周禮曰加籩豆之實何校去豆字是也案日字亦不當有各本皆衍注有蔆芡也表本茶陵本也下有音儉二字是也奢未及侈表本侈作參茶陵本與此同案參字是也二本薛注作參可證尤并改作侈甚非注故儉不至陋也茶陵本無故字是也表本亦衍動中得趣案趣當作趨注中此字兩見表茶陵二本皆作趨是薛與善自是趨字蓋五臣作趣而亂之尤并改注中盡作趣甚非禮舉儀具表本茶陵本儀作義注同案此無以考也注言頌政賦敎常表本茶陵本無敎字是也注大合樂射鄉者曰辟雍陳云鄉當作饗是也各本皆誤注鄭元周禮曰何校禮下添注字陳

同是也各本皆脫　注綜曰　案此二字不當有此初無後脩改誤注添表茶陵二本每節有之不可相證　注魏相上封曰　何校封下添事字是也各本皆脫　注善曰萬邦黎獻　何校曰下添尚書曰三字陳同各本皆脫　注庸　表本作音庸二字在注末是也茶陵本與此同非　注庭朝廷　表本茶陵本廷作也是也　注東都賦曰　下至　歲首朔日也　表本此十五字作三朝已見東都賦是也茶陵本複出非　注謂有彫飾也　茶陵本飾作飾是也表本亦誤飾　左右玉几　表本茶陵本几下有穆穆二字此初同二本有脩改無案不當有也蓋尤校改正之　注善曰百辟其刑之　何校曰下添毛詩曰三字陳同各本皆脫　注尚書曰一日二日萬機　表本茶陵本此九字作善注是也當在薛注下而首有善曰二字　注今憂恤之也　陳云今當作令是也各本皆譌　注說文曰城池無水曰隍　表本此八字作隍已見東都賦是也茶陵本複出非　注不敢迫遑　案迫當作怠各本皆譌陳云別本作怠今未見但陳所云別本似即茶陵耳其不合者恐有誤亦不具論　注毛詩曰牲牢饔餼　案詩下當有序字各本皆脫　注爲而不持長而不宰　表本茶陵本無而不持長四字　注招明也有道　案此有誤也陳云有上似脫明但招本不訓明詳下注蓋訓爲舉陳所說未是今無以訂之　注周易曰六五　案周上當有善曰二字各本皆脫何云綜以赤烏六年卒安得見王肅易注而引用之指此注下文也其說是矣但因而疑綜注假托則非蓋何未悟其自是善注耳善演連珠注亦引此王肅注也　注禮記曰天子穆穆　表本此七字作穆穆已見上是也茶陵本複出非　注琪如綦　案如上當有讀字各本皆脫　注一作飆　表本無此三字正文作飆茶陵本作五臣作颷四字案此校語之誤存者也　注垂十二旒名曰太常上畫三辰　表本茶陵本名曰太三字作也案此尤校改之耳　注當顱刻金爲之　陳云當上疑脫錫字是也各本皆脫　注鏤錫中央低　陳云錫字疑衍是也各本皆衍　注零　表本茶陵本作軨音零三字在注末是也　注蔡雍獨斷曰　陳云此注及下注凡三引蔡雍說其上疑並脫善曰

選一　十三

二字以然重輪即重轂語觀之自是李氏文體與薛注不類今案所說是也當以正文重輪貳轄別爲節而注善曰至即重轂也於下　注廣八尺　案尺當作寸續漢書輿服志注引可證各本皆誤　注輿瑤同　表本同下有祖狡切三字是也茶陵本無非　注謂木勾矛戟也　陳云木字衍矛當作子是也各本皆誤案續漢書輿服志注引無木字　注農輿無蓋　何校無改三依續漢志是也各本皆誤案志注引正作三　注迤邪也　表本也下有音弋氏切三字是也茶陵本無非　注言相連也屬　案也屬當作屬也各本皆倒續漢書輿服志注引可證　注伏　表本作音伏二字在注末是也茶陵本與此同非　注綪茷大赤也　表本茶陵本也下有茷音旆三字是也　注參差縱橫也　表本也下有輟音膠輵音葛六字是也茶陵本無非　注善曰後宮　陳云後上脫漢書曰三字是也各本皆脫　注以撾鼓也　何校撾改擿是各本皆譌　施巳反乎郊畛　茶陵本反作迴云五臣反表本反無校語案此蓋以五臣亂善　注畛界也　表本也下有諸鄰切三字是也茶陵本無非　爰敬恭於明神　表本茶陵本敬恭作恭敬案二本是也蓋尤誤因注而改善注之例但取意同不拘語倒如引敬恭明神以注此恭敬於明神也不知者凡屬此例多所改易但失其意條見於後　注恭敬明神也　何校乙恭敬二字是也各本皆倒　注毛詩鼓鼘鼘　表本茶陵本詩下有曰字又表本末有音淵二字是也茶陵本無　注馬融論語注曰佾列也　表本此九字作八佾已見東都賦是也茶陵本複出非　致高煙乎太一　茶陵本乎下校語云善作於表本作於蓋善乎五臣於校語有倒錯也上文當觀乎殿下者表茶陵亦作於不著校語似失之耳　注廣雅曰蒸蒸孝也　案廣雅曰三字不當有各本皆衍此非薛注所得引乃或記於旁而竄入者　注鄭元曰周禮注曰毛炰者豚　案周上衍曰字者豚當作豚者各本皆訛下注杜子春曰各本亦衍曰字也　注胉去其毛　案胉當作爛各本皆誤此所引在地官封人也　注飲食之豆　案飲當作饋各本皆誤此所引天官醢人文　注謂胳也　表本茶陵本也下有方薄切三字是也案凡此爲眞善音其正文下博字乃五臣音耳全

選一　十四

書中俱依此例求之注太史順時視土案視當作覛各本皆譌注以冉表本作以冉切
三字在注末是也茶陵本與此同非注東觀漢記下至行大射禮表本此十九字作合射辟
雍已見東都賦是也茶陵本複出非注路鼓路鼗表本鼗下有鼗扶云切鼗音逃七字是也茶陵本無
非注乏之音爲匱乏之乏案音當作讀各本皆誤注皇輿夙駕何校皇輿改星
言陳同是也各本皆誤注何休公羊傳曰何校傳下添注字陳同是也各本皆脫日月
會於龍猇表本茶陵本猇作貔注同是也又表本注末有貔丁邁反四字是也茶陵本無非注毛
詩曰春酒惟淯何校改春酒惟淯作爲此春酒陳云因此賦上文有春酒惟醇之語傳寫錯誤案此
當有誤但何陳所改未見必然蓋無以訂也聲教布濩案音當作護茶陵本作護用五臣作濩表本作
濩用五臣也但失著校語尤以五臣亂善非其薛注中俱是護字尤幷改作濩更非南都賦布濩善無注各本皆作
濩似亦以五臣亂善而失著校語此及彼濩下皆音護即五臣音耳凡諸家用字互有不同其一家之中而復歧異

即恐有誤餘不悉出準此例求之注尚書曰聲教訖于四海表本此九字作聲教已見
東都賦是也茶陵本複出非注先期謂期日表本茶陵本無謂期二字是也注囿謂集
禽獸於靈囿之中案謂上囿字不當有各本皆衍注毛詩曰王在靈囿表本
此七字作靈囿已見上文是也茶陵本複出非注禮曰告備于王案禮上當有周字各本皆脫此
所引小宗伯職文也迨上林結徒營表本茶陵本迨下有于字徒下有爲字茶陵校語云善無于字
爲字表無校語何云匡謬正俗作迨于上林結徒爲營今案依文義善亦當有或但所見傳寫脫耳注一作
敘表本無此三字正文作敘茶陵本作五臣作敘四字案此校語之誤存者也注孟子曰下至曰
詭遇表本此二十二字作詭遇已見東都賦是也茶陵本複出非注左傳曰享以訓躬
儉表本此八字作訓儉已見上文也是也茶陵本複出非注一作瑣表本無此三字茶陵本作綷作
瑣正文皆作瑣案此校語之誤存者也注言鄙陋不足說也表本茶陵本無陋字是也注

詩曰表本詩作善茶陵本詩上有善曰二字案似茶陵是也注成王有岐陽之蒐何校
去王字是也各本皆衍注臯射埻的也表本茶陵本也下有臯牛列切埻之尹切八字是也注
駘騎傳炬出宮案駘當作騶各本皆誤所引禮儀志文也注側角又注其筆表本
作斮側略切猶其出切八字在注末是也茶陵本無非此去注末善音存正文下五臣音與茶陵同而誤注紆
危又注移表本作蟃紆危切蛇音移七字在注末是也茶陵本無非此移善音於正文下與茶陵正文下
五臣音不同而亦誤注蒲葛表本作扶葛切三字在注末是也茶陵本與此同非殘夔魖與罔
像表本茶陵本像作象案象是也注正是象字注巨宜表本茶陵本作魖巨宜切四字在注中魖鬼也
下是也注域表本作音域二字在注末是也茶陵本與此同非注有桃樹下茶陵本樹下有
二人於樹四字是也表本亦脫注子侯表本作善曰賑音子侯切七字茶陵本作善曰賑子侯切六字在注
末案茶陵是也注至於岱宗柴表本茶陵本無柴字注謀恒寒若表本茶陵本謀作急

是也注他杜表本茶陵本作他杜切三字在注末是也注豐年多稌案多下當有黍多二字各
本皆脫注春扈頒鶞表本茶陵本頒作鳻是也左瞰暘谷案暘當作湯注同蜀都賦汨若
湯谷之揚濤注云湯谷已見東京賦即指此可證也吳都賦包湯谷之滂沛善湯五臣暘此賦亦然各本所見以五
臣亂善而失著校語注尚書曰永膺多福表本此七字作多福已見東都賦是也茶陵本複出
非注韓詩外傳曰下至獻白雉於周公表本此二十三字作越裳見下句是也茶
陵本誤與此同注音郎表本茶陵本此在注末是也注黃帝封泰山表本山下有已見上
文四字是也茶陵本複出非注抵側擊也表本茶陵本也下有征氏切三字是也注方直
也陳云直當作且是也各本皆誤注尚書曰天位艱哉表本此七字作天位已見上文是也
茶陵本複出非猶怵惕於一夫案怵惕當作惕戒善引尚書以注惕引方言以注戒引過秦論以注
一夫循其文序有戒字在惕下一夫上甚明又其下惕驚也三字乃薛注若如今本不容去怵注惕可見正文無怵

字但有陽字亦甚明不知何人誤認善注中林陽以為正文而此兩改之其實與注轉不相應非也各本所見皆誤今特訂正注暢鶩也案此乃薛注當在善曰上各本皆誤置於善注下甚非凡薛注與善注舛錯失舊者多此例也終日不離其輞重表本茶陵本其作於案此無可考也車中不內顧案不字不當有薛注無不字可證也各本所見皆衍又善注魯論語曰車中不內顧亦不當有不字考論語釋文云車中不內顧魯讀車中內顧然則各本衍不字甚明近盧學士文弨鍾山札記曾舉正此條云漢書成帝紀贊顏注云今論語車中內顧內顧者說者以為前視不過衡軛旁視不過輢轂云云其說是矣但失引證釋文耳注車中不顧案下當作內各本皆誤古文苑載此銘作車不內顧不當作中皆或記不字於旁此誤以改內彼誤以改中可互訂也鍾山札記引彼又載車右銘內顧自勑車後銘望衡顧轂為證而不言此銘內字彼未誤蓋據誤本古文苑也民忘其勞表本民作人茶陵本校語云善作人民心固結同案此尤以五臣亂善注民謂百姓也表本作人謂民也茶陵本與此同案此當作人謂百姓也薛注作民唐諱改人表本蓋誤注毛詩曰致王業之艱難何校詩下添序字陳同是也各本皆脫注子小表本作子小切三字在注中勤勞也下是也茶陵本與此同非注不知人好共怨己陳云好字衍是也各本皆衍注尚書曰夫常人案尚當作商君二字各本皆誤此所引在更法篇也注一作臭表本茶陵本無此三字案此校語也二本正文作臭可借證蓋尤所見有而誤存之注烏瓜表本作烏佳切三字在注中注繩不正也下是也茶陵本與此同非注烏交表本茶陵本作烏交切三字在注中或作蝬上是也而衆聽或疑表本茶陵本聽下有者字案此無可考注賓戲曰茶陵本賓上有荅字是也表本亦脫注褫奪也表本茶陵本也下有直氏切三字是也注甯嬴曰案嬴當作嬴各本皆譌注茲此也表本茶陵本無此三字

卷四○南都賦○注於歎辭表本茶陵本辭下有於孤切三字是也其正文下烏字乃五臣音也凡合併六家之本於正文下載五臣音於注中斆善音而善音之同於五臣者每被節去表茶陵二本又各多寡不齊蓋合併不一故所節去不一耳至尤本於正文下五臣音往往未嘗區別刊正而注中善音則節去雜甚其失善舊亦彌甚矣今取二本善音之可考者悉皆訂正其二本已節去在前則末由考之闕有可借上文下五臣音推知崖略者然既非明文難以稱說當依再詳全書善音之例均準此注西京賦曰下至為豫州也表本此十字在周居豫州已見西京賦是也茶陵本複出非注郁郁京河表本茶陵本京作崩是也注武關山為關在西也茶陵本無此八字表本有何陳校皆去觀下注似不當有注說文曰下至墉城也表本此十七字作隍巳見上文墉巳見西京賦是也茶陵本複出非注盪他浪切表本茶陵本無此四字茶陵有清音有三字表亦無案茶陵是也注淮南子曰隨侯之珠下至不繫之於珠璧也表本茶陵本無此一百十七字表自隨珠夜光巳見西都賦九字茶陵有隨珠夜光見西都注八字案表本是也茶陵例改巳見為複出此條其遺漏者尚屬善舊尤乃複出甚非注惡表本茶陵本作堊音惡三字在注中鄔音跪下是也注山海經曰下至出入有光表本此二十一字作耕父巳見東京賦是也茶陵本複出非注嶢崿山石廣大之貌也表本茶陵本此下有嵣音蕩崵音莽六字是也注嶚高也表本茶陵本此下有力彫切三字是也注岩峉山不齊也表本茶陵本此下有岩仕革切四字是也注高而不平也表本茶陵本此下有嵔烏迴切嵬牛迴切八字是也注高峻之貌也表本茶陵本此下有巖士林切四字是也注相連之貌表本茶陵本此下有嵒巨貧切嶙音鄰纚力是切十一字是也注九六表本茶陵本作九六切三字在注中巘高貌也下是也注班孟堅下至蒼山隱天表本此二十四字作隱天已見西都賦是也茶陵本複出非注薛綜注曰區陬隅隩之閒也表本此十一字作陬已見西京賦是也茶陵本複出非注傾側也表本茶陵本此下有崎上宜切嶇丘俱切八字是也注巀嶭高峻也表本茶陵本此下有巀在結切四字是也注毛萇詩傳曰巘表本巘作巚茶陵本亦作巚案各本皆非也當作巚乃與正文相應茶陵本校語云善作甗否

則善當有巘巚異同之注今刪削不全又案西京賦陵重巘正文及注皆作巘而毛詩皇矣正義所引則爲巚字恐彼亦善巚五臣巘各本亂之如表本之此正文作巘而失著校語也 注小山別大山也 表本茶陵本此下有魚蹇切三字是也 注奇殰 表本作其殰切三字在注中是芝貌也下是也茶陵本與此同非 注密 表本濟音密三字在注末是也茶陵本與此同非 注東方朔下至閶風之顛 表本此十七字作崑崙閶風巳見西京賦是也茶陵本複出非 注櫻桃也 表本茶陵本此下有革黠切三字是也 注有刺 表本茶陵本此下有予力切三字是也 注荆也 表本茶陵本此下有音萬二字是也 注中車枒 表本茶陵本此下有音姜二字是也 注智甲切 表本作音甲二字茶陵本無案似表本是也 注皮可作索 表本此下有楕音胥枸以奢切七字是也茶陵本無楕音胥非 注皮可以爲索 表本此下有栟音并櫚音驢六字是也茶陵本無非 注桋未詳 表本茶陵本此下有於良切三字是也 注似桑 表本此下有檍音憶三字是也茶陵本無非 注花頭點也 案花下當

有鬚字各本皆脫又表本茶陵本此下有而體切三字是也體當作髓 注以下黑 表本茶陵本此下有瞉呼本切四字是也 注張載吳都賦注曰 案張載當作劉逵各本皆誤 騰猨飛蠝棲其間 茶陵本蠝作𤢖表本作獵案𤢖字是也注云蠝與𤢖同謂正文之𤢖可證也 注竹葦皮白如霜 案竹葦當作箽蓋一字誤分爲二表本亦誤茶陵本改葦爲箽非 注宋玉笛賦曰奇簳 表本茶陵本此下有古罕切三字是也案古文苑成此賦云奇篠異幹此疑脫彼幹即簳字耳 注二竹名 表本茶陵本此下有箛公都切篁竹隨切八字是也 注陸離猶參差也 表本無此六字茶陵本有案此六字表在所載五臣向注中無者是也 注蓊竹貌也 表本此下有於孔切三字是也茶陵本無非 注雉 表本茶陵本作音雉二字在注中堯山下是也 注自客 表本茶陵本作盡自客切四字在注末是也 注今出南陽 表本此下有音禮二字是也茶陵本無非 注骨 又 注薉 表本作滑音骨薉音薉六字在注末是也 注言水洞出此穴漫滑濊潏疾流之

貌也 表本無言水洞出此穴疾之八字是也茶陵本并善入五臣與此同誤 注言廣大也 表本茶陵本無此四字是也案二本在所載良注中 注說文曰飲歠也 表本此六字作飲巳見上文是也茶陵本複出非 注水行疾也 表本茶陵本此下有他鷥切三字是也 注水行出也 表本茶陵本此下有組立切三字是也 注大聲也 茶陵本此下有汎普八切四字表本無案茶陵是也 注韓詩外傳曰漻 案外字不當有各本皆衍凡本篇引韓詩外傳曰鄭交甫云云一條韓詩曰醴甜而不沛也一條韓詩外傳曰逍遙也一條及此一條皆當作韓詩傳曰如東都賦注引魯詩傳曰之例傳者蓋所謂內傳其逍遙也句有脫各本皆同無以補之 注水淚破舟 表本茶陵本此下有音戾二字是也 注疾流也 表本此下有音域二字是也茶陵本無非 注鰅魚有文采 表本茶陵本此下有音禺二字是也 注似鰱而黑 表本茶陵本此下有鰱音連三字是也 注蜯與蚌同 表本茶陵本此下有步項切三字是也 注古字通 表本茶陵本此下有胡加切三字是也 於其陂澤

表本無於字何校去茶陵初刻無脩者有案無者是也 注知旅 表本茶陵本作知旅切三字在注中積也下是也 其草則蘪莩蘋莞 表本茶陵本則下有有字案有者是也 注薊之屬 何校薊改蘮案當作薊薊即蘮字也 注似莎而大 表本茶陵本此下有扶表切三字是也 注小蒲也 表本茶陵本此下有胡官切三字是也 注菰蔣也 表本茶陵本此下有蔣子詳切菰音孤七字是也案菰音孤善自音注中字耳正文菰下孤乃因此竄入誤之甚者也 注茆鳧葵 表本茶陵本此下有茆亡絞切四字是也 注苦札 表本作苦札切在注中鳧屬下是也茶陵本與此同非 注步覓 又 注吐雞 表本作鷊步覓切鷊土雞切八字在注中謂之鷊鷁下是也茶陵本與此同非 注班孟堅下至駕鵝鴻鶤 表本此三十字作餘已見上注是也茶陵本複出非 注鷀音慈 表本茶陵本鷀上有鸕良都切四字是也 注所蟹 表本茶陵本作所蟹切三字在注中灑分也下是也 注老 表本茶陵本作音老二字在注末是也 注去除也 表本茶陵本此下有息列切三字是也 注乾也 表本

茶陵本此下有呼但切三字是也　注直旅表本茶陵本作直旅切三字在注中麻屬下是也　注之
餘　又注頻　又注析　又注覓表本茶陵本作諸之餘切四字在注中甘柘也下音頻二字在
小蒜也下菥音析黃音覓六字在末是也　注蓼辛菜也表本茶陵本此下有力鳥切三字是也　注
蕊香菜案蕊當在蘂下同各本皆譌蘢廿六緝云蘂香菜即本此集　注橘屬也表本此下有除
耕切三字是也茶陵本無非　注陶隱居注曰表本茶陵本無注字是也　注蓀楚銚戈
也何校蓀改萇陳同是也戈當作弋各本皆誤表本此下有萇音長三字是也茶陵本無非　又注稃音
敷表本稃上有秬音巨三字是也茶陵本無非　注陵滑表本茶陵本作鷄陵滑切四字在注中寇雞下
是也　注鱻小魚也表本也下有與鮮同三字茶陵本有胥連切三字案此當兩有與鮮同胥連切六字
注甜美也表本茶陵本此下有徒兼切三字是也　注音精表本茶陵本此在注末是也　注
殺　又注尸然表本茶陵本作音殺二字在注中菜冀也下貑尸然切四字在注末是也　注於問

異一

表本茶陵本作於問切三字在注中醞投也下是也　注于公先王表本茶陵本于公作祭于案此尤所
校改也　注鼓瑟吹笙吹笙鼓簧表本茶陵本無吹笙吹笙四字茶陵簧作琴表亦作簧案
此尤所校改也　注不脫履升堂案下當有曰宴二字各本皆脫　注玉謂之珋案珋當作
彫觀下注可見各本皆譌　朱帷連綱案綱當作編注綱維綱也二綱字亦當作編茶陵本云五臣作綱表
本云善作綱各本所見皆非也　注咸以折盤爲七盤也案咸當作或各本皆譌　注揭
高舉也表本茶陵本此下有上別切三字是也　注水波也表本茶陵本此下有徒蓋切三字是
也　注瀺灂隕隊表本茶陵本此下有瀺士減切四字是也　注回波爲澆表本茶陵本此
下有公堯切三字是也　注說文曰蜩蟧下至若龍而黃表本此十七字作蜩蟧蛟螭巳
見西京賦是也茶陵本複出與此不同皆非　於是日將逮昏表本茶陵本逮下校語云善作遝案
遝但傳寫誤此蓋尤校改正之也　眞所謂漢之舊都者也表本茶陵本無者字是也　視

魯縣而來遷案視當作覗表本云善作視茶陵本云五臣作覗各本所見皆非善亦當作覗但傳寫誤
視耳　注皇甫謐曰下至升爲天子也表本此四十二字作堯以唐侯升爲天子已見上文
是也茶陵本複出非　注求癸表本茶陵本作求癸切三字在注中揆度也下是也　蔡茲邦之神
偉表本云善作邦茶陵本云五臣作都案注中仍云此都似善亦作都也　注說文曰崔表本茶陵
本無此四字是也　注逍遙也何校遙下添遊字陳同案各本皆無未審其所據也　注刺邪也
表本茶陵本此下有睢許規切四字是也　注古熒表本茶陵本作古熒切三字在注末是也　注周奇
曰陳云周當作李是也各本皆誤　注袑袑裶裶表本茶陵本此下有芳非切三字是也　振秳
鸞兮京師表本茶陵本鸞作鑾是也　注鄭元禮記注曰下至有鑾和之節
表本此十九字作和鑾已見上文是也茶陵本複出非　注神農氏作陳云下有脫文今案當連引注
作起也以注正文起焉而各本脫去乾聖人作釋文載鄭云起也但未審善果引何家耳　注文王子孫

異一

案子孫當作孫子各本皆倒　○三都賦序○注三都者下至以辨衆惑表本
無此四十六字有偏于海內四字是也茶陵本幷五臣入善與此同非　注三都賦成表本三上有臧
榮緒晉書曰六字是也茶陵本與此同非　注音旨表本茶陵本作氏音旨三字在注末是也　注面相
序非也案序當作斥各本皆譌陳云別本作斥今未見　注忤表本茶陵本作音忤在注中丘墟壯大之
意也下是也　注虞書曰陳云書下脫序字是也各本皆脫　◎蜀都賦○注尚書
曰萬國咸寧表本此七字作萬國已見上是也茶陵本複出非　注在成都西南漢
壽界案壽當作嘉謂漢嘉郡也各本皆誤下所言在成都西北岷山界謂岷山郡晉書地理志之汶山郡也岷
汶二字古每通用所言在成都南犍爲界謂犍爲郡句例正同　注胡角　又注步角　又注扶
刎表本作瀑胡角切瀑步角切八字在注中水沸之聲也下濆扶刎切四字在涌泉也下是也茶陵本有瀑呼角
切四字餘無皆刪削也但胡作呼爲是　注在朱堤南十里陳云堤當作提下生朱堤南廣縣何

改提陳同是也各本皆譌 注淮南子曰下至入于濛汜 表本此二十五字作湯谷已見東京賦是也茶陵本複出非 注羣翔與古十餘 陳云餘下疑脫曰字是也各本皆脫 注可以醮祭而置也 陳云置當作致是也各本皆脫 注火焰也音艷 表本茶陵本焰作爓又表艷下有煽音扇三字是也茶陵無非也 金沙銀礫 茶陵本礫作鑠云五臣作礫音歷表本作礫用五臣也尤以五臣亂善非下歷亦五臣音耳 注寢 表本茶陵本作善曰棱音寢五字在劉注之下是也 注咆嗥也 表本茶陵本此下有步包切三字是也 注宕渠縣名銅梁在巴東宕縣在巴西 表本茶陵本無名銅梁在巴東宕縣八字案此尤校添之劉昭注續漢書郡國志引銅梁山在巴東也下縣當作渠 注資覩 表本茶陵本作藉資覩切四字在注中藉藏也下是也 注出巴東北新井縣水出地 案新字當在縣字下北井二字當連文縣名也晉太康以前屬巴東郡見華陽國志出巴東北井縣為一句新水出地為一句 黿龜水處 案黿當作元茶陵本作黿云五臣作元表本作元無校語此當是茶陵尤所見因劉注中元龜二字誤為黿字而改正文者耳表所見正文及注皆是元龜字為不誤也又正文下有元字乃割裂所見之校語以為音茶陵亦尚無之恐讀者不察將致執此音以定善字特為訂正焉 注黿大龜也 表本黿作元龜二字是也茶陵本與此同非案說已見上劉以大解元益顯然可知也 注其緣中又 案又當作乂下靈乂同見華陽國志涪陵郡下 注李尤七嘆曰 表本茶陵本嘆作歎案各本皆非也當作款 注昌志 表本茶陵本作昌志切三字在注熾赤也下是也 注厥土赤埴 案埴當作熾觀正文及下善注可見各本皆誤又尚書徐鄭王皆讀曰熾見釋文亦其證也 注在宗 表本茶陵本作賨在宗切四字在注中氣銳以剛下是也 注武帝樂府 何校帝下添立字陳同是也各本皆脫 注在漢壽西界 案壽當作嘉各本皆誤說見前下注九折坂在漢壽嚴道縣云云壽亦當作嘉也 注驛傳其詩奏之 案驛當作譯各本皆誤事在范書西南夷傳也 注出岷山在安都縣 案在字不當有安都當作都安各本皆誤下並金堤在岷山都安縣西又岷山都安

縣有兩山相對立如闕皆可證晉書地理志汶山郡有都安縣也 麋蕪布濩於中阿 表本茶陵本麋作蘪案注中作蘪蘪麋古通用或太沖自用蘪字 注生越巂郡無會縣 案無會當作會無各本皆倒 注出岷山替陵山 案替當作蠶山字不當有各本皆誤晉書地理志汶山郡有蠶陵縣也此注三言岷山皆謂汶山郡 注一曰出廣都山 案山字不當有各本皆衍晉書地理志廣都屬蜀郡也 注武蓋 表本茶陵本作善曰沐武蓋切六字在劉注之後是也 注有水從漢中沔陽縣南流至梓橦漢壽縣 案漢中二字不當有沔當作江漢當作晉各本皆誤續漢書郡國志犍為郡江陽劉昭注引賦此注從縣南流云云當據之訂正江陽晉書地理志屬江陽郡或漢中亦江陽之誤水經潛水注引庾仲雍云墊江有別江出晉壽縣即潛水也晉書地理志晉壽屬梓潼郡當據之訂正又表本橦作潼是也茶陵本亦誤橦 注過漢壽南流 案壽當作嘉各本皆誤水經沫水注云過漢嘉郡可證 注雒水在上雒縣出桐柏山 案上字衍出下當有漳山一曰在梓潼縣出九字水經江水注曰洛水出洛縣漳山一言出梓潼縣柏山即本此當據之訂正洛即雒字漢書地理志漳作章漳即章字何駮善此注恐誤蓋未知水經注有其證故不悟各本皆脫衍而善自不誤也 注扶彪 又注六 又注普郎 又注度羅 表本茶陵本作虒扶彪切陸音六滂普忙切滹度羅切十五字在注末是也 注蜀都臨邛縣 案都當作郡各本皆譌下蜀都嚴道同 注亭 表本作梈音亭三字在注中善曰下是也茶陵本與此同非 注百果草木皆甲坼 表本坼作宅茶陵本亦作坼案作宅最是善讀宅如字觀下注所引根曰宅宅居也可知五臣乃音宅為坼今竄坼音入正文下又改此注宅為坼以就之俱大誤也 注皆讀如人倦之解解 案之解當作解之各本皆倒皆字複舉下以七字為一句也 注令櫻桃熟 陳云令當作今各本皆譌 芬芬酷烈 表本茶陵本下芬字作芳字是也案此尤本譌字 注郭璞曰上林賦注曰 表本茶陵本空格有日字此初亦衍後脩去 注若榴已見兩都賦 陳云兩當作南是也表本亦譌兩茶陵本複出非 注榛與

槈同表本茶陵本此下有側鄰切㘈呼亞切七字是也 其圃則有蒟蒻茱萸表本云善作圃茶陵本云五臣作圖案各本皆非也圃但傳寫譌耳 注俱宇 又注許于表本作善曰蒟俱羽切蒟許于切十字在劉注之後是也茶陵本無蒟俱羽切非 注溫調五臟表本茶陵本臟作藏是也 注揚雄太元經曰何云元避諱陳云宋人避當時諱改表本茶陵本不改尤所改僅此一處凡宋人諱字每不畫一也 注盈表本茶陵本作善曰瀛音盈五字在劉注之後是也 注乃禮 又注墳表本茶陵本作乃禮切三字在維葉梶梶下扶云切三字在注末是也墳是五臣音 注爾肴既將表本將作時是也茶陵本亦誤將 注徒兮 又注胡表本茶陵本作鶘乃兮切鶘音胡七字在注末是也 注胡剛表本作胡剛切三字在注中吭鳥嚨下是也茶陵本剛作江非 注鱣鮪鱣也案鱣當作鮪各本皆誤吳都賦荃鮪鱣善注鮪鱣鮪也可借證 注張衡應問曰案問當作閒各本皆譌 注左氏傳曰下至在石渠門外表本此六十字作爽塏已見上文承明已見西都賦是也茶陵

本複出非 注陽城蜀門名也表本城作成茶陵本亦作城案門名不俟更言城必成字也以此訂之正文亦當作成今各本皆有誤 注徒蘭表本茶陵本作壇徒蘭切四字在注末是也 注縣 又注直例 又注光 又注郎表本作袨音縣壉音直例切桄音光榔音郎十四字在注末是也茶陵本無袨音縣非 注莫江 又注公達表本茶陵本作莫江切三字在注中則其言哤下公達切三字在讙語也下是也 注白日也案白字不當有各本皆衍 注黃潤纖美宜制褌茶陵本褌作褌表本亦作褌案似褌字是也 藏鏹巨萬案鏹當作繈注同漢書食貨志作繈劉引之可證廣韻云繈俗作繦太沖時未必有此俗字也 注九兩 又注浦覓表本茶陵本作鏹九兩切鏹普覓切在注末是也茶陵本無非 注殖貨志曰何校殖改食陳同表本亦誤殖茶陵本作貨殖更非 注以持祿養案養下當有亥字各本皆脫此所引臣道篇文也 抳腕抵掌案抵當作抳注同表本善注末有抳音紙三字最是茶陵本劃裂紙字入正文下非尤又改紙爲紙益非廣韻四紙抳抵掌說文云側手擊背也與

十一薺之抵迥然有別甚明西征賦爲蕭揚州作薦士表廣絕交論用抵掌者放此今皆作抵蓋誤由五臣而各本亂之集韻抵下重文有抵云或作抵可見其不分別久矣其羣書此字之誤不悉數 注桓譚七說曰案譚當作麟各本皆誤後漢書本傳章懷注案摯虞文章志麟文見在者七說一首云云後七命注祭屈原文注皆引桓麟七說可證 注吉日兮良辰陳云良辰當乙是也各本皆倒 注猶衛之雅質案雅當作稚各本皆譌 注楚徙宅西河長公思故處案楚當作整長公二字不當有各本皆誤此音初文今本作殷整甲徙居西河猶思故處此引多節也 注觀者萬堤案萬當作方各本皆誤 朔別期晦茶陵本期晦作晦期表本與此同案注故曰朔別晦期也所複舉如此知正文作晦期爲是 注匹各表本茶陵本作善曰泊匹各切六字在劉注之後是也 注善曰越人衣文蛇案善曰下當有脫文各本皆同無以補之 注彭門鴻岘案岘當作峴各本皆譌 注魏完南中志所記也表本茶陵本完作宏是也 注文立蜀都賦虎豹之人

表本茶陵本無立至人八字茶陵本文作又表本亦作文皆與下鐵翮相接連尤分節不當有又蓋并衍也晉有文立劉並時人決非所引尤添甚誤 注說文曰拍拊也表本茶陵本說上有皛當爲拍四字也下有皛胡了切拍普格切貔丑于切十二字案此善注之斷不容劃裂者尤誤甚矣 注蔓盛貌表本茶陵本此下有於堯切三字是也 相與第如滇池表本第作弟茶陵本亦作第案表五臣注中作弟劉注中作第仍不著校語第即弟俗字似劉亦作弟但傳寫作第耳表所見五臣本不誤茶陵所見亦改爲第矣 注音蟻表本茶陵本作善曰艤音蟻五字在劉注之後是也 注俗謂正船迴濟處爲艤案迴當作向各本皆誤 注戶表本茶陵本作音戶二字在注末是也 漫乎數百里閒表本茶陵本閒上有之字案此似善五臣之異也今無以考之 注善曰旣載清酤毛萇詩曰表本茶陵本無詩字陳云善曰下當有詩曰二字各本皆脫 注河圖括地象曰岷山之地案地當作精各本皆誤水經江水注引作精也 注上爲天井言岷山之地上爲

東井維絡岷山之精上爲天之井星也表本茶陵本無絡字案此注各本皆有誤今無以訂之　注善曰降巨宅土何校善曰下添尚書曰三字陳云脫是也各本皆脫　注在爵表本茶陵本作在爵切三字在注中蠲跡淨之貌也下是也　注漢靖王勝後也陳云靖上當有中山二字是也各本皆脫

卷五〇吳都賦表本茶陵本此下有左太沖劉淵林注七字是也尤脫左太沖三字劉淵林注四字倒錯八上行非　注吳都者蘇州是也後漢末孫權乃都於建業亦號吳案此一節非善注也表茶陵二本不冠注家名於首說已見前　東吳王孫矙然而咍何校矙改矙陳云矙當作矙注同是也各本皆譌　玉牃石記案牃當作諜茶陵本云五臣作諜表本作諜無校語牃但傳寫誤茶陵校語非劉注說文曰牃札也六字當作諜札也三字後注品引說文稱爲許氏記字此非劉元文明甚善注說文曰諜記也牃記當作牃札因劉以札注諜而諜乃閒諜字故引說文牃以明之下云牃與諜同正謂所引之牃與賦及劉注之諜同各本皆誤絕不可通　注呂氏春秋曰下至爲六合表本此二十字作六合已見兩都序是也茶陵本複出非　注陟升也下至謂舜也表本茶陵本無此十一字案無者是也說見下　瑋其區域茶陵本瑋作偉云五臣作瑋表本作瑋案表用五臣也失著校語此以五臣亂善皆非　齷齪而筭案齷當作握茶陵本云善作握此以五臣亂善非表本失著校語而善注引漢書作握未誤此并改齷益非　顧亦曲士之所歎也表本茶陵本顧作固陳云當作固案似固字是也　旁魄而論都何校稱潘稼堂未云都字衍涉下論都而誤今案所說是也旁魄而論與上握齪而筭偶句各四字不當偏贅一字　注吾子謂西蜀公子下至其形如蹲鴟故號也表本茶陵本無此九十三字案無者最是尤延之初刻亦無後乃添入故脩改之迹至今尚存凡此等語皆五臣以後不知何人記在行間者尤校此書意主改舊遂悉取以增多而讀者相沿罕能辨正幸表茶陵二本均未嘗誤各得反覆推驗決知其非特詳載之用俟刊正以下盡同此也　注蟜蛉縣禺山案蟜當作蜻禺下當有同字各本皆誤續漢書郡國志可證　注四合爲九表本茶陵本無此四字　注各以數至下至度陽九之厄表本茶陵本無此三十六字有有九阨陽阨五陰阨四合爲九十二字案二本最是此所增多繆戾不可讀　安可以儷王公而著風烈也案儷當作麗著當作奢劉注引麗王公也麗字之證善注奢靡也尚書曰弊化奢麗奢字之證表茶陵二本所載五臣銑注云作儷作著各本皆以五臣亂善與注不相應甚非　注王莽末時王蜀下至麗著也表本茶陵本無此四十二字有王此土而亡諸葛亮相此國而敗十三字案二本最是　注漢武柏梁臺衞尉詩曰表本茶陵本無衞尉二字　由克讓以立風俗茶陵本云五臣有俗字表本無校語案此與建至德以刱洪業偶句俗似傳寫脫尤校改正之也　故其經略茶陵本故下校語云善作固表本無校語案固似傳寫誤尤校改正之也　包括干越表本干作干注同茶陵本作干與此同注亦作干今案正文當作干善引漢書及音義當作干引春秋杜預注當作干春秋曰上當有一曰二字今注或盡作于或盡作干皆未是　注婺女越分翼軫楚分非吳分故言寄曜寓精也表本茶陵本作越楚地皆割屬吳故言婺女翼軫寄曜寓精也案二本最是尤改甚非　注南越志下至出人此穴表本茶陵本無此二十一字　注會稽餘姚縣蕭山潈水所出何校姚改暨潈改潘陳同案據漢書地理志校是也各本皆譌劉昭注續漢書郡國志引賦此注今本潘作潛考顏師古潘音甫元反然則潘潛皆非　注嵬嶷高大貌下至山水澗遠無岸之狀表本茶陵本無此三十七字　注武林水所出龍川表本茶陵本作武陵龍川出其垌案各本皆非也當作武林水出其山謂漢書地理志錢唐之武林山武林水所出也二本涉上節正文而誤尤所校改未是　注磈磈下至山深險連延之狀表本茶陵本無此二十五字　注數州之閒表本茶陵本數上有故曰二字是也　注長邁不回之意表本茶陵本無此六字　注潮波汨起下至昏暗不明也表本茶陵本無此二十九字　注澮濴表本茶陵本無濴字

注皆水深廣濶也奫表本茶陵本無此七字注瓌異龜魚皆在水中
生長表本茶陵本無此十字注航舡之別名表本茶陵本無此五字注長者數
十里小者數十丈表本茶陵本數上有有字十作千無小者數十丈五字注東人謂
斧斤之斤爲鐇案鐇當作鐇各本皆譌注烏賊魚腹中有藥表本茶陵本無
腹字有字案中藥最是注如珍寶矣利如劍表本茶陵本矣作以是也以字下屬注言
巳上魚龍潛沒泳其中表本茶陵本無此十字注淮南子曰水濁則
魚噞喁表本茶陵本淮南作文案二本是也喁字不當有此善自引文子尤以淮南子主術訓改之其兩見
皆無喁各本涉正文而衍注鵾鷄鳥也好鳴表本茶陵本無此六字注漪蓋語辭
也表本茶陵本漪作猗下同案二本是也劉注爲漪善注爲猗尤并改善作漪甚非注黙黙下至疾
貌表本茶陵本無此十七字注物皆極之也表本茶陵本之作大是也注緜邈廣遠
貌表本茶陵本無此五字注馮隆高貌迢遞遠貌表本茶陵本無此八字注謂
洲渚表本茶陵本渚下有也字是也注深奧之貌下至麗於島嶼之中表本茶陵
本無此十五字注生其華藥仙人所食表本茶陵本生作食無仙人所食四字注漢
書歌曰表本茶陵本無書字注無華表本茶陵本無此二字注玲瓏明貌表本茶陵
本無此四字注朱稱鬱金賦曰案稱當作穆各本皆譌魯靈光殿賦注引作穆不誤嗟難
得而覼縷案嗟當作羌注同表本皆作羌是也茶陵本亦誤嗟又案劉注爾雅曰嗟楚人發語端也爾雅
無此文疑爾當作小即西都賦善注所引之小雅曰羌發聲也耳又案蜀都賦羌見偉於疇昔劉氏不注五臣改爲
嗟此未改魯靈光殿賦羌瓌譎而鴻紛張載有注五臣亦未改前說善羌五臣嗟乃其大槩仍不可執一爲例有如
此注道書曰下至下曰眞人表本茶陵本無此十四字注藹藹盛貌表本茶陵
本無此四字注神異經曰下至出則天下大水表本茶陵本無此十八字注蘆

華也表本茶陵本無此三字注通口冬生表本茶陵本口作曰案疑曰冬當作冬曰也注
乾之亦表本茶陵本亦作赤是也以三字爲一句注其華離婁相貫連表本茶陵本婁
作樓是也注可食檳榔者陳云食下脫一食字今案此蓋當衍可字耳各本皆衍注以合
石賁灰案白當作古見下注各本皆譌注布濩下至分布覆被貌表本茶陵本無此二
十三字注蔕花本也菲菲花美貌也表本茶陵本無此十字注芬馥色
盛香散狀表本茶陵本無此七字木則楓柙櫲樟表本茶陵本櫲樟作豫章注同是也
案此尤誤改平仲桾櫏表本茶陵本作君遷是也案此尤誤改注仍作君遷未改可證字書雖有桾櫏
字但劉既不從木善又與劉同不得取而改之凡今所論是非意皆專主善何作楠榴之木案楠當作
南注中作南各本皆同表茶陵二本楠下有南音蓋五臣楠而亂之南榴複二字爲一木名與柟之別體作楠無涉
五臣誤也注尤好可以作器表本茶陵本無好字是也注宗生下至覆萬畝之
地表本茶陵本無此四十字注莊子曰表本茶陵本子作周是也注葉重疊貌表本茶陵
本無此四字注輪囷謂屈曲貌下至相糾也表本茶陵本無此十九字注枝柯
相重疊貌表本茶陵本無枝柯二字疊作之注縟繡下至露垂貌表本茶陵本無此二
十一字注言木枝葉下至如律呂之暢表本茶陵本無此十五字其上則猨
父哀吟表本茶陵本則下有有字猨作猿是也爭接縣垂茶陵本接縣作縣接云五臣作爭接
縣垂表本作接縣用五臣也此蓋亦尤改耳注獋子下至見人嘯表本茶陵本無此十一字注
居樹上表本茶陵本作樹上居是也注東吾諸郡皆有之案東吾當作江東各本皆
誤下注箭亦有此句是其證也注上涌雲亂葉暈散表本茶陵本上作騰是也陳云亂下有枝
字案古文苑所載有陳據之校耳注於菟虎也江淮閒謂虎爲於菟表本二菟
字皆作塗茶陵本初刻同後改菟案塗是也依此則正文當是塗字表茶陵二本菟下有徒音蓋五臣菟而各本亂

之矣注魑魅魍魎表本魑作螭是也茶陵本亦誤魑注穎鋒也案鋒當作鏃各本皆誤
則篔簹箖箊表本茶陵本箖作林同是也案此尤誤改注柚梧有篁案柚當作由注中作
由各本皆同柚下由乃五臣音蓋五臣柚而亂之注可以爲射筒筒及由梧竹案射
筒當作筒射各本皆倒筒句絶射下屬詳劉注意篔簹也
林箊也桂也箭也射筒也由梧也篻也簩也凡八竹此但
可以爲筒耳非單名筒也注漢書律歷志表本茶陵本無此五字注伶倫乃之崑
崘山之陰嶰谷之中取竹斬之以其厚均者吹之表本茶陵本此
二十四字作伶倫乃之崑崘陰取嶰谷之竹斬其厚均者而吹之二十字是也注鳳鶵也表本茶陵本無
此三字注周本紀曰表本茶陵本無此四字有皆字屬下注非梧桐不棲表本茶陵
本無此五字注馴擾善也案當作擾馴也各本皆譌注長直貌蓊茸表本茶陵本無
此五字注蕭瑟聲也表本茶陵本無此四字注嬋娟言竹妍雅也表本茶陵
本無此七字注碧鮮下至出竹表本茶陵本無此十三字棎榴禦霜茶陵本榴下校語云
善作劉表本作榴用五臣也此蓋亦尤改耳
各本注中皆作榴疑注字有譌而尤誤據之注味大甘美
表本茶陵本無大字美字注如猪膏表本茶陵本膏作脂是也注一作北景下至故名
表本茶陵本無此二十六字注金華采者案此各本皆有脫無可補何陳校添金有華於采上云別
本今未見恐誤涉下善注耳注言其如碧擿表本如上有字是也茶陵本亦脫注鷄見
而駭驚也表本茶陵本無驚字注又重累貌表本茶陵本無此四字又下嶲烏乖切褭奴乖
切八字亦無案下八字當有凡音各本不同二本刪耳注潛穎謂潛深而有光穎茶陵
本二穎字皆作潁表本亦作潁案作文義穎字爲是依此
則正文當是穎字茶陵校語云五臣作潁與尤所見皆傳
寫誤表本作潁用五臣唯無校語或所見未譌歟注珠玉潛伏土石下至黷黑茂貌
表本茶陵本無此二十九字又下嶄勑列切四字亦無案
下四字當有二本刪者因正文下有勑列二字也下放此

不更出注四隅謂邊遠也表本茶陵本無謂邊遠三字注沽穴表本茶陵本沽下有
此字注桴舟也表本茶陵本無此三字注因以殘半棄水中表本茶陵本殘作其
水中作之是也注眇𥈭下至有徑有眇表本茶陵本無此十六字用累千祀表本茶陵
本祀下有也字茶陵云善無表無校語案此
與下文煥炳萬里也偶句恐無者傳寫脫注二十五世
矣夫差益强大得爲盟主表本茶陵本矣夫差益彊大注得七字作益彊夫差四字
大城周匝表本茶陵本無匝字注亦有水陸門皆案皆下當有樓二字各本皆脫
注言經營造作之始下至長遠貌表本茶陵本無此二十字注西都賦曰
表本茶陵本賦作賓是也注越絕書曰吳王夫差表本茶陵本無夫差二字注夫漢
諸侯方輸口錯出表本茶陵本口作謂此初亦衍而後去之注蔡邕月令章句
表本茶陵本句下有曰字又漢書下同表邕作雍茶陵本作邕案疑善盡作雍今雍邕錯見乃後人改之注前
吳都武昌在豫章表本茶陵本前吳作吳前無在豫章三字注在丹陽孫權自
會稽下至不向武昌居表本茶陵本無此三十三字何云不樂徙乃孫皓時事是矣但未悟非劉
注案此不知何人謬記云云尤乃取以增多誤之甚者也注皆建業吳大帝所太初宮
表本茶陵本無此十字有二字屬下案此增多云吳大帝上下增多云孫權一人之稱乖刺如此誤中之誤不勝辨
正凡今於二本所無當刊削者譌誤亦不復論注捷獵高顯貌表本茶陵本無此五字注大
夫種表本茶陵本種下有蠡字案此尤刪似是也注以獻吳王夫差夫差大悅
表本茶陵本無夫差夫差四字有王字注以飾殿也表本茶陵本無此四字注其子表本
茶陵本無此二字注孫權移都建業皆學之表本茶陵本無此九字注長遠
貌表本茶陵本貌上有之字注崢嶸深邃貌表本茶陵本無此五字注櫝音槐茶陵
本音作與是也表本亦誤音注吳後主下至碕巨依切表本茶陵本無此三十三字注

梁桷也至下爲瑱文櫨栱也表本茶陵本無此十六字注亘引也晥晥樹
陰重貌表本茶陵本無此九字注疊水流進貌表本茶陵本作疊疊進也案此當作疊疊進
也二本脫重疊字所引當是疊疊文王之傳或章句文尤改大誤後來考韓詩者從而認爲鳥鷺在疊誤中之誤也
注吳自宮門南出苑路府寺相屬表本茶陵本此十二字作建業宮前宮寺六字
注橫塘在淮水南至下吏民雜居東長干表本茶陵本無此六十二字有橫塘
査下皆百姓所居之區名江東謂山嶺閒爲干建鄴之南有山其閒平地吏民居之故號爲干三十八字注皆
相連表本茶陵本連作屬是也注大長干至下故號大小相干表本茶陵本此二十
四字作疑是居稱干也六字注櫛比至下相連下之貌表本茶陵本無此三十二字注
彫岸大度也至下石顯方鼎貴表本茶陵本無此三十三字注虞虞文秀
魏魏周顧顧榮陸陸遜隆吳之舊貴也表本茶陵本作虞魏顧陸吳之舊姓

也案二本最是何陳校改云云皆未悟非劉注今不取注歧嶷至下養之乞言表本茶陵本無
此十六字有賈捐之傳石顯方鼎貴九字案此九字疑亦後人添之注言富貴也表本茶陵本無言富
貴三字也屬上注閭閻闐噎言人物遍滿之貌表本茶陵本無此十一字注善
也表本茶陵本此下有後漢書云江充爲人魁岸案後字衍云當作曰尤延之移入劉注非
曰注方家隆
盛時乘表本茶陵本無此六字注江都輕訬案輕訬當作訬輕各本皆倒注謂輕
薄爲訬也表本茶陵本無謂輕訬三字案此不當有見下注締結也翩翩往來貌
弈弈輕靡之貌案此三句亦不當有上引景十三王述下引淮南高注相連接解輕訬後人添之隔
截其間非凡尤本誤取增多之外表茶陵二本亦有失善舊者如此是矣注使人於楚楚相春
申君處表本茶陵本無楚楚相處四字注而迎之趙表本茶陵本無此四字注翹關
扛鼎至下能招門開也表本茶陵本無此十五字注漢書曰項羽力能扛

鼎又表本此十字作扛鼎已見西京賦是也茶陵本所複出不同亦非注四隩來暨至下以
向吳都表本茶陵本無此三十字開市朝而並納表本茶陵本並作普案此蓋善並五臣普
二本失著校語雜沓從萃表本茶陵本從作從案此蓋善從五臣從二本失著校語又二本注中亦作從
非注隧向市路肆市路也表本茶陵本無此八字金鎰磊砢表本茶陵本鎰
作溢注同是也案此尤誤改耳注史記曰趙孝成王一見虞卿表本茶陵本記下有虞卿
傳三字見下無虞卿二字注闌干猶縱橫也表本茶陵本無此六字注又折象牙
以爲簟也表本茶陵本無折字儸譶㬎㺒表本茶陵本儸作㰀案此蓋善儸五臣㰀二本失著
校語琴賦紛儸譶以流漫廣韻二十六緝儸言不止皆可借證也又考集韻云譶譶言不止疑五臣㰀又讇之譌耳
注諻呼橫切諻通也表本二諻字皆作喤茶陵本作喤通也無呼橫切諻四字案各本皆非也
方言有諻音也在十二卷別無諻通也此當作諻音也呼橫切諻與喤通今所誤不可讀注紛葩謂舒

張貨物使覆映表本茶陵本無此十字注謂之霡霂表本茶陵本霂下有霡音脉三
字是也注富中大塘中也句踐治以爲田表本茶陵本塘下無中也二字田上
有義字是也案此所引記地傳文注尚書曰惟辟玉食表本茶陵本無惟辟二字注言
富中之食貨殖之選者各利案食當作人陳云各利當有脫文各本皆同無可補也以
意揣之似當云各乘其時而射利注言農人之富自相夸競表本茶陵本無此九字
注以自救表本茶陵本救下有謂此也三字注左傳曰吳賜子胥屬鏤表本
茶陵本無左字是也注走追奔獸接及飛鳥表本茶陵本無此八字注鱄諸貫
劒於全魚中表本茶陵本無全字注遂殺闔閭也表本闔閭作王僚是也茶陵本亦誤闔閭
注上大下小表本茶陵本無此四字有者字屬上注犀皮爲之表本茶陵本無此四字
注奉父犀渠案父當作文各本皆譌此所引吳語文今本犀下有之字疑亦脫也注考工記

曰越鐵利可以爲戟表本茶陵本無此十一字注皆節理解落也表本茶陵本無落字注陳王卒表本茶陵本王作士是也注鐸施號令而振之也表本茶陵本無此八字注一校千二百九十六匹表本茶陵本無一字是也案此節鄭注而引之乃五種合之數尤所添甚誤注狼䏁人夜鼲金知其良不表本茶陵本無人夜其不四字注又有象林郡案又字不當有郡當作縣各本皆誤晉書地理志云交州日南郡秦置象郡漢武帝改名焉統縣五象林云云可證也注周禮有巾車官又表本茶陵本無此七字注日月爲常重光謂日月畫於旂上也攝持也表本茶陵本此十七字作有日月爲常重光謂日月重光也十三字注不能表本茶陵本無此二字注列女傳曰下至故號之表本茶陵本無此二十二字注染絲織鳥畫爲文章置於旌旗也表本茶陵本此十三字作鳥爲章也四字注袀同也案當作袀服皁服也各本皆涉五臣謂下同服而脫誤劉昭注續漢書輿服志引賦此注云袀皁服也可證但彼袀下仍當有服字耳注騏馬名表本茶陵本無此三字瞉騎煒煌表本茶陵本煒作熠案此蓋亦尤改耳注謂張綱周遍表本茶陵本無此五字注瑱結下至言不絕也表本茶陵本無此十三字注麃兔網表本茶陵本無此二字注周易曰何校易下添略例二字陳同是也各本皆脫注禦禁也謂因沅湘爲藩落也表本茶陵本禁下有苑字無因沅湘三字猿臂骿脅表本茶陵本猿作猨骿作駢案此尤誤改也注骿脅今駢幹也骿駢通表本茶陵本無此九字注鷹瞵鶚視言勇士似之也表本茶陵本無此十字注犬獷不可附也案犬獷當作獷犬各本皆倒今說文獷犬獷獷不可附也蓋善節引注說文曰瞵下至罠音浪表本脫此注非茶陵本無脏擺莽良四音刪也注尚書曰稱爾千案尚上當有善曰二字各本皆脫表本茶陵本干下衍戈字益非又此節注二本無佻他弔切又步寸切兩音刪也注史記曰荊

輌怒髮直衝冠表本茶陵本無此十字注熛火爛也表本茶陵本無此四字有鳥擇木而棲五字注故云鳥不擇木獸不擇音表本無此十字茶陵本有案表本有脫誤茶陵尤所補亦未是注麇大麇也梓林有麇茶陵本二麇字作麋表本亦作麋案各本皆非也當作麐注如馬又注鋸牙又注能食虎也表本茶陵本無此八字注猱似猿奴刀切挺言亭表本茶陵本無此九字案二本刪音也似猿二字尤增注一名雲白案白當作日各本皆譌羣書或言運日或言暉日或言鴻日運暉鴻與此雲皆同字注左氏傳曰下至豹走貌表本茶陵本無此十六字覽將帥之拳勇陳云據注拳當作權案所說是也善注毛詩曰無拳無勇拳與權同謂引詩之拳與此賦之權同也疑五臣以此改正文爲拳但於注無明文耳與士卒之抑揚何校抑揚改揚抑陳云抑叶韻各本皆同蓋倒也注言吳之將帥皆有拳勇表本茶陵本無此九字又此節注茶陵以下多脫不具論注女六切拉頓折也表本茶陵本無此七字案二本刪音也下四字尤增注捭兩手擊絕也表本茶陵本無絕字注靡碎也表本茶陵本無此三字注人因爲筒下至而得禽之表本茶陵本無此二十八字又此上梟羊善食人下至而後食之二十五字表有茶陵無注剞亦刲也表本此下有居綺切三字是也茶陵本無非應弦飲羽表本茶陵本飲上有而字案此上自魂褫氣攝下及雜襲錯繆似各本皆有誤今無以訂之也又後文自若此者下及曲度難勝亦然附出於此以俟再詳注周章謂章皇周流也表本茶陵本無此八字注踶跋促遽皃表本茶陵本無此五字雜襲下至澤別名表本茶陵本無此十九字注王逸曰豐隆雲師也茶陵本有此八字表本無注春秋元命苞曰日月案日字不當有各本皆衍迴靶乎行邪睨表本茶陵本無邪字案此蓋尤取西京賦之遷延邪睨改行爲邪仍未去行字而兩有行邪耳注說文曰艘下至船別名表本茶陵本無此二十三字注船上下四方施板者曰

艦也表本此十一字作四字茶陵本此節注多脫艦大船也槁工檝師表本茶陵本槁作篙注同
案尤取方言改篙爲槁而又譌成槁也注昔吳王下至後爲神表本茶陵本無此十六字注
弋繳射也表本茶陵本無此四字鱺鰽魦案鱺字誤也劉善皆無注表茶陵二本下音所買西
京賦纚鰸鰌薛注云纚網如箕形狹前廣後善曰纚所買切蓋此賦字本與彼同故善不更注所買即善音二本割
裂入正文下尤刪削之善音失舊每如此也又江賦云箣灑連鋒善引舊說曰箣灑皆鈎名也灑所蟹切彼灑亦即
纚也或爲網或爲鈎說之者有不同耳可證鱺字各本所見皆傳寫誤注筌捕魚器今之斗
回也表本茶陵本無此九字注攙搶星也表本茶陵本無此四字注上直魚生
一表本茶陵本魚作巽一作三是也案生當作九各本皆誤注言微小也表本茶陵本無此四字
注鰝大魚鰕音遐案魚字不當有鰕屬上讀表本茶陵本無鰕音遐三字乃刪音而誤於衍字絕
其句也又上鮃下牿兩音二本無亦刪注又曰犧兼有也案又當作說文二字各本皆脫誤

注其鈎帷何表本茶陵本帷作伊案此尤改非是注善曰家語曰表本無此五字案無
者最是說見下茶陵本亦無但移此下楚昭王云云入後善注中而依家語改其文大誤注使問孔子
表本無使字是也注可剖而食之表本可作令是也注得此烏魚表本茶陵本無
魚字案此尤補也下注失其鱗翼也失上似各本脫亡字注戰國策曰表本戰上有善曰萍實見家語
七字案有者最是茶陵本亦有善曰但改萍實見家語爲家語楚昭王云云大誤說在上注蛟螭龍子
也表本茶陵本無此五字注不出之也表本茶陵本之下有珠字注善曰回淵水
也案當作善曰說文曰淵回水也各本皆脫誤魏都賦回淵灌善注可證也注大龜也下至目不
明也門撥切謂之潛隱之穴也表本茶陵本無此四十三字案此尤所添最誤劉注
眛冒也與目不明之昧迴不相涉又於賦文義難通門撥切一音乃尤弃添不在善音二本刪之例注徇求
也襲入也表本茶陵本無此六字案無者是也但當有善曰二字觀下注可見表茶陵作劉曰劉即善字

之誤也注風初貌案初當作利各本皆譌注太湖在秣陵東湖中表本茶陵
本在秣陵東四字作也字湖下有水字注軍所以討獲曰實表本茶陵本作軍實所獲也五
字注鍾儀在晉使與之琴表本茶陵本無此八字注允繼也下至任南
樂名表本茶陵本無此二十四字注吳歈蔡謳表本茶陵本歈作愉是也注翕習容
裔下至容與閑麗也表本茶陵本無此十九字注詩曰唱予和女表本茶陵本無
此六字注坻頹崩聲也下至因爲隴坻之曲表本茶陵本無此十九字注匏
巴鼓琴表本茶陵本匏作瓠是也注鄗曲也表本茶陵本無鄗字注汁猶愜也茶陵
本愜作叶是也表本作叶猶汁也誤注魯陽揮戈而高麾何校揮改援案以揮麾文複言之蓋是也
各本皆誤耳注楚辭曰日吉兮辰良表本茶陵本無此八字注楚將也表本
茶陵本無此三字注與韓遘何校遘下添難字陳同是也各本皆脫注良辰之所以

覺也表本茶陵本也作速是也注以適己之盛觀也表本茶陵本觀作歡是也注執
玉帛而朝者表本茶陵本無而朝二字注先王謂舜等也信讀爲申表本
茶陵本無此十字注與齊晉爭衡下至號孫子兵書表本茶陵本無此五十五字案
無者最是上文起軍下文北征四字爲句盡晉亞之皆引吳語文五十五字在其閒誤甚矣可見凡增多者之決不
當有也注晉惡之表本茶陵本惡作亞是也注叔孫通列傳曰下至猶世也
表本茶陵本無此二十三字注如童表本茶陵本無此二字注山言此人等仙如
蟬之脫殼表本茶陵本無此十一字注槁葉落表本茶陵本無此三字畢世而罕
見丹青圖其珍瑋表本茶陵本無而字其下有象字案此尤添刪之觀下文偶句蓋是也詳劉注
云象類者解上文比焉之比非正文有象或誤認而衍之耳注書曰舜南巡狩陟方死
表本茶陵本無此九字有善曰二字案二本最是注子宅湫隘表本茶陵本隘作阸茶陵脩改亦作

臨案此蓋劉引自作䟽注帝王居之表本茶陵本無此四字而與夫檮木龍燭也表本茶陵本檮作尋注同案此蓋亦尤改之耳而與桎梏疏屬也表本茶陵本與下有夫字案此尤本脫耳注適爲夫子時也表本茶陵本爲作來是也注莊子曰有繫下至懸絶曰解表本茶陵本無此十九字注亦如此也善曰表本茶陵本也下有确薄也三字善注末無此三字是也諞詭之殊事表本茶陵本諞作㟴注同案此蓋亦尤改之耳注輪巳崇則人不能登也輪巳庳表本登也輪三字作升字二巳皆作以案表本是也劉引自如此茶陵本與此同皆取考工記改之耳注不委細之意表本茶陵本無此五字注粗謂寘言其梗槩案謂當作爲各本皆誤陳云別本爲今未見注梗槩粗言也表本茶陵本無此五字

卷六〇魏都賦〇注魏曹操都鄴下至以魏都依制度表本茶陵本無此一節注是也案此二本亦尚未竄入其并非五臣注更明左太沖茶陵本此下有劉淵林注四字表本無案各本皆非也當有張載注三字何云前注張載爲注魏都陳云賦末善曰張以㦨先隴反云云則知卷首本題張孟陽注與前合後來誤作劉淵林耳所說是也表茶陵賦中每節注首劉曰皆非蓋合併六家時巳誤其題矣注爾雅曰權輿表本茶陵本無爾雅曰三字注劇秦美新序曰案序字不當有各本皆衍注班固漢書述曰彰其剖判表本茶陵本無此十字注楊雄交州箴曰表本茶陵本無交字案漢書曰作州箴餘所引有某州箴者疑皆後人所添而此爲是也注杜篤通邊論曰親錄譯導緩步四來表本茶陵本無通錄四來四字案尤校添之也以中夏爲喉不以邊垂爲襟也表本茶陵本喉下有舌字襟下有帶字案詳注皆不當有二本非又襟依注字善作衿蓋五臣襟而各本亂之注而附著於大中之道也表本茶陵本而作又不無於字注莫不貢職表本茶陵本貢職作來貢案尤校改之也注漢書

曰單于下至百蠻貢職表本茶陵本無此十九字而徒務於詭隨匪人茶陵本人作民云五臣作人表本作人無校語案民字是也尤以五臣亂善又并注同於匪民亦改人皆非注詭隨匪人言詭善隨惡表本茶陵本詭隨匪人言五字作徒務於三字注詭隨詭人之善隨民之惡表本茶陵本無上詭隨二字惡下有者也二字注言惡也表本茶陵本無此三字注小劒戊去大劒表本茶陵本無戊字案此尤校添戊字而譌耳注蹶敗也善曰表本茶陵本無善曰二字案有者非也注名赤縣神州赤縣神州內自有九州表本茶陵本無下赤縣神州四字注崑崙謂東南表本無謂字是也茶陵本亦衍注于時兵所圍繞表本茶陵本繞作也是也注臣今見宮中荆棘表本茶陵本荆上有生字注宮室深邃之貌表本茶陵本無宮字注沈長含切表本茶陵本切作反案反字是也凡善本云反合併以後改爲切其僅存者皆不當改也注廣雅曰熛燼也烏

壞反廣雅曰熛煙也案此有誤也考廣雅並無熛燼也又其下不當又云廣雅曰各本皆同無以訂之唯釋詁云熛熛也下煙必熛之誤注又曰矢鋒也陳云矢上脫鏑字是也各本皆脫注牢落下至翩連緜以牢落表本茶陵本無此十六字亦獨犨麋之與子都表本茶陵本獨作猶案猶字是也尤誤注色如漆赭表本茶陵本無赭字注子都美丈夫也表本茶陵本無此六字注二山名巳見上文表本茶陵本無巳見上文四字案二當作三各本皆誤則霜露所均茶陵本均作鈞云五臣作均表本作均無校語案表用五臣也尤蓋以五臣亂善注則爲明主也表本無爲字是也茶陵本無上左傳至此脫注善曰史記表本茶陵本作劉曰當魏襄王時案二本最是當魏襄王時者上數所賦以前也尤改誤又二本每節首有劉曰於此例當去改爲善曰更誤注蘇秦說魏襄王曰表本茶陵本無襄字注南有陳何校陳下添留字是也各本皆脫注潁川舞陽郾許鄢樊陵表本茶陵本無樊字案無

者是也川下當依漢志補之字各本皆脫潁川郡也舞陽以下皆縣也潁川郡屬縣有郾陵尤添樊字於其閒甚誤
注溫水在廣平都易縣何校都改郡易下添陽字是也各本皆誤晉書地理志之廣平郡易
陽縣也陳云別本都作郡今未見注消水蕩其胷案消當作渻各本皆譌注閟宮有
洫表本洫作侐茶陵本亦作洫案侐是也注蒼頡篇斥下至廣大之貌表本茶陵本無
此二十九字授全模於梓匠表本校語云善作令模茶陵本作全模校語但云五臣作謨案尤所
見與茶陵同注無明文未審善果何作注謀龜謀筮表本茶陵本作尚書曰謀及卜筮案蓋各本皆
非也載注但當有謀及卜筮四字下文善注首尚書曰謀及卜筮七字茶陵本無非也表有是也如下節載注陂傾
也善注鄭元禮記曰陂傾也可以例此注以避燥濕表本茶陵本燥濕作溫涼案此尤以今荀子校
改之孟陽引不必同改者未是注又曰儛取也子軟切表本茶陵本無此八字
定之方中表本茶陵本詩下有云字是也注西都賦曰因瓌材而究奇抗
應龍之虹梁表本茶陵本無此十六字注西京賦表本茶陵本西上有西都賓曰抗應龍之
虹梁十字注又曰蹺龍首以抗殿表本茶陵本無此八字案彼賦龍首與此夐然不涉尤增
多誤甚注謂畫爲龍首於椽表本茶陵本無畫於椽三字暉鑒抰振案抰振當
作抰振注同各本皆譌抰振見甘泉賦太神用其語彼不誤可證也階隋嶙峋案隋當作楯善引應劭上
林賦宛虹他於楯軒句注可證表茶陵二本所載五臣翰注云階隋階道上處蓋五臣改爲隋而各本亂之茶陵本
并善注中字亦改爲隋大誤注深黑色也表本茶陵本無深字黑字注抵鍔嶙峋茶陵
本抵作柢表本與此同案各本皆非也當作坻注德陽殿賦曰何校德上添李尤二字是也各本皆
脫注西京賦曰下至若雙闕之相望表本茶陵本無此十六字注內朝所
在也表本茶陵本所在作存案此尤改也注蔡雍陳留太守頌曰表本茶陵本蔡上有
元化自此陶甄而成國風於是有稟承也十六字案有者是也尤誤脫去注漢書音義如淳曰

去本茶陵本作如淳漢書注曰案此亦尤改也蕙風如薰何引潛校蕙改惠案所校是也善注可證表茶
陵二本所載五臣銑注云蕙香草是五臣改爲蕙而各本亂之注聽政殿聽政殿門表本茶陵
本此七字作聽政殿前四字案各本皆非也當作聽政殿前聽政闥七字爲一句注聽政門前升
賢門案上門字當作闥下節注云升賢門內聽政闥外與此相承接各本皆譌注崇禮門右順
德門案崇禮門三字不當有乃誤複上文各本皆衍注顯陽門前有司馬門表本茶陵
本無顯陽二字注閣守門也下至守王門表本茶陵本無此十一字注音此禮切
下至惠風橫被表本茶陵本無此十四字注邊讓帝臺賦曰何校帝改章華二字陳同
是也各本皆誤注聽政闥向外表本茶陵本無向字案無者最是四字爲一句注宣明門
內升賢門外案升賢門三字不當重宣明門內四字爲一句與上之升賢門內下之顯
陽門內句例同也升賢門外四字爲一句與上之聽政闥外下之宣明門外句例同也又表本上升賢門下有而字
茶陵本有內字何校云然此四字疑衍陳同是矣注禁中諸公所居曰表本茶陵本無此七
字注始置侍中尚書表本茶陵本無下中字注幕人掌帷帟表本茶陵
本作帟人掌帷案當作幕人掌帷此無取帟也尤改未是丹青煥炳表本茶陵本煥炳作炳煥案此疑善
五臣之異今無以考之也注咎繇薦舜曰何云薦疑作薦陳云當作薦是也各本皆誤注周
禮曰正宮掌宮中次舍表本茶陵本無此十字注謂次舍之名以甲
乙紀之也表本茶陵本名作處紀作綠案此亦尤改也注文藻頌詠也表本茶陵本頌
上有而字亢陽臺於陰基表本茶陵本臺下校語云善作高案此以五臣亂善非注文昌
殿西有銅爵園園中有魚池堂皇表本茶陵本無上有字不重園字注旣
滋蘭之九畹表本茶陵本無旣字之字注莊子曰表本茶陵本子作周案二本最是此稱莊
周舊注例也若稱莊子善注例也餘舊注誤者準此不更出注流沫三十里黿鼉魚鼈

之所不能遊也表本茶陵本三作四無魚鼈二字注有屋一百一閒表本茶陵本有上有銅雀臺三字是也注一百九閒氷井臺有屋此九字表本茶陵本無案尤校添者是也蓋依水經濁漳水注凡二本之誤多不具論唯此等經尤延之而改正讀者所當知故詳出之注百四十五閒表本茶陵本四作三案水經注作四尤依校改注上有氷室三臺與法殿表本茶陵本上上有氷室臺三字室三臺作三室案尤校改者是也水經注云上有氷室詳賦云下氷室而沍冥上字必皆下字之譌注爲徑周行此四字表本茶陵本無案二本脫也注魯靈光殿賦曰下至似紫宮之峥嶸表本茶陵本無此二十五字注魯靈光殿賦曰表本茶陵本賦下有注字注此鳳之有定有住尚向風而無一方案此當作此鳳之住有定向七字爲一句而風無一方五字爲一句各本皆誤絶不可通今訂正之注睥睨子也表本茶陵本無此四字注班固西都賦説臺曰表本茶陵本無説臺曰三字注彌

考異一　四三

望得意之謂也表本茶陵本得意之謂作意之得注若春升臺之爲樂焉表本茶陵本無春字注晷漏漏刻也表本茶陵本下漏作之又也下有西上東門北漏有刻屋也十字案有者是也尤誤脫去上東當作止車前注南當南止車門又有東西止車門表茶陵止車皆作上東考水經注說長明溝南逕止車門下然則上東非也此亦當同彼矣屋當作室注晷景案景下當有也字各本皆脫注樂汁圖曰案圖下當有徵字各本皆脫注服虔甘泉注曰何校泉下添賦字陳同是也各本皆脫隆廈重起案廈當作夏載注引詩夏屋善必與之同蓋五臣廈而各本亂之下文廈屋一揆亦如此注寇俠城堞表本茶陵本無堞字案此尤校添也注毛詩云夏屋渠渠表本茶陵本無毛字案無者最是此稱詩舊注例也若稱毛詩善注例也其有不合者非餘各本皆誤者準此不更出凡劉淵林張孟陽諸人之注皆未必是毛詩觀下牒牒坰野句注即可知矣注廣壽長五十步表本茶陵本無長字案此尤校添也蒲陶結陰茶陵本蒲下校語云善作蒱表本無校語案此尤改

未必是也表本載注字亦作蒱然則所見與茶陵同失著校語耳尤并注改作蒲非蒹葭贙表本茶陵本贙作贙注同是也贙俗字耳廣韻所謂倒一虎者非是矣若咆渤澥與姑餘案渤當作勃載注引楊雄曰勃澥之鳥善必與之同蓋五臣渤而各本亂之注江池清籞表本茶陵本江作淵案尤依東京賦改淵作洪而又誤其字耳注方四十里表本茶陵本里下有耳字案此尤依今孟子改也下同注殺其麋鹿者表本無鹿字茶陵本有注爲阱於國中表本茶陵本無於字注鄭元周禮注下至大波也表本茶陵本無此十七字注隨波之貌表本茶陵本無此四字注飛而下曰頡表本茶陵本無此五字案此二本脫而尤添之是者注今鄠下有十二墱天井優案優當作堰水經濁漳水注有天井堰可證也各本皆誤注分爲十二墱表本茶陵本墱下有者也二字注界也埒畔際也案上也字不當有各本皆衍界埒畔際也五字爲一句注賈逵國語曰案語下當有注字各本皆脫陳云別本有注河渠書

考異一　四四

表本茶陵本作史記曰案此尤改也注漢書曰表本茶陵本作又曰案此尤改也注終古渴鹵兮表本茶陵本渴作寫案寫乃昜字之譌尤改未爲是也注蒔更也表本茶陵本更作植立二字是也注郭璞曰謂更種也表本茶陵本無此七字注鄴城內諸街表本茶陵本鄴上有言字街作衞案此亦尤改也注有赤闞黑案黑當作里各本皆誤有赤闞里四字爲一句注謂之倚郭璞曰石橋音江表本茶陵本作謂石橋也四字案以四字爲一句二本最是載注不得引郭景純爾雅尤增多甚誤注侍中尚書御史符節謁者郎中令太僕表本茶陵本無此十五字案此亦尤添也侍中至謁者在前符節謁者劉注中此無取其事蓋皆未是也注長壽吉陽二里在宮東中當石竇吉陽南入此十七字表本茶陵本無案此蓋二本脫注鄴城南有都亭城東亦有都道北有大邸表本茶陵本南作東案各本皆有誤此節賦邸注必說邸可知然則當作鄴城東有都亭邸爲一句東城下有都道

爲一句道北有大邸爲一句尤改東爲南欲以通之而彌不可讀今訂正此賦前注有北城下後注有西城下可證此之東城下也注秦舍相如廣成傳茶陵本城作成是也表本亦誤城注輟止掇古字通案止下當有也輟與三字各本皆脫侈所覜之博大表本茶陵本覜作眺注同案此疑太沖自用眺字故善以爾雅眺解之眺即覜耳善引書之例有如此者尤延之因爾雅作覜改未必是也注達巳見上章案達當作逵下同各本皆譌注聽賣買以質劑又曰表本茶陵本無此入字財以工化案財當作材茶陵本校語云五臣作材表本作材詳載注善注並作材但傳寫誤作財也注史記曰子產治鄭不鬻賈表本茶陵本無此十字注成平也市者表本茶陵本無也字注舜居河濱器不苦窳表本茶陵本無舜居二字注淑清穆和之風既宣表本茶陵本無此八字注優渥表本茶陵本無此二字案無者是也又茶陵刪此上女龍切此下然皆非注是謂賓布廩君之巴氏出嫁布表本茶陵

異一　四五

本賓布廩君之作廩君之賓案此尤校改也蓋據後漢書南蠻傳縵胡之纓案縵當作漫表本茶陵本義注中字作漫此幷改作縵非其五臣銑注中字作縵然則乃各本亂之而失著校語今莊子作曼釋文引司馬彪云曼胡之纓謂麤纓無文理也漫曼同字可借爲證注立魏公位諸侯王上表本茶陵本無立字注臣能虛發而下鴈魏王曰表本茶陵本無此十字案二本有脫考楚策尤所添亦未是注庶士有揭又曰表本茶陵本無此六字案無者最是陳云注必有誤未悟爲增多耳刷馬江州案刷當作唰注同載注引唰嗽爲注是其本作唰善必與之同五臣向注作刷云乃洗刷兵馬云云各本亂之而失著校語又案善赭白馬賦旦刷幽燕注引作刷必太沖集別本與張孟陽注者不同此之謂各隨所用而引之善固已自舉其例矣振旅輷輷案輷輷當作輷輷善注有明文其云今爲輷字音田者猶西京賦注之今並以亘爲垣耳五臣因此改故正文下有田字音各本亂之而失著校語集韻轟字重文有輷即本此亦可證載注善注兩見輷輷皆同注庖丁爲文惠君屠牛表本茶陵本無君字案下文兩

云文君疑此本亦云文君耳注建安二十五年表本茶陵本無五字案此尤添也注廻黜韓暹楊奉之專用王命也表本黜作黜是也茶陵本亦誤黜注降劉表於荊州之屬也表本茶陵本無之屬二字是也何校表改琮陳同各本皆作表或此本云表耳注北羈單于于白屋案于字不當重有各本皆衍說見後九錫文下注兵事以嚴終也表本茶陵本兵作無終作衆案此亦尤改也注韋昭注曰東山皋落氏也表本茶陵本無此十字注楊雄上蹤曰下至西都賦表本茶陵本無此七十六字案二本以上漢書下接曰祲威盛容當有脫尤所添但亦未是注㕞猶飲也所劣切表本茶陵本無此七字注伐弱燕表本茶陵本燕作韓是也注毛詩曰喪亂既平表本茶陵本無此七字案下周公攝政陳云上脫引書名是也各本皆同無以補之豐肴衍衍何云衍衍捉善注當作衍衍陳同案所說是也表茶陵二本所載五臣向注字作衍或各本亂之注有東鯷人表本茶陵本無東字

異一　四六

案此亦尤添也注蒼頡篇曰賨財貨也表本茶陵本無此八字善注以約小兒於背上句下有蒼頡篇曰賨財貨七字是也注楚辭小招魂曰茶陵本無魂字表本無曰字案茶陵是也小招者對大招之言也注其南者多也表本茶陵本多作分是也注高張四縣下至毛詩曰表本茶陵本無此二十二字案二本以上漢書曰下接夜未央當有脫尤所添但亦未是注又曰采繄祁祁表本茶陵本無此六字注毛詩曰湑案詩當作萋各本皆誤注沛蓄之也案沛當作沛各本皆譌冒六莖表本茶陵本六莖作六英五莖云善無六英二字何云以韶夏例之當作英莖陳同案其說是也各本皆非注昔秦穆公表本作昔繆公言茶陵本作昔繆公嘗言案蓋表本是也注嘗如此下至甚樂表本茶陵本無此二十一字注簡子寤曰表本茶陵本寤下有之字案依趙世家訂之疑語字之誤注禮記口曰表本茶陵本空格作注案此初與二本同衍而脩去之也注天子獵之田曲也表本茶陵本無獵之曲三字案無者是也東京賦善注引

作天子之田也可證尤誤添　注孟子夏諺曰表本茶陵本子下有曰字　注方鋈斧也
表本茶陵本無鋈字案此尤添也　注楊雄太元經曰表本茶陵本無經字　注文備於
大和下至是以有魏詩雲鳥之書黃初表本茶陵本無此四十四字案疑此乃記
三國志注文於旁尤取以增多而又有譌誤也　注顯道而神德行茶陵本無而字是也表本亦衍
注予步也表本茶陵本步上有小字是也　注應劭漢書曰擾音擾何校下擾字改
柔陳同又云書下當有注字是也各本皆脫誤　注詩曰方叔蒞止下至儼然元墨此三
百七字表本茶陵本無案此初無與二本同脩改添之蓋無者脫而尤得之計當時存本尚衆或有不失善舊者惜
尤延之未能精擇每誤取增多若準此條固無嫌耳何校改宅山阜猥積爲宅心知訓陳同又鏟校所爲鏟校者也
何亦有譌無以正之　注論語曰君子薄於言而厚於行此十二字表本茶陵本無
案蓋二本脫　注鏟校下至漢書音此三十一字表本茶陵本無案蓋二本脫又案若怨家相對下

當有爲鏟二字　注大篆也表本茶陵本大上有作字　注毛詩曰赫赫師尹表本茶陵
本無此七字　雖自以爲道洪化以爲隆何云下以爲二字傳寫誤加陳云道洪化隆中之
開不當有以爲二字案所說是也各本皆非　注及前王踵之武案踵之當作之踵各本皆倒
常山平干表本茶陵本干作于注同案二本是也　注謂遜生生之情表本茶陵本適
作通情作精案此亦尤改也　注在廣平沙縣表本茶陵本涉作涉案二本是也晉書地理志廣平
郡有涉縣可證　注溺而不反精衛陳云反下當有化爲二字是也各本皆脫　注自言父
甘見俗表本茶陵本甘作世是也　注後辭入碣水中表本茶陵本碣作碣案此亦尤改也
注在曲周市上表本茶陵本周作州下同案此亦尤改也　注抵飛貌案抵字當重有各本
皆脫　注跕躧躧表本茶陵本無躧字案此尤改躧爲躧而兩存也所引貨殖列傳文今本云跕屣漢書地
理志作跕躧顏注躧字與屣同足跕躧二字乃跕躧二字之誤　注比歸數百里表本茶陵本無數字

臣瓚曰跕爲躧案此當作躧跟爲跕挂指爲躧各本皆脫絕不可通依漢書顏注引如此也
注閉門不出容案容當作客各本皆譌陳云別本客今未見　注水出洹汲郡案水
出洹當作洹水出各本皆倒　注夠多也表本此下有古侯切三字是也茶陵本脫此注非　判殊
隱而一致何校判殊改殊顯案以判殊意復言之蓋是也各本皆誤耳　注知言之選擇
來比物謂屬變而還復舊貫則知言之選擇來案此皆誤也當作知
言之選爲一句選擇采也爲一句謂屢變而還復舊貫爲一句則知言之擇采爲一句各本譌舛絕不可通今訂正
注謂爲系辭同音案音當作旨各本皆誤　注周穆王暨及化人之宮
表本茶陵本無及字　注故諸侯歌鍾析邦君之肆也陳云諸侯當作謂之表本亦誤
茶陵本脫此注非　注無乃不可加乎兵案乎兵當作兵乎各本皆倒陳云別本兵乎今未見
注說文曰搦按也表本茶陵本無此六字　張儀張祿表本茶陵本句上有則字是也

案此尤本脫　注張升及論曰表本及作反是也茶陵本亦誤及　摧惟庸蜀與鴝
鵲同窠案鴝當作鸜善注中字作鸜可證表茶陵二本所載五臣良注字作鴝各本皆以五臣亂善而失著
校語　注鍾會蒭莠論曰表本茶陵本無蒭莠二字案此尤添之也　注迸散走也表本
茶陵本無此四字　注詩序曰文王德及鳥獸昆蟲表本茶陵本無此十一字　注
嫭謳歌巴土人歌也表本無謳字是也茶陵本無嫭字非也　注嫭嫭契契案嫭
嫭當作佻佻各本皆誤陳云別本佻今未見　注一音徒了反表本茶陵本無此五字案表本正文
下有徒了音茶陵有徒召音疑此或尤取五臣音添非如其餘眞善音被刪者也　因長川之裾勢
何校裾改据注同案所校是也善据五臣裾此及表茶陵二本所載五臣向注皆有明文各本亂之而失著校語
注拘束其民表本茶陵本無拘字　注闚闕望尊位也表本茶陵本無此六字　注
而能約制其民也漢書音義言其土地形勢表本茶陵本無也漢書音

義言其七八字案此節注各本皆有誤今無以正之尤所忝非 建鄴則亦顛沛 表本茶陵本鄴作業是也案此尤本誤也前吳都賦注中亦有業作鄴者放此不更出 注微子將口朝周 表本茶陵本空格作相案此與二本同衍而脩去之也 矆焉相顧 陳云矆當作愯注同案所說是也表本茶陵本云善作愯載注春秋傳曰駟氏愯各本作駟氏愯甚誤說文心部愯下引左氏駟氏愯集韻二腫載愯愯悚三形愯字即本此可爲證也尤以五臣亂善非又二本載注云云亦誤與此同於其校語不相應甚非不更出 矊焉失所 案聯當作矊善矊五臣聯各本皆以五臣亂善也說見下 注說文聯失意視 表本聯作矊茶陵本亦作聯案矊字最是也所引目部文依此是善自作矊表茶陵二本所載五臣向注字乃作聯茶陵尤因正文之誤并改此注甚非 注而髓切 表本茶陵本而上有並字是也 注說文曰惢心疑也亦而髓反 表本茶陵本無此十一字 注賀清狂不慧注 表本茶陵本無注字 注恐皇輿之敗 表本茶陵本敗下有續字案續之譌也尤刪非 注音義曰躅迹 表本茶陵本無此五字下也字屬上 過以侃剽之單慧 表本茶陵本侃作汎注同案此尤延之依今方言改汎爲侃也今方言剽作僄仍未改汎剽與侃僄同字孟陽在景純之前其所見方言蓋爲汎剽太沖讀方言蓋亦爲汎剽耳尤改非 注王弼周易注曰 表本弼作肅茶陵本亦作弼案肅字最是陳云今本周易王注中無此文乃未知善固引肅注耳 注不與聖人之憂 案不與二字不當有各本皆衍 注詩推度客曰 案客當作災各本皆誤 注太史書曰田敬仲世家傳曰 案書上當有公字下當無曰字又家下當無傳字各本皆誤以此推之疑凡載注皆稱太史公書今多失其舊也 注二客自言安能守此者自悔也 表本茶陵本無此十二字案無者最是也在二本所載五臣向注中此以五臣注竄入載注甚誤

考異卷第一

文選考異卷第二

賜進士出身通奉大夫江南蘇松常鎮太等處承宣布政使司布政使胡克家撰

卷七○甘泉賦○注蜀郡成都人也 表本茶陵本無成都二字 注明日遂卒 何云據班書非新論本然也今案此蓋卒字有誤文賦注引新論作及覺病喘悸少氣或卒當作病 注如雍時物 表本茶陵本無物字 詔招搖與太陰兮 茶陵本云太善作泰表本作太用五臣也漢書正作泰 其相膠轕兮 案轕當作葛注云膠葛已見上文謂見吳都賦東西膠葛也蓋善作葛五臣作轕各本亂之漢書正作葛羽獵賦從橫膠轕漢書作轕善及顏皆音葛此及彼皆同漢書耳 猋駭雲迅 茶陵本云迅善作訊表本作迅用五臣也漢書正作訊 注地氣不應曰霧霧與蒙同 陳云別本雺霧字並作雺案今未見考爾雅釋文雺或作霧字同亡公亡侯二反善引即或作而讀亡公反 注何休公羊傳注曰軼過也 表本茶陵本無此十字 注令帝閽開閶闔而望予 案令上當有吾字開下當有闗兮倚三字各本皆脫 注至也 表本茶陵本無此二字有或作轃三字乃校語錯入注 注說文曰 表本茶陵本無此三字有往往作遌四字乃校語錯入注 注林木崇積貌也 案林當作材漢書注可證各本皆譌 魂眇眇而昏亂 表本茶陵本魂下有魄字云善本去魂作魄固案漢書作魂固蓋善自作魂固表茶陵所見魂作魄者非尤本誤涉五臣脫固字益非 注軼軋 表本茶陵本軼軋作坱圠下軼軋無垠同案二本是也正文善坱圠及音皆可證 注善曰春秋下至太一之精 表本茶陵本無此十六字 洪臺崛其獨出兮 茶陵本云崛善作掘表本作崛用五臣也漢書正作掘 注其景皆倒在下 表本茶陵本無此六字 注又曰絕度也 表本茶陵本無此五字有在下二字 注孫炎爾雅曰 何校曰上添注字是也陳云別本有 注應劭曰大人賦注曰 案劭下當去曰字各本皆衍 注敦徒昆切 表本茶陵本此下有與屯同三字是也 和氏玲

瓏表本作瓏玲云善作玲瓏茶陵本云五臣作瓏玲案各本所見皆非也陳云漢書作瓏玲此韻脚不容同異當
乙其說是矣凡表茶陵皆據所見爲校語非必善眞如此每有牴牾詳見各條下注玲瓏明見貌也亦當乙漢書注
可證太元法言皆有瓏玲亦可互證法言玲作瓏同字也注善曰駢列也表本無列也二字有已見
上文四字案尤本此處脩改必初刻同表本爾駢猶并也已見上注也茶陵本複出之亦可證所改之非注而
曳颯之表本茶陵本無此四字若登高眇遠亡國表本眇下有而字遠下無亡國二字
云善正文作登高眇遠亡國茶陵本云五臣作若登高眇而遠陳云漢書無亡國二字今案各本所見皆非也注應
劭曰當以亡國爲戒者但說賦意非舉賦文也傳寫善本因注引應而誤添耳又又五臣衍而字漢書亦無注
又鬱衆移楊也案衆當作聚漢書注而移楊鬱聚也可證陳云別本聚注司馬彪上
林賦注曰肸過也表本茶陵本無此十一字注長門賦曰下至薈蘙似橐
本表本茶陵本無此二十三字注倕汝作共工表本茶陵本倕上有咨字無作字注雖

使仙人行其上案行上當有常字漢書注可證各本皆脫函甘棠之惠表本茶陵本云
惠善作恩蓋所見不同也漢書作惠吸清雲之流瑕兮茶陵本吸作噏云五臣作吸表本作吸用
五臣也漢書正作噏風漎漎而扶轄兮表本云漎善作從茶陵本作從云五臣作漎案茶陵是也
尤誤以五臣亂善非也漢書作漎集韻二腫有漎漎云漎漎疾皃或从人上字據此下字據漢書也表本當云善作
從今有誤羽獵賦萃從沇溶五臣亦作從可互證鸞鳳紛其銜蕤陳云銜漢書作御顏注或作銜
俗妄改也今案五臣注作銜有明文善注不見此字或未必與五臣同但無可考表茶陵二本亦不著校語也皐
搖泰壹案皐當作招茶陵本作皐云五臣作招今考漢書作招善與之同故如湻解讀作皐張晏解招如字
而雨引之不知者但據如解改爲皐而張解不可通矣表本作招不著校語可知非五臣與善異所見當未誤注
如湻曰表本茶陵本曰下有招作皐三字案有者是也說已見上尤因所見賦誤招爲皐遂刪此注以就正
文失之矣炎感黃龍兮案炎當作猋據善注云言猋熛熾盛感動神物也字林曰猋火光也云云作猋

其明其五臣注作炎各本亂之漢書作炎則與此不必全同也注吾令帝閽闢開兮表本茶陵
本無闢字案當於開下添闢字各本皆譌偈棠黎茶陵本黎作棃云五臣作棃表本作黎用五臣也漢書止
作棃案此尤本以五臣亂善非也注麗光華也表本茶陵本無此四字注幽昧之貌
表本茶陵本作離知也三字是也倈祇郊禋茶陵本祇作祇云善作祇案茶陵所見及尤本非也顏注
漢書與善此注皆以敬解祇其非異字可知表本作祇而不著校語所見當未誤靈迉遲兮茶陵本迉
遲作棲遟云善作迉遲案茶陵所見及尤本皆非也表本云棲遟善作犀遟其載善音則云犀音棲漢書作遟遟顏
注遟音栖考集韻十二齊有犀遟別無迉字重出其下然則但傳寫誤耳當依表所見訂正陳云遲當作遟從漢書
校也○藉田賦○注禮記曰天子籍田千畝表本茶陵本無此九字注
設樬栭再重何校栭改柜陳同各本皆譌注壝以委切表本茶陵本委作季是也注
毛詩曰周道如砥表本茶陵本無此七字注晉灼漢書曰陳云書下當有注字

各本皆脫似衆星之拱北辰也表本茶陵本無似字晉書無又上句末及輕幰階列離坎發揮
下有兮字表本茶陵本離坎下無餘同案此等或善五臣不同但不著校語無可考注方駕千駟表本
茶陵本駕作駟是也注應劭曰漢官儀曰陳云上曰字衍是也各本皆衍注后稷播
植百穀表本茶陵本植作殖是也注鄭元曰衡牙表本茶陵本無此五字五輅鳴
鑾案輅當作路各本善注中字皆作路表本所載向注則作輅蓋善路五臣輅而亂之也晉書正作路注戟
車載茶陵本戟車作闟尤本戟車二字處脩改表本亦然案此當云闟戟車載戟各本皆脫誤晉書輿服志云
闟戟車長戟邪偃向後是其義闟闟亦同字震震塡塡案塡塡當作闐闐各本善注中字皆作闐表茶
陵二本所載良注則作塡蓋善闐五臣塡而亂之也晉書作塡與五臣所據同碧色肅其千千表本
茶陵本作芊芊案尤本是也高唐賦肅何千千安仁用其語表茶陵作芊芊者五臣字如此所載向注可考彼賦善
千五臣芊芊有明文晉書作芊與五臣所據同又二本皆脫去善此節注亦非注上空無祭表本上作

壇案壇字是也荼陵本亦誤上注都謂京邑也杜預左傳注鄙邑也表本荼陵本無此十三字垂髫總髮表本茶陵本髮作髻云善作髮晉書作髻案晉書五臣非也髮字去聲協霽祭諸韻之字魏都賦虆虆䕷髮或鏤膚而鑽髮兩見皆然不知韻者改之耳或有謂髻是髮非者誤附訂於此注吾亡壽王也表本茶陵本吾作虞案虞字是虞吾雖通但此自爲虞耳豈嚴刑而猛制之哉表本茶陵本無之字晉書無案此尤所見衍惟穀之郵表本茶陵本郵作恤晉書作恤案各本注中引尚書字皆作恤或注有譌也注敢用嘉薦何校下添普淖二字陳同今案當乙下文普淖二字於此而神降之吉也何云吉字後人誤改福字本協今案各本及晉書盡同何因注引左傳而云然也考賦自四人之務不壹至旨酒嘉栗所用皆質術韻之字福字古音別協職德韻又案西征賦以此句與日室一協夏侯常侍誄以此句與秩疾卒協是安仁自作吉善彼二注亦引左傳皆是注神降之而不取福字善注如此例者甚多何說非是以孝治天下表本茶陵本治作理云善作治晉書作治案注中引孝經字作

選二　四

理考治字唐諱也李濟翁資暇錄曰李氏依舊本不避國朝廟諱五臣易而避之宜矣其有李本本作泉及年代字云云是在當時已錯出不一也今全書中經五臣以後迴改者又不少矣皆不復具論薄采其茅表本茅作芳云善作茅茶陵本云五臣作芳晉書作芳案晉書五臣非也賦文作茅觀善注及上文縮鬯蕭茅句注灼然可知何云茅音蒙其說甚是凡茅聲之字協東韻者多矣或乃疑此故附辨之凡晉書此賦與善異者每誤不詳論也○子虛賦○注廣雅曰僕謂附著於人案雅當作蒼各本皆譌樊恭作廣倉見隋志上林賦注引若蹈足貌茶陵本亦譌蒼爲雅也营藭菖蒲表本茶陵本营作芎案注中字作芎考說文艸部营藭香艸也重文芎司馬相如說营或从弓謂凡將如此史記漢書作穹者假借也字書別未載芎字當是尤延之以改芎爲穹遂成此形耳甘泉賦發蘭蕙與营藭正文及注皆誤茳蘺蘪蕪案茳當作江注中江字兩見皆不從艸史記漢書亦作江考上林賦被以江蘺茶陵本云五臣作茳表本無校語蓋此賦亦善江五臣茳而亂之故表茶陵二本皆不著校語何校改作江據史漢陳云別本作江未詳其何本也注苞麗也

案麃當作麃史記漢書注可證各本皆譌下麃皮表切茶陵本未誤注本或林下有巨字案當作作謂林下其字作巨也不云其作巨者因正文有兩其字以此分別之史記漢書及五臣同或本作巨有注善曰蓋山之國東有樹表本茶陵本蓋上有有字無東字案二本是也此所引大荒西經文依善例曰下當有山海經曰四字二本仍皆脫注驅馳逐獸也橈靡也案上也當作正漢書注可證以入字爲一句也各本皆譌注中絕系也表本茶陵本中下有心字案漢書注正有此脫注言所在衆多表本所在下有射獲二字茶陵本脫此注注弭猶低也節所伎信節也表本無此十字茶陵本亦無案漢書注有之考史記素隱引郭璞曰言頓轡也集解引郭璞曰或云節今之所伎信節也善此注引王逸弭案也意謂即上文案節未舒與郭頓轡之解相近無取或云也尤延之從漢書注添未是被阿緆案緆當作錫注云緆與錫古字通必善作錫故有此語今各本皆作緆者以五臣作緆而亂之遂不可通非也史記漢書皆作錫表茶陵并刪善此注益非襞積褰縐表本茶陵本積作襀音積

選二　五

案史記漢書皆作積表茶陵二本善注中引張揖字仍作積蓋善積五臣襀而音積表茶陵所見亂之故不著校語尤本獨未誤紆徐委曲何校云漢書無此四字無者爲勝案以李注引張揖詳之本無此四字今史記有而集解引漢書音義索隱引小顏孟康似二家史記亦與漢書同並不當有唯五臣向注云紆徐委曲裙下垂貌蓋五臣較多四字而亂之也各本皆非注故或摩蘭蕙案善正文作靡此摩字誤五臣作摩表茶陵二本有明文今史記漢書作摩而張守節正義及顏注中仍作靡靡者古摩字之通用恐亦靡是摩非也若神仙之髣髴表本茶陵本云善無仙字案詳注意善不當有甚明尤本此處脩改添入乃其誤也漢書無今史記亦誤衍并正義所引戰國策末亦贅以仙字誤之甚矣凡史記與此同誤皆後人所改耳連駕鵝茶陵本云駕善作鴐案注云而因連駕鵝也字正作駕史記漢書亦皆作駕考駕者鴐之假借左傳榮駕鵝唐石經宋槧本下皆從馬古今人表所載亦然相如此賦用字古矣唯中山經是多鴐鳥郭注未詳也或曰駕宜爲鴐鴐鵝也然則鴐字晉代不復行用之表本正文及注並改爲鴐而不著校語又上林賦鴐鵝屬玉各本作鴐皆誤以五臣

亂善非也西京賦鴐鵝鴻鶤于子用鴐字是爲異人用字不同之例全書此類極多皆不更著注戰國策
更嬴曰臣能虛發而下鳥表本無此十三字有見西都賦高誘六字茶陵本例改已見者
爲複出故亦有尤本脩改添入未是又高誘二字屬下不當刪之也注列子曰蒲且子連雙
鶬于青雲之上表本無此十四字茶陵本有案尤本脩改添入未是說在上條注之說是
也案之當作文漢書注可證各本皆譌注服氏一說案一當作之各本皆譌乃欲戮力
致獲表本茶陵本戮作勠案史記漢書皆作戮蓋善戮五臣勠二本所見亂之而不著校語戮勠同字耳劇秦
美新曰戮力咸陽餅同此者不更出注善曰史記樂毅與燕惠王書曰表本茶陵
本無史記惠三字注彰君惡害私義表本茶陵本無此六字注成山在東萊
掖縣案漢書注引掖作不夜史記集解徐廣亦曰在東萊不夜縣考史記封禪書漢書武帝紀郊祀志地理志
不夜是掖非各本皆譌也注契善計也表本此下有契离同三字茶陵本無案有者是也

卷八○上林賦○曰楚則失矣茶陵本有校語云善作是蓋所見本楚譌爲是也表
本無史記漢書皆作楚所以述職也茶陵本云善無也字表本無校語史記漢書皆有不務
明君臣之義表本茶陵本云善無臣字史記漢書皆有而適足以甹君自損也
案甹當作㝵各本皆譌其字上曰下寸在說文巢部今漢書作甹亦譌也史記作貶與五臣同注河南穀
羅縣陳云河南漢書注作西河爲是案史記正義引亦作西河今漢書地理志西河郡穀羅武澤在西北依文
穎此注似其本武作紫也注在縣北案北上當有西字漢書注可證地理志亦可證各本皆脫注今
名沇水陳云沇當作沈詳漢書顏注今案陳說非也當作沇史記索隱引姚氏云今名沇水善全取彼文與
顏注此即今所謂沇水迥異注黃子陂表本茶陵本黃作皇案史記索隱引姚氏正作皇皇字是也漢
書注亦作皇陳校依漢注注經至昆明池表本茶陵本無經字案史記索隱引姚氏云注昆明池漢
書顏注云經昆明池此尤延之校改至作經因誤兩存也注周旋苑中也表本茶陵本周上有言字

注善曰楚辭曰表本茶陵本無善曰二字有郭璞曰椒丘見六字今案當作郭璞曰椒丘見楚辭善
曰楚辭曰十三字各本皆脫注馳椒丘兮焉且且止也音昌呂切表本茶陵
本無焉且且止也五字表本有且且二字茶陵本有焉且且二字案各本皆譌當作馳椒丘且焉止息也且音昌呂
切此離騷經文注司馬彪曰畢弗案畢當作滭史記索隱引可證各本皆譌注潏水出
貌表本茶陵本無此四字汨濦漂疾表本濦作㴔云善作濦茶陵本云五臣作㴔案各本所見皆非
也史記漢書皆作㴔善引韋昭曰㴔許及切即漢書音正作㴔可知彼載晉灼華給反郭璞許立反史記索隱同諸
家無作濦者又各本注中亦譌濦注說文曰漻清深也表本茶陵本無此七字注其
形狀而出也表本茶陵本其形狀作言溢漢書注作言溢溢陳云別本作言溢爲是注張揖
曰其形狀未聞表本茶陵本無其形狀二字注魠鱤一名黃曰頰表本茶陵
本無曰字案依漢書注無曰字鱤下當有也字注兩相合得乃行表本茶陵本無合字案漢書注

有蓋尤依彼添陳云得乃當從漢書注作乃得注隱岸坻也表本茶陵本坻作底漢書注作底案當以
尤爲是即海賦云巖坻之隈者也二本及漢書注皆傳寫譌耳注常庭之山表本茶陵本常作重案今
本山海經作堂一作常疑善引自異擢崣崛崎表本茶陵本擢作崔史記漢書皆作崔案此尤本之誤注
同注振拔也表本茶陵本拔作收何云下言收斂溪水當從收今案漢書注史記索隱引皆作拔注
隱轔鬱壘茶陵本壘作㠑表本與此同案下云㠑音壘蓋茶陵本是也今本漢書亦正文㠑注壘歧誤正
同此注郭璞山海經曰何校經下添注字陳同各本皆脫蔣苧青薠案苧當作芧史
記漢書皆作芧各本及注中俱譌五臣作芋云句切大誤又案玉篇芧苧同與此賦之芧迥別彼乃說文所云草可
以爲繩者此張揖解爲三稜三稜類詳見政和經史證類本草實異名同不可援以相證逮爲譌字無疑注說
文曰[illegible]鶡案此曰下有脫也各本皆同無以補之或因此謂說文有[illegible]鶡非是書引說文而未見者皆不
必今本脫去也注騾驘同案當作驘騾同誤倒也正文五臣作騾史記亦作騾凡五臣每取善注以改字

或取他書皆此類漢書作驪表本茶陵本刪此注非注中途樓閣閒陛道案中字不當有史記集解引無各本皆衍青龍蚴蟉於東葙案葙當作箱史記漢書皆作箱善與之同今各本作葙凡偏旁竹廾每相混耳五臣改作廂非也盤石振崖案振當作裖注同史記漢書皆作裖高唐賦裖𧝉礓礓善注云裖已見上林賦彼五臣作振然則此賦亦爲五臣亂之而失其校語也注其處磅磄千仞案此下當有磅磄與旁唐音義同一句各本皆無蓋脫也盧橘夏熟表本茶陵本云熟善作熟案二本所見誤也史記漢書皆作孰善與之同孰即熟字橅柰厚朴橅當作亭注引張揖曰亭山棃也蓋善作亭五臣作橅音亭而各本亂之也漢書作亭史記作橅善此賦大略文同漢書者較多注其實似㲉子表本茶陵本㲉作㲉無子字案㲉亦譌也此字從木不從禾楮也漢書注史記索隱皆云㲉子尤依添但㲉字益譌注採木也何校採改採下採音采同漢書注作采音菜注崔錯交雜癹骫蟠戾也表本茶陵本作錯相樛也四字考史記索隱引郭璞云崔錯癹骫者蟠戾相樛也表茶陵二本有脫尤所添改在今漢書顏注亦未是當作蟠戾相樛也五字注郭璞曰坑衡徑直貌閜砢相扶持也表本茶陵本無閜砢相扶持五字案史記索隱引郭璞云坑衡閜砢者揭孽傾欹貌也尤所添在今漢書顏注亦未是或坑衡徑直貌也一句係善注誤連爲郭耳注英謂華也表本茶陵本無此四字案在今漢書顏注雖獲飛蠝茶陵本蠝作蝠案注中三見下二字不從王漢書作蝠史記作鸓單行本索隱仍作蝠考集韻五旨鸓下重文有六而不載蝠可證其非表本正文作蠝注皆作蝠以南都賦互證疑五臣本之誤而又相亂也注飛蠝鼠也案鼠上當有飛字案漢書注史記集解索隱有陳云別本有各本皆脫南都賦注引蝠飛鼠也脫上飛字當互訂注在樹暴戲恣態也陳云暴當作共案漢書注史記正義引作共各本皆誤注說文曰杪末也表本茶陵本無此六字娛遊往來案娛當作娭各本皆譌注引說文娭許其切非娛甚明史記作嬉娭嬉同字也今本漢書及注誤與此同又見羽獵賦注有似蚪何校引徐七來惇復曰似下脫玉字據漢書注校是也各本皆脫注龍也無角

何校引徐曰子誤也據漢書注校表本無作有茶陵本亦作無案漢書注作有說文蚪龍子有角者雅讓所本故其廣雅亦云有角曰龍龍即蚪上廾者角也此注決不當自爲兩解唯王逸注離騷有角曰龍無角曰蚪善被注仍之所以各存異說或不知者用彼以改此也注李善曰孫叔者表本茶陵本李善作鄭元案元當作氏漢書注作氏最是鄭氏見顏師古敘例臣瓚云鄭德者也注言擊嚴鼓簿鹵之中也表本茶陵本簿鹵作鹵簿是也陳云別本二字乙河江爲陸茶陵本作江河云善作河江表本作江河無校語史記漢書皆作江河注生謂生取之也表本茶陵本謂生取三字作抗字案尤所添改在今漢書顏注亦未是抗當作埶生埶之也四字一句讀五臣向注生生埶即蘘韋可借爲證注絝謂絆絡之也表本茶陵本無謂絆之三字案史記集解引有此三字尤延之蓋依彼添注司馬彪漢書曰何校漢上添續字陳同各本皆脫椎蜚廉案椎史記漢書皆作推顏注云推亦謂弄之也其字從手今流俗讀作椎擊之椎失其義矣考五臣銑注椎謂擊殺其本作椎之明文善既不注此字表茶陵二本又俱無校語未審何作也凡偏傍才木每相混注以白羽爲箭表本茶陵本爲作羽案重羽最是士羽言體下羽言用漢書注史記正義引皆可證注郭璞老子經注曰陳云此七字衍張氏乃曹魏時人不當引郭語老子又無郭注其說是矣各本皆衍注與元通靈陳云元當作天漢書注可據今案漢書注譌也史記正義正作元鄭禮記注引孝經說曰上通元莫即此元字之義注樂汁圖案圖下當有徵字史記索隱引有各本皆脫注率徑馳去也表本茶陵本徑作然案考漢書顏注曰率然有去意或尤改馳爲徑而誤去然字歷石闕表本茶陵本闕作闕而不著校語案依此善與五臣同作闕也漢書作闕史記作闕善引張揖漢書注則作闕未爲非恐此是尤延之依史記改前卷及漢書楊雄傳俱作闕字注一曰載民案民當作氏各本皆譌下有明文漢書注誤與此同淮南干遮何云干史漢作于案善及小司馬皆引張揖漢書注不當有異文蓋今各本作干並譌耳注皆剛勇表本茶陵本無此三字案史記索隱引無集解有尤蓋依彼添注衝激急風也表本茶陵本衝上有激字單行本索隱有

舞賦及七發注有七命注衡激作激衡脫下激字當互訂　注結風亦急風也　案單行本索隱結風下有回風二字舞賦七發七命注皆有依文義有者是也各本此注脫　注皆是靡曼美色也下或云　表本茶陵本美色也三字作也色二字案也句絶色屬下尤添改失之　柔橈嫚嫚　案嫚嫚當作嬛嬛漢書作嬛可證也善注於圓切正爲嬛字作音或五臣誤爲嫚而各本亂之耳史記作嫚亦嬛字之譌徐廣曰音娟嬛即娟字古人每以同字爲音也小司馬引廣雅嬛嬛容也今索隱盡作嫚大誤　注香氣盛也漚一候切又曰　表本茶陵本無此十字　注嫮以姱　表本茶陵本嫮作姱案此尤校改也　注更以十二月爲正　何校引徐曰二當作三案所校是也漢書武紀太初元年以正月爲歲首師古曰謂建寅之月爲正也鄧取彼事爲義夏以十三月爲正原出緯書不知者誤改之　德隆於三王　茶陵本云五臣作皇表本云善作王案各本所見皆非也史記漢書皆作皇善自與之同傳寫譌耳　注鄭元毛詩曰　案詩下當有箋字各本皆脫　而樂萬乘之侈　表本之下有所字云善無茶陵

本云五臣有所漢書有何云萬乘之所侈謂天子猶謂此太奢侈者也今案史記亦有或各本所見脫之　○羽獵賦　案賦下當有一首二字後每題盡同表茶陵本無說見前又前第七八後第十三十四十六各卷首子目亦放此　東南至宜春　何云漢書無東字疑衍案據史文此云南至下云西至又下云北繞又下云顛割其三垂故何云即指上林之三垂而言是也其東濱渭則云濱渭而東而已無所開廣亦無所割此句不得有東字但善解三垂爲武帝使西南東三方以置郡豈所見漢書有東字與下濱渭而東相接連以上林爲不僅有三垂耶然所解實未安　濱渭而東　案濱當作賓注云濱與賓同音也蓋善正文作賓所引公羊作濱故有此語今各本以五臣作濱而亂之難蜀父老率土之濱注本或作賓可爲此作賓之證今漢書作瀕又異本耳表茶陵二本無注濱與賓同音也六字誤謂此專發音與五臣濱音賓重複而削去益非　不折中以泉臺　案折當作制善引韋昭曰制或爲折折也是其證矣蓋五臣作折而各本亂之顏注漢書作折即韋所云或爲耳　注魯莊公築臺　陳云築下當有泉字是也各本皆脫　注假𠊱或人之意　表本茶陵本爲

下有人也二字　各以並時而得宜　表本茶陵本以作亦案漢書作亦此疑尤本誤也　注封禪各言異也　陳云別本言字在封上爲是案今未見但漢書注如此　以奉終始顓頊元冥之統　表本茶陵本無奉字案漢書無疑尤本誤　注郭舍人爾雅注曰　陳云爾雅郭注與所引不同則知非景純也下文移珍來享句又引犍爲舍人爾雅注今案其說是也爾雅犍爲郡文學卒史臣舍人注二卷見陸氏釋文敍例必犍爲二字各本誤改作郭　注落纍也　表本茶陵本無此三字案在合漢書顏注　注熒惑法　案法上當有埶字熒惑或謂之埶法見廣雅各本及今漢書注皆脫　注使司命不祥　案命字不當有各本皆衍漢書注無　注陽朝陽明之朝　案上朝字當作晁此善以朝解晁故下云晁古字同也各本皆譌　注杜業奏事曰　表本茶陵本無奏事二字案此文今在漢書霍光傳注中云杜延年奏藏霍光柩以轀車云云非杜業明甚宋孝武宣貴妃誄晨輼解鳳注所引云云亦在霍光傳注然則當作杜延年奏曰各本皆誤　鱗羅布烈　茶陵本云五臣作列表本云善作烈今案各本所見

皆非也漢書作列善自與之同但傳寫譌耳又案上文霹靂烈缺二本校語亦云然彼漢書仍作列而以應劭閃隙之義求之作烈自通善顏亦不盡同也恐此涉彼而加火　注吹喘息也　表本茶陵本喘作內案二本是也喘字誤　蹶犀犛　表本茶陵本云善無犀案二本所見非也漢書有尤本獨未譌　掌蒺藜　茶陵本藜作蔾注同表本正文蔾注蔾案漢書作疾黎考字書蔾藜一字有分別據此知蒺蔾乃變體加艸非借蔾藿字當依茶陵本　各按行伍　表本茶陵本云伍善作五案漢書作伍或善作古字也楚部注軍之部伍也當同此　注罼罕也　表本茶陵本罼作畢案畢字是也上荷垂天之罼漢書作畢或善畢五臣罼而亂之尤并此亦改爲罼未是太元畢格禽鳥之貞用畢字亦可證　注應劭曰下時　表本茶陵本無劭曰二字案漢書注有　魂亡魄　表本茶陵本下有失字云善無案各本所見背非也漢書有善自與之同傳寫脫耳陳云上當以徒角槍題注爲句而蹶竦讋怖魂亡魄失各以四字爲句也　注言獸被創過大血流與車輪平也　表本茶陵本無大血流車四字案無者是也言獸被創過解創淫與輪平也解輪夷即謂

獲獸平輪丌張此解與下引晉義迥別尤所添改復沓非是羣娛乎其中表本茶陵本娛作嬉云善作娛案所見皆非也漢書作娛音許其反說見上林賦娛遊往來下又案上文娛瀾聞表茶陵本亦云善作娛此本獨未譌或尤延之依漢書校正注鄭元曰扶音祛案元當作氏各本皆誤又下注鄭元曰彭咸也之元亦當作氏鄭氏說見上林賦內注願依彭咸之遺制案制當作則各本皆譌陳云別本作則今未見注自彼氏羌表本茶陵本無此四字注單于南庭山表本茶陵本南庭作庭南案庭南是也今本漢書注亦誤倒陽朱墨翟之徒表本茶陵本陽作楊注同案陽蓋尤本之譌漢書作楊注高誘呂氏春秋注以爲宋人表本茶陵本無此十一字卷九〇長楊賦〇命右扶風發民表本茶陵本云善無發民二字案今本漢書有蓋尤依之添也注在涇州界陳云涇雍誤是也各本皆誤注名豪豪彘也表本茶陵本不重豪字注郭璞爾雅曰表本茶陵本曰上有注字注詩序曰下以風刺

上表本茶陵本無此八字案無者是也注其甘泉賦下羽獵賦已不更出此亦當爾矣注顏師古曰表本茶陵本師古二字作監下再見皆同案此尤本誤改注言有儲畜表本茶陵本言有作高其是也案今本漢書注與此同誤注而無所圖表本茶陵本無所字客何謂之茲耶表本茶陵本無之字尤本此處脩改案今本漢書作謂之茲耶詳顏注云謂茲邪猶言何爲如此也仍當有何字無之字蓋漢書傳寫譌尤延之據添非也表茶陵二本所見與未脩改正同是矣又案難蜀父老曰烏謂此乎烏何也此茲也乎邪也子雲好擬相如此亦用彼語不當衍之字甚明封豕其士表本土作士何云漢書作士案士是也茶陵本作土與尤所見同非也注應劭淮南子注云案劭下當有曰字子下當衍注字漢書注可證各本皆誤注顏監曰撕舉手擬也案顏漢書正文字作撕上引李奇音車轖之轖而解云撕與舉手擬之也蓋其字音義與左氏傳乃搣公之搣相近善文選正文作撕與顏不同別引鄭氏禮記注釋義字林釋音乃所以改顏也傳寫者并顏注亦爲撕失之矣又蒼頡篇曰撕拍取也八字非漢書注

乃善引以證顏者字亦當是撕也又漢書注擬下有之字此無似亦脫注蹏亦賤也字書曰跡遠也表本茶陵本作蹏遠也字書曰六字案此亦尤增多之誤也注春秋運斗樞曰北斗七星第五曰玉衡表本茶陵本無此十五字表本注末多巳見魏都賦五字案表本是也此亦尤增多之誤茶陵本注末複出魏都賦注云云可爲證遐眠爲之不安表本茶陵本眠作岷案此皆非也正文當作韋昭曰萌音岷萌人也今作眠音萌誤倒漢書作萌善自與之同蓋五臣作岷而各本亂之因又改韋注也上林賦以驂萌隸注韋昭曰萌民也張景陽七命羣萌反素表茶陵皆有校語云五臣作岷最可證又如顏延年侍遊蒜山作詩留滯感遺萌亦善萌五臣岷相亂彼二本仍云五臣作岷唯此爲各本所見皆誤故無校語耳注乾酪母何校酪下添也以爲酪四字案依漢書注是也各本皆脫注顏師古曰何校師古改監各本皆譌下顏師古曰死則云云同注鹵莽中生草莽也表本中上有鹵字末無也字是也茶陵本亦脫衍嘵鋋瘢耆茶陵本云五臣作吮辭兗切表本作吮案茶陵及尤

所見非也蓋此賦有作吮作兗兩本小顏以作兗爲是故今本漢書字如此善以作吮爲是故最後引服虔云其瘡如含然乃訓吮爲含也嘵字他無所見恐是或改吮爲兗而誤成此形耳表本無校語其所見善正文自是吮字尤本注末音云吮辭兗切不作嘵亦其一證又臣佖校漢書以爲銃與顏李二家迥異恐屬臆說難以爲證注項下向表本茶陵本項作頂案頂是也今本漢書注與此同誤注漢兵深入窮邊案邊當作追各本皆譌莫不蹻足抗首茶陵本云五臣作手表本云善作首今案所見皆非也漢書作手羽獵賦抗手稱臣善抗手注具彼下此不更出非作首也注卒金革之事案卒下當有哭字各本皆脫注帝者得其英華表本茶陵本英華作華英是也注言時不常也表本茶陵本言時作時言是也注古文隔爲擊表本茶陵本此上有韋昭憂擊爲拮隔乃校語錯入注因正文用五臣憂擊故云然案此云古文者韋所見之古文尚書也意謂隔者擊也耳子雲用拮隔漢書及史記樂書俱有其證揚倞注荀子亦極明晰五臣乃援東晉古文改竄荒陋甚矣宋人校語以拮隔屬韋更繆尤本無之是矣注

史記管子曰古者禪梁父表本茶陵本無此十字○射雉賦○注釆
飭英麗表本茶陵本飭作飾是也陳柯槭以改舊表本茶陵本槭作搣注同案此從扌木二
字並通未審善果何作餘如此者不盡出注𦐇許力案力下當有反字各本皆脫注廣雅曰
蹶踶跳案踶字當衍跳下當有也字各本皆譌廣雅釋詁二跳也條共釋十字有蹶無踶可證注言
其矢來疾也表本茶陵本無矢字案蓋尤校改來爲矢遂兩有也注雉當不止表本茶陵
本當作尚是也注西京賦曰秦政茶陵本西作東表本作西案西乃兩之譌也餘注放此者不更
出注埤蒼曰攫地案地字當去各本皆衍因正文云攫地而誤耳又案韻會舉要攫下引說文扻
也爪持也今徐鼎臣本無下三字然則攫即攫之異文故五臣改正文爲攫亦可證此注不當有地字注夷
靡也頽弛也表本茶陵本無上也字此處尤本脩改案夷靡乃複出正文不得有也字尤所據添者誤
本耳無見自鷺案鷺當作鷺注同徐云鷺音脉字亦從脉者謂鷺之或體字作鷺也云方言云脉者謂此

賦之鷺即方言之脉也云俗謂黠爲鬼脉者方言注云然也此必五臣用徐注改正文作鷺後遂以亂善於是賦及
注中各本皆不見鷺字而徐爰所云絕不可通矣唯集韻二十一麥載鷺字從脉二十三錫載鷺字從脈皆云鳥鷺
視其所據此賦未誤也凡此等全失善舊所宜訂正注皆回從往復也表本從作旋是茶陵本亦誤
從注言轉翳回旋表本茶陵本回旋作旋回是也注徐氏誤也表本茶陵本也作之
案之是也謂以文勢言當爲彳兮而並云彳亍非潘賦本然由徐乃爾耳注風飈電激茶陵本飈作飇
表本作飇案飈是也又江賦注引此各本皆譌不更出注埤短也案埤當作庳各本皆譌注故
僻除人從案僻當作辟各本皆譌注馮㕘鞠射履方陳云射當作躲各本皆譌注
於心不覺也茶陵本於作放是也表本亦誤於此則老氏所誡君子不爲
表本茶陵本氏下有之字子下有之所二字案此疑善五臣之異但二本無校語今不可考當各仍其舊此類亦未
全出○北征賦○注栒縣有豳鄉詩豳國表本茶陵本作有栒縣豳國五字案

此尤延之據地理志改補是也注又云文公城郇表本茶陵本無文字案此亦據志是也我獨
罹此百殃茶陵本罹作離云五臣作罹字表本云善作離案此尤本以五臣亂善非也五臣以離是古罹
字故從而改之其實理自用離字矣注時亦世也表本茶陵本無亦字注秦昭王時表本
秦上有又匈奴列傳曰六字茶陵本與尤同說見下注而得其地表本作於是秦有隴西北地上郡築
長城以拒胡十六字茶陵本與尤同案此及上條皆茶陵尤所見非表本是也匈奴列傳可證遂舒節以
遠逝兮茶陵本無兮字云五臣有表本有又下文過泥陽而太息兮句表茶陵二本皆無兮字但不著校語
注傷李夫賦曰表本茶陵本夫下有人字案有者是也注牛羊下來案牛羊當作羊
牛此因正文云牛羊因依以改注耳凡引古但取義同不嫌語倒善每知此各本皆非寤曠怨之傷
情兮表本茶陵本曠怨作怨曠案注複舉正文云思君子爲怨曠蓋尤本誤倒不耀德以綏遠
表本茶陵本下有兮字亦不著校語下文隮高平而周覽遊子悲其故鄉撫長劍而慨息三句同注諸疏

遠屬也案諸下當有趙字蒙恬列傳文也各本皆脫陳云別本有趙字登鄣隧而遙望兮
表本茶陵本鄣作障茶陵本有校語云善作鄣案注中障字三見皆不作鄣疑校語未是注或爲墜說
文曰墜表本茶陵本二墜字皆作墜案墜是也注聖文文帝也表本茶陵本無此五字而
所載五臣濟注有之案此蓋尤所見有也注使南越王表本茶陵本無王字○東征賦○
注曹世叔妻者表本無者字茶陵本脫此注注名昭字惠姬表本惠下有班一名
三字茶陵本脫此注注和帝數召入宮表本無和字茶陵本脫此注注吉日兮良
辰案良辰當作辰良此亦引古不嫌語倒各本皆非注禮記曰下至夏則居橧巢表本
茶陵本無此十四字注郭璞曰山海經注曰陳云上曰字衍各本皆譌歷滎陽而
過卷表本茶陵本卷上有武字案二本非也善引應劭曰卷故虢國乃云武卷唯五臣向注乃云滎陽武卷皆
縣名今考漢書地理志河南郡有卷無武卷五臣讀誤本而望文爲解耳表茶陵不著善無武字校語失之唯尤本

爲誤未涉封巨而踐路兮茶陵本云五臣有兮表本有注駐主也陳云主疑止各本皆譌注巨墟下至巨見宮中生荊棘表本茶陵本無此十八字注尹文子曰表本茶陵本無尹字注成侯貶號曰侯表本茶陵本無下侯字案尤依世家校添注平侯子嗣君更貶號曰君表本茶陵本無子嗣君三字案尤依世家校添注朝魏案朝上依世家當有子懷君三字各本皆脫尤亦失校添也注精誠通於形表本茶陵本無通字

卷十〇西征賦〇注易曰兼三才而兩之漢書音義曰陶人作瓦器謂之甄表本易上有周字曰下有有天道馬有地道馬有人道馬十二字無漢書音義以下十三字茶陵本同唯上注甄巳見魏都賦作如淳漢書注曰陶人作瓦器謂之甄十四字案此尤本脩改之謂也茶陵例以巳見者複出尤本表本俱不然其不當更贅十三字明矣因此而刪善引易益非注從而悉全陳云從而當作縱不是也各本皆譌匪禍降之自天表本茶陵本禍降作降禍不著校語無可考也注爾雅曰辟罪案罪下當有也字各本皆脫注古口長歌行曰表本茶陵本古下有今字案此尤知其字衍脩改去之是也注抗慷傷懷案慷當作慨各本皆譌注鞏洛二縣名也表本茶陵本無此六字所載五臣翰注有之案蓋尤所見有注毛萇詩曰陳云詩下當有傳字是也各本皆脫注史記曰帝嚳高辛者表本嚳作俈案俈是也後注俈與嚳同可證茶陵本亦誤嚳又下云姜嫄爲帝嚳元妃嚳亦當作俈各本皆誤注能材强道者表本茶陵本無材强二字陳云別本材作持案考詩箋是持字無者益非注言武王滅商表本茶陵本滅商二字作基案基是也注亡王謂桀也表本茶陵本無此五字所載五臣向注有之案蓋尤所見有注東都賦曰表本茶陵本賦作主人二字案前注東都賦曰闕庭神麗二本賦亦作主人考今注中有西都賓東都主人亦有東都賦西都賦疑作賦者皆後人所改注左氏傳曰初下至其亦將有咎此一百二十六字表本茶陵本無蓋因五臣同善而節去也尤本有者是注漂水經注

作濟表本茶陵本無此六字案尤本此處脩改未知其爲別本如此抑或有記水經注之異於旁者而尤延之取以入注也注吾嘗無子之時表本重無子二字案重者是也尤本此處脩改蓋誤依五臣向注刪茶陵本全刪此注益非注回邪僻也案僻上當有洨字曹大家注幽通賦可證彼洨作穴同字也各本皆脫注史記曰趙王下至終不能加勝於趙此一百二十字表本茶陵本無蓋因五臣同善而節去也尤本有者是注史記曰廉頗曰下至引車避匿此四十九字表本茶陵本無蓋因五臣同善而節去也尤本有者是注左傳秦穆公曰表本茶陵本無秦穆公三字注維猶連結也表本茶陵本也作之皐記墳於南陵表本茶陵本記作託云善作記案此善亦作託但傳寫譌爲記二本校語及尤所見皆非注晉文公子墨縗絰陳云晉文二字當在後杜預曰下公字衍各本皆誤注杜預曰公未葬案曰下脫字見上注而無反者陳云而字衍是也各本皆衍注戰于彭衙表本茶陵本無此四字注又曰晉先且居伐秦下至斯三敗矣表本茶陵本無此二十四字案無者是也善明云止二敗言三未詳更不得有此當是或駁善注而記於其旁尤延之不審取以入注耳考此役秦未嘗及晉師戰其非孟明將而敗無待言故難數之以足三也於此可知善義例之精矣注封殽尸而還下至用孟明也表本茶陵本無此十三字注子其悉雪恥表本茶陵本恥下有又曰穆公遂霸西戎八字案此一節注皆當以表本茶陵本爲是也尤所添刪俱失善意降曲崤而憐虢案注引劉澄之地理書肴有純石或謂石肴今正文未見當引此爲注之處疑曲崤善作石肴也五臣良注曰曲崤地名或其本亂善耳注又曰攘袂而興陳云又字當作七啓二字是也各本皆誤注晉侯使詹嘉表本茶陵本無侯字徒利開而義閉茶陵本徒作徙云五臣作徙表本云善作徙案徙但傳寫譌也注湯曰陳云別本湯上有周書二字案此周書王會解文有者是但今未見其本耳注而敵之案敵當作獻王會解可證各本皆譌注紫極星名王者爲宮以象之表本茶陵本無此十

一字注乃宿逆旅逆旅翁要少年表本茶陵本不重逆旅二字要作惡注淮南
子曰下至陗峻也表本茶陵本無此十四字注剋肌膚之愛陳云剋當作劃是也各本
皆譌感徵名於桃園何云園疑作原案何校據善注其西名桃原而云然五臣銑注云桃園則桃林
也疑善與五臣之異但表茶陵二本不著校語又水經注河水四引此賦亦作園然則未當改也注即漢
書全鳩里陳云別本全作泉案今未見戾太子傳是泉字注閿鄉縣東十里鳩澗
西何校十下添五字鳩上添泉字案何校據戾太子傳顏注云泉鳩水今在閿鄉縣東南十五里而添也此注各
本盡同未審善有以否注漢書湖縣名今號州閿鄉湖城二縣皆其
地也表本茶陵本此十八字作漢書湖有閿鄉六字案二本是也但此六字實續漢書郡國志文疑漢上脫續
字善以注正文閿鄉尤延之取顏戾太子傳之注湖者添改不知此正文並無湖字甚非注愬向也案愬
當作遡各本皆譌注水側有坂表本茶陵本坂上有長字案有者是也臣謬正俗所謂過此長巷者
也注漢書楊雄下至料敵制勝表本茶陵本無此十八字注鄭元周禮注
曰浸者可以爲陂灌漑者表本茶陵本無此十五字八鄭都而抵掌案抵
當作扺各本皆非也說見前注毛萇曰戚表本茶陵本無此四字陳云下當有戚也案此尤延之添
改而仍脫誤外羅西楚之禍表本茶陵本羅作離案離是也辛士且弗遺表本茶陵
本且下有猶字案此亦無可考也況於卿士乎表本作而況於卿士乎矣云善無七字茶陵本作而
況於卿士乎亦云善無六字尤本此處脩改乃取五臣五字以亂善非也注漢書曰下至降軹道
旁此十九字表本茶陵本無案有者是注漢書曰踈廣下至東都門外此六十八字表
本無因五臣同善而節也茶陵本亦有有者是注青春爰謝案爰當作受此大招文也正文云孟秋爰
謝善引此及王逸注者但取謝字耳其楚詞之春受潘賦之秋爰各自爲義五臣乃改賦作孟春受謝不知岳以仲
夏憑軾及此莅職初不改歲何言春乎各本又因善正文之爰迴改注受字亦爲失之其他篇注誤爲爰者不盡出

考異二　十八

注尚書曰子思曰孜孜表本茶陵本無此八字注乘風懸鍾華祠樂
案祠當作洞表本茶陵本作獨亦誤金狄遷於灞川表本茶陵本灞作霸案霸是也注中皆作霸
注潘岳關中記下至重不可致此三十六字表本茶陵本無因五臣同善而節也有者是
注次道南表本茶陵本次作大是也注臨危下至蘇武也此十六字表本茶陵本無案有
者是陸賈之優游宴喜何校宴改燕案據注引毛詩也其實宴燕同字亦未當改廣絕交論陸大
夫宴喜西都注正引此注司馬長卿王子淵楊子雲也此十一字表本茶陵本無
案有者是注胡廣曰案廣下當有書字後屢引各本皆脫注洞門高廊陳云廓別本作廊案
今未見外戚傳是廊字注文成將軍李少翁下至亦何在也此一節注四十一字表
本係五臣良曰下其善注作班固漢書贊曰如武帝有雄才大略文成已見上文二十字案此尤本所見以五臣語
當善反失眞善注誤甚幸表本訂正之但表文成下尚少五利二字引漢書有當作之爲小誤茶陵本截善注上十
四字與表同下文成五利悉複出亦非注西都賦曰抗仙掌下至干雲霧以上
達表本無此二十六字其善注作並已見上文案表本是也茶陵本悉複出與此全異亦非注漢書曰
武帝作角抵戲下至絡以隋珠和璧表本無此三十三字案不當有也善下注所謂
餘並已見上文即指此等耳茶陵本悉複出仍與此不同亦非注漢書曰武帝下至勒功中
岳表本茶陵本無此十七字案不當有也說在上條注人情驚懼表本茶陵本無此四字注
傳昭儀等皆慚表本茶陵本無此六字注漢武故事曰衞子夫下至悅
之表本無此十九字其善注作衞趙已見西京賦案表本是也茶陵本有乃取西京賦注而複出也彼全書於善
云已見者例如此蓋尤所見本亦然而誤依添耳注廣雅曰鑑照也下至事由體輕
表本無此二十二字案表本是也茶陵本有仍與此不同說在上條唯廣雅曰鑑照也六字非取西京注或當有
掩細柳而撫劍案注云方言曰掩止也掩與揜同蓋善揜五臣掩而亂之表茶陵二本不著校語及

考異二　十九

尤所見皆非注終不肯行表本茶陵本肯作可是也注不聽臣言表本茶陵本言作討是也注昭王昭襄王也表本作昭主昭王也案表本最是正文云主昭而注云昭主者如上注云數教舉兵正文云教數兵舉之例也茶陵本全刪此注益非注杜篤弔比干文曰下至豈忠諫之是謀表本茶陵本無此十八字注無償趙王城邑表本邑作色案色是也茶陵本亦誤邑注欲以擊柱表本茶陵本無柱字注廣雅曰弃阬也才性切表本茶陵本無此九字案蓋尤所見有身刑轘以啟前表本云善作先茶陵本作先云五臣作前案二本與尤所見不同也但各本於注中皆云故曰啟前似善自作前字也注國語單襄公曰下至惕覺寤而顧問表本無此二十三字茶陵本有案表是也善明云兵在頸已見東京賦茶陵複出尤亦多皆於注末所云不可通注吾願得郡表本茶陵本郡上有一字案有者是也史記文注地者遠近險易表本者遠近作有近遠案表本是也茶陵本作者近遠者亦有之誤注羽居

咸陽表本羽下有因字茶陵本有西字案有西字是也史記文注漢書曰韓延壽下至莫不流滯此一百十八字表本茶陵本無因五臣同善而節去也尤本有者是注襄公之應司馬曰夷陳云曰當作目是也各本皆譌注秦名天子冢曰長山案長字當去各本皆衍水經注渭水所引無可證也下注過聽將作大匠解萬年表本茶陵本無解字案無者是也注張晏漢書曰鞠案曰上脫注字見下鞠當作鞫各本皆譌注一曰勒毛萇詩傳注曰勒告也陳云注字當在上張晏漢書下兩勒字並當作鞫所引乃采芑三章傳是也各本皆譌注左氏陳云下當有傳字是也各本皆脫注王莽奏曰下至故爵稱天子表本茶陵本無此十四字注始皇南山之巔陳云南上當有表字是也表本亦脫茶陵本全刪此注益非注五柞在盩屋表本作五柞已見上文案表本是也茶陵本複出亦非注漢書武帝發謫穿昆明池表本無此十字正文不另分節注西都賦曰集

乎豫章之宇下至皎河漢女表本無此三十七字其善注作並已見上文詳下注周易曰日月麗乎天下至曙於濛谷之浦表本無此四十五字其善注作並已見上文詳下注三輔黃圖曰下至揭焉中峙表本無此三十一字正文不另分節注毛萇詩傳曰下至牽牛織女象也表本無此三十一字其善注作餘並已見上西京賦案以上各條皆表本是也善注例自如此尤增多茶陵本複出互有不同皆非注鄭元周禮注曰下至阯基也表本無此二十六字正文弁在上節案表本是也注毛詩曰下至鴻漸于干表本無此十四字正文不另分節隨波澹淡表本茶陵本波作流案尤此處皆脩改蓋流字是注毛萇詩傳曰飛而上下至隨波澹淡表本無此二十七字正文不另分節注灑濟出沒之皃下至喓喋菁藻表本無此三十二字其善注作並已見上文案皆表本是也茶陵本所複出互有不同亦非志勤遠以極武表本茶陵本云勤善作懃案此處尤本皆脩改

下文心翹懃以仰止亦五臣勤善懃二本所見是矣注謂品第也謂品第其所獲也茶陵本無也謂品第四字是也表本亦衍注杜預左氏傳曰表本重曰字茶陵本左上有春秋二字案皆非也陳云傳下當有注字灑釣投網表本云善作罔茶陵本作罔云五臣作網案二本所見是也注郭璞方言曰陳云言下脫注字是也各本皆脫於是弛青鯤於網鉅表本作綱云善作網茶陵本亦作網無校語案所見皆非也善作綱故引孔安國論語注必子釣而不綱之注也今弁注中三綱字盡譌爲網尤及茶陵遂不見綱字表本又以綱轉屬之五臣全失善意雍人縷切表本云善作雍茶陵本云五臣作饔案各本注中皆作饔疑善自作饔字注毛萇詩傳曰南方有魚陳校毛萇傳改鄭元箋案此節箋文也但善引毛鄭每不甚分別蓋其時傳箋久弁故致如此耳陳校悉以爲誤而改之當仍其舊他條亦不更出注獻子辭梗陽人賂表本無賂字是也茶陵本刪陽以添賂益誤注許慎淮南子注曰表本茶陵本無此七字注策杖也表本茶陵本杖

作馬𣟴二字徘徊鄭鎬表本云善作鎬茶陵本作鎬云五臣作鄗案各本注中皆作鄗似善自作鄗字
下文惟鄭及鄗亦各本俱作鄗注企佇也陳云企上脱翹字案爲正文翹字作注也各本皆脱注蔡
邕胡黃公頌曰案公上當有二字皇太子釋奠會作詩注所引可證注參其二也案參
上當有莫字皇太子釋奠會作詩注所引可證今後漢書胡廣傳注及蔡中郎集皆作莫與爲二更誤庶免
夫戾何校夫改大陳云別本作大案何陳所言皆誤夫是大非今各本亦未見有作大者注然任其
才信無欲之心陳云才當作材是也各本皆譌
卷十一○登樓賦○注古雅表本茶陵本無此二字注末有假古雅切四字案二本是
也此音注或爲假之假不當移八正文暇字下注說文曰屋宇邊謂樓之宇也表本
茶陵本無此十三字案有者蓋誤衍注以上表本茶陵本作㨾以上切在注末是也注漢中山
王勝曰陳云漢下當有書字各本皆脱案謂景十三王傳也注對曰凡人之愚何校對上
添中謝二字是也此陳軫傳文各本皆脱注道德於此陳云德當作得是也各本皆譌注丁達
表本茶陵本作怛丁達切在注末是也注憂勞也表本茶陵本此下有音刀二字是也注猶怬
怛也案怛當作怬各本皆譌此齊風甫田傳文猶者猶上章注於力切表本茶陵本在注末是也
注衛靈公泊濮水案泊當作宿各本皆譌王正長雜詩注引有其證注而聞有鼓
瑟者表本茶陵本瑟作琴案琴是也此韓子十過文又載史記樂書亦是琴字○遊天台山賦
○蓋山嶽之神秀者也表本茶陵本無者字注老子曰天法道下至極
之微也此四十三字表本茶陵本無案此以尤所校添爲是注欲言其表本茶陵本其下有無字
案有者是也近智以守見而不之表本茶陵本智下有者字案二本不載校語無可考也
注卑遥表本茶陵本作卑逕切在注中舉標甚高下是也注名色皆赤案名當作石各本此
譌而屬上非也注丁鄧表本茶陵本作磴丁鄧切在注中下臨絕冥之澗下是也注顗愷

蒙記曰表本茶陵本記下有注字是也注異苑曰天台山石何校石下添橋字各本皆
脱注居宋又注力鬼表本茶陵本作居虬切藟力鬼切在注中木下曲曰樛下是也注道
威夷者也陳云別本道上有周字無者也案此脱周字衍者字別本今未見注玲瓏明見
貌案玲瓏當作瓏玲此揚雄傳和氏瓏玲注也善取同義不拘語倒其例全書盡然不知者依正文乙轉非也
注亡匪表本茶陵本作亹亡匪切在注中文貌下是也注宁猶積也佇與宁同陳云
宁當作貯是也各本皆譌注陽林生於山南案林當作木此地官山虞注也善以陽木注陽林不
知者依正文改字非也挹以元玉之膏案挹當作揖乃善揖五臣挹而亂之說見下注挹
斟也表本茶陵本此下有揖與挹同四字案二本有者最是也善引詩傳挹以注揖故有是語五臣因改爲挹
表茶陵皆正文用五臣亂善而不載校語尤本并刪此注幾莫可考甚非注荀粲列傳案列當作別各
本皆誤三國魏志荀或傳注有其證也○蕪城賦○注四言表本無此二字案無者是也凡
四言五言皆詩題下注賦不得有茶陵本亦衍與尤所見同誤或連之於下注集云讀更誤集者鮑明遠集茶陵本
於集云上隔以善曰二字則雖衍而未嘗以爲四言集也今鮑集正有所云亦可證注登廣陵故城
陳云下當有作字案此依集校是也各本皆脱注昭爲前軍何校下添行參軍三字陳云當有是也各
本皆脱拖以漕渠表本茶陵本云拖善作弛案二本及尤所見皆非也考善注引廣雅拖引也必作拖
字其五臣濟注拖舟具也乃改之使配下句軸耳不當以亂善亦不得謂善別作弛也注中拖字尤茶陵亦誤拖表
本尚未譌可據以訂正注南臨江曰重濵帶江南曰複表本茶陵本臨下有二字
帶上無濵字案二本是也又案據此注似集云重關複江者恐是誤倒何校正文取之非矣孳貨鹽田
案孳當作滋注云孳蕃也孳滋古字通也善必作滋字故有是語五臣因改爲孳各本所見以之亂善表茶陵又不
載校語皆非下文參秦法善參五臣修尤自不誤而二本亦無校語正同此誤注佳刀曰劃茶陵本佳
作注案皆誤也當作錐說文如此陳云別本作錐表本仍作佳亦誤注郭璞曰三倉解詁曰

陳云上曰字衍是也各本皆衍注爵馬同轡案爵當作百此因正文云爵馬而誤不知爵字上引大雀
踆踆已注訛此但注馬字也各本皆誤注孔子抽琴按軫表本按作去案去字是也茶陵本亦
誤按并遲滅兮表本茶陵本遲作徑案徑字是也○魯靈光殿賦○注上軼
表本茶陵本作歸上軌切在注末是也注若炎唐案若上當有粵字各本皆脫注爾雅曰
分次也表本爾作小案小是也茶陵本亦誤爾今廣詁次也條脫此字注孔安國尚書傳
曰吁表本茶陵本此在善注案二本是也尤本上脫去善曰二字甚非凡東晉尚書傳盡善所引耳又案上注
杜預左氏傳注曰隳毀也廣雅曰鄙國也下注楚辭曰流星墜兮成雨疑亦善引而係之於載注者各本皆然恐失
其舊注隆屈也陳云屈也二字誤或有脫文今案此當重隆字隆屈也解隆猶下注以巔巘然解巔也各
本皆譌注陵表本茶陵本作緡如字綾音陵在注末是也注嶔巖其龍鱗表本重巖字是
也茶陵本亦脫狀若積石之鏘鏘何校鏘改嶈陳云當作嶈嶈案皆據注引西都嶈嶈校也考彼

異二　三西　十二日上

賦蓋當作嶈嶈後漢書作嶈嶈此五臣翰注作鏘鏘未審善果何作注爌炾爌朗案正文各本皆作閬
善注末云閬音朗茶陵本載善音朗此注似有誤蓋當爲閬也集韻三十七蕩有閬云爌閬寬明皃即取此亦是一
證其射雉賦云畏映日之儻朗則安仁用字不同也注言炫燿也瞜瞜目不正也表本
茶陵本作瞜言炫燿而目不正也案二本是也霄靄靄而晻曖表本茶陵本霄作宵案宵是也
注蹴或移字茶陵本作蹴或作移表本有字無作與此同案各本皆非也當云蹴或作移字互有脫耳
下注嘗或作梀字是其例又案爾雅曰連謂之簃郭注今呼之簃廚簃即移也此賦蓋本是移廚亦又爲蹴廚故張
載以爲連閣傍小室李善云相連貌五臣不解妄云緩步不進然則廚字有足旁乃令善本爲所亂也并訂之如此
注欲安心定意表本茶陵本欲上有詳謂二字案有者是也嶔崟離摟表本茶陵本摟
作樓注同案樓字是也長門賦可證漂嶢峴而枝拄表本茶陵本拄作柱案柱字是也此本注中亦
皆作柱枝牚杈枒而斜據表本茶陵本杈枒作扠枒注同案此或善五臣有異但不著校語無

可考也窋咤垂珠表本茶陵本咤作詫注同案詫字是也注刻繒爲之案繒當作繪言
刻爲房及葯繪爲綠及紫也各本皆譌景福殿賦注云謂繪五彩於刻鏤之中此刻繪之明證注珠珠之
實窋咤也陳云珠之似當作葯之是也各本皆誤注雲節案節當作葉此複舉正文不當改字
下乃以節解之如上以芍解葯之例各本皆誤注桷謂之梁案梁當作棨各本皆譌此禮器注文今本
作節蓋善引自不同奔虎攫挐以梁倚表本云善作玃注中皆爲玃字案表本是也羽獵賦可證
茶陵本作攫云五臣作钁依表本钁者五臣音攫之字也其所見必誤注文字曰騰表本茶陵本此
下有蛇無足而騰五字案有者是也何校字改子陳云見第十五卷思元賦注各本皆誤注儼雅而相對
案雅下當有跽字此複舉正文全句如上齊首目以瞪眄之例也各本皆脫注瞟睽也案睽當作瞭各
本皆譌陽榭外望高樓飛觀又注大殿無內室謂之榭春秋
傳曰宣榭災榭而高大謂之陽表本校語云善無陽榭外望高樓飛觀二句今茶陵

異二　三五

本有改校語小字而升之爲正文耳其初亦無也注二十二字表茶陵皆無案善魏都賦注引此賦注曰榭而高大
謂之陽然則正文當有陽榭云云似無者爲傳寫脫也其注大殿至宣榭災未審尤何所出中坐垂景
案注云自中坐而乘日景是垂當作乘各本皆誤蓋五臣作垂也又案甘泉賦垂景炎之炘炘漢書垂作乘亦恐善
乘五臣垂但善彼無注又各本不著校語無以考之巖突洞出案突當作宊注同各本皆誤上林賦作宊
宊與窔同字也一弔切史記司馬相如傳可證今漢書亦作宊皆傳寫之譌又此注引上林作子虛或善誤記耳
注小雅曰靡靡細也案靡字不當重此廣言文也各本皆衍注搖光得陵黑
芝表本茶陵本陵下有出字案有者是也歇欻幽藹茶陵本藹作靄云五臣作藹表本作藹案此尤
所見以五臣亂善也○景福殿賦○注頗有材能茶陵本無此四字表本以此上此下
注係之於五臣銑曰而無散騎常侍遷曹爽反等字其善注作典略曰何晏字平叔南陽人也尚金鄉公主頗有材
能爲散騎常侍遷尚書主選及曹爽反誅晏并收斬東市四十二字案表本是也茶陵例於大略相同便稱某同某

注其實文句非全同也此并銑於善耳尤所見者亦然又將他本善注頗有林能四字校添益不可通注生數歲下至武皇異之表本茶陵本無此十三字注晁錯對策曰表本茶陵本晁錯作董仲舒案此尤校改者是也史記集解亦載其語可證各本皆誤注王齊曰隔定四方案齊當作肅隔當作商此所引家語五帝德注不飾不美表本茶陵本飾作飾案飾字是也注田豫討大將表本大作吳是也茶陵本亦誤大何校據改注然伐一星案然下當有參字各本皆脫注晉宮閣銘曰案銘當作名各本皆譌注山有紫榛案紫字不當有各本皆衍注多當爲趨廣雅曰趨多也案二趨字皆當作趍今廣雅釋詁三作𢒵西京賦清酤𢒵注亦引廣雅𢒵多也趍與𢒵同字耳注說文曰編署也案編當作扁下文可證各本皆譌菑蓄葹翁案菑當作蘋注云菑蓄已見上文者謂魯靈光殿賦菑蓄披敷也云蘋與菑同者謂此賦之蘋字與彼賦之菑字同也善正文必是蘋字無疑五臣乃改爲菑各本亂之而失著校語命共工使作繢案繢當作繪注引鄭尚書注可證繪字通作繢蓋五臣改之各本正文皆以亂善而不著校語注繢讀曰繪表本繢作會案會字是也茶陵本亦誤繢蓋校者初欲以繢改下繪字而誤改會字也注以思親正君陳云刑本思作恩案恩是也此沔水箋文但今未見其本耳注壯勇不立案勇當作男各本皆譌注酒漿沈湎表本茶陵本沈作流是也何校據改注大戴禮記曰表本記作詩茶陵本記曰作引詩案表本是也注靡有不克案克當作孝各本皆譌宜爾子孫表本作孫子云善作子孫茶陵本云五臣作孫子案各本所見皆非也注云宜爾子孫已見上文者謂毛詩已引在魯靈光殿賦也詩之子孫與賦之孫子語倒而意不異無嫌取證不知者遂依注以改正文乃失其韻矣注李聃曰案聃當作軌謂李軌注法言也各本皆誤注侯權景福殿賦曰案侯上當有夏字權上當有稚字各本皆脫安陸昭王碑注引作夏侯稚當互訂稚權名惠見魏志夏侯淵傳注注時襄羊以劉覽陳云劉當作瀏瀏覽與西征賦瀏覽同義其說是也各本皆譌注言爲蚪龍之形吐水

惟注以成溝洫交橫而流表本無此十八字茶陵本無之形吐水注以成七字案此所見不同也注服虔漢書注曰篁叢竹也鵾鷺二鳥名鰋鮋二魚名又注字林曰侔齊等也表本無此二十七字茶陵本無兩名字案此所見不同也注賑富案富下當有也字各本皆脫注爲作恃五穀表本茶陵本作恃作天持是也注薛綜東京賦注曰高昌建城二觀名也表本茶陵本無此十五字案此所見不同表茶陵是而尤非也何云東京賦無此語謂賦文既無高昌建城則薛注自不得有矣其說最是凡尤校此書專主增多故往往并他本衍文而取之注碣揭同表本茶陵本無此三字案蓋五臣以此改正文碣爲揭而二本去此注耳注毛詩曰或耘或耔表本此注首有謂九野也四字最是茶陵本無尤所見與之同皆誤脫注鄭元禮記曰案記下當有注字各本皆脫屯坊列署表本茶陵本坊作方案二本是也制無細而不協於規景案當衍而字說見下作無微而不違於水臬案當衍不字注云無細不合皆言合也無微而違言不違也正文上句無而字下句無不字甚明白易知各本皆誤衍又案考五臣濟注云無微不違言不違當是其本乃衍表茶陵二本不著校語則所見皆以五臣亂善也注無細不合皆言合也案上合當作協皆言當倒各本皆誤文彩璘班表本班作㻞云善作班茶陵本云五臣作㻞案注引埤蒼作㻞疑校語未是注熠盛光也表本茶陵本無盛字案此尤依說文校添注魏志文紀曰青龍見於摩陂何校文改明靡改摩陳同案依魏志校也各本皆譌總神靈之貺祐案祐當作祜注同各本皆然但傳寫譌耳

卷十二〇海賦〇巨唐之代表本巨作臣云善作巨茶陵本云五臣作臣案各本所見皆非也陳云觀此注中臣堯之解則善本亦作臣也巨乃傳寫之誤其說最是注延表本茶陵本作䢭音延三字在注末是也決陂潢而相汳案汳當作沃注汳灌也同茶陵本云善作汳表本云善作湲所見皆誤也沃與下句鑿協字譌而失其韻注踰濟漯陳云踰別本作渝下注引同案茶陵脩改本如此表本仍

皆作踰似善讀孟子不同也 注七林 陳云二字似當在滲字下表茶陵二本正如此今案此衍字也表茶
陵有者為五臣滲字音其善滲音使自在注中尤所見因誤在淫字下遂兩存之正以七林當淫字音耳又案凡善
音各本多失其舊今於其可考者悉加訂正 注烏黨 又 注乃朗 茶陵本作泱烏黨反瀼乃蕩切
在注中有塡於反瀼之害下表本但有泱烏黨反四字又案凡善音皆云反今本作切者後人所改此則改而未盡
者也餘準此不悉出 注曠遠之貌 表本茶陵本此下有融音融三字是也 注史記曰斥
爲易 案曰當作以各本皆譌西征賦注云戰國策以吳爲吾其句例也 注彼苗 表本茶陵本作摽彼
苗切在注末是也 注言月將夕也 表本茶陵本月作日又此五字在大明月也下其下節注作翔
陽日也言日初出也案此蓋尤本誤倒 注伏韜望淸賦曰 何校韜改滔淸改濤各本皆譌 注
巽風不至 案風當作氣各本皆誤舞鶴賦注引正作氣字 注丁迴反 表本茶陵本在注末是也
反作切非 注不平貌 表本茶陵本此下有渭音謂漯音累迭徒結切十字是也 注乙于 案此五臣
音表本茶陵本有盜音洿三字在注末是也尤存此刪彼非 注土舍 茶陵本云吐甘切五臣作土含切表
本作土含案茶陵校語是也表本用五臣尤與之同非 注滐與傑同 表本茶陵本無此四字案所見
不同也似有者是矣 注苔 案此五臣音表本有翕直合切四字在注中重疊也下是也茶陵本弁此節注於翰
而去四字尤與之同非 注奴冷 表本作渟奴冷反四字在注中沸貌下是也茶陵本亦誤去說見上 注
霾音埋 表本茶陵本無此三字案無者非也此善音正文下莫排二字乃五臣音尤所見未檢照而兩存然
足訂二本之失凡善音各本皆非其舊或表茶陵非而尤是此條其例也 注波相吞吐之貌 表本
茶陵本此下有呷呀甲切四字案呀當作呼此善呷字之音也尤誤刪 注充制反 表本茶陵本在注末
是也反作切非 天吳作見而髣髴 案髣髴當作彷彿善注可證見下甘泉賦猶彷彿其若夢注彷
彿亦引說文楚辭彼五臣作髣髴有文此亦各本亂之而不著校語 蛧像 案蛧像當作罔象善注可證考
本茶陵本於善注字則作罔象於五臣向注字則作蛧蛧然有別無可疑也唯正文不著校語爲以五臣亂善

頭者乃葬耳 注式染 表本茶陵本作閃式染切在注末是也 注說文曰髣髴 表本
茶陵本作彷彿案二本是也尤所改非下引楚詞仍未改可證說見上又甘泉賦漢書作彷彿二注所引說文字亦
在亻部但善引說文多不合未必與顏同作彷佛也 注勞 表本作音勞二字在注中澇大波也下是也茶陵本
誤與此同 注楚乙切 表本無此三字茶陵本在泲摩也上作楚兩切案茶陵本最是也此善磧字之音正
文下楚爽二字乃五臣音尤本誤倒入下文改兩為乙失之矣 注鑊 表本茶陵本作濩音鑊在注末是也 注
敖 案此五臣音茶陵本有牛高切在注末敖字下乃善音表本亦誤去與尤本皆非 注其人黑齒
也 茶陵本黑齒作齒黑無也字案齒黑是也表本亦誤與此同 爾其爲大量也 表本茶陵本無
爲字案此無可考也 注虛也 表本茶陵本作天墟下有音區二字正文下無音虛二字案此尤用今爾雅改
其實非善意也今爾雅郭讀虛如字不得引以注此賦必他家讀為墟域之墟故曰音區又天字善因是釋天文而
增之如下引折木謂之天津天字亦本文所無何云注誤未得其解 注莫泠 表本茶陵本作溟莫泠切在注
末是也 注烏 表本茶陵本作惡音烏在注末是也 突扤孤遊 表本茶陵本扤作杌是也注同 注
七鄧 又 注鄧 表本茶陵本作蹭七鄧切蹬音鄧在注中失勢之貌下是也 鬐鬣刺天 案鬐
當作鰭考善注引上林賦注各本皆作鰭而表本茶陵本於而載五臣濟注則作鬐鬣然有別唯不著校語爲以五
臣亂善尤本所見亦然皆非也又江賦揚鰭掉尾正文不誤而注引上林為鬐亦因二本用五臣作鬐相涉而轉輾
致譌也 注盧 表本茶陵本作音盧二字在注中謂之顯顯下是也 注詭異也 表本茶陵本無此三
字案無者是也以二本考之乃五臣銑注尤本誤係之於善耳 見喬山之帝像 案喬當作橋考善注
引史記各本皆作橋而表本茶陵本於所載五臣泉注則作喬截然有別唯不著校語爲以五臣亂善尤本所見亦
然也 羣仙縹眇 何校縹改瞟注同案所改是也善作瞟注瞟眇遠視之貌引魯靈光殿賦瞟眇證之五臣
作縹向注縹眇高遠貌各本皆以五臣亂善而不著校語唯注引忽瞟眇句未譌也 芒芒積流 表本茶陵
本芒芒作茫茫是也 注李尤翰林論曰 陳云案尤當作充見晉書文苑傳與東漢李尤時代殊

今案所校是也李充遠在木前亦不撰翰林論各本皆譌○江賦○咨五才之並用案才
當作材善注中引左傳各本皆作材可證也表本所載五臣向注作才茶陵本已刪度其所刪亦必是才耳皆不著
校語與尤本同爲以五臣亂善注東別爲沱表本作已見上文是也茶陵本複出與尤同誤注說
文曰沫案考說文此字從末但善雖蜀父老音妹顏師古音漢書亦然又索隱云音妹又音末唯小司馬又
音爲從末耳然則在當時往往從末作矣善引說文多不合當仍其舊又案蜀都賦善音武蓋反亦從末也注
信陵縣西二十里案信當作江郡國志所載荊州南郡江陵縣也各本皆譌注應劭漢
書地理志曰何校志下添注字陳同今案此下所引皆班志文蓋善元作應劭漢書地理志注曰沅水
出牂柯漢書地理志曰云云今各本脫注下十二字而不可通也引應沅水出牂柯與上引山海經出象郡異說正
下文入沅水經云入江之例注在廣陵興縣何校興改輿是也各本皆譌注山名安
地德者也案山名當作名山各本皆倒注悰案此五臣音茶陵本有昨宗切在注中水聲也下乃

善音表本亦誤去與尤本皆并注開達山南何校改開作闓是也各本皆譌陳云一作闓今未見注
音伏表本茶陵本無此二字案無者非也說見前注音學表本茶陵本無此二字案無者非也說見
前凡以後放此者不悉出注客案此五臣音也茶陵本云五臣作硌音客表本作硌音客用五臣也云善作硌
考集韻二十一麥有硌克革切云礐硌水激石不平皃然則上力隔二字乃眞善硌字音必本是注末有硌力隔切
云云也各本皆誤係之於礐字下而尤本又以五臣硌字音音硌盆不可通注楚人名淵曰潭
府表本府下有已見上文四字案此尤誤刪也潭句絕府已見上文五字爲一句謂海賦水府之內引劉劭趙都
爲注也茶陵本亦誤與此同注宏表本茶陵本作汯音宏三字在注末是也注初脈胎渾混
表本茶陵本混作沌下皆同是也陳云當作沌注孕婦三月而脈胎表本茶陵本無胎字案此
精神訓文也今本作三月而胎必善所引者作脈尤延之校改遂誤兩存注大浪踊躍表本茶陵本踊
作踴是也注叫案此五臣音茶陵本云五臣作澆音叫表本作澆音叫用五臣也又云善作繞蓋善不爲繞字

作音尤衍甚非注瀨渤水聲也表本茶陵本此下有渤蒲沒切四字是也注臨海水土
記曰表本茶陵本無臨海二字案以下所引皆作臨海水土物志疑記仍當作物志二字也注鮪屬
陳云別本屬上有鱣字案今未見考爾雅注當有注王鱣之大者案鱣字當重各本皆脫注
鰊似繩表本茶陵本似下有鱦音二字是也注郭璞曰茶陵本此下有鰧音縢三字案此在中山
經注今本作騰音騰字與善引不同然可借證其當有注鱺也表本茶陵本此下有爆蒲角切四字是也
注尾跂表本跂作岐茶陵本亦作跂案此亦在中山經注今本作岐或善引不同注音團如扇
之團案團如當作如團此在南山經注今本不誤注生乳海邊曰沙中表本茶陵本無
曰字是也注子工案此五臣音茶陵本有蠳子公反四字在注中三蠳似蛤下乃善音表本亦誤去注
呼甘表本茶陵本作呼甘切三字在注中有文下是也注毗案此五臣音也善自引郭璞曰音毗在注
末五臣襲之耳各本皆誤兩存後凡放此者不更出注說文曰研表本研作硯是也茶陵本亦誤研

或焆曜崖鄰案鄰當作粼善引說文可證見下五臣乃作鄰向注云畔也是其明文各本皆作鄰又不
著校語以五臣亂善非也注鄰水崖閒鄰鄰然也表本三鄰字皆作鄰案此鄰之別體字最
是茶陵本亦皆作鄰與此同誤注翻與獝同案當作翻翢與獝狘同各本皆脫注紅龍舌
案舌當作古各本皆譌注二案此五臣音茶陵本有毦耳利切四字在注中皆草花也下乃善音表本亦誤
去注毦與茸表本茶陵本無與字是也注涯灌則叢生也表本茶陵本則作厓側二
字是也注曰眉又注具側案此王文五臣作踦踽故踦下音巨眉踽下音具俱表茶陵可證但
不著校語爲以五臣亂善耳善作踽踽音義具在注中尤本依而改正是矣但仍贅此音而又誤其字則失之陳有
校語殊誤今不取又踽踽同字載集韻陳云別本作踽注同今未見其本注已見同篇表本同篇作上
文案善注例云上文是也茶陵本改爲複出其所見仍當是上文耳注名曰獺其狀如鱬陳云
獺當作獱鱬當作儒是也案此引中山經注文下鱬同注與獺同案與上當有獺字各本皆脫注

呼犢爲犝案犝當作物下文云犝與物同謂引此物與正文犝同也今爾雅正作物注犝㸊牛之子也表本此上有然此二字是也茶陵本全刪此三字益非又案此犝亦當作物景炎霞火陳云據注霞當作赮案所校是也前壁立赮駮表茶陵二本有校語云善作赮五臣作霞此必同彼但失其校語耳後吸翠霞而夭鑴亦當有誤江妃含嚬而矊眇案妃當作斐注引列仙傳作斐可證各本皆以五臣作妃而亂之吳都賦江斐於是往來五臣作妃此同彼也注矊矊音緜表本茶陵本無此四字案此董聯與緜同之誤或其下仍有音緜二字涉人於是檥榜表本茶陵本檥作檥是也注同注併船也表本茶陵本此下有補浪切三字是也注杜預左氏傳曰案傳下當有注字各本皆脫注企與跂同表本茶陵本同作通是也注海潤于千里何校海上添河字陳同各本皆脫注言以綜爲喻也表本茶陵本綜作繖是也陽侯遯形乎大波陳云據注侯當作后案所校是也善作后五臣作侯表本所載翰注陽侯波神各本皆以五臣亂善而不著校語非也注楊國侯案楊當作陽各本皆譌此覽冥訓注也今本云陽侯陵陽國侯也蓋善節引之注杜性也表本茶陵本無此三字案此尤所校添慼交甫之喪珮案喪當作徳表本作喪有校語云善作徳可證茶陵本亦作喪而無校語與此皆爲以五臣亂善注孟子曰水陳云別本無引守案茶陵本如此表本仍有

文選考異卷第二

文選考異卷第三

賜進士出身通奉大夫江南蘇松常鎮太等處承宣布政使司布政使胡克家撰

卷十三○風賦○至其將衰也表本茶陵本校語云善無此五字案尤本初無是也後脩改增多非也陳云別本無今未見注露甲新夷飛林薄案甲當作申飛當作死各本皆誤所引涉江文也注堁或爲塸非也表本茶陵本堁下有烏臥切三字案有者最是又表本脫或爲塸非也五字得目爲蔑表本茶陵本蔑作矒案此所見不同二本非而尤是也注引呂氏春秋者盡數篇文彼作矒今本不誤善云蔑與矒古字通者謂玉賦蔑與彼矒通也蓋五臣因此改賦爲矒後以之亂善又改注中字以就之所當訂正注則爲蔑案蔑當作矒下蔑眇也同各本皆誤說見上注中風人口動之貌表本茶陵本無人字案此誤取五臣濟注中字增多非也○秋興賦○注興者記事於物茶陵本記作託是也表本亦誤記四時忽其代序兮表本茶陵本時作運案不著校語無以考也注有榮悴者案悴當作華各本皆譌飂瑟兮表本茶陵本飂作蕭案楚辭作蕭似二本是也注風暴疾也案暴疾當作疾暴各本皆倒後三十三卷可證又下息念卷戾當作思念暴戾遠出當作遠客出去族親別下當有逝字倣此又楚辭亦可證也注了表本茶陵本作憀音了在注未是也注事有當然表本茶陵本當作常是也注既來既往茶陵本來往二字互易是也表本亦誤注以爲華蔫也案華當作苹各本皆誤今說文作平苹平同字蟬嘒嘒而寒吟兮表本茶陵本而作以案此亦兩通無以考也注杜篤下至言晃朗而高明表本茶陵本無此二十字注如登春臺也表本登春作春登是也茶陵本亦誤倒注此以喻指之非指也何校以下添指字是也各本皆脫陳云別本有今未見注漢書鄭明曰陳云明當作朙是也各本皆譌所引蕭望之傳文菊揚芳於崖澨表本茶陵本於作乎案此亦兩通無以考也○雪賦○注臣授琴而鼓之案授當作援各本皆譌

注謂之焦泉案泉當作溪各本皆誤揜日韜霞袁本茶陵本揜作掩注同案此蓋亦尤校改之也注杜預左氏傳曰陳云傳下脫注字是也各本皆脫注巳見西京賦
說文曰挺拔也達鼎切袁本茶陵本無此十六字有瓊亦玉也瓊樹恐誤也九字案亦當作赤說文玉部文也瓊赤雪白故善以正惠連之誤此注疑兩有以九字承達鼎切之下袁茶陵二本皆脫十六字尤據別本校補之但誤去九字大非玉顏掩姱袁本茶陵本姱作嫮案二本是也今注有脫誤尤據之改正文大非說見下注范子紈素出齊袁本茶陵本無此六字注嫮與姱同好
貌袁本茶陵本好上有姱字案各本皆非也當作嫭以姱嫮與嫭同嫮姱好貌十一字嫭以姱連上美人皓齒大招文也嫮與嫭同賦作嫮大招作嫭也嫮姱好貌王逸之注也傳寫脫誤不可讀尤延之遂誤改正文為姱字今特訂正之注日安不飛茶陵本飛作到是也袁本亦誤飛嗟難得而備知袁本嗟作羌茶陵本亦作嗟案此必善羌五臣嗟各本失著校語而亂之注我善養吾浩然之氣案浩

當作皓下同各本皆誤說見後荅賓戲下注鴻安上嚴平頌曰案鴻上當有梁字各本皆脫補亡詩引有○月賦○注時年三十六何校三改四陳云三當作四案所校是也本傳可證各本皆誤注長歌行曰陳云長當作傷是也各本皆誤注王逸楚辭注曰土高四
墮曰椒袁本茶陵本無此十二字注侯瑾箏賦曰案瑛當作瑾各本皆譌茶陵本侯作吳更誤何陳校據之非也說詳後陸士衡猛虎行注防露蓋古曲也茶陵本防作房是也袁本亦誤防注郢人聽之不若延露以和也袁本茶陵本無此十一字臨風歎兮
將焉歇茶陵本云五臣作焉袁本云善作烏案烏字傳寫譌此尤延之校改正之也注原成叔
曰案原當作厚各本皆誤此所引襄十四年傳文幽憤詩注作后九錫文注作厚厚即后也善引羣書其字或不畫一例如此矣○鵩鳥賦○誼既以適居長沙袁本茶陵本適作謫案謫字是也注引韋昭作謫可證史記漢書皆作適或以適改謫而為適也注閑暇不驚恐也袁本茶陵本閑

上有李奇曰三字與萃聚也連在孙怪其故句下是此及下條亦李奇注尤皆誤也注識于鵩鳥也袁本識作問是也茶陵本亦誤識注鵩冠子曰固無休息茶陵本無此八字是也袁本有亦非注顏師古曰袁本茶陵本師古作監是也注而相怨伐袁本茶陵本無伐字注
射傷吳王闔閭闔閭且死袁本茶陵本不重闔閭注巳決之矣遂與
師袁本茶陵本無決之矣遂與師六字注持滿者下至以地袁本茶陵本無此十五字注以
遺之不許袁本茶陵本無此五字注使陪臣種袁本茶陵本無此四字注敢告
下執事袁本茶陵本無下字注吳王將許袁本茶陵本許下有之字注謝曰下至遂
自殺袁本茶陵本無此十三字注乃蔽面曰袁本茶陵本乃下有自字案此節各條尤所校改皆未是也何足控摶案摶當作攡漢書作攡選文與之同故善注有且史記攡作摶字之語若自作摶於注全不可通必五臣因此改正文作摶後來以之亂善耳幽通賦注引作攡亦其一證也又注中控攡愛生之意也

孟康曰攡持也如淳曰攡音團或作摶在此賦訓攡為量今各本於正文既誤之後改攡作摶改摶作攡皆不可通所當訂正注控摶愛生之意也袁本茶陵本控上有善曰二字是也案此一節蓋皆善注注
善曰鵩冠子曰袁本茶陵本無善曰二字是也說見上又袁本鵩上有又字子下有亦字是也茶陵本無非注師古曰患音還袁本茶陵本無師古曰三字案無者是也注郭璞曰案璞當作象各本皆誤所引大宗師篇文之注也或趨東西袁本茶陵本東西作西東案二本是也尤誤倒史記漢書皆作西東其孟康注云東西者即不拘語倒耳注大人者與天地袁本茶陵本大上有文子曰三字是也窘若囚拘案窘當作僒注同漢書作僒選文與之同故善云囚拘之貌其五臣良注窘困也乃作窘耳各本皆以五臣亂善史記索隱云漢書作僒音去殞反與善讀求殞反正合得坻則止案坻當作坎漢書作坎選文與之同觀善引孟康注於首可見其下復引張晏兼廣異本必五臣因此改坎為坻故僅取張小洲之語作注也各本皆以五臣亂善注易明夷則仕茶陵本明上有大字無夷字袁本作

明夷與此同案各本皆誤也易明夷當作謂夷易漢書顏注引可證也陳云別本作明夷易亦誤德人無累表本茶陵本累下有兮字下細故蔕芥句同案此不著校語無以考也〇鸚鵡賦〇注典引曰來儀集羽族於觀魏表本茶陵本無此十一字惟西域之靈鳥兮表本茶陵本無兮字下體金精之妙質兮同案此亦無以考也注幾者事之微也表本茶陵本幾作機是也注在蜀郡五道西何校五改灡氏二字陳同是也各本皆誤注情慨慨而長懷茶陵本上慨字作慷是也表本亦誤慨何今日之兩絕案兩當作雨考贈蔡子篤一別如雨注云鸚鵡賦曰何今日以雨絕陳琳檄吳將校曰雨絕于天然諸人同有此言未詳其始善自作雨甚明此及陳檄皆無注者以具注在彼詩也表茶陵二本所載五臣良注云何今日雨相隔絕各在一方是五臣乃作兩各本以之亂善而失著校語順籠檻以俯仰茶陵本籠作櫳云五臣作籠表本作籠案表本用五臣也失著校語非尤以五臣亂善益非徒怨毒於一隅表本怨下校語云善作寃案表所見是也五臣

異三　四

翰注自爲怨字茶陵本云五臣作寃必校語有倒錯耳此以五臣亂善〇鷦鷯賦〇有以自樂也案樂當作得表本云善作得茶陵本云五臣作樂此以五臣亂善注西京賦曰蓊距爲刀鈹案此有誤也文在吳都賦或善誤記耳有用於人也表本無有字茶陵本有案此亦無以考也注易曰天地造生表本茶陵本易下有注字是也戀鍾岱之林野何校岱改代注同案善引漢書爲注今地理志作代何據之校也晉書所載作岱海鳥鶢鶋案鶢鶋當依晉書所載作爰居善引國語爲注亦是爰居字表茶陵二本五臣翰注乃作鶢鶋字葢善爰居五臣鶢鶋各本亂之耳正文下表居二字即五臣音也吾又安知大小之所如表本茶陵本知下有其字大小作小大案此亦無以考也晉書作大小無其字

卷十四〇赭白馬賦〇注後爲祕書監太常卒表本茶陵本無太常二字卒下有官字案此尤延之校改也注永原嘶代駛表本茶陵本駛下有以韻言之葢馬名也

八字正文下但有伏字無音伏馬名四字案二本是也尤刪移甚非又案之下葢上仍當有音伏二字二本因與正文下五臣音複而節去亦非當補正注樂率職貢案職貢當作貢職各本皆誤注尚書曰王府則有陳云王玉互異必有誤今案各本皆同無以訂也注宋人以馬百駟案以下當有文字各本皆脫陳云別本有今未見注函夏之大案大下當有漢字各本皆脫餘屢引有注倚瓠切表本茶陵本此三字在注末是也注漢書武帝報李廣曰威稜憺乎鄰國案此十四字當在肄習也下各本皆倒陳云別本在于輿師下接又曰至習也廿二字再接漢書今未見都人仰而朋悅茶陵本云五臣作朋表本云善作明案此尤校改正之也注赤文而綠地也表本作赤文綠色綠蛇也茶陵本與此同案葢表本是注乘纖離之馬表本茶陵本離作騑案尤依今史記校改之也騑即離字加偏旁耳然而般于遊畋表本茶陵本般作盤是也注泛濩逭表本茶陵本此下有如湁曰方腫切六字是也注魏都賦曰皇恩畢

異三　五

茶陵本畢作綽矣二字是也表本亦誤畢注春秋考異記云案記當作郵各本皆誤後長安有狹邪行注亦誤記注周禮曰師曠見太子案禮當作書各本皆誤注漢書舊儀曰陳云書字疑衍是也各本皆衍〇舞鶴賦〇注以自授王子晉案自當作目各本皆譌帀日域以迴鶩表本日下有校語云善作目茶陵本無案表所見非注而徧四方者也表本茶陵本方作海是也注姱好也表本茶陵本此下有吭胡浪切四字是也注巽氣至案氣下當有不字各本皆脫注吾導夫先路茶陵本吾上有來字是也表本亦脫注二達謂之歧案歧下當有旁字各本皆脫注奔獨赴也案獨當作猶各本皆譌注雲罷俱止也表本茶陵本無俱字是也注皇家赫赫而天居案赫字不當重各本皆衍〇幽通賦〇注家語孔子曰表本家上有善曰二字是也茶陵本移每節注首尤去皆非下注漢書曰班氏之先上淮南子曰蟬上成帝初上孟子曰窮上孔叢子曰仲尼大聖上毛詩曰斯言

之玷上淮南子曰黃神吟嘯上楚辭曰時不可乎再得上周易曰初九上莊子曰天與地無窮上曹大家以竊爲迕也上孝景立栗姬男上韓詩曰謀猶迴穴上莊子曰田開上論語孔子曰上論語曰長沮桀溺上禮記曰孔子哭子路上論語子路行行如也上言罔兩責景之無操上仁謂求仁上周易曰東鄰殺牛上左氏傳曰晉獻公上國語晉侯問簡子曰上成命以成天命也上史記曰夏后氏之衰也上左氏傳曰陳公子完上毛詩曰牧人乃夢上左氏傳曰叔向上老子曰有物混成上左氏傳秦伯問士埶曰上楚辭曰衆兆之所咍上莊子曰或聘莊子上論語子曰富與貴上輶德德輕而易行也上論語曰微子上論語子夏曰上尚書曰天威棐忱上毛詩曰匪大猷是經上春秋緯曰麟出上淮南子曰楚有白猨上莊子曰道之眞上論語曰朝聞道上周易曰天造草昧上莊子曰可以保身上同又篇中每節首凡非舊注者亦同不具出

注曰高陽配水也　案曰上當有又注字各本皆脫

乳虎故曰炳靈　何校乳虎改虎乳陳云當從漢書注作虎乳案所校是也各本皆倒

注象恭滔天　茶陵本象上有尚書曰三字表本有善曰二字案此當兩有善曰尚書曰五字

注皮義　表本茶陵本作平鄙五臣音也注末表本有善曰圯皮義切六字茶陵本有圯皮義切四字善音也尤删移非

注越　表本作善曰音越在注末是也茶陵本無尤删移皆非

注韋昭曰音昧又音忽　表本作鄧展曰昒音昧一音忽在注末是也茶陵本脫昧一音三字尤移改皆非

注盍何不也　表本茶陵本盍上有應劭曰三字是也

上聖迕而後拔兮　表本云善作迕茶陵本云五臣作竊案各本所見皆非也善亦作竊故曰曹大家以竊爲迕若作迕此注不可通漢書作竊師古如字解之義異文同也

雖羣黎之所禦　表本茶陵本雖作豈是也案漢書作豈

注音訶迎也　表本茶陵本作韋昭曰御音訶訶迎也在注末是也尤删移非

注所也音田　表本茶陵本作孔安國尚書傳曰迺所也在注末是也尤删移又以五臣由作迺音皆非

注今也則亡　表本茶陵本無此四字

恐魍魎之責景兮　案魍魎當作罔兩應劭注同表茶陵二本所載五臣翰注作魍魎各本善注作罔兩蓋正文以五臣亂善漢書作罔蛧與此小異顏注引莊子仍作兩

嬴取威於伯儀兮　表本茶陵本伯作百是也案漢書作百

注伯益在唐虞爲　案虞爲當作爲虞各本皆倒漢書顏注引作伯益爲虞無在唐二字

注泠周鳩　何校周改州陳同是也各本皆誤

注三年逢公所馮　案年當作所各本皆誤此韋昭周語注也漢書顏注亦可證

注櫝而藏之　表本藏作去是也茶陵本亦誤藏運命論注引作去

注化爲元龜　案龜當作黿各本皆譌運命論注引作黿

注此其代陳有國乎　表本茶陵本無代陳二字案此尤校添之也

注靈公奪而理之　表本理作埋是也茶陵本亦誤理案此引則陽文也釋文奪而埋一本作奪而埋之可證

姚聆呱而劾石兮　案劾當作刻注引應劭曰刻其必滅羊舌氏本或爲劾云云可證也表茶陵二本所載五臣濟注云劾刻也蓋取或爲之本改成劾字二本正文下何弋亦五臣音也各本皆以之亂善而失著校語漢書物作刻引應注云刻知其後必滅羊舌氏字與善同矣

有欲而不居兮　表本兮下有校語云善作乎茶陵無案表所見非漢書作兮

注曹大家曰以乃爲內　陳云曰字衍是也各本皆衍

注以明示禮度之信而致麟　案以明示禮度當依漢書顏注引作有視明禮脩各本皆誤視明禮脩之解詳具羣籍茲不具論

注封其後爲紹嘉公係殷　何校封上添漢字殷下添後字陳云當有並見漢書注是也各本皆脫顏引爲下有哀成三字亦脫

及注當訊之來哲　表本茶陵本訊作訴是也

惟聖賢兮　表本云善作聖賢茶陵本云五臣作賢聖案各本所見皆非也聖賢但傳寫倒漢書作賢聖以聖命協韻

以道用兮　表本茶陵本以作亦案二本是也漢書作亦

注孟子曰生　表本有應劭曰三字在孟上其舍置也上無案表本是也漢書顏注引可證茶陵本改并入五臣更誤

注曹大家曰大素不染　表本曰下有尚庶幾也越於也七字案表本最是茶陵本改并入五臣而删去非尤同其誤也

卷十五〇思元賦〇注平子名衡下至系曰　表本茶陵本作元道也德也其作此賦以脩道德志意不可遂願輕舉歷遠遊六合之外勢既不能義又不可故退而思自反其系曰四十五字

注夫何思元而已　表本茶陵本重思字

注衆妙之門　表本茶陵本此下有平子時爲

侍中諸常侍惡直醜正危衡故作思元非時俗二十二字案此節注脩改蓋初與二本同也未詳尤所據凡本卷以下增多皆倣此舊注表本茶陵本舊上有張平子三字案有者是也此每篇下所標作人姓名注結深蘭之亭表本茶陵本重亭字是也注尚書帝曰表本茶陵本無帝字是也注隤愷表本茶陵本愷作數是也注毛萇傳曰下至此言無遺爲法也表本茶陵本無此二十一字注而吾曰遇之表本曰作日是也茶陵本亦誤日注漢書曰賈誼曰下至曰阽表本茶陵本無此二十六字惡既死而後巳何校惡改要陳云范書作要表本茶陵本作要云善作惡案各本所見傳寫誤也注禮記曰簞笥下至蓋瑤字相似誤耳表本茶陵本作貟曰簞方曰笥並盛食器也無上八字下十七字注馬中立切今賦作蓺字表本茶陵本無此九字注蕭該音本作陂下至陂邪也表本茶陵本無此三十五字注善曰賈逵曰表本茶陵本無賈逵曰三字注說文曰辮下至鞶帶也

表本茶陵本無此二十九字注說文曰珩下至所以節行表本茶陵本無此二十一字昭綵藻與琱琭兮陳云琱琭范書作雕琢表本云善作琱琭茶陵本云五臣作雕琢案琱即雕字善不注琭恐傳寫誤注夏末乃止表本茶陵本無此四字注順陰陽氣而生案陽字不當有各本皆衍注賊害之鳥也下至繆也表本茶陵本無此十三字注爾雅曰茵芝下至瑞草表本茶陵本無此十五字咨姤嫮之難並兮何校姤改妬陳云范書作妬表本云善作姤茶陵本云五臣作妬案各本所見皆傳寫誤善注云妬惡也章懷注後漢書曰言嫉妬者惽惡美人故難與並也善意正如此作妬無疑若作姤與惡也之訓不復可通各本并注中亦誤作姤字遂以爲與五臣有異其實非也作妬字誤而爲姤已見顏氏家訓是此二字多混注羨韓衆之流得一案流字不當有各本皆衍此引遠遊文即岐阯而臚情表本茶陵本臚作臚注同是也何陳皆云後漢書作攄詳舊注云陳也善云力於切選文不作攄與范書異也注上九爻辭云肥遯案肥當作飛下

故名肥遁同各本皆誤正文作飛何云後漢書作飛陳云七啓有飛遁離俗語上注亦作飛此不知者改之耳注又曰聊浮游於山陬表本茶陵本無此八字注遁下體是艮下至故曰揚聲表本茶陵本無此二十六字注遁上九變爲兊下至故曰不營表本茶陵本無此六十四字注天爲澤表本茶陵本天上有故曰二字注雖復險戲世路可知表本茶陵本無此八字注玉堦天子堦也下至言尚欲進忠賢表本茶陵本無此二十四字注東龜長又曰東曰龜甲屬表本茶陵本無長又曰東曰龜六字案甲當作果各本皆譌注爾雅曰龜下至以甲卜審表本茶陵本無此二十七字注字林曰遈盡也表本茶陵本無此六字注說文曰遠也表本茶陵本無此五字注古文周書曰下至及王子於治表本茶陵本無此一百七十六字案二本最是也善注自上文毋氏喻道也其下云雖歸於道其下引老子至毋者道也一意承接中閒不得有此段與上下異解必或

記於旁尤延之誤取以增多無疑餘條亦往往類此注從水軟聲下至液汁也表本茶陵本無此十三字去穢累而飄輕表本茶陵本飄作影案後漢書作票善不注未審果何作注海中山也表本茶陵本山上有神字注元中記曰下至沈於大海表本茶陵本無此一百二十六字注飲沆瀣表本茶陵本此下有以長生三字注日出暘谷案暘當作湯各本皆誤注海外東經曰下至有扶桑表本茶陵本無此十五字注又如椹樹長丈表本茶陵本無又如椹樹四字長下有數千二字注楊雄太元經曰案經當作賦各本皆誤此賦古文苑載之注昔禹致羣臣於會稽之山陳云臣當作神是也各本皆誤翩繽處彼湘濱案繽後漢書作僨章懷注翩連翩也僨弃也善不注未審果何作其五臣翰注云翩繽美貌恐非善意其字固不必作繽也蓋涉下文繽連翩兮紛暗曖而誤五臣因輒以美貌解之耳注山海經曰洞庭之山下至遂號爲湘夫人也表本茶陵本無此一百八十三字注左

氏傳下至爲祝融表本茶陵本無此十七字注善曰爾雅曰沄沉也表本茶陵
本無此八字注自北戸之外表本茶陵本戸下有孫字注北戸孤竹表本茶陵本孤
竹作孫注方言曰下至躧行也表本茶陵本無此十字注廣雅曰躊躇猶
豫也表本茶陵本無此八字注不壽者八百歲何校不改下陳云不當依范書注作下是
也各本皆誤注字林曰潺湲流貌表本茶陵本無此七字注太公金匱曰
下至謂爲馮夷表本茶陵本無此十九字注注曰馮夷下至而水仙表本茶陵本無此二
十字注淮南子曰天子表本茶陵本此六字作又曰二字注予合韻音夷渚
切表本茶陵本無此七字注穆叔孫穆子下至走向齊表本茶陵本此十五字作初穆
子去叔孫氏七字注通之有子在齊表本茶陵本無通之有子四字在作適注旦而
瞻其徒下至而從我矣表本茶陵本此三十八字作魯人召之所宿庚宗之婦人獻以雉曰余子

長十八字注詐謂[illegible]人表本茶陵本無此四字注覆器下至而死表本茶陵本此十六
字作不食而卒四字注蒼頡篇讖書下至葬始皇酈山表本茶陵本無此三百三十七
字案此亦非舊注也若有之善不煩於下更注矣凡增多未是者以此推之注家甚貧表本茶陵本無
甚字注致資巨萬及期忌司命之言表本茶陵本此十一字作利及期三字注
與行旅者同宿表本茶陵本此六字作同宿路三字注遂便貧困表本茶陵本無便字注
鄭元曰孕任子也表本茶陵本無此七字注愼者下至禪竈表本茶陵本無此十
四字注叔孫昭子曰表本茶陵本無叔孫二字注叔孫之言下至不驗表本茶陵
本無此十三字注禪竈言于子產曰下至子產不予表本茶陵本無此三十一字
注遂不與表本茶陵本遂上有是亦多言矣豈不或信九字注今言梓愼禪竈下至
爲言事之難知也表本茶陵本無此二十七字注善効人之子姪昆弟

之狀表本茶陵本之狀作好扶邑丈人而道苦之注邑丈人有之市而醉歸者表本茶陵本無
表本茶陵本邑作黎丘無有字而醉作醉而注曰吾爲汝父也下至何故表本茶陵本無
此十九字注𧃭矣無此事也表本茶陵本無矣字此事作若注昔也下至可問也
表本茶陵本無此十一字注是必奇鬼固嘗聞之矣表本茶陵本必下有夫字鬼下有也
我二字無嘗字矣字注復於市欲遇而刺殺之表本茶陵本復下有欲字無殺字注
明旦之市表本茶陵本無之市二字注遂往迎之表本茶陵本無往字注丈人望
見之表本茶陵本見之二字作其眞子三字注爾雅曰丁當也表本茶陵本無此六字
無縣攣以倖己兮何校倖改涬注同茶陵本有校語云善作倖表本無案後漢書作涬章懷引衡
集注云涬引也與此舊注正合恐善亦作涬茶陵及尤所見倖字傳寫誤也注又曰周公若表本
茶陵本無周公若三字注淮南子曰湯時下至即降大雨表本茶陵本無此五十五

字注自以爲犧牲表本茶陵本無牲字注豈可除心腹之疾表本茶陵本無
豈可二字注民者國之本國無民表本茶陵本者國之本四字作所以爲三字注如
何傷本而救吾身乎表本茶陵本無此九字注傳宣公十五年秋七
月下至余汝所嫁婦人之父也表本茶陵本無此一百八十四字何校乙去云複雜不成
文理陳云別本無當從之刪去爲是案所校是也此等皆尤延之增多而誤者注王逸曰下至志錯
越也表本茶陵本無此十三字注賈逵曰逼迫也爾雅曰表本茶陵本無賈逵曰爾
雅曰六字注方言曰磑磑堅也表本茶陵本無方言曰三字堅也作高貌注說文曰
拂下至騷動也表本茶陵本無此十九字注王逸曰騷愁也合韻所流切
表本茶陵本無此十一字有音倫二字注爾雅曰下至而遊其中表本茶陵本無此十五字
注文子曰騰表本茶陵本騰下有蛇字注淮南子曰奔蛇廣雅曰表本茶陵

本無此九字坐太陰之屏室兮表本茶陵本屏作屏後漢書作屏案屏字是也注中引說文屏表茶陵誤作屏尤校改正之但誤弁改正文耳注顓頊者黃帝之孫昌意之子表本茶陵本無此十一字注字林曰瀟深清也表本茶陵本無此七字憋墳羊之深潛表本云善作深潛茶陵本云五臣作潛深後漢書作潛深陳云當作潛深今案潛字自協似當仍其舊注詹古陰字茶陵本此四字在注末案蓋善語也尤移人舊注表本刪之皆非又案考舊注凡引魏晉以之書者恐皆善注舛誤各本所同無以訂正附著以俟更詳注春秋外傳表本茶陵本無此四字注淮南子曰下至土神表本茶陵本無此二十二字注人面蛇身下至是燭九陰表本茶陵本無此三十二字注是謂燭陰表本茶陵本是謂二字作曰注鍾山有子下至而龍身表本茶陵本無此十三字注字林曰憖謹敬也表本茶陵本無此七字注西海之南下至又曰表本茶陵本無此四十九字注說文曰姣好也

廣雅曰表本茶陵本無此九字注嫮目冥笑眉曼何校冥改宜眉上添蛾字陳同是也各本皆誤注方言曰桂謂之裾表本無方言曰之四字茶陵本無此七字注環珠也下至玉石之色表本茶陵本無此二十字注葩華也表本茶陵本無此三字注廣雅曰緺緼下至非此之用也表本茶陵本無此四十三字注玉女必妃言忘棄我實多表本茶陵本無此十字注可以爲鄉表本茶陵本無此四字注淮南子曰崑崙墟下至高一萬一千里表本茶陵本無此三十三字注食之長壽表本茶陵本無此四字注古今通論曰不死樹在層城西表本茶陵本無此十二字注瑤蘂也案此有誤也各本皆同無以正之注爾雅曰斞酌也表本茶陵本無此六字注王逸淮南言白水表本茶陵本逸下有曰字拚巫咸作占夢兮表本茶陵本作作使後漢書作以注懿美也表本茶陵本懿上有姑曰也三字注韓詩曰

靜貞也表本茶陵本無此六字注杜預曰姑且也表本茶陵本無此六字注言戒誓下至而來迎我也表本茶陵本無此十六字注爾雅曰暴雨下至爲涷雨表本茶陵本無此二十三字注森聚貌表本茶陵本聚作衆是也注僕夫謂御車入也表本茶陵本無此七字注八乘公上得從車八乘表本茶陵本無此九字注旌羽旄也表本茶陵本無此四字注字林曰溶水盛貌今取盛意表本茶陵本無字林曰水今取盛意八字後委衡乎元冥表本茶陵本衡上有水字表校語云善有後字茶陵校語云五臣無後字陳云范書無後後字案後漢書有水字尤誤脫去徵澳㴔而爲清陳云徵范書作徵表茶陵二本作澄注同案蓋五臣作澂也尤作徵疑所見不同舊注云徵騰也未詳其義恐未必是澂澄字今無以定之注主簸物表本茶陵本物作揚是也拽雲旗之離離兮表本茶陵本拽作曳是也後漢書作曳注淮南子曰下至至疾表本茶陵本無此十九字有楚辭二字屬下是也注其樂也彤彤案彤彤當作融融觀下注可見各本皆誤注孔安國尚書傳注曰表本茶陵本無此八字注高誘淮南子注曰表本茶陵本無高誘注三字注字林曰靖立也表本茶陵本無此六字注閬閬其寥廓案閬上當有閬字各本皆脫注漢書下至古善馭者表本茶陵本無此十四字注山名此山之精表本茶陵本無此六字注上爲星名封狼表本茶陵本爲下無星名封三字狼下有星字注禮記曰以日星爲紀表本茶陵本無此八字注說文曰下至爲婏表本茶陵本無此十一字注分布遠馳之貌表本茶陵本無此六字注硫音苦郎切表本茶陵本苦郎切三字作康乘猋忽兮馳虛無表本云善作猋茶陵本云五臣作猋案各本所見皆非也以善引甘泉賦服注及上林歷駭猋證之不得作猋正文及注皆傳寫誤後漢書作飈猋飈同字上文迅猋瀟其騰我兮及注同此注倚閶闔而望兮案兮當作子各本皆誤注爾雅曰錯鳥

隼下至及鳴鳶也 表本茶陵本無此三十字 夕惕若厲以省諐兮 茶陵本諐作𠎝 後漢書作諐是也表本亦誤諐長門賦同此 何必歷遠以劬勞 表本茶陵本云善無必字案後漢書有必字疑二本所見傳寫脫 注言繫一賦之前意也 表本無言字前字茶陵本言作垂 注老子曰天長地久 表本子下有德經二字久下有篇字茶陵本無案曰似當作有篇謂章也 注天地下至故能長生 表本茶陵本無此十七字 注京房易傳曰下至一清 表本茶陵本無此十字 注遠度世以忘歸 表本茶陵本度作渡案二本正文校語云善渡五臣度後漢書作度或渡字傳寫誤未必是也 注說文曰逞極也 表本茶陵本無此六字 注注惱怨也下至恚恨也 表本茶陵本無此二十字 注又曰 表本茶陵本無此二字 注注不如鳥奮翼而飛去 表本茶陵本作悄悄憂皃吝恨也言怨小人在朝恨不如鳥奮翼而去 注臣不遇於君下至厚之至也 表本茶陵本無此十三字 注公羊傳曰下至

異三　十四

猶提擕也 表本茶陵本無此十六字 迴志朅來從元謀 何校謀改諆云後漢書作諆今案章懷注云諆或作謀善不注此字未必作諆且謀字自協當依其舊陳云別本作諆今未見必誤涉後漢書耳 注夫復也 表本茶陵本無此三字 ○歸田賦○注歸田賦者下至不曰歸田 表本茶陵本無此二十六字 注都謂京都下至羨貪欲也 表本茶陵本無此三十五字 注易乾鑿度曰下至治平之所致 表本無此三十三字有河清已見上茶陵本所複出與此全異亦非 注類顛膝[illegible] 表本茶陵本無此四字 注謂御者曰下至爲秦相 表本茶陵本無此六十一字 注諒信也微昧幽隱 表本茶陵本無此七字 注楚辭曰下至鼓枻而去 表本茶陵本無此三十一字 注滄浪之水淥 表本茶陵本淥作濁案淥字大誤 鶬鶊哀鳴 表本茶陵本鶬鶊作倉庚案二本是也注中字作倉庚可證 注頡頏上下也 表本茶陵本無此五字 注關關噰噰 表本茶陵本噰噰作嚶嚶案此尤校

改但疑善別據爾雅異本引之也 注釋訓曰下至兩鳥鳴也 表本茶陵本無此十八字 注廣雅曰逍遙儴徉也 表本茶陵本無此八字 注龍吟而景雲至 表本茶陵本無此六字 注而谷風臻 表本茶陵本臻作至案尤校添上句并改也 注觸矢射也呑鉤釣也 表本茶陵本無此八字 注鄭元注曰下至可以解吾民之慍兮 表本茶陵本無此二十七字 注劉德曰下至如辭也 表本茶陵本無此二十四字 卷十六○閑居賦○而良史書之題以巧宦之目 表本茶陵本書之題三字作題之二字題下校語云善作書晉書作書之題蓋尤延之依彼改也 注文深善巧宦 表本茶陵本作巧善宦三字 注漢書司馬安下至而歎息 表本茶陵本無此四十四字 注字林曰 表本茶陵本無此三字 注仕不得志 表本茶陵本無此四字 注言誠有巧宦之理拙固有之 表本茶陵本無此十一字 注諱炎字安世 表本茶陵本無此五字 注諒闇下至故曰諒闇 表本無此十七字有及諒闇並已見西京賦案表本是也但京當作征耳茶陵本所複出與此全異皆非 注孔安國曰知天命之終始 表本茶陵本無此十字 注八徙官下至輒去官也 表本茶陵本無此六十四字 注周公曰予多才多藝 表本茶陵本無此八字 注方今下至方正也 表本茶陵本無此十二字 注孔安國曰下至言政無非 表本茶陵本無此十二字 注余嬴老矣 表本茶陵本矣作也是也 注王隱晉書曰岳母寒以數戒焉 表本茶陵本無此十二字 注鄭元曰下至容升二升 表本茶陵本無此十一字 注注知足之人下至終身不危殆也 表本茶陵本無此三十九字 灌園粥蔬 表本茶陵本粥作鬻是也晉書作鬻 注於陵子仲 表本茶陵本仲作曰終二字案終字是也曰字衍耳此所引賢明傳文尤改誤 注故曰臘也下至改臘曰嘉平 表本茶陵本無此十七字 注奚其爲爲政下至即與爲

異三　十五

政同也表本茶陵本無此四十一字傲墳素之場圃陳云傲晉書作遨爲是表本茶陵本場作長晉書作長案二本所載五臣銑注云以爲長圃嘯傲其中矣是其本作傲字長字善注未有明文無以考也
注墳大也下至素王之文也表本茶陵本無此十九字注其智下至不可及
也表本茶陵本無此十一字注虞仲夷逸下至子男凡五等表本茶陵本無此三十四字何陳校但去禮記至凡五等十四字未是
注爾雅曰地下至於糾切表本茶陵本無此十八字有勳長貌三字今案二本是也勳者勳之同字也玉篇長部有[illegible]云於皎切勳肆長不勁廣韻二十九篠同故善云長貌安仁以之與下文傑字偶句勳言粱之長猶傑言臺之高於地謂之幽奠乎無涉不知何人誤認輒記於旁尤延之不察取而改之讀者莫辨矣又二本正文下有於糾二字向注云勳橋貌蓋五臣不取長爲訓而如字讀
之善義既全異音亦未必同也注仲長昌言曰下至曷若辟雍海流表本茶陵本無
此六十三字備千乘之萬騎何云之字疑今案各本皆同晉書亦作之無以考也注郭璞

爾雅注曰下至後人易之以竹表本茶陵本無此五十三字注太學在國
學東茶陵本無此六字表本亦有案無者是也上節注引述征記有斯語不當再出注安革猛詩
曰案安字衍革猛當作韋孟各本皆誤依錢少詹大昕十駕齋養新錄載海寧陳仲魚鱣說訂正注來假
祁祁又曰表本茶陵本無此六字注言有道則可以爲師表本茶陵本無此八
字注毛詩曰築室百堵表本作築室已見上是也茶陵本復出非注甚甘表本無此二字
茶陵本此節多脫誤案凡二本之誤多不更論注廣志曰下至世罕得之表本茶陵本無此十
六字注廣志曰下至置樹苑中表本茶陵本無此二十字注荊州記下至仙人
朱仲來竊表本茶陵本無此十七字有周文朱仲未詳六字案二本是也此等皆尤增改之誤注大
山肅下至爲碓磨之磨表本茶陵本無此三十二字案無者是也此見顏氏家訓勉學篇必或記
於旁而尤誤取以增多者彼肅上有羊字記者失去遂成誤中之誤注爾雅曰荊桃下至不解

椽表本茶陵本無此二十八字案二本是也安仁自以櫻桃胡桃爲三桃善注但有櫻桃胡桃者桃不須注耳不知者乃記爾雅於旁尤取之最誤若善果引此是荆冬山胡而曰幷桃成五與正文乖戾甚矣凡增多之誤多此
類注棣實似櫻桃也表本茶陵本實似二字作山案山字是也實似誤涉下蔆菱芬
芳表本茶陵本菱作菨注同案二本是也晉書作菨菱同字此亦或記於正文及注旁而尤誤取之者注
鄭元儀禮注曰蔆廉薑也表本茶陵本無此十字注與蔆同表本茶陵本無
此三字注菜似薑表本茶陵本無此三字注曹子建求親表曰何校求下添通
親二字陳同是也各本皆脫注火星中而寒暑乃退表本茶陵本無星字而字注河
上公注下至熙熾也表本茶陵本無此三十七字注爾雅釋言曰下至皆渦
徧也表本茶陵本無此十七字注言屈軌不行也表本茶陵本言上有結猶屈也四字注
張揖曰結猶屈也表本茶陵本無此七字注王隱晉書曰兄御史釋

弟燕令豹表本茶陵本無此十三字注孔安國曰下至則懼表本茶陵本無此十五字
注竹曰管表本茶陵本無此三字注蓬萊而騈羅表本茶陵本蓬上有夾字注爲
樂之方表本茶陵本無之字案二本是也彼賦善自無之字注此安仁不自保下至而
登官位於世也表本茶陵本無此二十一字○長門賦○奉黃金百斤
表茶陵校語云善無黃字案此尤校添之也注字林曰幸吉而免凶也表本茶陵本無
此九字注說文曰佳善也表本茶陵本無此六字注言忖所爲被退在
長門宮之事表本茶陵本無此十二字注而忘於爲人表本茶陵本無爲字心慊
移而不省故兮表本茶陵本慊作嫌注同案二本是也此尤誤改說見下注慊字或從
火非表本茶陵本慊作移案二本最是考玉篇火部㸎嫌㸎火不絕廣韻五支同是當時賦本有作㸎者善作
移從如字解之故辨㸎爲非也不知何時此注誤移爲慊尤延之乃改正文之不誤者以就其誤失之甚矣嫌熑同

字注說文曰愍謹也表本茶陵本無此六字注薄具肴饌也表本茶陵本無薄字是也注悲愁窮感兮獨處案處下當有廓字各本皆脫此所引九辯文注又曰不安之意也表本茶陵本無此七字注言似君之車音也表本茶陵本無此七字鸞鳳翔而北南表本茶陵本翔作飛案二本不著校語無以考也注脅斂也萃集也表本茶陵本無此六字注字林曰下至乙戒切表本茶陵本無此十一字注攻中言攻其中心表本茶陵本無此七字注太蘭下至亦木名表本茶陵本無此十字注方言曰櫨棋也表本茶陵本無此六字注時彷彿而不見表本茶陵本不作适是也注心淯熱其若湯表本茶陵本無此六字注見不審諦也表本茶陵本無審字是也注今江東呼甕爲甀甄表本茶陵本無今江東呼甕爲六字甄下有也字注說文曰悵望恨也表本茶陵本無此七字注志其中操也表本茶陵本志作至是也注自卬激厲也表本茶陵本無此五字注自眼出曰涕表本茶陵本無此五字注臣瓚漢書注曰下至徐行貌表本茶陵本無此三十七字有踐履足指挂屨也七字注殃咎也表本茶陵本無此三字注言以爲枕席表本茶陵本無以字注廣雅曰表本茶陵本無此三字魄若君之在旁惕寤覺而無見兮表本茶陵本魄作魂寤作寐案二本不著校語無以考也注楚辭曰下至惶遽貌表本茶陵本無此十七字注爾雅曰下至昂也表本茶陵本無此十三字注曼曼長也一作漫漫表本茶陵本無此八字注更歷也表本茶陵本無此三字注一云將至之意表本茶陵本無此六字○思舊賦○注與嵇康呂安友表本茶陵本無此六字注干寶晉書曰嵇康下至時人莫不哀之表本茶陵本無此二百四十二字有臧榮緒晉書曰安妻甚美兄巽報之巽內慙誣安不孝啓太祖徙安遠郡即路與康書惡之收安付廷尉與康俱死見注

謂被法也五十字是也茶陵本惡之上又有太祖見而四字表本無盡脫注康別傳臨終曰下至不與表本茶陵本無此二十二字有干寶晉紀曰五字注就死命也下至援琴而彈表本茶陵本無此二十二字注淒冷也表本茶陵本無此三字注將命者出茶陵本出下有戶字是也表本亦脫注周大夫行役下至又方禾黍油油表本茶陵本無此四十三字注作雅聲曰下至不我好表本茶陵本無此十九字注李斯者下至論要斬咸陽表本茶陵本無此二百六十三字注斯出獄與其中子三川守由俱執表本茶陵本斯上有李字無與其至俱執十字注出上蔡東門逐狡兔豈可得乎表本茶陵本出上有俱字可上無豈字注遂父子相哭下至輒決於高表本茶陵本無此二十二字案此一節尤延之增多者皆甚誤注五行運轉遇人所遇之吉凶也表本茶陵本無人所遇之四字注司馬彪曰下至或合或開表本茶陵本無此二十一字○歎逝賦○注太傅楊駿辟爲祭酒表本茶陵本爲祭酒三字作機注參大將軍事表本茶陵本無此六字注臨刑下至而作賦焉表本茶陵本無此三十三字注何休曰僅方也表本茶陵本無此六字注孫林曰親之近也陳云林疑當作炎是也各本皆誤乃作賦曰案作當作爲表本茶陵本無作字校語云善有爲字注伊惟也下至上下也表本茶陵本無此十二字注言日月望空下至驚動而立表本茶陵本無此十七字注能執下至得長年也表本茶陵本無此十一字注睆晚言日將暮也表本茶陵本無此七字注一日方至表本茶陵本無此四字注誰謂宋遠表本茶陵本無此四字注通呼爲世表本茶陵本世下有人字注暮言人之年老也表本茶陵本無此七字注爾雅曰下至一曰王蒸表本茶陵本無此三十五字雖不寤其可悲表本茶陵本校語云善作悟案本篇前後皆不作悟二本

但據所見爲校語未必是注箋曰莫無也下至俱揖而進之表本茶陵本無此三十三字戚貌瘁而欷歔表本茶陵本戚作慼校語云善作戚案此亦但據所見爲校語未必是注蒼頡篇曰瘁案瘁當作悴觀下注可見各本皆誤注何往而不殘殘毀也表本茶陵本無何往而不殘五字有皆字注即死路也表本茶陵本無即字注日思往沒之人多在顏也表本茶陵本無此十字諒多顏之感目表本云善作諒茶陵本云五臣作亮案本篇亮造化之若茲不作諒二本據所見爲校語未必是注言春秋與往同然存亡異時表本茶陵本無此十一字注忘失也宅居也表本茶陵本無此六字注言我將欲老死與汝爲客也表本茶陵本無此十一字注言精神不定世表在世之表也表本茶陵本無此十二字注寤覺也表本茶陵本無此三字注言既寤之下至言不足亂也表本茶陵本無此二十二字注言未識也表本茶陵本無此四字注遺棄也表本茶陵本無此三字注末迹喻老下至以娛老年表本茶陵本無此二十二字○懷舊賦○注爾雅曰下至爲昏姻表本茶陵本無此十二字注臣松之注魏志下至字公嗣表本茶陵本無此三十字陳云按魏志田豫傳中領車楊暨舉豫注云臣松之案暨事見劉曄傳暨子肇晉荆州刺史云云劉曄傳中無暨子肇以下諸語注微誤案此或記於旁而其人讀裴注未諦尤延之輒取以增多耳陳不知今所行選注經尤校改每非善舊故尚不加遽斥其實善無是語也注哀公問孔子弟子孰爲好學表本茶陵本無此十一字注死矣今也則亡表本茶陵本無此六字注楚辭曰不能復陵波以徑渡表本此十一字作徑度已見上文是也茶陵本複出非注掩覆也表本茶陵本無此三字注車輪謂之軔表本茶陵本車作軌並二字案此亦尤校改耳注楚辭曰白日晼晚其將暮表本此十字作晼晚已見上文是也茶陵本複出非注河南郡圖經曰下至十

五里表本茶陵本無此十五字注森森一作榛榛𡏖平聲表本茶陵本無此九字○寡婦賦○注毛詩曰下至不如友生表本茶陵本無此十九字注爾雅曰下至謂俱已嫁也表本茶陵本無此二十一字注杜預左氏傳注曰下至則夫天表本茶陵本無此十八字注潘岳集下至遂爲其母辭表本茶陵本無此三十六字注使荀息傅奚齊公疾召之表本茶陵本無此十字注辱大夫下至小兒笑也表本茶陵本無此三十一字注禮記內則曰下至孩而名表本茶陵本無此十二字注長慼慼不能閑居兮案下慼當作之兮當作焉各本皆誤注箋曰行下至而有適人之道表本茶陵本無此十四字注言夫之早隕者遇天未悔禍之時表本茶陵本此十三字作天禍未悔四字注爾雅曰下至江東呼爲蓋表本茶陵本無此十六字注纂要曰下至曰幬表本茶陵本無此十五字注就列就其房列之位也表本茶陵本無此九字注爾雅曰下至棲雞宿處表本茶陵本無此十九字注蹇命不猶表本茶陵本無此四字注又曰下至昏亂也表本茶陵本無此十四字注廣雅曰曜靈日也表本茶陵本無此七字注顏延年曰下至邅速也表本茶陵本無此二十二字注邅速也表本茶陵本無此三字案此於上所增多爲複乃誤中之誤注空廓寥廓也表本茶陵本下廓字作寥案注陳云廓寥誤即據別本也字林曰仿下至言平生昔日之時也表本茶陵本無此二十二字注爾雅曰下至曰旐表本茶陵本無此十一字注公西爲志焉茶陵本西下有赤字是也表本亦脫注喪柩之旐也茶陵本喪作表表本亦作喪案陳云喪表誤亦據別本也注爾雅曰下至即今之旐旐表本茶陵本無此十四字案此於上所增多亦爲複皆誤中之誤也注僕夫悲余懷兮馬表本茶陵本馬在余字下是也此所引離騷文注凡人喪曰疢表本茶陵本無

此五字注家語曰下至偏贏貌表本茶陵本無此二十三字注鸚鵡曰表本鵡下有賦字是也茶陵本亦脫注顧顏貌之稅絶茶陵本顏作頞是也本頞上衍顯字亦非表注文公六年表本茶陵本無此四字有曰字注妻言願亦如三良死從於夫也表本茶陵本無此十二字注春與秋兮代序何校兮改其案兮字當在上句末各本皆誤注毛詩曰歲聿其暮表本茶陵本無此七字注君懺然若有茶陵本有下有亡字是也表本亦脫注楚辭曰秋風兮下至振動也表本茶陵本無此十九字注毛詩曰柏舟下至報恩養於下庭表本茶陵本無此五十五字案恭姜柏舟歸骨山足善均於上注說何得更有云云觀此可知尤增多之無足取也○恨賦○注意謂古人下至而死也表本茶陵本無此十四字注濟陽考城人表本茶陵本無考城二字注祖躭下至淹少而沈敏表本茶陵本無此十六字注自以孤賤下至謚憲子表本茶陵本無

此六十五字注爾雅曰試用也表本茶陵本無此六字注注兩手曰拱表本茶陵本無此五字注茅焦上諫表本茶陵本無此四字注丹水更其南表本茶陵本無此五字注三十七年表本茶陵本無此四字注伐紂陳云伐紂當作征伐案所校是也各本皆誤江賦注引正作征伐注大起九師表本茶陵本無此四字注是事之不可知三也表本茶陵本無之字三字注風俗通曰下至則爲晏駕表本茶陵本無此二十二字注趙王張敖表本茶陵本無此四字注徙房陵房陵在漢中表本茶陵本作徙漢中房陵五字注武帝天漢二年表本茶陵本無此六字注爲騎都尉下至出居延表本茶陵本無此十二字注弓矢並盡陵遂降表本茶陵本無弓矢並盡陵五字注漢高已併天下尊爲皇帝表本茶陵本無此十字注羣臣飲爭功醉表本茶陵本無飲字醉字注漢書元帝下至本南郡人也表本

茶陵本無此四十八字代雲寡色表本茶陵本代作岱陳云代岱誤注同今案二本不著校語表本善注中字作代茶陵本亦作岱今漢書天文志是岱字注豐閼之始陳云閼當作閼是也各本皆誤注王隱晉書下至穆王林女也表本茶陵本無此十七字注張衡下至脩夜彌長表本茶陵本無此十六字注字林曰孽子庶子也表本茶陵本無此八字注穆天子傳下至古有死生表本茶陵本無此十三字○別賦○注失色將敗之貌表本茶陵本無將敗之三字注說文曰黯深黑也表本茶陵本無此七字注賈逵曰唯獨也表本茶陵本無此六字注論曰鼓琴者下至以玉爲之表本茶陵本無此十七字注表叔正情賦曰茶陵本叔作淑是也表本亦誤注莊子曰君惆然若有亡表本此九字作若有亡已見上文注八字是也茶陵本復出而誤注曾高也空息也表本茶陵本無此六字注纂要曰帳曰幕表本茶陵本無此六字注

甚見器重朝庭爲榮表本茶陵本無此八字注功成身退下至稱疾篤表本茶陵本無此十四字注送車數千兩下至長安東都門也表本茶陵本無此十八字注在河內縣陳云內當作南案此據金谷集詩注引校也注旁若無人表本茶陵本無此四字注伏虔通俗文曰下至曰訣表本茶陵本無此十二字注燕丹太子曰陳云太字衍是也各本皆衍注鼓鍾並發表本茶陵本鼓上有旣字注服虔曰士負羽表本茶陵本無此六字注孟子曰表本茶陵本曰上有注字是也又送應氏詩注引各本皆無注字蓋脫注程夫人案夫當作大各本皆誤范書蔡邕傳程大人即此也注或曰朱塵紅塵表本茶陵本無此六字注司馬彪注曰襲入也表本茶陵本無此八字注以琴見孟嘗君孟嘗君表本茶陵本無此九字注先生鼓琴下至無故生離表本茶陵本無此二十二字注孟子見齊宣王下至脩德之臣也

表本茶陵本無此三十字 注楚聲子與伍舉俱楚人舉將奔晉 表本茶陵本無聲子與俱楚人舉七字 注琟荊而坐 表本茶陵本無而坐二字 注顏延年下至結綬登王畿 表本茶陵本無此十七字 注毛詩曰閟宮有侐 表本茶陵本無此七字 儻有華陰上士服食還山 表本茶陵本山作仙校語云善無此二句案此不當無傳寫脫也或尤即以所見五臣補之故與二本山仙不同 注列仙傳脩芊者下至不知所之 表本茶陵本無此三十三字案此亦尤增多也蓋本并脫正文與注一節而所謂眞善注云何無由知矣 鍊金鼎而方堅 案鍊當作練蓋善練五臣鍊而亂之注中兩見此字茶陵本作練是也表盡作鍊非 注列仙傳曰王子晉下至憩於此 表本茶陵本無此一百四字 注而見若士曰 表本茶陵本重若士二字是也 注詩溱洧章下至莫之能救云 表本茶陵本無此二十四字有毛詩曰注三字 注芍藥香草也下至結恩情也 表本茶陵本無此三十六字 注

桑中章 表本茶陵本無此三字 注送我於淇之上下至作詩以見己志 表本茶陵本無此一百五十二字陳云注引燕燕竹竿二詩並與本事無涉蓋誤解也云云亦因不知此非善注耳 注漢書曰下至字子雲 表本茶陵本無此十三字有淵王褒也雲楊雄也八字 金閨之諸彥 表本茶陵本閨下校語云善作門案此尤以五臣亂善也 注金閨金馬門也 表本茶陵本無此六字案尤增多此注以就正文之誤甚非 注史記荀卿下至故曰談天 表本茶陵本無此六十三字有漢書曰司馬相如既奏大人賦天子大悅飄飄有凌雲之氣七略曰鄒赫子齊人也齊人爲諺曰三十七字 注赫修鄒衍之術 表本茶陵本赫上有言字

卷十七〇文賦〇注機字士衡下至係蹤張蔡 表本茶陵本無此一百字有陸機二字案士衡自於歎逝賦下注亂增多全非 注作謂作文也用心言士用心於文 表本茶陵本無此十三字 夫放言遣辭良多變矣 又注夫作文者

下至故非一體 表本茶陵本夫下有其字云善無此二句案尤以五臣亂善也二本無注十六字尤并增多以就之甚非 注文之好惡可得而言論也 表本茶陵本無此十字 注士衡下至爲文之情 表本茶陵本無此十三字 注利害由好惡 表本茶陵本無此五字 注言既作此文賦下至盡文之妙理 表本茶陵本無此二十字有言知之易也五字案善於此注言知之易也於下注言作之難也可謂精當尤誤去其一句甚非至於增多之注膚廓乖舛亦甚易辨固不假詳論矣餘條同此 注此喻見古人之法不遠 表本茶陵本無此九字 注則法也下至謂不遠也 表本茶陵本無此二十三字 注文之隨手變改則不可以辭逮也 表本茶陵本無此十三字 注蓋所言文之體者具此賦之言 表本茶陵本無此十二字 注漢書音義下至幽遠也 表本茶陵本無此二十四字 注遵循也下至而思慮紛紜也 表本茶陵本無此二十五字 喜柔條於芳春 表本

茶陵本喜下校語云善作嘉案嘉字傳寫誤下有嘉麗藻之彬彬必相回避無疑 注秋暮衰落下至故喜也 表本茶陵本無此十三字 注懍懍危懼貌眇眇高遠貌 表本茶陵本無此十字有眇眇遠貌四字在此節注之末 注言歌詠下至而誦勉 表本茶陵本無此二十八字 注又曰在昔 何校在上添自古二字是也各本皆脫 注論語曰下至孔安國注曰 表本茶陵本無此十六字有包咸論語注曰六字 注文質見半之皃 表本茶陵本見作相是也 注尚書中候曰下至周公援筆以寫也 表本茶陵本無此十八字 注爾雅曰致至也 表本茶陵本無此六字 注言思慮之至下至於潛浸之所 表本茶陵本無此二十八字 觀古今於須臾 表本茶陵本於下校語云善作之案此無可考也 注司馬遷曰卒卒無須臾之閒 表本茶陵本無此十一字 抱暑者咸叩 表本茶陵本暑作景云善作暑案暑但傳寫誤 注言皆擊擊而用 表本茶陵本無此六字 注

言文之李下至應劭曰表本茶陵本無此二十三字注公羊傳曰下至帖靜
也表本茶陵本無此十三字注妙萬物案妙當作眇各本皆譌注廣雅曰躑躅何校
躑改蹢是也各本皆誤注與躑跦同陳云跦蹢誤是也各本皆誤注字林曰吻口
邊表本茶陵本無此六字注言文之體下至以樹喻也表本茶陵本無此十六字注
史由表本茶陵本無此二字注觚木簡也表本茶陵本無此四字注子路帥爾
而對表本茶陵本帥作率是也注茲事謂文也下至行之不遠表本茶陵本無此三
十六字注挼抑挼也下至恢大表本茶陵本無此十三字注纂要曰下至青條
之森盛也表本茶陵本無此三十二字注文章之體下至無一定之量也
表本茶陵本無此二十字注俛僶由勉強也表本茶陵本無此六字注言文章在有
方圓規矩也表本茶陵本無此十字注漢書甘泉賦曰下至清瀏流也
表本茶陵本無此十六字注故纏緜悽慘表本茶陵本慘作愴是也注說以感動爲
先表本茶陵本動作物是也注言文章體要在辭達而理舉也表本茶陵本無
此十二字注凡爲文之體下至則有此累表本茶陵本無此十八字注項岱曰
下至又曰表本茶陵本無此二十二字注應劭漢書注曰下至爲一銖表本茶陵
本無此十六字注賓戲曰表本茶陵本賓上有荅字是也注蒼頡篇曰銓稱也表本
茶陵本無此七字案上聲類下曰爲句增多在其閒誤中之誤注夫駕之法下至故云轡策
表本茶陵本無此二十六字注左氏傳繞朝贈士會以馬策表本茶陵本無此十
一字注而不改易其文表本茶陵本易其文作也注說文曰謂文藻思如
綺會表本茶陵本無此十字注言所擬不異闇合皆之曩篇表本茶陵本無
此十一字注言他人言我雖愛之必須去之也表本茶陵本無他人言我雖愛

之須八字又茶陵本言上有必捐二字表本無注毛詩傳曰茗陵茗也表本茶陵本無此八
字注一句既佳表本茶陵本一作言斯注言思心表本茶陵本思下有之字注或
爲禘禘猶去也陳云兩禘字並當作褫五臣本可據案所校最是各本皆誤注尸子曰
下至有珠表本茶陵本無此十四字注高氏注玉下至襄也表本茶陵本無此三十字注
淮南子曰下至俗之謠歌表本茶陵本無此二十九字徒靡言而弗華表本
茶陵本徒靡言作言徒靡案二本不著校語蓋尤誤倒也注猝音下至而不光華也表本茶陵
本無此十七字注禮記曰玉瑕不掩瑜鄭元曰表本茶陵本此十一字作鄭元禮記
注曰六字注下管象武表本茶陵本無武字是也案明堂位文注淮南子曰鄒忌
一徽琴而威王終夕悲表本茶陵本此十九字作許慎淮南子注曰七
字注悲雅俱有下至則不成表本茶陵本無此十六字注言聲雖高而曲
下表本茶陵本無此七字注然靈運有七諫何校有改以是也各本皆誤注地有
桑閒先何校先改者是也各本皆誤注於此水上何校上改出是也各本皆誤注尚
元酒而俎腥魚表本茶陵本無此七字注甚甚之辭也茶陵本無下甚字表本有下
案各本皆非當重之字耳故亦非華說之所能精茶陵本無故字亦下校語云五臣作故表
本故下校語云善有亦案有即作之誤尤因此而兩有非也注莊子曰桓公下至數術也
表本無此二百三十七字有輪扁已見上注六字茶陵本亦不複出此增多甚非或受欰於揺目
表本欰作嗤校語云善作蚩茶陵本作欰與此同校語云五臣作嗤案表本所見是也士衡自用蚩字善以蚩字本
不訓笑故取欰字爲注如詠懷詩嗷嗷今自蚩之注也說詳在下尤茶陵所見非注欰笑也欰與
蚩同案上欰上當有說文云三字兩欰字皆當作蚑詠懷詩注曰說文云嗤笑也嗤與蚩同考說文無嗤字有
蚑字云蚑蚑戲笑貌从欠虫聲蓋兩注本同此脫說文云彼誤蚑爲嗤當互訂正注中原原中也

表本茶陵本無此五字 注力采者得之表本茶陵本無此王字 注虛而不屈動
而愈出表本茶陵本無此八字 注按橐下至說文曰表本茶陵本無此十五字 注囊
也表本茶陵本無此二字 嗟不盈於予掬案嗟當作羌凡羌字五臣多改作嗟字此必各本以
五臣亂善 注挈缾下至提猶挈也表本茶陵本無此十八字 注孔安國曰昌當
也表本茶陵本無此七字 故蹶蹄於短垣表本茶陵本垣作韻不著校語案注中短垣語二本
亦無之恐尤改未必是也 注謂腳長短也表本茶陵本無此五字 注國語曰有短
垣君不踰表本茶陵本無此九字 注言才恒不足也表本茶陵本無此六字 注
紀綱紀也表本茶陵本無此四字 注毛詩傳曰下至遏絕表本茶陵本無此十三字
注又大宗師曰下至不知所由然也表本茶陵本無此四十一字 注威蕤
盛貌駁遝多貌表本茶陵本無此八字 注郭象注莊子曰下至而成粱
表本茶陵本無此六十九字 注自求於文也表本茶陵本無此五字 注物事也下至
非予力之所并表本茶陵本無此十七字 注併力也表本茶陵本也下有力周切三字
注言文下至而今爲津表本茶陵本無此十七字 注執曰表本茶陵本執上有李字 注
葉世也表本茶陵本無此三字 注爾雅曰泯盡也表本茶陵本無此六字 注禮
記曰下至未衰表本茶陵本無此二十六字 注毛詩曰漢廣表本茶陵本詩下有序字
○洞簫賦○ 注漢書音義如湻曰洞者通也表本茶陵本此十一字作
加湻漢書注曰洞簫八字 注故曰洞簫表本茶陵本無此四字 注淸也表本茶陵本無此二
字 注一名籟表本茶陵本籟下有漢書曰元帝爲太子嘉褒所爲洞簫頌令後宮貴人皆誦讀之二十
四字 注宣帝時表本茶陵本無此三字 注帝太子體不安下至皆誦讀之
表本茶陵本無此六十三字 注其竹圓異衆處表本茶陵本無此六字 注王逸楚

辭注曰榦體也表本茶陵本無此九字 注罕稀也下至竹之末也表本茶陵
本無此十六字 注言竹生其旁故欹側不安表本茶陵本無此十字 注言竹
生敞閑之處又足樂也表本茶陵本無此十一字 注后土地也下至不易表本茶陵
其貞萃也表本茶陵本無此二十字 注言風蕭蕭下至謂江回曲也表本茶陵
本無此十五字 注言江之流注灌漑其山也表本茶陵本無此十字 注呂忱
曰波水涌也表本茶陵本無此七字 注字指曰磕大聲也表本茶陵本無此七
字 翺翔乎其顚茶陵本翺作翱表本校語云善作翱案翱乃翺之誤也皋別體作睪故翺別體作翱
耳尤以正字改之遂與二本校語不合舞賦若翺若行仍未改 抱樸而長吟兮案樸當作朴注引蒼
頡篇朴木皮也可證否則尚有樸朴異同之注而刪削不全耳 注蟬飲露而不食表本茶陵本無
露字是也 處幽隱而奧庰兮案庰當作屛表本云善作庰茶陵云五臣作屛各本所見皆非賦作
屛善以屛字本不訓蔽故取庰字爲注正如思元賦坐太陰之屛室兮也說在彼下 注說文曰屛蔽
也案屛當作庰各本皆誤所引屛部文也正文改屛爲庰而復改此注庰爲屛以就之大非思元賦注亦可證
注竹密貌表本茶陵本無竹字是也 注字書獮猴獸逃走也表本茶陵本無此八
字 注言審視竹之本體淸而不讙譁也表本茶陵本無此十三字 注言
得謚爲簫下至豈非蒙聖王之厚恩也表本茶陵本無此十九字 注一云
夔下至學琴表本茶陵本無此十三字 注爾雅曰鏤鍐也表本茶陵本無此六字 注
廣雅曰眼珠子謂之眸表本茶陵本無此九字 注言冥生之人下至在
於音聲表本茶陵本無此二十三字 注字林曰吻口邊也表本茶陵本無此七字
注司馬相如賦曰又猗犯以招搖表本茶陵本無此十二字 注咽與頤
劉表本茶陵本劉作同案二本最是陳云劉字衍非也 注氣出迅疾也表本茶陵本無氣出二字

獵若枝折陳云獵當作擸注同表本云善作獵茶陵本云五臣作擸今案善注獵聲也未見必用擸字廣雅一條又本非善注此爲善獵五臣擸無疑陳欲以五臣改善殊非注聲或渾沌不分潺湲表本茶陵本無聲或二字潺湲作之貌注或復其聲模無似枝之折也表本茶陵本無此十一字注詩曰伐其條枚表本茶陵本無此六字有枚折似枚之折也七字注廣雅曰獵折也表本茶陵本無此六字注恐懼也表本茶陵本無此三字注聲迭蕩表本茶陵本無此三字注廣雅曰嬈奇也表本茶陵本無此六字注言聲漂結而去表本茶陵本無聲漂結而去五字言屬下句首注言聲之慷慨如壯士表本茶陵本無此八字注聲之細好也表本茶陵本無聲之二字注字林曰悁含怒也表本茶陵本無此七字注自放縱表本茶陵本無此三字注呂氏春秋曰伯牙下至齊侯襲莒是也表本茶陵本無此一百五十六字注杞梁妻嘆者案杞

當作芑觀下文可見茶陵本誤同表本杞上有范字蓋改芑爲杞而兩存又誤芑爲范耳桀跖鬻博儡以頓顇表本茶陵本云善無以字案此尤以五臣亂善也寡婦賦注引此正無以字亦其一證注復惠復黠慧也表本茶陵本無此六字注埤蒼曰彷徨猶彷徉也表本茶陵本無此九字故聞其悲聲案聞其二字當作爲表本作其爲悲聲云善無其茶陵本云五臣有其也既以五臣亂善又誤去下爲字添上聞字乃誤中之誤也注說文曰表本茶陵本無此三字注歔欷悲也表本茶陵本無此四字注埤蒼曰腲腇肥貌表本茶陵本無此七字注爾雅曰蟋蟀下至今蝍蟟也表本茶陵本無此二十七字注說文曰喘疾息也表本茶陵本無此七字注狀聲之狀也捷武言捷巧表本茶陵本無此十字注鄭德曰踶度也表本茶陵本無此六字注又云波急之聲表本茶陵本無此六字注言簫中次詩下至尚有餘音也表本茶陵本無此十四字注相

擊之貌表本茶陵本無相擊之三字貌屬上句末〇舞賦〇注按周禮下至音聲之容也表本茶陵本無此五十一字注扶風茂陵人也表本無茂陵二字注建初中表本無此三字注以毅表本無此二字注少逸氣表本無此三字注亦與班固爲寶憲府司馬表本此十字作遷寶憲司馬五字茶陵本此節注幷入五臣全非不具出注雲夢藪名下至此並假設爲辭表本茶陵本無此二十字寡人欲觴羣臣茶陵本觴作醻云五臣作觴表本云善作醻案醻卽觴別體字尤以正字改之又注引左傳各本皆作觴此等所言善作某字皆據所見耳注言不如視其舞形下至單曰音表本茶陵本無此二十五字注又曰歌采菱下至聽者異也表本茶陵本無此二十八字注鄭元注禮記曰噫弗寤之聲表本茶陵本無此十一字注振振鷺鷺于飛表本茶陵本無此六字注顓頊樂曰五莖表本茶陵本無此六字注禮記曰鄭衞之

音亂世之音表本茶陵本無此十一字玉曰唯唯表本茶陵本以此上爲序其下夫何提行另起案此賦恐無所謂序今題下有幷序二字及提行未必善如此也明月爛以施光茶陵本云五臣作爛表本云善作列案此尤校改也注毛詩曰文茵暢轂表本茶陵本無此七字注鄭元注曰茵蓐也詩曰表本茶陵本注上有禮記二字詩上有毛字注鄭元曰君黃金罍表本茶陵本無此七字注周禮曰朝覲有玉几玉爵表本茶陵本無此十字注禮器篇表本茶陵本無此三字注言皆欲騁其材能效其技也表本茶陵本無此十一字注相著牽引也表本茶陵本無牽引二字注淮南子曰鼓舞下至女樂羅些表本茶陵本無此四十字注態謂姿態也表本茶陵本無此五字注衣上假飾表本茶陵本無此四字注垂霧縠表本茶陵本無此三字注而奏操也何校而上添舞字是也各本皆脫注亦律調五聲之均也何校亦改

六是也各本皆誤注閭美陳云美靡誤是也各本皆誤注埤蒼曰嫺下至如弩機之發迅表本茶陵本無此二十一字注必有所象表本茶陵本無此四字注脩治儀容志操以自顯心志表本茶陵本無此十一字諸工莫富表本茶陵本莫下校語云善作共案此尤校改也注相摩切也表本茶陵本相上有切字是也注扱引也下至扱引也表本茶陵本無此二十字注若神仙之彷彿案仙字不當有各本皆衍說詳前此正文神動亦初不云仙也擊不致筴茶陵本筴作爽案此無可考也表本校語仍云善作筴與尤所見同注言聶然而往閭而復止表本茶陵本無此九字注跌失蹤也表本茶陵本失作足是也注言要之曲折灌然以摧折表本茶陵本無此十字注字林曰鳥踰跳也表本茶陵本無此七字注曹憲曰瞭瞅下至無此二字表本茶陵本無此二十二字擭躟就駕表本茶陵本躟作擭案此疑尤誤改耳注埤蒼下至天

異三

下躟躩表本茶陵本無此十三字有攫擭爭貌四字注爾雅曰蹌動也表本茶陵本無此六字注許慎淮南子注曰表本茶陵本無此七字注闔跳行疾貌表本茶陵本無闔字樂而不泆何校泆改溢表本云善作泆茶陵本云五臣作溢案何據注引孝經滿而不溢定從溢字也

卷十八○長笛賦○注周禮笙師掌教吹笛表本茶陵本無此八字注今人長笛是也表本茶陵本無此六字注將作大匠嚴之子爲人美容貌表本茶陵本無此十二字注順帝時表本茶陵本無此三字注與馬皇后親下至皆其弟子表本茶陵本無此二十七字注辨位曰下至所下所適之書也表本茶陵本無此二十九字注毛詩曰下至在阜部表本茶陵本無此二十六字注京師謂洛陽也表本茶陵本無此六字作長笛賦表本茶陵本賦作頌案善無注

二本不著校語無以考也注字林曰惟有也表本茶陵本無此六字注爾雅曰山小高下至山𧮯無所通谿表本茶陵本無此三十二字注箭槀二竹名也表本茶陵本無此六字案善以箭槀爲一竹下注云二竹者并聆風數之增多大誤注言似二竹茶陵本似作此是也表本亦誤似注蒼頡篇曰聆聽也表本茶陵本無蒼頡篇曰四字聽作風案二本最是韋昭注地理志菌簬亦云一名聆風見尚書釋文與鄭注正合尤增多及改皆大誤注漢書音義孟康曰揣持也表本茶陵本無此十字注作顛根將顛墜也表本茶陵本無此七字注郭璞曰下至因以名也表本茶陵本無此二十字注顡頭落也茶陵本落作顡表本無此字案今說文作顡頭顡顡大也疑各本皆誤注又兩山夾澗也表本茶陵本無此六字注鄭元曰澮所以通水於川也表本茶陵本無此十一字注凶王弼曰最處埳底也表本茶陵本無此九字注巖復不平也表本茶陵本無此五字注畢曲不平也表本茶陵本曲不平三字作下注木長貌表本茶陵本無木字注漁池也表本茶陵本無漁字注水注聲也表本茶陵本無聲字注字林曰流水行也表本茶陵本無此七字注字林曰表本茶陵本無此三字注水瀑至聲也表本茶陵本水瀑至作波注古活切表本活作括是也茶陵本亦誤活注爾雅曰下至言蘊淪也表本茶陵本無此十四字注說文曰宖邪下也表本茶陵本無此七字注說文曰搖動也表本茶陵本無此六字注張揖注漢書下至至到也表本茶陵本無此十八字注杜預注左氏傳曰下至無有蹊徑也表本茶陵本無此二十八字注爾雅曰下至而長尾表本茶陵本無此九字注而大表本茶陵本無此二字注爾雅曰下至麈也表本茶陵本無此九字注萇髦也案萇當作長各本皆誤墊雉晁雊表本茶陵本墊作野晁作朝案此未審善果何作注說文曰下至晁

異三

去朝字表本茶陵本無此十七字嶕嶢譙譟表本茶陵本譙下校語云善作嚾案此似尤改之也
注左右謂林之左右表本茶陵本無此七字注謷嗃並謂其仿聲也
表本茶陵本無此八字注錚鑛聲也表本茶陵本聲上有皆大二字注說文曰錚金
聲表本茶陵本無此六字注淮南子曰下至絕急也表本茶陵本無此二十字注博
物志曰鑑脅表本茶陵本無此六字注善琴名表本無善字茶陵本并刪王逸曰以下至
此非注彭彭咸胥伍子胥也表本茶陵本此八字作羽獵賦曰餉屈原與彭胥鄭氏曰彭彭
咸也晉灼曰胥子胥也二十四字案各本皆非也依善例當云彭胥已見羽獵賦七字注琴操曰下至
射殺後妻茶陵本此一百三十三字作琴操曰伯奇者尹吉甫之子也吉甫聽後妻之言疑其孝子伯奇
自傷無罪投河而死三十三字是也表本無非注左傳曰魯哀公下至魯人謂之哀
姜茶陵本此四十字作左氏傳曰夫人姜氏歸于齊將行哭而過市魯人謂之哀姜二十三字是也表本無非

注帝王世紀曰下至枕之高下也表本茶陵本無此五十四字搯膺擗摽
表本茶陵本搯作掐案二本注中祇有國語一條亦無苦洽切之音恐善自爲搯字五臣乃作掐故正文下有苦合
二字耳尤改作搯未必是凡各本音蓋皆失善舊但今無可考故多不出注歎聲若雷息聲若
頹也表本茶陵本無此九字注爾雅曰焚輪下至膺胷也表本茶陵本無此二十九
字注魏書程昱傳曰下至乃止表本茶陵本無此二十三字注禮記曰下至
未嘗見齒表本茶陵本無此十九字注古之巧人注公輸班也表本茶陵本無
此九字注刻木爲鳶飛三日不下表本茶陵本無此九字注木車表本茶陵
本無此二字注垂成大山四起所謂善攻具也表本茶陵本無此十二字注
按墨子削竹下至在七十弟子後也表本茶陵本無此五十八字注一作
搓埤蒼曰搓擗也表本茶陵本無此九字注顏監注下至因以名表本茶陵

本無此四十二字注字林曰阤小崩也表本茶陵本無此七字注聲類曰挑
泱也表本茶陵本無此六字子欒協呂表本茶陵本欒作野案已見上注周禮大師
下至夾鍾表本茶陵本無此四十一字注伶倫制十二籥陳云籥當作箭下同是也各本
皆誤案所引仲夏紀古樂文也今作筩即箭字注漢書律歷志曰下至故曰爲主表本
茶陵本無此八十八字注矯正也又注謂以火撟也陳云矯撟誤案上撟下撟二字
當互易各本音誤今考工記注作橋釋文云劉苦老反沈居趙反蓋劉橋沈矯善引與沈讀同矣注斤斫
本表本茶陵本木下有也字注孔安國下至鞄土革木表本茶陵本無此十五字注食
舉下至徹去也表本茶陵本無此二十三字注五日一習表本茶陵本習下有樂字注
閒暇也服虔曰下至閒音閑表本茶陵本閒暇作暇閒無也字以下至音閑五十一字案二
本最是暇閑連下注豫樂也五字皆韋語不得增多於其中也注富謂聲之富也表本茶陵本無

此六字嘗距劫遝表本茶陵本嘗下校語云善作掌案二本所見非此尤校改正之也正瀏漂
以風洌表本茶陵本漂作溧注同案此似尤改之也注漢書音義下至洌清也表本
茶陵本無此二十四字薄湊會而淩節兮茶陵本薄上有寒字校語云五臣無寒表本校語云
善有寒案此似尤刪之善不注無以考也注說文曰氾濫也表本茶陵本無此六字注李
尤七疑曰案疑當作欸各本皆譌范書文苑傳可證七命注苔東阿王牋注作歎亦譌也他不悉出或
乃植持縱纆茶陵本云五臣作纆表本云善作纆案此尤誤以五臣亂善也注中解纆字語本非善所
有見下注漢書音義下至謂之纆表本茶陵本無此十七字注金乾主磬下至
其風閶闔表本茶陵本無此六十三字注對晉平公表本茶陵本無此四字注悟
堙心耳下至手雜也表本茶陵本無此六十三字注埤蒼曰蹁下至踧踖不
進表本茶陵本無此十五字注駘蕩安翔貌下至開也表本茶陵本無此十二字注鄭

元曰蜿蜒也表本茶陵本無此六字注言聲相絞槩下至水流貌表本茶陵本無此十四字注蒼頡篇曰挈捽也引也表本茶陵本作又曰挈索持也六字注廣雅曰捘捘之也表本茶陵本作又曰捘推也五字察變於句投表本茶陵本變作度案此似允改之也但度是變非注思歸引者衞女之所作也表本茶陵本無此十字注說文曰篴倅字如此表本茶陵本無此八字曠漾敞罔表本茶陵本漾作瀁下有余兩二字案此允本譌耳但善應有音今注中不見然則善音失舊甚明溫直擾毅表本茶陵本擾作優案此以朮改之也孔孟之方也案方字必誤上槩下介氣制察說惠皆韻不應八句中獨此不協也五臣濟法方此也云云是其本乃作方各本皆以之亂善而失著校語遂無可考以意揣之疑或當作大歟注尚書曰下至而有溫和也表本茶陵本無此二十字注厲列也茶陵本列作烈是也表本亦誤列注高士傳曰下至光亦投水而死表本茶陵本無此四十七字

條決續紛案紛當作理表本云善作紛茶陵本云五臣作理案各本所見皆非也善以科條能分決注條決以續紛能整理注續理作理不作紛明甚注見韓稍弱下至死不恨表本無此五十字茶陵本此節注自史記以下全無非注范睢蔡澤並辯士也表本茶陵本無此八字注趙人表本茶陵本無此二字注晉太康地記曰下至所以爲不利也表本茶陵本無此五十四字注昭二十九年下至魯人爲奏四代樂表本茶陵本無此十八字有以延陵季子五字注舞也文王樂也表本茶陵本舞上有以籥二字文上有皆字注南言文王下至七孔表本茶陵本無此四十一字注箾音簫表本茶陵本簫作箾是也案釋文云徐音朔可證注史記屈原者下至他皆放此表本茶陵本無此一百一字注僖二十四年表本茶陵本無此五字有曰字注推曰獻公之子下至爲之田表本茶陵本無此九十四字有遂隱而死四字注以後吾親死表本茶陵本無以後二字

注左傳曰莊十二年下至桓十二年傳云初表本茶陵本無此四十六字有左氏傳曰南宮長萬弒閔公於蒙澤杜預曰宋大夫也又曰二十三字注辛卯表本茶陵本無此二字注公子達曰下至欲爲卿表本茶陵本無此五十七字案此注疑表茶陵有脫但尤增多者決非善舊耳又表本此下有疊音尾三字茶陵本在上疊字之下注左傳曰定十四年下至爲讎敵也表本無此六十六字有蒯聵衞太子也左氏傳曰衞太子登鐵丘望見鄭師衆懼自投於車下二十七字茶陵本脫蒯聵衞太子也六字餘同表此所改大誤注不占陳不占也齊人表本茶陵本作陳不占齊人也六字注陳不占表本茶陵本無陳字注占曰表本茶陵本占上有不字注聞鼓戰之聲表本茶陵本鼓戰作鍾鼓注愕直也下至非此所施也表本茶陵本無此十五字注字林曰鄂表本茶陵本林作書注露新夷案露下當有申字各本皆脫注而淫魚出聽表本茶陵本淫作游注淮南子瓠巴下至楚人喻表本茶陵本無此五十字注喁魚出頭也表本茶陵本出頭二字作口上見三字注淮南子伯牙下至舒翼而舞表本茶陵本無此四十七字于時也表本茶陵本于下有斯字案此無以考也琴賦亦有于時也句或叔夜本此則無斯字者是注而齊右善歌表本右作后是也茶陵本亦誤右注孫卿子曰下至齊人也表本茶陵本無此二十三字注懸鍾格也表本茶陵本無此四字注字林曰瞭直視貌表本茶陵本無此七字注直下視貌表本茶陵本無下字注廣雅曰搏下至撫手也表本茶陵本無此十三字注方言曰表本茶陵本無此三字注字林曰睢仰目也表本茶陵本無此七字注字林曰維持也表本茶陵本無此六字注言可以通於神靈下至曉喻志意也表本茶陵本無此二十字注慎乃憲欽哉表本茶陵本無此五字注憲法也表本茶陵本無此三字注當慎汝法度敬其職也表本茶陵本無此九字注禮記

曰食於賓者[案此有誤也各本皆同無以訂之]注說文曰濊水多也澡洗手也[表本茶陵本無此十一字]注世本曰叔舜時人[表本茶陵本此七字作叔未聞三字案二本最是此鄭明堂位注尤所改大誤也世本決無其語若有之鄭何得云未聞孔穎達撰正義何得不中說善自決無其語矣]注賈逵注傳曰消鑠也[表本茶陵本無此八字]注爾雅曰骨謂之切犀謂之剒[表本茶陵本無此十一字]注一作埏[下至]埴土爲也[表本茶陵本無此四十九字]注玉謂之彫石謂之琢[表本茶陵本無玉謂之石四字案尤所增大誤]唯笛因其天姿[表本茶陵本云善無其字案此尤以五臣亂善也]注暴辛垂叔之流[表本無此六字案此尤添之但無所謂之流未必合於善舊也茶陵本此節注多刪無以相校]注長於古笛[下至]故謂之雙笛[表本茶陵本無此十五字]注麤者曰櫧細者曰枚言[表本茶陵本無此九字]注聲故謂五音畢[表本茶陵本無此六字]注言易京者[下至]宋翟之比[表本茶陵本無此二十七字案易京上已注說此所增大誤]

○琴賦○

注尸子曰[下至]故謂之琴[表本茶陵本無此四十九字]注說文曰猷[下至]會意字也[表本茶陵本無此十二字]注而不憫[表本茶陵本憫作悶下有也字]注淮南子曰[下至]禮義廢[表本茶陵本無此十三字]注似元不解音聲覽其旨趣[表本茶陵本云善作音聲者覽案此少者字或尤本脫耳]注桓譚新論曰[下至]琴德最優[表本茶陵本無此十三字]注史記曰[下至]堪爲琴[表本茶陵本無此十六字]注謂包含[下至]光明也[表本茶陵本無此十五字]注又曰[下至]視物黃也[表本茶陵本無此十七字]注價者物之數也[表本茶陵本無此六字]注盤曲紆屈[下至]山巖也[表本茶陵本無此二十八字有盤紆詰屈也崔嵬岑嵓高峻之貌也十四字]互嶺巑巖[表本茶陵本互作元案此無可考也或尤本字譌]注崖巘[表本茶陵本無此二字]注偃蹇高貌[表本茶陵本無此四字]

注巍巍高大貌[表本茶陵本無此五字]注言山能蒸出雲以沾潤萬物[表本茶陵本無此十一字]注說文曰津液也[表本茶陵本無此六字]注舩至也隈水曲也[表本茶陵本無此七字]注安回波靜遠去象[表本茶陵本無此七字]注皆美玉名[茶陵本無此四字表本有]注說文瑾玉名[表本茶陵本無此五字]注翕赩盛貌[表本無此四字茶陵本有]注詩傳曰赩赤色貌[表本茶陵本無此七字]注蒼頡篇曰[表本茶陵本無此四字]注著天地人經[下至]得符鯉魚中[表本茶陵本無此十七字]注造伯陽尤山法[下至]不能解其音旨[表本茶陵本無此十八字]注茹芝之英以禦飢[表本茶陵本無此六字]注清露潤其膚[表本茶陵本云露善作霧案此尤改之蓋以五臣亂善]注列子曰[表本茶陵本列子作新序案二本最是]注行乎郲之野[表本茶陵本無此五字]注孔子曰先生[下至]能自寬也[表本茶陵本無此八十字]注班固漢書曰[表本茶陵本書下有贊字]注皇甫謐[下至]在汲[表本茶陵本無此十八字]注言若鳥之凌飛[表本茶陵本無此六字]注奉君以周旋[陳云君字衍是也各本皆衍]注高士傳曰堯[下至]陽城槐里人也[表本茶陵本無此八十三字]心慷慨以忘歸[案慷慨當作愷慷善引爾雅愷慷樂也慷即康字是其本作愷慷甚明表茶陵二本所載五臣翰注乃云慷慨歎聲也乃誤作慷慨大違嵇賦之意各本以五臣亂善失著校語更誤今特訂正之]注張衡應問曰[何校問改閒陳同是也各本皆譌]注孫竹枝根之末生者也[表本末作未是也茶陵本本亦誤未陳云枝上脫竹字今案枝當作竹耳各本皆誤]注又曰至人[下至]順物而至[表本茶陵本無此二十二字]注孟子曰[下至]見秋毫之末[表本茶陵本無此三十一字]注按愼子[下至]督正也[表本茶陵本無此十九字]注般倕騁神[茶陵本般作班云五臣作般表本云善作般案尤所見蓋與春同也]注廣雅曰廁閒也

表本茶陵本無此六字　注我與君作表本茶陵本無此四字　注廣雅曰揮下至以
爲世無賞音表本茶陵本無此七十二字　注自大夏之西崑崙之陰表本
茶陵本無此九字　注或曰成連下至見子春受業焉表本茶陵本無此八十二字
注淮南子曰師曠下至清角爲騰表本茶陵本無此一百二十四字　注雖睢
盛貌繁縟聲之細也表本茶陵本無此十字　注言聲陵縱下至開張貌
表本茶陵本無此十九字　注翕呷翠粲張指曰翠粲案翠粲皆當作萃蔡順正文而誤改
也說詳下　注紛翠粲兮案翠粲當作綷縩順正文而誤改善下文云字雖不同正謂此所引萃蔡綷縩
與正文翠粲及下引璀粲各不同也　於是器兮絃調案兮當作泠表茶陵二本云善作泠此以五臣
亂善　注如志謂如其志意表本茶陵本無此十字　注達則兼善天下表本
茶陵本達作堯案尤未必是也　掎絃安歌表本茶陵本云掎善作持案此尤改之　注爾雅曰

扶搖風也表本茶陵本無此七字　注史記曰瀛洲海中神山也表本茶陵
本無此十字　注莊子下至風仙也表本茶陵本無此十二字　注窈窕淑女表本茶陵
本無此四字　注鄭元曰下至呑也表本茶陵本無此十三字　注會節會也表本茶陵
本無此四字　注半在半罷謂之闌表本茶陵本此七字作闌亦歇也四字　注聲多
也表本茶陵本此三字作疾貌二字　注儸不及也下至徒合切表本茶陵本無此十七字
案二本正文儸下音蘇合譶下音徒合此與增多開雜無以審眞善音若何也　注廣雅曰下至舉動
也表本茶陵本無此十三字　注言其狀若詭詐而相赴也表本茶陵本無此十字
注蒼頡篇曰隨後曰驅表本茶陵本無此八字　注韓詩曰下至猶躑躅
也表本茶陵本無此十七字　注言扶疏四布也表本茶陵本無此六字　注攢爪聚
聲表本茶陵本無此四字　注毛萇傳曰下至聲長貌表本茶陵本無此十三字　注蒼

頡篇曰下至詠之聲表本茶陵本無此十九字又表有似爲之音已見上文八字在注末茶陵復出
非尤本倒在上益非　注爾雅曰摟牽也表本茶陵本無此六字　注說文曰攙下至
摽取也表本茶陵本無此二十六字　注說文曰繚纏也表本茶陵本無此六字　注
瀲浰水波浪貌言聲似也表本茶陵本無此十字　明嫿嫽慧表本茶陵本慧
作惠案此似尤改之也　注古本能字下至所以不惑表本茶陵本無此五十七字　注
令善也表本茶陵本無此三字　注纂要曰下至謂之九春表本茶陵本無此十八字
注醇厚也表本茶陵本無此三字　注又對曰下至巴人表本無此十四字在巴人已見
上文六字是也茶陵本複出非　注崔豹古今注曰下至後人回以爲樂章也
表本茶陵本無此七十九字　非夫放達者表本茶陵本無夫字下非夫至精者同案此似尤添之也
注說苑曰應侯下至能無怨乎表本茶陵本無此五十九字　注字林曰慘

下至愴傷也表本茶陵本無此二十三字　注喜懼抃舞案懼當作躍各本皆譌　注服
虔表本茶陵本無此二字　注與女子表本茶陵本子下有期於梁下女子六字　注高誘注
淮南子曰下至而水溺死表本茶陵本無此二十四字　注奮長子建下至官
至二千石表本茶陵本無此二十字　注人臣尊寵表本茶陵本無此四字　注迺舉
集其門凡號奮爲萬石君表本茶陵本無舉字奮字　注建郎中令下至遲
鍾也表本茶陵本無此八十三字　注孔安國曰屏除也表本茶陵本無此七字　注
說文曰謳齊歌也表本茶陵本無此七字　注其形下至而色青表本茶陵本無
此十一字　注國語曰下至鳴於岐山表本茶陵本無此十三字　注列女傳曰下至
於漢皐之曲表本茶陵本無此三十八字　注韓詩曰下至和靜貌表本茶陵本無
此十四字　注賈逵曰雅獨也表本茶陵本無此六字　○笙賦○注周禮下至

十三簧 表本茶陵本無此十四字 注白虎通曰下至衆物之生也 表本茶陵本無此十五字 注杜預曰汶水下至小竹 表本茶陵本無此十七字 注以飾五材 案飾當作飭各本皆譌 注亦作撤謂指撤也 表本茶陵本無此七字 注統物也 茶陵本物作揔是也表本亦誤物 注黃鍾律呂之長故言基也 表本茶陵本無此十字 注尚書曰鳳皇來儀 表本茶陵本無此七字 注司馬彪曰企望也 表本茶陵本無此七字 注字林翶翶初起也 表本茶陵本無此七字 注漢書音義曰歧歧將行貌 表本茶陵本無此十字 注郭璞爾雅注曰咮鳥口也 表本茶陵本此十字作咮亦喙也四字 注騶田聚也 表本茶陵本無此四字 注重疊貌 表本茶陵本重疊二字作衆 注見孟嘗君下至亦能令人悲乎對 表本茶陵本無此十九字 注於是雍門下至流涕 表本茶陵本無此十二字 注韓詩外傳曰下至不舉樂焉 表本茶陵本無此五十二字 注氣氣悟也 表本茶陵本不重氣字 注謂先溫煖下至調埤其氣也 表本茶陵本無此十三字 注埤蒼曰佛鬱 表本茶陵本埋蒼作字林 終嵬峩以蹇愣 案愣當作諤注同表本云善作諤茶陵本云五臣作愣此以五臣亂善非 注又云孟浪下至而復放 表本茶陵本無此十九字 注埤蒼劉宿留也 表本茶陵本無此六字 注颮韡熠 表本茶陵本熠上有熠字 注廣雅曰煜下至盛光也 表本茶陵本無此十五字案此蓋音與增多閒雜者 或竦勇剽急 表本茶陵本云剽善作彯案此尤改之亦以五臣亂善也 注呂氏春秋曰伶倫制十二篇 表本茶陵本無此十一字 注虛滿謂隨氣虛滿也 表本茶陵本無此八字 注憀亮下至猶豫也 表本茶陵本無此二十一字案此蓋音與增多閒雜者 注古咄唶歌曰 何校唶改咄陳同是也各本皆譌 宛其落矣 茶陵本云五臣作落表本云善作死案此尤改也 夫其悽戾辛醇 表本茶陵本戾作唳案此尤改 注聲大貌 表本茶陵本無此三字 注聲長貌下至下深也 表本茶陵本此十字作聲大且長貌五字 注漢書音義下至曰酣 表本茶陵本無此十三字 注鄭元曰闋終也 表本茶陵本無此六字 注絃謂琴瑟也 表本茶陵本無此五字 注廣雅曰長琴下至六七孔也 表本茶陵本無此一百十八字 披黃包以授甘 表本茶陵本包作苞注同案此尤改 注說文曰縹下至大禹切 表本茶陵本此十七字作縹綠色也瓷瓶也七字 注齊公之情 案情當作清各本皆譌 注吳錄下至以爲酒有名 表本茶陵本無此十四字 注蓬勃泰出貌 表本茶陵本泰作氣 注鄭元下至不過羽 表本茶陵本無此十四字 注舜樂曰大韶 表本茶陵本大作簫 注限一齊楚 表本茶陵本限作混 注昭公二十九年 表本茶陵本無此六字 注魯人爲奏四代樂 表本茶陵本無此七字 注凡人邇近者下至不攜離之音 表本茶陵本無此三十八字 注言衆若林能摠之 表本茶陵本無此七字

○嘯賦○

注籀文下至其嘯也歌 表本茶陵本無此十四字 注從我者具由歟 表本茶陵本無此六字 注史記曰不從流俗王之阸僻 表本茶陵本無此十一字 注遺身謂其身事 表本茶陵本無此六字 注廣雅曰下至邪也 表本茶陵本無此十字 注淮南子濛汜日所入處 表本茶陵本無此九字 注蔫啓強 茶陵本蔫作薳強作彊是也表本誤與此同 注言聲在喉中而轉故曰潛也 表本茶陵本無此十一字 注字林曰熛飛火也 表本茶陵本無此七字 注黃宮謂黃鍾宮聲 表本茶陵本無此七字 注說苑曰湯時下至於是化形隱景而去 表本茶陵本無此一百八十六字 注言悲傷能挫於人 表本茶陵本無此七字 列飄眇而清昶 表本茶陵本飄眇作繚眺注同案晉書作繚眺尤改恐誤 注爾雅曰下至寒貌 表本茶陵本無此十

二字注字林曰鳴下至音訓同表本茶陵本無此一百四十字注通古之風氣
下至又曰表本茶陵本無此二十二字蕩埃藹之溷濁表本茶陵本蕩作流藹作靄案晉書
作蕩字靄字未審善果何作注姑洗下至考神納賓表本茶陵本無此十二字注說文
曰溷亂也表本茶陵本無此六字注樂用之則正人表本茶陵本無之字案樂記注
無之字人下有理字各本皆脫注景山大山也表本茶陵本無此五字注字書曰俳
心誦也表本茶陵本無此七字訇磕⿰口耶嘈表本茶陵本⿰口耶善作耶案耶不可通二本所見非也
晉書亦是⿰口耶注字林曰磕大聲也表本茶陵本字林曰磕四字作皆音均不恒
曲無定制表本茶陵本云善無恒字有二曲字案二本所見不可通非也晉書亦有恒不重曲注清
疾貌表本茶陵本無清字注孟子曰下至化齊衛之國表本此三十字作縣駒王豹已
見上文四字最是茶陵本複出與此異亦非注晏子春秋虞公下至長夜瞑瞑何

時旦表本茶陵本無此二百四十一字案凡若此者複雜已甚增多之非固不難辨耳注韓必斂
手表本茶陵本斂作檢案今春申君傳作斂蓋善所據作檢也檢斂古字通注孔安國曰下至此
齊也表本茶陵本無此四十六字注孔安國曰下至而致鳳皇也表本茶陵本無
此二十七字注晉書阮籍下至乃登之嘯也表本茶陵本無此七十九字

文選考異卷第三

選考異卷第四

賜進士出身通奉大夫江南蘇松常鎮太等處承宣布政使司布政使胡克家撰

卷十九○情○注事於最末表本茶陵本事於作於是何校改於事○高唐
賦○注漢書注曰下至風諫婬惑也表本茶陵本無此二十三字注史記
曰下至爲頃襄王表本茶陵本無此十五字注鄭元曰寢臥息也表本茶陵本無
此七字爲高唐之客注自言爲高唐之客表本無此正文五字注七字茶陵本
有案此蓋善有五臣無而失著校語者注欲親進於枕席表本茶陵本無進字案親當作進尤
校改親爲進因誤兩存耳注如瞟瞲也表本茶陵本無此四字陳云瞟瞲二字疑今案無四字是也字
書不見瞟瞲考五臣云如松栽也或誤入但亦非瞟瞲表茶陵二本爲不誤注韓詩曰何校詩下添章
句二字陳同今案此所脫無以訂之注偈桀侹也表本此下有居竭切三字案是也尤改入注末作偈

居竭切非茶陵本刪去益非讀者因是皆誤連下文疾驅貌於此句而不可通矣注生此土表本生下
有乎字是也茶陵本無又其下此注不完皆非注安流平滿貌表本茶陵本無安流二字注爾
雅曰如畝畝丘郭璞曰丘有隴界如田畝表本茶陵本作郭璞爾雅注曰
有隴界如畝十一字注廣雅曰隘陿也表本茶陵本無此六字注謂水口急陿
下至復會於上流之中止表本茶陵本無此二十字若浮海而望碣石案碣
當斷句會碣磕厲及以下皆相協無容失其一韻石字當屬下句首石磥磥磥二句言小石也巨石溺溺二句言大
石也其善注則云碣石者以碣石解正文之碣非其讀正文於石爲句必五臣不察乃誤分節如此後善爲所亂而
各本不著校語也又五臣誤改下文磥磥作磥磥由不知磥磥與溺溺相對爲文亦可證注孔安國注
尚書曰碣石海畔山也表本作碣石山名也已見上注是也茶陵本全複出皆非注埤
蒼曰瀺灂水流聲貌表本茶陵本無此九字注字林曰竄逃也七外

切非關協韻一音七玩切表本茶陵本無此十八字案表茶陵似非也此卷善音二本多所刪去耳

注交相也案交相當作相交各本皆倒

注毛詩曰下至下句曰糾表本茶陵本無此十八字

注柔弱下垂貌表本茶陵本無下垂二字

注漢書大人賦猗狔以招搖表本茶陵本無此十字

丹莖白蔕何校云丹一作朱陳同案表本茶陵本丹作朱

也注惰哉萬事表本茶陵本無此四字案此二本脫

注褫巳見上林賦茶陵本作振字當作裖字表本作振當作裖字皆校語錯入注又誤改善作當以尤所見爲是

注李竒曰表本茶陵本無此三字

注方言曰磑堅也表本茶陵本無此六字

注埤蒼曰崎嶇不安也表本茶陵本無此八字

注說文曰俗案俗當作裕此所引谷部文各本皆譌下文千芉古字通芉亦裕字之誤

注望山谷芉芉青也表本茶陵本芉芉作千千案今本說文作裕裕

注深直貌案直當作冥各本皆譌此在釋訓

注傾岸之勢下至如熊之在樹表本茶陵本無此十七字

注楚辭曰怊悵而自悲王逸曰悵恨貌表本茶陵本作王逸楚辭注曰怊悵恨貌十字

注說文曰纚下至若出於神表本茶陵本無此四十六字有言不可測知五字案此尤添四十六字於言不可測知上而傳寫者因遺落其元有之五字也但所添不當凡尤意專主增多每類此陳但謂若出於神四字衍未是

注見本草下至漢書音義曰表本無此二十五字有射干江東爲烏蓮七字茶陵本作射干烏蓮草也六字案蓮當作蓮廣雅烏蓮射干也曹憲音所夾今本亦作蓮其誤正同此

注爾雅曰王雎下至一曰鶚鵰表本無此四十七字有干鳴鸝黃巳見上七字最是茶陵本所複出不同皆非

注昔有婦登北山表本茶陵本婦上有思字陳云北當作此各本皆譌

注漢書郊祀志曰下至充尚羨門高二人表本茶陵本無此三十二字案二本最是此或駁善注羨門高誓之解而記於旁尤延之誤取之也

注人在山上作巢表本茶陵本人下有共字又案此解正文公樂當云人共在山上作樂各本樂譌爲巢也

注以玉飾

宮也表本茶陵本以上有宛宮二字案無者非也又二宮字皆室之誤

注字林曰表本茶陵本無此三字

注漢書音義李竒曰下至橫銜之表本無此四十七字有羽獵巳見上銜校見吳都賦十一字最是茶陵本所複出不同皆非

注爾雅曰苹下至亦可食表本茶陵本無此十八字

注以羽飾蓋表本茶陵本無此四字

九竅通鬱精神察滯表本云善有滯字茶陵本云五臣無滯字案各本所見皆非也詳注意善並無滯字察字韻上逮下歲自協以七字爲一句但傳寫者誤因注中鬱滯不通也妄添於下表茶陵據之作校語尤延之亦不審而讀者皆誤認爲善有五臣無矣

注氣者五藏之使候表本茶陵本無此七字

〇神女賦〇

其夜王寢陳云王寢自王諸字當如沈存中姚令威之說案何校亦云然謂玉王互譌也說載筆談及西溪叢語今考互譌始於五臣見下

果夢與神女遇表本茶陵本無果字是也案尤本所見又五臣以後之誤者

王曰表本茶陵本王下有對字是也案此玉對曰五臣玉作王仍存對字尤本所見又五臣以後之誤者

注紛擾喜也表本茶陵本無此四字

王曰表本茶陵本王作玉案此二本失著校語

注髣髴見不審也表本茶陵本無此六字

玉口表本茶陵本玉作王云善作玉案二本與尤正同然則善五臣王玉互換此其明驗也自王寢以下及後王覽其狀皆當如此二本校語不備尤本亦多以五臣亂善賴存此一處可以推知致譌之由爲沈存中姚令威蹤迹而證明之讀者亦可以無疑矣

注勝盡也贊明也表本茶陵本無此六字

注又曰尚之以瓊瑩乎而注瓊瑩石似玉也音榮表本茶陵本無此十八字

注毛萇詩傳曰表本茶陵本無此五字

注說文曰侻案侻當作娧各本皆譌此女部文也

注與娧同案娧當作侻各本皆譌

注旁宜侍王旁案首不當有旁字蓋此注在宜侍旁句下後并上爲一節而標此字爲識各本因皆衍

近之既妖案妖當作姣上文姣麗五臣作妖善作姣表茶陵二本有校語此以五臣亂善各本皆非善注言近看既美是作姣之證

注方言曰姝好也表本茶陵本無此六字

注字林曰曨明也表本茶陵

本無此六字注聯婉微曲貌表本茶陵本無此五字其所載五臣濟注有之案二本是也此尤所
見誤衍注婧好貌表本茶陵本作閑體行也案二本是也此女部文今本閑體行婉婉也而善節引之
注廣雅曰嫿好也表本茶陵本作嫿靜好也四字案二本是也此亦女部文非引廣雅尤所見誤
衍注音畫說文靜審也韓詩靜貞也表本茶陵本無此十二字案或仍當有音
畫二字以下皆誤衍耳注聲類曰表本茶陵本無此三字注和靜貌下至嫕密也
表本茶陵本無此二十二字注字林曰旋回也表本茶陵本無此六字注結猶未
相著表本茶陵本結上有未字是也注方言曰頩怒色清貌切韻匹迥切
表本茶陵本無此十三字〇登徒子好色賦〇注此賦假以爲辭諷於
婬也表本茶陵本無此十字注廣雅曰嘕嘕款款喜也表本茶陵本無此九字
注一云食邑章華因以爲號表本茶陵本無此十字、唯唯案此下各本皆提行
非也考此賦本無所謂序今題下有幷序二字而於此提行謂以上是序以下是賦善必不應如是大誤未詳其何
時始爾也注廣雅曰從容舉動也表本茶陵本無此八字注此郊即鄭衞
之郊表本茶陵本無此七字注靜女其姝又曰表本茶陵本無此六字注大路
詩篇名也下至與俱歸也表本茶陵本無此二十八字注司馬彪注漢書
子虛賦曰復荅也顏師古注復音伏表本茶陵本無此二十字有復報也三字
案二本是也凡此等尤所添皆非是〇洛神賦〇注記曰下至改爲洛神賦此二
百七字表本茶陵本無案二本是也此因世傳小說有感甄記或以載於簡中而尤延之誤取之耳何嘗駁此說之
妄今據表茶陵本考之蓋實非善注又案後注中此言徵感甄后之情當亦有誤字也注黃初文帝
丕年號下至濟度也表本茶陵本無此二十七字注一云魏志三年不言
植朝蓋魏志略也表本茶陵本無此十五字案此亦尤延之誤取或駁善注之記於旁者注

已見東都賦陳云都當作京是也表茶陵二本複出皆非案複出不合善例凡表亦誤者不悉出注
山上神芝表本茶陵本神上有有字是也容與乎陽林表本茶陵本陽作陽云五臣作陽案
二本是也尤所見以五臣亂善注陽林一作楊林表本茶陵本無陽林一作四字案二本是也此
尤所見蓋有陽林善作楊林乃校語錯入注因改善作一以就之耳胥如約素表本茶陵本云約善作束
案二本校語是也注云束素約素以約解束五臣因改正文作約尤所見以之亂善非也奇服曠世表本
茶陵本云世善作代案此以五臣亂善注沃入之國下至名玉也又曰表本茶陵本無
此十八字注投我以木瓜表本茶陵本無此五字注報之以瓊瑤何校瑤改琚是
也各本皆譌注綃輕縠也案此當作綃已見吳都賦表茶陵二本所複出者其證也注爾雅
曰下至厓上地也表本茶陵本無此十四字注漢書音義應劭曰下至瀨湍
也表本茶陵本無此十九字注神仙傳曰切仙一出下至女亦不見表本茶陵
本此注作韓詩內傳曰鄭交甫遵彼漢皐臺下遇二女與言曰願請子之珮二女與交甫交甫受而懷之超然而去
十步循探之即亡矣迴顧二女亦即亡矣案皆非也依善例求之當云交甫已見江賦表茶陵其所複出也注
說文曰下至靜貞也表本茶陵本無此十二字注二妃已見上文毛詩曰
下至無求思者案二妃下當有游女並三字依善例求之如此謂二妃注在思元賦游女注在琴賦表本
茶陵本所複出皆非然即其證也毛詩曰以下二十字尤本誤衍表茶陵無注各處河鼓之旁
表本茶陵本無鼓字是也注聖足行於水表本茶陵本足作人是也令我忘食表本茶陵
本食作餐案疑善飧五臣餐而失著校語也飧餐古同字俗譌爲飧他皆放此又案注使不飧飧當爲飧亦注
曹植誥洛文曰案洛當作咎各本皆譌文今載集中表本茶陵本誥譌結陳云當作禊大非王伯厚
嘗言曹子建誥咎文假天帝之命以誥風伯雨師名篇之意顯然矣注王母乘紫雲車來表本
茶陵本來上有而字是也注爾雅曰下至山脊曰岡表本茶陵本無此十九字注淚下

貌表本茶陵本無此三字顧望懷愁案表本茶陵本此下校語云善作怨其所見非也此韻脚非有
異同尤本未誤注說文曰騑下至盤桓不進也表本茶陵本無此二十七字○補
亡詩○注王隱晉書曰下至賈謐請爲著作郎此四十九字表本茶陵本
無所載五臣翰注亦引王隱書而文大異蓋并善於五臣之誤以尤所見爲是注聲類曰表本茶陵本無
此三字注采蘭以自芬香也下至喻人求珍異以歸表本茶陵本此二十
八字作言蘭芬芳以之故己循陔以采之喻己當自身盡心以養也二十三字注言在家之子表本茶陵
本無此五字注無有縱樂須供養此相戒之辭也表本茶陵本縱樂作游盤
無須供養此四字注馨芬香也下至教其朝晚供養之方表本茶陵本此十六
字作言相戒盡心以養也八字彼居之子色思其柔陳云二句當在心不違留下如首章例案
所校是也各本皆誤倒注孟春之月下至先以祭又曰表本茶陵本無此十九字注

此喻孝子循陔如求珍異歸養其親也表本茶陵本無此十五字注廣
雅曰[illegible]下至今呼魴魚爲鯿表本茶陵本無此二十一字注毛詩曰案毛字誤
各本皆同無以訂之注豕畜之表本茶陵本畜作交是也注鄂不韡韡表本茶陵本鄂作萼
下同案二本非也此善注當有鄂與萼同如下注跗與跌同之例因順正文改字而刪去之也尤依毛詩校正但未
補所脫注此喻兄弟比於華萼案兄弟比於四字不當有因上引常棣而誤添也各本皆
衍注爾雅曰謂之罰表本茶陵本無此六字輯輯和風案輯輯當作揖揖表本茶
陵本校語云善作揖揖可證此必尤延之所改二本注云揖與習同尤亦改揖爲[illegible]非注雲色不明
貌表本茶陵本雲色不明四字作黑字注輯輯風聲和[illegible]本茶陵本[illegible]此六字注鄭
元曰九穀表本茶陵本無此五字注蒼頡篇曰秬[illegible]也表本茶陵本無此七字
郭璞曰道光照也表本茶陵本無此七字獸在于草案于當作在表本茶陵本在

校語云善作在在可證尤所見誤以五臣亂善何云當作在陳同蓋據二本校注淮南子曰四時
者春生夏長秋收冬藏入風巳見上表本作四時入風並巳見上是也茶陵本
脫注曰風曰時案當作曰寒曰風章懷太子注後漢書李雲傳所引史記如此蓋尚書亦然也今以
東晉古文添曰時二字而誤去曰寒二字各本皆譌何校添曰寒陳同皆仍衍曰時未是注崇丘高丘
也言萬物生長於高丘表本茶陵本無首六字末有者字注周禮曰山林
下至根生之屬表本無此十五字茶陵本此節無善注注猶酌古字通表本茶陵本無
此五字案此或所見不同若有之當如何校改上引詩王猷作猶乃相應注易曰下至則歸長也
表本茶陵本無此十七字○述祖德詩○注春秋僖公二十六年下至使
受命於展禽表本茶陵本無此一百十一字案二本是也此實非善注注西晉也表本作巳
見西征賦是也茶陵本複出亦可證注東晉也表本作巳見魏都賦是也茶陵本複出亦可證注左

氏傳曰以敝邑下至介閒也表本茶陵本無此十九字注今也蹙國百里
表本茶陵本也下有曰字案陳云脫注孔安國尚書傳曰龕勝也表本茶陵本無此十
字注曹大家上疏謂兄曰表本茶陵本謂作諸陳云諸當作請注張勃吳錄
曰下至周行五百餘里表本無此十九字有五湖巳見江賦六字是也茶陵本複出與此皆非
注蓺樹也表本茶陵本無此三字○諷諫○注應劭曰黼衣下至旗上
畫龍爲之表本無此二十五字有黼衣巳見上五字茶陵本有杜預曰白與黑謂之黼九字注言
受形弓之賜於此得專征伐表本茶陵本無此十二字案無者是也此或以漢書顏注
記於旁尤延之誤取之陳云言上當有顏師古曰四字不知其非善引也以下凡顏師古曰各條皆不當有表茶陵
二本俱無者最是今不悉出其所有誤中之誤亦不更論注迭互也表本茶陵本此三字在注末案尤誤
依顏注移注劉兆曰旁言曰譜表本茶陵本無此七字注顏師古曰表本茶陵

本無此四字案尤延之添耳注尚書曰以蕃王室表本茶陵本無此七字注墜失
也員魏切表本茶陵本無此六字案此即顏注而竄入善者注應劭曰小兒啼聲
咉咉表本茶陵本無此并下顏注共十六字注顏師古曰懷思也來也表本茶陵
本無此九字有善曰二字案二本是也以下皆善注而此爲顏注竄入者注弟謂元王也元王
封於楚國表本茶陵本無此十一字注元王立二十七年而薨垂遺業
於後嗣表本茶陵本無此十五字有即位且三十年六字案二本最是此亦顏注竄入克奉厥緒
表本云緒善作次茶陵本云五臣作緒案此所見不同漢書作緒或當是也注夷王名郢客元
王子表本茶陵本無此八字注戊乃嗣故言不永統祀表本茶陵本無此九字案
上七字顏注竄入犬馬悠悠陳云據注當作緜緜今案其說誤也顏注竄入非善所引善注悠悠然遠
也在下可證其與顏不同也尤延之所誤取複沓歧互不相比次讀者多不審注以致困匱表本茶陵
本作以困乏三字案二本是也以致困匱乃尤依顏注改耳嗟嗟我王表本茶陵本不提行是也注
我王戊也表本茶陵本無此四字殆其茲怙表本云善作茲怙茶陵本云五臣作怙茲案各
本所見皆非也此但傳寫誤倒非善獨作茲怙何云當從漢書作怙茲於韻乃協陳同注不自勗慎
表本茶陵本無此四字案二本是也此亦顏注竄入注言王不思鑒鏡之義表本茶陵本思
下有之不二字無義字案二本是也尤誤依顏注改注又鄧展曰吸下至危也表本茶陵本無
此二十三字又上顏注十二字亦無說具於前於赫君子案赫當作昔此善作昔五臣作赫故善注云歎
美昔之君子表本茶陵本所載五臣翰注云於赫美也各本皆以五臣亂善所當訂正考漢書作昔五臣誤耳唯此
節下顏注仍爲誤取竄入不相比次說具於前○勵志○注廣雅曰勵下至自勸勤
學表本茶陵本無此十四字注王詩傳曰熠燿燐也表本無此八字有熠燿巳見秋興賦
七字是也茶陵本所複出與此皆誤注[illegible]寒一暑一往一復表本茶陵本無此八字有來者

二字是也何校添來者於復字下陳同仍衍八字注論語曰下至不舍晝夜表本無此十上
字有逝者已見秋興賦七字是也茶陵本所複出與此皆非注人鮮克舉茶陵本下有之字表本無
陳云引詩脫之字是也注又匪先民是經先民周公孔子也表本茶陵本無
此十三字田般於游表本茶陵本田作出何校依之改陳同案此尤本譌耳注淮南子曰
楚恭王下至而精通於物表本無此五十八字有養由巳見幽通賦七字是也茶陵本所複出
與此皆非注荀卿子曰案荀當作孫各本皆譌注種善德茶陵本種作積善下有成字是
也表本與此同誤勉爾含宏表本茶陵本爾作志案此亦尤本譌也注成人在始與
善敬之哉茶陵本興作與無敬之哉三字是也表本無興善敬之哉五字非注顏淵問仁
表本茶陵本無此四字注克己復禮爲仁表本茶陵本無此六字注孔安國曰
復下至況於終身表本茶陵本無此二十七字注老子曰埏埴以爲器表本
茶陵本無此八字注易曰君子進德脩業欲及時也表本無此十二字有進德
脩業巳見閑居賦九字是也茶陵本所複出與此皆非注暉吉茶陵本暉上有其字是也表本亦脫注
隰朋可表本茶陵本隰上有則字是也
卷二十○上責躬應詔詩表○注市專表本茶陵本作市專切在注末是也
注毛詩謂何顏而不速死也表本茶陵本謂作曰案考毛詩傳箋皆無此文蓋毛字傳
寫有誤此所引或在三家詩傳耳五臣向注乃云詩無此句而以表言詩爲誤果爾豈子建誤稱善又從而誤注耶
五臣鹵莽每類此○責躬詩○注庭燎有煇表本煇作輝案正文作輝輝煇同字表本
是也茶陵本亦作煇蓋皆依今詩字改也注魏志曰黃初二年陳云志當作書此王沈魏書見
國志注案所校是也各本皆譌注儀禮曰案禮下當有注字各本皆脫注舛而不殊何校
舛改舍殊改誅陳云國志作捨而不誅細尋恐如李注所引爲得謂植雖有過不忍遽絶耳又骨肉之親析而不誅

漢宣帝封海昏侯詔中語也今案陳校是也考求通親親表云骨肉之恩爽而不離李彼注引漢書粲而不殊如湞曰粲或爲散此外與爽粲散析互異而義皆同漢書宣紀作粲武五子傳作析當各依其舊今國志蓋誤而何據之非矣又荀悅漢紀宣帝詔作捨而不誅亦後人所改注魏志曰朱紱光大表本茶陵本無此七字案二本是也考國志下文光光大使我榮華作朱紱光大使我榮華然則朱紱光大乃光光大使句之異不應以注此明甚矣必或記於旁而尤延之誤取耳又案善下文注引光光常伯是選本無誤今國志自不與善同何陳皆用國志校者亦非當各依本書餘所有異同準此注毛詩傳曰不慮不圖陳云傳當作箋案雨無正弗慮弗圖箋云而不慮不圖此引之以注不圖也○應詔詩○祁祁士女表本茶陵本有校語云善作女士案二本所見傳寫倒也此女字協韻非與五臣有不同尤本不倒蓋改正之矣注糇糧食也陳云糧字衍此引小雅伐木三章傳文是也各本皆衍注風縱縱而扶轄表本縱縱作從從案當作從從說巳見前茶陵本作縱縱與此皆誤注情慨而長懷表本茶陵本重慨字是也○關中詩○注都督雍梁晉諸軍事陳云晉當作秦是也各本皆譌注毛詩曰皇甫卿士表本茶陵本無此七字注古旦表本茶陵本作旰古旦切在注末是也注成規之畫陳云之字疑今案國志注所引作外規廟勝之畫或此傳寫譌脫也注虛嚻謬彰其義一耳但交相避表本茶陵本無此十二字案此當是二本脫交當作文傳寫譌耳注林欲以爲功下至復詣林表本茶陵本無此十九字案此當是二本傳寫脫范蔚宗書在西羌傳文句小異注論語子曰何校子下添路字陳同各本皆脫注尚書曰申命羲叔下至以修封疆表本茶陵本無此三十一字案此當是二本脫去一節注也注惴惴或喣嘘表本茶陵本嘘下有也字案此當云煦或作喣呴嘘也各本皆誤五臣銑注云煦猶呴喣也即襲善此注爲之可借爲證○公讌詩○注謂五官中郎也案謂當作爲也當作將各本皆譌○公讌詩○注外豉表本茶陵本作翅外豉切在注中不翅猶過多也下是也

異四　十

注論語摘襃聖承進讖曰表本茶陵本襃作襄是也○公讌詩○注少有學下至減死輸作表本茶陵本無此四十二字有爲司空軍謀祭酒掾屬轉爲平原侯庶子後爲五官將有文學二十四字案二本是也注古詩曰日出東南行案此當作古日出東南隅行日各本皆誤○侍五官中郎將建章臺集詩○注後爲五官將文學卒表本茶陵本官下有中郎二字是也○皇太子宴元圃宣猷堂有令賦詩○注又程猗說石圖曰表本茶陵本又下有曰字是也注唯此與宅陳云唯此二字當乙各本皆倒注言日澄清也表本茶陵本但有澄字無上言日下清也四字陳云言日當據左太沖詩注作方言曰案此或尤延之校添而又脫誤耳注搏拊琴瑟表本茶陵本無此四字案此亦尤延之校添注儀禮曰小臣正辭表本作小臣巳見上文是也茶陵本亦複出皆非○大將軍讌會被命作詩○陵風協紀案紀當作極表本云善作紀茶陵本云五臣作極詳善引孝經鉤命決注協極是善亦作極不作紀各本所見皆非注國語曰次序三辰賈逵曰日月星也表本茶陵本無此十四字注合壽考也陳云合當作令是也各本皆譌○晉武帝華林園集詩○注文章志曰應貞表本茶陵本貞作禎下同案今晉書文苑傳作貞又上所引晉陽秋各本皆作貞蓋諸文互異善各從其本尤延之據晉書校改而一之耳注奄有九州陳云州當作有各本皆誤注在人也表本茶陵本在人二字作是案此尤延之校改射御茲器茶陵本云射五臣作躬表本云善作射何校云五臣作躬是也今案注無明文二本校語非可全據善果何作莫可考晉書亦作射仍不當竟改何校未是也注不懈于位表本茶陵本不作匪案此亦尤延之校改○九日從宋公戲馬臺集送孔令詩○注宋書七志曰表本宋作今茶陵本亦作宋陳云注引今書七志處甚多又證以王文憲集序宋字之誤無疑案所說是也注東郡人也表本茶陵本東作陳是也注冠于時表本茶陵本時

異四　十一

上有一字是也注命有司表本茶陵本命上有乃字案有司當作司服注必脩其故表本
茶陵本脩作循是也注又何爲乎表本茶陵本此四字作何在二字案凡此類皆尤延之改注曰
出暘谷表本暘作陽下同茶陵本亦皆作暘案當作湯各本皆譌湯谷如蜀都吳都西征等賦皆有其證不
具出○樂游應詔詩○注沈約宋書曰下至爲高祖相國掾茶陵
本善曰下無此二十二字有與彭城王義康六字其五臣銑曰下有之表本但載銑注末云善注同案此并五臣於
善而各本皆失善之舊無可訂正也注草木交曰薄處陳云處字當在交字下案處衍字耳各本
皆譌今楚辭注交下有錯字善引不備登廬山香爐峯詩注亦如此○九日從宋公戲馬臺
集送孔令詩○注毛萇曰痱病也今本作腓字非案痱腓二字當
互易詳文義謝詩作痱善引尚及毛皆作腓而訂之曰今本作痱字非也考鮑明遠苦熱行渡瀘寧具腓注引毛詩
百卉具腓毛萇曰腓病也則此不得爲痱病也明甚蓋五臣因之改正文爲腓後以亂善遂復倒此二字使相就不

異四　二三

如其不可通也歸客遂海嵎案嵎當作隅表茶陵二本校語云善從山詳善引尚書注海隅是善亦作
隅各本所見皆非注大川之間何校間改上陳同各本皆譌○應詔讌曲水作
詩○注武帝引流何校武改文陳同各本皆譌注故象者表本茶陵本象下有者形
二字案此當作故象而形者二本誤而作者尤因其不可通輒删二字非今本王弼注老子不誤
障表本茶陵本障作嶂是也注如耒耜之爲用也表本茶陵本無此七字注字書
曰祕者陳云祕者下脁密也蘭祕四字今案當在祕下者上各本皆誤昔在文昭陳云昭五臣作
詔據善注亦當作詔今案茶陵本云五臣作詔與尤所見皆非也表本作詔不著校語或所見善亦作詔爲不誤耳
注言其成也何校成改盛陳同各本皆譌注謂諸王者蕃也何校者改睿陳同各本皆
譌注故以前之文何校文改交陳同各本皆譌注錫表本茶陵本作析音錫在注末是也
注拂去也陳云此拂字當作弗引毛生民首章傳也下句拂亦作弗者言顏詩亦有別本作弗耳案所校

是也各本皆譌○太子釋奠會作○達義茲昏何校云據注茲當作滋陳同案
所校是也[illegible]滋故引新論注滋昏五臣作茲故濟注云亦循是焉各本所見皆以五臣亂善而表茶陵不著校語
古茲字雖與滋同義然非此之用注九永表本茶陵本作九永切在注中憬遠行貌下是也注上
殞表本茶陵本作上殞切在注末是也注王逸妍敖蚩曰表本茶陵本無敖字案無者是也後
五君詠注所引亦無敖字可證注爾雅曰遏遠也表本茶陵本無此六字注虞夏商
表本茶陵本商下有周字是也○侍宴樂遊苑送張徐州應詔詩○注杳
表本茶陵本作若音杳在注末是也○應詔宴樂遊苑餞呂僧珍詩○注言
重故也表本茶陵本無故字是也注幘道曰簪案道當作連謂連幘於髮也釋名有其證各本
皆譌○送應氏詩○注謂罪苦也案苦也當作咎之各本皆譌此引表記注○征
西官屬送於涉陽侯作詩○注倉憒切表本茶陵本倉上有咄丁忽切啐五

異四　二三

字無正文咄下丁忽二字是也案今善音割裂失理皆此類憂喜相紛繞茶陵本云五臣作擾表本
云善作繞案各本所見皆非也善注引神女賦紛紛擾擾是亦作擾不作繞但傳寫譌耳○金谷集作
詩○注蔡邕陳琳碑曰何校琳改球陳同各本皆譌注沙棠櫟儲表本儲作
諸是也茶陵本亦誤儲注岳於省內謂秀曰孫令表本茶陵本作岳省內見之因嘆孫
令是也案此亦尤誤改○王撫軍庾西陽集別表本茶陵本此下有作字是也時爲
豫章太守庾被徵還東表本茶陵本無此十一字是也案此必或記於旁而尤延之誤取之
方舟新舊知表本茶陵本新作析是也注因表本茶陵本作音因二字在注中城曲重門也下是
也○鄰里相送方山詩○注力甃表本茶陵本作力甃切二字在注中維船索也
下是也注少思寡欲案思當作私各本皆譌注郭璞山海經曰案經下當有注
字各本皆脫○新亭渚別范零陵詩○注十洲記曰陳云案東方朔十別

記皆記仙山異境非其他地志之比安得載丹陽古蹟況觀新亭吳舊亭語乃三國以後人所記書名之誤更易猶
也今案其說是也洲當作州善屢引之必當日別有其書也不知者改之耳各本皆誤餘詳每條下注謝朓
何校朓改朓陳云注朓並當作朓各本皆譌以下放此不悉出注垂稱於平陽魏郡蒙惠
化何校平陽改陽平蒙上添百姓二字陳同各本皆誤○別范安成詩○注心灼爍
其如陽案陽當作湯各本皆譌
卷二十一○三良詩○注嚴父潛長夜表本茶陵本潛作憯是也○詠
史○注賈誼作過秦論司馬相如作子虛賦此一節注表本茶陵本係
五臣翰曰下案二本是也尤本誤以五臣竄入善注殊誤當刪去之注韓君章句曰陳云韓下脫詩
薛二字是也各本皆誤注干木偃息以藩魏案干字不當有各本皆衍注陳威發
憤何校威改咸陳同各本皆譌注長衢夾巷陳云衢下當有羅字各本皆脫注峩峩容

也案峩峩當作娥娥各本皆譌今廣雅可證注武陽城槐里人也隨沖虛表本茶陵
本也隨作修道是也案武依今本高士傳當是字武仲三字之脫酒酣氣益振表本茶陵本振作震
是也注風賦曰廓抱影而獨倚案曰下當有起於窮巷之閒楚辭曰九字各本皆脫所引
楚辭在哀時命可證也注盎中無斗米儲還視架上無懸衣說文曰
表本茶陵本無儲還視三字曰下有顧還視也四字案此蓋所見不同○詠史○注終於家
表本茶陵本無此三字有協見朝廷貪祿位者衆故詠此詩以刺之十六字案此當以尤所見爲是二本幷五臣於
善而誤也何陳皆取以添改非凡題下意揣作者之旨均屬五臣語前後可以例推而得者注鍾會有
遺榮賦又注鍾會遺榮賦曰表本茶陵本不另分節作鍾會有遺榮賦曰七字案此亦
所見不同○覽古○注史記曰下至秦王大喜此二十二字表本茶陵本無案幷善
注於五臣而脫也注史記曰下至請以十五都與趙此一百五字表本茶陵本無案

幷善注於五臣而脫也注吾所以爲此也表本茶陵本也作者是也注不如將軍
寬之至也表本茶陵本如作知是也○張子房詩○注子朝至於洛師卜
表本卜下有澗水瀍水四字茶陵本有澗水東瀍水西六字案茶陵本爲是注竟不易不易太
子者表本不重不易二字何校去陳云衍是也茶陵本全刪此節注非注翻飛維鳥茶陵本翻
作鷭下同案茶陵本正文下有校語云善作鷭則注中二字皆作鷭爲是表本亦作翻誤與此同後謝宣遠荅靈運
詩翻飛各異檗注作鷭正文作翻疑正文誤但彼無校語耳凡此等皆舉其例而不勝一一出之者注燭幽
明也茶陵本幽作猶是也表本亦作幽誤與此同注周易曰下至照于四方此十六字
表本茶陵本脫注孟子曰表本茶陵本起此至末五十四字脫注王逸楚辭注曰海
內之政何校王逸楚辭注曰六字改作莊子堯治天下之民平九字非也陳云楚辭注曰下脫慶雲喻尊顯
也莊子堯治天下之民平共十五字是也注見四子何校見上添往字陳同是也注喪其天

下也何校也改焉陳同是也表本茶陵本所脫止此注屬車八十乘案十下當有一字各本皆
脫注不良能行何校能改於陳同各本皆譌○秋胡詩○注詩曰東方
之日案詩上當有韓字各本皆脫注爾雅曰蕪草也案爾當作小各本皆譌小雅載漢藝
文志今孔叢子之第十一也此所引廣言文昔醉秋未素表本茶陵本醉作辭案有校語云善作醉案
各本所見皆非也醉但傳寫譌非善五臣有異注日出之東隅案日出二字當作失各本皆誤注
歲既晏兮孰華案華下當有予字各本皆脫○五君詠○注詠劉伶曰
案伶當作靈各本皆誤表茶陵二本後正文亦作伶詳其注中凡所載五臣曰則爲伶字而善注三見仍皆爲靈字
然則必五臣伶善靈而失著校語尤所見正文獨不誤此處因向同善注而亂耳又案二本酒德頌注亦善是靈字
五臣是伶字注天神人五陳云神上脫下字是也各本皆脫注汝神遊守形表本
茶陵本遊作將是也注聲高則悲何校高下添聲高二字陳同茶陵本有案尤本此處脩改以字數計

之蓋初刻重一高字是也表本無與脩改者同注阮咸哀樂至表本茶陵本至下有到字是也○
詠史○注野寂寞其無人案寞當作漠正文作漠後赴洛詩寂漠聲必沈表茶陵二本云
善作漢五臣作寞是其大較也此正文二本皆作寞而不著校語非○詠霍將軍北伐○注
楚王使風湖子陳云別本湖作胡案今未見七命注引作胡考越絕書今本作胡吳越春秋作湖他
書所引互有出入耳○百一詩○注筐篋笥也案筐字不當有後任彥昇哭范僕射謝惠
連擣衣注引皆無可證各本皆衍注免而掩口袁本茶陵本免作俛是也○遊仙詩○
何敬宗表本茶陵本宗作祖注同案此似所見不同然祖字是也贈張華詩雜詩皆作祖傳長虞贈詩序亦
作祖皆可證注列仙傳曰下至立祠緱氏山下此一百字表本無茶陵本有案蓋善
自作王子喬已見遊天台山賦表脫去此一句耳茶陵例複出未可爲據眩然心緜邈案眩當作眇表
本茶陵本作眇云善作眩今詳善注非有明文眩字於義無取當是傳寫之譌耳各本所見皆非○遊仙

詩○注而辭無俗累案無當作兼各本皆譌注郭璞山海經注曰山
居爲棲又曰遯者退也周易曰龍德而隱遯世無悶陳云又曰
遯者退也此六字當在遯世無悶下郭璞山海經注曰山居爲棲此十一字又當在退也句下案所校是也各本皆
倒蓋周易曰十一字與郭璞云云十一字互換其處耳注妾之居亂世表本茶陵本之作閒是也
注而媒理也何校而改爲陳同各本皆譌注淮南子曰下至日爲之反三
舍此二十六字表本茶陵本作魯陽麾日見淮南子八字注而明月皆喻難闘投表本
茶陵本皆喻作之珠是也注與李平教曰陳云平下當有子豐二字據蜀志注通鑑校是也各本皆
脫姮娥揚妙音陳云姮當作恒今案善注引淮南子常娥爲注其下不云常娥之即恒娥似善自爲
常字表本茶陵本所載五臣良注云姮娥是五臣乃爲姮字而各本亂之也陳改恒未是注漢武內傳
下至殆恐非仙才也此三十字表本作漢武非仙才見漢武內傳茶陵本與此同注守文

法陳云文下脫之君當塗之士欲則先上之十一字是也各本皆脫
卷二十二○招隱詩○注井冽寒泉何校泉下添食字陳同各本皆脫○
招隱詩○注脫與嵇古字通案脫嵇二字當乙謂正文及史記方言之嵇即脫也各本
皆倒表本改吾未知所嵇鴐也作脫以就之大誤○南州桓公九井作○注檀道
鸞晉陽秋曰陳云晉上當有續字是也各本皆脫餘同此不悉出注字仲文表本茶陵本無
此三字注左氏傳曰族穆子曰案上曰字當作公各本皆譌○遊西池○
注沈約宋書曰混字叔源表本茶陵本無此九字上臧榮緒晉書曰謝混下有字叔源三
字案此各本并五臣於善而失其舊無可訂正也注混思與友朋相與爲樂也案此
十字係五臣語也表茶陵二本合并六家往往有之前後例可推此本既單行善注不應竄入乃尤延之仍舊誤而
未知校正者○泛湖歸出樓中翫月○注阿谷之豫案豫當作隊各本皆

譌注李宏軌法言注曰案宏字不當有各本皆衍軌字宏範蓋或記於旁而錯入一字耳善
引李軌法言注甚多皆可證○從游京口北固應詔○注朝騁鶩兮何校
去此四字陳云注前朝騁鶩兮衍案各本皆涉下而誤也○晚出西射堂○注山正鄣
陳云山當作上各本皆譌案此釋山文今爾雅云上正章章鄣同字耳○登池上樓○傾耳
聆波瀾此句上表本茶陵本有衾枕昧節候褰開暫窺臨云善無此兩句何校添陳同案詳文義當有各本
所見或傳寫脫之也○遊南亭○注旅客會也何校會改舍陳同是也各本皆譌注
居戚戚而不解茶陵本戚戚作感感表本與此同案正文作感感茶陵是表非也蓋善感五臣戚其
大槩矣餘倣此不悉出○遊赤石進帆海○注維長綃陳云綃當作綃是也各本
皆譌○石壁精舍還湖中作○注謝靈運遊名山志曰案謝字不
當有前後所引可證也各本皆衍又後登臨海嶠詩兩引皆衍不更出注所爲命陳云爲當作謂是也

各本皆譌○登石門最高頂○注古樂府有歷九秋妾薄相行
案此十一字不當有觀下注云九秋已見南都賦可知各本皆衍○於南山往北山經湖
中瞻眺○注和氏玲瓏案玲瓏當乙說見前又正文玲瓏注瓏玲說在遊天台山賦注各本
皆誤注擢紫茸茸案此下當有而容切三字表茶陵二本正文下有此音合并六家因複出而刪尤仍
其誤於是茸而容切本以四字爲句者僅存一茸字而不可通矣凡善音多割裂刪削無以全復其舊依此等例推
之○從斤竹澗越嶺溪行○苕遞陟陘峴案峴當作現善注引聲類峴云
峴與現同可知正文自爲現字今各本皆作峴必五臣改爲峴而後來以之亂善也集韻二十七銑有現峴二文云
胡典切或作峴當即出於此可爲證○應詔觀北湖田收○注太祖改景平
十二年案十字不當有各本皆衍注劉安奏曰案安當作光此引順帝紀文也表本亦譌安茶
陵本刪劉安奏三字更誤注緹騎一百人表本一作二案劉昭注引漢官亦云二百人可證二是一
非也茶陵本亦作一誤與此同○車駕幸京口侍遊蒜山作○注劉楨京
口記曰案楨當作損隋書經籍志曰京口記二卷宋太常卿劉損撰即此各本皆誤注漢書儀
曰案書當作舊各本皆譌注元天山最高在東北日出即見案此十二字決
非善注各本皆同恐係五臣語而竄入也注尚書曰洪範五行傳曰陳云書下曰字衍楚
也各本皆衍留滯感遺氓案氓當作萌茶陵本氓作萌云五臣作氓表本作氓云善作萌尤所見誤
以五臣亂善說詳前長楊賦中又二本注中皆作萌此亦誤改爲氓○車駕幸京口三月三
日侍遊曲阿後湖作○注長五丈六尺案五當作九各本皆誤七命注所引
可證彫雲麗璇蓋案彫當作彤注彫雲斐亹而翼檽亦當作形各本所見皆誤據遊天台山賦訂正之
考表茶陵二本所載五臣濟注云雕鏤雲氣然則五臣乃作彫後來以之亂善又并注中改爲彫字非孫興公賦則
有作彫之本而善於此引之也彼賦五臣亦仍爲形○遊東田○注陸機悲行曰

下當有哉字各本皆脫○從冠軍建平王登廬山香爐峯○注張僧
鑒豫州記曰陳云州章誤是也各本皆譌注楚辭曰臨風怳兮浩歌案此
九字不當有觀下注云臨風已見月賦可知各本皆衍○鍾山詩應西陽王教○注
戴延之西征賦曰陳云賦當作記是也各本皆譌峻嶒起青嶂案注引魯靈光殿賦
崱繒綾而龍鱗疑善作繒綾五臣作峻嶒合并六家失著校語否則善元有注繒綾與峻嶒異同之語而今失去之
也注維摩經曰下至四禪此二十六字表本茶陵本無其所載翰注有之當是并善於五臣而
刪也尤所見爲是○宿東園○注荆門晝掩陳云晝畫誤是也各本皆譌
鳥厲號表本茶陵本號作疾是也今季冬紀是疾字注古董桃行曰案桃當作逃各本皆
譌○古意訓到長史溉登琅邪城○注鎮江乘縣境立郡鎮
案縣上脫即字郡下衍鎮字鎮江乘爲一句即縣境立郡爲一句各本皆誤脩篁壯下屬何校云篁疑作
隍案其說是也善不注此字而以下屬江河注下屬然則隍之爲城池可知也偶句云危樓峻上干危則峻也脩則
壯也隍在城下樓在城上於義極協唯五臣銑注云竹叢曰篁云云合并六家遂以亂善所當訂正
卷二十三○詠懷詩○注江妃二女表本妃作斐案斐字是也江賦注所引正
作斐以吳都賦證之善斐五臣妃說已見前此詩蓋善亦作斐因正文爲五臣所亂并改此注爲妃益誤茶陵本作
妃誤與尤本同注伯且君子字何校云且字衍陳同是也各本皆衍注安陵君所以
悲魚也案以字下有脫文各本皆然無可據補也注善曰東觀漢記表本茶陵本無善曰
二字陳云二字衍何校於此節注首添沈約曰三字今案陳據別本蓋是也何以意添非春秋非有託
茶陵本云五臣作訖表本作訖云善作託案各本所見皆非也善引鄭禮記注訖止也可見亦作訖沈約曰春秋相
代若環之無端所謂非有訖矣作託但傳寫譌今各本并注中亦譌託考所引即禮記祭統訖其耆欲注之訖猶止
也不得爲託明甚注至於顛沛逆天表本茶陵本逆天作道天是也注顏延之曰

何校之改年案以前後例之是也各本皆譌注白露沾衣案衣下當有衿字各本皆脫此所引七哀詩也注則音聲調案音當作商各本皆譌注王逸楚辭注曰小曰上此九字表本茶陵本無案尤本是也所引在七諫沈江二本脫去之注追悟羨門之輕舉表本茶陵本悟作悞案善悞五臣悟二本校語有明文善所載沈約注自不當作悟又正文何陳皆從五臣悟但未必并阮借悞爲悟當仍其舊注蛩蛩負蟨以美草案以下少一字各本皆脫無可據補陳云脫求字但以意添耳注元雲決鬱案決當作泱各本皆譌顏注漢書音烏朗反注上有楓樹陳云樹字衍是也各本皆衍注駕彼駟牡陳云牡當作駱各本皆作牡今案毛詩作四駱但恐李所據本異未可輒改凡注中各本既同而引書與今所行差互疑不能明者皆準此不悉出其異本尚可考亦不悉出惟顯知傳寫之誤乃訂正之注劇辛諫楚王曰茶陵本劇作莊案莊非也依今本戰國策改耳表本作劇與此同恐善自如此爲所據異本也○秋懷詩○注蔑比卿相案比當作此世說新語品藻注引可證各本皆譌何陳校改爲彼誤也注乃至仕人陳云至仕當作賦大見世說注是也各本皆誤○臨終詩○歐陽堅石案此不得在謝惠連下當是臨終自爲一類尤表茶陵各本皆不分蓋傳寫有誤又案俗行汲古閣本反不誤乃毛自改之耳非別有本也凡彼僅有是者餘均不置論爲舉例如此注四時隱南山何校時改皓陳同各本皆譌注色有五色文章案色文二字不當有各本皆衍○幽憤詩○注后成叔曰陳云后當作郈今案后即郈也檀弓后木鄭注曰魯孝公子惠伯鞏之後正義曰案世本孝公生惠伯革其後爲厚氏世本云革此云鞏世本云厚此云后其字異耳春秋名號歸一圖曰厚成叔後改爲郈皆可證冊魏公九錫文引作厚爰及冠帶馮寵自放表茶陵二本有校語云善無此二句案二本所見非也此與下二句爲韻善不容無但傳寫脫去又其下當有善注爲脫去一節也尤本有者是然恐屬據五臣校補尚少善注耳任其所尚表本茶陵本有校語云善作上注各崇所尚二本尚皆作上案善下注又云說文曰尚庶幾也不作上字尤本以此校改然恐善注未全

或於末元有注上尚異同之語而今失之注莊子曰眞者精誠之志陳云此九字衍觀下注自明是也各本皆衍注精誠之志也表本志作至是也茶陵本亦誤志注說文曰懷藏也杜預曰忍垢恥也陳云說文下六字當在杜注下是也各本皆倒注發論辭也何校論故語是也各本皆誤注下民爲孽陳云爲之誤今案各本皆然疑李所據與今本作之者異下尊沓背增今本作憎又我心永疚今本作使我心疚皆放此餘不悉出注爲惡莫近刑案刑當作形詳下注司馬彪本作形字也各本皆誤○七哀詩○注孟秋寒蟬應陰而鳴案蟬下當有鳴蔡邕月令章句曰寒蟬十字各本皆脫陳云月令章句見子建贈白馬王詩注也○悼亡詩○注涼歲云暮案涼下當有風字各本皆脫注魏文帝歌行曰案歌上當有燕字各本皆脫注長戚之士能閑居案士當作不各本皆譌注駕言出遊又案又下當有脫無可據補陳云又字衍非也表本無乃故去耳故於下句楚辭下加一注字以足之茶陵本與此同尚未經改也○盧陵王墓下作○注宋武帝子義眞至下作一篇此一節注表本茶陵本皆係翰曰下茶陵本云善同翰注表本別有善曰沈約宋書曰武帝男廬陵獻王義眞初封廬陵王之任而高祖崩義眞聰明愛文義與陳郡謝靈運周旋異常而少帝失德徐羨之等密謀廢立則次第應在義眞義眞輕訬不任主社稷因與少帝不協乃奏廢義眞爲庶人徙新安近郡羨之等遣使殺義眞於徙所時年十八元嘉三年誅徐羨之傳亮是日詔曰故廬陵王可追崇侍中王如故一節注共一百卌一字當是尤所見與茶陵本同而致誤表本爲是也注朱方吳也案也當作邑各本皆譌注曹植寡婦詩曰陳云詩賦誤是也各本皆誤注疑彼三人陳云三二誤是也各本皆誤○拜陵廟作○注王逸晉書曰表本茶陵本逸作隱是也注汲汲孳孳者表本茶陵本無此五字案蓋所見不同也伏軫出東垌案軫當作軾茶陵本云五臣作軾表本云善作軫詳善引莊子以注伏軾是亦作軾其作軫者但傳寫誤耳況此詩末句有歸軫必不應複用矣尤因此并改注字益非見下

注宣尼伏軫而嘆表本茶陵本軫作軾案二本是也此所引在莊子漁父云孔子伏軾而嘆可證又宣尼亦誤當作孔子也注各自君陵傍立廟表本茶陵本君作居是也注作陽陵陳云陵下脫邑字是也各本皆脫注被歌聲案此三字不當有各本皆衍注言帝澤被天下表本茶陵本無澤被天下四字幼牡困孤介案牡當作壯表茶陵二本校語云善作牡幼壯與末暮偶句不待解而自曉故善俱無注實非於五臣有異校語非也○出郡傳舍哭范僕射○注傳舍也表本茶陵本重傳字案今釋名傳傳也蓋尤本刪下舍字而誤去傳字注女史曰何校史下脫箴字陳同各本皆脫注攜手遯于秦陳云于字衍是也各本皆衍注孔安國尚書曰表本茶陵本書下有傳字是也注臺無所鑒陳云臺當作臺下同是也各本皆譌注又曰容則秀雅稚朱顏表本茶陵本無此九字注安意歌今陳云今吟誤是也各本皆誤○贈蔡子篤詩○注晉官名曰何校官上添百字陳同案晉上當有魏字隋書經籍志魏晉百官名五卷晉百官名三十卷並載皆無撰人名晉書蔡謨傳曰曾祖睦魏尚書可見此所引乃魏晉百官名而非晉百官名也各本皆脫陳又云所引書名當有誤是矣但失檢隋志耳濟岱江行案行當作衡表本作衡字顯然無疑今各本并注譌爲行絕不可通何校云藝文類聚行作衡亦是一證雖則追慕案追當作進表本云善作追茶陵本云五臣作進各本所見皆傳寫誤善引法言以注進慕是亦作進若作追慕不得云以此專注慕字也凡此等善與五臣無異表茶陵二本據誤字爲校語而失之者於今所訂正爲一例也涕泣漣洏案洏當作而注引杜預左傳注而語助也善必爲而字無疑贈士孫文始詩胡不𢘅而何例正同唯表茶陵二本載濟注云洏亦淚流也是五臣乃作洏字今各本所見皆以五臣亂善耳祭古冢文縱𦅺漣而亦善而五臣洏彼未亂之可爲證矣凡此等善與五臣截然有異表茶陵二本不著校語而失之者於今所訂正爲又一例也○贈士孫文始○注三輔決録趙岐注陳云趙岐二字衍岐著三輔決録晉摯虞作注下云於今詩注猶存即虞自謂作注之時耳案所校是也各本皆誤

士孫孺子名萌表本茶陵本無孺子名三字亦尅宴處表本茶陵本尅作克是也靡日不思茶陵本日作喆云五臣作哲表本作哲無校語出二本所見皆非也此及上句皆取詩成文善注因人亦有言連引靡喆不愚者猶之因靡日不思連引有懷於衛耳與正文無涉也唯銑注云哲智也是五臣乃誤作哲又以之亂善此所見獨不誤或尤延之知其非而校改之也○贈文叔良○僑肸是與案僑當作喬注同茶陵本作喬云五臣作僑表本作僑用五臣而失著校語尤所見以五臣亂善非也考隸釋三公山碑云喬札季文議郎元賓碑云有而宰鄭皆東漢時書喬字無人旁之證羣書亦有之不悉數注敢請辭故陳云辭亂誤是也各本皆譌注而不可以之告何校剛之字陳同各本皆衍注孤用視聽命何校視改親陳同各本皆譌注君若卑天子陳云卑上脫無字是也各本皆脫注言江漢之君下至非汝之功也表本茶陵本無此二十二字何校云考六臣本即良注陳云削去爲是案所校是也○贈五官中郎將○注公子自是案是當作起各本皆誤金罍含甘醴表本茶陵本云甘善作其案據校語五臣乃作甘此作甘者尤延之所改也注無明文而第三首云應門重其關以例正同未必非善自作其字尤改失之注蔿啓強曰陳云強彊誤是也各本皆譌注幹自謂也何校幹改楨案所改非也幹即公幹善注稱人字有此例華燈散炎輝案燈當作鐙注同各本皆譌第一首第三首表茶陵二本有校語此首失著乃誤以五臣燈字亂之○贈徐幹○注楊雄解嘲曰案嘲當作難各本皆誤○贈從弟○冰霜正慘愴茶陵本愴作悽案悽字是也注有明文表本作愴與此同誤豈不羅凝寒何云羅疑作罹陳同案各本皆作羅蓋傳寫譌卷二十四○贈徐幹○注而能相萬乎何校萬改薦陳同各本皆譌○贈丁儀○注玉除彤庭案除當作階各本皆譌但引以注玉字其除即是階上已注訖不知者用正文玉除改之非也後贈何劭王濟詩注引不誤亦可證或又因此欲改西都賦作除則益非矣○贈

王粲○攬衣起西遊表本攬下有校語云善作攬茶陵本則云五臣作攬案此恐傳寫誤耳無論善自作攬即五臣亦未始作攬也○又贈丁儀王粲○注西都賦曰表本茶陵本賦作覆是也又後贈張華荅何劭詩注皆然注抗仙掌與承露茶陵本抗作抗案涉下而誤也表本作抗與此同不誤引之但注承露其以下方注粲字或因據此誤字反欲改西都賦則謬矣聊出之於尤本無施也與賦作以○贈白馬王彪○注日不陽表本茶陵本日不作到洛是也鬱紆將難進茶陵本云難進五臣作何念表本云善作難進何校云難進當從魏氏春秋作何念案此恐善本傳寫有誤踟躕亦何留表本茶陵本云何善作可案二本所見非也善自作何注有明文此不誤或尤校改之也孤魂翔故城注魏志城作域表本茶陵本無注魏志城作域五字正文皆作域茶陵本有校語云善作城表本無案魏志城作域五字當是或記於旁尤誤取添入注故此處脩改之迹尚存也善作城無明文恐尤及茶陵所見傳寫有誤而表所見為未誤也注太子執報桓榮書曰

案執字不當有各本皆衍太子漢明帝也在范蔚宗書桓榮傳○贈丁翼○世俗多所拘表本茶陵本世作時是也○贈秀才入軍○顧盼生姿表本茶陵本盼作盻注同案盻字是也盻為盻之別體字不知者多改為盼茶陵改刻如此後又誤成盼也注所以得魚也何校得改在陳同各本皆譌注聲而蹏之何校聲改聽陳同各本皆譌注臣則當能蹏之表本當作當是也茶陵本亦誤當注帟平帷也何校帷改帳是也此節注表茶陵二本多脫字不具論○贈山濤○今者絕世用表本茶陵本有校語云用善作人案二本所見非也注有明文此不誤或亦尤校改○荅何劭○注貽爾新詩又陳云又文誤是也各本皆譌注巳巳衰老子曰表本茶陵本老下有也老二字是也流目翫儵魚茶陵本儵作儵注同案儵字是也考莊子釋文作儵爾雅釋文作儵陸於秋水篇引說文直留反謂魚部儵字音然則儵是儵非也表本亦誤儵其注作儵仍不誤○贈馮文羆遷斥丘令○注後漢班固

議曰以漢興已來案漢下當有書字曰下當衍以字各本皆誤在班固傳也借曰未洽茶陵本作給云五臣作洽表本作洽無校語案二本所見皆大誤所載翰注曰給猶足也五臣作給無疑然則善作洽也茶陵本例用善為正文當作洽而著五臣作給表本例用五臣為正文當作給而著善作洽今倒錯失理此不誤必尤延之知其非而校改正之非子之念表本茶陵本有校語云非善作悲案二本所見非也注無明文然作悲不可通必善自作非與五臣無異但傳寫誤也此不誤蓋亦尤校改正之也○荅賈長淵○注魯公賈謐表本茶陵本無魯公二字是也注以綱為喻也案綱當作網各本皆譌注丁德禮寡婦賦曰案此有誤也前潘安仁寡婦賦引丁儀妻寡婦賦其日杳杳而西匿句注引此文然則禮下脫妻字各本皆誤儀字正禮疑一字德禮奏彈王源注引丁德禮勵志賦蓋儀作也又赴洛道中作詩注引丁儀寡婦賦悉亦脫妻字注嗟爾烈祖表本茶陵本爾作嗟是也如玉之闌案闌當作爛善引王逸楚辭注爛然為注可見也又音爛力旦切皆其證今亦改闌益非茶陵本云善作之闌

表本云善作之蘭乃五臣改爛為蘭改之為如而云如蘭之芳又轉轉多譌謝靈運擬鄴中集陳琳詩夜聽極星爛善引明星有爛為注五臣改爛作闌而以為闌稀表茶陵二本校語具有明文正與此略同矣注賈戒之以木表本賈作潘是也謂安仁所作耳見後茶陵本亦作賈與此同誤注晉克曰何校晉改里陳同各本皆誤○於承明作與士龍○佇盻要遐景茶陵本盻作眄是也表本作盻亦非說見前俯仰悲林薄案林當作外表本茶陵本云善作外薄迫也言悲自外而來迫也不知者以五臣亂善尤所見非○贈尚書郎顧彥先○注屏翳起雨表本屏翳作荓號是也茶陵本亦誤作屏翳案天問文注王逸曰□屏翳表本曰下有荓字茶陵本有屏字案表本是也此尤脩改而誤注書籍林淵表本茶陵本無此四字○贈顧交阯公眞○注子盍亦遠績禹功表本茶陵本無禹字是也案見左傳釋文善引自如此尤添禹字耳○荅張士然○注敬祭明祀陳云當作敬恭明神是也各本皆誤注晉宮

閣銘曰案銘當作名各本皆譌○爲顧彥先贈婦○翻飛浙江汜表本
茶陵本有校語云游善作浙今案各本所見皆非也詳善
但引江有汜爲注而不注浙江是江汜連文非浙江連文
蓋亦作游與五臣無異傳寫誤也○贈馮文羆○苟無凌風翮徘徊守故
林注莊子曰鵲巢於高榆之巔巢折凌風而起表本茶陵本云善無
此二句注十六字二本無案此尤延之校添或其所見者
有正文二句及注也故林謂吳必作於出補吳王郎中令
時故云爾潘安仁爲賈謐作贈詩旋反桑梓帝弟作弼或
云國宦淸塗攸失亦即此意有者是矣五臣向注誤不具
論○爲賈謐作贈陸機○注得百姓之國茶陵本姓作里是也表本亦誤
姓注得其姓者案得其當作其得各本皆倒注將軍弱冠登朝表本茶陵本無
弱冠登朝四字是也注夫招士以旃大夫以旌表本茶陵本作夫招士以旌五字案當是
招大夫以旌之譌尤所添改未是注必之天下英俊表本茶陵本之作於是也吾子洗
然案洗當作洒善注中兩字皆作洒雖表茶陵二本所載五臣銑注字乃作洗然則善洒五臣洗各本所見亂之
而失著校語善所引禮記玉藻莊子庚桑楚皆本是洒字釋文可證也注郭璞曰山海經注
曰表本璞下衍曰字茶陵本無此亦初衍脩去莫匪安恒表本茶陵本云安善作宜案此蓋所見不
同今無考但作宜不可通當是傳寫誤也○贈陸機出爲吳王郎中令○注是
史也何校史上添良字陳同各本皆脫注其祖弗父何始有國表本茶陵本無此八
字注茲恭敬何校恭上添益字下去敬字是也各本皆誤○贈河陽○注以問
於密子表本問下有其故二字茶陵本有二字無以字尤初同茶陵而脩去注入果共立爲
邑起冢陳云立字衍是也案漢書循吏傳共上有然字無立字各本皆誤注能舉居之官
職也茶陵本居作君是也表本亦誤居

文選考異卷第四

文選考異卷第五

賜進士出身通奉大夫江南蘇松常鎭太等處承宣布政使司布政使胡克家撰

卷二十五○贈何劭王濟○注毛詩傳曰何校去傳字陳云傳字衍是也
各本皆衍○爲顧彥先贈婦○注集亦云爲顧彥先案顧當作全見前卷
士衡詩題下注亦者即亦彼也不知者誤謂亦此題而改
之耳二陸同作不得歧異明甚今世行二陸合集又將士
衡題一槩盡改成顧字則更誤中之誤也表茶陵二本合
并此節注入向曰下文句咸失其舊難以取證今不復論
注徘徊相佯瞥若電伐陳云佯當作徉相徉見楚辭伐滅誤案所校是也各本皆譌○
荅兄機○注不相能也日尋干戈以相征討表本茶陵本無也下九字
案各本皆非見下注以服事夏商表本茶陵本無此五字案此上起左氏傳至末一節注與前卷
全同依善例但當云參商已見上文蓋各本皆誤複出尤又從而補之皆非善之舊○荅張士然○
注曹植出行曰案出上當有亟字各本皆脫後八公山詩注引可證感念桑梓城表本
茶陵本有校語云域善作城案各本所見皆非也城但傳寫誤善亦作域非與五臣有異二本據所見誤字作校語
耳注轗軻長辛苦表本辛苦作苦辛是也茶陵本亦誤倒○荅盧諶詩○注
段匹磾領幽州牧諶求爲匹磾別駕表本茶陵本無州下匹牧諶二字及爲下匹
磾二字案無者是也尤誤取五臣良注衍字添耳嗣宗之爲妄作也表本茶陵本有校語云妄
善作忘案二本所見非也作忘不可通必傳寫誤而尤改正之者長鳴於良樂表本茶陵本無長字
案此或所見不同今無所考注適祇適也陳云上適字衍是也各本皆衍厄運初遘案遘
當作構表本注作構成也見下其五臣銑注乃云遘遇也各本所見皆以五臣亂善而失著校語尤因此并改注字
益非注毛萇詩傳曰遘成也表本遘作構案構字是也所引小雅四月傳文茶陵本刪去此
八字大誤注善馬香草何校馬改鳥是也各本皆誤注杜預左氏傳曰陳云傳下

脫注字是也各本皆脫　裹粮攜弱表本茶陵本此上有不慮其敗唯義是敎八字云善無此二句案各
本所見皆非也詳詩每章十二句傳寫共脫三處非善自無下二處皆經尤校改正之唯此仍其舊爲失於檢照也
又疑善尚有注爲弁脫一節今注莫可考　注張晏漢書曰何校書下添注字是也各本皆脫　注
倚篠巽幹何校倚改奇是也各本皆誤　虛滿伊何蘭桂移植表本茶陵本有校語
云善無此二句案二本所見非也傳寫誤脫說見上尤校改正之其脩補之迹尚存也又疑善亦尚有注莫可考
光光段生出幽遷喬表本茶陵本有校語云善脫此二句案傳寫誤尤校改正之說見上此二
句善注各本具存益足證非善自無也凡表茶陵二本據所見爲校語未嘗謂善眞如此讀者每誤認觀此可曉然
矣　注夫招大夫以旌表本茶陵本旌作旍案正文作旍旍即旌字陳云上夫字衍是也各本皆
衍　○重贈盧諶○注以激諶素無奇略何校素上添一諶字是也各本皆脫
注非得公侯案非當作兆各本皆譌　注巳見謝惠連張子房詩何校惠連

改宣遠是也表本亦誤惠連茶陵本所複出更非　○贈劉琨○注宋伯謂晉侯曰
何校宋伯改伯宗是也各本皆誤　注周易繫辭表本茶陵本辭下有文字是也　注老聃謂
崔曜曰案曜當作臞見釋文茶陵本曜作翟依今莊子改未是也表本亦誤曜　注楚子和氏
案子當作人各本皆誤　良謀莫陳表本茶陵本謀作讀案此或所見不同今無所考　使是節
士表本茶陵本使作狹云善作使案各本所見皆非也善自作狹注云故尤而狹之傳寫并注中皆譌爲使乃不
可通此即善五臣無異而當訂正者　注達志也陳云志也當作亦樂見幽通賦是也各本皆誤　注道
德於此何校德改得陳同是也茶陵本作得表本亦誤德　注秦繆公問內史瘳曰
表本茶陵本瘳作廖是也　注夫差以甲兵五千人何校夫差改句踐陳同是也表本亦誤茶
陵本脫此注　○贈崔溫○注公宮之長何校公宮改六官陳同是也各本皆誤　○
荅魏子悌○注惕惕猶切切也陳云切切當作忉忉是也所引防有鵲巢二章傳文

各本皆誤　○荅靈運○注高軒以臨山案高上當有開字各本皆脫　注伊余
志之懷慢愚表本茶陵本之下無懷字愚下有兮字是也又茶陵本志作懷亦誤　○於安城
荅靈運何校城改成注同陳云城成誤是也各本皆譌　嚶嚶悅同響表本茶陵本作嚶鳴云善
作嚶嚶案各本所見皆非也詳詩以嚶鳴與上華萼偶句并善獨作嚶嚶乃傳寫誤又何云五臣作嚶鳴向來不知
校語但據所見故何以嚶鳴專屬之五臣耳後酬從弟惠連詩鳴嚶已悅豫五臣亦作嚶鳴疑彼各本所見善誤倒
注陸機贈馮文熊詩曰案熊當作羆各本皆譌　注京畿千里陳云京邦誤案所校
是也正文云封畿即邦畿耳各本皆誤　注跬以一足行爲表本茶陵本無爲字是也　注曹
植與吳重書曰陳云吳下脫季字案非也重即季重例見前　○西陵遇風獻康
樂○注阿谷之隊隱也陳云隱下脫曲之氾三字見前謝惠連泛湖詩注是也各本皆脫
注焉得萱草案萱當作諼觀下注可見各本皆誤　○還舊園作見顏范二中書

○注陸機弔魏文帝柳賦曰何校魏下添武帝文曰庶聖靈之響像魏十一字陳同是
也各本皆脫　注徐羨之等何校徐上添誅字是也各本皆脫　質弱易版纏表本茶陵
本版作板音百蠻何校改扳陳云扳誤案所校是也注同未當有善音今脫　注衛生之經乎茶陵
本無乎字是也表本亦衍後脩去之　注司馬彪曰生茶陵本生上有衛字是也表本亦脫　○登
臨海嶠初發彊中作與從弟惠連○注文章常會何校常改賞陳
同是也各本皆譌　注[illegible]聚之也茶陵本無之字陳云之字衍是也表本亦衍　○酬從弟惠
連○注善養曰案養當作卷各本皆譌此讓王篇文也
卷二十六○贈王太常○注若險危大人表本茶陵本若作以是也　注
山海經曰丹穴之山有鳥焉其狀如鶴五采名曰鳳鳥案此
二十一字不當有下云丹穴已見東京賦彼注所引即此文無庸複出明甚各本皆衍以此推之善注夫其舊者案

矣注爾雅曰列業也案爾當作小業當作㳄各本皆誤又陳云烈業也釋詁文不當誤引以釋
列字蓋五臣本作烈故有此注後誤入李注并誤烈爲列其說非也表茶陵所載五臣銑烈美也之注自在且引爾
雅曰亦不合其例此爲善注無疑必小譌作尒乃改㳄爲業耳○直東宮荅鄭尚書○皇
居體寰極表本茶陵本寰作環是也注何異絲桐之閒哉陳云異與誤是也各本皆
譌○和謝監靈運○注汀水際也案際下當有平字各本皆脫前登臨海嶠詩注
引有可證說文云汀平也𣲖汀或从平韻會舉要曰謂水際平地是矣不知者誤刪之興賦究辭棲
表本茶陵本棲作悽陳云棲悽誤是也又二本賦作玩有校語云善作賦案詳善有玩愛也之注則善亦作玩各本
所見爲誤又案此注玩愛也上引說文云興悅也考說文在女部云嬹說也依善例當引作嬹而下注嬹興異同今
本恐經後人竄改致失其舊疑不能明矣○荅顏延年○注侵謂之侵案上侵字當作
故各本皆誤○郡內高齋閒坐荅呂法曹○注魏武帝善哉行

曰陳云善哉當作短歌是也各本皆誤○在郡臥病呈沈尚書○籉笠聚東
菑表本籉作薹注盡同茶陵本盡作篕案考宋本謝宣城集作薹驗其集如撫机作杭風雲作煙之類與五臣每
合是善籉五臣薹表茶陵不著校語者非又善注引毛詩臺笠緇撮傳臺所以禦雨皆作籉而於其下云音臺恐亦
經竄改失舊依善例當引作臺而下注籉與臺同音臺也注浮蟻在上洗洗然案洗洗當作汎
汎各本皆誤○暫使下都夜發新林至京邑贈西府同僚○注
荊州圖記曰當陽東有楚昭王墓表本茶陵本無記當陽東有丘字注登
樓賦曰所謂西接昭丘也表本茶陵本無西接二字又陳云曰字衍是也各本皆衍案與
彼賦注可互證○詶王晉安○注周易曰表本茶陵本曰上有○子字案此尤刪之非
奉荅內兄希叔○注後至行軍參軍陳云後上脫遷字至字衍行軍二字當乙
是也各本皆誤注選太子太傅功曹掾茶陵本選作遷是也表本亦誤選寂蔑終

始斯茶陵本有校語云薎五臣作蔑始五臣作如表本正如此用五臣也案薎即蔑削體字耳始字義未安或
各本所見善傳寫誤注無明文不可考庶子及家臣何校臣改丞陳云臣丞誤案各本皆作臣詳五
臣良注家丞亦家臣也是其本作臣意取與下民陳濱爲協然庶子同是家臣而以及爲言殊乖文義恐此詩自通
協丞字善並不作臣故但引家丞更無申說也各本皆以五臣亂之而失著校語注致足樂之何校
之改也陳同是也各本皆誤注贈盧諶詩曰陳云諶上脫子字案非也此如公幹稱幹季重稱重
之例○贈張徐州稷○注投來修岸垂陳云來當作未是也各本皆誤注疵
痛也陳云痛病誤是也各本皆譌注齊以荊州爲北徐州也陳云荊州二字衍案
所校是也謂即鍾離之徐州而加北字耳各本皆衍○古意贈王中書○注漢紀曰
秦遷於琅邪之皐虞案曰當作由以十一字爲一句王文憲集序其先自秦至宋注引琅邪王
氏錄云其先出自周王子晉秦有王翦王離云云即所云由秦遷也漢紀漢世也集序離翦之止殺吉駿之誠感注

引漢書王吉琅邪人即所云漢遷琅邪也琅邪王氏錄者何法盛晉中興書之篇目此注所引晉書未稱何家疑亦
琅邪王氏錄文與集序注所引本相承接各本皆誤讀者勘察今特訂正之○贈郭桐盧出溪
口見候○湍險方自茲茶陵本險作嶮云五臣作險表本作險案表本所用五臣也此似尤
亂之○河陽縣作○連陪廁王寮茶陵本云五臣作違表本云善作連案各本所見皆
非也達去也去陪臣而廁王寮也連字不可通傳寫誤耳注浩蕩或爲濟蕩音西案此不可
通必有譌錯各本皆同他無所見難以正之矣注人生年不滿百案人字不當有茶陵本無表本
有人字無年字非害盈猶矜驕表本茶陵本猶作由是也注毛萇詩曰表本茶陵本無
詩字是也歸鴈映蘭時茶陵本云五臣作詩表本云善作時陳云時當作詩見前謝叔源遊西池詩注
又此注大渚曰沚下疑脫洔與沚同四字亦見前注案陳校云當作詩是也考集韻六止云沚洔或从寺又云洔或从
時然則必洔詩異本有作溡者或用溡改洔遂誤爲時耳非善五臣之不同也注中二沚字皆當作洔蓋毛詩

作沚訓小渚韓詩作詩訓大渚故善引韓及薛君章句以注詩不知者又誤改詩作沚致與正文歧異大夏緬無覿茶陵本夏作厦有校語云五臣作夏案此即傳寫誤也善作夏注有明文表本及尤所見皆不誤注自今掾吏陳云吏史誤下同是也各本皆譌○在懷縣作○注毛詩曰迮茶陵本詩作蓑是也表本亦誤詩春秋代遷逝何云春秋另一首當提行起陳云春秋以下爲一篇是也茶陵本不誤表本誤不提行其以下仍相連尚未誤剟四句入第一首也尤本非注何謂寵辱寵爲下得之若驚失之若驚表本茶陵本作何謂也爲下得之若驚九字案此尤據王粥注未校添未是也注植根生之屬也陳云植下當有物字是也各本皆脫卷然顧鞏洛表本茶陵本卷作眷云善作卷陳云據此注亦作眷爲是案所校是也此但傳寫誤各本所見皆非注公鉏曰敬恭朝夕案曰字不當有各本皆衍陳云曰當作然之二字非也善引多節耳○迥大駕○注而蓋即同也表本茶陵本蓋上有帷字是也注蘇武曰陳云武秦誤是也各本皆誤○赴洛○注聽之寂寞表本寞作漠是也茶陵本亦誤寞下寂寞各本皆同亦當作漠餘皆放此慊慨遺安愈案愈當作念注同各本皆誤據注引東京賦訂也五臣作念即念字形近之譌可借爲證注張叔與任彥臤書曰陳云叔當作升升字彥眞見范史文苑傳是也各本皆誤○赴洛道中作○注維進退準繩表本茶陵本維進退作進退惟案此尤改惟爲維而誤倒在上也○始作鎭軍參軍經曲阿作○眇眇孤舟遊表本茶陵本遊作逝云善作遊案各本所見皆非也善亦作逝逝往也遊但傳寫誤非善五臣之不同表茶陵據誤本爲校語耳注孔子行年六十化表本茶陵本化上有而六十三字是也○辛丑歲七月赴假還江陵夜行塗口○注西荊州也案荊字當重各本皆脫不爲好爵榮何校榮改縈陳同今案此依今本陶集校也詳五臣銑注作榮華解是其本作縈善注無明文未知與五臣異同以義求之似當是營應劭注漢書敘傳不營日爵祿不能營其志引易不可營以

異五　六

祿虞翻本正如此今本漢書改引易作榮又隸釋載婁壽碑不可營以祿新刻亦改榮是後人多知榮少知營故耳集作縈未可據其詠貧士第四首好爵吾不縈仍作縈可見縈未必非又縈之誤者也何陳失之○永初三年七月十六日之郡初發都○注何不能攄以爲大鐏表本無能字是也茶陵本亦衍注一瓠落大貌表本無一字是也茶陵本亦衍○過始寧墅○注初與郡守爲使符茶陵本使上有竹字是也表本亦脫○富春渚○注則盡諾以報之陳云盡畫誤是也各本皆譌○七里瀨○注甘州記曰下至至嚴陵瀨此十九字表本無茶陵本有案有者是也又廿字疑當作十與後新安江水詩注所引其文似相承接也餘引此書多譌州爲洲皆不知者改耳注末世鎖才兮陳云鎖疑瑣是也各本皆譌注後漢書曰表本茶陵本後上有范曄二字是也○初去郡○注子房之巖棲案子房當作許由各本皆誤注班固漢書曰邴曼容表本茶陵本無班固漢書曰五字邴下有生字案各本皆非依善例當云邴生曼容已見還舊園作無此下養志自修爲官不肯過六百石輒自免去十六字注不悏牽朱絲何校悏改悟陳同今案此疑借悏爲悟已此怳籍咏懷詩注陸機越洛詩曰案越當作赴各本皆譌注戰明貴不如義表本茶陵本戰下有勝字是也○初發石首城○注是曰京師陳云師當作織因詩有出宿薄京畿句故既引伏記復云爾也案所校是也各本皆誤注善貸且善成茶陵本無且下善字是也表本亦衍晨裝搏魯颸案魯當作曾表本云善作魯茶陵本云五臣作曾各本所見皆非魯但傳寫誤何校改曾陳同是也注又曰莊子曰搏扶搖而上征颸已見上文案又曰下當有脫文征字衍表本與此同誤茶陵本刪又曰二字征颸已見上文六字作楚辭曰溢颸風而上征九字乃複出前在郡臥病呈沈尚書注耳何校全依茶陵改非○道路憶山中○注縱恣而傲誕案縱上當有縱誕一字各本皆脫○入彭蠡湖口○注廣雅曰何校三字改入下欲

異五　七

蜼也上陳云長揚賦注可據今案此疑中閒本無言乘月而遊至爲亂芳叢之馥四句後來添入乃致舛錯失次也
各本皆誤露物柔珍怪案露當作靈表本茶陵本作靈云善作露案各本所見皆非也靈物與下異人
偶句非善獨作露但傳寫誤○入華子崗是麻源第三谷○注祿里弟
子茶陵本里下有先生二字何校添陳同案此不當添祿里即祿里先生矣表本亦無銅陵映碧潤
案潤當作澗表本茶陵本作澗云善作潤案各本所見皆非也潤字不可通但傳寫誤注桓子新論
曰陳云下脫天下神人五二曰隱淪九字見江賦注今案蓋注本云隱淪見江賦或記桓子新論於旁而誤改之
如此也各本皆誤險逕無測度案逕當作陘注引爾雅山絕陘可證也表茶陵二本作徑其所載五
臣濟注云言山徑高險是五臣徑善陘二本以徑字亂善而不著校語尤本作逕同字耳各本又皆改去注中陘字
乃誤之甚者也見下條注山絕險案險當作陘各本皆誤此所引釋山文郭注云連山中斷絕也注
遊將升雲煙陳云遊逝誤是也各本皆譌注仰羽人於丹丘陳云仰仍誤是也各

本皆譌恒充俄頃用案恒當作常注引司馬彪莊子注曰常久也可證前道路憶山中詩常苦夏日
短表茶陵二本亦作恒有校語云善作常此蓋同彼各本失更著校語遂以五臣亂善而正文與注不相應矣
卷二十七○北使洛○注中軍行軍參軍表本茶陵本無行下軍字是也
注蔡邕陳寔命碑曰陳云命字誤是也案此不當有碑在五十八卷可證各本皆衍隱憫
徒御悲案憫當作閔此善閔五臣憫而各本亂之注中字不誤可證也上文吳州五臣作洲伊穀五臣作瀔
表茶陵二本皆以五臣亂善而失著校語尤本不誤此正相同尤獨未經校正失之注韓詩曰周道
威遲案此有誤也遊天台山賦琴賦金谷集詩皆引韓詩周道威夷是遲當作夷秋胡詩行路正威遲善兩引
毛韓而云其義同此與秋胡詩俱顏作正文遲字無疑恐善既引韓而其下別有遲夷同字之注今失去也注
居世亦然之陳云亦然之當作何獨然見魏志植傳注是也各本皆誤○始安郡還都
與張湘州登巴陵城樓作○河山信重復表本茶陵本復作複案復複同

字史記漢書復道皆讀複此蓋善復五臣複二本失著校語尤本所見爲不誤也清氛霽岳陽表本
茶陵本氛作雰案善引說文雰字爲注其本作雰明甚恐是五臣作氛即資暇錄所言若李注以某字或作某字便
隨而改之者也表誤善爲五臣尤誤五臣爲善茶陵近得之而失著校語皆非注說文曰氛茶陵本氛
作雰是也此所引气部氛下重文雰字也表本亦作雰但盡改此節其餘氛字爲雰則誤甚注河上有
楓何校去河字陳同各本皆衍○還都道中作○注駭瀾浪而相礧陳云
瀾崩誤是也各本皆譌○之宣城出新林浦向版橋○注起於碧州
陳云碧當作滄是也各本皆譌注謝靈運遊南亭詩曰賞心唯良知陳云此十
三字乃下賞心於此遇注誤列於此案當在下節注引左傳下各本皆誤○敬亭山詩○注賈
誼早雲賦曰案早當作旱各本皆譌陸士衡從軍行注引正作旱此賦古文苑載之注陸機
歌曰何校歌改歎陳同各本皆譌注王粲從軍行詩曰案行字不當有各本皆衍○

休沐重還道中○注休謂退之名也陳云謂謁誤退字衍是也各本皆誤此即
高紀注注濮陽令陳云濮上脫去字令下脫歸字是也各本皆脫注嵇康秀才詩曰
陳云秀上脫贈字是也各本皆脫注陸機曰日出東南隅陳云曰字衍隅下脫行字案行
下當有日字各本皆誤注退將復修吾初何校初下添服字陳同各本皆脫○晚登
三山還望京邑○灞涘望長安案灞當作霸注同上篇霸池不可刪表茶陵二本作
灞大較善霸五臣灞而亂之尤本彼不誤而此未經校正餘亦不悉出也注何爲久淫滯案淫滯當
作滯淫各本皆倒○京路夜發○注戒車三百兩表本茶陵本注戒作戎是也
班固燕山銘曰案燕下當有然字各本皆脫○望荊山○注淚下沾衣
裳案衣裳當作裳衣各本皆誤後燕歌行注引亦然善注之例但取義同無嫌詳倒說見前不知者順正文己轉
非也餘引同此不更出更使豔歌傷茶陵本更作再表本作載云善作再案再字是也再使與一聞

偶句五臣改為載以則解之殊失作者之意尤本作更乃誤字耳○旦發魚滄潭表本茶陵本魚
作漁是也注山正曰障表本茶陵本山下有上字是也案此引釋山文彼無山字善添之如前卷引水
正絕流曰亂水字亦添尤蓋校改刪山而誤去上字○新安江水至清淺深見底貽
京邑遊好○注十洲記曰案洲當作州各本皆誤說見新亭渚別范零陵詩下寧假
濯衣巾表本茶陵本此下有校語云善作布衣案二本所見絕不可通必非也此本所見不誤或尤延之據
注及五臣校改正之注紛吾可以濯吾纓案可以濯吾纓當作既有此內美涉下節而舛錯也
各本皆誤注雜子曰陳云子字誤是也各本皆譌七里瀨所引正作字所謂周成雜字者也○從
軍詩○但聞所從誰表本茶陵本聞作問云善作聞案各本所見非也聞但傳寫誤注陸
賈新論曰案論當作語各本皆誤軍人多飫饒表本茶陵本人作中云善作人案各本所
見非也人但傳寫誤注漢書曰魏郡有鄴城縣案曰字城字不當有各本皆衍所引地理
志文也注所願志從之案之字不當有各本皆衍今家語無又志作必注異於是矣
茶陵本異上有人字是也表本自左氏傳下至此并善八五臣甚誤注使子餘茶陵本餘下有相字是也
表本亦脫不能效沮溺表本茶陵本此上有竊慕負鼎翁願厲朽鈍姿云善無此二句何校云五臣本
多二句陳同今案此恐各本所見善傳寫脫正文并在一節也下節注仲宣欲厲節而求仕蓋即指此注葬
我君還公表本茶陵本還作桓是也注眷眷懷歸案歸當作顧各本皆誤前屢引可證注
毛萇詩序曰陳云萇字衍是也各本皆衍注有後令邯鄲何校有改胥陳同各本皆
誤注搦朽摩鈍鉛刀陳云荅賓戲搦朽摩鈍鉛刀皆能一斷鈍字絕句鉛刀屬下讀此恐脫四
字案所校是也各本皆脫○宋郊祀歌○注嚴恭寅畏表本恭作龔案此所見不同茶
陵本亦作恭表本龔字決非後人所為乃善之舊其作恭者蓋依今尚書改善引嚴龔注嚴恭寅畏注貴威其下當
更有音義異同之注各本皆刪削失之以致正文與注不相應或欲改正文作寅畏以就之亦非注夔其

邈于陳云于當作兮是也各本皆譌注明王盛德表本茶陵本盛作慎是也注寤寐曰
陳云寐字衍是也各本皆衍注陟配在京陳云陟王誤在于誤案所校是也此但涉正文誤耳注
齊桓公曾不足使扶輪羽獵賦曰案公字不當有輪當作轂羽上當脫撰人姓名
此非楊子雲作各本皆誤○樂府三首注五言案此古辭下不當有五言二字其三首每篇題
下當有之茶陵本後二首正如此前一首又誤移於上亦非表本俱無益非飲馬長城窟行○
書上竟何如表本茶陵本上作中是也○傷歌行○昭昭素月明表本茶陵
本月明作明月是也陳云別本作明月前月賦注後何敬祖雜詩注引皆作明月可證注抑於家案抑
下當有鬱字各本皆脫此所引永傳文漢書可證○長歌行○注魏武帝燕歌行
曰陳云武當作文是也各本皆誤焜黃華藥衰表本茶陵本藥作葉是也下篇注引正作葉字○
短歌行茶陵本此下有四言二字案有者是也表本每題下盡無皆非注還南頓令陳云南頓
當作頓丘案所校是也魏志武帝紀及裴注俱可證各本皆誤蓋東郡之頓丘也注皇帝時寧人
表本茶陵本皇作黃是也但為君故沈吟至今表本茶陵本有校語云善無此二句案所見非
也此詩四句一換韻今與必協不容善獨無之蓋亦脫正文共注一節說具於前尤延之知其誤據五臣補正文故
此處有添改痕跡但疑終失注耳注月明已見上句表本茶陵本見上作上四案各本皆有誤
也疑當作已下否則月明衍已耳○苦寒行○注然則坂在太行案則字不當有各本
皆衍凡善注之然即今人之然則前後例如此不知者誤添之○燕歌行表茶陵二本此首在善哉行之
後案蓋善五臣次序不同二本所用是五臣而失著校語耳注宋玉風賦案風當作諷各本皆譌餘
多不更出○善哉行○注寄者固也陳云固下脫歸字是也各本皆脫餘屢引可證注
又毛詩曰茶陵本無又字是也表本亦衍○箜篌引案上五言二字當在此下茶陵本亦誤倒
後三首每題下皆當有茶陵本不誤注吾能尊顯也陳云也之誤是也各本皆譌○美女

篇○注南方草物狀曰案物當作木各本皆誤此猶含所撰注懷秀女案秀當作季各本皆譌洛神賦注引不誤注顏色盛也言美案也言二字不當有各本皆衍前神女賦狄胡詩後日出東南隅行引皆不誤可證也○白馬篇○注臣不若王子城也案也當作父各本皆誤此所引呂氏春秋勿躬篇文○名都篇表茶陵二本此首在美女篇之後案蓋亦善五臣次序不同誤見前馳馳未能半茶陵本下馳字作騁表本亦作馳案馳行也馳猶行行耳騁字蓋後人改之注揩插也表本茶陵本插作揵是也今儀禮釋文亦誤改揵爲插與此正同○王明君詞○注臧榮緒晉書曰下至遂被害案此一節注非善之舊表茶陵二本皆并善入銑曰而如此耳今無可考注魏文帝苦哉行曰陳云文當作武哉當作寒是也各本皆誤注爲復系若鞮單于案復下當有株字系當作絫各本皆誤此所引匈奴列傳文也鞮作鞮蓋別體字注吁嗟默言陳云言當作默是也各本皆誤注思寄身於鴻鸞表本鸞作鷥是也茶陵本亦誤鸞注高誘呂氏春秋曰陳云秋下脫注字是也各本皆脫

卷二十八○猛虎行○注侯璞箏賦曰案璞當作瑾各本皆譌侯瑾范史文苑有傳隋志云集二卷箏賦今在藝文類聚初學記皆可證餘亦屢引○君子行○注除其毒而置衣領之中表本作數十衣中四字茶陵本并善入五臣良注與此同案皆非也數十當作綴于尤延之不知字譌取良注以通之非也琴操亦云綴衣領可借證注奇往視袖中殺蜂案視當作就殺當作掇正引此以注掇蜂不得作殺乃良注誤言殺琴操載一云令伯奇掇之可借爲證表本亦譌注使者就袖中案就當作視此與上視就二字互易其處也表本亦譌注藜羹不糝表本糝作斟是也此所引呂氏春秋任數文高誘有注可證注食絜故饋陳云故欲誤表本亦作故今呂氏春秋作而後二字或善引不同耳表茶陵二本所載五臣良注作欲陳以之校善未必是○從軍行○夏條集鮮藻案集當作焦表本云善作集茶陵本云五臣作焦所見皆非也集字於文義全

乖各本但傳寫誤非善如此○豫章行○汎舟清川渚茶陵本川作由云五臣作川表本云善作由案此所見不同蓋尤是二本非或校改正之注昔周公弔二叔之不咸故封建親戚茶陵本無弔二叔之不咸故七字表本無弔二叔之不咸六字案善引經典有節其字句之例尤本專主增多每非是注出是上獨西門案獨當作留表本亦譌茶陵本此一節并善入五臣戶注全失其眞或又據之以改善斯大誤矣今不具論○苦寒行○注山墮也茶陵本墮作隳是也表本亦誤墮○君子有所思行○注難止也案止當作正各本皆譌顏氏家訓引作整可借證也下同注說文曰何校文改苑陳同各本皆誤○齊謳行○注請吏諸爽塏之地陳云之地當作者今案當作者也引未綴以也字善每有之各本皆誤注恒豆之俎案俎當作菹各本皆譌注謂百萬中之三也案中當作十各本皆譌○長安有狹邪行○注俊民用康案此有誤也洪範有俊民用章家用平康無俊民用

康餘屢引各本亦章康互出蓋章是康非也要子同歸津表本茶陵本子作予是也○長歌行○注范曄後漢書曰表本茶陵本無此六字案無者是也善例如此引太子報桓榮書之在榮傳谷永與王譚書之在永傳初不稱范班二史也其類甚多此亦尤延之添而未是者注願乘閑而自察表本茶陵本乘作承是也○悲哉行○喈喈倉庚吟茶陵本吟作音云五臣作吟表本云善作音案二本非也上云時鳥多好音古人即不忌複韻此實非其比但傳寫誤尤所見爲是或校改正之也○吳趨行○注而齊右善謳表本右作后是也上注云齊娥齊后也此作后明甚今茶陵本亦作右皆後人誤改又案餘屢引皆作右疑孟子有二本而善兼引之如放踵致於踵兼引之例泠泠祥風過何校祥改鮮云江淹擬許徵君自序詩曲橋激鮮飈注中引此句作鮮案所校是也茶陵本云五臣作鮮表本云善作祥各本所見皆傳寫譌即善五臣並非有異而誤著校語之例注謝丞後漢書曰案丞當作承各本皆譌○短歌行○注王逸楚辭曰案辭下當有注

字各本皆脫餘同者不悉出注萍華案華當作萃表本亦譌茶陵本作萍萍上作萍始生與今月令合或
其尤表所見自不同也〇日出東南隅行表木茶陵本此首第十長安有狹邪行第十一前緩
聲歌第十二長歌行第十三吳趨行第十四塘上行第十五悲哉行第十六短歌行第十七案此亦善五臣次序不
同而失著校語高臺多妖麗案妖當作姣注同善引呂氏春秋公姣且麗在蓬鬱又王逸楚辭注姣好
也在大招姣麗施只下作姣明甚表茶陵二本作妖所載五臣向注云妖美必各本以五臣亂善又盡改注中姣字
作妖而幾於莫可辨識矣今特訂正之濬房出清顏案詳注引廣厦邃房是善正文作邃字表茶陵
二本作濬所載五臣濟注云濬深恐此亦以五臣亂善注曼好目曼澤陳云好上曼字衍是也此
引王逸語後三十三卷可證各本皆衍高崖被華丹案崖當作岸表本云善作崖茶陵本云五臣作
岸其實各本所見皆非也崖字傳寫涉上而誤耳非善如此注韓詩曰舞則莫兮陳云莫篡
誤案所校是也前舞賦注引不誤可證〇前緩聲歌〇注馮夷大禹之御也

吳五 十四

案禹當作丙各本皆誤此所引原道訓文高誘有注云丙或作白不得爲禹明甚後廣絕交論引作丙不誤〇
塘上行〇注止于丘樊陳云丘字衍是也各本皆誤〇會吟行〇注控
猴宮引第一表本無宮字是也茶陵本亦衍案下云具宮引本第二此不當有宮字甚明注佇
立也陳云立當作久是也各本皆誤注前漢書表本茶陵本無前字是也有者大誤鷁首戲
清沚表本有校語云鷁善作鷁其注中亦是鷁字案表所見非也茶陵本皆作鷁無校語當與尤所見具未誤
注闔閭傷馬陳云馬當作焉是也各本皆譌〇東武吟〇注有功卒陳云卒當
作中卒是也各本皆誤何校去卒字者非此所引李廣傳文注秦築長安城表本無安字是也茶
陵本亦衍倚杖牧雞豘茶陵本云收五臣作牧表本云善作收案二本所見非也收是傳寫誤尤蓋校
改正也〇結客少年場行茶陵本此下有五言二字以後六首同是也表本全無者非注
丹亦子案太字不當有各本皆衍陳云燕丹子書名是也載隋志注東爲城皐何校城改

成陳同各本皆譌〇東門行〇注日出東門行案日字不當有各本皆衍注有
鴻鴈從東方來案鴻當作閒各本皆誤今楚策閒有閒連文不知者改之永明十一年策秀才文同
誤注故創怯茶陵本怯作隕表本亦作怯案今楚策作隕此怯當是抎字之譌抎隕同字不知者改之
永明十一年策秀才文同誤陳云下脫也字今楚策有行子夜中飯表本有校語云善作飲案所見
非也茶陵本作飯無校語與此皆不誤凡此等必詳出以爲合并六臣本校語皆據所見而爲之之證知乎此始能
得善眞矣讀者詳之〇苦熱行〇注苦熱但曝霜案霜當作露各本皆譌渡瀘
寧具腓茶陵本腓作肥云五臣作腓表本云善作肥案善引毛詩注具腓又云腓音肥正文自不作肥二本
所見非也此蓋未誤或亦尤校改正之注還遂案遂當作逐還逐當謂旋被斥逐今外傳作見逐逐字是
見字恐非〇白頭吟〇注越于毫芒案越當作起各本皆譌〇放歌行〇
注郭象注曰茶陵本象下有莊子二字是也表本亦脫〇升天行〇勝帶宦王

吳五 十五

城茶陵本云宦五臣作官表本云宦善作官案二本所見互異尤與茶陵同是也表本蓋非注先生隨
神士還代何校士改女是也各本皆譌注故秦氏作鳳女詞案詞當作祠各本皆
譌〇鼓吹曲〇注兩京賦序曰案京當作都各本皆誤〇挽歌詩〇
注生之高堂之上陳云生坐誤是也各本皆譌注天地生也存何校生也二字
乙轉陳同各本皆倒〇挽歌詩〇聽我薤露詩案薤當作䪥詳表茶陵二本所載五臣銑
注乃作薤其善注中字盡作䪥是善䪥五臣薤各本皆以五臣亂善也尤本併改注字非見下注薤露蒿
里表本茶陵本薤作䪥是也案此尤誤改觀以下此字三見仍皆作䪥改而未盡明矣注是夢坐奠
於兩楹之閒案奠字不當有各本皆衍注友朋自遠方來茶陵本友作有是也表本
亦誤友論語音義有或作友非可證注乘其四駱陳云乘其當作駕彼是也各本皆誤注海水
何校水改東陳同今案各本皆作水水疑外字經曰形近之譌但今山海經未見此文無以決定也注曳

珂錫茶陵本珂作阿是也袁本亦誤珂流離親友思袁本茶陵本此一首在重阜何崔嵬一首之前案尤所見不同以文義訂之當倒在上〻此句與第一首末句相承接尤非二本是也注孔子為明器者陳云爲上脫謂字是也各本皆脫○歌○注荊軻下至荊卿好讀書擊劍袁本茶陵本此三十二字作荊軻者衞人也好讀書擊劍之燕十三字案二本是也此尤延之增多而誤○歌○留置酒沛宮袁本茶陵本無酒字案二本非也五臣銑注云沛高祖之里故以置宮是五臣本乃無酒字也善不注考史記漢書皆有酒字裴駰及諸家皆無注蓋置酒自不煩注耳五臣去酒字造此曲說誤之甚者尤所見爲是二本失著校語讀者易惑附辨之如此○扶風歌○我欲競此曲陳云競疑竟誤注同案所校是也袁本云善作竸茶陵本云五臣作竟各本所見皆非竸即竟傳寫誤非善如此○中山王孺子妾歌○注詔賜中山靖王噲何校王下添子字陳同袁本亦脫此所引藝文志文也茶陵本弁入五臣更非注及孺子妾弁陳云弁冰誤是也各本皆誤注西都賓曰視往昔之遺館案視當作覞各本皆譌又案此是西京賦必善誤記耳此類多不具出

卷二十九○古詩○注驅馬上東門案馬當作車各本皆誤各在天一涯袁本茶陵本有校語云善作一天涯案此所見不同李陵詩云各在天一隅蘇武詩云各在天一方句例相似恐一天誤倒或尤校改正之也注飄飄謂之猋案飄當作颮各本皆譌颮颻即扶搖字釋文可證注然輡軻不遇也案軻下當有而留滯王逸曰輡軻八字此所引七諫文又案上句年既已過太半兮已字亦當有各本皆誤脫不可讀今訂正之注宋玉長笛賦曰案長字不當有各本皆衍注脈相視也案視字不當有各本皆衍此釋詁文脈即覛釋文可證魯靈光殿賦注引脈相視也亦衍脈覛同字也注順彼長道案順上當有又曰二字各本皆脫注漢書景帝曰陳云景武誤是也各本皆誤注白紈素出齊案白字不當有各本皆衍前怨歌行注引無仙人王子喬袁本茶陵本有校語云仙善作小案曲所見不同小字當傳寫誤仙字爲是或尤校改正之眄睞以適意引領遙相睎袁本有校語云善無此二句茶陵本有而無校語案此尤與茶陵合與袁不合亦即所見不同也但依文義恐不當有四五詹兔缺案詹當作占注云然詹與占同古字通善意謂元命苞之詹與此詩之占同而古字通也其作占明甚後七命注所引正是占字各本所見善作詹皆誤用元命苞詹改正文占而注語不可通重刻茶陵又并改注占爲蟾而善之占字幾亡矣幸袁尤二本注不誤得以考正又詹諸字說文及淮南子說林訓皆如此與元命苞正同五臣乃必改爲蟾字甚矣其不通乎古也注爾詞之終耳袁本茶陵本耳作也案各本衍之終二字後和王主簿怨情詩故人心尚爾句注引作爾詞也可證○與蘇武詩○悢悢不得辭袁本茶陵本得作能案此蓋所見不同或善與五臣之異今無以考之注若張弓弛弦也案弛當作施各本皆誤○詩○注公文伯卒茶陵本公下有父字是也袁本亦脫○四愁詩○注改元嘉七年茶陵本元嘉作永建是也袁本亦誤元嘉注魏郡豪右李竟案右字不當有各本皆衍此所引宣帝紀文又見於霍光傳俱無右字善意取文穎之注以解豪右自在下不知者誤并添此注文類曰袁本類作穎是也茶陵本亦誤類屈原以美人爲君子何校屈上添依字茶陵本云五臣有依字袁本云善無依字案各本所見蓋傳寫脫耳何云五臣有依字就校語而云然注漢書曰有太山郡案曰字不當有各本皆衍注漢書曰天水郡何校漢上添續字是也各本皆脫注說文曰佩巾也陳云曰下脫巾字是也各本皆脫○雜詩○南行至吳會袁本茶陵本南作行云善作南案上句言東南行則下不得單言南行甚明各本所見皆傳寫誤也非善如此○朔風詩○素雪雲飛袁本茶陵本雲作云云善作雲案各本所見皆傳寫誤素雪與朱華偶句云飛與未希偶句假令作雲殊乖文義非善如此也注范曄後漢書袁本茶陵本無此五字案無者是也善有其例說已見前注毛詩曰載離寒暑案當作寒暑已見鸚鵡賦袁本正如此但誤在上節注末而此仍複

出則非茶陵本誤與此同○雜詩○注此六篇下至在鄴城思鄉而作案此
三十字於善注例不類必亦并善於五臣而如此其中兼多譌錯各本盡同無可校正何校鄴改鄴陳同天路
安可窮表本茶陵本有校語云可善作何案二本所見非也何但傳寫誤注武毅發沈憂
案憂下當有結字各本皆脫此以三句爲一句注生南國何校下添兮南國二字案依善例當添臣逵曰
南國五字各本皆脫注音響何太悲案何太當作一何各本皆誤○雜詩○注虛
無形案虛下當有而字各本皆脫遊天台山賦注引有○雜詩○注日昏東壁中
表本無日字是也茶陵本亦衍○園葵詩○注救之免表本茶陵本免下有死字是也○
思友人詩○心與迴飈俱茶陵本飈作飄云五臣作飈表本云善作飄案飄字於義未當
恐二本所見傳寫誤或尤校改正之也○感舊詩○注此篇感故舊相輕人
情逐勢案此十一字不當有乃五臣注也表本茶陵本所載此上之善曰善字誤耳尤延之取以添入非

異五　十八

注鳥皆集於苑案鳥當作人各本皆誤郡士所背馳案郡當作羣茶陵本云五臣作
羣表本云善作郡各本所見皆傳寫誤何云當從五臣作羣陳同皆就校語而云然其實善亦作羣○雜詩
○注古長歌行曰案長當作傷見第二十七卷各本皆誤○雜詩○注於是
乎知有天道可必乎陳云當重天道二字是也各本皆脫注价人爲藩表本爲作
維茶陵本作惟案維字是也羊質復虎文表本茶陵本復作服是也○雜詩○注沖
于時下至故作此詩案此二十字於例不類非善之舊必亦并五臣也今無以考之○雜詩
○迴飈扇綠竹案飈當作猋茶陵本云五臣作飈表本云善作猋尤誤以五臣亂善也猋飈同字颮
明遠放歌行注云爾雅或爲此猋飈與猋同古字通也古詩十九首注云爾雅或爲此飈園葵詩歲暮商猋飛與此
善皆不更注因前已詳也五臣槩盡改猋爲飈非餘做此求之注名赤縣中州也陳云中神
誤是也各本皆誤注無爲無治表本下無字作而是也茶陵本亦誤無注如常陰曀

然案騎字當重各本皆脫歐駱從祝髮案歐當作甌茶陵本云五臣作甌表本云善作歐詳二本
注中皆爲甌字是善亦作甌各本所見正文歐乃傳寫誤考史記東越列傳作甌漢書同不得作歐也注鄭
元毛詩曰茶陵本詩下有箋字是也何校添陳同表本亦脫注及王遵爲刺史陳云
注中遵並當作尊案此依漢書校各本皆作遵漢高祖功臣頌注引王遵贊似善不與顏同也入聞鞞鼓
聲表本茶陵本有校語云聞善作開案開字爲傳寫譌自不待言此必尤校改正之捨我衡門依
表本茶陵本依作衣云善作依何校云當從五臣作衣案五臣之作衣其所注有明文而此字善不注仍無以考之
但依字於義未當恐各本所見亦傳寫譌耳注潦注吾官也今案今當作利各本皆譌此所引
在呂氏春秋召類篇有渰興南岑陳云據注渰與弇同則詩中渰字當作弇乘有三十一卷江文通擬
張黃門詩并注參證案所校是也弇字見釋文又韓詩作弇見外傳王伯厚詩考中采之雜體詩表茶陵二本校語
云五臣作渰彼良注及此向注皆是渰字必五臣因渰注與弇同之語改此爲渰後來以之亂善遂失著校語也注

異五　十九

月口經于箕表本茶陵本無空格此初有衍字而去之注楚芻牧茶陵本楚作禁是也表本
亦誤楚注練絲曰纑也表本茶陵本絲作麻是也
卷三十○時興○注莊子曰萬物並作表本茶陵本莊作老是也注子
曰以虛靜案子當作又各本皆誤注莫而清平茶陵本莫作漠是也表本亦誤莫此引知
北遊文注泊無也案無下當有爲字各本皆脫子虛賦注引怕無爲也可證又案怕說文在心部或此
及上引廣雅皆本是怕字○七月七日夜詠牛女○注徒頰切表本茶陵本無
此三字案二本非也此亦善音刪削僅存者凡尤有二本無皆放此注牛女爲夫婦表本作牽牛爲
婦案當是爲五脫夫織女爲四字洛神賦燕歌行注引可證此所改非茶陵本誤與尤同注彌盡也案盡
當作益此所引士冠注也各本皆譌○南樓中望所遲客○佳人猶未適茶陵
本猶作猷有校語云五臣作猶表本作猶案表用五臣也尤以亂善非○齋中讀書○注我

敎暇豫之事君幸之茶陵本敎下有茲字無幸之二字是也表本亦誤脫衍○石門新營所住四面高山迴溪石瀨脩竹茂林詩○注滑美貌也何校滑改猾陳同各本皆譌案此疑作滑善仍有滑猾異同之注而未全也肯胥之別體字庶持乘日車茶陵本持作特云五臣作持表本云善作特又表本茶陵本車作用案此句當云庶持乘日用表茶陵二本本所見持傳寫誤特尤校改是矣其用字不誤尤改爲車則非也乘日二字連文乘日用者乘日之用靈運所作擬王粲詩云豈顧乘日養句例正同亦言乘日之養也善注云乘日已見上又此注云車或爲居者乃誤所引之莊子非謝詩有車字莊子釋文云元嘉本作居最爲明證尤延之失考遽改正文大失謝及善意又案五臣向注讀日用連文其義雖謬而文非譌二本皆不云與善有異可知所見未改亦可借證矣○雜詩○注劉渠曰何校渠改璩陳同是也各本皆譌案餘屢引可證注日暮不從野雀棲案日字不當有各本皆衍○數詩○注行幸甘泉賦曰案甘泉當重各本皆脫注戾舊邦

異五　二十

也陳云戾上當有言字各本皆脫注張衡舞賦曰歷七盤而屣躡案此十一字誤衍下云七盤已見陸機羅敷歌茶陵本複出之如此尤表兩有者非注國語曰鄭伯納女樂二八案此十字誤衍下云歌鍾已見魏都賦茶陵本複出之如此此尤表兩有者非注善見理不拔表本茶陵本見作建是也○翫月城西門解中○注故曰歸本案本當爲華各本皆誤金壺啓夕淪表本云善作臺茶陵本作臺云五臣作壺案二本所見非也尤依注校改正之矣○始出尚書省○注繼文王之體表本茶陵本繼上有是子也三字無王字案當補王字耳是子也尤誤刪注誰爲荼苦案爲當作謂各本皆誤注曹顏遠感時詩曰陳云時當作舊各本皆誤○覲朝雨○注有蛾氏何校蛾改娥是也各本皆譌○郡內登望○注自飲食也案飲當作飤各本皆譌○和伏武昌登孫權故城○注漢儀禮志曰案儀禮當作禮儀各本皆倒此所引司馬彪志文漢

上疑尚脫續字注戰敗相殺何校敗改攻是也各本皆譌俯仰流英盼案盼當作眄表本作眄云善作盼茶陵本云五臣作眄各本所見皆非也善引好色賦注流眄其本不作盼明甚傳寫正文及注皆誤校語遂謂善五臣之異而讀者莫察矣眄即盼別體凡此字多譌爲盼注竊視盼案視下脫流字盻當作眄見上各本皆誤賦在第十九卷也注視定北準極陳云視上脫南字是也各本皆脫幸籍芳音多表本籍作藉是也茶陵本亦誤籍注常與汝入往陳云女下脫出字往下脫來字是也各本皆誤○和王著作八公山○注謂山在澤東是也案此七字不可通蓋後來駁善注之語而誤錯入耳各本皆衍否則當作非謂山在澤東也而誤日隱澗凝空案凝當作疑宋本謝集正作疑此疑空與如複偶句各本作凝但傳寫誤耳表茶陵二本所載五臣翰注云凝晴如空也詳其意亦不作凝凡諸家集中異同非可畫一故每不稱說此條不同其例所謂言各有當者矣注高丈長曰堵茶陵本長下有丈字是也表本亦脫注盜賊強盛陳云盜氏誤案所校

異五　二十一

最是氐苻秦也不知者改之各本皆作盜其誤久矣注羣謝[illegible]何校羣改陳郡二字陳同是也各本皆誤述祖德詩注引可證○和徐都曹○注昧旦出新渚案新下當有亭字各本皆脫謝集有注言用我之利陳云利下脫邦字是也各本皆脫○和王主簿怨情○注上山採蘼蕪案蘼當作麋正文蘼表茶陵二本校語皆云善作麋可見注中自是麋字也尤表注作蘼乃涉五臣而誤茶陵注并入五臣更不可別蘼麋同字耳凡善五臣有異雖同字亦必較然不可混其例有如此故人心不見案人心當作心人表本茶陵本作心人云善作人心各本所見皆非也上句故人心尚爾承生平一顧重言之謂辭寵之未嘗易操也此句故心人不見宿昔千金賤言之謂相逢之遽已賤價也此情之所爲怨也傳寫下句涉上倒兩字絕不可通非善如此五臣之注其義甚謬而文未誤可借爲證謝集故心人不見注云一作故人心不見取六臣合并本文選而云然耳○和謝宣城○揆余發皇鑒何校鑒改覽注同案所校是也離騷善作覽五臣作鑒表茶陵二本有明文此善引彼爲注作覽甚明蓋亦五

作鑒白與其離騷同各本以亂善又改注非也西征賦皇鑒及注同此　注漢書典職曰何校皆改官陳同是也各本皆譌　注香草名也表本茶陵本無名字是也　注皆魂神所交也表本無皆魂二字案無者是也所引周穆王文五臣向注乃有此二字尤延之誤取耳茶陵本注并入五臣更不可別　○應王中丞思遠詠月○綢軒映珠綴茶陵本有校語云善作朱表本無校語案二本非也善作珠故云此當爲朱綴今並爲珠五臣因此改爲朱故云以綢及朱綴而飾之茶陵本大例當作珠而云五臣作朱表本大例當作朱而云善作珠今皆錯誤唯尤本爲是又案五臣注中字表本作朱不作誤重刻茶陵者并改成珠幾莫可辨矣此更誤中之誤也　注楚闘扃案楚當作禁各本皆譌所引外戚傳文　注玉陛苦案陛當作階各本皆譌所引外戚傳文　○冬節後至丞相第諳

世子車中○注說文曰高車案說文當作釋名各本皆誤所引在其釋車篇中也　○

詠湖中鴈○注鴻飛則乃成行表本茶陵本無乃字是也　○擬古詩○

異五

靡靡江離草茶陵本校語云五臣作離表本校語云善作離案尤所見與表同考史記漢書子虛賦離字皆不從艸楚辭章句及補注亦然必善離五臣蘺也前第七卷及後卅二卷諸蘺字疑各本以五臣亂善矣　○

擬四愁詩○注皆名琴也表本茶陵本琴作器是也　○擬魏太子鄴中

集詩○漢武帝陳云帝下脫時字今案所說非也表本云善無時字茶陵本云五臣有時此非善傳寫脫句例自不與上同無煩依五臣添　注却爲一集何校却改都陳同是也各本皆譌　注王

仲宣從軍戎詩曰案戎字不當有各本皆衍　注楊覺寐而中驚茶陵本楊作楊表本亦作楊案皆非也當作惕長門賦惕寤覺而無是兮句略相似可借爲證　外物始難畢案畢當作必善引莊子外物不可必爲注作必明甚其五臣向注云不畢所願是五臣乃作畢各本以亂善而失著校語　棲集

建薄質何校云呂周翰注中有延及之語則建者逮字之訛耳案此疑善建五臣逮而失著校語但善既不注無以考之　永夜繫白日何校云以注觀之繫當爲繼案茶陵本云五臣作繼表本云善作繫蓋各本皆傳寫譌否則善當有繫繼也之注而刪削不全　注王逸晉書陳云逸隱誤皆也各本皆誤　注

公還軍官渡案渡當作度下同各本皆譌說詳後九錫文下　注此桒大艦上何校此上添於字是也各本皆脫　注延露已見上表本此下有說文曰闌閑也六字茶陵本無蓋并入五臣注而脫之　有優渥之言表本茶陵本有上有故字案此所見不同今無以考之　鳴葭汎蘭

汜表本茶陵本葭作葭案二本非也善引鳴笳爲注是葭即笳之假借字或未後尚有葭笳異同之注今刪削不全五臣乃作葭向注葭笳也別造此解而改字從竹最不足憑二本以亂善非又案西京賦校鳴葭王元長曲水詩序揚葭振木荅蘇武書注說文作葭可以彼此互證

文選考異卷第五

異五

文選考異卷第六

賜進士出身通奉大夫江南蘇松常鎮太等處承宣布政使司布政使胡克家撰

卷三十一〇效曹子建樂府白馬篇〇注孫巖宋書曰何校孫巖改沈約陳同案濟注引沈約茶陵本并善入五臣何陳皆據彼改其實非也隋志載孫巖宋書六十五卷唐志亦載之巖即嚴也表本與此正同〇效古〇注毛詩傳曰案毛下當有萇字各本皆脫〇擬古〇注魏文秋胡行曰案文下當有帝字各本皆脫〇和琅邪王依古〇注往往離宮表本茶陵本往往作遥遥案當作逹逹形近之誤尤改未是注郭象注莊子曰表本茶陵本注字在子字下是也〇擬古〇注所以藏箭謂之服所以盛弓謂之韇表本茶陵本箭下有弩字弓上無所以盛三字案二本是也今方言正如此弓謂之韇蒙上所以藏爲文注其樂可量也茶陵本可上有不字是也表本亦脫道德亦何懼表本茶陵本德作得云善作德案各本所見皆非也善引不以其道得之爲注作得甚明德但傳寫誤伐木青江湄表本茶陵本青作清是也注河水之清且漣漪兮茶陵本無之字兮字是也表本亦衍〇代君子有所思〇注變出無聞案聞當作閒各本皆譌注張叔及論案叔及當作升反各本皆譌張升字彦眞范蔚宗書有傳在文苑前魏都賦後與山巨源絶交書注皆引反論不誤可證也左傳疏所引賔爵下革云云今本或作皮皆反之譌〇效古〇注或失道陳云或惑誤是也各本皆譌注乃我者自失道案者字不當有今漢書無各本皆衍〇雜體詩〇注雜體詩序曰表本茶陵本有并序二字在前雜體詩三十首下無此五字其以下全載序作正文乃五臣從文通集取之添入耳表本有校語云善序與此同仍簡略更不錄可爲顯證茶陵本不著校語大誤尤所見得善注之眞最是注虞羲送別詩曰陳云義當作羲是也各本皆誤注淵魚鱗魚也表本茶陵本鱗作鱓是也注人心罔結表本茶陵本罔作同

案皆非也當作固注君之澤未流茶陵本未作不下二字是也表本亦誤未去鄉三十載表本茶陵本二作三有校語云善作三案各本所見非也考仲宣以初十西遷後之荆州至建安十三年劉琮以荆州降垂二十年故云爾至注所引去鄉三十載但取語意相同爲證不限二三互異也或因此改正文作三遂與仲宣去鄉年數弗符非善如此其五臣無說反存詩舊今借以正之注蜩與鷽鳩笑之茶陵本鷽作鸒下同表本作鸒與此同案作鸒者是也莊子有兩本一作鷽音於角反一作鸒音預俱見釋文此引作鷽之本爲注不知者以鷽改之又案下注引詠懷詩鸒斯飛桑榆海鳥運天池云云是嗣宗讀莊子從鸒文通擬之亦然無疑矣潘黄門悼亡表本茶陵本悼亡作述哀案二本是也後擬郭璞遊仙注云已見擬潘黄門述哀詩可證此蓋尤誤改注楚詩曰青春爰謝何校詩改詞陳同是也爰當作受各本皆譌馳馬遵淮泗表本馳作驅云善作馳茶陵本云五臣作驅案各本所見皆非也善引驅馬悠悠爲注馳但傳寫誤注貫河海源也表本茶陵本河作唯何校唯改河去海字案此尤改海爲河而誤當唯字處耳唯河當兩有注曹子建求通親表曰表本茶陵本通作親案此尤添通字而誤改去上親字耳當兩有作求通親親注陽九日案九下當有厄字日當作曰各本皆脫誤注易傳所謂陽九日厄會也表本茶陵本日作之是也會上當有百六之三字所引即孟康注各本皆脫時或苟有會表本茶陵本或作哉是也注馮衍顯志序曰案志下當有賦字各本皆脫注如鼓琴瑟茶陵本琴瑟作瑟琴是也表本亦誤順正文案善注例不拘語倒已詳前注出於暘谷案暘當作湯各本皆譌餘屢引可證張廷尉案張當作孫茶陵本有校語云張五臣作孫表本亦作張無校語考此三十首善於其人之不見選中者必爲之注如許徵君休上人是也其劉琨郭璞稱贈官亦必爲之注善例精密乃爾尚果別有張廷尉綽不當反不注可見善自作孫因遊天台山賦下注其尋轉廷尉卿詵故不須注也表本所用正文係五臣而字作張疑五臣乃誤爲張茶陵本校語恐倒錯何校云五臣作孫是陳同誤認茶陵校語爲善眞作張五臣眞作孫雖知江題之作孫而未得善理也注於身無窮陳云於終誤是

也各本皆譌所引天下篇文注若其可折案折當作析下同各本皆譌注甪里先生表本甪作角案甪是角非也廣韻一屋云甪里先生漢書四皓又音覺可見宋時尚別無角字表本係後改耳茶陵本不誤與此同前入華子崗詩注載山居圖作祿史記索隱引孔安國祕記亦作祿祿甪古字通今漢書索隱以及注言等每爲人改成角而王震澤刻史記未譌隸釋四皓神祚机字彰宋本作甪極其明晝近亦改角恐讀者習見誤本附訂之如此注見一丈夫何校夫改人是也各本皆譌所引天地篇文注時人皆欽愛之表本茶陵本人下有士字是也注動於靜故萬物離並動作何校於上添起字離改雖陳同是也各本皆脫誤碧鄣長周流茶陵本鄣作障表本云善作障案此所見不同靈運晚出西射堂詩作鄣注引上正鄣旦希範旦發漁浦潭詩作障注同此擬謝似宜爲鄣也五臣改作嶂蓋不知鄣障皆與爾雅釋山之章通用注子虛賦曰石則赤玉玫瑰表本茶陵本作上林譌曰赤玉玫瑰也案此尤延之檢本篇而改其實善誤記亦每有之注莫與智者論案莫當作與各本皆

誤重陽集清氣表本茶陵本氣作氣云善作氣案詳下云氣生川岳陰文必相避蓋善自作氣與五臣非有異但傳寫譌氣各本所見皆非測恩躋踰逸表本踰作愉云善作踰茶陵本云五臣作愉案善以耽樂注之是自作愉非與五臣有異但傳寫譌踰各本所見皆非陳云踰愉誤得之縈重隗兼金茶陵本云五臣作承縈重兼金表本云善作縈重隗兼金案各本所見皆非也承縈與巡華儷兼金與盈瑱儷重過同意善不容與五臣有異作縈重隗兼金全非句例必傳寫誤也注獻康樂詩曰案獻上當有謝惠連三字各本皆脫岩亭南樓期案岩當作茗茗亭即西京賦所謂狀亭亭以茗茗彼注云高貌也蓋單言之則曰茗亭重言之則曰茗茗亭亭字義全同不煩更注又茗茗屢見俱不作岩但傳寫形近譌耳表本茶陵本皆作茗云善作岩五臣於重言者多改爲迢迢而此以單言不改正與善同各本所見皆非注又詩序曰表本茶陵本無詩字是也注孔安國尚書曰案書下當有傳字各本皆脫注又訓謝惠連詩曰表本茶陵本無謝字是也鍊藥矚虛幌案鍊當作練注云鍊與練古字通謂

詩之練與所引說文金部之鍊通也若正文先已作鍊無煩此注矣必五臣改爲鍊各本所見亂之而失著校語凡五臣等以注改正文也又四子講德論精練藏於鑛朴五臣作鍊正與此同注又集略曰案又當作文字二字各本皆誤隋志云文字集略六卷梁文貞處士阮孝緒撰七命注亦引此正作文字可證注以帛萌窗也陳云萌明誤是也各本皆誤案七命注引作明可證注敬恭明祀案祀當作神各本皆誤吒謠響玉律案吒當作萌茶陵本作萌云五臣作吒表本云善作萌尤本以五臣亂善失之說已見前長楊賦遐萌下可互證也注觀北湖田牧詩曰何校牧改收陳同是也各本皆譌徒樂逗江陰茶陵本云樂五臣作藥表本作藥云善作樂案各本所見皆非也下有丹泉術紫芳心之云此言藥無疑表本載五臣翰注云徙藥行藥也又載善注徙樂行樂也茶陵但載善徙樂行樂也五臣刪此一句當是正文善自作藥與五臣不異其五臣之注爲全襲善語傳寫誤善正文及注作樂據之作校語者不辨尤亦同其誤也鮑明遠有行藥至城東橋詩在二十二卷注廣雅曰藹藹盛貌表本茶陵本無此七字

注郭璞曰蒼蒼案蒼蒼二字不當有各本皆衍休上人別怨表本茶陵本別怨作怨別是也悵望陽雲臺陳云陽雲二字當乙今案陳所說非也注引楚王乃登雲陽之臺善例既不拘語倒難以據改又子虛賦茶陵本作雲陽有校語云五臣作陽雲表本作陽雲無校語考史記漢書皆作陽雲恐茶陵及尤所見未必非傳寫誤此注亦然其不當輒改決然矣

卷三十二〇離騷經〇注辟爲幽也案爲字不當有各本皆衍楚辭注無紐秋蘭以爲佩表本云逸作紐茶陵本云五臣作紉下豈惟紐夫蕙茝校語同案各本所見皆非也此紐楚辭作紉下載舊音女陳反洪興祖補注女鄰切又下文矯菌桂以紉蕙兮各本盡作紉蓋紐但傳寫譌耳凡楚辭及善引逸注不必全同而文選今本傳寫之誤或失文義仍當相正下倣此注言已脩身清潔案潔當作絜各本皆誤注多作絜必逸自用絜後改之而絜潔錯出非餘不更出何不改此度也表本茶陵本改下有其字案表用五臣也校語云逸作何不改此度也與尤正同茶陵本以五臣亂之非楚辭何不

改乎此度也洪與祖本何不改此度當各依其舊讀者易惑故詳出之注以脩用天地之道何校脩改循陳同楚辭注作循案上云遵循也循字是也循脩二字羣書多混前人論之詳矣注諭傾危也陳云諭喻誤又風爲號令以諭君命行媒諭左右之臣也同案喻諭通用或逸自用諭下以諭國也以諭君也故以香爲論故以論君表本皆作論茶陵本皆作喻楚辭注亦喻論錯出注言吞陰陽之精粟案洪與祖本楚辭注無言字陰陽作正陰是也各本及單行楚辭注皆誤注哀念萬民表本茶陵本民作人下注終不見省察萬民善惡之心又觀萬民之中又足以觀察萬民忠佞之謀同案人字是也正文人亦善遊諱改字不得注作民衆女嫉余之蛾眉兮表本茶陵本蛾作蛾注同案楚辭作蛾悔相道之不察兮表本云逸無兮字茶陵本云五臣有兮字案二本非也校語言逸本猶其言善本皆但據所見楚辭有兮字此尤延之校改正之注言及旋我之車案及當依楚辭注作乃各本皆譌注反迷已誤欲去之路案反迷己當依楚辭注作及己迷各本皆誤注外有玉

異六　五

澤之質表本茶陵本外作內案此尤本誤字注使家臣衆逢蒙案當依楚辭注去衆字各本皆衍注殷宗遂絕不得久長也表本茶陵本無絕字案楚辭注有脩繩墨而不陂表本茶陵本陂作頗注同案此尤延之改也楚辭正作頗洪與祖云頗一作陂爲尤所據謂引易曰無平不陂其字宜作陂耳詳逸引羣經不必與今同改者未是脩當作循表本云逸作脩茶陵本云五臣作循詳逸注循用先聖法度各本皆同是逸作循不作脩校語所見實傳寫譌也單行楚辭注亦譌洪與祖本作循云循一作脩注有道德之者何校之改人陳同茶陵本作人表本注作之楚辭注無此字案疑無者是也衣皆謂之襟案皆當依楚辭注作背各本皆誤文出爾雅釋器考釋文背才細反又子移反不得作皆詩鄭風正義引作皆其誤正與此同注言已覩禹湯文王脩德以興天案當依楚辭注已下添上字與下去天字各本皆誤注情合眞人表本茶陵本情作精案此尤本誤字注淹塵埃而上征表本茶陵本淹作掩案上流猶奄也各本皆同疑此亦作奄與楚辭注皆作掩者不同

注神山淮南子曰縣圃在崑崙閶闔之中表本茶陵本作神山也在崑崙之上淮南言崑崙縣圃案二本是也尤延之所校改非楚辭注可證南下彼有子字非注乃維上天表本茶陵本作雖乃通天案今楚辭注作維絕通天洪與祖本作維絕乃通大補注云一無絕字一本乃作絕尤延之據淮南天文訓云乃維上天以校改不知逸所引不必與今同也路曼曼其脩遠兮表本茶陵本曼作漫漫注同案楚辭作曼洪與祖云釋文曼作漫云云此蓋善曼五臣漫二本所見以五臣亂善而失著校語注淮南子言日出暘谷案暘當作湯各本皆譌楚辭注作湯此天文訓文史記索隱引之以明湯谷之有證淮南不作暘也大問云出自湯谷楚辭亦不作暘也吳都賦包湯谷之滂沛歎逝賦望湯谷以企予文選亦不作暘也唯五臣不知有湯谷凡遇此字必用古文堯典改爲暘表茶陵二本校語可考善注中湯字亦聞爲所亂猶今本淮南之爲後人改作暘矣又表本茶陵本無子字是也楚辭注有與此同衍注皆出仁義表本茶陵本仁義作於仁案二本是也楚辭注作於仁義亦衍義字注淮南曰弱水表本

異六　六

茶陵本曰作言案二本是也以此例之上注淮南子曰白水云云子曰二字亦當作言各本皆誤楚辭注二處皆作子言亦衍子字注洧盤水名也表本茶陵本盤作槃是也案此因正文五臣作盤誤混善注楚辭作盤洪與祖曰盤一作槃注來去相弃案當依楚辭注來下有違字各本皆脫洪興祖本作來復弃去殊誤注偃蹇高意表本茶陵本意作皃案此尤本誤字注鴆惡鳥也明有毒殺人案惡鳥當依楚辭注作運日此因五臣向注作惡鳥不知者誤混善注又明當依楚辭注作羽亦不知者因形近誤之各本誤皆同注受禮遺將案將下當依楚辭注有行字各本皆脫有虞案少上當依楚辭注有幸若二字各本皆脫注是不欲遠去貌案貌當依楚辭注作意各本皆誤注懷襄二世不明表本茶陵本世作葉案二本是也此亦善避諱改字注糈精美表本茶陵本美作米案此尤本誤字注紛然近我茶陵本近作迎是也表本亦誤近案楚辭注作迎注知已之意表本茶陵本意作志案此尤本誤字注告我當去尤吉善

也何校改尤作就陳云楚辭注作就爲是各本皆譌注力能調和陰陽陳云力乃誤是也楚
辭注作乃各本皆譌注言臣能守心常好善表本茶陵本臣作誠案此尤本誤字注甯
戚方飲牛茶陵本飲作飯是也表本亦誤飲案楚辭注作飯注鶗弟鴂桂表本茶陵本無
此四字有弟桂二字音在正文下案二本乃五臣音也詳
此篇注中諸音切蓋善既載王注兼載舊音今本改易刪
削多失其眞無以正之此四字或善所有恐當如筵音延
尊音專之例單行楚辭鶗作鵜下載舊音云鵜題音鴂決
音文既互異難以爲證矣又況揭車與江蘺案蘺當作離上扈江離無艸似不當歧異也楚辭二
字皆作離洪興祖補注云文選離作蘺謂五臣也表茶陵二本正如此但皆不著校語蓋非注此誠可
貴兹表本茶陵本兹作重是也案此尤本誤字注言我願及年德方盛壯之時
周流四方觀君臣之賢欲往就之表本茶陵本無此二十四字案此尤延之據楚
辭注添之詳文義當是二本脫也揚雲霓之晻藹兮茶陵本揚下有志字校語云五臣無表本

校語云逸有案二本非也楚辭無此尤延之校改正之洪
興祖云一本揚下有志字即指表茶陵校語所見而言實
誤本也注平聲表本茶陵本無聲字案此疑是五臣音單行楚辭亦不載凡音之在正文下者均非善舊
蓋合併六家每因正文下已有五臣刪削注中之善而善
與五臣始糾錯不分逮後單行善本入於正文下音多所
刪削於是或眞善音以改易其處而被去或非善音而刪
削不及則仍存均難以一一考之矣全書表茶陵音與尤
每不同者此其大概也爲之舉例不更悉論云○九歌○注必擇吉辰之日何校辰改
良案楚辭注作良何據之是也各本皆譌注兼衣言青黃五采之色案當依楚辭注去言
字各本皆衍望夫君兮歸來表本歸作未云逸作歸茶陵本云五臣作未案各本所見皆非也詳
逸注言已瞻望於君而未肯來是逸作未不作歸但傳寫誤耳楚辭作未洪興祖云未一作歸亦非注屈原
思神略垂案垂當依楚辭注作畢讀於畢字句絕各本皆誤少司命悲莫悲兮句注亦有此語可證承
荃橈兮蘭旌案承衍字也楚辭無洪興祖補注云諸本或云乘荃橈乘一作承或云采皆後人增其誤

是也因逸注有乘舟船之語誤添正文耳後又作承即此
本又作采即五臣本也表本云逸作承茶陵本云五臣作
采據所見爲校語非鳥萃兮蘋中何校萃上添何字陳同案楚辭有何字又洪興祖云一本萃上有何
字何陳據之也表茶陵本皆無洪興祖本楚辭亦無此仍當各依其舊不必添也慌忽兮遠望案慌
當作荒詳逸注云言神鬼荒忽各本皆作荒是善作荒也
表茶陵二本正文作慌所載五臣句注字同是五臣作慌
也單行楚辭作慌惚下載舊校一作荒忽洪興祖本作荒
忽云荒一作慌忽一作惚荒慌同字但既善荒五臣慌便
屬分別不因同字而可相亂也凡善五臣之所謂異皆準此例矣注擗折也茶陵本折作析是也表本
亦誤折下同疏石蘭以爲芳何校以改兮案楚辭以作兮何據之也表本兮以兩有云逸無兮茶
陵本云五臣有兮據所見爲校語也洪興祖云一本
兮下有以字即五臣本一云疏石蘭以爲芳即此本
卷三十三○九歌○與汝遊兮九河衝飆起兮水揚波何校
云洪興祖謂此二句河伯章中語王逸無注古本無此二
句陳同案其說是也詳五臣濟有解九河衝飆之注是其

本有此二句各本所見皆以五臣亂善而誤衍又失著校語也楚辭亦衍或即五臣之所本要以古本無爲是注
睇微盼也茶陵本盼作眄表本作盼案楚辭作眄字是也下美目盼然各本及楚辭皆作盼非洪興祖
引說文南楚謂眄曰睇眄眠見切可證逸以眄注睇二字
俱當作眄與詩美目盼兮無涉洪於下又引詩者所見已
誤下眄爲盼耳七啓睇眄流光注引此亦其證注猨號狖响案號狖當依楚辭注作狖號表茶陵二本
作猴號考楚辭狖夜鳴洪興祖本狖作又云又一作狖然
則作狖之本此注則云猨狖號响作又之本此注則云猨
猴號响也下注猨狖善鳴亦當然表本正文作又茶陵本
正文作狖蓋善狖五臣又而不同二本失著校語此及下
俱作猴非○九章○旦余濟兮江湘案兮當作乎此尤本誤字表本茶陵本楚辭皆可證
注言明旦之者案當依楚辭注去之字各本皆衍邸余車兮方林表本茶陵本邸
作低案楚辭作低洪興祖本作邸云邸一作低補注以爲
低無舍義非也廣雅釋詁四宿次低箴舍也洪失之未考
表茶陵二本無校語善引逸是低字五臣亦同尤延之乃改邸耳注捨於方林案捨當依楚辭注作

舍各本皆誤苟余心其端直兮表本云逸無心字茶陵本五臣有心字案楚辭有心字二本所
見蓋傳寫脫此亦初無而尤脩改添之注自刑體案體上當依楚辭添身字各本皆脫○卜居
○以潔楹乎表本茶陵本潔作絜是也案單行楚辭正作絜洪興祖本作潔非若水中之
鳧乎何校去乎字案洪興祖云一無乎字何據之是也各本皆衍○漁父○聖人不凝
滯於物茶陵本於下有萬字云五臣無表本云逸有案楚辭無洪興祖云一本物上有萬字此亦初有而尤
脩改去之何陳皆云衍是也史記亦無注笑難斷也表本茶陵本難斷作離斷案此尤本誤字○
九辯○注視江河也案江河當作河江各本皆倒此以江與上傷方下鄉爲韻楚辭注亦倒凡
此篇逸注用韻其誤有可以所協推知者例如此注還故鄉案鄉下當依楚辭注添也字各本皆脫
注歎息也案歎下當依楚辭注添累字各本皆脫注身困窮也案窮當依楚辭注作極各
本皆誤注意未明也案明當依楚辭注作服各本皆誤注奮翼呼案呼上當依楚辭注

添鳴字各本皆脫注迴逝言還表本茶陵本還作邁案此尤本誤字注爾雅曰四時
和爲通正表本茶陵本無此九字案無者是也楚辭注正無尤校添甚非收恢炱之孟夏
兮表本茶陵本炱作台案台字是也善注舞賦恢炱引此作台而云炱與台古字通可見善自作台甚明尤延之
校改作炱非是楚辭作点洪興祖本作台云台一作点一作炱雖自有據然不容以之改善也注以養民
案民下當依楚辭注添也字各本皆脫注以茂美樹案美下當依楚辭注添之字各本皆脫注
竄巖藪也案藪當依楚辭注作穴各本皆誤注及兄弟也案兄弟當依單行楚辭注作弟
兄各本及洪興祖本楚辭注皆誤倒注以興在位之賢臣也案賢當依楚辭注作貴各本皆
譌何曾華之無實兮表本茶陵本校語云逸無華字案此亦初無而尤脩改添之考楚辭有當
是傳寫誤脫二本據所見爲校語耳注政言德惠所由出之也案當依楚辭注作言政令
德惠所由出也各本皆誤注心惻隱也案惻隱當依楚辭注作隱惻各本皆倒注而逐放

也表本茶陵本逐放作放逐案此尤本誤倒后土何時而得乾表本茶陵本而作兮案楚辭而
洪興祖云而一作兮此或善而五臣兮否則尤延之校改兮作而今無以考之注慕歸堯舜之明
德也案明德當依楚辭注作聖明各本皆誤注終年歲也案年歲當作歲年各本及楚辭注皆
倒○招魂○注欲使巫陽招之也表本茶陵本無招之二字案無者是也單行楚
辭無洪興祖本有尤依之添非恐後之謝茶陵本之謝作謝之云五臣無之字表本無謝下校語云逸有
之案楚辭作之謝故尤延之校改其實非也洪興祖云一云謝之即表茶陵所見本一無之字即五臣本也注
必卜筮之法表本茶陵本必下有去字案此尤本脫得人肉而祀表本茶陵本而作以
案楚辭作而洪興祖本作以或尤延之校改以作而今亦無以考之注常食蠃蚌表本茶陵本蠃作龜
案楚辭注作蠃此亦尤校改旋入雷淵表本茶陵本淵作泉注同案楚辭作淵案此必尤延之校改
注皆有蠱毒表本茶陵本蠱作蠆案皆非也當依楚辭注作蠚注言啄天下欲上

之人何校言改主陳同案楚辭注作主是也各本皆誤注言有丈夫表本茶陵本無丈字案楚
辭注有尤校添之注雕鏤綺木使方好也案綺當依楚辭注作連各本皆誤注詩
云肆筵設机表本茶陵本肆作設案設字是也設筵設机者公劉之俾筵俾几也凡叔師所引皆非今
毛詩單行楚辭作設洪興祖本誤爲肆今毛詩仍無肆筵設机之文尤誤取之以校改非注言大夫有
二列之樂左傳曰晉悼公表本無有左傳曰四字茶陵本亦無樂作故案各本皆非也當
依楚辭注作言大夫有二列之樂故晉悼公注垂鬢下髮表本茶陵本作垂髮下鬋案單行楚辭注
作垂髮鬢下鬋洪興祖本作垂鬢鬢下髮互有不同蓋尤以意校改如此未必是也注發言中禮意
者也表本茶陵本無發字案單行楚辭注無洪興祖本有尤校添之注時竊視安詳諦案當
依楚辭注重時字諦上有審字各本皆脫注飾幬帳之高堂陳云帳下當有張字是也楚辭注有
各本皆脫注皆衣虎豹之文異采之飾表本茶陵本無之文二字案楚辭注有尤校添

之注羅列之陳案之當依楚辭注作而各本皆誤臑若芳些表本作胹校語云逸本作
臑茶陵本作臑云五臣作胹案楚辭作臑洪興祖云臑一作作臑一作胹此注臑仁珠切似善作臑或表本校語有譌
否則音非善舊也注爛熟之則膜美也表本茶陵本無爛字案楚辭注有尤校添之注
諸蔗也表本茶陵本諸作謂案當作諸下文可證楚辭注作諸與善異本尤校改失之注鴻鴈也
表本茶陵本鴈作鶬案洪興祖本作鴈單行本作鴈鶬蓋改鶬爲鴈而兩有考九思悼亂云鴻鶬兮振翅是作鶬未
必非也注楚人名羹曰爽案羹下當依楚辭注有敗字各本皆脫注以蜜和米
麵表本茶陵本麵作麵案此尤本誤字注又長味好飲表本茶陵本好飲作也案楚辭注作好飲
也尤校改之發楊荷些案楊當作揚注發揚荷葉同表茶陵二本所見亦誤楚辭俱作揚也注誠
足怪奇也表本茶陵本足作獨案單行楚辭作獨洪興祖本作足尤校改之注投六箸行
六棊表本茶陵本行下無六字案楚辭注有尤校添之注比集者也案當依楚辭注去者字各

異六　十一

本皆衍注又曰和樂且耽案耽當依楚辭注作湛各本皆誤凡逸所引皆非今毛詩此必不知
者改注言蘭芳以喻賢人表本茶陵本無言字案楚辭注言字在下句首蓋尤校添而誤其處
酎飲既盡歡何校去既字茶陵本云五臣無既字表本云逸有既字案楚辭無洪興祖云一本盡上有
既字即此本也此不當有恐傳寫衍各本所見皆誤汩吾南征些何校去些字下白芷生些同案楚辭
無各本皆衍菉蘋齊葉兮表本茶陵本蘋作薠下有薠音案此必善薠五臣蘋也湘夫人登白薠以
騁望二本校語有明文此正同彼二本所見以五臣亂善而失著校語尤所見不誤表本所載逸注中字作蘋亦不
誤楚辭作蘋即此本也洪興祖云蘋一作薠即五臣本也又案洪興祖補注於湘夫人云薠一作蘋非是其說殊誤
逸注上云蘋草秋生其下鳥萃兮蘋中注云鳥當集木顛而言草中文自相承二句既同一草必同一字不得如五
臣之上一字作蘋下一字作蘋或又謂白蘋與蘋不當一物異稱獨不見九辨鳳凰與鳳雛錯稱之乎逸注本無可
疑洪未達其旨附正之於此注爾雅曰表本茶陵本無此三字案無者是也楚辭注無注懷所

見自傷哀也何校懷改據陳同案楚辭注作據時二字是也何陳但改據字其時字仍不補未詳所出
表茶陵二本亦作懷注煙上蒸于天表本茶陵本無于字案此尤校添之其實誤也楚辭注亦無
注謂曰也表本茶陵本無謂字案此尤校添之其實誤也楚辭注亦無時不見淹表本茶陵
本見作可案楚辭作可以單行本舊校云一作時不見淹洪興祖本云一云時不淹一云時不可淹一云時不見淹
疑善見五臣可二本非而尤是也但無明文可以考之注水旁林木中表本茶陵本無木字案楚
辭注有尤校添之○招隱士○注楨幹也案句首楚辭注有爲字又案楨幹疑當作幹楨
以楨與盛成韻各本皆脫誤注崔巍嶉嶉陳云上嶉疑蹇案蹇嶉雖可通但此與上句山皁嵔崿不
協恐仍未是各本皆同楚辭注亦然無以考之矣注走往殊異案殊異當依楚辭注作異趨各本皆
誤趨字韻洪興祖云一云走趾殊也亦非注草木茂盛案茂盛疑當作盛茂以茂與聚韻各本及楚辭
注皆誤倒

異六　十二

卷三十四○七發○注漢書曰下至乘道死也表本茶陵本此一節注大
異乃并善入五臣之誤也尤所見爲是注說文曰謝辭也表本茶陵本無此六字案無者是也
表本所載五臣翰注有謝辭也三字蓋別本又有說文曰三字而尤誤取以增多注而損精案而主當
有恍情二字此引韓子揚摧篇文各本皆脫皓齒娥眉表本茶陵本娥作蛾是也注鄭國淫
辟茶陵本國作衛是也表本亦誤國麥秀蔪兮表本茶陵本蔪作蔪案蔪字是也廣韻作蔪亦引埤
蒼與集韻皆蔪蔪同在一紐而分別兩字他書或用漸射雅賦云麥漸漸以擢芒漸與蔪古字通也尤所見別本作
草木蔪苞之蔪非扗豕而不能前茶陵本扗作杜注同云五臣從扌表本作扗用五臣也案此尤
本以五臣亂善非熊蹯之臑茶陵本臑作臑注同有校語云五臣作臑表本作臑不著校語案臑即胹
之別體字廣韻七之所載從需之字凡四臑其一也云煑熟下重文但有胹㶇𦟽三形集韻於廣韻偏旁用需之
字皆從需此注音而其所引左傳方言彼皆作胹是自作臑不作臑茶陵本尚存善舊表本以五臣亂之注王

逸楚辭注曰稱𥡴獨麥挐黃粱陳云案此楚辭正文非注也當作獨麥麥中先熟者今案此或衍王逸注三字各本皆同無以審知之也於是伯樂相其前後表本云善無後茶陵本云五臣有後案此本亦初無而脩改添之蓋尤延之以爲善傳寫脫但注不見明文無以考也注爲趙簡子取道表本茶陵本子作王案王字譌當作主韓非子戰國策皆有簡主所謂大夫稱主也尤所改似是實非注夷桑也茶陵本夷作荑是也表本亦誤夷注與陽佚開表本茶陵本佚作迭是也注又古考史曰陳云考史當作史考譙周所著案所校是也史記司馬相如傳索隱引古史考可證困野獸之足表本云善無獸茶陵本云五臣有獸案此亦尤延之以爲傳寫脫而添之似是也注孔安國曰尚書傳曰案國下不當有曰字各本皆衍注縷辭縷也陳云辭恐覶誤是也各本皆譌慌曠曠兮案慌當作超表本云善作慌茶陵本云五臣作超此必欲改上文悅兮忽兮之悅爲慌誤以當此處各本校語皆據所見而不察也善亦作超其上文之悅乃當作慌澹瀲手足案澹瀲當作瀲澹善注云瀲澹猶洗滌也各本皆同其表茶陵二本所載五臣銑注則云澹瀲各本所見正文蓋皆以五臣亂善注方言曰輸脫也表本茶陵本輸作揄是也亦見廣雅釋詁注因名胥母山案此有誤史記作因命曰胥山命即名也當本云因名曰胥山涉下文胥母而誤改注混混沌沌案沌沌當作庵庵各本皆誤注郭璞爾雅曰蹈覆也表本茶陵本覆上有前字是也陳云雅下脫注字二本亦脫注中山公子牟謂詹何表本茶陵本何作子是也注其一人也何校其改共是也各本皆譌使之論天下之釋微茶陵本云釋五臣作精表本云善作釋案善引好論精微爲注似亦作精各本所見皆傳寫誤孟子持籌而筭之茶陵本無持而筭三字云五臣作持籌而筭之表本用五臣云善作孟子籌之案此尤延之誤以五臣亂善

○七啓

○注過乎泱漭之野表本茶陵本漭作莽案史記漢書皆是莽字疑前彼賦及此正文作漭者善爲五臣所亂注分三爲一茶陵本分作函是也表本亦作分誤與此同注而酒汎溢

表本茶陵本汎作沈下汎者沸同案沈字是也今淮南覽冥訓作湛湛沈同字高誘注云酒湛清酒也米物下湛故曰湛不作汎明甚注季夏之月表本茶陵本季作孟是也注句踐乃身被賜夷之甲案賜當作賜各本皆誤吳都賦賜夷音以良切劉淵林注所引正作賜今越絶書作賜與此皆形近之譌也注晁公侯九旂者也表本旂作流案流字是也茶陵本作游亦非注擬古詩曰屢見流芳歇表本茶陵本無此九字注畫招搖星於其上陳云其旗誤是也各本皆譌案今本禮記注作又畫招搖星於旝旗上蓋李節引耳注搯插也案插當作捷宋潭州本儀禮鄉射釋文捷初洽反又士冠捷柶初洽反本又作插此正文作捷善所引儀禮注亦作捷不知者誤依今本作插改之亦如通志堂刻釋文於鄉射改捷爲插也何校正文捷改爲插陳亦云捷當作插皆據注之誤字下無滿跡案滿當作漏表本云善作滿茶陵本云五臣作漏各本所見皆傳寫譌七命云外無漏迹善引此下無漏迹爲注於文義本不得作滿也注舒疾無力案力當作方各本皆譌羆獠回邁案羆當作罷表本云善作羆茶陵本云五臣作罷各本所見皆傳寫譌善亦不得作羆注李充高安館銘曰陳云充當作尤尤字伯仁見范史文苑傳是也各本皆譌注頫音俯表本茶陵本無此三字注觀者澹予忘歸也陳云予兮誤是也各本皆譌注已而魚大食之表本茶陵本魚大作大魚是也宴婉絶兮陳云宴燕誤今案陳據注引毛詩作燕也西征賦宴喜注亦引毛詩作燕或注有刪削未全耳注紉秋蘭爲佩表本茶陵本爲上有兮字案兮當作以此尤延之欲校改而誤兩去其字也注鄭人聽之不若延靈以和陳云鄭鄙誤靈露誤是也各本皆譌注軒殿檻也又新語曰高臺百仞文軒彫窗也陳云文軒猶彫軒耳殿檻之釋與新語一條皆屬誤贅今案此注與中引尸子文軒義乖陳說近之但各本盡然未審所誤果當若何也注張衡應問曰陳云問閒誤是也各本皆譌注秦后來仕案后下當有子字各本皆脫注左氏傳曰舊章不可忘也案此十字不當有上云舊章已見東都主人複出非也各本皆衍

注則甘靈降表本茶陵本靈作露案二本正文作露表有校語云善作靈茶陵無尤所見與表同故用正文改注其實靈字未必非傳寫誤即正文作甘靈注爲甘露於善例自通改者未是注鳳皇鳴矣陳云下脫於彼高岡四字案所校是也此必連引以注於高岡各本皆脫注漢書司馬相如表本茶陵本無此六字注舉英奇於側陋表本茶陵本側作仄下同案此尤所見與二本異各本正文皆作仄表茶陵不著校語考東京賦招有道於側陋薛注字同善注引明明揚側陋表茶陵二本正文亦作仄仍不著校語思元賦幽獨守此仄陋兮表茶陵作側其校語云善作仄善注引明明揚仄陋恩倖傳論明敭幽仄注及正文皆作仄蓋尚書自有二本作者或用仄或用側善隨而引之後人輒有所改致令正文與注有所歧互卷三十五○七命○翫世高蹈何校云翫晉書作超案字非也茶陵本云五臣作翫越表本云善作翫此必欲改下文玩志乎衆妙之玩爲翫誤以當此處各本校語皆據所見而不察也但善作越之與作超無明文以決之注盤龍賁信越其藏表本茶陵本盤作蟠越作於案二本是也正文作盤疑注更有盤蟠異同之語刪削不全三國名臣序贊初九龍盤注引方言蟠龍亦如此蜀都賦潛龍蟠於沮澤用字不同也晉書作蟠何陳校改正文考此篇善未必與晉書同下龔其山彼作籠乘鳧舟彼作鷁與注不合最爲顯證今各依其舊亦不盡出於是殉華大夫表本茶陵本殉作徇注同案此蓋尤校改爲殉晉書作殉但善未必同彼也注遡向風也表本茶陵本無風字是也注山海經曰二員表本茶陵本二作貳是也注崩崚嶒而龍鱗表本茶陵本崚嶒作繒綫案二本是也尤誤改之說詳前鍾山詩崚嶒起青嶂下晉書作層陵遡九秋之鳴飈案遡當作愬注云愬與遡同若正文作遡不當有此注蓋五臣改爲遡各本所見亂之晉書上文作遡長風及此皆作愬下文遡惠風於蘅薄亦然疑善皆作愬也月賦愬皓月而長歌西京賦咸遡風而欲翔張載魏都賦注引作愬皆可互證零雪寫其根茶陵本云五臣作零表本云善作雲案雲但傳寫誤此尤校改也晉書作雺注楊雄解嘲曰表本茶陵本嘲作難案難字是也解難亦載本傳與解嘲迥不相涉不知者誤改耳注操伯牙之號鍾兮

表本茶陵本伯作百案此尤校改之也揮危絃則涕流表本云善作流涕茶陵本云五臣作涕流案流涕但傳寫倒此尤校改正之也晉書不誤注蒼頡曰何校頡下添篇字陳同各本皆脫注宋玉風賦曰案風當作諷各本皆譌注汲古文曰案汲下當有郡字各本皆脫彫閣霞連案彫當作彤晉書不誤彤赤也故曰霞連與上句翠觀岑青正爲一例此亦如侍遊曲阿後湖作之誤彤雲爲彫雲皆失其文義所當訂正注畫龍蚪案蚪當作蛇誤用正文中蚪字改也上注云蚪龍也故復引此以申明之耳或據此謂招魂別有作蚪之本大誤遡蕙風於衡薄表本茶陵本蕙作惠衡作蘅案晉書同此尤校改也各本善注中字皆作蕙衡考魏都賦注及洛神賦乃惠蘅之誤尤所改非注杜預左氏傳曰何校傳下添注字是也各本皆脫拔靈芝表本云善作雲茶陵本云五臣作靈案此尤校改也詳善引西京賦以注靈芝靈字似是晉書亦作靈注管仲之始治也表本茶陵本治作化是也注輕武卒名也下至奏嚴鼓之嘈囋表本茶陵本無此二十五字案無者最是此或記於旁以駁善輕武戎剛四車名之解尤延之不察誤取以增多注環爲營表本茶陵本環上有自字是也注或云飛羅案此四字不當有各本皆衍注音旻夫案夫當作天各本皆譌此必出郭璞音注然[illegible]罠一以爲對恐互體廣雅曰罠兔罟也表本茶陵本作然兔罠也四字案各本皆誤無以考也畫長谿以爲限表本茶陵本谿作壑云善作谿案谿字義不可通恐各本所見傳寫誤晉書亦作壑叩鉦數校案晉書數作散詳注云散爲陳列而行是善自作散表茶陵所載五臣向注云以數立功校之法是五臣乃作數各本皆以五臣亂善而失著校語非注待獲射者何校射上添待字者下添中字是也各本皆脫雲迴風烈表本茶陵本下有聲動響飛形移景發二句尤本脫去當補晉書亦有甗林蹶石案甗當作甗各本皆誤詳善音五忽切此字從兀明甚集韻十一沒云甗獸以鼻搖動最可證晉書亦誤甗音義云音瓦瓦即兀之誤注史記曰蜚廉表本茶陵本蜚作飛是也注伍胥曰表本茶陵本伍下有子字案各本皆誤當作申包胥曰注

鄭元禮儀注曰茶陵本禮儀作儀禮是也表本亦誤倒　注鏤或謂爲鏤案謂字下當有各本皆衍　注如雷霆之震也表本茶陵本作而雷之震電之霍案此尤延之用今本莊子說劔校改　注則莫若益野驕駒也表本茶陵本驕作騰案驕即騰別體字　子豈能從我而御之乎表本云善無能字茶陵本云五臣有案二本所見無者傳寫脫此尤延之校改添之也晉書亦有　注煎鰿臛雀案鱝當作鰿各本皆誤此所引大招文　注取其遠方物之美也表本茶陵本取其遠方物之六字作約一字案二本是也今本味篇注正如此未悉尤增多何據也　注寒方苓之巢寵案方當作芳各本皆譌　注鷔鳥大鳴鶵表本茶陵本無鳴字鶵下有也字案二本是也此所引隹部雛下文善謂鶵即雛耳　注韓詩外傳曰鄭交甫遵彼漢皐臺下案此十四字不當有上云漢皐已見南都賦複出非也各本皆衍　注或曰棲案此下當有脫文各本皆同無以補之　注吳地理志曰何校吳下添錄字陳同是也各本皆脫

耽口爽之饌案口爽當作爽口表本云善作口爽茶陵本云五臣作爽口各本所見皆傳寫誤善注引五味令人口爽以注爽口即但取義同不拘語倒之例不知者泥之改正文以順注失之甚矣晉書亦作爽口又案下文誘我以聾耳之樂善引五音令人耳聾更例之可知者也　注國語曰下至仕者世祿表本茶陵本無此二十八字有文字屬下王處岐爲句是也　注尚書曰湯既黜夏命陳云書下脫序字是也各本皆脫　㘞棲三足之鳥何校鳥改烏表本云善作烏茶陵本云五臣作鳥案鳥字協韻善不得作鳥但傳寫誤表茶陵據所見爲校語并晉書亦作烏　故靡得應子表本茶陵本得下有而字案有者是也晉書亦有　○賢良詔○罔不率俾表本茶陵本罔作莫注同案二本是也漢書正作莫　注在金河關之西何校金下添城字陳同是也各本皆脫　若涉淵水未知所濟表本茶陵本云善無涉字案漢書有此尤延之校添之也　朕之不敏不能遠德表本茶陵本云善無不敏二字案漢書有此尤延之校添之也　○冊○注象其禮案禮當作札各本皆誤　○冊魏公九錫文○分裂諸夏表本茶陵本作連帶城邑案魏志作分裂諸夏尤延之據彼校改也但善不必與彼同似仍以二本爲是　注爲公卿大夫也陳云爲謂誤是也各本皆誤　注宏濟于難表本茶陵本于下有艱字是也　羣后失位表本茶陵本失作釋云善作失案善引左傳注釋位是自作釋但傳寫誤爲失耳陳云失釋誤是矣魏志亦作釋　注遯走陳云遯上脫遑字是也各本皆脫　造我京畿表本茶陵本我作其案魏志作我尤據改　秉軒將反表本云善作軒茶陵本云五臣作轅陳云據注似善本亦作轅案軒但傳寫誤也魏志亦作轅　致屆官渡表本云善作度茶陵本云五臣作渡案魏志作渡尤據改各本注中字皆作渡恐涉五臣耳凡善度五臣渡其大槩也亦不盡出　注致天之罰屆陳云罰字衍是也各本皆衍　注君北征三郡烏丸陳云君公誤是也各本皆誤　注尚奔遼東表本茶陵本無尚字陳云脫尚熙二字是也　求逞所欲茶陵本逞所作所逞云五臣作逞所表本云善作所逞案善引思元賦注逞所欲是但傳寫誤倒魏志亦作逞所　注思賢賦曰飄飄神舉求逞所欲表本茶陵本賢作元無求字是也　箄于白屋表本茶陵本箄作單案二本是也注云本作並以箄于爲單于疑字誤也可見正文作單故善依博物志定爲箄若先作箄與注不相應矣尤延之校改似是實非魏志作單即善所謂本並以爲單者　注劉淵林魏都賦注曰北羈單于白屋案此有誤也張載注魏都不得言劉淵林又單依文當作箄今彼注作北羈單于于白屋屋蓋亦誤　注文王罔迪兼於庶獄庶愼也表本茶陵本迪作攸是也案此必尤誤改　注孔子過山側案山上當有太字各本皆脫　注邪服莵歷杜預曰回表本茶陵本邪服作服讒案二本是也回下當有邪字此尤校添而錯誤　緊二國是賴茶陵本是上有之字云五臣無表本云善有案魏志無尤據改　注奉承宗祖表本茶陵本宗祖作祖宗是也　注又曰已下至予惟往求朕攸濟表本無此十八字有攸濟已見上文六字是也茶陵本有例改複出耳　注范曄後漢書表本茶陵本無此五字案

無者是也凡引諸文在本傳者多不冠大題此其一耳尤校添之蓋未悉善例注乃立家社茶陵本社
作土是也表本亦誤社注爾民軌儀也案爾當作示各本皆譌注弗昏作勞表本
茶陵本昏作暋案依二本善正文似作暋魏志作昏或下當有昏暋異同之注今未全也注杜預左氏
傳曰何校傳下添注字陳同各本皆脫注子之謂也陳云子上脫晏字是也各本皆脫
卷三十六〇宣德皇后令〇注要不彊爲酬謝之名案不當作
必各本皆誤注赫言鄒衍之術案赫言鄒當作言赫脩史記集解所引別錄如此可證也各本
皆誤注庶王有不逮而復之義也表本茶陵本王有二字作乎案此尤校改也〇
爲宋公修張良廟教〇注綱紀謂主簿也下至猶今詔書稱
門下也此二十三字表本茶陵本無案此卷以下尤本增多各條似二本因并入五臣而刪削其尤所見異
本爲是矣注周易曰雲從龍風從虎聖人作而萬物覩此十六字表本

異六　十九

茶陵本無注廣雅曰軌迹也伊伊尹望呂望也此十三字表本茶陵本無注
漢良受書於邳圯案圯當作垠各本皆誤漢書作沂注良本召此四人之
力也陳云召招誤是也各本皆誤注寤寐永歎陳云寤假誤是也各本皆誤〇爲宋
公修楚元王墓教〇注太上基德十五王而始平之表本茶陵
本無太上二字之作也案此尤校改也注郤正釋識曰表本茶陵本郤作開郤識作讖是也
元自本者乎表本茶陵本元作源案此似善五臣之異二本不載校語無以考之〇永明九
年策秀才文〇選名昇學表本茶陵本昇作升是也注禮記曰司徒表本
茶陵本曰下有鄉論秀士四字案此尤校刪也注一曰德行高妙下至才任三輔劇
縣令此五十二字表本茶陵本無良以食爲民天表本茶陵本爲作惟是也注周禮
曰陳石下至赤石也此十七字表本茶陵本無注春秋元命苞曰樹棘槐

聽訟於其下此十四字表本茶陵本無注冀夫人及君早起表本茶陵本無及君
二字案此尤校添也命卭斜之谷茶陵本云五臣無命字表本云善寶下有命字案二本與上節接連
命字絶句不屬此首詳其文義仍不當有恐但傳寫誤衍也注漢書曰下至將繼太公之
職事也此二十七字表本茶陵本無注毛詩曰去殷之惡陳云曰下脫帝遷明德鄭
元箋曰天意十字案所校是也引此者注正文遷字注史官由太初鄧公平術案田當作
用公字不當有各本皆誤續漢志可證注蓋亦遠矣表本茶陵本蓋亦作益以案此尤依續漢志校
改也紛爭空軫表本茶陵本爭作諍案二本不著校語無以考之注方言曰軫表本茶陵
本軫下有戾字是也注又曰欽若昊天此六字表本茶陵本無注禮記曰夏后
氏下至翰白色馬也此六十一字表本茶陵本無〇永明十一年策秀才
文〇九序未歌何校序改敘案何據注也注九功惟序九序惟歌茶陵本二序字作敘表本并入五

異六　二十

臣亦作敘其所載五臣向曰九序謂六府三事也則二本並作序恐正文爲善敘五臣序各本所見亂之此本注二
字作序乃尤延之以正文改注未必是也注毛詩曰下至何以卒歲此十九字表本茶陵本無
注必將崇論宏義案義當作議各本皆誤注尚書曰罔不同心以匡
乃辟此十一字表本茶陵本無注應劭尚書案劭下當有曰字各本皆脫若闕宂畢
弃茶陵本畢作畢云五臣作畢表本云善作畢案二本所見傳寫誤也此蓋尤延之校改正之天下之
有惡茶陵本云五臣無天表本云善有天案此不當有各本所見皆傳寫誤衍耳注東觀漢記
曰魯恭下至具以狀言安此一百二十字表本茶陵本無又自此下至本節注末茶陵有表無
皆并善入五臣而誤刪削也餘不悉出注文子曰有鳥將來張羅下至即無時
得鳥此二十九字表本茶陵本無案張羅下當有待之二字表茶陵二本所載并入五臣翰注者有注貪
則爲盜富則爲賤案貪當作貧何校賤改賊陳同是也此所引樂論篇文注辯麗可

嘉何校嘉改喜是也各本皆誤朕思念舊民茶陵本念作命云五臣作念表本云善作命案二本所見傳寫誤也此蓋尤延之校改正之注名王奉獻表本茶陵本名上有遺字是也注毛詩序曰下至豈惟弊邑此六十六字表本茶陵本無注魏謂春申君曰陳云魏下脫加字是也各本皆脫注不可爲秦之將案爲下當有拒字各本皆脫前東門行注引有注天下有十二州齊得其七故謂北境爲五州表本無此十七字有五州已見顏延之侍遊曲阿後湖詩十四字案表本最是此尤同茶陵複出而誤〇天監三年策秀才文〇注冠音角之冠與冠剸同表本茶陵本無音字案各本皆非也當作冠音冠角之冠與剸同韓信傳注可證注士植懸表本茶陵本植作特是也注非仁也何校仁改人是也注若渴無日案若當作苦各本皆譌魏志王朗傳注引可證注夜與陰者日之餘雨者月之餘表本茶陵本無與陰二字雨上有陰字月作時案二本是也王朗傳注引正如此注況賢於隗者乎又表本茶陵本作況賢者也莊子曰案以下文今新序有莊子無故尤延之校改如此也但考藝文類聚鱗介部亦引爲莊子困學紀聞莊子逸篇採之仍當依二本爲是注佽冏昜弗及苟造德弗降表本茶陵本佽作收又茶陵本苟作耇是也表本作考亦誤注蕘如也陳云如無誤是也各本皆誤案此所引板傳文注原涉好殺表本茶陵本無殺字案此尤校添也注漢書陳咸下至輒論輸府表本茶陵本無此一百三十二字有漢書陳萬年傳曰論輸府下十一字案此卷末葉尤脩改乃初同二本而後添當以二本爲是又案末下字漢書無蓋衍也注膺表欲罪表本茶陵本欲下有罰其二字是也注景帝問鄧公下至卒受大戮表本茶陵本無此四十字有鄧公謂景帝曰六字案此亦二本是注開者水出下至災異仍重表本茶陵本無此十八字案此亦二本是

文選考異卷第六

文選考異卷第七

賜進士出身通奉大夫江南蘇松常鎮太等處承宣布政使司布政使胡克家撰

卷三十七〇薦禰衡表表本茶陵本表下有一首二字案有者是也後每題下盡同卷首所列子目亦同下卷放此陛下睿聖茶陵本睿作叡云五臣作睿表本云善作叡案范書作叡此尤以五臣亂善注具作其事陳云作上誤今案汪文盛刻玶書目作字章懷注范書引亦是作字陳所說非也注無所遺失表本失下有也字茶陵本無此初有而脩去之掌技者之所貪茶陵本技作伎云五臣作技表本作技無校語案表用五臣也范書作臺牧章懷注諸本並作臺牧未詳其義融集作堂牧汪文盛刻范書如此其實堂牧即掌技之謡耳伎技同字或選所據融集作伎也注古善相馬者表本茶陵本古下有者字此初有而脩去之案者當作之所引觀表篇文也七發與吳季重書注作之是七命注及此作者非〇出師表〇注後主即位十二年卒茶陵本無即位十二年卒六字此一節注茶陵本并五臣於善表并善於五臣恐尤亦非其舊而中道崩徂表本茶陵本徂作殂案此尤改之也二本是蜀志正作殂亡身於外者表本云善作亡茶陵本云五臣作忘案各本所見皆非也亡但傳寫誤何校亡改志蜀志正作志注桓靈後漢二帝用閹豎所敗也表本無用閹豎所敗五字茶陵本并善入五臣有之尤所見同茶陵而誤衍注荊州圖副曰表本茶陵本無副字是也注爾雅曰獎表本茶陵本爾作小是也至於斟酌損益茶陵本損作規云五臣作損表本云善作規案蜀志本傳作損董允傳作規尤延之依本傳改不知乃以五臣亂善也責攸之禕允等咎以彰其慢何校云董允傳所載與本傳微不同本傳無若無興德之言六字作責攸之禕允等之慢以彰其咎案表本所見善與尤無異較本傳但少之字彰作章慢咎互易其五臣則與本傳同茶陵本輒於正文依善注所引董允傳添改作若無興德之言則戮允等云云與注不相應大誤且善但謂當有上六字未嘗欲并改責攸之禕允以下也更屬誤中之誤矣深追先帝遺詔表本茶陵本無遺詔二字

案蜀志有尤延之依以校添也此初刻仍無與二本同臣不勝受恩感激今當遠離
表本茶陵本無激今二字案蜀志有尤延之依以校添也此初刻仍無○求自試表○注謂
文武明也陳云文武當乙是也各本皆倒注史記太史公陳云公下脫曰字是也各本皆
脫俯愧朱紱茶陵本愧下校語云五臣從小表本云善從女此亦以五臣亂善下文以滅終身之愧二
本所見亦當善作媿失著校語非魏志皆作愧注尚書曰啟表本茶陵本曰上有序字此初有而脩去
之案有者是也下尚書曰武王崩各本皆脫序字注春秋歷序曰案歷上當有命字各本皆脫又
勸進表注所引春秋歷序亦脫命字注左轂鳴此者工師之罪也案此者當作者此表
本亦誤倒茶陵本并善入五臣全非裴松之注引正作者此欲以除害興利表本茶陵本害作患
案魏志作患二本是也必以殺身靜亂表本茶陵本無以字案魏志有蓋尤據之添也而耀
世俗哉表本云善作燿茶陵本作燿云五臣作曜案魏志作燿尤改非志或鬱結表本茶陵本云

吳七　二

善無志字案魏志有二本所見或傳寫脫尤添之是也伏以二方未尅爲念何校云魏志伏
作但案今本魏志亦作伏何所據者未見存之以俟再詳伏見先武皇帝表本茶陵本無武皇二字
案魏志有蓋尤據之添也猶習戰也表本茶陵本猶作由案魏志作猶蓋尤據之改也注統由
總覽也表本茶陵本由作猶是也事列朝榮何校云魏志榮作策陳云作策爲是各本皆形近之
譌字耳注左氏傳曰子朱撫劍從之表本茶陵本無此十字注濤至乘
北陳云乘上脫江字是也各本皆脫案七發注引有注昔克路之役何校路改潞陳同是也各
本皆誤若臨淄侯牋褚淵碑文頭陀寺碑文注誤與此同注秦來圖敗晉攻何校攻改功陳同是
也各本皆譌注三敗三北茶陵本敗下無三字是也表本亦衍注徧飲而去表本去下
有之字此初有而脩去之茶陵本并善入五臣無此字案所引愛士篇文彼亦無此字注及獲惠公
以歸何校及改反陳同是也各本皆誤注然則以其同祖案則字不當有各本皆衍注

李宏武功歌曰陳云宏尤誤是也各本皆誤注東郭俊者茶陵本俊作後表本亦作
俊案各本皆譌也當作逡下同注猶不敢嘿也表本茶陵本重嘿字是也螢燭末光何校
云螢一作熒案魏志作熒古字通但選文與國志非必全同今各本則皆作螢也○求通親親表
○注自因致其意也表本茶陵本無因字案魏志有因無自必尤延之改自爲因乃誤兩存也
克明俊德表本俊下校語云善作駿注中字亦作駿茶陵本作俊注中字亦作俊無校語案尤及茶陵所
見以五臣亂善也魏志作峻與善五臣無合者恐經後人依禮記改以藩屏王室茶陵本藩作蕃注同
校語云五臣作藩表本作藩無校語案表本用五臣也此以五臣亂善魏志作藩藩蕃通用耳注謝承後
漢書曰桓礹鄗營氣類表本茶陵本無此十二字臣伏自思惟豈無錐
刀之用表本茶陵本思惟豈三字作惟省二字案魏志作惟省尤改添未知何據或所見自不同注東
觀漢記下至蒙見宿留表本此十八字作錐刀之用已見上文八字是也茶陵本複出同此非

吳七　三

若臣爲異姓表本茶陵本若下有以字案魏志有以字尤刪未知何據或所見自不同注駙近
也茶陵本駙作附表本作附近之附也然終向之者誠也茶陵本無然字終下校語云五臣作
然表本無終字校語云善有終字案魏志有然無終疑茶陵所見得之有不蒙施之物茶陵本云
五臣再有有不蒙施之物六字表本再有云善無有不蒙施之物六字案此初無尤脩改添之魏志再有善亦當再
有傳寫脫去也何校添陳云重六字爲是注尚書傳曰表本無傳字茶陵本有案各本皆非也說見後
若魏太子牋下注樊昌勃蘇案樊當作棼各本皆譌○讓開府表○誠在寵
過表本茶陵本寵過作過寵案晉書正作過寵此尤誤倒耳然臣等不能推有德何校去等
字云晉書無案所說是也各本蓋皆衍據今光祿大夫李熹陳云熹晉書作憙爲是今案熹古
字通未審他家晉書有作喜者以否注領職曰服事何校領改須是也各本皆譌注謂公
家服事表本茶陵本事下有也字何校改也作者又謂下添爲字是也各本皆脫誤○陳情事

表表本茶陵本無事字案此疑善五臣之異二本不著校語無以考也注字令伯茶陵本此下有犍爲武陽人五字表本無與此同案茶陵并五臣入善考華陽國志有或善不備引躬親撫養表本茶陵本親下校語云善作見案此以五臣亂善蜀志注晉書皆作見是親非臣少多疾病表本云善無少字茶陵本云五臣有少字案蜀志注晉書皆有少字尤蓋據之添注一作子案此校語錯入也即謂五臣作子觀表茶陵二本校語皆可見如謝平原內史表岐下云一作崎亦即謂五臣作崎也蜀志注晉書皆作子辭不赴命表本茶陵本命作會蜀志注晉書皆作命案尤蓋據之改○謝平原內史表○注到官上表表本茶陵本表下有謝恩二字臣機頓首頓首死罪死罪茶陵本無此十字有中謝二字是也表本并無中謝非尤用善謝開府表注所云添改益非注范暉下至不知所裁表本茶陵本無此十八字臣本吳人茶陵本無吳人校語云五臣有吳人表本有無校語案表用五臣也此以亂善注羣萃而同處案同當作州各本皆誤注兩宮東宮及上臺也表本無此八字所載五臣向注有之茶陵本并善八五臣尤蓋因此錯混耳表本是也注王隱晉書曰表瑜表本茶陵本表作爰案二本是也爰姓見廣韻爰字下又依此似正文善爰五臣表各本亂之而失著校語又案二本自此至字道淵共爲一節在後曹武下然則馮熊字文羆顧榮字彥先二句亦王隱晉書尤割裂者非而不能不恨恨者何校恨恨改悵悵表本云善作恨恨茶陵本云五臣作恨悵案各本所見皆傳寫誤也與蘇武詩二本校語五臣作恨恨善作悵悵與此全屬相反彼是此非注攜手逐秦陳云逐遯誤是也各本皆誤注青組朱軒並二千石之車飾表本無此十二字所載五臣濟注有之茶陵本并善八五臣尤蓋因此錯混耳表本是也○勸進表○注閔帝年號何校閔改愍陳同各本皆誤臣磾茶陵本磾上有匹字表本無下同案此疑善五臣之異二本不著校語何校添陳云磾上脫匹字下並同注授圖于黎元表本茶陵本于作子是也注謂景宣文表本茶陵本景宣作宣景是也注永嘉懷帝年號表本茶陵本無此六字案所載五臣向注有之此錯混耳注劉載使劉曜陳云載聰誤是也各本皆誤注太尉應劭等議陳云尉下脫掾字是也各本皆脫注謝承下至虞庭表本茶陵本無此十六字案尤增多誤也而重耳主諸侯之盟茶陵本作而重耳以主諸侯云五臣無以字有之盟二字表本云善有以字無之盟二字案此尤校改以五臣亂善也晉書作以主諸侯之盟善不必與彼全同不可以爲證蒼生顒然案顒當作喁善引淮南子喁喁然爲注是作喁字表茶陵二本所載五臣濟注云顒然仰德貌蓋各本以五臣亂善而失著校語晉書作顒不可以爲證說見上諭巴蜀檄曰延頸舉踵喁喁然百辟勸進今上牋搢紳顒顒用字不同當各依其舊也注西蜀父老曰案西當作難各本皆誤下以釋普天傾首之望茶陵本普作溥云五臣作普表本云善作溥案此尤校改以五臣亂善也晉書作普不可以爲證說見上注公羊傳曰緣臣之心何校傳下添注字臣下添子字是也各本皆脫注而楚莛

其二都茶陵本二作三是也表本亦誤二注民服其上下无覬覦何校服下添事字上下添而字是也各本皆脫注乃許晉平下至且召之茶陵本此十七字作郤乞二字表本并無案似茶陵爲是注不及曩時之士也表本茶陵本曩作嚮是也漢書作曩後五十一卷同史記作鄉鄉即嚮字與此同各有所出不妨兩見善例每如此

卷三十八○爲吳令謝詢求爲諸孫置守冢人表○注尚書曰表本茶陵本書下有王字注繼絕世表本世下有已見上文四字茶陵本無案此不當有世字謂已於三王敦繼絕之德下引論語曰繼絕世也茶陵本即複出與此皆非注懷金已見上謝平原內史表佩青已見上求通親親表表本作懷金佩青已見上文八字案表本非也善第一卷注自言同卷再見者並云已見上文又云其異篇再見者並云已見某篇然則凡不合此例皆失善舊餘不具出茶陵本盡改複出益非○讓中書令表○注何法盛晉書頴川庾録曰表本茶陵本無晉書二字注中州爲洛陽陳云爲謂誤是也各本皆誤不

悟徵時之福表本茶陵本徵作邀案晉書作徵此尤改之也邀徼古同字恐選文自用邀改之未必是乘異常之顧表本茶陵本乘作垂案尤本誤晉書亦是垂字注孟子曰滄浪之水清兮下至巳見上求自試表注表本此二十四字作濯纓及沐浴巳見上文九字茶陵本複出案此各本皆失善舊注桓思竇后順烈梁后何校乙順烈梁后於桓思竇后上是也各本皆倒可爲寒心者也表本茶陵本云爲善作謂案此尤校改正之也晉書作謂誤與此同而使內處心膂表本茶陵本云處善作劇案此尤改之也晉書作處選文往往別有所出不必全同耳注音呂表本茶陵本作膂音呂三字在注末是也○薦譙元彥表○注性清表本茶陵本清作靜是也注左氏傳荀息曰下至貞也表本此二十六字作忠貞巳見上文六字茶陵本複出非注洗耳許由也下至乃臨河洗耳表本此二十八字作洗耳巳見上文茶陵本複出非注戍閭之茶陵本戍作成是也表本亦誤戍注兔罝之人能恭敬

異七　六

表本茶陵本兔罝作罝兔是也注劉歆移書曰表本無書字是也茶陵本亦衍注巳見上文謝眺八公山詩表本無文字是也茶陵本複出更非注音蜀表本茶陵本作蠋音蜀二字在注末是也注太子師及祭酒印綬陳云及友誤是也各本皆誤注不強致說音悅表本茶陵本說音悅三字作之也二字注漢書曰下至深山表本此十八字作圍綺巳見上文六字茶陵本複出非○解尚書表○注檀道鸞晉陽秋曰何校晉上添續字陳同各本皆脫於臣實所敢喻何校寔下添非字云晉書有陳云晉書爲是案此似選文傳寫脫注見利思義何校利改得是也各本皆誤注左傳曰下至不可懷也表本作宴安巳見上文茶陵本複出非注老子曰下至且成表本作善貸巳見上文茶陵本複出非○爲宋公至洛陽謁五陵表○注其界本西得梁州之地案梁當作雍晉書地理志司州其界西得雍州之京兆馮翊扶風三郡可證各本皆誤○爲宋

公求加贈劉前軍表○注左氏傳下至德之休明表本作休明巳見上文茶陵本複出非注尚書曰爾有嘉謀嘉猷表本茶陵本曰上有王字注尚書曰納于百揆表本作百揆巳見上文茶陵本複出非注易曰下至其臭如蘭表本作金蘭巳見上文茶陵本複出非○爲齊明帝讓宣城郡公第一表○注道生即太祖之弟也陳云弟當作兄是也谷本皆誤南齊書本傳可證注又曰后憑玉几表本茶陵本又字作尚書顧命四字注左傳晉穆嬴曰表本茶陵本左下有氏字注孫盛晉陽春秋曰表本無春字是也茶陵本亦衍注郤超假還東何校郤改郗陳同是也各本皆誤注左傳楚薳啟彊曰案左下當有氏字彊當作疆各本皆脫誤注神州巳見上下至刑法也表本此二十一字作神州儀刑巳見上文八字茶陵本複出非注勿復爲虛飾之煩表本茶陵本之煩二字作也字注黷慢朝經也案朝經二字不

異七　七

當有各本皆衍注左傳下至恐殞越于下表本作殞越巳見上文茶陵本複出非注盡君道□表本茶陵本盡上有則字下句同案此尤校改去之耳○爲范尚書讓吏部封侯第一表○頓首頓首死罪死罪表本茶陵本無此八字有中謝二字下文豈待明經臣雲下二本同案二本是也說見前謝平原內史表注論語下至有所不爲也表本作狂狷巳見上文茶陵本複出非蹻屩齊楚案屩當作蹻善引史記及徐廣注皆是蹻字表茶陵二本所載五臣良注乃作屩蓋善蹻五臣屩各本亂之而失著校語又此屩下脚亦五臣音耳注漢書下至爲銅虎符表本作分虎巳見上文茶陵本複出非注□孫盛晉陽秋曰茶陵本陽下衍春字表本無此亦初衍後脩改去之亂離斯瘼陳云瘼當作莫注同毛詩曰亂離瘼矣當作韓詩曰亂離斯莫潘安仁關中詩注可證也案所說是也表茶陵二本所載五臣向注云瘼病也必善莫五臣瘼各本亂之而失著校語後又并改善注甚非注蔡邕詩序曰下至北陸無日之地表本作悵望鍾

阜已見上文八字茶陵本所複出與此同陳云鍾阜謂建成之鍾山也注誤引許叔重語今案善謂鍾阜已見上文者謂自於沈休文鍾山詩題下注訖也複山者失其意用許愼曰云云當之致爲巨謬尤專主增多乃取以竄八陳駮雖是然細繹袁本善初無斯誤也凡複出增多大足爲累於此可知餘不盡論注絺構見魏都賦下至眛爽也袁本作絺構草眛並已見上文九字茶陵本複出非注過朱祐陳云祐祐誤下同各本皆譌注上初學長安袁本茶陵本上初作初上是也注南陽大人賢者陳云大人當作人與是也袁本茶陵本無大字亦脫與注漢書下至如俛拾地芥袁本作明經拾青紫已見上文九字茶陵本複出非注襄陽耆舊傳記曰袁本茶陵本無記字注即聲名不足慕企袁本茶陵本重有不足慕企四字注毛詩序曰禮義陵遲袁本作陵遲已見上文茶陵本複出非注元和元年案上元字當作光各本皆譌注時侍中常侍袁本茶陵本無時字注可封留侯袁本作子房封侯已見上文案袁本是也茶陵本與

異七　八

此同乃幷五臣入善之誤注視吳公□何爲袁茶陵二本皆無空字此初有衍而去之或四姓侍祠何校去或字案所校是也各本蓋皆傳寫衍注漢書曰成帝下至故世謂之五侯袁本作五侯王氏也已見上文九字茶陵本複出非注東觀漢記相者袁本茶陵本記下有曰字此脩改去之注謂元帝也袁本茶陵本無謂字注車丞相高寢郎袁本茶陵本高下有祖園二字此脩改去之案有者是也微物知免袁本茶陵本云免善作表案此或所見不同否則尤校改之耳○爲蕭揚州薦士表袁本茶陵本薦上有作字案尤本脫注老子曰和其光而同其塵袁本作同塵已見上文茶陵本複出非注王褒下至非一狐之腋袁本作一狐已見上文茶陵本複出非注謝靈運宋書序曰何校宋改晉陳同是也各本皆誤注在貧賤不患物不踈己何校賤下添雖仁賢三字陳同是也各本皆脫注孟子曰下至學則三代共之袁本作庠序已見上文茶陵本複出非注

四方有志之士袁本茶陵本無有志二字注東觀漢記耕袁本茶陵本無漢字注范曄漢書曰何校漢上添後字是也各本皆脫注晉陽春秋曰袁本無春字是也茶陵本亦衍何校晉上添續字同前注論語子曰下至不以人廢言袁本此十六字作不以人廢言已見上文八字茶陵本複出非○爲褚諮議蓁讓代兄襲封表○注老子曰下至知止不殆袁本作止足已見上文茶陵本複出非○爲范始興作求立太宰碑表○則義刑社稷袁本茶陵本刑作形案尤本誤注爾有嘉謀嘉猷袁本茶陵本無嘉謀二字案此尤校添也注敬敷五教在寬袁本重有五教二字案有者是也殿本紀重有孔穎達商頌正義引尚書重有袁本後鑿去下五教二字茶陵本無與此同皆非注又曰下至百揆時序袁本作百揆已見上文六字茶陵本複出非注漢書曰下至琴書自樂袁本作琴書已見上文六字茶陵本複出非注論語曰下至民無德而稱

異七　九

焉袁本作無得而稱已見上文茶陵本複出非注又潘敞以仗防之陳云又使誤是也各本皆誤故首冒嚴科何校云故下疑有脫文案所說是也何意謂此當云故吏故民之類未知所脫果何文耳今無以補之注修張良教何校良下添廟字陳同是也袁本亦脫茶陵本複出非注第二子悋陳云子字當重是也各本皆脫注禮記曰下至吾誰與歸袁本作九原已見上文茶陵本複出非注顏蠋謂齊王曰袁本茶陵本蠋作觸案今齊策作斶古今人表作歜歜斶同字也疑蠋觸皆斶之譌注皆鏤爲蛟龍袁本茶陵本蛟作交是也注長老見碑袁本茶陵本碑下有者字案此脩改去之

卷三十九○上書秦始皇○注後二世袁本茶陵本此三字作及二世信趙高之譖八字案此節注袁幷善入五臣茶陵幷五臣入善即尤亦恐非其舊今不具論注又曰惠文君八年張儀復相秦攻韓宜陽降之云孝王案此二十一字決非善注

不知何時竄入考張儀復相後八年也秦本紀六國表韓世家皆並無攻韓宜陽降之事善烏由爲此語況下方引甘茂伐宜陽而疑書誤若果有此語便是無疑彌乖刺難通矣各本皆同其謬已久今特訂正袁茶陵二本王作公下同說見於下

注十年納魏上郡張儀伐蜀滅之案依史記當作十年張儀相秦魏納上郡八年張儀復相秦伐蜀滅之此注全爲人所改各本皆同絕非善舊矣

注史記云孝王納上郡此云惠王疑此誤也案此十六字決非善注不知何時竄入考魏納上郡在惠文君十年秦本紀六國表魏世家明文鑿鑿了無異說善何由爲此語各本皆同其謬已久今特訂正

注宜陽韓邑也袁本茶陵本無此五字

注孝王卒茶陵本孝作武是也袁本亦誤孝

此四君者袁本茶陵本無者字案史記有尤添之也

致昆山之玉袁本茶陵本昆作崐案史記作昆尤改之也注引新序作昆或善自是昆字

注孫卿曰袁本卿下有子字是也茶陵本亦脫

而陛下悅之何也袁本茶陵本無何也二字案史記有尤添之也

注駃馬屬案駃下當有騠字各本皆脫

西蜀丹青袁本茶陵本西蜀作蜀之案史記作西蜀尤改之也

而歌呼鳴鳴快耳者袁本茶陵本無呼字案史記有尤添之也

今棄叩缶擊甕袁本茶陵本無叩缶二字案史記有在擊甕下尤添倒耳

在乎色樂珠玉袁本茶陵本無珠玉二字案史記有尤添之也

在乎民人也袁本茶陵本無也字案史記有尤添之也

退而不敢西向袁本茶陵本無向字案史記有尤添之也

而外樹怨諸侯袁本茶陵本外下有以字案史記無尤刪之也

○上書吳王○注惡不指斥言何校去不字陳同是也袁本亦衍茶陵本下又有欲字并善入五臣耳

注三輔黃圖曰袁本三上有善曰二字是茶陵本移每節首非下申亍曰上漢書曰文帝閔濟北上二郡謂城陽上漢書曰上憐淮南王上以孟康解其文上湛今沈字也上言高祖燒所涉之棧道也上同又每節首非舊注者亦當有也

救兵不至袁本茶陵本至作止案止字是也漢書作止此尤本誤

注青陽水名也袁本茶陵本無此五字案二本所載五臣銑注有之尤誤取增多耳

注輒當爲禦案輒當作輔謂正文以輔大國之輔也下云以禦於趙顯然可知正文並無輒字各本皆誤

注爾雅曰奸求也案奸當作干各本皆誤

注善曰劉瓛周易注曰至極也謂極言之袁本茶陵本無此十五字案二本最是正文至漢書作志五臣作至善未必與之同尤增多此注以實之殊誤

注服虔曰袨服袁本茶陵本無服虔曰案二本連上不分節然則袨服以下乃應劭注也尤分節而以服虔曰加之非

然則計議不得袁本茶陵本云議善作課案此尤改之也漢書作議

注善曰方言云袁本善曰二字作又茶陵本作又曰案此袁是也

注晉書注以瑋爲諱何校書改灼陳同是也各本皆誤

注言高祖涉所燒之棧道也袁本茶陵本涉燒二字互易是也

收弊人之倦袁本茶陵本弊作敝云善作蔽案此尤改之也漢書作弊

○獄中上書自明袁本茶陵本獄中作於獄案此疑善五臣之異二本不著校語無以考也

注後聞軻死袁本茶陵本死下有事字

注于歷也袁本歷下有之字是也漢書顏注引有史記集解引亦有茶陵本幷入五臣無非

而燕秦不寤也袁本茶陵本寤作悟案史記作悟漢書作寤此尤改之也後是以聖王覺悟未改史記漢書皆作寤寤即悟字善蓋本作寤也

注初不相識相知案不字當在識字下各本皆誤顏注云初相識即本此節去不相知耳可借爲證

注報將軍之仇首何如案首字不當有袁茶陵二本此節注皆幷入五臣非仍無此字疑尤欲補者字而誤之

注殆欲誅之何校殆改君陳同是也各本皆誤漢書顏注史記集解引皆作君

誠有以相知也袁本茶陵本云誠善作成案此尤改之也史記漢書皆作誠

注謂譏短也袁本茶陵本無短也二字

注敬重蘇秦袁本茶陵本無此四字

注周之末人也何校末下添世字陳同是也各本皆脫漢書顏注引服虔史記集解引列士傳正有可借爲證

注見列士傳袁本見上有其姓名三字是也茶陵本亦脫

注新語曰袁本茶陵本上有善曰二字是也下說苑鄒子說梁五曰上國語泠州鳩曰上同

注無紹介通之袁本茶陵本無此五字

注鄒子說苑袁本茶陵本無此四字案無者是也

不云說苑以承上條故耳注文子曰何校子改穎陳同是也各本皆誤案漢書顏注史記索隱俱引之表
茶陵二本移善曰在此上非尤校改正之矣注積毀消骨謂積讒茶陵本骨謂積讒四字作
國亦云消骨五字表本作國亦云消骨也六字案此各本皆有誤說在下注善曰毀之言骨肉
之親爲之銷滅茶陵本善曰二字作又曰讒三字表本作故聽讒三字滅下二本有國亦然也四字
案此各本皆有誤考史記漢書絕無作國者恐其並非善注蓋本積毀銷骨句別爲三節而於下注善曰讒毀之言
骨肉之親爲之銷滅合并六臣多所增竄尤之刪改亦未為是注子宣王辟强立茶陵本强作疆
表本與此同何校改疆陳同是也注子臧越人也案人下當有蒙字二字史記索隱引有張晏據
史記爲說也不知者乃刪之各本皆誤正文自云越人子臧決不當以子臧越人也作注甚明注言無私
也表本茶陵本無言字是也下言無偏也同由余子臧是矣表本茶陵本矣作也說見下朱
象管蔡是矣茶陵本云五臣作矣表本云善作也案史記漢書皆作矣此尤改之也注舜弟

異七　十二

象傲帝表本茶陵本無帝字是也注乃致管叔于商茶陵本致下有辟字是也表本有辟
無致亦非注民到于今受其賜表本茶陵本無此七字有此之謂也四字案亦衍注子
終出使者表本出作辭茶陵本與此同案出辭當兩有今列女傳云出謝可證注善曰言士
有功可報者思必報表本茶陵本無此十二字案此亦尤增多之誤也注公孫鞅
事孝王陳云王公誤是也各本皆誤注上至高祖何校高改曾是也各本皆誤案漢書顏注
引作曾可證注善曰伊尹管仲表本茶陵本無此六字案此亦尤增多之誤也以下同輔
人主之治表本茶陵本云治善作政案史記作治此尤改之也漢書此處多異難以相證今不更論不
得爲枯木朽株之資也表本茶陵本云善無也字案史記漢書皆有此尤添之也注有
深謀善計而即行之表本茶陵本無此九字注制戰國策表本茶陵本無此四
字以信荆軻之說表本云善無以字茶陵本云五臣有以字案史記漢書皆有此尤添之也注

又獻燕督亢之地圖下至以擿秦王表本此二十九字作刺秦王已見上文七字是
也茶陵本所複出與此不同皆非注六韜曰下至俱爲師也表本茶陵本此五十四字作文
王遇呂尚西伯遇太公俱爲師也十四字案各本皆有誤當本是善曰西伯遇太公立爲師已見上文合并六家刪
改既非尤所增多更誤沈諂諛之辭表本茶陵本沈下有於字校語云善無沈於案史記有沈於漢
書有沈無於此尤添之也善不當無乃傳寫脱注說文曰墻下至臣之所居也表本茶陵
本無此十九字注漢書音義曰表本茶陵本無此五字下善曰不羈謂才行高在皁食牛馬器以木
作如槽上是也注遠不可羈繫也表本茶陵本無此六字注孔安國尚書傳
曰表本茶陵本無孔安國三字傳作注注撰考識表本茶陵本無此三字注利傷行也
表本茶陵本無此四字注然古有此事未詳其本表本茶陵本無然此事其本五字
○上書諫獵○注說苑曰下至不避狼虎表本作孟賁已見上文茶陵本複出

異七　十三

非注郊之日表本茶陵本無此三字○上書諫吳王○注吳王初怨
望表本王下有之字是也茶陵本亦脱以直諫茶陵本以下有置字云王臣無表本云善有案漢書無此
尤刪之也善不當有但傳寫衍注臣改計取福何校去臣字陳同是也各本皆衍案漢書顏注引無
注論語曰天不可階而升也表本作論語猶天之不可階而升茶陵本作國語日升天
之無階也案此處表脩改似初同茶陵無以考也注顏師古曰表本茶陵本師古作監是也人
性有畏其影表本茶陵本影作景下及注皆同案景是影非漢書作景尤所見誤耳注孫卿
子以爲淯蜀粱表本茶陵本無此八字欲湯之滄案滄當依漢書作滄注同各本皆同
殫極之紌茶陵本紌作紞注同表本所見與此同案漢書作紞紞是紞非也注極之綆茲
何校極上添盡字幹上添斷字陳同案漢書顏注引有手可擢而抓案抓當作拔漢書作拔表本茶
陵本作拔校語云善作抓各本所見皆非也善亦作拔與五臣無異上句搔而絕者橫絕之也此句擢而拔者直拔

之也擢訓引不得言引而抓可知也其注末善抓扯交切一音乃既引廣雅解上句之擡爲抓而自音之與此句無涉不知者誤認而改二本據所見爲校語讀者莫察矣善自音注中字其字非正文所有如此者不一而足漢書顏此注云擡謂抓也擡音索高反抓音莊交反自音注中字而非正文所有又其可證者也亦注櫞樟初生何校櫞改豫陳同是也各本皆誤注磨也礱袁本茶陵本無此三字注尚書注砥磨石也袁本作砥礪已見上文茶陵本複出非○上書重諫吳王○注顏師古曰修恩義以撫戎狄袁本茶陵本無此十一字不如山東之府何校云漢書作注東山案各本皆作山東疑誤倒也注同注張云錯互出攻案張下當有晏字各本皆脫注錯出謂四方更輸交錯出獻之而行也案錯出二字當作則獻當作運上注則謂興軍遠行也解作軍之本此注則謂云云解作運之本各本皆誤注臣瓚曰海陵縣名有吳太倉袁本茶陵本無此十一字以偪滎陽袁本茶陵本偪作備袁校語云善作偪茶陵無

校語案漢書作備但傳寫誤爲偪耳注膠東膠西濟北菑川四國王也發兵應吳楚袁本茶陵本菑川四國作吳楚臨淄吳楚作此謀案各本皆有誤當依漢書顏注引作膠東膠西濟南淄川王也發兵應吳楚○詣建平王上書○注沈約書曰何校書上添宋字陳同是也各本皆脫注馬遷悲士不遇賦曰案馬上當有司字各本皆脫注今乃知之案今乃當作乃今各本皆倒注轉用抵案轉當作軻袁茶陵二本弁此入五臣仍作軻可借證注對曰臣聞命矣袁本茶陵本日下有若不有發君何以興欲加之罪其無辭乎案此節注二本幷五臣未必善有也注弇堈曰茶陵本堈下有弔字是也袁本作弇州子大誤案所引知北遊文也注言固陋之愚也陳云也心誤是也各本皆誤身恨幽圄袁本茶陵本恨作限是也梁書作限是以每一念來茶陵本是以每一念五字作每以一念四字校語云五臣作是以每一念袁本作是以每一念無校語案茶陵所見非也梁書作是以每一念來注忽然亡生茶陵本亡作忘

是也袁本亦誤亡注李陵與蘇武書曰下至而泣血也此二十八字袁本茶陵本無案蓋因已見五臣而刪削也注則未可以論行袁本茶陵本以作與是也注裁日闕數人袁本茶陵本裁日闕作一日裁案此尤校改之注論衡谷口鄭子真袁本茶陵本衡作曰是也退則虞南越之君何校云梁書退作次案所校是也各本皆誤注以丹書之信陳云以上脫申字是也各本皆脫注補淮陽醫工長袁本茶陵本淮陽作進國袁醫作監茶陵無工字案此尤校改之也注帝戲倫謂倫曰袁本戲下去倫字是也茶陵本亦衍注會稽餘姚人少有高名與光武同游學袁本茶陵本無餘姚少有高名游七字光武作世祖案此尤校改之也照景飲醴而已袁本茶陵本無而己二字是也梁書無鶉亭之鬼袁本茶陵本鶉下校語云善作鴻案二本所見非也或尤校改正之梁書作鶉注命曰丈夫丘案曰下當有五字各本皆脫注五頭同穴袁本同穴作共孔是也茶陵本作具存更

非○奉荅勅示七夕詩啓○注裴詭集有薛才論袁本詭作顗是也茶陵本亦誤詭○爲卞彬謝脩卞忠貞墓啓○注名教謂王隱隱淪謂翟湯袁本茶陵本無此十字注顏觸謂齊王曰案觸當作斶袁茶陵二本作斶亦非說見前○啓蕭太傅固辭奪禮○助啓何校助改君陳同下君於庶品袁本茶陵本君作助校語云善作君助往從末宦校語亦云善作君蓋此三字善皆作君五臣改其下二字爲助唯存第一字爲君故濟注有助家集諱其名但云君云云而二本於此獨無校語也後乃幷改成助不但失善舊亦與五臣不相應甚非其君於品庶已校正此及後仍沿各本之誤注然而遂亟之茶陵本無亟字是也袁本作極亦衍注喪祭无主袁本茶陵本喪作哀案此尤校改之也卷四十○奏彈曹景宗○注廷尉王𥈊逗橈陳云尉下脫當字是也各本皆脫注金城西沂澗袁本茶陵本沂作沂下有曰塗二字是也尤初有脩誤去注壯士

猶戰不降袁本茶陵本無戰字猶有轉戰無窮案有當作其袁茶陵二本校語云善有其字尤所見非注毛詩曰旋車言邁袁本作言邁已見潘岳金谷集詩是也茶陵本複出非此初同袁脩改誤依複出注即主謹按袁本茶陵本謹上有臣字案此尤校刪也注則臣當下讀也袁本茶陵本無則字注上曰知獵狗乎曰知之袁本茶陵本無此九字云云袁本茶陵本無此二字有臣昉誠惶誠恐頓首頓首死罪死罪臣昉稽首以聞二十字案此似善五臣之異也○奏彈劉整○注宋吳興太守兄子也陳云守下有脫字各本皆同無以補也六斛袁本茶陵本斛作斗案下文仍作斗疑斗是忽至戶前隔箔袁本茶陵本云善無隔箔二字案二本所見是也此尤添之以五臣亂善分財袁本茶陵本云財作賦案此尤改之整兄弟未分財之前袁本茶陵本云善無未字案此尤添之進責整婢采音劉案劉當作列下文云並如采音苟奴等列狀粗與范訴相應此即采音列也各本皆誤今特訂正范奐問

異七　十六

何意打我兒袁本茶陵本云善無奐字案此尤添之婢采音及奴教子袁本茶陵本云善無婢字案此尤添之進責寅妻范奴苟奴列袁本茶陵本云善無苟奴字案此尤添之依下文蓋當有遇見采音袁本茶陵本遇下校語云善作過案此尤改之注漢書郅都傳列侯宗室見都側目而視袁本茶陵本郅都傳作音義曰見下有郅字而視作也案此尤校改之也薛包分財袁本茶陵本云包善作苞案此亦以五臣亂善也注中字二本並作苞尤盡改作包非注東觀漢書曰陳云書記誤是也各本皆誤唯斆文通之僞迹袁本茶陵本斆作傚案二本不著校語無以考也注高祖從王媼武負貰酒兩家袁本茶陵本作高祖每貰酒歲更而酒家案此尤校改之也臣昉云云誠惶誠恐以聞袁本茶陵本無云云二字以上有頓首頓首死罪死罪稽首十字案說已見前○奏彈王源○禮教雕衰袁本茶陵本雕作雕案此尤本譌字注禮記曰三十壯有室袁本茶陵本無此八字案

蓋二本因已見五臣而節去尤有是也注禮曰天子袁本茶陵本曰作記案此當記曰兩有臣實需品袁本茶陵本儒作儒案此尤本譌字而託姻結好袁本無結字云好善作結茶陵本無好字云結五臣作好案此蓋尤校改兩存依文義善不當無好字而以而託姻結爲句二本所見必有誤校語未足據也注魏志滿寵袁本茶陵本志下有曰字是也注世說曰陳云說語誤是也各本皆誤注謂無聞焉尔袁本茶陵本無謂字是也注連親婕也袁本茶陵本婕作姻案史記集解引作婚漢書南越傳顏注引孟康亦作婚皆與善不同索隱云連者連姻也恐尤延之以彼語校改復錯誤如此耳注魯桓齊穆何校齊改楚陳同是也各本皆誤注禮記曰晉文何校文改人是也各本皆誤注陸雲荅兄書曰高門降衡脩庭樹蓬何校書改詩此十四字茶陵有袁無案無者疑脫○荅臨淄侯牋○脩死罪死罪袁本茶陵本不重死罪案此尤添之也自周章於省覽袁本茶陵本自作目是也何校云魏志注作目歸增其

異七　十七

貌者也袁本茶陵本增作憎是也注修言已豈敢望下至故引之袁本無此三十七字案無者是也茶陵本并五臣入善此同其誤耳○與魏文帝牋○領主簿繁欽茶陵本無繁字袁本有案此疑善無五臣有二本失著校語而尤以五臣亂善注亦律調五聲之均也何校亦改六是也各本皆誤注漢書曰鄭聲尤集黃門按此有脫誤所引必禮樂志鄭聲尤甚黃門名倡丙彊景武之屬云云以注黃門也今誤甚爲集黃門下失去全非其舊耳注集樂之所案集上當更有黃門二字注漢書音義下至爲理樂袁本無此十八字有已見長笛賦五字案袁本最是已見長笛賦即指黃門集樂之所也茶陵本複出非注桓譚新論曰漢之三主內置黃門工倡案此十五字亦已見長笛賦不當有也各本皆衍注與左騏等案騏當作顛觀下注騏與顛同可見也顚即顛字今本魏志作願乃誤字耳○荅東阿王牋○注張叔及論案叔及當作升反說已詳前各本皆誤注吳越春秋曰于

將者吳人造劒二枚表本茶陵本無此十四字○荅魏太子牋○歲不
我與表本茶陵本我與作與我案與我是也善注引歲不我與而正文自作與我即所謂不拘語倒之例前已
詳論矣尤依注乙正文非注魏文書曰表本茶陵本魏文作文帝是也下同伏惟所天又
注左氏傳下至臣之天也表本茶陵本云善無伏惟所天案此不當無傳寫脫耳尤校添爲是
二本幷無注二十二字此所有未審何出注項代曰陳云代岱誤是也各本皆誤遠近所以
同聲字表本茶陵本聲下有也何校添陳同是也時邁齒臷案疑此臷當作耋故注引左傳耋老
表茶陵二本所載五臣良注臷大也蓋臷爲善五臣不同也又案漢書孔光傳犬馬齒臷讀作耋或季重用彼成
文然則善當有臷耋異同之注今刪削不全注尚書曰僂僂謹敬也表本無尚字茶陵有
案無者疑脫字字耳作尚非也求通親親表注引亦誤○在元城與魏太子牋○西
帶常山表本茶陵本常作恒案此尤改之也注漢書有恒山郡表本茶陵本恒作常是也

下漢書恒山郡元氏縣同注背漢之趙陳云趙楚誤是也各本皆誤注趙國之賢將
也下至趙所都也表本此十六字作俱趙將與四字是也茶陵本幷入五臣非此同其誤耳女工
吟咏於機杼案女工當作工女以工女與農夫偶句也酈食其傳紅女與景帝紀女紅迴乎有別觀善
注紀引傳較可知矣各本皆誤倒注爾雅曰科條也案爾當作廣各本皆譌此所引釋言文也
注賜書制詔表本茶陵本書下有曰字是也注後爲東郡尉何校尉上添都字陳同是
也各本皆脫注爾雅曰貿易也案爾當作小各本皆譌此所引廣詁文也○爲鄭沖
勸晉王牋○注魏帝高貴鄉公也太祖晉文帝也表本茶陵本無
此十三字案此不當無或二本脫注武王以平商表本茶陵本以作已是也注公羊傳
曰魯人至今以爲美談表本此十二字作美談已見上文是也茶陵本複出非注漢
北地郡有靈州縣表本茶陵本漢下有書字是也注上親臨西園表本園作圃是

也茶陵本亦誤圀注迴戈聊指案聊當作邪各本皆誤今大魏之德表本茶陵本無
今字陳云今晉書作令爲是案此尤校添而復譌其字耳注吾誰與之爲鄰表本茶陵本無之字
走也所引山本篇文○拜中軍記室辭隋王牋何校隋改隨陳云隋隨誤表茶陵二本作
隨表有校語云善作隋茶陵無校語案陳何似但據茶陵改耳下注盡作隋表所見是矣注謝朓何校眺改
朓陳云朓並當作眺案已見前注言密服義之情也表本茶陵本無此七字案無者最是尤誤
取增多最非凡此類俱顯然可知者也注好宮室苑圃之樂也何校圃改囿是各本皆譌
注後還西將軍陳云西上脫鎭字是也表本亦脫茶陵本幷入五臣更非注韓詩外傳
簡王曰案王當作主各本皆誤注而失簪表本失作亡是也茶陵本幷入五臣作失非注
左右曰下至無相弃者表本無此二十五字有衽席而甚切五字案表本是也茶陵本幷入五臣
與此同皆非注衽席乃單席也表本無乃字是也茶陵本幷入五臣仍未衍案衽下席字亦不

當有上善音同蓋皆涉正文而誤添○到大司馬記室牋○斯言不渝表本茶陵
本云言善作共案尤改之也梁書作言注漢書衞青曰下至國之不幸表本此二十七
字作多幸已見上文六字是也茶陵本複出非注聖人無名司馬彪曰神人無功
表本茶陵本無此十二字案此尤校添之也○百辟勸進今上牋○注史記曰
司馬遷自序何校去曰字陳同是也各本皆衍注於是夫負妻戴表本茶陵本無
天字戴字注即田雞水畔表本茶陵本無此五字注破左興衆十萬於鍾表本茶陵本無
山陳云興下當有盛是也各本皆脫注說文曰黰黑皺也古典切表本茶陵本無
此十字注魯班之子案子當作号各本皆譌今宋策注號号即號別體也注殹或女姐
己表本茶陵本無女字注建牙陳伐案陳當作東各本皆譌注楚辭曰下至舞馮
夷表本茶陵本無此十五字案此蓋因已見五臣而節去注況貪天功茶陵本天下有之字表本

幷入五臣仍未脫注樂廣曰下至何爲乃爾表本此十四字作名教已見上文茶陵本複出非
注孫綽子曰下至雅鄭異調表本此十七字作雅俗已驅見上文茶陵本複出非
盡誅之泯表本茶陵本云泯善作萌案此以五臣亂善誤詳前注論語曰下至是誰之過歟表本茶陵本無此三十六字案此蓋因已見五臣而節去注王暢誅劉表陳云當作劉表誄王暢魏志劉表傳注引謝書甚詳是也各本皆誤○詣蔣公○注而辟之茶陵本而下有似黨爲志高問掾王默然後十一字表本幷入五臣略同注濟大怒茶陵本怒下有王默默懼與籍書勸說之十字表本幷入五臣略同注復爲尚書郎下至不得言而已表本茶陵本無此四十六字猥見採擢無以稱當表本茶陵本作猥煩大禮何以當之案此尤依晉書改但選文未必全同彼耳補吏之召表本茶陵本召作日何云晉書作召
卷四十一○荅蘇武書○注綠幘傳韝注曰表本茶陵本無韝注二字

案依顏注詞之當脫韝韋昭三字尤所補未是故每攘臂忍辱表本茶陵本云善無每字案此尤延之校添以五臣亂善耳注子曰申生虛死陳云子下脫犯字是也各本皆脫注還處蜀道著青衣陳云著字衍是也各本皆衍注吏侵之忿怒茶陵本怒作急是也表本亦誤怒注顯居臣上何校顯改顧陳同是也各本皆誤○報任少卿書○注爲衞將軍何校軍下添舍人二字陳同是也各本皆脫若望僕不相師而用流俗人之言表本茶陵本云而用善作用而案二本所見是也用句絕而下屬漢書有明文然則善自與彼同而非有誤尤所校改以五臣亂善失之甚矣注晉陽之孫案晉下當有畢字各本皆脫注若煩務也陳云若苦誤是也各本皆譌漢書顏注引作苦得竭至意表本茶陵本至作志案二本所載良注是志字未審善何作漢書作指注不假修人事也案假當作暇各本皆譌注顏師古曰表本茶陵本無師古二字案此當脫監字尤所補未是下注師古監錯見監是師古非注顏

師古曰衙從也營也表本茶陵本無此九字注李奇曰拳者弩弓也茶陵本拳作劵表本亦作拳案正文作拳善注先如字解之復引顏師古云云乃解爲劵字所以兼載異讀此李奇曰即顏所引當作劵不當作拳漢書注亦可證也注以爲置蠶宮令承陳云令承當作令丞是也各本皆誤注皆虫之微者故以自喻茶陵本虫之微者作微蟲也還是也表本幷入五臣與安同非凡此篇表本多幷入五臣茶陵本及此未誤皆不更出也注西伯積善累德表本茶陵本無累字案下引有尤校添也注人有變告信欲反茶陵本有下有上字是也表本亦脫注禮甚畢茶陵本禮作體畢也表本亦誤注知其謀反告之案反字不當有各本皆衍注會孺有服何校孺上添仲字陳同是也各本皆脫注長史曰陳云長上脫召字是也各本皆脫注敗敵所破虜案破當作被各本皆譌漢書注引作被注羌人以婢爲妻案羌當作善各本皆譌注男而歸婢陳云歸當作婿是也各本皆誤此方言文也注女

而歸奴陳云歸當作婦是也各本皆譌方言文注爲楚懷王左司徒陳云司字衍案各本皆同陳據今史記校也考集解索隱無明文唯正義注云云其本無司字或善讀史記有未當輒去注莫爲王也陳云爲上脫能字下衍王字案亦據今史記校也或王當作之而各本皆譌注爲八覽十二紀三十餘萬言案覽下當有六論二字三當作二各本皆脫誤已就極刑表本茶陵本已作是以二字是也漢書作是以注吾聞之於政也何校政改故是也各本皆譌今雖欲自雕琢何校琢改瑑案漢書作琢何據之校但選文未必全同如上文脩身者智之符也漢書作府大氐聖賢發憤之所爲作也漢書作氐善與顏兩家所注各有明文判然不合此但顏作瑑耳善果何作無以考之不得定其當爲瑑也凡何校之非多不出其舉隅者如此○報孫會宗書○注漢書楊惲下至惲乃作此書報之案此一節注當有誤如本傳惲自以兄忠任爲郎補常侍騎則云以才能稱譽者決非善引漢書矣漢書云家居此云遂即歸家閑居殊不成語必各本皆失其舊也注氐

致也表本茶陵本無此三字案蓋因已見五臣而節去也注猥猶曲也表本茶陵本此節注并入五臣較多不同案以尤爲是也又不能與羣僚并力表本茶陵本并上有同心二字案二本無校語似善與五臣無異但尤所見脫之也漢書有勠力耕桑茶陵本勠作戮注同表本皆作勠案戮即勠假借或善戮五臣勠尤校改之也漢書作勠雅善鼓琴表本云善作琴茶陵本云五臣作瑟案各本所見皆傳寫譌也漢書作瑟即所謂趙之鳴瑟不得作琴明甚注而遇民亂也陳云民昏誤是也各本皆誤注爲衆惡毀所舉何校舉改歸陳云舉歸誤是也各本皆誤常恐困乏者茶陵本恐下有之字云五臣無表本云善有案有者不可通二本所見傳寫衍也漢書無稟然皆有節槩表本茶陵本稾作稟案二本所載五臣良注作稟漢書作漂顏音匹遥反善不必與漢書全同或自作稟歟注毛詩曰陳云詩下當有序字是也各本皆脫○論盛孝章書案此書當在後下與彭寵書當在前今乃季漢之文越居建武以上必非善舊甚明各本皆同卷首子目亦然未知其誤始自何時也注徵爲都尉何校爲不添騎字是也各本皆脫注人誰不安案不當作獲各本皆誤注曷爲不言蓋狄滅之表本茶陵本無蓋字是也注此其所以伐殷王陳云伐代誤是也各本皆譌正之術表本茶陵本重之字云善無一之字案各本所見皆非此但傳寫脫○爲幽州牧與彭寵書案此書當在前說見上注漁陽太守何校守下添彭寵二字陳同是也各本皆脫注陳遵劉竦陳云劉張誤是也各本皆誤內聽嬌婦之失計表本茶陵本嬌作驕是也後漢書亦是驕字注或本云永爲羣后惡法今檢范曄後漢書有此一句何校云改無陳云六疑當作無今案何陳所說非也一當作二各本皆誤或本云永爲羣后惡法者謂正文二句本或作如此一句也今檢范曄後漢書有此二句者謂其與或本云者不合而與正文合也正文不云永爲羣后惡法不得如何陳所改作或本無甚明○爲曹洪與魏文帝書○注如陳琳所敘爲也何校如改知陳同是也各本皆譌辭多不

可一一表本茶陵本下一作二案二本是也此尤誤改之注旣皆輕細茶陵本旣皆作尤爲是也表本作旣無亦非注爾雅曰緡之細者案爾當作小各本皆譌此所引廣服文注肆蠱蠚之政表本茶陵本蠚作惑是也注武王克殷陳云克伐誤是也各本皆誤殲奪霆擊表本茶陵本奪作奮云善作奪案各本所見皆非也奪但傳寫誤注東觀兵於孟津表本茶陵本孟作盟是也注左氏傳趙孟曰老夫罪戾是懼案此十二字不當有老夫篇首已注說矣各本皆誤注而齊女善歌表本茶陵本女作右案女字非也注詣孫菘菘曰案二菘字皆當作崧國志注引作崧可證也各本皆譌大綠驥垂耳於林坰案林坰當作坰牧表本茶陵本作坰牧校語云善有林字無牧字案善引周禮以注牧作坰牧與五臣無異甚明各本所見皆非也尤本又割注周禮有牧田一句入下節益非二本此注通爲一節固未誤也顧盼子里表本茶陵本盼作眄云善作盼案各本所見非也盼但傳寫誤

卷四十二○爲曹公作書與孫權○注吳書曰孫策下至望得來同事漢也案此一節注恐非善舊各本皆同無以訂之注舉茂才案舉下當有權字各本皆脫注故云屬本州也表本茶陵本云作不是也羞以牛後何校後改從陳云據注則正文中後字當作從案何陳所校是也表茶陵二本所載五臣向注作後各本皆以之亂善而失著校語史記傳寫譌爲後今本國策亦然故五臣改從爲後耳注楚公子圍聘于鄭茶陵本圍作圍是也表本亦誤圍注明者見於未萌案見下當有兆字各本皆誤注張兵迎信陳云張引誤是也各本皆誤適以增驕案驕當作憍表本茶陵本云善從心此以五臣亂善漢隗囂納王元之言案漢字不當有表本茶陵本云善有漢所見皆非也注行西河五大郡大將軍事何校西河改河西下同五下去大字陳同是也各本皆誤○與朝歌令吳質書○注爾雅曰局近也表本茶陵本爾作小是也○與吳質書○注

弱謂之體弱也何校上弱上注氣字陳同是也各本皆脫光武言表本茶陵本言上有有字
何校添案魏志注所載無或尤依彼刪耳古人思炳燭夜遊何校炳改秉表本茶陵本作秉云善
作炳案各本所見皆非也注引古詩爲注而云秉或作炳然則正文非炳明矣魏志注所載亦是秉字○與
鍾大理書○注王逸正部論曰何校正改玉陳同今案隋志子儒家梁有王逸正部
論八卷亡何陳所改非也注荀宏字仲茂爲太子文學何校宏改閎學下添掾字陳同
案據魏志荀彧傳注也各本皆脫誤○與楊德祖書○前書嘲之表本茶陵本前下有
有字案魏志注引典略作爲此尤欲依彼校改去有失添爲耳吾亦不能忘嘆者表本茶陵本忘
作妄云善作忘案各本所見皆非也忘但傳寫誤魏志注引典略亦作妄吾未之見也表本茶陵本云
未之善作之未案魏志注引典略作未之尤依彼校改正之也乃可以論其淑媛表本茶陵本其
作於案此尤誤改也下乃可以議其斷割表茶陵二本其作於校語善作其不得并改此句魏志注引典略二字皆
作於注呂氏春秋曰下至晝夜隨而不去表本茶陵本無此四十二字案此蓋因已
見五臣而節去也注其事該陳云該核誤是也各本皆譌非要之皓首何校非改此云
魏志注作此案非或傳寫誤耳○與吳季重書○注毛詩曰彌終也表本茶陵
本無此六字注出自陽谷案陽當作湯各本皆譌和氏無貴矣表本茶陵本氏下有
而字案此蓋尤依篇末善注刪之也夫君子而知音樂古之達論謂之通而
蔽茶陵本知上有不字表本無又二本校語云五臣無此三句案詳篇末善注今本以墨翟不好伎置和氏無貴
矣之下云云是其本無此三句恐是後來取善引植集此書別題云者而添之耳各本所見及校語皆非注趙
告謂趙王曰何校告改造是也各本皆誤注今本以墨翟之好伎何校之改
不陳同是也各本皆誤注相映耳表本茶陵本映作應也○昔東阿王書○注而
知衆山之邐迤也表本邐迤作峛崺是也茶陵本與此同案此依正文改注之誤注所無

不有何校所無改無所陳云所無當乙今案或衍所字注王逸曰媄毋醜女也表本
茶陵本無此八字注叔段賦蟋蟀表本叔作印是也茶陵本亦誤叔○與滿公琰
書○陽書喻於詹何茶陵本書作畫表本亦作書注同案此所引說苑政理篇文今本作書考
古八名書者多矣恐茶陵本乃用今本說苑所改書未必非書未必是也注味薄而美茶陵本而下有
不字是也表本亦脫○與侍郎曹長思書○注爲御史司空何校史下增大
夫大三字陳同是也各本皆脫注楚宰蘧啟疆陳云宰上脫太字是也各本皆脫○與廣
川長岑文瑜書○注煎沙爛石表本爛作鑠是也茶陵本亦誤爛○與從
弟君苗君冑書○注此書言欲歸田故報二從弟也表本茶陵
本此節注上無善及王臣名詳語意乃五臣而非善凡篇內自明之旨題下注又贅出必皆五臣混入者若尤定此
注入善則二本尚未全誤也曠若發矇案矇當作蒙善注中皆作蒙又所引如淳漢書注以物蒙覆其
頭云云是其本作蒙之明證也長楊賦作矇用字不同彼注矇與蒙古字通云云蓋仍從蒙字解之然山父
不貪天地之樂案地當作下表本云善作地茶陵本云五臣作下各本所見皆非也善引非以貪天
下也爲注作下甚明地字不可通但傳寫誤耳注譙周古考史曰何校考史作史考是也各本皆
倒注然後有官小史案官下當有師字史當作吏各本皆脫誤注何其盛矣表本
茶陵本矣作也是也注論語曰下至而食之表本茶陵本無此五十五字注鄭朗曰
案朗當作朋各本皆誤此引蕭望之傳文也

文選考異卷第七

文選考異卷第八

賜進士出身通奉大夫江南蘇松常鎮太倉等處承宣布政使司布政使胡克家撰

卷四十三〇與山巨源絕交書表本茶陵本下有一首二字案有者是也此卷各題下全無卷首所列子目亦然皆脫說見前注以成曹君子曰何校重君字陳同是也各本皆脫注英雄記曰陳云王粲英雄記皆記漢末英雄事尚子平乃建武中隱士不應載入當是誤也今案此疑英賢譜之文各本皆誤少加孤露何云晉書作加少案加少是也各本皆誤倒注飲無求辭案辭當作亂各本皆誤吾不如嗣宗之賢何校賢改資陳云賢資誤案所校是也注云資材量也不得作賢甚明晉書正作資注濕病也表本也下有俾利反三字茶陵本亦有反作切案此眞善音也正文下〻蘇切乃五臣音尤存彼刪此非又不喜作書表本茶陵本無又字案二本不著校語晉書此在所節去中無以考之雖瞿然自責案瞿當作懼表本云善作瞿茶陵本云五臣作懼各本所見皆傳寫誤也善自作懼與五臣同故引惠帝贊懼然作注今各本并注中亦誤爲瞿非懼瞿同字耳晉書在所節去中注則瞿然表本茶陵本然下有晉灼曰瞿音句六字是也尤誤刪改作音句入正文下又瞿皆當作懼今漢書正作懼師古曰懼讀曰瞿必不可以爲輪表本云善無必字茶陵本云五臣有必字案此或所見不同否則尤添之耳晉書在所節去中注王隱晉書曰紹字延祖十歲而孤事母孝謹表本茶陵本首有晉諸公讚曰康子劭八字紹作劭無十歲而孤事母孝謹八字案二本是也此尤延之校改而誤注常衣濕贅案濕當作緝各本皆誤此所引楊朱文以下多互異義可兩通不更詳出〇爲石仲容與孫皓書〇注君子見幾而作表本幾作機是也茶陵本亦誤幾正文是機字注荼與塗字通用表本茶陵本塗下有古字是也注天祿乃始案乃下當有茲字各本皆脫吊魏武文引有注逆於遼東茶陵本東作隧是也表本作遂亦非乘桴滄流茶陵本流作海表本作流與此同何校流改海陳云流海誤晉書作海案表本茶陵本所

載五臣濟注云滄流海也似五臣作流二本失著校語尤亦以之亂善也交疇貨賄表本云善作疇茶陵本云五臣作酬何云晉書作酬今案疇疑醻字之誤注往來贍遺何校贍改賂陳云贍當作賂案所校據魏志是也各本皆誤注景初三年遺大司馬宣王案三當作二大當作太下脫尉字各本皆誤此所引明帝紀文也注權實堅子何校堅改豎是也各本皆譌注罙深也表本茶陵本下有音彌二字案有者是也乃眞善音而誤刪注勒維等令降於會案勒當作勑各本皆誤鍾會傳可證今日之謂也表本云善無也字茶陵本云五臣有案此尤添之耳然主上眷眷何校上改相晉書作相案主謂魏帝相謂晉王似所改是也崇城自卑案自當作遂茶陵本云五臣作自表本云善作遂晉書作遂尤以五臣亂善非若侮慢不式王命案晉書若下有猶字此當有讀以四字爲一句各本皆脫也注醫病不以湯液陳云醫下脫有俞附醫四字案所校是也此引以注正文俞附各本皆脫〇與嵇茂齊書〇注老子曰雎雎陳云日下脫而字是也各本皆脫注陳琳武軍口賦曰表本軍口作庫是也茶陵本作庫車衍車字此亦初衍而脩去軍即庫字誤斯所以怵惕於長衢按轡而歎息也表本茶陵本也上有者字案晉書無按轡而歎息陳云據注則此五字衍是也必五臣因注云本或有於長衢之下云按轡而歎息者故添六字以異於善二本失著校語也詳此本乃脩改增多是初刻無而所見仍不誤尤延之不察輒取五字於是善以五臣亂之矣當加訂正注范曄後漢書表本茶陵本無此五字是也案說已見前〇與陳伯之書〇注征人伐鼓案征當作鉦各本皆誤注沈迷領簿書陳云領簿當乙是也各本皆倒注謝承後漢書曰表本茶陵本承作沈是也注爲喋血表本茶陵本血下有涉與喋同丁牒切七字是也無正文涉下丁牒切與喋同六字案此剖裂善音之誤說已詳前注及迷塗之未遠此節注後表本有注一節云周易曰不遠復無祇悔在正文先典彼高下是也茶陵本并入五臣而誤刪削此本誤與之同注建節敕出關表本茶陵本敕作東是也注

故殿陟配天陳云陟上脫禮字是也各本皆脫　注屠各取豪貴陳云取最誤是也各本皆誤　注羌胡名大師爲酋案師當作帥各本皆譌　注袁宏漢獻帝春秋何校宏改暀陳同各本皆誤案隋經籍志云十卷袁暀撰可證也　注授兵登陴表本茶陵本陴下有陴埤移切四字無正文陴下埤移切三字是也　注秦必可亡西河表本茶陵本無可字是也　注使將軍莊縞陳云縞蹻誤下同是也各本皆譌　○重荅劉秣陵沼書○注芳至今猶未沫案芳當作芬各本皆譌　注沫巳也表本茶陵本也下有亡蓋反三字案此眞善音正文沫下昧字乃五臣音也尤誤刪此存彼　注思王歸國京師陳云思字當在國字下是也各本皆倒　○移書讓太常博士陳云題前脫移字一行是也各本皆脫又卷首子目亦然　注爲義和京兆尹卒案卒字不當有各本皆衍漢書云後事皆在莽傳可證也　注講論其議案議當依漢書作義各本皆誤又案注論議相對議亦當作義也　責讓之曰表本茶陵

本此下提行另起是也　書缺簡脫表本有校語云善作脫簡案表所見誤也茶陵本無校語與此皆不誤漢書正作簡脫　孝成皇帝表本云善無皇字茶陵本云五臣有皇字案此尤延之校添也漢書有皇字　或脫編表本作傳或聞編云善無傳字聞作脫茶陵本云五臣有傳字脫作聞何云漢書作傳或聞編案此恐善與漢書同各本所見皆傳寫誤也　以尚書爲不備案當依漢書去不字此所引臣瓚漢書注甚明又孔叢云唯聞尚書二十八篇取象二十八宿云云然則今文尚書家有爲此說者也　然孝宣帝茶陵本云五臣作宣表本云善作皇何校宣下增皇字案漢書作孝宣皇帝　注梁丘字長翁表本丘下有賀字是也茶陵本亦脫　○北山移文○注周宣王太子晉也何校宣改靈是也各本皆誤　偶吹草堂表本茶陵本偶作耦案五臣作耦善作偶注皆有明文二本不著校語非也唯此本爲未誤或尤校改正之　注皆銀印墨綬表本茶陵本銀作銅是也　注江水東至會稽山陰爲浙右陳云似不當言爲浙右疑有誤也案陳所說最是右當作江考說文

水部浙字下與善所引字書文同可證右字必涉正文誤改也　道帙長殯茶陵本云五臣作擯表本云善作殯何校殯改擯案長殯與下久埋偶句殯字是矣何改非　礀石摧絕無與歸茶陵本云五臣作澗戸表本云善作礀石案此與下石遷偶句文遞相迴避各本所見石字必傳寫誤恐善自作礀戸　秋桂遺風表本茶陵本遺作遺是也何校遺改遺　注船舷也陳云船上脫甲字是也各本皆脫　卷四十四○喻巴蜀檄○注拜之而後稽顙陳云之字衍是也各本皆衍　注莫不來享案莫下當有敢字各本皆脫　注番禺南海郡縣治也案縣字不當有漢書注無史記索隱引亦無皆可證　注太子即嬰齊也案依他篇如韋孟諷諫之例當有善曰在太字上以分別顏注表茶陵二本此篇以善與舊注相連乃合并六家體例之不畫一者尤仍之耳又每節首非舊注皆當有之尤槩刪去亦與他篇例技也後難蜀父老荅客難等皆放此　西僰之長表本僰下有犍字其校語云善脫犍字茶陵本云五臣有犍字案犍五臣妄添也史記漢書俱無此注引文穎曰犍爲縣者謂

地理志犍爲郡之僰道縣也說文僰下亦云犍爲蠻夷也以犍爲縣注僰非正文別有犍字表本所著校語更誤中之誤　注興制謂起軍法制追將帥也表本追作誅茶陵本無此注并入五臣也案史記索隱亦引張揖此注誅字是　功烈著而不滅表本云善作列茶陵本云五臣作烈案此尤延之校改正之也史記漢書皆作烈但傳寫譌爲列耳後篇烈士立功之會封禪文休烈浹洽二本校語同尤皆校改○爲袁紹檄豫州○注魏志曰下至而不責之表本此一節注與所載五臣翰注略同其善曰下作魏志曰琳避難冀州袁紹使典文章袁氏敗琳歸太祖太祖曰卿昔爲本初移書但可罪狀孤而已惡惡止其身何乃上及祖父邪琳謝罪太祖愛其才而不咎六十一字是也茶陵本云善同翰注此承其誤爲并善於五臣耳　注閔子騫曰表本騫作馬是也茶陵本亦誤騫　慓狡鋒協何校協改俠云魏氏春秋作俠案裴松之注魏志紹傳所引也考後漢書紹傳載此文亦作俠但二書文略同而與此多異善注未有明文無以考之也　注董卓字仲穎下至呂布誅卓表本無此三十八字有董卓已見西

征賊七字是也茶陵本有另複出注以攻卓表本作將以誅董卓案考魏志云將以誅卓似表本仍衍董字茶陵本作以攻卓誤與此同注魏志作獎蹴蹴成也陳云魏志旣與文選同似不必贊引當云後漢書作獎就就成也文義乃安案魏志無此文唯裴注引魏氏春秋耳此注必有誤各本皆同無以訂之兩蹴字陳所校是也注賈逵國語曰表本茶陵本語下有注字是也注氣厲流行陳云氣氛誤是也各本皆譌注魏志曰太祖在兗州表本志作書案此尤校改但未必非引王沈魏書也茶陵本刪此注更非注董卓徙天子都長安此八字表本茶陵本無蓋因五臣已有而刪之也尤所見者是矣注應劭漢官儀曰表本茶陵本無應劭二字厥圖不果爾乃大軍茶陵本爾作耳云五臣作爾表本云善作耳案此尤校改也詳文義作耳者當句絕魏氏春秋後漢書此處節去無以相譏恐尤改未必是欲以螗蜋之斧茶陵本螗作螳注同表本亦作螗其所載五臣銑注字同善注字作螳案據此似善螳五臣螗也魏氏春秋後漢書亦作螳注外甥高

翰表本翰作幹是也茶陵本亦誤翰皆自出幽冥表本茶陵本自出作出自是也案此尤本之誤耳注漢書以旅爲助案此注亦有誤後漢范蔚宗書所載此處節去未審善所稱漢書當何指也各本皆同無以訂之矣○檄吳將校部曲文○注閔子騫之辭何校騫改馬是也各本皆誤下愚之蔽也表本云善無下字茶陵本云五臣有下字案此尤延之校添也注李湛何校湛改堪下同陳云湛堪誤案據國志校也各本皆譌注丁斐曰放馬陳云曰因誤案據國志校也各本皆譌注漢寧何校漢上添領字寧下添太守二字陳同案據國志校也各本皆脫而建約之屬何校之改支茶陵本云五臣作支表本云善作之案詳文義當作支或各本所見傳寫誤爲之也夫鷙鳥之擊先高茶陵本作擊鳥先高四字校語云擊五臣作鷙有之擊字表本校語云鷙善作擊無之擊字案二本校語是也尤本此處脩改乃誤取五臣以亂善注建安二十一年留夏侯淵表本茶陵本無一字案二本是也此所引武帝紀文官渡之役茶陵本云五臣作渡表本

云善作度案尤本以五臣亂善非擬鄴中集詩九錫文皆可互證也舉事來服茶陵本事作縣是也表本亦誤事注尚書曰伊尹陳云書下脫序字是也各本皆脫及諸將校表本茶陵本及作又是也注跌蹯而去案跌當作決各本皆譌此所引趙策文○檄蜀文○注後爲司徒表本無後字有伐蜀平之四字是也茶陵本無此節注乃并入五臣尤本此處脩改蓋初亦無後校補也注有太武皇帝陳云太當作司奏二字是也各本皆誤注君子曷爲春秋案爲字當重各本皆脫注宰輔司馬文王也此七字表本茶陵本無案亦因五臣已有而刪之也尤校添是矣興兵新野表本云善作新茶陵本云五臣作朔何校新改朔案魏志鍾會傳所載正作朔朔謂涿郡是也新字善無注傳寫誤耳二本據所見爲校語非興隆大好何校興改與案魏志作與與字是也詳表茶陵二本所載五臣翰注似其本作興各本所見皆以五臣亂善而失著校語注姜維寇垝陽何校垝改洮案改者是也此所引三少帝紀文此皆諸君所備聞也表本茶陵本君

作公何校改賢案魏志作賢此與志亦有小異凡兩通者宜各依其舊何改未是餘不悉出注見危於未萌表本茶陵本無危字陳云危兆誤是也注欽子鴛茶陵本鴛作鴦是也表本亦誤鴛下同○難蜀父老○注鄭元曰陳云元當作德今案當作氏各本皆誤注尚書曰黎民表本尚上有善曰二字茶陵本在此節注首案表本是也說見喻巴蜀檄下餘倣此例求之不更出脩誦習傳何云漢書脩作循陳云當作循案史記亦作循書二字多互誤何陳所校是也表茶陵二本亦誤注鄧展子曰陳云子字衍是也表本展子作子展茶陵本亦作展子皆衍注出蜀西徼外陳云西當作廣平是也各本皆誤案說文沫下作西江賦注引故或以改此其實張揖自作廣平顏注及索隱引可證注出廣平徼外出旄牛陳云當作出旄牛徼外是也各本皆誤顏注及索隱引可證注鑿通山道案山上當依顏注引有靈字各本皆脫注出登縣陳云登上當有臺字是也各本皆脫案顏注引可證注作獨梁表本茶陵本獨作橋是也注智栭憤切案憤當作

嬻各本皆譌索隱曰習音妹梅嬻即妹之反語也嬻字不可通注字林音勿何校勿改忽案所改是也
索隱引正作忽顏注亦音忽猶鵾鳴已翔乎寥廓之宇表本云善有之宇二字茶陵本
云五臣無案史記漢書皆無依文義不當有恐但傳寫衍各本所見非也而羅者猶視乎藪澤
表本云善無乎茶陵本云五臣有乎案史記漢書有恐但傳寫脫尤校添是也注爾雅曰陳云爾廣誤是
也各本皆誤注空廓寥寥也陳云當作廓空也是也各本皆誤於是諸大夫茫
然表本云善作芒茶陵本云五臣作茫案史記作芒漢書作茫尤蓋依漢書校改也
表本云善作退茶陵本云五臣作避案史記漢書皆作避尤校改是也遷延而辭避
卷四十五○對楚王問○而魚有鯤也表本茶陵本云鯤善作鱗案所見傳
寫誤尤校改正之也○荅客難○注推意放蕩也何校推改指陳同是也各本皆誤漢書可
證尚有遺行邪表本茶陵本云邪善作也案今漢書亦作邪尤延之據之校改考古也邪二字同用

表茶陵所見自不誤尤改為未是相擒以兵何校擒改禽案所改是也漢書作禽以表茶陵二本餘篇
校語例之大略善禽五臣擒此以五臣亂善也外有倉廩案倉廩當作廩倉表茶陵二本云善作倉廩與
此皆所見傳寫倒也漢書作廩倉字韻天下平均茶陵本作平均有校語云善作均平表本作均平無
校語案漢書無此句注亦無明文未審善果何作傳曰天下無害表本茶陵本害下有菑字表本
有校語云善無茶陵本無校語案各本所見皆有誤也菑字韻與下文才字協蓋善當是作天下無菑也又案陳云
傳曰七句漢書無凡他書所有之文與此或相出入但可借以取證不得竟依彼校此斯其例矣注燕時
以禮待之遂委質為臣下陳云時王誤禮上脫容字下字衍是也此所引樂毅傳文注
競并天下案競當作竟各本皆譌注服虔曰筦音管此六字表本茶陵本無案二本
以善音而誤刪也下文穎曰筳音庭及如淳曰譏音精服虔曰齕音紇亦然凡善音二本誤刪而此仍有者餘不悉
出注說文曰靡案靡當作糜各本皆誤○解嘲○時雄方草創太元

何校去創字云漢書無案表茶陵二本所載五臣濟注云草創是其本有此字恐各本所見以之亂善而失著校語
耳獨說數十餘萬言案漢書無數字此不當有表茶陵二本所載五臣向注有之是其本誤衍
後又以之亂善客徒朱丹吾轂何校徒下添欲字表本茶陵本云善無欲字案漢書有此傳寫脫校
語非注故齊人號談天鄒衍案鄒字不當有各本皆衍顏注引無可證也注在金
城河閒之西何校閒改關陳同是也各本皆誤後椒塗表本茶陵本椒作陶云善作椒何校
云椒漢書作陶師古曰有作椒者乃流俗所改陳同今案何陳所校非也顏本作陶具見彼注善此引應劭曰在漁
陽之北界與顏義迴別蓋應氏漢書作椒顏所不取而善意從之也若以顏改善是所未安凡選中諸文謂與他書
必異亦非必同亦非其為例也如此注以為親行三年服也茶陵本以作不是表本亦作以漢
書注引以不兩有皆非注孫卿子曰仲尼之門五尺豎子羞言五伯
表本無此十六字有五尺童子巳見李令伯表十字是也茶陵本複出非注秦穆公聞百里奚

陳云奚下脫賢字是也各本皆脫注則可抵而取之表本此下有善曰爾雅曰室塞也八字是
也茶陵本無亦脫處乎今世案漢書無世字此不當有各本皆衍位極者高危何校高改
宗表本云善作高茶陵本云五臣作宗案漢書作宗宗字是也高字傳寫誤抵穰侯而代之案抵
當作抵注引說文曰抵側擊也音紙是善字作抵又顏注引蘇林曰抵音紙亦當作抵今本漢書作抵與此同誤又
上文引李奇注則可抵而取之各本皆作抵此二字多混也頷頤折頞案頷漢書作頷師古曰頷曲頤
也音欽善引韋昭曰曲上曰頷欽甚切疑正文及注二字皆當作頷頷頷同字故顏音欽韋音欺甚也表茶陵二
本正文下音綺險乃五臣作頷之證各本以之亂善[illegible]實依韋讀當從金不作頷又諸字書多頷頷並收蓋[illegible]書
別有作頷之本故五臣用以改善耳注三年之喪卒案卒下當有哭字各本皆脫注左氏
傳曰召公何校召下添穆字是也各本皆脫響若坻隤案坻當作坻應劭本漢書作坻音丁
禮反韋昭本漢書作坻音是善意從韋故又引字書巴蜀名山堆落曰坻也各本正文從應注中亦一槩盡作坻皆

誤當訂正顏注漢書作胝云胝音氐巴蜀人名山旁堆欲墮落曰胝應劭以爲天水隴氐失之矣氐音丁禮反所言
更顯然易知說文氐下云云即字書所本引此作氐韋昭本與之合吳都賦劉淵林注引此作坻與應劭本合彼此
不可互證實讀古書之通例矣雖其人之贍智哉表本茶陵本贍作贍云善作贍陳云漢書作贍
又東方朔贊贍智宏才善注仍引此文則贍字乃傳寫譌案所校是也又馬汧督誄才博智贍注引同亦可證東
方朔割炙於細君案炙當作名注割名割損其名也今二名字亦誤炙漢書作名顏注云割損也
言以肉歸遺細君是損割其名蓋唯朔傳言割肉而雄謂之割名故須此注若如今本作割炙而注云割炙割損其
炙殊非注體表茶陵二本所載五臣良注云炙亦肉也是其本作炙又附會爲亦肉之解各本皆以之亂善而失著
校語後并注中字改爲炙而讀者不知善自作名矣今特訂正之○荅賓戲○躬帶紱冕
之服案漢書無紱字詳善注亦不及紱必各本皆傳寫誤衍也注師古曰帶大帶冕冠
也項岱曰表本茶陵本此十二字作項岱曰帶大帶也七字是也尤誤用今本顏注校改耳又案凡引顏
注以長楊賦注證之善自稱顏監今他篇作顏師古者經後人改之此作師古益誤中之誤矣注翼鱗皆
謂飛龍表本翼上有善曰二字是也說已詳前茶陵本删此節注非徒樂枕經籍書案籍
當依漢書作藉各本皆譌注晉灼曰以亘爲緪陳云曰字衍是也各本皆衍又案據此似正文
當作亘上注當作亘音亘竟之亘今皆作緪者依晉灼改之而誤茶陵本校語云五臣作亘表本云善作緪其實善
亦作亘也西都賦亘長樂孟堅用亘字之證漢書及顏注引如湻作恒恒亘同字或師古讀彼賦亦爲恒字歟
讀作攸表本茶陵本作作若是也注上書既終而爲李斯所疾表本無上書既
終四字而作然案表本最是四字乃五臣向注五臣解適作終故云爾善引應劭解作好不得有也茶陵本并善於
五臣此仍之而誤衍秦貨既貴厥宗亦墜表本有校語云既善作其亦善作乃茶陵本無校語
案此所見異本也漢書作既作亦注故云厥宗亦墜表本無此六字案無者是也茶陵本并五
臣於善此仍之而誤衍孟軻養浩然之氣案浩當作皓善引項岱注皓白也如天之氣皓然是

善作皓不作浩甚明其五臣作浩表茶陵二本所載良注云浩然自放逸其證也各本所見皆以之亂善而失著校
語非又善所引孟子二浩字亦當作皓乃與項岱注爲相應蓋孟子别本如此故雪賦縱心皓然亦引之以爲注也
顏注漢書字作浩與五臣合與善不合乃異本之難以相證者凡異本之例如上文風飀飀字於顏則爲飀字是爲
明徵矣注紘張也陳云紘恢誤是也各本皆誤注史記太公曰陳云公上脫史字是
也各本皆脫謀合神聖案神聖漢書作聖神詳此神字韻與下賓垠等字協不得倒轉疑善自作聖神
唯五臣銑注先解神後解聖是其本作神聖各本亦以五臣亂善耳注鄭元曰優游案元當作氏各
本皆誤漢書注正作氏注陸生乃祖述存亡之徵陳云祖粗誤是也各本皆譌
雄譚思何校譚改覃陳云譚誤案各本皆是譚字善果何作無以考也漢書作覃柳惠降志於
辱仕表本茶陵本於作而案漢書作於尤校改也又案表本此下有注云項岱曰柳下惠六字最是據此善正
文亦當作柬抗行無伯字惠降志無柳字與五臣及漢書不異上句尚有注而不全也各本傳寫誤添正文非茶陵
本及尤本并脫去此句注益非顏潛樂於簞瓢茶陵本潛作淵云五臣作潛表本云善作淵案此尤
延之用五臣校改也漢書作耽注曰正朔三茶陵本曰上有又字是也表本亦脫委命供己
案供漢書作共顏注讀曰恭表茶陵二本所載五臣向注曰供猶全也是其本作供但所解難通善無明文恐未必
同向或自作共失著校語耳神之聽之表本有校語云聽善作聖案所見非也茶陵本無校語與此皆
不誤注式穀與汝茶陵本與作以是也表本亦誤與注服虔曰左氏傳注曰
陳云虔下衍曰字是也各本皆衍注謂之足戟持之陳云上之以誤是也各本皆誤注陳
章曰案章當作音各本皆譌○歸去來○注序曰表本序上有歸去來三字茶陵本無
園涉以成趣案趣當作趨善引爾雅謂之趨爲注又云趨避聲也七喻切是其本作趨甚明倘作
趣此一節注全無附麗矣五臣良注云自成非趣乃作趣也各本皆以五臣亂善而失著校語注玩琴書
以滌暢陳云滌條誤是也各本皆誤農人告余以春兮表本茶陵本無兮字案此尤校

添也○毛詩序○所以風天下茶陵本風下有化字表本無案茶陵所用善本也表所用五臣本也此一有一無舊已兩行見於正義必善與正義所謂俗本者同五臣以定本去之尤依今序校刪而五臣亂善二本皆失著校語亦非厚人倫案厚當作序表本有校語云厚善作序茶陵本作厚無校語考釋文云厚音后本或作序非此亦兩行善自作序唯表所見得之又案求通親親表敘人倫引此當亦是序今作厚非王元長曲水詩序厚倫注引此則作厚乃所謂與文選不同各隨所用而引之之例也聞之者足以戒表本茶陵本以下有自字案此亦兩行之見正義者尤依今序校刪似是實非詩之志也表本云善作志茶陵本作至無校語案此無可考但當各仍其舊茶陵非也注斥太王王季文王也案文王也三字今箋無詳其義不當有此或傳寫衍也注謂中心念怨之也陳云案釋文云怨本又作念則念下不當復有怨字是也各本皆衍案此蓋或校念爲怨因誤兩存耳○尚書序○懼覽之者不一何校云匡謬正俗云晉宋時書皆云覽者之不一案各本皆作之者未詳善與顏所說同

否也○春秋左氏傳序○杜預表本茶陵本作杜元凱是也諸所諱避表本茶陵本云善作避諱案今本左傳作諱避尤校改耳下二條同若如所論表本茶陵本云如善作此有所不通表本茶陵本云有善作其○三都賦序○注西都賦序曰案西當作兩各本皆譌注孔安國尚書大傳曰案大字不當有各本皆衍注謝承後漢書序曰表本茶陵本承作沈是也言吳蜀以擒滅案擒當作禽茶陵本云五臣作禽表本云善作擒所見皆非注甚誘逆之理陳云誘誖誤又逆下脫順字是也各本皆誤注過秦論曰表本茶陵本無論字是也○思歸引序○百木幾於萬株表本茶陵本百作柏案此必善百五臣柏二本失著校語尤所見獨未誤也詳文義百是柏非多養魚鳥表本茶陵本魚鳥作鳥魚案此疑亦善五臣之異注班固漢書表本茶陵本無此四字案無者是也說已見前此類今各本多非其舊未能盡出

卷四十六○豪士賦序○落葉俟微風以隕何校風改飈表本云善作風茶陵本云五臣作飈案晉書作飈或風是傳寫誤不足繁哀響也何校繁改煩云晉書作煩陳云作煩爲是案繁與煩音義甚近或善自與晉書有異也注左氏傳曰下至將誰讎乎表本茶陵本無此一節注案二本脫也注首垂泥土中刃響乘輿何校去土字響改鄉陳同是也各本皆誤注遷御史陳云下脫大夫二字是也各本皆脫登帝大位表本茶陵本大作天表有校語云善作大茶陵無案注引天位艱哉善自作天與五臣無異不作大也茶陵本所見爲是表校語及此非晉書亦是天字亡己事之巳拙表本茶陵本亡作忘云善作亡案各本所見皆非也亡字但傳寫誤晉書亦是忘字注爾雅注曰劭表本爾作小無注字是也茶陵本亦誤衍○三月三日曲水詩序○注晉武帝問尚書摯虞曰陳云書下脫郎字是也各本皆脫藝文類聚初學記引有注三月曲水案月當作日各本皆譌藝文類聚初學記引作日晉書束晳傳亦然

注叡哲文明茶陵本叡作濬表本作叡與此同案依茶陵本似善正文作濬魯靈光殿賦濬哲欽明善注引濬哲文明王元長序睿哲在躬東京賦睿哲元覽善注皆引睿作聖明作哲然則睿濬較有區別恐是五臣改濬爲叡也銑注云叡聖注景光景連屬也陳云光上有脫文案當有屬字也各本皆脫注四隩既澤表本茶陵本澤作宅是也則宅之於茂典表本茶陵本宅作擇是也注尚書武王曰茶陵本武作穆是也表本亦誤武注國語楚穆仲案楚當作樊各本皆譌注稽古於同異案古當作合各本皆譌烈燧千城案烈當作列各本皆譌蓋此二字多致混也表茶陵二本餘篇校語可證注王仲宣思征賦曰案思征當作征思各本皆倒注閼水以成川案閼上當有川字各本皆脫注包鼈及魚表本茶陵本及作鮮是也注雷震揚天表本茶陵本揚作于是也注介爾百福茶陵本介作卜是也表本亦誤介○三月三日曲水詩序○注莊子曰北門成問於黃帝曰帝

張葳涖之樂於洞庭之野表本作張樂巳見上文周易曰時乘六龍以御天十六字是也茶陵本誤與此同注維十月五祀茶陵本月作有是也表本亦誤月注明則有禮表本茶陵本無此樂字案此尤校補也五注尚書璇璣玉鈐曰案玉字不當有各本皆衍注制作六經洪業陳云下脫也字是也各本皆脫注世祖立皇太子長楸何校楸改楙陳同各本皆誤跨掩昌姬表本茶陵本掩作蹤案善注無明文可考二本不著校語或同五臣作蹤但必當有音今蓋注不全也二本蹤下有女展注帝王子弟案帝上當有高字各本皆脫注秦后太子來仕何校云太字衍陳同各本皆衍注王仕於晉也何校王改來陳同是也各本皆誤注若稽古帝堯案若上當有粵字各本皆誤注譙周考史曰陳云考史當作古史考是也各本皆誤注藹飢意表本茶陵本無此三字案此尤校添也注後漢賈琮爲冀州刺史車垂赤帷而行及至州自言曰表本作范曄後漢書曰賈琮爲冀州刺史琮之部升車言曰是也茶陵本幷入五臣與此同皆非注何反垂帷裳表本何下有有字是也茶陵本與此同非注爲嫖姚校尉案此有誤也正文作彯摇與注不相應考史記作剽姚漢書作票姚服虔音飄摇師古曰荀悅漢紀作票鷂字皆不作嫖疑此注善引漢書自作票姚其下或幷引服音且有彯摇與票姚異同之注而不全注丁白爲武猛校尉何校白改原陳同是也各本皆誤范蔚宗書何進傳有其證矣注百姓皆安表本茶陵本皆作遂是也注杜氏幽求子曰下至有竹馬之歡表本茶陵本無此二十二字案二本因善同五臣而節去也有者是注東越侮食表本侮作海案海字當是也詳注意上句當云古本作海食而引此以解之其上作晦下作侮不相應皆譌字唯表此一字未誤也至於侮食在古本之上已解詁矣茶陵本作侮誤與此同今本周書亦作侮食又非善所見困學紀聞譏元長用之皆就今本文選今本周書而言似未深得其理注蓋聞天子之收夷狄也表本茶陵本收作牧是也匭牘相尋陳云据注牘當作櫝案各本所見皆誤

注禮記逸禮曰表本無下禮字茶陵本有案此似當作逸禮記曰各本皆誤注孔子上述三五之法案子字不當有各本皆衍注譽猶豫古字通案猶當作與各本皆誤注十洲記曰何云十洲記或是丹陽記陳云書名疑有誤案何陳所校皆未是也洲當作州說已見前注齊有天子案子當作下各本皆誤注名曰風涼案風涼當作涼風各本皆誤涼風見淮南地形訓即離騷之閬風史記惠王閬索隱云系本名毋涼是涼閬通用也注周禮曰以土圭之法下至緯星也茶陵本無此三十九字表本此節注幷入五臣皆非也尤所見是秩秩斯干表本斯干下有校語善作清干茶陵本無校語案表所見誤也金瓟在席表本茶陵本瓟作匏案善引禮記爲注匏字是也瓟雖匏之別體但元長用此未見其證籥動邠詩何校邠改豳案所改未是也善引周禮爲注字作豳故何據之考北征賦息郇邠之邑鄉善引漢書豳鄉而云豳與邠同西征賦化流岐豳善注引史記立國於邠而云邠與豳同此注或未全表茶陵二本正文邠下有豳字未必非割裂善注而爲之也注取竹嶰谷案此有誤也下引孟康解脫也不得此作嶰與之不相應考漢書作解顏引孟注而云一說昆侖之北谷名也晉灼曰谷名是也元長以之與弁州偶句正從谷名之說與孟迥別廣雅釋山曰嶰谷也劉淵林吳都賦注曰嶰谷崑崙北谷也字皆作嶰此正文亦必然由是推之善注此作解引孟注未當幷引一說且有解嶰異同之注乃爲可通今各本皆脫誤無以訂之矣○王文憲集序○注頹陽人也陳云頹潁誤是也各本皆譌注知幾其神乎案幾當作機及下文動必研機注同正文表本皆有校語云善從本此注各本皆作幾必幷五臣於善而誤也考善機五臣幾表茶陵二本於爲石仲容與孫皓書徹蜀文已有校語可證周易繫辭上研幾釋文云幾如字本或作機鄭云機當作幾幾微也依善所引下繫本或作知機見機庶機但不盡見釋文也茶陵本此及下正文作幾無校語以五臣亂善甚明不獨此注誤其字矣注垂芒謂發秀也精星也表本無此九字有生於豐通於制度七字是也茶陵本脫此節注非又案二本此九字在五臣銑注尤錯入善注中大誤當訂正注無不制在情衷案正文情作淸與此不相應各本盡

同無訂之以匠者何表本茶陵本下有工字云善無何校添工字陳云下脫工字案此疑各本所見傳寫脫也注潁川荀顗陳云顗當作闓是也各本皆誤今晉書諸葛恢傳所載正作闓字注以事母而敬同茶陵本母作君是也表本亦誤母注二子蓋往觀焉表本蓋作盍是也茶陵本此節注并善於五臣非注言王公有孝友之性下至喻急也表本無此三十八字案無者最是乃五臣向注錯入茶陵本所并正有此非下各條皆同注董安于之心緩何校心改性陳同是也各本皆誤注言王公下至蓋自天性得中也表本無此二十二字案無者最是說見上注挺拔也湑至謂湑孝之甚至也表本無此十二字案無者最是說見上注祖父瓊育之瓊初爲魏郡太守表本無有之瓊三字注堙立也下至則二子曾何足尚也表本無此二十三字案無者最是說見上以選尚公主表本茶陵本選下有校語云善作遷案二本所見非注刪除顚重陳云顚煩誤是也各本皆

異八　十五

誤申以止足之戒表本茶陵本戒下有校語云善本從言案此所見不同也注太祖謂齊高祖也表本下祖字作帝是也茶陵本脫此節注非自營郤分司案營郤當作策勖注引漢官儀營郤而云今以策勖爲營郤誤也者因正文作策勖據應而訣其誤也又云營役瓊切郤烏合切者爲洪官儀作音以明其不得作策勖也表本茶陵本作營郤又營下有役瓊切郤下有烏合切乃五臣依善注改正文而移其音於下合并六家遂致兩音複沓茶陵本可覆審表刪善存五臣益非又皆於善策勖五臣營郤之不同失著校一讀者久不復察雖陳云據此注正文中營郤似當作策勖者最是但亦未知今本乃以五臣亂善耳陳又云注中策勖當作榮郤後漢書百官志及魏志賈詡傳注皆可證而晉書採應詔亦作營郤又廣韻營榮二字下有營郤無榮郤亦一證云云其言策勖又爲榮郤之誤亦顚近之附出於此餘所論誤者不錄注建始四年陳云始安誤是也各本皆誤注其讎操兵表本其讎作怨家日案表本是也茶陵本并善入五臣與此同非下各條放此注今願身代世死仇讎者曰表本死仇讎者作怨家是也見上注

遂解劒而去表本解劒而作委是也見上注延壽乃自悔責閉閤不出表本乃自悔責作大傷之久不出作思過是也見上注弃其孩子表本弃其孩作勿得舉是也茶陵本并善入五臣與此同非注言儉解丹陽尹百姓亦如此戀之表本無此十三字案無者是也乃五臣翰注錯入茶陵本所并正有此非注與杜徽書曰何校徽改微陳同是也各本皆譌注今年始十八表本茶陵本今年始作朝廷年是也注或發志於見奪案志當作恚表本亦誤茶陵本脫此注注孫綽王蒙誄曰陳云蒙蒙誤是也各本皆誤注燕丹太子曰案太字不當有各本皆衍注齊春秋曰何校齊上添吳均二字是也各本皆脫注太尉范滂陳云尉下脫掾字太尉黃瓊也是也各本皆脫注檀道鸞晉陽秋曰陳云晉上脫續字是也表本亦脫茶陵本秋上衍春字注謝安石上疏曰陳云安字衍是也各本皆衍注所以極深研幾表本幾作機是也茶陵本亦作幾與此同誤案說詳前踐得一

異八　十六

之機下鄭璞踰於周寶案璞當作樸各本皆誤注所引戰國策亦必全爲樸字物之質謂之曰樸玉樸亦然故說文玉部並無璞字而鼠樸得與之同名異實也後人習見璞字輒有所改今本戰國策樸璞錯出此注全爲璞字皆非也又樸誤爲璞後卷聖主得賢臣頌有其證注曹植祭橋元文曰陳云祭橋元文乃魏武事在建安七年子建時方十歲案蓋本作魏太祖不知者改作曹植耳注十州記曰崇禮闈陳云十州記三字疑誤闈當作門案十州記非誤也見前注吾入廟陳云吾君誤是也各本皆譌注願而行之陳云而爲誤案所引道應訓文今本作爲君二字各本皆誤爲如千秋何校秩改帙案此當作袟各本皆誤也

卷四十七○聖主得賢臣頌○而杼情素何云漢書杼作抒注抒猶泄也案抒是也凡木才二旁多互混注胡廣曰表本胡上有善曰漢官解詁六字是也茶陵本此節注多脫誤又案篇中善曰二字多刪削說已詳前鑄干將之璞何校璞改樸茶陵本云五臣作樸表本云善作

璞案漢書作樸是也各本所見璞字皆傳寫譌忽若篲氾畫塗表本畫下有校語云善作畫案表所
見誤也漢書作畫茶陵本無校語與此皆未誤注世本曰韓哀侯作御也何云世本無侯
字宋衷云韓哀韓文侯也案所校據漢書注引是也各本皆衍注此復言之案之當依漢書注引作作
即宋衷注也各本皆誤注相選而並至矣表本茶陵本選作選是也注巳見鄒陽
上書表本茶陵本作呂氏春秋云云皆復出之誤注胥粱之性茶陵本胥上有晉悼公曰夫五
字是也表本亦脫注聲之不常何校聲改擊案所校據漢書注作擊是也各本皆誤注小臣
持龍髯拔墮表本茶陵本重龍髯二字是也注史記泄公曰陳云泄公當作貰高案所
校未是也此泄上有脫文耳○趙充國頌○注言充國屯田之便茶陵本之
作非是也表本亦誤之○出師頌○注大敗之案之字不當有各本皆衍又案此下何陳
校皆依後漢書多有所添其實善未必備引今仍其舊注沛國史岑字孝山陳云孝山當作

異八　十七

子孝是也各本皆誤朔風變楚茶陵本楚作律云五臣作楚表本云善作律案二本所見律字傳寫誤此
尤延之校改正之也○酒德頌○注劉伶表本茶陵本伶作靈是也注因雜搢紳
先生之略術案此有誤也下引如淳曰縉赤白色不得此作搢與之不相應疑正文自爲縉故不取搢
插爲義否則當有搢縉異同之注而未全各本皆同無以訂之注劉熙孟子注曰槽者案槽
當作螬各本皆誤此所引乃螬食實者之注但取下文之酒槽與此螬字不相涉不知者并改爲槽誤之甚矣○
漢高祖功臣頌○新成三老董公何校成改城是也各本皆誤駿民效
足案駿當作俊善引後民用章爲注是其本作俊也表茶陵二本所載五臣翰注乃云羣賢如駿馬足是其本作
駿各本所見皆以五臣亂善又失著校語考士衡長安有狹邪行云憑軾皆俊民左太冲擬士衡云長纓皆俊人可
見陸自用俊字與此同彼二注善皆引尚書亦與此同決不得作駿甚明或言駿字與足生義不當云俊更大不然
上偶句云萬邦宅心萬字不與心生義五臣之意匪緣足字改俊爲駿而殊非陸旨也又尚書本作畯善屢引為俊

者畯與俊同已具奉荅內兄希撰詩無妨其引作俊也凡善引書有如此者不能以畫一求之爲附舉其例云注
何當與闗中卒何校與改與陳同是也各本皆譌注即欲揹之此三人陳云
揹之下當重有揹之二字各本皆脫注重元天也表本茶陵本無此四字嘉慮四迴表本
茶陵本慮作聲案此所見不同無以考之規主於足表本茶陵本於作以案此亦所見不同注鍾
離洙何校洙改昧陳同案據漢書及史記校也各本皆譌注以好遊出陳云遊出二字當乙案據
漢書及史記校也各本皆倒注此特萬世之事也萬世當作一力士三字各本皆譌漢書史
記可證威亮火烈茶陵本云五臣作烈表本云善作列案二本非也此尤延之校改正之說見前可互
證注魏趙屬冀州齊代屬青州陳云代非青境亦當云屬冀乃合又張耳贊曰報辱
北冀即指乎趙代事尤易曉也案陳所說是也代字當在魏字下各本皆誤下文四邦魏代趙齊也可證代在齊字
下者後來所改也注矯矯虎臣也表本茶陵本虎作武是也案凡善諱屢經回改如此注毛

異八　一八

萇詩曰我圖爾居何校去萇字陳同是也各本皆衍注高祖子弟弱案弟字不
當有各本皆衍注論語摘輔曰茶陵本輔下有象字是也表本亦脫注勃曰臣無功
陳云案周勃傳臣無功二句乃東平侯與居語勃無此言自與太僕滕公以下皆敘與居事與勃無涉云云今案勃
曰勃字疑又字之誤耳掩涙悟主表本茶陵本悟作寤案此所見不同寤字是也後封禪文覺悟黎蒸
史漢皆作寤其各本作悟者後人改注取兩見弃之也茶陵本取作蹤是也表本作蹤亦非東窺
白馬表本茶陵本窺作規案此所見不同似規字是也注漢書武詔曰表本茶陵本書作孝
是也表生秀朗案表當作轅注同前序中作轅注引漢書必與今漢書作轅者合蓋善自作轅史記作表
故五臣改轅爲表而各本所見亂之其序則五臣所無尚存善舊也攝齊赴節茶陵本齊作齋云五臣作
齋表本校語云善作齋其善注中字亦然案此尤延之校改也但齋疑是齋之譌或善與五臣本無異耳周苛
慷慨案慨當作愾表本云善作愾茶陵本云五臣作慨此以五臣亂善也注出則蹕升表本茶陵

本霎作雙案正文作雙二本是也○東方朔畫贊○注臧榮緒晉書曰下至贊爲當時所重表本此五十字在五臣銑曰下其善曰下作臧榮緒晉書曰夏侯湛字孝若譙國八才章富盛早有名譽爲散騎常侍卒二十九字案表本是也茶陵本并善入五臣誤與此同注耳暫聞表本茶陵本耳下有所字是也注弛張浮沈表本茶陵本浮沈作沈浮是也處淪罔憂茶陵本淪作倫云五臣作淪表本云善作倫何校云魯公書作倫案善注無明文表茶陵所見及此俱不同無以考之顏魯公所書未必全與善合難據以相訂也唯五臣銑注云在沈淪時云云其本必作淪無疑尤蓋以五臣亂善注自我五禮五庸哉表本下五作有茶陵本作五與此同案釋文云有庸馬本作五庸表依東晉古文誤有所改附正之○三國名臣序贊○注檀道鸞晉陽春秋曰何校晉上添續字陳同表本無春字是也茶陵本并五臣衍注禪伐不同表本伐作代是也茶陵本作伐與此同誤注舜舉八元八愷用之於堯時也成湯得伊尹武王得呂望而社稷安也表本此二十七字在五臣銑注下其善曰下作二八謂八元八凱也伊伊尹也呂呂望也十六字案表本最是茶陵本并善於五臣誤與此同注三黜之陳云之字衍是也各本皆衍注盡遠續禹功案續當作績各本皆誤又案禹字不當有見前疑不知者添之也遭時匪難表本茶陵本匪作不案此所見不同也注折而不橈表本茶陵本橈作撓又後贊注中不橈不屈同案據此疑善橈二本非也今正文撓字或五臣撓而亂之橈雖通作撓凡善五臣即同字而有別但才木多相混耳注尚書曰成王將崩陳云書下脱序字是也各本皆脱注漢書高祖功臣頌曰案書字不當有各本皆衍魏志九人表本茶陵本魏志提行另起是也表爗字曜卿茶陵本爗作渙表本作爗與此同又表後贊注中首一字作渙餘皆作爗案今魏志作渙茶陵渙爗錯出此本盡作渙似當以渙爲是注杞良才也案杞下當有梓字各本皆脱注太公往帀之曰案往當作任各本皆誤此所引山木篇文注子甚者茶陵本甚作其意二字是也表本亦誤注洪水橫流表本茶陵本洪作鴻是也案此尤用今孟子改耳注吾以疾爲著蔡也表本蔡作龜是也茶陵本亦作蔡案此蓋因正文而改注右尹革曰陳云尹下脱子字是也各本皆脱注如一旦一去此表本茶陵本去上無一字是也案魏志無注竟坐免刑表本茶陵本免作得案今魏志得免兩有蓋因尤添免字而誤去得字也敬授既同何校授改愛云從晉書案表本云善作授茶陵本云五臣作愛蓋各本所見皆非善亦作愛注散騎常侍王素何校素改業陳同是也各本皆譌注爲軍中郎將卒何校軍下脱師字陳同是也各本皆脱公衡仲達表本云善作仲茶陵本云五臣作沖案各本所見皆非也仲字不可通必傳寫誤善亦作沖也注命昭爲良史何校良改長陳同是也各本皆譌注弟權託昭表本茶陵本弟上有以字是也立上以恒何校上改行云從晉書改注固引易也案表本云善作上茶陵本云五臣作行蓋各本所見皆非善亦作行注仰募同趣茶陵本募作慕是也表本亦誤

卷四十八○封禪文○伊上古之初肇自昊穹兮生民茶陵本無兮字云五臣有之字表本兮作之云善無之字案二本所見是也漢書正無善與之同今史記有兮字尤延之取以脩改添入未是繼韶夏案韶當作昭注同漢書作昭顏引文穎注亦作昭詳注云昭明也夏大也德明大相繼不當作韶字可知茶陵本云五臣作昭表本云善作韶各本所見皆非也善自作昭或因下連夏而誤改爲韶耳今史記作韶但集解仍引漢書音義昭明也云云恐是與此同誤注管子曰封太山表本管上有善曰二字是也後注莊子曰善始善終上爾雅曰元始也上嵬音薄上穀梁傳曰諸侯不首惡上闓音愷上小雅曰心慭曰恖上創初創也上望幸望帝之臨幸也上言不廢脩禮地祇上錯千故切上孔安國尚書傳曰襲因也上係或爲沛上毛詩曰麀鹿濯濯上楚辭曰駕入龍之宛宛上孟子萬章曰上湯武雖居至尊嚴之位上皆同茶陵本在每節注首並尤本刪去亦非又凡非舊注表本茶陵本每節首並有善曰尤亦刪去今不盡出可以例求之后稷創業於唐堯案堯字衍尤延之脩改添入也茶陵本無而校語云五臣有堯字表本亦無其

下幷無校語是表所見五臣尚無堯字茶陵及尤所見乃衍也凡二本校語皆據所見著之即五臣仍非眞如此是
其例矣史記漢書俱無尤取誤本五臣以改善失之甚者也然猶躡梁父案父當作甫下文意泰山
梁甫表茶陵二本校語善甫五臣父又而梁甫罔幾也尤本亦作甫此一字歧互或各本所見以五臣亂善漢書甫
善與之同史記父五臣用以改善也注鄭元曰導陳云元氏誤見漢書注是也各本皆誤案索隱云鄭
德注角共一本案角上當有兩字各本皆脫漢書注引可證史記集解亦有注介大丘
也案上下當有山字各本皆脫漢書注引可證史記集解引漢書音義亦有注譓順也表本此下有善
曰譓音惠五字無正文下音惠二字是也茶陵本誤與此同陛下謙讓而弗發表本茶陵本此
節上有上帝垂恩儲祉將以慶成十字校語云善無此二句案漢書有史記亦有慶作薦索隱云漢書作慶義亦通
何校據添下注三神引韋昭曰上帝云云上帝即指此蓋傳寫脫各本所見皆非又案疑尚有注爲脫去一節也
注則說無從顯稱於後世也何校說下添者字各本皆脫案漢書注有注太史

官屬陳云史常誤是也各本皆誤案漢書注作常注言符應廣大之富饒也陳云
之字衍是也各本皆衍案史記集解引無漢書注引孟康亦無注韋昭曰滲疏禁切表本茶陵
本曰下有灑音鹿三字無滲疏禁切四字案此疑當兩有而灑音鹿在下也非惟偏之我案偏當作
偏之字不當有讀以四字爲一句漢書正如此也史記索隱引胡廣曰言雨澤非偏於我最爲明晰是史記亦作偏
我與漢書同今有誤當據索隱訂也又案觀表茶陵二本所載向注似五臣誤偏爲徧仍未有之各本衍者更誤中
之誤樂我君圃何校圃改囿陳同表本云善作圃茶陵本云五臣作囿案史記漢書皆作囿此協韻何陳
是也各本所見皆非善自作囿傳寫誤作圃耳其儀可嘉何校嘉改喜陳同案漢書作喜史記作嘉
以韻求之喜與囿爲協何陳從漢書是也史記嘉亦有誤注張揖曰旼音旻表本茶陵本無此六
字案二本非也漢書注亦引馳我君輿茶陵本輿作與云五臣作與表本云善作與案此尤校改正之
史記漢書俱作輿但傳寫誤爲與也又案表本此節注末有文穎曰馳我車之前也九字漢書注亦引又我下有君

字茶陵本及此本無蓋係此句之下爲脫一節注也顧省闕遺案闕當作厥史記漢書俱作厥善注云謂
能顧省其遺失以其解厥是作厥字無疑表茶陵二本所載五臣濟注云恐此治有所闕遺蓋其本乃作闕各本所
見皆以五臣亂善而失著校語○劇秦美新○權輿表本茶陵本提行另起是也
困斯發表本茶陵本困作因案此所見不同也注之邑秦陳云之邑二字當乙是也各本皆倒
注襄王並已見李斯上書案襄上當有昭字表本亦脫茶陵本此注複出非自勤
功業表本云善作公茶陵本云五臣作功案尤延之所校改也注犬暫齧人表本茶陵本無暫字
人下有也字案此尤校改之也注夷狄之患見臨洮表本茶陵本之患見作服出於是也注
明王奉若天命表本茶陵本命作道是也注孫策使張紘與袁紹書曰
何校紹改術陳同案所校依吳志是也各本皆誤注然古者此事何校者改有是也各本皆誤
注尚書帝驗曰何校帝下添命字陳同是也各本皆脫或損益而亡何校云亡當從

五臣本作巳表本云善作亡茶陵本云五臣作巳何據二本校語今案善注無明文二本所載向注於此云其後紹
乃亡之是五臣仍作亡其作巳者後人以意改未可從也注以爲文母簋食堂茶陵本簋作饗
注末有簋士卷切與饌同七字案有者是也表本與此同亦脫誤考今元后傳作簋蓋善引不與顏同校者依漢書
改且刪之注尚書曰穆王作呂刑陳云書下脫序字是也各本皆脫注鼓誦詩
表本鼓作瞽是也茶陵本亦誤注振鷺鴻鸞喻賢也毛詩表本賢下有八字詩下有曰字
是也茶陵本無振鷺以下八字有曰字此初同茶陵後脩改而又誤脫八曰二字禪梁父表本茶陵本父
作甫是也注中兩見一甫一作父父亦甫之誤也注晏子景公春秋曰表本茶陵本景上有
齊字無春秋二字此尤改齊字作春秋而又誤倒在下注喜與古熙字通案古熙當作熙古各
本皆倒○典引一首表本茶陵本此下有弁序二字是也注范曄後漢書曰班
固字孟堅亦云注典引表本茶陵本無此十六字是也注後漢書曰表本茶陵

本後上有范辥二字是也注尚書郎中北海展隆表本茶陵本無中字是也成一家
之言表本茶陵本無之字案無者是也此尤誤依注添正文注易曰太極表本茶陵本易上有
蔡邕曰三字下無曰字案以下二本所有蔡邕曰此本皆無詳前後之例凡舊注所冠姓名皆尤刪也易下曰字當
作有注弗俾洪範九疇表本茶陵本俾作畀是也比茲徧矣表本云善無茲字茶陵本
云五臣有案二本所見非也蔡注云茲孔子也善不得有無必傳寫脫尤校改正之是矣後漢書固傳載此文有注
地黃四年陳云黃皇誤是也各本皆誤注燒其室門表本其作作是也茶陵本亦誤其
注虜王莽何校虜上添反字陳同是也各本皆脫注雖覆一簣表本茶陵本簣作匱是也
後漢書所載幷注引此亦皆是匱字注西伯既戡黎表本戡作龕是也茶陵本亦誤戡注王
歸自夏陳云夏上脫克字是也各本皆脫注左氏傳曰臧哀伯曰表本茶陵本左
上有善曰二字是也後注甄陶已見上文上言漢道外則運行於渾元上易曰品物咸亨上言漢之德能臣古之列

異八

辟上易曰勞謙上連下尚書曰至治定制禮為一節禮記曰聖人南面而治天下也上優謂優游也上孝經曰夫孝
上巡靖巡狩而安之也上爾雅曰祭天上尚書曰鳳皇來儀上廣雅曰麒麟上騶虞也上禮記曰龍在宮沼上毛
詩曰湛湛露斯上楚辭曰鸞鳥上素雉白雉也上濟濟翼翼上尚書曰嚴恭寅畏上左氏傳蘧啓疆曰上楚辭曰遂
古之初上言前封禪之君上尚書曰夏罪上絣使也上皆同又四表曰宇往古來今曰宙一節注表本連善曰下非
茶陵本別為節係蔡邕曰者是匿亡回而不泯表本云善作匿茶陵本云五臣作慝案注無明文但
匿字不可通疑各本所見皆傳寫誤後漢書所載作慝無迴而不泯五臣迴作回見濟注善亦無明文微胡
瑣而不頤茶陵本瑣作璅云五臣作瑣表本云善作璅案此尤延之校改正之也後漢書所載亦作瑣
至令遷正黜色賓監之事表本茶陵本令作於案此尤校改也後漢書所載作今令蓋今
之譌注以十二月為年首案二當作三各本皆誤說見前上林賦下注由未章也
表本茶陵本由作猶是也而禮官儒林屯用篤誨之士何云後漢書用作朋案注無明

文但用字不可通疑傳寫誤也章懷注云屯聚也朋羣也或善與之無異注聽德知正則黃龍
見陳云德似當作聽案所校最是各本皆誤蔡說與周南正義引服虔左氏注全同可證也卓犖乎方
州表本茶陵本無乎字案此尤脩改添之也後漢書所載有注嚴恭寅畏表本恭作龔是也茶陵本
亦誤恭孔猷先命表本茶陵本猷作繇是也案此尤改之後漢書所載作猷但此自作繇尤於蔡注仍
未改也注平制禮樂放唐之文表本茶陵本平制禮樂作述堯治世案二本是也後漢書
章懷注引作平制禮樂尤用彼改耳而允寤寐次於心案心上脫聖字表本茶陵本有瞻前
顧後表本云善無此一句茶陵本云五臣有此一句案此尤延之添之也後漢書所載有此一句章懷注前謂
前代帝王後謂子孫也尤幷取以增多其實未必是注次止也表本茶陵本無此三字是也尤取章懷注
添注言此事體大式宏大陳云體下衍大字是也各本皆衍注常止於聖
心不可忘也表本茶陵本作次於聖上之心也是也尤取章懷注改注前謂前代帝

異八

王後謂子孫也表本茶陵本無此十一字是也說詳上注憚難也下至而難正
天命乎表本茶陵本無此三十一字是也尤取章懷注添注伊維也遂古遠古也
表本茶陵本無此八字是也尤取章懷注添注言自遠古以來至於此也表本茶陵
本無此十字是也尤取章懷注添以上各條皆未必是注有天下使之陳云下不誤是也各本皆
誤注讜直言也表本茶陵本直言二字作當案二本是也章懷注作直言尤用彼改耳注絣
與栟案栟當作拼各本皆譌

文選考異卷第八

文選考異卷第九

賜進士出身通奉大夫江南蘇松常鎮太等處承宣布政使司布政使胡克家撰

卷四十九○公孫宏傳贊○注宏等言皆以大材茶陵本無言字是也表本亦衍案漢書注無　注靑姊子入宮幸案子下當有夫字表本亦脫茶陵本并脫子字

斯亦曩時板築飯牛之明巳何云明漢書作朋陳云明朋誤是也各本皆誤　注至

此皆天下名士表本此作他是也茶陵本亦誤○晉紀總論○爾乃取鄧

艾於農隙案晉書懷愍帝紀所載隙作瑣蓋各本以傳寫譌爲隙與典引徵何瑣相類　外襄王

陵陳云陵淩誤注並同是也各本皆誤晉書所載作淩　世宗承基太祖繼業表本茶陵本此

二句在大象始構矣下表有校語云善在軍旅屢動上茶陵失著校語詳注中次序所見與表尤無異何校乙轉陳

同案依文義是也各本所見蓋并注誤倒一節晉書所載正在下　注世宗景皇案皇下當有帝字各

本皆脫　注太祖文皇帝母弟也案母上當有景皇帝三字各本皆脫　天符人事

表本茶陵本云符善作府案此尤延之校改正之也晉書所載作符　遂排羣議表本茶陵本云排善作非

案此尤延之校改正之也晉書不載此句　注吳王荒淫案王當作主各本皆譌　注賈充荀

勗等陳諫表本茶陵本陳作畢是也　注居曠壄不相能陳云壄林誤是也各本皆誤案

居下本有于字能下本有也字蓋不備引也　注惠帝永寧二年表本茶陵本寧作康案二本是

也考晉書惠帝紀永康以元年正月朔改元其次年正月趙王倫篡其四月乘輿反正於是改元乃始爲永寧然則

事在未改永寧以前正永康二年之正月故藏縈緒書據當日所稱校者誤改之耳　注鷊冠子案子下當

有日字各本皆脫　注小曰橐大曰囊表本茶陵本無曰字大字案此尤校改正之也　載錫

之光表本此下校語云善有也字又以御于家邦下校語同茶陵本皆無校語案表所見非也　注靈王

十二年表本茶陵本十二作二十案各本皆非也當作二十二韋昭有注可證也　誅庶桀以便

事何云晉書桀作孽陳云作孽爲是案善注未有明文五臣作桀濟注桀傲也今無以考之　注以固其

國何校此四字改在上文或乃多難之下陳同是也各本皆誤　注太康以來何校太改元是也各

本皆誤　而賤名儉表本茶陵本儉作檢云善作儉何云晉書儉作檢案檢字是也各本所見儉字傳寫

誤耳注應瞻表儉字亦檢之譌其表以清檢對容放言之義無取於儉而今晉書應傳作儉字恐非也又善引劉謙

紀自不必與彼同　注以宏放爲夷達表本茶陵本宏作容案容字是也今晉書應傳作宏尤依

之改但善自不必與彼同　注漢書解故曰案書當作官各本皆誤　察庾純賈充之

事何校事改爭茶陵本云五臣作爭表本云善作事案晉書所載作爭　知將帥之不讓何校邾上

添而字表本茶陵本云善無而字案晉書所載有而字　懷帝承亂之後得位茶陵本云五臣

無之後表本云善有之後今案有者傳寫衍也晉書所載無　注晉中興曰陳云興下脫書字是也各

本皆脫○後漢書皇后紀論○注帝嚳立四妃以表本茶陵本以作矣

案二本是也矣句絕　注立正九妃又三九二十七案正下三下兩九字俱不當有各本

皆衍讀以立正妃爲一句又三二十七爲一句也　注婦也嬪也案當作嬪也世婦也各本皆誤　注

女御書敘於王之燕寢案書當作掌御二字各本皆誤　注齊侯好內多寵

案多下當有內字各本皆脫　注與貂因寵何校因下添內字陳同各本皆脫　注又有美

人良人八子案子下當有七子二字各本皆脫此外戚傳文可證章懷注所引亦可證　飾玩華

少何云華少後漢書作少華表本云善作華少茶陵本云五臣作少華案各本所見蓋皆傳寫倒　唯皇后

貴人金印紫綬何云後漢書複出貴人二字陳云複出爲是案所校是也各本蓋皆脫皇后自同乘

輿耳又考輿服志天子貴人赤綬同諸侯王與此不合或光武時紫綬以後乃赤綬也　注以歲八月

雒陽民陳云月下脫筭字是也各本皆脫　注長壯妖絜案妖當作姣各本皆譌　注家

屬徙北景案北當作比各本皆譌范書皇后紀續漢書郡國志前書地理志俱可證

卷五十〇後漢書二十八將論〇固將有以爲爾茶陵本爲作焉表本作爲與此同案今范書作焉何校改焉勳賢兼序茶陵本兼作皆表本作兼與此同案今范書作皆疑善皆五臣兼二本失著校語而此以五臣亂善也下文可謂兼通矣善同范書有兼五臣無兼殆改此爲兼而刪之以相避歟注緹赤色案赤下當有白字各本及章懷注皆脫酒德頌注引有者是也即事相權茶陵本即下有以字表本無案今范書有二本不著校語無以考之注衡平也案衡上當有權字各本皆脫此韋漢志注以解權輕重之權言衡權而平也其注周語云權稱也義亦同又韋齊語注云權平也或此衡之誤爲權字之誤〇宦者傳論〇注掌守王宮中之門禁茶陵本之門作門之章懷注同是也表本亦誤倒王之正內者五人何校去者字陳云者字衍案皆據周禮序官校也今范書亦有恐此是蔚宗自爲文不全同所引也注史記以勃鞮爲履貂上何校貂上二字改鞮字陳同案所校非也此當衍上字荅任少卿書引史記履貂曰可證又何改正文貂爲鞮更非

范書亦作貂章懷注勃貂即寺人披也一名勃鞮字伯楚是蔚宗自作貂注寺人內閹官豎刁也案刁當作貂各本皆誤此所引僖二年齊寺人貂之注也注史記曰豎貂爲豎刁案曰當作以各本皆誤注公徐聞其罪陳云其下脫無字是也各本皆脫惟閹官而已茶陵本官作宦表本作官與此同案今范書作宦似宦字是也注安帝年號延平何校安改殤是也各本皆誤小黃門亦二十人茶陵本無亦字云五臣有表本有用五臣也案今范書無此以五臣亂善表不著校語亦非朝臣圖議茶陵本圖作國表本作圖與此同案今范書作國疑善國五臣圖二本失著校語而此以五臣亂善也注郡分銅虎符三表本茶陵本分作國是也基列於都鄙表本云善作基茶陵本云五臣作基今范書作基章懷有注何校依之改陳云作基爲是案此各本所見傳寫誤善亦不作基也盈牣珍藏茶陵本牣作仞云五臣作牣表本作牣用五臣也案今范書作仞此以五臣亂善表不著校語亦非注班固漢書曰陳云曰字衍是也各本皆衍注薰骨

以行刑何校骨改胥陳同又云行字衍是也各本皆誤注與李子豎書曰茶陵本豎作堅是也表本亦誤豎注尚書曰下本州考治陳云曰白誤是也各本皆譌注張驤趙忠等何校驤改讓陳同又下節注中表茶陵二本亦作驤尤改作讓案今范書作讓讓字是也注今予恭行天之罰案予下當有惟字恭當作龔各本皆誤檄蜀文引予惟龔行天之罰亦非當互訂又案後述高紀恭行天罰注恭行已見上文依今班書亦當是龔之誤也注屈蕩尸之曰表本尸作戶是也茶陵本亦誤尸案開成石經是戶字〇逸民傳論〇注而遊堯舜之門案舜字不當有各本皆衍章懷注無注避世之人也案也字不當有各本皆衍章懷注無弋人何篡焉表本茶陵本人作者案今范書亦作者者字是也尤藍依所見法言改耳此注引法言表茶陵仍作者其宋衷注乃云弋人弋人不出正文蔚宗及善與尤所見自不同改之非是注縠皮綃頭巾案縠當作穀巾字不當有各本皆誤章懷注以穀樹皮爲綃頭也與卿相等列表本與上有羞字云善無

茶陵本云五臣有案今范書有依文義似各本所見皆傳寫誤脫之也注獨耿介而不隨俗案俗字不當有各本皆衍此所引九辯文也元文隨下有今善引在句末者多節去〇宋書謝靈運傳論〇注懷五常之性聰明精粹表本茶陵本無此九字注應劭曰肖類也頭圓象天足方象地表本茶陵本無此十四字注明皇帝爲魏列祖也茶陵本列作烈是也表本亦誤甫乃以情緯文茶陵本無文字云五臣有物字表本有物字云善無案此尤延之所校添也今宋書是文字源其飈流所始表本云善作源茶陵本云五臣作原何云疑作原今宋書是原字注詩總百家之言陳云詩總當作傍綜見世說注是也注潘陸之徒有文質陳云有文質當作雖時有質文是也各本皆誤案亦據世說文學篇注也注好莊子元勝之談陳云子當從世說注作老是也各本皆誤注謝混始改之案之字不當有世說注無各本皆衍注太元晉武帝年號何校武上添孝字是也表本亦脫茶

陵本并入五臣亦脫仲宣灞岸之篇案灞當作霸詳表本所載濟注乃善霸五臣灞各本所見以五
臣亂善前七哀詩及此注俱爲霸字不誤又今宋書亦是霸字注靈均屈原字也表本茶陵本無
此六字所載五臣濟注有之案此尤誤取增多也○恩倖傳論○且士子居朝表本
士作仕云善作士茶陵本云五臣作仕何校士改任陳云今宋書作任爲是案所校是也士仕皆傳寫誤下注云言
仕子不居賤職可見善並非作士蓋初誤作仕後又誤作士注中有郎比六百石案中有當
作有中各本皆倒郡縣掾吏何校吏改史陳云今宋書作史案所校是也吏傳寫誤未之或
悟表本云善作悟茶陵本云五臣作寤案今宋書是悟字但寤即悟不知者每改之未必善與五臣異王命論悟
戍卒之言英雄誠知覺寤一改一未改最爲可證也○史述贊○述高紀第一表本茶陵
本校語云善本如此五臣本列在後案各本所見皆非也
此連述贊爲文非用爲標題善亦不得在前蓋傳寫誤移
之而五臣尚未經移耳後二首同注論語子曰表本論上有善曰二字是也後言秦人不能整其綱

文選異九　五　上冊

維上毛詩曰禺禺昂昂上同茶陵本在每節首非注各爭恣志表本志作忘茶陵本亦作志與此同
案皆非也當作妄過秦論注引作妄光允不陽表本光作亦云善作光茶陵本云五臣作亦案今班書作
亦亦字是也光傳寫誤注不亦熾乎案當作不炎熾矣各本皆誤顏注所引可證○後漢
書光武紀贊○注中微謂平世衰也表本茶陵本無此七字沈機先
物茶陵本先作生云五臣作先表本云善作生案今范書作先先字是也善亦不得作生各本所見皆傳寫誤
深略緯文表本文作天茶陵本作文與此同何云兩漢刊誤補遺云文選作天云云今案表本正與所稱
同下無校語蓋善五臣皆是天字茶陵及此作文者後來
轉依今范書誤改之耳茶陵亦無校語也天與甄協最是
注旌旗輜車陳云車重誤是也各本皆誤注城中少年子弟自燒室門
案子當作朱自燒當作燒作各本皆誤注兼聰獨斷案聰當作聽各本皆誤
卷五十一○過秦論○注漢書應劭曰表本茶陵本無漢書二字案二本是

也以下所引諸家皆陳涉傳注凡如此者例不云漢書注言秦之過表本言上有善曰二字案此四
字亦應注顏師古引者可證表本非也又案以此驗之凡各本所有善曰字多非其舊約然無疑矣注韋昭
曰嶠謂二殺案嶠殺二字當互易各本皆誤包皐宇內表本茶陵本包作苞案此尤延之所
改也史記漢書賈子俱是包字但古包苞同用未必善不爲苞也注甯越趙人也表本茶陵本甯
上有然字案二本是也然即今然則善全書皆如此甯越趙人非有明出據上引沒之注戰國策東
周表本茶陵本無東周二字是也注最才勾切陳云勾句誤是也各本皆譌案周本紀索隱曰最詞
喻反與此正同皆讀最爲聚也注趙惠文王案此下當依本史記有十六年三字各本皆脫注史
記曰逡巡遁逃表本茶陵本作遁逃史記作逡巡案二本是也遁逃複舉正文史記曰逡巡五字爲
一句善所見史記作逡巡而今本作逡巡遁逃後人妄添
二字尤反依之改轉誤之甚者也賈子作逡巡正與善所
見史記同又案正文作遁逃西征賦注引作遯逃必善讀
漢書陳涉傳如此故載史記之異意謂兩文俱通考賈子

文選異九　六　上冊

下篇亦言百萬之徒逃北而遂壞然則作遁逃自無不可
未見潘安仁必誤如匡謬正俗所譏也師古漢書專主逡
遁即巽所謂遁者蓋取盾之聲以爲巡字當音詳遵反學
者既不知遁爲巡字遂改爲遁逃者與善全異不可用以
校此讀者多所不憭又今本漢書作遁逃注同更譏并非顏之舊觀匡謬正俗所說自明茲不訂彼注以金
爲箭鏃也表本茶陵本鏃作鏑是也國家無事表本云善無家字茶陵本云五臣有案此尤校
添之也史記漢書賈子俱有俛首係頸茶陵本頸作頭云五臣作頸表本云善作頭案此尤校改之也
史記漢書賈子俱作頸銷鋒鍉鑄以爲金人十二表本茶陵本云鍉鑄善作鑄鍉案此
尤校改之也漢書作鍉鑄賈子作鏑鑄鏑即鍉也鍉句絕
鑄下屬史記作銷鋒鑄鐻似四字連文鐻鍉亦異未審善
果何作注以銷鋒鍉爲鍾鐻金八十二案以銷當作銷以鋒鍉二字衍各本皆誤
所引始皇紀文注廣雅曰何問也案何上當有誰字各本皆脫注眡古堀字堀
人也表本茶陵本堀字作文堀案顏注引作眡古文萌字萌民也蓋善引無字字又諱民作人集解引作眡古

蚁字蚁民也尤依之校改耳率罷散之卒表本云善作罷弊茶陵本云五臣作披散案此尤校改之
也史記漢書俱作罷散善所見或爲弊字也賈子作披弊可證天下雲集而響應表本茶陵本集
作會案此尤校改之也史記作集漢書賈子作合或皆不與此同非尊於齊楚燕趙韓魏
宋衞中山之君也表本茶陵本非作不下非銛之非亦作不案此尤校改之也史記賈子作非漢
書作不○非有先生論○東方曼倩表本茶陵本云善作倩案此尤校改正之也前
作倩自不得有異但所見傳寫誤注班固漢書東方朔字曼倩平原厭次
人武帝即位言得失表本茶陵本無此二十二字有漢書曰朔四字是也朔見於書贊注其荅
客難下亦不復出或記於旁尤誤取以增多耳寡人將竦意而聽焉表本茶陵本聽作覽案二
本是也下文寡人將覽焉漢書作聽尤延之欲校改彼字而誤以當此處耳凡宋以來刊板俗改往往有如此者
而佛於耳案而字不當有漢書無各本皆衍又案下順於耳句表茶陵二本校語云善無而五臣有然則

異九　七

此以五臣亂善寡人將覽焉何校覽改聽案依漢書也詳此句與上文孰能聽之矣相承接作聽爲是
表茶陵二本亦作覽皆涉寡人將竦意而覽焉句之誤尤本改上覽字爲聽致與漢書互易益非注如淯
曰漢書注曰陳云淯下衍曰字是也各本皆衍三人皆詐僞表本茶陵本三作二案表
茶陵二本所載五臣良注云其子惡來革多力是五臣以飛廉爲一人惡來革爲一人而其本作二也善引說苑以
革爲一人而其本作三尤改正之是矣又案今本漢書亦作二似有誤顏注未有明文無以相訂終無益
於主上之治茶陵本云五臣作治表本云善作理案此亦尤校改之也漢書治但善避諱尤改非也
於是吳王懼然易容表本懼作戄音句云善作懼茶陵本作戄音句云五臣作戄善注中皆無
居具切三字今案此各本所見蓋皆非也戄不得音句亦不得居具切漢書作懼顏注居具反善音與之同是亦作
懼其居具之音與五臣句複故表茶陵刪之耳注非虎非狼案狼當作貙各本皆誤重贈盧諶引作非
龍非彪句在非熊非羆上今六韜同彪蓋即貙字與羆師協韻也運命論注引作狼亦誤躬親節儉茶陵

本無躬字親下校語云五臣作躬表本躬下校語云善有親字此初刻同茶陵所見後用表所見脩改添之也漢書
作躬節儉與五臣同天下大洽案洽當依漢書作治各本皆譌惟周之貞何校貞改楨表本云
善作貞茶陵本云五臣作楨案漢書作楨未審善果何作○四子講德論○注涉始於
案涉當作步下同各本皆譌注一單三尺表本茶陵本單作躍是也注遁逃也表本
茶陵本逃作遯是也注皮裘負芻表本并入五臣皮作反是也茶陵本亦誤皮注閒嫘子
案嫘當作孅各本皆譌今荀子賦篇及七發注引皆是孅字故美玉藴於碔砆案碔砆當
作武夫注引戰國策及張揖漢書注皆不從石表茶陵二本所載五臣翰注乃作碔砆是善武夫五臣碔砆音以武
夫各本所見亂之而失著校語此誤入五臣音皆非也又案引張揖曰者子虛賦注也史記漢書正作武夫今彼正
文及善注引張揖國策盡爲碔砆恐亦爲五臣所亂而并注中改之也注說文曰鑛銅鐵璞
也案鑛當作礦璞當作樸各本皆譌礦即磺字也又案依此正文朴字當作樸二字羣書中頗有相混者五臣并

異九

正文改爲璞誤甚寂寥宇宙茶陵本寥作聊云五臣作寥表本云善作聊案此尤以五臣本改之也表
茶陵注中作聊尤改恐未必是注尙書曰故一人表本茶陵本故作迪是也注毛詩周
頌曰陳云頌下脫序字是也各本皆脫且觀大化之淯流表本茶陵本無且字案二本不
著校語無以考之陳云且字衍恐未必然當各依其舊大厦之材茶陵本厦作夏云五臣作厦表本云
善作夏案尤本以五臣亂善非也凡此字夏厦錯見者疑皆善夏五臣厦餘以此求之注秦繆公詞
得失之要表本茶陵本問下有之字是也注秦繆公問百里奚故重贖之
何校奚下添賢字故改欲陳同是也各本皆誤注楚人曰予之表本茶陵本曰作許是也楚莊
有叔孫子反表本茶陵本叔孫作孫叔是也句踐有種蠡渫庸表本校語云蠡善作
蠡茶陵本無校語案此所見不同也省田官何校田官改官田案依文義是也各本皆作田官蓋誤倒考宣
紀地節元年假郡國貧民田三年詔曰前下詔假公田貸種食公田即官田疑此句當有善注今失去無可補莫

不肌栗慴伏表本茶陵本云肌善作飢飢傳寫誤尤校改正之也案注邕邕者聲和也案者當作音各本皆譌是以北狄賓洽茶陵本云五臣作洽表本云善作合案此尤以五臣本改之也注不見明文無以考之而旌旗仆也茶陵本云五臣作旌表本云善作於案此尤以五臣本改之也於即旌字前已屢見當各依其舊先生曰夫匈奴者茶陵本先生曰夫作先生夫子曰云五臣作先生曰夫表本云善作先生夫子曰案此尤校改正之也先生夫子曰乃傳寫之誤驚邊抗士表本茶陵本抗作杌何云能改齋漫錄作抗案何校是也善不音注者已見上林賦抗士卒之精下也爻此字見於史記漢書鹽鐵論者甚多其訓損也耗也其音五官反表茶陵二本所載銑注云杌動也而不著校語以五臣亂善致爲乖謬尤作抗亦非注刀刻其面茶陵本刀作刃表本亦作刀與此同何校改刃陳同案考史記集解引音義作刃漢書顏注引如淳同刃字是也未尅殫焉表本云善作尅茶陵本云五臣作克案各本所見皆非也當作克但傳寫誤爲尅非善五臣有異

卷五十二〇王命論〇注復起於今乎案此下有脫文必并引既感𩂣言以及迺著王命論等語各本皆脫善例不全同本書無以補也注三陽翼天德聖明表本茶陵本聖作清案此尤校改之也注善曰世運案世運當作運世各本皆倒檐石之蓄表本茶陵本檐作擔注同案此所見不同也漢書作儋擔即儋字或從木作見毛詩傳釋文又羣經音辨之木部可證苦其行檐囊行取薪亦用之注韋昭曰短爲裋案曰當作以各本皆誤注善曰裋丁管切表本茶陵本裋作短案短字是也注鬻鼎實也案鬻當作鬻下同各本皆譌注道德於此何校德改得陳同各本皆誤注則見蛟龍於其上表本茶陵本於作據案此尤校改之也貪不可冀無爲二母之所笑何校貪上添母字爲上去無字案依漢書校蓋是也各本皆傳寫誤〇典論論文〇亭之千金案亭當作亭善引左傳注亭通也而云亭或爲亭正文是亭字甚明後來以亭改亭各本皆然與注不相應非也注故嘗更職何校更下添吏字陳同今案范蔚宗書公孫述傳作嘗更吏職但各本皆無仍未當輒補咸以自騁驥騄於千里陳云以自國志注引作自以案依文義自以是也各本皆倒耳注遭我乎猺之間兮表本猺作嶩是也茶陵本亦誤猺注不根持論表本茶陵本根作長案此尤校改之也以至乎雜以嘲戲表本茶陵本無上以字乎作於案此所見不同也魏志王粲傳注引此無以字乎作于蓋二本是矣不假良史之辭表本云善無不字茶陵本云五臣有不字案此尤校脩改添之也初亦同二本所見皆傳寫脫日月逝於上茶陵本逝作遊云五臣作逝表本云善作遊案此尤校改正之也遊字不可通必傳寫誤也〇六代論〇注韓哀滅鄭并其國案哀下當有侯字各本皆脫所引鄭世家文也四十餘年何校四改三注同魏志注作四云四當作三案魏志注在武文世王公傳下蓋誤耳善引漢書諸侯王表爲注彼文作三師古曰三十五年今此各本并依正文改之更誤何陳所校是也注秦竊自號謂皇帝何校謂改爲後所引同是也各本皆誤千有餘歲何校

歲改城傳同魏志注作城今案城字誤也元首此文出於史記秦始皇本紀彼作歲可證又孝文本紀古者殷周有國治安皆千餘歲漢書作皆且千歲然則當時語自如此矣魏志注必不知者所改何陳誤據之也表茶陵二本校語云善作歲五臣作人五臣正謂歲字不安與改魏志注者字有異而意相同皆非胡亥少習尅薄之教表本云善作尅茶陵本云五臣作刻案各本所見皆傳寫誤也善注引商君傳自作刻不作尅魏志注亦是刻士有常君表本茶陵本土作士是也魏志注亦是士字注權秉即柄字也陳云秉下脫也秉二字是也各本皆脫而天下所以不能傾動何校去能字魏志注無表本云善有能茶陵本云五臣無案此疑各本所見傳寫衍也而叛逆於哀平之際也茶陵本云五臣作叛表本云善作畔案此所見不同也魏志注亦是叛字下文平居猶懼其離叛各本皆不作畔似此未必善與五臣有異是聖王安而不逸表本茶陵本是下有以字云善本無案此疑各本所見傳寫脫也魏志注有〇博奕論〇注多漢舉者表本茶陵本漢作薦是也注中計

塞城案城當作成各本皆誤求之於戰陣表本云善無於字茶陵本云五臣有案此尤校
添之也吳志有於字二本所見蓋傳寫脫注一字管百行表本茶陵本一字作學是也注貨
易之也案之字不當有各本皆衍
卷五十三○養生論○注說文曰粗疏也祖古切表本茶陵本無
此九字注顏師古曰洽霑也表本茶陵本無此七字注漢書劉向曰表本
茶陵本書下有曰字案二本是也向下不當有曰字二本皆衍可百餘斛茶陵本此下有也字云五臣無
表本云善有案此所見不同或尤刪之也注大蒜勿食表本茶陵本勿作多是也而外內受
敵表本云善作內外茶陵本云五臣作外內案此疑尤以五臣改之也爲受病之始也表本云善
無受字茶陵本云五臣有案此疑尤以五臣添之也注臣瓚曰魏桓侯表本茶陵本無此六字
縱聞養生之事茶陵本生作性云五臣作生表本云善作性案此尤以五臣改之也注猶如

麃陳云麃麃誤是也各本皆譌注桀溺曰滔滔者表本滔滔作悠悠案悠悠是也茶陵本亦
誤與此同陳云陸氏釋文滔滔鄭本作悠悠注自據鄭康成本與他本不同也注河上公曰抱下至
故能爲天下法式表本茶陵本無此二十字注河上公曰大順者天理
也表本茶陵本無此十字○運命論○注春秋河圖下至聖明表本此十九字
作聖明已見王命論七字是也茶陵本複出與此同非注亦然案亦上當有治字各本皆脫此所引處方
篇文也注知非遇也案遇當作愚各本皆誤注非加益也案非上當有知字各本皆
脫以遊於羣雄下至莫之逆也表本茶陵本校語云善無此一段說詳下注漢書
曰下至皆不省表本茶陵本無此一節注案二本所見傳寫脫去正文及注一節也後不闕銘計如投水
引此論張良及其遭漢祖其言也如以石投水莫之逆也爲注然則善有可知尤所見本蓋爲未誤注夏氏
乃櫝而去之表本茶陵本無夏氏乃三字是也注過婦人陳云過遇誤是也各本皆譌

注靈景周之王未者也表本未上有者字案疑弊字之誤尤刪非也茶陵本刪去此一句更
非注睎驥之馬表本睎作希下同茶陵本亦作睎與此同案正文作希注希望也亦仍作希似睎字
依法言改之也注三事不使知政遂各偃息養高表本茶陵本無不使知政遂各
六字案此尤添之也雖造門猶有不得賓者焉表本此下有善注或無雖造門三字一句
茶陵本無案無者蓋脫然而志士仁人茶陵本無然字云五臣作然表本無而字云善作而案此
依五臣改善又誤兩存其字非注欲遂其志之思也表本茶陵本無之思二字不徼而
自遇矣表本茶陵本徼作邀案二本無校語恐非善五臣之異善引西京賦不徼自遇彼賦今爲邀字此注
尤及表作徼非也茶陵本作邀是也尤延之蓋依所見之注改正文而誤注脉相視也案視字不當有
各本皆衍說見古詩十九首內蓋知伍子胥之屬鏤於吳表本茶陵本屬作鐲案注引左
傳字作屬或五臣作鐲二本失著校語耳尤所見是也注吳將伐齊表本茶陵本無將字注王

及列士皆餽賂表本茶陵本無此七字注是豢吳也表本茶陵本也下有夫字案有
者是也尤誤刪之注反役表本茶陵本無此二字注改姓爲王孫欲以辟吳
禍表本茶陵本無此十字案此節注皆尤用左傳增多其實非也注諸子欲厚葬湯母曰
表本茶陵本重湯字是也案漢書重蓋笑蕭望之跛躓於前案之下當更有之字各本皆脫
也注道病死案此下脫尚當有善論石顯病死而言絞縊未詳之注表茶陵二本皆幷善於五臣遂致
失去今無以補之注桓公新論曰何校公改譚陳同各本皆誤注杜預左氏傳
注曰冒貪也表本茶陵本無此十字璣旋輪轉案璣當作機注同注中所引鄭尚書注轉
運者爲機木誤可見善自作機不作璣蓋五臣作璣而各本亂之宋文元皇后哀策仰陟天機茶陵本作機表本作
璣皆失著校語彼注文證益明但各本彼及此注中多改機爲璣故讀者鮮察其實必是善五臣之異如旋五臣作
琁二本仍無校語亦失著也注言傳其所順以天下之謀案順以當作以順各本皆

倒○辯亡論○注北至南陽茶陵本北作比是也表本亦誤北注陳忠曰何校陳改閻陳同是也各本皆誤飾法脩師案飾當作飭注引易作飭各本正文皆傳寫譌也晉書作飭吳志注作飾羣書中二字多錯互今易作勑則飾字非矣注班固王命論曰何校固改彪陳同是也各本皆誤注虞翻性不協俗表本無性不協俗四字是也茶陵本此上下複出者更非注孫權以爲車騎將軍陳云將軍下脫主簿二字是也各本皆脫注徃濡須口陳云徃徃誤是也各本皆譌注公孫獲曰陳云獲玃誤是也各本皆譌注先主徂于永安宮表本徂作殂是也茶陵本此注并善於五臣文句全非而吳莞然茶陵本莞作莧注同校語云五臣作莞表本校語云善作莧其注中亦皆作莧考論語釋文莧爾字如此尤因今論語作莞定從校改遂以五臣亂善非晉書作莞吳志注作莧即莧之誤也注晉人使子貢何校貢改貟陳同是也各本皆譌注羽檄重積而狎至何校積改迹陳同是也各本皆誤注字略作輣樓

異九　十三

也案樓下當有車字各本皆脫注尚書曰尚有典刑何校改尚書作毛詩下文毛詩改又陳同是也各本皆誤注皆指事不飾忠懇何云案吳志忠懇下有內發二字此脫當增入案所校是也各本皆脫注子不聞周舍之諤諤案子字不當有各本皆衍注孫皓遂用元爲宮下錄事表本茶陵本無遂字案此尤添之也又陳云錄事當作鎮是也各本皆誤非有工輸雲梯之械何校工改公陳云工公誤今案晉書吳志注皆是工字疑士衡謂之工輸未當輒改也注王濬鼓入于石頭陳云鼓下脫譟字是也各本皆脫注張悌字臣先何校臣改巨陳同是也各本皆誤注說文曰詭變也案詭當作恑此所引心部文又觀下注可見表本亦誤詭茶陵本刪此注更非○辯亡論下○注左氏傳曰下至比于諸華表本此十八字作諸華已見上文六字最是茶陵本複出非注莊子許由曰齧缺之爲人也聰明叡智表本茶陵本無此十五字注使親近以巾拭面表本

茶陵本使作便無近字拭下有其字案此尤延之以吳志注所引校改之也陳云當時左右給使之人謂之親近監見國志或二本譌耳注船載糧具俱辦陳云載字衍糧下脫戰字是也各本皆誤注爲軍後援也陳云軍卿誤是也各本皆誤甲宮菲食表本茶陵本此下校語云善有貪字案二本所見傳寫衍以豐功臣之賞表本茶陵本無以字下以納謨士之筭同案晉書無吳志注有此尤延之依吳志注添之也注賈逵國語注曰謂告也言何以告天下也表本茶陵本無此十六字注慊不足也表本此下有口簟切三字是也尤改入正文下非茶陵本正文下載五臣苦簟音而刪此更非百度之缺粗脩表本云善作粗茶陵本云五臣作粗案注云粗古粗字似二本所見是也但晉書吳志注皆作粗他書既未見有借粗爲粗者士衡他文用字亦少此類無以考之注抯古粗字表本茶陵本抯作粗案此未審說見上雖醲化懿綱表本茶陵本綱作網案此尤校改之也晉書綱吳志注綱尋文義以綱爲是二本所載五臣翰注云以網羅天下然則五臣網或失著校語善無注

異九　十四

可證其實未必同五臣也抑其體國經邦之具表本茶陵本邦作民案晉書邦吳志注民此亦尤校改之也文義兩通未知善果何作注幾音其近也表本茶陵本其作基是也又案近也當在音基上各本皆倒天子總羣議表本云五臣作議茶陵本云善作詛案此亦尤校改之也晉書吳志注皆作議二本所見未必是憑寶城以延强寇案寶吳志注作保晉書亦作寶與此同詳保城與貲幣偶句蓋保即今之堡字保足寶非也表茶陵二本所載五臣翰注云寶猶堅也文義殊爲不安善未必同五臣或失著校語注因部分諸軍吳彥等何校吳改吾陳同是也各本皆誤寬沖以誘俊乂之謀茶陵本云五臣作乂表本云善作人案晉書吳志注皆作乂二本所見非

卷五十四○五等論○夫體國經野表本茶陵本經野作營治案二本是也晉書作經野尤依之改非注而獨斯畏何校而改無陳同是也各本皆誤不如利而後利之之利也表本云善無也字茶陵云五臣有案此蓋所見不同或尤校改之也晉書有又案五臣晉

書不重之字非也今荀子富國篇亦未誤凡五臣雖同晉書仍善是設非者今不悉出注言王諸侯
治之也表本茶陵本王作任是也案治之當作之治各本皆倒注漢書徐樂上書曰
下至此之謂土崩表本茶陵本此在家語孔子曰云云之前案依善例當云土崩巳見上文蓋後來改
爲複出而又誤倒之耳尤順正文乙轉仍未得善舊也注告于諸侯曰王居于疏諸
侯釋位表本茶陵本無曰王居于疏諸侯七字國慶獨饗其利表本獨下有校語云善作
猶茶陵本無校語案二本所載五臣良注云言秦獨饗天下之利是其本作獨也尤及茶陵蓋以五臣亂善晉書獨
又本篇忘萬國之大德表本萬作經云善作萬茶陵作經仍失著校語又愿法期於必涼表茶陵二本涼作諒其實
善涼五臣諒二本失著校語彼尤本皆校改正之矣注班固漢書表曰表本茶陵本表作贊案此
尤校改之也皇祖夷於黜徒案黜當作黔晉書正作黔最爲不誤此注云然黔當爲黥雖正文用
黔首字爲黥布字故善云爾也必五臣因此注改黔爲黥後來各本以之亂善而失著校語又此注亦多誤見下

異九　十五

注史記曰荊王劉賈者下至蓋別有所見表本茶陵本無此五十九字案二本
最是此不知何人駁善注之語必別本有記於旁者而尤誤取以增多也注尚未足黔徒羣盜
所耶案黔當作黥各本皆誤說見下注然黥當爲黔案黥黔二字當互易此因正文既改作黥
與注不相應復改注以就之也考史記漢書黥布不得云當爲黔甚明他書不更見有作黔者上條楚漢春秋亦誤
改無疑注縱恣意陳云縱下脫橫字是也各本皆脫注生子頽子頽有寵表本
茶陵本不重子頽二字注我實能使狄案能字不當有各本皆衍注號曰共和共
和十四年表本茶陵本不重共和二字注鄭伯將王自圉門入虢叔自
北門入表本茶陵本無此十四字注次于陽樊表本茶陵本無此四字注恭王有
寵子表本茶陵本無王字是也良士之所希及案當依晉書去之字各本皆衍○辨命
論○注峻字孝標辨命論表本茶陵本無峻字二字案無者是也下五字爲一句注

郭璞曰孫子荊案此有誤也璞疑當作子郭子三卷在隋志小說注然則占候時
日案則字不當有各本皆衍善例無此也注此其大較者也表本茶陵本大下有彰字注
閔子騫曰案騫當作馬各本皆誤夫通生萬物茶陵本通作道表本無夫通二字案二本
不著校語無以知善果何作梁書作夫通考選文與本傳向不齊一但可資其借證難以指爲專據何校於此篇多
所更改皆選文未必非本傳未必是今均不採注猶陶鑄堯舜也表本茶陵本猶上有將字注
言殺也表本茶陵本無此三字注載寔其尾毛長曰寔表本二寔字作躔茶陵本
作寔案躔字是也正文善作躔梁書同故破寔爲躔而引之注家語曰顏回下至薄言采
之表本茶陵本此七十六字并於五臣非也尤所見未誤注追論夫子言表本茶陵本言上有
之字注樂正子春見孟子曰表本茶陵本無春字案有者非注狀亭亭以岧
岧案岧岧當作苕苕各本皆誤徵草木以共彫表本茶陵本徵作候是也梁書作候注黜

異九　十六

婁先生表本茶陵本黜作黔是也注垂髮臨鼻長肘而盩表本茶陵本髮作眼盩下
有股字案今呂氏春秋作眼其盩下仍無股字或尤刪之也注呂氏春秋曰道也者下至
不可爲壯表本茶陵本無此二十字注彭彭越韓韓信表本茶陵本無此六字案此因
同五臣翰注而刪之尤所見是也注淮南子曰哆嗎蘧蒢戚施醜也案此有誤
也所引脩務訓文哆上有唴䐒二字無醜也二字高誘注云唴䐒哆嗎蘧蒢戚施皆醜貌也或許慎云醜也耳未審
善兼引正文及注或但引注無以補正注渙散也表本茶陵本無此三字注貌摯夷何校
摯改埶陳同是也各本皆譌注淮南子曰歷陽案此有誤也以下至國沒爲湖皆注文不得云
淮南子曰未審所脫注有兩諸生告過之謂曰何校去告字是也各本皆衍注太
常上對諸儒太常奏宏第居下策何校策下添奏字陳同案此有誤也考漢書云
宏至太常上策詔諸儒又云太常奏宏第居下策奏必善連引此二處耳注猰貐鑿齒九嬰大

風封豨修蛇 表本茶陵本猰貐作窫容猶作豕鑿齒二字存修蛇上案此九校改之也下高注仍作窫窫家所改茶本是 注毛萇曰杯晚切 陳云曰下脱扳板反也四字是也各本皆脱 注司馬子韋曰 案馬當作星思元賦注可證又案表茶陵二本此一節注并入五臣非也尤所見未誤 注磨其手 案磨當作磿各本皆譌與廣川長岑文瑜書引作鄏云鄏音鄏可證考呂氏春秋亦作鄏鄏磿同字磿譌而為磨猶顏氏家訓所謂容成造磿為碓磨之磨耳故鄏今亦譌而為鄏也皆當訂正 注若以善惡猶命 表本茶陵本猶命二字作之理無徵四字是也 且于公高門以待封 表本云善作門髙茶陵本云五臣作高門案二本所見傳寫譌倒非也此亦尤校改正之梁書作髙門 注激過之辭也 表本過作過是也茶陵本亦誤過莊子釋文李云謂激過也可借證 注黃鵠啄君稻梁 案梁當作粱各本皆誤 注予惡乎知說生之或非邪 案或非當作非或各本皆倒誤 注予惡乎知惡死之非弱喪而不知歸者邪 表本茶陵本非弱喪而不知歸者邪九字作或是邪三字案此尤校改正之者

異九　十七

文選考異卷第九

文選考異卷第十

賜進士出身通奉大夫江南蘇松常鎮太倉處承宣布政使司布政使胡克家撰

卷五十五〇廣絕交論〇注劉璠梁典曰 表本茶陵本無此五字案此節注表并善入五臣茶陵并五臣入善皆非 注慕尚敦篤 表本茶陵本慕作莫是也 注芳芳漚鬱 表本茶陵本下芳字作香是也 注班固漢書贊曰 陳云贊述誤是也各本皆誤 注試欲効其款款之愚 陳云試誠誤是也各本皆譌 注年十三 表本茶陵本無此三字 注口相切直也 表本茶陵無空格是也此初有衍字後脩去之 注論語子張曰敢問崇德辯惑 表本論上有巳見七命四字茶陵本無案依善例當作辯惑巳見七命六字不複出論語以下云云各本皆非 注棠棣之華 茶陵本棠作唐下同是也表本亦誤棠何陳校改唐 然則利交同源 表本云善有則字茶陵本云五臣無則字案各本所見皆非也則不當有但傳寫衍梁書任昉傳所載亦無則字 注雕刻鑪捶喻造物也 表本茶陵本無此八字 注以灼火也 表本茶陵本也下有之瑞切三字案真善音也正文下朱靡二字乃五臣音尤去此存彼非 注秦嘉婦詩曰 案婦上當有贈字各本皆脱 注惟思致款誠 表本茶陵本惟作遺是也 注蔡澤顩頤折頞 表本顩作頟茶陵本與此同案依表本疑善正文亦作頟今各本皆作顩蓋五臣亂之梁書亦作顩善與彼多異如論嚴苦彼作枯有旨哉有旨哉彼不重英時後邁彼作特善注明文俱相乖互難以為證 注論語曾子曰鳥之將死其鳴也哀 表本茶陵本無此十三字案此因巳見五臣而節去 注詩谷風曰將恐將懼寘予于懷 表本茶陵本無此十二字案此因巳見五臣而節去 注毛萇詩曰溉 何校詩下添傳字陳同各本皆脱 注以伯嚭為太宰 表本茶陵本嚭作喜案二本是也下注所謂或作伯喜即指此考史記五子胥列傳索隱有喜音嚭之語是善引與小司馬正合不如今本史記作嚭也上注所引亦以嚭為大夫嚭必本作喜各本皆誤當依此訂正 注乃自

異十　一

劉表本茶陵本劉作到是也注厥篚織纊何校織改纖陳同是也各本皆誤注屬纊以
候氣案候當作侯下當有絕字各本皆脫誤注信陵之名蘭芬也何校蘭上添若字陳
同是也各本皆脫注班固述曰莊之推賢於茲爲德表本茶陵本作班固贊曰
鄭當時之推賢也案二本是也此引本傳贊尤校改甚非注說文曰輜車軸端案輜當作轄各
本皆譌注驥於是迎而鳴者表本茶陵本迎作仰是也注烈士傳曰表本烈作
列是也茶陵本亦誤列注陽角哀茶陵本陽作羊表本與此同案陽字是也古陽羊通用蓋正文善
陽五臣羊各本亂之茶陵并改注者非梁書作羊彼固多異也寄命嶂癘之地表本茶陵本嶂作鄣
案表茶陵二本所載五臣向注字作鄣其善注仍作嶂字然則善嶂五臣鄣也二本失著校語梁書作瘴俗何云三
國志皆用嶂注劉孝標與諸弟書曰案標當作綽各本皆誤本傳云孝綽諸弟時隨藩皆
在荆雍乃與書論共洽不平者十事其辭皆鄙到氏云云此所引即其一事也孝綽彭城人故下稱孝標云平原劉

峻不知而妄改絕無可通今特訂正注攸然不相存贍表本茶陵本攸作悠是也○演連
珠○注天地所以施生案生當作化各本皆誤注在地則化案地當作川化
當作虛各本皆誤注以導其氣也表本茶陵本導作通無其字案此蓋尤校改之也注然
水火相殘表本茶陵本殘作踐是也注閔子騫曰案騫當作馬表本亦誤茶陵本改爲公鉏
然之大謬注而不可以相違表本茶陵本違作爲是也注陳敬仲曰表本茶陵本作
毛詩曰案此尤校改之也注漢書曰成帝下至故世謂之五侯表本此三十二字作
五侯巳見鮑明遠數詩鼎也茶陵本複出非注言口至道均被表本茶陵本言口作善曰案尤
改善曰入下而誤衍言字下注首空二字者三處皆尤改此亦當同彼矣注而可御於前也何校
去而字陳同各本皆衍注陰暑影之候也表本茶陵本無之候二字是也注候明時
以劾績表本茶陵本候作願是也注何休公羊傳曰案傳下當有注字各本皆脫注

尸子曰下至是弗聽也表本此二十五字作繞梁巳見張景陽七命是也茶陵本複出非注
書出瞑目陳云瞑瞋誤是也各本皆譌注子以父言聞於君乃召蘧伯
玉表本茶陵本無於字乃字注可謂生以身諫表本茶陵本無可謂二字注薦之於
穆公表本茶陵本無於字注晏子春秋曰下至晏子之謂也表本此一百二十八
字作齊堂之沮巳見張景陽雜詩是也茶陵本複出非注孫卿曰案卿下當有子字各本皆脫聲
叟清耳表本茶陵本叟作史案此尤誤改也注謂以明水滫瀡粢盛黍稷表本
茶陵本二滫字作瀡案此當作滫瀡尤校補瀡而誤并改瀡耳注善曰日月發輝案善曰二字不
當有表茶陵二本誤在注首尤移入下而仍衍此非非假百里之操案五臣百作北表茶陵二本校
語云善作百五臣作北百里不可通此必有誤疑里當作牙劉及善無注以百牙自不煩注耳注善曰下
愚由性案善曰二字不當有說巳見前注戰國策曰白骨疑象碔砆類玉

表本此十二字作武夫巳見上文是也茶陵本複出非注繫一柷之功也案繫當作擊一字不
當有各本皆誤衍注言爲政之道恕己及物也表本茶陵本無道字注誅猶
痛責之甚也表本茶陵本無猶痛之甚四字注衝風起兮橫波案橫上當有水字各
本皆脫注唯化所珍陳云珍疑甄今案當作移各本皆誤注流爲水及風案流字不
當有各本皆衍注史史魚也表本魚下有並巳見上文五字是也茶陵本複出非尤刪削益非注而
悲感者也案悲字不當有者當作周各本皆誤此以感周與上句悲殷對文注或者以詩
序云表本茶陵本無或者以三字案此注各本皆有誤無以正之注善曰性命之道何校
去善曰二字是也各本皆誤注文子曰何校文上添善曰二字陳同是也各本皆誤注蔡邕
琴操曰下至象五行表本此十六字作巳見上文是也茶陵本所複出云云皆非
卷五十六○女史箴○王猷有倫茶陵本王上有而字云五臣無表本云善有案

此尤誤去之也 注王猷允塞 表本茶陵本猷作猶是也 施衿結褵 陳云褵據注當作離案所校是也表茶陵二本所載五臣翰注中字作禱是其本乃作禱各本以之亂善而失著校語正文與注遂不相應甚非 注徐幹中論曰 表本徐上有同衾夫婦也五字茶陵本無 ○封燕然山銘○ 注謂登用輔翼 表本茶陵本無用字翼下有也字案此尤校改之也 注如虎如貔如熊如羆 案當作如虎如羆如貔如離不知者改之耳各本皆誤後漢書章懷注引亦可證 注此音訓並與上同也 案此下當有離字並字不當有上當作螭各本皆誤 然後四校橫徂 表本茶陵本云善作狙案狙傳寫誤尤校改正之也 注子稽鬻立也 何校鬻改粥是各本皆譌 注殺北都尉 何校北下添地字尉下添卬字陳同是也各本皆脫 注與碣同 表本茶陵本同下有音義曰渠烈切六字案二本最是尤誤去 ○座右銘○注行行剛強貌 表本茶陵本貌下有論語曰長沮桀溺耦而耕孔子使子路問津焉桀溺曰悠悠者天下皆是也而誰與易也三十四字案二本是也此尤誤刪 注郭璞三蒼曰 表本茶陵本無郭璞二字 ○劒閣銘○注假稱蜀都太守 陳云都郡誤是也各本皆譌 ○石闕銘○注尚書曰湯既黜夏命 陳云書下脫序字是也各本皆脫 注書曰有扈氏威侮五行怠棄三正 表本茶陵本無此十三字案此尤校添之也 刑酷然炭 何校然改爨今案所改非也廣韻一仙爨字下引此刑酷爨炭故何據之考廣韻所引如十姥之抱土含虛二十陌之嘆嘆不得語之類與今本選文迥異皆別有所出不容相證何未得其理耳茲地無取焉 注三年十二月 陳云三二誤是也各本皆譌 注胡馬之千羣 案之字不當有各本皆衍 注魏略王陵 陳云陵當作夌下同是也各本皆譌 注以卿非肯遂折節者也 陳云遂逐誤是也各本皆譌 注以牛為禮 茶陵本禮作礼表本與此同案當作札各本皆誤 伐罪弔民 表本茶陵本云民善作人是也注弔其民二本作人此皆誤改 注湯始征口自葛 表本茶陵本無空格是也 注曰桀為無道

表本茶陵本無日字是也 注李康運命論 表本茶陵本無李康二字論下有曰字是也 注口又曰 表本茶陵本曰又作尚書案此尤校改正之也前樊鄧威懷巴黔底定注亦連有兩尚書曰尤仍未改必本注每句下故如此耳 注升于中天 表本茶陵本于中作中于是也 注蒼頡曰 何校頡下添篇字陳同是也各本皆脫 注祝良為梁州刺史 陳云梁疑當作涼祝良刺涼州見范史陳寵傳案所校是也各本皆誤 注禮經謂周禮也 案禮經當作經禮各本皆倒 注其角一正東 表本茶陵本無其角二字 或以布化懸法 表本茶陵本化作治何校改治今案非也此諱治為化五臣迥改二本失著校語尤所見為是矣凡餘於諱字不可悉出但讀者當知其多失舊耳 色法上圓 表本茶陵本校語云圓善作負案二本此注字乃作圓篇末注則作負今盡作圓蓋皆尤所改其實非也負圓古同字下篇金簡方負之制二本有校語正文及注皆作負是也又圓流內襲各本皆以五臣亂善非 注臨煙雲 陳云雲雨誤是也各本皆誤 注故云却背也 表本也下有後注同三字案表本凡云後注同者皆弃善入五臣然則此後當有周禮曰應門二轍漢書曰秦地五方雜錯然此五方謂吳之五方也二十六字今在其所載向注中也茶陵本亦弃入五臣失著餘同向注尤所見蓋與之同誤 ○新刻漏銘○注孟春始嬴 表本嬴作贏下同案贏字是也茶陵本亦誤贏正文作盈疑尚有盈贏異同之注而未全 注掌壺以令軍井 茶陵本掌下有挈字是也表本亦脫 注懸壺以哭 案哭上當有代字下當將者字各本皆脫 注令軍中衆 何校衆上添士字是也各本皆脫 注鄭元曰 下至異晝夜漏也 此三十二字表本茶陵本無案因已見五臣而節去二本非尤是也 注新序固乘曰 表本茶陵本無固乘二字 布在方冊 表本云善作布在方冊茶陵本云五臣作有布方冊 案各本所見皆非也此以有布與下無彰偶句非取禮記成文善亦作有布涉注文而傳寫誤 注布在方冊 表本茶陵本冊作策案此尤順正文改耳蓋二本注有是而尚有冊策異同之注否則善正文自作策也 注有水亦其中 表本茶陵本無此五字 注晝夜漏起 案晝字不當有各本皆衍 注則河

瀟海夷表本茶陵本作則河海夷晏案此尤校改之也注周禮曰下至以叫百官此十
六字表本茶陵本無案因已見五臣而節去注諸侯有日御表本御下有草創已見上文六字是
也茶陵本複出非尤刪削益非注登大庭之庫何校庭下添氏字是也各本皆脫注謂土
圭也表本也下有已見上文四字是也茶陵本複出非注十累一銖表本茶陵本銖下有撮麤
括切四字是也案此善音尤誤去注巴郡落下閎與焉表本茶陵本無巴郡二字無得
而稱也案得當作德茶陵本云五臣作得表本云善作德此以五臣亂善注孔甲有盤盂
之戒表本茶陵本戒下有言也二字案此尤校刪之也注紀善綴惡表本茶陵本綴作掇是也
注奧矣不窮表本茶陵本奧作煥是也注呂氏春秋曰表本呂上有熙載已見上文六
字是也茶陵本複出非尤刪削益非注角平升桶權概案升當作斗各本皆譌注禮義
消亡表本茶陵本禮上有齊宣公之時五字案當衍齊字耳何陳校皆改齊為衞擊刀舛次表本
茶陵本刀作刀案注中字各本皆作刀又上注引漢舊儀擊刀斗表茶陵二本亦作刀考此字本作刀後人作刀以
別之蓋已久矣其錯出作刀者轉因譌而偶合於古耳餘放此不具出聚木乖方表本茶陵本聚作叢
案善引周禮以序聚櫋為注是其本作聚二本所載銑注則云叢木是其本作叢二本失著校語也當以尤為是矣
月不遁來茶陵本云五臣作遁表本云善作知案此尤校改也知字不可通必有誤或亦作遁與五臣無
異而尤改為得之或善自作知而不字有誤今無以考也○王仲宣誄○誰謂不庸何校
庸改痛陳云庸痛誤表本茶陵本作痛云善作庸案庸字不可通蓋各本所見皆傳寫誤注遭家不造
表本茶陵本遭家作少遭案此尤所校改也注國稱陳留風俗記曰何校國改圖陳同是
也各本皆譌注魏滅表本茶陵本無此二字注易稱所謂陽九之厄案稱當作
傳各本皆誤注魏志曰粲下至為龍為光此二十七字表本茶陵本無案因已見五臣而
節去注幽贊於神明表本茶陵本贊作讚是也綦局逞巧案綦當作棊注中字可證五臣

作棊表茶陵二本正文及其所載銑注如此此尤改棊為碁而誤成綦字注是用不售案售當作集各
本皆譌注南郡有編都縣表本茶陵本縣下有音義曰編音鞭都音若九字案此眞善音正文
下若字五臣音也尤誤刪此存彼注將命之日表本茶陵本將下有尋字是也與君行止
表本茶陵本君作軍是也此此尤本誤字注小人徇財君子徇名表本作背士之徇名小人
之徇財茶陵本與此同案此尤改也○楊荊州誄○滎陽楊史君表本茶陵本史作使
案此似善史五臣使同二本失著校語也不注實左右商王表本茶陵本無實字案此尤所校添
也二十八將論運命論褚淵碑文注引皆無不與今毛詩同添之未是注周禮曰誄者表本茶陵
本禮作書是也注有韎韋而跗注者何校而改之去者字是也各本皆誤投心魏朝
茶陵本魏作外云五臣作魏表本云善作外案此尤校改以五臣亂善注錫爾土宇歸章案錫
字不當有歸當作吸各本皆誤注晉宮闕銘曰案銘當作名各本皆誤後宜貴妃誄引同注神
亦往焉觀其苛慝表本茶陵本亦往焉作人案此尤校改之也僞師畏逼何校師改
帥陳云此謂步闘也師乃廟諱似不應用案所說是也帥字別體作師因致譌耳他書亦往往相混注景命
有順何校順改傾陳同是也各本皆譌聖王嗟悼表本云善作王茶陵本云五臣作主陳云作主
為是案王蓋傳寫誤注先王覆露子也陳云王主誤是也各本皆譌○楊仲武誄
○楊綏表本茶陵本綏作經是也此尤本誤字何陳校皆改經注將何以終遂誓施
氏表本茶陵本無此八字喪服同次茶陵本同作周云五臣作同表本云善作周案此尤校改以五
臣亂善當此衝燚案燚當作猋各本所見皆非
卷五十七○夏侯常侍誄○譙人也表本茶陵本譙下有國譙二字是也此尤
本脫辟太尉府何校府下添掾字陳同案此非也表本云善無掾字茶陵本失著校語何陳誤依之仍
為太子舍人表本茶陵本無仍字是也此尤本衍注禮記曰人生二十曰弱

冠表本茶陵本無此十字案此即尤誤取增多者注視之如傷表本之作民是也茶陵本亦誤之
注曹子建楊德祖書曰何校楊上添與字陳同是也各本皆脫莫涅匪緇案緇
當作淄注引論語作淄可證後漢書皇后紀論遂忘淄蠹章懷注云淄黑也座右銘在涅貴不淄注亦引涅而不淄
淄緇同字耳不知者誤改之也表本并善注改爲緇字大誤入侍帝閽表本茶陵本閽作闔案此無以
考也注而誰爲表本茶陵本爲下有歟乎二字案此尤校刪之也○馬汧督誄○注
蘭羌案蘭上當有馬字關中詩注引有各本皆脫今晉書惠帝紀亦可證也注氐以偏師陷
案氐下當有子字各本皆脫注氐出東南隅曰陳云隅下脫行字是也各本皆脫注羌
什長肇便然叟蓋其種也案便當作使更當作叟各本皆誤善意謂叟即傻字也或尚有
傻叟異同之語而不全若作便更則不相通又案以此推之正文及上注二更字皆叟之誤後誄肇更悉雖亦然
注下礌石茶陵本礌作壘表本作壘案壘字是也此所引李陵傳文注城上礌石也表本

選六十　八

茶陵本礌作壘案各本皆非當作雷此所引晁錯傳注文注然礌與壘並同案壘當作壘雷二字
各本皆誤注梠楣也表本梠上有孚廢切又曰五字也下有又曰二字是也茶陵本與此同非注幕
罿內井表本茶陵本無此四字注於幕中府表本茶陵本無府字是也注梁王彤
陳云彤彤誤是也各本皆譌又案關中詩注與此同亦譌也注何戴表本茶陵本作何戴切三字在注末
是也注然則口不言案則字不當有各本皆衍注甘茂謂楚王曰魏氏聽
表本茶陵本無此九字注獨行怨雎之心案怨當作怒各本皆譌注司馬兵法
曰陳云曰字衍是也各本皆衍精冠白日表本茶陵本冠作貫是也此尤本誤字注康雎
曰陳云康唐誤是也各本皆譌注太尉應劭等議何校尉下增掾字陳云脫掾字見後安陸
昭王碑是也各本皆脫注王逸楚辭曰陳云辭下脫注字是也各本皆脫梧穴以斂
表本茶陵本梧作捂注同是也此尤本誤字注棰也表本茶陵本棰作捶是也悠悠烈將何校

烈改列陳同各本皆非注模表本茶陵本作音模二字在注末是也甘棠不翦表本茶陵本不
作勿案此無以考之注若不戢翼而少留也案若字不當有各本皆衍琅琅高致
表本茶陵本作硠硠注同是也此尤本誤注堅也表本茶陵本也下有力唐切三字是也○陽給
事誄○注文士顏延年表本文上有後文帝立命五字茶陵本無案此節注表并善入五臣
茶陵并五臣入善皆非其舊注摩表本茶陵本無此字注末有劘與摩音義同六字案有者是也尤刪移非
注列營碁跱案基當作碁各本皆譌注撓敗也案敗當作曲各本皆誤所引在成二年
注左氏傳曰下至殺陽處父表本茶陵本無此八十八字何校去陳云刪本無之爲是案此
即尤誤取增多者注盾佐之表本茶陵本盾上有趙字是也注苦夷也表本茶陵本苦下有
越苦二字是也舊勳雖廢茶陵本廢作發云五臣作廢表本云善作發案此尤校改正之也發但傳寫誤
注其知深其慮沈表本茶陵本此六字作其勇沈也四字注服服馬也衡車

選六十一　九

衡也表本茶陵本無此八字案無者最是此尤誤取增多注章帝詔表本茶陵本詔下有曰字是也
注蒼頡曰何校頡下添篇字陳同各本皆脫注疏分也表本茶陵本無此三字○陶
徵士誄○注說文曰璇表本茶陵本璇作琁是也注韓詩外傳曰下至何
患無士乎表本無此注茶陵本有案疑茶陵複出尤所見與之同耳蓋本是無足而至巳見上文表因巳
見五臣而刪削此句注豈宴棲末景表本茶陵本豈作堂案堂亦非也當作賞注親探井
曰茶陵本探作操是也表本亦譌注田對曰案田字不當有各本皆衍注亦爲親也表本
茶陵本亦作以是也注劬表本茶陵本作音劬二字在注中履頭也下是也注劉劭集有酒
德頌何校劭改靈陳云劭伶誤案靈是也說見前又諸碑文作伶亦非注得黃金百斤案斤
字不當有百與諾協韻茶陵本作兩亦衍表本此節注并入五臣亦作兩然則五臣妄增之也漢書無今史記衍斤
字尤依之改非又案表本錯善注同三字在貞夷粹溫句五臣注下更爲誤中之誤注列士懷楨散

覃表本懷作褱是也茶陵本亦誤懷此所引田子方文注范曄後漢書曰論表本曰論作論曰是也茶陵本亦誤倒注孟子曰下至君子不由也表本茶陵本無此二十字案此因已見五臣而節去尤添之爲是敬述靖節案靖當作清表本云善作靖茶陵本云五臣作清各本所見皆傳寫誤此下八句敘述薄葬必是清節無疑至末旒此靖節方說其謚相涉致譌並非善如此注訃或作赴表本茶陵本或下有皆字案有者是也此所引雜記上注文尤誤刪注斂手足形表本茶陵本手作首是也案尤誤改至方則礙表本茶陵本礙作閡案此蓋尤改之未必是也注未必撅也表本撅作擨下同是也茶陵本亦誤撅案正文作蹷或尚有蹷撅異同之注注飄風與案與當作輿各本皆譌注百官箴王闕何校重官字是也各本皆脫注妻曰昔先表本茶陵本先下有生字是也○宋孝武宣貴妃誄○注而温之至生黍案之字不當有各本皆衍天寵方降表本茶陵本降作降是也何校改隆案此尤本誤字注敵揚厚德表之旐旌表本茶陵本厚作后旐作旐案此尤校改之也處麗絺綌茶陵本云五臣作綌表本云善作綌案綌即綌別體字此及注皆尤所改耳視朔書氛茶陵本云五臣作氛表本云善作氣案此亦尤所改注爲紫禁表本茶陵本禁下有禁密奧又謂之巖奧八字案此尤校刪之也宮別寢表本茶陵本無別寢二字案此尤校添之也注毛詩曰凱風陳云詩下脫序字是也各本皆脫注司馬彪漢書曰表本茶陵本漢上有續字是也循閭闔而逆渡案渡當作度注同表本云善作渡茶陵本云五臣作度各本所見皆傳寫誤注乃奏樂三日而終表本茶陵本無而字注瓚說是也表本茶陵本也下有輬力嵯切四字是也○哀永逝文○注說文曰轜案轜當作轜各本皆譌此在車部作輀轜即輀別體字表本正文作輀蓋五臣改失著校語茶陵本作轜亦轜之譌耳嫂姪兮慞惶茶陵本慞惶作章偟云五臣作慞惶表本云善作章偟案此以五臣亂善非注陳琳武軍賦曰何校軍改庫是也各本皆譌注於西壁

異一　十

下塗之曰寢表本茶陵本寢作殯是也是乎非乎何皇表本茶陵本皇作遑案此善皇五臣遑失著校語注我獨而能無槩然表本茶陵本而作何是也卷五十八○宋文皇帝元皇后哀策文表本無皇帝元三字茶陵本有案此蓋善有五臣無而失著校語注詔前永嘉太守顏延年表本年作之是也茶陵本亦誤年注爲哀策文茶陵本文下有謚曰元三字表本無案有者是也注卭表本茶陵本作䢼音卭三字在注中桯餘征切上是也注韓詩纚繫也表本纚上有日字是也茶陵本亦脫何校詩下添章句二字陳同案各本蓋皆脫下注韓詩曰淑女同注劉熙釋名曰容車下至以合北辰表本茶陵本無此四十字注行表本茶陵本作珩音行三字在注中琚音居上是也注旌旗以銘功也表本茶陵本無此六字注左氏傳曰下至或憑焉表本茶陵本無此二十字案無者最是注呂氏春秋曰天道圓地道方何以說天道之圓也表本茶陵本無曰天道圓地道方何以九字案此校添之也注王者膺慶於所感案者字不當有感當作感各本皆誤注毛詩曰下至于以采藻表本茶陵本無此十三字注蘋之言賓藻之言澡表本茶陵本無此八字注故取名以爲戒表本茶陵本無此六字方江泳漢茶陵本泳作詠云五臣作泳表本無校語案茶陵所見非也注東都賦曰表本茶陵本賦作主人是也注陳女圖以鏡鑒顧女史而問詩表本茶陵本此十二字作陳列國史以鏡鑒也八字案此尤校改之也注之逝切表本茶陵本此在注未是也注零細切表本作眡音視沴零細切七字在注中漢書曰上是也茶陵本移零細切在注首非尤刪眡音視益非注漢書儀曰何校書改舊陳同是也各本皆誤注禮記曰下至必於歲之杪表本茶陵本無此十三字案無者最是○齊敬皇后哀策文○注追尊爲敬皇后表本茶陵本無敬字案此尤校添之也注東昏侯寶卷表本茶陵本侯

異十　二

賨卷作也是也注周禮曰遂人案八當作師各本皆誤注以歷車之役衛案以
當作共衛字不當有各本皆誤注柩載柳𦊓輪何校柩下添路字陳同是也各本皆脫注阮
瑀正欲賦曰案正當作止各本皆譌注今王翁鄭𪏭陳云鄭字衍是也各本皆衍
注賢女馨表本茶陵本馨下有香字是也注毛詩序曰下至被於南國表本茶陵
本無此十二字注孔安國傳曰何校傳上添尚書二字陳同是也各本皆脫注淮南子
曰下至高誘曰表本茶陵本無此十四字注軒轅星也表本茶陵本也作名又表本此下有
巳見上文曜星也七字茶陵本有曜星也三字案表本是也茶陵本刪非尤改益非注毛詩曰清廟
陳云詩下脫序字是也各本皆脫注璋瓚夫人所執表本茶陵本無此六字宸居長
往表本茶陵本居作駕案此尤改之蓋二本是注禮記曰曰表本茶陵本無空格是也映輿
鏤於松楸表本茶陵本鏤作鉸是也注同籍閟宮之遠烈兮表本茶陵本籍作藉是也

昊六十　十二　十上二三

終配祇而表命表本茶陵本祇作祇案此尤改之蓋二本是注趙達以機祥協
德案機當作機各本皆譌注假結帛巾各一枚表本茶陵本無枚字案無者是也范書光
武十王傳所載亦無此字可借爲證注可瞻視表本茶陵本瞻視作視瞻是也○郭有道碑
文茶陵本此上有碑文上三字另爲一行是也表本亦脫注魯人有儀公潛者案儀公當
作公儀各本皆倒此所引公儀第九文也將蹈鴻涯之遐迹案鴻當作洪注引西京賦神仙傳皆
是字可證表茶陵二本所載五臣翰注字作鴻蓋各本亂之而失著校語又案蔡中郎集亦作洪注由以
告巢父焉表本茶陵本無巢父焉三字注毛詩曰顯顯令問案曰下當有令問令
望出師頌曰八字各本皆脫陳改毛詩二字作史孝山出師頌六字未是也注君其試之表本茶陵
本無此四字注尚書祖乙曰案乙當作己各本皆譌○陳太丘碑文○注
袞職謂三公也表本無此六字是也茶陵本有其此節注與五臣錯互而誤衍懇於臧文

竊位之負表本茶陵本臧文作文仲案此無以考之集亦作文仲注孝經援神契曰
下此十八字表本茶陵本無案因至仁明已見五臣而節去尤添是也遣官屬掾吏何校吏改
史是也各本皆傳寫譌集亦作吏譌與此同注直用表本茶陵本作重直用切四字在正文以成時銘下
是也以時成銘表本茶陵本時成作成時案此無以考之也集亦作成時○褚淵碑文○
注於予小子案予當作乎各本皆譌用人言必由於己表本云善有人字茶陵本
云五臣無案各本所見皆非也蓋涉注引用人如用己而誤衍非善與五臣有異何校去言字亦誤注先過
表宏表本茶陵本宏作閎是也注譬諸汎濫案汎當作氿各本皆譌氿濫氿泉濫泉也荅賓戲云
懷氿濫何陳校改氿者非注范曄後漢書左朱零曰案書字當重左當作佐各本皆脫誤
何陳校去左字者非注鄭元禮記曰表本茶陵本記下有注字是也注閔子騫曰案騫
當作馬各本皆譌注有豫章郡雩都縣表本茶陵本無有字陳云當在雩字上是也尤校添

昊一　十三　二〇上二

而誤其處既秉辭梁之分陳云分五臣作介爲是案陳所說非也分字去聲謂其辭過分之賞由能
秉執己分合觀下句自明五臣誤讀爲介而云孤介之節全失文意此善與五臣截然有異不容亂之者注楚
人鬼之越人機之茶陵本上之作而無下之字是也表本誤與此同又案機當作機各本皆譌
注諫過而後賞善案後字不當有各本皆衍丹陽京輔何校陽改楊陳同是也下注同
案二字多相混此亦不具出注李尤有函谷關銘曰表本茶陵本無有字是也注太
宗明帝表本茶陵本無此四字案無者最是注孟軻曰茶陵本軻作子是也表本亦誤軻注
昔有魯伯禽陳云有者誤何校魯下添公字是也各本皆誤脫不貳心之臣茶陵本不
上有率字云五臣無表本校語云善無率案尤所見與表同是也茶陵校語有誤嗣王荒怠於天
位表本茶陵本王作主是也注檄太常曰何校檄改移陳同是也各本皆誤注君子徽
猷陳云子下脫有字是也各本皆脫注晉起居注曰帝詔曰陳云上曰字安誤是也各

本皆誤 注周禮大司徒職曰下至媚音因此六十四字表本茶陵本無 餐東野之祕寶茶陵本野作杼云五臣作野亦作序表本作野無校語案善注東野未詳又注然野當爲杼古序字表茶陵二本所載五臣翰注云野當爲序云云然則杼序皆後人改茶陵校語全非 注雖去列位表本茶陵本雖去作在是也 注又曰雒書表本茶陵本又作一是也 注河圖本紀表本茶陵本本作今陳云據王元長策秀才文注引璇璣鈐本命誤紀下脫也字是也 注晉書劉伶表本茶陵本無晉書二字伶作劭案尤所校改亦非劭當作靈說見前 注諸公給虎賁三十人表本三作二是也茶陵本亦誤三 注公繁騏而馳表本茶陵本繁作擊案此尤校改之也後齊故安陸昭王碑文注引作繁騏不誤亦可證 注知不如車之駃陳云駃駃誤是也各本皆譌齊故安陸昭王碑文亦譌駃 羣后恇動於下表本茶陵本動作慟案此無以考之也 注謝慶緒荅郄敬書曰表本郄作郗是也茶陵本亦誤郄刁案薇下當有輿字各本皆脫前遊天台山賦注引可證其郄字彼亦誤當互訂也 注五星聚房者陳云當重有房字是也各本皆脫 注同據而興陳云同周誤是也各本皆譌 注故良也表本茶陵本故下有曰惟二字 天鑒璿曜何校璿改琁陳云據注璿當作琁案表茶陵二本所載五臣良注字作璿此必善琁五臣璿各本亂之而失著校語 內謨帷幄表本茶陵本謨作謩案上文內贊謀謨作謨宏二八之高謩作謩善果何作無以考之也 注音逝表本茶陵本此二字在注末是也

卷五十九〇頭陁寺碑文〇 注王巾何校巾改中下同陳云巾中誤案說文通釋王中音徵俗作巾非何陳所據也各本皆作巾 注漢書枚乘上書吳王曰表本茶陵本無漢書二字 注大智度論曰亦以涅盤爲彼岸也陳云衍曰字是也各本皆衍 注宮商角祉羽也表本茶陵本祉作徵案此尤因諱改字耳 於是元關幽揵表本茶陵本揵作鍵表校語云善本作扌注字皆作揵茶陵本無校語注字皆作鍵案茶陵以五臣亂善非 注

物所以機心應之表本茶陵本所作斯是也 注廣雅曰撓亂也表本茶陵本此下有乃飽切三字是也 注劉蚪曰菩薩圓淨表本劉上有法華經曰慧日大聖尊久乃說是法十四字是也茶陵本亦脫 注子莊王陁立表本陁作佗是也茶陵本亦誤陁 注盡功金石案盡當作書各本皆譌 注名被東川陳云川疑州誤是也各本皆譌 注年二十五出家師釋道安符丕後還吳案此有誤劉孝標世說新語言語注引高逸沙門傳云年二十五始釋形入道恐此本與彼大意相同並不云出家師釋道安符丕云云今誤涉下惠遠傳文而如此也何陳校皆云符丕下有脫未是 注馬衍說鮑叔永曰表本茶陵本無叔字是也 注緣亦斯廢也陳云亦當作空是也各本皆誤 注惑煩惚也案惚當作惱各本皆誤 注范雎後漢表本茶陵本無此四字 注李尤七難曰案難當作款各本皆誤 宏啓輿服表本茶陵本服作復是也 注禮記曰步中武象案記當作書各本皆誤此引史記禮書也下引鄭氏曰云云即裴駰集解何校以爲今禮記佚文大誤 諱諠何云南史作喧陳云諠喧誤注同案此所引南齊書江祏傳文今本亦作喧蓋傳寫譌諠也 注爲江夏王郢州行事者陳云行事下當重有行事二字行事之名後漢已有之如西域長史索班稱行事是也見西域傳案所校是也各本皆脫 注匹婢表本茶陵本作芳婢切三字在注中庀具也下是也 注司馬紹贈山濤詩曰案紹下當有統字各本皆脫 注靡華九衢案華當作葬各本皆誤 金資寶相表本茶陵本資作姿是也 庶髮鬚於衆妙表本茶陵本於作乎是也 注乾動川靜何校川改巛陳云川巛誤是也各本皆譌 式揚洪烈茶陵本式作戒云五臣作式表本云善作戒案此尤校改正之也戒但傳寫誤耳

〇齊故安陸昭王碑文〇 注五帝出受圖籙表本茶陵本圖籙作籙圖是也 魏氏乘時於前案乘時當作時乘茶陵本校語云五臣作乘時是也表本校語云善作乘時非也善時乘五臣乘時於注皆有明文表互換正文耳尤以五臣亂善所見誤與表同陳云二字當乙最是 注

及文武咸康表本茶陵本無成字注簡略也表本茶陵本簡略作略簡是也悵㤝脫略公卿注引此可證注㮤耽表本茶陵本作枯耽切三字在注末是也注緬爲宋劭陵王文學何校劭改邵陳同是也各本皆譌注吳王書閭廬陳云書字衍是也各本皆衍注求民之瘼案瘼當作莫各本皆誤觀下注可見注我太公鴻飛兗豫何校公改祖陳同是也各本皆誤注劉琨勸進奏曰表本茶陵本奏作表是也鄧攸之緝熙萌庶表本茶陵本萌作氓案二本以五臣亂善而失著校語尤所見獨未誤也注衿帶喉咽表本茶陵本喉咽作咽喉是也注鄧南鄭人陳云南下脫鄭字是也各本皆脫注闔外已見上文表本茶陵本複出云云非注門限也表本茶陵本也下有苦本切三字是也注干仞之漢案漢當作溪各本皆誤德與五才並運表本茶陵本才作材表校語云善作才注亦作才茶陵無校語注亦作材案此蓋善材五臣才表誤互換尤所見與表同茶陵爲得之也與前江賦五才可相證注倪寬

十六

爲郡內史何校郡改左陳同是也各本皆誤注聚人於藋蒲之澤陳云聚取誤是也各本皆誤注征艾朔士也何校士改土是各本皆譌注歌録曰鴈門太守行曰陳云録下曰字衍是也茶陵本與此同表并入五臣無可借證注宏爲東郡陳校東下添陽字云世說注引續晉陽秋可證東陽今浙東金華也若東郡在晉爲濮陽之地當彥伯時已久陷北境安得往莅之案所說最是前三國名臣序贊題下注所引亦有陽字又其一證也注漢書廣武君下至以迎小人此節注表本茶陵本并善入五臣與尤全異或尤別據他本今無以訂之注漢書名臣奏曰陳云書字衍是也各本皆衍注隔在漢北何校漢改漠陳同是也各本皆譌注羌戎豪帥感負恩德茶陵本羌戎作破羌鞬無德字表本與此同案似茶陵是注具以狀言表本茶陵本言下有妄字是也注蔡彤爲遼東太守茶陵本蔡作祭是也表本亦誤蔡下同注圖圖寂寞表本茶陵本寞作寥是也注字叔庠表本茶陵本庠作平案今范書作庠尤依

以校改也注爲國賊者表本茶陵本者下有徒頰切三字是也注晉諸公讚曰下至即號哭罷市此注表本茶陵本并善入五臣全異或尤別據他本也注韓詩曰陳云詩下當有章句二字見任彥昇勸進牋注是也各本皆脫載惟話言表本茶陵本惟作貽是也注兄弟先後表本茶陵本兄弟作弟兄何校弟先改先弟陳云弟先二字當乙案齊竟陵文宣王行狀引正作兄先弟後注尚書曰魯侯伯禽陳云書下脫序字是也各本皆脫注喻今之文字多表本茶陵本多上有煩字是也注儲積山藪陳云積精誤是也各本皆誤虛懷博約表本茶陵本約作納表校語云善作約茶陵無校語案詳注意約但傳寫誤尤所見與表同非也茶陵爲得之幾以成務表本茶陵本幾作機案此蓋善機五臣幾二本失著校語又注中幾機互換非尤改善作幾亦非清猷浚發表本茶陵本浚作濬是也注夏侯稚何校稚下添權字陳云稚下當脫一權字魏夏侯稚權以才學稱見荀勗文章敘録案所校是也說已見前各本皆脫注以從王乎表本茶陵本乎

十七

下有此字是也注泲以手揮之也陳云泲下脫流字各本皆脫○劉先生夫人墓誌○欣欣負載何校載改戴陳云載戴誤注同是也案二字多相溷此亦不具出注音攜表本茶陵本作畦音攜三字在注末是也注丞相遵之後也何校遵改導陳同是也各本皆譌寂寞楊冢表本茶陵本寞作寥案此疑二本是也

卷六十○齊竟陵文宣王行狀○任彥昇案此三字當在上齊竟陵文宣王行狀一首下各本皆錯誤在此南蘭陵郡縣都鄉何校都上添中字據南齊書高帝紀文校陳云疑當作東見前安陸昭王碑文注案彼注即引南齊書東中乖異未必非東誤也又案縣上當有蘭陵二字此歷說州郡縣鄉里不應衹云縣而不云何縣注應劭漢書注曰表本茶陵本無漢書注三字案無者是也注后倉作齊詩也表本茶陵本后倉二字作臣瓚曰韓固五字案二本是也韓乃轅之譌儒林傳可證尤據顏注藝文志所引改之非注前代史岑比之何校比之改之此是也各本皆

倒
注毛詩傳曰無畔換案無字不當有又換詩作援畔援猶跋扈也在鄭箋此各本皆有誤
注王永字安期茶陵本永作承是也表本亦誤永晉書本傳可證
注東夏會稽也表本茶陵本無此五字案二本在五臣銑注此蓋誤入
注孫復爲昭也表本茶陵本也下有音詔二字是也
注倪寬爲農都尉大司農奏課最連陳云爲下脫司字又最連當乙是也各本皆誤
注范瞱後漢書曰劉寵表本范瞱後作華嶠案表本是也但嶠下仍當有後字此初同表脩改者非茶陵并入五臣更非
注眘子謂子思伋曰陳云伋曰二字當乙是也各本皆倒
而茹慼肌膚表本茶陵本慼作感是也
沇痛瘡鉅案瘡當作創善引禮記創鉅者爲注可證表茶陵二本所載五臣向注字作瘡然則善創五臣瘡各本亂之非
注漢書曰萬石君傳曰表本茶陵本書下無曰字是也
注范瞱後漢書表本茶陵本無此五字
注幸逢寬明之日將値危言之時表本茶陵本作幸蒙危言之世遭寬明之時案此所引恐據馮衍集尤校改全依范書未必是也
武皇帝嗣位茶陵本無皇字帝下校語云五臣作皇表本皇下校語云善有帝字案尤所見與表同
食邑加千戶表本茶陵本加千作如千案考南齊書云二千戶上文云食邑千戶故此云食邑加千戶即二千戶也善無注者本不須注耳五臣濟注乃云如千猶若干無定戶故也可謂妄說二本不著校語以之亂善甚非尤所見獨未誤
儀形國胄案形當作刑注引毛詩表山松後漢書俱是刑字茶陵本亦然表本注中盡作形非也上文寔兼儀形之寄注別引晉中興書可知此不得與彼同各本皆作形或五臣如此藉田賦儀刑孚于萬國五臣作形其證也
允師人範表本云善作師茶陵本云五臣作歸案各本所見皆非師但傳寫誤
注中大夫表本茶陵本作掌以孅詔王五字案此尤改之也
注有諫諍之義茶陵本并五臣入善有此句表本并善入五臣無今無以訂之也
注父母生之案母字不當有各本皆衍
使持節都督楊州諸軍事茶陵本楊作揚表本亦作楊案揚字是也下及注盡倣此
萌俗繁滋表本茶陵本繁滋作滋繁案二本所載五臣良注云滋繁言多也未審善果何作或不與五臣同而尤所見爲是
注劉縚聖賢本紀曰下至農夫號于野表本茶陵本無此三十字案或別據他本也
九旒鑾輅案旒當作游善引甘泉鹵簿游卓九乘爲注作游不作旒甚明表茶陵二本所載五臣濟注乃云九旒旒也是旒字爲五臣本亦甚明各本所見皆以之亂善而失著校語讀者罕辨今特訂正之
注駕蒼龍表本茶陵本龍下有輅音路三字是也
注導表本茶陵本作轟音導三字在注中左方上注之下是也
注如今喪轜車表本轜作輀是也茶陵本亦誤轜
注韓延壽給羽葆何校給改植陳同是也各本皆誤
注而好下接己何校接改佞陳同是也各本皆誤
注賔致也表本茶陵本無此三字案二本在五臣良注此蓋誤入
注郅鄆曰表本茶陵本鄆作惲是也
注鄭元曰案元下當有禮記注三字各本皆脫
注野人雖云隱表本茶陵本隱作隔案隔字是也又案野人當作人野各本皆倒上文舜與野人表茶陵作人野蓋本是此作人野而誤其處
注卞忠貞墓側表本茶陵本忠貞作望之是也
注後以江陵沙洲人遠何校沙上添西字人上添去字是也各本皆脫
屈以好事之風表本茶陵本事作士是也何陳校皆改士
注先生王叔何校叔改升下同云今國策作升形相近之誤吳師道曰一本標文樞鏡要作王升案所校是也古今人表亦作升又其一證
注宣王使謁者迎入何校迎改延是也各本皆譌
乃知大春屈已於五王表本茶陵本無於字案二本下句校語云善有於五臣無於蓋尤并校添此句也
注文惠太子懋案子下當有長字各本皆脫何校添子字蓋誤
注孔藏與從弟書曰陳云藏臧誤是也各本皆譌
注於衿結褵也何校於改施陳同是也各本皆譌
注親結其縭表本縭作離案離字是也觀下注可見茶陵本亦誤縭又案依此正文疑善作離今作褵其誤與前女史箴同否則善尚有離褵異同之注今刪削不全也
注趙文子與叔向表本茶陵本向作嚮是也
注弟子弔之何校弟改曾陳同是也各本皆誤
注尚書曰禹案曰禹當作禹曰各本皆倒
注以拾遺補闕藝表本茶陵本無藝字案此尤依漢書

改闕爲蓺因誤兩存也○弔屈原文茶陵本此上有弔文二字另爲一行是也表本亦脫注越絕書曰表本越上有善曰一字是也下列子曰上罔極言無中正上字林曰闒茸上毛詩曰上莊子千金之珠上蝦音遐上文子曰鳳凰飛千仞上莊子庚桑楚上同茶陵本移每節首非注覔表本茶陵本作汩音覔在注中汩水在焉下是也乃殞厥身表本茶陵本殞作隕案史記漢書皆是隕字注不可順道而行也表本茶陵本可作得是也案史記索隱引正作得注植史記作值表本茶陵本作作音是也吁嗟默默表本茶陵本吁作于案史記漢書皆是于字此注中吁亦當作于也注汗明曰大驥案大當作夫各本皆譌嗟苦先生茶陵本校語云苦五臣作若表本作苦無校語非何云漢書作若陳云苦當從漢書作若更有顏延年祭屈原文可以互證云云案所說是也苦字但傳寫誤蓋誤認注中勞苦屈原以爲正文有苦字耳今史記亦作苦誤與此同注應劭曰嗟咨嗟苦陳云苦漢書注作也案也字是也各本皆誤史記集解所引無此字又其一證注離騷下竟亂辭也

陳云竟章誤是也各本皆誤案漢書顏注及單行索隱引皆作章注鄧展曰音昧又注蘇林曰偭音面服虔曰蟂音梟又注蛭之一切螾音引北所音表本茶陵本俱無尤蓋別據他本今無以考之也注亦夫子不如麟鳳不逝之故表本茶陵本下不字作翔是也案史記索隱引正作翔注鄭元曰陳云元當作氏是也各本皆誤固將制於螻蟻表本云善作螻蟻茶陵本云五臣作蟻螻案螻與魚韻較協各本所見蓋傳寫倒善未必不與五臣同也今史記漢書皆作螻蟻而單行索隱正文仍作蟻螻可見亦未必史漢不本皆爲蟻螻今誤與此同也注中螻蟻凡三見則不拘語倒之例耳注亦謂讒賊小人所見害也何校謂改爲陳同是也各本皆誤注鱏音尋表本茶陵本此二字在注末是也○弔魏武帝文○注貝獨坐謂中官左悺貝瑗也表本茶陵本貝作唐貝瑗作唐衡案此尤校改之也注而不畀余也何校畀余改余畀陳同是也各本皆倒注諺曰曰表本茶陵本不重曰字是

也注史記不言何校記改既是也各本皆誤注李範曰稅陳云範軏誤是也各本皆誤注漢書旻文昌宮表本茶陵本書下有曰字是也注陳思王述征賦曰表本茶陵本征作行是也注周望兆勳於渭濱陳云勳動誤是也各本皆譌注我營魄而登遐案我當作載各本皆譌注老子曰抱一案抱上當有載營魄三字各本皆脫援貞咎以甚悔表本咎作吝云善作咎茶陵本作吝無校語案尤所見與表同非也茶陵所見是也注貞吝句明文咎但傳寫誤注張堅與任彥昇書曰陳云堅昇誤昇堅誤是也各本皆誤注孔子謂盟器者何校盟改明是也各本皆誤注忽縹緲以響像表本茶陵本緲作眇是也眝美目其何望案眝當作貯注云貯與眝同謂所引字林博雅之眝與正文之貯同也若作眝於注不相應蓋五臣因此注乃改貯爲眝各本所見皆以之亂善而失著校語○祭古冢文○注高誘曰棺題曰和表本茶陵本無此七字案或尤別據他本也注而助語也表本

茶陵本助語作語助是也注先是雒陽城南何校引徐云廣漢治雒縣此陽字衍文是也各本皆衍注格茶陵本作音格二字在注末是也表本亦誤注葬爲埋也何校葬爲改謂葬陳同是也各本皆誤注未之有也何校有下添改字陳同是也各本皆脫注牲用白牲案下牲當作牡各本皆譌○祭屈原文○注賈誼弔屈原文曰表本茶陵本無文字是也上引亦無此字注極又欲充夫佩緯陳云極檄誤是也緯當作幃各本皆誤注羌無實而害長案害當作容各本皆誤○祭顏光祿文○注機彖謂周易班班固楊楊雄也表本茶陵本此注幷入五臣恐尤亦非善舊注叔夜嵇康字也表本茶陵本此注幷入五臣恐尤亦非善舊注琴緒緒引緒也案此有誤各本皆同無可考也注仰視浮雲馳奄忽互相踰表本茶陵本浮作驚馳奄忽作逝紛紛案此尤校改之也注公收淚而問之表本茶陵本淚作涕是也○附案陸貽典嘗據尤本校汲古閣

本其尤跋後又有跋曰說友到郡之初倉使尤公方議鋟文選板以實故事念費差廣而力未給說友言曰是固此邦闕文也願略他費以佐其用可乎迺相與規度費出閱一歲有半而後成則所以敬事於神者厚矣江東歲比旱說友日與池人禱之神焉蓋有禱輒應歲旣弗登獨池之歉猶十四也顧神貺昭荅如此亦有以哉文選以李善本爲勝尤公博極羣書今親爲讐校有補云云補字下損失今本無此跋必脫去也說友表說友即尤跋之袁史君此跋未言尤之讐校語雖未竟而其有所改易顯然已見今錄附於後以資詳考

文選考異卷第十

講义稿

李申耆曰一氣奔放尚是西漢之遺往復過多則利害切身不覺言之灌灌耳義门辨此為陳思之文信然案文中云大魏之興于今二十有四年自黃初元年下數至正始六年適得二十四年其時曹爽專柄與三國志注引魏氏春秋所說相合三國志陳思王植篇建安十九年徙封臨菑侯太祖征孫權使植留守戒之曰吾昔為頓丘令年二十三思此時所行無悔于今今汝年亦二十三矣可不勉與陳王之薨在太和六年年四十一下距正始復十餘年安得復撰斯文託之元首義门既不考核申耆不審乃率爾信從何也

三國志武文世王公傳注引魏氏春秋載宗室曹冏上書曰：臣聞古之王者必建同姓以明親親，必樹異姓以明賢賢，故傳曰庸勳親親，暱近尊賢（此左氏文），書曰克明峻德，以親九族，詩曰懷德維寧，宗子維城。由是觀之，非賢無與興功，非親無與輔治。夫親親之道專用，則其漸也微弱；賢賢之道偏用，則其弊也劫奪。先聖知其然也，故博求親疏而並用之，近則有宗盟藩衛之固，遠則有仁賢輔弼之助，盛則有與共其治，衰則有與守其土，安則有與享其福，危則有與同其禍。夫然故能有其國家，保其社稷，歷紀長久，本支百世也。今魏尊尊之法雖明，親親之道未倫詩不云乎鶺鴒在原兄弟急難以斯言之明兄弟相救於喪亂之際同心於憂禍之間雖有鬩牆之釁不忘御侮之事何則憂患同也今則不然或任而不重或釋而不任一旦疆場稱警關門反拒股肱不扶胷心無衛臣竊惟此寢不安席思獻丹誠貢策朱闕謹撰合所聞敘論成敗論曰云云冏中常侍兄叔興之後中常侍曹騰也騰字季興少帝族祖也是時天子幼稚冏冀以此感悟曹爽爽不能用案上書之辭比之於論尤為簡勁論文諫古諷今凡指承利害處皆隱據當世情狀為說故推詳反覆不厭其繁憂之深故言之長見之切故陳之痛

昭伯厥續不用嘉謀卒成司馬篡奪之禍元首作論時其見之矣

觀文選所載陳王求通親親之表及贈白馬王彪詩魏之薄待宗室可以概見三國志陳思王植篇注引魏略載陳王因發諸國士事上書疏云所得兵百五十人皆年在耳順或不踰矩虎賁官騎及親事凡二百餘人皆復老耄疲曳是魏世諸王之威遠不敵一墨綬故其篇終自陳求為匹夫之意以見懷德文明二帝意存猜忌終不見省侄少帝即位方在沖齡昭伯又魏之公族故元首以為可言之時因有上書獻論之事矣

此文雄厚似過秦懿玉似劉向論外家封事識刺秦漢即所以諷當時于前代用直辭于當時用巽語所謂微而顯婉而成章者与叙論兼行間以反振之詞重頓之筆故眉目疎豁不嫌其冗

韋弘嗣博奕論

題雖為論而意有所指斥實書牘之類

此文蓋學國語而複調稍多

篇首立論純從惜陰勤事立論筆意暢滿有高屋建瓴水之勢

格局嚴整筆兼反正甚可摹仿之文

三國志孫和篇曰常言當世士人宜講修術學校習射御以周世務而但交游博奕以妨事業非進取之謂後群寮侍宴言及博奕以為妨事費日而無益于用勞精損思而無終所成非所以進德修業積累功緒者也且志士愛日惜力君子慕其大者高山景行恥非其次夫以天地長久而人居其間有白駒過隙之喻年齒一暮榮華不再凡所患者甚於人情所不能絕誠能絕無益之欲以奉德義之塗棄不急之務以修功業之基其於名行豈不善哉夫人情猶不能無嬉娛嬉娛之好亦在於飲宴琴書射御之間何必博奕然後為歡乃命侍坐

者八人名著論以攄之於是中庶子幸嚶退而論奏和以示賓客時蔡穎好矣直事在署者頗數焉故以此諷之業此則弘嗣此文大旨皆本於子孝之言胃特文中詞采有所修飾耳

嵇叔夜養生論

此文驟觀覺其漫羨細按之條理仍自井然綜其氣體清壯能天機駿利故詞雖多而不覺繁但未可輕于放效耳

服藥求汗數語設譬至切符采可觀說世人養生無成之理致為精透

豈惟蕪之使重而無使輕數語殊繁校以文律但云豈惟如上所云而已其意已明蕪之使香而無使延李引方言為釋未諦延當為脡之殘字說文脡生肉醬也集韻二仙尸連切與羴同音姓亦此文蓋借以為羴字

怒庶並商署切怒可與羨門比壽即庶幾可與羨門比壽也李引聲類釋之亦未諦

叔夜性好老莊然養生之說實與莊生微異莊生所云養生非服食之謂其要在于以恬養知以知養恬知世塗之多患故無心以相待知萬事之靡定故無為而自

得散木之喻單豹張毅之事皆足以推論服食仙道之談使之不得成立又況叔夜尚奇任俠性烈才儁以處衰世所謂游于羿之彀中雖朝鍊五石夕餐六藝幽憤之詩無救彈琴之痛每讀此論良為悵然嵇中散集載向子期難嵇叔夜養生論又載嵇荅文互相駁詰皆持之有故觀之可憙持於術嵇文太繁茲錄向作如左

向子期難嵇叔夜養生論

難曰若夫節哀樂和喜怒適飲食調寒暑亦古人之所修也至于絕五穀去滋味寡情欲抑富貴則未之敢許

也何以言之夫人受形于造化与萬物並存有生之最靈者也異于草木草木不能避風雨辭斤斧殊于鳥獸鳥獸不能遠網羅而逃寒暑有動以接物有智以自輔此有心之益有智之功也若閉而默之則與無智同何貴于有智哉有生則有情稱情則自然若絕而外之則与無生同何貴于有生哉且夫嗜欲好榮惡辱好逸惡勞皆生于自然夫天地之大德曰生聖人之大寶曰位崇高莫大于富貴然富貴天地之情也貴則人順己以行義于下富則所欲得以有財聚人此皆先王所重關之自然不得相外也又曰富与貴是人之所欲也但當

求之以道義在上以不驕無患持滿以損儉不溢若此
何為其傷德邪或覩富貴之過因懼而背之是猶見食
之有噎因終身不飧耳神農唱粒食之始后稷纂播殖
之業鳥獸以之飛走生民以之視息周孔以之窮神顏
冉以之樹德賢聖珍其業歷百代而不廢今一旦云五
穀非養生之宜肴醴非便性之物則亦有和羹黃耇無
疆為此春酒以介眉壽皆虛言也博碩肥腯上帝是饗
黍稷惟馨實降神祇神祇且猶重之而況於人乎肴糧
入體不踰旬而充此自然之符宜生之驗也夫人含五
行而生口思五味目思五色感而思室飢而求食自然

之理也但當節之以禮耳今五色雖陳目不敢視五味雖存口不得嘗以言爭而獲勝則可焉有勺藥為荼蓼西施為嫫母忽而不欲哉苟心識可欲而不得從性氣困于防閑情志鬱而不通而言養之以和未之聞也又云藥養得理以盡性命上獲千餘歲下可數百年未盡善也若信可然當有得者此人何在目未之見此殆影響之論可言而不可得縱時有耆壽耇老此自特受一氣猶木之有松柏非藥養之所致若性命以巧拙為長短則聖人窮理盡性宜享遐期而堯舜禹湯文武周孔上獲百年下者七十豈復疏于藥養耶顧天命有限

以下经空行以後与前纸粘接

三九

科　門　用

嵇叔夜養生論

〃〃〃〃

李蕭遠運命論

〃〃〃〃

陸士衡辯亡論上

陸士衡辯亡論下